首届向全國推薦優秀古籍整理圖書

〔清〕錢謙益 著
〔清〕錢曾 箋注
錢仲聯 標校

牧齋初學集

上

王蘧常

上海古籍出版社

圖書在版編目(CIP)數據

牧齋初學集/(清)錢謙益著;(清)錢曾箋注;錢仲聯標校.-2版-上海:上海古籍出版社,2009.4(2023.2重印)
(中國古典文學叢書)
ISBN 978-7-5325-5295-5

Ⅰ.牧… Ⅱ.①錢…②錢…③錢… Ⅲ.古典文學-作品集-中國-清代 Ⅳ.I214.92

中國版本圖書館CIP數據核字(2009)第025574號

中國古典文學叢書
牧齋初學集
(全三册)
[清]錢謙益 著 [清]錢曾 箋注
錢仲聯 標校
上海世紀出版股份有限公司
上海古籍出版社 出版、發行
(上海市閔行區號景路159弄1-5號A座5F 郵政編碼201101)
(1)網址:www.guji.com.cn
(2)E-mail:gujil@guji.com.cn
(3)易文網網址:www.ewen.co
新華書店上海發行所發行經銷 常州市金壇古籍印刷廠有限公司印刷
開本850×1168 1/32 印張71.75 插頁15 字數1,288,000
2009年4月第2版 2023年2月第6次印刷
印數:2,801-3,300
ISBN 978-7-5325-5295-5
I·2090 精裝定價:308.00元
如有質量問題,請與承印公司聯繫

出版說明

初學集，清錢謙益撰。

錢謙益（一五八二——一六六四），字受之，號牧齋，後自稱牧翁，又自稱蒙叟、絳雪老人、敬他老人，最後號東澗遺老，江南常熟（今江蘇省常熟市）人。明萬曆三十八年進士。官禮部右侍郎，革職後南歸。福王時，官禮部尚書。入清官禮部右侍郎管秘書院事，充修明史副總裁。任職僅六月，即告病歸。康熙三年卒，年八十三。

錢謙益一生，四分之三以上的時間在明王朝度過。他是政治家、學者、古文家、詩人。早年列名東林黨，身受黨禍。晚年成了貳臣。他的功過是非，文史界對它評價不一，有待於最後論定。但他在中國文學史上的地位，則久爲人們所公認。明代前後七子擬古之風泛濫文壇，雖經公安派的反擊，但餘燄未熄，明末復社、幾社依然抱着七子的旗幟。錢謙益出而大力加以掃蕩，給後來清初詩文，開創了一個新局面。他主張詩文要本性情，導志意，又須是從動蕩的時世、連蹇的遭遇中迸發而出。反對摹仿，反對幽眇淒冷脱離現實的寫作傾向，强調鋪張排比的大家格局，贊揚公安三袁，提倡向民歌學習。這一切主張都見於他的文集中，並於創作中得到體現。初學集就是他在明代所寫詩文的總結集。

他在入清前的詩，内容上突出表現了對東北邊禍的關切，對宦官和權奸的痛恨，對抗敵將相忠正人物的歌頌，也有一部分刻畫祖國壯美河山的作品，如黄山游詩，又有一部分寫與柳如是結合的詩，題材是多樣性的。藝術上古近體都工，並能爲百韻以上的排律，繼承杜甫、元稹、白居易的傳統。總的是七言勝於五言，律體勝於古體。具備雄偉、奇詭、溫婉、穠麗等各種風格。從古樂府到唐宋名家大家，無所不取，無所不捨，終于形成爲他自己的面目。歸莊以爲錢氏於詩「除榛莽，塞徑竇，然後詩家始知趨於正道，還之大雅」，他是當之無愧的。他的古文，在初學集中占八十卷之多，主要内容，包括經學的闡說，時政的評論，史實的考訂，文論的抒述以及敍跋書札、傳記碑誌、山水遊記、諷刺雜文等，氣魄宏偉，局格恢張，如所寫抗清愛國將相孫承宗的行狀，爲明清古文家中僅見的巨製。他爲文嚮往歸有光，其實規模是超過了歸氏的。黄宗羲稱他「主文章壇坫，幾與弇州（王世貞）相上下。其敍事必兼議論而惡夫勦襲，詞章必貴乎鋪敍而賤夫雕巧，可謂堂堂之陣，正正之旗」。總的看來，錢謙益是一位淵博的學者，經學史學，佛藏道笈，無不通曉，因此，他的文章，有物有序，不同於後來極力詆毁他的桐城派古文家之作。作爲一代樸學家的閻若璩說：「吾從海内讀書者游，博而能精，上下五百年，縱横一萬里，僅僅得三人焉，曰錢牧齋宗伯也，顧亭林（炎武）處士及黄南雷（宗羲）而三。」這可以澄清方苞等的議論。

初學集是詩文集，但後十卷是太祖實録辨證五卷、讀杜小箋五卷，體例稍特殊，讀此可以了解錢氏考史的工力。

出版說明

初學集一百十卷，系錢謙益門人瞿式耜於明崇禎十六年癸未九月刻成。詩集別有錢曾的初學集箋注二十卷，刻於清初，與初學集瞿本略有出入，詞句亦互有異同，後有翻刻本。乾隆時，錢謙益的著作遭到禁燬。清末宣統二年，邃漢齋始以明瞿刻本初學集與箋注本兩相對勘，作了校訂，並加按語，合兩本爲一，以鉛字排印，由此沉埋一百數十年之久的初學集復行於世。二十年代，商務印書館影印明刻初學集，列入四部叢刊。邃漢齋本雖經校訂，因是排印，難免有誤字。今以邃漢齋本爲底本，據四部叢刊影印明刻本及清刻箋注本再加校勘，改正誤字以及當時避清諱而改書、在今日易混淆的字，必要時加按語。個別疑誤而不能斷定的字，仍存其舊。

初學集目録的文字，頗多和正文有不符之處，大都只是摘取正文題目中的主要文字，藉免冗繁。對於讀者檢取，很有不便之處。整理時未加以重編，則以是集編成，經錢謙益手削定稿，其門人瞿式耜且撰牧齋先生初學集目録後序於目録之後，所以這樣的編例，當爲錢謙益和瞿式耜所首肯。因此一仍其舊，不復釐改。至目録中有脱漏及訛字，則概予補正。合并予說明。

錢謙益有學集等詩文，將另行標校出版。

本書校勘和標點，由蘇州大學錢仲聯教授擔任。

上海古籍出版社

一九八三年四月

牧齋初學集目錄

第一卷　還朝詩集上

第二卷　還朝詩集下

第三卷　歸田詩集上

第四卷　歸田詩集下

第五卷　崇禎詩集一

第六卷　崇禎詩集二

第七卷　崇禎詩集三

第八卷　崇禎詩集四

第九卷　崇禎詩集五

第十卷　崇禎詩集六

第十一卷　桑林詩集

第十二卷　霖雨詩集

第十三卷　試拈詩集上

第十四卷　試拈詩集下

第十五卷　丙舍詩集上

第十六卷　丙舍詩集下

第十七卷　移居詩集

第十八卷　東山詩集一

第十九卷　東山詩集二

第二十卷　東山詩集三、四

第二十六卷　雜文六

第二十七卷　雜文七

第二十八卷　序一

第二十九卷　序二

第三十卷　序三

第三十一卷　序四

第三十二卷　序五

第三十五卷　序八

第三十六卷　序九

第三十七卷　序十

第三十八卷　序十一

第三十九卷　序十二

第四十卷　序十三

第四十九卷　行狀三

第五十卷　墓誌銘一

第五十一卷　墓誌銘二

第五十二卷　墓誌銘三

第五十三卷　墓誌銘四

第五十四卷　墓誌銘五

第五十五卷　墓誌銘六

第五十八卷　墓誌銘九

第五十九卷　墓誌銘十

第六十卷　墓誌銘十一

第六十一卷　墓誌銘十二

第六十二卷　神道碑銘一

第六十三卷　神道碑銘二

第六十四卷　神道碑銘三

第六十五卷　神道碑銘四

第六十六卷　墓表一

第六十七卷　墓表二

第六十八卷　塔銘一

第六十九卷　塔銘二

第七十五卷　譜牒二

第七十六卷　譜牒三

第七十七卷　祭文

第八十二卷　贊　偈

第八十三卷　題跋一

第八十四卷　題跋二

第八十五卷　題跋三

第八十六卷　題跋四

第九十二卷　外制二

第九十三卷　外制三

第九十四卷　外制四

第九十五卷　外制五

第九十六卷　外制六

第九十七卷　外制七

第九十八卷　外制八

第九十九卷　外制九

第一百卷　外制十

牧齋先生初學集目錄後序

吾師牧齋先生，以命世異才，蚤登上第，入承明著作之庭，高文典册，照耀四裔，小言長語，殘膏賸馥，猶足以衣被海內，沾丐作者。年及強仕，道明德立。閱天人之變，通性命之理，鑽研經史，沈浸載籍，古今學術之降升，文章之流別，皆一一究其源委，擊其蒙蔀。一旦摒擋箱篋，胥二十餘年之詩文，舉而付之一炬。自時厥後，凡有撰述，師友千古，與世抹摋，不復以譁耳目、膏脣舌爲能事。久之聲光鬱郁，學者望走歙集，若百川之赴海，相率購求其全集，以爲師資。先生每引歐陽公譏和凝之言以拒之。先生爲文，每削藁，式耜輒手鈔而藏之，先生不能禁也。乃固請於先生，出其所繕寫，釐爲一百卷，鍥梓以公之當世。先生力禁之不得，復手削其作之四五，命其名曰初學集，而俾式耜敍其後。式耜嘗聞先生之言曰：六經，文之祖也。班、馬，禰也。昌黎、河東、廬陵、南豐、眉山，繼別之宗子也。昌黎不師班、馬，廬陵不師昌黎，眉山不師廬陵，精神血脈，亘千古而行乎其間者，皆其冢適也。有宋淳熙以後，以腐爛爲理學，其失也陋。本朝弘、正以後，以剽賊爲古學，其失也倍。揚扢今古，別裁譌僞，討論先正之緒言，追考六經班、馬之譜諜，其在兹乎！其在兹乎！吾壯而失學，今老矣，雖稍識其塗徑，而力已不逮也。蓋先生之自誦如此。旋觀先生之文，初變於曆、啓之交，規摹經營，不失絫黍，其規矩繩尺，猶可尋也。已而學益博，思益深，氣益厚，自唐、宋以迄金、元，精鑿營魄，攝合於尺幅之上，方軌橫騖，而未知孰爲後先。修詞持論，崇尚體要。金科玉條，凜不可易。至於諷諭時政，磨切當世，或正而若反，或戒而若頌，微詞譎諫，層見側出。擬議變化，雖作者亦或不知其所以然，此亦古人所未有也。癸酉，居太夫人喪，讀華嚴經，益嘆服子瞻之文，以爲從華嚴法界中流出。戊寅春，踰冬頌繫，卒業三史，反復封禪、平準諸篇，恍然悟華嚴樓閣於世諦文字中。子繇之稱子瞻曰：讀釋氏書，深悟實相，博辨無礙，浩然不見其涯也。先生其幾矣乎！先生之詩，以杜、韓爲宗，而出入于香山、樊川、松陵，以迨東坡、放翁、遺山諸家，才氣橫放，無所不有。忠君憂國，感時嘆世，采〔案：「采」，遂本作「榛」，誤，茲據癸未本改正。〕苓之懷美人，風雨之思君子，飲食燕樂，風懷謔浪，未嘗不三致意焉。太史公之論離騷也，必原本國風、小雅，其斯爲先生〔案：「生」，遂本作「王」，誤，茲據癸未本改正。〕之詩已矣。嗚呼！先生之文，其亦可謂至於斯極者矣。欿然不自有，退而以初學自命。楊子謂壯夫不爲，曹公稱老而好學，先生之所存，豈猶夫文人才子，飾鞶帨而矜名譽、沾沾自喜者，可同日道哉？式耜束髮負笈先生之門三十餘年，晚而共刊章之禍，效古人請室受書，所謂知我於桑落之下者也。承先生之命，不辭固陋，輒書其所聞於先生者如此。學者讀先生之集，熟闚其著述之指要，因是而進於古人，遡其源流，啓其關鍵，庶幾六經班、馬之學，昌明於末世，而先生之苦心於斯文者，其不徒矣乎？如其不然，以是爲謏聞動衆，猥與流俗之文，尋行數墨，比長挈短，則作者之志隱矣。雖庋置斯集，東而弗觀可也。崇禎癸未九月朔日，門人瞿式耜再

拜謹述。〔案：此後序遂本印于初學集全書之末，兹依癸未本移至目錄後。〕

初學集卷一

還朝詩集上 起泰昌元年九月，盡一年。

九月初二日奉神宗顯皇帝遺詔於京口成服哭臨恭賦挽詞四首

竹符頒郡國，玉几罷音徽。率土悲風動，敷天泣露晞。清霜明祕器，紅葉掩容衣〔一〕。慟哭江城暮，秋笳起落暉。

【注釋】〔一〕漢書賈誼傳注：孟康曰：委裘若容衣，天子未坐朝，事先帝裘衣也。昌黎皇太后挽歌：晝翣登秋殿，容衣入夜臺。

其二

太姙胎而教，甘盤學後臣〔一〕。指江陵張相。營齋嘗念母〔二〕，步禱爲憂民〔三〕。靜攝周函夏〔四〕，分封斷鬼神〔五〕。南郊傳累德〔六〕，哀策屬何人？

【注釋】〔一〕隆慶六年十二月，江陵進帝鑑圖說。萬曆二年，進講章疏。書說命：舊學于甘盤。孔氏曰：甘盤，殷賢臣有道德者。〔二〕太后仙逝後，上在宮中，麻衣誦經，營齋報母，倣庶人三年終喪之制而後已。〔三〕萬曆十三年乙酉，大旱，上步行祈禱，詔蠲天下糧一年。〔四〕漢書楊雄傳：河東賦：以函夏之大漢兮，彼曾何足與比功。伏虔曰：函夏，夏，諸夏也。師古曰：函，包容也，讀與含同。〔五〕萬曆四十二年甲寅，十月十日，加封漢前將軍關壯繆侯爲三界伏魔大帝神威遠鎮天尊關聖帝君。四十五年丁巳，五月十三日，福藩常洵序洛陽關帝廟籤簿曰：前歲予承命分封河南，關公以單刀伏魔予皇父之宮中，託之夢寐間，果驗。是以大隆徽號，由是勅聞天下而尊崇之。〔六〕顔延年宋元皇后哀策文：乃命史臣，累德述懷。李善曰：鄭司農周禮注曰：誄，謂積累生時德行，賜之命，爲其辭也。

其　三

在宥羣方理〔一〕，高居庶物新。天爲摧醜虜〔二〕，關白平秀吉自斃。地不愛金銀〔三〕。言開採之役。楊柳深宮月，梧桐別院春〔四〕。昇平多故事，載筆詢遺民。

【注釋】〔一〕莊子在宥篇：聞在宥天下，不聞治天下也。郭象曰：宥使自在則治，治之則亂也。

〔二〕東征之役，老師費財，凡七年始竣事，僅收功于關白之死。摧醜虜而委于天，可見非人力也。當日樞中閫外，張皇奏績，貪天以爲己功，獻俘疏圖，不幾爲屬國之所笑乎？世之紀錄者，傳聞異詞，一時功罪失實，俗語流爲丹青。公嘗以丁應泰東事始末手稿示余，故余知東征之事爲信而有徵。其詳具劉編修頌詔朝鮮詩注中，使後之史氏有所採擇焉。〔三〕萬曆二十四年丙申，府軍前衛副千戶仲春請開礦，上遣內臣張忠往山西，曹金往浙東，趙欽往陝西，專任開採之役。乃令編富民爲礦頭，其後礦使雜出，數載之間，民情重困。至三十三年，詔始停罷。夫以人主求金，搜及山澤，遂使貂璫黷貨，遍及閭閻。是時新建張位當國，謂利出天地之自然，採之殊便。不知病民以裕國，大臣理財之道，固如是乎？公詩及之，意蓋有所規也。〔四〕萬曆三十九年壬子九月十三日己酉，皇貴妃王氏薨，秘不發喪。閣臣爲請，始宣于外。貴妃永寧伯王朝寀之女。十年八月十一日生皇太子，十六日冊封爲恭妃。三十四年四月二十日冊封爲皇貴妃。神宗恩幸鄭氏，六宮寵愛，盡在一身。于貴妃之逝，未軫喪淑之悲，徒凝賈庇之怨。瑤花掩彩，實有餘哀。公心傷之，爲廻想其平日楊柳曉風，深宮月冷，梧桐夜雨，別殿春濃。撫皇胤之璿式，君恩何處爲多？寂寞悲涼，兩言盡之，不數長門一賦矣。

其四

北極升遐日，南徐慟哭時〔一〕。攀髯生有願，臨穴死無期。侍從朱衣隔，臚傳玉筆遺〔二〕。奔喪吾豈敢，亦欲報恩私。

【注釋】〔一〕祝穆方輿勝覽：晉元帝渡江，于京口僑置南徐州，宋以南徐治京口。隋文帝于南徐置潤州，取潤浦以名。唐因之。〔二〕程大昌演繁露：漢書臚傳，古今不曾究極其義。按儀禮士冠禮：主人得筮，反之筮人。筮人還東面旅占，卒進告吉。鄭氏注云：旅，衆也。古文旅作臚。予因讀此，始悟臚傳曰旅傳也。今之臚傳，自殿上至殿下，皆數人抗聲相接，使所唱之語，聯續遠聞，則臚傳之爲旅傳，其已審矣。鴻臚寺主典賓客，亦取大衆會集以爲名寺之義。

九月十一日次固鎮驛恭聞泰昌皇帝升遐途次感泣賦挽詞四首

御極恩方布，登遐詔已刊。生存臣子恨，死孝帝王難。鳳闕秋霜滿，龍樓夜雪殘。見星吾敢後，慟哭向征鞍。

其　二

妖星頻貫掃〔一〕，白氣久纏綿〔二〕。將作荒三殿，上詔修三殿。材官哭九邊。上登極，即餉九邊二百萬。起居宮掖祕，清削御容傳。國史徵何代？三朝并一年。時亟議改元，未達踰年之禮，識者卒以爲譏。

【注釋】〔一〕泰昌元年八月庚戌，夜有星如敦牟，青白色，起螣蛇，東行入奎，二小星隨之。

〔二〕萬曆四十八年七月庚子，夜有白氣如疋練，廣丈餘，起牛女虛危，歷翼軫沒。漢書谷永傳：白氣起東方，賤人將興之光也。

其三

丹地飛章日〔一〕，青宮側席時〔二〕。憂危宗社並〔三〕，訶護鬼神知〔四〕。禁近終難問〔五〕，彌留竟可疑〔六〕。盈朝董狐筆，執簡欲何施？

【注釋】〔一〕徐堅初學記：蔡質漢官曰：尚書奏事于明光殿，省中皆胡粉塗壁，其邊以丹漆地。故尚書郎含雞舌香伏其下奏事，黃門侍郎對揖而跪受。後漢書寇榮傳：遂作飛章，以被于臣。

〔二〕東方朔神異經：東方東明山，有宮，青石爲墻，面一門，門有銀榜，以青石碧鏤題云天地長男之宮。

〔三〕萬曆乙未秋，鄭妃刻呂坤所編閨範圖説成。科臣戴士衡疏糾坤逢迎掖庭，語侵貴妃。至戊戌秋，有撰閨範圖説跋一篇名曰憂危竑議者。蓋以坤曾具憂危一疏，故借以發端也。戚黨疑出士衡手。鄭承恩上疏辨，幷及全椒知縣樊玉衡，目爲二衡。上命削兩臣籍，戍之。癸卯十一月十二日，東廠陳矩訪得國本攸關刊書一本封進，名曰續憂危竑議，其書八百八字，大概謂東宮從官不備，寓他日改易之意。而必相朱者，朱名賡，賡者更也。附朱者，文則王世揚、孫瑋、李汶、張養志，武則王之楨、陳汝忠、王名世、王承恩、鄭國賢，而又有貴妃主之于內，此之謂十亂。魯語所謂有婦人焉，九人而已。正合文王舍伯邑考而立武王之義。且陳矩朝夕帝前，以爲之主。蛟門公險賊，左鄭右王，（蓋謂沈一貫抑皇親王道化之功而不錄也。）何患大事無成。吏科都給事中項應祥謨，四川道御史喬應甲書。其書揭於宮門，迄通衢，一夕皆遍。上震怒，下詔大索，舉朝驚恐。是時四明以議謚及楚宗假王事，啣恨江夏郭侍郎正域。歸德在政府，公廉強直，四明意忌之，郭公又歸德之門生也，欲借妖書獄陷江夏，并以主謀傾害歸德。先以微言挑激上怒。給事錢夢皐曰：「妖書實出郭正域，而沈鯉實與同謀。」御史康丕揚曰：「妖書、楚事，事不相侔，實一根柢。」皆潛受四明意旨也。荆門州故同知胡化誣告州官阮明卿，謂妖書出其手。夢皐語尚書蕭大亨，化與郭同舉于鄉，必相與竄謀，引繩批根，獄有所歸。丕揚時巡城，與提督陳汝忠逮醫人沈令譽及名僧達觀等。從令譽牀頭獲片紙，語連歸德門人刑部郎于玉立、吏部郎王士騏，皆削籍。時江夏移病歸，待凍潞河之楊村。汝忠遣邏卒圍郭公舟，捕其僕隸乳媼等十五人，彭考慘毒，竟無所得。而東廠緝捕妖人皦生光，蓋嘗造妖詩以害鄭皇親者。上命東廠會訊康、錢，刑迫生光妻子，尚欲令妄扳郭侍郎。御史牛應元、沈裕輩爭之力，陳矩遂具讞詞上。時上每慰諭太子勿恐。太子亦令近侍語閣中：「何故曲殺我好講官？」四明大不爲清議所容，上意本不欲鈎連，竟歸獄生光，磔之。正域事白得去。

（四）萬曆四十三年乙卯五月己酉，酉時，一男子持棗木棍撞入慈寧宮，打傷守門內官李鑑，直至前殿簷下，爲內官韓本用等所獲，付東華門守衛指揮朱雄等收之。次日，皇太子奏聞，命法司提問。庚戌，巡視皇城御史劉廷元奏：「人犯供名張差，係薊州井兒峪民，話不情實，詞無倫次。按其迹，若涉風魔；稽其貌，的是黠猾。懇勅法司究訊。」乙卯，刑部司官審張差，供「被李自強、李萬倉燒差柴草，氣極來京，赴朝聲冤，失志癲狂，拏棗木棍進東華門」等情。部擬大辟。戊午，刑部提牢王之宷上言：「本月十一日，散飯獄中，末至新犯張差，見年力壯強，非風魔人。臣問實招與飯，不招餓殺爾。差見飯低頭，招不敢說。臣散去吏皂人等，止留二吏，扶住問之。招稱有馬三舅、李外舅教我跟不知姓名老公，初四到京，到不知街道大宅子，一老公與我飯吃，說你先衝一遭，撞着一個，打殺一個。遂與我棗木棍，領我從後宰門進到宮門上，守門的一棍打倒，到裏邊，公公多了，就拏住我。臣看此犯不瘋不狂，有心有膽。伏願皇上縛兇犯于文華殿前朝審，或勅九卿科道三法司會問，情形立見矣。」廷元初以跡涉風魔奏，劉光復輩皆主其說，至之宷提牢之詞出，舉朝喧然，皆知主使有人。乙丑，刑部十三司會審張差，供稱「馬三舅名三道，李外父名守才，不知姓名老公乃修鐵瓦殿之龐保，不知街道大宅子乃住朝外大宅之劉成。三舅、外父，常在龐公處送炭，龐公與劉公在玉皇殿商量，和三舅、外父逼着我說：打小爺，吃也有，穿也有」等語。刑部請提龐保、劉成對鞫。是時廷臣交章上請，陸大受語涉戚臣，鄭國泰揭辨，何士晉特叅之。癸酉，上詣慈寧宮，召見羣臣，諄諭再三，執太子手曰：「我父子如何慈愛，外廷有許多議論。」時劉光復跪于後班，大言「皇上慈愛，太子仁孝」。上聞不甚悉，着拏送刑部。甲戌，決張差於市。乙亥，司禮監同九卿法司會審龐保、劉成於文華殿前。丁丑，上諭輔臣：「龐保、劉成，朕着司禮監復行嚴究，二犯因刑已故，其株連馬三道等，分別擬罪，以安皇太子仁孝之心。」夫梃擊一案，紛如聚訟，實開千古之疑。然之宷提牢之讞詞，張差覆審之口語，一時執法之士，終不能爲之諱也。莽何羅觸瑟之驚，因其常侍禁近，故得袌刃而入臥內。張差何人？青宮何地？而遂能闌入慈寧乎？執棍至前殿簷下，東朝侍衛蕭條，不可不謂危之至矣。邀訶護于鬼神，此公之微詞，亦公之直筆也。龐保、劉成，招詞未竟，而先斃之內廷，神宗豈有所曲庇于其間哉？上意不欲株蔓，安貴妃，幷所以安東宮也。若如羣臣之請窮究黨與，根尋主使，則大獄起于宮闈骨肉之間，其事何所底止乎？乃劉廷元、韓浚輩，借甘陵之黨，重處之宋諸臣，以快私憤，使持論者欷歔感歎，惜正人之傾軋，此則廷元輩之罪也。夏允彝曰：事連宮禁，勢難結案。田叔燒梁獄詞，亦調停不得已之術。有味乎其言之矣。〔五〕光宗踐祚彌月，而病彌留，或傳女謁使然。然宮闈事秘，誠哉其難問也。李可灼進紅丸，其時已揚玉几之命。蓋疾當大漸，紅丸固非倖生之方，亦豈遂爲促死之具乎？聖躬虛損，投以暴下之藥，誤之於始，崔文昇罪浮應得之科。今也舍文昇而攻可灼，復援趙盾、許止之義以責德清，議者或得間矣。龍馭上賓，紅丸不效，可灼方當席藁待罪，而從哲復票賚多金，及至嘖有煩言，又邀回籍之旨，是誠何心哉？獨相七年，國鈞誰秉？伏莽興戎，南北牙相鈎黨，竟憑軾以觀玄黃之鬬。容頭過身，所謂大臣者然與？選侍之踞乾清，皆因當國者平日漫無主持，憑依翕合，故婦寺得以縱橫構煽，傳垂簾詰責之語。卽謂移宮之釁，實釀成于從哲，其罪豈僅後于皇甫鎛之貶哉？又何必引春秋以斷斯獄也。〔六〕書顧命：病日臻，既彌留。正義曰：言病困已甚，病既久留于我身。

其四

憑几將傳命，垂衣尚視朝。重陰才見晛〔一〕，徧雨不崇朝。德自三旬著，功難百世祧。吾君幸有子，十六誦唐堯〔二〕。

【注釋】〔一〕詩雅角弓章：雨雪瀌瀌，見晛曰消。毛萇傳曰：晛，日氣也。〔二〕左傳文公十八年：是以堯崩而天下如一，同心戴舜以爲天子，以其舉十六相，去四凶也。

嫁女詞四首

余初登第，旋奉先人諱，里居奉母，垂十有一年，乃詣闕補官。是時神廟上賓，國論喧豗，遼寇隳突；别母北上，中心惻愴，而作是詩也。

中堂何喧闐，明燭耀銀釭。箱簾啓萎蕤，刀尺聲硠硠。大姊裁羅襦，小妹熨袴襠。鄰女贈錦段，雙雙繡鴛鴦。阿母鬢婆娑，篝燈理中裳。阿母向我言：撫汝嬌且長。十載違汝家，頓頞類㛹孀〔一〕。輕軒宵在門〔二〕，重整嫁時裝。女行欣有家，阿母心内傷。牽衣告阿母，背指燈燭光。女身如明燭，影在阿母旁。

【注釋】〔一〕廣韻：㛹，側鳩切。崔子玉清河王誄云：惠于㛹孀。說文：㛹，婦人妊娠也。〔二〕潘安仁閑居賦：太夫人乃御板輿，升輕軒。

其二

有家亦云久，結褵在高堂。云胡背君子？不得奉尊章〔一〕。歸寧十餘載，道路阻且長。欲絕忍棄捐，欲往河無梁。戢身事慈母，顧影守帷房。獨坐親圖史，行步施珩璜〔二〕。懷哉芣苡詩，誦彼浥露章。豈若魯潔婦〔三〕，陌上行採桑。菟絲生陂田，終不慕高岡。芙蓉悴秋風，其名爲拒霜〔四〕。我生不有命，胡爲怨空床？

【注釋】〔一〕漢書景十三王傳：背尊章，嫖以忽。師古曰：尊章，猶言舅姑也。今關中俗婦呼舅爲鍾，鍾者，章聲之轉也。〔二〕後漢書皇后紀論：居有保阿之訓，動有環珮之聲。列女傳：齊孟姬曰：妾聞妃后踰閾，必乘安車輜軿；下堂，必從傅母保阿；進退，則鳴玉珮環。〔三〕劉向列女傳：潔婦者，魯秋胡之妻。〔四〕柳子厚湘岸移木芙蓉詩註：韓醇曰：蓮花亦謂之芙蓉。楚詞所謂集芙蓉以爲裳是也。此詩之所謂木芙蓉，則今之所謂拒霜花，生于岸際者，故云：芰荷諒難雜，反此生高原。東坡和陳述古拒霜花詩：千株掃作一番黃，只有芙蓉獨自芳。喚作拒霜知未稱，細思却是最宜霜。

其三

空床雖獨守，終然念所天。主人良高臥，臧獲偷晏安。薪突誰與徙〔一〕？井臼或不完。祭祀廢春割，寇盜隳牆垣。百憂攪我心，逼迸不得言。搥床復倒枕〔二〕，豈爲兒女歡。終身一與齊〔三〕，棄捐永相關。況我非棄婦，何能不汍瀾〔四〕？不見漆室女，倚柱起長歎〔五〕。

【注釋】〔一〕漢書霍光傳：客過主人，見其竈直突，旁有積薪。謂主人更爲曲突，遠徙其薪，不者將有火患。主人不應，俄爾果失火。〔二〕玉臺集焦仲卿妻詩：阿母得聞之，搥牀便大怒。〔三〕記郊特牲：信，婦德也。一與之齊，終身不改。〔四〕漢書息夫躬傳：涕泗流兮萑蘭。臣瓚曰：萑蘭，涕泗闌干也。〔五〕劉向列女傳：漆室女倚柱而嘯。鄰婦問之，曰：「吾憂魯君老悖，太子少愚，禍及衆庶，婦人獨安所避乎？」

其四

長歎亦何爲？會合當有期。懷君雙明珠，中夜生光輝。沈淵何足悼，光彩諒不虧。縞衣與綦巾〔一〕，理我嫁時衣。炫服及春風〔二〕，何能待秋時？醜婦憎明鏡，衆女疾蛾眉〔三〕。琴瑟貴靜好，閉戶理朱絲。行行遠阿母，回頭涕漣洏。翩翩辭歸燕〔四〕，向我飛差池。

【注釋】〔一〕詩國風出其東門章：縞衣綦巾，聊樂我員。〔二〕左太沖蜀都賦：炫服豔粧。

〔三〕離騷：衆女嫉予之蛾眉兮，謠諑謂予以善淫。〔四〕宋玉九辯：燕翩翩其辭歸。

吳門寄陸仲謀大參

步屧相呼倒接䍦，東阡南陌夜歸遲。檀槽奏罷翻新曲〔一〕，樺燭燒殘覆舊棋〔二〕。燕賞花時無主客〔三〕，催徵酒社有文移〔四〕。謝公底事情懷惡？只爲中年有別離。

【注釋】〔一〕譚賓錄：開元中，有中官白秀貞自蜀使回，得琵琶以獻。其檀邏皆杪檀爲之，溫潤如玉，光耀可鑒。有金縷紅紋，影成雙鳳。楊妃每抱是琵琶，奏於梨園，音韻淒清，飄如雲外。而諸王貴主，洎虢國已下，競爲貴妃琵琶弟子，每受曲畢，皆廣有進獻。東坡至眞州再和詩：小院檀槽鬧，空庭樺燭煙。〔二〕程大昌演繁露：古燭未知用蠟，或剝樺皮爇之，亦已精矣。〔三〕史記滑稽傳：以髡爲諸侯主客。〔四〕劉勰文心雕龍：劉歆之移太常，文移之首也。

渡江二首

京江南北路，不到十餘年。歲月看如此，風波意眇然。浮生催渡客，宦況釣魚船。何事眉山老，歸期只問田？東坡金山詩云：我謝江神豈得已，有田不歸如江水。

其　二

山城如畫裏，一櫂亦悠哉。鈴塔晴相語〔一〕，魚龍靜不豗〔二〕。澄江千嶂見，秋水片帆開。約略金山寺，曾聽粥鼓來〔三〕。

【注釋】〔一〕東坡大風留金山詩：塔上一鈴獨自語，明日顛風當斷渡。〔二〕唐文粹施肩吾及第後過揚子江詩：憶昔將貢年，抱愁此江邊。魚龍互閃鑠，黑浪高於天。今日步春草，復來經此道。江神也世情，爲我風色好。〔三〕東坡大風留金山詩：灊山道人獨何事？夜半不眠聽粥鼓。

儀眞西十里褚家堡公館壁版晉江李伯元作修館記其文有宋元名家風致李未嘗以文章名於世其文集亦不傳感而題其後

漆版摩挲字半湮，蟲絲鼠跡暗承塵〔一〕。文章頗似褒城驛〔二〕，可有停車點筆人？

【注釋】〔一〕劉熙釋名：承塵，施於上以承塵土也。〔二〕祝穆方輿勝覽：褒城驛，在利州東路興化府，孫樵爲記，書於驛壁。

過清流關讀尹二員外嘉賓題壁詩云莫道時清關失險勇夫重閉自春秋歐陽公曰漠然徒見山高而水清其意尤可感也輒書短歌繼之

南滁介恃江淮土，清流一關作門戶〔一〕。山環徑複路砑然，萬馬盤空忽軒舞〔二〕。關門懸霤通井幹〔三〕，逶迤中原去莫捍。臨濠王氣芒碭雲〔四〕，後却前迎勢凌亂。我來弔古清流關，升關四望山孱顏〔五〕。山高水清如昨日，戰壘剗削沙蓬閒。清流失據暉鳳死〔六〕，十五萬人刲羊豕。降幡已分樹石頭，釣絲何用量江水〔七〕。承平天地無南北，巾車舂糧從所適〔八〕。勇夫重閉自春秋〔九〕，尹生之言使我憂。

【注釋】〔一〕祝穆方輿勝覽：清流關，在清流縣西南二十餘里。舊傳南唐置關，地尤險要。〔二〕王鏊震澤紀聞：王府尹忘其名，以善地理聞。太宗有事壽陵，乃召見于房山。扈從至寶家莊，曰：「勢如萬馬自天而下，眞龍穴也。」乃定，卽今長陵。〔三〕程大昌演繁露：五祀有中霤。左氏：三進及霤。通典曰：古者穴居，故名室曰霤。許叔重說文曰：屋流水也。以今人家准之，則堂中天井處也。許說誠確。〔四〕漢書高帝紀：高祖隱於芒碭山澤間，呂后與人俱求，常得之。高祖怪問呂后，后曰：「季所居，上有雲氣。」〔五〕司馬相如大人賦：放散畔岸，驤以孱顏。師古曰：孱顏，不齊也。〔六〕歐陽修豐樂亭記：太祖嘗以舟師破李景兵十五萬於清流山下，生擒其將皇甫暉、姚鳳于滁東門之外，遂以平滁。〔七〕李燾長篇：樊若水謀北歸，先釣魚采石江上，以小舫載絲繩其中，維南岸，而疾棹抵北岸，以度江之廣狹。凡數十往反，得其丈尺之數。遂自言有策可取江南。上如若水之策，造大艦及黄黑龍舡數千艘，浮江以濟師。〔八〕周禮春官宗伯：巾車。鄭氏曰：巾，猶衣也。〔九〕左傳成公八年：勇夫重閉，況國乎？

過滁州懷李三長蘅長蘅偕上公車愛滁陽山水有異時吏隱之約故及之

十五年前再往還，停車猶記並開顏。風霜宛爾如君秀，泉石依然笑我頑。行役總歸鴻爪跡〔一〕，懷人仍在馬蹄間。環滁官舍琴臺畔，拄笏知誰解看山〔二〕？

【注釋】〔一〕東坡和子由詩：人生到處知何似？應似飛鴻踏雪泥。泥上偶然留指爪，鴻飛那復計東西。〔二〕晉書王徽之傳：桓沖嘗謂徽之曰：「卿在府日久，比當相料理。」徽之不答，直高視。以手版拄頰，曰：「西山朝來，致有爽氣。」

南滁望滁陽王廟遂趨臨濠道中感而有述

我車出南滁，遂走臨濠道。帝鄉多白雲，王侯盡宿草。緬懷滁陽王，一旅起傭保〔一〕。眞龍潛魚服，椒塗附蘿蔦。家人畜帝后〔二〕，天子呼翁媼。遺業資龍興〔三〕，殘軀沒雲擾。廟貌良已隆，血胤終莫考〔四〕。麗牲碑版傳〔五〕，立馬墓田杳。嘯歌感牧豎，惆悵詢父老。我觀草昧初，羣雄覬大寶。逐鹿分犄角〔六〕，探龍競鱗爪。眞人信天授，詎能一劍掃。牧羊蕩秦灰〔七〕，銅馬咨漢造〔八〕。赫赫高光業，驅除豈云小。滁陽追王陳〔九〕，亳都紀年渺〔一〇〕。史存有諱忌，國往無繼紹。故事亥豕譌，殘書蠹魚飽。善哉秦楚際，遷史著月表〔一一〕。寄語石室人〔一二〕，放失事搜討〔一三〕。

【注釋】〔一〕李翱幽懷賦：當高祖之初起兮，提一旅之羸師。順天而用象兮，竟掃寇而戡隨。

〔二〕張來儀奉勅撰滁陽王廟碑：皇上入濠梁，爲門者所執。王親馳活之，與語，異之，取爲親兵。居數月，王謂曰：「當爲汝婚。」暮歸，與夫人語，及斯事次，夫人曰：「是子舉止異常，若不撫於家，反使爲他人之親，是失智也。」王悟，遂以女妻之，孝慈皇后是也。〔三〕天潢玉牒：太祖會滁陽王卒，遂并其兵，立其次室之女。太祖實錄：子興既卒。孫德崖欲統其軍。子興之子聞之，以書邀上。張來儀廟碑：皇上奮布衣，提一劍而起，外無尺土一民之助，而王能脫危難，識潛微，納于武室，授以兵柄，慨然不少吝惜，遂肇大業，可謂有知人之鑒矣。　〔四〕張來儀廟碑：夫人張氏，生三子。長戰殁，次爲降人所陷。幼與羣小陰謀，伏罪。　〔五〕記祭義：祭之日，君牽牲，穆答君，卿大夫序從。既入廟門，麗于碑。賜滁陽王廟碑：洪武十七年三月，承直郎太常司丞臣張來儀奉勅撰，中書舍人胡廷鉉奉勅書，并篆額。　〔六〕左傳襄公十四年：譬如捕鹿，晉人角之，諸戎掎之，與晉踣之。漢敍傳：昔秦失其鹿，劉季逐而掎之。師古曰：掎，偏持其足也。　〔七〕史記項羽紀：項梁乃求楚懷王孫心民間，爲人牧羊，立以爲楚懷王，從民所望也。　〔八〕後漢書光武紀：光武與銅馬餘衆合，大戰于蒲陽，悉破降之，衆遂十數萬，故關西號光武爲銅馬帝。　〔九〕太祖實錄：洪武三年二月癸未，封故元帥郭子興爲滁陽王，妻張氏封爲滁陽王夫人，立廟滁州。仍繪其三子從祀。凡生卒之日及節敍，皆命有司致祭。　〔一〇〕元史順帝紀：至正十四年三月己未，劉福通等自碭山夾河迎韓林兒至，立爲皇帝，又號小明王，建都亳州，國號宋，改元龍鳳。高岱鴻猷錄：上欲藉爲聲援，紀年稱龍鳳，然事皆不稟其節制。俞本記事錄：安豐爲張氏圍困，上親率大兵援之，大敗張氏。上設鸞駕傘扇迎駐滁州，剏建宮殿居之，易其左右宦侍，奉之甚厚。　〔一一〕實錄辨証：太祖渡江以後，開帥府。丙申，爲吳國公。逮于宋，稱吳王，凡有拜除，皆出龍鳳之命，或如藩鎮承制故事。國史多忌諱，皆沒而不書，然亦往往有可考見。以太史公秦楚月表之意求之，不沒其實可也。　〔一二〕漢書司馬遷傳：遷爲太史令，紬史記石室金匱之書。　〔一三〕司馬遷報任少卿書，網羅天下放失舊聞，略考其事。

臨淮田舍題壁贈王鶴年

坦腹便便腰十圍，鐵衣抛却臥牛衣。恨君不度三岔水，生取□□□□歸。

彭城道中寄懷里中游好次坡公在徐寄邦直子繇之韻四首

少小論交杵臼間〔一〕，十年漂泊共郊原。燈窗颯颯秋風急，簾閣蕭蕭暮雨喧。笑口轟巾角墊〔二〕，書籤狠藉酒杯翻〔三〕。停車欲作相尋夢，睡眼揩時淚已吞。

【注釋】〔一〕後漢書吳祐傳：祐除新蔡長，時公沙穆來遊太學，無資糧，乃變服客傭，爲祐賃舂。祐與語，大驚，遂定交杵臼之間。〔二〕後漢郭泰傳：林宗嘗於陳、梁間行，遇雨，巾一角墊。時人乃故折巾一角，以爲林宗巾。〔三〕少陵將赴成都草堂詩：書籤藥裹封蛛網。

其二

臺頭急雨懷邦直〔一〕，東閣凄風對子繇。偶到彭城尋舊事，轉於行役起離憂。竊紅吾谷楓霜蚤〔二〕，收潦西湖荻水秋〔三〕。料得諸君嘗共醉，不知曾話阿儂不〔四〕？

【注釋】〔一〕東坡有臺頭寺雨中送李邦直赴史館詩。〔二〕爾雅鄭樵釋鳥注曰：竊，古淺字，言其色之淺。海虞文苑張應遴虞山記：自西關出，有周氏虞溪書院。稍西而上，有吳王夫差廟。里許爲沈氏園亭。過此爲孫氏墓，名吾谷。楸梧合圍，冬時丹楓滿目，最堪駐憩。〔三〕大明一統志：尚湖在常熟縣西南四里，長十五里，廣四里。〔四〕僧文瑩湘山野錄：吳越王爲牛酒大陳鄉飲，高揭呈喉，唱山歌以見意。其詞曰：你輩見儂底歡喜，別是一般滋味子，永在我儂心子裏。注曰：吳人謂我爲儂。

其三

料峭西風汴泗間〔一〕，江東應念袷衣寒。軟紅三尺新閨夢〔二〕，嫩綠千章舊釣灘〔三〕。拂水鶯花春寂寂〔四〕，彭城風雨夜漫漫。情知五百年間事，銅狄摩挲不忍看。

【注釋】〔一〕韓魏公辛亥二月十五日詩：病骨不禁風料峭。東坡過范縣訪德孫詩：漸覺東風料峭寒。〔二〕東坡從駕景靈宮詩：軟紅猶戀屬車塵。坡公自注曰：前輩戲語，西湖風月，不如東華軟紅香土。〔三〕史記貨殖傳：木千章。漢書音義曰：章，材也。〔四〕盧知州琴川志：虞山西北行，山脊有拂水巖，下臨山阿，崖壁峭立，水落兩石間，微風激之，濺灑霏霏，故名。

其四

十日京江不滯留，故人趣別我先憂。髯龔喜作班荊語，短許空期彈鋏游。擁髻風情傳後閤，胡床談笑憶南樓。掉頭終擬隨公等，浩蕩春波戲白鷗。

徐州雜題五絶句

彭城十日水奔流，太守行呼吏卒愁。河復詩成無一事〔一〕，羽衣吹笛坐黄樓〔二〕。

【注釋】〔一〕東坡作河復詩。〔二〕東坡百丈洪詩序：王定國訪予于彭城，一日棹小舟，與顔長道擕盼、英、卿三子游泗水，北上聖女山，南下百丈洪，吹笛飲酒，乘月而歸。余時以事不往，夜着羽衣，佇立于黄樓上，相視而笑，以爲李太白死，世無此樂三百餘年矣。潁濱黄樓賦序：熙寧十年秋，河決澶淵，及彭城下。予兄子瞻適爲彭城守，使民爲水備。水既涸，增築徐城，卽城之東門爲大樓焉。堊以黄土，曰土實勝水。徐人相勸成之。

其　二

重瞳遺跡已冥冥，戲馬臺前鬼火青〔一〕。十丈黄樓臨泗水〔二〕，行人猶說霸王廳〔三〕。

【注釋】〔一〕樂史寰宇記：彭城縣南三里，項羽築戲馬臺於此。〔二〕東坡謝太虛以黄樓賦見寄詩：黄樓高十丈，下建五丈旗。〔三〕東坡答范淳父詩：重瞳遺跡已塵埃，唯有黄樓臨泗水。施宿曰：東坡云：郡有廳事，俗謂之霸王廳，相傳不可坐，拆之以蓋黄樓。

其　三

柳老花殘木葉秋，西風斜日總牽愁。天涯大有多情客，不忍經過燕子樓。

其　四

磨盤嶺過出淮東，捍索如雷百丈洪〔一〕。陸走要知山下路，舟行莫使滿颿風。要知山下路。莫使滿帆風。皆吳語。

【注釋】〔一〕東坡過淮詩：晚來洪澤口，捍索響如雷。

其　五

鴉軋爭看濟渡舟〔一〕，人如梟鴈集汀洲。褰衣濊踝君休笑〔二〕，自古黃河是濁流〔三〕。

【注釋】〔一〕東坡九日黃樓詩：樓下空聞櫓鴉軋。〔二〕劉熙釋名：踝，确也，居足兩旁，磽确然也；亦因其形踝踝然也。〔三〕水經注：漢大司馬張仲議曰：河水濁，淸澄一石水，六斗泥。是黃河兼「濁河」之名矣。

丁未春與李三長蘅下第並馬過滕縣貰酒看花已十四年矣感歎舊游如在宿昔作此詩以寄之

滕縣春來花萬樹，花白花紅夾煙霧。交加嫩蘂欺豔陽，灼爍繁英照日暮。今我來時秋已老，柳禿槐黃隕霜露。風雨依稀下第身，鶯花指點停車路。與君過此十四春，日月如梭事錯互〔一〕。青春作伴更幾迴？紫陌看花是前度。花開花落下成谿，征人合沓從此去〔二〕。花前掉臂去復來〔三〕，縱見花開有何趣？羨君眞作淡蕩人〔四〕，閉戶牽舟湖上住〔五〕。山僧扣門分盤餐，榜人刺舟乞絹素。西湖煙水收滄波，靈隱霜林放紅雨。征途茫茫君倘憶，淸夢悠悠我難赴。推尋舊跡如見君，花白如銀咏君句。長蘅寄余詩云：穀城山好青如黛，滕縣花開白似銀。沈吟感歎日欲西，爲君酹酒田文墓〔六〕。

【注釋】〔一〕趙德麟侯鯖錄：東坡不解織烏義。王性之云：織烏，日也，往來如梭之織。〔二〕沈休文鍾山詩：合沓共隱天，參差牙相望。〔三〕史記孟嘗君列傳：馮驩曰：「君獨不見夫朝趨市者乎？明旦側肩爭門而入，日暮之後，過市朝者，掉臂而不顧。」〔四〕太白古風：吾亦淡蕩人，拂衣可同調。〔五〕南史張融傳：武帝問融住在何處？答曰：「陸居無屋，舟居無水。」後融從兄緒言：「融未有居止，權牽小舡于岸上住。」帝大笑。〔六〕吳曾能改齋漫錄：酹酒始唐，僕射孫會宗集內外親表開宴，有一甥姪同官後至，及中門，見緋衣官人衣襟前皆是酒涴，咄咄而出，不相識。洎卽席，説于主人，咸無此官。沈思之，乃是行酒時，于階上酹酒，草草傾潑也。自此每酹飲，令側身恭跪，一酹而已，自孫氏始也。今人三酹，非也。大明一統志：孟嘗君墓在滕縣南五十里，卽齊田文。

鄒縣謁孟子廟

嶧然騶國里，廟門鎖蒼翠。鬱盤千年宮，檜柏留浩氣。末學紛壇墠，講堂開馬肆〔一〕。妾婦充朝著〔二〕，從橫樹師帥。獲禽良已詭，率獸一何恣。嗚呼七篇書，無乃墜於地〔三〕？棟宇自古昔，誰與任塗墍？下車淚泫然，再拜濕階戺。

【注釋】〔一〕淵明示周掾祖謝詩：馬隊非講肆，校書亦已勤。〔二〕左傳昭公十一年：叔向曰：「朝有著定。」杜預曰：著定，朝內列位朝處，謂之表著。〔三〕後漢書杜林傳：林得漆書古文尚書一卷，常寶愛之，出以示衛宏等曰：「林流離兵亂，常恐斯經將絕，何意東海衛子、濟南徐生，復能傳之，是道竟不墜于地也。」

大風發穀城山

驅車穀城山，剷風旋如塊〔一〕。厓端殷崩雷，石角噫衆籟。合沓饑鴟號，排蕩飛鶴退。

首塗失西東，亭午轉冥晦〔二〕。天窄危徑裏，日蕩浮埃外。輿謣徒侶錯〔三〕，馬旋尾鬣對。跼步蹴石根，却行壓人背。登頓鳥道半〔四〕，經亘蟻封內。歇鞍方問塗，息肩始一喟。行看日車斜，坐喜坤軸在〔五〕。行邁固有時，冥升信多晦〔六〕。善哉前車戒，斯言旅人昧。

【注釋】〔一〕抱朴子外篇：鵾鳶展翅不動，去四十里，風力猛壯可驗，有罡風世界。東坡紫團參寄王定國詩：罡風被草木，眞氣入苕穎。〔二〕孫興公遊天台山賦：羲和亭午。五臣曰：亭，至也。〔三〕呂氏春秋：今舉大木者，前呼輿謣，後亦應之。此其于舉大木者善矣，豈無鄭衛之音哉，然不若此其宜也。〔四〕謝靈運過始寧墅詩：山行窮登頓。〔五〕少陵柴門詩：下衡割坤軸，竦壁攢鏌鋣。蕭颯灑秋色，氣昏霾日車。〔六〕易升卦：上六，冥升，利于不息之貞。正義曰：冥，猶昧也。處升之上，進而不已，則是雖冥猶升也。

發茌平過高唐州

今日宜行旅，天淸日融融。徒御行且歌，人馬欣相從。朝發魯連邸〔一〕，却過平原封〔二〕。顧此風日美，念彼道路窮。駕車役童竪，東燎責老翁。袒肩驚肉鞍〔三〕，頓足嗟骨春。弓劍趣傳遽〔四〕，竿牘疲郵筒。使車風颯沓，飛騎塵冥濛。民勞思小康，財盡歌大東。嗟我亦何人！晏坐安車中〔五〕。

【注釋】〔一〕大明一統志：魯連臺在古聊城中，高七十餘尺。〔二〕一統志：東昌府茌平縣，魏屬平原郡，晉末始治聊城。縣界興利鎮。〔三〕郭璞山海經贊曰：駝唯奇畜，肉鞍是被。〔四〕記玉藻：士曰傳遽之臣。鄭氏曰：傳遽，以車馬給使者也。〔五〕維摩詰經：曾于林中，宴坐樹下。

河間城外柳二首

日炙塵霾轍跡深，馬嘶羊觸有誰禁？劇憐春雨江潭後，一曲清波半畝陰。

其　二

長條垂似髮鬖鬖，拂馬眠衣總不堪。昨夜月明搖漾處，曾牽歸夢到江南。

佟宰餉刁酒戲題示家純中秀才〔一〕

刁酒沾唇味許長，河間才得一杯嘗。儂家酒譜卿知不？記取清甘滑辣香。

【注釋】〔一〕柴世宗破河中李守正，得匠人，至汴造酒，宋內庫循用其法。京師御酒，掌之內局，法不傳于外。燕市酒人，獨稱南和刁酒爲佳，蓋因賈人之姓而得名也。

其二

北酒盈尊茶滿盤，每因西笑憶長安〔一〕。如今又想南茶喫〔二〕，悔擲槍旗上馬鞍〔三〕。

【注釋】〔一〕桓譚新論：人聞長安樂，則出門西向而笑。〔二〕陸羽茶經：茶者，南方之嘉木也。〔三〕葉石林乙卯避暑錄：草茶極品，惟雙井、顧渚，其初萌如雀舌者謂之槍，稍敷而爲葉者謂之旗。

和范致能燕山道中絕句八首

吾郡范文穆公成大以乾道六年使金。自渡淮至燕山，塗中有絕句詩一卷。自白溝河抵會同館凡八首，則余入畿南所經歷道也。乇古憂時，感歎天水、金源遺跡〔一〕，援筆屬和，情見乎辭，庶幾效矇瞽之義焉。

【注釋】〔一〕吳處厚青箱雜記：越人以天水爲趙，指皇朝國姓。金史地理志：上京路卽海古之地，金之舊土也。按出虎水源于此，故名。金源建國之號，蓋取諸此。

白溝河　范詩注云：在安肅北十五里，闊才丈餘，古亦名巨馬河，本朝與遼人分界處。

遼宋分疆一線流，白溝人說是鴻溝。兩河三鎮全輸却〔一〕，殘局休論十六州。

【注釋】〔一〕王偁東都事略賈昌傳：詔以耿南仲及昌爲和議使，分割兩河。王偁東都事略欽宗紀：靖康元年二月辛丑，以宇文虚中、王俅使斡離不軍，賫割三鎮詔書以往。何栗傳：時議割三鎮，未決，集文武僚議于延和殿。栗曰：「三鎮國家之根本，奈何一旦棄之金國？」附錄：金人需金五百萬兩，銀五千萬兩，牛馬萬匹，采段百萬，割太原、中山、河間三路之地，以大河爲界。欽宗遣宇文虚中等奉地圖割三鎮以和。

范陽驛　范注云：涿州驛牆外有尼寺，二鐵塔夾塗如雪，俯瞰驛中。

朔漠風來語鐸鈴，浮圖如雪夾郵亭。使臣中夜頻欹枕，替戾岡音或可聽〔一〕。

【注釋】〔一〕晉書佛圖澄傳：劉曜攻洛陽，勒將救之。澄曰：「相輪鈴音云：秀支替戾岡，僕谷劬秃當。此羯語也。秀支，軍也；替戾岡，出也；僕谷，劉曜胡位也；劬秃當，捉也。此言軍出捉得曜也。」

琉璃河　范詩云：琉璃河上看鴛鴦。注云：在涿州北三十里，極清泚，茂林環之。尤多鴛鴦，千百爲羣。

花石綱殘花鳥稀〔一〕，紇干山雀幾時歸〔二〕？琉璃河上乘軺客，愁見鴛鴦對對飛。

【注釋】〔一〕王偁東都事略朱勔傳：徽宗垂意花石，密取浙中珍異以進。其初才致黄楊三四本，後稍增加，然不過二三貢，貢不過五七品。勔託童貫，始廣供備以媚上，舟艫相繼，號曰花石綱，凡延福宮艮嶽諸山皆仰之。一時應奉，天下皆不及也。〔三〕五代史梁臣寇彥卿傳：太祖遣彥卿追請遷都，昭宗顧瞻陵廟，傍徨不忍去，謂其左右爲俚語云：「紇干山頭凍死雀，何不飛去生處樂？」

灰洞　范注云：在涿北燕南之間，兩旁皆高岡，無風而路極狹，塵土坌集，咫尺不辨人物。

燕南涿北殺愁人，灰洞無風自起塵。一片江南圖畫裏，西湖秋月石湖春〔一〕。

【注釋】〔一〕王象之輿地紀勝：石湖，在平江盤門西南十里，蓋太湖之派。范蠡所從入五湖者。參政范公成大隨高下爲亭觀，植花竹蓮芰，湖山勝絕，繪圖以傳。范公帥江東，陛辭之日，孝宗御書石湖二字以賜，攜宸翰過家刻之。

良鄉　范注云：燕山屬邑。驛中供金粟梨、天生子，皆珍果；又有易州栗，甚小而甘。

攬轡嘗新一歎嗟，山梨易栗帶胡沙〔一〕。宜春小苑芳菲日〔二〕，苜蓿葡萄屬內家。

【注釋】〔一〕范成大良鄉絕句：紫爛山梨紅綴棗，總輸易栗十分甜。〔二〕范成大宜春苑詩注：在舊宋門外，俗名東御園。

盧溝　范詩：草草魚梁枕水低。蕭文穆過時，此橋尚未甃石。

已割燕雲却罷休〔一〕，使車容易度蘆溝。桑乾河水魚梁下〔二〕，依舊長流繞汴州。

【注釋】〔一〕吳曾能改齋漫錄：吳人言罷則以休繼之，古如是也。吳王闔閭語孫武曰：「將軍罷休。」

〔二〕范成大蘆溝詩注：此河宋敏求謂之蘆菰，即桑乾河也。今名盧溝。

蹋鴟巾　范注云：金接伴使田彥皋所裹，蓋胡服也。

鵕鸃貂鶡總紛紛〔一〕，巾幗何曾遺虜人。册使南來恭謝北，不知誰戴蹋鴟巾？

【注釋】〔一〕漢書佞倖傳：故孝惠時，郎侍中皆冠鵕鸃貝帶。師古曰：以鵕鸃毛羽飾冠，卽鷩鳥也。後漢書輿服志：胡廣說曰：趙武靈王效胡服，以金璫飾首，前插貂尾，爲貴職。鶡者，勇雉也，其鬭，對一死乃止。故趙武靈王以表武士，秦施之焉。

會同館　范注云：燕山客館也。遼人館本朝使，已謂之「會同館」。

攬轡乘軺使指同，攬轡錄：致能使金所撰也。大中祥符路振使遼，有乘軺錄。燕賓館宇雜華風。會朝青海班三恪〔一〕，莫訝胡兒說會同。

【注釋】〔一〕何泓季穆讀岳忠武傳詩：班朝青海成三恪。注曰：金每朝會，以天水郡侯、遼天祚、劉豫爲一行。公此詩用其語也。左傳襄公二十五年：而封諸陳，以備三恪。杜預曰：周得天下，封夏、殷二王後，又封舜後，謂之恪，并三王後爲三國，其禮轉降，示敬而已，故曰三恪。

附錄舊詩

吳門送福清公還閩八首 甲寅

都門祖帳藹如林，却望彤墀淚不禁。出處頻煩明主念，安危何限老臣心。夢回漸覺朱衣遠，身退初知白髮深。林下有人君側少，知公未忍說投簪。

其二

上帝高居儼肅雍，中書退食敢從容。舉朝水火和羹苦〔一〕，于野玄黃戰血重〔二〕，四海憂來頻緩帶〔三〕，隻身朝罷每扶筇。可知報主心如醉〔四〕，久矣愁聽長樂鐘〔五〕。

【注釋】〔一〕神宗靜攝久，溺愛鄭妃，青宮未正，金玦衣尨，識者有慮焉。萬曆辛卯，張有德請備東宮儀仗。閣臣申時行方在告，次輔許國慷慨疏請建儲，首列時行名以進。吳門聞之，密具揭辨：「同官疏列臣名，臣不知也。」故事，閣臣密揭留中，獨是揭與諸疏同發，見者咸指摘輔臣迎合上意，邀寵固位。隨抗疏糾吳門者，羅大紘、黃正賓也。癸巳，輔臣王錫爵還朝，三王並封之議起。朱維京、王如堅先後疏爭，上怒戍之。此後廷臣爭言國本，削者削，錮者錮。於是護持東朝之士，與輔臣判若水火，此門戶之緣起也。黄洪憲、陳與郊輩，浙人也，祕機牙于輔臣，衣鉢相傳。繼至四明當國，浙脈漸盛。先是閣臣山陰王家屏以諫冊儲罷免。顧憲成疏救，削籍歸而講學于東林故楊時書院，物望翕然趨之。孫丕揚、鄒元標、趙南星諸公，謇諤自負，每與政府相持，而一貫私人，又攬權求勝。以故被黜者身去而名益高。此東林、浙黨所由分也。癸卯，妖書獄起。康丕揚、錢夢皋希一貫風旨，借以陷歸德、江夏。郭故嘗爲東宮講官，奸人鈎連發難，意欲聳動宮闈，甚間骨肉，因而爲詭匿儲位之計。江夏妖書本末可考也。李晉江廷機主代藩之事，舍長立幼，明爲東宮福邸作榜樣。韓光祐代事始末可考也。湯賓尹以陳我慈爲腹心，挾韓敬之貲力，内結鄭國泰，外連王之楨、李如楨等，交通盤牙，希登政府。及韓敬科場事敗，無以自解，借攻東林淮撫爲名，盡逐孫振基等三十餘人，實陰藉鄭氏之力也。迨乎福藩之國，方從哲假王田以留行，而孫慎行倡伏闕之議，張差闖宫，劉廷光借瘋癲以蔽獄，而王之宷讞提牢之詞。至是而南北部之紛爭，愈不可解矣。癸丑六月，王日乾訐奏奸人孔學，語連貴妃。上震怒，福清密揭請上瘐死其人，勿下其章，究問有傷國體。上意解，其事遂寢。公因乘間力請之國之期，上鑒公忠誠，遂允以明春舉行。當應門莫扣，國論紛呶之日，公補苴搘柱，絕伏蒲廷諍之迹，去飛鴻羽翼之名，深夜屏營，謀安國本，此意公固不求人知，而外廷亦或未之知也。福藩就國，公亦引身去位。至丁巳察典，羣小倡爲大東小東之說，正人一網盡矣。由此觀之，公之進退，顧不重哉！左傳昭公二十年：齊侯至自田，晏子侍于遄臺，子猶馳而造焉。公曰：「唯據與我和夫！」晏子對曰：「據亦同也，焉得爲和？」公曰：「和與同，異乎？」

對曰："和，如羹焉，水火醯醢鹽梅，以烹魚肉，燀之以薪。宰夫和之，齊之以味，濟其不及，以洩其過。君子食之，以平其心。君臣亦然。"〔三〕易坤卦：上九，龍戰于野，其血玄黃。〔三〕古詩：衣帶日以緩。〔四〕後漢書劉寬傳：靈帝引見寬，常令講經。寬常于坐被酒睡伏，帝問："太尉醉耶？"寬仰對曰："臣不敢醉；但任大責重，憂心如醉。"〔五〕徐陵玉臺集序：厭長樂之疎鐘。

其　三

介圭爭望錫河山〔一〕，忍聽優歌枯菀間〔二〕。春盡親王將就國，夜分御札尙封還〔三〕。赤心自愬縈千折，丹地頻驚扣九關〔四〕。羽翼已成商老去〔五〕，漢庭容易點朝班。

【注釋】〔一〕詩大雅崧高章：錫爾介圭，以作爾寶。〔二〕國語：優施歌曰："暇豫之吾吾，不如鳥烏。人皆集于菀，己獨集于枯。"〔三〕福藩之國之議初決，上欲緩其期，使中使諭意于公，公極論其不可。夜分封還御札者再，上始不格公請。〔四〕少陵奉送嚴公十韻：閣道通丹地。宋玉招魂：虎豹九關。王逸曰：言天門凡有九重。〔五〕漢書張良傳：及宴，置酒，太子侍，四人者從。上怪問，各言其姓名。爲壽已畢，趨，上目送之。召戚夫人指視曰："彼四人爲之輔，羽翼已成，難動矣。"

其四

聖母上賓遺詔出，普天開讀淚并流。楚宗係累泣相見〔一〕，高廟衣冠欣出游〔二〕。楚宗四高牆十餘年，至是得釋。玉几自天親改削〔三〕，珠厓何日罷征求？詔條列捐礦稅一欵，上御筆抹去。如椽大筆盈懷袖，莫忘山東父老憂〔四〕。

【注釋】〔一〕萬曆三十一年癸卯五月，楚宗人華越上書，首告楚王華奎非恭王子。王大懼，輦輸金錢饋闕下諸公。四明沈一貫庇王甚。時謂宗人言不盡誣，主勘楚議者，江夏郭正域也。宛轉爲王而主存楚議者，趙世卿也。始協心議勘，既絕口不言，第力爲同官護持者，李廷機也。始如議行勘，及奉旨處分，而猶持勘結之說者，蔡獻臣也。承勘爲活法，而模稜兩可者，趙可懷也。歸德沈鯉與江夏共枝拄四明，王使人私于郭公，公怒斥之，持議愈侃侃。四明恚公。諸爲楚者，又患其知楚賄而軋己也，訟言排擊，嗾王飛章劾公以相抵。公以王饋金書抗疏申辯，又極言楚王行賄狀于人，遂移病去國。江夏去而假王之勘議始得寢。楚宗人邀王之使者于途，備兵周應治恐饋金事敗，捕宗人械繫之。宗人訴之撫臣趙可懷。可懷方大言譙讓，一宗人直前搏之，以手械擊可懷立斃。於是捕逮諸宗人，坐以重法者七人，餘皆禁高墻中。四十二年二月，太后崩，遺詔頒赦，始得釋。楊子雲長楊賦：係累老弱。李善曰：賈逵國語注：係，繫也。杜預左氏傳注：累，係也。

〔二〕史記叔孫通傳：高寢衣冠月出游高廟。應劭曰：月出高帝衣冠，備法駕，名曰游衣冠。如淳曰：三輔黃圖：高寢在高廟西，高廟衣冠藏在高寢，月出游于高廟。程大昌雍錄：漢法，祖宗衣冠，各藏其寢。每月具威儀出而游之于廟，已復歸藏之于寢。是名月游衣冠也。〔三〕吳曾能改齋漫錄：杜謝賜葛詩：自天題處濕。蓋孔穉圭表云：聖照元覽，斷自天筆。〔四〕漢書賈山傳：山東吏布詔令，民雖老羸癃疾，扶杖而往聽之。

其五

甘陵南北久分歧〔一〕，鵷鷺雍容彼一時。抗疏有人盈瑣闥，顧名無闕省罘罳〔二〕。恩牛怨李誰家事〔三〕？白馬清流異代悲〔四〕。八載調羹心赤苦，臨行諄復外庭知。

【注釋】〔一〕後漢書黨錮傳：初桓帝爲蠡吾侯，受學于甘陵周福。及卽帝位，擢福爲尙書。時同郡河南房植，有名當朝。鄉人爲之謠曰：天下規矩房伯武，因師獲印周仲進。兩家賓客，互相譏詆，遂各樹朋黨，漸成尤隙。由是甘陵有南北部，黨人之議，自此始矣。〔二〕劉熙釋名：罘罳，在門外。罘，復也；罳，思也。臣將入，請事于此，復重思之也。〔三〕新唐書李德裕傳：始吉甫相憲宗，牛僧孺、李宗閔對直言策，痛詆當路，條陳失政。吉甫訴於帝，且泣。有司皆得罪，遂與爲怨。吉甫又爲帝謀討兩河叛將，李逢吉沮解其言，功未既而吉甫卒，裴度實繼之。逢吉以議不合罷去，故追銜吉甫而怨度，擯德裕不得進。至是瞷帝暗庸，詆度使與元稹相怨，奪其宰相，而己代之。欲引僧孺益樹黨，乃出德裕爲浙西觀察使。俄而僧孺入相，由是牛、李之憾結矣。

〔四〕新唐書裴樞傳：樞貶隴州司戶參軍，至滑州，全忠遣人殺之白馬驛，投之于河。初，全忠佐吏李振曰：此等自謂清流，宜投諸河水爲濁流。全忠笑而許之。

其六

傳宣鈴索待中宵〔一〕，夙夜寧知帝座遙。自分朴忠要聖主，何煩激切擬先朝〔二〕。之國時大臣相要伏闕，公不可。丹墀虎豹紛相伏〔三〕，白簡魚龍莽自驕〔四〕。摒擋篋箱留諫草〔五〕，欲令惇史記唐堯〔六〕。

【注釋】〔一〕韓偓玉堂閒坐詩：夜久忽聞鈴索動，玉堂西畔響丁東。注曰：禁署嚴密，非本院人不敢遽入。至于內夫人宣事，亦先引鈴。每有文書，內臣立門外，鈴聲動，本院小判官出受，受訖，授院使，院使授學士。〔二〕嘉靖三年甲申，大禮集議。何孟春曰：憲宗時，慈懿太后葬禮，尚書姚夔率羣臣跪哭文華門力爭，憲宗從之。此吾朝故事也。於是孟春及楊慎等羣臣一百二十人伏左順門上疏泣諫。世宗怒，左遷孟春；廷杖楊慎，戍永昌。諸咈議者咸削籍，錮不復用。孫公伏闕之論，雖擬先朝，然以朴忠要主，卒能旋乾轉坤，無煩激切。福清所全于國體者多矣。〔三〕趙與虤娛書堂詩話：胡忠簡公以言事忤秦檜，謫嶺外。士大夫畏罪，莫敢與談。獨王盧溪珪以詩送之云：囊封初上九重關，是日清都虎豹閑。百辟動容觀奏牘，幾人回首愧朝班？名高北斗星辰上，身墮南州瘴海間。豈待他年公議出，漢庭行召賈生還。爲邑人歐陽識告訐，竄辰州，檜死而還。

〔四〕晉書傅玄傳：玄天性峻急，每有奏劾，或值日暮，捧白簡，整帶，竦踊不寐，坐而待旦。於是貴游攝氣，臺閣生風。任彥昇奏彈曹景宗文：謹奉白簡以聞。〔五〕世說德行篇：王長豫爲人謹愼，丞相還臺，及行，未嘗不送至車後。恆與曹夫人摒擋箱篋。〔六〕記內則：有善則記之，爲惇史。

其七

拂衣歸揖武夷君，九曲僊山帝許分。釣碣自攜新煉石〔一〕，臥床還弄舊書雲。朝班改隸三元會〔二〕，錫命裁成十賚文〔三〕。斗柄瞻相仍在手，幔亭光氣夜氤氳〔四〕。

【注釋】〔一〕世說雅量篇：王僧彌曰：「汝故是吳興溪中釣碣耳。」〔二〕眞誥運象篇：逍遙上清，俱朝三元。松陵集陸龜蒙和襲美寄廣文先生詩：峯前北帝三元會，右上東卿九錫文。〔三〕陶隱居內傳：命弟子戴坦秉策執簡，授門人吳郡陸敬游建連石之邑，拜十賚，爲栖靜處士。注曰：世謂之錫，僊謂之賚，九者，陽極居之位也；十者，陰終以之制焉。孔子曰：周有大賚。故以十賚稱焉。〔四〕祝穆方輿勝覽：幔亭峯，一名鐵佛嶂。建安志云：俗傳玉帝與太姆魏眞人武夷君建幔亭，采屋數百間，施紅雲裀紫霞褥，宴鄉人男女千餘人于其上，皆呼爲曾孫。酒行，命奏賓雲之曲。

其八

閩海爭傳岳降神，匝天弧矢護生申。契丹使亦知元老〔一〕，回紇占應見大人〔二〕。代許孤忠留一柱〔三〕，帝思耆德撫三辰。吳門咫尺鄰閭闔，珍重東山五畝身。

【注釋】〔一〕李燾長篇：大中祥符元年十二月辛亥，命戶部尚書寇準知天雄軍兼制泊都部署。契丹使嘗過大名，謂準曰：「相公望重，何故不在中書？」準曰：「主上以朝廷無事，北門封鑰，非準不可耳。」〔二〕新唐書回鶻傳：懷恩反，誘回紇吐蕃入寇。俄而懷恩死，回紇詣涇陽，見郭子儀，虜數百環覘。子儀命酒與飲，遺以纏頭綵三千。始虜有二巫，言此行必不戰，當見大人而還。及是相顧笑曰：巫不我紿也。〔三〕唐語林：鄭大穆致書于襄陽于司空頔曰：閤下爲南溟之大鵬，作中天之一柱，眞天子之爪牙，諸侯之龜鑑也。

繡斧西巡歌四首爲徐季良先生作　乙卯

繡斧西巡不暫停〔一〕，猿啼宇怨蜀山青。胡床襆被蕭然去〔二〕，片石留爲劍閣銘〔三〕。

【注釋】〔一〕漢書武帝紀：天漢二年，遣直指使者暴勝之等，衣繡衣杖斧，分部逐捕。師古曰：杖斧，持斧也，謂建持之以爲威也。〔二〕白氏六帖：晉魏舒襆被而出。〔三〕晉書張載傳：載以蜀人恃險好亂，因著銘以作誡。益州刺史張敏見而奇之，乃表上其文。帝遣使鐫之劍閣山。

其二

棘霧巴煙蜀道遙，每瞻參井歎中朝〔一〕。知君未愜澄清思，又過清江萬里橋〔二〕。

【注釋】〔一〕史記天官書：參，益州；東井輿鬼，雍州。〔二〕樂史寰宇記：萬里橋，在益州南二里星橋之二。蜀使費禕聘吳，諸葛亮祖之，禕嘆曰：「萬里之路，始于此橋。」故曰萬里橋。又按唐史，玄宗狩蜀，至成都，適萬里橋。上問橋名，因嘆曰：「開元末僧一行謂朕曰：『更二十年，國有難，陛下當巡游萬里之外。』此是也。」由是駐蹕成都。

其三

清時指佞豈塗窮，眊筆看他御史驄〔一〕。莫道一鳴都斥去〔二〕，能言鸚鵡在雕籠。

【注釋】〔一〕徐堅初學記：魏略曰：帝嘗大會殿中，御史簪白筆，側階而坐。上問左右：「此爲何官何主？」左右不對。辛毗曰：「此謂御史。舊時簪筆以奏不法，今者直備官，但眊耳。」〔二〕新唐書李林甫傳：林甫語動其餘曰：「君等獨不見立仗馬乎？終日無聲，而飫三品芻豆，一鳴則斥之矣。」

其四

監察緣來比蜀椒，不應開口在中朝。遷官解道如甘子，甘子心頭苦自饒〔一〕。

【注釋】〔一〕御史臺記：唐賈言忠撰監察本草云：服之心憂多驚悸，生白髮。時義云：裏行及試員外者爲合口椒，最有毒。監察爲開口椒，毒微歇。殿中爲蘿蔔，亦曰生薑，雖辛辣而不爲患。侍御史爲脆梨，漸入佳味。遷員外郎爲甘子，可久服。或謂合口椒少毒而脆梨毒者，此由觸之則發，亦無常性。唯拜員外郎，謂之摘去毒，喜悵相半，喜遷，又惜其權也。

夜泊滸墅關却寄董太僕崇相四首 戊午

滸墅關前薄暮過，孤裝窮客免譏訶。榜人莫訝逢迎少，津吏緣來殿最多〔一〕。同年生榷關不出。過雨洗鐺斞慧水〔二〕，迎風倚櫂按吳歌。十年漂泊中宵夢，怕聽霜林振鳥窠。

【注釋】〔一〕唐六典：列女傳有趙津吏女，自後無聞。令諸津渡二十四所，各置監津吏一人。

〔二〕禮部韻略：斞，恭于切。詩大東挹酒注：挹，斞也。釋云水斗。按隱義，容四升。

其二

闔廬城下雨蕭蕭〔一〕，有客方舟共策遼。謂崇相也。直北總憑山海障〔二〕，自東莫斷懿河腰。鑽刀可忘降夷狡〔三〕，賜劍還防宿將驕。更說天街多客宿〔四〕，起占箕尾坐中宵〔五〕。

【注釋】〔一〕陸廣微吳地記：地名甄胄，水名通波，城號闔閭，臺曰姑蘇。隩壤千里，是號全吳。〔二〕大明一統志：山海關，在撫寧縣東。其北爲山，其南爲海，相距不數里許，實險要之地。徐達移榆關于此，改今名。〔三〕沈襄雲谷夷情：鑽刀插血，對天同盟。〔四〕後漢書嚴光傳：光釣澤中，帝遣使聘至，論道舊故，相對累日。因共偃臥，光以足加帝腹上。明日，太史奏客星犯御座甚急，帝笑曰：「朕故人嚴子陵共臥耳。」〔五〕莊子大宗師篇：傅說得之，以相武丁，奄有天下，乘東維，上箕尾，而比於列星。

其三

吳兒誰復說韓徐〔一〕？勛業空傳琬琰書。近見閩中董應舉，頗推吳下呂純如。身經海道千盤險，血濺貂璫十指餘〔二〕。但使羣公皆女輩，不才甘自老樵漁。

【注釋】〔一〕英宗復辟，韓襄毅雍巡撫宣大，葺墻壘，謹封堠，修明耕戰之法。朵顔三衛結虜酋孛犯獨石，公擊却之，邊威赫然。嘉靖庚戌，虜薄城下。徐文貞階建議請用廢臣聶豹、廢將周尙文等。韓、徐二公，皆吳人也。其事業具在國史。〔二〕范蔚宗宦者傳論：皆銀璫左貂，給侍殿省。

其四

宿火熒熒冷不除，酒温時復點殘菹。更長細聽關門柝，燭短麤繙海漕書〔一〕。下水帆檣過越嶠，中宵絃管接姑胥〔二〕。清平時節繁華地，襆被孤篷信所如。

【注釋】〔一〕陶九成輟耕錄：國朝海運糧儲，自朱清、張瑄始，以爲古來未嘗有此。按杜工部出塞詩云：漁陽豪俠地，擊鼓吹笙竽。雲帆轉遼海，粳稻來東吳。又昔遊詩云：幽燕盛用武，供給亦勞哉！吳門持粟帛，泛海凌蓬萊。如此則唐時已有海運，朱、張特舉行耳。〔二〕范成大吳郡志：姑蘇山一名姑胥，一名姑餘，連横山之北，古臺在其上。

疊前韻答何三季穆

通籍金閨數載過，閉門羅雀省人訶。春心駘蕩花間少〔一〕，秋髮繽紛酒後多〔二〕。但説艱危三太息，每逢朋舊一悲歌。五湖只在蒹葭畔〔三〕，漁火衝寒警鴈窠。

【注釋】〔一〕謝玄暉直中書省詩：春物方駘蕩。李善曰：司馬彪曰：駘蕩，猶施散也。〔二〕離騷：佩繽紛其繁飾。王逸曰：繽紛，盛貌。〔三〕水經注：江東南注於具區，謂之五湖口。五湖謂長蕩湖、太湖、射瀆湖、滆湖也。郭景純江賦注：五湖以漫漭，蓋言江水經緯五湖而苞注太湖也。虞翻曰：是湖有五道，故曰五湖。韋昭曰：五湖，今太湖也。尙書謂之震澤，爾雅謂之具區。

其　二

衡車格格馬蕭蕭〔一〕，天下徵兵盡度遼。係累行人傳禿節〔二〕，參夷降將詑橫腰〔三〕。每憂畢口星非舊〔四〕，誰禁旄頭氣不驕？報國自慙無一寸，坐聽譬史度寒宵。

【注釋】〔一〕後漢書天文志：王莽兵至昆陽，或爲衡車以撞城。〔二〕後漢書張衡傳：衡應閒：蘇武以禿節效貞。〔三〕後漢書宦者傳：直情忤物，則參夷五宗。臣賢曰：夷，滅也。參夷，夷三族也。太白送張十四遊河北詩：豈無橫腰劍，屈彼淮陰人。〔四〕漢書天文志：熒惑初從畢口大星東，東北往，數日至，往疾去遲。占曰：熒惑與歲星鬬，有病君飢歲。

其　三

年來災沴逼揚徐，碩鼠曾占草木書〔一〕。有羣鼠渡江之異，占在草木子。湖海憂危惟汝獨，菰蘆豪傑更誰如〔二〕？燈窗俛首心堪折，書案籌邊淚有餘。春暖洞庭蝦菜好，可能削跡共佃漁〔三〕？

【注釋】〔一〕葉奇草木子：乙未年中，江淮間羣鼠擁集如山，尾尾相啣渡江，過江東來。湖東羣鼠數十萬渡洞庭湖，望四川而去。夜行晝伏，路皆成蹊，不依人行正道，皆遵道側。其羸弱者，走不及，多道斃。〔二〕建康實錄：殷禮與張溫使蜀，諸葛亮見而嘆曰：江東菰蘆中，生此奇才！〔三〕莊子山木篇：削跡捐勢，不爲功名。易繫詞：以佃以漁。

其四

氛祲冥冥歲逼除〔一〕，行吟自採澤邊菹。星占未解靈臺奏，雲物眞慚太史書。鐵鎖樓船還建業〔二〕，龍衣御酒自姑胥〔三〕。裁詩共有河山淚，感激飛騰我不如。

【注釋】〔一〕隋書天文志：沴，謂陰陽五色之氣沴淫相侵，或曰抱珥背璚之屬，如虹而短是也。孟浩然歸終南山詩：白髮催年老，青陽逼歲除。〔二〕晉書王濬傳：武帝謀伐吳，濬作大舡連舫，方百二十步，受二千餘人，以木爲城，起樓櫓，開四出門，其上皆得騎馬往來。吳人于江險磧要害之處，並以鐵鎖橫截之，又作鐵錐暗置江中，以逆距舡。濬作大筏先行，筏遇鐵錐，錐輒着筏去。又作火炬，灌以麻油，遇鎖，燃炬燒之，須臾鎔液斷絶，舡無所礙。〔三〕戴冠濯纓亭筆記：張士誠據姑蘇，元主以上尊酒賜士誠，士誠設宴以饗使者。楊廉夫與焉，即席賦詩云：江南處處烽烟起，海上年年御酒來。如此烽烟如此酒，老夫懷抱幾時開！士誠得詩，甚慚。

除夕再疊前韻和季穆寄黃二子羽之作兼示子羽

除夜閒門冷落過，桃符土梗也相訶〔一〕。禰衡姓氏投人少〔二〕，韓愈文章逐鬼多。幕燕頻煩春社語，邨雞愁絕夜分歌。五行記異憑誰驗？鸜鵒年年識舊窠〔三〕。

【注釋】〔一〕應劭風俗通：黄帝書稱，上古之時，有神荼與鬱壘昆弟二人，性能執鬼，住度朔山上桃樹下，簡閱百鬼。妄爲人禍害，神荼與鬱壘縛以葦索，執以食虎。於是縣官常以臘除夕飾桃人，垂葦茭，畫虎於門，皆追效于前事，冀以衛凶也。戰國策：蘇代謂孟嘗君曰：「臣來過淄上，有土偶人與桃梗相與語，桃梗曰：『子西岸之土也，挻子以爲人，至歲八月，降雨下，淄水至，則汝殘矣。』土偶人曰：『不然，吾西岸之土也，土則復西岸耳。今子，東國之桃梗也，刻削子以爲人，降雨下，淄水至，流子而去，則子漂漂者，將何如耳？』」〔二〕後漢書禰衡傳：衡氣尙剛傲，陰懷一刺，無所之適，至於刺字漫滅。〔三〕漢書五行志：昭公二十五年夏，有鸜鵒來巢。

其二

隕霜猶未殺萑蕭〔一〕，約略年光轉泬寥〔二〕。低亞梅花先索笑，欠伸楊柳欲舒腰〔三〕。冰侵綈几書籤冷〔四〕，衣覆香篝侍女驕〔五〕。煨芋焚枯吾事足〔六〕，莫將風雪厭寒宵。

【注釋】〔一〕漢書五行志：僖公三十三年十二月，隕霜不殺草，劉歆以爲草妖也。劉孝標辨命論：嚴霜夜零，蕭艾與芝蘭共盡。〔二〕宋玉九辯：泬寥兮天高而氣清。王逸曰：泬寥，曠蕩而虛靜也。或曰：猶蕭條無雲氣也。泬，音血。〔三〕少陵漫興絕句：隔戶楊柳弱嫋嫋，恰似十五女兒腰。〔四〕葛洪西京雜記：天子玉几，冬則加綈錦其上，謂之綈几。〔五〕放翁遣興詩：火溫香縷上衣篝。〔六〕洪覺範林間錄：懶瓚隱居衡山，德宗遣使馳召。瓚方撥牛糞火尋煨芋食之，寒涕滿膺。使者笑之，且勸瓚拭涕。瓚曰：「我豈有工夫爲俗人拭涕耶？」竟不能致而去。應璩百一詩：田家無所有，酌醴焚枯魚。

其三

黃簾綠幕漏徐徐，短檠頻挑夜勘書。藝苑叢殘稂莠在，文人凋謝槿花如。金華絕學吳黃後，金華謂宋文憲公，吳淵穎、黃文獻，文憲之師也。太僕遺編歐柳餘。謂崑山歸熙甫。寄語吾徒須努力，張羅休效一囊漁。

其四

殘雪流澌入磵除，歲華荏苒度鹽葅〔一〕。人情檢點惟除目〔二〕，世事參差似曆書。仕路無因同鼠穴〔三〕，儒生何計勒狼胥〔四〕？眼中二子非凡鳥，且共翺翔尺鷃如〔五〕。

【注釋】〔一〕荆楚歲時記：仲冬之月，采擷霜蕪菁葵等菜，乾之，並爲鹹葅。有得其和者，並作金釵色，醒酒所宜也。〔二〕五代史劉延朗傳：令文遇手書除目，夜半下學士院草制。沈括筆談：除拜官職，謂除其舊籍，不然也。除猶易也，以新易舊，曰除。如新舊歲之除謂之歲除；易除戎器，戒不虞，以新易弊，所以備不虞也；堦謂之除者，自下而上，亦更易之義。〔三〕漢書楊惲傳：脛脛者未必全，眞人所謂鼠不容穴啣窶數者也。〔四〕漢書武帝紀：去病與左賢王戰，斬獲首虜七萬餘級，封狼居胥山而還。師古曰：登山祭天，築土爲封，刻石紀事，以彰漢功。〔五〕莊子逍遥遊篇：有鳥名爲鵬，摶扶搖羊角而上者九萬里。尺鷃笑之曰：「我騰躍而上，不過數仞而下，翺翔蓬蒿之間，此亦飛之至也；而彼且奚適也？」

初學集卷二

還朝詩集下　起天啓元年辛酉，盡四年甲子。

入朝有作呈詞館諸公

朝朝待漏侍金輿〔一〕，往往衝寒對玉除〔二〕。每向候人分宿火，却隨堂吏憩周廬〔三〕。長鳴共苦籠雞早〔四〕，夾立爭看仗馬如〔五〕。傳語詞垣數君子，冰銜三字不堪書〔六〕。

【注釋】〔一〕少陵玉華宮詩：當時侍金輿，故物惟石馬。〔二〕曹子建贈丁儀詩：凝霜依玉除。李善曰：玉除，階也。〔三〕事物紀原：宋會要曰：堂吏自唐至五代，率從京百司抽補。開寶六年五月七日，以武德縣尉姜宣義等充堂後官。太祖知堂吏擅中書事權，多爲奸贓，故令吏部選授，堂吏用士人，自此始也。太平興國九年五月，以將作監丞李元吉、丁佐爲堂後官，京官任堂吏，自此始也。十二月，以王渾、綦佩爲贊善充職，朝官之任堂吏，自此始也。神宗元豐五年行官制，除堂後官之名，于門下省、中書省置錄事而已。通典曰：唐武德中，始于諸州調左吏，遂促年限，優以次序，有至上縣尉者。班孟堅西都賦：周廬千列。李善曰：史記：衛令曰周廬，設卒甚嚴。漢書音義：張晏曰：直宿曰廬。〔四〕葛洪西京雜記：成帝時，交趾越巂獻長鳴鷄，卽下漏驗之，晷刻無差。鷄長鳴則一食頃不絕，長距善鬭。〔五〕程大昌演繁露：司率進馬六人，舊儀，每日常乘，以廄馬八匹分左右廂，立于正殿側宮門外，候仗下卽散。〔六〕四老談苑：陳彭年在翰林，所兼十餘職，皆文翰清秘之目，人謂其署銜爲一條冰。

送兵部董侍郎漢儒總督宣大二首

幽并兩道建牙中，列帳蕭然靜朔風。千隊市場來種馬〔一〕，百年御幄護槐龍〔二〕。軍前揮扇油幢碧〔三〕，閤裏傳籤畫燭紅。插漢一山屏障外，更煩前箸策遼東。

【注釋】〔一〕嘉靖十二年，元順帝十七傳卜赤立爲小王子，伯顏猛伐之長孫也。其別部賽郡剌有七子，長吉囊，壁河套，名袞兒都司。次俺答，壁大同外之豐州灘。二人雄黠善兵，卜赤從父行也。其弟老把都，一名昆都力哈，壁宣府外之張家口，地名哈喇愼。諸部落百十處，各有分地，名尊小王子，實不受其約束。卜赤遂徙壁東方，奪福餘衛地居之，直于遼，號土蠻，其所居地名插漢。十三年，吉囊、俺答入犯山陝宣大無虛歲。十九年，仇鸞帥大同，陰使人賄俺答，啗以開市。其冬，俺答上書求貢。明年，使子脫脫從塞下申請，仇鸞力主其議。詔給金十萬，易布幣，開市五堡，漸及延寧，以侍郎史道經略其事，馬市遂成。三十一年，鸞死，詔罷諸邊馬市。〔二〕東坡賜得紫薇絕句詩：風動槐龍舞交翠。〔三〕樂天和令狐令公詩：碧幢油葉葉。

其　二

素囊游牧近雲中〔一〕，挾賞連兵勢漸雄。併鎮規圖傳往牒，嘉靖中，宣大、山西督撫有三鎮併守之議。擺邊殘卒臥雕弓〔二〕。中朝但出金繒計〔三〕，胡婦頻仍玉册封。屈指中興功第一，雅詩吾欲嗣車攻。

【注釋】〔一〕隆慶四年九月，把漢那吉來降。把漢那吉者，俺答第三子鐵背台吉子也。（台吉是王子家子孫）幼孤，育于俺答妻一克哈屯所，俺答愛之，爲娶歹愼部女曰大成比妓。（比妓是各台吉之妻，與宗室妃同。）那吉又自聘兔扯金女，未及婚。會俺答有外孫女，已聘襖兒都司矣，俺答聞其美，自娶之，號曰三娘子。襖兒都司怒，治兵相攻。俺答懼，奪那吉所聘女與之。那吉恚恨，攜其妻及其乳母之夫阿力哥等，扣敗胡堡來降。總督王崇古與大同巡撫方逢時具以其事奏聞。詔授那吉指揮使，阿力哥正千戶。俺答方掠西番，得報，疾馳歸。趙全教其約諸部稱兵入塞，索那吉。一克哈屯聞其謀，哭罵俺答曰：是欲速殺吾孫也。俺答乃遣使來祈請，崇古因使使與俱說俺答。俺答聞那吉無恙，大喜，復使使來定約稱臣貢方物開市。崇古聞于朝，俺答隨收縛趙全、李自馨、劉四、呂世祖等以獻。周元聞變服毒死，全等旋皆伏法。全未至時，已詔那吉歸。俺答迎之河上，祖孫嗚嗚相誓，告使使入謝，申請貢市。崇古奏其欵堅，宜聽。中朝頗多異議，大學士高拱、張居正力主崇古奏是，請于上，報可。五年三月，封俺答爲順義王，賜蟒衣綵段，昆都力哈及黃台吉（卽與克都隆，俺答長子。）官都督同知，餘指揮、千百戶有差。俺答率所部受詔甚恭。隨遣使貢馬謝。九月，報市成，歲以爲常。萬曆九年，俺答故，子黄台吉襲王封，烝其妾母三娘子爲妻。萬曆十三年，黄台吉故，子撦力克襲王封，亦收三娘子爲妻，詔封忠順夫人，以其經事三王，約束諸部，奉約惟謹故也。萬曆三十二年，撦力克故，其長子晁兎台吉亦已先故，孫卜石兎應嗣，而三娘子所生不他失禮，收其異母兄子那吉妻大成比妓，生子素囊者，狡黠多智，藉其祖母勢，併有板升之衆，極稱富強，心易卜石兎，嫚言于忠順曰：「王事始吾母大成比妓投降中國，中國以我父母故，乃授我祖王封，祖故，應那吉襲王，那吉故，應我父不他失禮襲王，我父故，應襲王者我也。我祖母親孫，不以我襲王，而遺所不親之卜石兎，我必不能甘。矧爾老且病，經事三王，今又戀戀于黄口之卜石兎，復何顔與我相見乎？」忠順聞之大慚。卜石兎以應襲王故，卒入忠順毳帳，踞上座，藐素囊不爲禮。素囊怒，目攝之，卜石兎覺而避去，遂不敢復往。忠順亦惡卜石兎頑憨不任事。而毛明暗者，撦力克次子也。（滿官正比妓所出，住新開口。）狡而猥，百計媚忠順，忠順頗暱之，私與明暗約，將請之于朝，以王授之。而卜石兎久不得封，請止市賞，又不可。諸部落無定主，中外頗洶洶。明年正月，有五路台吉者，黄台吉之次子，于卜石兎爲大父行，糾集七十三部落，聚豐州灘，與素囊爲難，挾婚忠順。至五月，卜石兎乘此得畢婚事，欲于例賞外，更挾加賞始受封。故自五月至八月，不言求封事。九月，始使敢抬把、都兒計虎等請改印，請加賞，請增市，督臣涂宗濬拒之。會忠順病故，素囊盡掠其所蓄，自遣使請王。宗濬諭之曰：「俺答有約，世世相傳封王以長，今卜石兎倫序當立，三枝十一部莫不歸心，爾若叛盟，則皆欲聲罪致討矣。且抗天朝之封命，亦將以兵夾攻，爾其安歸？」素囊心折，於是合詞請封。至次年五月，卜石兔始受封如故事，并封素囊母把漢比妓爲忠義夫人，以其初降也。後素囊日強，卜石兔日弱，而市貢亦歲增，大同市本至七萬金，宣府市本至十八萬金，山西市本至四萬金，其撫賞各至二萬金，而邊備日弛矣。水經注虞氏記曰：趙武侯自五源河西築長城，東至陰山，又于河西造大城一箱，崩不就，乃卜陰山河而禱焉。晝見羣鵠遊于雲中，徘徊經日，見火光在其下。武侯曰：「此爲我乎？」乃卽于其處築城，今雲中城是也。秦始皇十三年，立雲中郡。〔二〕張元諭蓬底浮談：擺邊不廢，其計之最疎者乎？無地不守，則兵分而寡矣。晝夜不休，則民勞而病矣。〔三〕漢書賈誼傳：今匈奴嫚侮侵掠，至不敬也，爲天下患，至亡已也，而漢歲致金絮綵繒以奉之。

送劉編修鴻訓頒詔朝鮮十首

鴨江水綠兔山青〔一〕，鴻範猶傳舊典刑。新傳五行歸論奏〔二〕，清朝訪落待橫經〔三〕。

【注釋】〔一〕新唐書東夷列傳：高麗馬訾水出靺鞨之白山，色若鴨頭，號鴨綠水。朝鮮八道圖：兔山屬黃海道，東朔寧郡十六里，南同郡界二十四里，西牛峯界三十三里，新溪界六十九里，北安峽界十九里。〔二〕漢書劉向傳：向乃集合上古以來歷春秋六國至秦、漢符瑞災異之記，推迹行事，連傳禍福，著其占驗，比類相從，各有條目，凡十一篇，號曰洪範五行傳論，奏之。天子心知向精忠，故爲鳳兄弟起此論也，然終不能奪王氏權。〔三〕太白上裴長史書：橫經籍書。山谷再次子瞻子由相繼入侍詩：隆儒殿閣對橫經。

其二

復國威靈薄海濱，龍衣虎節照青春。東藩遺老爭垂淚，又見神宗舊史臣。

其三

金函玉節日邊行，遼海榮光接漢京〔一〕。黑水殘波休作浪〔二〕，黄河已爲聖人淸〔三〕。

【注釋】〔一〕竹書紀年注：沈約曰：帝將以天下禪舜，潔齋修壇場于河洛，榮光出河，休氣四塞。〔二〕洪皓松漠紀聞：黑水發源于長白山，舊云粟末河，契丹德光破晉，改爲混同江。〔三〕王子年拾遺記：丹丘千年一燒，黄河千年一淸，至聖之君以爲大瑞。

其四

七略傳書在漢庭〔一〕，高文典册並崢嶸。皇家不用閒詞賦，未許雞林識姓名〔二〕。

【注釋】〔一〕漢書藝文志：劉歆總羣書而奏其七略，故有輯略，有六藝略，有諸子略，有詩賦略，有兵書略，有術數略，有方技略。〔二〕程大昌演繁露：鷄林，本鷄種也，高麗不烹鷄，云如烹即家有禍，與犬戎諱犬同。

其五

箕子墓對檀君祠〔一〕，墓前山色滿城陴。知君繫馬無窮思，正是春風麥秀時。

【注釋】〔一〕董越朝鮮賦：箕子墓在城西北隅之兔山，去城不半里，山勢甚高。吳明濟朝鮮世紀：唐堯氏帝天下二十有五年，戊辰，檀君氏立焉，始治都邑，邑于平壤，國號朝鮮，是爲檀君。朝鮮桓雄者，天神桓因之庶子也，降于太伯之山，檀木之下，因假化合而生子，以生檀樹下，是爲檀君。檀君名儉，生而神明，九夷君之，迄有殷氏武丁八年乙未，檀君入九月山爲神，云壽千四十有八歲。朝鮮賦：檀君帝堯甲辰年開國于此，後入九月山，不知所終。國人世立廟祀之者，以其初開國也。今廟在箕子祠東，有木主，題曰朝鮮始祖檀君位。

其六

平壤城邊戰骨叢〔一〕，更聞麗婦哭征東〔二〕。熙寧雅樂君須訪，兼采夷歌備國風。宋熙寧中，命樂工采樂於高麗。

【注釋】〔一〕樂史寰宇記：高麗自東晉以後，其王所居平壤城，亦曰長安城。其城隨山屈曲，南臨浿水，在遼東東南千餘里。

〔三〕萬曆二十年壬辰，倭僞王平秀吉，起人奴篡立，雄踞三十六州，覘朝鮮弛備，分遣行長、清正等率舟師，從對馬島至釜山，破朝鮮。鮮王李昖先棄王京走義州，其二子臨海、光海君，悉爲清正所獲，囚于營中，駐兵咸鏡道。清正者，故薩摩君之弟也。鮮王委棄全國，渡鴨綠江，移咨督撫，願内遷。奉旨擇遼東善地處之。朝廷念屬國殘破，興師往援，命兵部侍郎宋應昌爲經略，武庫郎劉黃裳、職方主事袁黃爲贊畫。以十月抵山海關，而行長兵已渡大同江，遶出平壤面界矣。朝議推李如松提督遼薊、昌保、宣大等處兵以往。時大司馬東明石星，遣辯士沈惟敬與黃應陽及其奴嘉旺詣倭營，見行長子祿恰彌，許撤兵，議封貢。行長問大閤入朝班次，大閤者，即關白平秀吉也。惟敬入平壤，定議者三。行長遣部下小西飛、彈守藤原如意隨惟敬見李如松，如松厚勞遣之，約明年正月入平壤受冊退師。參軍李應試策謀，藉惟敬紿倭受封而陰襲之，應昌、如松然其計。二十一年癸巳正月七日，先遣惟敬奴嘉旺報行長，期以質明行冊封禮，天使自南門入，行長候于風月樓，諸倭花衣夾道，欣欣望龍節。如松諭衆襲之，諸將逡巡未進，弓刀擊戛。倭知有變，退保風月樓、牡丹臺二壘，諸營合攻不下。行長夜半渡大同江，江冰，引還龍山，如松旦日進攻，始知倭去，乃誓師入空城。遼兵割鮮人級上首功，西兵南兵先奉令不割級，一時軍聲鼎沸，願殺李大鑾泄憤。如松佯弗聞也。袁職方面折如松三不可，謂假封襲城，詭戒割級，黨護遼人上首功。如松卸過經略，引兵自平壤趨龍山，攻開城。自旦至午，寂無人聲，令西兵梯而入，收其所設戈幟，割過旁鮮人腐首，報再捷。鮮人恨如松，紿之曰：「倭棄王京遁矣。」如松驕而貪，不知鮮人之詭也，卒至馬山，揚言曰：「人言平壤之役，遼人居後，我今提遼兵三千人，獨進取王京。」戒西兵南兵列營江邊，經碧蹄館，館人復以倭遁告。如松益喜，輕騎疾馳，至大石橋，馬蹶，傷右額，蘇而復上，橋外倭幟如林。李友昇率家丁據橋攢射。兩山麓皆水田，倭不得過。李如柏、如梅張左右翼，策如松馬西行。楊元駐兵馬山，聞知如松倒馬，大笑曰：「我當拜大將，收平壤功矣。」蓋軍中謂將軍陣亡，傳倒馬也。及聞馬蹶，如松以令旗調諸將策應。李參軍、方都司先分道應援。時友昇中鈎墜，倭來益衆，刃及如松重鎧，會楊元兵繼至，得免。大軍退守開城。經略駐定州，相去八百里。行長據龍山，清正自咸鏡趨截鴨綠江。經略前後阻倭，茫然無策。袁職方幕下策士山陰馮仲纓願使清正，乘間說其退兵。袁請於經略，經略許之，副以吳縣金相。清正勇而狡，平秀吉外雖控制，心內畏之，故遣行長將前軍，而清正爲後繼。清正亦藐行長，而貳於關白。仲纓心知其故，至咸鏡留相外觀形勢，單騎入倭營，清正盛軍容以迎。仲纓立馬大言曰：「汝故主源道義受天朝封，汝輩世世陪臣，忍忘故主而慢天朝乎？」仲纓欲暴關白之簒，故以故主挑之。清正嚙指曰：「唯，唯。」仲纓就帳宣言曰：「汝巨洲世將，故主之介弟，封王盛典，宜聽汝請。今行長儼然主封貢，挾天朝以爲重，而汝甘心下之，可恥也。今與汝約，急還朝鮮王子陪臣，退兵決封貢，勿蹈行長逗留不決自誤。」清正手額奉教，解團花戰袍與仲纓，歃血約盟，隨令王子陪臣謁仲纓叩頭謝，訂期歸國。卽月，自王京解兵而東。仲纓之說清正也，金相陰計曰：仲纓，職方所使也，劉武庫內忌之。如松平壤之役，職方又面折其過，今得無以通倭中仲纓，爲媒孽職方地乎？乃領健卒二千人，伏觀音洞南山院金剛山，襲倭之星落者，殺九十餘人，生擒倭將葉實、仲纓歸，武庫果以通倭爲言，仲纓取相所斬倭級示之，且分遣其門下士，乃止。經略方敍仲纓功，會如松三揭職方，誣以十罪，職方遂中察典，仲纓與相皆罷歸，其功寢不以聞。嗟乎！平壤之役，我兵前後皆倭，如松進不能戰，應昌退何從歸？仲纓掉三寸舌說清正，刻符定盟，卽日退師。東事報最，仲纓應次上功，乃當時之奏報失實，幾令二子名氏翳如，史家無從紀錄，可不嘆哉！可不嘆哉！如松駐開城久，去鴨綠江千里，兵疲糧盡，轉餉甚艱。復遣惟敬議封事，以胡澤、沈思賢副之。三人駕小舟，由漢江趨龍山。行長倚樹，待舟次岸，惟敬立而拱手曰：「行將軍前平壤……」行長遽止之曰：「往事不必說，今大閤駐南戈崖海上，往返動經數月，姑與正成、平秀忠議之。」平秀忠卽小關白，正成，石蔓子也。乃馳報二倭。二倭曰：「須天使同至南戈會大閤面裁之。」惟敬等回告如松，轉報經略，以謝用梓充正使，徐一貫充副使，遊擊周弘謨自請同往，遂命惟敬、弘謨先入王京見平秀忠、正成幷行長、平秀嘉、平調信、平鎭信、玄蘇、宗逸、義智等，傳經略遣徐、謝兩使者意。秀忠、正成曰：「我衆退還海島，沈大人須送至釜山。」遂迎徐、謝二使者入，弘謨先還報如松。四月十七日，我師復駐開城。廿一日，副將查天受報倭衆出王京城東南去。如松命諸將次第進發，比及城，倭盡撤去，遂由崇禮門入，飛報如松，提大兵入王京。時惟敬留釜山營，徐、謝兩使者同正成等渡海至南戈崖，見關白平秀吉，秀吉烹茶行酒待使者，貌甚恭，卽遣還鮮王二子臨海、光海君及眷屬，幷鮮之將相樞筦者三人。兩使者歸，而鮮之三都八道王子陪臣悉復其故矣。二十二年甲午，倭使小西飛、彈守藤原如意齋乞封表繼徐、謝至，惟敬亦歸自釜山。時廷臣排詆經略，月無虚日，朝議以顧司馬養謙代應昌。甲午春，於楡關交代。養謙力主撤兵議，如松罷歸京師。東征將士，各撤還本鎮，唯留劉綎軍屯於全羅、慶尚。朝鮮既復，鮮王又代倭乞封，聖斷報可。石星以李宗城充册封正使，楊方亨充副使，捧龍節，賫封典，惟敬專奉勅諭，調輯兩國，同日使日本。宗城至倭營，徵求無厭，且告貸於山城直古、泉源家康、揮元毛利等倭，倭數請宗城渡海，不允，又聞行長女有色，欲淫之，其女乃對馬島太守義智之妻也，義智不勝憤愧。適謝隆與宗城爭道，宗城欲殺之，隆誑其左右，謂倭將行刺，宗城懼，棄璽書夜遁。方亨聞於朝，且揭倭情無變，詔逮宗城、隆等繫於獄。奉旨補給封典，改方亨爲正使，惟敬充副使，立限渡海。二十四年丙申九月二日，平秀吉郊迎節使，設龍亭香案，叩頭山呼受封，欵使者備至。詰朝，鮮王聽嬖臣李德馨語，不遣光海君謝倭，止命一州判致白土紬爲賀。關白恚，謂惟敬曰：「朝鮮二子三大臣三都八道悉遵天朝約束付還，今遣卑官微物，投之天子新封藩國之王，辱天朝邪？辱小邦邪？」惟敬慰諭再四，秀吉怒不解，命石曼子率子祿恰彌、葛那干、足野仍駐兵閒山、機張等處，候天使奏上處分，然後撤還。隨上表文二通，其一通謝恩，其一通乞天子處分鮮、倭兩國，孰是孰非，附貢金銅器具奇異貨物數百種，差使臣隨册使至朝鮮。督撫奏報，册使已回，而倭兵踵至，舉朝攻訐東明，不遺餘力。朝廷用省臺議，命督撫按驗表文，的係倭使賫至者，取進御前，而禮部司官又指表中印文不一，衆謂册使代爲，楊方亨力証封事已成，臺省叱之。東明閉門註籍，封事從此大壞。二十五年丁酉四月，更易邢玠總督遼、薊，張新建位薦麻貴爲提督，以楊汝南、丁應泰贊畫軍務，楊商、楊鎬亦蒙新建力，以僉都御史經理朝鮮。時惟敬奉旨，尙留鮮調輯倭情，邢玠牌行惟敬，責令撫綏倭衆，靜聽處分。勉諭鮮王，遣大陪臣入倭和好。李德馨謂天朝已發兵來援，堅持不從。楊元意惟敬使倭，多橐中裝，欲執之，以利其有，因密揭制府道迎惟敬縛之。倭獲鮮通官，知惟敬被執，處分事絶望，清正遂約行長襲攻南原。正成囑行長護持楊副將，勿使殞傷，庶處分之請，不致破壞。清正夜襲南原，一鼓登城。行長令朱元禮等于醉夢中扶掖楊元上馬，疾馳出城，從者纔四五騎，元禮等殿而遮護之，僅然後免。邢玠駐遼陽，方議渡江，聞報大驚。麻貴揭請棄王京，退保鴨綠，開設遼海道。觀察蕭常熟應宮乘程趨至王京，大叱麻貴，固止西奔之議。經略遣張貞明持惟敬手書，責倭動兵。正成、行長退屯井邑，清正亦退屯慶尙，貞明往返三四次，衆共覩聞，後竟刺死途中，以滅其迹，遂報青山、稷山大捷，蕭應宮屢揭，實報倭以惟敬手書退兵青山、稷山，未交一矢，何得有功？若此含糊，則東事益不明，倭搆益難解，朝鮮益肆驕玩矣。玠、鎬怒，論劾應宮不親解惟敬，故留重犯，遂被逮。時東明已繫詔獄，應宮、惟敬至，幷下法司。東明、惟敬俱坐大辟應宮謫配。邢玠詭知正成、行長與清正有郤，分遣副將高策、李如梅、李芳春督三路師，遊擊陳寅爲前部，趨蔚山，專攻清正，命李大諫、吳宗道諭正成、行長勿援之。楊鎬、麻貴遣黄應陽賄清正，與約和，紿以親詣會講，自率大兵奄至，夾攻山塞，陳寅奮勇先登，斫柵兩重，清正白袍躍馬，督倭拒守，其第三重柵垂拔，寅忽中彈，猶指揮士卒進攻。楊鎬密令李國器竊割倭級，戰因稍解，國器且以其弟如梅未至，不便首功，遂鳴金退兵，日猶未午也。次日如梅至，攻之不拔矣。李德馨詆報海上倭舡揚帆而來，鎬策馬西遁，諸將接跡潰走。清正縱倭逐北，盧繼忠等三千人俱殲焉。鎬、貴還王京，會同邢玠，露布報蔚山大捷，諸營上簿書士卒亡者二萬，鎬大怒，駁改，止稱百餘人。贊畫丁應泰聞蔚山敗績，詣鎬問後計，鎬出張新建、沈四明手書，幷所票未下旨，誇詡內援，應泰返官舍，陳寅中軍周陞扶創來謁，出其筆記蔚山進退始末，幷鎬節次駁改陣亡兵馬卷册，投遞應泰抗疏，首論張新建、沈四明交結邊臣，扶同欺蔽，楊鎬附勢煽禍，飾敗張功，及麻貴、李如梅按律悉當斬，且錄駁改營册幷封上之。上覽奏大怒，欲置之法。輔臣趙志臯上揭力救，乃罷鎬聽勘，新建削籍，以其曾密揭薦鎬，奪情任用也。命左給事徐澤州觀瀾查勘東征軍務，以天津巡撫萬世德代鎬經理遼左。世德號萬偏頭，以六月受簡，十一月駐遼之杏山，觀望不進。二十六年戊戌，邢玠分遣麻貴東路趨清正，董一元中路趨正成，劉綎西路趨行長，陳璘水路，約日並進。劉綎又令吳宗道約行長會于順天之倭橋面議和好，分布諸將設伏，令一健卒詐爲己，躬自執壺觴注鴆酒以侍。令軍中曰：「視我出帳，卽放號炮圍倭，亂斫之。」次日，行長提五十騎來，僞劉綎磬折迎于帳外，敍欵問，及席，行長顧執壺觴者曰：「此人似有福，劉上官何不重用之？」綎愕眙，置壺觴而出。司旗鼓者驟傳號砲，行長騰躍上馬，從騎一字鴈列，倭刃電掣風翻，旋轉格殺而去。隨遣使遺劉巾幗，綎不堪辱，進兵攻圍，行長潛出千餘騎扼之，綎遂奔北。陳璘亦于是日聞倭有自海上出奇兵者，棄軍遁還。東路麻貴至蔚山，望之空壘，謂倭已去矣，趨而上，倭從山後出，旗幟蔽空，貴驚，撤兵而回。中路董一元命茅國器密約正成完封局，輸以重賂，倭灼知其詐，及兵至泗州，倭縱出，適遊擊彭信古營中放炮遺火，我軍驚潰，倭遂乘勢追殺，一元奔還晉州。勘科徐觀瀾叅奏四路喪師，旨下部行勘。會福建都御史金學曾報平秀吉于七月一日死，諸倭皆有歸意。戊戌十一月七日，清正發舟先行，諸倭揚帆同日而去。邢玠因遣水陸乘勢截殺，萬世德聞倭去，兼程馳赴王城，會同邢玠奏捷，生擒倭六十一人。徐觀瀾駐遼造册，凡漏報陣亡士卒幷侵冒錢糧數將，據實投報。制府與四明聲息旦暮相通，四明乘徐疏中有抱病語，投隙票，准回籍調理。改差楊無錫應文代完勘事。二十七年己亥四月，獻俘，梟磔平秀政、平正成，詔傳首九邊。諸臣以次封賞，東征始竣局云。

其七

寶文清燕集襟裾〔一〕，飛閣臨川類石渠〔二〕。試按圖經問遺跡，輶軒莫忘訪遺書〔三〕。寶文、清燕，皆高麗秘閣。臨川閣，其聚書籍之所。

【注釋】〔一〕徐兢高麗圖經：延英殿閣，王于此親試進士。其北曰慈和，爲燕集之處。前建二閣，東曰寶文，以奉累聖所錫詔書。西曰清燕，以藏諸史子集。金緣爲之記。〔二〕高麗圖經：臨川閣在會慶殿西會同門内，爲屋四楹，窗戶洞達，外無重簷，頗類臺門，其中藏書數萬卷。班孟堅兩都賦序：内設金馬石渠之署。李善曰：三輔故事曰：石渠閣在大秘殿北，以閣秘書。〔三〕葛洪西京雜記：楊子雲好事，常懷鉛提槧，從諸計吏，訪殊方絶域四方之語，以爲裨補輶軒所載。

其八

屬國山川斥堠連〔一〕，咨諏命使豈徒然。圖經舊説宣和好，不載陪臣贈和篇。宋徐兢有奉使高麗圖經。本朝使臣，例與陪臣酬和，議者以爲失體。

【注釋】〔一〕史記霍驃騎傳：因其故俗爲屬國。正義曰：各依本國之俗，而屬于漢，故言屬國也。

其九

逆奴四路拒王師，一鼓兼聞創屬夷。應有聖朝哀痛詔，滿城忠義鬼先知。余議頒詔朝鮮，當草哀痛詔，致祭東征陣亡屬夷，而閣部無言及者。

其十

自古論兵貴伐交〔一〕，出奇左掖擣奴巢。詞臣歸獻平夷捷，并與褒遲一解嘲。東征余以次當行，謀從東出奇兵擣奴老巢。劉行，余遂寢其議，故末章及之。

【注釋】〔一〕漢書息夫躬傳：上兵伐謀，其次伐交。師古曰：知敵有外交連結相援者，則間誤之，令其解散也。

昌平州唐劉去華故里

不見前朝諫議祠，春風古道長茅茨。千秋流恨成甘露〔一〕，兩字驚心是北司〔二〕。烽火中宵傳紫塞，風霾盡日望彤墀。登朝自顧顏何厚，攲枕明朝鬢有絲。

【注釋】〔一〕通鑑：太和九年十一月壬戌，上御紫宸殿。韓約奏稱左金吾廳事後石榴夜有甘露，上顧左右中尉仇士良、魚志弘率諸宦者往視之。士良等至左，伏視甘露，俄風吹幕起，見執兵者甚衆，又聞兵仗聲，士良等驚駭走，宦者曰：「事急矣，請陛下還宫。」乘輿既入，門隨闔。士良等命左右神策副使劉泰倫、魏仲卿等各率禁兵五百人露刃出閤門討賊，逢人輒殺，横尸流血，狼藉塗地。〔二〕新唐書劉蕡傳：蕡，字去華，幽州昌平人。文宗即位，宦人握兵，横制海内，號曰北司。蕡常痛疾。太和年對策，馮宿、賈餗、龐嚴以爲過古晁、董，而畏中官眦睚，不敢取。于時被選者二十有三人，類得優調。河南府叅軍事李郃曰：「蕡逐我留，吾顔其厚耶？」上疏乞回所授，以旌蕡直。上不納。

清明日陪祀定陵恭述二首

紗燈玉斧儼垂旒〔一〕，慟哭珠襦閟一丘〔二〕。是日清明射楊柳，經年寢廟長梧楸。金銀氣白三泉曉〔三〕，環珮風清別殿秋。今上移宮之後，鄭貴妃退居一別殿。望裏香山神御在，衣冠還並兩宮遊。

【注釋】〔一〕東坡贈寫御容妙善師詩：迎陽晚出步就坐，絳紗玉斧光照廊。野人不識日月角，彷彿尙記重瞳光。〔二〕葛洪西京雜記：漢帝送死皆珠襦玉匣，匣形如鎧甲，連以金鏤。武帝匣上皆鏤爲蛟龍鸞鳳龜麟之象，世謂蛟龍玉匣。〔三〕漢書賈山傳：下徹三泉。師古曰：三重之泉，言其深也。

其二

清秋灑淚送宮車〔一〕，雨露今陪秩祀初〔二〕。路寢裳衣憑几在，新宮楹桷考工疎。寢殿柱下流赤水如血，見者異之。余謂此將作之過，非災異也。深居尙想神光杳，末命如傳爟火餘〔三〕。報稱十年違侍從，嘔心應在定陵書〔四〕。

【注釋】〔一〕漢書天文志：宮車晏駕。韋昭曰：凡初崩爲晏駕者，臣子之心，猶謂宮車當駕而出耳。〔二〕後漢書章帝紀：元和二年詔曰：今山川鬼神應典禮者，尙未咸秩，其議增修羣祀，以祈豐年。臣賢曰：秩，序也，言山川之神尙未次序而祭之。〔三〕周禮夏官司馬：司爟，掌行火之政令，凡祭祀則祭爟。〔四〕李商隱李賀小傳：是兒當嘔出心始已耳。

恭謁長陵

文皇神武唐宗後，靖難功成戰血殷。鐵騎至今趨朔漠，玉衣終古鎮燕山〔一〕。峯迴屏障諸陵拱〔二〕，日落旌旗萬馬還。姚榮靖卜長陵云：勢如萬馬自天而下。前後北征多侍從，承平忝竊史臣閒。

【注釋】〔一〕少陵行次昭陵詩：玉衣晨自舉，鐵馬汗常趨。〔二〕成祖文皇帝陵曰長陵，在京畿之昌平州，去州城二十里。永樂七年，成祖封其山曰天壽。仁宗昭皇帝獻陵，去州城二十里，在長陵之右。英宗睿皇帝裕陵，去州城二十五里，在獻陵少西。憲宗純皇帝茂陵，去州城二十七里，在裕陵西北。孝宗敬皇帝泰陵，去州城二十七里，在茂陵少西。武宗毅皇帝康陵，去州城三十五里，在泰陵正西。世宗肅皇帝永陵，去州城一十八里，在長陵東南。諸陵朝拱長陵，峯廻屏嶂，前則鳳凰山，後則黄花鎮，左蟒山，右虎峪。山口兩大水，合流于朝宗河，環抱如帶，眞天造地設之神區也。

西山道中二首

上陵何美得幽期〔一〕，夢裏西山慰我思。泉石雨枯惟有骨，鶯花春老尚無姿。歸鴉禁籞愁偏急，羸馬斜陽喜並遲。來往鵷鴻紛接武〔二〕，祇應倦羽獨差池。

【注釋】〔一〕樂府漢鐃歌上陵曲：上陵何美美，下津風以寒。〔二〕東坡答邦直子由詩：聞道鵷鴻滿臺閣。

其二

望裏青山開復遮，數峯缺處有人家。溝渠流出垣牆水，籬落飄來禁苑花。夕照對衙宮樹直，晚風旁掠酒帘斜。軟紅塵土原如許，一入東華便可嗟〔一〕。

【注釋】〔一〕放翁書懷詩：愁向東華踏軟紅。

碧雲寺

丹青臺殿起層層，玉碣雕闌取次登〔一〕。禁近恩波蒙葬地，內家香火傍禪燈。西山諸寺，皆司禮大奄葬地香火院也。豐碑鉅刻書元宰〔二〕，諸奄碑版，皆館閣大老之文。碧海紅塵問老僧。禮罷空王三歎息〔三〕，自穿蘿徑挂孤籐。

【注釋】〔一〕張平子西京賦：彫檻玉碣。李善曰：廣雅：碣，碩也。碣與舄，古字通。〔二〕記檀弓：公室視豐碑。鄭氏曰：豐碑，斲大木爲之，形如石碑。〔三〕觀佛三昧經：過去久遠，有佛出世，號曰空王。

香山寺

千峯𠂤匝更分明〔一〕，磵複岡迴一徑清。天遠夕陽連海色，山空晚院聚鐘聲。雲從石磴中間出，月向香臺下界生。萬疊烟巒欄檻外，不知何處與身平？

【注釋】〔一〕羅虬比紅兒詩：𠂤匝千山與萬山。

其　二

仙仗宸游杳莫攀，夕陽騎馬歷孱顔。來青禁扁傳金母〔一〕，來青軒扁，慈聖皇太后御書。秀色香山動玉顔。神宗幸西山，顧謂侍臣：香山獨有秀色。佛火自依新月上，齋鐘猶出莫雲間。定陵松柏呼風急〔二〕，知有神靈扈從還。

【注釋】〔一〕何平叔景福殿賦：爰有禁楄，勒分翼張。李善曰：楄，署也。扁從戶冊者，署門戶也。扁，與楄同。　〔二〕少陵韋諷宅觀曹將軍畫馬歌：金粟堆前松柏裏，龍媒去盡鳥呼風。

經筵記事十首

綈几牙籤進御初〔一〕，天顔肅穆不曾舒。案頭回得重瞳眄，白髮詞臣跪展書。

【注釋】〔一〕葛洪西京雜記：天子玉几，冬則加綈錦其上，謂之綈几。

其　二

元老延登講幄新〔一〕，文華祕殿啓埃塵。袖中儀注中官訝，嘖嘖詞垣尚有人。講筵初啓，中官聚語譁然。余講論儀注，出之袖中，頗爲斂容。

【注釋】〔一〕李肇國史補：宰相相呼曰元老，或曰堂老。漢書五行志：臨延登受策。師古曰：延登，延入而登殿也。

其　三

初日曈曨照直廬，兩行山立聽傳呼。侍班卿相皆元老，直殿將軍是武夫〔一〕。

【注釋】〔一〕尹直蹇齋瑣綴錄：駕起，御文華殿，大漢將軍凡二十名，導駕至左順門，退易冠帶便服，仍各執金瓜侍立。陸容菽園雜記：選軍民中之長軀偉貌者，以充朝儀，謂之大漢將軍。凡大朝會，若虜使入貢，天子御正殿，大漢將軍着金飾介胄，持金瓜鐵鉞刀劍，列丹陛上。常朝着鐵介胄，列門楯間。其次等者御道左右及文武官班後，相向握刀布列。其常朝宿衛，各以番上，謂之正直。有大事，無番上，謂之貼直。正直者金牌相傳懸掛，貼直者尙寶司奏而給發，事畢復納之。

其四

文華後殿軟輿迎〔一〕，九五齋中對穆清。今日講官誰稱旨？東班庶子最分明。是日高陽公進講誠意章。

【注釋】〔一〕通鑑：太和九年，韓約奏稱甘露。舒元輿勸上親往觀之。上乘軟輿出紫宸門。註曰：軟輿，蓋以裀褥積而爲之，下施棡，令人舉之。

其五

儒生今日近天家，銅尺書籤壓復斜。歸去天香滿衣桁〔一〕，袞龍袍袖正交加。展書官袍袖每披拂御衣，先輩誇爲儒臣至榮。

【注釋】〔一〕樂府東門行：還視桁上無懸衣。

其六

棕棚東掖拜恩榮，列俎雕盤法酒清〔一〕。不比尋嘗賜茶飯，人言天子請先生〔二〕。

【注釋】〔一〕史記叔孫通傳：復置法酒，諸侍坐殿上，以尊卑次起上壽。師古曰：法酒者，猶言禮酌，謂不飲之至醉。〔三〕尹直蹇齋瑣綴錄：日講畢，上諭先生吃酒飯，皆跪承旨出，宴于文華門外西廡。

其七

御氣氤氳繞玉皇，西清旭日射衣裳。侍臣身在爐烟裏，頒賜何煩漚手香。展書官，內府頒賜漚手香，今不可得矣。

其八

金鶴鑪然異域香〔一〕，侍臣却立正相望。如今鶴去人猶似，引頸無言御座旁。金鶴香爐下，展書官對立之處。今鶴爲人盜去，不問。

【注釋】〔一〕尹直蹇齋瑣綴錄：文華殿內寶座之南，設金鶴香爐，左右各一。于左香爐之東稍南，設御案講案各一，皆西向。案上各置所講二書，以夾講章，各壓以金尺一副。

其九

夭矯槐龍想玉除，槐廳無復史官居〔一〕。蓬山芸閣吾能說〔二〕，只是閒窗讀道書。

【注釋】〔一〕沈括夢溪筆談：學士院第三廳學士閤子，當前有一巨槐，素號槐廳，舊傳居此閤者，多至入相。〔二〕後漢書竇融傳：學者稱東觀爲老氏藏室，道家蓬萊山。少陵八哀詩：晚就芸香閣。趙次公曰：魚豢典略：芸香辟紙魚蠹，故藏書臺稱芸臺。

其十

宋室西羌縛鬼青〔一〕，邇英書殿正横經〔二〕。遼陽會獻奴兒馘，定有神書撼索鈴〔三〕。

【注釋】〔一〕東坡邇英講讀謝賜燕并御書詩：似聞指揮築上郡，已覺談笑無西戎。注曰：時熙河新獲鬼章，是日涇原復奏夏賊數十萬人皆遁去。〔二〕程大昌續演繁露：皇祐三年，詔邇英閤講讀官當講讀者，立侍敷對，餘皆賜坐，侍于閤中。〔三〕葉蕡四六叢鈔：中文炳續翰林故事曰：唐李德裕鎮蜀時，謂幕賓韋約云：「翰林院有懸鈴，以備夜直警急文字，出入皆引之，以代傳呼也。長慶中，予爲學士，時河北用兵，一夜鈴有聲，如人引其索者，使視之，則無人。後往往如此，使人持棒潛伺于下，終無所覩，而數數鳴動不已。院中諸公私共准其鳴，時皆應用兵。」元相詩云：神撼引鈴索。

寄東江毛總戎　文龍

鴨綠江頭建鼓旂，間關百戰壯軍威。青天自許孤忠在，赤手親擒叛將歸。夜靜舉烽連鹿島〔一〕，月明傳箭過鼉磯〔二〕。紛紛肉食皆臣子，絕域看君臥鐵衣。

【注釋】〔一〕朝鮮八道圖：鹿屯島，屬咸鏡道。〔二〕苕上愚公東夷考略：金州旅順關口起，抵海中羊堝、黃城二島，約三百里。自黃城南抵欽島、鼉磯島，約三十里。欽島、鼉磯島抵井島約七十里。井島抵沙門等島，一百三十里。沙門島抵登州新河水關，僅二十里。總括其數，亦五百五十里，各島相接如繹。

春日過易水

驅車信宿驛程間，雙鬢蕭騷春又還。易水到來偏易感，酒人別去更相關。暮雲宮闕愁心繞，落日衣冠古道閑。老大不堪論劍術〔一〕，要離墳畔有青山〔二〕。

【注釋】〔一〕史記荊軻傳：魯勾踐已聞荊軻之刺秦王，私曰：嗟乎惜哉！其不講于刺劍之術也。

〔二〕樂史寰宇記：要離冢在吳縣西四里閶門南城內。史記云：要離，吳人也。又有梁鴻墓，在要離墓之北。

癸亥元夕宿汶上

薄靄春泥黯黯吹，一燈風雨夜何其。愁依短檠聽更漏，悶撥寒爐記歲時。好景良宵渾棄擲，暗塵明月費尋思〔一〕。猜殘燈謎無人解〔二〕，何處平添兩鬢絲。

【注釋】〔一〕蘇味道正月十五日詩：暗塵隨馬去，明月逐人來。〔二〕朱存理今古鈎玄：古之所謂廋詞，卽今之隱語也，而俗謂之謎。吳人元夕多以此爲猜燈。

甲子秋北上渡淮寄里中游好

登車躄躄騁何方？歎息虛名愧服箱。世上癡兒難了事〔一〕，吾曹小子自成章。丹楓數里明殘照，紅柹千林熟早霜。拂水西湖鈎游處，定知淸論滿滄浪。

【注釋】〔一〕晉書傅咸傳：生子癡，了官事。方回瀛奎律髓：宋景文到郡有詔仍修唐書詩：吾黨成章眞小子，官中了事是癡兒。

其　二

少壯眞非把翫時，俊游今已歎衰遲。逃禪定入遠公社〔一〕，乞食還過漂母祠。悶對秋鷹藏老手，閑臨春鏡檢新絲。天涯我亦憐同病，落日蒼涼有所思。

【注釋】〔一〕廬山蓮社雜錄：謝靈運欲投名入社，遠公不許。靈運謂生法師曰：「白蓮道人將無謂我俗緣未盡，而不知我在家出家久矣。」

其三

世事閒來細忖量，不如高臥味差長。楯矛互陷多奇疾〔一〕，食宿相兼乏好方〔二〕。細雨秋蠅尋舊册，微風春燕試新粧。故人別後應憐我，頭白關山一夜霜。

【注釋】〔一〕韓非子難勢篇：客曰：「人鬻矛與楯者，譽其楯之堅，物莫能陷也；又譽其矛曰：『吾矛之利，物無不陷也。』人應之曰：『以子之矛，陷子之楯，何如？』其人弗能應也。以爲不可陷之楯，與無不陷之矛，爲名不可兩立也。」 〔二〕藝文：風俗通曰：俗說齊人有女，二人求之。東家子醜而富，西家子好而貧，父母疑不能決，問其女所欲適：「難指斥言者，偏袒令我知之。」女便兩袒，怪問其故，云欲東家食西家宿。

其四

千年王氣萃枌榆，渦口淮流並拱趨〔一〕。禹會於今朝玉帛〔二〕，覇朝空自斷上荆塗。周世宗征淮，以荆、塗二山爲濠州之朝，岡有王氣，命斷之。後三百年而太祖出。分茅總列中都志，聚米誰披遼海圖〔三〕？入國下車三歎息，有人槁項在菰蘆〔四〕。

【注釋】〔一〕元和郡國志：渦水在譙縣西四十八里。魏文帝以舟師自譙循渦入淮。〔二〕左傳哀公七年：禹合諸侯于塗山，執玉帛者萬國。史記夏本紀贊：禹會諸侯于江南。〔三〕後漢書馬援傳：援說隗囂有必破之狀，于帝前聚米爲山谷，指畫形勢，昭然可曉。帝曰：「虜在吾目中。」〔四〕莊子漁父篇：槁項黃馘。成玄英疏曰：頸項枯槁而雋鴂，頭面黃瘦而馘厲。

客塗有懷吳中故人六首

王同知孟夙

衣鉢蕭然寄石盂〔一〕，又乘單舸上匡廬〔二〕。生平尙有須眉在，踪跡眞成鶴鷺如。蓮葉漏殘秋雨後〔三〕，菊花香濇夜禪初。郵亭莫笑奔趨數，也是雲堂一宿餘。

【注釋】〔一〕崑山王在公孟夙，中萬曆甲午鄉舉，歷官濟南同知。一日投劾罷歸，結茅習靜，往來徑山、天目、石盂間。入蜀登峨嵋，歷匡廬、博山而歸。晚修念佛三昧，以憨山爲本師，以聞谷諸上善人爲法侶，以朱白民爲善友，故有蓮葉、夜禪之句。〔二〕楊雄方言：南楚荆湘，凡舡之大者，謂之舸。爾雅釋水士特舟。郭璞曰：單舸。〔三〕李肇國史補：越僧靈徹，得蓮花漏于廬山，傳江西觀察使韋丹。初，惠遠以山中不知更漏，乃取銅葉置器，狀如蓮花，置盆水之上，底孔漏水，半之則沉，每晝夜十二沉，爲行道之節。雖冬夏短長，雲陰月黑，亦無差也。

李先輩長蘅〔一〕

鎖院文章京雒塵〔二〕，篝燈每共話酸辛。青袍奉母誰如子〔三〕？席帽趨時自有人〔四〕。精舍繙經招淨侶，晴窗鬬墨趁閒身。明年相約桃花水〔五〕，一笑淸溪整角巾。

【注釋】〔一〕吳曾能改齋漫錄：李肇國史補幷唐摭言以舉子互相推稱，則曰先輩。〔二〕南部新書：大中元年，魏扶知禮闈，入貢院，題詩曰：梧桐葉落滿庭陰，鎖閉朱門試院深。曾是昔年辛苦地，不將今日負前心。謝玄暉酬王晉安詩：誰能久京雒，緇塵染素衣。〔三〕陸容菽園雜記：新舉人見朝着青衫不着襴衫者，聞始于宣宗有命，欲其異于歲貢生耳。〔四〕吳處厚青箱雜記：李巽屢舉不第，爲鄉人所侮，曰：「李秀才席帽甚時得離身？」巽後登第，遺鄉人詩曰：當年踪跡困泥塵，不意乘時亦化鱗。爲報鄉閭親戚道，如今席帽已離身。蓋國初猶襲唐風，士子皆曳袍重戴，出則以席帽自隨。〔五〕漢書溝洫志：末春，桃花水盛。師古曰：月令：仲春之月，始雨水，桃始華。蓋桃方華時，既有雨水，川谷冰泮，衆流猥集，波瀾盛長，故謂之桃花水。

王僉事淑士

吳趨車馬競喧闐〔一〕，中有幽人獨寤言。紅藥授書懷北郭，葉水心居葑門教授，紅藥被畦。青燈讀易想南園。南園，元儒俞石磵註易處也。君僑寓與二公故居相近。齋心梵夾時繙閱〔二〕，抱膝長編自討論。安得丹鉛從所好，與君風雪閉重門。淑士懷長蘅詩云：彷彿共丹鉛，深夜重門閉。

【注釋】〔一〕范成大吳郡志：吳趨坊，皐橋西。〔二〕李賀送沈亞之歌：白藤交穿織書笈，短策齊裁如梵夾。

文狀元文起

蕭然襆被出都城，此日班行繫重輕。不是翰林增諫草〔一〕，誰令天子放門生〔二〕？堦前警鶴語琴德〔三〕，竹裏遷鶯和友聲。綠浪紅欄佳麗地，思君白日照柴荆。

【注釋】〔一〕天啓二年壬戌，翰林院修撰文公震孟牽絲入仕，見立身要津者，交結中涓，內外呼應，捷若桴鼓，憤發屢思拜疏。自念新進，且非言官，排擊非體，修飾疏草，成而復毀者，至再至三。秋冬之交，黨議興，正人逐，欲昌言排擊，乃借日講發端，于十月十八日上疏曰：臣聞古語有謂：厝火積薪以爲安者，可爲痛哭。乃今日之勢，豈唯厝火，幾于燎原矣。賊氛正熾，隱禍方深。徐淮一震，則江北江南將爲蹂躪之地；黔滇不守，則東楚西楚復廑恇擾之憂。蹙地喪師，無歲不有；敗軍殺將，所在相聞。此正大小臣工，戮力同心，臥薪嘗膽之日。乃因循格套，粉飾虛文，鴻臚引奏，跪拜立起，第如傀儡之登場，了無生意。皇上之聰明，何由開暢？臣聞祖宗之制，唱六科則六科必當以次白事，唱西臺則西臺必當以次白事，奉某部知道，則某部之正卿亞卿又必當以次白事，職糾彈者糾彈，職條奏者條奏，剖析機宜，獻替可否。皇上與輔弼大臣，面商裁決，雷厲風行，斷不踰頃。若僅僅揭帖一紙，長跪一諾，北面一揖，周旋進退，祇畢朝儀，安取此鴛行豸繡、橫玉腰金者爲也？經筵日講史臣，鋪敍文辭，第如蒙師之誦說，絕無開悟，皇上之睿智，何自周通？臣聞祖宗之朝，君臣相對，如家人父子。軍國重事，閭閻隱微，無不諮詢洞達。故雖深居九重，情形畢照。懷奸挾術，既無竇可以自藏；左右近習，亦無緣可以蒙蔽。若僅僅尊嚴若神，上下拱手，精神不振，提醒不靈，經傳典謨，祇成故事，安取此正笏垂紳、展書簪筆者爲也？皇上退入內庭，耳目所觸發，德性所薰蒸，不越中涓常侍之口頰。于是無名濫予，有罪不誅。乃今日中朝舉動，更有可異者：總憲鄒元標行矣，僉院馮從吾杜門矣，首揆冢宰相率而請去矣，此皆三朝慭遺，一旦以講學之故，使俱不得安於其位。頃尚書王紀，削籍歸農。筞蹇出都，人謂快于馳驛；破帽蒙頭，人謂華于蟒玉。諸臣被道學之名以去，其貴且甚于三公九卿也。邪風鼓煽，國是混淆，此尤隱伏之亂源。臣史官也，本無言責，不必深言。但念世受國恩，更蒙寵拔，目擊時事阽危，人心玩愒，每自當食長歎，中宵涕零。倘蒙省覽，臣坐妄言生事之罪，所甘心矣。疏入，羣小側目切齒，必欲中公危法。先是借道學以劾鄒元標、馮從吾，使朱童蒙上疏者，汪慶百也。童蒙具疏後，私通逆奄，詐傳毀書院，逐總憲者，亦慶百也。慶百見公疏，囑童蒙不必置喙，陰嗾逆奄于二十五日因宮中宴演偶人劇，借疏中傀儡一語，巧激上怒。二十八日，經筵講畢，奄傳上語，新進文震孟出位妄言，藐視朕躬，與杖八十。時福清、蒲州爭之力，廷臣論救者多，僅落職回籍。〔二〕唐語林：試制科于宣德殿，其稱旨者，必吟誦嗟嘆，翼日遍示宰相學士曰：「此皆朕之門生。」公卿無不服上精鑒。〔三〕御覽：鳴鶴戒露。風土記曰：此鳥性警，至八月白露降于草上，滴滴有聲，即高鳴，性警，移徙所宿處。

周吏部景文

獨鶴雞羣自寡儔，三間老屋日西頭。夜抽架筴隨兒讀，晨擷園蔬享婦羞。共許清通持水鏡〔一〕，還期淳朴挽風流。三原舊事吾能記，老嫗攜錢出買油。耿忠裕云：與王三原隣並，每夕見老嫗攜數錢出買油也。

【注釋】〔一〕晉書裴秀傳：鍾會曰：「裴楷清通，王戎簡要，皆其選也。」晉書樂廣傳：衞瓘見廣而奇之，曰：「此人之水鏡，見之瑩然，若披雲霧而見青天也。」

鄭吉士謙止

疏草流傳重石渠〔一〕，身爲教學在田廬。百篇自可尋師友〔二〕，一室還堪給掃除〔三〕。赤壁襟期風月笛〔四〕，台州醞藉畫詩書〔五〕。耗磨歲月多能事，莫遣蕭騷鬢髮疎。

【注釋】〔一〕鄭君諱鄤，字謙止，號峚陽，常州武進人。年十九，舉于鄉。天啓壬戌進士。入史館才七十日，會文公文起拜疏，浹旬旨不下，欲再補牘。君慨然謂文公曰：「此須他人繼之耳。」遂抗章直陳留中及內降之弊，疏引權璫煬竈、奸輔藉叢等語，與文公同時謫逐歸，而閉關却掃，跌宕文史。君在朝時，王司寇紀以劾奄去國，君賦蹇驢行送之，爲一時之所傳誦。〔二〕劉叉答孟東野詩：酸寒孟夫子，苦愛老叉詩。生澀有百篇，謂是瓊瑤辭。〔三〕後漢書陳蕃傳：蕃嘗閑處一室，而庭宇蕪穢。父友薛勤謂曰：「孺子何不洒掃以待賓客？」蕃曰：「大丈夫處世，當掃除天下，安事一室乎？」〔四〕山谷次子瞻效庭堅體詩：赤壁風月笛，玉堂雲霧窗。〔五〕少陵故著作郎貶台州司戶鄭公虔詩：昔獻書畫圖，新詩亦俱往。唐詩紀事：虔自寫其詩并畫以獻，帝大署其尾曰：「鄭虔三絕。」趙閒閒寄黃華詩：鄭虔三絕畫詩書。

寄嚴道徹太守二首

侍帝官如謫籍初，一麾況復早縣車〔一〕。蒲團已悟拈花案〔二〕，尺素爭傳倒薤書〔三〕。仙館嚴厓君舊築，樵陽圖籍我新疏〔四〕。吳門採藥應相待，侯棗陽桃好共鋤〔五〕。

【注釋】〔一〕漢書薛廣德傳：廣德免歸，縣其安車傳子孫。師古曰：致仕縣車，蓋亦古法。韋孟詩云，縣車之義，以洎小臣也。〔二〕五燈會元：世尊在靈山會上，拈花示衆。是時衆皆寂然，唯迦葉尊者破顏微笑。〔三〕僧釋之金壺記：曹喜小篆法：垂支濃直若薤葉。齊蕭子良以爲仙人務光所作。陶宗儀書史會要：仙人務光，殷湯時避天下于清泠之淵，蒔薤而食清風，時見其積葉倒偃，爲倒薤書。晉王愔云：倒薤書，小篆法也。〔四〕彭幼朔九日登高寄懷虞山錢太史詩：石函君已鐫名久，有約龍沙共放歌。注曰：近有發許旌陽石函記，虞山太史，官地具載，其當在樵陽八百之列無疑，故落句及之。〔五〕梁昭明招眞治碑：帷葉綏花，舒卷蹊徑；陽桃侯棗，榮落巖崖。

其二

朝班點罷卽仙班，不出朱門亦閉關。爲問君平能市隱〔一〕，何如長史駐人間〔二〕。銀筒大藥雲嘗護，石井神丹暮自還〔三〕。行過華陽重迴首，如今烏目是虞山。眞誥稽神樞：淳于斟入吳烏目山中隱居，遇仙人慧車子，授虹景丹經。陶隱居云：吳無烏目山。蓋偶忘烏目山是虞山也。

【注釋】〔一〕漢書王吉傳：蜀有嚴君平，修身自保，卜筮于成都市。王康琚反招隱詩：小隱隱陵藪，大隱隱朝市。　〔二〕眞誥運象篇：長史，名謐，字思玄。王夫人口授：玉醴金漿，交生神梨，方丈火棗，玄光神芝，我當與山中許道士，不以與人間許長史也。　〔三〕宋濂丹井銘：海虞有虞山，梁天監初，漢天師十一世孫張道裕來隱其下，建招眞之治，鑿丹井焉。宋淳熙中，道士李正則浚井，得藏丹石礮，啓之，化爲雙紅鴿，飛入尙湖，至今湖中丹光煜煜然。

渡河題徐州官舫二絕句

白蓮妖賊勢衝波，列戍連營盡倒戈。辛苦徐州汪太守心淵，能將隻手障黃河〔一〕。

【注釋】〔一〕汪太守心淵，字如愚，江西弋陽人。起乙榜，爲縣令，有治績。庚申升徐州守。內外河決，君極力捍禦，護隄下埽，徐民賴之。天啓壬戌，白蓬蓮起山東，據鄒、滕，南犯徐州。君登陴固守，臥起黃樓上者浹旬。又親臨河上，拘刷船隻。及寇敗狂奔，無船可渡，大半殲焉。

其二

罪臣交頸寬刀鋸，上有詔貰遼東經、撫曰：待以不死。功守蒙頭偪網羅。漢法自來難置喙，匈奴未滅可如何？

天啓甲子六月河決彭城居民漂溺者數萬余以季秋過之水尙與雉堞齊方議改築悼復河之無人憂改邑之不易停車感歎而作是詩

亂山遶淮泗，合沓圍彭門。徐城居其中，窪如處覆盆。黃河天上來，蹴踏凌崑崙。睥睨不敢前，紆廻避城垣。惟帝懷明德，圭璧有司存。嶽瀆守常職，馮夷聽要去言〔一〕。不然尋丈間，區區築籬籓。下楗復積薪〔二〕，胡能障河源？今年六月初，乙夜河聲喧。上天無纖雲，大地忽倒翻。摏撞堅堞隳，淜湃后土掀。魚腹恣吞噬，鯨鬣爭翩反。老弱實眢井〔三〕，襁褓褰茭根〔四〕。至今城頭上，波浪猶沄沄〔五〕。麗譙棲魚鼈〔六〕，樓櫓刻水痕。潮汐迷昏旦，日月磨精魂。卜云宜改建，墨食惟高原〔七〕。已聞測圭景〔八〕，未能具鍤畚。古人重遷國，詢謀及子孫。徐城古如鐵〔九〕，南北通舟轅。面河距形勝，扼險置戍屯。誰與平足定遷〔一〇〕，無乃巷議繁。去歲地大震，今者河橫奔。天潢溢砥柱〔一一〕，地軸搖厚坤。東師猶在野，西寇時決蹯。狐狸滿四野，虎豹守九閽。爛羊費官爵〔一二〕，寵鶴多乘軒。諄復布譴告，天意良有存。改邑與改井，瑣屑安足論。我聞宋熙寧，河決澶淵村〔一三〕。老守夜行呼，河伯迴併吞。巍峩黃樓下，十丈建旗旛〔一四〕。吾君神且聖，側目憂元元。百神咸受職，河神其敢喧。小臣司紀載，欲敍筆已髡。願誦河復詩，浩歌達至尊。

【注釋】〔一〕穆天子傳：陽紆之山，河伯馮夷之所都，是唯河宗氏。山海經：馮夷人面乘兩龍。樂史寰宇記：龍魚河圖：河伯姓呂，名公子，夫人姓馮，名夷。尚書中候：伯禹云：「臣觀河伯，面長人頭魚身。」張揖云：馮夷，河伯字也。華陰潼津鄉隄首陽里人也。水死，化爲河伯。〔二〕史記河渠書：令羣臣從官自將軍已下，皆負薪置決河。是時東流郡燒草以故薪，柴少而下淇園之竹以爲楗。索隱曰：楗者，建樹于水中，稍下竹及土石者也。〔三〕左傳宣公十二年：目于眢井而拯之。杜預曰：視虛廢井而求拯。〔四〕漢書溝洫志：搴長茭兮湛美玉。瓚曰：竹葦絚謂之茭，所以引置土石者也。〔五〕昌黎條山蒼詩：波浪沄沄去。〔六〕郭象曰：麗譙，高樓也。成玄英疏曰：言其華麗譙嶢也。〔七〕書洛誥：乃卜澗水東，瀍水西，唯洛食。孔氏曰：卜必先墨畫龜，然後灼之，兆順食墨。〔八〕張平子東京賦：土圭測景，不縮不盈。薛綜注：鄭玄曰：土，度也。縮，短也。盈，長也。謂圭長一尺五寸，夏至之日，竪八尺表日中而度之，圭景正等天當中也。若景長于圭，則太近北，圭長于景，則太近南。近北多寒，近南多暑，近東多風，近西多雨。〔九〕東坡答呂梁仲屯田詩：高城如鐵洪口快。〔一〇〕左傳昭公十八年：子産曰：「吾不足以定遷矣。」杜預曰：子産知天災不可逃，非遷所免，故託以智不足。〔一一〕史記天官書：旁有八星絶漢，曰天潢。天潢旁江星，江星動，人涉水。宋均云：天潢，天津也。〔一二〕後漢書劉盆子傳：更始時，所授官爵，皆羣小賈竪，或有膳夫庖人。長安爲之語曰：爛羊胃，騎都尉。爛羊頭，關内侯。〔一三〕東坡河復詩序：熙寧十年秋，河決澶淵，注鉅野，入淮、泗。自澶、魏以北皆絶流，而齊、楚大被其害。彭門城下水二丈八尺，七十餘日不退，吏民疲于守禦。十月十三日，澶州大風終日，既止，而河流一枝已復故道。乃作河復詩歌之。〔一四〕東坡謝太虚以黄樓賦見寄詩：黄樓高十丈，下建五丈旗。

聞山東賊平喜而書驛壁代書示顧伯欽小儀〔一〕

道梗初爲行旅憂，路岐頻向候人謀。喜聞直北關河信，已説山東盜賊收。便可脂車通上國，不須枉道過中州。題詩爲報平安字，濁酒知君倒一甌。

【注釋】〔一〕楊慎曰：唐人謂儀部之長曰大儀，員外曰中儀，主事曰小儀。見鄭谷集。宋人猶襲其稱。

次陶給事路叔驛壁韻

攬鏡髭須非故吾〔一〕，匡時曾展一籌無？道塗硃硃疲牛馬，林薄閒閒樂鳥烏〔二〕。碧血有人埋死骨〔三〕，主事萬燝杖死。黑山何日罷征夫〔四〕？還愁亙浸連鄉邑，十月敲門吏索租。

【注釋】〔一〕莊子田子方：雖忘乎故吾，吾有不忘者存。〔二〕盧子諒時興詩：悲風振林薄。楊子雲甘泉賦：列新荑于林薄。〔三〕莊子外物篇：萇弘死于蜀，藏其血，三年而化爲碧。〔四〕遼史地理志：慶州西二十里有黑山。

雨中過清流關

雨氣微茫積翠分，旋粧行路景氤氳。僧攜箬笠穿紅樹，人坐籃輿度白雲。古磵墮樵銜水下〔一〕，空林落葉隔溪聞。鄉心不耐關山笛，又聽鐘聲報夕曛。

【注釋】〔一〕東坡劉醜廝詩：雪中拾墮樵。

夜過磨盤嶺

積靄沉沉雨氣繁，亂山行盡又黄昏。深林人語喧孤戍，小院經聲出暮邨。攫食饑烏心未飽〔一〕，識塗老馬足堪捫〔二〕。磨盤嶺下千盤路，頭白經過始斷魂。

【注釋】〔一〕漢書黄霸傳：霸爲潁川太守，吏食于道旁，烏攫其肉。後日吏還，霸迎勞之曰：「甚苦，食于道旁，乃爲烏攫肉也。」吏大驚，以霸具知其起居，所問毫釐不敢有所隱。〔二〕韓非子説林上篇：桓公伐孤竹，春往冬返，迷失道路。管仲曰：「老馬之智可用也。」乃放老馬而隨之，遂得道。

王師二十四韻

六月王師捷，東方息鼓鼙。潢池皆赤子，京觀卽黔黎〔一〕。割剝緣肌盡，誅求到骨齊。相將持棓梃，只似把鋤犂。大將兵符集，中原戰馬嘶。可憐禽狗鼠，還與僇鯨鯢〔二〕。兔已無餘窟，羊偏畏觸羝〔三〕。偵猶煩地穴〔四〕，攻亦舞衝梯〔五〕。賊縛加鈎索，師還布蒺藜。塹溝填老弱，竿槊貫嬰兒。血併流爲谷，屍分踏作谿。殘膏腥竈井，枯馘挂棠梨。處處懸人腊〔六〕，家家占鬼妻〔七〕。虎饑倀亦泣〔八〕，人立豕能啼〔九〕。穴頸同蒿艾，刲腸見草稊。旋風來凛凛，哭鬼去凄凄。虚市稀烟突，鄉鄰斷犬雞。暗行燐自照〔一〇〕，春作𣧑成泥〔一一〕。兵候天猶慘，荒郊日易低。停車心悄悄，不寐夜栖栖。寇滅欣彈指〔一二〕，奴强恐噬臍。天心留儆戒，人事識端倪。廟算紓籌策，王功費品題。豐碑並崇廟，矗矗夕陽西。

【注釋】〔一〕左傳宣公十二年：潘黨曰：「君盍築武軍，而收晉尸以爲京觀。」杜預曰：積尸封土其上，謂之京觀。〔二〕左傳宣公十二年：楚子曰：「古者明王伐不敬，取其鯨鯢而封之，以爲大戮。」杜預曰：鯨鯢，大魚名，以喻不義之人。〔三〕易大壯：九二，羝羊觸藩，羸其角。〔四〕柳子厚南府君睢陽廟碑銘：梯衝外舞，缶穴中偵。〔五〕後漢書公孫瓚傳：衝梯舞吾樓上，鼓角鳴于地中。〔六〕李綽尚書故實：嘗見人腊，長尺許，眉目手足悉具，或以爲僬僥人也。〔七〕博物志：越之東，有駭沐之國，父死則負其母而棄之，言鬼妻不可與同居。〔八〕廣異記：開元末，渝州多虎暴，設機穽，恆未得之。月夕，人登樹候，見一倀鬼，如七八歲兒。通身碧色，來發其機。及過，人又下樹正之。須臾，一虎徑來，爲陷機所中而死。久之，小兒行歌而返，因入虎口。及明開視，有碧石大如鷄子，在虎喉焉。〔九〕左傳莊公八年：齊侯田于貝丘，見大豕，從者曰：「公子彭生也。」公怒曰：「彭生敢見！」射之，豕人立而啼。〔一〇〕僧文瑩湘山野錄：贊寧有大學，洞古博物。柳仲塗開曰：「余頃守維揚，郡堂後菜圃，纔陰雨則青燄夕起，觸近則散，何耶？」寧曰：「此燐火也。兵戰血或牛馬血着土，則凝結爲此氣，雖千載不散。」柳遽拜之，曰：掘之皆斷槍折鏃，乃古戰地也。〔一一〕漢書婁敬傳：徒見羸瘠老弱。師古曰：瘠，音漬，謂死者之肉也。〔一二〕翻譯名義集：俱舍云：壯士一彈指，六十五刹那。

題滕縣趙宰邦清祠堂辛酉春趙有書遺余譚滅奴方略征播州以勤死〔一〕

立馬荒祠下，祠門噪晚鴉。播州新裹革，滕縣舊栽花。拱璧踉蹌鼠〔二〕，書牆詰曲蝸〔三〕。遺編論東略，開篋重咨嗟。

【注釋】〔一〕播州，古夜郎且蘭地。漢屬牂牁郡。唐貞觀初，分牂牁北界置郎州，領六縣，後改爲播州。宋大觀三年，置遵義軍，國初改播州宣慰使司，隸四川。其地介川、湖、貴、竹間，領黄平、草塘二安撫，眞、播、白泥、餘慶、重安、容山六長官司。天啓元年辛酉九月十七日，永寧宣撫奢崇明部下樊龍、張彤等領夷兵一萬援遼，至重慶，叛殺撫臣徐可求。守巡上、下川東道孫好古、李繼周、下川南道駱日昇、章知府文煥、王推官三宅、段巴縣高選、黄總兵守魁等皆死之。遂據重慶。奢氏，倮儸種也。洪武中歸附，命爲宣撫司，世守其土。數傳至奢崇周，嗣絶，崇明以族人得立。子奢寅慓悍好殺，素有逆志，至是叛。樊龍稱僞總督，張彤稱僞總兵，周鼎、胡文榮、夏允中、樊虎、沈朝盆、黑蓬頭、王元臣、傅文進、徐應舉、屈允高等各僞授道府衛縣參將都司守備等職。是時忠州州判胡平表先署巴縣事，適交代畢，尚未歸，州亂起，夜半乘大雨跳城下。十八日渡江，賊追至銅鑼峽，不及而返。平表于十九晚至忠州。二十日，即往石砫，乞兵于女帥秦良玉，以大義開諭，把族部皆異之。先是女帥與本司同知陳思虞有郄，頗有內顧患，平表爲和解之。二十六日，秦良玉出師五千。二十八日抵忠，陳思虞亦于二十七日出師三千；二十九日抵忠，共議進兵。時樊龍、張彤等傳牌招降長壽，分遣樊起貴取涪州，結余夢龍爲內應。王元臣取酆都，冉應龍取忠州，令奸民李貴賫密帖約劉啓賢，俱期十月十二日會合。意在下夔州，據瞿塘峽，邀截湖廣兵餉，令援師不得通。幸樊起貴爲涪民所獲，余夢龍內叛事露，李貴至酆都亦被擒，平表密捕劉啓元等，斃之于獄，其謀大敗。十月二日，我兵由忠州起程。八日抵涪州，十四日抵長壽，二十一日抵重慶府江北，石砫將秦永成、秦可、覃弘化等領兵飛渡江南，奪賊船數百，沉毀者無算，賊從朝天、千廝兩門出戰兩江，銃箭如雨。我兵登岸，斬刺驍勁，賊退守城中不敢出。後因兵餉不繼，石砫兵退至李渡，聞平茶邑、梅石耶等兵出涪州，將往援遵，女將欲邀之同破賊。十一月六日，平表促女將復至忠州，仍議恢復重慶。先是九十月間，奢酋已分兵破遵義一府四縣，推官馮鳳雛、知縣洪維翰死之。上至江安、富順、威遠、榮縣、南溪，知縣王碩輔死之。下至合江、江津、綦江、榮昌、永川、璧山、安居、大足，主簿張志譽、典史宋應皐死之。敍府禦備頗嚴，獨能堅守勿失。奢酋父子引兵直破納溪、瀘州、隆昌、內江、資陽、資縣、簡州，沿途亂民降賊者，立受僞職，以致雙流、新津、溫江、新繁、金堂、新都、漢州、崇寧、郫縣等處皆陷。奢酋率其衆十萬餘人，進圍成都，每門安七營，共二十八大營，以應二十八宿。改僞號大梁國瑞應元年。封亡命何若海爲僞丞相提督天下兵馬大元帥開國大軍師，鑄鐵券給功臣。打造旱船，與城樓並高，幷用筏山天橋之類，日夜攻打。攝軍務事朱燮元、按臣薛敷政登陴死守。燮元窮百道禦之，檄胡平表假僉事監軍道兼副總兵職，督石砫等兵赴援。平表分布陳思虞兵三千，邑梅土官楊光斗兵三千，平茶土官楊昌胤兵三千三百，石耶司目把與、楊通才等兵二千，駐土沱陸路及銅鑼峽以北，金富廉、李士清等義兵一萬餘，駐木洞陸路及銅鑼峽以南，各保信地，相機攻守。平表于十一月十六日率石砫兵自忠州進發，由川北路走成都。十二月十一日，抵順慶。奢酋已先遣兵破安岳、樂至兩縣，欲襲川北一路。賊衆謀往保寧府過歲，燒絕棧道，斷陝西援兵。蓬溪、遂寧羽書告急。平表曰：今川西川南與上川東半爲賊有，所存者川北一線，如幷失之，則棧道斷而兵與餉皆斷，蜀尚可爲哉？力遣女將弟秦明屏選精兵三千五百人，往同安岳知縣翟學程擊殺賊五百人，餘賊望資、簡遁去，川北始得保全，而劍閣之險，亦幸無失矣。二十四日，入桐川，留秦拱明守之，以防賊之襲後。正月八日，達漢州，去成都不滿百里。時明屏分援，拱明假戍，兵少不能進，成都砲聲日夜相聞。順慶推官郭象儀督南岸羅網壩譚大孝、冉萃等兵三千，黄總兵舊兵一千，安綿道石泉等兵一千，分道應援。賊將羅乾象自拔來歸，燮元開誠待之，賊之虛實無不畢知。奢寅聞胡平表、秦良玉兵至廣添，夷賊力保新都，寅自憑城固守。崇明引賊數萬迎敵，意在夾攻我軍。二十八日，胡平表督部將潘映奎等，秦良玉督石砫將秦明屏等，同譚大孝軍設伏邀擊，奮勇衝殺，賊衆大敗。追至三岔河，崇明墮水扶去，奢寅臉中箭，腿中銃，亦棄城走，新都遂復。崇明父子奔至省隅，斂兵夜遁。二十八大營，一時俱空。川西川南川東數十州縣占據之賊，皆聞風遠逃。成都自十月十七日至二年正月二十九日，受圍凡百二日，雖燮元誓死設禦，得保危城，然非石砫將渡江邀戰，則川東不守，各兵何自出援？非平表分布要害，各據信地，遣將復安樂，保順潼，則川北不通，何由兵薄新都，得以一戰解圍？設使成都不守，則全蜀皆亡，夔門烽火，劍閣兵塵，勾連何有窮已。乃當時之軍功妄報，聞者疑而忽之，此可爲嘆恨者也。賊兵渡江，聯營于四峯山、金鷄灣、茜草壩等處，樊龍、張彤據重慶遙爲聲援，奢酋父子退入藺州。重慶三面臨江，陸路惟佛圖關至二郎關爲扼險必由之地。各路兵至敍府，謀下重慶。三月二十八日，樊龍、張彤聞之，先發賊衆萬人，來白市驛迎敵。胡平表令潘映奎等，同石砫將秦明屏等，哨路移營，遇賊衝殺，追至龍潭洞，乘勢奪二郎關，監軍道丘志充、楊述程、總兵杜文煥咸率兵進攻。女將聞子馬祥麟有疾，乞假歸家，令弟秦明屏將石砫兵，聽胡平表調遣。四月二十二日，杜文煥至白厓，徑取佛圖關，損兵而退。二十三日，平表密檄明屏進兵，又令潘映奎等分兵三路，挑戰擊伏。二十四日，大戰至午，我兵兩翼衝營，賊大敗，一鼓奪關。各道將漢土官兵等，乘勢逐北，樊龍、張彤入城堅守。我兵前後聯營，分攻八門。奢酋在永寧，發兵二萬，半由陸路出瀘州，欲暗通樊、張，夾攻佛圖關阨險之兵，半由水路出江津，欲至眞武山牽制兩江圍繞之兵。上川東道徐與原、下川東道戴君恩與監軍丘志充等聞之，分兵從官木崖渡至眞武山之上，又從大佛寺渡至眞武山之下，候賊至。五鼓，兩路逼賊營，倉卒無所退步，俘斬甚多。樊、張援絕無糧，黑蓬頭、傅文進先後逃出，俱被獲。五月二十三日，秦女將攜子馬祥麟自石砫至，立營南壇。二十七日，石砫兵攻通遠門甚急，樊龍出降，衆土司亂槍斃之，我兵遂登城，張彤亦爲衆兵刺死，生擒石允高、王元臣、樊有邦、胡文榮、沈朝錳等，幷收遵義道、重慶府、涪州各處印信，重慶遂復。奢酋父子自成都敗歸，復合餘黨出沒瀘、納間，攻破建武一所，慶符、筠連、高、珙、長寧、興文六縣，知縣張振德、主簿徐大禮等前後死之。下川南道王世仁、敍瀘道李仙品、同總兵官楊愈懋奉令勦復。朱燮元出鎮敍府，獎勸州師，與賊戰于來伏渡，挫其鋒，建武等六縣，漸次恢復。燮元又密用胡縯計，擒何若海，生縛周鼎輩，奢酋羽翼盡剪，魚遊沸釜，可幸指日撲滅。不意玉蟾之敗，楊應評死之，瀘之敗，吳民望、吳長齡死之，耳記山之敗，龍萬祿死之，江門之敗，楊愈懋、郭象儀、宋柱國死之，得勝關之敗，葛盛德死之，賊勢復張，漸窺敍府。川東川西，寇患又起。十一月，朱燮元檄催各道遊勦，兵分五路：長寧、納谿兩路由前直搗永寧衞；遵義、綦江、仁懷三路由後合攻古藺州；納谿路則敍瀘道李仙品、川北道閔夢得、總兵官李維新率石砫將秦可等從象嶺進；仁懷路則下川南道王世仁、上川東道徐與原、將兵者商良弼率湖廣土官覃寅化等從土城進；遵義、綦江兩路，則上川東道吳國仁、監軍道盧安世、副使王景、參議趙祁清、副總兵沈崇極等從金刀坑、落紅口兩處進；長寧路則監軍道劉可訓、下川南道赫奕，將兵者胡平表率龍安土官李泮、王鼎等從竹洞水進，僉事段師文同范繼道等從仙人庵進，總屬長寧一路。三年，遵義路副將秦衍祚、侯良柱與賊戰於九節灘，敗之，遂復遵義。賊黨安鑾，素有歸順之志，趙邦清密遣人招之，鑾因妻子在符國楨營，未敢發。後乘奢寅敗于羅村，約侯良柱內外攻敗，國楨潰走，鑾率其妻子降。當各路並進時，胡平表發長寧，營于武林塞，地當三嶺之中，三嶺亘而峽，下爲槽三，其寬一二百步，旁皆溝田，中槽曰武林，左槽曰三江口，右槽曰龍透鋪。自磨刀溪至麻塘坎止百里，直行如在洞底。麻塘坎、草延厓左控明灘，右控興文，夷魁阿弟、阿么、阿三雄據之，爲奢賊守門戶。三月八日，平表率將卒奮勇進戰，燒明灘營七處，賊上草延崖，我兵攀藤斬棘而上，令善射者仰射之，賊中箭，阿弟駭而奔。十二日，攻卜昏五村，蓋水都長夷也。我兵欲由長寧擣巢，必取道瀘州，卜昏五村，包瀘之後，奢酋與水都長結爲兄弟，約我兵進而襲斷之。平表出奇兵擒夷將阿止釋之，水都夷畏威懾伏，質其妻子來降。奢寅忿極。二十四日，同樊虎、阿弟、胡宗祿等至竹洞水逆戰。平表曰：「賊來據兩嶺，我俯而受敵，非勝算也。」令各將夜半先據之，右嶺則譚弘道等，左嶺則陳益等，又令潘映奎等列車中槽，互爲聲援。二十五日黎明，賊果爭上兩嶺，奢寅、阿弟將於左，樊虎、胡宗祿將於右，我兵各從雲霧中衝之，賊大驚潰，追至竹洞水，適安橋兵進仙人庵，遇賊卽奔散，奢酋得歸永寧，約水西、鎭雄、烏蒙、烏撒等處爲助。中惟烏蒙未出，鎭雄暗助之，水西、烏撒明助之，賊勢又盛。一月中，三木關、金刀坑、土城、象嶺等兵俱敗，警報時聞，兩院戒嚴之令日下。奢酋父子，專力謀破長寧路軍。二月二十七日，糾水西、鎭雄、烏撒等夷，分六路進。外令樊虎領賊兵從石笋走龍透槽，牽制林兆鼎進湖、建武、鎭遠、龍安等營，使之不能策應。奢崇明從右嶺下至河，對攻右營，陳坤等拒之。奢寅從左嶺下至河，對攻左營，余權中、孫承廕等拒之。符國眞等從中槽至河，對攻前營，潘映奎等拒之。朱國恩等從高埡寺下槽至河，對攻後營，冉時榮等拒之。奢務等從石笋埡下過河，合樊虎仰攻，後四前二兩營，汪長源等拒之。鄒孟起等從三江口過渡，譚弘道等拒之。諸夷之鋭而勇者，有二郎牌爲最，貌異膽雄，領賊先過河，諸夷躡其後。我兵以炮矢環擊之，二郎牌跳水轉去，賊屢進屢退，我兵奮勇過河衝鋒，韓興、陳應攢死，二郎牌諸夷大敗，五路皆奔，平表令砍閘放水。三江口忽漲，後嶺賊皆沉溺，生擒僞總督李揖，即鄒孟起，李揖乃其改名也。械送轅門。燮元聞捷大喜，調納谿兵轉入長寧合進。三月廿四，進屯麻塘坎。四月十二日，抵瀘州衛。十三日，潘映奎等攻青山巖，火其營。石硂兵與賊戰於土地坎，賊逃，石硂兵追至涼傘鋪。十四日，兵薄永寧城下，諸將力攻。奢酋縱火燔城，走紅巖⿱虫土，急奔古藺州，生擒僞都督駱文奇等僞官四十三名，搜獲僞刊大梁國一統曆一本，奢寅上母安氏僞徽號錦冊一軸，僞總兵沈霖操江巡城關防一顆，僞監軍李采勅書一道，僞都督屈國忠、奢富授官劄付二張，并興文等縣舊印五顆，永寧遂復。五月九日，川兵發永寧，進追崇明。奢賊借兵水西，安邦彦遣水西大將魯仲賢等屯十三營于相見灣，我兵攻走之。仲賢至落紅口，爲羅乾象、覃寅化、任調元、譚大孝等所殺。水西之叛，起于仲賢，至是被戮，不獨藺酋之勢孤，而水西之望亦孤矣。十三日，破藺州。十六日，我兵復進新寨、涼水斗等處，已過藺州二十餘里，諸夷來降者甚衆。藺賊窮蹙，逃至龍場壩。六月，我兵入龍場，擒崇明之妻安氏。奢酋父子遁附水西。四五年間，雖時時合兵窺遵永，然藺賊勢弱，必附水西以出，故我得專戮力于安邦彦。至六年春，水西阿引陰受燮元惠約，令密圖寅，勾合苗老虎、李明山等同謀。時寅居轟舌壩，寅妻居菁林山，相去二三里。崇明在克仲壩，相距三百里。水西方約三月同起兵，適寅與其下痛飲醉臥，苗老虎乘間持刀砍其胸，李明山助之，寅腸出身死。賊黨覺，追苗老虎至一碗水，遇我兵得脫。其後崇明號大梁王，邦彦號四裔大長老，悉衆攻永寧，先犯赤水。燮元已再莅黔，分遣林兆鼎等討之。羅乾象出奇攻擊，崇明、邦彦俱被創，我兵斬其首以獻。安位繼降，西南遂底定焉。〔二〕錄異記：拱鼠形如常鼠，行田野中，見人即拱手而立。人近欲捕之，即跳躍而走去，秦川中有之。〔三〕李商隱復至裴明府所居詩：杜上雕蟲對書字。

新嘉驛壁和袁三小修題會稽女子詩〔一〕

紅粉誰人省識眞？試臨青鏡已傷神。還愁著眼難分別，取次先過妬婦津〔二〕。

【注釋】〔一〕會稽女子，莫詳其姓氏，過新嘉驛，題詩墻頭，其自序云：余生長會稽，幼攻書史，年方及笄，適與燕客，嗟林下之風致，事負腹之將軍。加以河東師子，日吼數聲，今早薄言往訴，逢彼之怒，鞭箠亂下，辱等奴婢，余氣溢塡胸，幾不能起。嗟乎！余籠中人耳，死何足惜。但恐委身草莽，湮沒無聞，是以忍死須臾，俟同類睡熟後，竊至後亭，以淚和墨，題三詩于壁，并序出處，庶知音讀之，悲余生不辰，則余死且不朽。詩云：銀紅衫子半蒙塵，一盞孤燈伴此身。恰似梨花經雨後，可憐零落舊時春。終日如同虎豹遊，含情默坐恨悠悠。老天生妾非無意，留與風流作話頭。萬種憂愁訴與誰？對人強笑背人悲。此詩莫把尋常看，一句詩成千淚垂。〔二〕段柯古酉陽雜俎：臨淸有妬婦津，相傳言晉大始中，劉伯玉妻段氏，字明光，性妬忌，伯玉嘗誦洛神賦曰：「娶婦得如此，無憾矣。」明光曰：「君何得以水神美而輕我，吾死何愁不爲水神？」其夜自沉而死。七日託夢語伯玉曰：「吾今得爲神。」有婦人渡此津者，皆壞衣毀粧，然後敢濟。不爾，風波暴發。醜婦雖粧飾而渡，其神亦不妬也，往往故毀形容，以塞嗤笑。

其二

零落風光哀怨人，銀鈎玉筋一時新。可憐和墨千行淚，也作郵亭十丈塵。

其三

五湖烟水興茫然，塵劫何因問宿緣。他日海山尋伴侶，洞天深處劈瑤牋。

題初祖折蘆圖〔一〕

一葦飄然截衆流，廓然無聖語誰酬〔二〕？金陵夜雨嵩山雪，白馬青絲出壽州〔三〕。

【注釋】〔一〕釋氏通鑑：達磨至金陵，知機不契，遂去梁。折蘆北趨魏境，尋至雒邑，止嵩山少林寺，終日面壁而坐。〔二〕傳燈錄：梁普通八年，師至金陵。武帝問聖諦第一義，師曰：「廓然無聖。」帝曰：「對朕者誰？」師曰：「不識。」帝不領悟。〔三〕梁書侯景傳：普通中，童謠曰：青絲白馬壽陽來。後景果乘白馬，兵皆青衣。

初學集卷三

歸田詩集上 起天啓五年乙丑，盡六年丙寅。

天啓乙丑五月奉詔削籍南歸自潞河登舟兩月方達京口途中銜恩感事雜然成詠凡得十首

破帽青衫出禁城，主恩容易許歸耕。趁朝龍尾還如夢〔一〕，穩臥牛衣得此生。門外天涯遷客路，橋邊風雪蹇驢情。漢家中葉方全盛，五噫何勞歎不平。

【注釋】〔一〕白樂天戊申歲暮詠懷詩：龍尾趁朝無氣力。宋敏求長安志：鐘樓鼓樓殿左右，有砌道盤上，謂之龍尾道。李上交近事會元：含元殿側有龍尾道，自平階至地，凡詰曲七轉。由丹鳳門北望，宛如龍尾下垂於地焉。

其　二

罷免休嗟白髮重，軟紅塵土尚鬔鬆。朱紘宛轉班淸廟，天仗森嚴坐辟雍。東觀青編時偃仰，西清黄織日從容。他年春雨犂鉏後，一一軒渠詑老農〔一〕。

【注釋】〔一〕後漢書薊子訓傳：軒渠笑悦，欲往就之。

其　三

雙鬢飄蕭類轉蓬，布帆無恙向江東。豈知路鬼揶揄日，猶借河神舶趠風〔一〕。舟抵甲馬營，余禱於金龍神，有反風之異。遠駕那須存老馬〔二〕，高飛誰與弋冥鴻？江天回首眞寥廓，不礙微雲綴碧空。

【注釋】〔一〕東坡舶趠風詩序：吳中梅雨既過，颯然清風彌旬，歲歲如此，吳人謂之舶趠風。是時海舶初回，云此風自海上與船俱至云爾。〔二〕韓詩外傳：田子方出見老馬，問御者何馬？曰：「故公家畜也，罷而不爲用，故出放。」子方曰：「少盡其力，而老去其身，仁者不爲也。」束帛而贖之。

其　四

已分班聯隔鷺鴻，祇應伴侶託魚蟲。故書堆可當長枕，今雨軒如在短篷。數卷丹鉛還老子，兩朝朱墨付羣公。余攤書舟中，草開國功臣事略。時方掊擊〔一〕三案，議改正光廟實錄。汗青頭白君休笑〔二〕，漫擬千年號史通。新莽時封司馬遷爲史通子。

【注釋】〔一〕莊子人間世篇：自掊擊於世俗者也。〔二〕劉子玄上蕭至忠書：首白可期，而汗青無日。

其　五

世情炎冷日相交，堅坐渾如看叫呶。去燕來鴻俱作客，拙鳩巧鵲總營巢。行藏漫欲紆三宿，消息眞當玩六爻。已分灰心思學道〔一〕，奪官何必怨譏嘲。

【注釋】〔一〕莊子齊物篇：形固可使如槁木，而心固可使如死灰乎？

其　六

塵世榮枯通與苓〔一〕，蜀莊祇合老沈冥〔二〕。麟游不省戕胎卵〔三〕，龍鬬何知及蝘蜓〔四〕。心靜六時聞刻漏〔五〕，眼明五嶽見眞形〔六〕。江天雲物淸明候，或有人看處士星〔七〕。

【注釋】〔一〕王臨川登小茅山詩：人間榮願付苓通。方回瀛奎律髓云：馬矢爲通，猪矢爲苓。身登絕境，視世之榮利如糞土，故云。此自公作古，前此未有人用。〔二〕法言問明篇：蜀莊沉冥。吳秘曰：莊遵，字君平，蜀人也。晦迹不仕，故曰沉冥。〔三〕家語：孔子曰：刳胎殺夭，則麒麟不至其郊；竭澤而漁，則蛟龍不處其淵；覆巢破卵，則鳳凰不翔其邑。何則？君子違傷其類者也。

〔四〕京房易傳：衆心不安，厥妖龍鬬。〔五〕張喬寄山僧絕句：遠公獨刻蓮花漏，猶向山中禮六時。〔六〕黃帝傳：黃帝以四嶽皆有佐命之山，而南嶽孤特無輔，乃章詞三天，命霍山爲儲君，潛山爲衡嶽之副以輔佐之，躬寫形象，爲五嶽眞形圖。漢武內傳：王母授帝五嶽眞形圖。

〔七〕史記天官書：少微。天官占云：一名處士星。

其七

齊物粗知蒙邑書〔一〕，詎應戴笠羨乘車〔二〕。敝冠何意彈新沐，脫髮誰能戀曉梳？身隱不須言放逐，時清未可廢樵漁。耦耕舊有高人約，帶月相看並荷鋤。謂程孟陽也。

【注釋】〔一〕史記老子列傳：莊子，蒙人，著書十餘萬言，大抵率寓言也。〔二〕徐堅初學記：風土記曰：越俗性率朴，初與人交有禮，封土壇，祭以犬鷄，祝曰：卿雖乘車我戴笠，後日相逢下車揖。我步行，卿乘馬，後日相逢卿當下。

其八

數載奔波苦骨皮，除名於我亦相宜。已輸勇退成高尚，更可書空作笑資。去國尚占台鼎宿〔一〕，用萬眉山去位事，以指時相。視師難問玉關期。高陽請入覲之後，爲奄黨所恨，累疏求去，不許。閒身贏得無餘事，徙倚船窗自咏詩。

【注釋】〔一〕王鏊震澤紀聞：萬眉山被黜在道，猶看三台星，冀復用也。其無恥如此。

其九

單舸衝風滯楚州，淮陰南下又無舟。誰人解唱公無渡，對此眞令我欲愁〔一〕。黑浪黏天排宋鷁〔二〕，赤雲夾日炙吳牛。頻年跨下橋邊水〔三〕，照我勞勞已白頭。

【注釋】〔一〕晉書王湛傳：湛子承，字安期，去官東渡江。是時道路梗塞，人懷危懼。承每遇艱險，處之夷然。既至下邳，登山北望，歎曰：「人言愁，我始欲愁矣。」〔二〕昌黎祭張員外文：洞庭漫汗，黏天無壁。王臨川舟還江南阻風詩：白浪黏天無限斷，玄雲垂野少晴明。〔三〕祝穆方輿勝覽：跨下橋，在淮陰縣，卽韓信爲少年所辱之處。

其十

幾番江頭問渡時，卽今眞箇是歸期。夕陽京口横漁艇，細雨新豐颭酒旗。林鳥自應欣宿早，山雲尙恐笑歸遲。素衣莫歎緇塵化，短髮依然舊鬢絲。

渡淮聞何三季穆之訃賦九百二十字哭之歸而酹酒焚諸殯宮以代哀誄

今年罷官歸，太歲在乙丑。端陽發潞河，盛夏過界首。家僮遠來迎，衝炎裹糧糗。山妻書一紙，頗問平安不。楮尾一二行，欹邪字難剖。似言旬月間，失我平生友。摩挲以爲無，瞪視良復有。熨眼添昏花，撞胸類杵臼。呼童細問之，老淚迸如溜。吾友生東海，松柏出培塿。少小淩輩行，長成歷儕耦。譬如眉著面，又若冠戴首〔一〕。江山胸鬱蟠，蛇龍筆蚴蟉。讀書富等身〔二〕，賦詩捷叉手。心恥章句蠹，日笑儒生鯫。讀史竄豕魚，注經理蝌蚪。卓犖故不羣，經濟雅自負。貫穿貴與前〔三〕，畋漁漁仲後〔四〕。大事窺掌故，小物識雜糅。制度令甲乙，職官志誰某。東南水溝洫，西北旱田畝。食貨紛榷鹽，河渠費堰帚〔五〕。往往窮源本，一一貫樞紐。尤諳將相略，能發功利蔀。嫌疑決毫釐，支離削駢拇。世事供涕唾，流俗喪械杻。求志良已奢，用我挾以走。皇皇著作庭，濟濟俊乂藪。引君著其間，夫亦何恧忸。四十誤儒冠，變奇不成偶。揣摩雙鬢絲，射策寸心嘔。面顏委塵土，文章付矇瞍。轉喉已觸諱〔六〕，鞠躬亦蒙咎。雉羅罹無時，雀角獄再掊。蜀犬爭自吠，晉獒或有嗾。惸惸孤憤盈，戚戚憂生久。一從吾黨游，磁鐵永相取。雒誦然宿火，淸言酌旨酒。寒燈吐殘花，春盤薦新韭。夜雨泊小舟，明星坐高阜。陶陶移日夜，忽忽過卯酉。石渠滋同異，堅城互攻守。史家訂朱墨，文苑薙稂莠。破愁仗酒兵，白戰啓辯牖〔七〕。角逐急追逋，歡喜快爬垢。拍案豈好辯，絕倒呼善誘。屏風僵倦僕，鄰墻起睡叟。伊余苦顓蒙，乘馬不知牡。以友爲鞭策，頻年賴擊扣。傲兀喜見君，敝衣不掩肘。長風起青蘋，高霜肅蒲柳。摧頹塲翼時〔八〕，使我氣亦陡。辯博開心蒙，堅彊剝顔厚。直諒而多聞，夫誰出君右？去年京江別，臨分出苦口。自言星星髮，不紆若若綬。室無佮玄妾，家有馮衍婦。功名今已矣，歸與老覆釜〔九〕。君墓田在覆釜山，虞山支山也。見高僧傳。明發易前期，豈謂訣尊卣。宦海多喧豗〔一〇〕，世運值陽九。戞戞上竿魚〔一一〕，蒙蒙喪家狗。尙期與親串，笑談共蔬蔌。斯人今不存，有酒誰鼓缶？俯仰一淒斷，哀歌向南斗。嗟君不遇時，被褐泫瓊玖。習習鳥觸籠，圉圉魚在笱。孤生嘗坎坷，高步忤夷醜。躍馬悲生髀，引弓志中髃〔一二〕。國論憂沸騰，戎索憤踐蹂〔一三〕。窗櫺圖九塞，藜藿念三后。視天信夢夢，閔人實怓怓。云胡信宿間，鬼伯坐相趣？盛年顧日景〔一四〕，壯志蔽牆[車卯]〔一五〕。籌策罷東略，簡編絕西狩。巫陽逝不招，靈瑣邈難叩〔一六〕。高高不可論，耿耿何時朽。意者視不含〔一七〕，無乃柩或吼〔一八〕。彊死能爲厲，前志豈云苟。聞君病彌留，危坐視栱枓。淸明飭衣巾，暇豫戒朋舊。室家本逆旅，兒女同鷇彀〔一九〕。逝將歸樂土，相與宿舂臬〔二〇〕。從茲離怨親，況乃念諑詬。裝嚴辦早發〔二一〕，夜盡罷干掫〔二二〕。快若鮮穿絡〔二三〕，行矣脫纏糾。知幻剖膠革〔二四〕，觀空餉瓶甑〔二五〕。報盡期種蓮〔二六〕，瞋忘豈入藕〔二七〕。荆凡無喪存〔二八〕，彭殤何夭壽？是夢本非眞，一覺了不受。哀哉蠅蚋羣，競此蠸貉厺〔二九〕。死已醒噑囈，生猶歎于喁。斯言吾亦贅，君其笑蹇蔽〔三〇〕。

【注釋】〔一〕韓詩外傳：「田饒謂哀公曰：君獨不見夫鷄乎，首戴冠者文也。」〔二〕宋史賈黃中傳：「黃中幼聰悟，方五歲，父玭，每旦令正立，展書卷比之，謂之等身書，課其誦讀。〔三〕馬端臨貴與文獻通考序：上下數千年，貫串二十五代，而欲以末學陋識，操觚竄定其間，雖復窮老盡氣，劌目鉥心，亦何所發明？聊輯見聞，以備遺忘耳。〔四〕宋史鄭樵傳：樵，字漁仲，好著書，爲經旨禮樂文字天文地理蟲魚草木方書之學，皆有論辨。〔五〕潘季馴河防一覽：高堰爲淮揚門戶，隄防不可不嚴，幫護之法，須在冬春。預製草牛貼椿席之內，實土堅夯，則是以椿席護草牛，以草牛護土，而浪窩無從得來矣。修守事宜，一下護根乾帚，凡隄係埽，瀕預乾帚，以衞隄根，帚須土多料少，椿簽用長壯，入地稍深，庶不堋蟄。〔六〕漢書谷永傳：瞽言觸忌諱。昌黎送窮文：捩手覆羹，轉喉觸諱。〔七〕莊子天下篇：能勝人之口，不能服人之心，辯者之囿也。〔八〕陳孔璋豫州檄：方畿之內，簡練之臣，皆垂頭搨翼，莫所憑恃。〔九〕范成大吳郡志：常熟福山，初號覆釜，蓋因其形似，後易名福山。〔一〇〕仙傳拾遺：有道士謂顏眞卿曰：「子可度世，不宜沉冥宦海。」〔一一〕歐陽修歸田錄：梅聖俞晚年與修唐史，初受敕，語其妻曰：「吾之修史，可謂猢猻入布袋矣。」其妻應曰：「君子仕宦，何異鮎魚上竹竿耶？」〔一二〕禮部韻：中語口切，肩前兩肩骨也。按何休注公羊：自左髀射之，達于右髃。〔三〕左傳定公四年：疆以戎索。杜預曰：太原近戎而寒，不與中國同，故治以戎法。〔四〕晉書嵇康傳：康將刑東市，顧視日影，索琴彈之。〔五〕記檀弓：周人牆置翣。鄭氏曰：牆，柳衣也。〔六〕離騷：欲少留此靈瑣兮，日忽忽其將暮。王逸曰：靈以喻君，瑣，門鏤也。〔七〕左傳襄公十九年：荀偃卒，而視不可含。〔八〕左傳僖公三十三年：晉文公卒，將殯于曲沃，出絳，柩有聲如牛。杜預曰：如牛呴聲。呴，呼口反。〔九〕東坡石鼓歌：下挹冰斯同鷇㝅。註曰：鷇，丘候切，鳥子哺者。㝅，乃候切，乳也。〔一〇〕廣韻：臬，其九切，糗米。〔一一〕楚辭王逸九思：違羣小兮謑詬。禪林僧寶傳：蔣山元禪師，元祐之初曰：「吾欲還東吳。」促辦嚴，俄化。〔一二〕左傳襄公二十五年：陪臣干掫。杜預曰：干掫，行夜。干，胡旦切。掫，側柳切。〔一三〕莊子秋水篇：絡馬首，穿牛鼻，是謂人。〔一四〕列子湯問篇：偃師造能倡者，穆王視之，以爲實人也，與盛姬內御，並觀之。技將終，倡者瞬其目而招王之左右侍妾。王大怒，欲誅偃師，偃師立剖散倡者以示王，皆傅會革木膠漆白黑丹青之所爲，內則肝膽心肺脾腎腸胃，外則筋骨支節皮毛齒髮，皆假物也，而無不畢具者。合會復如初見。〔一五〕首楞嚴經：譬如有人，取頻伽瓶，塞其兩孔，滿中擎空，千里遠行，用餉他國。識陰當知，亦復如是。〔一六〕釋氏稽古錄：遠公與劉程之等建齋立誓，期生淨土。謝靈運于東林鑿二池，以栽蓮花。〔一七〕觀佛三昧經：修羅驚怖，遁走無處，入藕絲孔中。〔一八〕莊子田子方篇：楚王與凡君坐，少焉，楚王左右曰凡亡者三，凡君曰：「凡之亡也，不足以喪吾存。夫凡之亡不足以喪吾存，則楚之存不足以存存。由是觀之，則凡未始亡，而楚未始存也。」〔九〕説文：狐狸貛貉，醜其足，蹯其迹厹。〔一〇〕漢書東方朔傳：舍人覆樹上寄生，令朔射之。朔曰：「是窶數也。」舍人曰：「朔不能中。」朔曰：「生肉爲膾，乾爲脯，著樹爲寄生，盆下爲窶數。」

次韻答徐大于王謝餉參之作

自從失清河〔一〕，人蓡價騰貴。金繒市久絶，包茅貢不至。桓桓毛將軍，單師與虜對。來獻皮島捷，數莖遠將寄。周德方休明，楛矢在篋笥。藥物可託諷，肉食豈知媿。頃聞柳河敗〔二〕，惙惙夜不寐。綣兹苞蕭歎，感彼葛藟庇。憂心自煎熬，服食轉顛顇。聊以詒吾友，珍重靈草視。臭味敢差池，甘温庶同類。佇看復舊遼，貂參滿内地。載約賡此章，共拜吾君賜。

【注釋】〔一〕萬曆四十六年戊午，四月十五日，撫順陷，李永芳降，因以漢字傳檄清河。五月，特召楊鎬爲經略。七月二十二日，清河被圍。時城中擁兵六千四百餘，束手待斃。自三岔至孤山，俱遭焚毁。楊鎬聞警，單騎赴河東，靉陽、寬奠俱望風遁。九月，逮總兵麻承恩，以失援清河也。

〔二〕天啓五年乙丑，馬世龍遣東哨將魯之甲、李承先潛襲耀州，撫水將金冠、姚與賢等會師于柳河。撫臣喻安性潛囑冠等勿聽調。九月二十五日，之甲、承先率抵三岔河，以漁舟渡，遂趣耀州，伏發退走，縛葦橋未就，一時兵不得過河，承先力戰死。之甲既渡，曰：「無面目見閣部。」亦投河而死。中朝希奄風旨，謂關門且旦暮失守。臺諫爭言柳河事，請勒高陽回關門，以重秋防。高陽抗疏求歸，以高第爲經略。

贈星士

澆書攤飯醉仍眠〔一〕，任運騰騰信往緣〔二〕。萬事未曾惟有死〔三〕，此生自斷豈繇天。宿酲已過一千日，小駐還須五百年。更進一籌君識否？海山兜率正茫然。

【注釋】〔一〕趙與虤娛書堂詩話：東坡謂晨飲爲澆書，李黃門謂午睡爲攤飯。陸務觀嘗有絶句云：澆書滿挹浮蛆甕，攤飯横眠夢蝶床。莫笑山翁見機晚，也勝朝市一生忙。〔二〕放翁自題傳神仙詩：莫論明日事，死至亦騰騰。〔三〕放翁秋晚書懷詩：頹然兀兀復騰騰，萬事唯除死未曾。

依韻答江上李貫之

雀喧鳩聚亦洶洶〔一〕，寂寞秋江媿臥龍。有北已知人共畀，東家何意子爲恭〔二〕？憂時君比張平子，埋照吾懷阮嗣宗〔三〕，席帽山頭相憶處〔四〕，秋風茅屋捲三重〔五〕。

【注釋】〔一〕羅隱題潤州妙善寺前石羊詩：還有寺廛沽酒客，雀喧鳩聚話蹄涔。〔二〕陳孔璋爲曹洪與魏文帝書：怪乃輕其家丘，謂爲倩人。李善曰：邴原别傳：原游學詣孫崧，崧曰：「君以鄭君而舍之，以鄭君爲東家丘也。」原曰「君以鄭君爲東家丘，以僕爲西家愚夫耶？」〔三〕顔延年五君詠：阮公雖淪迹，識密鑒亦洞。沉醉似埋照，寓辭類託諷。〔四〕鄭應申江陰志：黄山在縣北六里，以春申之姓名之，其峯相傳爲席帽。按輿地志，上有石室，吴時烽火之所。〔五〕少陵茅屋爲秋風所破歌：八月秋高風怒號，捲我屋上三重茅。

投老 丙寅閏六月廿一日

投老經年掩蓽門，清齋佛火自晨昏。衣裳旋覺蜉蝣改，籬落頻看木槿繁。時至雄風生左角，夢迴斜日照西垣。水邊林下君知否〔一〕？定有高人一笑論。

【注釋】〔一〕胡仔苕溪漁隱叢話：遯齋閒覽云：詩人類以棄官歸隱爲高，然鮮有能踐其言者。故靈徹答韋丹云：相逢盡道休官去，林下何曾見一人。蓋譏之也。趙嘏云：早晚粗酬身事了，水邊歸去一閒人。若身事了則仕進之心愈熾，愈無歸期矣。

惆悵詞三首

清切吴音和梵音〔一〕，殘經晚院影沈沈。含嬌欲共荷花語，寂寂誰知不染心〔二〕？

【注釋】〔一〕范成大吳郡志：吳音，清樂也，乃古之遺音。唐初古曲漸缺，管絃之曲多訛失，與吳音轉遠。議有請求吳人，使之傳習。正觀中，有趙師者，善琴獨步，嘗云吳聲清婉，若長江廣流，綿綿徐游，國士之風。今樂府有吳音子，世俗之樂耳。〔二〕華嚴經離世間品：故如蓮花心，一切世法，不能染故。

其　二

羅袖當風憶舞腰，雙蛾不逐黛痕銷。雲鬟霧髻依稀在，只是冰心未許描。

其　三

秋風偏向夜窗清，一片銀河畫不成。俗殺陳王神女賦〔一〕，夜明吹作步虛聲〔二〕。步虛聲，陳思王所作。

【注釋】〔一〕洛神賦注：李善曰：東阿王求甄逸女不遂，太祖與五官中郎將。植黃初中入朝，帝示甄后玉鏤金帶枕以賚植。植還息洛水上，思甄后，忽見女來，復遣人獻珠于王，答以玉珮，遂作感甄賦，後明帝見之，改爲洛神賦。〔二〕御覽：異苑曰：陳思王嘗登魚山，臨東阿。忽聞岩岫裏有誦經聲，清逸深亮，遠谷流響，肅然有靈氣，不覺斂衽祗敬，便有終焉之志，卽傚而則之。今梵唱皆植依擬所造。

蛺蝶詞四首

一庭花霧晝冥濛，蛺蝶雙飛逐好風。依約黃簾還繡幕〔一〕，可曾飛過宋家東？

【注釋】〔一〕昌黎短燈檠歌：黃簾綠幕朱戶閉，風露氣入秋堂涼。

其　二

顛倒鴛鴦手自裁，封題重疊又頻開。生憎蛺蝶非青鳥〔一〕，却放雕籠鸚鵡來。

【注釋】〔一〕顧況梁廣畫花歌：紫書分付與青鳥，却向人間求好花。

其　三

倚盡疏窗十二闌，愁腸不似帶圍寬。春光殢殺閒庭院，蛺蝶雙飛也作團。

其　四

小院迴廊日漸西，雙雙戲影共萋迷。春風自愛閒花草，蛺蝶何曾揀樹棲。

小至夜翁孝先兄弟拏舟相邀與寇白泥飲

銀燭何煩照豔粧，十眉端合坐生光〔一〕。白頭未可妨歡笑，紅粉猶能恕酒狂。桃葉話殘人似夢，鶯歌聞罷夜還霜。明朝發興拚泥飲，莫放愁隨一線長。

【注釋】〔一〕陶穀清異錄：瑩姐，平康妓也。畫眉日作一樣，雖數十而不窮。唐斯立戲之曰：「西蜀有十眉圖，布之四方。汝眉癖若是，今可作百眉圖。更假以歲年，當率同志爲修眉史矣。」

寇白

雙鬟輕攏首未膏，風懷約略比春濤。問名欲傍香山柳〔一〕，得姓還從萊國桃〔二〕。慵倚晚粧殘畫燭，愛翻新曲倚檀槽。褰帷泛瑟吾能賦〔三〕，莫謂閒情不似陶。

【注釋】〔一〕抒情詩：白樂天有妓樊素善歌，小蠻善舞。嘗爲詩曰：櫻桃樊素口，楊柳小蠻腰。年既高邁，而小蠻方豐豔，因爲楊柳詞以託意曰：一樹春風萬萬枝，嫩于金色軟于絲。永豐坊裏東南角，盡日無人屬阿誰？及宣宗朝，國樂唱是詞，命取永豐柳兩株植于禁中。白感上知其名，又爲詩一章，末云：定知此後天文裏，柳宿光中添兩星。〔二〕侍兒小名錄：寇萊公有妾曰蒨桃，公贈歌妓束綾，蒨桃作二詩曰：一曲清歌一束綾，美人猶自意嫌輕。不知織女寒窗下，幾度拋梭織得成？風勁衣單手屢呵，幽窗軋軋度寒梭。臘天日短不盈尺，何似妖姬一曲歌？公和曰：將相功名終若何，不堪急景似奔梭。人間萬事何須問，且向樽前聽豔歌。〔三〕淵明閒情賦：褰朱幃而正坐，泛清瑟以自歡。

程將軍相如挽詞

據鞍橫海劇論兵〔一〕，柳市花宮任借名。三矢何曾悲老大〔二〕，用廉頗事。一錢豈但直生平〔三〕。用程不識事。歌姬零落吹篪去〔四〕，門客淒涼乞食行〔五〕。至竟英雄埋骨處，白楊塞草亦蕪城〔六〕。

【注釋】〔一〕漢書武帝紀：遣橫海將軍韓說、中尉王溫舒出會稽。〔二〕史記廉頗傳：趙王使使者視廉頗，尚可用否？郭開多與使者金，令毀之。使者既見廉頗，頗爲之一飯斗米，肉十斤，被甲上馬，以示尚可用。趙使還報王曰：「廉將軍雖老，尚善飯，然與臣坐，頃之，三遺矢矣。」王以爲老，遂不召。〔三〕漢書灌夫傳：夫行酒至灌賢，賢方與程不識耳語，又不避席。夫罵賢曰：「平生毀程不識不值一錢，今日長者爲壽，乃效女曹兒呫囁耳語！」〔四〕洛陽伽藍記：河間王琛，有婢朝雲，善吹篪。琛爲秦州刺史，諸羌外叛，屢討不降。琛令朝雲假爲貧嫗吹篪而泣。諸羌聞之流涕，相率歸降。秦民語曰：「快馬健兒，不如老嫗吹篪。」〔五〕太白贈劉都使詩：歸家酒債多，門客粲成行。〔六〕鮑明遠蕪城賦：白楊早落，塞草前衰。

瞿五丈星卿挽詞四首

尚書神道儼儀刑，閣老文章照汗青。福清少師爲作墓銘。三世簪纓存舊德，百年箧衍見遺經〔一〕。山中尚想瞿硎叟，瞿硎見晉書隱逸傳，海虞人浚塘，得其墓刻磚，云葬于此。天上仍看傅說星〔二〕。夢裏馺娑何處所？良常知已勒新銘〔三〕。君嘗夢前身爲馺娑殿主。

【注釋】〔一〕莊子天運篇：盛以箧衍。〔二〕三氏星經：傅說一星，在尾東第二小星者是。其星明則輔相忠，暗則奸臣亂國，動搖則后妃不安，星亡則天子無嗣。〔三〕眞誥稽神樞：始皇登句曲北垂山，會羣臣，饗從駕，歎曰：「巡狩之樂，莫過於山海，自今以往，良爲常也。」乃改句曲北垂曰良常之山。良常之意，從此而名。

其二

少年民譽已清流，晚節孤風更寡儔。宦況蕭閑如漫叟〔一〕，家居恭謹類恬侯〔二〕。畦蔬過雨親芟擷，書草篝燈重勘讎。歎息斯人今不作，笭箵自上釣魚舟。

【注釋】〔一〕元結漫歌序：壬寅中，得免職事，漫居樊上，耕釣自資，以漫叟爲稱。〔二〕史記萬石君傳：萬石君家以孝謹聞于郡國，少子慶爲丞相，文深審謹，無他大略，卒謚爲恬侯。

其　三

湖重岡複草芊眠，鬱鬱西山好墓田。馬鬣封塋依丙舍〔一〕，兔園燈火記丁年〔二〕。存家笏是先朝賜〔三〕，誓墓文應後世傳〔四〕。釣水遊丘連宰樹〔五〕，鄉人加敬拜新阡。

【注釋】〔一〕王羲之有墓田丙舍帖。〔二〕五代史劉岳傳：馮道世本田家，狀貌質野。旦入朝，任贊與岳在其後，道行數反顧。贊問岳：「道反顧何爲？」岳曰：「遺下兔園冊耳。」兔園冊者，鄉校俚儒敎田夫牧子之所誦也，故岳舉以誚道。〔三〕新唐書魏謩傳：帝問：「卿家書詔頗有存者乎？」謩對：「唯故笏在。」詔令上送。鄭覃曰：「在人不在笏。」帝曰：「覃不識朕意，此笏乃今甘棠。」唐語林：韓皐家自黃門以來，三世傳執一笏，經祖父所執，未嘗輕授于僕人之手。歸則別置於臥內一榻，以示敬愼。〔四〕晉書王羲之傳：羲之稱病去郡，於父母墓前自誓曰：「自今以後，貪冒苟進，是有無尊之心而不子也。信誓之誠，有如皦日。」〔五〕東坡潘推官母挽詞：暮雨連山宰樹春。

其　四

衰鬢驚秋歎索居，閒思朋舊轉蕭疎。登朝劇喜彈冠日，投老相期汗簡餘。君著皇明臣略，頗就余商榷。月白東皋頻命酒，花深北郭共巾車。西風老淚憑誰灑？寂寞空齋晝紙書。

玉川子歌題玉川子畫像玉川子江陰顧大愚道民也深目戟髯其狀如羽人劍客遇道士授神行法一日夜走八百里居楊舍市去江陰六十里人試之與奔馬並馳玉川先至約十里許任俠喜施舍好奇服所至兒童聚觀亦異人也

玉川子，何弔詭〔一〕！朝游淮陰城，暮宿吳門市。萬迴不足號千迴〔二〕，趙北燕南在脚底〔三〕。剽風怒生兩腋邊，蹇驢摺著巾箱裏。闊衣袌，高屐齒。長須奴，赤脚婢。白牛爲服乘，駱駝背行李。石猴小于拳，檻虎馴而跽。儼如洪厓先生負戴共移居，又如中山老馗扶攜出游戲。市兒拍手羣追隨，君亦蚩蚩頗自哆。今年六十五，素絲披兩耳。髮短心尚長〔四〕，足縮踵猶跂。我觀世人之行盡如馳，熙熙攘攘往來疾於矢。爭名奪利死不休，鐘鳴漏盡行未已〔五〕。閒隨豎亥步天地〔六〕，忙與羲和競刻晷〔七〕。君今江頭老布衣，胡爲乎芒芒奔波亦如此？世路苦偪側，出門不容軌。孟郊齧眉阮籍哭〔八〕，虎豹擇人魑魅憙。擇地徐行猶恐遭顚頓，盡氣狂奔何以避棘枳？我昔盛年好馳騁，今縛誅茅守蓬藁。香篆縈簾閤不開，凝塵蔽榻衾如委。君之疾馳裹糧重繭良已疲〔九〕，我方神游于徐欠伸猶未起〔一〇〕。漆園雙蝶夢正甘，華山五龍睡初美〔一一〕。君歸來乎從我游！悔不與君折其趾〔一二〕。圖中一叟類道者，幅巾黄緇著麻履。權奇倜儻閟不見，安閒蕭散差可擬。披圖展玩更對君，乃知畫工有深旨。同牀異夢各不知〔一三〕，坐起問景終誰是〔一四〕？吁嗟乎！君其善識圖中意，它年爲君作傳竊比方山子〔一五〕。

【注釋】〔一〕莊子齊物篇：是其言也，其名爲弔詭。郭象曰：夫非常之談，故非常人之所知，故爲之弔當卓詭，而不識其懸解。〔二〕譚賓錄：萬迴，閿鄉人，俗姓張氏。兄戍役於安西，父母日夕憂思。迴忽言曰："詳思兄所要者，請悉備焉，某將往之。"忽一日，朝齎所備而往，夕返其家，告父母曰："兄善矣。"視之，乃兄迹也。一家異之。弘農抵安西萬餘里，故號曰萬迴。〔三〕魏志公孫瓚傳注：英雄記曰：先是有童謠曰："燕南垂，趙北際，中央不合大如礪。唯有此中可避世。"〔四〕左傳昭公三年：齊侯田於莒，盧蒲嫳見，泣且請曰："余髮如此種種，余奚能爲？"公曰："諾！吾告二子。"歸而告之。子尾欲復之，子雅不可，曰："彼其髮短而心甚長，其或寢處我矣。"〔五〕魏志田豫傳：豫書曰："人過七十而以居位，譬猶鐘鳴漏盡而夜行不休，是罪人也。"〔六〕黄帝傳：黄帝命豎亥步自東極至於西極，得五億十選九千八百八步，南北得二億三萬一千三百步。東盡泰還，西窮邠國，東西得二萬八千里，南北得二萬六千里。〔七〕黄帝傳：帝使羲和占日，常儀占月，鬼臾區占星。〔八〕吳處厚青箱雜記：孟郊詩：出門卽有礙，誰謂天地寬。此褊隘者之詞也。天地又何嘗礙郊，郊自礙耳。〔九〕戰國策：墨子聞之，百舍重繭，往見公輸班。高誘曰：

重繭，累胝也。　〔一〇〕莊子應帝王篇：泰氏其臥徐徐，其覺于于。　〔一一〕陳摶有五龍甘臥法一卷。　〔一二〕昌黎寄盧仝詩：渾舍驚怕走折趾。　〔一三〕陳亮與朱元晦秘書書：同床各做夢，周公且不能學得，何必一一論到孔明哉？　〔一四〕莊子寓言篇：魍魎問於景曰：「向也坐，而今也起；向也行，而今也止。」　〔一五〕歙人鄭作，字宜述，讀書方山之上，自號方山子。時時從俠少年往來梁、宋間，臂鷹走馬，射獵大梁藪中，得雉兎，則敲石火炙腥肥，歌呼痛飲而罷。周王聞其名，召見，長揖不拜，王禮而遣之。

休休歌示禪人漢月

休休休！咄咄咄！莫問胡天與漢月。多開口，饒敗闕。正好拈來一筆刷〔一〕。君不見牧齋老人太癡絕，不事參禪不縛律。天寒霜重苦不眠，兩脚凍僵如削鐵。起來開尊斟美酒，煖簇熏籠煨榾柮。呵手頻偎酥粉胸，齧唇屢竊鸚哥舌。擁被醺酣欲上潮，倒床鼻息如雷發。日高三丈夢未醒，憑君有口如何說？休休休！咄咄咄！君家禪宗我不會，夜來燒却乾矢橛〔二〕。

【注釋】〔一〕傳燈錄：洛浦和尚頌云：入荒田不揀，信手拈來草。觸目未嘗無，臨機何不道？

〔二〕五燈會元：宣鑒禪師曰：達磨是老臊胡，釋迦老子是乾矢橛，文殊、普賢是擔屎漢。

蠟梅二首

羅浮曾見夢中身，髣髴新粧改麴塵〔一〕。雀啅乍驚三月露，嶺南薔薇露染衣輒黃。山谷詩：色染薔薇露。蜂歸暗簇十分春〔二〕。染成宮樣宜金屋〔三〕，剪出花房惱玉眞〔四〕。寂寂銅瓶愁對汝，扣門還憶縞衣人。

【注釋】〔一〕姚寬西溪叢話：劉禹錫「龍墀遙望麴塵絲」，使麴塵字者極多。禮記月令：薦鞠衣於上帝，告桑事。注云：如鞠塵色。周禮內司服：鞠衣。鄭司農云：黃桑服也，色如鞠塵，象桑葉始生。乃知用麴蘖字非是。〔二〕王平甫詠黃梅花詩：已覺蜂歸蠟有香。〔三〕山谷從張仲謀乞蠟梅詩：香蜜染成宮樣黃。陸放翁荀秀才送蠟梅詩：合將金屋貯幽姿。〔四〕山谷戲詠蠟梅詩：天工戲剪百花房，奪盡人工更有香。

其二

涪翁戲咏惱人香〔一〕，京雒居然壓衆芳。風味爲君傳譜牒〔二〕，晶明終自恨平章〔三〕。蠟梅以山谷二詩，盛於京雒。山谷云：花似梅五出，而不能晶明，頗爲蠟梅減價。釵頭雪色消金縷〔四〕，帳底春心啓蠟房〔五〕。莫以黃中笑梔貌〔六〕，尤延之蠟梅詩：梔貌寧欺我輩人。狗蠅今日遍江鄉。范石湖梅譜：蠟梅品最下者，俗謂之狗蠅。

【注釋】〔一〕芥隱筆記：益部耆舊傳：廣陵有老翁，釣於涪水，自號涪翁。後漢書郭玉傳亦然。山谷謫涪州，因此爲號。山谷戲詠蠟梅詩：金蓓鎖春寒，惱人香未展。雖無桃李顏，風味極不淺。〔二〕放翁荀秀才送蠟梅詩：與梅同譜又同時。〔三〕考亭清江道中見梅詩：煖熱惟須酒，平章却要詩。〔四〕鄭谷江梅詩：莫惜黃金縷，難忘白雪枝。〔五〕李商隱燕臺曲：蜜房羽客類芳心。〔六〕魏志劉廙傳：廙年十歲，司馬德操拊其頭曰：「孺子孺子！黃中通理。」易坤卦：象曰：君子黃中通理。

陸仲子移贈蠟梅二株次前韻爲謝

綠衣約略是前身，幻出宮粧不染塵。磬口半含仍索笑〔一〕，檀心通體自生春〔二〕。禪家漫說脾爲蜜〔三〕，仙女休誇額點眞〔四〕。風物羡君香閣裏，攕攕撚蠟對佳人。

【注釋】〔一〕范石湖梅譜：蠟梅雖盛開，花嘗半含，名磬口，言似磬之口也。〔二〕東坡蠟梅詩：玉蕊檀心兩奇絶。李商隱柳詩：傾國宜通體，誰來獨賞眉？〔三〕范石湖梅譜：蠟梅本非梅類，以其與梅同時，香又相近，色酷似蜜脾，故名蠟梅。〔四〕段柯古酉陽雜俎：玉女以黃玉爲誌，大如黍米，在鼻上。無此誌者，鬼使也。韓鄂歲華紀麗：壽陽公主人日臥於含章簷下，梅花落公主額上，是後有梅花粧。

其二

野外垂垂鎖暗香〔一〕，移來庭院借君芳。蜜奴破雪催春信，蠟使衝寒拆報章〔二〕。絳淺黃輕呈國色〔三〕，金塗銅沓締花房〔四〕。寒梅瘦勁終難狎，只合温柔老是鄉〔五〕。

【注釋】〔一〕山谷戲詠蠟梅詩：披拂不滿襟，時有暗香度。〔二〕尤延之蠟梅詩：蠟丸暗拆東君信。〔三〕考亭和紅梅蠟梅詩：質瑩輕黃外，芳騰淺絳中。〔四〕漢書外戚傳：趙皇后弟絕幸，居昭陽舍，切皆銅沓黃金塗。師古曰：切，門限也。沓，冒其頭也。塗，以金塗銅上也。〔五〕伶玄飛燕外傳：后進合德，帝大悦，以輔屬體，無所不靡，謂爲温柔鄉，曰：「吾老是鄉矣，不能效武皇帝求白雲鄉也。」

再疊前韻二首

蒿藿依然託此身〔一〕，生香迥自出埃塵。凌寒數朵偏辭雪，暎日千房各貯春。霜女換青排冷豔，月娥暈白鬬淸眞。移根漫說吳中譜，不信司花肯借人〔二〕。梅譜：蠟梅經接者花疎，其品最佳。

【注釋】〔一〕山谷自書蠟梅詩後：木身與葉，乃類蒴藋。竇高州家有灌叢，能香一園也。〔二〕元遺山紫牡丹詩：如何借得司花手，偏與人間作好春？

其二

閒庭小院始去生香，燭暗簾開別有芳。針縷貪緣爲侶伴，步搖支綴見文章。麴衣綽約宜當夕〔一〕，黃裏依微恐退房〔二〕。莫道南枝成別種〔三〕，歲寒誰共白雲鄉？梅譜：蠟梅本非梅類。

【注釋】〔一〕記月令注：鄭氏曰：麴衣，黃桑之服。　〔二〕元遺山瓶中雜花詩：杏花也到退房時。〔三〕東坡次楊公濟梅花詩：梅梢春色弄微和，作意南枝剪刻多。施宿曰：摭遺：蜀中有紅梅數本，郡侯構閣環牆以固之，遊人莫得見也。一日，梅已開，有兩婦人憑闌語笑。守梅吏走報郡侯，既啓鑰，闃不見人，唯於東壁有詩云：南枝向煖北枝寒，一種春風有幾般？憑仗高樓莫吹笛，大家留取倚闌干。

薛丈饋大魚兼寄二絶句戲答

長魚發發帶冰脂，想見寒江出網遲。放箸驩娛看一飽，夜來風雪老漁知。

其二

臥劍朝來劃素髻〔一〕，金盤已見鱠如絲。當筵置食還三歎，爲憶衝波跋浪時。

【注釋】〔一〕東坡渼陂魚詩：霜筠細破爲雙掩，中有長魚如臥劍。

寒夜聞姬人語戲作

衣篝寒覆五更霜〔一〕，枕畔車鳴夢許長〔二〕。逐客幷無員外置〔三〕，姬人猶說侍中郎。綠衣公論吾何恃〔四〕？紅粉流年汝未忘。漸喜花朝近生日，擬裁致語慰淒涼〔五〕。

【注釋】〔一〕說文：篝，落也，可熏衣。山谷賈天錫惠寶熏詩：衣篝麗紈綺，有待乃芬芳。〔二〕東坡感舊詩：車轂鳴枕中，客夢安得長。〔三〕程大昌續演繁露：韋述兩京記：省郎有不歷員外郎而拜者，謂之土山頭果毅。果毅，兵官也。唐有不歷員外而徑爲省郎者，或嘲之曰：誰言粉省裏，却有土山頭？用此謔也。其爲外郎者酬之曰：錦帳隨時歛，金爐任意熏。唯慚員外置，不應列星文。東坡初到黃州詩：逐客不妨員外置。〔四〕陸務觀施司諫註東坡詩序：白首沉下吏，綠衣有公言，乃以侍妾朝雲嘗嘆黃師是仕不進，故此句之意，戲言其上僭。則非得於故老，殆不可知。〔五〕楊慎曰：宋時御前內宴，翰苑撰致語，八節撰帖子。雖歐、蘇、曾、王皆爲之。

丙寅除夕

寂寂田家老瓦盆〔一〕，歲時兒女共寒温。流年已餞如過客，窮鬼頻除尚款門。夜静曙光凝竹柏，窗虚雪色泛琴罇。殘燈側畔冠巾影，心跡憑誰子細論？

【注釋】〔一〕少陵少年行：莫笑田家老瓦盆，自從盛酒長兒孫。

初學集卷四

歸田詩集下 起天啓七年丁卯，盡一年。

丁卯元日

一樽歲酒拜庭除，稚子牽衣慰屛居。奉母猶欣餐有肉，占年更喜夢維魚。鉤簾欲迓新巢燕，滌硯還疏舊著書。旋了比鄰雞黍局〔一〕，並無塵事到吾廬。

【注釋】〔一〕元遺山帝京詩：預遣兒書報歸日，安排鷄黍約比鄰。

再用前韻

流年已過似鐲除，歲酒江南正索居。靜聽兒童喧竹馬〔一〕，閒看几榻走衣魚〔二〕。迎來富貴占新夢，鞭得聰明讀舊書。迎富貴，鞭聰明，皆正旦童稚俗法。見元微之詩。笑殺吳儂成底事，頹然一醉偃蓬廬。

【注釋】〔一〕世説品藻篇：殷侯既廢，桓公語諸人曰：「少時與淵源共騎竹馬，我棄去，已輒取之，故當出我下。」　〔三〕爾雅釋蟲：蟫，白魚。郭璞曰：衣書中蟲，一名蛃魚。

書破山刻石屋珙禪師語錄後〔一〕

石屋虞山產，初機逗天目。西峯扣擊久，風亭悟因熟。透網橫金鱗，法海吞鮪鯀〔二〕。靈骨歸海外，微言著遺錄。此事非等閑，妙悟絕軌躅。單傳歷千載〔三〕，釁鼓號塗毒〔四〕。神劍光差差，飛矢鋒鏃鏃。性命若絲懸，誰與敢輕觸？嗟吁數年來，法門倒竿纛〔五〕。游蜂各稱王，蚍蜉羣聚族。紛紛召聾瞽，往往汙簡牘。愚人苦煑沙〔六〕，智者哂災木。頑磚不成鏡〔七〕，焦芽難種穀〔八〕。哀哉犬與驢，豈堪龍象蹴〔九〕。山僧刻此編，貽我寒齋讀。一讀再三嘆，喟然感流俗。淤泥生妙蓮〔一〇〕，炎火見眞玉〔一一〕。誰續傳燈傳〔一二〕？一洗肉眼肉〔一三〕。

【注釋】〔一〕元旭石屋和尚塔銘：師諱清珙，字石屋，蘇之常熟人也。俗姓溫，依本州興教崇福寺僧永惟出家。二十祝髮，越三年受具。一日有僧過門曰：「吾今登天目見高峯和尚。」師與之偕行，見峯，服勤三年，忽辭他行。至建陽西峯，見及庵。庵問：天目有何指示？師曰：「萬法歸一。」庵曰：「此是死句」。師拜求指的。庵曰：「有佛處不得住，無佛處急走過，意旨如何？」師答：「不契。」庵曰：「者个亦是死句。」師後發憤棄去，途中忽舉首見峯亭，豁然有省。庵還湖之道場，師典藏鑰。庵嘗與衆言曰：「此子乃法海中透網金鱗也。」至正壬辰秋七月廿有一日，示微疾。越二日中夜，索筆書偈而逝。闍維舍利，五色璨然。其徒收其靈骨舍利，塔于天湖之原山，及庵之塔配之。師有弟子愚大古，高麗人也，親得師旨，説偈印可，有金鱗上直鈎之句，其王以國師尊之。聞師道行，表達朝廷，詔謚佛慈惠照禪師，移文江浙，請淨慈平山林公躬入天湖，取師舍利，館伴歸國。平山與師爲同參，皆愚公之本意也。〔二〕禮部韻略：鮪，魚名，似鱣，大者名鮪，小者曰鮇。〔三〕天目中峯廣錄：歲朝示衆，乃言今日年新月新日新，唯我單傳直指之道，置之熊耳峯畔，千餘年塵堆垢積，直是無人顧著。〔四〕傳燈錄：全豁禪師上堂，一僧出禮拜請。師曰：「吾教意猶如塗毒鼓，擊一聲，遠近聞者皆喪，此是第三段義。」〔五〕五燈會元：阿難尊者一日問迦葉曰：「世尊傳金襴袈裟外，別傳個甚麽？」迦葉曰：「阿難。」阿難應諾。迦葉曰：「倒却門前刹竿著。」〔六〕首楞嚴經：猶如煮沙，欲成嘉饌，縱經塵劫，終不能得。〔七〕傳燈錄：沙門道一，住傳法院，常日坐禪。南嶽讓禪師往問曰：「大德坐禪，圖什麽？」一曰：「圖作佛。」師乃取一磚于彼庵前石上磨。一曰：「師作什麽？」師曰：「磨作鏡。」一曰：「磨磚豈能成鏡耶？」師曰：「坐禪豈得作佛耶？」〔八〕維摩詰經：二乘如焦芽敗種，不能發無上道心。〔九〕維摩詰經：「譬如龍象蹴踏，非驢所堪。」〔一〇〕維摩詰經：譬如高原陸地，不生蓮花。卑濕淤泥，乃生此花。〔一一〕淮南子俶眞訓篇：鍾山之玉，灼以爐炭，三日三夜，色澤不變，得天地之精也。〔一二〕紫柏大師曰：「傳燈錄不續，我慧命一大負。」〔一三〕東坡書響公詩後：爲吟五字偈，一洗凡眼肉。

上元夜點燈與家人小飲

小欄曲幕自周遮，燕賞依然盡室譁。羅袖參差迎畫燭，玉釵旋拆避銀花。燈如宿鳥枝相亞，人似遊魚影互加。聞道六街俱寂寞，憑將一笑挽年華。

十六日雨中邀徐于諸人看燈口占代簡

曲欄陰靄意萋迷，發興邀賓走尺蹏〔一〕。已剩宿雲遮繡幕，更添微雨作香泥。花間沾濕春衣好，屋裏迴旋舞袖低。著屐賞燈君莫笑，風光正在小樓西。

【注釋】〔一〕漢書外戚傳：赫蹏書。孟康曰：蹏，猶地也。染紙素令赤而書之，若今黃紙也。應劭曰：赫蹏，薄小紙也。

次韻徐大于王別後有憶之作

月午花深底樣愁〔一〕，更堪淚眼送歸舟。他年結子空悲杜〔二〕，前度看花尚憶劉〔三〕。人可意時無那死，物牽情處信知尤〔四〕。柳絲不斷西陵夢〔五〕，掛紙知君到秀州。蘇小小墓在秀州。徐凝詩：只有縣前蘇小小，無人送與紙錢財。徐有故妓，歲上其墓，墓亦在秀州道中。

【注釋】〔一〕顏師古匡謬正俗：俗謂何物爲底。此本言何等物，其後遂省，但言直云等物耳。等字本音都在反，又轉音丁兒反，今人不詳，乃作底字。〔二〕唐闕史：杜牧之遊湖州，刺史張水嬉，有里姥引鴉頭女，年十餘歲矣，牧曰：「此眞國色。」語其母，將接致，曰：「且不卽納，吾不十年必守此郡，十年不來，乃從所適。」母許諾，因以重幣結之，爲盟而別。大中三年，始授湖州刺史，比至郡，已十四年矣。所納者已從人三載，而生三子。牧因賦詩自傷曰：自是尋春去較遲，不須惆悵怨芳時。狂風落盡深紅色，綠葉成陰子滿枝。〔三〕本事詩：劉尙書左遷朗州，十年始徵還，作贈看花諸子詩，有嫉其名者，白于執政，誣其怨憤，出爲連州刺史。其自序云：十有四年復爲主客郎中，重遊玄都觀，因再題二十八字曰：百畝庭中半是苔，桃花淨盡菜花開。種桃道士歸何處？前度劉郎今又來。〔四〕左傳昭公二十八年：夫有尤物，足以移人。韓偓痛憶絕句：信知尤物必牽情，一顧難酬覺命輕。〔五〕樂府蘇小小歌：何處結同心？西陵松柏下。

別後有憶賦七字句請牧翁同作

徐　于

觸忤閒腸舊置愁，追憐夜壑早亡舟。情牽嫩柳曾傷李，選唱新詞絕似劉。投老餘癡堪自笑，爲花添瘦任人尤。惟憑月落孤衾夢，覓遍虛無更九州。

再和徐于前韻

萬斛風帆不載愁，多情一別類沉舟。生憎燕子辭王謝，錯怨桃花賺阮劉。人爲風懷偏易老〔一〕，天因離恨也多尤。君看東海還清淺，或有神芝出祖洲〔二〕。

【注釋】〔一〕方回瀛奎律髓：晏元獻類要有左風懷、右風懷二類，男爲左，女爲右。〔二〕東方朔十洲記：祖洲有不死草，人有死三日者，以草覆之，皆當時活。秦始皇大苑中多枉死者，有鳥如烏，銜此草覆死人面，起坐而自活。始皇遣問鬼谷先生，云生瓊田中，名爲養神芝。

柳絮詞爲徐于作六首

唱斷蘇臺楊柳枝〔一〕，春愁如線又如絲。古歌舊恨君休記，聽取新翻柳絮辭。

【注釋】〔一〕吳處厚青箱雜記：蘇有姑蘇臺，故蘇州謂之蘇臺。相有銅雀臺，故相州謂之相臺。滑有測景臺，故滑州謂之滑臺。

其　二

送郎莫唱楊柳枝，生憎一簇更千絲。柳枝只解綰離別，柳絮隨郎無盡期。

其　三

白於花色軟於綿，不是東風不放顛。郎似春泥儂似絮，任他吹著也相連。

其　四

亂點新粧拂畫眉，玉樓春盡倚欄時。隨風乍可沾泥死〔一〕，莫作浮萍逐水移〔二〕。

【注釋】〔一〕惠洪冷齋夜話：東坡移守東徐，東吳僧道潛往訪之。東坡遣一妓前乞詩，援筆而成。詩曰：寄語巫山窈窕娘，好將魂夢惱襄王。禪心已作沾泥絮，不逐春風上下狂。〔二〕溫革分門瑣碎錄：柳絮落水，經宿則爲沾泥。

其　五

高下縈迴度好春，悠揚如夢又如塵。風流性格依然在〔一〕，爭似長條解絆人。

【注釋】〔一〕薛能楊柳詞：風流性在終難改，依舊春來萬萬條。

其　六

柳絮新歌續柳枝，情塵如浪淚如絲〔一〕。沈園柳老綿吹盡，夢斷香銷向阿誰〔二〕？

【注釋】〔一〕王屮頭陀寺碑：愛流成海，情塵爲嶽。〔二〕周密齊東野語：陸務觀娶唐士閎之女，伉儷相得，而弗獲于其姑，出而絶之。唐後改適同郡宗子士程。嘗以春日出遊，相遇于禹跡寺南之沈氏園。唐以語趙，遣致酒肴。放翁悵然久之，爲賦釵頭鳳一詞題園壁間云：紅酥手，黄縢酒。滿城春色宫牆柳。東風惡，歡情薄。一懷愁緒，幾年離索。錯！錯！錯！春如舊，人空瘦。淚痕紅浥鮫綃透。桃花落，閒池閣。山盟雖在，錦書難託。莫！莫！莫！實紹興乙亥歲也。放翁居鑑湖之三山，晚歲每入城，必登寺眺望，不能勝情，嘗賦二絶云：夢斷香銷四十年，沈園柳老不飛綿。此身行作稽山土，猶弔遺蹤一泫然。城上斜陽畫角哀，沈園無復舊池臺。傷心橋下春波緑，曾是驚鴻照影來。蓋慶元己未歲也。未久，唐氏死。至紹興壬子歲，復有詩，序云：禹跡寺南有沈氏小園，四十年前，嘗題小闋壁間，偶復一到，而園已三易主，讀之悵然。詩云：楓葉初丹槲葉黄，河陽愁鬢怯新霜。林亭感舊空回首，泉路憑誰説斷腸？壞壁醉題塵漠漠，斷雲幽夢事茫茫。年來妄念消除盡，回首蒲龕一炷香。又至開禧乙丑歲暮，夜夢沈氏園，又作兩絶句云：路近城南已怕行，沈家園裏更傷情。香穿客袖梅花在，緑蘸寺橋春水生。城南小陌又逢春，只見梅花不見人。玉骨久成泉下土，墨痕猶鎖壁間塵。沈園後屬許氏，又爲汪之道宅云。

次韻徐于傷故妓詞二首

桂華落盡影鬖髿，日夕牛羊上壠多〔一〕。記得當年歌此曲，引聲不忍到嫦娥〔二〕。桂華，徐故妓名也。白樂天有桂華曲。

【注釋】〔一〕惠洪冷齋夜話：古樂府曰：護惜加窮袴，隄防託守宫。今日牛羊上丘隴，當時近前面發紅。〔二〕白樂天桂華曲：可憐天上桂華孤，爲問嫦娥更要無？

其二

豔質嬌歌宿草前，清明拜掃已多年。秋風舞盡雙蝴蝶，還是春來送紙錢。

澤州王述文侍御罷官里居詒余書曰杜門無事灌畦教子公爲我賦詩以發雀羅蝶夢之意遂屬善畫者爲二圖以寄各系五言十韻書于卷尾

雀羅

落薄休官日，蕭條却埽初。高軒多去跡，連騎少來車。鶴蓋陰方散〔一〕，龍門阪遂虚。陸潘槐柳在〔二〕，趙李履綦疎〔三〕。賓客何勞謝，蓬蒿不用鋤。無媒荒徑路，有雀下堦除。剝啄兒童喜，嬉遊伴侣如。張羅還寂寂，避網亦徐徐。彈射珠堪惜，飛鳴粒願餘。物情君自見，莫學署門書。

【注釋】〔一〕劉孝標廣絕交論：鶴蓋成陰。李善曰：劉楨魯都賦：蓋如飛鶴，馬如遊魚。〔二〕北齊書盧文偉傳：盧詢祖好臧否人物，嘗語人曰：「我昨東方未明，過何氏門外，已見二陸兩潘，森然與槐柳齊列。」蓋謂彥師、任惠與文宗、那延也。〔案：據北齊書盧文偉傳，「陸、潘」，應作「陸、源」。注中「何氏」，應作「和氏」；「兩潘」，應作「兩源」；「任惠」，應作「仁惠」。〕〔三〕阮嗣宗詠懷詩：平生少年時，輕薄好絃歌。西遊咸陽中，趙李相經過。

蝶夢

愕夢前塵外〔一〕，浮生一枕餘。蛇鈎身入定〔二〕，蟬蛻息還虛〔三〕。寐熟眠龍穩，神閒化蝶舒。良宵看栩栩，清晝想蘧蘧。牽惹游絲並，懵騰戲幔如。花明魂蕩漾，日煖影于徐。颺去茶烟緩，驚迴枰響疎。鶯梢酣暢後〔四〕，燕語欠伸初〔五〕。莫辨蕉隍訟〔六〕，何因鼠穴車〔七〕？與君聊作伴，昔昔願爲魚〔八〕。

【注釋】〔一〕周禮春官宗伯：以日月星辰占六夢之吉凶，二曰噩夢。杜子春云：噩當爲驚愕之愕，謂驚愕而夢。首楞嚴經：佛告阿難：一切世間，大小內外，諸所事業，各屬前塵。〔二〕佛遺教經：煩惱毒蛇，睡在汝心。當以持戒之鉤，早幷除之。睡蛇既出，乃可安眠。〔三〕後漢書仲長統傳：飛鳥遺迹，蟬蛻亡殼。蘇子美春睡詩：身如蟬蛻一榻上，夢似楊花千里飛。〔四〕少陵重過何氏詩：花妥鶯捎蝶。〔五〕樂天曉寢詩：轉枕重安寢，廻頭一欠申。〔六〕列子周穆王篇：鄭人薪于野，遇駭鹿，擊斃之，藏諸隍中，覆之以蕉。俄而遺其所藏之處，以爲夢焉，順塗詠其事。旁有聞者，用其言而取之。薪者歸，其夜眞夢藏之之處，又夢得之之主，旦按所夢而尋得之，遂訟而爭，歸之士師。士師請二分之，以問鄭君，鄭君曰：「嘻！士師將復夢分人鹿乎？」〔七〕世說文學篇：衞玠問樂令夢，樂云：「是想。」衞曰：「形神所不接而夢，豈是想耶？」樂曰：「因也。未嘗夢乘車入鼠穴，擣虀噉鐵杵，皆無想無因故也。」〔八〕列子周穆王篇：周之尹氏，大治產。有老役夫，昔昔夢爲國君，尹氏昔昔夢爲人僕。莊子大宗師篇：且汝夢爲鳥而屬乎天，夢爲魚而沒于淵，不識今之言者，其覺者乎？其夢者乎？

寄澤州張吏部光前四十韻方聞屯留暴給諫之訃詩末悼之兼懷張藐姑甘州

前年入都門，逢君戒徒御。班馬鳴路岐，斜日寺門暮。衝風起御溝，落葉滿行路。滄海忽飇塵，市朝了非故。君既自免歸，余亦見抵去。小人無遠慮，戢身守沮洳。襏襫卽田功，笭箵省魚具。公上給耕桑〔一〕，伏臘侯牧酤〔二〕。屛跡徒墻面，端居類穴處。癡癡鑽紙蠅〔三〕，兀兀蛀書蠹〔四〕。剠劓刑或免，躄瘨疾已痼〔五〕。吾衰何足云，終焉其殆庶。聞君方樂志，築室理園圃。王屋面軒窗〔六〕，天井負楹柱〔七〕。丹林被翳薈〔八〕，沁水逕廻互〔九〕。林巒却復迎，烟靄潰還聚。花藥春榮繁，燕麥冬暄布。潛藏養氣志，蕩滌放情愫。明月見嘯歌，清風起毫素。鳴鶴哀居貞，漸鴻貴儀羽。三晉饒雲山，中條鬱西顧。秀發著眉宇，屈盤儼負護。風隄絳守池〔一〇〕，覽照王官墓〔一一〕。參井畜氣潤，靈境神所居。被褐矜懷抱，登朝好修嫮。掩抑避謠諑，局促事翁嫗。一朝謝羈紲，懼夢喜得寤。游觀極俯仰，天其爲君助。人生皆旅人，勞勞苦寄寓。功名如輕塵，富貴比危露。嵯峨暴公子，蹷車出通路〔一二〕，淖約藐姑人，荷戈酒泉戍。膏火自煎熬，駟馬帶傾仆。不見黑頭公〔一三〕，策免羨徒步。修門杳何期〔一四〕，靈璅邈難訴。脱髮寧戀梳，截足肯適屨〔一五〕。有酒且當歌，方時莫量雨。盛壯欣樂康，晼晚足暇豫。看君鵾鵬遊，笑我尺鷃舉。長謠匪遂歌，聊以代晤語。

【注釋】〔一〕楊子幼報孫會宗書：身率妻子，戮力耕桑，灌園治産，以給公上。〔二〕潘岳閑居賦：牧羊酤酪，以俟伏臘之費。〔三〕洪覺範林間錄：白雲端禪師作蠅子透窗偈曰：爲愛尋光紙上鑽，不能透處幾多難。忽然撞著來時路，始覺平生被眼瞞。〔四〕昌黎雜詩：豈殊蛀書蟲，生死文字間。〔五〕柳子厚起廢答：今兹是州起廢者二焉，東祠躄浮圖，中廐病顙之焉。〔六〕樂史寰宇記：王屋山，在陽城縣南五十里。〔七〕寰宇記：天井關，一名太行關，在晉城縣南大行山上。天井泉在天井關之南，泉有三所，極大至深莫測。〔八〕山海經：沁水之東有林焉，名曰丹林，丹水出焉。〔九〕寰宇記：沁水出沁州綿上縣界覆甑嶺，經晉州異氏縣界，當州端氏縣。〔一〇〕樊宗師絳守園池記：正北曰風隄，乘攜左右。〔一一〕司空圖山居記：上方之亭曰覽照。新唐書卓行傳：司空圖居中條山王官谷，豫爲冢棺，遇勝日，引客坐壙中，賦詩酌酒裴回，客或難之。圖曰：君何不廣耶？生死一致，吾寧暫遊此中哉！〔一二〕周禮春官宗伯：喪祝御匶乃奠。匶，音舊。〔一三〕世說：諸葛道明初過江左，丞相謂曰：「明府當爲黑頭公。」〔一四〕宋玉招魂：魂兮歸來，入修門些！〔一五〕後漢書荀淑傳：傳曰：截趾適屨，孰云其愚？

苦雨歎

東南天漏何時好〔一〕，一月愁霖失晴昊。卑濕嘗看墻壁昏，繁翳不辨窗櫺曉。羲和望舒停轡御，商羊黑蜧肆鱗爪。簷溜鏗訇如撞胸，點滴搊琤欲貫腦〔二〕。蛟蛇蹙拶爭平陸〔三〕，蛙黽跳梁上木杪。未須沮洳愁九穀，且自裛爛悲百草。今年獻歲已發春，雨雪稍遲震電早。玉女忽隨滕六笑〔四〕，雪師兼把雷車掉。陰陽攢簇并一時，天公號令肯顛倒。占年誰與問乙巳？唐誌：李淳風撰乙巳占，起算上元乙巳。紀事將無類乙卯？唐布衣李潛用撰乙卯記。乙卯，太和九年也。爲箕爲畢各有好，恆雨恆暘責非小。老農嘈嘈亦何爲？歸來蒸薪避行潦〔五〕。

【注釋】〔一〕樂史寰宇記：邛都縣：漏天，秋夏常雨，僰道有大漏天、小漏天。〔二〕松陵集：皮日休吳中苦雨詩：龍光倏閃照，虬角搊琤觸。〔三〕陸龜蒙酬襲美苦雨詩：又疑伍胥濤，蛟蜃相蹙拶。〔四〕玄怪錄：蕭志忠將以臘日畋遊，玄冥使者宣帝命，羣獸請救。使者求術于嚴四兄曰：蕭使君每役人，必恤其飢寒。若祈滕六降雪，巽二起風，則不復遊獵矣。〔五〕皮日休吳中苦雨詩：薪蒸濕不著，白晝須燃燭。

寒食後雨不止書示鄰里

甲子冥冥雨浹旬〔一〕，愁霖高揖轉傷神。今年寒食眞無火，何處烟花別有春？呼婦鳩還勤過我，竊脂雀亦窘如人〔二〕。自慚及物非吾事，早餉鄰翁有束薪。

【注釋】〔一〕五色線：諺曰：春雨甲子，赤地千里。夏雨甲子，乘船入市。秋雨甲子，禾頭生耳。鵲巢下地，其年大水。〔二〕爾雅釋鳥：桑扈，竊脂。郭璞曰：俗謂之青雀，嘴曲食肉，好盜脂膏，因名云。焦氏易林，嗌嗑之渙：桃雀竊脂，巢于小枝。

其二

從星不辯畢箕文，行雨誰將點滴分〔一〕？近靄渾疑平作地，遠山直恐化爲雲。江鄉蝦蟠還遺種，海國蛇龍敢亂羣。擬上天公牋一紙，老農可許綠章聞〔三〕？

【注釋】〔二〕李復言續玄怪錄：李衞公微時，射獵霍山中，會暮迷路，至朱門大第，叩門請宿。夜半，聞叩門聲急，曰：「天符報大郎行雨。」夫人曰：「兒子二人未歸，當如之何？」因請公相見，曰：「此龍宮也，適奉天符行雨，欲奉煩頃刻。」遂敕黃頭被青驄馬來，又命取雨器，乃一小瓶子，繫于鞍前，誡曰：「郎乘馬，信其行，取瓶中水一滴，滴馬鬃上，愼無多也。」于是上馬，隨所躡，輒滴之。俄頃雨畢，復歸。〔三〕元遺山步虛詞：綠章封事謝昇平。

畫士張季挽詞

一棺寂寂掩柴菅，零落貧交漬酒還〔一〕。俠骨千年埋傲兀，孤墳三尺起孱顏。松頭月照新封土，花裏鶯啼舊隱山。粉繪不隨長夜盡〔二〕，數峯依約暮雲間。

【注釋】〔一〕劉孝標廣絶交論：繐帳猶懸，門罕漬酒之彥。〔二〕少陵存歿口號：鄭公粉繪隨長夜。註曰：鄭虔善畫山水。

贈陸墓邵叟是僧彌之父

蓬蒿三徑少追扳，中有高人善閉關。忙爲市南行藥去〔一〕，閒從城北討春還〔二〕。齋時婦料供僧米，畫裏兒皴過雨山。寄語道旁名利客，青門原只在人間。

【注釋】〔一〕北史邢巒傳：孝文因行藥至司空府南，見巒宅，謂巒曰：「朝行藥至此，見卿宅乃住。」

〔二〕松陵集：陸龜蒙招襲美詩序：闔閭城北有賣花翁，討春之士，往往造焉。

金壇于潤甫釀五加皮酒爲南酒之冠潤甫與繆仲醇友善仲醇善別酒釀法蓋得之仲醇今年潤甫釀成損餉而仲醇亡矣賦四十二韻奉謝并悼仲醇

我飲不五合，頗知酒中味。苦愛北酒佳，芳香入夢寐。頻年再出山〔一〕，衰遲受顛躓。不獨戀官爵，兼亦爲酒累。自從歸田來，道遠苦莫致。吳酒負虛名，往往煩餉饋。餔糟與啜醨，委頓非吾志。惡酒如惡客，其性悍而鷙。撐腸芒角起，薄喉爐炭熾。甜酒如小人，其性柔且遲。口吻滋囁嚅，腸鬲長脂膩〔二〕。我性與之違，何能强周比。入盞先皺眉，沾唇已揯鼻。方當困幽憂，況復苦陰曀。無帚孰掃愁？有鈎不除睡〔三〕。朝來送酒人，遠自金壇至。未暇潔尊罍，先呼擊泥埴。黃柑洞庭春〔四〕，雲露石湖貴。猶嫌金醴薄，不羡松花細〔五〕。肅如見君子，寒清沁心肺。藹如近美人，光風汜腸胃。雲陰解翳駮，鶯花見明媚。暄如踏春陽，冷如坐月地。頭風愈眩運〔六〕，末疾起重膇〔七〕。螟蛉息嘲啁，雷霆斷驚悸〔八〕。丁寧戒室人，此物吾所嗜。升合謹斟酌，朝夕手封閉。頻煩看甕面，促數滌飲器。不畏大戶嗤〔九〕，但恐後車匱。中年多哀樂，昔遊盡顦顇。我友繆仲醇，別酒號渠帥。生平家人產，強半營酒事。勁正本式法〔一〇〕，淸濁剖涇渭。酒家有南董，此翁庶無愧。一朝歸黃壤，酒鎗閉空笥〔一一〕。盈尊不能飲，墳土空復漬〔一二〕。感君餉我酒，知君有深意。安用聖人爲，飲此盡日醉。我醉亦易醒，君酒難再乞。流涎忍口饞，信筆作詩戲。羨彼公孫朝，封麴成委積。從君貰酒城，願爲此中隸〔一三〕。

【注釋】〔一〕世說識鑒篇：謝公在東山畜妓，簡文曰：「安石必出，既與人同樂，亦不得不與人同憂。」　〔二〕少陵阮隱居致薤詩：衰年關鬲冷，味煖幷無憂。　〔三〕東坡洞庭春色詩：應呼釣詩鉤，亦號掃愁帚。　〔四〕洞庭春色詩序：安定郡王以黃柑釀酒，謂之洞庭春色，色香味三絕。〔五〕東坡次定慧欽長老見寄詩：松花釀仙酒。原化記：有老人雪中訪崔豈眞，獻松花酒。老人云：「味澀無味。」乃取一丸藥投之，味頓別。　〔六〕後漢書華佗傳：操積苦頭風眩，佗針隨手而差。〔七〕左傳成公六年：民愁則墊隘，于是乎沉溺重膇之疾。杜預曰：重膇，足腫。　〔八〕劉伶酒德頌：兀然而醉，怳爾而醒。靜聽不聞雷霆之聲，熟視不見太山之形。不覺寒暑之切肌，利欲之感情。俯觀萬物之擾擾，如江漢之載浮萍。二豪侍側焉，如蜾蠃之與螟蛉。　〔九〕樂天寄韓侍郎詩：戶大嫌甜酒，才高笑小詩。　〔一〇〕東坡酒經：勁力合爲四斗，又五日而飲，則和而力，嚴而不猛也。〔二〕宋書何尚之傳：何點在法輪寺，竟陵王子良遺點嵇叔夜酒盃、徐景山酒鎗、寶革酒譜。自晉以來，酒器多云鎗，故南史有銀酒鎗。鎗或作鐺，本溫酒器也。（按：「宋書」，當作「南史」。）〔三〕唐語林：白居易葬龍門山。相傳洛陽士人及四方遊人過者，必奠以卮酒，故冢前方丈之土常成渥。〔三〕松陵唱和集：皮日休酒城詩：萬仞峻爲城，沉酣浸其俗。香侵井幹過，味染濠波綠。朝傾踰百榼，暮壓幾千斛。吾得隸此中，但爲闇者足。

金壇酒垂盡而孟陽方至小飲作

佳醞那能不共持，開尊欲酌便相思。曹公自解沉吟意〔一〕，陶令偏憐顧影時〔二〕。杯盡政如春去急，壺傾可奈客來遲。一觴莫笑頻相勸，無酒明朝更愬誰？

【注釋】〔一〕樂府魏武帝短歌行：但爲君故，沉吟至今。〔二〕淵明飲酒詩序：偶有名酒，無夕不飲。顧影獨盡，忽焉復醉。

顧炳秀才遺書索飲有醉吐丞相車茵之語作七字句報之

糟丘且莫歎沉淪，漢世君看尙酒人。已見相公呼後舍，更聞馭吏歐車茵。無多酌我終須醉，時一中之頗近眞。却笑揚雄老投閣，鴟夷瓶井向誰論？

與顧秀才飲酒作

無花頗恨司去花神，有酒偏宜衞酒人。但看當筵浮大白，何愁後閤走窮賓。桑間布穀催耕急，樹上提壺勸飲頻。我老君貧何所作？商量同占醉鄉民。

以頂骨飲器勸酒次秀才韻

風雨闌珊春暮時，銜盃莫問夜何其。酒旗已分臨天駟，飲器休辭倒月氏。新廟還應祀儀狄，後車定合置鴟夷。中山醉死眞堪羨，千日無勞問醒期。

短歌答博羅韓孟郁博士〔一〕

昔年留君醉燕市，東方兵起君歸里。今年君官南橋門，我已久褫頭上巾。人生相知苦難見，何異秋鴻與社燕。感君寄我長句詩，懷袖殷勤置君扇。東華茫茫舊塵土，我已無夢君何詡。花磚日午啼郵雞，鈴索蕭閑睡鸜鵒。與君俱已鬢如絲，可憶靑山有宿期。廣文雖冷官猶在，吳市相尋定幾時？孟郁丁未落第和余詩云：異時倘相尋，或在吳門市。

【注釋】〔一〕韓上桂，字孟郁，上海人。萬曆甲午舉于鄉。天啓初，以學官上公車，白蓮賊方熾，朝議欲得儒生知兵者往覘形勢，孟郁奮袂請行。時福清當國，壯其志，而卒未能用也。稍遷南京國子監博士，所得俸錢，盡付酒家以供醉。賓朋雜遝，詩酒淋漓，而其中實有不自得者，坐客莫能知也。

文三啓美次余除夕元日詩韻見寄疊韻奉答兼簡文起狀元

奇石名花錯盎盆，清言竟日寡寒温。停雲家世紅欄里〔一〕，邀笛風流白下門〔二〕。芳草閒庭新度曲，桐華小院別開尊。廿年游跡如前夢，每向空齋屈指論。

【注釋】〔一〕啓美爲衡山曾孫，文起之弟。停雲，待詔之別館也。〔二〕王象之輿地紀勝：邀笛步，在上元縣，乃王徽之遇桓伊吹笛之處。

其　二

信美芝蘭接砌除，依然布褐共閒居。霧深欲隱南山豹，風積能摶北溟魚。陸氏有文嘗互評，謝家無夢不堪書。對床風雨聽蕭瑟，珍重衡山舊草廬。

代鶴答

軒墀曾是誤恩來，野性終期碧海隈。承日自憐丹頂在，梳風未忍素翎摧。長鳴半夜知誰和？靜立閑庭恥受媒。惆悵玉京稀伴侶，爲君三疊舞琴臺〔一〕。

【注釋】〔一〕黄庭内景經：琴心三疊舞胎仙。

贈竹深堂鶴

徐于

野鶴婆娑舞竹深，疎簾隱几對蕭森。長鳴自吸三危露，獨立孤含萬里心。未許軒墀分氣色，漫隨魚鳥看升沉。可因彈射年來甚？祇是幽棲合在林。

和徐于悼響閣前小松之作

新松無復倚疏籬，想見亭亭偃蓋姿。風過尚傳清梵語，鶴歸還認舊棲枝。讖符十八終爲夢〔一〕，壽到千齡亦有期〔二〕。猶勝不材樗與櫟，空令匠石笑支離。

【注釋】〔一〕樂史寰宇記：丁固，山陰人。少夢松生腹上，謂人曰：「松字十八公。」果爲司徒。

〔二〕抱朴子：玉策記稱：千歲松樹，四邊枝起，上杪不長，望而視之，有如偃蓋。其中有物，或如青牛，或如青羊，或如青犬，或如青人，皆壽千齡。

其　二

提壺自挂石欄前，每爲庭柯一悵然。可是孤根難蟄地，也應造物忌參天。未成鱗甲先供伐，稍出蓬蒿已被鐫。回挽滄江更誰是？直須雲壑臥千年〔一〕。

【注釋】〔一〕山谷秋思寄子由詩：老松閲世臥雲壑，挽著滄江無萬牛。

孟陽載酒就余同飲韻余方失子疊前韻志感

別後春醪憶共持，多君載取慰相思。豈知河朔開尊日，正是延陵喪子時。醉死却輸劉白早，憂來還恨杜康遲。淋漓戲墨燈前事，涴壁書窗更泥誰？

三疊韻答孟陽慰余哭子作

中酒心情不自持，如魘似病攪人思。懵騰殘夢花飛候，寂寞空梁燕去時。老覺繁霜侵鬢早，愁看明月入懷遲〔一〕。憑君一笑聊相共，開口來朝更向誰？

【注釋】〔一〕吳志吳夫人傳注：搜神記曰：初，夫人孕而夢月入其懷，既而生策。及權在孕，又夢日入其懷，以告堅曰：「昔妊策，夢月入我懷；今又夢日入我懷。何也？」堅曰：「日月者，陰陽之精，極貴之象，吾子孫其興乎？」

亡兒後拆所築月臺悵然有作

月臺平築子城隈，一日嬌兒上幾回。思子不堪頻悵望〔一〕，傷心無復倚崔嵬。欄傾似逐風鳶去〔二〕，檻折誰牽竹馬來？又恐他年雛鶴返，不知城郭認樓臺。

【注釋】〔一〕晉書愍懷太子傳：帝感閻纘之言，立思子臺。〔二〕李石續博物志：今之紙鳶，引絲而上，令兒張口望視，以洩內熱。

登茅山三首

便闕虛臺己字文〔一〕，仙山終古屬三君。秦王自改人間臘〔二〕，梁代空餘嶺上雲。芝月有光期獨采〔三〕，松風無價許平分〔四〕。積金連石遺封在〔五〕，笑殺紛紛蟻子羣〔六〕。

【注釋】〔一〕眞誥稽神樞：句曲山，古人謂爲金壇之虛臺，天后之便闕。山形似己，故以句曲爲名。註曰：登中茅玄嶺，望諸峯壟，盤紆曲轉，狀如左書己字之形。〔二〕史記始皇紀：三十一年十二月，更名臘曰嘉平。茅盈內紀曰：始皇三十一年九月庚子，盈曾祖父濛，于華山中白日昇天。先是其邑謠歌曰：神仙得者茅初成，駕龍上升入太清，時下玄洲戲赤城，繼世而往在我盈，帝若學之臘嘉平。始皇聞謠歌而問其故，父老具對，此仙人之謠歌，勸帝求長生之術。于是始皇欣然，因改臘曰嘉平。〔三〕眞誥稽神樞：華陽洞有五種夜光芝，良常山有螢火芝，大如豆形，紫華，夜視有光。得食一枚，心中一孔明；食七枚，七孔明，可夜書。〔四〕梁書陶弘景傳：特愛松風，每聞其響，欣然爲樂。〔五〕眞誥稽神樞：大茅山中茅山相連，長阿中有連石，古時名爲積金山。

〔六〕高駢遣興詩：浮世忙忙蟻子羣。

其　二

一入華陽隔世氛，天壇眞擬見茅君。溪田黯黮流殘月，樓觀葱蘢駐曉雲。谷口樵歸纔出日，洞中棋罷又斜曛。白頭未了人間事，慚愧曾探七誥文〔一〕。

【注釋】〔一〕眞誥敍錄：運題象第一，甄命授第二，協昌期第三，稽神樞第四，闡幽微第五，握眞輔第六，翼眞檢第七。

其　三

飈輪迹在大茅東〔一〕，逋客依然識舊宮。近岫過雲如設色〔二〕，遙山湧浪欲排空。暮蟬乍歇千林雨，秋笛先催一葉風。回首南朝塵霧裏，徒聞宰相在山中。

【注釋】〔一〕眞誥稽神樞：茅山天市壇，昔東海青童君曾乘獨飆飛輪之車，按行此山，埋寶金白玉于市石四面，飈輪之迹，今故分明。〔二〕周禮冬官攷工記：設色之工五。

六月二十三日元符萬寧宮爲亡兒設醮

星月空寥便闕開，拜章親上步罡臺。誰知玉斧尋眞去〔一〕，却要非熊戀世回〔二〕。天上叟書傳不易，眞誥云：許氏遺經，皆傳玉斧之子黃民。塵中小兆夢還來〔三〕。仙山亦有呼兒鳥，莫道人間盡可哀。顧況大茅嶺東憶亡子詩云：谷鳥猶呼兒，山人夕霑襟。況之子，非熊也。見段氏酉陽雜俎。

【注釋】〔一〕眞誥翼眞檢：長史小男名翽，字道翔，小名玉斧，修業勤精，恆願早遊洞室，不欲久停人世，遂詣北洞告終。〔二〕段柯古酉陽雜俎：顧況喪子，其子魂遊恍惚，不離其家。況悲悼作詩，其子聽之感慟，自誓再爲顧家子。經日被人執至一處，斷令託生，忽覺心醒，開目認其屋宇，兄弟親愛滿側，唯語不得。至七歲方敍前生事，歷歷不悞，卽進士顧非熊也。〔三〕松陵集陸龜蒙上元日道室焚修詩：唯有世塵中小兆，夜來心拜七星壇。

茅山懷古六首

磐石崇天壇〔一〕，勾金隱地肺〔二〕。叔申既來遊，二弟亦至止〔三〕。山中輕宰相，人間重長史〔四〕。君看神武門，掛冠復誰子〔五〕？

【注釋】〔一〕眞誥稽神樞：天市壇石正當洞天之中央，玄窗之上。此石是安息國天市山石，所以名之爲山市磐石。玄帝時，召四海神使運此磐石于洞天之上耳。〔二〕眞誥稽神樞：句曲山，秦時名爲句金之壇，以洞天內有金壇百丈，因以致名也。眞誥稽神樞：金陵者，洞府之膏腴，句曲之地肺也。註曰：水至則浮，故曰地肺。〔三〕葛洪神仙傳：茅君名盈，字叔申，酉陽人也。十八歲入恆山學道，積二十年，道成而歸。君之弟名固，字季偉，次弟名衷，字思和。君之江南，治于句曲山。後二弟過江尋兄，君使服四扇散，于山下洞中修煉，四十餘年，亦得成眞。〔四〕眞誥運象篇：長史男名謐，字思玄，王夫人口授玉醴金漿、交生神梨、方丈火棗、玄光靈芝，我當與山中許道士，不以與人間許長史也。〔五〕南史陶弘景傳：永明十年，脫朝服掛神武門上，表辭祿，詔許之。

其二

新莽竊漢籙，偏走媚百神。刻鏤金玉鐘，齋贈三茅君〔一〕。斗柄難久據〔二〕，蛙聲徒穢聞〔三〕。三君笑不顧，騎鶴凌白雲〔四〕。逆奄遣使祈福方內名山，首及三茅。

【注釋】〔一〕眞誥稽神樞：王莽地皇三年，遣使者章邕賫黃金百鎰銅鐘五枚，贈之于句曲三仙君。〔二〕漢書王莽傳：莽親之南郊，鑄作威斗，以五石銅爲之，若北斗，長二尺五寸，欲以厭勝衆兵。既成，命司命負之。莽出在前，入在御旁。〔三〕漢書王莽傳贊：紫色蛙聲，餘分閏位。應劭曰：紫，間色；蛙，邪音也。服虔曰：言莽不得正王之位，如歲月之餘分爲閏也。師古曰：蛙者樂之淫聲。〔四〕葛洪神仙傳：每三月十八日，十二月二日，三君各乘一白鶴，集于峯頂。

其　三

夏馥謝漢辟，徵書著桑樹〔一〕。及其遇鈎黨，變形老傭屋〔二〕。仙籍隸方諸〔三〕，史傳書黨錮。寄語人間子，躄躄何所慕？夏馥爲保命府明晨侍郎，保命府，華陽五府之一也，見眞誥稽神樞。

【注釋】〔一〕眞誥稽神樞：馥少時被公府辟召，懸辟書，著桑樹，乃去，其用懷高曠如此。〔二〕後漢書黨錮傳：夏馥，字子治，以聲名爲中官所憚，與范滂、張儉等俱被誣陷。馥乃自翦須變形，入林慮山中，隱匿姓名，爲治家傭，人無知者。〔三〕眞誥協昌期：大方諸宮，青君常治處也。其上人皆天眞高仙太極公卿諸司命所在也。

其　四

隱居度世人，豈昧救世局。惜哉齊梁主，難縶白駒足。高名託外兵〔一〕，微言著別錄。英英嶺上雲，至今在空谷。

【注釋】〔一〕陶隱居内傳：先生以夜半出山，天大晦冥，人莫能見，負笈以從者二人，改名氏曰王整，官稱外兵。注曰：眞人所爲，非凡識所辨。此名氏官位，當有玄旨耳。

其五

峨峨積金峯，帶以連石鄉。隱居割封邑，弟子授寵章。蠻國遞相雄，蟻封安可嘗？煌煌十賚文，千年勒華陽。逆奄之子，進爵寧國，將議封建。

其六

紹述亂綱紀〔一〕，鼎物象播遷。仙都白玉印，乃在華陽巔。銅人已辭漢，石鼓終入燕。至寶歸上淸，長得保天年。

【注釋】〔一〕魏志武帝紀：紹常得一玉印，于太祖坐中，舉向其肘。太祖由是笑而惡焉。吳志孫堅傳：堅入洛，掃除漢宗廟，祠以太牢。堅軍城南甄官井上。旦有五色氣，堅令人入井，探得漢傳國璽。山陽公載記曰：袁術將僭號，聞堅得傳國璽，乃拘堅夫人而奪之。

謝于昭遠寄廟後茶次東坡和錢安道韻

昔人苦作有情癡，下飲不知茶與茗〔一〕。我今懵懂百不解，獨有啜茶能記省。感君寄惠手自煎，洗杓停匙坐傾聽。活火新泉沸石銚，潑觸乳花發香性。森然茶星知有無〔二〕，但覺芒寒與色正。睡魔迸散暑氣退，松風蕭颼白日永。搜腸潤吻如有靈，破悶祛煩不須猛。此茶先春出顧渚，宛如金苗引石礦。山崖高寒初日溫，受氣中和離炎冷。輕身療病比服食，醫國豈必用骨鯁。我生愛茶復愛仙，近日初來積金嶺。世事突兀看槍旗，富貴紛紜詫團餅。長腰米飽午夢足〔三〕，捫腹但餘光炯炯。行買山田入陽羨〔四〕，更置水遞近石井〔五〕。東坡老人太苦硬，刺刺品茶刺貴倖。我詩漫浪聊戲耳，只愁湍泉飲生癭〔六〕。

【注釋】〔一〕世說紕漏篇：任育長過江失志，王丞相下飲，便問人云：「此爲茶爲茗？」覺有異色，乃自申明云：「向問飲爲熱爲冷耳。」嘗行從棺邸下度，流涕悲哀，王丞相聞之曰：「此是有情癡。」〔二〕范希文和章岷從事鬭茶歌：森然萬象中，焉知無茶星。〔三〕范石湖詠吳米詩：長腰瓠犀瘦，齊頭珠顆圓。〔四〕東坡志林：浮玉元公欲爲我買田京口，與浮玉山相近。吾昔有詩云：江山如此不歸山，山神見怪驚我頑。我謝江神豈得已，有田不歸如江水！今有田矣，不歸無乃食言于神耶？〔五〕芝田錄：李德裕在中書，常飲常州惠山井泉。自毗陵至京，置遞舖。有僧人謁德裕曰：水遞事欲沮此可乎？貧道爲相公通常州水脈，井在昊天觀常住庫，但以惠山一甖，昊天一甖，雜以入瓶，暗記出處，遺僧辨取。僧因啜嘗，取惠山與昊天餘入，乃同味。德裕大奇之，當時停其水遞。〔六〕博物志：山居之人多癭腫疾，由于飲泉之不流者。陸羽茶經：山水擇乳泉石池慢流者上。其瀑湧湍漱勿食之，久食，令人有頸疾。

丁卯孟秋聞時享太廟作

淸露晨流肅羽旄，上公升拜朵雲高。殊勳久冠貂蟬列，聖主初辭祼獻勞。九廟神靈還陟降，千官趨走倍蒼蒿。遺民舊日叨陪祀，親見曾孫奠黍蕭〔一〕。

【注釋】〔一〕詩大雅生民章：取蕭祭脂。毛萇傳曰：取蕭合黍稷，臭達牆屋。既奠而後爇蕭，合馨香也。

八月十四夜艤舟虎丘與孟陽長蘅小飲

小舟如簾閣，艤向虎丘涘。笙歌何喧闐，餘音沸烟水。孤吟發蚓竅，閟默復隱几〔一〕。譬如坐禪僧，飄瞥心數起。跫然空谷音，忽見程與李。殷勤如明月，入我船窗裏。小酌無盤餐，開顔且懽喜。四山歌吹罷，落月汎淸泚。貧老羞見月，子由詩句。斯言未爲旨。月如令我羞，不及故人矣。歸舟對孤枕，懩懩心未已。延緣葦間音，猶恐是二子。

【注釋】〔一〕白樂天寄兄弟詩：閟默秋風前。

八月十五夜

歸舟信孤颿，忍與明月別。今夜生公石，駢闐那可說。酒氣昏深池，人烟冒清樾。喧喧鼓吹罷，淸歌如一髮。歸人盡扶醉，坐客但耳熱。有曲誰解賞？歌者自悽咽。我生好清游，避此繁麗窟。歸來呼病婦，舉杯共邀月。忽聞小樓西，高歌唱圓闕。去去勿復聽，使我心斷絕。

八月十七夜

今年十七夜，圓月勝三五。月滿不厭遲，弦望自有敍。譬如繁豔花，春殘始開吐。又如妖冶人，半老鬬眉憮。我爲驗曆頭，欣然命儔侶。新篘絜尊罍，小摘倒筐筥。酒伴期不來，茫然似失伍。長鬚兩三人，嘆息自相語。北里考歌鐘，黄金充棟宇。東鄰喧鼓吹，錢刀壓倉庾。主人有何樂？懵騰自豪舉。病婦支空床，嬌兒臥淺土。文籍滿四壁，饑來不堪煑。流光照素髮，吟蟲響空杼。任彼明月好，豈能變愁緒。僮言良可聽，我興未能阻。捫胸自跳踍，擊撞類臼杵。天公爲解圍〔一〕，晴昊變風雨。

【注釋】〔一〕晉書王凝之妻傳：凝之弟獻之，嘗與賓客談議，詞理將屈，道蘊遣婢白獻之曰：「欲爲小郎解圍。」乃施青綾步障自蔽，申獻之前議，客不能屈。

依韻答徐于病中見懷

簾閣香殘正憶君，新詩宛轉似迴文。每憐面會如千里，未省腰圍到幾分。合眼閒來推昨夢，支頤懶去看秋雲。多情多病眞相似，搔首何辭到日曛。

彭幼朔仙翁丙寅十月化去歲盡却有手書貽所知多言化後事蓋尸解也幼朔嘗登高寄余詩云謾嗟魚服英雄老爛醉龍山感慨多蓋亦功名自喜之士晚而入道者昔人言英雄回首即神仙此語蓋不誣丁卯九日獨坐感嘆因續成其詩以傳于好事者

梁父舊游還桃實，偷嘗已再過，榴皮書字半銷磨。尙嗟魚服英雄老，無那龍山感慨多。知跨鹿，幼朔云：「有道人見徐元直跨白鹿，往來巴蜀山中。」青城老將去乘騾〔一〕。姚平仲事，見陸務觀渭南集。君不少登高伴，却望人間一醉歌。

【注釋】〔一〕陸游姚平仲小傳：姚平仲，字希晏。年十八，與夏人戰臧底河，斬獲甚衆。童貫召與語，負氣不屈。童不悅，抑其賞。睦州盜起，貫心服其沉勇，復取以行。及賊平，不願得賞，願一見上。貫愈忌之。及金人入寇，平仲適在京師，得召對。平仲請出死士，斫營擒虜帥以獻。及出，連破兩帥，而虜已夜徙去。平仲功不遂，遂乘青騾亡命，一晝夜馳七百五十里，抵鄧州始得食。入武關，至長安，欲隱華山，顧以爲淺，奔蜀至青城山上清宫，人莫識也。留一日，復入大面山，行二百七十餘里，度采藥者莫能至，乃解縱所乘騾，得石穴以居。乾道、淳熙之間，始出至丈人觀道院，自言如此。時年八十餘，紫髯鬱然長數尺，面奕奕有光，行若奔馬。亦時爲人作書，筆勢奇偉。然秘不言得道之由。

九日得徐于詩却寄

今辰掩戶復停觴，總爲登高易斷腸。四海知予惟兩鬢〔一〕，三年與爾共重陽。黃花笑客應無數，白鴈愁人又一行。同病更憐同賞在，解捐萸酒助茶香。皎然九日與陸羽賞茶詩云：俗人泛萸酒，誰解助茶香？

【注釋】〔一〕石林詩話：劉季孫爲杭州鈐轄，子瞻作守，深知之。後嘗以詩寄子瞻云：四海共知霜鬢滿，重陽曾插菊花無？子瞻大喜，在潁州和季孫詩，所謂一篇向人寫肝肺，四海知我霜鬢鬚。蓋記此也。

重陽次日徐二爾從饋餻蟹

肴具圓方雜醢熬〔一〕，白衣今日送衡茅。旨甘重識加餐意，選擇遙憐纖手勞。自笑吾家傳嗜蟹〔三〕，敢言詩句補題餻〔三〕。小人屬厭君休誚〔四〕，一飽如今學老饕〔五〕。

【注釋】〔一〕歲時雜咏：曹植元會詩：珍膳雜遝，充溢圓方。王仲宣公讌詩：嘉肴充圓方，旨酒盈金罍。〔二〕歐陽公歸田錄：諸州置通判，嘗與知州爭權，舉動爲其所制。有錢昆少卿者，家世餘杭人也。杭人嗜蟹，昆嘗求補外郡。人問其所欲何州？昆曰：「但得有螃蟹無通判處則可矣。」至今士人以爲口實。〔三〕劉賓客嘉話錄：明日是重陽，欲押一糕字，尋思六經竟未見有糕字，不敢爲之。邵氏聞見後錄：劉夢得作九日詩，欲用糕字，以五經中無之，不復爲。宋子京以爲不然，故子京九日有詠云：颼館輕霜拂曙袍，糗粢花飲鬬分曹。劉郎不敢題糕字，虛負詩中一世豪。遂爲古今絕唱。〔四〕左傳昭公二十八年：願以小人之腹爲君子之心，屬厭而已。杜預曰：屬，足也。〔五〕吳曾能改齋漫錄：顏之推云：眉毫不如耳毫，耳毫不如項絛，項絛不如老饕。此言老人雖壽相不如善飲食也。東坡老饕賦蓋本諸此。

天啓七年九月九日聞大行皇帝遺詔二首

風悲霜慘集兹辰，旅鴈南來報訃眞。萬國心傷憑几詔，三年腸斷屬車塵。身爲馬角生來客，夢作龍胡墜下人。欲臨國哀何處所？市南扶杖問遺民。東坡聞元祐太后升遐，吏以罪人不許成服。余雖除名，猶爲平人，遂從耆老後哭臨，亦亡于禮者之禮也。

其二

豐芑深懷皇祖仁，艱危誓欲副貽孫。兩年書命塵東閣，天啓元、二，承乏內制。三月官銜忝北門。乙丑春兼學士，至五月而罷。一出承明占國論，得歸茅屋賴君恩。殺身自此知無地，泣盡三聲向嶺猿。

九月二十六日恭聞登極恩詔有述

三載先朝版籍民，詔恩重許從儒紳。沐猴自笑冠非我，廐馬應慙穎似人。柳子厚起廢答：有病穎之馬。革解帶圍多漫漶，蟫辭衣篋尙逡巡。影娥川水清如許〔一〕，偏照東歸舊角巾。

【注釋】〔一〕海虞文苑：張應遴虞山紀：仲雍墓左曰三元堂，澗水伏流，滙玄壇祠前小地，復溢出石潭中，曰影娥川。

其二

衰殘不稱掛金章，且作斑斕拜北堂。旋取朝衣來典庫，還如舞袖去登場。聊將野鶴爲雞伴，寧許沙鷗入鷺行。只合鄉人推祭酒，蒸豚簫鼓賽畊桑。

徐大于王聞詔枉詩見賀奉答二首

彈冠何敢附清流，擊壤欣爲野老儔。屈指浮名眞泛泛，驚心噩夢尚悠悠。朝家求舊存芻狗，人世更新學土牛〔一〕。見說皐夔滿臺閣，祇應留我作巢由。

【注釋】〔一〕鄧艾傳：鍾會謂州泰曰：「君釋褐登宰府三十六日，擁麾蓋，守兵馬郡。乞兒乘小車，一何駃乎？」泰曰：「君名公之子，少有文采，故守吏職。獮猴騎土牛，又何遲也？」

其二

安穩磯頭舊釣緡，主恩深處是沉淪。敢言身退如迂叟，却喜人呼作老民。陸務觀自署山陰老民。襏襫久裁春後服，畫圖時墊雨中巾。騎驢倒墮君休笑〔一〕，聖世今眞作幸人〔二〕。

【注釋】〔一〕邵氏聞見錄：陳摶乘白騾，從惡少數百，欲入汴州。中途聞藝祖登極，大笑墮騾，曰：「天下于是定矣。」〔二〕說苑雜言篇：孔子曰：「二三子從丘者，皆幸人也。」樂天詠興詩序：頹然自適，蓋河洛間一幸人也。

丁卯十月書事四首

道塗好語沸兒童，扶杖讙呼我亦同。斗柄已聞歸聖主〔一〕，冰山何事倚羣公〔二〕？阿璫總曳尚書履，頌廠還乘御史驄。勇退史應書阿母，拜章先出掖庭中。事並見天啓七年邸報。

【注釋】〔一〕漢書梅福傳：今迺尊寵其位，授以魁柄，使之驕逆，至于夷滅。師古曰：以斗爲喻也，斗身爲魁。〔二〕開元天寶遺事：楊國忠權傾天下，進士張彖志氣高大，人有勸彖修謁國忠。彖曰：「爾輩謂楊公之勢，倚靠如泰山；以吾所見，乃冰山也。」

其　二

絲綸閣下競津塗，楊李新都、茶陵諸公不可呼〔一〕。夏屋棟應書梓匠，明堂梲亦畫侏儒。羹調衆口須兼味〔二〕，船急中流仗一壺。共道微垣新氣象，天樞旁看四星無？於時果有四相。

【注釋】〔一〕李文正公東陽，字賓之，茶陵人。天順八年進士。成化八年，以禮部左侍郎兼文淵閣大學士，直內閣。楊文忠公廷和，字介夫，新都人。成化戊戌進士。正德三年，以南京戶部尚書入直東閣。二公相業巋然，昭代人物，此其眉目也。〔二〕歐陽公歸田錄：丁晉公南遷，過潭州，作齋僧疏云：補仲山之袞，雖曲盡于一心；和傅說之羹，實難調于衆口。

其　三

秋窗晴日影遲遲，午夢初醒黍罷炊。獨對空枰嘗斂手，每臨殘局更談棋。霜清狡兔爭營窟，月白驚烏盡揀枝。一著雖低差較穩，且依旁角守茅茨。

其　四

黃門北寺獄頻仍〔一〕，錄牒刊章取次徵〔二〕。死後故應來大鳥，生時豈合點青蠅〔三〕。蒼茫野哭憂邦國，寂寞家居念友朋。痛定不堪重拭淚〔四〕，清齋勤禮佛前燈。

【注釋】〔一〕後漢書黨錮傳：帝愈怒，下膺等于黃門北寺獄。〔二〕後漢書黨錮傳：蜀郡景毅子顧，爲膺門徒，而未有錄牒，故不及于譴。毅乃慨然自表免歸。後漢書孔融傳：山陽張儉爲中常侍侯覽所怨，覽爲刊章下州郡，以名捕儉。臣賢曰：刊，削也，謂削去告人姓名。〔三〕後漢書楊震傳：震改葬華陰潼亭，先葬十餘日，有大鳥高丈餘，集震喪前，俯仰悲鳴，淚下沾地。葬畢，乃飛去。帝感震之枉，下詔策曰：故太尉震，正直是與，俾匡時政，而青蠅點素，同茲在藩。震孫奇，靈帝時爲侍中。帝問奇：「朕如何桓帝？」曰：「亦猶虞舜比德唐堯。」帝不悅，曰：「卿彊項，眞楊震子孫。死後必復致大鳥矣。」〔四〕昌黎與李翺書：今而思之，如痛定之人，思當痛之時，不知何能自處也。

羣狐行

一狐縊死鏁琅璫，一狐縊死懸屋梁。羣狐作孽兩狐當，公然揶揄立道旁。昔日羣狐假狐勢，一狐爲宰一狐帝。一朝狐敗羣狐跳，殺狐烹狐卽爾曹。兩狐就縊皆號咷，狐不生狐乃生梟。狐已死，梟尙肆，捕梟作羹亦容易。羣狐羣狐莫戲嬉，夜半睒忽雷火至。

舟師歎

千舟百舟若鱗次，大艑小艑如櫛比。舟師夢寐呼水至，愕起依然閣平地。黃旗夙昔凌長風，布帆滿張百石弓。攤錢白浪笑舉酒，胡乃束手稱技窮？我坐船艙自閔默，眼看寸進還退尺。潮平風正尙無期，橫飛直下何繇得？君不見午潮已落暮潮催，九日灘頭未是遲〔一〕。長年自辦乘風具，捩柁開船會有時。

【注釋】〔一〕吳人諺語：九日灘頭坐，一日行九灘。

初學集卷五

崇禎詩集一

起崇禎元年戊辰，盡六月。

崇禎元年元日立春

淑氣和風應候來，王春元朔併相催。故知青帝攢新令，不是天公厭兩回。東坡元日立春詩：省事天公厭兩回。受歲酒應羞白髮，向陽花欲笑寒灰。釣船游屐須排日〔一〕，先踏西山萬樹梅。

【注釋】〔一〕放翁小飲梅花下詩：排日醉過梅落後，通宵吟到雪殘時。

正月十四日與邵僧彌看梅西山繇橫塘抵光福

放舟出橫塘，喜與烟郭遠。遠景宜日斜，清游取春淺。嫩柳綠未舒，寒條翠將展。近水樹乍明，遥峯月漸顯。同舟得佳侶，靜好有餘善。行看烟巒紆，坐愛溪橋轉。約略雲樹間，西山累甑甗〔一〕。山容如高人，作意任偃蹇。我生在塵網，鹿鹿苦未反。明朝山中雲，倘笑歸來晚。再拜萬樹梅，爲我滌顏靦。

【注釋】〔一〕爾雅釋山：重甗，隒。郭璞曰：謂山形如累兩甗，甗，甑也。山形狀似之，因以名云。

夜步虎山橋

信步尋谿橋，邨犬吠林杪。月色淡自佳，山行誤亦好。暮峯斂餘黛，早梅散輕縞。定知今宵夢，空濛入幽討。

元夕阻雨泊舟光福

尋花不覺遠，直入梅花村。孤蓬坐滴瀝，淸曉如黃昏。未能理蠟屐，何暇開淸尊。名花初發時，燕賞亦遲人。西山千萬樹，亞枝趁朝暾。洗粧映流水，薄寒倚柴門。豈知墮烟雨，掩抑空淚痕。梅花如靜女，有恨初不言。我懷同楚客，莽莽欲斷魂。世無別花人〔一〕，此意誰與論？

【注釋】〔一〕樂天紫薇詩：除却微之見應愛，世間少有別花人。薔薇詩：移他至此須爲主，不別花人莫與看。

十六日冒雨游玄墓

發興上籃輿，賈勇著芒屩。尋花欲乞命，韓詩：都將命乞花。豈爲風雨怖。冒雨發龜峯，穿花到玄墓。參月横清晨，玉雪蔽行路。沾濕聞雨香，登頓入花霧。初疑雨妬花，轉爲花惜雨。梅亦愛清妍，裛雨如含露。孤標宜輕寒，靚粧倚薄暮。秉燭如有思，吮毫未能訴。欲償清游逋〔一〕，更覓寒餓句〔二〕。

【注釋】〔一〕東坡與胡祠部遊法華山詩：不將新句記茲遊，恐負山中清淨債。放翁僧房假榻詩：剩償平日清遊願，更結來生熟睡緣。〔二〕東坡大雪答趙薦詩：詩人例窮蹇，秀句出寒餓。

春慈庵紅梅一株嫣然獨出感而有作

萬樹漫山玉雪中，一株獨自笑芳叢。新粧不是緣施赤，薄怒應看近發紅。聊貶高寒遮俗眼，暫先穠豔領春風。調羹至竟誰能事？枉竊年華媚化工。

美人詒折梅一枝僧彌歎賞請余同賦

小院疎窗傍畫闌，攜來細向膽瓶看。端詳苦愛横斜好，折贈深知揀擇難。伴我餘香宜夜静，憐渠剪燭對更殘。一枝已識春風意，莫倚孤舟怨薄寒。

十七日早晴過熨斗柄登茶山歷西磧彈山抵銅坑還憩衆香庵

吳山環西南，其山秀而嶧。鬱盤起玄墓，迤邐屬西磧。梅花生其中，居然好宫宅。譬彼冰雪姿，綽約處姑射。回環具區水，粘天浸寒碧。空濛滋霜根，浩渺蕩月魄。湖山畜氣韻，烟雲發芳澤。所以西山梅，迥出凡梅格。我來早春時，發興蠟雙屐。探奇忘晴雨，尋花越阡陌。茫茫梅花海〔一〕，上有花霧積。不知何處香，但見四山白。籃輿度花杪，登頓旋已易。恍忽如夢境，愕眙眩游跡。縱覽乘朝暾，留連坐日夕。殘陽挂烟樹，横斜似初月。清游難省記，勝情易追惜。還恐梅花神，茫茫笑逋客。

【注釋】〔一〕東坡安福寺尋春詩：玉仙洪福花如海。

衆香庵贈自休長老

略彴緣溪一徑分〔一〕，千林香雪照斜曛。道人不作尋花夢，只道漫山是白雲。

【注釋】〔一〕漢書武帝紀注：師古曰：榷者步渡橋，爾雅謂石杠，今之略彴是也。東坡同王勝之遊蔣山詩：略彴横秋水。施宿曰：略彴，獨木橋也。

西山看梅歸舟即事示僧彌四首

廿年游跡半萋迷，老去逢君又杖藜。芳草路當春雨後，梅花村在衆山西。茶山烟雨荒新築，長蘅欲結庵茶山未果。銅井莓苔沒舊題。余與龔一淵孟、何三季穆偕游銅井，題名絶壁，去今二十二年矣。更憶盤螭桃萬樹，人間何限武陵溪。盤螭桃花最盛，今無復存。

其　二

千邨烟靄蔽芳叢，流水疎籬有徑通。花霧陰中晴日變，湖山斷處白雲烘。低迷楊柳差新綠，點綴櫻桃記小紅。安得松圓老居士，墊巾同過虎橋東。

其　三

三年噩夢已塵沙〔一〕，又向東君感物華。獻歲雪消遲柳色，試燈風雨妒梅花。曾賒酒券書千卷，葛文康以酒券從人假太平御覽。儘放漁舟水一涯。眼底仙源在人世，春深隨處有桑麻。

【注釋】〔一〕宗鏡錄第三：從迷積迷，空歷塵沙之劫；因夢生夢，永昏長夜之中。

其四

虎山橋畔好溪山，聚塢銅坑取次扳。屐齒衝將新雨去，杖頭攜得老梅還。青山對酒知誰在？白髮尋春讓我閑。自此柴荆多晝閉，遲君花下或開關。

虎丘秋月圖題贈似虞周翁

虎丘佳麗地，中秋明月時。吳儂競芳辰，結伴相遨嬉。一翁迤邐來，蒼顏白須眉。徐行躡浮圖〔一〕，信步穿劍池。矍鑠憎扶掖，矯健逾僮兒。還憩千人坐，微汗揮裳衣。游人羣指目，伎女爭遶圍。無乃地行仙，遨游下巖扉？此翁少好游，游興老不衰。年年中秋月，艤舟虎丘湄。排連五十秋，晴雨莫間之。譬如秋風鴈，歲歲不失期。還觀同游人，游跡苦參差。少者漸以老，老者漸以稀。山中有老衲，拱揖復嗟咨。與翁爲輩行，是我影堂師。亦有中年人，鬢髮漸成絲。拍肩呼曾孫，側坐相追隨。昔時裘馬客，今或寒與饑。畫船易新主，簫鼓無遺吹。昔時紅粉伎，零落歸山崥。或爲衰年嫗，乞食行吹箎〔二〕。吳風遞更換，吳粧日葳蕤。短衣遍紅紫，大袖拂履綦。吳歌稱絕調，傾聽良已非。新腔難按拍，急管增繁悲。轉盼復誰是，屈指亦自疑。豈獨市朝改，兼恐陵谷移。惟有生公石，盤陀閱成虧。惟有劍池月，秋來鑑如規。羨此鶴髮翁，身閑步逶迤。秋山與秋月，年年對霜髭。人生皆昔夢，一往不可追。夢愕與夢歡，夢者豈自知。冶游如好夢，夢覺心説怡。胡爲勞生人，惘惘徒歔欷？翁今年九十，健啖足若飛。幸逢聖明世，擊壤歌雍熙。煌煌老人星，長照虞山扉。更度十中秋，爲舉百歲巵。

【注釋】〔一〕茹昂重輯虎丘山志：張益修塔記：虎丘寺有塔凡七級，在絕頂，始建于隋仁壽九年。當其掘地築基，得舍利，聞空中奏樂，井之吼者三日。虎丘既爲蘇之勝地，而塔之靈異又若此。寺凡屢燬，塔固無恙。洪武乙亥，僧舍不戒于火，寺焚，延及浮圖。永樂初，住持法寶重構殿宇，而塔則專託寺僧寶林加葺之。宣德癸丑，火復作于僧舍，浮圖又及于災。住山定公南印慨任興復，巡撫周公、郡守況公捐俸助之。經始于正統丁巳之春，落成于戊午八月三日。露盤初上，白鶴數十，迴旋塔頂，久之乃去。舍利之光，連夕燭天。〔二〕洛陽伽藍記：河間王琛有婢朝雲，善吹篪。琛爲秦州刺史，諸羌外叛，屢討不降。琛令朝雲假爲貧嫗，吹篪而泣。諸羌聞之流涕，相率歸降。秦民語曰：快馬健兒，不如老嫗吹篪。

悼鶴

來從何所化何之？碧海茫茫不可追。留魄尚疑初月影，招魂正在落梅時。舞休竹裏風生少，鳴斷松間露下遲。約略重來還報我，秋空春曉是前期。

其　二

殘年百事苦傷悲，更報胎禽去曉池。院落又如亡愛子，寢門應比哭相知。乘軒任爾誇新寵，爭樹還誰占舊枝〔一〕？商略雲山瘞仙骨，玄黃祗恐未相宜。

【注釋】〔一〕樂天送鶴上裴相公詩：夜棲聊共雞爭樹，曉浴先饒鳳占枝。瘞鶴銘云：裹以玄黃之幣。

瘞鶴之明日有鶴翔於鄉園去往年鶴來之地一牛鳴耳宗老明翼氏購得贈余先以佳咏感而致謝

獨鶴仍從海上來，柴門還爲羽衣開。丹丘信隔猶凝望，紫府書通便却迴〔一〕。顧影似憐曾舞雪，返魂應逐未殘梅。仙家騏驥非凡骨〔二〕，寄謝詩人莫漫猜。

【注釋】〔一〕松陵集張賁和襲美悼鶴詩：丹臺舊氅難重緝，紫府新書豈更通。〔二〕相鶴經：羽族之宗長，仙人之騏驥也。

答履之喜得鶴見遺四韻

雪消鶴去不勝愁，小兆人間似可求〔一〕。去年九月，里人獻夢，有鶴去復來之詩。朱頂已蒙仙客號〔二〕，宋李文正五客詩號鶴爲仙客。素翎還伴老人頭。羽毛雖短誰能假？菰米方殘豈自謀。莫向華亭論聲價，相經久已誤浮丘。來詩云：翔集已知陽鳥意，虞山聲價重華亭。

【注釋】〔一〕松陵集：陸龜蒙招潤卿絕句：仙客何時下鶴翎？方瞳如水腦華清。不過傳達楊君夢，從許人間小兆聽。〔二〕圖畫見聞志：李文正嘗于私第之後園育五禽以寓目，皆以客名之。後命畫人寫以爲圖，鶴曰仙客，孔雀曰南客，鸚鵡曰隴客，白鷴曰閑客，鷺鷥曰雪客，各有詩篇，題于圖上。

依韻徐于喜見

月昏雲薄闇思量，別緒參差有底長。啼樹鳥聞仍宛轉，穿花蝶老故輕狂。重支秋枕温殘夢，更拂春眉理斷腸。綰盡柳絲還柳絮，東風只合爲君忙。徐前後贈伎有柳絲、柳絮詞各數首。

和履之花朝見一

愕夢纏綿尚記存，芳華空對二分春。凄涼寒食還如我，穠豔花朝乞與人。生計料平量餘昔酒，功名磨折剩閒身。白家大有穿楊手，切莫蹉跎學老民。用樂天喜敏中及第詩。

題仙山樓閣圖

華堂遲日春融融，嬌蘭寵蕙多光風。誰爲此圖掛素壁，神山仙舘來空濛。參差崑崙頂，縹緲扶桑東。上有摩天削成千仞之絶壁，下有拔地偃蹇百尺之喬松。天光浮動日月水，海濤激射飈輪峯。五雲聚族不成雨，千霞解駮皆爲虹。交梨無根長翳薈，夜芝有光照丰茸。琪花瑤草人不識，但見竹柏長青葱。其間樓觀參差起，璇瑰瑤碧相蔽蒙。細界烟巒辨棟宇，平臨月駕開房櫳。墉城金臺盡治所〔一〕，易遷童初或離宮〔二〕。羣眞繽紛互來往，似謁金母朝木公〔三〕。金條脱〔四〕，玉玲瓏。頂巾作髻，衣綃垂紅。白珠約臂，青章帶胸〔五〕。鳥爪紛指掌，虎齒還嬰童〔六〕。高堂壽母定誰是？無乃亦在圖畫中。主人捧圖獻母側，慈顔一笑回春容。班白稚齒齊上壽，撞鐘伐鼓樂未終。金盤擗麟莫數他家事〔七〕，斟雉調鼎吾祖自有彭鏗翁。楚詞天問：彭鏗斟雉，帝何饗？神仙傳云：彭祖能調鼎，進雉羹於堯。

【注釋】〔一〕東方朔十洲記：方丈在東海中央，其處有積金，名天墉城。面方千里，城上安金臺五所，玉樓十二，其北戶出承淵山。又有墉城，金臺玉樓相似，淵精之闕，光碧之堂，瓊華之室，紫翠丹房，景燭日輝，朱霞九光。西王母之所治，眞官仙虛之所宗。〔二〕眞誥稽神樞：洞中有易遷館、含眞臺，昔女子之宮也。又有童初、蕭閒堂二，各以處男子之學也。〔三〕仙傳拾遺：漢初，四五小兒路上羣戲，一兒曰：著青裙，入天門。揖金母，拜木公。時莫知之。子房曰：此東王公之玉童也。所謂金母者，西王母也；木公者，東王公也。〔四〕眞誥運象篇：萼綠華夜降羊權，贈權金玉跳脫各一枚。〔五〕眞誥運象篇：安妃下降，著雲錦襡，上丹下青，文彩光鮮，作髻乃在頂中，又垂餘髮至腰許，指著金環，白珠約臂。侍女著朱衣，帶青章囊。〔六〕西山經：西王母其狀如人，豹尾虎齒而善嘯，蓬髮戴勝。〔七〕神仙傳：麻姑過蔡經家，擗脯如松栢炙，云是麟脯也。

花朝魏仲雪徐于王諸人宴集賦詩用花朝二字排韻余閉關不得與仲雪枉詩見示依韻奉和兼簡于王

不分春光取次奢，小闌側畔想芳華。晴烟籠上柳邨邨雨，暖日熏桃樹樹霞。舊社房櫳看到燕，新粧簾幕記回車。憑君傳語東風道，莫放花期過楝花〔一〕。

【注釋】〔一〕蠡海錄：二十四番花信風者，蓋自冬至後爲小寒，自小寒至穀雨，凡四月八氣二十四候，每候五日，以一花之風信應之。始于梅花，終于楝花也。小寒一候梅花，二候山茶，三候水仙。大寒一候瑞香，二候蘭花，三候山礬。立春一候迎春，二候櫻桃，三候望春。雨水一候菜花，二候杏花，三候李花。驚蟄一候桃花，二候棣棠，三候薔薇。春分一候海棠，二候梨花，三候木蘭。清明一候桐花，二候麥花，三候柳花。穀雨一候牡丹，二候酴醾，三候楝花。花竟則立夏矣。

其二

遨頭婪尾羨招邀〔一〕，可惜閑門負此宵。垂白心情餘我在，踏青風物任君描。春將好遍垂垂去，花旋開齊續續飄。準擬諸公作寒食，莫欺老子似今朝。

【注釋】〔一〕東坡聞垂雲花開詩：何必遨頭出。施宿曰：成都記：太守凡出遊樂，士女列于木床觀之，謂之遨床。故謂太守爲遨頭。陸游筆記：四月十九日，成都謂之浣花遨頭，宴于杜子美草堂滄浪亭。傾城皆出，錦繡夾道。自開歲宴遊，至是而止，故最盛于他時也。容齋隨筆：樂天詩云：歲盞後推藍尾酒，春盤先勸膠牙餳。荆楚歲時記云，膠牙者，取其堅固如膠也。而藍尾之義，殊不可曉。河東紀載申徒澄與路旁茅舍中老父嫗及處女環火而坐，嫗自外挈酒壺至曰：「以君冒寒，且進一杯。」澄因揖遜曰：「始自主人翁，澄當婪尾。」蓋以藍爲婪，當婪尾者，謂最在後飲也。胡仔苕溪漁隱叢話：蘇鶚演義云：今人以酒巡匝爲啉尾，卽再命其爵也。云南朝有異國進貢藍牛，其尾長三丈，時人倣之，以爲酒令，今兩盞，從其簡也。蓋慰勞其得酒在後也。又啉云者，貪也，謂處于座末，得酒最晚，腹痔于酒，既得酒巡匝，更貪婪之，故曰啉尾。啉字從口，是明貪婪之意。此說近之。東坡寒食詩云：藍尾忽驚新火後，遨頭要見浣花前。註引樂天寒食詩云：三盃藍尾酒，一楪膠牙錫。乃用藍字，蓋藍婪一也。

春　雨

小閣疏簾香篆遲，冥冥春曉似昏時。揩摩老眼看如霧，撥觸愁腸散作絲。淺綠樹滋鶯不覺，小紅花濕蝶還知。輕蓑罷鞁垂楊畔，閒殺江頭老釣師。

春　雪　記元年二月十九日事也，多用東坡癸丑春分後雪詩句，而反其意。

遲日同雲更合圍〔一〕，東皇何事發陰機。李梅冬實原非分〔二〕，雪霰春深故作威。繞樹鶯雛應罷語，漫天柳絮敢爭飛。老農劇喜遺蝗盡，旋覺陽和轉褐衣。

【注釋】〔一〕元遺山張主簿草堂賦大雨詩：厚地高天如合圍。〔二〕漢書五行志：僖公三十三年，李梅實。劉向以爲周十二月今十月也。李梅當剝落，今反華實，近草妖也。先華而後實，不書華，舉重者也。陰成陽事，象臣顓君，作威福。

春　雲

萬里春空碧落分，微茫點綴起氤氳。亭亭車蓋誰吹汝？漠漠高樓正憶君。蔽日早時能待族，飄風一旦已離羣。白衣蒼狗須臾事，霖雨終期出岳雲。

春　晴

暮霞新爛午陰收，儘放春光在陌頭。意愜好風吹綠醑，眼明初日照紅樓。青天宿霧看誰掃？白晝游絲颺不愁。爲報園林鶯燕道，呼晴逐雨莫憑鳩。

仲雪折梨花見贈口占

寒日到來春寂寂，梨花開遍月朧朧。煩君折贈銅瓶裏，閒殺庭前昨夜風。

雪裏桃花次薛叟韻

雪花拂拂釀花朝，故著桃花未肯飄。傅白更憐頳頰好〔一〕，欲紅不放粉墻燒〔二〕。朱門人面愁相映，紫陌塵埃恨欲銷。擬爲寫生誰下筆？王家還有雪中蕉〔三〕。

【注釋】〔一〕宋玉登徒子好色賦：著粉則太白。樂府高陽樂人歌：何處蝶觴來？兩頰色如火。自有桃花容，莫言人勸我。李商隱石榴絕句：碧桃紅頰一千年。〔二〕羅隱桃花詩：半里紅欹宋玉墻。〔三〕沈存中筆談：予家所藏摩詰畫袁安臥雪圖，有雪中芭蕉，此乃得心應手，意到便成，難可與俗人論也。

雨中仲雪招飲海棠下

二月簾櫳中薄寒，錦城花霧晝漫漫。鮮妍正合停杯賞，沾濕何妨低帽看。剪剪風輕還刻燭〔一〕，濛濛雨重更憑闌。知君卜夜留連意，坐惜芳華未許殘。

【注釋】〔一〕梁書王僧孺傳：嘗夜集學士，刻燭爲詩，四韻者則刻一寸，以此爲常。蕭之琰曰：頓燒一寸燭，而成四韻詩，何難之有？乃共打銅鉢立韻，響滅則成詩，皆可觀覽。

寒食日于王仲雪諸人小集津逮軒

展引奚奴杖掛錢，隻雞近局許招延。貧家節物宜寒食，病伎風光似禁烟。茶白還爭分火候，桃紅欲褪賣餳天。清平要著新詩寫，好記崇禎第一年。

雨中海棠花下代徐于贈妓

風風雨雨妬花天，人病花殘劇可憐。還恐海棠零落盡，交梳窗下對花眠。

寒食日看徐于別妓二首

落花細雨正佳晨，萬樹紅芳一病身。試看清明寒食候，料量還是未殘春。

其二

梨花開盡橘花新，送妓憐君似送春。記取今年作寒食，粥香餳白爲何人〔一〕？

【注釋】〔一〕荆楚歲時記：寒食造餳、大麥粥。陸翽鄴中記曰：寒食三日爲醴酪，又煮糯米及麥爲酪，擣杏仁煮作粥。玉燭寶典曰：今人悉爲大麥粥，研杏仁爲酪，引餳沃之。

喜復官誥贈內戲效樂天作

三年偶失楚人弓，憂喜廻旋似塞翁。我褫緋衣緣底罪，君還紫誥有何功？佩環再試從風響，寶髻仍看耀日紅。重作安人莫侈太，饁耕還憶舊家風。白詩云：我轉官階嘗自愧，君加邑號有何功？

聞新命未下再贈

山林裘褐可同羣？翟茀雖榮且莫欣。昔褫帶鞶眞爲我，今遲官誥豈緣君？譙樓風雪應知免，應山母妻俱頌繫譙樓。內殿恩波更許分。元日命婦朝賀中宮。慵惰請看丞相婦，綠窗朱卷對斜曛。傳聞中宮好學，新糸夫人有延師習通鑑者。

三月三日泛舟即事十二韻

風光雨又晴，上巳更淸明。節候今年異，遨游此日幷。烟嵐開水國，雲錦蔽山城。岸綠攀還折，堤靑踏欲平。執蘭修故事，插柳惜芳情。新火紅粧出，香塵翠袖生。就花拈舞蝶，揀對聽啼鶯。沿泝移舟緩，盤回去馬爭。歡娛窮日夕，燕賞及時淸。醉眼牽花影，歸心殢鳥聲。酒依金谷數，詩儗麗人行。禊畢還相賀，春衫試體輕。

送張老還溧陽

張君攻岐黃，高名走婦孺。坦懷絕厓岸，劇談見情愫。好酒復喜弈，流連雜歌呼。勝負如等閑，局終色不忤。吾觀善弈者，握子多顧慮。推枰斂手時，黑白在何處？古來當局人，多爲一著誤。縱負國手名，豈知拙工趣。君來早鶯啼，君去新蟬語。流光去不返，屈指如傳遽〔一〕。與君須臾閒，甲子在旦暮。安知世上人，斧柯不已故。餘尊湛東壁，斜日照西樹。且復竟一局，酒闌送君去。

【注釋】〔一〕記玉藻：傳遽之臣。鄭氏曰：傳遽，以車馬給使者也。

初學集卷六

崇禎詩集二　起戊辰七月，盡一年。

戊辰七月應召赴闕車中言懷十首

三年嚴譴望修門〔一〕，隨例趨朝又北轅。聖代故應無棄物，孤臣猶有未招魂。夕陽亭下人還過〔二〕，端禮門前石尚蹲。重向西風揮老淚，餘生何以答殊恩？

【注釋】〔一〕宋玉招魂：魂兮歸來，入修門些！〔二〕後漢書楊震傳：震遣歸，行至城西夕陽亭，乃慷慨謂其諸子門人曰：「死者士之常，吾蒙恩居上司，疾奸臣狡猾而不能誅，惡嬖女傾亂而不能禁，何面目復見日月？」因飲鴆而卒。

其　二

已辦腰鐮學耦耕，悠悠眞悔逐人行。長吟頗惜齊三士，撫卷誰知魯二生〔一〕？白馬清流傷往事，南箕北斗媿虛名。巢由至竟非無謂，堅坐深山謝聖明。

【注釋】〔一〕史記叔孫通傳：通說上徵魯諸生共起朝儀。魯有兩生不肯行，曰：「公所事者且十主，皆面諛親貴。公得矣，毋汚我。」

其　三

寥廓高天一冥鴻，肯隨烏鳥問雌雄。紛紛豈止容卿輩，碌碌何須笑乃公。赤汗馬應空冀北，白頭豕自媿遼東。郊原無限停車思，落日披襟得遠風。

其　四

傳呼何必厭乘騶，風日清恬當出游。坐穩依微憑小閣，睡酣搖曳在輕舟。譬如禪坐還馳想，只作看山不下樓。却數昔年行旅事，分明殘夢已悠悠。

其　五

淋鈴夜雨漏初長，夢入江南櫻笋鄉。重碧樹深春燕語，小紅花發臘醅香。聞簫月下移歌舫，度曲風前近笛牀。秋夢也如春夢短，郵亭塵土正茫茫。

其　六

露警秋衾夢亦淸，篝燈襆被駕車行。征人倦睫留殘睡，客子枯腸帶宿酲。日出棲烏銜曙色，風回班馬亂秋聲。前邨呃喔眞堪舞，不是荒雞午夜鳴。

其七

客路無風沙自警，飛鴻沒處暮雲平。山低落日坡陀影，岸瘠征車轣轆聲。村堠雨穿如土偶〔一〕，林魈月薄並人行〔二〕。征塵滿眼君休笑，剩有淸流可濯纓。

【注釋】〔一〕元遺山雜著絶句：好個路傍官堠子，經年端坐看行人。〔二〕五色線：山間有木客，形骸皆人也，但鳥爪耳。巢於高樹，伐樹必害人，一名山魈。

其八

三年遷客意蹉跎，芳草天涯路又過。滕縣樹邊朝雨細，嶧山雲下夕陽多。心如乳燕初辭社，身似飛蓬乍轉科〔一〕。苦憶淮南舊叢桂，秋風爲我發山阿。

【注釋】〔一〕淮南子說山訓篇：見窾木浮而知爲舟，見蓬轉而知爲科。

其九

信宿驅車每夜分，烏烏聲樂感離羣〔一〕。秋聲獵獵非關樹，雨意濛濛欲作雲。直北無風皆朔氣，薄寒有日似斜曛。江南大有悲秋客，臨水登山正憶君。

【注釋】〔一〕左傳襄公十八年：晉侯伐齊，齊師夜遁。師曠曰：「鳥烏之聲樂，齊師其遁。」

其十

颯颯涼風動旅途，黃塵赤汗不曾蘇。春明門外人來往〔一〕，秋水篇中意有無。失勢蚊蝱戀殘暑，下鞲鷹隼快平蕪〔二〕。蓼紅蘋白秋光好，獨倚軒車入畫圖。

【注釋】〔一〕唐六典：京城東面三門，中曰春明，北曰通化，南曰延興。樂天勸酒詩：春明門外天欲明，喧喧歌哭半死生。遊人駐馬出不得，白轝紫車爭路行。〔二〕東觀漢記：桓虞曰：「善吏如使良鷹，下鞲即中。」少陵王監黑白二鷹詩：百中爭能恥下鞲。

臨城驛壁見方侍御孩未題詩

驛吏逢迎舊赭衣，生還今日是耶非？綸竿喜值金雞放〔一〕，華表眞同白鶴歸。抱蔓摘瓜餘我在〔二〕，破巢完卵似君稀。循墻歎息看題句，淅淅秋風起夕扉。

【注釋】〔一〕新唐書百官志：中尚令供，赦日植金雞于仗南，竿長七丈，有雞高四尺，黃金飾首，銜絳幡長七尺，承以綵盤，維以絳繩。將作監供焉。擊㭊鼓千聲，集百官父老囚徒。坊小兒得雞首者，官以錢購，或取絳旛而已。〔三〕樂府黃臺瓜辭：種瓜黃臺下，瓜熟子離離。一摘使瓜好，再摘令瓜稀。三摘尙自可，摘絶抱蔓歸。唐書曰：武后四子，長曰孝敬皇帝弘，爲太子監國，而仁明孝悌。武后方圖臨朝，乃殺孝敬，立雍王賢爲太子。賢日懷憂惕，知必不保全，無由敢言，乃作黃臺瓜辭，命樂工歌之，冀武后感悟。後終爲武后所逐，死于黔中。

十一月初六日召對文華殿旋奉嚴旨革職待罪感恩述事凡二十首〔一〕

秘殿風高白日陰，天堦雲物晝沉沉。裂麻未是廷臣意，枚卜空煩聖主心。宸翰星回官燭影，禁庭雷殷屬車音。孤臣却立彤墀內，咫尺君門淚滿襟。

【注釋】〔一〕崇禎元年戊辰十一月初三日庚申，會推閣員，列吏部侍郎成基命等七人進。禮部尙書溫體仁訐奏公浙闈舊事，不宜濫入枚卜。初六日癸亥，上御文華殿，召對廷臣，令體仁與公質問。公對曰：「臣才品卑下，學問荒疏，濫與會推之列，處非其據，溫體仁參臣極當。但錢千秋之事，關臣名節，不容不辨。臣于辛酉年典試浙中，與科臣暴謙貞矢公矢愼，一時號稱得人。臣到京復命，方聞得錢千秋一事。當時具有疏參揭，勘問明白。現有奏案在刑部。」時體仁堅稱千秋不曾到官，其事並未結案。廷辨久之。上命諸臣暫退。少頃，復召入。吏垣章允儒曰：「臣先任華亭知縣，壬戌行取，蒙先帝收入諫垣。臣同官顧其仁曾有疏參錢千秋的事問結了，刑部有招稿刊本。臣頃在外，見閣臣冢臣說溫體仁疏參錢謙益，臣偶有一個刊本，因令人到寓取來與冢臣看，枚卜大典，臣等何敢有私。體仁資深望輕，故諸臣不曾推他。如糾謙益，何不于未枚卜之前？」體仁曰：「科臣此奏，正見其黨謙益。未枚卜之先，不過冷局。臣今參他，正爲皇上慎用人。」允儒曰：「黨之一字，從來小人所以陷君子。當日魏廣微欲逐趙南星、陳于廷諸臣，于會推吏部尚書汪應蛟、喬允升缺，使魏忠賢加一黨字，盡行削奪。」上震怒，叱允儒，令錦衣衛拿下。體仁曰：「王永光屢奉溫旨，何以不出。直待瞿式耜有言，完了枚卜大事，然後聽其去。是冢臣去留，皇上不得專主。」永光曰：「臣一向眞病，蒙皇上溫諭，見枚卜大事，勉出定這件事，還要求去。」體仁曰：「錢謙益熱中枚卜，使梁子璠前上一疏，要侍郎張鳳翔代。念會推從來未有之事。」上召部臣科道問曰：「枚卜大典，會推要公，如何推這等的人？」房可壯曰：「臣等都是公議。」輔臣曰：「關節實與錢謙益無干，刑部前已招問明白。」體仁曰：「謙益可以枚卜，則千秋亦可會試。」公伏地待罪，上令暫退候旨。命諸臣會議，上秉燭復御，輔臣持疏揭回奏：「錢某既有議論，回籍聽勘；千秋下法司再問。」上命再奏，禮部右侍郎周延儒曰：「錢千秋之事，關節是眞，現有硃卷招案，已經御覽，皇上不必再問。」上曰：「會議要公，卿等如何不奏？」延儒曰：「大凡會議會推，外廷都沿故套，只是一兩個把持，諸臣都不開口，就開口也不行，徒是言出而禍隨。」上聞之大喜。復取招稿詳覽片時，親灑宸翰，傳示諸臣，會推事竟不允行。先是陽羨以召對稱旨，爲上所眷注，及會推閣員，諸臣微揣上意，恐用周而抑公也，因扼而止之，不列其名，周遂陰嗾烏程首先訐公。是時內廷已有爲之助者，諸臣固未之知也。忽蒙召對，咸謂枚卜定于是日。至入朝，方知溫疏。廷辨時，烏程言如湧泉，陽羨復從旁極力排擠。于是黨同之說，中于上者實深，雖羣臣交章攻溫，上概置不省。其後烏程、陽羨，相繼登政府，公削籍南還，竟一斥不復，皆黨之一字害之耳。夫浙闈一案，詳于蒲城之揭，韓敬陰謀陷公，當時已曉然四布，即烏程亦明知其然，謂非借此以壞公之名節，不足以動上怒，雖言詞紕繆，亦所不顧矣。

其二

綸扉晝閉詔麻停，是日天威赫震霆。敢謂蟲飛能蔽日，亦知蟻鬬應占星〔一〕。初三日，木星入南斗。占曰：大臣相殘。是日枚卜疏上。浮名儘可供描畫〔二〕，腐骨終須付汗青。寂寞火城君莫笑，案頭還有讀書螢。

【注釋】〔一〕陸佃埤雅：蟻善鬬，力舉等身鐵。鬬輒酣戰，不解有行列隊伍。〔二〕周煇清波雜志：歐公六十五即休致，門生或有言：公德望爲朝廷倚重，且未及年，豈容遽去。公答曰：「某平生名節，爲後生描畫盡，唯有早退以全晚節，豈可更被驅逐乎？」

其　三

久知不去又將鉗〔一〕，無奈時情似蜜甜〔二〕。薄命東華糜月俸〔三〕，虛名南斗動星占。出山我自慚安石，作相人終忌子瞻〔四〕。伏闕引刀男子事〔五〕，懶將書尺效江淹〔六〕。

【注釋】〔一〕漢書楚元王交傳：元王敬禮申公等，穆生不嗜酒，常爲設醴。及王戊即位後，忘設焉。穆生退曰：「可以逝矣。醴酒不設，王之意怠。不去，楚人將鉗我于市。」〔二〕開元天寶遺事：李林甫常以甘言誘人之過，譖于上前。時人皆言林甫甘言如蜜。〔三〕沈括筆談：今學士初拜，自東華門入，至左承天門下馬，待詔院吏自左承天門雙引至閤門北，亦用唐故事也。唐宣乃學士自東門入者，彼時學士院在西掖，故自翰林院東門赴召，非若今之東華門也。〔四〕錢氏私誌：東坡在惠州，佛印致書云：子瞻中大科，登金門，上玉堂，遠放寂寞之濱，權臣忌子瞻爲宰相耳。〔五〕漢書蓋寬饒傳：諫大夫鄭昌愍傷寬饒忠直憂國，爲文吏所抵挫，上書頌寬饒。上不聽，遂下寬饒吏。寬饒引佩刀自剄北闕下。衆莫不憐之。〔六〕南史江淹傳：淹隨建平王景素在南兗州，廣陵令郭彥文得罪，辭連淹，言受人金。淹被繫獄，自獄中上書，景素卽日出之。

其　四

棋局方闌睡正濃，白身仍作舊吳儂。狂奴本自輕侯霸，殘客何煩對敬容〔一〕。京雒緇塵看素髮，御溝流水見孤踪。頻年放逐緣何事？縱欲干時興已慵。

【注釋】〔一〕梁書張緬傳：張纘與參掌何敬容意趣不協。敬容居權軸，賓客輻輳。有過詣纘者，輒拒不前，曰：「吾不能對何敬容殘客。」

其五

事到抽身悔已遲〔一〕，每於敗局算殘棋。都門有客送臨賀〔二〕，廷辨何人是魏其〔三〕？楊柳曲中游子老，車輪枕畔逐臣知。寒燈冷炕淒涼夜，不醉何因作酒悲？

【注釋】〔一〕東坡答李廌以畫山見寄詩：雲泉勸我早抽身。〔二〕新唐書楊憑傳：憑貶臨賀尉，姻友無敢往候者，獨徐晦送至藍田。權德輿曰：「君送臨賀誠厚，無乃爲累乎？」晦曰：「方布衣時臨賀知我，今忍遽棄耶？」德輿嘆其直，稱之朝。〔三〕漢書灌夫傳：魏其侯竇嬰上書，言灌夫醉飽事不足誅。上然之，曰：「東朝廷辨之。」嬰東朝盛推夫善，蚡盛毁夫。上問朝臣：「兩人孰是？」汲黯、鄭當時是魏其，餘皆莫敢對。

其六

孤生半世飽艱辛，敢恨虞翻骨相屯〔一〕。吾道非與何至此？臣今老矣不如人。養成枳棘難爲橘。刈盡椒蘭不作薪。每誦韓公晚香句〔三〕，整襟時一慰沉淪。

【注釋】〔一〕吳志虞翻傳注：翻別傳曰：翻放棄南方，云：「自恨疏節，骨體不媚，犯上獲罪，當長沒海隅，生無可奬語，死以青蠅爲弔客。」昌黎韶州留別張使君詩：久欽江總文才妙，自嘆虞翻骨相屯。〔三〕韓忠敏遺事：公在北門，重陽燕諸曹于後園，有詩云：不羞老圃秋容淡，且看黃花晚節香。公居官，嘗謂保初節易，保晚節難。事事尤著力，所立特完。

其七

宮隣初散鼠狐羣〔一〕，殷殷成雷又聚蚊。卷舌光芒仍炫燿，台階氣象尙氤氳。傷心詔獄生春草，回首觚稜隔暮雲。明主定無鉤黨禁〔二〕，文華休擬作同文。倪侍讀鴻寶云：「文華殿寧可作同文館耶？」

【注釋】〔一〕張平子東京賦：始于宮隣，卒于金虎。李善曰：言小人在位，比周相進，與君爲隣。沈休文恩倖傳論：鼠憑社貴，狐藉虎威。〔二〕後漢書靈帝紀：侯覽諷有司奏鉤黨下獄。臣賢曰：鉤，謂相牽引也。

其八

責薄恩多兩鬢殘，休將青鏡對南冠。風霾放我稱遷客，木稼從他怕達官〔一〕。是月再有木稼之異。朝士空憐銜鼠穴，山妻應笑上魚竿。得歸茅屋非無事，還爲清時賦考槃。

【注釋】〔一〕舊唐書五行志：開元二十九年十一月二十二日，雨木，木冰凝寒凍冽，數日不解。寧王見而嘆曰：「諺云：樹稼達官怕。必有大臣當之。」其月王薨。

其九

一自承明罷直廬，寂寥誰問子雲居？久無闕上籌邊訊〔一〕，遂絶雲中欵塞書。謂督師袁東莞、撫夷王新城二公。日午冰稜澌屋角，門閑風葉卷堦除。論交最喜廉頗客〔二〕，解道朝盈與夕虛。

【注釋】〔一〕新唐書李德裕傳：德裕以韋臯啓戎資盜，非痛矯革，不能刷一方恥，乃建籌邊樓。

〔二〕史記廉頗傳：廉頗失勢之時，故客盡去。及復爲將，復又至。頗曰：「客退矣。」客曰：「君何見之晚也？夫天下以市道交，君有勢則從君，無勢則去，固其理也，有何怨乎？」沈休文詣世子車中詩：廉公失權勢，門館有虛盈。李善曰：潛夫論曰：魏其之客，流于武安。長平之利，移于冠軍。廉頗、翟公，再盈再虛。

其十

破帽青衫又一回，當筵舞袖任他猜。平生自分爲人役〔一〕，流俗相尊作黨魁〔二〕。明日孔融應便去〔三〕，當年王式悔輕來〔四〕。宵來吉夢還知否？萬樹西山早放梅。

【注釋】〔一〕後漢書逢萌傳：萌家貧，給事縣爲亭長。時尉行過亭，萌候迎拜謁，既而擲楯嘆曰：「大丈夫安能爲人役哉？」遂去。〔二〕後漢書黨錮傳：張儉鄉人朱並承望侯覽意旨，上書告儉與同鄉二十四人，別相署號，刻石立墠，共爲部黨，而儉爲之魁。〔三〕後漢書楊震傳：操託彪與術婚姻，誣欲圖廢置。奏收下獄，劾以大逆。孔融聞之，不及朝服，往見操曰：「横殺無辜，海內觀聽，誰不解體？孔融魯國男子，明日便當拂衣而去，不復朝矣。」操不得已，遂理出彪。〔四〕漢書儒林傳：詔除式爲博士，既至，止舍中。諸大夫博士共持酒肉勞式，江公心嫉之，謂歌吹諸生曰：「歌驪駒。」式恥之。客罷，讓諸生曰：「我本不欲來，諸生強勸我，竟爲豎子所辱。」遂謝病免歸。

其十一

兩月春明席未温，眼看深谷又高原。金多爭羡雒陽路，禍至方思上蔡門。五鼎食烹皆主父〔一〕，三期賢佞總王尊〔二〕。莊生能悟逍遙理，只爲精思曳尾言〔三〕。感長山劉相而作。

【注釋】〔一〕漢書主父偃傳：偃數見。上書言事，大臣皆畏其口，賂遺累千金。人或說偃曰：「太橫矣。」主父曰：「臣遊學四十年，身不得遂，我阨日久矣。且丈夫生不五鼎食，死卽五鼎烹耳。」〔二〕漢書王尊傳：湖三老上書，一尊之身，三期之間，乍賢乍佞，豈不甚哉！師古曰：期，年也。〔三〕莊子秋水篇：莊子釣于濮水，楚王使大夫往先焉，曰：「願以境內累矣。」莊子曰：「吾聞楚有神龜，死已三千歲，王巾笥而藏之廟堂之上。此龜者，寧其死爲留骨而貴乎？寧其生而曳尾于塗中乎？」大夫曰：「寧生而曳尾塗中。」莊子曰：「往矣，吾將曳尾于塗中。」

其十二

白日雷霆夾御筵〔一〕，捫心終不愧皇天。夔龍揖讓誠難事，賈豎爭言豈必然〔二〕。一道玉階淸似水，兩條銀燭直於椽。夕陽宮樹孤臣影，只似他時候八塼。

【注釋】〔一〕隋書刑法志：帝六月棒殺人，趙綽固爭，帝報曰：「六月雖曰生長，此時必有雷霆，天道震其威怒。我則天而行，有何不可。」〔二〕漢書灌夫傳：韓安國謂田蚡曰：「人毀君，君亦毀之。譬如賈豎女子爭言，何其無大體也？」

其十三

未辯躬耕即採薇，刺天何事羨羣飛？巢繇也是中朝客，夔契依然大布衣〔一〕。故國秋風生邸舍，閑門冬日照柴扉。深慚薄劣干南斗，莫更求名擬少微〔二〕。

【注釋】〔一〕少陵送從弟亞詩：帝曰大布衣，藉卿佐元帥。〔二〕隋書天文志：少微四星，在太微西，一名處士星。

其十四

天語頻煩戒翰登，可知不爲點青蠅。聖朝重倚絲綸簿〔一〕，薄命難充粥飯僧〔二〕。春水花源尋伴侶，秋風瓜圃會賓朋。書空泫涕非吾事，縱是憂時也不應。

【注釋】〔一〕復辟錄：初朝廷旨意，多出內閣臣條進，稾留閣中，號絲綸簿。其後宦寺專恣，時奏收簿秘內。徐有貞既得權寵，乃告上如故事，還簿閣中。〔二〕南部新書：清泰朝，李專美除北院，甚有舟檝之嘆。時韓伯裔已登庸，因賜之詩曰：昭裔登庸汝未登，鳳池雞樹冷如冰。如何且作宣徽使，免被人呼粥飯僧。五代史李愚傳：廢帝謂愚等無所事，常目宰相曰：「此粥飯僧耳。」以謂飽食終日而無所用心也。

其十五

天門詄蕩夢中開，鹵簿繽紛大祀回〔一〕。警蹕聲誰傳委巷？燔柴光可照寒灰。身先席稿慚非禮〔二〕，郊禮席用稿秸，故云。心願爲犧歎不才〔三〕。無分甘泉陪法從，俳倡私擬祝高禖〔四〕。

【注釋】〔一〕封演見聞記：輿車行幸，羽儀導從，謂之鹵簿。自秦漢以來，始有其名。蔡邕獨斷載，鹵簿有大駕小駕法駕之異。〔二〕史記范雎傳：應侯席藁請罪。〔三〕呂氏春秋順民篇：湯克夏，天大旱，五年不收。湯禱于桑林，剪其髮，鄜其手，以身爲犧牲，用祈福于上帝。〔四〕漢書枚乘傳：枚皋恢笑類俳倡，以故得媟黷貴幸，與東方朔作皇太子生賦。及立皇太子，禖祝從行甘泉，上有所感，使賦之。爲之疾，受詔輒成。

其十六

南郊爟火照罘罳〔一〕，正是秋衾夢斷時。禁漏威遲殘客舍，朝衣顛倒覆家兒。齋宮肸蠁詞臣賦，宣室深譚逐客知〔二〕。才薄可憐仍貶謫，爐灰畫盡不成詩。王元之南郊大禮詩云：可憐此夜商於客，畫盡爐灰淚滴衣。

【注釋】〔一〕史記封禪書：三年一郊，秦以冬十月爲歲首，故常以十月上宿郊見，通權火，拜于咸陽道旁。張晏曰：權火，烽火也，欲令光明遠照，通祀所也。如淳曰：權，舉也。索隱曰：張晏曰：一音爟。崔豹古今注：罘罳，屏之遺象也。塾，門外之舍也。臣來朝君，至門外，當就舍更衣，熟詳所應對之事。塾之言熟也，行至門內屏外，復應思維。罘罳，言復思也。漢西京罘罳合版爲之，亦築土爲之，每門闕殿舍前皆有焉。〔二〕史記賈誼傳：賈生徵見，上方坐宣室，因感鬼神事，而問鬼神之本。誼具道所以然之故，至夜半，文帝前席。既罷曰：「吾久不見賈生，自以爲過之，今不及也。」王元之謫守黃岡謝表：宣室鬼神之問，豈望生還；茂陵封禪之書，唯期死後。

其十七

白日蕭閒午睡成，睡餘兀坐又間行。烏喧老樹聲還樂，雀啅空枝墜不驚。晚歲冰霜知物態，虛窗研席見平生。高車厚祿雖無分，一領狐裘似晏嬰〔一〕。

【注釋】〔一〕記檀弓：晏子一狐裘三十年。

其十八

獵獵寒風歲逼除，柴門剝啄到雙魚。親憎言祿催偕隱，友賤求名勸著書。薄俗休官如物故，畏塗削籍當遷除〔一〕。夕陽亭下城西路，歎息何人返敝廬？

【注釋】〔一〕莊子達生篇：夫畏途者，十殺一人，則父子兄弟相戒也。

其十九

召對紛紛集邇英〔一〕，御前唯諾盡公卿。夕垣又駕柴車去〔二〕，謂西江章給事也。朝省誰容仗馬鳴〔三〕？鸚鵡能言殊反覆，沙蟲善化更縱橫。閉窗莫著歸田錄〔四〕，數上日春林聽早鶯。

【注釋】〔一〕東坡送錢藻出守婺州詩：吾君方急賢，日旰坐邇英。施宿曰：仁宗景祐二年置邇英，在迎陽門之北東隅，延義在崇政殿之西南隅。〔二〕新唐書元德秀傳：德秀爲魯山令，歲滿，笥餘一縑，駕柴車去。山谷寄耿令幾父詩：問令今何在？解官駕柴車。〔三〕新唐書李林甫傳：林甫語動其餘曰：「君等獨不見立仗馬乎？終日無聲，而飫三品芻豆，一鳴則斥之矣。」〔四〕朱弁曲洧舊聞：歐陽公歸田錄初成未出，而序先傳。神宗見之，遽命中使宣取。時公已致仕在潁川，以其間紀述有未欲廣者，因盡刪去之。又惡其太少，則雜記戲笑不急之事以充滿其卷帙。既繕寫進入，而舊本亦不敢存。今世之所有皆進本，而元書蓋未嘗出之于世，至今其子孫猶謹守之。

其二十

闌珊朱墨對寒釭，謫宦頻年氣未降。可是負書來上國〔一〕，還如讀易向東窗。酒兵勝後消愁壘〔二〕，禪鎧堅時折慢幢〔三〕。頗爲艱危識天意，要令漁釣穩三江〔四〕。

【注釋】〔一〕後漢書李通傳論：昔蒙穀負書，不狥楚難。〔二〕南史陳暄傳：江詒議有言：酒猶兵也。兵可千日不用，不可一日而不備；酒可千日不飲，不可一飲而不醉。元遺山追錄洛中舊作詩：酒兵已壓愁城破。〔三〕華嚴經淨行品：見著甲胄，當願衆生，常服善鎧，趨無師法。傳燈錄：法達禮祖師，頭不至地。祖呵曰：禮本折慢幢，頭奚不至地？〔四〕水經注：江水奇分，謂三江口。庚仲初楊都注曰：今太湖東注于松江，下七十里有水口分流，東北入海爲婁江，東南入海爲南江，江與松江而三也。

臘月十六日房海客侍御初度賦長句十四韻爲壽君與章魯齋瞿稼軒兩給事皆以枚卜事牽連謫官

同病同心不共談，天涯只在禁城南。鈞天夢斷魂猶悸，畫地羅成議不堪。去國味如初下第，掛冠情比舊遺簪。希文敢擬賢稱四〔一〕，展季何妨黜有三。排格引繩良已甚，排格，即排根也。見漢書註。拔茅連茹亦奚慚？尾狐善幻人爭訝〔二〕，首鼠相蒙世所諳〔三〕。車馬駢闐懷舊雨，沙堤寂寞笑新參〔四〕。羈棲仍是巢枝鳥，雌伏眞成抱繭蠶〔五〕。御柳烟光遲積霰，香山雲物隔重嵐。年華荏苒俱雙鬢，燈火青熒共一龕。事過皺眉休再問，歡逢開口莫辭耽。孺人戞瑟齊稱壽〔六〕，侍女投壺半倚酣。燕酒沽來多似蜜，蜀椒搗後可如柑？題詩想見開筵處，定復掀髯笑我憨。

【注釋】〔一〕王偁東都事略范仲淹傳：仲淹，字希文，獻四論，言治亂繫所任，區別進退左右，不可委臣下。呂夷簡以爲離間君臣，坐落職，出知饒州。余靖上疏，言仲淹以一言觸大臣，遽至黜逐，非朝廷福。尹洙亦自訟，與仲淹義兼師友，請從降黜。歐陽修移書諫官高若訥，責其不言，若訥繳奏之。靖等悉坐貶，當時謂之四賢一不肖。一不肖，指若訥也。　〔二〕左太沖魏都賦：莫赤匪狐，九尾而自擾。段柯古酉陽雜俎：野狐夜擊尾火出，將爲怪，必戴髑髏拜北斗，髑髏不墜，則化爲人矣。　〔三〕漢書灌夫傳：田蚡召韓安國曰：「與長孺共一禿翁，何爲首鼠兩端？」服虔曰：首鼠，一前一却也。　〔四〕李肇國史補：凡拜相，禮絕班行，府縣載沙植路，自私第至于城東街，名曰沙堤。王偁東都事略呂誨傳：王安石初執政，誨獨言不可用。將對于崇政殿，而司馬光侍講邇英閣，與誨相逢，光密問曰：「今日請對，欲言何事。」誨曰：「袖中彈文，乃新參也。」　〔五〕東坡贈南禪湜老詩：區區我所寄，慼縮蠶在繭。　〔六〕昌黎感春詩：已呼孺人戞鳴瑟，更遣稚子傳淸盃。

張藐姑太僕許餉名酒疊前韻奉簡

流落京華阻笑談，何殊太史滯周南。開籠縱鳥知何日？繞樹棲烏自不堪。官罷故人稀折簡〔一〕，罪深明主勒投簪。養狙自昔誰非四〔二〕？成虎如今不待三〔三〕。與我周旋良已久，受他描畫有何慚？機心抱甕虛施巧，毒手爭麻實飽諳〔四〕。歇後賦詩誰鄭五〔五〕？目前謀醉且曹參〔六〕。郎當自笑拖腸鼠〔七〕，角逐閒看食葉蠶〔八〕。舊步生辰値箕斗〔九〕，新添錮疾在烟嵐〔一〇〕。歸與卻掃羊求徑，老去應同彌勒龕〔一一〕。漏屋書傳君自聖〔一二〕，張以草書自負。四山賦就我眞眈〔一三〕。馬曹官好看西爽，酒郡封移帶宿酣〔一四〕。張曾謫戍甘肅，故有移封酒泉之戲。世路風波餘白首，帝城節物到黃柑。朋尊許餉休相負，一醉陶然共作憨。

【注釋】〔一〕晉書宣帝紀：王淩曰：「公當折簡召淩，何苦自來耶？」帝曰：「以君非折簡之客故耳。」

〔二〕莊子齊物篇：狙公賦芧，曰：朝三而暮四。衆狙皆怒。曰：然則朝四而暮三。衆狙皆悅。名實未虧，而喜怒爲用，亦猶是也。

〔三〕戰國策：龐蔥與太子質于邯鄲，謂魏王曰：「今一人言市有虎，王信之乎？」曰：「否。」「二人言市有虎，王信之乎？」曰：「疑之矣。」「三人言市有虎，王信之乎？」曰：「信之。」龐蔥曰：「市之無虎明矣，然三人言而成虎。今邯鄲去大梁也遠于市，議臣者過于三人，願王察之。」　〔四〕晉書載記：石勒引李陽臂笑曰：「孤往日厭卿老拳，卿亦飽孤毒手。」〔五〕新唐書鄭綮傳：綮善詩，語多俳諧，故使落調，世號鄭五歇後體。昭宗拜綮爲相。宗戚詣慶，搔首曰：「歇後鄭五作宰相，事可知矣。」　〔六〕漢書曹參傳：參爲相國，日夜飲酒。欲有言至者，參輒飲以醇酒，醉而後去，終莫得開說。　〔七〕羅大經鶴林玉露：魏鶴山天寶遺事詩云：紅錦繃盛河北賊，紫金盞酌壽王妃。弄成晚歲郎當曲，正是三郎快活時。小說載明皇自蜀還京，聞驪馬所帶鈴聲，謂黃幡綽曰：「鈴聲頗似人言語。」幡綽對曰：「似言三郎郎當，三郎郎當。」明皇愧而笑。錄異記：唐鼠腹邊有餘物如腸，名易腸鼠。仙人唐昉拔宅昇天，雞犬皆去，唯鼠墜下不死，而腸出數寸，三年易之，俗呼爲「唐鼠」。　〔八〕昌黎贈張十八詩：迴軍與角逐。　〔九〕昌黎三星行：我生之辰，月宿南斗，牛奮其角，箕張其口。東坡贈虔州術士謝晉臣詩：生時宿直斗牛箕。　〔一〇〕新唐書隱逸傳：田游巖頻召不出。高宗幸嵩山，親至其門，游巖野服出拜曰：「臣所謂泉石膏肓，烟霞錮疾者。」　〔一一〕東坡金山放船至焦山詩：自言久客忘鄉井，只有彌勒爲同龕。施宿曰：法帖褚遂良書：久棄塵滓，與彌勒同龕。一食清齋，八時禪誦。　〔一二〕法書苑：顏魯公與懷素同學于鄔兵曹。或問曰：「張長史見公孫大娘舞劍器，得低昂回翔之狀，兵曹有之乎？」懷素以古釵脚對。魯公曰：「何如屋漏痕？」復問師何所得？曰：「觀夏雲多奇峯及壁坼路，常師之。」　〔一三〕柳柳州囚山賦：誰使吾山之囚吾兮滔滔？　〔一四〕王子年拾遺記：姚馥嗜酒，武帝擢爲朝歌宰，曰：「請辭朝歌之縣，長充養馬之役，賜美酒以樂餘年。」帝大悅，即還酒泉太守。

三疊韻謝貌姑太僕送酒

羈懷廓落向誰談？尺五空瞻韋杜南〔一〕。官罷門閑猶自可，酒乾壺盡更難堪。知君自愛新封郡，念我誰憐舊盍簪？顧影陶潛惟有一，揮盃李白不成三。尊盈何意勞相送，瓶罄從茲遂不慚。杜宇催歸身未得，提壺勸飲耳先諳〔二〕。料平量未敢傾三雅〔三〕，斟酌應須醉二參〔四〕。洗盞光先浮綠蟻，當歌興已動春蠶。枯腸發發澆成浪，醉眼騰騰看作嵐。草聖張顛眞我友，逃禪蘇晉與同龕。典刑宛矣柔而旨，琴瑟依然樂且耽。蕩滌三年忘昔夢，懵騰十指出餘酣。解醒賴有春前茗，下物還餘霜後柑。傳語時人應大笑，不知誰黠又誰憨？

【注釋】〔一〕少陵贈韋七贊善詩：時論同歸尺五天。舊注曰：俚語云：城南韋杜，去天尺五。

〔二〕歐陽修啼鳥詩：獨有花上提壺盧，勸我沽酒花前傾。梅聖俞四禽言：提壺盧，沽美酒。風爲賓，樹爲友。山花撩亂目前開，勸爾今朝千萬壽。〔三〕趙德麟侯鯖錄：閬州有三雅池。潘遠紀聞云：昔有人修此池，得三銅器，狀如盃盞，各有二篆字。一云伯雅，一云仲雅，一云季雅，不知所由。乃名此池爲三雅池。余覽魏文典略云：劉表一子好飲，製三爵，大曰伯雅，次曰仲雅，小曰季雅。今三雅池所得，乃劉氏酒器也。〔四〕史記滑稽傳：淳于髡曰：飲可八斗而醉二參。索隱曰：二參，言十有二參醉也。

戊辰除夕

命酒呼盧強合歡〔一〕，春明門外禁鐘闌。閒庭冷稱將歸客，卒歲除如已罷官。爆火聲中思老母，寒燈影裏見南冠。歲時舊事都無幾，只有痴獃賣不殘〔二〕。

【注釋】〔一〕程大昌演繁露：博之勝敗，取決于投。古惟斲木爲子，一具凡五子，故名五木。其形兩頭尖銳，中間平廣，狀如今之杏仁。唯其尖銳，故可轉躍。唯其平廣，故可褸采。凡一子爲兩面，其一面塗黑，黑之上畫牛犢，一面塗白，白之上畫雉。投子者五皆覩黑，則其名盧。盧者，黑也。五黑皆現，則五犢隨現，從可知矣。此在樗蒱，爲最高之采。挼木而擲，往往叱喝使致其極，故亦名呼盧也。　〔二〕高德箕平江紀事：吳人自相呼爲獃子。每歲除夕，羣兒遶街叫呼云：賣癡獃，千貫賣汝癡，萬貫賣汝獃，見賣盡多送，要賒隨我來。蓋以吳人多獃，兒輩戲謔之耳。

初學集卷七

崇禎詩集三 起二年己巳，盡五月。

贈書

年年謫宦束書頻，部帙欐褷卷未勻。不惜累人行汗馬〔一〕，可憐隨我作勞薪〔二〕。朱黃點勘須完好〔三〕，籤軸裝潢要簇新〔四〕。重（去）與名山作盟約，莫令更（平）汙傳車塵。

【注釋】〔一〕柳子厚陸文通墓表：其爲書，處則充棟宇，出則汗牛馬。〔二〕世說術解篇：荀勗嘗在晉武帝坐食，荀進飯，謂在坐人曰：「此是勞薪炊也。」坐者未之信，密遣問之，實用故車脚。〔三〕昌黎秋懷詩：不如覷文字，丹鉛事點勘。〔四〕程大昌續演繁露：秘書省吏有裝潢匠。廣韻引釋名云：染匠也。

贈硯

紫純端硯鎮書樓，牛後眞令龍尾羞〔一〕。潦倒可憐書櫝背〔二〕，光華還憶草詞頭〔三〕。摩峯便欲看雲起，砥礪猶能爲玉謀。更有淳熙九經在，歸裝已足又何求。余有宋刻九經，俞石礀家物，王濟之題其後。紫純玉硯，閩人宋珏所遺也。

【注釋】〔一〕東坡龍尾硯歌敍：余舊作鳳咮硯銘，其略云：蘇子一見名鳳咮，坐令龍尾羞牛後。已而求硯于歙，歙人云：「子自有鳳咮，何以此爲？」蓋不能平也。奉議郎方君彥德有龍尾大硯，奇甚，謂予若能作詩，少解前語者，當奉餉。〔二〕史記周勃世家：勃下廷尉，恐，不知置辭，以千金與獄吏，獄吏乃書牘背以示之。〔三〕白樂天中書寓直詩：病對詞頭慚綵筆。東坡復直玉堂詔賜官燭法酒詩：詞頭夜下攬衣忙。

代書硯答

桂櫝縹囊託後車〔一〕，相將依舊返蓬廬。但看包裹端溪硯，不見增添秘閣書。退筆冢中悲力盡〔二〕，短檠墻角歎交疎〔三〕。與君莫負殘年約，共理雕蟲伴蠹魚。

【注釋】〔一〕韓非子外儲說左上篇：楚人有賣珠于鄭者，爲木蘭之櫃，藏桂椒之櫝。綴以珠玉，飾以玫瑰，緝以翡翠。鄭人買櫝而還珠。〔二〕僧適之金壺記：智永學書，舊筆頭盈數石，埋之，自爲銘誌，目爲退筆塚。李肇國史補：長沙僧懷素，好草書，自言得草書三昧。棄筆堆積，埋于山下，號曰筆塚。〔三〕昌黎短燈檠歌：此時提挈當案前，看書到曉那得眠。一朝富貴還自恣，長檠高照珠翠。吁嗟世事無不然，墻角君看短檠棄。

答書硯

遺經古硯舊相於〔一〕，樸被蕭條載滿車。老去論交惟二友，歸來削跡共三餘〔二〕。晴窗洗胃還呑墨〔三〕，永日撑腸欲煮書〔四〕。簾閣悄然私自問，蓬山酉室又何如〔五〕？

【注釋】〔一〕少陵贈李秘書詩：良友昔相於。〔二〕任彥昇天監三年策秀才文：聽覽之暇，三餘靡失。李善曰：魏略：董遇，字季眞，善左氏傳。從學者云：「苦渴無日。」遇言「當以三餘」。或問三餘之義，遇言「冬者歲之餘，夜與陰者日之餘，雨者月之餘」。〔三〕五代史王仁裕傳：仁裕喜爲詩，其少也，嘗夢剖其腸胃，以西江水滌之，顧見江中沙石，皆爲篆籀之文，由是文思益進。韓鄂歲華紀麗：北齊正旦勞諸郡士，命陳事宜。書跡濫惡者，令飲墨水一升。〔四〕東坡虔州呂倚承事詩：饑來據空案，一字不堪煮。枯腸五千卷，磊落相撑拄。〔五〕後漢書竇融傳：學者稱東觀爲老氏藏室、道家蓬萊山。臣賢曰：蓬萊，海中神山，爲仙府，幽經秘錄，並皆在焉。王象之輿地紀勝：方輿紀云：小酉山下有石穴，中有書千卷，秦人避地，隱學於此，因留之。梁湘東王繹訪酉陽逸典者，以此也。

飲酒七首

昔與范郎飲，班荆剪葵韭。天啓辛酉過吳橋，飲酒范質公齋中，質公時爲吏部郎。家醞清且甘，汪汪照尊卣。深談復淺酌，日景移卯酉。别後長相憶，此酒似我友。去年遺我書，勸我勿淹久。百壺聖之清，提攜候馬首。開函讀未終，流涎掛饞口。炎風衝傳車，紅塵咽堤柳，我行良悠悠，我意君知否？頻年向西笑，半爲郎中酒。

其二

閑閑桑者園，在彼官道旁。桑園在德州東界，爲范質公别業。衰柳疎屋宇，落帆到門墻。主人開酒甕，延我坐草堂。酒面如故人，别久色微蒼。停杯相顧視，斟酌彌芬芳。别君三年來，世故難忖量。市朝塵屢生，滄海波再颺。豈知尊中物，猶能保故常。驛馬鳴路歧，斜日照西廊。珍重故人酒，且復盡一觴。

其三

長安多美酒，酒人食其名。酒旗蔽馳道，車轂相摩爭。刀酒非沼水，味薄甜如餳。易酒釀天壇，市沽安得清。魏酒稍芬芳，勁正乖典刑〔一〕。我性好别酒，齒舌判涇渭。對此寧不飲，枯腸任雷鳴。飲酒但需醉〔二〕，眞贋皆虚聲。清濁比賢愚，分别徒營營。與君取次醉，酩酊共一觥。此言當杜舉，聊用勒酒城〔三〕。

【注釋】〔一〕東坡酒經：勁正合爲四斗，又五日而飲，則和而力，嚴而不猛也。〔二〕漢書陳遵傳：刺史大窮，候遵霑醉時，突入見遵母。師古曰：霑，溼，言其大醉也。〔三〕松陵集皮日休酒城詩：萬仞峻爲城，沉酣浸其俗。香侵井幹過，味染濠波綠。朝傾踰百榼，暮壓幾千斛。吾得隸此中，但爲闇者足。

其四

羊羔產汾州〔一〕，葡萄釀安邑。刁賈主人名，桑落應候出。一一走京華，種種煩置驛。肩荷慮顛躓，車馳或汎溢。抱攜如懷綳〔二〕，登頓敢奔汩。一夫致一罌，一石數金直。愛惜閟馨香，收藏辟風日。封題復再拜，輦輸權貴室。貴人多不省，累置似搏埴〔三〕。寂寥揚子雲，扶疎守玄默。徒然頌鴟夷，耆酒何繇得？

【注釋】〔一〕馬永卿懶眞子：白樂天爲杭州太守日，有詩，序云：錢湖州以箬下酒，李蘇州以五酘酒，相次寄到。僕之七舅氏云：酘字與殺同意，乃今之羊羔兒酒也。〔二〕昌黎城南聯句：簪笏自懷綳。韓醇曰：綳，彼萌切，束也，今繈褓中也。〔三〕周禮冬官考工記：搏埴之工二。鄭氏曰：搏之言拍也；埴，黏土也。搏，李音團。

其五

世多愛官者，不復知酒旨。亦有愛酒者，不暇計官美。愛酒令人狂，愛官令人鄙。腸爛飲不休〔一〕，漏盡宦不止〔二〕。耆酒與貪官，皆可令人死。我本愛官人，侍郎不爲庳。我亦愛酒人，致酒每盈几。今年命大繆，官罷酒亦恥。長嘯謝都門，斯可以去矣。

【注釋】〔一〕王子年拾遺記：張華爲醒酒，煮三薇以貴麯糵。糵出西羌。麯出東湖。湖中有指星麥，四月火星出，穫麥而食之。糵用水漬，三日而麥生萌芽，以平旦時雞初鳴而用之，俗人呼爲雞鳴麥。以之釀酒，清美醇鬯，久含令人齒動。若大醉不揺蕩，使人肝腸爛，俗謂之銷腸酒。

〔二〕眞誥甄命授：漁陽田豫曰：人以老馳車輪者，譬猶鐘鳴漏盡而夜行不休，是罪人也。

其六

吾憐袁小修，豁達好飲醇。開尊無好酒，往往生怒嗔。長安盛宴會，賓筵正初巡。當杯但一嗅，瑟縮不沾唇。俗子共愕眙，知者嫌其眞。袁生每大笑，看我頭上巾。自從此人死，燕市無酒人。酒遞久寂寞，袁約致易州酒，屬其客伍生爲酒遞。酒德誰與論？誓踐腹痛約〔一〕，南下湘水濱。滿酌黄柑酒〔二〕，澆君宿草墳。

【注釋】〔一〕後漢書橋玄傳：操過玄墓祭奠，自爲文曰：又承從容約誓之言：殂沒之後，路有經由，不以斗酒隻雞過相沃酹，車過三步，腹痛勿怨。雖臨時戲笑之言，非至親篤好，胡肯爲此辭哉？

〔二〕東坡洞庭春色詩敍：安定郡王以黃柑釀酒，謂之「洞庭春色」。

其　七

昔與程孟陽，閒窗較酒品。屈指北酒佳，西笑忘去食寢。南酒推金壇，甘香比桑葚〔一〕。于公知我好，載送似給廩。船到競逢迎，尊開破寒噤。消磨長日景，流連乙夜枕。自從來長安，市酒類拾瀋〔二〕。還憶良常醴，如饑思得飪。美酒不博官，吾計久已審。況乃官又罷，頌繫受淒凜〔三〕。已矣歸去來，無爲歎荏苒。多乞于家酒，細與程生飲。

【注釋】〔一〕世說言語篇：張天錫爲孝武所器，頗有嫉己者，于坐問張：「北方何物可貴？」張曰：「桑葚甘香，鴟鴞革響。淳酪養性，人無嫉心。」〔二〕左傳哀公三年：猶拾瀋也。杜預曰：瀋，汁也。〔三〕漢書惠帝紀：有當盜械者，皆頌繫。如淳曰：頌者，容也。言見寬容，但處曹吏舍，不入狴牢也。古者頌與容同。

送瞿稼軒給事南還三疊前韻

門外天涯未易談，江南路在潞河南。同時放逐君先去，異地羈留我不堪。聖世辨奸難曲筆〔一〕，淸時養晦忍抽簪。車回峻阪何須九，肱折良醫不憚三。戎馬生郊還國恥〔二〕，班行失士豈吾慚〔三〕。琴心靜向弦中理，棋勢全於局外諳。秋卷蠅頭温諫牘，春燈龍尾夢朝參〔四〕。排風獵獵旋飛鷁，蓄火温温養浴蠶〔五〕。木落破山尋古寺〔六〕，花深拂水看晴嵐〔七〕。櫪頭船裏新茶竈〔八〕，折脚鐺邊舊佛龕〔九〕。酒熟泉香無別事，書淫傳癖有同耽〔一〇〕。師丹老去身多忘〔一一〕，孫叔年來寢正酣〔一二〕。何日二童還一馬〔一三〕，相期斗酒共雙柑。客中送客正惆悵，破涕裁詩又作憨。

【注釋】〔一〕後漢書臧洪傳：南史不曲筆以求存。蘇易簡文房四譜：後魏世宗嘗敕廷尉游肇，有所降恕。肇不從，曰：「陛下自能恕之，豈能令臣曲筆。」〔二〕老子儉欲篇：天下無道，戎馬生于郊。〔三〕張端義貴耳三集：廬陵劉過，字改之，送王簡卿詩：班行失士國輕重，道路不言心是非。〔四〕樂天戊申歲暮詠懷詩：龍尾趁朝無氣力。〔五〕漢書張湯傳注：師古曰：凡春蠶者，欲其温而早成，故爲密室，蓄火以置之。〔六〕盧熊蘇州志：破山亦虞山之別山，因白龍鬬衝山而去，故曰破山。〔七〕盧知州琴川志：虞山西行，山脊有拂水巖，下臨山阿，崖壁峭立，水落兩石間，微風激之，濺灑霏霏，故名。〔八〕張志和漁父歌：釣車子，櫪頭船。樂在風波不用仙。〔九〕傳燈錄：無蒙國師曰：看他古德道人，得意之後，茅茨石室，向折脚鐺子邊煮飯，喫過三二十年。〔一〇〕晉書皇甫謐傳：謐耽翫典籍，忘寢與食，時人謂之書淫。晉書杜預傳：預嘗稱王濟有馬癖，和嶠有錢癖。武帝問預：「卿有何癖？」對曰：「臣有左傳癖。」〔一一〕漢書師丹傳：有上書言改幣，上問丹，丹言可改。下有司議，皆以爲行錢以來久，難卒變易。丹老人，忘其前語，後從公卿議。〔一二〕莊子徐無鬼篇：孫叔敖甘寢秉羽，而郢人投兵。〔一三〕東坡司馬溫公神道碑：其相維何，太師溫公。公來自西，一馬二童。放翁遊近山詩：一馬二童溪路秋。

十三日立春

迎春春在鳳城頭，簇仗衣冠進土牛。鋪展烟光來紫陌，追隨笑語到紅樓。林鶯口噤思宮樹，官柳眉舒向御溝。獨有城南覊旅客，與春無分又添愁。

覓春

春明門外亦長安，不省陽春到此難。朔氣逡巡辭弱柳，光風瑟縮辟崇蘭。西山翠比愁眉鑲，上苑紅如粉本看。狠藉江南春色早，討春歸去莫教殘〔一〕。

【注釋】〔一〕松陵集：陸龜蒙招襲美詩序：闔閭城北有賣花翁，討春之士，往往造焉。

春風

午枕眠方足，晴窗曝未終。忽吹新白髮，知是舊春風。物候驚柔綠，心情怕軟紅。可憐春未老，送我向江東。

送郭中書赴督師袁公幕

昂昂千里馬，不合駕鼓車〔一〕。丈夫九尺身〔二〕，豈肯隨侏儒。郭生俶儻人。側足承明廬。譬如雞羣鶴，戢翼不得舒。一朝請論事，慷慨陳兵符。願如漢卜式，接踵死匈奴。天子賜顔色，羣公咸歎歔。近臣寄邊瑣，此例今所無。我從罷官來，不見闕門書。屈指五年期，今又一歲初。袁公於上前抗論滅奴，以五年爲期。聞君赴嚴程，出祖臨交衢。慙無繞朝贈，控馬進一壺。分張何所道？逝將歸里閭。因風問袁公，匡復定何如？

【注釋】〔一〕後漢書循吏傳：建武十三年，異國有獻名馬者，日行千里。詔以馬駕鼓車。〔二〕漢書東方朔傳：侏儒長三尺餘，奉一囊粟，錢二百四十；臣朔長九尺餘，亦奉一囊粟，錢二百四十。侏儒飽欲死，臣朔饑欲死。

鸚鵡

鸚鵡人憐汝，雕籠豢養成。翠衿矜妙麗，紅嘴鬪聰明。側近偷言語，憑高涴檻楹。君何憂反舌？時過寂無聲。

鵲巢行

樹上老鴉羣作惡，奪我鵲巢反啄鵲。鵲羣苦少鴉苦多，多架春成枉作窠。拚將我巢爲汝室，啞啞聒耳聽不得。蒼然一鷂號鷙鳥，左翎撩風右掠草〔一〕。眼看鵲弱與鴉強，何忍盤回坐樹旁。君不見鷂兮鷂兮善擇木，浮圖有穴崖有屋。鴉羣自笑鵲自哭，注目寒空且攫肉。

【注釋】〔一〕段柯古酉陽雜俎：鷂子兩翅，各有復翎。左名撩風，右名掠草。

題郭無傷所藏朱鷺畫竹是余往年所贈

頭白蕭郎畫竹聞，數莖蕭颯坐生雲。霜筠雪幹還如我，障日成陰卻擬君。

其二

畫裏蕭蕭竹數竿，晴窗亦解報平安〔一〕。年來小劫如風雨，賴有長身共歲寒〔二〕。

【注釋】〔一〕段柯古酉陽雜俎：李衛公言：北都唯童子寺有竹一窠，纔長數尺。相傳其寺綱維，每日報竹平安。〔二〕東坡題過所畫枯木竹石詩：唯有長身六君子，依依猶得似洪園。唐張法和吳太一詠竹詩：聞君庭竹詠，幽意歲寒多。

寒食

客舍蕭蕭寄病身，落花寂寂度佳晨。忽聞寒食爲今日，始覺風光已暮春。名酒盡難禁獨夜，好鶯啼不趁愁人。吾生從道渾如夢，是夢何須太苦辛。

寒食後一日作

寒食淒涼作去不成，春光取次又清明。孤臣氣味愁鑽火，故國心情記賣餳。苦恨落花隨柳絮，謾勞啼鵙替鶯聲。東風誰唱吳娘曲？暮雨蕭蕭闇禁城。

無花

客裏無花獨倚樓，討春無計恨悠悠。無花亦有便宜處，省却花飛一段愁。

贈博平郭太保

蘭錡三朝一敝裘〔一〕，濯龍門外看車流〔二〕。風窗自咏游仙句，金穴誰論特進侯？客到異書繙帳底，花開禊帖在牀頭。蕭翼賺蘭亭：寺門桃李盡放。郭家藏定武禊帖，故云。他時國史編家集，定與聯珠一部收。本朝郭忠武公有郭氏聯珠集。

【注釋】〔一〕張平子西京賦：武庫禁兵，設在蘭錡。李善曰：劉逵魏都賦注：受他兵曰蘭，受弩曰錡。〔二〕後漢書百官志：濯龍亦園名，近北宮。後漢書馬后傳：馬太后過濯龍門上，見親戚車如流水馬如龍，甚不悅。

送于鏘秀才南歸

木星入斗霾且霧〔一〕，疾雷震電當嚴冬。孤臣束身待譴逐，攢頭縮頸如寒蟲。瓴甋累門斷人跡〔二〕，譙訶叵戶勢浩洶。于子襆被就我宿，掉臂徑突重圍中。朔風褰簾霜著壁，油燈無燄光曈曨。布衾潑水寒不寐，骹背依倚彎角弓。訓狐號屋鼠齧器〔三〕，夢魘驚覺杵撞胸。更闌漏盡坐相慰，軟語唧唧疑吟蛩。有時激昂撫枕席，蹴我起聽譙樓鐘。誓將排雲叫閶闔，寄箋苦恨飛廉慵〔四〕。嗟子長身秀眉目，輪囷肝膽誰與同？我歌汝和良足樂，冰天雪窖春融融〔五〕。春來幾何忽已老，楊花如雪飛城東。愛而思子苦不見，三日新婦關房櫳〔六〕。一朝扣門聲剝啄，策蹇揖我歸匆匆。我身正坐不得去，別子目斷南飛鴻。子歸解裝正初夏，楝花風過榴花紅。故人見子應歎息，訊我顏狀悲途窮。我生有命可自斷，世事豈異馬耳風。黃閣知爲何老子〔七〕，白首仍是舊阿儂。梵川綠淨不可唾〔八〕，金壇酒碧照觥空。五噫未遂吳市隱，十賚行割華陽封。因風寄語勿惆悵，料理家釀遲醉翁。

【注釋】〔一〕漢書天文志：綏和元年正月辛未，有流星從東南入北斗，長數十丈。占曰：大臣有繫者。〔二〕爾雅釋宮：瓴甋謂之甓。郭璞曰：甗，甎也，今江東呼瓴甓。〔三〕段柯古酉陽雜俎：訓狐，惡鳥也。鳴則後竅應之。〔四〕昌黎效玉川子月蝕詩。薄命正值飛廉慵。〔五〕江文通雜體詩：聲教燭冰天。李善曰：淮南子：八紘：北方爲積冰。高誘曰：北方寒冰所積，因以名爲積冰也。漢書蘇武傳：乃幽武置大窖中，絕不飲食。天雨雪，武臥齧雪，與旃毛并咽之。〔六〕南史曹敬宗傳：敬宗謂所親曰：今來揚州作貴人，動轉不得。路行開車幔，小人輒言不可。閉置車中，如三日新婦。念此邑邑，使人氣盡。〔七〕五代史馮道傳：德光誚之曰：「爾是何等老子？」〔八〕金壇于中甫與弟潤甫先後以黨人罷免，中甫營園曰梵川，潤甫曰雲林，優游結隱，皆極水木池臺之勝。

左耳病戲作十二韻

歎世侵尋似鹿皮〔一〕，聾雖半耳已如癡。盈尊社酒憑誰餉〔二〕？決牖仙方久不窺〔三〕。但遇一呼仍響應，若聆偶語却參差。僮便主聵誇脾健，婢噪醫庸諱腎衰。強欲屬垣還側耳，纔看抛枕又支頤。史稱偏聽應如是，人說佯聾或近之。憎老懶令嬌女別，怯狂畏與醉翁持。八音未許諳全部，兩造祗能割半詞。洞裏乖龍眠正穩，韓詩：煩君自入華陽洞，直割乖龍左耳來。牀頭鬬蟻動還疑。耄呼賢吏猶多媿，用黃霸傳聾丞事。歸作家公漸有期。空筏音聞旋恍忽〔四〕，兜玄夢斷轉迷離〔五〕。不須獻馘從軍法，好證圓通問道師〔六〕。鄭注：馘所格者之左耳。

【注釋】〔一〕少陵耳聾詩：生年鶡冠子，嘆世鹿皮翁。〔二〕祝誠蓮堂詩話：晉李濤，小字社公，爲兵部時，文公昉爲翰林學士，月給內醞。兵部因春社寄昉詩云：社公今日沒心情，爲乏治聾酒一瓶。蓋俗云社日酒治聾。〔三〕眞誥運象篇：九華眞妃曰：眼者身之鏡，耳者體之牖，視多則鏡昏，聽衆則牖閉。妾有磨鏡之石，決牖之術，卽能徹洞萬靈，眇察絕響。〔四〕范石湖耳鳴詩：不須路入兜玄國，自有音聞空筏城。〔五〕牛僧孺玄怪錄：開元中，前進士張左見老父，言姓申名宗，前生梓潼薛君冑也。居鳴鶴山中，八月十五日，長嘯獨飲，忽覺兩耳中有車馬聲，因頹然思寢。纔至席，有小車出耳中，二童長二三寸，憑軾呼御者，踏輪扶下，曰：「自兜玄國來。」君冑大駭曰：「君適出我耳，何謂兜玄國來？」二童曰：「國在吾耳，君耳安能處我一童？」因傾耳示君冑，君冑捫耳投之，已至一都會，城池樓堞，窮極瑰麗，向之二童，已在側從謁，蒙玄眞伯宣制，授主錄大夫。引至一曹署，意有所念，左右必先知，當便供給。因暇登樓遠望，忽有歸思。二童怒，疾逐君冑，如陷落地，仰視，乃自童子耳中落，已在舊處，童子亦不復見。鄰人失君冑，已七八年矣。未幾，君冑卒，遂生于申家，卽今身也。〔六〕首楞嚴經：佛問圓通，我從耳門，圓照三昧，緣心自在，因八流相，得三摩提，成就菩提，斯爲第一。道誠釋氏要覽：十住斷結經云：號道師者，令衆生類，示其正道。故華首經云：能爲人說無生死道，故名導師。佛報恩經云：大導師。師者，導以正路，示涅槃經，使得無爲常樂故。

冷飲示侍兒

花前宜試樂天杯〔一〕，冷飲東垣未可咍。笑殺家翁買燕女，錯將温酒當行媒〔二〕。家鉉翁事，見周公謹小說。

【注釋】〔一〕樂天和薛秀才尋梅花同飲詩：忽驚林下發寒梅，便試花前飲冷杯。〔二〕陶宗儀輟耕録：家鉉翁將求一妾，忽有以奚奴者至，姿色固美，問其藝，則曰能温酒。公漫留試之。及執事，初甚熱，次略寒，三次微温。公方飲。既而每日並如初之第三次。公喜，遂納焉。終公之身，未嘗有過不及時。

奉酬山海督師袁公兼喜關内道梁君廷棟將赴關門二首

臨渝今是國儲胥〔一〕，山海古臨渝地，俗稱榆關，誤也。鎖鑰東門萬革車。匡坐油幢臨虜使〔二〕，橫磨墨盾草郵書〔三〕。鶯啼大纛連營静，月出雄關列竈虚。蚤晚師中得梁楗〔四〕，度遼長策爲君攄。

【注釋】〔一〕楊子雲長楊賦：木擁槍纍，以爲儲胥。師古曰：胥，須也。言有儲蓄以待所須也。〔二〕程大昌演繁露：黄帝出軍，曰有所征伐，作五采牙幢。吳志：陸遜討費棧，以兵少，乃益施牙幢，分布鼓角，賊卽破散。〔三〕北史文苑傳：荀濟謂人曰：「會楯上磨墨作檄文。」〔四〕後漢書梁慬傳：南單于與烏桓人俱反，詔慬行度遼將軍事。

其二

貰酒論兵傫直餘〔一〕，青燈賓從儼前除。掃犂羡爾謀方老〔二〕，表餌慙吾術已疎〔三〕。甲第金鋪魚鑰管〔四〕，景鐘鐵索鴈行書〔五〕。白山好勒磨崖頌，衰晚何因借後車〔六〕？袁自詭五年滅奴，頗以講欵爲秘計。故有託諷之言。

【注釋】〔一〕李肇翰林志：凡當直之次，自給舍丞郎入者，三直無傫；自起居御史郎官入者，五直一傫；其餘雜入者，十直三傫。題于北壁之兩閤。〔二〕漢書匈奴傳：楊雄上書曰：固已犂其庭，掃其閭，郡縣而置之。〔三〕漢書賈誼傳贊：施三表五餌以係單于。〔四〕丁用晦芝田錄：鑰必以魚者，取其不瞑目守夜之義。〔五〕昌黎石鼓歌：金繩鐵索鎖紐壯，古鼎躍水龍騰梭。僧釋之金壺記：逸少每自稱：我書比鍾繇當抗行于世，比張芝猶當雁行也。〔六〕崇禎元年戊辰七月癸酉，上御平臺，召袁崇焕條對，命以大司馬經略遼事，問蕩滅之期。袁自詭不過五年。先是崇焕以道臣治寧遠，建師薄城下，誓衆堅守，礮石夾發，建師罷圍去。一時軍聲頗震。朝議擢之爲遼撫。天啓六年八月，乘建州之喪，崇焕遣瑣南僧往弔，陰欲借此興講款之議。未幾，爲逆奄所罷，其事遂寢。上之有是命也，亦因其寧遠之功，謂可籌以東略。崇焕一時雖爲大言罔上，終慮無以塞復遼之命，乃仍借講款爲秘計。祖大壽，寧遠人也，爲王化貞中軍。化貞逃，孤軍保覺華島，其甥白臂，用事于拱兎，大壽將西走依之，高陽撫而用焉。再犯法當斬，袁爲力請釋，啣次骨，至是信任之如左右手。大壽故與建州有連，降人銀定，給事大壽左右，崇焕密令其往來講款。己巳十月，建師闌入遵化，直薄都城。時中外喧傳崇焕抉敵以要款，上疑而心恨之，於其入衛，執繫詔獄。召高陽，委以捍敵之任。敵甫退而崇焕磔焉。公前詩云：因風寄問，匡復何如。此云臨楡爲國儲胥，東門鎖鑰，專任非小。委曲隱諷，望其有成，而又料其必無成也。早已危之矣。嗟乎！楸枰在眼，無勝着以救殘棋，徒令傍觀者袖手嗟咨，而舉棋者懵然不省。卒之戮及其身，毫無補于國家之大局，良可悲也已！

口占贈林將軍 喬椿，晉江人。

超距身輕三百晉陌前〔一〕，飛刀法自九夷傳。血漂樓櫓如平地〔二〕，土拭干將更屬天〔三〕。林長于水戰，又嘗下獄。魏絳歌鐘懸虡考〔四〕，衛青侯券空去聲名鐫〔五〕。頗聞聖主思收復，親式羣蛙風九邊〔六〕。

【注釋】〔一〕史記王翦傳：翦使人問：「軍中戲乎？」對曰：「方投石超距。」于是王翦曰：「士卒可用矣。」漢書曰：甘延壽投石拔距，絕于等倫。張晏曰：范蠡兵法飛石重十二斤，爲機發，行二百步。延壽有力，能以手投之。拔距，超距也。左傳僖公二十八年：魏犨距躍三百，曲踊三百。杜預曰：百，猶勱也。勱，音邁。〔二〕程大昌演繁露：櫓，大楯也。今城上雉堞曰櫓，爲其在城上可以蔽人，如人之被楯也。韻略：樓無屋曰櫓，城上守禦者。〔三〕晉書張華傳：雷煥掘獄得劍，以南昌西山下土拭之，光芒豔發。華以南昌土不如華陰赤土，因以華陰土一斤致煥，煥更以拭劍，倍益精明。〔四〕左傳襄公十一年：鄭人賂晉侯，凡兵車百乘，歌鐘二肆，及其鎛磬，女樂二八。晉侯以樂之半賜魏絳，曰：「子敎寡人和諸戎狄，以正諸華，請與子樂之。」〔五〕史記衞青傳：有一鉗徒相青曰：「貴人也，官至封侯。」青笑曰：「人奴之生，得毋笞駡卽足矣，安得封侯事乎？」〔六〕韓非子內儲說上篇：越王慮伐吳，欲人之輕死也，出見怒蛙，乃爲之式。從者曰：「奚敬于此？」王曰：「爲其有氣故也。」明年之請以頭獻王者，歲十餘人。

次房海客韻送劉起歸宣城

起與湯祭酒有郤，祭酒歿。始還故里，故詩有解釋之語。

寃親場內好參禪〔一〕，鑽火應知定出煙〔二〕。已分此生離虎口，何須知己付龍泉。杯蛇辨後休除病，嬰蜺消時莫問天〔三〕。執手送君成一笑，磨驢何日了前緣〔四〕？

【注釋】〔一〕五燈會元：張淨滿受新羅僧錢，取六祖大師首。柳守親至曹溪，問師上足令韜：「如何處斷。」韜曰：「若以國法論，理須誅夷。但以佛教慈悲，寃親平等。」守嘆曰：「始知佛門廣大。」遂赦之。〔二〕六祖壇經：若能鑽木出火，淤泥定生紅蓮。〔三〕屈原天問：白蜺嬰茀。王逸曰：蜺，雲之有色似龍者也。茀，白雲逶迤若蛇者也。言此有蜺茀氣逶迤相嬰。〔四〕東坡送安節詩：應笑謀生拙，團團如磨驢。

追和朽庵和尚樂歸田園十咏 有序

正德間，朝士有以郎官罷歸者，高僧朽庵林公以淵明歸去來兮辭爲題，賦樂歸田園十咏送之。崇禎二年，余匏繫都門，客有以朽庵遺筆見贈者。開卷吟諷，喟然三歎，遂援筆伸紙，追而和之。昔蘇子瞻居南海，徧和陶詩，子繇序而傳之。余何敢竊比子瞻，顧如子繇之言，所謂欲以晚節末路，師範淵明之萬一者，其志趣不可謂不同也。然子瞻實追和淵明，而余之所和者，朽庵而已。世之君子，其尚恕余之僭踰，或亦因是而知朽庵也夫。是年四月十八日。

歸去來兮至覺今是而昨非次韻

久在樊籠始見幾，高人只是急流歸。畏榮未必知吾意，忤物何妨與世違。戢羽豈容尋往跡，懸車自合斂餘輝〔一〕。却嫌此老還多事，形影神中辯是非。

【注釋】〔一〕淵明王撫軍座送客詩：晨鳥莫來還，懸車斂餘輝。

附：朽庵宗林詩

宦海漂流早見幾，故園荒廢正思歸。往迷來悟心方樂，投老尋閑願不違。新別廟堂無悵恨，舊栽松菊有光輝。池魚羈鳥還淵藪，童子何勞講是非。

舟搖搖以輕颺風飄飄而吹衣用韻

少日成惆悵，行迷喜得歸。鶴應知我返，鷗亦傍人飛。白水浮孤棹，青山見素衣。飃搖謝塵網，昔夢但依稀。

問征夫以前路恨晨光之熹微用韻

平陸成江悵我情，濛濛時雨逗初晴。征夫指點晨光好，還向柴桑一路明。

附：原作

欲知歸去好前程，每對征夫問一聲。茅屋幾家門尚掩，茫茫天地未分明。

乃瞻衡宇至有酒盈尊次韻

僮稚憙我歸，舒鴈却前望。眼明記舊宇，身閑去宿恙。看松繞荒徑，采菊泛新釀。英英南山雲，庶與我心況。

引壺觴以自酌至審容膝之易安用韻

壺酒庭柯徙倚看，南窗也似北窗寬。人生何限遑遑者，兩膝隨身沒處安。

園日涉以成趣門雖設而常關次韻

羣輔錄中看世代，周王傳裏見乾坤。此翁枯槁君知否？容易人間說閉門。

附：原作

梨栗詩書責子孫，菊松瓜菜樂乾坤。養高不受重來詔，誰敢閑敲處士門？

策扶老以流憩至撫孤松而盤桓次韻

拂拭塵中眼，舒眉飽看山。山將人並憩，杖與我俱閒。入景戀遲暮，孤松欣往還。出雲並倦鳥，幽意總相關。

附：原作

扶老手攜杖，觀幽眼見山。歸林飛鳥倦，出岫斷雲閒。松下尋詩去，谿邊載酒還。昔年車馬路，今日沒相關。

歸去來兮至樂琴書以銷憂次韻

世人似鼠競窶藪，陶家老翁悟已久。官中束帶肯折腰，山寺聞鐘卻回首〔一〕。南郵何事更東林？種蓮豈必殊垂柳〔二〕。親朋情話聊解顏，琴書流覽總敝帚。籃輿醉臥人不知，扣門乞食我何有。我生捽兀略相似〔三〕，玉堂今作扶犂手〔四〕。和詩敢效僧耳翁〔五〕，感懷竊比朽庵叟。歸來築室祀靖節，左白右蘇配以偶。故山松菊當蘋藻，薦彼清琴侑濁酒。

【注釋】〔一〕慧皎高僧傳：遠公持律精苦，雖豉酒米汁及蜜水之微，誓死不犯。靖節每來社中，一日謁遠公，甫及寺外，聞鐘聲，不覺顰容，遽命還駕。〔二〕釋氏稽古錄：遠公與劉程之等建齋立誓，期生淨土。謝靈運于東林鑿二池，以栽蓮花。〔三〕淵明自祭文：捽兀窮廬，酣飲賦詩。〔四〕東坡次錢穆父見寄詩：玉堂不着扶犂手。〔五〕蘇子由和陶詩引：東坡謫居儋耳，獨好淵明之詩，前後和其詩凡一百有九篇。至其得意，自謂不甚愧淵明。

農人告余以春及至曷不委心任去留次韻

窈窕崎嶇意，舟車丘壑間。泉流榮木下〔一〕，春入老農顔。萬物誰非寓？吾生會有還。達人亦同盡，贏得去留閑。

【注釋】〔一〕淵明榮木詩序：榮木，念將老也。日月推遷，已復有夏。總角聞道，白首無成。

附：原作

聞得農夫說，春回畎畝間。舟車無枉跡，草木有榮顔。尋壑穿雲去，經丘踏月還。百年能幾日？寧不放心閑。

胡爲乎遑遑欲何之至樂夫天命復奚疑次韻

人生如教射，一發貴善息〔一〕。陶潛避俗翁，枯槁非本色。惜哉時不偶，橫流汜邦域。雄劍在室中，光芒閟淩逼。洗滌資禪心，抹撥仗酒力。酒酣咏荆軻，深情自茲得。耘耔盡能事，嘯歌見天則。醉來恕繆誤〔二〕，聊用齊淑慝。仕晉誠苦饑，逃宋懼弗克。乘化游縱浪，樂盡付冥默。能潛乃龍性，可諫匪鳳德。餘事作詩人，遺名隸酒國。我和朽庵詩，游戲幷筆墨。悠悠千載後，會有高人識。

【注釋】〔一〕戰國策：楚有養由基者，善射，去柳葉者百步而射之，百發百中。有一人過曰：「可敎射也矣。夫射柳葉者，百發百中，而不以善息，少焉，氣力倦，弓撥矢鈎，一發不中，前功盡矣。」〔二〕淵明飲酒詩：但恨多繆誤，君當恕醉人。

得許同生書寄示擬歸去來兮辭

歸兮賦就喜投閒，漉酒巾將換紫綸〔一〕。人笑瓶無淮上米，天敎眼看浙西山。一生刺襪嘗翻著〔二〕，萬事騎驢却倒還〔三〕。未敢援毫輕屬和，正愁陶令滿人間〔四〕。

【注釋】〔一〕晉書載記：石季龍常以女騎一千爲鹵簿，皆著紫綸巾，織錦袴，金銀鏤帶，五文織成鞾。〔二〕洪覺範林間錄：王梵志詩云：梵志翻著襪，人間謂是錯。寧可刺你眼，不可隱我脚。〔三〕潘閬觀華山詩：高愛三峯插太虛，回頭仰望倒騎驢。魏野詩云：從此華山圖嶂裏，更添潘閬倒騎驢。〔四〕容齋隨筆：今人好和歸去來辭，予最敬晁以道所言。其答李持國書云：足下愛淵明所賦歸去來辭，遂同東坡先生和之。僕所未喻也。建中靖國間，東坡和歸去來。初至京師，其門下賓客從而和者數人，皆自謂得意也。陶淵明紛然一日滿人目前矣。

王元之自翰林謫官賦廣陵僧舍芍藥有感傷綸閣多情客之語余屏居寂寞戚里以芍藥見遺誦元之詩適對此花感而繼作詩凡三章亦如元之數

盤籠紅藥出天家〔一〕，寂寞銅瓶幾朵花。承日有誰揎翠袖？當風還自怯黃沙。紅芳照眼驚春盡，金縷緣頭惱鬢華。五味爲君思齊和〔二〕，敢將零落怨天涯。

【注釋】〔一〕昌黎芍藥詩：紅燈爍爍綠盤龍。〔二〕相如子虛賦：芍藥之和具而後御之。伏儼曰：芍藥，以蘭桂調食。文穎曰：五味之和也。師古曰：芍藥，藥草名。其根主和五藏，又辟毒氣，故合之于蘭桂五味，以助諸食，呼五味之和爲芍藥耳。今人食馬肝馬腸者，猶合芍藥而煮之，豈非古之遺法乎？

其 二

紅燈焰焰覆茅茨，卻照春衫黯自疑。曾是芳非依上直，可憐攀折贈將離。綸闈舊侶蒼苔在，僧舍新愁白髮知。漫道謝公詩句好，翻階先咏萬年枝。元之詩序云：紅藥當堦翻。自後詞臣，引爲故事。

其三

五侯簾幕競萎甤，驛騎殷勤寄贈時。夜燭去辭紅豔隊，春風來乞曉粧詩〔一〕。雕闌墮珥辜新賞，金屋餘香認舊枝。莫怪宫袍長放逐，君王不要賞花辭。牡丹初號木芍藥，蓋本同而末異也。太白雖賦牡丹，亦假借得使。

【注釋】〔一〕松窗雜錄：上問程修己曰：「今京邑傳唱牡丹詩，誰爲首出？」對曰：「臣嘗聞公卿間多吟賞中書舍人李正封詩曰：天香夜染衣，國色朝酣酒。」上笑謂貴妃曰：粧鏡臺前，宜飲以一紫金盞酒，則正封之詩見矣。

寄題泰和蕭伯玉春浮園十四詠

柳溪

烟著層層柳，雲生面面溪。欲尋垂釣處，咫尺使人迷。

公安亭　亭蔭老樟樹下

嘉樹閱元宋，芳名有譽處。嗟彼雕朽質，吾亦宥老楮〔一〕。

【注釋】〔一〕東坡宥老楮詩注：施宿曰：本草：楮實，一名穀實。

金粟堂

禪罷月當戶，酒醒香滿空。寥寥桂花意，榮落任秋風。

芙蓉池

蓮葉何田田？花香蕩疏綺。惆悵採蓮人，歌聲隔秋水。

嬋娟逕

亭亭千个竹，凛凛歲寒姿。要見嬋娟質〔一〕，秋風粉落時。

【注釋】〔一〕成公子安嘯賦：蔭修竹之嬋娟。

杯山

山如一酒杯，湖水嘗灌注。我愛杯中物，還乘此杯渡。

聽鶯弄

弱柳依趺坐，晴湖答梵聲。道人曾破戒，把酒聽啼鶯。

宜月橋

風月新秋夜，江山清露中。吹簫更度曲，多此在橋東。

宿雲墩

墩深雲所歸，雲去墩仍在。却疑此非墩，亦是雲變態。

愚山

江聲嚙山腰，帆影掛樹杪。只疑船舷上，欲戛山頭草。

浮山

浮山山下水，盡帶梅花馥。似憐梅清寒，十里賜湯沐。

秋聲閣

東風看酒汜，落葉使人悲。不是悲秋士，秋聲那得知。

【注釋】〔一〕淮南子覽冥訓：物類之相應，玄妙深微，知不能論，辨不能解，故東風至而酒汜溢。

蕭齋

蕭辰坐蕭齋〔一〕，縱筆作蕭字。他年改精藍〔二〕，亦應號蕭寺。

【注釋】〔一〕李肇國史補：梁武帝造寺，令蕭子雲飛白大書蕭字，至今存焉。李約竭産自江南買歸東洛，匣于小亭以翫之，號爲蕭齋。〔二〕首楞嚴經：退歸精舍，祇見伽藍。

鳬閣

汎汎水中鳬，安眠復徐引。君胡爲此閣？知已問詹尹。

次韻答楊補見贈

倦鳥慕林藪，覊人念鄉里。中年哀樂多，識字憂患始。刺促復何爲〔一〕？歸秉田間耒。

書簏估生計〔二〕，鶴料算食指〔三〕。休日諒未晚，拙政亦吾以〔四〕。息影依衡茅，引竿向清泚。君看懸屋車，豈復慮生耳〔五〕。

【注釋】〔一〕樂府閣道謠：閣道東，有大牛。王濟鞅，裴楷鞧。和嶠刺促不得休。〔二〕新唐書李邕傳：淹貫古今，不能屬辭，故人號書簏。〔三〕吳曾能改齋漫錄：宋景文筆記著闕疑一條云：吳郡有鶴料符，未詳其義。王洙、李淑最爲博識，亦各未論。予按唐松陵集載皮日休新秋詩云：酒坊吏到常先見，鶴料符來每探支。注云：吳郡有鶴料符。案：不知宋偶忘此，何耶？〔四〕潘安仁閒居賦序：此亦拙者之爲政也。〔五〕吳淑事類賦：仕俄聞于生耳。注曰：吳語云：仕宦不止車生耳。

其二

微雨簾帷寂，凝塵几榻靜。生面恍開卷，熟客笑引鏡。博弈爲猶賢，飲酒安用聖。且理幽憂疾，遑恤膏肓病。散髮謝束修，毀車絕奔迸。聊復學農圃，終當變名姓〔一〕。君能從我游，帶月鋤可並。

【注釋】〔一〕後漢書李燮傳：王成將燮乘江東下，入徐州界內，令變名姓爲酒家傭，而成賣卜於市，各爲異人，陰相往來。

次張藐姑韻送房海客赴南吏部

薄游只似在巖扃，窺戶何愁屨不停。淮水月如官況白，冶城草並客袍青〔一〕。物情或可饒甘子，藥籠無多辨豨苓〔二〕。莫向半山論舊事，謝公墩畔雨冥冥。

【注釋】〔一〕樂史寰宇記：古冶城在上元縣西五里，本吳冶鑄之地，因以爲名。晉元帝大興初，以王導疾久，方士戴洋云：君本命在甲申，地有冶，金火相鑠。遂使范勝移冶于石城東躅⿰𧾷婁山處。以其地爲園，多植林館。徐廣晉紀：成帝適司徒府，遊觀冶城之園。卽此也。〔二〕通鑑則天聖曆元年。元行沖博學多通，狄仁傑重之。行沖曰：「請備藥物之末。」仁傑笑曰：「吾藥籠中物，何可一日無也？」昌黎進學解：醫師以昌陽引年，欲進其豨苓也。

閏四月廿三日夢中作

柔桑覆籠綠毿毿，密雨温風正養蠶。門外銜泥春燕語，櫻桃消息到江南。

閣訟將結赴法司對簿口號三絕句

突兀沙堤棘寺傍〔一〕，莫將鈴索笑鋃鐺〔二〕。台階今夜占星象，先看垣前貫索光〔三〕。

【注釋】〔一〕宋史岳飛傳：布衣劉允升上書訟飛寃，下棘寺以死。〔二〕韓偓雨後月中玉堂閑坐詩：夜久忽聞鈴索動，玉堂西畔響丁東。〔三〕隋書天文志：貫索九星，賤人之牢也。一曰連索，一曰連營，一曰天牢，主法律，禁暴彊也。牢口一星爲門，欲其開也。九星皆明，天下獄煩。七星見，小赦。五星大赦。

其二

毁冠策蹇路人憐，拂面青蠅互撲緣。猶勝諸公埋詔獄〔一〕，一生不得到西天。傷楊、繆諸君子也。獄中以法司爲西天。

【注釋】〔一〕漢書王商傳：召商詣若盧詔獄。

其三

廿年史局歎阤隤，蠹紙成箱筆作堆。頭白汗青成底事，却將詩案繼西臺。

次韻藐姑送別

紫陌青雲未可論〔一〕，紅箋夢入舊慈恩〔二〕。到家秋枕聞蛩語，别路春風記鳥言。身隱却憐明主棄，道窮還仗古人尊。祝君努力匡時略，安穩東吳老灌園。

【注釋】〔一〕王定保摭言：崔沆及第年，爲主罰錄事。同年盧象，請假往洛下拜慶，旣而淹緩久之。及同年燕于曲江亭子，象以雕車載妓，微服羈鞚，縱觀于側，遽爲團司所發。沆判之，略曰：深攙席帽，密映氈車。紫陌尋春，便隔同年之面；青雲得路，可知異日之心。〔二〕本事詩：元稹爲御史，鞫獄梓潼。時白樂天在京，與名輩遊慈恩，花下爲詩寄元。時元及褒城，亦寄夢遊詩曰：夢君兄弟曲江頭，也向慈恩院裏遊。驛吏喚人排馬去，忽驚身在古梁州。千里魂交，合若符契。

二髯篇戲簡甘肅梅中丞兼呈兵部王尚書左坊文中允

先朝昔煽亂，婦寺據肘腋。四海一應山，奮髯相抵格。身縻若盧獄〔一〕，禍蔓葦笥藉〔二〕。自從楊髯死，士氣久沈汩。婦寺有遺種，螟蠕禪魂魄。靈狸雌雄并，異物志云：靈狸一體自爲陰陽，故能媚人。訓狐朋扇劇。韓詩射訓狐：聚鬼徵妖自朋扇。馮城復依社，夜出而晝匿。冠蓋滿長安，咋指空歎唶。在東畏蝃蝀，連蜷避雌霓〔三〕。矧彼叩頭蟲〔四〕，向火乞餘炙。堂堂髯司馬，中樞屹柱石。長身出班行，正氣噴交戟。暨暨髯中丞，輪囷肝膽赤。尺書來酒泉，志憤壯羽檄。舉朝何蚩蚩？低眉戴巾幗。賢哉此二髯，庶不負頭額。人生稟陰陽，鬚者陽之液。髯多得陽剛，其人亦岸客〔五〕。所以婦寺流，頤頷如脯腊。何用拔鬚眉，天爲芟與柞。

我鬚苦不修，攬鏡頗不懌。既羨緣坡竹，又愧春田麥。黃香責髯奴辭：離離若緣坡之竹，鬱鬱若春田之苗。猛欲施錐鑿〔六〕，穴竅自穿刺。馬尾非族類，顛毛又狠藉。旁人向我笑，笑我目論窄〔七〕。徒以髯取人，子羽恐貌失。二髯固絕倫，髯奴還見責。不見文宮相，亦是無鬚客。作詩寄中丞，捉筆笑啞啞。遙知發函時，掀髯墮冠幘。

【注釋】〔一〕漢書百官公卿表：少府屬官有若盧。服虔曰：若盧，詔獄也。鄧展曰：舊洛陽兩獄，一名若盧，主受親戚婦女。如淳曰：若盧，官名也。藏兵器，品令曰：若盧郎中二十人，主弩射。漢儀注有若盧獄令，主治庫兵將相大臣。〔二〕後漢書五行志：靈帝建寧中，京都長者皆以葦方笥爲粧具，下士盡然。時有識者竊言：葦方笥，郡國讞篋也，今珍用之，此天下人皆當有罪讞于理官也。到光和二年癸丑，赦令詔書，吏民依黨禁錮者赦除之。有不見文，他以類比疑者讞。于是諸有黨郡皆讞廷尉，人名悉入方笥中。〔三〕南史王曇首傳：沈約著郊居賦示筠，讀至雌霓連蜷，約撫掌欣抃，曰：「僕嘗恐人呼爲霓。」霓，五的反。〔四〕御覽：傅咸叩頭蟲賦序曰：叩頭蟲，蟲之微細者，然觸之則叩頭。人以其叩頭，殺之不祥，故莫之害也。〔五〕張平子南都賦：岝峉崔嵬。岝，任革切。〔六〕北史李崇傳：李庶生而天閹，崔諶調之曰：「敎弟種鬚，以錐遍刺作孔，插以馬尾。」庶曰：「先以此方回施貴族藝眉有效，然後樹鬚。」世傳諶門有惡疾，以呼沲爲墓田，故庶言及之。邢子才在旁大笑。〔七〕史記勾踐世家：齊使者曰：「今王知吾之失計，而不知越之過，是目論也。」

初學集卷八

崇禎詩集四　起己巳六月，盡八月。

出都門口占寄蕭伯玉

同日南遷客，前期潞水楂。不知蕭伯玉，底事尙京華？赤日燒肌爐，蒼蠅聒耳譁。想君消受得，猶未苦思家。

潞河別劉咸仲廷諫吏部

別緒鄉心浩莫分，潞河風雨帝城雲。能寬放棄惟良友，未忘京華爲聖君。衰鬢數莖還去國，秋風一葉又離羣。渭城歌罷休垂淚，逐客頻年實飽聞。

潞河舟中夜坐答茅止生見贈

浪湧波喧絮語聞，燭花無焰夜初分。弈棋國手誰論我？杯酒英雄敢並君。牛馬旋迷新漲水〔一〕，魚龍還感舊噓雲。他時重聽西窗雨，記取孤舟潞水濆。

【注釋】〔一〕莊子秋水篇：秋水時至，百川灌河。涇流之大，兩涘渚涯之間，不辨牛馬。成玄英疏曰：隔水遠望，不辨牛之與馬也。

六月廿七日舟發潞河書事感懷寄中朝諸君子凡四首

回首觚稜又夢中，鳳城只在五雲東。情懷黯黮歸鴉日，踪跡差池去燕風。天下安危兩司馬，謂臨邑、吉水二公。人間出處一飛鴻。素衣待放還三宿，未忍驅車泣路窮。

其二

黄金臺下士縱横，側席何人副聖明？紫閣虛傳聞禁漏，白麻遽欲下延英〔一〕。沙堤銀燭兒童羡，火齊金盤道路爭〔二〕。極目中條山色好，隱居吾欲訪陽城。

【注釋】〔一〕程大昌演繁露：唐世唯除拜王侯將相，則用白麻紙。李上交近事會元：延英，肅宗以苗俊卿年老艱步，故設之。後來臣僚，得詣便殿，多以私事希求恩寵，欲進其身，以此爲望焉。

〔二〕昌黎永貞行：夜作詔書朝拜官，超資越序曾無難。公然白日受賄賂，火齊磊落堆金盤。

其　三

聖德軒圖可比倫〔一〕，明廷屈軼正嶙峋。流傳諫紙臺生色，突兀班心國有人〔二〕。是日見公安毛侍御疏。反舌春殘休發口，訓狐月白自謀身。憑君傳語昌黎叟，載筆無煩論爭臣。

【注釋】〔一〕昌黎賀册皇太后表：華胥實贊于軒圖。〔二〕東坡張舜民自御史出倅虢州詩：班心突兀見長身。公自注曰：臺中謂御史立處爲班心。

其　四

信宿辭朝奏數行，封題和淚進明光。三家邨裏人仍在〔一〕，一葉舟中意儘長。老去惟應思帝力，窮來只合掉書囊〔二〕。熙朝不數貞元日，敢效忠州錄古方〔三〕。

【注釋】〔一〕東坡送魯元翰知洛州詩：永謝十年舊，老死三家村。〔二〕玉壺野史：党進不識字，朝廷遣防秋于高陽，辭日，抱笏前跪。忽仰面厲聲曰：「臣聞上古其風朴略，願官家好將息。」仗衞掩口，幾至失容。後左右問之曰：「太尉何故忽念此二句？」進曰：「我嘗見措大們好掉書袋，我亦掉一兩句，也要官家知道我讀書來。」〔三〕新唐書陸贄傳：贄貶忠州，常闔戶，人不識其面，爲古今集驗方五十卷。

中條行 己巳六月過滄州作

君不見中條山，陽城昔日曾閉關。白衣徵起作諫議，脫屩就職無赧顏。月俸計口送酒媪，諫紙疊置空箱間。歌呼痛飲夜達旦，醉臥客懷不聽還。貞元奸佞不可當，白麻旦夕宣朝堂。忠臣延頸待誅僇，宰相慴伏眠如羊。中條山人起伏閤，延英門上飛風霜。諫官叫天爭喧豗，金吾萬歲聲如雷〔一〕。延齡不相陸贄免，奮臂坐使唐天回。乃知酩酊不言有深意，務欲撥棄細碎爭崔嵬〔二〕。我過中條山，念君如宿昔。君名長比條山雲，君心尙似條山石。一代相知李鄴侯，千年涕淚避賢驛。微之陽城驛詩：我願避公諱，名爲避賢郵。思君不見可奈何！酹君一觴歌主客〔三〕。君不見長安棋局日紛紛，著眼爭如局外人。若無衡嶽爐邊客〔四〕，誰向中條訪隱淪？城隱滄州之中條山，李泌爲相，擧爲諫議大夫。非鄴侯不能知道州，鄴侯之擧偉矣。

【注釋】〔一〕舊唐書陽城傳：城上疏言延齡奸佞，陸贄無罪。德宗大怒，將加罪。金吾將軍張萬福趨至延英門大言賀曰：「朝廷有直臣，天下必太平矣。」萬福武人，年八十餘，自此名大重天下。

〔二〕東坡答孔周翰求書詩：撥棄萬事不復談。

〔三〕少陵贈顏少府醉歌行：感君意氣無所惜，一爲歌行歌主客。

〔四〕袁郊甘澤謠：李泌衡嶽寺中讀書，察懶殘所爲，曰：「非凡物也。」中夜潛往謁焉。懶殘撥牛糞火出芋啖之，取所啖之半授李公。捧承盡食。謂公曰：「愼勿多言，領取十年辛相。」

鼈蝨

僦舍都門外，湫隘類鼠穴。土炕揞前楹，瓴甋累後闥，炎歊氣彌蒸，溝澮惡不渫。凡百蟲與豸，因依作巢窟。有蟲蟣蝨類，厥然肖惟鼈。形圓脊微穹，帬介儼環列〔一〕。多足巧於緣，利嘴銳如鐵。伏匿床笫間，夢囈伺怳曶。皸肌陷針芒，嗽血恣剞劂。攢嘬方如錐，墳起已成凸。不禁膚爬搔，猛欲手捽滅。倏若捷疾鬼，驚走在一瞥。都無翼撲緣，不聞聲偲屑。近或匿枕衾，遠或走楄棄〔二〕。明或潛帷幔，隱或據衣袺。遶床何處搜，拂簀誰能撤？兒童偶批摑，經時臭不歇。未足快俘獲，徒然滋嘔噦〔三〕。我坐環堵室，屏居謝朝謁。方當病幽憂，又復遭蝥蠿。睡少不耐嚐，皮枯豈堪蜇。逝將謁上帝，精誠訴饕餮。緑章方夜奏，天門還晝閉。巫陽顧我笑：子亦太薄劣。胡然扣閶闔，除此小蟲蟄？歸來焚奏章，束裝遂南發。從容理席薦，瀟灑振巾韈。揮手謝鼈蝨，且與爾曹別。如何韓退之，得官喜見蠍〔四〕？

【注釋】〔一〕黄山谷食笋詩：炮鼈亂帬介。〔二〕左太沖吴都賦：雕欒鏤棄。李善曰：鄭玄禮記注曰：楄謂之棄。〔三〕記内則：不敢噦噫。釋文曰：噦，於月反。廣韻：噦，逆氣，又乙劣反。

〔四〕昌黎送文暢北遊詩：昨來得京官，照壁喜見蠍。

滄酒歌懷稼軒給事兼呈孟陽

君初别我新折柳，歸帆約載長蘆酒。今我南還又早秋，也沽滄酒下滄州。輕舟一葉三千里，長瓶短甕壓兩頭。與君去國如去燕，一水差池不相見。滄州蘆花如雪披，滄水東流無盡期。滄州好酒瀉醆白，照見行人鬢上絲。東皋秋清月舒彩，西湖採蓮歌欸乃。期君開懷酌滄酒，醉拉程生戲墨海〔一〕。

【注釋】〔一〕蘇易簡文房四譜：昔黄帝得玉一紐，治爲墨海。其上篆文曰「帝鴻氏之印」。

七夕四絶句

月帳星橋雲髻鬟〔一〕，經年怨别淚潸潸。憑君莫道天河闊，只在盈盈一水間。

【注釋】〔一〕羅隱七夕絶句：月帳星房次第開。

其　二

虚將黼黻擅朱顔，咫尺星河斷往還。但使牽牛能伏軛，更將餘巧乞人間。

其三

雲堦索莫暫經過，素手依然弄玉梭。賴有七襄機度日，不然其奈九秋何！

其四

牽牛求配苦蹉跎，織女機絲患巧多。烏鵲可憐無一事，頭童尾禿爲塡河。屬章給諫、房侍御諸公爲余牽連謫官者。

過臨淸追昔游有作二首

丁字簾幃不下鈎〔一〕，疎疎微霰點紅樓。明粧促坐生春色，畫燭嬌歌蕩旅愁。油壁小車爭自至，紅箋名紙妬他收〔二〕。而今只有垂楊在，禿盡枝條撩白頭。

【注釋】〔一〕唐詩紀事：雲陽公主下降，陸暢爲儐相詩，詠竹障曰：碧玉爲竿丁字成，鴛鴦繡帶短長馨。強遮天上花顔色，不隔雲中笑語聲。〔二〕開元天寶遺事：長安有平康坊，妓女所居之地。每年新進士以紅箋名紙遊謁其中。時人謂此坊爲風流藪澤。

其　二

倦游還憶壯游人，蓆帽氈車二十春。醉捲白波輕酒敵〔一〕，笑拈紅袖比花神。芳顏老去爲商婦，旅鬢窮歸有角巾。爲問長干新樂府，壁間誰與拂埃塵？初稿云：長干樂府傳商調，短鬢風流剩角巾。粧閣歌樓休借問，玉顏約略已成塵。

【注釋】〔一〕程大昌演繁露：飲酒捲白波。唐李濟翁資暇錄謂漢時嘗擒白波賊，人所共快，故以爲酒令。白集詩云：長驅波捲白，連擲采成盧。注曰：「骰盤」、「捲白波」、「莫走鞍馬」，皆當時酒令名。

長干行　附錄

萬曆己酉十月，偕計吏過臨清，新安何周無黨邀谷、范兩名姬置酒，勝流歙集，燕賞淋漓。樂美人之目成，惜雲英之未嫁〔一〕。醉後作長干行題於北里谷氏之壁間，凡二百八十三字。明日，同席者傳寫其稾，乃錄而藏之篋中。名士胡胤嘉、沈守正、胡潛皆屬和焉。

長干女兒爭妖嬈，秦淮一曲水亦嬌。複道迴廊暎佳麗，六朝楊柳秦時潮。美人如花活花裏〔二〕，嬌憨那復知作使。臨粧懶學文君眉，當筵解劈薛濤紙。馬家楊家最有名，但看一笑俱傾城。按拍何人嫌曲誤，留懽若個便粧成。江南是處矜花草，渡江但說臨清好。燕趙佳人眞擅場，摧殘苦向風塵老。賈胡多錢傖父臭，秦筝吳歈等閑奏。小范空餘林下風，谷生枉自閨房秀。拂袖低迴策蹇歸，黥奴草具唱歌時〔三〕。陌頭白汗薰香粉，馬上黃沙與畫眉。目成不忍惜歌舞，顧影那堪淚如雨。江南小草花不如，江北名花暗如土。人生遇合總悠悠，此夕相看黯欲愁。眼底娉婷俱未嫁，忍看溝水東西流。劍花崢嶸眉黛濕，玉釵欲掛銀缸泣。促席行杯露未晞，歌罷長干盡於邑。君不見馬家池館傾摧久，長橋已坼祠郎手。江南樂事亦易闌，經過且盡杯中酒。

【注釋】〔一〕唐詩紀事：鍾陵妓雲英，羅隱舊見之。一日，譏隱猶未第。隱嘲之曰：鍾陵醉別十餘春，重見雲英掌上身。我未成名君未嫁，可能俱是不如人。〔二〕李賀秦宮詩：秦宮一生花底活。〔三〕史記范雎傳注：索隱曰：草具，謂麤食草菜之饌具也。

萬曆己未李三長蘅下第南歸尹二孔昭爲詩送之有云海畔逢錢大叮嚀莫作癡念故人贈處之義每爲涕洟今年春長蘅又下世矣泫然有作書示兩家子弟

哀樂中年自不堪，每嗟詩句重開函。叮嚀苦語還錢大，收拾遺文到李三。交友旋如頻剝筍，身名聊似伴僵蠶。一言贈處非容易，囑累諸孤莫漫談。

舟行四首

南浦思勞勞，陂塘秋漸高。旅人逢古渡，落葉下亭皋。世事悲紈扇，機心笑桔槔。潞河千折水，極目不容刀。

其二

斷岸蘆抽白，斜陽蓼褪紅。舟行秋色裏，人在水聲中。掠燕經殘雨，吟蟬趣晚風。陰蟲休切切，已是白頭翁。

其三

頻年諳放逐，盡室苦漂流。蓬掩孤燈雨，蟲吟一葉秋。身堪充水手〔一〕，相合配軍頭〔二〕。一笑殘生事，開尊倚舵樓。

【注釋】〔一〕東坡過惶恐灘詩：便合與官充水手，此生何止略知津。〔二〕瑞桂堂暇錄：東坡自謫海南歸，人有問其遷謫艱苦者，坡答曰：「此乃骨相所招。少時入京師，有相者云：一雙學士眼，牛個配軍頭。異日文章雖當知名，然有遷徙不測之禍。今日悉符其語。」

其　四

昔雨今還涸，滄桑盡日移。出雲山意懶，經暑岸容衰。噩夢驚蟬斷，銷魂折柳知。經過齊故國，三宿亦濡遲。

阻舟安山閘

北河水濇河流瀠，百步一曲如回環。南河水流閘滿地，十里一閘閘晝閉。牐門迥似天門高，沙衝石擊水怒號。閘官如帝卒如鬼，尋丈限隔喧波濤。鬭河茫茫陵復谷，瞿塘灧澦起平陸〔一〕。千桅倒眠百櫯停，一葦安能恣馳逐？就中有人殊灑然，朱黄自點秋水篇。臥起船艙宛齋閣，細聽閘水疑礀泉。舟行胡蹇車胡疾？人生隨身只兩膝。長謠獨酌聊復爾，坐久鉤簾月東出。

【注釋】〔一〕樂史寰宇記：灧澦堆周圍二十丈，在蜀江中心瞿塘峽口。李膺益州記云：灧澦堆夏水漲没數十丈，其狀如馬，舟人不敢進。又曰猶預，言舟子取途，不決水脈，故猶預也。樂府作淫豫，其歌曰：淫豫駛如馬，瞿塘不可下。淫豫大如牛，瞿塘不可流。

團扇篇

合歡團扇美人作，輕雲如紈雪如素。裁成顧兔舒月波，畫出乘鸞向天路。美人容華傾六宮，含羞却扇嬌且慵。自分團欒賽明月，豈知搖動生秋風。碧天一夜秋如水，炎涼盡在君懷裏。不怨秋風坐棄捐，却愁明月長相似。秋來明月正嬋娟，別殿長門是處懸。從教妾扇經秋掩，但願君心並月圓。君心如月不可掇，妾扇團團那忍割？可憐團扇無蔽虧，不比清光有盈缺。奉君清暑爲君容，莫道恩情中路空。蛛絲蟲網頻垂淚，還感君恩在篋中。張子壽賦白羽扇云：縱秋氣之移奪，終感恩于篋中。蓋公懼李林甫之譏而作。

濟上逢總河李侍郎若星侍郎與余並遭逆奄之難余以閣訟再謫執手慨嘆兼示嶺南詩卷感今念往率爾成篇

執手俱爲未死人，參差病鶴記城闉〔一〕。畏途趣我歸田數，殘夢從君度嶺頻。往事侲僮驚背索〔二〕，新詩瀧吏喜書紳〔三〕。臨分苦語應須勉，領略風波要此身。

【注釋】〔一〕東坡次蔣穎叔錢穆父從駕景靈宮詩：歸來病鶴記城闉。〔二〕張平子西京賦：侲童程材，上下翩翻。薛綜曰：侲之言善，善童，幼子也。少陵千歲節有感詩：走索背秋毫。

〔三〕東坡次李通直詩：一篇瀧吏可書紳。次公曰：瀧吏，退之敍其得罪之詩也。

七月廿三日舟過仲家淺牐戲作長句書李文正公詩卷後

成弘作者誰其選？茶陵落筆成瑚璉。先民大雅存典刑，後輩輕浮棄永雋〔一〕。我行篋貯麓堂詩，今日舟經仲家淺。牐門崔嵬不似昔，頑石半泐水聲泫。檣摧檝倒儼號咷，船月低昂想仰俔〔二〕。摹畫景物詩有聲，雄快壹似并刀剪。公生遭逢休明世，不出國門步鼎鉉。宮壺法酒草詞頭，玉堂大字揮禁扁〔三〕。生平困踣此牐邊，聊用作詩志小蹇。嗟我不辰逢百罹，五年去國兩乘編。津吏面生可單行〔四〕，長年眼熟笑重跰〔五〕。關河鹿鹿舟作廬，津途涓涓水在甗。百場上水一下灘，十度扣牐九閉楗。舟行過淺一嘆嗟，酌酒蒼茫酹濟沇。酒酣伸紙繼公後，詩成自笑筆力輭。

【注釋】〔一〕漢書蒯通傳：通論戰國時說士權變，亦自序其說，凡八十一首，號曰雋永。師古曰：雋，音字兗反。雋，肥肉也。永，長也。言其所論甘美而義深長也。〔二〕李西涯夜過仲家淺閘詩：民舡棄死爭赴牐，檝倒檣摧動交碎。舟人號咷乞性命，十里呼聲動天地。我時兀坐驚舂撞，攬衣而起心傍徨。同行無人僕隸散，獨與船月相低昂。〔三〕何平叔景福殿賦：爰有禁楄，勒分翼張。李善曰：楄，署也。扁從戶冊者，署門戶也。扁與楄同。〔四〕後漢書李郃傳：帝分遣使者，皆微服單行。〔五〕莊子天道篇：百舍重趼而不敢息。成玄英疏曰：趼，脚生泡漿創也。

牐吏 效韓文公瀧吏而作

南行逾三旬，間關渡濟水。河乾牐如織，牐吏數呵止。我舟似倦鳥，塌翼次牐傍〔一〕。牐吏殊嵬峩，稱娖列前行。傍、行皆去聲讀。問我何官職？今去將何之？恭承牐吏訊，捧手前致辭：登朝多顚頷，五載兩放棄。春明席未温，秋衾夢長悸。單車出國門，行行歸東吳。豈知遭梗塞，扁舟委泥途。牐吏莞爾笑：官言無乃頗？官行良多梗，梗不在牐河。牐河官雖卑，啓閉實所司。上水及下灘，一一各有宜。官船排鴈齒〔二〕，糧艘綴魚貫。要津豈容據，横流詎能亂。疾如離弦箭，遲如上阪車。天時與人力，參錯如槎牙。亦有一葦舟，衝風便遠逝。有力負而趨，賢愚豈同滯。人言仕宦海〔三〕，險絕比瞿塘。小牐牐關河，大牐牐朝堂。關河尚自可，朝堂愁殺我。風波難揭厲，關楗慣連瑣。官今此水邊，刺刺苦陷陋。何似朝堂上，一步度一牐？官其少須臾，安坐須牐開。捩柂會有時，無爲苦喧豗。叩頭謝牐吏：天遣吏教儂。譬如伸隻手，推我魘夢中。身如黄楊木，節節厄閏年。我命有節度，不獨世迍邅。團團推磨牛，總在陳跡内。過牐且勿忻，遇牐且勿憒。游魚脱釣鈎，不復口喁噞〔四〕。高眠到曉漏，篷底月黯黯〔五〕。

【注釋】〔一〕陳孔璋豫州檄：方畿之內，簡練之臣，皆垂頭搨翼，莫所憑恃。〔二〕樂天守蘇答客問杭州詩：大屋簷多裝鴈齒，小航舡亦畫龍頭。〔三〕仙傳拾遺：有道士謂顏眞卿曰：「子可度世，不宜沉名宦海。」〔四〕左太沖吳都賦：噞喁沉浮。李善曰：淮南子：水濁則魚噞喁。〔五〕昌黎喜侯喜至詩：屋角月豔豔。

舟發泇溝

舟子招招發櫂歌，新秋佳日似清和。浪花聚處團雲影，菰葉開時剪水波。掠燕當風成曲折，驚魚沒藻起盤渦。濯纓自與清淮約，不用臨流嘆濁河。

臥起

臥起蕭然雲水鄉，閒看日蔭弄朱黃。窗楞白紙縈香篆，簾影清流潑硯光。木葉波還生近渚，漁歌風欲起斜陽。不須更作滄江夢，淺水蘆花興已長。

阻風滿家灣

弱纜難爭萬里程，黃河東岸一舟橫。潮來陣馬如分勢，風急檣烏自作聲。柳市三家成小聚〔一〕，桃源數里得虚名。欹竿側柂非吾事，坐看千帆盡日行。

【注釋】〔一〕後漢書劉平傳：聚落化其德。臣賢曰：小于鄉曰聚。廣雅曰：落，居也。放翁村居秋日詩：小聚數家秋靄裏。

題淮陰侯廟

淮水城南寄食徒，眞王大將在斯須〔一〕。豈知隆準如長頸〔二〕，終見鷹揚死雉姁〔三〕。落日井陘旗尚赤〔四〕，春風鐘室草常朱〔五〕。東西塚墓今安在〔六〕？好爲英雄奠一盂。信母墓爲東冢，漂母墓爲西冢。

【注釋】〔一〕史記韓信傳：大丈夫定諸侯，卽爲眞王耳，何以假爲？〔二〕漢書高帝紀：高祖爲人隆準而龍顔。服虔曰：準，音拙。史記句踐世家：范蠡遺種書曰：蜚鳥盡，良弓藏；狡兎死，走狗烹。越王爲人，長頸烏喙，可與共患難，不可與共樂，子何不去？〔三〕漢書高后紀註：師古曰：吕后，名雉，字娥姁。〔四〕史記韓信傳：信擊趙，背水陣，出井陘口，出奇兵，候趙空壁，拔趙旗，立漢赤幟。〔五〕史叔成挂角編：未央殿東北二里許，鐘室故處也。有隙地丈餘，草色皆殷赤，相傳吕后殺韓淮陰，血漬而然。〔六〕水經注：城東有兩冢，西者卽漂母冢也，周廻數百步，高十餘丈。昔漂母食信于淮陰，信王下邳，葢投金增陵以報母矣。東一陵卽信母冢也。

過淮上二絕句

漂母祠堂落照邊，城南垂釣故依然。君看市上紛紛者，何限淮陰舊少年？

其　二

鳥盡弓藏事惘然，英雄終不受人憐。生平跨下能蒲伏，只是羞隨噲等肩〔一〕。

【注釋】〔一〕史記韓信傳：信過樊噲，噲跪拜送迎，言稱臣。信出門笑曰：「生乃與噲等爲伍。」

後飲酒七首

停橈買滄酒，但說孫家好。酒媪爲我言，君來苦不早。今年酒倍售，酒庫已如掃〔一〕。但餘六長缾，味甘色復縹。儲以嫁嬌女，買羊會鄰保。不惜持贈君，君無苦相嬲〔二〕。塗潦泥活活，僮僕手持抱。鄭重貯船艙，暴富似得寶。明燈吐新花，夜雨響秋草。君如不快飲，負此酒家媪。

【注釋】〔一〕白樂天自題酒庫詩：此翁何處富？酒庫不曾空。〔二〕嵇叔夜山巨源絕交書：足下若嬲之不置。李善曰：嬲，擿嬈也，音義與嬈同，奴了切。

其二

攤書晝日臥，流觀范曄史。可憐齊武王〔一〕，大業困蟲蝗。頳汗擁牧兒〔二〕，刮席奉更始〔三〕。終令田舍翁，應符作天子〔四〕。達哉蜀婦言，朝聞可夕死〔五〕。載尋黨錮傳，談虎欲擊齒〔六〕。杵臼貯心胸，撞舂自觸抵。呼兒浮大白，爲我澆塊壘。飲酣發酒悲，泣下露泥泥。上爲劉伯升，下爲李元禮。

【注釋】〔一〕後漢書齊武王傳：縯，字伯升，光武長兄。王莽篡漢，常懷復社稷之慮。聖公即位，拜爲大司徒。劉稷聞更始立，怒曰：「本起兵圖大事者，伯升兄弟也。今更始何爲者耶？」更始與諸將陳兵數千人，先收稷，將誅之。伯升固爭，李軼、朱鮪因勸更始并執伯升害之。建武十五年，追謚爲齊武王。〔二〕後漢書劉盆子傳：赤眉掠盆子在軍中，屬右校卒史劉俠卿，主芻牧牛，號曰牛吏。及崇等欲立帝，求景王後，唯盆子與茂及劉孝最爲近屬，乃書札爲符，曰上將軍。又以兩空札置笥中，三人以年次探札。盆子最幼，後探得符。諸將乃皆稱臣拜。盆子時年十五，被髮徒跣，敝衣頳汗，見衆拜，恐畏欲啼，復還依俠卿而猶從牧兒遨。〔三〕後漢書劉玄傳：更始既至，居長樂宮，升前殿，郎吏以次列庭中。更始羞怍，俛首刮席不敢視。〔四〕後漢書光武紀：光武性勤于稼穡，而兄伯升好俠養士，常非笑光武事田業，比之高祖兄弟。〔五〕後漢書公孫述傳：述夢有人語之曰：「公子系十二爲期。」覺謂其妻曰：「雖貴而祚短，若何！」妻對曰：「朝聞道，夕死尚可，況十二乎？」〔六〕蘇伯衡志殺虎：夫虎于毛蟲中最暴戾，人聞談虎，且猶膽掉畏之，而況敢殺之乎？

其　三

驅車出春明，辦嚴不宿昔〔一〕。故人憐我去，追餞城東陌。烏帽去已遠，白雨泥盈尺。登高共凝望，癡坐到日夕。我行感離羣，聞此長嘆息。孤舟雨濛濛，落葉風策策〔二〕。因知故人心，念我獨行役。一杯代酬勸，亦復進脯腊。心口相勞苦，手腕互主客。願因西北風，寄聲故人側。酌酒如見君，無爲苦相憶。

【注釋】〔一〕後漢書吳漢傳：朝受詔，夕即引道，初無辦嚴之日。臣賢曰：嚴即裝也，避明帝諱，故改之。〔二〕昌黎秋懷詩：窗前兩好樹，衆葉光蘢蘢。秋風一披拂，策策鳴不已。

其　四

春風來優柔，取次土膏脈。鳥囀花茸茸，冰澌水拍拍。秋風颯以緊，搖落在片時。甫下洞庭葉，已折庭樹枝。春風類膏澤，著物光融融。能增綠鬢綠，轉使紅顏紅。秋風多慘悽，中人如痎痁。薄寒膚疹粟〔一〕，增歔體伸欠。我本悲秋士，又作秋風客。蕭然命尊酒，慰此風雨夕。一酌解煩酲，再酌生芳菲。三酌景風至，熏然襲裳衣。大哉造化力，四時遞平分。至哉醇酒德，斟酌回陽春。

【注釋】〔一〕伶玄趙飛燕外傳：閉息順氣，體無㾓粟。

其五

孤生踐駭機〔一〕，薄命輕秋豪。天地爲洪鑪，燎此一牛毛。流言浮亘石，積毁銷脂膏。自分老頭顱，跪䯔寄歐刀〔二〕。介恃聖明主，奉身歸蓬蒿。自茲保兩手，安穩持霜螯。何以明君恩？瓦盆傾濁醪。一斟又一酌，載詠康衢謠。

【注釋】〔一〕後漢書皇甫嵩傳：閻忠說嵩曰：「遭難得之運，蹈易駭之機。」〔二〕後漢書虞詡傳：詡奏張防坐論，二日之中，傳考四獄。獄吏勸詡自引，詡曰：「寧伏歐刀，以示遠近。」臣賢曰：歐刀，刑人之刀也。

其六

清辰開酒罌，有物如凝脂。團團相糾結，輪囷復葳蕤。照眼截如肪，觸手滑如砥。嫩如小兒掌，甘如妃女飴。馨香撩鼻舌，三嗅涎流匙。罌頸僅容指，膏乳非人爲。浮蟻不足言，無乃眞肉芝〔一〕？或云酒之精，汎盎脫糟醨。醞釀金玉漿，氤氳結甑甀〔二〕。服之爲列仙，匪獨可療饑。事雖不經見，此理誠有之。酌酒自慶喜，醉倒成鴟夷。

【注釋】〔一〕樂史寰宇記：與元府城固縣斗山凡五穴，穴中有千歲蝦蟆，名爲肉芝。得而食之，壽千歲。東坡石芝詩引：予頃在京師，有鑿井得如小兒手以獻者，臂指皆具，膚理若生。予聞之隱者曰：此肉芝也。與子由烹而食之。〔二〕列子湯問篇：禹治水土，迷而失塗。謬之一國，名曰終北國。中有山，山名壺嶺，狀若甔甀。頂有滋穴，有水湧出，名曰神瀵。臭過椒蘭，味過醪醴。

其七

我飲非大戶，頗自嫌甜酒〔一〕。雖無滿座客，亦能致好友。不招惡客來，一任窮賓走。當歌每分夜，醉花自宜晝〔二〕。厭厭復陶陶，意不在五斗。渴飲劇卷波，叫呶沸招手。醉在木杪坐〔三〕，吐向車茵嘔。譬如登徒子，可謂好色不？我欲定酒律，訊彼醉鄉叟。此叟方茗艼，頹然指吾口。

【注釋】〔一〕樂天寄韓侍郎詩：戶大嫌甜酒，才高笑小詩。〔二〕皇甫松醉鄉日月：凡醉各有所宜：醉花宜晝，襲其光也；醉雪宜夜，消其潔也；醉樓宜暑，資其淸也；醉水宜秋，泛其爽也。〔三〕沈存中筆談：石曼卿與客痛飲，露髮跣足，著械而飮，謂之囚飲；飮于木杪，謂之巢飲；以稾束之，引首出飲，復就束，謂之鱉飲。其狂縱大率如此。

八月初二日渡淮

秋老長淮草尚青，孤裝搖曳一浮萍。關心舊雨還今雨，回首長亭復短亭。泛檝宛如窮估客，懸車卽是老明經。到家慈母應相慰，白髮新添又幾星。

淮屋記淮安太守許同生作淮屋之事也

淮人作蘆屋，縛蘆爲桷椽。甎墼省塗墍〔一〕，欂櫨無刻鏤〔二〕。結構樸而雅，庀治廉且便。許君守淮陰，但飲淮上泉。歸來結淮屋，亭午猶醉眠。人言蘆爲屋，常恐火誤延。建章三月火，豈亦蘆使然？又云不耐久，風雨易漏穿。此屋如傳舍，次公豈非賢〔三〕？竹樓安在哉？其名至今傳。

【注釋】〔一〕說文：墼，瓴甋也。一曰：未燒也。〔二〕說文：欂櫨，柱上枅也。〔三〕漢書蓋寬饒傳：許伯入第，皆賀。酒酣樂作，長信少府檀長卿起舞，爲沐猴與狗鬭。寬饒不說，仰視屋而嘆曰：「富貴無常，忽則易人。此如傳舍，所閱多矣，唯謹愼爲得久。君侯可不戒哉！」

露筋廟〔一〕

露筋夫人明且賢，周南三復行露篇。血肉朽腐任咬咋，冰心玉骨終皎然。炎風火雲滿天地，長夜漫漫何處避？貞女能將軀命輕，飛蟲自得齒牙利。君不見花鷹宿鴨動成羣〔二〕，暮拍朝驅愁殺君。高郵湖水通平望〔三〕，東有吳興豹脚蚊〔四〕。

【注釋】〔一〕王象之輿地紀勝：露筋廟，去高郵三十里。舊傳有女子夜過此，天陰蚊盛，有耕夫田舍在焉。其嫂止宿，姑曰：「吾寧死，不肯失節。」遂以蚊死，其筋見焉。〔二〕東坡送淵師歸徑山詩：溪城六月水雲蒸，飛蚊猛捷如花鷹。諺語：高郵邵伯，蚊如宿鴨。〔三〕大明一統志：平望湖，在興化縣北二十里，南接官塘，其水四望平坦，故名。〔四〕羅願爾雅翼：蚊生草中者，吻尤利，而足有文彩。吳興號豹脚蚊子。

高郵道中簡顧所建

水蓼風荷一片秋，竹西歌吹近揚州〔一〕。瓊花何處尋殘夢〔二〕？明月還應記昔游〔三〕。負耒我今歸谷口，驚弓君莫問壺頭〔四〕。試從甓社湖邊看，可有明珠引釣舟〔五〕？

【注釋】〔一〕杜牧之題禪智寺詩：誰知竹西路，歌吹是揚州？〔二〕王象之輿地紀勝：后土祠，今改蕃釐觀，有瓊花，擅天下無雙之名，香如蓮花，淸馥可愛。

〔三〕杜牧之揚州詩：誰家唱水調？明月滿揚州。駿馬宜閑出，千金好暗遊。

〔四〕後漢書馬援傳：援征五溪，進營壺頭。會暑甚，中病。耿舒與兄弇書，言伏波留壺頭失利。弇奏之。帝使梁松乘驛責問，會援病卒，遂因事陷。

〔五〕沈括筆談：嘉祐中，揚州有一珠甚大，天晦多見。初出于天長縣陂澤中，後轉入甓社湖，後乃在新開湖中。凡十餘年，居民行人常常見之。予友人書齋在湖上，一夜忽見其珠甚近，初微開其房，光自吻中出，如橫一金綫。俄頃，忽張殼，其大如半席。殼中白光如銀，珠大如拳，爛然不可正視。其行如飛，浮于波中，杳杳如日。古有明月之珠，此珠色殊不類月，熒熒有焰，殆類日光。崔伯易嘗爲明珠賦。

初學集卷九

崇禎詩集五　起己巳八月，盡四年辛未。

己巳八月待放歸田感懷述事奉寄南都諸君子四首

留都文物漢西京，虎踞龍蟠集俊英。高廟神靈嘗陟降，中朝倖倖敢縱橫。瑣闥月白鍾山曉，烏府霜寒淮水清。望盡浮雲天北極，長安應見泰階平。

其二

舊京清議仗羣公〔一〕，驛騎横飛諫紙風。拜表日行黄道裏，焚香心在綠章中〔二〕。唐廡感激排狐鼠，漢黨分明辨鳦鴻〔三〕。主聖時清還努力，孝陵佳氣正葱葱。

【注釋】〔一〕二月十五日，南兵科錢允鯨等有敬陳清議一疏，飛章劾烏程。〔二〕通鑑：唐宣宗樂聞規諫，凡諫官論事，門下封駁，苟合于理，多屈意從之。得大臣章疏，必焚香盥手而讀之。

〔三〕南齊書顧歡傳：昔有鴻飛天首，積遠難亮，越人以爲鳧，楚人以爲乙。人自楚、越，鴻常一耳。

其　三

三老衣冠在白門，淸朝麟鳳尙郊原。積薪國有優賢意，碩果天遺舊德存。安石流風傳賭墅〔一〕，半山陳跡說爭墩〔二〕。金陵歷歷前朝事，退食還應一笑論。三老謂司農鄭公三俊、大憲陳公于廷、大理徐公良彥也。

【注釋】〔一〕晉書謝安傳：安遣兄子玄討苻堅，玄入問計。安曰：「已別有旨。」既而寂然。玄令張玄重請。安命駕出山墅，親朋畢集，與玄圍棋賭別墅。安常棋劣于玄，是日玄懼，便爲敵手，而又不勝。安顧其甥羊曇曰：「以墅乞汝。」〔二〕張邦基墨莊漫錄：王荆公退居金陵，建宅于半山，蓋自城至鍾山北寶公塔路之半，因以得名。宅後有謝公墩，乃謝安石居東山之所也。荆公詩云：我名公字偶相同，我屋公墩在眼中。公去我來墩屬我，不應墩姓尙隨公。其後公捨宅爲報寧寺。寺今亦廢，而墩巋然獨存。

其　四

白浪橫流捲濁河，餘生剛比一毛多。羣公正議排閶闔，聖主深仁解網羅。小圃春陰閉汲甕，孤舟野水老漁蓑。輪囷尙有心期在，獨倚樵風寄浩歌。

反東坡洗兒詩己巳九月九日

坡公養子怕聰明，我爲癡獃誤一生。還願生兒猥且巧，鑽天驀地到公卿。

宋比玉過訪虞山將別以六絕句爲贈

落葉蕭蕭響徑莎，兒童却掃遲相過。看君漫滅懷中刺〔一〕，恰稱閒門有雀羅。

【注釋】〔一〕後漢書禰衡傳：衡氣尚剛傲，懷一刺，無所之，至于刺字漫滅。

其二

突兀長篇賦荔支，主文譎諫起人思〔一〕。歌樓酒壁從揮灑〔二〕，且莫流傳諷諭詩〔三〕。比玉賦荔支長篇，有樂天諷諫之遺。

【注釋】〔一〕毛詩序：上以風化下，下以風刺上，主文而譎諫，言之者無罪，聞之者足以戒，故曰風。箋云：主文，主與樂之宮商相應也。譎諫，詠歌依違不直諫。〔二〕元微之白氏長慶集序：二十年間，禁省觀寺郵候墻壁之上無不書，王公妾婦牛童馬卒之口無不道，或持之以交酒茗者，處處皆是。〔三〕通鑑：白居易作樂府及詩百餘篇，規諷時事，流聞禁中。上見而悅之，召入翰林爲學士。

其　三

五斗酒應饒下物，八分書足張去吾軍〔一〕。疎窗小閣初冬夜，月落歌殘可少君？

【注釋】〔一〕昌黎醉贈張祕書詩：阿買不識字，頗知書八分。詩成使之寫，亦足張吾軍。

其　四

吾谷丹黃似夢中〔一〕，經過每欲弔西風。詩朋禪侶凋殘後，也似霜林幾樹楓。

【注釋】〔一〕海虞文苑：張應遴虞山記：自西關出，有周氏虞溪書院，稍西而上。有吳王夫差廟，里許，爲沈氏園亭，過此爲孫氏墓，名吾谷，楸梧合圍，冬時丹楓滿目，最堪駐憩。

其　五

嘐水休爲長鋏歌，州民地主遲君多。南翔便是西州路〔一〕，匣硯囊琴忍再過。南翔，李長蘅所居。

【注釋】〔一〕晉書謝安傳：羊曇爲安所愛重，安薨後，輟樂彌年，行不由西州路。嘗因石頭大醉，扶路唱樂，不覺至州門。左右白曰：「此西州門。」曇悲感不已，誦曹子建詩云：生存華屋處，零落歸山丘。因痛哭而去。

其六

茸城寒月正如規〔一〕，列屋徵歌鬬十眉〔二〕。寄語主人應醉客，莫嫌宋玉有微詞〔三〕。

【注釋】〔一〕大明一統志：茸城，在松江府城南華亭谷東，吳陸遜生于此。唐陸龜蒙詩：五茸春草雉媒嬌。註謂五茸者，吳王獵所，茸各有名，故稱五茸城。山谷次韻送定公詩：新月吐牛規。

〔二〕東坡眉子石硯歌：君不見成都畫手開十眉，橫雲却月爭新奇。施宿曰：川畫十眉圖序：蛾眉、翠黛、臥蠶、捧心、偃月、復月、筋點、柳葉、遠山、八字，是爲十眉。成都古今集記：明皇御容院有宋秝畫美人侍明皇翠眉十種，世多傳寫，以爲贈玩。〔三〕宋玉登徒子好色賦：登徒子侍於楚襄王，短宋玉曰：玉爲人體貌閑麗，口多微詞。

比玉將行次前韻留別再和六首

幾樹梧桐一徑莎，君行剝啄少人過。衡門兩版堅如鐵，不用門前更設羅。

其二

陳紫姚黃品荔支，謫官風味正堪思〔一〕。對君畫筆流涎劇，況味梁溪斷送詩。李忠定謫沙陽，有畫荔枝詩，以陳紫比姚黃，又詩云：不知誰是善知識，斷送歸來食荔枝。比玉畫荔枝，懸余小閣中，見之者以爲可旋摘也。

【注釋】〔一〕李綱梁溪集畫荔枝圖詩：南閩荔枝名四方，非因謫官那得嘗。

其三

三杯自可觀觴政，一日那能廢酒軍〔一〕。莫道醉鄉無史牒，酒家南董定推君。比玉方修酒志。

【注釋】〔一〕樂天和令狐相公寄劉郎中詩：酒軍詩敵如相遇，臨老猶能一據鞍。

其四

十載淸游在眼中，霜林共惜小春風。白頭伴侶三人在，約略心期愛晚楓。孟陽楓林遲比玉詩云：前期倘有遲來客，莫發小春花信風。去今十三年，同游李長蘅、僧等慈皆沒。

其五

手自鳴琴客善歌，淋漓潑墨酒邊多。瓊花珠月如相待〔一〕，便似當年老鐵過。

【注釋】〔一〕楊鐵崖吴詠：三十六橋明月夜，姑蘇城裏有瓊花。注云：官妓名瓊花宴者，新自淮陽來蘇州。楊循吉蘇談：顧阿瑛在元末爲崑山大家，亭館有三十六處。當時如楊廉夫、鄭明德、張伯雨、倪元鎮皆其往還客也。有二妓，曰小瓊花、南枝秀，每會必預焉。楊鐵崖贈瓊花珠月詩：新年春色在鄰家，隊子三三聚館娃。月滿十分珠有價，花開第一玉無瑕。葡萄酒灩沉櫻果，翡翠裾翻踏月牙。老子園紅先點筆，詩成免飲白蓮花。

其六

畫船攜得硯如規，曾向春紅伴畫眉〔一〕。珍重朝來遠山色〔二〕，小鸞休咏白頭詞〔三〕。比玉載宋硯甚富。小鸞，比玉妾也。

【注釋】〔一〕羅鄴牡丹詩：落盡春紅始見花。馮贄雲仙散録：閩州參軍黄涉婢曰笑春紅，死，涉念之，淚灑犀簾，至皆損壞。〔二〕葛洪西京雜記：卓文君姣好，眉色如望遠山。〔三〕西京雜記：相如將聘茂陵人女爲妾，卓文君作白頭吟以自絶，相如乃止。

比玉許再和前韻長至日蚤起復書此趣之

斗柄瞻相手自莎〔一〕，經典釋文，煩潤，猶挼莎也。人間屈曲偶經過。笑君尚護仙人短〔二〕，顧我依然口婁羅〔三〕。比玉書來，嘆余屏廢，故云。

【注釋】〔一〕昌黎讀東方朔雜事詩：瞻相北斗柄，兩手自相挼。〔二〕昌黎紀夢詩：乃知仙人未賢聖，護短憑愚邀我敬。〔三〕紀夢詩：夜夢神官與我言，羅縷道妙角與根。

其　二

踏遍炎荒喫荔支，輕紅旋摘也堪思。梁溪詩云：輕紅旋摘自提攜。不如且對胭脂畫，棐几湘簾賦小詩〔一〕。

【注釋】〔一〕東坡贈鄭清叟秀才詩：澹然兩無求，滑淨空棐几。

其　三

落魄風流迥不羣，酒場騷壘自能軍。微詞若道無人解，何事登徒也識君？

其四

吳儂難得到閩中，想象生香是捉風。脱略味香單説色，判他紅茘似丹楓。

其五

茸城聽遍後庭歌，還憶梅花拂水多。一樹莓苔數枝雪，凌寒著蘂待君過。

其六

北嶺參差露半規，西山重疊隱修眉。登樓何限思君意，簾閣焚香讀楚詞。

次韻何慈公歲暮感事四首

薊北兵塵逼暮冬，菰蘆愁殺老吳儂。龜刳但爲知人事〔一〕，蟻鬬誰能壯國容〔二〕？拔宅升天還有路，乘桴入海欲何從？殘生顧影眞堪笑，好笑非關學士龍〔三〕。

【注釋】〔一〕莊子外物篇：宋元君夢神龜，令余且獻之。刳龜，七十二鑽而無餘筴。〔二〕北齊書神武紀：自東西魏搆兵，鄴下每先有黄黑蟻陣鬬，占者以爲黄者東魏戎衣色，黑者西魏戎衣色，人間以此候勝負。　〔三〕晉書陸雲傳：機、雲入雒，機初詣張華，問雲何在？機曰：「雲有笑疾，未敢自見。」俄而雲至，華爲人多姿致，又好帛繩纏鬚，雲見而大笑。先是嘗著縗絰上船，于水中見其影，因大笑落水，人救獲免。

其二

梅信差池鶴夢寒，傍簷聊喜鵲聲乾。途窮白髮猶難放，身老陰符已不看。南海騎麟眞漫浪〔一〕，東門逐兔枉悲酸。虀鹽且喫殘年飯〔二〕，兩耳那堪著箭瘢〔三〕。用南唐王輿事。

【注釋】〔一〕玄怪錄：騎麟客者，南陽張茂實家傭僕也，其名曰王夐。居五年，一旦白茂實曰：「夐家去此近，肯相逐一遊乎？」相與南行，一里餘，有黃頭執青麒麟一，赤文虎二，夐乘麟，茂實與黃頭各乘一虎，從之上升。計數百里，下一山，樓殿宮觀，非世間所有，引入中堂，宴畢，復乘麒麟送到家。　〔二〕少陵病後遇王倚飲贈歌：但使殘年飽喫飯，只願無事長相見。　〔三〕陸游南唐書王輿傳：輿少從軍，攻潤州，爲巨弩所射，中右耳，矢自左耳出，又中旁一人，立死。輿扶歸營，卧百日復起。耳至老不瞶，亦無瘢痕。

其三

空堂莞秸正幽幽，韓詩：空堂幽幽，有秸有莞。高枕慙非抱膝流。老去童心還似少；春來蓬戶只如秋。硯澌凍合愁南牧，缾酒香濃念北郵。寒瘃頗思龜手藥〔一〕，百金安敢覬封侯。

【注釋】〔一〕漢書趙充國傳：軍士寒，手足皸瘃。文穎曰：皸，坼裂也。瘃，寒創也。師古曰：皸，音軍。瘃，音竹足反。莊子逍遥遊篇：宋人有善爲不龜手之藥者，世世以洴澼絖爲事。客請買其方百金，得之以說吳王。越有難，吳王使之將。冬，與越人水戰，大敗越人，裂地而封之。能不龜手一也，或以封，或不免于洴澼絖，則所用之異也。

其四

風雨漂搖不可當，清虛宮裏日差長。鬬棋小試行軍法〔一〕，撒豆頻誇却敵方〔二〕。閒逐鄧林搜棄杖〔三〕，戲禁滄海學栽桑。險竿兒女西涼伎〔四〕，贏得先生一哄堂〔五〕。

【注釋】〔一〕史記封禪書：欒大言多方略，敢爲大言。上使先驗小方鬬棋，棋自觸擊。〔二〕晉書郭璞傳：璞取小豆三斗，繞主人宅散之。主人晨見赤衣人數千圍其家，就視則滅。請璞爲卦，璞爲符投于井中，數千赤衣人皆反縛，一一自投于井。〔三〕山海經：夸父與日逐走，渴飲于河渭，不足，北飲大澤。未至，道渴而死，棄其杖，化爲鄧林。〔四〕張鷟朝野僉載：幽州人劉交戴長竿，高七十尺，自擎上下。有女十二，甚端正，於竿置定，跨盤獨立，見者不忍，女無懼色。

〔五〕李肇國史補：合座皆笑，謂之哄堂。

野老

野老心終恨虜驕，扶藜咄咄步中宵〔一〕。卽看露布來京國，無那雲林遠市朝〔二〕。筳卜頻煩欣竹算〔三〕，鏡聽瑟縮畏詩妖〔四〕。輟耕今日欣相告，嵩祝仍趨誕聖朝。

【注釋】〔一〕殷芸小說：漢武嘗微行，造主人家，有婢國色，帝悅之，留宿。夜與婢臥，有一書生，亦寄宿，善天文，忽見客星將掩帝座甚逼。書生大驚，連呼咄咄，不覺聲高。乃見一男子操刀欲入戶，聞書生聲急，爲己故，遂縮走去。客星應時而退。帝曰：「此人必婢壻也。」召集期門羽林，擒奴問之，服而誅。帝曰：「斯蓋天啓書生之心，以扶佑朕躬也。」〔二〕杜牧之送隱者絕句：無媒徑路草蕭蕭，自古雲林遠市朝。〔三〕離騷：索瓊茅以筳篿兮，命靈氛爲予占之。王逸曰：瓊茅，靈草也。筳，小折竹也。楚人名結草折竹以卜曰篿。五臣曰：筳，竹算也。〔四〕朱弁曲洧舊聞：王建集有鏡聽詞，謂懷鏡于通衢間，聽往來之言，以占休咎。漢書五行志：君炕陽而暴虐，臣畏刑而拑口，則怨謗之氣，發于歌謠，故有詩妖。

讀史

班史才繙又短長，閑鑽故紙費商量〔一〕。死人豈必無生術，今病何曾乏古方。種漆樊侯知備豫〔二〕，解絃董子會更張〔三〕。空齋白日聊成夢，一笑依然看屋梁。

【注釋】〔一〕傳燈錄：古靈禪師一日在窗下看經，蜂子投窗紙求出。師曰：世界如許廣闊，不肯出，鑽他故紙。〔二〕後漢書樊宏傳：宏父重嘗欲作器物，先種梓漆，時人嗤之。然積以歲月，皆得其用，向之笑者，咸求假焉。建武十八年，追爵謚爲壽張敬侯。〔三〕漢書董仲舒傳：譬之琴瑟不調，甚者必解而更張之，乃可鼓也。爲政而不行，甚者必變而更化之，乃可理也。

庚午二月憨山大師全身入五乳塔院屬其徒以瓣香致弔奉述長句四首

嶞山如乳五峯垂〔一〕，一塔巋然掩導師〔二〕。面壁朝來仍入定，藏舟夜半已潛移。影堂落月明燈在，刻漏穿花響梵遲。莫問阿師聲後句〔三〕，臥龍岡水繞堦墀〔四〕。師臨終不作偈，有學人妄添蛇足，故云。

【注釋】〔一〕詩周頌般章：嶞山喬嶽。毛萇傳曰：山之小者也。郭云：山狹而長也。王象之輿地紀勝：南康城西五峯，如乳頭，立城上，號五乳峯。有香積院在峯下。〔二〕道誠釋氏要覽：十住斷結經云：號導師者，令衆生類示其正道故。華省經云：能爲人說無死生道，故名導師。佛報恩經云：大導師者，導以正路，示涅槃經，使得無爲常樂故。〔三〕五燈會元：瑞州九峯道虔禪師曰：不假三寸，試話會看；不假耳，試采聽看；不假眼，試辨白看。所以道聲前抛不出，句後不藏形。僧問懷州玄泉彦禪師：「如何是聲前一句。」師曰：「吽。」曰：「轉後何如？」師曰：「是甚麽？」〔四〕曹溪志：峽口一石，偃蹇數丈，水浮石面，宛如龍臥，故名臥龍石，坐鎮水口。

其　二

如王氣宇更誰先〔一〕？蹴踏平欺龍象筵。斷取陶輪憑手掌〔二〕，破除彌戾等雲烟〔三〕。

空山月照苔龕裏，春日鶯啼石塔前。猶有六時喧瀑布，諸方驚倒野狐禪〔四〕。

【注釋】〔一〕五燈會元：黃龍慧南禪師依泐潭澄禪師分座接物，名振諸方。偶同雲峯悦禪師話雲門法道。峯曰：「雲門氣宇如王，甘死語下乎？澄公有法授人，死語也，死語其能活人乎？」〔二〕維摩詰經：斷取三千大千世界，如陶家輪，著右掌中，擲過恆沙世界之外。〔三〕首楞嚴經：令諸闡提，隳彌戾車。長水疏曰：彌戾車，此云樂垢穢人。〔四〕五燈會元：懷海禪師每上堂，有一老人隨衆聽法。一日衆退，唯老人不去，曰：「某非人也，于過去伽葉佛時，曾住此山。因學人問：『大修行人還落因果也無？』某對云：『不落因果。』遂五百生隨野狐身。今請和尚代一轉語，貴脱野狐身。」師曰：「汝問。」老人曰：「大修行人還落因果也無？」師曰：「不昧因果。」老人大悟，作禮曰：「某已脱野狐身，住在山後，乞依亡僧津送。」師白椎告衆，至山後巖下，以杖挑出一死野狐，乃依法火葬。

其　三

龜毛兎角不須疑〔一〕，千偈瀾翻信口爲。支遁何妨通義學〔二〕，遠公原是老經師。周續之與雷次宗同受遠法師詩義，見詩經疏義。冰山瘴海埋身處〔三〕，木索冠巾説法時〔四〕。讀罷豐碑度林樾，香爐峯頂月如規〔五〕。

【注釋】〔一〕首楞嚴經：佛告阿難：「汝言覺知，分别心性，俱無在者。世間虚空，水陸飛行，諸所物象，各爲一切，汝不着者，爲在爲無？無則同于龜毛兎角，云何不着？有不着者，不可名無。」〔二〕世説文學篇：莊子逍遥篇，舊是難處。諸名賢所可鑽味，而不能拔理于郭、向之外。支道林在白馬寺中，將馮太常共語，因及逍遥。支卓然標新理于二家之表，立異義于衆賢之外，皆是諸名賢尋味之所不得，後遂用支理。〔三〕師至五臺，卜居北峯之龍門，老屋數椽，在萬山冰雪中。匡山黄龍潭澈空禪師來訪，留與同住。大雪經旬，各臺頂雪吹聚龍門，覆静室，深幾十丈。澈師推簾撥火，以手探之，知爲雪擁。師命吹火，火發，師曰：「性命可保矣。」融雪作茶飯畢，相對兀坐，闃隱隱有人聲，曰：「此是臺頂上人，爲我開雪。」聲寂，曰：「此或夜矣。」雪中不辨晝夜，以聞聲爲晝，不聞聲爲夜。久之，人聲漸高朗漸近，乃北臺白馬寺中臺三處集二百餘衆，執鋤钁探竿，依龍門路，用竿隨探隨扢，抵静室，衆掀簾見師，抱足慟哭，曰：「經此大難，幸而有火，此佛天默佑也。」師合掌謝衆曰：「也要經過始得。」師閱楞嚴疏菩薩住處品三，東海有處，名那羅延窟，從者以來，諸菩薩衆于中止住。清涼疏：梵語那羅延，此云堅牢，卽東海之牢山也。師因慕之。萬曆十一年癸未夏四月八日，師至牢山，擇南山最深處，面臨大海，誅茅結廬以居。東人從不知有佛法，師住山十二年，方便攝化，始信三寶。師嘗云：「是知彌戾車地，未嘗斷佛種也。」〔四〕萬曆二十三年乙未，黃冠難作，稱師侵占道院。飛章誣奏，有旨逮師詔獄。先是慈聖崇信佛乘，敕使四出。中人譏構，動以煩費爲言。所司希視風旨，欲盡按諸名山檀施帑金以數萬計，拷掠備至。師曰：「公欲某誣服，易耳。獄成，將置聖母何地，得無傷皇上之大孝乎？」主者具獄上，止剩前山東賑飢三千金，有內庫支籍可考。上意解，坐私造寺院，遣戍雷州。二十四年，度庾嶺，入曹溪，抵五羊。赭衣木索，以見粵帥。帥爲解其縛。三月十日，就編伍于雷州。寓城西古寺，注楞伽。是歲大疫，死者相枕籍。師如坐尸陁林中，率衆掩埋，作廣薦法會。大雨平地三尺，癘氣立解。八月，寓演武場，作從軍詩二十首，以刁斗爲軍持，以横戈爲錫杖，以擐甲爲壞衣，以旄麾爲法幢。白刃春風，居然一大道場也。二十六年戊戌，師居粵。其夏始構禪室于壁壘間，擬大慧冠巾說法，講法華經至寶塔品，人人皆悟。娑婆華藏，開遮示現，湧出于目前也。〔五〕慧遠廬山記：東南有香爐山，孤峯秀起，游氣籠其上，則氤氳若香烟。樂史寰宇記：香爐峯在山西北，其峯尖圓，烟雲聚散，如博山香爐之狀。

其四

猶憶拏舟夜别師，胥江水落月斜時。草堂未踐青山約〔一〕，蓮社空餘白首期〔二〕。坐斷風雷成小刧〔三〕，夢回甲子看殘棋。傷心誰繼蕭夫子，謂宗伯宣化公也。爲斵曹溪第一碑？

【注釋】〔一〕樂天草堂記：匡廬奇秀甲天下，山之北峯曰香爐峯，北寺曰遺愛寺。寺介峯間，其境勝絶，又甲廬山。白樂天見而愛之，若遠行客過故鄉，戀戀不能去，因面峯腋寺，作爲草堂。〔二〕樂邦文類贊寧結社法集文：晉、宋間，廬山慧遠化行潯陽，高人逸士，輻輳于東林，皆願結香火。時雷次宗、宗炳、張詮、劉遺民、周續之等，共結白蓮華社，立彌陀象，求願往生安養國，謂之蓮社。社之名始于此也。〔三〕釋氏稽古錄：惠遠于廬山建東林寺，經營之際，山神降靈，願加資助。信宿風雷夜作，晦瞑大雨。明發就觀，良木殊材，駢羅其處。桓伊初臨北牧，驚其神異，奉立寺焉。

贈廬山知微長老

大師昔陷若盧獄，長老一身視饘粥。大師今埋五乳峯，長老六時司鼓鐘。死生形影不相捨，長老爲雲師爲龍。大師石塔何崔嵬，影堂正向廬山開。焚香掃地坐復臥，臥聽瀑布如崩雷。塔裏明燈常不動，塔前青松手所種。若問長老年幾何，長老身心盡如夢。

瓜山沈老居北郊茂瓜丘老而好事賦以贈之

巾裁白氎杖紅籐〔一〕，丙舍青山近可登〔二〕。叢桂秋風生北郭，種瓜朝日曜東陵。繁華眼底看巢燕，矍鑠眉端想臂鷹。老去光明須記取，祝君常比佛前燈。沈老深目高顴，里人有老人燈之目，故戲之。

【注釋】〔一〕南史夷貊傳：高昌國有草實如繭，繭中絲如細纑，名爲白疊子，國人取織以爲布。布甚軟白，交市用焉。白樂天紅籐杖詩：南詔紅籐杖，西江白首人。注曰：出產南蠻。〔二〕王羲之有墓田丙舍帖。

戲爲拂水築臺歌贈嘉定夏生華甫

拂水山高屋庳下，況復蒙茸隔林莽。墻外青山自矗立，招邀未肯入庭戶。徙倚觀山意未愜，何繇收攬得十五？今年疊石爲此臺，面勢軒敞恣所取。向背數步藏曲折，位置羣山就仰俯。劍門闔扇手可排，石城雉堞指能數。此山與我非生客〔一〕，欣然故人覿眉宇。蜿蜒似可下枕席，傲兀頗欲分笑語。登臺四顧咸歎息，問誰築者夏華甫。夏生豁達俠者流，酒後槎牙出肺腑。爲山一簣雖細事，如登將臺握齊斧〔二〕。山氓蚩蚩園丁笨，轉圓闢筍類摶土。刻漏立表各命工〔三〕，能驅市人東部伍。輿謣聲闌畚築罷〔四〕，獨提巨石手撐拄。不煩執枎爭用命〔五〕，日旰奮迅逾亭午。又如大將督戰陳，身先士卒共甘苦。人言夏生築臺好，生也俯躬但傴僂。指麾幸有松圓老，敢貪天功僭旂鼓。此意逡巡人豈知，說禮惇詩聞自古。君不見東方羯奴躪畿輔，去年血濺蘆溝橋，今年塵暗平灤土。朝廷將吏盡賈豎，天子拊髀思文武。夏生夏生吾惜汝，投石馭衆氣如虎。何不置之遵永間，付以長繩縛驕虜。

【注釋】〔一〕東坡志林：子由作栖賢僧堂記，讀之便如在堂中，見水石陰森，草木膠葛也。僕當爲書之，刻石堂上，且欲與廬山作緣，他日入山，不爲生客也。〔二〕漢書王莽傳：喪其齊斧。應劭曰：齊，利也。亡其利斧，言無以復斬斷也。師古曰：此易巽卦上九爻辭。〔三〕李誠營造法式：取正之制，先于基址中央，日內置圜板，徑一尺三寸六分，當心立表，高四寸，徑一分。畫表景之端，記日中最短之景。次施望筒于其上，望日星以正四方。若地勢偏袤，即以景表望筒取正四方。或有可疑處，則更以水池景表較之。其立表高八尺，廣八寸，厚四寸，上齊安于池板之上。其池板長一丈三尺，中廣一尺。于一尺之內，隨表之廣，刻線兩道。一尺之外，開水道環四周，廣深各八分。用水定平。令日景兩邊，不出刻線。以池板所指及立表心爲南，則四方正。〔四〕呂氏春秋：今舉大木者，前呼輿謣，後亦應之。此其于舉大木者善矣，豈無鄭衛之音哉？然不若此其宜也。

〔五〕左傳襄公十七年：平公築臺，子罕親執朴以行築者，而抶其不勉者。

夏日偕朱子暇憩耦耕堂次子暇訪孟陽韻三首

面湖軒敞背山深，小築依然是故林。清簟看棋方丈客，等慈師居山中，縛禪之暇，觀棋至夜分。夜燈聽雨十年心〔一〕。遺民老似孤花在，陳跡閑隨舊燕尋。擬著此中棲逸史，遠從虞仲到於今。

【注釋】〔一〕杜荀鶴旅館遇雨詩：半夜燈前十年事，一時隨雨到心頭。孟陽詩云：影堂月落泉鳴咽，無復疎簾看弈棋。

其二

艱危閱盡想方袍〔一〕，收拾殘生避豕豪〔二〕。一酌春醪營我老，千章夏木爲君高。圖山墨漫西湖雨，煮水茶生北磵濤。稍待秋風到蘆荻，共尋蟹舍上魚舠。

【注釋】〔一〕白氏六帖：高僧肇法師，制四論，呈劉遺民。遺民嘆曰：「不意方袍，復有平叔。」

〔二〕本草圖經：豕豪猪鬣間有豪如箭，能射人。陜、洛、江東諸山中並有之。

其三

澹景芳陰梅雨時，過雲相訪少人知〔一〕。紅稀舊圃羣蜂去，青暗重林碩果垂。澗底流泉穿石急，松間明月出林遲。他年終作三休侶〔二〕，乘興先爲結隱期。

【注釋】〔一〕松陵集陸龜蒙四明山詩序：山中有雲不絕者二十里，民皆家雲之南北，每相從，謂之過雲。過雲詩：相訪一程雲，雲深路僅分。〔二〕新唐書卓行傳：司空圖居中條山，作休休亭記曰：休，美也。既休而美具。故量才一宜休，揣分二宜休，耄而憒三宜休。又少也惰，長也率，老也迂，三者非濟。

干將行　庚午五月十三日，傷臨邑司馬而作〔一〕。

君不見莫耶之劍缺黍米〔二〕，姑蘇梧桐臥流水〔三〕。莫耶舊恨今已矣，又見干將死獄底。干將鑄時光屬天，百神下降蛟龍纏。鬼怪相戒匿形影，欃槍不敢爭妖躔。可憐劍氣一朝盡，黑獄沉沉埋血燐。牛斗變化知何日，貫索光芒竟誰問。君不見延津龍去有餘悲，還憶吳宮麋鹿時。無復湛盧誅宰嚭，爭傳屬鏤賜靈胥。

【注釋】〔一〕崇禎元年，蒲州柄政，大起廢籍，以工部左侍郎王洽爲大司馬。洽，臨邑人也。先以忤奄去國，時稱其賢，然未許以知兵也。二年，建師闌入遵化，將薄都城。袁崇煥先以蕩滅自詡，一旦縱敵長驅，倉黃入援，至京被逮。敵退，磔崇煥于市。臨邑以邊人不戒，下獄死。〔二〕吳越春秋：闔閭使干將鑄劍。干將者，吳人也。莫耶，干將之妻。干將作劍，採五山之鐵精，六合之金英，候天伺地，陰陽同光，百神同觀，天氣下降，而金鐵之精，不消淪壞。莫耶曰：神物之化，須人而成。乃斷髮剪爪，投于爐中。金鐵乃濡，遂以成劍。陽曰干將，陰曰莫耶。干將匿其陽，出其陰。適會魯季孫聘于吳，闔閭以莫耶獻之。季孫拔劍之鍔，中闕者大如黍米，嘆曰：「美哉劍也。夫劍之成也吳霸，有闕則亡矣。我雖好之，其可受乎？」不受而去。〔三〕吳越春秋：吳王假寐姑胥之臺，夢流水越宮堂，前園横生梧桐。

贈張五叔維

幾枝樫柳半床塵〔一〕，門外青山過雨新。送米僧來常共食，乞花客至已忘貧。屋如韓愈詩中句，韓詩：破屋數間而已矣。身是王維畫裏人。一曲洞簫判盡醉，桐華滿地月如銀。

【注釋】〔一〕爾雅釋木：樫，河柳。郭璞曰：今河旁赤莖小柳。

崇禎庚午中秋日拜觀睢陽五老圖敬次杜正獻公原韻〔一〕

鬚眉巾屨盡高閑，瞻拜修然整敝冠。舊德至今傳五老，豐碑何用視三桓〔二〕。拔茅事往風猶在，舉網謀成骨已寒。嘆息昭陵還盛世，儀刑長向畫圖看。

【注釋】〔一〕祝誠蓮堂詩話：宋杜衍，字世昌，慶曆中大拜，時稱清白宰相，封祁國公。至和中，退居睢陽，與馮平、王煥、畢世長、朱貫，咸以耆德掛冠，優游桑梓。暇日宴集，爲五老會，賦詩酬唱。錢明逸爲序云：蹈榮名而保終吉，却貴勢而躋遐耇。白首一節，人生所難。杜公詩云：五人四百有餘歲，俱稱分曹與掛冠。天地至仁難補報，林泉幽致許盤桓。花朝月夕隨時樂，雪鬢霜髯滿座寒。若也睢陽爲故事，何妨列向畫圖看。馮和云：醉遊春圃烟霞煖，吟聽秋潭水石寒。畢詩云：篇章捧和慚風雅，眷待優隆荷歲寒。朱詩云：各還朝政逼堯年，鶴髮俱宜頂道冠。乍到林泉能放曠，全抛簪笏尙盤桓。云云。歐陽永叔借觀五老圖次韻云：脫遺軒冕就安閒，笑傲丘園縱掛冠。白髮憂民雖種種，丹心許國尙桓桓。鴻冥得路高難慕，松老無風韻自寒。聞說優游多倡和，新詩何惜盡傳看。

〔二〕記檀弓：公室視豐碑，三家視桓楹。正義曰：公室之喪視豐碑。豐，大也，謂用大木爲碑。三家之葬視桓楹。桓，大也，楹，柱也，其用之碑如大楹柱。

八月十二夜

憑闌風露浩難收，旋覺清光在上頭〔一〕。橫攬烟巒成小築，平臨雲物見高秋。時秋水閣初成，與孟陽緣梯登眺。月穿窈窕山皆漏，湖逗空明野欲流。尊酒相看多遠思，蘆花如雪記滄州。余去年過滄州，有懷孟陽詩。

【注釋】〔一〕少陵鳳凰臺詩：安得百丈梯，爲君上上頭。

十三夜

石城雲散暮烟收，冉冉淸光兩白頭。坐久湖山皆得月，望窮天宇始知秋。浴鷗汀渚層層出，沒鶴溪田淴淴流。盃酒勸君成一笑，長瓶那得更滄州。

十四夜留吳門卞潤甫

傍嶺新成駐月樓，客來恰喜値中秋。苦多風雨催君去，借少湖山爲我留。滄酒淡堪澆小戶〔一〕，漁灣淺可繫扁舟。刼灰金虎繁華夢〔二〕，莫對佳晨憶二丘〔三〕。

【注釋】〔一〕竇苹酒譜：唐白公以戶小飲薄酒。〔二〕陸廣微吳地記：虎丘山在吳縣西北九里二步。吳越春秋云：闔閭葬虎丘，十萬人治葬。經三日，金精化爲白虎蹲其上，因號虎丘。〔三〕東坡次王忠玉遊虎丘絕句：當年太白此相浮，老守娛賓得二丘。坡公自注曰：郡人有閭丘公，太守王規父嘗云：「不謁虎丘，即謁閭丘。」規父，忠玉伯父也。

十五夜不見月

兔遠蟾高不用愁，浮雲只在屋東頭。雖虛灩灩金尊照，却掩蕭蕭白髮羞。棲鶴毿毿思北嶺[一]，啼螿淒切近南樓。更闌且對殘燈臥，領略孤衾一段秋。

【注釋】[一]世說排調篇：羊叔子有鶴善舞，嘗向客稱之。客試使驅來，氃氋而不肯舞。

十七日雨中小酌即事

稻花風急浪花催，湖外重陰積不開。好客恰如將雨至，淸歌直欲送愁來。雲霾月窟千層合，日射山根一颭迴。棋罷燈殘北窗下，秋蟲多處重徘徊。

嘉定李茂初風雪中自南翔過訪不值而去留詩盈帙頃復枉和初夏次韻詩見懷遂依韻奉答首章傷長蘅之逝而末章則期茂初之來茂初長蘅之兄也

嘐水池塘草又深，檀園園柳蔚成林。新桐但引淸晨恨，長蘅檀園引：新桐爲亭，名之曰晨露。落葉空驚獨夜心。佳句見君還髣髴，懽悰除夢可追尋。劇憐一掬南翔淚，兩度西風忍到今。

其　二

百里嚴風刮敝袍，吟髭凍合想抽豪。論交自爲冰霜苦，煉句偏於寒餓高。滄海我眞愁澒洞〔一〕，菰蘆君亦嘆波濤。斜風細雨松江路，蓑笠何因共小舠？

【注釋】〔一〕淮南子原道訓篇：與天地澒洞。

其　三

蕭閒山館晚秋時，風物還堪報子知。楓葉三分霜點染，荷衣十字雨低垂〔一〕。縣流磵合泉來早，傍嶺樓成月去遲。相訪不須愁剝啄，應門雙鶴有前期。

【注釋】〔一〕陳後山詩話：一守與客行林下，曰：「柏花十字裂。」顧客對其倅晚食菱，方得對曰：「菱角兩頭尖。」皆俗諺全語也。

眼鏡篇送張七異度北上公車

西洋眼鏡規璧圓，玻璃爲質象緋緣。千年老冰出玉淵〔一〕，巧匠消冶施刻鐫。薄如方空吹輕烟〔二〕，瑩如月魄濯淸泉。帷燈簾閣對簡編，能使老眼回少年。蠅頭蠆尾如兒拳〔三〕，麄疏豈必非輪懸〔四〕。賈胡贈比黃金千，伴我綸閣今歸田。短檠曲几相周旋，無復椽燭煇金蓮。兔園揪冊翻且穿，瑣碎讎勘蟲魚篇。此鏡失職吾所憐，摩挲三嘆夜不眠。張兄偕計北上燕，東閤縫絲當蹭鞭〔五〕。侑以此物非棄捐，如遘美女詒朱鉛。萬蟻戰酣晝日殷〔六〕，五星明聚夜緯聯。春蠶食葉秋毛旋，此鏡燿燿開蓋纏。目光如炬筆如椽〔七〕，六丁下取奎避躔〔八〕。春王三月花嬋娟，紗燈玉斧聽臚傳。萬言長策貢細旃〔九〕，閣老次讀當御筵。君家金鏡此其先，天地章光宜節宣。有鏡覆目光乃全，惟皇聰明曜八埏。冕旒蔽明垂邃延，知白守黑通重玄。眠有瘴膜得鏡蠲，如燈能照日月偏。並觀兼聽無愚賢，不見煉石能補天？老農潦倒牛背邊，負日欲獻無因緣。長歌此詩風謠然，願君採進重瞳前。

【注釋】〔一〕蘇鶚杜陽雜編：順宗即位，拘弭國常貢堅冰，云其國有大凝山，中有冰，千年不釋。及賫至京師，潔冷如故，雖盛暑赫日終不消。嚼之，即與中國者無異。趙葵行營雜錄：劉貢父為中書舍人，一日朝會，幕次與三衙相鄰。時諸帥兩人出軍伍，有一水晶茶盂，持玩良久，一帥曰：「不知何物所成，瑩潔如此。」貢父隔幕謂之曰：「諸公豈不識，此乃千年老冰耳。」〔二〕後漢書肅宗紀：詔齊相省冰紈、方空縠、吹綸絮。臣賢曰：縠，紗也。方空者，紗薄如空也。或曰：空，孔也，即今之方目紗也。〔三〕僧釋之金壺記：書論曰：蠆尾勢者，謂駐鋒後趯也。〔四〕列子湯問篇：紀昌學射于飛衞，昌以氂懸虱于牖南而望之。旬日之間，漫大也；三年之後，如車輪焉。乃以燕角之弧朔蓬之簳射之，貫虱之心，而懸不絕。殷敬順釋文曰：氂，音毛。〔五〕葛洪西京雜記：公孫弘以元光五年為國士所推尚為賢良，國人鄒長倩以其家貧，少自資致，乃解衣裳以衣之，釋所着冠履以與之，又贈以生絲一束，素絲一襚，撲滿一枚。〔六〕石林詩話：歐公知貢舉時，范景仁、王禹玉、梅公儀、韓子華同事，而梅聖俞爲參詳官。未引試前，唱酬詩極多。歐公有無譁戰士銜枚勇，下筆春蠶食葉聲。聖俞有萬蟻酣戰春晝永，五星明處夜堂深。亦爲諸公所稱。〔七〕王銍默記：滕元發言：杜祁公作相，夜召元發作文字。左右秉燭，手展書卷，起而觀之，見眼有黑光，徑射紙上。元發默然曰：「杜公之貴者此也。」後與王介甫同夜直，忽見介甫展書燭下，黑光亦徑射紙上，因與荆公說祁公之事，言介甫他日必作相。數年之間，果如元發所言。晉書王導傳：王珣夢人以大筆如椽與之。既覺，語人曰：「此當有大手筆事。」〔八〕昌黎調張籍詩：仙官敕六丁，雷電下取將。〔九〕唐語林：天寶中，漢州雒縣張陟自舉日試萬言，須中書考試。陟令善書者二十人，各操執紙筆就席，環庭而坐。但占題目，身自巡歷，依題口授，周而復始。至午後，詩成七千餘字，仍請滿萬。宰相曰：「七千可謂多矣，何必須萬。」具以狀聞，時號張萬言。漢書王吉傳：廣夏之下，細旃之上。師古曰：廣夏，大夏也。旃與氈同。

同徑山僧出郊看紅葉

烘日蒸霞萬樹堆，石城應作赤城猜。駐顏青女能相待，試手天公又一廻。斜照樓臺疑罨畫，晚風蛺蝶誤遲回。老僧住近臨安路，錯認漫山錦繡來。

十月十七日偕孟陽茂初步至寶巖灣楓林爛然因尋故人瞿元初墓徙倚寺前石橋作短歌記之

谷林之西石城東〔一〕，竊紅殷紅燒去秋空。誰知寶巖灣更好，四山合沓藏千楓。呀然一徑通窈窕，流丹絢赤相蔽蒙。護惜霜風起屛幛，包裹綿繡圍房櫳。我來步屧如相引，照眼灼爍驚芳叢。忽如漁郎造花徑，緣溪瞥見花茸茸。又如天台山叵叵，好女離立矜春容。煙林向背亂朱碧，日景穿漏皆玲瓏。背日丹楓畫不出，坐臥彌覺此語工。道旁宿草故人墓，黄土正掩紅葉中。追憶生平腹痛語，安得盃酒澆蒿蓬。人言此墳古塔址〔二〕，指點丘垤看巃嵸。白楊蕭蕭響空谷，長似鈴鐸悲回風。沉吟感歎古寺側，斜陽猶照一畝宫。寺門寒水石橋下，恰有一葉流殘紅。

【注釋】〔一〕盧知州琴川志：出秋報門，循山而西，過吳王廟五六里，有光淥亭，又其西曰谷林，參議虞似平之圃。〔二〕中吳紀聞：常熟海隅山有古刹，號寶巖院，吳越錢王之子，祝髮于此。太宗嘗賜御書急就章、逍遥詠及聖惠方于寺中，有浮屠七級，極莊嚴，吳人相傳自京師來，泗洲僧伽塔爲第一，此爲第二。

次日自拂水步至吾谷登南巖憩維摩寺金粟堂飯後下破山過高僧墓與孟陽尋等慈和尚葬處薄暮而返即事爲詩語不倫次

意行曳杖隨所騁〔一〕，遙林紅葉紛相請。信步谷林凌坡陀，矯首維摩限煙嶺。惠不在天行即到〔二〕，一笑欣然發勇猛。追趨樵子穿犖确，提掇裳衣避柴梗。攜手反平哂僮奴喘，失脚恐踏後人頂。石徑登登磐石出，岫轉峯廻在俄頃。老僧導我游南巖，巖踞山巔儼項領。突兀盤紆列兩湖，滅沒烟塵生萬井。灌木森如百頃禾，俯視楓林背日景。丹丘錦城斯在下，紛紅駭綠誰能整？恍然生身色界上〔三〕，累蘇積塊何足省〔四〕。虛堂像設禮金粟，空山精怪見銀杏。淨名無言我亦默，饑來且噉蔓青餅。辟塵試辨古石鉢，揀芽約致新土茗。齋鐘撞罷尋破山，松風颼飀四山靜。笑揮筳輿却竹杖，判將老足試頑礦。高僧墳畔僧族葬，空心潭下無潭影。空門何用悲宿草，吾友多情淚如綆。今年冬暄霜未濃，丹楓爛結丹砂永。殘紅恰似佳人老，夕陽更愛晚粧靚。閑身良友好風日，天其以此慰幽屏。清游無緒心自縈，歸塗雲物彌炯炯。揮手且與山僧別，多謝維摩老木癭。

【注釋】〔一〕放翁舍北行飯書觸目詩：意行舍北三叉路，閒看橋西一片秋。〔二〕錢氏私誌：東坡在惠州，佛印居江浙，以地遠無人致書爲憂。有道人卓契順者，慨然嘆曰：「惠州不在天上，行即到矣。」因請書以行。〔三〕婆沙論：有色可了施設，故名色界。有一十八天。謂初禪有三天：梵衆、梵輔、大梵。二禪有三天：少光、無量光、光音。三禪有三天：少淨、無量盡、遍淨。四禪有九天：福生、福愛、廣果、無想、無煩、無熱、善現、善見、色究竟。〔四〕列子周穆王篇：王及化人之宮，俯而視之，其宮榭若累塊積蘇焉。

題李長蘅爲吳生畫溪山秋靄圖

吳生遇盜事亦奇，襆被囊琴暮雨時。向盜乞畫眞癡絕，盜亦欣然還擲之。此畫經營良不苟，老樹槎牙怪石走。豪奪巧取或可慮，豈意魯弓還盜手〔一〕。今年逢君書畫船，收藏欲厭宣和編。展玩竟日頭目暈，更撫此卷心茫然。水墨淋漓如欲語，眼中斯人定何許？畫裏還看漠漠雲，燈前自聽瀟瀟雨。詩腸淚眼半焦枯，短歌偪塞堪盧胡〔二〕。憑君更屬松圓老，爲寫江干乞畫圖。

【注釋】〔一〕左傳文公九年：陽虎歸寶玉大弓。〔二〕後漢書應劭傳：昔鄭人以乾鼠爲璞，鬻之于周。宋愚夫亦寶燕石，緹緭十重。夫覩之者，掩口盧胡而笑。

冬夜觀劇歌爲徐二爾從作

金鋪著霜月上楹〔一〕，高堂綺席陳吳羹。撞鐘伐鼓催嚴更，促尊合坐飛兕觥。蘭膏明燭凝銀燈，釭花夜笑春風生。氍毹蹴水光盈盈，繡屏屈膝圍小伶。十三不足十一零，金花繡領簇隊行。行列參差機體輕，宛如魁壘登平城。涉江采菱發新聲，紅牙檀板縱復横，絲肉交奮梁塵驚。歌喉徐引一線清，江城素月流雛鶯。歌闌曲罷呈妙戲，侲童當筵廣場沸，安西師子金塗背〔二〕，擲身倒投不觸地。尋撞上索巧相背〔三〕，須臾技盡腰鼓退。西涼假面復何在？險竿兒女心猶悸，滿堂觀者爭愕眙。人生百年一戲笥，郭郎鮑老多顛頳。今夕何夕良宴會，主人攜酒坐客位。秉燭歡娛笑惜費，舞衣却卷光綷縩〔四〕，歌場尚圓聲搖曳。眼花耳熱各放意，客歌未晞主既醉。

【注釋】〔一〕三輔黄圖：金鋪玉戶。注曰：金鋪，扉工有金華中作獸，乃龍蛇鋪首以銜環也。

〔二〕白樂天西涼伎樂府：西涼伎，假面胡人假獅子。刻木爲頭絲作尾，金塗眼睛銀貼齒。奮迅毛衣擺雙耳，如從流沙來萬里。紫髯深目兩胡兒，鼓舞跳梁前致辭。應似梁州未陷日，安西獅子進來時。

〔三〕西京賦：走索上而相逢。李善曰：索上，長繩繫兩頭于梁，舉其中央，兩人各從一頭上，交相度，所謂儛絙者也。

〔四〕漢書外戚傳：班婕妤賦：感帷裳兮發紅羅，紛綷縩兮紈素聲。師古：綷縩，衣聲也。綷，千賄反。縩，音蔡。

徐于王挽詞二首

夢雨庵中幾夜分，綠尊絳蠟共知聞。海棠小院春深雨，楊柳新詞日暮雲。貧病不愁添白髮，彌留猶悵別紅裙。與君花下多游跡，但遇花時便哭君。

其二

箱篋蕭然屏當時，爲君閒理舊蛛絲。蟲魚想像旁行字〔一〕，香粉凋殘豔體詩。廢圃蜻蜓棲菜甲，空廊蝙蝠撲花枝。秋來無限傷心處，鄰笛斜陽又一吹〔二〕。

【注釋】〔一〕史記大宛列傳：畫革旁行，以爲書記。韋昭云：外夷書皆旁行，今南方林邑之徒，書皆旁行不直下也。〔二〕向子期思舊賦序：鄰人有吹笛者，發聲寥亮。追思曩昔遊宴之好，感音而嘆。

贈新安汪景謨 汪精于鹽筴，時僑居廣陵。

十里紅樓映好春，朱顏綠鬓紫綸巾。少年曾儗龍頭客，此日眞成鶴背人。后土祠前花似玉〔一〕，軒轅鼎裏汞爲銀〔二〕。竹西歌吹重城月〔三〕，爛醉從他淮海塵。

【注釋】〔一〕邵氏聞見雜錄：揚州后土廟有瓊花一株，宋丞相郊構亭花側，榜曰無雙，謂天下無別株也。〔二〕水經注：魏土地記曰：弘農縣有軒轅皇帝登仙處。黃帝採首山之銅，鑄鼎于荆山之下。〔三〕杜牧之題禪智寺詩：誰知竹西路，歌吹是揚州？唐闕史：牛僧孺出鎮揚州，辟杜牧掌書記。揚州，勝地也。每重城向夕，倡樓之上，常有絳紗燈萬數，輝羅耀列空中，九重三十步街，珠翠填咽，邈若仙境。牧常出沒馳逐其間。

其二

閲盡滄桑鬢未華，悠悠人世幾蟲沙？憂時尚貯桓寬論〔一〕，爲國空餘卜式家。方朔舊聽金馬詔，陶朱終泛五湖槎。迎仙樓畔多仙侶〔二〕，進酒應將棗似瓜。

【注釋】〔一〕漢書公孫田劉諸人傳贊：宣帝時，汝南桓寬次公推衍鹽鐵之議，增廣條目，極其論難，著數萬言，亦欲以究治亂，成一家之法焉。〔二〕祝穆方輿勝覽：揚州迎仙樓，高駢建。羅隱詩云：仙境是誰知處所？人間空自造樓臺。

庚午除夕次孟陽山中詩韻

除夜蕭條風雨晨，庭萱侵雪旋生春。爆殘竹似蕉園稿，時神廟實錄告成。故事，實錄成，焚稿於太液池之蕉園。符換桃仍葦戶神。不用署門辭過客，也須謝竈請比鄰〔一〕。山中喜有林逋在，自與梅花作主人。

【注釋】〔一〕漢書孫寶傳：張忠辟寶爲屬，寶自劾去。後署寶主簿，寶徙入舍，祭竈請比鄰。

辛未元日次除夕韻

流年赴壑値斯晨，歷落艱危五十春。已與昌黎同命主〔一〕，更推渤海作詩神〔二〕。謂高達夫也。移山莫問河濱叟，卜宅還招栗里鄰。拜罷北堂無一事，商量蠟屐伴高人。

【注釋】〔一〕東坡贈虔州術士謝晉臣詩：生時宿直斗牛箕。林子仁曰：先生自謂生時與退之相似，蓋命宮在斗門，而身宮亦在焉。〔二〕新唐書高適傳：適，字達夫，滄州渤海人。年五十，始爲詩，卽工。每一篇已，好事者輒傳布。

新歲有感次前韻二首

頌椒銘柏競芳晨，只有寒門怕放春。世少窮交休著論，宵多愕夢不驚神。履霜往往悲中野，乞火紛紛媿比鄰。數樹江梅將破蕚，未知索笑向何人？

其　二

焚香散帙坐淸晨，澀雨慳風妒早春〔一〕。依社憑叢原是鬼〔二〕，牽絲刻木總爲神〔三〕。

漢臣未可營居第，齊國還須卜市鄰〔四〕。取晏子近市貴賤之說。聞道公車徵射策，少年誰似雒陽人？

【注釋】〔一〕張師正倦遊雜錄：陳恭公知揚州，陳少常亞曰：「近作一謎，四個脚字直上，四個脚字直下，經年度歲不曾下，若下，不是風起便雨下。」公未曉，乃待制廳上茶牀，苟或晏會，即慳值風澀值雨也。胡仔苕溪漁隱叢話：姜少府設鱠歌：姜侯設鱠當嚴冬，昨日今日皆天風。或謂譏姜之慳，蓋唐人已有慳風澀雨之語，非也。〔二〕晉書阮修傳：修伐社樹，或止之。修曰：「若社而爲樹，伐樹則社移；樹而爲社，伐樹則社亡矣。」戰國策：恆思有神叢，悍少年請與叢博，曰：「吾勝叢，叢藉我神三日；不勝叢，叢困我。」乃左手爲叢投，右手自爲投。勝叢，叢藉其神三日。叢往求之，遂弗歸。五日而叢枯，七日而叢亡。〔三〕楊太眞外傳：上皇悽愴不已，吟：刻木牽絲作老翁，雞皮鶴髮與眞同。須臾舞罷寂無事，還似人生一夢中。吳正仲優古堂詩話云：唐梁鍠詩，非明皇作也。〔四〕左傳昭公三年：景公欲更晏子之宅。辭曰：「小人近市，朝夕得所求，小人之利也。敢煩里旅。」及晏子如晉，公更其宅，反則成矣。既拜，乃毀之而爲里室，皆如其舊，則使宅人反之。且諺曰：非宅是卜，唯鄰是卜。二三子先卜鄰矣。卒復其故宅。

人日書事示李一孟芳用前韻

澹蕩風懷佳麗晨，商量何法破新春？築臺未許逃文債〔一〕，作廟還應祀酒神〔二〕。人日梅花多喜氣，草堂南北有芳鄰。與君便是仙源客，莫漫招他問路人。

【注釋】〔一〕御覽：帝王世紀曰：周赧王雖居天子之位，爲諸侯所侵逼，與家人無異，貰于民，無以歸之，乃上臺以避之。故周人因名其臺曰逃債臺，故洛陽南宮簃臺是也。〔二〕新唐書王績傳：績所居東南，有盤石，立杜康祠祭之，尊爲師，以焦革配。

言樹堂詩爲金壇于季鑾作

高門何將將，蘭錡臨通衢〔一〕。北堂高且靜，綢戶綴綺疏。夾窗夏爽爽，複突寒渠渠〔二〕。堂中何所有？規地施氍毹。筵席肆莞簟，賓祭登牢蔬。堂背何所樹？萱花滿堦除。四垂復六出，葉跗相扶疎。壽母居此堂，有子承歡娛。壽觴一再舉，慈顏與萱如。萱花非桃李，不隨春華徂。萱樹非松柏，侵雪長卷舒。光風轉蘭蕙，庭萱與之俱。綵衣戲堂下，翩反遞相於。子潔比白華，朱蕚被絳趺。映帶萱草色，丹白紛葳敷。嘉名應宜男，孫枝美且都。芳蘭茁其芽，靈芝產坐隅。我思潘安仁，奉母賦閒居。珍木映池沼，繁榮翳屋廬。乾沒有明訓〔三〕，止足良厚誣。終然負阿母，千載爲嘆吁。豈若樹萱者，色養自有餘。鐲憂屏其貧，養性遂厥初。小人亦有母，寸草心豈無。爲君歌此詩，紳帶還自書。

【注釋】〔一〕張平子西京賦：武庫禁兵，設在蘭錡。薛綜曰：錡，架也。劉逵魏都賦註：受他兵曰蘭，受弩曰錡。〔二〕宋玉招魂：冬有突夏。王逸曰：突，複室也。夏，大屋也。詩國風權輿章：夏屋渠渠。〔三〕晉書潘岳傳：岳性輕躁，趨勢利。其母數誚之曰：「爾當知足，而乾沒不已乎？」後岳被誣，將詣市，與母別曰：「負阿母。」

感秋二首　辛未立秋日

扁舟約略潞河東，去國孤身似斷蓬。已是三年成昨夢，漫餘雙鬢待秋風。燈前波浪中宵雨，簾外榮枯半樹桐。自分無才方宋玉，不將搖落怨天公。

其　二

腸斷都門送別人，三年懷袖字猶新。朱厓夢入眞堪畏〔一〕，碧血藏來可化塵。容鬢爲君添颯拉，心期愧我尚輪囷。飄搖一葉知何處？轉向秋風歎此身。臨邑司馬沒于請室，時復見夢，故有李朱崖之感。

【注釋】〔一〕賈氏談錄：李贊皇竄南海，歿而不返。咸通中，令狐丞相綯嘗夢德裕訴云：「吾獲罪先朝，過亦非大，今已得請于帝矣。君方持衡柄，誠爲吾請，俾窮荒孤骨，得歸洛陽葬，斯無恨矣。」他日，令狐率同列上奏，懿宗允納，卒獲歸葬洛陽。

送南刑部侯主事入賀冬至節覲省其尊人太傅公兼奔長公之喪

清時貴戚總能文，瓊蕚瑤枝孰並君？覲省長安元近日，會朝冬至正書雲。石城皓月懸鳩署，易水寒風掠鴈羣。燕市停鞭倘相憶，玉河落葉尚紛紛〔一〕。

【注釋】〔一〕大明一統志：玉河，源自玉泉山，流經大內，出都城，東南注大通河。

讀汪三遺民詩集

柳老鶯殘笑白顛，長干遊跡尚依然。閒尋舊句如藏謎，細讀新詩當紀年。世事懵騰中酒後，交情約略看花前。曉來頻嚏緣何事〔一〕？應爲衰遲綴此編。汪詩多列貴游，余亦附名其間，故有此謔。

【注釋】〔一〕詩國風終風章：願言則嚏。箋曰：汝思我心如是，我則嚏也。今俗人嚏云人道我，此古之遺語也。

戲題徐元歎所藏鍾伯敬茶訊詩卷

鍾生品詩如品茶，龍團月片百不愛，但愛幽香餘澀留齒牙。徐郎嗜茶又嗜鍾生詩，微吟短咏爬癢處，恰是盧仝飲到搜腸破悶時。鍾生逝矣徐郎慟，吟詩啜茶誰與共？生平臭味阿堵中，生作茶酤死茶供。今年徐郎示我茶訊篇，兼擕好茗穀雨前。坐聽松風沸石鼎，手汲雲浪烹新泉。茶罷還枕石礀眠，沉吟茶詩欲泫然。高山流水在何許？但見風輕花落紫茶煙。我不解茶，又不知詩。一碗兩碗天池六安茗，一首兩首黃金白雪詞〔一〕。懵騰茗艼良足樂，淸吟韻事非所宜。還君此卷成一笑，何異屠門大嚼眼飽胸中饑。

【注釋】〔一〕趙璘因話録：陸鴻漸，其先不知何許人。竟陵龍蓋寺僧姓陸，于隄上得一初生兒，救育之，遂以陸爲氏。性嗜茶，始創煎茶法。余幼年識一復州老僧，是陸僧弟子，嘗諷其歌云：不羨黃金罍，不羨白玉盃；不羨朝入省，不羡暮入臺。千羨萬羨西江水，曾向竟陵城下來。

星士陳叟生子

老蚌珠光照海東，東皋佳氣正籠葱。莫嗔問字爲遙集，其母，燕婢也。故有遙集之誚。且喜呼名是小同〔一〕。與其父年月皆同，比鄭小同取義更切也。人世但求庚癸足〔二〕，生年更要甲辰雄〔三〕。三奇六合人誰曉？湯餅筵前問乃翁。

【注釋】〔一〕後漢書鄭玄傳：玄唯有一子益恩，孔融在北海，舉爲孝廉。及融爲黃巾所圍，益恩赴難隕身，有遺腹子，玄以其手文似己，名曰小同。〔二〕范成大丙午新正書懷詩：一飽但蘄庚癸諸，百年甘守甲辰雄。左傳哀公十三年：若登首山以呼曰：「庚癸乎！」則諾。杜預曰：軍中不得出糧，故爲私隱。庚，西方，主穀；癸，北方，主水。〔三〕盧氏雜說：裴晉公度在相位日，有槐癭一枚，欲削爲枕。時郎中庾威，世稱博物，召請別之。庾捧玩良久，曰：「此槐癭是雌樹生者，恐不堪用。」裴曰：「郎中甲子多少？」庾曰：「某與令公同是甲辰生。」裴曰：「郎中便是雌甲辰。」

送人之廣東

客衣初授省裝綿，南食秋衾楓葉邊。不是之官持漢節，何妨過嶺酌貪泉。兵依黃木占烽戍〔一〕，吏映紅蕉望海船。驛路逢人還問我，爲言霜鬢正蕭然。客先自嶺海回，驛人多問余起居。

【注釋】〔一〕昌黎南海神廟碑：扶胥之口，黃木之灣。

戲題王德操小像四首

在家眞可著袈裟〔一〕，七尺枯藤兩碗茶。還有閒情難忘却，虎丘明月馬塍花〔二〕。

【注釋】〔一〕五燈會元：十七祖僧伽難提尊者，七歲即厭世樂，父母許其在家出家。東坡吳子野出家詩：出家非今日。施宿曰：廬山蓮社雜錄：謝靈運欲投名入社，遠公不許。靈運謂生法師曰：「白蓮道人將無謂我俗緣未盡，而不知我在家出家久矣。」〔二〕周公謹齊東野語：馬塍藝花之技名天下，凡花之早放者，其法以紙飾密室，鑿地作坎，緶竹置花其上，糞土以牛溲硫黃，盡培溉之法。

然後置沸湯于坎中，少俟湯氣薰蒸，則扇之以微風，盎然盛春融淑之氣，經宿則花放矣。

其　二

靜夜然燈響木魚，清晨瓶拂赴精廬。眉間黃氣緣何事？新得蕭孃一紙書。德操長齋入道，與草衣道人有世外之契。每得草衣手跡，籠置袖中，喜見眉宇，人望而知之。

其　三

也是詩人是道人，等閒風月閙關身。虎丘燒了王微嫁，更覺枯禪氣味眞。

其　四

龐公靈照機相似〔一〕，通德伶玄意若何？却怪畫師非石恪〔二〕，不將天女伴維摩。

【注釋】〔一〕龐居士語錄：居士將入滅，謂女靈照曰：「視日早晚，及午以報。」靈照出戶，遽報曰：「日已中矣，而有蝕焉，可試暫觀。」居士避席臨窗，靈照乃據榻趺坐而逝。居士回見笑曰：「吾女鋒捷矣。」　〔二〕東坡石恪畫維摩頌：我觀石子一處士，麻鞋破帽露兩肘。能使筆端出維摩，神力又過維摩詰。

辛未除夕

除夜柴門獨放閑，新愁舊夢總相關。半生心事寒燈裏，數載交游宿草間。懶聽比鄰喧爆竹，笑看童稚撞冰山。春風一櫂滄浪曲，應占漁莊第幾灣？

初學集卷十

崇禎詩集六　起五年壬申，盡九年丙子。

壬申元日

元日幽居一事無，雀羅寂寂到朝晡〔一〕。人敎老却衡門裏，天爲粧成臥雪圖。時事總憑新燕子，世情只笑舊桃符。停雲八表知何意〔二〕？且坐東軒進一壺。

【注釋】〔一〕樂天渭村退居詩：朝餔飱餅餌。〔二〕淵明停雲詩：靄靄停雲，濛濛時雨。八表同昏，平路伊阻。靜寄東軒，春醪獨撫。良朋悠邈，搔首延佇。

人日得張藐姑刑侍書却寄

書閣摩挲嗅古香，冰消硯北逗春光。蕭條歲序逢人日，迢遞音書到草堂。天井烽煙新壁壘〔一〕，玉關魂夢舊風霜〔二〕。天涯相望俱頭白，各對梅花說斷腸。

【注釋】〔一〕樂史寰宇記：天井關，一名太行關，在晉城縣南太行山上。〔二〕漢書西域傳：阸以玉門、陽關。孟康曰：二關皆在燉煌西界。

卜肆行贈毘陵周午陽給諫稼軒推重午陽時時延致問卜故以賈生爲喻

君不見雒陽賈生能籌國，篋衍新書治安策〔一〕。痛哭流涕長太息，身逢明盛心傴側。漢朝卿相疾如讎，讒言堆積成山丘。塡胸攢眉不稱意，洗沐出游長安市。忽逢季主談天人〔二〕，伏軾低頭心欲死。世運箕風還畢雨〔三〕，可憐賈生心獨苦。前席居然答鬼神，長纓何日羈胡虜？有人如鳳復如鴻〔四〕，長笑端居卜肆中。微言但託龍門史，世主徒聞河上公〔五〕。

【注釋】〔一〕莊子天運篇：盛以篋衍。〔二〕史記日者列傳：司馬季主卜于長安東市，宋忠、賈誼同輿而之市，遊于卜肆中。季主方辨天地之道，日月之運，陰陽吉凶之本。二大夫再拜謁，坐定，季主復理前語。宋忠、賈誼出市門，僅能自上車，伏軾低頭，卒不能出氣。〔三〕蔡邕獨斷：風伯神，箕星也，其象在天能興風。雨師神，畢星也，其象在天能興雨。〔四〕法言問明篇：或問：「君子在治？」曰：「若鳳。」「在亂？」曰：「若鴻。」或人不喻，曰：「未之思矣。」曰：「治則見，亂則隱。鴻飛冥冥，弋人何篡焉？」〔五〕唐會要：開元七年，左庶子劉子玄上議：今之所注老子，是河上公，其序云：河上公者，是漢文帝時人，結茅庵于河曲，因以爲號。以所注老子授文帝，因沖空上天。不經之鄙言，流俗之虚語。漢書藝文志注老子者有三家，河上所釋無聞焉。請黜河上公，升王弼之注。司馬徽亦云：漢史實無其人。然所注以養神爲宗，以無爲爲體，請河、王二注俱行。

新安汪烈婦歌

君死妾亦死，君往泉臺盍相俟。君死妾暫存，數上日送君歸墓門。君身已葬君有息，妾下從君乃其職。七日不食我何求，區區寸心庶不食。世間男子一種饑餓腸，紛紛籍籍食粟如螽蝗。豈如汪家新婦不食死，千年粱黍堆廩倉。吁嗟乎！首陽之風今已矣！宋家枋得亦如此〔一〕。

【注釋】〔一〕宋史謝枋得傳：枋得居閩，魏天祐強之而北，至京師。問太后欑所及瀛國所在，再拜慟哭。已而疾遷憫忠寺，留夢炎使醫持藥雜米飲進之，枋得怒曰：「吾欲死，汝乃欲我生耶？」棄之于地，終不食而死。

題相士倪生卷子

二十年前識君父，期我飛騰起雲霧。祇今晼晚又識君，霜毛雪鬢徒紛紛。人生能得幾二十？觀河皺面何足論〔一〕。鳶肩火色誠何有，曷鼻魋顔戲已久〔二〕。誰令鄭圃還食豨〔三〕？但見魯門如喪狗。勸君揩拭兩青銅，相法如今也不同。塵埃若欲知卿相，先看鼉頭鼠目公〔四〕。

【注釋】〔一〕首楞嚴經：波斯匿王言：「我生三歲，慈母攜我謁耆婆天，經過此流，爾時即知是恒河水。」佛言：「汝今自傷髮白面皺，其面必竟皺于童年。則汝今時觀此恒河，與昔童時觀河之見，有童耄否？」王言：「不也。」佛言：「皺者爲變，不皺非變。變者受滅，彼不變者，元無生滅。」〔二〕史記蔡澤傳：蔡澤從唐舉相，唐舉熟視而笑曰：「先生曷鼻巨肩魋顔蹙齃膝攣，吾聞聖人不相，殆先生乎？」〔三〕列子黃帝篇：神巫自齊來，處于鄭，知人生死存亡禍福壽夭，期以歲月旬日如神。列子見之而心醉，與見壺子，示以地文天壤，又示以太沖莫朕。明日見壺子，見未定，自失而走。壺子曰：「吾示以未始出吾宗，故逃也。」列子自以爲未始學而歸，三年不出，爲其妻爨，食豨如食人。〔四〕南部新書：李揆秉政，苗侍中薦元載，揆不納，謂晉卿曰：「龍章鳳姿之士不可見，鼉頭鼠目之子乃求官耶？」

寄答廣東孫方伯恭甫

攤書潑墨笑窮忙，散髮蕭然作報章〔一〕。閣筆爲君嘗異味，開函知我爇名香。淸齋荔子充堂食，長日蕉陰轉印床。會得故人酬贈意，披襟分取北窗涼。

【注釋】〔一〕僧適之金壺記：張旭草書，爲世所重。有人家貧，因卜旭爲鄰，日數四致簡于旭，得其報章，遂鬻于市，後獲富足焉。

仲夏觀劇歡讌浹月戲題長句呈同席許宫允諸公

浹月邀歡趁會期，老夫毷氉也追隨。可憐舞豔歌嬌日，正是鶯啼燕語時。中酒再需年少病，討花重發早春癡。閒身好事渾無賴，看取霜毛一番遲〔一〕。

【注釋】〔一〕唐詩紀事：李幼卿詩：近日霜毛幾番新。

其　二

桐花風軟燕泥新，一月歌場疊幾旬。小戶權爲銜酒客〔一〕，大家挨作佐別花人〔二〕。追陪歡讌應貽老，驅使風光莫較貧。處處典衣鋪妓席〔三〕，知誰相笑又誰嗔？

【注釋】〔一〕樂天醉後絶句：猶嫌小戶長先醒，不得多時住醉鄉。〔二〕摭遺：蜀州有紅梅數本，郡侯構閣，環墻以固之，游人莫得見也。一日，梅已芳，有兩婦人憑闌語笑，守梅吏走報郡侯。既啟鑰，闃不見人，唯于東壁有詩云：南枝向煖北枝寒，一種春風有幾般？憑仗高樓莫吹笛，大家留取倚闌干。樂天紫薇詩：除却微之見應愛，世間少有别花人。〔三〕樂天對酒吟：妓席客來鋪。

其　三

選勝偏宜朱夏長，追歡更覺白頭忙。熟梅雨殢三分酒，眠柳風吹一國狂〔一〕。飲劇好更新幟纛〔二〕，曲喧休紊舊宮商。叫呶莫謾嘲長夜，日月何妨在醉鄉。

【注釋】〔一〕南史袁淑傳：愍孫嘗謂周旋人曰：「昔有一國，國中一水，號曰狂泉。國人飲此水，無不狂。唯國君穿井而汲，獨得無恙。國人既並狂，反謂國主之不狂爲狂。于是聚謀共執國主，療其狂疾。火艾針藥，莫不畢具。國主不任其苦，于是到泉所酌水飲之，飲畢便狂。君臣大小，其狂若一，衆乃歡然。」〔二〕皇甫松醉鄉日月：凡籠臺以白金爲之，其中實以二十籌、二十旗、二十纛。夫旗，所以指巡也；纛，所以指飲也；籌，所以指犯也。

其　四

衆中歌笑自言殊，冉冉風光溢步趨。點拍更誰傳滿子〔一〕？歸來但坐看羅敷。青袍便擬休官在，紅粉還能入道無〔二〕？筵散酒醒成一笑，鬢絲禪榻正疎蕪〔三〕。

【注釋】〔一〕樂府：唐白居易曰：何滿子，開元中滄州歌者，臨刑，進此曲以贖死，竟不得免。杜陽雜編曰：文宗時，宮人沈阿翹爲帝舞何滿子，詞調風態，率皆宛轉，然則亦無曲也。〔二〕洛陽伽藍記：後魏高陽王雍貴極人臣，富兼山海。妓女五百，入則擊筑吹笙，絃管迭奏，連宵盡日。雍薨後，諸妓女悉令入道，或有出家者。〔三〕謝玄暉始出尙書省詩：邑里向疎蕪。

負　郭

負郭猶餘種秫田，合歡長似在花前。鴟夷盡日嘗盛酒，銅狄他時幾問年？阮氏籍咸俱作達，公孫朝穆故堪憐〔一〕。執盃持耳休辭醉，笑口難逢正月圓。

【注釋】〔一〕列子楊朱篇：子産相鄭，鄭國以治。有兄曰公孫朝，弟曰公孫穆，朝好酒，穆好色。子産以爲戚。因間謁其兄弟，告之曰：「觸情而動，耽于嗜慾，性命危矣。子納僑言，則朝自悔而夕食祿。」朝、穆曰：「吾知之久矣。爲欲盡一生之歡，窮當年之樂，不遑憂聲名之醜、性命之危也。子欲以說辭亂我之心，榮祿喜我之意，不亦鄙而可憐哉！」

壬申九月得萊城解圍報

山東盜方熾，勦撫策未分。援兵頓不進，瑟縮蟻子羣。萊人易子食，督師瑱不聞。聖人赫斯怒，西臺遣監軍。王生善推命，勸我無憂懂。謝君足辦賊〔一〕，談笑行策勳。旬日邸報至，捷書果云云。萊城頓解圍，登賊祇游魂。惜哉王生術，何不獻吾君。坐看肉食者，薨薨聚蠅蚊。空樓下梧葉，颯如翳秋雲。呼酒互持勸，一笑日已曛。

【注釋】〔一〕崇禎五年壬申，孔有德據登圍萊，上命西臺擇御史有文武大略者遣往視師。鄞縣謝三賓請行，督厲將士，解萊圍，復登城。叛人入海遁去，東省底定。

贈萬尊師〔一〕

峨眉秘籙爲君開，又向天師受職來。赤日吹唇俄致雨〔二〕，青天撚手旋轟雷〔三〕。獄成百怪銜符至〔四〕，壇輟羣神作禮廻〔五〕。莫爲社公頻發怒〔六〕，人閒狐鼠正喧豗。

【注釋】〔一〕萬尊師，名國樞，字環中，江西南昌人。少而好道，習學符法。天啓七年丁卯，登峨眉山，盧紫雲授以薩眞人神霄青符五雷秘法及斗母月孛爭魂煉度擒邪伐妖之訣。戊辰三月之楚，遇馬全眞謂曰：「子從峨眉老人來耶？炁清則符靈，派清則法靈。子傳法而不傳派，何也？」師急返峨眉，紫雲爲師筮日立壇，告于薩祖，立爲十七代法嗣嫡孫，凡有章醮，得拜家書。薩眞人，諱守堅，昔虛靖天師沒後十六年，眞人遇之于青城山，遂相授受。師得法于峨眉爲薩祖嫡嗣，並得上章虛靖，冥通証明焉。　〔二〕崇禎五年壬申夏，三吳大旱。師在嘉善祈雨。雨既降，道流私語：「何有雨而無雷？」師方持請雨勘合，未及焚，雷神就其手掣去，震電遶壇，旋擊殺邑令所枷謗法者。

〔三〕師鄉人有爲狐魅者，往劾治之。入門，狐相詆訶。師握掌默運雷訣，須臾雷震，羣狐死大樹下。〔四〕聶紹眞授師立獄法，師在眞定郭大理家治狐，依所傳立酆都獄，獄開八門，關帥主之，章、劉、王、孟、車、夏、劣、桑八帥分守之。韓帥分天兵討捕。三七日夜，三老狐五小狐反接自繫而至，烹之，妖息。〔五〕師治神，用女青天律。凡入境擒詰妖邪，斬勘鬼物，皆先牒城隍神。若按治不效，卽上章行舉劾法。故設壇禮斗，羣神無不符到奉行。〔六〕後漢書費長房傳：長房能鞭笞百鬼及驅使社公。或在他坐，獨自恚怒，人問其故，曰：「吾責鬼魅之犯法者耳。」嘗與人共行，見一書生，黃金被裘，無鞍騎馬，下而叩頭。長房曰：「還他馬，赦汝死罪。」人問其故，長房曰：「此狸也，盜社公馬耳。」

石田翁畫溪川八景圖歌

溪川八景圖，石田翁爲七世祖理平公及其兄理容公作也。二公家世畊讀，隱于溪川，撮其勝槩，釐爲八景。學士大夫咸歌咏之，石田爲補圖而系之以詩。然而家譜失載，家人宗老亦罕知者，則其去吾家久矣。廣陵李沮修見之於金陵王氏，詢知爲吾家故物，購以見詒。百三十年之後，頓還舊觀。焚香展卷，欣慨交集，遂作歌以記之。繼聲屬和，竊有望于君子焉。

吾祖舊題溪川景，石翁爲作溪川圖。廣陵封君好事者，金陵購得歸于吾。揩摩老眼細瞪視，夜枕不寐朝忘餔。恍惚移身入畫裏，故園喬木風景殊。先從江郵見小市，誅茅蓋瓦互架鋪。洞庭蝦菜朝走集，新豐雞鴨暮識塗。楊柳微風颺酒幟，杏花小雨提村沽。市旁石橋枕江臥，紅欄綠浪臨交衢。青箬裹鹽來浦溆，綠荷包飯歸菰蘆。烝徒欣欣如有喜，倘免厲涉羣讙呼。茅屋滄洲自映帶，書聲漁唱相縈紆。江流無聲清夜永，有人引書仍挈壺。蟹舍中間訪隱逸，牛欄西畔尋生徒。原隰坡陀似山麓，行人彳亍通樵蘇。千廻萬抱風氣密，中有兆域開青烏〔一〕。帝鄉白雲封宰樹〔二〕，長江落日懸龜趺。流泉夕陽昔相度，江流地勢原相扶。柳溪竹里閉阡陌，柳溪，理容公所居；竹深堂，理平公所居也。二公皆以自號。築室穿池連路隅。竹深堂高日清閟，琴劍彝鼎羅氍毹。湯東谷記云：中有瑤琴寶劍，漢鼎周彝。紙窗攤書宿燈火，石鼎聯句皆笙竽。堂中高咏者誰子？得非草窗東谷無？草窗劉公溥、東谷湯公胤績與七世祖爲詩友，所謂景泰十才子也。贈送詩各見集中。此圖盤礴非草草，想見閣筆還操觚。有竹莊中好賓主，有竹居，石田翁所居也。寒冰栗玉清眉須。攜畫歸來水月舫，七世祖有舟，名水月舫，東谷爲長歌。兄弟賞鑒頻歎吁。收藏豈乏牙籤插，愛惜寧將寒具汙〔三〕。清平之世忠孝家，有此識字畊田夫。吾祖風流良可繼，子孫不耕且讀何其愚！嗚呼！不耕且讀何其愚！

【注釋】〔一〕黄帝傳：有青烏子，能相地理，帝問之以制經。〔二〕公羊僖公三十三年：宰上之木拱矣。何休曰：宰，冢也。〔三〕尚書故實：桓玄嘗盛陳法書名畫，請客觀之。客有食寒具不濯手而執書畫，因有涴。玄不懌，自是會客，不設寒具。齊民要術：寒具，是今所謂環餅。

再題奚川八景畫卷

榮木樓頭風日美，秋光滿簷鵲聲喜。百年畫卷今來歸，水墨清妍照棐几〔一〕。焚香洗爵告家廟，插架懸籤壓圖史。楚弓人得豈其然？魯玉盜歸安足擬。晴窗簾閣重摩挲，吾廬宛在奚川涘。吾家先世事耕讀，風光盡入此圖裏。白雲迴合藏松楸，喬木叢攢識桑梓。宅畔新成百步橋，墳旁手闢千家市。良田廣宅互經營，水垞江邨正邐迤。竹深堂前竹萬箇，柳溪溪邊柳三起。柳陰藹藹連枌榆，竹箭森森勝桃李。連畛距陌多種瓜，樊圃編籬不用枳。野店春風魚菜來，長江落日帆檣止。漁唱悠悠蘆渚間，書聲琅琅茅屋底。犢背或看書掛角，庭前時見麥流水。秋依月令戒登穀，春按豳風勸于耜。輸租不憂警鼓煩，種秫每詑罌缸侈。綠樹長維書畫船〔二〕，青門頻倒逢迎屣。高人談經日異粻，好客哦詩夜同被。草窗先友並崢嶸，竹屋遺詩尚綺靡。七世祖詩名竹深遺稿，湯東谷深所推服。承平王孫人共羨，文采風流更誰氏？自從後世占科第，舊業依然枕江汜。嗟余刺促罹世網〔三〕，白首孤生繫碪几〔四〕。二頃負郭苦失計，三間老屋知誰是？故園門巷長蓬蒿，西風罷亞生荆杞。慵惰有似僧退院，漂泊恰如舟未艤。布衣躬耕諒非晚，閉門種菜眞窮矣〔五〕。垂老重看石田畫，三嘆先疇在故紙。筊川流水想桃源，竹深亭館思竹里〔六〕。謝公述德吾豈敢，右軍誓墓徒爲爾。已分殘年老襏襫，更囑添丁充耘耔。往不可諫來可追，矢詩聊以貽孫子。

【注釋】〔一〕書斷列傳：羲之嘗詣一門生家，見有一新棐几，至滑淨，王便書之，草正相半。門生送王歸郡，比還家，其父已刮削都盡，驚懊累日。〔二〕任淵曰：崇寧中，米元章爲江淮發運，揭牌于行舸之上，曰米家書畫船。〔三〕李賀浩歌：二十男兒那刺促。〔四〕魏志王粲傳：吳質別傳曰：曹眞罵坐，質案劍曰：「曹子丹，汝非屠几上肉，吳質吞爾不搖喉，咀爾不搖牙，何敢恃勢驕耶？」〔五〕蜀志先主傳注：胡沖吳歷曰：曹公數遣親近密覘諸將，備時閉門，將人種蕪菁。曹公使人闚門，既去，備謂張飛、關羽曰：「吾豈種菜者乎？」開後柵，與飛等輕騎俱去。〔六〕新唐書王維傳：別墅在輞川，有竹里館。

東皋種菊詩四首贈稼軒給諫

君耕東皋田，復種東籬菊。王績與陶潛，俯仰共一屋。東皋黄花時，悵望節候獨。陶令苦乏酒，辜負葛巾漉。羡君浣溪堂，秋菊粲盈目。有花復有酒，開筵招近局。何須嘆荒寒，已許占清福。酌酒酹兩賢，如農祀先穀。

其 二

菊以黃爲正，君子正其名。所以東坡老，欲掃紫與頳〔一〕。東皐千株菊，畦圃吁未經。單心複纓枝，千葉並萬鈴〔二〕。庶以說耳目，何用攙品評。節物苟如此，敢與時好爭？高咏南山詩，悠然想淵明。

【注釋】〔一〕東坡贈朱遜之詩：願君爲霜風，一掃紫與頳。序曰：洛人善接花，歲出新枝，而菊品尤多。遜之曰：菊以黃爲正，餘可鄙也。〔二〕吳門老圃史正忠菊譜：纓枝菊，花瓣薄，開過轉紅。單心菊，細心，花瓣大。萬鈴菊，心茸茸突起，花多，半開者如鈴。

其 三

胡廣患風疾，休沐飲菊水。八十猶克壯，侍母謝杖几。庸庸撓大議，公台負譏毁〔一〕。惜哉神仙藥，遺穢等馬矢。靈均餐落英〔二〕，早沉汨羅死。安知椒蘭徒，壽考非伯始？種菊愛其芳，紛紛且休矣！不如飲君酒，共醉寒香裏。

【注釋】〔一〕後漢書胡廣傳：廣，字伯始，時年八十，而心力克壯，繼母在堂，朝夕瞻省，旁無几杖，言不稱老。京師諺曰：萬事不理問伯始，天下中庸有胡公。及共李固定策大議不全，又與中常侍丁肅婚姻，以此譏毁于時，自在公台，三十餘年，禮任甚優。盛弘之荆州記曰：菊水出穰縣，芳菊被涯，水極甘香。谷中皆飲此水，上壽百二十，七八十者猶以爲夭。太尉胡廣所患風疾，休沐南歸，恆飲此水，後疾遂瘳，年八十二薨也。〔三〕吳曾能改齋漫錄：蔡絛西淸詩話記荆公有黄菊飄零滿地金之句，而文忠公非之，荆公以文忠不讀楚辭之過。以余觀之，夕餐秋菊之落英，非零落之落。落者，始也。故築室落成，謂之落成，爾雅曰：俶、落、權、輿，始也。

其　四

種菊東皋上，所喜秋露瀼。移檻復列斛〔一〕，馥郁開草堂。叢菊如羣賢，不雜屠沽行。其中高秀者，黄衣傲風霜。對之不敢媟，肅拜陳壺觴。君爲醒無功，我似瘖子光〔二〕。秋光淡如菊，燕靜彌芬芳。老圃良足學，晚節安可忘〔三〕。旨哉東皋詩，山菊秋自香。

【注釋】〔一〕開元天寶遺事：楊國忠子弟，春至之時，求名花異木，植于檻中。以板爲底，以木爲輪，使人牽之自轉。所至之處，檻在目前，便即欣賞，謂之移春檻。武林舊事：鍾美堂内，左右各列三層彫光彩檻，護以彩色牡丹。畫衣間列碾玉水晶金壺及大食玻璃官窰等瓶，各簪奇品，如姚、魏、御衣黄、照殿紅之類，幾千朶，别以銀箔間貼，大斛分種，數千百窠，分列四面。至于梁棟窗戶間，亦以湘筒貯花，鱗次簇插，何啻萬朶。〔二〕新唐書王績傳：仲長子光，亦隱者也，結廬北渚。績愛其眞，徙與相近。子光瘖，未嘗交語，與對酌，歡甚。〔三〕韓忠敏遺事：公在北門，重陽讌諸曹于後園，有詩云：不羞老圃秋容淡，且看黃花晚節香。公居官嘗謂保初節易，保晚節難，事事久着力，所立特完。

送座主王文肅公之子故戶部郎中淑抃歸關中敍舊述懷一百韻

盜賊南山裏〔一〕，干戈左輔邊。黔黎成狗鼠，沃野變烽煙。長吏嬰城免，將軍棄甲遄。流離踰四塞，侵略過三川〔二〕。力拒君何勇，潛攻寇頗獧。兒能張兩翼，身即領中堅。據險乘墉屋，飛機褫甗甎〔三〕。蒼頭咸用命，赤手或當先。浴血捫創面〔四〕，椿喉數斷咽〔五〕。長安舒羽檄，餘賊返戈鋋。戶部捍禦流賊，身自搏戰。賊退，攜家口入吳。此後並述其事。國有孤臣哭，家亡坐客氈。所欣文未墜〔六〕，敢嘆室如懸。秦市難增減，金陵好挈鑴。提攜書數十，跋涉路三千。汳水秋風急，淮河落日玄。虺隤荒店馬，眩運下江船。握手翻疑夢，沉吟却問年。酒巡街鼓緩，語熱燭花圓。撩眼風塵色，經心香火緣。可堪今契闊，還記昔駢闐。此後並言文肅長翰典試及余登第及門之事。萬曆丁中葉，三秦甲大賢。舉朝推柱地，寰海望回天。子又登高第，師將秉化權。槐堂紆紫綬，杏苑簇紅箋。座主龍門峻，諸生鴈塔聯。愚蒙慙造士，流俗豔登仙。衣鉢援垂手〔七〕，宮墻企及肩。斷金容冶鑄，攻玉荷陶甄。擬議綸扉筆，追陪浴殿員〔八〕。風從徵翕習，雨散遘迍邅。此後並言文肅領袖清流，黨人披猖，避位去國之事〔九〕。世豫私門孽，朝淸國論偏。部魁南北署，黨禁紹熙沿。杓直星依指，芒寒宿避躔。淸流常皎皎，醜類正鶱騫。伏莽興戎壯，高墉射隼便。鐘原因物扣，鏡不爲人妍。肯待三年報，都將一網褰。搆兵彌浙楚，餘燼合崑宣。枉狀波翻覆，飛章矢屬連。門蘭嗟幷芟〔一〇〕，釜豆泣相煎。保定公爲公元兄，黨人借名齮齕，郎中爲寶坻縣令，亦罷歸。自解蓬池直〔一一〕，歸耕漆水田〔一二〕。人知馬融草〔一三〕，孰瞻繞朝鞭〔一四〕？門人爲臺諫，起草劾公，故有馬融飛章之喻。斂手臨空局，摳衣任老拳。城南瞻氣象，渭北釣淸泉。雒下居仍介，關西望益專。窗櫺題障塞〔一五〕，草野畫征廛。虎觀敷陳邈，龍樓羽翼捐。儲宮商老慮，國步杞人憐。紛濁登樓外，憂危攬鏡前〔一六〕。龍胡銜主恤，狠尾望公還。天啓初，以先帝舊學，起公田間，旋罷。山斗看崔巋，滄桑又改遷。此已下並言奄寺鉤黨，考繫削籍之事。少陽蒙出震，雌霓比連卷。皺扇僉壬巧，馮依婦寺癲。決藩笞萬熛〔一七〕，鉤黨考楊漣〔一八〕。削籍空三事，刊章沸八埏。拖腸難仰藥，折骨羨沉淵〔一九〕。媼子繁螟蟘〔二〇〕，閹兒長螘蝝〔二一〕。咸寧王紹徽新乳虎，猗氏喬應甲老饑鳶。日日驚追捕，家家庀槖饘。檻車拌並載，牢戶儘平塡。已下敘公憂憤沒身之事。祈死身如贅，憂生骨亦痟。鬼神猶助虐，夫子遂長眠。拉折靈胡掌〔二二〕，崩隤玉女蓮〔二三〕。關河悲黯澹，魍魅喜蹁躚。高冢侯芭土〔二四〕，修門宋玉篇〔二五〕。百身吁可贖，七尺媿猶全。崇禎元年，予自廢籍召入京，旋搆閹訟，再遭謗鑠。暫許茅連茹，俄看草蔓延。孤踪何樸遫，羣刺總翩翾。封印藤麻格，堆盤火齊鮮〔二六〕。覆金供鼠赫，點玉聚蠅邅。共嘆詹來魯〔二七〕，空招隗至燕。食寧留碩果，飲遽散初筵。霾曀箕風暗，飛流斗域殷〔二八〕。觚稜朝戀闕，襆被夜乘編。此已下自敘歸田屏居之事。藿食還初服，衡門省宿愆。折鐺煨粥飯〔二九〕，禿筆弄丹鉛。幸得懸車軸，知誰任屋椽〔三〇〕？解嘲眞嬾作，罵鬼託殘編。小築西湖畔，巾車拂水巔。山窗雲淰淰，澗戶竹娟娟。石罅泉奔射，林皐月漏穿。拈花迎夏蝶，選樹蔭秋蟬。割肉歸神社，挑燈送佛錢。經行尋北澗，譚讌度南阡。蟹舍長腰米，漁莊縮項鯿。不材羞擁腫，爲用憚犧牷。已下敍余與郎中贈處之意。舊雨來人少，寒風送客旋。含言心悄悄，分手淚潺潺。弟子吾衰甚，恩門或忘焉。逢迎誰倒屣？宴會罕加籩。陸氏莊荒矣〔三一〕！廉公市寂然〔三二〕。世塗同鳥鼠〔三三〕，薄俗異夔蚿。底事防人面〔三四〕？何妨坐馬韉。文肅門生滿吳下，郎中遠來，不爲具賓主之禮。弛張求省括，燥濕學安絃。物論將昭雪，郎君定洗湔。還期溫比玉，莫倚直如弦。離別中年惡，涼溫昔夢牽。驪歌聲慘愴，雞酒恨纏綿。下馬陵終拜〔三五〕，金鑾集早傳。賦詩當贈處，餐飯勉加旃。

【注釋】〔一〕漢書王尊傳：往者南山盜賊，阻山橫行。沈休文齊故安陸昭王碑文：南山群盜，未足云多。〔二〕元和郡國志：三川縣，本漢翟道縣地，以華池水、黑源水及洛水三川會同，因爲名。〔三〕爾雅釋宮：瓴甋謂之甓。郭璞曰：甋，甎也，今江東呼瓴甓。〔四〕段柯古酉陽雜俎：英公常獵，命敬業入林趁獸，因乘風縱火，欲殺之。敬業屠馬腹，伏其中，火過，浴血而出。英公大奇之。〔五〕左傳文公十一年：獲長狄僑如，富父終甥摏其喉，以戈殺之。〔六〕後漢書杜林傳：林得漆書古文一卷，常寶愛之，出以示衛宏等曰：「林流離兵亂，常恐斯經將絕，何意東海衛子、濟南徐生復能傳之，是道竟不墜于地也。」〔七〕王定保摭言：放榜後，狀元已下，到主司宅，下馬綴行而立，斂名紙通呈，與主司對拜，主事曰：「狀元謝名第，第幾人謝狀元。」注曰：衣鉢，謂得主司名第。其或與主司先人同名第，即謝大衣鉢。如踐世科，即感泣而謝。〔八〕元微之寄浙西陸大夫詩：浴殿曉聞天語後，步廊騎馬笑相隨。〔九〕王文肅公，名圖，字則之，西安耀州牛村里人。兄國，萬曆丁丑進士，歷官至兵部右侍郎，巡撫保定。公舉丙子鄉試第一，丙戌始舉進士，選翰林院庶吉士，授檢討。當是時，保定公爲御史，不附權政。公在史館，方嚴易直，西北正人，推公兄弟爲巨擘。公自宮坊歷亞卿，皆不出詹翰。萬曆中年，黨論滋起。富平孫丕揚爲冢宰，秦人幾滿九列。顧憲成講學東林，聲氣遙相應和。邵輔忠首劾淮撫李三才，憲成馳書福清公救之。羣小心惎焉，嗾富平發單諮訪，廷辯東林、淮撫是非，以爲鈎黨計。公歎曰：秦人與東林，一網盡矣。亟言于富平而止。羣小破其謀，皆恚恨，後遂移兵向公。庚戌，公主會試，宣城湯賓尹爲同考官，與知貢舉崇仁吳公爭論闈事，湯之門人王紹徽搆崇仁于公，公正色拒之，遂與宣城成隙。辛亥，富平糾御史金時明阻撓察典。初，時明巡闕，劾公之子寶坻知縣淑抃罷歸，及臨京察，知不免。紹徽等嗾令時明先飛章逐公，或得倖脫，以故富平糾之。察典未下，而時明先以不謹免矣。于是秦聚奎有舍死報國一疏，言大臣結黨，天下皆趨附秦人。而曹于汴、湯兆京遂疏參聚奎、富平，并以宣城等七人訪單逬閣下。四月，計疏下，聚奎閑住，所謂七人者，祭酒湯賓尹、郎中張嘉言、主事徐大化、御史劉國縉、王紹徽、喬應甲、岳和聲，俱降調有差。賓尹素負才名，紹徽頗有清望，一時人情亦以爲太甚。諸附宣城者，與夫忌秦而間東林者，翕訾搆煽，咸集矢于公。公乃抗疏別白，極論湯之所以被察與紹徽等所以媒孽見中之故，仍堅詞求退身去，而其事益大白矣。甲寅，福清去國，從哲獨相，上以其庸庸也而安之。凡有專疏，俱留中；唯爲言路所糾者，其人竟不待旨自罷去。由是臺省勢重，有齊、楚、浙三方鼎峙之名。齊則亓詩教、韓浚、周永春，楚則官應震、吳亮嗣，浙則劉廷元、姚宗文等，盤牙交通，宣城實陰爲之主。時復有宣黨、崑黨之分，宣謂賓尹，崑謂顧天峻也。至丁巳察典，鄭繼之主之，徐紹吉、韓浚佐之，而宣城操縱其權，所處東林殆遍，其所以求勝于辛亥察典者，蓋不遺餘力矣。嗣後黑白混淆，三案反覆，宮鄰金虎，卒與黨論國成共相終始，可勝歎哉！天啓壬戌，公以原官起復，甲子陞禮部尚書兼翰林院學士，協理詹事府事，終以逆奄用事，削籍家居。紹徽、應甲等夤緣逆奄，俱至大用。紹徽又以應甲撫秦，酷追王之寀之贓，欲起大獄，公惴惴恐不終日。紹徽死，事少緩。君子至此謂辛亥察典爲不誣也。公于天啓丁卯屬疾不起。初，羣小傾謀害公，僞造淑抃劾保定公章，流傳邸報。公上書言狀，上令購捕主名，門蘭釜豆之慨，俛仰今昔，有餘悁焉！

〔一〇〕蜀志周羣傳：先主將誅張裕，諸葛亮請罪，先主曰：「芳蘭生門，不得不鋤。」

〔一一〕李德裕述夢詩：荷靜蓬池膾。注曰：每學士初上，賜食，皆是蓬萊池魚膾。

〔一二〕後漢書地理志：漆有漆水。臣賢曰：山海經：輸次之山，漆水出焉。郭璞曰：漆水出岐山，詩云：自土沮漆。地道記曰：水在縣西。皇覽曰：有師曠冢，名師曠山。〔三〕後漢書吳祐傳：梁冀誣奏李固，馬融爲冀章。吳祐曰：「李公之罪，成于卿手。李公卽誅，卿何面目見天下之人乎？」〔四〕左傳文公十三年：晉人患秦之用士會，使魏壽餘僞以魏叛者，以誘士會。繞朝贈之以策，曰：「子無謂秦無人，吾謀適不用也。」〔五〕葉奇草木子：一富室不解文字，誤裂張巡傳黏窗，爲識者所鄙，因題詩壁間云：獨守睢陽當豹闕，江淮賴此得全安。祇今青史俱零落，猶障窗風一面寒。〔六〕新唐書楊愼矜傳：愼矜兄弟，儀幹皆秀。愼名嘗覩鑑歎曰：「兄弟皆六尺餘，此貌此才，欲見容當世，難矣！胡不使我兄弟少體弱耶？」世哀其言。〔七〕工部屯田司郎中萬公燝，字元白，江西新建人。萬曆丙辰進士，天啓四年甲子六月七日，因慶陵工費浩大，疏請大內廢銅鑄錢協濟。因極詆逆奄僭橫，比之王振、劉瑾。逆奄矯旨于午門外杖一百，陰喻金吾，必欲致之死。杖旣，復令諸閹展轉拖曳，椎刺拳毆，血肉噴薄。黃公尊素上表力陳其寃，曰：半斃闔拳，半斃廷杖，遺譏後世，有秉董、史之筆，作朱子之綱目者，書曰：某月某日部臣萬燝以言某事死。可不爲聖明之一累哉！一時人心之憤如此。此逆奄立威縱殺之第一人也。〔八〕天啓四年六月初四日，楊忠烈公劾奏逆奄二十四大罪。忠賢大懼，立逐公等。次年乙丑，羣小煽禍，復逮公等六人下北司，誣以故經略熊廷弼贓。七月二十四日，公爲逆黨許顯純考死獄中。左、魏二公，同日受害。公死後，大舉鈎黨，死徙廢禁，轉相連染，借公爲質的，以欺誣天下。〔九〕高忠憲公聞有使收捕，手寫遺表，封付其子，處分家人，從容燕語，若將就逮者。獨臥一室，夜半整衣冠，向闕叩頭，沉淵就義。其遺表曰：臣雖削奪，舊係大臣。大臣受辱則辱國，故北向叩頭，從屈平之遺則。〔二〇〕爾雅釋蟲：食苗心，螟。食葉，蟘。〔二一〕魯語：蟲舍蚳蝝。韋昭曰：蚳，蟻子也。蝝，蝠陶也。〔二二〕張平子西京賦：綴以二華，巨靈贔屭，高掌遠蹠，以流河曲，厥跡猶存。李善曰：遁甲開山圖曰：有巨靈胡者，偏得坤元之道，能造山川，出江河。〔二三〕西山經：太華之山，削成而四方。其高五千仞，其廣十里。郭璞曰：上有明星玉女持玉漿，得上服之，即成仙道。昌黎古意詩：太華峯頭玉井蓮，開華十丈藕如船。〔二四〕漢書揚雄傳：雄卒，侯芭爲起墳，喪之三年。〔二五〕宋玉招魂：魂兮歸來，入修門些！〔二六〕昌黎永貞行：夜作詔書朝拜官，超資越序曾無難。公然白日受賄賂，火齊磊落堆金盤。〔二七〕穀梁莊公十七年：鄭詹自齊逃來。正義曰：逃，公羊：鄭詹自齊逃來。何以書？書其佞也，曰佞人來矣。〔二八〕漢書天文志：綏和元年正月辛未，有流星從東南入北斗，長數十丈。二刻所息。占曰：大臣有繫者。〔二九〕五燈會元：惟儼禪師謂雲巖曰：「與我喚沙彌來，我有個折脚鐺子，要他提上挈下。」〔三〇〕戰國策：子叔聲伯曰：「不厚其棟，不能任重。重莫如國，棟莫如德。」〔三一〕唐語林：陸相贄知舉，取崔氏羣，羣知舉而陸氏子簡禮被黜。羣妻李夫人謂羣曰：「子弟成長，盍置莊園乎？」羣曰：「今年已置三十所矣。」夫人曰：「陸氏門生知禮部，陸氏子無一得事者，陸氏一莊荒矣。」羣無以對。〔三二〕史記廉頗傳：廉頗失勢之時，故客盡去。及復爲將，又復至。頗曰：「客退矣。」客曰：「君何見之晚也！夫天下以市道交，君有勢則從，君無勢則去。固其理也，有何怨乎？」〔三三〕山海經：鳥鼠同穴之山。郭璞曰：今在隴西首陽縣西南。山鳥名曰鵌，鼠名曰鼵。鼵如人家鼠而短尾，鵌似燕而黃色，穿地入數尺。鼠在內，鳥在外而共處。〔三四〕少陵課小豎鉏斫果林詩：薄俗防人面。〔三五〕李肇國史補：舊說董仲舒墓門，人過皆下馬，故謂之下馬陵。後人語訛爲蝦蟆陵。

壬申除夕

流年告別又匆匆，送歲蕭條不送窮。撩眼光陰燈火畔，撞胸心緒漏聲中。門符換却看新面，書蠹鑽餘識舊叢。多謝天公耐貧薄，一般白髮領春風。

癸酉元日

壽觴初舉日曈曨，賀客駢闐燕喜重。羅雀驚飛門屏外，垂魚拜舞寢庭中〔一〕。流年荏苒看兒長，報國逡巡願歲豐。奏罷綠章占氣象，墻隅遥望朵雲紅。

【注釋】〔一〕昌黎曹成王碑：王之遭誣在治，念太妃老，將驚而戚，出則囚服就辯，入則擁笏垂魚。

乙亥中秋吳門林若撫胡白叔二詩人引祥琴之禮勸破詩戒次若撫來韻四首

二老相依貧病鄉，賣詩賣藥自成行。病知居士安心法〔一〕，貧得詩人換骨方〔二〕。有句却難償酒債，無眸聊省看排場。蓮華世界君知否〔三〕？總向詩籤藥裹藏。

【注釋】〔一〕東坡病中遊祖塔院詩：因病得閒殊不惡，安心是藥更無方。〔二〕吳正仲優古堂詩話：鮑慎由答潘正見詩云：學詩比登仙，金膏換凡骨。蓋用陳無己答秦少章「學詩如學仙，時至骨自換」之句。放翁夜吟絕句：六十餘年妄學詩，工夫深處獨心知。夜來一笑寒燈下，始是金丹換骨時。〔三〕華嚴經光明覺品：金色世界、妙色世界、蓮花色世界、薝蔔花色世界、優鉢羅花色世界、金色世界、寶色世界、金剛色世界、玻璃色世界、平等色世界。

其二

說鬼頻煩及志支〔一〕，興來姑使妄言之〔二〕。尋仙却喜華顛早〔三〕，失學翻嫌蹭蹬遲。愛殺黑甜如混沌〔四〕，憎他青鏡有妍媸〔五〕。達生頗羨東鄰老，盡典衣襦合舞兒。東鄰，徐二爾從也。

【注釋】〔一〕趙與時賓退錄：洪文敏著夷堅志，但談鬼神之事，以段柯古支諾皋、支動植尤崛奇，又支而廣之，通三百篇。〔二〕葉石林乙卯避暑錄：子瞻在黃州及嶺表，每旦起，不招客相與語，則必出而訪客。所與游者，亦不盡擇，各隨其人高下，談諧放蕩，不爲畛畦。有不能談者，則強之使說鬼。或辭無有，則曰：「姑妄言之。」聞者無不絶倒。〔三〕劉向新序：齊宣王謂閭丘邛曰：「士亦華髮墮顛而後可用。」〔四〕荃翁貴耳集：馮翊羽士寇朝一，事陳處士，得睡之大略，還全神觀，惟睡而已。小童劉垂範往見寇，其徒以睡告。劉坐寢外，聞鼻鼾之聲，雄美可聽，曰：「寇先生睡有樂，乃華胥調，既有曲，譜記如何？」劉以濃墨塗滿紙，題曰混沌譜。〔五〕鄭谷閒題絶句：舉世何人肯自知，須逢精鑑定妍媸。若教嫫母臨朝鏡，也道不勞紅粉施。姚寬西溪叢語：秦嘉書曰：間得此鏡，既明姸媸。及觀文彩，世所希有。

其三

螘鬭龍拏總不聞〔一〕，席門簾閣看浮雲。鵝籠出入偏藏影〔二〕，豹脚飛鳴恰聚羣。葦笥家家愁繫藉，草堂往往勒移文〔三〕。與君話到滄桑事，一笑挑燈已夜分。

【注釋】〔一〕元遺山楚漢戰處詩：虎擲龍拏不兩存。〔二〕吳均續齊諧記：陽羨許彥，于綏安山行，遇一書生，求寄鵝籠中，都不覺重。前行息樹下，書生出籠，謂彥曰：「爲君薄設。」乃于口中吐一銅盤奩子，具諸肴饌；酒數行，又于口中吐一女子，共坐宴。俄而書生醉臥，此女曰：「向亦竊將一男子同行，暫喚之，願君勿言。」于口中吐出一男子，仍與彥敘寒溫。書生臥欲覺，女子吐一錦行障遮書生。書生留女子共臥，男子又于口中吐一女子共讌酌，戲調甚久。聞書生動聲，男子取所吐女人，還內口中。須臾，書生處女出曰：「書生欲起。」乃更吞向男子。然後書生起，謂彥曰：「暫眠遂久，日已晚，便當與君別。」還服吞此女子，諸銅器悉內口中，留大銅盤可廣二尺餘與彥。看其題，云是漢永平三年所作也。〔三〕孔德璋北山移文五臣曰：鍾山在都北，其先周彥倫隱于此山。後應詔出爲海鹽縣令，欲却過此山，孔生乃假山靈之意移之，使不許得至，故云北山移文。李善曰：梁簡文帝草堂傳曰：汝南周顒，昔經在蜀，以蜀草堂寺林壑可懷，乃于鍾嶺雷次宗學館立寺，因名草堂，亦號山茨。樂天別草堂絶句：身出草堂心不出，廬山未要勒移文。

其四

殘生噩夢兩無憑，還似飛鴻乍離矰。酒戶下中禁亦得〔一〕，詩腸枯澀戒何曾。鈎簾想像黏風蝶〔二〕，穴紙商量放凍蠅〔三〕。綺語未成先欲懺〔四〕，炷香遙禮二幢僧。白叔樹二經幢於花山，刻二幢詩集。

【注釋】〔一〕放翁深居詩：病來酒戶何妨小，老去詩名不厭低。〔二〕陸龜蒙橘化：橘之蠹，大如小指，翻葉。飢齧之速蛻爲蝴蝶，聳空翅輕，瞥然而去，須臾犯蛩網而膠之，引絲還纏，牢若桎梏。〔三〕東坡次定慧欽長老見寄詩：鈎簾歸乳燕，穴紙出癡蠅。〔四〕緣起經：身口意生十惡。身三：殺、盜、淫。意三：貪、嗔、癡。口四：妄言、綺語、兩口、惡舌。

閒坐

青袍白馬已駸駸〔一〕，閒坐東窗度暝陰。聖代自能調化瑟〔二〕，孤生未忍治祥琴〔三〕。功名豈是無因立，將相須從有福尋〔四〕。苦向爨桐論斲削，勞薪長恐誤知音〔五〕。

【注釋】〔一〕庾信哀江南賦：青袍如草，白馬如練。〔二〕漢書董仲舒傳：竊譬之琴瑟不調，甚者必解而更張之，乃可鼓也。爲政而不行，甚者必變而更化之，乃可理也。〔三〕記檀弓：孔子既祥，五日，彈琴而不成聲，十日而成笙歌。〔四〕邵氏聞見錄：太宗以陳摶善相人，遣詣南衙見眞宗。及門亟還。問其故，曰：「王門廝役，皆將相也，何必見王。」建儲之議遂定。〔五〕晉書荀勗傳：嘗在帝座進飯，曰：「此是勞薪所炊。」帝遣問膳夫，實用故車脚。

北客

每逢北客怕趨陪，況復平津閤裏來。正好一涼蘇病骨，莫將殘熱惱寒灰。詔廨舊紙糊棋局，京雒新函拭酒杯。秋草蕭蕭鋤不得，無媒徑路任君猜〔一〕。

【注釋】〔一〕杜牧之送隱者絕句：無媒徑路草蕭蕭，自古雲林遠市朝。

仙壇倡和詩十首

慈月夫人，前身爲智者大師高弟，降乩於吳門，示余曰：「明公前身，廬山慧遠也。從湛寂光中來〔一〕，自忘之耳。」用洪武韻作長句見贈，期待鄭重。且屬余曰：「求椽筆作傳一首，以耀于世，亦道人習氣未除也〔二〕。」余爲作泐師靈異記，并和其詩十首。師示現因緣，全爲台事，現鬼神身，護持正法，故當有天眼證明，非余之戲論也。

【注釋】〔一〕首楞嚴經：澄心不動，湛寂生光。如是一類，名少光天。〔二〕傳燈錄：僧問潙山曰：「頓悟之人，更有修否？」師云：「如今初心雖從緣得，一念頓悟自理。而猶有無始曠劫習氣，未能頓淨。」

荷風晻靄日曈曨，精舍焚香降泐公〔一〕。牘欲與君談此事，故應未始出吾宗〔二〕。人間久已長迷鹿，天眼何曾誤識龍〔三〕？領取導師深重意，醉花眠竹謝春工。

【注釋】〔一〕釋迦譜：息心所棲，故曰精舍。〔二〕莊子應帝王篇：壺子曰：鄉吾示之以未始出吾宗。郭象曰：雖變化無常，而常深根寧極也。〔三〕東坡悟空塔詩：豈爲龍顏更分別，只因天眼識天人。

其二

月地雲堦觀閣曨，夫人秩祀比仙公。妙華已悟三車法，台教今爲繼別宗〔一〕。神降摛詞嘗吐鳳，乩回卓筆欲成龍〔二〕。麻姑狡獪眞年少，擲米區區作鬼工〔三〕。

【注釋】〔一〕釋氏稽古錄：天台智者大師，諱智顗，字德安，生荊州華容陳氏，誦法華經至藥王品，乃悟法華三昧。陳大建七年抵建康，九月至天台山，創庵行道，後世宗之，曰天台教。記大傳：別子爲祖，繼別爲宗。〔二〕蘇易簡文房四譜：昔有僧惠遠，製涅槃經疏訖。咒其筆曰：如合聖意，此筆不墜。乃擲于空中，卓然不落。續顏氏家訓雜藝篇：王羲之書，論者稱其筆勢，以爲飄若游雲，矯若驚龍。〔三〕葛洪神仙傳：麻姑擲米如眞珠。方平笑曰：「姑故少年，吾老矣，不喜作此狡獪變化也。」

其三

三生殘夢喚曈曨，記別深慙是遠公〔一〕。已悔六時違淨業〔二〕，誰傳四始立詩宗〔三〕？盲人說法迷眞象〔四〕，狂子談禪好假龍。後五百年虛囑累〔五〕，刹竿倒却仗神工。

【注釋】〔一〕華嚴經須彌山頂品：或見神足，或聞記別。〔二〕張喬寄山僧絕句：遠公獨刻蓮花漏，猶向山中禮六時。　〔三〕惠洪冷齋夜話：遠公自以宗敎爲己任，而授詩禮于宗、雷輩。〔四〕永明壽禪師心賦：達觀象之明目。注曰：大涅槃經明衆盲摸象，各説異端，不見象之眞體，亦況錯會般若之人，依通見解説相似般若，九十六種外道及三乘學者禪宗不得旨人，並不是見象之眞體，唯直下見心性之人，如晝見色，分明無惑。具隻眼者，可相應矣。〔五〕金剛經：如來滅後，後五百歲，有持齋修福者，于此章句，能生信心，以此爲實。金輪聖皇帝華嚴經序：後五百歲，忽奉金口之言；娑婆世中，俄啓珠函之秘。

其　四

金闕寥陽曉氣曨〔一〕，綠章促數上天公。帝方蒿目憂黎庶，君亦齋心相祖宗。狐鼠亂行憑虎豹，魚蝦波及爲蛟龍。靈風肅穆帷中語，憑仗神工斡國工。

【注釋】〔一〕黄庭内景經：閑居蘂珠作七言。梁丘子注曰：秘要經云：仙宫中有寥陽之殿，蘂珠之闕，翠纓之房。

其　五

萬戶煙銷旭日曨，扣門猶自夢周公。中原血肉悲朝市，寢殿衣冠哭祖宗。高廟神靈容鼠雀，皇天老眼混魚龍。朝廷補袞知誰手，組織爭如貝錦工。師示詩，爲余白其貝錦，故有此句。

其六

熹微旭日隱曈曨，猶喜人天眼至公。言論無聞疑叔度，衣冠見慕愧林宗。贈詩有叔度、林宗之目。生嘗畏世語談虎，術不逢時學豢龍。鼠臂蟣肝更何有〔一〕？從今一一聽天工。

【注釋】〔一〕古文苑宋玉小言賦：館于蠅鬚，宴于毫端。烹虱脛，切蟣肝。會九族而同嚌，猶委餘而不殫。

其七

帝城雲物正曈曨，尺一何曾及子公〔一〕。蹭蹬半生悲宿業，昇平中夜想神宗。殘生却似重歸鶴，退士渾如未見龍。身與蒼生同稿項，敢云霖雨待人工。

【注釋】〔一〕漢書陳萬年傳：咸滯于郡守，時王音輔政，信用陳湯。咸數賂遺湯，予書曰：卽蒙子公力，得入帝城，死不恨。師古曰：子公，湯之字。

其八

日薄懸車氣尚曨，未應衰晚羨羣公。勳名行輩皆綸閣，位業交游半岱宗。師稱應山、江陰，俱爲冥官。綜核又聞新丙魏，拜稽空說舊夔龍。茫然斂手君休笑，贏得空枰號國工。

其九

仙壇樓觀鬱曈曨，大筆眞難繼魯公〔一〕。雙樹至今留法寶〔二〕，五花那得蔽台宗〔三〕。閭廬城下聞經雉〔四〕，烏目山頭聽法龍〔五〕。師許五月十三日降于余家。應與諸天共盟證，待余結集付良工〔六〕。

【注釋】〔一〕樂史寰宇記，花姑姓黄氏，名令微，臨川人也。慕道出家，于魏夫人舊壇修行。嘗于井山遇一狂象，爲毒箭所中，花姑拔去之。後嘗啣蓮藕來置花姑所。唐開元九年，姑謂弟子曰：「吾將化矣。勿釘我棺，但以絳紗幕之。」既而風雨晦合，衆聞天樂異香，但見絳紗有孔，大如鷄卵，發而視之，惟被覆木簡而已。座前奠瓜，數日生蔓結實，如桃子者二。刺史顔眞卿撰仙壇碑，具載其事。　〔二〕王簡棲頭陀寺碑：然後拂衣雙樹，脱屣金沙。李善曰：佛在拘尸那國力士生地，阿利羅拔提河邊娑羅雙樹間。爾時世尊臨涅槃。翻譯名義集：光明玄云：至理可尊，名曰法寶。

〔三〕傳燈録：達磨偈曰：一花開五葉，結果自然成。　〔四〕劉熙釋名：屈頸閉氣曰雉經，如雉之爲也。　〔五〕海虞文苑張應遴虞山記：按山海經注及宋長文所記，虞山舊名烏目山。宋李堪題烏木五詩，則延福、興福、淨居、永慶、龍院皆在詠中。俗指西關外一土阜爲烏目，非也。釋氏通鑑：法師僧肇，自爲沙門，名震三輔。什公在姑臧，肇往依之。什與語，驚曰：「法中龍象也。」

〔六〕大論：大迦葉住須彌山，撾銅犍椎。而說偈言：佛諸弟子，若念于佛，當報佛恩，莫入涅槃。是犍椎音，大迦葉語，聲徧至三千大千世界，悉皆聞知。語弟子得神通者，皆來集會，結習法會。

其十

天門閶闔日曈曨，靈璅傳宣佑鉅公。天子，鉅公也。已勑東皇邀木母，更驅西伯獻河宗〔一〕。蕩除讒佞投哮虎，潤澤焦枯遺睡龍〔二〕。玉札金文司命誥〔三〕，仙班咫尺領羣工。師識：天下方治平。末章致頌禱之意。

【注釋】〔一〕穆天子傳：天子西征，至陽紆之山，河伯與馮夷所都居，是惟河宗氏。天子沉璧于河，河伯乃與天子披圖視典，用觀天子之寶器。〔二〕孫光憲北夢瑣言：江南沿水多蘆荻，冬月縱火焚之，多燒起睡龍。〔三〕顔眞卿魏夫人仙壇碑銘：夫人白日升晨，北詣上清宮玉闕之下，授夫人玉札金文，位爲紫虛元君，領上眞司命，南岳夫人，比秩仙公。

白叔德操傳起廢之信遺詩枉訊次韻奉答聊用解嘲

病躄誰傳起廢年〔一〕？開緘一笑晚風前。雞因惜尾憂瀕死，鼠爲拖腸怕上天。貢禹冠應慚宿好，子公書肯仗時賢。五湖儘有閒風月，已具鴟夷舊釣船。

【注釋】〔一〕柳子厚起廢答：甓浮圖有師道，少而病躄，日愈以劇，居東祠十年，扶服輿曳，未嘗及人，側匿愧恐甚。今年，他有師道者悉以故去。始學者與女釋者，倀倀無所師，遂相與出甓浮圖以爲師。

送陸大孟凫之錫山學官

摳衣綏帶儼師儒，顧影依然笑步趨。客枕夢依雙堠近，秋堂人共一燈癯。横經先誦披華賦〔一〕，設教如頒調水符〔二〕。莫嘆廣文官獨冷，老夫久已著潛夫〔三〕。

【注釋】〔一〕陸士衡文賦：謝朝華之已披。〔二〕東坡調水符詩序：愛玉女洞中水，既致兩瓶，恐後復取而爲使者見紿，因破竹爲契，使寺僧藏其一，以爲往來之信，戲謂之「調水符」。〔三〕後漢書王符傳：符耿介不同于俗，遂不得升進，志意藴憤，乃隱居著書三十餘篇，以譏當時失得，不欲章顯其名，故號曰潛夫論。

答越卓凡憲副

中山篋裏謗書新，博得沙場百戰身。天以垂成留劇賊，帝將不死答勞臣。衣深赭色横戈久，筆退銛鋒草檄頻。我欲爲君歌督護〔一〕，夜闌酹酒向鈎陳〔二〕。

【注釋】〔一〕宋書樂志：都護歌者，彭城內史徐逵之爲魯軒所殺，宋高祖使府內直督護丁旿收殮殯埋之。逵之妻，乃高祖長女也，呼旿至閤下，自問殮送之事，每問輒嘆息，曰：「丁督護。」其聲哀切，後人因其聲，廣其曲焉。〔二〕揚子雲甘泉賦：伏鉤陳使當兵。服虔曰：紫微宮外營陳星也。

陸宣公墓道行

延英重門晝不開，白麻黃閣飛塵埃。中條山人叫閽哭，金吾老將聲如雷。蘇州宰相忠州死，天道寧論乃如此！千年遺櫬歸不歸？兩地孤墳竟誰是〔一〕？人言藁葬留忠州，又云徵還返故丘。圖經聚訟故老鬨，爭此朽骨如天球。齊女門前六里路〔二〕，蕎麥茫茫少封樹。下馬猶尋董相陵，飛梟孰辨孫王墓〔三〕？青草黃茅萬死鄉〔四〕，蠅頭細字寫巾箱。起草尚傳哀痛詔〔五〕，閉門自驗活人方〔六〕。永貞求舊空黃土，元祐青編照千古。人生忠佞看到頭，至竟延齡在何許？君不見華山山下草如熏，石闕豐碑野火焚。樵夫踞坐行人唾，傳是崖州丁相墳〔七〕。

【注釋】〔一〕陸友仁吳中舊事：吳郡城北有一大冢，在官塘之西，相傳爲唐相陸宣公墓，故其地名陸墓，水名陸塘。淳熙間，有于墓旁得遺刻，與所傳合。郡人周處、張震發皆記其事。或者謂公雖郡人，生于嘉興，寶華寺乃公故宅。自貶忠州別駕，薨于忠州，其喪不曾還吳。按忠州圖經，陸宣公墓在至虛觀三十步，豈嘗葬于此？又謂公已歸葬，而忠州特虛設耳。〔二〕陸廣微吳地紀：昔齊景公女聘吳太子終纍，闔閭長子，夫差兄也。齊女喪夫，每思家國，因號齊門。〔三〕何遜經孫氏陵詩：銀海終無浪，金鳧會不飛。〔四〕譚掞邕筦溪峒雜記：邕州左右江皆有烟瘴，二月三月則謂之青草瘴，四月五月則謂之黄梅瘴，六月七月則謂之新禾瘴，八月九月則謂之黄茅瘴。〔五〕昌黎順宗實録：陸贄常啓德宗言，方今書詔，宜痛自引過罪己，以感人心，德宗從之，故行在制詔始下，聞者雖武夫悍卒，無不揮涕感激。〔六〕新唐書陸贄傳：贄貶忠州，常闔戶，人不識其面，爲古今集驗方五十卷。〔七〕吳中舊事：丁晉公自光州歸葬華山，所居在大郎橋，堂宇甚古，有層閣數間。

舒仲符畫丹徒張明府文光小像戲題四絶句明府記三生事一世爲僧再世爲鄰家童子自爲記甚奇〔一〕

【注釋】〔一〕張文光，祥符中進士，其母產之甚艱，數日方舉。初生時，乳母裹之襁褓中，自視其手曰：「我手何忽小？」又顧床壁所黏藥方，即讀貝母二字，身係鄰家竺氏之子。越三日，竺老夫婦來看，兒但視之而笑，其父母誡令勿言，其後遂不復語。異日偶談及竺家事，無不歷歷。其兄張廷佐問其生死之際，云前生記得是道人，因見乘軒者，心豔之，不覺魂遊至張家，見有凶神在焉，遂避至前鄰竺氏，爲其家兒。生十歲痘殤，魂又過張門，見室內火光，入而不肯去。旁有扯之他往者，手扯箱環以留。忽然昏迷，視其手已小矣。蓋文光產時，室中箱環，無故自響，響絕乃生。其爲竺氏童子，耳後有缺，今身復然，亦可異也。

水石清姸鶴骨癯，依然劍佩列仙儒。此中若著邢和璞〔一〕，便是王郎破墨圖。王晉卿以破墨畫邢和璞、房次律論前生圖。

【注釋】〔一〕明皇雜錄：開元中，房琯宰盧氏，與道士邢和璞出遊，過夏口村，入廢佛寺，坐古松下。和璞使人鑿池，得甕中所藏婁師德與永禪師書，笑謂琯曰：「頗憶此耶？」琯因悵然，悟前生之爲永禪師也。

其　二

鈴柝蕭閒香篆灰，江濤射枕夢初回。分明記取三生事，曾聽金山粥鼓來〔一〕。

【注釋】〔一〕東坡大風留金山詩：潙山道人獨何事？半夜不眠聽粥鼓。

其　三

計口虀鹽度六時，放衙取水一軍持〔一〕。人言宿世修行慣，不是禪師定律師。

【注釋】〔一〕翻譯名義集：軍持，此云瓶。寄歸云：軍持有二，若瓷瓦者是淨用，若銅鐵者是觸用。

西域記云：捃椎迦，卽藻瓶也。舊云軍持，訛略也。西域尼畜軍持，僧畜藻灌，謂雙口藻灌。事鈔云：應法鈔：灌，資持云：謂一斗已下。

其四

空花水月影層層，刼後生前總一燈。要與雲山留話柄，也將玉帶施山僧〔一〕。

【注釋】〔一〕東坡以玉帶施元長老元以衲裙相報詩：欲教乞食歌姬院，故與雲山舊衲衣。師民瞻曰：佛印禪師，法名了元，饒州人。公久與之遊。時住持潤州金山寺，公赴杭過潤，爲留數日。一日值師掛牌，與弟子入室。公便服入方丈見之，師云：「內翰何來？此間無坐處。」公戲云：「暫借和尚四大，用作禪牀。」師曰：「山僧有一轉語，內翰言下卽答，當從所請，如稍涉擬議，則所繫玉帶，願留以鎮山門。」公許之，便解帶置几上。師云：「山僧四大本無，五藴非有，內翰欲于何處坐？」公擬議未卽答，卽急呼侍者云：「收此玉帶，永鎮山門。」公笑而與之，師遂取衲裙相報。

贈翁朔州兆吉二首

朔雲邊雪夢鱸蓴，數載方州一角巾。暈月圍城悲飲血〔一〕，嘶風歸騎喜抽身。佛燈長似平安火〔二〕，詩債渾如簿領塵。君正懸車吾削跡，東阡北陌好爲鄰。

【注釋】〔一〕史記天官書：平城之圍，月暈參、畢七重。〔二〕唐六典：唐鎮戍每日初夜，放烟一炬，謂之平安火。

其二

吹藜高閣俯迴廊，絳帳青燈列鴈行。朔州爲先夫子高足弟子。吹藜閣，先夫子授經處也。三傳春秋推武庫，一門簪笏儼靈光。誰從宣室虚前席？且説安昌坐後堂〔一〕。尙憶荷衣呼出拜，白頭愁絶舊書郎。元遺山詩：書郎零落今頭白，腸斷荷衣出拜時。

【注釋】〔一〕漢書張禹傳：禹內奢淫，後堂理絲竹管絃。弟子彭宣、戴崇二人異行，禹親愛崇，敬宣而疎之。崇每候禹，將崇入後堂，飲食婦女相對，極樂乃罷。宣之來也，禹見之于便坐，講論經義，賜食不過一肉巵酒，未嘗得至後堂。兩人皆聞知，各自得也。

華山道者劉虛中募刻道德經於厓石懼其爲山靈之累也作詩送其去以諷止焉

太華五千仭〔一〕，道德五千言。靈嶽與寶書，終古元氣存。君今鐫此經，磨厓勒山根。模寫時俗書，名氏相綴分。俗書多破體，踳駮何足云。山中無除目，安取軒冕羣。雲臺石室閒，刻畫留瘢痕。山靈亦何咎，罹此鉗鑿寃？願君回俗駕，息機罷紛紜。歸從老希夷，齁鶻臥雲根。

【注釋】〔一〕山海經：太華山削成而四方，其高五千仞，其廣十里。

莆陽陳氏壽讌四首

南極光依藜火青，澄霞助月見精熒。老人星下多芒翼〔一〕，還是陳家舊聚星。

【注釋】〔一〕史記天官書：狼北地有大星，曰南極老人。老人見，治安；不見，兵起。常以秋分時候之于南郊。

其二

方床竺几夾窗紗，人說毘耶居士家〔一〕。滿室天花都不著，長留法喜伴維摩〔二〕。

【注釋】〔一〕肇論：淨名杜口于毘耶。〔二〕東坡贈王仲素詩：雖無孔方兄，頗有法喜妻。施宿曰：維摩詰言：法喜以爲妻，慈悲以爲女。

其三

磊落金盤荔子殷，傳觴壓酒賽朱顏。絳羅襦裏膚如玉，恰似仙人出海山〔一〕。

【注釋】〔一〕東坡初食荔枝詩：海山仙人絳羅襦，紅紗中單白玉膚。

其　四

開宴吾家舊幔亭〔一〕，綵雲十日駐青冥。賢郎近向吳門去，又說麻姑過蔡經。

【注釋】〔一〕武夷山志：秦始皇二年八月十五日，武夷君致酒會鄉人于幔亭峯上。如期而往，至山頂，聞空中呼鄉人爲曾孫，命張安陵打鼓，秀淡鳴洞簫。行酒進食，奏賓雲之曲，再拜而別。

丙子中春日茂苑相公謝政遄歸招邀燕賞余與其仲啓美張異度徐九一劉漁仲追陪信宿游虎丘支硎諸山記事四首

謝公高興寄東山，遲日招邀共賜閒。問壑尋丘塵世外，巾車蠟屐畫圖間。風寒乍勒回春候，雲潤俄經作雨還。最喜林深無虎豹，夕春猶許歷孱顔〔一〕。

【注釋】〔一〕淮南子天文訓篇：日至于淵隅，是謂出春；至于連石，是謂下春。

其　二

短簿祠前花正殷〔一〕，相看心在水雲間。蓮宮載酒仍招隱，竹院逢僧又得閒〔二〕。蟲鶴變餘存白社，刼灰飛盡表青山。公言子厚多題句〔三〕，一笑何當涴蘚斑〔四〕。十四日遊虎丘，余語茂苑相公，言章子厚題詩，亦與此山並存乎？相與一笑而出。

【注釋】〔一〕王賓虎丘山志：東山廟卽短簿祠，廟在入山南逕東嶺上，相傳奉東亭獻穆公。從山之東抵郡城西北，居民歲時致祠不絕。〔二〕虎丘山志：踰山之嶺西，折而之北，有平陸焉。主僧就其處結屋一區，古木修篁，左右交闔，烟雲旦晦，或失不見，殆猶竹林化境也。人目之爲小竹林。登山之人，窮探歷訪，足倦將休，忽然望見此所，則又不厭躋攀而必至焉。〔三〕范成大吳郡志：章子厚虎丘詩：闔閭城外小層巒，瘦竹寒松數里間。幷岸逢僧知近寺，入門鑿石漸登山。純鈎劍化空池在，幽獨詩成白石閒。游客幸無官事束，何須齋舫斂昏還。傳聞城角艤行舟，自擁笙歌選勝遊。偶爲寒江阻潮汐，再容清賞屬林丘。燕回吳苑風和雪，夢斷殘塘月滿樓。盡把蘇杭好烟景，醉吟將去詫東州。〔四〕虎丘山志：虎丘巖石之上及劍池東崖，有宋元人題名記，亡慮百數。苔侵蘚蝕，涴剝始見，然多漫滅矣。

其三

岡複溪迴一徑穿，招提樓閣暮雲邊〔一〕。山腰正値諸峯缺，寺面平鋪萬頃煙。爲問把茅尋石室〔二〕，莫因渫井嘆寒泉。茂苑與蒼雪法師，有結茅之約。道人縱鶴今何處〔三〕？且放雙眸向碧天。十五日遊中峯院。

【注釋】〔一〕增輝記：招提者，梵言拓鬭提奢，唐人四方僧物。後人傳寫，以拓爲招，又省鬭奢二字，止卽招提，卽今十方住持寺院是也。〔二〕傳燈錄：雲居問洞山：「如何是祖師西來意？」師曰：「闍黎向後，有一把茅蓋頭。」〔三〕高德基平江紀事：支硎山，在吳縣西南二十五里。晉沙門支道林卓錫于此，山名平石，平石爲硎，又以支公處此，故名支硎。舊傳道林居石室中，所遺故物，有木鞋鐵柱杖之屬。旁有放鶴亭、馬跡石，皆因之得名。

其　四

廿年游跡花山寺，矍圃觀人盡可憐。失馬因緣雙鬢外，亡羊歧路一燈前。青松旋覺龍鱗長，白石還驚鳥道連。昏黑藍轝重回首，藤蘿新月近諸天。自寒山遊花山寺，昔游二十許人，惟茂苑昆弟、巽度及余四人在。

上茂苑相公二首

講席延登入禁闈〔一〕，主恩旋許遂初衣。雲還碧落原無意，鶴向青霄豈倦飛？竹下清齋餘鳥施〔二〕，花間小院與僧歸。天庭黃色仍如許，知是先生戰勝肥。

【注釋】〔一〕漢書五行志：臨延登受策。師古曰：延入而登殿也。〔二〕弘秀集廣宣應制詩：簷前施飯來飛鳥，林下行春踏落花。

其二

也知脫屣一官無，每爲憂時或嘆吁。屋棟豈應勞我祝〔一〕，床稜寧患少人模〔二〕。片茅蓋頂眞堪老，兩膝隨身不要扶〔三〕。竺塢虞山過雲處〔四〕，勑教雙鶴遞相呼。

【注釋】〔一〕世說規箴篇：陸玩拜司空，有人詣之，索美酒，得便自起瀉著梁柱間，祝曰：「當今乏才，以爾爲柱石之用，莫傾人棟梁。」玩笑曰：「戢卿良箴。」〔二〕盧氏雜説：蘇味道初拜相，有門人問曰：「天下方事之殷，相公何以燮和？」味道無言，但以手模床稜而已。時謂模稜宰相。〔三〕東坡次孔毅夫久旱甚雨詩：不如西州楊道士，萬里隨身唯兩膝。〔四〕松陵集陸龜蒙四明山詩序：山中有雲，不絶者二十里。民皆家雲之南北，每相從，謂之過雲。

曹能始爲先夫人立傳寄謝

逐子東征杳莫從〔一〕，機殘績冷泣尸饔。青編幸遇曹能始，彤管何慚范蔚宗〔二〕。築室不堪論舊隱〔三〕，焚山寧復問新封〔四〕？孤生滿掬三春淚，泉客珠成恰似儂。

【注釋】〔一〕曹大家東征賦：唯永初之有七兮，余隨子乎東征。李善曰：大家集曰：子穀，爲陳留長，大家隨至官，作東征賦。少陵送王十五判官還黔中詩：大家東征逐子回。〔三〕范曄後漢列女傳贊：區明風烈，昭我彤管。〔三〕後漢書袁閎傳：延熹末，黨事將作。閎遂散髮絶世，欲投迹深林，以母老不宜遠遁，乃築土室，四周于庭，不爲戶，自牖納飲食而已。旦于室中東向拜母。母思閎，時往就視，母去，便自掩閉，兄弟妻子，莫得見也。〔四〕屈原九章：介子忠而立枯兮，文君寤而追求。封介山而爲之禁兮，報大德之優游。王逸曰：文公得國，賞諸從行者，失忘子推。子推遂逃介山隱，文公求之，不肯出，因燒其山，子推抱樹燒而死。文公遂以介山之民封子推，使祭祀之。

次劉漁仲留別韻

南國猶殘半月春，東亭共愴百年身。與君作別難成醉，欲贈將離始覺貧。黄卷秋燈燒尾客〔一〕，綠窗朝日畫眉人。蘭臺好獻雄風賦，莫漫微詞及宋鄰。

【注釋】〔一〕宋景文公筆記：古人寫書，盡用黄紙，故謂之黄卷。顏之推曰：讀天下書未遍，不得妄下雌黄。雌黄與紙色類，故用之以滅誤。今官家詔敕用黄，故私家避不敢用。封演見聞記：士子初登榮進，及遷除，朋僚置酒，音樂以展歡宴，謂之燒尾。説者謂虎變爲人，唯尾不化，須爲焚除，乃得成人。故以初蒙拜授，如虎得爲人，本尾猶在，氣體既合，方爲焚之，故云燒尾。一云：新羊入羣，乃爲諸羊相觸，不相親附，火燒其尾以定。貞觀中，太宗問朱子奢燒尾事，以燒羊事對。中宗時，兵部尚書韋嗣立新入三品，侍郎趙彥昭假金紫，吏部侍郎崔湜復舊官，上命燒尾，令于興慶池設食。

其二

赤麋銅馬逼淮徐〔一〕，老屋三間幸著予。坐甲裹糧師日老〔二〕，拂衣擲硯計全疎〔三〕。廟堂鈎黨譜弧矢，郡國求金急羽書。早辦枚皐傳檄手〔四〕，莫誇詞賦似相如。

【注釋】〔一〕漢書王莽傳：赤麋聞之，不敢入界。師古曰：麋，眉也。以朱塗眉，故曰赤麋。古字通用。後漢書光武紀：高湖、重連與銅馬餘衆合，光武復與大戰于蒲陽，悉破降之。〔二〕左傳文公十二年：秦軍掩晉上軍，趙穿追之不及。反，怒曰：「裹糧坐甲，固敵是求。敵至不擊，將何俟焉？」〔三〕蘇易簡文房四譜：僖宗朝，鄭畋、盧攜同爲相，不協，議黃巢事，忿争于中書堂，盧拂衣而起，袂染于硯而投之。〔四〕葛洪西京雜記：枚皐文章敏捷，長卿制作淹遲，皆盡一時之譽。楊子雲曰：軍旅之際，戎馬之間，飛書馳檄用枚皐。廊廟之下，朝廷之中，高文大典用相如。

葛將軍歌

吳人葛誠以蕉扇招市人殺稅監參隨，吳人義之，呼爲「葛將軍」。誠未死時，江、淮間舟船賽祭之，輒有驗。

葛將軍，萬夫雄。我昔遇之婁水東。魃顔虎鼻眉目古，蕉扇颯拉吹秋蓬。死骨穿近五人冢〔一〕，生魂嘯動五兩風〔二〕。葛將軍，今死矣。權奇俶儻誰與儗〔三〕？生惜不逢漢武帝，鴻漸之翼困閭里。犬臺宫中應召見〔四〕，上林牧羊躡草履。君不見車丞相〔五〕，宫殿出入乘小車，亦是上書一男子。近多召見上書人，不次除拜。

【注釋】〔一〕張溥五人碑記曰：五人者，蓋當蓼洲周公之被逮，急于義而死焉者也。郡之賢士大夫，請于當道，即除魏閹廢祠之北以葬之，且立石于其墓門以旌焉。周公被逮以丁卯三月望，士民哭聲震天地。緹騎厲聲呵叱，衆噪而相逐。中丞毛一鷺爲魏之私人，周公之逮所由使也，噤不敢出聲。既而以民亂請于朝，按誅五人，曰顔佩韋、楊念如、馬傑、沈揚、周文元。五人當刑，顔色揚揚，呼中丞名而詈之，談笑以死。斷頭置城上，色不少變。冏卿因之吳公、太史文起文公、孟長姚公，發五十金，買五人首函之，卒與屍合。故今之墓中，全乎爲五人也。〔二〕郭景純江賦：覘五兩之動靜。李善曰：許愼淮南注：綄，候風也，楚人謂之五兩。樂府鮑照吳歌：五兩了無聞，風聲那得達？〔三〕漢書禮樂志天馬歌：志俶儻，精權奇。〔四〕三輔黄圖：犬臺在上林苑中，長安西二十八里。漢書：江充召見犬臺。〔五〕漢書車千秋傳：千秋無他材能學術，又無伐閱功勞，特以一言寤意，旬月取宰相封侯，世未嘗有也。後漢使者至匈奴，單于曰：「漢置宰相，非用賢也，一妄男子上書，即得之矣。」初，千秋年老，上優之，朝見得乘小車入宮殿中，故因號曰「車丞相」。

雲間張老工於累石許移家相依賦此招之二首

百歲平分五十春，四朝閱歷太平身。長鑱短屐全家具，綠水紅樓半主人。荷杖有兒扶薄醉，縛船無鬼笑長貧〔一〕。山中酒伴更相賀，花發應添愛酒鄰。

【注釋】〔一〕昌黎送窮文：結柳作車，縛草爲船。

其二

不是尋花即討春，偏於忙裏得閒身。終年累石如愚叟，倏忽移山是化人。無酒過牆長作惡，有錢挂杖已忘貧。明年肯踐南村約，祭竈先須請比鄰〔一〕。

【注釋】〔一〕漢書孫寶傳：張忠辟寶爲屬，寶自劾去。後署寶主簿，寶徙入舍，祭竈請比隣。

王二溟布政謝事家居八十如少壯聽歌度曲累夕不倦奉贈二首

蕭閒眞欲擬驂鸞，矍鑠猶能說據鞍。小建纛旗臨麴部〔一〕，平分旌節領騷壇〔二〕。三休記向中條勒，四漫詩留退谷刊〔三〕。猶恐非熊頻入夢，鐫除溪石不名蟠。

【注釋】〔一〕雲仙雜記：汝南王璡取雲夢石甃泛春渠以畜酒，作金銀龜魚浮沉其中，爲酌酒具，自稱釀王兼麴部尚書。〔二〕杜牧贈趙嘏詩：今代風騷將，誰登李杜壇。〔三〕元結退谷銘序：休湖西南是退谷，士源以漫叟退修耕釣，退遊此谷，遂命曰退谷。王象之輿地紀勝：退谷在樊山、郎亭間。

其二

名場戰地謝驅馳，禪榻茶煙颺鬢絲。功在刀州成昔夢，罰依金谷賦新詩。常餐兎藥抄雲子，自囀鶯歌教雪兒〔一〕。萬樹梅花方破臘，祝君先插向南枝。

【注釋】〔一〕孫光憲北夢瑣言：雪兒，李密之愛姬，每見賓僚文章有奇麗入意者，令雪兒叶音律以歌之。

奉贈會稽倪太公十四韻

家學經鋤世所欽〔一〕，會稽竹箭比南金。辭方娥廟爲絲絹，筆向耶溪淬劍鐔。揮灑剡籐成五色〔二〕，鏗鍧雷鼓有餘音〔三〕。分災射的年年白〔四〕，飲德河醪處處沈〔五〕。滿載樵風頻往復〔六〕，扁舟夜雪每追尋。花深梅市詩嘗徧〔七〕，月滿柯亭酒自斟〔八〕。修竹茂林供列座，青鞋布襪稱長吟。千巖萬壑爲圖畫，禹穴秦碑自古今。烏府風霜傳舊節，鯉庭桃李接新陰〔九〕。長公侍御史視學南畿。膝前御史床猶在〔一〇〕，宅畔尚書塢正深〔一一〕。虞竹盈堦方鬱鬱〔一二〕，丁松入夢轉森森〔一三〕。蓬萊春水浮仙閣〔一四〕，石鏡梅花媚遠岑〔一五〕。上樹呼猿輕作伴〔一六〕，升堂使鶴衆如林〔一七〕。陽明宛委家山是〔一八〕，誰識先生萬古心？

【注釋】〔一〕漢書兒寬傳：帶經而鉏，休息輒誦讀。宋倪思著經鉏堂雜誌十卷。〔二〕李肇國史補：紙則有越之剡籐台箋。〔三〕漢書王尊傳：毋持布鼓過雷門。師古曰：雷門，會稽城門也。有大鼓，越擊此鼓，聲聞洛陽。輿地志云：勾踐應門之上，有大鼓，名曰雷鼓，以威于龍也。會稽志云：雷門上有大鼓，長二丈八尺，聲聞洛陽。孫恩亂，軍士斫破，有雙鶴飛出，後不鳴。

〔四〕水經註：射的山，狀若射侯，西有石室，名射堂。年登否，常占射的以爲貴賤之准，的明則米賤，的闇則米貴。故諺云：射的白，斛米百。射的玄，斛米千。樂史寰宇記：射的山，在會稽縣南一十五里。〔五〕寰宇記：簞醪河，在會稽縣三里，勾踐投醪之所。〔六〕王象之輿地紀勝：樵風涇，在會稽東南一十五里。鄭弘少採薪，得一遺箭。頃之，有人覓箭，問弘何欲？弘知其神人，答曰：「常患若耶溪載薪爲難，願朝南風，暮北風。」後果然，世號樵風涇。〔七〕寰宇記：梅福遇王莽亂，棄妻子，之會稽，人多依之，遂爲村落。〔八〕後漢書蔡邕傳注：張隲文士傳曰：邕告吳人曰：「吾昔嘗經會稽高遷亭，見屋椽竹，東間第十六，可以爲笛。」取用，果有異聲。伏滔長笛賦序云：柯亭之觀，以竹爲椽。邕取爲笛，奇聲獨絕也。〔九〕唐詩紀事：寶曆中，楊於陵僕射入覲，其子嗣復率兩榜門生迎于潼關，宴新昌里第，元、白俱在，賦詩席上。楊汝士詩後成，元、白覽之失色。詩曰：隔座應須賜御屏，盡將仙翰入高冥。文章舊價留鸞掖，桃李新陰在鯉庭。再歲生徒陳賀宴，一時良吏盡傳馨。當時疎廣雖云盛，詎有茲筵醉綠醽。其日大醉歸，謂其子弟曰：「吾今日壓倒元、白。」〔一〇〕寰宇記：在州東南四里，虞翻爲長沙桓王所禮，設此床以表賢。翻仕漢至御史，故梁元帝玄覽賦云：御史之床猶在，都護之門不修。〔一一〕寰宇記：在會稽縣南三十三里，宋尚書孔稚珪之山園也。〔一二〕晉書嵇康傳：其先上虞人，與阮籍等爲竹林之遊。〔一三〕寰宇記：丁固，山陰人。少夢松生腹上，謂人曰：「松字十八公。」果爲司徒。〔一四〕輿地紀勝：蓬萊閣，在郡設廳後，取微之詩也。名公多題詠。〔一五〕任昉述異記：軒轅鑄鏡湖邊，今磨鏡石猶存。石畔常潔，不生草。輿地紀勝：在鏡湖旁。〔一六〕吳越春秋：越有處女，出于南林，道逢袁公，試劍術，飛上樹，化爲白猿。〔一七〕寰宇記：石帆山下有懸巖，名爲射堂。傳云，仙人嘗射于此，使白鶴取箭。〔六〕輿地紀勝：陽明洞，在宛委山，里人云：卽是禹穴。吳越春秋：禹思聖人所記，在于九山東南天柱，號曰宛委。因夢見玄衣蒼水使者，登山發金簡之書。

識字行　題吳門袁節母冊子

母能識節字，兒能識孝字。人生識字只兩個，何用三倉四部盈箱笥。羡君傭書養母能不憂，白華潔白充晨羞。牛腰詩卷爭傳誦，行看綽楔懸烏頭。君不見長洲陳五經〔一〕，摳衣跪母提汲瓶。籬邊使者星馳報天子，詔書一夕來青冥。

【注釋】〔一〕陳繼，字嗣初，吳縣人。生十月，父汝言坐法死。母吳，自誓立孤。稍長，令從王行、俞貞木游，貫穿經學，人呼爲陳五經。奉母至孝，有司上其事。使御史廉之，方隨母抱甕行灌，傴僂甚恭。母以壺漿與之，拜而後飲。上初開弘文閣，用楊士奇薦，卽日驛召，授翰林五經博士，領閣事。

初學集卷十一

桑林詩集 起崇禎十年丁丑三月，盡閏四月。

丁丑春盡赴急徵，稼軒並列刊章，士龍相從，草索渡淮而北〔一〕。赤地千里，身雖罪人，不忘吁嗟閔雨之思〔二〕，遂名其詩曰桑林集。

【注釋】〔一〕後漢書馬援傳：嚴與援妻子，草索相連，詣闕請罪。〔二〕穀梁僖公三年：一時言不雨者，閔雨也。閔雨者，有志乎民者也。

過清江浦遙寄故人

跨下橋邊又此行，赭衣白髮可憐生！班荆却喜無人問，刻木祇愁有吏迎。惜別飛花憎岸草，相留語燕笑林鶯。多情依舊長淮水，流入清江伴艣聲。

漂母祠和何士龍

韓侯釣水遶城垣，青史猶垂進食言。人以千金知老母，天將一飯試王孫。孤生書劍需新淚，逐客簪纓感昔恩。欲薦渚蘋何限恨，寒鴉落日滿祠門。

黃河

都將銀漢變黃流，也是天公錯一籌。鵲駕但爲終夕計〔一〕，鼉梁寧是濟川謀〔二〕？災來何用沈圭璧，時至那須辨馬牛。飛昴出圖君莫詫〔三〕，淸河白馬又誰尤？

【注釋】〔一〕中華古今注：鵲，一名神女，七月塡河成橋。〔二〕白氏六帖：紀年曰：周穆王三十七年，伐荆，東至九江，叱黿鼉爲梁而渡。江文通恨賦：駕黿鼉以爲梁。〔三〕竹書紀年注：沈約曰：帝率舜等，升首山，遵河渚，有五老遊焉，蓋五星之精也。相謂曰：「河圖將來，告以帝期。知我者重瞳黃姚。」五老因飛爲流星上入昴。二月辛丑，有龍馬負甲，赤文綠色，緣壇而上，吐甲圖而去。甲似龜背，廣九尺，其圖言虞、夏當受天命。

俳體戲示士龍

四瀆已將三瀆過，三春總是一春忙。黃沙學傅何郎粉，赤汗從熏荀令香。釜下馬通和餅爇〔一〕，棧間驢面比人長〔二〕。歸來準備江南話，暖鋪深缸笑幾場？

【注釋】〔一〕後漢書戴就傳：以馬通薰之。臣賢曰：本草經曰：馬通，馬矢也。〔二〕吳志諸葛恪傳：恪父瑾面長似驢。孫權大會羣臣，使人牽一驢入，其面題曰諸葛子瑜。恪跪請筆，益兩字續其下曰：之驢。舉坐歡笑，乃以驢賜恪。

次韻答士龍二首

白首孤臣踐駭機〔一〕，天門夢斷翮猶飛。覆蕉鹿訟無榮辱，芥羽雞場有是非〔二〕。扣角車前唯汝共，觀魚濠上與心違。閩中春莫應相憶，掩淚頻聽緩緩歸。

【注釋】〔一〕放翁書感詩：鑠金銷骨從來事，老矣何心踐駭機。宋景文筆記：劉夢得云：駭機一發，浮謗如川。　〔二〕左傳昭公二十五年：季、郈之雞鬬，季氏介其雞，郈氏爲之金距。平子怒，益宮于郈氏，且讓之，故郈昭伯亦怨平子。杜注曰：介雞，擣芥子播其毛也。或曰：以膠沙播之爲介雞。

又次

蛇鬬龍爭共發機，刺天毛羽正羣飛。十州鑄鐵人謀錯〔一〕，萬物爲銅大冶非。作楫胥靡身故在，刺舟漁父意相違。君看河上攤錢叟，不犯風濤不肯歸。

【注釋】〔一〕孫光憲北夢瑣言：羅紹威剪滅牙軍，漸爲梁祖淩制，謂親吏曰：「聚六州四十三縣鐵，打一個錯不成也！」

清河道中三首

拍岸河流氣不平，單車盡日遶河行。帆檣矗立遙天破，波浪掀翻大地爭。罩眼飛沙人面改，撞胸噩夢旅魂驚。野田蔓草渾無賴，斷送芳非逐處生。

其　二

鋃鐺驅我太怱怱，襆被囊衣客子同。心似行枚銜舌底，身如釋米簸車中〔一〕。東還剌促看南斗，西笑懵騰向北風。捫腹自嗟還自問，不知若個是途窮？

【注釋】〔一〕詩大雅生民章：釋之叟叟。毛萇傳曰：釋，淅米也。

其　三

慘澹郊原似霧霿〔一〕，洪河嚙岸馬嘶空。黏天黑浪非章相〔二〕，刮地黃塵是庾公。柳樹病猶晞夏雨，薺花開亦向春風。人間榮落關何事？野店殘陽一閃紅。

【注釋】〔一〕世說言語篇：壹道人從都下還東山，經吳中，會雪下。諸道人問在道所經，壹公曰：「風霜固所不論，乃先集其霰。慘淡郊邑，正自飄瞥，林岫便已皓然。」〔三〕邵氏聞見録：章惇用事，元祐黨禍起，范忠宣獨不與。至呂汲公南遷，忠宣齋戒上書救汲公。惇怒，亦謫節度副使，永州安置。忠宣欣然而往。每諸子怨惇，忠宣必怒止之。江行赴貶所，舟覆，扶忠宣出，衣盡濕，顧諸子曰：「此豈章惇爲之哉？」

宿　遷

枕畔車輪又一宵，荻簾土銼共蕭條〔一〕。棧爭惡草驢言怒，炊仗殘通馬意驕。野集煙稀知罄盡，春田兆坼見龜焦〔二〕。溺人強笑誰相問？莫以雍陽歎聖朝。

【注釋】〔一〕少陵聞斛斯六官未歸詩：土銼冷疎烟。吳若曰：蜀人呼釜爲銼。困學紀聞：灊水李氏云：老杜多用方言，如岸澗土銼，乃黔、蜀人語。〔二〕昌黎南山詩：或如龜坼兆，或如卦分繇。王臨川元豐行：四山翛翛映赤日，田背坼如龜兆出。左傳哀公二年：卜戰，龜焦。杜預曰：兆不成。

剡城二首

村店無籌殺五更，棧驢齕嚙暗相驚。蓬鬆旅鬢料風色，滴瀝愁腸量雨聲。催舞荒雞喑夜半，識途老馬盼晨明。雲開日轉非吾事，也要殘春一路晴。

其二

挹斗揚箕誤有名，捫參歷井信浮生。天垣貫索星文賤，人世胥靡性命輕。豺虎頻年銜尾過，馬驢終日並頭行。岱宗顧我如衡嶽，肸蠁開雲報午晴〔一〕。

【注釋】〔一〕東坡臨城道中詩序：「予初赴中山，連日風埃，未嘗了了見太行也。今將適嶺表，頗以是爲恨。過臨城、内丘，天氣忽清徹，西望太行，草木可數。岡巒北走，崖谷秀傑。忽悟歎曰：『吾南遷其速返乎！退之衡山之祥也。』」退之謁衡山廟詩：「我來正值秋雨節，陰氣晦昧無清風。潛心默禱若有應，豈非正直能感通？須臾靜掃衆峯出，仰見突兀撐青空。」

一歎示士龍

一歎依然竟隕霜，烏頭馬角事茫茫。及門弟子同關索，薄海僧徒共炷香。百口累人藏複壁〔一〕，千金爲客掩壺漿〔二〕。昭陵許哭無多淚〔三〕，唐制，有寃者許哭昭陵。要倩馮班慟一場。里中小馮生善哭。

【注釋】〔一〕漢書趙岐傳：「岐逃難四方，安丘孫嵩見岐，停車呼與同載。下帷密問曰：『我北海孫賓石，闔門百口，勢能相濟。」岐以實告之，遂以俱歸，藏岐複壁中數年，因赦乃出。〔二〕呂氏春秋：伍員如吳，至江上，丈人渡之，絕江，解其劍以予丈人曰：「此千金之劍也，願獻之丈人。」丈人不肯受。吳越春秋：伍員晚至江，漁父渡之，持麥飯鮑魚羹盎漿。二人飲食畢，子胥既去，誡漁父曰：「掩子之盎漿，無令其露。」漁父諾。子胥行數步，顧視漁者，已覆舟自沉矣。子胥至吳，乞食溧陽，適會女子擊綿于瀨水之上，筥中有飯，謂曰：「可得一餐乎？」女子許之。子胥已餐而去，又謂女子曰：「掩夫人之壺漿，無令其露。」子胥行，反顧，女子已自投于瀨水矣。〔三〕趙與虤娛書堂詩話：唐制，有寃者哭昭陵下，故李洞策夜簾前獻詩云：公道此時如不得，昭陵慟哭一生休。陸務觀亦有句云：積憤有時歌易水，孤忠無路哭昭陵。

費縣道中三首

驅車入魯弔遺黎，宗國相傳事可悲。歌鳳有人供放逐，鬬雞無相繫安危。申豐錦去鄰爭羨〔一〕，陽虎弓還盜亦嗤。唯有汶陽田下水，至今流恨遶梟龜。

【注釋】〔一〕左傳昭公二十六年：齊侯將納公，命無受魯貨。申豐從女賈，以幣錦二兩縛一如瑱，適齊師。謂子猶之人高齮：「能貨子猶，爲高氏後，粟五千庾。」高齮以錦示子猶，子猶受之，言于齊侯。

其二

費縣城邊紫翠重，恰憑登頓看山容。雲舒霧縠浮千嶂，雨濯煙綃出數峯。石瀨咽沙流淺淺，野花眠草吐茸茸。停車佇想東蒙客〔一〕，欲討蓴羹興已慵。

【注釋】〔一〕少陵與李白同尋范十隱居詩：予亦東蒙客，憐君如弟兄。又云：向來吟橘頌，誰欲討蓴羹。樂史寰宇記：東蒙山，在黃縣西北七十五里。在蒙山之東，故曰東蒙。

其三

闌珊心事怯餘春，殘夢驚迴一欠伸。病樹不禁蛇在腹〔一〕，野花終倚草爲身。櫪中馬老空知道，爨下車勞枉作薪。當食爲君三歎息，難將更僕話窮塵。

【注釋】〔一〕東坡次子由柳湖感物詩：嬌姿共愛春濯濯，豈問空腹修蛇蟠。

泉林　泗水之源出焉，題曰「子在川上處」。

泉林源泗水，叢薄閟荒丘。的礫翻空色，縈迴貯洑流。道窮悲渫井，物化感藏舟。願解塵纓濯，悠然照白頭。

泗水二首

柳市繰煙麥起波，江南樂事趁清和。當風翠袖穿花並，映水紅粧向晚多。燕識疏窗温舊語，鶯憐別院選新歌。情知好夢成殘夢，也較車聲枕畔過。

其二

柳絮飛灰菜甲塵，車中何處見殘春？北來有燕如胡語，南望無鶯比雁臣〔一〕。渡淮以北，絶不聞鶯，燕亦似作北音，故以爲歎。泗水洑流長帶咽，歷山遙黛正含嚬。劍溪雲樹漁莊水，領略秋光要此身。

【注釋】〔一〕洛陽伽藍記：北夷酋長遣子入侍者，常秋來春去，避中國之熱，時人謂之雁臣。

早發次士龍韻

車輪鳴轣轆，鈴鐸響丁東。鄉夢殘燈外，覊心魘語中。褐衣蒙早霧，席帽泛春風。偶梗休相笑，漂搖各斷蓬。

再次

罘罳浴殿北，鈴索液池東。莫道天方醉，還期日再中。看桃宜令節，嫁杏與春風〔一〕。歎息年芳逝，飄蕭兩鬢蓬。

【注釋】〔一〕宋龐元英文昌雜錄：禮部王員外言：昔見朝議大夫李冠卿，說揚州所居堂前，有杏樹一窠，極大，花多而不實。適有一媒姥見之，笑語家人曰：「來春與嫁了此杏。」冬深，忽攜一尊酒來云：「是婚家撞門酒。」索處子裙一條繫杏上，已而奠酒，辭祝再三。家人莫不笑之。至來春，此杏結子無數。江淮亦多有嫁橘法，不知此何術也？

四月十一日登岱五十韻

清晨上泰山，下山未昏黑。登覽興已賒，驅車一何疾？我行渡泗水，望嶽心悚栗。原野相却迎，丘陵莽奔逸。胡然類削成，未見表嵂崒。停車迴馬嶺〔一〕，凝望似堂密〔二〕。岱勢自迴伏，羣山各離立。傲倈矗數峯〔三〕，疊浪見沸潗。偃蹇欲不朝，顧眄疑旅揖〔四〕。低佪成運眩，登頓猶塭塞。紆迴淩絕頂，頫仰蕩胸臆。天去山不多，雲與地爲一。衆山斯在下，九點煙屑瑟。鉅如牛眠冢，細如蟻封埴。散如狐綏綏，聚如羊䐲䐲。弭伏象環衞，奔走效覊縶。傲倈雖兀傲，沒踝不及膝。乃知丈人尊，兒孫敢匹敵？登登四十里，十八盤乃畢〔一五〕。山容濯深秀，石狀鬬詭特。洞壑互排陷，岡巒競迸逼。穿地山根湧，撐天石笋出。層峯腰帶雲，遠嶂掌蔽日。大冶無不有，神工故難詰。琢爲硏山姿，縮放盆池質。近松辨薺峙，遙樹紛禾穡。戍削衣低昂〔六〕，翩反袖欹仄。玲瓏月斧漏，窈窕雲車匿。屬連方帖妥，颷去忽剖析。濃淡尺寸變，向背一瞚失。領要苦煩紆，追逋恍迷惑。何當信宿留，攬采靈異悉。坐看下垂雲，布滿兜羅色〔七〕。又看崇朝雨，飛練挂千匹。煙嵐抉烘染，雲海搜蕩潏。籠拙賦家心〔八〕，極命畫史筆〔九〕。逝將毁車輪，豈獨戴臺笠。茲游借刻晷，身世兩牽率。每笑秉燭忙，自歎乞火急。是時天大旱，山枯石將泐。渴游既惺忪〔一〇〕。閔雨彌怏悒。元君盛香火〔一一〕，肸蠁走郡國。金錢佐軍儲，羨餘潤私室〔一二〕。神道亦乘除，青帝遂失職。雀鼠穿帷帳，風雨剝韋韠〔一三〕。惜哉陰陽愆，致此驕蹇極。神心本天咫〔一四〕，明禋在國恤。魯童舞傞〔一五〕，齊偶笑咥咥。天門開詄蕩，膚寸雲豈息。㷀㷀蟣蝨臣〔一六〕，獨爲蒼生泣。

【注釋】〔一〕泰山志：廻馬嶺，石壁漸峻，乘馬至是不能上。〔二〕爾雅釋山：山如堂者密。郭璞曰：形似堂室者。尸子曰：松柏之鼠，不知堂密之有美樅。〔三〕泰山志：傲倈山，在岳頂，西南竹林寺，石巑岏矗矗，至御帳俯視之，更奇。〔四〕周禮夏官司馬：孤卿特揖，大夫以其等旅揖，士旁三揖。鄭氏曰：特揖，一揖也。旅，衆也。三揖者，士有上中下。〔五〕泰山志：十八盤，古曰環道，石磴轉折，凡十有八。〔六〕相如子虛賦：揚袘戌削。張揖曰：戌，鮮也。削，衣刻除貌也。〔七〕華嚴經入法界品：普放種種諸色光明：銀色光明，珊瑚色光明，兜沙羅色光明，帝青色光明，毘盧遮那寶色光明，一切衆寶色光明，瞻波迦花色光明。〔八〕葛洪西京雜記：相如曰：賦家之心，包括宇宙，總覽人物，斯乃得之于內，不可得而傳。〔九〕都穆譚纂：王叔明洪武初爲泰安知州，廳事後有樓三間。正對泰山。叔明畫泰山之勝，張絹素于壁，每興至，輒一舉筆，三年而畫成，設色都了。時陳惟允爲濟南經歷，與叔明皆妙于畫，且相契厚。一日胥會，值大雪，山景愈妙。叔明曰：「改此畫爲雪景可乎？如以筆塗粉色，殊不活。」惟允沉思良久，曰：「我得之矣。」爲小弓，夾粉筆，張滿彈之，粉落絹上，儼如飛舞之勢。相顧以爲奇絕。叔明題其上曰岱宗密雪圖，因以贈惟允。〔一〇〕少陵熟食日示宗文宗武詩：消渴游江漢。〔一一〕泰山志：嘉靖甲寅秋，上命工部員外陳策賚宮施銀一萬兩，重修碧霞靈應宮；其神曰天仙玉女碧霞元君。四方來謁者，捐施金玉珠帛馬羖之類，每歲遣官筦榷，以助公帑。〔一二〕泰山志：盛楷告嶽文：凡此下民，至誠貢獻，唯恐不及。而珠玉香帛，金繒牛馬，恆以萬億計，以裨邦家，以寬疲民，在神之貺。凡我司委積者，或從而侵漁之，攘竊之，衣冠之盜，有甚于穿窬之盜也。嗟乎！民則施之，官則攘之。見利忘義，爲肥家計。神其殛殺之無赦。〔一三〕晉語注：韋昭曰：韠韋，蔽膝。〔一四〕楚語：是知天咫，安知民則。韋昭曰：咫，言少也。此言少知天道耳。〔一五〕家語：齊有一足之鳥，飛集于公朝，下上于殿前，舒翅而跳。齊侯使使聘魯，問孔子。孔子曰：「此鳥名商羊，水祥也。昔童兒有屈其一足，振訊兩肩而跳，且謠曰：天將下雨，商羊起舞。今齊有之，其應至矣。〔一六〕盧仝月蝕詩：地上蟣蝨臣，告訴帝天皇。

春盡日次士龍韻

凄涼白髮黃塵裏，祖道東皇又一巡。暈碧裁紅成故事〔一〕，落花中酒是前因。緜來好別長禁客，況復窮途更泥人。是我送春春送我？把君詩句問殘春。

【注釋】〔一〕元遺山南冠行：阿京風調阿欽才，暈碧裁紅須小杜。

將抵德州遺問盧德水

十載棲遲汗簡青，飛鴻漸羽故冥冥。抱經有約尋盧閣，書牘何顏問杜亭〔一〕。窗下草深埋退筆，床頭花盡臥空缾。披帷想像人斯在，試欵衡門一扣扃。

【注釋】〔一〕史記周勃世家：勃下廷尉，恐，不知置辭，以千金予獄吏，獄吏乃書牘背以示之。

齊河懷古四首

耿濟鎮

耿弇擊張步，濟師齊河陽。至今耿鎮水，軍聲沸湯湯。歎息千年後，荒城築阜昌〔一〕。

濟河城，劉豫所築。

【注釋】〔一〕岳珂桯史：崇寧間，望氣者上言，景州阜城縣有天子氣甚明。徽祖弗之信，既而方士之幸者頗言之。有詔斷支隴以泄其所鍾。居一年，猶云氣故在，特稍晦，將爲偏閏之象，而不克有終。至靖康僞楚之立，踰月而釋位。逆豫既僭，遂改元阜昌，且祈于金，調丁繕治其故嘗夷鏟者。力役彌年，民不堪命，亦不免于廢也。二僭皆阜城人，卒如所占云。

晏　城

采地遺者誰？相國齊晏子。千駟不匡君，二桃能殺士。激彼梁丘生，浮白爲之起〔一〕。

【注釋】〔一〕晏子春秋：景公飲酒，夜移于晏子。晏子對曰：「夫布薦席、陳簠簋者有人，臣不敢與焉。」公曰：「移于司馬穰苴之家。」穰苴對曰：「夫布薦席、陳簠簋者有人，臣不敢與焉。」公曰：「移于梁丘據之家。」梁丘據左操瑟，右挈竽，行歌而出。公曰：「樂哉今夕飲也！微彼二子者，何以治吾國？微此一臣者，何以樂吾身？」

高唐城

綿駒雖不存，善歌表遺里。君聽齊謳聲，抗越清濟水。豈無梁甫吟，何人爲側耳？

定慧寺

呂公榮公徒，鐵衣佐龍興。投戈返初服，撒手歸上乘。麒麟可卽圖〔一〕，龍像俱傳燈。

呂公名智壽，初住定慧寺，靖難師起，謁上于濟南，募兵五千餘人，所向有功，官都指揮同知。永樂初，辭返僧服，與榮公相繼坐化。今寺藏二公畫像，呂公尤奇偉。

【注釋】〔一〕柳子厚南府君睢陽廟碑：麒麟閣中，卽圖之詞可繼。漢書趙充國傳：成帝時，西羌嘗有警。上思將帥之臣，追美充國，乃召黄門郎楊雄卽充國圖畫而頌之。師古曰：卽，就也，于畫側而書頌。

早發定慧寺禹城道上逢茅山張鍊師

漏鼓晨鐘喚病魔，僧窗殘夢未銷磨。雒中虚擬三間住〔一〕，桑下眞成一宿過〔二〕。領略雜談酬客少，商量雀語誤人多。騎驢却笑神仙客，倒載黄沙不奈何！

【注釋】〔一〕世説賞譽篇：蔡司徒在洛，見陸機兄弟住參佐廨中，三間瓦屋，士龍住東頭，士衡住西頭。

〔二〕四十二章經：浮屠桑下一宿，日中一食，愼勿再矣。

德水送芍藥

藥闌花朵正紛披，客舍憐君贈我時。纖手折來紅粉誤，攢頭恨去綠盤知〔一〕。芳菲尙憶翻堦早，和齊深憂實鼎遲〔二〕。莫作離騷香草看，楚臣腸斷是將離。

【注釋】〔一〕元遺山甲辰三月旦日以後雜詩：溅溅猩紅鬧曉晴，攢頭眞似與春爭。昌黎芍藥詩：紅燈爍爍綠盤龍。〔二〕張景陽七命：伊公爨鼎，庖子揮刀，味重九沸，和兼芍藥。

東壁樓懷德水

小樓殘日自昇平，茶竈煙消香篆更。訴盡春愁雙燕語，喚迴午枕一雞鳴。中原氛祲連玄菟，下界浮雲並太淸。撫檻欲招金馬客，夜深同候泰階明。

次韻酬德水見贈

蒼黃被急徵，性命落片紙。昔爲頭上巾，今爲足下履〔一〕。感君逢迎意，纏綿入骨髓。炙眉忘艱辛〔二〕，抗言論文史。半生歷坎陷，刺刺正坐此。逆人吐刺芒，愛我甘疢美。辟如中風走，暫息聊復耳。慚無席上珍，視彼櫝中毀。志士思風雨，瞽史知星紀。矢詩敢遂歌〔三〕，聊以復吾子。

【注釋】〔一〕嵇含南方草木狀：按東方朔瑣語曰：木履起于晉文公時。介子推逃祿自隱，抱樹而死。公撫木哀歎，遂以爲履。每懷從亡之功，輒俯視其履曰：「悲乎足下。」足下之稱，亦自此始也。〔二〕晉書郭舒傳：舒爲王澄別駕。宗廞因酒忤澄，澄怒叱左右棒廞，舒厲色謂左右曰：「使君過醉，汝輩何敢妄動！」澄恚，因遣掐其鼻，灸其眉頭，舒跪而受之。澄意少釋，廞遂得免。〔三〕詩大雅卷阿章：矢詩不多，維以遂歌。箋云：矢，陳也。我陳作此詩，欲令遂爲樂歌也。

附：上牧齋先生

盧世㴶

平生一寸心，結託數番紙。夢想凡幾年，今日奉絇履。攝衽聆微言，徹骨透腦髓。方知有身世，方知有經史。曠觀古及今，懷抱盡於此。先生救世手，淵淵饒內美。伊呂伯仲間，名位偶然耳。從不受人譽，何乃來人毀？讒夫卽高張，焉能亂天紀？風雨動魚龍，仁義動君子。

謝德州張太守送酒

越吟憔悴著南冠，炙日熏風道路難。且向東方窮寠藪〔一〕，東方朔，平原人也。敢於安邑問豬肝〔二〕。香翻乳酒傾雲液〔三〕，油點槐淘瀉玉盤〔四〕。從此人傳送臨賀，爲君鄭重一加餐。

【注釋】〔一〕漢書東方朔傳：舍人覆樹上寄生，令朔射之。朔曰：「是窶藪也。」舍人曰：「朔不能中。」朔曰：「生肉爲膾，乾肉爲脯，著樹爲寄生，盆下爲窶藪。」〔二〕後漢書周燮等傳序：閔貢，字仲叔，客居安邑，老病家貧，不能得肉，買猪肝一片，屠者或不肯與。安邑令聞，勅吏常給焉。仲叔怪而問之，乃嘆曰：「閔仲叔豈以口腹累安邑耶？」遂去。〔三〕少陵謝嚴中丞送青城山道士乳酒詩：山城乳酒下青雲，氣味濃香幸見分。〔四〕東坡過詹使君食槐葉冷淘詩：青浮卵椀槐芽餅。註曰：槐芽餅，卽槐葉冷淘也。蓋取槐葉汁溲麵作餅，卽鮮碧色也。

通州張太公壽讌詩十六韻其子主事文煇知縣文烶來請

邦畿鄰魏闕，家世本留侯。束髮輕榮進，齊眉篤好逑。綵綸鸞掖出，桃李鯉庭收。柳市眉良嫵〔一〕，蘭香蘖可羞〔二〕。冶盈新鑄炭〔三〕，懷握舊傳鈎〔四〕。筵對樓桑樹〔五〕，杯添谷黍籌〔六〕。小紅花競吐，重碧酒新篘。桃熟將人試〔七〕，梨消不外求〔八〕。長筵羅易栗〔九〕，深院植安榴〔一〇〕。人世腰纏鶴，天恩杖祝鳩。易京堪避世〔一一〕，聖水可忘憂〔一二〕。亥字春秋小，丁年齒髮遒。星槎通漢渚，仙冶滿神州。北海供椒藺，平原置酒郵。二子一令益都，一管倉德州，故有藺裘、平原酒之聯。燕歌徵戚里，趙瑟倚箜篌。載詠南山什，賡歌迭獻酬。

【注釋】〔一〕少陵八哀詩：京兆空柳市。漢書張敞傳：敞爲京兆，時罷朝會，過走馬章臺街，自以便面拊馬。又爲婦畫眉，長安中傳張京兆眉嫵。游俠傳：城西柳市。師古曰：漢宮闕疏云：細柳倉有柳市。三輔黃圖：長安大俠黃子夏居柳市。〔二〕墉城集仙錄：仙女杜蘭香，降于洞庭包山張碩家，蓋修道者也。降之三年，授以舉形飛化之道，碩亦得仙。〔三〕晉書羊琇傳：琇性豪侈，屑炭和作獸形。洛下豪貴，咸競效之。〔四〕藝文：搜神記曰：京兆有張氏，獨處一室，有鳩自外入，止于牀。張氏祝曰：「鳩來爲我禍也，飛上承塵；爲我福也，卽入我懷。」鳩飛入懷，以手探之，而得一金鉤。是後子孫過盛，貲財萬倍。蜀客賈至長安，聞之，乃厚賂婢，婢竊鉤以與蜀客。張氏旣失鉤，漸漸衰耗，而蜀客亦數罹窮厄，不爲己利。或告之曰：「天命也，不可以力求。」於是賫鉤以反張氏，張氏復昌。故關西稱張氏傳鉤云。〔五〕樂史寰宇記：幽州安次縣樓桑村，卽蜀先主劉備宅于此，村今有廟存。幽都記云：劉備幼時，宅中有桑樹如車蓋，云「我當乘此寶蓋」，後果王蜀。〔六〕藝文：劉向別錄曰：方士傳言，鄒衍在燕，燕有谷，地美而寒，不生五穀。鄒子居之，吹律而溫，氣至而穀生，故名黍谷。〔七〕葛洪神仙傳：趙升就張陵求學，陵以七事試之。第七試者，陵與諸弟子登雲臺山絕巖上，有一桃樹生石壁，下臨不測，去三四丈，有桃大實。陵曰：「得此桃者，當告以道要。」弟子皆流汗無敢視者。升從上自擲，正投桃樹上，取桃擲上二百二枚。陵分桃賜諸弟子，餘二枚自食一，乃申手引升，升忽已還，以一桃與升。樂史寰宇記：緜州彰明靈臺山天柱屋下，有一桃樹，高五丈外，皮似桃，心似松。道陵與王長、趙升試法于此。四百餘年，桃迄今不朽。〔八〕潘安仁閑居賦：張公大谷之梨。李善曰：廣志曰：洛陽北芒山有張公夏梨，甚甘，海內唯有一樹。徐堅初學記：辛氏三秦記曰：漢武帝園有大梨，如五升，落地則破。其主取以布囊盛之，名曰含消梨。少陵題張氏隱居詩：杜酒偏勞勸，張梨不外求。〔九〕范成大吳郡志：頂山栗，出常熟頂山。栗甚小，香味勝絕，與朔方易州栗相類。但易栗殼多毛，頂栗殼瑩淨耳。〔一〇〕博物志：張騫使西域還，得安石榴、胡桃、蒲桃。〔一一〕魏志公孫瓚傳：瓚乃走還易京固守。英雄記曰：先是有童謠曰：燕南垂，趙北際。中央不合大如礪，唯有此中可避世。瓚以易當之，乃築京固守。〔一二〕水經注：上谷水出郡之西南聖水谷。

代贈十六韻

別館新宮碧落連，星娥月姊自年年。錦章天上仍難報，機石人間可浪傳。搗藥兔還尋好伴，入河蟾肯照孤眠。目成敢託波通語〔一〕，意感祇憑枕作緣。臉際芙蓉長自媚，詩中芍藥倩他憐。欲知君面聊看鏡，但憶郎家便數錢〔二〕。藥使歸身欣啞謎〔三〕，鈎藏蓮子畏空拳。明粧不省宵來卸，好夢還將睡去圓〔四〕。苦憶落花爲我伴，生憎飛燕到誰邊〔五〕。關情落索拋紅豆，使性迷離拆翠鈿。已分管絃陪謝傅，敢云絛脫贈羊權〔六〕。雉羹斟酌期加飯，烏爪爬搔不用鞭。緩唱深杯供竹葉，斜行小字擘花箋。駐顏豈必餐雲母，燰老終當種玉田。報喜金針新露夕，懷人紈扇早涼天。秋衾也逐征夫遠，莫是君歸在妾先？

【注釋】〔一〕曹子建洛神賦：託微波而通辭。〔二〕後漢書：桓帝時童謠，河間姹女工數錢。〔三〕東坡寄劉孝叔詩：只有當歸無別語。施宿曰：孫盛雜語：姜維詣諸葛亮，與母相失。後得母書，令求當歸。維曰：良田千頃，不在一畝。但有遠志，不在當歸。〔四〕鄭文寶南唐近事：徐幼文能圓夢，馮僎詣徐請圓之。〔五〕開元天寶遺事：長安女子紹蘭，適任宗，爲賈于湘中，數年不歸。蘭吟詩，小書其字，繫于燕足上，燕遂飛鳴而去。任宗時在荊州，忽見一燕飛鳴，泊于肩上，有一小封書，繫在足。宗解視之，乃妻所寄詩，感而泣下。次年歸，出詩示蘭。〔六〕眞誥運象篇：蕚綠華夜降羊權，贈權金玉跳脫各一枚。

柳枝十首

花信樓前風暗吹，紅欄橋外雨如絲。一株顦顇無人見，肯與人間綰別離？

其二

離別經春又隔年，搖青漾碧有誰憐？春來羞共東風語，背却桃花獨自眠。

其　三

簇縷垂緌阿那娑，風流種性會禁持。樹旁空有傳書使，蝕葉成文好寄誰〔一〕？

【注釋】〔一〕漢書眭弘傳：上林苑中大柳樹斷枯仆地，亦自立生，有蟲食樹葉成文。

其　四

天生標格擅温柔，小院會欄蘸碧流。不是腰支長委地，怕隨紅杏出牆頭。

其　五

楊葉楊花撩亂時，半隨殘夢半游絲。可憐萬線千條在，但記征夫舊折枝。

其　六

嫁杏摽梅不耐羞，嬌慵盡日倚粧樓。團圞解得東風意，判與兒郎打繡毬。

其　七

莫將拋擲怨年華，也傍開花也落花。河畔青青比芳草，長隨蕩子到天涯。

其八

玉樹瓊枝事杳冥，天榆月桂總精靈〔一〕。莫欺楊柳溝泥種，也是天街一小星〔二〕。

【注釋】〔一〕樂府隴西：天上何所有？歷歷種白榆。〔二〕抒情集：白樂天詩：定知此後天文裏，柳宿光中添兩星。

其九

彎彎月掛柳梢頭，新葉如眉月似鉤。看取月圓明鏡照，展開眉葉萬重愁。

其十

長養成陰自有期，飛花飛絮莫傷悲。楚江萍實大如斗〔一〕，好是蟠桃結子時。

【注釋】〔一〕樂史寰宇記：渚宮故事云：宋文帝爲宜都王，臨州有人獻王萍實六十枚，大者如升，小渚如鶴卵，圓而赤，初莫有識者。以問長史王華。曰：「此萍實也。宣尼所謂王者之應。宋祚當卜年六百。」頃之，宜都王卽位，祚終于六十矣。

荷花辭十首

南浦荷花覆白蘋，採蓮歌斷曲翻新。芙蓉菡萏多名色，不及荷花是可人〔一〕。

【注釋】〔一〕胡仔苕溪漁隱叢話：夷堅志云：予家有大年小景，山谷親書絶句其上：軟鷗白鷺定吾友，翠柏幽篁是可人。海角逢春知幾度，臨遊到處總傷神。

其二

十里蓮涇接館娃〔一〕，石城西畔是儂家。一枝占斷西湖種，曾是西施舊采花。

【注釋】〔一〕范成大吳郡志：靈巖山前十里，有採香徑，横斜如臥箭。

其三

菡萏芙蕖不較多，蓮心蓮的本同科。芙蓉頭上原從草，滿子饒他也姓荷〔一〕。

【注釋】〔一〕樂府何滿子，白居易曰：何滿子，開元中滄州歌者，臨刑，進此曲以贖死，竟不得免。杜陽雜編曰：文宗時，宮人沈阿翹爲帝舞何滿子，詞調風態，率皆宛暢。然則亦舞曲也。

其四

月宫圞桂树婆娑，化作峯头十丈荷。倒向莲花为世界，可知玉女是嫦娥。

其五

荷花的的水中央，荡子牵舟一水旁。刺密荷稠那得见，廻船隔浦满风香。

其六

鱼戏田田隔水知，荷花不语自低垂。团团碧叶遮如盖，旋迸明珠打鸭儿。

其七

嫩蕊生红恰试花，卷荷纔展欲攲斜。含嬌離立誰堪倚？自斂朱房對晚霞。

其八

旭露朝霞慢試粧，翠莖紫的半摧藏。小蓮結子偏憐早〔一〕，不比紅蕖正出房。

【注釋】〔一〕杜牧之朱坡詩：小蓮娃欲語，幽筍稚相攜。

其九

露集枝條玉不分，如規碧葉動成紋。藕身到底終須折，一片冰心付與君。

其十

結實成蓮心自知，分身化作藕千絲。千絲未斷終相偶，交葉駢花一蔕垂。

德州送王鹿年

頻年遭患難，道路與子俱。有如墮枝鳥，依此失水魚。子今捨我去，置我於路隅。譬彼瞽失相，倀倀何所如？子行非無事，爲掃我室廬。慰我犀角子〔一〕，衞我充棟書。我有萬行淚，附子衣裳裾。爲我拜北堂，灑向舊倚閭。

【注釋】〔一〕國語：幽王惡犀角豐盈而比讒慝頑童。東坡御史臺詩：眼中犀角眞吾子。

東壁樓簡程魯瞻

兩膝隨身不自謀，一茅蓋頂更何求？庇君突兀千間屋〔一〕，置我嵯峨百尺樓。北海開車欣後載，西園促坐阻清游。他時得遂平原飲，傾蓋相看笑白頭。

【注釋】〔一〕朱弁風月堂詩話：老杜以稷契自許，而有志于斯人。故于茅屋爲秋風所破歌其詞云：安得廣廈千萬間，大庇天下寒士俱歡顏。又云：嗚呼！何時眼前突兀見此屋，吾廬獨破受凍死亦足。意在是也。

爲魯瞻題畫二首

卻扇含嚬斂翠蛾，閑看侍女教鸚哥。可憐紅嘴聰明鳥〔一〕，怕殺雕籠是網羅。

右美人調鸚鵡圖

【注釋】〔一〕禰正平鸚鵡賦：性辯慧而能言兮，才聰明而識機。

柂浪帆風去莫疑，高人乘興卽前期。人間何限廻舟處？得似山陰夜雪時。

右山陰返櫂圖

欲別東樓去四首

閏四月望日，發德州，將歸死於司敗。吏卒促迫，僕馬惶遽。居此樓浹旬〔一〕，一旦别去，又不獲與主人執手，欲哭欲泣皆不可。賦欲别東樓去四章，題於樓之前榮壁上。庶幾他日解網生還，要德水、魯瞻痛飲此樓，屬而和之。

欲别東樓去，棲遲念浹旬〔一〕。槐陰亭早夏，燕語殢餘春。酒爲閒嘗好，書從借看新。他時與朋好，風雨話斯晨。

【注釋】〔一〕左傳成公九年：浹辰之間，而楚克其三都。杜預曰：浹辰，十二日也。

其二

欲别東樓去，行車起暗塵。忘腰衣帶緩〔一〕，數日鬢毛新。小刼看今雨，中年别故人。可知分手路，昔夢自相因。

【注釋】〔一〕莊子達生篇：忘腰帶之適也。

其三

欲别東樓去，孤城已暮笳。可憐覊絏客，仍作賈胡家。賣餅經寒食〔一〕，吹簫過落花。還愁鈎黨急，踪跡到天涯。

【注釋】〔一〕後漢書趙岐傳：中常侍唐衡兄玹，數爲岐貶議，玹深毒恨。岐懼禍及，逃難四方，自匿姓名，賣餅北海市中。

其　四

欲別東樓去，東樓即我廬。扶疎槐作蔭，啁哳鳥相於。牆屋如初至，門庭自掃除。分留題壁句，漫漶待蟲魚。

早發雄縣次稼軒韻

並著南冠亦偶然，何妨酌醴復烹鮮。孤花自綴三春後，病樹猶居萬木前〔一〕。失路馬行枯麥裏〔二〕，飈空塵起大車邊。戴盆莫怪頻瞻望，也是城南尺五天。

【注釋】〔一〕劉禹錫詩：病樹前頭萬木春。〔二〕魏志武帝紀注：曹瞞傳曰：嘗出軍，行經麥中。令士卒無敗麥，犯者死。騎士皆下馬持麥以相過。太祖馬騰入麥中，請自刑，因拔劍割髮以置地。

其二

畿南赤縣夕烽連，邊鄙曾蒙胡虜憐。元結詩序云：賊攻永州，破郡，不犯此州邊鄙而退。豈力能制敵，蓋蒙其傷憐而已。秸賦蕭條仍禹貢，桑林焦灼又湯年。作霖誰副興雲望？繁露空繙致雨篇。何日南山理蕪穢，荷鋤同種豆萁田。

初學集卷十二

霖雨詩集 起丁丑五月，盡一年。

閏四月二十五日，下刑部獄。尚書侍郎暨臺諫郎署相見者五十餘人。久旱，次日大雨，劉敬仲司空迎謂曰：「此霖雨之徵也。」余笑曰：「安知不曰『烹弘羊，天乃雨』〔一〕乎？」因以霖雨名其詩云。

【注釋】〔一〕史記平準書：是歲小旱，上令官求雨。卜式言曰：「縣官當食租衣税而已，今弘羊令吏坐市列肆，販物求利。烹弘羊，天乃雨。」

送姚方伯未濟復官

解網殊恩應禱求，褰帷重許鎮方州〔一〕。旄頭角動催庚癸〔二〕，索口星移向斗牛。竹馬舊童迎去轍，桑林新雨拂行輈。高牙大纛尋常事，還爲東南借一籌。

【注釋】〔一〕後漢書賈琮傳：琮爲冀州刺史，傳車垂赤帷裳。琮升車曰：「刺史當遠視廣聽，糾察美惡。何反垂帷裳以自掩塞乎？」乃命御者褰之。百姓聞風悚震。〔二〕左傳哀公十三年：若登首山以呼曰：「庚癸乎？」則諾。杜預曰：軍中不得出糧，故爲私隱。庚，西方，主穀。癸，北方；主水。

洮河石硯歌爲劉君作兼呈宋中丞 祖舜

君不見本朝輿圖軼秦漢，洮河今爲國西岸。肅愼楛矢恆來庭，丁零牛羊可併案。洮河之硏玉比堅，踰羌絕塞來幽燕。廣廈細旃曾貯此，枹罕西傾在眼前〔一〕。白山小奴游魂久〔二〕，傳烽漸近登津口。高麗繭紙阻職貢，鼉磯島石煩戍守。老夫捧硯自躊躇，拂拭還君三歎餘。豈知飛檄磨厓手，牘背相隨獄吏書。

【注釋】〔一〕元和郡國志：河州枹罕縣，本漢舊縣，屬金城郡，故罕羌侯邑。後魏至唐，和州皆治于此。水經注：應劭曰：故罕羌侯邑也。地理志曰：灕水出白石縣西塞外，東至枹罕入河。樂史寰宇記：廓州光川縣，本漢枹罕縣地，屬金城郡。漢書地理志：西傾山在臨洮縣東南部，都尉治也。

〔二〕松漠紀聞：長白山在冷山東南千餘里。魏明帝善哉行：權實豎子，備則亡口。假氣遊魂，魚鳥爲伍。

送丘俞二將軍

佩印曾經擁節麾，荷戈今復戴恩私。即看夏雨平反日，又是秋風選將時。索虜共驚新壁壘；島夷還識舊旌旗。俞故名將大猷之子。白頭未試猿公術，短後猶堪作健兒〔一〕。

【注釋】〔一〕莊子說劍篇：王所見劍士，皆蓬頭，突鬢，垂冠，曼胡之纓，短後之衣，瞋目而語難，王乃悅之。

贈樓桑公子〔案：遂本校：鳳昌按：是詩爲箋註本所無。今按：癸未本無此詩。〕

元老登陴萬虜奔，郎君援筆卽戎軒。金張但是傳貂葉，郭李何曾出相門。遼薊夷情如指掌，幽幷俠少半銜恩。雲中夜獵歸旌卷，月白樓桑古樹村。

贈別鄭仰田高士

徒步追尋萬里餘，飄然南下似投虛〔一〕。賫持仙草當乾糗〔二〕，摒擋空箱出蹇驢。閉代天符分雨滴，狂隨豎子掉雷車〔三〕。幔亭雲鶴時相過〔四〕，定有空中寄我書。

【注釋】〔一〕列子黃帝篇：商丘開之子華之門，俱乘高臺，于衆中漫言曰：「有能自投下者賞百金。」衆皆競進。商丘開以爲信然，遂先投下，形若飛鳥，揚于地，骪骨無碣。〔二〕御覽：陸翽鄴中記曰：并州俗，冬至一百五日，爲介子推斷火冷食三日，作乾粥，是今之糗也。〔三〕昌黎讀東方朔雜事詩：方朔乃豎子，驕不加禁訶。偷入雷電室，輷輘掉雷車。〔四〕祝穆方輿勝覽：幔亭峯，一名鐵佛嶂。建安志云：俗傳玉帝與太姆魏眞人武夷君建幔亭，綵屋數百間，施紅雲裀、紫霞褥，宴鄉人男女千餘人于其上，皆呼爲曾孫。酒行，命奏賓雲之曲。

獄中雜詩三十首

支撐劍舌與槍脣，坐臥風輪又火輪〔一〕。不作中山長醉客，除非絳市再蘇人〔二〕。赭衣苴履非吾病〔三〕，厚地高天剩此身。老去頭銜更何有〔四〕？從今祇合號罷民〔五〕。

【注釋】〔一〕首楞嚴經：九情一想，下洞火輪，身入風火二交過地。長水疏曰：二交過地者，風火二輪交際之處。〔二〕左傳宣公八年：晉人獲秦諜，殺諸絳市，六日而蘇。〔三〕漢書賈誼傳：冠雖敝，不以苴履。師古曰：苴者，履中之藉也。〔四〕封氏見聞記：官銜之名，蓋興近代。選曹補受，先具舊官名品于前，次書擬官于後，使新舊相銜不斷，故曰官銜，亦曰頭銜。〔五〕周禮秋官司寇：以圜土聚教罷民。

其二

夜柝驚呼夢亦便，晝應如夜夜如年。都將永日銷長繫，只倚孤魂伴獨眠。晝獄脚跟還有地，覆盆頭上不多天。此中未悟逍遙理，枉讀南華第一篇。

其三

遷史空留貨殖文〔一〕，竹刑葦籍正紛紛〔二〕。國中安得魯男子〔三〕？天下無如王長君〔四〕。黠鼠晝巡添伴侶〔五〕，蒼蠅夜息斷知聞〔六〕。斗牛側畔干將氣，早晚光芒定屬雲。燕人鄭師玄知天象，云去年冬貫索星明，主有大人入獄，明公當之矣。

【注釋】〔一〕趙汸題貨殖後：後人但謂子長陷于刑法，無財可贖，故發憤作貨殖傳，豈謂知太史哉！〔二〕左傳定公九年：鄭駟歂殺鄧析而用其竹刑。杜預曰：欲改鄭所鑄舊制，不受君命而私造刑法，書之于竹簡，故曰竹刑。〔三〕後漢書楊震傳：操誣彪大逆，孔融曰：「橫殺無辜，海內觀聽。誰不解體？孔融魯國男子，明日便當拂衣而去，不復朝矣。」操不得已，遂理出彪。〔四〕漢書鄒陽傳：梁事敗，孝王恐誅，以千金令求方略解罪于上者。陽至長安，因客見王長君。長君者，王美人兄也。陽乘間而請。長君諾，入而言之，果得不治。〔五〕搜神記：中山有王周南者，正始中，爲襄邑長。忽有鼠從穴出，語曰：「周南，爾以某日死。」周不應，至更冠幘，皂衣而出，曰：「周南，爾以日中死。」亦不應。鼠復入穴，日適中，鼠又冠幘而出，曰：「周南，汝不應我，我何道？」言訖，顛蹶而死，即失衣冠所在。就視之，與常鼠無異。〔六〕晉書載記：苻堅將爲赦，與王猛、苻融密議。堅親爲赦文，有一大蒼蠅入自牖間，鳴聲甚大，集于筆端，驅而復來。俄而長安街巷市里，人相告曰：「官今大赦。」有司以聞。堅勅外窮推之，咸言有一小人，衣黑衣，大呼于市曰：「官今大赦。」須臾不見。堅歎曰：「其向蒼蠅乎？」

其四

衣冠梏桊此相遭〔一〕，狴犴中間小市朝。敢祖詩書輕法律，權祧孔孟事臯陶。獄神廟，相傳爲臯陶。圜扉地並綸扉隘，鈴柝聲如鈴索遙。夢將樓船渡皮島，欲從詹尹問何妖？

【注釋】〔一〕周禮秋官司寇，凡囚者，上罪梏桊梏。鄭司農云：桊者，兩手共一木也。

其五

通籍刊章目互除，恰如朝市有盈虛〔一〕。誰教長者爲方笥，更便刑徒習隸書〔二〕。悼往雞羣看斷尾〔三〕，謀新鼠穴夢乘車。閑中檢點人間事，憂患祗應識字初〔四〕。

【注釋】〔一〕戰國策：孟嘗君逐于齊而復反，譚拾子迎之于境，曰：「君得無有所怨齊士大夫？」孟嘗君曰：「有。」譚拾子曰：「富貴則就之，貧賤則去之，此事之必至，理之固然者。請以市諭，市朝則滿，夕則虛，非朝愛市而夕憎之也，求存故往，亡故去，願君勿怨。」〔二〕張彥遠法書要錄：下邽人程邈，字元岑，爲衙縣獄吏，得罪始皇，幽繫雲陽獄中。覃思十年，益大小篆方圓而爲隸書三千字，奏之。始皇善之，用惟御史。以奏事繁多，篆字難成，乃用隸字。以爲隸人佐書，故曰隸書。〔三〕左傳昭公二十二年：賓孟適郊，見雄雞自斷其尾，侍者曰：「憚其犧也。」〔四〕東坡醉墨堂詩：人生識字憂患始，姓名粗記可以休。

其六

紛紛燕獄上書人，天語連章戒瀆陳。凡上疏陳辯，皆奉旨曰：不得瀆陳。豈有孤臣淹棘木，漫勞温旨下楓宸。傷心尚點絲綸薄，炙手還逢丞相嗔〔一〕。猶有憂時心未已，雞鳴風雨歎斯晨。

【注釋】〔一〕少陵麗人行：炙手可熱勢絶倫，慎莫近前丞相嗔。唐語林：開成、會昌中語曰：鄭、楊、段、薛，炙手可熱。

其七

貫城西畔鐵城幽〔一〕，紂絶陰宮抵夢游〔二〕。側席深居皆虎尾，負墻離立總牛頭〔三〕。風傳暗柝千般恨，月照圓狴別樣愁。謾道繁霜飛六月〔四〕，葭沉灰冷轉悠悠。

【注釋】〔一〕首楞嚴經：亡者初見大鐵城，火蛇火狗，虎狼獅子，牛頭獄卒，馬頭羅刹，手執鎗矟，驅入城門。〔二〕眞誥闡幽微篇：羅酆山有六宮，第一宮名爲紂絶陰天宮，人初死，皆先詣此中受事。　〔三〕法苑珠林地獄部：牛頭惡眼，獄卒凶牙。　〔四〕樂府魏陳思王鼙舞歌精微篇：鄒衍囚燕市，繁霜爲夏零。論衡感虛篇：傳書言鄒衍無罪，見拘于燕。當夏五月，仰天而嘆，天爲隕霜。

其八

聖世孤生忍自裁，夏臺頌繫比春臺〔一〕。深慚黃霸傳經至〔二〕，傅給事右君、胡行人雪田，皆來執經，敢趣朱游和藥來〔三〕。加劍空餘槃水照〔四〕，持刀偏畏鼓聲催〔五〕。書生何用憐文季，投匭於今厭草萊〔六〕。

【注釋】〔一〕水經注：羑里在蕩陰縣。廣雅稱獄犴也。夏曰夏臺，殷曰羑里，周曰囹圄，皆圜土。〔二〕漢書夏侯勝傳：丞相義、御史大夫廣明劾勝及黃霸，俱下獄。霸欲從勝受經，勝辭以罪死。霸曰：「朝聞道，夕死可矣。」勝賢其言，遂授之。〔三〕漢書蕭望之傳：使者召望之，門下生朱雲勸其自裁。望之仰天歎，謂雲曰：「游趣和藥來。」飲鴆自殺。〔四〕家語：孔子曰：大夫之罪，其在五刑之域者，聞而譴發，則白冠釐纓，槃水加劍，造乎闕而自請罪。君不使有司執縛牽掣而加之也。〔五〕漢書田延年傳：延年詐增僦直車，盜三千萬。事當窮竟。即閉閤獨居齋舍，偏袒持刀，東西步。數日，使者召延年詣廷尉，聞鼓聲，自剄死。〔六〕新唐書百官志：武后垂拱二年，魚保宗上書，請置匭受四方之書。乃鑄銅匭四，塗以方色，列于朝堂。青匭曰延恩，在東；丹匭曰招諫，在南；白匭曰申寃，在西；黑匭曰通玄，在北。

其九

訓狐白日向人呼，罔兩中宵問影孤。有室端堪容兩膝，無牀何處認雙趺〔一〕。月窺圓戶如愁繫，風送更籌似逐逋。唯有羈人甘索處，塊然窮鳥觸籠隅〔二〕。

【注釋】〔一〕魏志管寧傳：高士傳曰：寧自越海及歸，常坐一木榻，積五十餘年，未嘗箕股。其榻上當膝處皆穿。南史長沙宣武王懿傳：藻性恬靜，獨處一室，牀有膝痕。羅大經鶴林玉露：張無垢謫橫浦，寓城西寶界寺。其寢室有短窗，每日昧爽，輒抱書立窗下，就明而讀。如是者十年，洎北歸，窗下石上，雙趺之跡隱然。〔二〕後漢書趙壹傳：壹畏禁不敢顯言，竊爲窮鳥賦一篇。

其十

驕陽初伏正乘權，窟室薰蒸劇可憐。爍石只應圜土爛，流金不見鐵圍穿。西天却受炎方苦，詔獄指西曹爲西天。大地都愁劫火然。獨有老夫誇矍鑠，更思曳足看飛鳶。

其十一

三韓殘破似遼西〔一〕，並海緣邊盡鼓鼙〔二〕。東國已非箕子國〔三〕，高驪今作下句驪〔四〕。

中華未必憂寒齒，羣虜何當悔噬臍？莫倚居庸三路險〔五〕，請封函谷一丸泥〔六〕。逆虜呑併高麗，奪我屬國，中朝置之不問。

【注釋】〔一〕朝鮮世紀：朝鮮王準避衞滿之亂，南浮金馬，民多歸之，統國五十四。以韓地金馬郡，是爲馬韓王，辰韓、卞韓皆屬焉。辰韓王者，秦之亡人也，避居于韓，韓人以東界與之，都辰，是謂辰韓王，亦曰秦韓王，統國十二。卞韓王者，不知其始，都于卞，亦統國十二。馬、辰、卞咸韓地，故曰三韓。〔二〕後漢書馮衍傳：緣邊破于北狄。〔三〕東國史略：周武王克商，箕子率東國五千人入朝鮮，武王因封之，都平壤，是爲後朝鮮，敎民禮義，設八條之敎。其後子孫稍驕虐，燕乃攻其西，滿潘汗爲界，朝鮮遂弱。至四十代孫否，屬于秦，子準立，爲衞滿誘遇，浮海而奔。〔四〕漢書王莽傳：莽發高句驪兵，當伐胡，不欲行，皆亡出塞爲寇。遼西大尹田譚追擊之，爲所殺。莽詔尤誘高句麗侯，至而斬焉，更名高句麗爲下句麗。〔五〕郝經居庸關銘：國宅天都，高寒之區，居庸其樞兮。遼右古北，陰幽沙磧，控帶阨孤兮。山連嶺重，鍵閉深雄，巍巍帝居兮。伊昔擘鎖，金源敗破，遂爲坦途兮。函谷一夫，百萬爲魚，竟執哥舒兮。思啓封疆，備不可忘，禍生不虞兮。寇不可玩，機不可緩，實惟永圖兮。天陰地險，莫如人險，兵刀相須兮。刻銘巖隅，用告僕夫，當戒覆車兮。〔六〕後漢書隗囂傳：囂將王元說囂曰：「請以一丸泥，爲大王東封函谷關。」

其十二

漫漫長夜旦何期？無復平分辨四時。苦雨凄風差耐得，薄寒小病亦相宜。天荒地老餘圜土，鬼爛神焦見積屍〔一〕。坐斷波吒眞地獄〔二〕，不由羅刹不慈悲〔三〕。

【注釋】〔一〕昌黎陸渾山火歌：神焦鬼爛無逃門。〔二〕首楞嚴經：二皆相陵，故有吒吒波波羅羅青赤白蓮寒冰等事。長水疏曰：吒波羅等獄寒聲也。卽忍八方地。〔三〕朝野僉載：李全交專以羅織爲業，臺中號曰人頭羅刹。

其十三

四序司刑盡爽鳩，何須葉落始悲秋。心情好處渾中惡，風月佳時不抵愁。送去紙錢新鬼市〔一〕，汲來井水伏屍流。八寒陰獄長如此〔二〕，縱有陽春到此休。

【注釋】〔一〕紙錢，封氏見聞記：後漢蔡倫所造，魏晉已來，始有其事，凡鬼神之物，其象似亦猶塗車芻靈之類。古埋帛，今則皆燒之，所以示不知神之所在也。〔二〕翻譯名義集：大論云：八寒冰獄者：一名頞浮陀，少多有孔。二名尼羅浮屠，無孔。三名呵羅羅，寒顫聲也。四名阿婆婆，亦患寒聲。五名睺睺，亦是患寒聲。六名漚波羅，此地獄外逼作青蓮花色。七名波頭摩，紅蓮花色，罪人坐中受苦也。八摩訶波頭摩。其中受苦，隨其作業，名有輕重。

其十四

此中不省是何方，地絶天通限堵墻。玄鳥避巢無四序，獄中無燕。燭龍廻駕少三光〔一〕。枯骸每與人爭坐，白晝頻看鬼亂行。唯有六時鐘鼓發，燈殘夢斷也徬徨。

【注釋】〔一〕大荒北經：西北海之外，赤水之北，有章尾山。山有神，人面蛇身而赤，直目正乘，其瞑乃晦，其視乃明。不食不寢不息，風雨是謁，是燭九陰，是謂燭龍。郭璞曰：詩含神霧曰：天不足西北，無有陰陽消息，故有龍銜火精，往照天門中云。

其十五

台星落落夜寥寥，咫尺垣墻貫口遙。大有羯奴侵上國，可無司馬相中朝〔一〕？延登近日金甌易〔二〕，夢卜頻年沙路囂。綸閣圜扉多故事，與君分壇祭皋陶〔三〕。入獄祭皋陶，見范滂傳。本朝小説，亦載入閣祭皋陶事。

【注釋】〔一〕東坡司馬溫公神道碑：遼人夏人遣使入朝，與吾使至虜中者，虜必問公起居。而遼人敕其邊吏曰：「中國相司馬矣，愼無生事開邊隙。」〔二〕漢書五行志：臨延登受策。師古曰：延登，延入而登殿也。漢官儀云：丞相御史大夫初拜，皇帝延登親詔。唐語林：玄宗將命相，皆先以御札書其名于案上。會太子入侍，上以金甌覆其名以告之：「此宰相名也，汝庸知其誰？射中，賜若巵酒。」肅宗曰：「非崔琳、盧從愿乎？」上曰：「然。」因舉甌以示。是時琳、愿皆有宰相望，上倚爲相者數矣，竟以宗族繁盛，附託者衆，不能用之。〔三〕許浩復齋日記：閣老陳文，簠簋不飭，衆論鄙之。永新劉公繼入閣，尤不愜于衆望。或謔輟耕錄所載譏史帥語意謂人曰：「昨新閣老入閣，閣中吏請循故事祀皐、夔、稷、契，劉曰：「陳先生不祭，我也不祭。」」朝士相傳爲笑。箋曰：登庸必由詞林，此舊章也。自世廟以張璁等言禮進用，始舉外臣入閣。上卽位，行立賢之典。自崇禎元年至十年，枚卜閣臣，不下三十餘人，頗不循詞林舊格，故人人可負揆路之望。且所任者，亦不甚久。獨烏程在位九年，丁丑六月始罷免。陰薦韓城于上，上信其言。八月卽登國觀于揆席，由僉憲入政府，亦以外官特簡也。當戎馬生郊，羽書旁午之日，韓城模稜仰屋，有何籌策而倚賴之？延登夢卜，幾同夫兒戲。能不致慨于金甌之易、沙路之囂乎？落句複引小說語刺之，以見後先柄國者，皆庸庸粥飯僧爾，非嘲弄之也。

其十六

易水波騰碣石翻，修羅一掌障乾坤〔一〕。知交踧踖憂連坐〔二〕，僮僕倉皇擬叫閽。美酒經時澆漢獄〔三〕，愁腸終夜繞吳門〔四〕。却憐痛定仍思痛，病悸頻將白首捫。

【注釋】〔一〕翻譯名義集：羅睺長八萬四千由旬，舉手掌障日月，世言日月食。〔二〕後漢書黨錮傳：天子震怒，班下郡國，逮捕黨人，遂收執膺等。其辭所連及陳寔之徒二百餘人。〔三〕樂史寰宇記：漢武帝上甘泉長平阪，道中有蟲，赤如肝，頭目口齒俱具。問東方朔。對曰：「名爲怪哉。昔秦始皇拘繫無罪，幽殺無辜，衆庶恨怨，憤氣之所生。此地必秦之故獄處也。」按圖地果秦獄。朔曰：「積憂者得酒而忘，置酒其上必消靡。」以酒澆之，果消。〔四〕放翁出縣詩：歸計未成留亦好，愁腸不用繞吳門。

其十七

霜慘雲繁鎖鐵扉，茶香萸酒事都非〔一〕。南冠潦倒憐烏帽，獄卒踉蹌認白衣。人比籬花何許瘦？身如朔鴈幾時歸？遥知四海登高會，多少燕山酹夕暉？

【注釋】〔一〕皎然九日與陸羽賞茶詩：俗人泛萸酒，誰解助茶香？

其十八

徼道嚴更護棘叢〔一〕，果然牢獄不通風。安知獄卒尊如此，始信吾生固有窮。白日可能迴地底？綠章何處達天中？斗魁直下天牢在〔二〕，午夜依然繞帝宮。

【注釋】〔一〕班孟堅西都賦：徼道綺錯。李善曰：漢書：中尉掌徼循京師。如淳曰：所謂游徼，循禁備盜賊也。張平子西京賦：重以虎威章溝嚴更之署。薛綜曰：嚴更，督行夜鼓也。〔二〕史記天官書：在斗魁中，貴人之牢。孟康曰：傳曰：天理四星，在斗魁中。貴人牢名曰天理。宋均曰：以理牢獄也。隋書天文志：天牢六星，在北斗魁下，貴人之牢也。

其十九

熒熒宿火焰黄昏，摵摵寒風打席門。每借愁端支永夜，都憑噩夢返羈魂。功名過眼篝燈在，世事從頭倒枕論。睡起懵騰扶白首，可知羅網是君恩？

其二十

漁灣蟹舍互夤緣，萬樹寒梅罨畫船。嫩綠放檐依候足，穠紅出水受風偏。鈿車每惜飛花地，簾閣尤宜小雨天。夢斷江南好春事，與君獄底話神仙。與劉敬仲談江南風景，因次其韻。

其二十一

黑獄沉沉白日昏，嚴更況復警重門。難尋伴侶憑形影，欲達音書託嚮言〔一〕。見晉書五行志。晷短蕭條逢減刼〔二〕，夢長迢遞遡歸魂。亦知遙夜相思處，燈爐香消半席温。

【注釋】〔一〕宋書五行志：吳孫休世，烏程民有得困疾，及差，能以響言者，言于此而聞于彼，聲之所往，隨其所向，遠者不過十數里。其鄰人有責息于外，歷年不還，乃假之使爲責讓，懼以禍福。負物者以爲鬼神，卽貸到畀之。其人亦不自知所以然也。〔二〕法苑珠林劫量篇：依新婆沙論云：劫有三種，一中間劫，二成壞劫，三大劫。中間劫復有三種，一減劫，二增劫，三增減劫。減者從人壽無量歲減至十歲；增者從人壽十歲增至八萬歲；增減者從人壽十歲增至八萬歲，復從八萬歲減至十歲。

其二十二

廿年齊聽景陽鐘，投老衣冠此地逢。祝去詛來如有恨，單行卻立豈爲恭？獄中巷道狹隘，相遇者皆側立讓行。

駢頭會聚攢蜂牖〔一〕，接跡經過折蟻封。卻笑凍蠅思附驥，穴窗何日得從容？

【注釋】〔一〕魏志管輅傳：輅射覆，卦成，曰：家室倒懸，門戶衆多。此蜂窠也。山谷題落星寺詩，蜂房各自開戶牖。

其二十三

欲隨短景斷愁腸，可耐嚴更又許長！謝客蟰蛸收冷戶，依人蟋蟀守空牀。耗磨膏火三分漏，領略寒威一番去霜。傳語司空休起舞，鳴雞喑鴈總堪傷〔一〕。

【注釋】〔一〕莊子山木篇：莊子舍于故人之家，命豎子殺鴈而烹之。豎子曰：「其一能鳴，其一不能鳴，請奚殺？」曰：「殺不能鳴者。」

其二十四

經年獄底阻艱危，狂鳥投籠馬就羈。尊者夢中曾示現，十五年前，夢多生爲金馬道人，與尊者說法，以諍論故，應受業報。老僧海上已先知。丙子歲，吳門王生謁普陀，有老僧囑曰：「速歸報錢公，往因中當有王難，不免一行也。」蓬蒿環堵彈琴處，方丈毗耶宴坐時〔一〕。儒行宗風都會得，信知調伏是便宜〔二〕。

【注釋】〔一〕維摩詰經：佛在毗耶離菴羅樹國。維摩詰經：夫宴坐者，不于三界現身意，是爲宴坐；不起滅定而現諸威儀，是爲宴坐；不捨道法而現凡夫事，是爲宴坐；心不住內，亦不在外，是爲宴坐；於諸見不動，而修行三十七道品，是爲宴坐；不斷煩惱，而入涅槃，是爲宴坐。

〔二〕維摩詰經：以難化之人，心如猿猴，故以若干種法，御制其心，乃可調伏。

其二十五

半椽恰受向隅人，矮屋還憎墊角巾。穴紙聲疎魚網舊〔一〕，啄門響密雀羅新。牀多臥筆應知懶〔二〕，架少繙書始覺貧。最是催詩幷問字，每於淸夜惱比鄰。

【注釋】〔一〕後漢書宦者傳：蔡倫造意，用樹膚麻頭敝布魚網以爲紙，天下咸稱蔡侯紙。〔二〕段公路北戶錄：筆爲牀爲雙爲枚。注曰：南朝呼筆四管爲一牀。梁簡文帝答徐瑀書云：時設書幌，置筆牀。

其二十六

蕭辰嚴獄應彫枯，風急周廬警夕呼〔一〕。身老蟫衣穿爾雅〔二〕，道窮蛛網閟陰符。寒冰著面生稜角，饑火廻腸轉轆轤〔三〕。遙夜歌聲正三闋，始知回也是吾徒。夜聞傅右君歌聲。

【注釋】〔一〕班孟堅西都賦：周廬千列。李善曰：史記：衞令曰：周廬設卒甚嚴。〔二〕爾雅釋蟲：蟫，白魚。郭璞曰：衣書中蟲，一名蛃魚，本草謂之衣魚。〔三〕范成大吳郡志：續空者吳人，本齊君房也。苦貧勤學，爲凍餒所驅，元和初遊錢塘。至孤山寺西，饑甚，不能前。俄有胡僧顧君房笑曰：「法師諳旅況否？」君房曰：「何哉？」僧曰：「子不憶講法華經于洛中同德寺乎？應爲饑火所惱，不暇憶前事。」探鉢出一棗，大如拳，曰：「此吾國所產，食之者知過去未來事。」君房食訖甚渴，掬泉水飲之，急欠伸枕石而寢，有頃乃寤，思講經于同德寺如時日焉，乃落髮。

其二十七

六街鼓息五更頭〔一〕，葦席單衣萬事休〔二〕。已見騎驢臨獨柳〔三〕，曾看走馬向長楸。革膠一夜離肝腎，牙齒何年長髑髏〔四〕？東閣兔歸西市死，夕陽亭下總悠悠〔五〕。

【注釋】〔一〕中華古今注：唐舊制，京城內，金吾昏曉傳呼以戒行者。馬周請置六街鼓，號之曰鼕鼕鼓。〔二〕宋書五行志：吳孫亮初童謠：吁汝恪，何若若？蘆葦單衣篾鉤絡。于何相求成子閣？按：成子閣者，反語石子岡也，鉤絡，鉤帶也。及諸葛恪死，果以葦席裹身，篾束其腰，投之石子岡。後聽恪故吏收斂，求之此岡。〔三〕新唐書刑法志：肅宗喜刑名，以河南尹達奚珣等三十九人爲重罪，斬於獨柳樹者十一人，賜自盡于獄中者七人，其餘決重杖死者十一人。長安志：南西市獨柳，刑人之所。〔四〕晉書五行志：元康中，京洛童謠曰：南風起，吹白沙。遥望魯國何嵯峨，千歲髑髏生齒牙。〔五〕後漢書楊震傳：震遣歸，行至城西夕陽亭，飲酖而卒。

其二十八

良友冥冥恨夜臺，寡妻稚子尺書來。平生何限彈冠意，後死空餘挂劍哀。千載汗青終有日，十年血碧未成灰。白頭老淚西窗下，寂寞封題一鴈回。故司馬夫人命其子走書相唁。

其二十九

溪柳冥濛比雪寒，竹堂月舫思漫漫〔一〕。柳溪、竹堂，皆先世第宅。好花筆禿珊瑚架〔二〕，惡草匙荒雲母盤〔三〕。斟雉羹調誰進御？持螯酒熟且加餐。可憐聱枕英雄老，夢斷湘靈瑟未闌。皆吾家譜牒故事。

【注釋】〔一〕理平公諱洪，公之六世祖也。景泰中，與劉草窗原博、湯東谷胤勣結社賦詩。東谷下榻理平之竹深堂者判年。理平有舟名水月舫，東谷爲作長歌。〔二〕開元天寶遺事：李白少時夢筆頭生花，後天才贍逸。歐陽公歸田錄：錢思公有一珊瑚筆格，生平所珍惜，常置之几案。子弟有欲錢者，竊而藏之。公卽悵然自失，乃榜于家庭，以錢十千贖之。居一二日，子弟佯爲購得以獻，公欣然以十千賜之。他日有欲錢者，又竊去。一歲中率五六如此，公終不吝也。〔三〕葛洪神仙傳：彭祖善導引補養之術，服水桂雲母粉，常有少容。

其三十

皇覽揆余初度時，松醪春酒菊花枝。千金稱壽慚親串，一物全生荷聖慈。老眼畫圖行聚米，虛窗料敵坐圍棋。成都桑樹衡山芋〔一〕，剔盡寒燈夜話遲。九月二十六日，劉尚書諸公釀酒爲壽。

【注釋】〔一〕蜀志諸葛亮傳：亮自表後主曰：「成都有桑八百株，薄田十五頃，子弟衣食，自有餘饒。臣死之日，不使內有餘帛，外有贏財，以負陛下。」袁郊甘澤謠：李泌衡嶽寺中讀書，察懶殘所爲，曰：「非鈍物也。」中夜，潛往謁焉。懶殘撥牛糞火出芋啖之，取所啖之半授李公食，謂曰：「愼勿多言，領取十年宰相。」

送馬巽倩歸會稽

諸公紛紛趨貫城，子出我入如踐更〔一〕。子罷呼囚我趣上，恰如除目刊姓名。多子僂行相問訊，執手顧視心怦怦。天地爲籠逝何所？欲哭欲泣皆不成。是時當路正炙手，同文之獄初煩興〔二〕。端禮門前舊鐫刻，格天閣下新題評〔三〕。羅鉗吉網牙錯拒〔四〕，子虛烏有相支撑。杯裏無蛇我所悉，水中有蟹那能平〔五〕。和藥趣來手欲戰，然灰被溺目敢瞪〔六〕？閉口捕舌豈容遁，排山壓卵孰與爭〔七〕？骸骨已分塡牢戶，魂夢猶想歸柴荆。聖主聰明察庶獄，小臣愚闇偷殘生。竈火撲滅乞兒散〔八〕，社樹斫伐妖狐驚。台階中坼卷舌曲〔九〕，斗間索口還崢嶸。與子開口方一笑，抗手卽路難爲情。我爲老寡坐幽閉，子如稚婦初歸寧。

蓬孿婀婧不相似〔一〇〕，搥牀撫枕俱屏營。原澤蕭蕭鴻鴈少。江河悚悚多甲兵。登山臨水何處所？送子目斷秋篷征。東中風土良不惡〔一一〕，弋釣採藥聊意行。逸少故有濟世志，安石肯忘東山盟。西陵驛樓過騁望〔一二〕，東土人士多逢迎。牘背何繇具書尺？因風哽咽遙寄聲。琅璫白首尚無恙，爲我炷香謝聖明。

【注釋】〔一〕史記郭解傳：至踐更，特脫之。如淳曰：更有三品，有卒更，有踐更，有過更。古有正卒，無常人，皆當迭爲之。一月一更，是爲卒更也。貧者欲得顧更錢者，次直者出錢顧之，是爲踐更也。〔二〕九朝長編紀事本末：章惇、蔡卞恐元祐舊臣一旦復起，日夜與邢恕謀所以排陷之計。既再追貶呂公著、司馬光，又責呂大防、劉摯、梁燾、范祖禹、劉安世等過嶺，仍用黃履疏、高士英狀，追貶王珪。最後起同文獄，將悉誅元祐大臣，內結宦者郝隨爲助。〔三〕羅大經鶴林玉露：秦檜建一德格天之閣，有朝士賀以啓。檜大喜，超擢之。又有選人投詩，檜卽與改秩。〔四〕李肇國史補：羅鉗吉網，員推韋狀。注曰：酷吏羅希奭、吉溫，能吏員結、韋元甫。〔五〕晉書解系傳：倫、秀以宿憾收系兄弟。梁王肜救系等，倫怒曰：「我于水中見蟹且惡之，況此人兄弟輕我耶！」遂遇害。〔六〕漢書韓安國傳：安國坐法抵罪，蒙獄吏田甲辱安國，安國曰：「死灰獨不復然乎？」甲曰：「然，卽溺之。」〔七〕晉書杜有道妻嚴氏傳：嚴氏，字憲，十八而嫠居。女韡，有淑德，傅玄求爲繼室，憲便許之。或曰：「何、鄧執權，必爲玄害，亦猶排山壓卵，以湯沃雪耳，奈何與之爲親？」憲曰：「晏等驕侈，必當自敗。吾恐卵破雪銷，行自有在。」〔八〕開元天寶遺事：張九齡見朝之文武僚屬趨附楊國忠，爭求富貴，曰：「今時之朝彥，皆是向火乞兒。一旦火盡灰冷，煖氣何在？」向火，言附炎也。〔九〕晉書張華傳：華爲司空，中台星坼。少子韙勸華遜位，華不從，遂遇害。三氏星經：石申氏曰：卷舌六星，在昴北，主言語多讒佞。〔一〇〕宋玉登徒子好色賦：其妻蓬頭攣耳。〔一一〕晉書王羲之傳：羲之遍遊東中諸郡，窮諸名山，泛滄海，嘆曰：「我卒當以樂死！」〔一二〕水經注：浙江又逕固陵城北，今之西陵也。有西陵湖，亦謂之西城湖。會稽志云：西陵城在蕭山縣西十二里。謝惠連有西陵阻風獻康樂詩。吳越改曰西興。東坡詩「爲傳鐘鼓到西興」是也。浙江通志：西陵城，吳越改爲西陵驛。按白樂天答微之泊西陵驛見寄云：烟波盡處一點白，應是西陵古驛臺。則西陵舊有驛，至吳越始改西興耳。

題杏花宮人圖爲傅右君

閒撥銅鍰看淚痕〔一〕，春風取次到長門。監宮傳報天顏喜，紅杏花開滿禁垣。

【注釋】〔一〕漢書外戚趙后傳：倉琅根，宮門銅鍰也。師古曰：鍰，讀與環同。

題畫二首爲傅右君

策星夜動王良馬，車騎紛紛滿郊野〔一〕。幽并好馬胡兒騎，迴鞭蹴踏長城下。今年雲中開馬市，百金一馬胡人喜。金繒壓鞍革挏酒〔二〕，齊唱吳歌度遼水。老髯奚官立道傍〔三〕，佇看烙印黯悲傷。莫輕此馬爲胡種，曾秣天閑十二坊。東奴掠我馬，汰其疲駑者以予西虜，西虜卽以入市，太僕寺烙印宛然。

右牧馬圖

【注釋】〔一〕隋書天文志：天駟旁一星曰王良，亦曰天馬；前一星曰策，王良之御策也。若移在馬後，是謂策馬，則車騎滿野。〔二〕漢書百官公卿表：武帝太初元年，更名家馬爲挏馬。應劭曰：主乳馬，取其汁挏治之，味酢可飲，因以名官也。如淳曰：主乳馬以韋革爲夾兜，受數斗，盛馬乳挏，取其上肥，因名曰挏馬。挏，音徒孔反。〔三〕東坡韓幹馬詩：老髯奚官騎且顧，前身作馬通馬語。

南山白額毛蟲祖〔一〕，掉尾磨牙踞林莽。嚙人不肯避賢豪，狡獸輕禽敢余侮？壯士髮植風蕭騷〔二〕，身掠虎落禽咆哮。應弦飲羽目一瞋，拉押雨血摧風毛。倒載斕斑出叢薄，山虞高眠野樵樂。寄言尋斧休放縱，還爲深山惜藜藿〔三〕。

右射虎圖

【注釋】〔一〕東坡起伏龍行：何年白竹千鈞弩，射殺南山雪毛虎。至今顱骨帶霜牙，尚作四海毛蟲祖。〔二〕張平子西京賦：植髮如竿。〔三〕後漢書孔融傳論：山有猛獸，藜藿爲之不採。

李將軍國樑挽詞二首

飛將名空在，封侯事忍論！死爲明國法，生敢負君恩？棄市沙場血，呑胡厲鬼魂。古來推轂者，先與鑿凶門〔一〕。

【注釋】〔一〕淮南子兵略訓篇：將已受斧鉞，乃爪鬋設明衣，鑿凶門而出。高誘曰：凶門，北門也。將軍之出，以喪禮處之，以其必死也。

其　二

未見東奴滅，其如西市何！國殤應會鼓，虞殯已聞歌〔一〕。獨石邊牆在〔二〕，中朝敍蔭多。誰懸藁街首？酹酒向銅駝〔三〕。

【注釋】〔一〕左傳哀公十一年：公會吳子伐齊，將戰，公孫命其徒歌虞殯。杜預曰：虞殯，送葬歌曲。〔二〕大明一統志：獨石，在開平衛城南，一石屹起平地上。〔三〕漢書陳湯傳：斬郅支首及名王以下，宜懸頭藁街蠻夷邸間。師古曰：藁街，街名，蠻夷邸在此街也。邸若今鴻臚客館也。崔浩以爲藁當作稾，街即銅駝街也。此說失之。銅駝街在洛陽，西京無也。

詠雪三十韻

凜凜圜中暮，瀌瀌雪下遲。雲同天黯淡，霰集地離披。肅氣金方積，嚴威玉律宜。臺烏紛淺色，林棘稍皴枝。帶殺來鳩署，分寒出鳳池。猶嫌霜稜去薄，肯放日華滋。嘉石堆盈矩，圜扉穴剩規。刀山尖矗矗，鈴索墜纍纍。病柏封枯削，孤篁壓倒垂。牛頭嗔變赤，鵠面若藏黧。厚集俄成陣，輕飛故薄帷。酸風助饕虐，凍雨聚淋漓。清濁容霑灑，乾坤任剛制。彌漫帀地網，簸頓駕空篩。粉飾都無隙，恢張詎有涯。菊花何太苦？柳絮恐非時。虎穴誠難滿，狐踪或暫夷。漏壺冥旦晦，岸谷混高卑。犴塞亡羊徑，平塡問馬歧。橫空眞跋扈，失路亦迷離。溷廁那曾避，汚泥總未差。如何瓊玖質，翻作糞溲資。瑩訝瑤臺碎，淸嗟玉尺隳。何當依瑣闥，重與集罘罳。繞徑行防滑，穿簾坐苦危。聽窗分歎噫，將策試扶持〔一〕。悶想毰毸酒〔二〕，閑搜合鬧詩〔三〕。槎枒生肺腑，皎潔見鬚眉。屯甲憐毛蝟，封侯惜手龜。老夫堪一噱，臥憶蔡州師。

【注釋】〔一〕邵氏聞見後錄：退之雪詩：喜深將策試，驚密仰簷窺。又，氣嚴當酒煖，灑急聽窗知。荆公詠雪詩：爲問火城將策試，何如雲屋聽窗知？全用其句。〔二〕昌黎詠雪贈張籍詩：狂教詩砇硉，興與酒毰毸。毸，蘇來切。〔三〕魏泰東軒筆錄：慶曆中，西師未解，晏元獻公殊爲樞密使，會大雪，歐陽文忠公與陸學士徑同往候之，遂置酒于西園。歐陽公卽席賦晏太尉西園賀雪歌，其斷章曰：主人與國共休戚，不唯喜悅將豐登。須憐鐵甲冷徹骨，四十餘萬屯邊兵。晏深不平之，嘗語人曰：昔日韓愈亦能作言語，每赴裴度會，但云園林窮勝事，鐘鼓樂清時。却不曾如此合鬧。

雪夜次劉敬仲韻

冷壁寒燈焰欲收，卌年身計一狐裘〔一〕。雪花似掌難遮恨，風力如刀不斷愁。鳶攫高樓仍拉揩，鼠爭深穴正啁啾。殘年大有拚身處，美酒盈船共拍浮。

【注釋】〔一〕朱翌猗覺寮雜記：數名卌音颯，卅音颯，廿音入。今直以爲二十、三十、四十，不知音名不同。

贈潞安孫道人詩 幷序

道人往游新安，却病起死，其效如神。約友人程孟陽訪余於虞山而不果。余復官赴闕，從新城王司馬、沁水孫司農問道人在所，二公許爲余延致之，亦不果。今年聞余有逮繫之禍，重繭千里〔一〕，問余於請室〔二〕，道故悲今，相向歎息。且約候余南還，策蹇追隨，共了還丹大事。余感其意，作是歌以贈之，幷以訂其行焉。

【注釋】〔一〕戰國策：墨子聞之，百舍重繭，往見公輸班。高誘曰：重繭，累胝也。〔二〕漢書賈誼傳：造請室而請辠耳。應劭曰：請罪之室。蘇林曰：漢官：車駕出，有請室令在前先驅。此官有別獄也。

道人昔踏天都峯，倒吸黃海飡芙蓉。道人今居太行脊，手捫天井煮白石〔一〕。今年訪我南冠囚，霜風裂面雪罨頭。墜馬折腰臥旅店，十日不食寒無衾。古來神仙多奇鷙，英雄廻首人間事。放騍老將青城客，椎龍少年倉海使。君今已作愚谷叟，肝膽輪囷尚如斗。蹇驢摺紙著巾箱，鐵彈如風藏腦後〔二〕。君不見新城司馬氣食虎，八十邊庭撫驕虜。又不見沁水尚書磊落人，顧盼霜稜起眉宇。昔年執手禁城闉，閣道周廬旦復晨。沁水每憂當路犬〔三〕，新城欲購解飛人。王司馬詢余，欲購解飛人殺虜，余舉王莽傳答之，一笑而止。我從二公問孫老，擬學還丹事幽討。二公笑我太早計，擲却金蓮想火棗。十載推移陵谷中，可憐猿鶴與沙蟲。宣雲屬虜塡遼水，澤潞知交酹朔風。我得幽囚豈非幸，尚有殘生坐眢井。耳豁依然箭著瘢，頭童恰似頸生癭〔四〕。羊羔酒熟歲云暮，我心不留君且駐。君如朔鴈我越鳥，相將會逐高枝去。虞山亦是一仙山，丹井銀筒紫翠間〔五〕。結宇平臨兩湖水，朝飛丹鴿莫呼還〔六〕。

【注釋】〔一〕眞誥甄命授篇：斷穀入山，當煮食白石。昔白石子者，以白石爲糧，故世號曰白石生。

〔二〕段柯古酉陽雜俎：韋生移家汝州，中路逢一僧，言論頗洽。僧曰：數里是貧道蘭若，能左顧乎？許之。比行，十餘里不至，日已沒，韋生疑之。素善彈，密于靴中取弓，卸彈，懷銅丸十餘彈之，正中其腦。凡五發，僧始捫中處。徐曰：「郎君莫惡作劇。」至一莊，延韋坐，曰：「不知郎君藝若此！適來所中悉在。」乃舉手搦腦後五丸墜地焉。〔三〕戰國策：江乙惡昭奚恤，謂楚王曰：「人有以其狗爲有執而愛之。其狗嘗溺井，鄰人見之，欲入言，狗當門而噬。鄰人憚之，遂不得入言。邯鄲之難，楚進兵大梁，取矣，昭奚恤取魏之寶器。臣居魏知之，故昭奚恤嘗惡臣之見王。」〔四〕晉書杜預傳：吳人知預病癭，憚其智計，以瓠繫狗頸示之，每大樹似癭，輒斫使白，題曰「杜預頸」。及城平，盡捕殺之。〔五〕昭明招眞治碑：書藏玉匣，藥蘊銀筒。〔六〕宋濂丹井銘：海虞有虞山，梁天監初，漢天師十一世孫張道裕來隱其下，建招眞之治，鑿丹井焉。宋淳熙中，道士李正則浚井，得藏丹石甒，啓之，化爲雙紅鴿，飛入尙湖，至今湖中丹光煜煜然。

次韻劉敬仲寒夜六首

寂寂寒廬弔影孤，咄嗟何計復彫枯？心如抱杵頻舂碓〔一〕，身似投驍未入壺〔二〕。憔悴移時枯樹賦〔三〕，淒涼繞屋北風圖〔四〕。長吟小飲猶堪樂，愁坐書空定不須。

【注釋】〔一〕漢書楚元王傳：王戊與吳通謀，申公、白生諫不聽，胥靡之，衣之赭衣，使杵臼碓舂于市。晉灼曰：高肱舉杵，正身而舂之。〔二〕葛洪西京雜記：武帝時，郭舍人善投壺，以竹爲矢，不用棘也。古之投壺，取中而不求還，故入小豆，惡其矢躍而出也。郭舍人則激矢令還，一矢百餘返，謂之驍，言如博之塈棋于掌中焉。驍，傑也。〔三〕庾子山枯樹賦：殷仲文風流儒雅，海內知名。代異時移，出爲東陽太守，常忽忽不樂，顧庭槐而嘆曰：「此樹婆娑，生意盡矣。」〔四〕博物志：後漢劉褒，桓帝時人，曾畫雲漢圖，人見之覺熱。又畫北風圖，人見之覺涼。尚書故實：國朝李嗣眞評事云：顧畫屈居第一，然虎頭又伏衛協畫北風圖。

其二

小窗颯拉過歸鴉，凍口銜寒陣不譁。悶取青編占木稼〔一〕，閑梳白髮鬭霜華。差池梁燕恆辭社，落薄巢鳩不置家。漫道雪飛如柳絮，可隨離夢到天涯？

【注釋】〔一〕魏泰東軒筆錄：熙寧三年，京輔猛風大雪，萬木皆稼，冰及數寸。既而華山震。衆謂大臣當之。未數年而韓公琦薨，王荆公作挽詞曰：木稼嘗聞達官怕，山頹今見哲人萎。蓋謂是也。

其三

尙有乾坤容傲兀，可無環堵置琴樽？望衡對宇躬耕地〔一〕，流水青山獨樂園〔二〕。零雨故應悲在野，停雲何必歎同昏〔三〕！縞衣夢斷梅千樹〔四〕，月落參橫與晤言。

【注釋】〔一〕水經注：沔水中有魚梁洲，龐德公所居。士元居漢之陰，在白沙。司馬德操宅洲之陽，望衡對宇，歡情自接。〔二〕荃翁貴耳集：獨樂園，司馬公居洛時建。東坡詩曰：青山在屋上，流水在屋下。中有五畝園，花木秀而野。有園丁呂直，性愚而鯁，公以直名之。春日遊人入園，微有所得，以十千白公，麾之使去。幾日自建一井亭，公問之，直以十千爲對。復曰：「端明要作好人，在直如何不作好人？」〔三〕淵明停雲詩：八表同昏，平路伊阻。〔四〕東坡松風亭梅花詩：海南仙雲嬌墮砌，月下縞衣來扣門。

其四

故山松桂傍人間，不出林泉不閉關。綠浪水廻新竹逕，紅欄橋繞舊漁灣。穿雲臥石何曾鬧〔一〕，抹月批風也未閑〔二〕。有日隣僧共扶老，緣溪略約試梅還。

【注釋】〔一〕劉禹錫西山蘭若試茶歌：欲知花乳清冷味，須是眠雲臥石人。〔二〕東坡和何長官六言絶句：貧家何以娛客？但知抹月批風。施宿曰：禪宗有薄批明月，細抹清風之語。

其五

皮島傳烽數夜驚〔一〕，綠林銅馬苦縱橫。憐才可但旌當轍，使過終須赦絶纓。急繕槀街懸雜種，更營京觀待長鯨。至尊自定金湯計，作頌休誇統萬城〔二〕。恭聞聖駕閱城〔三〕，落句漫記。

【注釋】〔一〕皮島，在登萊海中，綿亘八十餘里。朝鮮居其東北。凡獐子島、石城島、山松、長山諸島，皆皮島之重門也。北抵鎮江、九連，猶廣鹿之抵金復，鎮江至靉陽、寬奠，歷牛毛、古董諸險，始入老寨。然地越千里，非偏師可以懸度。天啓元年辛酉，遼東陷武林，仁和人毛文龍隨衆泛海過鎮江，覘城中守禦單踈，夜半結衆緣城上，掩殺守將佟養眞，間關報捷。既而走朝鮮，據皮島。撫臣王化貞上其功于朝，授職總兵，設鎮海外，而島上之事始定。終熹廟世，倡爲牽制之說，聯絡登津，跨鮮控遼，歲糜金錢無算。走貂參以輸輦下諸君，獻俘冒賞，張投鞭擊楫之虛聲，而求所謂擣穴奇謀，實鮮有當也。崇禎二年己巳，督師袁崇煥誘誅文龍，收回賜劍符印等，分東江兵二萬八千爲四協，仍用文龍子毛承祿及中軍徐敷奏、遊擊劉興祚、副將陳繼盛各營一協，虛其帥以俟有功者。崇煥之意，蓋在興祚也。興祚初名愛塔，遼陽人，最爲建州所親信。愛塔者，愛他之謂也。守金復，每思自拔歸。高陽所謂可間而用，解腰帶，製誓牌，遣壯士張槃潛往招之，遂改名歸欵。柳河之役，興祚欲以牛莊內應，適召還瀋陽，事不就。建師圍錦州，令其心膂吳堅忠徒步來報，袁公得以先期戒備。及高陽還里，袁公罷去，興祚歸無所主，始通于文龍。凡灰扒、魚皮諸部貳于建州者，咸賚而遣之，使奔東江，先後不下千人。文龍累次報獲，影略興祚爲己功也。興祚又遣耿仲明兄弟來歸，已則披羊皮，雜難民而逃，文龍接見，喜過望，握手出肺腑相告語，晨夕與共起居，而陰以陣獲報。興祚聞之，恚甚。會崇煥督師再出，乃潛以己意通焉。時其弟興治繼至，袁公誅文龍，興治以材官從格，左右無譁者，其力居多。人謂袁倚講欵爲秘計，恐文龍洩其機，故誅之以滅口。不知崇煥本意謂建州愛興祚甚，必欲鈎之使歸，其兄弟相繼奔東江，獨留其母而不遭誅戮者，明以之爲市耳。若用興祚爲島帥，則間諜可通，而欵議或可立就矣。時祖大壽亦借欵以重于袁，恐向劉則己輕，遂挾袁不得用興祚。崇煥赴援都門，留之于寧遠。道臣孫元化調關外兵入衛，令興祚主騎將而西入關，遇高陽下車相慰勞，涕泣誓死。至青山營帽兒頭遇敵，自選夷漢丁八百騎夜斫營，破之。明日，輕兵出兩灰口，與建師血戰，中流矢而殞。興治居皮島，聞兄死，思變心，銜陳繼盛，諜報其弟興賢，以書招之，因擊殺繼盛，揚帆至長山島。徐敷奏在寧遠，聞袁公磔，恐亦被逮，日夜謀歸東江不可得，密約興治同叛。至是期會參差，不能卒發，興治無內應，乃復返皮島，高陽羈縻之。踰年，島人相讐幷，興治爲夷婦所誅，耿仲明、孔有德乘島多變，率兵蹂躪登、萊。有德爲毛帥侍史，文龍歿後，常悻悻不得志。登、萊圍解，竟橫海歸建州。當崇煥死，朝廷復立東江帥，而沈世魁者，有女國色，文龍納之爲妾，尊寵冠一時，歷毛、劉、陳、黄四姓，島人奉世魁不替。後島帥黄龍死，朝議卽以世魁代之，幷用其姪志祥爲中軍。崇禎十年丁丑，世魁死，志祥冀襲島帥職，而監軍黄孫茂急繳上前將軍印，以死拒之。志祥志不遂，乃舉島投建州，卽用爲伐朝鮮嚮導，失我屬國，中朝瑱耳不聞，高句驪竟作下句驪矣。此公之所以深致慨于島事，每爲念及，不能舍然者也。戊寅，部科決議撤島，徙其民內入寧遠界內。東江撤而十八年以來所謂分布覺華、皮島、廣祿諸處，奇正虛實，犄角互用之機，幷遠結朝鮮，近摅鎮江，多方誤之之法，咸與島事相終始焉。由今思之，亦安得謂文龍牽制之說爲盡非乎？〔一〕晉書載紀：赫連勃勃以叱干阿利領將作大匠，營起都城。勃勃自言：「朕方統一天下，君臨萬邦，可以統萬爲名。」水經注：赫連勃勃于無定河北黑水之南築統萬城。〔三〕崇禎十年丁丑九月，車駕閱城。成國公朱純臣及協理陸完學統京營兵屯宣武門外。上召二人登西南城樓，賜酒，賜金椀。至是而培城之議決。培城者，以南城薄，詔加築如內城，命內官丁紹理、馬光忻總理分任。又濬大濠于五里外，壞民塚墓，工未及竟而止。東西北無外城，竟未之省也。

其　六

結蘭延佇自幽幽，解佩何當怨蹇修？駃騠生難逃係紲，鯨鯢死不爲呑鉤。人間有賦難名別，天上無方可寄愁〔一〕。投老王官尋二士〔二〕，築亭吾亦記休休〔三〕。

【注釋】〔一〕後漢書仲長統傳：寄愁天上，埋憂地下。〔二〕東坡次劉景文周次元同遊西湖詩：共向北山尋二士。〔三〕新唐書司空圖傳：司空圖隱居中條山王官谷，名亭曰休休，作文以見志。

再次敬仲韻十二首

白髮盈頭不耐删，無才老子剩癡頑〔一〕。摩挲明鏡看生面，吟咀殘書理舊顏。愧我勞人殊草草，輸他桑者自閑閑。江南路在春明外〔二〕，落日飛鴻山外山。

【注釋】〔一〕五代史馮道傳：德光誚之曰：「爾是何等老子？」對曰：「無才無德，癡頑老子。」〔二〕樂天勸酒詩：春明門外天欲明，喧喧歌哭半死生。遊人駐馬出不得，白轝紫車爭路行。

其二

不知何罪畫衣冠？肯信眉於眼下安〔一〕？路入藕絲行偪側，身藏針孔坐艱難〔二〕。穴中鳥鼠眠方穩〔三〕，水底魚龍臥亦寒〔四〕。祇恐淸宵又成夢，幾迴撫枕到更闌。

【注釋】〔一〕翻譯名義集：古德頌行苦密遷云：如以一睫毛，置掌人不覺，若安眼睛上，違害極不安。愚人如手掌，不覺行苦遷。智者如眼睛，違極生厭患。〔二〕五燈會元：開元智孜禪師上堂云：「向針眼裏藏身稍寬，大海中走馬甚窄。」〔三〕洛陽伽藍記：赤嶺有鳥鼠同穴，異種共類，鳥雄鼠雌，共爲陰陽。〔四〕水經注：沂水東北流，歷澗注以成淵，出五色魚，俗以爲靈，因謂是水爲魚龍水。

其　三

四壁霜華促曙光，中腸結軫重增傷〔一〕。涉江楚頌無甘橘〔二〕，故室吳羹有稻粱。逆水雙魚多撥刺〔三〕，退風六鷁更迴翔。劇憐世事兼身事，咫尺殘燈意渺茫。

【注釋】〔一〕屈原九章：心鬱結而紆軫。王逸曰：軫，隱也。言憂思鬱結心中，交引而隱痛也。〔二〕學齋佔畢：屈正平九章中特出橘頌一章，朱文公謂受命不遷，謂橘踰淮爲枳也。原自比志節如橘，不可移徙，亦因以自託也。〔三〕漢書五行志：魚，陰類，民之象。逆流而上者，民將不從君令，爲逆行也。

其　四

誰將瓶缶餉虛空？牆壁依然與我同。生計烏枝依曉月，世情馬耳過東風。粧樓鶯語當春半，禪榻花殘正酒中。雪窖冰山無不可，與君朝夕對芳叢。

其　五

風輪轉地刼爲塵，猶喜皇天剩此身。顧影自歌將進酒，窮冬還賦惜餘春。端居有疾憂非鬼，空谷無聊喜似人。比屋商聲出金石，可知吾道未爲貧。

其六

長安也向日邊看，矮屋雞棲仰面難。窗雪可令長夜旦，壺冰豈爲一人寒。蟣肝無復堪砧几，魚尾何曾戀竹竿。北叟南翁居接戶〔一〕，始知憂患果無端。

【注釋】〔一〕少陵贈李八丈判官詩：垂白辭南翁，委身希北叟。

其七

鶴蓋成陰柳市頭〔一〕，金張趙李互經緜。鄒陽下獄悲金鑠，陸賈逢時歎石浮〔二〕。浮石沉木，語見新語。莫以鵷雛儐腐鼠，好將鴻羽換沙鷗。江東舊隱西湖畔，數折溪橋一宛丘〔三〕。

【注釋】〔一〕劉孝標廣絕交論：鶴蓋成陰。李善曰：劉楨魯都賦：蓋如飛鶴，馬似游魚。〔二〕陸賈新語辨惑篇：夫衆口之毀譽，浮石沈木。〔三〕劉熙釋名：中央下曰宛丘，有丘宛宛如偃器也。

其八

交疏窗閣暗傷悲，腸底車輪攪夢思。滿鏡新粧留半面，堆奩濃黛約雙眉。雪深椽燭攤書夜〔一〕，酒罷銀缸擁髻時。歸日胡麻正堪飯，更須量畝種神芝〔二〕。

【注釋】〔一〕朱弁曲洧舊聞：宋子京修唐史，嘗一日逢大雪，添帟幕，燃椽燭一，秉燭二，左右熾炭兩巨爐，諸姬環侍，方磨墨濡毫，以澄心堂紙草某人傳未成，顧諸姬曰：「汝輩俱曾在人家見主人如此否？可謂清矣。」皆曰：「無有。」其間一人，來自宗子家。子京曰：「汝太尉遇此天氣，亦復何如？」對曰：「只是擁爐命歌舞，間以雜劇，引滿大醉而已；如何比得內翰！」子京點頭曰：「也自不惡。」乃閣筆掩卷，起索酒飲之。明日對賓客言其事，後每宴集，屢舉以爲笑。〔二〕東方朔十洲記：方丈洲在東海，羣仙不欲升天者，皆往來此洲。仙家數十萬，耕田種芝草，課計頃畝，如種稻狀。

其九

心情蕭瑟稱初冬，晝懶逢人夢亦慵。日夕雞塒愁土室，歲時豚栅羨村農。絡頭是處皆牛馬，假足何人比距蛩〔一〕？紫柏聲聞都未了，法堂依舊五更鐘。紫柏老人坐化獄中，有偈云：柝聲未續鈴聲續，誰是聲兮誰是聞？却憶法堂鐘鼓候，古來魂夢更紛紜。

【注釋】〔一〕韓詩外傳：西方有獸，名曰蟨，前足鼠，後足兔，得甘草必啣以遺蛩蛩距虛。其性非能蛩蛩距虛，將爲假之故也。

其十

局趣眞成轅下駒，敢云世難恨爲儒。紛紛戎馬羞稱老，落落乾坤自覺孤。雉雊有媒逢弩鏃，鹿生無命繫庖廚〔一〕。朝來盥頮臨青鏡，他日何慚魯衛徒〔二〕。

【注釋】〔一〕韓詩外傳：崔子弒莊公，晏子出，授綏而乘。其僕馳，晏子曰：「麋鹿在山林，其命在庖廚，命有所懸，安在疾驅？」安行成節，然後去之。〔二〕左傳哀公十四年：子方曰：「事子我而有私于其讐，何以見魯衛之士？」

其十一

丙舍經營拂水陽，齋心筮易得歸藏。漏春岸柳廻殘綠，破臘江梅發古香。鴻鴈計周謀稻黍，鶺鴒枝穩稱飛翔。耦耕重訂高人約，一段茶窠百本桑。孟陽詩云：何時鉏破東臯雨，一段茶窠百本桑。

其十二

每頌新詩可樂饑，連牆却喜並圓扉〔一〕。焚膏東壁分餘照，曝背南榮共夕暉〔二〕。落落比鄰如置社，紛紛朋好欲忘歸。亦知昔夢聊相似，銅輦秋衾與願違〔三〕。

【注釋】〔一〕列子仲尼篇：連墻二十年，不相謁請。〔二〕相如子虛賦：曝于南榮。郭璞曰：曝，謂偃臥日中也。榮，屋南檐也。〔三〕李賀還自會稽歌：臺城應教人，秋衾夢銅輦。

續次敬仲韻四首 有序

余在請室，與敬仲司空比屋而居，昏夜得句，扣門索和。僮僕相嘲曰：「乞火乎？索米乎？」敬仲每屬和，輒出意表。余告之曰：「不量彼己，輕兵挑戰，勇而無剛，屢爲宿將所困，天道後起者勝，非獨戰之罪也。願公執蝥弧先登，僕謹厲兵秣馬以待。」敬仲默默不應。越數日，忽出詩二十二首，波騰泉湧，首尾爛然。燒燈呵硯，次第和之。已而笑曰：敬仲之默而不應者，示怯以誘我，堅壁以老我也。已而連章累紙，絡繹見示者，重兵以壓我，驟出以窘我也。敬仲於致師之法則巧矣。黄池之役，昏而戒令，雞鳴而壓晉軍，王親執枹鼓，三軍譁釦以振旅〔一〕，聲動天地，吴可謂毒痡矣。雖然，盛氣盡鋭，掩人不備，固未可謂堂堂正正之師也。余不知兵法，不勒部曲，免胄大呼，獨身搏戰，雖未能斬將搴旗，視晉師之大駭不出，周軍飭壘，則固有間矣。自今以往，交綏而退，偃旗息鼓，以避敬仲之顔行〔二〕，敬仲又將曰：是其目動而言肆乎？當更用何法以肆我也？丁丑十月十六日。

【注釋】〔一〕國語注：韋昭曰：譁釦，讙呼。〔二〕漢書嚴助傳：如使越人蒙徼幸以逆執事之顔行。文穎曰：顔行猶鴈行，在前行，故曰顔也。

跛足爭教欲上天〔一〕，筆牀茶竈夢菰煙。白蟫舊得藏身訣，黃嬭新繙却老編〔二〕。爾雅蟲魚休辨鼠〔三〕，離騷香草只宜荃。丹鉛點勘紛成訟，漏轉燈欹月正圓。

【注釋】〔一〕後漢書五行志：王莽末，天水童謡曰：出吳門，望緹羣。見一蹇人，言欲上天。令天可上，地上安得民？〔二〕御覽：金樓子曰：有人讀書，握卷而輒睡者，梁朝有名士，因呼書卷爲黃嬭。此蓋言其怡神養性，如乳媪也。〔三〕爾雅釋獸：豹文鼮鼠。郭璞曰：鼠文彩如豹者。漢武帝時得此鼠，孝廉郎終軍知之，賜絹百尺。疏曰：武帝嘗得豹文鼠，終軍以爾雅辨其名，故受賜也。藝文：竇氏家傳曰：竇攸治爾雅，舉孝廉爲郎。世祖得鼠，身如豹文，問羣臣莫知。攸對曰：「名鼮鼠，見爾雅。」詔案視書，如攸言。詔諸弟子從攸受爾雅。

其二

偷得微生萬事慵，灰飛緹室候初冬。畢箕風雨難憑准，枘鑿方圓費彌縫。北郭先生生已老〔一〕，東家夫子子爲恭〔二〕。濁醪麄飯吾年事，莫以山林羨鼎鐘。

【注釋】〔一〕後漢書廖扶傳：時人號爲北郭先生，年八十，終于家。〔二〕白氏六帖：魏邴原，字根矩，欲遊學，詣孫崧。崧曰：「君鄉里鄭君，學覽古今，博聞多識，而君捨之履千里，所謂鄭爲東家丘也。」原曰：「人各有志，或登山採玉，或入海求珠，豈可謂登山者不知海之深也。先生謂僕以鄭爲東家丘，亦以僕爲西家愚人。」崧辭謝之。

其三

寒空雨雪正霏霏，枯坐西窗歎舉肥〔一〕。圜土冰深知地降，窮冬水涸與天違。屨能適足何須截？帕可蒙頭不解飛。莫向崦嵫悲晼晚，懸車猶足攬餘暉〔二〕。

【注釋】〔一〕宋玉九辨：今之相者兮舉肥。〔二〕淮南子天文訓下篇：日至于悲谷，爰息其馬，是謂懸車。陶淵明王撫軍座送客詩：晨鳥莫來還，懸車斂餘暉。

其四

夜赤漫天亘曉暾，關心象緯未堪論。兔知霜降先營窟，蟲爲苗蕃早蝕根。壁上畫龍成底事？夢中案鹿竟誰寃？圜狴大有乾坤在〔一〕，司寤無勞報夕昏〔二〕。

【注釋】〔一〕沈佺期觀赦詩：聖人宥天下，幽籥動圜狴。〔二〕周禮秋官司寇：司寤氏。鄭玄曰：寤，覺也，主夜覺者。

生日詩三首

孫吏部 昌齡

百年胡不樂？斗酒且相於。莫歎山公啓，今爲城旦書。林風傳舊嘯，窗雪映新居。零雨將爲別，題詩料子如。

倪戶部 嘉慶

輓餉紆雙管，籌邊轉寸腸。風霜諳下吏，冰雪見清郎。却掃韋編淨，清齋梵筴香。看君仍仰屋，憂國意何長？

劉司空 榮嗣

湛壁難遮害，搴茭幸告功〔一〕。若爲秦獄吏，來議漢司空？河伯憂方大，波臣論自公。憑將尊酒意，一問緯蕭翁。

【注釋】〔一〕漢書溝洫志：搴長茭兮湛美玉。瓚曰：竹葦絙，謂之茭，所以引至土石也。

送何士龍南歸兼簡盧紫房一百十韻

崇禎聖天子，帝德邁陶唐。疇咨若余釆，共吺亂紀綱〔一〕。鈎黨窮部牒，告訐登巖廊〔二〕。羣小競趣走，翕若中風狂。峨峨格天閣，沉沉偃月堂〔三〕。聚族謀旦晚，鎖門算昏黄。手繕女奴跡〔四〕，足摩胥史牀〔五〕。諷指變鹿馬，蜚語沸蜩螗。牢修既告變〔六〕，朱並復上章〔七〕。訥言敢封駁，投匭任披猖。伊余退廢士，杜門事耕桑。十年守環堵，一朝鎖鋃鐺。天威赫震電，門戶破蒼黄。詔紙疾若飛，官吏仆欲僵。有母殯四載，西風吹畫荒〔八〕。有兒生九齡，讀書未盈箱。賓客鳥獸散，親族憂以痒。或有彊近者〔九〕，懼累遺禍殃。目笑復手笑，堅坐看戲場。或有猙獰者，黠鼠而貪狼。毁室謀取子，壞垣隳我宗〔一〇〕。揶揄反皮面，謠諑騰誹謗。唯有負傭流，弛擔語蠱傷〔一一〕。唯有龐眉叟，戟手呼彼蒼。市人爲罷市，僧院各炷香。我心鄙兒女，刺刺問束裝。暮持襆被出，詰朝抵金閶。門生與朋舊，蠭湧來四方。執手語切切，流襟淚浪浪。惜我傔從弱〔一二〕，念我道路長。或云權倖門，刺客如飛蝗。穴頸不見血，探頭入奚囊。或云盤飧內，鴆堇實稻粱。匕箸一不慎，墳裂屠肺腸。誰與警昏夜？誰與衞露霜？誰與扶跋疐？誰與分劻勷？何生奮袖起，雲也行所當。闔門譏新婦，問寢辭高堂。曲衣買書劍，首路何慨慷！是時馮使君元飈，送我臨京江。逝將解符印，從我俱存亡。敬子執高節，再拜舉壺觴。江流怒飛立，三山擺雷硠〔一三〕。白日忽西匿，青天爲低昂。行行度淮水，登頓相扶將。弔古漂母廟，祈靈岱宗陽。杜亭賢主人，盧德水家有杜亭。寄館仍異粻。不憚開車載，不難複壁藏。窺戶無停屨，追踪多飲章〔一四〕。歸死赴司敗，垂頭就桁楊。洶洶同文獄，剜肌生痏瘍。共莊籍口語，曾史主盜臧。百死無一免，引義自激昂。囑累皮與肉，堅忍枝爇榜〔一五〕。多謝老頭顱，旦暮虎穴葬。何生夜草疏，奮欲排帝閽。黯淡蚊撲紙，傾欹蚓成行。殘燈焰明滅，房心吐寒芒。祖宗牖惚恍，天心鑒明朗。眉山摘牙牌〔一六〕，分宜放鈐岡〔一七〕。執彼三尸蟲，打殺銅駝傍。孤臣獲更生，朝市喜相慶。吁嗟禍福交，誰能保故常？興曾附蕭傅，畏終扳呂防〔一八〕。何以見魯衞？徒然痛陳臧〔一九〕。歎子一逢掖〔二〇〕，眇小少不颺〔二一〕。秉鑽乞收李〔二二〕，舉幡請留陽〔二三〕。擬子於何蕃，譜牒誠有光。孟冬家書來，念母心不遑。有憂食三歎，矧乃惰與翔〔二四〕。星言卷衣被，別我歸故鄉。我欲縶子駒，顧視心悵悵。子行急師難，子歸慰母望。丹青或可渝，此義永不爽。我欲送子去，鐵門限堵牆。圜土無尺水，何以當河梁？我欲與子訣，有如誓失相。駏蛩一相背〔二五〕，嚙負徒仿佯。旋思獄急日，痛愈撫鉅創。炙手勢轉熱，彌天網高張。叫閽遠萬里，引刀恥自戕。和藥趣朱游，呼囚到王章。黑暗牢獄苦，炎蒸三伏煬。矮棚棲鵝鴨，糞壤轉蛣蜣。臥熏腐齒臭，渴飲伏屍漿。夜夜入針孔，朝朝坐劍鋩。此日吾與爾，志壹氣益強。高論窮結繩，和歌出宮商。人生如嗜味，患難宜飽嘗。阨陳良亦樂，在莒安可忘。道遠兵甲阻，歲暮雨雪雱。單行寡命侶，蹇驢艱服箱。冰堅掃狐蹤，雪深埋鹿迒〔二六〕。禽獸猶躊躅〔二七〕，子行慎蚨蝪〔二八〕。我行亦不遠，歸心急鴰鶬〔二九〕。介恃聖明主，數日離火湯。縱使荷戈殳，終然反菰蔣。買舟具笭箵，結庵依桃榔。矯志厲桑榆，與子共縹緗。學詩辨四始，識字探三倉。頻年苦病患，學殖日以荒。我欲師甯越〔三〇〕，秉燭代日光。勿復慕富貴，時世難頡頏。引鏡看頭目，豈是鼠與礜〔三一〕。勿復憂貧賤，順逆隨牛羊。譬如死牢戶，誰以軀命償？拂水有丙舍，青山抱長廊。老桂長新枝，江梅發古香。君歸持此詩，灑掃揭東廂。解鞍憩杜亭，先以告紫房。

【注釋】〔一〕昌黎江陵塗中寄三翰林詩：首罪誅共吺。注曰：吺，古文兜字也。山谷丁卯雷詩：政可衆賢和，乃可竦共吺。任淵曰：共謂共工，吺謂驩兜。古文驩作鴅，兜作吺。〔二〕後漢書百官志：羽林郎從獵，還宿殿陛巖下室中，故號巖廊。〔三〕開天傳信記：平康坊南街廢蠻院，即李林甫舊第也。林甫于正寢之後，別創一堂，制度彎曲，有却月之形，名曰月堂。每欲破滅人家，即入月堂，精思極慮，喜悅而出，其家不存矣。及將敗，林甫于堂上見一物如人，遍體被毛，踞牙鋸爪，長三尺餘，目如電光而怒視。林甫連叱不動，遽命弧矢。毛人笑而跳入前堂，堂中青衣，遇而暴卒。經于廐，廐中善馬亦死。不數日而林甫卒。〔四〕王偁東都事略富弼傳：石介作慶曆聖德詩，以弼、仲淹比之夔、契，而詆夏竦。竦怨之。會介奏記于弼，說以行伊、周之事。竦因傾弼等，乃改伊、周曰伊、霍，使女奴陰習介書，爲廢立詔草，飛語上聞。〔五〕史記酷吏傳：張湯所愛史魯謁居病臥閭里主人，湯自往視疾，爲謁居摩足。〔六〕後漢書黨錮傳：河內張成善說風角，推占當赦，遂敎子殺人。李膺爲河南尹，督促收捕，竟案殺之。成弟子牢修因上書誣告膺等養太學遊士，交結諸郡生徒，共爲部黨。于是天子震怒，逮捕黨人，遂收執膺等。〔七〕後漢書黨錮傳：張儉鄉人朱並，承望中常侍侯覽意旨，上書告張儉等二十四人共爲部黨。〔八〕記喪大記：大夫畫荒，火三列，黻三列。鄭氏曰：荒，蒙也。在旁曰帷，在上曰荒，皆所以衣柳也。畫荒，緣邊爲雲氣，火黻爲列于其中耳。〔九〕李密陳情表：外無期功彊近之親。〔一〇〕禮部韻：宲，廇梁也。釋：按說文，棟也，昌黎進學解：大木爲宲。韓醇曰：屋大梁也。〔一一〕書酒誥：民罔不盡傷心。朱弁曲洧舊聞：李方叔作東坡祭文云：識與不識，誰不盡傷？〔一二〕通鑑：賊入通化坊擊裴度，傷其首，墜溝中。度氈帽厚，得不死。傔人王義自後抱賊大呼，賊斷義臂而去。注曰：傔，從也。〔一三〕左太冲吳都賦：莅擸雷硠。李善曰：崩弛之聲。〔一四〕後漢書蔡邕傳：趣以飲章，辭情何緣復聞？臣賢曰：飲猶隱却告人姓名，無可對問。章者，今之表也。〔一五〕漢書張耳傳：貫高對獄，吏榜笞數千，刺爇身無完者。師古曰：榜謂捶擊之也。爇，音而悅反。應劭曰：以鐵刺之，又燒灼之。〔一六〕萬安，字循吉，眉州眉山人。正統戊辰進士。景泰三年，以易儲升左春坊。十三年，進首相。二十三年，庶吉士鄒智斥安貪位固寵，老無廉恥。御史湯鼐上疏，乞治安等欺君誤國之罪。孝宗在東宮，稔聞其惡。至是于宮中檢獲安所進疏一小篋，皆房中術，命太監懷恩示之曰：「是豈大臣所爲乎？」安慚汗不能出一語。已而科道官列其疏，懷恩持至內閣，令人讀之。安跪而起，起而復跪，哀涕乞憐，全無去意。懷恩摘其牙牌曰：「請公決去。」安乃惶遽索馬歸第。及放還，在道猶看三台星，冀復用也。〔一七〕嚴嵩，字惟中，分宜人。弘治乙丑進士，選庶吉士。謁告歸里，居鈐山之東堂。後登相位，得君專政。驕子世蕃用事，誅夷忠良，隳敗綱紀，貪橫日甚。御史鄒應龍具疏叅劾。上心厭之，遂削籍放歸。人謂近代權奸之首，萬眉山以後所僅見也。〔一八〕王偁東都事略楊畏傳：呂大防、劉摯爲相，俱與畏善，畏助大防攻摯。罷大防爲山陵使，畏首背大防，稱述熙寧、元豐政事與王安石學術，哲宗信之，大防罷。〔一九〕後漢書臧洪傳：洪爲袁紹所殺。陳容在坐，謂紹曰：「舉大事而先誅忠義，豈天意？」紹慚，使人牽出。容顧曰：「今日寧與臧洪同日死，不與將軍同日生也。」〔二〇〕後漢書王符傳：皇甫規解官歸安定，鄉人有以貨得鴈門太守者，書刺謁規。規臥不起。頃白王符在門，衣不及帶，屣履出迎。時人語曰：「徒見二千石，不如一逢掖。」臣賢曰：鄭玄禮記註：逢，猶大也。大掖之衣，大袂單衣也。〔二一〕程大昌演繁露：昭二十八年：鬷蔑惡。注：貌醜也。叔向舉賈大夫射雉以方之，而曰：今子少不颺。子若不言，吾幾失子。注：顏貌不顯揚也。漢書田蚡傳：蚡貌寢。寢即不揚也。〔二二〕後漢書李固傳：固誅，冀露尸于四衢。固弟子汝南郭亮，年始成童，遊學洛陽，乃左提章鉞，右秉鈇鑕，詣闕上書，乞收固尸。〔二三〕漢書鮑宣傳：宣下廷尉獄。博士弟子濟南王咸舉幡太學下，曰：「欲救鮑司隸者，會此下。」諸生會者千餘人。新唐書陽城傳：城出爲道州刺史，太學諸生何番、季儐、王魯卿、李讜等二百人，頓首闕下請留城。〔二四〕記曲禮：父母有疾，冠者不櫛，行不翔，言不惰。〔二五〕爾雅釋地：西方有比肩獸焉。與蛩蛩距虛比。爲卬卬岠虛嚙甘草，即有難，卬卬岠虛負而走，其名謂之蟨。〔二六〕劉熙釋名：鹿兔之道曰亢。行不由正，亢陌山谷草野而過也。〔二七〕記三年問：凡是大鳥獸失喪其羣匹，越月踰時焉，則必及循過其故鄉，翔廻焉，鳴號焉，蹢躅焉，踟躕焉，然後乃去之。鄭氏曰：蹢躅，不行也。〔二八〕爾雅釋蟲：王蛈蝪。疏曰：此蜘蛛之一種也，穴居布網，穴口有蓋，河北人呼蛈蝪者是也。蛈，大結切。蝪，音湯。〔二九〕相如子虛賦：雙鶬下，玄鶴加。師古曰：鶬，鴰也，今關西呼爲鴰鹿，山東謂之鶬，鄙俗名錯落。錯落者，亦言鶬聲之急耳。又謂鴰捋。鴰鹿、鴰捋，皆象其聲音也。〔三〇〕呂氏春秋：甯越者，中牟鄙人也。苦耕稼之勞，謂其友曰：「何爲可以免此苦也？」其友曰：「莫如學也，學三十歲則可以達矣。」甯越曰：「請以十五歲。人將休，吾不敢休；人將臥，吾不敢臥。」學十五年而爲周威公之師也。〔三一〕南部新書：李揆秉政，苗侍中薦元載，揆不納，謂晉卿曰：「龍章鳳姿之士不可見，麞頭鼠目之子乃求官耶！」

渭南梁生爲余寫眞題二絶句

顑頷南冠冰雪晨，天庭黃色自生春。憑君摹寫胥靡樣，可是商家夢裏人。

其　二

畫得漁翁貌不肥，春愁鶴髮正依稀。君家渭水南頭住，爲我平添舊釣磯。

趙　璧

趙璧連城貴，蘭花有國香〔一〕。猶堪傅脂粉，三十侍中郎。

【注釋】〔一〕左傳宣公三年：鄭文公有賤妾名燕姞，夢天使與己蘭，曰：「以是爲而子。」以蘭有國香，人服媚之如此。

送陳生崑良南歸

席帽疲驢問牖城，風鬟雪虐淚縱横。夜闌秉燭知何地？酒罷扶牀感再生。只有寒燈隨我住，且將歸夢伴君行。棘林漸解彌天網〔一〕，道路悠悠莫愴情。

【注釋】〔一〕王元長永明九年策秀才文：肺石少不寃之人，棘林多夜哭之鬼。

寄許文玉

敢謂前賢畏後生〔一〕，紀羣交誼古人情。家庭實有晨昏助，鄉里虛傳月旦評。貰酒悲歌憐北寺，明燈布席想南榮。啼猿唳鶴君休歎，并與嚶鳴作友聲。

【注釋】〔一〕沈作喆寓簡：歐陽公晚年常自竄定平生所爲文，用思甚苦。其夫人止之曰：「何自苦如此，當畏先生嗔耶？」公笑曰：「不畏先生嗔，却畏後生笑。」

寄侯豫瞻督學江西

水鑑清時吏部郎，持衡專得典文章。濯腸篆籀吞江水〔一〕，炫目蛟龍矚斗芒〔二〕。勵俗蒸嘗先兩廟，南昌康、郎兩忠臣廟。採風詞翰繼三王〔三〕。停車五乳峯前院，爲我重拈一瓣香。憨山大師葬廬山五乳峯下。

【注釋】〔一〕五代史王仁裕傳：仁裕喜爲詩，其少也，嘗夢剖其腸胃，以西江水滌之，顧見江中沙石，皆爲篆籀之文。由是文思益進。〔二〕王子年拾遺記：昆吾山有獸大如兔，穴地爲窟，亦食銅鐵。昔吳國武庫之中，兵刃鐵器，俱被食盡。王令檢庫穴，獵得雙兔，一黃一白。殺之，開其腹，有鐵膽腎。乃召劍工令鑄其膽腎以爲劍，一雌一雄，號干將鏌鋣。後以石匣埋藏。及晉中興，夜有紫氣衝斗牛，張華使雷煥爲豐城令，掘而得之，華與煥各寶其一。後華遇害，失劍所在。煥子佩其一劍，過延平津，劍鳴飛入水，尋之，但見雙龍纏屈于潭下，不能前取。〔三〕王象之輿地紀勝：王勃，字子安，爲滕王閣記。王緒爲賦。貞元元年，王仲舒爲連州司戶，爲修閣記。昌黎新修滕王閣記：竊喜載名其上，詞列三王之次，有榮耀焉。

華州郭胤伯過

君是郭林宗，衣冠見慕同。偶然來朔雪，相對感流風。舊論城南在，新圖冀北空〔一〕。嚴更憐促别，愁坐燭花紅。

【注釋】〔一〕少陵韋諷宅觀曹將軍畫馬圖詩：今之新圖有二馬，復令識者久嘆嗟。

五芳井歌

丙子之秋虜再入，旁午軍書刺閨急〔一〕。獨石邊牆一夜隳，赤縣黄圖少完邑。定興小邑大如斗，登陴死爲朝廷守。羊馬城前礮火飛〔二〕，蝦蟆車上雷聲吼〔三〕。肉薄登城踏積屍，麗譙漂血巷流脂。狠藉滿城忠義鬼，骨撑骸拒知爲誰？君不見奉常鹿大夫，奮髯嚼齒詈羯奴〔四〕。峨冠整衣抗白刃，至今袗袖血模糊。又不見范家五芳井，婦姑母女同素綆。俄頃芳魂斷轆轤，千古寒泉見形影。胡兵宵遁三輔清，乳燕連窠枝半傾。大開明堂論爵賞，帷籌廟算皆公卿。朝家彝典有倫次，先策功勳後節義。金貂石窌如等閑〔五〕，慭綸綽楔非容易。奉常碧血埋荒丘，五芳井水空悠悠。尚書不肯判紙尾，詞臣何處書詞頭？吁嗟乎！

忠臣烈女心赤苦，魂魄猶思掃胡虜。人間金盌幸無恙，井底銀瓶何足數〔六〕！老夫觸事淚滂沱，偪塞汍瀾一放歌。此身不共奴酋死，忍死幽囚可奈何！

【注釋】〔一〕陳書文帝紀：一夜內，刺閨取外事分判者，前後相續。〔二〕武經總要：羊馬城，高可一丈以下，八尺以上。亦偏開一門，與甕城門相背。若甕城門在左，即羊馬城門在右也。女牆高可五尺，壕面各隨其地爲闊狹。大要在面闊底狹，其深及泉，使箭砲難及即住。通鑑：賊將周摯捨南城，并力攻中潬。光偶命荔非、元禮出勁卒于羊馬城拒賊。〔三〕南史侯景傳：賊又作蝦蟇車，運土石塡塹。戰士并之，樓車四面並至。城內飛石碎其車，賊屍積于城下。〔四〕崇禎九年丙子，七月二十七日，定興陷。太常寺少卿鹿善繼，字伯順，登陴守南門，城破，爲所擒，嚼齒怒駡，不屈而死。新唐書張巡傳：子奇謂巡曰：「聞公督戰大呼，輒裂眥血面，嚼齒皆碎，何至是？」答曰：「吾欲氣吞逆賊，顧力屈耳。」〔五〕左傳成公二年：齊侯見保者曰：「勉之，齊師敗矣。」辟女子，女子曰：「君免乎？」曰：「免矣。」曰：「鋭司徒免乎？」曰：「免矣。」曰：「苟君與吾父免矣，可若何？」乃奔。齊侯以爲有禮，既而問之，辟司徒之妻也，予之石窌。杜預曰：石窌，邑名。濟北盧縣東有地名石窌。御覽：十道志曰：石窌在長清縣。〔六〕王逢梧溪集銀瓶娘子辭引：娘子，宋岳鄂王女。聞王被收，負銀瓶投井死。祠今在浙西憲司之左。逢感其節孝，敬爲之辭。

張將軍全昌挽詞二首

醜虜游魂在，雄邊宿將稀〔一〕。將軍今又沒，部曲竟何依？恨不沙場死，還從馬革歸。可憐皐某復〔二〕，猶用舊征衣。

【注釋】〔一〕漢書敍傳：當孝惠、高后時，以財雄邊。師古曰：班氏以多財而爲邊地之雄豪。

〔二〕記禮運：升屋而號。告曰：皐某復。正義曰：皐某復者，謂北面告天曰：皐。皐，引聲之言。某謂死者名，令其反。復，魄復。

其二

赤血眞堪灑，丹書未肯刊。死塡牢戶易，生拔賊營難。不汗逾三日〔一〕，無錢買一棺。蕭蕭廣柳出，易水正風寒。

【注釋】〔一〕魏志華佗傳：縣吏尹代，苦四支煩，口中乾，不欲聞人聲，小便不利。佗曰：「試作熱食，得汗卽愈。不汗，後三日死。」

戲題萬戶部小像

萬一目偏盲，偏頭人，故督師世德之子。

目送歸鴻故自難，傳神正向此中看。荆州恰好添飛白〔一〕，子夏何妨戴小冠〔二〕。公子秋風思北渚〔三〕，孤臣落日望長安〔四〕。籌邊蕩寇傳家事，屈指沙陀舊將壇〔五〕。

【注釋】〔一〕世説巧藝篇：顧長康好寫起人形，欲圖殷荆州，殷曰：「我形惡，不煩耳。」顧曰：「明府正爲眼爾。但明點童子，飛白拂其上，使如輕雲之蔽日。」〔二〕漢書杜欽傳：杜欽，字子夏，家富而目偏盲。茂陵杜鄴與欽同姓字，故衣冠謂欽爲盲子夏以相別。欽惡以疾見詆，乃爲小冠，高廣才二寸。由是京師更謂欽爲小冠杜子夏，鄴爲大冠杜子夏。〔三〕梁書劉孝綽傳：孝綽子諒，少好學，有文才，爲湘東王所善。王嘗遊江濱，歎秋望之美，諒對曰：「今日可謂帝子降于北渚。」王有目疾，以爲刺己，應曰：「卿言目渺渺以愁予耶？」〔四〕皎然贈吳馮處士詩：還如瞽者望長安，長安在東望西笑。〔五〕陶岳五代史補：李克用，沙陀部人也。生眇一目，時謂之獨眼龍。楊行密欲識其狀，使畫工詐爲商賈，往河東寫之。人有知其謀者，擒之。克用甚怒，既而曰：「吾素眇一目，試使寫之，觀其所爲何如？」時方甚暑，克用執八角扇，因寫扇角半遮其面。克用曰：「汝諂吾也。」使別寫之，應聲下筆，畫其臂弓撚箭之狀，仍微合一目，以觀箭之曲直。克用大喜，厚賂金帛遣之。

若活一百年

三春赴追捕，皇皇喪家狗。入夏禁牢獄，兀兀困械杻。仰屋棲雞塒，負牆坐土偶。欲行躄其足，欲言喑其口。朝飧棘喉飯，夕飲攢眉酒。憂來頻擗胸〔一〕，悸甚輒捧首〔二〕。領嘗難管腰，卯或不保酉。如此一歲生，可抵一日否？陰獄強過活，鬼趣預消受〔三〕。歲月良亦多，此歲何必有？六十甲子中，譬如闕丁丑。若活一百年，只算九十九。

【注釋】〔一〕詩國風柏舟章：寤辟有摽。毛萇傳曰：辟，拊心也。〔二〕莊子達生篇：澤有委蛇，惡聞雷車之聲，則捧其首而立。〔三〕法苑珠林鬼神部：謂五趣中，從他有情，希望多者，無過此故，由此因緣，故名鬼趣。

如此過兩年

兀坐牢戶中，日長苦迢遞。四季皆慘悽，六時自鉗釱〔一〕。三伏有煎熬，八寒無代替。有日天蒼涼，無風氣陰曀。晷短方偃息，夜永又噂囈。牆屋鼠啁啾，床笫鬼排擠。生憎日輪出，長患天門閉。矛頭豈容淅，戶限何當憩〔二〕？遙遙度一日，當以一歲計。暫看杯度別〔三〕，瞽見銅人製。三百八十日，強半彭祖世。如此過兩年，便算八百歲。

【注釋】〔一〕漢書食貨志注：師古曰：釱，足鉗也。音徒計反。〔二〕南史劉瑀傳：謂所親曰：人仕宦不出當入，不入當出，安能長居戶限上。〔三〕慧皎高僧傳：杯度在彭城，聞鳩摩羅什在長安，曰：「吾與此子戲別三百餘年，杳然未期，遲有遇于來生耳。」

昔我年十七

昔我年十七，鼓篋游博士。文章吐陸離，衿帶垂旖旎。朝英啓夕秀，粲若嫩花蕊。壯盛迫婚宦，憂患自茲始。荏苒四十載，隻身攢譽毀。羅網高於天，性命薄於紙。皇天可憐我，如禾秋薿薿。健如犢上樹，壯若駒未齒。今年五十六，從頭自經紀。餘年爲再生，故我如已死。判將四十年，捐付東流水。天道周而復，明年十七耳。

次韻答潘朗士員外投贈

物論喧呶混豨苓〔一〕，將車盡日歎冥冥。誰思灼艾醫龍病〔二〕，但解堆鹽刻虎形〔三〕。減死蔡邕仍續史，踰冬劉向又傳經〔四〕。莫憐幽仄論垂釣〔五〕，貫索中間有客星。

【注釋】〔一〕昌黎進學解：醫師以昌陽引年，欲進其豨苓也。東坡次黃魯直見贈古風詩：千金得奇藥，開視皆豨苓。〔二〕傳奇：崔煒見乞食老嫗，覆人酒甕，脫衣爲出所直。嫗異日來曰：「謝子脫難，吾善灸贅疣，今有越井岡艾少許奉子。」後煒墮大枯井中，一白蛇可長數丈，細視之，唇吻有疣，有遙火飄入穴。煒然艾灸之，是贅應手墮地。跨蛇而去，觸一石門，入户，見小青衣笑曰：「玉京子送崔家郎君至矣。」須臾，有四女曰：「皇帝已配田夫人奉箕帚，中元日于廣州蒲澗寺靜室，吾輩當送田夫人往。如有鮑姑艾，可留少許。」出穴後，及中元日，果四女伴田夫人至，問鮑姑何人？曰：「鮑靚女，葛洪妻也。」曰：「呼蛇爲玉京子，何也？」曰：「安期生常跨斯龍朝玉京，故謂之玉京子。」〔三〕左傳僖公三十年注：杜預曰：形鹽，鹽形象虎。周禮天官冢宰鄭氏曰：築鹽以爲虎形，謂之形鹽。〔四〕漢書劉向傳：僞鑄黃金，繫當死。上奇其材，得踰冬減死論。會初立穀梁春秋，徵受穀梁，講論五經于石渠。〔五〕少陵寄章十侍御詩：朝覲從容問幽仄，勿云江漢有垂綸。

其二

圜扉地北限天南，只似雲堂未放參。一夜烏頭虛變白，三生鴻爪誤精藍〔一〕。小兒未許呼中令〔二〕，上客眞成解左驂〔三〕。宋玉可能傳帝篋？修門容易向江潭。

【注釋】〔一〕首楞嚴經：退歸精舍，祇見伽藍。〔二〕東坡書李太白眞詩：大兒汾陽中令君。施宿曰：子儀爲中書令，封汾陽王。〔三〕史記晏子傳：越石父賢，縲紲中，晏子出遭之塗，解左驂贖之，載歸，弗謝。久之，請絕曰：「吾聞君子詘于不知己，而信于知己者。方吾在縲紲中，彼不知我也。夫子既以感悟而贖我，是知己，知己而無禮，固不如在縲紲之中。」晏子於是延入爲上客。

新阡八景詩 并序

拂水回龍

南條之龍，萬里渡江，自沙山而香山而虞山，結爲縣治，東爲馬鞍山。其中枝繇拂水巖蜿蜒弭伏，落脈於此，故曰拂水回龍。

虞山南戒一枝來〔一〕，騰踊龍身萬里廻。奔向馬鞍鱗爪去〔二〕，點成烏目眼睛開。虞山一名烏目山。含珠四海濡泉壤〔三〕，銜燭千年照夜臺。長灑天河降時雨，嘘雲膚寸起風雷。

【注釋】〔一〕新唐書天文志：貞觀中，淳風撰法象志，因漢書十二次度數，始以唐之州縣配焉。而一行以爲天下山河之象，存乎兩戒。北戒自三危、積石負終南地絡之陰，東及大華，踰河，並雷首、砥柱、王屋、太行，北抵常山之右，乃東循塞垣，至濊貊、朝鮮，是謂北紀，所以限戎狄也。南戒自岷山、嶓冢負地絡之陽，東及太華，連商山、熊耳，外方桐柏，自上洛南逾江、漢，攜武當、荆山，至于衡陽，乃東循嶺徼，達東甌、閩中，是謂南紀，所以限蠻夷也。故星傳謂北戒爲胡門，南戒爲越門。

〔二〕范成大吳郡志：崑山，一名馬鞍山。〔三〕莊子列禦寇篇：夫千金之珠，必在九重之淵，而驪龍頷下。

湖田舞鶴

尙湖之皐，溝渚回復。登山睇視，儼如鶴舞，哹吭奮翮，正向新阡。父老有龜去鶴來之讖，斯當之矣。故曰湖田舞鶴。

乳水神皐接墓田〔一〕，仙禽遺蛻正依然。梳翎彷彿飄蘆雪，閣脛依微印渚煙〔二〕。華表月明吭並引，丹丘雲白影相連。在陰夜旦占鳴和，鳳舞休論五百年。

【注釋】〔一〕太白答中孚贈玉泉仙人掌茶詩序：山洞往往有乳窟，窟中多玉泉。有白蝙蝠大如鴉，蓋飲乳水而長生也。東坡次完夫再贈詩：乳水君應餉惠山。東坡焦千子求惠山泉詩：玆山空洞中，乳水滿其腹。張平子西京賦：實爲地之奧區神皐。薛綜曰：神皐，接神之聲。李善曰：皐，局也。謂神明之界局也。〔二〕東坡鶴嘆詩：三尺長脛閣瘦軀。

石城開幛

拂水巖之西，厓石削成，雉堞樓櫓，形狀備具，所謂石城也。列屏列幛，尊嚴聳起，阡之主山也。故曰石城開幛。

石城峯下起佳城〔一〕，百仞丹厓見削成。錯列垣牆天市近〔二〕，縈廻閣道帝車行〔三〕。雲開雉堞層樓曉，日落旌旗萬馬迎〔四〕。卻望朝山爭矗立，參差簪笏似天平〔五〕。

【注釋】〔一〕葛洪西京雜記：滕公駕至東都門，馬跑地久之。使士卒掘地，入三尺所，得石槨。有銘焉，文字古異，叔孫通以今文寫之，曰：佳城鬱鬱，三千年，見白日。吁嗟滕公居此室。〔二〕史記天官書：東北曲十二星曰旗，旗中四星曰天市，中六星曰市樓。市中星衆者實，其虛則耗。

〔三〕史記天官書：斗爲帝車，運于中央。

〔四〕王鏊震澤紀聞：王府尹，忘其名，以善地理聞。太宗有事壽陵，乃召見于房山，扈從至寶家庄，曰：「勢如萬馬自天而下，眞龍穴也。」乃定，卽今長陵。

〔五〕范成大吳郡志：天平山，在吳縣西二十里。此山在吳中最爲崷崒高聳。山皆奇石，卓筆峯爲最。

箭闕朝宗

陽山箭闕〔一〕，相望百里而遙，插立天外，如向如拱。以圭景之法取之，不失秒忽，所謂眞朝特來也。故曰箭闕朝宗。

百里陽山拱墓門，敧雲吐景候朝昏。羣峯離立兒孫秀，大石中央几案尊。箭闕風生旐矢報，郊臺月出火城繁〔二〕。陽山有吳王拜郊臺。憑高窮覽南條勢〔三〕，江漢朝宗爲汝論。

【注釋】〔一〕范成大吳郡志：採香逕，在香山之旁，自靈巖山望之，一水直如矢，故俗又名箭逕。

〔二〕吳郡志：吳王郊臺，在横山東麓，下臨石湖。壇壝之形儼然，相傳吳僭王時或曾祀帝也。

〔三〕書禹貢：導岍及岐。正義曰：地理志云：禹貢北條荆山，在馮翊懷德縣南，南條荆山，在南郡臨沮縣東北，是舊有三條之說也。故馬融、王肅皆爲二條。導岍北條，西傾中條，嶓冢南條。鄭玄以爲四列，導岍爲陰列，西傾爲次陰列，嶓冢爲次陽列，岷山爲正陽列。鄭玄創爲此說，孔亦當爲三條也。

沓石參天

三沓石與石城諸峯錯峙，沓石虛峗，拂水懸流其上，又曰三台石，亦主山之侍從也。故曰沓石參天。

拂水高巖近斗魁，下臨沓石倚崔嵬。漏穿嵐彩晴飛雨，噴薄泉流蟄起雷。嶺駐龍車雲滃鬱，峯邀蟾駕月低徊。綠章擬奏三階事，午夜懸厓禮上台。

層湖浴日

西湖，一曰尙湖，師尙父垂釣處也。彌望環帶，繚如周垣。水遶雲從，日月出入。此明堂之巨觀也。故曰層湖浴日。

浴日晴波漾六時，丹淵若木影參差〔一〕。馮夷鼓趣羲和馭，尙父湖通潮汐池。蕩洗蟆頤消薄蝕〔二〕，養成烏羽作明離。掛弓尚許清遼海，欲向扶桑借一枝〔三〕。

【注釋】〔一〕魏書王粲傳：魏氏春秋曰：阮籍歌：日沒不周西，月出丹淵中。陽精蔽不見，陰光代爲雄。大荒北經：大荒之中，有衡石山，九陰山、灰野之山，上有赤樹，青葉赤華，名曰若木。郭璞曰：生崑崙西附西極，其華光赤，下照地。〔二〕寰宇記：蟆山，在眉州東七里，形若蝦蟆頤。〔三〕王明壽增廣類林：襄王遊蘭臺，謂左右曰：能爲大言賦乎？宋玉曰：方地爲輿，圓天爲蓋。彎弓掛扶桑，長劍倚天外。

團桂天香

桂叢有小閣，斥爲隧道。八樹蒼蒼，與松楸並列。余少嘗夢臥月宮，照徹肌骨，視其扁曰團桂，閣之所取名也。故曰團桂天香。

八桂團團霜露叢，夢回禁扁映新宮。三秋落子金波裏，一夜飄香玉魄中。月斧自能修窈窕，冰輪端合照青葱。嫦娥不惜分靈藥，長發新枝助化工。

紫藤衣錦

老藤連蜷，託根牆下，穿穴面勢，用爲指南。三四月間，紫花相繆，照曜蒙密，真吾家錦溪中物也。故曰紫藤衣錦。

溪藤廻伏類牛眠，布蕚飛英綺樹連。落落松楸如有喜，紛紛蘿蔓媿高懸。天清羽葆施丹彩，日煖流蘇覆玉煙。應笑婆留老孫子〔一〕，還將錦繡裹山川〔二〕。

【注釋】〔一〕吳越備史：武肅王誕時，紅光滿室。王考頗怪之，將棄于井。祖妣知非常人，固不許，因小字曰婆留，而井亦以名焉。〔二〕吳越備史：王親巡衣錦營，大會故老賓客，山林樹木，皆覆以錦幄，表衣錦之榮也。

山莊八景詩　有序

錦峯晴曉

嚴文靖公之祖墓，今爲阡之左沙。其傍有錦峯書院，去山莊一牛鳴地〔一〕，畫船簫鼓，游人絡繹，而三春尤盛。

【注釋】〔一〕大藏一覽：一牛鳴其聲五里。

錦峯雲物近平泉〔二〕，烏榜紅欄咽畫船〔三〕。寵柳嬌花新節序〔三〕，採珠拾翠小神仙。明粧影奪山頭樹，急管聲翻水底天。語燕正忙鶯又囀，莫辭中酒落花前。

【注釋】〔一〕賈氏談錄：贊皇公平泉莊，周廻十里，構臺榭百餘所，天下奇花異草，珍松怪石，靡不畢置其間。 〔二〕東坡寒食至湖上詩：烏榜紅船早滿湖。 〔三〕王元美藝苑巵言：李易安詞有寵柳嬌花寒食近。

香山晚翠

香山，一名顧山，去山莊三十餘里。江上諸山，皆横屬於山莊之西，而香山爲近，虞山來龍處也，今又爲護山。

夕陽樓畔坐簾櫳，横抹香山暮靄濃。江上餘霞拖半紫，雲頭落日逗殘紅。秋原桑柘千村影，春社牛羊一笛風。西崦人家未昏黑，席門燈火候歸翁。

春流觀瀑

山泉縣流，自三沓石下垂，奔注山莊，滙爲巨礀。今旋折爲阡之界水，遇風捍勒，逆激而上，則所謂拂水也。

拂水縣流萬壑連。空山一夜響飛泉。奔爲疋練垂三沓，挽作銀河向九天。風急蛟龍看噴灑，月明琴筑聽潺湲〔一〕。老農未辨爲霖手，抱甕朝來省灌田。

【注釋】〔一〕樂天廬山草堂記：堂東有瀑布，如環珮琴筑聲。東坡焦千子求惠山泉詩：或鳴空洞中，雜珮間琴筑。東坡禱雨宿靈隱寺詩：枕中琴筑落階泉。

秋原耦耕

山堂之名耦耕，爲余與孟陽結隱於此也。今改築於墓田之左，仍揭其額以招孟陽。

罷亞風吹百頃香，秋原正面耦耕堂。宿田爲我鉏稂莠，卒歲輸他穫稻粱。黄犢烏犍經國具，水車秧馬救時方〔一〕。輟耕斗酒還相勞，耳熱休歌種豆章。

【注釋】〔一〕東坡秧馬歌序：予昔遊武昌，見農夫皆騎秧馬，以楡棗爲腹，欲其滑；以楸桐爲背，欲其輕。腹如小舟，昂其首尾；背如覆瓦，以便兩髀。雀躍于泥中，繫束藁其首以縛秧，日行千畦，較之傴僂而作者，勞佚相絶矣。

水閣雲嵐

秋水閣負山面湖，山莊賓經始於此。今茲丙舍，盡改舊觀，獨此閣巋然如故。

月觀風亭夜半舟〔一〕，依然簾額夕陽樓〔二〕。江邊水寨餘荒壘，天際郊臺沒古丘。梯几山容分向背〔三〕，憑欄雲物變春秋。釣磯只在漁灣畔，閒看晴湖下白鷗。

【注釋】〔一〕樂史寰宇記：揚州風亭、月觀、吹臺、琴室，並在宫城東北角池側。〔二〕王建宮詞：連夜宮中修別院，地衣簾額一時新。〔三〕山海經：西王母梯几而戴勝杖。郭璞曰：梯謂憑也。

月堤煙柳

墓之前，有堤回抱，折如肉環，彎如弓月。士女絡繹嬉游，如燈枝之走馬。花柳蒙茸蔽虧，如張帷幕，人呼爲小蘇堤。

月堤人並大堤游，墜粉飄香不斷頭。最是桃花能爛熳，可憐楊柳正風流。歌鶯隊隊勾何滿，舞鴈隻隻趁莫愁。簾閣瑣窗應倦倚，紅闌橋外月如鈎。

梅圃谿堂

秋水閣之後，老梅數十株，古幹虯繆，香雪浮動，今築堂以臨之。左右有長廊修竹，小橋石磵，皆梅之館宇也。

梅花村落傍漁莊，寂歷繁英占草堂。雀啅寒烟翻略彴，鶴窺素豔繞廻廊。過牆月亞疎枝影，度水風含別磵香。傳語緣堤桃李樹，好將穠麗報年芳。

酒樓花信

酒樓直山莊之東，平田逶迤，晴湖蕩漾。北牖直拂水巖，寸人豆馬，參錯山椒。紅粧翠袖，移動簾額。月堤酒樓，此吾山莊之勝與衆共之者也。

花厭入高樓酒泛上巵〔一〕，登樓共賦豔陽詩。人間容易催花信，天上分明掛酒旗〔二〕。中酒心情寒食候，看花伴侶好春時。穠桃正倚新楊柳，橫笛朱欄莫放吹。

【注釋】〔一〕史記呂后紀：自起泛孝惠巵。索隱曰：泛，音捧，泛也。〔二〕三氏星經：酒旗三星，在軒轅左角南，主飲宴享祀。

歲暮懷孟陽

松括藏門數畝宮，耦耕堂上兩衰翁。更無生計千頭橘，尚有殘生半樹桐〔一〕。堆積新愁黃葉雨，耗磨舊事白楊風。天南地北相思處，約略寒燈一燼紅。

【注釋】〔一〕枚乘七發：龍門之桐，高百尺而無枝，其根半死半生。

除夜示楊郎之易是應山忠烈公長子

叫閽十載動宸旒，歲晚京華尚旅愁。爲問敝衣淹邸舍，還知乞食上譙樓〔一〕。青袍白馬誰家子？赤芾朱提何處求？愧我空憐廉吏後，負薪歌罷自搖頭〔二〕。

【注釋】〔一〕忠烈死詔獄，繼室詹氏與後姑棲止譙樓中，諸子乞食以養之。〔二〕史記滑稽傳：優孟搖頭而歌，負薪者以封。

初學集卷十三

試拈詩集（上） 起十一年戊寅正月，盡七月。

獄漸解，頌繫待放。五月二十四日，以火災肆赦，遂得出。東坡蒙恩責授詩云：却對酒杯渾是夢，試拈詩筆已如神。故以試拈名集，聊用志喜。

戊寅元日偶讀史記戲書紙尾

夢廻旭日射窗明，遷史才繙午箭更〔一〕。笑殺蕭何與周勃，可將獄吏換公卿？

【注釋】〔一〕唐詩紀事：褚亮和詠日午詩：曦車日停午，浮箭未移時。

其二

牘背千金獄始明〔一〕，吹簫織薄可憐生〔二〕！北軍左袒倉皇日，七尺爭如冒絮輕。

【注釋】〔一〕史記周勃世家：人有上書告勃欲反，下廷尉。勃以千金與獄吏。書牘背示之曰：以公主爲證。太后亦以爲言，至以冒絮提文帝。於是赦絳侯。〔二〕史記周勃世家：勃以織薄曲爲生，常爲人吹簫給喪事。索隱曰：織蠶薄爲生業。瓚曰：吹簫以樂喪賓，若樂人也。

其三

絳侯繫急漫嗟吁，又見工官坐亞夫〔一〕。父子將兵俱百萬，敢從獄吏鼓嚨胡〔二〕。

【注釋】〔一〕史記周勃世家：條侯子爲父買工官尚方甲楯五百被可以葬者。取庸苦之，不與錢。庸知其盜買縣官器，怒而上變告子，事連汙條侯。〔二〕後漢書五行志：桓帝初童謠：請爲諸君鼓嚨胡。鼓嚨胡者，不敢訟言，私咽語。

其四

漢家爭道孝文明，左右臨朝問亦輕〔一〕。絳灌但知讒賈誼〔二〕，可思流汗愧陳平〔三〕？

【注釋】〔一〕史記孝文紀：元年十月，右丞相平徙爲左丞相，太尉勃爲右丞相，大將軍灌嬰爲太尉。〔二〕漢書傳：于是天子議以誼任公卿之位，絳、灌、東陽侯馮敬之屬盡害之，迺毁誼。〔三〕漢書王陵傳：上益明習國家事，朝而問右丞相勃曰：「天下一歲決獄幾何？」勃謝不知。問「天下錢穀一歲出入幾何？」勃又謝不知。汗出浹背，愧不能對。上亦問左丞相平，平曰：「有主者。」

其五

秦時刀筆漢三章，械繫歸來兩鬢霜。聞道青門方會客，種瓜五色曜朝陽。

其六

南鄰有客醉呼盧，笑指圓⿰犭坐作酒壚。愧我不如曹相國，後園張飲應歌呼。

華山廟碑歌題華州郭胤伯所藏西嶽華山廟碑

關中汲古有二士〔一〕，郭胤趙崡俱嵯峨。趙崡，字子函，盩厔人。集錄金石，著石墨鐫華。伊余南冠繫請室，攤書晝臥如中魔〔二〕。郭生示我華山碑，欲比七發捐沉痾。展碑撫卷忽起坐，再三嘆息仍摩挲。桓靈之際文頗盛，六經刻石正繆譌。開陽門外講堂畔〔三〕，車輛觀寫肩相摩。鴻都學生競蟲鳥〔四〕，宣陵孝子羣鸛鵝〔五〕。石渠白虎事已遠，皇羲篇成世則那〔六〕。此碑傳自延熹載，石經未立先鐫磨。丈人行可逼秦相，一飯禮本先光和。郭香香察未遑辨，洪适云：「東漢循王莽之禁，人無二名。「郭香察書」者，察涖他人之書爾。」小歐陽以爲郭香察所書，非也。但見濃點兼纖波〔七〕。鋒刃屈折陷鐵石，嶄巖高下連巇嵯。古來書佐擅筆妙，後代學士徒口呿。久嗟石趺毁贔屭，却喜紙本纏蛟蛇。墨莊舊物落髯手〔八〕，如出周鼎獲晉犧〔九〕。身領僮奴雜裝治，手與心眼爭煩挼。靈偃緗帙巧純緣，史明牙籤細刮磋。惠靈偃、史明，郭氏僮也。收藏定可厭鄴架，鑒賞況復窮虞戈〔一〇〕。我昔遣祭入太學，肅拜石鼓拂臼科〔一一〕。依稀二百七十字，維鱮貫柳存無多〔一二〕。晴窗歸橅古則卷，家藏石鼓文，是趙古則本。按節自誦昌黎歌。去年登岱訪古蹟，開元八分半黴蠹。俗書刊落許公頌，爛班漫漶餘蝤蝸。風霜兵火恣殘蝕，此本疑有神護訶。聖世文章就熸熄，珠囊儒雅失網羅〔一三〕。儛書不顧經若典〔一四〕，破體豈論隸與蝌〔一五〕。兔園村老議軒頡，乳臭兒子評丘軻。踳駮指日還見斗，嚚凌祀海寧先河。少小亦思略識字，沉淪俗學悲喎唆〔一六〕。況聞中原戰羣盜，盜竊名字紛么麽。搜金剔玉殫屋壁，崩崖焚闕傾山河。汲冢書門徧烽燧〔一七〕，祈年岣嶁難經過〔一八〕。每憐耆舊委榛莽，誰集金石凌坡陁？郭髯連蹇趙崡死，老夫頭白空吟哦。還碑梯几意惝怳，髯乎髯乎奈爾何！

【注釋】〔一〕昌黎秋懷詩：歸愚識夷塗，汲古得修綆。〔二〕段柯古續酉陽雜俎：有書生住鄧州，嘗遊郡南，數月不返。其家詣卜者占之，卜者曰：「甚異。君所卜行人，兆中如病非病，如死非死，逾年自至矣。」果半年，書生歸，云遊某山深洞，入值物蟄，如中疾，四肢不能動，昏昏若半醉。見一物自明，入穴中却返，良久又至，直附身引頸臨口鼻，細視之，乃巨龜也。一息頃方去。書生酌其時日，其家卜吉時焉。〔三〕後漢書光武紀注：陸機洛陽記曰：太學在洛陽城故開陽外，去宮八里。講堂長十丈，廣三丈。〔四〕後漢書文帝紀：始置鴻都門學生。臣賢曰：鴻都，門名也，于內置學。時其中諸生，皆勑州郡三公舉召，能爲尺牘辭賦及工書鳥篆者，相課試，至千人焉。〔五〕後漢書蔡邕傳：市賈小民爲宣陵孝子者復數十人，悉除爲郎中、太子舍人。〔六〕後漢書蔡邕傳：初帝好學，自造皇羲篇五十章。昌黎石鼓歌：繼周八代爭戰罷，無人收拾理則那！〔七〕韋續墨藪：隸勢曰：修短相副，異體同勢。奮筆輕舉，離而不絕。濃點纖波，錯落其間。〔八〕張邦基墨莊漫錄序：予惟喜藏書，隨所寓榜曰墨莊，故題其首曰墨莊漫錄。〔九〕南史劉杳傳：古者樽彝皆刻木爲鳥獸，鑿頂及背，以出內酒。魏時，魯郡地中得齊大夫子尾送女器，有犧樽作犧牛形。晉永嘉中，賊曹嶷于青州發齊景公冢，又得二樽，形亦爲牛象。二處皆古之遺器，知非虛也。〔一〇〕沈作喆寓簡：唐文皇帝妙于翰墨，常病戈法難精，乃作戩字，空其右而命虞永興塡之，以示魏鄭公曰：「朕學世南，似盡其法。」鄭公曰：「天筆所臨，非臣下可擬。然唯戩字戈法乃逼眞。」太宗驚歎。鄭公之鑒裁，可謂入神矣。〔一一〕王厚之石鼓文考正：石鼓文，周王之獵碣也。其鼓有十，因其石之自然，麤有鼓形。字刻于其旁。石質堅頑，類今人爲碓磑者。韓愈以爲宣王鼓；韋應物以爲文王鼓，宣王刻。自歐陽集古錄，始設三疑。鄭樵摘丞殹二字見于秦斤秦權，而指以爲秦鼓。僞劉詞臣馬定國以宇文泰嘗蒐岐陽，而指以爲後周物。昌黎石鼓歌：故人從軍在右輔，爲我量度掘臼科。〔一二〕石鼓歌：我車既攻，我馬既同。其魚維鱮，言貫之柳。〔一三〕孔穎達易經正義序：秦亡金鏡，未墜斯文。漢理珠囊，重興儒雅。〔一四〕韓非子喩老篇：王壽負書而行，見徐馮于周塗，焚其書而儛之。〔一五〕李商隱韓碑詩：文成破體書在紙。〔一六〕丁杜集韻：喎唆，小兒相應聲。〔一七〕晉書束皙傳：太康二年，汲郡人不準盜發魏襄王墓，或云安釐王冢，得竹書數十車，凡七十五篇，七篇簡書折壞，不識名題。漆書皆蝌蚪字，多燼簡斷札，文既殘缺，不復詮次。武帝以其書付秘書，校綴次第，尋考指歸，而以今文寫之。晳在著作，得觀竹書，隨疑分釋，皆有義證。水經注：嶧山北有絕岩，秦始皇觀禮于魯，登于嶧山之上，命李斯以大篆勒銘山嶺，名曰書門。〔一八〕東坡詛楚文詩：崢嶸開元寺，髣髴祈年觀。舊築掃成空，古碑埋不爛。序曰：碑獲于開元寺土下，今在太守便廳。秦穆公葬于雍橐泉祈年觀下，今墓在開元寺之東南數十步，則寺豈祈年之故墓耶？淮南王遷于蜀，至雍道病卒，則雍非長安，此乃古雍也。昌黎岣嶁山詩：岣嶁山尖神禹碑，字青石赤形摹奇。科斗拳身薤倒披，鸞飄鳳泊拏虎螭。

松談閣印史歌爲郭胤伯作

六書繆篆用摹刻〔一〕，大者符璽細印章。崩崖古隧取次出，鏤金琢玉爭弆藏〔二〕。關中郭胤最好古，十年搜討盈篋箱。部居州亂作譜牒，編次細帙盛縹囊。璀璨丹砂照蟲鳥，錯互金薤堆琳琅〔三〕。考正職官本二史，貫穿訓故窮凡將〔四〕。竊取正用史家法，豈玩小物塗朱黃。憶昔先朝席豐豫，符瑞紛沓徵禎祥。河清鳳見屢奏賀〔五〕，玉璽又報來臨潭〔六〕。先帝親御文華門，制詔臣下風四方。千官鵠列瞻負扆，銜牙雙瑀聲鏗鏘〔七〕。中官屹立當御座，插冠貂尾加金璫。紫泥封坼青囊解〔八〕，金銀縢組開煇煌。臨軒手持四寸璽，俯示陛城周兩旁。槃龍紐螭弄掌握，衫袖照燭回虹光。侍臣代奉傳國寶，殿中不用尚玉郎。鴻臚傳制百僚賀，文曰受命壽永昌。朝罷君臣咸燕喜，南面並進南山觴。豈知瑞應不虛見，中興天以授我皇。郭君此書精且良，曷不首勒玉璽圖，訪問禮宮摹尚方？如服有冕網有綱，蠅頭細字注幾行。吾詩附璽垂久長，命曰印史非夸張，春秋之義微而彰。

【注釋】〔一〕漢書藝文志：六體者，古文、奇字、篆書、隸書、繆篆、蟲書。師古曰：繆篆，謂其文屈曲纏繞，所以摹印章也。〔二〕漢書陳遵傳：皆藏弆以爲榮。師古曰：弆，亦藏也。音丘呂反，又音舉。〔三〕昌黎調張籍詩：平生千萬篇，金薤垂琳琅。〔四〕漢書藝文志：武帝時，司馬相如作凡將篇，無復字。〔五〕天啓元年辛酉，自河南至陝西界，黄河水清三日。二年壬戌十月初九日，有大鳥高七八尺，羽翼陸離，集于開封府禹州大隗山，羣鳥千萬，旋遶左右，至十二日始飛去。人皆指爲鳳凰。〔六〕天啓四年九月初四日，玉璽出于彰德府臨漳縣，闊四寸，龍紐斗形。河南撫臣鄭紹上疏曰：秦璽之不足徵久矣，今璽之出，適在臣疆內，道路諠譟，流聞禁闥，欲遣官恭進，跡涉獻媚。昔王孫圉不寶白珩，楚王不寶照乘，蠻夷偏霸，猶知尊賢樂善，照曜史册，況于明聖之主乎？今之大臣，如總憲鄒元標、馮從吾，尚書王紀、盛以弘、孫愼行，侍郎曹國汴等，憂國奉公，白首耆艾，又有一斥不還之詞林，久錮不起之臺諫，思皇多士，國之寶臣。臣不能挽回天聽，汲致明庭，徒獻符貢璽，效七十二代之故事，臣竊羞之。時逆奄方侈言符命，勸令進璽，要上親御文華門制詔受賀。璽貯御前，逆奄手捧之，負扆而立，頒示羣僚，指揮上下，無復人臣之度。御史黄尊素執奏曰：宋哲宗得璽，蔡確等言祥瑞，改年元符。其後朋黨煩興，宋祚不永。弘治十三年，陝西進玉璽，止命取進。祖宗成例當法，不應踵襲宋事。鄭、黄二公之奏，據經守正，良有旨也。公此詩詳書其事，一則曰立當御床，再則曰臨軒手持，顯著逆奄之無君也。此璽之進，既稱爲傳國寶，則尙玉有人，頒示有制。今爲侍臣代奉，顯示斗柄在手，非僭竊而何？繼以文曰受命永昌之句，即取其文斷之，譌以傳譌，公意有所深譏焉，以見禎祥之不足恃也。石晉入洛，淸泰自焚，摘星一炬，秦璽等于秦灰。咸陽段義之獻，久爲識者所鄙。解縉謂傳國寶焚燬已久，屢求屢得，眞僞莫明。先臣卓識如此。公詩義嚴詞正，即璽一端，詳著逆奄不臣，以爲昭鑒，殆猶春秋之意也夫！

〔七〕潘岳藉田賦：衡牙錚鎗。李善曰：禮記：凡帶必有佩玉，有衡牙居中央，以前後觸也。錚鎗，玉聲也。

〔八〕崔豹古今注：靑囊，所以盛印也。奏劾者，則以青布囊盛印于前，示奉王法而行也。非奏劾者，則以青絹爲囊，盛印于後也。謂劾尙質直，故用布；非奏劾者尙文明，故用絹。自晉朝以來，劾奏之官，專以印居前；非劾奏之官，專以印居後。

人日

人日嗟何日？題詩憶草堂。容顔獄吏惜，時序老夫傷。好事如花少，愁心並柳長。不知分勝侶，若個話蕭郎？

茗上吳子德輿次東坡獄中寄子由韻作丁丑紀聞詩六首蓋悲余之逮繫而喜其獄之漸解也感而和之亦如其前後之次

鋃鐺影裏見殘春，悵恨登朝未殺身。禍盡隱章知漢法，行逢贈策感秦人。途窮漫浪歌山鬼，獄急倉皇禮嶽神。金馬多生餘諍論〔一〕，欲臨流水證前因〔二〕。

【注釋】〔一〕公嘗夢前生爲金馬道人，與尊者説法，以諍論故，應受業報。〔二〕五燈會元：善慧大士遇天竺僧嵩頭陀曰：「我與汝毗婆尸佛前發誓，今兜率宮衣鉢見在，何日當還？」因命臨水觀影，見圓光寶蓋。

其　二

酷日酸風並慘悽，路長人極馬頭低。孤身豈合投豺虎，三物何當詛犬雞。婉孌更無臨市妾，顛狂猶有送行妻。蒼茫汶泗交流地，薄暮祇疑湘沅西。

其　三

隕霜猶自望回春，斗極誰收趙壹身〔一〕？已分殘生餘有幾，更將窮命乞何人？市朝到處逢魑魅，犴狴中間仗鬼神。不信古來鈎黨事，刊章錄牒正相因。

【注釋】〔一〕後漢書趙壹傳：壹恃才倨傲，爲鄉黨所擯。後屢抵罪，幾至死，友人救得免。壹貽書謝曰：收之于斗極，還之于司命。

其　四

八寒陰獄夏淒淒，破壁殘燈白首低。一夜霜天愁唳鶴，五更風雨悔鳴雞。捐生聶政今無母，先死王章尙有妻。准擬圖形屈原廟〔一〕，墓門何用刻征西。

【注釋】〔一〕後漢書延篤傳：篤遭黨事禁錮，卒于家。鄉里圖其形于屈原之廟。

其　五

刀頭劍首度冬春，欲殺何當有百身。信到憐君猶作客，詩成知我尙爲人。經繙北斗禳妖祲，歌闋南薰禮獄神。如此纍臣無不可，經年頌繫亦何因？

其　六

餘年吟賞暮淒淒，水閣玲瓏碉戶低。茅屋每棲春社燕，山邨嘗報午時雞。蓬頭豈必慚兒子〔一〕，染髮祇應媚小妻。歸去臨風謝知己，扁舟應在五湖西。

【注釋】〔一〕後漢書王霸妻傳：霸子見令狐子，沮怍不能仰視，霸目之，有愧容。妻問其故，曰：「兒曹蓬髮歷齒，未知禮則，見客而有慚色，不覺自失耳。」妻曰：「子伯之貴，孰與君之高？」霸起而笑。

倣元微之何處生春早二十首

何處生春早？春生美目中。凝愁成淥水，流笑與光風。徽眄防眉覺，曾波託鏡通〔一〕。不堪朱碧思〔二〕，含睇向芳叢。

【注釋】〔一〕宋玉招魂：「娭光眇視，目曾波些！」王逸曰：波，華也。目采眄然，黑白分明，若水波而重華也。〔二〕玉臺集王僧孺夜愁詩：誰知心眼亂，看朱忽成碧。樂府則天如意娘曲：看朱成碧思紛紛，憔悴支離爲憶君。不信比來長下淚，開箱驗取石榴裙。

其　二

何處生春早？春生巧笑中。開顏鶯睍睆，失喜柳惺忪。蕙葉分多碧，桃花破小紅。如皋君肯御，翳雉候薰風。

其三

何處生春早？春生眉黛中。笑能舒柳簇，顰欲瑣蘭叢。秀色描偏淺，愁痕掃不空。劇憐粧鏡畔，便面又東風。

其四

何處生春早？春生鬢髮中。柳眠全約略，花妥半鬔鬆〔一〕。髻重和雲櫛，梳輕向月攏。更衣恩寵在〔二〕，搔首恨飛蓬。

【注釋】〔一〕少陵重過何氏詩：花妥鶯捎蝶。即花墮也。〔二〕漢武故事：上行幸平陽主家，置酒作樂。子夫爲主謳者，善歌，能造曲。每歌挑上，上意動，起更衣。子夫因侍得幸，頭解，覺其美髮，悅之。主遂納子夫于宮。

其五

何處生春早？春生靨輔中〔一〕。含嬌頻送態，薄怒乍舒紅。膩理停蘭澤，流光轉蕙風。施朱與著粉，評泊任牆東〔二〕。

【注釋】〔一〕楚辭大招：靨輔奇牙，宜笑嗎只！王逸曰：言美女頰有靨輔。〔二〕韓偓遥見詩：白玉堂東遥見後，令人評泊畫楊妃。

其　六

何處生春早？春生好口中。含桃欺齒白，編貝逗唇紅。房露清歌引〔一〕，幽蘭絮語通。晝長頻咳嚏，錯莫唤雕籠。

【注釋】〔一〕謝希逸月賦：徘徊房露。李善曰：防露，蓋古曲也。文賦曰：寤防露與桑間。房與防，古字通。

其　七

何處生春早？春生皓腕中。含情向機杼，抱影守去房櫳。峭倩寒葱削〔一〕，温柔稚筍籠〔二〕。自憐工織素，纖指訴流風〔三〕。

【注釋】〔一〕玉臺集焦仲卿妻詩：指如削葱根，口如含朱丹。〔二〕韓偓香奩集詠手詩：腕白膚紅玉筍芽。〔三〕世説文學篇：袁彦伯作北征賦。王珣云：「恨少一句，得寫字足韻當佳。」袁即攬筆益云：感不絶于余心，泝流風而獨寫。

其八

何處生春早？春生素足中。舄交曾滅燭〔一〕，屣跕不禁風〔二〕。草惹裙腰綠〔三〕，蓮移屐齒紅〔四〕。刀頭嗟未見，新月似鞋弓〔五〕。

【注釋】〔一〕史記滑稽傳：淳于髡曰：「履舄交錯，杯盤狼藉。堂上燭滅，主人留髡而送客。」〔二〕史記貨殖傳：女子則鼓鳴琴跕屣。徐廣曰：跕，音佔。程大昌演繁露：地理志：趙地倡優女子，彈絃跕躧，游媚富貴。注：躡跟爲跕，掛指爲躡。師古曰：屣，謂小履之無跟者也。跕，謂輕躡之也。案：今人夏月以生帛爲屧，其三面稍隆起，惟當脚跟處正低，卽師古所指也。〔三〕樂天杭州春望詩：草綠裙腰一道斜。〔四〕韓偓香奩集屐子詩：六寸膚圓光緻緻，白羅繡屧紅托裏。南朝天子欠風流，却重金蓮輕綠齒。〔五〕道山新聞：李後主令宮嬪窅娘以帛繞脚令纖小，屈上作新月狀。由是皆效之，以纖弓爲妙。

其九

何處生春早？春生睡起中。蘭心方的的，柳眼正濛濛。魂弱渾難定，身蘇旋欲融〔一〕。不如還昵枕〔二〕，殘夢在房櫳。

【注釋】〔一〕元微之離思詩：一朵紅酥旋欲融。〔二〕謝惠連雪賦：願低幃以昵枕。李善曰：昵，近也。

其　十

何處生春早？春生新浴中。煙凝腰柳碧，雨注靨桃紅。脂澤流香𢾾〔一〕，鉛華濺水融。竊窺猶未得〔二〕，況復與君同。

【注釋】〔一〕王子年拾遺記：漢靈帝宮人，年二七已上，三六已下，皆靚裝，解其上衣，惟著內服。或共裸浴，西域所獻茵墀香，煮以爲湯，宮人以之浴浣，使以餘汁入渠，名曰流香渠。〔二〕趙飛燕外傳：昭儀夜入浴蘭室，帝從幃中竊覘之。侍兒以白昭儀，覽巾使徹燭。他日帝約賜侍兒黃金，使無得言。

其十一

何處生春早？春生翠袖中。憑闌寒食雨，却扇杏花風。掩抑縈飛絮，低迴數落紅。遠山看未足，延佇畫廊東。

其十二

何處生春早？春生羅帶中。輕塵看出水〔一〕，促步想當風〔二〕。錯互袿褸飾〔三〕，禁持衵服紅〔四〕。薄裝誰解得〔五〕？雜珮正叢叢。

【注釋】〔一〕曹子建洛神賦：凌波微步，羅襪生塵。〔二〕三輔黃圖：帝與趙飛燕戲于太液池，每輕風時至，飛燕殆欲隨風入水，帝以翠縷結飛燕之裾。今太液池尚有避風臺，即飛燕結裾之處。湯垕畫鑑：曹弗興作人物，衣紋波皺，畫家謂曹衣出水，吳帶當風。〔三〕劉熙釋名：婦人上服，謂之袿。詩國風東山章：親結其縭。毛萇傳曰：縭，婦人之褘，香纓也。〔四〕左傳宣公九年：陳靈公與孔寧、儀行父通于夏姬，皆衷其衵衣以戲于朝。杜預曰：衵衣，近身衣。〔五〕宋玉神女賦序：嫷被服，侻薄裝。李善曰：嫷，解也。侻，脫也。

其十三

何處生春早？春生窮袴中〔一〕。明燈知護惜〔二〕，闇夢記惺忪。密意縈多帶，驚魂託守宮。殷勤問啼鳥，花信幾枝紅〔三〕？

【注釋】〔一〕漢書外戚傳：宮人使令皆爲窮袴，多其帶。服虔曰：窮袴，有前後當，不得交通也。師古曰：即今之緄襠袴也。〔二〕楊氏六帖：古樂府：護惜安窮袴，提防託守宮。〔三〕陶九成輟耕錄：黃帝內經：女子二七而天癸至，月事以時下。史記濟北王侍者韓女病月事不下。又程姬有所避，不願進。天子諸侯，羣妾以次進御，更不口說，以丹注面的爲識。王建宮詞：密奏君王知入月。

其十四

何處生春早？春生錦被中。芳香留半臂〔一〕，蘭露泛熏籠。一夜穠花發，五更啼鳥空。生憎唐畫史，只爲獨眠工。

【注釋】〔一〕魏泰東軒筆錄：宋子京多內寵，嘗宴于錦江，偶微寒，命取半臂。諸婢各送一枚，凡十餘枚。子京恐有厚薄之嫌，竟不服，忍冷而歸。

其十五

何處生春早？春生寶鏡中。黛眉分鬬翠，花靨互呈紅。照罷愁相妬，粧成訝許同。巡簷聽鵲喜，雲鬢欲新攏。

其十六

何處生春早？春生角枕中。梢頭花簇簇，拂鬢錦叢叢。面澤承權衰，唇脂並口融。可如郎臂好，轉側任西東？

其十七

何處生春早？春生刺繡中。停鍼花並發，紉線鳥相蒙。密樹鋪重碧，斜陽綠斷紅。流黃慚久晦〔一〕，刀尺爲誰工？

【注釋】〔一〕江文通別賦：晦高臺之流黃。李善曰：環濟要略曰：間色有五，紺紅縹紫流黃也。

其十八

何處生春早？春生簾幕中。參差依蠟燭，羃歷張輕風。燕子能嗔妾，楊花會惱公。衫前復扇後〔一〕，閒殺畫橋東。

【注釋】〔一〕陰鏗侯司空宅詠妓詩：鶯啼歌扇後，花落舞衫前。

其十九

何處生春早？春生小院中。梨花能駐月，蕙草欲沈風。拂水臨粧鏡，香山薄綺櫳。不愁桃杏盡，皆藥又翻紅。

其二十

何處生春早？春生畫舫中。花迎千嶂碧，柳罨小橋紅。溪女憐新霽，菱歌愛晚風。西施舊明月，偏照五湖東。

書四靈詩集

語近意不遠，骨癯髓亦枯。誰云賈島佛〔一〕？終是郗家奴〔二〕。

【注釋】〔一〕王定保摭言：李洞，唐諸王孫也。慕賈閬仙爲詩，鑄銅像其儀。孫光憲北夢瑣言：進士李洞，慕賈島，欲鑄而頂戴，嘗念賈島佛，而集詩體又僻于島。周密齊東野語：唐李洞苦吟有聲，慕賈浪仙之詩，遂鑄其像事之，誦賈島佛不絶口，時以爲異。〔二〕世説品藻篇：郗司空家有傖奴，知及文章事。王右軍向劉尹稱之，劉問何如方回？王曰：「此正小人有意向耳，何得便比方回。」劉曰：「若不如方回，故是常奴耳。」

戲書梅花集句詩　本朝沈行、童琥集，各三百餘首。

褐衣那得綴天吳〔一〕，折鐵精鏐共一罏〔二〕。要與梅花添火伴，差排何遜配林逋。

【注釋】〔一〕少陵北征詩：天吳與紫鳳，顛倒在短褐。〔二〕爾雅釋器：黃金謂之璗，其美者謂之鏐。白金謂之銀，其美者謂之鐐。郭璞曰：此道金銀之別名及精者。鐐即紫磨金。

春夜讀漢書寄南海陳侍郎

殘書讀罷夜潭潭，坐見辰星過劍函〔一〕。文帝自能分代北，賈生空復策淮南。曲江羽扇何須嘆〔二〕，東市朝衣更不堪〔三〕。且學袁絲能日飲〔四〕，牖城瘴海共沈酣。

【注釋】〔一〕史記天官書：兔過太白，間可椷劍。索隱曰：辰星謂之兔星。蘇林曰：椷，音函。函，容也，其間可容一劍。〔二〕新唐書張九齡傳：九齡懼為林甫所危，因帝賜白羽扇，乃獻賦自況。〔三〕漢書晁錯傳：袁盎請斬錯，錯殊不知。中尉召錯，紿載行市。錯衣朝衣斬東市。〔四〕漢書袁盎傳：盎為吳相，辭行，兄子種謂盎曰：「吳王驕日久，國多姦，君能日飲毋何，時說王曰毋反而已。如此幸得脫。」盎用種之計，吳王厚遇盎。

題王孟端雙松圖為稼軒

落落長身對儼然，撐雲臥壑並千年。叢生荆棘何須問，却怕柔藤蔓草纏。

上元後二日聞諸公貶謫之信偶作〔一〕

黃金臺畔夕陽紅〔二〕，衰草叢殘郭隗宮〔三〕。應是上林春未足，蕭蕭落葉滿東風。

【注釋】〔一〕丁丑考選，上以訪册概加圈獎，罷尚書王業浩、姜逢元。十一年正月十七日，吏部奉旨：七十圈以上，傅元初、張第元、房之騏、韓源、趙繼鼎、馬兆羲俱著冠帶閑住。六十圈以上，孫晉、林正亨、王猷各降三級調用；劉含輝、楊鎮元、葉初春、劉興秀、辜朝薦、金蘭、葛樞、郭九鼎、凌義渠、何楷、褚德培各降二級照舊；丁允元再降一級。〔二〕金臺在易州易縣東南三十里，燕昭王所造。置千金于上，以招賢士。又有西金臺，俗呼此爲東金臺。又有小金臺，石縣東南十五里，即郭隗臺也。〔三〕戰國策：昭王爲隗築宮而師之，士爭湊燕。

其　二

無花無酒落燈天，粥冷灰寒似禁煙。我自中風人暴病，口呿目眙枉相憐。

送傅給事元初歸晉安

客路桃花春水生，都門祖帳藹新晴。鑪香袖染晨暉重，袞職身違午夢輕。青瑣洞門棲乳燕〔一〕，碧梧高樹隱啼鶯。金臺折贈新楊柳，可似南中橘柚榮？

【注釋】〔一〕漢書董賢傳：重殿洞門。師古曰：謂門門相當也。少陵題省中院壁詩：洞門對霤常陰陰。

送劉宮諭若宰奉詔覲省

詔許詞臣覲北堂，桃花春水帶恩光。承歡每說天顏喜，愛日遙聽禁漏長。膝下錦袍供戲綵，手中色線補垂裳。六宮正茂珩璜訓〔一〕，早晚肩輿內殿旁。

【注釋】〔一〕後漢書皇后紀論：居有保阿之訓，動有環珮之聲。列女傳：齊孟姬曰：妾聞妃后踰閾，必乘安車輜軿。下堂，必從傅母保阿。進退，則鳴玉珮環。

贈夏童子端哥 雲間夏彝仲之子

端郎信不同，非我欲求蒙。背誦隨人詰，身書等厥躬〔一〕。倒懷嘗論日，信口欲生風〔二〕。燈盡調聲病，棋枰喻國工。若令酬聖主，便可壓羣公。不見軒轅后，天師稱小童〔三〕。

【注釋】〔一〕宋史賈黃中傳：黃中幼聰悟，方五歲，父玭每旦令正立展書卷比之，謂之等身書，課其誦讀。〔二〕開元天寶遺事：帝于勤政樓以七寶裝成坐，高七尺，召諸學士講論古今，勝者得升。唯張九齡論辨風生，首升此坐。〔三〕莊子庚桑楚篇：黄帝將見太隗于具茨之山，至于襄城之野，七聖皆迷。適遇牧馬童子，請問爲天下。小童曰：「夫爲天下者，亦奚以異乎牧馬者哉？亦去其害馬而已矣。」黄帝再拜稽首，稱天師而退。

反風行

二月十日忽陰曀，刮風吹沙暗天地。長安市上少人行，司寇徒行來下吏〔一〕。司寇叮嚀顧屬吏：老臣自失明主意。老臣從此入請室，凡百靖共敬爾位。焚香泥首拜皐陶，獄門訣别咸流涕。君不見天王聖明古無二，雲開日霽須臾事。明朝片紙召復位，天乃反風亦容易。

【注釋】〔一〕崇禎十一年戊寅二月初九日，大司寇鄭三俊以治司農侯恂事，執法失出，不當上意，下刑部獄。是日風狂沙舞，黑霧蔽天。司寇囚服至獄門，長安士民觀者，壓路錯愕。時應天府丞徐石麒齋萬壽賀表入都，上書頌寃，言大臣當加禮貌，以全國體。後竟得釋繫去。

送僧游峨眉

劍外徵兵羽檄忙，傳烽午夜照瞿塘。雙峨大有閒人在〔一〕，坐斷千林看佛光〔二〕。

【注釋】〔一〕樂史寰宇記：峨眉山：按益州記云：在南安縣界，兩山相對，狀似峨眉。此山之外，又有小峨眉山。　〔二〕陸深蜀都雜抄：峨眉山中有光怪，若虹蜺然。每見于雲日映射之際，俗所謂佛光者是已。

偕劉司空過應侍御小飲酒間與來吏部訂西陵之游

但遇招邀即勝游，莫將春日殢春愁。紅塵蔽榻還過應〔一〕，紫陌看花況值劉〔二〕。照眼緋桃驚屋角，開顏綠醑慰眉頭。前期共有西陵在，露酒蓴羹正可求。

【注釋】〔一〕應休璉與侍郎曹長思書：悲風起于閨闥，紅塵蔽于几榻。幸有袁生，時步玉趾。樵蘇不爨，清談而已。　〔二〕劉禹錫戲贈看花諸君子詩：紫陌紅塵拂面來，無人不道看花回。玄都觀裏桃千樹，盡是劉郎去後栽。

贈胡泌水

甲第軒車互却迎，萬人如海隱王城〔一〕。五侯席上支頤坐〔二〕，丞相門前掉臂行。突兀高樓看鼠墜，嵯峨老表算狸烹〔三〕。談天欲杜毘耶口〔四〕，午夜燃燈禮淨名〔五〕。

【注釋】〔一〕東坡病中聞子由得告詩：唯有王城最堪隱，萬人如海一身藏。〔二〕漢書元后傳：上悉封舅譚爲平阿侯、商成都侯、立紅陽侯、根曲陽侯、逢時高平侯。五侯同日封，故世謂之五侯。〔三〕吳均續齊諧記：燕昭王墓前一班狸，積年能爲幻化，變作一書生，欲詣張華，過問墓前華表。華表曰：「張司空智度，恐難籠絡。非但喪子千年之質，亦恐深誤老表。」書生不從，遂詣華論辨，華無不應聲屈滯，乃歎曰：「天下豈有此年少，若非鬼怪，決是狐狸。」雷煥曰：「千年老精，唯有千年枯木照之則形見。燕昭王墓前華表，已當千年。」乃遣人伐之。使人既至，華表嘆曰：「老狸果誤我事。」于華表空中，得青衣小兒，長二尺餘，將還，未至洛陽，而變成枯木。然之以照書生，乃是一班狸。〔四〕史記荀卿列傳：騶衍之術，迂大而閎辨，故齊人號曰談天衍。王屮頭陀寺碑：杜口毘耶，以通得意之路。肇論：淨名杜口于毘耶。〔五〕僧肇注維摩經：維摩詰，秦言淨名也。

送曲周路侍御之官中州路曾抗疏爲余伸雪牽連謫官

臺柏空餘一院陰，淸時珥筆正如林。諍臣豈爲移官慮，明主安知護法心〔一〕。客路孤花如我在，天涯芳草爲君深。梁園自古風流地，顛頼休爲逐客吟。

【注釋】〔一〕徐自明宰輔編年錄：神宗熙寧七年，王安石罷相，薦韓絳代己，仍以呂惠卿佐之，庶于安石所爲，遵守不變也。時號絳爲傳法沙門，惠卿爲護法善神。箋曰：烏程以閣訟要結主知，與陽羨雄唱雌和，相繼登政府。既而軋周去之，溫遂獨秉國鈞。十年六月，體仁罷歸，衣鉢付之韓城，不兩月而大拜。體仁雖去國，留國觀爲護法，循其舊轍，陰攬政柄，與臨川之用惠卿何異？明主進退大臣，安知聚鬼徵妖，朋扇若此。甚矣人之不易知也！

其二

舉網謀成嘆彼驕，抗章投劾荷清朝。青衫去國君恩重，白首全生物論昭。海內灰心論碩果，班行指口戒川椒。與君更有前期在，汗簡牽連未寂寥。

題宋徽宗杏花村圖

宜春小苑春風香，宣和閟殿春晝長。帝所神霄換新誥〔一〕，江南花石催頭綱。至尊盤礴自游藝，宛是前身畫師製。歲時婚嫁杏花村，桑麻雞犬桃源世。杏花村中花冥冥，紇干山雀羣飛鳴。巾車挈篋去何所？無乃負擔趨青城〔二〕。君不見杏花寒食錢塘路，鬼燐燈檠風雨暮〔三〕。麥飯何人澆一盂〔四〕？孤臣哭斷冬青樹〔五〕。

【注釋】〔一〕九朝長編紀事本末：政和二年，林靈素曰：神霄玉清，皇上帝之長子，主南方，號長生大帝君。既下降于世，乃以其弟主東方青華帝君領神霄之治。天有九霄，而神霄爲最高。希烈紀略曰：道君皇帝以神霄玉清之尊，降神出明，應帝王之興起。　〔二〕宋史欽宗紀：靖康二年二月辛未，金人偪上皇召皇后皇太子入青城。〔三〕陶九成輟耕錄：初徽、欽葬五國城，數遣使祈請于金人，欲歸梓宮。凡六七年而後許以梓宮還行在。高宗親至臨平奉迎，易緦服，寓于龍德別宮。一時朝野以爲大事，諸公論功受賞，費于宮帑者不貲。先是選人楊偉貽書執政，乞奏聞。命大臣取神櫬之最下者斲而視之。既而禮官請用安陵故事，梓宮入境，卽承之以槨，仍納衮冕翬衣于槨中，不改斂。從之。至被楊璉眞伽發掘，徽、欽二陵皆空無一物。徽陵有朽木一段，欽陵有木燈檠一枚而已。蓋當時已料其眞僞不可知，不欲遂詐，亦以慰一時之人心耳。而二帝遺骸，浮沉沙漠，初未嘗還也。〔四〕五代史唐明宗家人傳：淑妃王氏，臨死呼曰：「何不留吾兒，使每歲寒食，持一盂飯灑明宗墳土？」〔五〕金華張孟兼唐珏傳：珏，字玉潛，會稽人。至元戊寅，浮圖總統楊璉眞伽利宋欑宮金玉，發之。珏獨懷痛憤，陰召諸惡少，夜往收貯遺骸，瘞蘭亭山後，上種冬青樹爲識。謝翶與珏友善，爲作冬青樹引，讀者莫不洒泣。陶九成輟耕錄：王筠菴示予唐義士傳，蓋雲溪羅先生所撰也。及見遂昌鄭明德所書林義士事蹟，有五詩，與前所錄微不同。而詩中有雙匣字，則是收兩陵之骨，得非林義士詩，而羅雲溪以傳者之誤，而寫入傳中乎？但曰：移宋常朝殿冬青，植所函土上，而作冬青詩。則會稽去杭，止隔一水，或者可以致之。若夫東嘉相望千餘里，豈能容易持去？縱持去，又豈能不枯瘁耶？審如是，則又疑唐義士詩矣。且葬骨一事，豈唐方起謀時，林已先得高、孝兩陵骨耶？抑得所易之骨耶？或各行其所志，不必知會，理固有之矣。

夢與李長蘅談詩長蘅口誦一絕句嘆其清婉有味云是湖州董伯念登第後有寄作也覺而記之

舊巢雙燕到依稀，風入疎窗燭淚肥。短雨輕寒催曉夢，夢中渾未著朝衣。

徐娘歌

徐娘二十絕代無，當場一曲千明珠。小妹鳳生恰三〔案：三疑作「二」。〕七，輕粧薄悅雙雙出。肩摩擔壓篙櫓橫，半塘水沸山隄平。清歌緩舞廣場寂，千人石上無人聲。風流徐郎字夢雨，徐子詩互見前卷。一見魂銷足不舉。油壁青驄並載歸，連枝共命交相許。多情多病轉堪憐，最是清明寒食天。楊柳風前行藥坐，海棠樹下對花眠。相送却回凡幾度，暗別偷啼更無數。珍重叮嚀囑歌扇，護惜頻煩寄窮袴。離筵我賦送春詩，更與新翻柳絮詞。津逮軒中低唱夜，初平石下踏歌時〔一〕。徐郎笑噱還相向，在旁惟爾曾知狀。長將皎日留誓盟，縱及黃泉肯相忘？豈知人世不相於，共命抛離連理虛。三秋司馬纏綿病，一紙蕭娘決絕書。小樓窗前齊女墓，婁江即是天河路。空餘白骨裹秋衾，拌爲紅顏即朝露。淒涼此事十餘春，取次沉吟淚滿巾。白楊荒草知何處？況復嬌花殢酒人。燕山粮艘高於屋，鶯梢燕乳樓船腹。將軍組練白差差，小婦榴裙紅蔟蔟。五日蒲榴正舉杯，有人玉帳寄聲來。因知河上淩波女，曾向江頭行雨回。殷勤慰問南冠客，鬢髮新添幾莖白？聊摶角黍祝團圞，更炙王餘勉餐食〔二〕。白頭殘客重咨嗟，舊雨新愁恨似麻。已分歌殘吾谷樹，更堪哭損馬塍花。十年一夢如宿昔，往事如風豈堪摘。小鳳公然作阿婆，夢雨荒庵更第宅。我四君嫁不爭多，毾㲪心情可奈何！禁城暮雨瀟瀟夕，還想吳娘一曲歌〔三〕。

【注釋】〔一〕海虞文苑張應遴虞山記：影娥川上，舊有亭曰館月。轉而西，爲初平石，可坐數人。

〔二〕左太沖吳都賦：片則王餘。俗云越王鱠魚未盡，因其半棄之爲魚，遂無其一面，故曰王餘也。

〔三〕白樂天寄殷協律詩：吳娘暮雨蕭蕭曲，自別江南更不聞。注曰：江南吳二娘曲詞云：暮雨蕭蕭郎不歸。

有感寄侯繕部

設羅門巷省諠譁，公叔文成每自嗟。謂朱公叔絕交論。對影攢頭如縮蝟，向人張口似神鴉。養成叢棘終爲刺，鋤過芳蘭可作花。歎息要離墳畔土，他年眞欲累侯芭。

題大鳥圖　五月二十四日出獄，爲居停主人題。

漫道昆明有刼灰，蒲陶苜蓿至今栽。不知此日乘槎客，誰見條支大鳥來？

送詹葉二御史赴南臺

本朝風紀出留臺〔一〕，況復臨軒御遣來〔二〕。攬轡風生新諫草，之官霜肅舊宮槐。罘罳高闕千年在，烽火西陵一夕廻。吳志楊都賦注曰：孫權時，合暮舉火，西陵鼓三竟，達吳郡南沙。月出衣冠猶在眼，綠章先許奏堦台。

【注釋】〔一〕程大昌演繁露：趙璘因話錄曰：高宗朝改門下省爲東臺，中書省爲西臺，尚書爲文昌臺。故御史呼爲南臺。南朝亦同。又曰：武后朝，御史有左右肅政之號，當時亦謂之左臺右臺。則憲府未嘗有東臺西臺之稱也。唯俗呼在京爲西臺，東都爲東臺。按：此言之御史爲一臺，別自言事，加東西南三稱爲別耳。其謂俗呼在京爲西臺者，唐都長安于洛陽爲西，而洛陽亦有留臺，故長安名西臺，而洛陽爲東臺也。〔二〕祖宗朝：外官考選，例授科道部屬，無入詞林者。崇禎八年，上叅唐宋建官之制，知推皆得考選詞林。暨十一年戊寅，并考選在京之中行評博，令主者矢公衡平，而人言雜揉，漫無依據。上于四月庚申，親試考選者于中左門，賜對對訖，復試策一道。五月十一日，禮部接聖諭，欽定詞林屠象美等十人，科張淳等十二人，道李嗣京等二十六人，南道閣嗣科四人，而詹兆恆、葉樹聲居其二焉。其未定者，皆以次授部屬。臨軒御選，此亦三百年以來所無之異數也。

其　二

帝遣雄班重鎬京，一臺二妙遂先鳴〔一〕。旁求容易招胥靡，拔茹頻煩說彙征。碩果摘餘嗟老圃，豆萁落盡笑躬耕。法星近照江天畔〔二〕，寂寞衡茅覺夜明。二御史皆抗疏慰薦，故云。

【注釋】〔一〕晉書衛瓘傳：瓘與敦煌索靖俱善草書，時人號爲一臺二妙。〔二〕史記天官書：太微南四星爲執法。

平臺行記聖主能容直臣也

五星順軌火不驕〔一〕，寇降虜讋邊烽銷。舜臣五人同日舉〔二〕，延登受策光聖朝。平臺召見亦何意？疇咨不厭博且勞。聖主淸問霽顏色〔三〕，詹臣抗對干雲霄〔四〕。禁中語祕世莫曉，君門萬里眞岧嶢。但傳優容出天語，君明臣直聞衢謠。唐天未許排門闥，漢代誰當應鼓妖〔五〕？秦王學士時難見〔六〕，金吾老將何寥寥〔七〕！嶙峋折檻何足羨，平陵槐里成蓬蒿〔八〕。窮巷悄然斷車馬，流傳盛事心煩囂。老夫未敢嘆秋雨，臥聽屋卷三重茅〔九〕。

【注釋】〔一〕淮南子本經訓篇：五星順軌而不失其行。許愼曰：五星，熒惑、太白、鎮、辰、歲星也。

軌，道也。順，循也。〔二〕崇禎十一年戊寅六月二十五日，吏部欽奉上諭：兵部尙書楊嗣昌、戶部尙書程國祥俱改禮部尙書。禮部右侍郎方逢年、工部左侍郎蔡國用俱陞禮部尙書。大理寺少卿范復粹陞禮部右侍郎。俱兼東閣大學士，都著入閣，與首輔劉宇亮協同辦事。嗣昌仍帶管兵部事。〔三〕書呂刑：皇帝淸問下民。〔四〕少詹事黃道周，性忠直，好面折廷諍。每有所條對，援引今古，敷奏詳切。上亦心重之。時論咸以揆路屬望焉。戊寅四五月間，熒惑逆行，太白晝見。道周見楊嗣昌籌寇事滋失策，慨然謂馮元飈等曰：「天象如此，武陵柄用，必誤國家。宜率同列固爭之。」退而削牘，草數劄子，陳邊事，策寇警。其一乃糾嗣昌奪情，并論陳新甲者，修飾疏藁未上，元飈謂枚卜無出道周右，疏一入，觸忤上意，即與推，亦且弗用，力止之，曰：「公柄用，挽回者大，奈何必以舌頰爭乎？」遣所知日爭之，疏竟不得上。時諸公咸舒徐寬緩，與時浮沉，遇朝廷有大事，噤不敢發一言，號養相體。道周實羞之不爲也。上傳部院推閣員，吏尙書商周祚列名以上。上意嘿有屬，切責周祚濫狥，而自用楊嗣昌等五人入閣。上素知道周學行，謂其性偏執，非救時相，故後之。道周亦非以不相故有怨望心，特恨爲同列所誤，不早排擊武陵，遂就初藁爲三疏以進。上之相武陵也，疑非朝士意，道周又衆所推服，犯顏強諫，憚其理直，而欲以詞折之。七月己巳，召對平臺，道周極論嗣昌奪情之非，幾數百言。上曰：「嗣昌久歷疆巖，守制已踰小祥，奪情原有舊例。黃道周彼時不言，今因簡入內閣，借名妄詆。朕聞無所爲而爲者謂之天理，有所爲而爲者謂之人欲。道周已不見用而出此，當與卿等共議之。」諸臣見上勃然色變，皆懼。嗣昌陽爲引救。道周抗論上前，頓首力爭，詞不少屈。對畢，叩頭就班。上目而斥之曰：「佞口。」道周再入，至上前曰：「請爲上分別忠佞。夫臣在君父之前獨立敢言爲佞，豈在君父之前讒諂面諛爲忠乎？忠佞不分，則邪正混淆，何以致治？」上益怒，緹騎在殿下，惴惴將有所收縛。上終以道周儒者優容之，奪其官，得江西幕僚以去。〔五〕漢書五行志：君嚴猛而閉下，臣戰栗而塞耳，則妄聞之氣，發于音聲，故有鼓妖。〔六〕少陵折檻行：嗚呼房魏不復見，秦王學士時難羨。青衿胄子困泥途，白馬將軍若雷電。千載少似朱雲人，至今折檻空嶙峋。婁公不語宋公語，尙憶先王容直臣。〔七〕舊唐書陽城傳：城上疏論延齡奸佞，陸贄無罪。德宗大怒，將加罪。金吾將軍張萬福趨立延英門，大言賀曰：「朝廷有直臣，天下必太平矣。」萬福武人，年八十餘，自此名重天下。〔八〕漢書朱雲傳：舉方正，爲槐里令。至成帝時，雲上書，求賜上方劍斬佞臣安昌侯張禹。上大怒，御史將雲下，雲攀殿檻，檻折。及後當治檻，上曰：「勿易，因而輯之，以旌直臣。」雲年七十餘終于家，爲丈五墳，葬平陵東郭外。〔九〕少陵茅屋爲秋風所破歌：八月秋高風怒號，捲我屋上三重茅。

次韻答項水心宮諭見贈　七排

夕陽亭下車祛祛，離筵班馬相躊躇。爭看弱葉墮煙海〔一〕，豈有腐草杖方輿。離離蒡在娵訾口〔二〕，綿綿瓜蔓昆吾墟〔三〕。郢水醪清和狠毒〔四〕，蓬池鱠美烹蟲蛆。瀛洲亭子開馬肆，柯亭劉井今何如〔五〕？爰絲居家隨走狗〔六〕，孫弘罷歸仍牧豬〔七〕。烏頭馬角何足歎，頭白始解看殘書。齒折何當廢歌笑，項槁正可供饘粗。松江蟹肥思魯望〔八〕，蘇臺木落悲靈胥。一籠天地敢跼蹐，兩丸日月窮居諸。招邀青山入庭戶，誘引秋水浮堦渠。竹間花下肯相訪，預戒老鶴迎巾車。

【注釋】〔一〕荀子富國篇：飛鳥鳧雁若烟海。楊倞曰：遠望若烟之覆海，皆言多也。〔二〕左傳襄公三十年：公孫揮與裨竈過伯有氏，其門上生莠。子羽曰：「其莠猶在乎？」于是歲在降婁，降婁中而旦，裨竈指之曰：「猶可以終歲。歲不及此次也已。」及其亡也，歲在娵訾之口。〔三〕左傳哀公十七年：衛侯夢于北宮，見人登昆吾之觀，被髮北面而噪曰：「登此昆吾之墟，緜緜生之瓜。余爲渾良夫，叫天無辜！」〔四〕李德裕述夢詩：荷靜蓬池膾，水寒郢水醪。注曰：每學士初上，賜食皆是蓬池魚膾。夏至後頒賜冰及燒香酒。以酒味稍濃，每和水而飲。禁中有郢酒坊也。〔五〕翰林後堂有二柏，爲詹事柯潛手植，號學士柏，造瀛洲亭以臨之。劉文安爲院長，濬井于其旁。柯亭劉井，詞林以爲美談。〔六〕漢書袁盎傳：盎病免家居，與閭里浮沉相隨，鬭雞走狗。〔七〕漢書公孫弘傳：少時爲獄吏，有罪免。家貧，牧豕海上。〔八〕陸魯望著蟹志，見笠澤叢書。

玉堂雙燕行送劉晉卿趙景之兩太史謫官〔一〕

玉堂晝暖薰風香，雙雙燕尾搖倉琅〔二〕。背飛並映銀花牓〔三〕，託宿交棲玳瑁梁。感君恩重巢君幕，顧影呢喃前復却。何當鳴梧比丹鳳？且願銜花效黃雀〔四〕。啁哳辭歸未忍歸，差池掠羽試雙飛。風廻鈴索聲猶在，日過花塼候已非。珠簾十二秋風促，蘆雪菰煙何處宿？明年社日蚤歸來，籋口銜泥補君屋〔五〕。

【注釋】〔一〕黃道周極論楊嗣昌，上怒甚。翰林劉同升、趙士春、給事何楷、御史林蘭友各疏救道周，劾嗣昌，俱謫調。王偁東都事略蘇易簡傳：太宗爲飛白書院額曰玉堂，及以詩賜之。太宗曰：「此永爲翰林中一美事。」〔二〕漢書五行志：成帝時，童謠曰：燕燕尾涎涎，張公子，時相見。木門倉琅根，燕飛來，啄皇孫。皇孫死，燕啄矢。其後帝爲微行出遊，帝與富平侯張放過河陽主，見舞者趙飛燕而幸之，故曰燕燕尾涎涎，美好貌也。張公子謂富平侯也。木門倉琅根，謂宮門銅鍰，言將尊貴也。後立爲皇后，弟昭儀賊害後宮皇子，卒皆伏辜。所謂燕飛來，啄皇孫，皇孫死，燕啄矢者也。〔三〕東方朔神異紀：東明山有宮，青石爲墻，面一門，門有銀牓，以青石碧鏤題云：天地長男之宮。〔四〕吳均續齊諧記：楊寶年九歲，至華陰山，見一黃雀，爲鴟梟所搏，墜于樹下，復爲螻蟻所困。寶懷之以歸，置巾箱中，啖以黃花，百餘日，乃飛去。其夜有黃衣童子曰：「我王母使者，君仁愛見救。」以玉環四枚與寶曰：「令君子孫潔白，位登三事，當如此環矣。」〔五〕陸佃埤雅：燕之往來避社，而嗛土不以戊己，籋口布翅枝尾。

姬太僕墓道歌〔一〕

劈華州城南七尺墳，渭水縈紆遶墓門。劈華巨靈難渫恨，並闕仙掌與招魂〔二〕。冢中碧血爲乳湩〔三〕，扶養松楸作梁棟。秦地爭看下馬陵，雒陽尙說思鄉夢〔四〕。廬山起冢並崔巍〔五〕，雍門鼓琴何足哀。冢側正須何點住，植花澆酒爲君來〔六〕。

【注釋】〔一〕公諱文胤，字士昌，西安府華州人。萬曆癸卯舉人，六上春官不第。年四十二，以祿養謁選。天啓二年壬戌四月下旬，莅任滕縣，奔走叅謁，身無寧晷。甫視事三日，而白蓮賊圍城矣。五月十八日，城陷，公緋衣坐堂上，賊前縛之，嚼齒大罵，錮以銀鐺鐵鎖。越三日不食，爲詩八章書于壁，以縣印遺狀付門子魏顯照、僮守務。北面再拜，自縊而死。顯照乞于賊，許以布裹屍，瘞于官署之池側。九月賊平，公之父始收屍重殮，已五閱月矣。撫臣趙彥上其事。詔贈太僕寺少卿。四年二月，歸葬于華州西郭。賊考掠顯照索印，顯照以印予父，以遺狀予妻之父，同守務罵賊死。詔之恤公也，幷錄二人，復其家。〔二〕賈氏談錄：華岳掌，其石丹紫，正如人肉色。每太陽對照，則盡見之。及日暮，則漸隱而不見。樵者云：仙掌者，蓋絕地之上，羣壑聚會之所。石色頹然，望之適類其掌耳。〔三〕廣雅：湩謂之乳。說文：湩，乳汁也。湩，音東。又竹仲切。後漢書李善傳：親自哺養，乳爲生湩。〔四〕後漢書溫序傳：序爲隗囂別將荀宇迫殺，光武賜洛陽城旁爲冢地。長子壽服竟，爲鄒平侯相，夢序告之曰：「久客思鄉里。」壽卽棄官上書乞骸骨歸葬。帝許之，乃反舊塋焉。〔五〕史記霍去病傳：詔靑尙平陽主，與主合葬，起冢象廬山云。〔六〕梁書何點傳：從弟遁，以東籬門園居之。園內有卞忠貞冢。點植花卉于冢側，每飲，必舉酒酹之。

送楊侍御休沐還武林二首〔案：「武林」，疑作「武陵」，以楊侍御爲嗣昌之叔也。武林屬江西，與湖北之武陵別爲一地。〕

鱣堂盛事記銜魚，晝繡爭看著繡衣〔一〕。楚國椒蘭資獻納，秦人雞犬慰鄉閭。辰山月白開醽酒〔二〕，酉水雲深檢洞書〔三〕。見說川源桃萬樹，春來齊發子雲居。

【注釋】〔一〕魏志張既傳：出爲雍州刺史，太祖謂既曰：「還君本州，可謂衣繡晝行矣。」〔二〕祝穆方輿勝覽：辰山，在沅州麻陽縣。〔三〕水經注：酉水導源益州巴郡臨江縣。王象之輿地紀勝：方輿記云：小酉山下有石穴，中有書千卷，秦人避地隱學于此，因留之。梁湘東王繹訪酉陽逸典者以此地。

其二

清時休澣有餘忠，丹地青蒲夢寐中。江漢鶯烏啼夜月，沅湘香草哭秋風。五溪衣服雲山別，三楚兵車乘廣同〔一〕。莫待還朝方入告，早襄黃閣奏膚功。侍御，武陵樞相之叔也。

【注釋】〔一〕左傳宣公十二年：欒武子曰：其君之戎爲二廣。杜預曰：十五乘爲一廣。司馬法：百人爲卒，二十五人爲兩，車十五乘爲大偏。今廣十五乘亦用大偏法。復此二十五人爲承副。

送任侍御巡按吳中二首

鷹隼秋高刷羽翎，爭傳風簡下青冥。遙看牛斗消氛祲，先向虚危候德星。螟螣化爲霜雪氣，魚龍不動海波腥。採風願奏吳趨曲，驄馬歌謠處處聽。

其二

帝爲東南減膳餐，捐租加賦詔頻煩。夏周七浦資渠舂〔一〕，單郟三江待討論〔二〕。析木帆檣輸北極〔三〕，扶桑島溆護東門。吳宫稻蟹應無恙，莫忘飛章慰至尊。

【注釋】〔一〕永樂元年，欽差江南治水戶部尚書夏原吉疏云：浙西諸郡，蘇、松最居下流。太湖受納杭、湖、宣、歙諸州之水，散注三江。頃爲浦港湮塞，滙流漲溢，傷害苗稼。拯治之法，在浚滌吳松江諸浦，導其壅塞，以入于海。正德七年，巡視江南水利都御史俞諫請濬白茆疏云：白茆港開自僞吳張士誠，藉以宣洩湖瀼，備旱澇，爲一方之利。迨入國朝，尚書夏原吉、侍郎周忱相繼浚治。嘉靖二十二年，巡按直隸御史呂光洵與修水利疏云：先時大臣奉命經理吳中者，凡數十人，惟正統間巡撫侍郎周忱功效最著，吳民至今思之。亦先朝委任特專，而歷年又久，故忱得以盡行其志。

〔二〕范成大吳郡志：熙寧三年，崑山人郟亶自廣東機宜上奏，以謂天下之利，莫大于水田，水田之美，無過于蘇州。然自唐、宋以來，經營至今，終未見其利者，其失有六。今當去六失，行六得。元祐中，宜興人單諤作陽羨風土記，其說本專爲荆溪、橫塘百瀆之塞，以及于松江、震澤之水勢。

〔三〕爾雅釋天：析木謂之津。郭璞曰：卽漢津也。大明一統志：析木廢縣，在海州衛，本漢望平縣地，遼改曰析木。

王郎行贈王昺都尉

王郎謫來帝所賓，瑤腑璿枝國懿親。黃扉近接天孫館，清構遙通婺女津。晉陽甲興虜氛惡，抗顏掀髯壓臺閣。吳王白頭悔舉事〔一〕，漢相頳顏羞振落。都尉掌宗人府，力主唐藩之議，政府憚之。祇今七十仍壯年，綠髮方瞳陸地仙。燒丹藥有君臣火，好客囊無子母錢。王郎王郎亦癡絕，衷腸千卷眉百結。滿堂歌吹慘不歡，但爲匈奴猶未滅。

【注釋】〔一〕漢書晁錯傳：上曰：「吳王卽山鑄錢，煑海爲鹽，誘天下豪傑，白頭舉事，此其計不萬全豈發乎？」

題劉宮諭畫三首

春山得春山氣長，瀑布奔流幾千丈。山僧濺衣古寺中，行人拂面溪橋上。噴壑奔雷日夜忙，愁傾銀漢瀉天潢。白雲銜斷青山在，始信人間有石梁〔一〕。

右春山觀瀑圖

【注釋】〔一〕任昉述異記：廬山有三石梁，長數十丈，廣不盈尺，俯眄杳然不見底。咸康中，吳猛將弟子登山遊觀，因過此梁，見一老公坐樹下，以玉杯承甘露與猛。又進一處，見數人，與猛共言，若舊相識。

其二

秋光如水秋天半，南山高稜見書案〔一〕。高樓圖史稱蕭閒，下界丹黄自紛亂。遠浦維舟傍夕曛，兩翁相對話溪雲。知無世事汙君耳，樓上書聲聞不聞？

右秋山讀書圖

【注釋】〔一〕退之秋懷詩：淸曉卷書坐，南山見高稜。

其三

幽都冰雪夜，可有一枝春？驛使何當發？吾將贈美人。

右墨梅

次韻答王尕庵戶部

舊雨悲將別，新知樂未皇。風雷徒自作，弦朔正相望。地肺虛靈異，天心尙角芒。南冠猶唁楚，北牖獨歌商。闇記輸王粲〔一〕，清評服許將。涼風吹灑落，白日照淸揚。鹿訟嗟牽率，雞占笑苦傷。山人聊衣白，使者或車黃。酒券賖文籍〔二〕，詩場擅鼓簧。慙無蔡邕贈〔三〕，執筆重傍徨。

【注釋】〔一〕魏志王粲傳：粲與人共行，讀道旁碑。人問曰：「卿能闇誦乎？」曰：「能。」因使背而誦之，不失一字。〔二〕宋葛文康公好借書，嘗以酒券從尙公輔假太平御覽詩。〔三〕魏志王粲傳：粲徙長安，蔡邕見而奇之，曰：「有異才，吾不如也。吾家書籍文章，盡當與之。」

文中書啓美入直武英二首時上命侍臣較正御屏輿圖兼改定琴譜

才子承恩供奉時〔一〕，抽毫長對萬年枝〔二〕。千門萬戶張衡賦，盧橘蒲萄李白詞。應制大官分酒膳，賜金宮女損胭脂。君王省識鑾坡事，三嘆家聲在鳳池。

【注釋】〔一〕唐語林：國朝中書舍人專掌詔誥。玄宗初，張說、陸堅、張九齡、徐安貞相繼爲之，改爲翰林供奉。〔三〕謝朓直中書省詩：風動萬年枝。李善曰：晉宮闕名曰：華林園，有萬年樹十四株。

其　二

禁殿深嚴翰墨香，地圖琴史即封章。屏開禹跡圍諸夏，譜叶虞弦動四方。聚米山川籌朔漠，採風歌曲按伊涼。金門尚有台階奏，敢倚談諧侍漢皇。

登封行爲王岕庵贈其尊人

主稱千金客奉酬，高歌擊筑燕市頭。道心籬下見黃菊，俠氣霜前凌素秋。羨君長髯不碌碌，每笑腐儒何拘曲。秋原俠少輪臂鷹，春社兒郎解分肉。嵩山王屋舊天壇，小駐人間亦未難。他時天子登封日，投謁驚看靖長官〔一〕。

【注釋】〔一〕東坡送喬仝詩序：舊聞靖長官、賀水部，皆唐末五代人，得道不死。章聖皇帝東封，有謁于道左者，晉水部員外郎賀亢，再拜而去。上不知也。已而閱謁見之，大驚，物色求之，不可得。

初學集卷十四

試拈詩集（下） 起戊寅八月，盡一年。

中秋夜餞馮爾賡使君於城西方閣老園池感懷敍別賦詩八章時德州盧德水東萊崔道毋及馮五十躋仲俱集

置酒坐廣除，白月挂我前。纖雲解翳駮，萬象吐澄鮮。月駕何方來？先照雙闕巔。稍破閤道暗，復向天街圓。飛光城南隅，亦是尺五天。可憐大圓鏡，移置小林泉。明童泛玉卮〔一〕，素魄流朱顏。嘆息月中桂，芬芳彌歲年。

【注釋】〔一〕世說言語篇：徐孺子年九歲，嘗月下戲，人語之曰：「若令月中無物，當極明耶？」徐曰：「不然，譬如人眼中有童子，無此必不明。」

其二

年歲何促迫，涼風鳴葛衣。分張一尊酒〔一〕，共攬明月暉。君如高林隼，刷羽秋怒飛。

我如繞樹鵲，三匝睎南枝。舉酒向街北，天狼角差差。熒惑仍在廟，卷舌光未衰。盈觴不成醉，悵然生酒悲。崔生獨不飲，卬首看少微。

【注釋】〔一〕樂天和微之自勸詩：身飲數盃妻一盞，餘酌分張與兒女。

其　三

少微猶微茫，尾箕正動杌。漢殿方延登，唐廡敢擗裂。盧擕終絕吭，張濬空掉舌〔一〕。玄菟貢仍至，盧龍賣未徹〔二〕。築宮種蒲萄〔三〕，撓酒契金屑〔四〕。嵩嵐一亭障〔五〕，何必煩俊傑。馮以邊才推嵩嵐道，未允。斂容向手版，開顏笑旌節。蕭蕭幽易地，風勁植素髮。誰知千黄金，不直一馬骨？中坐慘不歡，俯仰危涕雪〔六〕。

【注釋】〔一〕新唐書：黄巢之亂，帝召濬至行在。時王敬武在平盧軍，最彊，累召不肯應。濬往說之，敬武愕眙愧謝。〔二〕魏志田疇傳：太祖欲侯之，疇曰：「豈可賣盧龍之塞以易爵祿哉！」〔三〕漢書匈奴傳：元壽二年，單于來朝。上以太歲厭勝所在，舍之上林苑蒲萄宮，告之以加敬于單于，單于知之。〔四〕漢書匈奴傳：韓昌、張猛與單于及大臣俱登匈奴諸水東山，刑白馬。單于以徑路刀金留犂撓酒，以老上單于所破月氏王頭爲飲器者，共飲血盟。應劭曰：徑路，匈奴寶刀也。金，契金也。留犂，飯匕也。撓，和也。契金着酒中撓攪飲之。師古曰：契，刻；撓，攪也，音呼高反。〔五〕樂史寰宇記：嵐州岢嵐山，後魏以山名邑，在宜芳縣北九十八里。岢嵐鎮，在縣西北九十八里。〔六〕江文通恨賦：孤臣危涕。

其四

雪涕亦何爲？念我逮繫時。逝將解符節，徒跣偕我馳。傾身爲朋友，何況君與師。在三節不敦〔一〕，相鼠嗟有皮。皎皎風烈人，千古留須眉。蘄見魯衞士，忍與逆豹私〔二〕。此義久不陳，微君誰與規？魯連已蹈海，平原徒繡絲。君過丑父泉〔三〕，爲我重嗟咨。

【注釋】〔一〕桓元子薦譙元彥表：亦有秉心矯跡，以敦在三之節。李善曰：國語曰：人生于三，事之如一。父生之，師教之，君食之。韋昭曰：三，君、父、師也。〔二〕左傳哀公十四年：陳成子將殺大陸子方，陳逆請而免之，以公命取車于道，及耏，衆知而東之。陳豹與之車，弗受，曰：「逆爲余請，豹與余車，余有私焉。事子我而有私于其讐，何以見魯衞之士？」〔三〕樂史寰宇記：齊州歷城縣華泉，逢丑父使齊頃公下如華泉取飲。又續述征記云：歷山有一井，無底，與此泉通也。

其五

咨嗟思古人，今有盧德水。逆我檻車中，開門納行李。漢吏捕亡命，秦相搜客子〔一〕。

洶洶蹤跡及，盧生若瑱耳。却笑北海家，闔門浪爭死。杜亭三間屋，軒車行至止。或有磊落人，定交複壁裏。

【注釋】〔一〕史記范雎傳：王稽載范雎入秦，至湖關，見車騎從西來，雎匿車中。穰侯至，因立車而語曰：「謁君得無與諸侯客子俱來乎？無益，徒亂人國耳。」稽曰：「不敢。」即別去。雎曰：「鄉者忘索之。」于是下車，走行十餘里。果使騎還索，車中無客，乃已。

其六

杜亭主人出，居停有兩公。德水祠少陵及杜十郎，顔曰杜亭。一爲浣花叟，一爲陽翟翁〔一〕。十郎不出戶，臥陰楊柳風。杜二長羈旅，屋茅卷三重。人生非鹿麋，安得骨相同？指爪旋滅沒，有如踏雪鴻。巫陽誰筮與？詹尹何去從？且醉平原酒，豁達開心胸。

【注釋】〔一〕沈括筆談：潁昌陽翟縣，有一杜生者，不知其名，邑人但謂之杜十郎。所居去縣三十餘里，唯有屋兩間，其一間自居，一間其子居之。室之前有空地丈餘，卽足籬間。杜生不出籬門，凡三十年矣。黎陽尉孫軫往訪之，問其不出門之因，曰：「以告者過也。」指門外一桑，曰：「十五年前，亦曾到此桑下納涼，何謂不出門也？」問：「日何所爲？」曰：「端坐耳。」問：「曾觀書否？」曰：「二十年前，曾有人惠一册書，無題號，其間多說淨名經，亦不知淨名經何書也。當時極愛其議論，今亦忘之，并書亦不知所在久矣。」問其子之爲人？曰：「村童也。」軫還及此，不覺頓忘煩勞。

其七

心胸正鬱陶，別君更忡忡。君爲希有鳥〔一〕，我如失負蛩。君有一介弟，海內稱小馮〔二〕。都諫元颷。君家五十郎，卓犖比敬通。一家自師友，咳唾生仁風。我衰困無徒，彳亍坎陷中。有心各如面，昌衞非窮逢〔三〕。假面難笑啼，借足不從容。逝將歸故鄉，獨身老蒿蓬。衡門塞兩版，保此一畝宮。

【注釋】〔一〕水經注：神異經曰：崑崙有大鳥，名曰希有，南向張左翼，復東王公，右翼復西王母，背上小處無羽，一萬九千里。西王母歲登翼上，之東王公。其鳥銘曰：其鳥希有，碌赤煌煌，不鳴不食，東復東王公，西復西王母。王母欲東，登之自通。陰陽相次，唯會益工。〔二〕漢書馮奉世傳：立居職公廉，治行略與野王相似。吏民嘉美，歌之曰：大馮君、小馮君，兄弟繼踵相因循，聰明賢知惠吏民。政如魯衞德化鈞，周公康叔猶二君。〔三〕列子湯問篇：甘蠅，古之善射者，弟子名飛衞，乃過于師。紀昌又學射于衞，既盡衞之術，計天下敵己者，一人而已，乃謀殺衞。遇于野，二人交射，矢鋒相觸，墮地而塵不揚。衞矢先窮，昌遺一矢，既發，衞以棘刺之端扞之，而無差焉。于是二子泣而投弓，請爲父子，刻臂以誓，不得以術告人。

其八

一畝良易保，四海將何如？淸夜不能寐，執手臨前除。天王本聖明，臣工自睢于〔一〕。嗚集皆鴻鴈，暇豫誰鳥烏〔二〕？君行登岱宗，弔古訪蒲車〔三〕。旗星大如瓜，東井茀安居〔四〕。東萊海匈匈，將無見巨魚〔五〕？鹽筴塵胥盱，天下供軍儲。試看次公論〔六〕，何似仲父書？

馮赴山東鹽運判官。我聞靈臺占，德星出危虛。賦詩代出祖，一笑慰首塗。

【注釋】〔一〕莊子寓言篇：而睢睢盱盱，而誰與居？郭象曰：睢睢盱盱，跋扈之貌。〔二〕國語：優施飲里克酒，中飲，優施起舞，謂里克妻曰：「主孟啗我，我敎子暇豫事君。」乃歌曰：「暇豫之吾吾，不如鳥烏。人皆集于菀，己獨集于枯。」〔三〕史記封禪書：古者封禪爲蒲車，惡傷山之土石草木。索隱曰：蒲車，謂蒲裹車輪也。〔四〕史記封禪書：其秋有星茀于東井。後十餘日，有星茀于三能。望氣王朔言：候獨見旗星出如瓜，食頃復入焉。〔五〕漢書五行志：成帝永始元年春，北海出大魚，長六丈，高一丈，四枚。哀帝建平三年，東萊平度出大魚，長八丈，高丈一尺，七枚皆死。京房易傳曰：海數見巨魚，邪人進，賢人疎。〔六〕漢書公孫田劉諸人傳贊：宣帝時，汝南桓寬次公推衍鹽鐵之議，增廣條目，極其論難，著數萬言，亦欲以究治亂，成一家之法焉。

白溝河題張于度屋壁

于度，名果中，新城人。明經篤行，左、魏諸公急徵，皆主其家。

門外喧喧要路津，荻簾土銼淨無塵〔一〕。夕陽亭下頻留客，廣柳車中每貯人。北寺生還餘我在，南冠死別累君頻。臨岐苦語眞難忘，鄭重車中七尺身。

【注釋】〔一〕少陵聞斛斯六歸詩：土銼冷疎烟。吳若曰：蜀人呼釜爲銼。困學紀聞：濡水李氏云：老杜多用方言，如岸溉、土銼，乃黔、蜀人語。

戊寅九月初三日奉謁少師高陽公於里第感舊述懷即席賦詩

八章

忽漫摳衣拜此堂，心期如夢淚千行。更闌尙說三條燭，坐久眞慚數仞牆。孔思周情新著作〔一〕，禹糧堯韭舊耕桑〔二〕。明燈促席親函丈，秋柝沈沈夜未央。

【注釋】〔一〕李漢昌黎集序：日光玉潔，周情孔思，千態萬貌，卒澤于道德仁義，炳如也。

〔二〕李羣玉登蒲澗寺後二巖詩：澗有堯時韭，山餘禹日糧。任昉述異記：今藥中有禹餘糧者，世傳昔禹治水，棄其所餘糧于山中，生爲藥也。

其二

再鎮危關鎖鑰長，一歸奴寇總猖狂。心因憂國渾如醉〔一〕，鬢爲論兵半有霜〔二〕。椽筆攜將分子姓，韡刀留取壓文章〔三〕。入郊先問躬耕地，檢校秋原幾樹桑？

【注釋】〔一〕後漢書劉寬傳：靈帝引見寬，常令講經。寬常于坐被酒睡伏，帝問：「太尉醉耶？」寬仰對曰：「臣不敢醉，但任大責重，憂心如醉。」〔二〕唐詩紀事：裴度中書即事詩：灰心緣忍事，霜鬢爲論兵。〔三〕新唐書李光弼傳：光弼將戰，納刀于韡曰：「戰危事，吾位三公，不可辱于賊，萬有一不捷，當自刎以謝天子。」

其三

倉皇出鎮便門東，單騎橫穿萬虜中。拊手關河歸舊服，側身天地荷成功〔一〕。朝家議論三遺矢，社稷安危一畝宮。聞道邊廷饒魏絳，早懸金石賞和戎。時武陵及遼撫方議講款奴，公酒間拍案歎息。

【注釋】〔一〕崇禎二年己巳十月，建師入大安口，陷遵化，將薄都城。上以原官即家起公。十五日，召對平臺，稱旨。上欲委公以中書重任，當國者忌公之能，相與擠而出之。夜半，內閣傳奉聖旨：輔臣承宗，星馳通州料理。質明公聞命，領二十七騎出東便門，倉皇遣發。惟茅元儀誓死從行。抵通，調兵入衛。時祖大壽以袁崇煥被逮，率兵譟而東潰，公遣馬世龍推心告語，百計慰安之。東兵渙而復萃，世龍援兵發通州，建師拔壩上營歸遵化，京師解嚴。上命公移鎮關門，公于十二月十四日再莅山海，人心始大定。明年五月四日，誓師復遵、永，公詣撫寧督戰。十三日，克欒州，建師趨枚，知欒破，遂并遷安兵于永平，屠其衆，出冷口去。公入永平。十六日，克遵化。四日而四城皆下，先後俘獲甚衆。露布奏聞，上令布告中外。

其四

籧篨卽可當儲胥，鈴索長疑畏簡書。聽事秖堪容旋馬〔一〕，講堂猶自見銜魚。能文裴度差相似〔二〕，健飯張良正不如。比較温公還省事，更無僮馬出門閭。

【注釋】〔一〕宋史李沆傳：治第封丘門內，廳事前僅容旋馬。或謂太隘，沆笑曰：「此爲宰相廳事誠隘，爲太祝奉禮廳事，已寬矣。」　〔二〕本朝閣臣出將，皆不兼閣銜。高陽之督師，詔以兵部尚書兼東閣大學士原官督理關城及薊、遼、天津、登、萊各處軍務便宜行事，不從中制。勅書曰：漢則孔明，唐唯裴度，卿其勉建勳猷，除兇雪恥，標名麟閣，毋遜前徽。蓋以上之倚賴高陽，臨門御遣，有如唐憲宗御通化門慰勉裴度赴淮西故事，故勅書以裴度爲比，非泛詞也。

其五

劍眉山鼻戟如鬚〔一〕，生面麒麟可即圖。渭水師臣爲後輩，金城老將作前驅〔二〕。掃清君側誠難事〔三〕，恢復遼陽豈廟謨？當享何煩三嘆所〔四〕，秋風吾已穩菰蘆。

【注釋】〔一〕麻衣石室神異賦：河目海口，食祿千鍾。鐵面劍眉，兵權萬里。世說排調篇：康僧淵目深而鼻高，王丞相每調之。僧淵曰：「鼻者面之山，目者面之淵。山不高則不靈，淵不深則不清。」 〔二〕漢書趙充國傳：安國爲虜所擊，引還。時充國年七十餘，上老之，使丙吉問：「誰可將者？」對曰：「無踰于老臣者矣。」上遣問「羌虜何如？」曰：「兵難預度，臣願馳至金城，圖上方略。」〔三〕高陽以天啓四年甲子西巡薊、昌，閱喜峯、古北諸口。十一月十一日，抵通州，具疏請以十四日入賀萬壽節，面奏進兵機宜。初南樂魏廣微以同姓附麗于逆奄，密書相通，皆題內閣家報。公秉正不阿，直詞規切，廣微常心銜之。保和后之獄，錄三皇親家僮奴下鎮撫，公語劉僑曰：「上方以離間疏遠三宮，三家之獄起，意在動搖三宮耳。君宜委曲解釋，直明外家冤誣，各錄一奴，坐以私爲奸利，子從中理解，以蔽斯獄可矣。」僑如言具讞而止。應山劾奄二十四大罪，中列謀害皇親一事，所云閣臣力爲護持者，實指公爲徵耳。逆奄故深疑公，南樂又時以危言聳搆。至是公疏請面對，廣微大懼，告逆奄：「孫樞輔擁關兵數萬入清君側，兵部侍郎李邦華爲內應。」逆奄悸甚，遶御牀而哭。次輔顧秉謙奮筆票擬曰：無旨擅離信地，非祖宗法度所宥。夜半開大明門，召兵部尚書入，分三道飛騎止公。矯旨諭九門守奄：孫閣老若入齊化門，便鎖綁進來。公于十二日平明接諭，即刻東行，具疏言薊門、昌平一帶，載在勅書。臣本奉勅旨行信地，豈敢無旨擅離。去天咫尺，適當萬壽，冒請入賀，致干聖諭嚴切，有席藁待罪而已。廣微恚公甚，令崔呈秀、徐大化、李蕃等連章劾公，而蕃至以王敦、李懷光為比。賴上知公深，力持之而免。〔四〕左傳桓公九年：享曹太子，初獻，樂奏而歎，施父曰：「曹太子其有憂乎？非嘆所也。」

其　六

一從凌水罷兵還〔一〕，三輔三韓戰血殷。種落盡收沙漠部，穹廬直抵賀蘭山〔二〕。紛紛嫚語金繒外，往往殘胡障燧間。一綫白溝如帶水，煩公臥鎮草橋關〔三〕。草橋關在高陽，宋之三關也。

【注釋】〔一〕四年辛未，梁廷棟任本兵，主修築右屯、凌河議。右屯去水二十里，非得凌河不可守。大小凌連接松山、杏山、錦州，遶海而居。上命祖大壽率馬步兵四千供版築，護以石砫兵一萬（石砫，貴州宣撫司也）。未幾，廷棟去，朝議謂屯、凌荒遠不當築，撤班軍赴薊。撫臣丘禾嘉猶覬凌工易成，可以邀賞，乃盡撤防兵，留班軍，運糧萬石以給之。公曰：「停工散兵，敵至無糧可資，空城庶不致坐困。今若此，是立敗之道也。」禾嘉不聽。八月，建師圍凌城。大壽與何可綱固守。禾嘉率宋偉、吳襄往救，師期屢易。二十七日敗績長山，凌河不守，可綱死，大壽詭降得逸，敵墮凌城而去。十一月，公引疏求罷。〔二〕樂史寰宇記：賀蘭，在夏州朔方縣東北三十里。〔三〕後漢書景丹傳：丹病，帝以其舊將，欲令強起領郡事，乃夜召入，謂曰：「賊迫近京師，但得將軍威重，臥以鎮之足矣。」

其七

魁三氣象久迷離，隱隱寒芒屬尾箕。戴斗一星兼將相〔一〕，朝天數語動華夷。滄桑朝市論新局，烽火邊關覆舊棋。燈灺漏殘吾欲別，河間早已拂參旗〔二〕。

【注釋】〔一〕爾雅釋地：北戴斗極爲空桐。〔二〕史記天官書：其西有句曲九星，三處羅，一曰天旗。正義曰：參旗九星，在參西，天旗也。王者斬伐當理則天旗曲直順理，若明而稀，則邊寇動，不然則不。

其八

高河水急朔風鳴，再拜無言別淚盈。海內公今雙白鬢，田間我亦一蒼生。詞林粥飯荒冰署〔一〕，沙路延登亂火城。卌載師門何所效？謹傳衣鉢事歸耕。

【注釋】〔一〕國老談苑：陳彭年在翰林，所兼十餘職，皆文翰清秘之目。時人謂其署銜爲一條冰。

王師二首

捷書常若此，振旅竟如何？盜賊能逃死，王師欲止戈。彎弓蒲矢在〔一〕，棄甲兕皮多。信宿休皇處，吾君候凱歌。

【注釋】〔一〕列子湯問篇：蒲且子之弋也，弱弓纖繳，乘風振之，連雙鶬于青雲之際。張湛曰：蒲且子，古善弋射者。

其二

老弱猶鵝陳，瘡痍自螘行。却看沙草色，疑是戰塵生。雇募朝充伍，扶攜夜扎營。歸來見天子，身是內家兵。

九月九日過德州不及登東壁樓於城西旅店拾紙作詩屬魯瞻留題樓上四首

苦憶東樓上，高天在上頭。風雷殊不作，日月迴堪愁。芳草迷吳會，浮雲辨帝州。莫令千載後，題作望京樓〔一〕。

【注釋】〔一〕樂史寰宇記：開封縣望京樓，城西門樓。本無名，唐文宗太和二年，節度使令狐綯重修，因登臨賦詩曰：「夷門一鎮立經秋，未得朝天未免愁。因上此樓望京國，便名樓作望京樓。」唐詩紀事：李益不見用，及爲幽州劉濟營田副使，獻詩有「感恩知有地，不上望京樓」之句，左遷右庶子。

其　二

苦憶東樓上，初飛夏日霜。一身容綶紻，百口累刊章。複壁蟲絲暗，危簷雀語長。單車今又過，未死重沾裳。

其　三

苦憶東樓上，盧家送酒來。偶拈詩一首，暫撥悶千迴。幕燕愁相語，簷花笑不開。至今秋夢裏，昔昔與徘徊〔一〕。

【注釋】〔一〕列子周穆王篇：周之尹氏，大治產，有老役夫昔昔夢爲國君，尹氏昔昔夢爲人僕。

其　四

苦憶東樓上，驅車點筆時。魚知釜已熱，猿見檻猶疑〔一〕。敢擬登樓賦，聊當絕命辭。

多君憐汙壁〔二〕，還與續殘碑〔三〕。

【注釋】〔一〕淮南子俶眞訓下篇：置猿檻中，則與豚同，非不巧捷也，無所施其能也。〔二〕段成式酉陽雜俎：大曆末，禪師玄覽住荆州陟屺寺，張璪嘗畫古松于齋壁，符載之贊，衛象之詩，亦一時三絶，覽悉加堊焉，曰：無事汙吾壁也。〔三〕少陵醉歌行：詩家筆勢君不嫌，詞翰升堂爲君掃。趙次公曰：王子敬過戴安道草堂飲，安道求子敬文，子敬曰：「我詞翰雖不如古人，與君一掃素壁。」今山陰草堂碑是，詞翰俱美。

德州城西贈别謝太守

禾黍秋風古廟旁，驅車出餞意何長！蒼生自不忘安石，白首誰能論少陽？袖裏討論還啓事，尊前談笑亦封章。時危道遠應相望，記取臨岐兩鬢霜。

汶上道中逢故人

衰林匹馬尚天涯，寂寞山城菊自花。逐客已非周太史〔一〕，故人猶是魯朱家。心如老鶻迎秋晚，身似賓鴻傍日斜。悽愴朱梁舊祠墓，汶陽田北看歸鴉〔二〕。

【注釋】〔一〕史記太史公自序：天子始建漢家之封，而太史公留滯周南，不得與從事，故發憤且卒，執還手而泣曰：余先，周室之太史也。〔三〕大明一統志：汶陽田，在泰安州境內，即齊人歸魯以謝過者。後人因爲謝過城。

曲阜道中二首

霜林蕭瑟轍車來，宗國蒼茫正可哀。泗水秋風沉漢鼎〔一〕，魯丘落日起秦灰。憂時慮與巢烏切，去國心隨候鴈回。惆悵閟宮偏泯滅，郊原牧馬總虺隤。

【注釋】〔一〕史記封禪書：秦滅周，周之九鼎入于秦。或曰：宋太丘社亡，而鼎沒于泗水彭城下，其後百一十五年，而秦幷天下。平言曰：「周鼎亡在泗水中，今河溢通泗，臣望東北汾陰直有金寶氣，意周鼎其出乎？兆見不迎則不至。」于是上使使治廟汾陰，南臨河，欲祠出周鼎。徐廣曰：是後三十七年，鼎出汾陰。說苑善說篇：孝武時，汾陰得寶鼎，羣臣賀曰：「得周鼎。」侍中吾丘壽王獨曰：「非周鼎。」上召而問之，對曰：「周德無所不通，上天報應，鼎爲周出，故名曰周鼎。今漢自高祖繼周，至陛下徵祥畢見，天昭有德，寶鼎自至，乃漢鼎，非周鼎也。」

其　二

百里平鄉氣鬱葱，奎婁近直素王宮。人家紅柿茅茨外，野店黄花灌莽中〔一〕。日落郊坰瞻魯道，霜清場圃繪豳風。齋心午夜渾忘寢，肅穆寒燈一穗紅。

【注釋】〔一〕鮑明遠蕪城賦：灌莽杳而無際。

崇禎十一年九月十五日謁孔林越翼日謁先聖廟恭述一百韻

魯甸千年國，尼丘萬代師。廟堂周制備，秩祀漢官爲。林殿遙相並，宮牆儼在斯。乾坤三代後，日月大明時。舊里標歸德，新宮叶會期。東家雜記云：孔廟西南二百步魯城，有門曰歸德，世傳四方諸侯慕先聖之德而至，多從此門入。駿奔如有事，仰止遂吾私。歷歷奎婁野，行行濟汶涯。天門開泰岱，地脈導淄濰。誕睿星精降，襄公二十二年冬十月庚子日，先聖生。是日有二龍繞室，五老降庭。五老者，五星之精。徵符斗玉垂。孔子修春秋、孝經，齋戒面北斗而拜，告備于天。有赤虹自上而下，化爲黄玉，有刻文。孔子卒，以所受黄玉葬焉。見宋書符瑞志。佳城象緯合，玄宅鬼神治。丘壟猶堂斧〔一〕，封塋並鯉思〔二〕。室廬餘結構，子貢廬冢室，今尚在。漢光武坐孔子講堂，顧指子路室，謂左右曰：「此吾大僕之室也。」駐蹕想旌旗。宋眞宗東封回，躬謁孔林，坐墳北亭上，今名駐蹕亭。閞闗藏元氣，衣冠用羽儀。石壇皆禮器，瓴甓比宗彝。皇覽：孔子冢以瓴甓爲祠壇，方六尺，與地平。異植中梁木，殊名辨雒離。史記注：冢塋中樹以百數，皆異植。有枌柞雒離女貞五味毚檀之樹。護訶荆棘屏，恭敬鳥禽知。孔子塋中，不生荆棘及刺人草。禽鳥不敢遺矢。顔子冢但無荆棘耳。素節金天肅，高林玉露滋。東瞻日觀近，南指帝車移。王勃廟碑：帝車南指，遁七曜于中階。一公云：有是之祥無位，聖人當出。泗水秋風下，防山夕照馳。防山，在孔林東三十里。綢杠雲毿毸〔三〕，繡紱草葳蕤。先聖未生，麟吐玉書于闕里。顔氏以繡紱繫麟角。及大野獲麟，其紱尚在。鳥習絃歌語，林傳治任悲〔四〕。天香流灌莽，地籟響陵陂。入孔子墓門，草木無風，異香噴湧。展謁渾如夢，低回詎忍辭。已上敍拜墓，已後敍謁廟之事。端門何巀嶭，廟東南二里魯城，有門曰端門，即子貢往候血書之處。魯道正逶迤。孔里今眞到，斯文不在茲。平生懷灑埽，一旦拜壇墀。祕殿降婁直〔五〕，中階七曜窺〔六〕。周阿帶陵阜，飛閣壓城陴。藻井螭頭攫，虹梁鳥翼楷。秋陽明象設，白道麗罘罳〔七〕。儼若龍蹲在〔八〕，寧云鳳德衰？華冠章甫飾，象佩袞衣宜。玄聖今當宁〔九〕，羣賢舊攝齊。顔曾陪劍履，堯禹接鬚眉。法象星鈐吐〔一〇〕，風雲準角摛。偶形閑揖讓，屋壁隱金絲。頌禮繆壇樹，羲文錯院枝。先聖手植檜，如篆籀之文，皆左紐。檜身憑曲几，先聖畫像，有執玉麈據曲几而坐。杏幹俯緇帷〔一一〕。廊廡丹青剝，觚棱風雨欺。戟門徒矗立，奎閣半撐支。暗網縈秦籒，炎光燎漢碑。褒成元始爵〔一二〕，籩豆太牢祠。射飲空亭井，尊雷亦戲嬉。高門猶女謁，廟東南二里，有門曰高門，齊人遺女樂，陳于高門外。齊幕自優施〔一三〕。入邑朝歌劇，初筵屢舞僛。謁墓還，宿衍聖公府第。公請以女樂行酒，余力却之。質明起謁廟，具飯，命小優歌以侑食，力辭不得，遂趨而出。質明如有見，每事問於誰？几席頻鐲拭，琴書獨嘆噫。可能長夜旦？終感哲人萎。泯絶登床識〔一四〕，悽惶曳杖辭。三家無甲第，六族有餘黎。麟野長蒼莽，龜山故蔽虧。泮宮蟠翠柏，射圃綻紅梨。劫火青陽冢，少皞陵在魯城西。金源殘碑臥地。輪風路寢基。魯靈光殿，恭王因魯僖基兆而營，即路寢也。驅車良惝怳，立馬重嗟咨。此已下感歎于斯文，流俗援據闕里宗國並春秋時事，覆逆書之，語無倫次。金鏡文奚喪？珠囊道漸隳。赤書符泰運，縹筆替洪規。孔子因曾參孝行，以縹筆而作孝經。漫漶三年學，榛蕪九達逵。師承謁亥豕，文字變侏離。玉策爭塗乙，金編互點嗤。冥塗紛擿埴〔二五〕，錮疾扇淫詖。誦法宗無子，奔趨廟有尸。謀身庾釜切，從政斗筲危。已下雜引家語、左傳、國語。兩觀疏刀鋸，三雍競鼓吹。介雞私室鬩，獲鴈野人嘻〔二六〕。重錦隣爭覬，封弓盜竊闚〔二七〕。飲羊羣狡獪，穿狗並狐疑〔二八〕。網漏專車骨，訞深一足夔。陽街愆雨備〔二九〕，火歷過天司〔三〇〕。俎豆荒文事，封疆失死綏。幾年通肅慎？何計却萊夷〔三一〕？釋甲公徒踞〔三二〕，扶任國俗瀉。矢矜三寸激，弓傳六鈞奇〔三三〕。負載非無策〔三四〕，踰溝亦有詞〔三五〕。稷禾田賦盡〔三六〕，風草竹刑靡。復宇論常許〔三七〕，歸田數鄆龜。作宮還頌閟，侑器請觀欹。南服包茅阻，東郊牯馬疲〔三八〕。詎聞呼赤狄〔三九〕，忍見長黃池。去去傷宗國，悠悠泣路歧。以下自敍生平去國，亦雜引東家事。修容過鄒魯，流涕問桓僖。皓首懷鉛槧，童年憶佩觿。韋編慚未絕，丹漆夢相隨。劉勰夢執丹漆器，隨孔子東行。亶海乘桴邈，十六國春秋：魯人從海失津，至于亶州，遇仲尼七十子遊海上，指以歸塗。東家雜記云：其說神異，魯人尚能言之。昌門曳練披。憂心殊悄悄，削跡正纍纍。雀語紛啁哳〔四〇〕，鷁歌獨涕洟〔四一〕。無才能擇木，有智不如葵〔四二〕。縲紲吾窮矣，迷陽遂已而〔四三〕！人呼爲喪狗，自笑似蒙倛。桑落朋徒在〔四四〕，河流道路彌。楚弓亡可得，魯寶載安之？朽木容雕飾，殘生畏涅緇。詠歸聊點爾，學稼亦樊遲。詎敢偷懷壁？用丹書男子張伯懷璧事。終然守誦圭。紀雲徵外史，問日比羣兒。龍室藏誰守？麟臺筆可追。禮亡緜蕝近，書亂玉杯遺〔三五〕。河雒紆鉤擿，魯相史晨祠孔廟，奏銘云：鉤河擿雒，却揆未然。孝經、春秋既成，孔子告備于天，使曾子抱河雒事北向。春秋、河、雒，凡八十一卷，此其事也。虀牆許誦維。九家陳篋衍〔三六〕，七略奏笙箎〔三七〕。原室惟環堵，顏瓢可樂饑。願同齊隱士，齊肅拜書詩〔三八〕。見南齊臧榮緒傳。

【注釋】〔一〕家語：孔子葬于魯城北泗水上，藏入地不及泉，而封爲偃斧之形，高四尺，樹松柏志焉。〔二〕樂史寰宇記：伯魚墓在孔子墓東一十步，子思墓在縣東二十里方山下。〔三〕爾雅釋天：素錦綢杠。郭璞曰：以白地錦韜旗之竿。〔四〕孟子疏：趙岐曰：任，擔也。正義曰：治擔任將歸。〔五〕爾雅釋天：降婁，奎婁也。郭璞曰：奎爲溝瀆，故名降。〔六〕段柯古酉陽雜俎：燕公讀王勃夫子學堂碑，自帝車至大甲四句，悉不解，訪之一公，一公言北斗建于七曜，在南方，有是之祥無位，聖人當出。〔七〕李商隱無題詩：白道縈迴入暮霞。〔八〕御覽：春秋衍孔圖曰：孔子長十尺，大九圍，坐如蹲龍，立如牽牛，就之如昴，望之如斗。〔九〕李燾長編：大中祥符元年，上至文宣王廟奠拜，詔加謚曰玄聖文宣王。演孔圖曰：孔子母夢感黑帝而生，故曰玄聖。莊子曰：恬憺玄聖，素王之道。遂取以爲稱。〔一〇〕楊炯遂州長江縣先聖廟堂碑銘：降靈鄒邑，誕哲平鄉，月角摛彩，星鈐吐芒。〔一一〕莊子漁父篇：孔子遊乎緇帷之林，休坐乎杏壇之上。成玄英疏曰：緇，墨也。時于江濱，休息林籟，其林鬱茂，蔽日陰沈，布葉垂條，又如帷幕，故謂之緇帷之林也。

〔二〕漢書平帝紀：元始元年，封孔子後孔均爲褒成侯，奉其祀，追謚孔子曰褒成宣尼公。〔三〕穀梁定公十年：齊人使優施舞于魯君之幕下。孔子曰：「笑君者，罪當死。」使司行法焉，首足異門而出。〔四〕論衡實知篇：孔子將死，遺讖書曰：不知何一男子，自謂秦始皇。上我之堂，踞我之牀，顚倒我衣裳，至沙丘而亡。其後秦王兼吞天下，號始皇，巡狩至魯，觀孔子宅，乃至沙丘，道病而崩。又曰：董仲舒亂我書。其後江都相董仲舒，論思春秋，造著傳記。又書曰：亡秦者胡也。其後二世胡亥，竟亡天下。用三者論之，聖人後知萬世之效也。〔五〕法言修身篇：擿埴索塗，冥行而已矣。李軌曰：埴，土也。盲人以杖擿地而求道，雖用白日，無異夜行。〔六〕左傳哀公七年：曹人或夢衆君子立于社宮，而謀亡曹。曹叔振鐸請待公孫彊，許之。旦而求之曹，無之。戒其子曰：「我死，爾聞公孫彊爲政，必去之。」及曹伯陽卽位，好田弋，曹鄙人公孫彊好弋，獲白鴈獻之，且言田弋之說說之。因訪政事，大說之，有寵，使爲司城，以聽政。夢者之子乃行。彊言霸說于曹伯，乃背晉而奸宋。宋人伐之，晉人不救，築五邑於其郊。〔七〕穀梁定公八年：盜竊寶玉大弓。寶玉者，封圭也。大弓者，武王之戎弓也。〔八〕家語：季桓子穿井，獲如土缶，其中有羊焉。使使問孔子曰：「吾穿井而得一狗，何也？」孔子曰：「丘之所聞者羊也。丘聞之，木石之怪夔罔兩，水之怪龍罔象，土之怪羵羊也。〔九〕楊烱遂州長江縣先聖廟堂碑：星移大火，追責天司；月入陽街，無勞兩備。〔一〇〕左傳哀公十二年：冬十二月，螽。季孫問諸仲尼。仲尼曰：「火伏而後蟄者畢，今火猶西流，司曆過也。」杜預曰：火，心星。火伏在今十月。猶西流，言，未盡沒，知是九月，曆官失一閏。〔二一〕家語：公與齊侯會夾谷，齊使萊人鼓譟刼定公。孔子歷階而進曰：「吾兩君爲好，裔夷之俘，敢以兵亂之，非齊君所以命諸侯也。」〔二二〕左傳昭公二十五年：公居於長府，伐季氏，叔孫氏之司馬鬷戾言于其衆，皆曰：「無季氏，是無叔孫氏也。」鬷戾曰：「然則救諸。」率徒以往，陷西北隅以入，公徒釋甲執冰而踞，遂逐之。〔二三〕左傳定公八年：公侵齊，門于陽州，士皆坐列，曰：「顏高之弓六鈞。」皆取而傳觀之。杜預曰：三十斤爲鈞，六鈞，百八十斤，古稱重，故以爲異強。〔二四〕左傳哀公八年：吳人行成，將盟，景伯曰：「吳不能久，請少待之。」弗從。景伯負載造于萊門，乃請釋子服何于吳，吳人許之，以王子姑曹當之，而後止。〔二五〕左傳哀公十一年：師及齊師戰于郊，師不踰溝，樊遲曰：「非不能也，不信子也，請三刻而踰之。」如之，衆從之。〔二六〕魯語：其歲收田，一井出稯禾秉芻缶粟，先王以爲足。韋昭曰：稯，六百四十斛也。〔二七〕詩魯頌閟宮章：居常與許，復周公之宇。箋云：許，許田也。常，在薛之旁。春秋莊公三十一年：築臺于薛。是與周公有常邑。許田未聞也。〔二八〕書費誓：公曰：今唯淫舍牿牛馬。孔氏曰：今軍人唯大舍牿牢之牛馬，言軍所在必放牧也。正義曰：牿，即閑牢之謂也。〔二九〕左傳宣公十五年：晉師滅赤狄潞氏，以潞子嬰兒歸。正義曰：狄有赤狄、白狄，就其赤白之間，各自別有種類。謂之赤白，蓋其俗尚赤衣白衣也。〔三〇〕論語正義：舊說，公冶長解鳥語，故繫之縲紲。汝南陳耀文正楊：論語疏：公冶長辨鳥雀語云：唶唶嘖嘖，白蓮水邊，有車覆粟。車脚淪泥，犢牛折角。收之不盡，相呼共啄。人驗之，果然。〔三一〕汝南陳耀文正楊：韓詩內傳云：孔子渡江，見鶬鴰，異之，衆莫能名。孔子嘗聞河上歌云：鴰兮鶬兮，逆毛衰兮！一身九尾長兮！大戴禮注引韓詩內傳云：鶬鴰胎生，孔子渡江，見而異之。〔三二〕家語：孔子曰：鮑疾子食于淫亂之朝，不量主之明暗，以受大刑。是智之不如葵，葵猶能衞其足。〔三三〕莊子人間世篇：孔子適楚，楚狂接輿遊其門曰：迷陽迷陽，無傷吾行。郭象曰：迷陽，猶亡陽也。亡陽任獨，不蕩于外，則吾行全矣。司馬云：迷陽，伏陽也，言詐狂。〔三四〕孫卿子：孔子適楚，于陳、蔡之間，七日不食，曰：居不隱者思不生，身不隱者志不廣，如庸知我，不得之桑落之下。〔三五〕漢書董仲舒傳：說春秋事得失，聞舉、玉杯、繁露、清明、竹林之屬，復數十篇。〔三六〕漢書藝文志：諸子十家，其可觀者，九家而已。任彥昇齊竟陵文宣王行狀：至若曲臺之禮，九師之易。李善曰：七略曰：易傳淮南九師道訓者，淮南王安所撰也。漢書音義曰：淮南王安聘明易者九人，號九師說。〔三七〕漢書藝文志：劉歆總羣書而定爲七略，故有輯略，有六藝略，有諸子略，有詩賦略，有兵書略，有術數略，有方技略。〔三八〕南齊書臧榮緒傳：榮緒惇愛五經，乃著拜五經序論，常以宣尼生庚子日，陳五經而拜之。

濟上逢嘉禾項仲展

相逢無復問乘車，執手潸然涕淚初。劍外官人君若此〔一〕，山頭廷尉我何如〔二〕？形容變盡風霜在，軀命偷回肉骨餘。南國總看驚鵲羽，東門方擬祀爰居。棲風易撼巢枝鳥，逆浪偏銜失水魚。忽漫又看成別去，低回更復嘆歸與。黄花著雨秋英老，紅柹經霜碩果餘。長祝清瀾如汶濟，郵筒頻寄一行書。

【注釋】〔一〕少陵逢唐興劉主簿弟詩：劍外官人冷，關中驛騎疎。〔二〕晉書蘇峻傳：峻勒兵自守，朝廷遣使諷諭之。峻曰：我寧山頭望廷尉，不能廷尉望山頭。

淮上舟中

好在長淮問渡時，秋風今日是歸期。雨中燈火揚州近，夢裏簫笳楚成移。去國慣如秋燕急，還家慵比暮鴉遲。可憐跨下橋邊水，淮口東流不盡悲。

高郵道上家人挐舟相迎喜而有作

甓社湖頭暮槳催〔一〕，長風却送布颿開。如依拂水垂楊坐，似載西湖明月來。綠水茶煙偏蕩漾，紅闌燭影故低回。傍人欲奏同舟曲，鄰笛斜陽莫漫哀。

【注釋】〔一〕王象之輿地紀勝：甓社湖離高郵城三十里。

十月朔日抵廣陵二首

隋苑荒臺葉不飛，竹西歌吹正依稀〔一〕。流螢尚作蕪城夢〔二〕，跨鶴眞同華表歸。舊事月明空在眼〔三〕，新愁水調欲沾衣〔四〕。笊籬灣畔孤墳在，萬點寒鴉送落暉。故人顧所建，夏國公動衞也。墓在笊籬灣。

【注釋】〔一〕杜牧之題禪智寺詩：誰知竹西路，歌吹是揚州。〔二〕隋書煬帝紀：大業十二年，上于景華宮徵求螢火，得數斛，夜出遊山放之，光遍巖谷。樂史寰宇記：蕪城卽州城，古爲邗溝城也。漢已後荒毁，宋文士鮑明遠爲賦卽此。〔三〕羅隱夜泊秦淮口詩：錦帆天子狂魂魄，應過揚州看月明。〔四〕樂苑曰：水調，商調曲也。舊說，水調，向傳隋煬帝幸江都時所製，曲成奏之，聲韻怨切。王令言聞而謂其弟子曰：但有去聲而無回韻，帝不返矣。後竟如其言。

其二

晚歲生還喜劇悲，故人執手淚先垂。共嗟餞訣雷塘路〔一〕，恰是逢迎蜀井期。幕裏芙蓉人似玉，廣陵鄭超宗，在鄭潛庵使君幕中。渡頭楊柳鬢如絲。市橋殘酒瓜洲笛〔二〕，明日京江繫我思。

【注釋】〔一〕樂史寰宇記：雷塘，在江都縣北十里，煬帝葬于其地。〔二〕李肇國史補：李牟秋夜吹笛于瓜洲，舟檝甚隘，初發調，羣動皆息。及數奏，微風颯然而至。又俄頃，舟人賈客皆有怨嘆悲泣之聲。

硯山詩爲華山道開上人賦

雲生搖筆處，月駐點經時。硯北何人見〔一〕？壺中自可窺〔二〕。坡陀懸石鼓，空翠湧天池〔三〕。舉似華山老，蓮峯倘在茲？

【注釋】〔一〕張邦基墨莊漫錄：晁以道感事詩云：干戈艱作牆東客，疾病猶存硯北身。用避世牆東王君公事，而硯北身乃漢上題襟集段成式書云：杯宴之餘，常居硯北。又云：筆下詞文，硯北諸生。蓋言几案南面，人坐硯之北也。〔二〕東坡壺中九華詩序：湖口人李正臣，蓄異石九峯，玲瓏宛轉，名之曰壺中九華，且以詩紀之。〔三〕范成大吳郡志：吳西界有華山，上生千葉蓮華，服之羽化，因曰華山。山上有石鼓，山半有大壑，曰天池，最佳處也。

送蕭季公歸泰和

無計留君住，停杯且一歌。江湖鴻鴈闊，天地甲兵多。歲晚孤舟別，寒空片帆過〔一〕。遠行須吉日，期子愼風波。

【注釋】〔一〕王楙野客叢書：船人使風曰帆風，帆字作去聲呼。案唐韻去聲，有此一音。是以張說之律詩曰：夏雲隨北帆，同日過江來。楊愼詩話：帆字符咸切，舟上幔也。又扶汎切，使風也。舟幔則平聲，使風則去聲，蓋動靜之異也。

次韻答金壇于惠生二首

千重地肺一溪雲，便闕東窗隔世氛〔一〕。五百年前逢薊子，三層閣上禮茅君〔二〕。曲城已種交梨樹〔三〕，連石新裁倒薤文〔四〕。咫尺慧車栖隱地〔五〕，滿頭白髮愧繽紛。

【注釋】〔一〕眞誥稽神樞：句曲山，古人謂爲金壇之虛臺，天后之便闕。〔二〕南史陶弘景傳：又築三層樓，弘景處其上，弟子居其中，賓客至其下。與物遂絕，唯一家童得至其所。〔三〕眞誥稽神樞：河圖內元經曰：地肺土良水清，句曲之山，金壇之陵，可以度世上昇。〔四〕眞誥稽神樞：大茅山、中茅山相連，長阿中有連石，古時名爲積金山。陶九成書史會要：仙人務光，殷湯時避天下于清泠之淵，植薤而食，清風時至，見其積葉倒偃，爲倒薤書。〔五〕眞誥稽神樞：淳于斟入吳烏目山中，遇仙人慧車子，投以虹景丹經，修行得道。

其二

藝苑誰能先子鳴，難將斗石量才情。相如錦繡堪爲質，子美波瀾獨老成。欲折江梅傷歲暮，相思春草喚愁生。無緣重酌論文酒，自詠殘編啜菜羹。

戊寅除夕偕孟陽守歲時蕭伯玉僑居春暉園

歸來喜得共茅蓬，又餞流年爆竹中。繞屋松楸停早雪，綠堤桃李遲春風。梅憐分張銜寒白，燈惜團圝破曉紅。明日還尋抱關叟，以蕭望之喻伯玉〔一〕。蹇驢應過小橋東。

【注釋】〔一〕漢書蕭望之傳：望之署小苑東門候，王仲翁出入傳呼甚寵，謂望之曰：「不肯碌碌，反抱關爲？」望之曰：「各從其志。」

初學集卷十五

丙舍詩集（上）　起十二年己卯正月，盡一年。

己卯元日次除夕韻

衡門兩版啓蒿蓬，世事年光在眼中。磵水欲寒經快雪〔一〕，梅花未落受輕風。畿南候火千烽赤，闕下祥雲五朵紅。邸報傳闕下有五彩雲見。蚤約鄰翁占上歲，共看幡信到牆東。用崔遠微立幡護花事。

【注釋】〔一〕二王帖目錄：米禮部云：右軍快雪時晴帖，今世無右軍眞字，此當爲眞字帖。

次前韻簡伯玉

廿年踪跡兩飄蓬，忽漫因依昔夢中。地近牛鳴俱隔歲，身如鷁羽各驚風。鏡奩減橥鉛華白，齋閣添經蠟炬紅。磵戶餘寒人寂歷，憶君疑在虎谿東。

次韻答東鄰李孟芳

度阡越陌最情親，乞米分甘念我貧。七尺艱難歸故里，百金容易買芳鄰〔一〕。爭教麋鹿爲生客，互與松蘿作主人。黄閣勳名休借問，驪龍頷下已三巡。

【注釋】〔一〕梁書吕僧珍傳：宋季雅市宅，吕僧珍問宅價，曰：「一千一百萬。」怪其貴。季雅曰：「百萬買宅，千萬買鄰。」

立春日喜蕭季公却迴兼示伯玉孟陽次除夕韻

江天歲晚憶孤蓬，却喜回舟似剡中。將子能來如暮雪〔一〕，與君俱到有春風。數株嫩蕊催頭白，一握衰顔發酒紅。扶杖策驢看我輩，畫圖應在谷林東〔二〕。

【注釋】〔一〕穆天子傳：西王母謡曰：將子無死，尚能復來。〔二〕盧知州琴川志：出秋報門，循山而西，過吳王廟五六里，有光滌亭，又其西曰谷林，參議虞似平之圃。

疊前韻有寄

世情翻覆總飛蓬，萬事輸君高臥中。下若溪邊沽酒雪，大寒山畔採茶風。春來池草生新綠，雨後庭梅綻小紅。遼落江天回首處，藝香堂下石城東〔一〕。

【注釋】〔一〕樂史寰宇記：藝香山，在長興縣北一十五里，卽西施種香之所。輿地紀勝：石城山，在烏程縣西南三十里。昔烏程豪族嚴白虎于山下累石爲城，與呂蒙戰所。

題陸叔平滄桑對弈圖贈稼軒五十初度

去年琅璫燕山頭，天荒地老神鬼愁。今年燕喜虞山陽，風恬雲暖化日長。眼中陵谷有如此，何異揚塵看海水。花深西墅列長筵，瓜熟東臯會鄰里。高堂擊鼓吹笙竽，觥籌交錯絲肉俱。蓬山瀛海挂四壁，就中忽見滄桑圖。君不見仙家日月非歲年，滄海倏忽成桑田。洞中之樂比橘裏，兩翁對弈知誰先？一翁斂手欲却顧，沉吟猶恐一著誤。一翁超然似晏處，目無棋枰手不舉。斜飛殘角未爲促，自古英雄少全局。局裏滄桑人不知，推枰一笑何榮辱？與君酌酒莫逡巡，紛紛朝市又生塵。夜露未晞賓旣醉，人間已有爛柯人。

歸來泉歌答金壇于惠生曹汝眞

老夫幽繫經歲年，歸來舍下新流泉。以歸名泉聊自慰，扶杖閒咏歸來篇。何緣此泉落人口，逑異搜奇到吾友？于公作頌如淸風，曹子歌詩比瓊玖。哦詩奏頌泉之畔，眞珠瑟瑟相淩亂。清音逸響間絲竹，拂水飛流起天半。去年大旱山欲泐，土膏焦枯礀道坼。崇朝雲雨長佇望，舊井汙泥空歎息。山僮報我泉眼開，一縷看從礀底廻。沾濡乍與針芒應〔一〕，滭沸俄隨鋤钁來。人言此泉神所予，天與歸人相勞苦。湧出眞堪薄醴醪，餘潤猶能長毛羽。再拜謝客君毋庸，老夫詎敢貪天功。皇天老眼大如許，豈爲區區一祼蟲。若言爲我出此泉，向來旱涸誰使然？偶因鑽火符昔夢，敢擬卓錫稱前緣〔二〕。小桃舒紅落梅白，小寒山中茶欲摘。松風徐吹石火新，鑪煙輕颺紗帽側〔三〕。遲君雙屐到漁灣，嘯咏新泉古礀間。賸將詩筆評泉品，何似匡山與惠山〔四〕？

【注釋】〔一〕後漢書陳忠傳：隄潰蟻孔，氣洩鍼芒。臣賢曰：黄帝素問：針頭如芒，氣出如筐也。〔二〕徐堅初學記：南嶽思大禪師，自大蘇山趣南嶽，爲衆講般若法。南北學徒，慕義而來。師思無水，忽見巖下潤，以錫杖卓之，果得一泉。〔三〕盧仝謝孟諫議寄新茶詩：柴門反關無俗客，紗帽籠頭自煎喫。〔四〕歐陽修大明水記：世傳陸羽茶經，未嘗品第天下之水味。至張又新煎茶水記，始云羽爲李季卿論水次第，有二十種。廬山康王谷水第一，無錫惠山石泉第二。

晉安徐興公過訪山中有贈

哀衣應杖到松蘿，清曉柴門散雀羅。古礀寒生流水靜，閒庭客到落花多。偉長舊著推中論〔一〕，孝穆新聲入豔歌〔二〕。與公子存永能爲豔詩。聞道五車仍插架，載書何日許重過？

【注釋】〔一〕魏文帝與吳質書：偉長著中論二十餘篇，成一家之言，辭義典雅，足傳于後，此子爲不朽矣。〔二〕徐陵玉臺集序：選錄豔歌，凡爲十卷。

海寧張元岵偕許元忠過訪

回首清江古渡邊，夕陽戀別又三年。人間芳草生樵徑，風定梅花落釣船。尊酒細論思舊雨，後堂深坐聽新泉。歸與投老終何恨，吾黨于今亦斐然。

曲江歌十絕句奉寄香山何相公

風度祠前春草多〔一〕，漁陽鼙鼓復如何？請看嶺海生明月，金鏡於今尙不磨。

【注釋】〔一〕祝穆方輿勝覽：張相國祠，在韶州郡東，墓在武臨源。

其　二

賦成白羽若爲工？團扇依然在篋中。莫爲提攜感移奪，君恩容易比秋風。

其　三

孤榮歲晚見庭梅，仙禁曾傳紅蘂詩。庾嶺梅花千萬樹，春風還在向南枝。子壽曾於紫微庭分賦芍藥。香山亦有閣中牡丹詩，一時傳誦。

其　四

偃月堂深仗馬閑，一鶚雙兔並朝班〔一〕。書生漫自誇前識〔二〕，只恨胡雛軋犖山〔三〕。雙兔指公與茂苑文相公，一鶚蓋有所屬。

【注釋】〔一〕明皇雜錄：張九齡洎裴耀卿罷免之日，自中書至月華門，將就班列，二人鞠躬卑遜。林甫處其中，抑揚自得。觀者竊謂一鵰挾兩兔。俄而詔張、裴爲左右僕射，罷知政事。林甫怒曰：「猶爲左右丞相耶？」二人趨就本班，林甫目送之。公卿以下，視之不覺股栗。箋曰：茂苑以講筵稱旨，特簡入閣。烏程雖忌之，而亦無以間也。後因論鄭鄤遷除，大相齟齬。未幾，用許譽卿事，幷香山而逐之。譽卿以工科補南太常，烏程操資俸彙論之說以難許。冢臣謝陞特疏糾劾，茂苑止票擬罰俸，大拂烏程意，爭之力，遂擲筆正言曰：「即削籍無害。」烏程擬其語入告。揭夕上而朝罷矣。文與何辭朝之日，即溫開籍見朝之日，堂吏傳報，相對一揖，不交一語而退。所謂一鵰挾兩兔者非耶？〔二〕安祿山事迹：張守珪令祿山奏事，九齡見之，謂裴光庭曰：「亂幽州者，必此胡也。」開元二十四年，祿山討契丹失利，守珪奏請斬之。九齡批曰：穰苴出軍，必誅莊賈。孫武行令，亦斬宮嬪。守珪軍令若行，祿山不宜免死。玄宗惜其勇，但令免官。九齡又執奏請誅之。玄宗曰：「卿豈以王夷甫識石勒耶？」竟不誅。至建中之年，德宗以九齡先覩未萌，追贈司徒。〔三〕安祿山事迹：祿山，營州雜種胡也。母阿德氏，爲突厥巫，無子，禱軋犖山神，應而生焉。遂命名軋犖山。

其五

曲江祠畔乳蕉黃〔一〕，春社雙歸燕語長。莫向水晶宮裏去，月堂無復舊雕梁。昔人名吳興爲水晶宮。

【注釋】〔一〕皮日休送李明府詩：乳蕉花發訟庭前。

其六

乘春海燕又飛廻，鷹隼而今已罷猜〔一〕。簷口銜泥誰省識？舊巢仍向玉堂開。

【注釋】〔一〕本事詩：張曲江與李林甫同列，林甫疾之若仇。曲江度其巧譎，慮終不免，爲海燕詩以致意曰：無心與物競，鷹隼莫相猜。亦終斥退。

其七

梨園曲斷雨淋淋〔一〕，望祭江干淚滿襟〔二〕。還道遺恩輸越相，鐵胎那得比黃金〔三〕。唐子西云：張相廟鐵胎，韶人相傳以爲明皇悔時所鑄。此詩專傷茂苑而作。

【注釋】〔一〕楊太眞外傳：上至斜谷口，屬淋雨涉旬，于棧道雨中，聞鈴聲隔山相應，上因採其聲爲雨霖鈴曲。〔二〕李肇國史補：玄宗至蜀，每思張曲江則泣下，遣使韶州祭之，兼賚貨幣，以恤其家。其誥辭刻于白石山屋壁間。唐詩紀事：鄭嵎津陽門詩：移文泣祭昔臣墓。注曰：駕至蜀，詔中貴人馳祭張曲江墓，悔不納其諫也。〔三〕筌翁貴耳三集：曲江有二奇，張相公以鐵鑄，六祖禪師以銅鑄。俗諺云：鐵胎相公，銅身六祖。鐵胎有二身，一在廟，一在庠；銅身在大鑒寺。越語：范蠡乘輕舟以浮于五湖。王命金工以黃金寫范蠡之狀而朝禮之。

其八

荔子休嗟命不工，緗枝黛葉薦薰風〔一〕。雕盤省見京華色，五嶠還思進九重。子壽荔枝賦云：亭十里兮莫致，門九重兮曷通？何斯美之獨遠，嗟爾命之不工！

【注釋】〔一〕子壽荔枝賦：紫文紺理，黛葉緗枝。

其九

開元典册頌龍池〔一〕，勑律金城畫詔時〔二〕。惆悵暮年雲路永，有人煙艇問殘碑〔三〕。

【注釋】〔一〕唐詩紀事：龍池，興慶宮池也。明皇潛龍之地。張九齡撰龍池頌，刊石興慶宮。

〔二〕新唐書張九齡傳：賜渤海詔，而書命無足好者，乃召九齡爲之，被詔輒成。〔三〕少陵八哀詩：矯然江海思，復與雲路永。末云：再讀徐孺碑，猶思理烟艇。九齡徐徵君碣云：有唐開元十五年，予忝列茲邦，風流是仰。在懸榻之後，想見其人；有表墓之儀，豈孤此地。

其十

碣石崢嶸氣未降，帝思風度更無雙〔一〕。蟬冠右地頻虛席〔二〕，莫以香山儗曲江。

【注釋】〔一〕新唐書張九齡傳：後帝每用人，必曰：「風度能若九齡乎？」〔二〕少陵八哀詩：碣石歲崢嶸，天地日蛙黽。退食吟大庭，何心記榛梗。骨驚畏曩哲，鬒髮負人境。雖蒙換蟬冠，右地恧多幸。唐詩紀事注曰：侍中冠加貂蟬，九齡爲相，以風雅爲上知，右相李林甫惡之，引牛仙客以傾之，遂罷。

寄督漕張御史二首

匝地烽煙避海漕，普天飛輓湧雲濤〔一〕。羯奴豈識敖倉計，庾氏徒煩仰屋勞。川瀆效靈輸萬斛，魚龍銜尾護千艘。至尊旰食臨東渭〔二〕，鼓吹延君建節旄。

【注釋】〔一〕漢書主父偃傳：飛芻輓粟。師古曰：運載芻藁，令其疾至，故曰飛輓也。〔二〕新唐書劉晏傳：元載盡以漕事委晏，故晏得盡其才。歲輸始至，天子大悅，遣衞士以鼓吹迓東渭橋，馳使勞曰：「卿朕酇侯也。」

其二

漁陽遼海尚紛拏，粳稻東吳歲運賒。鐵甕雲帆連析木，金堤春水泛桃花〔一〕。過淮燕賞兼歌杜，抵潞風光正及瓜。一石幾鍾憑奏報〔二〕，忍令膏血等泥沙。

【注釋】〔一〕相如子虛賦：媻姍勃窣上金隄。師古曰：金隄，言水之隄塘堅如金也。〔二〕漢書食貨志：時又通西南夷道，作者數萬人，千里負擔餽饟，率十餘鍾致一石。主父偃傳：率三十鍾而致一石。師古曰：六斛四斗爲鍾，計其道路所費，凡用百九十二斛，乃得一石至。

太和蕭伯玉自白下過訪假館稼軒西園過從促數且有判年之約忽焉告別驪駒在門扳留不皇分張多感賦詩十章以當折贈云爾〔一〕

忽漫竟成別，悽惶無奈何。已知當飲餞，不忍唱驪歌。水國春風晚，離亭落日多。暮年容鬢在，且莫歎蹉跎。

【注釋】〔一〕少陵重過何氏詩：相留可判年？

其二

楊柳縈離思，桃花綻祖筵。不堪臨遠道，況值好春天。言別俄分手，相留憶判年。匆匆來又去，錯莫總堪憐。

其三

南浦漁灣畔，東亭水閣前。眼猶牽解纜，心欲刺歸船。離緒多春草，愁懷黯夕煙。若論疇昔事，小別已千年。

其　四

婉孌將分袂，蒼黄欲灑衣。送君傷水緑，怨别詛花飛。檣燕違兵氣，竿烏見息機〔一〕。白頭波浪裏，安穩布颿歸。

【注釋】〔一〕少陵夜宿西閣曉呈元曹長詩：檣烏宿處飛。趙次公曰：檣竿上刻爲烏形，以占風耳。

其　五

吳越昇平地，攜家信短篷。船窗楊柳月，帆背杏花風。兵火愁眉外，江湖冷節中〔一〕。羽書頻阻絶，停檝問郵筒。

【注釋】〔一〕樂天酬鄭二司録寒食日同宴詩：偶因冷節會嘉賓，況是平生心所親。

其　六

屈指行藏計，君其問水濱。東游還有伴，西笑更無人。泛艇隨漁婢〔一〕，浮家逐鴈賓。扁舟誰省記？南斗一孤臣。

【注釋】〔一〕白樂天禽蟲詩：江魚羣從稱妻妾。注曰：江沱間有魚，每遊輒三，如媵隨妻，一先二後，土人號爲婢妾魚。樂史寰宇記：歷陽湖中有明府魚、婢魚、奴魚。

其七

指點歸帆地，春浮百畝園。水天爲界限，雲樹作籬樊。夜雨蕭齋靜，秋聲竹逕繁。相思何處切？初月在東軒。

其八

來往無多地，經過不速期。蹇驢溪女笑，藜杖野人知。應氏樵蘇日，龐家作黍時〔一〕。春盤生菜好，節物重相思。

【注釋】〔一〕後漢書龐公傳注：襄陽記曰：司馬德操嘗詣德公，值其渡沔上先人墓。德操徑入其室，呼德公妻子，使作黍。徐元直向云：「當來就我與德公談。」其妻子皆羅拜于堂下，奔走供設。須臾，德公還，直入相就，不知何者是客也。

其九

南國無衣賦，中原板蕩憂。臨河能不歎，蹈海亦堪羞。生計東風菜〔一〕，前期夜雪舟。

還須憑快閣，極目攬神州。

【注釋】〔一〕元遺山春日書懷呈劉濟川詩：流年又見東風菜。注曰：東風菜，見本草菜部。

快閣在太和縣。黄魯直詩云：快閣東西倚晚晴。

其十

古人嗟贈處，斯義在今朝。馬肆長宜閉〔一〕，羊裘莫浪招。時清危部黨，世難穩漁樵。共飽殘年飯〔二〕，音書慰寂寥。

【注釋】〔一〕白氏六帖：漢公孫弘爲丞相，開東閣，延賓客。至劉屈氂爲相，壞爲馬廐。〔二〕少陵遇王倚飲贈歌：但使殘年飽吃飯，只願無事常相見。

羽林老僧

戒刀中夜響軍持，禪杖渾疑削鐵爲。殺盡羯奴如殺草，老僧原是羽林兒。

春夜看眞武殿點燈次壁甫韻

春燈萬樹亂雲蘿，粧點昇平樂事多。紺殿香煙浮水畜〔一〕，朱樓絃管沸巖阿。緣堤語笑花間出，促席芳塵暗裏過。歡飲莫辭今夕醉，垂楊已蘸麴塵波。

【注釋】〔一〕屈原九歌：蛟何爲兮水裔？五臣曰：水裔，水畔也。

上巳日即事

煙靄空濛歷翠微，春郊上巳澹芳菲。祓除正愛清流好，䨴濕何妨急雨飛。新柳碧堪浮酒面，小桃紅欲上人衣。秉蕳士女看相謔，芍藥爭教折贈歸。

寒食偕孟陽璧甫山行飯破山寺

肩輿作伴覽新晴，綠樹紅芳豔復清。過雨煙巒如拂拭，穿雲磵瀑故回縈。頻於流水喧中坐，儘向春山好處行。記取今年作寒食，僧房麥飯午鐘聲。

清明河陽山上冢感歎而作

清明山色滿河陽〔一〕，麥飯依然祀享常。尚有餘生上丘墓，能無老淚灑衣裳。村童放學風箏急〔二〕，野叟迎神社鼓忙。莫忘先人遺畎畝，太平今日在江鄉。

【注釋】〔一〕盧知州琴川志：河陽山，一名鳳凰山，在縣西北四十五里。〔二〕事物紀原：紙鳶，俗謂之風箏，相傳云是韓信之作。高祖征陳豨，信謀從中起故，作紙鳶放之，以量未央宮遠近，欲穿地隧入宫中也。

陽羨相公枉駕山居即事賦呈四首

閣老行春至，山翁上冢回〔一〕。衰衣爭聚看，棋局漫相陪。樂飲傾村釀，和羹折野梅。緣堤桃李樹，一一爲公開。

【注釋】〔一〕後漢書岑彭傳：有詔過家上冢。

其二

黑頭方壯盛〔一〕，綠野正優游〔二〕，月滿孫弘閣，風輕傅說舟。鴟夷看後乘，戎馬問前籌。側席煩明主，東山自可求。

【注釋】〔一〕世說識鑒篇：諸葛道明初過江左，名亞王、庾之下。丞相謂曰：「明府當爲黑頭公。」

〔二〕新唐書裴度傳：午橋作別墅，具燠館涼臺，號綠野堂。

其三

堤柳眠風翠，樓花笑日紅。禯華欺冷節，妖豔仗天工。舟楫浮春水，車茵愛晚風。暫時憂國淚，莫灑畫橋東。

其　四

若問山東事，將無畏簡書？白衣悲命駕，紅袖泣登車〔一〕。甲第功誰奏？歌鐘賞尚虛。安危有公在，一笑偃蓬廬。

【注釋】〔一〕少陵送郭中丞詩：內人紅袖泣，王子白衣行。

山中得范質公司馬削籍報聞將卜居吳下喜而有作〔一〕

空山小雨破春寒，秋水樓頭正倚闌。見說范公新去國，恰如貢禹舊彈冠。旋呼鶴使催花信，更埽漁灣整釣竿。老屋三間幾兩屐，相將同入畫圖看。

【注釋】〔一〕公諱景文，字夢章，吳橋人。武陵起復，國論沸騰。公在南都，率九卿論劾。上震怒，除名爲民。

其　二

春深草碧闔閭城，夢裏華胥自玉京。枚卜名花勾舞蝶，銓除密樹引流鶯。槍旗盌底觀茶戰，幟纛尊前試酒兵。莫學鴟夷變名姓，五湖蝦菜有誰爭？

四月初六日送春作

今年送春誰最歡？纍臣生還棲故園。驚心軟紅付塵夢，照眼柔綠開清尊。今年送春誰最惡？燕齊烏鳥巢虜幕。壯士白骨枝戰場，內人紅袖歸沙漠。人生若不開口笑，束縛山岡倩誰弔〔一〕？請看今日又春歸，試問何時再年少？牀頭滄酒猶滿甖，屋下新泉似酒清。桃笙竹几疎窗好〔二〕，疊石移花略彴成。春歸懊惱如何遣？半是蕭閑半游宴。清陰午寂卷殘書，小院風輕試歌扇。憑君莫唱渭城歌，舞蝶啼鶯奈爾何？處處落花三月少，年年芳草送春多。東風勸爾一杯酒，莫以如新怨白首。明年把酒迎早春，仍是今年送春叟。

【注釋】〔一〕吳志：孫亮殺諸葛恪，以葦席裹其身，而篾束其腰，投之于石子岡。少陵遣興詩：君看束縛去，亦得歸山岡。〔二〕方言：簟，宋、魏之間謂之笙。南越志云：桃枝，南人以爲笙。左太沖吳都賦：桃笙象簟，韜于筒中。劉淵林曰：桃笙，桃枝簟也。

拂水競渡曲十首

招屈亭前沅水廻〔一〕，千年魚腹有餘哀。兒童不解靈均苦，拂水巖前競渡來。

【注釋】〔一〕劉禹錫競渡曲：曲終人散空愁暮，招屈亭前水東注。

其二

喧呼招屈鬧悲傷，擊汰揚枹楚些長〔一〕。何事南翁三户裏〔二〕，更無人弔楚懷王〔三〕？

【注釋】〔一〕屈原九章：齊吳榜以擊汰。王逸曰：汰，水也。〔二〕史記項羽紀：楚南公曰：楚雖三户，亡秦必楚。瓚曰：楚人怨秦，雖三户猶足以亡秦也。正義曰：三户，漳水津也。孟康云：後項羽果渡三户津，破章邯軍，降章邯，秦遂亡。是南公之善讖云。〔三〕史記楚世家：楚懷王往會秦昭王，至則閉武關，與西至咸陽，因留之。二年，懷王亡，逃歸，秦遮楚道，懷王走趙，不敢入，欲走魏，秦追至，遂復之秦。懷王遂發病卒，秦歸其喪于楚，楚人皆憐之。

其三

五月沅江夾綵旗，楚人終古弔三閭。吳儂自抱鴟夷恨，權把前潮坐子胥〔一〕。

【注釋】〔一〕吳越春秋：越王葬文種于國之西山，葬七年，伍子胥從海上穿山脅而持種去，與之俱浮于海。故前潮水潘候者，伍子胥也；後重水者，大夫種也。

其四

小小吳船裊裊龍，張鱗掉尾鬬玲瓏。吳兒也學蛟龍樣，滅沒翻身高浪中。

其　五

共駕龍舟戲晚風，揚旗鼓浪自爲雄。羣兒不省船頭畫，只道青龍見水中。

其　六

脚踏潮頭口唱歌，吳兒從小狎風波。自家身命渾如擲，却爲他人數鴨鵝。

其　七

長鬣三呼作水嬉〔一〕，餘皇出沒弄蛟螭〔二〕。乘潮踏浪渾閑事，難道吳兒遜楚兒。

【注釋】〔一〕左傳昭公十七年：使長鬣者三人潛伏于舟側。杜預曰：長鬣，多髭鬚。任昉述異記：夫差作天池，池中造青龍舟，舟中盛陳妓樂，日與西施爲水嬉。〔二〕杜預曰：餘皇，舟名。

其　八

呼噪兒童口尚黄，爭標奪采鬬身強〔一〕。須臾鼓罷龍舟退，脱却黄衫便下場。

【注釋】〔一〕王定保摭言：盧肇看競渡，于席上賦詩曰：向道是龍剛不信，果然銜得錦標歸。注曰：錦標，船頭所得。

其九

亂流齊進咽通津，畫舫垂楊不動塵。咫尺白頭波浪裏，水邊人看水中人。

其十

船夾蛟螭水怒飛，紅闌橋外雨霏微。龍舟唱斷菱歌起，日暮安流蕩槳歸。

大雨後顧九疇侍郎過訪山中

戲橦頭上擲身難〔一〕，贏得空山一笑看。竟日尚餘憂國淚，百年同飽腐儒餐。朝賢去似春花盡，羯虜歸如夏雨殘。却望西湖垂釣處，蒹葭落日照漁竿。

【注釋】〔一〕張平子西京賦：爾乃建戲車，樹脩旃。侲僮程材，上下翩翻。突倒投而跟絓，壁隕絕而復聯。薛綜曰：旃，橦也，建之于戲車上也。翩翻，戲橦形也。突然倒投，身如將墜，足跟反絓橦上，若已絕而復聯也。

二哀詩二首

劉司空敬仲 榮嗣，曲周人〔一〕。

儒雅風流一俊人，死塡牢戶亦前因。彌留豈意同囚鬼，皋復應須喚獄神。青簡詩章抛糞土，紫芝眉宇漫灰塵〔二〕。精靈料得如精衛，河上年年泣負薪。

【注釋】〔一〕劉榮嗣，字敬仲，號半舫，曲周人。萬曆丙辰進士。以工部尙書總河。因駱馬湖運道潰淤，聽門客游士語，創挽黃之議，起宿遷至徐州，別鑿新河，分黃水注其中以通漕。邳州上下，皆黃河故道，去土尺餘，其下皆沙。每挑濬成河，經宿沙落，河道復平，耗沒金錢無算。迨引黃水入其中，則波流迅急，衝沙隨水而下，爲淺爲淤，不可以舟，三年績用弗成。爲南科曹景參疏糾，被逮下獄論死。戊寅，獄未解而卒。〔二〕新唐書元德秀傳：見紫芝眉宇，使人名利之心都盡。

傅給事右君 朝佑，臨州人。

數載梧垣抗疏聲，兩年棘土作書生。授經粧點窮門面，唱曲消磨苦性情。右君效黃霸授經于予。每月夜，行歌徧獄中。傲骨可憐緹騎杖，芳魂猶喜謗臣名。長安門外春深草，一片朱殷血染成。

次韻茅孝若無題二首

曲房砥舍夜珠來，璧月分明入鏡臺。網戶有情絲羃䍥，穿簾無分燕低迴。眉頭黛簇雙心結，酒面花浮並口杯。玉樹作枝君未見，疏窗先亞一株梅。

其二

舊恩今寵故依然〔一〕，桃葉楊枝盡可憐。蘭坼芳心因曉露，柳含啼眼爲朝煙。天涯蕩子輕紅粉，日夕佳人惜翠鈿。但得容華並桃李，春風長肯在花前。

【注釋】〔一〕本事詩：寧王憲貴盛，有賣餅之妻，一見屬意，厚遺其夫求之，寵愛逾等。歲餘，問：「復憶餅師否？」使見之。其妻雙淚垂頰。時王座客十餘人，皆文士，王命賦詩，王維先成云：莫以今時寵，難忘舊日恩。看花滿眼淚，不共楚王言。座客無敢繼者。王乃歸餅師，以終其志。

荷葉鼎詩

屏石上人讀古人詩云：飯炊荷葉鼎。遂以意爲之，以荷葉褁米，淅而炊之，須臾而熟，香美異常飯。己卯七月，過山堂試之，戲作詩記其事。

荷葉田田不可整，持荷作鏡難照影〔一〕。但聞楚客集爲裳，豈料山僧炊作鼎。長腰玉粒雲子如〔二〕，汲泉釋米手滌除。露荷新葉與包裹，松風活火頻吹噓。須臾荷香炊旋熟，軟美無煩更淘漉。逡巡應比仙人酒，咄嗟不羨豪士粥。山僧長享粥飯供，折脚鐺邊有誰共？聊將弱葉戲鼎足，更借新炊喚殘夢。老夫飯罷飽撑腸，更有吳羹和稻粱。却笑阿師將客粵，綠荷包飯趁虛忙。師將游粵西訪劉漁仲。

【注釋】〔一〕樂府採荷詞：欲持荷作柱，荷弱不勝梁。欲持荷作鏡，荷暗本無光。樂府廣題曰：梁太尉從事中郎江從簡，年十七，有才思，爲採荷詞以刺何敬容。敬容覽之，不覺嗟賞，愛其巧麗。敬容時爲宰相。〔二〕漢武內傳：上元之樂，風實雲子，玉津金漿。

八月十三夜

高秋雲物映池臺，綽約雙娥逐月來。爭見青天飛玉鏡，拚將銀漢寫金杯。閑愁恰爲清歌綴，殘漏偏教急管催。共惜嬋娟又三五，相期更刺酒船回。

十四夜

湖山罨畫倚秋空，綠浪紅闌清露中。光瑩地將塵世換，便娟人與月華同。河傾酒面天方醉，漏簇歌心夜未終。信宿西園阻游宴，應知不樂爲車公〔一〕。石門司成邀宴西園，以病不果。

【注釋】〔一〕晉書車胤傳：胤善于賞會，當時每有盛會，而胤不在，皆云無車胤不樂。

十五夜

青天絡角月舒波〔一〕，銀漢無聲秋露多。自倚白頭還縱酒，偶攜紅袖爲聽歌。兔疑皓魄深藏窟，蟾惜清光旋入河。悵望桂輪今夕滿，莫令尋斧近姮娥。

【注釋】〔一〕羅隱七夕詩：絡角星河菡萏天。

十六夜

花殘燭暗坐深更，午夜依然是玉京。急雨破除應有意〔一〕，微雲點綴亦多情。露描翠黛雙蛾重，風拍紅牙一串輕。誰並姮娥穿月窟？桂枝深處定分明。

【注釋】〔一〕羅隱中秋夜不見月絶句：陰雲薄暮上空虛，此夕清光共破除。只恐異時開霽後，玉輪依舊上蟾蜍。

十八夜

蕭蕭風雨闇樓臺，好是吳娘一曲催。裙汗綠痕都未浣，袖黏紅淚半成灰。可憐狠籍秋光去，誰復招邀月駕來？傳語姮娥亦惆悵，沙才董白二妓名。一時回。

重題斷句八首

桂華歌斷碧雲閒〔一〕，薌澤猶從笑語還。明月西沉人亦散，只留秋雨伴空山。

【注釋】〔一〕樂府桂華曲，白居易蘇州所作。蘇之東城，古吳都城也，今爲樵牧場。有桂一株，生于城下，惜其不得地而作歌。音韻怨切，聽輒動人。

其　二

水雲煙樹半依稀，紅袖雙雙下翠微。更向碧天歌一曲，無人不道月中歸。

其　三

曲宴清歌三五期，離筵恰是月殘時。生憎一片中秋月，又綰逢迎又別離。

其　四

烏鵲驚飛促織催，松衖半月影徘徊。期君莫作今宵月，一墮西巖不再廻。

其五

來如明月去如風，燭滅香銷一番空。何似嫦娥有行止，長依桂樹在蟾宮？

其六

簇簇雙娥向別杯，當風羅袖欲低廻。回頭却望秋池水，賸有紅蓮一朵開。

其七

意錢才罷又迷藏〔一〕，馬髻弓腰百樣狂〔二〕。月下風前難忘却，留他別後細思量。

【注釋】〔一〕後漢書梁統傳：梁冀能意錢之戲。何承天纂文曰：詭億，一曰射意，一曰射數，即攤錢也。

〔二〕段成式酉陽雜俎：元和初，有一士人，醉臥廳中，醒見古屏上婦人悉于牀前踏歌。歌曰：長安女兒踏春陽，無處春陽不斷腸。舞袖弓腰渾忘却，蛾眉空帶九秋霜。其中雙鬟者，問曰：「如何是弓腰？」歌者笑曰：「汝不見我作弓腰乎？」乃反首髻及地，勢如規焉。士人驚懼叱之，忽然上屏。

其八

霜林紅葉趁裙紅，屈指停車十月中。安得天公肯攢簇，便禁丹桂作丹楓。

聽青琴理弦子

小窗紅燭淚盈盈，絃索初調撚撥清〔一〕。彈到西風黄葉處，青琴指下泛秋聲。

【注釋】〔一〕琵琶錄：曹綱運撥如風雨，裴興奴長于攏撚。人謂綱有右手，奴有左手。

瑤臺歌

蔣家女兒字瑤臺，瑤草瓊花天上來。月地雲堦擅芳澤，輕紅澹粉隨塵埃。桂梁蘭室盧家婦，流黄機畔長相守。自矜容鬢在花前，不管年華歸燕後。郎從何處悦傾城？鄭重停車問小名。未開繡戶心先許，才捲珠簾目已成。江城霾風海雲黑，郎逐鋃鐺去京國。齊女猶傳馬角生，（齊女墓，在虞山東嶺，其上有亭。俗云馬頭生角。）燕姬浪説烏頭白。祇憑片語斷姻緣，約略歸期好判年。春草茫茫如妾思，秋衾昔昔在郎邊。相思難避如逃瘧〔二〕，一味文無是良藥〔三〕。判無棺木待儂開〔三〕，留取衫襠與歡著〔四〕。生憎女伴笑孤眠，不慣旁人説可憐。預愁妾老勤臨鏡，暗祝郎歸恰數錢。烏啼夜半報郎歸，及至歸時聲影稀。三春花鳥成遼闊，經歲音書果是非。傳郎三心復兩意，賤妾何妨自捐棄。又恐人言是鬼言，翻令好事成虚事。郎心妾意兩蹉跎，似夢如風可若何？拂水山高並巫峽，琴川河水即天河〔五〕，天河橫斜昏復曉，若比郎心還易了。空將求匹問蠶絲，苦恨爲媒憑鳩鳥。一朝決絶不繇人，空裏游絲路上塵。斗酒雖然付溝水，寸腸終自轉車輪。爲郎碎却圍棋局，拋擲絲絃罷度曲。空局應知無見期，急絃更恐憂思促。阿誰傳語到狂夫，河水東西剪得無？已分一身非白璧，長垂雙淚抵明珠。小窗夜聽青琴説，四壁吟蛩助悽切。漏滴銅壺恨正長，淚燒紅燭心猶熱，我聞瑤去每沉吟，秋燕春花總不禁。豈知石闕悲啼處〔六〕，辜負山枝感悦心。却過盧家舊亭館，粉紅暈碧空淩亂。檐前楊柳故低垂，簾外鸜哥還錯喚。聞君住近斷橋頭，莫過西陵古驛樓。鑑曲荷花今已盡，濤江風浪使人愁。嫁與東家莫酸楚，一船兩槳誰迎汝？況復羅敷自有夫，難道息嬀終不語〔七〕。好在瑤臺月下時，且翻新曲唱歌辭。憑將懷袖三年字，也寄迴文一首詩。

【注釋】〔一〕賓退録：世人瘧疾將作，謂可避之他所。自唐已然。高力士流巫州，李輔國授謫制，時力士方逃瘧功臣閣下。〔二〕崔豹古今注：相招召贈以文無。文無，一名當歸也。〔三〕古今樂録：宋少帝時，南徐一士子，從華山畿往雲陽，見客舍女子，悦之無因，遂感心疾，具以啓母。母爲至華山尋訪，見女具説。聞感之，因脱蔽膝，令母安置其席下臥之，當已。少日果差，忽舉席見蔽膝而抱持，遂吞食而死。氣欲絶，謂母曰：「葬時，車載從華山度。」母從其意，比至女門，牛不肯前，打拍不動。女曰：「且待須臾。」裝點沐浴既而出，歌曰：華山畿，君既爲儂死，獨活爲誰施？歡若見憐時，棺木爲儂開。棺應聲開，女遂入棺。乃合葬。號曰神女冢。〔四〕樂府上聲歌：裲襠與郎着，反繡持貯裹。汗汙莫濺浣，持許相存在。〔五〕范成大吳郡志：常熟世傳一名琴川，本絃歌之説故也。〔六〕樂府讀曲歌：石闕生口中，銜碑不得語。〔七〕左傳莊公十四年：楚子滅息，以息嬀歸，生堵敖及成王焉。未言，楚子問之，對曰：「吾一婦人，而事二夫，縱弗能死，其又奚言？」

九日寄華州郭胤伯

江東渭北相望處，一鴈南來見汝情。書劍可憐秦逐客，衣冠空羨魯諸生。梯山每笑邀天博〔一〕，劈華眞愁與地爭。素滻登高安穩未〔二〕？干戈猶傍國西營。

【注釋】〔一〕韓非子外儲説左上篇：秦昭王令工施鈎梯而上華山，以松柏之心爲博箭，長八尺，棊長八寸，而勒之曰：昭王嘗與天神博于此矣。〔二〕潘安仁西征賦：南有玄灞素滻。李善曰：玄、素，水色。灞、滻，二水名也。少陵九日詩：登高素滻源。

長筵歌爲籛後人稱壽君以九月二十七日生後余誕辰一日

與君俱是神仙後，君方渥顏我皓首。與君排日作生辰，長筵齊醉洞庭春〔一〕。君不見閶門甲第煙流瓦〔二〕，賀客駢闐奉玉斝。共羡養雛成大鶴，更期官貴施行馬。前堂伐鼓吹笙篪，後堂度曲調淸絲。玄霜舊藥飡雲母，玉樹新聲付雪兒。又不見漁灣老人散髮眠，寂寞山中草木年。計口却添喂鶴料，浮家長傍釣漁船。田家瓦盆起爲壽，鄰翁爭席時被肘〔三〕。黄花滿地開金錢，霜葉千林點紅袖。人生但解逍遙意，大鵬尺鷃何曾異。揮金何處買蕭閒？秉燭祇應辨游戲。祝君長把菊花杯，歲歲高歌獻壽詩。莫學彭翁年八百，繫腰觀井受人嗤。

【注釋】〔一〕東坡洞庭春色詩序：安定郡王以黄柑釀酒，謂之洞庭春色，色香味三絕。〔二〕李商隱陳後宮詩：茂苑城如畫，閶門瓦欲流。〔三〕少陵田父泥飲詩：高聲索果栗，欲起時被肘。

于廣文挽詩

巷蓋成陰戶屨連，餘尊北牖尚依然。未應夫子乘桴去，還道先生枕麴眠〔一〕。廷尉門高猶駟馬，廣文官冷自寒氊。一盃准擬招魂處，只在梅花古磵邊。

【注釋】〔一〕劉伶酒德頌：枕麴藉糟。東坡和孔宗翰詩：定知來歲中秋月，又照先生枕麴眠。

送黄二子羽令新都

萬里星橋路〔一〕，之官亦壯哉！勒銘看劍閣，爲政想琴臺。鳥魄于今在，蠶叢自古開。經過襄漢地，爲訪臥龍才。

【注釋】〔一〕樂史寰宇記：萬里橋，在益州南二里，星橋之二。

其二

知爾彈琴日，高齋雪嶺前〔一〕。質成休訟芋〔二〕，絃誦壓啼鵑。花鳥新詩句，菖蒲小樣箋。好將官製錦，同卷寄吳船。

【注釋】〔一〕大明一統志：成都西山，在府城西，一名雪嶺。杜甫詩：雪嶺界天白。〔二〕王維送梓州李使君詩：漢女思賨布，巴人訟芋田。大明一統志：何隨，郫縣人。初仕蜀爲安漢令，蜀亡去官。時巴土饑，送吏取民芋以自給，隨以綿繫其處償直。民視芋見綿，相與語曰：「聞何安漢清廉，必此人也。」

陳眉公挽詞

怨鶴啼猿共泫然，少微星象隱江天。買山空復推支遁，蹈海何當識魯連？載酒人過揚子宅，澆花自埽秣陵阡。雲間父老如嵩少，尚說汾陰望幸年〔一〕。

【注釋】〔一〕僧文瑩湘山野録：眞宗西祀回蹕，次河中時，長安父老三十人，具表詣行在乞臨幸。上意未果，召种放決之。放奏有不便者三。上翼日傳旨還闕，便欲邀放從駕至京。放乞還山林。上曰：「非久必當召卿。」

歲暮雜懷八首

十畝之間一老民，衰遲自分百年身。未舒岸柳應愁我，欲放江梅又笑人。故紙丹鉛讎腐骨〔一〕，虚窗燈火勘窮塵。空山一笑無人會，落木蕭蕭下水濱。

【注釋】〔一〕通鑑：肅宗與李泌語及李林甫，欲勅諸將克長安，發其冢，焚骨揚灰。泌曰：「陛下方定天下，奈何讎死者？彼枯骨何知，徒示聖德之不弘耳。」柳子厚陸文通墓表：黨枯竹，護朽骨，以至于父子傷夷，君臣詆背者，前世多有之。

其二

殘年樂事總迷離，似病如魔我自知。謝客且爲無事飲，過江聊作有情癡。花間歌好聞鶯處，柳外粧殘墮馬時。寂寞紙窗書几夜，寒燈一穗雨如絲。

其三

駘蕩春心老更癡，渾如中酒落花時。夭桃贏得看人面，衰柳何妨惹鬢絲。小院光風歸緩緩，大堤明月上遲遲。早梅又恐經寒勒，急倩高樓玉笛吹。

其四

寂歷蓬門啓曙煙，曆頭簡盡轉蕭然。殺青事業修山史，垂白生涯種石田。呼婦鳩謡求屋計，養雛鶴算賣文錢。閒房日暮松風裏，臥聽青琴撥五絃。

其五

續梟斷鶴枉人謀，萬事終輸鬼一籌〔一〕。薇省風催紅藥晚，槐廳響斷白楊秋。南部新書：古槐夜有絲竹之音，則省中有入相者，俗謂之音聲樹。侯鯖染指慚調鼎，任釣驚心笑曲鈎。日暮山陽何處是？一聲羌笛起漁舟。

【注釋】〔一〕朝野僉載（案：當作御史臺記。）：楊纂怒尹君不同判，遽命筆判曰：「纂輸一籌。餘依。」太宗聞而笑曰：「朕用楊纂，聞義伏輸一籌，朕伏得幾籌？」

其六

藏舟夜半事茫茫，北斗南箕盡可傷。無復舊交論罕國〔二〕，空令新詠削山王〔三〕。沙堤路畔看京尹，杜詩：府中羅舊尹，沙道尚依然。唐京尹多宰相私人，今取爲擁戴之譬。武庫墳前葬智囊〔三〕。鼓柮放歌餘我在，淵明詩云：一旦百歲後，相與還北邙。智如樗里，能知兩天子之宮夾我墓，而終不免于一丘也。釣魚灣水卽滄浪。

【注釋】〔一〕劉孝標廣絕交論：罕生逝而國子悲。李善曰：罕生，子皮；國子，子産也。左氏傳曰：子産聞子皮卒，哭且曰：「吾以無爲爲善，嗟夫子知我也。」〔二〕宋書顔延年傳：延年領步兵，好酒疎誕。劉湛言于彭城王義康，出爲永嘉太守。延年怨憤，作五君詠，以述竹林七賢，山濤、王戎，以貴顯被黜。〔三〕史記樗里子傳：樗里子者，名疾，滑稽多智，秦人號曰智囊。昭王七年卒，葬于渭南章臺之東，曰：「後百歲，是當有天子之宮夾我墓。」至漢興，長樂宮在其東，未央宮在其西，武庫正直其墓。

其七

卒歲閒門有雀羅，流年徂謝意如何？看花伴侶青春少，種菜英雄白首多。佩劍定須懸舊壠，明珠只合換新歌。劇憐渭水垂綸叟，未應非熊鬢已皤。

其八

濠泗居庸王氣全，玉衣石馬自千年〔一〕。賊流關陝如遺跡，奴入高麗且息肩。誰使犬羊蟠漢地？忍同戎羯戴唐天。延登受策安危在，贏得菰蘆坦腹眠。

【注釋】〔一〕安祿山事蹟：潼關之戰，我軍既敗，賊將崔乾祐領白旂，引左右馳突。我軍視之，狀若神鬼。又見黄旂軍數百隊，官軍潛謂是賊，不敢逼之。須臾，又見與乾祐鬬，黄旂軍不勝，退而又戰者不一。俄不知所在。後昭陵奏，是日靈宫前石人馬汗流。唐會要：上欲闡揚先帝徽烈，乃令匠人琢石，寫諸蕃君長十四人，列于陵司馬北門，又刻石爲常所乘馬六匹于闕下也。

己卯除夕偕孟陽守歲崇德郁振公吴可黄二一先輩俱集

盍簪列炬草堂前，管領梅花又一年〔一〕。歲晚樵蘇漁釣侣，夜深燈火孝廉船。流光颯沓將過客，世事朦朧欲曙天。却喜鄰僧相慰問，朝來新送佛燈錢。

【注釋】〔一〕放翁看梅絶句：幽香着人索管領，不信如今鐵石心。

初學集卷十六

丙舍詩集（下） 起十三年庚辰正月，盡二月。

庚辰元日次除夕韻

就暖風光在臘前，布袍芒屨稱新年。園梅約略迎歌扇，門柳蕭疎引畫船。遠浦煙銷看白鶴，豁厓雲過見青天〔一〕。鶯花絃管尋常有，只合囊中辦酒錢。

【注釋】〔一〕昌黎調張籍詩：根厓劃崩豁。沈石田留題拂水巖眞公房詩：豁厓中通泉，欲墮風倒折。

得曹能始見懷詩次韻却寄二首

院竹溪雲入，庭花野雀窺。憶君題扇日，已是歲殘時。細雨篝燈早，輕寒命酒遲。即看堤上柳，春月想容姿〔一〕。

【注釋】〔一〕世說容止篇：有人歎王恭形茂者，云濯濯如春月之柳。

其二

年來淪故事，只合與君論。伏臘先人冢，樵漁聖主恩。詩來期晚歲，吟罷倚柴門。歎息庭梅樹，天涯共一尊。

觀美人手跡戲題絶句七首

油素朝槧帖〔一〕，丹鉛夜校書。來禽晉內史，盧橘漢相如。

【注釋】〔一〕任彦昇爲范始興作求立太宰碑表：人蓄油素，家懷鉛筆。李善曰：楊雄書齋油素四尺。五臣曰：油素，絹也。淳熙奇字訓釋：槧與模同，規也，法也。

其二

花飛朱戶網，燕蹴綺窗塵。挾瑟歌盧女〔一〕，臨池寫雒神〔二〕。

【注釋】〔一〕崔豹古今注：魏武帝時，有盧女者，故將軍陰升之子。年七歲入漢宮學琴，琴特鳴，異于餘伎。善爲新聲。至明帝崩後，出嫁爲尹更生妻。〔二〕張彦遠法書要錄：陶隱居與梁武帝啓云：右軍勸進、雒神賦諸書十餘首，皆作今體。

其三

蘭室桂爲梁，蠶書學採桑。幾番雲母紙〔一〕，都惹鬱金香。金壺記：蠶書，秋胡妻玩蠶而作。河中之水歌：十四採桑南陌頭。

【注釋】〔一〕段公路北戶錄：紙爲番，爲幅，爲枚。注曰：簡文帝集：謹奉紅牋二千番。張載紙銘：晉載紙爲番。呂溫上官昭容書樓歌：水精編帙綠鈿軸，雲母擣紙黃金書。

其四

芳樹風情在〔一〕，簪花體格新〔二〕。可知王逸少，不及衛夫人〔三〕。

【注釋】〔一〕僧適之金壺記：晉衛夫人，名鑠，字茂漪，師鍾繇書，如碎玉壺之水，爛瑤臺之月，婉然芳樹，穆若清風。〔二〕張彥遠法書要錄：袁昂古今書評云：衛恆書如插花美女，舞笑鏡臺。〔三〕姚寬西溪叢語：衛夫人即廷尉展之弟恆之從女，汝陰太守李矩之妻，中書郎李充之母。王逸少師之。王子敬年五歲，已有書意，夫人書大雅吟賜之。

其五

牋紙劈桃花〔一〕，銀鉤整復斜。却憐波磔好〔二〕，破體不成瓜。李羣玉詩：瓜字初分碧玉年〔三〕。

【注釋】〔一〕蘇易簡文房四譜：桓玄詔平淮作桃花牋紙及縹綠青赤者，蓋今蜀牋之製也。〔二〕蘇易簡文房四譜：唐太宗筆法云：爲波必磔，貴三折而遣毫。〔三〕韓偓香奩集無題詩：書密偷香數，情通破體新。

其六

書樓新寶架〔一〕，經卷舊金箱〔二〕。定有千年蠹，能分紙上香。用上官昭容書樓及南唐宮人寫心經事。

【注釋】〔一〕呂溫上官昭容書樓歌序：貞元十四年，友人崔仁亮于東都買得研神記一卷，有昭容列名書縫處，因感歎而作。〔二〕王銍默記：李後主手書金字心經一卷，賜其宮人喬氏。喬氏後入太宗禁中，聞後主薨，自內庭出其經捨伍相國寺西塔，以資薦。且自書于後曰：故李氏國主宮人喬氏，伏遇國主百日，謹捨昔時賜妾所書般若心經一卷，在相國寺西塔院。伏願彌勒尊前，持一花而見佛云云。其後江南僧持歸故國，置之天禧寺塔相輪中。寺後大火，相輪自火中墮落，而經不損，爲金陵守王君玉所得，後歸寧鳳子儀家。喬氏所書在經後，字極整潔，而詞甚悽惋。

其　七

好鳥難同命，芳蓮寡並頭。生憎綠沈管，玉指鎮雙鈎。

題武林鄒孟陽所藏李長蘅臥游畫册

李生騎鯨去莫扳，畫本散落流人寰。鄒生所藏尤神逸，參差畫出江南山。初從武林寫游跡，西湖潑墨流潺湲。六橋雨中每放艇，雲棲月下頻扣關。山僧追游負囊米，妓女乞畫敲銅鍰。意中煙景亟追取，興來筆墨不可删。虎丘天竺總脚底，山泉秀絶勤躋攀。靈巖廊邊山盡響，虎山橋頭月幾彎？西山梅花千萬樹，盤螭光福爭回環。聚塢楊梅亞紺紫，洞庭朱實垂朱殷。巾車櫂舟窮冬夏，命觴染翰銷餘閒。白頭荏苒好友盡，青山潦倒樂事慳。鐵山寒梅空照眼，六浮閣址埋草菅〔一〕。山堂懷人更感舊，摩挲畫册流涕潸。山中宿昔共游燕，酒痕墨瀋猶班班。惜哉不見此卜築，點染尺幅看斕斒。石田詩句拂雲浪，大癡粉本留孱顔〔二〕。潦收漁莊淥照水，霜酣寶巖紅滿灣。海山雲氣互吞吐，羽人仙客時往還。石田大癡尚未死，共捉麈尾戴白綸〔三〕。顧我與子不見耳，安知李生今不游其間？嗚呼安知李生今不游其間？

【注釋】〔一〕李長蘅六浮閣歌序：買一小丘于鐵山下，盡覽湖山之勝，尤于看梅爲宜。久欲作一閣，名爲六浮，六浮之名滿人耳，而閣竟不就。鄒孟陽每欲代爲經營，因作六浮閣圖，兼題一詩，冀無忘此盟也。〔二〕陶九成輟耕錄：黄子久自號大癡，又號一峯，本姓陸，世居平江之常熟，繼永嘉黄氏。畫山水宗董巨。〔三〕晉書謝安傳：安弟萬，簡文帝作相，聞其名，召爲從事中郎。萬著白綸巾鶴氅裘，履版而前。

小築詩十章爲鄒孟陽作

小築維何？鄒氏之廬。湖山回環，水木翳如。偕彼朋好，惇我詩書。斯晨斯夕，以息以娱。其一 日月不居，徂年悠悠。遡矣物化，零落山丘。山窗鳥啼，磵戶水流。伐木丁丁，友聲曷求？其二 懷人撰德，允搆斯堂。我師我友，木主相望。馮方蟬連，祭酒開之、提學孟旋。楊聞鴈行。武林名士楊兆開、聞子將。祔以寓公，維李及王。嘉定李長蘅、虞山王季和。其三 寒食重九，佳節良辰。薦此山蕨，侑以湘蓴。湖山舊主，風月新賓。神具醉止，載矚載欣。其四 依依杖函，落落硯席。燈熒殘膏，屧儼遺跡。床横清琴，鄰奏暮笛。庭戶愾然，如聞嘆噫。其五 在昔蘇公，守官于杭。惠勤僧舍，會哭歐陽。六一之泉，芬於椒漿。兩高巋然，斯義不亡。其六 凡今之人，豈無師友。崇朝烏集，日中兎走〔一〕。何如矢心？況念攜手。哭絶陳根，墳鮮漬酒。其七抑抑鄒生，陳義不渝。小築雖小，孤山不孤。春秋之日，昔酒一壺。載滌載酌，以祝吾徒。其八吾徒烝哉，冠衣楚楚。爲弓爲冶，爾父爾祖。湖波潮汐，林木仰俯。有風肅然，馮以告汝。其九斯人之徒，昔我同羣。安得促地？相彼明禋。作爲此詩，誨爾諄諄。先民之思，以勗後人。

【注釋】〔一〕說苑建本篇：屈建曰：夫一兔走于街，萬人追之；一人得之，萬人不復走。分未定則一兔走，使萬人擾；分已定，則雖貪夫知止。

次韻和徐二爾從散遣歌兒之作二首

華堂人散只空屏，搔首祇餘兩鬢星。花好便判辭舊樹，絮飛終自作浮萍。誰家榜枻歌青翰？幾處彈箏怨白翎〔一〕？惟有啼鶯并語燕，尙留殘曲與君聽。

【注釋】〔一〕陶宗儀輟耕錄：白翎雀者，國朝敎坊大曲也。始甚雍容和緩，終則急躁繁促，殊無有餘不盡之意，竊嘗病焉。後見陳雲嶠云：白翎雀生于烏桓朔漠之地，雌雄和鳴，自得其樂。世祖因命伶人碩德閭製曲以名之。曲成，上曰：「何其末有怨怒哀嫠之音乎？」時譜已傳矣，故至今莫能改。

其二

歌舞偏隨夢短長，黄金白髮正相妨。誰傳一曲高樓上？却聽三聲客舍傍。林木無情還激越，梁塵何苦尙飛揚？燈殘月落君須記，贏得西齋一炷香。

寄江上李次公故侍御仲達之父

黄田港口足煙波〔一〕，席帽山頭明月多〔二〕。舊事總歸風伯訟〔三〕，新聲都付雪兒歌。香灣夜雨催桃李〔四〕，釣浦春風動綺羅〔五〕。花塢藥闌應次第，好留昔酒待經過。

【注釋】〔一〕鄭應申江陰志：黄田港，縣北二里，黄歇所開以漑田，因名之。王荆公答朱昌叔詩，云黄田港北水如天者是也。〔二〕江陰志：黄山在縣北六里，以春申之姓名之。其峯相傳爲席帽。按輿地志，上有石室，吳地烽火之所。〔三〕昌黎有訟風伯文。〔四〕江陰志：香山，在縣東二十里。太平總類及吳地志云：吳遣美人採香于此，故有採香徑。按十國紀年，吳越攻常州，徐溫率兵拒之。張可琮以江陰之兵，從陳璋敗吳越兵于香灣。卽其地也。〔五〕江陰志：舊經：縣東南二十里，有石廣一丈三尺，按風土記云：姜太公釣魚之所。

迎春曲春夜別陽羨蔣澤壘

去年春歸苦寂寞，撫檻題詩對紅藥。送春恰似別好友，情事懵騰數日惡。今年獻歲春始迴，山翁迎春開春醅。雪花盈堦梅繞屋，好友又逐春風來。與君結髮俱壯游，取次逢春三十秋。年年春恨如流水，歲歲春風旋白頭。與君就花移酒海，歎息風光不相待。南翔青簡猶未沫，吳門黄閣今何在？謂李長蘅、文文起。與君莫漫羨朱門，朱門春多白日昏。氍毹夜月愁眉樣，屈膝屏風舞袖魂。不若春宵酌春酒，促席行杯遞爲壽。明燈簫管度新曲，夜雨盤餐剪春韭。惜君別去殊草草，春來未幾君去早。却憐君去似春歸，但願春來比君好。今年元夜兩冰輪，料理三春作四春。莫放梅花隨臘雪，更栽桃樹待春人。

雪中楊伯祥館丈廷麟過訪山堂即事贈別

去年燕山雪如掌，巢車雪暗胡塵上。紫髯參軍疋馬嘶，黑頭總理韡刀響。今年江南春雪飛，雪花滿頭來款扉。菡萏燈前談戰壘，梅花樹下看征衣。自從瞽史持漢節，瞽人周元忠以琵琶出入奴營，邊廷倚以講款。金繒輦載邊庭血。虜騎爭誇曳落河〔一〕，廟堂自倚中行説〔二〕。翰林飛書叫帝閽，至尊感激模御床。但令中使催房琯〔三〕，指盧督師。肯爲金人縛李綱〔四〕。指伯祥。

賈莊戰血高樓櫓〔五〕，元戎堂堂狗旗鼓。周處詎死齊萬年〔六〕，指督師。韓愈寧作孔巢父〔七〕？指伯祥。匝天鋒刃一頭顱，鬼護神撝九死餘。秦庭自効無衣哭，漢黨終慚舉網疏。明發堂中酌君酒，笑問于思無恙否〔八〕？神州幸免犬羊族，太史何妨牛馬走。酒闌耳熱夜欲分，錯莫同雲是陣雲。紅袖白衣猶未返，彤弓旅矢竟何云？江天漫漫失山樹，雪柱冰車塞行路。江南老翁鬢如雪，擁鼻吟詩送君去。

【注釋】〔一〕新唐書迴鶻列傳：同羅距京師七千里。安祿山反，劫其兵用之，號曳落河者也。曳落河，猶言健兒。〔二〕漢書匈奴傳：老上稽粥單于初立，文帝復遣宗人女翁主爲單于閼氏，使宦者燕人中行說傅翁主。說不欲行，漢強使之，說曰：「必我也，爲漢患者。」〔三〕東坡仇池筆記：子美悲陳陶云：四萬義兵同日死。此房琯之敗也。琯既敗，猶欲鄭重有所伺，而中人鄭廷恩促戰，遂大敗。故後篇云：焉得附書與我軍，忍待明年莫倉卒。〔四〕宋史李綱傳：中丞顏岐曰：「張邦昌爲金人所喜，宜增重其禮。李綱爲金人所惡，宜及其未至罷之。」上曰：「如朕之立，恐亦非金人所喜。」岐語塞而退。〔五〕瞽人周元忠，狡而有口，彈琵琶琥珀，時出入氊帳中，自詭曾爲王化貞用間，以講款說遼撫方一藻。崇禎十年丁丑八月，遼撫密疏上聞。武陵楊嗣昌在中樞，力主其說，日夕以講款爲事。十一年戊寅二月，遣元忠渡海往。四月，還報款議可就，且攜嫚書一通與總督關寧太監高起潛。武陵又爲大言罔上，引舜、禹、文王樂天保天下之語。上下詔切責，款議不敢決。九月二十二日，建騎從牆子嶺入。時總監東西二協太監鄧希詔生辰，薊遼總督吳阿衡暨諸文武大吏俱與之上壽。建騎乘虛得入。阿衡聞變，急還，被困而死。京師報至戒嚴。十月初三日，上詔兵部尚書盧象昇入對。當入奏之際，白虹貫日，上以出勤之事委之。時宣、雲、遵、保各鎮撫俱入援。陳新甲駐昌平護陵寢。十一月初九日，以編修楊廷麟爲職方主事，監象昇軍。廷麟先有疏直糾武陵和款之誤，上特令發抄傳布。象昇與中樞意左，又數攻高起潛，武陵因令中官催戰。十二月十二日，象昇軍至雞澤縣之賈莊遇敵，援師不繼。象昇志在殉國，力戰死之，廷麟經紀其喪以歸。詔贈太子少師。聖安朝，補謚忠烈。〔六〕潘安仁關中詩：周殉師令，身膏氐斧。李善曰：周處別傳：氐賊齊萬年爲亂，處仰天嘆曰：「我爲大臣，以身殉國，不亦可乎？」遂戰死。〔七〕舊唐書韓愈傳：鎮州殺田弘正，立王庭湊，令愈往宣諭。愈至，集軍民，諭以逆順，辭情切至。庭湊畏重之。舊唐書孔巢父傳：興元元年，李懷光擁兵河中。七月，以巢父兼御史大夫，充宣慰使，就傳詔。懷光頗驕悖，聞罷兵權時，懷光素服待命。巢父不止之，衆咸忿譁譟，懷光亦不禁止，巢父遇害。〔八〕左傳宣公三年：于思于思，棄甲復來。杜預曰：于思，多鬚之貌。

寄西蜀尹子求使君二首

歌殘棋罷曲廊東，笑語依然硐戶空。萬里音書燈火外，十年身世雨聲中。黃楊節比餘生在，時值閏正月。苦筍心期晚歲同。約略封題重搔首，併將花信寄春風。

其二

簾閣焚香道氣和，雷琴晉帖手摩挲〔一〕。詩依歲月偕蒼老，才與功名未折磨。秋水每將河伯笑，春風自度雪兒歌。輕紅重碧猶能賦，惆悵難隨鳥翼過。

【注釋】〔一〕李肇國史補：蜀中雷氏斵琴，常自品第，第一者以玉徽，次者以瑟瑟徽，又次者以金徽，又次者以螺蚌之徽。祝穆方輿勝覽：米芾建寶晉齋，中藏晉人法帖。

尹西有棄官歸覲僑居成都賦長句寄訊西有嘗爲余上萬言書於政地不見省納故有感慨之言西有子求之子也

官滿曾無擔石裝，傳家共羨漢循良。談兵磊落如師魯〔一〕，謀國頻煩論少陽。髀裏何當悲老大？膝前應復念疎狂。勒銘籌筆須公等〔二〕，莫戀西郊一草堂。

【注釋】〔一〕王偁東都事略尹洙傳：洙，字師魯。自西京起，洙未嘗不在兵間。其爲兵制之説，述戰守勝敗之大要，盡當今利害。〔二〕祝穆方輿勝覽：籌筆驛，在利州綿谷縣，去州北九十九里。舊傳諸葛武侯出師嘗駐此。

題女郎楚秀畫二首

曼綠輕紅約略分，墨華凝碧濺羅裙。煙嵐一抹看多少，知是吳雲是楚雲？

其　二

小艇疎簾水墨間，落梅風過點朱顏。欲看粉本頻臨鏡，自埽脩眉畫遠山〔一〕。

【注釋】〔一〕伶玄飛燕外傳：合德爲薄眉，號遠山黛，施小粧，號慵來粧。

送曾霖寰使君左遷還里二首

流言且莫問操戈〔一〕，節鉞名高卽網羅。海內正人當路少，年來淸吏左官多。落梅幾瓣添行李，新柳千絲挽去波。跌蕩天門無路摅，白頭野老自悲歌。

【注釋】〔一〕後漢書鄭玄傳：何休曰：「康成入吾室，操吾矛以伐我乎？」

其　二

珠投璧抵亦何妨，國論惛呶重可傷。浮躁科偏收卓異，考功法爲中循良。十州鑄鐵看他錯，徑寸鎔金笑我狂。從此山中老樗櫟，因君嘉譽比甘棠。

張玉笥中丞撫吳七載晉秩少司空總河奉旨召見枉別山堂漬酒先隴于其行也賦長句送之兼以爲贈四首

喧呼節鉞鬬蒿萊，罨畫旌旗照水隈。伏臘村翁看上冢，弓刀小隊候登臺。橋邊彩仗差新柳，花外金鞍糝落梅。衰晚慚恩兼悵別，葦間自櫂釣船廻。

其二

吳關楚望上游賒，天塹眞成隻手遮。東海雲帆輸北極，西陵候火到南沙。發兵每見頭須白〔一〕，憂國還看鬢髮華。早晚丹青傳畫像〔二〕，爲君點筆繼乖厓〔三〕。

【注釋】〔一〕後漢書岑彭傳：勑彭書曰：每一發兵，頭鬢爲白。〔二〕沈括夢溪筆談：張忠定在蜀日，與一僧善。及歸，謂僧曰：「君當送我至鹿頭，有事奉託。」僧依其言，至鹿頭關，忠定出一書，封角付僧曰：「謹收此，後至乙卯年七月二十六日，當請于官司，對衆發之。愼不可私發，若不待其日及私發，必有大禍。」僧得其書，至大中祥符七年歲乙卯，時凌侍郎策帥蜀，僧乃持其書詣府，具陳忠定之言。其僧亦有道者。凌信其言，集從官共開之，乃忠定公眞容也。其上有手題曰：詠當血食于此。後數日，得京師報，忠定以其年七月二十六日捐館。凌乃爲之築廟於成都。蜀人自唐以來嚴祀韋南康，自此乃改祠忠定至今。〔三〕王偁東都事略張詠傳：詠嘗自號乖崖公，以爲乖則違衆，崖不利物。

其　三

金陵鐵甕賴岈𡾊，新領河堤節鎮同。橘柚秋苞長向日，桃花春水正分風〔一〕。馬銜沈璧開前路，龍護探珠徙舊宮。千里洪河才一曲，恩波取次到江東。

【注釋】〔一〕水經注：廬山下有神廟，能分風劈流，住舟遣使。行旅之人過，必祀而後得去。故曹毗詠云：分風爲二，劈流爲兩。

其　四

祕殿傳宣晝詔餘，材官傳遽趣鋒車〔一〕。少陳南服瘡痍狀，徐奏東封暇豫書〔二〕。漏刻從容成故事，天章筆札久單疎。頻年側席勞明主，莫訝神鈴撼直廬〔三〕。

【注釋】〔一〕晉書宣帝紀：及次白屋，有詔召帝。三日之間，詔書五至。帝大遽，乃乘追鋒車晝夜兼行。自白屋四十餘里，一宿而至。〔二〕昌黎潮州刺史謝上表：宜定樂章，以告神明。東巡泰山，奏功皇天。具著顯庸，明示德意。契嵩鐔津集非韓曰：韓子既謫潮州，乃奏書謝天子，諷其封禪。吾竊笑韓子在斥逐齟齬而輒言之。〔三〕新唐書五行志：翰林院有鈴，夜中文書入，則引之以代傳呼。長慶中，河北用兵，夜輒自鳴，與軍中息耗相應。聲急則軍事急，聲緩則軍事緩。

送林自名憲使歸閩二首

以君移疾意，正值左官時。不耐歸心切，翻嫌吏議遲。江花愁解纜，堤柳笑牽絲。獨有君山石，猶存墮淚碑。

其二

畹晚誰憐我？倉皇又送君。不堪垂老別，長恐此生分。鴈塔嗟前夢，驪歌愴暮雲。天涯雙鬢髮，能不白紛紛。

春夜聽歌贈秀姬十首

煙蛾掩斂睡痕輕，撼起朦朧意態生〔一〕。無那泥人腸斷處〔二〕，似酲如夢最關情。

【注釋】〔一〕元微之春曉詩：娃兒撼起鐘聲動，二十年前曉寺情。〔二〕韓偓香奩集無題詩：羞澀佯牽伴，嬌饒欲泥人。

其　二

懵騰夢起逗春寒，薄鬢叢叢宿粉殘。臺上爭傳尋夢好，恰留殘夢與君看。

其　三

依約新鶯乍囀喉〔一〕，含情含睇總含羞。一聲迸曉嬌歌發〔二〕，玉裂珠跳不自繇。

【注釋】〔一〕教坊記：高宗曉聲律，聞風葉鳥聲，皆蹈以應節。嘗晨坐聞鶯聲，命樂工白明達寫之爲春鶯囀。〔二〕樂天霓裳羽衣歌：中序迸曉初入拍。

其　四

當歌解得唱歌情，無限情從歌裏生。唱到夫憐絃管急，就中簇拍更分明〔一〕。

【注釋】〔一〕樂府古題解：相府蓮，復訛爲想夫憐，又有簇拍相府蓮。

其　五

一曲霓裳教一迴，九歌天上少人猜。明珠萬顆歌喉裏，不信明珠換得來。

其六

口叶宫商耳辨詞，一聲偷誤恰先知。安歌顧曲誰兼得？驚倒當筵老曲師。

其七

歌聲搖曳發陽阿，急雪停雲舞袖多。骨節會歌聲解舞，請君評泊道如何〔一〕。

【注釋】〔一〕韓偓遙見詩：白玉堂東遙見後，令人評泊畫楊妃。

其八

燭花偏趁舞傞傞，畫鼓銀箏揭豔歌。只有氍毹不解語，勾留紅袖似迴波。

其九

蘭釭如晝夜烏棲，漏點歌聲簇簇齊。一曲未闌郎未醉，莫教明月過花西。

其十

歌罷輕身下舞筵，歌場如月舞如煙。儂今也解尋他夢，三日歌聲在耳邊。

乞蘭詩示西隱長老

山僧養秋蘭，蔚蔚青與綠。聞香嫌破戒，插鬢苦頭禿。譬如絕代人，寂寥守空谷。榮悴向秋風，何異凡草木。賣得十千錢，三徑雜松菊。酒肉相薰染，珠翠並攢簇。譬如漢明妃，嫁與胡虜族。終當刈作薪，遑恤美如玉。藹藹五畝園，幽幽讀書屋。既脱蔬筍酸，不受腥腐辱。清歌時激颺，纖手助膏沐。新婦配參軍，豈不得所欲。山僧聞我言，一笑覆齏粥。趣移蘭若蘭，長伴竹里竹〔一〕。

【注釋】〔一〕新唐書王維傳：別墅在輞川，有竹里館。

廣陵鄭超宗圃中忽放黄牡丹一枝羣賢題詠爛然聊復效顰遂得四首

玉鈎堂下見姚黄〔一〕，占斷春風舊苑牆。但許卿雲來側畔，卽看湛露在中央。菊從土色論三正，葵讓檀心向太陽。作貢會須重置驛〔二〕，取吾家思公貢姚黃，亦兼用置驛之事。軒轅天子正垂裳。

【注釋】〔一〕王觀揚州賦：待玉鉤之初月。注曰：燕吳行役記：元和中，相國李夷簡以衙內每晚見初月于此，因建亭名玉鈎，皇甫湜爲作記。〔二〕東坡荔枝嘆詩：洛陽相君忠孝家，可憐亦進姚黃花。仇池筆記：錢惟演作留守，始置驛貢洛花，有識鄙之。

其　二

鄭圃繁華似雒陽，嶄新一蕚御袍黃〔一〕。后皇定許移栽植，青帝知誰作主張？梔貌花神刊譜牒〔二〕，檀心香國與文章〔三〕。若論魏紫應爲匹，月夕依稀想鞠裳。

【注釋】〔一〕洛陽花木記：御袍黃，千葉黃花也。元豐初，應天院神御花圃中，忽變此一種，因目之爲御袍黃。〔二〕柳子厚鞭賈：今之梔其貌蠟其言以求賈技于朝者。〔三〕元遺山紫牡丹詩：已從香國偏薰染，更借花神巧剪裁。

其　三

一枝紅豔笑沈香，道貌文心兩擅場。富貴看誰誇火齊？妖饒任爾媚青陽。開尊正愛鵝兒色，拂檻偏憐杏子粧。此是鄭花人未識〔一〕，無雙亭畔爲評量〔二〕。宋人呼玉蘂爲瑒花，亦曰鄭花，云即廣陵瓊花也。

【注釋】〔一〕玉蘂辨證：黄山谷題高節亭邊山礬花詩序云：江南野中，有一種小白花，本高數尺，春開極香，野人謂之鄭花。王荆公嘗欲作詩，而陋其名，予請名曰山礬。〔二〕玉蘂辨證：劉敞曰：自淮南遷東平，移后土廟瓊花，植于濯纓亭。此花天下獨一株耳，永叔爲揚州，作無雙亭以賞之。彼土人別號八仙花。或云：李衛公所賦玉蘂，即此是。王象之輿地紀勝：無雙亭與后土廟瓊花相對。

其四

繡轂春風羨維陽〔一〕，小闌何意見維揚。仙人鶴騎來雲表，玉女香車駐道旁〔二〕。十里珠簾迥燕賞，萬花紅燭换風光。竹西歌吹雷塘路，夢裏華胥日正長〔三〕。

【注釋】〔一〕羅鄴牡丹詩：門倚長衢攢繡轂。〔二〕康駢劇談錄：唐昌觀玉蘂花，發若瑶林瓊樹。一日，有女子年可十七八，從二女冠三女僕，直造花所，異香芬馥，觀者以爲出自宮掖，莫敢逼而視之。良久，令小僕取花數枝，謂黄冠者曰：「曩者玉峯之約，可以行矣。」舉轡百步，有輕風擁塵，隨之而去。須臾塵滅，已在半天，方悟神仙之游。時嚴給事休復、元相國、劉賓客、白醉吟俱有聞玉蘂院眞人降詩。劉賓客詩云：玉女來看玉樹花，異香先引七香車。攀枝弄雪時回首，驚怪人間日易斜。〔三〕元遺山紫牡丹詩：夢裏華胥失玉京，小闌春事自昇平。

次韻答茅孝若見訪五首

孝若扼腕時事，思以布衣召見，故有諷止之言。

綃頭還戀闕〔一〕，麈尾且升堂。地僻禽魚貴，春深草木香。灰心看蠟燭，矢口問壺觴。錯莫恩仇事，蕭蕭與白楊。

【注釋】〔一〕後漢書周黨傳：建武中，徵爲議郎，以病去職。復被徵，不得已乃著短布單衣，縠皮綃頭，待見尚書。及引見，自陳願守所志，帝乃許焉。

其二

蝸牛亦有廬，鬭蟻上堦除〔一〕。林宿驚絃鳥，池游失網魚。五行占退鷁，八祀記爰居。載筆非吾事，陽秋待子書〔二〕。

【注釋】〔一〕段柯古酉陽雜俎：秦中多巨黑蟻，好鬭，俗呼爲馬蟻。次有色竊赤者。蟻中有黑者，遲鈍，力舉等身鐵。有竊黃者，最有兼弱之智。成式兒戲時，嘗以棘刺標蠅，寘其來路，此蟻觸之而返。或去穴一尺，或數寸，纔入穴中，如索而出，疑有聲而相召也。其行每六七有大首者間之，整若隊伍。至徙蠅時，大首者或翼或殿，如備異蟻狀也。〔二〕晉書孫盛傳：盛著晉春秋，詞直而理正，咸稱良吏。

其　三

養生原有主，齊物是吾宗。掉尾羞鹽虎，垂頭羨酒龍。鳥還多暇豫，魚出正從容。日暮柴荆外，樵歌伴老農。

其　四

世事看如許，君今已悟不？商歌何處達？說夢豈能求？善觸兼防鹿〔一〕，知機并畏鷗。永懷河渚客〔二〕，喑默古今優。

【注釋】〔一〕南史隱逸盧度傳：隱居廬陵西昌三顧山，夜有鹿觸其壁，度曰：「汝壞我壁。」鹿應聲去。〔二〕東皐子仲長先生傳：子光開皇末始菴河渚間以息焉。守令至者皆親謁，先生辭以瘖疾。

其　五

夏馥爲傭雇〔一〕，蘇翁事灌園〔二〕。天人猶反覆，筆舌敢豗喧。薄俗安繩墨，淸時許耐髡〔三〕。君看懸磵水，汩汩到波渾。

【注釋】〔一〕後漢書黨錮傳：馥與范滂、張儉等，俱被誣陷，詔州郡捕爲黨魁。乃自剪鬚變形，入林慮山中，隱匿姓名，爲冶家傭。親突烟炭，形容毁瘁，積二三年，人無知者。〔二〕張世南游宦紀聞：蘇翁者，不知何許人。紹興兵火末，來豫章東湖南岸，結廬獨居，人愛敬之，稱曰蘇翁。闢廢地爲圃，藝植有法，圃蔬視他圃爲最勝。張浚爲相，馳書函金幣，移書及豫章漕帥曰：余鄉人蘇雲卿，近聞灌園東湖，其高風偉節，非折簡能屈，幸親造其廬，爲我必致之。漕帥相與變服入其圃，翁運鋤不顧，前揖與語，乃延入室，案上留西漢書一册，汲泉煮茗，意稍歡接，致張公書函金幣，翁遽色變，再三謝不可。越夕，遣吏迎伺，則扃戶闃然。排闥入，唯書幣留案上，室空而人不可得見矣。形迹遼絶，莫知所終。〔三〕漢書文帝紀注：蘇林曰：一歲爲罰，二歲刑，以上爲耐，耐，能任其罪也。漢書刑法志：當黥者，髡鉗爲城旦舂。後漢書光武紀：太子賢曰：耐，輕刑之名。前書音義曰：一歲刑爲罰作，二歲刑已上爲耐。耐，乃對反。

有客

有客雄談抵夕曛，又看銀燭刻三分。君才如海眞難敵，我病如喑了不聞。有口未緘祇可飲，此身已隱更何云。山堂近有三章約〔一〕，邸報除書罵鬼文。

【注釋】〔一〕世說排調篇：魏長齊雅有體量，而才學非所經。初宦當出，虞存嘲之曰：「與卿約法三章：談者死，文筆者刑，商略抵罪。」魏怡然而笑，無忤于己。

初學集卷十七

移居詩集　起庚辰三月，盡十月。

移居八首

殘生天與慰途窮，是處雲霞媚此翁。卜宅已居青嶂裏，移家仍在翠微中。映門楊柳萋迷綠，罨戶桃花匼匝紅。但放秦人雞犬去，也應識路似新豐。

其　二

未剪茅茨一畝宮，嶄新書架插西東。襹褷自笑般薑鼠〔一〕，堆積人嗤蝜蝂蟲〔二〕。典庫收藏三篋在，巾箱裝載五車同。縹囊緗帙紛如畫，好著移居物色中。

【注釋】〔一〕諺語鼠般薑，言其無用也。　〔二〕柳柳州蝜蝂傳：蝜蝂者，善負小蟲也。行遇物，輒持取，昂其首負之。背愈重，雖困劇不止也。

其三

傾筐倒庋正紛然，甕醬瓶齏亦播遷。稚子提攜收茗具，小姬掤當拾箏絃。長須赤脚分魚艇，白犬丹雞配鶴船〔一〕。若比洪厓作圖繪，便教人說是登仙。

【注釋】〔一〕杜牧之鄭瓘協律詩：雞犬圖書共一舡。

其四

松楸少別淚沾裙，況是清明挂紙餘。鄰里依依留馬牧〔一〕，諸生落落從牛車〔二〕。裝輕使鶴移家具，僮乏教猿守庫書。回首墓門初日裏，杏園如雪柳煙疎。

【注釋】〔一〕後漢書嬌愼傳：嬌愼，字仲彥，所居俗化，百姓美之，號馬牧先生。〔二〕漢書朱雲傳：雲不復仕，常居鄠田。時出乘牛車，從諸生，所過皆敬事焉。

其五

負郭茅堂蔭女蘿，考槃仍在此巖阿。亦知碉戶西山少，其奈鶯聲北嶺多。虞山北麓饒黃鶯，西山絕少，故云。垂柳池臺邀好客，落花絃管遲嬌歌。西園明月東軒酒，雙鬢蕭騷儘折磨。

其六

郊居市隱各蕭閒，阜背溪回只此山。杜氏草堂元兩地〔一〕，陸家老屋總三間〔二〕。水南還往緣行樂，雲北經過亦閉關。共是仙源人未識，碧桃花外即塵寰。

【注釋】〔一〕陸游老學庵筆記：杜少陵在成都，有兩草堂，一在萬里橋之西，一在浣花，皆見于詩中。萬里橋故居，遂湮沒不可見，或云房季可園是也。〔二〕世說賞譽篇：蔡司徒在洛，見陸機兄弟住參佐廨中，三間瓦屋，士龍住東頭，士衡住西頭。

其七

榆柳交加灌木清，攜家卜築就黃鶯。何當折閱千金價〔一〕，但愛間關百囀聲〔二〕。月下有人諳摸曲，花間幾處合吹笙？老夫更向春風笑，斷送頻年反舌鳴。

【注釋】〔一〕荀子修身篇：良賈不爲折閱不市。楊倞曰：折，損也。閱，賣也。謂損所閱賣之物價也。〔二〕樂天琵琶行：間關鶯語花底滑。

其八

北山如玦抱吾廬〔一〕，近市依然隱者居。却掃何須愁剝啄，蕭閒拚可謝樵漁。日斜竹磵收棋局，月照苔堦把道書。有宅一區吾事足，客嘲揚子定何如？

【注釋】〔一〕東坡祈雪霧猪泉詩：浩蕩城西南，亂山如環玦。

雜憶詩十首次韻

海燕西飛不轉頭，河中流水却東流。莫愁湖上春愁女，總爲愁多字莫愁。

其　二

綠陰晝寂榻凝塵，憔悴孤花一病身。滿眼葵榴開落盡，不知何事又傷春？

其　三

石榴深院背花眠，梅雨淙淙到耳邊。六扇紗窗三尺枕，爲郎消受熟梅天。

其　四

梅子黄時晝掩門，雙棲海燕又黄昏。宵來梅雨知多少？自撥熏籠看涙痕。

其　五

金經小字粲銀鈎，繡佛香燈照綺樓。自得蕭郎花下信，懵騰三月不梳頭。

其六

夢裏相逢覺又分，夢闌無那淚紛紛。如今夜短何曾睡，贏得通宵不夢君。

其七

照眼榴花淚幾行，五絲那得比愁腸。可憐續命絲千縷，不爲愁人續斷腸。

其八

丹砂鏤就合歡巵，斟酌長憐玉手持。莫訝脂香傳並口，朱唇噙過不多時。

其九

紫莖綠葉想横陳，淡墨幽窗自寫眞。題扇寄郎還借問，崔徽可是卷中人？

其十

載得湘蘭餉莫愁，桂梁蘭室思悠悠。若爲化作青青葉，長護芳心度九秋。

五月望夜汎西湖歸山莊作

輕雲如帷月如燭，滿載江蘭汎湖曲。吳娃向月吹短簫，月色簫聲並如玉。玉簫聲中蘭氣香，月照蘭舟如洞房。清歌一曲夜山曉，十里山塘抵許長。

得盧德水宿遷書却寄六十四韻

自君持斧來，輒訂銜盃約。三春倏倏過，三年夢猶噩。含桃已褪紅，綠竹旋解籜。始泛南徐舟，共躡北固屩。淮海勢鬱盤，江山氣磊落。於茲見偉人，執手向寥廓。置席忘寒温，開顔匪嘔噱〔一〕。試飲京口酒〔二〕，還想平原酌。淸尊見須眉，明燈照離索。行杯笑持耳，失喜嗟頓脚〔三〕。我欲傾百觚〔四〕，君已醉三爵。小戶殊激昂〔五〕，大敵乃前却。揶揄山僧哂，絕倒候吏愕。酒闌始道故，停杯語參錯。回風動江皐，舊雨響簾箔。綠浪東樓樹，紅燈杜亭藥。依依夢複壁，惻惻念饘橐。迷離死生交，婉孌妻子託。肆赦綸竿雞〔六〕，重歸華表鶴。孫賓輕百口，季布重一諾。死骨羞姦諛，生氣激頑薄。窮命脫網羅，微名耐咀嚼。幸解雉兎災，方信烏鳥樂。丙舍聊晏息〔七〕，丁田自耕鑿〔八〕。樵斧斫白雲，漁歌和青箬。詩酒長留連，絃管亦間作。客帆識簷窗，戶屨問籬落。解嘲仍自笑，駡鬼不爲虐〔九〕。醉狂如中風，老顛任落魄。豈復羨休汝〔10〕，何敢附居雒。鳳德覽盛衰，龍性異潛躍。我爲雌伏烏，君爲鷙立鶚〔11〕。水廳方含香，霜臺俄荷橐。柱下何堂堂，班心正諤諤〔12〕。王師猶在野，轉運急焚灼。帝曰汝往哉！漕事汝經度。轉漕起東南，輦輸向幽朔。江淮千萬艘，銜尾類繩約。萬國皆陸海〔13〕，神京爲谷壑。江楚來輻輳，燕齊到繹絡。江東棋腹腴，九塞局邊角。譬如恆山蛇，首尾相攖搏。羯奴割遼海，妖氛横格澤〔14〕。深憂據敖倉，每恨塡松漠〔15〕。君銜督漕命，雄才恣揮霍。坐嘯飛羽檄，舉盃見方略。萬艘朝建牙，千旗夜傳柝。債帥洗手掌〔16〕，悍卒戢肩髆。五月燕過河，諸侯大合樂。酒肉視淮坻〔17〕，嘉會假鐘鎛。四海畢飛輓，六軍仰升龠。庾氏看露積，羽林思絕幕。至尊臨東渭〔18〕，延佇勞驅薄。方當鼓吹迎，未用舳艫爵。日得宿遷書，使節尙淹泊。尺符趣軍興〔19〕，扁舟問民瘼。信知王事勞，更想別懷惡。花殘向吳亭，柳暗潤州郭。淒清瓜州笛，縹緲廣陵角。江南水蒼茫，直北天錯莫。柂樓頻登頓，帆幡互氐削。高吟誰唱和？痛飲自酬酢。白頭苟非新，黃髮會如昨。還期河漢近，無嘆參辰各。

【注釋】〔一〕嵇叔夜琴賦：嗢噱終日。李善曰：服虔道俗篇曰：樂不勝謂之嗢噱。嗢，烏沒切。噱，巨略切。〔二〕世說捷悟篇注：桓溫常曰：「京口酒可飲，箕可用，兵可使。」〔三〕楊子幼報孫會宗書：是日拂衣而喜，奮袖低昂，頓足起舞。誠荒淫無度，不知其不可也。昌黎送窮文：抵掌頓脚，失笑相顧。〔四〕孔叢子：昔平原君與子高飲，強子高曰：昔有遺諺，堯舜千鍾，孔子百觚，子路嗑嗑，尙飲百榼。〔五〕竇平酒譜：唐白公以戶小，飲薄酒。〔六〕新唐書百官志：中尙令供赦日樹金雞于仗南，竿長七丈，有雞高四尺，黃金飾首，銜絳幡，長七尺，承以綵盤，維以絳繩。將作監供焉。擊掆鼓千聲，集百官父老囚徒。坊小兒得雞首者，官以錢購，或取絳幡而已。〔七〕王羲之有墓田丙舍帖。〔八〕程大昌演繁露：今之丁錢，卽漢世算錢也。以其計口輸錢，故亦名口賦也。〔九〕古文苑王延壽夢賦：臣弱冠嘗夜寢，見鬼物與臣戰，遂得東方朔與臣作罵鬼之書。〔一〇〕謝玄暉休沐重還道中詩：休汝車騎非。李善曰：後漢書：許劭，汝南人。爲郡功曹。同郡袁紹濮陽令，車徒甚盛，將入界內，曰：「吾輿服豈可使許子將見。」遂以單車歸家。〔一一〕孔融薦禰衡表：鷙鳥累百，不如一鶚。〔一二〕東坡張舜民自御史出倅虢州詩：班心突兀見身長。公自注曰：臺中謂御史立爲班心。〔一三〕班孟堅西都賦：陸海珍藏。李善曰：漢書：東方朔曰：漢興，去三河之地，止霸滻以西，都涇渭之南北，謂天下陸海之地。〔一四〕史記天官書：格澤星者，如炎火之狀，黃白起地而上，下大上銳。其見也，不種而穫，不有土功，必有大害。索隱曰：格澤，一音鶴鐸。〔一五〕樂史寰宇記：契丹之先，與庫莫奚異種而同類，並爲慕容氏所破，俱竄于松漠之間。唐貞觀二十三年，置東夷都督，以統松漠、饒樂之地。〔一六〕昌黎少府監胡公神道碑：洗手奉職，不以一錢假人。〔一七〕左傳昭公十二年：穆子曰：「有酒如淮，有肉如坻。」杜預曰：淮，水名。坻，山名。〔一八〕新唐書劉晏傳：元載盡以漕事委晏，故晏得盡其才。歲輸始至，天子大悅，遣衛士以鼓吹迓東渭橋，馳使勞曰：「卿，朕酇侯也。」〔一九〕新唐書劉晏傳：第五琦始榷鹽佐軍興，晏代之。

得書之夕夢與德水共簡書笥得徐武功告天文一紙因口占贈德水有與我並閑千畝竹爲君長嘯一窗風之句覺而成之并寄德水河上

銀漢無聲碧落空，夜山樓閣氣葱蘢。正聞玉管參差裏，誰啓金縢夢寐中？與我並閒千畝竹，爲君長嘯一窗風。五更殘月紗幮外，也照黄河古岸東。

送孫光甫再守泉州

棠陰秋來正蔚然，兒童竹馬又喧闐。遶城桐葉新幡戟，夾路松聲舊管絃。問俗不須停皂蓋，之官仍是酌清泉。他時温詔如徵拜，記取重臨似潁川。

寄答閩中陳先輩昌基二首

秋堂過雨一燈涼，秋士書來意苦傷。落第君應悲失馬，休官吾已笑亡羊。漸拋團扇恩情在〔一〕，欲採芙蓉道路長。廿載相思頻命駕，不成一水限河梁。

【注釋】〔一〕新唐書張九齡傳：九齡懼爲林甫所危，因帝賜白羽扇，乃獻賦自況。

其　二

屠龍誰子正縱橫，談虎何人不震驚〔一〕。聖代又聞收放士，老夫爾欲感餘生。昆岡燎後山仍在，砥柱鐫來水自平。賸欲與君論信宿，涼風先已款柴荆。

【注釋】〔一〕蘇伯衡志殺虎文：虎于毛蟲中最暴戾，人聞談虎，且猶膽掉畏之，而况敢攖之乎？

哭魏三叔子沖二首

銘旌仍未換頭銜〔一〕，玉立長髯散木函〔二〕。落第尚誇新綵筆，蓋棺終恨舊青衫。叫閽有路天應泣，澆土無兒鬼亦饞。人世于君荼毒甚，招魂逝莫下巫咸。越絕書云：虞山，巫咸所出。

【注釋】〔一〕封氏見聞記：官銜之名，蓋興近代。選曹補受，先具舊官名品于前，次書擬官于後，使新舊相銜不斷，故曰官銜，亦曰頭銜。〔二〕少陵大食刀歌：趙公玉立高歌起。

其　二

無官無後又無年，蛛網煤塵旅櫬邊。襁褓兒先從地下，帷堂女不到床前。分荆弟料三間屋，索債僧焚一陌錢。截髮可憐餘老妾，異時爲繼晚寒篇。晚香、寒色，海寧張靜之二妾，無子而自嚮者。沈啓南爲作詩。

鄭節母詩四首

梯几高堂燕喜時，槐山眉樹柏舟詩〔一〕。月波樓下波千頃〔二〕，好是夫人浴月池〔三〕。

【注釋】〔一〕穆天子傳：天子遂驅升于弇山，乃紀迹于弇山之石，而樹之槐眉，曰西王母之山。〔二〕王象之輿地紀勝：月波樓，在秀州之西北城上，下瞰金魚池。元祐甲午，知州令狐挺立。又一甲午，知州毛滂修樓城，置酒其上，爲之記云：令狐君爲此樓，以名月波，意將攬取二者于一樓之上也。〔三〕大荒西經：有女子方浴月，帝俊妻常羲生月十有二，此始浴之。

其二

自將彤管教文章，織斷機絲夜未央。廿載青燈萬行淚，儘添膏火與兒郎。

其三

讀書堆畔出樵車〔一〕，花月亭邊草不鋤〔二〕。惟有鄭家通德里，烏頭綽楔映金書。

【注釋】〔一〕王象之輿地紀勝：海鹽縣東有顧林亭，有陳顧野王讀書堆。劉禹錫傷愚溪詩：惟見里門通德牓，斜陽寂寞出樵車。　〔三〕輿地紀勝：在倅廳花園，取雲去月來花弄影之意。

其　四

一母將雛六翮成，堂前三鳳正和鳴。肩輿上殿他年事，扶侍爭傳曳履聲〔一〕。

【注釋】〔一〕漢書鄭崇傳：上初納用之，每見曳革履，上笑曰：「我識鄭尚書履聲。」

茅止生挽詞十首

東便門開西馬東，横穿奴虜護元戎。憑君莫話修文事，掣電拏雲從此翁〔一〕。記己巳十一月十八日從高陽公赴通事。

【注釋】〔一〕東坡次王定國南遷回見寄詩：掣電機鋒不容擬。李賀致酒行：少年心事當拏雲。

其　二

武備新編奏玉除〔一〕，牙籤乙夜不曾虚。文華後殿屏風裏，綈几依然進御書。

【注釋】〔一〕止生爲孫高陽幕僚，以談兵遊長安，挾武備志進御。

其三

一麾萬石齔髫時，指囷英風更讓誰？若使江東無伯業，也應魯肅是狂兒〔一〕。止生總角時發粟萬石賑荒，太守陳幼學嘆曰：「此異童子，苕中老人皆不如也。」

【注釋】〔一〕吳志魯肅傳注：吳書曰：肅少有壯節，好爲奇計。父老咸曰：「魯氏世衰，乃生此狂兒。」

其四

千貔貅擁一書生，小袖雲藍結隊行。鞍馬少休歌舞歇，西玄青鳥恰相迎〔一〕。君有西玄青鳥記，記其妾陶楚生登眞降乩之事。

【注釋】〔一〕陶楚生，金陵名姬，歸于止生，三載而亡。臨沒，見羽幢相迎曰：「爲西玄洞主。」癸酉歲，降于曹南王士龍之乩，自述小傳，係瑤池西玄洞八主之一，名倩英。止生作西玄青鳥記述其事。

其五

一番下吏一勤王，抵死終然足不僵。落得奴酋也乾笑〔一〕，中華有此白癡郎〔二〕。

【注釋】〔一〕南史范曄傳：曄妻罵曄，曄乾笑。　〔二〕漢書昌邑王傳注：蘇林曰：清狂，如今白癡也。

其六

閱江樓畔水蒼茫〔一〕，誰並英魂覽大荒？温嶠謝玄應執手，與君只合鬬身強。

【注釋】〔一〕宋景濂閱江樓記：京城之西北，有獅子山，自盧龍蜿蜒而來，長江如虹貫，蟠繞其下。上以其地雄勝，詔建樓于巔，與民同遊觀之樂，遂錫嘉名爲閱江云。

其七

四海交游汗漫雲，面啼目笑正紛紛〔一〕。惟餘百口孫賓石，北海亭前又哭君〔二〕。容城孫徵士奇逢，高陽公之門人，君之死友也。

【注釋】〔一〕御覽：語林曰：董昭失勢，久爲衞尉。昭乃厚加意于侏儒。正朝大會，侏儒作董衞尉啼面，敍太祖時事，舉坐大笑。明帝悵然不怡，月中以爲司徒。史記平原君傳：平原君竟與毛遂偕，十九人相與目笑之，而未發也。　〔二〕容城孫奇逢，字啓泰。止生每有急難，客于其家，署其室曰北海亭。

其八

明月西園客散時，錢刀意氣總堪悲。白頭寂寞文君在，淚濕芙蓉製誄詞〔一〕。鍾山楊宛叔，製石民誄詞，甚工。

【注釋】〔一〕葛洪西京雜記：長卿有消渴疾，作美人賦以自刺，終不能改，以此疾致死。文君爲記誄傳于世。

其九

豐頤巨顙稱三公，鴨步鵝行亦富翁〔一〕。田宅凋殘皮骨盡，廿年來只爲遼東。

【注釋】〔一〕宋齊丘玉管照神：胡僧論相書總要訣，男兒怕削，却嫌鼠目𨙸頭，偏喜鵝行鴨步。五行生尅丰鑑詩論：富曰鵝步鴨行不蹎躓。

其十

家祭叮嚀匡復勳〔一〕，放翁死後又悲君。過車腹痛他年約，長白山頭酹暮雲。

【注釋】〔一〕陸放翁示兒絕句：死去元知萬事空，但悲不見九州同。王師北定中原日，家祭無忘告乃翁。

次韻茅四孝若七夕納姬二首

花橋還勝鵲橋無？河漢盈盈漏水徂。可應早嫁歌盧女〔一〕？莫以無郎嘆小姑。赤鳳巧偏栖玉樹，烏龍狂欲撼金鋪〔二〕。詩人老似張公子，賤妾應爲燕燕雛〔三〕。

【注釋】〔一〕樂府解題：盧女者，魏文帝時宫人也。故將軍陰升之姊，七歲入漢宫，善鼓琴。至明帝崩後，出嫁爲尹更生妻。梁簡文帝妾薄命曰：盧姬嫁日晚，非復少年時。蓋傷其嫁遲也。

〔二〕徐堅初學記：陶潛搜神記曰：會稽句章人張然，養一狗甚快，名烏龍。義山贈任秀才詩：羡殺烏龍臥錦茵。〔三〕石林詩話：張子野居錢塘，年八十餘，猶蓄聲妓。子瞻贈以詩，有詩人老去鶯鶯在，公子歸來燕燕忙之語，全用張氏故事戲之。

其二

花橋還勝鵲橋無？歷歷星河近白榆。曉鏡全粧攏嫩柳，秋衾半簟暖新蒲。西陵柏下猶啼眼，李賀蘇小小歌：幽蘭露，如啼眼。南國瓜時旋破膚〔一〕。聞道紬書如太史，何妨石室貯清娛。隨清娛，司馬遷之妾也。見褚河南墓誌。

【注釋】〔一〕玉臺集孫綽情人碧玉歌：碧玉破瓜時，相爲情顛倒。感郎不羞難，迴身就郎抱。

題畫贈香山何相公

嶺表山川規外星〔一〕，扶胥海口界青冥〔二〕。爲園五畝無多地，元氣堂臨浴日亭〔三〕。

【注釋】〔一〕元微之和樂天送客遊嶺南詩：規外布星辰。注曰：交廣間，南極浸高，北極浸低。圜規度外星辰至衆，大如五曜者數十，皆不在星經。〔二〕昌黎南海神廟碑：扶胥之口，黄木之灣。〔三〕王象之輿地紀勝：浴日亭，在扶胥鎮，南海王廟之右，小丘屹立，亭冠其巔。前瞰大江，茫然無際。

姚叔祥過明發堂共論近代詞人戲作絕句十六首

姚叟論文更不疑，孟陽詩律是吾師。溪南詩老今程老，莫怪低頭元裕之〔一〕。元裕之謂辛敬之論詩如法吏斷獄，如老僧得正法眼。吾於孟陽亦云。

【注釋】〔一〕元遺山自題中州集後詩：愛殺溪南辛老子，相從何止十年遲。

其二

一代詞章孰建鑣，近從萬曆數今朝。挽回大雅還誰事，嗤點前賢豈我曹。

其　三

峥嵘湯義出臨川，小賦新詞許並傳。何事後生饒筆舌，偏將詩律議前賢？

其　四

高楊文沈久沉埋〔一〕，溢縹盈緗糞土堆。今體尙餘王百穀，百年香豔未成灰。

【注釋】〔一〕高啓，字季迪，長洲人。隱居松江之青丘，自號青丘子，與楊基孟載、張羽來儀、徐賁幼文爲詩友，人稱吳中四傑。李西涯曰：國初詩人，推高、楊、張、徐，高才力聲調，過三人遠甚。百餘年來，亦未見卓然有過之者。沈周，字啓南，文徵明，初名璧，後以字行，更字徵仲，俱長洲人。吳中自北郭十子之後，風流文翰，聲塵迢然。至成、弘時，啓南、徵仲輩流，閑居樂志，區明風雅。與唐解元寅、祝京兆允明，以詩文相映發，間出其閑情逸致，點綴圖繪。百年以來，中吳人物之盛，未有甚於此時者也。其外如史鑑明古、張靈夢晉、陸師道子傳、陳道復彭年、孔嘉幷文氏二承，風彩蘊藉，後先照耀。迨及王穉登百穀，咀華披秀，流傳香豔，復擅詞翰之席者三十餘年。蓋文、沈之遺韻，至百穀而如有所歸結焉。

其　五

玄宰天然翰墨香，半庵祥符王惟儉，字損仲。博雅擅青箱。殘膏賸馥依然在〔一〕，約略流風近子昂。

【注釋】〔一〕新唐書杜甫傳贊：殘膏賸馥，沾丐後人多矣。

其六

楚國三袁季絕塵，公安袁中道。白眉誰與仲良倫？新野馬之駿。過都歷塊皆神駿，秋駕何當與細論〔一〕？

【注釋】〔一〕王元長三月三日曲水詩序：懷御奔于秋駕。李善曰：莊子：尹儒學御，三年而無得。夜所夢受秋駕，明日往朝師。師曰：「今將敎子以秋駕。」司馬彪曰：秋駕，法駕也。

其七

當筵縱筆曹能始，學佺。簾閣焚香尹子求。伸。蜀道閬山難接席，眼中二老並風流。

其八

畫筆南翔妙入神，李長蘅。晚年篇翰更清新。和陶近愛歸昌世，也是風流瀟蕩人。

其九

關隴英才未易量，刮磨何李競丹黃〔一〕。吳中往往饒才筆，也炷婁江一瓣香〔二〕。

【注釋】〔一〕李夢陽，字獻吉，其先慶陽人，徙家大梁。弘治中，倜然以復古自命，雄霸詞壇。工剽擬之學，以劫持海内。信陽何景明仲默附而和之。既而康、王輩出，相與訾謷館閣之體，以排擊長沙爲能事。鄠社王九思敬夫之永錮也，值長沙秉國。時敬夫盛年放棄，失職坎廩，無所發怒，作杜甫遊春雜劇，借李林甫以詆西涯，流傳騰涌，關隴之士，雜然和之。於是北地之學，羣奉夢陽爲盤盂主。而景明、九思與武功康海德涵、濟南邊貢廷實、儀封王廷相子衡、吳郡徐禎卿昌穀，駿發齊名，時稱之爲七子。嘉靖中，濟南李攀龍，承北地之餘氣，結詩社于長安，先有五子之目。五子者，李攀龍于鱗、東郡謝榛茂秦、吳郡王世貞元美、長興徐中行子與、廣陵宗臣子相、南海梁有譽公實，名五子，實六子也。時元美以名家勝流，其聲力意氣，足以翕張才俊。由是王、李之名噪天下。已而謝、李交惡，遂黜榛而進武昌吳國倫名卿、南昌徐曰德德甫、銅梁張佳胤肖甫，世亦稱之爲七子，以追配李、何、邊、徐諸人。嗟乎！詩壇稂莠相仍，學者夢夢粥粥，等狂瞽之拍肩。一則曰先七子，再則曰後七子。冥行擿埴，滔滔者天下皆是。良可愍也！良可懼也！〔二〕陳后山觀六一堂圖書詩：向來一瓣香，敬爲曾南豐。任淵曰：皆以自表，見其不忍更名他師也。

其十

石言鴈字並紛如〔一〕，點鬼窮時又祭魚。臺閣詞章衣鉢在〔二〕，柯亭劉井半丘墟。李西涯翰林後堂詩：「柯亭劉井相西東，琮琤玉佩空遺響。」

【注釋】〔一〕左傳昭公八年：「石言于晉魏榆。晉侯問于師曠，對曰：『石不能言，或馮焉。』」鴈字詩唱于楚人龍君御，海內共相屬和，卷軸粗于牛腰。而嘉定唐叔達爲最工。公嘗語孟陽：「叔達鴈字詩，亦詩中之鴈字也。」孟陽深嘆其言爲然。〔二〕昭代休明之運，萃于成、弘，長沙李文正公東陽，生當其時，迴翔館閣者四十年，其詩文舍宮咀商，金春玉應，洋洋乎盛世之音也。一時學士大夫出其門牆者，如藁城石文隱珤邦彥、南城羅文肅玘景鳴、無錫邵文莊寶國賢、華亭顧文僖清士廉、景陵魯文恪鐸振之、郴州何文簡孟春子元六公爲最，人以比之蘇門六君子。其外則儲文懿瓘、汪文莊俊、陸文裕深與成都楊愼用修、華亭錢福與謙，彬彬或或，不負長沙之衣鉢。他如喬莊簡宇、林貞肅俊、張文定邦奇、孫文簡承恩、吳文肅儼，名碩相望，不可勝記。自李夢陽倡爲剽賊竄竊之學，而何景明之徒翕然從之，躋北地而排長沙，二百年以來，迷妄相仍，榛蕪塞路，蓋不獨文章升降繫之，而國運盛衰，胥于此有考焉。別裁僞體，豈細故乎？

其十一

不服丈夫勝婦人，昭容一語是天眞。呂和叔上官昭容書樓歌云：自言才藝是天眞，不服丈夫勝婦人。王微楊宛爲詞客，肯與鍾譚作後塵〔一〕？

【注釋】〔一〕慶、曆以來，王、李之雲霧，蒙錮人心，未有能辟而闢之者。臨川、公安，拔乎流俗，首先排其譌繆。同時竟陵鍾惺伯敬，思別出手眼，另立幽深孤峭之宗，與同里譚元春友夏，共定詩歸行世，時謂之鍾譚體。海內之詩，至是復一變。然希光掠影，溝澮易盈。實濟南之餘分閏氣耳。微、宛爲詞客，詎肯與作後塵，公直以巾幗愧竟陵矣。今世評詩家，盱衡歷下，固昧夫繆種流傳之旨，即詆訶瑯琊，亦略其晚年論定之詞。安知北地之邪病，蘊隆結轖，至竟陵而傳染別症，其淒寒之語，如入鬼國，噍殺之音，實開兵象。詩道三變，竟滔滔不返，愈趨而愈下乎？

其十二

草衣家住斷橋東，王微自稱草衣道人。好句清如湖上風。近日西陵誇柳隱，桃花得氣美人中。西湖詩云：垂楊小苑繡簾東，鶯閣殘枝蝶趁風。最是西陵寒食路，桃花得氣美人中。

其十三

掃花刪竹吳橋句，范質公詩：掃花便欲親苔坐，刪竹嘗防礙月行，最爲清絕。食葉游魚楊補詩。余愛楊無補閔魚食葉如游樹，高柳眠陰半在池之句，嘗書之便面。安得屏風譜佳什〔一〕，且將團扇寫清詞。

【注釋】〔一〕樂天題詩屏風絕句序：前後辱微之寄示之什，殆數百篇，掇律句中短小麗絕者凡一百首，題錄合爲一屏風，舉目會心參，若其人在于前矣。前輩作事，多出偶然，則安知此屏不爲好事者所傳，異日作九江，亦故事爾。

其十四

安期周永年。下筆無停手，元歎徐波。撚毫正苦心。贏得老夫雙眼飽，探箱拂壁每長吟。

其十五

王績鄉人笑子虛，兔園典册竟何如？朱仲晦有代鄉人答王無功詩：見考亭全集中。詩歸箋云：是東臯好友也。憑君若問金條脫〔一〕，解道南華是僻書〔二〕。

【注釋】〔一〕孫光憲北夢瑣言：宣宗嘗賦詩，上句有金步搖，未能對。遣未第進士對之。溫庭筠乃以玉條脫續之，宣宗賞焉。〔二〕北夢瑣言：令狐綯曾以故事訪溫岐，對以其事出南華，且曰：「非僻書也，冀相公燮理之餘，時宜覽古。」綯怒之，奏其有才無行，不宜與第。乃授方城尉。所以岐詩云：因知此恨人多積，悔讀南華第二篇。

其十六

梁溪欣賞似南村，甲乙丹鉛靜夜論。麗句清詞堪大嚼，老夫只合過屠門。梁溪華聞修、黃心甫評定明詩三十家。

中秋大雨 永遇樂

三五中秋，一場敗興，雨淋風裂。問訊嫦娥，今宵此夜，幽悶如何說？輝寒玉臂，光凝翠黛，長是孤眠時節。任凄涼、兔掩蟾遮，兔照半床愁髮。晚來粧了，插花看鏡，恍似身臨瑤闕。燭滅香殘，暗風吹雨，魂夢空凄切。月宮深鎖，桂輪何處？莫被愁人攀折。應自恨、青天碧海，茫茫奔月。

十六夜見月

雨脚千重，雲頭萬疊，剛風吹裂。昨夜昏霾，今宵軒豁，好向嫦娥說。天公試手〔一〕，浴堂金殿，曾見清明時節〔二〕。時中朝新有大奸距脫之信。喜天邊，穆穆金波，重照蕭蕭華髮。桂枝易老，冰輪難駐，見此又愁圓闕。斗轉參橫，高樓思婦，織錦方悲切。藁砧安在？栖烏不定，應爲刀環心折。須記取、當歌對酒，明明如月。

【注釋】〔一〕東坡德星堂雪詩：龍公試手初行雪。　〔二〕十三年庚辰六月十二日，薛國觀以擬諭失旨，下五府九卿議處。十八日，科臣袁愷疏糾國觀納賄，幷及冡臣傅永淳、憲副葉有聲。七月初十日，東廠再疏糾劾王陞彥、瞿罕下鎮撫司，蔡奕琛、李夢辰、朱永佑、袁樞、劉天錫、王鍾龐、薛汝賢等，株連質問，屢奉嚴旨。先是上問國觀以朝士婪賄，國觀對曰：「使廠衛得人，諸臣敢不以貪墨自戒。」時東廠王化民在旁，聞其語，銜之次骨。日夜陰伺其短。至是盡發其贓私。國觀初出閣，上令人覘其寓，中書王陞彥在焉。遂謂陞彥居間餽送，確有明據，執付詔獄。幷提楊、馬二長班審問。國觀雖屢疏飾辨，上意已堅，不可挽回矣。十四年八月初八日，忽傳聖諭：薛國觀招權納賄，比暱匪人。至用人大事，竟以夤緣得賄，票擬重務，敢于故縱徇私，共贓九千一百有餘，大負倚任。本當肆諸市朝，姑念曾爲輔弼首員，着卽會官于其私寓勒令自盡回奏。王陞彥職任中書，漏泄機密，貪賄行奸，會官斬決。國觀臨當絕命，曰：「吳昌時殺我。」陞彥，松江人，昌時甥也。人謂韓城之獄，昌時啓其機牙。然上心實欲誅之，非諸臣所能媒孽於其間也。

十六夜有感再次前韻

銀漢紅牆〔一〕，浮雲隔斷，玉簫吹裂。白玉堂前，鴛鴦六六，誰與王昌說？今宵二八，清輝香霧，還憶破瓜時節。劇堪憐、明鏡青天，獨照長門鬢髮。莫愁未老，嫦娥孤零，相向共嗟圓闕。長嘆憑闌，低吟擁髻，暗與陰蛩切。單棲海燕，東流河水，十二金釵敲折。何日裏、並肩攜手，雙雙拜月。

【注釋】〔一〕李商隱代應詩：本來銀漢是紅牆，隔得盧家白玉堂。誰與王昌報消息？盡知三十六鴛鴦。

十七夜

白髮盈頭，清光照眼，老顛思裂。折簡徵歌，釀錢置酒，漫浪從他說。銀箏畫鼓，翠眉檀板，恰稱合歡佳節。隔船窗、暗笑低顰，一縷歌喉如髮。生公石上，周遭雲樹，遮掩一分殘闕。天上霓裳，人間桂樹，曲調都清切。干戈滿地，烏驚鵲繞，一寸此時心折。憑誰把、青天淨洗，長留皓月。

九日宴集含暉閣醉歌一首用樂天九日二十四韻

賓鴻之月爲重陽，昔人登臨多感傷。人生如鴻誰非客？忍對佳節空壺觴。登高望遠不出戶，連山小閣臨莽蒼。翠微欲上齊女墓，綠淨遙分老子堂〔一〕。白雲女牆作山帶，紅闌橋水含湖光。日影漏穿出觀閣，炊煙坌鬱浮街坊。西原東樓差足擬〔二〕，龍山馬臺知誰強？山椒白衣並馬立，樹杪紅袖如人長。須臾急雨灑飄瞥，穿林觸石走欲僵。崇朝陰晴忽如此，良辰燕樂安可常？況復開筵有佳客，豈可命酒無紅粧。清歌迭奏奮絲竹，談諧間作兼笙簧。吳娃行酒語喁昕，鄭老度曲聲悠颺。銀燈熒熒雨籠燭，胡琴嘈嘈風刮廊。坐中合歡爭笑噱，老夫霑酒仍激昂〔三〕。籬邊誰送九日酒？海內共知雙鬢霜。莫嗤暮年裂風景〔四〕，已勝窮命縣鋃鐺。試問中書傳仰藥，何似上蔡行牽黃？吟殘自綴菊花朵，醉後細把茱萸房。小婦盤飧具麤糲，兒子雒誦聽雷硠。簾下侍兒舞鴝鵒，掌上姬人歌鳳凰。劍舞酣歌想悲壯，頭童吹帽嗟風狂。百年未滿會不死，九日一笑庸何妨？樂天作達猶未達，比較登高更幾場？白詩云：須知菊酒登高會，從此多無二十場。

【注釋】〔一〕海虞文苑：張應遴虞山記：峯頂乾元宮，元祐中，徐神翁弟子中元道插竹建菴，而後人增葺之。中有宋塑老子像，鬚眉龐古。王崇慶詩云：蒼蒼白石仙人洞，明月清風老子堂。〔二〕白樂天九日登西原讌望詩：起登西原望，懷抱同一豁。移座就菊叢，餻酒前羅列。〔三〕漢書陳遵傳注：師古曰：霑酒，言其未醉也。〔四〕王元美藝苑卮言：楊用修在蜀，攜妓縱飲，有規之者，用修答書云：文有仗境生情，詩或託物起興。崔延伯每臨陣，召田僧超爲壯士歌。宋子京修史，使麗豎爇椽燭。吳元中起草，令遠山磨隃糜，是或一道也。走豈能執鞭古人，聊以耗壯心，遣餘年，所謂老顛欲裂風景，不自洗磨者，良亦有之。

短歌送林銓之吳門

君不見山陰劉念臺，橫經籍書門不開。白袍生徒戶屨接，釜甑亭午生塵埃。又不見閩客林六長，手持劉札來相訪。經年臥病虞山頭，三旬九食斷還往。林君窮餓良可惜，多君不愧山陰客。蕭條襆被何所之？況値天高風急時。昨夜郵中傳片紙，淸漳孤臣幸不死〔一〕。君聞此言揮手別，一笑眉間黃色起。

【注釋】〔一〕北山經：少山上有金玉，其下有銅，淸漳之水出焉。東流于濁漳之水。郭璞曰：淸漳出少山大繩谷，至武安縣南暴宮邑，入于濁漳。

九月望日得石齋館丈午日見懷詩次韻却寄

敢云吾道大，相顧此生微。土室靑燈火，柴門白版扉。垂綸收釣具，鍊石補漁磯。小艇西湖曲，延緣俟汝歸。

其　二

丹地披肝日，彤墀濺血時。帝容伸頰舌，天與護須眉。榎楚寧非教？桁楊亦我師。授書并續史，幽縶頗相宜。

其　三

褒鳳巢何在？亡羊徑欲迷。已知慚稷契，寧忍愧夷齊。世事蕉中夢，人情李下蹊。夕陽亭畔路，只在帝城西。

其　四

以爾鋃鐺日，追余梏拲年。詞林原有敍，圜土亦推先。泣夏懷明德，踰冬憶古賢〔一〕。天涯明發思，炯炯一燈前。

【注釋】〔一〕漢書劉向傳：僞鑄黃金，繫當死。上奇其才，得踰冬減死論。

冬日嘉興舟中戲示惠香二首

畫閣蘭橈取次同，蕩舟容與過垂虹〔一〕。波如人面輕浮碧，日似殘粧旋褪紅。理曲近憐鶯脰水〔二〕，弄花遙惜馬塍風〔三〕。可憐平望亭前鳥，雙宿雙飛每一叢。

【注釋】〔一〕王象之輿地紀勝：在吳縣利往橋，東西千餘尺，用木萬計，前臨具區，橫絶松陵，湖光海氣，蕩漾一色，乃三吳之絶景。橋有亭曰垂虹，蘇子美有詩甚豪。〔二〕盧熊蘇州志：鶯脰湖，南去吳江四十五里，平望南，舊以湖形似鶯脰，故名。〔三〕周公瑾齊東野語：馬塍藝花之技名天下，凡花之早放者，其法以紙飾密室，鑿地作坎，緶竹置花其上，糞土以牛溲硫黄，盡培溉之法。然後置沸湯于坎中，少俟湯氣薰蒸，則扇之以微風，盎然盛春融淑之氣，經宿則花放矣。

其二

依然吳越舊陂塘，粉剩脂殘水尚香〔一〕。已分西施隨范蠡，拌將蘇小賽眞娘。鉛華散落需書帙，絃管交加近筆床。昨日虎丘西畔過，女墳湖水似鴛鴦〔二〕。

【注釋】〔一〕任昉述異記：吳故宮有香水溪，俗云西施浴處，人呼爲脂粉塘。吳王宮人濯粧於此，溪上源水，至今馨香。〔二〕樂史寰宇記：女墳湖。吳地記云：吳王葬女，取土成墳。又郡國志云：三女墳，在郭西，云闔閭食蒸魚，嘗半而與女。女怒自殺。闔閭痛之，葬于郭西閶門外，文石爲槨，金鼎玉杯，銀罇珠襦，悉以送女。又記云：湛盧之劍，夜飛適楚。又云：以水達墳，因名女墳湖。又云：葬女時，有白鶴舞于吳市，因入羨門，悉化爲犬。

宿鴛湖偶題

煙水迢迢與夢長，一般燈火兩般霜。鴛鴦湖上人相並，燕子樓中夜未央。

王店弔李玄白還泊南湖有感

歲暮孤舟易損神，霜凊寒薄總蕭辰。窮思挂劍酬知己，老畏生芻弔故人。落日閃金村破暝〔一〕，宿雲屯絮水生塵〔二〕。延緣便欲追漁父，蘆雨菰煙寄此身。

【注釋】〔一〕樂天東樓南望詩：日脚金破碎。〔二〕昌黎寄張助教周博士詩：晴雲如擘絮。杜牧長安雜題詩：晴雲如絮惹低空。

題南湖勺園

寒園竹樹正蕭蕭，几席南湖影動搖。有雨雲嵐渾欲長，無山翠靄不曾消。波深地角生朝氣，水落天根見暮潮。樓上何人看煙雨？爲君杖策上溪橋。

初學集卷十八

東山詩集一　起庚辰十一月，盡十四年辛巳三月。

庚辰仲冬河東君至止半野堂有長句之贈次韻奉答

文君放誕想流風，臉際眉間訝許同。枉自夢刀思燕婉，還將摶土問鴻濛。太白樂府詩云：女媧戲黄土，團作愚下人。散在六合間，濛濛若沙塵。竊花丈室何曾染？折柳章臺也自雄。但似王昌消息好，履箱擎了便相從。河中之水歌云：平頭奴子擎履箱。

半野堂初贈詩　河東柳　是字如是

聲名眞似漢扶風，妙理玄規更不同。一室茶香開澹黯，千行墨妙破冥濛。竺西瓶拂因緣在，江左風流物論雄。今日沾沾誠御李，東山葱嶺莫辭從。集名東山，取此詩句也。

次韻　程嘉燧

居然林下有家風，誰謂千金一笑同？杯近仙源花瀲瀲，半野堂近桃源磵，故云。雲來神峽雨濛濛。彈絲吹竹吟偏好，抉石錐沙畫更雄。詩酒已無驅使分，熏罏茗盌得相從。

冬日泛舟有贈

冰心玉色正含愁，寒日多情照柁樓〔一〕。萬里何當乘小艇？五湖已許辦扁舟。每臨青鏡憎紅粉，莫爲朱顔歎白頭。苦愛赤闌橋畔柳，探春仍放舊風流。

【注釋】〔一〕少陵遊何將軍山林詩："翻疑柁樓底，晚飯越中行。"

次日疊前韻再贈

新詩吟罷半凝愁，斜日當風似倚樓。爭得三年才一笑，可憐今日與同舟。輕車漫憶西陵路，斗酒休論溝水頭。還勝客兒乘素舸，迢迢明月詠緣流。

次韻奉答　河東以後詩並附見

誰家樂府唱無愁？望斷浮雲西北樓。漢珮敢同神女贈，越歌聊感鄂君舟。春前柳欲窺青眼，雪裏山應想白頭。莫爲盧家怨銀漢，年年河水向東流。

次　韻　　　　　　　　　　嘉　燧

蛋聞南國翠娥愁，曾見書飛故國樓。遠客寒天須秉燭，美人淸夜恰同舟。玉臺傳得詩千首，金管吹來坐兩頭。從此煙波好乘興，萬山春雪五湖流。

寒夕文讌再疊前韻是日我聞室落成

淸尊細雨不知愁，鶴引遙空鳳下樓。紅燭恍如花月夜，綠窗還似木蘭舟。曲中楊柳齊舒眼，詩裏芙蓉亦並頭。河東新賦並頭蓮詩。今夕梅魂共誰語？任他疎影蘸寒流。河東寒柳詞云：待約箇梅魂，黃昏月淡，與伊深憐低語。

半野堂夜集惜別　　　　　　　　　　嘉　燧

何處珠簾擁莫愁，笛床歌席近書樓。金鑪銀燭平原酒，遠浦寒星剡曲舟。望裏青山仍北郭，行時溝水向東頭。老懷不爲生離苦，雙淚無端只自流。

冬至日感述示孫愛

鄉人重亞歲，羔黍薦履長。婦女獻履襪〔一〕，兒孫備蒸嘗。自我失慈母，於今八星霜。四載哭苫塊，兩年繫鋃鐺。歸來守丙舍，尚未拜影堂。豈不想愾歎，何忍覩容光。怦怦杵撞胸，戚戚刀傳腸〔二〕。泣下誰能啜？悲來不可詳。創鉅痛愈遲，躑躅還回翔。再拜強自割，遣汝代祼將。庸敢怠顧饗，聊以貰毀傷。有故則使人，禮不廢舊坊。昔者晉二鍾，起宅千萬強。荀勗負宿憾，潛往畫門堂。須眉儼太傅，衣冠坐堂皇。入門大感慟，終令此宅荒〔三〕。桮棬痛口澤，蓼莪廢篇章。我雖慚古賢，終慕詎敢忘？我昔晚生子，視汝如圭璋。汝之老祖母，襁褓親扶將。兒饑午不食，兒啼夜徬徨。我年逾五十，猶在阿母旁。與汝共乳哺，與汝同袴襠。母慈如負債，再世方了償。名汝曰孫愛，所以志不忘。阿母彌留時，汝頭才及牀。今日拜家廟，已能整襟裳。幼者長駸駸，老者逝茫茫。哀哉阿母墳，宿草兼白楊。我生長顑頷，于世靡短長。仕宦三十年，但餘書滿牀。儘可與汝讀，俾汝無面牆。濟濟造門士〔四〕，學問多老蒼。文筆規歐蘇，風雅論三唐。汝如念阿母，夙夜勉就將。落實咀其華，誰能禁翺翔？我衰不足學，師友咸激卬。孝友慕慈水，慈水謂馮爾賡兄弟也。忠壯企高陽。應山與臨邑，臨邑，故大司馬王公和仲。風義何雷硠。人生不矜奮，百歲空黍蝗〔五〕。勗哉男兒志，無愧弟子行。今朝日南至，緹幔灰低昂。願汝崇陽德，排陰自開張〔六〕。陽生象敦復，閉關養微芒。戒汝勿淩躁，一線隨日長。年至人苦老，歲晏天滄浪。嗟我至下心，祝汝小歲觴。何不如杜陵，有作成一囊〔七〕？何不效阿宜，一月讀一箱？卓哉杜牧詩，苦語箴膏肓。汝其日三復，書紳庶子張。

【注釋】〔一〕御覽：後魏崔浩女儀曰：中古婦人，常以冬至日上履襪於舅姑，踐長至之義也。

〔二〕漢書蒯通傳：蒯通曰：「不敢傳刃公之腹者，畏秦法也。」　〔三〕世説巧藝篇：鍾會是荀濟北從舅，二人情好不協。荀有寶劍，可值百萬，常在母鍾夫人許。會善書，學荀手跡作書，與母取劍，仍竊去不還。荀勗知是鍾而無由得也，思所以報之。後鍾兄弟以千萬起一宅始成，甚精麗，未得移住。荀極善畫，乃潛往畫鍾門堂作太傅形象，衣冠狀貌如平生。二鍾入門，便大感慟。宅遂空廢。　〔四〕漢書敘傳：叔皮幼與從兄嗣共遊學，家有賜書，内足于財。好古之士，自遠方至，父黨揚子雲以下，莫不造門。　〔五〕劉子惜時篇：退不能披策樹勳，眦贊明時，空蝗粱黍，枉沒歲華。爲無聞之人，殁成一棺之土，亦何殊草木自生自死者哉！　〔六〕杜牧冬至日寄小姪阿宜詩：今年我江外，今日生一陽。憶爾不可見，祝爾傾一觴。陽善比君子，初生甚微茫。排陰出九地，萬物隨開張。　〔七〕少陵壯遊詩：九齡書大字，有作成一囊。

迎春日偕河東君泛舟東郊作

罨畫山城畫舫開，春人春日探春來〔一〕。簾前宿暈猶眠柳，鏡裏新粧欲笑梅。花信早隨簪鬢發，歲華徐逐蕩舟回。綠尊紅燭殘年事，傳語東風莫漫催。

【注釋】〔一〕東坡紅梅詩：幽人自恨探春遲。段成式桃源僧舍看花絕句：前年帝里探春時，寺寺名花我盡知。武林舊事：都城自過收燈，貴遊巨室，皆爭先出郊，謂之探春。

河東君春日詩有夢裏愁端之句憐其作憔悴之語聊廣其意

芳顔淑景思漫漫，南國何人更倚闌？已借鉛華催曙色，更裁紅碧助春盤〔一〕。早梅半面留殘臘，新柳全身耐曉寒。從此風光長九十，莫將花月等閒看。

【注釋】〔一〕元遺山春日詩：里社春盤巧欲爭，裁紅暈碧助春情。注曰：歐陽詹春盤賦，裁紅暈碧巧助春情爲韻。

春日我聞室作

河東

裁紅暈碧淚漫漫，南國春來正薄寒。此去柳花如夢裏，向來煙月是愁端。畫堂消息何人曉？翠帳容顔獨自看。珍重君家蘭桂室，東風取次一憑闌。

除夕山莊探梅口占報河東君

數日西山踏早梅，東風昨夜斬新開。停車未許傾杯酒，走馬先須報鏡臺。冷蕊正宜簾閣笑，繁花還仗剪刀催。衫襠攜得寒香在，飄瞥從君嗅一回。

庚辰除夜偕河東君守歲我聞室中

除夜無如此夜良，合尊促席餞流光。深深簾幕殘年火，小小房櫳滿院香。雪色霏微侵白髮，燭花依約戀紅粧。知君守歲多佳思，欲進椒花頌幾行。

次韻　河東

合尊餞歲羨辰良，綺席羅帷罨曙光。小院圍爐如白晝，兩人隱几自焚香。縈窗急雪催殘漏，照室華燈促豔粧。明日珠簾侵曉卷，鴛鴦羅列已成行。

辛巳元日

新年轉自惜年芳，茗椀薰爐殢曲房。雪裏白頭看鬢髮，風前翠袖見容光。官梅一樹催人老，宫柳三眠引我狂。西蹟籃輿南浦櫂，春來只爲兩人忙。

元日次韻 河東

蘼蕪新葉報芬芳，彩鳳和鸞戲紫房。已覺綺窗廻淑氣，還憑青鏡綰流光。參差旅鬢從花妬，錯莫春風爲柳狂。料理香車并畫檝，翻鶯度燕信他忙。

新正二日偕河東君過拂水山莊梅花半開春條乍放喜而有作

東風吹水碧於苔，柳靨梅魂取次廻。爲有香車今日到，儘教玉笛一時催。萬條綽約和腰瘦，數朵芳華約鬢來。最是春人愛春節，詠花攀樹故徘徊。

上元夜泊舟虎丘西溪小飲沈璧甫齋中

西丘小築省諠鬧，微雪疎簾鑪火前。玉女共依方丈室，金牀仍見雨花天〔一〕。寒輕人面如春淺，曲轉簫聲並月圓。明日吴城傳好事，千門誰不避芳妍？

【注釋】〔一〕藝文類聚：西域記曰：摩竭陀國正月十五日，僧俗雲集，觀佛舍利放光雨花。涅槃經曰：如來闍維訖，收舍利罌置金牀上，天人散花奏樂，繞城步步燃燈十二里。

次韻　河東

紘管聲停笑語闌，清尊促席小闌前。已疑月避張燈夜，更似花輪舞雪天。玉蘂禁春如我瘦，銀缸當夕爲君圓。新詩穠豔催桃李，行雨流風莫妬妍。

次韻示河東君

三市從他車馬闐，焚枯笑語紙窗前。晚粧素袖張燈候，薄病輕寒禁酒天。梅蕊放春何處好？燭花如月向人圓。新詩恰似初楊柳，邀勒東風與鬬妍。

有美一百韻晦日鴛湖舟中作

有美生南國，清芬翰墨傳。河東論氏族〔一〕，天上問星躔。漢殿三眠貴，吳宮萬縷連〔二〕。星榆長歷落，月桂並蹁躚。鬱鬱崑山畔，青青谷水瓀。託根來淨域〔三〕，移植自芳年。生小爲嬌女，容華及麗娟〔四〕。詩哦應口答，書讀等身便。緗帙攻文選，綈囊貫史編。摛詞徵綺合〔五〕，記事見珠聯〔六〕。八代觀升降，三唐辨泝沿。盡窺羽陵蠹〔七〕，旁及諸皐僊〔八〕。花草矜芰擷，蟲魚喜注箋。部居分甲乙，讎正雜丹鉛。餘曲廻風後，新粧落月前。蘭膏燈燭繼，翠羽筆牀縣。博士慚廚簏，兒童愧刻鐫。瑤光朝孕碧，玉氣夜生玄。隴水應連類〔一九〕，唐山可及肩〔二〇〕。織縑詩自好，擣素賦尤賢。錦上文回復，盤中字蜿蜒〔二一〕。淸詞常滿篋，新製每連篇。芍藥翻風豔，芙蓉出水鮮。頌椒良不忝，詠樹亦何愆〔二二〕？文賦傳鄉國，詞章述祖先〔二三〕。採蘋新藻麗，種柳舊風煙。字脚元和樣〔二四〕，文心樂曲駢。千番雲母紙，小幅浣花牋。吟詠朱樓遍，封題赤牘端。流風殊放誕，彼教異嬋娟。度曲窮分刌〔二五〕，當歌妙折旋。吹簫贏女得，協律李家專。畫奪丹青妙〔二六〕，琴知斷續絃〔二七〕。細腰宜蹴鞠，弱骨稱鞦韆。天爲投壺笑，人從爭博癲〔二八〕。修眉紆遠翠，薄鬢妥鳴蟬〔二九〕。向月衣方空，當風帶旋穿。行塵嘗寂寂，屧齒自姍姍。舞袖嫌纓拂〔三〇〕，弓鞋笑足纏〔三一〕。盈盈還妬影，的的會移妍〔三二〕。妙麗傾城國，塵埃落市廛。眞堪陳甲帳，還擬畫甘泉〔三三〕。楊柳嗟扳折，蘼蕪惜棄捐。西家殊婉約，北里正諠闐。豪貴爭除道，兒郎學墜鞭〔三四〕。迎車千錦帳〔三五〕，輸面一金錢。勾踐獻西施於吳王，夫差幸之。每入市，人願見者，先輸金錢一文。見孫奭孟子疏。百兩門闌咽，三刀夢寐邅。蘇堤渾倒踏，黟水欲平塡。皎潔火中玉〔三六〕，芬芳泥裏蓮。閉門如入道，沈醉欲逃禪。未許千金買，何當一笑嫣？釘心從作惡〔三七〕，唾面可除痏〔三八〕。蜂蝶行隨遶〔三九〕，金珠却載還。勒名雕琬琰〔四〇〕，換骨飲珉瓀〔四一〕。枉自求蒲葦〔四二〕，徒勞卜筳篿〔四三〕。軒車聞至止，雜珮意茫然。錯莫翻如許，追陪果有焉。初疑渡河駕，復似泛湖船。榜枻歌心說，中流笑語婘。江淵風颯杳，雒浦水潺湲。疎影新詞麗〔三四〕，忘憂別館偏〔三五〕。華筵開玳瑁，綺席豔神僊。銀燭光三五，金尊價十千〔三六〕。蠟花催兔育，鼉鼓促烏遷。法曲煩聲奏〔三七〕，哀箏促柱宣。步搖窺宋玉，條脫贈羊權。點筆餘香粉，繙書雜翠鈿。綠窗和月掩，紅燭帶花搴。菡萏歡初合，皐蘇痗已蠲〔三八〕。凝明嗔亦好，溶漾坐堪憐。薄病如中酒，輕寒未折綿。清愁長約略，微笑與遷延〔三九〕。茗火閒房活，爐香小院全。日高慵未起，月出皎難眠。授色偏含睇〔四〇〕，藏鬮互握拳。扉圍燈焰直，坐促笑聲圓。朔氣除簾箔，流光度毳氈。相將行樂地，共趁討春天。未索梅花笑，徒聞火樹燃〔四一〕。半塘春漠漠，西寺草芊芊。南浦魂何黯？東山約已堅。自應隨李白，敢擬伴伶玄。密意容挑卓，微詞託感甄。楊枝今婉孌，桃葉昔因緣。灞岸偏縈別，章臺易惹顛。娉婷臨廣陌，婀娜點晴川〔四二〕。眉憮誰堪畫？腰纖孰與擩？藏鴉休菴藹，拂馬莫纏綿。絮怕粘泥重，花憂放雪蔫。芳塵和藥減，春病共愁煎。目逆歸巢燕，心傷叫樹鵑。惜衣鶯睍睆，護粉蝶翩翾。攜手期弦望，沈吟念陌阡。暫游非契闊，小別正流連。卽席留詩苦，當杯出涕泫。茸城車轣轆，鴛浦櫂夤緣。去水迴香篆，歸帆激矢弦。寄憂分悄悄，贈淚裹漣漣。迎汝雙安槳，愁予獨扣舷。從今吳榜夢，昔昔在君邊。

【注釋】〔一〕柳子厚叔父殿中侍御史墓表：柳氏之先，其著者，無駭以字爲展氏禽氏，以食采爲柳姓，厥後昌大，世居河東。少陵可嘆詩：河東女兒身姓柳。〔二〕樂府後唐牛嶠楊柳枝詞：吳王宮裏色偏深，一束纖條萬縷金。不憤錢塘蘇小小，引郎花下結同心。〔三〕洛陽伽藍記：佛本清淨，嚼楊枝，植地卽生，今成大樹。西域記：象堅窣堵波，北山巖下，有一龍泉，是如來受神飯已，及阿羅漢于中漱口，嚼楊枝，因卽植根，今爲茂林。〔四〕洞冥記：帝所幸宮人，名麗娟，年十四，玉膚柔軟，吹氣勝蘭，不欲衣纓拂之，恐體痕也。帝常以衣帶繫麗娟之袂，閉于重幕之中，恐隨風而去。麗娟以琥珀爲佩，置衣裾裏，不使人知，乃言骨節自鳴，相爲神怪。〔五〕陸士衡文賦：或藻思綺合，清麗芊眠。〔六〕開元天寶遺事：有人惠張說一珠，紺色有光，名曰記事珠。或有闕忘之事，持弄此珠，便覺心神開悟，事無巨細，煥然明曉無所忘。〔七〕穆天子傳：天子東遊，次于雀梁，暴蠹書于羽陵。徐陵玉臺集序：辟惡生香，聊防羽陵之蠹。〔八〕姚寬西溪叢語：段成式酉陽雜俎有諸臯記，又有支諾臯，意義難解。左傳襄公十八年秋，齊侯伐取我北鄙，中行獻子將伐齊，夢與厲公訟，弗勝，公以戈擊之，首隊于前，跪而戴之，奉之以走，見梗陽之巫臯。他日見諸道，與之言，同。巫曰：「今茲主必死，若有事于東方，則可以逞。」獻子許諾。疑此事也。晁伯宇談助云：靈奇秘要：辟兵法，正月上寅日，禹步取寄生木三，咒曰：「喏臯，敢告日月震雷，令人無敢見我。我爲大帝使者。」乃斷取五寸，陰乾百日爲簪，二七循頭還着，令人不見。晁說非也。〔九〕玉臺集秦嘉贈婦詩序：嘉，隴西人，爲上郡掾。妻徐淑不獲面別，贈詩云爾。〔一〇〕漢書禮樂志：房中祠樂，高祖唐山夫人所作也。服虔曰：高帝姬也。韋昭曰：唐山，姓也。〔一一〕吳兢樂府解題：盤中詩，盤曲讀之。傳休奕云：山樹高，鳥鳴悲，末云當從中央周四角是也。

〔二〕郡閣雅談：薛濤，字洪度，本長安良家子。八九歲知聲律，其父坐亭中，指井桐示之曰：「庭除一古桐，聳幹入雲中。」令濤續之，應聲曰：「枝迎南北鳥，葉送往來風。」其父愀然。父卒，入樂籍。暮年，屏居浣花溪，著女冠服，有詩五百首。

〔三〕漢書外戚傳：班婕妤退處深宮，作賦曰：承祖考之遺德兮，何性靈之淑美！

〔四〕柳柳州酬家雞之贈：柳家新樣元和脚。韓醇曰：指柳公權也。公權在元和間書有名。

〔五〕漢書元帝紀贊：自度曲，被歌聲，分刌節度，窮極幼眇。蘇林曰：刌，度也，知度之終始節度也。韋昭曰：刌，切也，謂能分切句絶，爲之節制也。刌，千本反。

〔六〕王子年拾遺記：吳主趙夫人善畫，巧妙無雙。孫權思圖山川地勢軍陣之像，夫人曰：「丹青之色，甚易歇滅，不可久寶。妾能刺繡作列國方帛之上，寫以五岳河海城邑行陣之形。」既成，進于吳主，時人謂之針絶。

〔七〕白氏六帖：蔡琰，字文姬，邕之女也。邕夜彈琴絃絶。琰年六歲，問之，曰：「第一絃絶。」復故斷一絃問之，曰：「第四絃。」邕曰：「偶中耳。」琰曰：「昔季札觀風，知四國興衰；師曠吹律，知南風不競。由是言之，何得不知也？」

〔八〕晉書后妃傳：胡貴嬪最蒙愛幸，帝與之樗蒲，爭矢，遂傷上指。帝怒曰：「此固將種也。」對曰：「北伐公孫，西距諸葛，非將種而何？」帝甚有慚色。徐陵玉臺集序：爭博齊姬，心賞窮于六著。

〔九〕崔豹古今注：魏文帝宮人莫瓊樹製蟬鬢，縹緲如蟬翼。

〔一〇〕拾遺記：燕昭王登崇霞之臺，召旋娟、提謨二人，徘徊翔舞，王以纓縷拂之。

〔一一〕張邦基墨莊漫錄：婦人纏足，起于近世。前世書傳，皆無所載。自南史齊東昏侯爲潘貴妃鑿金爲蓮花以帖地，令妃行其上，曰步步生蓮花，然亦不言其弓小也。如古樂府玉臺新詠，皆六朝詞人纖豔之言，類多體狀美人容色之姝麗，及言粧飾之華，眉目唇口腰支手指之類，無一言稱纏足者。如唐之杜牧、李白、李商隱之徒，作詩多言閨幃之事，亦無及之者。惟韓偓香奩集有詠屧子詩云：六寸膚圓光緻緻。唐尺短，以今較之，亦自小也。而不言其弓。道山新聞：李後主宮嬪窅娘，纖麗善舞，後主作金蓮，高六尺，飾以寶物細帶纓絡，蓮中作品色瑞蓮，令窅娘以帛繞脚令纖小，屈上作新月狀，素襪舞雲中，廻旋有凌雲之態。唐鎬詩曰：蓮中花更好，雲裏月常新。因窅娘作也。由是人皆效之，以纖弓爲妙。以此知扎脚自五代以來方爲之。如熙寧、元豐以前人，猶爲者少，近年則人人相效，以不爲者爲耻也。〔三二〕玉臺集：沈約六憶詩：憶來時，的的上階墀。〔三三〕漢書外戚傳：李夫人卒，上憐憫，圖畫其形于甘泉宮。〔三四〕異聞集：李娃傳：汧國夫人李娃，長安之倡女也。滎陽公子至鳴珂里，見娃憑一雙鬟青衣而立，妖姿絕代，不覺停驂久之，乃詐墜鞭于地，候其從者取之。屢盼于娃，娃迴眸凝睇，情甚相慕。〔三五〕趙璘因話錄：睦州刺史柳齊物，嘗因調集至京師。有名倡嬌陳者，色藝俱美，睦州詣之，悅焉。嬌陳曰：「第中設錦帳三十重，卽奉事終身。」蓋將以斯言戲之耳。翼日，如數載錦帳以行。嬌陳大驚，且賞其奇特，竟如約。〔三六〕淮南子俶眞訓篇：鍾山之玉，灼以爐炭，三日三夜，色澤不變，得天地之精也。〔三七〕晉書顧長康傳：嘗悅一隣女，挑之弗從，乃圖其形于壁，以棘針釘其心，女遂患心痛。愷之因致其情，女從之，遂密去針而愈。〔三八〕水經注：三秦記曰：驪山西北有溫水，祭則得入，不祭則爛人肉。俗云始皇與神女戲，唾之生瘡，始皇謝之，神女爲出溫水。後人因以澆洗瘡。幽明錄：漢武帝在甘泉宮，玉女降，帝常與圍棋相娛。女風姿端正，帝密悅，乃欲通之。女因唾帝面，遂成瘡。帝避席跪謝，神女爲出溫水洗之。〔二九〕開元天寶遺事：都中名姬楚蓮香者，國色無雙。時貴遊子弟，爭相詣之。蓮香每出處之間，則蜂蝶相隨，蓋慕其香也。〔三〇〕竹書紀年注：沈約曰：癸命扁伐山民，山民女于桀二人，曰琬曰琰。后愛二人，斵其名于苕華之玉，苕是琬，華是琰。〔三一〕五色線：王可交棹漁舟入江，遇一彩舫，有道士七人，面前各有青玉盤酒器，呼可交上舫，命與飲酒。侍者瀉酒于樽，酒再三不出，道士曰：「酒靈物，若得入口，當換其骨。瀉之不出，亦命也。」一人曰：「取二栗與之。」其栗青赤，光如棗，長二尺許，肉脆而甘。可交食栗之後，絕穀，運動若有神助。拾遺記：燕昭王二年，廣延國獻善舞者二人，一名旋娟，一名提謨。昭王處以單綃華幄，飲以瑞珉之膏，餌以丹泉之粟。〔三二〕玉臺集：焦仲卿妻詩：君當作磐石，妾當作蒲葦。蒲葦紉如絲，磐石無轉移。五色線：婚禮有合歡、阿膠、嘉禾、九子蒲、朱葦、雙石、綿絮、長命縷、乾漆九事。膠、漆取其固；綿絮取其調柔；蒲、葦爲心，可屈可伸；嘉禾，分福也；雙石，義在兩固也。〔三三〕離騷：索瓊茅以筳篿兮，命靈氛爲余占之。王逸曰：瓊茅，靈草也。筳，小折竹也。楚人名結草折竹以卜曰篿。〔三四〕河東君寒柳詞調寄金明池：有悵寒潮，無情殘照，正是蕭蕭南浦。更吹起霜條孤影，還記得舊時飛絮。況晚來烟浪斜陽，見行客，特地瘦腰如舞。總一種凄涼，十分憔悴，尙有燕臺佳句。　春日釀成秋日雨，念疇昔風流，暗傷如許。縱饒有繞堤畫舸，冷落盡，水雲猶故。憶從前一點東風，幾隔着重簾，眉兒愁苦。待約箇梅魂，黃昏月淡，與伊深憐低語。陸勅先曰：何士龍有調寄疎影詠梅上牧翁云：香魂誰比？總有他清澈，沒他風味。無限玲瓏，天然葱蒨，誰知仍是憔悴？便霜華幾日連宵雨，又別有一般佳麗。除那人殊妙，將影兒現，把氣兒吹。須憶半溪朧月，漸恨入重簾，香淸玉臂。冥濛空翠，如語，烟霧裏，更有何人起？惜他止是人無寐。算今夕共誰相對？有調羹居士風流，道書數卷而已。此詞實爲河東君而作，詩當指此也。

〔三五〕葛洪西京雜記：梁孝王遊于忘憂之館，集諸遊士，各使爲賦。枚乘爲柳賦。

〔三六〕史記梁孝王世家：孝王有罍樽，直千金。任王后聞而欲得，平王襄直使人開府取罍樽，賜任王后。

〔三七〕新唐書禮樂志：隋有法曲，其音淸而近雅。玄宗酷愛法曲，選坐部伎子弟三百，敎于梨園。聲有誤者，帝必覺而正之。

〔三八〕徐陵玉臺集序：庶得代彼皐蘇，蠲茲愁疾。

〔三九〕宋玉神女賦：遷延引身，不可親附。李善曰：遷延，邪行去也。傅武仲舞賦：遷延微笑。

〔四〇〕樂府張柬之大堤曲：魂處自目成，色授開心許。迢迢不可見，日暮空愁予。

〔四一〕西京雜記：積草池中，有珊瑚樹一丈二尺，一本三柯，上有四百六十二條，是南越王趙佗所獻，號爲烽火樹，至夜光景常欲燃。

〔四二〕李商隱垂柳詩：娉婷小苑中，婀娜曲池東。

鴛湖舟中送牧翁之新安　　河東

夢裏招招畫舫催，鴛湖鴛翼若爲開？此時對月虛琴水，何處看雲過釣臺？惜別已同鶯久駐，銜知應有燕重來。祇憐不得因風去，飄拂征衫比落梅。

棲水訪卓去病

一官落薄賦歸來，華髮蕭騷棲水隈。陶令門前惟綠柳，江淹宅畔只青苔。三間老屋談經座，兩版荆扉避債臺〔一〕。嬴得他時青史在，儒林廉吏並崔鬼。

【注釋】〔一〕漢書諸侯王表：有逃債之臺，被竊鐵之名。服虔曰：周赧王負債，無以歸之，主迫債急，乃逃于此臺。後人因以名之。

夜集胡休復庶常故第

第宅蕭條不稱春，空堂寂寂網蛛塵。惟餘寡婦持門戶，更倩窮交作主賓。休復無子，去病代爲主人。燈火共憐長夜客，屐聲猶憶下樓人。廿年舊事東風裏，梁燕歸來又一巡。

西溪永興寺看綠蕚梅有懷梅二株蟉虯可愛是馮祭酒手植

略彴緣溪一徑斜，寒梅偏占老僧家。共憐祭酒風流在，未惜看花道路賒。繞樹繁英團小閣，迴舟玉雪漾晴沙。道人未醒羅浮夢，正憶新粧蕚綠華。

二月九日再過永興看梅梅花爛發髣髴有懷適吾家仲芳以畫册索題遂作短歌書於紙尾

西溪梅花千萬樹，低亞凝香塞行路。永興兩樹最綽約，素豔孤榮自相顧。飄黄拂緑傍香樓，春寒日暮含淸愁。依然翠袖修林裏，遥憶美人溪水頭。徙倚沈吟正愁絶，見君畫册思飄瞥。開懷落落生雲山，觸眼紛紛綴香雪。羡君畫高神亦閒，趣在蒼茫近遠間。仲圭殘墨潑武水〔一〕，子久粉本留虞山。我將梅花比君畫，月地雲階吐光怪。乞君揮灑墨汁餘，向我蕭閒草堂挂。草堂深柳淨無塵，淡墨疎窗會賞眞。還將玉雪横斜意，舉似凌風却月人〔二〕。

【注釋】〔一〕大明一統志：杭州武林山，武林水所出。〔二〕何遜早梅詩：枝横却月觀，花繞凌風臺。

西溪鄭庵爲濟舟長老題壁

老僧能具四威儀〔一〕、，稽首雲棲是本師。頻炷香燈頻掃地，不拈佛法不談詩。落梅風裏經聲遠，修竹陰中梵響遲。飯罷松窗重回首，夕陽花塢下山時。

【注釋】〔一〕宗鏡錄問答章：還向四威儀中行住坐臥，欽承祗對，着衣喫飯，執作施爲之時，一一辨得眞實不？楊愼禪林鈎玄：四威儀：行、住、坐、臥。

西溪湖水看梅贈吳仁和

湖水尋梅共扣舷，兒童齊指令君賢。皎如疎影通斜月，瑩比繁英濯曉煙。晴昊早看幽谷變，寒香偏借一枝傳。西湖花並河陽縣，爭似西溪萬樹妍？

橫山江氏書樓

人言此地是琴臺，小院題詩闕綠苔。粧閣正臨流水曲，鏡奩偏向遠山開。印餘屐齒生芳草，行處香塵度早梅。日暮碧雲殊有意，故應曾伴美人來〔一〕。

【注釋】〔一〕江文通雜體詩：日暮碧雲合，佳人殊未來。

二月十二春分日橫山晚歸作

杏園郵店酒旗新，度竹穿林踏好春。南浦舟中曾計日，西溪樓下又經旬。殘梅糝雪飄香粉，新柳含風養麴塵。最是花朝并春半，與君遙夜共芳辰。

横山題江道闇蝶庵

疏丘架壑置柴關，冢筆巢書斷往還〔一〕。盡攬煙巒歸几上，不教雲物到人間。蕭疏屋宇松頭石，峭蒨風期竹外山。莫殢蝶庵成蝶夢，似君龍卧未應閒。

【注釋】〔一〕陸游渭南集書巢記：「陸子既老且病，猶不置讀書，名其室曰書巢。或栖于櫝，或陳于前，或枕藉于牀，俯仰四顧，無非書者。間有意欲起，而亂書圍之，如積槁枝，或至不得行，則輒自笑曰：「此非吾所謂巢者耶？」

餘杭道中望天目山

東西天目兩峯垂，曾與高人約采芝。故憨山大師、王孟夙、朱白民。人世但餘青嶂在，此生空有白雲期。雪中樵徑流泉記，雨外禪燈去鳥知。舊事撞胸如水碓，停車惆悵立多時。

發於潛簡昌化方明府

餘杭西去盡山城，攫樹奔泉處處生。雙目地形垂乳下，一枝天柱入雲平〔一〕。溪因碓激舂撞勢，石與車爭犖确聲。借得坡公詩贈汝，亂山深處長官清。

【注釋】〔一〕水經注：臨平湖南有天柱山，湖口有亭，號曰蘭亭，亦曰蘭上里。

陌上花樂府三首東坡記吳越王妃事也臨安道中感而和之和其詞而反其意以有寄焉

陌上花開正掩扉，茸城草綠雉媒肥。狂夫不合堂堂去，小婦翻歌緩緩歸。

其二

陌上花開燕子飛，柳條初撲麴塵衣。請看石鏡明明在〔一〕，忍撇粧臺緩緩歸？

【注釋】〔一〕王象之輿地紀勝：石鏡山，郡國志云：徑二尺七寸，其光照如鏡之鑑物，分毫不差。圖經云：武肅王幼時遊此，顧其形服，冕旒如王者狀。唐昭宗改賜今名。

其三

陌上花開音信稀，暗將紅淚裹春衣。花開容易紛紛落，春暖休教緩緩歸。

奉和陌上花　河東

陌上花開照版扉，鴛湖水漲綠波肥。斑騅雪後遲遲去，油壁風前緩緩歸。

其二

陌上花開一片飛，還留片片點郎衣。雲山好處亭亭去，風月佳時緩緩歸。

其三

陌上花開花信稀，楝花風暖颺羅衣。殘花和夢垂垂謝，弱柳如人緩緩歸。

響雪閣 新安商山

綺窗阿閣赤山湄。想像憑闌點筆時。簾捲春波塵寂寂，歌傳石瀨響遲遲。淸齋每憶桃花米〔一〕，素扇爭題楊柳詞。日夕汀洲聊騁望，澧蘭沅芷正相思。

【注釋】〔一〕樂史寰宇記：梁任昉爲新安守，甚淸廉。後卒歸鄉，船中惟有桃花米二十石。今休寧縣尤多，爲飯香軟。

登齊雲巖四首

二月晦日循桃花磵歷虎巖觀眞珠泉抵天門宿榔梅菴

梯迴磴複躡雲根，白嶽居然配極尊〔一〕。地折井幹窺帝座，厓刓屋霤啓天門。累空重甗排松障，界壁飛流破蘚痕。石室水池何處所？桃花磵底是仙源。

【注釋】〔一〕樂史寰宇記：白嶽山，在休寧縣西四十里。山峯獨聳，有峻厓小道，憑梯而上。其三面並絶壁二百餘丈，不通攀緣。峯頂闊四十畝，有古階跡、瓦器、池水、石室，亦嘗有道者居之。其東石壁五彩，狀樓臺，在室中勢欲飛動。又如神仙五六人憑闌觀望，久視之乃知非耳。

三月朔日謁玄天太素宮是世廟禖祀所建

先帝祈年肸蠁聞〔一〕，紫壇降節正氤氲。金莖上直虛危位，銀牓親書天地文。東海幾經龍漢劫〔二〕？北宮長列羽林軍。綠章祕祝無多語，願指靈旗蕩祲氛。

【注釋】〔一〕左太沖蜀都賦：景福肸蠁而興作。五臣曰：肸蠁，濕生蟲，蚊類是也。其羣望之如氣之布寫，言大福之興，有如此蟲羣飛而多也。〔二〕張君房雲笈七籤：靈寶略記云：過去有劫，名曰龍漢。龍漢一運，經九萬九千九百九十九劫，氣運終極，天淪地崩，四海冥合，乾坤破壞，無復光明。經一億劫，天地乃開，劫名赤明。

由天門登文昌閣望五老三姑獨聳諸峯巖欲游石橋巖未果

平臨雲氣俯崔嵬，黟水黄山一抹開。近巘紆煙留翠駐，遥峯排浪湧青廻。嵌空陰壑生竽籟，太古陽厓閟蘚苔。咫尺石橋成異境，青鞋應自笑空來。

宫之右有桃源洞天壁間有故揚州太守劉鐸訪張邋遢詩版〔一〕

別館玄都小洞天，劉郎詩版尚依然〔二〕。曾聞魯國爲兵解〔三〕，又恐嵇康未學仙。流水落花看小劫，兎葵燕麥記前緣。留題聊示桃源叟，遇問津人莫漫傳。

【注釋】〔一〕姚福清溪暇筆：張邋遢，名三丰，寶雞人。嘗死而殮矣，數日復生，言人未來事，無不驗。太宗嘗命數十人乘傳行天下訪求之，不獲。　〔二〕劉鐸，字我以，別號洞初，江西廬陵人。萬曆丙辰進士。天啓乙丑，出守揚州。歐陽暉寓栴檀寺，僧本福慕公詞翰，托暉以扇乞詩，有楊域君恩重，陰霾國事非之句。逆奄耳目，刺得以獻。倪文煥嗾奄矯旨逮問，力辯得釋，留京邸候補。公在詔獄，與李承恩、方震孺同繫。承恩以忤奄擬辟，公心傷之，力爲營救，益觸奄怒。張體乾借公以媚璫，遂誣公賄術士方景陽咒詛廠臣，捕景陽重考斃獄。公從未與景陽識面，竟誣搆成獄，即日棄市。戊辰，臺省交章訟公奇冤，詔贈太僕卿。文煥、體乾以逆案論斬。　〔三〕廣記：顔眞卿傳：代宗嗣位，除右丞，封魯郡公，爲盧杞所排，身殁于賊。別傳云：賊平，家遷喪上京，啓殯視之，棺朽敗，而尸形儼然，肌肉如生，手足柔軟，髭髮青黑，握拳不開，爪透手背。遠近驚異。邢和璞曰：「此謂形仙者也，雖藏于鐵石之中，鍊形數滿，自當擘裂飛去。」時人皆稱魯公屍解得道焉。廣異記：丁約（將就刑）曰：道中有尸解兵解水解火解，實繁有徒。嵇康、郭璞皆受戕害，我以此委蛻耳。異韓、彭與糞壤幷也。

初學集卷十九

東山詩集二　起辛巳三月，盡一月。

三月七日發灊口徑楊干寺踰石磃嶺出芳村抵祥符寺

黟山崚嶒比華尊〔一〕，連岡屬嶺爲重門。我從灊口旋登頓，裴徊薌石過芳邨。山隮谷襲水見底，灘聲半出煙嵐裏。千叢竹篠衣石壁，一徑落花被流水。茅屋人家類古初，橫枕溪流架樹居。白足女郎齊碓蕨，平頭兒子半叉魚。路出硔中山始放，黃山軒豁見容狀。一簇蓮花擁閶闔，千仭天都展屏障〔二〕。旋觀溪谷相迴縈，浮溪如却容溪迎〔三〕。溪流環山山繞谷，周遭匼匝如列城。茲山延袤蘊靈異，千里坤輿盡扶侍。倒瀉萬壑流穢惡，離立千山護空翠。天心地肺杳難推，明日懸崖杖策時。一重一掩吾肺腑，到此方知杜老詩〔四〕。

【注釋】〔一〕黃山圖經：黃山，舊名黟山，當宣、歙二郡界，在歙之西北，高一千一百七十丈，即軒轅黃帝棲真之地。唐天寶六年六月十七日，勅改爲黃山。〔二〕海內南經：三天子鄣山。郭璞曰：今在新安歙縣東，今謂之三王山。黃帝曾遊此，即三天子者也。〔三〕黃山圖經：第十三浮丘峯，下有浮丘溪，今俗呼爲浮溪。第十四容成峯，容成子常遊息于此，故有容成溪，今俗呼爲容溪。〔四〕少陵岳麓山道林二寺行：一重一掩吾肺腑，山鳥山花吾友于。

禊後五日浴湯池留題四絶句

香溪禊後試温湯〔一〕，寒食東風谷水陽。却憶春衫新浴後，竊黄淺絳道家裝〔二〕。

【注釋】〔一〕黄山圖經：第二天都峯，下有香谷源，長聞異香馥郁。又有香泉溪，泉水中常香美也。歙州圖經云：黟山東峯下香泉溪中有湯泉，泉大如碗口。〔二〕薛能蜀黄葵詩：記得玉人初病後，道家裝束厭禳時。

其　二

山比驪山湯比香，承恩並浴少鴛鴦。阿瞞果是風流主〔一〕，妃子應居第一湯。南部新書：御湯西北角則妃子湯，餘湯邐迤，相屬而下。

【注釋】〔一〕太眞外傳：上在宮中，多自稱阿瞞。

其　三

沐浴頻看稱意身〔一〕，刈蘭贈藥想芳春。憑將一掬香泉水，噴向茸城洗玉人〔二〕。

【注釋】〔一〕王建冬至後招于秀才絶句：日近山紅煖氣新，一陽先入御溝春。乘閑走馬重來此，沐浴明年稱意身。〔二〕王子年拾遺記：蜀先主甘后，召入帳中，如月下聚雪。河南獻玉人，高三尺，取置后側，后與玉人潔白齊潤，觀者殆相亂惑。

其　四

齊心同體正相因，祓濯何曾是兩人？料得盈盈羅襪步，也應抖擻拂香塵。

奉　和　　　　　　　　　　河　東

素女千年供奉湯，拍浮渾似踏春陽。可憐蘭澤都無分，宋玉何繇賦薄裝？

其　二

浴罷湯泉粉汗香，還看被底浴鴛鴦。黟山可似驪山好？白玉蓮花解捧湯。

其　三

睡眼朦朧試浴身，芳華竟體欲生春。憐君遥嗅香溪水，蘭氣梅魂暗著人。

其四

旌心白水是前因，覷浴何曾許別人。煎得蘭湯三百斛，與君攜手祓征塵。

宿桃源菴作短歌題壁示藥谷主人佘掄仲

天都諸峯屏障開，白龍潭水綠浪迴〔一〕。浴罷湯池暝投宿，流泉午夜如崩雷。溪山至此非常調，主人卜築領其要。刻疏雲氣排窗櫺，穿穴煙嵐置堂奧。山中辛夷花放榮，世上桃李俱落英。却笑仙源迷子驥〔二〕，還緣藥谷訪容成〔三〕。老僧三年不出戶，蓋頭莫爲誅茅誤。雨後黃山更奇絕，看我青鞵去時路。

【注釋】〔一〕黃山圖經：第十二疊障峯，下有一大潭，黃帝曾向此取水煉丹，感白龍見，名爲白龍潭。水入硃砂溪。　〔二〕黃山圖經：第六桃花峯，下有桃花源、桃花溪，卽黃帝親種桃花，至今遍峯源溪洞中，純是桃花，三月方盛開，每謝之時，滿溪水紅，流入湯泉溪，春卽名桃花湯。淵明桃源記：南陽劉子驥，高尚人也，聞之，欣然親往，未果。　〔三〕御覽：歙縣圖經：黃山有浮丘公仙壇，彩霞靈禽，棲止其上，是浮丘公與容成子遊之處所。

夜雨

淙淙活活夜分鳴，知是溪聲是雨聲？明日穿山憑兩屐，却過雲外看泉生〔一〕。黄山第三十一峯名雲外峯。

【注釋】〔一〕黄山圖經：第三十一雲外峯，下有飛泉溪，有瀑布泉飛下十數丈也。

初八日雨不止題壁

憑仗鞵尖與杖頭，浮生腐骨總悠悠。天公儘放狂風雨，不到天都死不休。

桃源菴小樓坐雨看天都峯瀑布作

崇朝澎濞雨不止，小樓蓊薈雲霧裏。千流競寫白龍潭，四窗横挂天都水。水飛石擊相砯砰，龍虵攫拏山谷鳴。軒楹岌垃天欲漏，隱几屏息心怦怦。薄莫解駮日車露，次第呼童戒杖屨。始知急雨非無故，天欲老夫看瀑布。

天都瀑布歌

天都諸峯遙相從，連綿嶧屬無罅縫〔一〕。山腰白雲出衣帶，雲生疊疊山重重。峯内有峯類皴染，須臾蓊合仍混同。層雲聚族雨泱溜，溪山天水齊溟濛。是時水勢猶未雄，江河欲決翻坌壅。良久雨足水積厚，瀑布倒寫天都峯。初疑渴龍甫噴薄，抉石投奔聲硠礚〔二〕。復疑水激龍拗怒，捽尾下拔百丈洪。更疑羣龍互轉鬬，移山排谷轟圓穹。人言水借風力横，那知水急翻生風。激雷狂電何處起？發作亦在風水中。波浪喧豗草木亞，搜攪軒簸心忡忡。潭中老龍又驚寤，綠浪濆湧軒窗東。山根颯拉地軸震，旋恐黄海浮虚空。亭午雨止雲戎戎〔三〕，千條白練回沖融。憑闌心坎舒撞舂，坐聽濤瀨看奔衝。愕眙莫訝詩思窮，老夫三日猶耳聾〔四〕。

【注釋】〔一〕爾雅釋山：屬者嶧。郭璞曰：言絡繹相連屬。〔二〕昌黎征蜀聯句：投奔鬧硠礚。〔三〕少陵放船詩：江市戎戎暗，山雲淰淰寒。〔四〕五燈會元：懷海禪師謂衆曰：「佛法不是小事，老僧昔被馬大師一喝，直得三日耳聾。」

初九日發硃砂菴逕觀音巖登老人峯

黄山之麓山啓匝，雙峯拱峙作門闔。杖撐長訝巨石墜，攀躋惟恐兩厓合。壽藤古木相龕緣，一徑陰沈少見天。脚底溟濛踏雲氣，頂上噴灑過飛泉。霞城乳竇亘山足〔一〕，陽壑陰巖互攢簇。硃砂洞室趾天都，采藥仙源接香谷。振衣直向老人峯，層雲疊湧鋪虚空。初似炊煙浮樹杪，却看膚寸起封中〔二〕。綿綿飛絮却復迎，團團車蓋遙相並。白衣蒼狗半有無，樓閣華鬘遞穿迸〔三〕。蕩胸觸石彌絪緼，車馬決驟旌旗棼。如濤如浪復如海，至竟但可名爲雲。須臾雲歸如鳥集，晞髮青松身溼溼。回頭却望老人峯，傴僂仍向天都立。

【注釋】〔一〕黄山圖經：霞城洞室，乳竇瀑布，無峯不有。〔二〕史記封禪書：晝有白雲起封中。〔三〕楊慎禪林鈎玄：華鬘，梵言俱蘇，此言華也。梵言摩羅，此言鬘也。西方多用蘇摩羅花行列結之，以爲條貫。無問男女，以此莊嚴或首或身。經中有華鬘天鬘寶鬘，並同其事也。

緣天都峯趾度斷凡橋下木梯憩文殊菴

天都趾右石屏南，墮山嶧嶺崿且嵁。峭壁崩厓罅欲裂，異松穴石攢如簪。嶔崟數里俄半擘，岝峉百丈咸中弇。峯巒移步貌改易，蒼翠著面人熏酣。崎嶇鳥道陟又下，摧頽藺足縮復探。盤回下梯身入井〔一〕，嘯呼命侶聲出甑。僧徒扶曳咸右袒，與人負荷長左擔。俯躬正恐肱三折，側足祇容劍一椷。挽葛千尋出洞穴，誅茅一畝憩小菴。天都東拱勢翼翼，勝蓮後負形沈沈。上擁趺石宫宅穩，下臨莽蒼光景涵。靈山削成隱佛土，普門應現開精藍。清曉梵貝響林樾，午夜佛火明煙嵐。香象拒門表奮迅，神鴉乞食離嗔貪。隨喜幸到文殊座，投瞑還同彌勒龕。軍持漉囊在何許？桑下一宿吾所慚。

【注釋】〔一〕水經注：華山天井，纔容人穴空迂迴，傾曲而上，可高六丈餘，上者皆所由涉，更無別路。欲出井，望空視明，如在室窺窗也。

宿文殊院夜起看月

三十六峯月魄裏，老僧夜喚神鴉起。空山午夜光景微，濛濛薄霧霑人衣。

初十日從文殊院過喝石菴到一綫天下百步雲梯逕蓮華峯憩天海

昔與照上人，共訂黄山約。執手文殊院，披雲一長嘯。蓮花溝畔少人跡，蛾度蛇行限削壁〔一〕。照公前輓幻公推，如上天門生四翼。磧沙披歷見幽居，白石錯落爲周阹〔二〕。背屋厜㕒疊雲浪〔三〕，下方軒豁呈日車。亭午齋鐘赴天海，接翅神鴉已先在。盤回折下百步梯，行人項領與踵齊。九步喘汗十步息，度樾穿林又枳棘。青柯坪前縋韓愈〔四〕，蒼耳林中失李白〔五〕。須臾復出海子嶺，意行緜度兩茫然〔六〕。誰知絶頂千尋地，只倚孤懸一綫天。蓮峯未上日已晚，放杖松窗聊自忖。莫愁山中石路滑，終羨老僧脚頭穩。

【注釋】〔一〕楊子雲長楊賦：扶服蛾伏。李善曰：蛾伏，如蛾之伏也。蛾，古蟻字。〔二〕楊子雲長楊賦序：以網爲周阹。李奇曰：阹遮禽獸圍陣也。阹，音祛。〔三〕爾雅釋山：崒者厜㕒。

郭璞曰：謂山峯頭巉巖。〔四〕華山志：青柯坪，在十八盤上，羅列諸峯，屏環渭水。南面水簾瀑布飛揚，太華勝概，已得其大都焉。李肇國史補：韓愈好奇，與客登華山絕峯，度不可返，乃作遺書，發狂慟哭。華陰令百計取之，乃得下焉。〔五〕太白有尋魯城北范居士失道落蒼耳中見范置酒摘蒼耳詩。〔六〕後漢書章帝紀：跋涉懸度。臣賢曰：西域傳曰：懸度者，石山也，溪谷不通，以繩索相引而度。

登始信峯迴望石筍矼

三十六峯拔地湧，此峯跂之纔及踵。臨深爲高地使然〔一〕，附婁翻能瞰高冢〔二〕。松枝懸度勢獵獵，略彴孤騫風傱傱。石徑曾無飛鳥度，茅菴尚有殘雪擁。上視近天心氣肅，下臨無地魂魄悚。平鋪萬狀盡雲練，幻出千嵐似丘壟。邐迤迴望石筍矼，萬峯矗矗攢穹蒼。故知造化善戲劇，遂使鬼物齊開張。破碎虛空作苑囿〔三〕，摶捖厚土成珪璋。孤撐扶陷互相詭，妥伏蹙鬬不可詳。益州二筍何微眇〔四〕，天平萬笏空迴翔〔五〕。起視大壑限尋丈，却立萬仞憑堵牆。高陵巨谷堆衆皺，都邑嶺陸分毫芒。篆雲一點出九子〔六〕，突煙片縷回池陽〔七〕。心駭神移耳目怠，積蘇累塊今安在？中天倘恍游化人，步地蒼茫窮豎亥。錐鑿將無死渾沌，刻畫何當罪眞宰？經營團辭記靈異〔八〕，忽漫執筆成晦昧。眼看夕陽信奇絕，安知夜半不遷改？笑殺區區刻劍人，但認一漚作黃海〔九〕。

【注釋】〔一〕黃山圖經：天目山，高一萬八千丈，而低于黃山者，何也？以天目近連浙江天台，俯瞰滄海，地勢傾下，百川所歸，而宣、歙二州，即江之上游，海之濫觴，今計宣、歙之平地，已與一山齊焉，況此山有摩天戛日之高，則浙東西、宣、歙、池、饒、江、信等郡之山，並是此山肢脈也。〔二〕左傳宣公二十四年：部婁無松栢。杜預曰：部婁，小阜也。〔三〕法華經五百弟子授記品：諸天宮殿，近處虛空，人天交接，兩得相見。〔四〕少陵石笋行：君不見益州城西門，陌上石笋雙高蹲。後漢書方術傳：公孫述時，蜀武擔石折，任文公曰：「噫！西州智士死，我乃當之。」臣賢曰：武擔山，在今益州成都縣北百二十步。揚雄蜀王本紀云：武都丈夫化爲女子，顏色美麗，蓋山精也。蜀王納以爲妃，無幾物故。乃發卒之武都擔土，葬于成都郭中，號曰武擔。以石作鏡一枚，表其墓。華陽國志曰：王哀念之，遣五丁之武都擔土，爲妃作冢，蓋地數畝，高七丈，其石今俗名爲石笋。梁益州記：石笋二，在子城西門外。寰宇記：武擔山，俗曰石笋，在郭內州西門之外大街中。杜光庭石笋記：成都子城西曰興義門金容坊，有通衢百五十步，有石二株，挺然聳峭，高丈餘，圍八九尺。陸游筆記：石笋，其狀與笋不同，乃纍纍數石成之。〔五〕王鏊姑蘇志：天平山西有筆架峯，其後羣石林立，名萬笏林。〔六〕御覽：九華山錄云：此山奇秀，高出雲表。峯巒異狀，其數有九，故號九子山焉。李白因游江、漢，覩其山秀異，遂更號曰九華。〔七〕樂史寰宇記：池州池陽郡，禹貢楊州之域。〔八〕昌黎南山詩：團辭試提挈，掛一念萬漏。〔九〕首楞嚴經：譬如澄清百千大海棄之，唯認一浮漚體，自爲全潮，窮盡瀛渤。

登煉丹臺歸宿天海

是日日御薄下舂，萬里一碧澄秋容。煉丹臺陽訪丹室〔一〕，斗絕下瞰馮夷宫。靈區占據宜神物，陰雨穿穴多蛟龍。何當刼灰養伏火，豈有石室支罡風？頫窺悼慄據檔檻，却倚眩運憑虚空。丹峯香爐屹相向，翠微飛來翼以從。三十六峯離又屬，化貿幻出千芙蓉。俛仰堪輿恣枕藉，烟海茫茫天地易。星河錯落九天近，日月回周兩丸迮。高山矗立羣螘封，亘浸微茫一牛跡。憶昔軒轅鑄丹鼎，相度茲臺作宫宅。抽添火候資陽烏，採煉陰符用月魄。役使百靈守罏鞲，錯列千峰儼陛戟。一襲珠函至今在〔二〕，千年鬼物誰敢搤？天風蕭騷日已夕，攬衣欲下心不懌。文楸萬木聲摵摵，素女清絃響金石。南斗闌干星可摘，安得商飈發兩腋，望仙峰頂看月白。

【注釋】〔一〕黄山圖經：軒轅黄帝獲靈丹于浮丘翁，遂思超溟渤，遊蓬萊。浮丘翁曰：「煉金爲丹，必假于山水。山秀水正，其藥乃靈。惟江南黟山，據得其中，神仙止焉。」黄帝遂命駕，與容成子、浮丘公同遊此山。〔二〕黄山圖經：湯池中見一珠函，一玉壺。浮丘公啓之，函中有霞衣寶冠珠履，壺中有瓊漿甘露。浮丘公曰：「此是上天降下以奉黄帝。」

十一日繇天都峯趾逕蓮華峯而下飯慈光寺抵湯口

天都岃崱不可上，縋腰束胸將安往？蓮花峰下徑仄垂，劖風蓬蓬吹勒回。墱道千盤互攀援，足巡廻途目欲旋。兩腋風生似掖扶，絶壁雲遮失泯眩。靈山惜別如乍逢，凝嵐積靄開重重。丹厓却轉圍紺殿，翠微深處聞齋鐘。未央長信已遷改，慈光香火千年在。碧桃花開繞石塔，砂溪水流環法海。普門塔在寺後，寺舊名法海菴。經丘歷广重躊躇〔一〕，却望青峰卽畫圖。襞褶雲衣看疊嶂〔二〕，微茫雪逕認天都。六六蓮峰倚林樾，嘆息青蓮久蕪沒。曾聽當時吳會吟，惟有黄山碧溪月。李太白夜泊黄山聞殷十四吳吟詩云：昨夜誰爲吳會吟？又云：我宿黄山碧溪月。

【注釋】〔一〕釋行均龍龕手鑑：广，魚檢反，因岩爲屋也。〔二〕子虚賦：襞積褰縐。師古曰：襞積，卽今之裙襵，古所謂皮弁素積者，卽謂此積也。襞，音壁。

十二日發桃源菴出湯口逕芳村抵濳口

老夫入山雨洗塵，山容水色相鮮新。老夫下山雨祖道，雨氣溟濛山更好。春山皎潔如秋清，先庚後申雨却迎。已放飛流䘏瀑布，更鋪雲海媚新晴。人言此行天所予，宜晴卽晴雨卽雨。海市何當用禱祈？石廩還應薦酒酤〔一〕。三十六峰憎我回，屯雲罨霧晝不開。洮花溪水尤惜別，鳴車濺轍爭狀洄。山中桃花紅未了，人間春去知多少？試聽同聲山樂禽，何如交響頻迦鳥〔二〕？汪澤民記云：宿湯寺，聞啼鳥聲甚異，若歌若答，節奏疾徐，名山樂鳥，下山咸無有。余於湯口道中聞之，信然。

【注釋】〔一〕御覽：歙縣圖經：昔有人到浮丘公仙壇，忽見樓臺煥然，樓前有蓮花池，左右有鹽積米積。遂歸引村人上取，了不知其處所。〔二〕翻譯名義集：迦陵頻伽，此云妙聲鳥。正法念經云：山名曠野，其中多有迦陵頻伽，出妙聲音。如是美音，若天若人緊那羅等，無能及者，唯除如來妙音。

湯池

圖經云：湯池在黟山東紫石峯下。香泉溪中有湯泉，黃帝服還丹，肌膚皴折，浸湯泉七日，故皮隨水而去。斯須，白龍見池中，笙歌繞空。雲霧消散，見珠函玉壺，持歸石室。浮丘公題記于南須石壁。

峨峨紫石峯，迸泉瀉天半。下有湯泉口，潰沸然鑪炭。陰陽交劑和，涼溫互輪灌。暄暖便祓濯，清泠宜頮盥。立象徵明夷，流惡類奔竄。蒸池匪檻湧〔一〕，瀵魁徒澶漫〔二〕。天爲湯沐賜，神用陰火暵。不數硫黃焫，肯比礜石潬。天下湯泉多作硫黃氣，惟驪山是礜石泉，黃山乃硃砂泉。惟昔軒轅帝，在宥天下亂。神丹內服食，靈泉外烹煆。一浴肌理皴，七日毛髓換。龍來雲翕集，鳳吹霧消散。漿露玉壺凝，冠履珠函貫。至今石壁題，隱隱南山矸。我來値春晚，桃花湯渙瀾。桃花峯下有桃花溪，水名桃花湯，流入湯泉。香風解煩酲，蒸氣淟微汗。嚥嗽綠腸淨〔三〕，拂拭紫絡粲〔四〕。原憲腫可差，皇甫痺應渙〔五〕。陸渾火焚灼〔六〕，焦原勢糜爛。未能除人痾，安用滌身痯〔七〕。誰把浮丘袖？永懷玉女粓。執熱竟何云？晞髮起長歎。

【注釋】〔一〕少陵迴棹詩：蒸池疫癘偏。水經注：承水出衡陽承安縣西邵陵縣界邪薑山，東北流至重安縣，逕舜廟下。武水出鍾武縣西南表山，東流至湘東臨承縣北，東注于湘，謂之承口。漢地理志：承陽在承水之陽，故名。承讀若蒸，屬長沙國。郡國志：臨蒸縣，俯臨蒸水，其氣如蒸，故曰臨蒸。元和郡國志：衡陽城東旁湘江，北背蒸水。詩小雅采菽章：觱沸檻泉。毛萇傳曰：檻泉，正出也。爾雅釋水：正出，涌出也。〔二〕水經注：河水又南，瀵水入焉。水出汾陰南四十里，西去河三里。平地開原，濆泉上涌，大凡如輪，深則不測，俗呼之爲瀵魁。〔三〕徐堅初學記：綠腸朱髓，蒼腎青肝。道君列紀經曰：若三元宮，有琳扎綠腸朱髓。又曰：玄都丹臺，有皇皇金字者，則青肝紫絡，蒼腎綾文。〔四〕眞誥運象篇：趙成子死五六年，人晚山行，見死尸在石室中，肉朽骨在。又見腹中五藏，自生如故，液血纏裹于內，紫包結絡于外。〔五〕晉書皇甫謐傳：謐以著作爲務，自號玄晏先生。後得風痺疾，猶手不輟卷。〔六〕昌黎有和皇甫湜陸渾山火詩。

〔七〕禮部韻略：瘖，古玩切。爾雅：瘖瘖，病也。

天都峯

萬曆甲寅，普門和尚始陟天都絶頂。丙辰，闊庵和尚偕同衣九人再登，累石爲塔，揭二竿，縣以幡燈，從下望之，塔如人立，幡從風迴翔。厥後罕有繼跡者焉。

天都九百仞，竦出羣峰上。我行陟慈光，厜㕒正北望。繁如冕旒垂，突如甲胄壯。仙都儼侍衞，蓮花屹相向。煉丹雖鼎足，頫伏慚輩行。削從大地拔，高與青天抗。浮雲不能齊，飛鳥孰敢並？古云天之中，軒轅此游放。巉巖負斧依，幔亭列衞仗。月白霞衣鮮，風清廣樂張。憑虛命天老〔一〕，排空召雲將〔二〕。至今數千祀，眞都隱沆碭。普門始荒度，闊菴繼策杖。絶陘引猿臂〔三〕，鈌竇縛馬枊〔四〕。横穿身入甕，倒擲頭觸甍。百仞更顛頓，方石見輪廣。累塔象人立，樹幡危石當。神燈不可見，色界吾安仰〔五〕？昔聞三天都，圖記互評量。此爲天子都，彼爲天子鄣。廬率西南屏，大鄣東北嶂。譬如甸侯服，離衞帝都王。香谷氣方馥，桃花水初漲。帝將觴百神，吾欲合秬鬯。

【注釋】〔一〕黄帝傳：黄帝時有天老五聖，以佐理化。〔二〕莊子在宥篇：雲將東遊，過扶搖之枝，而適遭鴻濛。〔三〕水經注：益州刺史鮑陋鑿石爲函道上苑木。天公直下至江中，有如猿臂，相牽汲引。〔四〕說文：枊，馬柱。蜀志先主傳：縛督郵，杖二百，解綬繫其頸著馬枊。〔五〕婆沙論：有色可了施設，故名色界。有一十八天，謂初禪有三天，梵衆、梵輔、大梵；二禪有三天，少光、無量光、光音；三禪有三天，少淨、無量盡、遍淨；四禪有九天，福生、福愛、廣果、無想、無煩、無熱、善現、善見、色究竟。

蓮華峯

蓮華峯岝峉，高與天都並。峰趾仄下垂，屈盤隱梯磴。峰如蓮正開，趾如荷有柄。緣莖拊其瓣，百折峰始竟。側身竇石腹，刺促藕絲經。罅漏忽穿穴，藕孔隙光映。上有半閉广，凸如蓮子迸。又有蓮花心，數尺凹圓徑。羣峰簇相拱，田田荷葉盛。我來倚孤篠，敢與剽風競。支頤雲梯畔，足跂目轉瞪。自從出湯口，諸峰互延亘。天都尊無如，蓮峰變難凭。初疑玉井頭，如船藕相擎〔一〕。簇簇青蓮房，萬葉擁却迎。及憩文殊院，西面看最靚。妙花聳青壁，石瓣承其脛。趺坐敷莊嚴，明粧比端正。西北瓣未圓，菡萏一峰稱。南下桃花峰，飛梁似連賸。玉蘂近可攀，連理遙相命。數武俄改易，一瞚已幽敻。側出橫秋波，平鋪落明鏡。顧盼良已煩，畫圖豈能評？惟有青蓮眼〔二〕，嘗見勝蓮勝。

【注釋】〔一〕昌黎古意詩：太華峯頭玉井蓮，開華十丈藕如船。〔二〕首楞嚴經：一切世間，十種異生，同將識心，居在身內，縱觀如來，青蓮花眼，亦在佛面。

石筍矼

黄帝上昇後，靈山忽湧潰。化成千尺峰，乃是雙石筍〔一〕。詭異窮堪輿，象滋靡域畛。幻化石有靈，包解筍無盡。危矼如防盛〔二〕，列石類欄楯；銳如浮圖矗，鐵如劍戟展叶；或如經闊如波濤散，蹙如篆籀緊；或屬而駱驛，連迮復徐引；或宮而障圍，撐拄匪囚僨；或如經天星，未及尺而隕；或如靈胡掌〔三〕，襞裂地爲墳。象物總雜糅，攫搏互駮踳。大地刻玲瓏，神匠碎嶞粉。琢鏤鬼盡驚，奇譎天亦哂。我來陟此岡，憑高數巉嶙。指顧眩景光，心目困摭攟。西北山中折，勢與削成準。沉碭仙都出，青縹翠微近。廬江畫衣帶，池陽堆庾囷。虛煙長靄靄，人語或殷殷。側足臨大荒，傾耳扣虛牝〔四〕。片石投下空，硠礚似雷霣。中天腐骨輕，下界夕陽隱。生年厄枯箹〔五〕，世事叢苞稹〔六〕。安知石能言，不以我爲箘？高誘曰：箘，竹筍也。

【注釋】〔一〕黄山圖經：第十六仙人峯，頂有二石人，宛如刻成，相對而坐。仙記注：浮丘公與黄帝經遊此處，上昇之後，雙石笋化成峯，可高十丈，信神仙之聖跡。俗謂南向者爲軒轅黄帝，背倚一石屏，迥如玉扆。北向者爲浮丘公，其下石壁高五百餘仞，猿猴亦不能到。遊玩者上紫石峯望，宛如二仙人對坐。〔二〕爾雅釋山：如防者盛。郭璞曰：盛，隄也。〔三〕水經河水注：華岳本一山，當河，河水過而曲行，河巨靈手盪脚踏，開而爲兩，今掌足之跡仍存。華巖開山圖曰：有巨靈胡者，偏得神元之道，能造山川出河，所謂巨靈贔屭，首冠靈山者也。常有好事之人，故昇華嶽，而觀厥跡焉。〔四〕殷仲文南州桓公九井詩：哀壑叩虛牝。李善曰：大戴禮曰：丘陵爲牡，谿谷爲牝。〔五〕晉戴凱之竹譜：䈀必六十，復亦六年。竹六十年一易根，易根輒結實而枯死，其實落土復生。六年遂成町竹。謂死爲䈀。䈀，音紂。〔六〕爾雅釋言：苞，稹也。郭璞曰：今人呼物叢緻者爲稹。

錬丹臺

我登錬丹臺，詄蕩上青天。旋觀六六峰，一一排青蓮。崇臺據中央，宛如蓮菂然。千瓣復萬莖，廻抱相鈎連。玉屏展青嶂，香罏罨紫煙。奇峰劍危石，櫛列差髆肩。橫若羅劍盾，矗若奮戈鋋；猛若屯天獸，疑角夾九閽；伏若萬金革，摐鳴復收旋。神靈既役使，頑礦俱騰騫。相將守丁甲，誰敢窺汞鉛？日車陽焰煆，月駕陰火然。至今丹鼎中，光氣流朱殷。在昔軒轅帝，垂裳理八埏。命龍戮絕轡〔一〕，驅虎定阪泉〔二〕。六相資輔弼〔三〕，五賊收狂癲〔四〕。藥得君臣配，火用文武煎。海宇罏鞲定，陰陽藥物全。然後事修煉，黃服朝上玄，服食八甲子，圖經云：浮丘公煉丹經八甲子，黄帝服七粒上昇。登假千萬年〔五〕。有如世不治，慕道求神仙。張樂洞庭野，採藥黟山巔。何異周穆滿，車轍馬跡焉？軒皇去我久，刀圭世莫傳。願發珠函祕，進獻玉扆前。

【注釋】〔一〕黄帝傳：蚩尤命應龍蓄水以攻黄帝，請風伯雨師及天下女祇以止雨，于東荒之地，北隅諸山，黎土羌兵，驅應龍以處南極，殺蚩尤于凶黎谷，不得復上，故其下旱，所居皆不雨。蚩尤乃敗于顧泉，遂殺之于中冀，其地因名絶轡之野。〔二〕列子黄帝篇：黄帝與炎帝戰于阪泉之野，帥熊羆狼豹貙虎爲前驅，鵰鶡鷹鳶爲旗幟，此以力使禽獸者也。〔三〕管子五行篇：昔者黄帝得蚩尤而明乎天道，得大常而察乎地利，得奢龍而辨乎東方，得祝融而辨乎南方，得大封而辨乎西方，得后土而辨乎北方。黄帝得六相而天下治，神明之至也。〔四〕黄帝陰符經：天有五賊，見之者昌。李筌曰：黄帝得賊命之機，白日上昇。殷周得賊神之驗，以小滅大。管仲得賊時之信，九合諸侯。范蠡得賊物之急，而霸南越。張良得賊功之恩，而敗強楚。〔五〕曲禮：告喪曰天王登假。鄭氏曰：登，上也。假，已也。上已者，若仙去云耳。

慈光寺

普門頭陀行，光明動帝后。兩宮賜剃染〔一〕，少府給組綬。脱却金紋衣，麻鞵露兩肘。

毘盧金像設〔二〕，梵筴琅函剖。煌煌慈光額，天子維獻壽。金貂馳北墅，銀榜賁南斗。寺踞天都隴，面勢抗龍首。朱砂拱其左，疊嶂掖而右。飛閣千尋湧，諸天四圍負。龍像震旦尊，鐘魚六時吼。幡幢內家織，齋鉢大官糗。鋪張金世界，變現錦陵阜。嗚呼卌年來，滄桑逼陽九。宮移長信屢，卜應沙鹿久〔三〕。玉衣寢廟重，脂澤鏡奩厚。八極誠晏如，三災所時有。椒塗恩賜節，榆塞金錢走。招提佐軍興，衲衣裁短後。我來禮慈光，俛仰思文母。僧徒日魚雅，禪誦午譁釦〔四〕。空山猶昇平，慈恩正攝受。泉流石塔下，桃紅碧溪口。客拜漉水囊，僧持埽花帚。尙祈白毫力，庶復金輪舊。頂禮九蓮座，宮中稱慈聖爲九蓮菩薩。涕洟重稽首。

【釋注】〔一〕道誠釋氏要覽：凡剃髮染衣，紹釋迦種，卽無殊姓，宜悉稱釋氏。〔二〕華嚴經入法界品：我覲毘盧遮那如來，念念出現不可思議淸淨色身。旣見是已，皆大歡喜。〔三〕漢書元后傳：昔春秋沙麓崩，晉史卜之曰：陰爲陽雄，土火相乘，故有沙麓崩。後六百四十五年，宜有聖女興，其齊田乎？今王翁孺正直其地，日月當之。元城郭中有五鹿之墟，卽沙鹿地，後八十年，當有貴女興天下云。元后崩，大夫楊雄作誄曰：太陰之精，沙鹿之靈。作合于漢，配元生成。

〔四〕國語：三軍皆譁釦以振旅。韋昭曰：譁釦，讙呼。

下黄山留宿故方給事方石書館題壁兼懷孟陽

春盤剪韭夜留賓，高館明燈笑語親。左掖雞棲傳奏牘，中堂鵩止見承塵。老成春後孤花少，朋舊秋來宿草頻。尚有故人頭白盡，爲言兹會重傷神。

過方司馬子玄故第

秋卷書生射策過，即看殊錫寄關河。白山節鎮烽煙少，丹旐湍歸蔭敍多。二八金鐘縣甲第，三千鐵騎擁琱戈。白頭老友春風淚，寂寞生芻問雀羅。

訪孟陽長翰山居題壁代簡

三日天都約裹糧，差池燕羽正相望。却回謝客新游屐，來訪盧鴻舊草堂。長翰山中書數卷，松圓閣外樹千章。到門他日何人記？莫漫題名字幾行。

三月廿四日過釣臺有感 是日聞陽羨再召

嚴瀨曈曈旭日餘，桐江瀧盡挂帆初。老夫自有漁灣在，不用先生買菜書〔一〕。

【注釋】〔一〕後漢書嚴光傳注：皇甫謐高士傳曰：霸使西曹侯子道奉書，光不起，于床上箕踞抱膝，發書讀訖，子道求報，光曰：「吾手不能書。」乃口授之。使者嫌少，可更足。光曰：「買菜乎？求益也。」

初學集卷二十

東山詩集三 起辛巳六月，盡十五年壬午。

合歡詩四首六月七日茸城舟中作

鴛湖畫舸思悠悠，谷水香車浣別愁。舊事碑應啣闕口〔一〕，新歡鏡欲上刀頭。此時七夕移弦望，他日雙星笑女牛。榜枻歌闌仍秉燭，始知今夜是同舟。

【注釋】〔一〕樂府讀曲歌：石闕生口中，銜悲不得語。

其二

五茸媒雉即鴛鴦〔一〕，樺燭金鑪一水香。自有青天如碧海〔二〕，更教銀漢作紅牆〔三〕。當風弱柳臨粧鏡，罨水新荷照畫堂。從此雙棲惟海燕，再無消息報王昌。

【注釋】〔一〕松陵集陸龜蒙和襲美吳中言事詩：五茸春草雉媒嬌。註曰：五茸，吳王獵所，茸各有名。〔二〕李商隱常娥詩：常娥應悔偷靈藥，碧海青天夜夜心。〔三〕李商隱代應詩：本來銀漢是紅牆，隔得盧家白玉堂。誰與王昌報消息？盡知三十六鴛鴦。

其三

忘憂別館是儂家，烏傍牙檣路不賒。柳壁濃於九華殿〔一〕，鶯聲嬌傍七香車〔二〕。朱顏的的明朝日，錦障重重暗晚霞。十丈芙蓉俱並蒂，爲君開作合昏花〔三〕。

【注釋】〔一〕西京雜記：漢掖庭中有月影臺、雲光殿、九華殿、鳴鸞殿、開襟閣、臨池觀，不在簿籍，皆繁華窈窕之所棲宿焉。〔二〕古文苑曹公與楊太尉書：贈四望通幰七香車一乘。〔三〕本草：合歡至暮卽合，故云合昏。

其四

朱鳥光連河漢深〔一〕，鵲橋先爲架秋陰。銀缸照壁還雙影，絳蠟交花總一心。地久天長頻致語，鸞歌鳳舞並知音。人間若問章臺事，鈿合分明抵萬金〔二〕。

【注釋】〔一〕爾雅釋天：咮謂之柳。郭璞曰：咮，朱鳥之名。疏曰：柳，南方之宿名。南方七宿，共爲朱鳥之形，柳爲朱鳥之口，故名咮。咮卽朱鳥之口也。〔二〕陳鴻長恨歌傳：玄宗得楊玄琰女，定情之夕，授金釵鈿合以固之。

催粧詞四首

養鶴坡前烏鵲過〔一〕，雲間天上不爭多。較它織女還傒倖，月筴生時早渡河。

【注釋】〔一〕王象之輿地紀勝：鶴坡，在華亭縣七十里。此地出鶴，俗謂之鶴窠者是也。

其　二

鵲駕鸞車報早秋，盈盈一水有誰留？粧成莫待雙蛾畫，新月新眉總似鉤。

其　三

鶉火舒光照晝屛〔一〕，銀河倒轉渡青冥。從今不用看牛女，朱鳥窗前候柳星〔二〕。

【注釋】〔一〕左傳襄公九年：咮爲鶉火。〔二〕漢武内傳：殿南朱雀窗中，忽有一人來窺看仙官，王母曰：「此是汝侍郎東方朔，是我鄰家小兒也。」漢武故事：七月七日夜漏七刻，王母至，上迎拜。東方朔于朱鳥牖中窺母。徐陵玉臺新詠序：朱鳥窗中，爲歡非覔。

其　四

寶架牙籤壓畫輪，筆床硯匣動隨身。玉臺自有催粧句，花燭筵前與細論。

田國戚奉詔進香岱嶽渡南海謁普陀還朝索詩爲贈

戚臣銜命報禖祥，玉節金函出尚方。天子竹宮親望拜〔一〕，貴妃椒室自焚香。鯨波偃作慈雲色，蝗氣銷爲瑞日光。岱嶽山呼那得並，海潮音裏祝吾皇〔二〕。

【注釋】〔一〕漢書禮樂志：正月上辛，用事甘泉圜丘，天子自竹宮而望拜。韋昭曰：以竹爲宮。漢武故事：祭太乙，令人登通天臺以候天神。天神既下祭所，若大流星，乃舉烽火，而就竹宮望拜。

〔二〕首楞嚴經：發海潮音，徧告同會。長水疏曰：海潮無念，要不失時。

燕譽堂秋夕

雨過軒窗浴罷時，水天閒話少人知。凭闌密意星娥曉，出幌新粧月姊窺。鬬草空堦蛩自語，採花團扇蝶相隨。夜來一曲君應記，颯颯秋風起桂枝〔一〕。非君起夜來。柳惲詩也。

【注釋】〔一〕玉臺集柳惲起夜來詩：颯颯秋桂響，非君起夜來。

秋夕燕譽堂話舊事有感

東虜游魂三十年，老夫雙鬢更皤然。追思貰酒論兵日，恰是涼風細雨前。埋沒英雄芳草地，耗磨歲序夕陽天。洞房淸夜秋燈裏，共檢莊周說劍篇。

中秋日攜内出游次冬日泛舟韻二首

綠浪紅闌不礙愁，參差高柳蔽城樓。鶯花無恙三春侶，蝦菜居然萬里舟。照水蜻蜓依鬢影，窺簾蛺蝶上釵頭。相看可似嫦娥好？白月分明浸碧流。

其　二

輕橈蕩漾緩淸愁，恰似明粧上翠樓。桂子香飄垂柳岸，芰荷風度採蓮舟。招邀璧月成三影，搿當金尊坐兩頭。便合與君長泛宅，洞房蘭室在中流。

依韻奉和二首　　河　東

秋水春衫憺暮愁，船窗笑語近紅樓。多情落日依蘭櫂，無藉輕雲傍綵舟。月幌歌闌尋麈尾，風床書亂覓搔頭。五湖煙水長如此，願逐鴟夷汎急流。

其　二

素瑟淸尊迥不愁，柁樓雲物似粧樓。夫君本自期安槳，有美詩云：迎汝雙安槳。賤妾寧辭學泛舟。燭下烏龍看拂枕，風前鸚鵡喚梳頭。可憐明月將三五，度曲吹簫向碧流。

和高中丞平仲乘城記事詩八首 有序

崇禎辛巳，闖賊破雒陽，下汝、郟，乘勝趨汴。自二月十二日至十七日，并力疾攻者七晝夜。高君平仲以御史巡汴，乘城死守，窮百道禦之乃退，城幾陷者數矣。天子嘉其功，立命爲僉都御史，巡撫河南。平仲作乘城記事詩，自爲之序。余讀而偉之，乃次韻屬和焉。平仲之序曰：圍城中數瀕死，惟自分必死，故盡力守禦，不復反顧也。傳曰：畢萬，匹夫也，七戰皆獲。死於牖下，死不在寇，羣子勉之。知言哉！偉哉斯言，可以辦賊，可以辦天下事矣。并記之以示能者。

雒陽宮殿汚羶腥，汝郟烽煙接杳冥。幸有繡衣雄節鎭，何妨銅馬遍郊坰。連營殺氣傳鼙鼓，列戍軍聲語索鈴。盡夜城頭拜南極，爭看弧矢直狼星。

其　二

膏塗肉薄踐城梯，積甲眞看熊耳齊〔一〕。漫道無功曾使鶴，縱令有技已窮鼯〔二〕。持來簪筆驚狐鼠，磨得靴刀瑩鷿鵜〔三〕。飲血登陴更長嘯，儘敎飛矢屬吳犀。

【注釋】〔一〕後漢書劉盆子傳：樊崇將盆子及丞相徐宣以下三十餘人肉袒降，積兵甲宜陽城西，與熊耳山齊。酈道元水經注：洛水之北，有熊耳山，雙巒競舉，狀同熊耳，在宜陽西也。〔二〕爾雅釋獸注：郭璞曰：鼫鼠有螫毒者。疏曰：許慎云：鼫鼠五技，能飛不能上屋，能游不能渡谷，能緣不能窮木，能走不能先人，能穴不能覆身。此之謂五技。〔三〕爾雅釋鳥：鶨，須鸁。郭璞曰：鶨，鶡鶨，似鳧而小。

其三

汴京城闕倚高堅，垂絕頻憂臟腑穿。長技馬牆飛霹靂〔一〕，短兵鼠穴接戈鋋〔二〕。心同石礮俱糜碎，身與金錢總棄捐。痛哭南雲判血指〔三〕，賀蘭燕罷正高眠。

【注釋】〔一〕魏志袁紹傳：太祖發石車擊紹，樓皆破。紹衆號曰霹靂車。〔二〕史記廉頗藺相如列傳：秦伐韓，王召問趙奢，奢對曰：「其道遠險狹，譬之猶兩鼠鬭于穴中，將勇者勝。」〔三〕昌黎張中丞傳後序：南霽雲乞救于賀蘭，賀蘭不肯出師救，具食與樂，延霽雲坐。霽雲慷慨語，拔所佩刀，斷一指，血淋漓，以示賀蘭。

其四

大梁城是漢黃圖〔一〕，持重軍威並亞夫。夜戰不曾開壁壘〔二〕，先登誰敢呼蝥弧〔三〕？

指撝荆豫回強虜，鎖鑰幽燕拱帝都。何事至尊長側席？安危時至有人扶。

【注釋】〔一〕樂史寰宇記：開封府，戰國時爲魏都。史記云：魏惠王自安邑徙都大梁，今西面浚儀縣故城是也。漢高祖起沛，酈生説曰：「陳留爲天下衝，四通五達之郊，無名山大川之阻。」即謂此地也。後定天下，爲陳留郡之浚儀縣。至文帝，封皇子武爲梁王，都大梁。〔二〕漢書周勃傳：吳攻梁，梁請救。亞夫引兵東北走昌邑，堅壁而守，使輕騎絶吳、楚兵後食道，吳、楚飢，欲退，數挑戰，終不出。夜軍中驚，内相攻擊擾亂，至于帳下。亞夫堅臥不起。頃之，復定。吳奔壁東南陬，亞夫使備西北，已而其精兵果奔西北，不得入。〔三〕左傳隱公十一年：公會齊侯、鄭伯伐許，潁考叔取鄭伯之旗蝥弧以先登。杜預曰：蝥弧，旗名。

其　五

率土兵塵晤不開，羽書旁午疾轟雷。請看襄雒新烽火，還道昆明舊劫灰。戰壘非熊無一老，議堂集鳯有羣才。可憐七夜乘城客，白髮盈顛馬亦隤。

其　六

候火傳烽逼孟陬，淮奸絳諜滿青韝〔一〕。牛羊賤抵將軍命，蟣虱窮穿卒伍鍪〔二〕。天上旌旗垂四野，地中鼓角殷層樓。嚴城圍解爭相笑〔三〕，壯士還家盡白頭。

【注釋】〔一〕左傳宣公八年：晉人獲秦諜，殺諸絳市，六日而蘇。〔二〕揚子雲長楊賦：鞮鍪生蟣虱，介胄被霑汗。李善曰：說文曰：鞮鍪，首鎧也。韓子曰：攻戰無已，甲胄生蟣虱。孔安國尚書傳曰：胄，兜鍪也。鞮鍪，即兜鍪也。〔三〕後漢書任光諸人傳贊：任邳識幾，嚴城解扉。

其七

捷書夕奏賞朝論，節鉞傳宣日未昏。帝倚一身籌汴雒，天留隻手障乾坤。彤弓旒矢應誰予？大纛高牙賴爾存。螘賊埽清還有事，更扶八柱正崑崙〔一〕。

【注釋】〔一〕屈原天問：八柱何當？東南何虧？王逸曰：言天有八山爲柱。洪興祖補註曰：河圖言：崑崙者，地之中也。地下有八柱，柱廣十萬里，有三千六百軸，牙相牽制。名山大川，孔穴相通。淮南云：天有九部八紀，地有九州八柱。舊唐書高祖紀：皇祖諱虎，後魏左僕射，封隴西郡公，與周文帝及太保李弼、大司馬獨孤信等，以功叅佐命，時稱爲八柱國家。

其八

巢車望處斷塵囂，烏鳥聲傳寇遁宵。對酒旄頭頻自看，罷棋屐齒不曾驕。瘡痍士卒連朝撫，膏火軍書繼晷燒。馮仗天威須折簡，赤眉青犢待君招〔一〕。

【注釋】〔一〕後漢書光武紀：又別號諸賊銅馬、大彤、高湖、重連、鐵脛、大搶、尤來、上江、青犢、五校、檀鄉、五幡、五樓、富平、獲索等，各領部曲，衆合數百萬人，所在寇掠。

長干行寄南城鄭應尼是庚戌同年進士榜下一別三十二年矣

人生忽如客行路，少壯侵尋逼遲暮。白頭種菜猶昔人〔一〕，紫陌看花想前度。就中最愛鄭南城，綏帶輕衣太瘦生。七言詩句推渠帥，千佛名經獨老成〔二〕。連鑣未幾忽星散，中外差池不相見。君因忤物坐迍邅，我緣鉤黨遭塗炭。懷袖消沉字幾年，長干風月總堪憐。白夾風流樂府在，青樓薄倖教坊傳。應尼少遊長干，爲名妓馬湘蘭作白練裙雜劇，至今流傳曲中。即今天下兵塵滿，年少兒郎死樞筦。武陵彤弓命未反，括蒼鐵衣血新濺。武陵樞相、括蒼司馬，皆同榜少年生也。功名熏灼竟如何？紅粉黃沙不較多。游人尙酹湘蘭墓，子弟爭翻白練歌〔三〕。不若與君贏得在，瞪目支頤看流輩。且將分鹿付覆蕉，莫以亡羊笑博簺。吳門仙治近麻姑〔四〕，莫謂盱江道路紆。若逢鳥爪經過便，還寄丹砂問訊余。

【注釋】〔一〕肇法師物不遷論：梵志出家，白首而歸。鄰人見之，曰：「昔人尙存乎？」梵志曰：「吾猶昔，人非昔人也。」鄰人皆愕然。〔二〕封氏聞見記：進士張繟，漢陽王柬之曾孫也。初落第，兩手捧登科記頂戴之，曰：「此千佛名經也。」其企美之如此。〔三〕惠洪冷齋夜話：則天長壽三年詔書曰：應天下尼，當用細白練爲衣。〔四〕陸廣微吳地記：蔡經宅，在吳縣西南五十步。經，後漢人，有道術，煉大丹，服菖蒲，得仙。今蔡仙鄉，即其隱處也。

贈建昌痔醫黃岐彬

衰老翻於痼疾便，靈祇告戒起纏綿。得車知爾非論賞〔一〕，館客慚余已判年〔二〕。果痔木癰除物害〔三〕，尻輿神馬得天全〔四〕。瘍醫本是天官屬〔五〕，醫國方須附後傳〔六〕。

【注釋】〔一〕莊子列禦寇篇：秦王有病召醫，破癰潰痤者，得車一乘。舐痔者，得車五乘。所治愈下，得車愈多。〔二〕晉語：鄭簡公使公孫成子來聘。平公有疾，韓宣子贊授客館。客問君疾，對曰：「寡君之疾久矣，上下神祇，無不徧諭，而無除。今夢黃熊入于寢門，不知人殺乎？抑厲鬼耶？」子產曰：「昔者鯀違帝命，殛之于羽山，化爲黃熊，以入于羽淵，實爲夏郊，三代舉之。夫鬼神之所及，非其族類，則紹其同位。今周室少卑，晉實繼之，其或者未舉夏郊耶？」宣子以告，祀夏郊，董伯爲尸。五日，公見子產，賜之莒鼎。〔三〕柳柳州天說：天地，大果蓏也。元氣，大癰痔也。陰陽，大草木也。其爲能賞功而罰罪乎？南史徐嗣伯傳：薛伯宗善徙癰疽，公孫泰患背，伯宗爲氣封之，徙置齋前柳樹上。明旦，癰消。樹邊便起一瘤如拳大，稍稍長，二十餘日，瘤大膿爛，出黃赤汁斗餘，樹爲之痿損。〔四〕莊子大宗師篇：子祀曰：「予之尻以爲輪，以神爲馬，予因而乘之，豈更駕哉？且夫物不勝天久矣，吾又何惡焉？」東坡贈袁陟詩：神馬載尻輿。〔五〕周禮天官冢宰：瘍醫下士八人。鄭氏曰：瘍，創癰也。〔六〕國語：晉平公有疾，秦景公使醫和視之。文子曰：「醫及國家乎？」對曰：「上醫醫國，其次醫人。固醫官也。」漢武外傳：王眞師事薊子訓，子訓授其肘後方。

江上聞梅中丞長公訃二首

書生片紙到江濱，不信梅髯訃報眞。歷落鬚眉堪作鬼，輪囷肝膽可成塵。挽回滄海誠無計，經略中原更有人。哭向蒼天聲淚盡，西風吹折白綸巾。

其二

勤王身自領弓刀，爲國家眞薄羽毛。嗣事闔棺留一含〔一〕，渡河升屋應三號〔二〕。讙呼死賊如聞赦，哀泣餘民欲聚逃。公里居，賊相戒莫敢犯。公死，麻、黃不可保矣。早侍帝晨求保定〔三〕，莫忘明主正焦勞。

【注釋】〔一〕左傳襄公十九年：荀偃癉疽，生瘍于頭。濟河，及著雍，病，目出。大夫先歸者皆反。士匄請見，弗內。請後，曰：「鄭甥可。」三月甲寅卒，而視，不可含。宣子盥而撫之曰：「事吳敢不如事主。」猶視。欒懷子曰：「其爲未卒事于齊故也乎？」乃復撫之曰：「主苟終，所不嗣事于齊者，有如河。」乃瞑受含。〔二〕宋史宗澤傳：澤憂憤，疽發于背，無一語及家事，但呼過河者三，卒。記禮運：升屋而號，告曰：皋某復。　〔三〕眞誥稽神樞：侍帝晨有八人，如世之侍中，是北大帝之官。

小至日京口舟中

病色依然鏡裏霜，眉間旋喜發新黃。偶逢客酒澆長至，且撥寒鑪泥孟光〔一〕。撫髻一燈還共照，飛蓬兩鬢爲誰傷？陽春欲復愁將盡，弱線分明驗短長。

【注釋】〔一〕樂天冬至夜詩：今宵始覺房櫳冷，坐索寒衣泥孟光。

奉和　河東

首比飛蓬鬢有霜，香奩累月廢丹黃。却憐鏡裏叢殘影，還對尊前燈燭光。錯引舊愁停語笑，探支新喜壓悲傷。微生恰似添絲線，邀勒君恩並許長。

寄榆林杜韜武總戎

不離戎馬作書蟫，百戰功勞口不談〔一〕。黄髮老謀秦蹇叔〔二〕，輕裘方略杜征南〔三〕。車嫌生耳還推轂〔四〕，劍笑成衣自出函〔五〕。莫厭將壇求解脱，淸涼居士卽瞿曇〔六〕。韓蘄王晚年自號清涼居士。韜武少以三教逸民自命，故云。

【注釋】〔一〕晉書王濬傳：范通謂濬曰：「卿旋旆之日，角巾私第，口不言平吳之事。若有問者，輒曰『聖主之德，羣帥之力，老夫何力之有焉』，如斯，顏老之不伐，龔遂之雅對，將何以過之？」〔二〕史記秦本紀：孟明等將兵伐晉，渡河焚舟，大敗晉人。繆公乃自茅津渡河，封殽中尸，誓于軍曰：「古之人謀黃髮番番，則無所過。以申思不用蹇叔、百里奚之謀，故作此誓，令後世以記余過。」〔三〕晉書杜預傳：預在軍，嘗輕裘緩帶，身不被甲。鈴閣之下，侍衛者不過十數人。〔四〕吳淑事類賦：仕俄聞于生耳。注曰：吳語云：仕宦不止車生耳。〔五〕徐堅初學記：凡劍，口謂之鐔，鼻謂之璏，鞘謂之室，韜謂之衣。陸容菽園雜記：莊浪叅將趙妥兒，土人也。嘗馬蹶，視土中有物，得一刀甚異。每地方將有事，則自出其鞘者寸餘。妥兒每察見出鞘，則預爲之備，以是守邊有年，卒無敗事。〔六〕周公謹齊東野語：韓忠武王以元樞就第，絕口不言兵，自號清涼居士，時乘小驢，放浪西湖泉石間。翻譯名義集：瞿曇，南山曰：星名，從星立稱。至于後代，改姓釋迦。慈恩云：釋迦之羣望也。文句云：瞿曇，此云純淑。應法師翻爲地最勝，謂除天外，人類中此族最勝。

冬至後京江舟中感懷八首

懵騰心口自相攻，失笑禁啼夢囈中。白首老人徒種菜，紅顏小婦尙飄蓬。床頭歲敍占枯樹，鏡裏天涯問朔風。睡起船窗頻徙倚，强瞪雙眼數來鴻。

其　二

世事那堪祝網羅，流年無復感蹉跎。繙書懶看窮愁志〔一〕，度曲誰傳暇豫歌？背索偶逢聊復爾〔二〕，侏儒相笑不爭多。晤言好繼東門什，深柳書堂在磵阿。

【注釋】〔一〕李文饒窮愁志序：幽獨不樂，誰與晤言？偶思當世之所疑惑，前賢之所未及，各爲一論，謂之窮愁志，凡三卷。〔二〕張平子西京賦：走索上而相逢。李善曰：索上長繩，繫兩頭于梁，舉其中央，兩人各從一頭上，交相度，所謂僻紐者也。

其　三

鷖鷖羣烏啄野田，遼遼一雁唳江天。風光頗稱將殘歲，身世還如未泊船。懶養丹砂回鬢髮，閑憑青鏡記流年。百金那得封侯藥，悔讀蒙莊說劍篇。

其　四

屈指先朝侍從臣，西清東觀似前身。何當試手三千牘〔一〕？已作平頭六十人〔二〕。櫪下可能求駿骨，爨餘誰與惜勞薪？閑披仙籍翻成笑，碧落猶誇侍帝晨。

【注釋】〔一〕史記滑稽列傳：東方朔初入長安，至公車上書，凡用三千奏牘。公車令兩人共持舉其書，僅能勝之。人主從上方讀之，止輒乙其處。讀之二月乃盡。〔二〕樂天除夜詩：火銷燈盡天明候，便是平頭六十人。

其五

人情物論總相關，何似西陵松柏閒？敢倚前期論白首，斷將末契結朱顏〔一〕。緣情詞賦推團扇，慢世風懷託遠山〔二〕。戀別燭花渾未灺，宵來紅淚正斕斑。

【注釋】〔一〕陸機嘆逝賦：託末契于後生。〔二〕世說品藻篇：王子猷、子敬共賞高士傳人及贊，子敬賞井丹高潔，子猷云：「未若長卿慢世。」

其六

項城師潰哭無衣〔一〕，聞道松山尚被圍。原野蕭條郵騎少，廟堂鎮靜羽書稀。擁兵大將朱提在，免胄文臣白骨歸。却喜京江波浪偃，蒜山北畔看斜暉〔二〕。

【注釋】〔一〕崇禎十四年辛巳五月十九日，上出故大司馬傅宗龍于獄，拜兵侍郎，爲秦督，專討自成。宗龍以六月入關，與巡撫汪喬年謀所以平賊。上又遣保督楊文岳率虎大威軍與宗龍會勦。宗龍率李國奇、賀人龍軍出關，遇文岳。九月初四日，至新蔡，命軍中結浮橋渡河，合兵趨項城。是日自成亦過河窺汝寧，二督宿龍口。賊覘我軍至，盡匿精銳林莽間。己卯，二督兵至孟家莊，諸將解鞍休士，賊突出搏戰。賀人龍兵先潰，李國奇亦偕虎大威、陳監軍同奔沈丘。兩督自以親軍與賊相持，傅營于西南，楊營于東北。是夜，保兵潰，文岳奔項城，次日奔陳州。秦督慷慨誓死，猶上營當賊壘。初九日，飛檄人龍、國奇以兵還救，二將不應，亦奔陳州。自成見無外援，穿濠困之。十一日，糧盡，殺馬食。十五日，馬亦盡。十六日二更，開營突圍，師大潰。宗龍以十九日未至項城八里，被執，賊擁之趨城，僞稱秦督軍，宗龍大呼曰：「此賊也，身是傅督師，不幸落賊手，城上速用礮擊，毋墮賊計。」賊以刀斫傅右脇傷，抉兩目削鼻。礮聲起，賊退。家人盧三負其屍入城，乃絕。喬年聞傅死，痛哭曰：「討賊無人矣！」十一月，誓師出關。時自成圍偃城急，聞喬年出，厲色憤踊曰：「此發吾祖塚者。」遂解偃城圍，悉兵逆戰。初，喬年撫秦，上密令發自成祖父塚。米脂令訶縣役有詭孫姓者，實自成族，執而加拷焉，曰：「吾祖墓去此二百里，在萬山中，聚而葬者十六塚，中一塚，始祖也。相傳穴爲仙人所定，燃鐵燈于壙中，曰鐵燈不滅，李氏當興。」如其言跡之，山徑仄險，林木晦黑，果得李氏村。村旁壘壘十六塚，中一塚，發之，鐵燈尚熒熒然。斲其棺，骨青黑色，毛被體而黃，腦後一穴如錢大，中盤赤蛇，長三四寸，有角，見日而飛，高丈許，以口迎日而吞咋者六七，反而仍伏。喬年乃函臚骨并蛇腊之以聞。後賊矢着其目，舉事無成，蓋天使之也。自成恨喬年甚，攻戰益力。五日而襄城陷，喬年自刎不殊，與李萬慶俱被執見殺。萬慶者，乃降將射塌天也。柳子厚南府君雎陽廟碑：首碎秦庭，終懵無衣之賦。〔二〕樂史寰宇記：蒜山，在丹徒縣西北三里。晉安帝時，海賊孫恩戰士十萬至蒜山，宋武帝衆無一旅，橫擊大破之，卽此處也。山生澤蒜，因以爲名。

其七

柁樓尊酒指吳關，畫角聲飄江北還。月下旌旗看鐵甕，風前桴鼓憶金山〔一〕。餘香墜粉英雄氣，剩水殘雲俛仰間。他日靈巖訪碑版〔二〕，麒麟高冢共蹐扳。

【注釋】〔一〕宋史韓世忠傳：及金兵至，世忠軍已先屯焦山寺，約日大戰。梁夫人親執桴鼓，金人終不得渡。　〔二〕大明一統志：韓世忠墓，在靈巖山西麓。宋孝宗御題神道碑云：中興佐命定國元勳之碑。

其八

陽氣看從至下迴，錯憂蚊響又成雷〔一〕。烏鳶攫肉眞堪笑，魑魅爭光亦可哀〔二〕。雲物暖應生黍律，風心老不動葭灰〔三〕。香車玉笛經年約，爲報西山早放梅。

【注釋】〔一〕韓偓冬至夜詩：陰冰莫向河源塞，陽氣今從地底回。不道慘舒無定分，却憂蚊響又成雷。〔二〕藝文：語林曰：嵇中散夜燈下彈琴，有一人面甚小，斯須轉大，遂長丈餘，黑衣革帶。嵇視之既熟，乃吹燈滅之，曰：「恥與魑魅爭光。」〔三〕玉臺集沈約雜詠：風心動燕姬。

賀泉州孫太守得子四絕句

擁車鵲報石麟生〔一〕，乳哺喧傳燕喜聲。太守政成推佛國，遍飛佛乳慰泉氓〔二〕。地志：泉爲閩佛國。

【注釋】〔一〕開元天寶遺事：李元紘開元初爲好時令，賦役平允，不嚴而治，大有政聲。遷潤州司馬，發離百里，士民號泣遮路，烏鵲之類，飛擁行車。有詔褒美之。陳書徐陵傳：寶誌上人，世稱其有道。陵年數歲，家人攜以候之，寶誌手摩其頂曰：「天上石麒麟也。」〔二〕水經注：一國王小夫人生肉胎，大夫人妒之，言不祥，盛以木函，擲恒水中下流。國王遊觀，見木函，開看，見千小兒端正殊好，王取養之，長大甚勇健，欲伐父王本國。王大憂愁，小夫人言勿愁，但于城西作高樓，賊來，我能却之。王如是言。賊到，小夫人于樓上語賊云：「汝是吾子，若不信者。盡張口仰向。」小夫人卽兩手將乳，乳作五百道，道俱墮千子口中。賊知是母，卽放弓杖。父母作是思惟，皆得辟支佛。

其二

浴罷蘭湯早放衙，玉牙新發刺桐花〔一〕。埋羹太守淸如水〔二〕，湯餅偏能飽萬家〔三〕。

【注釋】〔一〕投荒雜錄：刺桐花，狀與圖畫者不類。其木爲材，三四月時，布葉繁密。後有赤花，間生葉間三五房，不得如畫者紅芳滿樹。謫掾陳去疾家于閩，因語風物云：「閩之泉州，刺桐葉綠而花紅房，照物皆朱殷。然與番禺者不同。」乃知此地所畫者，乃閩中之木，非南海之產也。

〔二〕南史傅昭傳：昭還臨海太守，郡有蜜巖，前後太守，皆自封固，專收其利。昭以周文之囿與百姓共之，大可喩小，乃教勿封。縣令嘗餉栗，置絹于薄下，笑而還之。莅官嘗以淸靜爲政，不尙嚴肅。性尤篤愼，子婦嘗得家餉牛肉以進昭，昭召其子曰：「食之則犯法，告之則不可。」取而埋之。

〔三〕馬永卿嬾眞子：東坡詩云：剩欲去爲湯餅客。人皆以爲明皇王后故事，非也。劉禹錫贈張盥詩：憶爾懸弧日，余爲上座賓。擧筯食湯餅，祝辭天麒麟。東坡正用此詩。湯餅者，世所謂長命麵也。

其三

忠獻堂前氣象廻〔一〕，龜齡碑版應三台。泉南父老爭傳說，紫府眞人又降來〔二〕。韓忠獻生于州治，王龜齡有碑。

【注釋】〔一〕王龜齡韓魏公祠奉安祝文：我宋名世之士三，而皆生于異郡焉。溫公家陝右，而生于光；文忠家江西，而生于綿；人知忠獻公之爲相人也，而不知其乃生于泉。泉人思公，亦非不虔。采其謚以名堂，慕其風而欲傳。〔二〕趙與旹賓退錄：孫勉晝卧，夢吏來逮。行若百里，見道左宮闕甚壯，問吏何所？曰：「紫府眞人宮也。」「眞人爲誰？」曰：「韓忠獻也。」王龜齡韓魏公祠祈雨文：唯公生爲我宋之元勛，死爲紫府之眞人。

其四

合浦珠還未足誇，史君掌上抱靈蛇〔一〕。君從常熟湖頭看，明月光先罩水涯。晉江縣東有常熟湖，見歐陽詹文。

【注釋】〔一〕曹子建與楊德祖書：人人自謂握靈蛇之珠。

半塘雪中戲成次東坡韻

千林晃耀失藏鴉，縈席廻簾擁鈿車。匝地楊枝聯玉樹，漫天柳絮攪琪花。薰鑪昵枕梁王賦〔一〕，爇燭裁書學士家。却笑詞人多白戰，腰間十韻手頻叉。

【注釋】〔一〕謝惠連雪賦：願低帷以昵枕，念解佩而褫紳。

其二

方壁玄珪密又纖，霜娥月姊闘清嚴。從教鏡裏看增粉，不分空中擬撒鹽。鋪作瑤臺粧色界，結成玉筯照冰簷〔一〕。高山歲晚偏頭白，只許青松露一尖。

【注釋】〔一〕開元天寶遺事：冬至日大雪，因寒，所結簷溜，皆爲冰條。妃子敲下看翫，帝問何物，妃子笑曰：「冰筯也。」帝曰：「妃子聰惠，比象可愛。」

次韻戈三莊樂六十自壽詩兼簡李大孟芳二君與余皆壬午

幅巾杖屨古人餘，步屧頻過慰索居。馬齒共看雙雪鬢，菟裘終擬一蓬廬。醉鄉祗恐愁侵迸，睡國長憐夢破除〔一〕。勸買青春禁百歲〔二〕，眉間三尺爲君舒〔三〕。

【注釋】〔一〕列子周穆王篇：西極之南，有古莽之國，陰陽之氣所不交，日月之光所不照。其民不食不衣，而多眠。五旬一覺，以夢中所爲者實，覺之所見者妄。〔二〕昌黎感春詩：百年未滿不得死，且可勤買抛青春。〔三〕吳越春秋：伍子胥眉間一尺。

其二

共是衰遲託聖朝，欣看山木長春條。庚寅屈揆偕吾降，甲子堯年任爾驕〔一〕。六十平頭詩力健，三分鼎足酒盃饒〔二〕。老顚風景應須惜，莫歎餘生共寂寥。

【注釋】〔一〕元遺山汾亭古意圖詩：白雲亭上秋風客，不比仙翁甲子年。注曰：神仙張果生堯甲子年，詩家亦傳習用之。〔二〕孫子荆爲石仲容與孫皓書：自謂三分鼎足之勢。

辛巳除夕

風吹漏滴共蕭然，畫盡寒灰擁被眠。昵枕熏香如昨夜，小窗宿火又新年。愁心爆竹難將去，永夕釭花只自圓。悽斷鰥魚渾不寐，夢魂那得到君邊。

壬午元日雨雪讀晏元獻公壬午歲元日雪詩次韻

九天凍雨合銀河，一夜飛霙照玉珂。颭絮柳催幡勝早，薄花梅入剪刀多。寒威盡掃黄巾壘，殺氣平填黑水波。漫憶屯邊饒鐵甲，西園鐘鼓意如何〔一〕？

【注釋】〔一〕魏泰東軒筆錄：慶曆中，西師未解。晏元獻公殊爲樞密使，會大雪，歐陽文忠公與陸學士經同往候之。遂置酒于西園，歐陽公即席賦晏太尉西園賀雪歌，其斷章曰：主人與國共休戚，不唯喜悦將豐登。須憐鐵甲冷徹骨，四十餘萬屯邊兵。晏深不平之，嘗語人曰：「昔日韓愈亦能作言語，每赴裴度會，但云園林窮勝事，鐘鼓樂清時，却不曾如此合鬧。

次前韻

玉塵侵夜斷星河，油壁車應想玉珂。歷亂梅魂辭樹早，迷離柳眼著花多。試粧破曉縈香粉，恨別先春罥綠波。一曲幽蘭正相儷，薰罏明燭奈君何！

獻歲書懷二首

香車簾閣思葱蘢，旋喜新年樂事同。蘭葉俏將迴淑氣，柳條剛欲泛春風。封題酒甕拈重碧，囑累花幡護小紅。幾樹官梅禁冷蕊，待君佳句發芳叢。

其　二

香殘漏永夢依稀，網戶疏窗待汝歸。四壁圖書誰料理，滿庭蘭蕙欲芳非。梅花曲裏催游騎，楊柳風前試夾衣。傳語雕籠好鸚鵡，莫隨啁哳羨羣飛。

留惠香

並蒂俱棲宿有期，舞衣歌扇且相隨。君看陌上穠桃李，處處春深伴柳枝。

代惠香答

皇鳥高飛與鳳期，差池一燕敢追隨。桃花自趁東流水，管領春風任柳枝。

代惠香別

春水桃花沒定期，柳腰婀娜鎮相隨。憑將松柏青青意，珍重秋來高柳枝。

別惠香

花信風來判去期，紅塵紫陌肯相隨。池邊苑外相思處，多種夭桃媵柳枝。

仲春十日自和合歡詩四首

綠波南浦事悠悠，天上人間盡斷愁。却扇風光生帳底，迴燈花月在床頭。平翻銀海塡河漢，別築珠宮館女牛。試與鴟夷相比並，五湖今日是歸舟。

其　二

綺窗春柳覆鴛鴦，萬線千絲總一香。應有光芒垂禁苑，定無攀折到垣牆。宮鶯啼處爲金屋，海燕棲來卽玉堂。最是風流歌舞地，石城山色接吳昌〔一〕。

【注釋】〔一〕梁簡文帝招眞治碑：其峯則有石城、石門，虛峗自然，神功挺起。

其　三

數峰江上是郎家，翰苑蓬山路豈賒。立馬何人論共載，驂鸞有女喜同車。飯抄雲母層層雪〔一〕，筆架珊瑚段段霞〔二〕。宿世散花天女是，可知天又遣司花。

【注釋】〔一〕少陵宴渼陂詩：飯抄雲子白。葛洪丹經曰：雲子，碎雲母也。東坡彭祖廟詩：宜餐雲母連山盡。坡公自注曰：有一雲母山，云彭祖所服食也。〔二〕歐陽公歸田錄：錢思公有一珊瑚筆格，生平所珍惜，常置之几案。子弟有欲錢者，竊而藏之，公卽悵然自失。乃榜于家庭，以十千贖之。居一二日，子弟佯爲求得以獻，公欣然以十千賜之。他日有欲錢者，又竊去。一歲中率五六如此，公終不悟也。

其　四

畫屏屈戌綺窗深，蘭氣茶香重幄陰。流水解翻筵上曲，遠山偏識賦家心。詩成刻燭論佳句〔一〕，歌罷穿花度好音。休擲丹砂成狡獪，春宵容易比黃金。

【注釋】〔一〕梁書王僧孺傳：嘗夜集學士，刻燭爲詩，四韻則刻一寸，以此爲常。蕭之琰曰：「頓燒一寸燭而成四韻詩，何難之有。」乃共打銅鉢立韻，響滅則詩成，皆可觀覽。

春游二首

踏青車馬過清明，薄靄新煙逗午晴。日射夭桃含色重，風和弱柳著衣輕。春禽欲傍釵頭語，芳草如當屐齒生。每向東山看障子〔一〕，不知身在此中行。

【注釋】〔一〕樂天有題謝公東山障子詩。

其　二

韶光是處著芳叢，轣轆香車輾鏡中。拂水磵如圍繡帶，石城山作畫屏風。柳因鶯淺低迷綠，花爲春深歷亂紅。璧月半輪無那好，碧桃樹下小房櫳。

江上宿繆西溪從野堂故人及諸郎君置酒感歎而作

瓦燈布翣野風吹，碧血銷沉山鬼知。兩字銘旌還有日，一棺窀窆尚無期。丁寧語笑追筵几，戌削衣裳憶屨綦〔一〕。老淚綆縻揮不得〔二〕，江天雲濕雨如絲。

【注釋】〔一〕記內則：屨著綦。鄭氏曰：綦，屨繫也。〔二〕王仲宣詠史詩：臨穴呼蒼天，涕下如綆縻。

送涂德公秀才戍辰州兼簡石齋館丈〔一〕

霜飛風擊白虹橫，終古還看馬角生。仗鉞不煩收李固，舉幡已許訟陽城〔二〕。爲臣爲友皆成是，從死從軍總一行。太息輟耕何所道，炷香稽首頌王明。

【注釋】〔一〕十一年戊寅，黄道周以諍論武陵奪情，忤旨被謫。十三年四月，解學龍特疏薦舉，上以爲黨邪徇私，并下于理。太學生涂仲吉論救道周，通政司施邦曜格之，不使上。仲吉并劾邦曜阻遏言路，上怒，下仲吉于詔獄，杖之。戍辰州詩謂不煩仗鉞者，公蓋深幸石齋之不斃于杖獄，而以王咸、何蕃擬仲吉，殆亦歐陽生所稱仁勇人也，旌之至矣。仲吉上書云：唐太宗恨魏徵之面折，至欲殺而終不果。漢武帝惡汲黯之直諫，雖遠出而實優容。其言侃侃，固爲君父惜大體，非止爲石齋一人見交情。爲臣友而皆成是，可見論戍之非其罪，仲吉亦何歉于心哉？夫人主好勝人，則必將騁辯以拒諫，恣強愎則不能引咎以受規。道周辨對而斥之爲佞口，仲吉上言而目之爲黨私。稽首王明，嘆息何所道哉！此公之深意，又當遇之于文辭之外者也。〔二〕漢書鮑宣傳：宣下廷尉獄，博士弟子濟南王咸舉幡太學下曰：「欲救鮑司隸者會此下。」諸生會者千餘人。柳子厚陽城遺愛碣：公出拜道州刺史，太學生季儻、何蕃等叫閽籲天，願乞復舊。

題將相談兵圖爲范司馬蔡將軍作

錦州城中壘堀堁〔一〕，大槍五旛紛么麼〔二〕。廿載軍儲困劍鐵，四海供輸窮箭笴。當宁旰食求幹濟，中朝辰告資剝剿。金甌破碎絲朱提，玉燭叢殘爲青瑣。水上徒占頳尾多，天邊未見旄頭墮。忍看北極獨焦勞，但看南箕又軒簸。火燒武庫議曲突，風急中流選椇柁〔三〕。廟廊誰子紓籌策？圖畫有人殊砐硪。鴟夷舊策意匠精，龍圖後身腹甲果〔四〕。垂簾白晝嘗深念，薇榻紅塵正匡坐。憂國何時兩頰肥？籌邊更見雙眉鎖。側席有人面相向，虎頭燕頷呈決倮。俯躬無乃問韜鈐〔五〕？奮臂何當支拉攞〔六〕。料理茗香亦經濟，位置琴書自帖妥。童子夾侍狀蕭閑，瓶花低垂意婀娜。圍棋長日非等閑，淸嘯中宵笑侈哆〔七〕。羽扇綸巾葛武侯，緩帶輕裘祭征虜。此時前箸借幕中，他日戎衣拜道左。眼中二老故自佳，世上高人正亦夥。豈無峴南共黍飯〔八〕，亦有衡山撥芋火。指撝醜虜成沙蟲，睥睨公侯類蜾蠃。畫師畫師汝何頗？再皃一人胡不可？皃，古貌字。猿公石公非所希，天津老人或是我〔九〕。

【注釋】〔一〕宋玉風賦：堀堁揚塵。〔二〕後漢書光武紀：又別號諸賊銅馬、大彤、高湖、重連、鐵脛、大槍、尤來、上江、青犢、五校、檀鄉、五幡、五樓、富平、獲索等，各領部曲衆，合數百萬人，所在寇掠。〔三〕鶡冠子學問篇：中流失舡，一壺千金。〔四〕王偁東都事略范仲淹傳：夏竦爲陝西招討使，進仲淹以龍圖閣直學士以副之。是時延州諸砦失守，以仲淹知延州。賊聞之，戒曰：「小范老子，腹中自有數萬兵甲，不比大范老子可欺也。」大范老子謂雍也。〔五〕劉向列仙傳：呂尚釣于磻溪，三年不得魚，已而獲大鯉，得兵鈐于魚腹中。〔六〕世説任誕篇：任愷既失權勢，不復自檢括。和嶠曰：「元裒如北夏門，拉攞自欲壞，非一木所能支。」〔七〕詩小雅巷伯章：哆兮侈兮，成是南箕。傳曰：哆，大貌。〔八〕晉書羊祜傳：祜與陸抗相好，抗嘗病，祜饋之藥，抗服之無疑心。人多諫抗，抗曰：「羊祜豈酖人者。」〔九〕康駢劇談録：裴晉公度微時羈寓洛中，嘗乘蹇驢上天津橋，有老人傍橋柱而立，語云：「蔡州用兵日久，未知何時得平定？」忽覩裴公，驚愕而退。有僕者後行，聞老人云：「適憂蔡州未平，須待此人爲將。」後公平淮西，入朝居廊廟。洎留守洛帥，每話天津老人之事。

效歐陽詹玩月詩

崇禎壬午八月望，我生六十一中秋。少年對月不解玩，長大玩月多牢愁〔一〕。今年端憂値多暇〔二〕，蕭辰佳日心悠悠。疾雷掉車天膜破〔三〕，急雨迎陳陽歊收〔四〕。須臾捧出端正月〔五〕，挂我東閣昇西樓。青天撫塵淨如掃，綵雲頽空凝不流。平沈大地作銀海〔六〕，改換人世成珠丘〔七〕。金波穆穆映八表，天門蕩蕩開四游〔八〕。林木分明羽毛恐，滄江徹底魚龍憂。恰如身逢堯舜清明世，燭房月殿光彩偏九州〔九〕。人間喧呶競宵宴，老夫歡忻搔白頭。人言中秋月，節候配五行。秋者金之氣，月者水之精。水得金而盛，月因秋更清。此夜平分後，金水互虧盈。一墮西巖又隔歲，譬如天醉那遽醒？老夫念此意騷屑。東家笑語闌，南鄰歌管闋。促織瞿瞿，陰蛩切切。壁唧殘燈，拚熒明滅〔一〇〕。倦婢鼾睡高，病婦嚬呻歇。薇榻芳塵凝，盈尊昔酒竭。老夫傍徨屏營不能寢，獨倚闌干顧影問明月。試問今夜月，穿雲便照閣道西叶先〔一一〕。帝車中央自昏旦〔一二〕，三能兩兩猶比連〔一三〕。紫宫臺堦光晻藹〔一四〕，似避月駕成延遷。招搖梗河沓相隔〔一五〕，客星退次玄戈偏〔一六〕。紛紛車騎颷滿野，御策睒睒王良前〔一七〕。試問今夜月：横空已照三門東。明堂髣髴羅宿衞〔一八〕，騎官積卒堆沙蟲〔一九〕。北箕敖客狀突兀〔二〇〕，卷舌附耳紛追從〔二一〕。東壁圖書儼乙夜〔二二〕，文光祕府收朦朧。試問今夜月：取次曾照天庫無〔二三〕？天街一條直如箭〔二四〕，旄頭罕畢淪前驅〔二五〕。昴明畢暗胥失色，尺組奴孽應稽誅〔二六〕。參伐左足陷玉井〔二七〕，鮮卑戎狄芒角殊〔二八〕。試問今夜月：東井東南星矗矗，狠星高張弧矢曲〔二九〕。北落師門閽外蕃，天壘翻向虛南哭〔三〇〕。蚩尤旗長彗偏指〔三一〕，五鋒旬始光鏃鏃〔三二〕。當陽匿影遜黃道，昏夜敢與月徵逐。可憐今夜月，不照渝海水，北鎮祠下爟火絶〔三三〕，錦州城邊血浪起。胡兒角吹漢兒曲，漢人骨築胡人壘。可憐今夜月，不照襄雒陽〔三四〕。紅袖登車松漠近，白衣游魂道路長。空餘大隄繞高峴，忍向銅駝望北邙。可憐今夜月，還照廬江郡〔三五〕。居巢湖水叢賊巢〔三六〕，金斗城中失金印〔三七〕。教弩高臺飛鐵鏃〔三八〕，亞夫古墳滿妖燐〔三九〕。可憐今夜月，還照大梁城〔四〇〕。重圍未解類月暈，傳烽飛礮徹夜明。金梁橋空月如舊，獻王樂府誰人聽〔四一〕？喝月月不行，邀月月不止。問月月不應，如規瑱兩耳〔四二〕。下方昏墊了不知，結鄰黃文者誰子〔四三〕？無爲甿毬徒問月，妖魔反在月宮裏。人言金蝦蟆〔四四〕，跳梁大無賴。如兔顧在腹，蝕月吐光怪。又言月中桂，婆娑百畝外。屈曲蔭大蟆，盤互作患害。峨峨凊虛府，二物爲芥蔕。能令月宮窄，更使月光殺。蝦蟆不服罪，張頤哆嘴鳴呀呀。幸逃上帝誅與磔，遑敢突竄仍把沙〔四五〕？桂樹在丹路，丁丁尋斧常交加。繞身創瘢療不得，何能庇彼癡蝦蟆？仙人暫輟修月斧，向我拱手長咨嗟。老桂擁腫亦何咎？蝦蟆瑣碎不足科。君思隻手捫天横身蕩災祲，胡不梯雲入月伸紙彈姮娥？姮娥本非天上女，乃是堯時諸侯妻。控絃助羿彈九日，解羽坐使陽烏微。一朝竊藥奔月窟，逋逃抵死不肯歸。虎齒何曾拜金母，龍工却欲師湘妃〔四六〕。投壺調笑素女並，擲米狡獪嬭姑齊。常儀占候良漫漶，有黃枚筮果是非〔四七〕？養成月精萬萬古，軒宮台室齊光輝。姮娥姮娥爾曾不如女媧氏，鍊石會補青天闕。月宮八萬四千戶，朝陊暮繕工榾榾。坐倚靈輪臥圓景，枝柱何曾費毫髮？爾曾不如河漢女，素手札札機杼間。七襄文章擅經緯，燦爛雲錦回星躔。譎譎天帝欺窮相〔四八〕，絕漢橫索下禮錢〔四九〕。爾曾不如須賤妾〔五〇〕，布帛裁製勤婦功。雖無巧心補龍袞，亦有能手資天工。彼挹酒漿困南斗，爾耽歌舞嬉月宮。教成霓裳羽衣曲，三千年後唐天蒙。阿瞞玉環歡失日〔五一〕，漁陽兵起曲未終。九辨九歌闕天上，遺此淫樂梨園中。姮娥姮娥叵耐汝，恨無八翼飛上青天訴月府。月戶沈沈瑣不開，飛廉慵墮將誰與？招呼月御通我言，望舒司轡袖手咋舌不敢干。屧倩玉兔銜章之帝所，玉兔搗藥告我以不閒。西河仙人只有口〔五二〕，喙長三尺不顧後〔五三〕。見我飛章又心悸，倚樹不眠但搖手。夜闌更漏急，白露團團風瑟瑟。籬邊介鶴鳴，砌下秋蟲泣。月榭消香篆，風床卷書筴。老夫不語亦不歎，支頤癡向中庭立。病婦夢回笑空床，笑我白癡中風狂。誰家玩月無歌板？若個中秋不舉觴？虎山橋浸水精域，生公石砌琉璃場。酒旗正臨天駟動，歌扇恰倚月魄涼。何爲煩憂添哽咽，懵騰噤齘夜不央？秋髮紛紛伴墜葉，細雨唧唧和啼螿。自從姮娥到月殿，長依金穴飛夜光。但聞高歌咏水鏡，阿誰彈事騰封章？章上倘蒙天一笑〔五四〕，素娥甚汝空奔忙。老夫聽罷心惻惻，低頭自問笑狂易〔五五〕。婦言可云慎勿聽，撐腸柱肚終難釋。

天上素娥亦有黨，人間白叟將安適？合眼猶見星煌煌，入夢仍聞笑啞啞。打門未許驚周公〔三六〕，倒枕一任東方白。

壬午中秋日，誦盧仝月蝕詩，吟咀再四，徘徊永歎。余老矣，闒茸眊瞶〔三七〕，欲如仝之涕泗交下，心禱額榻，有不能也。歐陽詹玩月詩，有好樂無荒，良士瞿瞿之思焉，乃作詩一篇，題曰效歐陽詹玩月詩。或曰：韓退之效玉川子月蝕詩，取其似；子效玩月詩，取其不似。仝乎詹乎？似乎不似乎？世當有知之者。中秋十七日，謙益書。

【注釋】〔一〕漢書楊雄傳：又旁惜誦以下至懷沙一卷，名曰畔牢愁。李奇曰：畔，離也。牢，聊也。與君相離愁而無聊也。〔二〕謝莊月賦：陳王初喪應、劉，端憂多暇。〔三〕松陵集皮日休寄答魯望讀襄陽耆舊傳詩：日似新刮膜，天如重熨皺。〔四〕張茂先厲志詩：歊蒸鬱冥。李善曰：張揖字詁：歊，氣上出貌。〔五〕昌黎詠月詩：三秋端正月，今夜出東溟。〔六〕漢書劉向傳：下錮三泉，水銀爲江海。〔七〕王子年拾遺記：有鳥如雀，丹丘而來，名曰憑霄。在木爲禽，行地爲獸，變化無常。時銜青砂珠積成壟阜，名曰珠塵。其珠輕細，風吹如塵起，名曰珠塵。

〔八〕爾雅釋天注：正義曰：二十八宿之外，上下東西，各有萬五千里，是謂四游之極。又地與星辰俱有四游升降，四游者，自立春地與星辰西游，春分，西游之極，地雖西極，升降正中。從此漸漸而東，至春季復正。自立夏之後北游，夏至，北游之極，地則升降極下，至夏季復正。立秋之後東游，秋分，東游之極，地則升降正中，至秋季復正。立冬之後南游，冬至，南游之極，地則升降極上，至冬季復正。此是地及星辰四游之義也。又立春星辰西游，日則東游；立夏星辰北游，日則南游；春分星辰西游之極，日東游之極，日與星辰相去三萬里；夏至則星辰北游之極，日與星辰相去三萬里。以此推之，秋冬倣此可知。〔九〕謝希逸月賦：去燭房，卽月殿。〔一○〕盧仝月蝕詩：奴婢炷暗燈，揜菼如玳瑁。揜，烏感反。〔一一〕史記天官書：紫宮後六星，絶漢抵營室，曰閣道。顔師古匡謬正俗：今俗呼東西之西，音或爲先。按王延壽靈光殿賦云：朱柱黝儵于南北，蘭枝婀娜于東西。祥風翕習以颯灑，激芳香而常芬。神靈扶其棟宇，歷千載而彌堅。晉灼漢書音義，反西爲灑。是知西有先音矣。〔一二〕天官書：斗爲帝車，運于中央。〔一三〕天官書：魁下六星，兩兩相比者，名曰三能。音三台。〔一四〕天官書：紫宮。索隱曰：紫之言此也，宮之言中也。言天神運動，陰陽開閉，皆在此中也。〔一五〕漢書東方朔傳：願陳泰階六符。孟康曰：泰階，三台也。〔一五〕天官書：杓端有兩星，一內爲矛招搖；一外爲盾天鋒。宋均云：招搖星在更河內，東汴圖云：更河，天矛星。宋均以爲更河是天矛，則更河是星名也。〔一六〕漢書天文志：星傳曰：客星守招搖，蠻夷有亂。三氏星經：石申氏曰：招搖一星，梗河之北。玄戈一星，招搖之北。天官書注：晉灼曰：天鋒，一名玄戈。〔一七〕天官書：漢中四星曰天駟，旁一星曰王良。王良策馬，車騎滿野。〔一八〕天官書：心爲明堂。索隱曰：春秋說題辭云：房心爲明堂，天王布政之宮。宋均云：四星間有三道，日月五星所從出也。〔一九〕天官書：房南衆星曰騎官。三氏星經：石申氏曰：積卒十二星，在旁星南。〔二○〕天官書：箕爲敖客，曰口舌。宋均云：敖，調弄也。箕以簸揚調弄爲象。

〔二一〕三氏星經：石申氏曰：卷舌六星，在昴北。主言語，多讒佞。三氏星經：石申氏曰：畢宿八星，在脚邊一星曰附耳。星搖動，有讒臣亂國。〔二二〕三氏星經：石申氏曰：東壁二星，文章圖書。星暗，王道衰，小人得用。〔二三〕漢書天文志：軫南衆星曰天庫。〔二四〕天官書：畢昴間爲天街。孫炎云：畢昴之間，日月五星出入要道，若津梁也。〔二五〕天官書：昴曰旄頭，胡星也。畢曰罕車，爲邊兵。〔二六〕柳子厚唐鐃歌鼓吹曲：靡以尺組噉以秩。〔二七〕三氏星經：石申氏曰：參宿十星，中三星名參，南三小星鐃，後曰從，前二大星名曰左右肩，後二大星名曰左右足，並主斬艾。左足應在玉井中，若在井中，兵起，足入井中，名爲陷足。〔二八〕後漢書天文志：孝和永元十二年十一月癸酉，夜有蒼白氣長三丈，起天園，東北指軍市，見積十日。占曰：兵起，十日期歲。明年十一月，遼東鮮卑二千餘騎寇右北平。〔二九〕天官書：其東有大星曰狼，狼有變色，多賊盜。下有四星曰弧，直狼。〔三〇〕天官書：虛爲哭泣之事。其南有衆星曰羽林天軍，軍西爲壘。旁有一大星爲北落，北落若微，亡軍。〔三一〕天官書：蚩尤之旗類彗而後曲。孟康曰：熒惑之精也。〔三二〕天官書：五殘星出正東，東方之野，其星狀類辰星。正義曰：五殘一名五鋒，去地可六七丈，則見五分，毀敗之徵，大臣誅亡之象。天官書：旬始出于北斗旁，狀如雄雞，其怒青黑，象伏鼈。李奇曰：怒，當音帑。晉灼曰：帑，雌也。〔三三〕醫巫閭山，在廣寧城西北五里，是稱北鎮山。山半有北鎮祠，祀醫巫閭之神。由廣寧城南閭陽驛而上，有桃花洞、聖水盆、呂公巖諸勝。絶頂有佛院浮圖。山之陰卽兀良哈界。〔三四〕崇禎十四年辛巳正月，河南分守道王胤昌以李自成將寇洛陽，中警戒嚴。總兵王紹禹偕劉、羅二副將引兵抵城下。福王召三將賜宴，紹禹請以兵入城，劉、羅二軍背東南而舍。薄暮，束炬燒土門，詐呼逐賊，抵七里河，與自成合兵。十九日賊至，羅用其火軍反攻東城，見保障嚴，獲諜者訊虛實，曰：「馮太守一俊守南，王兵備守西，張雒陽正學守北，白通判尚友守東，王總兵暨衞推官靖忠主行徼，而西北陬爲衞分地。賊因命攻西北。二十日，王懸重賞，募死士縋城逆戰。昏時，賊漸退。夜半，紹禹親軍從城上呼賊相笑語，執胤昌屬刃于其頸，噤齘索餉，紹禹馳解之。軍揶揄曰：「此豈老總兵當言時耶？」揮刃殺守堞者，燒城樓，開北門，賊遂入。王逃匿民舍中。道府推知等官俱被執，唯白尚友墜城死，其屍爲饑民所噉。二十一日，自成迹王執之，王泥首瞠目，數之，無一語，遂遇害。賊置酒大會，薦王于俎，汋其血，雜鹿醢嘗之，曰：「此福祿酒也。」故南大司馬呂維祺亦被執，罵賊不屈死。賊入王府，珍寶山積，捆載而入盧氏山中。燒王宮，火三日不歇。是時張獻忠、羅汝才率大隊至當陽，鄖撫袁繼咸悉兵阨賊于房、竹。獻忠留汝才與之相持，自以輕騎下宜城，邀殺閣部解餉官于道，竊其文書，令十八騎僞爲官軍，持軍符令箭，于二月初四日晡時，叩襄陽城門曰：「督府調兵。」守者合符信，啓關入，處其人于承天寺。夜半，賊從中起，放機橋，納大衆。城陷，鄖襄道張克儉、推官鄺曰廣死之。初五日，襄王被執，至西城樓，獻忠屬之酒，曰：「吾欲斷楊嗣昌頭，嗣昌遠在蜀，今當借王頭，使嗣昌以陷藩伏法。王其努力盡此酒。」因縛王殺之，放火燒城，支體爲燼。王次子福清王常澄同弟進賢王常淦突圍倖脫，潛遣人拾王頭顱數寸以歸。貴陽王常法并蘭陽王母夫人徐氏、太和王妃郎氏、宮人李氏等四十三口，俱被殺。嗣昌所積五省餉金弓刀火藥數十萬，皆歸之賊。嗟嗟！襄、雒天下形勝，浹旬之間，兩藩俱陷，雒之國帑，襄之軍資，咸哀聚以供獻、闖。其後賊勢如毒火燎原，不可撲滅。嗣昌一死，何足以蔽厥辜。雖天實爲之，然謀人之軍師國邑者，其簡任可不重歟？〔三五〕崇禎十五年壬午五月，張獻忠屯舒城之七里河汪家灘，令士人刈麥。候騎至白露寺，去廬州八十里。廬道臣蔡如蘅黷虐，衆弗附，賊諜者滿城中，不知也。適學使者徐之垣來郡試士，獻忠遣賊儒衣冠，囊書握筆，僞爲應試者以入。甲戌三鼓，獻忠卷甲疾趨，至城上舉火，應城遂陷。太守鄭履祥死之。之垣、如蘅及合肥令湯登貴俱跳城遁。六月辛亥，獻忠陷廬江，還屯舒城之白馬金牛洞，習水戰于巢湖。合老哨三十二營小哨二十四營入皖口。〔三六〕樂史寰宇記：巢湖在居巢縣西南一十五里，一名樵湖，一名焦湖。耆老相傳云：昔有一巫嫗，豫知未然，居巢。縣門有石龜，巫云：「若龜出血，此地當陷爲湖。」未幾，有人以猪血塗龜口中，巫見之南走，回顧其地，已陷爲湖矣。志云：鄭寶在巢湖，擁萬人，廬江、九江人多依之。卽此湖也。吳、魏相攻，孫權以箭重迴舟。亦此湖也。〔三七〕寰宇記：界樓故城，一名金斗城，在合肥縣西北五十里。隋開皇五年，立鎮置倉，在廬、壽二州兩界。〔三八〕寰宇記：在左廂明敎院，卽魏武帝敎弩臺。舊注云：魏武所築，敎強弩五百人禦孫權棹船。〔三九〕寰宇記：范增塚，按古今葬地記云：項羽不用其謀，遂疽發背而死，葬于此。塚在巢縣郭東，有亭，亭中有井，猶謂之亞夫井。〔四〇〕崇禎十四年辛巳，李自成既破洛陽，移其軍攻汴。周王恭枵出帑金犒士，巡按御史高名衡嬰城固守。二月十一日至十七日，窮百道攻七晝夜不能下，賊解圍去。上嘉名衡功，立命爲河南巡撫。至十二月二十六日，自成復圍開封，名衡同總兵陳永福率吏士力禦。永福矢射中自成左目，手爇一巨炮殺其渠帥上天龍等，賊攻益急。開封爲宋汴京，其城爲金完顏亮重築，土堅厚可數丈。賊每攻城，專取令辟爲首功。一甲士取得一甎，卽歸營解甲臥，後退者卽斬。取甎已，穿穴。穴初容一人，漸至十人百人，次第傳土以出，過三五步，留一土柱，亘絙繫之。穿畢，萬人負絙而絕之，一時而柱折城崩矣。名衡、永福于城上鑿爲横道，聽其下有取土聲，儲毒穢以薰灌之，遇輒焦爛。賊乃卽城壞處以藥實罌中，發火裂土，名曰大小放迸。十五年壬午正月十三日，城之圮者二十七處。賊將迸火而崩之，皆擐甲持矛，俟城崩以入。賊之穴城也，土石積于外者丘陵然。已而火作，內土堅，外土浮，內未及穿，火反外擊，土石之漲者蔽天，數千騎殲焉，賊駭而退。然城之未穿者，亦尋丈耳。三月，自成復圍開封，其下以前力攻而挫也，懼而逃者，日數千人。自成下令，築長圍困之，以示持久必克。上以中州爲急，先起孫傳庭爲秦督，至是，更用侯恂率援勦官兵救汴，左良玉、虎大威、楊德政俱會師于朱仙鎮。良玉憚賊弗敢擊，大威等議不合。旣進軍，羣師皆潰。汴梁食盡，人相食。羅汝才衆亦饑，謀他徙。自成分糧廪之，約破開封，畀以東城珍寶子女，乃留不去。九月，河流驟決，周王及撫按以下官，縛筏乘高，侯恂遣總兵卜從善以舟師逆王與二妃世子等，乘夜達隄口，止于河北之柳園坊，士民枕籍死者數十萬。河身改從杞縣、唐邑、亳州以入于淮。汴梁佳麗甲中州，大隄絃管紛咽，賊心豔之，前後三攻汴，久蓄灌城之謀，顧以子女珍寶爲念，不忍委之水伯。至是河大決，乃拔城向西南而去。〔四一〕周憲王者，定王子也，作雜劇凡三十餘種，散曲百餘，至今中原絃索多用之。李獻吉汴中元宵絕句云：中山孺子倚新粧，趙女燕姬總擅場。齊唱憲王新樂府，金梁橋上月如霜。蓋實錄也。〔四二〕楚語：其又以規爲瑱也。韋昭曰：規，諫也。瑱所以塞耳，而又以規諫爲之。〔四三〕御覽：七聖記曰：鬱華赤文，與日同居。結璘黃文，與月同居。鬱華日精，結璘月精。〔四四〕段柯古酉陽雜俎：有人夜見月光屬于林中如匹布，尋視之，見一金背蝦蟆，疑是月中者。〔四五〕昌黎效玉川子月蝕詩：把沙脚手鈍，誰使汝解緣青冥？〔四六〕竹書紀年注：沈約曰：舜父母憎舜，使其塗廩，自下焚之，舜服鳥工衣服飛去。又使浚井，自上塡之以石，舜服龍工衣自旁而出。耕于歷，夢眉長與髮等，遂登庸。史記五帝紀：舜穿井，爲匿空旁出。索隱曰：列女傳謂龍工入井是也。〔四七〕後漢書天文志注：張衡靈憲曰：羿請無死之藥于西王母，嫦娥竊之以奔月。將往，枚筮之于有黃，有黃占之曰：「吉。翩翩歸妹，獨將西行。逢天晦芒，毋驚毋恐，後且大昌。」嫦娥遂託身于月，是爲蟾蜍。〔四八〕漢書谷永傳：讁讕誣天。師古曰：讁讕，謂欺罔也。〔四九〕荊楚歲時記：牽牛娶織女，借天帝二萬錢下禮，久不還，被驅在營室中。〔五〇〕三氏星經：石申氏曰：須女四星，南九尺是中道。嫁娶須賤妾之稱，婦職之卑者也。主布帛，爲珍寶庫藏。星明大，女工有就。〔五一〕韓非子說林篇：紂爲長夜之飲，失日。問左右，盡不知。使問箕子。箕子曰：「爲天下而一國皆失日，天下其危矣；一國皆不知，而我獨知之，我見其危矣。」辭以醉而不知。〔五二〕酉陽雜俎：月中有桂，一人常斫之，樹創隨合。人姓吳，名剛，西河人，學仙有過，謫令伐樹。〔五三〕莊子徐無鬼篇：丘願有喙長三尺。〔五四〕少陵能畫詩：每蒙天一笑，復似物皆春。〔五五〕漢書五行志。病狂易。師古曰：謂病狂而變易其常也。〔五六〕盧仝孟諫議寄新茶詩：日高丈五睡正濃，軍將打門驚周公。〔五七〕子長答任少卿書：在闒茸之中。李善曰：猥賤也。漢書賈誼傳注：師古曰：闒茸，下材不肖之人也。闒，吐盍反。茸，人勇反。

寄劉大將軍

頭頰參差出五兵〔一〕，衝鋒掠陣更專征。泰山石礪千行劍，淸濟流環萬壘營。擲地漆顱供飲器〔二〕，漂池血瀋醮題名〔三〕。篋中亦有陰符在，悔挾陳編作老生。

【注釋】〔一〕史記五帝紀注：正義曰：龍魚河圖云：蚩尤兄弟八十一人，並獸身人語，銅鐵頞，食沙，造五兵杖刀戟大弩，威振天下。〔二〕漢書張騫傳注：韋昭曰：飲器，椑榼也。晉灼曰：飲器，虎子屬也。或曰：飲酒之器也。師古曰：匈奴傳云：以所破月氏王頭共飲血盟。然則飲酒之器是也。韋云椑榼，晉云獸子，皆非也。椑榼卽今之偏榼，所以盛酒耳，非用飲者也。獸子褻器，所以溲便者也。〔三〕摭言：晉國公裴度討淮西，題名于華嶽廟之闕門，後司空圖題詩記之曰：嶽前大隊赴淮西，從此中原息鼓鼙。石闕莫教苔蘚上，分明認取晉公題。

駕鵝行聞潛山戰勝而作〔一〕

駕鵝雙飛天雨霜，黑雲亘天賊壘長。烽煙汳水連渦水〔二〕，城闕襄陽並雒陽。其中獻賊尤佼佼，毒如長蛇疾于蚤。潛山敗衂熠游魂，棄壘孤棲走窮島。督師堂堂馬伏波，督師貴陽馬公。花馬劉親斫陣多。劉帥良佐。三年笛裏無梅落，萬國霜前有鴈過。捷書到門才一瞥，老夫喜失兩足蹩。驚呼病婦笑欲噎，罏頭松醪酒新熱。

【注釋】〔一〕崇禎十五年壬午，起馬士英爲鳳督。張獻忠屯潛山，命賊將一堵牆爲營于古城長嶺，潛之險厄處也。分步騎九十哨爲四營，阻溝枕山，爲持久計。九月己卯，總兵劉良佐、黃得功夜半悉衆從山後譟而升，賊驚潰，越崖跳澗以遁，斬首六十餘。一堵牆伏林中，被焚死。追奔逐北，自古山、天升湖、老鶴頭、黃泥港，六十里橫尸蔽野，奪畜産數萬，奪回難民數萬人。賊之腹心謀士婦豎皆盡。十月丙午，劉良佐再破獻忠于安慶，賊敗而西走蘄水。相如子虚賦：弋白鵠，連駕鵝。師古曰：駕鵝，野鵝也。駕，音加。〔二〕元和郡國志：渦水在譙縣西四十八里。魏文帝以舟師自譙循渦入淮。

黄長公七十壽歌石齋詹事之兄也

君不見清漳孤臣逮繫時，轟雷掣電相奔隨。北寺紛傳葦笥籍，石工待琢端禮碑〔一〕。又不見聖人一朝解羅網，大闢虞門掃漢黨。白鶴驚看華表還，金雞喜見綸竿上。石公之兄隱者流，蚤耽黃卷今白頭。雕龍吐鳳擅詞賦，玉杯繁露傳春秋。七十長筵列孫子，弟勸兄酬數千里。共祝皇恩無盡期，漳海西連五溪水。

【注釋】〔一〕邵氏聞見錄：長安百姓常安民，以鐫字爲業，多收隋、唐銘誌墨本，亦能篆，敎其子以儒學。崇寧初，蔡京、蔡卞爲元祐奸黨籍，上皇親書刻石，立于文德殿門，又于天下州治廳事。長安當立，召安民刻字，民辭曰：「民愚人，不知朝廷立碑之意。但元祐大臣如司馬相公者，天下稱其正直，今謂之奸邪，民不忍鐫也。」府官怒，欲罪之。民曰：「被役不敢辭，乞不刻安民鐫字于碑後，恐後世并以爲罪也。」嗚呼！安民者，一工匠耳，尚知邪正，畏過惡，賢于士大夫遠矣！故余表以出之。

送程九屏領兵入衛二首時有郎官欲上書請余開府東海任擣勦之事故次首及之

虜騎流聞薄紫荆〔一〕，頻年廟算倚徵兵。綸巾督陣推君往，玉帳論功在此行。僕射父兄勤遠戍〔二〕，江東子弟敢長征〔三〕。戍師誓戒先徒御，最喜車攻頌不驚。

【注釋】〔一〕大明一統志：紫荆關，在易州城西八十里，歷代爲扼塞之所。〔二〕少陵新安吏詩：送行勿泣血，僕射如父兄。　〔三〕庾子山哀江南賦：項籍用江東之子弟，人惟八千。

其二

百萬援兵集虎貔，羯奴送死更何疑。直須撤豆堪成隊，況復投醪可犒師。絕轡殘雲驅靺鞨〔一〕，扶桑曉日候旌旗。東征倘用樓船策，先與東風酹一卮。

【注釋】〔一〕遼東志略：肅慎氏，即今靺鞨。有黑水靺鞨、渤海靺鞨。沈括曰：黑山在大漠之北，有城在其西南，名慶州。予奉使，嘗帳宿其下，土石皆紫，黑水出其西。靺鞨居黑水之北，因名黑水靺鞨。其渤海靺鞨，居扶餘城，爲阿保機所滅，改東舟國。

壬午除夕

蓬蓽依然又歲除，如聞幽仄問樵漁。耗磨時序心仍在，管領山林計未疏。爆竹聲中傳火急，椒花頌裏解嚴初〔一〕。閒房病婦能憂國，却對辛盤歎羽書。

【注釋】〔一〕魏志趙儼傳：羽走南還，仁乃解嚴。

東山詩集四　起癸未正月，盡十二月。

癸未元日

江天海日自新正，宮柳春條淑氣生。花鳥房櫳看旋好，竹梧池館報初成。禁城雲護銅龍曉〔一〕，閣道風迴金虎淸〔二〕。社叟釀錢期詛虜，擬儲昔酒賀昇平。

【注釋】〔一〕漢書成帝紀：上嘗急召太子出龍樓門。張晏曰：門樓上有銅龍，若白鶴飛廉之爲名也。〔二〕張平子東京賦：始于宮隣，卒于金虎。李善曰：宮隣金虎，言小人在位，比周相進，與君爲隣，貪求之寶堅若金，讒謗之言惡若虎也。

元日雜題長句八首

青陽玉律應三元〔一〕，是日朝正會禁門〔二〕。北闕千官咸拜手，東除上宰獨颺言。上待元輔以師臣之禮。甘泉烽火通庭燎，綈几香煙覆殿樽。朝罷開顏定相賀，年年虜退有殊恩。

【注釋】〔一〕荆楚歲時記：正月一日，三元之日也。元，始也。玉燭寶典：正月爲端月，其一日爲元日，亦云上日，亦云正朝，亦云三朔，歲之元，時之元，日之元。〔二〕穀梁隱公十一年：天子無事，諸侯相朝正也。左傳文公四年：昔諸侯朝正于王，王宴樂之。

其二

長淮南北並喧豗，鬼卒陰風捲地來。計吏每憂烽燧近，援師長畏驛書催。奴鋒却以長驅頓，胡馬疲於倒載回。禽縱可知天意在，藁街懸首不須推。

其三

淮海諸侯擁傳車，長沙子弟近何如〔一〕？空傳陶侃登壇約〔二〕，誰奉田疇間道書〔三〕？淮撫史公唱義勤王，馳書相約。投筆儒生騰羽檄，無錫顧杲秀才傳號忠檄。輟耕野老奮耰鋤。可憐驕虜非勍敵，狠藉游魂待掃除。

【注釋】〔一〕呂溫題陽人城詩：忠驅義感即風雷，誰道南方乏武才？天下起兵誅董卓，長沙子弟最先來。

〔二〕晉書溫嶠傳：蘇峻反，嶠陳峻罪狀，移告四方征鎮。陶侃率所部統與嶠、亮同赴京師。嶠創建行廟，廣設壇場，告皇天后土祖宗之靈，親讀祝文。時侃雖爲盟主，而處分規畫，悉出于嶠。

〔三〕魏志田疇傳：初平元年，義兵起。幽州牧劉虞欲奉使展効臣節，請田疇爲從事。將行，疇曰：今寇虜縱橫，稱官奉使，爲衆所指名，願以私行，期于得達而已。自選其家客與年少之勇壯慕從者二十騎俱往。既取道，乃更上西闕出塞，傍北山，直趨朔方，循間徑去，遂至長安致命。

其四

東略舟師島嶼紆〔一〕，中朝可許握兵符？樓船搗穴眞奇事，擊楫中流亦壯夫。弓渡綠江驅濊貊〔二〕，鞭投黑水駕天吳〔三〕。劇憐韋相無才思，省壁愁看厓海圖〔四〕。沈中翰上疏，請余開府登萊，以肄水師。疏甫入，而奴至，事亦中格。

【注釋】〔一〕左傳僖公九年：東之不知，西則否矣。〔二〕後漢書東夷傳：北夷索離國王出行，其侍兒于後孕身，曰：「前見天上有氣大如雞子，來降我，因以有身。」王囚之，後生男，名曰東明。長而善射，王忌其猛，欲殺之。東明奔走，南至掩淲水，以弓擊水，魚鼈皆聚浮水上，東明乘之得渡，因至夫餘而王之焉。〔三〕洪皓松漠紀聞：黑水發源于長白山，舊云粟末河，契丹德光破晉，改爲混同江。〔四〕昌黎順宗實錄：韋執誼諱言嶺南州縣名，爲郎官時，嘗與同舍郎詣職方觀圖，每至嶺南圖，執誼皆命去之，閉目不覩。至拜相，還所坐堂，北壁有圖，不就省。七八日，試就觀之，乃崖州圖也，以爲不祥，甚惡之，憚不能出口。至貶，果得崖州焉。

其五

老熊當道踞津門〔一〕，一旅師如萬騎屯。矢貫猰貐成死狗〔二〕，檻收牛鹿比孤豚〔三〕。懸頭少吐中華氣，剺面全褫羯虜魂〔四〕。歲酒盈觴清不飲，爲君狂喜重開尊。吳中流聞大馮君鎭天津，殪酋子，禽一牛鹿，喜而志之。

【注釋】〔一〕北史王羆傳：神武遣韓軌、司馬子如襲羆，軌衆乘梯入城，羆袒身露髻徒跣，持一白棒，大呼而出，謂曰：「老羆當道臥，貉子那得過？」敵見驚退。〔二〕任昉述異記：猰貐，獸中之最大者，龍頭馬尾虎爪，長四百尺，善走，以人爲食。遇有道君則隱藏，無道君卽出食人。〔三〕漢書東方朔傳：孤豚之咋虎。師古曰：孤豚，孤特之豚也。〔四〕後漢書耿秉傳：匈奴或至黎面流血。臣賢曰：黎卽剺字。剺，割也。

其六

廟廊題目片言中〔一〕，准擬山林著此翁。陽羨公語所知曰：「虞山正堪領袖山林耳。」客至敢論牀上下，老來祇辨路西東〔二〕。延登盡說沙堤好，刺促寧憐閣道窮。千樹梅花書萬卷，君看松下有清風。

【注釋】〔一〕世說政事篇：山司徒前後選，殆周遍百官，舉無失才，凡所題目，皆如其言。

〔二〕後漢書逢萌傳：萌養志修道，詔書徵萌，託以老耄，迷路東西，連徵不起。

其七

此生贏得老癡頑〔一〕，眼底孫劉亦等閒〔二〕。潘岳已從槐柳列〔三〕，石生寧在馬蹄間〔四〕？中宵不作乘車夢，淸曉長舒對鏡顏。鄧尉梅花侵夜發〔五〕，香車明日向西山。

【注釋】〔一〕五代史馮道傳：德光誚之曰：「爾是何等老子？」對曰：「無才無德，癡頑老子。」

〔二〕魏志辛毗傳：時中書監劉放、令孫資見信于主，大臣莫不交好，而毗不與往來。毗子敞諫曰：「今劉、孫用事，大人宜小降意。」毗正色曰：「吾之立身，自有本末，就與孫、劉不平，不過令吾不作三公而已，何危害之有。焉有大丈夫欲爲公而毁其高節者耶？」

〔三〕北齊書盧文偉傳：盧詢祖好臧否人物，嘗語人曰：「我昨東方未明，過和氏門外，見二陸兩源，森然與槐柳齊列。」蓋謂彥師、仁惠與文宗、那延也。

〔四〕晉書山濤傳：濤與石鑒並宿，濤夜起蹴鑒曰：「今何等時而眠耶？知太傅臥何意？」鑒曰：「宰相三不朝，與尺一令歸第，卿何慮？」濤曰：「咄！石生無事馬蹄間耶？」

〔五〕大明一統志：玄墓山，一名鄧尉山。

其八

春日春人比若耶，偏將春病卸鉛華。綠窗舊譜蘁芽字〔一〕，綺閣新評玉蕊花。山礬二株，河東君所拔賞，訂其名爲玉蕊，余爲之記。曉鏡十眉傳蜀女，晚簾雙燕入盧家。江南尙喜無征艦，院落燒燈聽鼓撾。

【注釋】〔一〕劉禹錫酬柳子厚家雞之贈：柳家新樣元和脚，且盡蘁芽斂手徒。柳州重贈：世上悠悠不識眞，蘁芽盡是捧心人。

閩人陳遯鴻節過訪別去二十年矣

嘆息吾衰甚矣時，廿年重見益凄其。未通問訊先垂淚，不識形容但記詩。亂後情懷聽夜雨，別來踪跡看殘棋。憑君卷却梁溪集，共對簷花盡一巵。鴻節以李忠定公梁溪集相贈。

留鴻節

突兀相看執手時，依然舊雨憶前期。觀河面皺嗟君老，臨井腰懸笑我衰。歷歷舊游成故鬼，悠悠昔夢在新詩。客中何物留君住？憑仗江梅玉雪枝。

馮二丈猶龍七十壽詩

晉人風度漢循良，七十年華齒力強。七子舊游思應阮〔一〕，五君新詠削山王。馮爲同社長兄。文閣學、姚宮詹，皆社中人也。書生演說鵝籠裏，弟子傳經雁瑟旁。縱酒放歌須努力，鶯花春日爲君長。

【注釋】〔一〕魏文帝典論論文：今之文人，魯國孔融文舉、廣陵陳琳孔璋、山陽王粲仲宣、北海徐幹偉長、陳留阮瑀元瑜、汝南應瑒德璉、東平劉楨公幹，斯七子者，于學無所遺，于辭無所假。以此相服，亦良難矣。魏文帝與吳質書：徐、陳、應、劉，一時俱逝，痛可言邪！

鄭大將軍生日

戟門瑞靄接青冥，海氣營雲擁將星。河鼓光芒朝北斗〔一〕，握奇壁壘鎮南溟〔二〕。扶桑曉日懸弧矢，析木長風送柝鈴。蕩寇滅奴須及早，佇看銅柱勒新銘。

【注釋】〔一〕史記天官書：河鼓大星上將，左右左右將。爾雅釋地：北戴斗極爲空桐。空桐之人武。〔二〕風后握奇經：八陣四爲正，四爲奇，餘奇爲握奇。舊注：奇讀如奇耦之奇。解云：說奇正者多矣，而握奇云者，四爲正，四爲奇，餘奇爲握奇。陣數有九，中心奇零者，大將握之，以應赴八陣之急處。

魯孔孫畫竹歌

古來畫竹紛可數，長慶蕭郎乃其祖〔一〕。白詩：丹青以來惟一人。樂天一百八十字，字字蕭森是竹譜。畫師畫竹如寫眞，肥皮厚肉非其倫。能貌高流與靜士，豈是尋常點筆人。吳門朱鷺好登涉，華山歸來竹滿笈。倚壁揮毫每長嘯，長鬣飄蕭散籜葉。歸郎昌世亦瀟灑，風枝雪幹非常寫。一莖兩莖自點染，花前酒後晴窗下。朱老畫竹盈幾束，粉壁長竿森羽纛。粉壁移居賃俗人，卷軸叢殘散燈燭。歸郎知我愛此君，假面長箋頻見分。兒童竊取友朋乞，緣手散去成烟雲。每言賞竹貴得意，東軒北窗饒蒨翠。朱老歸郎吾眼中，渭濱千畝皆畫筒〔二〕。錢塘魯生字孔孫，頻擕畫竹來江邨。竹深堂中坐繙閱，堂前几上爭翩翻。禾髯進士題識夥，近援仲圭往與可。竹家南董誠有之，譬如說食腹豈果。我挂魯竹堂之端，草堂五月生晝寒。輕紗幅中六尺簟，竹窗盡日凭闌干。孔孫爲人皎松雪，冷比霜筠直比節。閒來寫竹如白雲，只可山中自怡悅。我非樂天好事流，一十五竿慙見投。作歌愧乏檀欒思〔三〕，但覺下筆風颼颼。淸陰寂寂覆茅屋，棋罷閒將道書讀。月落庭空一見君，世間果有千尋竹。

【注釋】〔一〕白樂天畫竹歌序：協律郎蕭悦善畫竹，舉世無倫。蕭亦甚自秘重，有終歲求其一竿一枝而不得者。知予好事，忽寫一十五竿，惠然見投。予厚其意，高其藝，無以答貺，作歌以報之，凡一百八十六字。〔二〕樂史寰宇記：司竹縣在盩厔縣東一十二里。穆天子西征，植竹于此故。〔三〕古文史記曰：渭川千畝竹。漢謂鄠杜竹林，故有司竹都尉。其園週圍百里，以供國用。苑枚乘菟園賦：修竹檀欒夾池水。

蟲詩十二章讀嘉禾譚梁生雕蟲賦而作 幷序

禾髯進士譚埽著蟲賦三十七篇，援據古今，極命物理，自稱原本於莊子蟲天之道，及其遠祖景昇化書。而吾竊窺其指意，蓋亦荀卿子請陳佹詩之意〔一〕，有託而云者也。元微之司馬通州，賦七蟲詩二十一章，其自序以爲備瑣細之形狀，而盡藥石之所宜，庶亦叔敖之意。傳稱禹鑄九鼎，使民入川澤山林，不逢不若。仁人君子之用心，古今一也。余讀禾髯之賦，慨然嘆息，作蟲詩十二章以詒之。微之固云：蛇之毒百，蟲之輩亦百。而賦止於七蟲。禾髯之賦蟲，亦以百計。而余詩止於十二蟲。余之意即微之之意，亦即禾髯之意也夫。癸未三月十六日。

【注釋】〔一〕荀子賦篇：天下不治，請陳佹詩。楊倞曰：荀卿請陳佹異激切之詩，言天下不治之意也。

蜘蛛

著物橫絲巧，謀身長踦周〔一〕。螫人惟果腹，送喜又當頭。映日文偏著，漫天網不收。禁持憑鼠婦〔二〕，呑噬莫相尤。

【注釋】〔一〕爾雅釋蟲：蠨蛸長踦。郭璞曰：小蜘蛛長脚者，俗呼爲喜子。〔二〕元微之蜘蛛詩序：巴蜘蛛大而毒，其甚者，中人瘡痏潗濕，且痛癢倍常。用雄黄苦酒塗所嚙，仍用鼠婦蟲食其絲盡，輒愈。瘵不速，絲及心，瘵不及矣。

燈蛾

蠟炬明宵宴，蘭膏炳燭房。可憐爭撲觸，猶欲較低昂。未許因人熱，那能借壁光。君看焦爛客〔一〕，仍得坐高堂。

【注釋】〔一〕漢書霍光傳：人爲徐生上書曰：客過主人，見其竈直突，旁有積薪，客謂主人，更爲曲突；遠徙其薪，不者將有火患。主人不應，俄而果失火，隣里救之得息。于是置酒謝，焦爛者爲上客，餘各以功次坐，而不錄言曲突者。

蟬

貂尾同文彩，緌冠用羽儀〔一〕。塗泥羞末品，鳴噪競高枝。聒耳棼絲竹，如簧亂鼓吹。何須誚瘖瘂〔二〕，饒舌正堪嗤〔三〕。

【注釋】〔一〕記檀弓：成人曰：蠶則績而蟹有匡，范則冠而蟬有緌。鄭氏曰：蟬，蜩也。緌爲蜩喙，長在腹下。正義曰：范，蜂也，蜂頭上有物似冠也。緌謂蟬喙，長在口下，似冠之緌也。〔二〕後漢書杜密傳：密曰：「劉勝位爲大夫，見禮上賓，而知善不薦，聞惡無言，隱情惜己，自同寒蟬，此罪人也。」陸佃埤雅：方言曰：寒蜩，瘖蜩也。郭氏曰：按爾雅以蜺爲寒蜩，月令亦曰寒蟬鳴，則知寒蜩非瘖者也。寒蜩卽今啞蟬，啞蟬初瘖，及得寒露涼風乃鳴。然則方言原其始，故謂之瘖蟬。今雌蟬亦啞，陶隱居所謂啞蟬，雌蟬也，不能鳴者。然與寒蟬初瘖又異矣。〔三〕北史斛律金傳：祖珽續謠言曰：盲老公背上下大斧，饒舌老母不得語。

蜜蜂

清都爲觀閣，紫殿作芳叢〔一〕。不分針芒毒，偏於甜蜜中。採花迷共主，嚼蠟賺家翁。又講君臣禮〔二〕，排衙傲倮蟲。

【注釋】〔一〕元微之駱蜂詩：梨笑淸都月，蜂遊紫殿春。注曰：京開元觀多梨花蜂。〔二〕陸佃埤雅：蜂有兩衙應朝，其主之所在，衆蜂爲之旋遶如衞，誅罰徵令絕嚴，有君臣之義。

蛺蝶

輕薄多生種〔一〕，紈繻夙世羣。梢花矜粉在，掠蜜與蜂分。栩栩乘宵夢，翩翩傍日曛。滕王圖畫裏〔二〕，麟閣總輸君。

【注釋】〔一〕北齊書魏收傳：收昔在洛京，輕薄尤甚，人號云魏收驚蛺蝶。〔二〕段成式酉陽雜俎：一日，紫極宮會秀才，劉魯封云：「嘗見滕王蜂蝶圖，有名江海班、大海眼、小海眼、村裏來、菜花子。」

螢

腐草只如此，餘光能幾何？偶陪金殿坐，長向玉堦過。祕閣然藜少，荒原結燐多。天街昏黑候，咫尺亂星河。

蒼蠅

附驥垂天表，鳴鷄聒禁中。巧能窺御筆，誤欲點屏風。國土爲樊棘，分身作蠁蟲〔一〕。可能汚白壁？搖翅任西東。

【注釋】〔一〕博雅釋蟲：土蛹，蠁蟲也。蠁，許兩切。陸佃埤雅：字從蠁。舊説蠅于蠶身乳子，既繭，化而成蛆，俗呼蠁子，入土爲蠅。

蚊

得志昏黄夕，偷生血肉身。雄豪推豹脚〔一〕，醜類到浮塵〔二〕。下策聊攻火，中宵易及晨。蟭螟爾何族〔三〕？巢睫自成鄰。

【注釋】〔一〕東坡次周開祖見寄詩：風定軒窗飛豹脚。施宿曰：東坡云湖多蚊，土云豹脚者尤毒。〔二〕元微之浮塵子詩序：浮塵，蠓類也。其寔微不可見，與塵相浮而上下。人苦之，往往蒙絮衣自蔽，浮塵輒能通透，及人肌膚。〔三〕列子湯問篇：江浦之間生麼蟲，其名曰蟭螟。羣飛而集于蚊睫，弗相觸也。栖宿往來，蚊弗覺也。

蛔蟯

何物蛔蟯種〔一〕，偏能帝所游？窟營膂腑穢，籍記肺腸幽。刺探攢多口，鑽營並九頭〔三〕。三彭行僇近，天聽却悠悠。

【注釋】〔一〕說文：蟯，腹中短蟲也。〔二〕宋玉招魂：雄虺九首，往來儵忽，吞人以益其心。王逸曰：雄虺一身九頭，常喜吞人魂魄，以益其心，賊害之甚也。

蟻

黨類聞羶聚〔一〕，功夫時術多〔二〕。眞能傾棟宇〔三〕，未可薄么麽〔四〕。輂重潛營塢，身輕穩占窠〔五〕。拉遝憂大廈，一木竟如何？

【注釋】〔一〕莊子徐無鬼：羊肉不慕蟻，蟻慕羊肉。羊肉羶。〔二〕元微之蟻子詩：時術功雖細。〔三〕元微之蟻子詩序：巴蟻衆而善攻欒棟，往往木容完具而心節朽壞。屋居者不省其微，而禍成傾壓。〔四〕元微之蟻子詩：寄言持重者，微物莫相輕。〔五〕御覽：嶺表錄異曰：嶺南蟻類極多，有皮袋貯蟻子窠鬻于市者，蟻窠如薄絮囊，皆連帶枝葉，蟻在其中，和窠而賣。

米蟲

宛爾能蝗黍，公然學蠹魚。耗應雀鼠並〔一〕，謀豈稻粱疎。不惜春農苦，頻分尚食餘〔二〕。秋風黃葉候，爲爾重嗟吁〔三〕。用僞吳末民謠張吳王米蟲事。

【注釋】〔一〕南史張率傳：遣家童載米三千石還宅，及至，遂耗大半。率問其故，答曰：「雀鼠耗。」率大笑曰：「壯哉雀鼠。」竟不研問。〔二〕新唐書百官志：尙食局尙食二人，掌供膳羞品齊，揔司膳司醖司藥司饎，凡進食先嘗。〔三〕劉辰國初事蹟：張士信用王敬夫、葉德新、蔡彦文三人謀國。時有市謠十七字曰：丞相做事業，專用王、蔡、葉。一朝西風起，乾別。後士信守閶門，仝妓飲，中砲死。城破，械張士誠同王、蔡、葉到京，命縊死之。瞿佑歸田詩話：張氏好養士，美官厚祿，富貴赫然。有作北樂府諷之云：皂羅辮兒緊扎稍。頭戴方簷帽，穿領闊袖衫，坐個四人轎。又是張吳王米蟲兒來到了。及城破，無一人死難者。

蟋蟀

玉井更籌急，金籠幃幄長。枕函聽選將〔一〕，簾閣看登場。盆盎成關塞，輸贏一哄堂〔二〕。襄樊頻告急，莫惱賈平章〔三〕。

【注釋】〔一〕開元天寶遺事：每至秋時，宮中妃妾輩，皆以小金籠捉蟋蟀，閉于籠中，置之枕函畔，夜聽其聲。庶民之家，亦皆效之。賈秋壑蟋蟀經：夫養蟲者如養兵，選蟲如選將，早秋時擇取養之，如下口硬擷善鬬者，選爲上將。〔二〕李肇國史補：合座皆笑，謂之哄堂。〔三〕宋史賈似道傳：時襄陽圍已急，似道與羣妾踞地鬬蟋蟀。所狎客入，戲之曰：「此軍國重事耶？」

禾髯遺餉醉李內人開函知爲徐園李也戲答二絶句

醉李根如仙李深〔一〕，青房玉葉漫追尋。語兒亭畔芳菲種〔二〕，西子曾將療捧心。

【注釋】〔一〕任昉述異記：中山有縹李，大如拳者呼仙李。陸士衡果賦曰：仙李縹而神李紅。〔二〕陸廣微吳地記：嘉禾縣南一百里，有語兒亭。勾踐令范蠡取西施以獻夫差，西施于路與范蠡潛通，三年始達于吳，遂生一子。至此亭，其子一歲，能言，因名語兒亭。

其　二

不待傾筐寫盎盆，開籠一顆識徐園。新詩錯比來禽帖，贏得粧臺一笑論。

癸未四月吉水公總憲詣闕詒書輦下知己及二三及門謝絶中朝寢閣啓事慨然書懷因成長句四首

青鏡霜毛歎白紛，東華塵土懶知聞。餘光乍可從人借，乞火何當向子分？老去始諳魚鳥性，窮來長傍鹿麋羣〔一〕。絶交莫笑嵇康懶〔二〕，即是先生誓墓文。

【注釋】〔一〕潘岳關中記：辛孟年七十，與麋鹿同羣遊，世謂之鹿仙。〔二〕世說棲逸篇：山公將去選曹，欲舉嵇康，康與書告絕。

其二

垂簾隱几坐昏朝，引鏡攤書意象遙。香序可堪論甲煎〔一〕，彈文誰敢證甘蕉〔二〕。三眠柳解支憔悴，九錫花能破寂寥〔三〕。信是子公多氣力〔四〕，帝城無夢莫相招。

【注釋】〔一〕宋書范曄傳：曄撰和香方，其序曰：麝本多忌，過分必害。沈實易和，盈斤無傷。零藿虛燥，詹唐黏濕，甘松蘇合安息鬱金㮈多和羅之屬，並被珍于外國，無取于中土。又棗膏昏鈍，甲煎淺俗，非惟無助于馨烈，乃當彌增于尤疾也。所言悉以比類朝士，麝本多忌，比庾炳之；零藿虛燥，比何尚之；詹唐黏濕，比沈演之；棗膏昏鈍，比羊玄保；甲煎粗俗，比徐湛之；甘松蘇合，比慧琳道人；沈實易和，以自比也。〔二〕藝文：沈約修竹彈甘蕉文曰：長兼淇園貞幹修竹稽首，切尋蘇臺前甘蕉一叢，擢本盈尋，垂蔭含丈。階緣寵渥，銓衡百卉。而與奪乖爽，高下在心。每叨天功，以爲己力。今月某日，有臺西階澤蘭萱草，到園同訴，甘蕉攢莖布影，獨見障蔽。謂偏辭難信，登攝甘蕉左近杜若江蘺，依源辨覆。兩草各處，異列同款，既有證據，羌非風聞。切尋甘蕉非有松栢後凋之心，蓋闕葵藿向陽之識，妨賢敗政，孰過于此？而不除戮，憲章安用？請徙根翦葉，斥出臺外。庶懲彼將來，謝此衆屈。〔三〕陶穀清異錄：羅虬撰花九錫，一曰重頂幄障風，二曰金錯刀剪折，三曰甘泉浸，四曰玉缸貯，五曰雕文臺座安置，六曰畫圖寫，七曰豔曲翻，八曰美醑賞，九日新詩詠。且曰：亦須蘭蕙梅蓮，乃可披襟。若芙蓉躑躅水仙石榴之類，何錫之有？

〔四〕漢書陳萬年傳：咸滯于郡守，時王音輔政，信用陳湯。咸數賂遺湯，予書曰：卽蒙子公力，得入帝城，死不恨。師古曰：子公，湯之字。

其　三

四朝天放一遺民，梧下松間岸葛巾。仕路揶揄誠有鬼〔一〕，相門灑掃豈無人〔二〕？雲皴北嶺山如黛，月浸西湖水似銀。東閣故人金谷友〔三〕，肯將心跡信沈淪？

【注釋】〔一〕世說任誕篇注曰：羅友家貧乞祿，溫許而不用。後府人有得郡者，溫爲送別，友至晚問之。友曰：「中路逢一鬼，大見揶揄，云『我只見汝送人作郡，何以不見人送汝作郡？』」民始怖終慙，回還以解，不覺成淹緩之罪。」溫雖笑其滑稽，而心頗愧焉。〔二〕史記齊悼惠王世家：魏勃欲見齊相曹參，家貧，無以自通，乃常獨早夜掃齊相舍人門外，相舍人怪之，勃曰：「願見相公，無因，故爲子掃，欲以求見。」于是舍人見勃。〔三〕葛洪西京雜記：公孫弘爲丞相，故人高賀從之，弘食以脫粟飯，覆以布被。賀怨告人。弘嘆曰：「寧逢惡賓，不逢故人。」

其　四

虛堂長日對空枰，擇帥流聞及外兵。上命精擇大帥，冢宰建德公以衰晚姓名列上。玉帳更番饒節鉞，金甌斷送幾書生。驪山舊匣埋荒草〔一〕，譙國新書廢短檠〔二〕。多謝羣公慎推舉，莫令人笑李元平〔三〕。

【注釋】〔一〕長安志：咽瓠泉在藍田山，李荃于此遇驪山老母説陰符經。傳教畢，令荃取水。荃攜瓢就泉已，失老母，因名咽瓠泉。〔二〕魏志武帝紀注：魏書曰：太祖自作兵書十萬餘言，諸將征伐，皆以新書從事。〔三〕新唐書關播傳：李元平，本宗室疏裔，好論兵。李希烈叛，帝以汝州據賊衝，刺史疲軟不勝任。播盛稱元平。帝召見，拜任補闕。不數日，檢校吏部郎中，兼汝州別駕，知州事。元平始至，募工築郛浚隍。希烈陰使亡命應募，凡納數百人，元平不悟。賊遣將李克誠以精騎薄城，募者內應，縛元平馳見希烈，因嫚駡曰：「盲宰相使汝當我，何待我淺耶？」僞署御史中丞。播聞詫曰：「元平事濟矣。」謂必覆賊而建功也。左右笑。

嘉禾司寇再承召對下詢幽仄恭傳天語流聞吳中恭賦今體十四韻以識榮感

夕烽纏斗極，昃食動嚴宸。帝賚旁求急，天章召對勤。睿容紆便殿，清問及遺民。當宁吁嗟數，班行省記眞。虛名勞物色，樸學媿天人。上曰：「錢某博通今古，學貫天人。」咨嗟詢問者再。

四達聰明主，三緘密勿臣。東除宜拱默，北嚮共逡巡。日月誠難蔽，雲雷本自屯。孤生心自幸，幽仄意空頻。漫欲占連茹，何關歎積薪。丹心懸魏闕，白首謝平津。感遇無終古，酬恩有百身。堯年多甲子，禹甸少風塵。歌罷臨青鏡，蕭然整角巾。

次韻徐叟文虹七十自壽詩四首

少日秦川見此翁〔一〕，銀箏寶馬氣如虹。春風嘗發檀槽裏，秋雨都銷羯鼓中。皂帽呼盧三白轉〔二〕，舼船醉客百分空〔三〕。歌闌舞歇黃金盡，贏得童心老尚童。

【注釋】〔一〕謝靈運擬鄴中詠序：王粲家本秦川貴公子，遭亂流寓，自傷情多。〔二〕世說任誕篇：桓宣武少家貧，戲大輸，求救于袁耽。耽時居艱，遂變服懷布帽隨溫去，與債主戲。耽素有藝名，債主就局曰：「汝故當不辨作袁彥道邪？」遂共戲，十萬一擲，直上百萬，數投馬絕叫，旁若無人。探布帽擲對人曰：「汝竟識袁彥道不？」〔三〕杜牧之題禪院詩：舼船一棹百分空。

其　二

棋局何當看朽柯，郎當舞袖自婆娑〔一〕。每臨百尺嗟莖草，更倚千章笑蔓蘿。鼠穴啁啾因夢少，鵝籠吐納幻人多。麻姑儗送千錢酒〔二〕，莫惜開尊緩緩歌。

【注釋】〔一〕陳後山詩話：楊大年傀儡詩云：鮑老當筵笑郭郎，笑他舞袖太郎當。若教鮑老當筵舞，轉更郎當舞袖長。語俚而意切，相傳以爲笑。〔二〕葛洪神仙傳：麻姑至蔡經家，方平以千錢與餘杭姥，求得一油囊酒五斗許。

其　三

荆扉晝閉突煙輕，世事渾如覆舊枰。薄面親知從水冷，饑腸兒女任雷鳴。蚊巢蟻穴多爭鬭，鴈旅鴻賓自却迎。髮白可知心幷白，焚香散帙有餘淸。

其　四

悠悠名利笑排場，屈指東陵更首陽〔一〕。七十古稀應小駐，百年未滿莫嚴裝。浮生作伴皆歡伯，白眼看人卽睡鄉。無那當歌君不飮，松風吹沸揀芽湯〔二〕。

【注釋】〔一〕莊子駢拇篇：伯夷死名于首陽之下，盜跖死利于東陵之上，二人者所死不同，其于殘生傷性均也，奚必伯夷之是而盜跖之非乎？〔二〕山谷贈曹子方家鳳兒詩：揀芽入湯師子吼。青神史容曰：按北苑貢茶錄，一槍二旗，號揀芽上品。揀芽，蠟茶名也。

以二十千爲城北公稱壽侑以二銀琖〔一〕

滿陌青蚨滿百年〔二〕，爲君取酒祝長筵。麻姑笑殺臨安姥，要索方平買酒錢。

【注釋】〔一〕戰國策：鄒忌謂其妻曰：我孰與城北徐公美？〔二〕沈括夢溪筆談：今人數錢，百錢謂之陌者，借陌字用之，其實只是百字，如什與伍耳。唐自皇甫鎛爲墊錢法，至昭宗末乃定八十爲百。漢隱帝時，三司使王章每出官錢，又減三錢，以七十七爲百，輸官仍用八十。至今輸官錢有用八十陌者。

次韻

銀琖雙雙介壽年，更將瓜果助紅筵。天孫自有天錢使，不比牽牛只欠錢。

輓西蜀尹西有長庚二首

長庚晝隕蜀崗頭〔一〕，井絡星躔闇斗牛。盍以三號觀季札〔二〕，余詒書其尊人子求，俾從延陵贏博之禮。誰從永夜問班彪〔三〕。余與西有未識面。萬言書上黄扉寢〔四〕，西有爲余上書蜀相，不蒙省答。七字詩來青簡休〔五〕。往有長句相答。死骨可憐猶蹭蹬，夔門烽火接荆州。

【注釋】〔一〕王象之輿地紀勝：揚州有蜀岡，舊傳地脈通蜀。或曰：蜀岡產茶，味如蒙頂，故以名岡。〔二〕記檀弓：延陵季子適齊，于其反也，其長子死，葬于嬴博之間，其坎深不至于泉，其殮以時服。既葬而封，廣輪揜坎，其高可隱也。既封，左袒，右還其封，且號者三，曰：「骨肉復歸于土，命也。若魂氣則無不之也！」而遂行。孔子曰：「延陵季子之于禮也，其合已乎！」〔三〕劉孝標廣絶交論：尹班陶陶于永夕。李善曰：東觀漢記：尹敏與班彪相厚，每相與談，常晏暮不食，晝即至暝，夜輒旦。彪曰：「相與久語，爲俗人所怪。然鍾子期死，伯牙破琴，曷爲陶陶哉？」〔四〕緗素雜記：天子曰黃闥，三公曰黃閣，給事舍人曰黃扉，太守曰黃堂。〔五〕劉孝標重答劉秣陵沼書：余悲其音徽未沫，而其人已亡；青簡尚新，而宿草將列。

其二

濟物安民事已賒，空餘一木寄天涯〔一〕。墓前定有聰明樹〔二〕，世上應無富貴花〔三〕。不瞑目猶營四海〔四〕，未亡魂已度三巴。傷心豈合揚州死〔五〕，是處垂楊有暮鴉。

【注釋】〔一〕昌黎留題驛梁詩：數條藤束木皮棺，草殯荒山白骨寒。〔二〕李昉廣記：十仙傳：李正，字弘卿，學道見東王父，教之十七年。後正身死，家人埋之于武陵。而冢上生花，樹高七尺，有人遇見此花，皆聰明，能文章。〔三〕南史范雲傳：子良精信釋教，而縝盛稱無佛。子良問曰：「君不信因果，何得富貴貧賤？」縝答曰：「人生如樹花同發，隨風而墮，自有拂簾幌墜于茵席之上，自有關籬牆落于糞溷之中。墜茵席者，殿下是也。落糞溷者，下官是也。貴賤雖復殊途，因果竟在何處？」〔四〕莊子外物篇：視若營四海。郭象曰：視之儡然，似營他人事者。〔五〕唐詩紀事：張祜，清河人。嘗賦淮南詩：人生只合楊州死，禪智山光好墓田。果卒于丹陽隱舍。

答嘉善夏雪子枉寄兼訂見過二首

清文麗句滿奚囊，吳越才人敢雁行？初日芙蓉謝康樂，月中楊柳孟襄陽〔一〕。蓮花漏點清宵雨，貝葉經幡靜室香〔二〕。聞道孤山新結隱，祇應配食水仙王〔三〕。

【注釋】〔一〕唐詩紀事：孟浩然，襄陽人也。皮日休孟亭記云：北齊美蕭慤有「芙蓉露下落，楊柳月中疏」。先生則有「微雲淡河漢，疎雨滴梧桐」。此與古人爭勝于毫釐也。〔二〕段成式酉陽雜俎：貝多出摩伽陀國，長六七丈，經冬不凋。此樹有三種，一者多羅婆力叉貝多，二者多梨婆力叉貝多，三者部婆力叉。多羅多梨，並書其葉部闍一色，取其皮書之。貝多是梵語，漢翻爲葉。貝多婆力叉者，漢言葉樹也。西域經書，用此三種皮葉。若能保護，亦得五六百年。〔三〕東坡書林逋詩後詩：我笑吳人不好事，好作祠堂傍修竹。不然配食水仙王，一盞寒泉薦秋菊。王象之輿地紀勝：水仙王廟，在錢塘門外，即錢塘龍君廟也。乾化五年，有武肅王所建廟碑存焉。又于廟作三賢堂，繪白樂天、蘇子瞻、林君復像。

其 二

汗竹溪藤卷帙紛，千金敝帚漫云云。百年自笑吾攻愧，後世還期子定文〔一〕。閣湧諸峯山有月，窗含半野水如雲。傍簷乾鵲何時噪？灑掃先除薇榻塵。

【注釋】〔一〕梁書任昉傳：昉聞聲藉甚，王儉領丹陽尹，引爲主簿。每見其文，必三復殷勤，以爲當時無輩。乃出自作文，令昉點正。昉因定數字，儉拊几嘆曰：「後世誰知子定吾文？」其見知如此。

中秋日得鳳督馬公書來報勦寇師期喜而有作

衡門兩版朝慵睡，簷前鵲喜喧墜地。鵰冠將軍來打門〔一〕，尺書遠自中都至。書來尅日報師期，正是高秋誓旅時。先驅虎旅清江漢，左帥還兵扼九江。厚集元戎出壽蘄。馬公督花馬諸軍，自壽州出蘄、黃。伏波威靈天所付，花馬軍聲鬼神怖。郢中石馬頻流汗，漢上浮橋敢偷渡。獻賊作浮橋，渡漢江，聞大兵至，一夜撤去。浹旬風雨洗青冥，壁月今宵出廣廷。老夫洗醆酹尊酒，再拜先占太白星。

【注釋】〔一〕後漢書輿服志：武冠俗謂之大冠，環纓無蕤，以青系爲緄，加雙鶡尾豎左右爲鶡冠。云鶡者，勇雉也。其鬭，對一死乃止。故趙武靈王以表武士，秦施之焉。

燈下看内人插瓶花戲題四絶句

水仙秋菊並幽姿，插向磁瓶三兩枝。低亞小窗燈影畔，玉人病起薄寒時。

其　二

淺澹疏花向背深，插來重折自沈吟。劇憐素手端相處〔一〕，人與花枝兩不禁。

【注釋】〔一〕放翁得梅一枝戲成詩：盡意端相終有恨，夜寒皴玉有誰溫？

其　三

嬾將沒骨貌花叢〔一〕，渲染繇來惜太工。會得遠山濃淡思，數枝落墨膽瓶中。

【注釋】〔一〕圖畫見聞誌：李少保端愿有圖一面，畫芍藥五本，其畫皆無筆墨，唯用五彩布成，旁題云：翰林待詔臣黄居寀等，定到上品。徐崇嗣畫沒骨圖，以其無筆墨骨氣而名之，但取其濃麗生態以定品。

其　四

幾朵寒花意自閑，一枝叢雜已斕斑。憑君欲訪瓶花譜，只在疏燈素壁間。

三良詩 有序

三良者，商丘段增輝含素、沂州高名衡平仲、遂安汪喬年歲星也。崇禎戊寅，賊陷商丘。含素謝賢良辟召，率鄉人扞賊。賊再攻，陷之，與翰林馬剛中俱被執，不屈而死。辛巳春，賊圍大梁，平仲以御史巡方，乘城，擊却之。上特命以僉都撫豫。賊去，圍我師于郾。歲星以秦督赴援，遇賊于襄城，力戰死之。是冬，賊復圍大梁。平仲固守經年。九月汴沈于河，平仲渡河而北，賊解去，得請歸里。奴兵陷沂，平仲夫婦駡賊死之。嗚呼！是三君子者，皆余及門之士。余槁項黄馘，視息牖下，覩其接踵死事，横身殉國，有餘媿焉。白樂天有哀二良文，余放之以哀三君子，作哀三良詩。

段賢良含素

段生湖海士，矯志營儒術。道心既渟泓，俠氣亦迸逸。臂鷹弄丸劍〔一〕，亡羊視佔畢。

結客少年場，摳衣大儒室。玄纁有道聘，銅墨邑宰秩。折腰恥鳴琴，蒿目憂化瑟。投劾謝京華，襆被返蓬蓽。汝雒彌祲氛，汴宋連狂獝。奔竄咸戴頭〔二〕，迎降多屈膝。拊心念多壘，奮袂起投筆。部署及婦女，饋餉罄饠饆〔三〕。孤城我援絕，悉衆賊勢壹。衝梯舞崔嵬，礮石碎鶩簗。城陷屍撐柱，巷戰血泌瀄。堂堂馬翰林，並馬困絏縶。生得齊慨慷，逼降互呵叱。南雲敢後死〔四〕，臧洪意同日〔五〕。聖朝崇死優，所司奏報失。千秋萬祀後，雙廟應崒嵂〔六〕。余昔坐鈎黨，訟繫拘請室〔七〕。子來訪幽囚，再拜慰藺疾。遂請職橐饘，奮欲負斧鑕。重趼赴函丈，酹酒祝元吉。昂藏論節義，顒頏數國恤。盈朝誰負擔？舉世盡巾幗。植冠髮如竿，流吻涎欲溢。斯人猶在眼，其言良可質。篝燈見光芒，摳衣想削戌。哭罷霜滿天，詩成月東出。入戶長嘆息，陰風助啾唧。

【注釋】〔一〕張平子西京賦：跳丸劍之揮霍。〔二〕新唐書段秀實傳：秀實至晞門下，甲者出。秀實笑且入，曰：「殺一老卒，何甲也？吾戴頭來矣。」〔三〕段柯古酉陽雜俎：韓約能作櫻桃饆饠。〔四〕昌黎張中丞傳後序：城陷，巡不屈。又降霽雲，雲未應，巡呼雲曰：「南八，男兒死耳，不可爲不義屈。」雲笑曰：「將欲以有爲也。公有言，雲敢不死。」遂不屈。〔五〕後漢書臧洪傳：洪爲袁紹所殺，陳容在坐，謂紹曰：「舉大事而先誅忠義，豈天意？」紹慚，使人牽出。容顧曰：「今日寧與臧洪同日死，不與將軍同日生也。」〔六〕南部新書：張巡、許遠並立廟血食，謂之雙廟。

〔七〕漢書惠帝紀：有罪當盜械者，皆頌繫。如淳曰：頌者，容也。言見寬容，但處曹吏舍，不入狴牢也。古者頌與容同。

汪中丞歲星

汪子循良吏，斤斤飭簠簋。修謹固足多，剸割亦可倚。一朝擁旄纛，三秦爲賜履。雄邊當重寄，豈能稱指使。況復覆軍餘，兵殘將亦弛。驚魂怯鼓鼙，敗氣蒙壁壘。賊兵下宛雒，軍威捲熊耳。乘勝圍郾城，援師絕蜉螘。牽率殘傷卒，長驅與角觝〔一〕。賊遂拔圍來，其行疾如鬼。士飽如狠噬，馬騰競帆駛。我師不能軍，轍亂復旗靡。哀哉二萬人，刲屠盡羊豕。堂堂大中丞，孤身策馬箠。首已離魚劍，胸猶集蝟矢。嗚呼數年來，盜賊易綱紀！弈棋國謀誤，兒戲師律否。武夫保項領，文臣塗腦髓。項城傅宗龍喪元，襄城汪折趾。甲棄戰場外，馬歸賊營裏。徵兵摶泥沙，催戰促刻晷。但知赴期會，誰復量彼己。歸元國子生〔二〕，免胄先軫喜〔三〕。三敗誰能及？一死亦可矣。憶子爲郎時，矯時拄頑鄙。抗論每仰屋，憤盈或抵几。裹革固所期，輿尸亦求是。哀哉殉國心，耿耿歿猶視。長歌聊慰藉，人生會有死。不見韓城相〔四〕，低頭向槃水〔五〕。

【注釋】〔一〕任昉述異記：秦漢間，說蚩尤氏耳髮如劍戟，頭有角，與軒轅鬬，以角觝人，人不能向。

今冀州有樂，名蚩尤戲。其民兩兩三三，頭帶牛角而相觝。漢造角觝戲，蓋其遺製也。〔二〕左傳哀公十一年：公會吳子伐齊，戰于艾陵，大敗齊師。公使太史固歸國子之元。〔三〕左傳僖公三十三年：晉侯敗狄于箕，先軫免冑入狄師，死焉。〔四〕烏程陰薦薛國觀，以僉憲驟登政府。庸庸居位，一無籌略。上憂國用匱乏，國觀以貨于戚畹之說進。首及李武清，上密傳旨，與借四十萬金。李氏盡鬻所有，不足其數，猶徵求無已。戚臣人人自危。後因皇五子病，設爲九蓮菩薩告皇子云：「上薄于外戚，不念先世懿親，將來皇嗣，必多傷折。」語聞于上，上戚戚心動，停止李氏追比，復武清侯爵。九蓮者，孝定皇后夢中所見授經之菩薩也。未幾，皇五子薨。上心悼之，陰銜國觀，欲誅之以謝孝定在天之靈。會科臣列欵糾國觀，東廠發其贓私。十四年辛巳八月初八日，會官勒令自裁。〔五〕漢書賈誼傳：槃水加劍，造請室而請辠焉。

高侍郎平仲

平仲巡兩河，攬轡出西臺〔一〕。勍寇方燎原，宛雒蕩劫灰。移師圍大梁，投鞍成覆敦〔二〕。登陴七晝夜，死守憑崔嵬。累卵我勢急，中目賊焰推。流矢傷闖賊目，賊遂南去。保汴唯女勞，國功帝念哉！遂膺全豫寄，旌節煥昭回。解嚴踰夏秋，悉衆賊復來。長塹截飛鳥，巨礮轟殷雷。潛隧穿地裂，梯衝舞風頹。及堞骨相柱，薰穴尸成堆。負戶我告病〔三〕，濡褐敵未衰〔四〕。是時諸道兵，左次大河隈。半夜朱仙鎮，十萬潰喧豗。沈城聲援絕，饋運甬道隤。

擂石盡發棟，陳焦資炊骸〔五〕。噬指徒慟哭，大臨誰告哀〔六〕？河伯爲解圍，洪流夜擊礧。我師既北徙，賊戈亦南回。優詔許休沐，寵秩旌厥能。還家甫抹馬，虜入沂城隙。抗辭罵凶醜，並命捐匹儕。吁嗟忠壯士！糾纏罹凶災。賊鋒乍撞挀〔七〕，奴刃旋提搥。自從兵興後，屠潰自相偕。金柝不夜擊，和門嘗晝開〔八〕。九攻敵已窮〔九〕，三板志不乖〔一〇〕。方鎮皆斯人，王略寧未恢。何當大星隕，坐見長城壞〔一一〕。我非哭其私，惜此天下才。

【注釋】〔一〕長安志：承天門街之西御史臺。御史臺記曰：御史臺門北開，蓋取肅殺就陰之義。

〔二〕爾雅釋丘：如覆敦者敦丘。郭璞曰：敦，盂也。〔三〕後漢書光武紀：諸將見尋、邑兵盛，反走入昆陽。光武使王鳳、王常留守，夜與十三騎出城收兵。尋、邑圍城數十重。雲車十餘丈，積弩亂發，矢下如雨。城中負戶而汲。〔四〕左傳定公八年：公侵齊，攻廩丘之郛。主人焚衝，或濡馬褐以救之。杜預曰：馬褐，馬衣。〔五〕潘安仁馬汧督誄：木石將盡，樵蘇乏竭，芻蕘罄絕。於是乎發梁棟而用之，罥以鐵鑠機關，既縱礧而又升焉。爨陳焦之麥，柹梠桷之松，用能薪芻不匱，人畜取給，青烟傍起，櫪馬長鳴。〔六〕左傳宣公十二年：楚子圍鄭旬有七日。鄭人卜行成不吉，卜臨于大宮，且巷出車，吉。國人大臨，守陴者皆哭。〔七〕張平子西京賦：徒搏之所擿挀。〔八〕顏延年陽給事誄：金柝夜擊，和門晝扃。李善曰：金謂刁斗也。衞宏漢舊儀曰：城門擊刁斗，周廬擊木柝。周禮曰：大閱，以旌爲左右和之門。〔九〕墨子：公輸般爲楚造雲梯以攻宋。子墨子解帶爲城，以牒爲械，公輸般九設攻城之機變，子墨子九距之。公輸般之攻械盡，子墨子之守圉有餘。〔10〕戰國策：知伯從韓、魏兵以攻趙，圍晉陽而水之，城下不沉者三板。〔11〕南史檀道濟傳：上疾動，義康矯詔付廷尉。道濟見收，憤怒氣盛，目光如炬，脫幘投地曰：「乃壞汝萬里長城！」

絳雲樓上梁以詩代文八首

負戴相將結隱初，高檐深柳愜吾廬。道人舊醒邯鄲夢，居士新營履道居〔一〕。百尺樓中偕臥起，三重閣上理琴書〔二〕。與君無復論榮觀〔三〕，燕處超然意有餘。

【注釋】〔一〕白樂天池上篇序：都城風土水木之勝在東偏，東南之勝在履道里，里之勝在西北隅，西閈北垣第一第，即白氏叟樂天退老之地。〔二〕南史陶弘景傳：更築三層樓，弘景處其上，弟子居其中，賓客至其下。與物遂絕，唯一家童得至其所。〔三〕老子重德篇：雖有榮觀，燕處超然。

其二

麗譙如帶抱簷楹〔一〕，置嶺標峯畫不成〔二〕。窣堵波呈雙馬角〔三〕，招眞治近一牛鳴〔四〕。

琴繁山應春絃響〔五〕，月白香飄夜誦聲。還似玉眞淸切地，雲窗風戶伴君行〔六〕。

【注釋】〔一〕漢書陳勝傳注：師古曰：譙門，謂門上爲高樓以望者耳。樓一名譙，故謂美麗之樓爲麗譙。莊子庚桑楚篇：君亦必無盛鶴列于麗譙之間。成玄英疏曰：譙，高樓也。言其華麗譙堯也。〔二〕沈休文早發定山詩：標峯綵虹外，置嶺白雲間。〔三〕翻譯名義集：窣堵波，梵名塔婆。發軫曰：說文原無此字，徐鉉新加，云西國浮圖也。言浮圖者，此翻聚相，戒壇。圖經云：原夫塔字，此方字書乃是物聲，本非西土之號。若依梵本，產佛骨所，名曰塔婆。後分經：佛告阿難，佛般涅槃，荼毗既訖，一切四衆，收取舍利，置七寶瓶，當于拘尸那城內，四衢道中，起七寶塔，高十三層，上有輪相云云。辟支佛塔，應十一層。阿羅漢塔，成以四層，亦以衆寶而嚴飾之。其轉輪王，亦七寶成，無復層級，何以故？未脫三界諸有苦故。十二因緣經：八種塔並有露槃，佛塔八重，菩薩七重，辟支佛六重，四果五重，三果四，二果三，初果二，輪王一。凡僧但蕉葉火珠而已。〔四〕梁昭明招眞治碑：張道裕，字弘眞，天師十二代孫。天監二年，來止此岫。栖遁十有餘載，夜忽夢見聖祖云：「峯下之地，宜立館守。」裕師潘洪隱始寧四明山，有人耳長髮短，云「從虞山招眞治來」，言訖不見。潘馳信報君。君因辭山舊居，而以夢中所指峯下之地，卽以爲治，故號招眞。〔五〕南史宗少文傳：少文好山水，凡所遊履，皆圖之于室。謂之撫琴動操，欲令衆山皆響。〔六〕郭景純遊仙詩：雲生梁棟間，風出窗戶裏。

其三

層樓新樹絳雲題，紫微夫人詩云：乘飈儔衾寢，齊牢携絳雲。故以絳雲名樓。禁扁何殊降紫泥。初日東南長自照，浮雲西北任相齊。花深網戶流鶯睡，風穩雕梁乳燕棲。一曲洞簫吹引鳳，人間唱斷午時鷄。

其四

三年一笑有前期，病起渾如乍嫁時。泛舟詩云：安得三年成一笑。君病起恰三年矣。風月重窺新柳眼，海山未老舊花枝。爭先石鼎搜聯句，薄怒銀燈算劫棋。見說秦樓夫婦好，乘龍騎鳳也參差。

其五

絳雲樓閣榜齊牢，知有眞妃降玉霄。匏爵因緣看墨會，紫清眞妃示楊君，有匏爵分味，墨會定名之語。苕華名字記靈簫。眞妃名鬱嬪，字靈簫。並見眞誥。珠林有鳥皆同命〔一〕，碧樹無花不後凋〔二〕。攜手雙臺攬人世，携手雙臺，亦眞妃語。巫陽雲氣自昏朝。

【注釋】〔一〕雜寶藏經：雪山有鳥，名爲共命。一身二頭，識神各異。同共報命，故曰共命。〔二〕漢武故事：上起神屋，前庭植玉樹，珊瑚爲枝，碧玉爲葉。班孟堅西都賦：珊瑚碧樹，周阿而生。李善曰：淮南子：崑崙山有碧樹在其北。高誘曰：碧，青石也。

其六

燕寢凝香坐翠微，辰樓修曲啓神扉〔一〕。逍遥我欲爲天老，恬澹君應似月妃。霞照牙箱雙玉檢〔二〕，風吹綸絮五銖衣〔三〕。夕陽樓外歸心處，縣鼓西山觀去落暉〔四〕。

【注釋】〔一〕眞誥象運篇：眞妃曰：天皇雙景，遠昇辰樓。〔二〕眞誥象運篇：眞妃左右兩侍女，一持錦囊盛書，以白玉檢囊口。一捧白箱，以絳帶束絡之，白箱似象牙箱形。〔三〕後漢書肅宗紀：詔齊相省冰紈方空縠吹綸絮。臣賢曰：綸似絮而細，吹者，言吹噓可成，亦紗也。李商隱聖女祠詩：不寒長著五銖衣。〔四〕觀經：當起想念，正坐西向，諦觀于日欲沒之處，令心堅住，專想不移。見日欲沒，狀如懸鼓。既見日已，閉目開目，皆令明了，是爲日想，名曰初觀。

其七

寶架牙籤傍綺疏，仙人信是好樓居。風飄花露頻開卷，月照香嬰對校書〔一〕。拂紙丹鉛雲母細，篝燈簾幕水精虛。昭容千載書樓在，結綺齊雲總不如。

【注釋】〔一〕眞誥象運篇：神女及侍女者五，香馥芬如燒香嬰氣者。注曰：香嬰，嬰香也，出外國。

其八

駕月標霞面面新，玉簫吹徹鳳樓春。綠窗雲重浮香母〔一〕，翠蠟風微守谷神〔二〕。西第總成過眼夢〔三〕，東山猶少畫眉人。闌憑共指塵中笑，差跌何當更一塵〔四〕？

【注釋】〔一〕眞誥象運篇：四鈞朗唱，香母奏烟。〔二〕老子成象篇：谷神不死，是爲玄牝。〔三〕後漢書馬融傳：融作大將軍西第頌，以此頗爲正直所羞。〔四〕漢書陳遵傳：遵謂張竦，苦身自約，不敢差跌。少陵鄭典設自施州歸詩：庶免差跌厄。趙次公曰：古善哉行：世路幾差跌？廣異記：丁約謂韋子威曰：「郎君終當棄俗，尙隔兩塵。」子威曰：「何謂兩塵？」曰：「儒謂之世，釋謂之刦，道謂之塵。善堅此心，亦復遐壽。」

癸未除夕

三年病起掃愁眉，恰似如皋一笑時。漸喜閨門歡有緒，劇憐海宇亂如絲。昇平節物椒花在，感激心情臘酒知。莫訝骰盤爭喝遣，要將連擲賭王師。

甲申元日 附

又記崇禎十七年，千官萬國共朝天。偷兒假息潢池裏〔一〕，倖子魂銷槃水前。天策紛紛憂帝醉，賊入長安。台堦兩兩見星聯。衰殘敢負蒼生望，自理東山舊管絃。

【注釋】〔一〕後漢書方術謝夷吾傳：遊魂假息，非刑所加。

〔清〕錢謙益 著
〔清〕錢曾 箋注
錢仲聯 標校

牧齋初學集

中

王蘧常

上海古籍出版社

初學集卷二十一

雜文一

春秋論一

春秋書曰：晉趙盾弑其君夷皐。歐陽子曰：學者不從孔子信爲趙盾，而從三子信爲趙穿。歐陽子之意，主於掊擊三子，而未嘗於左氏之傳易其心而求之也。左傳曰：乙丑，趙穿攻靈公於桃園，宣子未出山而復。太史書曰：趙盾弑其君。以視於朝。宣子使趙穿迎公子黑臀於周而立之。壬申，朝於武宮。左氏之證趙盾之弑者有三：靈公在則出奔，聞弑則未出山而復，一也；弑君者穿也，逆新君者亦穿也，而宣子使之，二也；太史以不討賊責盾，盾以詒伊慼自責，俄而使之逆黑臀焉，於討賊之説何居？三也。左氏證盾之弑君，可謂深切著明矣。而曰信爲趙穿者，何也？亡不越竟，反不討賊，董狐之獄辭也。盾而不與聞乎弑也，則亡必越竟。不越竟，則必與聞也。盾而不與聞乎弑也，則反必討賊。不討賊，則又必與聞也。反而討賊，則賊之主名穿也。反不討賊，則賊之主名盾也。譬之律家，殺人，穿，下手之人也；盾，造意者爲首也。故曰：非子而誰？此董狐之獄辭也。孔子曰：越竟乃免。越竟乃免，猶云討賊乃免也。討賊則必越竟，不越竟則必不討賊，此一事也。孔子誅盾之心，以其與聞乎弑，而必不肯越竟，則反不討賊，又不待言也。董狐斷趙盾之獄以兩言，而孔子以一言，孔子之議獄也精矣，左氏之記事也覈矣。

春秋論二

以高貴鄉公之事按之，則可以斷趙盾之獄矣。盾自帥中軍，廢置生殺，盟會侵伐，皆出其手。士會曰：「盾，夏日之日也。」舉國畏之久矣。靈公欲殺之，非獨患其驟諫也，憤其專也。高貴鄉公出懷中黄素詔投地曰：「行之決矣，正使死何懼。」亦此意也。成濟者，盾之趙穿也。穿與胥甲父同罪，而穿庇之，欲以有爲也。賈充叱成濟曰：「司馬公畜養汝輩，正爲今日。」盾之庇穿猶是也。陳泰者，盾之董狐也。盾曰：「嗚呼！我之懷矣，自詒伊慼。」司馬昭見泰泣曰：「玄伯，天下其如我何？」泰曰：「惟腰斬賈充以謝天下。」又曰：「但見其上，不見其次。」昭乃更不復言。盾與昭之情狀，何其似也！昭能收成濟斬之，盾不能，何也？成濟奴隸小人，昭視之，孤豚腐鼠耳。穿者盾從父昆弟之子，使之掌兵得衆，以行其弑逆。弑君之後，使將而迎新君，不解其兵柄，以自固也。昭之殺濟也，以解衆也。盾則何解之有？

齊史書曰：崔杼弑其君。崔杼殺之，猶有畏心焉。盾於晉史之書弑也，坦腹而當之。彼以爲執國之命，負仁儉恭敬之僞名，爲國人之所與，雖弑其君，而可以不慙也。盾未嘗辭弑君也，左氏未嘗不信盾弑也。百世之下，儒者曲爲之解，不已愚乎？蘇子繇曰：亡而不越竟，反而不討賊，安知盾之非僞亡，而使穿弑君？曰：盾非僞亡者也。盾在國中，懼靈公挾之以爲質。盾出而穿可以縱兵無所忌也。公羊曰：趙穿緣民衆不説，起弑靈公，然後迎趙盾而入，與之主於朝，而立成公。穿之迎之也，蓋曰：君弑矣，君弑則可以復矣。此盾亡不越竟之案也。

春秋論三

左傳曰：許悼公瘧，飲大子止之藥卒，大子奔晉。書曰：弑其君。此敍許止弑君之案也。止之弑君，孰書之？許之國史書之也。孔穎達曰：仲尼新意實非弑，而書弑，非也。然則悼公曷爲書弑？止弑之也。左氏曰：飲世子之藥卒。公羊亦曰：止進藥而藥殺也，止之弑悼公，以藥弑也。以藥弑，與以刃弑，有以異乎？左傳又曰：大子奔晉。止藥殺其父，身爲藥主，不繇國醫，國人不與而奔晉也。傳書奔晉，所以成乎其弑也。自公、穀主不嘗藥之説，而後儒紛然聚訟，曰：止非實弑，春秋加弑焉，以譏子道之不盡也。夫子道曰不盡云爾，加弑焉，與商人蔡般等。孔子之制法，若是酷乎？不嘗藥曰弑，推刃亦曰弑，商人蔡般不有佚罰乎？然則二傳何爲而有此言也？曰：此必許止弑逆之後，欺罔其國人，哭泣歠飦粥，僞哀痛以自蓋也。流聞者不察而信之，是以傳於此言也。不立乎其位以與其弟，則不奔晉。大子奔晉，則虺之位非其兄之所與明矣。奔晉之後，死不死未可知，曰未踰年而死，吾無徵焉爾。左傳載君子之言曰：盡心力以事君，舍藥物可也。人子盡心力以事君，猶舍藥物，而況於以藥弑乎？左氏之書，往往旁摭異聞，蓋公、穀之前，已有不嘗藥之說，故引君子之言以駮正之，非眞以爲不舍藥物而加弑也。公羊曰：君子卽止自責而責之也。春秋之立法，猶律令也。律令之議罪也，必傳其所當比。以其人之自責而入之也，亦將以其人之不自責而貫之乎？如是而何以爲刑書？

春秋論四

自公孫弘、董仲舒爲公羊學，武帝尊公羊家，繇是公羊大興，西漢多引公羊家斷獄。張湯爲廷尉，欲傳古義決獄，乃請博士弟子治尚書、春秋，補廷尉史，平亭疑法。以湯之酷烈如此，況其它乎？朝廷有大議，儒者往往引經誼裁斷，一言而決。至使人主宰相，相顧歎息。於經術則善矣，以此爲折獄之準，則非也。漢律不可見矣，唐、宋以後，各有律法，前主所是著爲律，後主所是著爲令。顧欲引春秋之義，斷後世之獄，是猶禁奸盜以結繩，理文書以科斗，豈不繆哉！漢世去春秋未遠，公、穀之學，卽齊、魯之學也。援春秋以斷漢獄，猶爲近之。本朝去漢遠矣，而況於春秋乎？乃欲以趙盾、許世子止之獄辭，傅本朝之律令，不已迂乎？近代進藥之獄有二，以唐事斷之可也。世宗之升遐也，與唐憲宗相似，柳泌、僧大通付京兆府決杖處死，方士王金等之議辟，宜也。李可灼之事，與柳泌少異，以和御藥不如法之律當之可也，當國大臣，則有穆宗貶皇甫鎛之法在。不此之求而援引春秋書許止之義，效西漢之斷獄，此不精於經誼之過也。

春秋論五

自古讒佞小人，唱邪說以搖國論，未有不援引經誼，粲然可觀者也。本朝穆廟初，大臣欲反王金之獄，則曰先帝不得正終，子無改父。此亦佞人之言，似是而非者也。趙昭儀傾亂漢室，親滅繼嗣，司隸請事窮竟，丞相以下請正法，議郎耿育上疏，以爲愚臣不能深援安危定金匱之計，又不知推演聖德述先帝之志，迺反覆校省內，暴露私燕。晏駕之後，尊號已定，萬事已訖，乃探追不及之事，訐揚幽昧之過，此臣所深痛也。卽如臣言，宜宣布天下，使咸曉知先帝聖意所起。不然，空使謗議上及山陵，下流後世，遠聞百蠻，近布海內，甚非先帝託後之意也。孝子善述父之志，善成人之事，唯陛下省察。育之言皆應經誼，豈非佞人之尤者乎？近代小人，訾梃擊、移宮之事者，曰慈曰孝，上痛山陵，下惜宮禁，皆耿育之議爲之祖也。春秋書曰：夫人孫於齊。左傳曰：不稱姜氏，絶不爲親，禮也。夫人姜氏薨於夷，齊人以歸。夫人氏之喪至自齊。公羊曰：貶必於重者，莫重乎其以喪至也。何休曰：刑人于市，與衆棄之，必於臣子集迎之時貶之，所以明誅得其罪也。吾夫子，魯之臣子也，於魯之二夫人，大書特書，無所忌諱。耿育之所謂暴露私燕，謗及山陵者，吾夫子其戎首也哉？

天啓進藥之獄，蒙有猜焉。進藥決之禁中，閣臣不爲藥主，一也。光宗寢疾彌留，非以紅丸故，奄棄萬國，二也。舍崔文昇而問李可灼，三也。穀梁子曰：於趙盾見忠臣之至，於許世子止見孝子之至。儒者相沿服習，以爲精義。執此以斷斯獄，則過也。高新鄭，非小人也，假經義以訟王金，比於佞矣。異議者奉其言爲聖書，則舛也。既而曰：三朝要典，允稱信史。光廟實錄，亟須刊定。闡累朝之慈孝，洗君父之惡名，莫不援據經誼，依附忠厚。莊生有言：儒以詩禮發冢。其是之謂乎？余故作春秋論五篇以證明之，知我罪我，亦以俟後之君子。崇禎元年四月甲子記。

初學集卷二十二

雜文二

雞鳴山功臣廟考

太祖實錄：洪武二年正月乙巳，立功臣廟於雞籠山。六月丙寅，功臣廟成。論次諸臣之功，以徐達爲首，次常遇春，又次李文忠、鄧愈、湯和、沐英、胡大海、馮國用、趙德勝、耿再成、華高、丁德興、俞通海、張德勝、吳良、吳禎、曹良臣、康茂才、吳復、茅成、孫興祖，凡二十有一人。命死者塑像祀之，仍虚生者之位。初，胡大海等殁，上命塑其像於卞壼、蔣子文之廟，至是復塑像於新廟。是祀也，掌在太常，記在會典，二百餘年已來，未之有改也。太倉王世貞獨考其誤，以謂國初之封六王，韓、魏、鄭、曹、宋、衞也。立廟之時，韓、宋猶未受封，何以前知其不令終而絀之？黔寧是時官不過指揮，何以知其必樹大勳而驟登之？此記事者之誤也。然則云何？曰：塑像虚位誠有之，其後如韓、宋者，則弗克與享也。今之位次，據永樂初年見在者而書之也。王氏之考覈矣，而未及詳也。夫豈惟黔寧哉！初封二十八若黔侯，何以獨舉五人？繼封十二侯，何以獨舉一人？自蘄國以外，皆以有功待封者也。若黔國，則與黔寧比肩者也。如國史之云，其所謂論次者，以何爲援據乎？國史於二年既云論次諸臣之功，定祀二十一人矣，七年六月書祔祭新戰沒定遼衞指揮高茂等三十八人，八年正月又書增祀華雲龍、李思齊等一百八人，九年又書祔祭何文輝及有功者一百八人，十三年又書祔祭顧時以下二百八十人。以二年之定祀者爲是，則七年以後不宜增；以七年後之增祀者爲是，則二年之祀未嘗定。同是祀典，同是國史，而前後舛錯如此。此所謂以子之矛，陷子之楯者也。虛位塑像，王氏以謂誠有之，吾以爲非也。二年正月，上勑中書省臣曰：諸將相從，捐軀戮力，開拓疆宇，有共事而不覩其成，建功而未食其報。追思功勞，痛切朕懷。其命有司，立功臣廟於雞籠山，序其封爵，爲像以祀之。九年七月，又諭禮官曰：諸將始從征伐，宣力效勞。朕於爵賞，不敢吝惜，大者公，小者侯，死則俾之廟食，以報其功。繇二年之勑觀之，則云塑死者之像；繇九年之諭觀之，則云報死者之功。其辭意甚明也。令果有生者虛位之事，則立廟之日，寧不以此明諭省臣，而獨諄復於死者耶？羅鶴記云：雞鳴山廟祀，定於洪武十一年。斯又與二年何異？一統志云：南京功臣廟，建於洪武二十年。嘉靖中，科臣禮官駁郭威襄配享之議，皆援以爲証。且謂黔寧、東甌，此時尚在，以實生者虛位之說。雖然，宋、潁、涼三公，與長興、武定二侯，皆無恙也。如宋、潁、涼三公者，將先虚位而後絀之耶？長興、武定，或先虚位而後不及補耶？王景撰黔寧神道碑云：王薨之明年，塑像功臣廟，勑太常祀以大牢。令二十年位次已定，則黔寧之塑像，何以待其薨之明年耶？傳曰：豫凶事，非禮也。記曰：之生而致死之不仁，而不可爲也。以皇祖之神聖，觀會通以行典禮，而繆盩若是耶？故生者虚位之説，吾斷以爲無之。

然則二十一人之祀，其定於何時乎？曰：吾未有徵也。其殆當聖祖末年，胡、藍二黨底定，諸公侯之以罪誅者，以嫌死者，芟夷既盡，而後二十一人之論次始定乎？國初，文臣則平章，武臣則都督指揮，皆得祔祭。洪武圖志云：功臣廟在雞鳴山南，凡本朝開國元勳，功在社稷，澤及生民者，則祀於此。志刻於洪武二十八年，豈聖祖末年，嘗汰除祔祭文武諸臣，而獨舉元勳之祀乎？攷之會典，正祭中山以下六人，配以鄖國以下十五人，兩廡各立一牌，總書故指揮千百戶衞所鎮撫之靈。蓋舉汰除祔祭諸臣而合祀之也。一統志所載定於洪武二十年者，庶幾近之。雖然，二十一人之論次，果出自聖祖，其權衡未有不曲當者也。今則猶有猜焉。六王吾無間然矣，六王以下，梁國六公，皆與享太廟者也。而永義獨不在二十一人之列。享祀之禮，莫重於太廟，古所謂其從與享先王與祭於太烝者也。舉其重而廢其輕，於義何居？二年正月丁未，以功臣廖永安等配享太廟。四年四月，定合祭功臣配享之禮，永安等七人之配享太廟，舊矣。不知何時革而爲六也？六年，賜永安等七人謚號，九年加贈。十三年改封鄖國。聖祖之追念永安，未嘗少殺也。鄭曉謂九年罷永安祀者，誤也。然則太廟之黜鄖國，殆未必出聖祖之意矣。功臣廟之祀，又安得而絀之？如謂德慶之獲罪，足以累其兄，則泗國獨無宋國爲之弟，而虢國獨無南安爲之弟乎？然則永義、鄖國之不祀功臣廟者，非定論也。國初死事諸臣，與於兩序者，梁國五公之外，濟國、安國、東海、燕山四人而已。在太平則有東丘輩而不得與，在南昌則有隴西、忠節輩而不得與，在康山則有濟陽、清河、高陽、安定輩而不得與。至於陷虜剖腹如樂浪者，以督府峻贈上公，而亦不得與。東丘諸公，縱不得與梁國六公等，獨不當與濟國、東海、燕山相上下乎？樂浪之忠烈，又豈少遜於安國乎？如謂東丘諸公死事之地，已有特祠，則梁國不嘗祀於南昌，而越國不嘗祀於金華乎？故吾謂濟國四人之祀，其於以報國初死事之臣，殆有未盡也，此亦非定論也。開國功臣以逆誅，以嫌死者，例不得與享。其有生封侯，死封公，贈謚稠疊，而亦不得與者。身死之後，黨事發露，如滕、杞、陝、許、芮、永諸公是也。滕國之祔祭，已見於國史，蓋祔而後黜者也。獨吳海國儼然從其兄之後廟食至今，何居？庚午五月之詔，播示天下者，海國不在二十七人之列乎？其罪狀未明，縱不比於滕、杞諸公，又豈獨後於陝國乎？陝國不祀而海國祀，其何以服陝國之心乎？海國之得祀，於祀爲不典，於國爲失刑，此未必聖祖之意也。恐亦非定論也。以位次攷之，其載在會典者，東序則馮郢國以下七人，西序則胡越國以下八人，與今廟中位次相合。吳江國在西序，吳海國在東序，皆居第五。濟海國於江國之上，斯爲越祀矣。實錄則云：次胡大海，次馮國用。皆西先於東。江國兄弟，適當其次。而華高、丁德興序於俞虢國、張蔡國之上，則以配享太廟之元勳，抑而居下，又未可謂之順祀也。繇此推之，二十一人位次，實錄會典，彼此錯互，已不可考正。一統志之所載，未知何所援據，又豈可遽信哉？吾學周禮，其可爲三歎已矣。然則嘉靖中太廟配享之議如何？曰：文成，宜與享太廟者也。進威襄於二十一人之列，吾無譏焉爾。

致身錄考

成化間，吳江處士史鑑明古與長洲吳文定公爲友，嘗請文定公表其曾祖諱彬字仲質之墓，今匏菴集中所載清遠史府君墓表是也。萬曆中，吳中盛傳致身錄，稱建文元年，彬以明經徵入翰林爲侍書。壬午之事，從亡者三十二人，而彬與焉。彬後數訪帝於滇於楚於蜀於浪穹，帝亦間行數至彬家。諸從亡者，氏名踪跡，皆可考證。前有金陵焦修撰序，謂得之茅山道書中。好奇慕義之士，見是錄也，相與欷歔太息，徬徨憑弔，一以爲必有，一以爲未必無。南科臣歐陽調律上其書於朝，且有欲爲請謚立祠，附方、鐵諸公之後者。余以墓表暨錄參考之，斷其必無者有十。表稱彬幼跌宕不羈，國初與諸少年縛貪縱吏獻闕下，賜食與鈔，給舟遣還。恭謹力田，爲糧長，稅入居最。每條上利害，多所罷行，鄉人賴之。如是而已。令彬果遜國遺臣，縱從亡訪主，多所諱忌，獨不當云曾受先朝辟召乎？卽不然，亦一老明經也。其生平讀書纘文，何以盡沒而不書乎？文定之表，蓋據明古行狀，何失實一至於此？其必無者一也。表稱每治水諸使行縣，縣官以爲能，推使前對，反覆辨論，無所畏。彬既從亡間歸，尙敢卬首伸眉，領諸父老抗論使者前，獨不畏人物色乎？縣官豈無耳者，獨不知爲故翰林侍書，推使前對使者乎？其必無者二也。表記彬生平自縛吏詣闕，足跡不出里閈。錄載其間關訪主，廿年之間，徧走海內，何相背也？洪熙初，奉詔籍報民間廢田，減邑稅若干石，以錄考之，彬方訪帝於滇南，何暇及此？其必無者三也。表言彬重然諾，遇事不計利害，至死不悔。而錄云以從亡爲讎家所中，死於獄。彬實未曾死獄，而云以從亡死獄，甚其詞以覬卹也。表書其卒之日宣德二年三月十日，而錄云後三日。書其年六十有二，而錄云六十七。卒之年與日皆舛誤。其必無者四也。從亡徇志之臣，或生扞牧圉，或死膏草野，或湮滅而淵沉，或鳥集而獸散。身家漂蕩，名跡漫漶。安有晏坐記別，從容題拂，曰某爲補鍋匠，某爲葛衣翁，某爲東湖樵，比太學之標榜，擬期門之會集哉？野史記壬午七月，有樵夫聞詔，自湛於樂淸之東湖，今則以爲從亡之牛景先。豈湛湖者一樵，從亡者又一樵耶？其必無者五也。錄載彬入官後元年諫改官制，四年請堅守，請誅增壽，皆剽竊建文時政，以彬事傳致之也。不然，何遜國諸書，一時論諫皆詳載，而獨於彬削之耶？其必無者六也。錄後有敷奏記事，洪武二十四年八月廿五日，東湖史仲彬縛貪縱官吏，見上於奉天門，賜酒饌寶鈔。次日陛辭，朱給事吉祖之秦淮。王文學彝、張待制羽、布衣解縉賦詩贈行，而給事中黄鉞記其事。按朱吉墓記，洪武二十三年，辭薦不起。廿五年，以明經能書薦入中書，書詔勑。二十七年，授戶科給事中。是年吉正辭疾里居，尚未入官，何得稱給事中祖餞秦淮也？張羽爲太常司丞，謫嶺南，半道召還，自沉於龍江。此洪武初年也。王彝與魏觀、高啓同誅，洪武七年也。解縉二十三年除江西道監察御史，旋放歸，是年縉不在朝，又不當稱布衣也。黄鉞建文元年以宜章縣典史中湖廣鄉試，次年中胡廣榜進士，授刑科給事中。安得洪武中先官給事也？作是錄者，以鉞同郡人，又死於壬午，故假鉞以重彬，而不知其踳駮若是。其必無者七也。錄云：「吳江縣丞到彬家問：「建文君在否？」彬曰：「未也。」微哂而去。」當時匿革除奸黨，罪至殊死，何物縣丞，敢與彬開笑口相向乎？此鄉里小兒不解事之語。其必無者八也。當明古時，革除之禁少弛矣。明古之友，自吳文定而外，如沈啓南、王濟之輩，著書多訟言革除，何獨諱明古之祖？明古爲姚善、周是修、王觀立傳，具在西郕集中，大書特書，一無避忌。何獨於己之祖則諱而沒其實乎？其必無者九也。鄭端簡載梁田玉等九人，松陽王詔得之治平寺轉藏上。彼云轉藏，此云道書，其傳會明矣。序文蕪陋，亦非修撰筆也。其必無者十也。史之後人諸生兆斗，改錄爲奇忠志，多所援據。通人爲之序，以爲有家藏秘本，合於茅山所傳者也。去年兆斗過余，問侍書事眞僞云何？余正告之曰：「僞也。」爲具言其所以。兆斗色動，已而曰：「先生之言是也。」問其所藏秘本，則遜謝無有。余觀西邨集趙秉文畫跋考云：世之作僞者，幸其淺陋不學，故人得而議之。使其稍知時世先後，而飾詞以實之，尙何辨哉？明古之論，殆爲斯錄發歟？語有之，俗語不實，流爲丹青。余之爲是考也，深懼夫史家弗察，溺於流俗而遺誤後世也。余豈好辨哉！

書致身錄考後

余作致身錄考，客又持程濟從亡日記示余，余掩口曰：陋哉！此又妄庸小人，踵致身錄之僞而爲之者也。按張芹備遺錄，濟，朝邑人，爲岳池縣教諭，有術數。建文命護軍徐州。金川門破，不知所之。鄭端簡則云：濟曾爲翰林院編修，爲建文君決計薙髮，數以術免於難。端簡好奇，或因河池學舍及徐州碑石之事而傅會之，未必確也。又言濟隨建文君來南京，至京，不知所終。端簡未見實錄，故楊行祥之獄在正統五年，而遜國記言天順初，斯已譌矣。其所謂西內老佛者，國史已明著其僞。而況從亡之臣，隨至南京者，誰見之而誰識之乎？又況所爲日記者，誰授之而誰傳之？又將使誰正之乎？作致身錄者，涉獵革除野史，借從亡脫險之程濟，傳合時事，僞造彬與濟往還之跡，以欺天下。而又僞造濟此書，若將疏通證明之者，此其本懷也。致身錄之初出也，夫巳氏者，言於文宮庶文起曰：「當時程濟亦有私記，載建文君出亡始末，惜其不傳耳。」文起敍備載其語，亡何而日記亦出矣。濟之從亡，僅見於野史，其曾有私記，出何典故？夫巳氏何從而前知之？此二書者，不先不後，若期會而出，汲冢之古文，不聞發冢；江左之異書，誰秘帳中？日記出而致身錄之僞愈不可掩矣。甚矣作僞者之愚而可笑也。大抵革除事蹟，既無實錄可考，而野史眞贋錯出，莫可辨證。吾邑有黃給事鉞者，憂居聞變，自投琴川橋下死。里人楊儀爲給事立傳，載給事與方希直執手商榷云云。又稱給事少受學於其五世祖潑，潑之子福收其屍，爲詩弔之。夢羽好著書，浮誕不實。又喜夸大其譜牒，識者哂之。同時鄧韍修邑志，削潑、福不載，固已正其誣矣。而此傳已流傳人間，互相援據。繇此觀之，豈獨二書之覆僞哉！他如懿文新月之句，則殘元之陳編也。鐵氏二女教坊之作，則沈愚之豔詩也。史翼之載李祺，吾學編之載常昇，皆云以建文命，戰守江浦。攷其實，則皆洪武中或死或戮者也。正史既不可得而見矣，後之君子，有志於史事者，信以傳信，疑以傳疑，無好奇擷異而遺誤萬世之信史，則可也。或曰：「革除之際，忠臣義士，駢首接踵，而身名湮沒，天下之所悲也。與其過而削之，寧過而存之，不亦可乎？」余應之曰：「是固然矣。妄一男子，欲薦擣其先祖，信筆排纘，儼然附方、鐵諸公之後，猥云過而存之，則吾恐革除之書，且充棟宇，而其廟祀且徧闤闠也。且夫少帝之事往矣，忠臣義士，不可謂不多矣。若子之言，其必人挾射天之矢，家畜吠堯之犬，使成祖無所容於天地而後快與？今之君子，夫誰非戴天履地，服事成祖之聖子神孫者歟？其亦弗思而已矣。」

書楊儀金姬傳後

余嘗删削楊夢羽金姬傳，存其近是者若干言，附於平吳錄之後。今年採輯僞周事略，乃知其盡誣也。傳稱平江鎮帥脫寅恐常熟失守，遣參謀楊椿將兵二千人守禦，士德兵渡福山港，椿伏兵湖橋，與士德轉戰甚力，兵敗，遁還吳門。椿之没也，吳興張文蔚作誄，稱至正十六年正月辛亥晦，義軍府參謀楊椿與守齊門，而淮兵奄至。明日，城且陷，猶躍馬呼其子，若有所指授。追者及之，遂併遇害。文蔚之誄，于時盛稱之，顧不載椿與士德戰常熟事。及考徐顯克昭爲椿立傳，則云：至正丙申，郡守籍民守陴，君以貢士亦與焉。予以告其參軍謀事鄔密公鈞，署君李司馬賓客佐其軍。君入幕之明日，淮兵卽附城，戎衣率其卒，晝夜獨守一隅。比明，大官綰郡綬者皆遁去，兵奪門入，君獨持弓矢督民伍接戰，遂死城下。繇此觀之，椿之爲參謀，徐所援引也。入幕之明日而淮兵卽附城，安得有先奉脫寅命守禦常熟之事？以是知文蔚之誄爲信，而夢羽所載皆誣也。傳又稱椿卜居湖橋，家廟歸然，士誠撤以造金姬墓祠。此又誣也。徐傳云：椿平江人也，以尙書教授里中。文蔚誄云：椿故吳中授徒，累應鄉試。吳文定公跋文蔚誄，亦云椿蜀人，僑居吳中，初不言居常熟也。椿貧居授徒，幾不免授兵登陴。豈有餘貲營建家廟，又壯麗若是耶？傳稱椿爲宋少師楝之後，與楊文靖子孫居常熟者相爲倫齒。人言夢羽好夸大其族姓，欲假椿爲譜牒重，亦已陋矣。夢羽他著述多子虛亡是之譚，人皆知之。此傳載僞周始末，緣飾形似，懼其爲史家之蠹，不可以不正也。夢羽以此傳示鄧文度，文度書復之曰："文字不可壞元氣，宏博深厚，其人所享必厚。"文度之規夢羽，有旨哉！夢羽，名儀，官至副使。文度，名韍，鄉貢士。楊愛慕史漢，工詞曲，而鄧每稱述儒先有本之學。其志尙不同，皆嘉靖中吾鄉博雅名士也。天啓六年七月望日書。

書建玉皇閣疏後

乾元觀在小茅山西北鬱岡山下。自充符張尊師住持，崇飾尊嚴，殿宇歸然。而玉皇殿閣未就。中常侍李君捐貲締構，又爲文以唱導。充符書來，請余記其後。嗚呼！自奴寇交訌，兵荒雜作，民窮財盡，賦斂繹騷。天子盡減乘輿掖廷諸費，大小臣工，皆辭俸錢。贖罪借貸，壹切搜括，猶恐不給。當此之時，一錢寸布，不悉輸縣官佐緩急，而用以飾神區、崇樓觀，不亦迂而無當乎？是大不然。嘗觀張商英崇禧觀碑，稱道家論三清帝位，有玉皇、天皇、北極之別，以儒家括之，一上帝而已。儒家之言天帝，有六天五帝之説，紛如聚訟，其實一昊天上帝而已。大戴禮載郊祀之祝辭曰：皇皇上天，照臨下土。集地之靈，降甘風雨。庶物羣生，各得其所，靡今靡古。然則災害流行，庶物有不得所者，其請命于上帝宜也。周禮太祝掌六祈，以同鬼神示。天神人鬼地祇不同，則六厲作見，故以祈禮同之。天子將出征，類于上帝，禡於所征之地。國有大故大烖，皆禱祀上下神示。今海内中原版蕩，骸骨支柱，庶物羣生，不可謂得所矣。大故大烖，六厲作見；宜莫甚于此時。於是乎飾神區、崇樓觀，效古者號呼求福之義，不可謂無當也。漢武伐南越，告禱於太乙，爲太乙鏠旗，太史奉以指所伐國。太乙，卽上帝也。聖天子神武不殺，靈旗所指，無不撲滅。亦將徼福假靈于上帝。兹閣之建，豈非類造上帝之遺意與？上元之獲寶也，楚州尼上昇見帝，授十三寶以鎮中國之災。兹山爲金陵膏腴，句曲地肺，兵水不加，災癘不犯，祀上帝于此山，帝必將降寶以鎮國也，又何疑焉？兹圖也，成上帝之節幢，與孝陵之衣冠，日車雲旂，擁衞於神皋福地之間；天子之寵靈，實式憑之。落成之日，正執罪獻馘，告成于帝之日也。當假兹山爲磨崖之頌，充符其碧石以俟焉。歲在甲申，四月初五日謹書。

初學集卷二十三

雜文三

嚮言三十首 幷序

晉五行志：吳孫休時，人有得困病，及差，能以嚮言者。言於此而聞於彼，自其所聽之，不覺其聲之大也。自遠聽之，如人對言，不覺聲之自遠來也。聲之所往，隨其所向，遠者所過十數里。余之得困病久矣，病久而不差，則亦思爲嚮言以舒寫鬱陶，伸導其志意而弗能也。無已，則吐其什百之一二，筆之於書。書亦言也，遂命之曰嚮言。用兵者有地聽之法，亦曰缾偵。枕空而臥，則東西南北皆響見于空中。咸之象曰：君子以虛受。人以地聽之法，聽吾之嚮言也，其幾矣乎？詩曰：維此聖人，瞻言百里。善聽嚮言者，莫如聖人。有瞻言之聖人，言從作乂，而天下無嚮言之咎矣。

崇禎十六年四月初八日辛未，虞山老民錢謙益序。

嚮言上 十五首

帝王之學，學爲聖王而已矣。儒者之學，非所當務也。修身齊家治國平天下，聖王之學也。荀子曰：略法先王，而足亂世，術繆學雜，舉不知法後王而壹制度，不知隆禮義而殺詩書。太史公曰：以六藝爲法，博而寡要，勞而無功。此儒者之學也。漢文、景五六十載之間，移風易俗，黎民醇厚。武帝卓然罷黜百家，表章六經，修明堂，議封禪。迨其後也，窮兵黷武，海內虛耗，儒效無聞焉。元帝好儒術文辭，改先帝之政，言事者多進見，人人自以爲得上意，欣欣然喜而相告，以爲堯、舜之主復出也。牽制文義，優柔不斷。羣小弄之股掌之上。蕭傅之自殺也，至于拊手卻食，涕泣哀慟，而不能以一言加于恭、顯，好儒術文辭之主，固如是乎？成帝精于詩、書，觀古文，詔劉向領校中五經祕書，心知向忠精，鴻範五行之論，爲王氏而起。召見歎息，傷悲其意，曰：君且休矣，吾將思之。則成帝之精詩、書，觀古文者，何以賢于不學面牆者乎？嗚呼！人主不可以不知學。然而人主學聖王之學則可，學儒者之學則不可。夫儒者之學，函雅故，通文章，逢衣博帶，攝齊升堂，以爲博士官文學掌故，優矣。使之任三公九卿，然且不可，而況可以獻於人主乎？河間獻王記湯之言曰：學聖王之道者，譬如日焉。靜居獨思，譬若火焉。吾以爲爲人主者，舍聖王之道而學儒者之學，是猶捨日而就火也。

鴻嘉中，劉向序說苑二十篇，奏之，成帝以爲法戒。其篇首論君道者有三，師曠之對晉平公曰：人君之道，淸淨無爲，務在博愛，趨在任賢，廣開耳目，以察萬方，廓然遠見，踔然獨立。此人君之操也。尹文之對齊宣王曰：人君之事，無爲而能容下，事寡易從，法省易因，大道容衆，大德容下。周公之語伯禽曰：文武俱行，威德乃成。既成威德，民親以服。淸白上通，巧佞下塞。諫者得進，忠信乃畜。故曰王道知人，臣道知事，舜左禹右皐陶，不下堂而天下治。繇此觀之，治天下蓋有道矣。治世之主，未嘗不佚樂；亂世之主，未嘗不憂勤厲精。而治亂相懸者，何也？明主之憂勤在于擇賢，而佚樂在于得人。武王曰：舉賢而以危亡者，何也？太公曰：其失在君好用小善而已，不得眞賢也；君好聽譽，而不惡讒也。以非賢爲賢，以非善爲善，以非忠爲忠，以非信爲信。羣臣比周而蔽賢，百吏羣黨而多奸。忠臣誹死於無罪，邪臣譽賞于無功。夫亂世之君，各賢其賢，雖有眞賢而不能用也。是故懸石程書，損撤膳服，憂勞日昃，而天下滋亂。書曰：知人則哲，惟帝其難之。此之謂也。

陸贄之論事曰：上下之不相通者，九弊不去故也。所謂九弊者，上有其六，下有其三。好勝人，恥聞過，騁辯給，眩聰明，厲威嚴，恣強愎，此六者，君上之弊也。諂諛、顧望、畏懦，此三者，臣下之弊也。上好勝，必甘于佞辭；上恥過，必忌于直諫。如是則下之諂諛者順旨，而忠實之語不聞矣。上騁辯，必勦說而折人以言；上眩明，必臆度而虞人以詐。如是則下之顧望者自便，而切磨之辭不盡矣。上厲威，必不能降情以接物；上恣愎，必不能引咎以受規。如是則下之畏懼者避罪，而情理之議不申矣。嗚呼！贄之於德宗，所謂因病而發藥者也。德宗非眞英明之主也，其病在于不英而喜斷，不明而善疑。其初卽位也，疎斥宦官，親任朝士。自張涉、薛邕相繼以贓敗，宦者武將，藉口以訾南牙文臣，而帝心始疑，不知所倚仗矣。人主之心，舉不信羣臣，而一無倚仗，僉邪小人，因其疑忌，以術數中之，則膠固而不可解。德宗之於盧杞、裴延齡是也。贄論六弊，以好勝騁辯爲言，而吾以爲喜斷善疑，不英不明之故也。然而不英之病，多起於不明；善疑之病，必成於喜斷。所謂喜斷者，好勝騁辯之六弊皆是也。如人之病證，傳變經絡，良醫可以診視而得也。贄又曰：陛下謂試加質問，卽便辭窮。臣切恐陛下雖窮其詞，而未盡其理，雖服其口，而未服其心。李德裕曰：帝王之雄辯，不足以服奸臣之心，唯能塞諍臣之口。三代而下，如漢之文帝，本朝之孝廟，眞英明之主也。要而論之，人主之英明者，必不好勝騁辯；好勝騁辯者，必不英明。其相反正如陰陽黑白，不在乎疑似之間也。

成王問政於尹逸曰：「何德之行，而民親其上？」對曰：「使之以時，而敬順之，忠而愛之，布令信而不食言。」王曰：「其度安至？」對曰：「如臨深淵，如履薄冰。」王曰：「懼哉！」對曰：「天地之間，四海之內，善之則畜也，不善則讎也。夏、殷之民，反讎桀、紂而臣湯、武，夙沙之民，反自攻其主，而歸神農氏，此君之所明知也。若何其無懼也？」宣、政之間，宋之斬艾其民者，不遺餘力矣。帝之在青城也，百姓於南薰門候駕，至於燃頂煉臂，割心鎖口。兩河之民，數十年之後，語及故主，無不泣下。何也？祖宗之德澤在民，而民親其上故也。蘇子瞻自登州入朝，民所在號呼，寄謝司馬丞相愼毋去朝廷，厚自愛以活百姓。光之志於活民也，海內之百姓，如家至而日見之。豈惟司馬哉，王介甫之立制，置三司條例司，建青苗、水利、助役、均輸之政，曰不加賦而國用足，其志未嘗不在於活民也。廟堂之上，秉鈞當軸之臣，數十年之內，分曹而議，盛氣而爭，旦夕以民生國計爲念。雖其促數更改，利病參半，而人主與大臣之德意，固已優游浸漬於民心矣。其危且亡也，驟而傷之，久而歌思未艾，不亦宜乎？晉文公曰：蔿呂臣爲令尹，奉己而已，不在民矣。夫奉己而不在民，近代大臣之通病也。百姓之所仇，而敵國之所喜也。

李德裕論梁武，以爲所建佛刹，未嘗自損一毫，違於釋氏難捨能捨之法。此非通論也。自公侯大夫至於庶人，各有田宅，各有貲產，人主以天下爲家，何言捨不捨哉？人主之身，即佛身也；其國土，皆佛國也；其人民，皆佛子也；其國土之中，朝堂殿陛，廨宇閭廬，皆佛之伽藍蘭若塔廟樓閣也。人主以如來之心，行調御之法，三光明，四時和，六氣正，五穀熟，寇盜不起，戎狄不侵，風旱刀兵之災不作，則金輪嘗御，恒河沙數諸佛國土，湧現目前。而區區以造寺度僧爲功德，泥象敎而違實相，不其繆乎？武帝之責賀琛曰：自非公宴，不食國家之食，乃至宮人，亦不食國家之食，凡所營造，不關材官及以國匠，皆資雇借以成其事。誇哉斯言！惟辟作福，惟辟作威，惟辟玉食，皇極之敷言也。人主而不食國家之食，豈國土之中別有小國土耶？所謂變一瓜爲數十種，治一菜爲數十味者，亦豈幻人爲之，而非食土之毛耶？已則長齋斷肉，木緜皁帳；而侈靡相誇，淫侈成俗，積果如丘陵，列肴同綺繡。已則三更治事，日昃不食；而使命繁數，攪擾奮困，牧守長吏，重爲侵漁。又恨琛之讜言，責其分別姓名，具奏事狀。凡武帝之爲，皆與佛法矛楯違背。達磨呵之曰：實無功德。非無功德也，武帝之所營建者，家人翁媪愚夫販婦之功德，而非人主之功德也。老子曰：以正治國，以奇用兵。侯景之來也，授器慢藏，人皆知之。而太子方於玄圃自講老、莊。武帝之於佛法也，簡文之於老、莊也，不其相類矣乎？

推而言之，水火金木土穀惟修，正德利用厚生惟和，九功惟敍，九敍惟歌，人主之布施也。舍己從人，不虐無告，不廢困窮，無忿疾於頑，人主之忍辱也。儆戒無虞，罔失法度，無以辯言亂舊政，人主之持戒也。兢兢業業，一日二日萬幾，洗心退藏，齋戒以神明其德，人主之禪定精進知慧也。墨罰之屬千，劓罰之屬千，剕罰之屬五百，宮刑之屬三百，大辟之罰其屬二百，五刑之屬三千，小刑刀鋸，大刑征伐，其可謂之殺乎？四海會同，六府孔修，底慎財賦，任土作貢，其可謂之盜乎？以陰禮教六宮，以陰禮教九嬪，以婦職之法教九御，各率其屬，以時御序。其不淫也如是。王言如絲，其出如綸；王言如綸，其出如綍。言則左史紀之，動則右史紀之。其不妄語也如是。王日一舉，齋日三舉，大喪，大荒，大札，天地有裁，邦有大故，則不舉。其不飲酒食肉也如是。劉禹錫曰：陰助教化，總持人天，二帝三王之道，與佛之實相，不相違背。如是而已矣。唐中宗時，公主外戚，奏度僧尼。姚崇諫曰：佛不在外，求之於心。佛圖澄最賢，無益於後趙；羅什多藝，不救於姚秦；何充、笮融，皆遭敗滅；齊襄、梁武，未免災殃。但志發慈悲，心行利益，若蒼生安樂，卽是佛身。辛替否諫造寺曰：釋教以清淨爲基，慈悲爲主。減雕琢之費，以賑貧人，是有如來之德。息穿掘之苦，以全昆蟲，是有如來之仁。達哉二臣之言！視韓愈之諫迎佛骨，以強詞磨切人主，相去遠矣！可謂深於讚佛者也。

易曰：開國承家，小人勿用。易之致戒於小人至矣。書曰：惇德允元，而難任人。何畏乎巧言令色孔壬？一則曰壬人，一則曰孔壬，於小人之中，別白言之。壬人之與小人，有以異乎？曰：君子小人，天下之總名也。小人之中，有壬人焉，鍾陰柔之氣，乘霧雺之運，謹身曲意，以媚人主，使人主入之而說，去之而思，如膏油之相入，滑澤浸漬而不可解釋，故帝畏之，而正名之曰孔壬。孔壬者，甚而大之之詞也。帝曰靜言庸違，禹解之曰巧言。帝曰象恭滔天，禹解之曰令色。巧言之奸，著於庸違。象恭之惡，極於滔天。而其在人主之左右也，脂韋婉孌，便佞轉側，若鸚鵡之能言，若雋永之適口，人主豈能知而遠之哉？帝深畏之，比之於讙兜、有苗；而其屏而遠之也，其效至於黎民乂安，蠻夷率服。蓋聖人之視壬人，如此其重；而知人安民，諄諄焉以其難相告戒。聖人在位，畏壬人而思去之，如此其不易也。孔子論爲邦，曰遠佞人。鄭詹至魯，曰佞人來矣。公羊子曰：甚佞也。甚佞之云，其卽書畏孔壬之義乎？然則君子之與壬人何以辨？曰：其色可觀也，其言可聽也。觀其色，齊莊溫栗，如商彝周鼎者，君子也；便娟側媚，如時花美女者，壬人也。光明潔白，如春陽夏日者，君子也；荒忽滑耀，如旋風閃電者，壬人也。聽其言，洋洋秩秩，有倫而有脊者，君子也；緝緝幡幡，無壇而無宇者，壬人也。虛心白意，以肺肝爲獻替者，君子也；反言易辭，以脣吻爲膏拭者，壬人也。周勃木彊少文，高帝曰：安劉氏者必勃。李勉曰：盧杞奸邪，天下人皆知，惟陛下不知，此所以爲奸邪也。此精於辨君子小人者也。

李德裕曰：桓、靈之主，與小人氣合，如水之走下，火之就燥，皆自然而親結，不可解也。又言元、成二后，有吹簫撾鼓之娛，微行沈湎之樂，故恭、顯得而中之。是則然矣。小人之術多端，人主好明察，則以私智要之；徼寵賂，則以小廉餌之；惡黨同，則以任怨撼之；喜夸大，則以精心逢之。徐霖言史嵩之先奪陛下之心，其次奪士大夫之心，其甚也奪豪傑之心。今日之士大夫，嵩之皆變化其心而收攝之矣。夫小人之術，至於變化人主之心與天下豪傑之心，人主亦安能知而防之？恭、顯之所以中元、成者，吹簫擫鼓，微行沈湎而已，卑之不足道也。然則君子小人，人主終不可得而辨乎？曰：辨之有術焉。楚文王有疾，告大夫曰：筦饒犯我以義，違我以禮，與處不安，不見不思，然吾有得焉，必以吾時爵之。申侯伯吾所欲者勸我爲之，吾所樂者先我行之，與處則安，不見則思，然吾有喪焉，必以吾時遣之。書曰：有言逆於女心，必求諸道；有言孫於女志，必求諸非道。君子，藥石也；小人，美疢也。君子必勁而苦，小人必輭而甘。以楚文王之言繹而求之，辨君子小人之大端也。

觀漢武之世，石慶、公孫賀之事，豈不悲哉！慶爲相，見詔報反室，欲上印綬。掾史以爲反室者，醜惡之辭也。勸慶宜引決。當此之時，憂懼不知所出，欲罷不得，欲引決不忍。爲相之可憐也，一至於此乎？公孫賀引拜，不受印綬，頓首涕泣。上與左右見賀悲哀，感動泣下，曰：扶起丞相。賀不肯起。當此之時，如犬羊之就縶，顚頓牽曳，悲鳴躑躅，視丞相府爲屠肆，而人主爲屠伯也。誅夷繼踵，壞客館東閤以爲馬廐車庫，豈不宜哉？車千秋一言寤意，旬月取宰相封侯，括囊容身，上壽頌德，勸上爲天下自虞樂。漢置丞相，非用賢也。乃爲匈奴所笑。終武帝之世，丞相得善終受遺，千秋一人而已。武帝之世，漢方全盛，茂異並出，定令運籌，將率奉使，各舉其職，丞相行文書，備員數而已。假令世運中否，四海板蕩，拮据捋荼，如恐不及。而欲取奴隸之徒，肩丞弼之任，倚腐朽之才，搘屋楹之重，雖有武帝雄才大略，有不至於覆敗者乎？宣帝能知其然，任用丙、魏，綜覈名實，吏稱民安，信威北夷，稱中興之令主。以武、宣二帝任相之得失觀之，亦後王之師也。

金人之再入也，粘罕、斡離不聚議於平州。粘罕以左手脫貂帽擲之於地，謂諸酋曰：「東京，中國之根本，不得東京，雖得兩河，不能守也。我若在行，取之必矣。」又舒右手取貂帽曰：「我今取東京，如舒臂取此物，回手得之矣。」入寇之計遂決。史稱二酋用兵如神，其料事雄決如此。而宋以王黼、李邦彥、何㮚諸人當之，能不殆哉！及金之將亡也，南渡之後爲宰執者，上下同風，以苟安目前爲樂。每北兵壓境，君臣相對泣下。已而敵少退解嚴，則大張具會飲黃閣中矣。議事至危處，輒罷散，曰「俟再議」。已而復然。用人必擇無鋒鋩輭熟易制者，曰「恐生事」。正人君子多不得用，雖用亦未久而遽退。近侍謟諛成風，每奏四方裁異，民間病苦，必相謂曰：「恐聖主心困。」有人云：「今日恐心困，後日大心困矣。」臨事不肯分明可否，相習低言緩語，互推讓，號養相體。宣宗嘗責丞相僕散七斤：「近來朝廷紀綱安在？」七斤退，謂郎官：「上問紀綱安在，汝等自來何曾使紀綱見我。」因循苟且，竟至亡國。嗚呼！金源之君臣，崛起海上，滅遼破宋，如毒火之燎原。及其衰也，則亦化而爲弱主諛臣，低眉拱手，坐而待其覆亡。宋之亡也以青城，金之亡也亦以青城。君以此始，亦必以終。可不鑒哉！

王伾、王叔文之用事也，罷宫市，禁五坊小兒，停鹽鐵使進獻，追故相陸贄、前諫議大夫陽城赴京師，收神策諸軍兵柄。中外相慶，以爲伊、周再出。其所與謀議者十數人，皆於時豪俊有名之士。一旦事敗，狼藉誅譴，天下後世，與鄭注、李訓同類而共貶之，未有憐而寃之者也。此其故何也？史稱伾、叔文及諸朋黨之門，車馬塡湊，伾門尤盛，珍玩賄遺，歲時不絶。室中爲無門大櫝，唯開一竅，受藏金寶，妻或寢臥其上。韓愈永貞行曰：狐鳴梟噪爭署置，睗睒跳踉相嫵媚。夜作詔書朝拜官，超資越序曾無難。公然白日受賄賂，火齊磊落堆金盤。嗚呼！伾、叔文之時，何時也？乘時多僻，欲斡運六合，斟酌萬幾，革弊政，舉遺逸，奪中人之權，軒然以伊、周爲任，此何等事也？天下之善事美名之所集，造物之所忌也。潔白以居之，愼密以持之，猶懼不克，而況以寵賂乎？夫安得而不敗？伊、周之盛也，有格天之勳績，足以持之，故不敗。梁、竇之横也，有彌天之怨謗，亦足以消之，故久而後敗。伾、叔文竊伊、周之譽，而市梁、竇之權，名利並收，天人交怨。其敗不旋踵，宜也。易曰：天之所助者順也，人之所助者信也。負且乘，致寇至。小人而乘君子之器，盜思奪之矣。語曰：桑、霍爲我戒。豈不厚哉！

嗚呼！小人之讎君子，欲鋤而去之也，其心有甚於叛臣敵國，在人主之悟與弗悟也。武元衡之遇害，獻計者請罷裴度，以安二鎭之心。憲宗大怒曰：「若罷度官，是姦計得行。吾用度一人，足以破二賊矣。」遂命度爲相，倚以平賊。故曰：凡此蔡功，惟斷乃成。憲宗之英斷，可謂出於後世之人主萬萬矣。長慶、寶曆之間，中官朝士，朋黨盤牙，度無左右之助，謗搆交作，而唐之三宗，知其忠誠，深信而不移，可以爲難矣。天啓中，高陽公自遼左求入朝，羣小亦有不召自來之謗。賴先帝力持之，得免。史稱昭愍，少年深明，誣謗姦邪，無能措言。嗚呼！先帝之聖明，豈後於昭愍哉？斡離不遣使責用兵違誓之故，李邦彥於上前語曰：「用兵乃李綱、姚平仲結搆。」僉議縛綱與之，使者不可而止。綱之責授也，臣寮上言：「金人舉兵再犯，首以綱爲言，綱之罪大矣。」又曰：「用李綱，恐非金人所喜。」然則國家之所用，必其無罪於金人而爲其所喜者也。王承宗、李師道所欲擊者，裴度也，唐之臣子競下石焉。金人之所欲殺者李綱也，宋之臣子競推刃焉。自古奸邪小人，與夫叛臣敵國，往往幷心合喙，以甚間謀國之君子。人主之不悟而聽之者，何也？

危急存亡之日，小人之忌君子而力排之也，亦豈有遺力哉！李綱定禦虜退師之策，虜甫退，卽出綱於外。綱在朝廷，執持紀綱，調度戰守，可以資國家緩急。出之外，則一道宣撫使耳。以書生爲大帥，事權撓阻，中外掣肘，不死則敗，亦何能爲？小人計之精矣。許翰曰：「非爲邊事，欲緣此以去公，則都人無詞耳。」綱去而朝議大變，綱被召再謫而都城陷，二帝遂北。使粘罕、斡離不立乎天水之朝，而剪除其所忌，其操戈剸刃，有進於此者乎？文天祥自江西入衛，獨松失守，甫拜右揆之命，卽日解兵印，往軍前講解。使事有人，未聞都督軍馬爲之而受執者也。留天祥於近地，假以兵柄，如博羅所謂不將三宮出走，卽出與伯顔一戰，誓死一決，猶有可爲。令詣軍前，則一匹夫耳。此時僅一天祥又縛之以予元，此伯顔、張弘範所禱祠而求者也，不亦傷乎！東便門之事，高陽之不膏奴刃者幸耳。然小人之爲奴謀，則已至矣，嗚呼！尤莫悲於天祥二十舉進士，三十七而劾罷致仕。丙子正月十九日，早除樞使，午除右相，二十日卽詣北軍。自此而逃眞州，敗空坑，死柴市，而身與社稷俱盡矣。祥興之後，諸大將猶忌天祥，不便其入。天祥移書責陸秀夫，秀夫太息而已。崖、廣之間，猶不容其一日居內，而況於中朝乎？天之成就忠臣義士，使之流離顚頓，無所容於天地之間，而後畀之以完節。於忠臣義士則得矣，有國家者，將如之何？李綱嘗取裴度傳，節其要語，以諷切人主。吾謂講筵之上，當取李綱、文天祥二傳進讀，尤爲切要也。

漢靈帝時，曹節諷有司奏諸鉤黨者，請下州郡考。上問曰：「何以爲鉤黨？」對曰：「鉤黨者卽黨人也。」上曰：「黨人何用爲惡而欲誅之？」對曰：「皆相集羣輩，欲爲不軌。」上曰：「不軌欲何爲？」對曰：「欲圖社稷。」上乃可其奏。黄巾賊起，中常侍呂彊言於帝曰：「黨錮久積，人情多怨，若久不赦宥，輕與張角合謀，爲變滋大。」帝懼其言，乃大赦黨人。鉤黨之始，則以羣盜爲阱，推黨人而入其中。及其後也，又借羣盜以聳動人主，而黨禁乃得少解。盜賊之與朋黨相關也，固如是乎？粘罕在西京，尋富鄭公、文潞公、司馬温公子孫，時唯潞公第九子殿撰維申，老年杖屨，先奔出城，遺一妾一嬰兒。粘罕撫慰良久，贈衣物珠玉壓驚，復令歸宅。司馬朴至金，問知爲司馬公之後，嘆曰：「使司馬相公在朝，我亦不敢至城下。」及立異姓，遂欲擁朴，朴力辭而免。拘刷三館書籍，凡王氏經說、字說，皆棄去之。道君在南都，猶詰問李綱：朝廷何故追贈司馬光？粘罕諸酋，却如元祐舊人，老於中朝，熟聞國論者，良可笑也！歐陽公朋黨論及唐六臣傳論，論朋黨之禍至矣，請以此終之。

靖康小錄曰：天地穢濁之氣，預生妖人賊子，老奸腐儒，以誤國家。是宗廟社稷之不幸，非諸人之罪也。此四人者，有一不備，國亦不亡。嗚呼！欽宗躬攬權綱，每謂羣臣多宰相門人，如王黼獨首出朕門下。李邦彥人稱浪子宰相，及除太宰，金人笑曰：「南朝果無人。」而靖康之禍，實此兩人爲之終始。王時雍、徐秉哲、莫儔、吳幵、范瓊之流，爲金人效忠，爲邦昌佐命，殫竭心膂，不遺餘力。豈非妖人賊子歟？若孫傅、吳敏諸人，則可謂腐儒也。虜退之後，敏等秉政，有十不管之謠云：不管太原，却管太學；不管防秋，却管春秋；不管砲石，却管安石；不管肅王，却管舒王；不管燕山，却管聶山；不管河界，却管舉人免解；不管河東，却管陳東；不管二太子，却管立太子。腐儒之誤國，又豈下於妖人賊子乎？國之將亡，必有妖孽。世治則天不死善人，世亂則天不死淫人。丙吉病甚，夏侯勝曰：「有陰德者，必饗其樂，以及其子孫，非其死病也。」此善人不死也。人有言宰嚭死者，孔子曰：「天之生嚭，以亡吳也；吳不亡，嚭將無死。」此淫人不死也。

初學集卷二十四

雜文四

罋言下　十五首

唐之方鎮，始於肅宗，夾河五十餘州，更立迭奪，或服或叛，遂與唐相終始。當安、史之後，河北已非唐有，名爲方鎮，實則覊縻。元稹所謂五紀四宗，容受隱忍，豈得已哉？李綱於靖康建議，以爲唐之藩衛，拱衛京師，雖屢有變，卒賴其力。今莫若以太原、眞定、中山、河間建爲藩鎮，擇帥付之，許以世襲。收租賦以養將士，習戰陣以資聲援。金人何能深入？又滄州與營平相直，隔黄河下流及小海，其勢易以侵犯。宜分濱、棣、德、博，建横海軍一道，如諸鎮之例，則帝都有藩籬之固矣。宰執不可，建横海一軍，以安撫使總之，而藩鎮之議寢。金自貞祐遷汴，河北士人，往往團結爲兵，或爲羣盜。苗道潤詣南京求官封，宰相難其事。王擴曰：「道潤得衆有功，因而封之，使自爲守，策之上也。今不許，彼負其衆，何所不可爲。」於是除道潤同知順天府軍節度使事，遷中都路經略使，前後撫定五十餘城。道淵死，靖安民代領其衆，是後乃封建矣。興定三年，太原不守，河北州縣，不能自立。議者以爲宋人以虚名致李全，遂有山東實地，苟能統衆守土，雖三公亦何惜焉？於是乃封滄海、河間、恒山、高陽、易水、晉陽、平陽、上黨、東莒爲九公，集創殘餓羸之餘，以遏方張之敵。上黨提孤軍闢府，馬武以七州北捍者十二年。恒山中叛復歸，終始十八年。元不能以一口吞河北，金僅存而後亡者，封建之力也。房琯建分鎮討賊之議，詔下，祿山撫膺曰：「吾不得天下矣。」謀國者制置天下，猶弈棋然。從房琯之議，可以救全局；從王擴之議，可以收殘局。如其不然，未有不推枰斂手，坐視其全輸者也。

己巳之役，徐珵唱南遷之議，得于謙而後定。雖然，東漢、南唐及金源，以遷而亡；唐以遷而存；西晉之與北宋，又以不遷而亡。固未可以同日語也。周馥覩羣賊孔熾，睢陽孤危，乃建策迎天子遷都壽春，上書曰：方今王都罄乏，不可久居。河朔蕭條，崤、函險澀，宛都屢敗，江、漢多虞。於今平夷，東南爲愈。淮、揚之地，北阻塗山，南抗靈嶽。名川四帶，有重險之固。是以楚人東遷，遂宅壽春，徐、邳、東海，亦足戍禦。未若相土遷宅，以享永祚。靖康時，孫覿奏曰：侍御史胡舜陟奏乞遷都，詳味其言，蓋謀臣議士先見之明，爲宗廟社稷萬全之計。夷狄以百戰百勝虎狼之師，進無禦其前，退無躡其後，乃欲禱祠鬼神，尊信妖妄，使萬乘之尊，端坐九重，以須其來，危孰甚焉？張叔夜亦請駐蹕襄陽，改作南京，以圖恢復。馥與舜陟之請不得行，而京師皆旋陷。晉史以謂違左衽於伊川，建右社於淮服，據方城之險，藉全楚之資，簡練吳、越之兵，漕引淮海之粟，縱未能祈天永命，猶足以紓難緩亡。痛乎其言之也！嗚呼！國家無事則不當遷，事急則不能遷。子產有言曰：「吾不足以定遷矣。」上無陟河之君，下無謀寢之臣，而可以輕言定遷也哉？蔿賈曰：「我能往，寇亦能往。」李綱曰：「陛下捨此而去，如龍脫於淵，車駕朝發，而都城夕亂。」此謀國之大誼，不可易也。

漢之匈奴，唐之回紇、吐蕃，皆與金、元異。金、元者，千古夷狄之變局也。今之逆奴，不獨異於漢、唐，亦與蒙古異。惟宋之於金人，其局勢略相似。良醫之治病，必視其病證何如，按古方以療新病，雖有危證，惡疾可得而除也。李綱曰：「金寇請和，必有邀求。稱尊號，一也；歸降人，二也；增歲幣，三也；求犒師，四也；割疆土，五也。邀求之法，不出五者。五者之中，最難許者，稱尊號、割疆土二事。而彼必以此邀我。」當宣、政初，趙良嗣、郭藥師議攻燕之日，女眞已稱大金皇帝，與大宋比肩矣。稱之如契丹故事，誠不足惜。奴兒干都司一小酋長，王杲伏誅之後，孤豚腐鼠，爲寧遠家奴隸，一旦稱憨稱帝，儼然以南北朝待我，無已而主盟爭長，自踰短垣，誰能禁之？使命往來，邀以稱臣拜舞，少不如意，借爲兵端，此必至之勢也。宋之約攻燕也，阿骨打許以燕、雲兩路歸宋，宋借其力以取之，已而有張覺背約之事，授之以詞，割地請和，猶有說也。奴狡焉啓疆，尺地一民，莫非王土，而信其嫚書，畫遼爲界。疆埸之事，一彼一此。更進於此，何以待之？种師道謂李邦彥曰：「某在西土，不知京城堅高如此，備禦如此，不知何事便講和？公不習武事，豈不聞往古戰守乎？」又曰：「公等國之大臣，腰下金帶，自不能守，以與虜人，若虜人要公等首級如何？」明日，金使來，其禮稍絀，上顧師道笑曰：「彼畏卿故也。」當此時，綱與師道，猶能抗方張之虜，阻城下之盟，而況於今日乎？嗚呼！危症惡疾，國家之所時有。古方具在，醫國之手非乏也。人主之不按而求之者，何也？

高駢之表僖宗曰：賢才在野，憸人滿朝。戮賣官鬻爵之輩，徵鯁直公正之臣。尅復宮闕，莫尙於斯。若此時謗誹忠臣，沈埋烈士，匡復宗社，未見有期。駢之譏切人主，至以子嬰、更始軹道刮席爲比，無禮於其君至矣，而其言未可盡非也。史稱南衙北司，互相矛楯，小人讒勝，君子道消。巢之起也，人士從而附之，馳檄論列，指目朝政，皆不逞者之詞也。嗚呼！豈不痛哉！皇甫規曰：「臣窮居諸軍之中，坐觀羣將，已數十年，自鳥鼠至於東岱，其病一也。力求猛敵，不如淸平。勤明吳、孫，未若奉法。前變未遠，臣誠戚之。」又曰：「自永初以來，將出不少，覆軍有五，動資巨億。有旋車完封，寫之權門，而名成功立，厚加爵封。繇此觀之，權倖在朝，九流濁亂。既資盜賊之口實，又掣將帥之手足。國之不亡者幸也！」裴度之論討賊曰：「若朝中姦臣盡去，則河朔逆賊，不討而自平。若朝中姦臣尚在，則逆賊縱平無益。」郭子儀之論遷都曰：「明明天子，躬儉節用，苟能黜素飧之吏，去冗食之官，抑豎刁、易牙之權，任蘧瑗、史魚之直，則黎元自理，寇盜自平，中興之功，旬月可冀。」嗚呼！高駢狠籍亂臣，不足言也。度與子儀，終唐之世，將相宗臣，二人而已矣。而其言可以漫置不省乎？

王莽時，四方饑寒窮愁，起爲盜賊，稍稍羣聚，常思歲熟得歸鄉里。衆雖萬數，亶稱巨人從事三老祭酒，不敢掠有城邑。翼平連率田況上言：宜急選牧尹以下，明其賞罰。收合離鄉。小國無城郭者，徙其老弱置大城中，積藏穀食，并力固守。賊來攻城則不能下，所過無食，勢不得羣聚。如此招之必降，擊之必滅。今空復多出將率，郡縣苦之，反甚於賊。宜盡徵還乘傳諸使者，以休息郡縣，委任臣以二州盜賊，必平定之。此天啓末年流賊初起時事也，而今非其時矣。黄巢自淮南僞降之後，南陷湖、湘，猶以士衆烏合，欲據交、廣爲巢穴，坐邀朝命。已而北渡長淮，縱横河、雒。今之賊勢，駸駸似之。朝堂之上，有投研之盧攜不？疆埸之間，有擁兵之高駢、劉巨容不？此輩尚不可得，何況其它。殷鑒不遠，乾符、廣明之際，亦可以知懼矣。史稱黄巢闒茸微人，萑蒲賤類，志在敓攘，謀非遠大。一旦長驅江表，徑入關中，以鄭台文之慷慨臨戎，王重榮、王處存之横身赴難，僅足以翕集義徒，收復京闕，而卒無補於唐之社稷。蛇盤斷腕，蟻穴壞隄。史臣之所以俯仰三歎者也。

方臘之起事也，召所結納貧乏惡少年百餘人飲酒，謂曰：「今有子弟耕織，終歲勞苦，少有粟帛，父兄悉取而靡蕩之，稍不如意，則鞭笞酷虐，至死不恤。於汝甘乎？」曰：「不能。」曰：「靡蕩之餘，又悉舉而奉之仇讎。仇讎賴我之資，反見侵侮，則又使子弟捍之。子弟力弗能支，則譴責無所不至。然歲奉仇讎之物，初不廢也。於汝安乎？」曰：「安有此理？」臘泣涕曰：「賦役繁重，官吏侵漁，農桑不足以供應。吾儕所賴爲命者，漆楮竹木耳，又悉科取無遺。土木禱祀，花石靡費之外，歲賂西北二虜百萬，皆吾東南赤子膏血也。二虜得此，益輕中國。朝廷奉之不敢廢，宰相以爲安邊之長策也。獨吾輩終歲勤動，妻子凍餒，求一日飽不可得。諸君以爲何如？」皆憤憤曰：「唯命。」臘曰：「東南之民，苦剝削久矣。花石之擾，尤所不堪。諸君若能仗義而起，旬日之間，萬衆可集。守臣聞之，固將招徠商議，未必申奏。延滯一兩月，江南列郡，可一鼓而下也。朝廷得報，亦未必決策發兵。遷延集議，調集兵食，非半年不可。是我起兵，已首尾期月矣。二虜聞之，亦將乘機而入，我但畫江而守，輕徭薄賦，以寬民力。十年之間，終當混一矣。不然，徒死於貪吏耳。」皆曰：「善。」遂部署起兵，以誅朱勔爲名。用兵十五萬，斬百餘萬，殺平民不下二百萬，收復六州五十二縣，凡四百五十日而平。盜賊之舉事，必有所藉口，以鼓從亂之心。黄巢入長安，尚讓曉諭市人曰：「黄皇爲生靈，不似李家不惜汝輩。」人主知而反之，則蝗賊可不戰而平也。宋汪伯彦言：仁祖時，元昊背叛，范仲淹在政府，收天下之士，不考其素，苟可用者，雖狂猾無行之徒，亦自效於下風。而仲淹亦躬爲詭特之行以振起之。仲淹嘗上言：懷才抱藝之人，一落散地，終身不齒，獸窮則變，人窮則詐，古人之所愼也。仁宗以十科收才，亦用此意。宋人議張浚輕鋭好名，士稍有虚名者，無不牢籠，揮金如土，視官爵如等閒。士之好功名富貴者，無不趨其門。宋自西部用兵，張元、吳昊不得志於中國，去爲西夏用。而馬定國得罪去國，題詩撼劉豫得官。南渡之後，趙九齡、康可、張惟孝之流，傷朝廷無人，感憤淪沒，不可勝數。故曰：棄賢才以資敵國。羅其英雄，敵國乃窮，仲淹、浚之所以汲汲於網羅也。庸人不察，以詭特輕鋭爲譏。斯言也，一中於人主之心，則必有招權市恩之謗，甚或以爲收攬人心，有乘危覬覦之猜，欲大臣不引嫌謝事，而奇才並進，難矣。高陽公兩督師，斤斤繩尺，不肯意外行事，吾每惜之，今而知其非得已也。

法曰：將能而君不御者勝，反之曰將不能而君不御者敗也。故曰：厚而不能使，愛而不能令，亂而不能治，譬若驕子，不可用也。人主之御將，何以異此？晉鄙嚄唶宿將，擁十萬之衆，屯於境上。公子無忌單車來代之，椎殺晉鄙，而軍中屏息，莫敢出氣者。魏王之兵符果足以奪其軍，而魏之威令，行於諸將故也。漢高帝渡河，自稱使者，晨馳入韓信壁而奪之軍，信尚未起。以信之將兵，高帝徒手而奪之軍，如取奩餅於嬰兒之手。信當高臥時，營魄回駭，遑敢爲驕子哉！魏之能制晉鄙者法也，漢祖之能制韓信者氣也。人主之氣盛，足以張剸割之勢，褫驕悍之膽，雖有跋扈不臣之將，不足以爲害。僕固懷恩之將叛也，上書自敍功伐，至謂朔方將士，爲先帝中興主人，是陛下蒙塵故吏，臣實不敢保家，陛下豈能安國？代宗望其悔禍，再三喻旨宣慰，厚撫其家，而懷恩不從。假令代宗赫然震怒，暴其罪狀，興兵攻討，爲懷恩者，亦不過阻兵犯順，連諸蕃入寇而已矣。代宗之姑息隱忍，曾不能少殺其凶逆，徒使逆蕃之獷戾日甚，朝廷之聲靈日損，不已僨乎？懷恩死，代宗猶爲憫默曰：「懷恩不反，爲左右所誤。」蓋代宗之氣，已爲懷恩所懾，非其力不足以制懷恩，而氣不足以奪之也。僖宗之世，國勢視廣德時，奄奄一息耳。高駢擁兵江、淮，其強豈下於懷恩？駢上章論列，語詞不遜。僖宗報之曰：天步未傾，皇綱尚整；三靈不昧，百度猶存。朕雖沖人，安得輕侮？何其詞之壯也！史稱駢自此威望頓減，陰謀自阻，豈非此詔足寒其膽？東塘之役，駢逗撓觀釁，一旦兵柄既失，使務並停，駢在僖宗掌握中久矣。代宗之暮氣，不足以奪懷恩；而僖宗之朝氣，猶足以奪高駢。此御將之明鑒也。蘇洵有言：御將難，御才將尤難。人主而如代宗也，且不足以御不才之將，而況於才將乎？

何謂不才之將？曰：杜牧之所云是也。牧之原十六衛曰：廷詔命將，率市兒輩，多賂金玉，負倚幽陰。折券交貨，百城千里，一朝得之，其強傑愎勃者，則撓削法制，不使縛己，斬族忠良，不使違己，力壹勢便，罔不爲寇。其陰泥巧狡者，亦能家算口斂，委於邪佞，緜卿市公，去郡得都，四履所治，指爲別館。此二人者，皆所謂不才之將也。不才之將，未有不以金玉爲市，折券而得之。其初則陰泥巧狡，其卒也，則必至於強傑愎勃，戞割生人，略匝天下。是二人者，固首尾一人也。爲天子之大臣者，利其金玉，狎其邪佞，挈兵柄而授之，彼將曰天子之大臣，皆市販駔儈也，以國事爲契券也。當其受事之日，固已意輕中朝矣。迨其強傑漸露，又相與奉之爲驕子，爲國家養癰疽，象豺虎，而莫之敢指也。夫不才之將，不過庸流麄材，以名將使之，才可當披距伸鈎螳螂武士之用。而馴至於飛揚跋扈，不可駕馭，爲國家之大害者，天子之大臣爲之也。顔眞卿策僕固懷恩曰：懷恩進不勤王，退不釋衆，其辭曲，必不來矣。懷恩將士皆郭子儀部曲，陛下何不以子儀代之，必相率而歸。上從之。子儀到河中，懷恩北走靈武，餘衆束甲來奔歸者數萬。劉闢之叛也，議者以闢恃險，討之或生事，杜黃裳固勸不赦，罷中人監軍，而專委高崇文。崇文素憚劉澭，黃裳使人謂曰：「不克闢，將以澭代汝。」崇文決戰，縛闢以獻。天子之大臣，有如眞卿、黃裳謀議於廟堂，何患邊陲之上，不如臂之使指哉？故曰：使不才之將，意輕中朝，而至於不可駕馭者，大臣之罪也。

元人進金史表曰："勁卒擣居庸關，北拊其背；大軍出紫荆口，南搤其吭。"此古今都燕者防患之明驗也。梁乾化二年，晉主李存勗命周德威出飛狐，與趙將王德明、義武將程巖會於易水，圍涿州，降之。進克瓦橋關，拔順、薊州，命李嗣源攻山後武、儒諸州，皆下之。德威逼幽州，拔平、營、瀛、鄚州，遂入燕，執劉守光父子以歸。此出紫荆攻燕之一也。紫荆關北口浮圖峪，爲飛狐之地，晉都太原，故繇紫荆出師，與眞定、定州之軍會於易水。既取山後及燕東西諸州，則燕京勢孤不能立矣。同光三年，阿保機入寇，敗周德威兵於新州，西出居庸關，圍幽州。唐主遣李嗣源救之，遼人遁走。宣和四年，金主分道進兵，至居庸關，厓石自崩，戍卒多壓死。阿骨打入燕，蕭太后自古北趨天德，此出居庸關攻燕之一也。嘉定四年，蒙古鐵木眞攻克宣府，至懷來，金兵保居庸，不能入，乃留兵拒守，而自以大兵趨紫荆口，敗金兵於五回嶺，拔易、涿二州，分命遮別將兵，反自南，攻居庸，破之，出古北與外兵合。蒙古主留兵屯燕城北，乃分軍爲三，右軍循太行而南，破保州、中山、邢、洺、磁、相、衞輝、懷遠諸郡，徑掠黄河，大掠於平陽、太原之間；左軍遵海而東，破灤、薊，大掠於遼西之地；蒙古主自將中軍，與子拖雷破雄、鄚、清、滄、景、獻、河間、濱、棣、濟南諸郡，蒙古主還自山東，金主奔河南，復圍燕京，入之。此出紫荆攻燕之二也。宣德卽宣府，紫荆旁口，今五虎嶺，卽五回嶺，元人敗金兵之處。西北之山，東起醫無閭，西接太行，其爲要害之關，曰紫荆、居庸、倒馬。居庸巖險易守，倒馬去燕稍遠，紫荆則夷於居庸而近於倒馬，金人知守居庸不知扼紫荆，非失計耶？金之分軍也，河北、山西、山東皆被兵，數千里之間，殺僇殆盡。金帛子女畜產，皆席捲去。長淮以北，惟眞定、大名與山東青、兗以南尙存。燕都終不下，責犒師爲和引去。金乘間遷汴，元復圍燕都，又不下，乃出居庸，取所虜子女數十萬坑之而去。明年，乃破燕。元兵初抵燕京，乃守而不攻，三道抄寇者，非直貪利，蓋以孤燕也。諸郡不守，燕不攻自破。遼太祖嘗選三萬騎攻幽州，其后述律氏指帳前樹謂曰：「無皮可以生乎？」曰：「不可。」后曰：「幽州之有土有民，亦猶是也。吾但以三千騎時掠其四野，不過數年，困歸我矣。」晉之攻燕，元之攻金，皆此法也，皆此都也。嗚呼！若之何而不懼也？

己巳北狩，也先自浮圖峪擁三萬衆繇紫荆直薄都城，于謙爲本兵，嚴兵拒却之。也先仍奉駕出紫荆北去，降卒小王爲也先畫策，繇紫荆徑趨臨清，據廒倉斷粮運。謙遣平江伯陳豫鎭守臨清，以伐其謀。景泰元年，諜報虜復大舉繇紫荆入寇。謙奏遣都督顧興祖、大理寺卿孔文英等備紫荆，增京營兵一萬二千人，白羊口增五千八百人，倒馬關增五千三百人。又遣都指揮王虹率京營兵六千五百人及茂山衞兵守易州，都指揮石端率京營兵七千人及保定五衞兵守保定，都指揮陳旺、沈興率京營兵七千五百人及涿鹿二衞兵守涿州，都指揮張智率京營兵三千七百人及眞武、神武二衞兵守眞定，約束諸將曰：「易、保之兵以援紫荆，涿州之兵以援白羊，眞定之兵以援倒馬。」猶恐諸將勢分，復遣都督同知劉安充總兵官，右僉都御史曹泰參贊軍務，率京營兵五千人鎮守易州以節制之。都指揮魏忠、顏彪充遊擊將軍，各率京營兵五千人，游徼紫荆、白羊、倒馬諸關口；都督楊俊充遊擊將軍，率京營兵五千人，游徼涿州、保定、眞定諸州縣；名曰分巡。又謂虜至與戰，不若先聲以奪之，遣大將石亨、楊洪各率京營兵四萬人，亨出紫荆至大同，洪出居庸至宣府，以振兵威，名曰巡哨。已而也先不果入寇，上皇復還。當是時，距成祖北伐，才二十餘年，京營兵猶可用，故謙得以經略布置，首尾應援，成常山率然之勢，用以遏南遷之議，而反北狩之駕。然而大學士商輅猶謂紫荆諸關口，宜用旁近官軍守之；京營兵無固志，不可用。繇今日觀之，又當何如？先臣楊守謙每閱紫荆輿圖，見所謂五虎嶺者，爲元人敗金兵之處，則汗流浹背，神不怡者累日。嗚呼！勞臣志士之心事，至今尤可以歎息也。

紀陟有言：疆界雖遠，險要必爭之地，不過數四。猶人六尺之軀，要害亦數處耳。大江之南，上流之要害，江陵、武昌、襄陽、九江是也。江水源於岷山，下夔峽而抵荆楚，則江陵爲之都會。嶓冢道漾，東流爲漢，漢沔之上，則襄陽爲之都會。諸葛亮謂荆南北據漢沔，利盡南海，東達吳會，西通巴蜀，此用武之國也。沅、湘諸水，合洞庭而輸之江，則武昌爲之都會。豫章、西江與鄱陽之浸，匯於湓口，則九江爲之都會。昔人言天下之勢，秦、蜀爲首，東南爲尾，中原爲脊。周瑜語孫權曰：「據襄陽以蹙操，北方可圖也。」庾翼謂襄陽西接梁、益，與關隴咫尺，北去河雒，不盈千里，進可以掃蕩秦、越，退可以保據上流。岳飛謂襄陽等六郡爲恢復中原基本。此用荆、襄以制中原之策也。孫氏奄有公安、江陵，都武昌、鄂州，江南已定，遂定都建業。江左以來，但有揚、荆、湘、江、梁、益、交、廣，荆、揚二州，爲天下根本。陸抗有言：無江陵，是無荆州也；無荆州，是無吳也。江陵有急，當傾國爭之。是故江、淮所恃以爲藩籬者，江陵也；江陵所恃以爲脣齒者，襄陽也。此用荆、襄以固東南之策也。今賊陷荆、襄矣，逼九江矣。使其上薄隴、蜀，則進而擊天下之首；下窺江、淮，則退而擊天下之尾。天下之要害，盡據於賊，而我拱手而聽之。幸其不卽來，曰無與我事。譬之胠篋之盜，踰垣而入，既已歷其堂奥，發其扃鐍矣，而司干掫者，猶擁被而高臥，主人將以爲如何也？

張叔夜當靖康之時，謂襄陽漢江回環，西南有萬山、三關之險，駐蹕於此，尚可號令中原。元人規取襄陽，劉整使誘呂文德，置榷場於樊城外，外通三市，內築城堡，又築堡於鹿門，築臺於洪水，與夾江堡相應，而宋援兵不能進。史天澤築長圍，起萬山，包百丈岑，而南北不相通。又築萬山以斷其西，立栅觀子灘以絶其東，而襄、樊之道絶。樊既被圍，范天順、牛富力戰不爲衂。呂文煥守襄，植木江中，鏁以鐵絙，造浮橋以通援兵。張弘範謀曰：

襄在江南，樊在江北，截江道以斷救兵，水陸夾攻，樊破而襄亦下。以蒙古方張之勢，阿朮、天澤、弘範智勇之將，文煥孤軍無援，賈似道擁兵不救，圍守四年，僅而克之。今以全盛之世，值游魂之賊，不旬月而荆、襄並陷，我無浹旬之守，彼有破竹之勢，此可爲痛哭者也。人言賊利陸戰，必不能順流南下，此不然也。劉整謂阿朮曰：「我精兵突騎，所當者破。惟水戰不如宋，奪彼所長，造戰船，習水軍，則事濟矣。」乃造船五十艘，日練水軍，雖雨不能出，亦畫地爲船而習之。得練卒七萬，遂破襄陽，用水軍乘勝長驅。今賊方利東南富庶，躭躭虎視，而江海間或有亡命奸人細作，爲之嚮導，能保其不建瓴而下乎？羊祜曰：「吳緣江爲國，唯有水戰，是其所便。一入其境，則長江非復所固。還保城池，則去長入短，官軍懸進，不踰時而可尅。」今之禦賊者，不爭潯陽、江、漢之險，而柵石城、屯牛渚，爲憑城自守之計，徒幸賊中之無人，而不惜爲其所笑。此何說也？

元世祖總統東師，有得宋國奏議以獻，其言謹邊防，守衝要，凡七道，下諸將議。郝經獻議曰：彼之素論，謂有荆、襄則可以保淮甸，有淮甸則可以保江南，先是，我有荆、襄，有淮甸，有上流，皆自失之。今當先荆後淮，先淮後江，從彼所保以爲吾攻。命一軍出襄、鄧，直渡漢水，造舟爲梁，水陸濟師，以輕兵掇襄陽，絕其糧路，重兵皆趨漢陽，出其不意，以伺江隙。不然，則重兵臨襄陽，輕兵捷出，穿徹均、房，遠叩歸、峽，以應西師。如交、廣、施、黔選鋒透出，夔門不守，大勢順流，卽幷兵大出，摧拉荆、郢，橫潰湘、潭，以成犄角。一軍出壽春，乘其銳氣，幷取荆山，駕淮爲梁，以通南北。輕兵抄壽春，而重兵支布鍾離、合淝之間，掇拾湖濼，奪取關隘，據濡須，塞皖口，南入舒、和，西及于蘄、黄，徜徉恣肆，以覘江口。烏江、采石，廣布戍邏，偵江渡之險易，測備禦之疏密，徐爲之謀，而後進師。所謂潰兩淮之腹心，抉長江之襟要也。一軍出維揚，連楚蟠亙，蹈跨長淮，鄰我強封，通、泰、海門，揚子江面，密彼京畿，必皆備禦堅厚。當以重兵臨維揚，合爲長圍，示以必取，而以輕兵出通、泰，直塞海門、瓜步、金山、柴墟、河口，游騎上下，遲以歲月，以覬其變。是所謂圖緩持久之勢也。三道並出，東西連衡，殿下或處一軍，爲之節制，如是則未來之勢變可弭，已然之失可救也。其後蒙古取襄、鄧，入漢濟江，長驅南下，多用經策，得宋之奏議，周知其形勝要害，與其守禦之策，用其所保，反而攻之，我無借箸聚米之勞，而彼之地圖兵略，皆轉而授於我矣。此亦後事之師，不可以不戒也。

勝國初混一，漕東南以供燕京，運河溢澀，轉輸靡費，用朱淸、張瑄議建海漕，初年四萬六千餘石，後乃至三百萬，終元之世賴之。本朝海陸兼運，既而濬元會通河，遂罷海運。萬曆中，運河漸梗，議復海運，旋報罷。今上復議舉行，而譚者搖手相戒，以爲非常可駭。此迂儒不通世務者也。元之海運，創自伯顏。伯顏之意，以爲元都燕，去東南轉漕之地四五千里，萬一中原有警，道路梗塞，非海道不足以備緩急。故於立國之初，卽爲漕海之計。其謀國深遠，營度在百年之後，非凡所知也。至正之季，徵海運於江、浙，張士誠輸粟，方谷眞具舟，輸十一萬石於京師，歲以爲常。其後浙運不至，陳有定自閩輸數十萬，京師民始再活。繇此觀之，伯顏之謀國，豈不遠哉？王宗沭建議於萬曆曰：唐都秦，右據岷、涼，左通陝、渭，有險則天寶、興元乘其便，無水則會昌、大中受其貧。宋都梁，背負大河，面接淮、泗，有水則景德、元祐享其全，無險則宣和、靖康受其病。國家都燕，北有居庸、醫巫閭以爲城，南有大海以爲池，天造地設，山環水衞，而自塞其利者，何也？都燕之受海，猶憑左臂從腋下取物也。置海漕而專力於河，一夫大呼，萬艣皆停。腰脊咽喉之譬，先臣丘濬之諄復者，不可不慮也。富人之造宅也，旁啓門焉，中堂有客，則肴核可自旁入也。憂河之梗，而又難於通海，則計將安出哉？宗沭之論奏有三，曰天下大勢，曰都燕專勢，曰目前急勢。此三勢者，如弈有全局變局，皆在一局之中。今日之急勢，卽專勢也。今日之專勢，卽大勢也。善弈者視勢之所急而善救之，則全局在其中矣。嗚呼！丘濬之論海運，大勢也。王宗沭之論海運，專勢也。今日之論海運，急勢也。夫弈棋而至於急勢，則斜飛横掠，苟可以救敗者，無所不用，、而舉棋者懵然不知，良可歎也！

初學集卷二十五

雜文五

書瀛國公事實

程克勤宋遺民錄載瀛國公事，以閩人余應詩及袁忠徹記爲徵。椒丘何喬新注余詩最詳，而袁記多所牴牾。爲説者以謂呂嬴、牛馬之事微曖難明，傳聞異辭。或者中原遺老，傷故國，思少帝，從而爲之説以相快歟？國初權衡作庚申帝大事記，與余詩若合符節。權記云：宋江南歸附，瀛國公入都，自願爲僧白塔寺中。已而奉詔居甘州山寺。有趙王者，憐國公老且孤，贈以回回女子。延祐七年四月十六日夜，生一男子。明宗適自北方來，早行，見寺上龍文五采氣，訪之，乃國公所居也。問之曰：「子室中有異寶乎？」對曰：「無有，今早五更，產一男子。」明宗大喜，因求爲子，并其母載以歸。即庚申帝也。帝以庚申爲號者，記者之微詞，公羊子所謂習其讀而問其傳也。以元史及諸書詳考之，宋幼主降，封瀛國。世祖夢金龍舒爪纏殿柱，明日，瀛國來朝，立所夢柱下。世祖欲除之，瀛國遂乞從釋。號合尊大師，往西天受佛法，獲免。過朔北扎顔之地。袁忠徹記。史云：瀛國公以德祐丙子降元，年六歲。後十有二年，爲至元戊子，瀛國公學佛法於吐蕃。何喬新注。余應詩云：皇宋第十六飛龍，元朝降封瀛國公。元君詔公尙公主，時蒙賜宴明光宮。酒酣舒指爬金柱，化爲龍爪驚天容。侍臣獻謀將見除，公主夜泣沾酥胸。幸脱虎口走方外，易名合尊沙漠中。此瀛國北徙之本末也。延祐丙辰，仁宗命明宗出鎭雲南，明宗不受命，逃之漠北。其與瀛國公締交，蓋在此時。妥懽帖睦耳以元統癸酉即位，年十四。其生在延祐庚申，上距丙子，凡四十四年，而瀛國公年始五十矣。何喬新注。元史云：明宗北狩，過阿兒廝蘭之地，納罕祿魯氏。延祐七年四月丙寅，生帝於北方。罕祿魯氏，即瀛國之后也。余詩曰：是時明宗在沙漠，締交合尊情頗濃。合尊之妻夜生子，明宗隔帳聞笙鏞。乞歸行營養爲嗣，皇考崩時年甫童。此明宗養子之本末也。文宗疾大漸，召皇后太子大臣曰：「晃忽叉之事，朕平生大錯。我死，迎妥歡帖木兒立之，庶可以見明宗於地下。」晃忽叉者，明宗從北方來飲毒之地也。燕帖木兒不可，立寧宗，不踰月而崩。久之，乃奉太后詔，迎順帝於廣西之靜江。余詩曰：文宗降詔移南海，五年仍歸居九重。壬癸枯乾丙丁發，西江月下生涯終。至今兒孫主沙漠，吁嗟趙氏何其雄！此庚申在位之本末也。元以水德王，故曰壬癸。宋以火德王，故曰丙丁。西江月者，陶九成所記劉秉忠之詞，順帝殂於應昌之讖也。至元五年，尙書高保哥奏言：文宗制治天下，有曰，我明宗在北之時，謂陛下素非其子。帝大怒，立撤文宗主於太廟，欲殺草詔史官虞集、馬祖常。二人以文宗御批呈上。脫脫曰：「彼皆負天下重名，後世只謂陛下殺此秀才。」遂捨不問。六月丙申詔曰：文宗私圖傳子，乃搆邪言，嫁禍於八不沙皇后，謂朕非明宗之子，遂俾出居遐陬。祖宗大業，幾於不繼。蓋順帝生於沙漠，其非明宗之子，中外流聞，大書特書，傳播海內。丙申之詔，卽順帝亦不得而諱也。權衡，字以制，隱居太行黃華山二十八年。洪武二年，中書省遣官訪庚申帝三十六年史事，得此書上之於朝。所紀載可信不誣。袁忠徹得之傳聞，謂明宗見罕祿魯氏，愛而納之，未幾生妥懽帖睦爾，而不知其抱養之詳。余得庚申大事記，以余應之詩疏通證明，然後知信以傳信，可備著國史，不當以稗官瑣錄例之也。元史潦草卒業，實本朝未成之書。後之君子，有事於纂述，庚申帝之事，亦其大者，故不厭其詳複云。

書沈伯和逸事

沈應奎，字伯和，常州武進人也。少有絕力，重然諾，好急難，嶷然以豪傑自負。鄉里俠少年皆附之。伯和之妻，丹陽邵芳之女也。芳任俠，爲江陵所殺。族人欺其子幼，欲殺之而分其產，聚而圍守其廬。伯和集拳勇少年十餘人，爲乞丐裝，毒殺其猛犬，縋牆而入，簒奪其孤婺以歸。芳以布衣入長安，傾動中貴人，起高新鄭於田間，所謂邵樗休者也。伯和老於公車，嘗獨行費縣山中，求問管仲廟。輿人舁入古廟中，卽亡去，少年數輩，扛巨木搘其門。伯和睨而笑曰：「是須數輩乎？」揎袖平舉之，臥之於地。一少年指神前石鼎曰：「能舉是乎？」伯和兩手提之，若挈壺瓿，行數十步，復置故處。羣輩口吐不能收。伯和故繞廊廡觀象設，摸碑刻，久之乃去。日下舂，徐步歸逆旅，館人驚曰：「客豈有兩翅，從虎穴中拔出耶？」飯河間邸舍，有騾食人，圍觀如牆。伯和怒曰：「奈何縱獸食人？吾不得爲男子矣！」持鐵簡信步而往，騾舍而撲伯和，三撲三避之，從而擊其目，鐵簡陷入尺許，騾仆不能起，盡力擊之，乃斃。下第還，其人迎拜道左，面目鑴其半，如混沌焉。駙馬楊春元尙榮昌大長公主，慕伯和忠義，以兄事伯和，每爲言國本危疑，謀擁祐太子。伯和奮臂曰：「吾不能爲商山老人，獨不能爲安金藏乎？」萬曆庚戌，伯和官刑部郎。神祖不豫，召閣臣，至宮門而返。福藩猶在邸，中外兇懼。福清謂伯和曰：「事不可知，且奈何？」伯和曰：「竭股肱之力，以死衞太子。萬一有變，公必死之，請以不肖軀殉公。」福清要伯和宿朝房，與計事，令大司馬列兵圍諸王府第，大金吾領緹騎巡徼王城，戎政分部京營兵屯九門，藩府人不得闌出邸第，中外寂然。伯和束甲與福清同臥起，示不獨生。神祖勿藥，乃出。當此時，舉朝惴惴無人色，福清獨恃伯和以爲強。恤刑遼東，策奴酋必叛，李氏必敗。中朝咸以爲迂，抗章論代藩立少，請殺主代議者，時論益惡之。出知汀州府，鄉人爲御史，按部至汀，每夕傳鼓入院，指天象示之，曰：「客星犯前星甚急，奈何？」御史目笑之。已而有梃擊之事。伯和於衆中責御史，把其袖曰：「此大事，公安得不言？吾嚮語天象云何？」顧左右趣紙筆，卽堂上起草。御史大驚且懟，執其手，囁嚅祈少緩，乃趨而出。伯和爲守，考上上，黨人罷其官。趙高邑爲太宰，起爲南尙寶司丞。逆奄時，又削籍。久之而卒。余嘗訪伯和村居，木榻布被，沽濁醪如餳，飯麤糲棘喉，伯和飮啜自如。床頭樹銅簡二，其高等身，夜分謂余曰：「代藩之議，彼不悔禍，當持此簡，擊殺老魅於朝堂，旋自刑以明國法，何暇與喋喋爭嚷畢牘間乎？」俄而執簡起舞，有風肅然，晶光閃爍上下，寒燈吐芒，四壁颯拉。是時伯和年七十餘矣。余生平所見海內奇偉倜儻節俠之士，蓋無如伯和者。稅監高寀，將自汀入粵，伯和大書牓示，自汀達會城曰：「稅監將入海從倭，抵汀竟，太守當領吏民擊殺之。」寀聞之，縮舌而止。其壯往敢決，能出大言，斷大事，皆此類也。

書盧孔禮事

萬曆甲午，沈伯和上公車，宿交河之富莊驛。道旁父老子弟，聚語太息。伯和問之，告曰：「縣有義士盧千斤，路遇不平，毆其人立斃，實無意殺之也。方當繫獄論死，無可援救，是以歎惋耳。」伯和具衣巾謁縣令，語之曰：「某以公車，道出於此。聞壯士盧孔禮詿誤殺人，非故也。今倭方躪朝鮮，交河輪蹄四接，盜賊白晝劫行旅，公何不詢於介衆，以誤殺貰之，俾部署少年守閭里，卽有事，可助縣官半臂。徒殺壯士塡牢獄，無爲也。」縣令矍然異其言，拱手曰：「謹受教。」明日，朝縣人而問之，曰：「若等能保盧孔禮殺人非故乎？」雜然應曰：「孔禮誠非故殺，願以百口保之。」曰：「吾欲貰孔禮罪，爲父老子弟保捍鄉井，可乎？」皆扣頭曰：「幸甚！」孔禮遂得釋，趨縣門，搏顙稱謝。令曰：「非我貰若也，吳中沈舉人教我貰若也。」孔禮出，訪問知伯和姓名，剪紙爲牌位，朝夕炷香拜祝。伯和下第還，孔禮率子弟羅拜道左，要歸其家，烹伏雌，釃宿酒，妻女治餈餅上食。傍近諸少年聞伯和來，皆叉手扣頭，代孔禮稱謝伯和。爲長筵列坐，飲噉如波捲電嚼。笑語欲沸，伯和持鐵簡起舞，譚說古今壯勇義烈事，激昂蠭涌。羣少年髮植如竿，願爲沈公死。臨行，孔禮再拜把酒言曰：孔禮與諸兄弟，皆以身許公矣。公如有事四方，孔禮率五百人裹糧服矢以待命，惟公之所死之。庚申之秋，奴陷開、鐵，余服除赴闕，伯和罷官里居，執手慷慨，具言孔禮事本末，曰：「孔禮必不負我，吾折簡爲兄招之。卽有緩急，以孔禮所部當前行可也。」余過富庄驛，聞光廟大行，囑驛卒郵致伯和書，不待報而去。冬十月，一男子款門求見，曰「盧孔禮之弟孔信也。」問「孔禮安在？」曰：「孔禮病風，臥蓐不能起。得沈公書，流涕漬面，伏枕頓首，遣某來謁謝。」

問所謂五百人者，曰：「強半老且死矣，其存者多死於援遼。兄弟三十人，僅孔禮與某在。孔禮又病，某晨夕守視，不復能從軍矣。」坐而飲之酒，鄭重流涕而別。歲逼除，家人自南來，雨雪塞路。孔信率壯士十餘人，帕首腰刀，傳送至河間乃去。伯和歿後十年餘，余以急徵過富庄，宿村店中，寒燈熒熒，追理昔夢，作交河壯士行數千言，質明而失其稿，至今耿耿挂胸臆間。爲追記之如此。

書鄭仰田事

鄭仰田者，泉之惠安人。忘其名。少椎魯，不解治生。其父母賤惡之，逃之嶺南，爲寺僧種菜。寺僧飯僧及作務人，仰田面黧黑，補衣百結，居下坐，自顧跼蹐無所容。有老僧長眉皓髮，目光如水，呼仰田使上，指寺僧曰：「汝等皆不及也。」寺僧怒噪而逐仰田，旬日無所歸，號哭於野外，老僧迎謂曰：「吾遲子久矣。」偕入深山中，授以拆字歌訣，月餘遂能識字。因授以青囊袖中壬遁射覆諸家之術，無所不通曉。其行於世，以觀梅拆字爲端，久而與之游，能知人心曲隱微，及人事世運之伏匿，亦不言其所以然也。天啓初，將卜相，南樂指仝字爲占，仰田曰：「仝字从人从王，王四畫，當相四人。」問其姓名，曰：「仝字省三畫爲土，當有姓帶土者；省四畫爲丁，當有姓丁者；省兩畫縱橫爲木，當有名屬木者；以所省之文仝歸之，當有名全者。」南樂曰：「木非林尚書乎？」曰：「獨木不成林，名也，非姓也。」已而拜莆田、貴池、元城、涿州四相，一如其言。晉江李焻與奄黨吳淳夫有郄，指吞字以問。仰田曰：「彼勢能吞汝，非小敵也。從天從口，非其人吳姓乎？」「然則何如？」曰：「吳以口爲頭，彼頭已落地矣，汝何憂！」踰年而吳伏法。魏奄召仰田問數，仰田蓬頭突鬢，踉蹌而往，長揖就坐。奄指囚字以問，羣奄列侍，皆愕眙失色。仰田徐應曰：「囚字，國中一人也。」奄大喜。出謂人曰：「囚則誠囚也，吾詭詞以逃死耳。」之白門，奄勢益熾，俞少卿密扣之。仰田晝臥屋梁下，梁上有斷綆下垂，仰田指之曰：「如此矣。」未幾，奄果自縊。其射決奇中，不可悉數，宋謝石不足道也。丙子冬，前知余有急徵之難，自閩來視余，自淸江浦徒步入長安，爲余刺探獄緩急。余抵德州，復自長安徒步來報，年八十二矣，行及奔馬，兩壯士尾之不能及。至鄭州，風霾大作，脫鞋韈繫之兩臂，赤脚走百里，上程氏東壁樓，日未下舂，神色閑暇，鼻息煦煦然，談笑大噱，至分夜而後寢。臨行，謂余：「七月，彼當去位，公之獄解矣，然必明年而後出。吾當以殘臘過虞山，爲太夫人庀窀穸之事，公毋憂也。」余歸，數往招之。己卯春，將襆被訪余，忽謂家人曰：「明日有羣僧扣門乞食，具數人餐以待，吾亦相隨往矣。」質明，沐浴更衣，若有所須。羣僧至，飯畢，入室端坐，奄然而逝。仰田遇人無賢愚貴賤，一揖之外，箕踞嘯傲，終日不知有人。人遺之錢帛卽受，否亦不計。每見人深中多數，厓岸自好者，輒微言刺其隱，人亦不敢怨，懼其盡也。余嘗謂仰田：「公非術士，古之異人也。」仰田笑曰：「吾行天下大矣，莫知我爲異人。然則公亦異人也。」又嘗語曰：「吾重繭狂走，爲公急難。侯嬴有言：七十老翁何所求哉？士爲知己者死，縱令斫吾頭去，頸上只一穴耳。」臨終，屬其子曰：「三年後，往告虞山，更數年，尋我於虎丘寺之東。」仰田，信人也，其言當不妄。書其語以俟之。

丁丑獄志

烏程以閣訟逐余，既大拜，未嘗頃刻忘殺余也。邑子陳履謙，負罪逃入長安，召奸人張漢儒、王藩與謀曰：「殺錢以應烏程之募，富貴可立致也。」漢儒遂上書告余，并及瞿給事式耜。烏程奮筆票嚴旨逮問。余將抵近郊，撫寧侯朱國弼抗章劾烏程欺君誤國，章數上。烏程疑余使之。吳人周應璧爲撫寧客，出告人曰：「撫寧必得重禍，吾雖諫，不吾聽也。」因爲道疏語云何。語聞履謙，履謙曰：「此奇貨可居也。」乃嗾王藩出首，謂余以三千金屬應璧賄撫寧，應璧家僮喜兒及傭書蔣英知狀。事下錦衣衛，掌衛事董琨，烏程之義兒也，迫欲傅致具獄，以快烏程，收考應璧，令具對所劾。應璧曰：「撫寧勳臣，受國厚恩，拚一死擊奸輔。某作詩諷止，堅不可回，乃爲改竄疏中數字，非代草也。」即令應璧代草，罪不至死。馬周亦爲常何代草，何用抵諱耶？」問王藩所首行賄事，應壁曰：「某居長安二十餘年，與錢無片紙聞問。撫寧往擊逆奄，今擊奸輔，義烈憤盈，拜家廟，別老母，而後行事。天日較然，何忍以婪賄誣之。擊奸輔坐賄，擊逆奄亦坐賄乎？錢未嘗行賄，某未嘗代錢行賄，何繇識錢家人面貌，問其姓名？子虛烏有，可置對具獄，上告君父耶？」琨曰：「錢家人紀綱，具在原揭，何謂無之？」應壁大笑曰：「紀綱者，僕隸之總名也。紀綱之僕，猶今言管家云耳。安得有姓紀名綱之人，爲錢僕隸耶？事出左傳，故非僻書，在其卷某行，明公可覆驗也。」琨曰：「我家安得有此書？此豈秀才掉書囊地耶？」考蔣英、喜兒，皆不肯承。又收考撫寧家老蒼頭，年七十餘，意其老，可彊服也，搶地大呼，誓以死明主人無他。琨掠訊無所得，慚且恚。王藩峨冠束帶，招搖而來。琨摳衣起迎之，握手耳語久之，遂用藩語具獄曰：應壁初抵讕不服，藩及蔣英、喜兒參語作證，左驗明審，應壁始伏罪，臣始得結竟其獄。乞勑付北鎮撫司，究訊正法。疏上，上以爲疑，命窮究行賄家人主名。琨持之益堅，謂贓罪眞確，案宜早定，不當遼緩以滋葛藤。上終弗許也。獄初具，琨等謂上必震怒，執余下詔獄，此一獄卒事耳。卽上不執余，而以主名坐一二僮僕，掠楚誣服，因以連染朝士之右余者，此輩可舉網而盡。而余爲渠率，其將安往？上神聖，心知余枉，疏三上，旨三駮之，竟不及余。而東廠以緝獲事，盡發履謙、漢儒、藩三人奸狀。上命法司具獄，各杖一百，立枷死長安右門外。琨亦以他贓罪勒去。琨之考應壁也，五毒參至，窮竭慘酷，無復餘方，應壁慷慨直辭，色不變容。琨發怒罵曰：「要夾折他脚脛。」應壁曰：「夔一足，庸何傷？」琨曰：「這本上，要將撫寧拏下。」應壁曰：「祖宗優厚勳爵，非謀反大逆，無下獄者。温閣老威靈，遂勝於二祖列宗耶？」琨罷，吳孟明掌衞事，再奉旨覆讞，盡反琨所文致獄辭，而以代草坐應壁。應壁亦拜杖右門外，久之，病創而卒。崇明沈廷揚經紀其喪，返葬於吳。天啓中，逆奄令許顯純掌詔獄，考汪文言，扳誣楊忠烈贓罪。文言仰天大笑：「天下有貪贓楊大洪乎？」彭考刺爇，血肉糜爛，不肯回易一辭。顯純具獄，曰文言供吐云云，皆誣也。烏程之忮毒，深於逆奄。董琨之周內，精於顯純。應壁重義輕死，不憚以骨肉扞拒。文言之後，又一男子。漢之貫高、陸續，豈是過乎？戴就語薛安曰：「考死之日，當白之於天，與羣鬼殺汝於亭中。」或曰：應壁死後，琨病痁，見應壁守欲殺之。命道士上章服罪：「貰我死，願作主奉祀以謝。」至今琨家祀應壁，歲時扣頭上食如祖考云。

徽士錄

萬曆間，余以史官里居。新安程生元初踵門而請曰：「聞明公有意於著作，願有請也。」翼日，以書來，曰：元初於世事懵然，於身家妻子，一不爲計。念明興二百餘年，國史遠遜前代，輒不自量，欲倣六典、會要，勒成一書，雖窮老不能忘也。竊謂夫子删書，堯舜稱典，祖宗本紀，宜從尙書例，尊之曰典，明不與歷代同也。史家最重書志，兵、食尤要。班史食貨以後，無可觀者。宜爲食貨通志，一切農桑儲備足食足國者悉隸焉。兵志自握奇經、左傳以下，詳考歷代兵制、陣法另爲一書。前代禮志，載郊廟儀仗冠服諸事，而不及朝廷邦國士庶禮，宜以儀禮爲主，以家禮儒先議論參之，以補其闕。樂志泛論樂理，不及制度作法。元初遇異人授以樂制，詩卽樂，樂卽詩也。詩言志，歌永言。作詩事也。聲依永，律和聲。作樂事也。詩統爲十二韻，分之有百餘韻。樂亦統爲十二調，分之有三百六十調。詩用韻卽十二律也。又用音爲宫商角徵羽。同音而不同韻者，卽用叶韻，音韻並用，詩卽樂也。樂亦有十二韻，每韻中有七音，宫商角徵羽少宫少商也。故琴用七弦，簫笛帶龠，聲亦七孔，一弦一孔爲一音，七音間雜，而成一調，卽作詩爲一律也。百官志以周官爲先，而歷代改革俱備。考古宜今，不爲膠柱。考工記利器以前民用，亦非細事，宜補爲一志。昭代當百王大備之後，包羅往古，垂示來禩，莫今日爲宜。書成而明公手爲裁定，他日爲政，舉而措之而已。昔諸葛武侯以一隅抗衡魏、吴，曾築讀書臺，藉多士之力。攷華陽國志，木牛流馬，亦一士人所獻，武侯採而用之。願明公之無忽於斯言也。元初家累千金，妻子逸樂，棄而游四方，行不攜襆被，卧不儆邸舍，終年不澣衣，經旬不洗沐，摶爛飯裹置衣袖中，以爲餱糧。

夏月穢臭逆鼻，聞者嘔噦，元初咀嚼自如。余將補官赴闕，卒卒未暇理前語，元初遂別去，不知何之。後數年，有告者曰：元初聞遼事急，徒步往遼陽，相視阨塞要害。奴將攻遼陽，人勸之去，不可，城陷，死焉。嗟夫！元初有志於著作，棄家離鄉，周行天下，蓬頭跰走，如中風狂易，懷鉛握槧，身死絕域，張伯松知有賊會，反支日不去，爲賊所殺，豈其類耶？其書留篋衍中，紙敝墨渝，二十餘年，更一失之，程生遂無一字留天地間矣！推元初鄭重屬余之意，知其心冏冏，猶不死也。作徽士錄，使新安之志文獻者徵焉。

東征二士錄

萬曆二十年，倭酋平秀吉遣將躪朝鮮，天子念屬國殘破，國王亡走求內徙，興師往援，命兵部侍郎宋應昌爲經略，武庫郎劉黃裳、職方主事袁黃贊畫。職方訪求奇士，得山陰人馮仲纓、吳縣人金相，羅致幕下。十月抵山海，而倭先鋒行長兵已渡大同江，繞出平壤西界。石司馬所遣辯士沈惟敬三入倭營，得其要領，行長許撤兵議封貢，遣部下小西飛彈守藤原如意從惟敬見大將軍李如松，問大閤入朝班次云何？大閤者，倭僞王關白平秀吉也。如松厚勞遣之，約以明年正月入平壤受册退師。行有日矣，職方問仲纓曰：「倭請封信乎？」曰：「信。」「東事可竣乎？」曰：「未也。」職方問曰：「何謂也？」仲纓曰：「平秀吉初立，國內未附，行長關白之孌人，欲假寵於我以自固，故曰信也。如松恃寵桀驁，新有寧夏功，加提督爲總兵官，本朝未有也。彼肯令一游士掉三寸舌，成東封之績，而束甲以還乎？彼必詐惟敬，借封期以襲平壤，襲而不克則敗軍，襲而克則敗封。故曰東事未可竣也。」相曰：「襲平壤必克，克而驕必大敗，敗封與敗軍互有之。」職方曰：「善。」正月七日，惟敬遣其奴嘉旺報行長，賫明天使行册封禮，自南門入。行長候於風月樓，倭花衣夾道，欣欣望龍節。如松擁衆襲之，弓刀擊戛，倭知有變，退保風月樓、牡丹臺二壘，諸營合攻不能下。行長夜半渡大同江，江冰，引還龍山。如松不知也，旦日下令進攻，良久知倭去，乃建大將旗鼓，誓師入空城，命諸將上首功。西兵南兵奉軍令不割級，而遼兵出所匿鮮人首以獻。一軍譟聲如沸，爭欲殺李大孌。如松佯弗聞也。倭進則魚貫而營，退則捲簾而撤，所過多設虛壘以疑敵。如松自平壤趨龍山，六百餘里，中途列四十寨。攻開城，自旦至午，城中寂無人聲，令西兵梯而入，收其所設戈幟，割道旁鮮人腐首，報再捷。鮮人恨如松，紿之曰：「倭棄王京遁矣。」如松驕而貪，戒西兵南兵列營江邊，提遼兵三千獨進。經碧蹄館，館人復以倭遁告。如松益喜，輕騎疾馳，至大石橋，馬蹶傷右額，蘇而復上。橋外倭幟如林，李友昇率家丁據橋攢射，倭不得過。兩山麓皆稻畦，李如柏以其弟如梅爲左右翼，夾如松出淖中，李友昇中鈎墮。倭來益衆，刃及如松重鎧，會楊元兵至得免。大兵退守開城，而經略駐定州，相去八百里。行長據龍山，清正自咸鏡趨截鴨綠江。經略前後皆阻倭，計無所出。馮仲纓言於職方曰：「師老矣，退又不可。清正狡而悍，藐行長而貳於關白，願與金相偕使，可撼而間也。」職方具以仲纓前語告經略，經略許之。清正者，薩摩君之介弟也，平秀吉心畏之，使其孌人行長將前軍，而清正爲後繼。清正倍道取咸鏡，虜李昖妃及其二子及將相樞筦三人，擁兵斷後，意不欲屬行長，耻爲之下也。仲纓往，清正盛軍容迎仲纓，仲纓立馬大言曰：「諸酋恃強，不知天朝法度。汝故主源道義受天朝封二百餘年，汝輩世世陪臣也。汝敢慢天朝，忍遂忘故主乎？」仲纓欲暴關白之篡也，故以故主挑之。清正嚙指曰：「唯！唯！」仲纓就帳宣言曰：「汝巨州名將，故主之介弟，今破王京者，行長也，議封典者，行長也，彼以一弄臣，儼然主封貢，挾天朝以爲重。而汝雄踞海濱，自甘牛後，心竊耻之。且持此安歸乎？今與我定約，急還王子陪臣，退兵決封貢，勿令册封盛典，出自弄臣，此亦千古之一時也。」清正手額曰：「請奉教。」解所著團花戰袍，與仲纓歃血約盟，令王子陪臣謁仲纓，扣頭謝，訂期歸國。卽日自王京解兵而東。仲纓之入說清正也，金相勒兵以待。相計之曰：「仲纓，職方所使也，劉武庫內忌之。如松平壤之役，職方面數其襲封殺降，今得無以通倭中仲纓，爲媒孽職方地乎？」乃領健卒二千人，分伏南山觀音洞，邀其歸師，殺九十餘人，生擒倭將一人曰葉實。仲纓歸，武庫果以通倭爲言，仲纓取相所斬倭級示之，且分遺其幕客，乃止。而如松以十罪列職方，職方遂中寀典，仲纓與相皆罷歸。如松駐開城久，去鴨綠千里，兵疲糧盡，與參軍李應試謀復遣惟敬議封事，事垂成而敗，石司馬與惟敬皆論死。而東征之役，更易督師制府，先後七年，老師費財，飾功掩敗，海內爲之騷動。迨平秀吉死，倭撤兵歸國，始告成事。惟敬之再使也，李參軍密告如松，遣仲纓別使清正，使兩虎共鬬，此上策也。如松不能用。邢益都爲制府遣人聘仲纓，東人王君榮戒仲纓曰：「大丈夫肯俛首爲邢小人用乎？」仲纓謝弗往，僦屋長安市中，讀書賣藥以老。相敘東征功，當實授守備，往謁兵部吏，吏笑曰：「長安中金銀世界，君徒手來何爲？」慟哭焚其文牒以歸。遼事之殷也，相老矣，往來燕中塞下，欲有所爲，依故人於薊門，死濟河舟中，屬其僕歸骨虞山，余爲葬之北麓，祔其母之兆。相事母至孝，從其志也。相年十五，見老僧有羸疾，憐而飯之。老僧精武藝，授以四十八字，曰：「熟此，則無敵於天下矣。」嗣父死，負官錢七萬，隸捕相急，度不可脫，誘而之曠野，以老僧所授訣試之，數十人應手而倒。走居庸關外，亡入虜中。虜見相藝絕人，不忍殺。居三年，益厚遇之。相歸內地，虜爲資送至關外始去。從袁職方論天文曆法，從徐閣學論屯田海運，從李中丞論復舊遼陽，按圖畫地，歷歷如指掌。每爲余道東征事，與世所記錄絕異。已而遇丁贊畫之子，出其父手記，知相言有徵也。仲纓爲人短小，善談笑，家貧，坐客恒滿。出清正所贈戰袍示余曰：「此老禪和衲頭也。」相深目戟髯，俯躬徐步。舟行順風揚帆，則伏地喀嘔。且死，語其僕曰：「置我棺船艙中，勿令見水，使我魂悸也。」其曲謹多畏如此。

初學集卷二十六

雜文六

書錢塘大慈山甘露院二牒後

錢塘大慈山、甘露院二牒，一則會同十年七月吳越有國時所給，有吳越國王押字，及鎮東軍節度使印文，一則宋治平二年四月中書門下牒付者也。吳越牒中所稱會同十年，即晉出帝開運四年，耶律德光滅晉所改也。是年六月，吳越忠獻王弘佐卒，弟弘倧立。十二月，弘倧爲羣下所廢，立弘俶。則知吳越國王者，弘倧也。弘佐卒，以鎮東節度使授弘倧，至八月，制授弘倧東南兵馬都元帥、鎮海、鎮東節度使，故印文止稱鎮東也。治平二年牒後所書右僕射兼門下侍郎平章事不署姓者，安陽韓忠獻王琦也。中書侍郎兼戶部尚書平章事曾者，晉江曾宣靖公公亮也。吏部侍郎參知政事歐陽者，廬陵歐陽文忠公修也。吏部侍郎參知政事趙者，虞城趙康靖公槩也。三公皆署姓，而忠獻獨不署，以忠獻集考之，忠獻於治平元年甲辰冬，三表乞罷相，上許以仁廟終祥再請，至二年乙巳夏，累申前請。此或其杜門乞休，不赴都堂時也。以二牒所載，徵諸史傳，無弗合者。獨吳越牒中會同十年之紀，覽者往往致疑。蓋德光滅晉，雖以二月丁巳朔建國改號，而漢高祖亦以是月辛未起河東，仍稱晉天福十二年。吳越之正朔，何以不奉漢而奉遼？況四月丁丑，德光已卒於殺胡林矣。此牒行於七月，不應猶以會同紀年，此不能無疑者也。攷之遼史，自阿保機即位九年，吳越與契丹信使不絕，吳越之通好契丹久矣。契丹入主中國，吳越奉其正朔，當在諸州鎮之先。是年七月，德光雖已死，而漢令未及於東南，故猶以會同紀年，其改而從漢，則在八月受漢制之後也。吳越備史沒會同、天福，而追紀開運四年，亦可謂微而章矣。遼史德光紀，是年改元大同，而會同無十年，與此牒及諸史異，或者又以爲疑。按王溥五代會要，德光僞降赦，改國號大遼，稱會同十年，歐陽史諸家亦同。蓋降赦則稱會同，而改元則曰大同。改元之後，不三月而德光卒，故大同之號，不行於中國，而僅存於國史。牒文所從，據其降赦之文；國史所書，紀其改元之實。固可以互攷也。葉隆禮契丹國志以是年爲會同十一年。隆禮之志，成於淳熙中。遼史未入中國，其舛誤不可枚舉。徐無黨注歐陽史，以謂契丹年號，諸家舛謬非一，莫可考正。因是牒以考之，則益信矣。江陰李君貫之，博雅好古，叢書蠹簡，每遇之，無不藏弆。出二牒以示余，命爲之跋尾。余學殖既鮮，又善遺忘，略疏其槩，以復於貫之；貫之幸悉舉所聞以改焉。萬曆四十八年庚申春正月。

再書錢塘大慈山甘露院二牒後

往余爲江陰李貫之考錢塘大慈山、甘露院二牒，距今七年矣。治平二年四月之牒，韓魏公爲宰相，書銜而不姓。曾魯公爲次相，歐陽文忠、趙康靖爲執政，則署姓而不名。余未及深考，第據魏公安陽集二年乙巳夏仁廟終祥畢申前請，遂妄謂魏公之不署姓，或以杜門乞休，不赴都堂之故，而非敢以爲允也。今年偶讀王明清揮麈錄云：明清嘗得治平元年英宗批可進狀一紙於梁才甫家，宰執書臣而不姓，且花押而不書名，以歲月考之，則韓魏公、曾魯公、歐陽文忠、趙康靖作相、參時也。但不曉不名之義。後閱沈存中筆談云：本朝要事對稟，常事擬進，畫可然後施行，謂之熟狀。事速不及待報，則先行下，具制草奏知，謂之進草。熟狀白紙書宰相押字，他執政具姓名，進草即黄紙書，宰相執政皆於狀背押字。始悟其理，不知今又何如耳。明清所得進狀，與甘露院牒皆在治平元二間，四公作相、參之日。甘露院之牒，蓋中書門下奉勑賜額，令本州翻錄，降付逐寺院者也。讀明清之錄，考其所謂熟狀進草者，是牒蓋亦熟狀之遺。而宰執皆不名，則宋朝故事如此也。及考葉夢得石林燕語，則云：唐誥勑，宰相書名者，皆不書姓，惟單名則書姓。蓋以爲宰相人所共知，不待書姓而見。國朝雖單名亦不書姓，他執政則書，所以異宰相之禮也。夢得所記宰相不署姓之故，視存中爲詳，如魏公正所謂單名不書姓者也。誥勑不書姓，則其見於文牒者，又可知也。余初不知宰相不署姓爲宋之故事，而以臆考之，徽揮麈錄諸書，則余之誤誰與是正？然是時，曾魯公實爲次相，而與二執政同署姓，則知宰相之不署姓，不獨異於執政，抑亦異於次相也。以是牒推之，又可以補夢得之所未備也。存中又記中書劄子宰相押字在上，次相及參政以次向下，樞密院劄子樞長押字在下，副貳以次向上，以此爲別。是牒之書銜，繫於年月之後，先左右參，次次相，又次宰相，蓋以後爲尊，而不别行。是知文牒之行於下者，其制又與劄子異也。治平去今五百六十餘年，故紙敝牘，使人摩挲不忍置。文獻之不可以無徵，豈不信哉！余學問踳駁，不審於闕疑愼言之訓，是以有向者之誤。今旣已知之，不敢塗竄以自蓋也，庸敢備書以詒貫之，俾附於是牒之後。雖然，自時厥後，有所弋獲，尙當次第書之。貫之老而好學，故知不以我爲贅也。天啓六年四月。

記温國司馬文正公神道碑後

天啓壬戌，得司馬文正公神道碑刻於長安肆中，紙敝墨渝，深加寶重。而又竊怪其不盛行於世也，遂命良工裝潢，屬友人程孟陽題而藏諸篋衍。後三年乙丑，被放歸田，讀元人程鉅夫集温公墓碑老杏圖詩序曰：公之墓碑，仆於羣憸之口，而斷碑之隙，有杏生焉。金皇統間，夏邑王令，建祠修復。老杏迄今二百餘年矣，白雲翁家與之隣，益用封殖。皇慶之元，翁爲平章政事，出所繪圖及修復之碑，使廣平程某序之。鉅夫之序所謂夏邑王令者，壽春王廷直，金皇統間夏邑令也。白雲翁者，元平章察罕也。鉅夫記修復事頗略，然有以知其出於磨泐之後，而碑之傳於世者爲不易也。考於通志，得廷直所自記曰：紹聖間仆温公墓碑而磨其文。靖康復公官爵，欲再立而未暇。迄今五十餘年，埋之深土，毀滅朽漫，不傳於世。天眷有德，乃生杏樹一株於碑座龜趺之側，蟉枝屈蟠，春花夏實。廷直以皇統戊辰秋八月行令夏臺，問諸守僧圓眞，訪得舊本於公曾姪孫曰作曰通之家，命工刊模，碑面穴隙，不可鐫磨，碑陰碎裂，間實以土，蓋初仆時自龜而上推撲使然也。欲別選鉅石作豐碑，則又無大葬時朝廷物力。公族姪孫綺曰：不若横碑作小段而模立之，則龜杏不損，後之人知其異焉。因斲碑而爲四，額一，趺一，共六石。僧法洪率闔邑僧院，咸出貲助之。圓眞又出私帑，於墳院法堂之後，設堂以祀公，置碑石焉，號曰温公神道碑堂。此皇統修復之始末也。余初得此碑凡四紙，縱長丈餘，横半之，與斲碑爲四之説符合，爲皇統時所修復無疑也。余所存者，四石而已，其額與趺皆不可考矣。然而是碑也，仆於宋，復於金，龜趺之僅存，老杏之封殖，皆有鬼神護持。而余乃幸而得之，又豈易哉！余又謹按：公以元祐元年九月卒於位，二聖親臨其喪。哲宗再遣使詔其孤康，又遣大臣諭指，俾奪遺命，從官葬。命入內。內侍省供奉官李永言乘驛詣涑水，相地卜宅。於是以十月甲午掘壙，發陝、解、蒲、華四州卒穿土。復選尚方百工爲葬具。十月復命。公從子富提舉之。十二月丙戌，墓成。其葬也，以二年正月辛酉。既葬之明年，勑翰林學士蘇軾撰碑，上親爲篆字，以表其首。又命永言及公從孫桂，督將作百工，起樓於墓之東南以居焉。樓之大制，基極相距凡四丈有五尺，上爲四門，門爲二牖，下爲二門，門爲一堿。復閣周於碑，廻廊環於閣，繚垣四起，爲之蔽衛。凡七月而畢事。土木金石朽墁丹雘之工，總會一萬六千有奇，而所損之數稱是。此元祐中大葬温公恩禮之大略也。八年九月，宣仁聖烈皇后崩。紹聖元年七月，三省言前後臣僚論列元祐以來司馬光等罪惡，詔司馬光、呂公著各追所贈官幷謚告，及追所賜神道碑額，仍下陝西、鄭州，各於逐官墳所，拆去官修碑樓，及倒碑磨毀奉勑所撰碑文訖。奏從許將之言，僅免斲棺僇屍而已。四年二月，追貶清遠軍節度副使。四月，又貶朱厓軍司戶參軍。徽宗追復未幾，而崇寧復貶。姦黨之碑，大書深刻者再，皆以公等爲首。靖康初元，除元祐學術黨禁，贈公爲太師，而事已不可爲矣。廷直修復公墓，在金皇統八年戊辰，紹興之十八年也。距紹聖仆碑時，計五十有五年。異國之臣，左衽之長，乃能摩挲斷碑，以修復爲己任。洪、眞輩皆僧徒，相與佽助之唯恐後。其視紹聖、崇寧諸人又何如也？然而當是時，賊檜爲政，和議告成。天水之封，劉筈之册，皆在紹興、皇統間。涑水之墓雖儼然修復，公亦何樂乎有是哉？嗚呼！公墓之廢興，關於有宋之存亡，庸敢牽連書之於碑刻之後。後之君子，亦將有感焉！是年冬十有一月二十七日，虞山老民錢謙益謹記。

讀盧德水所輯龍川二書後題

德州盧德水刻陳同甫三國紀年、史傳序，題之曰龍川二書。又深自貶損，以謂淺見寡聞，不敢出手作序，擬請虞山先生數語，以發明二書之所以然。嗚呼！余少而讀龍川之書，爲之寤而歎，寐而起。酒闌燈灺，屏營欷歔者，二十餘年矣，其敢無一言以副德水之意乎？靖康之事，天下之大變也。紹興之請和，皇統之策命，天下之大辱也。堂堂中國，五十年之間，龍川以匹夫庶士，奮起而任天下之辱，思一洗之，而無以自效，故假三國之君臣以見志焉。三國紀年者，龍川之春秋也。以言乎帝胄，則備疎而構親；以言乎舉事，則劉難而趙易；以言乎立國，則巴蜀蹙而南渡寬。然蜀以鼎足抗衡，而宋以島夷屈服。龍川不云乎：後主之庸，豈後世之庸主哉？然則後世之所謂庸主者，可知已矣。志曰漢略，悲其君臣之志也，以愍夫不足悲者也。孫氏之立國，君臣上下，畫江之慮精矣。及晚年國勢既定，參分造盟，以函谷爲界，而明與魏絕。以皓之昏暴，猶有青蓋入雒之思。而南渡之君臣，據錢塘一隅之地，叩頭乞哀，惟恐失之，不亦傷乎！志曰吳略，著其自立也，以表夫不能立者也。

孔子曰：吾志在春秋。三國紀年，其亦龍川之志乎？龍川之志，則志乎中興而已。故其爲史傳序也。以中興遺傳終焉。忠臣義士，中興之本也；謀臣辯士，中興之資也。譬之鳥焉，忠臣義士，其肝膈也，謀臣辯士，其毛羽也。有謀辯之略，而無忠義之心，則徐秉哲、王時雍之倫，竭其精神才智，朝金而夕楚者，是豈可備驅策者乎？有忠義之心，而無謀辯之用，則所謂拱手而談正心誠意，爲風痺不知痛痒之人者，亦要歸於無用而已矣。是二者皆偏才也。人主患不得英豪而用之。英豪者，有忠臣義士之心，而具謀臣辯士之略，如蜀之有亮，如吳之有瑜是也。以英豪之人，而生昏庸衰濁之世，譬如神龍之在溝壑也，田夫孺子爭以爲怪異，不將醢之，則將豢之。夫避醢而就豢，亦豈神龍之所欲哉？宋當斯時，和議成，黨論盛。鄙夫盤互於廟堂，賢人刺促於羅網。如龍川者，再入大理獄，晚得一第以死。而況於龍伯康、趙次張輩，抑沒草野，又豈可勝道者乎？天生英豪，使斯世不獲其咫尺之用，此則人主之過，而天下之大不幸也。余於龍川二書，竊窺其中興之大志，悲其以英豪自命，而卒於無成，故因德水之請，書之於編末，發千載一慨焉。今天下全盛，建州小奴，游魂殘魄，漸就澌滅。而士大夫深憂過計，有如歐陽子之云唐子孫不能以天下取河北者。天子方拊髀英豪，一日登庸德水使執政，召問當從何處下手，德水必有以自獻矣。余老矣，尚能執簡以記之。崇禎丙子陽月朔。

孝譽先生私謚議

崇禎五年五月，故鎮遠侯勳衛揚州顧君卒。江左薦紳大夫與顧君游者，悲其才不效於時，位不稱其志，倣古人私謚之法，謀所以易其名者，胥走告於舊史氏錢謙益。謙益議曰：勳臣子弟之有散騎參侍，自洪武九年始也。朝會大事，佩弓刀，充宿衛。其有材器超卓者，不次擢用。然自洪、永以來，膺是選者，郭忠武而外，未有聞焉。則豈非貴不期驕，富不期侈，甘毳足以象其心，而綺紈足以柔其骨，於其中求一勞人志士，殆所謂牛毛而麟角者歟？君弱不好弄，痛刮磨豪習，讀書修行，一以忠武爲法則。其在環衛也，我方有事屬國，奮身請東征，以麓川騰衝之役爲比。既而有封議不果，謝病家居。御史薦君率江、淮兵援遼，牽連謫戍，亦猶忠武之志也。君生平忠孝大節，無愧於忠武，如諸公之議考私謚以易名，不惟君死且不朽，抑亦激勸後人，感概豎立，庶可以稱塞我高皇帝廣厲勳舊之德意。謹按謚法，孝之例有五。君之事母，有曾、閔之孝。緹騎及門，鋃鐺逮繫，君旌旄以別其母，登車煒煌，既免，然後跪謝告實，可不爲慈惠愛親乎？毀家報國，身瀕九死。己巳之冬，詒書告別，單車就道，誓獨身死修奴，以解嚴而止，可不謂秉德不回，大慮行節乎？東海侯陳文得謚孝，國史以爲異典。吾以爲莫如君宜。又按謚法，狀古述今曰譽。君著鎮遠先獻記，下上十一朝，網羅貫穿，非一家之史也。論邊政、議漕鹽，舉而厝之，可以佐縣官緩急。詩不云乎？庶幾宿夜，以永終譽。君可謂譽矣。請謚曰孝譽先生。謹議。是年冬十一月，舊史官常熟錢某述。

顧孝廉請贈議

萬曆間，吴中有三孝廉，曰崑山歸季思、常熟顧朗仲、長洲文文起。文起登上第，爲天子之大臣，而季思、朗仲皆前死。巡方者以季思名行上聞，得贈翰林院待詔，且命更舉其未盡者。吴之人士僉謂朗仲不可以後。余惟季思之道清而貞，廉靜而閒止；朗仲之道弘而毅，篤誠而沉塞。季思庶幾伯夷之清，而朗仲兼有伊尹之任。巡方者之於二賢，非有軒輊；而不早聞焉，則吾黨之過也。朗仲少喪父，哭踊拊心，焦肺嘔血，終身爲錮疾，臥則心怦怦然，非抱持不能寐。事後母至孝。朗仲病，後母籲天請代，未幾亦死。每曰：「子而不孝，非子也。吾惡夫以孝取名者也。」生平不妄取一錢，遇人緩急，典衣借貸，未嘗以無爲解。居間請託，謝絶郡邑。公正發憤，則奮臂削牘，不避讎怨。每曰：「士而不廉，非士也。吾恥夫以廉成名者也。」繇此言之，孝廉之行，朗仲之所不欲居，而況於其名乎？又況於假其名以取旌乎？然則朗仲之爲人如何？曰：其學以窮經好古爲宗，一義之未析，一物之不知，其所爲食寢俱廢者也；其志以忘身善物爲務，一民之未安，一物之失所，其所爲疚痯在躬者也。篤信好學，強立不返，爲子必死孝，爲臣必死忠，得志則沛然德教行於兩間，不得志則浩然眞氣返乎大宅，是則朗仲而已矣。朗仲與江陰繆當時同舉鄉書，當時於世少所許可，每曰：「朗仲吾師也。」唐人李遐叔作三賢論曰：元之志行，當以道純天下；劉之志行，當以六經諧人心；蕭之志行，當以中古易今世。以二君擬之，朗仲其元、劉之比乎？當時其蕭之倫乎？當時以奄禍考死，與劉侍講齊名，爲當時所心師者，其人又何如哉？舉是以應明詔，雖非朗仲之志，其誰曰不宜？謹議。

吳中名賢表揚續議

國家崇獎名節，風勵流俗，著之甲令。凡忠臣孝子，義夫節婦，旌表其門閭，蓋倣古表厥宅里，崇臺綽楔，烏頭漆書之制。士大夫之賢者，得祀於鄉之學宮，蓋倣古瞽宗樂祖，鄉先生沒而祭於社之制。世道下衰，風教刓敝，鄉里婦孺，雖有伯姬、孝已之行，截髮刲股，殘肌捐身，非其子孫富厚，竿牘游揚，卒皆草亡木隕，聲銷影滅。鄉賢之祠，木主林立，多於儲胥，有志者過而唾之，若坐塗炭。數年以來，士大夫廉恥掃地，辮髮而事奴，挾筴而干寇者，靦面攘臂，恬不知恥，是豈可視爲細故哉！我皇上深惟治理，激厲頑懦，俞前按臣祁彪佳之請，表揚已故舉人張基、歸子慕、朱陛宣，皆贈翰林院待詔。又命以後巡按御史，各宜留心風教，確訪眞品，薦舉以聞。於是吳之縉紳，孝秀耆老，公舉其績宜表揚者，舉人二人，生員一人。謹條列其行事如左：

顧雲鴻，常熟人。中萬曆庚子鄉試。雲鴻少喪父，拊心嘔血，終身抱怔忡之疾，非抱持不能寐。事後母至孝，雲鴻病，後母籲天請代，後雲鴻死旬月，以哀卒。後母之殉其子，古未有也。博學深思，研精六籍，易簀之夕，雒誦易象，琅琅出席蓐間。讀書藤溪山中，介居絕俗，急公赴義，不顧頭目，以忠孝名節爲己任。丁未鎖院對策，至天災民窮，淚簌簌下，沾漬楮筆。嘗語所知，大丈夫殺身取義，當轟轟烈烈如疾雷閃電，公等暖姝自好，他日縱遇難死節，不過作文文山、謝疊山耳。甫強仕而卒。學者私謚爲孝毅先生。雲鴻在公車，與江陰繆昌期、長洲文震孟以名行鏃礪，繆、文皆嚴事之，不敢鴈行進。繆爲忠臣，文爲名相，則雲鴻之品第可知也。

張世偉，吳江人。中萬曆壬子科鄉試。服習其祖基之家訓。七歲喪母，上食號慟，塾中兒皆爲流涕。父歿，事其兄如其父。急朋友之難甚於己。鄉邦有大利病，縉紳囁嚅相顧，必自世偉發之。謝絕請託，誅茅灌畦。死無以爲斂，倪司李賻之，乃發喪。世偉峻嶒自守，不依附東林講席，以釣聲名。黨人咸目攝之，曰：「此爲淸流嚆矢者也。」晚年謝公車不赴。閭里有急難，必望走焉。有不善，相戒曰：「無使張孝廉知。」其所居，嚴重於公卿。其卒也，謙益題其銘旌曰：孝節張先生之柩。世偉晚與文閣學震孟、周忠介順昌、朱孝介陸宣爲友，而姚學士希孟出其門。諸公以名行顯聞，世偉居其前爲唱于焉。陸宣既得旌矣，於世偉何疑？

楊大濚，吳縣儒學生員，故宮保南京兵部尚書莊簡公之子也。吳有君子曰王仁孝先生敬臣，大濚少從之游，緼袍徒步，徐行下視，人不知爲宮保之子。性廉靜，見非義，氣色艴然，不可犯干。闇然躬行，孚尹旁達，望而知爲仁孝先生之徒也。事莊簡及嫡母、生母，竭盡誠孝。居三喪，哀毀如一。昆弟四人，析産獨取其薄。丁巳、戊午間，歲饑，民陳死無算，收瘞枯骼，凡兩年可萬計。居家訓子，肅若朝典。冠昏喪祭，必用古禮。年逾艾，危坐一室，朱黄誦讀，夜分不輟。疾革，衣冠肅然，以手指心而逝。吳人稱爲端孝先生。吳趨故嚴重王敬臣，纖兒婦人，皆呼王孝子。敬臣没，推服大濚如敬臣。萬曆十四年，御史上敬臣孝行，神宗特授國子監博士。用敬臣例，旌大濚於身後，其誰曰不宜？

右條列吳中三賢行事如右。皆徵諸國人，詢於介衆，起九京而俟百世，可信不誣者也。列郡之中，亦有弓旌賁及，著作繁富，游光揚聲，傾動海内者矣。嗟夫！瓦器飲食，或以虚僞貽譏，轂皮綃頭，或以釣采蒙誚。取宋璞以混周玉，採春華而忘秋實。豈執事者所以奉詔條，砥末俗，稱塞聖主崇奬風勵之至意者乎？敢忘其固陋，獻斯議以備采擇焉。癸未孟陬月，虞山老民錢謙益謹議。

放生說

放生戒殺，三代以上未有其名，然而未有大於此時者也。何也？周官川衡澤虞所掌，凡以共祭祀賓客喪紀之用，其它攻猛獸，除毒蠱，去蛙黽，射夭鳥，各有攸司，皆以生之之道殺之也。國君春田不圍澤，大夫不掩羣，士不取麛卵，田不以禮，曰暴天物，則田而殺焉寡矣。獺祭魚，然後虞人入澤梁。豺祭獸，然後田獵。鳩化爲鷹，然後設罻羅。草木零落，然後入山林。昆蟲未蟄，不以火田。參觀王制、月令、夏小正之所載，則非時而殺焉者寡矣。諸侯無故不殺牛，大夫無故不殺羊，士無故不殺豕犬，庶人無故不食珍，則無故而殺者寡矣。魯隱公，大國之君也，登百金之魚，臧孫以爲亂政。宣公夏濫於泗淵，里革斷其罟而棄之。周德下衰，其凛凛於王制若此，而況其盛時乎？古之帝王，以天地山林川澤爲一家，以鳥獸禽魚羣生萬物爲一體，無地而非放生之地，無物而非放生之物也。辨方正位，體國經野，設官分職，皆放生戒殺之法。親賢遠奸，禁女謁，屏閹寺，攘夷狄，皆放生戒殺之事也。民無夭札，物無疵癘，麒麟游，鳳凰集，衆鳥獸魚鼈咸若，豈其以人主之尊，躬家人之細行，且得一鳥焉而縱之，暮得一魚焉而畜之，至以不取不放，見笑於夷狄，如梁武者哉？唐、宋之世，天下始有放生池。唐乾元中，命天下置放生池，凡八十一所，顔魯國文忠公爲之碑。宋天禧中，王欽若奏以西湖爲放生池，爲人主祈福。蘇文忠公謂西湖不可廢者五，此其首也。唐、宋之置放生池，吾所謂家人之細事也。王欽若之請，則宦官宮妾之愛其君也。然而顔、蘇兩文忠，拱手讚歎，如恐不及者，何也？尊王制，因末法，導揚人主之仁心仁聞，而勸誘天下以好生惡殺，此仁人君子之所有事也。唐用閹人殺天下，宋用新法殺天下，屏棄兩文忠於外，生民日就湯火，而祈福於一魚一鳥，其放生戒殺，不已隘乎？君子亦爲之一喟而已矣！塘棲張子羽斥栞湖爲放生池，建流水長者閣於池中，延秘密嚴公主其事。其友張秀初、沈不傾共爲唱導。或難之曰：「棲水去杭城五十里，西湖故放生池也，何必改作？」曰：「子不見夫官府之庫藏乎？勾稽會計，密於秋荼，今又重之以嚴旨峻法，然貪官汚吏穿穴而乾沒者，不可勝誅也。富家翁媼，囊金櫝帛，手自扃鐍，中夜取火而視之，不遇胠篋探囊發匱之徒，則其亡失者鮮矣。物公則翫，法久則渝。西湖之放生，官府之庫藏也。棲水之放生，翁媼之囊櫝也。何必西湖之是而棲水之非？」顔文忠之碑曰：環海爲池，周天布澤。動植依仁，飛沉受獲。蘇文忠之奏曰：郡人數萬，會於湖上，所活羽毛鱗介，以百萬數。皆西北向稽首，仰祝千萬歲壽。棲水之爲斯，善學兩文忠已矣。衡公自棲水來，敍諸君建置之意，屬余綴以一言。余拱手讚歎曰：「斯所謂諸上善人，俱會一處。得廁名其間，幸矣！」作是說以廣之。

袁祈年字田祖說

公安袁祈年，其字曰未央，吾友小修之子，而爲後於伯修庶子者也。自公安之三袁以才名掉鞅藝苑，而其子弟之英妙者，皆有名於時。江、漢之間，人皆知有袁未央矣。一日，飲余長安邸中，請改字於余。余別字之曰田祖，而告之曰：周禮春官籥章：凡國祈年於田祖，龡豳雅，擊土鼓，以樂田畯。注曰：田祖，始耕田者，謂神農也。甫田之詩曰：琴瑟擊鼓，以御田祖。傳曰：田祖，先嗇也。先王之制禮也，大報本而反始。是故以報焉則祭先嗇，以祈焉則御田祖，其爲尊祖一也。雖然，豈惟田有祖哉？文亦有之。三百篇，詩之祖也；屈子，繼別之宗也；漢、魏、三唐以迨宋、元諸家，繼禰之小宗也。六經，文之祖也；左氏、司馬氏，繼別之宗也；韓、柳、歐陽、蘇氏以迨勝國諸家，繼禰之小宗也。古之人所以馳騁於文章，枝分流別，殊途而同歸者，亦曰各本其祖而已矣。今之爲文者，有兩人焉，其一人曰：必秦必漢必唐，舍是無祖也。是以人之祖禰而祭於己之寢也。其一人曰：何必秦？何必漢與唐？自我作古。是被髮而祭於野也。此兩人者，其持論不同，皆可謂不識其祖者也。夫欲求識其祖者，豈有他哉？六經其壇墠也；屈、左以下之書，其譜牒也。尊祖敬宗收族，等而上之，亦在乎反而求之而已。田祖胚胎前光，蟬蛻俗學，卓然有志於文者也。吾姑語子以文之祖。子歸而叩擊於小修，以吾言爲端，其於吾言必有進焉。子，江、漢之間人也。江、漢朝宗於海，尊祖之義也。詩不云乎？沔彼流水，朝宗於海。

陸君陳字說

甬東陸生符，嘗讀陳亮同父之自贊，所謂人中之龍，文中之虎，慨然有意乎其人也，遂字文虎。既而意有所未安也，請改字于余。余觀東方朔諫武帝，願陳泰階六符，生之姓名，適有合焉，因字之曰君陳，而爲之說曰：三代而下，賢臣志士，有志于理平，所以規切摩厲其君，未有不本於三階六符者也。東方生西漢全盛，事雄才大略之君，假詼諧倡辨以陳其說。人主用其一二，遂能鞭笞四夷，表章六經，致白麟寶鼎之瑞。同父當宋南渡，光氣分裂，星分不越女牛參井之間，乃欲挾縱横恢復之計，以干庸主，窮老盡氣，而不得一試，亦足悲矣！吾願生爲東方生，不願生爲同父也。東方生所陳泰階之事，不可得而聞矣。生一旦如同甫上書故事，天子驚異累日，使執政召問從何處下手，其何以置對？夫永康之功利，驟而陳之，能使其君畏，然而不可詘也。新安之誠正，久而陳之，能使其君厭，然而不可易也。

良醫之用藥也，虛則補之，實則瀉之。若必欲舉一而廢一，則均爲風痺不知痛癢之人而已矣。記有之，事君先資其言，拜自獻其身，以成其信。吾知生之必有以也。生之爲人也，孝友令恭，有君陳之遺德焉。則三代以下之臣，將姑舍是，而況於詼諧倡辯之流乎？

初學集卷二十七

雜文七

富貴主人文

昔人逐貧、送窮之作，皆以貧鬼致辭，譴訶不少貸，而富鬼則不及焉。孫樵逐痁鬼文，列四鬼之目，曰諂鬼，曰矯鬼，曰巧鬼，曰錢鬼。是四鬼者，皆富鬼之族類儔黨也。樵既知富鬼之情狀而擬諸其形容矣，又欲招之以文。富鬼故不好文，幾其與子墨作緣，亦傎甚矣乎？余里居食貧，峭獨自憙。時聞大冠揶揄，聊述其語，爲富貴主人文。知富鬼之不可招，故安于其責而不悔也。意略與樵反。其辭曰：翰林主人，索居暑夕。月在南斗，明河垂席。雲物輕鮮，人影單隻。倚杖徬徨，瞻睇四壁。有聲憟然，若咳若息。若啼而厲，若愬而搤。譆譆出出，音聲四射。傾聽不明，掩耳逾嘖。曰：「余爲富鬼，百鬼之王。暫舍富室，薄游窮鄉。過子之門，有如瑑冰。門神冷落，戶鬼凌兢。入子之室，徒有憂滿。竈君辭突，廁鬼去溷。退筆成冢，殘編滿家。傲不人後，癖必人過。撫己咄咄，視天夢夢。保此四極，御彼五窮。

凡今之人，莫如富厚。百爾具瞻，上帝所右。鬼猶求食，人胡弗走？不親而懿，匪昏而媾。
借其餘光，逐彼遺臭。彼翔我趨，彼植我僂。彼噉我甘，彼灼我灸。衎衎飲酒，仡仡禦寇。
惟力是視，遑恤我後。我有顏面，無獲其皮。劈背析頬，逢彼之宜。彼笑未色，我解其頤。
彼方曰咨，我蹙其眉。賜之餘瀝，匍匐叩稽。不比臣虜，況乃等夷。我有話言，沓口歧舌。
鴟夷滑稽，瀾翻轉折。嚘嚶喔咿，附耳未絕。陳見悃誠，誓死流血。退而屏人，偶語戛戛。
轉喉似喑，出氣復咽。咍矣富人，入而後說。爲臣則忠，作婦斯哲。齒牙轆轤，骨節轡卷。
口承餘竅，唇嚙足汗。尻高首下，肩聳脇穿。剜肉折俎，剝膚肆筵。見金則攫，有恥必捐。
子不醜窮，人誰子姸？脂膏却潤，捷徑辟先。人敝官冷，有地無權。資人莠口，博人鈍顏。
搖唇抹殺，背面鉆鉗。魯冠越棄，夏箑冬懸。咎譽遷隨，彼何有焉？富而可求，伐柯有則。
彼其之子，亦既弋獲。善事官長，伺候顏色。結交駔儈，厭飫酒食。妻子嫭慮，僮奴幷力。
如牛之耕，如螣之賊。囊櫝充物，子貸滋植。大冠如箕，項領成飾。鄉老稱愿，兒童嘆息。
子胡自苦，坎壈失職？用我之言，易子之求。迴馭弭節，師彼前修。鴈鶩爲羣，稻粱是謀。
揶揄屏息，僂裂奚憂？儛置筆札，辭去交游。願就幸舍，爲子持籌。」主人聞之，閔默隱几。
煩冤塡臆，聊嘈聒耳。宿醉方醒，夢寐未止。回腸傷氣，屏營徙倚。曙光解駮，晨露沾灑。
欠伸久之，晞髮叩齒。左顧丹鉛，右命圖史。忻忻樂康，忘其所以。富鬼喟曰：「不可爲矣。」

撫膺高蹈，不顧而起。

楚女對

楚之南有季芊者，美而惠，弱不好弄，善女紅，授女誡、列女傳書。笄而適于某氏，不苟訾笑。久之，舅姑弗善也。其叔妹妯娌，咸疏遠之。其夫憐之而弗敢暱也。里有夏巫氏者，極醜無雙，臼頭黝顔，深目曷鼻，齞唇結喉，旁行蝺僂，手不識刀尺，目不辨結縷，倮逐與人合，無道涂溷廁擇焉。行年五十而後嫁，好淫不衰。其夫固知之。久之，其舅姑安之，其叔妹妯娌交譽之，其夫亦弗忍絶也。夏巫氏時引鏡自笑，曰：「吾之美與惠，世固無有，季芊何爲？」女子有辭家者，過夏巫氏，夏巫氏必祀之曰：「肖我肖我。」而笑詈季芊不絶口。鄰女有習夏巫氏者，問之曰：「子固里之不售女也。子何賢于季芊？」夏巫氏曰：「我善嫁。」鄰女曰：「季芊實先子行，何謂善嫁？」夏巫氏曰：「非此之謂也。季芊之嫁也，一嫁而已矣。善嫁者，無不嫁也。里之人貴顯者，吾嫁門第焉；富厚者，吾嫁貲焉；賈者，吾嫁鬻販焉；飯脂洗削者，吾嫁奇羨焉；傭保，吾嫁直焉；奴虜，吾嫁桀黠焉，椎剽賊盜，吾嫁藏焉；丐乞，吾嫁殘羹餘瀝焉。吾十指如懸錐，而衣食常有餘。且以豢吾舅姑叔妹而蠱吾夫焉。季芊之一嫁也，此不嫁之精者也。故曰我善嫁。」鄰女曰：「然則子何以無淫名？」夏巫氏曰：

「我善淫，我非好淫也。汚其身有利于己，則爲之也。利我者，以我專利也，不好淫；淫我者，以我耑淫也，不謀利。我是以食淫利，無淫名。且里之人老者吾假女焉，孤孩者吾假母焉，壯者吾假兄弟焉，皆假物也。向者吾嫁亦假也。吾有淫黨而無淫人，誰適名我？故曰我善淫。」隣女曰：「是二者則誠善矣，如醜何？」夏巫氏曰：「頭白因而爲廣髻，顏黝因而爲玄衣，因深目而視下，因曷鼻而眉蹙，齞唇結喉因而爲囁嚅，旁行蝺僂因而爲磬折。人惠我而愛其醜也，久而漸忘之，且歸美焉。季芊洵美矣，雖然，季芊不善爲美，而我善醜。以我之善醜，易季芊之不善美，則季芊之稚齒婑媠，猶天人也。雖嗚之發于餘竅，猶芷若之紛郁，以口承之不暇，矧敢笑且詈之耶？」隣女歸，以告季芊，季芊穆然不應。楚王聞之，曰：「嘻！是國之無教令也。」乃命施夏巫氏，表季芊之閭，以爲女宗。

書武林禳夷事

今年春，王師分四道討建州夷，三道敗沒，殺我一僉事、二總兵，中外大震。武林諸山浮圖有律行者，相率然燈禮懺，告哀于佛，諸大夫士相焉。或曰：「是詛之也。秦嘗詛楚王熊相，是匹敵之禮也。」或曰：「非詛也，禳也。」「禳之之義何居？」「周官大宗伯六祝六祈，則掌之太祝，候禳禱祠之祝號，則掌之小祝，以逆于司巫女巫，各有事守。凡以寧風旱，彌災兵，國有大故，號呼于神以求福也。夫周禮者，周公致太平之書也。當周之盛時，天子穆穆，諸侯皇皇，六卿分職，各率其屬，時和年豐，天無烈風陰雨，白雉鬯草之貢，至自荒服。國固無風旱烖兵之足虞，其有之，則其所召致感應者不在人也。是故一則曰以事鬼神示，再則曰以同鬼神示。德之休明，人無不和，而天神人鬼地祇，或有不同不和，則六癘之自作，聖人得以索而治之。然而用牲用幣，祈嘄告哀，不敢專用攻說從事求乎陰之道也。治世寖遠，五行之沴滋多，風旱災兵，劫運促數，而大雄氏之教始盛。其所以弭災拯難，升幽陟明，固不遠于周官之法，則亦聖人所不廢也。今天子深居法宮，久道化成。建州一隅，伏屍流血，干犯和氣，六癘之自作，不歸于人鬼天神地示之不同不和，而誰歸與？周官之制度蕪廢，候祈禱祠之法，已不可考見。不告于大雄氏而誰告與？雩祭之用女巫也，歌哭而請。今建州之烖，豈直旱暵與？浮屠之禮懺也，其唱嘆不比于歌，其悲哀不比于哭與？舉國之人，皆莫適爲，女巫而浮屠焉代之，是不亦亡于禮之禮與？」「然則大夫士之相之也何居？」曰：「吾聞之浮屠有護眞者，瓦盂草食，守木叉如金科，斯律行之表也。率護眞之道，以之爲臣，必不以持祿養交罔上；以之爲長，必不以苞苴竿牘漁下；以之立朝，必不以謅訑噂沓賣友。雖棄氏毀髮，固天子之寶臣也。大夫士之相之也宜。」或曰：「是舉也，大夫士請之，浮屠鑒其誠往焉。爲大夫士者，里居而抱疆場之憂，匍匐稽顙告哀于佛，其進而謀人之軍師邦邑，又何如也？」侯喜者，唐之處士也，劉逸淮之亂，作弔汴州文，投之大川以訴。李翺曰：誠之至者必上通，上帝聞之。劉逸淮其將不久？後數月，劉逸淮竟死。然則佟夷之死且亡，其有日矣。書其事以俟之。萬曆己未夏四月。

節婦文氏旌門頌 有序

洪武七年春三月甲午，詔旌吳縣民妻守節者三人：姚榮三妻黃氏，旌門在吳縣之闔門里，具實錄中。後二百四十二年，吳縣有姚節婦文，實榮三七世孫汝轍之妻。巡按御史請得表署其門如黃氏，制曰：可。于是符下有司行事，所旌門亦在闔門里，綽楔相望焉。文之隕所天也，爲萬曆庚辰，子希孟生十月，乳哺之餘，掖置苫次，麻與襁相襲也。希孟少病嗽，齒擊乳迸，迷離枕席間，不辨血湩。中更家難，覆巢完卵，艱危萬狀。萬曆乙卯，孀居三十有六年，與被旌典。希孟既以春秋舉於鄉，有聞望矣。娩烈則繡黼，娠賢則珪璋，煌煌乎圖史之遺則，聖朝之盛事也。黃之被旌，故史臣蘇伯衡作旌門頌。旌門之有頌，古無聞焉，自伯衡昉也。其亂曰：嗟臣事君，猶婦從夫。凡百在位，曷鑒曷圖？伯衡當開國初，去僞吳僭竊未遠，其告誡臣子者甚備。承平以來，偷玩滋有，惟茲闔門，通邑大都，乘軒列騶過姚氏之宅里者，道相逮也。其亦有下車肅揖，考舊史之訓辭而興起者乎？謙益待罪國史，謹書其事以遺希孟，俾鑱之樂石，猶伯衡之志也。頌曰：我祖建國，崇獎節孝。神孫十葉，風聲彌耀。徽節于吳，有黃有文，崇臺綽楔，後先一門。龍宗有鱗，鳳集有翼。維黃自誓，文也是則。是則伊何？忍死立孤。哀哀苫塊，襁褓是扶。哭摧蒼天，泣掩黃口。吳趨罷歌，闔廬崩耦。哀此藐孤，命比垂髮。含飴雜淚，嚙乳迸血。靡晨匪昏，靡令匪冬。寒燈晝青，朔雲夏同。厥孤漸長，維母作傅。教之春秋，勗以匕箸。鴻匹不再，豹生有文。是母是子，達于九闇。帝曰俞哉！媲女前烈。漆書交映，烏頭雙揭。峩峩閶門，甄胄之里。軒車轔轔，有來至止。覩彼赭白，問諸琬琰。豈無轅迴，亦有顏洟。嗟此婦婺，朝虀莫鹽。旌門有伉，過者具瞻。天咫不遠，皇匪爾私。載高食厚，云胡弗思？匪癉曷章？匪誅曷封？訓於蒙士，式彼女宗。曷鑿曷圖？莫非臣子。載筆作頌，敬嗣舊史。

節婦韓氏旌門銘 有序

崇禎三年，吏部文選清吏司郎中臣必顯言：臣曾祖父元祖，以諸生早夭。曾祖母韓氏，年二十有八，毀容截髮，瀕死自誓，力作以奉舅姑，血淚以育孺子，茹荼攻蓼，五十餘年。州里言其狀，監察御史將覆覈上請，家本衞籍，衞弁來索賄，家人欲予之，韓嚙指曰：「吾誓死守節，若以賄得旌，是毀吾節也。」乃罵絕之。且死，戒子孫勿復言旌表事。臣祖承光，累年外吏，臣父振基，數月省垣，未獲具疏陳請。臣遭逢聖明，待罪銓部，敢昧死上聞。伏惟陛下，鑒百年之苦節，閔三世之死孝，幸得表署其門如制令，其自臣祖父以下，咸死且不朽。制曰：可。於是草莽臣謙益，舊待罪太史氏，謹爲之銘。銘曰：巖巖衡闕，下有潼水。注河激華，龍門伊始。神區帝戶，風氣完塞。彼都士女，淑茂厥德。有美韓姞，來歸于孫。嚴霜夏墜，所天不存。雙雙華顛，呱呱襁褓。閔子幼稚，哀彼篤老。寒燈雨侵，敗幃風擁。哀哀血淚，迸爲乳湩。厥孤既立，母節未署。伊誰抑沒？韡韋尉注。民彝有嘗，天咫不遐。挹彼注茲，發祥厥家。子應星郎，孫拜夕闈。曾孫趾美，前光後輝。乃扣帝閽，抗疏請邮。帝曰俞哉！汝表汝錫。崇臺綽楔，銀榜漆書。天晶日明，照曜里閭。冥冥長夜，墓木已拱。寒灰琯飛，重泉波涌。皇明如日，靡幽弗燭。孰云百年，蔽此蔀屋？誰謂華高？母節齊而。誰謂潼遠？母節逝而。誰謂衡闕，峻不可仰？烏頭雙表，遠抗高掌。舊史作銘，勒諸樂石。崇奬節義，用詔罔極。

新安呂氏節孝旌門銘

崇禎十五年，闖賊陷雒陽，故南京參贊尚書呂公維祺被執，抗辭罵賊而死。余從故篋中得公所詒先世節孝事狀，摩挲流涕，追惟宿諾，乃爲敍而銘焉。敍曰：節婦牛氏，河南府新安縣介村里人呂鄉妻也。鄉死時，年二十九，闔戶自經，女弟救之得免。家貧子稚，隣媪憐而諷之，剺面截髮，以死自誓，篝燈紡績，聲淚奄然，泣涕漬濕麻枲。日亭午，突蕭然無煙，終不肯匄貸一錢，曰：「與人通財，非嫠婦事也。」子孔學，貧不能爲儒，習書獄，爲縣吏，文無害，能佐縣令平反。孫維祺，舉進士，官吏部郎。呼孔學謂曰：「夫子好行其德，指囷以周人之急，而家輟火。里人靳之曰：『無若呂公，代客用窮。』今幸少有餘貲，盍亦行夫子之志乎？」孔學傾家以贍三族，澤及窮嫠，母之教也。牛氏卒，壽七十有八。孔學老矣，號踊致毁，苫次病亟。子婦以酒肉進，終不肯御。冢廬冱寒，風饕雪虐，人勸之歸；不可，曰：「我先人葬母，身自負土，手皴足重繭。我以孺子故，弛于畚築，又忍燕寢居息，棄吾母于宿莽乎？」里人言母病尰，瀕死，孔學籲天請代。感異夢，遇異人診之，一昔而起。兒童婦女爭傳其事，皆曰呂孝子也。天啓四年，御史丘兆麟上其狀，禮部案驗不妄，奉詔表厥宅里，曰：旌表故民呂鄉妻牛氏貞節及呂孔學孝子之門。母子節孝，同日並旌，史策所罕聞，國制所未有也。旌門之後，凡十九年，而有參贊公死節之事。銘曰：惟皇建極，崇奬節孝，樹之風聲。顯顯呂氏，母子婦孺，篤守天經。柏舟之節，白華之孝，旁達神明。一門雙闕，烏頭添書，燭幽洞冥。神錫祕祉，靈泉神芝，誕育夏卿。雒邑隳突，天虧地圮，親賢在庭。食竭力盡，抗辭談笑，獲此利貞。肝膽輪囷，碧血不化，鬱爲神靈。雒陽城下，思鄉之夢，遄歸帝京。節婦有孫，孝子有子，惟我有臣。天包元命，國叶貞符，純嘏合并。即圖立廟，帝命洊加，揚芬億齡。金銷石泐，汗青凜然，敬斲斯銘。

金節婦錢氏旌門銘 并序

崇禎八年，巡按浙江御史臣某言：紹興府山陰縣民金某妻錢氏，年十八，歸於金，二十三而寡。一女提，一子抱，截髮剺面，矢志自誓，衰麻與襁褓相襲也，血淚與乳湩相和也。久之，紡績以課弱女，修脯以教稚子，籲天刲股以療病姑。茹荼攻蓼，克有完節。萬曆四十七年卒，年五十三。謹按：節婦錢氏，後門寒素，伶俜孤苦。俯子仰姑，捐身并命，用能報稱所天，全歸下地。所謂之死靡它，復生不愧者也。臣牒下所司案驗不妄，請得表署其門，如會典。制曰：可。後三年，節婦之子廷策，謁謙益於請室，請爲旌門之銘。銘曰：旌門之典，備於有唐。逮我國家，甲令煌煌。烏頭雙闕，綽楔嶙峋。勸爲人婦，勸爲人臣。惟皇御極，崇奬節孝。金寡高行，門閭有耀。高行維何？誓死報夫。血湩育子，殘肌療姑。金銷石泐，丹誠不改。琢冰積雪，四十餘載。鴻孤行單，鸞孤影隻。相彼禽鳥，有耦有匹。鳥鼠同穴，靈貍互雄。人而無恥，孰長倮蟲？闔孫塞路，媪子盈朝。蜾肖蝝蓄，廉恥道消。持祿鈎黨，如弗我克。國邑軍師，棄比遺跡。皇匪爾寵，爾詢爾辱。小刑刀鋸，大刑爵祿。多壘蠹國，泄泄降災。爾之弗圖，亦已焉哉！惟此庶婦，習禮藴義。送往事居，鞠躬盡瘁。惟婦殉家，惟臣耆國。三事大夫，云胡弗畫？崇臺有伉，表厥宅里。帝庸勸節，亦以明恥。莫堊匪白，莫敫匪丹。悛者停車，赧者赬顏。纍臣謙益，舊太史氏。作爲銘詩，敬告卿士。

雙節堂銘 并序

永樂初，常熟民朱昌、朱亮，應詔徙家京師。兄弟相繼歿，昌婦錢，亮婦陳，皆盛年自誓，鞠其遺孤曰良曰鉉，皆克有成。鉉中進士，拜御史，奏旌其門閭，爲堂號曰雙節。倪文僖諸公爲記傳，胡忠安、商文毅諸公爲詩與頌，而前塘戴進爲之圖，此天順間事也。耳孫某，出以示余。余拜而展視，絹素完好，風烈如在。因念二節婦之歿二百餘年，所謂雙節堂者，缺瓦斷礎，不可復跡矣。而觀者拱手斂容，如二寡之危坐於此堂而肅揖其下也。天地間物無不敝，惟節義爲可久。是故殘肌斷脰者彌痛，而忠臣節婦不替於世。爲之銘曰：二寡高行，萃於一堂。輕裾齊縞，朱顔並蒼。秋稗同炊，寒燈互影。呱呱二孤，血淚塡哽。鴻節既伸，熊丸有託。惟此崇構，御史所作。素椽粉板，二百餘年。我披畫圖，有風肅然。霜棲舊礎，月澹上楹。恍見二嫠，栗玉堅冰。悍夫俯躬，譁者不語。摳衣趨颯，欲拜堂下。三槐之堂，駟馬之門。棟宇翬飛，今則焉存？石泐劫灰，節義不隊。巋然斯堂，亘古常在。

義冢碑銘

虞山之北，繇天潭谷邐迤而下，林麓薈蔚，後岡而面城，凡五十餘畝，買之置義塚焉。廣二百五十七步，修如廣之數，而贏十八。國民無私地域者，與夫死於道路者，則以告族而埋之。參政陸君仲謀，實爲經始。請於邑宰張侯，溝封之而申其禁令。謙益謹書其事，系之銘詩，以告後之人，俾勿壞。銘曰：帝奠九法，濟於壽仁。厥類不齊，札瘥夭昏。邑厲有祀，漏澤有園。掩骼埋胔，豈惟孟春。其一維茲都邑，民人所戾。極熾而豐，氣亂作癘。道路不掩，溝壑斯斃。莫司置楬，莫掌除骴。其二白骨搘柱，青燐斷續。瘈狗晝嗥，饑烏夜啄。膟胔日燎，骹股雨濯。痛湛淵泉，臭達牆屋。其三風凄晝日，魂語道周。天寒雨濕，有聲啾啾。豈無蓋帷，亦有首丘。悍夫涕淚，仁人以憂。其四虞山之陰，天潭之陽。爲扈爲嶧，如防如牆。宮以隨山，隩以脊岡。畫丘繞還，近郊莽蒼。其五乃捐泉布，乃植封樹。乃給轊櫝，乃族墳墓。以葬以貍，以表以署。既度以畝，又度以步。其六山則再成，地匪不食。纍纍者墳，不見白日。昔無席薦，今有寢室。革其呻喚，斂彼魂魄。其七告於邑宰，宰曰韙矣。蒯緱慮終，樵牧禁始。爰命山虞，以及蜡氏。部分林麓，昭示無止。其八凡此捐瘠，皆我族類。我心盡傷，非作而致。不麛不卵，澤有攸溉。如水斯瀵，如火出燧。其九大書深刻，載此銘詩。凡百

君子，過而眡之。梧丘垂仁，射聲流滋。岸頹城復，斯冢勿夷。其十

第五公畫像贊

第五公者，周姓，諱召詩，字二南，鎮江之金壇人也。兄弟五人，皆射策甲科，登膴仕。公獨老逢掖，行又第五，遂自號第五，人稱之曰第五公。丙、丁之交，椓人竊枋。其爲之冢宰者，第五公之伯兄也。第五公詒書强諫，弗聽，登明倫堂伐鼓號哭，褫諸生之巾衣以歸。未幾而卒。後十餘年，其子簡臣介生，蔚爲儒宗，件繫公行事，謁有道而文者志之，于是第五公之名滿天下矣。春秋之法，誅不辟親，季友之于公子牙、慶父是也。其有力不能正，託而逃焉，衞子鮮之託于木門，吳季札之耕于延陵是也。第五公之義，其在衞鱄、吳札之間乎？初，應山楊忠烈公劾閹削籍，冢宰猶里居，半夜舉火，疾呼塾師之門蹴而起之，曰：「天眼開矣。」戊辰冬，余以枚卜被逐，冢宰大喜，徧召其親知歡宴累日。冢宰幸余之廢退，比於應山，此亦余之知己也。簡臣持第五公畫像屬余爲贊，遂牽連書其事。嗟夫！冢宰之於余若是，則執筆而贊第五公之像，其亦公之所不吐也夫！贊曰：有珮者玉，有服者緋。有泚其顙，色如死灰。逢掖之衣，章甫之冠。不愧不怍，有氣桓桓。七尺之軀，載骨負肉。上天下地，父母所育。怒髮俯植，奮髯旁鶩。云胡中道，羈彼熏腐？泮宫之門，掛我冠裳。長嘯闔

棺，我歸我藏。第五之名，永緻泉壤。忸怩鄙夫，敢拜公像？

駝基硯銘

姚寬西溪叢語曰：登州駝基島石可琢硯。島蓋海運道也。新城王季木遺余駝基硯，爲之銘曰：海島有石，取以琢硯。涉彼風濤，登于書案。世無淮安，疇復海運？晴窗摩挲，使我三歎。

琴銘 張生斵琴以獻范司馬，余爲之銘。

吳張斵桐，越其祖髹采，薦之高平府。余系之銘曰：清厲而静，和潤而遠。此范氏之譜也。

杖銘

用之則行，舍之則藏，惟吾與爾。危而不持，顚而不扶，將焉用彼？崇禎八年春，牧翁銘。

又

挂百錢，沽一壺。登高不懼，涉遠不孤。策扶老兮擅嘉名，嗟靈壽兮非吾徒。

滸墅關重修關壯繆廟碑銘

萬曆某年，戶部黃州張君大猷榷關滸墅，重修漢前將軍漢壽亭侯壯繆廟，奉揚今天子之明命，加以袞冕，而屬史官錢謙益爲之銘。銘曰：桓桓壯繆，環衞宸極。鉤陳閣道，作廟翼翼。崇關將將，神亦戾止。是爲離宮，作鎮星紀。天子曰咨！咨女東南。女財女賦，女土曷堪？鬯草闕貢，萑苻傳警。占在鳥衡，歲曰有眚。侯眷南顧，弭節吳地。胥濤晝晏，金虎夜避。織篚綸絮，轉運灸輠。浮淮達河，飛涌祠下。舳艫晻靄，帆檣參差。垂旒端冕，坐而臨之。都山鐵銘，長沙銅誓。大庇我吳，鎮撫海澨。鐵馬嘶嚙，金戈後先。再戰殲倭，雲旗儼然。西陵舉烽，郁洲如帶。以報以祗，民神有賴。右我三吳，以奉皇明。計臣司關，史臣作銘。

初學集卷二十八

序一

皇明開國功臣事略序

謙益承乏史官，竊有志於纂述。考覽高皇帝開國功臣事蹟，若定遠黃金、海鹽鄭曉、太倉王世貞之屬，人自爲書，踳駮疑互，未易更僕數，則進而取徵於實錄。實錄備載功臣錄籍，所謂藏諸宗廟，副在有司者也。革除以後，再經刊削，忌諱弘多，鯁避錯互。孔子曰：吾猶及史之闕文也。疑者丘蓋不言，將使誰正之哉！天啓甲子，分纂神宗顯皇帝實錄，繙閱文淵閣秘書，獲見高皇帝手詔數千言，及奸黨逆臣四錄，皆高皇帝申命鏤版，垂示後昆者。國史之脱誤，野史之舛繆，一一可據以是正。然後奮筆而爲是書，先之以國史，證之以譜牒，參之以别錄，年經月緯，州次部居，於是開國功臣之事狀粲然矣。元人蘇天爵撰名臣事略，疏其人若干，而繫之以事，不用史傳之體。而宋李燾長編，商訂異同，舉正得失，最爲詳愼。謙益竊于二家取法焉。古之史家，必先網羅放失舊聞，摭經采傳，孔子行求七十二國寶書，太史公採世本、國語，司馬光修通鑑，先令其屬官草長編。今簡牘浩煩，是非漫漶，一無所援據，而儼然以作者自命，攀遷、固而駕壽、曄，非愚則誣也。謙益之爲書，姑志其小者近者，如掌故之籍，如甲乙之簿，或筆或削，發凡起例，則以俟後之君子，斯謙益之志已矣。是書經始于天啓四年癸亥。又明年乙丑，除名爲民，賃糧艘南下，船窗據几，攤書命筆。歸田屏居，溷廁置筆。越三年始告成事。點勘麤畢，而先帝登遐之詔至矣。嗚呼！謙益狂愚悻直，觸忤權倖。聖朝寬仁，得以優游里閈，從事牘聿，摩挲卷帙，省念歲時，其敢忘先帝之大德哉！明年戊辰，今上改元崇禎，而書成於丁卯之八月。是年十二月，舊史官錢謙益謹敍。

開國羣雄事略序

序錄開國羣雄，首滁陽亳都者何也？志創業也。數月而館甥，期年而別將，脫眞龍於魚服之中，而借以風雷，傅之羽翼。滁陽之於聖祖，其亦天造草昧，有開必先者乎？元失其鹿，斬木揭竿，魚書狐呼之徒，汝、潁先鳴，淮、徐響應，濠城遙借聲勢，因緣起事。而滁陽位又在四雄之下。彭、趙，徐城之逋寇也，儼然踞坐堂皇，指撝奔走，所謂微乎微者也。滁陽既歿，孤軍無倚，假灤城之虛名，噓崖山之餘燼，用以部署東南，號令天下，定臺城，開吳國，建帝王萬世之業，日月出而爝火熄。於是龍鳳之君臣事業，風銷煙滅，杳然蕩爲窮塵，而淪爲灰劫矣。嗟夫！安豐之擐甲，寧逆耳於青田；瓜步之膠舟，終歸獄於德慶。漢祖天授，不諱受命於牧羊；光武中興，聊復稱帝於銅馬。用是繫以年月，疏其終始，放司馬遷楚漢月表之意，俾後世有觀焉。昔張衡上書，謂更始居位，光武初爲其部將，然後卽眞，宜以更始之號，建於光武之初。然則龍鳳之號，或亦高皇帝之所不廢也。次僞天完，次僞漢，次僞夏，志割據也。次東吳，次慶元，志盜竊也。天命不僭，夷狄有君，故以擴闊、陳友定終焉。於乎！有元非暴虐之世，庚申非亡國之君也，惟其聰明自用，優柔不斷，權分椒塗，政出奸佞，寵賂於焉滋章，紀綱爲之委替，沙河之潰師，費以億萬，而敗將歸踞於臺端；高郵之圍寇，功在漏刻，而大軍立卸於城下。省院之駮議未決，而航海之寶賄，直達於宮中；江、淮之壁壘方新，而曠林之干戈，相尋於閫外。馴至撫軍之院，朝設而夕罷；講解之書，此奉而彼格。南討之詔旨，甫出河北；而北征之師旅，已擣燕南。然後仰觀乾象，而喟然知事之不可爲也。寧有及乎？詩不云乎：殷鑒不遠，在夏后之世。後之人主，讀儀鑒之詩，而以庚申爲前車，雖與天無極可也。書成後之十六年，涂月朔，舊史官錢謙益謹敍。

重輯桑海遺錄序

余讀吳萊立夫桑海遺録序，稱淮陰龔開聖予所作文宋瑞、陸君實二傳，類司馬遷、班固所爲，陳壽以下不及也。余往搜癸辛雜識，見聖予水滸三十六贊，知爲經奇之士。因立夫之言，求問其所謂二傳者，而卒不可得。意其蕪滅，不復傳人間矣。江陰李君如一家多藏書，有陶宗儀九成草莽私乘，余從借得之，聖予所作二傳及君實挽詩序，皆具載焉。篝燈疾讀，若聞嘆噫，鬚髯奮張，髮毛盡竪，手自繕寫，不敢以屬侍史，漬淚徹紙，不數行輒掩卷罷去也。當似道專國時，宋瑞累爲臺臣劾罷，中外踐更，席不暇煖，年僅三十有七，援錢若水例致仕。而君實以乙科居廣陵幕府，凡十有六年，李制置祥甫始上其名于朝，當此時，舉朝之視二人者，猶輕塵之棲弱葉，惟不得掃而去之也。迨北兵日迫，宋瑞由贛州勤王，而君實亦以奉請留中。朝廷之上，始知有此兩人。嘻！亦已晚矣！宋瑞守平江，陛辭，始建分鎮用兵之策，朝議猶以其論闊遠，書上不報。至景炎新造，陳宜中猶以議論不合，使言者劾罷君實，張世傑力爭，始召還。嗟乎！天下方胡馬渡江，翠華浮海，此誠所謂中流遇風，胡越相濟之時已。而大臣猶用機械鍩軋人，言官猶用畢牘抹殺人，首尾應和，如承平時故事。一二勞臣志士，奮身于滄海横流之中，爲國家任難，卒使之有項不得信，有唾不得吐，駢首縮舌，與社稷俱燼。宋家三百年宗廟，一旦不食，其所繇來者漸矣！蓋非獨似道一人之故也。夫勞臣志士，既得死所，所以報國恩而酬人望者，無餘事矣。獨其志有所爲，而時事不可爲；時事猶或可爲，而坐視其必不可爲。持忠入地，殺身無補。千載而下，攬其事者，欷歔煩酲，天地改色，靈風怪雨，發作于敝紙渝墨之間，而況立夫之去宋季，非立乎定、哀者乎？又況聖予之與君實，同居幕府，而身爲遺老者乎？嗚呼！其尤可感歎也矣！立夫所輯桑海遺錄，既不可得而見，而其序幸存。今又得聖予二傳，則其書猶不亡也。余故錄爲一通，藏之篋衍，題之曰重輯桑海遺錄。與立夫同時者，黄文獻公溍作陸君實傳後序，補聖予之闕逸，訂新史之同異，其文亦遷、固儔也，庸併著之。新史二傳，多沿襲聖予，又已著于史，故不復載。武夷謝翺皐羽者，信公之客，亦以遺老終，猶君實之有聖予也，其遺文以類附焉。若有宋之餘民舊事，網羅放失，不可勝紀，余藏書不多，力未之逮也。蓋將遍訪之好古君子如李君者，以卒立夫之志焉，而爲之序以發其端。萬曆四十七年夏四月，史官錢謙益謹敍。

少司空晉江何公國史名山藏序

少司空晉江何公穉孝，起家萬曆中，道德洽聞，蔚爲大儒。慨國史之無成書也，馺榷典謨，勾稽掌故，發憤盡氣，編摩數十年，遂告成事。公既歿，其書始大行于世。仲子南戶部郎九說詒書謙益，使爲其序。謙益竊謂公之爲是書也，有三難焉，亦有三善焉。東漢以後之史皆成於異代，今以昭代之人作昭代之史，忌諱弘多，是非錯互。公羊託指于微詞，韓愈戒心于顯禍。一難也。遷、固之書，討論於再世；晉、唐之史，假借於衆手。今以一人一時網羅一代之事，既非耑門服習之學，又無史局纂修之助。二難也。龍門之採世本也，涑水之修長編也，述作之源流，筆削之先資也。今之紀載紛如，其可資援據者或寡矣。遠無徵于杞、宋，近或指乎隱、桓。三難也。公之爲書也，果斷以奮筆，采毫貶芥，不以黨枯仇腐爲嫌。此一善也。專勤以致志，年經月緯，不以頭白汗青爲解。二善也。介獨以創始發凡起例，不以斷爛蕪穢爲累。此三善也。公盛年遷謫，讀書講道，無聲色貨利之好，無榮名膴仕之慕。專精覃思，窮年繼晷。故其著作之成就如此。嗚呼！本朝學士大夫，從事于史者衆矣。以海鹽之志焉而弗史，以太倉之力焉而弗史，以南充之位與局焉而弗克史。國家重熙累洽，度越漢、唐，而史事闕如此，亦士大夫之辱也。後有徵明史者，舍公何適矣？雖然，書成而署之曰名山藏，隱史名也。其總而稱記也，則本紀、志、傳闕焉，記大事則年表闕焉，終篇則敍傳闕焉，削史體也。一再登庸，官至卿貳，藏弆篋衍，不敢繕寫進御，辟史職也。公蓋未嘗自以爲史也。謙益竊取其書讀之，開天之創業，月表具在，其可委諸陳跡乎？開國之重典，丹書未亡，其猶問諸故府乎？朱墨之秘錄，豈無取於是正，而丹青之俗說，豈無待於刊削者乎？公之史既有成書，而不敢以史自命，豈徒也哉？天啓中，余承乏右坊，公與祥符王損仲皆官光祿，時時過從，商略史事。損仲告公曰：「古之爲史者，記則記，書則書，史則史。公之稱斯名也，何居？」公蹴然起謝曰：「喬遠固陋，守其樸學，藏諸鏡山之下，傳諸家塾，僭矣！敢冒國史之名，詒本朝三百年史局之羞乎？」余與損仲嘆此達言，以爲美譚。繇今觀之，非公之道德洽聞，具有三善者，不能史；非公之好學深思，信而好古，不能不自以爲史也。然則今之大書深刻，發名山之藏，而傳諸通邑大都者，以徵于後世則可矣，其無乃非公之志也與？

新刻十三經注疏序

十三經注疏，舊本多脱誤，國學本尤爲踳駮。邇者儒臣奉旨讎正，而繆缺滋甚，不稱聖明所以崇信表章至意。毛生鳳苞，竊有憂焉，專勤校勘，精良鋟版，窮年累月，始告成事，而屬謙益爲其序。序曰：十三經之有傳注、箋解、義疏也，肇于漢、晉，粹于唐，而是正于宋。歐陽子以謂諸儒章句之學，轉相講述，而聖道粗明者也。熙寧中，王介甫憑藉一家之學，創爲新義，而經學一變。淳熙中，朱元晦折衷諸儒之學，集爲傳注，而經學再變。介甫之學，未百年而熠，而朱氏遂孤行于世。我太祖高皇帝設科取士，專用程、朱，成祖文皇帝詔諸儒作五經大全，于是程、朱之學益大明。然而再變之後，漢、唐章句之學，或幾乎滅熄矣。漢儒之言學也，十年而學幼儀，十三而學樂，誦詩舞勺，成童而舞象，二十而學禮，惇行孝弟，三十而博學無方，孫友視志，春誦夏絃，秋學禮，冬讀書，其爲學之科條，如是而已。其言性言天命也，木神則仁，金神則義，火神則禮，水神則知，土神則信，存惻隱羞惡恭敬是非之心，以長育仁義禮智之性，所謂知性知天者，如是而已。宋之學者，自謂得不傳之學于遺經，掃除章句，而胥歸之于身心性命。近代儒者，遂以講道爲能事，其言學愈精，其言知性知天愈眇，而窮究其指歸，則或未必如章句之學，有表可循，而有坊可止也。漢儒謂之講經，而今世謂之講道。聖人之經，卽聖人之道也。離經而講道，賢者高自標目，務勝于前人；而不肖者汪洋自恣，莫可窮詰。則亦宋之諸儒掃除章句者，導其先路也。修宋史者知其然，于是分儒林、道學，釐爲兩傳，儒林則所謂章句之儒也；道學則所謂得不傳之學者也。儒林與道學分，而古人傳注、箋解、義疏之學轉相講述者，無復遺種。此亦古今經術升降絶續之大端也。經學之熄也，降而爲經義；道學之偷也，流而爲俗學。胥天下不知窮經學古，而冥行擿埴，以狂瞽相師。馴至于今，輇材小儒，敢於嗤點六經，呰毁三傳，非聖無法，先王所必誅不以聽者，而流俗以爲固然。生心而害政，作政而害事，學術蠱壞，世道偏頗，而夷狄寇盜之禍，亦相挻而起。孟子曰：我亦欲正人心。君子反經而已矣。誠欲正人心，必自反經始；誠欲反經，必自正經學始。聖天子廣廈細旃，穆然深思，特詔儒臣，是正遺經進御，誠以反經正學爲救世之先務，亦猶二祖之志也。不然，夫豈其王師在野，方隅未靜，汲汲然橫經籍傳，如石渠、開陽故事，潤色太平也哉？鳳苞之校刻也，表遺經也，尊聖制也，砥俗學也，有三善焉。余故狥其請而爲之序。膚淺末學，不揆檮昧，序贊聖經，譬諸測量天地，繪畫日月，非愚則狂也。遡經傳之源流，訂俗學之舛駮，使世之儒者，孫志博聞，先河後海，無離經而講道，無師今而非古。胥天下窮經學古，稱聖明所以崇信表章至意。則是言也，於反經正學，其亦有小補矣夫！崇禎十二年十一月序。

蘇州府重修學志序

今上甲子，蘇郡續修學志成，司教劉君某、司訓劉君某，後先董其事，而文太史文起實爲其序。兩劉君以爲謙益少游于學宮，應博士弟子選，亦宜有言序諸首。學志之修，昉于蔡司理昂，而王文恪公序之。文恪亦學之博士弟子也，故以人才之出如范文正者，望諸鄉之子弟焉。而文起之序，則以鄉賢之籍，人物之考，推明作者風勵作成之意，而慨歎于吾蘇之所以重者，亦猶文恪之志也。余雖有言，亦何以加諸？而兩劉君之請不可以已，則姑述其謏聞以告于鄉之子弟，其亦可乎？宋景祐初，范文正來典鄉郡，始請立學，而安定胡先生爲之師。當是時，安定之門人，稱于海內，而滕甫、錢藻、范純佑輩，則學之弟子也。自時厥後，居師席者，如王逢之、朱伯原、陳唐卿之徒，相率推明安定之教，師嚴道尊，英才輩出。逮于我明，蘇人士爲極盛。則夫師之所以教，弟子之所以學，其亦有可得而言者乎？安定嘗患隋、唐以來，仕進者苟趨利祿，尙文辭而遺經業。其教授諸生，一以經術爲本。學者之於經術也，譬如晝行之就白日，而夜行之光燈燭也，非是則倀倀乎何所之矣？古之學者，九經以爲經，註疏以爲緯，專門名家，各仍師說，必求其淹通服習而後已焉。經術旣熟，然後從事于子史典志之學，泛覽博採，皆還而中其章程，櫽其繩墨。于是儒者之道大備，而後胥出而爲名卿材大夫，以效國家之用。師以此教，弟子以此學。豈獨安定之於吾蘇也哉？自儒林道學之歧分，而經義帖括之業盛，經術之傳，漫非古昔。然而勝國國初之儒者，其舊學猶在，而先民之流風餘韻猶未泯也。正、嘉以還，以勦襲傳訛相師，而士以通經爲迂。萬曆之季，以繆妄無稽相誇，而士以讀書爲諱。馴至于今，俗學晦蒙，繆種膠結，胥天下爲夷言鬼語，而不知其所從來。國俗巫，士志淫，民風厲。生心而發政，作政而害事，皆此焉出。使安定諸公而在，有扼腕痛哭而已矣！嗚呼！又豈獨吾蘇爲然也哉！雖然，吾蘇士風淸嘉，文學精華，海內之學者，未能或之先也。在有宋時，天下之立學自吾蘇始。而安定之教條，所謂傳經誼，信師說者，吾蘇士實先被之。近世以來，勦襲繆妄之學，流傳四方者，吾蘇士應和之最捷。蘇之于海內，蓋所謂得氣之先者也。溯流而窮源，數典而尊祖，鄭文詞而返經術，禰安定而宗周、孔，吾蘇之人士，能不首任其責矣乎？朱伯原之文曰：爲文足以貫道，爲經足以通理。其緒言具在也。自唐陸中允、宋王魏國二十五賢以下，其芳規具在也。以曾文定之文章，而六經閣之一記，不能不屈服於浙帥。古之人，其明經而窮理，如此其深且篤也。反而求之吾鄉之子弟，其有餘師也矣。不然，斯制之修也，搜採遺文，考見陳迹，以爲是學之文學掌故而已。先之以文恪，重之以文起，不啻錞于申之。而兩劉君又諄複于余之贅言，何爲也哉？是志也成，鄉人子弟，來游來觀。因余之言，有所考問而興起焉，奮乎百世之下，文定之風烈，與安定之教思，若將旦暮遇焉。余少應博士弟子選，今且老矣，庶幾有辭於鄉之子弟。而兩劉君風勵作成之意，亦不徒也哉！

鄉約序

建德宋侯來令常熟，豈弟明允，期年而大治。修舉鄉約，申明高皇帝諭民六言，以訓於蒙士，反復訓解，鏤版頒布，期於家諭而戶曉焉。鄉約之制，莫備於周官。周官：大司徒以三物教萬民而賓興之，二曰六行，孝、友、睦、婣、任、恤。高皇帝之諭民，所謂孝順父母，六行之首也；尊敬長上，六行之二也；和睦鄉里，則睦、婣與任、恤兼舉焉。而繼之曰：教訓子孫，各安生理，無作非爲。大司徒以鄉八刑糾萬民，其七曰造言之刑，其八曰亂民之刑。

造言者，訛言惑衆；亂民者，亂民改作，執左道以亂政。皆不安生理，務作非爲者也。周官於六刑之外，加此二刑。故聖祖亦諄諄戒諭焉。然大司徒之六行八刑，聖諭以六言蔽之，大哉王言，比之周官，蓋尤簡約而著明矣。地官之屬，鄉大夫之職，正月之吉，受教法於司徒，退而頒之於其鄉吏，州長黨正族師各掌其教治政令，月吉則屬民而讀法。今吾宋侯之所修舉者，謂非周官之遺法不可也。吾里之人，尚深念侯之德意，無以空言憖置之哉！昔宋文憲既致仕，高皇帝賜詩，有訓人法度之語；而春坊司直郎汪叡罷歸，又爲語飭戒，使知鄉鄙所繇嚴憚。余官侍從日久，浮沉竊祿，無補聖朝，今且將退而老矣。推侯之意，以告於里之父老子弟，固余之事也。是爲序。

取節錄序

取節錄十卷，容城孫奇逢字啓泰之所輯也。以史家凡例取之，則忠義、壹行、孝子、烈婦之屬居多。以公羊三世考之，則所見所聞居多。甚矣啓泰之長于取節也！啓泰生于北方，與定興鹿太常伯順偕游于吾師高陽公之門，公器之曰：「吾四友之二也。」天啓中，逆奄亂政。伯順從公于關門，奄所遣刺事者旁午帳下，公每厲聲訶問：「你家老公云何？」不少假顔色。奄遣人屬伯順通慇懃于公，伯順叱去之。甲子之秋，公疏請入覲，欲有所建白。

羣小訴于奄，謂公將興晉陽之甲，伯順爲謀主，伯順弗顧也。當是時，桐城左僉院、嘉善魏給事、長洲周吏部，先後逮繫。其子弟傔從，間行晝伏，莫敢舍者。啓泰與伯順之父太公、子化麟及其門人張果中兄弟，通行爲之囊槖。燕中好義者十餘曹，受啓泰、太公部署，或捃摭槖饘，或奔走刺探，鳥舉烏集，若漢之期門。左嘗督學三輔，太公設匭立表于門曰：醵錢救左提學者輸此。鄉人投匭者雲集。左既考死，則又按籍俵散。江村之地，舉旛旗而擊鼙鼓，不畏奄知，奄亦竟弗知也。余以枚卜被訐，伯順言于蒲州，當爲上力言，分别兩人是非。蒲州囁嚅不能決，伯順誓不復見蒲州。伯順守定興，抗節死虜。余被逮過白溝，果中迎謂曰：「太公病矣，遣其孫候公于此，去才兩日耳。」余獄急，權臣趣殺之。啓泰、果中輩借貸醵五十金詒余，且曰：「社稷有靈，必不爲左、魏之續，公毋恐也。」苕上茅止生屢急難，客啓泰，署其室曰北海亭。啓泰不應徵辟，危坐亭上，朱黄甲乙，著書滿家，要之不離取節者近是。余讀爾雅，戴斗極爲崆峒，其下曰幽都。古稱其氣角立，其風精悍。逆奄之時，乾兒義孫，錯列朝著，吾師與伯順，屹如狂瀾之底柱。而太公、啓泰輩藴義風生，魯、衞奇節之人，燕、趙悲歌之士，蓋僅有存者。天官書言中國山川東北流，尾沒于勃、碣。吾師與諸人，其亦斯世之勃、碣也與？世衰道微，廉恥滅熄，臣叛其君，子逆其父，士賣其友，弟子背其師，皆失節之屬也。楊焉之治河也，患底柱而鐫之。忠臣義士，其爲底柱也亦大矣。扶持長養之猶恐不足，又從而鐫之；鐫之亦如底柱之沒水中，終不能去。而世之爲楊焉者未已。啓泰之爲此錄也，其將以是爲底柱乎？抑亦致戒于患而鐫之者乎？嗚呼！其尤可嘆息也。詩曰：惟其有之，是以似之。余嘉啓泰之有而似之也，爲序之如此。戊寅中秋望日序。

建文忠編引

吾郡朱鷺白民，好談遜國時忠義，搜訪五十餘年，撰建文書法，余爲上之史館。長洲陳公允又輯建文忠編，蓋撮舉其尤者。其表章忠義、闡幽表微之志一也。公允素虔事關壯繆侯，謂侯已膺帝號，宜於史外起例，作本紀以張之。夢壯繆降於榻前，飄鬚戟手，鄭重諈諉。文既成，而貞珉湧見，豐碑矻立，龍幡贔負，巋然於端門闍道之間，若有邪許佑助者。人言壯繆護前，呼同列爲老革，駡孫氏爲貉子，何庸徼措大之筆端，以爲寵靈？余以爲不然。忠義之在天地，無古今，無久近。壯繆之於先主，遜國諸臣之於少帝，人心天日，豈有兩哉？公允一老逢掖，矢心於忠義若此，與天地間神明正氣，丹心碧血，往來陟降，如磁引鐵，如燧取火。壯繆之馮而鑒之，宜也。詩不云乎：神之聽之，終和且平。公允之言，神聽之矣。世之公卿大夫，其言足以熒主聽，刼國論，固未必神之所聽也。夫豈惟不聽而已，莠言自口，神乃時恫。讁與怒將隨之。嗚呼！可不懼哉！丁丑嘉平月書。

南昌趙氏族譜序

南昌之趙氏，出於宋魏悼王廷美，其始遷于鍾陵，爲別子之祖者，修武郎續之與忠翊郎緒之也。魏王之子十人，其第四子曰追封廣陵郡王德雍，謚康簡，熙寧中用太常禮院言封。康簡次子承亮爲秦國公，奉廷美祀，贈樂平郡王，謚恭靜。恭靜第六子曰高密侯先整。高密第九子曰贈金紫光祿大夫叔㫜。修武、忠翊則光祿第四、第六子也。靖康之難，自杭徙進賢縣，修武居縣東，忠翊居縣西，相距十餘里。及營兆域，修武居東而卜西，忠翊居西而卜東，相戒後世子孫歲時上冢，趾相錯也。自時厥後，苗裔日繁，而書詩之澤益衍。至汝僨公，文行鬱藹，不應徵辟，與里中四賢齊名。譜云：進賢改井爲邑自此始。進賢故晉鍾陵縣。徽宗崇寧二年，以南昌縣進賢鎭升爲縣。當修武徙家時，進賢升縣已久。譜之云，吾不能徵之也。勝國初，古濟公徙南昌之白塘，逌嗣胤公，又徙於忠孝鄉，隮山夾澗，風氣鬱盤，聚族而居，燈火相接，弦歌洛誦之聲，洋溢乎西東，趙於是乎滋大。嗣胤公九傳爲封比部公應麟，潛德弗曜，以發其贏於參議公。參議公論次先德，釐正支庶，作家譜若干卷，且撰譜略一通，寓書謙益，使爲其序焉。謙益嘗考宋之宗室，太祖、太宗、魏王之子孫最爲蕃多，以魏悼王下言之，淳熙八年凡七千二百九十六人，而嗣字行未見，數世系表，亦莫得其詳也。則豈非播遷之後，大宗正司及西南外宗正，皆移以避狄，又有散而之四方，如修武兄弟者；而宗司所掌籍牒錄圖譜之屬，遂因是以淪亡失次與？今南昌之譜，歷十七代，服屬井然，可以舉僊源類譜之遺，而補世系表之缺，不徒有關於家乘而已也。參議公之惓惓於譜事也，所謂能識其大者與？當魏王貶死房州，子孫惴惴，懼不得比於氓庶。及乎二帝北轅，諸王駢首就僇。太宗之後，十不存一。而修武兄弟，卒以魏王之世系，避地得全，盛大蕃衍，引之勿替。由此言之，天道之屈信往復，豈可以一時一瞚計哉？參議公志節鯁介，由吏部郎出參外藩，其修是譜也，循覽太宗、魏王之後，參觀於天人之間，豈惟不忘其先，抑藉以教世也與？覽者其亦知觀感也矣！參議公令常熟，謙益以博士弟子受知於公，故不辭而敍其譜。其於公之善政令聞，略而不書，懼諛聞也，且以有待也。宋史宗室傳及世系表，皆載魏王子十人，第四子爲德雍，與譜脗合。而馬端臨通考不列德雍之名，又載魏王第四子德彝。此則馬氏之誤，未可信通考而疑史也。因敍斯譜，而并及之。

雙鳳顧氏族譜序

太倉顧生天敍以其譜來請曰：「顧之先，譜凡再修，曰睿者，修於永樂，序之者翰林待詔河南李公幹也；曰有終者，修於正統，序之者禮部侍郎羊城陳公璉、翰林修撰常熟張公洪也。天敍之先人，念族大而譜佚，手自蒐輯，將踵門乞文於下執事。而一旦溘先朝露，惟先人之有墜言也，敢再拜泣血以請。」余考其譜，以晉尚書右丞悅之字君敍爲始祖，悅之二子，曰愷之、覬之，愷之居晉陵無錫，覬之仕晉，後爲北海益州尹。卒官，遂家焉。覬之二十四世曰鎡、曰鈞、曰鎰，宋初鎡徙汴，鈞、鎰徙吳。鈞生守禮，守禮生建安昕，建安生珣，珣生伯理，徙常熟東南之河舍。昕生珍，珍生臨，卽譜所載熙寧三年嗣孫臨題識者也。伯理六世曰子安，元末徙居雙鳳里，今割隸太倉。此顧氏世系遷徙之大略也。考之於史，悅之止愷之一子，愷之傳亦然。覬之仕宋，歷任太守刺史，未嘗尹北海。父黃老，司徒左西掾，於悅之迥不相及也。北海在青州，安得云北海益州？晉職官郡置太守，京師所在則曰尹，益州安得稱尹也？譜序他無所援據，咸取徵於臨之題識。臨會稽人，東坡詩所稱顧子敦也。何其言踳駁不倫，一至於此？譜稱永樂初不戒於火，睿之妻陳，負譜圖以出，而其他盡燬，則其放失漫漶，無足怪也。顧居雙鳳，稱甲乙族，登鄉榜者二人，舉進士者二人。譜久闕佚不修，而天敍父子孳孳講求，殆有合於古者尊祖敬宗收族之義，君子重有取焉。譜猶史也，信傳信，疑傳疑。疑者，丘蓋不言而已矣。修撰，宿儒也，博於譜牒之學，序吳中世譜多至百餘家。待詔字貞臣，仕元爲戸部侍郎，佐擴廓帖木兒軍，被俘入官，仕至待詔，致事，老死于吳。序題永樂二年年八十有六，卽其卒之歲也。修撰序稱引待詔之言，而又云：

余不知其人，聞有李待詔者，吏部尚書張紞之父執，意其人也。待詔爲張公父執，信然。然修撰與待詔並時，後先官翰林，而不能知其本末，文獻之足徵，豈不難哉？余故并著之，以示讀斯譜者。

宋文憲公護法録序

謙益恭讀高皇帝御製文集，稽首颺言曰：天命我祖，統合三教，大哉！蔑以加矣！已讀故翰林學士承旨文憲宋公集，則又嘆曰：嗟乎！夫憲章聖祖者，舍文憲何適矣？聖祖稱佛氏之教，幽贊王綱。開國以來，凡所以裁成輔相，設教佑神，靡不原本一大事因緣。而文憲則見而知之，爲能識其大者。廣薦之記，楞伽、金剛之敍，通幽明，顯權實，大聖人之作用存焉。傳有之：金鐸振武，木鐸振文。文憲其高皇帝之木鐸與？繇文憲以闚聖祖之文，其猶易之有翼，春秋之有傳也與？聖人之言天也，算以周髀，測以土圭，而天體見焉。于以憲章聖祖，蓋思過半矣。聖祖現身皇覺，乘願輪以御天。文憲應運而起，典司禁林，輔皇猷而宣佛教。前代以翰林學士爲内相，文憲之於高皇帝，有相道焉。雲從龍。風從虎，聖人作而萬物覩。文憲以大儒應聘，君臣之際，史官頌之至今。抑豈知其夙受付囑，開華嚴法界於閻浮提，其爲雲龍風虎，又有大焉者乎？姚恭靖之於成祖，閟現稍異。要皆後天奉時，佐二祖以章明佛乘。日月未改，聖謨洋洋。而儒生掩耳，如塵沙刼事，豈不誖哉？或謂文憲故服習程、朱，程、朱辭闢佛氏，凛於戎索，何可越也？於戲！聖祖不云乎，天下無二道，聖人無兩心。夫道，譬之則日也。聖祖出而日中天矣。程、朱見日於牖隙，文憲見日於扶桑，其廣狹至不同量也。生盛明之世，而墨守程、朱，終不能仰青天而覩白日。悲夫！文憲集無慮數十本，余搜次其關於佛事者，合諸雲栖所輯，而僭爲之敍，以諗於世之憲章者。文憲三閲大藏，入海算沙，有如指掌，在儒門中，當爲多聞總持。至其悟因證地，著見於文字中，必有能勘辨之者，固非學人所可得而評隲者也。萬曆丙辰冬十有一月朔，翰林院編修虞山錢謙益謹序。

陽明近溪語要序

自有宋之儒者高樹壇宇，擊排佛學，而李屏山之徒力相撑柱，耶律湛然張大其說，以謂可箴江左書生膏肓之病，而中原學士大夫有斯疾者，亦可以發藥。於是聰明才辯之士，往往游意於別傳，而所謂儒門澹泊收拾不住者，卽於吾儒見之矣。吾嘗讀柳子厚之書，其稱浮圖之說，推離還源，合於生而靜者，以爲不背於孔子。其稱大鑒之道，始以性善，終以性善，不假耘鋤者，以爲不背於孟子。然後恍然有得於儒釋門庭之外。涉獵先儒之書，而夷考其行事，其持身之嚴，任道之篤，以毗尼按之，殆亦儒門之律師也。周元公、朱文公皆扣擊於禪人而有悟焉，朱子齋居之詩曰：「了此無爲法，身心同晏如。」彼其所得，固已超然於語言文字，亦豈落宗門之後？五花開後，狂禪瀾倒，掃末流之塵跡，修儒行爲箴砭，闞現之間，亦有時節因緣在焉，其微權固未可以語人也。本朝之談學者，新會之主靜，河津之藏密，固已別具手眼。至於陽明、近溪，曠世而作，剖性命之微言，發儒先之祕密，如泉之涌地，如風之襲物，開遮縱奪，無施不可。人至是而始信儒者之所藏，固如是其富有日新，迨兩公而始啓其扃鐍，數其珍寶耳。李習之年廿有九參藥山，退而著復性書，或疑其以儒而盜佛，是所謂疑東隣之井，盜西隣之水者乎？疑陽明、近溪之盜佛也，亦若是已矣。滇南陶仲璞，撮兩家語錄之精要者，刻而傳之，而使余敘其首。余爲之序曰：此非兩家之書，而儒釋參同之書，可以止屛山之諍，而息湛然之譏者也。若夫以佛合孔，以禪合孟，則非余之言，而柳子之言也。崇禎壬午涂月，虞山錢謙益敘。

華嚴懺法序

華嚴之爲經王也，夫人而知之矣。肇於晉，廣於唐，於是有實叉難陀之譯，有清涼國師之疏鈔，有李長者之合論，有杜順和尚之法界觀。千年以來，薄海內外，頂禮而捧誦者，無慮萬億，不可說轉。而華嚴懺獨後出，其製之者，曰唐一行；其藏之者，曰雞足山；其尊信而流通之者，今麗江郡世守木君也。難者曰：「懺之爲言悔也，悔者五十一心數中之一法耳。華嚴經者，稱性而談，該心之變而道之者也。有經可以無懺，有經而必有懺，則何異儒家之以五緯配五經乎？一疑也。一行之學，精於天官曆數，其所述作，載在唐書甚詳，不聞其留意於敎典也。設留意於敎典，以彼其精思神解，豈無奇文奧義，可以垂世立敎，而屑屑於稱名號、勤禮拜之爲務乎？二疑也。古之藏書名山者，皆慮譏切當時，危言賈禍，故俟易世之後，方敢宣傳。今製懺禮佛，何嫌何忌，而暫加韜晦？且一行生於初唐，卒於開元，爾時六詔不賓，雞足越在化外，其振錫也何自？其繙經也何因？紙帛之力，不能千年，刼火滄桑，何以完好如故？三疑也。」解之者曰：「子之所疑，皆世間法耳，非所論於出世法也。華嚴之義，帝網重重，須彌芥子，互相容納，安在經之可以該懺，而懺之不可以該經乎？恒人之學，可以詳略精麤論也。若一行者，天台祝流水西行，雒下識聖人復出，逆流現身，博綜象數，豈非華嚴十地中人？其難以凡心測量明矣。豈其詳於星曆，而略於宗敎，從口所出，卽爲眞詮，安在經論之精而懺文之麤乎？佛法從因緣生，興廢顯晦，皆有時節。懺之製於一行而傳付於普瑞，成於唐而出於明，撰於龍首而藏於雞足，閟於葉榆崇聖，而顯於木君，皆有數存乎其間，無可疑者。此而可疑，則華嚴之出於龍宮，傳於于闐，亦可疑矣。地越蘭滄，星分鉞爟，藏弆於深山古寺，固已深於禹穴而神於唐多矣。聖典所在，諸天護持不離。紙帛可使堅如金石，又何散佚腐敗之足虞乎？聖天子聖輪御世，崇信大乘，方以華嚴法界，含攝羣生，而木君表章懺法，實維其時。時節因緣，如寶羅網，交光攝入，惟天眼佛眼，爲能知之。木君世篤忠貞，保釐南服，濟世潤生，一本華嚴行門。先刻是經演疏鈔，翻印三藏，總持宣布，浩如烟海。今復流通懺文，與疏鈔、合論並傳震旦。佛法付囑國王大臣，豈不信哉？是經不可思議，懺亦不可思議。木君之尊信流通，其因果亦不可思議。聚沙居士見作隨喜，遂盥手援筆而爲之序。

蕭伯玉起信論解序

泰和蕭伯玉精研性相之宗，參訪尊宿，繙閱大藏，極心研慮，俯仰叩擊者數年，而起信論解始出。蓋自賢首、圭峰以來，解斯論者，科節繁多，疏記錯互，使學之者窮老盡氣，汩沒於文句之中，莫能得其要領。伯玉之爲是解也，剖性相之藩籬，攝宗教之精髓，疏通證明，氾濫於莊、列、關尹之書，開遮並用，縱奪雙顯。昔人有言：非郭象注莊子，乃莊子注郭象也。伯玉之注起信，亦如是而已。雖然，余竊有戲論，爲學人告焉。當東事之殷也，有申甫者，以談兵見余於長安。余笑曰：「未也。」甫歸嵩陽山中，掘地窖，出其師所傳石匣兵圖以示余。余又笑曰：「未也。」甫不懌而去。又數年，甫以談相宗聞於長安，伯玉往扣之。余問伯玉云何？伯玉亦笑曰：「未也。」無幾何，甫以兵死。嗟乎！甫之兵圖，其所授於師者，未必非也，而已足以死矣，吾不知所授於論師者何也？令後之學斯論者，不具伯玉之深心，不知其所爲開遮縱奪者，而率其顢頇籠統之見，師心信口，影宗掠教，以爲性相之學如是，輾老僧之足，而血童子之指，其禍有不可勝言者矣！世之學人，無以伯玉斯論，爲申甫之兵圖，庶幾不爲明眼人所笑耳。

心城先生全集序

今天子在宥化成，崇信佛乘，在御極後之十餘年，而吾友劉心城先生棄家入道，以宰官現比丘身。在七年之甲戌。記曰：清明在躬，氣志如神。耆欲將至，有開必先。天降時雨，山川出雲。我皇上之崇佛，所謂先天弗違；而心城之現身，其亦有開必先者與？我二祖乘金輪以開天，則宋文憲、姚恭靖應運而佐命；我皇上御寶筏以度世，則心城逗機而顯神。有君有臣，或主或伴。華嚴世界，重疊涌現於閻浮提中，良非偶然者。於是心城之子古洵，薈萃其世諦文字，自入官至於入道，年經時緯，都爲一集，而請余序其首。心城爲台宗之世適，爲郎中之上首弟子，其所演說，皆因緣生法，空假中之義諦。高者入青天，深者入黃泉。

而余何足以知之？余所知者，心城而已。當心城守黔時，以孤城捍強寇，能使數百萬衆，骸骨撑拄。死守經年，視人世間死生利害，如毫毛耳。一旦慕卽中之道，長於其師二十有一年，側行捧手，稽首稱弟子，其學道之専誠如此。人謂心城横身誓死，致命於危城尙易；而委體布髪，折節於本師尤難。昔人有言：出家乃大丈夫之事，非將相之所能爲。如心城之爲，豈復知將相之足慕，而以出家驕之者乎？讀心城之書者，一以爲當機之痛棒，一以爲釁鼓之毒藥。其悲愍勸厲，如諸天鐘鼓聲，其勇猛奮迅，如師子無畏音。因是而知其所以不屑爲將相者，因是而求其所以鍵鑰於台宗，扣擊於本師者，無徒掇摭於語言文字，而爲守株刻舟之徒則可也。嗟夫！世之魔民盲子，拾儒先之唾餘，辯而闢佛者不少矣。孔子師老聃，孟子闢楊、墨不闢老、莊，則孔、孟之於佛可知也。佛氏之道，幽贊王綱，聖祖固著爲典訓矣。我皇上之崇佛，所以祖述聖祖。而臣下之不敢謗佛者，所以憲章聖主也。反孔、孟，背典訓，蔑聖謨，非聖無法，先王所必誅，不以聽，而世或懵不知戒，惟魔民盲子之是師。心城不以此時發慈悲心，見廣長舌相，撈籠而拔濟之，長夜之不旦也，豈非先知先覺者之責乎？願心城毋疲於津梁，余雖檮昧，請執簡而陪其後焉。癸未仲春日序。

初學集卷二十九

序 二

重刻方正學文集序

寧海令南城張君，重訂故翰林侍講方希直先生之集，鏤版行世，而謙益爲之敍曰：孟子曰：頌其詩，讀其書，不知其人可乎？吾少讀先生之書，其文章之取法者三人，司馬子長也，韓退之、歐陽永叔也。其生平之尚友者五人，諸葛武侯也，陸宣公也，宋之范、韓、司馬也。已而縱觀其議論，則其於文章所折服者，尤莫如莊周、李白，而其所希風激贊，願執鞭而不可得者，乃在乎云敞、楊喬、田疇之徒。於是乎喟然太息，想見先生之爲人，意其爲古之狂士，且流而爲漢之俠士也。嗟夫！感嗣君，悲故主，九死不屈，赤族不悔，不可不謂之俠。談笑刀鋸，指叱鼎鑊，噀血而大書，長歌而畢命，不可不謂之狂。自漢以來，士之矜名行、崇謹厚、賣國而讐君者多矣，靡不以中庸爲窟穴。殺身成仁，舍生取義，赴湯蹈火，驚世絕俗之爲，聖賢之所不辭也。以先生爲學之誠，篇身之密，至於冠屨匕筯，家人宗族，靡不有倫有物，以箴以戒。一旦當天地崩坼，朝著遷改，奮身而起，視磔裂參夷之禍，猶日用飲食也，斯謂之眞俠，斯謂之眞狂，斯謂之眞中庸，其斯以爲先生而已矣。蓋朱子之學，一傳爲何基氏、王柏氏，再傳爲金履祥氏、許謙氏，又再傳爲宋文憲公景濂。而先生少學於景濂。景濂所謂豈知萬髦牛，難媲一角麟者也。自先生之死於革除，精忠奇節，震動古今。然後天下知正心誠意之學，果足以植天經、扶人紀；然後知聖賢中庸之道，與鄉愿小人之僞學，果截然兩途。於是朱子之道，得先生而大光。而有宋諸儒，三百年來之學脈，譬之中原之山川，龍脈紆迴，濬發於南北戒之間，至是而始得所結局焉。故吾謂本朝之學者，當以宋文憲、王忠文暨先生爲朱子之世適，而瞽宗之祭，亦當以三君子爲樂祖。惜乎議兩廡之祀者，紛如聚訟，而未及於此也。因序先生之文，而發其端，以俟諸後之君子焉。張君爲令廉平，好古教化，適出於世之俗吏。於其刻是集也，可以見志焉。而餘姚有盧生演者，搜括先生遺集，撰次年譜，汲汲然佽助張君，以表章風勵爲能事。刻甫成而演死矣。牽連書之，亦不忍使其無傳也。崇禎十六年正月吉日，常熟錢謙益謹序。

蘇門六君子文粹序

崇禎六年冬，新安胡仲修氏訪余苫次，得宋人所緝蘇門六君子文粹以歸，刻之武林；

而余爲其序曰：六君子者，張耒文潛、秦觀少游、陳師道履常、晁補之無咎、黄庭堅魯直、李廌方叔也。史稱黄、張、晁、秦俱游于蘇門，天下稱爲四學士。而此益以陳、李。蓋履常元祐初以文忠薦起官，晚欲參諸弟子間；方叔少而求知，事師之勤渠，生死不間，其繫於蘇門宜也。當是時，天下之學，盡趨金陵，所謂黄茅白葦，斥鹵彌望者。六君子者，以雄駿出羣之才，連鑣於眉山之門，奮筆而與之爲異。而履常者，心非王氏之學，熙寧中，遂絶意進取，可謂特立不懼者矣。方黨論之再熾也，自方叔外，五君子皆坐黨，履常坐越境出見，文潛坐舉哀行服，牽連貶謫。其擊排蘇門之學，可謂至矣。至於今，文忠與六君子之文，如江河之行地。而依附金陵之徒，所謂黄茅白葦者，果安在哉？吾嘗觀王氏之學，高談先王，援据周官，其稱名甚高。而文忠則深嘆賈誼、陸贄之學不傳於世，老病且死，獨欲以教其子弟而已。夫食期於適口，不必其取陳羹也；藥期於療病，不必其求古方也。是故爲周公而僞，不若爲賈誼、陸贄而眞也。眞賈、陸足以救世，而僞周公足以禍世。此眉山、金陵異同之大端也。觀六君子之文者，其亦有持擇于斯乎？

本草單方序

繆仲淳既歿數年，其著書多盛行於世。而所摘錄本草單方，朱黄甲乙，狼籍篋衍中。

康文初、莊欽之蒐討詮次，窮歲月之力而後成。於是繆氏之遺書粲然矣。仲淳以醫名世，幾四十年。醫經經方，兩家浩如烟海，靡不討論貫穿，而尤精於本草之學，以謂古三墳之書，未經秦火者獨此耳。神農本經朱字，譬之六經也；名醫增補別録，朱墨錯互，譬之注疏也。本經以經之，別録以緯之。沈研鑽極，割剝理解，神而明之，以觀會通。本草經疏之作，抉擿軒、岐未發之秘，東垣以來，未之前聞也。出其餘力，集録單方，剟其踳駮，搴其蕪穢，其津涉生民者甚至。此書成而經疏之能事始畢，豈曰小補之哉？仲淳電目戟髯，如世所圖畫羽人劍客者。譚古今國事成敗，兵家勝負，風發泉涌，大聲殷然，欲壞牆屋。酒間每慷慨謂余曰：「傳稱上醫醫國，三代而下，葛亮之醫蜀，王猛之醫秦，繇此其選也。以宋事言之，熙寧之法，泥成方以生病者也；元祐之政，執古方以治病者也；紹述之小人，不診視病狀如何，而強投以烏頭狼毒之劑，則見其立斃而已矣。子有醫國之責者，今將謂何？」余沉吟不能對。仲淳酒後耳熱，仰天叫呼，痛飲霑醉乃罷。嗚呼！仲淳既老病以死，而余亦連蹇放棄，效忠州之録方書，以終殘年。因是書之刻，念亡友之墜言，爲廢書歎息者久之。仲淳諱希雍，吾里之右族也。僑居長興，後徙於金壇，老焉。葬在陽羡山中，余它日當爲文以志之。崇禎六年十二月敍。

葛端調編次諸家文集序

崑山葛鼎，字端調，讀書纘言，篤好古學，自唐、宋八家而外，取其文集之傑出者，選擇論次，人各一編，都爲若干卷。繆以余爲與於斯文者也，請爲其序。余聞古之學者，九經以爲經，三史以爲緯。降而游于藝，則秦、漢以下，迄于唐、宋諸家，其規矩繩墨也。九經三史之學，專門名家，窮老盡氣，苟能通其條貫，窺其指要，則亦代不數人矣。敬之如神明，尊之如師保，寶之如天球大訓，猶懼有隕越。僭而加評隲焉，其誰敢？三史以降，皆九經之別子耳孫也。規之矩之，猶恐軼其方員；繩之墨之，猶恐偭其平直。妄而肆論議焉，其誰敢？評隲之滋多也，論議之繁興也，自近代始也。而尤莫甚於越之孫氏，楚之鍾氏。孫之評書也，於大禹謨則譏其漸排矣；其評詩也，於車攻則譏其選徒囂囂，背於有聞無聲矣。尼父之删述，彼將操金椎以毂之。又何怪乎孟堅之史、昭明之選，詆訶如蒙僮而揮斥如徒隸乎？鍾之評左傳也，它不具論，以克段一傳言之，公入而賦，姜出而賦，句也，大隧之中凡四言，其所賦之詩也。鍾誤以大隧之中爲句斷，而以融融洩洩兩句爲敍事之語，遂抹之曰：俗筆。句讀之不析，文理之不通，而儼然丹黄甲乙，衡加於經傳，不已傎乎？是之謂非聖無法，是之謂侮聖人之言。而世方奉爲金科玉條，遞相師述。學術日頗，而人心日壞，其禍有不可勝言者，是可視爲細故乎？端調之爲是編也，美而無譏，論而不議，猶有古之學者好學深思之遺意，余深有取焉。故舉其所感嘆於俗學者以告之，并以爲世之君子告焉。夫孫氏、鍾氏之學，方鼓舞一世，余愚且賤，老而失學，欲孤行其言以易之，多見其不知量，敢于犯是不韙也。雖然，端調我之自出，其編摩論次，與諸昮弟共之，皆我甥也。余之告端調者，亦猶夫老生腐儒，挾兔園之册，坐于左右塾之間，竊以語其鄉人子弟而已。世之君子，得吾言而存之，九經三史之學，未墜於地，吾猶有望焉。其不然者，以是爲狂瞽之罪言，又將鉗我於言，則亦聽之而已矣。嗚呼！不直則道不見，余豈好辯哉？余不得已也。崇禎九年正月序。

兵略序

鄉先生副使星卿瞿公，博通掌故，蒐討國朝名卿大夫嘉猷偉略，散在國史家狀者，著皇明臣略凡若干卷。其子給諫伯略，先刻其兵略以傳於世，而屬余敘之。給諫之意，以謂時方多事，文武將吏，人不知兵。是書也，如醫之有方，如弈之有譜，庸醫可以診奇疾，俗手可以當危局，用以東制奴，西討賊，庶幾克有成算，可以舒當宁之旰食乎？余以爲自古用武之世，不患有盜賊，不患無將帥；所患者，廟算不一，賞罰不明，使盜賊乘其間，而將帥無以盡其用也。以漢、唐之已事徵之，永壽、延熹之間，用皇甫規、張奐、段熲爲將帥，所向尅捷，規、奐兼主招，而熲主討，熲曲意宦官，保全富貴，規、奐皆有功不得封。規前後上書，求乞自效，與上疏自訟，最爲切直。其曰：力求猛敵，不如清平；勤明孫、吳，未若奉法。又曰：覆車有五，動資巨億。旋車完封，寫之權門。其言至今可爲殷鑒也。繇此觀之，國家權倖用事，先後失宜，雖有三明之將，亦將救過不暇，安能奏蕩平之績哉？唐之末季，苟非南衙北司，迭相矛楯，九流濁亂，君子道消，則黃巢輩何因而起？巢初起，纔及二萬，經過數千里，軍鎮盡若無人，潼關一徑，任其奔突，賊安得不蔓延天下乎？以鄭畋之壯圖，令得主謀專斷，何至以四鎮之重，盡付高駢之隻手，關河連犯，都邑繼傾，而坐受刮席軹道之訕，然後悔之，不已晚乎？假節之議，爭論喧呶。舉棋不足，誰執其咎？然而拂衣投硯之盧攜，視末世之陰陽首鼠，置國事於局外者，吾以猶賢乎爾！自古迄今，有盜賊不患無將帥，有將帥不患無方略。在漢則夷黃巾於黨錮，在唐則小河朔於禁闈。本末較然，豈不信哉？以是書考之，本朝之敵王愾，建國功者，固已昭旂常而勒景鍾矣。舉其近者，王文成之有功江西，中樞蚤爲之計也。胡襄懋之有功江南，政府力爲之地也。晉溪之忮，分宜之貪，其知人善任，不可抹摋如此。謀國之效，豈可誣哉？給諫之刻是書也，固曰爲兵家之醫方弈譜。而吾以爲醫有上醫焉，弈有國工焉。明主得其人而用之，則端委廟堂，而四海從風。當虜寇交訌之日，雖口不譚兵可矣。杜牧有言：議于廟廊之上，兵形已成，然後付之於將。其爲兵略也孰大焉？起星卿于今日，未必不以余爲知言，爲之擲筆而三歎也！

參籌祕書序

參籌祕書者，信州汪漢謀所著也。漢謀少遇異人，授太乙六壬奇門禽遁諸家之學，以謂可以濟世安民，匡時定亂。屬當奴寇交訌，海内多故，慨然出篋衍之祕，編次成書，以詒世之登將壇、佐戎幕者。吳之君子楊維斗、徐九一既序而傳之矣。余讀而嘆曰：「世稱天官壬遁家言，皆本自太公、留侯、武侯、衞公，稽諸史籍，未有聞也。吳、越之間，頗傳申胥、范蠡之遺書，其言略可概見。子胥之去楚也，卦得甲子，時加于巳，支傷日下，氣不相受。此六壬之數也。范蠡之去越也，陰六陽六，玄武天空，後入天乙，前翳天光。此禽遁之術也。二子之占候，近取諸身。則固已應之如響矣。子胥之治吳也，相土嘗水，象天法地，立閶門以西制楚，立蛇門以東幷越，所謂得天氣之數，以威敵國者也。再世而不復驗者，何也？勾踐之謀赦也，在玉門之第一；其行也，時加日昳；其反國也，時加禺中。此蠡之占也。吳王之臨政也，在玉門之第九；其伐齊也，在金匱之第八；其赦越也，德在土，刑在金。此胥之占也。以夫差之惛也，令悉叶胥之占，其將不亡乎？以勾踐之智也，令悉反蠡之占，其將不覇乎？持盈與天，定傾與人。蠡言之矣。其能廢人而任天乎？以傳攷之，吳之所以亡者，棄胥而庸嚭也。視民如讎而用之日新，稻蟹不遺種也。越之所以伯者，種治內，蠡治外也。修令寬刑，施欲去惡，而觴酒豆肉，未嘗不分也。春秋之所書，左氏、太史之所記，興亡治亂，彰明較著如此。此亦千載得失之林也。聖天子承乾御宇，黃帝之元，千歲一至。奴寇游魂假息在漏刻之間。陰陽孤虛之書，皆將庋之高閣矣。漢謀得登將壇，佐戎幕，所爲濟世安民，匡時定亂者，其終挾此以從乎？抑亦有進焉者乎？」漢謀曰：「善哉斯言！參籌之指要，吾師所未逮也。雖然，子誠吳人也，知子胥、范蠡而已矣。」

春秋匡解序

余爲兒時，受春秋於先夫子。先夫子授以匡解一編，曰：「此安成鄒汝光先生所删定也。」因爲言鄒氏家學淵源，與先生之文章行履，冠冕詞垣，期它日得出其門牆。余鄉、會二試，以先生之書得儁，雖未及親炙先生，而余之師固有出先生之門者。比於閧風私淑，猶爲有幸焉耳矣。何子非鳴爲令南昌，與先生之孫孝廉端侯游，相與是正其書，重付之梓人，而屬余爲其序。余觀三代以後，享國長久，蓋莫如漢。當其盛時，政令畫一，經術修明。以春秋一經言之，自張蒼、胡母生、瑕丘江公以下，三家之弟子，遞相傳授，各仍其師説，至數百年不相改易。而董仲舒作春秋決獄二百三十二事，名儒蕭望之等大議殿中，各以經誼對。諸所以定大議，斷大疑，皆以春秋從事，何其盛哉！有宋之立國，不減於漢。自王氏之新學與新法並行，首絀春秋，以伸其三不足畏之說，遂馴致戎狄亂華之禍，沒世而不復振。其享國之治亂，視漢世何如也？嗚呼！先王之世，有典有則，詒厥子孫，崇教立術，順詩、書、禮、樂以造士，變禮易樂，革制度衣服者有罰，析言破律，亂名改作，執左道以亂政者必誅，而不以聽。士之選於司徒而升於學者，於辯言亂政之戒，恒凜凜焉。是故經學與國政，咸出於一，而天下大治。及其衰也，人異學，國異政。公卿大夫，競出其聰明才智以變亂舊章。晉之刑鼎，魯之丘甲田賦，鄭之竹刑，紛更多制，並受其敝。又其甚也，獲鴈之鄙人，假田弋之說以干政事；而振鐸之後，不祀忽諸。繇此言之，經學之不明，國論之不一，其關于存亡治亂之故，猶病之著於肌表，診視者可舉目而得之，不待醫和及緩而後知其不可爲也。是可視爲細故哉？國家用胡氏春秋設科，垂三百年。而鄒氏之書傳諸其祖父，至今百餘年，舉子傳習之不變。雖漢世儒者仞其師說，未有以過也。班固不云乎？士食舊德之名氏，工用高曾之規矩。國家重熙累洽，考文稽古之盛，觀於胡氏鄒氏之學，可謂信而有徵矣。天子方崇信是經，特命經筵進講。余衰病放廢，獨抱遺經，以老於荒江寂寞之濱。於非鳴之刻是書也，喜而爲之敍。或以爲主文譎諫，自致其矇瞽之言，庶幾謀野則獲之義，則非野人之所敢知也。崇禎六年六月序。

左滙序

本朝以春秋取士，雖專以胡傳爲宗，然文定之書，取于左氏者十八，取于公、穀者十二。蓋左丘明親見聖人，高與赤則子夏之及門，其發凡取例，區以別矣。不獨昔人所謂左氏大官，公羊賣餅家也。承學小生，傭耳剽目，刺取左氏之涯略，以充帖括。蓋有傳業爲大師，射策爲大官，而目不覩三傳之全文者矣，又況外傳子史之流乎？侍御永年李君，家傳素業，閔學者之固陋，著左滙一書，以左氏爲經，以二傳、國語、周禮、史記、管子、檀弓、說苑諸書爲緯。本經析傳，首尾備具，燦若羣玉之府，而森如五兵之庫。使後之從事者，繇胡以溯左，繇經以溯傳。繇是以窮經術焉，斷國論焉，或源或委，先河而後海，斯侍御取以嘉惠學者之意而已矣。司馬遷不云乎？孔子作春秋，隱、桓之間則彰，定、哀則微。今以定、哀之事言之，則孔子之詞雖微，而左氏未嘗不彰也。鄧析之竹刑，則商、韓之前車也；陳轅頗之封賦，季孫之田賦，則桑、孔之濫觴也；公孫彊之亂政，則江充之見犬臺，而伾、文之幸待詔也；萇叔之違天，則子師之殉漢，而匡山之沉宋也。援古以證今，上觀千歲，下觀千歲，豈徒立乎定、哀以指隱、桓乎？自荊舒之新學行，以春秋爲腐爛朝報，横肆其三不足之說，而神州陸沉之禍，有甚于典午。流禍浸淫，迄于今未艾。居今之世，明春秋之大義，闡定、哀之微詞，上醫醫國，此亦對症之良劑也。侍御起家爲刑官，今方執法柱下，春秋，夫子之刑書也，其亦將以是書爲律令乎？天子神明天縱，特爲是經設講官，以春秋之大法治天下。則侍御此書，恭進諸廣廈細旃，以備乙夜之覽，何不可哉？崇禎十一年七月序。

說文長箋序

吳郡趙君凡夫撰說文長箋若干卷，其子曰均，字靈均，鏤版行世，抱書過余山中，請爲其敍。余聞之：序，緒也，蓋有所推明作者之指意，而引其端緒也。何休、杜預之序左氏、公羊也，傳經者之自爲序也；太史公、班固之有序傳也，作史者之自爲序也；劉向之敍錄諸書也，校書者之自爲序也；其假手於他人以重於世者，則自皇甫謐之敍三都始也。凡夫之書，其自敍備矣，其無假於余亦明矣。而均固以爲請，其殆欲推明作者之指意，有以信于後世乎？則非余之所及也。余衰遲失學，於六書五音之誼理，概乎未有聞也。凡夫聲音文字，得之天授。梵音字母，經涉輒了。宫商清濁，部居於齒齶之間。其於書多所漁獵，勇於自信，而敢於作古。補亡則束晳爲之斂筆，刺孟則王充爲之杜口。疑者丘蓋不言，吾將使誰正之哉？六書之學，自東漢以來，許氏則尼父之删述也，二徐則賈、鄭之解故也。凡夫一且正其是非，攻其疑誤，儼然踞其堂皇之上。凡夫於六書，不復居有形聲有竹帛以後，宓犧、倉頡可以接手相商榷，若史籀、斯、高之流，雖北面而聽予奪可也。李陽冰刊定說文，排斥許氏，徐鼎臣謂其以師心之見，破先儒之祖述。以余之固陋，乃欲以戔戔之見，闚凡夫箋述之指意，豈不難哉？天啓中，余承乏右坊。故太宰汝陽李公在太僕。一日朝會，公卿俱集，李公忽揖余問「趙凡夫起居如何」，諸公皆爲改容。李公徐曰：「此吳中隱居高尚，著書滿家者也。」自後數過余，必稱凡夫，且問訊長箋成否？嗟乎！當凡夫之世，已有李公，豈患後世無子雲耶？如余之固陋牽綴舊聞者，何足道哉！何足道哉！

洪武正韻箋序

自古帝王，以馬上得天下，能壹意於考文徵獻制禮樂者，莫如我太祖高皇帝。而代之臣子，懵於憲章文、武之義，忽焉而不遵，習矣而不察，亦未有甚於本朝者也。國家所最重者廟諱也，方谷眞之歿也，宋文憲公奉敕誌其墓，以仁祖之諱改眞，以太祖之字改谷。及永樂中修洪武實錄，則大書特書，一無所鯁忌。執筆者解、楊輩皆國初名儒，其若此者，何也？至於今，則高廟之諱，公然取以命名；而懿文之諱，卽宰執亦莫之辟矣。太祖頒行大誥，戶藏一本，有者減罪一等，無者加罪一等。今不問書之有無，動曰大誥減等。學斷獄者，并不知大誥爲何書矣。至於洪武正韻，高皇帝命儒臣纂修，一變沈約、毛晃之舊，實於正音之中，昭揭同文之義。而今惟章奏試院，稍用正字，館選一取叶韻而已。學士大夫束置高閣，不復省視。其稍留心者，則曰聖祖固以此書爲未盡善，此未定之本也。噫！可嘆哉！吳有君子曰楊去奢氏，服膺正韻，以爲不獨鈐鍵韻學，實皇明之制書也。捃拾訓故，蒐討同異，手自箋疏，凡數年而成書。少受胡氏春秋，專門名家。其箋注是書，蓋有合於春秋書王大一統之義，所謂不徒託諸空言者也。昔漢董仲舒治春秋，朝廷有大議，使使者就其家而問之。其對皆有明法。漢儒者決朝廷大疑，定大事，往往皆用春秋。去奢之治春秋，不得引經斷國，高議廟堂之上；而自託於蟲魚瑣碎之學，以微見其指意。此可爲慨息者也！

鄭氏淸言敍

余少讀世說新語，輒欣然忘食。已而嘆曰：臨川王，史家之巧人也。生于遷、固之後，變史法而爲之者也。夫晉室之崇虛玄，尙莊、老，蓋與西京之儒術，東京之節義，列爲三統。是故生于晉代者，其君弱而文，其臣英而寡雄，其民風婉而促，其國論簡而㓰，其學術事功邇而不迫，曠而無餘地。臨川得其風氣，妙于語言。一代之風流人物，宛宛然薈蕞于瑣言碎事、微文澹辭之中。其事，晉也；其文，亦晉也。習其讀則說，問其傳則史，變遷、固之法，以說家爲史者，自臨川始。故曰史家之巧人也。作晉書者，但當發凡起例，大書特書，條舉其綱領，與臨川相表裏，而不當割剝世說，以綴入于全史。史法蕪穢，而臨川之史志滋晦，此唐人之過也。自唐以還，學士大夫，沉湎是書，而莫能明其指意。至爲續爲補之徒，抑又陋矣。代不晉而晉其事，事不晉而晉其文，譬之聾者之學歌也，視人之啓口，而豈知其音節之若何也哉？信州鄭仲夔，字龍如，博覽好古，纂淸言若干卷，自漢、魏以迄今茲。通人朱鬱儀爲其敍，以謂步武臨川，無近代語林蕃蕪之累。而余則謂世說，史家之書也；續且補者，以說家竄竊之則陋。何氏之語林，倣世說而自爲一書，則猶離而立焉者也。語林之煩也，淸言之約也，標鮮竪異，佐筆助舌，是二書者，其殆可以離立矣夫。

誠意錄序

自古聖賢豪傑，調御萬物，酬酢萬事，經世出世，無不以誠爲本。誠之爲物，建天地，質鬼神，貫金石，格豚魚，天且弗違，而況于人乎？故曰誠神幾，又曰不誠無物。不誠之人，心口相謾，形影相誑，爲臣則欺君，爲子則誕父，爲友則賣友，玉表而珉中，梔言而蠟貌，此其情僞不可以掩一室，其聲光不可以襲終朝，而況宇宙之大，終古之遠乎？三代以降，經世出世，疑鬼疑神，莫如漢之留侯，唐之鄴侯。留侯始事倉海君，中遇圯上老人，晚而從赤松子遊，黃中隣庶，顯默難究。當其博浪一擊，天地震動，不惜百口九族，爲韓報讎，非至誠而能若是乎？鄴侯進退無恒，出處靡常，朝披一品，夜抱九仙。史家疑之，以爲誕妄。然其處玄、肅父子，披誠獻納，撐柱于社稷板蕩、羣小冒忌之時，雖得肥遁衡嶽，固已命如懸絲矣。又非至誠而能若是乎？東平宋公鹿游，兼資文武，歷邊陲，建節鉞，以彊事被徵，出所著誠意錄示余。余讀而感焉。公少而好道，游五嶽，訪七眞，青鞋布襪，縱浪雲水間二十餘年。乃以尊人之命，勉事科舉，雖官華膴，履繁劇，登眞度世之侶，晨夕往還，飇輪鶴馭，徙倚于戶庭之際。知與不知，皆以爲今之留侯、鄴侯也。其所著錄，指遠而詞文，規圓而履方，經世出世之指要，約略具是，大指則誠意盡之矣。公起家爲郎，出守不以一介入筐篋，不以一錢充苞苴。湟中、五涼，身經百戰，刀痕箭瘢，肌膚如刻畫。己巳入援，枕戈于泥濘水草間，髮膚沾濡，幷日不食。鄖陽之役，失前人已破三城，殺寇過當，不汲汲自明，曰：「聖明知我，我當爲法受惡也。」公居身居官，于誠意二字，體認得力如此，此所以爲今之留侯、鄴侯也與？或曰：「公鞠躬盡瘁，盡公不還私，于以獨行其意則得矣，以方于今之君子，不近于愚乎？」錢子曰：「惟誠故愚，非愚不誠，未有至誠而不至愚者。留侯、鄴侯皆天下之至愚人也。」孔子曰：「其智可及也，其愚不可及也。」崇禎丁丑六月三日敍。

于氏日鈔序

金壇于穎長舉進士高第，服官廉辨，聲跡茂著。益以其間鏃礪問學，捜次古人嘉言善行，自事君立身以至于居家養生，撮其精實切要，可以勵志而矯時者，手自繕寫，都爲一集，屬余序而傳之。余觀今世士大夫，著述繁多，流傳錯互。至于裁割經史，訂駮古今，一人之筆可以窮溪藤，一家之書可以充屋棟。嗟乎！古之人窮經者未必治史，讀史者未必解經，留心于經史者，又未必攻于詩文。而今何兼工並詣者之多也？鄭康成、朱仲晦之徒，蓋已接踵比肩于斯世，而古之專門名家者，皆將退舍而避席，不亦韙與！穎長之爲是書也，退而自居于述，述而識其小者，擇其善者，以附于古人座右自警之遺意云耳。穎長之所存，固已遠矣。易曰：君子多識前言往行，以畜其德。荀卿曰：學數則始乎誦經，終乎讀禮。學數有終，若其義則不可須臾舍也。古今之經學，未嘗不明也。古人之書，其精者吾之所當求，而其駮者吾之所當闕也。童而習之，窮老盡氣，而不能窺其涯略，顧欲壯然肆然置身壇宇之上，列古人於其下，而訂其是非，辨其當否。子言之：夫我則不暇。今之人可謂暇矣。穎長之書，如取韋弦，如佩觿決，以古人師我，而不敢以我評古人。温温恭人，惟德之基。穎長之進德修業，未可量也，吾以此書徵之矣。穎長宿承家學，年力富強，其仕與學益進，其書亦當益富。余少而失學，今老矣，潁長幸時有以教之，俾得以燈燭之末光，師古人之老學，則余有望焉。

姚黄集序

姚黄花世不多見，今年廣陵鄭超宗園中，忽放一枝。淮海、維揚諸俊人，流傳題詠，爭妍競爽，至百餘章，都人傳寫，爲之紙貴。超宗彙而刻之，特走一介，渡江郵詩卷以詫余，俾題其首。余觀唐人詠牡丹詩，大都託物諷刺，如白樂天、杜荀鶴所云，其與夫極命草木，流連景物之指遠矣。韓魏公守維揚，郡圃芍藥，得黄緣綾者四朵。公召王岐公、荆公、陳秀公開宴，四公各簪一朵，其後相繼登宰輔，人以爲花瑞。花發于超宗之圃，人亦曰：超宗之花瑞也。吾家思公爲留守，始置驛貢雒花。當有宋之初，稱爲太平盛事。今此花見於廣陵，爲瑞博矣，宜作者之善頌也。雖然，花以人瑞也。向令今之演綸操筆，伴食覆餗者，胥在維揚幕中，此花將應之乎？不應之乎？不應則非花瑞，應之則爲花妖，無一而可也。王師在野，飛蝗蔽天，超宗而爲思公也，此花將貢致之乎？否乎？雒陽相君忠孝家，可憐亦進姚黄花。貢之誠未是也。令釆詩者譯以獻之太師，回卿士愛花之心，念中人十戸之賦。則是編也，安知不爲長慶之諷諭乎？或曰：朱遜之謂菊以黄爲正，餘皆可鄙。諸君子之咏姚黄，取其正也。世有歐陽公續牡丹之譜，知作者之志，不在於妖紅豔紫之間矣。是則可書也。庚辰六月序。

瑤華集序

瑤華集者，長水李生寅生乞言於海內之名人魁士，以壽其嫡母沈夫人，而刻之以傳者也。夫人之德，稽諸古之頌圖所謂母儀賢明，仁智貞順者，靡不備焉。諸君子咏歌而序述之，洋洋乎勤丹青而考金石，斯可以傳矣。余以爲最夫人之德，莫大于不妬。夫人之不妬不獨令李氏有子，而且令其有賢子也。何也？人生而肖萬物者，皆其母感於物，故形音肖之。太任之胎敎，君子以爲知肖化焉。夫人當盛壯之年，不待色衰華謝，而汲汲焉爲胤嗣之計。貞固之心，和順之氣，磅礴於閨門，而賢才感生焉，亦肖化之道也。螟蛉之子，殪而逢蜾蠃，祝之曰：類我類我。久則肖之。甚矣，寅生之類夫人也。其亦所謂肖之者與？嫉妬之禍大矣！害于而家，凶于而國，莫不繇斯。嫉妬之臣立于朝，則陰陽不和，寒暑不時，泰階不平，而夷狄寇盜之警不息。古之治天下者，六宫六宮，各修其職，無妬娼逆理之人，以致王功。臣道與婦道，一也。古之所謂女宗母師者，或表其閭，或圖其像，有事膰焉。要以區明風烈，不專一行而已。如夫人者，當有烏頭雙闕之褒，使女妬之婦，男妬之臣，有所觀感，可以回心而易行焉。今國家之典制，旌表門閭，惟民間節婦孝子；而賢明仁智之婦，未有聞焉。此則司世教者之闕也。

破山寺志序

余爲兒時，每從先君遊破山寺。飯罷，絶龍磵下上，激流泉，拾赭石，輒嬉遊竟日。長而卒業，壯而縛禪，栖息山中，往往經旬涉月。雖在車馬塵埃、頓踣幽縶之時，燈殘漏轉，風回月落，山阿磵戶，齋鍾粥鼓，未嘗不髣髴在夢想中也。循覽斯志，如觀李龍眠山莊圖，信足而行，自得道路，如見所夢，如悟前世。禪房花木，山光潭影，與夫此山中名僧勝流，經行晏坐，高吟長嘯之遺跡，皆顯顯然影現卷帙間。塵網羈紲，餘累未畢，未能以殘生暮年，遂樂天草堂之約，俛仰今昔，爲掩卷太息者久之。而余於此山，有二願焉。山寺之廢而復新也，先君奉王母卞淑人之命，經營草昧，以潰于成。屠長卿寺碑云：善女人罄產倡緣，似昔賢之捨宅。謂王母也。王母嘗囑余云：「山門東山一里許，皆古時經堂佛閣舊地，伽藍神所呵護。汝外王父母之墓，偪處寺之東偏，汝他日擇善地，卜外王父母之宅兆而徙焉，用以妥先靈，懺宿業，汝其勿忘。」三十年來，外王母之子姓，累累青衿，家益衰落，至不能庇其丘木，而縱尋斧焉。邑志云：山名破山，葬者皆不吉。以佛地因緣論之，斯又不足言矣。余思王母之言，每一瞻拜，未嘗不流涕。此一願也。寺之西，有宗教院，高僧晤恩演台教之地也。更西爲光明庵，跨龍硐之上，大比丘素公供金光明經修懺法之地也。今世盲禪盛行，教義衰落。余欲斥寺西菜圃隙地，架傑閣，搆廣院，復宗教光明之舊，招延高人卽中諸公，唱演其中，使教幢再樹，魔談頓熄。卽中合掌讚嘆，以爲希有。此又一願也。歲月云邁，誓願歷然。又安知愚公之移山，操蛇之神，不感其誠而相之乎？山僧刻志成，余遂以斯言弁于首，且以爲識焉。壬午涂月，聚沙居士序。

汲寧錄序

嗚呼！死生亦大矣。以生爲住，則死者其行人也。人之有行也，近者持糗糒，遠者裹餱糧，衣囊襆被，必豫戒而後出。至於死，則大行也。浮湛若喪，茫茫然一無所挾持，是可謂善行者乎？以生爲寓，則死者其歸人也。人之遠歸也，指墳墓而悲，望國都而喜，見父母妻子，咸相持而勞苦。至於死，則大歸也。倉皇怖戀，惛惛然曾無所底止，是可謂善息者乎？古之聖賢，生平學問，皆證驗於死生之際。反手曳杖，逍遙行歌，此超出生死而示現生死者也。曾子處其常，則啓予手足，得正而斃，見臨終靜定之正因。子路處其變，則食焉不避，結纓而死，顯春風白刃之能事。後之儒者，不知晝夜之故，死生之理，徒以末後一著，歸之禪門，豈不悲哉！門人朱子暇，在苫塊中，緘其尊府子寧先生所著沒寧錄視余。蓋其晚年自述事狀，幷自祭遺令之文皆在焉。飾巾待盡，從容訣別，若行者之飲餞，若旅人之卽次，其處死生之際，可謂有道矣。豈非其生平外修儒行，內閟空宗，故於禪門之坐脱立亡，有相近者與？或謂先生規言矩行，斤斤不失尺寸人也，何以能超然無累若此？嗚呼！惟其規言矩行，斤斤不失尺寸，斯所以近於坐脱立亡，超然於生死之流者與？

麟旨明微序

淳安吳君睿卿，世授春秋，起家成進士，以治行第一，擢居掖垣。條上天下大計，剴切詳盡，皆可見之施行。天子知其能，特命督賦江南。爬搔勾稽，勤恤民隱，傳遽促數，食飲錯互，時時以其閒手一編，據案呻吟，援筆塗乙。如唐人所謂兔園册者，則其所著麟旨明微也。蓋給諫承藉家學，數踏省門，專精覃思，於是經注疏集解以及宿儒之講論，經生之經義，支離覆逆，浩煩疑互，一一窮其指歸，疏其蕪穢，窮年盡氣，彙爲是書。使學者如見斗杓，如得指南，無復有白首紛如之歎。此其所有事焉者也。然而給諫之意則遠矣。昔者漢世治春秋，用以折大獄，斷國論。董仲舒作春秋決事，比朝廷有大議，使使者就其家問之，其對皆有法。何休以春秋駮漢事，服虔又以左傳駮何休，所駮漢事六十條。故曰：屬詞比事，春秋敎也。胡文定生當南渡之後，懲荆舒之新學，閔靖康之遺禍，敷陳進御，拳拳以君臣夷夏之大義摩切人主。祖宗驅斥胡元，復函夏之舊。春秋傳解，斷以文定爲準。蓋三百年持世之書，非尋行數墨，以解詁爲能事而已也。今之學者，授一先生之言，射策甲科，朝而釋褐，日中而棄之。有如漢人所謂仞其師說以春秋決事者乎？有如文定搘柱新說，掃蕩和議，卓然以其言持世者乎？給諫之於是經也，童而習之，進取不忘其初。篋衍縱横，朱墨狼藉，誠欲使天下學者通經學古，謀王體而斷國論，以董子、胡氏爲儀的也。故曰：給諫之意遠矣。余家世授春秋，約略如給諫。衰遲失學，不能有所譔著。給諫是書，於余一言之弋獲，必有取焉。先民有言：詢于芻蕘。郢人誤書舉燭，而楚國大治。給諫之能謀國也，殆將以是書券之，吾有望矣。是爲敍。

初學集卷三十

序 三

少師高陽公奏議序

嗚呼！天之愛國家，可謂至矣！其治也，必爲之生佐命之人；其亂也，必爲之生致命之人；而其久治而孽亂，方盛而兆衰也，必爲之生保大定傾之人。天之生斯人以救世也，猶人之儲藥以救病也。有是病，必畜是藥以對治之。以故疾病時有，而人之性命有所恃以無恐。然而天之生斯人也，有才必竟其用，有用必盡其才。其或才有所未盡，而用有所未竟也，又若爲之登頓簸弄，用以中國家之緩急，而顯豪傑之能事。其愛惜人才而務欲全之也，無以異于其愛國家也。嗚呼！我國家中葉全盛，乃有奴酋之難，不可謂非孽亂兆衰之會。而保大定傾之人，若故少師高陽公者，豈非天之所篤生也與？蓋奴自撫順發難，勢如旋風熛火，不可嚮邇。廣寧陷，振武潰，寧前焚，舉四海之大，九廟之重，岌岌乎寄命于堵牆。公于斯時，以文學侍從之臣，自請當邊關廟社之寄。以謂保關外乃可以保關內，保關內乃可以保畿內。首關八里舖畫地築城之議，而關門之規摹大定。經營四載，闢地四百餘里。奴棄廣寧，退守河東。此公之功在初鎮者也。己巳之役，五日而赴闕，一夕而出鎮，挽遼帥遼兵于狂走驚瘌之時，決幾呼吸，轡勒在手，關門耆定，京師解嚴。遵、永四城，次第收復，以報天子。此公之功在再鎮者也。公前後出鎮方略，具在奏議中。使公之言得行于初鎮之日，則全遼可復，何有于寧、錦。使公之言得行于再鎮之日，則河西可闢，何止于四城。晉陽之讒梗于前，中山之謗間于後。奴之游魂尚在，而我之國耻未雪，此天爲之也。然自公再鎮之後，奴雖一再入，卒不敢窺左足于關門，而神京晏然，安于覆盂。譬之治室家者焉，牆垣繕完，閈閎堅厚，扃鐍內設，嚴更外儆，雖有穿窬偷兒，昏夜竊發，而主人固高眠燕寢，無犬吠之警矣。天實生公，爲國家料理東事，東事定而公之能事畢矣。夫然後假手羯奴，畀公以完節。于是乎成仁取義之局始全，而忠臣志士敵愾除兇之氣志，益憤盈而不可解。人徒知天之生公所以制奴，而豈知天之死公乃所以殄奴也與？公奏議凡若干卷，南司馬范公請于公而刻之。刻甫竣，而殉難之訃至矣。以謙益白首門生，俾爲其序。公受知熹宗皇帝，臨軒授鉞，以謂漢則孔明，唐惟裴度。今天子平臺召見，日暮秉燭，親以東事付公。而朝右之權奸，封疆之愞吏，旁掣而交梲之。公不獲孤立行意，復祖宗之舊疆，以報二聖，故其奏對之文，讓功任罪，憂讒畏佞，茹荼銜堇，邑鬱孤憤者居多。人皆以公之死奴爲難事，而不知公之在邊，心口交枳，進退維谷，譬如炎帝之嘗草，一日而百死，其難其苦，殆不啻一死而已也。今天子赫然震怒，誓滅奴以朝食。使公之書得進于廣廈細旃，備乙夜之覽，其必將愾然太息，憐公之志，而盡用其言于身後。後之君子，論其世而考其行事，然後知公之才果有所未盡，其用亦果有所未竟，而天之所以生公與其愛我國家者，信非偶然也。若余也，衰遲退廢，老而不死，進無所與于國恤，而退無以效于師門，撫公之遺文，忍痛而書其後，掩卷慟哭，不自意其強顔，猶居此世而已矣！崇禎己卯九月十七日辛未，門生錢謙益謹敍。

榮康侯公奏疏序

故太傅駙馬都尉謚榮康侯公，遭時淸晏，領戚里、掌宗政五十餘年。戚臣無他建白，歲時奏謝，不過雍時祈年、長楊扈從之屬而已。公當神廟靜攝，批答稀簡，礦稅煩興，遼左釁地，往往抗章切諫，流涕痛哭。而其最大者，則無如國本一事。蓋自萬曆中，震位久虛，霆怒交作。舉朝公疏伏闕，環視莫敢署名。公曰：宗人府文職一品衙門，此會典也。願以乘韋先之。疏上，懷印入午門，蒲伏待罪。疏雖留中，上意感寤深矣。迨辛丑册立，代藩之訟，與梃擊之獄，復相挻而起。此二者，國之大疑也。公羊母貴之議，未敢訟言也。借藩封爲榜樣，則國疑。趙虜掘蠱之事，未有內間也。假狙擊以嘗試，則國又疑。疑生惑，惑生釁，釁生妖，蜺竊日蒙，大禍乃作。公於此時，據經引義，慷慨別白，羣疑屏息，國是耆定。語有之，善解結者佩觿。公于國家，其爲佩觿也亦大矣。嗚呼！世之諱言國本者，動則曰疎逖小臣，妄議宮闈，離間骨肉。詩不云乎：問我諸姑，遂及伯姊。壽陽大長公主，神宗之妹，先帝之姑也。問寢長樂，起居未央，家人兩宮，兄嫂帝后，豈復如外人疎屬，漏禁中之語，言溫室之樹乎？公以肺附戚屬，參預宗社至計。特羊之饗，不祈免于中立；青蒲之泣，不責報于擁佑。然則國本之事，公而不言，誰當言者？公旣言之，則誰不當言者？小夫壬人，挾持邪說，詆金玦爲過憂，誣羽翼爲甚間，覽公諸疏，斯可以間執其口矣。公之子縉部郎昌胤，輯公奏疏刻之，而請余爲其序。余於公之忠言讜議，關係國本者，特表而出之，以補國史之闕，且使斷國論者，有所衷焉。公以戚臣得謚，可謂曠典。雖然，公卿大臣，歌暇豫而思集菀者，無不上謚。公于謚得上中者，何也？先朝之忠于先帝者，其得禍深矣。公以戚臣故，慬而獲免者也。

少保梁公卹忠錄序

神廟卽位，富於春秋。江陵專執國枋，以操切綜覈爲治。中外大吏，耆事奉職。府庫充實，胡虜保塞。時則有若故太子太保吏部尚書贈少保眞定梁公出鎮畿輔，入筦中樞，邊備修舉，首功屢奏，文武爲憲，首稱勞臣。掌銓未久，而江陵卒，遂以人言引退。天啓初，高邑趙忠毅公歷疏公生平大節，訟之于朝，贈卹之典始備。自忠毅之疏出，而公之不附江陵始暴白于天下，此䘏忠錄之所繇作也。當江陵之驟敗也，天下爭抉擿其罪；比其後也，則又爭傅會其功。余則以爲江陵之功可錄，其罪亦不可貰。而紹述江陵者，以陰柔爲和平，以憒眊爲老成，盡反其政，以媚天下。江陵所用之人，一切抑沒。其精彊幹辦之才略，奄然無復存于世。如梁公者，砥節首公，功在邊徼，持忠入地，至易代而後白，此亦紹述者之罪也。夫江陵所用之人，良馬也；江陵以後所用之人，雄狐也，黠鼠也。江陵能御良馬者也，江陵以後，能豢狐鼠而已耳。國家之事，與狐鼠謀之，則良馬必將遷延負轅，長鳴而不食。以梁公之才，寧以江陵故屏退，豈能與狐鼠爭路乎？江陵以後，人材之升降，此亦國事得失之林也。讀斯錄者，其亦可三嘆已矣！公在本兵，浙省羅木營兵變，公請于江陵。江陵曰：「是必得健令更兵事者往撫之。」公曰：「舊滑令張佳胤其人也。」江陵頷之，命張公往，遂定。公與江陵立談數語，而弭兩浙之亂。向令今日，公在本兵，江陵在政府，豈以奴寇遺君父哉？余與公諸孫中翰維樞論次公譜錄，念江陵之遺事，不勝其愾然也，爲牽連書之如此。

刻鄒忠介公奏議序

故御史大夫謚忠介吉水鄒公，舉進士，即抗疏論江陵奪情，拜杖闕下，投荒九死，兒童婦女，皆知其姓名。余羈貫時，去萬曆丁丑才十餘年。王母卞淑人道公事以訓予，咨嗟歎息，如千古以上人也。天啓壬戌，始得謁公於朝，一見如平生懽。公初入朝，朝右望見公衣冠，以爲有異。門牆高峻，如泰山喬嶽之不可仰，而秋霜烈日之不可近。公顧頹然藹然，威儀易直，語言坦率，無人而不得至其前也。嘗過予邸舍，抵掌談笑，欠伸于坐隅之榻，語方更端未悉，摩腰坦腹，齁齁熟睡矣。其疎節直腸，胸中無事，大都若此。然其於軍國大故，朝廷大議，人才摧折，忠邪消長之故，一語及之，意氣坌涌，目光注射，若矢之激弦，星之奔彴，曾不可以禁禦也。每有所聞見，輒草疏入告，伸紙屬筆，率其意所欲言。其所以告君父者，一如其告賓朋，告妻子，讕言長語，間亦闌及。意不假膏飾，文不加點竄。久之，或併其削藁忘之。要亦其天性使然，非有意學古人，以詭辭焚草爲能事也。公歿，閩人林銓，字六長，鈔得其奏議五卷，每出游，并其所作詩卷，貯篋衍中。崇禎乙亥，銓客潛山山谷寺，流賊卒至，銓部署寺僧，據山半以守，數日食盡，守者亦去。銓盡棄其資斧，取忠介奏議及其詩卷縛兩肘，右手提桀石，左手持白梃，背劍，且鬬且走，踉蹌百餘里，踰兩日還寺，飢餓無所得食，拍手大笑曰：「吾縱餓死，幸以忠介免矣。」又七年，自越游吳，典衣賣文，少有剩餘，盡付梓人，鏤版以傳于世，而屬予序之。自江陵亡後，忠介見忌時相，不得一日容於朝。晚登三事，爲奄黨論逐以死。身死之後，閩海之布衣，初無造門之游，半面之雅，乃獲其遺文斷簡，愛惜保護，以其身殉之於戎馬擊撞死生呼吸之際，是可嘆也！忠臣直士，名節道義，天地間之元氣也。讒夫小人視之爲骨鯁血怨，必欲斬艾之，澌滅之，俾無遺種而後已。嗚呼！天地間之元氣，終不可以滅亡；而讒夫小人磨牙鑿齒者，相仍而未艾。如銓之爲，其亦斯世所不可少也與？崇禎辛巳十二月序。

范司馬參機奏疏序

參機奏疏若干卷，南京兵部尚書參贊機務吳橋范公所著也。侍御方君孩未爲芟其煩長，抉摘其指意，以傳于世，而屬余序之。余讀之，喟然而歎曰：嗟乎！良醫之治病，有標有本。治標者寒熱補瀉，七方十齊，可以診而知，知而言者也。至于本病癥結，深傳變隱，診之者難知，知之者難言。故曰：三折肱知爲良醫，上醫醫國。豈不信哉！頃者海內多事，奴訌于北，寇蔓于南。天子睠顧陪京，以留樞付公。公在事凡四年，廉辨以率僚屬，公嚴以杜干請，勤敏以蒐軍實、詰戎備，誠信以撫將士、勵拳勇。南額兵八萬人，堪戰者不滿萬，荷戈則爲象物，脱巾則爲驕子。定營制，簡家丁，治樓船，練火器，將知兵，兵習將，部曲壁壘，焕然一新。于是乎有援池援滁援廬之師，江浦之役，賊烽夜照江水，不能以片羽飛渡，誰之力也？公之建置，以謂非戰無以爲守，非守江無以守陵守京，非守江北，無以守江南。此守江南之大局也。以池河衞關山，以關山衞滁、浦，此守江外之大局也。宿重兵于廬，游兵出英、六之間，東據鳳、泗，西應皖、楚，南控江，北扼淮，此守江北之大局也。寇自豫趨廬，自鳳趨池，又自和趨浦，寇無所不窺，我無所不應。尅期于漏刻，決幾于呼吸。料無不當，而應無不先。公之全局曉然，如畫圖聚米，寇無能出吾彀中也。雖然，此公之治標病者也，非所以治本也。天下之病，莫大乎縱方張之寇，豢必叛之賊，奉之以土地，資之以物力，假之以名號，寬之以歲月，使之休養生息，布置部署，爲其所願爲，而海内莫之敢指。此所謂診之而難知，知之而難言者也。公抗疏發其機牙，抉其苞孽，西賊膽寒，中樞心悸，公坐此去不旋踵矣。嗟乎！良醫之醫國也，其奏效豈不獨難，而用心豈不獨苦哉？唐末之於巢也，劉巨容欲留之以徼富貴，高駢欲縱之以聳朝廷。元末之於谷眞也，主撫者呑浮海之餌，主捕者膺羈管之禍。今之縱獻賊也何居？天祚聖明，玩寇者伏法矣，誤國者輿尸矣，游魂假息，飽颺而去者，行且懸首藁街。公之言於是乎炳丹青而信金石矣。公盡折肱之能，而國收瞑眩之效。唐、元之季世，豈足道哉！孩未之表而傳之也，固曰聖天子殷憂多難，將以公爲岐、摯、扁鵲。奏疏具在，標本之症，參伍于簡牘之間，其庶幾比于玉函金匱乎？然則孩未亦醫國者之指南也。崇禎辛巳正月序。

趙文毅公文集序

文中子曰：謝靈運，小人哉！其文傲，君子則謹。沈休文，小人哉！其文冶，君子則典。甚矣君子小人之文可辨而知也。王氏之論之詳矣，而吾以爲又有要焉者。君子之文必剛，小人則柔；君子之文必陽，小人則陰。上下數千年，未有以易此者也。故吏部左侍郎贈禮部尚書謚文毅趙公文集若干卷，自公之歿，已大行于時。而其子敍州守隆美始屬余敍之。蓋公在史館，慨然有志于經世之學。中更讒阻，不獲枋用，故其忠君憂國，別白賢佞，見于文章者爲多。回翔進退，反覆齟齬，而抑塞磊落之氣，鬱然不少變衰，讀者可以想見其爲人也。與公同時登館閣，取卿相，富貴顯融，勝于公者亦多矣。其文之傳於世者，或脂韋而寡風骨，或纖碎而饒芒刺，平津之曲學，與臨川之新學，知言之君子，有爲之掩卷而三歎者。豈若公之文，昔人所謂芒寒色正，人望而敬者與！公當神廟之初年，首建大節，天下聳動，爭自濯磨，以附公後塵。迄今六十餘年，仗節藴義，久而彌盛，皆自公發之。讀公之文，視其平生之大節，而萬曆以來，國論士風，皆可以考見焉。士君子陽明剛大之氣，養而無害，其發于文章而關於世道如此。後之有志于睎公者，讀公之文而有所感發焉，亦于剛柔陰陽之介，蚤辨之而已矣。

耀州王文肅公文集序

吾師耀州王文肅公既沒，其子淑抃，收拾遺文，枕籍與俱者凡八年。屬有流民之亂，血戰擊賊，襁負以免。襆被走三千里，謀梓於謙益，俾爲其序。公弱冠卽以文雄三輔，及其占上第，入詞垣，掌書命，職啓沃，回翔承明著作之庭，垂三十年。高文典册，出公手筆者爲多。當神廟中葉，頎然負公輔之望。海內正人君子，仰爲斗杓；而憸邪小人，視爲質的。要所謂芒寒色正，望而敬之者則一耳。比其沒也，海內惜公未竟其用，而益想慕其遺文。凡傳寫誦習者，蓋莫不躍然以起，聳然以服，久之愁然愾然，旁皇慘澹，而如有弗獲者也。公，秦人也。洪河泰華之氣，磅礴鬱積，大奮於公。其氣骨方嚴峭獨，故其文日光玉潔，與金天相晶瑩。其胸中彌綸一世，無所不有，故其文抱杜含鄠，歆灃吐鎬，陸海之珍藏畢具。畏天命，悲人窮，撫己而閔時，每結轖而形于言。譬諸河流，擘華蹈襄，回復萬里。當其颷衝水激，有淜滂澩灂之聲焉，於乎盛矣！本朝謚文肅者十有三人，惟公與漷縣岳公，直道大節，約略相似。岳甫相而得禍，公將相而被阨，其遭時齟齬亦同也。岳無子，其詩文多散佚。淑抃於公文，捃摭類次，謹謹傳之，惟恐失墜，此可以幸公之有後也。岳之類博稿，楊文忠用以扼中官封爵，掌故至今傳之。後有謀王斷國者，求有用之文於館閣，其必有取于公矣夫。

顧端文公文集序

涇陽先生顧端文公文集若干卷，其次子南京工部主事與沐所編次也。刻成，以屬謙益，俾爲其序。謹案：公逾弱冠，發解南畿，其文詞縱横駘蕩，一洗舉子熟爛之習。海内震動，若奮雷之啓蟄，快風之振槁。長而通治體，持國論。晚而湛于理學。其文與年俱進，要其縱横駘蕩，故自如也。嗚呼！公之學，程、朱之學也；其遇，亦程、朱之遇也。蓋公自登朝，再入吏部，皆忤宰執以去。與高忠憲公講學東林，而黨論隨之。伊川之在紹聖、崇寧，大略相似。晚年以清卿召，引疾不至，不獲如考亭之在紹熙，猶有行宮之奏，煥章之講，而黨議學禁，則不啻過之。然自有宋迄今，程、朱之名懸諸日月，而邢恕、范致虚、陳賈、傅伯壽之徒，果安在哉？由昔以視今，此可爲嘆息者也。公之文最著者，銓曹建言疏，以自反規切人主，海内爭傳之。上婁江救淮撫二書，遏紹述之萌牙，救黨禍之滋蔓，人所棘喉薄吻，噤不敢言者，皆自公發之。公初以吏部郎里居，余幼從先夫子省謁，凝塵蔽席，藥囊書籤，錯互几案，秀羸善病人也。已而侍公於講席，裒衣緩帶，息深而視下，醇然有道者也。及其抗論天下大事，風行水決，英氣勃發，不可遏抑如此。先夫子少與公同學，居恒字公曰叔時，論士喜狂簡，論文善養氣。嗚呼！知端文者，其惟先夫子乎？孔子曰：吾黨之小子狂簡，斐然成章。成章而曰斐然，此端文之文也。孟子曰：我善養吾浩然之氣。養氣而曰浩然，此端文之所以爲文也。

顧太史文集序

故春坊諭德崑山顧公升伯，諱天埈，有文集若干卷。歿後數年，邑令嘉善葉君刻之，以行于世，而其子某屬余爲序。公以雄駿峭特之資，遭神宗皇帝拔擢，服官史局，卽毅然以名宰相爲己任。好學廣問，深心矯思，以講求所謂濟時之業。久之，資望滋茂，徒黨翕集，聲光四出，不可掩蔽。於是咎譽錯互，而一斥不可復矣。萬曆初，江陵以健敗。其後執政者陰柔憒眊，遞相師承。公獨抉擿其隱祕曰：「天下以庸人病執政，豈知執政冒庸人之名，陰操威福大柄，以欺天下。」自是朝論較然，執政者遂無可解免矣。公又謂當世人才日靡，風習日僞，著論擊排，胥天下氣節道學之士，舉不得免焉。公之手眼，横騖側出于一世之上，高而危矣，睽而孤矣。易曰：莫之與，則傷之者至矣。豈不然與？屛居日久，霜降水落，物論衰止。天下之畏忌公者，始而疑，中而殺，久之且徘徊歎惜，望其復用。而公已病且老，天下事亦漸難措手，非復公摩厲以須之日矣。嗚呼！其可歎也！公生平志業，頌慕李文饒，其文章爽闓激切，亦略似之。公嘗敍蒲州張文毅公之文曰：「天下有文人之文章，有豪傑之文章，豪傑之文章，雲蒸龍變之氣，遇感卽發，寧容較深淺、商工拙于其間耶？然則儗公於文饒，其不能爲文饒者天也，以言乎豪傑之文章則一也。

徐司寇畫溪詩集序

自萬曆之末以迄於今，文章之弊滋極，而閹寺鉤黨凶菑兵燹之禍，亦相挻而作。嘗取近代之詩而觀之，以淸深奧僻爲致者，如鳴蚓竅，如入鼠穴，淒聲寒魄，此鬼趣也。以尖新割剝爲能者，如戴假面，如作胡語，噍音促節，此兵象也。鬼氣幽，兵氣殺，著見於文章，而氣運從之。有識者審聲歌風，岌岌乎有衰晚之懼焉。蓋至於今上之中，久道化成，順氣協應，而大司寇寶摩先生之詩始出。先生之詩，不騁奇於篇什，不求工於字句，舂容而妙麗，鏗鏘而鏜鎝，如四時之有春也，如五音之有宮也。天地元聲，具在于是。先生之詩出，而宇內幽陰鬼殺之氣，蓋已蕩爲和風，而化爲淸塵矣。其關於氣運，顧不大歟？昔者有唐之世，天寶有戎羯之禍，而少陵之詩出；元和有淮蔡之亂，而昌黎之詩出。說者謂宣孝、章武中興之盛，杜、韓之詩，實爲鼓吹。今東夷南寇，王師在野，游魂醜類，將取次掃除，而先生之詩，應運而出。天子大開明堂，采詩定樂，將以先生之詩爲風始，豈偶然哉？先生束髮登朝，羽儀自好。居官則引大議，與天子宰相相可否。出處則抗大節，襆被去國，介不終日。先生之爲人，詩所謂如金如璧者也。其發而爲詩，則精金之有聲也，良玉之有孚尹也。人知先生之詩可以潤色休明，挽回運數，不知先生固天地之元氣也。學者誦先生之詩，因而得其爲人，則庶乎其可矣。

初學集卷三十一

序四

湯義仍先生文集序

臨川湯義仍文集若干卷，吳人許子洽生以萬曆乙卯謁義仍於玉茗堂，而手鈔之以歸者也。義仍告許生曰：「吾少學爲文，已知訾警王、李，搰搰然駢枝儷葉，從事於六朝。久而厭之，是亦王、李之朋徒耳。氾濫詞曲，蕩滌放志者數年，始讀鄉先正之書，有志於曾、王之學，而吾年已往，學之而未就也。子歸，以吾文眎受之，不蘄其知吾之所就，而蘄其知吾所未就也。知吾之所就，所謂王、李之朋徒耳；知吾之所未就，精思而深造之，古文之道，其有興乎？」余聞義仍之語，退而讀其文，未嘗不喟然太息也。義仍官留都，王弇州豔其名，先往造門，義仍不與相見，盡出其所評抹弇州集，散置几案。弇州信手繙閱，掩卷而去。弇州沒，義仍之名益高。海內訾謷王、李者，無不望走臨川，而義仍自守泊如也。以義仍之才力，繇前而言之，豈不能與言秦、漢者爭爲撏撦割剝？繇後而言之，豈不能與言排秦、漢者爭爲叫囂隳突？深心易氣，回翔弭節，退而願學於曾、王，顧又欿然不自有，以其所未就者勗余。嗚呼！此可以知義仍之所存矣。古之人往矣，其學殖之所醞釀，精氣之所結轖，千載而下，倒見側出，恍惚於語言竹帛之間。易曰：言有物。又曰：修詞立其誠。記曰：不誠無物。皆謂此物也。今之人，耳傭目僦，降而剽賊，如弇州四部之書，充棟宇而汗牛馬，卽而眎之，枵然無所有也。則謂之無物而已矣。義仍晚年之文，意象萌茁，根荄屈蟠，其源汩汩然，其質熊熊然，蓋義仍之於古文，可謂變而得正，而於詞可謂已出者也。其學曾、王也，欿然自以爲未就，譬之金丹家，雖未至於九轉大還，然其火候，不可謂不力，而鉛汞藥物，不可謂不具也。後有君子，好學深思，從事於義仍之文，得其所謂有物者，而察識其所未至。因以探極指要，而知古文興復之幾。義仍已矣，庶幾後有子雲也哉？余悲義仍之文不大顯於世，而世之浮慕義仍者，於其所以爲文之指意，未有能明之者也。循覽遺編，追惟其末後鄭重相屬之語，而爲敍之如此。

李君實恬致堂集序

天啓中，余再入長安，海內風流儒雅之士，爲忘年折節之交者，則華亭董玄宰、祥符王損仲、嘉興李君實三君子爲最。玄宰詞林宿素，以書畫擅名一代。其爲人蕭疎散朗，見其眉宇者，以爲晉、宋間人也。損仲博極羣書，每徵一事，送一難，信口酬答，軒渠之意，見於顔面。每過余，必夜分乃去。君實落落穆穆，驟而卽之，不見其有可慕說。徐而扣其所有，則渟泓演迤，愈出而愈不窮。夫唯大雅，卓爾不羣，庶幾似之。是三君子者，其才情風格，約略相似。至於博物好古，是正眞僞，雖古人專門名家，未能或之先也。三君子之集，玄宰已行於世。損仲詩余所評定，未知其存否？而君實之集最後出，余得而論次之。余惟唐、宋以來，名人魁士，以風流儒雅爲宗者，若李沜公、米南宮、趙魏公之流，其標置欣賞，往往在勳名德業之外，無當於世用，而世顧不可少焉者，何也？草之有秋蘭也，木之有古松老梅也，味之有苦茗也，臭之有名香也，於世用亦復無當，而世亦不可少焉。譬之於人倫，其亦沜公之流也歟？文章者，天地英淑之氣，與人之靈心結習而成者也。與山水近，與市朝遠；與異石古木哀吟清嘯近，與塵壒遠；與鍾鼎彝器法書名畫近，與時俗玩好遠。故風流儒雅、博物好古之士，文章往往殊邈於世，其結習使然也。君實以進士起家，官至列卿，後先家居三十餘年，修潔如處子，澹蕩如道人，靜退如後門寒素。其爲詩文，翕山水之輕清，結彝鼎之冷汰，煦書畫之鮮榮，昔人之目李元賓，不古不今，卓然自作一體者也。君實工書善畫似玄宰，博極羣書似損仲，後有惇史，敍述本朝風流儒雅之士，附沜公輩之清塵者，三君子之中，又當以君實爲眉目。嗚呼！來者難誣，後世必有以余爲知言者矣！君實之嗣子肇亨，以余於先君有臭味之好，使爲其序。而同邑譚梁生狀其行事，屬錢塘魯得之擕書來請。皆以謂君實之文，非余莫適爲敍也，故不辭而弁其首。

劉司空詩集序

萬曆之季，稱詩者以淒清幽眇爲能，於古人之鋪陳終始，排比聲律者，皆訾謷抹摋，以爲陳言腐詞。海內靡然從之，迄今三十餘年。甚矣詩學之舛也！譬之於山川，連岡陷障，逶迤平遠，然後有奇峯仄澗，深巖複壁，窈窕而忘歸焉。譬之於居室，前堂後寢，弘麗靚深，然後有便房曲廊，層軒突夏，紆迴而迷復焉。使世之山川，有詭特而無平遠，不復成其爲造物；使人之居室，有突奥而無堂寢，不復成其爲人世。又使世之覽山水造居室者，舍名山大川不游，而必於詭特，則必將梯神山，航海市，終之於鬼國而已；舍高堂邃宇弗居，而必於突奥，則必將巢木杪，營窟室，終之於鼠穴而已。今之爲詩者舉若是，余有憂之而愧未有以易也。今年與劉司空敬仲先生相見請室，得盡見其詩。盧子德水之評贊，可謂精且詳矣。而余獨喜其淵靜閒止，優柔雅淡，意有餘於匠，枝不傷其本。居今之世，所謂復聞正始之音者與？使世之學者，服習是詩，奉爲指南，必不至悼慄眩運，墮鬼國而入鼠穴，余又何憂焉？史稱陳、隋之世，新聲愁曲，樂往哀來，竟以亡國。而唐天寶樂章，曲終繁聲，名爲入破，遂有安、史之亂。今天下兵興盜起，民不堪命，識者以謂兆於近世之歌詩，類五行之詩妖。敬仲之詩，得著廊廟，庶幾禦寇子之云，命宫而總四聲，慶雲流而景風翔矣乎？余將爲採詩者告焉。因敬仲寓德水，視如何也？

劉咸仲雪菴初稿序

余與咸仲交二十年矣。遭逢世故，流離跋疐，黑獄黄土，錯互促迫，短髮種種，尚在人間。天南地北，如吾兩人者無幾也。崇禎初，余免官出潞河。咸仲以吏部郎家居潞河。人稱咸仲朝齏暮鹽，有今無儲，急病讓夷，推燥就濕，鄉之人倚爲司命。昆弟朋舊，連床分榻，日則更衣而出，夜則典衣而飲。余歎息告潞人，中條山色，蜿蜒數百里内，無謂陽道州不可復作也。余與咸仲先後下獄，咸仲先得釋，來唁余於長安，盡出所著詩文，屬余評之。余始知咸仲之詩文，乃益知咸仲也。咸仲之爲人，眉宇軒豁，心腑呈露，意中無結轖不可解之事，喉間無嗔咽不可道之語，以君父爲天，以師友爲命，以文章山水爲日用飲食。其爲詩文也，亦若是而已。詩文之繆，傭耳而剽目也，儷花而鬭葉也。其轉繆，則蠅聲而蚓竅也，牛鳴而蠻語也。其受病，則皆不離乎僞也。咸仲之詩文，喜而歌焉，哀而泣焉，醒而狂焉，夢而愕焉，嬉笑嚬呻，謦咳涕唾，無之而非是也。咸仲之性情在焉，咸仲之眉宇心腑在焉。有眞咸仲，故有咸仲之眞詩文，其斯爲咸仲而已矣。咸仲命其集曰雪菴。雪菴者，咸仲讀書之室，亦以自喻也。詩不云乎？何彼襛矣，華如桃李。此士大夫之光華悦豫，得時而向榮者也。又不云乎？蒹葭蒼蒼，白露爲霜。此則其蕭索坎壈，悲秋而廓處者也。若夫上天同雲，先集維霰。於斯時也，天地閉塞，水澤堅凍，非夫高寒慘淡，獨立而高臥者，何足以當之？余將攜咸仲之集，歸乎江南，釣拂水之漁灣，臥松江之蟹舍，天寒歲晚，孤舟簑笠，焚枯煨柮，咏雪菴之詩，而間讀其文，不可以樂而忘死乎？世無王子猷、蘇子瞻，此意誰知之者？吾將汎剡谿步臨皐而問焉。

范璽卿詩集序

今之譚詩者，必曰某杜，某李，某沈、宋，某元、白。其甚者，則曰兼諸人而有之。此非知詩者也。詩者，志之所之也。陶冶性靈，流連景物，各言其所欲言者而已。如人之有眉目焉，或清而揚，或深而秀，分寸之間，而標置各異，豈可以比而同之也哉？沈不必似宋也，杜不必似李也，元不必似白也。有沈、宋，又有陳、杜也。有李、杜，又有高、岑，有王、孟也。有元、白，又有劉、韓也。各不相似，各不相兼也。今也生乎百世之下，欲以其蠅聲蛙噪，追配古人，儼然以李、杜相命，寖假而脣舌，訾議其短長，蜉蝣撼大樹，斯可爲一笑已矣。

今之詩人，有廣陵范璽卿異羽。異羽之詩，清妍深穩，有風有雅，出入六朝三唐，不名一家，亦成其爲異羽之詩而已。異羽舉進士，爲吏部郎。人才國論，儲峙胸中。直道忤時，以清卿引退。蕭閒虛止，若無所與於人世者。其爲詩終和且平，穆如清風，有忠君憂國之思，而不比於怨；有及時假日之樂，而不流於荒。斯所以爲異羽也歟？斯所以爲異羽之詩也歟？如必曰此爲六朝，此爲三唐，尋行數墨，取異羽以追配古人，則異羽之所以爲詩者或幾乎隱矣。余知異羽之深者也，故於異羽之集成而序之如此。余往得異羽題扇詩，有「蹲石花閒似定僧」之句。已又得范司馬夢章詩，有「掃花便欲親苔坐，删竹當防礙月行」之句。迴環吟咀，於詩家有二范之目，間將倣古人團扇屏風之例，撮取當世名章秀句，以傳於後，亦以二范爲嚆矢焉。在昔池塘芳草之什，蟬噪鳥鳴之句，咸以么絃孤韻，標舉藝林。而後世則盈湘溢縹，蕪累山積。此亦作者得失之林，不可以不辨也。

黄鶴嶺侍御游恆山詩序

上官大夫之讒屈原也，曰：每一令出，自伐其功。信斯言也，則屈子之信而見疑，忠而被謗，固已昭然矣。既已謠諑相傾危矣，而又與之以名，甚矣，古之讒人者，猶三代之遺直也。分宜之避容城也以令旨，四明之竄歸德也以妖書，事所不經，法所未有，其殺之彌力，其暴之也滋甚。若二公者，亦猶行古之道也歟？今也不然，優容以縶之，遲緩以老之，紆迴以誤之，駭機忽發，如環無端。使當之者如據蒺藜，如緣藤葛，全身則無路，殺身則無名，求生不生，祈死不死，權奸伎倆，窮神入聖。斯可目共、咬爲麤材，嗤靳、蘭爲笨伯矣。當此之時，乃有能偷暇日，賈餘勇，登山舒嘯，臨流賦詩，如東海君者，不尤異乎？或曰：上官、子蘭之讒屈原，疎斥之不用已爾，非如今之曲殺之也。東海君之託於游也，澹蕩其跡以解衆也。或曰：屈原之所遇闇主也，東海之所遇聖君也。昔之優人有言之者矣。東海君之愛其身也，以有待也。或曰：屈原僅一姊，申申而詈余矣。東海君遺愛在三輔間，父老遺民，燕、趙悲歌之士，所至相慰藉，其與夫陬詞沅、湘，行吟澤畔者，則有間矣。東海君之所以樂而忘返也。東海君之志，觀於游恆山之詩，則知之矣。孔子曰：詩可以怨，遠之事君。此之謂也。崇禎戊寅八月序。

孫楚惟詩稿序

余舉進士，出吾師高陽公之門。吾師命楚惟兄事余。楚惟方少年，鸞鵠停峙，踔厲風發。余自謂當讓此人一頭地，不敢以弟畜也。楚惟既上公車，荏苒二十餘年，未得一第。深思易氣，讀書纘言，其學殖益富，而其所爲詩，盈囊溢帙，刻成屬余序之。蓋自遼、廣失守，畿輔震動，吾師援裴晉公故事，自請行邊，而中朝遂不復聽其入。河北之賊未去，晉陽之疑日積。凡吾師所爲極難耳。方吾師出鎭之日，天子御門臨遣。楚惟以佳公子韜弓珥筆，躍馬以從。嘍啃宿將，袜首韡袴，免胄而趨風，磨盾草檄，横槊賦詩，何其壯也！已而中外掣肘，進退唯谷，釋晨昏温凊之憂，而懷風雨漂搖之懼，所謂欲哭則不可，欲泣則近於婦人者，一皆於詩發之。爲楚惟者，良亦苦矣。唐之舉子，淪落不偶，往往歎歸燕之無棲，惜雲英之未嫁，悲憂窮蹇，見於語言，豈如吾楚惟氈車席帽，馳驅戎馬之場，懷鉛握槧，參預掃穽之績，丈人長子之寵寄，勞臣志士之心曲，交抃繁會，噴薄於楮墨之間。然則楚惟之身雖窮，而其遇則未始不壯也。其爲詩，亦豈如唐之舉子，淒聲促節，如蛩吟之發於蚓竅者，可同日道哉？天生吾師，方叔元老，爲國家耆中興之業。而又生楚惟以相助之。天之靳一第於楚惟者，良有深意。自兹已往，楚惟之勛名，與其詞章，日升而川至者，未可量也。余雖老矣，尚能握管以俟之。崇禎甲戌九月序。

孫紫冶詩稿序

吾師高陽公之第五子曰鑰，字紫冶，與其兄弟，掉鞅文場，互爲渠帥。紫冶尤富於著述，所刻詩多至數十卷。自吾師以黄閣元老，再出視師，紫冶兄弟，挾矢簪筆，更番省侍。

己巳之役，從征不及，浮海而東，佐吾師艱危拮据，以成收復之績。故其詩多沉雄感激，有古勞人俠士從軍征戍之風。而余讀之，則重有感也。東便門之事，七十老臣，一日而就道，七日而趨朝，一日夜而旋出國門。便門之外，虜騎充斥。單車夜行，其得免者天也。先是余以枚卜被逐，羣小懼吾師之入而爲吾地也。當是時，聖天子方急虜，而羣小急余。急虜則吾師朝以入，而急余則吾師夕以出。此其故蓋難言之矣。幸天子神聖，功狀著明，中山之謗雖滋，而東山之勞未泯，不然，豈不殆哉！古之人嗛一飯之德，感一言之知，必將殺身以自明，刎頸以相報。以余之不肖，當吾師出鎮之日，不能裹糧荷殳，從幽、并健兒，與奴酋接踵而死，覥然甘寢飽啖，晏晏居息，自屏於菰煙蘆雪之間。讀紫冶之詩，觀其涉波濤，冒鋒刃，其將父之急，而報國之殷也，能不媿哉！軍旅之事，呼吸萬變，非親在行間者不能深知。老臣持重，又嫌於自伐以掩朝廷，故奏報往往不能盡什之二三。紫冶作過庭引，敍四城匡復之詳，伐交用間，老謀壯事，髣髴可以想見。昔范文正之長子，從其父於師中，與將士臥起，備知其勇怯情僞，文正以此能得將士心。繇今視之，古今人豈相遠哉？余序紫冶詩，以謂吾師父子之間，有關於軍國之故，忠孝之誼，世之採風者，可以考見焉。而因及余之所愧者，使後之人亦或俯仰一歎，幸吾師之有子，而惜其無徒也。崇禎甲戌九月序。

孫幼度詩序

戊寅之春，余病臥請室。同縶者聞邊遽，驚而相告。余方手一編詩，吟咀不輟，挾筴而應之曰：以此占之，奴必不爲害。告者不懌而去。居無何，邊吏以乞欵入告，舉朝有喜色。告者復問：「子所誦何人詩？詩何以能占虜耶？」余展卷而應之曰：「此吾師高陽公之少子名鈽字幼度之詩也。吾師爲方叔元老，身係天下安危。諸公子皆奇偉雄駿，屬櫜鞬，握鉛槧，以從公於行間，作爲歌詩，往往風發泉涌，流傳人間，而幼度其後出者也。幼度之詩，有光熊熊然，有氣灝灝然，一以爲號鯨鳴鼉，一以爲風檣陣馬。雜述感事之作，憂軍國，思朋友，忠厚惻怛，顛頹宛篤，非猶夫衰世之音，蠅聲蚓竅，鮨吟而鬼哭者也。今夫吾師者，國家之元氣也，渾淪盤礴，地負海涵，其餘氣演迤不盡，而後有幼度兄弟，而後有幼度兄弟之詩。徵國家之元氣於吾師，徵吾師之元氣於幼度之詩。傳有之，深山大澤，實生龍蛇。幼度之詩，殆亦國家之餘氣也。純門之役，師曠驟歌北風，而知楚之不競於晉。斯可以覘國已矣，而又何疑焉？」告者曰：「子之言則善矣，古者師能審音，子非師而效師之歌風也何居？」嗟夫！余固世之僇人也，幽囚困踣，憔而不死。余雖有目，無以異於師之瞽也。鄭之師慧，過宋朝而私焉，曰：必無人焉。余之來也，歸死於司敗，不敢造朝，未知有人焉與否。

羽書旁午，病臥請室，無已而以歌風占敵，自附於子野，子猶以有目靳我，不亦過乎？告者憮然而退。遂次其語以序幼度之詩。

孫靖自文序

往在史館，與莆田曾霽雲共論館閣之文。霽雲曰：「當今不得不推高陽爲第一。其文熊熊渾渾，元氣磅礴，非章句瑚續之徒可幾及也。」余以爲知言。今年夏，楚惟之子靖自，郵致其文辭，就正於余。余觀其氣象宏博，脈理沉厚，高華駿朗，稱其爲吾師之孫，楚惟之子，而益歎霽雲之言爲有徵也。吾師之文，其大者爲高文典册，籌邊斷國，固已著竹帛而垂夷夏。其小者則殘膏賸馥，猶足以衣被海內，沾丐作者。此天地之元氣，渾淪磅礴，非有使之然者也。鍾水豐物，源深流長，一發而得楚惟兄弟，再發而得靖自。黄河之流，千里一曲，不觀於崑崙、天柱，豈知其委輸分逝之故哉！韓子敍北平王之三世，稱王猶高山深林鉅谷，龍虎變化不測，而其孫則瑤環瑜珥，蘭茁其芽，稱其家兒。夫緜龍虎變化，以至於瑤瑜蘭茁，家門之盛，固足稱道，而元氣則已薄矣。今靖自與其羣從，森秀玉立，而其文詞瑰瑋奇偉，龍虎變化，傑魁之氣，鬱然不少衰落。則不獨吾師一家之元氣，而國家昭融敦厚之福，培養於百世者，未有艾也。余故喜而書之。

楊澹孺詩稿序

應山楊淸澹孺與其弟漣文孺，並以才名，鵲起湞、漢間。文孺登甲第，歷官憲府。而澹孺以老明經爲博士弟子師。少陵不云乎：「諸公袞袞登臺省，廣文先生官獨冷。」一旦於澹孺兄弟間見之，澹孺夷然不屑也。入學鼓篋，褒衣博帶，與學者譚先王、講道德，以其間攜軍持奚囊，探奇問勝，嘯歌賦詩，用自娛説而已。澹孺與其弟更衣拌食，責備行義，以古人相期許。文孺爲海虞令，澹孺割城南數頃以遺文孺，曰：「吾不忍廉吏妻子不得宿飽也。」讀其詩，和平簡淡，時時有勞人志士節廉用壯之思，斯可以知澹孺已矣。往文孺在省垣，余方里居。文孺夢要余登高賦詩，有柳風來太液，梧月映華淸之句，詒書告余曰：天涯兄弟，夢寐相感，不令樂天、微之獨擅千古。今澹孺之詩成，而余爲之序。文孺居太微淸嚴之署，發而讀之，池塘春草之夢，又當與柳風梧月，並爲美譚。他日余三人執手論詩，契闊談讌，又安知不仍在夢中乎？當相與酌酒一笑耳。天啓三年十一月。

陶不退閬園集序

余少讀李卓吾之書，意其所與游者，必皆聰明辨博、恢奇卓詭之士。已而識新安方時化、汪本釬於長安，皆卓吾高足弟子，授以九正易因者也。時化一老明經，斤斤爲文法吏，褒衣大帶，應對舒緩。本釬樸遬腐儒，偶坐植立，如土木偶。是二人者，與之游處，求其爲卓吾之徒而不可得也。公安袁小修曰：「卓吾之平生，惡浮華，喜平實。士之矜虛名，衒小智，游光揚聲者，見則唾棄之，不與接席而坐。觀其所與，則卓吾可知也。」余聞小修言，復與二人者游，乃知爲卓吾之徒。久之，如見卓吾之聲音笑貌焉。同年生姚安陶珽，字不退，少有志於問學，游卓吾之門而有得焉者也。不退之爲人，恂恂已爾，穆穆已爾。與之語，泛濫於物情吏事，剌剌不少休，未嘗以問學自表異。余與不退游甚狎，始知卓吾之所與，皆方、汪也，如小修之云。不退既沒，其弟仲璞以閬園集求敍。不退之詩文，緣情而攄詞，據事而立論，未嘗標門牆、設壇宇，名爲某氏之學也。爲吏言吏，居鄉言鄉，如父老之談農桑，如家人之問耕織，未嘗駢枝儷葉，致飾於語言文字之間也。其言曰：詩則香山，文則眉山。似矣。試就其詩文，求所謂香山、眉山者何有哉？讀閬園集者曰：「此陶不退之詩文也」，其斯以爲卓吾之徒已矣。卓吾守姚安，清淨恬淡，有汲長孺之風。不退居官似之。卓吾晚年憤世，兀傲自放。而不退規言矩行，老而彌謹。此則不退之善學卓吾者也。

陶仲璞遯園集序

姚安陶仲璞，爲吾同年兄穉圭之弟，兄弟俱以才名奮起天末。穉圭成進士，敭歷中外，官至監司。而仲璞以乙科官南工部，出守寶慶，得罪於藩府，挂冠以歸。其治行廉辨淸眞，亦略相似。余既爲穉圭序閬園集矣。仲璞復以遯園集示余，求一言之弁。余不知文，安能序仲璞之文？亦知其爲陶氏兄弟之文而已矣。萬曆之季，海內皆詆訾王、李，以樂天、子瞻爲宗，其說唱於公安袁氏。而袁氏中郎、小修，皆李卓吾之徒，其指實自卓吾發之。穉圭與小修俱龍湖高足弟子，而仲璞少受學於穉圭，其師友淵源如此。故其詩文之大指，可得而考也。夫詩至於香山，文至於眉山，天下之能事盡矣。袁氏之學，未能盡香山、眉山，而其抉擿蕪穢，開滌海內之心眼，則功於斯文爲大。仲璞之集，稱心而言，指事而論，無薄喉棘手之艱，無東塗西抹之飾，則亦袁氏之遺風，可以祖香山而宗眉山，不墜落今世詞章道學窟穴中也。穉圭文多應世酬物之語，而仲璞多譚學問，逗露盱江、泰州宗指，顧猶沾沾於三峯入裸國而解衣，其亦有隨緣牽勸之思乎？龍湖一瓣香具在，安得促席從仲璞而問之？

劉大將軍詩集序

曹南劉大將軍，束髪從戎，大小數百戰，所至克捷。天子拊髀嘉歎，依倚爲干城腹心。羯奴蝗賊，憚其威名，所謂聞弓聲爲霹靂，見走馬爲電閃。而將軍顧自憙爲歌詩，據鞍倚馬，筆騰墨飛，投壺雅歌，分題刻燭。幕中之士，傳寫其詩，鏤版以行於世，而請余序之。夫詩有聲焉，有律焉。氣莫盛於聲，法莫細於律，皆與軍旅之事相通者也。傳曰：甲兵以利用也，金鼓以聲氣也。戰，勇氣也。一鼓作氣。古之君子，聽鐘聲則思武臣，聽磬聲則思封疆之臣，聽鼓鼙之聲則思將帥之臣。五聲之中，思武臣者居其三焉。師曠歌南北之風，知楚之多死聲。與夫清嘯而却胡，吹篪而退虜，皆此物也。易曰：師出以律，否臧凶。握奇之法，四正四奇，餘奇爲握奇。善用兵者，以正合，以奇勝，皆律也。故曰：好以暇，好以衆整。今將軍之詩，聲盛矣，律備矣。驟而歌之，若風雨之猝至，若礮火之橫飛，若鉅鹿、昆陽之戰，士卒震恐，而虎豹慴慄也。徐而按之，擊刁斗，明步伐，前偏後伍，鼓進金退，森然而不亂，井然而可紀也。俄而喑啞叱咤，免胄叫呼。俄而緩帶輕裘，雍頌燕笑。此將軍之詩法也，即其兵法也。古今之論將者，莫先於趙衰之論郤縠，以爲說禮樂而惇詩書。而中山王奉高帝觀書有益之諭，所至親禮儒士，囊書自隨。將軍之爲詩，豈徒尋行儷句，追配昔人競病之章而已，以詩書爲義府，以忠孝爲學籠，滅奴盪寇，精白一心，以報天子。磨厓之銘，鼓吹之曲，舐墨吮筆於飲頭喋血之餘，庶可以解賦詩退虜之誚乎？詩有之：武夫洸洸，告成于王。余將效王氏之續詩，嗣江漢之什焉。將軍勉之哉！崇禎壬午七月序。

初學集卷三十二

序 五

嘉定四君集序

嘉定四君集者，嘉定令四明謝君所刻唐叔達、婁子柔、程孟陽、李長蘅之詩文也。嘉靖之季，吾吳王司寇以文章自豪，祖漢禰唐，傾動海內。而崑山歸熙甫昌言排之，所謂一二妄庸人爲之巨子者也。當司寇貴盛之時，其頤氣涕唾，足以浮沉天下士。熙甫窮老始得一第，又且前死，其名氏幾爲所抑沒。二十年來，司寇之聲華燀赫、爛熳卷帙者，霜降水涸，索然不見其所有；而熙甫之文，乃始有聞于世。以此知文章之眞僞，終不可掩，而士之貴有以自信也。熙甫既沒，其高第弟子多在嘉定，猶能守其師說，講誦于荒江寂寞之濱。四君生于其鄉，熟聞其師友緒論，相與服習而討論之。如唐與婁，蓋嘗及司寇之門，而親炙其聲華矣。其問學之指歸，則確乎不可拔。有如宋人之瓣香于南豐者。熙甫之流風遺書，久而彌著，則四君之力，不可誣也。四君之爲詩文，大放厥詞，各自己出，不必盡規摹熙甫。然其師承議論，以經經緯史爲根柢，以文從字順爲體要，出車合轍，則固相與共之。古學之湮廢久矣，向者剽賊竄竊之病，人皆知訾笑之。而學者之冥趨倒行，則愈變而愈下。譬諸懲塗車芻靈之僞，而遂眞爲罔兩鬼魅也。其又可乎？居今之世，誠欲箴砭俗學，原本雅故，溯熙甫而上之，以蘄至于古之立言者，則四君之集，其亦中流之一壺也矣。嘉定僻在海隅，風氣完塞。四君讀書談道，後先接跡。布衣蔬食，有衡門泌水之風。史稱揚子雲不汲汲于富貴，不戚戚于貧賤，不修廉隅以徼名當世。蓋庶幾近之。夫文章之道，蘄于徵古人而信後世，則固非誘于勢利，望其速成者，可徼倖而幾及也。讀斯集者，尙亦深思其人，而夷考其志行也哉！謝君刻既成，以余獲奉教于諸君也，俾爲其序。吾觀歐陽公稱和凝有文集百餘卷，自鏤版以行于世，識者非之。古人重立言而薄取名，其用意深遠如此。今四君之集，久閟於篋衍，而謝爲刻之，以行于世，可謂相與以有成矣。斯亦可書也。

虞山詩約序

陸子敕先撰里中同人之詩，都爲一集，命之曰虞山詩約，過而請於余曰：「願有言也。」余少而學詩，沈浮於俗學之中，懵無適從。已而扣擊於當世之作者，而少有聞焉。於是盡發其衢所誦讀之書，泝洄風、騷，下上唐、宋，回翔於金、元、本朝，然後喟然而嘆，始知詩之不可以苟作，而作者之門仭奥窔，未可以膚心末學，跂而及之也。自玆以往，濯腸刻腎，假年窮老而從事焉，庶可以竊附古人之後塵，而余則已老矣，今將何以長子哉？余竊聞之，太史公曰：國風好色而不淫，小雅怨誹而不亂。若離騷者，可謂兼之。故夫離騷者，風、雅之流別，詩人之總萃也。風、雅變而爲騷，騷變而爲賦，賦又變而爲詩。昔人以譬江有沱，乾肉爲脯。而晁補之之徒，徒取其音節之近楚者以爲楚聲，此豈知騷者哉？古之爲詩者，必有深情畜積於內，奇遇薄射於外，輪囷結轖，朦朧萌折，如所謂驚瀾奔湍，鬱閉而不得流；長鯨蒼虬，偃蹇而不得伸；渾金璞玉，泥沙掩匿而不得用；明星皓月，雲陰蔽蒙而不得出。於是乎不能不發之爲詩，而其詩亦不得不工。其不然者，不樂而笑，不哀而哭，文飾雕繢，詞雖工而行之不遠，美先盡也。唐之詩，藻麗莫如王、楊，而子美以爲近於風、騷；奇詭莫如長吉，而牧之以爲騷之苗裔。繹二杜之論，知其所以近與其所以爲苗裔者，以是而語於古人之指要，其幾矣乎？諸子少年而彊力，博學而矯志，其聞道也先於吾，不鄙而下問，其將以余爲識塗之老馬也？故敢以風、騷之義告焉。得吾說而存之，深造自得，以求跂乎古人，追風以入麗，沿波而得奇，詩道之大興也，吾有望矣。嗟夫！千古之遠，四海之廣，文人學士如此其多也。諸子挾其所得，希風而尚友，揚扢研摩，期以砭俗學而起大雅。余雖老矣，請從而後焉。若曰以吾邑之詩爲職志，刻石立墠，胥天下而奉要約焉。則余願爲五千退席之弟子，卷舌而不談可也。壬午涂月，虞山老民錢謙益序。

徐元歎詩序

自古論詩者，莫精於少陵別裁僞體之一言。當少陵之時，其所謂僞體者，吾不得而知之矣。宋之學者，祖述少陵，立魯直爲宗子，遂有江西宗派之說，嚴羽卿辭而闢之，而以盛唐爲宗，信羽卿之有功於詩也。自羽卿之說行，本朝奉以爲律令，談詩者必學杜，必漢、魏、盛唐，而詩道之榛蕪彌甚。羽卿之言，二百年來，遂若塗鼓之毒藥。甚矣！僞體之多，而別裁之不可以易也。嗚呼！詩難言也。不識古學之從來，不知古人之用心，狥人封己，而矜其所知，此所謂以大海內於牛跡者也。王、楊、盧、駱，見哂於輕薄者，今猶是也，亦知其所以劣漢、魏而近風、騷者乎？鉤剔抉摘，人自以爲長吉，亦知其所以爲騷之苗裔者乎？低頭東野，慬而師其寒餓，亦知其所謂橫空盤硬，妥帖排奡者乎？數跨代之才力，則李、杜之外，誰可當鯨魚碧海之目？論詩人之體製，則温、李之類，咸不免風雲兒女之譏。先河後海，窮源遡流，而後僞體始窮，別裁之能事始畢。雖然，此益未易言也。其必有所以導之。導之之法維何？亦反其所以爲詩者而已。書不云乎：詩言志，歌永言。詩不本於言志，非詩也。歌不足以永言，非歌也。宣己諭物，言志之方也。文從字順，永言之則也。寧質而無佻；

寧正而無傾；寧貧而無僦；寧弱而無剽；寧爲長天晴日，無爲盲風澁雨；寧爲清渠細流，無爲濁沙惡潦；寧爲鶉衣短褐之蕭條，無爲天吳紫鳳之補坼；寧爲麤糲之果腹，無爲荼堇之螫唇；寧爲書生之步趨，無爲巫師之鼓舞；寧爲老生之莊語，無爲酒徒之狂詈；寧病而呻吟，無夢而厭寱；寧人而寢貌，無鬼而假面；寧木客而宵吟，無幽獨君而晝語。導之於晦蒙狂易之日，而徐反諸言志詠言之故，詩之道其庶幾乎？徐元歎少工爲詩，隱長城蓺香山中，築室奉母數年，而其詩益進。元歎之爲人，淡於榮利，篤於交友，苦心於讀書，而感憤於世道，皆用以資爲詩者也。元歎之詩，爲一世之所宗。則夫別裁僞體，使學者志于古學而不昧其所從，元歎之責也。余故於元歎之刻其詩而舉以告之，且以爲學元歎之詩者告焉。嗟乎！江西之宗，不百年而羽卿闢之。本朝之學詩者三變，而榛蕪彌甚，元歎之不辭而闢之者，何也？

黄子羽詩序

近代之學詩者，知空同、元美而已矣。其哆口稱漢、魏，稱盛唐者，知空同、元美之漢、魏、盛唐而已矣。自弘治至於萬曆，百有餘歲，空同霧于前，元美霧于後。學者冥行倒植，不見日月。甚矣兩家之霧之深且久也！以余所見，才人志士，踔厲風發，可以馳騁古人者多矣。惟其聞見習熟，抑沒於兩家之霧中，而不能自出，如昔人所謂有下劣詩魔，入其肺腑者。夫是以少而眩，長而堅，老而無成，而終不自悔也。吾友何季穆，少而稱詩，篇帙甚富。病亟，屬其友盡焚之，曰：「無以隻字留人間也。」季穆之才，踔厲風發，可以馳驟古人，而不能自解免于兩家之霧。然其少而眩，長而不自堅，已而大悔之，而自恨其無及。吾以此益嘆季穆，而深惜其無所成也。子羽少與季穆遊，遂喜爲歌詩。季穆沒而子羽之詩始出。蓋子羽之詩成，而季穆不及見也。子羽之稱詩未久，而舉世擊排李、王，適會其解駁穿漏之時。是故子羽之才之學，於季穆實相伯仲；而其爲詩也，後發而先至。以其早脫兩家之霧，而祈向于古人，無所謂下劣詩魔入其肺腑者也。子羽之爲人，貌婉而神清，氣和而志厚。淡聲色，薄滋味，寡氣矜，畏榮進。天實遵養之以資其爲詩。子羽之詩之成也，將自今日始。若夫李、王之後，詩家之霧四塞，解駁穿漏，未有其時。而其不眩而自堅者，吾未之見也。吾老矣，自恨無以易世，然尙當與子羽極論之。甲戌中秋序。

華聞修詩草序

蘇子瞻惠山泉詩云：兹山定空中，乳水滿其腹。遇隙則發見，臭味實一族。余嘗持此以論詩，以謂古人之詩，奇正濃淡，萬有不齊，要其空中滿腹，遇隙而發見則一也。不然者，如行潦之水，不足以灌一畦，求其缾罍走海內，豈可得乎？梁溪華聞修，讀書惠山之下，朝夕焚香煑茗，酌泉而賦詩。余語客曰：「子知聞修之詩乎？是子瞻之所以評惠泉者也。」客曰：「何以徵之？」余曰：「以秦少游之言徵之。少游之論泉曰：泉者，山之精氣所發也。岸湖之山，有所誘而不克以爲泉，岸江之山，有所脅而不暇以爲泉。今之爲詩者，聲利釣心，繁華鑠骨，壯氣攻其中，而儨盈張其外。其爲誘且脅也亦多矣。聞修布衣疏食，蕭閒淡止，無所誘以越散其神，無所脅以虧疎其氣，山川之映發，友朋之伸寫，意行而臥游，酒悲而夢愕，皆用以資爲詩。如是而詩不大昌者，未之有也。且子之酌斯泉也，取其白泥赤印，供水符而走傳遽者乎？抑取其冰牙雪齒，鳴松風而潑石鼎者乎？語有之：在山泉水清，出山泉水濁。泉之出山而濁者，誘與脅使之也。子欲知聞修之詩，取之於斯泉足矣，而他何徵焉？」客曰：「善哉！子之言詩。雖然，以此品泉，殆陸鴻漸、張又新之所未及也。」

越東游草引

梁谿黃心甫，渡娥江，薄游東嘉，登池上樓，出西射堂，訪南北白岸亭，遊華蓋山。已而越楢溪，上天台，踐滑石，臨石梁而後返。出其記遊詩文以示余。余嘗聞吳中名士語曰：至某地某山，不可少一游。游某山，不可少一記。馮元成每游名山，具騶從，盛服危坐僧院，聲譽如放衙，屬其門客傔從曰：爲我探某石某泉，供我作記。今杭城刻名山記累積充几案，皆元成之流耳。心甫之遊，以青鞵布襪軍持漉囊爲供億，以高人逸老山僧樵客爲伴侶，以孤情絶照苦吟小飲爲資糧，與山水之性情氣韻，自相映發。蓋必如心甫而後可以言游，必如心甫之記游而後可以言詩文也。嘗讀杜詩再遊何將軍園林，皆與鄭廣文俱。杜吟咏累日，而廣文無一言酬和。向平婚嫁既畢，因游五嶽，迄今五嶽無向平隻字。古之通人，其志意高遠，豈今世可幾及哉？余去年游黃山，不自量度，作紀游一卷。既而大悔之。讀心甫之詩文，書之以志吾悔，且以諗世之好遊者。

曾房仲詩序

泰和曾棠芾先生，有才子曰房仲，敏而好學，以應舉之隙攻比興，不遠四千里，再拜遣使，奉其尊人之簡牘，緘致其詩若干首，以求是正于余，且請爲序。余讀其詩，風氣警遒，興寄婉愜，雲霞風雨，含吐於行墨之間，劌目鉥心，掐擢胃腎，戛戛乎去故而就新也，皇皇乎經營將迎，如恐失之也。房仲之於詩，可謂能矣。其求之斯已勤，而得之斯已艱矣。余固非知詩者也，操斧於班、郢之門，亦已難乎？余蓋嘗奉教于先生長者，而竊聞學詩之說。以爲學詩之法，莫善于古人，莫不善于今人。何也？自唐以降，詩家之途轍，總萃於杜氏。大曆後以詩名家者，靡不繇杜而出。韓之南山，白之諷諭，非杜乎？若郊，若島，若二李，若盧仝、馬異之流，盤空排奡，横從譎詭，非得杜之一枝者乎？然求其所以爲杜者，無有也。以佛乘譬之，杜則果位也，諸家則分身也。逆流順流，隨緣應化，各不相師，亦靡不相合。宋、元之能者，亦繇是也。向令取杜氏而優孟之，飭其衣冠，效其嚬笑，而曰必如是乃爲杜，是豈復有杜哉？本朝之學杜者，以李獻吉爲巨子。獻吉以學杜自命，聾瞽海内。比及百年，而訾謷獻吉者始出，然詩道之敝滋甚，此皆所謂不善學也。夫獻吉之學杜，所以自誤誤人者，以其生吞活剥，本不知杜，而曰必如是乃爲杜也。今之訾謷獻吉者，又豈知杜之爲杜，與獻吉之所以誤學者哉？古人之詩，了不察其精神脈理，第抉擿一字一句，曰此爲新奇，此爲幽異而已。於古人之高文大篇，所謂鋪陳終始，排比聲韻者，一切抹殺，曰此陳言腐詞而已。斯人也，其夢想入於鼠穴，其聲音發于蚓竅，殫竭其聰明，不足以窺郊、島之一知半解，而況于杜乎？獻吉輩之言詩，木偶之衣冠也，土菑之文繡也。爛然滿目，終爲象物而已。若今之所謂新奇幽異者，則木客之淸吟也，幽冥之隱壁也。縱其悽淸感愴，豈光天化日之下所宜有乎？嗚呼！學詩之敝，可謂至于斯極者矣！奔者東走，逐者亦東走，將使誰正之？房仲有志于是，余敢以善學之一言進焉。杜有所以爲杜者矣，所謂上薄風、雅，下該沈、宋者是也。學杜有所以學者矣，所謂别裁僞體，轉益多師者是也。舍近世之學杜者，又舍近世之訾謷學杜者，進而求之，無不學，無不舍焉。于斯道也，其有不造其極矣乎？在房仲勉之而已矣。吾又聞宋人作江西詩派圖，推尊黄魯直爲佛氏傳燈之祖，而嚴羽卿訶之，以爲外道。周益公問詩法于陸務觀，則曰：學子繇西江之論詩。其淵源流別，今猶可得而考乎？房仲必有聞焉。而其所師事，曰蕭伯玉。伯玉，今之好爲務觀者，以吾言質之，以爲何如也？

鄭孔肩文集序

近代之僞爲古文者，其病有三，曰僦，曰剽，曰奴。窶人子賃居廊廡，主人翁之廣廈華屋，皆若其所有，問其所託處，求一茅蓋頭曾不可得，故曰僦也。椎埋之黨，銖兩之奸，夜動而晝伏，忘衣食之源而味生理，韓子謂降而不能者類是，故曰剽也。傭其耳目，囚其心志，呻呼啽囈，一不自主，仰他人之鼻息，而承其餘氣，縱其有成，亦千古之隸人而已矣，故曰奴也。百餘年來，學者之於僞學，童而習之，以爲固然。彼且爲僦爲剽爲奴，我又從而僦之剽之奴之。沿譌踵繆，日新月異，不復知其爲僦爲剽爲奴之所自來，而況有進于此者乎？當此之時，錢塘鄭圭，字孔肩，奮起於諸生之中，讀柳子厚、蘇子瞻之文，句比字櫛，疏通其意義，以授學者，斯可謂難矣。孔肩以明經入官，爲令及守，皆在西粤蠻夷之區，廉平惠和，至今歌思之。老于逢掖，牽率應酬，不能以暇日餘年，竟其修辭居業之志。及其爲序記論議之文，簡古質雅，不少貶以狥俗，卓然有志于古者也。孔肩沒數年，其子某，收拾遺文刻之，凡若干卷，而余爲之序曰：嗚呼！孔肩之文，其僅傳于世者如此，雖未竟其修辭居業之志，我知其不爲僞學者也。世之學者，有能搜抉古學，祭識爲僦爲剽爲奴者之病，而思砭而起之也，其將自孔肩始。

王元昌北遊詩序

華州王元昌，關中之名士也。其從祖允寧先生皐，其父敬卿先生，後先官詞垣，籍甚文苑。元昌胚胎前光，矯志博學，如後門寒素。今年應辟召入京師，謁余于請室，摳衣奉手，修函丈之禮，以其詩就正于余。而余告之曰：子，秦人也。秦之詩，莫先于秦風，而莫盛于少陵，此所謂秦聲也。自班孟堅敘秦詩，取「王于興師」及車鄰、駟驖、小戎之篇，世遂以上氣力，習戰鬭，激昂噍殺者爲秦聲。至于近代之學杜者，以其杜詩爲杜詩，因以其杜詩爲秦聲，而秦聲遂爲天下詬病。甚矣世之不知秦聲也！蒹葭蒼蒼，白露爲霜。所謂伊人，在水一方。懷賢之思也。未見君子，寺人之令。譎諫之義也。佩玉將將，壽考不忘。規頌之辭也。如可贖兮，人百其身。殄瘁之痛也。温柔敦厚，婉而多風，其孰有如秦聲者乎？以杜詩言之，樂遊、渼陂，蒹葭之比也。麗人、兵車，車鄰之亞也。收京、左掖，終南之頌也。八哀、詠懷，黄鳥之賦也。北征、羌村、諸將、秋興，小戎、無衣之篇什也。先河後海，則秦詩實爲濫觴之端。增華加厲，則杜氏寧有椎輪之質？學者不知原本，猥以其浮筋怒骨，齟齒吽牙者，號爲杜詩，使後之横民，以杜氏爲質的而集矢焉，且以秦聲爲詬病，不亦傷乎！元昌沉酣經術，出入子史百家之書，含咀捃摭，皆用以資爲詩。其爲詩也，麗而則，怨而不怒，此善爲秦聲者也。夫爲秦聲者，莫善于杜。知學杜之利病，矯俗學之迷，而反其轍，斯眞善爲秦聲者乎？元昌之鄉郭胤伯者，博學好古人也。亦辱與余遊，其幷以吾言告之。

王元昭集序

古今作者之異，我知之矣。古之作者，本性情，導志意，讕言長語，客嘲僮約，無往而非文也。塗歌巷舂，春愁秋怨，無往而非詩也。今之作者則不然，矜蟲魚，拾香草，駢枝而儷葉，取青而妃白，以是爲陳羹像設斯已矣，而情與志不存焉。昔有學文于熊南沙者，南沙教以讀水滸傳。有學詩于李空同者，空同教以唱瑣南枝。二公于古學不知何如，而其言則可以敎世。嗚呼！是可爲今人道哉？河東王元昭，少負軼材，每思以尺蹏寸管，籠挫吞吐古今之作者。一旦偕其友韓次卿南遊，下衡嶽，登太行，渡河涉淮，憩戲馬臺，弔古于金墉、隨堤之間。其遊益壯，詩文日益多。自徐走書千餘里，端拜命使，而謁余序之。吾不知元昭之詩文，取材於古今孰多，知其爲人，有忠君愛友憂時懷古之志意，抑塞磊落，而激昂自命者也。當其登高能賦，對客伸紙，酒後耳熱，慷慨悲歌，不知其孰爲筆孰爲墨也？亦不知其孰爲詩孰爲文也？筆不停書，文不加點，若狂飈怪雨之發作，而風檣陣馬之凌厲也；若神仙之馮于乩，而鬼神之運其肘也；若雷雹之倏忽下取，而虬龍之攫拏相掉也。有低徊萌折不可喻之情，有峭獨堅悍不可干之志，而後有淋漓酣暢不可壅遏之詩文。吾之所以知元昭者，若是則已矣，而又何譏焉？若夫古今詩文之變，不可勝窮，而南沙、空同之緒言，未可以更僕悉也。他日得布席函丈，當更與元昭極論之，兼眎次卿，以爲何如也？

黄孝翼蟫窠集序

富家翁誇于人曰：「吾之富可比於王侯乎？」其人曰：「近矣，猶有未似者焉。」翁曰：「吾之田宅有未美，園池有未具，飲食妓樂有未善與？」曰：「皆非也。」「然則奚而未似？」其人曰：「君所未似者，誇耳。」翁默然無以應。此其言戲耳，而有至理。猗頓不誇富，季孟不誇貴，彭祖不誇壽，范希文不誇政事，歐陽永叔不誇文章。誇生于所不足；不足而誇，則無時而有餘矣。今之爲詩文者，剽于耳，傭于目，貰于口，不知其枵然無有也，而汲汲然誇示于人，人亦雜然誇之。富家翁之有而誇也，猶見笑于其人，而況于無所有而誇者乎？舉世之相誇也無已，則其中之所有者亦鮮矣，此可以一笑者也。龍溪黃孝翼氏，少而好學，六經三史諸子別集之書，塡塞腹笥，久之而有得焉。作爲詩文，文從字順，弘肆貫穿，如雨之膏也，如風之光也，如川之壅而決也。孝翼之學殖如是，斯其所以有而不誇也與！孝翼之集行于世，則舉世之相誇者，亦可以少衰止矣。雖然，吾不能以孝翼之有易世之無，則又安能以孝翼之不誇易世之誇乎？余衰遲失學，數孝翼之富以誇于人，亦徒以供相誇者之一笑而已矣。

邵幼青詩草序

辛巳二月，余將登黃山，憩余掄仲之桃源庵。日將夕矣，微雨霢霂，四山無人，白龍潭水撞耳如懸霤，顧而樂之。謂同游吳去塵曰：「此時安得一二高人逸士，剝啄款門，爲空谷之足音乎？」俄而籬落間颯拉有聲，屐齒特特然，則邵幼青偕其叔梁卿，儼然造焉，再拜而起曰：「吾兩人宿舂糧，從夫子于白嶽而不及也，今乃得追杖屨于此。」皆出其詩以求正焉。越翼日，余登山憩文殊院，幼青踵至，曰：「梁卿肥，不便登頓，至慈光寺而返；吾亦從此而止。明日遙望天都峯頂，如昔人登蓮華峯，以白烟一縷爲信，搖手一笑耳。」余語去塵：新安城市，浩如塵海，得二邵君，差足粧點物色，他日可以爲美譚也。去塵問二邵詩云何？余曰：「古云詩人，不人其詩而詩其人者，何也？人其詩，則其人與其詩二也，尋行而數墨，儷花而鬭葉，其於詩猶無與也。詩其人，則其人之性情詩也，形狀詩也，衣冠笑語，無一而非詩也。吾與子游薌邨、橐谷之間，山重水襲，谿回谷轉，青鞋布襪，杳然塵𡏖之外。于斯地也，穿烟嵐，穴雲氣，扶杖而追尋。司空表聖之論詩曰：晴雪滿竹，隔溪漁舟。可人如玉，步屧尋幽。吾之遇二邵於斯也，表聖之所云，顯顯然在心目間，稱之曰詩人焉其可矣。吾游黟山，不獲見桃花如扇，竹葉如笠，松花如纛，得二詩人於薌邨、橐谷之間，夫然後而知詩，夫然後而知詩人，茲游之所得奢矣。」去塵告我曰：「幼青以求序故，典婦一釵，賃舟過虞山，食盡反矣，幸有以慰之。」余曰：「諾。」遂書之以爲序。幼青膚淸貌癯，如羽人道流。其詩少摹長吉，晚師香山，骨氣淸穩，非以劌剝爲能事也。海內能詩者知之，余不具列焉。辛巳嘉平月序。

邵梁卿詩草序

余遊黃山，海陽邵梁卿與其姪幼青追隨於薌邨、橐谷之間，恨相見之晚也。梁卿好爲詩，其詩每一時爲一集，攜以就正于余。余何能知梁卿之詩？以黃山之遊知之也。夫黃山三十六峯，高者至九百仞，其高二三百仞者不啻千百，圖經略而不書。蓬峯之石橋，阮溪之仙樂，青牛之所栖，毛人之所止，非乘風雲御六氣者莫能至焉。然而陟黟山之麓，未及翠微，固泚然足以駭矣。自郡至山口一百二十里，磵石如瑩，谿流如鏡，美箭衣壁，靈草被厓，人世之塵壒腥腐，莫得而至焉。吾以謂黃山之天都，天子之都也。率山匡廬大鄣，天子都之郭也。一百二十里之內，譬之皇都之畿會也。吾詩有曰：兹山延袤藴靈異，千里坤輿盡扶侍。不如此，則黃山之勢不尊，其脈不長，所藴之靈秀亦峭薄而易盡。善游黃山者，徘徊于藭邨、欒谷之間。旋觀其一重一掩，却迎廻合之形勝，而黃山之面目已在吾心目中矣。唐人之詩，光燄而爲李、杜，排奡而爲韓、孟，暢而爲元、白，詭而爲二李，此亦黃山之三十六峯，高九百仭，厜㕒直上者也。善學者如登山然，陟其麓，及其翠微，探其靈秀，而集其清英，久之而有得焉，李、杜、韓、孟之面目亦宛宛然在吾心目中矣。余遇梁卿于藭邨、欒谷之間，讀其詩而善之，以爲善喻梁卿詩者，無如此何也。梁卿之詩，其氣深穩，其音和雅，塵壒腥腐之所不至，不若世之趨奇側古者，窮大而無歸，茫然喪其所懷來也。自藭邨、欒谷而上之，烟嵐無際，雷雨在下，斯可以爲登黃山矣。語人曰：我乘雲御風，舍藭邨而弗繇。非狂則惑也。余遊黃山遇梁卿，知遊山與學詩之法焉，亦知之藭邨、欒谷之間而已矣。

朱雲子小集引

吳中之才子，無如徐昌國、唐伯虎。昌國少與伯虎齊名，規摹六朝、初唐，婉弱綺靡，故其詩有「文章江左家家玉，烟月揚州樹樹花」之句。已而舉進士，遇李獻吉于長安，悔其少作，變爲迪功集。伯虎不得志于名場，頹然自放，信口縱筆，不復隱括，諷諭嘲戲，時有香山之風，人謂伯虎如李龜年流落江潭，紅豆一曲，使人凄然掩泣。昌國如明妃遠嫁呼韓，作穹廬中閼氏，不免風流頓盡。此雖戲語，亦可思也。今之才人，無如雲子。其才情繁富，纏綿絡繹，良可爲昌國、伯虎之流亞。近所爲長歌古詩，才力横騖，凌偪退之，老夫不得不退避三舍矣。史稱大江之南，五湖之間，其人輕心。晉人言吳音妖而浮，故曰其人巧而少信。昔奪于秦，中服于齊，今咻于楚，此其徵也。雲子年富力强，以吳之文自立，一洗輕心少信之恥，余日望之。夫吳中之文，昌國之早就，固不如伯虎之晚而未就，要皆君子之所惜也。敍雲子之集，聊復及之，以爲吾吳人告焉。

張孟恭江南草序

蘇子瞻作太息一篇送秦少章，稱引孔北海論盛孝章書，深嘆英偉奇逸之士，不容於世俗。他日贊北海，以爲人中之龍，使之誅操，如殺狐兔。而李太白之論錢少陽，以爲投竿而起，可以爲帝王之師。又稱其門人武諤，慕要離之風，中原作難，冒胡兵以致其愛子。繇今觀之，孔文舉、盛孝章猶在世，而錢少陽、武諤非太白之詩，世寧知爲何人哉！士之負奇，往往不偶于世，而其抑沒于後世者，亦多矣。此其可以太息也。余少而骯髒，慕孔文舉、劉越石之徒，思與之馳騁上下。今老矣，垂頭塌翼，視少年盛氣，殆髣髴如昔夢。今年遇張孟恭於吳門，見其沈雄駿發，慨然有子瞻太息之思，喜孟恭之能起予也。孟恭出其詩若干首屬爲其序。余不能知詩也，而以孟恭知之。史稱秦地迫近戎狄，修習戰備，高上氣力，故其詩有王于興師，修我甲兵，及車鄰、駟驖、小戎之篇；晉有先王之遺敎，君子深思，故有蟋蟀、山樞、葛木之篇。孟恭，晉産也，遭時多難，感秦人無衣同讎之義，志節激昂，深思用壯。甚矣孟恭之詩似秦、晉也！孟恭居吳，遊必就士，横經籍史，好學深思。人謂孟恭取吳、越清嘉之風，參秦、晉雄健之氣，其詩必大昌。孟恭欿然不自得也。詩不云乎：蕭蕭馬鳴，悠悠旆旌。徒御不驚，大庖不盈。之子于征，有聞無聲。允矣君子，展也大成。夫車攻之詩，其視秦、晉之土風，豈可同日道哉！余之所以期孟恭者如此。

馮定遠詩序

古之爲詩者，必有獨至之性，旁出之情，偏詣之學，輪囷偪塞，偃蹇排奡，人不能解而已不自喻者，然後其人始能爲詩，而爲之必工。是故軟美圓熟，周詳謹愿，榮華富厚，世俗之所嘆羨也，而詩人以爲笑；淩厲荒忽，敖僻清狂，悲憂窮蹇，世俗之所詢姍也，而詩人以爲美。人之所趨，詩人之所畏；人之所憎，詩人之所愛。人譽而詩人以爲憂，人怒而詩人以爲喜。故曰：詩窮而後工。詩之必窮，而窮之必工，其理然也。定遠，吾友嗣宗之子也，而遊于吾門。其爲人悠悠忽忽，不事家人生產，衣不揜骭，飯不充腹，銳志諷誦，亡失衣冠，顛墜坑岸，似朱公叔。燎麻誦讀，昏睡爇髮，似劉孝標。闊略眇小，蕩佚人間，似其家敬通。里中以爲狂生，爲耑愚，聞之愈益自喜。其爲詩，沈酣六代，出入于義山、牧之、庭筠之間。其情深，其調苦，樂而哀，怨而思，信所謂窮而能工者也。成、弘之間，吾里有桑悅民懌，博學多奇，以狂名于世。其南宮對策之言曰：「胸中有長劍，一日磨幾迴。」又曰：「夫子去而我來。」主者惡之，勒置乙科。李文正公賦詩贈之，以李郃、劉畿爲比。民懌以此名滿天下。定遠之才，不減民懌。子勝斐然，未見其止。世無長沙，誰知民懌？然世有民懌，亦豈患無長沙乎？定遠之名，從此遠矣。

陳鴻節詩集敍

陳遯，字鴻節，閩之侯官人也。少爲諸生，忽忽不得志。一日，盡發篋衍中應舉文字及所著衣巾，燔之而儛其灰。逃入越王山中，以釣弋自娛者二年，出爲村夫子教授，三年復棄去。家貧，從人借書，口吟手寫，窮日繼晷。作爲歌詩，高歌長嘯，視鄉人無如也。鄉人益惡之。貸富人金爲遠游，觀泰山日出，游嶧陽，拜闕里，登戲馬臺，涉淮渡江，抵陪京，覽故宮。軒渠自喜，謂少陵壯游，莫己若也。過桃葉渡，遇曲中諸姬，揄長袂，倪薄裝，酒闌促坐，目眙手握，以爲果媚己也，命酒極宴，流連宿昔。橐中裝盡矣，還寄食於僧院。故人黎博士，贈百金，遣游錫山。途中遇何人，自稱公安袁小修稚弟，邀與同載，夜發篋，盜其金亡去。益大困，臥病於江上李生家。亡友何季穆賞其詩，載歸虞山，具湯沐，視藥食，旬月乃强起。季穆偕過余山中，賦詩飲酒，相樂也。季穆爲庀衣裝，送之於斷橋，痛哭而別。自後不復相聞，亦未知其存否。今年，忽訪余於虎丘，握手道故，喜劇而涕。問其年，長余二歲耳。素髮被領，兩目兜眵。觀鴻節而吾衰可知也。出其詩，則卷帙日益富，曹能始爲采入十二代詩選中矣。鴻節之詩，用物博，使事切，練句穩。譬之於膳，烹羊炰鼈，右腴割鮮，非飣飣之具也。譬之於酒，縹清醇酎，三釀五齊，非糟醨之屬也。傳有之，學猶殖也，誦詩百篇，讀賦千首。古學之不講久矣，詩可以觀，其鴻節之謂乎？鴻節詩，能始選者爲工，五七言今體尤工。贈能始七言長句至八十韻，多矣哉！古未有也。鴻節將行，余爲略次其生平，與其出游之槩，以敍其詩，且以爲别。屬其歸也，以質諸能始。癸未中春十四日敍。

徐子能集序

古之文人才士，當其隱鱗戢羽，名聞未彰，必有文章鉅公，以片言隻字，定其聲價，借其羽毛，然後可以及時成名。若蔡中郎之于王仲宣，張茂先之于二陸，韓退之之于李長吉，顧逋翁之于白樂天是也。其有求之不得，而叫號以自見，則爲陳子昂之破琴；又有求之而卒不得，而弔詭以自閟，則爲唐山人之留瓢。古之人汲汲于知己，而惟恐不得一當，若是其急也。余老而失學，衰遲屏廢，其言語文字，不能使人軒輊。然海内之俊民，掉鞅詞壇者，往往過而問焉。乙亥之秋，子能訪余于虎丘，膚神淸令，翩翩美少年。出其芳草詩，名章繡句，絡繹奔會。余與西蜀尹子求，共嘆賞之。更數年，而子能之著作益富，名益成。南昌徐巨源爲之序，頗引余言以爲子能重。吾郡張異度既爲之序，又爲子能索序于余，且死，猶以爲屬巨源。異度，文章家之渠帥也，片言隻字，可以軒輊人，業已爲子能定其聲價，而假之羽毛矣。余雖有言，亦何以加諸？雖然，名不虚得，士不虚附，世有知巨源、異度者，即能知子能；世有知子能者，卽以知巨源、異度。有中郎、茂先則仲宣、二陸不抑沒于晚進；有退之、逋翁則長吉、樂天不沈埋于舉子。世之知子能者必多矣。子能年甫壯而得末疾，須人以行，衣冠質雅，宛如古人，杜門掃軌，日晏忘食。若陳子昂、唐山人之汲汲於自見，或非子能之所屑也，此則余之知子能者也。

黃蘊生經義序

嘉定黃蘊生，金聲而玉色，規言而矩行。韓子之稱李翺，所謂有道而文者也。兒子孫愛，自家塾省余山中，奉其文三十篇以請曰：「幸一評定之。」余曰：「吾何以定而師之文乎哉？而師之學，韓子之學也；其文，韓子之文也。口不絕吟于六藝之文，手不停披於百家之編，記事必提其要，纂言必鉤其玄，焚膏油以繼晷，恆兀兀以窮年。而師之爲學之勤也，不若是乎？沉潛乎訓義，反復乎句讀，礱磨乎事業，而奮發於文章，沉浸醲郁，含英咀華，張皇幽眇，閎其中而肆其外。而師之爲詞之富也，不若是乎？處若忘，行若遺，儼乎其若思，取于心而注于手，惟陳言之務去。而師之爲文之專也，不若是乎？偃仰一室，嘯歌古人，耕於寬閑之野，釣於寂寞之濱，玉固未嘗獻而足固未嘗刖也。而師之爲道之勇也，不若是乎？雖然，有本焉。行峻而言厲，心醇而氣和，昭晰者無疑，優游者有餘，養其根而竢其實，加其膏而希其光，仁義之人，其言藹如也。」此而師之所以爲學爲文者也。」孫愛起而拜曰：「小子朝夕在函丈之間，服膺吾師，不知吾師卽今之韓子也。請以斯言授簡，以爲吾師近藝序。」

初學集卷三十三

序 六

一樹齋集序

憨山禪師行戍嶺海，大弘大鑒之道。順德馮君昌曆，字文孺，與其徒數十人，奉手摳衣，北面稱弟子。師以謂如牛毛之有麟角，不離儒服而獨繼禪燈者，文孺一人而已矣。文孺歿，師哭之慟，有祝余之感焉。今年春，文孺之徒陳生迪祥偕計吏來北京，攜師手書謁余，則師之順世，又三年矣。迪祥遂以文孺遺集示余，請爲其敍。余觀有宋諸儒辭闢佛氏之說，心竊疑之。至于張無盡、李純甫之徒，張皇禪學，掊擊儒宗，亦未敢以爲允也。柳子厚之稱大鑒曰：其教人，始以性善，終以性善，不假耘耡，合所謂生而靜者。吾讀之而快然，以爲儒與禪之學，皆以見性。性善之宗，本于孟氏，而大暢于大鑒。推離還源，如旅人之歸其鄉井也。自東自西，一而已矣。禪師大弘大鑒之道，苞幷禪律，其書滿家，推離還源，要不出于子厚所云。其與文孺咨諏往復，所以窮究性善生靜之指要，蓋居可知也。令文孺不死，闢孟氏之牖戶，登大鑒之堂奧，儒與禪之學，其殆將出異而蹈乎同，而斯道其大明矣乎！惜乎年之不永，而其言之止于如是也。然而可以見其志矣。余往與禪師有歸隱之約，荏苒數年，哲人其萎。一瓶一鉢，邈焉隔世。讀文孺之集，感師之緒言，不勝其泫然也。遂爲序之如此。

張益之先生存笥集序

吳江張益之先生，諱尙友，吾先君之執友也。先生少與先君俱以春秋名家，敎授弟子，著錄者甚盛，而身不得一遇。故其爲交也，老而不替，窮而彌篤。先生歿，先君哭之，過時而悲。晚而作自傳，記其執友數人，則先生爲首。謙益幼不及省謁先生，而獲交于先生之子異度。異度與其兄某，取先生之遺文藏諸篋衍者，編次刻之，而請余以文冠其首。曰：「以先友之故，子其無辭。」嗚呼！我先君之于先生，通經好古，惇孝悌，重然諾，以節誼相鏃礪，異乎世之以出口入耳相徵逐者也。萬曆初年，長星示異。藐然兩書生，研席之暇，指畫天下事，嚼齒奮臂，欲出其間。今觀先生之文，若送趙汝師諸篇，于綱常名節，三致意焉。蓋不獨先生之志氣抑塞磊落，耿耿如在，而吾先君之函齒牙、樹頰胲，與先生相下上者，亦可以想見于簡牘之外。嗚呼！此謙益之所以徘徊感泣，撫卷而不能置者也。昔柳子厚作石表先友記，凡六十有七人。考之于傳，卓然知名者，蓋二十人。則二十人之外，皆藉子厚之記以傳者也。蘇子瞻之于先友，如任遵聖、師中、史彥輔之流，見諸詩章，不一而足。兩任之才行足以傳，而有子如德翁、仲微又能使之傳。若彥輔者，微子瞻，世亦不復知眉有若人矣。先生雖老于諸生，不能如兩任以才行顯著，顧其所爲文辭，疏通爾雅，有唐、宋大家之風，視眉之老史，以思子臺一賦有聞于時者，不啻過之。而又有異度兄弟表襮其遺書，以貽後世。然則彥輔之文，與兩任之子，先生蓋兼而有之矣。又何患其不傳也哉？謙益少而失學，老而無聞，不能效柳、蘇二公以文章不朽其先友。狥異度之請，執筆而爲其敍，斯子厚所謂強顏已矣。

王德操詩集序

詩道之衰靡，莫甚於宋。南渡以後，而其所謂江湖詩者，尤爲塵俗可厭。蓋自慶元、嘉定之間，劉改之、戴石屏之徒，以詩人啓干謁之風。而其後錢塘湖山，什伯爲羣。挾中朝尺書，奔走閫臺郡縣，謂之闊匾，要求楮幣，動以萬計。當時之所謂處士者，其風流習尙如此。彼其塵容俗狀，塡塞於腸胃，而發作于語言文字之間，欲其爲淸新高雅之詩，如鶴鳴而鸞嘯也，其可幾乎？今之山人，以詩行於世者，牛腰卷軸，可汗牛馬，其不爲南宋之處士者，蓋亦罕矣。吳門王德操，居綵雲橋南百步，闤闠錯列，市囂聒耳。入其門，蓬蒿薈翳，凝塵滿席，人以爲隱者之居也。三世不茹葷血，形削而神腴，望之者咸以爲臞仙道人。客至則焚香掃地，樵蘇不爨，或苦吟分夜，或枯坐移日而已。德操好爲詩，後先數百篇。一日屬其友程孟陽、朱雲子汰去其什之九，而屬余爲其序。嗟乎！今之所謂江湖詩者，以邸報爲腹笥，以除目爲詩題，以宋人之闊匾爲紹介，求其詩之不塵俗，何可得也？德操之爲人反是，塵容俗狀不能犯干其腸胃，其爲詩，淸新高雅，如鶴鳴而鸞嘯也，不亦宜乎！余不能知德操之詩，而深知其爲人，以爲如德操者，居今之世能不爲南宋之處士者也，爲敍其詩如此。

徐仲昭詩序

江陰徐仲昭，以博雅攻詩，稱于當世。余耳之十餘年，而始識其人。驟而接之，言不出口，身不勝衣，摳衣登堂，居然老明經也。徐而叩其所有，温如裕如，愈出而愈不窮。已而誦其詩，雄健踔厲，如虬龍虎豹，攫拏蟠踞于行墨之間，欲與之角，而忽已決去。甚矣仲昭之多奇也！江陰之詩人，以王逢原吉爲宗。原吉勝國遺民，高皇帝召見，以老放歸，而官其子。其受國恩已深矣。然原吉嘗爲僞吳畫策，令歸元以拒淮。其詩於楚公之亡，吳門之破，再三咨嗟太息，不勝昏亡板蕩之憂。戊申己酉之交，嘆阮籍之狂，嗟陳琳之老，其詞近誕，而其哀尤可悲也。人言犂眉公之在元，與石抹諸人，感慨賦詩，撫膺奮臂，迨佐命而後止。原吉亦犂眉之儔伍也，惜其老而不見庸耳。吾讀仲昭詩，至于「誰斟大斗澆天醉，空望南箕泣地毛」，「東南天缺誰撐掌？前後潮推未到頭」，「人想前生難懺業，天留後死亦憐才」，「心間塞馬同弓影，睡熟晨雞似木形」，廻環吟咀，累欷憮嘆，美其才，壯其志，而哀其不遇，以爲有原吉之遺風焉。原吉老于布衣，好奇偉倜儻之畫策，故其詩哀以思，激而不反。仲昭起于逢掖，有憂時閔己之志節，故其詩麗以則，感而多風。君子誦之而論其世也，其歸則一而已矣。江陰故南唐建軍之地，連海向江，棖船萬里。其人材多經奇卓詭，得江山淮、楚之風，原吉其尤也。仲昭之從弟曰霞客，獨身徒步，周遊四海，暮年窮流沙，登雞足山而歸。余嘗嘆霞客死，天下無奇士矣。乃今又得仲昭。仲昭、霞客之奇，孰最耶？抑各有其奇，未可軒輊耶？余庸人也，不足以知之。天下當有能定之者。

蔣仲雄詩草序

長洲蔣鉞，字仲雄，布衣韋帶，讀書修行之士也。其於學無所不闚，其于詩不屑爲今體徵逐應酬，而喜爲樂府古詩，託寄其感懷諷諭之旨。仲雄固不求人知，而世之知仲雄者或寡矣。昔韓退之在貞元、元和間，天下以爲瑞人神士，朗出天外，不可梯接，而顧遜心于盧仝、劉叉。退之爲河南令，玉川受屈惡少，買羊沽酒，以謝不敏。叉持退之金數斤去，曰：此諛墓中人得耳，不若與劉君爲壽。此二子者，踔厲激昂，未嘗頫首從退之游也。余讀仝月蝕、叉冰柱、雪車詩，俛仰太息，然後知二子之所存。嗚呼！破屋半間，一奴長鬚，一婢赤脚，月蝕何與人事，而涕泗交下，額榻砂土中，稱地下蟣虱臣告愬帝天。誰爲之而誰聽之耶？冰柱之願天子回造化生光華也；雪車之傷廟堂食祿不自慚，爲斯民嘆息也。此殺人無賴爭語言不下者之爲耶？今天下全盛，非唐之末季，自逆奄竊枋，奴寇交訌，所謂歲星主福德，官爵奉董、秦者，未可以勾股計。載白骨，運紅粟，偏箱鹿角，委于戎夫者，徧四海皆是也。仲雄一老儒生，抱兔園册，蓋亦仝所云殷十七之流。抱膝而吟，倚柱而嘆，汍瀾結懵，作爲歌詩，其亦有二子之志乎？諺有之：閶門十萬。言吳人能詩者之多也。以其志取之，則仲雄一人而已矣。余故狥其請而爲之敍，不獨以別仲雄之詩于吳，亦以嘆世無退之，雖有盧仝、劉叉，亦將抑沒而無聞于後爲可愧也。

張異度文集序

甄胄之里，有友五人焉，曰文文起、姚孟長、周景文、張異度、朱德升，皆以文行著稱，卓然自拔于流俗者也。景文以忠死，不必以文著；德升固窮死，剗其文不著也；文起、孟長回翔館閣，爲文學侍從之臣，以文著者，固其職掌也。而其人皆已往矣。窮老未第，文與行齵然若魯靈光，則惟巽度一人。巽度之知交，刻其集若干卷行于世，巽度請余爲序。余讀文中子書，以爲文士之行可見，鮑照、江淹古之狂；吳筠、孔珪古之狷；而顔延之、王儉、任昉有君子之心焉。嘗持是説以論文，上下古今，莫之能違也。巽度之爲人，孝於親，忠於君，友于友，其志潔，其行芳，斯文士之可見者也。述祖德，追先志，崔瑗之銘座，夏侯孝若之庭誥，言家風者歸焉，故其文深以典。有高才而無貴仕，憂天閔人，未嘗一飯釋然也。侯喜之弔汴州，孫樵之記褒城，可以見志矣，故其文哀以思。黨禍熕興，友朋凋喪，不爲謝翺之慟哭，而爲戚器之祭忠，瞻烏殄瘁之痛，塡胸薄喉，格格不能吐者多矣。故其文婉而約，憂而懼。斯其君子之心乎？文乎！文乎！文中子必有取焉爾矣。昔吳均作破鏡賦，顔之推以爲凶逆之獸，爲文宜避此名。而杜牧之稱元、白之詩纖豔不逞，淫言媟語，冬寒夏熱，入人肌骨，不可除去。蓋文章之關于風教若此。今吾巽度之文，非仁人孝子之法言，則勞人志士之苦語，使讀之者修然而思，矍然而作，其關于風教也，微且遠矣。豈猶夫儷花鬭葉，以詞賦爲能事者哉？世衰道喪，禮義滅熄，公卿大夫以名教爲短垣，而自踰之，冥行倒植而莫之止也。余故于巽度之文，表而出之曰：此吾吳士之文，文中子所謂行之可見者也。表巽度之文，以員訓于蒙士，且以媿世之公卿大夫。嗚呼！斯亦余之罪言也夫。

嚴印持廢翁詩稿序

有唐之季，餘杭羅昭諫不得志于場屋，老于幕府。至今吳、越間有羅隱秀才之目。及我明而餘杭嚴調御字印持，亦以高才爲諸生祭酒，窮困以死，吳、越間人惜之，亦曰今之羅隱也。印持有才子曰渡，排纘其詩若干首，而屬余爲序。余觀昭諫值唐季板蕩之秋，往來吳、汴，慨然有金甌玉井鵲飛龍起之感，俛仰覇王，傲睨藩鎭，雀喧鳩聚，等于市廛，赘海平陳，付之一夢。何其壯也！然而十上不第，坎壈終身，嘆辯士之空籠，惜雲英之不嫁。誦其詩，至于「嫦娥老大應惆悵，泣倚蒼蒼桂一輪」，未嘗不爲之黯然神傷。印持之不遇，與昭諫同，而其窮有加焉。作爲歌詩，往往原本性情，鋪陳理道，諷諭以警世，而託寄以自廣，若釋然于功名身世之際。其所以異于昭諫者，何也？印持意識通廣，中年參雲棲老人，悟卽心卽佛之旨。所接席者，赤髭白足之侶；所堆案者，旁行四句之書。故將視宇宙如微塵，等刼運于風雨，而況于功名身世、夢幻泡影之間乎？士不可以不聞道，以印持之詩，儗于昭諫，其志之所存，有未可同日而語者。斯又未可以詞章聲病，爲之等第也。印持詩晚多憂時嘆世之言，余之被逮也。印持爲詩傷之，戒心黨禍，有林宗野哭之志焉。印持不自悲而爲余悲，又不爲余悲而爲斯世悲也。蓋印持聞道之後，其帶性負氣，不可遏抑如此。嗚呼！

此其所以爲印持也歟！

琴述敘

余讀嵇叔夜琴賦，曰：非夫曠遠者不能與之嬉遊，非夫淵靜者不能與之閑止，非夫放達者不能與之無吝，非夫至精者不能與之析理。叔夜精于琴德，擬諸其形容，可謂至于斯極者矣。及其臨刑東市，顧視日景，索琴而彈之，曰：廣陵散于今絕矣。就死，命也。其處死生之際，淵靜放達，皆琴德也。叔夜殆可謂以琴解者也。孔子學琴于師襄，曰：丘得其爲人，黯然而黑，幾然而長。吾夫子蓋于鼓琴見文王焉。當其有閒之時，有所穆然深思，有所怡然高望而遠志，與叔夜之所稱者何異？使叔夜游于洙、泗之間，彈琴咏歌，安知不在思、點之列乎？古之人追耆逐好，至于破冢發棺，據船墮水，極其所之，皆可以委死生、輕性命。玩此者爲玩物，格此者爲格物，齊此者爲齊物。物之與志，器之與道，豈有兩哉！余與武林嚴印持交，知其人博雅好古，能琴善書，弈居第二品。印持歿後三年，其子子岸以雷琴述示余。觀其慕之之專，購之之艱，得之之異，爲之累欷三歎。若其微鑒識眞，精研闇解，非叔夜一流人不能辨也。讀斯述也，恍然見印持于閑房高軒、清夜朗月之中，空山雪飛，寒梅飄瞥，安知印持不乘彼白雲，抱琴而來游乎？余不知琴，乃因琴述而知印持，且知印持于身後，如當吾世而再得一印持也。子岸屬余爲印持作傳，余未及爲，而先書此以復之。雖然，世有讀琴述者，固已穆然深思而得其爲人矣，又何必尋行數墨，件繫其行事，而後曰此某人之傳也哉？

三嚴作朋集序

淵明移居詩云：「昔欲居南村，非爲卜其宅。聞多素心人，樂與數晨夕。奇文共欣賞，疑義相與析。」每與長蘅誦此詩，輒掩卷嘆息，因相約以二十年之中，斸了婚宦事，環山阻水，卜築其中，招邀高人勝友，讀書養性，老死不出，庶幾淵明之詩所云。長蘅于里中敬事程孟陽、婁子柔，於武林好嚴印持、忍公兄弟，其所屈指爲南村之友者，則諸君其人也。今年忍公以三嚴作朋集寄示，則皆與其伯子印持、季子無敕家門酬和之詩。讀未終卷，愾然太息者久之。因念余與長蘅誦淵明之詩，酒酣燈炧，諸言歷歷在耳，而長蘅之墓木已拱矣。所謂三嚴者，印持亦已即世，忍公、無敕皆杜門學道，如退院老僧。孟陽貧老，栖栖旅人，匏繫不得歸。而余以餘生長物，誤落塵網，如杜少陵所謂「豈知牙齒落，名忝薦賢中」，則尤可嘆也。然而讀作朋之集，則淵明南村晨夕之間，抗言在昔，賞奇文而析疑義者，三嚴兄弟間，蓋誠有之。淵明之友，不能不取諸鄰曲，若顏延年、殷景仁、龐遵之流。而三嚴以兄弟作朋，不待栗里之卜，無俟隻雞之招，余與長蘅之所嘆慕而不可得者，于三巖之詩見之，斯不尤可羡矣乎？嗟乎！長蘅已矣！余方于舍後鑿池種竹，誅茅作室，以待孟陽之歸，紙窗竹屋，燈火青熒，詠三巖之詩句，追長蘅之話言，不知其留連感嘆當何如也！書之以詒忍公，俾爲之敍。

來氏伯仲家藏詩稿序

余爲諸生時，則聞蕭山有來夢得先生，與其弟封公，以經明行修，發聞于東南，而皆浮湛庠序間以老，夢得爲諸生祭酒，需歲次貢于禮部，甫授一氈，竟坎壈以死。而封公及見其子澤蘭成進士，就養侯官邸中，安車道衣，攬八閩山川之勝。蓋其伯仲才名相埒，曝腮鎩羽，困躓於名場亦相似，而迨其畹晚，不能無豐嗇若此。澤蘭服闋，補令嘉定，民和訟平，哀其世父與封公之遺稿，梓而藏于塾，請余敍其首。余受而讀之，大都原本倫物，極命理道，於父子兄弟朋友之間，三致意焉。食貧不遇，羈游索處，舉子毷氉之懷，旅人侘傺之況，勞人志士慨慷憤盈之思，一見于吟詠。悲而思，怨而不怒，無綺靡之習，無噍殺怨懟之音。斯可謂仁義之人，其言藹如也。蓋夢得兄弟間，自爲師友，鏃羽括礪，以求古人通經好古，修詞立誠之學。內行淳備，兄友弟共，有沛國、江陵連棟聚食之遺風。至性鬱勃，懷而不諭，故皆於其篇什發之。澤蘭積習名教，源遠流長，孝乎惟孝，施於有政，豈偶然哉！吾夫子論詩，以興觀羣怨，事父事君爲法則。吳均集有破鏡賦，顏之推取朝歌勝母之義，疾其惡名，垂之家訓。如伯仲之詩，上不悖尼父之訓，而下可免于黄門之戒。太史氏之採風者，將有取焉；豈特著敎于家塾而已。昔梁元帝著書紀述，忠孝全者，用金管書之；德行清粹者，用銀筆書之；文章贍麗者，以斑竹書之。世有湘東王，錄來氏之詩，我知其必以金銀筆從事焉，而余非其人也，姑爲序之，以副澤蘭之意。

秦槎路史序

古云：登高能賦，可爲大夫。春秋諸大夫宴享皆賦，故趙孟曰：武亦以觀七子之志。詩之爲用大矣。周官行人之職，辨五物，爲五書，以反命于王，以周知天下之故。皇華之詩曰：駪駪征夫，每懷靡及。其二章曰：載馳載驅，周爰咨諏。君之命使臣也，歌皇皇者華以遣之；其來也，歌四牡以勞之。觀君之以詩遣勞其臣，則使臣之咨諏以反命者可知已矣。然則詩之爲用，於使臣之職，不尤重與？平湖屠幼繩，釋褐爲行人，奉命册封韓府。自京師抵平涼，往還萬里，登臨跋履，弔古撫今，歡娛慮嘆，必發之于詩。讀其詩而幼繩之志其可知也。文以足志，詞以足言。託物連類，主文譎諫，其不獨儷花鬬葉，以詞賦爲君子而已也。幼繩留心天下事，輶軒所至，訪邊塞之要害，問民生之疾苦，於時艱國恤，三致意焉。周官之五書，皇華之咨諏，蓋庶幾近之。皇華之序曰：遣之以禮樂，言遠而有光華也。幼繩之于使職，可謂有光矣。四牡曰：有功而見知，則説矣。小雅之世，君臣相説，鹿鳴式燕，而忠臣嘉賓，得盡其心。予竊有厚望焉。

林太史玉署初編序

武林卓去病，好論天下士。每得一士，不遠千里相報，數詒書稱東甌林可任之賢，超然流俗之外者也。余心識之。後十餘年，而可任以蒲圻令考最，天子召見稱旨，超拜爲史官。於是可任之名，一日而傾動館閣。而余之前知可任者，則以去病也。可任之門人漢陽劉侯，令於吾邑，刻可任之文以行，而屬余敍之。國家開建史館，儲偫賢俊，爲異時綸闈之用。其體貌甚尊，其期待甚厚。而久之乃沿襲爲故事，正宗正聲，孰習如兎園舊册。瀛洲課試，伊吾背誦，顧視進賢冠兩翅浮動照壁，有啞然失笑者。豈儲養敎習之本意哉？於是天子慨然太息，訪求祖宗典故，妙選郡邑之良，入居中祕，而可任褎然爲之眉目。於是可任之文始大顯。而世之讀可任之文者，以爲原本經史，漁獵賈、陸，卓然經世之作，可以副聖主旁求爰立之意，非猶夫駢枝儷葉，以詞賦爲君子者也。詞垣諸君子，揚扢可任之文，可謂至矣。

而北海劉太史則以爲可任尤通釋典，以出世爲經世，異于世之爲文人者。余嘗聞趙大洲教習時，嘗語諸吉士曰：「昨見高中玄，問諸君近習何書，余對以勸讀楞嚴經。中玄搖首曰：亦大奇。然余思之，諸君長者四十餘，少者亦二十餘矣，不以此時奇，更何時耶？」嗟乎！劉太史之所謂異，卽中玄之所謂奇也。玉堂之署，鈴索晝寂，藜火夜然，可任居之，亦何以異於禪燈道院耶？試舉大洲之云，以似諸君子。經世出世，兩者何居？更當共下一轉語也。

賀中泠淨香稿序

余爲舉子，與公安袁小修、丹陽賀中泠卒業城西之極樂寺。課讀少閒，余與小修尊酒相對，談諸間作；而中泠覃思自如。一燈熒熒，雪車冰柱，擊戛筆硯間。迄今三十餘年，猶耿耿在吾目中也。余與中泠既第，皆繫名黨籍，屏居削跡，過從稀簡。余踪跡踈放，游于酒人詞客之間，把玩歲月，荏苒無成。中泠却掃讀書，焚膏宿火，約略如舉子時。于是中泠之志氣日強，學殖日富，鉤章劌句，大放厥辭，而余遂瞠乎其後矣。更十餘年，余益困於鉤黨，放逐逮繫，與死爲徒。而中泠以資望深重，入踐卿寺，出領節鉞。休沐歸里，角巾布袍，訪余山中。酒闌燈炧，屈指三十年事，杳然如昔夢。薊子訓與老翁摩挲銅人，相謂曰：適見鑄此，而已近五百歲矣。余與中泠所遘，豈有異也？中泠頃以其詩文集示余，俾爲其序。中洽之詩文，其境會多余所閱歷，而已蕩爲陳跡矣；其人多余所游好，而已化爲鬼錄矣。余撫之，益不能無子訓長安霸城之感。而至于語言之妙，能使滄桑陵谷，攢簇于眼前，陳人異物，活現于紙上，則余所爲徘徊俯仰、坐臥而不能置者也。余老矣，于中洽禮先一飯，顧不能不以此事遜中洽，漫題數語，嘆息而歸之。自今以往，中洽將出而大用于世，不復理筆札之役。余閒居無事，尚欲以桑榆之末光，與中洽爭長于黄池，以斯言當致師焉其可矣。

增城集序

戶部郎伊闕李君權關滸墅，編次所著增城集若干卷，鏤版行世。余讀而嘆曰：書有之：詩言志，歌永言。春秋諸大夫會而賦詩，曰武亦以觀諸子之志。斯集也，可以觀李君之志矣。夫世之稱詩者，較量興比，擬議聲病，丹青而已爾，粉墨而已爾。其屬情藉事，不可考據也。其或不然，剽竊掌故，傅會時事，不歡而笑，不疾而呻，元裕之所謂不誠無物者也。志于何有？今以李君之詩觀之，古樂府取諸長慶之諷諭，雜詩取諸梓潼之感興，七言古詩取諸少陵之變風，五七言今體仗境託物，緣情綺靡，要以言其志之所之而已。少陵當天寶、乾元之間，嗟輔相之失職，悼法令之滋章，故其詩曰：舜舉十六相，身尊道何高！秦時用商鞅，法令如牛毛。君之詩，於虜訌盜横，民窮政僻，無不極其愾嘆，而歸其責于政本，有將荷作柱，以擬充幃之刺焉。蓋君之通達國體，切直敢言如此。令採風之使，進而被之管弦，言之無罪，聞之足戒，豈不足以列四詩之目，而稱五諫之首也哉！君以名家子鵲起甲科，居官理平。中更坎陷，無左官遷客之思。在關門計口食俸，簾閣蕭然，以其間與通人高士，丹鉛文史，觴咏移日。君之志固不盡于詩，而詩亦不足以盡君也。以此觀君之志則可矣。

瑞芝山房初集序

蘇子瞻叙南行集曰：昔之爲文者，非能爲之爲工，乃不能不爲之爲工也。古之人，其胸中無所不有，天地之高下，古今之往來，政治之汚隆，道術之醇駁，苞羅旁魄，如數一二。及其境會相感，情僞相逼，鬱陶駘蕩，無意於文，而文生焉，此所謂不能不爲者也。古之善爲詩者，摻奇抉怪，刻腎擢腑，鏗鏘足以發金石，幽眇足以感鬼神。嘗試誦讀而歌咏之，平心而思其所懷來，皆發攄其中之所有，而遘會其境之所不能無，求其一字一句出於安排而成於補綴者無有也。如其不然，而以能爲之爲工，則爲剽賊，爲塗抹，爲捃拾補綴，譬諸窮子乞兒，沾人之殘膏冷炙，自以爲厭飫，而終身不知大庖爲何味也，可不悲哉！井研雷君雨津，以進士起家，司理鎮江。江漢炳靈，韡曄秀發，殆不減左思所云。其所爲歌詩，風骨峻拔，氣韻清遠，而五言古詩，尤爲絕出。觀其胸中，苞羅旁薄，殆無不有，遇其情生境合，亦所謂不能不爲之爲工者。前代以詩鳴蜀者，無如楊用修。用修之取材博矣，用心苦矣，然而傭耳剽目，終身焉爲古人之隸人而不知也。粉墨青朱，錯互叢龐，窮老盡氣，迷其端原者，其受病皆以能爲爲工者也。豈用修獨耶？余序君之詩，而稱子瞻之序南行者以發其端。居今之世，能發子瞻之緒言而救用修之俗學者，必雷君也，豈徒以詩鳴蜀也哉？

南游草敍

同年友淮南李公，易直愷悌，爲時長德。其子藻先，字黼臣，掉鞅詞壇，才情爛漫。好爲歌詩，叉手擊鉢，往往傾倒坐客。所著南游草，其一斑也。自近世之言詩者，以其幽眇峭獨之指，文其單疎僻陋之學。海內靡然從之，胥天下變爲幽獨之淸吟，詰盤之斷句，鬼趣勝，人趣衰，變聲數，正聲微，識者之所深憂也。黼臣之詩，原本志意，鋪張聲韻。渡江南游，境會訢合，二十四橋之明月，與三百六十之紅闌綠浪，山川風月，笙歌舡舫，出沒吞吐於笑歌筆墨之間。琴書彝鼎資其古香，時花美女發其佳麗，此眞黼臣之詩也矣。豈肯寄今人籬落下，效蠅聲蚓竅之音，苟然相慕說也哉！黼臣詒書山中，以五言十六韻贈余，且曰：願有以益也。夫甓社之明珠，蔽虧日月，楚州之神寶，感動上帝，其聲影符彩，苞孕於有無光景之中，故足寶也。惟詩亦然，富有日新，擬議以成其變化，豈復有聲韻可陳、境會可擬乎？牧叔稱廣陵之濤曰：似神而非者三。此可爲詩喻也，黼臣勉之。更數年後，吾知珠不在甓湖，寶不在楚州，而焰焰者在黼臣之卷牘間也。

林六長虞山詩序

山陰劉念臺先生，却掃謝客，游士不得欵其門，顧獨好閩人林六長，詒書告余曰：六長佳士，不媿公題目者也。六長居虞山小蘭若，臥病浹旬，編荆爲門，支石爲榻，瓦燈敗幃，風牀雨席，意蕭然安之。病少間，與一二老僧逸民，探雪井，歷石城，咏常建、皎然破山之詩，訪淳于斝、慧平子之遺跡，策杖告别，篋中惟道書詩卷及所藏鄒忠介公奏議耳。今年相過於南湖，出所著虞山草屬余敍之。自余通籍，以至於歸田，海内之文人墨卿，高冠長劍，連袂而游於虞山者，指不可勝屈也。百年之前，崑山周詩以言能詩精醫，一長須肩行李，左貯古書醫方，右貯茶竈食鼎，焚香掃地，幽居服食，死葬於孫氏之吾谷。五十年以前，金華吳少君孺子，自言不識字，賦詩輒令人起草，採古藤，玩清池，嘗旬月不火食。僑寓丹井，有俗子訾其詩，持鐵杖擊之，踰牆而免。死葬錫山之鄒氏。吾所聞高人逸民，此兩人者，其庶幾乎？以言、孺子之詩，皆不甚傳於世，使人想像其流風於清泉茂林之間。後有知六長者，游於虞山，問六長之僑寓而徵其詩，附於以言、孺子之後：斯亦虞山之美譚乎？刻成以示念臺曰：余之所以題目六長者如此。

戴初士文集序

蕭伯玉敍初士之詩，以宣州諸葛筆自況，謂一管之外，別無常筆以應柳誠懸之別求，不如初士之才，隨地而出，予取予求而無不有之也。伯玉心折於初士，而厚自矜重其作，故其言如此。吾以爲善言初士之詩文者，宜莫如伯玉。初士夙承家學，掉鞅詞壇，感慨立節，千里頌聲。世之予取予求，不啻如諸葛之筆，而其望而走集者，亦豈必皆右軍、誠懸。假令厚自矜重，必待右軍、誠懸而後畀之以善筆，譬之尋錦丈帛，非不美麗，用以衣被天下，其可得乎？初士才氣橫溢，詞源倒流，如噴泉之涌出，如龍氣之騰上，袖可以代筆，髮可以揾墨，三錢雞毛筆可以縱橫揮灑。葛洪有言：「廟堂之上，高文典册用相如；軍書旁午，羽檄交馳用枚皋。」伯玉之與初士相爲則兩傷，偏至則雙美。故曰：善言初士者宜莫如伯玉也。雖然，伯玉亦聞誠懸之論筆乎？毫管甚佳，出鋒太短，傷於勁硬。所要優柔，出鋒須長，擇毫須細。鋒長則洪潤自繇，毛細則點畫無失。此善喻也。孔子作春秋，隱、桓之際則章。太史公亦曰：「藏之名山，傳之其人。」蓋寬饒、楊惲之徒，以語言文字得禍者，鋒短而毫勁之故也。初士抱長沙、忠州之志，其言多指陳時政，流涕太息，其大指歸於明主德、頌相業，以忠君憂國爲能事。定交而求，易心而語，殆有得於鋒長毛細之諭乎？他日高門省戶，出入諷議，題藁風之詩，而效正筆之諫，置宣州二管於退冢，曰毛錐子安足用也？伯玉之所以相況者，又將何如？

秋懷倡和詩序

錢塘卓方水作秋懷詩十七首，桐鄉孫子度從而和之。二子者，高才不偶，坎壈失職，皆秋士也。讀其詩，其襟期志氣，如秋天之高，月之明，而水之淸也；其攄英散馥，如白雲之在天，而黃菊之始華也；其寥戾奔放，如朔鴈之叫遠空；而沉吟淒斷，則蟋蟀之警機杼也。讀之再四，徘徊吟咀，悽然泣下，信二子之深於秋也。方水不鄙余，摳衣而請益。余告之曰：子讀韓退之之秋懷乎？歎秋夜之不晨，悼蕭蘭之共悴，此悲秋者之所同也。「淸曉卷書坐，南山見高稜。歸愚識夷塗，汲古得修綆」，此四言者，退之之爲退之，儼然在焉，亦思所以求而得之乎？夫悲憂窮蹇，蛩吟而蟲弔者，今人之秋懷也。悠悠亹亹，畏天而悲人者，退之之秋懷也。求秋懷於退之，而退之之秋懷在焉；求退之於秋懷，而退之在焉。則夫爲二子者。自此遠矣！退之不云乎！志乎古，必遺乎今，吾誠樂而悲之。夫志乎古者，未有不遺乎今，未有不遺乎今而能志乎古者也。今之人秋懷今也，二子之秋懷亦今也，吾願二子之遺之也。吾誠與二子樂而悲之，且亟稱其人以勸焉。

重刻東壁遺稿序

吳郡祝希哲序其表弟蔣秀才燾夢召記紫府瓊臺之事，與玉溪生傳李長吉死時事合。長吉死七百有餘年，其歌詩盛傳於世。而燾之所存者，科舉論策之文而已。微希哲，世幾不知有燾。於戲！斯尤窮矣。玉溪生之傳賀，感歎於世之才而奇者，帝獨重之，而人反不重也。則所謂天上差樂者信耶？燾之所就，遠不逮賀，而亦以作記召，帝之憐才也，殆有甚於昔耶？取士之法，詩賦舉業代變，帝之所耆好，亦因時代殊耶？陸魯望言：「攻詩者抉擿刻削，以暴天物，故天致之罰。」以言乎長吉諸人則可矣。燾攻舉子業，未嘗有抉擿刻削之能事，而帝不予之年，破胎殺卵，是天自爲暴也，誰罰之耶？然燾不幸蚤死，獲以其名配賀於七百餘年之後，斯帝之所以私燾者耶？帝不右燾，而希哲能使其名立，文人之筆能與帝爭耶？於乎！是皆不可得而知也。燾之從孫鑛，字公鳴，重刻燾所著東壁遺稿，而屬余序之，曰：「以永燾也。」公鳴有逸才，殆所謂奴僕命騷者，它日爲楚騷序，列長吉與燾之事，呵問上帝，流傳人間，則所以永燾者，或不盡乎此。

錢集之遺稿序

自唐玉溪生爲李長吉傳，載緋衣人召記白玉樓之事。後七百餘年，而吳郡祝允明序其中表蔣燾秀才所謂召記紫府瓊臺者，與長吉死時略相類。余嘗敍燾遺稿，以謂燾所業者，皆科舉論策之文，何足以侔於長吉，而帝亦重之如是。豈帝之嗜好，亦與時下上耶！不然，則亦佛氏所謂宿習餘因，固不可以一世論也。今年丹徒錢密緯氏以其子集之之遺文屬余，余論而悲之。集之之年，不能逮長吉，戛戛科舉之業，以焚膏繼晷之餘，作爲辭賦，故其所存者止於如此。然其於燾，則不啻過之矣。集之臨終正定，泊然委世，無奇怪之跡，可稱於世。然人之精英秀特者，必不爲草亡木卒，與凡物澌盡，其爲帝之所才，在玉樓紫府之間，宜無疑也。密緯肆力於辭賦，潘江陸海，沾丐一時。集之覊貫軒翥，海內豔稱之以爲王叔師、文考再見於世。叔師欲爲魯靈光殿賦，使文考就往圖之，文考遂自爲賦以獻，叔師爲之輟翰。使天假集之以年，其與叔師父子並稱賦家，又何難哉？然余觀文考少得惡夢，作賦以自厲，其詞俶詭，不合大道。而集之證道、幽覽之賦，詠懷、遊仙之作，曠然有一死生齊得喪之思，殆又非文考所可幾及也。余所謂宿習餘因，不可以一世論者，其又可知已矣。文考既歿，叔師之注楚辭，尤致意乎天問，殆亦有感於浮湘之故乎？密緯之才，不減叔師，其爲天問若對之屬，以悼集之，後世必有述焉，子其毋讓。集之死後之一年，錢後人謙益爲其序。

鄭聖允詩集序

有明重熙累洽之朝，有讀書修行之士，上應皇極四星，在帝左右者，司禮監秉筆太監任丘鄭君是也。君名之惠，字聖允，少負淵敏，與其友湯君盛、劉君時敏鏃礪問學，厭薄內府沿襲典籍，以爲謏聞固陋，有志於左氏、太史公、班固之書，久之而其學大成，肌劈理解，浸漬演迤，雖通人大儒，未能或之先也。朝夕禁近，自公退食，焚膏宿火，被服寒素，有古勞人良士之風。今年，余見之於請室，方繙閱三國以後諸史，朱黃儼然，讎勘錯互，纂言紀事，州處部居。蓋將薈撮其詔令文章卓然有用於世者，爲論思獻納之助，而非徒以翰墨爲能事也。君以其間出其詩集，盥靧肅拜，而請余爲敍。君之詩，篇什甚富，所存者絕少，而余所見者尤少。崇禎元年，奉使中州，過岳忠武湯陰故里，感「文臣不愛錢，武臣不惜死」之語，流涕沾軾，賦詩以申意。己巳，虜薄城下，憂時愛國，賦今體詩八首。余讀君集，于是數章者，回環吟咀，三致意焉。嗟夫！小雅巷伯之詩，其卒章曰：「寺人孟子，作爲此詩。」夫子存而不刪，以是爲可以怨也。春秋列國卿大夫書名，獨齊高傒、魯季友書之曰子，傳以爲賢而子之也。然則小雅之存孟子，亦子之也。夫子固不以其寺人而不子之也。以詩與春秋之法取之，則漢之呂彊，後唐之張承業，本朝之懷恩、覃吉，其爲夫子之所子，可知已矣。余序君之詩，大書於首簡曰：寺人鄭子，作爲此詩。以附於小雅春秋之義。後之君子，誦其詩而論其世，其必慨然於余言也矣。丁丑九日序。

士女黄皆令集序

今天下詩文衰熠，奎壁間光氣黯然。草衣道人與吾家河東君，清文麗句，秀出西泠六橋之間。馬塍之西，鴛湖之畔，舒月波而繪煙雨，則有黄媛介皆令。呂和叔有言：「不服丈夫勝婦人。」豈其然哉？皆令本儒家女，從其兄象三受書，歸於楊郎世功，歌詩畫扇，流傳人間。晨夕稍給，則相與簾閣梯几，拈仄韻，徵僻事，用相娱樂而已。有集若干卷，姚叟叔祥敘而傳之。皆令又屬楊郎過虞山，傳内言以請序於余。余嘗與河東評近日閨秀之詩，余曰：「草衣之詩近於俠。」河東曰：「皆令之詩近於僧。」夫俠與僧，非女子之本色也。此兩言者，世所未喻也。皆令之詩曰：「或時賣歌詩，或時賣山水。猶自高其風，如昔鬻草履。」又曰：「燈明惟我影，林寒鳥稀鳴。窗中人息機，風雪初有聲。」再三諷咏，凄然詘然，如霜林之落葉，如午夜之清梵，豈非白蓮、南嶽之遺響乎？河東之言僧者信矣。繇是而觀，草衣之詩可知已矣。叔祥之序，薈萃古今淑媛以媲皆令，累累數千言。譬之貌美人者，不論其神情風氣，而必曰如王嬙，如西施，如飛燕、合德，此以修美人之圖譜則可矣，欲以傳神寫照，能無見笑於周昉乎？癸未九月，虞山牧齋老人爲其序。

初學集卷三十四

序七

兵使慈谿馮公進秩督學福建敘

崇禎丙子秋，虜陷昌平，躪畿南，詔徵天下兵入衛。於是蘇松兵使馮公督其兵以行，抵濟寧，虜退解嚴，有詔班師。而公旋奉新命，晉秩往督八閩學政。兩臺使者謂吳中不可一日去公，交章請留，而公以王言，不宿於家，旦夕治裝行矣。吳淞副總戎許君念公共事之雅，乞余文以爲賀。余於公之遷，而竊有歎於主爵者重閩而輕吳，名爲知公，而實未知所以用公也。夫主爵者之用人也，猶弈者之下子也，必審其局面；猶醫者之用藥也，必察其病症。不審局而下子，不察症而用藥，此敗亡之道也。今天下北患插，東患奴，中原患寇，獨東南無恙。而蘇、松以區區二郡，當天下財賦之半，京、邊皆仰給焉。蘇、松之肥瘠安危，天下之肥瘠安危也。比之於棋局，此當爲何地？東南財力盡矣，吏治剥斂，民生蹙急，閭閻之下，草澤之間，奕奕然有朝不及夕之憂，而横征重賦，折筋絶骨之求，未有艾也。譬之於病勢，此又當爲何症？自公之涖吾吳也，以文武兼資之器，遇緩急多故之日，上下說服，士民豫附。公之於吳，以當局則國手也，以療病則上藥也。一旦奪之以予閩者，何也？閩之在海內，以局勢論之，當爲邊角，不當爲腹腴。閩之學政，或有弗理也，此一肢一節之病，非腹心之憂也。有弈於此，戀邊角而棄腹腴，則弈必敗；有醫於此，治肢節而舍腹心，則病必亡。主爵者重閩而輕吳，何以異此？且今之遷公者，以隨牒平進待公者也，非知公而善用之也。己巳之役，勤王之兵，悲怨就道，幾如唐天寶中分道捕人故事。頃者邸報阻絶，譌言弘多，吳中一旅之師，從公於邁，莫不皆骨騰肉飛，髮植如竿，欣欣焉有呑胡滅虜之氣，非公何以得此於行間哉？師之出也，懸先大夫之像於堂皇，戎服拜辭，誓以此身殉國。禡旗誓師，與將士歃血酹酒，情詞奮厲，聲淚迸咽。余爲之泣下霑襟，語觀者曰：「馮公此行，必能辦賊，吾屬可安枕矣。」向令留公於吳，當東南半壁之寄，治餘皇，習水戰，淬水犀之甲，募載禽之士，北禦插，東勦奴，中盪寇，三四年間，必能爲國家當一面。一旦有事，呼吸應變，興蘄王之舟師，復淮安之海運，以瀕海一隅之地，制海內之重輕，非公誰與辦此哉！唐之末也，置鄭絪於鳳翔，而唐幾再振；宋之南也，置宗澤於磁、相，而宋乃復立。本朝宸濠之變，王恭襄用王文成於上流，濠一發而就擒。今者奪公以予閩，閑指麾訓練之能，而理朱黄鉛槧之業，則豈知用公者哉！今天下之大勢，亦岌岌矣。民窮財盡，虜寇交訌。其在弈勢，不可不謂之殘局;其在病症,亦不可遂謂之康強勿藥也。而用人者之忽易如此,以失著救將敗之棋,以繆方診危殆之病,天下之事,其亦可爲寒心已矣。余於公之遷,不敢以爲喜,而爲之俯仰歎息者此也。夫吳之士民,不可一日去公,扶老攜幼,驚惋相告,遮道而號哭者,其詞未可更僕悉數。余則以爲公之此行,有關於用人之大政,而吳人愛慕之私爲不足道也。故因許君之請,而敍之如此。

大司馬吉安茂明李公參贊機務序

崇禎十二年,南京兵部尚書員缺,天子命即家起故戎政尚書吉水李公參贊機務。命下之日,海內士大夫拊手相賀,矜紳之士,韎韋跗注之徒,下及兒童走卒,靡不欣欣有喜色而相告也。客有詒余者曰:「李公之品地,在玉鉉大斗之間,當宁深知之,固將參預密勿,在帝左右,留務之簡,特以爲傳遽云耳,何賀者之相蒙也?」余曰:「是則然矣。然未知天子任公之重,與其所以重公者也。南都根本之地,先朝以儲宮監國,繼以勳臣守備,自黃忠宣以耆碩鎭陪京,始有參贊機務之命。委任之隆,兩都文臣所獨也。當武宗南巡之日,翠華野宿,虎旅夜驚,喬莊簡任南參贊,張皇六師,嚴更巡徼,逆彬輩慴伏不敢動,宗社有泰山之安,其功不在王文成下也。今海內多事,王師在野,憑城伏莽,實煩有徒。天子念根本重地,以機務委公。公之任，豈後忠宣、莊簡哉？日者寇逼浦口，烽火達於白門，蓋岌岌矣。穀城之賊，飽而颺去，雖蔓延唐、鄧間，未嘗頃刻忘荆、襄也。孫吳有國時，合暮西陵舉烽火，三鼓未竟，達吳郡之南沙。晉明帝患王敦之逼也，改授荆、襄四州，以分上流之勢。參觀於今，江關、浦口，留都之門戶也。置戍設守，無可疑者。西陵烽火之虞，荆、襄上流之勢，形勢未改，要害如故，此不可不深思早計也。荆、襄一路，我既與賊共之。賊瞰我，則高屋之建瓴也；我肆賊，則鞭長之不及馬腹也。詩不云乎：「徹彼桑土，綢繆牖戶。」今之金陵，以荆、襄爲牖戶，江關、浦口，堂密之間耳。留務之命，天子實以桑土寄公。譬之弈棋，局在腹則急腹，局在邊則急邊。天下根本在南，故以留務委公，是亦善弈者之置子也。公往理戎政，汰老弱，清冒濫，中官之廝養，侯家之騎從，依草附木者，一切釐革，中外洶洶，蜚語流聞。上心知其公忠，曲意保全，歸田十餘年而有今命，天子之知公深矣。置公於南，以南重公，亦以公重南也。主上神聖，度越三五。用舍操縱，疑於鬼神。其所以任公之重，與所以重公者，豈庸臣小知所能窺測其一二哉！自參贊設官以來，以道德勳名著聞者多矣。而端毅、文成兩王公爲最。公謝戎政家居，闢依仁書院，與鄉之士友，講明文成之學，布衣蔬食，一飯不忘君國。士大夫之望公者，猶端毅之在三原也。今居此官，與兩王公百年接踵，豈偶然哉？端毅在留都，飛章抗疏，郵傳錯互，時人爲語曰：「兩京十二部，獨有一王恕。」而文成當世廟初，言者謂宜登庸揆席，居論道經邦之地。其言果行，則嘉靖之治，當比隆於成周矣。公既膺特簡，當以端毅之事憲廟者事今上。天子闢門求賢，内外並用，文成所不能得之於世廟者，公其將得之於今上乎？天子任公之重，與所以重公者，自今日始，固將不一書而足也。羣賢之宦於吉者，若吉水令陸君某、廬陵令劉君某，近公之居，沐浴其德教，而喜公之有新命也，以謙益于公有道義之好，屬爲文以賀，而余爲序之如此。

奉賀宫傅晉江黄公奉詔存問序

太子太傅晉江黄公，以大宗伯謝政家居，年踰八十。天子眷念舊德，特遣行人賜手勑存問，授几乞言。中外縉紳，讙呼相慶，以謂天子當如元祐之待文潞公，起之既老，九十造朝，不獨以上尊文綺，修優老之故事也。謙益詞垣後進，遡諸師門，實爲公門下士，其敢無一言以賀。蓋嘗尚論公之生平，而夷考其出處。公之修身厲行，表著於先朝者猶易，而其孤行獨立，保持於今日者最難。何也？當神宗之世，久道化成，朝著肅穆。公以翰苑詞臣，不絿不競，靖獻於蓬山鶴禁之間，此恭人碩儒之所有事也。當熹宗之世，明夷初旦，海宇霧雺。公以館閣儒臣，不戁不竦，潔身於宫鄰金虎之際，此端人長德之所有事也。故曰易也。迨今上御極，以英明不世出之主，負綜覈大有爲之志。小人乘權藉勢，以操切竊國枋，以懻忮箝國論，以深機快恩怨，以積威罔利權，撈籠布置，別成一陰慘詭隨之世界。而公以老成宿素，出掌邦禮，遇大禮大兵大譴，援典制，引分義，據經廷諍，不少回互。譬之五行之宿，芒寒色正，側出於陰雲翳駮之中，其不爲之目奪而神聳者亦鮮矣。人知公之奏對，持國體，養士氣，補偏救弊，明與執政相枝柱；而不知其方嚴魁壘，引繩切墨，所以默折其機牙，而潛杜其窟穴者尤多也。往傅文毅在部，無事不爭，其章奏特煩於五曹，卒以忤權罷去。以王文忠之宿望，遭逢盛際，亦不能不齟齬於廬陵，而況於公乎？公旣去而奸佞接跡，菑害頻仍，天子喟然側席，思公之公忠而喜其難老，於是有存問之舉。大臣去而使人主思之，難矣；去而使英主思之，抑又難矣。公何以得此於天子哉？昔者秦穆公喪師於崤，歸而作誓，夫子錄之，以繼訓誥之後。而秦誓之所思者，詢茲黃髮也，一介斷斷也；其所戒者，截截善諞言也，冒疾技聖也。自古奸邪小人，禍人國家者，始必以諞言爲鉤餌，熒惑主心，後必以冒疾爲羅網，壅塞賢路，而國家之所以榮懷杌隉，安危而治亂者，在人主之能悔與不能而已。穆公之誓曰：我皇多有之，昧昧我思之。思者，悔之幾也。易曰：不遠復，無祇悔，元吉。幾乎微乎！敗而思，思而悔，陰陽回薄，精祲摩盪，天地將應之，而況於人乎？天子之思公也，所謂幾也，吉之先見者也。思黃髮，戒諞言，庸技聖而屏冒疾，於以上答譴告，下淨氛祲，舉而措之，在乎取攜之間而已矣。頃者狡奴入犯，羽書旁午。天子赫然震怒，下哀痛之詔，視秦穆之素服哭師，不啻過之。而公將以師臣造朝，贊采薇天保之盛治，於秦之黃髮何有？謙益雖屏廢，舊承乏太史之後，竊取夫子删詩之義，欲舉秦誓以獻於吾君，而又念其反覆陳戒，歎息於古今之謀人者，推而明之，可以爲用人論相之炯鑑。是舉也，有關於天下國家之大故，是用謹而書之，非徒以爲公賀而已也。崇禎十六年正月吉日。

贈錦衣吴公進秩一品序

崇禎十年，錦衣山陰吴公，荷上特簡，以都指揮使掌衞事。受事未半載，以公廉勤慎深當上心，進秩一品。上慎惜名器，獨於公則朝上而夕報可，誠重之也。天啓中，逆奄用事，用其私人許顯純掌詔獄，而公適爲之副。羣小搆大獄，以一網盡海内正人君子，嗾奄授意，而顯純操刀焉。每出片紙，所署名姓，累累如保牒。公從容語顯純：「無多所連染；連染太多，於鉤黨者則快矣，盍亦自爲他日地乎？」顯純雖檮昧，亦爲聳動。後先縱舍，幾四十人。其免而復逮者，高忠憲輩是也。其終得免者，如余是也。公又佐顯純定爰書，坐贓皆無左證，預爲昭雪地。羣小詗知之，嗾奄逐公，幾陷不測。公去而大獄始成，楊、左輩皆考死，海内洶洶，幾至移國。蓋公之進退，其關係國事如此，不獨爲詔獄重輕也。今上龍飛，公首先召用。時相用枚卜逐余，公不肯屈節附麗，時時訟言，爲余不平。時相心啣之，屢推掌衞事，皆不報。久之，相焰益張，用其私人掌衛事，屬鍛鍊起大獄，約略如逆奄用顯純故事。及時相罷免，私人以他事得罪，而上始簡用及公。公感激知遇，誓以身報。每刺舉一事，平反一獄，必齋沐焚香，昭告於神明，而後行事。以羔羊素絲之節，風勵家庭。其諸子皆闔門洗手，奉公教誡。公之誠心質行，砥節首公，孚契於士大夫，而昭格於人主，不終歲而受三錫之命，宜也。先是言者謂環衛詔獄，宜參用儒者，不當專任雜流，因仍先朝弊習。公故偉望碩儒，所條奏咸引經術，傅古誼，史策書之，謂國家用儒者領環衛，自今上始。此本朝之盛事，不獨爲公賀而已也。蓋嘗循本而論之，衛與廠之設，皆起永樂中。當是時，國家紀綱法度，盡在閣部，而間有所監督收考，則付之廠衛。閣部，股肱心膂也。廠衛，則四目四聰之一也。二百年來，閣與廠衛之勢，嘗分其權，相爲峙而不相爲借。是故以萬眉山之穢，糾汪直，革西廠，侃然與商文毅比肩並事，一無所鯁避，何也？人主之體尊，閣部附之以爲尊，而國家之權重，廠衛不能藉之以爲重，所謂相爲峙而不相爲借者也。嘉靖、萬曆之交，國體稍變，閣不能不倚於廠衛，而廠衛亦不能有加於閣，其相爲峙者猶故也。至天啓而大變，閣與衛皆廠之私人，衛附廠以尊，而閣反附衛以重，相借相合，而閣之體獨輕。今上神明獨斷，廠衛與閣皆奉職不暇，不敢有所假借。久之，而閣始睥睨其間，伺間抵隙，而陰收衛以爲用。外託刺舉之名，内行鉗網之計。下有所毛舉，則其端不出於外廷；上有所擊斷，則其怨全歸於人主。其假靈則神叢也，其積威則鹿馬也。閣與衛合，浸淫移奪，而舉朝不知。幸神聖之主，蚤見而逆銷之，然後閣與廠衛之勢仍分，而其權仍不相借。魁柄在手，宫府一體，漸復祖宗之舊，實自上之用公始。此其關國故豈淺鮮哉？孝宗皇帝不云乎：與我共天下者，三公九卿也。是時刑獄委任三法司，緹騎帥領徼循而已。牟斌掌詔獄，正色直詞，枝柱戚畹。如斌者，君子以爲眞弘治中人物也。天子聰明仁厚，同符孝宗，方富於春秋，勵精圖治。公且竭股肱之力，佐吾君恤國體，養元氣，復見弘治之盛，又豈斌所可望其萬一也哉！余於公之嚮用，喜國家之有人，而又深窺聖天子執持紀綱之微意，故颺言之如此。余再陷網羅，賴天子深恩，得保首領。而公不畏權倖，持三尺法以感悟明主，其事當具載國史。此則天下之士大夫皆能言之，而余固不敢以贅及也。

贈蓬萊令左君擢西臺序

崇禎十一年五月，海内郡國吏以尤異徵者，久次闕下。天子悉召見左順門，親問其治狀，命尚方給筆札，條奏兵食大計，擇其尤者若干人，充翰林科道之選。而蓬萊令耀州左君擢山東道監察御史。先是孔有德據登城以叛。君單車之任，受事於密水山。簡兵馬，庀糗糒，先後數十戰，身冒矢石，八月而城復。當是時，殘血膏樓櫓，遺骸撑閭巷，撫恤瘡痍，扶養孤寡，奪赤子於強兵悍監之口，襁褓而衽席之。君雖一邑令，中朝士大夫所推舉。文武具備，身兼數器者，必君也。今一旦簪筆荷橐，爲天子之言官，天子不爲不知君矣，君何以自効哉？國家之大患，東患奴，中原患寇。天子旰食有年矣。奴數萬壓竟，邊吏傳遽相告，舉朝震驚，奄忽脊遁，驟如風雨，來不知所向，去不知所之。此何說也？大入則躙畿輔，小入則掠城堡，虜婦女，刼財帛，捆載而去，虜之常也。城有所不屑攻，野有所不屑掠，忽然而來，飇然而去，此非虜之常也。或曰：送插子歸巢也，非肆我也；插子既已歸，奴且子壻畜之矣。插之巢，卽奴之巢也。插有巢而奴共之，我可以安枕乎？或曰：爲插部求賞也，我之款插者，以紲奴也，我畏奴急奴，而陰借插以媚奴，插則畏奴德奴，而陽挾奴以間我。奴不肯居賞之名，而我則坐輸款之實。我何能紲奴，反爲奴紲耳。貢市之事，以隆、萬全盛之時，新鄭、江陵明察之相，竭中國之物力以奉虜，苟安數十年。比其末也，不能得其一部落一間諜之用。而況於今日乎？流寇蔓延半天下，一旦俛首就撫，此豈有雄、倘、緄、撫、三明之將，追鋒束馬，窮追極討，波駭鳥竄，窮困而乞降乎？襄、漢之間，連城而居，列栅而守者，其終能弭首帖耳，就我之絛鏇乎？以李察罕之雄，奮臂討賊，百戰百勝，海內震慴。田豐、王士誠，窮蹙乞降之殘寇也，卒殲於其手。今之將帥，何如察罕？今之降寇，何如豐、士誠？晏然建旂鼓，騰露布，以受降撫叛爲能事，吾不知其所終也。此二者，國家之大事也，君何以策之？天子焦勞求治，愈求而愈無當；亦嘗號呺索人矣，屢索而屢不獲。其所以然者，何也？譬之病者，促數攻治，藥不效則咎醫，醫不效則又咎藥，藥與醫促數更易，而病未良已也。兵與食，藥也；料兵料食者，醫也。知其病之所在，診視而療治者，治病之方也。今不思治病之方，而汲汲於求醫量藥，是以攻治急而病滋劇也。傳曰：上醫醫國，其次疾人。君等皆醫國者也，天子既以俞、扁命我，何不寫形察脈，論得病之所在，爲天子精言之？此其說在醫緩、扁鵲之告晉平、齊桓也。奴寇之事，此所謂疥癬末疾，何足煩湯熨哉！萊州之役，君身在行間。譬之良醫，曾挾禁方，治危疾，則主人必傾心而聽之矣。君以已效之醫，挾經驗之方，以進於人主。天子將以醫國之事累君，在君茂勉之而已矣。君之邑子楊生龍徵，以余之知君也，乞余言以爲賀。君固不以得御史爲光寵，而余亦不以一御史爲君賀也。輒舉天子之所以知君，與君之所以自効者，以正告之。雖然，亦不獨爲君告而已也。

贈涇陽張儀昭序

崇禎丁丑，余被徵下吏。四方孝秀，在闕下者，多僂行相問訊，頗闕木索、秉鈇鑕以相從於圜狴。其中關中則華州郭宗昌胤伯、王承祚元昌、涇陽張炳璿儀昭、耀州辛綿宗茂聞以辟召至。耀州左佩弦□□、漢中王彥芹獻臣以謁選至，耀州楊龍徵伯龍以游學至。諸子者皆金聲玉色，質有其文之君子也。諸子之知余也，本諸其鄉之先正，若故宗伯王文肅公、司空馮恭定公及宗伯盛公。而儀昭之舉主爲侍御曲周路公。路公令涇陽，待儀昭以賓師之間，出按吾鄉，抗疏爲余申雪，大忤權倖。儀昭以路公知余，而余亦以路公知儀昭，交必有道，豈不信哉！儀昭將行，引古人贈處之義，拜而乞言。余惟君子之道，或出或處，或默或語，如是而已。然而有難焉，有易焉，有重焉，有輕焉，不可以不之審也。方余之壯也，策足清華，馳騁皇路，余之身，非一人之身而天下之身也。天下之望余者重，而余之自處則甚難。今老而退廢，又得罪以在此。余之身非天下之身而一人之身也，天下之責余者輕，而余之自處亦甚易。若儀昭者，儼然應天子之明詔，郡國勸駕以來，殆將重余之所輕，而難余之所易，其何以自處哉！且天子既闢門開窗，號咷博求，倣古之玄纁備禮，斯已重矣。及其至也，不策之於廷，不命之於朝，姑以付之所司。有司者，不深維人主重士之初意，而揣其示之以輕，亦聊以舉行故事，稱塞詔條而已。士將從人主之所重乎？亦姑從其所輕乎？抑亦狥人主與有司之所輕，而不自有其重乎？則士之自處，良亦難矣。徵聘之舉，莫盛於兩漢之季，鮑宣爲諫大夫，言高門去省戶數十步，求見出入，二年不省，願賜數刻之間，竭毣毣之思。若此則士欲副人主之重，其道何繇？永和中，用李固言，徵用江夏黃瓊等，而固之遺瓊書，以謂觀聽望深，聲名太盛，毀謗布流，應時折滅。繇此言之，士之欲自有其重，亦甚不易也。今天子用辟召之意，而小變其法，使之自試州郡，隨牒平進。譬之放騏驥於修途，而不急其銜策，則其不千里者亦鮮矣。兩漢之重徵聘也，未必非所以輕；而今日之輕也，未必非所以重。此聖天子馭吏之法，亦養士之仁也。詩不云乎：「凡百君子，各敬爾身。」儀昭其敬之哉！使後世謂本朝之徵聘，賢於兩漢遠甚，不負人主所以重士之初意而已矣。若自處之難易，則又何計焉？儀昭其以吾言徧告諸子，并以復於路公。余他日雖老耄，猶及見諸子之有成，尚能執簡以記之。

送段含素應辟召還商城序

崇禎十一年，海內賢良文學應辟召者，雲集京師。商城段子含素，試於吏部，當得令大邑。需次還里，段子若有不釋然者，告其友高子平仲曰：「余將隱矣。」高子以問錢子，錢子曰：「段子之不釋然者有故，非爲其身也。天子慨然念吏治刓敝，資格委頓，開辟召之科，重郡國守令之選，甚盛舉也。天子所重，有司故輕之；其所急，則故緩之。吏持詔書，到門促迫上道，貧者賣田以供車馬，不獲如徵醫巫者猶爲駕也。及其來也，以一切之法待之，以舉主爲殿最，以竿牘爲下上，以賕賂爲劇易，使天子號呲博求，玄纁備禮之至意，不復曉然於天下。天下之士，有次且稱病不至者，亦有悔本不欲來如王式者，此有司之過也。繇此言之，段子雖欲釋然，其可得哉？漢元始中，徵文學賢良，問以治亂。英俊並進，咸聚闕庭。而九江祝生，奮史魚之節，發憤懣譏公卿，汝南桓寬亟稱之。如段子輩流，蓋亦有其人矣。天子方宵旰求治，何不延見便殿，問以治亂，如元始故事，使之舒六藝之風，陳治平之原，而徒以州郡之職，驅使天下豪俊，何相天下士之薄也？當今俊乂盈廷，朝無倖位。三事大夫，度無有當軸括囊如車丞相者，亦無有上榷筦之利不師古始如桑大夫者，即有如九江祝生奮史魚之節，我知其逡巡跼蹐，舌撟而不能下。何嫌何諱，而不以此時開陳治亂，廣論議之路，收徵召之益？吾以爲此非人主之意，殆公卿大夫爲國計者有未盡也。段子之行，不訟言其故，而以將隱爲辭，吾以知段子之所存遠矣。」段子師事吾友高忠憲公，忠憲以任道許之。今年謁余於請室，以事忠憲之禮事余，曰先師之緒言也。余知段子之志意，不汲汲於一官者也，故舉其所不釋然者以告之。高子今擢西臺爲言官，爲天子開陳治亂，播當世之失，猶望高子矣。余之告段子者，亦并以爲高子告也。

贈蘇松兵使高君加銜留任序

東海孩之高君，以左參議備兵蘇松，甫三載而有陝西之擢。撫臣上言：蘇、松國家重地，江海鉅防，請加憲使職銜，治兵備事如故。奏上，不旬日而璽書下，東南士民，莫不交口讙呼。聖天子愼惜名器，中外啓事，多侵閣不下，而獨亟俞君加銜之議，誠重之也。謙益請得而推言之。日者，星紀之次，時以氛祲告。而今年歲星在虚危，虚危，齊地之分野也，吳分與虚危接比如鄰壤。而天官家言齊分有賢臣輔世。夫齊方得歲，而君自齊以臨吳中，吳之得君也，時謂得天矣。君所建分司地曰太倉，太倉與遼海相望，椰帆鐵艦，衝風而蹩波者，與我共之。而淮安王建海運汎海之役，自太倉以達遼，餘皇如織。君家膠、萊之間，去遼海不宿舂，今居太倉以籌海事，稽天巨浸，如在盤盂杯勺間。無事則掛扶桑之弓，有警則尋舳艫之蹟。居東南半壁，而隱然制國家之重，非君其誰也？自徑竇多而束修自好之吏，不得與賕吏競進；自請託行而敢力死戰植髮如竿之士，不得與游弁比肩；自豪傑之幷兼，與奸人之抵讕，爲虎爲鼠，首尾一身，而小民不得以安旦夕之命。君建節以來，廉吏發舒，武夫競勸，而閭左晏然，有仰父俯子之樂。蘇、松，天下之根本也。天子之所以畀君者，豈其微哉？雖然，謙益嘗讀杜氏詩，其稱許高蜀州適者，不一而足，至有汲黯、廉頗之目。而唐史之傳適，以謂適尙節義，談王伯，以功名自許，而卒以言浮其術爲譏。未嘗不反復三歎也。君與適同姓，以詩篇崛起一代，所謂方駕曹、劉者，殆無愧焉。而天子以重地畀君，行且有總戎開府之寄，遭時遇主，於蜀州乎何有？君含弘貞亮，議論鑿鑿，副名實，非適輩流所儗議。自今以往，君功名日章，責望亦日益重，願君益懋勉之，無忘其所以爲汲黯、廉頗者。謙益不能爲杜氏之詩歎美君之盛德大業；而於文稍知史法，不敢以頌，竊比於古人贈言之義，不任其靦縷云爾。

常州何司理考績序

郢中具茨何侯，起家進士，司理常州。三年而政成，上其績於宰士，應上上考。繆太史當時，侯之同年友也，詒書諗余：「子其敍矣。」國家郡置司理，竱以明刑爲職。而司理吾四郡者，所讞刑獄，與巡方之使，輶軒相並。是故何侯理常州一郡而四郡之人皆交口稱何侯，以謂公廉仁恕，無寄請，無留獄，問遺請寄不行，古皋陶、蘇公其人也。余既耳何侯賢，時時從人訊侯，則又謂侯雍容詳雅，和外而惠中，譬之天球簠簋，望而知爲宗廟之器，非鉛刀之效於一割者也。質之當時，以其言爲信。嗟乎！司理，古刑官也。國家以是爲官也，朝於御史，而夕於監司，用以亭疑獄，重民命，如農之無越畔焉。而今之官是者，曰：姑舍是，仕宦取超等踰匠，安用司空城旦書乎？彼將曰，我今日一御史也，則易置御史而爲我。則又曰，我它日給舍御史也，則舍置我而爲給舍。御史、司理，一人之身，一御史爲之，叢數給舍，御史爲之寄，而其爲司理者，其與幾何矣？觀政於亭傳，取捷於徑路，游聲揚光，拜除如流，而奉法循理者益寡矣。何侯之爲理如是，是其古之作士者與？是所以爲宗廟之器，而非效用於一割者歟？伏生書云：欽哉欽哉！惟刑之謐哉！而太史公以謐爲靜，惟謐與靜，先儒以爲論刑之要。而余以爲非獨論刑，亦所以論士也。持此以論何侯，抑亦有徵於庶獄庶慎之外者歟？惟何之先，有廷尉少卿者，學尙書於晁錯，又與張湯同時，而獨以務仁恕，無寃囚稱。考之家傳，有老嫗賜策之異，史家至今傳道之。今何侯爲刑官，理平在職掌隤陁刑辟不中之時，亦今之何公也。余論次何侯事，以少卿爲徵。它日者，著於家傳，比於老嫗之簡策，則庶乎其可矣。

靖江令趙侯考績序

靖江故江陰馬馱沙地，僞吳將屯兵戍守，屹然重鎭。國初凡三遣重兵，以戰船布鳥翼陳，橫江而克之。靖江之爲江防要害，固已久矣。今三吳鉅防，無甚江海。靖江雖小縣，實大江門戶，其關於東南最重。顧自設縣以來，官茲地者，輒以乙科選擇，又往往多左遷去。重於置縣，而輕於置令，則亦官人者之過也。雖然，官茲地者，亦有鄙焉。其一人曰：「我雖令，不得比他壯縣。驚濤颶風，飛溢震撼，則我先爲壑。江洋之盜，車舟檣馬，出沒無時，則我先頓刃。建牙持斧之使，操白簡而取盈；則我先挂籍。獨薦剡則我後耳，我安得獨賢？」其一人曰：「我雖令，孤懸大江中，黿鼉魚鼈之與處，而鼃黽之與同，夜郎王謂漢孰與我大也，其誰能難我？」夫官人者既輕茲地，而官茲地者舉若此兩人，又操左劵而取輕，何置令之爲也？南昌趙侯亦以乙科來，顧能以茲邑重。以三年奏最上於天官。邑人臚侯治狀，余覆而徵之，案無寃獄，獄無逋囚，禮士息民，以爬以休。桑田每每，陸接維揚。楖帆甓波，飛鳥食蝗。夫是以民歌優饒，地頌侵沃，薦章交騰，而前修莫若也。賢哉趙侯！不以邑小自薄，不以壤僻自尊，與余向所云云，何霄壤耶？天下承平日久，長江安流如一衣帶，靖江之在江濱，如茭蘆中聚沙耳。一旦有事，餘皇交呼，鐵鎖橫絕，然後思國家所以屯兵扼險之意，而悔夫置令之輕也，豈有及哉？因趙侯以重茲地，因茲地以重江海之防，擇吏安民，爲東南根本之慮，將自趙侯始。吾故書之於册，以爲趙侯賀，且以有望焉。

送楊縣丞歸雲南序

韓退之言，諺數慢必曰丞，至以相訾謷。今也不然，自丞以上，日訾謷不暇；丞秩卑無譏焉，然求免於慢者則鮮。雲南楊侯以貢士來爲縣丞，三年，母喪歸，邦之大夫士，酹酒出祖，史官錢某執觴言曰：「楊少尹今丞尉，適百里，供張甚設，道路聚觀。今子奔喪萬里外，見星而行，襆被舂糧，閔閔可憐，人將以子相訾謷，慢豈可得哉？子讀書纘言，俛首一官，彊直愼法，不以數慢爲解。子之得訾謷於人也，賢於讚頌遠矣。自丞以上，其得訾謷於人也胥若子，訾謷何病焉？子歸，朝夕啜爾菽，飯爾蔬，比及三年，襆被舂糧，起家加大邑，其得訾謷也滋甚，余乃不敢復慢子矣。」丞起拜而稽顙，垂涕洟而別。

初學集卷三十五

序　八

送瞿起田令永豐序

越絕書云：虞山，巫咸所出也。明有天下二百有餘歲，俊乂挺生。在世廟時，則有嚴文靖、瞿文懿、陳莊靖三公。莊靖視二公輩行稍後，亦嘉靖中人才也。語有之：採珠于澤，攻玉于山。虞山雖小，其亦珠玉之淵海與？由嘉靖以來，六十餘載，登仕版者相望，自吏侍趙公而外，未有聞焉。豈澤有時枯，而山有時童與？抑運會使然與？余聞諸父老，文靖故兄事文懿，文懿登第時，文靖已稱詞林老宿，文懿弟畜文靖自如，責備行義，嚴重于布衣時。而莊靖以吏侍里居過從，未嘗不訪求天下大計，咨諏民瘼，盱衡太息，移日分夜以爲常。自余有識知以來，則異是矣。賓筵促席，語刺刺不休，每屈指計某田宅幾何？僮手指幾何？販穀及子貸金錢幾何？又或言某善事縣令丞尉，縣令丞尉顏色頗嚮某某，某善問遺居間請求，某善任桀黠奴及州里馬醫皁隸，咨嗟嚬呻，異口合喙，項輩視以高下，笑言視以少多，謗譽視以郵置。然則父老所稱述，數公固世之所迂也。謂迂爲善，則今舉若此。謂爲不善，則世所指名大人舊德，必前數公者之歸，豈有爽也。吾聞之，天道六十年一變，蓋日夜以幾于吾里之人焉。而瞿子起田，中萬曆丙辰進士，令吉之永豐。起田，文懿之諸孫也。永豐，陳莊靖起家爲令地也。倘所稱天道者信與？起田守文懿家法，與其父學憲之教訓。其游吾門，奉手摳衣，視僮子時，慊慊不改，可謂吉士矣。今爲令，何以長子？莊靖之令永豐也，折節事故羅文恭公。莊靖自言生平志節堅彊，皆賴文恭。吉故天下珠玉淵海也，據其會，就其名，而擇其精，則求文恭于吉不遠矣。毋謂如吾里中無豪易高也。夫圓冠大裙，步孟而趨韓者，此世之所迂，而亦君子之所賤簡也。雖然，誠欲作而任大臣之事，則問學鏃礪之道，烏可苟焉而已乎？又烏可以時之迂而迂，以人之簡而簡乎？起田交同年進士，必選擇其賢者。公安袁小修、西安方孟旋，皆爲余亟稱起田。起田於鏃礪之道得矣，其於莊靖必有當也。吾故感嘆于吾里今昔之事，而申之以斯言，以實其所以望起田者焉。雖然，世之迂闊者，無尙于余，而在吾里中尤甚。使起田持吾言示人，則迂起田者不少矣，而余且重得罪。起田不忍焚棄吾言，則襲而藏之。嗟乎！世之知採珠而攻玉者或寡矣，焚之其可也。

送張處士思任赴遼東參謀序

遼左自佟夷作難，破城喪師，勢如燎毛。中外惴惴焉懼寇至之無日。余嘗與張君任甫私憂之，君曰：「是不足憂也，奴未嘗勝，我未嘗負，城未嘗破，而師未嘗喪也。夫所謂破城者，臨衝交加，樓櫓相望，魚爛肉薄，而我不能支之謂也。撫順之陷也以間，開原之失也以潰，奴未嘗攻，我未嘗守也，何名爲破城？所謂喪師者，行陣撐壓，矢石搘拒，轍亂旗靡，而我不能軍之謂也。渾河之敗也以輕進，四路之敗也以中制，奴未嘗戰，我未嘗陣也，何名爲喪師？我誠激厲士心，蒐討軍實，用束伍之法，講火攻車戰之制，守必固，戰必克，遼以東故所沒地，可指期而有也。」余蓋心壯其言，而未敢以語人。今年春，經略袁公列疏于朝，稱道君生平，願得君布衣參軍事，不煩以職。天子可其奏，乃譔書詞，具馬幣，再拜遣使者以請于君。君慨然拜命，告行于余。余執爵而言曰：「君行矣，君所以策遼者，固無出于昔之告余者矣。雖然，余竊爲袁公賀也。劇孟，雒陽博徒耳，吳、楚之際，亞夫得之如一敵國。張元、吳昊之徒，曳石署書，以撼中國，而卒棄之爲西夏用。布衣處士之能爲人國重輕何如也？國家疆場之事，往往用文臣爲大帥。文法之吏不能求，得文武士于幕下。即間得之矣，或掣其肘，或枳其足，不能用也。韓襄毅之用陶魯也，小吏也。王文成之用龍光、冀元亭也，一罷吏，一老儒也。胡襄懋之用蔣洲、陳可願也，兩游閒書生也。此三公者，獨非文臣哉？其亦明于帥道也矣。遼左之事，三易帥而得袁公。袁公之爲經略也，甫受事而得君，以布衣薦之天子，不敢羅致幕下，如唐節鎮之爲。其視夫獨智予聖，奮臂怒視，而不能得一士之用者，又何如也？君既至，拜公于軍門，其以前所爲余言者，副公之所委重；以余後所語君，爲吾致賀于公也。君生平以布衣處士自命，天子亦以布衣命君。布衣之命于天子，自君始也。余援昌黎石洪之例，稱曰處士，亦史家之詞云耳。夫唐之處士，所謂羅而致之幕下者，其于君固未可同日而語也。

賀朱進士敍

今上御極之五年，會試天下士，拔其尤者三百人。而都人士朱君之裔，儼然與焉。先是上得玉璽于漳河，膺符受籙，爲天下文明之兆。而是年三月，天子行臨雍之禮，龍旂豹尾，炳奕于橋門泮水之間。君年甫逾弱冠，風姿秀出，都人聚觀，班行動目，咸以謂應運而出，稱國家文明之祥，而副聖天子作人之意，必朱君也。君爲吾師贈宗伯源明馮公之孫女壻，馮公之子敬仲說是舉也，屬余爲文以賀。吾觀唐、宋以來，重進士科，慈恩之題，曲江之宴，至今以爲盛事。而王元之之詩所謂「利市襴衫抛白紵，風流名紙寫紅箋」，少年登科第者，尤豔稱之。君既英妙，射策甲科，雖家長安中，絶無鮮衣怒馬之好。酬應稍間，篝燈簾閣，杜門手一編，若忘其爲新郎君者，君之志已遠矣！鴻鵠高飛，一舉千里，豈與夫燕雀之羣，啁啾簷幕之下，自以爲得意哉？國家取士用人，不分南北。而邇年有以北士多摧抑爲言者。嘗觀岳文肅公受知于英宗皇帝，召對文華殿，上遙見卽曰：「好。」問年幾何？對曰：「四十。」又曰：「正好。」問家安在？對曰：「漷縣。」又曰：「是朕北方人，更好。」繇此言之，先朝未嘗不留意于北人也。輦轂之下，首善之地，得一士焉，譬之蓂莢屈軼，發生于殿陛之前，未嘗不尤以爲祥且異也。朱君勉之，異日如文肅受天子特達之知，爲邦家之盛事，余尙能援筆以記之，姑先以復于敬仲如此。

贈別方子玄進士序

余今年屛居長安，賓從稀簡，程處士孟陽、王京兆損仲以其間相過從。二君蓋亟稱方子玄也。子玄舉進士高第，聲名籍甚，簾閣篝燈，吾伊如舉子時。間從孟陽、損仲上下今古，有志於文章之事。損仲爲長歌贈之，期以師法古昔，無寄居今人籬落下。子玄以眎余，又屬孟陽乞余言以爲贈。夫今世學者，師法之不古，蓋已久矣。經義之敝，流而爲帖括；道學之弊，流而爲語錄。是二者，源流不同，皆所謂俗學也。俗學之弊，能使人窮經而不知經，學古而不知古，窮老盡氣。盤旋于章句佔畢之中，此南宋以來之通弊也。弘治中學者，以司馬、杜氏爲宗，以不讀唐後書相誇詡爲能事。夫司馬、杜氏之學，固有從來。不溯其所從來，而驕語司馬、杜氏，唐以後豈遂無司馬、杜氏哉？務華絶根，數典而忘其祖，彼之所謂復古者，蓋亦與俗學相下上而已。馴至于今，人自爲學，家自爲師，以鄙俚爲平易，以杜撰爲新奇，如見鬼物，如聽鳥語，無論古學不可得見，且并其俗學而失之矣。六經子史，譬如藥物之有參苓也。參苓之劑，足以生人。假令投之毒藥之中，則亦化而爲毒藥而已矣。今之學者，繆種已成，六經子史，一入其中，皆化爲異物，又況司馬、杜氏哉？余有憂之，居恆與孟陽抵掌竊嘆，而不敢以告人。子玄年富力强，抗志古昔，而又得損仲之言以導其前路，知其于余言必有合也。余得請歸田，行且與子玄别矣。念古人贈處之義，不可無一言以復于子玄。歐陽子讀徂徠集之詩曰：「宦學三十年，六經老研摩。問胡所專心？仁義丘與軻。楊雄韓愈氏，此外豈知他。」子玄自今以往，固將以宦學者也，其亦有味于歐陽子之言乎？余所以贈子玄者，如是而已矣。子玄其何以處我？

崇德令龔淵孟考滿序

吾黨之士，嘐嘐狂簡，於文章經濟，各有所好。淵孟獨好爲吏，居恆長歎，吾安得望緊之地而君長之，於以爬搜垢蠹，長養小弱，兩漢循吏，豈足道哉！吾黨咸小淵孟，相與目笑之。久之，淵孟果登鄉書，令閩之福安，以廉辨自表異於世。今又補任崇德，三年考最，上計天官矣。向之目笑者，或壯而奄逝，或老而連蹇。淵孟于思其鬚，便便其腹，銅印墨綬，冠進賢兩梁冠，意氣風發，甚自得也。余於吾黨稱早達，淵孟席帽上公車，余已官宮相，當外制，駸駸通顯。今余再被放逐，且歸老矣。退院老僧，日煨飯折脚鐺邊過活，而淵孟方搤腕奮臂，以赴功名之會。人生出處遇合，如雪泥鴻爪，豈可以一跡論哉！然余有不能不致羡於淵孟者。歐陽公自言謫夷陵時，閱官中案牘，始知吏事。余何敢望歐公，其不習爲吏則一耳。淵孟爲書生，已曉暢法律如老獄吏。生長田間，備悉民隱，留心錢穀水利之事，鑿鑿能言其所以然。余不如淵孟一也。余蒲柳之質，未老而衰。偶一揖客，則腰髀墜壓，展卷才數行，已欠伸思睡。淵孟矍鑠如精彊少年，催徵賦税，請謝賓客。手署文卷，口決訟獄。移日達旦，足不跛而目不睫。余不如淵孟二也。余憂患餘生，意氣都盡。聞衙門剝啄聲，胸次如撞杵臼。邑屋小兒，平視舉手，則踧踖而趨迎。淵孟氣宇堂堂，昂首盱衡，白事上官前，時時奮鬚侵其面。達官貴人有事相交關，仰面揮折，若叱畜狗。余不如淵孟三也。余之不如淵孟亦遠矣！向之嘐嘐狂簡，小淵孟而目笑之者，由今觀之，眞不足以當淵孟之一哂已矣。淵孟之子，所與游者，皆年少經奇之士。於淵孟之考滿也，擕卷軸以乞余之文。

而余因書其所嘆羡於淵孟者以告之。淵孟得無曰：是夫也，自笑我不足，又將引兒子輩共笑我乎？當掀髯大笑，爲我舉一觴也。壬申除夕敍。

定海范氏雙節序

工部郎定海范子我躬爲國子學錄時，嘗疏上其母朱氏與其叔母汪氏孤窮守節五十餘年，請得准例覆覈，表署其門。天子下其事于所司，旌有日矣。范子將徧請海內學士大夫讚誦二母之節行，以昭管彤，信圖史，而屬余以一言先之。余觀范子之述二母，未嘗不爲之欷歔煩酲，掩卷而太息也。當朱之歸于范也，上奉皇舅之腆洗，下庀兩世之膏火，衣食百須，咸取給十指。長姑螫我，幼叔蜇我，後姑又從而甚間我，搆鬭旁午，跬步錯迕。此其辛勤顦顇，固人世之所未有也。天未悔禍，叔氏與夫子相繼去世。己與稚婦皆嫠也，而己爲之長；己之子與叔之子皆孤也，而己兼爲之母。乳湩與分，饑寒與幷，性命與共。久之，螫我者悛，間我者豫，兩孤若一子，而妯娌如一人。迄于今，年皆逾七十，素帷交映，垂白相倚，回視曩昔，痛定思痛，淚枯不可復揮，而腸斷不可復轉也。嗚呼艱哉！婦之事其夫，與臣之事其君，一也。國家之事，君父其尊章也。能人權倖，長舌之姑也。悽夫媢子，聽熒之叔也。又不幸而喪亂洊臻，災害交作，棟折榱崩，岌岌乎有不可支之勢。當是時，迻往事居，捐生并命，如范母者誰乎？號呼泣血，將伯助予，如范之二母者誰乎？婦人之事其夫也，一而已矣。家門不造，存亡呼吸，進有絕地，而退無却步。卒能慨慨誓死，相砥以完節，如二母者，何其壯也！臣之事其君也，則曰：莫非君父也，莫非臣子也。視其君如路人然，視其軍師國邑如傳舍然。若漢之胡廣、趙戒，唐之六臣，身爲糞土，而以國予人者，比比是也。聞二母之風，亦可以少知愧矣乎？嗚呼！當世之學士大夫，觀于范子之述二母而有感焉，固未有不如余之欷歔煩酲掩卷而太息者也。長言之，詠歌之，言之無罪而聞者足以戒，則亦當世得失之林也。若曰此婦人女子之能事也，於臣子乎何有？繡黼其文而珩璜其訓，以附于管彤圖史之後云爾。則今之居高席寵，含天憲而操化權者，固不乏人也，范子又何取于纍臣而必使爲乘韋之先也哉？崇禎戊寅清明日序。

汪節母壽序

吳郡汪邦柱，余之同年友也。邦柱少育于叔母程。程寡時年十九，又八年，邦柱始生。萬曆丁巳，程年七十。于是程之爲寡婦者五十有一年，爲寡母者四十有四年矣。鄉老上其狀于於所司，所司未及請，汪子惄焉懼旌典之有闕遺也，將望走海內文章家，以昭于管彤，而先之錢子。錢子曰：子哉汪子！汪之母必與被于旌。雖然，今之旌，論官閥焉，取額數焉，按驗胥史之奏報焉，非祖宗之甲令也。夫以官閥，則蔡妻不著于芣苢，而孝女不表于露屋也。以額數，則梁、宋必不並世，而順、義必不駢見也。以胥史之奏報，則弘演徵節于狄人，而比干程行于崇侯、惡來也。是故今之論旌者，有得有不得，有卒得有卒不得，而蔽之曰得不得未可知也。夫得不得未可知者，非祖宗之甲令也。旌之不得也，而懼沒焉，今之文，其善沒人也甚于旌。高文大篇，照碑板而勒金石，非爲生則諛死也。雖有孤苦峭獨，蜇吻酸鼻者，一稱其撰述，則夷爲故語；貞女高行，千載如有生氣，一登其籍，未有不黯然而死者也。其軒輊也論官，其登降也亦取額，其人即不比于狄與崇侯、惡來也，亦曾無以異于胥史。汪之母未與被于旌，焉用求旌于人以自沒也？然則爲汪子者宜奈何？曰：旌之得不得未可知，祖宗之甲令具在也。吳趨之里，烏頭二柱，雙闕一丈，圬白猶未乾者，姚母之門閭也。汪子聲籍甚公車，其子多少俊，汪之官閥未可量也。昭代之傳節烈者，遠而金華宋氏，近而歸氏，其文能比于圖史，文獻足徵，猶可詢之故老也。汪子亦善待之已矣。謙益史官也，有紀志之責，又幸而位卑才劣，不列于文章家，其爲言也，尚不及以沒人，故敢載筆而爲之序。

賀祥符李明府三年考績序

周官小宰，以聽官府之六計，弊羣吏之治，一曰廉善，二曰廉能，三曰廉敬，四曰廉正，五曰廉法，六曰廉辨。夫以善能敬正法辨六者弊羣吏之治，而又必以廉先之，周官之于祭廉也，可謂重矣。雖然，廉亦有辨焉。削衣貶食，敝車羸馬，廉之小者也。其爲廉也，或有所爲而爲之，而求之以善能敬正法辨之用，則有時而窮。古之人所謂廉者，其服官也，視朝廷之俸祿，如農之有食，工之有餼，稟稟乎惟恐屑而越之也；視民間之錢穀，如身之有膏液，如家之有貲產，恤恤乎其不忍朘而剝之也。其持己也，如女子之畏行露而懼其玷也，如玉人之捧介圭而懼其隕越也。彼蓋不忍于爲不廉，而非以其廉而爲之也。如是而後可以謂之廉。曰善曰能曰敬曰正曰法曰辨，胥從是而出焉。廉爲之本根，而善能敬正法辨兼舉而並茂，此其人可以治天下，而矧于爲吏乎？仁和卓去病，淸嚴愼許可人也。司教河南之祥符，亟稱李明府世臣之賢，請爲其考績之序。明府愛民如子，每決杖數十，輒攢眉蹙額，斯可爲善。自靈寶移治祥符，治亂理煩，斧劈理解，不動聲氣，斯可謂能。修理學宮，是正樂舞，斯可謂敬。且正待宗室，聯師儒，馭豪強，養小弱，又不可不謂之法且辨也。然而一以廉爲本。去病稱明府家貴而履謙，年少而智老，才高而氣下，非當世之才吏也。然則侯之廉；蓋不忍于爲不廉，而非以其廉而爲之也。不忍于爲不廉，熏然惻然，仁心爲質，而善能敬正法辨六者兼舉焉；非以善能敬正法辨爲能事，桀然而思以自見者也。余所謂可以治天下者，斯其人與？明年春，三載黜陟，修舉周官弊吏之政，明府應卓異之選，將入爲天子之近臣，念無可以爲明府告者。今天下東西多事，縣官方急才。而余以爲貪吏纍臣，塡詔獄而汚丹書者，非盡無才，急才吏，不如急廉吏也。吾之所謂廉者，必善能敬正法辨兼舉，如周官所弊之廉，而非世之所謂廉也。世之所謂廉，以其廉而爲之；而周官所弊之廉，吾所謂不忍爲不廉者也。余故敍次其言以復去病，以告于明府，願明府之以是爲天下告也。

賀文司理詩册序

崇禎十三年五月，浙江撫按臣上言：臣等伏奉聖旨，按驗嘉興府推官文某被言事狀，下所司逮繫。雜治再三，駁政皆鑿空架虛，一無左證。臣等恭承明命，矢天誓日，安敢上下其手以自取罪戾。謹合詞覆奏，以明文某之無他。疏入，上赫然震怒，下言者于獄。而文君故以廉辨考最，將入爲天子之近臣，行有日矣。文君之門人嚴子渡航、吳子聞禮輩，作爲歌詩，誦美其事，而請余爲其敍。余惟主上神聖，深知垂旒端冕之外，蒙蔽時有。於是小人乘間抵隙，遂如蜩螗沸羹，簪筆告訐，始於朝堂，投匭飛章，徧於閭里。上始而爲之動，中而疑，既而厭然，未有能拔本塞源，深明其不然者也。自文君之誣得白，然後上曉然知邪正之必不兩容，是非之必不兩立，自今以往，固將黜卷舌于天街，投讒人於有北，海內咸長養和平，而明主並受其福。其關于聖政，豈不大哉！且天下之事，未有不相反而相成也。今之薦樽文君者，必曰某也廉，某也平，某也明允治辦。以爲天子之大臣，如是而已。固未有能列須眉，繪圖像，分縷析而入告于我后，如今日者也。且上之采訪者，所司之薦牘，銓曹之功狀耳。縉紳之淸議，士子之偶語，委巷小民之風謠，何自而知之？商賈之頌于市，行旅之歌于塗，黥鉗胥靡之交臂而感泣於桁楊，又何從而知之？今也如按版籍，如分部居，臚列件繫，使人主一覽而了然，曰某也果廉，某也果平，某也果明允治辦。微言者之嘵嘵，若中風而狂易也，其誰與發之？語有之：以爲事公子之法不〔案：遼本、癸未本皆作「不」，疑當作「則」。〕可，以爲不愛公子則不可。其反而相成也，豈不信哉！文君，有道而文者也。過此以往，知是非毀譽，如翻覆手之不可爲常，而立身大節，必不可假易也。見益大，心益虛，骨幹益堅固而不撓，以此爲天子之大臣，不綽綽然有餘裕乎？詩有之：「他山之石，可以攻玉。」言者之攻文君也，其有助于玉多矣。文君之不爲相反而以相成也，其爲用寧有既乎？諸子曰：「善。請書之以爲序。」

瞿少潛字序

山陽瞿起周名式耒，告余以不安其字也，請易之。余告之曰：子之不安其字者，求所以尊名也。尊名之道，莫若取法于古。古之人有名耒而字文潛者，宋宛丘張氏也。南渡後，吾鄉有丘耒者，其字曰少潛。丘之去張未遠，殆亦聞其風而説之，如陸務觀之於秦少游者邪？今子之命名，適與文潛合。且讀其書而慕好之也，不爲不深矣。取丘之字以字子，殆其可也。文潛少學于子由，已而游于子瞻之門。當是時，天下皆宗王氏之學，所謂黄茅白葦，斥鹵彌望者。而文潛守其師説，阨窮連蹇，迄不少變，斯可以爲文矣。傳稱文潛澹于榮利，顧義自守，而其爲柯山賦，亦曰：「遂山而東，席門草藩。圖書滿家，兒稚饑寒。寄萬事于一笑，忘食糲而衣單。」文潛之於潛也，可謂有其德矣。瞿子明德之後，人門俱高，讀書尙志，生産日落，簞瓢屢空，意豁如也。其于以學古之道，蓋方進而未已，則夫晞文潛而爲之徒，固不遠矣。遂書之以爲序。

贈侯朝宗敍

余讀侯子朝宗所著經義，如玉之有光，劍之有氣，英英熊熊，變現于空曠有無之間，以爲文人才子之文，而非經生之文也。已而觀其詩，俊快雄渾，有聲有色，非猶夫蒼蠅之鳴，側出于蚓竅者也。侯氏多才子，朝宗與其兄赤社，覲省其尊人司農公，因見余于請室。余自頌繫以來，四方人士，間行相存者，多君子雄駿之人，如二侯者，其眉目也。薛宣語朱雲：「子居我東閤中，可以觀天下奇士。」今余居此地，得見天下奇士如此之多，其殆將以圜扉爲薛宣之東閤耶？抑亦翹材之館，廢爲車廐，如漢人之所致嘆于平津者，而天下奇士，故當舉集于此地耶？朝宗將還商城，摳衣言別。余書此以贈之，朝宗歸持以示赤社，并與中州人士見之，知其必相與欷歔掩卷，徬徨而三嘆也。戊寅四月十二日。

初學集卷三十六

序　九

壽福清公六十序

閣師少保臺山葉公以萬曆戊午壽六十，舉初度之觴。記曰：六十始壽。公輔政八年而後歸，歸五年而始壽。徐步賜金之橋，燕游福廬之山，袞衣達屨，角巾布袍，道路聚觀指目，以謂神仙宰相，并爲一人。而公亦忻然顧笑，計其焦勞拮据，八年于黄閣之中，猶噩夢之在宿昔也。嗟夫！人知公今日之樂，而不知公之有今日則甚難也。方公繇南吏部入參大政，天子高居九重，應門沉沉，莫可扣擊。而甘陵南北部之爭，紛如于下。公廉平以牧身，誠敬以格主，紆廻以酬物，憂心悁悁，茹荼含蓼，卒以結主知，鎮國論，委蛇進退于功名之會。噫，何其難也！先是福王猶未之國，一妄男子上書指斥宫禁。中外震恐，以謂大獄將作。公密揭再三上，請瘐死其人，勿下其章究問，以傷國體。上感悟，其事得寢。而公因其間得以力請之國。次年，事乃決。方議之殷也，言者責公邀九卿伏闕死爭，公孫謝不可。而上猶欲緩之國期，使中使諭意公。公涕泣極論，夜分封還御札者再。上始不格公請，而言者或未之知也。公意有所不得行，深夜屏營，涕泗沾漬，甚至比政地于叢祠，夷閣臣于土偶，以庶幾明用訊之心，而冀將伯之助。繇此觀之，今之得以休沐稱壽，爰笑爰語，豈不爲厚幸哉？長年三老，中流遇風，懂而獲濟。當其艤舟停檝，酌酒告勞，舟中之人，莫不讙謑相應和。然其風濤相豗，捩柁呼號，與陽侯爭一旦之命，豈舟中之人所能知也哉？公于今日，亦其艤舟酌酒之時也已。公之別自號曰臺山。考于詩，南山有臺，樂得賢也。得賢則能爲邦家立太平之基，故曰：樂只君子，邦家之基。今夫山之有臺也，用以爲簑笠草屬之微者也。然而時雨將至，則簑笠之覆蓋，不小于夏屋，何者？誠庇之也。公迂身救時，補苴擩柱，以養和平之福，而卒能不震不動，貽宗社萬年之安。公之簑笠天下也大矣。簑笠覆蓋天下，而天下弗知。時雨既降，胥委而去之，甚且踐踏之弗顧，而簑笠之用自如也。公所爲邦家之基者，覆蓋之效。在乎再世，又豈必使霑體塗足之人，交口而頌之哉！謙益對制策，公讀卷爲總裁官。而繆子昌期以癸丑舉南宮，皆公門下士，荷公覆蓋日久，不敢自後于道旁指目及舟中叫呶之人。故謙益敢稱南山之詩，以獻于公。詩人之樂得賢也，必歸美于君，故其詩曰：萬壽無期。又曰：遐不眉壽。公稱觴之日，北向稽首，爲天子誦萬年，謙益稱詩，獨取南山有臺，庶可以陳于工歌之末矣夫！

贈文文起宫相六十序

自古國家當昌明順豫之世，保大持盈，必有老成耆艾，敦龐魁碩之人，應運而出。而人臣之當大任也，亦非可以捷得而驟至，往往紆廻盤錯，備嘗歷試，老其才以有爲。蓋天之生才，國之養士，與士君子之善自爲養，茲三者相須而成，相求而應，有識者可以按而知之也。

吾友文君文起，弱冠舉孝廉，束修厲行，垂三十年。臚傳之日，兒童婦女，皆知其名，指目爲忠孝狀元。遭逆璫之禍，阽危瀕死，憧而得免，然後登進於天子之講幄。君以偉望宿學，精誠啓沃，天子心知爲眞講官，改容禮之。而君抗疏劾巨奸爲璫黨護法者，引經義，切時弊，其言皆中名實。於是海內咸服君始終一節，其所爲引經論道者，不徒託之空言，旦夕引領宣麻，喜而相告也。君使事既竣，將奉英蕩之節以還講筵，而適會其六十之誕辰，稱觴祖道者趾相錯也。君之壻嚴生栻，謂余不可以無言。余觀君爲孝廉時，其風采骨幹，既可以爲天子之大臣矣。顧邅迍久之，然後及第，既第而譴逐隨之。蓋神、熹之際，天之生君，與國之所以養君者若此。及其起廢籍，遇明主，則又抗言極論，幾不欲與宵人邪類一日並立於本朝，君豈不知雍容平進，赴功名之會哉？則君之所以善自養者，可知已矣。秦穆公之悔而自誓也，詢黃髮，思良士，而致嘆於截截善諞言。漢李固亦言一日朝會，諸侍中並皆年少，無一宿儒大人可備顧問者，誠可嘆息。夫君德之成敗，生民之利病，國家社禝安危之故，豈少年猥佞利口捷足之徒，可以僥倖而嘗試哉？以寇萊公之賢，張忠定謂其用太蚤，仕太速，且曰蒼生無福。然則人才之生，其用之早晚，蓋有天意，非人所得而主也。君之善自養亦久矣，天之生君與國之養君，亦至是而可矣。過此以往，君且爲黃髮，爲壽耇。今茲之始壽，猶日之拂于扶桑也，何足以爲君賀哉！宋元祐間，蘇子瞻指文潞公謂契丹使曰：「使者見其容，未聞其語。其綜理庶務，雖精練少年有不如；其貫穿古今，雖專門名家有不逮。」更二十餘年，余將書此語授簡於嚴生，以申前賀，然而不獨爲君賀而已也。

李本寧先生七十敍

雲杜李本寧先生，以詞林宿望，回翔藩服者四十餘年，而始登七十。謙益于先生，史館後進也，禮當有辭以祝先生。因念國朝史館，莫盛于莊皇帝之戊辰，而先生以文章擅聲，然卒不能免絳、灌之忌，先生出，史館之局夷矣。天子不御講筵，積有歲年。故時史官更直侍立，典持緗牘之地，塵凝網積，不可辨識。史官間騎馬之九衢，與六部大臣揚鞭相揖，控馬之隸，皆捧手愕眙。此謙益入史館時事也。天子文學侍從之臣，皆在禁林，前代比之蓬池道山，其體貌不宜日降。以宿儒鉅公焯焯如先生者，不亟還之禁近，館閣之重，何可幾也！

先生服官史館，在隆慶與今上初，新鄭、江陵之間，九變復貫，先生歷歷如指掌。以今時政觀之，則又有高曾規矩之歎矣。天子一旦講求初政，咨嗟號咷，垂裳綈几之時，左右顧視，求宿儒大人，議論通古今，可顧問者，先生又豈徒爲史館之重而已也。海内人才彫落，故老舊德，相望如晨星，而先生與焦弱侯先生，皆在金陵。金陵，舊京也。豐水、鎬京，大雅之所咏歌也。高皇帝作人未艾，山川靈淑之氣，不至衰歇，而貽二老于舊京，豈偶然哉？剥之上九曰：「碩果不食，君子得輿。」不食之果，天之所以貽國家也。君子之得輿，吾有望矣。余之祝先生者如此，姚子孟長輩善是言也，以薦于先生，歌南山有臺之章侑焉。而余又竊聞之于人，先朝文章，盡在館閣。王、李之徒，以館閣相訾謷，海内靡然從之。先生起而禪王、李之統，豐碑典册，照曜四裔，文章之柄，乃復歸館閣，其有功于館閣甚大。文章不朽之盛事，必有如韓、歐其人者出而定之，固非後生小子所與知也。是爲序。

史玉池太常六十序

義興史玉池先生，初官諫垣，諤諤持正論，與執政牴牾。歸臥陽羨之山若干年，起家太常寺少卿，奉使至中途，抗疏救劉御史及請蚤立皇太孫甚力，上切責譴歸。余遇之吳門，勞苦先生。先生蹶然起立曰：「孟麟言事無狀，天子幸寬鈇鑕之誅。且人臣無狗馬積誠足以動主，至煩人主震怒，其又敢自爲名乎？」余微窺先生，視益下，息益深，憂國戀主，蓋低迴不能置也。名節之盛，莫如後漢。當其時，樹立風聲，抗論惛俗，士有不談此者，則芸夫牧豎，已叫呼之。夫所貴于名節者，以衞國也。而卒以殉國，則亦其爲之魁者，自憙之意勝，而憂國之心微，朋徒部黨之氣重，而靈修美人之思薄與？今天下內無刑人腐夫，外無甘陵南北部。士君子之視名節也，如象之有牙，犧雞之有尾，惟恐不鋤而去之，亦無有刻石立墠，以激揚題拂爲事者。而鉤黨之憂未歇，渙羣之君子，卒不可期于世，此何故與？先生憂國忠公，犯顏極諫若彼，而深思易氣，厚自尅責若此，豈猶夫世之君子與？天下當士氣頹阤，國論峭急，譬之中流遇風，舟中之人，叫號惶怖，而長年三老，不震不動，捩柁開船于怒風崩濤之中，乃克有濟。令長年三老，叫號惶怖，比于舟中之人，其不淪胥者亦鮮矣！時之譎訛噂沓，以鉤黨爲事者，皆叫號惶怖之人也。天其將有意于先生，以是爲國之長年三老與？漢鮑宣爲諫大夫。嘗上書言朝臣亡有大儒骨鯁白首耆艾魁壘之士，論議通古今，喟然動衆心，憂國如飢渴者，請急徵何武、師丹、彭宣、傅喜。疏再上，卒納宣言。今之大儒骨鯁白首耆艾魁壘之士，先生其選也。天子誠欲建敎化，圖安危，如鮑宣所云云者，先生欲不爲長年三老，其可得乎？先生今年六十，湯子鶴翔等徵余言爲先生壽。先生道德文章之盛，談之者侈矣。余獨著先生憂國之心，而又祝其興起在位，以爲邦家之光如此云。

鄒彥吉七十序

昔劉伯芻、陸鴻漸列水次第，皆稱惠山寺石泉第二。今揚子江南零水爲江水所沒，而廬山康王谷水，道遠莫致。鄒彥吉作惠泉亭記曰：名雖第二，不啻第一，蓋篤論也。彥吉以學憲家居，爲園于惠山之下。客過無錫，必剩惠山水粉槍末旗，譚品泉記水之事。已而游愚公之谷，吐納其風流，徘徊不忍去。于是彥吉之名，與石泉相上下。彥吉之論水也，蓋其自論云耳。今年彥吉年七十，翁子兆吉以稱壽之辭屬余。余不嫻于辭，不能如世之文章家以巫祝之言進也，則請以泉品品彥吉。噴薄詭激，其源沸湯者，彥吉之詩與文也。渟泓閉止，可辨眉髮者，彥吉之鑒裁也。且鼎且缶，以飲以歠，蘇蘭薪桂，蠲病析酲，挹注無已時者，彥吉之風流弘長，而衣被萬物也。彥吉以盛年謝事，放情滌慮，徜徉山水之間。奇石美箭，步武錯迕，清歌妙舞，耳目眩易。歐陽子之記浮槎山水，以謂富貴之樂與山林者之樂不可得兼，而彥吉得而兼之。自有慧山以來，聽山溜之潺湲，飲石泉之滴瀝者，不可勝數。如彥吉者，復幾人哉？以此爲彥吉壽可矣。彥吉雖老，膚神清令，視履不少衰。或者以膏肓泉石，不竟其用爲恨。少陵之詩曰：在山泉水清，出山泉水濁。陸鴻漸之論水，江水取去人遠者，井取汲多者。而彥吉之記惠泉以遇而多累，爲斯泉之不幸。彼固各有指也。令彥吉爲出山之泉，則品彥吉者不能與石泉相上下，固已明矣。彥吉豈以彼易此哉？兆吉曰：「善哉！余方酌慧山石泉，吹嘘鼎鐺，爲先生稱壽，以子之言佐茶事可也。」

畢封君八十壽序

天啓元年七月，爲新安畢太翁之誕辰。士大夫之官京師者，先期屬謙益爲其敍。謙益于太公之子府丞公有道義之知，又辱諸大夫之委，不敢以辭。未幾，建州夷陷我河東，畿輔大震。府丞公以知兵見推擇，銜命募兵江、淮。又未幾，以削杖歸。諸大夫來告我曰：「府丞銜恤歸矣。雖然，太公之稱壽，終未可以已也。子無忘子之緒言。」謙益聞太公行事于府丞公最詳。太公少倜儻有大志，于書無所不闚，以國子生久次，主寧武簿，廉辨得民，以禮致仕。左圖右書，哦詩問字，歸休乎一畝之宫。今年八十矣，府丞雖以削杖歸，覽揆之辰，易衣破涕，與諸弟舒鴈行列，奉觴上壽，太公當爲之忻然笑語。卒獲又以其閒杖策黟山，浴軒轅之湯池，訪容成之丹鼎，修登眞度世之事，太公之景福未艾也。雖然，太公仁人也，退不忘君，東方之事，其負國恥而懷主憂也深矣。遼城之肉薄也，遼水之血殷也，混同、黑水之波沸而浪蹙也。主上東顧旰食，而吾忍稱觴而沃洗乎？遼之父老子弟，與四方材官健兒，骸骨撑柱，肝腦塗裂，而吾忍與吾之子姓燕笑于一堂乎？太公顧語府丞，停杯嘆息，必不以家樂而遺國恤，知其不能舍然于此也。而吾又有以爲太公賀者，府丞之爲人，其身退然，如不勝衣，一旦奮臂而出，願爲國家敵愾雪恥，此太公之教也。太公優游杖履，出其老謀，以與府丞參伍握奇、車攻之事，教射可以飲酒，行陳可以列俎，兵法可以部勒賓客子弟。府丞祥琴之日，仗鉞專征，出而受脤，歸而飲御，用太公之教，舉而錯之，東事不足辦也。夫如是，太公日稱觴燕笑可矣，又何以不舍然乎？太公善爲歌詩，府丞他日執訊告成，太公自爲鐃歌鼓吹之曲，播于管弦。余將登太公之堂，按節而歌以爲壽，問太公之不舍然者，今如何也？是爲敍。

江兆豫侍御六十序

新安方萬里嘗論有宋之人才國運，以謂元祐人才非不盛，而符、觀、宣、靖世運衰，以章、蔡消之也。慶元、嘉定、淳祐亦尙有人才，而世運愈衰，以侂、遠、淸、嵩消之也。宋之人才非不長，而宋之權臣消之。消人才，所以消世運。消至于賈似道，則運無可消而有所歸矣。余每誦其言，未嘗不嗟咨嘆息回翔于盛衰消長之際也。我神祖享國長久，于國運爲極盛。至于晚年，而人才有日消之嘆矣，消之以逮繫，消之以貶斥，消之以廢棄，消之以淹抑。消之之法，不一而足。然逮一再傳而老成登用，班行充斥，人才蔚然，足以供數世之用，則孰非神祖之所詒也哉？神祖之于人才，生成長養，惟恐不及，雨露雷霆，無非至教。恆以其消之者長之，而非如宋之所謂消者，消之以權臣，而一消不復長也。記有之：豐水有芑，武王豈不仕。詒厥孫謀，以燕翼子。數世之仁也。斯神祖之謂也與？今天子元二之間，闢門開窗，羣賢競進，恭己虛懷，從諫弗咈。然一時敢言直諫之士，以次謫降，如侍御江君兆豫輩，不下數十曹。識者竊憂之，以爲國運當維新之時，而人才有漸消之象，無乃非聖主之意與？無幾何，諸謫降者，強半召還，而臺省推轂兆豫輩者，章滿公車，始而切責，已而報聞，今且將轉圜矣。於是人始知向之摧折言者，曉然非人主本意，而聖天子追惟豐芑之深仁，紹述祖考，以生成長養爲事。人才國運之滋長者，殆將百世而未艾也。於是兆豫年六十矣。其里人某，以余爲同年進士，且相好也，屬爲稱壽之辭。余惟漢永和中，李固嘗上疏言，朝廷聘楊厚、賀純等，待以大夫之位，以病免歸。一旦朝會，見諸侍中，無一宿儒大人可顧問者，誠可嘆息。是日有詔徵用厚等。漢永和中爲夷之初旦，虹蜺揚煇，猶能以固言徵用厚等，況今日哉？兆豫旦夕召還，其以人才國運消長盛衰之故，爲聖主極言之。李固之嘆息于永和，與萬里之痛惜于元祐、慶元，其意指不同，皆萬世之殷鑒也。遭逢不諱之朝，發抒未竟之志，使聖主邑豐芑數世之仁，而國家收宿儒大人之用，余之所祝者遠矣。鄉里頌禱之常辭，豈足道哉！昔人稱新安地勢斗絕，其地平視天目尖，故其山川雄秀而人物卓偉。今新安士大夫礌砢負風節者，後先相望，余獲交其人多矣。當兆豫初度之日，胥會而稱壽，睇視壁間之文，誦萬里之言而深思之，其亦有嗟咨嘆息如余者乎？知其不徒燕飲而相樂也。

按察使黄公八十壽序

廬陵海茹黄公舉進士高第，爲令畿輔，以治行第一；擢拜御史，敭歷中外。拂衣高臥，歸享山林之樂。又十有餘年，而稱八十之觴。吉爲文學道誼之邦，萬曆以來，前鄒後李，所謂龍宗有鱗，而鳳集有翼也。余辱交於鄒、李，鄒、李亟稱黄公爲其鄉之淑人君子。余與公後先仕途，未及撫塵接席，而熟聞其聲迹，在赤縣則以循良顯聞，在臺班則以篤誠自矢，不以鈎距釣奇，不以鷙擊愉快，正直忠厚，兼而有之。信鄒、李之爲篤論也。公長西臺，晉卿寺，駸駸通顯矣。一旦中謠諑以歸，耕閑釣寂，識者有錮人聖世之嘆。然而二十年之間，朝野之際，亦多故矣。沙路甫築，而翰音之凶已聞，旌節方懸，而檻車之徵旋及。鈎黨則身録飲章，禁錮則名隸刻石。當小明悔仕之時，而抱大夫不均之歎。求如公之優游止足，游樂邦而栖化國者，有幾人哉？商侯昆弟，蔚爲國寶，于公之高門，何氏之賜策，公蓋于其身親見之，斯可以爲公壽也已。公不聞懸車之説乎？古者大夫七十懸車而致事。車之爲物也，負重致遠，行千里不契需，器之有用者也。致事則縣之于屋壁，譬之既雨之襏襫，既穫之桔槔，以爲無所用之云耳。當其無，有有之用，就縣車之後，而察識其輪轅輻轂，固無一而弗具也。語有之：高車駟馬帶傾覆。又有之：仕宦不止車生耳。行乎萬里之塗，恃其有用而不知止息，則必有僨轅折軸之患。豈若縣之于屋壁，以其無用爲有用也哉？古之君子，仕而歸乎其鄉，卽爲鄉先生。先王制縣車之禮，所以優賢養老。抑亦以此著止足之義，俾以教其鄉人子弟與？余之知公久矣，而公亦時時念余。余遘黨禍，幽于請室。商侯推公之意，不遠三千里，詒書見存。余高商侯之誼，幸公之有子，而益知公之家風爲可尙也。於公之稱壽，爲縣車之說，以侑一觴。吉之士大夫，如余所謂後李者，登堂介壽，覽余之文，得無有徘徊嘆息者乎？知其不徒獻酬而旅退也。

壽侍御汝瞻兄八十序

萬曆庚申十月十七日，余兄侍御史汝瞻八十之誕辰也。汝瞻之誕以十月，而稱觴上壽，先期至者，嗔〔案：遂本及癸未本均作「嗔」，疑當作「喧」。〕闐閭左。頌禱之文，金相玉軸，衙錯壁間。余欲爲汝瞻壽，而懼未有以當也。雖然，汝瞻，余宗老也，而又修明譜牒，習于錢氏之故。請徵吾錢之故以壽汝瞻。錢氏之有聲文苑，若文禧之試學士院，以笏起草；若希白之試崇政殿，日未中而就。世皆豔稱之。汝瞻爲諸生，卽以文藻擅江左，其在西臺，衡文齊、楚，士子至今傳寫，奉爲科條，斯可書也。錢氏之以吏治，著者代不乏人。而安道爲寧海軍節度推官，治平末爲殿中侍御史，時人因蘇子瞻詩，以鐵肝御史目之。汝瞻繇廣州司理入爲御史，侃侃奉職，其官階與安道悉合，斯可書也。宋興以來，三司制科者，獨錢氏一家，而易、明逸皆掌書命，史臣侈爲盛事。今汝瞻子孫科第，高門綽楔，相望步武間。宋公垂之序傳芳集，所謂靑油暢轂，追次服儒者，幾萃于一門，斯又可書也。唐李翺著卓異記，凡臣下盛事，家世徽範，輝昔而照今者，皆備載焉。吾錢之有汝瞻，其亦可以附于卓異之後乎？然吾考安道出臺後，家貧母老，至丐貸親舊，以給朝晡。文僖歪歷貴要，晚年鬱鬱，恨不得于黃紙上押字。汝瞻掛冠以來，蕩滌情志，游娛於園池歌舞之間，四十年于此矣。汝瞻所得，與文僖孰多？況安道哉！夫人生之有富貴壽考，猶車輿之能載物也。文僖諸公，其于富貴壽考，亦各有所負載矣。未有全而舉之，倍任而不傾，如汝瞻者也。豈天之稱量殊耶？抑汝瞻之爲輪轂者厚耶？錢故有宣靖公若水者，少游華山，陳希夷謂之曰：子神淸可以學道，不然當富貴，但忌太速耳。宣靖知命有節度，卒懇避權位，此亦通于祭車之道者也。知宣靖之所以詘，則知汝瞻之所以贏。然則汝瞻之壽，豈可量哉？余故徵錢之故以壽汝瞻，而又歸本于天，著其所以壽者，以爲宗之人告焉。夫錢之先，有斠雉羹而饗帝，受壽八百，枕高而眂遠者。希白之著書，稱籛後人，此亦錢之故也。爲汝贍壽者，宜必有取于此矣。然而余之文略焉，爲其比于荒也。姑取其信而有徵，著于譜牒者如此云。

陳中丞六十序

陳公謝中州節鉞，家居五年，而春秋六十。覽揆之辰，邑之薦紳大夫，相率舉觴上壽，而以祝嘏之詞屬余。公自舉進士，令劇邑，擢南臺，敭歷清卿，以至今官。生平砥節首公，鞠躬盡瘁，知有君父，不知有身家，知有道義，不知有身名。其在中州，冒鋒刃，觸機械，誓欲以七尺殉賊。今得以優游田里，長筵稱壽，而可以無祝乎？蓋公任事之難，非獨當將懦卒惰，師老餉匱之日，左右支吾、俛仰布置之難也。當國者以豫爲陷阱，有強寇，無重兵，調發則不應，奔命則不給。以豫委公，而不憂豫事之或僨也則難。以公爲孤注，分其柄，掣其肘，切責奪其所杖，中制則乖其所之。以公委豫，而惟恐公事之不僨也則尤難。公曰：「吾奉詔討賊，朝受命而夕致身，他何恤焉。」大帥之尾賊也，在二百里之內，督撫之尾大帥也，在二百里之內，遷延宿留，以爲故事。公偵賊所至，輕衣免冑，疋馬先馳，而大帥無復有擁兵觀望者矣。衝泥淖，冒風雨，上下山坂，出入賊巢穴中，以草棘爲館宇，以鞍馬爲席薦，以黃塵爲糗糧，以白汗爲湯沐，與士卒共甘苦，同死生，瘡痍相撫摩，死傷相慰弔，而士無有不踴躍用命，願爲公死者矣。公作吏以來，所至不名一錢，無毫釐銖兩不以佐軍興享士卒。流賊聞其風，爲咋指曰：「陳都堂，清官也。」以故迄公在事，斬獲獨多，招撫獨衆，而河南北無一城失守。令久留公於豫，賊豈足平哉！小人之計門戶也，深于計疆埸，且借疆埸以快門戶驅除之計，公其如彼何？公志在報國，獨立行壹意，寧奮臂瞋目，致死于疆埸，而無寧容頭過身，求生于門戶。彼其如公何？小人之謀困公也，中山之書盈篋，白帝之言空市，豈不幾幸其旦夕一跌，以入吾股掌之中。然而不能者，天也。上之神明，與公之精誠交相感格也。易曰：天之所助者順也，人之所助者信也。履順而思乎信，天助之矣。弛擔釋負，角巾布袍，人倫東國，而燕喜西都。回思在事之日。戎馬交蹠于前，坎陷陰伏于後。憂危滿眼，進退維谷。如宿昔之噩夢，醒而思之，猶爲之汗流魂悸。今之得稱壽于此堂也，豈非天哉？公年六十，齒髮郁然，談論娓娓竟日，既有老謀，而又有壯事。流氛日熾，王師在野，聖天子拊髀頗、牧，朝野之推轂者無虛日，公其能久居此乎？公行且強起爲天子滅奴盪寇，經營告成，然後退享山林之樂未晚也。昔宋文潞公以耆年宿德，出鎮西都，王荆公爲詩餞之，有曰：「功業迥高嘉祐末，精神如破貝州時。」自今以往，更二三十年，當有稱荆公此詩以爲公壽者。余雖老矣，從諸君子之後，登公之堂，尚能賦而頌之。

謝象三五十壽序

鄞縣謝君象三，舉進士高第，知嘉定縣，治行第一，入爲監察御史。會叛賊孔有德據登州，天子震怒，興師致討，命西臺擇御史有文武大略者，遣往視師。衆皆股栗莫敢應，君慨然請行。督勵將士，指授方略。解萊圍，復登城，叛人銜尾從海道遯去。於是東省底定，長安解嚴。天子嘉其功，拜太僕寺少卿以旌異之。而君以太公之慼歸，既免喪，優游里門，不樂仕進。今年五十，以九月爲覽揆之辰，其長君孝廉宣子屬余爲其叙記。君初爲舉子，余在長安，東事方殷，海內士大夫自負才略，好譚兵事者，往往集余邸中，相與清夜置酒，明燈促坐，扼腕奮臂，談犂庭掃穴之舉。而其人多用兵事顯，擁高牙，捧賜劍，登壇而仗鉞者多矣。久之則暴骨原野，塡屍牢戶者，項背相望。求其經營告成，振旅而飲至者幾人哉？君于今日，列長筵，開昔酒，親朋雜沓，絲竹交奮，追行間之辛苦，思底事之艱難，如噩夢之獲寤，而旅人之得歸也。不可以盍然一笑，舉觴而自壽乎？日者奴孽稽誅，流氛孔亟。天子拊髀側席，以思封疆之臣。君故息影自匿，有息機摧橦之思。君之受命而東也。客從長安來，言君方從客燕閒，理巾舄，整書帙，若無有所事者。余喜曰：「謝君必能辦賊。」今之退而息影，悠然而抱膝也，將終焉而已乎？抑將幡然而起，出其已試於東者，爲鉛刀之再割乎？晉人有言：好以暇，好以衆整。天下事固非撫劍疾視，怒目哆頤者之所能辦也。史稱謝安石雖受朝寄，東山之志，始終不渝，從容宴衎，折秦鞭而安晉鼎，此亦整暇之效也。余無以壽君，舉謝家故事爲君進一觴可矣。遂書之爲敍，以復於宣子，君無效昔人捉鼻，余他日亦不如新亭之朝士，以蒼生安石相甚。君其頷之否也？

宋太公七十壽序

長洲宋君令申，舉進士，爲武陵令，治行高等，擢給事中。爲權奸所不說，左官於外，量移南大理評事。而其父太公春秋七十覽揆之辰，郡中諸公，咸具羊酒往賀，而屬余爲稱壽之詞。余以謂生辰爲壽，非古也。人生百年，幸而當稱壽之日，親知過從，耄稚錯列，相與談世事，感時敍，留連往復，舉酒相屬，此亦人情所不能已也。日者天下之網嘗密矣。佞臣鄙夫，搆秋荼束濕之網，罔上而行其私。當此時，給諫在夕垣，矯尾厲角，以抗當塗之人。太公燕居深思，憂聖世，念壯子，其必有滅匕箸，停杯酒，中夜屏營，扶床而撫枕者矣！天子一旦翻然感寤，尸巨奸，解密網，旬日之間，天晶日明，乾坤軒豁。而太公七十稱壽，適當其時。覽揆之日，長筵紛列，五音繁會。給諫悉數而告曰：「聖天子今日行某政，明日用某人，今日捐何田租，明日理何刑獄。」太公炷香北向，祝天子萬年。退而舉給諫之觴，與親朋餱籌交錯，賦旣醉而稱未晞也，斯不亦人世之極懽，吉祥之善事乎！自今以往，聖天子之盛德大業未艾，太公之壽亦未艾。而給諫以其時發攄志氣，鼓吹休明，于是乎逆奴掃穴，蛾賊授首，禮樂興而弦歌作，天子臨雍拜老，安車蒲輪，迎致太公，行養老乞言之禮，太公之引滿愉快，又何如也？吾郡之耆老，崑山有周壽誼翁及毛翁，皆年百有餘歲，稱爲人瑞。周翁歷元及明，所謂生長兵間者，不足以當太公。毛翁生當國初全盛，及見其孫之舉鼎元，可謂奇矣。吾謂毛翁如人年壯盛，康強無疾病，不足以爲喜。以太公今日方之，譬如當桑榆之景，有嬴老之憂，一旦霍然良已，脫沉痾而復少壯，其爲慶幸，豈啻拔宅度世而已哉？余與給諫有道義之好，書此以爲太公侑一觴。自茲每十年一祝天子聖政之記，與太公記年之曆，考之國史，徵諸野史，固可之互見而錯舉也。是爲序。

永豐程翁七十壽序

永豐程使君九屏，繇南曹郎出守鎭江，治行爲天下第一。天子念東南要地，愼重監司之官，特簡爲按察司副使，治兵蘇、松。而使君之父太公，以今年壽七十，丹陽荆大徹往在使君宇下，與諸衿紳往稱百年之觴，而屬余爲序。余觀生辰爲壽之詞，不過鋪張盛美，稱引人世吉祥善事，而州民之祝其邦君大夫，則曰登彼公堂，萬壽無疆。雖原本雅頌，亦比于巫祝之聒耳，君子弗道也。若太公之矯志勵行，淑其躬而教其子者，則余請得而書之。太公起自孤生，零丁荼苦，依其繼母，以有成立。束修自好，不羸其躬，再世而始大。太公孝，故能教其子以忠；太公儉，故能教其子以廉；太公慈，故能教其子以惠。今自甄胄以北，京江以南，襦袴興歌，而鴻鴈息哀者，其孰非太公之德教所與被乎？當逆奄之時，邑掌故承大吏風旨，持簿籍，醵金爲奄建祠。太公奮臂大言，聲淚俱咽，毁其簿，抵之于地，慟哭于先聖之廟而出。當是時，奄祠廟徧天下，開府巡方者，爭懷磚負土，趨事惟恐後。太公一老逢掖，能引大義，不顧生死，斯已奇矣。使君在郎署中，以風節顯聞。岳峙山立，人以爲鉅人長德，太公之家教積習使然也。余讀史記，萬石君以恭謹世其家，子孫皆爲二千石，尊寵舉集其門，史家豔稱之。然考其家教，不過使其子孫馴行孝謹，澣廁牏、數馬足而已。無他忠言大略，可以法今而傳後者也。而漢之風俗，斤斤長厚，以保家門、守富貴爲能事。陳咸謝其父曰：「具悉所言，不過教人諂耳。」孔光、張禹之流，保身持祿，依附名行，至于欺君父、賣國家而不知悔。則豈非內行修謹、立名非眞之流弊耶？太公一老逢掖，毅然以風節爲己任，終發聞于子。繇此觀之，太公之教其子，視萬石君豈不有徑庭哉？蓋吾夫子惡鄉愿，思狂狷，而史亦稱李固之節，視胡廣、趙戒猶糞土。吉州道義之鄉，歐陽永叔而後，文章節義，澹菴、誠齋之流風在焉。太公之所以教其子者，方諸西漢，此亦千古得失之林矣。自今以往，使君之名行益高，太公之家教亦益著。天子將見百年養三老行釋奠乞言之禮，國史當謹書其事，推明國家風俗教化之盛，迥異于西漢，而以太公之家教爲質的焉。余之執筆而稱壽，自附于惇史之後者，固將不一書而足也。是爲序。

范太公八十序

廣陵范君異羽，以吏部郎引疾家居，凡數年，天子卽家起爲尙寶司丞。而異羽之父雲從翁，以今年八月爲八十之誕辰，異羽方辦嚴趨召，乃廻翔里中，爲太公稱百年之觴。蓋自神廟之末年，天子深居，小人用事，唱爲甘陵、雒、蜀之議，公然以鉤黨爲名。海內士大夫，凡負名節，持議論者，靡不以一網錮之。而異羽爲吏部郎，汲汲以辨論官邪，登用正直爲能事，此所謂芳蘭當門，不得不鋤者也。異羽慨然移病歸侍太公，太公笑謂曰：「吾爲慶雲令，不五月而趣歸。豈願若久據要津哉？」于是異羽日起居太公，修閒居侍奉之樂。匡床坐譚，石鼎聯句。融融洩洩，父子自爲知己，不復知人世間風濤喧豗作何狀也。今天子闢門開窗，簡用遺佚，言者首惜異羽，是以有尙璽之召。而太公八十稱壽，實惟其時。追惟數十年來枯菀之交集，陵谷之推移，錯互倏忽，其可爲停杯而嘆息者亦多矣。太公之誕辰以八月，枚乘所謂八月之望，與諸侯兄弟觀濤於廣陵之曲江，此其候也。夫廣陵之濤，天下之至奇也。向令乘舟弄潮，隨波出沒，與陽侯爭頃刻之命。比其兎也，氣盡魄奪，欷歔息勞，安得所謂怪異詭觀者而發皇其耳目哉？太公有道人也，結綬未幾，而脫屣去之。彼其縱覽于人世，不似置身曲江之上，登高而極目者乎？數十年來，菀枯陵谷，譬諸廣陵之濤卹然足以駭者，以太公觀之，適足以澡溉胸中、灑練五藏而已矣。自時厥後，太公之壽，如川之方至；而異羽之功名，亦未可紀極。猶濤之氣所謂以神而非者三也。太公亦舉觴屬客，爲之浩浩焉落落焉而已矣。於停杯嘆息，又何有哉！太公聞余言，顧視異羽，殆亦爲囅然而一笑也矣。

沈翁八十序

吳郡沈先生，今年八十。四月十一日，爲其誕辰。吳之孝秀陸履長、許孟宏、陸彥修與其子伯敍、玉當游，請余爲祝壽之詞。余之稚子孫愛方授〔案：「授」疑作「受」。〕經於伯敍，而伯敍兄弟又繆以一日之長事余。則夫登堂爲壽之客，宜莫先于余矣，而可以無言乎？余惟人生百年之內，其欣慨多端。至於生辰爲壽，親知雜遝，杯酒勸酬，則遭時撫事，徬徨感歎之意爲多。今天下方多故，胡馬逼淮水，洪河灌汴京，闖賊踞襄、漢，都會丘墟，江流横絶。而吾吳介特天子之寵靈，男耕女織，仰父俯子，垂白之老，不見兵革。翁當此時，席長筵，列孫子，浮杯樂飲，抗音高歌，爲太平之幸人，豈不快哉！吾聞翁之生平，孝友節俠，仁心爲質，好譚説兩漢兩宋忠義磊落之事，每高吟張睢陽聞笛詩、文文山正氣歌，使諸孫屬而和之。遭時艱危，聖主側席。酒酣以往，感江上之烽烟，悵中原之板蕩，其何忍養青龍、騎白鹿，置時事于局外哉！吾讀六月之詩序，以爲南陔廢則孝友缺。白華廢則廉恥缺。馴至于小雅盡廢，則四夷交侵而中國微，然後知南陔、白華之詩，采薇、采芑諸詩之所自出也。孝友廉恥之士不立于朝，則法度廢，陰陽失，爲國之基隊，諸夏衰而夷狄盛，必至之理也。伯敍兄弟，服習翁之教誨，崇南陔之養，而厲白華之節，一旦得時而駕，在帝左右，經營車攻薄伐之業，於奴寇乎何有？詩曰：文武吉甫，〔案：「甫」下邃本衍「邦」字，據癸未本删。〕萬邦爲憲。又曰：侯誰在矣？張仲孝友。孝友之臣，于車攻薄伐，逈不相及，而詩人連比言之，豈偶然哉？班史稱車千秋銷惡運，遏亂原，因衰激極，道迎善氣，傳得天人之祐助。而郭汾陽當吐蕃入寇，車駕東幸，其論奏以爲抑竪刁、易牙之權，任蘧瑗、史魚之直，則黎元自理，寇盜自平。此其説與小雅之序，固可以比類而互觀也。繇此言之，國家求南陔、白華之臣子，亦已亟矣。伯敍兄弟出而爲張仲、方叔也不遠矣。來歸飲御，炰鼈膾鯉，其所以爲翁壽者，當尤盛於今日。而余之爲翁祝也，既稱道其父子，間且以小雅之義，徧告天下之爲臣子者，蓋亦頌禱之法宜爾。諸君子皆學古之道，必不以余言爲贅也。

初學集卷三十七

序十

江陰李貫之七十序

江陰自葛文康父子以文學顯於宋，而陸子方、王元吉、孫大雅之徒相繼而起，故其鄉多博雅好古之士，如貫之李先生其人也。貫之之爲人，孝友篤誠，束修勵行，衣冠儼然，不苟訾笑，有古先民長德之風。至其讀書好學，老而益堅，則有如尤延之之所謂饑以當肉，寒以當裘，孤寂以當友朋，而幽憂以當金石琴瑟者。殘編蠹翰，㾓寀訪求，横經籍書，朱黄錯互。虞監之親鈔，杜侯之手跋，充棟宇而溢機杼，江以南豔稱之。晚尤硏精於禮學，自漢、唐以來所謂共氏而分門，同經而異註者，蓋將會而通之，以求得乎先王之遺意。經學之不講久矣，如貫之者，其可謂强學蹈道，卓然而不惑者也。貫之今年七十矣，頃年史局弘開，諸薦舉布衣方聞有道之士，章滿公車，顧未有及貫之者。人或以是爲媿，且以爲貫之惜焉。而余以爲是非知貫之者也。貫之守其樸學，不屑爲瑣續補綴之學以諛聞動衆，故世之知我者希。而堅坐於荒江寂寞之濱，漠然而自貴。令其游光揚聲，有譁世釣名之志，世苟知我，而其中之所存者已薄矣。宋之常秩，以經學爲歐陽公所知，比秩從荆公之招，遂匿其所著春秋學不以示人，歐陽公深愧之，而荆公亦心薄焉。今之處士，其明經未必逮秩，一旦逢世，則其不爲秩者，亦或寡矣。貫之經明行修，忘貧屏貴，使鄉邦之士友，有所矜式考問，而獲免於面牆。著書稀禮，討論異同，使先王之遺書，與先民之話言，猶不至於澌滅。令世有歐陽公，亦必貞以處士相題目，而王平甫亦不復有春秋倚閣之戲。世之不知貫之，斯世之愧也，又何足以爲貫之惜乎？余與貫之，皆有好書之癖，每從貫之借書，未嘗不倒屣相付也。余不喜爲生辰稱壽之詞，而於貫之不能以無言，故爲序其意如此。昔葛文康好借書，嘗以酒券從尙公輔假太平御覽，詞林至今以爲美談。余之文豈足以代文康之酒券乎？抑亦如諺之所云借書一瓻者，聊以博貫之之一笑而已矣。

于潤甫七十序

神宗末，士大夫奮臂鉤黨，而金壇于中甫尤爲世所指名。中甫之弟潤甫，以明經佐建寧郡，三年大計，當上考，冢宰欲黜之，藩、臬長爭之力。冢宰笑曰：「吾亦知其賢。顧安有于某之弟，可尙繫仕籍者耶？」竟坐黨人弟免官。而潤甫亦先事拂衣歸矣。潤甫歸，與中甫優游結隱，不關人事。中甫營梵川。潤甫營雲林，皆極水木園池之勝。巾車櫂舟，追逐雲月，若未嘗有牽連左官之累者。中甫歿又十餘年，潤甫之名德益高，其神情益王。所謂雲林者，水益加寖，木益加章。其子姓之蘭茁其芽者，亦皆鸞鶴停峙，稱其家兒。而潤甫年已七十矣。余嘗謂中甫之爲人，如喬松千尺，節目磊砢，未至其下，已知其有回挽萬牛之勢。潤甫如千金之玉，肉好若一，温潤清越，廉而不劌，珪璋特達，人可以望而知也。二甫之性量節度不同，至其慷慨引大節，急病讓夷，惇重然諾，則固未嘗少異也。當諸公結交之日。繆仲淳以布衣稱長兄，仲淳沒，潤甫經紀其後事，卹其寡嫠，奮身爲之，不以煩顯貴人。余再起再躓，己巳被逐，相知者縮頸莫敢過其門，潤甫獨衝風過余，執手相慰勞。余嘆曰：「此與妖書大索時，中甫之周旋歸德，何以異哉！」潤甫之志義卓犖如此。蕭閑澹漠，不自表異，若無所與於世，而世亦罕有知之者，斯可爲一歎也！雖然，余竊爲潤甫幸焉。凡人世之榮華富貴，與夫美名奇節，皆造物者之所吝惜也。咎譽悔吝，往往相感相攻，終身覊絆，而不能自解釋者多矣。王荆公，宋所謂黨人之魁也，用新法以斬艾元祐之賢者，幾無遺種，可謂得志於時矣。然其登茅山之詩，感嘉平之改臘，懷子房之高風，蓋霜筠雪竹，歸與投老之思，其託寄不一而足也。陶隱居，世所稱山中宰相也，處齊、梁之亂世，逃名於外兵，奮筆於別錄，微窺其中，殆亦有憂患焉。潤甫所居，去茅山百里而近，詠荆公之詩章，覽隱居之遺跡，俯仰今古，其能縱浪塵世，脫然而無累者，有幾人哉！嘗試與潤甫閒窗靜夜，細數三十年來升沉死生之故，不過目睫耳。如中甫者，嶔崎歷落，固已終身爲勞人矣。彼四明諸公，炎炎隆隆，彌天而蔽日者，今又安在哉！潤甫有器而不見賈，有才而未盡試，歸餘惡盈，不爭於造物，而得全其天年，亦已足矣。隱如陶貞白，顯如王介甫，彼皆有欿然如不足者，而況其它乎？以此爲潤甫壽，不亦可乎？余將輕帆過潤甫，信宿雲林之下，酌良常之醴，訪福地於虛臺、便闕之間，歸與投老，從潤甫而後焉，潤甫其許之否也？

于潤甫八十序

當潤甫之年七十也，余爲其稱壽之詞，敍述其兄弟間牽連鈎黨、左官禁錮之故，與其暮年結隱，子姪秀發，園池花鳥之樂，家庭門第之盛。潤甫喜而張之於壁。登堂稱壽者，睇視其文，皆相與頌述，以爲美譚。今年壬午，潤甫壽八十矣。潤甫以目疾堅謝賀客。客揣其意，更欲得余之一言以侑一觴。夫生辰爲壽之詞，一而足矣。是固韓子所謂千歲萬歲之聲聒耳，而歸熙甫以爲橫目四足之徒皆可爲者也，是亦不可以已乎？雖然，十年以來，陰陽人道之變，潤甫之經心而動目者，不爲不多矣。以余一人而言之，牢修、朱並之獄，鉗網於前；李亶、舒定之章，譎讕於後。當其錄牒旁午，蜚語錯互之日，潤甫之爲余中夜屏營，當饗而歎息者數矣。介恃聖主，保全伸雪，得以收召魂魄，復爲平人。高天化日之下，得與潤甫燕喜稱壽，稱一尊以相屬，豈不幸哉！當聖明全盛之世，權臣枝相，障咫尺之天，興五里之霧，高下在心，生殺在手。曾未幾何，偃月之堂，格天之閣，殆將化爲飛塵，鞠爲茂草矣。傳燈護法之流，有再拜賜死，涕泣雉經，求屬其首領而不可得者矣。有彤弓盧矢，專征出鎮，欷歔仰藥，葦席裹身者矣。其氣焰之赫奕，譬之飄風之怒號，而暴雨之驟至也。其聲利之熏灼，譬之木槿之朝榮，而蜉蝣之夕化也。潤甫以局外之身，靜觀而縱覽之，不當爲之盍然一笑，滿引而自壽矣乎？潤甫雖病目眚，動止須人，然其神益王，齒髮益壯茂，而所卜築雲林者，千章之木，百畝之竹，淸池曲臺，甲於江左。杖屨時至，歌咏間作，執化人之袪，而游於淸都紫微，默存而自失。所居所游，猶嚮者之處也。潤甫從游於憨山、紫柏，發明心地，其知所謂無目而視，無耳而聽者乎？其知所謂眼如耳，耳如鼻，鼻如口者乎？廢心而用形，以至於六根互用，則謂之渾身是眼，亦無不可。而區區目眚，何足以爲病歟？余姑書之以爲潤甫壽。更二十年，而潤甫之壽益高，其目當復明，如唐之張水部。余以老年稚弟，從君於名園綠水之中，當咏韓退之詩所謂「喜君眸子重淸朗，攜手城南歷舊游」者，以將百歲之祝，潤甫更爲一笑也。

康文初六十序

往金壇于中甫、長興丁長孺、常州沈伯和以交誼聞於海內，而常熟繆仲淳、松江康孟修，幅巾奮褎，稱爲長兄。諸公晚託末契於余，余因以識孟修，且交於孟修之子文初，斯所謂交在紀羣之間者也。今年文初年六十，吾里中與文初游者，索余文以爲壽，且曰：文初老而不遇，皇皇旅人，意蓋有不舍然者，願得余言以解之。嗟乎！自于、丁諸公，相繼殂謝。文初俛仰今昔，西州之慟，東閣之感，往往而是。至如余之不肖，削跡竄逐，固無足道者，每不勝齎咨歎息，以爲斯世之憂。蓋文初之不舍然者如此。顧獨以爲悲窮歎老，負憂生之嗟而已，此非知文初者也。雖然，當試與文初妄言之。夫于、丁諸公，感慨立節，坎壈謠諑，之死而未已，斯所謂天民之遑遽者也。有人於此，視諸公之乘轅而反之，朝秦而暮楚，東食而西宿，曰：余曷不至於公卿？雖然，幸而至焉，亦已愧矣。繇此言之，效諸公之所爲，是天之勞人也。反諸公之所爲，是又天之小人也。無一而可也。文初雖老而不遇，然讀書譚道，修先人之一行，以遺其子。進不絓於網羅，退無靦於形影，斯殆造物之私人也已。其不舍然也，又何爲乎？余之爲勞人久矣，近始偕孟陽爲耦耕終老之計。而文初僑居金壇，時從道人逸老，尋四朝七眞之跡，吾兩人欲招之而未能也。然吾攷陶隱居眞誥，會稽淳于斟入吳烏目山中，遇仙人慧車子，授以虹景丹經，修行得道。烏目山者，虞山之别名也。安知慧車子及淳于，不時時往來於其中乎？文初從我而隱，安知其不旦暮遇之乎？人生百年，如風狂電掣。向所謂不舍然與舍然者，又何足道哉！諸友曰：善。請以此言壽文初，且屬孟陽爲詩以招之。

汪君六十序

嘉定程孟陽嘗爲余言，弱冠時薄應舉之業，嶄然有志於功名。偕年少十數人，學騎射擊刺，骨騰肉飛，如饑鷹餓鴟。今老矣，追思少壯事，殆如隔世。而廿年來十數人者，獨總戎錢君與汪君在。汪雖老田間，度其才略，可使將數千人者也。嗟夫！天下承平久矣。世所重獨射策甲科，而豪傑倜儻之士，往往以文法屈抑。錢君固東南宿將也，平壤之役，絀於李氏，有功不得封。又數彊項，與文吏爭，故數起數躓。而汪君身授農書，衣襏襫，從事於汚坳沮洳之間。微孟陽之言，余故不知君之能若是也。今天下不可謂無事矣。錢君既被推轂當訓練之任，猶格其請未下。而所謂網羅豪傑，破資格以備緩急者，僅見諸條議而已。余思孟陽言，未嘗不竊歎於汪君，又思夫汚坳沮洳之間，輟耕而太息如汪君者，固不少矣，惜乎予之不能盡知之也。余觀宋靖康之事，王正道獻決圍之策，受命不兩日，得數萬人，皆願效死。而張仲友以下第舉子持空名帖三十，逾旬而解鼎、澧五州之危，易於反掌。此兩人者，其緩急有用，視射策甲科，從頌卿相者，相去如何也？正道之策不克用於宋，而仲友既解圍，終不願爲宋用。夫有才如正道而不克用，則天下之士，不願爲世用如仲友者必多矣。此又可以深懼也。今天下方急才，如汪君者，其可使長爲農夫，終老于汙坳沮洳之間也耶？余之知而竊歎者，亦與有罪焉耳矣。君今年六十，其稱壽以歲之十二月。田家作苦，禾稼既納，酌凍醪，烹伏雌，與比鄰故舊，契闊談讌，聞余之言，其不噱然而笑者幾希！雖然，酒闌客去，秉燭夜讀，亦未必不有感于余言也。孟陽方游澤、潞之間，古稱天下之脊，戰爭形勝之地也。天寒風急，貰酒高歌，憂之壯心，得無有奕奕萌動者乎？余將以斯文寓焉。

溧陽彭翁七十序

江南稱園亭之勝，以溧陽彭氏爲第一。往余過溧陽，窮冬沍寒。冰雪彌望，思一游而不可得。既而過投金之渚，感貞義女之故事，以謂此邦之人，風流激厲，意必有倜儻感慨，伏其身而不出者。顧獨以園亭之勝，有聞于江左乎？蓋又爲愾然停車，低廻久之而始去也。今年春，溧陽彭孝廉明甫介張異度、龔淵孟謁余于長安，屬爲其尊人翼子翁稱壽之辭。

問所謂彭氏園者，園之主人，則明甫之羣從也。問其尊人之年，曰已七十矣。其家距園可數里，步屧往還，壺觴談笑，未嘗不頹然于其中也。問翁之生平，則以明經待詔公車，孝友篤誠，不輕爲然諾。與人交，生死寒煖，不相背負。七十之誕辰，通家子姓，從明甫之後，執爵而拜于堂者，非分宅之遺孤，則下泣之稚子，翁所爲翼而長之者也。翁其眞貞義女之鄉人，不愧丈夫者與？向所爲倜儻感慨，伏其身而不出者，翁殆其人與？翁既不得爲世用，而孝廉圭璋特達，射策甲科，高明顯融，所以壽其親者未艾。高文大篇，祝嘏之辭，其必有取於此矣。雖然，翁惟老于明經，抑沒不爲世用，故其倜儻感慨，精華壯往之氣，寬然而有餘。而優游難老，長有其山林花鳥之樂，富不如貧，貴不如賤，翁既已知之矣。則夫高明顯融，世俗之冀望于子孫者，何足以滿翁之一笑乎？人亦有言：名與身孰親？貞義之女，全人以自沉。視世之死名死權者，其與幾何？繇此言之，翁之倜儻感慨，誦義無窮者，翁視之猶昔夢也，而況其它乎？此可以爲翁壽矣。余不習爲祝嘏之辭，姑書是言以復于孝廉。他日歸耕，訪翁瀨沚之上，坐彭氏之園，命觴而長嘯，翁其以余爲知言也夫？

陳孟孺七十敍

歐陽子既作集古錄序，因自稱每有所作，謝希深、尹師魯仲紙疾讀，便得深意，而嘆二人者之不及見也。歐陽子之于文，至矣，而拳拳于謝、尹若此，豈文章之道，作者難而知者尤不易與？雖然，固未有不能作而能知者也。余冠首時，每一屬筆，不能自休，抽黄對白，東塗西抹，未嘗知學爲文也，而見者交口訣之。浸淫二十年，始自悔其少作，盡抹去之，以庶幾求當于作者之旨。字銖句劚，縮恧不能出。間以示人，人或反唇相斥笑，有蒙恥自媿而已。里中陳孟孺先生，獨稱余文不去口。有斥笑余文者，必面叱之。居常語余，必我也爲子謝、尹者。余聞之滋媿。然余猶不能廢作，間猶出以示人，博人之斥笑而不辭者，徒以陳先生也。嗟乎！孟孺之肆力于文章，不可不謂深且篤矣。高文豐碑，崇論博辨，以躋于世之文章家，如所稱弇州大函者，固知其不願爲輩行矣。以孟孺之能作，則固不可謂之不能知也。以余之不能作，而累孟孺之能知，將孟孺繇此而損能作之名。此又余之所大恐也。然孟孺之爲人，長者不妄許可，出游長安，遇文章鉅公，未嘗少貶辭色，而獨以謝、尹借余，則余終不能自已于媿矣。今年戊午，孟孺年七十。徐生于王過余曰：「願得一言壽陳先生，先生固欲之也。」念無足爲先生言者，逡巡久之。而又有感于歐陽子之言，所謂後生小子，未經師友，苟恣所見，其病蓋莫甚於今日。以孟孺名德巋然，長爲祭酒，鄉邦之士友，有所考問，其猶可免于面牆乎？先王之遺書，與夫先民之話言，尚不至於澌滅，而横目二足之徒，其猶知有典刑矣乎？余雖不能爲歐陽子，而歐陽子之憂，其可免矣。虞伯生以爲學之說告蜀人，而曰鄉人昆弟子孫之在東南者，因集之言有以推先世之學，則區區恭敬桑梓之微意也。然則余之壽陳先生者，其亦有厚望于桑梓也哉！

似虞周翁八十序

似虞翁以醫名吳中，吳、越之間，以爲彦修、原禮復出也。方數百里，爭延致之。翁美須眉，善談笑，所至輒傾其座客。崑山有魏生者，精於度曲，著曲律二十餘則，時稱崑山腔者，皆祖魏良輔。翁與魏生游旬月，曲盡其妙。每中秋坐生公石，歌伎負牆，人聲簫管，喧呶不可辨。翁一發聲，林木飄沓，廣場寂寂無一人。識者曰：此必虞山周老。或曰太倉趙五老。趙五老者，良輔高足弟子也。翁既以醫游賢士大夫，又時時游少年場，與游于酒人，輕衣駿馬，美酒食，列歌從，如承平王孫。而行義斬斬，有古一行之風。潯水董宗伯，嘗邀翁過其第，置酒高會。苕上吳允兆聞翁善歌，且不能酒，爲令章以難翁。朱太史文寧故不能歌，允兆重困之，欲以令翁、太史覥腆爲歌。一詩罰籌蝟毛，促數竟夕，不得一當翁而罷。允兆歸臥舟中，翁晨登其床，起之曰：「君殆欲伶人我乎？如令章巧避我何？雖然，君知我者，今可以歌矣。」允兆跣而起，按節相和，歌聲嫋嫋沸潯水。日上舂，乃刺舟而别。凌錦衣者，尚書公子也。年少豪舉，雅客翁，晚而食貧，座客皆掉頭去，翁每歲必載錢米遺錦衣家。

錦衣時時過翁，流連浹旬不聽去，錦衣爲余言翁，至泣下也。翁今年八十矣，所至全活人無算。傾囊倒庋，好行其義自如。中秋必泛舟虎丘，晴雨無間。婆娑按節，不減少年時，而又有佳子孫酌酒稱壽，如翁者豈易得哉？予嘗嘆天下方太平無事，而吾閭井之近，憂虞煩苦嘗蹙蹙刺人眉目間。嘗試入翁之庭，木秀而花明，登翁之堂，酒香而食甘，挹翁之語笑，坐舒而帶緩，不自知其猶在今世也。翁豈如武陵之人，不知有漢者與？抑亦上皇之民與？化國之日，宛宛然在閭井間，而予特未之覩與？諸君子之奉觴壽翁也，屬余爲之辭。余既稍敘翁生平與其行義，而又及閭井之近事，徘徊感嘆若此，使夫閭井之人，知翁之所以養生盡年，優游耄耋而享太平之樂，蓋有所本焉，非苟而已也。

壽何嶧縣序

萬曆庚戌之春，商楫何先生以嶧令需次選人，得滇南幕。先生過余嘆曰：「余髮種種矣，折腰一官，羈紲萬里，獨不畏老櫞笑人乎？余且歸矣！」先是旬日，余拜史官命，初入玉堂之署，畿輔方喜雨，先生爲余賦霖雨行，音節激昂，殊不類山澤之癯，不意其遽勇退若此也。及余還里門，求問所謂老櫞者，蓋先生少讀書東海上，有烏啣柚實，遺于樓下，久之，其蔭蔽樓，玄實纍纍如斗，先生顧而樂之。吳人呼柚爲香櫞，先生亦呼之老櫞云。歲丙辰，先生年六十，于是先生屏居海上，飲酒賦詩，摩挲老櫰下者，又七年于此矣。嗟乎！古之達人，于所有嘉木美蔭，坐臥嘯歌其下者，蓋莫不留連婉戀，比之美人良友焉。而殷東陽、桓大司馬之流，嘆生意之婆娑，感攀折而流涕，木葉落，長年悲，殆亦勞人志士所不免者，視先生于老櫰何如也？先生治嶧，法不當左遷，左遷不當得滇幕。功名之會，可謂巧左。雖然，人世何常之有？柚一而已，柚呼之則柚，櫰呼之則櫰，枳棘呼之亦枳棘耳，柚之芬芳自若也。即令沉淪蕪沒，與戴癭銜瘤者俱朽，柚終不泣血以自明，我知其不化而爲枳已矣。先生又何病焉！先生爲余從祖憲副公之壻，憲副公宦游時，先大人方壯盛，兩從叔翩翩少年，歲時伏臘，與先生輩徵逐讌飲，有承平王孫之樂。去今二十年，所耳親知賓從，老者墓木已拱，少壯者亦宿草矣。余兒時嬉戲几筵，追陪笑語之地，僅有存者，無從過而問之，先生年甫六十，巋然如魯靈光之獨存，追而道之，有不勝感嘆者矣。先生過此，日婆娑老櫰下，益知夫夢幻之無常，而飲酒賦詩以全其天年者之爲得也，庶幾不爲老櫰笑乎？余乃爲老櫰之歌以遺先生，俾歌之樹下，引滿爲壽。歌曰：青禽來兮嘉樹生，被綠葉兮帶朱莖。有美人兮託嘉名，合槐榆兮爲弟兄。櫰離立兮海之濱，蔓草叢生兮枳爲隣。荒江寂寞兮月明無人，碧樹冬青兮憺陽春。柚爲櫰兮櫰爲柚，覽察草木兮變不可究。槐忽忽兮欲盡，柳依依兮非舊。櫰有香兮柚有芳，落玄實兮薦碧漿。蔭老櫰兮欣樂康，貞松文梓兮永相將。

趙敍州六十序

吾友文度趙君，以太子少保文毅公之蔭，歷官至敍州守，謝事歸里。而其子太史州守，射策甲科，同年鵲起。越四年，爲崇禎之庚辰，君之甲子一週，里中以爲盛事，相與具羊酒，舉觴稱壽。而太史先期請予爲祝嘏之詞。余爲兒時，頌慕文毅公之風節，如高山大嶽，魁偉奇特，望而使人敬憚者也。長而與君兄弟游，君方念門第衰落，慨然思一振起，讀書纘言，攻苦嘔血，知其爲勞人孝子，不隤其家聲者也。及其牽絲入仕，在西曹以平恕聞，守大郡以廉辨聞。中蜚語掛冠以歸，蜀人迄今尸祝之。當逆奄亂政時，感憤填咽，篝燈草疏，屢欲上而未果。及太史抗疏歸，君大喜過望，酹酒告文毅曰：「先人有孫，吾有子矣。」遡君生平，趾美娠賢，前暉後光，殆亦斯世之完人，而造物之私人也已。君少善病，好養生修煉之術。以余之衰老，時時欲引余爲采眞之游。今之所以壽君者，蓋莫先于此。洪範之建用皇極也，斂時五福，曰予攸好德，汝則錫之福。曰攸好德，則壽富康寧兼舉焉。神僊之書，著于石函玉札者，亦曰淨明忠孝。陶隱君眞誥亦謂貞廉忠孝之人，積行獲僊，不學而得。繇此觀之，固未有不忠不孝，而可以登眞度世者。神僊之書，與洪範九疇，固未嘗不相合也。君矯志厲行，繼文毅之箕裘，又能使文毅之風節勿替于後人。惟忠惟孝，兼有之矣。以皇極淨明之道徵之，壽富康寧與登眞度世，皆君之緒餘也。自古仁人烈士，多在金房玉堂之間。比干在戎山，李善在少室，皆以至孝至忠爲標。世傳文穀公歿爲僊官，當亦在一千四百年進補之例。而君之積習忠孝，蓋所謂功在三官，根葉相傳者。虞山亦僊山也，慧車之虹景，招眞之銀筒，彷彿在焉。以虞山爲戎山、少室，于登眞度世，亦何有哉！以此爲君壽，不亦可乎？太史曰：「善。」敬授簡以侑南山之觴，且以忠孝好德括神僊之道，請以此補傳鴻範者之闕。

鄒孟陽六十序

老子曰：雖有拱璧，以先駟馬，不如坐進此道。夫士生而有聰明特達之才，英偉奇逸之氣，以日趨於功名富貴，情僞攻取之場，一再試之而不效，則其才華鋒刃，不能無所屈折。已屈折矣，而又不禁其躍出以與之爭，於是乎得則慄慄，失則鞅鞅，終身弱喪，而不能保其天年，此不聞道之故也。聞道難矣，其次則莫如近道之人，氣濡而欲寡，行安而節和，其於功名富貴，情僞攻取之場，試之而不折，委之而不爭，如駕安車以行千里之途，優游容與，卽累日不至，而無契需摧絶之患，此古之君子所以能養生盡年者也。武林鄒孟陽，少與聞子將、嚴印持兄弟以才名著稱吳、越間，如唐人之所謂四夔者。久之，皆連蹇不遇，海內爲之嘆息，而孟陽行年且六十矣。孟陽之爲人，孝友忠信，如古壹行，落落穆穆，淡於榮利。去年遊天台，度石梁，爲文以紀其勝。歸而弔余於倚廬，執手閔默。視其眉宇，有道人靜者之風。蓋其天質近道，又早奉敎於雲棲，得唯心淨土之旨。斯其所以坐進此道，而養生盡年，又其餘事也。與往吳、越之間，以文章聲氣相慕説者凡十餘曹。四十年來，如矍圃之觀人，去者已過半矣，而武林諸子俱無恙。印持棲息山中，縛禪習觀，經時不出。子將買舟湖上，弋風釣月，與玄眞、天隨爲侶。而孟陽與二三子探禪説之味，窮山林之樂，雖其盛壯之時所謂聰明英偉者，已覺其嚼然無餘，而況於人間之功名富貴煙雲變滅者乎？人生百年，會當有盡，惟聞道爲不朽。余於孟陽生辰爲壽，不能以無言，而稱引拱璧駟馬之説以先之。孟陽以吾言示子將、印持輩，舉觴引滿，相視而笑。他日用以交相祝，且交相勉焉可也。

嘉禾黄君五十序

今天子採輔臣議，省直之士，登賢書乙榜者，胥入國學，大司成爲敎習，參預制科辟召之選。于是嘉禾黄君，屢試國學皆第一，天子將臨軒淸問，不次簡擢。而君年甫五十，其子濤游于吾門，乞一言以爲賀。君之祖學士公，爲隆、萬間館閣名臣，能文章，負經濟，未及枋用。其父中丞公，名德翛然，爲時羽儀。君服習家訓，攻苦力學，數踏省門，不賈當世。今乃以乙榜得見拔擢，矯首厲角于闢門開窗之日，斯已奇矣。東漢黄瓊隨父在臺閣，習見故事，及後居職達練，官曹爭議朝堂，莫能抗奪。而韓退之以謂房太尉之孫生長食息，不離典訓之內，目濡耳染，不學以能。君以學士爲祖，以中丞爲父，與黄、房二家之子孫何異？學士在館閣中，熟習掌故，講求國朝故事，珠林玉海，遺書滿家。君將挾以應明主之求，邇英之召問，天章之筆札，使當宁從容漏刻，咨嗟太息，因以知先朝儲才館閣，良有深意，不當夷史官於卜祝，廢東閣爲車廐。其取裨于君心國事，豈淺尠也？記有之：五十曰艾，服官政。孔氏曰：五十知天命之年，堪爲大夫，得專事其官政也。先王之治天下，儲峙人才，雍容養育，而徐收其用。四十而仕，五十而服官。使之閲義理，更事變。四十年宣勞於國，然後懸車而致事。非如後世促數而求之，鹵莽而用之，馳驟斬伐而日不暇給者也。君今五十，在成德更事之年，而又當聖主求賢圖治，宵旰不遑之後。一旦得白首魁艾之士，坐論廟堂，諷議帷幄，使聖主知任用老成，師先王雍容求治之意，亦當自君始。豈特爲君賀而已哉！更二十年，君當懸車以老。而濤之服官宣勞者，又將爲國之老成人矣。余以遺民野老，登碩寬之堂，把酒談讌。君當張余文于壁間，引滿更酌，而重拜余之知言也。爲書此以俟之。

壽聞谷禪師七十序

自萬曆間，紫柏老人以弘法罹難，而雲棲、雪浪、憨山三大和尚，各樹法幢，方內學者，參訪扣擊，各有依歸，如龍之宗有鱗，而鳳之集有翼也。及三老相繼遷化，而魔民外道，相挺而起。宗不成宗，教不成教，律不成律，導盲鼓聾，欺天誣世。譬之深山大澤，龍亡虎逝，則狐狸鰍鱔，羣舞而族啼，固其宜也。傳曰：不有君子，其能國乎？以佛門視之，豈不信哉！當此之時，聞谷禪師獨與雲棲、憨山，燈燈相續，抱道晦跡，謝去榮名利養，翛然自遠於水邊林下，蓋廿年於此矣。今年師自八閩反於瓶窰，世壽方七十。倘寶卿王君輩爲師輻巾弟子，屬余以一言爲壽。夫師方息心寂觀，視其示現之身，與虛空等。乃欲以世壽祝師，譬諸愚人欲以長繩量虛空，豈不迂而可笑乎？雖然，至人無己，會萬物以爲己。師以大悲智悲愍衆生，値魔外之交訌，覩刹竿之倒植，其必有不能舍然者矣。於疾病世作大醫王，救諸病苦；於喪亂世作大力王，息諸鬭諍。時節因緣，皆在今日。是故師當爲衆生故，現壽者相；一切衆生，亦當焚香頂禮，祝師爲衆生故，現常住身。如是則吾以衆生之願力祝師，雖繩量虛空，亦未爲不可也。吾聞如來以無上法付囑大阿羅漢不得滅度，而大迦葉訶慶喜，由其默然不答，令佛世尊早入涅槃，作突吉羅罪懺悔。然則師之住世，固當如大阿羅漢承佛付囑，而我輩之頂禮祝師，他日殘結未盡，殆亦免懺悔之一端乎？尙寶曰：「善！請書之以爲序。」

初學集卷三十八

序十一

侯母段宜人六十壽序

故太傅謚榮康虞山侯公，尙壽陽大長公主，遭國家承平，蒙休席寵，管宗正、領朝班者四十餘年。大長公主薨，榮康有子昌胤，今官繕部郎，則段宜人所生也。宜人今年六十，長安賢士大夫與其子游者，登堂介壽，稱萬年之觴，而以其詞屬余。昔者孔子論詩，以關雎、鵲巢爲始。漢之儒者劉向、匡衡勸戒於成帝之世。其於匹配之際，生民之始，可謂精且詳矣。關雎之德，徵於麟趾，而其化極於兔罝；鵲巢之德，徵於采蘩，而其化極於羔羊。夫以干城之武夫，退食之大夫，何與於閨門匹配之事，而詩人比物連類，引而歸之於二南？然後知夫周之盛世，教化行，風俗美，賢才衆多，在位皆節儉正直，其原本皆始於房中。而劉向論次列女傳，與洪範五行陰陽休咎之應相爲表裏，此其義可深長思也。大長公主親承仁聖、慈聖兩宮之陰教，洋洋乎關雎之風。宜人實繼之，仰事榮康，俯育繕部，斯鵲巢之夫人起家而居有之者矣。以戚屬言之，繕部之於國家，殆亦公子公姓之屬也。繕部服官，所至著聲跡，有羔羊節儉正直之風，其於公侯爲干城腹心，則又非中林武夫之可比。凡此皆宜人之教也。原本而言之，則皆壽陽之遺休，而仁聖、慈聖之餘福也。今日之燕喜，豈獨爲宜人賀而已哉！聖天子在宥，天休滋至。皇太子加冠出閣，中都上合幹連理之瑞。天子命閣臣賦詩。未幾，奴、插叩邊求貢，如終軍所云衆支內附解編髮而蒙化者。宜人之稱壽，適當此時，豈非人世吉祥善事哉！天子懋修六宮之政，珩璜琚瑀之訓，自家刑國。關雎之化行，而洪範五行之論，寢而不作，中都之瑞應所自來也。雖然，合幹連理，草木之瑞也。宜人躬有鵲巢之德教，其子爲羔羊、兔罝之臣，此所謂人瑞也。繇此言之，奇木連理之瑞，與元狩並稱者，殆不如侯氏之庭，令妻壽母，考鐘而伐鼓者，其瑞尤足徵也。考劉向、匡衡所論奏風化之義，則徵瑞於今日，其亦可知已矣。余舊待罪太史氏，思頌述國家關雎、鵲巢之德，以繼二南之盛，於宜人之稱壽，爲祝嘏之辭，又因以徵盛世之符瑞，所謂不一書而足者也。是爲序。崇禎戊寅四月。

顧母王夫人壽序

王夫人者，故南京光祿寺少卿涇陽顧公之配也。光祿未第時，與予先君友善。余兒時從先君造門，光祿呼爲小友，拜夫人堂下。自時厥後，過涇里必起居夫人，二十餘年矣。戊午正月，夫人年七十。契家子某，屬余爲文以壽。余初謁光祿，光祿以吏部郎里居。門庭蕭寂，凝塵滿座。已出見，與渟兄弟，摳衣低首，頌禮甚嚴。余淩厲蹋踧，塵拂拂上羈貫，意豁如也。後數年，光祿辟講堂於東林。蘭猶消長，朋徒雲集。又數年，黨議漸起，以謂裁量執政，品覈公卿，有甘陵、汝南之譏。涇里咫尺之地，風濤相陬。余以間過之，捧手屏足，猶恐餘波及人，洶洶如也。光祿歿，闔棺而論定。與渟兄弟，名行茂著。諸孫嶄然露奇。設帨之日，羅拜爲夫人上壽。夫人追念二十年事，菀枯寒燠，變換於尊酒間。停盃愾歎，與家人相勞苦也。予觀王章下廷尉獄，章小女夜起號哭曰：「平生獄上呼囚，數嘗至九。今八而已，我君剛直，先死者必君。」而孔融被收，男女寄他舍。兄渴飲主人肉汁，女曰：「今日豈得久活，何賴知肉味乎？」士君子豎節抗論，蘊義生風。遭時不幸，不惟我躬之不恤，而其家人婦子，流離酸楚之狀，至今有餘痛焉。光祿既高明令終，遺休未艾，而國家寬仁，無蹋踖鈎黨之虞，夫人得以優游高堂，奉觴上壽。夫人北向而祝，告戒子孫，以無忘聖天子之賜。則是舉也，其可以爲常事而不書乎？謙益受知光祿，又與與渟兄弟游，于夫人之稱壽也，喜而書其事。且身待罪國史，則夫頌國家有道之長，逈異於前代，以昭記簡册者，固史臣之志也。

畢母孫太夫人八十序

新都畢公孟侯，以正直忠厚，表率西臺。海內望之，以謂大人長德，而不知其年始服官政，父母皆稱具慶也。今年春，畢公以京兆少尹休沐子舍，母孫太夫人年八十。余讀京兆所著乞言，太夫人貞順母儀之行，與詩書琚瑀之教，蓋魯敬姜、曹大家之倫。巫祝頌禱之辭，非所以薦於太夫人也。其可稱述者，則太夫人母子之間乎？太夫人博極羣書，身在閨閤中，能指畫天下大事。故少保胡襄懋公被逮，太夫人尚稚齒，夢伏闕廷，爲少保上疏白冤狀，至今猶能省記其語。居恆教誡諸子，必稱引古誼。京兆冠柱後惠文，巡行四方，猶稟稟傳勑不絕也。嗟乎！當嘉靖之季年，阿附宰執，蠭起攻少保者，皆列瑣闥，臿齒牙，以謂成丈夫者也。太夫人一婉弱女子，職不出組紃紡績之間，而爲勞臣憤盈，見諸夢寐。太夫人之巾幗也，不賢於世之大冠乎？其夢也，不愈於人之視而晝乎？京兆奉母師之教，慷慨發攄，楮柱西臺者數年。太夫人之夢，不啻於其身親見之。有開必先，豈不信哉！京兆在西臺，距太夫人少時，幾六十年矣。太夫人數省覽封事，視嘉靖季年事如何？京兆自西臺出，甫歷星霜，臺綱國論，比年來下上如何？太夫人當稱觴上壽，與京兆家人私語從頌及之，亦頗爲停杯歎息否也？自去年建夷難作，舉朝拱手愕眙，恨不起少保於九京而用之。太夫人夢中之語，六十年如執左券。京兆趣駕還朝，以太夫人之遠猷，入告我后，且以諗於僚友。雖欲不著之廊廟也，其可得乎？夫漆室女之嘯魯也，與嫠婦之恤周也，當事者不自憂而又欲禁他人之憂，而婦人女子出而憂之。今固非其時也。而又有京兆爲之子，太夫人可以勿憂矣。六十年夢中之語，可以不復省記矣。京兆以此稱壽太夫人，而太夫人爲之歡然引滿，則庶乎其可也。余固不能爲巫祝頌禱之辭也；雖然，余之爲巫祝頌禱也，則豈惟太夫人母子間而已哉？

林母吳太夫人八十序

萬曆戊午，建州夷躪遼東，大司馬傳檄徵天下兵。羽書首及南都，南都兵多游閒市兒，一旦聞調發之令，人抱妻子牽衣哭，抵死不欲行。閩中林克武先生守南職方郎，申儆軍令，以大義激勉士卒。南都兵旬日而發，不後師期，先生之敎也。是年秋，先生伻來視余，余訪職方署中事，且問訊先生母太夫人。伻爲余言，先生當溽暑時，指麾軍書，輒至夜分，蚊蚋攢面，肩髀頹墮如壓石，猶激昂不少休。太夫人屛營却行，須先生之入，酌醴捧冰，以相勞苦。猶復問邊報警急若何？士卒行役何日？其資糧扉屨得庀具否也？先生之憂國也，與太夫人之憂其子也，斯已勤矣。雖然，太夫人之憂，不獨憂其子也，亦以憂國也。夫遼左一隅受兵禍，未必及於南，卽及於南，有參贊諸大臣在，責不耑在職方。而先生獨引以爲憂，太夫人又以其子之憂爲憂，豈所謂太蚉計者歟？日者兩彗並出翼軫氐房之間，光怪燭天，余數中夜起候，吾母數夜起勞余曰：「吾聞彗，帚也，帚以掃除逆虜，子且就枕矣，無庸憂也。」余自此踧踖不敢復夜起。比聞先生母子間語。心又奕奕然，如無所薄也。嗟夫！爲人臣子者，猶家人也。家之有傔從臧獲，其憂虞疢疾，未有不同患者也。遼左有事，而南不得安。參贊諸大臣有事，而職方不得安。職方有事，而先生母子舉不得安。卽以余之不肖，欲以閒居奉母，而一意於稷黍稻粱之事，亦豈能晏然而酣寢也歟？令憂國者胥若先生母子，則四郊可以無壘，而小人有母，亦可以無歎於室矣。是尙可謂之太蚉計歟？詩有之：王事靡盬，憂我父母。古之勞人志士，悔小明之仕，而懷孔邇之恤。其一時家人婦子隱憂私語，國史採之，太師聽之，至今猶播之咏歌。然則先生母子之間，其亦可以紀述也矣。先生往司理吾郡，諸博士弟子之有聞者，皆召置門下，而謙益其首。今年太夫人年八十，諸弟子咸往爲壽，而以其序屬余。余故略生辰爲壽之常辭，而述先生母子間之憂，以爲憂國者告焉。且爲之祝曰：「太夫人益健匕箸，先生謀國當益長。余自此一意於稷黍稻粱之事，而不復以夜起憂吾母也夫。」

馬母李太孺人壽序

今天子天啓元年孟春，三原馬侍御奉其母李太孺人禄養於京師。侍御之同年同官方君孩未輩胥往爲壽，而屬余爲其敍。太孺人之生辰，實九月十八日。而諸君以孟春上壽。春於令爲發生，於五常爲仁。正月乾之九三，萬物棣通之時也。又天子新改元，萬壽無疆，實惟其始。諸君以是月上壽，所以象太孺人之德，且慶其遭也。嗟乎！太孺人以盛年自誓，子啼女啤，家貧如洗。譬之夭桃穠李，不獲在和風豔陽之中，而雪霜雨雹，交加回互，有顯頽槁落而已。豈自意有今日哉！太孺人生七十有八年矣，侍御起家襄陽令，入爲名御史，持槖攬轡，登車有光。孫枝蘭茁，寵命滋至。窮陰沍寒，久之變而爲陽春。長松亘柏，冬夏青青，而又當和風豔陽之日，桃李紛披於前，芝蘭羅生於下，則人亦有不勝歎羡者矣。所可爲太孺人慶者此也。而吾以爲又有大焉者，當神宗之末造，班行寂寥，奏囊嗔咽。天地閒揫斂摇落，凄然如秋。既而兩朝登格，鼎成相逮。以時序言之，則所謂日窮於次，月窮於紀，星回於天，數將幾終而更始之會也。今也沖人在上，俊乂盈廷，宫府晏然無事。國家之窮陰沍寒，亦將變而爲陽春。而太孺人以此時奉觴稱壽，不尤幸歟！當天子改元之日，侍御與諸君繡衣法冠，上殿呼萬歲。退而垂魚委佩，以朝太孺人。太孺人顧視堂戺之間，與子姓列拜進壽者，皆供奉赤墀下，接武夔龍，而鷥羽鵷鷺者也。太孺人居恆教誡侍御曰：「必報國，無負聖主。」諸君稱觴沃洗，笑語卒獲。太孺人以斯言傳勑諸君，燕及朋友，媚於天子，太平之盛事，可以被管弦而著圖史。太孺人之慶，顧不大歟！改元之月，天子方加元服，籍田辟雍之政，次第修舉。侍御與諸君奉太孺人之教，善事聖主，養老乞言，仁及草木，將于是乎在。余從太史氏後，紀載國家之盛，以比於李翺卓異之記，如太孺人者，蓋將不一書而足也。姑引其端若此云。

吳母程孺人七十序

新安吳母程孺人，年十八而嫁，二十一而寡。誓死撫孤，凡五十年，而春秋七十。今年三月，爲設帨之辰。其子長孺排纘其苦節懿行，告於四方，請爲稱壽之文。余讀之而歎曰：生辰爲壽之詞，非古也。是人子之所欲致於其親，而宗黨親串之所以交相爲頌祝者也。若孺人之壽，則邦家之光，海內之吉祥善事，而非一家之私慶也。其爲詞烏可以已乎？國家之制，節婦自三十以下，年至五十，則旌表其門閭。旌之云者，勸之之道也，而恥之之道存焉。古之旌門者，有烏頭雙闕，綽楔祟臺，白圬赤角之制，使見之者可以悛心而改行，則恥之之說也。歐陽公爲五代史，載王凝妻李氏事，以謂聞李氏之風，可以愧士之不自愛其身而忍恥以偷生者。其恥馮道六臣之倫，可謂至矣。恥之爲義大矣！臣恥失節於其君，婦恥失節於其夫，士恥失節於其友。廉恥之道興，而天下國家蔑繇亂亡矣。故吾謂吴母之節宜旌。其在今日，當閹兒宦孽，寡廉鮮恥之世，尤不可以不旌。而旌門之典，猶未有聞焉。其或未講於恥之之道歟？雖然，孺人之節，蓋亦有無待於旌者。當孺人早寡，長孺兄弟，俱在繃褁中，含荼茹蓼，百死而一生。至於今，長孺名成行立，諸孫嶄然見頭角，孺人康強壽考，膺受多福。天之旌孺人，豈不大哉！人之旌孺人也，烏頭雙闕已爾，崇臺綽楔已爾。天之旌之也，以多福，以壽考，以多賢子孫。白首高堂，優游燕喜。譬之如景星慶雲，長在天地之間。夫景星慶雲，一見再見，天下咸以爲吉祥善事，而況其長在天地之間乎？知天所以旌孺人之意，則所以爲孺人壽者，亦庶乎其可矣。余舊史官也，竊取歐陽公之史法，於孺人之壽，略舉夫勸之恥之之説，以爲天下告焉。而又以旌典之未下，激而歸之於天，則尤於司世教者有厚望也。是爲敍。

黄母張夫人七十序

給諫萬安黄君公讓抗疏極論權相，幾蹈不測。賴聖天子保全，得薄譴量移，至南吏部郎，復歷清班。而其母張夫人年七十。先是給諫之父太公七十，庶常張君天如爲之序，且道給諫左官時，太公執手慰勞與其家門子姓之詳。海內學士大夫，皆頌述以爲美談。而天如復述給諫之意，以請於余，謀所以爲夫人壽者。余之文不足以附天如之後明矣，而亦有不能不致誦於夫人者。蓋給諫以彊直之資，事神聖之主，指斥權奸，摩切忌諱，給諫固以爲去親事君，爲君之忠臣，不得復爲親之孝子也。三疏伏闕，嚴旨譙訶，朝野皆愕眙相告。太公處之夷然，而夫人亦能引大義自安。其幸而得全者，君也，亦天也。今茲之稱壽也，垂魚在前，舒雁行列，夫人從太公北向祝天子萬年，南面而舉給諫之觴，豈非清朝之休徵，而舊都之盛事哉！方周之盛也，其臣有功而見知，其詩曰：將母來諗。及其衰也，勞於從事而不得養，其詩曰：憂我父母。四牡之不遑也，其君知之，其臣亦以其君爲可告也。故其詞比於傷，傷而不敢怨。北山之不均也，其君既不見知，其臣亦不敢以來告自矢也，故其詞比於怨，怨而無所傷。傷之與怨，其周室盛衰之際乎！給諫以忠言見知人主，將母來諗，不告而得所欲。君臣父母之間，傷且無之，而況於怨乎？留都爲豐、鎬舊京，夫人從容就養，燕喜稱壽。潘安仁所謂御版輿，升輕軒，遠覽王畿，近周家園者，庶幾似之。然而太公與夫人俱健飯，不若潘氏太夫人在堂有羸老之疾也。諸孫胚胎前光，冠劍偉然，不徒席長筵，列稚齒也。給事蹇蹇匪躬，白華潔白，不若安仁之失身昏朝，以拙者自命也。以此三者爲夫人壽，幷以獻於太公，不亦可乎？天如曰：「夫子之言善哉！雖然，以夫人家門子姓之盛傲潘氏之奉母，不若稱四牡之詩所謂將母來諗者，并以誦吾君也。稱夫人之子比四牡有功之臣，稱給諫所遭之時，所遇之主，比於成周之盛世，斯可謂善頌善禱已矣。請書之以爲序。」

益都任氏壽讌序

崇禎戊寅，侍御史益都任君被簡命來按吳中。故事，御史巡行天下州郡，一歲還報。天子以君爲能，詔復留一年。乃以庚辰之秋報命。而任君之父太公與夫人壽考燕喜，適當覽揆之辰，君以便道過家上壽，於是君之屬吏郡守陳侯輩推公之意，屬余爲祝嘏之詞。余嘗讀詩至四牡、北山二章，未嘗不廢書而歎也。四牡之詩曰：王事靡盬，不遑將父將母。其詞蓋未嘗不怨。北山之詩亦曰：王事靡盬，憂我父母。其怨亦未嘗有加於四牡。然是二詩者，何相去之懸也！四牡之詩敍曰：有功而見知則說矣。四牡之怨，臣子不知也，其父母亦不知，而人主知而勞之，故以來諗爲說。北山之怨，人主不知也，其大夫亦不知也，而臣子獨知之，故以獨賢爲刺。知與不知之間，其說與刺之分乎？任君令楡次，治行第一。天子親擢居西臺，又數以知兵爲朝右推轂。上識其姓名，需次大用，可謂見知矣。今之歸而稱壽也，繡斧在戶，輶軒在門。太公冠柱後惠文，率其婦子，北向祝天子萬年，豈非有功而說乎？四牡之詩次鹿鳴之什也，忠臣嘉賓，禮樂光華，則作歌諗其勞。北山之詩次谷風之什也，朋友道絶，怨亂並興，則不均告其病。今之稱觴上壽，陳詩合樂，其次於鹿鳴而不次於谷風也亦明矣。自今以往，君將爲天子經營四方，贊助天保、采薇之盛治，其不遑將父將母也，固當比於四牡之臣子。太公夫婦，慷慨行義，能使其鄉人抗詞論虜，保全閭里，君雖經營四方，其爲將父將母也亦大矣，又豈有不舍然者乎？六月之詩，美吉甫之燕喜受祉，來歸飲御，而卒之曰：侯誰在矣？張仲孝友。吉甫以文武征伐，張仲以孝友處內，宣王以此成中興北伐之業。況以孝友之臣，而任征伐之事，四牡之勞臣，即六月之共武也，其有功而見知，知而說也，又豈可勝道哉！今日之燕會，君臣父子之義備焉，小雅之廢興係焉，非獨任氏一家之慶而已也。陳侯曰：「善哉！以四牡之詩爲任公祝，又以六月之詩爲聖天子祝。善頌善禱，其爲祝嘏也，又何以加焉？請書之以爲序。」

甬東陸氏壽讌序

甬東陸生符，字文虎，以文章志節，見知於余。其父及嫡母，春秋皆六十，後先稱壽，文虎自傷其不遇，無以爲父母光寵，且悲其生母之早世也，爲文以請於余，累數千言。余讀之而歎曰：「善哉！斯可以壽其親矣。」韓退之之稱歐陽詹，以謂父母老矣，捨朝夕之養，以來京師，其心將以有得，而歸爲父母榮也。雖其父母之心亦皆然。退之之云，蓋爲詹之父母言之也。若文虎之父母，潔身修善，教其子爲白華之孝子，其所期于文虎者，殆有異于詹之父母。則文虎之以志養志者，可知已矣，而又何欲焉？世俗之所謂有子者，錦衣鞶帶，自天賁錫，騰譽之章，連帳而至，佐觴之實，阜階而陳。文虎心豔之，以是爲能光寵其親。則夫國老之門，上公之廟，稱詩獻頌，呼千歲而祝萬年者，其亦可以爲光寵歟！因子之淹抑不遇，而睥睨其親，豎兒傖父，肆其揚揚，奴僕下賤，咄咄腹誹，文虎之所爲黯然傷心也。文虎其以世之公卿大夫爲賢於傖父奴僕，而朝市之間爭名爭利者，不猶夫揚揚咄咄者歟？文虎奉其親以潔身修善，身爲白華之孝子，褒衣博帶，奉觴陳詞，巍峩河嶽之容，而鏗鍧金石之奏。我知爲父母者，必相顧而歎曰：幸哉有子！相與歡然舉一觴矣。今天下不爲無事，以文虎之器資，馳驅皇路，不入而離部黨之籍，則出而膺師旅之事。安得如今日者，居隱畏約，以其盛年暇日，侍几杖而御板輿乎？文虎歌南山之什，笑語卒獲，退而歌北山，歌小明，燕喜之餘，相與慨然太息，停觴而輟樂。然後益知夫今日之燕會，眞不可易得也矣。余喜文虎之能壽其親，自傷其僇人鮮民而無以與於斯會也。作甬東陸氏壽讌序。

初學集卷三十九

序十二

方太夫人鄭氏八十序

余讀詩至六月之序，未嘗不廢書而嘆也！當周之盛時，鹿鳴、四牡之詩作于上，而棠棣、伐木、南陔、白華之詩行于下，陰陽理，萬物遂，諸夏强盛而四夷不得以交侵。及其衰也反是。繇周以來，何獨不然？然而小雅之廢興，其徵見于世者，莫著于家人婦子燕饗告語之間，則君子得以覽觀焉。萬曆庚申，西安方孟旋之母鄭太夫人壽八十，孟旋束修厲行，壹舉足出言，不敢忘太夫人。孝子之善養而潔白者，莫孟旋若也。而又敦篤友誼，嚶鳴之說饗，春令之急難，如懼不及。登其堂者，莫不有既具既翕終和且平之志焉。孟旋官于南，爲職方郎。南京豐、鎬舊都，士大夫雍頌燕游，寡京雒風塵之慨，故孟旋得以餘閒請假，爲太夫人稱壽，斯又可謂有古者鹿鳴、四牡燕勞羣臣之風矣。嗟乎！小雅之不作也，有小明之悔仕而恩禮微，有谷風之刺俗而交道乖，有北山之怨勞、蓼莪之告哀而親養失。士大夫翔回其間，躚躚焉如窮猿驚鳥，踟蹰躊躅之不暇，其能有酒醴修瀡，婉愉以奉其親而燕及朋友乎？卽有之，爲之親者，其又能和樂安燕，欣欣然喜而相告乎？善哉孟旋之壽太夫人也，小雅之作，吾有望矣。孟旋之爲人，忠孝誠信，易直子諒，官雖在郎署，巋然大人長德也。其視當世，小明、谷風之刺興而北山、蓼莪之怨未已也，陰陽不理，萬物不遂，諸夏不盛，而四夷不戢也，夙興夜寐，哀樂慮歎，不能自解于心。斯仁孝之至也。天地和順之氣，氤氳降興，而訢合于孟旋母子之間。是故今日之燕，鼓吹不必鹿鳴，籩豆不必棠棣，釃酒肥羜不必伐木，而君臣懷焉，朋友洽焉，家人婦子宜焉。小雅之遺，猶有存者，斯可以觀也。然則與于方氏之燕，稱觴沃洗，卒事而退，徒以爲生辰爲壽之常，而懵無觀感者，斯猶在君子之後也已。孟旋以萬曆丙午與余同舉于南京，孟旋弟畜余者十五年于此，登堂拜母，退而歌棠棣、伐木者，宜莫先于余矣。然余文不具書者，以爲小雅之廢興，所關于世道甚大。謹而書之，則余二人之交誼，固可以包舉也。是爲序。

姚母文夫人壽序

閶門之吳趨里，門安綽楔，崇臺儼然，姚節母文氏夫人所旌表門閭也。登其堂，素題樸桷，夾窗助明，樹之眉曰絳趺，姚子希孟讀書奉母其中者也。旌門之明年戊午，而夫人始壽。姚子將應進士舉，遲回久之，以初度之日壽夫人而後行。于是姚子之友瞿子純仁、何子允泓、暨謙益輩，相率奉觴壽夫人。入門，主人肅客就西階，諸子降等而左辟客，禮也。夫人闔門而見客，諸子沃洗取爵以獻。諸子拜，夫人答拜。仰而瞻夫人之容，冰清而玉栗，灑如也。已而姚子率其子偏拜諸子，姚子拜于前，二子拜于後，行列如舒雁，濟濟翔翔如也。禮成，諸子揖錢子：「子其進而稱詩，稱詩以壽，古也。」錢子曰：「善哉！謙益請稱白華之詩。夫白華之篇，次于南陔。南陔孝子相戒以養，而白華言孝子之潔白也。束氏之補南陔也，曰馨爾夕膳，潔爾晨餐。而白華之三章，則曰鮮侔晨葩，莫之點辱。蓋必莫之點辱，而後膳斯可以言馨，餐斯可以言潔也。甚矣束氏之善言孝也。姚子積學勵行，負丈夫之節，而守處子之貞，可謂潔白矣。取束氏之詩以名斯堂，咏歌先王之風，而晨夕于夫人之側，斯之謂以潔白養矣。雖然，白華之在小雅，與由庚諸篇相比，而禮燕飲之有笙歌也，笙既奏南陔、白華、華黍，而後歌吹相間，自魚麗、由庚以迨于由儀。蓋古者孝道隆卽時和年豐，陰陽理，萬物遂，而君臣燕樂太平，六月之詩序，與笙歌之次第，固可以互見也。夫說詩者以謂小雅廢則四夷交侵而中國微，其係于邦家甚大。然而白華興則小雅之能事舉矣。今天下多故，戎馬生郊。姚子慨然蒙霜雪，凌河冰，奉其潔白之身，以見于吾君。姚子之誦白華久矣，其亦有小雅之志乎？記不云乎：居處不莊，非孝也；事君不忠，非孝也；涖官不敬，非孝也；朋友不信，非孝也；戰陳無勇，非孝也。由此言之，博施備物，馴至于斷一樹，殺一獸，必以其時，而後白華之所謂潔白者乃全也。在姚子勉之而已矣。」夫人聞之，憙曰：「不亦善夫！」趣觴觴諸子，顧而命姚子曰：「行矣！」

壽楊母侯太孺人六十序

崇禎九年十一月，吳郡楊解元維斗之母侯太孺人春秋六十，維斗將偕計吏上公車，爲其母舉觴上壽，然後就道。太史徐君、孝廉張君、鄭君輩，咸洗爵布幣，往與于會，而屬余爲稱壽之文。太孺人，莊簡公之婦，而端孝先生之配也。其在母氏，則以幼孤育于從兄給諫君，其所以爲女爲婦爲妻爲母，閨門內外，具有儀法，固未可以更僕數。而史巫紛若之詞，又非所以薦于太孺人也。經有之，事親孝，故忠可移于君。維斗辭親而事君，將自今始。太孺人爲女爲婦爲妻之道盡矣，而爲母之道方顯，則所以爲太孺人壽者，其在斯乎？予嘗觀漢元延、元壽之間，災異蜂起，一時直言極諫，摩切人主者多矣，而鮑宣、谷永爲最。然史稱永諒不足而談有餘，專攻上身及後宮，而黨于王氏；宣後先諫爭，少文多實，其所言三始之會，七亡之阸，謂極毣毣之思，退入三泉，誠亡所恨。至今讀之，猶欲掩卷流涕也。宣之流風，及其孫昱，至使人主謂忠臣之子復爲司隸，不知其家世何所承藉若此？及觀桓少君稱先姑之言，則曰存不忘亡，安不忘危。乃知宣實有母，其所爲竭忠盡節，痛切擊排于三始七亡之會際，無所忌諱，蓋其母之遺教，而史未及備著之也。今天子神聖中興，維斗將執此以往，佑助太平，不當言漢季衰世之事。然四方多故，虜寇交訌，六符之效未奏，而三始之蝕有徵。易曰：危者，有其安者也；亡者，保其存者也。可不念哉？告之賢母，所以教戒其子者一也。太孺人居恆熟習圖史之訓，施于維斗者，其不後于鮑氏之母，亦已明矣。宣嘗言朝臣亡有大儒骨鯁白首耆艾魁壘之士，論議通古今，喟然動衆心，憂國如饑渴者。維斗年未及強仕，巋然如大人長德，一旦登朝，度中朝所指目大儒骨鯁魁壘之士，罕有其比。自今以往，存亡安危，將在于子之身，可不勉哉！詩不云乎：侯誰在矣？張仲孝友。使文武之臣征伐，而與孝友之臣處內，此宣王之所以中興也。宣後先諫爭，勸人主舉賢去佞，急徵傅喜、何武、龔勝之流可與建教化、圖安危者。宣奉其母之教訓，留心于國家之存亡安危者，其指要如此。天子方闢門開窗，號咷博求，維斗以張仲孝友之人，抱憂國饑渴之志，其將奉太孺人之教以大有爲也。如宣衰世之臣，豈足道哉！太孺人御長筵，列孫子，壽觴既舉，戒維斗而遣之。諸與維斗厚善者，舒雁行，列在子姓之位，亦將側耳聳聽，與聞其語。他日當臚傳之曰：此太孺人所以教戒維斗，建教化而圖安危者也。書之管彤，傳之國史，不第如鮑氏之母，以其婦之口語，僅而有傳也。以此爲太孺人壽，不亦可乎？太孺人曰：「善！敬舉君之觴。」

周忠介公夫人六十序

忠臣義士，天地間之元氣，國家之優邺而崇奬之者，非爲其私也，所以自實其元氣，不使之沍伏而重傷也。雖然，不獨忠臣義士之身後有運命也，亦視國家之福焉。有如天命不常，而景福不再，運祚促數，禍亂洊仍，雖有忠臣義士，理之無其人，而邺之無其候，則國家從可知矣。故曰，視國家之福也。三代而下，忠臣義士之最多者，莫如漢、宋。漢之李固，死十餘年，得見存錄，其女猶惴惴戒其弟無一言加于梁氏。而黨錮諸賢，收掠誅徙，塗炭于閹寺之手。其後以黄巾賊起，大赦黨人，亦未聞有所褒邺也。有宋之黨禁，錯互于紹聖、元符、崇寧之間，其中一再牽復，繼以禁錮。迨于紹興改元，始顧念追復，在南宋偏安之時，而社稷之灰燼已久矣。宋自元祐以後，乾坤宇宙，如在霧霿晦蒙之中，日出而陰雲不駮，雨止而轟雷猶殷。此所謂大命不常，而景福不再者也。我國家深仁厚澤，度越漢、宋，疾雷迅霆之下，亦有畢命致身之徒。其甚者，莫如二正之季，而褒邺之優且亟者，亦無如二正之季。若天啓寅、卯之事，則余所身歷也。當是時，士大夫蹈逆閹之禍，幾徧天下。而吾郡周忠介公爲最烈。當其得禍之時，鋃鐺錯互，牢戶嗔咽，沸騰恟懼，曾不可以終日。不及三年，聖天子施生僇死，區明風烈，漆書儼星辰，綽楔薄雲漢，邺典之尤異者，亦莫如忠介。方禍之殷也，如驕陽盛夏之時，雷電發作，天地冥晦。俄而雲解雨息，天清日朗，支頤伏枕之餘，促數如小劫，而依稀如昔夢，豈不快哉！忠介邺後之十五年，而其夫人年六十。忠介之墓門祠廟，儼然如神明，而其子姓蘭玉森茁，高明顯融。里之親戚朋舊，相與醵錢具羊酒往賀，而徵余文以爲序。夫人于設帨之日，悼碧血之如新，嗟白首之不作，固將流涕霑襟，停盃而嘆息也。已而覩家門之吉祥，思國恩之高厚，又將炷香執爵，北向而百拜也。余故略祝嘏之常詞，而稱述國家之深仁厚澤，逈異于漢、宋，以佐夫人百年之觴，與萬年之頌焉。若夫人之內行，金玉以相莊，齏鹽以自勵，所以相其夫而昌其子者，當有劉子政、范蔚宗之徒序而傳之，固無所事于余言也。

太倉張氏壽宴序

崇禎丁丑，翰林院庶吉士太倉張君天如之母金孺人年六十矣。是歲十月初度之辰，天如偕其兄弟稽首上壽。于是天如之友張君受先與其及門之徒，合吳、越數十州之士，相與鋪筵几，庀羊酒，稱觴于孺人之堂下，而請余爲介壽之詞。余讀書至六月之序，以爲小雅既廢，則四夷交侵而中國微矣。然鹿鳴以下二十二詩，如伐木之燕朋友，南有嘉魚之樂與賢，菁菁者莪之樂育材，上比于鹿鳴、四牡，下比于南陔、白華，而天保以上，采薇以下，出車、杕杜、蓼蕭、彤弓，錯出于篇什之中。甚矣詩人之知王道也！治古之世，朋友輯睦，賢材衆多，相與講明忠孝之誼，以事其君親。四牡之相勞也，南陔之相戒也，皆朋友之誼也。宣王之中興也。文武之臣征伐，孝友之臣處內，故其詩曰：文武吉甫。又曰：張仲孝友。夫是以北伐南征，車攻、吉日，復文、武之竟土，而詩人美之。及其衰也，讒諂並進，大夫悔仕，谷風之棄友，蘇公之刺讒，與夫蓼莪、北山之詩，繼正月、十月而作。四夷交侵而中國微，職此之故。繇此言之，朋友之不交，賢材之不育，而望小雅之興也，其可得哉！今天下方全盛，聖天子比隆于文、武、成、康，非宣王之可擬。天如以命世大儒，在承明著作之庭，講道論德，離經辨志，昌明伐木、菁莪之誼于斯世。于孺人之稱壽也，耆艾近前，俊乂列後，魚魚雅雅，以獻以酢，其爲孝養也大矣。視束氏之補亡，求南陔、白華之義于晨餐夕膳之間，固不可同日而語矣。數十年以來，持國論者，以鉤黨禁學爲能事，馴至于虜寇交訌，國勢削蹙，朝廷之上，惟無通人碩儒，通經學古，修先王小雅之政教，是以若此。善哉天如之壽其親也，吾有望矣。既醉之歌攸攝也，其卒章曰：釐爾女士，從以孫子。卷阿之歌矢音也，其次章曰：爾土宇昄章，亦孔之厚。繇既醉言之，則交友之道，歸于事親；繇卷阿言之，則得賢之效，章于闢國。觀于張氏之壽宴，有籩豆靜嘉，來游來歌之思焉，斯可以觀感已矣。余之爲此言也，不獨爲孺人祝也。以爲本天如壽親之意，以修先王之政教，則既醉、卷阿之什可復矣于今世，而小雅之廢興，可勿道也。

何母丘太孺人七十序

崑山何非鳴舉進士，令南昌之八年，而其母丘太孺人春秋七十，崇禎十二年七月，爲設帨之辰。非鳴之故人與其門弟子，胥往稱觴堂下，先期而來告曰：「某等之與非鳴游也，非鳴方弱冠，得侍非鳴之尊人元錫先生，因以知太孺人之賢。當是時，先生一老逢掖耳，非鳴又不得志于有司。某等間過非鳴，小樓臨軒，夾窗助明，牀几硏席，秩秩如也。客坐未幾，殽蔬雜進，茶香而酒旨。客賦既醉，主人固留不聽去，促席雜坐，欲起被肘。太孺人每供張至旦以爲常。非鳴跳踉自喜，如貴游子弟，其家之寬然有餘可知也。非鳴再困春官，掌教錫山。錫山之弟子員，與四方來學者，戶外之屨恒滿。太孺人度身量腹，以供諸生酒食，視非鳴爲諸生時則少窘矣。非鳴爲令數年，其家產益落。所居小樓，鬻以給官，徙其家于荒江寂寞之鄉。某等薄游南昌，宿縣署中，席門葦壁破幃，敝几椅敗不可坐，則綽蕭縛之。太孺人篝燈紡織，夜分不休。晨起手挈菜蔬，分授子姓，臧獲錙銖秤量稍溢，則動色詾詈。太孺人衣敝不紉，飯麤不釋，左支右吾，有今無儲，視非鳴在廣文學舍，其窘彌甚，無論爲諸生時也。非鳴每自傷久宦滅父産，念太孺人食勤攻苦，早起夜息，每慨然太息久之。稱觴之日，踧踖無所容，自恐不得比數于人子。某等無以爲非鳴解也，敢以請于夫子。」予曰：「固也。獨不見太孺人之生日，南昌之人，一家之中，仰父俯子，齔童耇老，有一不爲太孺人祝者乎？一邑之中，士者于庠，農者于野，賈者于市，負擔者于途，緇黄者于寺觀，關索者于囹圄，有一不爲太孺人祝者乎？若此者，皆以頌非鳴之廉，食其德澤，而歸美于太孺人也。貪酷之吏，人必詛之，詛之必及其父母；廉平之吏，人必祝之，祝亦必及其父母。故曰：祝有益也，詛亦有損。詛誠有損，則祝之有益焉必也。祝者之辭曰：百歲千歲。出于巫祝之口，則人皆笑之，若出于億兆人之口，曰百歲則百歲也，曰千歲則千歲也，此信而有徵者也。邠人之詩曰：躋彼公堂，稱彼兕觥，萬壽無疆。甚矣邠人之善祝也！周公陳之，夫子存之，以爲風雅頌備焉，豈猶夫巫祝之聒耳哉？繇此言之，太孺人之爲壽也大矣。非鳴之祝太孺人也，亦已多矣。太孺人饗邦人之朋酒，以是爲子孫長筵；聽輿人之歌誦，以是爲金石鐘鼓。固將听然引滿，舉萬年之觴，非鳴又何所不懌？而諸子之登堂獻壽也，亦何患乎無詞也哉！諸子曰：「善哉夫子之言！請書之以爲序，且以徵于國史，使後之傳母師廉吏者有攷焉。」

松陵張氏壽讌序

松陵張異度以丁丑歲壽七十，其配徐孺人少異度一歲，今年五月，其設帨之辰也。先是，異度之壽也，念予在請室中，不忍合樂燕會，命其子孫引謝賓客，客多不成享而退。至是則里之士友爲孺人稱壽者，相率詣余乞言，以當祝嘏之詞，而予其可以已乎？孺人生于高門，歸于儒素，有手挽鹿車之勤，有交儆雞鳴之誼，用能相其夫子，攻苦食淡，茂著令德，以娠育其子孫。詩所謂令妻壽母，孺人有焉。今玆之稱壽，闔門負牆，洗爵而獻酬者，非鄉之壽者，則國之秀民也。殽不過豆肉，酒不過三爵，少長忻忻，揖讓卒事，斯可以爲儒雅之會矣。異度所居泌園，名士陳惟寅之綠水園也，其後陳檢討嗣初亦居焉。嗣初負甕出汲，跪以進母。御史從籬下窺之，馳奏旌其母子。故老至今能道之。今異度與孺人，衡泌樂飢，不應徵召。而其子若孫懷文抱質，有陳五經父子之風。三百年來，吳中高門鼎貴，與烟雲變滅者多矣。登斯堂也，名園之水木猶故，籬落之步屧宛然。陳氏張氏，孝友文章，風流相接。此鄉邦之美談，而吳趨之盛事也。以人世之顯融赫奕，進于異度夫婦之前，猶春風之過耳也。徵斯園之故事，道先正之遺風，用以佐百年之觴，庶爲之听然而一笑乎？里之士友與于張氏之壽讌，卒飲而退者，莫不百爾相戒，有自古在昔，敬身修行之思焉。斯不獨一家之慶，其亦可以觀感也已。予既解網生還，聞孺人之壽，感巽度爲我却賀之意，欣慨交集。而又以屏居墓田，未能命百里之檑，從諸君于讌會之末也，爲序其言以詒之。

涂母王夫人五十序

神宗之末年，權奸錯互，黨論昌披。漳浦涂通政振任在郎署中，獨身抗其鋒，危言素節，白首不少變。而通政之子太學生仲吉，當聖主震怒，詔獄危急，抗疏以救淸直之臣，抵冒萬死，幢而得釋，遣戍辰陽。道經吳門，以予爲通政之故人也，契闊相存，揮淚道故。已而曰：「仲吉之母，今年五十矣。仲吉萬里荷戈，不能追隨稚齒稱一觴于堂下。徼惠于夫子，得一言以爲壽，庶可以解慈顔而慰游子乎？」嗟乎！通政觸黨論，遭奄禍，先後立朝，不滿百日，所僅免者，鋃鐺考死耳。而周中丞之禍，間關險阻，相與共之。夫人偕一老嫗，劍中丞幼子匿海上，窺戶者無停屨，惴惴如也。仲吉之北游也，戒之曰：「無盡言，無府禍。」仲吉詔獄報至，家人號哭相告。夫人怡然曰：「兒之行也，我故知之。兒能以此死，不愧其父足矣。」夫人之相夫教子，克引大義如此。昔陽城爲司業，出拜道州，太學生何蕃等叫閽籲天，朝廷不聽。其後朱泚之亂，正色叱六館諸生，舉不至從叛。今宮詹之獄，不但如陽城之出牧，蕃無罪而仲吉以此得禍，歐陽詹之所謂仁勇人者，仲吉奚愧焉？蕃之在六館，閔親之老，揖諸生歸養。諸生至，閉蕃空舍中。仲吉出游太學，負笈而出，赭衣而歸，違親之養，投荒于五溪胡服之地，其于蕃何如也？古之賢母教誡其子也，介母之以偕隱爲無憾也，固而近于懟。范母之以齊名爲不恨也，節而近于俠。夫人之出而戒其子也，得禍而怡然也，其意豁如，其言藹如也。稱壽之日，感聖主之仁明，思國恩之浩蕩。炷香稽首，以頌萬年。豈以壯子不在側，而顧語侍婢，有刺刺不能舍然者與？仲吉之不媿于何蕃也，其爲蕃之歸養，亦已多矣，而又奚憾焉？蕃之仁勇，歐陽詹稱之，韓退之爲之立傳，然後蕃之名始立。余之文不足以繼退之，又不遑爲仲吉立傳。然蕃雖有父母，無可稱述。而通政夫婦大節焯焯，國史彤史，胥于予言有徵焉，則又退之所未及也。

潘母湯節婦序

渤海張任甫來告我曰：「新安潘生令範母湯氏，年六十矣。湯之歸于潘也，三年而生令範，又三年而寡，自誓立孤。三十有七年而旌門之典不舉，有司之過也，願吾子賜之言，將以爲徵。」予讀歐陽公五代史記載王凝妻李氏事，于其所以論禮義廉恥，愧五代之爲人臣者，未嘗不掩卷三嘆焉。而又以謂尤莫甚于宋靖康之難，宋之公卿大夫，朝金夕楚，媚戎虜而讎君國者，其滅絕四維，蓋古今所未有也。夫天下之所謂崇高富貴，莫先于公卿大夫，而其所賤簡，莫甚于僕妾。一旦有事，背主賣國者必公卿大夫，而僕妾之流，感概立節者時有。然則公卿大夫固不足重，而僕妾亦未易輕也。然而匹夫庶婦，不幸而當風教凌夷之日，捐軀斷臂，道路環聚，爲之彈指泣下，而或不得以自達于有司，終身滅沒者有矣。夫匹夫庶婦之節，滅沒如鴻毛，而背主賣國者，乃接跡于世，相勸而爲之，此豈可視爲細故與？潘故新安甲族，于今爲庶。潘生之母，又爲之側室。然感概立節如此。世有歐陽公，其必有取于此矣。今也所司不上聞，宗伯不下詢，烏頭綽楔之建未有聞焉。豈風教休明，固所謂堯、舜之民可比屋而封者，而旌典不能遍與？抑今之公卿大夫，皆被服節義，無若五代、宋之爲臣者，而無庸旌是以愧之與？誠若是，則潘母之節，雖終滅沒不聞，余固無憾焉耳矣。不然，匹夫庶婦之節，不表于盛世，有司之過，終未可以免也。余故因任甫之請而序之以徵焉，且以有望焉爾。

毛母戈孺人六十序

毛生子晉之母戈孺人，年六十矣。誕辰在今年孟秋，而稱慶以履端之月。子晉之父，以孝弟力田稱爲鄉老，而孺人以勤儉佐之。廣延名人碩儒，縱其子游學，以成其名。稱觴之日，親知賓從，雜遝致辭，咸相與頌孺人之壽豈，而祝子晉他日之顯融高明，以受福於其母爲未可量也。予讀七月之詩，說詩者以謂一篇之中具有風雅頌。而其詩曰：十月穫稻，爲此春酒，以介眉壽。十月滌場，朋酒斯饗。先王之世，教化行而風俗美，人知有力田養老而已。豳雅之興，小雅之所以作也。始于南陔、白華，而達于由庚、由儀，七月之詩，雅頌之所以兼舉也。治古既遠，士大夫騖于聲華富貴，以求娛說其親，如潘安仁閒居賦之所稱者，於稽其世，蓋有不勝嘅嘆者矣！孺人夫婦，以孝弟力田起家，其於所謂食鬱剝棗，築圃滌場之事，皆躬親爲之，以率先其家人。而子晉之所以壽其親，雖盡志盡物，亦不失其素風，如所謂穫稻釀酒，以助養老者。毛氏傳曰：春酒，凍醪也。疏以謂卽三酒之清酒，今之中山冬釀接夏而成者也。時和年豐，禾稼既納，冬釀凍醪，田家作苦，在在有之。子晉以此獻于其親，慈顏懌和，賓朋燕喜，不已足乎？輕軒之扶御，長筵之羅列，如潘氏之所誇詡者，殆不足當其一盼已矣，而又何述焉？子晉有志于學古之道者，又少而授毛氏詩，予故爲之頌豳雅，使之自致于小雅詩人之義，而知夫世之以顯融福祉相頌祝者爲不足道也。

初學集卷四十

序十三

昨非菴日纂三集序

古之君子，能相天下，謀王體，而斷國論者，其所以修德居業，朝夕交戒，未嘗不原本于學；漢、唐以來，權臣倖子，誤軍國而禍身家，前車後轍，相望而不知戒，其昏瞀潰敗，未有不繇于不學者也。古之言邪詩者，稱曰自古，古曰在昔，昔曰先民。故曰：昔我有先正，其言明且清。國家以寧，都邑以成，庶民以生。誰能秉國成，不自爲正，卒勞百姓。言相天下者之不可以不學也。相天下者猶醫師也，上醫醫國，以康濟一世爲能事，而自顧一身，陰淫蠱惑，狂易喪志，我躬之不閲，而何以理天下？六經、語、孟之書，猶醫經之靈樞、本草也；史傳之所紀載是非失得淑慝善敗，猶秦越人之難經、叔和之脈經、忠州之集驗方也。有一病，必有一方。人之新病日增，而古方固已犂然具備，在善取之而已矣。古之善醫國者，吾得兩人焉。子文之相楚也，朝不及夕。楚成王朝設脯一束糗一筐以修子文。孔明之相蜀也，曰：「身死之日，不使內有餘帛，外有贏財，以負陛下。」古之君子，居大位，享令名，制謹其節度，裁減其嗜好，約身量腹，而不少假易者，何也？以爲天地之美不可盡，盡則造物憎之；生民之利不可專，專則陰陽患之；國家之寵利不可冒，人主之知遇不可負，冒且負則祖宗殛之，鬼神誅之。故曰：吾非惡利而逃之，以逃死也。人禍莫重于蘊利，而天道莫甚于惡盈。吾于此得古方二焉：鄒長倩之戒公孫弘也，贈以撲滿，曰：器以畜錢，滿則撲之。士有聚斂而不能散者，將有撲滿之敗。蓋寬饒之規許伯也，視屋而嘆曰：富貴無常，忽則易人。此如傳舍，所閱多矣。師長倩之言，火齊堆盤，胡椒累屋者愧矣。師寬饒之言，遂取武庫，先輸上第者詘矣。鼎可以無折，餗可以無覆，負乘可以無寇至，而器可以無盜奪矣。嗚呼！盧醫不自醫，扁鵲、倉公之不免于刑僇也，豈不可以爲儆戒哉？大中丞閩中鄭公登第服官，朝齏暮鹽，秋螢冬雪，丹鉛吾伊，矻矻然如老儒生。著昨非菴日纂三集，本天咫，則民彝，參神逵，極物變，其要以褆躬矯志，磨鈍勵俗，歸本于仁義道德，醇如也。公生平公忠淸正，勤勞廉辨，旬宣保釐，茂著聲蹟。蓋所謂上醫醫國者。是書則公之難經、脈經與其驗方也。公之爲人，可以相天下，而爲是書，則可以教天下之爲相者。夫爲書而可以教天下之爲相者，斯其爲醫國也遠矣，公豈非百世之師也哉！崇禎癸未中秋吉日序。

時子求期思集序

辛巳二月，子求在固始，作詩五百餘言，敍述中原寇盜殺掠流亡之慘酷，而勉故鄉以綢繆桑土之義，題曰寄江南行。余讀而歎之，曰：此元次山之舂陵行也。自慚非杜子美，不能隱几屬和，發揮其微婉頓挫之指。酒闌燈炧，長吟雒誦，所謂「感彼危苦詞，庶幾知者聽」而已。既而子求考最赴闕，天子親召對稱旨，首擢爲兵科給事中。逆奴入犯，即命巡視眞定城守。奴退，督漕江西，便道歸里，而以期思集屬余序之。子美之覽次山詩也，以爲盜賊未息，知民疾苦，得結輩十數公，落落然參錯天下爲邦伯，萬物吐氣，天下少安可待矣。子求則已司諫議，掌封駮，出入赤墀青瑣之間，天下邦伯之不得人，萬物之不吐氣，子求之責也，豈猶夫次山以典郡爲事，守刺促於徵斂符牒之間者乎？子求思今天下治亂，孰與唐之大曆？次山之論刺史曰：若無武略以制暴亂，若無文才以救疲弊，若不清廉以身率下，若不亨通以救時須，亂將作矣。宜精選精擇以委任之，固不可拘限官次，得之貨賄，出之權門也，次山一刺史，謝上能極論天下民窮吏惡，譏切權門；子求今日所以獻替明主，其道安出？古者孟春之月，行人以木鐸狥路，采詩以獻之太師，以聞於天子。子求之行也，其亦有采詩之志焉。誠欲采詩以獻，則必將以寄江南之什爲卷軸之首，斯固次山、子美所爲呻吟歎息而不獲獻其危苦之詞者也。有春陵之詩，而被國風之採，聖天子陳而用之，邦伯得人，萬物吐氣，盜賊滅息，而天下乂安，此詩之爲用，顧不大歟？次山詩曰：思欲委符節，引身自刺船。將家就魚菱，窮老江湖邊。子求行矣。余窮老江湖，無符節可委，輟耕刺船，俟子求之嘉命於魚菱之間，當更爲之序以張之。崇禎十六年中元日序。

石田詩鈔序

石田先生詩集凡十餘本，余與孟陽居耦耕堂，互爲評定，差擇其尤佳者若干卷。石田之詩，才情風發，天眞熳爛，抒寫性情，牢籠物態。少壯模倣唐人，間擬長吉，分刌比度，守而未化。晚而出入於少陵、香山、眉山、劍南之間，踔厲頓挫，沈鬱蒼老，文章之老境盡，而作者之能事畢。其或沿襲宋、元，沈浸理學，典而近腐，質而近俚，則斷爛朝報與村夫子兔園册，亦時所不免，茲鈔固已盡汰之矣。稼軒苦愛石翁畫，一縑片紙，搜訪不遺餘力，名其齋曰耕石，遂刻詩鈔，藏之齋中，幷彙其古文若干篇及余所輯事略附焉。刻成，屬余序之。石田之集，李文正、吳文定兩先生敍之詳矣，余可以無贅也。竊惟石田生于天順，長於成、弘，老于正德初。當國家昌明敦龐、重熙累洽之世，其高曾祖父，爲文士，爲隱君子，既富方穀，涵養百年，而石田乃含章挺生。其產則中吳，文物土風淸嘉之地；其居則相城，有水有竹，菰蘆蝦菜之鄉；其所事則宗臣元老，周文襄、王端毅之倫；其師友則偉望碩儒，東原、完菴、欽謨、原博、明古之屬；其風流弘長，則文人名士，伯虎、昌國、徵明之徒。有三吴、西浙、新安佳山水以供其游覽，有圖書子史充棟溢杼以資其誦讀，有金石彝鼎法書名畫以博其見聞，有春花秋月名香佳茗以陶寫其神情。煙雲月露，鶯花魚鳥，攬結吞吐於毫素行墨之間，聲而爲詩歌，繪而爲圖畫，經營揮灑，匠心獨妙。其高情遠性，和風雅韻，使天下士大夫望而就之者，一以爲靈山異人，不可梯接，一以爲景星卿雲，咸可目覩。式其屋廬，以爲柴桑之三徑；候其至止，以爲雒陽之小車。人亦有言：太和在成周宇宙間，而先生獨當其盛，顧不休與！文定序石田之詩，擬于唐之陸魯望，魯望當唐之末造，爲盧攜、李蔚所薦辟，未就而卒，比於皮襲美，蓋僅而得免。視石田生本朝全盛之時，稱大隱、躋大耋者，何可同日語哉！讀兩公之詩，而論其世，不能不爲魯望惜，亦不能不爲石田幸也。攬筆而爲之序，回翔卷帙間，蓋不勝其愾嘆云爾！崇禎甲申春月，虞山錢謙益謹序。

歸文休七十序

余與嘉定李長蘅游，因以交長蘅之友新安程孟陽、崑山歸文休。三人者，皆強學好古，能詩文善畫，跌宕世俗，擺落榮利。其與余交，久而彌篤，蓋所謂素交者也。崇禎十六年，文休年七十，以除夜爲縣弧之旦。其子繼登、莊，將具椒盤歲酒，遍召親知，歡飲上壽，而請余爲讌序。文休爲太僕熙甫先生之冢孫，風流儒雅，稱其家兒。墨兵筆陣，可以横掃千人。而屢不得志于有司。作爲歌詩，淡蕩頓挫，倚弦度曲，曼聲長歌。歌罷酒闌，意不自聊，則放筆爲風枝雪篠，以仲寫其激颺結轖槎枒突兀之致。簞瓢屢空，凝塵蔽榻，其自守泊如也。晚而諸子皆有俊才，能世其家學，則相與發太僕之文章，端拜雒誦，求其所以不愧于古人者。以余之固陋，謂其知以瓣香事太僕，遣其子就而問焉。于是太僕之流風遺書，粲然于斯世矣。余讀太僕集，中有壽其鄉老儒張子之文，蓋爲其諸弟子作者。其言以爲往至京師，見有衣玉帶，乘白馬，黄金絡馬，前後呵擁者，儼然子之先生，爲之歎息。今其人不知安在？吾又安能舍子之先生而羡彼爲哉？當文休爲諸生祭酒，聲光籍甚，吳中輇材少年，有欲希望其咳吐而不可得者。無何而其人登上第，操化權，爲鉅公國老矣；無何而東山再起，爲天子之師臣，稱伊、周，頌功德者，遍朝野矣。當此之時，文休之自視于斯人何如？又無何而冰山頽，台宿坼，襆被就道，鋃鐺急徵，指厓州之圖爲登仙，望檗水之賜爲加禮。當此之時，斯人之自視于文休，又何如也？稱壽之日，與親知引滿劇談，追思太僕之云，不能舍子之先生而羡彼者，能不爲之停觴一笑乎？且吾所與游三人者，長蘅絶哭宿草，孟陽歸老故鄉，獨余與文休相去百里，落落如晨星之配月。余衰遲屏廢，與文休共一老書生耳。

天下方多故，相與抱遺經，養殘生，優游于荒江寂寞之濱。歲時多暇，扁舟過從，契闊談讌，賦詩道故。此亦吾黨之美譚，人世之善事也。吾所以爲文休壽者，如是而已。若夫生辰爲壽之詞，太僕所謂横目二足之徒皆可爲者，二子學古之道，固將吐而棄之，而余豈以是爲文休誦之乎？

曹母陳孺人七十序

嘉興曹母陳孺人者，故宫詹孟常陳公之女，端州别駕曹公之配，而陳子悰、恂、恂、愙之母也。孺人今年壽七十，季冬望日，爲設帨之辰。其叔子恂字子木，以壬午舉賢書，癸未秋試南宫，不第歸，爲孺人稱百年之觴，偕其昆弟請稱壽之詞于余。嘗聞孟子之言矣，論事曰事親爲大，論守則曰守身爲大。曾子，孟子之師而受孝經于夫子者也。蓋嘗輕齊、楚之祿，終身不仕，而其教門弟子，則曰戰戰兢兢，如臨深淵，如履薄冰。其奉父母之身，全而歸之若此之重且難也。子言之曰：含菽飲水盡其歡，斯之謂孝。然則聖賢之所謂孝者，可知已矣。潘安仁之賦閒居也，以爲太夫人在堂，有羸老之疾，何能違膝下色養，屑屑從斗筲之役。其所敍述版輿輕軒，班白稚齒，賦家至今以爲美談。而安仁則固非庸庸佼佼，有才無行者也，一失身于孫秀，廁二十四友之目，白首同歸，陷于大僇。士君子急于功名，濃于仕進，立身一不愼，虧體辱親，生平之修名內美，舉不足以自拔。唐之柳子厚、劉夢得，亦猶是也。小雅之南陔，孝子相戒以養也；白華，孝子之潔白也。有白華之潔白，而南陔之養，其親樂而安之。有終身之養，而無一朝之患，斯之謂守身，斯之謂養志。雖崇伯子之顧養也，亦若是則已矣。宮詹無子，孺人以弱女爲男，使宮詹幸中郎之有女，忘伯道之無兒。至于今，諸子猶沿外家之姓，不忍遽改也。服宮詹之教訓，具著儀法，居平以名節道義教誡子木昆弟，重規疊矩，蔚爲碩儒，守身事親之道，不愧于白華之孝子久矣。子木頃自長安歸，覩冰山之乍渙，瞻玉燭之方新。閱歷世變，盱衡時事。太夫人稱壽之餘，從容顧問，杯酒之間，如麻姑見蓬萊水淺，海中行復揚塵也，能不爲之停觴歎息乎？小雅谷風之什，無將大車與小明相次，而其序曰：無將大車，大夫悔將小人也。小明，大夫悔仕于亂世也。曰嗟爾君子，無恒安處。靖共爾位，正直是與。神之聽之，式穀以女。鄭氏以爲嗟爾君子，謂其友未仕者也。明君用善人則必用女，神明若祐而聽之，不汲汲求仕之辭也。今天下非悔仕之時，而士大夫惕惕然有悔將小人之慮。子木昆弟，小明之所謂未仕者也，故曰温温恭人，如集于木。又曰胡不相畏，不敬于天。子木昆弟進而獻壽于孺人，歌南陔、白華，退而咏無將、小明之章以相勗也，孺人聞之，必將听然燕喜，壽觴舉而慈顔和。天下之能壽其親者，其有如此者乎？子木昆弟從游于余，學古之道者也。余故舉聖賢小雅守身事親之道以告之。生辰爲壽之常詞，置不復道云。

寶應李侯壽燕序

招遠李侯舉進士，爲寶應宰，期年而政成。於是江都令闕，侯兼攝江都篆。臺使者以江都附郭雄緊，請移侯于江都。而寶應之士民，皇皇乎惟恐其失之也。侯始至之日，奉其母夫人以俱，至是則就養于江都。六月之某日，爲侯之誕辰，寶應之人相宰具羊酒，舟車百里，相屬于道，爲侯稱賀，而因以上壽于太夫人。年家子李生鼒臣屬余爲祝嘏之辭。侯之父憲副公，兄弟同舉南宫，皆以道德方聞，有聞于時。侯積習名教，母夫人身爲母師，以匕箸課平反。故侯之治邑，廉辨慈惠，人以爲衆人之母，而尤推本于太夫人之內教。咏歌而頌祝之，固其宜也。詩不云乎：朋酒斯饗，曰殺羔羊。躋彼公堂，稱彼兕觥，萬壽無疆。又曰：魯侯燕喜，令妻壽母。古之君子，爲民父母，憂喜相關，而燕饗相報，上下之間如此其驩然也。今之世，吏虐使其民，民疾視其上。賦役重煩，徵發促數，慮歎嚬呻，自上而下，蹙蹙然如不終日。安所得餘生暇日，而修公堂燕喜之樂耶？李侯之得此于今日也，斯已難矣。居今之世，而公堂之上，觥籌交錯，笑語卒獲，彬彬然有朋酒羔羊之風，斯其爲世道之慶，亦可書也已。唐上元三年，楚州刺史崔侁獻定國寶玉十三枚，云楚州寺尼眞如恍惚上昇，天帝授以十三寶，曰中國有災，宜以第二寶鎮之。遂改元寶應。國家方全盛，非有唐中葉之比。而戎羯之禍，駸駸近于安、史。侯爲令在上元獲寶之地，所以爲聖主獻者，視崔侁云何？傳曰：得賢爲寶。上元之鎮國者以第二寶，殆不如今日之有第一寶也。太夫人母師之教，自一邑及天下。上帝臨汝，萬壽無疆，又豈楚州尼之恍惚見帝者可同日而語耶？李生以吾言將之，可以侑一觴矣。

吳白雪遺集引

萬曆中，竟陵吳白雪爲吳興守，掘地得石于郡齋茂樹下，爲元豐時物，鐫「玉笥」二字，最奇古。退公之暇，摩挲竟日。去官無長物，攜之以行。吳興至今稱風流太守，有杜牧之、蘇子瞻之餘韻。其後斐遷，備兵佐寧夏軍，用胡僧招降銀、定，出平虜塞，登撫夷臺，虜羅拜帳下，進名馬數千蹄，命畫工作銀定歸款圖，爲詩記之。杜牧之好論兵，注孫武書，自謂因而用之，如盤中走丸，而不得一試以死。吳公視牧之，可以雄矣。余最愛吳興山水，嘗與范東生、程孟陽再泛夾山漾，詠歐陽公「吳興水晶宮，樓閣在寒鑑」之句。倚櫂扣舷，徘徊不忍別。今讀白雪遺集，吳興山水，輕清寒碧，恍忽在卷帙中。楚人之文，以豪放跌宕爲主，而吳公獨不然。豈文章山水，故有宿緣，吳公之風流，故當與牧之、子瞻長留于峴山、霅水間，而斯文爲之兆耶？公之子孝廉既閑，訪余山中，奉其遺文乞敍，爲書其篇首如此。

陸鯤庭文集引

武林陸鯤庭進士，沿襲家學，昆弟競爽，鸞停鵠峙，掉鞅文場。鯤庭先舉南宫，遂得肆力于文章，後先數萬言，縱横下上，舉世作者，未能或之先也。本朝浙中人才，莫先于于廷益、王伯安。己巳北狩，則廷益柱定遷之議；威武南巡，則伯安建廓淸之烈。兩公之文具在，大抵明白正大，光明俊偉，如三光之燭幽，如五穀之療饑。何嘗如後之人尋行數墨，祭獺點鬼，以剽賊闒儷爲能事哉？鯤庭之文，取材博，抒意遠，籌策安危，激勸忠義，其光熊熊然，其文彧彧然。蓋有意爲廷益、伯安之文，而非近代之文也。夫所謂士大夫者，皆國家之人也。頃者奴寇交訌，南北間阻。士大夫相向輒攢眉挼手，有無人之歎。不知其自視鬚眉面目，果何等耶？平居持利祿，養聲勢，豈不項背相望。一旦緩急，則曰無人。不知其自視鬚眉面目，果何等耶？廷益、伯安，亦猶人耳，果有四目兩口三頭八臂耶？鯤庭知廷益、伯安之文，則當爲廷益、伯安之人。敵王愾而雪國恤，横豎側出，自附于兩公之後，吾深有望焉。鯤庭祥琴不遠，將出而謀國，余爲敍其文以勉之，庶幾鄒長倩之所以遺公孫次卿者。若繞朝之贈士會，曰子無謂秦無人，則非余之所敢也。

南征吟小引

睢陽袁伯應，以名臣之子，牽絲郎署，負文武大略，博雅好古，散華落藻，輶軒問俗，戎車出塞，山水登臨，友朋談燕，攬採風物，伸寫情性，所至必有詩。而其詩高華鴻苑，蒼老沈鬱，亦與境而俱變。當其督餉遼左，歷覽關塞，指顧毳幕，籌策表餌，欲以尺組繫單于，故其詩縱橫頓挫，若田僧超臨陣作壯士歌，使人有車馳馬驟、投石横草之思。已而休沐里居，扞禦孤城，揞拄強寇，主憂臣辱，以四郊多壘爲恥，故其詩淒清悄厲，若劉越石登樓長嘯，使人有雲深月近，裹創飲血之恐。至其榷關南國，登車奉使，江南佳麗之地，風聲文物，與其才情互相映帶，而羽書之旁午，民力之凋敝，持籌蒿目，又迸逼于胸中，故其爲詩曲而中，婉而多風，古人感懷諷諭纏綿惻愴之致，往往交驚雜作。語曰：「登高能賦，可爲大夫。」其伯應之謂乎？榷政告竣，頌聲塞途。關中警急，秉鉞者急需戡定之才。君且奉簡書，驅車以往，則其詩當益雄。昔杜子美天寶入蜀，思秦中之盛而痛其陷沒，秋興諸篇，至今令人流涕。今長安關河四塞，自古帝王之州，一旦爲螘賊殘破，伯應之憂憤，視子美又何如？韓退之從裴晉公蔡州歸，師次潼關，有「日出潼關四面開，相公親破蔡州迴」之句。古人文士，咸爲吐氣。上方臨遣授鉞，如晉公故事，伯應其將有雄篇麗句，繼退之而作乎？余將泚筆以和焉。

純師集序

太末余子式如，矯志學古，採緝古人之文，自東周至南宋，凡十二卷。其撰集之法，取衷于西山、疊山、迂齋三君子，以考鏡古今政治，興亡得失，崇獎忠孝，激勸志義爲指要。而風雲月露，留連光景之作，皆不與焉。夫文章者，天地之元氣也。忠臣志士之文章，與日月爭光，與天地俱磨滅。然其出也，往往在陽九百六、淪亡顛覆之時。宇宙偏沴之運，與人心憤盈之氣，相與軋磨薄射，而忠臣志士之文章出焉。有戰國之亂，則有屈原之楚詞，有三國之亂，則有諸葛武侯之出師表，有南北宋、金、元之亂，則有李伯紀之奏議、文履善之指南集。忠臣志士之氣日昌，文章之流傳者，使小夫婦孺俳優走卒，皆爲之徘徊吟咀，欷歔感泣。而夷考其時，君父爲何人，天下國家之事爲何如？嗚呼！尚忍言之哉！詩不云乎：有卷者阿，飄風自南。愷悌君子，來游來歌，以矢其音。又不云乎：鳳皇鳴矣，于彼高岡。梧桐生矣，于彼朝陽。序曰：召康公戒成王，言求賢用吉士也。假樂曰嘉，洞酌、卷阿曰戒，過此而民勞、板、蕩之什作矣。此亦余子之所以撫卷而三嘆者也。

孫子長詩引

本朝吳中之詩，一盛於高、楊，再盛於沈、唐，士多翕清煦鮮，得山川鈎綿秀絶之氣。然往往好隨俗尙同，不能踔厲特出，亦土風使然也。徐昌穀，江左之逸才也。一見李獻吉，陽浮慕之，幾欲北面，至今爲諸傖口實。皇甫子循歌詩婉麗，晚年盛稱嘉靖七子，非中心好之，屈折於其聲光氣燄耳。邇來吳聲不競，南辱於楚。蒼蠅之聲，發於蚯蚓之竅，比屋而是。求所謂長江廣流，綿綿徐游者，未之有也。夫聲音之道，與元氣變化。木客之淸吟，幽獨之隱壁，非不幽淸凄愴也，向令被之弦歌，奏之於通都大邑，令子野、季札之倫，側耳而聽之，其以爲何如哉？里中孫子長，刻其詩數百篇，名雪屋集，含咀宮商，組唐緯宋，緣情匠意，而不屑爲今日之吳聲，可謂踔厲特出者也。昔吾吳吳文定公爲舉子時，已有詞賦名。天上玉堂之詩，流傳館閣，李文正以爲美譚。子長之年，少於文定，其詩篇流傳尤蚤。余老且廢，不能爲子長長價，姑引其端以告於世之爲文正者。

馮已蒼詩序

吾黨馮生已蒼，早謝舉子業，枕經藉史，肆志千古。其爲學尤專于詩，其治詩尤長於搜討遺佚，編削譌繆，一言之錯互，一字之異同，必進而抉其遯隱，辨其根核。當其朽編斷簡，紛披狼藉，魯魚點定，青丹勾抹，夢夢然若未覩也，假假然若有求而弗得也。已而疑滯通，膠午釋，忽然而睡，煥然而興，若逐寇者之得首虜也，若案盜者之獲贓證也。蓋本朝之論詩，所推專門肉譜，無如楊用修。已蒼獨能抉摘其踳駮，曰此僞撰也，曰此假託也，鑿鑿乎有所援据，而疏通證明其所以然。雖用修復起，不能自解免也。若近世之詩歸，錯解別字，一一舉正。賓筵客座，辨論鋒起，援古證今，矯尾厲角，自以爲馮氏一家之學，論者無以難也。已蒼顧不鄙余，而以其詩卷請敍。孟子不云乎：君子深造之以道，欲其自得之也。又曰：博學而詳說之，將以反說約也。余以爲此學詩之法也。抒山之言曰：取由我衷，得若神表。文外之旨，但見情性，不覩文字。嚴羽卿以禪喻詩，歸之妙悟，此非所謂自得者乎？說約者乎？深造也，詳說也，則登山之蹊，渡水之筏也。「讀書破萬卷，下筆如有神」、「別裁僞體親風雅，轉益多師是汝師」，得之者妙無二門，失之者邈若千里。此下學之徑術，妙悟之指歸也。荀卿曰：誦數以貫之，思索以通之，爲其人以處之，除其害者以持養之。以是學詩也，其幾矣乎？已蒼之詩行世，必有讀其詩而知其學者，於以箴砭俗學，流別風雅，其必有取于此矣。余之爲序，非以張已蒼，亦以爲學詩者告也。

初學集卷四十一

記一

高陽孫氏闔門忠孝記

崇禎十一年十一月十日，奴酋兵陷高陽，故少師大學士孫公死之。公之子五人孫六人與從子孫八人皆死，婦女童稚爭先就義者三十餘人。公御其子姓嚴，諸子皆被服儒素，鏃礪文行。二郎壬子舉人鈐，四郎秀才鈴，五郎尙寶司丞鑰尤奇偉，短衣疋馬，更侍闕門，善騎射，曉兵事。兄弟相期許，願以橫磨大劍馳騖黑山、白水之間。諸孫皆岐嶷，嶄然露頭角，落筆萬言，非凡兒也。城陷之日，五郎解裘血戰，手刃數奴，奴得而臠之城下。二郎戰敗被執，奴偪降，徒跣牽曳，荆棘蔟足心，叢刺矗出跗上，斫兩臂，揕其胸，終不屈而死。二郎子中書舍人之沆、秀才之滂皆死之。滂刃出腰膂，創甚，伏地把搔，鐫平其頰鼻而死。三郎鈐之子秀才之潾，被執，誑奴曰：「引我之圈頭，得見宰相，以金帛予汝。」奴曳至老營，見公方踞坐罵奴，拜而起，卽挼手罵曰：「我得見老爺足矣，寧有金帛予汝！曷不速殺我？」奴纔揮刃，首砰然墮於前。公歎曰：「眞我家孫子也。」四郎子尙寶司丞之浩，自河間反馬歸力戰，奴刃劈其腦，斷其喉，矢穴腹，貫背而出。執五郎之子之濂，使喂馬，不肯，沸湯沃頭面，糜爛而死。六郎鉘、七郎鎬皆戰城下死。而四郎被重傷，臥積屍中，僮侯果自任丘逃歸見之，脇中三矢，鏃深不可拔，口張不言，微舉手揮果令去。果脫故衣裹之，負歸城南莊，覓水半瓢灌之，氣上而絕。果以十四日得公屍於圈頭橋，告高奄，以其喪歸。以次行求諸子孫屍，乞於親戚，松棺柳翣，斂以麤布。而五郎七郎屍卒不可得。於是太監起潛奏疏：輔臣承宗子孫男婦內外親口皆死，止逃一六歲孫及其母。上惻然念慘及闔門，首命優卹，而薛國觀當國，遂格其事。或曰：「高陽令雷覺民，國觀之私人也。黠而貪，盡逐公所畜守城材官壯士，剋其餉以輸國觀。城陷，逃匿國觀所。公長孫錦衣之潢詣闕籲天，語侵縣令，以此逢國觀之怒。」或曰：「國觀讎正人君子也，讎公之猶國而死奴也，非爲縣令也。」昔卞壼死蘇峻之難，二子相隨赴賊，尙書郎弘訥重議，以謂許男疾終，猶蒙二等之贈，壼伏節國難，父子幷命，賞疑從重，況在不疑。於是壼得改贈，謚曰忠貞，祠以太牢，贈世子昣散騎侍郎，昣弟盱奉車都尉。公之勳勞懋於濟陰，子孫就義，衆於昣、盱，聖朝崇奬忠孝，超邁典午，而上無始興之愍卹，下無弘訥之駮議，此可爲痛哭者也。奴之陷河西也，公在樞部，請贈卹監軍高邦佐、副將羅一貴與張銓、何廷魁，並立廟京師。邦佐之僕高永爲主死義，並卹之，以風示天下。今公不得比於邦佐、一貴，公之子孫不得比於邦佐之僕，何其傎也！人言奴恨公恢遼土，復四城，柱款議。城陷之日，必欲夷其家門，滅其種族。國觀非奴也，亦攘臂而助之。嗚呼！助天爲虐，不祥。助天爲虐者，奴也；助奴爲虐者，國觀也。國觀誅，奴孽其將不久！爲之記以待焉。崇禎十五年中秋日虞山錢謙益記。

應天巡撫軍門軍器庫記

今天子初卽位，遼左方有事。新城王公以太僕寺少卿陞都察院右僉都御史，出撫應天。人或謂公：「公今可以無憂遼矣。」公曰：「不然。遼之憂不在一隅，象恒不佞，竊以謂中外文武將吏人人以遼爲事，而後遼事可辦也。身雖在東南，其敢忘遼事乎？」公既受事，飭戒吏士，申明號令，卹民隱，蒐軍實，修城隍，治樓櫓，薙寇盜，詰奸宄。大江以南，所部肅然。搜括帑藏，得羨餘二萬金，輸之遼左。簡選壯士，敎束伍行陣之法。造營房，立寢廬，又建軍器庫若干間，貯所造兵刃火器之屬。營舍完固，甲仗堅好，軍容整暇，鼓角讙亮。吳趨之里，儼然如衡邊重鎭。援遼之師，將悍而卒驕，過城下，知公有備，逡巡引去。閭左奸民，陰懷異志，與江海大盜，鉤連爲變，咸相率首服，東南得晏然無事。而公遂以勞瘁得病，病且不起，易簀之夕，口喃喃數問遼事如何？關門守禦如何？於乎！人知公之勤事，而不知公之死事；人知公之死於吳，而未必知公之死於遼也。余嘗觀唐孫樵書褒城驛壁，以謂舉今州縣皆驛也，未嘗不歎息於其言。雖然，樵之所云者，州縣而已。今之高牙大纛，專制一方者，其官如古之連率節鎮，而其所爲能事者，位署案牘，請謝賓客，游光揚聲，拜除如流，其不或如唐之州縣者無幾也。其有忘身殉國如王公者，則又盡瘁以死，而不得雍容揖讓，躋九列而登三事。則世之驛傳其官者，其必以王公爲戒矣。褒城之壁，可勝志乎？爲說者曰：周文襄撫江南二十有二年，得以安位而行其志。今久任之法不行，促數更易，其驛傳其官宜也。左傳載魯叔孫昭子居一日必葺其牆屋，去之如始至。嗚呼！朝廷之大官，方鎮之重任，其不得比於昭子之旅舍耶？士君子居官，即旦暮，與回翔閱歷等耳，又可以久近異意耶？王公在江南，後先僅二年爾。天啓四年，歲在甲子，常熟錢謙益記。

福建布政司修造記 代福清公

泰昌元年十一月，福建布政司火，自堂庫廳舍，以至於步廊皆燬。天啓元年二月，始撤而新之。堂皇靚深，庫藏堅厚，規摹高廣，皆踰於舊。自某月甲子始事，至某月甲子落成。初，火作及於庫左，布政使沈公命陳兵警備，以捍國人毋闌入救火，救火者抵罪。火既息，命府人庫人，簡汰瓦礫，取藏金於煨燼之中，使攻金之工，鎔而出之。藏金無恙，而溢於舊額者凡三千餘兩，遂以爲興造之費。凡木石瓦甓之直，皆先給其半。量工命日，視其舊而加羨焉。工爭赴功，民不知役。初估費以萬計，及其成也，不出於府藏之餘金。此邦之人，驚而相告，以謂是役也，役鉅而不疲，用艱而不匱，災不能害，時不能詘，殆天之相之，非人力也。宜託之文章，以紀成事，垂之永久。古之爲政者，水旱凶災兵火之患，皆有其備。然必得其人，而後備可舉也。昔者鄭之火也，子產命出宗祏府庫，各儆其事。今庫不戒於火，興作繕修，旬月而畢舉。閩之火政，於是乎庶子產矣。遼之兵，猶閩之火也。河東西之奔潰，魚爛而亡。迄今張目顧視，莫敢議興復焉。豈事利害成壞殊歟？抑天道使然歟？噫！使世之治遼者如閩之治火，而遼亡之後，猶畫遼於堵牆之上，如諸公之於此役也，我知夫害可以利，壞可以成，而天道可以無問也。遼之禍烈於火，而治遼者坐視遼燼，祖宗二百餘年之封疆，曾不若藩司之棟宇。嗚呼！天下之事，豈不以其人與？予此邦之人也，方幸締構之成，而又有亡遼之憂，因記斯役也，三致歎焉。其不特以著其成，亦庸以告世之君子。沈公名某，後沈公而蒇其事者，閔公某、游公某。其僚屬贊助，具在碑陰。

蘇州府修學記

蘇郡之學，肇自范文正公，規模宏麗，甲於東南。厥後廢興不一，天啓迄今二十年，再修而再圮。啓聖之祠，委諸草莽。六經之閣，鞠爲馬肆。明倫堂傾斜支撑，凛然欲壓。司理平湖倪君，朔望瞻謁，周視而歎曰：「吾何忍坐視學宫之廢，安得精彊廉辦之士，爲我仔肩是役者乎？」熟視諸生王一經曰：「無以逾子。」一經再拜受命，乃約胄子諸生之賢者周茂蘭、吴銛、朱壽陽、徐樹丕等，勾會計庸，不以一錢經胥史手，消功畢賄，則三千金可辦也。以復於倪君。倪君曰：「諾。」盡捐其贖鍰以應。而後先開府巡方諸公暨郡邑之長，皆有佽助。經始於庚辰夏四月，凡五月而告成。祠廟矗然，樓閣翼然，堂宇翬然。絺構堅緻，彤髹駮蔚。乃八月既望，太守陳君暨倪君行釋菜禮於啓聖祠，子弟駿奔，耋老歎嗟。禮成而退，郡之孝秀數十人踵門而請曰：「願有記也，以無忘倪君之功。」予少游於斯學，今雖退廢，亦猶學之老博士弟子也，其何敢辭？予聞之也，古者井田之制既定，里有序而鄉有庠。八歲入小學，十五入大學，其有秀異者，移鄉學於庠序，移國學於少學。諸侯歲貢少學之異者於天子，學於大學，命曰造士。行同能偶，則别之以射，然後爵命焉。此書所謂侯以明之，時而颺之，承之庸之者也。中年考校，命國之右鄉，簡不帥教者移之左，左移之右。又不變則移之郊，移之遂，屏之遠方。此所謂撻以記之，否則威之者也。先王之治天下，正德利用厚生，廉讓生而爭訟息者，養之教之而已。春令出民，里胥坐於右塾，鄰長坐於左塾。冬民畢入，婦人相從，夜績歌咏，餘子在序室。民之在野在邑，無非學也，無非教也。出學而不帥教者，入學而不變者，則有撻記移屏之刑。于是乎制五刑而聽其訟。繇此觀之，學之所棄，刑之所收也。未有不先學而後刑者也。論於鄉，升之司徒，升之學，升諸司馬，而後告於王。士之論定而任官者，如此其衆也，則其不帥教不變而移且屏焉者或寡矣，則是學之用長而刑之用短也。亂政者殺，疑衆者殺，四誅者不以聽，何其嚴也！獄成而告於王三，又然後制刑。三讓而罰，三罰而恥，諸嘉石歸於圜土，桁楊梏拲，無非學也，無非教也。則是學之意常勝刑，而刑之意常不勝學也。豈惟是哉？鄉射恒於斯，受成恒於斯，詩不云乎：矯矯虎臣，在泮獻馘。張仲以孝友處內，方叔以征伐處外，亦皆鄉人之子弟，繇俊秀而升論者也。人主思將帥之臣，則於學乎取之。學興而文武之道兼舉矣。三代以降，秦以吏爲師，漢以經爲師，唐人重詞賦，宋人重制科。豈無崇儒勸學之主，而不知先王所以教化之意，法律之家與詩書爭馳，將帥之科與文學並設，教與刑爲二，文與武爲二，成周之盛治，豈復可幾於後世哉！聖天子廣厲學官，崇獎經術，慨然思見豐芑棫樸之盛，而蘇學之復興，實惟其時。倪君，刑官也，顧獨以學校興復爲己任，可不謂知所先後哉？居今之世，姦邪並生，則思擊斷之吏；奴寇交訌，則思爪牙之士。然吾以爲學興而可以兼舉者，誠有見於先王教化之原，明主圖治之意也。昔者范文正公天章條列，首以興學取士先德行爲言。其守邊也，所至賊不敢犯，西人以謂胸中有數萬甲兵。吾鄉之士游是學也，以文正爲師，出而用世，爲孝友征伐之臣，斯亦可矣。居文正之鄉，游文正之學，不媿爲文正之鄉人子弟，三代以下，人才風俗，一變而至於道也，將自今日始。可不勉哉？予故狥諸生之請，書倪君之績，因道先王之學政，及所望於今者，使歸而刻石焉。崇禎十四年十月二十九日，虞山錢謙益記。

景寧縣改建儒學記

景寧縣之有儒學，景泰三年置縣時，兵部尚書孫公原貞所創也。地在縣治之西北，因僧寺改創。成化六年，知縣林堉加葺大成殿、東齋、泮橋。二十一年，知縣高政增建西齋、後堂。地勢偪陋，三面皆荒塚。文廟講堂，偭背不合。櫺星門兩掖逼民舍。學門東出委巷中。正德壬申，知縣林傑，闢門於震方。自隆慶壬申，以逮萬曆癸未，知縣陳嚴之、林喬松、姜師閔修葺略備。然而面勢渙散，像設黯淡，士氣窳惰，而科名寥落，若與宮宅地形之說相叶應焉。宣城徐君日隆爲令之期年，政淸民肅，百廢具興。建麗譙，樹講堂，山城下邑，煥然改觀。祗謁廟下，周視嗟咨，喟然而歎曰：「茲地之不足以宅吾先師久矣，與其修治也，不如改作。」乃相地於縣治之西而遷焉。捐俸錢，搜贖鍰，量工命日，庶民子來。經始於崇禎十四年之二月，越二月訖工。四月朔日，迎先師像於郊外，用釋奠禮告成。廟後枕乙山，前朝辛峯，左右翼然，若趨若拱，谿水迴合，繇右掖左匯泮池。桂山如屏，鶴溪如帶，觚稜干雲，丹雘耀日。諸弟子員釋菜而退，講讀飲射，聚觀太息，以謂徐君之卜遷也勇，其作事也敏，傭工惟時，役不告勞，作貌顯嚴，若有鬼神佑助，不可以不記也。予惟廟學之設，所以教國之子弟，使之以瞻以儀，有所觀感而興起也。景寧之爲邑，分自青田。劉文成奮乎青田，橋褐爲帝者師，夫獨非國之子弟乎哉？文成憤元政紊亂，盜賊賄賂公行，至欲感概自裁。及其參石抹軍事，與婺州諸將士，角逐於衝車飛矢之間，自誓爲元之遺民，沒身而已矣。一旦風雲玄感，致命懷節，觸迕權奸，之死不悔。世之傳文成者，以爲出鬼入神，乘風雲而御六氣。不知其希聖希賢，凛然忠孝人也。文成少授春秋經義，至今在人口。繇文成之忠孝，遡其學問之原本，則先聖教人之指意，可知已矣。故曰：吾志在春秋，行在孝經。儒者所童而習之者也。爲臣則忠，爲子則孝，用以謀王斷國，則可以成變化而行鬼神。繇文成之學，以遡於先聖先師，一而已矣。景寧之人士，游於斯學，有所觀感而興起焉，師文成而可矣。今天下虜寇交訌，王師在野，得文成一二輩，庶可以慰天子拊髀之思，其當自文成之鄉人始。詩不云乎：在泮獻馘。徐君之修廟學也，韓子之所謂爲政知所先後，可歌也已。是年六月朔日記。

憺歸閣記

故南京太僕寺少卿慈谿馮公，少時讀書城東，攬採江山之勝，每誦謝康樂「清暉能娛人，游子憺忘歸」之句，顧而歎曰：「異時有買山錢數緡，爲閣於此，署之曰憺歸，與通人高士讀書飲酒其中，可以樂而忘死矣。」舉進士，繇刑部郎出守襄陽。稅監陳鳳横甚，縛其參隨斃之獄，神廟弗罪也。然疏公名於御屏，九年不得遷。於是移病歸里，訓二子讀書者十年。二子者，長元飈，次元飂，後先舉進士，世以配大小馮君者也。光廟御極，起南京光祿寺少卿，踰年，遷太僕，又踰年而卒。公性好登涉，宦游所至，與山水有緣。守襄多暇，角巾布袍，命駕獨往，搜得謝巖於廁溷中，嘯咏竟日，吏人持案牘就判。分司南滁，官舍在琴臺之畔，壺觴賓客，往往如醉翁所云。中年里居，過城東釣游故地，留連不忍去。久宦減産，不能庀一閣。每與故人談讌，未嘗不以爲歎，亦听然自喜也。公沒而滁人思之，立祀於醉翁之旁。寺右有閣數楹，追公之墜言樹之，扁曰憺歸，庶幾公魂魄猶來此也。公沒之十八年，小馮君復守太僕。父子同官，淸德相望，人以爲美談。拜公之遺像，退而徙倚斯閣，欣慨交集，泣涕霑衣，詒書告予曰：願有記也。嗟乎！山川閱人，人亦閱山川也。峴山之所以名者，羊叔子之淚，杜征南之碑也；滁山之所以名者，韋左司之詩，歐陽公之酒也。今滁之有斯閣也，又將與公垂之北樓，衞公之東齋，並峙於山高水淸之間。滁閱公耶？公閱滁耶？公仕宦三十年，力不能庀一閣。今茲之翼然於滁者，視世之井幹麗譙，齊雲而棲霞者，果孰爲壯麗而久長耶？人世功名富貴，一瞚而失之，如浮雲之變滅，其可與山川相倚薄者，清名與盛德而已。登斯閣也，其可以慨然而□思已矣。昔張無盡游瑯琊寺，作四賢堂詩，仰二曾、王、歐之風流，欲招東坡作客，以配六一。今觀於馮公父子間，典刑人物，故知不外求而足也。刻之石以竢之。公諱若愚，字大成，舉萬曆壬辰進士。崇禎十四年十月晦日。虞山錢謙益記。

徐州建保我亭記

嘉興朱子夢弼，司教徐州，以書述徐人之言，而來告曰：「戲馬臺之左，南望雲龍山，有亭翼然，顔曰保我。徐人爲戶部分司郎中韓君作也。君之保我徐三年矣。徐方洊饑，畿南山東之流移，渡河而南，與饑民偪處。君爲食以食餓，給錢以散遣，居者行者，部分肅然。流寇謷急，南山盜尅日爲變。集保甲千人，夜據山城，盜鬨風散去。徐之民，饑不道殣，寇不內潰，君之力也。署徐淮兵道篆，不以傳遽爲解，巡雉堞，籍丁壯，設礮石，修羊馬牆，懸金以敎射手，開十石弓，引滿破的，一軍叫呼相賀。土寇孽東郊，從數十騎搜其伏，獲三酋以歸，汗淫淫被馬鞍也。礦賊袁某東犯，分撥嬰城，城外布營犄角，敗之於郝家集，斬酋三首，賊退，折抵城南五十里桃山，馬步二萬有奇，君身自督陣，敗賊於中停廟，殺二百餘人，拔營遁去。移師擊蕭寇王六魁，搗其巢，僅以身免。三戰皆大捷，賊不敢左足窺徐，君之力也。日者賊乘勝入雒，城闕煨燼，閭閻塗炭；微君，徐之不爲兩河者幾希。徐之大夫士庶，讙舞僦功，以有斯亭，婦女脱簪珥，兒童懷塼塹，咸謂我公保我之功，不可泯也。假辭以志之，庶君之名，與斯亭俱不朽，敢具以請焉。」予惟徐之爲州，自楚、漢以來爲名鎮。宋元豐中，蘇子瞻上書論其形險安危爲最切。今天下方有事，兩河間寇賊蜂起，則徐當復爲重鎮。韓君起郎署，司倉庾，無城池士馬之寄，而能以全力保徐，屹爲金湯，其功尤可尙也。傳曰：勇夫重閉。浹辰之間，而楚克其三都，無備也。夫無備則襄、雒之兩都會，以親藩節鉞守之而潰；有備則徐之一州，以郎署守之而固。然則韓君之功其可泯，而斯亭其可以不作乎？登斯亭也，西北望芒碭，劉季、朱三之枌榆猶在也；西俯白門樓，曹公之所縛呂布也；東南臨呂梁，吳明徹之所堰泗以灌徐也；又東眺泗水三城，高齊之所版築以扼陳也。落成置酒，登高賦詩，數百年英雄割據節鎮廢興之遺跡，依稀在焉。其能無慨然而思，悄然而恐矣乎！據要害，收豪傑，招利國之冶戶，籍饑寒強鷙之民，以捍大盜，蘇子瞻之建白於元豐者，舉行於今日，庶幾南北晏然，徐爲重鎮，而韓君保我之功，其有繼乎？書之以詒朱子，以復於徐之人，刻陷壁間。其不惟以旌韓之功，俾有官君子往來於斯者，咸得以覽觀焉。韓君名昭宣，字次卿，少師蒲州公之孫，以任子爲郎，能世其家者也。

錢湛如先生祠堂記

嘉善錢湛如先生既歿之十五年，博士弟子員考文而徵行，謀祀先生於學宫，相與上其事於所司。所司皆報曰可。先生之子副使繼登、諸生繼振、舉人繼章，推先生遺志，固辭學宫之祀，請於郊外絃誦釣游之地，別築祠堂，以妥先生之魂，以慰其鄉人之思。考成之日，邦君大夫，率其邑里秀民，胥會祠下，再拜奠幣，略如釋菜之儀。副使兄弟肅拜於後，莫敢適爲主禮也。禮成，既畢事，而來請文以記之。予學周禮，攷師儒之職，而知先王立教之意至深遠也。先王之世，一道德，同風俗，士之與於賓興入賢能之書而登於天府者，固已熟習於大司徒鄉三物之教，夫人而可以爲師儒矣。及其爲師氏保氏，三德六藝，不獨以教養國之貴游子弟，而邦國之民亦與被焉。其教國子也，成均之法，掌於大司樂；其以賢得民，以道得民也，九兩之繫，掌於太宰；其沒也有報焉，以爲樂祖，祭於瞽宗，則又春官宗伯之所司也。周之盛世，君道盛而師道亦統於君。及其衰也，吾夫子設教於洙、泗之間，蓋亦本師儒得民之職，而非敢以師道自貳於君也。師道之盛，昉於東漢，昌於河汾，師道盛而君道或幾乎熄矣。迨於宋，道學、儒林，分而爲二，道學盛而儒道亦幾乎熄矣。先王立教之本意，誰有明之者哉？先生之道，端粹而沖和，高明而博厚，其爲學以強學力行爲宗，其立身以孝友温恭爲凖，其教人以闇修愼靜爲的。居家而鄉人式之，居官而兆人懷之，師儒之道備矣。不聚徒黨，不立壇墠，教不出於詩、書，化不越於里塾。師儒之名遜而不居，而況於道學乎！歿而辭瞽宗之祀，先生之道，光於身後矣。斯祀也立，門人世儒，來遊來觀，於先王立教之意，其有所興起乎？師儒之道明，而儒林、道學將自二而歸於一，不獨爲俎豆之盛事而已也。武塘錢氏，自闇學、中丞、憲副三公以文學名世，羣從蔚起，昭回五色，上應慶霄，皆原本於先生。闇學之稱先生，以謂如沱、漢之發源於岷嶓，今茲之祀，其亦先河後海之義歟？記曰：「釋奠必有合。」吾喜其於祀典有合也，於是本其意以告來者。

復介石書院記

故太僕寺卿伯剛顧公在諫垣，以言事謫居庸關外，久之，得還吳，卜居大石山下，爲樓於山之麓，以祀吳公子游，而宋著作信伯王公與其始祖原魯先生祔焉，顏之曰介石書院。濟南李攀龍爲之記。樓之上有雲泉庵，庵僧司祠中香火，久而忘其故，棄三賢神主於牆角，將奄爲己有。太僕玄孫苓請於兵使者宋公，逐僧而復故祠額焉。既蕆事，而請予書之。予惟佛氏之塔廟，與吾儒之祠宇，多託於名山巨石修竹茂樾之間，各有疆理，無相越也。天池之斥墓地，使千年之古刹，化爲昆明之劫灰，吾不忍以屋廬火書之論張之。大石之修先祠，使百年之俎豆，比於甘棠之甝茇，吾不敢以捨宅布地之緣蓋之，各成其是而已矣。登斯樓也，楹桷彫焕，燈火青熒，先賢之像設，儼然在焉。已而觀太僕之締構，寒泉鏦錚，如聆其清聲，修篁擊戛，如見其直節。俛仰徬徨，有不慨然而興起者乎？後之君子，其尙相與瞻仰而引之弗替也哉！若夫吳公之後，中吳之名賢多矣，何以獨祀著作？以其地則保祐之祠，著作故在震澤之鄉校，而陽山非其所也。攀龍之記，頗推論著作所以得配子游者，其言支離傅會，非予所知也。嘉荅之志，爲記其修復如此。崇禎辛巳十一月朔日，虞山錢謙益記。

初學集卷四十二

記 二

重建青蓮寺碑

高原法師昱公自蜀之蓬溪，不遠數千里，遣其上首弟子眞禪遺書謙益曰：縣治東南一百二十里，曰天池之山，其下有青蓮寺，唐武德中玄奘大師西踰劍閣，駐錫于此。池生青蓮，寺因以名。萬曆九年，劚地得碑，知其緣起者昱也。由宋紹興以迄勝國，壞成不一。洪武十年，起其廢于灌莽之中，蔚爲寶坊者，昱之始祖趙彥淸也。成化二十六年，斥寺而新之，改建于震隅者，昱之高祖趙法淸也。萬曆四十三年，昱自南都奉大藏還，謀建閣奪奉。有善土地相宅之術者，以謂寺在山足，不若移之于頂。山陟水旋，風氣茂密，於建立爲宜。我龜爰契，人謀叶從。于是建庋經之樓，以間計者五；拓置寺之基，以畮計者若干；買飯僧之田，以畮計者若干。其捐橐庀工者，昱之弟趙文淸也。移大雄殿于經樓之前，棼橑迴帶，髹彤眩矚。觀音、韋馱兩殿，兩廡三門，庖湢階阤，繕治以次。其齊心佽助者，昱之姪趙承祥等也。寺既蕆事，念後先興復之因，與俗姓架構之力，皆不可以蕪滅，願爲我書其歲月，刊之好石，以圖永久。余爲諸生，晤昱公于海虞之破山寺，廣顙豐頤，具大人相，私心嚴事之。及覩其詮釋相宗諸典，鈎貫義學，擿抉遯隱，諸方推服，咸以爲今之教魁也。公生於劍外，長于玆山，皆奘師過化之地。斷碑泐石，閟藏已久，而湧現于千載之後。其卒能遠紹慈恩之緒，殆非偶然者。出坐道場，則軍持漉囊，塡咽講席；歸構法宇，則飛樓湧殿，示現人間。是固其行願使然，而奘師加被之力，下上千載，如屈信臂，蓋灼然不誣也。後之住山者，尚有以繼昱公之志，精研性相，了達一乘，庶幾慈恩翻譯之書，金輪鐵壁，屹峙來玆。玆寺之熾然建立者，亦比于毗盧樓閣，不隨刼而壞成也哉？予故爲之述其梗概，而系以銘。銘曰：廣漢之墟輿鬼精，蓬山涪水相帶縈。天池合沓列翠屏，池生蓮華應聖僧。聖僧往矣垂千齡，石蓂萎絕甘露零。斷碑暈蝕苔蘚青，光氣熊熊夜不扃。有大論師疏遺經，法幢再竪曲女城。神靈閟現符應徵，鬼神撝呵出青冥。陟岡遡澗宮地形，彈指平麓遷高京。千楠萬礎如雲屯，長楣反宇棲列星。右手斷取左手檠，下移兜率人天驚。伽藍如的山如莖，蘧葉駢蓋華發榮。琅函寶笈臨玉繩，風旛月鴐語鐸鈴。鼓魚更答時經行，宛如蓮華瓣中生。一華一瓣一化身，奘師應現皆圓成。蓮華鬱郁池水清，奘師授記如親承。玉華翻譯常光明，寶華樓閣無虧盈。我作銘詩唱一音，誓願歷刼續慧燈。南山青石比玉貞，磨以爲碑刻斯銘。

龍樹庵記

儒者文文起、姚孟長，吾郡之巋然者也。顧好從浮圖廣傳者游。傳，太倉州沈氏子，學儒不成，去學賈，又不成，遂好學浮圖法，參雪浪、雲棲諸大和尚，棲止郡之華山寺。鳩集淨侶，繙閱大藏，披攘經營，若庀其家。未幾，華山有壞地之訟，僧徒驚怖欲散去，傳告哀于佛，去氏削髮，誓以死殉。凡三載，訟稍息，乃去而游虎林、天目諸山，飯僧行脚，執行堅苦。歸休于墓田丙舍，結廬以居，因斥之以事佛，齊衆所謂龍樹庵者也。吾觀佛之徒，其爲說，以謂山河大地，一切如幻。而其身之所寄，瓦盂錫杖，一飯一宿，卽五山十刹，亦比之于逆旅傳遞而已。然其人往往以塔廟爲國土，以伽藍爲金湯，而效死以守之，身可殺而不可奪，若傳者何其固也？今之爲卿大夫者，身受國家疆圉之寄，而不難以戎索與虜。一旦喪師失地，日蹙國百里，拱手瞪目，彼此相顧視，所謂敗則死之，危則亡之者，其於浮圖何如也？夫浮圖之塔廟被四海，未嘗耑責任于一人，又非有高爵醲賞勸誘于前，嚴刑殊死警戒于後也。而浮圖之效死以衞塔廟者時有，而卿大夫視疆圉之事若弈棋然。豈佛能以禍福語傾天下，而國家之賞罰，顧不足狥與？抑亦佛之徒棄氏毀服，祝除髮毛，無妻子身名之紲羈，故其志桀然得信，而未可以責諸卿大夫與？嗚呼！此之不能而彼能焉，而又疾其能焉，而思以蓋之，曰彼浮屠也，彼之效死以居者，固慬而免于吾之盧者也。一旦有事，上不能謀，士弗能死，委而去之，國家之疆圉，曾不得比于浮圖之塔廟，而不以爲恥也。文起、孟長，儒者也，不斥浮圖而與之游也宜。傳治龍樹菴既成，文起以書屬余曰：菴未有記，傳具石請記，子其勿辭。余爲之記曰：庵在吳城西白蓮涇南，右折半里許，老樹拒門，如虬龍攫拏，因以名庵。搆十方堂以養老病，畜池水以放生，立普門塔以厝闍維四衆，而文起書金剛經刻于塔上。經始于萬曆某年，凡若干年，以潰于成。是爲記。

瑞光寺興造記

余十五六時，從吾先君之吳門，則主瑞光寺僧藍園遠公。迄今三十餘年，先君停舟解裝與遠公逢迎笑言之狀，顯顯然在心目間，每過寺門，輒泫然回車，不忍入也。遠公居寺之後禪院，每令一小沙彌導余游廢寺，殿堂蕭然，塔下榛蕪，不辨甓墄，廊廡漏穿，敗甓朽木，與像設相撑柱，有聲拉拉然。相與顧視促步以反。余每思之，如宿昔之噩夢，尚爲心悸。又思此寺久已頹圮，不知今日又何如也？崇禎辛未，友人張異度以復寺來告曰：「寺僧竺璠實主之。」已而璠過余曰：「公知我乎？卽遠公院中小沙彌也。公于此寺有宿緣，幸爲我記之。」嗟乎！璠爲小沙彌導余游寺時，其長與案上下耳。今乃能夙夜經營，還寺舊觀，其所成就不苟如此。余稍長于璠，束髮登朝，值兵興多壘之日，浮湛罪廢，一無以自效，其視璠爲可愧也。雖然，璠之主斯寺，二十年所矣。二十年之中，相之拜者幾人？將之遣者幾人？督撫大吏易置者幾人？當其築堤推轂，富貴烜赫，視夫祝髮壞服、麻鞋露肘之徒，不啻一毫毛，然其卒能無愧之者幾人也？蓋嘗論之，浮屠之爲其塔廟，猶士大夫之謀人軍師國邑也。浮屠以其塔廟爲己，而不以其塔廟爲己之塔廟。以其塔廟爲己，故捍護之不啻頭目，而庀治之不惜腦髓；不以其塔廟爲己之塔廟，故一錢之入，不私其囊篋，畢世之計，不及其子孫。二者士大夫所遠不及也，斯所以愧與？報應因果之説，儒者所不道。然吾觀富貴烜赫者，未幾而囊金櫝帛，棄擲道路，遺胔腐骨，狼籍烏鳶，視浮屠之四衆瞻仰，粥魚齋鼓，安隱高閒者，所得孰多？嗚呼！士大夫之于浮屠，不獨思愧也，豈亦可以知懼矣乎？以璠之賢，能勞身捐軀以爲其塔廟，其有取于余言也，豈徒欲以夸大其能事邪？予故推廣其意，以告於世之君子。而予既無用于世，粥魚齋鼓之間，他日將從璠而老，姑書是以志余之愧焉。寺建於吳赤烏，其興廢載在郡志。璠之興造，經始于萬曆某年，天啓甲子造七佛閣於佛殿之北，崇禎己巳修天寧塔，凡若干級，募飯僧田若干畝。寒灰奇公自楚來駐錫，而崑山王在公孟夙以宰官入道，皆叻璠唱緣，克有終始。崇禎壬申五月，常熟錢某爲之記。

杭州黃鶴山重建永慶寺記

杭州府治之東北六十五里，有山曰黃鶴，高百餘丈，與皋亭山離立，而俗呼爲皋亭之黃鶴峯，以兩山皆從天目蜿蟺東來，嶧而非屬故也。山之陰有佛日寺，宋明教嵩禪師卓錫之所。安隱一濂愼公謀於祭酒馮公夢禎，圖興復之不果，乃得永慶寺故址于山之陽。永慶寺者，唐清泰二年創自吳越，名湧泉院。宋建炎中重建，賜今額。其後以元兵燬，而愼公行求得之，遂以興復爲己任。里人郎珮、鄭鶴買地構禪堂五間，僧如艮、廣德、廣斌等裒衣盂之羨，建佛殿五間。而眞寂院聞谷印公以雲棲大弟子激揚別傳之指，愼公敦請莅焉。不起於座而道風演迤，緇素坌集。愼公厭世而去，其徒衆遵遺命，以院爲十方，不用甲乙次相授；請一江湘公主之。而大麓等力爲佽助，于是彌勒前殿，兩廡僧寮，次第告成。印公與慧文製公，相與經畫，寺之軌範始定。禪堂以棲衆縛禪，佛殿以結侶念佛。限以崇墉，繚以修廊。佛聲浩浩，則樂邦湧現；禪版肅然，則祖燈輝映。雖五山十剎，號選佛之場者，其清嚴精進，未有逾此者也。王子宇春，與諸上人共襄斯舉，歸而述其意，徵余文以記之。嗟乎！禪與淨土，開遮歷然，唯以一事，攷諸近代，楚石，禪門尊宿也，而有西齋淨土之咏；雲棲，念佛導師也，而有闡闢策進之編。未嘗不水乳相合也。世之學者，妄生分別，或相爲鬭諍，或曲爲調人，倀倀然莫知所適從久矣。印公有憂之，既唱單提之宗，而復顯雙修之範。以其締構言之，前殿後堂，規矩重疊，出自一門，示門庭之不可離而二也。周垣夾廊，鐘魚交互，邈不相及，示旅途之不可混而一也。借事以顯理，因權而著實，亦可謂深切著明也矣。寺之事甫竣，印公飄然遠去，使人想見其高風于屬山湧泉之間。而濂公、湘公，宿德巋然，後先擔荷，皆末法中所希有者。余故樂爲之記，詳其興復之因，庶來者得以考焉。若夫印公輩行願機緣，默相感召，盡未來際，必有龍泉蹴踏，相繼爲人天眼目者，固不係于樓閣之成壞，而亦非區區世諦文字可得而記也。寺今名龍居庵，亦曰永慶禪院，予從其舊稱永慶寺云。

武林重修報國院記

先是紹覺法師居土橋之蓮居庵，四方學徒麕至，往往擔簦裹飯，僦邑屋以居。仁慈慧公聽講之暇，喟然嘆曰："武林故都會之地，方袍圓頂之流，渡濤江，越南海者，軍持漉囊，往來如織，顧不得一茅蓋頭，風餐露宿，憧憧爲旅人窮子，豈吾儕出世爲人之能事乎？"宋紹興間，故有報國院，介清泰、慶春兩門之間，其遺址去蓮居數里而近，遂發願修復，以爲接衆之地。湛然禪師爲文唱導，諸方響應，淨財雲湧。逾年，佛殿禪堂告成。又三年，桑園菜畦，飯僧之田，養老之室，無不以次庀治。是役也，不煩鼛鼓，不飾竿牘，僧衆佽助者什九，而善信布施者什一。慧公曰：「吾藉諸佛之力，仗十方之緣，以有斯院也。久之環而自私，長子孫而營利養焉，其可乎？吾聞之，佛法付囑國王大臣，吾得宰官之外護者，爲文證明之，以垂於久遠，其可以無患？」于是介嚴子印持款門以請于余。余方有母之喪，逡巡久之。則使其徒曰圓福者，徒步搏顙，祈必得余文乃去。而嚴子助之請益力。余乃執筆以記之，而復於慧公曰：嗚呼！雲棲逝而淨業微，紹覺亡而講席熸，魔外交作，而盲禪盛行，未有盛於此時者也。子之作是院也，緣起於紹覺，而淵源于雲棲，其因地不可謂不正矣。其在今日，盍亦思以扶其衰而稽其敝乎？今之禪，非禪也，公案而已矣，棒喝而已矣。河東之論密公曰：禪者，六度之一耳，何能總諸法哉？本非法，不可以法說；本非教，不可以教傳；豈可以軌迹而尋哉？以禪門言之，應微笑而微笑，應面壁而面壁，應棒喝而棒喝，皆所謂非法非教，不可軌迹尋者也。今也隨方比擬，逢人演說。上堂示衆，譬優人之登場，禮拜印可，類侲童之劇戲。貧子數他家之寶，愚人求刻舟之劍。是不可爲一笑乎？東山法門，本無棒喝。五花開後，互顯機權。老僧無法，藉黃葉以止啼；童子何知，效俱胝而斷指。況乎聾瞽交唱，狂易相尊。揚眉瞬目，眨眼宗師；竪拂拈椎，滿前大慧。豈獨戲論未止，抑亦妄語既成。是可不爲之悲愍乎？彼所競相誇詡者，曰徒黨之衆也，聲聞之廣也，利養之厚也。夫日中一餐，桑下一宿，比丘之訓也；架大屋，養閑漢，古德之所訶也。以荷澤之顯發宗風，弘濟國難，知道者猶以固己損法爲譏，而況於他乎？彼之所趨，我之所禁，有識者視之如師子蟲，如大火聚可也。其又可褰裳而從之乎？然則將如之何？曰：寧守淨，無趣禪。寧守雲棲之眞淨，無趨今日之僞禪。寧灰心挫名，種淨因於來刼；無吠聲逐響，斷慧命于多生。吾所謂扶其衰而稽其敝者，其在斯乎？爲僧徒者，守正法不染邪法；爲宰官者，護正法不護邪法。斯不負如來付囑之意，而金湯外護之名，亦可以無愧矣乎？余之爲末法懼久矣，因慧公之請，而直舉以告之。雖然，不獨爲慧公告而已也。院之創始，在天啓元年，其落成則天啓三年。又十二年爲崇禎七年，予爲之記。嘉議大夫禮部右侍郎兼翰林院侍讀學士協理詹事府事常熟錢謙益記。

資慶院重修記

武林之塘棲，有僧院曰資慶。創自宋建炎間，至國朝，凡再燬，頽垣斷礎，僅存菅棘中。沙門圓公居之，六時禮誦，與饑鼪窮鼯，嘯呼應和。閭右之族，知其有道也，驩然相之，剗朽翦穢，庀材僦工。萬曆二十年，茶亭成；又四年，禪堂成。圓公曰：「吾藉淨信之力以有此，此之謂多矣，終不能持鈴柝，飾竿牘，如市賈之相求，以大吾廬。」庶吉士胡君休復，塘棲里人也，聞其風而說之，爲唱導于里中。高門懸薄，讙舞赴功。某年，大雄殿及大士殿成；又某年，放生池、普同塔次第畢舉。方伯桐城吳公，揭以資慶院故額，靚深完好，視昔有加焉。塘棲爲武林周道，列肆犬牙，牙籌錯互。流塵眯目，市囂聒耳。而茲院獨巋然其中，擊磬鼓鐘，肅清晨而警中夜，見聞隨喜，灑然有清涼火宅之思。至于旅人道長，長年水宿，流汗交跖，耶許入夢，而忽焉鐘魚互答，經聲梵唄，激颺悲厲于燈炧月落之時，如沸乍沃，如熱得濯，擁襆欹枕，欷歔而煩醒者，固不知其幾人也！茲院之建，其視深山空谷，徒爲幽棲閉止之地者，其利益不既多乎？然圓公不以榮名利養爲事，辛勤四十年，如一彈指，而院卒告成。則其締構之誠，與休復佽助之力，均不可誣也。當圓公經始時，一缾一鉢，休復實與被其艱。已而休復現宰官身，奄忽摧謝。入斯院也，粥鼓凄涼，禪燈黯淡，亦必有俛仰今昔，愾然三嘆者矣！自今以往，夜壑已移，朝榮頻謝。而茲院之火傳燈續，久而逾衍。千百年而後，又不有因茲而問其經始，憑弔休復于荒墳宿草之餘者乎？由此言之，世間成住壞空，未有不相待而成，而樓閣莊嚴，幻出于四十年間者，殆亦猶夫榮名利養之不可以爲常也。其亦可以感而悟矣！圓公介卓子去病走其徒虞山中，謁余請記。去病蓋與休復共興復茲院者，二子者皆吾友也。余爲之書其事，以復去病，使買石刻之，相爲感歎焉！時萬曆丁巳之夏六月也。

徑山種樹記

徑山爲天目東北峰，伽藍在山冢五峰之間，凡有興作，取材於千里之外。凌大江，冒雙溪，歷洪流暴漲，然後逆坂而上，緣絙邪許，十里百折，卒徒顛踣，木石騰藉。是故寺不久輒廢，廢而難復以興也。聞谷禪師印公語其徒某曰：「盍買山而樹之？樹可材也，百年之內，其可以掄材於山矣乎！」于是買山若干畝，樹松杉若干株，循直嶺以至三門又若干株，刻其券而三之，以爲之守禁。而又曰：是不可以不志也，使某書之於石。詩有之：樹之榛栗，椅桐梓漆，爰伐琴瑟。此古之邦君建侯營室者之所有事也。印公，學佛之人也，乃能計久遠如是。世之君子，慮及于浹歲者亦寡矣，豈或百年？嗚呼！浮圖之昌其教宜矣。其訓于有官君子，不尤深切哉？夫以印公之願力，後五百年，茲山之飛樓湧殿，當有如蘇子瞻之詩，予之言何足以云也。使世之君子，過而眡之，則以予言爲厲已而已矣。天啓四年八月記。

初學集卷四十三

記　三

重修素心堂記

吴江張益之先生，余之先友也。余兒時，聞諸先夫子，益之世居越來溪，其父靜孝先生，爲堂於溪上，名之曰素心。堂構堅好，喬木翳然。其傍有僞吴張士信廳事。益之家中落，堂已更主。語罷輒爲憮然。崇禎六年，余訪益之之子孟舒于溪上，登其堂，即所謂素心者，孟舒已復而居之，加塗墍焉。問士信之廳事，老屋巋然，負扆猶在。相與緩步絮語，感先夫子之游跡，慨然太息不忍去。越翼日之無錫，過華學士東亭故宅，俗所推甲第者，前堂軒敞壯麗，呑若素心者八九於其胸中，其樸雅閒靚，殆弗如也。飛樓突廈，層臺砥室，網戶刻桷，所在而是。然赤白漫漶，板腐而甎缺，亦間有之，不若越溪之居完且美也。又爲之慨然太息，以爲奉誠之園，平泉之莊，唐人所俛仰咏嘆，不可勝紀。王侯卿相百年之後，裔孫克守舊第，若魏國之永興坊者，蓋亦罕矣。魯人美僖公之復宇，晉臣頌文子之成室。張氏之有孟舒，豈非誠賢子孫而經史之所亟稱也與？問以語異度，異度曰：「噫！吾兄之復是也則難矣。吾兄頻年以來，身無兼衣，食不重味，匪朝伊夕，拮据捋茶者，爲此堂也。修祖墓，刊家集，收族而洽親者，爲此堂也。修身矯思，刑妻孥，化僮僕，薰鄉里而善良，所以居此堂也。吾兄年七十矣，以先人之故，徼惠于吾子，記此堂之復，以代生辰爲壽之詞，不亦可乎？」余曰善，遂書之，而余方營先墓於拂水，築丙舍墓之西偏。美是堂之制，命工圖以來，視其棟宇而構焉。他日堂成，亦將屬異度爲之記。崇禎九年正月記。

頤志堂記

河南陸羣圭氏家於虞山之下，傍山臨池爲堂，以讀書其中，名之曰頤志，取其家士衡之賦，所謂「佇中區以玄覽，頤情志於典墳」也。堂既成，而橫經籍書，俯仰誦讀者，蓋有年矣。今年謁余而請使記其名堂之意。夫斯堂也，以讀書而名也。讀書之法無他，要以考信古人，箴砭俗學而已。進學解，韓退之所讀之書也。答韋中立書，柳子厚所讀之書也。古之學者，自童丱之始，十三經之文，畫以歲月，期于默記。又推之於遷、固、范曄之書，基本既立，而後偏觀歷代之史，參于秦、漢以來之子書，古今譔定之集錄，猶舟之有柁，而後可以涉川也，猶稱之有衡，而後可以辨物也。今之學者，陳腐于理學，膚陋于應舉，汩沒錮蔽於近代之漢文唐詩。當古學三變之後，茫然不知經經緯史之學，何處下手。繇是而之焉，譬之駕無舵之舟以適大海，挾無衡之稱以游五都，求其利涉而稱平也，不已難乎？俗學之敝，莫甚於今日。須溪之點定，卓吾之删割，使人傭耳剽目，不見古書之大全，三十年於此矣。於今聞人弱儒，敢於執丹鉛之筆，詆訶聖賢，擊排經傳，儼然以通經學古自命。學者如中風狂走，靡然而從之。嗟乎！胥天下而不通經不學古，病雖劇，猶可以藥石攻也。胥天下而自命通經學古，如今人之爲，其病爲狂易喪心，和、扁望而却走矣。揚子不云乎：人各是其所是而非其所非，將誰使正之？陸子之嗜學，若是其專且勤也，亦思其所以正之而已矣。經經而緯史，繇韓、柳所讀之書以進於古人，俾後之學者，涉焉而以爲舵，稱焉而以爲衡。名堂之意，庶有當乎？余雖老而失學，他日猶能負書挾册，登斯堂而問焉。姑書是言以先之。崇禎九年正月記。

蓼菴記

太倉曹子忍生痛其父母之蚤世而不及養也，又自傷其長而不遇，無以慰其親於地下也，讀詩至蓼莪，輒爲廢書泣下。文宮洗文起大書蓼菴二字以貽之，曹子顔于其讀書之屋，而請余爲之記。吾聞諸夫子：孝始於事親，中於事君，終於立身。此卿大夫與士之孝，而人子之所當有事也。若夫蓼莪之孝子，致恨於失養，而以爲鮮民之生不如死，此所謂庶人之孝也。曹子宜何居焉？蓼莪之詩，說詩者以爲刺幽王也，其詩蓋麗於谷風之什，而北山之獨賢，小明之悔仕，怨嗟並作，蓋莫甚于此時。今聖天子在上，惟皇建極，陰陽和而萬物理，鹿鳴以下之詩並興，而南陔、白華亦皆比笙歌而奏於堂下。居今之世，而悲憂窮蹇，退而稱蓼莪之詩，吾竊悲曹子之志而惜其不遇也。雖然，曹子則可謂孝矣。古之人戒其君求賢而用吉士，必曰有孝有德，又曰如圭如璋，令聞令望。宣王之在內者，推張仲孝友。而蕭望之謂張敞材輕，非師傅之器，亦此志也。曹子志氣卓犖，議論天下事，滾滾如貫珠。顧其夙夜刻勵，有終身之慕若此。其將進而爲珪璋孝德之士，奮庸於休明之世，以矢來游來歌之盛事乎？吾知其不徒爲蓼莪之孝子而足也。聊書之以廣曹子之意。崇禎四年六月記。

聊且園記

侍御萊蕪李君雍時謁余而請曰：「余爲園于城之北隅，其中亭之曰可以，槐柏翳如，花竹分列，鑿沼矢魚，蹲石陰松，此余之所茇也。其東亭之曰學稼，植以梨棗，雜以柿杏，亭之後除地築場，誅茅爲屋，溝塍迮錯，雞犬識路，此余之所作勞也。其西亭之曰學圃，樹桑成陰，蔬得以避暍，渫井爲池，土得以滋墳，榮木周遭，瓜果狠籍，此余之所食也。折而南，其中有齋曰則喜，夾窗助明，琴書搘柱，余之所抱膝而深居也。梅樹盤紆，編爲虎落，叢生蔓延，香霧雜遝，樹之眉曰梅花深處，東樹桃李，西樹杏，交亞蔽虧，爲梅外藩，以明余之比于梅也。其北則老樹攫拏，茂林晻靄，三徑未絕，窅如深山；又折而西北，地勢忽瀉，淸池呀然，長林覆之，若眉著面，桃李緣堤，蓮藕盈池，無時不花，靡夕不月，余之所行吟而觴詠也。合而名之曰聊且園。子其爲我記之。」余惟侍御荷槖簪筆，供奉赤墀，今且巡行雲中、上谷間，宣威種落，一丘一壑，豈其所有事乎？東夷不靖，浹辰而克我河東，士大夫之辱，不止于四郊之多壘也，又何燕游之足云乎？侍御之名園曰聊且。聊且之爲言，苟然而已之辭也。今之苟然者多矣，苟然于廟堂而國論壞，苟然于疆圉而戎索壞。侍御之所謂苟然者，園亭燕游之事而已。其所告誡于世者，不已多乎？若以附于止足之義，如公子荆所云，其於聊且之云，固不相背，要亦所謂同枕而異夢者，何足以發侍御之指哉？侍御僇力王家，爲天子復河東故地，正侈夷之誅，使吾輩得握三寸管，爲太平之幸人。他日幅巾杖屨，訪侍御東海之濱，坐斯園而訪陳跡，以余知言者也，其樂爲何如？天啓元年四月初五日記。

保硯齋記

保硯齋者，戈子莊樂奉其先人文甫所藏唐式端研以詒其子棠而以名其齋也。戈子擕其子過余山中，薰沐肅拜，而請爲之記。夫天下之物，人苟愛而玩之，未有不思詒其子孫者也。金谷之池臺，平泉之花木，集古之金石，悅生之書畫彝鼎，非王公大人不能有，非世爲王公大人不能守也。若夫硯，則華門竹屋可以藏弆也，破窗損几可以鋪陳也，韋布之儒生、兔園之書册可以爲伴侶也，匹夫孺子可懷袌而藏也，可提挈而走也。是故天下玩好之物，多不能傳之再世，而保硯爲易。雖然，硯之爲用大矣，九經之文字出焉，天地之情物生焉。傭工記名姓，小儒箋蟲魚，其于硯也，猶無與也。貪夫用以把算子，酷吏用以書獄辭，或媢權而飛章，或乞哀而書表，其爲硯之辱，終古不能浣也。必也窮經而好古，澡身而洗心，以磨礱比德焉，以介石比貞焉，其不爲硯辱也，斯爲能保硯者乎？是故凡玩好之物易于保有，而保硯爲尤難。戈子之以保硯名齋也，其將保其易者乎？抑將保其難者乎？文甫之父子，安貧矯志，不失素風，其能保斯硯以詒後人也，亦必有道矣。吾邑繆侃仲素，嘗得述古圓硯，旁刻西園雅集圖，出米元章、李伯麟之手，遂以述古名其堂，而黄文獻公爲之記。迄今三百餘年，仲素之硯，未知猶在人間否？而其堂之遺址，亦無從問諸荒煙野草之間，獨文獻之文在耳。繇此言之，保斯硯以詒子孫，固不若求所以保斯硯者之爲可久也。戈子以此勗其子可矣。遂書之以爲記。崇禎庚辰中秋記。

常熟縣教諭武進白君遺愛記

古之學者，必有師承。顓門服習，緜經術以達于世務，畫丘溝涂，各有所指授而不亂。自漢、唐以降，莫不皆然。勝國之季，浙河東有三大儒，曰黄文獻溍、柳待制貫、吴山長萊，以其學授于金華宋文獻公。以故金華之學，閎中肆外，獨盛于國初。金華既没，勝國儒者之學，遂無傳焉。嘉靖中，荆川唐先生起于毘陵，旁搜遠紹，其書滿家。自經史古今，以至于禮樂兵刑陰陽律曆勾股測望，無所不貫穿。荆川之指要，雖與金華稍異，其講求實學，緜經術以達于世務則一也。世之爲科舉進士之業者，以帖括誦法荆川，爲應舉之資而已。而鈎章棘句之徒，又從而訾謷之。荆川之集，已東之高閣不觀，而況荆川以上者乎？勝國諸君子，且不能舉其氏名，又況于師友淵源之際乎？教學相沿，倀倀然徒以苟且尺寸豪末爲意，而古聖賢之書，帝王之制度，欲其先著于胸中，如虞文靖之所稱于蜀學者，其可幾乎？自余里居以來，士友之下問者，未嘗不諄復告之。而俗學之蠱晦已久，余之力固不足以表襮墜緒，障百川而東之也。萬曆癸丑，毘陵白君紹光以進士乙榜署常熟學教諭，疏穢訂頑，緝文厲行，立五經社分曹課試，四方名士，翕然來從。君與禮部侍郎孫公，皆荆川先生之外孫，流風遺書，浸漬演迤，入學鼓篋，一皆舉荆川之學而措之，故其學安而道尊，粲然有文如此也。君既擢興安縣知縣，諸弟子員件繫其學政，相率踵門，願刻文于石，以示遠久。余惟白君之師道立矣，諸弟子之親其師也，可謂勞矣。雖然，先王之祭川，先河而後海。稱人之善，未有不本其父師者也。鄉人士之淑艾于白君者，皆荆川之遺也，其可以無述乎？因白君之敎，而推本荆川之學，或源或委，發其遺書而讀之，其人猶可作也。自勝國以泝漢、唐，其師承指授，如捧手而相詔也。夫如是，則吾鄉之士，必有滌訓詁辭聲之陋，出而有聞于當世者。而白君之敎，衣被于是邦者，豈有旣乎！記有之：善歌者使人繼其聲，善敎者使人繼其志。夫推本荆川之學以敎邑之子弟，白君之志也。余爲斯記，陷置壁間。鄉人士來游來觀，因余之言，開發頭角，庶有以繼白君之志而衍其敎思也哉！己未正月廿八日記。

儀孟劉母銘旌記

萬曆四十五年六月，劉母王氏夫人卒于其子永基宜興之官寢。宜興之民三日哭罷市，其大夫士聚而銘其旌曰：儀孟劉母之柩。按禮，爲銘各以其物，書曰某氏某之柩。男子稱名，婦人書姓與伯仲。稱儀孟劉母者何？别劉母也。明旌之有銘也，以死者爲不可别，而以其旗識之。識之者，别之也。稱儀孟以别劉母，古之道也。劉母之爲儀孟奈何？劉母之爲婦也，劉氏家中圮，母女事絕巧，紉箴所出，上奉尊章，外應賓客，下庀二叔，履綦若指囷廩，繶約暴練，兼屨人染人之能，嘗手自湅帛，力癉壺澤器旁，移時乃甦，猶強起事揮盞也。宗人鄉老咸曰：「精五飦，羃酒漿，縫衣裳，孟母之教也，是善爲人婦。」劉母之爲母也，告夫子曰：「孺子長矣，盍令負笈出遊，踐桑弧蓬矢之志乎？」跪塙于庭，具羞服而遣之。已遣永基如塙，已又遣垸如永基。三子者遂皆以尊師取友，有聞望于時。塙游燕，母命之曰：「男子墮地有師，女子獨無師。女道嶧山，爲我奠棗修于孟母，所以志也。」塙謁孟子廟，見石刻畫像，長跪母前，大慟而起，爲文以記其事。四方之人咸曰：「學以成名，問則廣知，孟母之志也，是善爲人母。」永基舉進士，知常州之宜興縣，母居官寢，告戒僕媵，禁䟃呼歎嗚於梱中。永基出捕蝗，母宿治葅膊，旬日而後反，門闔封識宛然。官舍有二桑，繰絲得十餘兩，喜謂家人曰：「今歲幸不以授衣累宜興矣。」卒之日，民巷哭者如喪考妣。而大夫士遂以其旌銘之，君子以爲允。蓋徵諸劉母之爲人婦爲人母者，而又原本其所以師事孟母之意，沒身而已者也。故曰稱儀孟劉母者，別劉母也。雖然，有是母，斯有是子矣。孟母之爲母師，視公父文伯、田稷子之母加著焉，以孟子爲之子也。別劉母者，亦以別劉母之子也。置銘于重于殯，士喪禮之僅存者也，可以觀禮焉。婦人無謚，然大夫士羣聚而銘，有審謚于朝之義焉。數其銘辭，六言而已。既別其母，又以別其子。志而婉，微而昭，有春秋之遺法焉。謙益未第時，與塙、永基定交。二子者之與謙益友也，歸以告于其母。謙益習知母儀法，闚銘旌之舉，考于大夫士之辭，以爲其可以傳也，遂刻石而爲之記。

天台泐法師靈異記

天台泐法師者何？慈月宫陳夫人也。夫人而泐師者何？夫人陳氏之女，殁墮鬼神道，不昧宿因，以台事示現，而馮於乩以告也。乩之言曰：「余吴門歆馬里陳氏女也。年十七，從母之横塘橋，上有紫衫紗帽者，執如意以招之，歸而病卒，泰昌改元庚申之臘也。其歸神之地曰上方，侯曰永寧，宫曰慈月。其職司則總理東南諸路，如古節鎮，病則以藥，鬼則以符，祈年逐厲，懺罪度冥，則以箋以表。以天啓丁卯五月，降於金氏之乩，今九年矣。」問其宿因，則曰：「故天台之弟子智朗墮女人身，生於王宫，以業緣故，轉墮神道，以神道故，得通宿命，再受本師記莂，俾以鬼神身説法也。」問本師記莂云何？則曰：「大師以宿昔因緣，親降慈月宫，爲諸神設法。吴人尙鬼好殺，故現鬼道救殺業，善巧方便，漸次接引，歸於台事而已。」其示現以十二年爲期，後四年而大顯，時節因緣，皆大師所指授也。乩所馮者金生采，相與信受奉行者戴生、顧生、魏生，皆於台有宿因者也。或問於錢子曰：「慈月之事，子以爲信乎？誣乎？」余曰：「信也。如來拳拳付囑，惟此正法。正法衰熄，魔外盛行，未有甚於此時者也。當此時，闡揚台事，大明如來一期教之扃鐍，譬則破昏夜以月燈，開盲人以眼目，諸佛菩薩所共護念證明，誰得而非之？今之禪病深矣，魔民登師子之坐，厮養踞大慧之席，盲拳瞎棒，欺天罔人，信法門之師子蟲也。慈月以人天眼，具正知見，汲汲然以教藥療禪病，人知其闡教者所以顯教，而不知其療禪者正所以護禪也。菩薩於疾病世作大醫王，慈月示現，亦復如是。我輩生人道中，不能護持末法，而以聽於鬼神，將慚愧讚嘆之不暇，而矧有後言耶？至其妙達三乘，博通外典。微詞奧義，盡般若之筌蹏；綺句名章，總伽陀之鼓吹。紫微、右英諸眞，與楊、許相酬問者，猶不敢窺其藩落，而況神君、紫姑之流乎？故曰信也。」或曰：「爲台事示現，是矣。其兼言禍福，奈何？」曰：「師固言之矣。每見山林塚廟，邪祀鬼神，厭人血肉，心竊痛恨，故多以符方療疾。冥冊之中，殺業第一，故黽勉相勸也。今因病之驗，而漸且求財求子求壽求功名，以一神之力，而敢侵朝廷之權，何不理之尤也？夫慈月所急者，台事也，而世人所急者，貪生畏死與榮名富厚也。兩相急而兩相求，不得不聊且應之，故曰先以欲鈎牽，後令入佛智。今慈月急世人之所急，而世人不求慈月之所求，求而不相得，則怨與謗從之矣。衆生在五濁世中，三毒競興，十纏爭發。以慈月之慈而不能供其求也，雖千佛出世，其求彌甚；以慈月之慈而不能弭其謗也，雖千佛出世，其謗彌甚。雖慈月其若之何哉？」或曰：「朗爲天台高足弟子，末後親受囑累，何以墮落乃爾？」曰：「師資云逝，善友淪亡，剎那遷謝，豈能自保。無始以來，惡業纏蓋，放逸比丘，墮牛豬狗猴各五百身。憍梵鉢提已得阿羅漢道，反作牛齝，而何疑於朗耶？自女人身轉落鬼道，如離弦之箭，彌去彌遠。然在鬼道中得知宿命，展轉牽率，不昧宿因，所謂如塞翁失馬是也。亦以戒力熏習，善緣純熟，譬如蹴踘，著地旋起。佛言出家人雖破戒墮罪，罪畢解脫，如優鉢羅華。以慈月之事觀之，則知多生戒力，如鎔金入泥，終不銷亡，久而益瑩。既可以爲退墮鞭後，亦可以爲勇猛策進者也。」或曰：「淫昏之鬼，不在祀典。慈月之歸神於此奈何？」曰：「鬼神之受報不同，其有威德者，或住山谷，或住空中，各有宮殿，冠華鬘，著天衣，食甘美，形容端正，無異諸天。上方之神，殆所謂有威德者也。其生前必有利益於生人，貪淫著業，受此福報，不知以何因緣，因依慈月，與被法力，此其宿因亦不薄矣。安得以世眼量之？嶽神之受戒，閻羅之聽講，歸依正法，載在傳記。四生六道，皆可修行。天龍夜叉，並護佛法。何獨於鬼神而靳之乎？菩薩以願力故，天龍鬼神等及諸外道邪見，悉生其中，爲其導首，廣爲宣化。慈月之墮鬼道，安知非乘宿昔願力，生趣異類，調伏衆生？卽鬼神中，亦豈無以權方便留感示現者？則鬼神之身爲業報，爲應化，且未可臆斷，而況於慈月乎？」或曰：「智者之入滅久矣，慈月之說法，將使誰證之？」曰：「佛以大衣付大迦葉，以無上法付大阿羅漢，皆不令滅度也。大師滅後，六降山寺，一還佛壟，振錫披衣，有如平日。以往時案行安隱之言，較今日付囑流通之旨，常寂光中如屈伸臂耳。子能知一心三觀之義，則十身佛刹微塵數修多羅，如懸帝網，尙何疑於慈月之今昔與大師之去住哉？」乩告我曰：「明公爲我作傳以耀於世，亦道人習氣未除也。」余曰：「唯！唯！」作天台泐法師靈異記。

岳忠武王畫像記

里中蕭生，故觀察公之諸孫也。嘗夢之武林，拜宋太師鄂國忠武王廟下，王延入坐，而語之曰：「邊事旁午，不遑啓處。吾比年有事北方，甫歸又趣駕去矣。」顧視其左右，介士嚴裝將發，金戈鐵馬，鏦錚作聲。淟然流汗而覺，崇禎改元之十二月也。越一年，而有遵化之事，生占斯夢，以爲信而有徵。命畫工繪王像，夙夜醻盥事之，而屬余記其事。自昔言夢者，皆本于周官之六夢，生之夢何居？曰：是所謂正夢也。寧、錦解圍以來，羣酋竄伏。舉世之人，皆置奴于度外。生何思焉？又何寤焉？筐篋几席之間，噩而夢，喜且懼而夢，于王事乎何有？故曰正夢也。聖朝役使百靈，羣神羣祀，名山大川，靡不爲天子守護社稷，訶禁不祥。獨王有事焉者何？曰：惟忠武王僇力中夏，誓滅金虜。佟奴以王杲餘孽，冒金源之後，啓疆犯順。忠武有靈，其能貰諸？左雲而右憲，陣背鬼而刃麻扎，生不克直擣黃龍飲匈奴之血，沒而佐佑聖朝，刲羣酋爲膾脯，俾無遺種，不惟陰敵我王愾，王亦可以逞厥志焉。王之有事于北方者此也。日者蘆溝之役，戕我大帥，殲我全師，去都城僅三舍耳。我不發一矣，奴逡巡顧視，銜尾引去。雖聖天子威靈燀赫，蓋亦鬼神相助之力焉。今之游魂餘息，出沒遼、永間，安知非王陽施陰闔，假之絛鏇而制其死命耶？然則斯夢也，何以獨告于生？詩不云乎：牧人乃夢。曹人之夢衆君子謀曹也，非有列于朝者也。周官占夢，季冬聘王夢及其獻吉夢于王，王拜而受之。生之夢可謂吉矣。盍齋祓走三千里，以斯夢獻于天子？天子將訊諸宗伯，舉周官拜受之典。余亦宗伯之屬也，記其事以徵焉。

初學集卷四十四

記四

重修維揚書院記

維揚有書院，作爲講堂學舍，延道德博聞之儒，摳衣升堂，昌明孔、孟之道。而鄉人子弟，相與羣萃州處，以爲講肄之地，其來爲舊矣。萬曆中御史中州彭君來視鹽政，閔其蕪廢，修而作之，祀董仲舒以後諸賢于其中。高館曾樓，弘壯靚深，故御史大夫鄒忠介公爲之記。久之復廢，後鹽使者泰和楊君慨然歎曰：「豈可使講德之堂，夷而爲長亭廚傳乎？」按其舊而新之，正其名曰維揚書院，以書屬余曰：願有記以繼忠介之後。日者講學之禁嘗嚴矣，蓋發作于萬曆之中，而浸淫于天啓之後。迨于今，講者熄，禁者亦弛，胥天下不復知道學爲何事。夫其禁之嚴也，鈎黨促數，文網鍥急，猶足以聳剔天下精悍之氣而作其隤陁。是故逆奄之禍，士大夫捐身命以扞之，而士氣卒以勝。及其禁之弛也，天下皆鏞夷其廉隅，噂𠴲其頰舌，頑鈍狂易，懵然於猋庛脂夜之中。于是朝著無槃水加劍之大臣，疆場多扣頭屈膝之大吏，集詬成風，而刑辟不足以禁禦。繇此言之，禁學之效，可見于此矣。自正心誠意之學，陳陳相因，而姚江良知之宗始盛。儒者又或反唇而譏之。良知之言，昉于孟子。孟子曰：無惻隱之心，非人也；無羞惡之心，非人也；無辭讓之心，非人也；無是非之心，非人也。分而言之，曰仁義禮智，其實則良知而已矣。夫立乎人之本朝，蠅營狗苟，欺君而賣國者，謀人之軍師國邑，偷生事賊，迎降而勸進者，惻隱羞惡辭讓是非之心，蓋已澌然不可復識矣。其良知之未死者，如月之有魄也，如木之有枿也。質諸夢寐，告諸妻子，未有不泚然汗下，煩寃欷歔者也。故曰：嘑爾而與之，行道之人不受；蹴爾而與之，乞人不屑也。行道乞人之所不受不屑，而公卿大夫交臂而仍之，恬不爲怪，彼亦遏抑其良知，抹撥其廉恥，違心反面，以至此極也。誠使良知之學，講之有素，知如是而爲人，如是而非人也；知如是而爲忠臣孝子，如是而亂臣賊子也；知如是而爲聖賢，如是而夷狄禽獸也。知湯之必灼也必不赴，知火之必焚也必不蹈，知塗炭之必燋爛也必不坐。如是而士氣可立，國恥可振，猋庵脂夜之祥，其可以少解矣乎？稽良知之弊者，曰泰州之後流而爲狂子，爲僇民，所謂狂子僇民者，顏山農、何心隱、李卓吾之流也。彼其人皆脫屣身世，芥視權倖，其肯蠅營狗苟、欺君而賣國乎？其肯偷生事賊、迎降而勸進乎？講良知之學者，沿而下之，則爲狂子，爲僇民；激而返之，則爲忠臣，爲義士。視世之公卿大夫，交臂相仍，違心而反面者，其不可同年而語，亦已明矣。嗚呼！聖人之言，元氣也；孟子之言，藥石也；姚江之言，救病之急劑也。南宋之世，以正心誠意藥之而不效，故有風痺不知痛癢之證；今之世，以惻隱羞惡辭讓是非藥之而不效，故有頑鈍狂易之證。舍是而不加診治，則人心死矣。病在膏肓，不可以復活矣。用良知之學爲急劑，號呼愓厲，庶幾其有瘳乎？楊君，今之有志于醫國者也。當軍興倥偬，征求旁午之會，掊鹽鐵之筴，而修師儒講肄之事，其必以爲救世之務，莫先于此與！誠先之，則請自姚江之學始。鄒忠介公者，余之執友，而楊君之鄉先生也。天啓之學禁，以忠介爲首。忠介之記，蓋亟稱姚江、泰州，而楊君之所得于忠介者深矣。故樂爲記之，使刻石陷諸壁間，亦以告于維揚之士繼泰州而興起者也。崇禎十六年十二月初四日，常熟錢謙益記。

長洲鄭氏新復祭田記

惟鄭氏遠有條序，國初國子監助教士龍，斷自有宋，建祠立主，曰狀元穀夫公獬、學士忠惠公性之、丞相忠定公清之、提舉文臺公天錫、高士所南公思肖。割膏腴以供祀，視圭田而三之。三傳爲處士穗，躋助教于廡，子孫以昭穆祔，祭田倍助教而三之。自助教下五支分守其祀，郡縣有牒，祠有碑，田有圖，餘百年矣。其割而畀之他族也，自萬曆十二年始。鄭之宗人顧視廬冢，哭而相弔，又餘五十年矣。訟而贖之，按碑以崇祀，歸餘以息爭，自崇禎十六年始。于是鄭之儁孝廉敷教以書來請曰：願有記。昔者鄭請釋泰山之祀以祀周公，春秋諱之，書曰：以璧假許田。僖公復許田，閟宮作頌曰：居常與許，復周公之宇。鄭氏之舉，於是乎近閟宮矣。古者君子雖貧，不粥祭器；雖寒，不衣祭服；爲宮室，不斬乎丘木。大夫士去國，祭器不踰境，其去而止之，大夫曰：奈何去宗廟也？士曰：奈何去墳墓也？知祭器不粥，墳墓不去之義，則天子諸侯以至于公卿大夫，其所當守而勿去者，可知已矣。故曰：國君死社稷，大夫死衆，士死制。又曰：謀人之軍師，敗則死之，謀人之國邑，敗則亡之。今也楚、豫之間，寇未至而先潰，名都大邑，棄之如遺跡焉。向令能如鄭氏之子孫，所以營祠復田，死守勿替者，其肯弁髦職守，而以都邑與人乎？嗚呼！述祖德，崇先祀，可以教孝；嚴守祧，時饗祀，可以觀禮；食舊德，服先疇，可以作忠。使天下士大夫衆著于復田之義，視朝廷之軍師國邑，咸如祭器之不可粥，墳墓之不可去，則祖宗之土宇版章可復，而流亡潰敗之禍其少止乎？田之復，鄭氏一家之事，可以無書。而復田於今日，當名都大邑，棄師失守，恬不知戒之時，其亦以有警也。不可以不書，乃爲之書。是年崇禎十六年癸未也。

虎丘雲巖寺重修大殿記

崇禎二年十一月，虎丘雲巖寺災，大雄寶殿、萬佛閣、觀音閣，方丈樓觀，一夕而燬。山林焦枯，神鬼灼爛，人天慴悽，如聞歎噫。寺僧持簿勸募，垂十年，高門縣簿，靡有應者。東陽張公奉天子命，保釐是邦，慨然嘆曰：「噫！是誠在我。」捐俸錢，搜鍰金，僚屬咸佽助焉。乃屬山僧鳩材庀徒，量工命日，自十一年四月初八日始事，至十三年四月初八日大殿卒功，方丈樓觀，以次修葺。邦人士女，來游來觀。耋艾詠歌，推美頌考。於是僧以公之命來請曰：「願有記也。」或曰：昔稱虎丘奠吳西門。西，金方也。闔廬之葬也，湏池六尺，扁諸之劍三千，葬三日而白虎蹲其上，金之精也。寺災之夕，金昌望齊坊市水銀匝地，金氣發矣。公于是作斯殿以鎮之，有厭勝之道焉。天下盜賊蠭起，兵火彌亘。中吳一隅，宵柝不警。公之爲吳人違兵也，此非其徵與？或又曰：「張魏公當紹興時，記虎丘經藏，以謂夷狄之變，其來有自，欲愛貪忿，是謂無明，展轉交攻，激爲鬭亂。我佛以清淨立教，使回心歸善，和氣自生。公方親臨戎馬，鏖劇賊于京江、桐、皖之間，顧汲汲爲此舉也，表佛力，迎和氣，彌三災，消劫火，其機緣深矣，其願力偉矣。公固張姓也，寧非魏公再來，現身說法者歟？」嗚呼！頻年以來，水旱刀兵，雜然交作，疵癘夭札，民不堪命。方鎮大臣，囊金櫝帛，郵傳拜除，視之葭如也。自公之來，敷和布德，宣慈訓廉，者老病癃，燠肌起羸，嚚童鰥孤，咸登衽席。今兹之役，一錢寸布，不煩公私。朝虀暮鹽，節縮僦工。斯殿之落成也，邦人之歡心頌聲，與丹樓絳殿，互相涌現于諸天雲物之中，故能化兵氣爲祥雲，轉災土爲佛國。然則考公保釐之績，著于東南者，莫如是役宜也。公撫吳七年，宣勞治河，入爲本兵，以疆事牽連就徵。吳之人扶杖負襁，炷香撮土，匍匐佛前，告哀祈宥，苦叫閶闔，若投匭函，此尤可書也。余故不辭而爲之記。其不特以記其成，亦以使後之有官君子有事于崇佛者，於張公之爲，宜有考也。崇禎十六年十二月，常熟錢謙益記。

萊陽姜氏一門忠孝記

崇禎十六年三月，行人司行人臣埰伏闕上疏言：去年閏十一月，奴酋兵掠萊陽，臣父勑封儀眞縣知縣姜瀉里山居聞警，率子弟僮奴入城死守。二月初六日，奴突至，城陷，巷戰被執。奴就索金帛，臣父駡曰：吾二十年老書生，二子爲淸白吏，安得有金帛飽狗奴腹？以馬捶捶之，嚼齒大駡，奴攢刃刺之乃死。臣季弟姜坡偕侍郎宋玫守東城，趨抱父屍慟哭，奴縛置寨中，夜舉火燒奴帳，奴覺，臠殺之。臣母及長兄圻負重傷，圻妻王氏、臣妻孫氏、坡妻左氏及次姊，先後投繯赴火死。臣兄禮科給事中埰，言事迂戇，荷聖明寬宥，頌繫西曹，聞訃浹旬，號慟絶食。臣若奔赴故里，則臣兄圜扉一息，立斃草土。臣欲留視槖饘，則臣父原野暴骨，長飽烏鳶。臣餘氣僵魂，死生無地。伏望皇上，付臣法司代兄歸葬，兄得畢命首丘，臣願塡屍牢戶。若臣兄罪必不赦，請勒限就繫，伏前日妄言之辜，并案臣今日妄請之罪。天子覽其奏，意惻然憐之。未及發，六月，登萊撫臣曾化龍覆奏姜氏一門忠孝，請賜優䘏。始得奉明詔，下所司。垓將以甲申九月卜葬，謂謙益舊待罪太史氏，俾書其事。嗚呼！忠臣孝子，國家之元氣也。忠義之氣昌則存，叛逆之氣昌則亡，有國家者之大坊也。天寶逆命之臣，以六等定罪。達奚珣輩，骿斬于獨柳樹，集百寮往觀之。而宋南渡，李綱議僭逆僞命宜倣肅宗時定罪用重典，當時不能從。識者以謂至德之中興，建炎之不振，其興亡實繇于此。今國家方全盛，奴雜種小醜，闖𧑅賊游魂，中朝士大夫，回面屈膝，委質賊庭者，所在而有。夫豈國無刀鋸以至是與！若姜公者，身無一命之寄，家無中人之産，徒手扞賊，横身死義，家人婦子，血肉糜爛。國家元氣，旁薄結轖，而勃發于姜氏之一門，非偶然也。使國家之臣子胥如姜氏，則忠臣孝子，接踵于世，何至如靖康之時，所謂在內惟李若水，在外惟霍安國，使敷天率土，痛北轅而憂左袵哉！比歲奴三入畿輔，一門殉難者，高陽孫氏，順義成氏，與姜氏而爲三。孫氏、成氏之議䘏，當國者口噤目眙，若避禁諱，至今寢閣未下，今姜氏之䘏，獨出宸斷，然後知崇奬節義，固聖明之所急，而所司奉行者之罪也。自今以往，忠義之氣昌，國家之元氣日固。叛臣賊子，當胥伏獨樹之誅，而奴、闖之懸首藁街也不遠矣。余爲書其事以俟之，且以諗於國史之傳忠義者。崇禎甲申三月記。

韓蘄王墓碑記

宋蘄國韓忠武王世忠墓在吳縣靈巖山下，豐碑巋然，贔屭屈盤，禮部尚書趙雄奉詔撰也。宋史列傳援据雄碑，其書楊國夫人事，則碑爲詳。建炎之復辟也，楊國及二子質苗傅軍，防守甚嚴，王略無顧念。隆祐太后宣見楊國，楊國詒傅詒曰：「太尉作如許事，公來矣，於太尉何如？」傳乃屈膝拜曰：「願奉兄嫂禮，謹具鞍馬，煩夫人好爲言。」是日，入見隆祐，宣問周悉，執楊國手垂泣曰：「國家艱危至此，太尉首來救駕，速清巖陛。」楊國奉詔，馳出都城，遇傅弟翊于途，告之故。翊色動，手自捽耳。楊國覺翊意非善，愈疾驅，一日夜會王于嘉禾。史云：朱勝非紿傅遣妻子，慰撫世忠。而不及楊國云云，略也。傅正彥獻俘行宮，楊國自碩人超封國夫人，制曰：知略之優，無愧前史，給內中俸以示報焉。功臣妻給俸，自楊國始。史稱隆祐召梁氏入，封安國夫人，俾迓世忠，速其勤王，誤也。黃天蕩之戰，楊國在行間，親執桴鼓。史云：戰將十合，梁夫人親執桴鼓，金兵終不得渡。羅大經鶴林玉露載兀朮鑿河遁去，夫人奏疏言世忠失機縱敵，乞加罪責。舉朝爲之動色。而碑及史皆不載，爲蘄王諱也。大經又云：蘄王之夫人，京口娼也。嘗五更入府，伺候賀朔。忽于廊柱下見一虎蹲卧，鼻息齁齁然，驚駭走出。已而人至者衆，復往視之，乃一卒。因蹴之起，問其姓名，密告其母，邀至家，具酒食，資以金帛，結爲夫婦。碑云：楊國家楚州，織薄爲屋。蓋楊國家本楚州，寓京口也。蘄王鎮楚州，披草萊，立軍府，故夫人亦織薄爲屋，與士卒共力役也。蘄王起銀州，積功轉進武副尉。宣和二年，調西師討方臘。部勇敢五十人，隨王稾以往。遇楊國于京口，當在此時，王爲裨將，非小卒也。碑載王娶白氏秦國夫人、梁氏楊國夫人、茅氏秦國夫人、周氏蘄國夫人，四妻皆啓國封。蓋宋世待功臣彝典如此。楊國起家北里，慷慨擇配，識英雄韎韋之中，遂能定國難，奏膚公。豐碑青史，於今爲烈，豈不偉哉！辛巳長至日，余與河東君泊舟京江，指顧金、焦二山，想見兀朮窮蹙打話，蘄王夫人佩金鳳瓶，傳酒縱飲，桴鼓之聲，殷殷江流濆沸中，遂賦詩云：「餘香墜粉英雄氣，剩水殘山俛仰間。」相與感慨歎息久之。甲申二月，觀梅鄧尉，還過靈巖山下，掃積葉，剔蒼蘚，肅拜酹酒而去。因摭採楊國遺事，記其本末如此。

初學集卷四十五

記五

耦耕堂記

萬曆丁巳之夏，予有幽憂之疾，負疴拂水山居。孟陽從嘉定來，流連旬月。山翠濕衣，泉流聒枕，相與顧而樂之，遂有棲隱之約。亡何，孟陽有長治之役，卒卒別去。予遂覊紲世網，跋前疐後，爲山中之逋客者，十有餘年矣。天啓中，予遭鈎黨之禍，除名南還，塗中爲詩曰：「耦耕舊與高人約，帶月相看並荷鋤。」蓋追思疇昔之約，而悔其踐之不蚤也。世故推移，人事牽輓，匹夫硜硜之節，不能自固。咎譽錯互，構扇旁午，殘生眇然，不絕如縷。然自此得以息機摧撞，長爲山中之人。而孟陽不我遐棄，惠顧宿諾，移家相就。予深幸夫迷塗之未遠，而隱居之不孤也，請於孟陽，以耦耕名其堂。孟陽笑而許之。嗟夫！予與孟陽，遭逢聖世，爲太平之幸人，其所爲耦耕者，蓋亦感閒居之多暇，喜一飽之有時，庶幾息勞生而稅塵鞅。豈與夫沮、溺者流，輟耕太息於蔡、葉之間，歎滔滔以沒世，羣鳥獸而不返者哉！

余與孟陽之似沮、溺，其耦俱之跡而已，而其樂則固有過之者矣。然亦有不能無慨然者。予之得交於孟陽也，實以長蘅。長蘅與予偕上公車，嘗歎息謂予：「吾兩人才力識趣不同，其好友朋而嗜讀書則一也。他日世事麤了，築室山中，衣食幷給，文史互貯，招延通人高士，如孟陽輩流，髣髴淵明南邨之詩，相與詠歌皇虞，讀書終老，是不可以樂而忘死乎？」予曰：「善哉！信若子之言，予願爲都養，給掃除之役，請以斯言爲息壤矣。」荏苒二十餘年，長安邸舍酒闌燈灺之語，猶歷歷在耳，而長蘅已不可作矣。人生歲月，眞不可把玩。山林朋友之樂，造物不輕予人，殆有甚於榮名利祿也。予之得從孟陽於此堂也，可不謂厚幸哉！莆田宋比玉，予三人之友也，爲作八分書以扁於堂，而予記其語於壁間。世之君子，過而攬焉，其亦有如予之慨然者乎？崇禎三年，錢謙益記。

朝陽榭記

耦耕堂東南之苐地，瓦礫叢積。登之有異焉，因而爲臺，狀如敦丘。起屋半間，以障風雨。於是厓之爲拂水，石之爲三沓，峰之爲石門、石城，合沓攢簇於尋丈之內。灌木族叢，仰承厜㕒。紛紅駭綠，蔽虧變換。榭踞山之東，旦卽見日，名之曰朝陽，取爾雅釋山之云也。梁簡文帝招眞治碑曰：「高巖鬱起，帶靑雲而作峯；拂水縣流，灑天河而俱會。」又曰：

「其峯則有石門、石城，虛峗自然，神功挺起。」今斯樹之所直者，高巖縣流，樵夫牧人皆能指示其處。至所謂石門、石城者，流俗皆莫知，漫舉北山一二拳石以當之耳。予按姑蘇志云：過吳王廟五六里，有試劍石，又有三沓石，與石城、石門諸峯錯峙。乃知三沓石之東，試劍石下，石壁呀然中開，俗謂之劍門，卽石門也。石之西，其厓如防如削，巨石錯列，如雉堞樓櫓，卽石城也。簡文云「虛峗挺起」，信不誣也。舊志稱二峯在頂山西北，蓋未可信。又云：石城，吳王置美人處。据漢書注及郡國志，卽吳縣之靈巖山，無容在虞山也。予爲記於壁間，庶游斯樹者，可以舉目而得之；且使讀者知古人模狀山水，其言語簡妙爲不可及也。崇禎四年二月二十五日記。

秋水閣記

閣於山與湖之間，山圍如屛，湖繞如帶，山與湖交相襲也。虞山，隋山也。蜿蜒西屬，至是則如密如防，環拱而不忍去。西湖連延數里，繚如周牆。湖之爲陂爲寖者，彌望如江流。山與湖之形，經斯地也，若胥變焉。閣屹起平田之中，無垣屋之蔽，無藩離之限，背負雲氣，胸盪烟水，陰陽晦明，開斂變怪，皆不得遁其毫末。閣旣成，主人與客，登而樂之，謀所以名其閣者。主人復於客曰：「客亦知河伯之自多於水乎？今吾與子亦猶是也。嘗試與子直前榲而望，陽山箭鈌，累如重甗。吳王拜郊之臺，已爲黍離荆棘矣。邐迤而西，江上諸山，參錯如眉黛，吳海國、康蘄國之壁壘，亦已蕩爲江流矣。下上千百年，英雄戰爭割據，杳然不可以復跡，而況於斯閣歟？又況於吾與子以眇然之軀，寄於斯閣者歟？吾與子登斯閣也，欣然騁望，舉酒相屬，已不免啞然自笑，而何怪於人世之還而相笑與？」客曰：「不然。於天地之中有山與湖，於山與湖之中有斯閣，於斯閣之中有吾與子。吾與子相與晞朝陽而浴夕月，釣清流而弋高風，其視人世之區區以井鼃相跨峙而以腐鼠相嚇也爲何如哉？吾聞之，萬物莫不然，莫不非。因其所非而非之，是以小河伯而大海若，少仲尼而輕伯夷；因其所然而然之，則夫夔蚿之相憐，鯈魚之出遊，皆動乎天機而無所待也。吾與子之相樂也，人世之相笑也，皆彼是之兩行也，而又何間焉？」主人曰：「善哉！吾不能辯也。」姑以秋水名閣，而書之以爲記。崇禎四年三月初五日。

明發堂記

斥山居以爲墓，鄉之爲堂爲閣游焉息焉者，皆墓域也。直秋水閣之後，竹樹晻曖，礀石錯列，宮之以爲墓田丙舍，其中爲堂，前榮後寢，高明而靚深。倣越溪張氏之製，命工圖以來。有以柏屋售者，度而移焉，不爽尺寸，名之曰明發。於以登牢蔬，饌親賓，示吾子孫毋忘其初也。庭中有老梅修竹，浮水溜渠，空翠自墮，淸陰不改。堂之東，步檐周流，迴廊交屬。其前楹，近臨墓道。游人士女，並肩接踵，薄而觀之，如坐鏡中，紛紅拖碧，如雜圖畫。折而東，拂水之磵繞墓前，穴牆而出，以注於簷下。雨過泉雍，水石鬭擊，蛇龍攫拏，風雷喧豗，潰而西傾，折回直舒爲漫流，閘束崖旋，濆沸土瀑，潨然而下，經第五橋，以入於明堂之水。梁簡文所謂「拂水縣流，天河俱會」者，循行吾欄檻之間，猶硯池帶水也。磵之洑流，又折而北，匯於堂之西，石壁之下，有泉湛然，所謂歸來泉也。泉之下，洄池蓄停，磵石平布。其西築室方丈，幽蔭薈蔚，翠蔓蒙絡，日車蒼涼，月輪穿漏，此吾堂之別館也。堂之東北隅，有樓以燕處，有陰室以違夏，有陽室以違冬，庋閣庖湢，順序以爲，此吾所以翼夫堂也。予之營斯堂也，財一年而有急徵之禍。㷀踰年而歸，歸而廬於此也，歲時伏臘，晨昏肅拜，顧「明發有懷」之義，未嘗不僾然如有見，愾然如有聞也。霜淒月黑，風雨如晦，白楊蕭騷，山谷震駭。念古之孝子，遶墳而啼，攀柏而泣，未嘗不膚栗骨驚，媿而祈死也。良夜開卷，閉房點筆，追思壯年昔游，春燈秋卷，未嘗不撫駒策驥，歎老至而悲無聞也。雒中之冠帶，汝南之車騎，蜀郡之好事，鄠、杜之諸生，聞聲造門，希風枉駕，屨舃交錯，舟船塡咽，邑閧闐其無人，空山爲之成市。畏虛名之難居，知物望之不易副，未嘗不涊然以思，默然以慚，而悄然以恐也。歲月荏苒，世務牽紲。廬三年而復返，俛仰感歎，輒爲之記。詩不云乎：無念爾祖，聿修厥德。吾子孫念之哉！若夫遊觀之美，山林鳥魚之樂，非吾所以名堂之意也，其敢以示子孫乎？盧居後之三年，涂月二十八日，謙益謹記。

花信樓記

於墓道之東偏，擇爽塏之地，撤耦耕堂而徙焉，招孟陽也。堂之前隙地，與秋水閣相直，庀山居之餘材，爲樓五間。後山如屏，前湖如鏡，堤池折旋，景物攢簇。名之曰花信，而劉狀元胤平書其額。拂水游觀之盛，莫如花時。祝釐之翁媼，踏青之士女，連袂接衽，摩肩促步，循月堤，穿水閣，笑呼喧闐，游塵合沓，呵之不能止，避之不勝避也。作斯樓也，而美其名，幾以飽其觀聽，誘而奪之。樓既成，堤之西東，閣道相望，不能中分游者，而來者滋益衆，客或甚余，誘而奪之之法，不已窮乎！予曰：「予之名樓也以花信，而游人之追奔走集者，爲花來也。當此之時，風柔日麗，春山如粧，春湖如鏡，弱柳纅烟，夭桃暈雨，相與握蘭贈藥，思吟怨歌，靚觀微步，徬徨徙倚，非有以誘之，誰得而奪之？迨乎向春之末，迎夏之陽，鶬鶊喈喈，羣女出桑，游者息，觀者止，紅綻綠肥，草長麥秀。於斯時也，誰誘之而誰奪之耶？吾與子倚飛閣，臨長堤，身游於嬌花寵柳、餘香賸粉之中，欣欣然如有得也。已而時序遷改，繁華代謝，譬之雨止雲收，酒闌人散，未嘗不泏然如有所失也。造物者之於吾與子也，其誘且奪之則已久矣，而子猶未之寤歟？」客曰：「藏舟於山，夜半有力者負之而趨，昧者不知也。」姑記其語於壁，花時登斯樓也，更與子飲酒。

留仙館記

得周氏之廢圃於北郭，古木叢石，鬱蒼薈蔚。其西偏有陋室焉，爲之易腐柱傾，加以塗塈，樹綠沈几，山翠濕牖，烟霞澄鮮，雲物靚深，過者咸歎賞以爲靈區別館也。樹之眉曰留仙之館。客覩而歎曰：「虞山，故仙山也。斯館也，西望乾元宮，徐神翁之雪井在焉。迤而南爲招眞治，梁簡文所銘二始八會者也。折而北爲烏目山，淳于斟遇慧車子授虹景經處也。子將隱矣，有意於登眞度世，名其館爲留仙，不亦可乎？」予曰：「不然。予之名館者，慈谿馮氏爾賡號留仙者也。予取友於天下多矣，晚而得留仙昆弟。留仙之於我，古所謂王貢、嵇呂無以尚也。予既老於一丘，而留仙爲天子之勞臣，枝柱於津門、渝水之間，遡而思，思而不得見，眉之館焉，所以識也。」客曰：「是矣！則胡不書其姓，繫其官，而以別號名館，使人疑於『望仙』、『迎仙』之屬歟？」予笑曰：「子必以洪厓、赤松飡六氣而飲沆瀣者而後爲仙歟？吾之所謂仙者有異焉。老子，吾夫子之所學焉者也，一則曰吾聞諸老聃，再則曰吾聞諸老聃，禮經之所載也。許叔遜，龍沙之祖也，淨明忠孝，其教法具在也。以眞誥考之，忠臣孝子，歷數千百年，猶在金房玉室之間，迄於今不死也。以留仙之館比於『望仙』、『迎仙』，何不可哉？士君子出而致身遂志，分主憂，振國恤，其爲修煉也，視山澤之癯，鷸息禽戲，塊然獨存者，所得孰多？吾嘗從樵陽之侶，窺石函之閟籍，得廁名其間者，吾黨蓋有人焉，未可謂神仙去人遠也。」客曰：「善哉！請書之以爲記。俟其他日功成身退，爲五湖、三峯之游，宴坐於斯館，相與縱飲舒嘯，而以斯文示之。」崇禎壬午小歲日記。

玉蘂軒記

河東君評花，最愛山礬。以爲梅花苦寒，蘭花傷豔，山礬淸而不寒，香而不豔。有淑姬靜女之風。蠟梅、茉莉，皆不中作侍婢。予深賞其言，今年得兩株於廢圃老牆之下，刜奧草，除瓦礫，披而出之，皆百歲物也。老幹攫拏，樛枝扶疎，如衣從風，如袖拂地。又如人梏拲乍脫，相扶而立，相視而笑。君顧而樂之，爲屋三楹，啓北牖以承之，而請名於予。予名之曰玉蘂，而爲之記曰：瑒花之更名山礬，始於黃魯直。以瑒花爲唐昌之玉蘂者，段謙叔、曾端伯、洪景盧也。其辨證而以爲非者，周子充也。夫瑒花之卽玉蘂耶？非耶？誠無可援据。以唐人之詩觀之，則劉夢得之雪蘂瓊絲，王仲初之瓏鬆玉刻，非此花誠不足以當之。有其實而欲奪其名乎？物珍於希，忽於近。在江南則爲山礬，爲米囊，野人牧豎，夷爲樵蘇。

在長安則爲玉蕊，神女爲之下九天，停飆輪，攀折而後去，固其所也。以爲玉蕊不生凡地，惟唐昌及集賢翰林有之，則陋。又以爲玉蕊之種，江南惟招隱有之，然則子充非重玉蕊也，重李文饒之玉蕊耳。玉樹青葱，長卿之賦也。瓊樹璧月，江總之辭也。子充又何以云乎？抑將訪其種於宮中，窮其根於天上乎？吾故斷取玉蕊以牓斯軒。春時花放，攀枝弄雪，游詠其中，當互爲詩以記之。訂山礬之名爲玉蕊，而無復比瑒更礬之譏也，則自予與君始。崇禎十五年十二月二十九日，牧翁記。

匪齋記

易比之六三曰：比之匪人。世儒之解曰：匪人，猶曰小人也。易言君子小人多矣，於泰曰內君子而外小人。於否曰內小人而外君子。遯則曰吉，曰否。解則曰有解 曰退。革則曰豹變，曰革面。師之上六，既濟之九三，曰小人勿用。同人之九三，曰小人弗克。皆鑿鑿乎指小人而質言之也。於比何獨不然？比之卦以九五居陽爲主，而五陰皆求比焉。比而不以元永貞，則凶邪之道；永貞而不遇其主，則猶未免於咎也。初六之有孚盈缶，永貞而遇其主，故曰：无咎，終來有它。拔茅彙征，不遐遺朋亡，泰之道也，故曰吉。六二之自內，內而得君。六四之外比，外而得賢。故皆曰貞吉。六三近者皆陰，而遠無應，所與比者皆非其人，中懷永貞，蘊初六之盈缶，而不遇其主者也。莫益之，或擊之，莫之與則傷之者至矣。象曰：不亦傷乎？夫子蓋傷之也。水流濕，火就燥。比之相從，各以其類。漢之有李固，胡廣、趙戒之匪人也。唐之有陸贄，裴延齡、趙憬之匪人也。易不言君子小人，而曰匪人，虛其位以俟人主之決擇也。不言凶，不言咎，而言傷者，何也？有九五剛中之主，顯比於上，五陰之求比者，用三驅之道以縱舍之，雖違有孚之吉，而終免後夫之凶，則亦止於傷而已矣。崇禎元年，予以閣訟，奉明旨鐫責曰：中有匪人。上方向學，精於詩、書，取原筮之辭，以斷枚卜之獄，不斥言小人，而曰匪人，使臣子雖退廢，其名猶可居也。震怒之後，事得白，卽放歸，王用三驅失前禽之義也。聖主之放其臣也，有哀矜，無忿疾，傷之之道也。客有言予者曰：「蹇之六二曰：王臣蹇蹇，匪躬之故。安知上不以蹇之匪躬勗子乎？」予曰：「是何敢哉！」請以上之明旨，名其讀書之齋曰匪，而繹其說以爲記。

初學集卷四十六

記 六

游黃山記序

辛巳春，余與程孟陽訂黃山之游，約以梅花時相尋于武林之西溪。踰月而不至，余遂有事于白嶽，黄山之興少闌矣。徐維翰書來勸駕，讀之兩腋欲舉，遂挾吴去塵以行。吴長孺爲戒車馬，庀糗脯。子含、去非羣從，相向慫慂，而皆不能從也。維翰之書曰：白嶽奇峭，猶畫家小景耳。巉崎幽石，盡爲惡俗黄冠所塗點。黄山奇峰拔地，高者幾千丈，庳亦數百丈，上無所附，足無所迤，石色蒼潤，玲瓏夭曲。每有一罅，輒有一松逕之，短鬚老骨，千百其狀，俱以石爲土。歷東南二嶽，北至叺哈以外，南至落迦、匡廬、九華，都不足伯仲。大約口摹決不能盡，懸想決不能及。雖廢時日，煩跋涉，終不可不到也。是游也，得詩二十餘首。寒窗無事，補作記九篇。已而悔曰：維翰之言盡矣，又多乎哉？余之援筆爲此編也，客聞之，索觀者相屬。余不能拒，遂撰次爲一卷，先詒孟陽于長翰山中，而略舉維翰之書以發其端。壬午孟陬，虞山老民錢謙益序。

記之一

黄山聳秀峻極，作鎮一方。江南諸山，天台、天目爲最，以地形準之，黄山之趾與二山齊。浙東西、宣、歙、池、饒、江、信諸郡之山，皆黄山之枝隴也。其水東南流入于歙，北入于宣，南入于杭于睦于衢，自衢西入于饒，西北入于貴池。其峯曰天都，天所都也，亦曰三天子都。東南西北皆有鄣。數千里内之山，扈者巋者岌者峘者嶧者蜀者，皆黄山之負扆几格也。古之建都者，規方千里以爲甸服，必有大川巨浸以流其惡。黄山之水，奔注交屬，分流于諸郡者，皆自湯泉而出，其爲流惡也亦遠矣。謂之天都也，不亦宜乎？余以二月初五日發商山，初七日抵湯院。自商山至郡七十里，自郡至山口一百二十里，至湯院又八里。其所逕，寺曰楊干，臺曰容成，潭曰長潭，嶺曰石磃，石曰羃石，溪曰方溪，村曰芳村。其地勢坡陀犖确，擁厓據壁，溪流縈折，滑岸相錯。其人家衣美箭，被芳草，略彴拒門，疎籬阻水，褰裳濟涉，半在烟嵐雲氣中。繇長潭而山口，山率環谷，水率注溪，谷窮復入一谷。山與谷如堂如防，旋相宫，又相别也。溪水清激如矢，或濆沸如輪，文石錯落，深淺見底。百里之内，天容泬寥，雲物鮮華，游塵飛埃，望厓却反，人世腥腐穢濁之氣，無從至焉。余語同游者曰：「子知黃山乎？是天中之都會，而軒轅之洞府也。二百里內，皆離宮閣道，羣眞之所往來，百神之所至止，殆有神物司啓閉，給糞除于此地，而人未之見也。吾嘗游岱矣，未及登天門，上日觀，不知岱之尊也。今吾之至于斯也，肅然而淸，悄然而恐，恍然如在天都石門之上。余之茲游也，而豈徒哉。」是日浴于湯池，宿藥谷之桃源菴。

記之二

自山口至湯口，山之麓也，登山之逕於是始。湯泉之流，自紫石峰，六百仞縣布，其下有香泉溪，泉口濆沸蒸熱，冷泉下注，涼温齊和，瀵尾涌出，穢濁迸去。初浴，汗蒸蒸溢毛孔，已而懔然霍然，如酲斯析，如痁斯解。拍浮久之，怳然感素女、玉眞之事。作留題四絕句。浴罷，風于亭，巾屨衣袂，飄飄然皆塵外物也。折而西，竹樹交加，崖石撑柱，蒙籠窱窕，如無人逕。行半里許，余氏桃源菴在焉。菴之前，天都、青鸞、鉢盂諸峯，回合如屏障。其左則白龍潭水膏渟黛蓄，噴薄巨石，水聲砰磅，微雨霢霂。辛夷照簷，皎如玉雪。俄聞籬落間剝啄，海陽邵梁卿幼青自白嶽來訪，足音跫然，足樂也。午夜聞衝撞彌急，溪聲雨聲，澎湃錯互。晨起坐小樓，視天都峯瀑布痕斕斑赧駮，俄而雨大至，風水發作，天地掀簸，漫山皆白龍，掉頭捽尾，横拖倒拔。白龍潭水鼓怒觸搏，林木轟磕，几席震掉。雨止，泉益怒，呀呷撞胸，如杵在臼。日下舂，少間，乃相與商游事焉。佘氏庵傍湯池，朝夕浴于斯，飲于斯，汲于斯，以斯池爲湯沐焉，服食焉，皆可也。昔人飲菊潭而強，飲杞水而壽。況丹砂之泉，軒轅浴之，三日而伐皮易毛者乎？以千金賃藥谷之廬，以二千金庀糗糧，治藥物，沐飲于斯泉者數年，登眞度世，可執券而取也。今有進賢冠于此，曰賣之三千金，人爭攘臂而求之；以三千金買一仙人，則掉頭不顧，此可爲一笑者也。

記之三

繇祥符寺度石橋而北，踰慈光寺，行數里，逕硃砂菴而上，其東曰紫石峯，三十六峯之第四峯，與青鸞、天都，皆嶧山也。過此取道缽盂、老人兩峯之間，峯趾相並，兩崖合沓，彌望削成，不見罅縫。捫壁而往，呀然洞開，軒豁呈露，如闢門闔。登山者蓋發軔于此。里許，憩觀音崖，崖欹立如側蓋。逕老人峯，立石如老人傴僂。緜厓多奇松，裂石迸出，糾枝覆蓋，白雲蓬蓬冒松起。僧曰：「雲將鋪海，盍少待諸？」遂憩於面峯之亭，登山極望，山河大地皆海也。天將雨則雲族而聚于山，將晴則雲解而歸于山，山河大地，其聚其歸，皆所謂鋪海也。雲初起，如冒絮，盤旋老人腰膂間，俄而滅頂及足。却迎凌亂，迫遽迴合，瀰漫匼匝。海亦雲也，雲亦海也，穿漏盪摩，如百千樓閣，如奔馬，如風檣，奔踊郤會，不可名狀。

盪胸撲面，身在層雲中，亦一老人峰也。久之，雲氣解駮，如浪文水勢，絡繹四散；又如歸師班馬，倏忽崩潰，窅然不可復跡矣。回望老人峯，傴僂如故，若遲而肅客者。緣天都趾而西，至文殊院宿焉。黄山自觀音厓而上，老木楮徑，壽藤冒石，青竹綠莎，蒙絡搖綴，日景乍穿，飛泉忽灑，陰沉窅篠，非復人世。山未及上曰翠微，其此之謂乎？升老人峰，天宇恢廓，雲物在下。三十六峰，參錯湧現，悦悦然又度一世矣。吾至此，而後乃知黄山也。

記之四

憇桃源菴，指天都爲諸峰之中峰，山形絡繹，未有以殊異也。雲生峰腰，層疊如裼衣焉。雲氣蓊翳，峰各離立，天都乃巋然于諸峰矣。並老人峰沿磵上，皆緣天都之趾，援危松，攀罅壁，或折而陞，或縣而度。旋觀天都，如冕而垂，如介而立，眎向之所見，尊嚴有加焉。下嶺復上，僧方鑿石，斧鑿之痕，與趾相錯也。石壁斷裂，人從石罅中上。歷罅里許，天都逐罅而走，甫瞪目而踵已失也，甫曳踵而目又失也。壁絶，石復上合，乃梯而下。人之下如汲井，身則其綆也。汲既深，綆穴地而出，又從井榦中上也。折而陟臺，是爲文殊院，普門安公所荒度也。院負疊嶂峰，左象右獅，二羅松如羽蓋，面擁石如覆袈裟，其上有趺跡，其下下絶。桃花峰居趺石之足，桃花之湯出焉。其東則天都峰如旒倒垂，其西則蓮華峰獻萼焉。其西面曠如也。指點凝望，浮烟矗靄，青葱紺碧，穿漏于夕陽平楚之間。已而烟凝靄積，四望如一。暮景夕嵐，無往而非雲海。向所沾沾于老人峰者，又存乎見少矣。生臺有二鴉翔集，僧言此神鴉也，明日當爲公先導。與之食，祝而遣之。寢室不滿一弓，夜氣肅洌，與老僧推戶而起。三十六峰，微茫浸月魄中，零露瀼瀼，霑溼巾屨，悽神寒骨，峭愴而返。余故好山栖野宿，以此方之，其猶在曲屋突夏砥室羅幬之中乎？余之山居而宿焉者，自兹夕始也。

記之五

清曉，出文殊院，神鴉背行而先，照微、幻空兩僧從焉。避蓮華溝險，從支逕右折，險益甚。照微肘掖余臂，幻空踵受余趾，三人者，蟨與駏蛩若也。行三里許，憩照微茅菴，菴背蓮花，面天都，負山壓㕒，蔽虧雲漢，俯視洞壑，日車在下。陰茅簷，藉白石，出孟陽畫扇傳觀，惜不與偕杖屨也。二僧踞盤石，疏記所宜游者，曰獅喝石居三里至一線天；再折一里許，下百步雲梯；又一里，上大悲頂，出新闢小徑；三里許，達天海；飯訖，東北行，上平天矼；五里上石筍矼；轉始信峯，經散花塢，看擾龍松，過師子林，上光明頂，復歸天海。少憩，登煉丹臺而還，日未亭午，天氣如淸秋。此游，天所相也。食時飯天海，神鴉却而迎焉。

次第游歷，如二僧之云。日夕鴉去，迴翔如顧別，乃返天海宿焉。一線天石壁峭陘，水旁激如雨，疾趨過之。傳曰：巖岑之下，古人之所避風雨。謂此也。雲梯當蓮華峯之趾，磴道歷七百級。磴陘而級長，踵曳如絙，脛垂如汲，下上攀援，後趾須前趾，前踵蹠後踵，旁瞰股栗，作氣而後下，乃相慶脱于險也。始信峯于三十六峯不中爲兒孫，一部婁耳，而頗踞諸峯之勝。繇師子林東折，兩厓陡立，相去丈許。北厓裂罅處，一松被南厓，援之以度。陟其嶺，茅菴欲傾，積雪揞柱，俯視雲氣，諸峯矗出，其最奇，石筍矼也。圖經云：黄帝浮丘公上昇之後，雙石筍化成峯，可高千丈。今石筍攢立，不啻千百，嵌空突起，拔地插天，鈎連圻裂，譎詭化貿，亦不可以丈計。豈造物者役使鬼神，破碎虚空，穿大地爲苑囿，鑿混沌之肺腑，以有此也？起視大壑，却立萬仞。指點宣州、池陽，堆皺襞摺，纍如囷廩。凴高臨下，如限堵牆。堆阜虚落，人語殷殷。過此則翠微、松谷，黄山西北之境盡矣。煉丹臺之前，拱立相向者，煉丹峯也。翠微、飛來諸峯，各負勢不相下，胥俛爲環衞，崩壓倚傾，櫛比棋布，若削劍戟，若樹儲胥。軒轅相宅之地，故有神物護訶。妄人不察，設版築室，宜其蕩剛風而焚劫火，不終朝而輒毁也。三十六峯，側影旁軼，敷花如菡萏，丹臺藏貯其中，如的中之薏。臺方廣可置萬人，三面劖削，前臨無地，却行偃臥，足蹜蹜不能舉，目眴眩者久之。余之登茲山也，自湯寺而上，披蒙茸，歷幽仄，蓋奥如也。自文殊院而上，指削成，遡雲漢，蓋曠如也。

及遵石筍、丹臺，觀夕陽，望光景，意迷精爽，默自循省，靈區異境，顯顯心目。安知俛仰之間，不將一瞚遷改，夜半有負之而趨者與？安知吾身在此，而市朝陵谷，堆塵聚塊者，不已窅然若喪與？又安知吾所坐之處，所游之地，非幻化爲之，如所謂五山之根無所連著者，而吾亦將馮空而碩虛與？余肉人也，載朽腐之軀，以游乎清都紫微，余心蕩焉。夫安得不執化人之祛，慬而求還也與？楚莊王曰：子具于強臺，南望料山，以臨方皇，左江右淮，其樂忘死，恐留之而不能反。吾之於此山，所以游焉而樂，樂焉而不敢以久留也。

記之六

晨起，風蓬蓬然。取道雲梯，面風逆上，負風而仆，仆而起，兩腋若有人相扶，不知其爲風力也。盡雲梯，則爲蓮華峰之趾，徑如荷莖，紆迴藏峰腹中。磴窮，穿峰腹而出，如緣荷本上重臺也。風愈厲，逆曳不得上，乃據石趺坐，以俟登陟者。巡途而下，欲前復却，一松一石，低迴如故人。僧曰：「三十六峰，處處惜別，盍早至慈光寺，招邀諸峰，與執手欄楯間乎？」寺踞天都之隴，枕桃花、蓮華二峰，左則硃砂、青鸞、紫石，右則疊嶂、雲門，並外翼焉。普門安公者，縛禪清涼山中，定中見黃山，遂繇清涼徙焉。比入都門，願力冥感，慈聖皇太后頒內帑爲薙髮，賜紫衣幡杖。神宗賜寺額曰慈光，降敕護持。今寺尊奉藏經，慈聖所欽賜裝池也。四面金像，像七層，層四尊，凡二十有八，層有蓮花坐，坐有七準提居葉中，一葉一佛，佛不啻萬計。慈聖及兩宫所施造也。普門將構四面殿，手削木爲式，四阿四霤，不失毫髮，今藏弆焉。普門隻手開山，熾然建立。當其時，兩宫之慈恩加被，四海之物力充牣，移兜率于人間，化榛莽爲佛土，何其盛也！軍興日煩，饑饉洊至，鐘魚寥落，糠覈不繼，追鼓鐘于長信，數伽藍于雒陽，蓋不勝滄海劫灰之嘆焉。斯李文叔之所以致慨于名園也。普門塔在寺後，白石鑿鑿，桃花流水，圍繞塔前。人世牛眠馬鬣，起冢象祁連者，方斯蔑如，亦可感也。是夕再浴湯池，宿桃源菴。山僧相送不忍舍，鄭重而别。寄語天都、蓮花諸峰，如吳人語念相聞也。元人汪澤民曰：宿湯寺，聞啼禽聲，若歌若答，節奏疾徐，名山樂鳥，下山咸無有。余方有南浦之别，聞之悽然感余心焉。既與黄山别，遂竆日之力以歸。

記之七

余之登山也，浴湯池，憇桃源菴。夜半大雨，坐白龍潭小樓，看天都峰瀑布。雨止登山，雲氣猶滃鬱。登老人峰、看鋪海。山行三日，天宇軒豁，如高秋蕭辰，一望千里。每春夏登山，烟嵐偪塞，不辨尋丈。山僧嘆詫，得未曾有。甫出山，雨復大作，淋灕霑溼，同游者更相慶也。客曰：「黄山之游樂乎？」余應之曰：「樂則樂矣，游則未也。三十六峰之最著者，莫如天都、蓮花。出芳村，則蓮花峰離立；抵白龍潭，則天都正中如屏。陟慈光寺，踞天都而枕蓮花，離而又屬，顧若宿留。憇文殊院，天都東拱，若幡幢之建立；蓮花右翊，若瓣花之披敷。兩峰之面目畢見矣。自茲以往，偭背易嚮，步武換形，如鏡中取影，橫見倒出，非坐臥俯仰，不能髣髴，而茲遊未遑也。昔人言採藥者裹三日糧，達天都頂。萬曆間，普門、闊菴，相繼登陟，石塔旛燈，儼然在焉。夫獨非腐肉朽骨，而遂如天之不可升耶？石門爲黟山之中峰，歙郡黃山樓北瞰此峰，峰勢中坼若巨門。唐人有詩曰：閒倚朱欄西北望，只宜名作石門樓。則石門之高峻，唐時郡樓見之，而遊人無復過問，卽山僧亦莫知所在，此可以名游耶？游茲山者，必當裹餱糧，曳芒屨，經年累月，與山僧樵翁爲伴侶，庶可以攬山川之性情，窮峰巒之形勝。然而霞城乳竇，紫床碧枕，毛人之所飲，阮公之所歌，未可以津逮也。桃花如扇，松花如纛，竹葉如笠，蓮葉如舟，非鍊形度世之人，未易遘也。三十六峰之巔，樵蘇絕跡，猿鳥悚慄，唯乘飈輪，駕雲車，可以至焉。列子言海外五山所居之人，皆仙聖之種，一日一夕，飛相往來者不可數。吾安知仙聖之人不往來于三十六峰之間，如東阡北陌乎？吾將買山桃源，朝夕浴于湯池，鍊形度世，然後復理游屐焉，山靈其許我哉？

記之八

山之奇，以泉以雲以松。水之奇，莫奇于白龍潭。泉之奇，莫奇于湯泉。皆在山麓。桃源溪水，流入湯泉乳水源，白雲溪東流入桃花溪，二十四溪，皆流注山足。山空中水實其腹，水之激射奔注，皆自腹以下，故山下有泉，而山上無泉也。山極高，則雷雨在下。雲之聚而出，旅而歸，皆在腰膂間。每見天都諸峰，雲生如帶，不能至其冢。久之，滃然四合，雲氣蔽翳其下，而峰頂故在雲外也。鋪海之雲，彌望如海，忽焉迸散，如鳧驚兔逝。山高出雲外，天宇曠然，雲無所附麗故也。湯寺以上，山皆直松名材，檜榧楩楠，藤絡莎被，幽蔭薈蔚。陟老人峰，懸崖多異，松負石絕出。過此以往，無樹非松，無松不奇。有榦大如脛，而根蟠屈以畝計者；有根只尋丈，而扶枝疎蔽道旁者；有循厓度壑，因依如懸度者；有穿罅冗縫，崩迸如側生者；有幢幢如羽葆者；有矯矯如蛟龍者；有臥而起，起而復臥者；有橫而斷，斷而復橫也。文殊院之左，雲梯之背，山形下絕，皆有松踞之，倚傾還會，與人俛仰，此尤奇也。始信峰之北厓，一松被南厓，援其枝以度，俗所謂接引松也。其西巨石屏立，一松高三尺許，廣一畝，曲幹撐石厓而出，自上穿下，石爲中裂，糾結攫拏，所謂擾龍松也。石筍矼、鍊丹臺峰石特出離立，無支隴，無贅阜，一石一松，如首之有笄，如車之有蓋，參差入雲，遥望如薺。奇矣詭矣，不可以名言矣。松無土，以石爲土，其身與皮幹皆石也。滋雲雨，殺霜雪，句喬元氣，甲拆太古，殆亦金膏水碧上藥靈草之屬，非凡草木也。顧欲斫而取之，作盆盎近玩，不亦陋乎？度雲梯而東，有長松夭矯，雷劈之仆地，横亘數十丈，鱗鬣偃蹇怒張，過者惜之。余笑曰：「此造物者爲此戲劇，逆而折之，使之更百千年，不知如何槎枒輪囷，蔚爲奇觀也？吳人賣花者，揀梅之老枝屈折之，約結之，獻春則爲瓶花之尤異者以相夸焉。茲松也，其亦造物之折枝也與？千年而後，必有徵吾言而一笑者。」

記之九

黟山三十六峰，詳載圖經，學士大夫不能悉其名，而山僧牧子不能指其處，所知者，天都、蓮花、煉丹、硃砂十餘峰而已。石人峰譌爲老人，雲門峰譌爲剪刀，疊嶂峰譌爲勝蓮，又有以培塿而冒峰名者，始信峰也。李太白有詩送温處士歸黃山白鵝峰，今不在三十六峰之列。蓋三十六峰皆高七百仞以上，其外諸峰高二三百仞者不與焉。白鵝峰或亦諸峰之一也。自普門安公乘宿夢因緣，闢文殊院，命老人峰背一嶺曰三觀嶺，於是命名者紛如，曰光明頂，曰天海，曰師子林，皆傅會文殊院而名也。普門開山之後，徽人以黃山媚客，軺車輶軒，至止相望。所至輒樹眉顏額，磨崖題名，青峰白石，有剝膚黥面之憂，三十六峰亦將不能保其故吾矣。山之巔曰海子，繇平天矼循鍊丹峰里許，名曰海門，光明頂爲前海，師子林爲後海，修廣可數里。如以茲山峻絕，目其平衍處爲海，則華山之頂，高巖四合，重嶺秀起，不名之曰華海。如以雲生之候，彌望雲浪，目之曰海，則泰山之雲，觸石而出，膚寸而合，不名之曰岱海。以海名山，以黃名海，紕繆不典，當一切鐫削，爲山靈一洗之也。自山海經、水經紀三天子鄣，亦曰三天子都，地志家紛紛聚訟。有疏通之者，曰率山爲首，黟山爲脊，大鄣爲尻。似矣。新安老生吳時憲曰：「黃山有最高峰曰三天子都，東西南北皆有鄣。婺有三天子鄣，南鄣也。匡廬亦稱三天子鄣，西鄣也。績溪有大鄣，東北鄣也。天都爲天子都，率山、匡廬、大鄣，爲天子都之鄣。此伯益、桑欽之疏義，而黟山之掌故也。」時憲振奇人也。所居環堵，巢書其中，見溪南富人，則唾面去之。余遊新安，新安人無能舉其姓名者矣。故余作黃山記，以時憲之言終焉。

初學集卷四十七

行狀一

特進光祿大夫左柱國少師兼太子太師兵部尚書中極殿大學士孫公行狀

曾祖懷曾祖母李氏

祖逵祖母蕭氏

父麒母張氏　三代皆歷贈特進光祿大夫、左柱國、少師兼太子太師、兵部尚書、中極殿大學士，妣皆贈一品夫人

北直隸保定府高陽縣城北西莊里孫公年七十六狀

公諱承宗，字稚繩，其先河南之湯陰人。永樂中，有諱遇者，徙居高陽城北二里之西莊，子孫因家焉。遇生懷，懷生逵，逵生麒，麒生四子，叔子諱敬宗，繇舉人仕至兵部職方司員外郎，而公其季也。家世豐產，孝弟力田，好行其德。公之父太公俶儻闊達，耽詩酒。歲

大祲，族里皆仰給以生。傾家以應徭役，產益落，其任俠好施自如也。公生二歲，凛然如成人，鄰媪予之餅，必懷歸以遺母，母食然後敢食。母使之旋，顧視諸甥成童者曰：「孺子在旁，不便也。」母笑而異之。年十餘歲，徒步從職方公讀書學宫，往來西莊，遇風雪，職方公欲負之，公不肯。兄弟相視，含涕而笑。遂從職方公授五經諸史，穿穴今古，蔚爲碩儒。年三十二，應選貢試，奉天門對禦倭策萬言，文不加點。是日西華門災，紅雲覆五鳳樓。公賦詩記之曰：「黄扉進御平夷策，應許書生抱六奇。」其自負已不徒矣。是歲舉於鄉，又十年舉進士。公長而鐵面劍眉，須髯如戟，聲如鼓鐘，殷動牆壁。方嚴鯁亮，沈塞果毅，不苟訾笑，不妄取予。雖爲儒生，巋然如巨人長德，人望而畏之矣。嘗授經易水、雲中，杖劍游塞下，從飛狐、拒馬間直走白登，又從紇干、青波故道南下，結納其豪傑，與戍將老卒，周行邊壘，訪問要害阨塞，相與解裘繫馬，貰酒高歌。用是以曉暢虜情，通知邊事本末。大同兵噪圍撫院，鼓聲如雷，闔署莫知所爲。公教令史書榜示曰：向某道領餉，譁者斬。兵士從門闔中窺之，蕘然而散。巡撫房守士執公手而嘆曰：「非吾所及也。」萬曆三十二年，試進士，唱名第二，除翰林院編修。十二載遷左春坊中允，歷左諭德、司經局洗馬。熹宗即位，遷左庶子，充日講官，拜詹事府少詹事，加禮部右侍郎，協理詹事府事，日講如故。公爲史官，不造請權要，不徵逐游讌，厚自貴重，泊如也。顧不屑爲低眉拱手，優閒養望。館閣間有大議，矯尾厲角，奮褎而譚，往往自公一言而決。內閣以中堂相臨，兼有師資之誼。其賢者爭相引重，退而一無所附麗；其不賢者深自悶匿，不欲一過其門，及其罷免死亡，未嘗不鄭重慰藉也。神宗末，東宮有梃擊之變，御史劉廷元以風癲蔽其獄，閣臣吳道南密以諮公，公曰：「事關東宮，不可不問；事關皇宮，不可深問。龐保、劉成而下，不可不問也；龐保、劉成而上，不可深問也。獨皇上能了此，須中堂密揭啓之耳。」道南謝曰：「謹受教。」於是梃擊之獄定。已而爲人序諫草曁南闈發策，頗著其語。主風癲者銜之。丁巳，內計議左公於外。掌院劉一燝曰：「孫公國之元氣，誠不忍阿附黨論，得罪天下萬世也。」力持之，乃止。熹廟初御講筵，內閣戒講官講章宜簡要，講畢勿多獻替，恐上倦弗能省也。公告同官曰：「主上幼沖，在我輩六七措大，開導聖聰，講章須詳明切直，博引曲譬。若講官聽中堂爲芟改，中堂又視中人爲忌諱，則講筵爲無人矣。中堂當擇講官，不當擇講章。與其擇講章，寧去講官可也。」講官李光元亦以內閣不宜芟改講章上書爭之，於是講章乃得勿改。公當進講，容止莊靜，敷陳剴切，忠誠惻怛，著見眉宇。上聽之輒灑然動色易容，詢近侍：長鬚者何官？曰：「庶子孫某。」上曰：「我偏懂他講。」每進直講姓名，輒喜曰：「我又懂他。」上朝罷，喜謂近侍：「我尊重如此。」移宮之議，司禮王安主之。公恐上幼而驕，宮闈之中，或導之以薄也，進講克明俊德章，既畢，乃疏解以親九族高曾祖父子孫曾玄之詳，因反覆開諭，言「帝堯德爲聖人，尊爲天子，決不敢自恃，說自家是天子，極尊重了，便輕疎一家骨肉。所以要親愛九族，處置得所。我皇上内有宫眷戚畹，外有宗室親藩。皆九族之支屬，須要同其好惡，共其富貴。凡先遺眷屬，仁至義盡，無使驕恣，無俾恫怨，以傷親睦」。上端凝拱聽，退而喜曰：「我今日纔知九族，昨日如何不做在講章裏？」安曰：「講官於講章外臨時發明耳。」然而安殊不懌也。進講次，上嗽，以紙拭涕唾。公東向拱立不進，上目之，東班官亦目趣公，公拱立如故。俟上拭罷整衣，乃前講「出入起居，罔有弗欽」。於出入起居四字，點分爲讀，抑揚其音節，以聳上聽。備述堯、舜欽明兢業及我二祖敬天家法，上肅然起敬，退謂孫講官知禮。再講，値上嗽，公釋籤以待，上益莊，不復拭唾矣。凡講官讀書，近侍皆先期進讀，字韻有互異者，上高聲讀某字爲某，講官從之，不敢是正也。公侍上讀書，至三百六旬有六日，讀六爲溜，上高聲讀溜者三，公亦高聲讀祿者三，上改而從公。退而知溜音之譌也，戒近侍曰：「畢竟拗講官不過，以後休錯被講官笑。」公謂安及高時明曰：「民間家塾講習，朝夕聚首促膝，羣萃笑語，相習而熟。今上御講筵，恭默無一問難，臣下日跼蹐而退，何繇熟也？常朝奏事，例有口答。今借此儀，與公等約：上問某句，講官通俗細解；再問，講官又細解。借此套數，起發問難，俾上漸通曉機務。講帝鑑圖說，指圖畫像如民間詞話演義之比，俾聖心與臣下日親日熟，入而後說之，此啓沃之要也。」時明曰：「非復午講不可。」安曰：「甚善，當請修九五齋。」時明曰：「孫公欲致君堯、舜，須有茅茨土階遺意，何必修齋而後講乎？」安、時明皆先帝東朝伴讀，夜直宿御榻旁，孳孳爲聖學計。未幾，逆奄魏忠賢用事，殺安，罷時明，公亦輟講帷以去，而講筵遂爲故事矣。公每嘆息，謂「君德成就責經筵，亦須內閣與司禮有人，不能獨責講官。而天啓中之經筵，獨視內臣之賢否以爲隆汚，則良可愧也」。萬曆四十二年，建州酋奴兒哈赤叛，襲撫順、清河，大兵分四路進討，我師敗沒。已而開原、鐵嶺並陷，擒西虜宰賽，滅北關，要結煖兔、炒花諸部，脅服朝鮮，其勢益張。朝議倚遼撫熊廷弼，謂足以辦奴。公曰：「未也。當大事須置身天宇之外，俛視所營，迺能洞析情勢，使敵在我目中。今身爲遼事所圉，敵見我而我不能見敵，惴惴懼敵之入我室，發我屋，曾暇及藩籬之外乎？一城挑三道河，虎皮驛破不能救。枝斫膚剝，而曰護其本根，樹其能久乎？」詞垣爭扼腕論兵，有事招練，公守官自如，顧舉朝皆視歸乎公。廷弼去，奴陷我瀋陽，遂陷遼陽，經略袁應泰自焚死。乃即家起廷弼，經略遼東，寧前道王化貞爲巡撫。化貞自詭能結西虜，用六萬兵破奴，而廷弼主固守，兩人遂相惡，交相謗也。上勅廷臣議經、撫去留，至欲專命使講解，奴兵已駸駸度三岔矣。崔景榮爲兵部尚書，老臣遲頓，數爲言官所詗詈，御史方震孺請罷景榮，以公代，舉朝和之，疏以累百計。朝罷，九卿臺省要公於會極門，相率下拜曰：「願公出身爲社稷計，吾輩爲社稷拜公。」公固辭不可，遂推公爲兵部添設侍郎，以主東事。

上不欲公離講筵，疏再上不許。天啓二年正月，奴兵略廣寧，未至，化貞棄城走閭陽，廷弼見而唾之，惶遽嗚諕，焚棄右屯以西四百里。遂與監軍道臣高出、張應吾、邢愼言躡化貞後，相將入關。出至是已再逃矣。出之初逃也，上書於朝，請盡捐河西地以予西虜，我退守山海關，可以自保。其再逃也，益播其書於長安，幾惑衆以逃死。懦夫逃臣，競相祖述，且謂當并棄河東，畫關而守。中外聞斯言也，益懼。大臣雖未敢明主其說，而亦不能斷以爲非也。蓋關門退守之議，昉於此矣。於是請用公者益亟，以謂不可朝夕待。上亦急東事，不復能留公於講筵，乃拜兵部尚書兼東閣大學士，以二月十八日入直辦事。凡九日，卽命以閣臣暫掌部務。辰入閣，午入部，仍以侍郎承旨。公入部卽上奏曰：臣家非業武，口不談兵，不知諸臣何以謬相推許，致皇上誤信，授以兵樞。臣再四省循，或者諸臣見臣頗負慷慨之氣，不投時好，不畏時嫌，以臣戇質，信臣直腸。臣惟今天下事無一不難，而兵事更難。自非負十分精敏之才，兼幾分癡騃之性，決不肯妄承於身。所謂癡騃者，習聞忠君愛國之說，不狥人情，不聽私屬，投之賄必告於朝，遺之書必聞於衆。其懃懃懇懇，期於集思，不以護黨；期於廣益，不以植私。故能勞怨不避，毀譽不聞，不化長安之習性，不顧從旁之螋口。臣今仰告皇上，今天下敝極矣。若不極力修明祖宗法度，以大布皇上德澤，人心必不能固結，士氣必不能奮揚。臣下所爲致身以奉明法者，徒以供妬忌之口。皇上虛明以察事理，詳密以燭人情。飭厲文武諸臣，勿角口語，勿事虛文，以公忠憂國之心，勵精敏有爲之氣。事關軍國大務，羣策羣力，一德一心，同議幹理，同議節縮。司兵馬者，不得恣意於所不可多而不顧供億之難；司錢穀營造者，不得刻意於不可少而不顧星火之急。卽科道各官，事必盡言，言必盡事。第人有賢否，事有緩急，須身在事中者，詳酌輕重，悉心料理，以副言者之籌策。諸臣望臣以必行，抑且望臣以必可行。臣望諸臣以必言，抑且望諸臣以必可言。惟必可言乃必可行，人患言者之多，臣患其少耳。臣原無他長，獨有眞念；其有梶格不行，仰干名法者，容臣執三尺以入告皇上，將天下警心迅霆，頓破沉陰，是臣之志也。又敬陳目前切要曰：年來兵多不練，餉多不覈，以將用兵，而以文官招練，以將臨戰，而以文官指發，以武爲備邊而日增文官於幕，以邊任經、撫而日問戰守於朝。其一種因循誕謾之象，徒相與咨嗟而不能返。故以一隅勤天下，遂至斂天下之兵於邊，而旣壞一隅，兼壞天下。臣以爲今天下急務，在收拾人心；而欲收人心，在大振天下之氣。其綱紀大要，在皇上勑厲臣工，共奉祖宗之法度，而先選精敏有爲之材。昔劉晏爲度支，專用果鋭少年，務在急速集事。世或非之，而不知治固有時。方今百吏因循，庶政叢脞。宜令吏部細加體察，凡寛博近迂，文藻近弱，遲暮近衰，急爲量移。務得精敏有幹局者，布列兵馬錢糧之司，撫道俱極一時之選，大破常格，勿拘資敍。又不得借破例以狥情。分郡邑之長，務擇廉幹。蓋郡邑倘可搜括儲待，而廉乃不私，幹乃有用，遂可積餉養兵，以應徵求，以辦城守。凡地皆然，而畿內爲急。至於武吏，不拘曾在戰陳，曾爲大將，亦不拘文武，兵部調諸將有才望者徧覈之，擇一沉雄有氣略者，授之鉞，俾開府，專辟置，偏裨而下，得自擇其人而授之朝，或朝有推授，仍聽其自擇意氣相合者，卽以其人若所辟置之人。分募精兵，多不過十萬，或有見兵若調募來者，仍令自爲簡汰而用之，如所自募。縱其撫賞之費，而任屬專，聽信明。文吏得與謀議供軍實，不得制其師。蓋兵之道，精不可以事窺，麤不可以理解。而文吏泥拘，好用小見解，沾沾將吏之上，能令將吏羈縶而不得展。以文統武，自是敝法。以極不知武之文，統極怕文之武，更屬極敝之法。故臣謂今天下當重武吏之權。而重武之權，亦唯是去文吏之擾，但得無多設文官，則武吏不輕。如鄉者劉綎、杜松，近者羅一貴之勇烈，假令得專制之權，何至於敗惜也。大將旣得其人，便當以遼事付之，小勝小衄，皆勿問，要於守關無闌入，俟兵力之厚爲恢復。城堡有所復，卽以畀其人，略法黔國。使其人之精力，全用於遼，得寸則寸，得尺則尺，以幹家之智幹國，必無遺力。而朝廷特資兵餉，明賞罰，以防跋扈之漸，如周、宋之初，可法也。國家京營兵十萬，日添文添武以爲兵害，而不少添其餉。營兵上等之餉，不當募兵下等之餉，何能爲練？當如募兵之法，列餉爲三等，而以遞升遞降之法，簡拔清汰，環城爲營。每城建三營，營可八千有奇。建營之法，卽以陣法爲之。令什什伍伍，在營如陣，在陣如營。升其伉健有爲親軍，而老弱拊營，姑任之爲老家，如宋初升藉之法。不變常，不動衆，而陰奪其勢，不憂其徒衆而易譁也。其大要在先簡營將，無以文吏操之，而清其拜座主之費。尤在總協大臣，挈持綱領，勿循格套，以提掇營將之精神，則京兵可強，募兵可省，而外兵屯聚之禍可銷也。永平爲陵京重鎮，爲山海後勁，不可再設巡撫，却不可不設總兵，與山海、薊鎮爲犄脚之勢，爲皇上護此雄關。盧龍、薊門諸州縣，宜略倣各邊之法，城各設守將一員，添兵防戍，築壘於必爭之地，使鎮戍連接，墩營相望，關西州縣，處處設兵，雖爲各城防守，其實於東則若以山海之兵分布於各城以爲老營，於西則若以京師之兵分布於各城以爲突騎，每城擇健令及佐貳，團結義民，安插流傭，兵卽於本州縣招募，器甲糧餉，給以本地錢糧。近畿三百里內，發數萬金儲米豆爲備，備而不用，可平糶以賑民，而官饒其息。一片石而西，戚繼光故壘在焉，可按其踪而加修葺。畿南涿、易以及通州，當清理額兵，兼募新兵。撫臣張鳳翔議招兵五萬，臣謂有一兵當得一兵之實用，無哆口幾千幾萬，不得一兵之用也。天津、北平若京東，皆可屯田，以屯撥遼人，以渠限胡馬，以租給軍餉，此三便也。臣之所言，非有迂遠難行，然惟法乃定，惟斷乃成。臣非欲棄老成，奬新進也；又非欲遺道德，尙名法也。天下因循誕謾，姑務偷安，大廈之不支，而苦守門戶；要領之不問，而牢護面皮。臣誠不忍見皇上之法，凌夷蠱壞而不可收拾，遂敢冒天下之私忌，以修朝廷之公法。自古法之利國家者大，而奉法之害，其中於身者亦大。若言必遜皇上之心，動必諧衆人之意，老成長慮，却顧身名，不爲皇上主持。今天下豈少此人，而皇上亦何取於臣哉！當是時，奴警日亟，長安一夕數驚。閣部大臣，瞪目屏足，苟幸旦夕無事。言官如蜩螗沸羹，聚族分部，莫適爲公家計。公既以法斷自任，乃上章請下熊廷弼於理，與王化貞並讞，以結正朝士之庇護經、撫分左右袒者。請逮給事明時舉、御史李達，以懲蜀之招兵致寇者。請詰責募兵監軍諸臣，以次究問，以警有位之骫骳者。公所彈治，或時所譽望，及抗章推薦公者。人或以謂公。公曰：「法者，天下之公也。吾輩先置身於法中，然後可出其身爲朝廷明法。若以其讎而入之，親而出之，毁而伐之，譽而捨之，壞法實自我始，何以信天下？」奏上，詔如公所請，舉朝聳然，始知有國法，而側目怨咨者亦多矣。招兵之議起。勳戚爭先奮臂，公請一切停止，曰：「勳臣總京營，坐五府，果能清理，則京營十萬衆，莫非強兵。舍見在之清理，博虚名之召募，臣不敢信也。」布衣爭上書，言結死士，一呼千萬人立至。公請一一核之，曰：「王韶、郭京之流，好以大言僨事，恐其爲權門之藉託，此輩爲神君也。」駙馬都尉王昺，公夫人之姪也，公覆其疏，曰：「廷議尚有參差，本官宜切引避。」其不私親暱，不辭怨謗，皆此類也。兵部尚書王在晉代熊廷弼經略遼東，而王象乾先以兵部尚書行邊，總督薊、遼。象乾在薊門久，習知西虜種族部落，西虜亦愛之。然實無他才略，用漢財物啖虜，煦煦相媚說而已。至是欲用一百二十萬以撫西虜，藉以禦奴。象乾老矣，聊用以覊縻顧望，幸得解去。而在晉之出也，深倚象乾，謀用西虜以襲廣寧。象乾甚之曰：「得廣寧，不可守也，爲罪滋大。重關設險，衛山海以衛京師，此穩著也。」在晉乃請築重關於山海關外八里鋪，工四千餘丈，費一百二十萬，而麗譙亭障不與焉。關門僚佐袁崇煥、沈棨、孫元化力爭不能得，皆奏記於首輔葉向高。向高曰：「是未可以臆也，當身往決之。」公曰：「某當往。」疏請以六月十五日單車就道。陛辭，加太子太保，賜蟒玉銀幣，先後控辭，疏辭五，口辭二，皆不許。二十六日抵關，閱新城。公詰在晉曰：「新城成，即移舊城之四萬兵以守乎？」曰：「當另設兵。」公曰：「如此則八里內守兵八萬矣，一片石而西北，不當有守乎？其戰兵即守兵乎？抑另有戰兵乎？築關在八里內，新城之背，即舊城之趾也，舊城之品坑地雷，將爲虜設乎？抑爲我新兵設乎？新城可守，則安用舊城？如不可守，則新兵之四萬倒戈舊城之下，將開關延入乎？抑閉關以委虜乎？」曰：「關外有三道關可入。」公曰：「若是則虜至而兵逃如故也，安用重關？」曰：「將建三寨於山，以待潰卒。」公曰：「兵未潰而築寨以待之，是教之潰也。若是，則又安用重關？且敗兵入三道關，虜不可尾而入乎？人心一潰，不又爲全遼之續乎？」曰：「將於八里內南負山，北抵海，掘溝二十里，以限胡馬。」公曰：「徐中山之經度斯地也，左山右海，砂少土多，故扼要爲關。今將踐砂鑿石，火燒水激而成河，不亦難乎？成祖棄大寧諸城，而獨守遼東，以大寧退有薊門天險，遼西非遼東不可守也。今不爲恢復大計，切切然畫關而守，將盡撤藩籬，日闢堂奥，畿東有寧宇乎？」關門諸僚佐俱從，在晉數目之，頗倚以爲助。公出褏中揭帖眎之，曰：「諸君皆以爲不可，今日何默默也？」在晉語塞而止。是時關門議防守未決，閻鳴泰主覺華，袁崇煥主寧遠，在晉堅持不可，主守中前。而逃臣張應吾、邢愼言力佐之。公欲便衣策馬，歷寧遠、覺華，相度形勢。在晉固止之，曰：「關外西虜充斥，元老出，脱有不虞，當關者何所逃死？」公笑而不許，則涕泣告哀於幕僚，乃抵中前所而止。公出關，毳幕氈車，雜遝岡阜，駝馬滿野，腥羶撲人。繇關門至寧遠，皆曰：「西虜爲防守，而時以刼殺報。」乃知守邊助順之不可信，而主撫者之非忠計也。關以東，寧遠以西，五城二十七堡，獨一城一堡僅存。前哨將左輔名駐中前，實不出八里舖，知守關者之無意於關外，卽守中前亦非其本懷也。入中前所，所過荒落，井臼依然。登其城，潸然下新亭之淚。遙望寧前，天設重關，以護神京。覺華島孤懸海中，與寧遠如左右掖，天設以爲用水制奴之地。而益知畫關者之失策也。公固已決計收復，然欲自在晉發之，推心告語，凡七晝夜，在晉終不應。奴之徙錦義而東也，義州人楊三、畢麻子閉城拒守，所殺奴幾與城平，遂奔據十三山爲寨。奴仰攻之不下，築長圍以困之。楊與畢自相圖，楊三死，畢麻子遣陳天民求救曰：「義民十餘萬，忍死以待天兵。」公與王象乾計，以五千兵據寧遠，出鋭師以突之，俾潰圍以出。象乾議發西虜爲聲援，在晉不可，乃陽具疏爲請救，而極陳其不可救之狀。圍久不解，冒大雨夜跳者六千人，其餘僅二男子得脫，躄而入關，公督師後之四日也。公在道，乃條列閱關事宜以上，論守關則曰：奴未抵鎮武，而我先燒寧前，此前日經、撫之罪也。我棄寧前，奴終不至，而我堅委爲西虜住牧之所，不敢出關向東行一步，此今日道將之罪也。道將既縮朒，匿影關內，而不能轉其畏奴之心以畏法，化其謀利之智以謀敵，此臣與經臣之罪也。臣與諸臣議，與其以百萬金錢浪擲於無用之版築，不如以築八里者築寧遠之要害，更以守八里之四萬人當寧遠之衝，與覺華相犄角。奴窺城則島上之兵旁出三岔，燒其浮橋，而繞其後以橫擊之，卽無事，亦且驅西虜於二百里外，漸遠於關城，收二百里疆土於宇下。論撫虜則曰：督臣撫夷用夷之說，臣種種有疑。喇愼、朶顏諸部，力能爲我守也，何不令守寧遠以東，而我得以守寧遠。彼不能守寧遠也，亦何取於守山海乎？都、塞二酋自稱住牧與奴相連，曰和也在我，殺也在我。又曰奴送貂馬於二酋，欲結婚而未應也。時云殺奴，時云和奴，既窺我所欲以歆之，於奴若親，且於奴若怨，又窺我所忌以要之。其通官將，無借爲重而浮湛其辭者乎？虎酋之助順也，犒賞喫食可二十萬，夷兵二萬守邊，歲犒賞三十六萬。酋之助順也，以何時也？助必有主，我於何時以何將何兵從何道出，而但曰助順？或曰塞上增兵二萬，歲費餉一百九十四萬有奇，募兵又不能不撫夷，歲費銀二百三十四萬八千有奇，用虜僅一百二萬。謂用虜而遂可省用兵也，臣又疑用虜而終不能不用兵也。且此五十六萬者，以今歲進兵而一用之乎？將歲仍爲額乎？歲百二萬，已不能繼，而又終不能去兵，二百萬之餉更繁，而百二萬之額歲益，天下其堪此乎？且此之款也，與宣、雲異。宣、雲之款，卽作惡之虜既款則惡息，而調發之費省；今作款，一虜作惡，又一虜借此之款以息彼之惡。卽款者不能，而款之者何可必望。皇上勑經、督二臣，力修内備，勿倚此爲實著，而忽臣之所疑也。論安插遼人則曰：有關内之遼人，玉田、豐潤之間，擁犢車，載婦女，朝東暮西，而呼號於道者是也。法當籍所聚遼人，分注其衞所，量州縣大小，分撥鄉堡，毋令流移不定，而事久變生也。有關上之遼人，環關城之外而片蓆爲窩者是也。法當籍其拳勇，盡募爲兵，置之中前、前屯，漸及寧遠；更擇其有家口者爲屯牧。以遼人守遼土，以遼土養遼人，此大計也。又有關外十三站之遼人，義民十餘萬，因山爲寨以待救者是也。法當如袁崇煥議，駐兵寧遠、覺華，迎護以歸，強者爲兵，弱者屯牧，此復遼之資也。當事者恐其召兵，苦其歸而無計安插，展轉躊躇，聽其自爲生死。亂賊既不能誅，而忠義又不能援。十萬之衆，盡化爲東西虜，何可緩也？論戰守大略則曰：爲今之計，不盡洗天下之肺肝，不能起朝氣；不盡改天下之觀聽，不能收殘局；不盡破庸人之論，則中外之聞聞見見不淸；不盡驅逃潰之人，則幕府之是是非非不正。逃不在兵而在道、將，哨馬回而道、將相率而逃，兵於何有？道臣如張應吾、邢愼言，何以抗顏將吏之上？姑舍之以全其生，而關門無攢眉忸怩之氣，亦足艷也。逃將皆肥頭大面，關門有酒肉走路之謠，十六里關城，豈堪此數人爲祟？精簡而嚴汰之，别選拳勇膽智之將，邊事尙可爲也。臣之意實著在及時立練精兵，而練兵在精選良將。其要在有沉雄博大端謹精詳之大臣，以提挈道、將。其主意在守，而其守在力修戰具，其戰具在關，而其提掇全鎭之精神，無一人無一念不在關以外，仍以用西虜用東江爲虛活之著，勿跼足於十六里之內，而目不外窺，趾不外錯，乃爲善守關也。臣至關，而眞見有人爲主，便可立地化爲強將強兵，種種著數，自可爲計；無人爲主，卽終日終年調兵調將，百毛文龍，萬西虜，十重城，百道塹，終是隔鞾搔癢。獨是承前人蠱壞之餘，正秋高馬肥之日，一接手而天下事不可知。然而來不可知，幸其不來，則尙及時可爲。臣深爲經臣懼之，亦竊自懼也。公入關，過一片石，閱薊鎭諸口，大雨留建昌七日，條奏關西東形勢事宜，及薊、昌諸鎭防守，三鎭分轄，衝邊水災，凡十餘疏，無慮數十萬言。恭謁定、慶二陵，泣下霑襟，慨然有致命遂志之感焉。上遣中官賜銀幣羊酒，以勞其還，命仍掌部事。上御講筵，公面陳部事，極言在晉不足倚，然勤瘁可念，當量移以善其去，而付之能者。上卽召還在晉爲南京兵部尙書，盡逐逃臣張應吾等，而八里築城之議罷。是行也，省費可九十七萬，薊鎭所裁減撫賞又八十三萬五千。公督師四年，經費財一百三十餘萬，取諸兩尙書之所罷而有餘也。經略闕代者，益難其人，公上奏曰：臣於講筵，面陳關城事宜，荷蒙一一俞允，且急催更易經略。而目前人才只是如此，關城之事，擔閣已久。半年來，兵未合營，將未束伍。獨有逃官逃將，議築議鑿，主守主退，以迎合經臣之指，而媒孽異己之不爲逃者。以畏奴爲持重，以逃死爲老成，以媚夷爲制虜，以棄地爲守關，以三十萬可了之工而估百萬，以八里地百萬之費而縻歲時。大將方事經營，而彈文已絆其手足；道、將甫有籌策，而軍府又拄其頰牙。忠良稟計於逋臣，敢勇程材於罪弁。滿鎮之旌旗無色，一方之喧呶有聲。杏山十萬之義兵，豈忍其委於夷虜？關城數萬之流冗，豈忍其盡爲捐瘠？寧遠以內二百里之疆土，奴酋所未到，豈忍其鞠爲西虜之幕場？經臣業蒙召還，舉朝似難勝任。臣再四思維，與其以天下之大付之不可知之人，而並以身從，何若以身任之，卽天下以爲不可知，而臣猶得以自竭其力。臣願以本官赴山海督師。奴來窺關，以見在之將，督率三軍，必不使匹馬橫行。奴少斂戢，則簡驍雄膽智之將，訓練士馬，指授方略，待兵將調和，文武豫附，進可以攻，坐可以守，然後擇其可付大事者，授以經、撫之任，是臣所以忠於皇上而報神廟、光廟之生成也。上大悅，遂詔以原官督理關城及薊、遼、天津、登、萊各處軍務，便宜行事，不從中制。俟功有次第，卽召還朝。仍給關防勑書以便行事。勑曰：夫內安外攘，夙稱重任；出將入相，尤鮮兼才。惟卿以密勿贊襄之臣，兼干城腹心之任。既謨謀於帷幄，復筦攝乎戎樞。今且秉鉞以統元戎，建牙而專外閫。安危之任，實惟一身。朕所倚賴，亦惟卿一人。漢則孔明，唐惟裴度。卿其勉建勳猷，除兇雪恥，標名麟閣，毋遜前徽。用副朕委任至意。卿往欽哉！本朝閣臣出將者，楊一清卽家起，翟鑾奉詔出，皆不兼閣銜，故勑書以裴度爲比。葉向高之辭也。公乃辟職方主事鹿善繼、王則古贊畫軍事，請帑八十萬以行。八月十九日，上御門臨遣，賜尚方劍坐蟒，命百官吉服入朝，閣臣送至崇文門外。昔裴度赴淮西，憲宗御通化門慰勉，度樓下銜涕而辭，史臣書爲盛事。自度以來，相臣出鎮，臨遣賜鉞之禮，未有如公者也。公以九月三日至治所。關兵名七萬，逃潰之餘，殘冗漫漶，或將數百，或纔數十，各自爲符籍以冒餉。有兵少將多，一營纔兵四十而官十七員者。一城聚兵數萬，民不堪踐蹂，空肆而走。兵譁於市，白晝閉門，民不安居，兵不得食。乃定兵制，立營房，五人一房，三千一營，十五營爲三部，而將帥以營部爲署。兵不離將，將不離帥，教肄分而稽核便。商販日至，市肆充牣，民安而兵不復譁。行之期年，關乃可守。計關城埤堄，三千有奇，量埤堄爲信地，而兵營綦布其下，續爲十八垛，造直廬三，以車營號令爲城操法，耳目不驚，攻打徹日，子母砲更迭不窮。袁崇煥寧遠之捷，用此法也。併夾城之役，修築關城，南防海口，北防角山。水則從望海臺出芝痲灣，三面環海，安大砲爲橫擊。陸則三道關之石城，可頓萬人，開突門爲夜擊。北水關外，有峻嶺，築號臺十一，置砲以防外瞰。相度山海爲防，卽設奇山海之間。此守關之大略也。關門習火器者不能二百人，公親按營部，短衣教演，初有賞無罰，既而賞罰參用，因以殿最諸將，於是關門有火兵矣。調三協諸將內丁，得梟騎三千，立爲騎營，高其部曲之選，使李承先將之，躬酹酒，具威儀以遣之。於是關門有騎兵矣。罷官之去關也，流言於衆曰：「督師來，將盡殺逃將逃兵。」欲鼓以爲亂。公曰：「兵逃，將之罪也。將可用，猶貰之，況於兵乎？」下上賞罰，以一切行之，久之皆弭伏，無復偶語夜驚。於是大閱諸將，汰副總兵以下官數百員，皆幸生還，捧首竄去。汰將然後核兵，眞、保、河南兵萬人，不足備緩急，而中原三輔空虛，方數千里有踐更之苦，悉罷去之，而兵將一淸矣。按覈錢糧，以兵馬軍器火藥撫夷買馬，分屬諸幕僚。定糧餉關支，覈器甲營造，冒破者斬。嚴硝磺收放，厲火禁營，若城失火，無問故誤皆斬。禁饋遺，絕宴會，罷供帳，却郵馬，省參謁。撫臣以燕閒置酒，下教切責。於是關門凜如負霜矣。王在晉之議守中前也，故中軍趙率教請守前屯，在晉怒，令自率其衆三十八人往。率教懼，留中前，不敢歸，而陷虜回者六千人，棲泊覺華島，即十三山義民乘雨逃出者也。公乃命遊擊魯之甲以舟師從筆架山逆之，使居前屯，率教編次之爲兵，薙荊棘，修樓櫓，而關外之出守始於此矣。遼人好潰，奴細作多廁其中，遼破之後，東入奴而無遺種，西入虜而餓莩奴隸，入內地而無以自存，善用之，遼人皆怨軍也，且可以省安家行糧之費，而漸爲土著。命島將祖大壽給貲糧器械於新歸者，募其流徙關內者，戍寧遠而守之。餉不繼，以眞、保四營抵之。於是遼人始出關爲兵，而屯守始基之矣。川、湖兵悍，不受經略約束，結隊而逃，踞北山不肯下。袁崇煥招之還伍，建議以爲可用，令陳諫將之，出防前屯，以佐趙率教，於是川、湖兵始聽調，而關兵始出關矣。於是更置大將，以馬世龍佩平遼將軍印，行授鉞之禮，節制三部。王世欽、尤世祿爲南北部將。公上言：唐河陽之役，以郭、李不相統攝而敗。而馬燧、李抱眞、李晟初以獨當一面生嫌，後以交相統隸底績。故臣謂南北兩部當受中部節制；而中部諸營，南北部大將亦得過而問焉。但不得人自爲制，有十羊九牧之患。裴度督師，諸道兵皆有中使監陣，進退不繇主將，並奏去之，兵柄專制之於將。以是出戰皆捷。及度抵行營，獨李愬以計質，度曰：「兵以奇勝，常侍言是也。」愬功成而具櫜鞬以軍禮迎度，拜之路左。愬固良將，而度所以馭軍中如此。因推監陣之說，雜引古今已事，以明其當去者四：以朝議監之曰中制，以朝使監之曰掣肘，以邊之大吏監之曰兼併，以邊之文吏兼之曰橫侵。改正總兵官謁經、撫儀注，持名刺迎送，具賓主禮，不得仍前戎裝長跽。於是武帥之氣大奮，而文吏退有後言矣。軍中車礮，惟西丁慣習，乃核宣、雲七鎭精銳，調萬二千人；擇本鎭驍將統領以來，更定營制，三大將列爲中左右部，中部駐羅城，左部駐角山，右部駐海口。副將趙率教、孫諫爲前後部，前部駐前屯，後部駐紅花店。三千爲營，五營萬五千人爲一部，營名各繫之以武。

又調津門水兵以佐舟師。而兵威始大振矣。公赴闕，塗次遷安，卽具奏建四衛之議，遣膠州人趙佑入長安爲閣部指陳形便，咸弗省。佑恚而亡去。既抵闕，卽移咨朝鮮國王李琿，激以同讎之誼，以毛文龍在皮島，可遙倚爲聲援，不欲其遽貳於我也。四衛在三岔河東，實全遼之腹腴，而又近海。遼陽陷，四衛沒於虜，廣寧陷而全遼失。然自四衛進兵，直逼遼、瀋，擣其腹心，視絲河西入，紆遠曠日，難易相萬也。毛文龍初得旅順，直金州之尾，爲四衛南口，而奴已震動矣。文龍不能守旅順，遂棲彌串島，聲言自寬甕度牛毛嶺，擣奴老寨。中朝深倚之，而不知越險千里，非地利也。公之建置，以謂屯大兵於山海，以次第戰守修復，於法爲正爲實。東連西結，分布於覺華、彌串、廣鹿，於法爲奇而正，虛而實。乃遣使犒文龍於東江，使之遠結鮮人，近撼鎭江，用多方誤之之法。移檄登帥沈有容，使據廣鹿旁近洲島，奴小至則避之洲，大至則遁之海，用三肄疲敵之法，然後用登、萊兵圖四衛之南，覺華兵圖四衛之北。彼之應分而備多，而我可以并力東鄉。公欲以春防詣登、萊商度爲決進之計，而朝廷方急遼，弗許也。劉愛塔者，遼人也。爲兒時，老奴甚愛之。及長，善用兵，爲僞都督，守金復。愛塔者，愛他之譌也。奴又以乳媪之女妻之，呼之曰愛塔兒夫，畜之如諸壻。愛塔見遼人輒左右之，涕泣思自拔歸。公遣壯士張盤間行解腰帶以招之。愛塔遂改名興祚，誓死以歸款。而四衛之人，日思內附矣。廣寧潰，王象乾招西虜守關。羅城之外，皆虜也。我既收中前，守前屯，撫場猶在八里舖。象乾又欲開水關，撫之關內。公執不可，乃復鐵場堡，議撫場於前屯之東。撫夷將朱梅不肯，公怒欲斬之，乃定於高臺堡，而前屯以西無虜幕矣。公未抵關，我哨馬止中前所，去關門三十里。前屯既復，撥馬烽火直抵寧遠，而奴哨亦至杏山。哨將周守廉密以陰事輸賊，逮治之，而專屬左輔，輔擒其偵騎人漢喇，奴哨不復西。申明遼海舊禁，祖大壽之族父闌出覺華，立斬其主者，而奴之水諜絶矣。奴以數萬守廣寧，二萬守右屯。至是奴且老，賊巢猜忌間作，聚食易盡，而我軍漸張，乃撤廣寧，焚其餘糧，度我必追襲，伏兵西寧堡以待。我兵不出，乃徐引渡河以去，遼之遺黎數千人，乘間入廣寧，食其燎餘。撫夷道萬有孚私於僚佐曰：「遼人髡而從賊，亦賊也。虎酋遣貴英哈以兵二萬導我，馘千餘人，復廣寧一大都會，可中封侯牽，以此爲相公地，不亦可乎？」公曰：「是安得鼠餘我哉？」乃下檄曰：「西虜乘東虜撤廣寧，欲援復廣寧賞格，不可聽。其殺我人以當奴，必以殺我人論致罰，如盟質。」是役也，活遺民千人，遏西虜不可知之詐，沮抑有孚輩之徼倖冒功賞者，而鞅鞅者滿關門矣。公出鎮，至是才五閱月，兵民按堵，文武輯睦，商旅塡咽，卒乘競勸。立六館招天下豪傑。奇材劍客，爭摩厲以求自効。占今年主算長，客算短，選將厲兵，用疑設伏，隱然有唐韋皐築鹽城八道破蕃之勢，而中朝已不能無搖動矣。三年二月二十六日，公朝諸將吏而問之曰：「公等數言按視寧遠，何以屢更？」衆曰：「請戒期。」公曰：「以明日往，何如？」衆皆愕。公曰：「此無庸再卜也。」次日卽出關，抵前屯，趙率教以空糧買馬置牛，燒土種秫，屯練修舉，其容有墨。公大喜慰勞，以所乘輿予之。召東廠校事者語之，令以上聞。自前屯一日馳至中右，城中僅苫屋兩楹，一破几及木燈檠突兀叢骨中。質明抵寧遠，登首山眺海，遂跨崆巃山，南望覺華島，三山連踞，若與首山相招邀，而灰山連崆巃，與首山相爲內護。南則大海從東來，以覺華灣環寧遠，情地內嚮，重山疊海，天造之以拱衛中華，誠必據必爭之地也。登其城，喟然而歎曰：「好家居，爲纖兒撞破，安得不致恨於焚城撤守者乎？」繇盧山橫跨西南，車殆馬煩，躑躅沙磧荒草間。夜三鼓，仍抵中右，乃還治所。上念公久勞關塞，遣內臣劉朝、胡良輔、紀用、陶文等齎白金蟒衣賚公，出內帑十萬犒將士，且以內府器仗給軍。公執奏曰：中使關涉兵政，自古有戒。邊人竊見皇上不遣主兵大臣，而獨遣治兵內臣，又遣不一人而四十餘人，私相擬議，一謂上特重邊人，勞親近以慰勞疆埸；一謂上或不信邊人，遣親近以體察情形。主兵之臣所爲抗顏軍中，令行禁止者，惟仰恃皇上信任寵靈。而體察之說一聞，主兵者搖搖不敢自信，何以號令文武將吏，而使之必信？聞諸內臣從北邊來，令將領罷邊務而逢迎，士馬釋戈甲而供應。臣欲諸將吏昂首而當貴人，則懼媟慢天使，無以仰對皇上慰勞之盛心；欲其俛首而事貴人，則向來扶養飛揚用壯之氣，稍稍見於眉睫，一旦銷鑠於內外交接之儀文，又無以仰副皇上鼓舞之至意。兵不可玩，使不可常，典或以美而成駭，例或以暫而爲久。天下不明皇上過信大臣之心，而或疑皇上有不信大臣之心，是皆足以害政。臣願皇上嚴於兵事，毖飭使臣，令其宣布德意，無遂以此行爲常，無遽以觀兵爲威福。上得公奏，温旨報公，令將士毋得過慮。是時逆奄方用事，創內操，所遣皆提督內臣，已寓中人觀軍之意。公故抗章逆折其機牙。公方禁宴會，朝等至，具杯茗而已。朝等亦惴惴將事，莫敢讙咋。其後逆奄益侈大，分遣諸奄監督關、薊、海外，必待逐公而後發。蓋逆奄之憚公深矣。募關以西遼兵得數千人，遣魯之甲將三千出守中後所，王楹將三千出守中右所，皆出上所賚蟒紵白金甲馬弓矢，親酹而餞之。檄祖大壽移覺華兵七百於寧遠，城大而瑕，以大壽司版築，汪翥司畚造，計工命日，備而後舉。五城布置已竣，量度邊腹諸堡，以土官招撫主守，以客將訓練主戰，立兩遊擊於要地，專備應援，如戊己校尉之制。移拱兎市場於興水堡，遣左輔領精騎出哨中右撫，夷闌入一步，卽以掠論。我兵民得恣屯牧。于子章者，錦右間一小堡也。河西陷，曹恭誠、楊文貴將少年數十守之。奴攻之旬日，以爲水竭必降。恭誠度城外井所直，引其水眼。奴僞渴索水，城中揚水以示之，而與之酒。奴驚而解去。王喇嘛自西虜還，文貴以蠟書歸款。公手書諭之，輸之粟以駐哨丁，于子章遂爲我守。自八里舖至寧遠，收復已二百七十里矣。虎酋部夷主款者曰貴英哈，狡獪多智。撫夷官陰導之爲奸利，益驕。虎酋之妻中根兒，故北關之女。北關與南關，姻婭也。其妹嫁桑阿兒寨，而南關之遺孽揭力庫歸漢曰王世忠。世忠之兄世勛，爲奴僞都堂用事。公思顯南關之後，招來南北關灰扒、魚皮諸虜，結虎酋之比妓而柔，虎酋因以招世勛而間之。乃以世忠爲副總兵，主譯審館。虎酋領秋賞，貴英哈來，公乃撤輿蓋，解蟒繡，以予世忠，精騎千人，導從之款所，偏裨以下，夾立傳呼，引見貴英哈。世忠習爲中國大人語度，偃仰自如，問訊中根兒姊妹，稍及虎酋語款事，曰：「天朝法度嚴，非所知也。」貴英哈歸，令以漢物問遺中根及桑酋妻，中根兒見使者而泣。虎酋宴八大部酋長於插罕兒，出其妻之所得，以誇示諸酋。報世忠以四駝馱，毳帳五間，及所乘金轡勒善馬，許送夷女及夷卒三百。以其舅監貴英哈曰：「如得罪中國，則殺之。」每遣使，輒南嚮膜拜曰：「頂上那顏，我夷頭也，敢不爲那顏約束散夷。」虎酋既服，八部皆不敢內訌，而主撫者妬而思敗之矣。劉愛塔之內附也，遼人王丙爲奴守復州，微知其狀。愛塔欲間而殺之，丙遂告密於奴，奴不信，縛愛塔及其弟，與丙雜訊之，遂殺丙及愛塔之弟，而舍愛塔。先是沈有容兵至廣鹿島，分舟師，布間諜，喧傳大兵且至。奴遂棄金而保復，於雙墩子掘溝爲邊。至是屠復州民十餘萬，虛金、復不守，而以西虜二萬人守蓋。蓋以東，奴不復至，遼人亦不復耕，赭地數百里。公所遣張盤者，乘金州之虛，率衆據之。奴兵南下，盤退守旅順，孤軍無援，力戰而死。奴之襲盤也，懸軍七百里，晝夜兼行，殺馬以爲食，其攻之疾力如此。公以爲不守金則無以奪海之利而制奴，不據蓋據旅順，則無以守金。我據蓋據旅順以守金，則登、萊可通，遼西可合，東江亦呼吸相應，而奴勢日蹙。開國之日，馮勝大兵自遼渡三岔，馬雲、葉旺自登州取金、蓋，此高皇帝之所以取納哈出也。公初建議四衛，其後歸重于復、蓋，以爲恢復之要領在是，而中朝卒弗省也。公之當關也，不問勢要，不顧情面，有干犯者，不引法鐫責，則露章劾奏。方事之殷也，人不得不聽公。已而奴警漸息，中外解嚴，長安中文法議論，勾萌條引，猜妬孽牙，怨謗交作。退守者憎其軋己也則怨；撫夷者厭其裁賞也則怨；逃官逃將蘇而不得復上也則怨，權貴之交關，臺省之請託，與夫戚里游閒，招權顧金錢者，胥不得志於關門也則怨。於是朝議籍籍，謂公用關撫閻鳴泰、薊關岳和聲及大將馬世龍爲非是。巡關御史潘雲翼論劾鳴泰，故擿其與公牴牾事狀，以陰撼公。鳴泰罷，以張鳳翼代。鳳翼主畫關退守，約略如舊經略指，與公異議者也。公移書首輔曰：權不得兩操，機不容並省，此中經、撫決不可兼設，當設兩撫，分轄薊門、山海，一總督併制登、萊，而爲款爲防，分授於兩撫。至某之督師，去歲決不可不來，今歲決不可不去。不去不獨多一巡撫，抑且多半總督，一事之柄而三操之，與夫三人之柄而一操之，豈有濟乎？公深嘗矛盾枘鑿之苦，誓以隻身任封疆大計，遂不惜正告本朝。而老成當國，以調停爲能事，終不能一意任公，於是遼事終不可爲矣。公奏定出關方略，總督率三屯，總兵王威移駐永平，關撫居守，馬世龍統兵三萬列車營於關外，王世欽、趙率教統兵三萬駐前屯，尤世祿、孫諫統兵三萬駐寧遠，而水陸各有奇有伏，以爲之援。覺華兵二萬扼奴肩背，鹿島兵二萬襲金、復，搗奴胸脅，東江兵二萬襲鎮江、九連城，搗奴脾腧。部署已大定。而孫諫者，狡人也，怯居前部，屬潘雲翼疏移之內地，諫謁公，趨入和門，及階則跛而進，公怒曰：「諫不肯前，可歸軍正耳。焉得自便？」以鋃鐺鎖之。鎮道爲力請乃解。公將移軍而東，將士鼓舞，獨一二宿猾，選愞顧望。及加威於諫，人皆聳懼，而雲翼輩恨益深矣。公當關一年餘，中朝漸忘奴警，而厭苦關門之供億，以爲不獲已也，關餉數月，促數催請，戶部嘖弗應。公乃劾戶部堂屬各罷去，而請行考成之法於撫、按。於是外解乃麇至。兵部尚書董漢儒依倚朝議，衡操關門事，如它邊鎮。公曰：「臣承乏督師，諸所條議，惟聽皇上可否，或下內閣參詳，臣尙得施面目，不爲政地羞。今樞臣高坐司馬堂，信手批抹候指撝如疆吏，不已甚乎？虜警急，調兵十萬，召募十萬，猶以爲少；今僅踰其半，而日多日冒。諸臣何不各將其屬以出核，徒反唇相稽乎？」奏上，會漢儒亦去，而當事咸爲口呿矣。九月八日，公出關，抵寧遠，渡覺華島，復還寧遠，歷前屯、中後、中右、寧前，往來數四，仍駐前屯而返。寧遠自修築以來，河東人歸者萬餘，合兵民不下數萬。公登城四望，生氣鬱然。集衆議所守，將吏多如撫臣指，請守關，馬世龍請守中後所，袁崇煥、鹿善繼、茅元儀力主守寧遠。公嘆曰：「老臣舍此無以報明主矣。」乃定築城式，使祖大壽等三分基趾，期以春三月蕆事，而撤中軍滿桂守之。桂夷種，椎魯敢戰，其後能守城得奴者也。東行至罩笠山，先期遣覺華將金冠從水入葫蘆套，公至，冠艤舟以待，相與歎會師設伏，良可圖也。公方戒舟車，庀戰具，偫十萬人數月之餉，以圖東鄉，而不欲以進取駭朝廷，拜使奴得爲備也。乃議於寧遠數十里外，南從望海臺，北接首山與跎瓏山相夾處，做徐中山築山海法，築爲重關。再遣將吏相度，而身自往按視焉。其微意，卽幕中或未之知也。公出關，撫夷將王牧民數報西虜入犯，行中後道中，縱插漢部夷突出羅拜乞賞，欲以嘗公。公神色不動，徐撫之而去。往還絕塞，道旁皆虜騎足跡，士卒皆恐。宿寨兒山，藉草而臥，風雨饑餓，與從行士共之。自廝溝望大小紅螺山，王象乾自薊來會，年八十，與公並馬而馳，共指李曹公遇角端遺蹟，徘徊不忍去。又從邊外閱蠟子山，以人爲標，高下天設。欲以收復之餘力，包二百里爲內鎮，而扃山海於重垣之內，非託諸空言而已也。凡戰守之具，自關門漸移前屯，自前屯漸移寧遠。袁崇煥領三參將經營寧遠，而三大將更番練兵於二百里內外。簡閱寧前以西可屯之田可五千餘頃，官屯其半。身督將吏，分買牛種，治耕具。諸部將輪防邊堡以護屯。遼人出關者又十餘萬，車牛屬途，輪蹄相續，城堡輻輳，如承平時行採青之法，不復仰給於關東，省度支巨萬。因煤以鑄錢，因海以煑鹽，因船以貿易貨物，而軍需廣矣。公初至關，敝車百餘，纍纍臥牆壁間，五部設，乃立車營。惟馬世龍能曉其意，盡改諸式車爲偏廂。又用世龍議，增損車製，擇更番之火器以當車，使車之用不窮，而習卒用車別有法。騎與騎，步與步，自相更迭。騎之與步，步之與騎，又互相更迭。以相丘陵阪險原隰，以時廣狹，圜方直鋭，兼用而互出之。三鼓成列，百戰而不亂。凡十二營，營各有主將，有步佐，有騎佐，有輜車以爲運。世龍率四部以督之。至是乃躬率將吏，日夜練習，名爲備前屯，而進戰之車營成矣。有車營，當有精騎以爲前鋒，堅陣以爲後勁，乃立鋒勁制，皆以騎兵爲之。前後協帥各一，前鋒營三，後勁營五，各有礮車以爲蔽。分爲尺，寸爲丈，手畫爲圖，以授諸將。五部之龍武營，水師也。水師五營，四船爲一舫，二舫爲一舶，四舶爲一艟，四艟爲一營。各有長有將，而遊艟備衝突，隸於中權。以水營兼車營之制，水陸可以互用。又廣募於江南，駕以習流之卒，而樓船下瀨之師具矣。奴馬不能數千，三潰之後，我馬盡折於奴。今之介而馳者，皆我之遺也。三年來，市馬不足，益之以寺馬及京營，多倒死。乃立四法，發瘦馬於內地以易價，移膘馬於內地以就喂，又移冬春之膘馬於關外以就水草。而所謂朋椿者，當關馬就喂之時，扣騎營有馬兵丁草銀一錢爲大朋，無馬兵丁月糧六分爲小朋，倒馬一匹，支給以買馬。於是關馬盛而馬價亦省，馬政之最善者也。先是虎酋部中有抽扣兒，時竊出盜掠。趙率教捕斬四人，撫夷萬有孚訴之督臣，象乾欲斬率教以謝虜，公爭之力，率教乃免。而王楹之城中右也，護其兵出，採木款虜。朗素邀之，中伏力戰而死。或曰：有孚實陰主之。公怒，遣馬世龍從大盤嶺壓其巢。五部孩斯、滾奈、台吉等，皆遠徙三百里外。象乾恐敗款也，教之縛我逃人爲殺楹者以獻，而增其賞千餘金。公曰：「人各有能有不能，此象乾之所能，而非臣之所能也。」因極論虜不可用，款不可恃，通官與當事之説皆不可憑。而又曰：「細人不顧國家，然恐事一壞而害及身，其事多蒙；大人不顧身，却恐事一決而害及國家，其事多憒。蒙之發也，其害大；而憒之過也，亦或決裂而難收。督臣能治通官之爲蒙，臣則恐其爲憒而或過也。」公之婉切風諭，言語妙天下，皆此類也。象乾以憂去。公上奏自請罷譴，專推一總督以省防撫之紛紜。而又曰：「上如不欲臣竟致其事，則令臣姑還闕下，以聯絡邊情，比於識道之老馬。上必不欲臣離闕，則臣請不推經略，且不推總督，只以臣一人督兩撫。邊事不治，則治臣之罪。然皇上如推督臣，則臣有請焉。有敢居薊不敢居東者勿推，有能任撫不能任勦者勿推，有肯同功不肯同過者勿推，有怕勢要甚於怕奴酋者勿推，有顧局面不顧安危者勿推，有愛便宜甚於愛性命者勿推。皇上如專任臣也，則臣亦有請焉。皇上終年不令臣一覲天顔，則臣不能任；皇上不時予邊餉，不額定軍需，則臣不能任；皇上不以聖斷是臣所奏請，而以樞部制臣可否，且中外紛紜，日論邊事，日發竿牘於鎮道，則臣不能任。凡此數者，皇上幸一一許臣，臣何敢復愛其死？」又曰：「臣所奏督撫事宜，乃祖宗舊制，決無薊遼總督只督薊不督遼、只督款不督防，偏居內地，遙制多事之邊與邊關共事之臣於千里之外。且此等亦何必擇人，只朱梅、王牧民而足矣。」又曰：「與其若有若無，誤國兼以誤身；不若盡心盡力，捐身或以報國。區區一念，誠不自知其不可，猶往年自請之初心也。」奏上，臺省爭言總督不可罷，兵部請如言官言亟推。閣臣不敢違，乃推吳用先自宣大改任，而朝議明柅公矣。四年正月三日，公復戒車而東，張鳳翼遮留曰：「諜言奴以三日發，且轅門禽狠，狠，奴象也。」公曰：「奴以三日來，我不可以三日往乎？奴狠也，狠爲我禽，奴將安往？」即日冒風雪出關，過中右，爲文以告王楹，祭而哭之，一軍皆泣。鳳翼恨公以遼撫居遼，曰：「何乃殺我？教我充軍。」知公之將東征也，告兩道臣曰：「國家棄大寧、河套，不害爲全盛。舉世不要遼東，渠偏要遼東。」於是與其鄉人萬有孚、潘雲翼等，嗾人極論馬世龍貪淫納賄，詆公不當誤用世龍，以沮壞恢復之舉。公乃具奏，條列戰守大計，請勑廷臣雜議。因推明世龍任事得謗與鳳翼諸人盤互詆讕之狀。其言戰守曰：「天下邊方大計，不過曰守、曰款、曰恢復。以守言之，凡客兵利速戰，主兵利久守。今關門秦、晉、川、湖四方之衆，盡號客兵；而關內之遼人，亦客也。竭天下物力，歲養十數萬坐食之人，進戰則不能，久戍則坐困。師老財匱，事久變生。天下之安危，寧獨在奴之來不來？天下亦計及此乎？以款言之，今議撤關外之防，守關以內，則虜仍入關以撫，而八部三十六家，仍環聚於關門，其外之二百里二十餘萬人，何處安插？而却曰惹禍。繇此言之，卽防西虜，不可不實寧前，而況道不必假，東可雜西，以東虜拒寧前，其禍可勝言乎？天下亦念及此乎？以恢復言之，奴薄寧遠，外無可掠，中無可希，海繞其後，山崎其前，奇伏間出，彼將何之？卽或越一城而前，寧城已綴其後；卽或合一城而守，各城已扼其吭；卽或直擣關，而前有堅城，後有勁兵，立見糜碎。我若下關城之精甲，進圖恢復，水師合東，陸師合北，水陸之間，奇正出沒。必爭之地，我據之爲要者，敵得之爲害。拒賊於門庭之中，與拒賊於門庭之外，其勢旣辨；我促賊於二百里之外，與賊促我於二百里之中，其勢又辨。人言奴入喜峰，假道西虜，果如是也，道遠而糗糒之費奢，不知西虜爲備乎？抑東虜自備之也？彼旣可自備以犯喜峰，豈不能自備以犯山海，而曰寧遠資盜糧則來，否則不來，有是理乎？昔之棄廣寧，與今之未卽收，凡以與賊相逼也。廣寧我遠而賊近，寧遠我近而賊遠。我不進而逼賊，賊得進而逼我。則山海之於寧遠，何如廣寧之於遼陽？天下亦念及此乎？今天下戒劉、杜之浪戰，而未察遼、廣之坐守。其謂減兵去馬，需機會而戰者，心欲棄遼左而未敢言耳。不知失遼左必不能守渝關，失覺華、寧遠必不能恢遼左。守不在關外不守，款不在關外不款，復不在關外不復。卽國家眞不欲窺遼左，而覺華、寧遠之防，終不可罷。伏乞皇上勑下廷臣雜議，主客之兵可否久戍？本折之餉可否久輸？關外之土地人民可否捐棄？屯築戰守可否興舉？再察賊奴之時勢，果否坐待，自可消滅？臣不敢望爲百年久計，祇計及五年間究竟何如？臣身冒天下安危，而避忌不言，誰爲皇上言者？如臣言不當，當立去臣以定大計，無使紆迴不決，而全軀保妻子之臣，附合衆喙以殺臣一身而誤天下也。」其言馬世龍曰：「世龍仰承皇上予以劍章，兩部受其節制。金穀刑名，軍需器仗，各有司存，總兵不得問。自移駐三屯而人怒，嚴核調兵而人怒，投牒不屈而人怒，居間竿牘不得傳遽以通臣而人怒，一總兵而滿關門滿司馬門盡怒。萬口謠詠，身其餘幾？貪淫納賄，臣百口保其必無。世龍初練五部，再練車營，初守關內，再守關外，仰仗天威，幸無差跌。假令以訓練十一萬兵馬，復四百里封疆，東捶西批，守及三年者，爲虛爲幸，可譴可誅，則舉兩河之土地人民，棄捐殘燬，無一民可借寇兵，無尺土可資盜糧，誠安邊馭虜之長策，而今日當以首功追敍者也。」其言鳳翼曰：「材鄙而怯，識闇而狡。工於投時，巧於避患。誤入危疆，一籌莫展。而徒假手借面，以攬天下之是非。今且去矣，本官既得遂其觀望規避之志，而國家亦去一選愞猾賊之臣。」上曰：「軍國大計，朕已任卿。卿所自任，中外具知，有何嫌疑？兵餉戰守，卿前後條奏，審的時勢，聽便宜行，不必廷議。」遂下部議撫臣去留，并參看諸指名者，會鳳翼憂去而止。時趙彥爲兵部尚書，衡操邊事如故。公請用彥自代以困之。彥閉門而泣，屬所親告哀於公，乃止。奴殺僇益甚，冰膠之日，渡河東歸者如密雨，西虜駐寧遠東甌脫地，邀而掠之無虛日。三遣東諜，皆爲所得。公遣滿桂、尤世祿襲擊之於大淩河，斬首四十三級，傷殘數百人，號泣西竄。公大喜，具飲至之禮，拜而勞之。是役也，東師鋭甚於西丁，擇前行五百，則二千人爭先，乃知遼人之足用也。合關内外車營大閲於八里舖，更定舊儀，令大將登壇，公幕而觀之。於是軍容益壯，而毛文龍自東江獻虜首三百，公喜其可以風厲軍中也，遂厚加犒賜，而爲請餉曰：「文龍報功，則疑其不實而亦喜；索餉，則信其非虚而亦難。此等舉動，皆足以解天下之體，而無以鼓動豪傑之心。」上是公言，命接濟焉。文龍頗以貂蔘餌朝右，朝士爭言文龍直奴要害，覺華、廣鹿皆迂遠，文龍卽按兵不舉，能牽制奴使不敢東。公心知其不然，嘗深言其利害，以謂不當以取四衞責文龍，不當以牽制搗巢倚文龍，而中朝弗悟也。朝鮮李倧弑其主琿，數之以其背我通奴，戕遼人而謀毛帥也。稱權攝國事，因文龍以請命。公報首輔曰：「不如因而許之，使文龍得市德於鮮以自固也。」公之意謂文龍未必能制奴，而可以用鮮；鮮之力，未必能搗奴左臂，而可以資我左掖。皆所謂聲而實者也。其後奴入犯，文龍竟不知，鮮亦卒折入於奴。蓋公去而用鮮用東江之策皆荒矣。公上言：「前哨已安，連山、大淩河以西，皇上自爲社稷計，不忍高皇帝百戰土宇陷於逆賊，以錢糧工料給臣，則工可立。」奏上，報曰：「卿謀出萬全，朕何難立斷。」立發帑金十萬，其二十萬，命户工二部區處。當事相語曰：「兵馬錢糧湊手，渠便胡做；不如許而不與，直用文移往復以輭困之。」

公奏曰：「今天下怏怏然，若邊人居奇於公事，而奴酋爲邊人之私賊。又若疾臣之乖剌自用，薄遽擔負，幸臣之一敗而自快其臆。向也徵兵徵餉，立致數十萬而不敢後時；今也約口裁腹，更番萬餘人而不能取辦。方忍死以前撑，或居安而高議。賊愈急，兵愈少，而更議銷禍愈迫，衆愈怕而却益玩，曾不思七年逋寇，勢同養癰，兩載狙伏，狡如隱魅，即千里之工可捐，三敗之羞可冒，而天未悔禍，賊自生心，關門之利害，社稷之安危，其可以不念乎？皇上任臣，責以恢復。而中朝諸臣不明言其不可，獨私議旁嚇，以爲必不可，而不問機事兵力之何如。當此時，悍然不顧，則天下已設蝮相待。如機局已成，衆議爲顧，則又何以仰副皇上之付託？臣願中朝以殺奴賊之心急以應邊人，勿以殺邊人之心緩以貰奴賊。」上鋭意恢復，申飭諸曹，命公指名參處。復遣內臣劉應坤、胡良輔、陶文等齎十萬金，蟒緞百五十端，賚東征將士，而以坐蟒膝欄四、幣有副、白金二百賜公。公在一片石奏曰：「十萬官兵出關外二百里，而關內不過居民行賈。謹於九月十八日扶病出關，俟命於寧前，用以宣播華夷，風示中外。」寧遠城工告竣，公尊藏蟒幣，以賜金修傑閣於城中，榜之曰恩寧，而勒石以記焉。是時，逆奄已執國命，魏廣微附麗入相，公於詞館中弟畜廣微，廣微側目視公，弗善也。副都御史楊漣劾逆奄二十四罪，列謀害皇親一事，以公爲徵。逆奄深疑之。應坤之出也，逆奄屬伸意於公，且伺公意指。公方在告，扶掖拜命，應坤不能交一言，歸具述其狀，逆奄自是心銜公矣。寧遠既城，名城天塹，延袤二百里，東南抵右屯，西北及錦州，東至大淩，直通閭陽，因屯防以規進取。九月，公在寧遠，遣馬世龍、袁崇煥等東巡至廣寧，抵醫無閭山北鎮祠下，還歷十三山，以陸營屯右屯城東二十里，用舟師歷三岔泊二家溝，遣將探蓋州，遣尤世祿自錦州會師右屯。分遣兩營出哨於松、錦之間，去寧遠幾二百里。已而胥會於寧遠，文武將吏，相與奮臂抵掌，以爲春夏之交，當決計大舉。公遂以是月西巡薊、昌，閱喜峯、古北諸口，取道都門，請以十一月十四日入賀萬壽節，面奏進兵機宜，出與廷臣商榷可否。事畢，卽繇關門還寧遠。廣微急告逆奄，樞輔擁關兵數萬淸君側，兵部侍郎李邦華爲內應，公等爲齏粉矣。逆奄悸甚，繞御牀而哭。上亦爲心動，南郊回，趣內閣擬諭，次輔顧秉謙奮筆曰：「無旨擅離信地，非祖宗法度所宥。」兵部馬上差人傳諭樞輔，馬首卽東。午夜開大明門，召兵部尚書入，分三道飛騎止公，矯旨諭九門守奄，孫閣老若入齊化門，便鎖綁進來。公以十一日抵通州，次日平明接諭，卽刻東行。人言宮府意各叵測，宜惶怖謝罪，重自鐫責，以安上心。公曰：「本無罪而張皇飾罪，是亦欺君也。死生禍福，天也。君可欺乎？」具疏言薊門、昌平一帶，載在勑書。臣本奉勑旨行信地，豈敢無旨擅離。去天咫尺，適當萬壽，冒請入賀，致干聖諭嚴切，衰殘昏昧，有席藁待罪而已。十九日，以還鎭日期幷西巡後關內外情形入奏，不復牽連引謝，皆有旨報聞。逆奄之斥逐楊漣、趙南星、高攀龍也，公曰：「上幼沖，在奸人掌握。疏入未必覽，覽弗省也。往在講幄，每進講，輒爲心開。今得以奏對之間，進其愚忠，極論中外膠結奸邪蒙蔽之狀，上萬一感悟，老臣死不憾矣。」羣小詗得之，流言興晉陽之甲，嗾逆奄殺公。逆奄遣人偵之，一襆被置輿內，後車惟鹿善繼從，不攜一甲士，意遂少解。而公之疏理正而詞直，無以難也。廣微乃嗾其黨崔呈秀、徐大化、李蕃連章劾公，臺諫羣和之，而蕃至比公於王敦、李懷光。下九卿雜議。吏部尚書崔景榮訟言非公不可，乃奉嚴旨，趣公視事。羣小進謀於逆奄，樞輔擁兵以市重，寖削其兵柄，則易制也。兵科李魯生乃唱簡汰之議，使兵銷將衰，公徒手不能有爲，而減兵覈餉，又可以激兵變而發難端。公旣視事，首汰大將，尤世祿、王世欽以病去，李秉誠、孫諫以罷去。先自汰鈴下人役，以爲將吏先。汰官兵一萬七千三百餘人，減騾馬糧草諸費五十六萬有奇；闔鎮帖然無譁者。出十二車營於關外，分爲四鎮，以實錦右營。有車正者，刺股血於酒以盟其二十五人，其感奮若此。公留寧遠、錦州，久之，遂如右屯。自西而東，借簡汰之名，爲布置出關之計，惟恐中朝之議其後也，其戒心甚於防奴矣。奴得遼陽，擇地代子河北，去舊城十里而城之，以畜其珍異子女。我之漸東也，奴懼，遂毀其宮室，北築宮於瀋陽，甃城屢不就，又懼襲之，漸徙其畜於老寨，而營城於撫順關外，漸思遁矣。奴老多意忌，以劉愛塔故，殺愛將王丙，又以我間殺僞都堂王世勛，奴舊人兀爾忽達及李永芳俱罷閒，而佟養性、李伯龍、郎李都司兇暴喜殺通事、李都司用事。郎通事通夷語，善風角，夜爲人斷其首，大索不獲。羣奴每相聚而泣。戮，嘗製西帽自隨。糧少，殺遼人而奪其糧。遼人怨憤思亂，數夜驚。雖其艱辛覆逆，歷公謂奴遁入老寨則難攻，奴死而小酋定，凶饑驚亂少戢，則未易爲力也。險瀕危，而進取之志不少衰止。然而小人之心計，不用以圖奴而以圖公，公之才力足以勝奴而不能勝小人，公亦無如之何也。先是歸正人劉伯漋以鹽場堡人來曰：「四王子在耀州，奴兵不滿三百，潛師過河，可襲而虜也。」馬世龍遣東哨將魯之甲、李承先往撽水將金冠等，剋日會師於柳河。冠等奉遼撫喻安性指，弗聽調。九月二十五日，之甲、承先師抵三岔河，冠等不至，以漁舟渡師，三日渡八百騎。二十八日，我師趣耀州。奴設伏以待，伏發，我師退走，奴追掩之於河。我師不能營，縛葦橋未就，承先力戰，殺數賊而死。之甲既渡，曰：「無面目見閫部。」投河而死。八百人死者強半。而左輔之分道出也，自上流至船城，殺奴一孤山虜數十人，收生口五百餘，振旅而還。是役也，我喪師四百，船城之捷，奴亦奪氣退保。中外張大其事，以爲我喪師數萬，好馬數千，關門且旦夕失守。臺諫數十人希奄黨風指，爭言柳河事。兵部尚書高第謁逆奄于工所，伏地而哭，逆奄亦薄之。公猶在寧遠，臺臣請勒公回關門，以重秋防。公曰：「防秋顧在關內乎？檜之殺飛，不先風臺臣請班師乎？」乃抗章求去。上遂允公歸，加官蔭子，行人護送如彝典。而高第爲經略。第在兵部日，請減兵，請撤關外以守關內。公露章力爲駁正，而以兩言蔽之曰：「臣既遵皇上恢復之明詔，不能再奉中樞撤守之意指。」第以此心恨公，柳河之敗，請御史往勘，欲殺公以媚兩魏，而逆奄弗許。甫受事，卽下檄馬世龍，令撤錦右、寧前之兵，棄關外四百里。袁崇煥力爭曰：「寧前道與寧前爲存亡，撤寧前，我必不入，獨臥孤城以當虜耳。」第不得已，止撤錦右兵，驅屯兵屯民入關，棄屯糧數十萬石。死亡塞路，哭聲震原野。明年正月，奴長驅入犯，路無留行。第撤兵之效也。第倉皇叫苦曰：「關兵只五萬。」逆黨喜而相告，此可以難倒樞輔矣。公遣人告戶部曰：「高尚書散十一二月餉，且有全鎭布花，五萬人乎？十一萬人乎？今戶部發餉，止給五萬人，則尚書窘矣。予姑不置辯，尚書可自悔失言。予一疏使東有不識兵數之尚書，當爲四夷傳笑，遂輕中國。」奴既退，再奉旨覈兵。第乃具疏認罪曰：「前止據見在五萬，今覈有某兵某兵合十一萬有奇。」其欺妄如此。公先以四年督理事宜，條列爲書，凡十八務，務分三十一則。而十八務爲國家一大經費，特先之以錢糧出入軍實總務，而後及諸務。正項錢糧曰帑金，曰部解；雜項錢糧曰刷舊，曰生新。其用有開銷，有置辦；其存有借支，有在庫，有現領。綱舉目張，條分理解。軍興之際，錢貨騰踴，雖名卿巨手，往往疏闊錯互。公負豪傑俶儻之概，而澹泊如腐儒，介特如處女，勾稽文簿，出納如水。謝事之後，讒言孔多。逆奄使其黨梁夢環磨治督府文書錢物，毛舉髮櫛，一無所得而止。公嘗謂張浚被人言乾沒都督府錢十七萬緡，終不置辨，士大夫自待當如此。然而公之廉辨詳謹，固亦無待於自明也。寧、錦之捷，城池將士兵馬器械，皆公在事所料理，論功改吏部尚書，蔭一子錦衣衞千戶。公力辭世蔭，得請而止。公居東，東諜朝夕相聞。六年八月，奴兒哈赤死，其四子河干貝勒立。袁崇煥使鎖南僧往弔以探之，踰冬而歸報，蓋用間之相懸若此。公之東歸也，與高第遇於豐潤，公謂第曰：「長安貴人以我輩爲守門，而高居堂奥，說好說惡。今公且爲我守門，予且居堂奥觀大經綸也。」第曰：「賴主上洪福，閣下壯猷，第守而勿失，可幸無罪。」公笑曰：「公以守而勿失爲嗛嗛乎？予居四年，復九大城、四十五堡，招練精兵十一萬，立車營十二、水營五、火營二、前鋒後勁營八、弓弩火砲手五萬、輕車千、偏廂車一千五百輛、沙唬船六百、馬駝牛贏六萬、甲冑器仗弓矢火藥藺石渠答鹵楯合之數百餘萬。我進四百里，奴退七百里。西虜受我戎索，東奴不敢過河一步。招集遼人四十餘萬、遼兵三萬。兩年屯田五千頃，得十五萬鹽筴錢稅朋樁入可七萬，採青省十八萬。公今守四年，再恢四百里，種種倍予所辨，方稱守而勿失。若以予所辨而四年勿失，未爲守也。」第唯唯謝不敏而退。鹿善繼之從公而東也，公謝之曰：「太宰以銓郎屬公，予不願奪賢於銓部，且不憂太公匕著乎？」善繼曰：「辭塞上，就銓司，此常人之所不爲也。相公爲善繼願之乎？家大人范陽男子，書來囑善繼亟從公於邊，老人爲汝加一飯矣。相公以常人畜善繼猶可，而忍以常人畜家大人乎？」四年塞下，不加一級，朝齏暮鹽，相對如兔園老生。移疾從公而歸，渡潞水，宿得雲寺，既過帝城，遂成閒身。酌村酒相勞曰：「昔有兩賢里居，一人之官，一人酹酒祖道曰：『只要歸時，依樣還我一副老兄面皮。』今吾輩歸來，面皮可依舊樣否？」相與大笑而醉。公每歎善繼清貞安雅，道氣澄澈，窮年絕塞，資此畏友，不獨以軍務相佽助也。公歸未踰年，而逆奄僭封上公，兒孫滿朝，祠廟徧天下。緹騎刺探者，日遶公第。敝廬素籬，門屏蕭然，不能得公一事。畿南之建祠也，逆奄假公以爲重，屬督、撫諉之。公曰：「此好事，公等自爲之。不比鄉邦闒陋，以老鄉官主募緣疏也。」奄聞而恚曰：「他邦是如此。」遣人訶督、撫曰：「不得孫閣老具呈，不建祠不上疏可也。」督、撫固請之不得，則以他縉紳具呈，而署公名銜於首。公之姻師泰餘見之曰：「孫公三朝老臣，不肯失節，置身家性命於度外。我輩奈何以朽殘浼之？」遂碎其紙。逆奄聞之怒甚。人皆咋指爲公危，踰月而熹廟上賓矣。今上御極，念公之忠勳，累命召用。而王在晉入爲兵部尚書，每向人誇當關勞績，曰關外五城七十二堡，皆其所復，而高陽攘其功。故幕僚茅元儀以談兵游長安，挾武備志進御，對諸公輒言：「在晉當關時，關外惟八里鋪一堡，中前所一城耳。當逆奄昏黑之世，欺天罔人可也。聖人在上，天晶日明，敢作此夢囈語耶？」爲諸公指畫先後棄守地圖兵志甚辨，又鈔得在晉南樞頌奄疏藁，攜之袖中，出以示人。在晉不勝其憤，乃抗疏極論馬世龍及元儀熒惑樞輔，敗壞關事，逮世龍，逐元儀。又嗾新進臺省，交口詆公，以沮其出。久之，公當關之功益著，所指冒沒賞功銀三十萬者，只二十萬收支，解驗簿牒井然，不能以錙銖點公。在晉敗，世龍之獄漸解，言者相顧慚服，曰：「奈何拾奄黨餘唾，代他人傳刃耶？」崇禎二年十月，奴兵入大安口，陷遵化，將薄都城。舉朝恟駭，無可爲計，咸以爲通州京城之左臂，守通以捍京，非公不可。十一月七日，詔從廷議，卽家起公，以原官改兼兵部尙書，駐通州，控禦東虜，仍入朝陛見。以九日日暮聞命，遲旦而首塗。越一日而宣召守催之勑繼至，所謂朝受詔，夕引道，無辦嚴之日者也。十五日，上知公抵近郊，卽下帖子召見平臺。九門晝閉，命啓彰義諸門以俟。日暮詣朝房，未及頮，而兩內使捧召帖至。朝見當用公服，未及啓，又兩內使來趣曰：「上立俟平臺久矣。」踉蹌衣錦繡而入，至弘政門，乃易公服，趨入平臺，扣頭致辭。上慰諭畢，問曰：「賊至壩上矣。百無一備，奈何？」公曰：「賊警已久，諸臣料理，或有次第。」上曰：「無有。卿不信，試去看。」袖出一哨帖示公。公曰：「賊近矣；至壩上或未的。」上曰：「何以知之？」公曰：「壩上去都城不過二十里，都城至大內又二十里，諜報賊巳時至壩，諜行四十里，賊尾之而來，不已薄城下乎？賊薄城下，則烽礮連接，居民崩潰，何以寂然無聲乎？臣故知其未至也。」上沈吟首肯，久之，又問公曰：「賊入半月餘矣，舉朝一無可恃，所恃惟卿。卿如何爲朕調度？」公奏曰：「臣聞督師尙書袁崇煥帥所部駐薊州，昌平總兵尤世威駐密雲，大同總兵滿桂駐順義，宣鎮總兵侯世祿駐三河。三邊將守三要地，勢若排牆，地密而層層接應，此爲得策。又聞尤世威回昌平，侯世祿駐通州，且聞各援兵回本鎮，似未合機宜。」上曰：「侯世祿原在三河，以城小，移通州就食。」公曰：「聖諭誠然。但事緩，就食通州；事急，當仍守三河。」上曰：「卿欲守三河，何說？」公曰：「密雲在北近邊，順義稍南，三河又南，而稍東。嘉靖庚戌，北虜繇三河而南，闖河西務等地，轉入西山，繇陵寢而出。蓋三河爲東來西南必經之路，守三河則可以阻賊西奔，兼可以遏賊南下。西奔則擾都城，南下則蹂畿輔。故臣以爲當守三河。」上曰：「卿言是」又曰：「卿不須往通，卽爲朕調度京城。」閣臣成靜之奏曰：「陛下以內外戰守事宜，一切委承宗，必能辨賊。」上又問公曰：「卿如何爲朕調度京城？」公奏曰：「以臣之愚，不過調度一大將，大將調度偏裨，偏裨調度兵丁。有糧餉，有器甲，乃有兵；有兵乃有將；將得其人，則臣調度不難。至于應戰機宜，當機立辦，不可預設。若城守則有地可憑，有方可據，只在調度其人。」上曰：「卿言是。」公曰：「目前以固結人心爲第一義，人心固則爲戰爲守，所向無前。」上卽曰：「城守官兵已預支兩月糧，仍有行糧，有欽賞。昨命每人給米一升，銀二錢。但苦人太多，奈何？」公奏曰：「陛下當緩急之際，不恤將卒之性命，而使之饑寒，恐非萬全之策。」上曰：「卿言是。」公又詳奏守城器具藥物守堞丁夫及關門車營火砲更番子母之制，上一一是之。賜茶畢，入謝。上又曰：「卿不須往通，勞卿爲朕調度京城。卿不要惜勞。此時就煩卿去。」面諭首輔韓爌：「卿卽擬勑來，事權要極隆重，賜尚方劍，京營總協及坐門文武大小公侯駙馬伯五城御史順天府官，盡聽統轄。文武官員應用者，用後吏、兵兩部奏聞。戶部有應支錢糧，便宜取用。戶兵工三部司官，違悞軍機，許拏問。入援各軍，便宜調遣。自總兵以下，有違悞者，以軍法治罪。其餘合行事宜，卿等詳晝之，此時卽擬來。」諭禮部卽鑄關防，又諭公：「卿卽行，時不容緩矣。」再賜茶，當入謝。上傳孫閣老不須謝茶，事急矣。乃承旨而出。人謂公倉皇奏對，詞辨分明，上虛己霽威，每言稱是，蓋臨御以來所未有。公謂入對時，天慈篤摯，温然如家人父子，仰睹聖顔焦勞，屬望老臣之切，嗟咨俛仰，堯、舜一堂。每念之未嘗不感激流涕也。公出朝，漏下二十餘刻。周閱都城四十里，五鼓而畢。公登城，士卒僵臥，燎火委地。守將或博衣長袖，醉而譫語。置砲多不知點放，又不直賊路，而直民居。城樓角樓，瞭望之地，關楗宛然，所貯器不以授兵。安定、德勝二門，東北外空無人，西北人少，置賊首攻之地，不爲設備。秉燭草揭回奏。知上念城守甚切，草奏畢，卽出閱重城。乃乘月巡壕塹，度險阻。是日館閣諸僚吏盛服遲公入直，內閣撰勑，禮部鑄關防，皆簡閱儀注，以候頒發。夜半，內閣傳奉聖旨：卿等傳輔臣承宗星馳通州料理，勑書隨後補給。公夜宿重門，質明門啓，始聞後命，具揭遵旨卽行。上報曰：「虜報逼通，命卿馳赴，不及召見面辭。」中外聞公之出也，皆驚而相告。尙書李騰芳、鄭以偉、講官羅喻義要衆伏闕請留。公聞之，疾馳出宣武門，宿東便門僧院，明日抵通。蓋公自此不復入國門矣。公之初被召也，朝議以守通責公，非召公入也。既入而上留之，奴退而安坐中書，得君行政，羣小得晏然而已乎？當國者忌能而畏逼也，相與擠而出之。夜半遣發，如逐臣遷客，雖委公以血奴吻，弗恤也。事祕，人莫得知，知者亦莫之敢指，斯其故難言之矣。公從二十七騎出東便門，故將從行者竊其三騎逃匿，訣別其子姪，望塵拜哭而去。獨茅元儀誓死策馬以從。行十里許，廬屋煨燼，屍骨掌距，鳴鏑之聲聒耳。數人持梃伏溝間，愕立曰：「公何以至此？虜咋已屠此矣。」問賊所在，曰：「去此纔俄頃耳，當不出二三里。」行四十里，日下舂，抵通州，遣人呼於門，莫應。有絳衣者乘城踞而駡曰：「若所遣僞牌，已碎之矣。尙敢來送死，不知我箭利耶？」公聞守通命，卽遣牌勑戒候，吏募人夜縋城以往。奴招降逆牓，已先二日至。巡關御史方大任謀於衆曰：「奴至郊三日矣，焉得有達官出春明一步乎？奴爲間以誑得城耳。」毁其牌，擲之城外。越一日而公至，褰帷以示之，不信。是時倉場侍郎南居益、保定巡撫解經傳、巡漕御史龔一程及大任皆駐通，公呼絳衣者馳告之，逾時方至，皆不敢登陴，懼伏矢及之也。經傳縋一弁熟識公者，審視詰問，而後啓門。通兩城，新城庳薄，公獨居之，向不受大將廷謁。總兵楊國棟以軍禮見，公受而不辭，曰：「吾以安衆也。」兩城兵保鎭及京兵相半，命國棟兼統之，有倚恃其帥不受節制者斬。檄州守編氓城守，具食於其次，出通倉糧，加其精，親嘗其食，抶其不如法者，兵得宿飽，而不敢以沽酒食離次。騎兵分布城下，以備緩急。設遊兵數百，負大砲以策應，創懸簾束葦以加土，費省而火不能及。按四城易置砲門，教以更番不絕之法。城守既備，上奏看詳兵事，曰：「虜薄都城，止有二路。如臣前議，袁崇煥之兵移駐於通近郊，當其東南，滿、侯、尤三帥當其西北，則戰於通之外，正所以遏逼京之路。今駐兵永定門外，則是崇煥之來路，而非奴之來路。駐通則可顧京城，而駐永定則不可顧通，通危而京城亦危。臣在闕，嘗聞賊曰：從他幾路來，我只一路去。今久聚而不散掠，懼其分也；深入而不反顧，我無以創之也。我分一兵以守通，又分一兵以守京城，則通與京城，皆以寡當衆，而我無所不寡。臣以爲奴既薄通，京城與通之兵，只責之完守，而不責之出戰。當責總督劉策守密雲，令尤世威率五千兵與滿桂、侯世祿聯絡於順義之南，袁崇煥列陳於通州左右，不宜逼駐京城。四鎮聲勢相接，賊分攻則分應，合攻則合應，或夾攻，或追躡，或出奇斫營，或設伏邀擊，有機便可一創，否則勿迫其戰。今天下之安危在四鎮，四鎮不一力戰則賊終無已時；一浪戰而失，則畿輔將驚潰，而天下危。如弈然，置子一不定，而全局係之，可不慎乎？臣又聞崇煥不欲用滿、侯，滿、侯亦不欲爲崇煥用。昔唐以九節度兵而潰。是在皇上慰諭申飭，務令同心僇力，無遺君父憂而已。」奏上，而奴已薄都城矣。公歎曰：「四鎮兵早從我調度，豈令奴騎至此。」急簡騎兵三千，遣遊擊尤岱將之，馳赴城下，奴方攻廣渠門，見城上不發一矢，方揶揄手笑，岱兵忽從東來，與殊死戰，殺傷過當，奴遁入南海子老營。諜知公所遣，咸咋指，以爲神兵也。當是時中外畏奴甚，讙傳袁崇煥挾奴講款，咸欲倚崇煥以媾奴，而獨難公一人。有私於公者曰：「以靖國也，雖城下之盟何害？」公曰：「我受命防禦，不受命爲撫。存亡與公共之，不可則開門請行，無亂人意。」乃合文武將吏，誓於關壯繆之祠，將吏皆感奮，誓以死守。而保定一軍，鞅鞅思歸鎮，解經傳既上疏，令騎士辦嚴待發，曰：「相公駐通，當轄通兩營，保鎮非所隸也。」衆議皆不與經傳。方大任至，拍案詬罵。公所受勑未至，無以難也。奴駐京、通之間，遠者去城十餘里，遊騎夜掠，城下火光燭兜鍪如晝。京城消息中斷者數日，公欲入衞，一決城下，經傳持其兵不與。茅元儀私出橐金，募死士，扣東便門，守者駭曰：「倘有通乎？」曰：「有。」守者讙呼相報，乃大喜。滿桂戰敗，坐德勝門城下破車，袁崇煥、祖大壽戰勝負相當，治軍沙河門闕下，得報皆大喜，所募七人，亡其四矣。前使者齎勑書旗牌及所賜金帛，道梗不知所之。至是兵部復遣健卒爲乞丐裝，夜縋以出，始得達。二十六日，開讀畢，卽調防漕副總兵劉國柱率馬步兵二千與尤岱合營，發密鎮兵三千扎東直門，發保鎮兵五千扎廣寧門。奴闌入畿南，檄密、薊兩鎮要其歸路。諭款虜無蠢動，遣將復馬蘭、三屯、灤陽諸城堡。上命滿桂爲武經略，總理援兵，諸鎮聽節制。出馬世龍於獄，賜之金鋧。公恐其兩不相下也，下教和解之。桂戰安定門，殺僞大王子。世龍亦殺一牛鹿，奴鋒少挫。遵化以老弱留守。公將有事焉，而有遼兵東潰之變，十二月四日也。祖大壽者，故遼撫王化貞之中軍，寧遠人也。化貞逃，大壽率衆七百人保覺華島。其甥白臂用事於西虜拱兔，拱兔營直寧遠，大壽製衣帽，將西走。御史方震孺遣人招之，顧盼未有所屬，公撫而用之，再犯法，當斬，俾袁崇煥力請而後貰之。大壽以是嚴憚公，而感崇煥次骨。崇煥之入援也，大壽爲東鎮總兵官，東兵皆屬焉。上逮崇煥下詔獄，大壽與中軍何可綱等率所部萬五千人東潰。人言大壽且與奴合關、寧十萬衆，反戈內向，禍在漏刻。又言大壽據關城，則自此以東數十城中斷，將割以自王。而師之潰也，其勢如崩山決河，自通之南二十里，趨張灣渡河。公遣飛騎追三百餘里，弓刀反鄉，僅及其尾。大壽傳語曰：「事已至此，當出搗東不的巢穴，歸東身待罪耳。」公密奏曰：「大壽危疑既甚，又不肯受滿桂節制，乘一軍驚駭，有放礮洗營之説，激而東潰，非諸將卒盡欲叛也。當慰諭將領，解散士卒，大開生路，以收衆心。遼將大半爲馬世龍部曲，臣謹遵便宜行事之旨，密調世龍亟往撫諭，苟見世龍，必有解甲而歸者，則大壽可無慮也。」公懼大壽之果與奴合也，大書榜示軍前，東奴久薄近郊，急調祖大壽兵往遵化搗巢，遏虜歸路，用以疑虜。傳檄諭大壽及諸將曰：「今日東兵西還，必無一毫罪戾。閣部四載關門，從無食言於將士，爾輩所悉也。」又密箚諭大壽，教以急上疏自列，束兵殺賊以報浩蕩之恩，以贖督師之罪，而仍許代爲別白。大壽得帖子大哭，諸將亦哭，乃具如公指還報，則前軍已過永平矣。上遂命公移鎮關門，復傳聖諭曰：「朕以東事付袁崇煥，奴、東合謀入犯，不能先事偵探，致深入內地。雖兼程赴援，却又箝制諸將，坐視搶掠。功罪難掩，暫解事權聽勘。祖大壽、何可綱等，血戰勇敢，朕所深嘉。今或機有可乘，兵有妙用，或乃輕信譌言，倉皇驚擾，亟宜憬省自效，奮勵圖功。事平一體論敍。關、寧兵將，朕竭天下財力養成。又卿舊日部曲，卿可作速遣官宣布朕意。一面星馳抵關，便宜安輯。特諭卿知。」公遵旨，卽戒塗東發。而馬世龍之追及大壽於關門也，令二將捧上手詔往。大壽懼有變，密授指麾下，譟而出關。世龍追及於歡喜嶺，單騎入其營，傳閣部語，撫諭諸將。諸將皆羅拜。諸將聞公抵關，多陰規自拔。王承胤率所部先去，曹文詔踰牆亡去，及與世龍語，皆目動。大壽心知之。大壽妻左氏，故倡也，遣人數大壽曰：「孫公大人，再貰若死。兵潰，胡不死城下以謝孫公，而靦然來此？我閉城設大砲以待，仍自殺以謝若耳。」大壽意奪於其妻，而又恐諸將之賣己也，乃受詔，斂兵以待命。公急遣世龍報命，發步騎兵一萬五千，令督以入援。世龍兵抵通州，奴始拔壩上營歸遵，而京師解嚴。上憂東兵甚，令兵部從獄中出袁崇煥，手書慰止東鎮將士。滿桂戰歿，遂命世龍總理關、寧兵馬，督各路援兵，節制諸大將，以其有成勞於東也。公以十四日再涖關門。自東兵斫關而出，我叛人謀抉關合遼、薊以困京師。罷官廢弁，却城跨海，扇動百端，闔門罷肆，以待奔潰。公至，人心乃大定。衞城僅二里，倚關城以外禦。今賊從西來，撲我懷中，則關城失其據，衞城可步屧而上也。乃別築牆，橫亙於關城，穴之，使砲可平出。又量度號臺花樓，埤堄曲折，使衞城與關城，矢砲橫擊，而賊不得以薄我。北山南海，異時出奇設伏之地，公去四年，遂依稀如故壘，一一按而修之。城中水不足，一晝夜鑿百井，避難者十餘萬，擕餱糧，與居者通有無，雜流材官失職僑寓者千人，廩之於官，分使巡行街衢，防護倉局，各有事而不亂。安一營於西關，遏賊來路。張兩營爲兩翼，馬營在兩翼背，負城而營。奴善用諜，城中整暇，內間不得發，外來者輒爲邏騎所得，而關門之守完矣。歲逼除，奴警益急，乃遣參將黃惟正等，率騎兵四營守撫寧，而降將劉興祚合諸將兵護永平。興祚者，所謂劉愛塔者也。其來歸也，依毛文龍於東江，文龍死，歸袁崇煥，皆悒悒不得志。至是乃領降虜親兵二百、遼騎六百，拜公於馬前。公下車慰諭，置之帳下。興祚涕泣，願爲公死。興祚與諸將遇奴於青山營帽兒頭，使諸將爲三覆，自選夷漢丁八百騎，夜斫奴營，興祚爲奴旗幟，譜其軍號，奴莫能誰何，盡破其一營，斬首六百級，得其婦女輜重。明日，衣箭衣，輕兵出兩灰口，遇奴數千騎，血戰至晡，中流矢而死。公故遣興祚護永平，道臣鄭國昌疑之，託言糧少，移之建昌。興祚死，永平遂失守。而四營之趨撫寧者，先奴二日入守，奴急攻不能拔也。三年正月四日，祖大壽整兵入關謁公，督府親兵五百，甲而候於門。公開誠與語，諭以勉報聖恩。大壽喜溢眉眦，出而告將士：「公眞生我矣。」是日，列大壽所統騎步三萬於教場，行誓師之禮。公率諸文武西向闕庭，叩頭以告。已乃執爵致告山川社稷旗纛諸神，酹畢，再拜已，執爵以飲大壽及諸將，進而誓戒之，再拜而祖之。禮畢，復西向叩頭，大陳斧鉞旗幟，成師以出。師行三十里，永平、遷安、灤州、建昌失守之報交至，乃檄大壽旋師。奴攻撫寧不克，東破深河驛，屯范家店，前軍至紅花店，去關門十里。我嚴兵而待。以游騎誘之使東，欲以城上大砲及沿壕所伏射生降虜夾擊之。奴覘知，不敢逼。相持六晝夜，徐引而去。還攻撫寧，分兵攻昌黎，皆不克。公猶恐大壽心疑，間入其營，周視壁壘部曲，安坐劇談，每至移晷。又時時具酒炙，呼大壽等入飲於城樓。大壽益自安。而大壽故與奴有連，降虜銀定，故給事大壽左右，大壽遣之奴營，留半歲，奉奴書來與崇煥議款。款未就，銀定仍留大壽所。奴破永平，遣三叛人持黃旗大書「講和」字詣大壽營。大壽以請，公報曰：「聽大將軍處分。」而又密下教曰：「毀其旗及書，焚之軍前，其人惟所置之。」大壽懼，乃立斬其使。公曰：「大壽眞爲我用矣。」奴千餘騎，恣掠屯堡，夜宿撫寧東三十里之雙望，驕不爲備。公使大壽夜襲之，分兵爲三伏，我僞入奴伏中，奴方發，我兵伏雙望兩嵎者亦發，追奔二十里，斬首一百四十九級，鹵獲無算。奴勢大挫，遂不得南闖昌樂，東闖撫寧。自永平陷，東道梗塞，乃遣死士徑虜營沿海以報捷，中朝始知關門無恙也。關門西南三縣城曰撫寧、昌黎、樂亭，西北三邊城曰石門、臺頭、燕河，六城東護關門，西繞永平。而昌樂近海通漕，東兵之要地也。叛人白養粹唱言剃，降不殺，以勾誘郡邑，遷安令自髡以從。樂亭守其約，不納我兵。而昌黎亦顧望自守。公下檄切責各城，捕斬奸細，禁止蜚語。六城皆壹意完守，後先間諸叛人於奴，搆而殺之。又遣將戍開平，復建昌而守之，而進取之勢定矣。諸將議兵所向，馬世龍請先復遵，軍中皆是之。公謂奴據四城，其勁在永，其次在遵，而以灤、遷爲羽翼，横截京、關之間。關欲合京取遵則隔永，京欲合關取永則隔遵。當多爲聲勢，示欲圖遵之狀以牽之。馬、尤二帥赴豐潤、開平，聯關兵以圖灤，得灤，則以開平兵守灤，而騎兵待戰以圖永。得灤、永則關、永合，天下安危之局定，可以一意圖遵。而董口、大安，留爲歸路，以墮賊必死之心，取遷易於取灤，遷在北，易取而難守，不如姑留之，以分賊勢，而先圖灤。諜言四酋將輦重去，一酋將入，重裝去則身輕無所顧，輕騎來則氣鋭有所必求。兵貴乘機，機在去而未來之時，不可不爭也。撫、昌、樂三邑負海，去永各五六十里，步兵守城，騎兵挑戰，使賊騎不得西出，而我又促之逼之。使不得不動。動乃有機，我密邇於賊，而機乃可乘也。故曰圖灤便。既下敎世龍，再疏爲上分明之，然後取灤之議定。建昌既復，遣騎兵疾趨據守。奴連十日繞城而戰，我師皆捷。遣東兵五百騎，從田疇入盧龍故道繞出虜背，合三屯以掩遵化，迎擊奴之出掠者，於是有鐵廠之捷。奴四酋河干貝勒傾巢入寇，僞二王子安明貝勒居守瀋陽。公大發敎令，治舟師，合東江師十萬搗金、蓋、遼、瀋，又縱間謂之曰：「師期定矣。」故以榜示者，欲使彼疑爲聲也。四酋遂逸去，修懸樓，掘井運米以待我。而祖大壽又有雙望之捷。公欲窺永以牽遵也，登西城樓，屏人呼大壽，遣發四前鋒抵永城下，以一大營繼之。明日，復呼大壽曰：「兵雖發，不虞單薄乎？大兵去二百里，稟成於帥，不虞遠乎？」大壽曰：「請卽行，以爲後勁。」公曰：「甚善。兵在雙望，遇敵，大將軍當出撫寧，河西張弘謨爲二敵，在十五里中，三敵不出二十餘里，近永多岡巒，可伏。以前三鋒爲三伏，以一營爲誘，賊不深入不發。傍山爲哨瞭，既賺入，伏當敵兵，乃轉戰而伏發，可殲也。」大壽且行，復呼謂曰：「計明日午後當遇敵，檄劉應國四將自西北來，從建昌趨永東北，檄張存仁四將自西南來，從樂亭趨永東南。」語畢，呼道、將入，曰：「祖將軍議若此，何如？」皆曰：「善。」公蓋推其謀以予大壽，不日自己出。及灤、永成功，皆用此也。大壽如公戒，爲三敵三伏。奴入伏，追奔至永城下，奴遶城東，欲入北門，應國兵自北至，奔南門，存仁兵自南至。我伏初起，四面皆兵，從山半蔽空而下，奴大敗，殺傷者數千，斬伯言二十三人。伯言或曰擺彥，奴精騎也。殺其貴人四，曰孤謎，僞都堂也；曰温木機郎、伯言、事台吉，皆孤山，孤山，僞總兵也。公嘗密奏，薊、遼二三千里皆用遼兵，不當防猜東將，或使生心。捷聞，上乃大喜。而又憂逆奴尚踞内地，公亦久困行間，下詔撫諭，且趣師期。公遂以五月四日誓師，六日詣撫寧督戰。八日，大壽先趨灤州，列攻灤圖以示諸將。世龍分謝尚政等攻遵化，身馳至灤，與大壽分地而攻。大壽麾鄉兵，人斫一柳，頃刻平其壕。世龍身中數矢，不還營。黄龍兵損傷及半，龍哭而止之。仰攻益急，攢砲數十，以攻數雉，奴少避，大砲分擊其旁，使不得回救。師從間以登。十三日克灤州。奴冒雨出，大壽伏騎卒邀之，殺掠殆盡。奴自永平趨救，知灤破，遂幷遷安兵於永平，屠其衆萬餘，從冷口遯去。公急使世龍邀之，復有斬獲。公遂入永平。十六日，謝尚政等攻尅遵化。四日而四城皆下，天下驚以爲神。公至永平，掩遺骼，繕城郭，卹死傷，經理新復諸城寨。度奴瀕去，必一犯遼以示强，使三將出備之，果與奴遇，復大捷。計公所督理，合天下入援及關、寧、薊、昌兵可三十萬，戰守七閱月，復建昌、三屯、馬蘭、松棚、大安，繼復四大城，及冷口、瓦坡、龍井、潘關諸邊堡四十有奇，先後上首虜九千餘級。而四城之復也，斬孤山、牛鹿數十人，生擒東夷獐木等二十二人，及我叛人授僞都堂兵備都督等官馬思恭、賈維鑰、吕及第等十一人，獻俘闕下。公自爲露布奏聞。上親告廟，布告中外。加公太傅，蔭一子世襲錦衣衛指揮僉事，賚白金五十，蟒一襲。三疏力辭，上允辭太傅。又以收復之晚，自劾乞罷，上優詔答焉。公還治所，關政一新。烽火相望，東西哨報，無日不至。上以東酋導東奴入寇，欲討之。公曰：「徐之，擊其不備，可大創也。」指授諸將，以次撲勦，後先斬首二千餘級，俘獲無算。近邊三百里外，廬帳遠徙。奴之據遼、永也，中朝望公驅之出塞，如救頭然。既而曰：「曷不邀之出口，俾疋馬無返乎？」言官欲追論大壽東潰之事，公密奏曰：東兵東將，偶語籍籍，可慮也。且奴纔出口，遽抹殺殊死血戰之功，亦何以服諸將之心乎？梁廷棟繇邊道開府督師，遂入爲兵部尚書，哆言邊城方略，部署諸將，滿桂爲總理，當提調諸鎮，而畫永定、左、右安門爲信地，自顧不暇，卒用是敗。馬世龍代桂，不受中制，廷棟恨之，以總理偏許諸鎮，諸鎮皆擁兵不相下。世龍得其所與昌帥書，列之於朝。廷棟乃使其所善部郎丘禾嘉監紀軍事。楊肇基守三屯，奴攻之急。世龍遣五千人往救，禾嘉奪之，遠守開平，而使肇基訟世龍於朝。公言中樞雖調度諸將，戰守進退，隨地換形，當聽之大將，而勿掣其肘。禾嘉當從臣於師，以佐籌策，不當自爲戰守，令將帥不得其任。於是廷棟與禾嘉胥怨。攻灤之役，四酋請款以緩師，禾嘉以其書來報，公叱之曰：「行間講款，獨不知閣部有賜劍乎？」灤之叛將遣老道士間行詣禾嘉請獻城，公謂大壽姑應之，而少與之師。我師三抵灤，莫有應者。最後中奴伏，幾盡。禾嘉慚，并恨世龍、大壽。廷棟輩謂禾嘉守開平，通京關，復城大功，出自郎署，遂超拜禾嘉爲遼撫。公知權要之娼嫉，而羣小比而相傾也，自五月逐奴，遂連章移病求罷，而上終弗許也。禾嘉既驟貴，孫元化亦用譚兵超拜登撫，于是關門有横竪二局。二局者，登撫繇登、萊取南四衛爲横，遼撫繇廣寧取遼、瀋爲竪。二撫既受事，乃各變其説。禾嘉請以島兵復廣寧、義州、右屯，元化請撤海於遼，以島兵復廣寧三衛。廷棟詒公書曰：皇上從部議立兩撫，方執券以責成功，廷棟無死所矣。公奉旨詳議，上奏曰：禾嘉議復廣寧、義州、右屯，廣寧易復也，去海百八十里，去河百六十里，陸運爲難。義州地偏西，去廣寧百六十里，繞山而東，撫臣雖三城並言，必當先據右屯以爲家，聚兵積餉，以漸入廣寧，爲進取堵截之計。元化議撤海以復廣寧三衛。臣先年議四衛，請先復蓋州而守之。蓋兩河之中堅，西在寧遠，而扼要在右屯，東在金州，而扼要在蓋州。今蓋州城已墮矣，金州遠奴，而可速築，當先據之，以漸圖復蓋。若撤海復廣之議，則劉興治讎殺甫戢，恐其懷毛帥之懼疑而走奴，欲留之島上，恐其不歸奴而借馬市以交奴，如宋之李全也。移興治於旅順，以絶皮島之患，而以復金責興治，以勢難遽撤之島兵，圖終當恢復之金、旅，此便計也。劉興治者，興祚之母弟也。興祚死，興治居皮島。東江副總兵陳繼盛諜報興祚未死，其弟興賢自賊中以書招興治。興治深銜之，僞爲其兄醮，誘繼盛等擊殺之，揚帆至長山島，而灤、永尅復之信至，乃復返皮島。公遣周文郁以興祚舊恩招之，興治乃聽命，請殺奴以自贖。公請移之旅順，部議畏興治不果，踰年而爲島人所殺。禾嘉初涖鎮，奴兵二萬圍錦州。禾嘉恇駭請救，公分調諸將，援兵四集，諸將請出奇一創之，禾嘉不敢從，遂墮大凌，毀雙堡而去。錦圍既解，益向人鼓掌大言：「閣部老矣，遼事我隻手可辦。」朝議皆欲聽公去，以遼事倚禾嘉，而上不可。以王威、楊嘉謨青山、潘口之捷，賚金四十，大紅虬服一，以神廟實錄進御，加太保，蔭一子尚寶司丞，皆力辭。上允辭太保。公以十一疏乞休，上命閣臣議去留，皆不敢堅決，曰：「吾固知無可代承宗者。」乃特遣內閣中書官詣闕門宣諭視事，上篤念元老，愼簡使臣，廷臣不與知也。公奏謝曰：「臣欽奉聖諭，謹於四年正月朔日視事。食少事煩，卽不能久，而輿疾討賊，當可爲法。」八日出關，繇前屯、寧遠抵松、錦，十六日繇三道關、一片石歷石門、燕河，徧閱三協十二路。繇石塘路過平谷，經盤山入薊州而還。公西巡周遭邊塞，幾三千里，皆奴虜出入殘破之地，山谷崎嶇，扶掖登頓。經邊堡臺牆，詢問地衝緩，器有無，哨近遠，尖夜老卒，往往能置對，而將領眊然無以應。過馬蘭，問路將曰：「此防兵爲閣部來耳。」三屯先三日以無虜報，俄而報二萬抵牆。公歎曰：「奴退而大修邊備，特遣御史、中貴人，督以督、撫，而今若此乎？遼以費成省，薊以省成費，今於大費中小省，而實亦成大費。遼廄無馬之馬兵而減其餉費，馬因以費兵。薊無器甲，無訓練，兵幾萬而坐食，則費食。今天下不節省，不能致太平。不去節省二字，必大亂。」還鎭，條次東西邊政，分八疏入奏。一曰：欲定封疆大計，當先定封疆大臣。二曰：欲東大兵，當先分部大帥。三曰：欲分戰守之兵，當先分戰守之備。四曰：薊之備守。五曰：遼之備戰。六曰：合論薊、遼戰守。七曰：防插。八曰：復城。其復城之疏曰：右屯城旣墮，必先築而後守。築之，賊必來擾，必先防而後修。右屯去水二十餘里，復右屯，必先復大小凌河，以接松、杏。錦州繞海而居，賊難陸運以窺我，而屯之後卽海，則糧可給，兵可駐。就此而東，不妨爲發軔之地。上詳覽八疏，嚴諭飭行曰：務使中外共濟，議任同心，克壯元老之猷，早奏安攘之績。於是有凌河之役。上從部議，命祖大壽率馬步兵四千出關領其事，以班軍一萬四千供版築，護以石硅兵一萬。禾嘉親往相度，條九議奏聞。未幾而凌河之議紛起，公兩任督師，實歷五十五月，移咨吏部以聞。上曰：「樞輔歷鎮巖關，平章軍國。忠誠匪解，猷績弘多。一品久已秩滿。至今方行報考，愈見勞謙，朕心嘉說。著仍前督理軍務，加太傅，並支尚書俸，廕一子尚寶司丞，賞銀蟒羊酒鈔貫如例。」公三疏引辭，乃允辭太傅。公前督師考滿，爲奄黨論劾，不敢上考。至是六年考績，僅用中書三考故事。先是敍復城功，祖大壽加少傅世廕錦衣三品，公僅廕錦衣四品，薊督張鳳翼之賞與公埒。朝議固有意抑公，而公初不欲自明也。然上之念公深矣。西虜鎖合兒所部來乞賞，禾嘉收置牆外，遂誇詡入奏曰：「行撫賞於旣喙之後，以夷致夷，卽以夷攻夷，此豢龍飼虎之手也。」公駮之曰：「往以弔喪愚奴而爲奴愚，以買米愚束而爲束愚。今之愚虜者，安知非昔之愚奴、束者乎？灤州之役，非以夷攻夷之左驗乎？張弘謨夜襲虜於大盤嶺，斬首百餘級。禾嘉劾之曰：「此王燒餅達子來投，誘而殺之也。」公曰：「虜勾奴入犯，又來詐降，果王燒餅達子也，殺之尤當，弘謨功當敍。」禾嘉議乃絀。已而與鎮臣大壽相訐，大壽抗章抉讁其貪穢，公止之勿上，而聞之中朝，遷禾嘉南僕卿以去。公曰：「吾不欲爲鎮去撫，且以長東將之驕也。」其持大體，不計私怨如此。屯、凌之修築也，梁廷棟實主其議，奉旨趣工者三矣。廷棟去，朝議反其所建置，謂屯、凌荒遠不當築，撤班軍赴薊，且以邊臣矯舉，勒撫鎮回奏。禾嘉懼，揚言己不與築凌，以迎合朝議，猶覬凌工已辦，可以邀賞也，盡撤防兵，留班軍萬人，運糧萬石以給之。公曰：「且不撤兵，賊至而戰，上策也；奉旨撤兵，據見糧以守，中策也；撤糧罷轉餉，委空城以疲賊，下策也。今出於無策，其可乎？」禾嘉弗聽。八月，奴圍凌城十餘日，大壽與何可綱固守，禾嘉率宋偉、吳襄救凌，禾嘉悖，屢易師期，而偉與襄不相能，二十七日，遇奴於長山，襄營先亂，我師敗績。監軍張春陷奴，上書爲奴請款，禾嘉密表其事。公曰：「春亦有鬚眉，獨不聞其妻翟氏六日不食而自經乎？士大夫不能飛矢仆此行屍，而忍爲關說，春固自愧其妻，士大夫亦何以見婦人乎？」中樞詒書，頗以上意諷公，公持之益堅。錦人高應元、陳二、韓五從奴中自拔回。陳二者，願自効其奇。應元有心計，曰：「擒賊擒王，拚一死斫四酋耳。酋營直白雲山，以通夷語者百人，裹火藥入營，勾酋帳而刺之，即不成，八營皆擾亂，可走也。」大壽之弟大弼敢死，喜結客，戰於錦州，四酋免胄掠陣，大弼突出搏之，刃幾中馬腹，奴兵號曰祖二風子。四酋嚙指稱之。三人在奴中，知大弼名，樂從之。公以三人屬大弼，結爲兄弟。夜三鼓，三人爲導，大弼率死士百二十人，斫四酋營，火藥發，煙焰薇帳前，四酋跳而免。八酋營皆大亂，相蹂殺。既辨色，我兵爲胡語，僞爲奴追騎而先之，乃出。先一日，凌城食盡，奴招降甚急。何可綱語大壽曰：「公不出，無以慰閣部；我不死，無以報閣部。」爲文以自祭而死。大壽率二十七人詣虜營，四酋握其手飲酒驩甚，約下錦州，大壽以養子爲質，與之盟而還。二十九日，我師刼營，率二十七人逸出，徒步入錦州，奴乃隳凌城引去。十一月，公還關門，以十七疏求罷。上念公久勞稱病，賜金幣，命馳傳以歸。已而議長山之敗，坐公矯旨復城，欲中以危法。上不許，命冠帶閒住，削寧、錦敍功世廕，公故所力辭不拜者也。公得請，具奏陳謝：身雖殘廢，終負天恩。一腔未死之心，未可但已，謹列上薊、遼事宜十六款，并以復城進兵二事諸臣所未悉者，具疏略爲明白。其論復城曰：右屯之復，臣奉旨酌部議三城之一，非繇臣唱也。凌河去松山、錦州三十餘里，我前哨駐于子章、馬家湖，又在大凌北二十里。大凌直于、馬、松、錦腹中，非果如樞臣所云荒遠也。使右屯不與凌城並築，則凌工六月可竣。又使萬石之糧不運，則停工散兵，賊無所得，空城不致坐困。臣抱病關城，東撫、鎭政出多門，應幷乃分，應速乃緩，應散乃聚，致有疏失，則臣之罪也。今謂復城致賊，則遼地將終不可復；而又言復城逼賊，賊豈效我之遠之也拱揖而不來乎？如果不必復也，彼何爲傾巢而來爭此彈丸之地？如以爲修築惹賊，則己巳之入薊，庚午之圍錦，果誰惹而來乎？使鄉者臣不抗天下之議以復八九城，則關外皆虜地，灤、永一陷，關何以守？而遼東西三四千里皆賊天下，又何以爲計乎？臣願治臣不能禦賊之罪，不宜以兵困卸罪於復城，而使天下以復城爲諱也。其論進兵曰：狡奴闌入，因糧以困凌河，臣欲檄撤凌之兵以援凌，撫臣曰「不敢」；臣欲馬步合營前進，撫臣曰「不如用奇」；臣欲以騎集錦，以步向凌，撫臣欲分四路。撫臣奉中樞堅壁之指，又不肯明言，持兩端以觀望，屢易師期。宋偉不附撫臣，則主進；吳襄奉中樞而附撫臣，則主不進。臣抵錦，偉以十七日尅期進兵。襄曰：「日者言大壽命宮難星，數日當出，少待之。」偉曰：「我安得獨進？」臣以二十三日誓師，以賜劍從事，而撫臣猶曰「過嚴」也。及與奴遇也，襄曰「營近水」，偉曰「近草」，議未定而奴哨已逼。偉營栅固，奴連攻不能入，前鋒多死，移攻襄營，襄不能軍，以騎將南奔，偉力戰至晡亦奔。倘兩軍皆固，則夾擊之勢成，未可謂兵難野戰，只要用奇，只要背城也。兵潰而臣回寧，料理麤定，設間用諜，夜劫其營，奴遂遯去。兵以奇勝，要必先正兵，賊非必不可勝，而我非必不能勝賊也。浹日轉戰，我兵潰而殺奴亦過當。如以一敗，謂我兵必不能殺賊，臣不信也。臣願治臣進兵敗衂之罪，不宜以兵潰卸罪於進兵，使天下以殺賊爲戒也。其論遼、薊事宜，則自西虜、插酋、東江、朝鮮以及關門內外，皆備列情形，撮其指要。論奴酋，謂我必不可講款畏奴，而終受其燼。論東將，謂當謹其繩約，恩宥出自朝廷，以防跋扈之漸。論兵將，謂奴各酋不過伯言五六千，皆同臥起，共羶毳，我鎮協將領皆有食大糧親軍，方可殺賊。又謂關內不可槩用遼兵，關外不可盡用遼將。禦虜當急練車砲，不當盡倚騎卒。近邊州縣，各設守備兵馬，佐以鄉兵，無徒責之必死。西協當專設總兵以佐昌平，不當分昌平之總兵以佐西協。至於關門，不當復置經、督，請畫關、薊，分設三撫，而胥轄於督臣。上固已採而行之矣。公雖引退，不忘軍國，拳拳爲明主忠言若此。公之初督師也，熹廟臨遣，隆重付以兵要。馴至宵小竊枋，讒間百出，而隱然係宮府之重，猶得以恩禮進退。其再出也，受命艱危之際，夜半出片紙，以單車橫穿萬虜，奏汛掃之績。奴退，樞臣請旨分兵，遼、薊西兵，各轄撫督，而督師爲冗從之員，下不願其留，上不聽其去。人主勤思恢復之功，中朝曲肆沮撓之術。左枝右梧，前跋後疐。其得以奉身而退者，秋毫皆聖主之賜也。庚午五月以前，戎馬旁午，畿輔危急。朝廷以疆事委公，事權在手，如以一身使兩臂，故功見而言信。五月以後，異口同喙，雄唱雌和，使之有足不能步，有翼不能飛，而有事則專以責公。故人謂今上之神聖，不啻度越先朝；而奸邪之媢忌，殆有甚於逆奄。不能不爲之三歎也。公督師又閱三年，調度京城，調度援師，調度潞河、渝、海，以及遼西、薊北、東江，經營底定。其有功於社稷甚大。而事勢之危且急者，危莫危於東便門之一出，急莫急於東師之一潰，其所以危而獲安，急而旋定者，天人之佑助，而祖宗之護呵也。繇今思之，尙爲心悸，而況於當日乎？公里居七年，門無賓朋，室無媵侍，居無玩好，出無輿從。危椽老屋，糲飯事酒，叢書散帙，篝燈講誦。夏扇冬爐，孫子夾侍，整襟危坐，儼如圖刻。不讀非聖之書，不作無益之文，身經奄難，戒心漢、唐，撰次今古中官志，區明其賢奸禍福，以作殷鑒，丹鉛甲乙，夜分而罷。關門舊將故卒，每刺邊遽以報，尺牘片紙，藏弆几案，未嘗不徬徨屏營，憂形於色也。崇禎九年八月，奴騎掠畿南，破定興，鹿善繼以太常少卿里居，死之，公賦詩六十章，有祝予之慟焉。繼陷安州，去高陽四十里。公方城守，游騎去城七里，聞城頭砲聲，知有備，引去。十一年九月，奴兵復南下，公部署子姓，分雉堞距守。百里內衣冠甲族竄避者，皆要勒以入。遣親丁擊奴哨騎，殺之于郊外。十一月九日，奴數萬環攻高陽，塡濠塹，豎雲梯，守者飛砲擊之，應聲拉折。奴人持門扉如木城，公令以秫稭乾草爲束，蘸硫黃，擲城下，木城盡燬。奴將遁，繞城吶喊者三，守者亦應之三。奴曰：「此城笑也，法當破。」圍復合，十日遲明，城中炮石竭，火焚西北樓，城遂陷。公坐北城樓，叱家人速去，我死此。二酋挾公至城南三里圈頭橋老營，酋首擁公上坐。呼孫宰相。公趺坐大罵臊狗奴，胡不速殺我？一酋漢語者曰：「北朝識好人，待士厚。相公胡不歸北朝，輔佐大業，而徒爲南朝死？」公叱之曰：「我天朝大臣，城亡與亡，死耳！無多言。」一酋曰：「不降，胡不出金銀贖死？」公復罵曰：「騃狗奴，眞無耳者，尙不知天朝有沒金銀孫閣老耶？」公令以葦席蓋地，望闕三叩頭，叱二酋趣持繯縊我。既絕，酋相顧嘆息，屬所掠老媪：「此孫宰相屍，可善視之。」乃拔營而去。十五日，太監高起潛兵至高陽，詢問遺民及陷奴回者，具知公死狀。治棺製一被以斂，拜而哭之。奏疏以聞。上曰：「故輔承宗，罵賊死義，慘及闔門。朕心殊惻。該部其從優議卹。」及部覆疏上，詔止復原官，予祭葬，而贈蔭易名，皆未許。視他閣臣考死牖下者有不逮焉。或曰：當國者主之，非上意也。公以一死報國恩，立天經，明人紀，一死而公之事畢矣。小人何知？以公之死爲厲己，惟恐不抑而沒之也。其拜而哭之也不如奄，其相顧而歎息也不如奴。推其心，惟懼夫仗節死義之事重，而賈維鑰、白養粹之徒，不得交臂於世也。吾何責矣哉！公妻贈一品夫人王氏，生七男子，長子銓，以選貢任高苑知縣，銓長子之澇，錦衣衛指揮僉事，皆守官不與難。三子鈐，先公歿。而從公死義者，次子舉人鉁、四子廩生鋡、五子尙寶司丞鑰、六子官生鈰、七子生員鎬，鉁之子之沆、之滂，鈐之子之澋，鋡之子之洁，鑰之子之瀗，皆力戰罵賊以死。鈰一子，生六歲，依其母棲草中得免。公之兄義官之子鍊，鍊之子之澈、之渼、之泳、之澤，職方之子鏘，鏘之子之渙、之瀚，皆死。蒼頭侯果陷奴逃歸，得公屍于圈頭，告哀於高奄，以其喪歸。行求得諸子孫屍，乞於親故，斂而殯焉。果言公面貌如生，鬚髮郁然，舌微吐，裸而臥田間，野人夜窺之，鱗甲怒生，如虬龍攫拏，莫敢偪視而去。柩將引，風雷交作，天宇冥晦，里人驚謂大兵復至，移時乃息。公之子孫狀貌皆雄駿，能文章，負經濟，他日可以爲偉人爲大將者，而皆能舍生取義，以從公於九京。其所以稱爲公子孫，固在此而不在彼也。公識見通敏，商訂詳審，貫穿典章，諳曉物理。發言盈庭，紛糾盤錯，觽解玦決，片語輒了，論事析理，刺經譜俗，譚言微中，詼諧間出，雖悍璫驕將，莫不解頤俯首。至於斷國論，辨幾事，應機剸割，不出晷刻，知如炙輠，辨如濆泉，惟深惟幾，不先不後，世未有能窺其崖略者也。神宗顯皇帝彌留，方從哲爲政，以遺詔屬公。公請以發帑餉邊列詔條中，從哲曰：「東朝節儉，不減大行，發帑未可議也。」公曰：「相公任軍國大事，豈得預計君上不能而先已之。詔條擬發帑若干，使近侍請令旨行之，卽不許，可堅請而得也。」從哲以不習近侍爲辭。公笑曰：「交結之禁，豈爲今日設？閣中不有日傳文書內官乎？」詔乃定，遂發二百萬，九邊皆讙誦焉。顯皇帝之升祔也，東閣集議，請祧睿宗。禮臣科臣主其議。公弗應。閣臣以詢公，公曰：「睿宗今日當祧，以當日不當入乎？」禮臣曰：「然。」公曰：「然則孝宗可終不祧乎？國家祀典，不遷之外，論功德乎？論世次乎？如論功德，無論以孫議祖，有所不忍，倘世世功德，世世不祧，世世無功德，世世祧乎？論其世則以義制禮，祧之非以爲忍。所祧之祖，亦寧有軒輊，而獨孝宗不當祧乎？且神宗皇帝於睿宗，曾孫也。祧曾祖矣，再世猶武宗也。再世則世宗，不遷而穆宗矣。親盡之義謂何？將世世祧曾祖乎？」衆皆曰：「善。」乃罷祧睿宗。熹宗卽位，臺省集議改元，館閣皆唯唯。公曰：大行皇帝一月堯、舜，諸公何忍奪其年？大行皇帝詔以明年爲泰昌元年，今奪之以奉今上，詔以今年八月後仍爲萬曆四十八年，今奪已讓之殘年以歸大行。此一議也，於祖非順，於考非孝，臣子以婦寺之忠，陷主上於不順不孝，於心忍乎？給事魏應嘉曰：「新君卽位歲餘，而仍舊號，似爲不吉。」公曰：「帝王以日易月，自是變禮。帝王亦人子也，豈有人子居喪從變，而以從親號爲不吉者。假令大行以明年正月朔升遐，今上柩前卽位，將以終年從舊號爲不吉，而遽以是日改元乎？自古易姓受命，則當年改元；一姓相繼，則踰年改元。唐順宗八月內禪，卽令改元，憲宗仍稱永貞。宋太宗卽位改元，史以爲篡。誠不忍見一統盛世，父子相繼，而一年三號，書之史策，爲千古議端也。」衆皆服。然其後卒從臺省改元，而識者以公議爲正。熹宗日講罷，王安謂內閣劉一燝、韓爌曰：「二公肯做張江陵，我不難做馮司禮。」皆逡巡不應。安復向講官言，講官錢象坤肘公應之，公乃前對曰：「時政廢弛，此言誠救時之藥。但馮、張不克令終，願法其前，鑒其後，使韓、范、呂、張不得專美，斯可矣。」安曰：「何也？」公曰：「馮、張肯整飭法紀，今欲爲馮、張，當整飭各屬衙門。」安曰：「公當謂十庫。」公曰：「何止十庫。且如一大家做家，必使家督以下，飽暖歡悅，豈天家一起手，便與左右競刀錐。但當仰遵皇祖制度，酌以見行條例，寧以內供分給額供，勿以正供積內。賜予節則宣索少。又如兵卒之冒占，部漕之關說，衙門之需索，司禮一清，將二十四屬俱清。內閣自宜仰遵祖法，以部務還各部，而以上意爲斷決。須先以身立祖法中，亦請皇上一如祖法，然後中外臣工，有不若於法者，譴者譴，誅者誅，而我不私德怨，如此則馮、張豈足學哉！」一奄誶曰：「左班官有棄城而逃者，何也？」公曰：「予固言之曰『有不若於法者，譴之誅之』矣。纔一建議，便如此反脣相抵，如何內做得馮，外做得張？若內果欲做馮，便從此做起。」安曰：「所議者，朝家大政也。若安得妄言？」目之而退。安退謂其曹曰：「孫公大議論，當嚮內閣切言，嚮內官說何用？」時方推公代司馬，同官戲曰：「公不入中樞矣。」公笑曰：「正坐此不入中書，何中樞也？」上既卽吉，有司奏請選后。三宮俱卽世，以穆廟榮妃傳諭，禮也。比大昏擇吉，典禮隆重，傳諭當用寶。鄭貴妃固爭，曰：「我有寶，何故請劉？我遂夷於後宮大家采女乎？」因厚遺乳母，近侍旁側，皆爲鄭言。安心不與也而難之，謀諸內閣，內閣要講官共議，公曰：「鄭所執以難劉者何也？」安曰：「以無寶。」公曰：「傳諭立后，慈寧之事也。慈寧之寶故在，假榮妃之名，而用慈寧之寶，則鄭無詞以難我矣。」安躍然稱善。劉、鄭皆先朝妃嬪，初奉劉後奉鄭，則鄭將倚主昏之名，實封后之末命。公一言而嘉禮定，釋宮掖之疑，亦奄安能持之也。公官坊局，侃侃然以天下爲己任，多所建白。參大政，入直僅百餘日，而匡救回斡，裨益弘多。凡文書繇御前發票，司禮監令小奄抱黄袱篋送閣門，典籍官奉而入。有中旨，則小奄口傳曰：「上傳某事如何處分。」天啓初，中旨頻數，閣臣側耳籍記，惟恐錯誤。亦有借內傳以行其私者。公初入閣，卽上奏曰：「臣累日在閣辦事，文書房時有口傳，如講學，如任將，如准臣入閣入部，皆關係重大。仰見聖意淵深，非臣等所能仰贊。皇上威福自操，一時奉法惟謹。而事久時移，不無可慮。且傳天語者，一字抑揚，便關輕重。臣愚不勝過計。望皇上愼重口傳，酌爲札記，容臣等計日具口傳事目，并所處分，還報御前，詳加參閱。更賜面對，一一仰質。則王言畫一，蒙蔽無自而生矣。」條上兵政切要數十萬言，其末曰：「憲臣高攀龍，語及宮闈，心實忠愛。皇上如信臣爲帷幄近臣，令直陳先帝危難舊事，臣得引諸輔臣爲證，一一爲皇上剖明之，卽內監亦有知其事者。皇上至尊至貴，實極孤極危，卽左右小心恭謹與皇上同甘苦者，恐其識見不定，爲人所借，將皇上之言動起居，日爲人伺，而求中皇上之心。且如先帝弱疾，最禁房帷，而飾美麗進者六七人。此天下共知，而皇上未必知，知之亦未必盡。蓋天下之禍，有明爲姦細，如假梃於風癲是也。有暗爲姦細，如藏刀於美麗是也。皇祖明知之，而駕馭有法，故屢發而無虞。先帝亦明知之，而防範或疎，故一嘗而輒殆。伏望皇上謹愼身體，隄防隱伏，以爲天地神人之主，以享千禩萬年之安。則災祲不足銷，胡虜不足滅也。」公在講筵，見人主幼沖，國本單露，據經援義，多所諷諭。至是乃直引其端幾，上心動，然後極陳之。亦欲借助於同官，而同官噤莫敢應，擬旨報聞而已。未幾，逆賢竊柄，羣小用中旨交關取事，而嬈節交扇，濁亂禁中，逮今上而後息。人始服公之愛君深，憂國遠，而見幾蚤也。奢酋之亂，請發帑二十萬，內閣私請於司禮王體乾，不敢先答，目視忠賢。忠賢曰：「上不肯，奈何？」公曰：「四川歲賦，一歲不平，一歲不徵，況兼小民苦楚，藩府動搖，皇上忍惜二十萬而不惜全蜀賦稅、人民？」忠賢曰：「小財不去，大財不來。」公曰：「然。煩卽以此語奏皇上。」又曰：「更望皇上早發，遲則萬里外躭延日月。」忠賢曰：「寧可用在刀刃，不可用在刀背。」公曰：「然。更煩以此語奏皇上。」忠賢唯而入，出曰：「上允發二十萬。」工部造戰車，請帑三萬。忠賢曰：「可以發戶部百萬分與。」公曰：「造車有益戰守，便係軍機。若戶、工二部彼此執奏，豈不躭閣？」忠賢又唯而入，出曰：「上幷允發三萬矣。」御史帥衆疏言，上當體古帝王自稱孤寡之意，臣下不可導以侈泰，但稱萬歲。有旨謫外，首輔力救不得，請去。體乾、忠賢盛稱上怒，以拄閣議。公笑向二奄：「望皇上做一大分上。」二奄問：「何謂也？」公曰：「首輔以救御史不得求去，皇上留御史以安首輔，豈非大分上。」二奄曰：「御史不解道理，說皇上不可稱萬歲。」上怒甚，所以難解。」公正色曰：「御史所云，是老學究書本話頭，望皇上爲堯、舜，心實無他。先帝末命曰：『輔他爲堯、舜之君。』此事傳之後世，豈堯、舜之世所宜有？吾輩要輔皇上爲堯、舜，豈可不力解此事？且皇上稱朕，亦皇上獨稱爲尊耳。朕亦微眇如孤寡之意，非侈大也。若人臣願祝延皇上與天同久，豈有謂不可稱萬歲者乎？」二奄斂容曰：「便當以公言入奏。」已而持衆疏并憲臣鄒元標救四言官疏獨授公曰：「上傳此五人俱釋。」御史夏之令巡視內草場，譙訶羣奄。羣奄欲毆之，之令摑其面而出。忠賢怒，令小奄傳內草場疏重處御史。公曰：「此御史素戇，三日前朴責首輔胥史於端門下，頗開罪於首輔。今若重處，是閣中借公行私，首輔何以自解？中外相毆，獨以中疏處御史，不如置不問。如欲問，待御史疏到，勘覈處分。如御史無故毆中人，便治御史；如中人有弊，不容御史巡視，而反劾御史，便治中人。決不可偏治御史。」小奄入報，乃不問，後竟以他事殺之令。忠賢以客氏進女間三宮，遂興保和店之獄，錄三皇親家僮奴各三四十人下鎮撫。掌詔獄劉僑來謁，侍坐稱老師。公曰：「君世官也，必祖父肯以爲子孫，子孫肯以爲祖父，予方敢當師稱。」僑錯愕避席。公曰：「上方以離間疏遠三宮。三家之獄，意在三宮也。以私家爲喻，皇上，父也，三宮，母也。父不禮母，而子更發母黨之私，重父之怒，是可以爲子乎？皇上春秋方富，悔悟有日。此時差錯，不念異時乎？慫恿爲之，富貴立至。一絇之絲，其絡幾何？委曲解釋，卽有少患，不過數年平巾耳。平巾時是祖父子孫，是子孫祖父，予亦當斂手拜君。」僑問若何處分，公曰：

「事有易而難，有難而易。直明外家寃誣，盡發嬈、節陰謀，此可奏成手中，而禍與手俱。易而難也。錄三家各一奴，無連染，無坐多贓，曰彼私爲姦利，主人無與也。辭成付法司，予爲從中理解。此所謂難而易也。」僑如公言以讞。公屬舊司禮宋晉以公語正告忠賢曰：「如此則可以蔵斯獄矣。」忠賢乃止。其後楊漣劾奏忠賢，所謂以公爲徵者，謂此獄也。葉向高，公國子師也。而當國，公居五人之下，票擬商榷，越席而言，無所鯁避。人或間公於向高。公曰：「某不識忌諱，信口開闔，如說法道場，却插科打諢。豈不念閣體，直以賦材下中，荷皇上特達之知，六十歲人，報稱何時。待可爲之日，正恐長負天恩。然首揆，老師也，末坐，門生也。以末坐干首揆之政則不可，以門生參老師之議則可。」向高笑而謝焉。逆奄初用事，猶未敢明與外廷抗，而尤嚴事公，每見必側行却立。公出則偃仰指撝，待閣臣如郎吏，莫敢迕視矣。公嘗言：「中書有韓稚圭，國事不致決裂，忠賢亦不至殺身。」又言：「熹廟慈仁，宫府事皆可爲，而老成謀國，任調停手負朝廷也。」公晚而大用，用而不久於內，雖人謀則然，亦豈非天意哉？公出處進退，大節凜然，蹈道執禮，之死不變。迴翔詞館，歷十八年。以相度慶陵，加三品服俸，遂杜門請告，曰：「朝廷待我如此，當裁所以自待矣。」首輔力謝之，乃出。有勸公爲高新鄭者，曰：「逆取順守。」公曰：「人望我殷，望其有爲耳。卽能順守，當先償逆取之債。一兩事可償，便壞朝廷一兩事。天下有壞事好閣老乎？今人推一人當頭，便欲借此人爲大家主張，而此一人爲大家所蹈藉。朝廷爵祿有限，卽盡在一手，豈能徧給同人乎？今天下得三四正人，以道事君，不可則止，還做得幾分。不然，要閣老何用？」其人謝曰：「吾固知公之不爲新鄭也。」公自請督師，一出而中外扞格。屢請入覲，條奏戰守大事，宰執咸扼之。公曰：「諸臣疑臣一人，欲據中書。夫舍所任而求據中書，此亦天下之最不肖者矣，尙能爲皇上肩恢復大任乎？臣雖品望不及古人，亦望諸臣諒臣，無謂五月披裘，而猶拾遺金也。」公嘗稱曰：「范希文暫出而圖還，李伯紀出而悲不得還，皆鄙也。伯紀曰：『既行之後，進而死敵。』臣之願也。萬一朝廷執議不堅，陛下亦宜諒臣孤忠，以全君臣之誼。此則君相所當念耳。」督師再召，旋被讒沮。奴騎再入，人曰：「其可三乎？」公歎曰：「張德遠有言：『上復用我，當卽日就道，敢以老病爲辭。』彼獨何人哉？」丑、寅之交，右地虛席。朝士數問公起居。公戒子鑰曰：「趣歸侍老人，無使人疑我以若爲陽鱎也。」鑰以使歸，遂及難。逆奄之横也，所遣緹騎刺邊事者，日夕侍公帳下。公大聲問：「你家老公好否？」老公者，士大夫呼羣奄爾汝之常詞也。騎叩頭聲讋，頷之而已。道人宋明時自詭以符法制虜，逆奄以屬薊督。薊督盛供帳，望風禮拜。以符禁四卒曰：「可敵萬人。」薊督戒諸將却陳以讓之。諸將皆大笑，招搖至關門。公曰：「此妖言亂軍心。」繫而欲斬之，薊督固請，乃釋之。逆奄覬覦封拜，以捕奸細上軍功。遼人告董咸俊駐羅城通奴，將興大獄。公上言：「反側窺伺，豈盡無因？番快捶楚，何求不得？我方開一面之網，借賊殺機，以收降附之心，豈可密羅織之條，戕我平人，以絶來歸之路？」令所司一切平反，所全活甚衆。吳國丙者，遼人，從贊畫孟淑孔逆歸正人劉伯漋於東江，淑孔遣入奴行間，殺同行者，而奪其妻，旁徨不敢歸。道逢一書生，謂曰：「魏司禮欲以邊功封王，此奇貨也。」乃詣廠告變。劉伯漋、聶廷金輦奴萬金行間，孟淑孔主之。逆奄遣旗尉密以屬公。公方負晉陽之疑，兩道臣相語曰：「閣部方危，須殺此數人解之。遼人殺過多少，而惜此數人乎？」公正色曰：「吾輩各一首領，十餘輩各一首領。殺十餘首領以護此一首領，先十數人死矣。檄且下，悉心鞫之，果眞，不嫌聽廠，不眞，勿爲閣部惜首領也。倘失情枉殺，當飛章爲十數人爭此首領。」屬推官陳祖苞按驗得實，發廷金戍居庸，安置伯漋等於寧遠。旗尉羅拜曰：「公天人也。吾儕小人，皆有父母妻子，其敢逆天，不以實具報？」逆奄使人視其獄辭，無可周內而止。公每謂奄何能殺人，士大夫自相殺耳。其枝柱閹宦，不畏強禦，皆此類也。黨論之角立也，人或謂公當親近某某爲君子。公曰：「附小人者爲小人，附君子者未必爲君子。吾輩當斬釘嚼鐵，自立人間，寧能爲蓬生麻死乎？」梃擊之獄起，主風癲者斷斷於公。公連柱其口。人謂公當與調和。公曰：「爲君子所容，未必君子，爲小人所容，豈非小人？生平不附君子，顧可求容於小人乎？」每與黨人語，輒曰：「勿墮輪廻。」問何謂輪廻？曰：「我方制人，隨爲人制。一番撥正，又一番輪迴也。輪迴幾番人才，國運有幾？登朝以來十六七年，見幾輪迴矣，可不懼乎？」公舉進士，爲孫愼行所舉。愼行爲禮部尚書，劾故輔方從哲進藥藥殺先帝當誅。公昌言於閣曰：「進藥不止一人，實出聖意。當之曰弒，非律令也。庸醫殺傷人有罪，而況萬乘？李可灼當論如律。平人父母疾革，誤藥而傷，家人歸怨長子之失主張，理也。從哲宜削去先朝所與恩蔭，以當長子失主張之罰。」愼行恚，以爲反己；而從哲亦憾。二魏亂政，賢者相繼貶斥。公抗疏自列曰：「臣故孫愼行之所取士，而高攀龍、左光斗之所嘗薦引也，義不當幸指摘未及，自爲聾啞，以姑容於天下。」又極論趙南星、高攀龍之去曰：「去兩臣而出於上意，則皇上之獨攬，未必協於天下之公。令去兩臣而出於惡兩臣者，將內結外援，天下盡入其牢籠，而大患立至。雖以皇上之威靈，立縛奴酋於闕下，天下之患未已也。兩臣之皦皦者去，而臣獨留，必其有遺行而愧於兩臣。使臣不早自裁決，臣所居何地，所任何事，他日求如兩臣之去，何可得也？」公不屑因依部黨，相倚爲名高，立朝抗議，每引義相駮正。遭逢末流，時危運否，不惜與之同禍若此。公爲政惜名器，愛國體，遏徼幸，禁貪冒，綜覈澄汰，每事皆可以爲法則。遼陽陷，中外紛然議添官設鎭。通州新兵萬人，多赤脚持白棓，而監之以提督、總兵、道、將多官。公謂無事則多官，徒以擾萬人，而有事則萬人不足以衞多官。文官好聽遊客妄人談說練兵，一聞警則以無制之兵付之不相習之將，牽率遷延，卒以取敗。乃奏罷撫鎮，留一道一裨將，後亦罷。又請罷天津巡撫，以督餉侍郎兼理。士大夫廢斥者，多求用於關門。公謝却之。人曰：「范文正辟置幕客，多取謫籍未牽復之人，可法也。」公曰：「讀古人書，當觀其所重。文正之言曰：『有才而無過，朝廷自當用之。若實有可用之才，不幸陷於吏議，不因事起之，遂爲廢人。』夫實有可用之才而陷於吏議，又爲不幸，此文正之所急也。若無可用之才而吏議又非不幸，文正安得而用之乎？」己巳之役，朝議以石亨、楊洪、周尙文故事出馬世龍於獄。閣臣告公曰：「上知世龍爲公舊將，公入對，當爲世龍言。」公曰：「某新從田間來，未得一當，而亟言其舊將之有罪者，是將乘急以要君乎？卽世龍可用，上赦出召見，問以戰守機宜，然後用之。則恩歸於上，而世龍不敢愛死。試之行間，愛者不能飾其所不能，忌者不能抑其所可見，亦所以安世龍也。」上聞公言，立召世龍出之。公在關城，長子庀家政，幼子就家塾，銓、鉿、鑰踐更省侍，每還往，帓首韝袴，握刀插矢，與旅人戍卒雜飯郵店中，揮鞭騾馬而去。自大將軍以下，欲遣使持一壺漿勞馬首，不可得也。尤世祿鎮固原，以名刀組甲狐白裘來問。公還其裘，而以刀甲予王世忠，令佩之以誇西虜。東歸之日，高第厚有饋遺，公笑曰：「我不取，亦可不與；公可不取，那得不與？留此以塞輦上君子可也。」初開鹽屯之利，兩歲可十萬餘，再至則息益饒。丘禾嘉輩因緣爲市，每爲鎮、道所持。御史王道直按遼，言鹽屯十萬可買馬，幸上旨不究，或曰：「中朝不欲究禾嘉也，非徒免者也。」道臣陳新甲以籍報，公以諧語應曰：「吾具知本末，亦具知該撫之苦而憐之。觀音大士觀聽衆生苦惱，寧不發大慈，寄聲善財童子，但防竹林鸚鵡饒舌，勿猜大士也。」其後以告遼撫方一藻，著爲經費，遼人賴焉。公嚴於持己，恕於御物。謹於持法，詳於用刑。激勸忠義，鼓唱豪傑。作使貪詐，籠挫宿猾。至誠惻怛，而機牙四應；閒止淵靜，而條鏇百出。鑒別人才，洞晰情僞。人謀鬼謀，有告如響。公固不知其所以然也。趙率教、滿桂，拔之於偏裨者也，卒爲宿將。王楹、何可綱、魯之甲，拔之於逃將者也，卒以死事。祖大壽犯法當斬赦而用之者也，卒以收復自效。袁崇煥、馬世龍輩，公所優禮付託者也，一不當卽欲行大法而遣訶，其中軍愛將世龍累被彈劾，益自感奮，插酋出賀蘭山，入犯寧夏，六戰六捷，上首虜七千有奇，卒以功名終。王楹之歿也，公請官其子，曰：「昔人解官以予生，臣願解官以贈死。」陳諫，廣僚也，尤智，夷種也，以勤事死，皆請優卹。死遼事者張銓子道濬，張承胤子應昌，皆羅之塞下，念羽林孤兒之意，未嘗不撫之泣下也。李平胡者，寧遠伯成梁家丁也，善戰，累官都督，東西虜皆呼三都督。得罪亡命去。東事起，有自稱平胡來歸者，言李氏舊事甚悉。公見之，曰：「僞也。」與之餼，假其名以懾虜，而勿使虜見也。後乃知爲羅三杰，李如松乳媼之夫也，王之臣拜爲大將，卒爲虜笑。劉興祚之來也，與其弟興賢遇公於紅花店，相攜拜馬首。公撫之，退而曰：「興祚將爲我死，興賢終當作賊。」「永平之戰，興祚家人歸報：「興祚射死，興賢爲奴所得，臠而食之矣。」孫元化議幷䘏興賢。公曰：「未也。興賢面無死法。」已而興賢果在奴中，招興治、興沛反東江，卒滅劉氏。公之爲人，齊莊中正，篤誠易直，未嘗專門講學，而資與道近。其在班行，自言得關西馮從吾、東越周汝登、青州鍾羽正三人摩切之益爲多。軍務少閒，與鹿善繼輩，篝燈危坐，徒御不警，鈴鐸間作，蕭然書窗道院也。夜初鐘而入，曉鐘而起。歷八百昏旦，聽百八聲之高下疾徐，覃思却視，以窮極車營之變，作車營百八扣。語善繼曰：「平生不解格物物格，今於車營，窺見端倪矣。」戊寅春，閩人蔡鼎重趼而告公曰：「奴將復來，高陽不可守也。」公曰：「父母之邦也，去將安之？」鼎曰：「入保定，可以守。」公曰：「非君命而守，與非君命而逃，奚擇乎？君且休矣！」奴驇至，諸孫有反馬於河間者，詒書郡守，夜縋而歸，歸六日而城陷。城陷之日，父死忠，子死孝，婦女死節，奴僕死主，爭先就義，無一屈辱者。公嘗曰：「先帝以漢武鄉、唐晉國擬我，我則何敢。成敗利鈍，非所逆睹，生老病死，時至則行，庶幾竊比於二公乎？」從容致命，慷慨殉難，人以爲奇偉大節，於公亦何有哉！公生長北方，游學塞下，鍾崆峒戴斗之氣，負燕、趙悲歌之節，爲文章，雄健深厚，似其爲人，不煩繩削，不事模擬。每一屬筆，如蛟龍屈蟠，江河競注，雲霧訊集，波瀾瀰漾。雖未敢方諸古人，實近代所希有也。有文集一百卷、奏議三十卷，兵火之後，茅元儀得之頹垣敗屋中，南參贊范景文刻而傳之。別有督師全書一百卷、督師事宜十八卷、車營百八扣一卷、歷官舊記四卷、撫夷志十卷、高陽縣志十四卷，惟中官志若干卷未就。前督師紀略十六卷、後督師紀略十卷，定興鹿善繼所輯，於公之行事，爲得其大者。公品望在館閣，功勞在社稷，威名在夷虜，忠義在宇宙。海內雖邨塾之老儒，邊障之退卒，隸人牧圉，小兒竈婦，語及於公，靡不盱衡戟手，嗟咨歎泣。而關塞之讎隙，朝著之謗焰，出自縉紳學士之口，相沿而不能解。若夫讒書穢史，流傳吳下者，雖蕪累不足道，然其大端可得而數也。一則曰「公不當自請督師，自請爲專命」。信斯言也，孔明之討賊，裴令之督戰，皆非純臣，當以矯制伏罪乎？舍台席而董戎旃，釋平章而事征伐，橫身以冒難，匪躬以狥國；而便文自營之輩，顧欲以腐鼠相嚇，不亦傷乎？身爲焦牙腐草，承乏危關，一旦弛其重擔，置之善地，創定而愧生，感銷而恨作，膏唇拭舌，牽連門戶擁戴之語，冀以爚亂國論，而自蓋其憒眊，此猶東家之毁西子，彌自增其醜者也。一則曰「公不當自請入覲，請覲爲偪主，不見馬首卽東之詔乎」。君側之疑，種族之懼，非偪主也，而偪奄也。興元入朝，則有橫岡應讖之誣；薊門請覲，則有石頭、便橋之詆。姦邪醜類，古今同軌。至於今閹兒媪子，交章累疏者，固已九刑不亡，丹書未改，而猶然奉爲聖書，承其餘氣，此則其罪狀首伏，不待於案考者也。一則曰「公不當力主恢復，恢復爲失算」。試問西虜之毳帳，何以遠徙？老奴之螘穴，何以屢遷？整焚棄之遼土，變爲金湯；拔陷沒之遼民，改爲生聚。公力而歸之於境外，彼坐而攬之於紙上。戎索昭然，焉可誣也？柳河之衂，師期違也。大淩之墮，廟算乖也。覺華之陷，後政失也。執是而議進取之非，以先去爲能臣，以數奔爲良將，以割地爲陰符，以自盡爲終局，此國之間臣而與於逆奴之甚者也。撮中外之議與公抵梧者有二，一曰守，一曰款。彼非能爲守也，退而已矣；亦非能爲款也，和而已矣。公嘗詒書當國曰：今合天下只有一怕耳，初怕而開、鐵失，退守遼陽；再怕而遼陽失，退守廣寧；三怕而廣寧失，退守山海。今山海之怕更甚，曰遼陽一十萬而敗，廣寧十八萬而敗，三敗之後，何恃而不怕？縮項斂足，徒延挨以了目睫，曰勿惹。古今夷狄之禍，莫慘於宋，玉帛子女，與而又與，疆埸土地，退而又退。與而至於無可與，退而至於無可退，當時亦只一怕以斷送社稷。而今可蹈其覆轍乎？公何嘗不主守，怯者諱言退，而以守之一字相抵，此一反也。公嘗論講款之害曰：「未服而搆之款，其心必驕；有挾而要其得，其願必奢；幸全而竣其局，其費必大。既款而仍防，與恃款而弛防，其禍皆至於不可支。」公之意以謂我戰守局定，生聚教訓於兩河之間，沿海爲家，以坐待其變。彼既讋服，搖尾乞款，則柔而豢之。羣孽并吞，降人內應，則侮而取之。若今日之講款，戰則不能，守則不固，退則無所，徒欲以國家外市，結橈酒之歡，而徼歌鐘之賞，求和不獲，其能款乎？公何嘗終廢款，昧者諱言和而以款之一字相蒙，此二反也。惟公之立人本朝，志在於正朝廷，清宮府，杜私門，破朋黨。譬諸青天白晝，横目四足，皆仰其清明，而秋霜夏日，善人君子，亦憚其凛烈。小夫壬人，不寒而栗，視以爲骨讎血怨，生擠而死排之，固其宜也。公生於嘉靖四十三年正月壬申；享年七十有六。公歿後八日，之滂至自京師，改棺以斂。又一月，銓自高苑來奔喪。日月有時，愍綸未備。乃以崇禎十二年七月六日，葬公於城西二里祖鄉之西原。謙益壯而登公之門，今老矣，其忍畏勢焰，避黨讎，自愛一死，以欺天下萬世。謹件繫排纘，作爲行狀，以備獻於君父，下之史館，牒請編録，垂之無窮。蘇子瞻之狀司馬君實曰：非天下所以治亂安危者皆不載。謙益猶是志也。戊寅九月，出獄南還，謁公高陽之里第，親見其屋廬苟完，什器麤給，無中人十家之産，然後知公之居身廉辨，一介不取，可信不誣。此於公爲細事，有識者所不道。然世之奴婢小人，論公之語，必以是爲質的，不可以不書。謹狀。崇禎十五年八月戊戌朔，門生通議大夫禮部右侍郎協理詹事府事兼翰林院侍讀學士前史官常熟錢謙益狀。

初學集卷四十八

行狀二

故禮部尚書兼翰林院學士協理詹事府事贈太子太保謚文肅王公行狀

曾祖永寧

祖宗仁　皇贈吏部右侍郎兼翰林院侍讀學士

父邦憲　皇任山東萊州府通判贈吏部右侍郎兼翰林院侍讀學士

西安府耀州牛郇里王公年七十一狀

公諱圖，字則之，其先太原陽曲人，國初徙耀州。家世孝弟力田。景泰中，有諱志者，明春秋，舉鄉試，知宜賓縣。四傳爲萊州公，以詩經舉于鄉，歷官有聲跡，是爲公父。生三子，長曰國，舉萬曆丁丑進士，官至兵部右侍郎，巡撫保定，而公其少子。爲兒時，質貌魁傑，有大人之度。稍長，從其兄問學，博問彊記，才思風發。年十六，浙人徐用簡督學關中，擢冠諸生。每行部，必召公與俱，雜諸生中試之，所至必第一。遂挈公登太華，上太白，經藍田，出潼關，浮淮涉江，東游吳、越。關河川陸形勝要害之地，前迎後却，極目從心，慨然有澄清宇宙之志。用簡好性命之學，周旋杖函，微言叩擊，臨歧喟然而歎曰：「吾道西矣。」丙子舉鄉試第一，丙戌舉進士，選翰林院庶吉士，授檢討。當是時，保定公爲御史，不附執政，拳毆其私人於朝堂，以伉直外轉。公在史館，方嚴易直，頎然以公輔自待。士大夫推西北正人，公兄弟爲之巨擘；然南北部黨之萌，從此起矣。公守檢討十五年，於時相一無所附麗。四明沈公當國，有妖書之獄，公少嘗及其門，援引古誼，極言規切，四明弗善也。久之，陞右春坊右中允，掌南院，還坊充東宮講官，以右庶子掌坊事。又四年，陞詹事府少詹事，副纂修玉牒。又四年，以詹事充日講官，又以詹事教習庶吉士。次年，以吏部右侍郎掌翰林院。公前後服官，自宮坊歷亞卿，皆不出詹翰，資望最爲深茂。神宗深居大內，撰進講章，寒暑不輟。肅容法服，儼如對御。三年外計，邸舍蕭然。苞苴竿牘，絕跡庭戶。天子察知公公忠可與寄大政者也。萬曆中年，黨論滋起。山陰王公、歸德沈公之後，資地相偪，謂可以紹二公衣鉢者，咸屈指江夏郭公、南昌劉公，並公而三。江夏逐，南昌逝，物望始專屬于公。而黨人之側目者，日甚一日矣。當是時，富平孫公爲冢宰，秦人幾滿九列，而東南之講學者，遙相應和。羣小忌而謀間之。會無錫顧公馳書救淮撫，乃嗾富平發單諮訪，廷辯東林、淮撫是非，以爲鉤黨之計。公嘆曰：「秦人與東林，一網盡矣。」亟言于富平止之。羣小知其所繇解，皆恚恨，移兵向公。而公之主庚戌會試也，宣城湯祭酒以領坊爲同考官與知貢舉。崇仁吳公爭論闈事，盛氣相訽誶。湯之門人王紹徽間行搆崇仁于公，公正色拒之。於是公與宣城之隙成矣。是時大計京朝官，紹徽計湯必不免，嗾御史之欲避察者，飛章逐公。公杜門求去，上不許，乃仍主計事。湯亦竟坐不謹罷，諸附湯見黜者，及惜湯之黜者，與夫向之忌秦而間東林者，攢耳幷目，雄唱雌和，聚族以求逞于公。公求退堅，言者持公愈急。公乃抗疏別白，極論湯所以被察與紹徽等所以媒孽見中之故，削株掘根，窮極底裏，其詞直，其事核，其心事已曉然于天下，然後移疾出國門，浩然長往，以申明不可則止不受汙辱之義。蓋公之以古大臣自處者如此。後先求去二十餘疏，皆奉温旨慰留，又傳諭內閣挽留者至再。既去，上猶不欲舍公，姑令給假。又三年，始以病予告。丁巳內計，羣小方用事，遂以糾拾中公。是時上方有所重怒，當事者從中下其事，上遂不得終庇公。以神宗之神聖，知公之深，而爲黨人劫持，卒不能自行其意，此可爲嘆息者也。泰昌元年，敍光宗講讀舊勞，蔭一子。天啓二年，以原官起用。四年，陞禮部尙書，兼翰林院學士，協理詹事府事。居無何，而逆閹之難作。其夤緣至大官，居中用事，如紹徽、喬應甲者，皆辛亥被察，所謂附湯見黜者也。應甲有狂易疾，紹徽用之撫秦，將起大獄。公雖削籍家居，睚眦連引，洶洶如不終日。紹徽死，事少緩。而公遂屬疾不起，天啓七年六月十五日也。嗚呼哀哉！紹徽深中多數，當秦人勢盛時，自詭不附桑梓，以表異于時。其中考功法也，天下爭惜之，而以公之斥紹徽爲過。及其交關宦豎，蕩掃名節，鄉里塗炭，海內咀嚼，然後天下如酒醒寱覺，始知此一輩果奸邪小人，辛亥之察典，是非邪正，始判若黑白，而公之力擯紹徽，在彊壯盭氣，虛譽翕集之日，其蚤見辨奸爲不可及也。初，公之子淑抃，舉萬曆丁未進士，官戶部山西清吏司郎中，再坐公罷官削籍，如宋黨人子弟故事。公卒，淑抃跼蹐苫凷，未敢具禮。今上卽位，所司援例具上，淑抃亦詣闕追訟，上乃贈公太子太保，賜謚文肅，蔭一子，予祭葬，如故事。淑抃乃以崇禎元年十一月大葬公于牛邨之裕慶原。嗚呼！奸佞者施生僇死，忠正者生榮死哀，令紹徽有知，遊魂殘魄，寧不媿死地下。語有之：聖人作而萬物覩。又有之：蓋棺論定。豈不信哉！公明允篤誠，忠君憂國，出于天性。登朝以後，貫穿典章，諳諏政術，參國論，與大議，矯尾厲角，有倫有要，聞者咸傾聽悚伏。語及于朝政得失，天下治亂，容有蹙而色有墨，惻然若疻痏之在躬也。與人交，推心置腹，洞見肺腑，尉薦賢士大夫，如恐不及，小人在側，割席分坐，必遠去之乃已。故士之豫附公者，望而知其爲青天白日；其畏而忌之者，則以爲秋霜夏日，惟恐其不吾容也。詞林之官，類皆寡言低首，優遊養望，以待拜遷。公獨不然，居官奉職，敬共夙夜，不以閒曹冷局，少自假易。甲午典試福建，初用京朝官，御史用監試法相壓，公抗詞斥之，大聲琅琅徹鎖院。入朝上言其事，御史服罪，省試官得專舉其職，公之力也。癸卯，以南院署國子監事。摳衣升堂，頌禮嚴重，六館士畏服，逾于眞祭酒。拔今相嘉善公于儔人中，遇以國士。先侍郎與故相華亭公之父，卒業南雍，皆被賞識。又因二父以知其子，皆曰公輔器也。萬曆間，館閣有所謂四錢者，其三出於公之門，翰苑以爲美譚。公延見門人故吏，娓娓論天下事，分日移晷，語不及私，所謂生不交利，死不屬其子者也。嗚呼！山陰、歸德，吾不得而見之矣。福淸以後，宰執拜除，不可勝記，其賢不肖亦不可勝道也。以余所見，謀王體而斷國論，在公伯仲之間者，高陽一人耳。公之不得相天下，與天下之不得相公也，而豈細故也哉！生平不事生產，不邇聲色，焚膏宿火，老而不倦，有文集奏議若干卷，文體頗評、史記側、講筵日錄、玉堂制草、頴客偶談又若干卷。娶安氏，繼娶昝氏，皆贈淑人，子一人，卽淑扑。孫若干人。公天性孝友，保定公性方嚴，事之如父師。既第，猶名呼公，捧手唯諾惟恐後。母左淑人蚤世，育於保定之母雷，雷病痢，公和劑嘗藥，旬月不解帶。其卒也，疏請以歸會葬，明有報也。君子以爲禮。保定公之敎戒淑扑也如其子，淑扑罷寶坻令歸，懼杖責，候其出獵，平巾短衣，迎拜道左，懂而得免。公兄弟之家風如此。及羣小傾害公，甚間同氣，僞爲淑扑劾保定章，流傳邸報。公上書言狀，天子爲下其事，購捕主名。然後天下知公兄弟果無間言，而因以知淑抃後先之被錮，果以公也。淑抃葬公後四年，自秦之吳，間關跋履，而告於謙益曰：「古之撰行狀者，爲考功太常議謚及史館編錄地也。今先君幸徼易名之典矣，國史有傳，玄堂有誌，則概乎未有徵也。敢具歷官行事狀，以累吾子。」謙益衰遲白首，慚負師門，追惟二十年餘，登頓跆躉，與黨論相終始，痛定思痛，有餘感焉。當庚戌、辛亥之交，陰陽交爭，龍蛇起陸。援公者欲登之九天，擠公者欲墜之九地，高墉深壘，隱若敵國。公左足一動，班行頓空。黨人猖披，不可禁禦。其爲世道重輕何如也？天啓初元，朝論乍清，舊學再起。於時樞軸一新，物論改易，視公如眉之著面，以爲殆不可少耳，而枋用之意則已衰矣。然而羣小之耽耽於公，摩厲而思剸刃，未嘗須臾忘也。向進則以宿素謝榮，鈎黨則以渠魁重禍。君子之薦樽者，如南箕北斗，僅有其名；而小人之齮齕者，如骨讎血怨，死而未已。故吾以爲世之正人君子，欽公之賢而歎惜其不遇者，蓋有之矣。若其畏之之深，忌之之切，悉力而排之，窮老盡氣而不悔，固不若奸邪小人知公爲尤深也。伏惟辛亥察事，具在定陵錄中，蕉園之稿，流傳人間者，固以脫落踳駮，不能備舉其本末矣。而況於一字之褒，片言之貶乎？又況於二十餘年之後，見聞異辭，又將指曆、昌之年爲隱、桓之日乎？謙益舊待罪太史氏，竊取書法不隱之義，作爲行狀，其或敢阿私所好，文致出入，曲筆以欺天下後世，不有人禍，必有天刑。謹狀。崇禎七年十月禮部右侍郎兼翰林院侍讀學士協理詹事府事門生錢諡益狀。

奉直大夫左春坊左諭德兼翰林院檢討贈通議大夫詹事府詹事兼翰林院侍讀學士繆公行狀

曾祖玉

妣惠氏

祖桓　皇贈通議大夫詹事府詹事兼翰林院侍讀學士

妣桑氏　皇贈淑人

父炷　皇贈通議大夫詹事府詹事兼翰林院侍讀學士

妣夏氏　皇贈淑人

本貫常州府江陰縣東興里

天啓四年，應山楊忠烈公劾奏逆閹，江陰繆公在左坊，羣小愬公於閹，謂繆與楊厚善，老於文學，奏草實出其手。閹銜之次骨。是年，推公掌南院，疏閣不下。旋移疾乞歸，勒令致仕。明年，坐楊公獄詞牽連追贓。又明年，詔下急捕公。公坐檻車，取故紙敗筆，籍記其平生，使其子授予曰：「敢以是累後死者。」公歿，予時時捧其書歎且泣曰：「予兩人同里同館同志同隸黨籍，城西之亭，北寺之獄，行且從公而後，何暇以餘生遊魂，理筆札之責乎？」後十年，予又坐黨放逐。家居久之，喟然而歎曰：「嗟乎！予於公，乃今可以言後死矣。其可以已。」謹按：公諱昌期，字當時，舉萬曆癸丑進士，選翰林院庶吉士。丙辰授檢討。請告歸里七年。熹宗初，補原官，主湖廣省試。壬戌，升左春坊左贊善，册封建德王。甲子，復命。升左諭德。是冬，勒致仕。又三年，而有逮捕之禍。丙寅四月某日，畢命于詔獄。今上卽位，詔贈詹事，追及其二世，而蔭一子入監。公之先爲常熟人，居小山之湖橋。國初徙江陰。曾祖王父及王父皆爲儒任俠，修長者之行。其父母馴行孝謹，饁耕相敬，有古儀法。雖其聲名不出閭巷，而鄉之言家風者歸焉。公少負雋才，邑令詔安胡士鼇賞異其文，問知其父逮染繫郡獄，立請出之。弱冠有盛名，遠方宿儒，多摳衣受業。無錫顧端文公延致家塾。端文前輩名家，公與之上下議論，才辯鋒涌，端文無以難也。年三十九，舉於鄉，兩都人士，聚觀歎息，以謂衣冠有異，如唐之李邕矣。公與同年生顧雲鴻鏃礪志節，以古人相期許。予從雲鴻識公於公車，雲鴻歿，經紀其喪事，遂定交。端文與高忠憲公闢講堂於東林，公退而語予：「東林諸君子，有爲講學，而有意立名，黨錮道學之禁，殆將合矣。」公既登朝，癸丑、甲寅之間，朝論攻東林甚急，還觀其所爲，壹皆便文養交，蠅營狗苟，附時相，走私門，惡淸流淸議爲害己，欲鋤而去之者也。公未嘗心許東林，而疾黨人滋甚。每歎曰：「吾惟恐人爲僞君子，肯與人爲眞小人乎？」往往盱衡扼腕，形於言色。朝論遂以東林目公，公弗辭也。當是時，予以史官里居，羣小畏予之出，而忌公之翼予也，曰：「必亟剪之，是將令虞山速飛。」於是嫉予者亦移師向公矣。乙卯，有東宫梃擊之事，御史劉廷元以風癲蔽其獄。提牢主事王之宷抉摘主謀，御史劉光復主廷元議，疏攻省垣之右提牢者。公爲之評曰：「一御史以『風癲』二字出脱亂臣賊子，一御史以『奇貨元功』四字抹搬忠臣義士。」之宷戇，以公言爲徵。廷元頓足曰：「繆官史館，安得司空城旦書耶？吾屬他日無噍類矣。」明年，將散館，工垣劉文炳再疏侵公。公甫拜官，未上，移疾歸。又明年內計，公與予並中蜚語。南昌劉公掌院，力持之而止。自時厥後，予兩人取次爲黨人射的。黨人之忌余甚於公，而其恨公而欲殺之也，尤亟於予，則以梃擊前議也。天啓初，逆閹已驕横，殺光廟伴讀安，逐南昌。福清葉公召至，公正告之，以謂「內傳不可奉，顧命大臣不可逐，公三朝老臣，當以去就爭之，力遏其漸，無令中人手滑。」福清迂其言，頷之而已。又二年，高邑趙忠毅公爲冢宰，號召海內清名之士，澄汰品流，塞絶徼倖。公與高公、楊公及桐城左公、嘉善魏公參預其議，位置標榜，傾動朝著。朝右皆側目扼手，怨詛交作。楊之草疏也，公密告左曰：「內無永，外無文襄，一不中而國家從之，可幾倖乎？」左默然不應。疏上，福清言於閣曰：「此豎在君側小心，一旦去之，不可易得。」公勃然曰：「誰爲此言者？可斬也！」福清色變而起，號於人曰：「西谿欲殺我。」西谿，公自號也。福清口語籍籍，流聞大內，與草奏之說相應，而公之禍不可解矣。公罷歸未踰年，劉廷元以副院入，坐贓未竟，旋被收考。無何，王之寀亦考死。廷元者，故所主風癲御史也。被收日，出就廳事，邑令岑之豹遽前捉其手，妻妾不得訣別，惟聞鋃鐺聲琅然，撼版扉慟哭。徐傳語慰勞而出。閹既飲章捕公，織閹實誣。奏始上，且有收捕五人後命。公中塗得之，疾呼家僮曰：「虞山免矣。」喜見顏閒，忘其身之在貫索也。詔獄死狀秘，外人莫得知，四月二十九日，槖饘中傳出寸紙，自是而絕。五月二日，獄吏以死上，竟莫知何日也。正統八年六月，閹振殺侍講劉忠愍公球。忠愍之亡以二十一日，二十三日家人始得聞。其諱祭自二十二日後凡三舉，蓋疑之也。今公之絕命，則未知其爲四月爲五月也，而其家遂以四月二十九日爲忌辰。忌辰一也，劉則疑之，繆則意之，亡於禮者之禮，孰是而孰非，均可以痛哭矣。其斂也，十指墮落，捧掬置兩袖中。蓋閹以草奏故，屬獄吏加梏拲焉。其它楚毒備至，又可知也。閹自以爲得甘心於公，不知其代人操刀，爲議梃擊者釋憾也。嗚呼！慘矣哉！公天性純孝，父末疾臥蓐十七年，午夜聞謦欬，惙惙若杵臼撞胸，趣整衣立牀下，執喪致毀踰禮。覃恩再贈，皆以制詞屬予，肅拜請乞，涕洟淫覆面也。邦君大夫，少受一言之知，使車往來，必枉道過其家，哭其墓。與人交，推賢讓能，救過分謗，死喪急難，爲之側席而坐。作秀才時，卽以民瘼吏敝爲己憂。邑令贓罪狼籍，官舍有井闌，唐李嘉祐手刻詩句，載以歸楚，任滿營求保留，公移書逐之去。江陰民比屋讙呼曰：「繆舉人活我。」癸丑上公車，無以辦嚴，刺促借貸，幾不成行。雅不欲以廉潔自喜，曰：「此細事耳。」樂易疎豁，不立厓岸。少而讀書於所謂西谿者，既貴，誅茅種樹，棲息其中。度阡越陌，與田夫牧豎偶語，呴濡疾苦，爾汝相狎。軒車造門，意有不可，直視旁睇，手掇衣裾，一揖之外，忽忽不相酬對。好爲人規切過失，不少綆避。或其人護前諱短，面頸發赤，更刺刺不已，信心而行，衝口而言，事過語闌，如飈廻浪息，都不省記。而褊心之人，驟而與之値者，鮮不以爲深衷谿刻，頷有鱗而胸有甲也。同年進士醵金讌會，戚里接席，觥籌錯互。公至，兀傲據上坐，視殽胾，嗅茗椀，卒發一語，舉座愕眙失色。久之欠伸思睡，顧左右取馬去，坐客始叫呶相慶，更酌盡歡。閹焰之方熾也，士大夫或中立祈免，公從衆中面數之，其人赧而亡去。公顧問曰：「彼得無未喻吾指乎？」蓋猶以爲有隱乎爾也。嘗爲人撰制詞，或訴之曰：「彼賣公去矣。」一日來謁，使人尾其後，追還其名刺，而焚所撰稿於通衢。行人走卒，塡咽聚觀，弗顧也。初欲梲楊疏，其既上也，匹馬過從，朝於楊而夕於左。間弗往，則雙籐以拒門。往往離立長安道上，停車拊馬，戟手罵詈。閹刺探已十餘曹，公等故自若也。生平不識酒醴，不好歌舞，客至設食，糗餈錯列，餦餭雜進，劇談極論，移日分夜。客皆踦倚假寐，公方整襟危坐，如昧爽盥頮時。榷情僞，計成敗，揣摩天下事，不失毫髮。几席戶牖之間，多受人欺紿，瞪目顧視而已。爲人謀，周詳微密，處分井然。至於屏營箱篋，籌算錢穀，心慵手嬾，雖庸夫稚子，皆睨而笑之。口多微詞，兼好諧謔。就急徵，行至毗陵驛舍，緹騎抹首韝袴，猙獰植立，與客談時宰諂附高邑狀，俯躬起立，伍聲折支，曲盡情態，緹騎爲讙笑失聲。其跌宕嗢噱，紓緩可笑，多此類也。讀書爲文，不事訓故，不傍注脚，聊且繙閱，通曉大意，穿穴解駮，別出新理。陶淵明書不甚解，孟浩然學不爲儒，庶幾近之。虛懷下問，自視歉然，每語其門人子弟勸學曰：「無效吾腹笥枵然，爲貧子捃拾度日也。」嗟乎！世之高冠長劍，大儒臚傳者多矣，其亦知公之自命失學者，乃所以爲善學也歟？公生於嘉靖壬戌七月既望，其歿也，年六十有五。娶李氏，累封淑人。生男子五人，女子五人。李柔靜仁恕有婦德，痛公遇難，蚤夜呼憤得疾，驚惑不常以死。李有姪曰應昇，官御史，後公考死，所謂收捕五人者，應昇其一也。考諸國史，詞臣死閹難者，惟劉忠愍一人，後一百八十三年而得公。天子既愍而恤之矣，而易名之典，猶有待焉，或曰有尼之者也。遡公之爲人，篤於君親，重於名節，厚於朋舊，愼於取予，是其所長也。勇於爲人，急於疾惡，疎於防奸，忽於酬物，是其所短也。其所短者，雖有深讎積怨，吹毛索瘢，亦不過如此而已矣。而其所長者，耿然著明，如秋霜夏日。顧猶有異議焉，何哉？忠愍以血裙葬，公以墮指斂，死無皐復，歿無家忌。後先慘死，寃動天日。獄卒之殺忠愍者，悔作逆天理事，懊恨成疾，未幾而死。羅文恭公記其事，今之士大夫讎公於死後，曾不如忠愍之獄卒，是何可令文恭見也？恭惟甲令，大臣應得謚者，禮部廣加咨詢，稽覈名實，應謚而未謚者，覆奏補給，固非一人一時所可得而專決也。當都堂叢議時，予已罷歸，無從奮筆彈駮，謹撰行狀一通，上之有司。他日節行定謚，廷辨可否，庶幾可考信不誣。謹狀。崇禎八年七月望日，舊史官常熟錢謙益狀。

初學集卷四十九

行狀三

湖廣提刑按察司僉事晉階朝列大夫管公行狀

曾祖江

祖和　俱不仕

父鰲　封承德郎南京兵部車駕司主事母錢氏封安人

蘇州府太倉州某鄉某里管公年七十三狀

公諱志道，字登之，世爲崑山人，割隸太倉。所居近東海，學者稱爲東溟先生。生六歲，讀書塾中，能弁羣兒之所習。補博士弟子員，強學矯志，文行嶄然。嘉靖甲子，耿恭簡公以學使者唱道東南，檄公與焦公竑、李公士登入留都明道書院，而公爲都講。隆慶丁卯，郡守廣平蔡公闢中吳書院，簡習郡之孝秀，而公爲大師。公長不滿六尺，聲如鼓鐘。摳衣升堂，頌禮甚嚴。嘗稱曰：「士必有遯世不見知而不悔之根器，而後可以載道；必有行一不義殺一不辜得天下不爲之力量，而後可以立身。」諸生爲之改容易慮，人皆名管氏學矣。庚午，舉於鄉。明年，中會試。除南京兵部職方司主事。裁風快船三百艘，撥江、濟兩衛以蘇貢艘之困，復裁馬船餘夫，募材官以備浦口四十八衛軍，讙聲沸江水，而浦口始有屯戍矣。江、淮悍卒，謀殺千戶，歃血署名，約日爲變。公密檄衛弁簡壯士數十人備干掫，而竄渠魁主名其中，詰而縛之堦下，變遂息。丁太公憂，服除，補刑部貴州司主事。公入朝，江陵奪情議起，舉朝交章請留。公與沈修撰懋學、趙檢討用賢間行過從，歔欷嘆詫。沈、趙詒書具疏，皆與公商訂而後發。趙遂與諸言者拜杖闕下。長星亘天，中外恟駭，公謂：「沈子當速去，無負趙汝師中夜飲痛，搥床撫心。縱斯人改圖爲伊、周，終不入其牢籠，以負翟黑子矣。」明年戊寅春，大婚禮成，公上疏曰：臣竊觀今之時勢，以末流事例爲綱紀，而不究法之所從來，以牽合世情爲中庸，而不虞弊之所底止，駸駸乎極重不可反矣。及今不救，後將無及。謹考覈祖宗成憲，及當今事宜，撮其緊切重大者，條九事以聞。一曰復議政之規，二曰務講筵之實，三曰闢進言之路，四曰公銓選之法，五曰釐巡察之弊，六曰處宗室之繁，七曰定河漕之策，八曰核邊陲之弊，九曰核取士之制。其曰復議政之規者，謂太祖既革丞相，事權分屬九卿，羣臣奏事，即於御前面決可否，取旨奉行，未有殿閣大學士預機務也。永樂中，始以編修解縉等預機務，然面奏取旨仍舊，未有票旨批發之事也。宣廟始令閣臣楊士奇等、尙書蹇義等票旨以進，然每遇大政令，大臣面議處分，不盡從中批發也。正統初，英宗以沖年踐阼，三楊因權創制，每日早朝，許言事八件，閣臣預處白上，臨奏傳而行之。自此法一行，天子鮮御午朝，九卿不奉面議，而宮府之間，壅蔽假竊，日以弘多矣。臣以爲今日欲陛下親決萬幾，輔臣公持國是，則宜復午朝之制。朝廷有大政事應會議者，該衙門先具事繇送御，次日午朝，公同面議，取自上裁。至於中外章奏，必須一一經自御覽，默察是非；或預令輔臣分票旨以進，而出與九卿面決；或間令九卿各擬旨以進，而入與輔臣裁定。務求至當，不嫌異同，則天下洞然知上意所嚮，而大臣之恩怨亦潛消矣。其曰關進賢之路者，謂高拱在先朝，自擅吏部之權，而廣布腹心于科道。有爲之排擊同列輔臣者，不幾于律之所謂姦黨乎？有爲之文章稱述救解者，不幾于律之所謂上言大臣德政者乎？此無他，大臣惟憚言官之能劾己，而輕視諸司；言官唯恃大臣之庇己，而蔑視公論也。臣讀臥碑，有許諸人直言無隱之條。馮堅一典史也，條陳開國政體，而太祖納之。潘叔正一州同知也，建言會通河事宜，而成祖用之。豈獨科道之言爲重哉！自隆慶以來，各衙門言事者始寡，而科道之言，又未必盡出于公，臣恐耳目之漸壅也。然臣以爲不除言官之廷杖，言路終不得而開也。臣願陛下永勿以廷杖加諸言官，而鎭撫司亦非拷掠言官之地。卽有以言得罪者，下法司鞫問情實。罪不可赦，律例自有明條，死且瞑目，況生者乎！如此，不惟言路大開，而和氣且薰蒸宇宙間矣。其曰釐巡察之弊者，謂按臣代天子巡守，實一方司命也。今流弊大約有六：一民情太隔，一案牘太煩，一趨承太過，一耳目太偏，一名實太淆，一憲綱太峻。而所謂憲綱太峻者，國初畀巡按以糾察之權，又慮其秩卑爲方面官所壓，故令與都、布、按三司分庭抗禮，知府則相向長揖而讓左，體亦隆矣。今兩司素服而謁，知府屈膝而參，豈憲綱之舊哉？方面官大計京師，以素服參部院，蓋倣成周冕服見天子，因服歸司寇之意。至於王官出使，雖序諸侯之上，未聞諸侯以素服見也。太守等古諸侯，國初最不輕授。自屈膝按臣，京朝官始薄郡守，而吏治寖不如古。宜一循國初之舊，仍申明憲綱，令外臺官與御史得互相糾察。所以輓頹靡、振風紀，莫先於此。江陵方總攬威福，把持中外，公欲驟奪其柄，以歸人主，深中其所諱，爲之膽張心動。上言德政，廷杖言官，雖譏切時政，其詞直，無以罪也。而心計公所條憲綱，自世宗朝習爲故事，一旦出公於外，則公既不能不自顧其言，而御史又不能不自顧其體，兩相顧恤，且兩相枝柱，而公始不得不坐困，遂遷本部山西司員外。甫三月，出爲廣東按察司僉事，分巡南韶道。公知江陵之困己也，命下之次日，復申前疏，以遵勑諭、申憲綱，請將入粵上風紀未盡事宜，凡十二款。兩疏皆言外臺事，持論嶽嶽，不以權臣欺壓，少爲衰止，則固已氣吞之矣。明年春，單車之任。廣當羅防用兵後，方議搗巢，議開礦。公奏記制府曰：勦殺之勝不可徼，果徼也，必貽焚林竭澤之災；開採之額不可繼，果繼也，必啓摸金搜珠之漸。議乃寢。英德之礦徒，南韶之江盜，連江之山賊，囊橐竄逋，盤互扇動。實軍伍，嚴連坐，覈徼巡，分要害，方略井然，嶺海肅乂。而中朝趣御史龔某露章逐公，降一級，補鹽課司提舉。明年外計，以老疾致仕。海忠介公折簡讓龔，奈何不能爲國家容一正人？龔每握筆嘆恨，生平名節，壞此禿管中矣。江陵歿，御史饒位、李琯、顧雲程交薦公，僅引例復僉事銜致仕。歲辛卯，有哱酋之變。九卿臺省舉尚寶司丞周弘禴閱視寧夏。弘禴上疏揣愚分以讓眞才曰：臣私心所推轂，自謂不及者二人，一則原任僉事管志道，一則原任副使隨府。志道心品忠赤，意思深長，決策運籌，八面應敵，故新建伯王守仁之亞也。隨府騎射絶倫，膂力兼衆，激昂慷慨，千里折衝，先總督劉燾之儔也。臣極知器識不如志道，技藝不如隨府，故不若罷臣而用二臣也。隨府之被降，只以性氣欠平，爲忌者所搆，欲用之易也。志道爲故相張居正所深惡，假考察例禁錮。臺省諸臣，翕然特薦，部議復其致仕，而未即起用，非以考察例不可破乎？不知京考、外考，其例一也。主事趙世卿以條陳爲居正所惡，吏部尚書王國光以王官陞，隨以京察罷。志道亦以條陳爲居正所惡，王國光以提舉降，隨以外察罷。世卿既可破京察之禁，志道獨不可破外察之禁乎？國光阿奉故相，禁錮志道，其事尤可駭異。兩司與撫、按不協，例止調省。同時布政勞堪與巡撫爭禮于浙江，志道以僉事與按臣爭禮于廣東，堪以原官調福建，志道以憲職降提舉，一異也。聽降者必俟本官起文赴部，隨行降補。志道身未離任，即補提舉，又補廣東。夫廣東之僉事與廣東按臣爭禮，而即補廣東之提舉以挫辱之，二異也。志道自審進退，具疏乞休，此萬曆七年六月也。國光停疏不覆，必至八年正月，方以註疾提舉考之。不准休致于半年之前，而以疾考之于半年之後，且未任提舉而考以提舉，年方壯強而考以老疾，三異也。今不援趙世卿之例爲志道昭雪，又欲假志道立例而禁錮後來建言得罪之忠良乎？臣愚謂志道之黜，必無以服人心，而其才必可以備緩急。伏乞勑下銓曹，再採輿論，或從臣之論，先將臣賜罷斥，而後起二臣。或行臣之言，姑試起二臣，觀後日之功罪，以定臣之功罪。庶眞才不棄，而邊務有裨；公論大明，而察典益重。不惟臣可藉手以不負陛下，亦可藉手以不負諸臣之交章薦臣矣。於是吏部覆弘綸疏，特起湖廣僉事分治辰沅。公以錢安人老，疏請休致。候命谿口。工科李養質奉當國風旨劾公。部議謂科臣言風聞失實，管某宜遵命供職，而回籍聽用之旨從中下矣。丁丑之事，公實先沈、趙抗議，固云明年大婚後當有勸主上躬攬萬幾之疏，摩切柄相，落其機距，非後於論起復也。改革之後，陸莊簡、李端肅在事，羣賢竭力，邪許推輓，而鄉袞當國，搖筆去公，如振落葉。公自此決絕仕進，壹意以鳴道淑人爲事矣。嗚呼！天之有意於斯文也，而豈人力也哉！公少篤信好學，精研五經性理，確然以聖賢爲己任。壯而從耿恭簡遊，與聞姚江良知之旨。已而窮究性命，參稽儒釋，疑義横生，心口交蹠，經年浹月，坐臥不解衣。久之，縱橫體認，專求向上，本儒宗以課業，資禪理以治心，視世間詩文著述，不啻如空華陽燄矣。隆慶己巳，應選貢入北京，閱華嚴經於西山碧雲寺，至世主妙嚴品，頓悟周易「乾元統天，用九無首」之旨，與華嚴性海，渾無差別。豁然若亡其身，與太虛合。照見古往今來，一切聖賢，出世經世，乘願乘力，與時變化之妙用。大概理則互融，教必不濫。順而相攝，則以師家退就弟子列，而顯彼之道；逆而相成，則以同盟擺成敵國勢，而樹此之標。或庸德庸言，隨順衆生以示同；或特智特勇，首出庶物以示異。時而潛則韜光，以磨性種，舉朝野而莫識其威音；時而亢則違衆，以冒譏嫌，通古今而難白其心事。位在則閟實而彰權，又或不純任夫權，而以實終之；道在則廢權以明實，又或不純顯其實，而以權參之。應濁世之機緣，則大聖或修偏行，而迷心者反裁以胡廣之中庸；當逆行之變局，則至仁徑發殺機，而執見者將責以宋襄之仁義。種種出沒，種種張弛，各有條理，難可思議。此無他，龍德不可爲首也。孔子無可無不可，子思親承家脈，故曰並育並行，川流敦化。孟子而後，全體太極，貫通三教者，周元公一人耳。大抵孟子以前，道學爲上達乾元一路；孟子以後，道學爲下達坤元一路。蓋孔子之所重者唯易，易道與天地準，故不期與佛、老之祖合而自合；後儒之所執者唯孔，孔教與二教峙，故不期與佛、老之徒爭而自爭。士生斯世，自有祖述憲章之的焉。吾夫子師老聃而友原壤，何損于聖，而其志在春秋，行在孝經，教在素位而行，粹然不可雜也。此祖述之所在也。我聖祖攬二氏以通儒，而各理共條貫。以儒治儒，以釋治釋，以老治老，與其相參，而不與其相濫，此憲章之所在也。教理不得不圓，教體不得不方。見欲圓，卽以仲尼之圓，圓宋儒之方，而使儒不礙釋，釋不礙儒，極而至于事事無礙，以通並育並行之轍；矩欲方，亦以仲尼之方，方近儒之圓，而使儒不濫釋，釋不濫儒，推而及於法法不濫，以持不害不悖之衡。公之書，浩汗宏肆，論辨蠭涌，囊括百氏，鎔鑄九流。可以使五鹿角折，白馬口柱。然而大端具此矣。作六龍解，發明乾元用九之奥義也。乾元之位一，其數九，用九，以九爲用也。純陽之卦，用皆天則，冠以乾元，謂以純天之德，而用純陽也。六龍純乎天德，寧有首？不見其首，而以時乘之，則觸處可以爲首。時潛而潛，卽潛爲首；時見而見，卽見爲首。人見之以爲首，而羣龍未嘗有首也。故曰天德不可爲首，乾元用九，乃見天則。知至，至之知太始也，知終，終之見天則也。知至難矣，知終尤難。天地無終，萬物無終，聖學焉得有終？至于從心不踰矩之後，而聖學之成終，愈不可窮。至者至於何地？終者終于何地？孔子發此二字於乾爻中，非指乾元而何？至乎乾元，則顔子一日克己復禮，天下歸仁之頃是已。終乎乾元，則必滿其資始統天之量，而後可是以有過此以往，窮神知化之說也。聖學不達於知命從心，則至之之果未結；不達於大明終始，則終之之果未結。此孔子仁聖二學之究竟處也。程、朱以後，不知道岸之所歸，使二氏之狂徒，詆吾儒爲無究竟之學。諄諄揭此義，爲孔子表上達之學，贊佛果之至處，卽贊乾元之至處，贊乾元之至處，卽贊孔子至之終之之實際處也。論潛龍，則曰：有堯、舜之德而不飛，有孔、顏之學而不見者也。非中庸不稱龍，非遯世不悔不稱潛。有善世之中庸，有遯世之中庸。別潛於見者，所以稽見龍之弊也。論見龍，則曰：欲明明德于天下者，豈必在飛龍之位。故天下文明，歸諸見龍之德施焉。然聖人在下位，亦何敢自任作師之道，但以庸言庸行見於世而已。孔子乘見龍之任，存惕龍之心。禪見於惕，所以救見龍之窮也。論秉龍之聖人，則必以九五之飛龍爲首。操三重之聖王，出三界之法王，其其選也。合堯、舜、文王、孔子與佛老，同入乾元因果位中，此則聖人復起，不易吾言者。其現相有勝劣，現教有權實，固一生之時位，亦多生之願力。故曰：見羣龍無首。唐、宋以來，儒者不主孔奴釋，則尊釋卑孔，皆於乾元性海中自起藩籬，故以乾元統天，一案兩破之也。五龍皆立於知進知退知存知亡知得知喪之地，而亢獨不然，以進爲正，則不顧其退，以存爲正，則不慮其亡，其進不思退，存不思亡，乃其所以知進退存亡而不失其正也。非亢不足以見聖人，非聖人不能亢。伊、周之處亢，尙未履喪亡之地，然聖人固應有喪亡時矣。謂亢爲非龍，而聖人必無死地者，此後世閹然媚世之學脈而非龍德也。耿恭簡讀而歎曰：「不圖待盡之日，忽得此奇。天假以年，吳門雖遙，亦當徹臯比，負笈受易卒業，不令張子厚獨著聲於關中也。」尚論孔子則有爲孔子闡幽十事。世咸謂孔子以删述接千古帝王之道統；公獨闡其終身任文統不任道統，道統必握於有三重之王者，此於文不喪天述而不作之案參之，其事一。世咸謂孔子以講學樹天下萬世之師道；公獨闡其終身居臣道不居師道，師道必遜於作禮樂之天子，此於夢見周公竊比老彭之案參之，其事二。世咸謂聖人不生則已，生則必有删述之六經，有從遊之七十二子；公獨闡孔子設乘不易世不成名之潛龍，寧有六經？設乘不在天不在田之惕龍，寧有七十二子？此於天何言哉及中庸遯世之案參之，其事三。世咸謂大成之聖人不見於世則已，見則必不爲伯夷之淸，柳下惠之和；公獨闡孔子設有遜國之事在先，有養老之遇在後，必不從鷹揚而從叩馬如伯夷，設有叔梁紇、顏氏在堂，有盜跖之弟在外，必不從周流而從三黜如柳下惠，此於天下有道不與易及父母在不遠遊之案參之，其事四。世亦知聖人之學莫深於知天命，而孔子於五十進之；公獨闡知天命不專以理，兼通氣運，是以能知文之在兹，能知百代之損益，斯乃大而化之之終，聖而不可知之之始也。此於易傳何思何慮，過此以往，窮神知化之案參之，其事五。世亦知聖學之傳，莫要於聞一貫，曾子獨得其宗；公獨闡聞一貫尚屬悟門，實之必以行門，是以聞道雖同，而曾子不得與顏子同稱好學，子貢默銷多學於一貫而不以言，唯其悟境亦在曾子之上，此於孔子問汝與回也孰愈，合諸家語得賜得回之案參之，其事六。世咸疑孔子與西方聖人不同道；公獨闡其敦化通於性海，川流通於行海，經世之中有出世，方見孔子之道之大，此於乾元傳中大明終始乘龍御天之案參之，其事七。世咸疑孔子問禮老聃之事爲謬悠；公獨闡其猶龍之贊，與受盛德若愚之贈，俱是實事，名曰問禮，實參道德，方見孔子之心之虛，此於曾子問助葬巷黨聃呼丘名之案參之，其事八。世咸忖孔子之從先進在周初之禮樂；公獨闡其以野人爲先進，必遡黄帝、堯、舜以上，而及於衣裳文字未立之先，蓋聖人懷古之思之遠也，此於志大道之行與追太一之禮兩案參之，其事九。世咸忖孔子得位，必不圖桓、文之伯功；公獨闡春秋之事必用齊桓、晉文，孔子得遇齊桓，必繇管仲九合一匡之轍，但不繇其三歸反坫以奢僭分君過，蓋聖人匡時之權之審也，此於志在春秋與義取魯史兩案參之，其事十。其論孔門諸賢，則曰：孔子羣龍無首之學，顏子、子貢步趨焉。顏子蓋智及而仁守之矣，子貢似守仁之力未充，故鍛鍊獨密，晚年入顏子地位無疑。曾子以弘毅任重道遠，不無有首意在，而不忘若亡若虛之故友，則意又向於無首。較諸顏子、子貢委身默贊夫子寧首人而不首已者，則有間矣。子思敏達不下子貢，弘毅不下曾子，中庸一篇，宛然無首之家學。至孟子而龍首全見矣。以孟子孔子歿後一案證之。孔子存日，以顏子、子貢爲二輔，襄子思之喪祖者，匪子貢其誰主？門人治任入揖，而子貢築室獨居，非徒戀師之切，以了道也。非將悟而求亟悟，則已悟而靜以養之也。曾子啓手足而戰兢始免，子貢之戰兢，卽免于築室之時無疑也。以夫子事有若，古人尸祝祖禰事亡如存之眞意也。三子未便是無首之龍，而此舉却從無首脈來。曾子未果是有首之龍，而此執却從有首意來。孟子執曾子以裁三子，正從曾脈中來也。其論孔子之惡鄉愿，則曰：誅鄉愿，正所以誅亂賊也。凡亂賊之得行其志者，不自帶鄉愿之標，必有爲鄉愿者輔之。田恒以厚施簒齊，三晉以得人分晉，故曰：竊國者爲諸侯，侯之門仁義存焉。鄉愿，竊仁義之尤者也。周以鄉舉里選取士，春秋時三物之敎雖衰，士猶從鄉評中出。所以養成鄉愿者有本，而其流不盜國不已。欲斬亂賊之根，先自誅鄉愿始。鄉愿而外，又有反中庸之小人。鄉愿有忠信廉潔之似，用之以媚世，其格局尚小。小人有時中之似，駕之以籠世，其氣力尤大。三代之後，有爲亂臣賊子之羽翼者，必鄉愿；有爲亂臣賊子之渠魁者，必無忌憚之小人。今世不受楊、墨之害，而受鄉愿小人之害，以此知孔子之立敎遠也。其辨儒釋之低昂，則曰：孟子四十不動心，豈非偪近神光雪際安心、慧能燈前見性之悟境？晦翁晚年悟禪，其因地亦豈後於五宗？若程、朱者，殆修道位中之人，暫隱夙生見地，而末乃歸根耳。以孔子之道眼，合如來之佛眼而參照之。則一切訶佛罵祖，稱單傳之龍象者，未必非行未起解未絕新發意之衆生；而純臣碩士，具大人相，迥出凡流者，卽不參禪、不講學，安知非行起解絕之大士也？佛雖以一大事因緣出現，當其整頓綱常，雖絕口不提亦可；而當下所値忠孝因緣，纔起一毫躲閃，則今生之功行虧，而多生之業債重矣。人知禪師之不屑爲忠臣孝子，不知忠臣孝子乃鍛鍊禪師多生之習氣耳。其在今日，必不以大慧、中峯之見地，易程叔子之修持，蓋宗風易入，而孔矩難遵也。其稽講學之流弊，則曰：講學非自孔壇始也。成周鄉三物之教未遠，孔子正九兩中之以道得民者。羣弟子相與師之，乃從授受間發明六德六行六藝之藴，以仁聖孝友挈其綱，以禮、樂、詩、書博其藝，杏壇之規模，亦未必大於五家之塾，其事則皆述而不作。自程叔子敍明道，以爲千四百年得不傳之學於遺經，而姚江之後，泰州張皇其說，曰達則爲帝王師，窮則爲萬世師。仲尼不但不以萬世師自儗，亦不以天下師自居，曰天生德于予，不曰天以道統屬予也。曰文不在茲，不曰道不在茲也。以千古絕學，昂中庸之道，借孔子爲桓、文，以爲堯、舜、湯、文之主盟。世儒但知鳴道淑人之爲王道，而不知言過其量，願侈于力，霸心即伏於任道之中。原其所自，則以儒者高擡聖學，失孔脈之正針，而違乾龍無首之旨也。昔之創書院者多名儒，據道統之雄心；今之創書院者多豪儒，立道幟之霸心。則江陵之毁書院，或亦他山之石，而講學聚徒，誠不可以不慎也。公以深心弘願，值三教之末流，慨然思身爲砥柱，以祖述憲章爲學的，以圓宗方矩爲教準。而其所痛疾而力挽者，則在狂僞二端。故曰：今日之當拒者，不在楊、墨而在僞儒之亂眞儒；今日之當闢者，不在佛老而在狂儒之濫狂禪。又曰：唐、宋之際，有眞禪，亦有眞儒，儒禪合於心而不合於迹，故不以行勝解劣之方儒爲金湯，而以禪解之足爲儒門導者爲金湯。當今之時，多僞儒，亦多僞禪，儒禪合於迹而不合於心，故不以解勝行劣之圓儒爲金湯，而以儒行之足爲禪門重者爲金湯。又曰：孔子圓千聖以立極，其後爲曾爲思，周子圓三教以標儒，其後爲程爲朱，皆以圓宗倡，以方矩承。姚江拈出無善無惡之本體，重新周子之太極，而承學者以圓應之。三傳而刑僇之民出，則以其創始者因地或未正，而知微知彰之哲不無遜於古人也。公之論學，貫穿千古，未嘗不以姚江四語爲宗。迨公之晚年，梁溪顧端文公講學于東林，力闡性善而辭闢無善無惡之旨。公與之往復辨折，先後數萬言，梁溪雖未能心服，度終不能奪公而止。然而公之論學，亦因乎其時。姚江以後，泰州之學方熾，則公之意專重於繩狂。泰州以後，姚江之學漸衰，則公之意又專重於砭僞。嘗以兩言蔽之曰：從心宗起脚，而不印合於應世之儀象者，皆狂也；從儒門立脚，而不究極于出世之因果者，皆僞也。淵乎微乎！其思深，其慮遠，其猶作易者之有憂患乎？公雖不居師道，而其言可以爲百世師也，又何疑乎？謙益少游於梁溪，顧獨喜讀公之書，私淑者數年。丁未之秋，執弟子禮，侍公於吳郡之竹堂寺。公老且衰矣，晨夕訓迪不少勌。間嘗涉公之書，而驚其才辯，以爲如河漢、如鬼神。驟而即之，有道貌，無德機，渾然赤子也。聞公之風，而欽其風節，以爲如高山、如烈日。徐而挹之，有掖引，無迎距，盎然元氣也。退而語門弟子：「公眞古之博大眞人者與？吾見天下賢人君子有矣，見眞人則自公始。」是年冬，公疾有加，足不良行，舌間強不能舉。少間，呼子珍而命之曰：「三經廱訂，而七篇未迄，終闕典也。期以殘臘卒業于此。明年當夢奠之歲，予欲無言決矣。」當其擁被執筆，寒威瘃膚，冰稜拒筆，漏盡而少息，雞號而旋起，氣息支綴，欲絕而續者，每夕以數計，迨除夜而始畢。每正色語家人曰：「吾非不惜死，君子畏天命，進修欲及時也。」明年病益劇，扣擊諄復，不舍晝夜。病革，命輿過中堂，端坐而瞑。公嘗謂「曾子言死而後已，吾謂士之任道，當死而不已」。嗚呼！斯公之所以自道者與？公卒於萬曆戊申七月十六日，享年七十有三。妻陳氏，封安人。子五人：士珩，府學生，先卒。珍，歲貢生。次士瓏、士璞、士珙。戊申九月，葬於吳縣鐵山之新阡。士瓏深達佛乘，唱演台教，白衣說法，緇素歸仰，號爲卽中大師。公嘗懸讖，當有麒麟出于膝下，士瓏豈其徵與？公所著書，有周易六龍解一卷、剖疑一卷、石經大學測義三卷、辯義二卷、訂釋一卷、中庸測義一卷、訂釋二卷、論語測義十卷、訂釋十卷、孟子訂測七卷、刑曹疏議四卷、從先維俗議五卷、續原教論評二卷、愓若齋前後集六卷、憲章餘集六卷、問辯酬諮嘖誂諸錄合二十餘卷、覺迷蠡測六卷。嗚呼！楊子雲之書，桓譚曰必傳，顧君與譚不及見也。文中子之徒皆爲公卿，國史不爲其師立傳，至唐末而司空圖立碑以表之。公嘗言名根未斷，不許著書。斯文之顯晦，固有時節因緣，豈以沒而言立爲汲汲者哉？昔者新安趙汸作黃澤楚望行狀，閔其師之書不傳也，略其行而詳著其言。謙益竊有志焉，故於公之書，撮取其要言大義，炳如日星者，著之於篇。若其窮玄極深之學，横竪三界，出塵沙而放烟海，如覺迷蠡測一編，應門人段給事然之諸叩者，其一斑耳。不賢者識其小者，中人以下，不可以語上，吾未之敢及也。公表章石經大學，爲劉歆、賈逵所傳者，出於鄭端簡之古言。而門人瞿太僕汝稷著書力辯其僞，綏安謝兆申作石經考證，尤爲詳覈。或曰：嘉靖中四明豐坊僞譔也。謙益墨守舊聞，頗以二子之言爲然，姑闕如以俟後之君子。謹狀。崇禎元年，門人常熟錢謙益狀。

初學集卷五十

墓誌銘一

都察院左副都御史贈右都御史加贈太子太保謚忠烈楊公墓誌銘

天啓四年，都察院左副都御史楊公劾奏逆閹魏忠賢二十四大罪。明年七月二十四日，考死詔獄。後三年，今天子卽位，追錄死閹忠臣，以公爲首。又五年，其友人陳愚撰次行狀，率其二子，跋涉數千里，請誌公墓。嗚呼！公之死，慘毒萬狀，暴屍六晝夜，蛆蟲穿穴。當其舁櫬就畢命之夕，白氣貫北斗，災眚疊見，天地震動，其爲寃天猶知之，而況於人乎？當其舁櫬就徵，自郖抵汴，哭送者數萬人，壯士劍客，聚而謀簒奪者幾千人，所過市集，攀檻車看忠臣，及炷香設祭祝生還者，自豫、冀達荆、吳，綿延萬餘里。追贓令亟，賣菜洗削者，爭持數錢，投縣令匭中，三年而後止。昭雪之後，街談巷議，動色相告，芸夫牧豎，有歎有泣。公之忠義激烈，波蕩海內，夫豈待誌而後著。擊奸之疏，愍忠之綸，大書特書，載在國史，雖微誌，誰不知之？若夫光宗皇帝之知公，與公之受知於先帝，君臣特達，前史無比。公之致命遂志，之死不悔者在此，而羣小之定計殺公者亦在此。謙益苟畏禍懼死，沒而不書，則舉世無有知之者矣。先是光宗久在東朝，間於鄭氏，儲位危氪，慬然後定。神宗寢疾，皇太子希得召見，日旰尚徬徨寢門外。公爲兵科給事中，走告閣臣，當直宿閣中，日率百官問安，效宋文潞公訶内侍故事。傳語伴讀王安，太子當力請入侍，遲明而出，日暮還宫，以備非常。安故守正，力擁佑太子，同心憂懼者也。光宗踐祚，五日而病，趣封鄭貴妃爲皇太后，及所愛李選侍爲皇貴妃。傳旨旁午，中外奸邪，詗知上病不能自還，扇動鄭、李，謀踞兩宫，挾皇長子以專國命。公要諸大臣集左掖門，面折貴妃姪養性。貴妃知不可奪，即日移慈寧宫去。公遂上疏，極論鄭氏所遺醫崔文昇侍疾無狀，宜下司禮監，推舉窮究，宣示中外。罔俾賤臣誣汙起居發病狀，虧損盛德。上暫輟萬幾，進皇長子及皇子扶床繞膝，導迎和氣，收回封太后成命，無輕發詔令，以尊國體。事關禁近，皆人臣所難言者。疏上二日，上特命錦衣召公。人意公且得罪，上對羣臣從容言病狀，而視數歸乎公，指皇長子：「科臣謂不當去朕左右。」皆理公疏中語也。故事，宣召羣臣，止及吏科掌垣，他垣不得與。公以兵垣特召，閣部咸在，兵衞甚嚴，示以設九賓廷見之意。自是再召，與聞末命。馮几注視，與執手付託者何異？公雖欲不誓死以報，其可得哉！光宗崩，選侍踞乾清宫，羣閹教選侍閉皇長子不聽出，度外廷無可如何。公首定大計：「大行在乾清，羣臣哭臨畢，卽擁皇長子升文華殿呼萬歲，暫御慈慶宮，須選侍移宮而復。則羣奄之計格，我輩得以事少主矣。」初詣乾清宮，閹人持梃誰何，公大罵「奴才」，手梃却之。將及宮門，內竪傳李娘娘命，追呼拉還者至再。公復手格叱退之。皇長子既居慈慶，選侍猶踞乾清不肯去，宣言將垂簾，詰責御史左光斗疏中武氏何語。公抗論於朝房、於掖門、於殿廷者，日以十數；叱小竪於麟趾門者一，叱閣臣方從哲及大奄於朝者再。選侍乃移一號殿，而天子復還乾清。後先諍辨，謂選侍不得母天子，天子不當託宮嬪。反復痛切，聞者口噤。移宮之日，奮髯叫呼，聲淚迸咽：「選侍能於九廟前殺我則已，今日不移宮，死不出矣。」聲徹御座，殿陛皆驚。上亦語近侍胡子官：「眞忠臣也。」當是時，三朝大故，變起旬月。舉朝洶洶，不知所爲。公儼然行顧命大臣之事。外戒金吾，簡緹騎，周廬儆備，內戒中官乳母，禁宮人闌入，身露坐宮門外，五日夜不交睫，頭須盡白。每有大議，大臣左右顧視，問楊給事云何，莫敢專決也。自神廟中年，羣小窺菀枯之勢，開離間之隙，浸淫蘊崇，而發作於鼎革之交。公察知奥窔，誓死伏節，奪人主於婦寺之手，其功最爲奇偉。昔漢武帝之識霍光、金日磾也，近者數十年，遠者二十餘年。先帝以一疏知公，不假歲月。上無負圖付託之跡，下無伏蒲涕泣之語，意喻色授，屬大事而安社稷，吾於公庚申九月事，未嘗不奇其遇，壯其決，而因以頌先帝之神聖爲不可幾及也。移宮既竣，羣小失其所馮依，膏唇拭舌，造作蜚語，聳動朝士，好異者進安選侍之揭以撼公。公乃上移宮始末疏，優詔歎嘉。則誣公交關司禮王安，脅取中旨以恚公。公發憤再疏，移病歸。而魏忠賢漸用事，搆安殺之，羣小私相幸，以爲殺公有基矣。明年，卽家起太常寺少卿，擢都察院左僉都御史，轉左副都御史。羣小日夜中公忠賢所，顧猶未敢卽發，使其私人疏糾左光斗、魏大中，牽連公客汪文言以嘗公。公家居時，嫉忠賢關通阿母，竊弄威福，必爲社稷憂，扼腕流涕，草疏藏弆篋中，至是乃修飭上之。忠賢驚且恚，擲地輾轉號哭。羣小敎之曰：「毋恐，逐楊某，公可安枕矣。」忠賢喜，假會推，盡逐公等。羣小又嗾之曰：「不殺楊某，公之禍未艾也。」忠賢大懼，急徵公等，坐故經略熊廷弼贓考死。先是考文言，五毒備極，迫使引公。文言號去呼公，仰天笑曰：「安有貪贓楊大洪乎？」至死不服。及考公，獄吏顧以文言爲徵，公大呼太祖高皇帝、神、光兩宗，竟坐誣伏以死。初，羣小謂移宮之名正，故坐贓罪殺公。公死後，大舉鉤黨，轉相連染，死徙廢禁，逮捕相望，乃爲閹定三案，刊要典，借公爲質的，以欺誣天下，而羣小所以殺公之本謀始大露。然後知公之死不死於擊閹，而死於移宮；定計殺公者，非操刀之閹，而主張三案之小人也。今上既僇閹，詔所司上公死狀，閹孽猶用事，初贈僅平進一級，再贈削去部銜不肯上，羣小之忌公而憎其骨餘，至於此極也，適足以暴公之忠，甚公之寃，與自旌其殺公之志而已矣，公何憾矣哉！公之爲人，孝友潔廉，公忠誠篤。家貧喪父，躬自相地，勞瘁得疾幾殆。夜聞鼓樂聲，有神人降其室，爲處方，病良已。事繼母至孝，事其兄清，更衣幷食如一人。其妻有違言於母兄，痛毆之，令長跪謝罪乃已。爲諸生，落拓自喜，里中呼爲狂生。少與陳愚結交，以豪傑相期許。嘗雪夜兩人行歌偏邑中，倚柱而嘯，畫地而書，狂呼痛哭，人莫能測也。舉萬曆丁未進士，知常熟縣。其爲治，好古教化，豪強大姓爲姦猾，亂吏治，收案致法。吏人捧手衆氣，丞尉嚴事如大府。字養小弱，問民所疾苦，徒行阡陌間，執手慰勞，如家人父子，亦更以此察知謠俗，及閭里奸利。訟衰盜息，邑以大治。邑令俸薄，不足瞻家口，其兄賣田以資之。五年入覲，毁所束帶，以佐辦嚴。舉清官第一。在省垣，四方貨賂不敢窺其門。間受故人問遺，緣手散盡，家無餘財，知與不知，皆稱爲廉吏，所謂無貪贓楊大洪者也。在戶、兵二垣，條奏天下大計，言遼事必大壞，宜更置經略，擇可以辦遼者。經略者，卽公所坐贓熊廷弼也。蘊義生風，抗論愔俗，憤邪穢濁溷之徒持祿養交，瞶眊誤國，不啻欲咀嚼之。其風裁峻拔，所謂以利刃齒腐朽也。採纖芥之善，貶毫末之惡，是是非非，明白洞達。推賢讓能，尉薦單素，手疏口贊，如恐不及。與人交，輸寫心腹，貿易首領，奮迅感慨，急人之危甚於己，輕財重氣，手不名一錢，揮斥數千金如棄涕唾。與之游者，雖小夫壬人狠子悍卒，皆傾心倒身，願爲公死，無所辭也。蓋世之議公者有三：其一曰：以移宮貪功。夫以先帝之長主，操危慮深，猶不免入鄭、李之彀中，況以幼沖之君，而付之婦寺之手乎？女主專制，何啻阿母？羣閹連結，豈第一忠賢？議者不深惟國家之大憂，而徒懷婦人之仁，惋惜選侍於踉蹌出宮之頃，斯已傎矣。漢庭欲窮治趙昭儀，議郎耿育以謂不當覆按省內，暴露私燕，空使謗議上及山陵。自古事關宮禁，憂國奉公之臣，動而禍從。挾持邪說者，往往剽竊經術，依附長厚，動以離間訐楊爲詞，幸則爲撤簾，不幸則爲移宮，一成一敗，何常之有？萬曆之末指翼儲爲沽名，天啓之初目移宮爲生事。讒夫懦臣，異口同喙，此可爲歎息者也。其二曰：以交奄釣奇。奄亦人臣也，懷恩、覃吉，可與振、瑾同科乎？王守仁、楊一清，不嘗用張永乎？先帝二十餘年之儲宮，三旬之堯、舜，皆賴此老奴之力。移宮之議，與朝論相表裏，雖欲與安異，其將能乎？當熹宗出乾清時，安擁於後，英國奉右手，閣臣一燝奉左手，公奮出班行，手格羣奄。盈朝之人，咸屬耳目，是可謂之交結乎？當安用事時，公不以此時通關致公卿，乞身引退，及其身沉灰冷，顧乃黨附枯骨，與刑人腐夫爭衡，取滅亡之禍，善交結者如是乎？此奴婢小人論公之語，不足辨者也。其三曰：以攻奄激禍。譬如猛虎，一搏不中，飛而擇人，則曰虎本不噬人，是搏者之爲也，其可乎？縊裕妃，害皇子，危中宮，此朝廷何等事，而公奮筆書之。彼雖凶豎，亦破膽矣。公死之後，封爵踰上公，祠廟窮四海，卒以寢移鼎之謀，正參夷之罰，公一疏逆折之也。閹老門生之訴，交媚於公朝；刊章錄牒之籍，競獻於私室，奄用是氣壯手滑，瞋目語難。今沒藜藿不採之功，而議一掌堙河之失，逢闒者不以教猱正罪，而擊闒者欲以撩虎追罰。爲此言者，是與於闒之甚者也。其知公者，則曰以公之才之志，身兼數器，惜未盡其用以死。孔子曰：「志士仁人，無求生以害仁，有殺身以成仁。」曾子曰：「託六尺之孤，寄百里之命，臨大節而不可奪也。」夫人生而爲志士仁人，亦可以已矣。爲人臣託孤寄命，奠安社稷，其爲用亦不小矣。不咀藥以自屏，不引刀以懟君，慷慨對簿，從容絕命。千載而下，讀枕中嚙血之書，殆未有不正冠肅容，徬徨涕泗，相與教忠而勸義者也。議公者固失之矣，惜公未盡其用者，亦豈知公者哉！公諱漣，字文孺，其先故關西之裔，流入安南，居唐街。宣德中，從英國歸附，賜居湖南，徙家應山。曾祖諱公鐸，好任俠，爲人報讎。祖諱萬春，以好施予破家，里人稱楊二齋公，葬之夕，鬼諠呼護其竁穴。父諱彥翙，少爲儒，性端重，不輕爲然諾，亦以好施著。母劉氏，以隆慶五年某月某日生公，其卒也，年五十有四。娶張氏，繼室詹氏，生四子：之易、之賦、之言、之環。詹有婦德，公遇難，與後姑棲止譙樓風雪中，二子乞食以養。崇禎元年，之易等詣闕追訟父冤，天子追贈公祖、父如其官，祖母及母、妻皆一品夫人，而任之易爲郎。是年，後姑始沒，詹遂擗踊歐血卒。某年某月，之易等卜葬公於某地之賜塋，兩夫人祔焉。公令常熟時，語謙益曰：「吾生平畏友，子與元朴耳。」元朴，陳愚字也。愚於公周旋生死，匿其幼子於廬山，間行過予，謀經紀之事。予方遭黨禍，杜門絶跡，相與屏人野哭。今年，之易寓書曰：婦翁罷公車歸，屬疾且死，猶以謁銘爲念。謙益泫然久之，是以抆淚執筆，不復敢固辭，不獨不忍負公，抑亦不忍負愚也。銘曰：

國有蠹孽，牙於承平。有城有社，狐鼠作朋。衆口磨牙，嚼齒緘縢。眇然一絲，九鼎曷勝？峙危運當，異人乃興。奮臂一呼，宫禁肅清。乾端坤倪，載清載寧。先帝知公，堯舜之明。臥內受遺，參列公卿。公之報塞，誓死隕生。上見九廟，下從大行。夷之初旦，奄忽晦盲。碧血輪囷，震爲雷霆。天門詄蕩，雲旗紛迎。御我三后，陟降帝廷。關西之楊，清白齊聲。暮夜無金，夕陽有亭。青蠅胡點，大鳥俊鳴。沉沉黄土，炯炯汗青。我作銘詩，永詔簪纓。

太常寺少卿管光禄寺丞事贈大理寺卿賜謚鹿公墓誌銘

崇禎九年七月二十七日，奴酋兵破定興，太常寺少卿鹿公死之。明年正月，其子化麟伏闕上疏曰：奴之掠畿南也，臣父移疾村居，無城守之責。臣父念定興當涿南保北，背障神京。我入郡，邑誰與守？自己巳奴警，望風髡首，臣節掃地。非不知孤城難守，老親當念，誠不忍桑梓當存亡之會，朝廷無仗節之臣，遂令臣侍臣祖居江村，辭丘墓，授兵登陴，令弱民疲，號令不一，死守七日，而城始陷。臣父守南門，奴從東北隅上，挾刃索衣，臣父嚙齒大罵：「天朝鹿太常衣，肯覆羯狗奴耶？」奴怒甚，斫三刀，復射一矢，罵不絶口而死。臣父贊樞輔於關門，厲志恢復。奴素慴其名，肉薄環攻，志在必下。臣父以無備之城，必破之邑，獨堅誓死之心，衡拒方張之虜，捧一墣以塞潰波，挽杯水以澆烈焰。以投閑之吏死朝廷，以抱病之身死鄉里。不獨城存與存，效斯民勿去之義；且欲人戰家守，折狡虜南下之謀。假令人盡臣父，則一隅可保，九塞可寧。是臣父爲一城死義爲小，爲天下大義死忠爲大也。疏上，天子下所司按覈。十一年二月，兵部覆請，詔贈公嘉議大夫、大理寺卿，廕一子入監讀書，專祠賜謚，予祭造墳。恤終之典無不備，蓋異數也。先是公殉義之冬，十二月十二日，化麟奉其祖太公命，權瘞於祖塋。拜疏歸，待命苫次，哀慟不勝喪而死。化麟之子盡心，謀於其祖之執友孫奇逢與其徒張果中，請吾師高陽公志墓，而屬予表其隧。十二年五月，予哭高陽公既除服，乃喟然而歎曰：「嗚呼！高陽既沒，鹿之誌，非予其誰宜爲？」乃按歸安茅元儀及盡心所著公事狀而誌之曰：公諱善繼，字伯順，其先小興州人也。國初有諱榮者，徙居定興南之西江村。曾祖諱府，封文林郎，山西平陽府襄垣縣知縣。祖諱久徵，江西道監察御史，贈光祿寺少卿，直言厲行，蔚爲名臣。考諱正，累封如公官。妣田氏，贈恭人。正貴公子，少爲諸生，縣令宋繼登請與相見，正方糞田，投畚鍤而往，縣令歎息。逆奄時，傾身急諸公之難，所謂鹿太公者也。公端方謹慤，歸如斷山。少以祖父爲師，小章句，薄温飽，慨然有豪傑聖賢之思。萬曆丙午舉於鄉，過容城，與孫奇逢酌酒切脯，定交楊忠愍墓下。癸丑舉進士，與吴郡周順昌、吴橋范景文襆被蕭寺，雞鳴風雨，以節義相期勉。選戶部山東司主事，職鹽法，與同舍郎袁世振爬搔利病，洞悉源委。袁後疏理兩淮，卓有成效，著爲潔令焉。丁田恭人憂，服除，補戶部河南司主事，署廣東司事。遼左方闕餉請帑，疏皆不報。會廣東解金花銀至，公奏記大司農李汝華曰：每歲廣東解金花銀兩，恭進大內，此近例也。頃督部有扣留之議，此時仍進大內，則部議終成畫餅。欲徑解太倉，則俞旨艱如拔山。莫若題留爲便。考會典，國初金花銀折糧俱解南京，供武臣俸祿。各邊或有緩急，亦取足其中。正統元年，始改解內府，歲以百萬爲額。嘉靖三十二年，題准三宮子粒及各處京運錢糧不拘金花折銀等項，應解內府者，一併催解貯庫，悉備各邊應用，不許别項挪借。夫曰緩急取足，是內府與外府分用也；曰備各邊不許挪借，是備外府耑用而內府不得旁分也。今邊烽告急，軍糈乏用，卽舉金花全數，一旦復還太倉，亦率繇祖制，非奪大內所有而益外府也。唯是皇上批發，庋之高閣，而中涓熒惑其間，急難得旨。一面題知，一面剳納銀庫，轉發遼左，權自外操，不至如帑金之緘縢不可問，天下事爲之有機，留與不留，係於進與不進，此際間不容髮。萬一宸怒不測，請以身任罪。不然，局外者方議留，而局內者且議進，無論清議不可，卽主上視吾輩何如也？司農如公議上請，上怒，奪公俸一年，勒令補還。司農不敢違，公力持不可。謝恩日，中官闖門扇不聽公出，勒問太倉云何？管太倉主事劉榮嗣報曰：「發三日矣。」然實未發也。中官傳嚴旨，促令補還。公曰：「有銀何用借？無銀又安用補？」中官愕眙不敢應。公曰：「但執善繼語回奏，死生唯命，不敢易一字也。」中官歎息而去。無何，堂官奪俸二月，公降一級調外任，舉朝交章請留，不報。擬降山東運判，亦不報。公遂移疾去，而司農竟如數補進矣。嗟乎！金花不可予邊，而他賦乃可補。金花忽而扣留，忽而補進，忽漫無所執持，奈何不令人主厭薄臣下哉？光廟御極，首復公官，典新餉，改兵部職方司主事。是時遼陽初陷，中外洶洶。公受事誓天，淚流浹面。杜絕請託，申明法紀。爲大司馬草疏，請逮某斬某，以申國法。法不能行，請自臣始。言官羣噪之，公抗章力爭，無以難也。大司馬以撫夷行邊，請用廢弁坐贓敗者。職方郎耿如杞持之，不肯覆，司馬疏爭之。奉旨命司官不得違阻。公上書福清曰：邊疆之壞，繇於債帥。中外諸貴人入其債而請求於職方，職方自愛其官，不得不狥諸貴人之請。今幸得一憂國奉公不狥情面之人，反奉不得違阻之旨，胥天下以職方爲市，永無不債之帥者，自此一言始。勿謂能違阻之司官爲易得，勿謂去能違阻之司官爲小失也。福清謂其刺己也，怒，已而屈服焉。歲壬戌，高陽公以閣臣理部事。高陽清嚴果鋭，以天下爲己任，請賓逃臣熊廷弼、王化貞於理。

公舉手加額，遂委心焉。從高陽閱關以歸。高陽自請督師，公請從。吏部司官缺，太宰堅以屬公，公不可，曰：「相公一日在師中，卽一日在幕中。鹿善繼髯鬚如戟，肯回頭作吏部郎乎？」高陽當關四年，經營遼河東西，恢復遼疆四百里，安插遼人四十萬。入而造膝密畫，出而指授二三大帥，實倚公爲左右手。禁餽遺，絕宴會，朝齏暮鹽，漠然兩書生也。布衣敝馬，出入亭障間，延見老校退卒，與相勞苦，因以勾稽將士，察識營壘，鼓勇敢，拔跅弛，錄寸長，理小過。二十年名將，咸出高陽之門，公之功也。高陽自寧遠還鎮，屬公入都門催軍需甲仗。已事而還，去家二百里，不遑省視。中朝自此知關門決計進取，而沮抑之謀百出矣。十二車營成，高陽將渡河，入奏，逆奄懼有晉陽之舉，矯旨趣令歸鎮。中朝忌高陽者，進謀於奄，議省餉減兵，以陰撓之。公詒書兵垣曰：遼之當復，非直以故有之封疆不宜委敵，無遼則不能有薊，禍遂迫於京畿也。今之持論者，大端有二：一曰愼重，一曰簡汰。夫進取則當愼重，振刷則宜簡汰。而出於今之君子，則愼重非爲進取，意在退怯；簡汰非爲振刷，意在隳兵。而總以巧行其撓沮恢復之計。夫百計而鼓之進，不能當一言之退也；三年而集此衆，不能供一日之隳也。不征不戰，去將去兵，垂成之緒既廢，前日之禍復作。遼、廣潰陷時，都門之光景猶能記憶否？身在事外之朝士，以隔壁之猜，而索邊人之情；心在事外之邊人，以一面之詞，而迎朝士之意。索邊人之情者，遂持邊情以爲朝論；迎朝士之意者，因借朝論以撼邊情。從此恢復兩字，無人出口，錦片河山，甘心腥穢。忠臣義士，有負戟長歎而已。未幾，高陽解兵柄，公亦移疾乞歸。迄今十四年，舉世無復有言恢復者矣。嗚呼！此可爲痛哭者也。公在闕門，不以邊吏邀一階半級。以久次，轉員外，陞武選司郎中。家居四年，上卽家起公爲尚寶司卿，陞太常寺少卿，管光祿寺寺丞事。公再起，物望崇重，精勤吏事，夙夜在公，一如爲郎吏時。未三載，復請告歸以沒。己巳冬，虜薄城下，公昌言於朝，非急召高陽、出馬世龍於獄，無可辦虜者。先是公物色世龍於羣帥中，薦之高陽，推轂爲大將。諸誹謗高陽者，皆以世龍爲質的。及高陽再鎭，手復四城，以還主上，世龍之功爲多。而世龍亦卒以功名終。於是人咸謂公能知世龍，世龍不負公而公與高陽果能相與以有成也。公天性純孝，母旣沒，念太公獨居，共臥起者二十年。其子亦馴行孝謹，四世一堂，更衣幷食，雍雍穆穆如也。里居教授，生徒以百數。攝齊升堂，離經辨志，江邨之上，有河汾、濂、雒之風。畿南之士，殖學修行，鏃礪自好者，不問而知爲鹿氏之徒也。晚而師事高陽，曰：「不圖周、孔猶在人間。」高陽亦曰：「伯順在幕中，如清風止水，助我神明者多矣。」公之沒也，高陽哭之慟，爲挽詩六十四章。又二年，高陽亦殉虜難。公與高陽，與遼事相終始，公又與高陽相終始。嗚呼痛哉！公爲人齋莊中正，明允篤誠。辭受取與，如水之有坊，而不以一節加人；是非可否，如食之必吐，而不以一眚掩人。以身命歸君父，以心膂質鬼神，以深心冶鑄善人，以至誠變化異類。其道之不行，而以完節自見，則天也，斯世之不幸也。公之沒也，年六十有二。娶王氏，贈恭人；再娶王氏，封恭人。子化麟，天啓辛酉舉鄉試第一人，後公一年卒。孫男四人：盡心舉崇禎丙子鄉試，洗心以蔭入太學，悅心、從心皆幼。孫女二人。曾孫男三人。所著有四書說約三十一卷、文集若干卷。公與予俱出高陽之門，予以枚卜被訐，公正告蒲州，當爲上別白忠佞，無以門牆故混淆國論，上負明主。蒲州不能用，遂終身不見蒲州。當是時，予待罪邸舍。公數過予，執手而不使予知也。予是以愧公。銘曰：

幽朔之地，斗極崆峒。三光五嶽，篤生駿雄。生不獨生，有孔鑄顏。高陽定興，二百里間。堂堂鹿公，羽儀斯世。矩方規圓，渾然元氣。羯奴鴟張，全遼如燬。白首郎吏，獨抱國恥。帝命視師，輟我綸閣。公辭銓郎，出贊戎幕。枕戈席馬，抱冰履霜。指授將吏，魚麗武剛。軍書少間，危坐促膝。
麤飯瓦盆，寒燈土室。羯奴外訌，讒夫內扇。白山未勒，黑水猶戰。誓涓七尺，以報天子。吁嗟鹿公！與遼終始。碧血不變，白光如虹。江村之阡，有氣熊熊。彗星角芒，參旗先後。驂乘高陽，扈我三后。高墳宿草，我友我師。人之云亡，孰知我悲？

山東道監察御史贈太僕寺卿黄公墓誌銘

天啓逆奄之難，浙河東西，忤奄考死者兩人，故吏科都給事中謚忠介魏公、山東道御史黄公也。先是神廟末年，浙人浸淫黨論，雄唱雌和，一詞同軌。一二方正之士，離而不服者，如蘭蕙之孤生於荆棘而已。自兩公之死，然後兩浙之人，曉然知此之爲正，彼之爲邪。雖樵夫牧豎，皂隸庸丐，語及忠臣義士，靡不嗟咨涕洟，如不獲見其人也；語及於閹兒媪子，靡不呼號駡詈，恨不得食其肉也。三十年以來，士大夫立名矯行，聚徒植黨，所以鼓動激颺者至矣，而人未必從；兩公以死教而人從之。子言之，有殺身以成仁，豈不大哉！黄公諱尊素，字眞長，其先江夏人。十六世祖諱萬河，爲明州錄事，徙家餘姚。國初，菊東先生諱珏，精皇極經世之學。祖諱大綬，父諱曰中，世有儒行。母盧氏。公少負軼才，摛詞掞藻，下筆不能自休。年三十，未補博士弟子員，授徒苕、霅間，意豁如也。萬曆乙卯舉於鄉，丙辰舉進士，授寧國府推官。郡多能人，以氣力漁食閭里，持吏長短。公精強廉辨，執法如山，咸相戒莫敢犯。入爲山東道御史。當是時，先帝沖幼，宫府晦蒙，都城一日三震。公上疏曰：阿保重於趙嬈，禁旅近於唐末，蕭牆之禍慘於戎狄。宵人爲之咋指。應山楊忠烈公劾奄二十四罪，公抗疏繼之，極論廷杖非祖制，曰：後世史臣書之曰某年某月工部郎萬燝以言某事死杖下，可不爲惜哉！乙丑，黨禍大作，楊公、魏公考死，公除名爲民。丙寅，以織監疏逮繫，坐贓考掠，體無完膚，慷慨談笑，抵死不少屈。臨難賦詩一章，南北向叩頭以謝君父。丙寅閏六月朔日也。年四十有三。越五日出獄，肌肉漲爛，頭面不可別識矣。公爲人通敏博達，明習掌故。自爲理官，引大體，折大獄，多所保全者定。及爲御史，南樂附逆奄入相，朝右交關鼓扇，楊公、魏公暨高邑趙忠毅公、無錫高忠憲公出死力相榰柱。公語門人徐石麒曰：「乾六龍一亢，姤豕至矣。姤一豕蹢躅，玄黄至矣。羣賢之龍戰，可謂亢矣。南樂其姤豕也，不務堅貞用晦，敦復以俟時，而出一決無復之之計，其可幾乎？」羣公善其言而不能用也。公去郡，郡人持短長，蜚語相中，總憲鄒公力持之。初入臺，即進規於鄒曰：「京司非講學地也。徐文貞已叢議於盛世矣。」鄒公卒用是去。羣小之撼君子，自此始也。萬燝之杖也，公語楊公：「可以去矣。」楊曰：「苟濟國，生死以之。」公曰：「言不用，何濟？君子不顧生死成敗，不可不顧出處。」魏公將攻南樂，公曰：「頒朔後朝，小過也。攻之急，勢不反顧。二憾交作，不可爲矣。」魏曰：「一死可以盡節。」公曰：「不然，李固機失謀乖，遺梁冀書，猶戀戀不能已，君子愛國之心，甚於愛臣節也。」公志在弘濟艱難，雅不欲婞直僨事。每有搏擊，飛章廷争，未嘗不爲人先。公固曰「吾寧不與諸君子同其功，不願不與諸君子同其禍也」。臺省詣閣請救，止廷杖，羣奄數百人，咆哮訽詈，閣臣噤不發一語。公叱之曰：「內閣絲綸要地，司禮不奉命不得至，若等何爲？」皆稍稍引去。京朝官奉詔乘馬，羣奄顧京營馬馳突爭道。公語京營，嚴顧馬之禁。奄無所得馬，遂少戢矣。彰德進玉璽，將御門受賀。公執奏曰：「宋哲宗得璽，蔡確等爭言祥瑞，改年元符，其後朋黨煩興，宋祚不永。弘治十三年，陝西進玉璽，止命取進。祖宗成例當法，不應踵襲宋事。」其據經守正，援据切當，皆此類也。楊、魏死，公爲位慟哭。是夕夢楊公告曰：「大禍未解。」公之與諸君子同禍。天爲之矣，又何尤哉？公沒之次年，子宗羲詣闕訟寃，天子贈公太僕寺卿，祖、父皆如其官，蔭一子入太學，立祠於邑之文昌閣前。慈谿馮公元颺與其弟元飈具特牲往拜，諸生馮文昌等數百人胥會祠下。浙河西東，與魏公相望焉。於是宗羲以己巳十一月廿五日葬公。又十餘年，而以墓銘屬予。公娶某氏，封恭人。子五人：長卽宗羲，次宗炎、宗燧、宗轅、宗懷。葬在化安之新阡。予往識公長安，退而語人：「黃公豐頤廣顙，長身山立，巋然福德大人也。」公沒，人或以甚予。在昔元季，有以南臺大夫抗節死僞吳者，袁廷玉相之曰：「公大貴人也；當秉忠致命，名垂後世，公必勉之。」繇此言之，士大夫非具福德相，其能以忠義顯聞乎？予之相公，蓋未爲不驗也。銘曰：

夷之初旦明未周，虹蜺揚煇蔽贅旒。天門詄蕩叫莫繇，一夫九首擇肉投。高冠長劍部黨儔，一葦誓塞江河流。一擊不中恥下韝，衣冠血肉塡廁㢡。艱難弘濟需巨舟，風顛纜弱柂不收。人謀不遠輪鬼謀，長年三老空啁哳。抗辭同日自我求，芳膏煎灼非我尤。天晶日光死何憂？幸哉不從李范游。淋漓碧血閟一丘，蓀芳蘭茁天汝醻。我銘其藏語不偷，丹書青史俱千秋。

陝西按察司副使贈太僕寺卿顧公墓誌銘

天啓中，羣小嗾逆奄興大獄，謀殺應山楊忠烈公、桐城左公、嘉善魏公，逮其客汪文言下詔獄，考問無所得，聚而謀曰：「先是經、撫之獄，刑部顧員外引八議議熊廷弼。廷弼，楚人也，顧員外，楊、左之黨人也，以鬻獄坐顧，以關通坐楊、左，則諸人一網盡矣。」公已調兵部，再調禮部，出爲陝西按察司副使，奉嚴旨逮繫，與楊、左等六人並下詔獄。五人後先考死，移公下刑部獄，命法司定爰書。公慷慨對簿曰：「某奉旨送法司，據招定罪，豈容復辯？欲辯則抗聖旨也，欲不辯則自欺本心，欺法司，且欺天下後世，是亦欺皇上也。不抗即欺，無一而可也。且五人者皆前死矣，借某以實五人之招，則某既自誣服，又代五人誣服，何以見五人地下乎？明公能昭雪此案，則萬代瞻仰。不然，有鎭撫原招在，某復何言？」法司環坐愕眙，無以難也。已而歎曰：「汪文言猶能爲貫高，我獨不能乎？吾不可以再辱矣。」乃呼酒與其弟大夏、從弟大武訣别，趣和藥飲之，未絕，復雉經而卒。天啓乙丑九月十四日也。享年五十。後三年丁卯，今上卽位，僇逆奄，贈公太僕寺少卿。命法司更定先朝爰書，於是公等六人寃狀始白。嗚呼痛哉！公登萬曆丁未科進士，除泉州府推官。移病免歸，改常州府儒學教授，稍遷國子監博士。是時黨議已成，朝右以東林相抉讁，斥逐殆盡。公歎曰：「昔賈彪不入顧廚之目，西行以解其難。吾不預東林，正可以彪自況也。」廣文官冷，非世所指名。公又能弈棋謔浪，與朝士浮湛上下，而實以其間爲收拾人才、改紀國政之地。迨光廟御極，南昌爲政，楊、左在臺省，除舊布新，海內煥然改觀。知公者以謂居中斡旋有功爲多，而羣小之側目深矣。遷刑部，歷主事、員外，以久次議改調，而經、撫之獄起。司寇王莊毅公以爲非公不能辦也，留公署山東司事，欲以重公，然卒用是敗。嗚呼！經、撫之獄，厥罪惟均。公惜熊之才，議貰之以責後效；然卒定熊辟者公也。楊初抗疏請易熊，魏抗疏請辟熊，其不受熊賕，甚易明也。公之禍醞釀於庚申鼎革之時，而發作於甲子擊奄之日。機不深則禍不烈，寃不極則白不早，其始終借端於公，則天也。公何憾矣哉！公精敏彊直，明習法比，案牘山積，手批口決，老獄吏皆爲吐舌。遼瀋之陷也，臺省搜獲奸細，棄市無慮日，繫者二百餘人，饑寒瘐死，莫敢問者。公請於王公曰：「以一身易五十餘人命，某猶甘之，況一官乎？」卽日讞之，論一人，頌繫二人，他皆移大理縱遣。王公歎息稱焉。杜茂者，冒登撫之餉，逃匿僧舍，爲邊吏邏得者也。張鶴鳴以司馬行邊，劾與佟卜年約李永芳謀叛。獄已具矣，王公以問公。公曰：「招謂卜年令河間，茂匿廨舍三月，偕其二僕往來。永芳所具有本末，獨不知二僕姓名，何也？同謀三月，聚首摩腹，親踰骨肉，豈不識其僕爲誰某？往來永芳所，同行數千里，不一扣其姓名者，何也？以原招覆之，茂之誣服無疑也。」王公曰：「然。然則何以處卜年？」公曰：「卜年雖非叛，實佟養眞族，坐叛族，流三千里，可也。」王公去，而侍郎楊東明署事，奏卜年實奴酋族，每歲拜金世宗墓，當伏誅。公曰：「此語何從得之？」楊曰：「聞之人言。」公曰：「刑部奏事，有審得某人云云，無聞得某人云云也。」楊大驚，奏已發，亟追止之。楊欲更坐卜年論死，曰：「佟養眞既以謀反論，卜年乃反族，非叛族也。」公曰：「律反族不同謀不同居者，止期親論斬，餘不坐。」楊作色曰：「謀反夷三族，寧論期親？」公曰：「明公所言者漢法，員外所執者大明律也。」從容檢律以進。楊默然慚恚而止。公之據經察獄，不詭隨狥人，皆此類也。公與其弟大韶孿生，並負異才，有二陸兩蘇之目。長而通經術，諳掌故，慨然有經世之志。典試廣西，作財賦文武對策，識者以爲今之子瞻也。卒之前數日，手指重傷，強拈筆作自敍，筆記訣別書，凡數千言，酒酣慷慨語曰：「自唐、虞至今，纔四千年。吾生世五十年，已得八十分之一，不可爲不壽。卽以凶終，不猶愈於老死牖下者乎？」又爲偶語曰：「故作風波翻世道，長留日月照人心。」曰：「此他日祠堂對聯也。」公之豪爽自喜，通達死生之際如此。公諱大章，字伯欽，世居常熟之均墩村。曾祖諱江，贈南京太常寺卿，妣賈氏，贈淑人。祖諱早，妣陸氏，贈如曾祖妣。父諱雲程，歷官南京太常寺卿。母周氏，封淑人。生母張氏，以公封太宜人。娶蔣氏，封宜人，貴州道監察御史以化之女。子麟生，邑諸生。女三人，嫁太學生趙士晉、諸生申濟芳、知府淩必正。公在西曹，數與奄黨抗論相擊排。及議䘏，奄黨猶在事，有贈而無蔭。麟生詣闕訟寃，上下其事於部，寢閣者又十二年矣。於是麟生卜以崇禎己卯三月初八日葬公於均墩之新阡，而屬予爲之銘。銘曰：

公入詔獄，芝生廟旁。一莖六瓣，獄卒告祥。公曰惜哉，芝產非所。六人畢命，芝亦隕墮。豈惟芝祥，天亦告異。白氣亘天，南斗失位。誰無七尺？誰及百年？孰如公死，上感昊天。霜飛愍綸，日照高闕。星辰昭回，芝蘭坌拂。我作銘章，鑽石幽扃。丹書永刊，青史足徵。

初學集卷五十一

墓誌銘二

禮部右侍郎兼翰林院侍讀學士贈太子少保禮部尚書謚文毅郭公改葬墓誌銘

萬曆中，歸德沈文端公在政地，江夏郭文毅公在翰苑，咸以公廉彊直，爲時斗杓。而兩公者，亦深相得也。四明沈文恭公當國日久，訾議叢集，不能不意忌歸德。郭公署禮部事，於四明多所技拄。言者詆訶四明，連及其黨，其人皆宿昔歸附郭公者，於是四明之私人，謀傾郭公，以翦歸德，械既成矣。楚宗人華趆上書首告楚王非恭王子。王大懼，輦輸其金錢走闕下，使人私於郭公，幸毋窮治楚事，請以餽首相者餽公。公怒揮之去，而持楚事益力。四明以下，皆宛轉爲王請，公固不可，及楚中勘疏至，假王事頗有踪緒，華趆首不盡誣，公持議益侃侃。諸爲楚者，疾其梗己也，又患其知楚賄而軋己也，訟言楚宗之來，皆公使之，相與盡力排公，而嗾王飛章劾公以相抵。公抗疏伸辯，以王餽金書上聞，且向人極言楚藩行賄狀。移病疏四上，乃得允。舟泊楊邨，須解凍而後發，而妖書之獄起。上初得妖書也，以謂牽連宮禁，甚間骨肉，憤懣不能食，下詔大索。四明之私人聚族而謀曰：「楚事方殷，而妖書踵作，此可以一網而盡也。以楚事傅致妖書，則妖書之人可懸購；而以妖書證明楚事，則楚獄可立解也。」於是四明從容爲上言：「妖書非他人，必臣下相傾爲此。」微引其端，以聳動人主。御史康丕揚則曰：「自華越訐楚王，而奸人無所忌憚。妖書、楚事，事不相侔，實一根柢。」給事錢夢皋則曰：「首相一貫不主楚事，則妖書不出矣；次相賡不上楚揭，則妖書不出矣。妖書實出郭某，而沈鯉爲亂臣賊子，實與同謀。」四明乃擬旨窮治，務得眞賊，幷勒公以楚事聽勘。荆門州故同知胡化，老而狂易，上書告州官阮明卿，謂妖書出其手。事下刑部，夢皋等告尚書蕭大亨：「胡化與郭同舉於鄉，郭在楊邨，乘婦人輿，宿歸德邸舍，相與竄謀。不可失也。」大亨讞胡化，使引公及歸德，化叩頭大叫痛哭曰：「阮知州殺我一家，我自來叫寃。郭舉進士後二十年，音驛不通，何謂同作妖書？我亦不知誰爲歸德？公等但爲蜀犬殺人媚人，卽見皇上，斷胡化之頭，亦如此說。」蜀犬者，斥夢皋也。刑部郎王述古如其言具讞，上曰：「誣也。」盡釋之。而東廠捕得妖人皦生光，異時嘗以宿憾把鄭皇親造妖詩大署其門者。上意欲歸獄於生光，四明意未厭，揭請詳鞫。丕揚抗章訟生光之枉，請少緩其獄。賊之父子兄弟，可授首闕下。所謂兄弟者，指公與其兄國子監丞正位也。上怒，以阿庇反賊，罷丕揚，四明力救之以免。而獄益急，丕揚方巡城，與提督陳汝忠追捕無虛晷。逮醫人沈令譽及名僧達觀，從令譽床頭獲片紙，語連歸德門人刑部郎于玉立、吏部郎王士麒，皆削籍，而恨玉立尤甚，欲幷殺之。歸德與監丞之門，邏卒周徼，戶闔不敢晝啓。楊邮並岸，重圍擊柝，囂呼徹晝夜。喧傳上出龍票逮公及玉立，喝令「早自裁也，可以無辱」。公曰：「大臣有罪，當伏法死都市，何爲自屏草外？」時五十初度，乃賦詩曰：「濁酒一盃聊自壽，大冢頭上有青天。」意氣自如也。汝忠盡械公僕隸竈婢乳媼及傭書者男婦老幼共十五人，刺爇鍼灼，五毒慘至。每上彭考，兩脅肉拉毀墮地，竟無所得。汝忠以金吾告身誘書役毛尚文，令引沈令譽，而以乳媼龔氏十歲女爲徵。會訊之日，東廠陳矩詰龔氏女：「汝見妖書版幾何？」曰：「版有一房。」矩笑曰：「妖書僅二三葉，而版有一房乎？」詰尚文曰：「沈令譽語汝刊書何日？」尚文曰：「十一月十六。」戎政廣平王公曰：「妖書以初十日獲，而十六日又刊書，將有兩妖書乎？」考皦生光妻妾及十歲兒，以鍼刺指爪，令引公，皆不肯。生光坐簁與中，瞠目仰罵康、錢：「死則死耳，千刀萬剮，我一身當之。奈何教我奉沈相意，妄扳郭侍郎？」總憲三原温公、禮部侍郎晉江李公越席而起曰：「讞獄者苦不承，安有既承而反相抵者乎？」御史牛應元、湯兆京、沈裕皆爭之力。矩嘆曰：「朝廷有人。」遂具讞上，大獄乃得解。公既去，御史史學遷勘楚事，其寃大白。四明積不爲淸議所容，乃拉歸德與偕去。而楚宗與王相搆不已，至於刼王人殺開府，三十餘人，駢首就僇。假令華越之來，公果爲禍始，公與諸宗衡宇相望，當此之時，或取一編菅焉，或取一秉秆焉，公其能晏然而已乎？羣小聚謀殺公，欲借妖書以解楚事，久之妖書寢而楚事乃益白。公之不爲羣小所殺者，天也。其大節凛然，終不得而抹摋者，亦天也。公何憾矣哉！先是楚勘疏入，詔廷臣會議。人持一牘，李公在部，爲撮略以進。而諸人謂公匿議單不上，公不置辯。李公上言曰：「臣爲之也。」言者乃息。妖書獄急，翰林華亭唐公偕晉江楊公、即墨周公、會稽陶公，正告四明：「郭將不免，人謂公有意殺之。」四明跼蹙無所容，揮杯茗酹地，以子孫爲誓。唐公復進曰：「亦知公無意殺之。臺省方希風下石，而公不早結此獄，似有意瓜蔓，何以辭於天下後世乎？」四明色沮。獄漸解。而蕭大亨欲脱皦而坐公也，手削爰書，授王逑古，逑古抵其藁於地曰：「此獄若成，刑部諸郎當盡數抵償，不獨明公也。」大亨默然而止。順天通判孫許面折戶部尚書趙公世卿：「奈何附權相以害正人？」趙立命駕往說四明，四明亦爲心動。當是時，權相之勢焰熏天障日，宮府震動，海宇軒簸。而詞臣散僚，引据名義，嶽嶽不少輭避如此。然自時厥後，詔獄繁興，黨籍代有，傾危之禍，釀於搢紳，而婦寺小人相挺而乘其敝。誰生厲階，至今爲梗。吾觀國史，至癸卯、甲辰之間，未嘗不廢書而嘆息也。公諱正域，字美命，楚之江夏人。其先世有諱聰者，以驍勇事高皇帝，受長弓大矢食案之賜。子孫世習武，至公父諱懋，始以文舉於鄉，仕至趙州守，以公詹事，考贈如其官。母王，爲淑人。公舉萬曆癸未進士，改翰林院庶吉士，除編修。甲午，充東宮講官，陞春坊中允，歷諭德、庶子。凡五年，皆不離講幄。神廟嘗夜飲，偶問哥兒此時出閣否？自是東朝每午夜出講以爲常。天寒甚，罏無宿火。公大聲語近侍曰：「無論皇太子玉體柔脆，不耐寒凍，卽我輩三四措大，承乏禁近，亦何忍其霜天雪夜，肩僵口噤以死乎？」翼日，語傳禁中，罏火郁然矣。事雖瑣細，公所以擁佑東朝，良有深意也。敍遷陞南京國子監祭酒。條上監規七事，請倣司馬光十科、胡瑗二齋以搜眞才；請罷納貢，毋以明經之選夷於鬻爵。李都督者，寧遠之孫，魏國之壻也。騎而過文廟門，學錄李維極執而抶之。侯家奴百數，蹋邸門。而寧遠、魏國盛氣愬公。公曰：「以學錄抶都督，誠過。雖然，公侯子入學習禮，亦國子生耳，安得褻衣走馬，橫絶先師廟門。以先師抶國子生，非以學錄抶都督也。卽上疏，曲有所歸。不若兩平之。」令詣門交相謝而罷。居二年，陞詹事府詹事，儲講如故。壬寅，晉禮部右侍郎，掌翰林院篆。踰年回部，攝部事。公在部，諳典故，惜名器，堅執持，敢諫諍，不貸錯胥史，不假權郎吏，部務爲之肅然。孟夏朔日食，値廟祀。公言：「禮，諸侯旅見，天子入門，不終禮者四，日食其一也。當祭而日食，牲未殺則廢，宜以朔日專救日，翼日享廟。」從之。封益王使者將發，而王薨，公斷以聘儀遭喪入境則遂也，諸侯相聘，必致主命，況天子之於臣耶？卒遣使行。夏至陪祀諸臣託疾不至，公謂祀事不虔，繇上久不躬祀所致，請下詔勑厲。其意實以諷切人主。回夷傒內府玉價，覊留病死，號泣道左。公曰：「明主可以理請，奈何以小費失外夷心。」疏請支給，上趣令承運庫予之。其援据典訓，顧恤國體，皆此類也。日食之占曰：日從上食，占君知佞臣，安心用之，以亡其國。四明惡之，召欽天監臺官罵曰：「若妄言禍福，當參。」公曰：「宰相憂盛危明，顧不若瞽史乎？彼能參，我能救，毋恐也。」四明聞之而止。兩淮稅使魯保請專勑關防兼督浙直織造。歸德持不可，而四明票旨兼予之。公曰：「改造，礦稅之別名也。保得關防，是總督四省也。勑可與，關防不可與也。」四明強應曰：「好。」而使文書房近侍以上命脅公，公持之益力。四明告歸德：「上怒甚，必有處分。」歸德曰：「郭以此去官可矣。」四明慚，并恚歸德。而上顧司禮曰：「保不要關防也罷。郭侍郎是好官。」四明疑公有內援，益比而孽公矣。秦王爲其庶子請封世子，公堅執不與，又請封郡王。四明擬旨下部，公堅執不肯覆。四明又使前奄以上怒脅公，公弗應，榜示部門曰：「秦王繇中尉進封，次子不得封郡王。母妃年未五十，其庶子不得封世子。不得違條例告擾。」於是秦府所推金錢皆不效，而恨公者益深矣。謚議起，當奪者之子孫訴於政府。四明曰：「我在，誰敢奪？」公曰：「敢奪者我也。」援筆判曰：「如黃光昇當謚，是海瑞當殺也；如許論當謚，是沈鍊當殺也；如呂本當謚，是鄢懋卿、趙文華皆名臣，不當削奪也。」疏上，竟格不下，而謚議不果行。公之與四明相枝拄者，其大端如此，而其它固未可悉數也。公在儲講日久，深悉神廟父子慈孝，儲位必無觬卼。册立之後，政地頗自負定策，公爲詩志喜，有「曾誇麟趾周公子，不俟鴻飛漢老人」之句。妖書事發，請戒論東宫侍衞伴讀等官，以公爲東朝講官，可鈎連發難，雖震驚弗顧也。上召皇太子慰諭曰：「哥兒莫恐，不干汝事。」皇太子亦語近侍：「何故曲殺我好講官？」奸人聞之氣奪。本公所以得全者，神、光二廟之力也。公歸田後，聲實益著。海内望旦夕枋用，以爲一出則太平可立致。聞公之訃，雖芸夫紅婦，無不嗟咨歎息，謂天之無意於斯世也。公在史館，與福清葉文忠相厚善。公高明果毅，勇於擔荷；福清樂易善柔，妙於調御。兩人交相規切，心皆不以爲然，而不相非也。福清大拜，而公溘逝，海内惜福清不得公自代，而福清亦用以爲恨。雖然，公雖不用，其所自樹立，已足以表見於天下矣。嚮使得君專政，優游綸閣之中，以調停爲燮理，以遵養爲包荒，以朝廷爵祿爲果蓏，以國家元氣爲癰痔，身羸老成長厚之福，而國食敝窳朽蠹之禍，公亦豈願之乎？用而負國家，不用而自負，用不足以爲伸，而不用不足以爲詘。以此易彼，必有能辨之者矣。福清之論楚事曰：七國未削，而錯先危。公弗是也，卒有妖書之禍。嗚呼！錯則已愚矣，人臣殺身，有益于君，則爲之矣，安得謂胡廣、趙戒賢於李固也？舉世悠悠，鮮不智彼而愚此，可勝歎哉！公卒於萬曆壬子五月二十四日，享年五十有九。妻張氏，繼室畢氏。生子四人：文封、武封、昭封、宣封，其三爲任子。女二人，嫁宗人藴鐼、李槲。公没後之四年，上俞禮部請，贈禮部尚書，賜祭葬。天啓初，奉光廟遺詔，疏恩舊學，加贈太子少保，蔭一子中書舍人，加祭一壇，謚文毅。嗚呼！成光廟之德者先帝也，孰謂先帝不聖明哉？公爲文章，雄健磊落，似其爲人。生平好有用之學，於朝章國故，河漕鹽屯，兵食大計，四方風土人物，利弊興革，儲峙胸中，倒篋而出之，裕如也。所著有黄離集若干卷，皇明典禮志、武昌江夏郡縣志、楚事妖書始末、十三經補注凡若干卷。葬以乙卯二月，墓在龍泉洞山。文忠公既誌而銘之矣。其改葬於某阡也，昭封以續志屬余，曰：「昭封生於楊邸，僅十日而乳媪之夫械去，媪日夜哭，乳湩不下，憧而不死，以父任爲郎，坎軻跋疐，幾塡牢戶，眞世之不幸人也。惟夫子哀而賜之銘，他日庶可以見先文毅於地下。」余曰：「此吾之志也，其何敢辭！」銘曰：

於穆上帝，高居法宫。靈瑣沈沈，應門九重。日車中天，雲旗在下。豈無宫鄰，厥有金虎。矯矯郭公，江漢炳靈。如弦斯直，如冰斯清。豫章銅山，淮南寶賂。火齊堆盤，金錢塞路，經書滅郈，史紀易馬。九廟神靈，誰與敢假？銅匭旁午，銀璫錯互。鬼神晝號，眞宰上訴。殺機蹶張，箝網林植。全身保名，聖主之力。自公之去，視天夢夢。章奏寢閣，朝著霧霿。自公之亡，讒人罔極。葦笥籍盈，端禮碑泐。嗟公一身，繫國紀綱。國論職志，黨禍濫觴。流言丹青，木沈石浮。窮壍一昔，枯竹千秋。勒銘幽石，爲示無止。毋耽黄扉，而媿青史。

南京禮部尚書贈太子少保李公墓誌銘

天啓初，纂修神宗顯皇帝實錄，朝議歙然，以謂舊史官京山李公，起家隆慶中，早入史館，四十餘年，朝常國故，皆能貯之篋笥，編諸譜牒。且又老于文學，諳識吏事，誠非新進少年所可幾及。昔馬融三入東觀，張華再典史官，並取博聞，咸資舊德。誠令得專領史局，早蒇厥事，於國史有光焉。當國者格其議不果行。久之，起南京太常寺卿，稍遷南京禮部右侍郎，陞尚書，名曰錄用，實不令與史事。而公遂以年至移疾致仕。天啓六年閏六月，卒于家，春秋八十。公卒之五年，而神廟實錄始告成事。嗟乎！蕉園之削藁，久閟人間；芸閣之署名，未知誰某？羣公之金紫已陳，作者之墓木將拱。顧欲執鉛槧以相稽，撫汗青而流涕，豈不迂哉！此吾于李公之葬，爲之旁徨三歎而不能自已也。公諱維楨，字本寧，其先豫章人。高祖九淵，徙楚之京山，九淵生珏，珏生景瑞，景瑞生淑，舉進士，官至福建左布政，公之父也。公生而夙惠，讀書能記他生之所習。年十八，舉于鄉。二十一，上進士第，選翰林院庶吉士，除編修。穆廟實錄成，陞修撰。在史館，與新安許文穆公齊名，同館爲之語曰："記不得，問老許。做不得，問小李。"仁聖皇太后修胡良亙馬橋，詞臣撰碑進御，江陵公獨取公文，同館皆側目焉。乙亥內計，遂出爲陝西參議，遷提學副使。自是浮湛外僚，凡三十年，始稍遷至南太常。其間居艱者再，左遷量移者再。同時故人，多在臺閣。公流滯自如，終不一通慇懃，願蒙子公力得入帝城也。凡自翰林出爲外吏者，多鄙夷其官，不肯習吏事。公官于秦、晉、梁、蜀、江、淮，歷參議、副使、參政、按察使以至右布政使。討虜于鄜、衍，征番于洮、岷，行河于潁，平妖于浙，採木于蜀，精彊治理，不敢以詞垣宿素，少自暇豫。文人才子，不得志于仕宦，則往往耆聲色，縱飲博，以耗雄心而遣暇日。公自讀書而外，泊然無所嗜好，簾閣據几，焚膏秉燭，捃摭舊聞，鑽穴故紙，古所謂老而好學者，無以逾公也。公初在舘閣有重名，碑版之文，照曜四裔。晚僑居白門、廣陵間，洪裁豔辭，既足以沾丐衣被，而又能骫骳曲隨，以屬厭求者之意。海內謁文者趨走如市，門下士爭招要富人大賈，受取其所奉金錢，而籍記其目以請。公柄毫閣筆，次第應之，一無倦色也。其生平倜儻好士，輕財重氣，坐客常滿。干謁請求，貧者以爲槖，而黠者以爲市。其或假竿牘，竊名姓，恣爲奸利者，窮而來歸，遇之反益厚。交游猥雜，咎謈錯互，頗以此受人詆染，終不以介意也。天性孝友，遇其諸弟，患難緩急，異面而一身。其傲弟不見德，反轢轢之。家居懼禍，衰晚避地，屬有急難，未嘗不手援也。公之自翰林出也，劉御史臺論江陵罪狀，數其忌公而逐之。江陵敗，人或謂公當抗論自白。公曰：「江陵惜我才，欲以吏事練我。彼未嘗阨我，我忍利其死以爲贊乎？」揚忠烈唱移宮之議，權倖交嫉，嘖有煩言。奮筆爲庚申記事，人或咻之。公曰：「吾老矣，舊待罪末史，不惜以餘年爲國家別白此事。聖朝不以文字罪人，非所患也。」人知公樂易博達，修長者之行，不知其所期待持擇如此。今上四年辛未，其孤國子生營易詣闕請卹于朝，贈太子少保，賜祭葬如令甲。十二月，葬公于游山之原。公娶王氏。子三人：營易、營室、營國。孫若干人。營易既葬公，持所撰行述及周吏部士顯之狀謁余而請曰：「願有述也。」余以史館後進，受知于公。公乞休時，余在右坊，寓書相告曰：「能援我以進，又能相我以退者，必子也。」余是以諾營易之請，櫽括其事狀，舉其所知者，以爲之誌。公有大泌山房集及續集若干卷，行于世。其文章之聲價，固以崇重于當代矣，後世當有知而論之者。銘曰：

穆廟戊辰，館選聿隆。七相蟬連，猗嗟數窮。煌煌列宿，太微紫宫。噂彼抱歎，實命不同。沙堤道在，平津閣空。歸然靈光，壽考顯融。八座引退，八十考終。挹彼注茲，天之報公。金聲玉色，大呂黄鍾。銘無愧詞，以質幽宫。

南京國子監祭酒馮公墓誌銘

公諱夢禎，字開之，姓馮氏，其先高郵人也。國初徙嘉興之秀水，以漚麻起富至鉅萬。

祖、父皆不知書，憐公少惠，試遣就塾，暮歸吟諷不輟，王母惜膏火，呵止之，引被障窗疏，帷燈至旦，其專勤如此。隆慶庚午，舉於鄉，再試不第。王父母及母相繼卒，家漸圮。再喪婦，脱身游外家。其爲文穿穴解故，擺落畦逕，含咀菁華，匠心獨妙。嘗自詭規摹唐、瞿二家，得其衣鉢。萬曆丁丑，舉會試第一，選翰林院庶吉士。海內傳寫其文，果以爲唐、瞿再出也。與同年生宣城沈君典、鄞屠長卿以文章意氣相豪，縱酒悲歌，跌宕俛仰，聲華籍甚，亦以此負狂簡聲。鄒忠介公抗論江陵，拜杖遠戍，公獨送之郊外，執手慷慨。歸仰屋直視，面氣墳赤，太公流涕曰：「盍從我而歸乎？吾不忍見壯子流血死犴下也。」公塡咽不能答，潠血數升，請急從太公南歸。三年赴闕，除翰林院編修。癸未，分考會試，丁父憂。又四年丁亥，京察以浮躁謫官。公在史館，人或戒之曰：「翰林官婉娩靚閑，如好弱女子，眉下於頤，尻高於頂，至公卿如傳遽耳。」公曰：「我則不能，如赤脚婢，弓足蹣跚，行數步便思解去。亦欲耐事，口噤生癭，肺腑槎牙，迸出齒頰，我亦無如也。」江陵歿，執政精求史館中觚角嶄出，能蘖牙異同者，及其未翼也而翦之。公坐是謫，終以不振。公庶常假歸，師事盱江羅近溪，講性命之學。居喪蔬素，專精竺墳。參求生死大事。紫柏可公以宗乘唱於東南，奉手摳衣，稱幅巾弟子，鉗錘評唱，不舍晝夜。里居十年，蒲團接席，漉囊倚戶，如道人老衲。流連山水，品香鬬茗，如游閑退士。四方學者日進身執經卷，朱黃甲乙，如兔園老塾師。蕭閑淡漠，身心安隱，超然無意於榮進矣。癸巳，補廣德州判官，量移行人司，副尚寶司丞，升南京國子監司業，遷右諭德，署南京翰林院，再遷右庶子，拜南京國子監祭酒。公文章譽望，學者以爲高人朗士，秀出天外不可梯接。推誠導和，誘掖獎勸。諸生橫經挾筴，如牆而進，如聞鼓鐘，如聽誓命。自成均教衰，橫舍鞠爲園蔬，博士倚席不講，公至而方領雲集，夜誦盈耳。後先四年，文體士氣，歙然一變。端居造士，闊略酬對。南曹郎疾其慢己，飛章劾公。公笑曰：「此代西湖移文趣我也。」遂移病去官。太學生張榜舉幡小教場，諸生千餘人會幡下，奔走訟訴。榜獨上疏，願冠鐵冠，挾鍘斧，殺身以直公。有詔許留用，榜繇是顯名天下，而公遂不復出矣。築庵於孤山之麓，名其堂曰快雪。山雲團戶，湖水浮堦。禪燈丈室，清歌洞房。海內望之以爲仙眞洞府。凡九年而卒。卒之日，晨啜粥，俛拾箸于地，臂不能舉，屈一臂以支枕，熟睡至夜分，形神離矣。書生朱鷺作放箸歌十章，以謂公方寸湛然，人世間功名富貴，恩讎毁譽，撒手放下，不啻如一箸云爾。公爲文章，疎朗通脱，不以刻鏤求工。惟佛乘之文，爲憨山諸老所推服。有眞實居士集若干卷。其子有俊才，不重督課，嘗曰：「古有神人生數子，各取箸一深窟中。與七日糧，踴身入青冥。數子各勇怖奮迅，忽到父所，過七日不出，死矣。我於汝曹亦如此。」其解脱世相，皆此類也。昔者元好問之論士，曰氣，曰量，曰品。品之所在，不風岸而峻，不表襮而著，不名位而重，不耆艾而尊。天地之美器，造化靳固之，不輕予人。閱千萬人之衆，歷數百年之久，乃一二見之。嗚呼！如馮公者，豈非其人與？不然，則何以其位不大，齒不尊，而風流弘長，衣被海內，迄於今未艾與？謝安石之採藥攜伎，房次律之彈琴弈棋，天下後世，胥以王佐歸之，豈以用不用爲軒輊與？公固已觀化而去，視身後之名，亦一箸耳。而余之所以論公者如此。公卒於萬曆乙巳十月廿二日，享年五十有八。子三人：驥子、鵷雛、去邪，葬公於西溪之梅塢，公所樂游欲攜家地也。余與鵷雛好，而驥子之子文昌游於吾門。公歿後三十八年，文昌奉其父所述行狀來請銘。銘曰：

公嘗夢游，金膏水碧，宛委之山。摽峯置嶺，錯落周陸，朱門雙鍰。銖衣委珮，旌幢導迎，藹藹仙官。土堦平城，庭樹擊戞，箏琵珊珊。金床瑤席，服御尙晙，封識宛然。九秋爲期，如屈信臂，放箸却還。孤山、西溪，梅花萬樹，淸瑤明玕。山高水深，鳥啼花落，總非人間。良常舊篆，桐柏新銘，閱千萬年。

都察院右副都御史巡撫山東贈資善大夫兵部尙書徐公墓誌銘

公姓徐氏。其先處仁以尙書從宋南渡，僑居姚江。四傳爲彥明，令嘉禾，占籍海鹽。今爲嘉興海鹽人也。公諱從治，字仲華。曾祖璹，祖鼎，父應奎，祖父皆贈資善大夫兵部尙書，妣皆夫人。公之祖病，隆冬思食瓜，父泣禱於西疇，瓜累累臥藁葉下，人呼爲孝瓜徐。母黃氏，夢金甲神執干舞中庭，寤而生公。甫四歲，海潮夜溢，床榻欹蕩，忽有廚浮床下，端坐而免。十歲，讀袁紹檄豫州文，拍几歎詫。塾師問之，曰：「恨不生當其時，手馘老瞞耳。」萬曆癸卯，領鄉薦。丁未，舉進士，知安慶桐城縣，勾稽畝稅，平亭獄訟，期年而大治。大水浪過峽山口，視其刻石，曰宋理宗紹定四年洪水至此，蓋五百年矣。乘船破浪，軒頓巨浸中，相度捍禦，灑沈賑饑，全活無算。水降，按行圩岸，築堤八萬七千餘丈，晝夜雜作，土實石堅，水不復爲害。居官強直，不善事御史。外計當量移，自請改武學教授，轉國子助教，遷南京禮部主事至郎中，知山東濟南府，屬邑官吏解銀，林立堂下。公援筆判牒尾，次第舒鴈引去。東方多事，募百金之士，捐金推食，搏力勾卒。其後征妖捍萊，拳勇歙集，蓋取諸此也。舉治郡卓異，賜金錫宴。升山東按察司副使，分守兗東，而白蓮賊之變作。公受命監軍，鞸刀策馬，亂漲河，衝黑雨，夜半入兗城。賊塞路要遮，弗顧也。大軍將攻鄒，公語大將楊肇基曰：「兵法攻城爲下。賊精鋭聚紀城、夏店，踞鄒、滕之中。吾擊其首尾，其中必兩救。不如擣其中堅，中堅破則兩城皆瑕矣。分一師陽攻鄒，大將從間道疾趨攻嶧，賊恇駭，焚其營寨奔滕，賊之大勢熸矣。」我軍圍鄒未下，公曰：「師老矣，頓兵城下無益。不如分兵勦滕，斷其右臂，使不得相救，鄒可立破也。」乃率三將，簡驍勇，直擣滕城，賊棄滕。退保兩伏山，以輕騎躡擊之，而逸者勿追，伏山之賊盡矣。於是急攻鄒，鑿城通道，賊泥首乞降，擒賊首徐鴻儒獻捷。赦脅從四萬六千有奇。觸冒矢石，櫛沐暑雨，巢車晝望，鉶甒夜偵，在行間六月，勞不解甲，倦不支枕，計殲妖之伐，公功爲多。陞布政司右參政，分巡濟南，敘功加右布政使，督漕江南。會蓮妖再發，東撫王公惟儉謂非公不能辦賊，題留守沂。按臣力主撫，與公異議，遂請告歸養。復中外計量移，卽家起薊州兵備，尋加左布政使。奴警益急，薊撫皆庸人，不可與共事，復移病歸里。不兩月，奴入大安口，陷遵化。薊撫伏法，而公益見推重。辛未，起山東武德道兵備，及淮而孔有德叛，攻陷濟南六邑。倍道宵征，赴監軍之命於萊。無何，拜都察院右副都御史，巡撫山東。二月朔，與萊撫謝公璉同日受事。卽日，賊已抵城下。自二月四日至於四月，肉薄環攻，不舍晝夜。礮石星流，飛矢雨射。城中蒙頭而炊，負戶而汲。公意氣自若，激厲將士，拊巡夷傷，栖止麗譙，誓共生死。賊舞梯衝攻我，自三面至於八面，我伏鎗砲，須其上而擊之。賊築高臺瞰我，自一臺至三四臺，我縱機火，焚其臺而墮之。賊闕地道穴我，深可旋馬，自一洞至數十洞，潛隧嚮穿，城隅迸塌，幾陷者數矣。我用穴塹窴壺，焚穬縱火之法，薰尸滿窟，賊死者無算。公又與總戎楊御蕃、遊擊彭有謨選擇死士，懸門突擊，後先搏戰，殺賊數千人。贊畫主事張國臣奉撫議以出援，兵皆畏賊左次，主者亦聽之，以爲撫成則萊圍自解，姑以援萊爲名耳。三月初，國臣遣使爲賊求撫，公嚼齒大罵：「安得尚方劍斬此大奸細乎？」乃抗疏白其狀曰：國臣以撫爲賊解嘲，而賊借撫爲緩兵急攻之計。國臣使每一至，則賊攻轉急。國臣曰：我不當縋城出擊以怒賊也。果爾，則必使賊任意攻打，我拱手以萊授賊，如孫元化斷送登城故事，而後可成國臣之撫乎？當孔賊之過青也，舊撫臣余大成擁兵三千，追擊甚易，元化遺書云：賊已就撫，兵不可往東一步，以壞撫局。大成如其戒而止，及至登城，明知張燾兵已順孔賊，又使燾領兵出戰，又聽三百餘賊詐言而開門揖盜，致登城數十萬生靈，盡作刀頭之鬼。今萊城被圍，賊視臣等猶元化也，公然爲之解曰：吳橋激變有因也，一路封刀不殺也，一聞詔使，遂止兵不攻也。吾誰欺？欺天乎？今元化入京已久，又得國臣僞報，盈庭集議，必以爲一紙賢於十萬援兵，絕跡不來，職此故矣。臣死當爲厲鬼殺賊，斷不敢以撫之一字，面謾至尊，淆亂國是，送封疆而戕生命，一誤再誤不可收拾也。疏入，中朝皆不以爲然。公方重圍困守，無以罪也。而賊徒益棄疾於我。四月十六日，架元化所遺西洋大礮攢擊城西南隅，勢甚厲。公方簡閱丁壯，指麾出戰。左右請少避之，公曰：「不可。」語未絕口，礮中顙額，身仆血膋中，萊撫馳而撫之，絕矣。萊人大臨，守陴者皆哭。其子同貞等自浙來奔喪，扶櫬返葬。朝廷聞而傷之，追贈資善大夫兵部尚書，蔭一子錦衣衞百戶世襲，予祭葬，賜祠，額曰忠烈。嗚呼！兵部條上方略，固曰萊撫守萊，東撫駐青調度。公不入萊可也。公不入萊必不死，公不死而號於人曰：「我奉詔駐青，不敢失尺寸，雖亡萊不任受罪也。」公之意以爲東撫控壓全齊，駐青不足以鎭萊人之心，而入萊則可以繫全齊之命，委一身於孤城，示全齊之人以必死，而刼之以不得不救。是公之居萊者，所以救萊也。賊盡鋭合圍，累旬浹月，慮我師之綴其後，必不敢解圍長驅，狼豕奔突，是公之守萊者，所以保全齊也。賊致死於萊，力盡不拔，勞瘁單乏，師老形變。解圍之後，以全力蹙登，賊三鼓氣竭，枝梧撑拒，不翻城內應，則銜尾宵遁。是公之固萊者，所以復登也。柳子厚論睢陽之事曰：「俾其專力於東南，去備於西北，力保於江、淮，而功靖乎醜虜。」以此論公，斯得其大者。雖然，世知公以死守萊之爲功，而不知其以死拒撫之尤爲功也。賊以撫謾登，以撫謾萊，且以撫謾中朝，而獨不能謾公。公死之後，馴至於侮明詔，戕命使，而萊卒堅守不下，公以死持之也。故曰其功在萊。登之撫，疆吏主之。萊之撫，中朝主之。公之拒撫，非拒賊也，而拒中朝也。拒求撫之賊易，拒主撫之中朝難。以死拒賊易，以必死拒中朝難。故曰其功在社稷。嗚呼！斯其故難言之矣。公爲人孝友廉潔，正直忠厚，矜細行，勤小物，和不狥人，介不絶俗，蓋質有其文，彬彬名實之君子也。爲吏去觚角，絀雕琢，有所施設，機張鍵閉，往往能出人。薊門軍索餉，圍撫院於遵化，公單騎馳入，陰部署夷丁標兵，分營四門，按兵不動，登城而呼曰：「給三月糧，趣歸守信地，否將擊汝。」衆聲謵如雷，甍然而散。其沈幾應變類此，而惜其所就之止于此也。公歿時六十有一。妻黄氏，累封夫人。子五人：同貞，恩貢生，襲錦衣衛，西司房理刑副千户，有貞、益貞、濟貞、復貞，俱庠生。女一，字譚某。崇禎七年十二月二日，葬於曹家湖之阡，在海鹽縣西三十里。公宰邑考文，所取士多以文章風節著，周忠介順昌、方御史震孺、宫諭拱乾，其尤也。於是同貞屬宫諭件繫事蹟爲行狀，而介御史以乞余銘。銘曰：

羯奴外訌，王略中否。專城失守，列郡風靡。婁婁孔賊，間釁反戈。月暈重圍，雷轟專車。援孤蚍蜉，控絶虎豹。誓命沈城，碎首飛礮。公雖隕節，萊完登復。虚危之野，四履如幅。遼西畿東，朔馬縱横。金柝罷擊，和門不扃。禡牙樹纛，孰非臣子，委而去之，如脱敝屣。公碎一身，以奠全齊。使知國邑，重於命軀。帝庸勸節，峻逼台司。逃臣骨驚，志士髮植。享祀有嚴，鄉夢不假。睢陽廟中，雒陽城陰。忠表汗竹，烈光羽林。斵石幽竁，永質古今。

南京大理寺南評事張君墓誌銘

崇禎壬午四月，闖賊再圍汴城，五閱月不解。張君以南評事里居，分守北城，傾家以給守者，民皆願爲君死。秋盡，黄河水大至，挾霖雨灌城。越三日，賊游騎入之，君猶效死不去，賊怒揮刃墮水中。其子寧生乘船來援，乃得出。十月初九日，創甚，卒於封丘之寓館，享年六十有五。十一月十六日，渴葬于城西三里河之新塋。寧生避難南奔，持宗伯孟津公之書，哭而謁銘於余。嗚呼！今天下士氣竭，臣節靡，逃亡俘虜，相視以爲固然。頃者荆、襄陷沒，持斧之使，俛首臣服夾侍，而先馬又見告矣。當此之時，有如張君者，唱明君臣大義，拄柱於重圍絶地之中，洪水浸之而不驚，白刃臨之而不攝，使天下士大夫相勗以致命遂志，無委辟之患難，無倖生之臣子，所以勸忠孝而勵頑頓者，可謂至矣。吾將取以爲臣鵠焉，其忍不誌而銘之乎？君諱如蘭，字子馨，其先山西沁水人也。高祖鋭，弘治中爲開封府推官，因家焉。鋭生舜臣，舜臣生雷，雷生尚德，尚德徙睢州，君之父也。君之姑嫁孫中丞，中丞愛君夙惠，俾從其姓。補博士弟子員，弱冠舉鄉試，久之不第，署封丘敎諭，知同官、富平二縣，遷南京大理寺評事。覃恩請勅命，始復張姓。君爲政潔廉慈愛，彊力耆事。在同官，建重關以扼虜，築石堤以捍城，人至今賴之。富平簪筆吏千餘人，囊橐盤牙，通輕俠，傾京師。君一切案治，相傳勅莫敢犯，逋賦益起。咸寧爲冢宰，依倚逆奄，修怨於舊宰富平公。君力持之。政聲藉甚，僅量移南評事，復坐除名，咸寧螫之也。咸寧敗，奉詔以原官起用。而君遂不復出，家食十五年而終。君自少至老，讀書強學，朱黃二毫，不省去手，手鈔經史別集說家之書至數百卷。好法帖古印斷碣殘章，搜訪於崩厓古冢榛莽煨燼之中，考點畫，辨款識，今之趙明誠、吾子行也。有亭圃在吹臺、繁圃間，與詞人張林宗、阮太沖飲酒射獵，登高賦詩，極望平蕪，歎杜甫、高、李之不可作。蓋君之爲人，不獨其孝友忠義，凛然大節，而倜儻博達，中原豪俠，亦未有能先之者。嗚呼已矣！可勝歎哉！君娶雷氏、王氏，生三子，曰寧生、恭生、保哥。寧生爲國子生，以城守有功題敍，磊砢有志節，稱爲君子者也。寧生之來也，余與之坐而問曰：「君所著書及金石錄，猶有存乎？」泣曰：「皆問諸水濱矣。」「王孫西亭、竹居父子藏書及王損仲之彝鼎猶存乎？」曰：「盡矣。」問「張林宗、阮太沖？」曰：「林宗盡室以筏渡，筏絓於屋角，覆焉。太沖漂浮，遇大樹，入於其腹，槁而死。」嗚呼！中州數百年文物與儒雅風流，一旦俱盡，其不獨爲君悲而已也。銘曰：

汴京城闕兮，再困重圍。河伯不仁兮，相其淫威。矯矯張君兮，誓死自持。河身可徙兮，我心不移。佳城鬱鬱兮，大河之湄。滄桑陵谷兮，刻此銘詩。

初學集卷五十二

墓誌銘三

兵部右侍郎孫公墓誌銘

崇禎十一年十月，奴酋犯薊鎮，天子命推擇廷臣有才望者勝樞貳之任。于是潼關孫公繇大理寺丞擢兵部右侍郎，拜命之日，盧兒戍卒，靡不戟手相賀。甫一月，無疾而卒，年四十有八，十一月之三十日也。公之弟必茂奉喪歸秦，以次年十二月二十四日，葬公于先塋，撰次行狀，走使四千里，屬余志其墓。嗚呼！今天下最急才者有二：曰銓事也，兵事也。公于二者，皆有專才，皆將試于用矣，而不得竟，爲可歎也。公舉萬曆丙辰科進士，繇戶、禮二部郎擢吏部，佐冢宰趙忠毅公澄汰仕路，一日而徙諸淸郎之淹久者，棋置銓司，北則劉廷諫，南則程國祥，閩則鄒維璉，朝著歙然改觀，而小人多所不便，比奄以逐趙公。未幾，公謫去，再奉嚴譴除名。及公再起，長垣爲冢宰，小人倚爲窟穴。公侃侃舉其職，不少假易。小人比長垣，以計典中公，又左遷以去。公廉辨彊直，人才物論，儲偫于胸中，有萬曆初名選郎之遺風。再起再謫，不得竟其志，而銓事亦不可爲矣。公居潼、華間，諳識阨塞要害，通知其豪傑。流賊之起也，公以山西司按察司經歷量移南祠部，請急里居，建議設重鎮以扼關，秦賊不出，豫賊不入，挈缾口而壅之，寇可盡也。鄉人恤其私，以勞師動衆柅之，寇自是渡澠池而西，莫可禁禦矣。假滿還留都，途出柘城、歸德，遇寇設守，皆恃以無恐。在歸德也，賊潰堤而入，數十騎薄城，引弓詬罵，城中洶懼。公曰：「此欺我無兵也。」令傔從環射之，賊中傷迸散，登陴者始有固志。賊既退，人皆謂公知兵，可辦賊也。賊逼江浦，公守石城門。參贊范公移咨假公署職方，以備非常，其倚重如此。久之，遷南吏部考功司郎中，升尚寶司丞，轉理丞。既任樞貳，謂虜懸軍深入，我援兵已十三萬，當扼險邀擊，聚而殲之，無藉口老謀持重，以成南下之勢。蚤夜呼憤，莫有應者。盛氣結轖，強陽暴亡，竟用是死，而人徒知其以勤死而已。公之父給諫公，以危言讜論，不容于朝。公少而與聞國論，有澄清天下之志。雖在郎署，小人以黨魁目之。逆奄誅僇朝士，皆公所雅故，鋃鐺過關門者，倉皇出餞，留連涕泣。奄聞而惡之，欲殺公而未果也。及朝政更易，奄餘黨仍用事。公所與同志汲引者，賣公以媚長垣。久之，遂取大位。而公猶滯散寮，每嘆曰：「程郎之綸扉，不如劉郎之縲絏也。吾陸沉于此，有餘榮矣。」公生平連蹇仕宦，實以黨論之故。比天子知公，且大用矣，而一昔彊死。嗚呼！此亦黨人爲之乎？抑亦黨人之網所不能盡，而天爲之殄瘁乎？其尤可悲也已！公爲人孝友忠信，誠心質行，信于士大夫，而與被于孤寡煢獨。周恤振救，死生急難，多人所不知。事繼母，撫孤稚，皆非人情所恒有者。公歿而必茂喪之如父，撰公行狀，別白邪正是非，一無所鯁避，蓋家庭間風義如此，此亦可以觀公矣！公諱必顯，字克孝，先世自浙之餘姚徙秦，數傳居潼關。祖諱承光，選貢知沔縣。父諱振基，戶科給事中，外轉山東僉事，今上覃恩，贈奉政大夫，改京銜。母覃，曁前母劉，俱封宜人。繼母賈，封太宜人。蓋異數也。妻張氏，繼妻景氏，皆無子，以必茂之子士驥爲後。一女適朝邑周雯。余辱交于公二十餘年，戊寅之秋，執手邸舍，悲余之蒙難而傷其不能相明也，公方駸駸向用，若有閔默不自得者，徒以余故也。其何忍不銘？銘曰：

太華削成兮，潼關屹然。是生偉人兮，枝柱金天。河流奔騰兮，衝關却阻。展如之人兮，排奡齟齬。是父是子兮，兆域相望。元氣熊熊兮，浮薄華陽。河水南流兮，潼水東迴。千秋萬世兮。孰塞我悲？

嘉議大夫南京工部右侍郎葉公墓誌銘

萬曆中，東林之君子，退而講學，海內負清名者，爭相引重。而黨人則深惡其軋己，間執其一二瑕疵者，以相詆讕，指清議爲橫議，陰護其所抉擿之人，以箝天下之口。甲寅、乙卯之間，其説始大熾。葉公官南太僕，抗疏闢之，以謂決裂國論，敗壞人心，莫此爲甚。當是時，言者方雄唱雌和，引繩批根，公眇然孤踪，忽發讜議，羣驚且恚，聚族而攻公。公不激不隨，端坐而肆應之，且累疏乞歸，言者卒無以勝公。神、熹之際，東林之與黨論，迭相勝負，然公之言卒未嘗不勝，其故何哉？嗚呼！公之所以勝者，蓋有所以爲公者在也。公諱茂才，字參之，其先世自吳江徙居無錫。高祖諱昌，曾祖諱芮，祖諱謨，世有潛德。謨生聯，娶許氏而生公。公面目清削，不苟訾笑，體骨稜層，若出衣表。自爲諸生，見者已改容異焉。舉萬曆己丑進士，選刑部主事。念父老，改南京工部，榷關蕪湖，盡革它税，不名一錢。胥吏以常例爲請，公爲俚語訶之曰：「勿多言，左右排列金剛，擡我不動矣。」已事，上羨金數千，奏疏曰：「久旱而得通，故有羨金，請不爲例。」且進羨，非臣志也。神廟嘆嘉，賜白金松布以旌異焉。改吏部郎中，再請告歸。久之，起禮部郎中，歷陞尙寶司司丞、少卿，南京大理寺丞，南京太僕寺少卿，始一出，家居十五年矣。又七年，起太僕寺少卿，改太常寺少卿，皆不赴。陞南京工部右侍郎。甫三月，請致仕。公仕宦強半在南，什九在告。布衣蔬食，食淡攻苦。有堂三楹，不施丹雘。安人老矣，躬親紡織，青燈白髮，熒熒丙夜。其肥遯苦節，雖小夫稚子，無間言也。當言官與公爲難，盛氣奮筆，爭欲有加于公。問影吠聲，描頭畫角，已不遺餘力，然終不能毀公之廉以爲貪，而訾公之恬以爲躁。至于今，衡門如故，子姓蕭然，雖夙昔操戈向公者，未嘗不聞其風而感，讀其書而思，望其室廬而低徊不能置也。嗚呼！此吾所謂有所以爲公者也。公生平學問，躬行實踐，信心爲己，感民彝，痛國是，是是非非，如風檣弦矢，觸而必發，豈有意與黨人爭勝負哉！天啓中，閹禍將作，急流勇退，優游終老。高忠憲之殉難也，慷慨急難，以免其子。緹騎邏卒，交跡於道，不少鞭避，人始知公非以智免也。孔子曰：吾未見剛者。又曰：仁者必有勇。其公之謂與！公卒於崇禎二年六月十七日，享年七十有二。安人華氏，卒於天啓四年二月二十六日，享年六十有八。公性篤孝，自營生壙於江陰馬鎮先人之穴左，沒後之五年十月，與安人合葬焉。安人生子繼武，九歲而殤。生一女，嫁秦雷震。側室胡氏，生二女，嫁孫竑禾、薛憲伯。公之卒也，其嗣子繼斌、光輔，得請賜祭葬，乃屬職方華君允誠爲狀，而謁銘於余。華君學行卓然，稱爲公後進者也。其狀公爲信。銘曰：

居官三十年，泊然儒素。閱世七十年，渾然赤子。夫人不言，直哉如矢。角巾東歸，虛堂隱几。顥然眞氣，沒而不死。我鑱銘詩，用勵頑鄙。

山東兗州府滕縣知縣特贈太僕寺少卿姬公墓誌銘

天啓二年五月，白蓮賊陷滕縣，知縣事姬公死之。九月，賊平，公之父收屍反葬，蓋六月而後殮。撫臣趙彦上其事，詔贈太僕寺少卿，有司立祠，春秋祭祀，給其父母誥命，廕一子入監。四年二月，歸葬于州西郭之北。後十四年崇禎戊寅，任子琨官刑部河南司主事，奉熹宗朝詔令所司覆奏簡牘及黄諭德景昉所撰行狀，謁謙益于請室，而請誌其墓。謹按：公諱文胤，字士昌，西安府華州人也。生于萬曆壬午之三月癸卯。以春秋舉于鄉。六上春官，乃以祿養謁選，年四十有二。其涖滕，壬戌四月下旬也。奔走參謁，未遑視事，居三日而難作。當是時，滕民什九從賊，公徒步叫號，從兵登陴，不滿三百人，比賊至，才數十人耳。問民何以從賊？則曰：「禍繇董二。」董二者，延綏巡撫某之子也。公登城呼賊而告之曰：「若等皆吾民，以董二故，鋌而走賊。吾執董二，窮治其罪，以伸若寃，而赦若等，復爲良民，其可乎？」公長身赤面，鬚髯奮張，兩門牙如施丹臒。乘墉大呼，聲殷殷動樓櫓。賊望見，以爲神人，讙呼羅拜。俄而箭發于西隅，二賊斃焉。視之則延綏沙柳幹也。賊憤盈肉薄而上，遂不可禦，五月之十八日也。公緋衣坐堂上，嚼齒駡賊。賊前搏公，裂其冠裳，以鋃鐺鎖之。公大駡，「胡不速殺我？」賊顧不忍。越三日，不食，賊勸之食，不可，勸之去，又不可，爲詩八章，書于屋壁，以縣印遺狀付門子魏顯照、僮守務，北向再拜，自縊而死，二十一日之夕也。顯照乞棺于賊，不許，乞布裹屍，許之。遂瘞于官署之池側，公父所從收公屍也。賊考掠顯照索印，顯照以印予父國臣，以遺狀予妻之父高登士，及守務反而駡賊，死之。詔郿公也，幷錄顯照、守務，復其家。而董二者，城陷遁去，其後卒以賄免。嗚呼！公以視事三日之官，守巷無居人之邑，率數十孑遺之民，抗數萬方張之寇。城之未陷也，可以去而弗去。賊之勸行也，可以走而弗走。絕百可倖生之塗，而定一死無復之之計，用以明示天下後世，無破城不死之縣令，無陷賊不死之臣子，公之自處審矣。致命遂志，忠也。無忝所生，孝也。明恥教戰，仁也。是公之三大節也。熹廟之詔，亦有三善焉：旌不踰時也，功不濫敍也，郿不下遺也。終天啓之世，蓮妖滅，蜀寇平，而奴孽不內躪者，復滕之賞足以勸也。若董二之佚罰，則有司之過也。余故率連書之，無使其求名不得焉爾。公世爲華州人，曾祖諱伸，祖諱夏，皆有隱德。父諱簶，增廣生員，倜儻負大節，有聲關中。先後娶四婦，生五男子，三女子，與公皆異母，而同仁均愛，家門無間，人以爲難。公妻杜氏，生三子，長琨，次堤，次璟。琨服官廉辨，慷慨厲節，能繼公之志者也。銘曰：

公逾弱冠兮，初歌鹿鳴。夢一偉人兮，緋袍面赬。曰余同姓兮，周之宗盟。要公汴橋兮，前期却迎。公之之滕兮，汴冰砯砰。瞻彼季路兮，廟貌孔明。高冠佩劍兮，儼如平生。迴車伏軾兮，流涕怔營。曾未信宿兮，寇盜搶攘。食焉不辟兮，死而結纓。天畀完節兮，如射雋正。季冬瞻夢兮，叶彼大貞。匪妖匪噩兮，受命穆清。天門詄蕩兮，乘風上征。扈從先皇兮，雷車霓旌。蚩尤前驅兮，玄武後行。馘奴盪寇兮，汛掃欃槍。報命帝所兮，旗旄央央。河、渭抱縈兮，太華削成。高墳巋然兮，配此令名。忠臣孝子兮，請視斯銘。

文林郎陝西道監察御史李君墓誌銘

崇禎初，謙益以與枚卜被訐，天子下法司雜治。法司覆驗浙闈成案，再三考讞，具如前狀，條奏以聞。訐者慚且恚，遂并攻法司，其勢張甚。於是陝西道監察御史李君上言：謙益無罪，所司爲國家執法，不肯傅致，反受誣詆。讒夫高張，欲以一手障天，無人臣禮。反覆數千言，其言直，其指平。夫己氏抵讕放恣，亦口噤無以答。君疏出而國論益大定。嗟乎！國論亦何常之有。然而有可恃者，恃夫予我者之必爲君子，而阨我者之必爲小人也。夫己之賢不肖不可知，而人之爲君子小人，如黑白之不可假，以不可知之賢不肖，而取徵于不可假之君子小人，則是非邪正，不待後世而已明矣。若李君者，吾所謂君子而可徵者也。

君諱柄，字汝謙。曾祖諱英，祖諱滿，父諱承式，嘉靖丙辰進士，歷官福建左布政，自大同徙家江都，遂占籍焉。生子九人，舉進士者三，舉鄉書者一。其長子遼東巡撫兵部侍郎諱植，而君其第四子也。舉天啓壬戌進士，選中書舍人。秩滿，選授御史。奉命巡視廠庫，查刷光祿，巡按浙江、雲南，卒於官。君鄉舉二十餘年，中舍六年，廉靖閉止，有大人長德之目。及爲御史，所至益著聲績。廠庫之役，巡視者多所連染，商人獨交口頌君，上爲歎異焉。浙西海塘壞，親乘小艓，掀舞洪濤颶風中，估計工作，省費十餘萬。塘成，陞俸一級。雲南加派羨糧，不報大農者數萬。君下車，一切蠲革，普酋爲心折焉。乃飛檄曉諭禍福，酋俛首就撫。此君之歷官，其大事可記者也。君家世居雲中，布政公在職方，議復朵顔三衛，而巡撫公請復舊遼陽，皆國家大計，不幸中格。方奴、插交讐，君論戰撫機宜，糾劾宣、大將帥。旬月間，條議數上。且言臣父兄生長塞上，習知邊事，灼見利害，故敢爲明主別白言之。蓋君自爲諸生，則已講求兵農鹽鐵，曉暢經國之務。其建白邊事，意欲求以自試，卒父兄未竟之業，而止于優詔報聞而已。此君之有大志而未遂者也。最君之生平，其家居也，父黨稱其孝，鄉里稱其修，交友稱其信。其服官也，天子知其廉，朝廷推其能，臺省服其平。其卒官而歸也，滇民道祭過車，而普酋亦撫膺慟哭，其誠信于蠻夷如此，其他可知也。嗚呼！君之爲君子也，斯可謂信而有徵矣！其在言路，未嘗苛求一人，未嘗毛舉一事。其於余，又非有部黨之誼，雅故之好，而慨然公正發憤，千載而下，讀君之奏疏，知君之爲君子，而因以知君之所彈治者爲小人，以余之不肖，亦或有追而惜之者，豈非厚幸哉？今君之子以余之獲援于君，以謂非君之所鄙夷也，俾志其墓。余方恃君以徵于後，而君之子顧欲恃予以徵君，則又豈不過哉？君卒于崇禎五年十月十九日，年六十有九。妻高氏，孝敬慈祥，相其夫爲清白吏，稱女師焉。卒于崇禎四年十月，年六十有九。子六人：元素、元介皆國子生，次元聘、元瑞、元覲、元翰。女三人。某年某月，合葬于白陽山之新阡。銘曰：

水則有坊，帛則有幅。凡今之人，云胡不淑？猗嗟李君，束修自牧。有物有恒，式金式玉。國有煩言，浮石沉木。障彼狂瀾，奮我簡牘。夫人不言，百世所矚。悠悠青史，我以君卜。

吏科給事中贈太常寺少卿侯君墓誌銘

天啓七年正月，吏科給事中嘉定侯君卒于家，年五十有九。明年，其子南京兵部武選司主事峒曾奏疏曰：臣之先臣震暘，以狂直得罪先朝，幸遇陛下即位，復官諫垣，而先臣已不待矣。先臣觸忤權倖，持忠入地，得比死事諸臣，共沐霈恩，死且不朽。於是天子褒君素著忠讜，特贈太常寺少卿。又二年，將葬，峒曾次君之生平爲狀，泣而請于余曰：「願有述也。」余與君同年進士，同事熹廟，後先同被讁逐，其知君爲深。嗚呼！黨論之相持也，自萬曆之末，蘊崇沸騰，以迄天啓元、二之間。君居恒愍然心憂，謂其禍與國家相終始，誓欲以其身爲楮柱。既入諫垣，論三案，論經、撫，以謂當斬除葛藤，別白功罪。其言明白正大，舉朝韙之。亡何而事益難言矣。當國論之殷也，士大夫堅壘不相下，若鼠之鬭于穴也。久之，羣小知公論不可勝，折而入于中官、阿姆，若鼠之伏於社而食於角也。言者或不知，知者又或不言，而君獨早知而極言之。客氏之再入也，君請收回成命，以勾結奸閹、傾危椒寢爲言。奉嚴旨切責。其後一疏糾劾四輔，暴白逆奄搆殺舊司禮王安事，尤切中忌諱。而君又抗章再上，得罪然後已。當是時，逆閹猶未熾，君先事察其機牙，摘發其所與鈎連者。君去三載，而禍大作。刊章錄牒，麋爛朝野。君以病且死，僅而獲免。今天子愼惜名器，獨於君贈䘏不少吝，其亦曲突徙薪之忠，有鑒於聖心矣乎？君雖死，奚憾哉！君之少也，從其母育於外氏。稍長，侍其祖宦游蘄、黃、湖、湘間，暴露跋涉良苦。故雖生長世家，無紈袴子弟之容。君之祖父，皆倜儻好施，不事生產，相繼捐館舍。而君久困公車，逆往事居，衣食百須，經營黽勉，備所不堪。君之更事練智，彊力忍詢，亦賴此也。釋進士褐，爲行人，馳驅楚、粵數萬里，單車匹馬，不擾廚傳，曰：「此亦使職也。」爲給事中，巡視皇城暨巡靑，多與内侍鐫譙，所執奏多寢閣不下。閒居休沐，輒討論軍國大計，或語及人才國恤，則蹙然如不終日。蓋君之大志，欲以虛公正直，爲國家塞朋黨之議，救清流之禍。其稍閒，則修復畿輔水田，及吳淞水利，講求數百年利病，以康天下。而遭時齟齬，萬不一試，徒以諫官自見而已。君孝性篤至，其父深念之，至爲詩以示子孫。其爲人質厚沉深，不苟訾笑。與人交，能爲人盡。君賓筵客座，談讌款洽。聞人死喪急難之故，必爲之側席而坐，嗟咨嘆息，坐客皆爲不懽。君之爲勞人志士，連蹇坎軻，其骨相或亦應此，而君子知其必有後也。君諱震暘，字得一，祖諱某，福建布政使司右參政。父諱某，明經歲貢，贈吏科給事中。母陳氏，封太孺人。妻龔氏，廣東布政錫爵之女。生三子，長峒曾也。次曰岷曾、岐曾。岷曾早死，而岐曾猶未仕，人皆以爲國士。女四人。崇禎四年十二月，葬於圓海沙之祖塋。君父祔祖塋于穆，而君葬於次昭，不敢與穆齒，禮也。銘曰：

君嘗涉風，桅傾檝覆。嘯呼掀帆，指血滲漉。長年賴君，以脱魚腹。及乎登朝，波濤粘天。剸蛟驅鰐，冒没九淵。事雖不克，能以身旋。遡君之生，蹇始坎終。死遇渙恩，天晶日融。吁其悲矣！銘此幽宫。

直隸河間府儒學訓導劉君墓誌銘

崇禎十一年十二月三十日，奴兵陷吳橋，訓導劉君廷訓死之。其子爾成以其喪歸葬，奉其叔吏部郎中廷諫所撰行狀，再拜稽顙，屬先友武進惲厥初寓常三千里，謁銘於余。謹按：君字式伯，順天府通州人也。祖諱鈞，不仕。父諱某某，贈刑部主事。母王氏，贈安人。以歲貢謁選得官。奴之掠畿南也，縣令謀棄城走，君要止之，率衆以守。凡三月，奴偏軍嘗我，輒引去，已而盡鋭力攻，令縋城遁去。君入學舍，麾其妾趣去：「我將止死。」屬其稚孫於所善僧隆貴，介而趨南城，誓守者曰：「守死，逃亦死，曷若守死爲滿城忠義鬼乎？」守者嗷然而哭曰：「願爲公死守。」三日夜，城三隅擾亂，獨南城晏然。奴肉薄而登，如牆引射，矢注衣甲，血朱殷，穴胸而出，濡縷屬于屨，君猶強自力束胸拒戰，連中六矢，乃仆。踰月，其子發棺更斂，面如生，須髯奕奕奮舉。喪之歸也，諸生及閭左數百家道哭過車，兒僮傭保，皆剪紙買漿以奠。君兄弟博文矯行，自相師友。吏部侃侃，爲世名臣。君老於明經，亦卒用殉節顯。吏部稱君讀書盤山，諸生以其間藉草坐語，君吾伊自如，口喃喃如夢寐。諸生故叫呶大聲屬其耳，若弗聞也。與人交，無貴賤賢愚少長，處之油油然。好談人善，盱衡抵掌，嚏唾噴溢頤頰，否則瞪目顧視，一言錯誤，面赤墳起，歸自刻責，慚其人者累日。遡君之生平，樂易樸誠，謹畏人也。其臨大節，倜儻自力如此。君之歿也，享年六十有五。娶唐氏，繼室以張氏、王氏。子爾成，郡諸生。孫二人，曰坦、增，增即所屬僧者也，未知其存否。於是君之子葬君也渴，人謂宜需國家之愍綸，以庀大葬，而不克待也。嗚呼！古之人主，于其臣之死事也，得其尸而襚之，道而哭之，引而親推之，或弔其妻，或養其子，可謂備禮矣。士以死國爲市，君以死士爲餌。士之自待與夫君之待士也，不已薄乎？君守師儒之官，無民社之寄，致命遂志，自辦一死而已。向令回翔身後，糜爛七尺，以博半通之綸，此所謂左手據圖，右手刎其頸者也。而謂君爲之乎？以學官死，以士禮葬，傳不資船轝，窆不費錢物，於其致身之初志，庶可以無憾。君之自待，與國家之待君，殆可謂兩得矣。君之子其知之矣。余既爲之誌，於其銘也，變而爲招魂之辭以哀之曰：

胡塵壓兮城堞隳，霹靂車兮聲殷雷。綸巾鎧兮縫衣甲，流矢攢兮短兵接。矢洞胸兮鏃貫腸，膏塗襠兮血漬裳。登空同兮縶我馬，雲冥冥兮絕轡之野。魂不歸兮威靈怒，撫箕尾兮鳴河鼓。幽都廣莫兮魂歸來，蚩尤彗兮玄武旗。篋束腰兮革裹屍，犀軒直蓋兮非我須。夫人兮自有美子，蓀何爲兮獨愁余？梁山隮兮潞沙紆，長終古兮安汝居。

陝西延安府延長縣知縣郝府君墓誌銘

崇禎丁丑，新城張果中訪余請室，爲我稱郝君萬曰：「君萬之父爲延長令，處流賊巢穴中，賊營蔓延數百里，上覆飛鳥。延長公之官，君萬帕首袴褶，負弓矢前驅，以鞭梢扣壘門大呼曰：『我霸州舉子郝傑也，從父之官，過而假道于若。若許我幸甚，不然則我無以見我父，請先死于此，以頸血濺虎落矣。』賊酋壯其言，許之。君萬顧旁賊曰：『我馬痛矣，趣秣我馬。』又曰：『饑甚，趣飯飯我。』賊爲進酒食，飲啗如流。食已鼾睡，鼻息撼壁壘。已而公至，羣賊猙獰髮植，公端坐箯輿中平視，指揮騶從伍伯如也。賊益異之，相與傳送之他壘。過數壘，賊酋有介馬而馳者，君萬躍馬及之，賊笑曰：『能騎是乎？』即以與公。君萬躍上賊馬，挾己馬而馳。所過賊壘，見所乘馬，皆辟易辟道，莫敢誰何矣。君萬出入賊中，熟識酋長部落，具知其營壘行陣，堅瑕虛實。賊環攻延長不勝，諜知設守者假道舉子也，遂逡巡引去。」果中，奇士也。余心識其言。明年戊寅，余出獄。君萬過邸舍，余爲道果中云云。君萬曰：「主臣有之，非傑之能也。吾父之之官也，賣千金之產以行，單車叱馭，剋日就道。父既以身許國矣，傑敢愛死乎？孤城斗大，墟落無人烟，賊設長圍困我。微吾父忠誠感激，父老子弟效死弗去，傑能伸兩臂捍賊乎？圍既解，冒雨循城，墮而折脇，移病歸，數月，城遂陷。延人至今尸祝吾父也，傑何庸之有？」余嘆曰：「有是父，斯有是子，果中之言徵矣。」

公家居六年，脇病寖劇。今年七月二十四日，年五十九，卒于家。君萬將奔喪卜葬，撰次事狀，屬其友楊主事希孔拜而謁銘于余。按狀：公諱鴻猷，字勳甫。先世自秦徙覇州。父諱智，輕財好施，以能成其志。事繼母如母，撫兄之遺孤女如己女，鄉之稱孝友者歸焉。娶于王，生四子：俊、傑、位、佺。俊、佺皆早世。傑則君萬，舉丁丑進士，今官太常寺博士。公器資傑出，少讀左、國、班、馬、南華、鴻烈之書，作爲制義，飇發泉流。北方之學者，未能或之先也。年三十登賢書，晚而與君萬偕入鎖院。君萬既登第，課其孫惟訥，日移漏仆，方吮毫覃思，公已落筆盡數紙，撫而嘆曰：「豎子遂先我著鞭，阿婆雖老大，猶堪壓倒三五少年也。」其倜儻堅強，老而自負如此。銘曰：

幽都北極，野惟崆峒。角立精悍，是生俊雄。賊避單車，民保窮髮。風施鄜延，氣厲勃碣。勤官屯膏，死事質冥。哲人乘箕，孝子見星。海抱岳廻，戴斗之下。我銘幽竁，與此終古。

齊孝廉墓誌銘

齊君諱國璽，字符卿，其先自漢平敬侯受居高陽。曾祖諱能，贈徵仕郎。祖諱敬才，四川都司斷事，贈承德郎。父諱養蒙，文華殿中書舍人，擢戶部江西司主事。母許氏，封安人。君少有夙惠，弱不好弄。孫仲子楚惟以尙書教授爲大師，楚惟者，吾師高陽公之子，而齊君之姑之夫也。君負笈從楚惟游，括羽鏃礪，益宏肆于文詞，今元輔綿竹公從其兄游高陽之門，君與之馳騁上下，不少退次。而同縣李文敏公在史館，亟以英妙目君。年三十，得惡疾，臥蓐三年，與疾試京兆，輒得雋。明年，試禮部，疾甚，不能自力，乃罷歸。未幾而卒。崇禎元年之三月也。年三十有四。妻韓氏，兩浙運使作楫之女。生二子，煜與煌也。既葬之十年，煜已爲諸生有聲，以其姻家蔣戶部範化所著狀，謁銘于余。狀稱君內行淳至，奔其祖之喪，四百里見星而行，不言不食，撫棺慟哭，絕而復甦。家本素封，與朋友交，補衣蔬食，如後門寒素。蓋士之孝友壹行，懷仁藴義者也。而以一舉子病夭，豈不悲哉！嗚呼！高陽之門，海內之雄俊集焉。余犬馬之齒長，故弟畜楚惟，而文敏、綿竹，皆以一飯先子，而君又爲楚惟之弟子。蓋高陽之門長則遜余，而少則推君也。十餘年以來，文敏以故相爲先朝舊臣，綿竹新在日月之際。而君已前死，余則幽憂窮蹙，祈死而不死。蓋少而不遇者莫如君，而老而不遇者莫如余也。今吾師巋然若魯靈光，楚惟兄弟，鄂村競爽，余乃執筆志君之墓，靦然供文字之役，不已悪乎？豈吾師之門，固亦如許商之考四科，鄭玄之薄官閥，而君之子不以我爲老耄而舍我乎？抑亦君之札瘥夭折，爲天所奇左，非世之卓犖偏人，固不足以表其幽而抒其憤乎？不然，則或者君賦命之窮，及其枯骨墓中之片石，猶不獲徼惠于演綸畫詔者，以耀泉壤，而固以屬余也。斯其可悲也已！銘曰：

此子也才，余爲之銘，可以不死。有子而孝，謁余爲銘，斯爲有子。高河湯湯，佳城儗儗。有光如虹，長映箕尾。

博野王秀才墓誌銘

秀才王姓，不知其名，博野人王教官之第三子也。娶吾師高陽公側室之女。崇禎戊寅，吾師闔門死虜，秀才亦死焉。高陽公之長子銓以高苑令奔喪歸，渴葬以俟天子之恩命，哀其妹之早寡，慬而不死也，屬余志其夫之葬。銓之言曰：「秀才之世父諱興，與先君同舉于鄉，吾弟鈴之岳翁也。秀才又娶吾妹，兩家蓋世爲婚姻。其爲人悛悛退讓，攻苦力學，不以家門炫耀鄉里。生于萬曆戊午，死時年二十有一。數生子而殤，遂無後。吾妹煢煢寡婦，秀才之介弟，磨牙相吞噬，賴上官保全之耳。得吾子之一言，以葬其夫，未亡人實藉鎮撫焉。子其無辭！」嗚呼！志其墓不知其人，敍其人不知其名，古未有也。雖然，吾師之子孫，接踵而死虜者，河嶽其相，而鐘呂其音，皆雄駿奇偉人也。秀才爲吾師之壻，相與掉鞅詞場，頡頏下上，知其器資俶儻，非庸庸佼佼者也。吾師之闔門乘城而死，轉戰而死，巾幗襁褓而死，靡不裹創飲血，握拳裂眦。秀才之死，我知其非望風逃遁，引頸而就刃者也。秀才死矣，進而陪吾師之後乘，登頓九天，迴翔帝所，退而與諸子相從，英魂灝氣，乘雷載雲，偃薄宇宙之間。秀才雖死，猶不死也。余老且衰矣，槁項黃馘，視息田間，使吾師含斂之事，愍卹之典，僅託于殿師之夙沙，驂乘之同子，不能扣閽詣闕，以片言自效于師門。余之生，曾不若秀才之死也。已狥銓之請爲之志，以慰其妹之思，而又作招魂之詞以相其哀。銘曰：

天門閉兮九坑瘖，黑水沸兮白溝斷。甲耀日兮城壓雲，虜肉薄兮士爭先。隳斗極兮裂天鼓，列星從兮隕如雨。戈揞喉兮矢穴腸，膏生燐兮骨負霜。結余冠兮整余帶，須龍輈兮雲之際。從公子兮挾鬼雄，怒風悲兮嘯雨靈。魂歸徠兮反故居，祝背招兮婦爲尸。靑春謝兮白日短，蘭膏明兮長夜遲。祀國殤兮陳浩倡，靈娛樂兮聽歌詩。

初學集卷五十三

墓誌銘四

山東青登萊海防督餉布政使司右參政贈太僕寺卿譚公墓誌銘

天啓元年，登萊闕監軍道，譚公以才望推用。公至，則西兵鬨於登，淮兵譟於萊，和門晝扃，邑屋洶駭。公責鎮臣沈有容曰：「撫方杜門謝事，而鎮縱兵譁撫。撫之禍不可知，鎮則何以自解乎？」有容懼，乃傳箭禁戢，捕獲其戎首，衆少定。公曰：「登城斗大，聚卒四萬，月費一萬五千餘金，軍無見糧，囂呼間作。即少定，亦隔日瘧耳。欲保登、萊，非散兵不可。」乃建議請於朝曰：「登、萊海淺多礁石，舟難載騎，奴必不渡，亦不能渡擊奴。此地斷無用此兵，斷不能養此兵。登、萊之民，亦斷不能與江、淮之兵相安於無事。方今遼事敗壞，召募金錢，俱投滄海，不得獨爲江、淮惜募金。倘變生不測，更大費金錢以收拾登、萊，惜費而費滋多，悔無及矣。」乃以出海無期，踐更抽替。未一月，客兵去者過半。登、萊之民帖然，而兵不知其被汰也。自奴酋發難，建三方布置之局，開鎮登、萊。議者以用海爲名，而坐請益兵，獨公之論能如此。島帥毛文龍自詭能搗巢制虜，多馘遼人首以當虜，或毒遼人之舌，購譯者指爲奴俘。公廉得之，縶之密室，與飲食。旬日，舌藥甦，能自言被俘狀，覈實而縱之。海外俘級日侈，交關逆奄魏忠賢，張大其事，覬覦封爵。公堅持之，弗與勘覆。島帥益驕，搆内旨，得舉刺文吏，造蜚語中管餉同知翟棟。緹騎突至，械翟於公座。公歎曰：「以我故累廉吏，而不能救，何以生爲？」憤懣不食，嘔血數升，頓致羸疾。亡何，遂不起。嗟乎！用海以扼奴，用島以掣奴，疆場之虚名也。糜物力以奉驕卒，竭功賞以易僞俘，國家之實禍也。世之謀國者，以虚名則相蒙而不疑，以實禍則相沿而不悔。如公之蚤見梗立卓然而不回者幾人哉！公没五年，而島帥以矯僞被僇。迄於今二十年，登、萊之舟師，未聞以一葦涉海。公之言至是而大驗。然而公之死者已不可復作，而遼事終不可爲矣。嗚呼！其可歎也已！公諱昌言，字聖俞，萬曆甲午舉鄉試第一，辛丑舉進士，知蘇州常熟縣，改徽州婺源縣。外艱服闋，補眞定欒城縣，陞南京兵部職方司主事，轉車駕司員外，陞郎中。内艱服闋，入爲兵部車駕司郎中，出爲福建提學參議，以山東布政司右參政爲青、登、萊海防督餉監軍。天啓五年三月十四日，卒於官，年五十有五。今上御極，其子貞默、貞和，相繼陳請，上念公以死勤事，追贈太僕寺卿，賜祭葬，蔭一子，蓋異數也。公三爲令，計口食俸，齋廚蕭然，摘奸伏，養小弱，省供億，裁贖鍰，清明惠和，所在治理。常熟五年，編傜有不承者，出片紙與之曰：「若果無田無貲不應役者，以此紙自榜於區中，吾不汝禁也。」皆逡巡首服而去。婺源有爭山之訟，鬭殺不解。公封山著禁，有鑿石鎔灰者，罰無赦，而兩家之訟息。開江灣金竺嶺，以避芙蓉五嶺之險，烝徒謳歌，呼爲譚公嶺。欒城荒祲，民逋盜發。公給買官牛，躬督墾闢，鑿井灌溉，履畝耨穫。流亡復歸，盜賊衰止。欒驛支八省，公枝柱勢要，爬搔假冒，中貴人進御，沿途繹騷，抵欒戒傔從曰：「勿犯此彊項令也。」在南兵部，不以閒曹少自假易。在北駕部，抗論四路出師必敗。聞者咸縮頸，既而皆服。督閩學，甲乙殿最，凜如神明。不發私書，事竣，以尺蹏侑原函歸之。閩人謠曰：「來一封，去兩封。」以爲不信視郵筒。」公之爲吏，淸素方梗，獨立行意，茂著風績，皆此類也。性沈毅，能剸割大事，糾紛變故，應手立斷，機張理解，非凡所知。南中縣更錢法，日中罷市，蜂擁衢路，丁司空道遇之，停車下揖，衆益洶洶。薄暮，公勅職方邏卒，持白梏列炬而出，縛首惡數人，傳呼與大杖，一瞚而散，無敢顧視者。福藩之國，詔需馬快船五百艘，船尙艤通灣，待其歸，修艌復往，水涸冰堅，必不能赴。而來春之國之期，將復以王舟不具爲詞，且有後命。司馬仰屋咄咄，計無所出。公建議：「急檄止通灣船勿動，遣官就彼修艌，計往返工費，略足相當。旬月而報完，舟楫已具，則之國無愆期之慮矣。」司馬如其言，事遂竣。藩封大典，舉朝舌敝心嘔，僅而得之者，微公建議，其不以遷延藉口者幾希？公之功，與伏蒲廷諍者並矣。灘令與遼將相搆，令謬以遼兵叛聞。東撫倉皇上疏，檄登兵會勦。登營多遼人，偶語籍籍。公大言曰：「遼將吾將，遼民吾民也，誰敢言發兵者？」卽入營，握遼鎮李性忠手，令飛箭諭濰營，趣遣三騎往，將士皆感泣聽命，東撫蒙幾激大變，賴公一言而定。島帥索勦餉二十萬，詔令汰登兵，那其餉以給發。公曰：「餉可卒那，兵可卒汰乎？此窘我也。兵之汰久矣，餉無庸那也。」一月內足那餉之數，而登無汰兵之擾。公在登以精勤策應援，以恩信結將士，散江、淮烏集之師，輯遼左鷙伏之衆，數定禍亂，不動聲氣，始終以東江進兵爲贋局，直斥島帥爲登寇，不惜身試其毒。而島帥亦嚴憚公，逆自引避。登人謂無公必無登、萊，信也。公爲人疏通樂易，樸誠簡儋。與人語，傾倒輸寫，咳唾時拂人頤頰。端居深念，焚香讀書，其中湛如也。通籍二十五年，先世薄田敝廬，一無所增益。朝鮮李倧弑其主，介島帥攜重賂以請於朝。故事，使舟從登上，公斥而拒之，乃迂道繇天津。卒之日，床頭文籍，封識宛然。箱篋空虛，不加鎖鑰。含斂時，如道旁僧舍。士庶縱觀，街號巷哭，靡不嘖嘖稱眞廉吏也。譚之先，出於山陰，永樂間徙嘉興。曾祖諱起鳳。祖諱可賢，太學生，選授通判。父諱守範，贈福建提學參議。娶嚴氏，封淑人，齋莊淑順，具有儀法，佐公以廉辨起家，後公八年卒。生子六人：貞默，進士，工部虞衡司主事；貞和，貢生，以蔭入太學；貞易，庠生；貞良，以五經中崇禎壬午鄉試；貞碩，中天啓辛酉鄉試；貞竑，庠生。女三人。孫男十六人，女十二人。葬於白茅都一陽圩之新阡。嚴淑人祔焉。葬之後十八年，貞默謁余請銘。公令常熟時，余爲書生，揖余而語曰：「吳中士大夫，田連阡陌，受請寄避繇役，貽累閭里，身歿而子孫爲流傭者多矣。君他日必自表異，以風厲流俗。」余常過公之里，訪問其素風，然後知公之所以朂余者，蓋信而有徵也。貞默巋然負經世之器，吾畏友也。銘何敢辭？銘曰：

公才有餘，其志則窒。拮据棘手，酸辛嘔血。公文甚富，而家則貧。冰稜玉尺，稱其爲人。士歸赤誠，吏絕瑕謫。眞氣澒洞，歸返大宅。書策納棺，帝命不假。掩詩於幽，以告來者。

湖廣提刑按察司副使許府君墓誌銘

府君諱成器，字道甫。許之族出於高陽，唐亡，遠孫儒自雍入江南，儒孫規羈旅宣、歙間，遂家宣州，語在王介甫許氏世譜。祖萬相，知巫山縣。父某，舉進士，河南按察司副使。母某氏。君年十四，河南公守職方，閱視寧夏，屬君居守邸舍。君攜樸被宿於周廬。邊帥夜囊金扣門，君呼廬兒列炬火，闔門而叱之曰：「趣負去，不去，將縶汝。」河南公歎曰：「兒他日亦廉吏也。」河南公沒，哀毀幾滅性。終喪，舉應天鄉試。數試春官不第，署常熟縣教諭。

君爲諸生，從寧國守盱江羅公講學，尊其所聞，以敎邑之子弟。摳衣升堂，頌禮雝肅，孝秀競勸，榎楚廢弛。任滿，遷翰林院孔目。乙科官遷除多州郡冗長，而君自孔目陞司務，歷戶部、都察院、吏部，陞兵部武選司員外郎，歷車駕司郎中。皆通班要地，世所以待射策甲科者也。少宰楊端潔公署吏部，楊方嚴，四司官候門不得見，每獨召許司廳與語。楊卒時，惟兩蒼頭守舍。君庀治喪事，殫竭誠信。太宰富平公歎息以楊爲知人。在車駕，值福藩之國，舟楫銜尾，烝徒宿戒，藩封不得藉口改延，君之勞也。陞湖廣副使，備兵辰沅，拮据以詰戎備，爬搔以給軍饟，淸嚴以御土司，恩信以結蠻峒。鎭、筸諸苗，以雜處剽棖闌，君禽而薙之，歸逋逃，正疆理，而蠻荆帖服。平偏四衞，以孤懸偪戎索，君闢而除之，立營哨，絕嚮導，而滇、楚通道。辰州守瞿君汝稷有治蠻書，極陳勦苗生事之害，君奉爲律令。五開土司，讎殺日聞，布威信，曉禍福，咸搖尾聽命。本君善用瞿所著書，得制馭之法也。在沅三年，以年至乞致仕。五谿之民，皆歌思立祠。歸而爲德于鄉，存問故舊，收卹貧嫠，角巾布衣，契闊談讌。又三年而考終。鄉之人以爲孝友淳備，名行修立，稱其爲鄉先生也。羣請祀之於學宮。君以萬曆丁巳十二月廿五日卒，年七十有二。妻胡氏，繼妻汪氏。子四人：士恆、士恂、士銓、士愉，皆爲諸生。某年某月，葬於荷花形之祖塋。余少識君於廣文時，長而習君長安。其爲人樂易誠篤，議論依名實，寬然長者也。漢世重長者，史稱建陵侯、塞侯、張叔，皆以誠長者處官，自不遵古人持己用人之法。世之爲聰明立聲威者，往往能傾士大夫以干天下之譽。其有訥言敏行，稱爲長者，固不求見於世，而世亦罕能知之也。然君之潔身積行，所至樹立如此，則長者之爲行，是豈可輕也哉！銘曰：

忠信篤敬，可行蠻貊。臯比蜚聲，槃瓠載德。大冠將將，褒衣抑抑。彼都人士，眎此斲石。

扶溝縣知縣贈南京湖廣道監察御史左府君墓誌銘

君諱史，字子箴，西安府耀州人也。曾祖諱進，封大理寺評事。祖諱倫，贈承德郎。父諱思明，知永城縣，陞趙州知州。趙州起家乙科，君起明經，後先爲令中州，皆以廉惠顯聞，沒而其民祀之。君初除光州訓導，摳衣升堂，頌禮甚嚴，計口食俸，與弟子員共之。橫經講德，歲時鄉射，彬彬如也。署遂平、固始，皆有異政。遷知扶溝縣，三月而政成，五月而以官卒。君之蒞扶溝也，朝國人而告之曰：「縣多奸猾，積爲民患。令具有主名。嚴將不治前事；風告不改，即收捕致法，如扣囊底耳。」縣中傳相悚懼，莫敢相試。奸民把持掾吏短長，告訐抵罪，遂長子孫，爲吏舞文作奸，通行爲囊橐。君鎖吏舍門，盡逐去，擇小史謹愿者補吏，延它邑老獄吏教習律令。踰月，漸次通曉。手定爰書，吏俛首繕寫，肩髀如壓巨石，莫敢仰視。它吏如木偶植立堂下，舒鴈相望，竟日不知令案何事、斷何獄也。民多鬬殺，盜賊充斥，囹圄恆滿。君講習鄉約，用古教化民，有壹行表異，雖華門圭竇，月三往拜焉。立重囚于庭，吏披記籍，數其罪狀，以次受掠，血肉狼籍，觀者咋舌汗下。兩帀月，獄訟衰止，人有悛心矣。縣故多盜，平沙百里，秫田彌望，盜行刼，輒鳥獸散，莫可誰何。君設法購斬。盜發某保，刼某家，保正保副督鄉兵往捕，置二驛馬，尅時報縣。縣發馬兵八人，分四路偵賊去所，發兵十六人，再發二十四人，亦分四路要遮鉤擊，賊向何路逸去，則偵者以報。收案所去路兵，罰無赦。盜賊最桀黠者，用子時發，不能過午時卽得。彌月，盜無留跡矣。縣西北地庳下，水潦聚焉，河盜則助河爲患。君行視商度，疏決壅積，淺者堰之，深者坡之，腴者稻，窪者漁，淖者藕，家各占業，人爲勸課。縣北竟鄢陵、尉氏，地勢尤下。三縣民互相穿穴，或竊塞張單口、惠民河，則河盜如烝。又或盜決秦家崗三十六陂，則水決如霤。君躬自相度，止舍離鄉亭，總計三縣病利，作均水約束，刻石水畔，三縣共守之。援遼兵取道中州，所部畏其擾也，檄君駐襄城鎮之。君遣人入楚，籍記其將領部曲，某兵前驅，某兵後拒，車馬芻牧，各有成數。乃按籍定約，儆次舍，庀餱糧，峙器用，供給資糧屝屨，斥候鈴柝，軍聲肅然。援兵所至如歸，自襄城歷彰、衞，出磁州，居人按堵，市不改肆。入邯鄲境，卽脫巾大譟曰：「何不如左知縣好逆我？」大掠潰去，首將自刎。遠近嘆服，以謂君有文武大略，能當幾馭變者也。君視事浹月，政聲籍甚。旁近邑爭訟不決，皆願得左君按治，死且無恨。黠者僞稱扶溝民，投牒上官，冀得下左令。君益自喜，爲治益力，晝循阡陌，夜決詞訟，午夜不交睫，徑旬不休沐，遂過勞發病以死。君死之日，百姓市道慟哭，相與賦斂致奠。醊喪西歸。民庶設槃案于路，號慟聞二百里。君之治扶溝，與趙州之治永城相似，五十年之中，祠屋相望也。萬曆乙卯，君視篆固始，仲子佩玹舉于鄉，永城父老走會祠下，植竿註旌，大合樂以饗之。佩玹後用沙河令察廉，除南京湖廣道監察御史，贈君如其官。三世以循良顯，所謂有作令家譜者也。往余待罪國史，論次本朝忠良吏，附兩漢之後。隆、萬間，徐氏九思、貞明令句容、山陰，父子政迹茂異，今又于左氏得永城、扶溝，何寥寥也？豈有如永初之詔，所謂求之其勤，得之至寡者乎？抑亦勸課風厲之德意，未能及兩漢而有司亦鄙傳其官，如所謂游光揚聲，拜除如流者乎？循良之蔑聞，此弊吏之無法，而民生之不幸也。余故誌扶溝之墓，詳載其法行，他日以上史館。君卒于萬曆己未七月初九日，享年六十有五。娶任氏，繼室曹氏、王氏，皆贈孺人。子三人：長佩瑋，早夭，次佩玹、佩琰。女二人：適辛綿宗、宋篤忠。孫男女九人。佩琰與佩玹之子重光，亦舉于鄉。而佩琰實來謁銘。墓在某地之某阡。君生七歲，母安安人卒，哀毁如成人。事繼母宋至孝。歷官受俸，未奉母不敢先食。喪至自扶溝，母馮棺哀慟，絶而復蘇者三。最君之生平，蓋孝友忠信，篤實光輝之君子也。銘曰：

漢有良吏，樂府流傳。弦歌薦祀，安陽亭西。扶溝勤死，風愛郁然。我銘幽竁，國史考焉。

承事郎平樂縣知縣郭君墓誌銘

平樂在嶺表爲府治，灕瀧險惡，瑤、僮雜處，官其地者，用漢法治人，而用夷法自治。睢盱膭眊，流官之于土，其相去者幾希？錢塘郭君爲平樂令大治，攝修仁亦治，政聲流聞。而不幸以勞瘁卒官。萬里輿櫬，天之困賢吏也，亦用資格耶？嗚呼！可悲也已！平樂民殺人商肆前，前政已得主名，復牽連坐羣商，考問時震雷擊案者再。君下車，悉縱舍之。越人相告曰：「活羣商者，雷公與郭公也。」卻羨餘，斥贖鍰，魚蔬菜茹，必平價而後取。養少弱，惠鰥寡，案治奸民猾吏，奮髯抵几，越人服其廉，說其慈，憚其彊，是以大治。而其御瑤、僮尤有法。修僮、象瑤相讎殺，監司議用兵，君曰：「夷鬭，我何與焉？謹斥候，禁闌出而已。」永福瑤鬭峒中，倉皇告變，魏潭至荔川數百里，舉烽燧，設塘報，一夕數驚。君自修仁還，撤兵罷戍，慰父老趣歸安枕，竟不見一賊，竟內晏然。水桃村僮刼覲官，沒其田，餉兵吏沒他僮田，俘其子以邀贖。僮嘯險拒命。君曰：「田宜沒，何贖？不宜沒，又可贖，質子何爲？」命罷遣之，僮父子相率首服。夷人安土重舊，畏官府，文法吏利其賂贖，重困之，夷輒服毒藥斷腸死。迄君任，夷無毒死者。夫瑤、僮亦人耳，罰不止清酒，而贖必求倓錢，侵擾迫脅，馴至用兵，是豈知山襄毅之受教于鄭牢者哉？君之治夷，在西南可著爲絜令者也。君諱一緯，字維垣，其先陜西西安人，勝國時始遷于杭。祖諱世賢，封刑部主事。父諱孝，嘉靖乙未科進士，貴州按察使。繼妻江安人生君。君少負志節，布衣勤學，江安人病革，命婢以巾箱遺君，君拜而受命，旋以獻其兄，弗忍視也。受易里中江生，遂以易爲大師。天啓元年，用易舉于鄉，署桐廬教諭，以文學禮義爲官。崇禎八年九月卒，享年五十有九。妻孫氏，生三子，代、仕、侢，皆弟子員。卜葬于秦亭山祖塋之傍，而代來請銘。余初入史館，得侍崇仁吳公，公曰：「闈中評文，有甚予者曰：『是年長矣。』應之曰：『老成人不可不惜。』又曰：『是將不登甲榜。』曰：『得良乙榜亦可矣。』」余得君於乙卷，讀其論而收之，良亦此意。自今觀之，君之所就，與甲榜壯盛者未知孰多？而余于崇仁所云，亦可以無愧也。敍而識之，亦以著前輩道義相勗之意云耳。銘曰：

千章之木，蔽于蒿萊。我落其實，而取其材。材不大試，實則允食。銘以昭之，亦以志恤。

明故陝西鞏昌府通判錢君墓誌銘

鎮江有好學修行之君子曰錢君翃之，以明經起家，爲山東萊州府膠州州同知，遷陝西鞏昌府通判，以年至致仕。講德譚道，爲鄉先生，凡十餘年以卒。其子玄以戶部郎中賀君烺之狀來請銘。於乎！自宋以來，儒者各唱師說，以立門戶，謂之講學，而姚江之良知爲最盛。世之談良知者，其是與否，吾不能知也。以謂莫若反而徵諸其人，以其人爲質的，而學術之是非較然矣。君少即有志於問學，聞良知之指，有所契合。會以貢入南雍，江西鄧文潔公、楊端潔公皆官留都，君摳衣兩公之門，往復扣擊。及其官膠州，楊公爲吏部侍郎，檄致君銓曹署中，是正所著書，浹歲而畢，故所得於端潔者爲尤邃。君居官，計口食奉，蕭然如老書生。膠州有孟公堂，宋蘇文忠公遺跡也，刻後杞菊賦於石，陷置壁間，時時誦之以自廣焉。州有軍丁戶絕者，臺使者欲勾補之，君奮筆署其牘曰：有軍不清，官之疲也。以民代軍，官之橫也。臺使者怒甚，卒不能奪君議，然亦竟以此知君。鞏昌通判分駐西寧，逼處土番，覈兵餉繕，城堡戒嚴以待變，而又請於監司，貰番酋就擒者以風動之，諸番感讋，卒以無事。其去官也，惟載長安石刻十三經以歸，顔其堂曰石經。峩冠深衣，與諸生端拜講貫，老而不輟，此君之生平也。君其有得於良知之深者耶？抑亦扣擊于文潔、端潔而不自有其少學耶？抑其進而求諸古人之學，知而允蹈之，而不復涉歷乎近儒之門户也？然則世之講學者，以君爲質的焉其可矣。君感端潔公之知遇，晚年走數千里，漬酒墓下。其在長安，故丹徒令龐君時雍抗疏忤權要，交知縮頭莫敢問，君獨送之國門，執手而別。君之剛毅特立如此，其所得于問學者，要不可誣也。君之卒，以天啓壬戌二月二十四日，年七十七。配呂孺人，先君十六年卒，年六十一。孺人與君合德，自學以至宦成，篝火宿肉，内外斬斬。子一人曰玄，以某年某月葬君于丹徒縣之黄瀧，合祔呂孺人塋。銘曰：

錢氏武王始開迹，點簡扈蹕徙厥邑。雲洲傳芳弘祖業，有子七人君奕奕。樸學拙宦絶藻飾，元氣浩然返玄宅。厥子辭賦美金璧，後如有聞訊兹石。

封監察御史謝府君墓誌銘

鄞縣謝府君，諱一爵，字君錫。其先出晉太傅。宋丞相深甫自台徙慈之香山，再遷鄞之月湖。祖諱瑜，考諱九臯，世有壹行。君以次子太僕寺少卿三賓封陝西道監察御史，以崇禎八年二月廿四日卒，年六十有四。其配孺人周氏，以是年十月廿七日卒，年六十有二。三賓與其兄三階弟三台、三卿，以崇禎十三年某月甲子，合葬君夫婦于郡西翠山之陽。三賓，余門人也，狀君之行來乞銘。掇其語爲銘曰：

謝自太傅，家於東中。宋有丞相，外屬後宮。自台徙鄞，華胄遙遙。柱史卜宅，食於契龜。祖考載德，閟其芳塵。長源洪柯，三世乃振。君少秀出，及壯砥礪。枕籍書詩，穿穴窒疑。踔厲風發，作爲文章。丹黃勘讎，其書滿箱。高冠長劍，有志當世。七制三略，藏弆腹笥。行河救荒，防邊禦虜。如醫有方，如弈有譜。隱而求志，壯不逢年。仲子長矣，頭角嶄然。君曰三賓，克繼我志。我其已哉，係遯有憊。三賓爲令，東海之隅。告誡促數，嚴于簡書。爾爲爾邑，我爲我家。如農有畔，安知其佗。耕則有鉏，刈則有筥。朝齏暮鹽，不以累汝。嘉定之政，吏畏民懷。察廉舉尤，登於西臺。孔賊狂猘，踏登掊萊。帝曰三賓，女往視師。君聞師命，欷歔感發。扣其囊智，以佐撻伐。擐甲即死，獲醜乃還。愧我老矣，不從行間。我師復登，賊遯浮海。帝庸晉秩，以勞敵愾。來歸飲御，燕喜便蕃。鐃歌鼓吹，戎車在門。愷樂方獻，讒言孔興。君曰何傷，白璧青蠅。世方小往，我則大歸。從容燕笑，飭巾之時。先甲三日，話言琅琅。尅期揮手，如旅俶裝。惟君平生，崇智卑禮。孝乎惟孝，友于兄弟。愔愔吉人，虚止靜默。簾閣帷燈，凝塵蔽席。花下閉關，竹間扃戶。東阡南陌，杖屨可數。旁搜博覽，百家之書。其尤精者，青囊青烏。醫通國能，葬識地脈。活彼黎庶，妥我兆宅。翠山之陽，馬鬣牛眠。君所相卜，今則藏焉。君生五男，四爲食子。五幼而殤，女嫁人士。諸孫競爽，高門有慶。賓子于宣，克舉于鄉。君之子女，皆出周氏。維周淑慎，作配甚似。克共克儉，允孝允慈。制書褒美，稱爲母師。生而媲德，死則同穴。松柏丸丸，高墳石闕。史傳壹行，亦載列女。我儀圖之，民鮮克舉。梔貌蠟言，流爲丹青。大書深刻，慚彼幽扃。述德纘言，惟君有子。庶無媿辭，訊于舊史。舊史樸學，質勝斯野。掇其緒餘，以告來者。

曹府君墓誌銘

崇德曹廣，舉崇禎庚辰進士，歸而將葬其父，乞銘于舊史氏錢謙益曰：「廣之先世，家歙之巖鎮，以貲雄里中。吾祖逐什一，行賈于浙，樂崇德之土風，將卜居焉。吾父生于斯，長于斯，念先人之遺志，命吾兄弟毋去此土也。曹之定居崇德，自吾父始也。吾父年十二，即代吾祖治家政，有獄訟于會城，僮奴千餘指，鴈鶩行列，莫敢陜輸流視。市少年以殺人誣中表，連染吾祖，三年未白，往見錢塘令，拂衣奮袖，詞辨蠭涌。令大悟，立置誣訟者于理。吾祖自此得騎從出入閭里，雍容修長者之行矣。吾父性行高邁，口不道錢貨。吾祖歿，執其手而語曰：『吾傳食伯仲間，獨久慁汝。吾病，汝逾月不解帶，良苦也。有汝母私蓄千金，以償汝。』父頓首謝。已而瓜分之，不忍私一錢也。爲邑令重客，出富人以誣坐論死者，其人數輦金錢以謝，拒弗與通。桀黠奴以盜貲繫獄，獄吏來告，彼得出，必致死于公，請爲公殺之。父笑曰：『吾豈以我它日之死，易彼今日之生哉？』奴竟得出。吾父少讀書，負經濟，數踏省門，視一第如拾芥。萬曆甲子，以國子生試南畿，故人有大獄，親知縮首，莫敢過其門，傾身爲之囊橐，奔走盡氣，病大作，弗克試而歸。歸而數病，遂不起。吾父嘗語曰：『南闈之役，失一舉，得一友，所得奢矣。』嗚呼！豈知其并以失身也哉！吾父之才，可以先人，其志與氣，不能後于人。而抑沒不自聊以死，則天也。其歿也，顧視妻子，無可憐之色。自述其生平，命筆志之，壹似重有屬者，不能舍然于身後。其可知也，敢以請于夫子，夫子其哀而銘之。」謙益曰：「府君蓋孝友順祥，深中篤厚之君子也。其行己也比於節，其御物也近於俠，要以仁心爲質，修業而息之。至于子而發聞于後，宜矣。是宜銘，」府君諱以成，字玉汝。祖祺，父弘淮。先世皆葬於歙，今卜葬崇德，府君之志也。卒于崇禎甲戌三月十三日，年僅四十有四。娶程氏。子五人：序、廣、度、修來、廡。女子嫁仁和鄭錤。葬以某年某月甲子銘曰：

君子五人，序廣長成。伯仲競爽，廣先序鳴。廣也英妙，翺翔上京。明發不寐，有懷嬛嬛。銜哀述德，以乞斯銘。我銘旣勒，乃卜佳城。隮山廻水，叶彼經營。仁人孝子，惟後之贏。

明故徐府君墓誌銘

太倉徐文任將葬其父母，謁銘于其友太史氏錢謙益曰：「吾先世望東海，吾冑于國初之福孫公，後十代，吾父也。福孫公自長洲徙崑山，籍茜涇里，弘治中，割隸太倉州。曰東漁公者，吾曾祖也。曰南平公者，吾祖也。吾父性莊強子易，有氣略。其接人煦煦，口出氣恐傷物，有不平則肆言折之，不畏彊禦。其理家，囊篋細碎，無所遺漏。緩急叩門，手提數百金，如棄涕唾。州有大凶裁及力役鉤稽之事，吾父急病耆事，具有條法，州人賴之。吾從祖御史公既貴，吾祖嘗嘆曰：『叔也能大吾門，雖然，不如吾之有收子也。』御史殁，遺孤漂搖，如轂之未卵。吾父曰：『先人有墜言矣，必再立叔氏。』傾貲竱力，屢速于訟弗悔。人咸謂吾父能子，謂吾祖能知子。州多高門鼎貴，吾父以國子生入貲，授光祿寺署丞，終老其家。州之人每舉手相謂曰：『猶望徐公也。』萬曆三十八年，吾父殁，年七十九。又七年，吾母終，年八十五。吾母太原王氏也，事君姑，遇子婦，皆有節法。吾少多四方之交，吾母宿膏火治具，至老不倦。生子男三人：大任光祿寺署丞，尹任蚤死，文任則吾，其幼也，今爲國子生。女子嫁顧文謨。孫、曾孫男女若干人。將以今年十一月，合葬于某地之新阡。葬宜有銘，吾子辱與文任游，又于辭直而不華，願有刻也。」謙益曰：「今人睎友道如糞土，獨文任堅勇自憙，以交友聞于人，爲難能也。雖然，亦其父母成之也。文任有友曰西安方應祥，字孟旋，年四十，未有子，府君命文任相睍婢之宜子者以予應祥。夫人躬庀裳衣，具膏沐，教誡而遣之。應祥見于府君，摳衣趨隅，執子弟之禮。府君歿，拜夫人于堂下，夫人亦闔門見焉。謙益之友于文任久矣，敢不諾而銘諸。」東漁公諱忱，南平公諱整，府君諱可久，字復貞，今年實萬曆四十七年也。銘曰：

徐氏先世，本自伯益。十望其九，載在史册。東海僑郡，播遷吳中。必復其始，羣支海東。福孫之後，光祿廓之。仁孝襲訓，委祉來茲。于德爾劬，于家爾贏。匪家則贏，惟後之成。婁江滔滔，幽室渠渠。隧道之石，多于儲胥。惟公有子，謁文于友。篆此銘章，以告遠久。

漳浦劉府君合葬墓誌銘

漳浦劉履丁以諸生應辟召，擢鬱林州知州，將歸葬其父母，而謁銘于舊史氏曰：「履丁之先世，自光、固徙莆田，元末有尉漳浦者而家焉。正德甲戌，曾大父友仁與從叔勳同舉進士。勳以諫南巡廷杖，巡撫寧夏，爲莆名卿，而曾大父歷郡守至參政，有聲跡，劉於是乎始大。大父諱祥鷴，爲諸生祭酒，年八十猶踏省門試。元配鄭無子，有二側室，各生二子。而先君與伯氏，其母林也。先母黄氏，其父郡守公，理學鉅儒，與從伯父國徵、介徵同鄉舉。先母年十八歸于我。先君二十爲諸生，含英浮華，蔚有譽處。先母習禮明詩，閨房之内，朱黄研席，與刀尺錯互，燈火青熒，儼然士友也。嫡母既没，諸姑妯娌爭產速訟，磨牙吮血。先君分甘讓肥，所自予者，皆寢丘之田，西益之宅。先母無後言，撫其子姪，必先己子。賓祭冠昏，皆于我乎取，先母無難色。先君晚而習静，好江門餘干之學，焚香盥饋，梯几簾閣，凝塵蔽榻，雙趺隱然。先母儉樸静好，華髮相莊，四十年如一日。先君即世，家廟綽楔，不能保一畝之宫，揮千金復之，如棄涕唾，人咸以爲丈夫女也。先君居常目二子曰：『癸也食子，丁也收子，癸之所不可知者年也。』先母授二子書，瀾翻成誦，乃令就塾。每誦衞詩先君之思，以朂寡人，未嘗不流涕覆面也。先君歿七年，而癸補弟子員，又六年而丁始應省試。先母歿九年而丁應詔得授一官。今將以某年某月葬先父母于某地之阡，風停樹静，有懷二人，養生送死，無可爲者矣。丁聞之石齋黄夫子，惟夫子之言，質而不華，可以信于後，願有述也。」余曰：「子之夫子，吾執友也。古之爲文者，必有所徵，余之知履丁以其師，知履丁之父母以其子，可謂有徵矣。其忍不銘？」銘曰：

劉氏二徵始有聞，唯君金友儷玉昆。厥配媲德昏孔云，萬曆壬子君歸神。四十七齡生不辰，距生嘉靖唯丙寅。後十九年配亦湮，六十始壽加三春。三男子子癸丁辛，癸也早喪二子存。二女如玉達孚尹，朱孝林節播鬱芬。丁也筮仕蒼梧濱，立堂石闕崇高墳。鬱林廉石比貞珉，大書深刻鐫斯文。

嘉定張君墓誌銘

崇禎六年十二月，嘉定張鴻磐合葬其父母於南翔龔家浜之新阡，泣而乞銘於余曰：「鴻磐之先世，自祥符徙松江，國初居南翔。嘉靖中有名任者，起家官開府，而其從弟以軍功授涇陽驛丞，以卑官自著稱者，吾祖也。吾父少自力於學，橫經籍書，寒抄暑講。踏省門五六，不得一舉。授徒百里外，歲時覲省，自傷貧而違親，未嘗不泣下也。以膏腴讓昆弟，退而居於槎浦，荒江白葦，老屋數間。二親之腆洗不乏，而朋好之過從有餘歡者，恃有吾母也。吾父歿，鴻磐生十齡。後二十年，爲天啓甲子，吾母亦歿。吾母之生於世，視吾父稍羸。迻往事居，艱苦萬狀，凡以終吾父之事也。鴻磐長矣，而困於諸生。吾母歿又數年，而尙無以葬，是以痛不思生，而又病不敢死也。癸酉之冬，慬而襄事，爲之側席而坐，佽助窀穸之役者，同里侯豫瞻、大梁張子襄也。以鴻磐之不肖，親死不能葬，而又忍死而乞銘于夫子，其不獨以昭吾親，且不沒吾之所以葬吾親者也。夫子其謂我何？」余曰：「子之父有高才而無貴仕，子之母有令德而無厚祿，子之乞銘以昭之，宜也。若子之葬其親，則又何媿？？

夫潔身修行，不辱其親，此南陔之孝子所有事也。若夫顯融富貴，時至而起，則天也。記不云乎，斂手足形懸棺而封，其誰有非之者哉？繇此觀之，世之生榮死哀，傾動流俗，而其爲聖賢之所非者必多矣，子又何媿？古之孝子，祭其親也，則必求仁者之粟。祭如是，葬其可知也。豫噲、子襄，今之有名行人也，其助子之葬也，斯亦可謂仁者之粟矣。乞銘以昭其親，又不沒其親之所以葬。詩有之：孝子不匱，永錫爾類。子與二子交相錫也。法皆宜銘。」張君諱承寵，字君昵，享年四十有九。妻王氏，享年六十有八。男一人，鴻磐，娶李氏。女一人，嫁嚴某。銘曰：

藏之固，剡之深，斯之謂不朽。不義而富且貴，蟿桓氏之槨，而題原氏之阡，於吾親何有也？嗚呼！日月有時，吾亦將渴而葬其母矣。

初學集卷五十四

墓誌銘五

李長蘅墓誌銘

長蘅姓李氏，諱流芳，其先徽州歙縣人也。其祖贈奉訓大夫諱文邦，始徙嘉定。文邦之子諱汝筠，繼室以陳氏生長蘅。長蘅風流儒雅，海内知名者垂三十年。其殁也，識與不識，皆聞而悲之。然長蘅之生平，孝於親，友于兄弟，澹蕩於榮利，而篤摯於君臣朋友，則世未必盡知之也。長蘅少有高世之志，才氣宏放，不可紲羈。自其兄翰林君蚤世，始撫心下氣，求工應舉之業，以慰其父母。更十餘年，與予偕舉南京。當是時，長蘅之年漸長，而又以爲不逮其父，雖橋袖趨時，其中固已不能無厭薄之矣。再上公車不第，又再自免歸，皆賦詩以見志。自是絶意進取，誓畢其餘年暇日以讀書養母，謂人世不可把玩，將刳心息影，精研其所學於雲棲者，以求正定之法。未久而病作，猶焚香洮類，手書華嚴不輟。又以其間寫唐、宋大家詩至數十帙，皆未就而卒。嗚呼！其可悲也！長蘅事母，色養甚備。敬其長兄，撫其弟妹若姪，絕甘分少，皆人所難能者。顧不修事飭邊幅，以孝謹取名。與人交，落落穆穆，不以握手出肺肝爲信。磨切過失，周旋患難，傾身瀝胷，一無所鯁避。平居不入公府，譚居間竿牘之事，輒頭面發赤。家貧，資修脯以奉母。稍贏，則以分窮交寒士，卒未嘗立崖岸之行，以潔廉自表襮也。性好佳山水，中歲於西湖尤數。所至詩酒塡咽，筆墨錯互，揮灑獻酬，無不滿意。山僧榜人，皆相與款曲軟語，間持絹素請乞，忻然應之。其爲人和樂易直，外通而中介，少怪而寡可。其於君臣朋友之間，大節確然，不可得而犯干也。歲壬戌，廣寧陷，都城震驚。遂喟然束裝南歸，其意以爲母老身未仕，猶可以無死也。以可以無死而歸，則其不可以無死而死焉必也。假令世不幸而有有唐天寶之事，苟受一命如王維、鄭虔之爲，我知其必不忍也。丑、寅之交，每竊歎曰：「事不可爲矣！」往往縱酒無聊，至於泣下。遂病咯血不能止。病且革，聞余被放，撫枕歎詫。亡何，遂不起，崇禎二年之正月也。享年僅五十有五。嗚呼！其尤可悲也！長蘅交知滿天下，其少所與游處曰鄭胤驥閑孟、王志堅弱生，故其子娶閑孟之女，而其女歸弱生之子。其尤敬愛者曰程嘉燧孟陽，孟陽謂長蘅書法規橅東坡，畫出入元人，尤似吳仲圭，詩彷彿斜川、香山，晚於格律更細，尤歎賞臯亭、南歸諸篇，以爲非今人可及也。長蘅既亡三年，以今年二月某日葬南翔之祖塋。其子杭之泣而言曰：「宜銘吾先人者誰乎？有先人之友程與錢在。」孟陽曰：「吾老矣，過時而悲，不能文也。銘莫如錢氏宜。」於是杭之纍然喪服來徵銘，孟陽助之請尤力。嗟乎！長蘅精勤學佛，既了然於去來之際矣，余銘之不勝其悲，其以余爲怛化已夫。銘曰：

雲棲之教，落日懸鼓，西方爲家。華嚴樓閣，涌現筆端，重重開遮。人世瑣碎，譬大海水，跳擲魚蝦。姱修介節，紛然建豎，猶算河沙。命耶才耶？簸頓屈信，其又奚嗟！文章紛繪，留世間者，燦爛春花。後千斯年，與此銘章，倬爲雲霞。

王淑士墓誌銘

余爲諸生時，與嘉定李流芳長蘅、崑山王志堅淑士交。已而與長蘅同舉於鄉，萬曆庚戌與淑士同舉進士。三人者，器資不同，其嗜讀書，好禪説，標置於流俗勢利之外則一也。長蘅没，余哭而銘之。今又哭吾淑士，而其子又以銘爲屬。嗟乎！余衰遲無用，久居此世，天其憖遺之以銘吾友乎？其可哀也已！淑士初任戴冠，其字曰弱生，與長蘅同研席，爲詩文已知法唐、宋名家，而深鄙嘉、隆之剽賊塗塈者，以爲俗學。窮經辨志，有古先儒者之風。及官南駕部，雅不欲以游閒談讌，把玩日月。而又謂隨俗詩文，徒以勞神譁世，非有志者所爲。乃要諸同舍郎爲讀史社，九日誦讀，一日講貫。移日分夜，矻矻如諸生時。少閒，借金陵焦氏藏書，繕寫勘讎，盈箱堆几。嘗爲詩懷長蘅曰：「一編餘故篋，字畫厤姑細。彷彿共丹鉛，深夜重門閉。」亦自狀其居官況味如此也。通籍二十餘年，服官僅七載。後先家居，薄榮進，寡交游，壹意讀書。而其讀書，最爲有法。先經而後史，先史而後子集。其讀經，先箋疏而後辨論；讀史，先證據而後發明；讀子，則謂唐以後無子，當取說家之有裨經史者以補子之不足；讀集，則刪定秦、漢以後古文爲五編，尤用意於唐、宋諸家碑誌，援据史傳，摭採小說，以參覈其事之同異，文之純駁。蓋淑士深痛嘉、隆來俗學之敝，與近代士子苟簡迷謬之習，而又恥於插齒牙，樹壇墠，以明與之爭，務以編摩繩削爲易世之質的。其自任最重。讀佛書，研相而窮性，闡教而闕宗，手寫華嚴至再，著太上感應篇續傳，以輔翼因果之書，闢以楷柱世之盲禪，而不輕與之辨駁，亦此志也。南駕部秩滿，陞僉事，提學貴州，辭疾不赴。用言者薦，起浙江，以母憂歸。再起，提學湖廣，卒於官。淑士恂恂，體若不勝衣。居官執法，屹然如山。南駕部典司勘合，不以片紙假人。所至守律令，謝請託，理寃抑，問疾苦。手削爰書，雖老於文法者無以過。其在浙也，議鹽法者欲行溫州票鹽以佐餉，議水利者欲盡隳諸壩，客艘直達會城，皆名美而實不便，力陳其不可而止。其奉職循理，不欲爲好名生事，皆此類也。督楚學，惇行崇禮，好古教化，楚士聞其公而喜，覩其明而服，習其反覆教誨，出於至誠，莫不洗心回面，誓不忍負。方奉旨紀錄，爲海內學政第一，而竟以勤其官死。嗚呼！其斯以爲文學政事，彬彬文質之君子歟！往長蘅語余：「子才高意廣近於通，淑士小心精潔近於固。我通不及子，固不及淑士，然居二子之間者必我也。」今長蘅之風流儒雅，與淑士之束修好古，皆足以傳於後世，而余獨棲遲連蹇，老而無成，執筆而志其葬，其能無愧色已乎？王氏出琅邪，十六世祖某，爲崑山州學正，始家於崑。曾祖諱三錫，知河南光州。祖重鼎，贈奉直大夫。父諱臨亨，知杭州府。母張氏，生三子，淑士其長也，仲志長，季志慶，皆舉於鄉，以文行有聞。妻朱氏，封安人。子四人：偲、偕、傚皆有聲膠序，而衎尚幼。一女嫁顧錫眉。淑士卒於崇禎六年八月八日，年五十有八。次年十二月，葬吳縣西山之眞珠塢。銘曰：

鄧尉之山，有宅一區，君今葬焉。空山老屋，梅花千樹，碉戶依然。展如之人，焚膏宿火，落月殘編。我懷君詩，南園北郭，竊比前賢。鈎玄提要，著書滿家，朱黃駢闐。以方水心，次則石磵，誰曰不然？過而式者，徵於斯銘，後千斯年。

都察院司務無回沈君墓誌銘

萬曆時，杭有三士焉，曰胡胤嘉休復、卓爾康去病、沈守正無回，奮乎流俗之中，以文章志節相摩厲，海內稱之，如唐人所云四夔者。休復舉進士，選翰林庶吉士，踰年卒。去病、無回皆不第。無回官都察院司務，卒於官，其子尤含屬去病爲行狀，而謁銘於予。予之諸其請者蓋十年於此，去無回之歿十九年矣。嗚呼！去病之稱無回備矣，稱其行誼，則曰：爲子而孝也，初舉於鄉，痛父之未葬，衰絰而襄事，不以公車爲解，鄉之稱孝者歸焉。爲友而信也，視友如其兄弟，視朋友之父母如父母，視朋友之子如子，鄉之論交者準焉。爲舉子而廉也，公車二十年，不以名刺謁監司，不以竿牘干縣令，自守泊如也，鄉之自好者觀焉。稱其經濟，則曰：爲學官於黄巖，以文墨而精吏事，學田之伏匿者八百畝，一昔而鉤得之。台卒之譟也，設方略，購死士，佐兵使者定變，老於兵間者莫及也。稱其立朝，則曰：爲司務四十餘日，以散寮而著風節，常朝之日，司廳應奏事者不至，無回獨被糾，免冠待罪，口不置一喙，皆得不坐，人謂古大臣風，彷彿錢若水欲與知州陪奉贖銅事也。嗚呼！無回之可稱者，如是而已乎？余爲舉子，與休復、無回，方舟而北。休復蕭閒淡漠，如定僧靜女。無回神宇高徹，顧盼風生。余居其間，兩相得也。已而與無回游處，觀其所撰著，鉤玄提要，朱黄盈帙，知其人博學深思而好古者也。盱衡揚眉，指畫天下事，其辨博如環之無端，其斷割若觿之能解，客散辨息，端居燕處，若風之已過，而水波湛如也。車蓋成陰，生徒成市，道廣智周，人人以爲親己。介性所至，戒標榜，絶依附，如松柏之獨立，人未嘗不望而自遠也。嘗以宋人儗之，休復似孫明復，去病似尹師魯，無回似蘇子美。明復諸人，其所遇斯已窮矣。三君者之自見於後世，與諸人孰多？才耶命耶？其可爲歎息者，不獨無回而已也。今年，余過休復故宅，其寡嫂具特羊之饗，去病居主位，尤含以子壻行酒炙。明燈促坐，譚休復、無回游跡，相顧涕洟而罷。去病方罷官歸，門仞蕭然，意殊不自得，而余亦已老矣。尤含諄復以銘墓爲請，去病助之尤力。余之慨歎於無回，以謂去病稱之未盡者，余之文果足以盡之耶？天之厄無回也，使其可稱者如是而止，余與去病，又將若之何？嗚呼！其可悲也已！無回之先，自南宋已家臨安。父烟江公，諱某。母某氏。天啓癸亥三月二十八日卒。娶謝氏。子二人：長尤含，次美含。某年某月，葬於某地之阡。所著雪堂集、濬河防倭議行於世，他著作皆燬於火。銘曰：

祿命之術通天咫，烟江有識詒厥子，玄默涒灘發麟趾。鹿鳴之秋歲陽癸，有才無命一官死。五十一年昔夢耳，請視巾箱尺蹏紙。我作銘詩歌蒿里，有如不信問瞽史。

大中大夫兩淮都轉運鹽使司運使李君墓誌銘

崇禎丁丑，予有牢修、朱並之獄，時相設刀俎以待，道路洶駭。君老且病矣，輕舟走三百里，追送於吳門，淚淫於睫，唾交於頤，語喃喃不可了，曰：「天道神明，公必無恙。我且死，有墓中之石以累公。」再拜鄭重而別。戊寅放歸，君復造余山中，諈諉如前，請益力，語益不可了。明年己卯六月二十日，君卒。其子光垓、孫鏡以少司寇朱公行狀來請銘。余爲之泣下曰：「君於余瀕死時祝以不死，而且以其死累余也，非余其誰銘？」君諱衷純，字玄白。其先世建炎中自江陰徙長水，遂爲嘉興人。祖某，父敷，以君贈奉政大夫。前母徐，母張，並贈宜人。君以萬曆壬子舉於順天，謁選知揚州府如皋縣，行取授南京工部主事，轉兵部車駕司員外郎，陞福建邵武府知府，擢兩淮都轉運鹽使司運使，致仕。君少警悟，六歲授曲臺禮，日誦數千言。父歿，其兄游國學，君以孤僮執喪，含殮盡禮，哀毁骨立，來觀者皆異之。從父諸兄，皆奮跡科第，衣冠都雅。君自傷幼孤，蚤夜呼憤，讀書倍文，才名蔚起。歸安茅順父、太倉王元美皆以字呼之，令其子折節事焉。庚子試北闈不中，館閣諸公賦詩贈行者數十人。壬子放榜，葉文忠公在内閣，語公卿曰：「李玄白得舉矣。」萬曆中，黨論鋒起，浙人與東林相枝柱。而君與長興丁長孺游於顧端文之門，浙人深嫉之，曰：「此操室中之戈，反而内向者也。」如皋考最，將入爲給事、御史，逆奄之黨羣相譏揣曰：「此應山、虞山之朋徒宿爲黨魁者也。」應山謂故楊忠烈公，虞山則余也。君聞之，急自引匿，得南曹郎以去。迨其後鞅掌外吏，浮湛窮老，而其以部黨爲人指目，則自爲舉子時已然，君亦不自悔也。君諳習吏事，老於文法，才具通明，果辨憿絶。如皋濱海，膏腴千畝，爲豪右占匿，丈而歸之官。邑多盜，以沈命法購捕，禽獮無遺種。堤郭外牙橋以絶盜販，瓴甓土石畢具，一夕而就。在南曹，榷蕪關，理街道，管鼓鑄，爬搔蠹弊，咸有聲績。在邵武，申明條要，齊和寬猛。杉關有稅，歲飽冗從之橐，而守因緣爲市。君請充餉以省加派，不肯名一錢也。兩淮鹽政蠹壞，商竈俱困。君簡胥史，覈商賈，勾稽侔漁，淸理支借，三月解冬課三十餘萬，半載解遼餉六十餘萬，持籌握算，仰屋畫地，唇舌燥皵，心氣耗潰，得風病，手足奇右，遂移疾以歸。客有過淮者，余問君治狀，客曰：「君晨起視事，按治豪商宿吏，伍伯林立，棓棒呼謈之聲，殷動牆宇。抵暮入，會校文書達旦，不知其橐中裝云何也？」余笑曰：「淮海鹽利，以商吏爲囊橐，轉運使與通酒食，握手呴嘔，恐失其驩。今放手決罰，一切以威猛從事，吾有以知李君之窮也。」君歸財逾年，盡典其章服幣帛，以供朝夕，死而家無餘貲。人以余言爲信。君少喜爲歌詩，多名章麗句，有激楚齋若干卷。長而淹經術，負經濟，文人通儒也。其爲吏，顧不屑爲褒衣博帶，舒緩養名，以廉辨幹濟爲能事。昔趙廣漢擇吏好用彊壯，蠭氣見事，無所回避。而張武謂梁國吏民凋敝，當用柱後惠文彈治之，其兄敞以爲必辨治梁。以君之材力，不得射策甲科，欲以彊力自效，一吐其偪塞。而年至慮耗，精華銷耎，矯首於功名之會，而衰落不振，豈不悲哉！此其所以重有屬於余，而庶幾有聞於後也與？君卒之歲，享年七十有六。妻呂氏，贈宜人。子四人：長光陛，先卒，次光垣、光垓、光基。女五人。孫三人：鏡、錡、鍔。光垓與鏡俱有文，能繼先志者也。銘曰：

過都之足，係於籬樊。剸犀之器，鈍於草菅。才耶志耶？比土一棺。贏其子孫，旣固且安。

張元長墓誌銘

君諱大復，字元長，世家蘇之崑山。祖誥，父維翰，世爲儒生。君生三歲，能以指畫腹作字。十歲，講論語，至假我數年一章，告塾師曰：「仲尼至是韋編三絶，始知易道簡易，本無太過，故曰可以無太過矣。大當作太，非大小之云也。」塾師避席曰：「此非吾所及也。」既長，治科舉文詞，不務爲抄掠應目前。自漢、唐以來經史詞章之學，族分部居，必剖根本，見始終，而又能通曉大意，不爲章句舊聞所糾纏。其爲文空明駘蕩，汪洋曼衍，極其意之所之，而卒不詭於矩度。吳中才筆之士，莫敢以鴈行進者。文益奇，名益噪，家亦益落。中年不得志於有司，又以哭父喪明，乃謝去諸生，垂簾瞑目，温習其已讀之書。有不屬，則使侍者雒誦，繼之闕節開解，冰釋理順。繇是益肆力於文辭，若壅江河而決之，沛然莫之能禦也。所居梅花草堂，古樹横斜，席門蔽虧。軒車至止，户屨相錯。君從容獻酬，談諧間作。眸子矇矇然，光芒猶映射四座。久之，蔬炙雜進，絲肉競奮，參横月落，笑語如沸。家人問：「晨炊有米乎？」曰：「未也。」相視一笑而已。壯年再游長安，登呂梁、過齊、魯，覽宮闕之盛。覩東征獻俘，思奮臂功名之會。晚而病廢，自號病居士，名其庵曰息。詩壇酒社，歌場伎舘，扶杖拍肩，人以爲無車公不樂。酒酣曲奏，劃然長歎，若有不舍然者，雖篤老猶未已也。嗚呼！其可哀也已！君之爲古文，曲折傾寫，有得於蘇長公，而取法於同縣歸熙甫。非如世之作者，傭耳剽目，苟然而已。撰崑山人物志，焚香隱几，如見其人，衣冠笑語，期畢肖而後止。記容城屠者、濟上老人及東征獻俘諸篇，雜之熙甫集中，不能辨也。君未歿，其書已行於世，人但喜其瑣語小言，爲之解頤捧腹，未有能知其古文者也。君嘗語余：「莊生、蘇長公而後，書之可讀可傳者，羅貫中水滸傳、湯若士牡丹亭也。」若士遺余書曰：「讀張元長先世事略，天下有眞文章矣。」蓋文章家之眞賞如此。君卒於崇禎三年七月廿九日，年七十有七。娶顧氏，生三女。無子，以弟之子桐爲子。桐有文，能筆授君所著書。天啓五年，自爲誌文而卒。桐二子，安淳、守淳，以崇禎十四年九月葬君於祖塋，持歸昌世行狀來請銘。君與先君生同年，友余於弱冠，呼先君爲叔父，其何忍不銘！銘曰：

秋風蕭蕭兮，秋露漙漙。葬此秋士兮，于彼秋原。我銘斯石兮，千秋永安。

金府君墓誌銘

嘉定唐時升叔達爲金君子魚記所居福持堂曰：「子魚生百世之下，而尙友百世之上，自聖賢所以和順於道德，與經綸曲成之務者，皆默而識之矣。古今興衰成敗得失之故，莫不畢觀。而於天人之際，幽明之故，感應之理，晚而尤究心焉。至於非法不言，非禮不履，與人居，未嘗以其博識愧寡聞之徒，以其篤行恥浮薄之俗。其中則與古爲徒，而其外則油油然不求自異於鄉人。蓋其可見者，成人之美，必彌縫其所不備；稱人之善，必覆護其所不及；導人以義，若恐傷之；振人之急，若恐聞之。不求多於天，不取盈於人。故其至行有以感動神明，而聲譽及於里巷兒童婦女之間。當是時，君年七十矣。吳之賢士大夫，登君之堂，皆以爲無愧詞。君讀而喜曰：「他日雖取以誌我可也。」又十有二年，君年八十有二，以崇禎戊寅二月卒。次年三月，其子德開、德衍葬君於界涇之祖塋，屬程嘉燧孟陽爲行狀，而謁銘於余。孟陽之狀君，敍述其束修勵行，積習於家庭，而發聞於鄉里者，可謂至矣，要不出於叔達所云。予又欲別爲之誌，不已多乎？無已，則以叔達爲徵，而以孟陽之狀足之。

按狀：君諱兆登，字子魚，世居嘉定羅店鎮。曾祖諱棣，祖諱翊，以孝弟力田起家。父諱大有，嘉靖戊午鄉貢。母傅氏。此君之族出也。少爲文章，汲古振奇，大變吳中舉子熟爛之習。萬曆壬午舉鄉貢，十上不第，授都察院都事以老。此君之履歷也。罷公車，年力方富，迄不復往，以有母在也。年七十，舉觴流涕，謝絶賀客，痛父之無年也。偕計吏北上，夜亡其行橐，有司窮治，勒主家賣贏以償，君憐而舍之。年幾艾，生子德開，人以爲冥報。君之孝友忠信，仁心爲質，皆此類也。余於孟陽之狀，取其與叔達相證明者，數端而已。蓋余之所以誌君者如此。君爲人深中隱厚，與人交，不翕翕熱，皆有終始。余之下吏也，君旣病矣，每刺探獄之緩急，爲加損一飯。病革，猶數問余歸期何如也。余何忍不銘？銘曰：

周官以鄉三物教萬民，而賓興之，一曰六德，二曰六行。最君之生平，醇和粹美，庶幾乎三代之遺民。使其比肩七十子，揖讓於聖人之門，吾夫子不以爲君子，則必以爲善人。天子方行徵召之典，玄纁備禮，公車交辟，而君顧老死於荒江寂寞之濱。嗚呼！後世尚有考於斯文。

張異度墓誌銘

崇禎十四年正月六日，吳郡張異度卒於泌園之書舍，年七十有四。友人錢謙益題其銘旌曰：鄉貢士孝節張先生之柩。某年某月，葬於花園邨之新阡。仲子弈、冢孫邕泣而來告曰：「先人有墜言曰：『銘必以錢氏。錢知我者，可無庸以狀也。』」余曰：「諾。」爲序而銘焉。

序曰：君諱世偉，字異度，南安府太守諱銓之曾孫，鄉貢士贈翰林院待詔諱基之孫，太學生諱尙友之子也。君總角明惠，善屬文。太學君攜之游婁江，弇州、太原兩王公歎息以爲國器。久之，其聲籍甚。江、廣、交、粤之士，有知張異度者不以名，有知異度者不以姓。此君之始年也。萬曆中，門戶科場之議鋒起，君扼腕拊頰，多所題覈裁量。壬子舉順天，出新城王季木之門。黨人大譁，御史遂呈身排擊，卒不能有所連染。坐罰三科。累試不第，謝公車以老。此君之生平也。世居吳江之越來溪，君卜居吳門，得陳惟寅之淥水園，誅茅灌畦，却掃誦讀，清談竟日，樵蘇不爨。爲古文辭，取裁韓、柳，每一削稿，伸紙點筆，不知老之將至。此君之晚節也。君七歲喪母，朝夕上食號慟，塾中書生皆爲流涕。其祖歿六十年，表襮遺行，用陳公甫例，得贈官立祠。事其父如其祖，事其兄如其父。此君之內行也。吳中以名行相鏃礪者，文文起其執友也，姚孟長則其高弟，周忠介、朱德陞其後輩也。忠介遭奄禍，周旋經紀。奮臂出入，視緹騎惡子，市駔伍伯如也。鄉邦有大利病，搢紳相顧囁嚅，必自君發之。其歿也，家無餘貲。司理倪君往賻，乃得發喪。此君之大節也。君娶徐氏，男子二人，長弇、次弈，弇早世，邕其長子也。女子二人，嫁崑山顧咸建、長洲姚宗典。君嘗讀范史黨錮傳，至於蘊義生風，鼓動流俗，未嘗不廢書而歎也。君以一老孝廉屏跡丘園，十餘年來，吳之吏有所規，士有所倣，民有所賴，相與俯躬抑氣曰：「彼有人焉。文、姚旣歿，風流益長，奚其爲政？」斯可以興矣。君七十時，余坐告訐下請室，君戒子弟徧謝賀客，罷酒不樂。語曰：桃李不言，下自成蹊。所謂忠實心誠，信於士大夫者，非偶然而已也。爲之銘曰：

惟孝與節，古有良謚。仲車二反，君則有四。高冠崔嵬，細行不墜。介居沉冥，市義若嗜。輕財涕唾，取無施易。安居美食，家無委積。少不踐石，老而畫字。耳非兩門，孰云我瞶？揭德振華，加彼康惠。我作銘詩，流詠清泌。

徐元修墓誌銘

崇禎己卯正月，吾師高陽公殉國報至，余爲位加衰而哭之。是月，江陰徐元修以哭母死，訃亦至。嗚呼！居今之世，忠孝之道，不絕如綫，天柱將恐折矣，地維將恐裂矣。吾師死忠，元修死孝。元修雖一逢掖，方諸吾師，是亦枝天柱立地維之一人也，是可使之無傳耶？元修諱時進，其先公輔，國初爲右副元帥，戰歿，贈東海郡侯。公輔之弟按察使公弼，繇鳳陽徙江陰。曾祖亮，進士，官知縣。祖旦。父某。母馮氏。元修以諸生久次，將貢於京師，而母馮氏以疾卒。元修自傷爲子無狀，幾得微祿以養其親而不待也，號呼擗踊，促數叫絕。越七日庚午，一慟仆地。其子卿麟、卿麒環呼之，形神離矣，年五十有八。遠近哀之，皆致賻，乃克殮葬。二月某日，葬於繇里山之祖塋。元修長身美鬚髯，易直退讓，與人語，惟恐傷，旹旹如也。善飲酒，與之飲，未嘗不醉，三爵之後，油油衎衎如也。矯志勵行，奮乎流俗之中，以師友之道爲己任。遇不可，奮髯掉臂，必達其志，決非苟然者。自元修抗顔爲人師，摳衣升堂，收威夏楚，而師道于是乎始尊。自元修與其友黃介子錫余輩鏃礪文行，死生患難，奮身相收卹，而友道于是乎始著。其事親也，盡志與物，不以亡爲解。所得修脯，不下百金，其父每呼盧博塞，緣手而盡，一夕自悔恨，召諸少年酹酒謝絕之。居亡何，元修窺其父微瘠，意默默不自聊，跪請於父，復召諸少年袒跣飲博，其父乃大喜，旦而腴澤如故，自是不復言戒博矣。今上下詔辟召，兵使馮公、徐公將以元修應，固辭不可，曰：「小人有母，他日有廣文升斗在。」比將貢而親沒，此其所以傷而死孝也。余嘗爲容城孫奇逢敍其所撰取節錄曰：忠臣孝子，人世之砥柱也。末世之人，薄視忠孝名節，反加挫抑焉者，譬如楊焉之治河，患砥柱而欲鐫之者也。嗚呼！兵刃鋒鏑，戎狄鐫之也；讒謗機穽，小人鐫之也；死喪禍患，天鐫之也。具是三者，其鐫之也，不遺餘力矣。而吾師與元修猶相望於世，斯世道之不幸也夫！其亦世道之幸也夫！元修將葬，介子爲行狀而以書屬余曰：是當應銘法，請爲之銘。余曰：「諾。」銘曰：

七尺者身，三尺者墳。後千百年，視此刻文。

聞子將墓誌銘

子將，姓聞氏，諱啓祥，杭州之錢塘人也。子將生而神姿高秀，所至能隱數人。工於應舉之業，揮灑落筆，雲烟月露，生動行墨間。馮祭酒開之、方提學孟旋以經義爲一世師，子將皆入其室，於是子將之名藉甚。武林東南一都會，江、廣、閩、越之士，躡屩負笈，胥挾其行卷，是正於子將。子將鑒裁敏，品題精，丹鉛甲乙，紙落如飛。士之側古振奇，隱鱗戢羽者，得子將一言，其聲價不蹈而走。游武林者，得一幸子將，如登龍門之阪。而子將亦傾身延納，庀舟車，潔酒食，請謝賓客，如置驛然。雖後門寒士，落薄無聞者，人人以子將爲親己也。子將性故淡蕩，厭棄濁穢，思出世間法。雲棲標淨土法門，子將篤信之，外服儒風，内修禪律，酬應少閒，然燈丈室，趺坐經行，佛聲浩浩，儼然退院老僧也。卜築龍泓、清平之間，將誅茅以老焉。買舡西湖，倣掘頭五瀉之制，爲文以要同志，風流婉約，爲時所傳。爲諸生祭酒二十年，始舉於南京，偕李長蘅上公車，及國門，興盡而返。余遣人要止之，兩人掉頭弗顧也。卒時年五十有八。祖諱鏜，年九十五而卒。父諱淶，有賢豪長者之風。子二人：淡明、淡成。女四人。余觀東漢之季，太學士數萬人，噓枯吹生，自三公九卿，皆折節下之，三府辟召，嘗出其口，卒有黨錮之禍。唐、宋之季亦然。萬曆中，子將以一書生握文章之柄，一言之褒誅，近秦市而遠雞林，奉之如金科玉條，可謂盛矣。然而卒以無咎者，何也？職思其居，言不出位，有古人讀書尚友之志，而無今人游光揚聲之習也。昔吾有先正，其言明且淸。其子將之謂乎？余於子將之葬，敍而銘之，于稽其世，蓋俛仰三歎焉。

銘曰：

玉輝於璞兮，珠媚于流。西湖之山熊熊兮，與子千秋。麟傷斯哀兮，鳳衰則憂。西湖之水洋洋兮，閟子一丘。

周府君墓志銘

吴江周永年葬其先人於高景山之阡，排纘其行事而來告曰：「吾父躬令德，享高壽，謚曰康孝，吾子以爲允。若其精修密行，世出世間法具備，則固非節惠所可盡也。有墓中之石在，敢固以請。」余謹按永年之狀，其書族出壽年者曰：君諱祝，字季華，太子少保吏部尚書謚恭肅諱用之孫，國學生諱乾南之季子。少而工文爲名士，長而稱詩爲詩老，晚而負經濟修長者之行爲鄉先生。其殁也，崇禎十三年七月廿九日，享年八十有六。娶楊氏，生三男子，長卽永年，永言、永肩其次也。二女子，嫁楊士修、金之鎔。葬以十四年之三月。其書其世法者曰：君三歲而孤，宛轉母膝前，能相其悲哀而慰解之。母嘗謂曰：「汝孩幼能慰我，汝父服玩，當多畀以償汝。」稍長，果如其言。君泣涕交頤，弗忍受也。談文師馮開之，談詩友王百穀、湯若士，談經濟交徐孺東、萬和甫、于中甫。中年蹭蹬省試，扣囊底之智，爲其鄉人勾會賦調，櫛爬垢病，旱潦凶饑，閭井恃以無恐。少孤，兩世父撫之如子。世父老且多難，周旋扶侍，不啻其子也。於羣從篤愛宗建，宗建忤奄考死，君歎曰：「得死所矣，勝老人槁項牖下也。」其風義激昂如此。書其出世法者曰：君少游袁了凡、王龍谿之門，知有性命之學。長師事達觀可公，觀神姿嚴重，鉗錘棒喝，如雷風之狎至。口授偈頌，傾寫千言，侍者目瞪聽熒，轉盼錯誤，君闇記默誦，借書於手，伸紙執筆，運肘如飛，觀之門無兩子也。觀自寶林游攝山，命車中記八識規矩頌，三鼓入室，授以指要，諸弟子遙矚之，燈光煜然，隱見庭戶，以爲傳燈有人也。扣擊日久，悟門歷然。研精相宗，終其身不拈禪宗隻字。母薛夫人，蚤修淨業。君聞毗舍半偈之義於本師，歸爲母覆說，證合於圓覺普眼一章，母繇是發悟。丁亥秋，持佛名號三十晝夜，泊然坐脫，君提唱之力爲多。雲棲宏公歎曰：「諸上善人，同會一處，其周氏母子之謂乎？」於有爲功德，不以有漏之因小之。復古刹，刻大藏，立懺飯僧，皆竭蹶以從事。小築太湖之濱，架木爲閣，徜徉其間。客至，不裹頭，不布席。晚尤矍鑠，慴杖而却扶。臨終示微疾，從容燕語，吉祥而逝。謙益曰：府君之令德，不可以悉數。白樂天有言：外以儒行修其身，內以釋教治其心，旁以山水風月歌詩琴酒樂其志。此三言者，庶幾盡之矣。余與永年兄弟游，皆工詩文小詞，孝友順祥人也。君不置妾媵，三子者日視膳，夜侍寢，十日一踐更，蓋十餘年而君卒。君之安樂令終，亦其子之力也。

銘曰：

億萬佛土，從母往生，如子赴家。是母是子，如清淨地，生寶蓮華。世出世法，如寶羅網，重重開遮。我作斯銘，現文句身，于彼塵沙。

初學集卷五十五

墓誌銘六

徐元晦墓誌銘

元晦之卒也，爲天啓癸亥之四月，年五十有一。余與西安方孟旋哭之而慟，退而與南司空張公，司馬王公經紀其家事。孟旋，元晦之執友也。張公、王公，其同里爲婚姻者也。又九年，崇禎辛未，其孤璣等卜葬于橫瀝之東原，奉王公所撰行狀來乞銘。元晦，諱文任，吳郡之太倉人也。少有俊才，弱冠入南太學，爲祭酒馮公所知。當是時，孟旋爲諸生都講，𡽪然長德，元晦一旦與之齊名，登堂拜母，以交友聞于東南。又十餘年，元晦辱與余游，又進余而友於孟旋。蓋元晦之取友，始于孟旋而卒于余也。元晦之與人交也，彊直摩切，責備行誼，至不可容忍。其爲人無所不盡，死喪契闊，靡不相卹，米鹽瑣碎，靡不相同，家人婦子之詢誶，靡不可相告語也。諸生子弟，有來歸者，必爲之授室授餐，庀幃帳，具膏火。又爲之警其惰而勸其勤，曰：「吾庶幾古人爲國家養士之意也。」才智逢湧，精彊有心計，閭里銖兩之奸皆知之。或把其宿負，反得其死力。好爲人緩急，以排難解紛爲務。黠者或陽以急難來，元晦以爲窮而投我，傾身爲之弗卹也。家本素封，揮斥數千金，緣手輒盡。亦時用居積自救，其所贏不能當什一。元晦心獨自喜，以爲非他人所辦也。東事之殷也，王公奉命經略，元晦將策蹇走關門，縱觀阨塞，闇簡將帥，奮臂爲之助。會王公召還乃止。余在長安，每手疏國家兵農大計相告曰：「子其勉之，無使人謂訶垣無人也。」應山楊忠烈公識元晦於余家，卽以忠義相期許，每遺書論天下事，必曰元晦視如何也？其推服元晦如此。嗚呼！元晦少年時，腸肥腦滿，願與海内雄駿君子掐擢胃腎，以自効於國家。至其中年，身名寥落，疆圉多故，癢癢然惟恐不得一當。以謂不得之于身，猶庶幾得之于友，如余之不肖，元晦不以爲非其人也。元晦沒未幾，孟旋亦謝世，而余再被放逐。衰遲連蹇，蓋已悄然無復當世之志矣。豈元晦之取友非與？抑元晦之不遇，猶足以窮其友于身後與？其可哀也已！元晦之父曰光祿公，諱可久，母王氏，其家世具光祿志中。初娶金氏，今合葬于墓。繼室以唐氏。男四人：璿、璣、瑀、琛。女子四人。銘曰：

嗚呼元晦！捐不貲之身，爲國家臿齒牙、樹頤頰，可以爲世之偉人。扣囊底之智，爲縣官理鹽鐵、蒐兵食，可以爲古之能吏。嗟夫元晦！止於如此。佳城鬱鬱，東海之隈。潮汐往復，波濤喧豗。後千斯年，孰知其爲元晦而悲？

邵茂齊墓誌銘

嗚呼！茂齊死矣，銘非余其孰宜爲之？茂齊少負儁聲，甫壯，爲諸生祭酒。科舉之文，傳寫海内，窮鄉陋儒，挾兔園一册，其中必有茂齊氏名。生徒雲集，至賃屋列肆以居。茂齊不爲程文熟爛之習，析理嶄絶，匠心獨妙，間亦譚諧以出尖巧。其于學，旁通鉤貫，不名一家，隨資開導，學者如行大霧中，不自知其沾濕。海内咸以爲通儒大人，不謂其猶老諸生也。然卒不得志于有司以死。或者曰：「盧攜文章有首尾，韋岫知其必貴。茂齊文起伏無餘地，其不得貴且壽，宜也。」嗚呼！科舉進士之業，誠足以相士也。吾見有黝昧若頑鐵者矣，有棼若亂絲拆若襪線者矣，若契戾取科第，胥不一驗，而獨茂齊驗乎？今小宗伯隨州公，往在左坊，嘗語余曰：「己酉應天鎖院中，幾得邵生，竟不知復落者，何也？」嗚呼！豈非其命哉！初，余與茂齊讀書山中，茂齊早起宿膏火，走筆盡數紙，颯颯如蠶之食葉。冠盥整衣，横經列席，應四方學子之叩擊，從頌洛誦，聲出林表。午飯已，偕余散步北山，信足輒數里，覩某水某峯，乃知行之近遠。間過遜國忠臣黄公墓，纍纍蓬顆中，必要余斂容肅拜，摩挲卧碣，愾歎久之乃去。當是時，余方冠首，茂齊折輩行與交，以文章事業相期許，余因以有聲諸生間。以此知茂齊之爲人，風流弘長，急于風義，而長于善善者也。茂齊竦身昂首，儀觀偉然，稠人衆會，冠蓋駢列，茂齋眉目軒出其上，若踰丈尋。羣言沸羹，囂聲壓屋，片語劈分，洞中肌理，四座闃然無人聲。賓筵客座，主賓闊疎，瞪目顧視，茂齋獻酬羣心，譚諧間作，喧然若陽春之入座隅也。達心而多可，不爲崖岸表襮之行，門有好事之客而不拒雜賓，簿有金蘭之交而不厭徵逐。長裙峨冠，下帷講授。輕衣緩帶，文酒流連。山水之徜徉，僧廬之禪寂。歲時伏臘，烹羊博塞之宴游。幷日促晷，應之有餘閒。酒闌燈灺，譚說古今人才節概，與夫經奇俠烈之事，欲奮臂出其間。遇不平，奮髯張目，或嚙齒大罵不少休。蓋其志之所存者不得自見，而世亦莫有知之者矣。此可爲痛惜者也！茂齋少意氣奔放，視功名可以引手致。其與余交，既倦游矣，寒窗紙燈，顧影擲筆，撫几悲吟，意欲飈去。庚戌之秋，執余手而語曰：「余病消渴甚，自此無意于人世矣。」視其中若有不自得者。病革之日，顧稚子在前，指以屬余，無甚憐之色。偕僧徒頌佛號，奉手而逝，年四十有六，萬曆三十九年某月也。初，茂齋有二僮子，稚而黠，時誘之妄言以爲笑。一夕戲問曰：「我它日作何官？」皆對曰：「老教官耳。」一僮子爲老儒謦咳，一僮子爲弟子員僂而前謁。茂齋顧余大噱：「我爲鄭廣文，子當時時乞酒錢矣。」嗚呼！豈意其老死諸生，二僮子之言亦無徵也哉！茂齋諱濂，茂齋其字也。別字曰齊周。姓邵氏。高祖曰恥齋先生某，有一行，門人徐禎卿志其墓。大父某。父昌鉏。四十七年某月，葬于北山之新阡。嗚呼！茂齋死矣。茂齋之傳于後者，實賴于斯文，而文之傳不傳，亦有命焉，不可得而知也。雖然，天之厄茂齊甚矣，不當復厄之身後，余之文其又或以茂齊傳也。然則銘茂齊者，非余而誰也？銘曰：

丸丸長松，其身千章。臥于壑谷，弗施棟梁。雖然弗施，其膏爲肪。化爲茯苓，千年有光。吁嗟乎！斯爲茂齊之藏。

瞿元初墓誌銘

虞山之西麓，有精舍數楹，直拂水巖之下，予友瞿元初君之别墅也。君諱純仁，字曰元初。祖曰南莊翁，布衣節俠，奇君之才，以爲能大其門，買田築室，庀薪水膏火，以資士之與君游處者。君所居北山，面湖有竹樹水石之勝。而其所取友曰瞿汝説星卿、邵濂茂齊、顧雲鴻朗仲，皆一時能士秀民，相與擺落俗慮，讀書咏歌其中。晴煙晦雨，春腴夏陰，互見于研席之上，悉收覽之，以放于文辭。故拂水之文社，遂秀出于吳下。君才情駿發，以文章意氣自豪，而累不得志於場屋。余弱冠與君游，君時時顧余嘆曰：「吾往從尊府先生授春秋，見子之長與書案等耳。豈自意今日與子上下筆硯間哉？」已又嘆曰：「吾祖父皆在淺土，墓未有刻文，而逡巡不克舉，庶幾歐陽子之所謂有待者也。吾髮種種矣，吾少與同學者，星卿仕而歸，茂齊、朗仲窮而死，而吾猶蹩躠不休者，念吾祖之墜言也。子爲我識之，吾死不恨矣。」言已，輒舉酒霑醉，哀歌泣下。余聞而悲之。然卒怏怏不得志以死。君狀貌豐偉，如河朔傖父，垢衣蓬髮，不事濯盥。其爲文鮮妍妙麗，嫣然如時花美女，見之者意其神仙中人也。驟而與之語，落落穆穆，如不可人意者。周旋久之，聲氣款洽，棋酒雜進，談諧間作，與其居者，往往不能捨去。孝於親，篤於友，晚猶嶄然自負其有，欲以見於世，遇精彊少年，色稍不相下，必折抑之乃已。蓋君雖困，而文章意氣未嘗少衰也。初，君之祖以力田起家。及其歿也，僮奴穿穴其中，慮君或有所勾稽，謀所以困君。君方清讌談笑，輒相與聒譟，雜豚幾何？米鹽幾何？鄙猥瑣碎，語刺刺不休。君搖首曰：「我已知之矣，若且去。」卒以是爲常。君之生產以此日拙，而卒亦不以屑意也。病且革，屬其友曰：「吾死，勿近婦女，勿歸城市，斥山居以營齋供佛，無爲俗子所溷，盈吾志矣。」迄無他言而卒，萬曆己未之十二月也，享年五十有三。天啓七年正月，葬於寶嚴灣之先塋。君有四男子，忠美、肅美蚤夭，今之葬君者，共美、宣美也。余觀唐末，嘗錄有名儒者方干等十五人，賜孤魂及第。每念君與茂齊、朗仲，輒泫然流涕。唐以詩取士，如干者雖不第，其詩已盛傳於後世。而君等之擅場者，獨以時文耳。嗚呼！今之時文，有不與肉骨同腐朽者乎？君等之名，其將與草亡木卒澌盡而已乎？當今之世，有援唐故事追錄名儒者乎？縱欲錄之，其何所挾以附於干等之後乎？茂齊歿，余爲之志，而今又銘君之墓。余之文，其信足以傳君於後世乎否乎？亦姑寫余之所以哀君者而已。銘曰：

斐然之文，散爲寒芒。魁然其質，歸於山岡。有光熊熊，珠含玉藏。才耶命耶！刻此銘章。

何季穆墓誌銘

季穆何氏，名允泓，淮王府左長史諱鈁之子也。年十四五，則已厭薄程文熟爛之習，姑爲之以塞其父之意。窮日分夜，發篋中書誦讀之，爲詩歌古文，累數萬言。長史公沒，流離世故，有飄薄之歎，始欲以科目自奮，而其學問亦日以成就。蓋自唐、宋以來經世大典，如杜、鄭、馬、丘四氏之書，儒者多不能舉其凡例，而季穆擩摭解剝，窮極指要。久之涵肆貫通，儼然如專門名家。凡古今地理官制河漕錢穀，與夫立國之強弱，用兵之利害，上下千餘年，經月緯，如數一二。間有所舉正辨駁，矯尾厲角，若質古人於窗戶之間而與之抗論也。好譚三吳水利，訪問三江故道，及夏周疏濬遺跡，窮鄉沮洳，扁舟往返。嘗遇盜奪襆被，忍凍以歸，家人咸竊笑之。遜亡之後，論失地喪師之故，每拍案呼憤。或靳之曰：「遼東西是君田舍耶？」相與一笑而止。生平落落穆穆，不飾容止，衣垢不澣，履決不紉。其遇人，意有不可，目直上視，不交一言。里人忌而惡之，聞履屐聲，率搖手避去。嘗引鏡自笑：「安得渠一昔死，令滿城人開口笑耶？」顚噎日久，憂生歎世，抑鬱不自聊，遂發病不汗以死，天啓五年之五月也，年四十有一。崇禎某年，葬福山之祖塋。季穆少於余三歲，實兄事余。余官宮相，鬖鬖通顯，而季穆淹頓諸生，嘗語余曰：「王介甫得王逢原，以天民許之。逢原死嘉祐中，不及見介甫得政，是亦介甫之不幸也。」余應之曰：「石守道作慶曆聖德詩，范希文猶目爲鬼怪。令逢原不死，安知不爲金陵之吉甫耶？」今季穆旣窮死，而余亦晼晚放廢，追思壯年盛氣，朋友相規切之語。十餘年間，俛仰如異世矣。陳同甫、王道甫之歿也，葉正則立新例併志之，其言曰：「同甫得無以死後餘力，引而齊之，使道甫亦傳而信乎？古之君子，悼賢人志士之抑沒，而惟恐其不得而信也，其用心至于如此。」今吾季穆之抑沒，甚於道甫，而又無同甫可以併誌，則其可以傳而信者，將何恃乎？嗚呼！是余之罪也夫。銘曰：

余哭季穆，舟次界首。有詩千言，灑淚漬酒。胸懷鬱盤，鬢眉抖擻。此詩可傳，銘于何有？嗚呼！詩之與銘，孰傳不傳？身後之名，亦有命焉。哀哉季穆！其又將俟之於天。

王季和墓誌銘

昔者聖賢之在天下，知其身之非我有，而戚戚然迂其身以濟一世也，席不煖，突不黚，身體偏枯，手足胼胝，至於老死而不悔。故曰：舜、禹、周、孔，彼四聖者，天民之憂苦遑遽者也。佛氏者出，以塵沙爲國土，以歷刼爲歲年，撈籠拔濟，至于舍王位，弃氏髮，投厓割肉，而後究其所欲爲。其願彌奢，其道彌廣。然而有本焉，吾夫子固謂博施濟衆，堯、舜病諸，而如來亦言滅度衆生，實無衆生得滅度者。顔子之簞瓢陋巷，淨名之杜口毘耶，彼固非超然燕處，而置斯世于度外者也。古之君子，退而詠歌一室，非以自爲也，出而驅馳一世，非以爲人也，求其志而已矣。吾友季和，少而服習名教，讀書纘言，鏃礪進士之業。壯而游于顧朗仲、瞿元初、邵茂齊，長而游于顧仲恭、何季穆，通經汲古，束修厲行，是是非非，里中人嚴憚之。中更家難，事蓮池和尚于雲棲，稱幅巾弟子，遂以金湯弘護爲己任。視伽藍塔廟，猶其室廬也；視方袍圓顱，猶其眷屬也；視梵修講誦，營齋利生之事，猶其省試應制也。俗之人有欲交關季和者，必之于僧；僧之徒有欲交關僧衆者，亦必之于季和。迨其後也，交知之緩急，閭族之保受，與夫馬醫洗削，一揖半面之人，勃豯謑訽，靡不之于季和。季和亦傾身任之不辭，炎風流汗，朔雪刮面，旦旦而求之，未嘗不在五父之衢也。日旰不食，足繭不息，窮年累歲，率以爲常。會而計之，一歲之中，其自爲謀者，百不得一焉。旬月之中，其爲親朋謀者，十不得一焉。搰搰然，戚戚然，舌敝唇乾，懷憂召怨，久而其人抗手不相顧，已亦自忘之矣。嗚呼！季和其亦天民之憂苦遑遽，而小用之者與？抑其志之所存，撈籠拔濟，以多生爲誓願，而此生其發因與？斯其可悲也已！顧伯欽以奄禍逮繫，季和要仲恭冒暑走數百里，求解于要人。傷暍道病，歸而寢劇，遂不起。其沒也，不欲死妻子之手。武林聞谷禪師與嚴忍公持誦佛號，撫之而絶，天啓乙丑之某月某日也，享年四十有□。季和王氏，諱宇春，山東參政諱之麟之子也。天性孝友，事其諸兄如父，嘗謂余曰：「吾昆弟死不忍相離也，將共兆域以葬，不以家室祔，子爲合而誌之。」余曰：「宋張暘愛其弟輯，臨終遺命，與輯合墳，議者非之。子雖有治命，子之諸子，未必從也。」季和沒，其子昌誇、昌誠，葬于某地之阡，而屬余銘。銘曰：

吾有友，譬一車。朗仲軾，伏以趨。邵瞿蓋，却泥汚。仲恭箱，雜任居。季穆蚤，能揭持。君爲輪，周通塗。材器良，困契需。行千里，敗兩軥。我爲御，徒踟躕。作銘詩，悲祝余。

馮嗣宗墓誌銘

君諱復京。世爲常熟人，國初戍懷遠衞，高祖諱玘，官御史，弘治中疏請歸故籍。祖諱梁，父諱覺，皆不仕。妻盛氏，生三男子：舒、偉節、知十。天啓二年卒，年五十。君強學廣記，不屑爲章句小儒。少而業詩，鈎貫箋疏，嗤宋人爲固陋，著六家詩名物疏六十卷。謂冠昏喪祭，不當抗家禮於會典，作遵制家禮四卷。羅舊聞、述先德，作先賢事略十卷、族譜四卷。年四十餘，始見本朝實錄，謂通紀詳而野，吾學裁而疎，弇山炫博，妄而繆。憲章典則，自鄶無譏。作編年書，駁正得失，曰明右史略，草創未就而歿。君形容淸古，風止詭越，翹身曳步，軒昏鼓掌，悠悠忽忽如也。性嗜酒，酒杯書帙，錯列几案，歌嘔少倦，則酌酒自勞，率以爲常。數踏省門不得舉，詠左思詩「馮公豈不偉，白首不見招」，往往被酒高歌，至於泣下。嘗之白門，日旰輒登雨花臺，縱飲慟哭，哭罷復飲，飲已復哭，人不知何所爲也。死之日，語家人曰：「吾將爲冥官，以日中上。」人曰：「須明日乎？」曰：「非也，鬼神以夜半爲日中耳。」及時而絕。銘曰：

阮籍死矣，哭聲千年。君字嗣宗，其哭亦然。唐衢謝翺，後善哭者。君亦何爲？有淚如寫。遺書滿家，子孫繩繩。先號後笑，請眎斯銘。

李緝夫墓誌銘

吾先君之執友曰李丈伯樗，篤學好修人也。伯樗每過先君，携其子緝夫以來。先君教余呼緝夫爲兄，曰：「安得若能文如李家兄乎？」是時緝夫長于余三歲，余才十歲耳。余稍長，卽與緝夫同硯席。余居城東，緝夫居城西。緝夫晨來而暮去，風雨明晦，足跡可數也。余少踈跐自喜，好越禮以驚衆。緝夫故淳謹，及與余游，則亦蓬跣跳號類余，里閈間相與訾警之弗顧。吾伊稍閒，輒與緝夫譚霸王之大略，評詩文之得失，放言極論，不爲町崖。緝夫听然而笑，以余爲知言也。居數年，有婚宦之事，各自解去。余幸取科第，而緝夫治曲臺禮，專門名家，屢不得志于有司。緝夫自念祖父爲儒者，百年單家寒素，未可以旦夕振起，遂從事于宮宅地形之術，忘廢食寢，扞冒風雪，以爲功名富貴，可以戾契致也。終歲所得束修羊，不足以市方丈之地，則假諸倍稱之息。以故緝夫之遇益左，志願益奢，家亦益貧，而其勞瘁拮据亦益甚，卒用是以死。嗚呼！其可悲也已！緝夫少有大志，中年爲儒生，低首摳衣，顧好學天官壬遁家言，閉戶握算，以爲天下方有事，是兵家所必用也。丑、寅之間，逆奄煽禍，余惴惴懼不免。緝夫過余私語曰：「歲在甲子七月，五星聚講于張，王室必再興，子其無憂。」上卽位更始，緝夫喜而相告曰：「吾言有徵矣，子必勉之。吾窮且老，復何恨哉！」其語意感慨，一似重有屬者。別數日而病，未幾而死，崇禎元年之四月四日也。緝夫諱胤熙，卒之年，春秋四十有九。明年，余罷官東歸，其子象璧葬緝夫于興福祖塋之側，而泣來請銘。嗚呼！緝夫意氣抑塞，有尊主庇民之大志，不能自出。既窮且老矣，則汲汲然冀一見之于其友，而余又未有以慰其望焉。誦白樂天贈友之詩，所謂待君贊彌綸者，千載而下，可爲隕涕也矣！銘曰：

歲在己巳陽月日，吁嗟緝夫返此室。有山如堂形氣密，青烏告祥龜襲吉，宜爾孫子世朱紱。

繆釆璧墓誌銘

釆璧姓繆氏，名純白，故宫諭贈詹事西溪先生之次子也。西溪初與余定交，釆璧已能文章，有聲諸生間矣。以父之執事余，捧手摳衣，俯而納屨，余安之弗爲止也。西溪遭閹難，徒跣告哀，相向而哭。西溪不使他子，而使釆璧，以其習于余也。已而鈎黨益急，余有抱蔓之懼，釆璧有完卵之憂，執手踧踖，不敢出氣。痛定思痛，喜極而涕，未嘗不相顧霑裳也。西溪之歿十有七年，蒙天子之恩卹十五年矣，而弗克葬。今年五月，余過江上，召諸子面數之，其語切直不可聞。釆璧閔默不語，退而深自刻責，咄咄嘆詫，若無所容。未幾屬疾，七日不汗而卒。釆璧之子畹擗踊而號曰：「天乎！吾父之不得葬吾祖以死也，有諸父在，而吾父獨死。畹之不得葬吾父也，畹之責也，畹其容有死所乎！」於是卜以十一月某日，葬釆璧于永安之新阡，母徐氏祔焉，哭而乞銘于余。公羊子不云乎：不及時而日，渴葬也。及時而不日，慢葬也；過時而日，隱之也。過時而不日，謂之不能葬也。過時而不葬，則比于慢葬矣。謂之不能葬，則亦君子之所隱也。余之有隱于西溪者，蓋亦公羊子之志。而釆璧乃以余之一言而死，治以不能葬之罪，則釆璧可以免矣。公羊子又曰：赦止者，免止之罪辭也。若采壁者，豈特免于罪而已，其亦可以爲孝子矣乎？畹之葬采壁也，不得爲渴葬。當時而不日，正也。其此之謂乎？若采壁與畹也，斯可以爲西溪之子孫矣。采壁年十七補博士弟子員，數試京兆，將以明經歲貢而死。死之年，僅五十有七。娶徐氏，繼室張氏。子六人：畹、昀、暌、晦、畦、畸。女九人。采壁讀書好古，卓犖有志行，余皆不備書，書其所以死者，則其生可知也。銘曰：

身死而父不葬，吁！可誡也。身死而以父之不葬，亦可喝也。余之以繆氏也，隱其父，閔其子，刻斯文以志焉。昌黎有言：人欲久不死，而觀居此世者何也？

趙靈均墓誌銘

君諱均，字靈均，姓趙氏。父宧光，毁家葬父，偕其配陸卿子隱于寒山之丙舍，世所謂趙凡夫者也。家世在凡夫誌中。靈均娶于文，諱俶，字端容，其高祖父衡山公徵明，曾祖父文水公嘉，祖父虎丘公元善，父爲貢士從簡，字彥可。彥可以名行世其家，靈均少而受學，遂以其女娶焉。靈均從其父傳六書之學，又從燕山僧見林授大梵字，并諸國字母變體形聲譜韻之奥，指畫形聲，分署部居，移日分夜，父子自相講習。端容明詩習禮，既饋而公姑贊賀，謂靈均曰：「此我之賢婦，而汝之逸妻也。寒山一片石，可以無恙矣。」凡夫歿，靈均家益落，賓客益進，其弛置自便，視流俗如糞溲日益甚。端容性明惠，所見幽花異卉，小蟲怪蝶，信筆渲染，皆能橅寫性情，鮮妍生動，圖得千種，名曰寒山草木昆蟲狀。摹內府本草千種，千日而就。又以其暇畫湘君擣素、惜花美人圖，遠近購者填塞。貴姬季女，爭來師事，相傳筆法。靈均入而玩其妻，施丹調粉，寫生落墨，畫成手爲題署，以別眞贋。日晏忘食，听听如也。出而與賓客搜金石，論篆籀，問奇字，訪逸典，長日永夕，無所俚賴。間託于虞初、諸臯以耗磨光景，陶陶款款如也。酒食祗飭，旨蓄庀具，晨夕百須，靡不出端容十指中，靈均不知其所繇辦也。以是得蕩滌情志，隱居放言者十餘年。崇禎甲戌六月，端容卒，年四十有一。又七年庚辰五月，靈均亦卒，年五十。靈均無子，以從弟之子鋃爲後。一女曰昭，嫁平湖馬氏，撰其父母事狀，使鋃來請銘，余嘗讀李易安金石錄序，嘆其伉儷之賢，才藻之美，而惜其不能終也。如靈均夫婦者，其才可以耦，其窮亦可以老，而天不與之壽，且斬其後，何耶？生同志，死同穴，視明誠所得，不已多耶？先趙氏之金石，今獨其目在耳，小宛之堂，芸籤縹帶，亦如所謂連艫累舳，散爲雲煙者，有無聚散，不可重爲嘆息耶！凡夫之有靈均，許叔重之有昭也；靈均之有昭，蔡中郎之有琰也。有女而能傳其父，其遂可謂之無子耶？嗚呼！其可悲也已。靈均夫婦以某年某月合葬于寒山，祔祖父之阡。而余爲之銘曰：

臺傾池涸兮，寒山之廬。灰飛煙熠兮，寒山之書。粉繪剔軸兮，金石蠟車。長夜不瘞兮，光氣有餘。子祝類我兮，女歌弃予。銘以告哀兮，弔彼幽墟。

張孟舒墓誌銘

吳有君子曰文文起、姚孟長、周景文，名行爲一世所宗。而張異度、朱德陞以孝秀奮袖其間，與相下上。孟舒，異度之兄也。諸君之交孟舒也以異度，而其重孟舒也則自以孟舒。孟舒之父益之先生於先君爲執友，余之交孟舒而重之也，猶諸君也。癸酉之秋，余訪孟舒于越來溪，登素心堂，夾窗助明，凝塵栖几。經史列左，旁行庋右。知其人修然自好，讀書尙志者也。堂之失也，六十年而復。又以其間葺祖墓，梓家集，庀三族之葬昏，皆度身量腹，以有事焉。知其修古六行，尊祖敬宗而收族者也。越三年丙子，孟舒年七十，異度屬余爲記以稱壽。孟舒讀之而喜。是年七月病卒。異度哭之慟，退而作爲行狀，率孤子楟，請銘于余。狀言孟舒孝于親，信于友，恭謹狷潔，內行淳備，而尤稱其慷慨慕義，周旋景文于逮繫之日，人以爲難。景文者，忤閹考死，所謂忠介公者也。孟舒嘗語余：景文削籍屏居，每指窗下小池曰：「有此水在，吾何憂？」被徵促別，顧而語曰：「疇昔之夜，夢池中荷花盛開，與兄執手談笑，其猶有生還之望乎？」柩車北歸，權厝池上，顧視荷花爛然，不覺噭然而哭。孟舒儒者，晚而好佛，其亦感景文之正夢，悟死生夜旦之故與？孟舒之葬在己卯之某月，異度悲諸君之奄逝，知人世之不可把玩，欲及其身以章厥兄也，渴而謁銘。余爲之愾然嘆息，故敍孟舒之生平，而以夢終焉。孟舒諱世俊，世爲吳江人。曾祖諱某，歷官南安太守。祖諱基，鄉舉不仕。今上用按臣言，追贈翰林院待詔。父諱尙友，爲諸生祭酒。母袁氏，副使尊尼之女。妻陳氏，布政使鎏之孫女，皆明德之後。生一男二女。葬吳縣西花園邨之祖塋。銘曰：

越溪之宅，老桂數章。有莞有秸，幽幽空堂。衡門剝啄，軍持漉囊。霜空月駕，禪誦將將。經營塔廟，護持金湯。如賈欲羸，如旅俶裝。楞伽之巔，雀離回翔。後千斯年，配此銘章。

張叔子墓誌銘

秀才陳式來告我曰：崇禎壬午五月，東陽張叔子覲省其父中丞公于濟上，而式與之偕。病暑，疾增劇，六月三日，卒于臺莊舟中，生十六年矣。叔子名世鶚，字峙君，少警悟，與其二兄競爽，筆騰墨飛，風發泉湧，文人才士弗如也。治毛氏詩及尙書、戴記，穿穴訓故，證據今古，嵩門老師弗如也。其爲人孝友順祥，無子弟之過，能使其大母安于家，中丞公安于官，成人長德弗如也。卒之前一日，誦出師表、祭十二郎文，琅琅有金石聲。戒傔從勿以病聞，詒大人憂。舟次淸口，夢旛幢從空下，有夫朱衣，援筆點其額，挾以上升。卒之時，彩雲壓舟如幔，移時而散。將反葬，中丞公撫棺而慟曰：「兒知讀書，卽好虞山夫子所爲古文，誦夫子贈余詩『發兵頭白，憂國鬢絲』之句，未嘗不涕漬于箑也。今其死矣，假寵于汝師，乞夫子之一言以葬，汝而有知，庶不悼其不幸于土中，而亦可以慰汝祖母于堂上。」式聞之，不自知其泣下霑襟也，爲論次其事，以請于夫子。嗚呼！中丞昔保釐南國，功德在人。南人聞叔子之喪，巷不歌，舂不相，如喪其昆弟也。閔叔子之亡，而憂中丞之失其愛子而盡傷，如憂其父母也。余于中丞，有一日之長，猶其州民也，銘何忍辭？中丞名國維，以都察院右僉都御史兼工、兵二部侍郎，總理河道，朝議推擇爲大司馬。銘曰：

生而趾美，命弗長也。沒而修文，夢告祥也。我刻斯銘，以童汪錡之例書之，可勿殤也。

何仲容墓誌銘

余少學舉子之文，知里中有何仲容者，彊學纘文，好鏤版以行世。長與諸名士爲文會，仲容亦與焉。余方壯盛，覩仲容衰晚婆娑，筆墨擊戛，搰搰然取次爭長，頗目笑之。久之，仲容以窮死。聞其人內行修整，不苟取予，悔向者之意輕之也。仲容諱德潤，爲常熟甲族。父諱錞，通內典，工小楷，修布衣長者之行。仲容沿襲素風，食貧自守，泊如也。性好潔，焚香布席，書帙井井，鄰富翁欲并其居，倍價以請，仲容固不可，乃爲高樓下瞰，食罷，㦸骨雜擲，屋瓦颯拉，積不能堪。一夕自徙去，僦居荒郊外，忽忽不得意以死。其卒以天啓二年十一月，年五十四。娶秦氏。生子五人：述禹、述稷、述契、述皋、雲。女四人。葬宣家村之先塋。雲，吾徒也，既葬，來乞銘。銘曰：

土一棺，墳四尺。儒衣冠，載營魄。草茫茫，風蕭然，讀書聲，林木間。

初學集卷五十六

墓誌銘七

明故整飭遼陽等處海防監督朝鮮軍務山東按察司按察使蕭公墓誌銘

萬曆間，東師久不決，中外攘臂主戰，以梗壞封議。而石司馬所遣説士曰沈惟敬者，頗能得倭要領。我師老將驕，志不在戰，陽欲殺惟敬以傾司馬，而陰又欲委惟敬以弭倭。當是時，蕭公以遼海道監軍朝鮮，制府一見，卽以惟敬屬公。南原之役，我師大衄，總兵麻貴謀棄師走鴨綠。公單騎赴王京，趣惟敬詒書退倭。而制府乃以大捷聞。公再三力争，謂倭之退以惟敬手書，青山、稷山不交一矢。若詭詞奏報，功罪錯迕，不惟欺罔朝廷，抑且貽笑外國。制府自此大恨公矣。先是惟敬已奉旨逮解，及王京解嚴，公卽繫惟敬抵遼陽，制府欲以稽留欽犯罪公，至是口噤不能發。而兵垣承制府指，飛章上聞，遂併徵公下獄論戍。嗟乎！惟敬法在必死，倭不退固死，倭退亦死，倭退而人知其出於惟敬，尤速死也。公督惟敬退倭，熟知弭倭情事，而又與力爭奏報，彼不螫公，將安歸乎？當制府屬惟敬時，公固已入其彀中矣。南原之事，公卽默不發一詞，彼其能舍我乎？公志在狥國，義不旋踵，解王京之危急，爭南原之功罪，功高不賞，而蜚禍從之。公之自爲謀則失矣，其於謀國，不可謂不忠也。公去，東事益壞。贊畫丁君應泰上書列其狀，幷極訟公寃，丁亦坐免官。居久之，奉恩詔自嶺南赦還，居家十餘年乃卒。嗚呼！公弱冠負膂力，盜五十餘人夜劫公父，公獨身奮梃與鬭，盜舍父，父遁去，身被創十餘，瘢痕如刻畫。舉進士，繇刑部郎考滿，出守東昌，親擒劇賊，散其黨數千人。備兵潼關、固原、臨洮，所至有聲跡。其在臨洮，火落赤萬衆寇邊，盛暑擐甲，張疑設伏，虜望風引去，海內皆以邊才目公。及東事孔棘，開設遼海道，司馬深倚辦公。公亦思一有所奮成功名，而竟以此敗。當公受事時，封事已壞，司馬爲舉朝射的，人皆縮頸却避，公勇於爲國，不顧利害，觸冒坎窞，望塵受誣，雖與司馬共塡牢戶，固甘之也。此豈可使庸人小夫，容頭過身者，評議其短長哉？公修髯偉幹，彎弓躍馬，意氣蓬湧。歸田以後，簾閣據几，弈棋窮日夜，漠然若無所事者。起自田家，與夫人對啜粗糲，或譏其儉嗇。一旦相擇形勝，建浮屠於巽地，揮斥數千金，如棄涕唾，以此知公眞奇偉變化不測人也。公諱應宮，字某，世爲蘇州之常熟人。舉萬曆甲戌科進士，卒於萬曆辛亥八月廿八日，年七十有三。娶龐氏，封宜人，勤勞共儉，配君子，無違德，後公十三年年八十三而終。有子曰可繼，先公二年卒。其孫廷舉等卜以崇禎二年十月葬公於曹莊之新阡，以龐宜人祔焉。往余在長安與奇士馮仲纓、金相輩游，詢問東征事，并公得罪狀，與邸報所流傳大異。已而遇丁贊畫之子，出其父手書東事始末，首尾斷爛，字畫幾不可辨，相與繹而存之。視兩生之云，若合符節。比分纂神宗實錄，欲以其書上史官，不果。今獲志公之墓，謹撮其概而存之，亦以信余之志，他日有徵於國故焉，其不獨以悲公之遇而已。銘曰：

東師遷延貽國恥，毀封飾戰共譎抵，雄唱雌和惟一揆。陽戰陰和廟堂指，將帥慴伏如浮螘。公監九軍杖尺箠，介馬并日馳敵壘。辨士飛書射枉矢，倭人退舍鮮人敉。捷書露布亂朱紫，掩敗攘功公所鄙，奮髯駁辨怒抵几。彼讒剜肉成疻痏，膚公弗奏謗盈匭。荷戈瘴鄉魑魅喜，終然歸耕牧羊豕。哀哉司馬卒冤死，埋骨牢檻流妻子。國有實錄寡惇史，捃拾朝報撫故紙。浮石沉木盡如此，枯竹腐骨誰能解舉履切？我鑱公墓矯骫骳，信史可徵百世俟，有如不然視遼水。

貴州布政使司監軍都清道右參議兼僉事贈亞中大夫貴州布政使司右參政陳府君墓誌銘

萬曆四十五年冬，黔師有事於匀哈，府君以右參議分巡都清，往監軍事，所向克捷。閱四月而振旅以入，賀行則君之病亟矣。次年六月二十二日，舟抵蕪湖，遂卒。事聞，詔贈君官右參政，階亞中大夫，褒勤事也。先是以按察司僉事備兵川南長珙，羣盜田虎、熊林輩，磐牙連歲。酋豪曾良弼作言起事，通行爲囊橐，諸夷酋皆蠢蠢騷動。君至補卒乘，築城堡，廣置間諜，明設購賞，募壯士，搏戰殺虎、林。間於奢氏，俾誘殺良弼，又移檄諭降涼山酋石波等萬餘人。先後四年，羣盜弭散，流亡來歸。其莅黔也，黔撫張公議勦下衛，一見語合，遂以勦事委君。君偵知下衛諸苗，倚平定爲謀主，誘其酋至勻，反接而斬之，趣分兵四道並進。丁巳嘉平，拔養鵝，戊午正月，破乾河馬蹄，二月克擺沙高寨，凡二十一寨。馬蹄有洞阻險，賊敗北者聚爲窟穴，用火攻殲焉。疊石封屍，鑱其石曰「天焦紀功」而還。是役也，斬首二千三百餘級，獲生口牛馬無算，撫安降夷二萬四千餘人，君以一監司專師旅之寄，宿將悍夷，悉稟紀律，獷如崇明，狡如邦彥，鞭箠使之，若叱畜狗。君沒而奢、安踵叛，兵連禍結，迄於今未解。黔、蜀之人，謂西南之禍，起於招撫駕馭之非其人，相與捥手詫罵，而尤追歎君之云亡爲可恤也。府君諱禹謨，字錫玄，刑部右侍郎謚莊靖公諱瓚之長子。君胚胎前光，敏而好學，莊靖公以爲才子。莊靖公表著清德，老而不替。君孝敬祥順，僶俛繼述，所謂晨昏之助，蓋有賴云者也。莊靖公歿。君始舉於鄉，累試不第，俛就選人。再居學官，歷踐郎署。禔躬耆事，所至皆有名蹟，無忝莊靖公之遺訓焉。當君少壯時，以貴公子有盛名於時，厚自貶損，補衣徒步，默默如有所不自慊者。及其潦倒場屋，晚而無子，皆爲君歎息，以爲日暮途遠。君則信眉抵掌，激昂以赴功名之會，若騁騏驥於修途，愾然未知所稅駕也。匀哈之役，年已七十矣。賁緣篁篝，扶曳下上，手足皸瘃，衣袴弊裂，氣息惙惙，不少衰止。師還之日，磨厓染翰，沾沾自喜，庶幾有據鞍裹革之志焉。嗚呼！其可壯也已！君博識强記，貫穿經史，尤好擩摭四部中儷事駢語，比類相從，如古人所謂薈蕞技癢者。開卷有得，輒放筆大噱，以爲娱樂。蓋其生平學殖如此。官兵部司務，譔左氏兵略若干卷，以左氏爲經，以羣史用兵制勝相比類者爲緯。書成，具疏上之。神宗命留備御覽。君以書生談兵，其所譔亦薈粹之屬耳，而卒以兵事顯。昔杜牧之注孫子，自謂上窮天時，下極人事，乃不獲一試於行間，其視君何如哉！君又輯駢志、說儲、經言枝指、廣滑稽志若干卷，補北堂書鈔若干卷，皆傳於世。君之卒也，年七十有一。後四年，始得贈卹之典，爲崇禎三年九月，祔葬於莊靖公桃源之賜阡。娶秦氏，繼娶劉氏，皆贈宜人。秦生一女，嫁湖廣行都司斷事蔣國玦，庀君葬事，使其子來求銘。君與先君交相好也，莊靖公之喪，先君疾，使乳媪劍余往拜，君與劉宜人撫之而泣，蓋傷己之無子也。今君有賢女，實克葬君，而余執筆爲之銘。死生俛仰，四十餘年，於人世何如也？銘曰：

出自北門，山隮水旋。顯允莊靖，賜塋巋然。豐碑崒嵂，石磴屈盤。君所經營，沒而祔焉。橋梓鬱鬱，松柏丸丸。龜趺螭首，愍綸載宣。桃花之源，夾以澗泉。過者必式，游者或歎。我銘幽竁，大書深鐫。禁彼樵牧，後千斯年。

故淮府左長史何公墓誌銘

萬曆初，江陵執政，以考成法計天下吏，吏惴惴救過不暇。而何公以平陽奏最，再上計，賜金褒異。當是時，何公自以不得志於公車，思竱力吏治，以自振發，世亦知公果可以有爲。而終以不遇，年至慮耗，抑沒於庸人之中，後生小子，或不知其有志於天下者。公歿，乃稍稍傳道之，悲夫！公諱鈁，字子宣。父墨，以貲爲郎，贈浙江平陽縣知縣。公中嘉靖乙卯科舉人，謁選知温州之平陽縣。考六年滿，陞南京錦衣衛經歷。久之，陞淮王左長史。致仕歸。歸二十二年而卒。娶許氏，後娶顧氏。男三人：世滋、允澄、允泓。女二人。公以嘉靖乙酉生，卒時萬曆癸卯也。後卒之十五年，而葬墓在覆釜山之新塋。公之治平陽也，當江陵初政，公奉行功令，尤慎法寬惠不刻。始至，慮囚平反幾千人，晝夜視爰書，目盡腫。平陽東並海，南距閩，西連括，土曠而民勞，歲輸永嘉及蒲門所二倉，凡千五百餘石。涉江踰阻，公悉以漕例議折，民兩便之。平陽之南有江，江南有大溪，南北相貫穿，是爲東西江灌田可四十萬晦。而閩、括之山，犬牙相嚙，海水出焉，北流注於溪水，則田爲斥鹵。公築復宋嘉定中鳳浦碑，佐以磹，并碑上流，八閱月而舉百年之廢。永嘉侯一元記之。江東西之田界閩，履畝握算，得漏田七萬畮。平陽民去水禍，增歲食，不復轉徙他邑矣。公行視甌、閩防倭要害，自金鄉衞抵炎亭、珠明海道，歎曰：「嘻！信國之築，而績溪之守，其可以弗念乎？」乃築石堡二，爲營房百有二十，以居戍卒，繕置守備焉。歲再饑，積穀備荒，所活數萬人。贖鍰之輸官者，一如憲令，給票自塡。方江陵政行時，郡邑騷動，齒牙相猾，然奉行如公者寶寡。居平陽六年，計口受俸錢，毀家爲邑，以榆爬蘇醒爲能事，故其事跡可記如此。然公少即好譚倜儻節概，及經世大略，既上公車，與光州劉黃裳、海鹽王文祿以豪傑相命。之平陽，過瑞安卓侍郎祠，感黑虎之事，求問所謂寶香山者而望祭焉。其在南錦衣，既倦游矣，謂康蘄公有開國屯田功，力請兵部復其後錦衣千戶。游燕子磯，指示振武營兵變時與黃裳釃酒譚兵之地，停杯歎息，低廻不忍去。歸田後，徐尙寶貞明開畿南水田，詒書詢公。公報書言國家兵屯鹽漕四大政，皆表裏水田。田邊地之法四，曰淸舊屯，重邊引，廣招募，隆賞功。田內地之法四，曰貴力田，更納贖，准傜役，定流配。田畿南之法三，曰近山用閩人級泉法，近河用楚人障陂法，近海用吳人引潮法。鑿鑿數萬言，皆可施行。而又謂設官行事，文法便宜，一切掣肘，深慮夫底績之不易。既而果如其云。尙寶議既格，所著潞水客談盛傳，而公書則僅有存者。嗚呼！其可悲也！公晚年以文史自娛，命觴顧曲，談宴終日。時時閔默不自得，嘗酒間歎息語余：「甲戌罷公車，海鹽王生年七十病卧，猶搖手相戒，勿低頭就選人。丁丑上計，生素髮垂領，婆娑部堂前，從衆中疾聲呼余，郎吏皆驚，余至今猶愧王生也。」公不得中進士第，而俛首一官，齟齬不得意以老。公所爲欷歔感歎，或在於此。然世方囊帛櫝金，以傳遽至於公卿，而公慨然懷古人趨赴功業之意，以爲有道路可指取，斯已誖矣。卽射策甲科，其遇合亦豈可期哉！以公視尙寶，抑又可悲也已！公與先大父同舉於鄉，以猶子字我先人，而余因以童子得見，知公爲審。乃撮季子允泓所次公生平，著公之志，以質於幽竁。銘曰：

覆釜之山，對峙海門。公卜新宮，于此高原。惟公之德，施而尙屯。如彼海波。演迤欲吞。雖則膏屯，渙其後昆。鍾水豐物，注茲有源。勿謂覆釜，其丘如敦。刻此銘章，千載有聞。

明故陝西按察司按察使徐公墓誌銘

天啓中，逆奄方用事，而秦撫喬應甲追比故刑侍王之寀贓以鉅萬計，期旦夕取辦以說閹。是時吾邑徐公爲按察使，心薄喬所爲，且憐追比之寃也，不欲急竟其獄。喬故有心疾，恃閹益張，揎袖攘臂，狂易如瘈狗。公侃侃不爲屈，退而歎曰：「此不類人所爲，吾其無如矣。」鬱鬱不得志，憤惋屬疾，遂以不起。嗚呼！公不死於奄，而死於奉奄之人，猶死奄也。公不死，禍不可知，得死爲幸。雖然，公豈自知其不免而祈死乎？抑亦自知其必死而不祈免乎？假令公不死，其肯造祠廟、頌功德、望塵拜祝，爲奉奄者之所爲乎？公歿未幾，喬以贓敗，秦人皆噦其名，而公之死至今猶爲歎惜。嗚呼！孰謂三代之直道，不在斯民也哉？

公諱待聘，廷珍字也。侯，大父也。懋德，父也。樹德，本生父也。其世系封贈，具於余所譔先塋碑，不再告也。進士，公所起也。知樂清、上虞、分宜三縣，以刑部主事改工部，歷正郎，陞湖廣按察使，分守荆南，終陝西按察使，公之所閱官也。公爲令，廉辨惠和，爬垢剔蠹，三邑皆有遺愛。在郎署，斤斤守職，筦節愼庫，勾稽出入，洗手不名一錢。在荆南，黔、蜀寇旁午繹騷，繕兵庀餉，荆南晏然。蓋公之歷官聲績可紀者如此。嗟乎！公起家爲令十一年，爲郎十二年，栖遲淹久，坎壈失職，人皆爲公扼腕，顧坦然若無所事於世者。晼晚遲暮，乃有秦中之行，人謂公精已銷亡矣。意有所不可，耿介於懷，之死而不可掩沒，此公之所以爲君子也。此余之志公，所以謹謹書之而不敢略也。公晚年與余游最密，每從公契闊談讌，酒肴嘉美，情愫披豁，主不告疲，客亦忘去，以爲有古人嘉賓式燕之風。温文令辭，恭而有禮，雖小夫狎客，長筵末坐，未嘗有厭薄之意、狎侮之色，每竊歎以爲盛德之事，鄉邦所未有也。韓子有言：親戚之不仕與倦而歸者，不在東阡在北陌，可杖屨來往也。公之亡也，余不勝東阡北陌之感。今其葬也，又何忍不爲之銘哉！公卒於天啓丙寅正月初七日，享年七十有二。娶陳氏，贈淑人。崇禎四年某月，合葬於徐墅之阡。公有子四人：錫祚、錫胤、錫雲、錫全。女三人。錫祚、錫胤皆與余交好，錫祚後公五年亦沒，錫胤實來乞銘。銘曰：

椓人作威亂紀綱，有失負恃虎翼張。公欲柱之憯莫當，載筆入地愬上皇。天晶日明公不亡，彼哉腥腐聞穹蒼。我磨斯石刻銘章，徵顯闡幽厥義長。

明故沔陽州知州徐君墓誌銘

徐之譜系出自南州，其在吾邑，至司空始大。司空之弟曰徵仕郎伋，徵仕之子曰太學生一德，太學生三子，而君其季也。徐自司空貴盛，其子姓多輕衣肥馬，左紘右壺，以游閒靡麗相放效。而君之父獨以讀書修行，勑戒其子，招延名人魁士爲之師友，以鏃礪其問學。君甫弱冠，已赫然有聲諸生間矣。萬曆丙午，君與余偕舉於南京，同年生私相指目曰：「此故善曲臺禮徐生也。」其見推服如此。然君當是時，感其年之漸長，而悼親之不及見也，每慨然太息，泣下霑襟。累試於南宮不利，遂俛首州郡之職，汲汲然欲援一命之榮以及其親，而卒不可得。君之志蓋之死而未已也。嗚呼！其可悲也已！君爲教諭，在徽之婺源，曰：

「此子朱子之鄉學也，其敢弗共？」端拜拱揖，示人准程。簡習孝秀，講貫經籍，闢四通之衢，以達學宮。鄉先生司農汪公、太宰余公鏓石以誦焉。五載，擢知沔陽州。沔兼受漢、夏諸水，水湍悍而岸善崩。君乘小舟行視，築堤疏門，走漲扞流。明年，水大至，民以不害。沔承荆下流，有堤界荆、沔間，沔壅則病荆，荆決則病沔，君相度而中分之，兩州之民皆曰「于我有德」。楚藩之中涓徵租於沔，白晝殺人，吏莫敢何問，君捕置之法。相國之子侵沔民田產，君視其質劑，立返之，豪右皆拱手奪氣。君治沔二年，米鹽酒脯皆取諸其家。從兄分守荆南，以令甲當改調，沔人遮道挽留不聽發，遂以病卒於官舍，州人巷哭。柩車之歸也，男女老壯，致奠醊者相望於道，舟舡下上，聲呱呱然，蓋所謂聞於古而覩於今也。君爲人和平樂易，飲酒温克，遇不可，必達其志，雖強有力不能奪。與人交，寡言自可，無握手指示肺肝之狀。其待故人亡友，雖一揖之交，終不相背負也。君於同年生最善余及嘉定李長蘅。長蘅嘗序君之交，以爲其人與文，清堅沉厚，皆合福德相，而惜其不遇時也。君卒，長蘅哭之，過時而悲。今長蘅亦歿矣。嗚呼！長蘅之所謂福德相者，其信耶否耶？以其言爲信，則君與長蘅，其窮與不壽也，已有徵矣。以爲不信，則世之貴且壽者，雖三公吾猶以爲隸人，雖百歲吾猶以爲殤子也。然則如君與長蘅者，其遂可謂之窮且短耶否耶？必有能辨之者矣。君諱待任，字廷葵，卒於萬曆癸亥之九月，享年五十有八。娶潘氏，先君而殂，享年四十有三。

生一子，曰錫祺。某年某月合葬梅里之新阡，而來請刻辭，曰：「先人之志也。」銘曰：譬之車焉，器工材良。可規可萬，養陰齊陽。豨膏棘軸，馳騁四方。行數千里，如庭與堂。閉門不試，小試輒傷。負轅長歎，嗟我郵良。嗚呼哀哉！視此銘章。

廣西平樂府同知致仕進階朝列大夫陸君墓誌銘

國家設資格用人，分進士舉人爲甲乙科，而近世輕乙科彌甚，郡邑官內徵得臺班者，乙科纔一二人。而此一二人者，又必其精彊鑑氣，揣摩捭闔，游光揚聲，乃僅而得之。不若爲甲科者，端拜詳視，便文無害，安坐而致津要者，十人而九也。世既輕視乙科，而乙科之自視，亦以爲支子贅壻，爲吏而不自力，自力而鮮克有終。即自力且有終矣，而往往連蹇不得意，爲甲科者相與心非而手笑之。於是乙科之自視亦日益輕，而吏治益以窳敝，甚矣資格之爲吏病也。往嘉興譚太僕好抵掌譚吏治，每爲余言桐鄉令陸君之賢，而惜其困於資格，濡滯以老。陸君者，名枝，字達卿，常熟之畢澤鄉人也。祖某，父某。少力貧好學，以萬曆丙子舉於鄉。謁選，知桐鄉縣事。陞夷陵州知州，遷廣西平樂府同知，致仕歸。君治桐鄉，懲前政數以墨敗，布衾瓦器，妻子同甘菜茹，勑丞尉各自砥厲，助尹爲治。勤聽斷，勸農桑，杜請託，明購賞，貧弱尉安，獄訟衰止。其治夷陵，大指如桐鄉，不以隨牒平進，稍自衰沮，皆以廉平爲天下最。此吾所謂乙科爲吏，能自力而有終者也。桐鄉滿考，不當得州守，夷陵滿考，不當得府佐，且在遠方，當事者亦知其賢，以其爲乙科，且悃愊吏，姑置之耳。此所謂連蹇不得意，困於資格者也。君既致仕歸，以孝友爲政於家，以仁厚退讓爲德於鄉。角巾布袍，規言矩行，爲鄉人子弟矜式者二十年。天啓二年九月卒，春秋八十有三。崇禎八年四月，葬畢澤圩之新阡。君桐鄉之政，譚太僕言之甚詳。在夷陵勒碑，記之者雷檢討何思也。浙宦家把桐鄉富民之急，以廢宅荒田易其美田宅。富人子訟之，權要爭爲宦家地。君曰：「無傷也。」使各復其所增稅。闍將抵荆也，故王少宰篆醵金往迎之，以請於君，君曰：「闍至，吾當以死拒之，其可往迎乎？」闍爪牙吏恣爲姦利，率州民追而沉之江，闍不敢問也。君之爲吏，其大事可記者如此。銘曰：

君之同時，蓋有起乙科，登西臺，聳勢氣焰，傾動鄉里者矣。不及百年，高臺傾，曲池平，門無遺莠，墓有牧豕。視君之所得孰侈？君之八十也，余述斯言以稱壽，今又銘之於此。嗚呼！非夫人之銘，以告闓史。

明故浙江温州府平陽縣知縣陸君墓誌銘

君諱崇禮，字孟敦。其上祖治，在勝國時，始居常熟。君之五世祖諱潤，爲浙江温州府太守。祖諱一鳳，福建泉州府同知，卒於官。父重科，娶張氏女，生五子，而君與中子大參君問禮，皆成進士。君家世仕宦，高閎綽楔，峻峙里門。祖父老於諸生，門戶單薄。君與大參君蚤歲矜奮，互相磨切，寒窗宿火，燈影熒熒，敲筆砥墨聲擊戛相應。君既决起射策，君歿而大參君克趾厥美，以蒇君事。君之兄弟，所謂能起家者也。君初令閩之龍溪，據案判牘，颯如風雨。辟名撟令，不泃而辨。豪民譎吏，皆捧手縮舌。中貴人榷稅於閩，邑長吏造門，傳呼伏謁。君譙訶門者，趣入具賓主禮。中貴人心慚於君，而邑中豪銜君執法，飛謀釣謗，具草劾奏，撫臣爲傳遽沮止，其事得解，而君行意自如也。已調温州之平陽。平陽當兵燹之後，歸流人，復侵田，晝饋運，計算弊餘，夜以繼日。君故有心悸疾，遂不可爲，卒於平陽之官寢，萬曆二十年三月十二日也，年三十一。娶王氏，子四人，曰某某。女二人。大參君以天啓元年某月葬君於虞山先人之兆次，走書京師，屬余以銘。余先世與君家比鄰，突煙縷縷相接。余王父舉嘉靖己未進士，逾年而卒，而從祖祖父憲副公，復以乙丑舉進士，後四十有餘年，君家兄弟如之。兩家門第廢興，慶弔錯迕，俛仰里門，陳跡宛然，故老過之，無不慨歎。憲副公之孫某，實爲君壻，而大參君與余篤厚，不可以辭，以志兩家之故，傳於閭胥，亦余志也。銘曰：

猗陸氏，美汾郁。趾機雲，比金玉，君先鳴，振前躅。歷巖邑，作明牧。罷民蘇，閹尹服。扞危疑，移墊沃。名已飛，身則伏。大厥家，宜式穀。虞山宫，龍淵曲。於萬年，志陵谷。

誥封中大夫廣東按察司按察使孫君墓誌銘

孫氏世居中州，勝國時，千一公官平江路錄事司主事，遂家常熟。弘、正間，西川先生諱艾，攻詩任俠，爲沈啓南高足弟子。鄧畝文度贊其畫像曰：「開門延千里不羈之客，赤手鑿百仞未闢之山。」里人至今傳之。艾生小川先生，諱耒。耒生三川先生，諱七政，亦以攻詩任俠，有聞於時。而府君其中子也。府君諱林，字子喬，與其弟諱森，字子桑，羈貫成童，爽朗玉立。三川本秦川貴公子，自皇甫司勳、王司寇以下，莫不造門。君兄弟周旋杖函，吐屬如流。酒酣樂闋，分韻賦詩，刻燭叉手，倚待立就。客無不停杯擊節，以爲二陸兩潘復出也。稍長，攻制科之業，踔厲風發，文采爛然，而又得一時通人若無錫顧端文、里中趙文毅爲之師，聲名籍甚。省試榜出，三川必問甲乙云何，過此不復省視，以爲不足以辱吾子也。數踏省門，不見收，三川家益落，嘗爲詩曰：「割宅留松徑，開門借酒家。」被酒悲歌，意若有不自得者。君兄弟視形聽聲，竭心力以娱老。賓客日進，詩酒不衰。人皆曰：「幸哉有子也。」三川没，子桑與君之伯子恭甫相繼舉於鄉，君以諸生祭酒授高郵州訓導。會恭甫舉進士，以刑部考滿，君遂膺封典如其官。又十年，少子光甫亦舉進士，君以恭甫三品晉封，益榮顯矣。又數年而卒。當君盛壯之時，謂甲第可以契戾取，已而數困鎖院，家貧親老，人以爲君憂。君眉宇軒翥，籠蓋人上，奮髯樹頰，里中少年莫敢陝輸視君者，及其晚年，聲華烜赫，于公之門日高，翟公之客復至。君自念不逮其親，抱枯魚靜樹之感，歲時伏臘，涕承於睚，而墨瘁其色也。君天性孝友，既貴，削衣損食，以收睦賑卹爲事。甓道路，成橋梁，汲汲然如有所不足者。以其間蒔花藥，斥園圃。親知故舊，岸幘談讌。門徒業使，韝蔽上壽。偃仰極意者二十餘年，斯可謂高朗令終，備具五福者矣。君既辱與先人游，而余與子桑同舉，交在紀、羣之間。恭甫既第，光甫始見知於余，余亟稱之。君過余而歎曰：「轂也食子，離也收子。君之知我子，亦猶我之自知也。」恭甫歿先於君一年，而君之喪，光甫自泉來奔。泉之民號咷歌思，至於今未已。君之能知其子，豈偶然哉！君卒於崇禎十年四月，享年七十有四。娶陳氏，贈淑人。子三人：朝肅，廣東布政司右布政；朝諧，國子生；朝讓，福建泉州府知府。女三人。孫男女十五人。某年某月，葬吾谷之新阡。往余有母之喪，倒囊入息於質庫，莫有應者。君呼恭甫之守藏者，命趣與之。余每讀史，至平原君母死無以發喪之事，未嘗不潸然出涕，而歎君之能急我也。今余離告訐之禍，幽於請室。而光甫之乞銘也哀，曰：「微夫子之言，無以葬吾先人也。」俯仰君父子間，存亡今昔，良有足悲者，故不辭而爲之銘。銘曰：

虞山大宮，谷林小霍。新阡之記，姚史所作。君每讀之，解顔盤礴。今歸於斯，魂魄所樂。絳樹錯繡，丹丘塗臒。從而父祖，長游冥漠。

東昌府通判王君墓誌銘

君王氏，諱字熙，字伯明，其先常熟之石塘里人也。曾祖諱寶，祖諱萬齡，父諱之鱗，歷官山東布政司參政。君之祖中繇役家圮，依婦家於無錫。參政舉進士，始來歸焉。參政娶蕭氏，生四丈夫子，君其長子也。君爲兒時，孑身就傅鄰塾，彳亍掉書囊，失足墮河水中，鄰翁沒而掀之，乃得出。長益自力問學，以國子生選授山東都司經歷，陞東昌府通判，左遷魯王府審理，致仕。天啓二年二月卒，年五十有六。妻譚氏，子九人。某年某月，葬於參政橫瀝阡之昭穴。參政廉辨長者，其卒於官也，東人巷哭以過車。君初至，父老皆歡迎，褰車帷相指目，曰：「此故王大夫之子也。」君於吏治，精壯果敏，曉暢法律。署四縣，曰章丘、陽信、齊東、堂邑。署一州，曰濮。所至興利櫛垢，若營其家。東人遮道邀留，不肯聽去，既去而歌思之，曰：「眞吾王大夫之子也。」通判職治河，是時黄河南徙，漕運梗咽，議者紛然以復舊河爲言。君極陳泇溝之利，當每歲疏濬，以全力從事。若分泇治黄，彼此牽掣，則舊運必不可復，而新河亦坐廢，此兩敝之道也。于是開泇之議始定。又移驛泇口以耆，漕事至今賴之。蓋君之歷官，其能績可記者多矣，而此其大者也。君罷官歸，斗粟尺帛，必與諸弟共。從父弟死，念仲弟之貧也，以其子爲之後。君多男子，衣食百須，枝梧捃拾，而能推以與弟，人尤以爲難也。君於諸弟，忞其友愛，而尤愛季弟宇春。宇春好佛，君亦晚而學佛。疾旣革，修西方儀軌，堅坐正定以求所謂往生者，蓋浹日而後沒。銘曰：

君初病噎，鄭重謁余。致幣肅拜，攜一卷書。云將死矣，念子相於。敢乞銘章，以當楬櫫。死趣安樂，若禪定餘。浮屠道人，有弗君如。顧視人世，蟲蝗蝍蛆。盥饋沐浴，撒手來去。孰愚孰賢？夢與幻與？嗟我勞人，未忘歎譽。斯言贅矣，以刻幽墟。

天河公生壙誌

歐陽公記洛陽牡丹，以謂天下眞花獨牡丹，花之鍾其美而見幸於人者也。雖然，鍾其美者天也。王於姚，妃於魏，荊棘叢生於丹、延、褒邪之間，雜然而品敍之，則固繫於其所遭矣。今天下獨重進士科，以進士起家者，譬如洛陽之花，一出於畦塍，則已享朱門幄帟之奉。其繇它途者，則不能也。夫進士之才美，未必姚、魏，而它途未必皆荊棘也。而世之品敍若是，何哉？天河公文翰端麗，孚尹旁達。其所鍾美矣。鏃礪栝羽，戰術藝之場，掉鞅先登，其見幸於人也不難矣。然而遷延三北，以年資入貢，爲廣文於高郵、於蕭，爲令於廣西之天河，卒致其事以歸。斯非所遭之蹇，而叢生於丹、延、褒邪之間者歟？公在高郵，御史檄署寶應縣。湖泊多盜，咸自首服，十旬而城成。其在天河，四堡久沒於那夷，馳片紙叱之，侵疆來復。嗟乎！公遠宰蠻縣，窮裔一隅，猶能奮臂其間，令得受疆圉之寄，其肯喪師失地，而以城與虜乎？國家逼迸資格，使人才抑沒如此，此不徒爲公歎也。公今年八十，筋力方剛，博弈談嘯，濡翰盡數紙。傴僂俯躬，不告劬勤，子孫服儒，攜嬰坐膝。還視同學少年，射策甲科，驟至通顯，而奄忽物化，有邈若隔世者矣。洛陽之花，棄置於丹、延、褒邪之間，尋斧不及，或以久延；而朱門幄帟之中，其萎落滋早。人之見幸與造物之所護呵，固不可同日而語也。公自爲壽藏，穿壙於先人之墓側，而狀其行以屬余，曰：「及吾之身，願有述也。」公殆古人所謂達生者，將與趙邪卿、司空表聖同游於千載之上。余言之啁噍，何足以發其一笑乎！噫！亦以志余之感而已矣。公諱志學，字希之，姓薛氏，稱天河，從其官也。今年萬曆四十八年也。

初學集卷五十七

墓誌銘八

浦君鎔先生墓誌銘

吾邑自唐、宋以來，人才輩出。而流寓亦多賢者，王處一之風節，周仲美之經術，陳敬初、鄭季亮之詞章，流風餘韻，浸淫成俗。賢者之所居，若此其重也。世道交喪，而舊老遺民，邈然不可以復作，蓋百年于此矣。如浦君君鎔者，其亦近世之寓公也與？君諱大冶，君鎔其字，常之無錫人也。父諱應麒，舉進士，入翰林，官至左春坊左贊善。娶于陸，生子三人，而君其少子也。君少穎異，攻詩文，楷書法歐陽率更，遒勁有骨法。十六補博士弟子員，代宮贊公屬筆札，宮贊公以爲類我。當是時，君方少年，爲秦川貴公子，其託寄已絶出流俗。好書法名畫及雌彝兕敦之屬，傾囊解衣，一無吝惜。所與游，多高人辭客名僧逸民，簾閣綈几，焚香掃地，淸談竟日，凝塵滿座。庸夫俗子，望之自遠，不待閉門謝客也。宮贊公歿，君徙家虞山。虞山多故家遺老，而君之外家爲孫氏，以風流好客聞于江左。嘉靖中，有崑山人周詩者，客于孫氏，死葬孫氏之吾谷。山人少不婚宦，所至以槃囊詩卷自隨，孫氏子孫歲時漬酒于其墓。君聞其風而說之，遂老于虞山，其風致蓋與山人相彷彿云。君天性孝友，先人生産，推以予伯仲，獨身徙虞山，蕭然旅人也。性嗜讀書，不憙泛濫，于子家喜老、莊，于集家喜陶、韋，外是則旁行四句之書，手鈔句讀，朱黃儼然。評論書畫，考正鐘鼎彝器款識，專門名家，多有弗逮。葛巾棁杖，游行山澤間，城市之中，足跡可數。積雪拒門，突烟不起，彈琴商歌，聲出金石。晚年敎其子世彥，蔚爲名士，所得束修羊，一以奉君。君以是能安貧味道，老而不辱也。天啓元年，君八十有二，卒之日，沐浴危坐，命其子檢點書册巾履，若將遠適者，合掌念佛，端坐而逝，是年之三月十九日也。又四年，其子將葬君于虞山之阡，而以銘屬余曰：「先人之志也。」余少爲文章，無所鯁避，君讀而亟稱之。庚申之秋，余將還朝，君踏門而拜曰：「願以身後累子。」嗚呼！余何敢愛其荒言，不以慰君也哉？銘曰：

世之盛也，族墳墓，聯朋友，𪗆宫室，同衣服，如周官之所謂本俗者，舉世而皆是。風俗淳美，士大夫澹于榮利，遺民寓公，幅巾談笑，蓋無往而不得其所止焉。今之世，甓甓靡所騁，辟地去國，適彼樂土，其孰適爲之主乎？召彼故老，徵諸閭史，吾邑之傳僑寓者，其將至君止乎？嗚呼唏矣！

張義卿墓誌銘

吾鄉趙文毅公之未没也，故雲南巡撫陳公用賓妻病，禱於金碧山之神，神傳語曰：「常熟趙公爲閻羅王，以明年三月某日上，弗可爲矣。」至期，陳夫人果卒，文毅亦没於家，其日時俱合。而張君浩字義卿者，文毅之及門弟子也。君力學修行，博通古今，以宿學碩儒自負。年三十餘，始爲諸生，累困鎖院，食貧仰屋，鬱鬱不得志。萬曆癸卯以病卒，享年四十九。没之前數日，喑不能言，一夕忽語曰：「趙公辟我爲記室，已表於上帝，須命而往耳。」自述其七世往因，在宋爲池州權守趙卯發，德祐初殉義者。語訖復喑。越三日，又曰：「趙公已得請矣。」拱坐而逝。君没，家貧益甚。其妻錢氏，撫其孤孫履端，食荼攻蓼，備所不堪。後君二十八年，年七十五而終。君初没時，錢病不知人，兩日而蘇，曰：「見君冥府，甲第中冠服都甚，與爲期，曰待孺子立而來。」錢及見履端舉鄉試而没，實崇禎四年也。又四年乙亥，履端舉其柩，合葬於君西山之阡，而謁銘于余。余惟神怪之説，孔子所不語，而儒者多諱言之。雖然，以文毅之剛強正直，抑於羣小，而君之深中篤厚，老於諸生，屈於生而申於死，亦理之不可誣者。且夫生而貴厚者其日短，而死爲明神者其報長。然則爲善者可以不懈，爲文毅與君之徒，可以無憾也。三世之事，信而有徵。爲文毅與君者，靈響昭灼，儼然明神。

則世之一夫九首，凌厲恣睢者，度不能無死，其亦可以思懼矣乎？爲世教計者，惟恐神道之不章也，何爲諱言哉！余爲兒侍先君側識君，修髯長身，儀觀甚偉。年十六七，讀書山中，君僂而過，余以丈呼曰：「吾丈於今日爲絶倫，于千古爲名世。」鄭重肅揖而去。余少心易其言，至今猶愧之。履端又余門人也，其忍不銘。銘曰：

生無貴仕歿有神，流光燾後趾厥孫，來世可徵訊墓文。

處逸夏君墓誌銘

君諱時中，字庸父，少從景陽秦君游，而與少補蔣君並爲童子師。秦君家故饒于貲，風流博雅，善度曲鼓琴，尤喜藏書，朱黄丹白，開卷爛然，從人得秘書，多用行書好寫，篝燈勘讎，老而不倦。蔣君尤貧，不能購書，人間多有之書，皆手自繕寫，盈箱溢几，尤爲專勤。君與秦君游，讀其所藏書幾遍。又與蔣君是正六書之學。故里中言小學者繇蔣、夏，規言矩行，儼然爲人師五十餘年。余歸田，訪問遺老，秦君、蔣君皆前没矣，獨夏君在，乃備禮請與相見，欲延致家塾，不果，又十餘年而卒。其子士瑚，將葬君，以余爲知君也，請爲其銘。自國初吳文恪公言里中宿儒有陳伯麟、陸子善、衞伯京、鄧仲琚之徒，迄於今遂不能舉其名氏。不及百年，如君者，豈復有知之者乎！夫布衣修行，白首耆艾之士，國之老成，鄉之祭酒，世之布帛菽粟，而人之元氣也。世之降也，宿素衰落，後生小子，無所師範。詩書牆壁，五經掃地，流風本俗，罕有存者。鄉井若此，朝廷亦然。故曰：雖無老成人，尚有典刑。君山嘆息于子雲，文舉流涕於伯喈，豈徒以其人也哉！余爲夏君誌，於秦君、蔣君，牽連書之，庸告於鄉之士友，以識吾憂云耳。銘曰：

君爲人，邁叔季。身人師，腹經笥。性孝友，寡求忮，壽八十，闕其二。癸酉卒，丙子肂。墳三尺，土一簣。作銘詩，詞無媿。後千年，樵牧辟。

龔府君墓誌銘

龔氏自唐、宋以來，世居常熟之小山。國初有諱璵者，徙居大河。璵之曾孫耀，倜儻饒智略，起家素封。耀生埏，埏即君之父也。君諱用賓，字國光。少落落負奇氣，學儒不成，爲農，歲比不登，乃辭於父母，肇往服賈。嘗自淮上抵江陰，江陰令方試士，袖筆入試，已事而歸。歸數日，江陰人夜扣門，告君補博士弟子員。家人怒其誑，欲毆之。君笑應曰：「是也。」君之祖即世，家產中落，田不足三百畝，君四分之，擇其一以養父母，而推其二以予弟，操持門戶，稍得枝柱。久之，復嘆曰：「吾去農而賈，去賈而儒，今爲儒復不足賴，其長爲老農乎！」盡棄所授田，躬耕沮洳之地，稅衣牽，作築場，穫稻釀酒，召客縱飲盡醉，歌「田彼南山」之詞以終老焉。君爲人峭直，不容人過，不爲厓岸斬絶，意闊如也。又好平亭曲直，扶弱禦強，人以此多歸之，海忠介公撫吳，性嚴重，長吏見者皆頭搶地。君謁見，白屯田利害及邑胥吏不法狀，昂首抗辯。忠介爲之俛首，曰：「龔生經濟才也。」怨家許君於提學御史，御史抶而遣之。是日有村巫降神，走數里撫君背曰：「毋恐，事已得直。」君初不知也。鄉人驚相告曰：「龔秀才不獨能面折海都，且驅使鬼神矣。」君好手鈔古書，尤嗜春秋左氏傳，以謂能疏通其義。邑令有不禮於君者，人嗾君首其陰事。君曰：「無庸，將自及。」未幾，令以墨敗。富人子奇其孫立本，欲以女妻之。君曰：「齊大非吾耦也。」竟謝去焉。其稱述經義，好自引重，多此類也。君年八十，以萬曆辛丑歲八月卒。配范氏，少君一歲，先君十七年卒。君卒之次年，其子復澄合葬於官蕩之新阡。後三十年，立本仕爲崇德縣知縣，屬其所與游者彭城錢謙益志君之墓。銘曰：

龔氏五世，聚族而居。有唐龍朔，景才表閭。曰識曰沂，世乘高車。卓犖府君，學不純儒。高視闊步，佩玉長裾。畟畟良耜，藹藹蓬廬。嘯歌長寢，其樂晏如。明德之後，必復其初。我銘匪諛，以質幽墟。

龔府君墓誌銘

蕩。余與龔子立本游，數年而始識其尊人仰峯君。戊午之六月，立本邀余侍君汎舟荷花蕩。余聞君故游于酒人，觥籌交錯，糺逖促數，往往能困其坐客，則亦巧爲令章以當君。君嚬蹙曰：「無多酌我，君當恕老人也。」余少寬之，則又引滿舉白，賈勇而致師。酬酢竟日，數告困，亦數求困人。至於回舟秉燭，談笑極驩而罷。余退而語立本曰：「子之尊人，非酒人也。向者之游，士女駢填，絲肉亂作，吾觀其振襟危坐，蕭然若屏居燕處，此豈非昔人之稱夏仲御所謂吳兒木人石心者哉！」立本曰：「吾父孝友敬恭，內行淳至。每聞談人過惡，輒掩耳而走。嘗糶粟於人，價浮一金，亟封還之。信使未發，爲之申旦不寐。」其介獨不苟，皆此類也。晚年有末疾，不良於行，扶簁輿，坐南榮，偃曝之暇，與親知舉杯，輒復頹然霑醉。天啓丙寅三月卒，享年七十有六。君諱復澄，字淸之。祖垹，父用賓。先世具余所撰厥考誌中。配朱氏，少於君一年，勤勞恭儉，與君媲德，後君一年卒。是年十二月，合葬於官蕩祖塋之次。葬之後七年，用立本崇德知縣考滿贈官，而朱爲孺人。子三人：長立本，今官南京刑部主事，次務本、正本。銘曰：

賦詩不求工，賫以寫眞。飮酒不辭醉，用以全神。爲德不近名，樹德不敢贏，畜以遺其子孫。虞山之陽，大河之濱，尙其挈榼載酒，以澆君之古墳。

陳則輿墓誌銘

陳君於余，二十年以長。余少伉浪，不可人意，君折輩行與游。嘗語余曰：「里中貴人，遇我多繆爲恭敬，時具酒食啗我，我輒掉臂不顧。公等多狎侮人，善嫚駡，我顧喜從公等游。」不知其所以若此者何也？居久之，君益窮，落魄不得志以死。余時時念君，輒省記其語。君歿三十有四年，其子夢鳳葬君於虞山而請余爲銘。於乎！余何忍不銘君也哉！君諱三吾，字則輿。少孤貧，爲諸生，好訪求里中耆舊故事，殘碑斷翰，一一橅榻藏弆，以資見聞。賓筵客座，遇故家子弟，輒盱衡抵掌，劇談其祖宗譜牒，羣從姻婭，坊曲鄰並，無不愕眙聳聽。性滑稽多智，委巷瑣碎，與閭里銖兩之奸，不出門屏，能周知之。稗官小令，村歌市語，雜出脣吻間，無所差擇。輕薄少年爲風謠歌曲，諷切時事，或譌傳出於君，君亦欣然以爲能事，初不曰非我爲之也。然君之爲人，孝友易直，不牟利，不宿怨，知君者以爲有長者之行焉。少夢前身爲寒山寺僧，每避不入寺。己酉春，舟過寺門，友人強之登焉，入亡僧之室，窗櫺床几，宛如所夢。詢其卒之日，則君以生。意慘然不懌而出，遂以是年四月卒，年五十三。君之生也，父方爲令客。令以父之年命其小名曰五十，既而悔之曰：「奈何限若子以年乎？」更之曰百壽。而君竟不登下壽，卒如令之始名。君生平好傳述齊諧、夷堅怪異之事，而此二事亦甚異，後當有傳之者。銘曰：

生無所贏騰厥口，死何所傳視其友，書此哀石告永久。

陳府君墓誌銘

余邑有兩明醫，曰似虞周翁、襟宇陳翁，皆與余厚善。周翁晚而却杖，徒步行里中，見他醫乘肩輿，盛傔從，必障面唾之曰：「鼠輩惡薄，吾何曾見顧愛杏如此！」顧愛杏者，嘉靖中良醫也。陳翁家世通顯，有爲侍御史及推官者。二子皆登賢書，比封君矣。其爲小兒醫，村童里嫗，篝燈扣門，未嘗以昏夜爲解。長身偉衣冠，遇蓽門圭竇，傴僂而入。繩床土銼，兒呱呱啼敗絮中，便溲狼籍，視顱顖，察乳哺，腥臊垢穢，未嘗蹙頞掩鼻也。爲人温良樂易，語言姁姁，兒知孩笑，應和人者，皆暱而近之，故其所治療爲多。以其所得，具甘膬，買粔籹，以奉老母。時時效人家嬰孺啼笑，以相娛說，五十餘年如一日也。崇禎八年，翁卒，年八十三。次年九月，其妻范氏卒，年八十一。其子啓元、調元合葬于湖田之新阡，而屬余銘其墓。翁之生平，爲孫順，爲子孝，爲兄友，睦姻任恤，内外無間言。二子仕爲邑令，詒書戒之曰：醫誤殺一人，吏誤殺一邑。又曰：我有十指以餬余口，無以盜泉爲鼎養也。其嚴于家訓如此。錢子曰：周翁陳翁，皆好行其德，修君子之行。王介甫之稱淮南杜君，所謂寓于醫者也。周翁善金吾凌君，凌老而貧，故舊皆亡匿不見。周翁獨厚遇之，凌每言周翁，輒泣下。陳翁之鄰兒，瘍而危，中夜炷香而祝曰：「天寧使貞婦無後乎？」周翁年九十三，危坐而逝。陳翁享高年，有賢子孫。天之報施善人，可以觀矣。銘曰：

扁鵲聞秦人愛小兒，卽爲小兒醫。秀眉黃髮，誰無嬰攜？鳩車竹馬，以遨以嬉。天之報之，亦旣勸止。壽考令終，又多男子。我銘好德，敬告閭史。

繆君墓誌銘

君諱某，父曰道山翁，以孝友世其家。君讀書奉親，蒔藥灌竹，凝塵蔽榻。道山安其養，年九十餘乃終。君好西方之教，病革，賦七言詩，如所謂偈頌者，瞪目趺坐而逝，萬曆四十六年也。年六十有四。娶於顧，先君七年卒。天啓三年，合葬於虞山。君之母，吾外王父之從孫女，君與余，皆顧之自出也。銘曰：

死生大矣，彌留之時，孰能言笑，如旅告歸？生而爲善，死則考終。吾言若此，以銘幽宮。

王府君墓誌銘

嗚呼！天之生斯民也，其將使之蝗粱黍繭，居室封己而自爲乎？抑亦欲其有補於斯人也？古之聖賢，勤身以憂世，如列子之所云天民之窮毒憂苦，危懼遑遽者，其不自爲而爲人也，天之所使也。若夫百年之間，一介之士，有離立崛起，而食報於後者，亦必其爲人太多，自爲太少者也。當其經營拮据之時，途窮而道廣，智蹇而願奢。家無擔石，妻子凍餓，而恆思三族之人，待以舉火，窮年盡氣，欲奮臂以與造物爭。天雖閔之，必重困之，重困之而不已，則天又不勝其閔。時至事達，若交手而相報焉。北山愚公之謀平山也，河曲之智叟聞而笑之，操蛇之神，告之於帝，帝感其誠而遂焉。繇此觀之，世之所愚，未必非智，世之所智，未必非愚也。而封己自爲之徒，矜其目睫之智，欲以沮止天下之爲善者，而唯己之從，可不謂大愚也哉！君諱嘉定，爲吾邑甲乙族，有顯宦，而君獨以孤貧起家。計君之生平，復先墓，僦故廬，養孤嫠，振危急，凡所奮臂而爲之者，未嘗操奇贏，權緩急，量其力之可否，以故舉事輒大困。少與其配陸孺人典衣縮食，黽勉有無。孺人沒，生計益落，則仰給于子錢家，償以倍稱之息。間嘗仰屋竊嘆，人謂君且悔是矣，而君顧爲之益力。蓋君之二子，皆有儁才，君之勇於爲人，窮老而不已者，以有二子也。天啓甲子，仲子夢鼐舉於鄉，君年六十一矣。又三年丁卯，伯子夢鼎亦舉，而君以是年八月卒。又八年崇禎乙亥，仲子既舉進士，出宰烏程，歸而與伯子合葬君夫婦於北山之新阡，而謁銘于余。嗚呼！君之所爲，窮遠託大，落落難合，世之爲智叟者，孰不環而笑君，且用以爲誡。而君顧不自悔而爲之益力，而卒以食報於後。君之爲人則已太多矣，其自爲未可謂之太少也。君之父夢神人詒之兩罏，曰：「以是爲而孫。」遂以名其三子。君之爲善不已，而食報於後，神相之矣。操蛇之神之告于帝也，固曰懼其不已也。夫爲善而不已，神將懼之，又遑恤夫環而笑之者乎？如君者，斯可以立教矣夫！銘曰：

君之喪母，牆翣敝穿。弔者二人，足音蛩然。今之葬君，冠蓋至止。柩車首塗，觀者罷市。累累先壠，兔穴狐丘。負畚荷鍤，保此一抔。菀彼新阡，開道樹碣。旁置萬家，中有雙闕。詒而孫子，告以兆語。罏、鼎及鬲，帝用錫汝。勿謂善小，天鑒在茲。大書深刻，著此銘詩。

初學集卷五十八

墓誌銘九

陳孺人張氏墓誌銘

應山陳愚，字元朴，故楊忠烈公之友也。元朴少與忠烈結交，以其女妻忠烈之長子之易。忠烈被急徵，元朴攜其壻間行荆、鄖、吴、越間，過余而泣曰：「親在不許友以死。吾兩人皆有老母，其若文孺何？」文孺，忠烈字也。元朴既除母喪，率忠烈二子，謁銘于余，已而稽顙涕泣，以母之誌爲請。今年之易書來曰：婦翁自公車罷歸，抱病且死，遺言以其母及吾父之誌爲囑，再三鄭重而卒。余發書，悲不自勝，泣下沾襟。蓋余有母之喪，亦將禫矣。初，忠烈爲常熟令，語余曰：「子不可不識吾元朴。」元朴亦以忠烈知余，遂定交于長安邸中。當是時，余方少年豪舉，元朴面目稜稜，有不可犯干之色，見而知爲端人正士也。及忠烈官省垣，余在史館，皆侍從近臣。而元朴老于公車，余兩人每慰勞元朴，不以不第爲元朴憂，而憂其無以將母，未嘗不相對閔默也。忠烈被禍，元朴傾身經紀其家。邏者交跡于門。母告元朴曰：「汝不記與文孺升堂拜母之日乎？文孺爲忠臣，汝能爲文孺死，斯爲吾孝子。汝勉爲我自力。汝以我故負文孺，我亦無用見汝矣。」元朴跪受教，屬其二子而行。余聞以白吾母，且言忠烈母妻譙樓露宿狀，吾母爲泣數行下也。天啓六年七月，元朴母卒。崇禎元年，忠烈之繼母卒。余再罹黨禍，杜門養母，又五年，亦至于大故。元朴歸楚，聞吾母訃，爲之噭然而哭。而今元朴亦死矣。嗚呼！十餘年來，死生患難，如旋風怪雨，三家母子，六喪其五，獨余頑狠，偷生視息。天罰以不得卽死之苦，其欲久居此世者何也？孺人姓張氏，貴州府學訓導陳公諱一拯之繼室也。訓導之爲人，端方質直，不愧古孝廉，而孺人與之媲德。妯娌八人，皆富貴家女，裙布操作，與之游處無間言，撫訓導兄弟之子如其子。兄子無賴，謀要元朴殺之，孺人亦無違言。元朴束修自好，人曰眞孝廉，亦稱其母曰孝廉之母也。享年七十有六。生一子卽愚，萬曆己酉科舉人。孫男女共若干人。以某年某月，祔于訓導某山之阡。銘曰：

子不許其友以死，母許其子以死。忠臣良友，賢母孝子。嗚呼斯銘！庶幾久而不泐者，恃後之有良史也。

秦母錢太宜人墓誌銘

無錫秦君堈葬其母錢太宜人，手疏其內行而謁銘于謙益。謙益讀之，仰而思，俯而慟。客曰：「何慟也？」謙益曰：「吾有慟于吾母也。甚矣太宜人之似吾母也。」謙益之述先太淑人也，其德有七，曰順莊貞勤儉仁慈。秦之述太宜人也，其德有十，曰恭敬誠孝慈仁正勤儉介。比而觀之，無弗同也。述太宜人之孝而誠也，既饋而公姑交賀，華孺人歿，事其舅蘭湯公，盡解衣裝，以供腆洗。歸于秦十三年，事其父眞定公與周恭人，晨夕在左右也。周恭人病，刲股肉以療之，里中稱孝女焉。吾母之孝而誠猶是也。述太宜人之敬也，生二十年而歸奉直公，歸三十八年而奉直公歿。奉直公讀書負大節，流連文酒，不事家人生産。太宜人朝虀暮鹽，黽勉佽助。數踏省門，不見收，從容慰藉，閨閤中宛如賓友。奉直公歿，訓其二子，言稱先君，十八年一日也。吾母之敬吾先君猶是也。述其仁則宗婦之惸嫠者比屋而炊，臧獲之貧窶者分甕而食。述其貞則言不出閨閫，足不出廳屛，目不覩優舞，身不近巫尼。述其勤儉則少而操作，老而執勤，寢門之內，機杼軋軋然，刀尺琅琅然也。不耀珠翠，不施薌澤，陳衣之夕，醯醬猶在閣，裙布猶在椸也。吾母之貞仁勤儉猶是也。以言乎太宜人之慈，其似吾母也滋甚。秦君之述太宜人也，曰置于懷者五十有四年，謙益之述吾母也，曰置于懷者五十有二年。天下之母，有慈焉如二母者乎？天下之子，有五十餘年而免于慈母之懷如二子者乎？秦君以休沐歸養，謙益以罪免歸養，二母之安之一也。秦君之養其母也，長筵版輿，斑白稚齒，雍容燕喜，以終其天年，猶愾然有風停樹靜之悲。而況于幽憂兇懼，以壯子累慈母如謙益者乎？又欲其以未死餘息，强顔而志太宜人之墓，不已過乎？嗚呼！河上之歌，同病相憐。秦君之念母，與謙益之念母一也。因秦君之請敍其母之令問淑德，以昭管彤，而吾母之生平，亦得以附見焉。詩有之：「孝子不匱，永錫爾類。」其不獨以昭秦母之賢，亦可以徵其子之錫類已矣。太宜人之先出吳越武肅。父曰眞定守諱某，母曰周恭人。嫁秦君，諱某，誥贈奉直大夫，福寧州知州。生二子：長堈，壬戌進士，今官戶部雲南淸吏司員外；次坊，貢士。孫男七人。孫女五人。曾孫男女三人。庚辰某月，祔葬于奉直公軍將山箬塢之新阡。銘曰：

自劉子政之傳列女，有母儀婦道賢明貞順之目，而後世之述婦德者，相沿而未已。我稽錢媛，及吾母氏。婉娩德音，上配圖史。猗嗟秦母，幸哉有子。福壽康寧，考終哀死。小人有母，未嘗甘旨。驚憂辱親，志士所恥。嗚呼！才不才亦各言其子也，執筆而銘秦母之墓，終古之慟，沒世而已矣。

誥贈宜人陸氏墓誌銘

萬曆間，長洲文文起以孝廉特聞，與其妻廬居於竺塢。三十八年四月，文起下第歸，而其妻卒。九月，權厝於竺塢之丙舍。文起之甥今詹事姚君孟長爲之狀，而其友故職方劉君靜之爲之銘，皆曰眞孝廉之妻也。後十二年，文起以狀元及第。又十年，爲今上之五年，文起輟講筵，奉使過家，改葬宜人於新阡。於是文起不遠百里，謁銘於其友錢謙益，且曰：「吾妻歸我凡二十三年，首不耀珠璣之飾，身不御紈縠之衣，嘗欲易一故藤枕，須五十錢，無從辦而止，妻處之怡然也。疾革，屬以嫁時衣斂，且曰：無美木，無厚葬。念我貧也。今茲之葬也，有宜人之贈，有孝婦之褒，天光下賁，綽楔巋然，庶可謂備禮矣。撫今而追昔，吾能無腹悲已乎！吾妻少讀書，識道理，其生平尤知文章爲可貴。吾探其志，雖歿而奉天子之愍綸，其終不能忘有道之一言也。吾是以有請於子，子其勿辭。」謙益曰：「宜人之行，不可以一二舉，舉其大者。以衞輝公爲之舅，而廟見之訓詞，奉爲師保，易簀之夕，始啓篋衍而出之也，可不謂賢婦乎？以文起爲之夫，而閨門之相助，儼若執友，似續之計，至脱簪珥以圖之也，可不謂令妻乎？吾徵諸文起，又徵諸其甥與其友，其可以示於今與後也亦明矣，而何有於余言乎？雖然，宜人之於文起，非猶夫人之夫婦而已，靖之所謂天作之合以相文起者也，相之於鴻鵠未孚之日，迨其毛羽豐矣，六翮成矣，中道弃之，而不及見其遐舉，此文起之所以腹悲而未已也。若宜人則知其夫爲孝廉而已，知其爲孝廉之妻而已。文起登上第，官禁近，宜人曰：吾知吾孝廉而已。浸假而操化權，參大政，宜人亦必曰：吾知吾孝廉而已。

惟文起明允正直，以道事君，批鱗指佞，後先一節，宜人必听然曰：此眞竺塢文孝廉哉！宜人之相文起，蓋夫婦而朋友者，禽息之精陰慶，而鮑叔之魂默舉，我知其亦若是則已矣。孟長之狀，靖之之銘，固曰眞孝廉之妻也。余惟有謹而書之，以昭於管彤而已，其又何加焉？」文起拜手曰：「唯唯。」宜人姓陸氏，鄉貢士再閏之女，卒年三十有九。文起名震孟，今官左春坊左諭德，兼翰林院侍講。衞輝公諱元發，仕爲衞輝府同知。其上四世，皆有名德，載在國史。宜人生一女，嫁舉人嚴栻。子曰秉，太學生。宜人沒時，秉甫匝歲，宜人所置側室生也。文起又舉一子乘及二女，皆在宜人沒後。其葬也，以四月之六日。銘曰：

有二美玉，判而中分。一爲鎭圭，服御大君。五采五就，繅籍繽紛。一爲蒼璧，以禮天神。神既降止，乃瘞乃焚。雖則焚瘞，不隕孚尹。竺塢之阡，玉符魂魂。後千斯年，鬱蔚慶雲。

封太孺人趙氏墓誌銘

封太孺人趙氏，贈文林郎慈谿縣知縣李府君諱可教之妻，工部主事逢申之母也。其卒以天啓七年二月，年八十八。其葬以崇禎八年，祔府君之墓。趙爲松江甲族，其父母愛憐長女，不忍遠嫁，故府君受婚於趙氏之室。及趙生二子，太孺人趣府君曰：「可以歸矣。」趙富而李貧，太孺人安之。恭柔專勤，以爲婦妻。其舅曰：「吾婦若習爲貧家婦者。」其姑曰：「吾婦也，乃若吾女。」其妯娌諸姑皆曰：「吾女兄弟也。」府君教授生徒，歲致修脯，太孺人紡織佐之，使有中人之產，以安其子於學，卒以成名。逢申舉進士，出宰慈谿，太孺人誡之曰：「人知母之慈，不知母之廉。天下有慈母而褫子之衣，奪子之食者乎？母慈則必廉，官廉則必慈。汝勿謂不習爲吏，以我爲師可矣。」逢申視事，箠楚稀簡，太孺人喜，出而迎之，屏內微聞呼謈聲則否，逢申每以此爲候。逢申罷慈谿歸，色養太孺人者二年，而太孺人沒。及官工部，以數言事，觸忓世網，遺書問銘于余，自傷爲子無狀，不得大葬太孺人也。余爲之黯然傷悲。嗟乎！世之惡子冥狠，遺老母憂，固有如余者乎？才如逢申，猶自傷爲子無狀，不能自解免，而況於余乎！又況欲以余之言解逢申之悲而慰太孺人于地下乎！余于太孺人之德，不能以偏書，書其爲婦爲妻爲母及其訓詞之大者，以示永久。若夫君臣母子之間，身世無窮之恨，余與逢申不能自解免者，茲石可泐，茲文可朽，悠悠終天，曷有窮乎？

銘曰：

教慈訓廉兮，六載於慈。昭我管彤兮，百世之師。子孫駿發兮，福祿鼎來。鬱鬱佳城兮，安寢竢之。

贈孺人黃氏墓誌銘

封戶科給事中姚君之典之配曰贈孺人黃氏。黃氏世家歙之黃川，與姚爲比鄰。孺人少孤，及笄喪其母，歸於姚，不及舅姑，事其夫子，嚮言指使，若嚴上然。君病瘧惡藥，孺人跪床下，手捧藥盌進之，其恭順如此。君僑居淮陰，遊學廣陵之白沙。孺人免身，生一男子，眩運悶絕，移時而卒，萬曆丙申八月二十二日也，年二十八。卒三日，君負笈來歸，帷堂儼然，瓦燈青熒，以爲孺人猶在蓐也。後一年丁酉，君舉於鄉。明年十月十五日，權厝孺人於歙之祖塋。後三十年崇禎戊辰，孺人所乳兒思孝舉進士，選翰林院庶吉士。又六年，以戶科給事中覃恩封父如其官，而母贈孺人。思孝奉使節還歙，焚黃墓下，而爲文以告。鄉人故老，聚觀傳誦，相與欷歔流涕，以爲美譚。而思孝之志不但已也，奉其父所述事狀，詒書謙益，俾志其墓。思孝之祭文曰：子以戌生，母以亥死，是以子之生，趣母之死也。死者不復生，生者不速死，是以母之死，貰子之生也。傷哉斯言，其有能爲思孝解者乎？嗚呼！吾母之棄養也，十年於此矣。以終天之痛言之，吾母之棄我於艾也，猶姚母之棄其子於乳也，其短與修無以擇也。吾母之生也，不獲安其子一日之養，端禮之碑，同文之獄，洶洶者垂二十年，殆不如姚母之安寢於巨室也。思孝諷議瑣闥，抗論殿陛，爲天子之諍臣，其所以榮其親者，未見其止也。而余也爲僇人，爲惡子，乃欲以不孝之辭，慰孝子之思，而解罔極之慕，不已傎乎？無已，則爲敍孺人之存沒，與思孝之所以毒痛念母者，以質於幽竁，以傳於後世，而并及余之所以媿不能文者，庶假辭以告哀。銘曰：

夫存婦逝，圭御而壁瘞。母隕子孤，珠產而蚌枯。天胡不食，帝用申錫。有光熊熊，我銘幽宮。

封安人吳氏墓誌銘

故禮部儀制司主事武進鄭氏諱振先，字太初，與其子翰林院庶吉士鄤，皆弱冠取科第，又先後以抗疏敢言，顯名天下。而吳安人者，儀部之妻，鄤之母也。儀部官長安，鍵戶草疏，安人從夾窗窺之，端坐奮筆，須髯蝟張，嘆曰：「夫子其將有爲也！」出而告之曰：「夫子無辟我，我爲弱女時，諸父學士公以論奪情拜杖，血肉狼籍，私心已知壯之，其敢違夫子之志乎？夫子勉之，脫有不測，老親稚子，乃吾事也。」疏入，謫永寧，尋中考功法。荒村小築，夫婦偕隱，以終其身。儀部盛年貶謫，能無居隱畏約，爲萬曆完人，安人有助焉。鄤舉天啓二年進士，入史館，未踰年，亦抗疏歸。安人喜謂儀部：「幸哉君有子矣。」逆閹之難作，急徵考死者相望。安人曰：「無恐，將自及。」已而戒鄤曰：「蝮雖死，其螫猶在，子無謂閹敗可安枕也。」安人生五歲，通孝經、列女傳。其父檢討公以謂非凡女，才儀部而歸之。事其尊章以孝，相其夫以勤以廉，教其子以學，字其庶出之子以壹，而至於忠孝大節，凛然不二，讀書通理，沉幾遠識，則學士大夫有弗如也。蓋嘗論之神宗之世，以廢籍爲苦海，譬如寒宵噩夢，纏綿淹抑，能使人精銷慮耗。而安人之夫妻，處之裕如。當此之時，養其末節，不傷其暮氣，爲萬曆之臣，於是乎有終矣。熹宗之世，以鉤黨爲死府，譬如震雷暴雨，錯遻旁午，能使人心悸魄奪，而安人之母子，處之嶷如。當此之時，違其氛祲，不害其朝氣，爲崇禎之臣，于是乎有始矣。伯宗之妻之致戒其夫也，善矣，然猶有智名焉。豈若安人之遂其夫之志乎？范滂之母之無恨其子也，賢矣，然猶有俠心焉，豈若安人之安其子之節乎！夷考安人之終始，君臣之際，夫妻母子之間，可以觀，可以風矣，又豈徒閨門圖史之故也哉？儀部與安人，晚而信西方之教，捨居第爲寺，柴門疏食，然燈相向，如所謂淨侶者。儀部以崇禎元年卒，四年九月十八日，安人病革，自起盥漱，誦楞嚴呪，呼子女續之而逝，享年五十有九。安人之父翰林院檢討諱可行，其諸父翰林院學士諱中行，事見國史。子五人：鄤、郲、郲、郿、祁。郲、祁皆庶出。女五人。將合葬，鄤具事狀走虞山，請銘于謙益。謙益方有母之喪，拜而辭焉，至于再，至于三。鄤曰：「丙、丁之交，並遭閹難，互以老母爲託，公其忍忘諸乎？」嗚呼！閹既敗，謙益不知戒懼，再罹網羅，以憂吾母，馴致大故。誦安人戒子之語，有深痛焉。

敢假茲石以告哀。遂哭而受命。銘曰：

維崇禎六年，某月甲子。孤子鄤啓先君之墓，祔其母氏。忠孝賢明，夫妻母子。萬曆終，崇禎始。吁嗟刻石信青史。

誥封恭人顧氏墓誌銘

恭人顧氏，故雲南布政使司左參政黄公諱時雨之妻，十三而歸，十五而成婦，七十□而卒，萬曆某年某月也。天啓某年，葬于某地，祔其夫之阡。參政公少食貧，恭人朝虀暮鹽，勤佽助。參政公舉進士，官刑部郎，出守惠州，歷官藩、臬，恭人皆從。官舍蕭然，内政肅穆。養其舅姑甚孝，姑之没也，參政方上公車，帷堂附身，悉合禮度。事其舅至于篤老，洗腆之奉，晚而益勤。參政公六子，而第五子庶出也，家嘗被火，恭人從烈焰中出而復入，以幼子免。恭人卒，幼子哭之慟曰：「失吾母，吾不生也。」未幾，亦卒。余讀周南之詩，所謂爲絺爲綌，采采卷耳者，皆尋常閨閫女子之能事，而詩人咏而歌之，先王被之管弦，以爲房中之樂，豈非以其克相内治，有助于王化也哉？參政公起孤貧，爲顯官。恭人恭儉專勤，經緯孝慈，有相之道焉。斯亦詩人之所歌，而女史之所傳也與？參政公於先人爲友，而余與其諸子游最舊，乃爲銘曰：

士生窶貧，以有車馬。如木扶寸，至于拱把。天既生之，亦有相之。黽勉室家，聚鍼蓄絲。匪勤匪職，匪共匪德。匪孝曷承？匪慈曷植？婉婉恭人，實相黃公。令妻壽母，賢明考終。蜿蜒龍山，萬木如茨。往從夫子，爰契初龜。

徐孺人墓誌銘

孺人徐氏，父諱佶，母周氏。嫁錢氏，夫諱某。故工部侍郎諱恪之從孫女，而江西參政贈光祿寺少卿諱泮之婦也。光祿備兵漢中，孺人歸於我錢氏。方貴盛，孺人裙布操作，無驕汰之色。光祿死倭難，風雨漂搖，家計零落，孺人哀以喪其舅，勤以相其夫，黽勉以教育其子孫，以一婦人操持門戶逾三十年。子若孫皆死於諸生，再世不競，而家聲不隤於光祿時，孺人力也。卒於萬曆辛亥，年七十有六。子某，先卒。孫顯忠，亦卒。於是孺人久未克葬。今年十二月，諸孫卜日襄事，而抱顯忠之遺言，請銘於余。嗚呼！可哀也已！余少則聞里之先生故老，稱工侍之賢，必推本其父敏叔之家教，敏叔之先，避亂居吳，猶行喪禮以勵俗。敏叔服習舊德，又參以臨川陸氏、浦江鄭氏之家規，每晨朝其家人婦子，訓之以肅雝，聳之以善敗，皆相與傳勑教誡而後退。故其家之婦女，皆有儀法。如孺人者，其流風餘俗，久而不替，蓋不可誣也。嗚呼！世德不衰，而珩璜之節，圖史之教，其不著於閨門久矣。

以徐氏之教家者，推而行之，先王之治，其有興乎！今之君子，塗飾一切，急功利而緩教化，競邪侈而薄廉隅。國多罷民，家鮮淑女，圜土之聚不恥，而罪隸舂槀之刑相望，職此之故。嗚呼！憂世者其可視爲細故乎？余故於孺人之葬，表揭其先德而系之以銘。銘曰：

泉豈無源，木則有芝。義門之女，蔚爲母師。煌煌管彤，千古爲儀。昧昧我思，銘以昭之。

初學集卷五十九

墓誌銘十

秀才孫銘妻王氏墓誌銘

吾師少師高陽公之第四子曰銘，字咸若，喪其妻王氏，排纘行事數萬言，函書四千里，而乞銘于余。其言曰：「銘之妻，故山東布政司右參議王公諱興之女，保定之博野人也。王公與吾父同舉於鄉，聞其賢，故委禽焉。年十五，歸於我。歸之日，吾母方在殯，去笄而髽，以庀喪事，蓋三年而後成婦。自虞及祥，每祭必哭，悲其不逮事吾母也。以不逮事吾母而悲，則其事吾父者，夙夜敬共，其可知也。歲辛酉，虜陷遼陽，巨家多盡室南奔。王氏曰：『我少婦也，其可以流離道路，爲旅人乎？』指其所居之室曰：『此吾死所也。』吾父在關門，邊吏有致餽者，聞而嘆曰：『翁手握重兵，閫方有晉陽之慮，此何爲者？得無間以嘗我乎？』銘斥其書而還之。入以相告，而後喜可知也。己巳之役，吾父聞召卽行，銘從而後，每相視，輒攢眉嘆息。銘將取海道而東，趣爲辦嚴，曰：『今而後，不敢以君爲不丈夫矣。』孺子浯，牽衣而哭，妻含淚撫之，而勉向鉻曰：『覩孺子于君，知君之爲孺子矣，吾能爲君撫此兒。君行矣，君自了爲兒事耳。』其性識明而知道理，類於古之賢明貞順者如此。其它婦德，未可悉數也。鉻欲以文墨自奮，不就尚寶廕，又不幸屢困鎖院，妻壹以勤儉自將，帷堂而斂，猶用嫁時之衣，補綴之跡斑然，其生時可知也。妻以崇禎七年十二月卒，年三十有一。八年二月，葬于西原先夫人之墓側。生男子三：曰之浩、之浯、之誾。生女子三，殤其二。既葬，吾父命鉻曰：『吾老矣，過時而悲，不忍志也。吾門人唯錢氏爲銘文取信來世，汝以屬之其可。』鉻是以請於子，子其無辭！」謙益曰：「吾師以朝典治其家，其居處雖燕必嚴，子弟無敢妄舉足發聲。生子之妾，每晨見，必扣頭退而却立。其飲食衣服，少長貴賤皆有常數。王氏女既賢，又服習其儀法，故珩璜琚瑀之節，動而合禮。至於以大義相夫，敦迫之以將父，黽勉之以報國，慷慨倜儻，雖須眉丈夫有弗如，斯可以爲難矣。抑之詩曰：夙興夜寐，灑掃庭內。維民之章，修爾車馬，弓矢戎兵。用戒戎作，用逷蠻方。人知王氏之賢，雞鳴交儆，以成其夫，而不知其夙興夜寐，修子婦之職，於吾師之戒戎作，逷蠻方，實有助焉。古之君子，敍次閨門圖史之事，往往舉細以徵大，由近以稽遠。吾爲斯銘，以謂因其婦之賢，而吾師之所以自家刑國者，庶幾可以觀、可以興也。」銘曰：

瑯邪之媛兮，高陽之子。顔如舜華兮，車服有煒。髲髢峩峩兮，紒而去纚。衰麻始歸兮，裙布沒齒。軺車燕山兮，樓船遼水。送君長征兮，不悲而喜。一歌「陟岵」兮，再賦「如燬」。冠裳巾幗兮，孰與彼美？德音孔嘉兮，昭示無止。我誦抑詩兮，敬告彤史。

江母金孺人墓誌銘

崇禎丙子六月初三日，錢塘江生之浙之母金孺人六十初度。浙之從兄浩爲文以壽，孺人讀之而喜，退而手一編，命之浙曰：「我甲子一週矣，念兒輩俱長大，漸望成就。而我精力日衰，一生辛苦，兒輩多未悉，偶爾錄出，使汝等知我立心無欺，成家不易，益敦孝友，努力向學，以副予懷。言雖不文，字字眞切，汝等念之。我父文學公歿時，我纔八齡。母爲胡端敏公孫女，母子相依，煢煢孤苦。辛卯正月初六日，歸於汝父。是時我年十五，汝父三十有三。汝前母郭孺人有女少我二歲，汝父才名籍籍，交遊頗盛，氣豪性剛，我以年少不更事，女子事之，賴長女恭敬純孝，有若親生，嘗維持左右我。此亦我之幸也。壬辰生女大九姑。甲午生一子，未彌月殤。乙未又生一子，未週歲復殤。丙申汝父置妾戚氏。是冬長女出閣，遂無維持我者。我又連喪二子，心碎腸裂，苦難盡述。丁酉汝父中順天鄉試，戚又得孕，我心稍寬。戊戌戚氏生子之淮，我心甚喜，提攜懷抱，不知其非己出也。壬寅生女定姑。丙午戚氏生女小九姑。丁未定姑殤，大九姑出閣。戊申生子之浙。己酉戚氏生子之漢。庚戌三月，汝父病劇。九月初九日，遂遭大變。我痛苦幾絶。每欲從之地下。念兒輩俱襁褓，只得苟延餘生。甲寅戚氏病歿，以荒親俗例，爲淮兒娶許氏媳。浙兒已七歲，亦能服齊衰，哭庶母，隨兒行禮。我治戚氏喪不敢薄，薄戚，是薄汝父，故不敢也。辛酉淮兒分居。癸亥浙兒入泮，小九姑出閣。甲子浙兒娶虞氏媳。丙寅分居。丁卯始得觀場，我心稍有望矣。是年漢兒娶姚氏媳。戊辰亦分居。汝父所存房產，不敢纖毫有私，他日見汝父于地下，庶幾無愧。己巳陳氏甥女隨婿赴京，以家事託我。甥女視我猶母，我安得不視之如子？二載南還，分毫無失，如未嘗出門者，亦我盡心之一事也。是年冬，汝父始得葬地，此我二十年未了之願。我不信堪輿之言，將汝前母合葬，淮、漢生母祔葬左肩之下。他日入地，可稱骨肉重聚矣。庚午浩姪攜家入横山。浩自幼失母，我見其蚤慧，德器非凡，愛之如子。是年復發猛如此，我尤驚喜，亟令浙兒入山同學。城中諸事，不待浩請，力爲任之，今六年於此矣。乙亥冬，浙兒補廩，栩孫入泮，是我極喜之事。獨念漢兒攻苦，未得同遊學宫，殊爲不快。倘浙兒秋闈得雋，當好料理汝弟。」之浙再拜，受而藏弆之。未五旬而孺人卒，丙子之七月十六日也。將葬，之浙屬浩述孺人懿行，謁銘於余。嗚呼！孺人之自述備矣，浩之言何以加諸？余又何以加諸？孺人之言曰：「言雖不文，字字眞切。」天下之文章，孰加於此？余讀晉史，至夏侯孝若庭誥諸弟，規摹五典，未嘗不爲之失笑也。故於孺人之誌，詳舉其誥子之文，不易一詞。不獨昭於女史，亦以具訓於世之文士焉耳。孺人祖諱鍾，工部員外郎。父諱湯，邑庠生。其夫諱鎏，宗伯文昭公五世孫也。葬以十月某日，在妙因山郭孺人穴右，如孺人之言。銘曰：

文昭之文，詰曲聱牙。孺人矢厥詞，作誥厥家。端敏之端，閨壼著教。孺人循厥軌，厥聲彌劭。舊史考德，敢告彤史。克昌厥後，是在其子。

顧母張太宜人墓誌銘

張太宜人者，故南京太常寺卿顧公諱雲程之少室，陝西副使贈太僕寺少卿大章、國子生大韶、大夏之母也。太宜人本吳中名族，徙居常熟。父母奇其祿命，欲以予貴人。太常已登賢書，元配周淑人無子，遂以歸焉。孿生太僕兄弟。家貧，不能僱乳媼，淑人與太宜人交乳之，人以爲難。用太僕刑部覃恩，封太安人，加封太宜人。崇禎庚辰七月十八日卒，享年八十三。十二月十五日，祔葬於虞山北麓之祖塋。太宜人温恭敬順，動有禮法。太常居官，所至省廚傳，節供億。太宜人在諸姬中，靜約性成，不煩鐫譙。太常備兵霸州，太僕南闈捷書至，材官健兒，撼門讙賀。家人傔從，呼囂蹴蹋。太宜人頷之而已。太僕之遭奄禍也，邑屋洶懼，一日數驚。太宜人督課婢妾，篝燈夜織，怡怡然無有所事者。太僕歿，太宜人享二子之養，早起晚食，堅強暇豫，又十六年而歿。嗚呼！斯可謂之考終也矣！余讀晉列女傳，周顗母李氏，冬至置酒，謂爾等俱列顯位，吾復何憂。其子嵩以謂兄弟抗直，俱難免於世。惟阿奴碌碌，當在阿母目下。後果如其言。太宜人之事太常，與李夫人所謂屈節作妾，爲門戶計者何異？再膺封誥，命服在躬，與李夫人冬至置酒時何異？及太僕遇禍，卒依二子以老，未知伯仁之母，安常委順，能如太宜人否？要其家門隆替，暮年晚景，約略有相似者。余家與太常父子祖孫交三世矣。余與太僕同難，慬而不死，於太宜人之葬，執筆而爲之銘，有餘痛焉。銘曰：

有特者夫，周冕殷尋。有壯者子，碧血青史。於惟宜人，不震不驚。白髮素襦，壽考康寧。我作銘詩，俛仰永歎。媲彼周母，管彤有爛。

孺人趙氏墓誌銘

崇禎十二年春，長洲蔣鑛公嗚謁余而請曰：「吾妻之亡也，在石埭廣文之學舍，吾不獲視含也。其葬也十年矣，吾將謁銘於子，逡巡四年，而子有縲絏之禍，甚矣吾妻之窮也。今子既免矣，吾妻之墓木已拱，而吾亦已老矣。及我之身，而得銘焉，以慰吾妻於地下，庶其有辭於慢葬乎？」嗚呼！予忍不銘？孺人姓趙氏，家世常熟人，吏部左侍郎贈禮部尚書謚文毅諱用賢之女，母陳淑人，文毅之後妻也。公論江陵奪情杖闕下，孺人年四歲，悲啼宛轉，爬搔血肉，公委頓中顧而憐之。陳淑人教子女，頌禮甚嚴，公獨憐愛孺人，時時抱著膝前也。年十七，歸公鳴。公鳴才名籍甚，其舅憲副公喜曰：「兒能讀吾書，婦能持吾家，吾老人可以安枕矣。」公鳴數踏省門不見收，晚又數困南宮。孺人嫁時裝送甚盛，黽勉數十年，故衣敝巾，僅有存者，孺人怡然曰：「爲貧士婦，當如是也。」公鳴性闊達，少厓岸。孺人規之曰：「先文毅腊肉至今藏弆匣中，君其勉之，毋負男子七尺也。」公鳴感慨立節，歷郡縣皆有聞，而孺人已前卒矣。孺人年四十有二。生一女，嫁王偲。三子：汭、沇、澧，皆生孺人沒後。長子汾，孺人所抱也。葬在堯峯魯塢宋春官侍郎賜塋之旁。余少與孺人兄弟游，因得交公鳴，知孺人內行爲詳。公鳴爲諸生赴舉，孺人典衣治裝，行信宿矣，一日之別墅，則公鳴方召博徒，挾妓女，呼盧浮白，祖跣酣叫，見孺人來，皆驚走。問橐中裝，曰：「盡矣。」孺人泣下，脫頭上簪質錢更遣之。余與公鳴談讌，輒舉以爲笑，然亦可以觀孺人也。銘曰：

妻道有終，匪曰無成。風雨瘖歎，契闊死生。旨蓄御窮，亦有故舊。雞鳴儆戒，亦有朋友。辛勤黃土，容華一丘。雖有姬姜，嗟命不猶。忠臣之女，才士之妻。敢告管彤，我銘在斯。

翰林院編修趙君室黃孺人墓誌銘

崇禎辛巳十二月，翰林院編修趙君景之葬其妻黃氏於桃源澗祖塋之左，手疏其內行而來謁銘曰：「吾妻故廣東左參政諱時雨之孫女也。年十八，歸於我，既饋而公姑交賀，長穉之間，齗齗如也。先大夫以宦減產，不能保吾祖文毅公之故第。士春析居窮巷，衡門兩版，黃氏怡然處之，歲莫稱責典庫，書契滿箱篋，指而笑曰：『此累累者，與君所課業孰多？』士春每下第，必好語相慰藉。甲戌歲北歸，迎而歎曰：『君故當上第，我命薄累君耳。我死，君必速飛。然我之病病矣，累君不久矣。』言已，悽然而泣。乙亥五月十一日卒，年三十有六。又三年，而士春舉進士及第。詩有之：『以我御窮。』追思吾妻之言，未嘗不爲之流涕也。少工楷法，讀書通曉大義。庶出之子病，窮百術以治之，己子殤，弗恤也。鄰媪來唁曰：『二子病，一子殤。』妻謂之曰：『獨不曰二子病一子差乎？』先大夫宦不達，士春又倦游，里黨有加於先大夫者，士春恨欲死之。黃氏從容語曰：『君父子兄弟家庭相告語何如，一旦欲爲是人死乎？天道不遠，必有以處彼，君無代大匠斵也。』已而果然，其識明而知道理，皆此類也。先大夫命士春曰：『汝妻從汝於藾難，不可忘也。高祖墓傍崖勢蜿蜒而下，吾母陳夫人權厝焉，其歸汝妻骨於斯。』今黃氏葬有日矣，而先大夫已棄諸孤，惟夫子哀而賜之銘，不獨以慰亡者於地下，亦先大夫之靈所陰慶也。」謙益曰：「余與趙氏交三世矣，知其家世爲詳。文毅公之拜杖也，刲股肉如掌，陳夫人櫝而藏之，以示子孫，曰：『此忠臣腊也。』景之之妻，雖未見景之之甲第與其言事，然直臣淑媛，再世相望，今得相從地下，道家門之世美，頌人主之寬恩，知其必執手而相幸也。陳夫人權厝之地，茲惟墨食，若有待焉，豈偶然哉！」孺人生二男一女，男曰延先、萬林，女嫁某。庶出子曰瑞南，女字某。銘曰：

桃源之阡北山麓，山隋岡迴翁穆卜。縞衣綦巾魂所服，展衣闕狄神爾穀。

湯孺人墓誌銘

新安之富家行賈，多在武林，其丈夫十九居外，買田宅，置家室，治生産，與其家等，其習俗然也。於是商山吳長公諱某，娶於畢，無子，復娶仇於武林，已又助之以蔣以孫，蔣與孫皆抱子矣。孫之子次公諱某，娶於黃，舉二子，畢母得晨夕弄孫自娛。而三母之在武林者，莫適爲婦也。次公游吳門，聞湯氏女賢，不肯配凡兒，遂委禽焉。既饋而專家政，內庀甘旨，外應賓客，專柔共勤，無不順適，爲三姑之婦，交口而稱之，皆曰：「事我者，當如此也。」次公病革，孺人籲天請代，若病狂易。次公忽馮而語曰：「我以某日死，若亦從我去矣。」仇母號曰：「若孺子何？」張目曰：「若是，則期以三年。」俄而凶問至。後三年崇禎戊辰十二月，孺人果卒，享年三十。孺人生三子，長維祺，次維藩、維則，皆爲諸生。維藩後孺人十年卒。孺人教其子有儀法，維祺、維則皆束修好古，有聞於時。將歸孺人之喪於新安，厝於山東之月角，而謁余爲之銘。余聞諸穀梁子曰：人之於天也，以道受命；於人也，以言受命。范武子以謂臣子受君父之命，婦受夫之命也。太史公論妃匹子姓，而歸本於孔子之罕言。通幽明，識性命，則益難言之矣。孺人之賢也，而助薳氏之箴，詩所咏實命不同者乎？次公之馮而語也，以言受命也。婦之受夫命，侔於天矣。君臣之際，何獨不然？有子而賢，又能謁文以示永久，斯所謂成子姓而要其終者歟？方諸日月、芣苢之詩，其又可勝歎哉？葬以崇禎辛巳十二月朔，余之敍而銘也，惟十月朔。銘曰：

吳門生，武林死。葬新安，返宅里。風蕭蕭，旌靡靡。魂搖搖，渡黟水。天星迴，月角起。欣樂康，承靈祉。述墓文，訊女史。夫人兮，有美子。

張母黄孺人墓誌銘

崇禎九年，仁和張秀才岐然之母終於內寢，先三日，訣别諸內親，以學道相勸勉。先一夕，具沐浴，焚香然燈，聞早鐘聲，扶掖起坐，項背山立，雙趺儼然。及大斂，手足柔輭，容顔香潔，四衆炷香頂禮，謂杭城有善女人往生西方，得未曾有。次年，祔於其夫之阡。于是岐然撰行述而乞銘於余曰：「先母故江西參議黃公諱汝亨之長女也。六歲喪母，六年不茹葷血，事繼母至孝，撫弟妹如成人。十六歸於我。而先君病甚，母割股肉食之，良已。遂茹齋素以終其身。先君沒，岐然生十三年，每夜跪而祝曰：『吾不願是子富貴，願是子長大，親近好人。』岐然稍長，好徵逐游戲，痛飲叫呶，母苦禁之不可，爲之擇婦，命之取友。更數年，痛刮磨豪習，折節讀書，而後母喜可知也。祖母思念先君，時時撫岐然而泣，母慰解以西方之旨，遂通彌陀、金剛、楞嚴、法華、華嚴、涅槃諸大乘經，因悟禪家直指見性之旨。外祖以文章意氣自豪，左官家居，悒悒不得志，母勸以性命之學，以爲言語思惟所及之道理，不可以破生死之障，感概奮激所豎之名行，不可以斷生死之流。凡世間文人才子詩酒花月纏綿駘蕩之氣息，與夫名場怨府是非人我恩讎鬬諍之結習，皆流轉生死之根，一切掃除淨盡，而後可以了生死一大事。外祖驚歎曰：『此吾晚年師資，不徒畏友也。』母身無鮮衣，篋無長物。恭敬莊強，終日斂容危坐。處妯娌，訓女婦，御婢妾，必教之損衣撙節儉素，以爲兒女子淫佚驕癡，童心積習，未可驟去，姑以世法籠挫曲坊而徐殺之，然後誘掖牽勸，漸入佛智。臨終正定，脱然於夜旦之際，蓋得力於此也。母之知夫子久矣，每以岐然食貧素居，不得事夫子爲恨，得夫子一言以銘，不惟母之節行，賴以不朽，且使末後一著，有以勘辨證明，知夫子所不辭也。」余嘗論之，女子之有櫛縰笄總衿纓綦屨之制，箴管縏袠，具有儀則，卽佛氏之律也。其有左右圖史珩璜琚瑀之訓，德容言功，昭於管彤，卽佛氏之教也。賢明貞順，婉娩柔則，其守律守教也，不啻金科玉條，吾徵其修習，可以漸而趨淨。烈婦孝女，斷肌截鼻，其護律護教也，不惜頭目腦髓，吾判其決定，可以頓而之禪。要其指歸，豈有異哉？今之女子，亦間知求出世法，其執相而求之，膜拜禮誦，耑勤布施。蓮花其口，柴棘其心。一切女人相宛然在也，何況生死？其破相而求之，脫落儀範，剽竊文句，掠婆子之機鋒，拾團欒之語話，此入地獄如箭射者也，何況於出生死？繇張母之道，女律卽佛律也，女教卽佛教也。繇是以趨禪而之淨，一切教相，皆與實相不相違背。譬之首千里之修塗，母旣導其前路矣，又何患乎南轅而北轍哉？嗟乎！今之魔民狂禪，矢口喝棒，影宗而背教者皆是。母之發明心地，不知以何因緣？要自大乘諸經漸次悟入。此末法中現女人身，具正知見者也。其外行則守教而護律，其內心則趨淨而之禪，此現女人身而爲女人說法也。其生平則顯教而隱禪，其末後則閟禪而示淨，此現女人身而爲男子說法也。然則母之往生何疑？求往生者，其當以母爲導師又何疑？余又何愛其葛藤之言，不一爲勘辨證明也哉！岐然之述，不具載母生卒之年月與其葬地子姓之詳。如母者，生無生，死無死，以樂邦爲國土，以法喜爲眷屬，是故岐然無事於述，而余亦不得而詳之也。系之銘曰：

在世間法，女宗母師。出世間法，禪教律師。優曇鉢花，示現世間。甚難希有，一昔而萎。我言無愧，諸佛在茲。附諸往生之集，後五百年，其尙弗迷？

初學集卷六十

墓誌銘十一

隨州知州贈太僕少卿徐君墓誌銘

崇禎十四年，獻、曹二賊攻陷隨州，知州事徐君死之。君將行，戒其子肇森、肇樑曰：「賊隳突襄、鄧及隨，隨三破之餘，然郢之肩背也，守隨，所以衞陵寢也。樑也行，扞牧圉以佐守；森也居，斥家貲以益軍。吾必死于此，無返顧矣。」十三年十月莅隨，朝國人而誓戒之，歃血於關壯繆廟，要以必死。修城濬濠，拓羊馬牆，抽壯勇，庀礮石，䘏饑寒，平振糶，府庫匱乏，則捐家財給之。民和而奮，咸有固志。繕南城譙樓，寢處其下，慨然謂僚屬曰：「身與公等枕戈待敵，以此樓爲死所矣。」明年四月，賊陷襄陽，躪德安，購獲細作，要遮捕斬。賊知有備，棄疾于我，悉衆力攻。間使三走郢告急，巡道趙某抵其章于地弗顧。巡撫發一遊擊率兵援隨，趙勒之守郢，留弗遣。君不食二日，不解甲五日，再盟于壯繆，大臨以告哀。二十五日，賊急攻南城，潛師八道隳北城以入。君遣肇樑埋州印廨後東牆下，勒馬巷戰，矢貫於頤，刀屬于頰，眼鼻橫斷墮馬，左手掣佩刀，右手握印廂鍉帨銜于袖。賊拽之不得，鈹刀交下，陷胸斷股而死。肇樑趨至，拊尸頓踊，哭且罵，賊驅至老營殺之。且死，疾呼州人告以埋印處。妾趙氏、王氏、臧獲十八人皆死。賊驅趙出不可，先殺其所抱幼女申姑，斷其八指，罵益厲，賊刃之，推土石碎顱而死。君死之三日，吳人石琳求得其屍斂之。趙氏屍與申姑相抱不解，胸著布囊，函金剛經三寸許，遂併棺以斂。而肇樑屍卒不可得。巡道以阻援自諱也，欲沒公死事狀，荆西道力持之，楚撫、按乃上其事。肇森亦詣闕陳請。天子贈君太僕少卿，賜祠祭，廕一子入監，視天啓中張興文振德例而少殺焉。惟守隨之事與睢陽異，睢陽，江、淮之前障也，拔雍而扼睢則可以通南北。隨，承天之後翼也，越隨而保郢，則無以蔽陵寢。捐必死之身，委必破之城，俾其專力致死，陷隨之後，兵鈍氣單，橫折而去，而陵寢晏然無恙，君之志遂矣。後二年，賊再至漢東，無藩籬之限，原廟震驚，然後知君之以死據隨，與南陽之據睢一也。嗚呼！護陵之功，守隨爲大；失隨之罪，絕援爲大。今也賞靳于守死，罰佚于擁兵，國論僨錯，而盜賊滋不可撲滅，則豈非謀國者之咎哉？君諱世淳，字中明，五代時始祖崇自海州徙淮安，三傳南唐左常侍鉉，徙廣陵。唐亡入宋，二傳翰林學士遹，徙盱眙。其二子從高宗渡江，徙越，雜居山陰、海鹽。洪武初，諱士金者，贅嘉興之白苧鄉，遂爲嘉興人。六傳爲雷州府同知諱學周，生南京兵部侍郎贈兵部尚書諱必達，而公其冢子也。尚書偉望碩儒，爲時明德。公胚胎前光，沈浸經史，食息擩染，不離典訓。萬曆戊午，以春秋薦于鄉。累試南宫不第，署永嘉縣教諭，修學宫，闢講堂。劉香餘孽，出沒海上，建關隘，絶勾引，甌、越底寧，方略多自君出。除重慶府推官，居官計口食俸，禁誅求，省厨傳，所至不知有官。獮大奸，折大獄，斧劈理解，奏成于手中，雖賁、育不能奪也。督師徵餉萬斛，過五日以尙方從事，括倉穀，僦舟船，咄嗟立辦，民不告病。督兵勦賌、簡諸酋，水陸並進，弓刀相啣。歸師過峽，班馬之聲蕭然。滿考，當内召，蜀人疾君彊直，以隨爲絶地陷君，其卒以成君者，天也。隨饑，士就食粥廠，君曰：「可使士以饑餓失禮乎？」分粟以賑之，士皆感泣。潰兵過隨索餉，鞞鉦震地。君援兵登陴，單衣入其營，執帥手語曰：「軍之不供給，守之過也，殺守足矣。無已，則械守以見於督師監紀乎？」帥氣奪，斂衆而去。其從容應變如此。君爲人孝友順祥，内明外柔。尚書久宦，雷州篤老，君晨昏娛侍，雷州忘尙書之不在側也。尚書病，將析産，君請以分諸弟，尙書頷之。終喪，藉以告於几筵，終其身未嘗有德色於諸弟也。君長不滿六尺，退然如不勝衣。耐勞苦，甘淡薄，補衣蔬食，如後門素士。經術之外，兼通象緯數學參同悟眞家言，博簺祕戲，無不通曉。與人居，陶陶永夕。飲酒至一石不亂。確守家法，重規疊矩，稱心而言，擇地而蹈，蓋温文樂易深中好修之君子也。其所成就，奇偉激烈乃如是。君遇害時，春秋五十七。娶恭人戴氏，生三子：肇森高才生，以尚書廕入太學；肇樑、肇彬，孿生子也，肇樑奉詔祔祭隨、嘉二祠，與肇彬俱廩生。繼室包氏生一子肇桀。女二人。孫男六人。崇禎十六年十二月廿四日，賜葬於東荒之新阡，而戴恭人祔。肇森奉其宗老司寇公所撰行狀及排纘行略，哭而請于余曰：「夫子在先朝，草張興文制詞，載在册府。先人闔門殉義，與興文等，而恩綸或後焉。惟夫子哀而賜之銘，是先人與興文俱不死也。」余喟然歎曰：「興文事聞，高陽公掌樞部，召見其孤，撫而哭之，手自題覆，請于先帝，峻秩世廕，度越彝典。迎柩于蜀，給符傳而遣之。其所以崇獎激厲，若此之至也。今之當國者，政以賄成，厭薄仗節死義之事，惡其疥吾輩贕。君之獲斯典者，亦幸也。觀于興文與君，可以覘國矣。敢不志而銘諸？銘曰：

江、漢迴復，拱趨顯陵。天造地設，萬靈式凴。漢東之國，隨爲後蔽。如人肩背，心膂是衛。烈烈徐君，效死守隨。隨亡身隕，寇戈北迴。如隄受水，捍禦奔敗。岸嚙隄崩，水勢亦殺。煌煌顯陵，原邑膴膴。空曲鬱盤，王氣自古。衣冠月游，陵樹蔥青。帝眷南顧，慰我光靈。父子肉糜，婢妾屍枕。闔門封屠，以保陵寢。帝曰念哉，女卹女祠。功崇報夷，過在所司。賀蘭環顧，始興不作。陷巡莫問，議壼誰駁？下有青史，上有白日。假彼貞珉，奮此直筆。疇司戒律？疇秉國成？義則竊取，讒鼎之銘。

張昭子墓誌銘

君諱弇之，字昭子，兵部左侍郎堂邑張公鳳翔之孫，威縣知縣幼安之子也。崇禎十四年六月十八日卒，年二十有二。既葬，司馬公自長安詒余書曰：吾有四孫，弇之其叔也。生有奇表，嶷然異凡童。始教方書，受甲子，矩步規言，無子弟之過。從吾戍于潼關，歷少室，度崤、函，上太華絕頂，登高望遠，志氣廓然，所謂鴻鶵鵠子，有青雲之意也。家世受春秋，從西華里先授詩，焠掌燎髮，六十日通曉六義，於羣經皆然。嘗病劇，醫教之輟書三日。恚曰：「人可三日廢學耶？」晨興，扃戶啓東窗，炷香迎日而拜，退而箋之小櫝曰：某日告。某日不告，知其日必告天也。年十三，補博士弟子員，從其父于威。戊寅，威陷于奴，痛其父之歸司敗也，蚤夜呼憤，願以身代。已而喪其母，食無鹽酪，居無爪剪，踰小祥，不勝喪而卒。痛乎天之祝余也！弇之好讀薛文清之書，修容整襟，如見其人。天不假年，而使之不得有成，天其無意于斯文乎？弇之死矣，非假諸名筆，無以留其生面，且以志吾悲也，敢以墓中之石請，幸無辭焉。余嘗聞唐人陳元敬之言曰：幽覩大運賢哲生，有萌芽時發乃茂。古之合者，百無一焉。堯與舜合禹得之，四百餘年；湯與伊尹合，五百年；文王與太公合，四百年；幽、厲版蕩，賢聖不相逢也。老聃、仲尼，淪溺溷世，不能自昌，彌四百餘年。赤龍以來，迄于我明三百年，貞元周復之一會也。天旣篤生昭子，又從而芟薙之，天之意其可懼也。昔者王仲淹十歲而侍銅川，知其憂王綱不振，生人勞于聚斂，而天下將亂也，遂有元經之受。昭子之告天也，其此志乎？離經辨志，尊師取友，其銅川歌伐木之年乎？元會休明，君師道合，坤師之占，不當兆于斯世，昭子用是短折。嗚呼！其又可幸也。以此志昭子而解司馬公之悲，其可乎？昭子娶蘇氏，生遺腹女曰慰家，蓋昭子死踰年而威縣之獄得白。

銘曰：

有明崇禎，龍集癸未。葬張昭子于梁水之原，獲麟之後二千一百三十餘年。嗚呼！奈何乎天！

鄒孟陽墓誌銘

李長蘅苦愛武林山水，歲必一再游。其游也，以鄒孟陽爲湖山主人，花時月夜，晴雪烟雨，扁舟幅巾，茶鑪筆床，未嘗不與孟陽俱。長蘅高人朗士，秀出人表，歌詩圖繪，與湖風山雲互相映發。孟陽鈎簾據几，隗俄其間。山僧舟子，皆能指而識之。長蘅于畫，矜慎自娛，不受促迫，顧獨喜爲孟陽畫。西湖江南臥遊册凡三十餘幀，孟陽所至必攜之以行，曰：「長蘅與江南山水，皆在吾篋笥中矣。」長蘅買山西磧下，環山三十里皆梅花，花時千邨萬落，漫山照野，欲構小閣臨之，名曰六浮，孟陽過而樂之，許代卜築焉。長蘅爲詩曰：「十年山閣不得就，却負青浮日夜浮。故人一見豁雙眼，何日三閒銷百憂？百年有錢作底用？一朝卜築偕行休。」長蘅卒，孟陽家益落，閣竟不就。拏舟弔長蘅，還登鐵山，酹酒痛哭而去。歸而祀長蘅于小築，生平師友祔焉。春秋佳日，採蕁剪菊，山僧故人，取次助祭。其崇尚風義，絶出流俗，皆此類也。晚年山水之情彌勝，偕老僧游天台，軍持漉囊，居然兩衲子也。訪余拂水，輒留連旬月，攜臥遊册索題，曰：「吾遊天台，挾此册與俱。長蘅有知，當偕我越楢溪，凌石橋耳。」其託寄如此。孟陽名之嶧，其先世元末鎮撫海寧，居東門外，至今地名鄒家渡。四傳徙錢塘東溪，以貲雄里中。至孟陽，讀書好修，爲知名士。不事生產，老而貧困以死。崇禎癸未六月某日卒，年七十。子曰某某。年某月，葬于某地之阡。昔盧簡辭遊伊水別墅，霰雪微下，忽有簑笠牽篷艇，白衣與衲僧同坐，炊桐甑，烹魚煮茗，泝流吟嘯，使問之，乃白傅同佛光往香山。每遇親友，無不話之，以爲高逸之情莫及。余誌孟陽，詳書其與長蘅游跡如此。世有簡辭，其可以知孟陽也。銘曰：

猗鄒生，標美譽。儒行修，內美具。通經術，函雅故。慕節俠，鄙章句。萬卷書，籤軸互。手朱黃，自題署。師雲棲，奉檀度。友檀園，共毫素。攬湖山，寫情愫。生寂莫，死遲暮。神之游，非丘墓。西蹟趾，石橋路。

抑菴姚君墓誌銘

君諱以高，字汝危，太子太傅工部尚書諱思仁之第三子。娶項氏，故襄毅公之孫女，鄭端簡公之自出，而中翰臯謨之女也。姚世爲嘉興人。洪武初，始祖成一，奉直粧鑾司，隸匠籍，生二子，曰聰曰明，遂分南北支。聰子敬，有女諱妙莊，生有異徵，嘗見盥水中日月雲霞，爛然五色，羽扇夾兩旁。憲廟選妃江南，妙莊在選中，髮短不任髻。渡松江，髮忽長八尺，故地名八尺。生皇第九子壽王，册封端懿安妃，官其弟福員世錦衣百戶，是爲北支。明之孫諱緯，緯生烈，烈生履道，履道生太傅，皆以太傅貴，贈宫保，是爲南支。君沈厚精敏，咨稟教飭，不縱爲子弟華靡遨放事。項孺人生於盛族，恭柔專勤，佐君以事其親，雞鳴宿戒，廩廩如也。君少與伯仲二兄，掉鞅詞壇，久之，伯仲皆以父任爲郎，君數踏省門，以乙榜謁選，當得郡倅，奮欲以制科自見，不肯就，從太傅游兩都，諳曉臺閣故事，訪求兵農利害，邊徼阨塞，以儲偫有用之學。太傅守南京兆，君檥舟江干，徒步郊關，問得都市奸猾惡少主名，及其根株囊橐，太傅立遣使掩捕論治，奄忽如神，京兆以此大治。天啓中，皇極門告成，有旨庀三殿工，太傅仰屋咄咄，君從容請曰：「大人不見璫兒媪息，佻佻拌拌，以將作爲市耶？竭帑藏，盜名爵，張奄燄，在此役也，大人且休矣！」太傅大悟，立抗疏請停止。無何，遂得請歸。已而復交關興作。先帝彌留之日，猶用殿工拜官，濁亂朝著。太傅顧君而歎：「兒之免我多矣。」君之喪母唐夫人也，念無以報罔極，痛不欲生。孺人曰：「盍盡出先姑鏡奩貲用，以廣母慈，資冥福乎？」編茅於三塔寺側，食餓者，衣寒者，槥埋死且殣者，合掌謹呼，祝姚夫人升天，聲與浮屠下上。於太傅之壽也亦然。太傅年益高，伯仲皆宦游，君孺人聽聲辨色，損飯益衣。太傅甘寢燕息，神明太和。崇禎四年，太傅奉詔存問，扶掖駿奔，燕勞贈賄，禮無違者。是年八月，孺人卒。閏十一月，君亦卒。且死，皆以老人爲念，語不及私。君生二男子；長曰瀞，郡諸生，孺人出也；次曰溥，國子生，庶陳出也。女子三人，皆庶出也。於是以癸未十二月甲子合葬於嘉興縣三宿字圩之阡，而瀞奉其婦翁譚工部狀來請銘。在昔東京，楊、袁爲漢名族，華嶠以謂能守家風，袁不及楊。唐房太尉琯以德行爲相，世號其門爲太尉家。啓爲鳳翔參軍，人咸曰：「眞房太尉家子孫也。」太傅博大傑魁，爲時庬臣。君握文矯志，晨昏有助。夫婦媲德，厥子趾美，雖楊、房之子弟，何以加諸？瀞游吾門，以材稱。葬其父母，乞銘以圖長存，可尙也已。銘曰：

君年四十有一，繫之易，得河圖四面之四十，而餘其一。孺人年三十有七，繫之皇極，得邵氏之三十六宮，而亦餘其一。餘一爲奇，餘二爲偶。歸餘於二子，以昌厥後。嗚呼！吾非瞽史，蓋聞諸姚氏之叟。

金文學墓誌銘

武林金子漸臯以崇禎十六年八月幾日，葬其父，而爲狀來請銘，曰：君姓金氏，諱某，字某。祖諱某，生四子，長爲君父，諱某，舉癸卯鄉試，爲邳州守，次則御史某也。君少孤，束髮爲諸生，不事生產。邳州老于公車，將之官，鬻其居于御史以治裝。風雨之夕，御史家奴促令徙居。君之伯兄臥病，其妻徐孺人與其長姒負牆匿門扇後，行無燎火，彳亍泥濘中。比至旁舍，乞容榻之地，以置伯兄，而身與徐孺人露坐以待旦。未幾，伯兄夫婦相繼歿，邳州久宦不歸，送往事居，庀治喪葬。歲逼除，突烟不起，與徐孺人相對空案而已。邳州在官時，爲兩幼叔娶婦，爲兩大母卜改葬，黽勉有無，備所不堪。及其歸而析產，田取其磽瘠者，器什取其刓敝者，又舍故居而別僦居于市，曰：「吾不欲遠嫠婦弱弟，傷老人心也。」其孝友篤摯，好行其義若此。君自以不得志于場屋，督課漸臯甚切，然嘗正告之曰：「士君子以立身爲本，功名富貴，非所急也。御史爲人飛章劾王耀州，至今以爲諱，可不戒哉！」漸臯既舉于鄉，卓然以名行有聞，君之教也。君卒于崇禎辛巳五月，享年幾十有幾。子三人，某某某。女三人，孫五人。墓在仁和之南山。漸臯言君故有大志，易簀之時，執漸臯手而語曰：「民窮矣，盜益起，吾欲以七事上于朝而未能也，汝爲我成之。」漸臯問七事云何？瞑不復言矣。銘曰：

有美一人婉清揚，目營四海滯堵牆。彌留之言何琅琅，載筆入棺告上皇。啓爾後賢繼述長，安寢巨室無蠹傷。

朱府君墓誌銘

君諱萊，字左元。其先自雒陽徙崑山，貴州按察司副使諱熙洽之次子也。君少於其兄楙四歲，副使以授易爲大師，多君之才，令治春秋，遂以春秋名家。副使舉進士，宰潛江，清田築城，簿籍叢劇。君手自繕寫，勾稽會校，首尾鱗次。副使歎曰：「助我理潛者，是兒也。」副使自閩歸，罄橐中裝買舍旁廢宅，君兄弟舉倍稱之息，斥而新之。副使縣車歸老，華堂燕寢，俛仰極樂，不知其所繇辦也。君遂棄去舉子，與伯氏晨夕子舍，娛侍百方。山川登涉，歲時燕賞，畫船游屐，周流數百里間，廚傳供張，皆取給于稱貸。城南數頃，盡折入於子錢家，而不使其父知也。伯氏病困，收責者塞戶。副使聞狀大怒，命君出其所有，謁親知，爲率錢會，期一日盡償長子宿負。人或謂君：「若他日寧有避債臺乎？」君歎曰：「我豈不自知非計哉？顧親老矣，今又不樂，忍令知兩子皆廢產，損老人眠食乎？君且休矣！」副使沒，君以其田廬按籍予債主，一夕而盡。歲大侵，瓶無儲粟，撫其子日爍笑曰：「此萬金產也。」與二三故人，契闊談讌，修雙雞近局之樂。及見其長女壻王志堅舉進士與日爟舉鄉書而卒。君少卓犖負奇氣，從副使宦游江楚，江山鬱盤，登臨弔古，作爲歌詩，曼聲高歌，投其稿於江流而去。嘗語日爟曰：「古之學者爲人，致君澤民是也；今之學者爲己，榮身肥家是也。」其託寄不偶如此。君以萬曆甲寅十二月卒，年五十有九。妻徐氏，勤勞共儉，共養舅姑饘酏，酒醴芼羹，必躬必親，於孝養有助焉。後君十年卒，年六十有九。子二人：長日爟，工部營繕司員外郎；次日燰。某年某月，葬某地之阡。日爟涕泣來告曰：「日爟狀吾先人之行事十有三年矣，思得一命以慰九京，而後謁銘於夫子。奉職無狀，身爲僇人，幸得湔洗，奉先人之丘墓，不及今乞銘以葬，豈歐陽子之所謂有待者乎？夫子其何忍辭？」余曰：「諾。」銘曰：

半通者綸，四尺者土。壹行孝友之傳，片牘而已矣。嗚呼！其孰與千古？

初學集卷六十一

墓誌銘十二

顧端文公淑人朱氏墓誌銘

故光祿寺少卿歷贈吏部侍郎謚端文無錫顧公諱憲成之配曰封淑人朱氏，年九十有五，崇禎十六年某月某日，考終於涇里之內寢。其年十二月某日，祔葬於端文之阡。次子南京戶部主事與沐踏門而請曰：「願有述也。」余年十五，從先夫子以見於端文，端文命二子與渟、與沐與之游。今老矣，白首屏廢，實與東林黨論相終始。淑人之誌，非余其誰宜也？端文少而貧，淑人父處士才而字之，贈公以一豚肩一束帛納采，處士顧大喜。端文舉高第，官吏部。淑人食脫粟，衣補衣，戒其家人闔門操作，曰：「夫子猶故書生也。我知爲書生婦而已。」端文砥柱國論，再起再謫。淑人曰：「夫子猶故書生也。我猶故書生婦也。脫粟補衣，故自若也，吾何患焉。」端文闢講堂於東林，朋徒歙集，學禁黨禁，謠諑洶涌。端文歿，謗焰滋甚。淑人教戒子孫，謹守先業，安以待命。今上即位，黨禁乍解，端文首見伸雪。淑人身登耄耋，晨昏炷香，膜拜禮佛，祝聖天子萬壽。優游令終，五福咸備。嗚呼！可謂難矣。端文爲人，虛和閒止，不關世事。凝塵委衣，危坐終日。淑人庀治家政，廳屏內外，傳敕不絶，子姓僮奴，稟稟如也。灑掃滌濯，酒食米鹽，井井如也。端文晚多病，宿外舍。淑人處方藥，視席薦，墐扃塞戶，夜分而後卽安。及其爲大母，稱太夫人，春秋高矣，辨色而起，必先其家人。篝燈補紉，穿針引線，小女子弗如也。端文終身爲老書生，淑人終身爲老書生婦。勤勞恭儉，九十五年如一日也。端文教子不甚督課，淑人時加譙責，予大杖。二子每晝紙爲棋局，隱帷幔中，惟恐淑人刺得之也。與渟才而夭，淑人哭之慟，教與沐及諸孫益勤。與沐爲郎有聲，其子樞及與渟之子柄皆登賢書，端文之後滋大。嘗觀萬曆、天啓之際，鈎黨之小人，其所以斬艾賢才，朘削國家之元氣者，可謂至矣。幸而祖宗德澤深厚，小人之朘削，不足以勝之。如端文之一身，生而禁錮，死而昭雪，天開地闢，在反覆手之間。而淑人從雲霧晦霿之餘，再見天日，令妻壽母，高明顯融。國家之元氣，勾萌甲坼，引而未艾，於淑人有徵焉。余志淑人之墓，因而著國家有道之長所以殊異於漢、宋者，謹而書之，亦庸以信於國史。銘曰：

唯淑人之德，叶於圖書。得其良夫，以相碩休，唯淑人之福，稽於皇極。詒厥子孫，類以永錫。何以謚之？端文之端。節其一惠，其誰曰不然？

旌表節婦李母沈孺人墓誌銘

嘉定李君名芳，字茂材，舉萬曆壬辰進士，選翰林院庶吉士，踰年而卒。妻沈氏，年二十有六，截髮自誓，撫三歲孤宜之，底於成立。天啓七年，巡按御史上其事于朝，詔旌表其門在所居之南翔里。崇禎十三年六月初八日卒，享年七十有三。十六年十一月，合葬于南翔之稱字圩。宜之具書來請銘。初，茂材既第，入翰林，太公攜孺人母子入京，乘官舫，擁符傳，蒼頭騶卒，傳呼遙溯。比入都門，茂材病彌留矣。柩車南還，幼孺委褑，孺人頓踊叫號，與舟船下上。道路皆咨嗟流涕。自時厥後，送往事居，恭老慈幼，握冰履霜，辛勤殫瘁，凡三十六年而得旌，旌二十四年而歿。孺人之爲婦也，太公朝夕洗腆，必洗手而薦之，不以委僕妾。太公歿，庀治喪事，伯叔曰：「婦，嫠也，不宜先。」孺人曰：「未亡人，冢婦也，不敢後。」比析產，伯叔咸讓孺人，孺人取均焉，君子以爲順。孺人之爲嫠也，臥起柩旁者百日；不茹葷血飯精鑿者三年；不易笄服，非喪祭不出戶限者十五年；椎髻縄髮，斥鉛華不御，不赴燕飲觀里社者，四十七年如一日。君子以爲貞。孺人之爲母也，宜之少長，負劍而誨之曰：「汝父雖不祿，有伯叔在，猶汝父也。有父之執友程孟陽、鄭閑孟在，猶汝伯叔也。汝能讀書修行，不愧汝父，有餘師矣。」宜之以孤僮自奮，數踏省門不見收，軟語慰諭，黯然神傷而已。

君子以爲慈。茂材有弟長蘅，多四方之交，宜之有見焉，則引以見于先生長者，皆曰孺人有子。長蘅久困公車，或勸其就祿仕，孺人曰：「叔性有皂白，傲世而不喜俗人，此非可以乙榜入仕者也。買山而居，奉母偕隱，不獨可以全素尙，亦所以藏拙也。」長蘅感其言，遂終身不出。其賢明辨通，皆此類也。孺人生男子子一人，卽宜之，女子一人。孫男女七人，其先世，崑山之名族也。祖諱某，早卒。祖母王氏撫其子象賢，以節婦旌門。李太公繼娶于崑，與象賢相好也，知其女賢，故委禽焉。茂材初往女氏，王節婦見之不懌，曰：「此子才，當早貴，然而不壽。」已而撫孺人歎曰：「我固謂兒似我，天命之矣，其可若何？」父老至今傳道其語，以爲節婦亦有種也。銘曰：

烏頭雙闕，南翔之里。有幽新宅，瘞銘于此。旌門之銘，以俟太史。

太原府推官唐君墓誌銘

萬曆庚戌，進士舉南宮者三百人，軒蓋嗔咽，車塵人面，冥蒙合沓。有兩人焉，軒軒然傑出衆中，永昌石應嵩兆甫、宣城唐公靖君平也。兆甫長九尺餘，昂首聳肩，胸背豐碩，巋然如天神甲士。君平長八尺餘，修髯等身，談笑風發，灑然如羽人劍客。兩人所至輒隱蓋數百人，都人走卒，相聚指目。余嘗語同年生：「此兩人者，遠不如王威寧、韓襄毅，近不如梅麻城、李長垣，吾不復相天下士矣。」兩人聞之，交相得也。荏苒三十年，兩人皆仕宦不達前死。而余亦窮且老矣。君平之子允甲，謁余虞山，泣而請銘其墓。嗚呼！余何忍不銘？

君平初名一相，後改公靖。君平爲人，孝友誠信，樂易倜儻，輕財重義，不侵爲然諾，雖爲書生，屢脱人于阸，不矜其功，人以長者歸之。萬曆乙酉舉于鄉，年五十，猶困公車。攜家居長安，矜名節，通輕俠，盱衡抵掌，傲睨公卿間。長安諸公，盡出其下。又八年，舉進士，除太原府推官。太原省會叢劇，奸利盤牙，案治決遣，奮髯抵几，豪右莫不攝服。三娘子欵塞，君平捧檄往諭，宣布朝廷威德，反覆數千言，聲如殷雷，大虜羅拜幕下，呼爲天人。君平謂虜雖強，餌不可饜；我雖弱，絛不可弛。宜有以伐謀伐交，不當朝夕惴惴，竭天下以奉西北。上備禦三策，慨然有試屬國、係單于之志。邊吏忌其能，中考功法罷歸。僑居白門，結廬雨花臺下，杜門縱酒，酒酣捋鬚嘆息曰：「此于思者如故，髮則種種矣！忍效碌碌者蘇而後上哉？」甲寅四月某日，卒於寓舍，年六十有幾。卒之日，摒擋箱篋，敝衣數襲而已。當君平去太原時，兆甫亦以江陵令謫調靈寶，坐譙樓指揮躍馬，掩殺礦賊數千人，遷南庫部郎。築浦口城，以勤事死。兩人既死，余屏居田里，追念疇昔相期之語，輒汍瀾太息久之。嗟乎！同籍之士，蓋有壯盛遇合，枋樞筦、擁牙纛者，余固嘗目笑之，而決其無成也。謂余言皆不驗，何其不幸而中也？謂余言而驗，其於兆甫、君平又何如也？豈士各有命，而余言亦偶驗偶不驗與？抑余固目論，而其言之驗不驗，亦不足券與？不然，則人才世運，兩相折除，使余之言不騐于才臣志士。而獨騐于輿尸折足之徒與？嗚呼！其可嘆也已！君平爲宋參知政事質肅公之後，四世扈從南渡徙歙，宋季徙宣城。十二傳爲處士汝奇，君平之父也。某年某月，葬于某地之阡。子三人，曰：允甲、允年、允中。孫幾人。允甲博達有父風，固於是乎在。銘曰：

鬱鬱者髯，髯如其身。堂堂者身，身如其人。兼資文武，漢之朱雲。平陵東郭，丈五之墳。孔明有言，取以銘君：未若髯之絶倫逸羣。

中憲大夫四川敍州府知府趙君墓誌銘

余弱冠，則與趙文毅公之二子叔度、季昌游。叔度激昂自喜，眉宇軒然，籠蓋人上。季昌，敍州君也，沈實恭謹，刻苦於學，嗛然如有所不足。皆所謂佳公子也。文毅公剛腸直節，獨立當世，沒而謗焰騰涌，門戶漂搖。君兄弟叫號呼憤，蓬跣赴愬。而叔度又早夭，君獨身楷柱，茹荼攻蓼，垂三十年。人皆曰文毅有子。熹宗卽位，詣闕上書，具陳先臣當國本危疑，請建儲、爭並封、擁右先帝，宜見卹錄。大臣鄒忠介、趙忠毅諸公主其議，君得蔭入監。越三年，請補給文毅公吏部考滿，再贈太子少保，蔭一孫中書舍人。推以予叔度之子。於是文毅公之卹典大備，而其遺忠益暴白於天下。罷敘州歸七年，其子士春、士錦同日而舉南宮，閭里聚觀嘆息，父老有泣下者，人咸歎善人之有後，而君之劬躬燾後爲難能也。初以文毅公恩，補太常寺典簿，遷太僕寺丞，升刑部貴州清吏司主事，轉福建司員外郎，出爲四川敘州府知府。君治官無大小，不苟簡，不屑以任子爲人蹈籍。信眉瞠目，重自矜奮，所至以廉辨稱。敘古戎州地，鎮雄、烏撒、烏蒙、東川四夷府偪處，皆以水西爲大府。自奢崇明逃死水西，與安酋連結，謀窺全蜀，而敘爲兵衝。君莅郡，下敎屬邑，聚鄉兵以數千計，募僧兵五百人，搏力勾卒，分戍設守。次年，兩酋擁衆大至，君腰刀跨馬，部署僧兵，營於翠屏山，柵壘屹然，烽火相望。賊恫疑不敢進。初議斂兵守江城，君曰：「舍門戶而守堂奧，示賊弱而縱之入，非計也。」命長槍強弩，列守水渡，戒陸路勿與戰。陏陜陡折，礌石銃礮，自上而下，賊屢進皆重傷。建武之戰，斬酋首數十級。遂改攻永寧遁去。監軍劉副使于賊營獲二圖，一先下敘州截江門，一攻永寧。監軍歎曰：「敘州不堅守，全蜀其如何矣！」夷府目把以買鹽布爲名，宿留內地，爲水西間諜。君出令募投充伍，三日不上，以奸細論。諸目把憚夷法嚴，潛渡江引去。督健卒驅其伏匿者五百人，賊無內應，不敢復窺敘矣。君條善後諸事，上夷府鹽布議曰：國初制給夷府鹽布，鹽出嘉定大洪井中，布買之民間。商人給引，從永寧路輓輸，夷人不許出境。奢崇明敗，永寧關稅絕，上臺謀制水西，優假各夷府題許入境叩領，又刊定額數，鎮雄、烏撒鹽十萬觔，布八千疋，烏蒙、東川次第減損，以爲各夷府自贍有限，將不暇轉給水西，此一奇也。然而行之數年，卒蒙其害，何也？夷人不能入境叩領，中國穿室發冢髠鉗亡命之徒，竄逋爲僕虜，一旦充使，沐猴而冠，竊入內地，傳相勾引，四出罔利。富順各井販鬻鹽觔，不復拘大洪之舊，布則村巷機杼，聽其收買。鹽曰十萬，實踰百萬；布曰八千，實八萬不止矣。朝廷用各夷府爲爪牙，彔氏一女子，加參、藩職銜，各漢把俱驕子視之。每鹽布啓行，操持兵刃，公然運輸，吏卒不敢仰視，況詰問乎？此令初起，各夷猶以黃蓮、茯苓之類入內貿易，迨其浸淫在內，奸民反出銀買其文書支領，謂之紅錢。于是夷地鹽布愈多，價亦賤，且掄捆狠藉而不可計，能禁其不入水西乎？今日欲清奸宄，杜邊釁，必守高皇帝夷人不許入境之令而後可。國家制水西，當有長策，不在區區鹽布。即欲鹽布勿入水西，必申明商引，絕其闌出，使各夷府貴如珠玉而後可。是數者較之舊制，利害懸殊，職愚以爲復舊制誠便。議上，當事者置不省。是年外計中考功法罷歸。君治郡廉平，當得上考，不知其所坐。國家有事西南夷，思得公忠彊幹之吏，宣力疆圉，而以無罪黜免，此可爲歎息者也！官刑部時，逆奄竊政，發憤草奏，以使行不果上。士春登上第，官史局，論武陵相起復謫歸。君以特羊告家廟，喜極而泣曰：「文毅公拜杖時，腊肉猶在，孺子盈吾志矣。」川、貴敍功，准復原官，遂不復起。其卒以崇禎辛巳之三月，年六十有一。君諱隆美，季昌其字。考文毅公，諱用賢。其先世具文毅公神道碑。娶何氏，子六人，女六人。孫男女十九人。癸未十月初七日，葬羅墩之新阡。君長于余一年，實兄事余，煦濡佽助，久而彌篤。每誦蘇明允之言曰：知我者，惟我父與歐陽公也。輒拊掌太息者久之。然則非余誰宜銘？銘曰：

少長憂患，晚猶契需。心怦怦若危弦，眉蹙蹙其不舒。臨沒之言，一何欷歔？蓋終其身盤回于羊腸九折，而未嘗開顏騁足自放于九達之衢。嗚呼！其斯以爲仁人孝子之準的，而勞臣志士之權輿。

湖廣行都司斷事蔣君墓誌銘

君諱國玞，字公韞，福建按察司副使蔣公諱以忠之次子，出後于其弟御史公諱以化者也。副使篤學好修，寬然長者，歷南北郎署，出守廣平，君皆從。囊篋細碎，有晨昏之助。御史精強饒心計，晚而無子，君逡巡不欲往，曰：「矍相氏之圃，爲人後者勿入。我何人哉！」其宗老強之而後可。田廬畜積，多所推讓，人以爲難。以國子生謁選，除湖廣鄖陽都司斷事，攝令於鄖，潔身耆事，鄖人懷之。無何，致其事而去。居里閈之間，恭大慈小，履順考祥。凡八年而卒。錢謙益曰：吾里中搢紳之後，有子克家者，人于君無間言。而惜其不獲射策甲科，以光大其家世。予之論則不然，夫甲科之在一鄉，其賢則祥麟威鳳也，其不賢則檮杌窫窳也。彼且憑藉高華，倚恃氣勢，布桀黠爲爪牙，修竿牘爲鋒刃，朝篡取一人焉籍其家，暮篡取一人焉僇其帑，怨謗弘多，寃對叢集，而猶軒然自喜，以爲無如我何也。惡貫滿盈，福澤垂盡，鬼瞰其室，神奪其算，乞兒販婦，莫不交口而咀嚼之。爲賢士大夫者，亦何樂乎有是子孫哉！馬少游有言：乘下澤車，御欵段馬，爲郡掾吏，守墳墓，鄉里稱善人，斯可矣。如君者，孝友順祥，逡巡退讓，爲佳公子，爲賢子弟，爲淑人君子，視世之射策甲科，漁食鄉里，以蹠跖自豪者，其賢不肖奚啻霄壤？而世之目論者，顧猶重彼而輕此，則亦傎矣。吾志君之墓，蓋執筆而三歎焉！牽連書之，以告于閭史，其亦有不得已也夫。君卒于天啓丙寅年十月，享年五十有七。妻陳氏，刑部左侍郎莊靖公諱瓚之孫，貴州右參政諱禹謨之女，服習家訓，撫庶出之子廣生如己出。病革，語廣生曰：「汝父賢而未有聞也，吾聞錢先生爲銘辭，取信天下。吾先夫子既得請矣，汝不忍汝父之死而沈泯也，必求先生銘，吾亦可以見汝父于土中矣。」於是廣生以崇禎癸未臘月十日庚午之吉，合葬于平墅之新阡，奉其母之隧言以來請銘。銘曰：

祔也合之，既固既安。我篆斯石，比于張圓。後千斯年，尚知其妻之賢也。

毛君墓誌銘

吾有布衣之友曰繆希雍仲醇，國之高義，不輕爲然諾者也。應山楊忠烈公爲常熟令，問邑之耆老於仲醇，仲醇首舉毛君以對。歲大水，屬耆老分賑。君載官粟，益以私囷，扁舟掀舞白浪巨門，比返則突煙四起矣。石塘之役，君爲植土，實石堅，湍悍遠徙。楊公迎而拜焉。勞以酒帛，請以遺八十老母。楊公歎曰：「今之毛義也。」君娶戈氏，於仲醇爲彌甥婿，仲醇數爲余稱君，因遣其子鳳苞執經余門，故知君爲詳。君少讀書，諳曉經義，內行修謹，彊力耆事，指麾風發，其中寬然長者也。母七十，斷右臂，垂死，君頓踊哭禱，日中，有人持雄冠雞籠門疾呼曰：「傅其血，可以瘵媪。」如其言而差，不知饋雞何人也？兄久客歸臥疾，上雨旁風，穿漏床席，趣僦工新其廬，病起，兩榮翼然，負日而歎：「吾弟之暄我多矣。」天啓四年六月，君卒，年五十七。楊公哭之慟，爲文以祭，以仲醇之言爲徵。崇禎二年十一月，戈孺人卒，年六十三。君歿而二親未葬，戈襄事有加禮，臨穴慟絕，日移晷而蘇，其純孝如此。君諱清，字叔漣，祖父居東湖之濱，以孝弟力田世其家。君尤精於農事，重湖複陂，隄塍相軋，爲溉爲陸，百穀蕃廡。鄉邑有鼙鼓之召，急病讓夷，望君如望歲焉。毛於是乎始大。萬曆間，貴溪徐貞明建京東水田策，其議實自仲醇發之。當是時，戚將軍欲藉南兵願農者以實屯，而仲醇謂當辟召南人善田者量能授官，課最實效。徐公去國，事遂寢。今天下多故，軍興繹騷。天子采用羣策，設專官，建節鉞，慨然舉行矣。誠令踵泰定之蹟，考徐公之書，采仲醇之議，放漢人趙過、蔡癸以農爲大官之意，得如毛君者數輩，布列爲農官，周官大司徒教稼穡樹蓺制地征之法可舉，漢二千石遣授田器學耕稼養苗之制可放，前元海口萬戶之官可復，屯種可興，漕輓加派可漸省。而今也爲人擇官，不爲官擇人，畢牘書生，置之田畝，不知南東，何屯政之爲也？天下之事，利害相蒙，而名實不相副也，可勝歎哉！余志毛君之墓，追思徐公、仲醇故事，俛仰太息，而系之銘曰：

國初立法，經界旣均。乃立巨室，以聯細民。惟蘇沈氏，以方穀聞。高帝召見，錫予便蕃。卓犖毛君，奮跡力田。聯事急公，鄉黨歸仁。賈其材略，芻牧興屯。通侯虎符，何足以云。戈莊之阡，昆湖之濱。禾黍芃芃，達於墓門。德則富有，請考斯文。

初學集卷六十二

神道碑銘一

嘉議大夫吏部左侍郎兼翰林院侍讀學士贈資德大夫太子少保禮部尚書兼翰林院學士謚文毅趙公神道碑銘

趙文毅公之卒也，七年而克葬。葬二十三年而褒卹贈謚彝典始大備。又八年而崇禎六年，距公卒三十有八載，而謙益始書其墓隧之碑。謹按：趙氏其先宋簡國良顯公仲談之後，其子中大夫士鵬守江陰軍，遂家焉。曾祖諱寶，徙居常熟。祖諱玭。父諱承謙，廣東布政司參議。嫡母蕭氏，母張氏。公諱用賢，字汝師，中隆慶五年進士，選翰林院庶吉士，授檢討。萬曆六年，江陵張公當國，父喪有詔起復。公抗疏請聽終制，杖六十，爲編氓。家居六年，以原官召用，陞右春坊右贊善。久之，遷司經局洗馬，管國子監司業。又遷右春坊右庶子。十五年，以詹事府少詹事管南京國子監祭酒。明年，陞南京禮部右侍郎。十九年，召爲禮部右侍郎，兼翰林院侍讀學士，教習庶吉士。二十一年，改吏部左侍郎，兼官如故。

未幾，移疾歸里。二十四年三月十五日，卒于家，年六十有二。葬羅墩之阡。公應庶常選，名在第四，穆宗皇帝拔置第一。事神宗皇帝爲史官，長身聳肩，議論風發，突兀班行中，人望而識之。江陵之起復也，公與編修吳中行、刑部郎艾穆、沈思孝、進士鄒元標，後先拜杖闕下，削籍里居。江陵威權日盛，人咸謂禍至無日。公闔門誦讀，意氣自如。公有女，許御史吳之彥之子鎮，之彥懼及，坐鎮于其弟下曰：「婢子也。」用以辱公。公返幣告絕，之彥乃大喜，公亦不以屑意也。壬午，江陵卒，朝政大變，上始召用公。當是時，吳縣申公、新安許公執政，江陵舊人未汰除者猶布滿九列，見公等驟起田間，不能無內慚且忌。而公與吳公起家詞林，執政者惴惴然懷應侯蔡澤之恐。會御史李植、江東之故以攻江陵擢用，不快於吳縣，連章侵之。新安大怒，遂攘臂攻江、李，而其疏所謂「意氣感激，偶成一二事，自負以不世之節，號召浮薄喜事之人，黨同伐異，誣上行私」者，蓋專指公等也。江陵威震人主，奪情議起，舉國保留若狂，彗星出西南，長亘天，道路以目。公等出萬死不顧一生，爲國家計綱常，何謂偶成一二事？江陵之餘黨，蠅營狗苟，皆護惜之如頭目，而獨以朋黨坐公等，新安於是乎忮而傎矣。公抗章請罷，極言朋黨之說，漢、宋小人所以去君子而空人國者，慮開讒賊之端，遏仁賢之路，騁報復之私，淆是非之公，長謟諛之風，來壅蔽之漸。其詞甚辨而直，忌者無以難，益深恨公。太倉王公亦以忤江陵起，甫入朝，上八不平之疏，力攻江、李，其意亦未嘗不在公等也。自時厥後，交口沓舌，明與公等爲難。而公知必不見容，求去不得，遂引而南矣。公之南也，執政畏偪，心倖其稍遠。及其久次于南也，海內望公旦夕枋用，爲之挼手扼腕，其語不絕于耳，則又患而苦之。吏部郎趙南星抗論時事，謂不當以留署棄公，朝堂爲之大閧。執政雖責譴給事郎署之右公者，終不得已而召公。比太倉再相，有三王並封之命，公極論其不可，且曰：錫爵初至之日，慨然以册立爲第一事，引而身任之。乃御札之密封，揭帖之獨進，閣臣、禮部咸不與知。一旦諭從中出，道路籍籍，謂默有啓告，致成此舉。數千里應召而來，曾未浹月踰旬，而已蒙不韙之疑。錫爵之心，亦豈能安於此哉？疏上，事得寢。而公旋進貳冢宰，與部郎顧憲成辨論人材，以進賢退不肖爲己任，物望益附公。公故所絕婚吳之彥者，太倉人也，遣其子鎭飛章訐公。當國者主之，蜚語流聞，中外洶洶。公抗疏力辯求去，章三上，得請。舉朝大閧，訟公者章滿公車，咸報聞。御史大夫李公世達、御史吳弘濟、吏部郎安希范、刑部孫繼有、譚一召，皆相繼去。行人高攀龍力排宵人鄭材、楊應宿希風吠聲，又得重譴去。於是善類一空。朝右持淸議者，噤唶莫敢發聲。當路相慶，數年來黨局妯騷，自今幸少得肆泗矣。當時之傾公，與慶曆中以孤甥女子之獄誣歐陽公略相類。歐陽終得白，且大用，而公一去不復，此可爲歎息者也！蓋嘗論之，公之見逐在癸巳，而其械成于癸未、甲申兩年之間，不獨公生平用舍之局決于此，而壬午以後四十餘年之朝局亦懸于此。何也？江陵既逝，執政之精神才術，不用之以反舊政，圖國恤，而專用以枝柱公等。吳、沈、江、李，樹的于前；鄒、趙、顧、高，俠轂于後。裁量執政，水火薄射，而公爲之魁，難乎其免矣。始坐公以朋黨，既逐公以婚姻，並一機牙也。故曰公生平用舍之局決於此也。執政既疑公，舉不信海內賢士大夫，于是乎燈傳鉢授，爲留中永錮之法，以壅遏清議，消磨人才。公沒之後，正人皆不見登用，用亦不久，而所謂鄒、趙、顧、高者，遂與黨議相終始，故曰壬午以後四十餘年之朝局亦懸于此也。公爲人孝友誠信，公忠強直，未嘗一日忘君父，未嘗一念不在天下國家，雖嬉遊燕笑，酒酣樂作，偶語及之，未嘗不側席而嘆，投箸而起也。拜杖之日，封敗肉如掌，陳夫人腊而藏之。公意有所不可，嚙齒奮臂，輒從容奉櫝進曰：「公且休矣，盍亦爲餘腊地乎？」公爲之斂容嘆息，而終不能改也。東南財賦甲天下，賦斂日增，而科派無別，徵輸日急，而隱漏多端，公訪求悉其利弊。在宮坊，延進士袁黃商榷四十七晝夜，條陳十四事上之。執政不說，以謂南人不當言南事，終寢閣不行。在南雍，修國學，舉遺賢，復勛舊送監之制，斥豪右侵占之地。郭文毅奉爲絜法。在南五年，亟請建儲，早教元子，及宥言官李沂，斥閹鯨，最爲剴切。令公得行其志，竟其學，君子必進，小人必退，國本必早定，生民必乂安，而神、熹之際，國家必無鈎黨之禍。公之不用，蓋昔人所謂蒼生無福者，而豈一人之故哉！公強學好問，老而彌篤，午夜攤書，夾案燃巨燭，窗戶洞然，每至達旦。其爲文章，博達詳贍，尤長於奏議書牘，有文集若干卷。晚年撰三吳文獻志、國朝典章因革錄，未就而卒。公初娶張氏，早喪。又娶湯氏，能爲五七言小詩。又娶陳氏。子三人：琦美刑部郎中，余嘗表其墓；祖美國子監生，倜儻有父風；隆美敍州知府，以廉辨聞。女七人，皆歸士族。孫男女若干人。曾孫男女若干人。琦美、隆美，皆公沒補蔭。先帝思公有功國本，又蔭祖美之子士履爲中書舍人。諸孫皆競秀，而隆美之子士春舉鄉書。公之沒也，小人希當國旨，數尋聲吠公，子弟凜凜懼禍，以故卹典遼緩，墓碑亦久而未立。覵於公之身後，則公之剛腸直節，顱領於當世者，其又可思已矣。銘曰：

龍淵太阿，剸犀截龍。遇彼柔蔓，鈍其鍔鋒。暨暨江陵，蛟龍豹虎。禮變金革，權傾宮府。公奮巨手，剃其狂顛。陽劍一麾，有光屬天。江陵以後，盤互杈枒。便文自營，載鬼一車。葛藤蔓草，孰斧斯之？冰刃霜鍔，將安所施？國家多故，黨論掾揭。天不祐助，人與奚孽？白日行天，大星隕庭。元氣渾顥，烱然上升。死爲閻羅，司彼姦虓。金碧之神，尅期來告。讒邪螟特，職競作羅。治鬼斯克，治人則那？虞山熊熊，江流如帶。朝隮夕潮，公赫斯在。徵于史策，質諸鬼神。凡百君子，眡此刻文。

資德大夫正治上卿都察院左都御史贈太子太保安邑曹公神道碑

傳曰：不有君子，其能國乎？君子之進退，關于世道之盛衰。以吾師安邑曹公徵之，豈不信哉？萬曆中之黨議，播于庚戌而煽于辛亥，二三小人，飛謀釣謗，以一網盡東南西北之君子。公以吏垣掌內計，佐太宰富平孫公，稍斥其渠率，其黨相與磨牙爭之，久之，公與富平相繼引去，公退而班行一空，萬曆末年之黨局成矣。泰昌元年，公以太常少卿起家，屢遷都察院僉都御史、吏部左侍郎，未幾，逆閹之難作，公進而旋退，而天啓之黨禍烈矣。今上卽位，召公爲左都御史。未幾，閣訟又起。公據法守經，力爲糾正。久之，以年至乞身。而公之生平，遂與黨論相終始矣。嗚呼！俛仰三十年間，黨論三變，雄唱雌和，黨同伐異，以宮府爲城社，以婦寺爲窟穴，馴至于朝野震動，衣冠塗炭，而以人之國爲孤注。然而丁卯之閹禍，卽辛亥黜幽之伏戎也。戊辰之閣訟，卽丁卯媢閹之遺種也。公剪其勾萌，撞其機牙，楮柱于三十年之前，而其滋蔓潰決，不可禁禦，乃在三十年之後。公之進也，若南山之起于隴、蜀，天下仰爲維首。其退也，若黃河之洩于勃、碣，天下猶用爲砥柱。而其進而旋退，退而不復進也，山川沸騰，轂、洛交鬬，夷虜寇盜，亦相挻而起。蓋自公之進退與黨論相終始，而世道往復之際，有難言者矣。此可爲嘆惜者也！公之爲人，孝弟忠信，明允篤誠。如隮山喬嶽，未嘗有意自高，而登假者仰企焉；如和風暄日，未嘗有意近人，而披拂者暱就焉。立朝務持大議，當事務存大體，論人務取大節。主張名教，扶養風義，愛惜善類，其素所畜積也。而其于小人也，有所彈劾處分，未嘗不惻然如傷也。一言之可採，寸長之足錄，未嘗不引而進之也。其或反唇相稽，操戈入室，未嘗不引咎自責，退而忘其誰某也。與盱眙馮應京同舉進士，以聖賢之學相鏃礪。居家老屋三間，不蔽風雨，席門葦簷，含菽飲水，端居參究，羣萃扣擊，春星秋霜，移日分夜。壯而仕，老而休，終其身于學問之中而已。爲諸生時，講求兵農錢賦邊防水利之要，與應京訂經世實用書，強半出諸腹笥。授淮安府推官，護陵寢，禽劇盜，爬搔淮、泗間利病，其舉而措之者也。在省垣，論奏皆天下大計。萬曆間推六科人才，如先朝之推葉與中也。居憲府，雙籐倚戶外，百僚肅然，有顧太康之風。遲重寡言，人或以衰晚目之。及奴薄都門，諭札日數十下，條對商榷，不移漏刻，詰奸警備，旋至立應。精彊少年皆斂手嘆服，知公爲有用之學也。薄嗜慾，勇辭讓，進禮退義，不失尺寸。少宰之推也，越關中馮恭定公而用公，小人設械，欲藉是兩甚之。公固讓不可，不旬月，堅請去。小人卒無以傷公。其沉幾先物，不俟終日，皆此類也。蓋嘗論之，公之學，惟仁與誠而已。騶虞之不殺，鳳皇之不搏，仁也。春風之解凍，夏雨之解喝，誠也。仁則無我，好賢疾惡，皆一體也，何惜乎黨議？誠則無僞，方內直外，皆天則也，何畏乎學禁？易曰：天之所佑者順也，人之所助者信也。惟仁與誠，天佑之矣。公之完名全身，好德令終，豈偶然哉！若公之始終黨論，不得究其大用，則斯世自有任其咎者，而于公何與哉！公諱于汴，字自梁，平陽之安邑人也。曾祖諱庠，祖諱司民，父諱希舜，世有壹行，皆以公貴，贈左都御史，而妣皆爲夫人。公以崇禎庚午致仕歸里，甲戌正月十九日，考終于正寢，壽七十有七。夫人侯氏。子曰良，以公任爲南京戸部郎中。丙子三月，曰良奉天子之休命，大葬公于安邑北郭之賜塋。後三年戊寅，貽書謙益，俾書其墓道之碑。萬曆庚戌，公與高陽孫公，分試南宮，謙益實出其門。自是厠名部牒，實與公相終始。閹訟之興，謙益爲黨魁。公之晚出不爲時所容者，亦以謙益故也。追惟今昔君臣師友之間，有餘痛焉！故敢牽連書之，庸以徵于國史云耳。銘曰：

晉水吳山，有唐遺民。參晉之區，篤生異人。龍宗有鱗，鳳集有翼。天生斯人，以斥王國。介圭不琢，精金有聲。貞心匪石，直筆如繩。始登天垣，卒踐憲府。首攖宮隣，載蹈金虎。羣陰繁興，孤陽一綫。覽此鳳德，介彼龍戰。水火煎逼，風雷喧豗。正直是與，厥德不回。公之在朝，頎然元老。國有元龜，士有師保。公之在野，皤皤壽耇。讒消南箕，譽象北斗。天子命我，角巾西歸。上帝命我，飾巾待期。耀靈晝晦，經星夜落。浩然元氣，還歸磅礴。民思冬日，士嘆長夜。誰能畫筆，雕繪造化？節其一惠，媲彼兩賢。文中文清，季孟之間。白首門生，纏悲安仰？斲石刻詞，永敝天壤。

資德大夫都察院左都御史贈太子少保兵部尚書謚忠憲高公神道碑銘

今上御極更始，首僇逆閹，言者始上故資德大夫都察院左都御史高公死狀，天子曰：「噫！是吾守正捐生之臣也。」贈公太子少保兵部尚書，謚曰忠憲。崇禎三年某月，公之子世儒，始奉天子之寵命，大葬公於錫山之阡，俾謙益書其墓隧之碑。謙益謹按：我皇祖神宗皇帝久於其位，天下恬熙，小人近倖，蘖牙其間。一二君子，奮起下位，以楷柱國是，而朋黨之論始出。所謂一二君子者，高邑趙公、無錫顧公其尤也。公舉進士，實出趙公之門。萬曆癸巳，趙公忤時相被逐，公以行人奉使還，甫三日，即抗疏分別忠佞，極言閣臣不當陰除異己，鋤善類以空人國。奉旨詰問，侃侃不少輭避，遂降揭陽縣添註典史。而顧公亦以言事罷歸。無錫故有龜山先生東林書院，公與顧公修復遺址，講學其中。久之，東林之名益高，海內清名之士，淹久不用者，其應和益廣。而羣小疾其厲己，爭相標目，遂譁然以東林爲質的。天啓初，大起廢籍，公與趙公相次枋用，羣小滋不説。會應山楊公疏擊逆閹魏忠賢，而公以考覈回道御史褫閹之私人崔呈秀。於是羣小合謀嗾忠賢曰：「東林必殺公。」忠賢怖且恚，亦曰：「東林殺我。」然不知所謂東林者何等也。甲子冬，假會推事，盡逐公等。乙丑，戍趙公，逮楊公等殺之。丙寅，又逮公等七人，公不辱，死于水。嗚呼！朋黨之禍，至於斯極矣！然其所繇來久矣。公與趙公實與之終始，豈非天哉！公初聞有使收捕，與家人處分燕語，若將治嚴就徵者。夜分闔其室，爐香拂然也，封題宛然也，及諸河，形神離矣。裳衣戌削，口鼻未嘗少沾濕也。湛淵潔身，不以苟生辱國；北向叩頭，不以垂絶廢禮；結願來世，不以之死忘君。從容就義，守死善道，嗚呼難哉！公爲人齋莊閑靜，不苟訾笑，淵停嶽峙如也。束修立朝，其發念未嘗不歸君父，其持議未嘗不本名節，其斡旋護持未嘗不在世道人才，故以一散曹得譴去，而天下以大人長德歸之。其自田間起家也，熹廟幼沖，婦寺中外，盤牙爲窟穴。公慨然以斥遺奸清國本爲己任，抗章極論，前後三四上。羣小激怒先帝，謂「訕朕不孝」，欲以危法中公。又請禁講學以撼公。公弗爲動也。御史大夫闕，僉言推公，公固辭不可。公居恆謂此衙門得人可以救世，申憲綱，舉臺規，察守令，確有成畫。受事之日，雙藤倚戶外，風采肅然。逾月而報罷。當是時，外庭攻閹急，羣小依閹亦急。公欲外輯外廷，內齊政地，中渙羣小，爲彌縫匡救之計，而亦莫能聽也。嗚呼！公之不能久於位者天也，其不能救閹禍者，亦天也，公何與哉！公生平學問，以誦法程、朱，眞知實踐爲主。

揭陽之行，發憤窮究。所至登臨弔古，雲水孤清，益恍然發悟。家居二十餘年，水邊林下，洗心退藏，尤於靜中得力。湛淵之時，內不獲身，外不見水，皆我之靜境也。委順而去，與聖賢之曳杖易簀，夫何以異！嗚呼！如公者，斯可謂學，斯可以講矣！公諱攀龍，字存之，世爲常州之無錫人。祖諱材。父諱德徵，妣陸氏，實生公。材有弟曰校，任黃巖知縣，壯而無子，遂以公爲子，其後皆以公貴，贈太僕卿，妣皆淑人。妻王氏，封淑人。子三人：世儒、世學皆任子，世寧邑諸生。公之沒也，世儒請于朝，得贈三代，如公今官。公卒于天啓丙寅三月十七日，享年六十有五。其世次官爵及所著書若干卷，誌于墓、譜于家者，皆不具書。

嗚呼！近代朋黨之禍烈矣，其始則宣、政之碑也，其中則淳、慶之禁也，最後則延熹、建寧之獄也。彼方立黨籍，公則爲温爲蜀，其如公何？彼方禁僞學，公則爲雒爲閩，其如公何？彼方遈黃門若盧，公則爲膺爲滂，其又如公何？精金之鍛百鍊，良玉之火三日，張羅布網，蔓衍三朝，愈變而愈毒，適以完節畀公。彼小人者，冰山既傾，腐骨猶臭，徒爲海內所咀嚼唾罵，傳之無窮，令其轉而自計，當亦知其不可也。雖然，公之忠君愛國，死而彌篤。靈修美人之思，有餘恫焉！何樂乎與慆淫謠諑之徒，比長絜短于身後也。然則嬋媛太息，攄幽憤以告來者，其亦吾黨之爲，而無乃非公之志也與？謙益不肖，附公臭味之末，憖而不死，敢因公碑首，纚述朋黨梗概，而系之以銘。銘曰：

唐虞世遠麟鳳憂，出非其時來何求？高冠長佩芳澤稠，珩璜琚瑀紛相摎。回翔延佇經九秋，虹蜺揚光白日霿。蘭芷不分蕙爲茅，先君後身衆所讎。一夫九首撑肉投，帝閽高高靈瑣幽。死暴都市生纍囚，天地爲籠逝何繇？清泠之淵水滔滔，蹇裳抗跡依前修。崖山巨浸清淮流，公非水解乃天遊，皎如白日臨中洲。扈從三后參前驅，雲旗晻靄衛九斿，手援斗柄駕龍輈。騎鯨被髮覽冀州，俯視人世殷戈矛，蜩螗沸羹爭啁啁。靈不言兮心豫尤，乘風載雲過帝丘。

文林郎福建道監察御史贈太中大夫資治少尹太僕寺卿周公神道碑銘

天啓元、二之間，逆閹忠賢已居中用事，周公爲御史，因盛夏冰雹，論內臣爲害，訟言攻之。當是時，閹猶未改名，公疏所謂魏進忠者也。公既首發閹奸，而後先言乳母不當入宮，近侍不當典兵，皆以剪閹之翼，而遏其機牙。迨癸亥內計，極論閹與其私人郭鞏交關亂政狀，鞏大慚且懼，諸與鞏潛附閹者，聳聽喘汗，人自以爲罹公白簡，遂聚族而謀公矣。乙丑，閹徵楊、魏諸公考死，羣小脅閹曰：「必殺周某。」遂嗾吳江舊貪令曹欽程飛章告公，公喪父里居，坐削籍追贓，獄未上而檻車徵矣。公之下詔獄也，以丙寅四月十三日。其畢命也，以六月十七日，年僅四十有五。越七日，始得出暴尸都市，肢體斷爛，其慘毒視楊、魏一也。公被急徵後，織閹又飛章誣奏，傳言將孥僇。公之母以驚死，所坐贓多不能償，其子廷祚、廷祉亦旦夕祈死。會今天子御極，遂蹋蹶詣闕訟冤。天子嘉公首發奸逆，贈太僕寺卿，褒卹有加。又詔所司定犖等罪狀。於是天下雖芸夫牧竪，無不稱公之忠，爲之嗟咨嘆泣，而咀嚼犖等，恨不得臠其肉也。嗚呼！公又何憾哉！公爲兒時，聞其父談楊忠愍事，輒抵掌曰：「好！好！」念其祖之死於冤也，燈窗誦讀，流涕覆面，甫入臺，即疏請昭雪焉。其言事，傳旨廷杖者三。比其得免，言笑舉止，無以異也。下獄考掠逾兩月，無屈詞。且死，以老母爲念，無怨言。其死於忠孝，蓋天性也。公少儁傑廉悍，遇事風發。舉進士，益自刮磨飭理，以跱聲業。釋褐爲武康知縣，視篆德清，調煩仁和，剔宿蠹，斷疑獄，三邑皆以爲神明。其在西臺，諳熟典故，曉暢法令，慷慨發舒，知無不言。東事之殷也，議恢復，計兵餉，責成中樞執政，皆鑿鑿可施行。巡視光祿，歲覆冒破二萬餘金，閹王體乾以郊廟享用爲言，公據會典駁正，閹亦爲屈服。犖被彈，猶狺狺不相下。公曰：「今劉朝典兵行邊，犖能出片紙遏朝，吾請爲洗交結之名。」犖噤不敢應。其善抗辯屈人，皆此類也。公每昌言于朝，謂士大夫當持平心，渙黨議，無使國家爲熙寧、紹聖之續。其言論風旨，於世所指目賢人君子，亦不盡相附麗。而魏公在諫垣，尤爲牴牾。及內外勾連，中旨數出，慨然知國事日非，而是非邪正不可假易也。于是大臣言官，相繼放逐，遂不惜傾身願與之同去，與之同罪，而卒與之同禍。嗚呼！公可謂忠讜特達、致身授命之君子矣。公諱宗建，字季侯，蘇州之吳江人也。曾祖諱用，吏部尚書贈太子太保，謚恭肅。祖諱式，舉人。父諱輯符，母顧氏，太僕寺卿諱存仁之女。祖、父皆以公贈太僕寺卿，而妣皆淑人。妻申氏，封淑人。子男六人：廷祚以蔭爲國子生，廷祉邑諸生，後公卒，次廷禧、廷禖、廷祺、廷禨。廷祚以崇禎五年十二月，葬公於叟字圩之賜塋。惟公與魏公爭論故僉院王公德完，遂相擊排。魏描畫其末路，而公護惜其初節，所謂相爭如虎者也。及糾羣疏出，魏公亦聞而嘆焉。魏、周之爭，舉朝幾分左右袒，既而隸黨籍，死閹禍，白首同歸，闔棺論定，閹之煽虐，殆天所以成公等與！余於墓隧之碑，重複書之，不獨使兩家子弟通知二父志，亦以信于後世云耳。銘曰：

國有椓人，金虎在旁。羣小蠅附，厥翼始張。雄唱雌和，設陰施陽。公首奮筆，抉摘附璫。譬如迅霆，破彼蟄藏。飛謀釣謗，傳刃以償。葦笥之籍，始於魏揚。瓜蔓及公，討捕刊章。身填牢戶，魂復桁楊。腐肉安逃？枯骨何葬？明明昊天，云何弗愴？神、熹之際，黨論拒撑。分部立墠，沸羹揚湯。填河濁流，焚玉崑岡。勞臣志士，同歸一坑。逆焰焚如，顯此忠良。孰云長夜？天晶日光。嗟我于公，同籍同方。我爲黨魁，憔而後亡。悼往撫今，有淚盈眶。刊文碑石，過者盡傷。

初學集卷六十三

神道碑銘二

嘉議大夫太常寺卿管國子監祭酒事贈禮部右侍郎謚文恪傅公神道碑

嗚呼！吾師太原文恪公既沒之三十三年，而門生錢謙益始書其墓隧之碑曰：公諱新德，字明甫，太原之定襄人也。世爲農家。祖汝楫，父應期，始爲儒生。母樊氏，夢月光四射，星斗文字粲然，光屬於腹，驚呼而生公。甫能言，輒能記太公所讀書，倍誦於懷中。七歲，屬文如風雨驚驟，時以爲聖童。二十登鄉書。明年己丑，舉進士，選翰林院庶吉士教習。三年，請假歸。又三年，盡讀經史子集之書，近窮掌故，旁摭釋典，鈎連穿穴，而後其學始大就。甲午除翰林院檢討。又六年，遷南京國子監司業。三年滿考復任。又二年，始陞右春坊右中允。丁太公憂，喪葬用古禮，墓祭徒步五十里，哀動路人。終喪，將不出，樊安人固命之，乃強起。丙午，主南京試，歷本坊右諭德、庶子。又四年，始陞太常寺卿，管國子監祭酒事。

詞林覬望遷拜，不樂居兩雍。公嘆曰：「養賢造士，國家之急務，此官非冗長也。南陳北李，彼何人哉！」後先條奏，主於崇教化、考德行，謂從祀不當專重文學，宜推廣許讚之議，進張巡、文天祥等，以風厲人心。在南雍，申明條約，作八勗以獎善，作八誡以抑惡。晨夕集諸生堂下，勸誘如諈諉，訓戒如誓命，反復憯怛，如家人父子。孝秀簡習，榎楚廢弛。滿考及遷，投業遠送，望慕嗟咨，唐之陽城，無以尚也。在北雍，講貫教督，不懈益勤。故有弱疾，寢劇。辛亥七月十四日，卒於官舍，年四十有三。疾革，命授几，焚薌擁被，南北向扣頭而沒。同官合賻之，乃克斂。上賜祭葬，給驛以歸。贈禮部右侍郎，謚曰文恪。娶閻氏。三子：庭詩以蔭爲刑部郎中，庭禮、庭蘭皆諸生。葬於定襄城東南十五里高長山之原。公生而短小文弱，手足皆纖細異常人。順祥和雅，聲出金石，見者皆心醉，曰：「眞翰苑人物也。」明內柔外，恭大慈小，足布武惟恐先人，口噓氣猶恐傷人。其於進退泊如，取予介如也。南司業滿考，旦夕當遷。四明謂曰：「此官無肯往者，盍再借一二年乎？」公謝曰：「與南諸生殊相安，倘不卽幽黜，亦不願去也。」四明有意遠公，公亦心喜其遠己，而不見詞色。福清雅知公，公不能作意近之，敍遷不進而已。久於南雍，詞林有嫁老女之嗤。公笑曰：「縫衣裳，羃酒漿，老女亦有微長。終不能顧千金之求、百兩之迎，倚門而相招矣。」福清當國，公語所知曰：「痞膈病深，須大承氣湯疏解。猶悠悠泛泛用補中之劑，令人轉思王山陰耳。」公之生平，立身持論，此其大端也。公在史館，與南充黄昭素、會稽陶周望深研性命之學，常謂昭素：「人議趙大洲學禪，大洲直任不辭，騰諸奏牘，視陽明改頭換面，更進一格。」又謂周望：「二程闢禪，語錄中却多妙義，是從儒宗中透入禪宗，暗合而不自知。若東拚西護，陰用而陽斥之，此禪門五宗技倆，非吾儒立誠之行徑也。」公內閟心宗，外修儒行，重規疊矩，不染狂禪氣息，人以爲學佛作家，吾以爲吾儒世適也。蓋嘗論之，賢者之生於世也。譬諸商彝周鼎，陳宗廟而後尊，干將莫耶，試剸割而後利，此其恆也。其有含章履和，間世而一見者，如麟趾騶虞，雖異類，知其不踐不殺也。如譽星卿雲，盲者知其爲祥，明玕良玉，愚者知其爲寶也。天之生之，固將置之明堂東序，玉瓚黄流之間，世莫得而垢氛，人亦莫得而軒輊也。吾所見偉人碩儒亦多矣，若是者非公不足以當之。至其微言精義，闢儒釋之牖戶，出死生之津流者，固非末學之所識，而豐碑亦不可得而詳也。公嘗授天官律曆於范禮部，授幾何數於西人，授青烏於平定李生，授黄白於胡叟，其書皆不傳。其藏於家者，有文集二十卷，大事狂談四卷，總集類書千餘卷。銘曰：

巖巖紫宮，孰疏禁訶？睥睨斗柄，輷輘雷車。帝曰豎子，汝下無苦。乘風躡雲，送汝帝所。雖則下讁，不在塵寰。何以置之？瀛州道山。中秘之閣，列仙所居。紅蘂當堦，青藜照書。出入金門，迴翔泮宮。劍佩參差，禮樂肅雍。朝市熏灼，火聚炎蒸。清秋蕭辰，冰壺玉衡。名利喧呶，呑腥啄膻。閉房燕處，靜嘯清絃。觀化而來，限滿而去。東觀西清，累蘇何處？英聲八區，遺書千軸。雲過太虛，燈傳空谷。聖人之山，河曲湯湯。山宮水襲，公魄所藏。白首門生，怛化無極。敬譔蕪詞，以篆好石。

光祿大夫太子太保禮部尚書兼翰林院學士蕭公神道碑

天啓五年，禮部尚書掌詹事府宣化蕭公引年乞休，詔進光祿大夫，予一品誥命，馳傳歸。七年二月，以疾卒于里第，年七十有四。天子念先朝舊學，遣祭賜葬，恩禮有加。公薨後十有二年，爲崇禎十一年，天子維新大政，臨軒御殿，更定館制，親簡閣員，海內喁喁，想望治平。而謙益方頌繫長安，遇公之任子鴻襄、鴻靖，相與伏地而泣。踰年釋歸，乃獲論次公事狀，書其墓隧之碑。謹按：神宗皇帝時，天下無事，天子富於春秋，與公卿大夫率繇祖宗故事，愼重館閣之選，儲偫人才，爲異日用。而儒學文章，端方儁偉之人出。公諱雲舉，字允升，姓蕭氏。其本出自宋蕭叔大心，封于蕭，遂以爲氏。繇漢迄梁，代爲侯王。唐季有諱殷者，爲馬殷判官，避亂江西之泰和，再徙瀘源。國初適戍廣西，爲南寧之宣化人。曾祖諱蕃，祖諱滿，考諱楝，以公貴，累贈如其官。妣皆一品夫人。公生于其父高要令之官舍，高要公夢五色雲捧日，覺而公生，因以名焉。生七年，母朱夫人卒。擗踊叫號，人呼孝童。二十舉鄉試。萬曆十四年舉進士，選翰林院庶吉士。三年授檢討。公少負才藻，風發泉湧。在史館，深思下視，刊華落實，耑勤問學，魯人弗如，識者卜其有公望矣。自檢討陞左贊善，凡十年。自左贊善歷國子監司業、右庶子，陞祭酒、詹事，凡九年。在詹端四年，陞禮部右侍郎，教習庶吉士。又一年，改吏部右侍郎，充經筵日講官三品，滿六年，以繼母羊太夫人里居，乞省覲，伏殿門泣三日，乃得請。天啓初召用，陞禮部尚書，未一載，遂致仕歸。公篤誠祥順，行安節和，爲東朝講官，齋心祓慮，敷陳善敗，光廟嘆嘉焉。事神廟，撰進講章，篝燈整衣，肅如對御，不以人主靜攝，少自假易。神廟深知之，欲枋用而未果也。萬曆之有黨論也，甘陵汝南之議，不欲附君子，故去。天啓之有奄禍也，黄門北寺之獄，不忍附小人，故再去。回翔詞垣，棲遲衰晚，不以容悅持祿，不以擊排植黨，不以年至隳節，不以時危易行。其不終大用也，斯以爲端方偶偉、始終一德之君子與！嗚呼！國家史館之制，所以儲才養相，計安軍國，可謂至矣。拔自草茅，置之禁近。體優則其氣舒；局冷則其志濬；枕籍經史，無簿書期會之役，則其神簡；優游年歲，無傳遽拜除之競，則其智恬。三百餘年，謀王體而斷國論，有若金陵之議升祔，新都之阻封爵，莫不援據編帙，取攜腹笥，固未嘗薄館閣爲乏材，嗤翰墨爲無用也。謙益登朝時，佐吏、禮則公與崇仁吳公，掌院則耀州王公，掌詹則晉江翁公，祭酒則定襄傅公，此五公者，金聲玉色，質有其文，出入殿廷，朝右改色，彧彧乎，彬彬乎，盛世之詞臣也。詩有之：鳳凰鳴矣，于彼高岡。梧桐生矣，于彼朝陽。繇今思之，萬曆四十年間，豈非成周卷阿之盛際與？謙益論著公事而及此者，庸以著祖宗養士之仁，彰神宗久道之化，贊颺休明，昭示後世，亦公之遺志也夫！公前娶鄧氏，後娶何氏，皆贈一品夫人。有子八人，曰：鴻圖、鴻業、鴻襄、鴻靖、鴻慶、鴻祜、鴻譽、鴻振。鴻業萬曆丙午舉人，鴻襄戶部山東清吏司郎中，鴻靖太僕寺廳主簿。所著有青蘿集五十餘卷，別集若干卷。公主萬曆庚戌會試，爲謙益座主，殿試讀卷，又首拔焉，所以教誨期待甚厚。衰遲坎陷，老而無成。公之二子，不以爲不肖有玷于師門也，以公碑諉焉，故不敢辭。銘曰：

於穆神宗，如日方中。王多吉士，翽翽雝雝。有美蕭公，奮跡粤西，道山蓬閣，來游來儀。焯彼民譽，蔚爲國寶。公于斯時，麒麟朱草。乃晉坊局，乃教成均。如褎掌誥，如贊考文。明廷開宻，細旃納牖。公于斯時，玉鉉大斗。東觀再游，西京出祖。哀此宮隣，傷彼金虎。布袍歸里，飾巾待期。公于斯時，夏鼎商彝。丁年俊英，白首魁艾。杞梓明堂，楷柱昭代。孰培養是？神宗之仁。豐水有芑，詒厥子孫。蒼梧之墳，喬木千章。帝命顯融，豐碑煌煌。有君有臣，是保是師。我銘不忘，神祖之思。

慈溪馮氏先塋節孝碑

天啓元年，有詔追錄光宗皇帝東宮舊學，贈故左春坊庶子兼翰林院侍讀馮公爲禮部右侍郎，予祭葬，蔭一子。越九年己巳，公之季子爾達，奉公與太宜人兩世之柩，返葬於慈谿。葬之後十九年，其門生錢謙益乃爲論世考德，銘諸麗牲之碑。謹按：慈谿馮氏叔和，往五代之際，仕吴越爲尚書。叔和二十世吉亨，永樂中爲給事中。吉亨四傳爲淳。淳生時桂。時桂生四子，其叔爲孝廉府君，諱讚，即公之考也。府君初娶於沈，就昏長安，遂占籍錦衣衛。嘉靖甲子，中順天鄉試。繼室以劉氏生公。公諱有經，字正子。五歲而孤，劉年二十有二，萬曆丁酉，劉年五十。公上疏，言母劉苦節，詔旌表其門爲節婦。又九年，公五品滿三考，贈府君如其官，而劉始封太宜人。太宜人之歸也，府君已舉於鄉。府君性至孝，負笈策蹇，授詩恆山、孤竹間，所得修脯，封題以遺二親，不敢名一錢。太宜人勤勞共儉，黽勉有無，不以關府君也。府君疾革，指公以屬太宜人曰：「孺子之生也，夢老人劍以畀我曰：『以節婦子爲而子。』夢如可踐也，吾不悼其不幸於土中矣。」太宜人剺面絶食，忍死襄事，藁葬府君於外家墓旁，而依其母以居。府君之伯氏，持太公貸錢券責諸遺橐，太宜人盡室以償，而身自忍餓。日旰未炊，抱孺子而泣。宗人欲奪其志，作輓詩以諷。太宜人拜而泣曰：「宗人朂我矣，敢不自力。」公六歲，以舅氏爲外傅。太宜人丙夜課讀，刀尺與吾伊聲朗朗相應。公間持尺蹏搏弄，藏匿袖中，太宜人傴而奪之，則所私屬程文也，乃大喜，悉發府君遺篋予之。兵農禮樂之書，部居粲然，公得以諳曉爲通儒，府君之遺敎也。年二十，舉鄉試。又三年己丑，舉進士，選翰林院庶吉士。甲午，除編修。戊戌，陞右春坊右中允。庚子，充東宮講讀官。一日講官進拜，皇太子偶不爲起，公奏曰：「臣等承乏春宮，輔導無狀，致殿下失起立之禮，敢請其罪！」光宗改容謝焉。是年請假歸，葬府君。藁葬三十年，棺不能受綷。治木更斂，貌如生人，汗津津浮頞額。公一慟悶絶，嘔血漬面，傾瀝如洮頮。已而奉太宜人扶府君櫬歸葬於夏𡋯之原，哭踊如初喪，感動行路。公疏請廬墓行服三年，上不許。皇太子臨講，數問馮先生還否？吏部勒限趣就道，乃還職。公在坊局九年，繇諭德、洗馬歷庶子，皆不輟講讀。霜天雪夜，太宜人未嘗不夙興曙戒。公每進講，念母師之訓，靜共齋慄，著見於進止之間。皇太子恆目屬之，曰：「馮先生，孝子也。」公念太宜人老，不樂仕進。時方鈎四明之黨，多所連染，遂抗章移病，疏十上，乃得請。閒居奉母，修白華之養者七年，而太宜人考終。公哀慟致毁，誓不欲生，踰小祥而滋甚。劉宜人病脾，絶而復蘇，髣髴見太宜人爲護持。公拊心哭曰：「死者果得相依於地下乎？吾死不復返矣！」奄然無聲，痛入黃泉，竟以不勝喪而卒，乙卯十月十四日也。年五十。妻李氏，繼妻陸氏、劉氏，皆先卒。子三人：爾偃、爾發、爾達，皆諸生，爾偃早夭，爾發承蔭，後公十年卒。謙益以天啓初哭公於近郊之殯宮，退而謂爾發曰：「日月有時，方隅未靜，返葬則未遑，慢葬則不可，子將謂何？」爾發曰：「先人居恆謂太公三世反葬於周，爲不忘本。易簀之夕，口喃喃扶櫬南下，爾發所不以兩世歸葬，棄先人之墜言者，他日亦無以見吾子矣。」甲子試鎖院，不中，塡塞呼憤，一昔而卒。爾達以一孤僮繼父兄之志，柩車累累，舳艫相銜，跋涉水陸，誓戒徒旅，間關四千里，克襄大事。嗚呼艱哉！恭惟太宜人之節，綽楔巋然，與觚棱相望。而楊宮庶守勤譔公行狀，於歷官之下，繫之曰孝子。本朝館閣大臣以孝子特聞者，吾未之見也。然則公之爵位不能傳遠至於公卿，固可以無憾。而馮氏之先塋，視世之周閣高門，象祈連而署京兆者，其崇庳何如哉？謙益敢竊取史氏之義，大書特書，刻其碑曰慈谿馮氏節孝之阡，而爲之銘曰：

惟府君之孝，夭折是悼。如草傷於春，弗逮雨膏。惟母師之節，如山有截。如澤堅於冬，霜淸冰栗。雛啄鷇哺，再世而滋。哀哀煢孤，奮爲帝師。入侍銅輦，出奉版輿。封有紫誥，旌有漆書。母生而生，母死而死。承華無人，重泉有子。兵燹驚疑，關河修阻。孤僮反葬，神實相汝。鄮山巖巖，慈水湯湯。節婦孝子，千秋之藏。匪山則隮，匪水則迴。天地元氣，歸藏在斯。思皇多士，馮翼孝德。永錫爾類，以胙王國。文慚懷鉛，誼重負土。螭首龜趺，敬告終古。

南京刑部浙江司郎中封資政大夫兵部尚書李公神道碑銘

今上十三年，卽家起大司馬李公於南京參贊機務。司馬之父刑部公，年八十七矣，呼司馬而詔之曰：「汝毋以我老，偃蹇朝命。留都吾舊游，夢寐未能忘也。吾幸健，杖屨逐子而行。汝以服官，吾以就養，不亦可乎？」司馬頓首奉教。公居留署三月，曰：「可以歸矣。」司馬送之江干，伏地慟哭，瞻望弗及乃還。都人聚觀感泣，以爲是父是子，忠孝一門，斯可以教世者也。八月二十七日，公考終于里第。司馬不俟奏報，見星而奔，卜以某月某日大葬于松林塘之祖塋，走使四千里，俾契家子錢謙益書其隧道之碑。謙益曰：「諾！」爲序而銘焉。序曰：公姓李氏，唐西平忠武王之後有憲者，觀察江西，游，刺史袁州，子孫家焉。再傳徙吉水之谷村。有桂者，入明與梁寅諸名士爲友。桂生京，京生吉，吉生威，威生貴爵，貴爵生贈兵部尚書秀，卽公之父也。公諱廷諫，字信卿。少負穎異，十歲以才筆雄里中。萬曆癸卯，與司馬同舉于鄉。既歌鹿鳴，動色相戒曰：「壯而舉，如日出之明。晚而舉，如燈燭之光。有以自厲，無相辱也。」累試南宮不第，除廣德州學正，遷南京國子監博士，再遷南京大理寺評事。久之，陞南刑部山東司主事，改浙江司郎中。內計鐫級調用，遂不起，用司馬貴，封都察院右僉都御史，再封兵部右侍郎，以逮今官。公之爲人，齊莊易直，明允篤誠。

自其鄉舉時，補衣蔬食，父子徒步。鄉先生鄒忠介公、曾恭端公聞而歎曰：「吾江右素風不墜矣！」其爲學正也，視諸生如其子弟，教其不及而貰其非辜。諸生之佻達者，莫不始而憚，既而服，久之矍然而顧化也。直指使者檄祀其師于名宦，集諸生公議，得其暴橫狀，力寢其議。直指心恚公，卒無以罪也。在國學，一如其爲學正。當省試時，國子先生之室，戶屨恆滿，公惟衡門兩板而已。三年不遷，繇廷評量移比部。小大之獄，必以情本倫常依法比，不爲深文周內。叔姪訟產不決，廉知爲外家所嗾，執而懲之，諭以至情，慟哭相讓而罷。廬陽盜殺人，竄匿南都，反以盜首被殺家，欲連逮相抵。公曰：「此必有異。」繫其人于獄。已而廬陽來告，果逋囚也，乃服辜。督撫之子僞爲省郎符傳，執送法司。督撫懼，遣人來殺之。公曰：「父子，天性也，況殺人以媚人乎？」命縱之。其人不忍去，復自歸服城旦。督撫竟發憤死，而省郎亦用是敗。人咸以平允歸公。司馬繇邑（案：「邑」，遂本作「謂」，誤，據癸未本改正。）令徵入西臺，正色讜言，爲黨人所擠，并以考功法中之。公與司馬環堵蕭然，講道論德，諸子鴈行執經以侍，父子間自爲知己也。司馬遭奄禍，緹騎四出，公不色變。其再起也，公不色喜，惟勉以知幾順命，忠君報國而已。家居十餘年，無求田問宅之事，無梯山架壑之舉，無煦嘔觥骳之態，無崖岸嶄絕之容。誠敬以孝享，惇睦以善俗，以戰兢愼獨砥後賢，以躬行實踐砭僞學。神明堅悍，老而不衰。端坐隱几，坦然委順。蓋篤實光輝、好德令終之君子也。世之衰也，士皆好圓而惡方，豐表而嗇裏。姚江之良知，佐以近世之禪學，往往決藩踰垣，不知顧恤。風俗日以媮，子弟日以壞。有如公者，豈非古之師儒也與！豈非鄉先生沒而祭于社者與！司馬奕世載德，光而大之。規言矩行，不越尋尺。父子之間，有潛耀而無崇庳。本朝稱江西士大夫家法，先河後海，必歸本于公。嗚呼！可謂盛矣！公娶周氏，累贈夫人。繼劉氏、萬氏，累封夫人。子五人：長邦華，即司馬；次邦英，雲南曲靖府推官，邦藻、邦著、邦蔚，皆邑諸生，而邦著貢于廷。孫男十五人，冢孫士開，邑廩生，殉弟溺死，奉旨旌表。公之家訓徵焉。銘曰：

於惟李公，如玉有瑞。百行既圓，五福斯備。公爲書生，巋然長德。及爲師儒，威儀抑抑。摳衣升堂，頌禮有嚴。春絃夏誦，朝齏暮鹽。再爲法官，不詭不訹。矢其素心，視我丹筆。蕭然虛止，歸老紫荆。澹庵之澹，誠齋之誠。國爲元龜，邦爲胡耇。敎義模楷，匪山伊斗。五福維何？福壽考終。有子駿發，高明顯融。皇天何私，荷此百祿。箕疇有徵，惟德作福。司馬受命，匡我王國。文武吉甫，中興是式。源深流長，爾哀爾思。玄堂有耀，寵章鼎來。勒詩螭龜，作頌是似。耄齔來式，敢告惇史。

通奉大夫湖廣布政司左布政使王公墓碑

天啓元年，藺酋陷重慶，圍成都。朝議推兵部武庫司郎中王某通知兵略，宜出監軍事。公慨然銜命以往。賊聲言將趨荆門，犯留都。仕宦入蜀者，皆檥舟夷陵，踧踖盼望。川東道徐公如珂，奮臂不顧，乘單舸入峽。公則繇漢中走棧道，單車轣轆，冰雪塞路，六十日而抵蜀。蜀人驚而相告：「吳中一時乃有兩王尊耶？」公既受事，戒將士，簡師旅，灑血以誓衆曰：「所不滅賊以報天子，視此血矣。」二年二月，復江安縣。五月，復瀘州。六月，復納溪、合江、仁懷諸縣。三年春，率師搗其穴。冬，入龍場，破土城，斬儸倮關諸苗。奢酋父子殺母妻夜遁。遂平永寧。而公之復瀘州也，徐公亦以是月督四道兵鏖賊重慶城下，禽張、樊二酋，奢賊失氣遁永寧，我師合而蹴之。最平蜀之功，公與徐公爲多。捷奏加陞一級，賞銀四十兩，仍命與徐公皆遇巡撫缺推用。徐公以久次入爲京卿，而公僅循資量移。蜀之爭功者，至于飛章抵讕，檻車逮繫，而公悛悛不自明，人皆以公爲長者也。師之渡瀘也，公命縛葦爲船，繫之江岸。我師乘風雨夜進，賊驚潰，爭蘆筏以渡，溺而殲焉。搗巢之師，繇仁懷達落紅，一夫負米四斗，扳崖下上，顛頓絕壑。公令緣溪伐木，造舟以濟，日運可三百石，士皆宿飽，遂以集事。公在行間三載，躬擐甲胄，冒矢石，中箐之役，長寧、納溪二師俱覆，昏夜歸瀘，整師斷後，矢屬于鞍者數矣。事平之後，開府建牙者相望，而公獨浮湛藩、臬。自此遂無意于功名之會，以年至乞休，此可爲長嘆者也。公諱世仁，字元夫，世居太倉之龍市，以貲雄于鄉，富而好行其德。曾祖拭，鴻臚寺署丞。祖壽，父嘉言，皆諸生。母錢氏。舉萬曆辛丑進士，除漳州府推官。父喪服除，補南昌府推官。入爲兵部車駕司主事，歷武庫郎中。以參政監軍于蜀，陞右布政于福建，尋改湖廣，致仕。公居官，廉平愷悌。官司理，以平允稱；官樞曹，以勤敏稱；官藩、臬，以治辦稱。生平無先人之心，無封己之行，不崖岸以立名，不徑竇以營利。隨牒以進，奉身而退，休休如也，蹇蹇如也。天性孝友，內行惇至，厚親黨，篤故舊，收惸嫠，卹饑寒，皇皇乎如有所耆也，汲汲乎如有所追逐也。致仕歸田，修閑居遂初之樂。親知過從，契闊談讌，賓至則命觴賦詩，詩就則徵歌度曲。感西征之勞苦，演爲傳奇，使童子登場按拍，以相娛樂。酒闌歌闋，客有爲公愾歎者。公笑曰：「大地皆戲場，吾與君皆觀場之人也，何容置欣慨于其間哉？」有別業在吳淞之濱，公之子應徵，春秋佳日，載酒速客，奉公遊燕其間。畫船簫鼓，酒旗歌扇，出沒于漁灣柳渚之中。公顧而樂之。丁丑九月，酹酒芙蓉花下曰：「勸汝一杯酒，從此別矣。」歸三旬而疾作，談笑訣別，倏然若羽化者。嗚呼！公可謂五福渾圓、高朗令終之君子矣。公卒于崇禎十年十月朔日，享年八十有一。娶温氏，繼室魯氏，並贈夫人。子應徵、應徽、應行，皆國子生。十五年十一月，葬光福之新阡。公，我錢之自出，于余中表兄弟也。余之論次，於其細行及歷官行事，皆不得盡載，特詳書其西征之功狀，與其有勞而不見庸者如此。銘曰：

公方羈貫，頭角髫髫。雍河決江，大放厥辭。鵲起射策，釋褐牽絲。麟仁不履，鴻漸有儀。寇訌西南，欲裂坤維。井絡路塞，劍閣羽馳。公出監軍，灑血誓師。我疆旋復，賊巢遂夷。瀘河潛渡，箐路窮追。船回磯及，馬旋矢隨。帝記厥勛，冠于西陲。回翔滋久，角巾東歸。痻痻勞人，脫此罥羈。法曲窈眇，洞簫參差。宮移羽換，絲奮肉飛。戲場何樂，戰場何危。當筵一笑，拊手大歸。公膏雖屯，厥有憖遺。藹藹孫子，以畲以菑。西山之阡，冢木蔽虧。鄧尉朝雲，震澤汐池。胄子危誦，秀眉遺思。過者必式，睎此豐碑。

初學集卷六十四

神道碑銘三

通議大夫兵部右侍郎兼都察院右僉都御史贈副都御史梅公神道碑銘

神宗皇帝在位二十年，文武恬熙，北虜貢市，邊塞人不知兵。壬辰春二月，寧夏鎮將哱拜子承恩、劉東暘等，殺巡撫党馨，據城以叛，攻下四十餘堡。許朝、土文秀，辮髮胡服，分道勾虜。虜數犯玉泉、花馬間，約五六月大舉應賊。中朝大震，議緩師招撫，以苟不用兵爲貴。梅公爲監察御史，昌言於朝，以謂賊勢已成，畜謀已久，遷延一日，則禍深一日，外勾大虜，內引叛人，聲勢愈大，風聞愈遠，脇從愈衆，人心愈疑。爲今之計，非力勦無以定禍亂，非詔赦無以攜黨與，非特遣無以重事權，非破格無以庸豪傑，非便宜無以中事機，非重賞無以作士氣。寧遠伯李成梁父子威名素著，諸子家丁，驍勇慣戰。賊降夷雜種，出入邊徼，心輕中國，獨憚李氏耳。請以西事委成梁，擇文臣知兵者監其軍。天威旣臨，不敢四出。魚游釜中，勢必自亂。附近營路，恃以無恐。他方觀望，憚而自戢。失此不圖，吾不知其所終也。」神廟深以爲然。朝議方憚兵，又憂李氏跋扈，不宜假以兵柄。衆懼洶洶，給事中王德完惶遽自列曰：「臣所謂收錄豪傑，非爲李氏也。異時有變，幾得無連坐。」公歎曰：「人臣謀國不忠，一至於此乎！」復抗疏極論：「中朝果疑李氏，當在遼東握兵之時，不在廢閒罷鎮之日。李氏卽有異志，亦在危疑不安之時，不在明主洞察之後。伏望陛下斷自宸衷，可疑卽別爲調遣，可信卽立加委任。臣願與成梁馳赴寧夏，同心討賊。賊知歸命，則臣爲陛下之使，奉揚恩赦，以安反側；負固不服，則臣爲陛下之將，披堅執鋭，爲士卒先。事平之日，臣與成梁卽日還朝，止求自明，不敢言功。若其不捷，軍法具在，不敢以臣之罪貽累他人也。」上以成梁老，姑徐行，命公監如松軍以往。公初謂總督魏學曾遲頓玩寇，意殊薄之，緜紅山渡河，不與相見。久之，乃知其忠誠爲國，傾心相信，誓以共死。甘肅巡撫葉夢熊自請討賊，駐師靈州，思掩學曾功代其位。而忌其倚公以辦賊也，飛謀釣謗，間阻百出。公既受事，而西事益難言矣。六月，公自領精騎二百，與如松分兩軍壓城而陣。公跨馬督戰，飛礮碎從騎，弗爲動。諸將咸顧望不力，焚南樓，取火箭，弗應。城中射帖約內應，匿弗報，賊磔之城上。公憤盈上疏自劾，言諸將用兵，不及兒戲，從前報功，盡屬欺罔。臣身先士卒，激使僇力同心以報陛下，不能協和，反致疑忌。事至此，臣不得不言。臣有言，人不得不恨。請下臣於理。若秋冬間西事不大壞，卽斬臣都市，以爲欺罔之戒。上已先入夢熊蜚語，得公疏震怒，逮問學曾，遂以夢熊代，非公疏指也。夢熊既得代，忌公滋甚。監軍權輕無賜劍，又奉屢旨申誡侵越。公以忠赤風勵將士，以敢死率先行陣，以老謀指授方畧，以誠心感動攜貳，以機權籠駕狙詐。諸將始而狎，中而畏，既而感激踴躍，願爲公死。夢熊見公豁達推置，亦少安之，旋而受絛鏇於公。公所畫制賊之策三，曰絶勾虜，曰攜脇從，曰用水攻，至是而其局大定。鎮城三面阻水，壅其北而決之，賊將安往？賊不能突出，虜不能闌入，是我以堤爲長圍也。七月堤成，凡千七百餘丈，決水灌城，城東西崩各百餘丈，賊守陴者皆哭，徉乞降，堅守以待虜。虜數萬騎從李剛堡渡河，去鎮城三十里。公夜舉火，趣李如樟邀擊，如松尾之。遲明，兩軍夾擊，虜大敗，繞賀蘭山遁去。用木筏衝城，竿虜首以示之，曰：「此而所勾著力兔也。」賊絶望虜至，梯城而下，願見梅監軍，面陳歸順。拜、承恩、東陽及濠望拜而去。許朝躍刃踰濠，如將及公。壯士張進朝欲前，公眣止之，披襟而與之語，朝逡巡納刃，屈脚下拜。城上下礮石焰天，鼓角殷地，公神觀安閒，進止自如，咸咋指歎曰：「梅監軍眞天人也！」八月八日夜二鼓，三人縋城來告：「賊以重陽入大城置酒，南城可得也。」諸將莫敢信，公曰：「往，我任之。」及城，諸將讓登，總兵牛秉忠年七十，賈勇而上。公緣梯大呼：「老將軍先登矣！」乃畢登，降人殺守者，血流活活有聲。公踞坐血甃中，籍記功次，傳呼止殺。男女然燈夾拜，讙呼再生。南城下，賊據大城以守。諜知賊黨攜貳，遣南關民李登往間哱氏，殺劉、許自贖。會劉東暘先疑土文秀，僞病誘殺之，承恩殺許朝、畢邪氣，并殺東暘，城中解甲焚香，以迎王師。十六日，整師而入，不僇一人。或説公盍殺降人以應封牵，公曰："事定矣，妄殺何爲？馘劉、許，俘拜、承恩以獻闕下，括賊帑以補軍興，籍降丁以實營伍，此吾所以蕆西事而報天子也。"夢熊聞之，乃自靈州馳至，封賜劍，下令盡誅降者。承恩方從公出獵，遂就縛，拜闔室自焚，軍士大掠，骸骨撑柱，金帛狼籍道路。公即日襆被就道，題詩驛亭，長謠歎息而已。東暘、朝首級皆燬，夢熊將函他首以獻，使人示意於公。公曰："有一首可代。"其人喜而問。公笑指其頭曰："此是也。"遂不敢言。公入朝，據實奏報，曰："諸將可以欺臣，臣不可以欺陛下也。"朝右皆右夢熊，以首功論，公陞太僕寺少卿，遇邊撫推用，蔭一子，錦衣百户。而諸將士從公効死力者，多不得敘。嗟乎！西夏之事難言也！督師駐二百里外，置酒高會，遙制成敗。監軍身在城下，腰刀袴褶，親受矢石。成則督師總其功，敗則監軍專其罪。無閫外之事權，有朝右之謠諑。左枝右梧，前顧後視，不察睨眴，不動聲氣，陽就其籠挫，陰隳其機牙，王誅以成，國體以全，斯爲難之難矣。明旨戒侵越也，公奏疏曰：人之侵權，必有所爲，或爲貪功，或爲尊大，或爲受享。以臣爲貪功，事定之日，首敘督撫，次及大將，次及行間之人。監軍之官，即自居其功，欲何爲耶？以臣爲尊大，臣與士卒爲伍，倉卒聞警，躍馬疾馳，將領効力，則下拜而謝之，士卒有謀，則執手而問之，可謂之好尊耶？以臣爲受享，日夕餔糜，自買柴菜，居處營中，累土爲榻，以蒲代瓦，風雨時至，擁氈自蔽，木版爲几案，瓦盆爲頮器，夜無然燭，引燎自照，可謂之受享耶？臣所以奮不顧身，甘冒賊鋒者，蓋見人情時勢之難，寧死於賊，以明報主之心，不死於讒，反爲任事之戒。臣之微軀，誠何足惜。恐豪傑之士，見臣受禍，皆懷明哲之思，沮効用之氣，非所以風示天下，弘濟艱難也。賊平之後，抗疏爲舊督臣仲雪曰：攘其位，掩其功，又欲殺其身乎？吾願與魏同罪，不願與葉同功。不然，他日何以見魯、衞之士乎？南城之役，與將士緣梯蹴踏，右手傷大指，血沁佩玦。酒間慷慨循玦而歎：「幸哉七尺無恙，其不爲此指者幾希矣？」公之辭恩廕曰：角巾歸里，口不言功，使天下後世，知臣一念朴忠，非有所爲，則臣榮多矣。公以一指視一身，以一身許君父，雖通侯胙土，視之如浮雲，而貪功攘善之徒，顧欲以腐鼠嚇之，不已遠乎！西事甫竣，我師有東征之役，兵絓禍結，首尾七年，而西陲晏然，我得以一意東畧，公之功於是爲多。天子心知公能，有意大用。明年，陞都察院右僉都御史，巡撫大同。又五年，陞兵部右侍郎，總督宣府、大同、山西三鎭。又三年，以父喪解任歸，未起而卒。故吾謂萬曆中龐臣碩輔，膚公扞城之臣，以公爲首。而公之得以成功者，以神宗之明，知之蚤而任之力也。公諱國楨，字克生，湖廣麻城人。大父諱吉，弘治癸未進士，爲惠州太守，有惠政，夫婦皆百歲。父諱汝觀，母陳氏，生六子。兩世皆以公貴，贈兵部右侍郎，妣皆淑人。公生四歲，雄傑異凡兒。十四補博士弟子。二十六而舉於鄉。再試落第，挈家居長安。長安中戚里豪貴，都市輕俠，鄒、魯文學，燕、趙奇節，一旦盡出公下。間拉宿將健兒，遨戲近畿，貰酒呼盧，走馬角射，衩衣短袖，長髯巨鼻，望之如羽人劍客，識者以爲郭元振、張詠之儔也。癸未，與仲弟國樓同中進士，國樓選爲庶吉士。公知順天之固安縣，刊落教條，蠲除贖鍰，闊略簡便，務得民和。中官操豚蹄餉公，請徵責於民。公懽然烹豚置酒曰：「今日爲公了此。」中官大喜。俄而牒追民至，公奮髯怒駡：「趣鬻妻償貴人債，出今日，死杖下矣。」中官益喜。少選，戒吏僞遣人持金買民妻，追與偕入，公持金付中官，叱僞買者挾婦去。民夫婦不知也，哀慟訣別，中官亦慟，不願得金，公固不可，曰：「小民償責，誰不鬻妻子，顧可令貴人折閱耶？」叱去益力，中官與民夫婦參立悲咽，卒毀券而去。其御輦轂貴人，多所操縱捭闔，不名一端，其大都如此。公之母臥病國樓邸舍，公自固安跨馬入省，鄉人固止之。公流涕曰：「吾豈以一官易吾母乎？」入侍湯藥者匝月，良已而後去，人亦無以難也。暇日輒校射，每就射所決訟，錯落數語，立遣去。歲爰書奏上才三四通。入覲，乘駿馬，插弓矢，從蒼頭廬兒，沿途射生逐兔，箭聲叫空如餓鴟。他邑令引車匿避，問知爲公，乃大驚。其儻碭闊達，不拘細碎，皆類此也。公爲人奇偉變化，權譎機警，曉暢物情，闔合兵法。軍抵寧夏，通賊法嚴，城堡皆晝閉。公大弛禁，令軍中與民相貿易。米鹽騰涌，軍實不乏。公曰：「吾平夏州，惟此可以言功也。」初視師，聞城頭礮聲，地濛濛如乍雨著塵，一將曰：「此礮所至也。」急牽公避之。公曰：「子母礮中必有母，是礮皆子，豈舉礮者不肯爲賊殺命使乎？」後果有內變。南城下，命急塞北門，賊果從大城來，攻不能奪。角樓火發，礮矢雨下，公曰：「無恐，我軍誤爇火藥耳。許朝能賺我死乎？」已而果然。我軍疾攻大城，賊縛南城人妻子親戚寘長竿上，居民皆痛哭。公使人傳呼曰：「監軍已往取許朝之妻、劉東暘之母矣。」賊遂解縛，南城始安。公在雲中，虜王方款塞。一日忽大出獵，縣令關揚諫曰：「秋成多損稼。」公弗爲止。後數日，得虜諜，虜欲大入，以有備中止。縣令乃服。扯酋送精鐵數十斤，曰：「虜中某山忽產此。」公笑受之，命工製爲劍，銘曰「順義」。及虜來市，求鐵鑊，公禁諸邊勿與，出劍示之曰：「前者虜王所遺鐵，中國所未有，爾何用此頑鐵爲也？」虜衆大譁，歸怨扯酋。扯酋詗詘，遣人首服謝罪。公曰：「我以至誠待爾，無爲也。」仍與之鐵。王畢邪氣者，虜中知文法爲間者也。同諸夷來見。公謾之曰：「汝非王畢邪氣也，何得僞來？」王扣頭自陳非僞。公笑曰：「人言汝爲間虜中，我久礪斧鑕以待汝。汝故馴謹如此，幾令我誤殺好人。」王扣頭感泣，自是輒輸虜情以告。公以恩信待虜，時其撫賞，恤其凶饑。每延見虜酋，傳呼聲訾，尊嚴若神。已而離立偶語，娓娓如家人。虜爭獻嘗所服毳裘，以明身侍公側。亦請公冠服，歸襲而拜之，曰：「猶見我公也。」他鎮虜聞公名，皆呼大人。延鎮帥挑釁襖兒，殺其講事八十三人，虜大殺掠。延撫王用賓媾之不聽，曰：「必得梅大人言爲信。」公命使至，遂立解。其爲諸虜敬信如此。公在兩鎮，弓矢皆親督製，虜中號曰梅弓梅矢。每燕會，以寒具爲的，與賓僚共射。召諸將校獵，不及者罰大觥。比耦而射，易器而飮，弗問也。張進諫者，萊人也。力能碎鐵石，執槊不去左右。每變服夜巡城壘，暗中遥辨人影，必進諫也。公死，進諫哭曰：「進諫自今無死所矣。」未幾亦死。總兵張臣，道經固安，公致餼加禮。張異而致問。公曰：「棒槌崖之捷，殺虜數千人，我物色公久矣。」張拜伏大哭，曰：「某血戰一生，受文吏抑沒，今願爲公死矣。」公之能知人得士，奔走豪傑，非偶然也。温陵李卓吾，道人也，好譚王覇大畧。西事起，歎曰：「天下之兵始矣。」既而曰：「克生往矣，必能辦賊。」公次女澹然，早寡爲尼，從卓吾問佛法，微言扣擊，公亦參預焉，人謂龐公、靈照後身也。公呼公安袁中道爲小友。中道客長安，以學道求友爲言，公遺書曰：貫城之旁，有日中之市焉，雖無奇瑰異物，而抱所欲者，各恣取以去，求友亦若是耳。顯靈宮古柏婆娑，委地作虬龍形，東便門外奈子花如錦幄，可容二十許人，晉陽庵有唐鑄觀音像，沙窩井水，葛道士毬，順城門老中官射，此余十年所得友也。公儻欲之，便以相贈。袁嘗語余，海內有偉人二，一爲公，一爲通州顧司馬養謙，而惜余之皆不及見也。萬曆三十三年五月十五日，公卒於正寢，享年六十有四。訃聞，贈官賜葬如彝典。某年某月甲子，葬於三湖之原。公之配曰封淑人劉氏。子男二人：浩然早卒，次之熉。女六人，第四女適吏部尚書李長庚。公歿十餘年，猶子之煥，繇諫垣歷邊撫，功名志節，赫奕相望。之煥道公行事爲詳，又言之熉之稱爲公子也。之熉書來請曰：「先公横身許國，勞深賞薄，進不爭功，退不言祿，先公之志也。夫復何憾？惟是夏州之役，先公曰堤水，葉曰塡土；先公曰急攻，葉曰緩師；先公冒死以戡亂，葉坐制而殺降；截大虜，下南城，馘羣賊，皆出先公隻手，葉無一焉，而萬曆稗史記三大征者，見聞單薄，援據錯互，舉艱危耆定之績，胥歸惎間害成之人，如信史何？如國論何？且夫先公旣口不言功，而敍功之典，遂因而欺枉失次，無功者乘軒而世賞，血戰者負戟而長歎。功罪倒置，豪傑解體。至今疆場之上，有朝廷負人之歎，在此役也。先公墓木拱矣，有麗牲之石在，惟夫子哀而賜之銘，所以表國功，正穢史，修廢典，胥於是乎在。夫子其無辭！」余曰：「諾！」乃敍而銘焉。銘曰：

神廟初年，四海乂安。風淸浪偃，如海安瀾。西陲雜種，負嵎爲災。魚蝦跳擲，海水羣飛。皇曰往哉，汝監軍事。戎服督師，惟汝之志。堂堂梅公，矯矯如龍。星馳城下，決策軍中。師圍蔽鳥，虜援絶螘。長堤雍河，賊在釜底。狠搏豺呑，交口并齧。整兵頓馬，我刃不血。奏囊橫飛，血指沁漉。手提銀、夏，以還九服。錫盾雕戈，鈴柝萬里。名王入侍，穹

牧齋初學集

王蘧常

〔清〕錢謙益 著
〔清〕錢曾 箋注
錢仲聯 標校

下

上海古籍出版社

初學集卷六十五

神道碑銘四

資政大夫兵部尚書贈太子少保申公神道碑銘

國家休明昌大之運，自世廟以迄神廟，比及百年，可謂極盛矣。公卿大夫際昇平而樹鴻駿者，不可勝數。其在我吳，則申文定公父子爲最著。登於世廟之朝，迨神廟而大拜者，文定公也。仕於神廟之朝，迨今上而大用者，司馬公也。先後六朝，父子一德。譬之作室，墍茨資於後昆；譬之種樹，梓漆食於易世。祖宗養士之效，豈不大哉！司馬之殁也，其子朧芳、濟芳請於朝，詔贈太子少保，給祭葬，錄一子入胄監。崇禎十三年十月，大葬於靈巖鄉之新阡，俾謙益書其隧道之碑。謹按：故資政大夫兵部尚書申公，諱用懋，字敬中，特進光祿大夫左柱國少師兼太子太師吏部尚書中極殿大學士贈太師謚文定申公第二子也。母封一品夫人吳氏。公爲諸生，文定在館閣，折節讀書，如後門寒素，文定賢而愛之。間嘗蒐討掌故，講求邊務，以佐文定於政地，不獨囊篋細碎，有助於晨昏也。萬曆癸未舉進士，除刑部主事，明習法比，吏無以欺。改兵部車駕司主事，陞武庫司員外。逾年，移疾請告。文定公亦致政歸里。補職方司員外，陞武選司郎中。公在車駕，釐馬政，淸郵符，提約明故，具有條理。在武庫，關給布花，尅期省牒，內庫不稽，營軍叫讙。在武選，勾稽襲替，搜考冒濫，部居課第，咸著牘聿。潔廉以奉公，勤敏以成務，諳練部故，曉暢物情。大司馬有所舉厝，必問中郎中云何，嚴重於諸曹矣。神廟留心疆事，遼東總兵久缺奪，職方郎中以下官，咸謂非公不能副上指，遂以武選調職方司郎中。公謂遼左惟李氏世將，知虜虛實，所畜夷、漢丁，能捍虜死戰。李氏守遼，實自守其家，以李氏委遼，以遼委李氏，而後遼可保也。卽家起故寧遠伯成梁及其子如松。上大喜，乃釋然無東顧憂。武弁陞除，壹以督撫薦剡爲準。薦不及格者不輕用，用必人與地相宜。于是名將杜松、董一元兄弟、麻貴、麻承恩、張承胤並建旗鼓，邊徼改觀。屬國之役，兵久戍不解。公謂鮮人仰兵食於我，而我遙給鮮人以自困，非策也。請勑督撫，酌議進止。諭鮮人不得專倚中國，坐觀成敗。公題覆東征事宜多矣，其老成持重，動中肯棨，皆此類也。久之告歸，侍文定於里門。三年始赴闕，一時謂職方卒無以逾公。邊鎭奏捷，屢荷敍賚。壬寅，以寧夏捷功，加五品京堂銜管事。神廟召至隆宗門，問襖兒都司、奴兒干都司、扯力良部落三事，公條對精詳，若出笏記，神廟傳旨歎嘉。郎中九年考滿，疏上不下。癸卯，上手詔陞太僕寺少卿，仍管職方事。明年冬，始奉旨回寺。先後歷兵部諸曹十九年，守職方八年餘，荷上知遇，益俔俔自發舒。稅監楊榮通阿瓦緬夷，開道蠻莫，遼監高淮私置兵都城外，請復鎮守，皆抗疏糾劾。兵部敍安南繼龔功，請支冏寺馬價，公謂夷方繼龔，本非血戰軍功，欽州內訌，卽是交南流賊，渠魁未獲，醲賞謂何？疏罷其賞，舉朝以爲知體。念文定老，疏請侍養家居。六年，奉文定諱。又八年，熹廟御極，以原官起用。三年，陞南京太常寺卿。是時遼左淪喪，畿輔震驚。公上言建四輔以翠神京：京東南建城於通州、高米店之間，爲左輔；西南建城於良鄉、蘆溝橋之間，爲右輔；西北建城於翠華城、功德寺之間，爲右輔；東北建城於密雲、順義之間，爲左輔。各宿重兵，統以元戎，監以知兵使者。虜繇東北入，左輔出兵以扼其衝，而右輔從左，左輔從右，各分兵夾擊。如假道三衞，右輔出兵以扼其後，而左輔從左，右輔從右，各分兵追襲，如直薄都城下，則京營堅壁合守，無輕出擊。四輔各設長圍以坐困之。又補三面外羅城，設民堡，練鄉兵，令郡邑正官，參預武備。疏上，不報。南太常入賀，上恢復遼疆疏，主高陽樞輔三方聯絡之策，而以奇正因敵，漸規進取。亦下部議覆。乙丑，陞都察院右副都御史，巡撫順天。公至鎮，訪問故戚大將軍繼光建置遺跡，單車東巡，周行三千餘里。亭障幾何，墩軍幾何，藺石渠答幾何，口疏手指，歷歷如甲乙。險要阨塞，窮歷老將退卒所不至者。方病足，不良於行，兩健兒掖而登，沙石盤牙，衣履鉤裂，喘息支綴，不但已也。事竣，上東巡八事，上優詔寵答焉。鎮軍十六萬，闕餉至八十餘萬，拊循慰諭，宣布恩德，迄公任，無敢譁者。今上初，起兵部左侍郎，三品考滿，加右都御史。新城王公總督宣大，請欵插以制奴，公力主其議。王公病免，三十六家束不的未受欵。王公薦公自代，不果。公歎曰：「禍未艾也。」上薊、昌修攘大計疏，釐爲八事。進九邊圖說以續許襄毅之後。蒿目邊事，如不終日。己巳六月，東酋果以議婚爲名，導奴大入。十一月，奴犯薊東。上震怒，下本兵於獄，命公署部事。越四日，詔公爲兵部尚書，卽日抵任。而奴已薄城下，九門晝閉，人情洶懼，執政莫敢言。公從容爲上言請弛一日禁，以通煤米，中外始安。督師之繫也，部帥祖大壽鬨恐颺去，上手詔樞輔追止之。公據案草檄，大壽感泣旋師。越數日，援兵大集。公分撥信地，隸各大帥，分兵爲六營：以南面外羅城永安、左安、右安三門爲中營，滿桂主之；隸以宣、大兵萬餘；廣寧、東便兩門爲左翼，祖大壽主之，隸以遼兵九千；廣渠、西便兩門爲右翼，馬世龍主之，隸以京營兵八千；東則朝陽、東直兩門爲東營，黑雲龍主之，隸以關、寧兵二千；西則阜城、西直兩門爲西營，孫祖壽主之，隸以密雲兵三千。聯絡布置，壁壘一心，自是京師可固守矣。滿桂者，嘍啅宿將，受命總理，急欲一創奴，不奉師期，與奴戰敗沒。公引罪自劾，上溫旨慰留。奴自是遂拔營去。明年正月，奉旨解任。奴在城下五十餘日，上數御便殿賜茶菓，召問退虜方略。辨色而入，乙夜而出，傳宣接道，軍書刺閨，覆奏批答，取辦漏刻，裳衣枕藉，食飲錯互。稍間則周行城陴，俯察營壘，履聲犖犖然，與偃徒瘃卒，更相蹋蹴。解嚴浹月，始還邸舍。上知其忠而閔其勞，公雖去，每敍賚，未嘗不及公。公忠勤謀國，未嘗詭詞激諫，如良醫之診治，鑿鑿皆有左證。天啓初，建四輔之議，人以爲迂。已而奴披薊北，蹂畿南，狠突豕竄，無一尉一堠，能少寔其角距者。此公之言驗於事後者也。高文襄在隆慶中有請儲邊才之議，公援以入告，留中四年矣。上取文襄原疏進覽，立見施行。此公之言行於去後者也。公嘗憂漕運梗咽，摭採丘文莊衍義及元人朱張故跡，議復海運，聞者噤莫敢應。今歲，上遂採吳人議舉行。此公之言行於身後者也。公爲人易直温厚，周詳曲密，言笑煦煦然。憂主辱，念國愾，攢眉折肱，如恐不及。病且革，嚬呻歎噫，以奴寇未滅爲慮，語不及私。神廟時，儲位未安，文定從容調護，誼不得如疎賤小臣，囂呼歎嗚，激聒上怒。言者不察，謂爲將順。流傳膏飾，久而滋甚。公先後拜疏，伸雪瀝血，膋剖腎腑，四易世而始白。昔人有言，此陛下家事。東朝之事，神廟與今上親爲證明，豈可動哉！使文定羽翼苦心，不致抑沒，而因以發皇兩朝慈孝，光於國史，其爲忠孝也大矣。家居三十年，平繇役，賑凶饑，急病讓夷，吳人倚爲司命。歲時伏臘，問遺親知故舊，雖惸嫠老孤，馬醫洗削，無不逮及。歿之日，質劑書契，塡塞篋衍，行道皆爲歎泣。公之存也，人知其好施，不知其貧。其歿也，人知其貧，不知其好施而貧也。此於公爲細事，亦可以觀公矣。公蘇州吳縣人。曾大父諱某，大父諱某，皆以文定公貴，贈如其官。配贈淑人欽氏，繼室封安人楊氏，封淑人顧氏。子男六人：承芳授試中書舍人，聯壁庠生，皆早卒；傳芳蔭尙寶丞，以哭公卒；騰芳授中書舍人，薦芳、濟芳皆蔭國子生。崇禎十一年十月十八日，卒於里第，享年七十九。謙益件右公行事，喟然歎曰：「人言古今人不相及，殆古今不相及耳，天下士何可盡誣也？本朝稱名本兵者，遠則劉忠宣，近則王襄毅。忠宣起孤生，受孝廟特達之知，獨力行一意，無所間染。公以貴游子弟，困黨論之謠詠，睨眴交集，顧視滋多，視忠宣難也。襄毅肩貢市，當新鄭專斷之日，拱手受成議，無所鯁避。公以孤危寡援，値政地之闒茸，方圓互畫，枘鑿相入，視襄毅難也。以丙己巳之役，比而論之，內無團營之兵，外無亨彪之將，資捍禦於禁近，寄廟社於堵牆，使于忠肅當之，猶將斂手却步，賴主上神靈，羯奴奔迸，身名顯融，豈非尤難之難者哉！語有之，爲臣不易。緜異代視公，必有爲之累欷而太息者。」系之銘曰：

文定作相，我祖惟神。惟文定有子，惟我有臣。公之知兵，厥有家譜。服官樞曹，早歲籌虜。幽薊偪處，雜種羯胡。禁門條對，聚米畫圖。帝曰汝懋，乃父是似。我其試哉，以詒孫子。蠢爾奴酋，薄我神京。突如焚如，勢如建瓴。帝庸震驚，爰命圻父。張皇六師，齊以鉞斧。分兵六營，設守八面。厲兵秣馬，戒以不戰。奴知有備，潛師夜逃。帝曰念哉，惟汝之勞。公拜稽首，天子萬年。角巾東還，白首歸全。議卹祠官，議謚太常。復士之祭，天語煌煌。高墳石闕，邦人拜之。惟忠惟孝，神祖是思。生榮死哀，是父是子。刻詩墓門，以詔無止。

南京刑部尚書沈公神道碑銘

公諱演，字叔敷，湖之歸安人也。以鄉進士諱𤇺者爲曾祖，以封南京尚寶司卿諱塾者爲祖，而工部左侍郎贈都察院右都御史謚端靖諱節甫者之子也。端靖後以其子文定公諱㴶之貴，追贈三世至光祿大夫柱國少保兼太子太保戶部尚書武英殿大學士。公，文定之弟也，而於端靖爲叔子。與文定鄉會試皆同舉，文定選入翰苑，而公自引居留曹。其歷官也，於南歷工、兵二部，於北歷工、禮二部。以端靖家居移病，省侍十餘年。服除，出爲參議於福建、於江西，爲副使於山西。轉布政，於福建爲右，於陝西爲左。入爲順天府尹、刑部侍郎。天啓中，削籍。今上起侍郎工部，陞南京刑部尚書，予告歸。年七十三，以崇禎十一年十一月卒於里第。葬於某地之某阡，天子賜祭葬如甲令，以慰寵其家。公有子樺，殤，以伯兄之次子棨爲後。於是棨之兄中丞公棨，以公之冑出，位序行治，爲書請余銘其墓隧之碑。余讀而歎曰：士君子之用於斯世也，有得其位行其志而爲其所欲爲者矣，亦有得其位行其志而不得爲其所欲爲者。國家之事任與其人不相値，而其人遂不得極其設修以赴國家之急，是可歎也。公在郎署，都水董織造以庀婚禮，主客謹緜索以御貢夷，耆事數典，知國大體。歇歷外服，兵荒旁午，催徵繹騷。江右之改折，閩之加額，秦之藩工藩祿，勾稽羨溢，櫛爬伏匿，括額外銀鉅萬以抵正額，而儲偫以備非常復數萬，雖有大役，不病加派。川餉初解京，後給陝，積逋四十餘萬，請仍以京運給陝，川餉給川，京邊各還其額，而川餉不得逋。其縫紉調齊，融通濟變，皆此類也。閩海市場，移於呂宋，不近北港，洋舡未泊，嚴檄巡徼，而通倭接濟者絶矣。謂許瑞善用林容，湯克寬不善用曾一本，後事之師也。收其魁桀，使勦捕自効。貪賞構怨，勢不返顧。海寇新附，閩將沈有容移登、萊，議令簡其桀黠者以北，登得其用而閩安。布政司火，煆金於煨燼，還庫金三十餘萬，而籍其羨以新堂庫。厥後殿工浩煩，敲剝日急，公請暫借閩庫三分之一以紓民困。逆奄藉口於公，盡數起解。未久，而公以忤奄去，人乃知空閩庫以進奉，非公本指也。南刑部諸曹郎濫受詞訟，符牒四出，叫囂隳突，雞狗不得寧。公受事，一切禁絶，都民炷香祝誦，歡呼更生。讀律精詳，筮仕時手自箋注。諸所平反覆案，老獄吏捧手瞪視。每有執奏，申律意，參條例，上未嘗不稱允也。公歷官四十年，諳曉典故，周知土俗，披文相質，輔術而行，所至治理，所謂得其位行其志而爲所欲爲者也。然而國家之患，莫大乎東奴西寇，而公之所深憂而熟計者，亦在於此。在客部奴兒干部，貢夷工孛羅，怙衆騷然，公給衆賞，革三人賞以申罰，迄不敢譁。遺書執政，謂奴已并南關，當陰求其部落，合北關以翦之，毋使蔓而難圖也。越十三年而有撫順之事。遼事之殷也，公多所建置，請以遼民復遼土，以遼土贍遼民，興復屯鹽，盡天下力以強遼，即用遼以蘇天下。堅左右輔以固神京，屯臨清上下以護運。建民堡以衛近畿，通海運以佐屯牧。其後昌、灤固守，遵、永復宇，而山東以無備被躪，公之言無一不左驗。其策流寇也，以爲不在調兵而在集民，不在窮其往而在遏其來。勦以經略，不若督撫；勦以督撫，不若郡縣；勦以郡縣，不若團結鄉鎮，人自爲守。又謂江南地勢不足制，中原扼要惟江北，孫、曹、梁、魏所爭，皆在合肥、徐、邳，宜設撫鎮，宿重兵，以開屯護漕。倣曹操之開芍陂，孫權之立濡須塢以足餉，倣謝玄之堰呂梁，樹栅立七埭，以護運。屯田既開，流人土著，如水得堤，其流自止。今安慶設撫，亦用公議也。公歷官錢穀刑名，拮据職守，不得東捍奴，西遏寇。奴比年長驅，寇蔓延殘破楚、豫，而公則已老矣，此所謂得其位行其志不得爲其所欲爲者耶？公里居畫江南守禦事尤詳，謂江南之守在鄉鎮不在城，在水戰不在陸戰，采石、蕪湖爲陵、京門戶，四安、東壩爲江、浙咽喉，福山爲通、泰路徑，按圖畫形，諄復告戒，汲汲乎若家戶之鍵鑰也。闢館舍，庀薪水，招延四方奇士，佽飛蹶張，舞劍刺擊，風角測占，一長一技，靡不望走其門，網羅延攬，冀得一二人以效一臂於國家。見謾而不怒，數亡而不悔，窮老而不倦，觀公之晚年，則其所欲爲而未得者，其可知也。嗚呼！士大夫當壯盛之時，策高足，騁長馭，奔赴功名之會。迨其老也，崦嵫景促，鐘漏智短，其不消縮而頹廢者亦鮮矣。若公者，何其壯也！子囊遺言城郢，宗澤長呼過河，公之憤盈竭蹶，死而後已，其用心亦何以異？然則世之公卿將相，以朝廷爲傳遽，玩日而視蔭者，獨何心歟？公謂吳中積貯，盡在城外，宜築外城以爲備，量工度址，願斥數萬金以代經始，而人莫之應也。四安之復城也，公實始事，以潰于成。皆不可以不書。銘曰：

蔚矣沈氏，再世其昌。父子兄弟，有公有卿。温温端靖，曁曁文定。公居其間，金舂玉應。縱横智刃，富有腹笥。卷如囊括，出則川委。俯給軍興，仰佐縣官。均踰鉅萬，轉斡毫端。麗水舊金，陸渾新火。裨竈或信，祝融相我。旬宣滋久，乃徙京尹。鳩功方僝，邦禁克允。引年息馬，致事懸車。營此菟裘，樂彼桑榆。公曰吁哉！我心荼苦。奴寇未滅，敢恤死所？魂魄離散，憂心忡忡。歿而猶視，鬼神所恫。刻詩墓門，載以龜趾。豈曰激贊，以告臣子。

都察院右副都御史巡撫雲南錢公神道碑銘

錢公之葬也，閣學遂安方公誌其竁，詹端曲沃李公表其墓，祭酒山陰倪公狀其行。三公之文，銜華佩實，固已勒諸琬琰，流爲丹青矣。公之二子梅、棻相與謀曰：「隧道之碑宜有刻也，有虞山之宗老在。」跣而來請。謙益謹據三公之文，摭其族出歷官行治而序之曰：公諱士晉，字康侯，出吳越武肅王之後。元至正間，嘉興侯國馮徙家嘉善。嘉興侯後世爲汝寧府同知諱貞，貞生吾仁，吾仁生繼科，娶陸氏，生二子，長爲東閣大學士士升，次卽公也。祖考皆以公贈中大夫山東右參政，妣皆淑人。再以閣學贈通議大夫南京禮部右侍郎。惟錢氏遠有代序，公侯復始。汝寧方州著績，譬岷山之濫觴；祖考逢掖劬躬，若昆岡之韞璧。條葉發祥，伯仲競爽。公與閣學，鼓吹文筆，則塤篪叶奏；鏃礪名行，則韋絃交儆。雲間蔚其聲華，沛國稱其友愛矣。萬曆癸丑舉進士，釋褐授刑部主事。儲宮以梃擊震驚，朝右以風癲讞獄。深心抉擿，破晉優枯菀之謀；昌言柱楮，折趙虜桐木之禍。戚畹屏息，宵小怵心。刑曹之爰書，誣州犂爲上下；工垣之抗疏，疑馬融之飛章。大計射螯，慬而獲免。鈎黨牽連，從此始矣。出守大名，繼督津餉。絶權相之問遺，裁逆奄之支附。如山如嶽，不吐不茹。乃有緹騎監奴，蒼頭養子，擅開府署，横行屠僇。公禽其爪牙，落其角距。案徐宣之家屬，棄市東海；捕侯覽之賓客，陳尸濟陰。於是閹媪並憎，宮府交構。李膺之錄牒，無不逮捕；張儉之考辭，多所連引。遂與趙忠毅諸公，除名禁錮。嗟乎！震之來虩，國有大東小東之論；夷之初旦，朝皆我公我母之徒。聖人御極，宇宙昭融。三案燔燒，四凶誅截。

不有君子，其何能國，公等之謂歟！公內仁外義，崇智卑禮。廉辨持己，博大御物。腹笥富有，則春華秋實，並器而弆藏；意匠經綸，則箕風畢雨，並時而發作。其守大名也，遼、瀋初陷，畿輔繹騷。括贖鍰以抵加派，閱車馬以給軍興。簡六郡之良家，募三河之年少。搏力勾卒，擐甲褁糧。此則魯公之所以守平原也。其擢副使，督餉天津也，河西再陷，饋運梗塞。嚴關、寧之萬旅，量時日爲三運。道通子午之谷，師無庚癸之呼。近饋榆關，遠輸島帥。此則虞詡之所以通下辯也。今上初，以山東右布政使督漕也，句會敏給，號令精明。單舸徧歷於江、淮，飛書絡繹於齊、楚。債弁悍卒，肅如負霜；暴漲湍流，夷爲平陸。五月而萬艘雲集，八月而千倉露積。此則韓滉之所以輸東渭也。三運告竣，當宁歎嘉。擢都察院右都御史巡撫雲南。公以爲六詔天末，夷、漢雜居。蜀道旋通，滇寇未懲。李德裕之扼西山，先城柔遠；韋城武之制南道，必復石門。建師宗暨板橋十城，控引爨、僰；通霑益至永寧十站，襟帶蠶叢。興鼓鑄以制錢貝，疏海道以洩滇洱。多積穀以偫軍實，建營壘以束軍伍。罷貢金以蘇困踣，築夷館以防間諜。普孽怙力，囊橐岑、儂，公於是朝發兵符，暮衝蠻峒，雷轟電掣，東蠻斷瀘水以乞盟；陶酋挾詐，扇動交、廣，公於是百道長圍，一面解網，神禽鬼縱，南人效丹漆以輸誠。薅櫛滋勤，揃刈斯舉。事煩食少，志決身殲。崇禎乙亥十二月十日寢疾，終於官舍，春秋五十有九。軍亡葛亮，吏哭祭遵。婦女鑿首，羌夷剺面。長子栴引柩卽路，次子棻見星號奔。哭而問故，忍死謀事。以庚辰某月某日，葬於嘉興縣里仁都之新阡，元配淑人祔焉。嗚呼！年極中身，實昊天之不弔；物忌太盛，亦鬼神之害盈。薏苡之謗何傷，松柏之墳已閉。公之二子，件繫生平。文孫曰默，作爲家傳。草索詣闕，竟雪梁松之讒；金陀籲天，終辨岳飛之枉。謙益叨承論譔，敢傳溢言。敬刊樂石之詞，以俟愍綸之典。銘曰：

駟馬華胄，錦樓弘文。圓珠方玉，光氣彌淪。中丞之生，昆弟媲美。二龍長衢，雙驥千里。公之大節，介石堅冰。清如朱弦，直如玉衡。強項爲郎，翼我東朝。持憲畿輔，折彼左貂。公之彌綸，陰摯陽煦。噓氣成雲，膚寸致雨。津門阻海，轉餉東方。遼師萬喉，仰吾餱糧。江、淮萬艘，飛輓神京。儆五致一，水梗陸歒。公督漕餉，鴐騰粟翔。士喜宿飽，國歌乃倉。建牙萬里，控帶六詔。遏彼蠻方，如視堂突。普、岑竄伏，僰、爨按堵。氛消銅柱，勳高玉斧。公衣陛屋，滇民巷哭。柳翣悽悽，歸於浙西。斂無金錢，有緹十兩。翡翠徒聞，明珠安往？忌盈鬼謀，鑒德天咫。上有白日，下有青史。隮山蜿蜒，宰樹參差。悠悠終古，視此豐碑。

南州徐氏先塋神道碑銘

今天子卽大位，肆命臣下，贈封其祖禰，又以兩朝霈恩，凡京朝官遇遷擢，得以新銜補給。於是工部都水司郎中徐君待聘參政湖廣，贈其祖侯、父懋德爲中大夫湖廣布政使司右參政兼按察司僉事。祖妣吳氏，妣過氏皆淑人。君將之官，過家上冢，奉制書以歸，焚其副於墓上。退而請於謙益曰：「吾祖、父之葬也，幽宮隧道，咸有刻文。今待聘備官三品，考諸令甲，墓門之石，應用螭首龜趺之制，願有述以昭示子孫，無忘天子之休命。」謙益以不敏辭者再，請益堅，乃爲論次之。謹按：徐氏蓋南州孺子之後裔，宋建炎中，千十四公徙居常熟，遠祖瓊，爲李將軍贅婿，人呼李墓徐氏，以將軍葬地名也。瓊之後又十世曰鯤，鯤之子曰天民，父子皆有隱德，樂義而好施。天民有四子，季曰栻，舉進士，歷官南京工部尚書，以兵部右侍郎考滿，贈祖、父如其官；侯則其長子，字世卿，所謂鳳唐府君者也，君形貌魁碩，重遲不戲。及長，貫穿經史，譚說古今世務，袞袞如決河。父老，獨身應繇役，對獄訟。厚其修脯，延經師以教子弟。尙書曰：「栻之仕學，得潰於成，元兄之教也。」君闊達多知，善治生。歲大祲，發粟掩骼，惟力是視，鄉黨歸仁焉。正德末，內江李康和公治水三吳，君家枕白茆之涇，熟知利病，條數事上之。李公歎嘉，亟命相視。白茆之役，內江爲最，君有助焉。卒年六十八。葬於李墓之先塋。君生三子，次曰懋德，字勉之，是爲虹江府君，尚書之兄子也，而長於尚書一歲，少而同學，長相優也。以國子生謁選，爲光祿寺監事。肅皇帝升遐，護從山陵。明年，莊皇帝謁永陵，轉典簿廳錄事，典司道路駐蹕供張之事，先後賜寶鈔金幣。又明年，以覃恩貤贈其父，遂致仕歸。君在官能舉其職，餘姚趙端肅公稱之，以厲其屬。其爲人悃愊不華，坦率無他腸，而好面折人過，人憚而服之。卒年六十七。葬於李墓思政鄉之新阡。君無子，以弟樹德之子爲後，即參政君也。徐自尚書以來，族大寵多，輕肥綺紈，雄長閭左。君築圃舍旁，簾閣據几，課子弟讀書其中而已。參政君被服儒素，傳德襲訓，寵光及於三代，豈偶然哉！嘗攷古金石之例，至金、元之間，而始有先塋昭德之碑，蓋倣唐人先廟之文而爲之者也。用以紀追命，表先德，莫此爲宜。然而讀其文，往往多頌而寡志，略死而腴生，君子譏焉。謙益承參政君之命，謹條其族系世德，著國家之所以申命自天，徐氏之所以劬躬燾後者，刻之樂石，垂示無忘，而綴之以銘詩。其詩曰：

柏翳之後，是始有徐。十望其九，繼跡史書。遙遙華胄，出於南州。強幹修枝，深源濬流。尚書奮跡，錫命煌煌。介受福祉。如河濫觴。參政趾美，必復其始。如河導源，一潤九里。於推參政，有祖有考。奕世載德，惟善爲寶。祖柔而嘉，考剛而塞。是穮是蔉，肯播肯獲。綿綿之慶，發於書詩。于蕃于宣，皇帝〔案：「皇帝命孔時」句，邃本及癸未本同。疑「皇」、「帝」兩字中衍一字。〕命孔時。石麟蒼蒼，玄宮久閟。天光昭回，愍綸下賁。匪善奚積？匪德奚遺？蒿君悽愴，如或見之。岌峙豐碑，過焉必下。深刻銘章，用示來者。

初學集卷六十六

墓表一

故工科右給事中臨安王君墓表

萬曆己酉，御史鄭繼芳疏糾工科右給事中王元翰巡視廠庫，姦臧以鉅萬計。王君具疏慟哭於朝，盡出其篋衍囊橐，舁置國門，縱吏士簡括，罄身辭去。以擅離職守，降刑部檢校。天啓初，趙忠毅公起君謫籍，稍遷至工部營繕司主事。旋以奄禍削奪。今上登極，議起用，爲王永光所扼，不果。於是君漂泊東南，不得還滇中者十年所矣。崇禎癸酉七月，死於南都之客舍，年六十有九。死之日，其友范少竇鳳翼數輩，爲買棺以殮。傷哉貧也！向所謂金錢鉅萬，其將化爲飛塵，蕩爲冷風耶？已而屢變其說，以爲寄頓藏窖者，其將寄之天上，埋之地下耶？故書盈篋，敝衣周身，生無以爲家，死無以爲殮。然後君之寃狀，始大白於海內。聞者爲之徬徨歎泣，而君已不可作矣。君舉進士爲萬曆辛丑，四明沈公奇其才，選入翰林，爲庶吉士。四明自喜，謂王生遂出我門下。君心弗與也。久之，出爲給事中。四明當國久，根株盤互，護法弘多。山陰、歸德，正人之脉，不絶如一綫。君抗章首劾四明，次及紹興、晉江，以湔除其衣鉢。三公者皆相繼引去。又以其間糾劾六卿督撫之爲私人者。在諫垣五年，朝右皆不能帖席，而君之禍遂不可解矣。君天才穎發，言語妙天下，所彈治皆劈肌中理，人無以自解免。又能曉暢事幾，鉤索情僞，鷹擊毛舉，所發必中，故一時臺省推君爲職志，而羣小恨君爲獨深。其初攻政地也，如疾雷震風，使人望而却避。已而漸及其私人也，如決癰潰疽，使人傴而自危。及其論建漸廣，又將抉擿其所擁戴接手之人，引繩批根，羣小知無以自容也，嗾繼芳以發難，而君卒用是敗。嗚呼！當難發之初，小人之蜚語詆讕，盡力而排君者，數人而已。君子之盱衡搤掔，盡力而援君者，亦數人而已。此數人者，皆知君之深者也。自茲以往，吠聲之小人，交口詈君，而不知其所以然。循聲之君子，亦交口惜君，而不能知其所以不然。悠悠惘惘，耳語目論，遂使君之一生，如入霧雺，如冒荆棘，展轉晦蒙，而卒以窮死客死。然則知君之深者固在君子，而未必不在小人。其卒至於窮且死者，雖阨於吠聲之小人，而尤困於循聲之君子也。夫阨君而至於窮死客死，以爲至於此極矣，而君之寃狀反用以大白於身後。則小人之齮齕君子，以爲骨讎血怨，咀嚼而後快者，竟何爲也哉？君諱元翰，字伯舉，其先鳳陽人也。高帝時，有諱珊者，從征六詔有功，遂家滇中，居臨安之寧州。祖尚絅，父寀，皆修長者之行。有子曰開，爲應天府庠生。以崇禎丁丑十月，葬於江寧縣太白鄉吉山西南。後四年庚辰，虞山錢謙益爲文以表之，使鑱諸墓上。

王季木墓表

昔有宋慶曆之時，國家休明，老成登用，而雄駿彊直之士，如石守道、尹師魯、蘇子美之徒，比肩而出。方其信眉搤腕。橫騖而離立，蓋所謂千人而亦見，百年而一遇者也。然其不幸而爲世所指名，奸邪小人相與出力擠之，惟恐其不困，而天之於斯人也，恒使之齟齬連蹇，邑邑不得志以死。天之意殆勇於阨君子而巧於助小人也？嗚呼！吾友季木，抑亦其流也歟？季木姓王氏，諱象春，濟南之新城人也。嘉靖以來，其門第最盛。祖、父、諸兄，皆爲顯官。而季木少負逸才，其所爲文，出輒驚人。自其爲舉子，已隱然名動天下矣。萬曆庚戌舉進士第二，季木每歎詫，奈何復有人壓我？諸推轂季木者亦云。而科場之議適起，壬子分考順天，言者亦用科場事抨季木。季木所取士，才而貧，且無雅故，所司具獄上，竟不能有所傅致，然卒坐降級以歸。居五年，補上林苑典簿。又五年，陞南京大理寺評事，遷寺正。久之，陞南京工部營繕司員外郎，歷兵部車駕、職方二司，轉吏部考功司郎中。當是時，黨論已成，凡南北部魁，海內所指目爲東林者，季木皆與聲氣應和，侃侃然以裁量賢佞別白是非爲己任。其在南曹，當大計京朝官，慷慨爲主者言之。或移主者之怨於季木，弗顧也。逆奄用事，季木坐東林削奪。奄敗，諸隸廢籍者皆起，或起而旋逐，獨季木一斥不復，而無何遂病且死矣。奄禍之方殷也，小人謀死季木，死之易耳，而不死。及奄之敗也，小人謀錮季木，即錮之亦良難矣，而竟錮，錮且竟死。嗚呼！死季木者亦小人耶？所謂勇於阨君子而巧於助小人者，然乎否耶？季木奇偉有大志，時發憤悶於歌詩，似蘇子美。遇事無難易，勇於敢爲，似尹師魯。指切當世，賢愚善惡，無所諱忌，似石守道。若其科場之擿拾，則監院之一網也。奄禍之牽連，則饒州之俱貶也。謗議喧然，死而未息，則發棺之詩禍也。三子者之禍，以一身兼之，奮乎百世之下，可不謂豪傑之士哉！世之惜季木者，以謂意氣太盛，肺腸太熱，善善惡惡，或溢而爲加膝墜淵，以貽小人口實。嗚呼！此其所以爲季木也。士生斯世，遇而爲韓、范、富、歐，不遇而爲石、尹。令韓、范諸公終老顧頷，亦所謂一班鬼怪耳。人徒見石、尹之窮死也，挾奴婢小人之論，妄相訾謷，豈足道哉！季木卒以崇禎五年十二月，年五十有五。子與仁，生十二年矣，走使於吳門，屬張子異度爲行狀，而請余表其墓。異度名世偉，季木壬子所舉士也。余曰：「歐陽子之哭守道不云乎，待彼謗焰息也。」異度曰：「雖然，安知吾師之謗焰，不待子而息乎？」余曰：「諾。」遂書之。

宋比玉墓表

金陵顧與治來告我曰：「夢游與莆田宋比玉交，夫子之所知也。比玉歿十餘年矣，夢游將入閩訪其墓，酹而哭焉。比玉無子，墓未有刻文，敢以請於夫子。興化李少文，亦比玉之友也，巡方於閩，屬表其墓而刻焉。夫子其謂何？」嗚呼！比玉之死吳門也，余與程孟陽引延陵嬴博之義，欲窆之虞山，而其家以其喪歸。孟陽期余往弔，久而未果。與治之爲孟陽之志也，其何忍辭？比玉諱珏，姓宋氏，莆之甲族也。比玉負才藻，踔厲風發。少爲諸生，不能俛首帖括，以就舉子尺幅。志意高廣，不屑與鄉里衣冠相隨行，鬭雞走狗，滅沒里巷間。自其年三十餘，負笈入太學，僑寓於武林，於吳門，於金陵，滯淫不歸，卒以客死。其爲人也，以文章爲心腑，以朋友爲骨肉，以都會爲第宅，以山水爲園林，以詩酒爲職業，以翰墨爲娛戲。故其雖窮而老，老而病，病而客死，而浩浩然，落落然，如無有所失也。比玉好爲詩，横從穿穴，信其手腕，出之於心腎，猶無與也。善八分書，規橅夏承碑，蒼老深穆，骨格嶄然。畫出入二米、仲圭、子久，不名一家。泛愛施易，不自以能事，不受促迫，或卽席賦詩，或當筵染翰，或仲紙潑硯，從容揮灑，或書窗涴壁，淋漓戲劇。當其酒闌燈灺，興酣落筆，若風雨之發於畢牘，若鬼神之憑其指掌。或醒而求之，以爲不能加也。或旦而視之，忘其誰作也。其神情軒舉，開顔談笑，可使愠者平，悲者喜，讎者釋，蕭閒迤逶，不爲崖岸，庸奴賤隸，人人得至其前。意有所不可，雖王公大人，不與易也。嘗從人便面得孟陽荔枝酒歌，瘖歎慨慕，必求得其人而後已。兄事孟陽，久而益共。其歿也，孟陽撫之瞑而受含。程、宋之交，君子以爲有終始也。嗚呼！京兆之阡，北邙之塚，高墳石闕，歸然九京者多矣。松楸鬱然，碑版相望，樵人牧豎，行歌過之，而士大夫鮮有回車太息者。比玉一老書生，歿無三尺之息，一抔之土，沈埋於陳根墮樵之中，乃有如與治者訪求其墓，乞文以表之。董相之陵，下馬之名猶存；白傅之墳，漬酒之土嘗濘。以今視昔，豈不然哉？百世而後，風人志士，義與治之爲，必有過比玉之墓，回翔而不忍去者，其益以此知比玉已矣。與治往謀於少文，伐石而志之，曰：是惟莆陽宋比玉之墓。虞山錢謙益爲之表。崇禎十五年三月。

琅邪王府君墓表

府君諱臨亨，字止之，吳郡崑山人也。中萬曆己丑進士，知西安、海鹽二縣，遷刑部主事，歷員外、郎中，知杭州府，未行而卒。祖諱三錫，光州太守。父諱重鼎。君爲其次子，出後於叔，皆以君贈刑部員外，母皆宜人。妻張氏，生三子：志堅，湖廣提學僉事，志長、志慶俱鄉貢士。癸卯十月十五日病革，自草墓誌，與家人訣别，談笑而逝。享年四十八，葬崑山之祖塋。君令西安，歲大祲，設粥救荒，乳哺其捐瘠，而間施不測於猾胥豪右。調海鹽，益治理，不能骫骳事權要，數上書當道，請罷去，不許。卒爲所中，量移刑部。鞅鞅移疾歸。家居三年，日夜召故人酒徒，箕踞歡飲，賣負郭之田，以償酒債。貧不自聊，復強起奉命，恤刑廣東。故事當減殊死百人，而君減二百餘人，吏抱故牘固爭，君弗爲動之。高涼御史行部還，道遇君，屬曰：「中使傅致高涼採珠獄，論死六十餘人，吾請之而不得也，公往，亟出之，勿與相關，則六十餘人皆生矣。」君自念中使不可與抵觸，徒敗乃事。吾以舌柔之，易與耳。乃往，好謂之曰：「公天下之賢中使也，豈徒中使，吾儕士大夫弗如也。」中使蹴然曰：「何謂也？」君曰：「天下苦中使久矣，公開採粵南，富人燕息，而貧人得衣食其中，粵南如無礦使也。不愛金錢，從民間買珠入貢，而寬採珠之禁，粵南如無採使也。故曰公天下之賢中使也。」中使色喜。君又曰：「公振廩發粟，道路無流傭，公之仁也。有乞媪貌類太夫人，歲給粟帛，令朝夕祝太夫人萬壽，此曾、閔之孝也。又能禽治大盜，不以驩虞小仁，弛國家之法，故曰士大夫弗如也。」中使益喜，移坐近君。君乃進曰：「公非好殺人者，羣盜亦首服，死無所恨，但苦無贓耳。願爲公按驗縱舍，此六十人之家，父母妻子親屬不下數百人，咸炷香祝太夫人萬壽。與其以一媪祝，無寧以數百人祝乎？」中使起而拜曰：「惟公之所命之。」諸囚得引盜珠律減死。御史歎曰：「非吾所及也。」入領雲南司，司掌治都下獄。緹騎縱橫，笴網盤互，君一切平反。都人謠曰：遇蘇州人則活。謂君與同舍郎嚴澂也。出知杭州，過家而疾作。飭巾待期，猶呼所知，劇談浮白，慨然曰：「吾少而不惠，好粘竿風箏面具之戲，勒羣兒列行陣以爲樂。十六、七始折節讀書，中更家難，顑頷窮餓。今仕宦至二千石，亦足以豪矣。壽則彭殤等也，何所損益？」銘曰：「止之狷者，乃與酒親。生有大恨，鬱而弗伸。量約興奢，負此葛巾，葬我陶側，冀我後人。五齊三雅，樂哉長春！」君之自誌云爾。而志堅則曰，君之志文不加點，略而未備。乃掇拾其治行，斷察疑獄，論殺奸猾，推跡盜賊，如古神君健吏之爲，件右數十端，屬其同年生錢謙益，使表君之墓。謙益曰：「君之自誌備矣。古之人有所論次，往往舉一節，敍一事，以概其生平。譬之傳神寫照，得其精神所在而已。如君之從容引辨，搏弄中使於頤頰之間，此一事可以傳矣。而君亦娓娓述之，以是爲精神之所在也。賈生有王佐之才，不用於世，其爲鵩賦也，遂能一死生，齊得喪。君之死而不亂，宜也。余將據君之志而表之，子之書，錄之爲別傳焉其可矣。」志堅曰：「善。」余既諾志堅之請，未及爲而志堅卒。又十年，志慶亦卒。悲夫！人世之不可以把翫，而亡友之諾不可以負也。書以遺志長，使之鑱諸墓上。崇禎癸未正月表。

廣西布政使司左參政沈公墓表

於乎！是爲鄉先生廣西左參政沈公之墓。史官錢謙益作石以表碣曰：沈公諱應科，字獻夫，常熟之芝塘里，公所生也。呂，大考也。學，累贈某官，考也。進士，公所起也。知山東兗州府之沂州，陞南京兵部員外至郎中，出知廣東之廉州府，陞福建興泉道副使、廣西左參政，此公之所閱官也。公爲人仁孝長弟，方質有氣。與人交，有畛域。其爲吏，所至，民皆曰：「于我有德。」在沂州，當凶饑之後，招集流民五千餘家，五種俱熟，既庶而豐，時賦均徭，鄰壤取法。沂大水嚙城，舉城惶怖，公豫具薪槁，戒民勿動，不終日而定。在南兵部，奉詔條汰冗卒，莫敢讙呶。在廉州，陶甓而城，役不踰時。座主江陵公子弟戍廉，人縮頸莫敢視，公獨省問有加。公服官潔廉，居沂不知沂有鑛，居廉不知廉有珠池。其在藩、臬，人推淑人長德。以哭其子移疾歸，家居三十年，闔門埽軌，撫其孫春澤於孤孩。享年八十有六，以考終。此公之生平也。惟公持官持身，内外斬斬。敬愼堅悍，老而不衰。表其大者，其細可略也。然公晚年賓筵客坐，輒亹亹譚沂州事。蓋公之守沂也，故御史大夫涇陽李敏肅公於屬吏中獨賢公，涇陽撫山東，蠲積逋，折馬價，著爲甲令，多自公條上。涇陽議蠲所屬稅銀二千餘兩，免牒既下，而沂故有餉邊銀，經數相當，公私于涇陽曰：「沂之民殫矣，姑無蠲是，以紓沂困可乎？」涇陽曰：「然。」然格之數日不下，已復下牒徵之如公請，曰：「寧使東人詛我，毋令詛沈沂州也。」費縣典史以賕聞，公廉知其枉，爲言之涇陽，涇陽驚曰：「已註下考矣，奈何？」公進曰：「吏有大小，官評無大小也。」涇陽爲揭銓部，得免。膠河議起，涇陽檄公輟州事行河，而間語公曰：「勑理小司空，公里人也。公在河，可從容言膠、萊利害，故以屬公耳。」公言河事雖中格，然涇陽之用心如此。公守沂三年，上計，藩司銜公，無加禮，寢其文旬日。江陵綜覈吏治，踰一日不得考。涇陽特疏爲請，亦竟不得也。而公之遷南兵部，同時得遷者四人，涇陽下教兗州太守：「沈沂州廉而勤事，恐無以治行，夫廩宜倍他屬吏。」聞者愧服焉。涇陽每推擇故吏，以公爲舉首。余侍公几杖，公時時爲余言涇陽也。余嘗語公：「涇陽有甲乙簿，紀錄天下人材甚富。公在簿中，當壓卷矣。」公笑曰：「子其爲我志之，居史官乙簿，猶勝御史大夫甲也。」余以春澤請表公之墓，追憶公所言沂州事，輒論次於篇。嗟乎！計吏如江陵，馭吏如涇陽，而州邑之吏潔廉勤事如沈公，天下何患不理平也哉！雖然，此在萬曆初年未遠也。余表沈公墓，乃詳記涇陽事，知涇陽斯知沈公，所謂牽連書之也，以信於後。後之君子，過而問焉者也。

中憲大夫廣西按察司副使張府君墓表

國初以還，吳中風俗淳古，藩、臬之大夫仕而歸於鄉者，大人長德，黄髮危齒，東阡北陌，杖函却迎，則有若僉事陳公祚、劉公珏、參政祝公顥、姜公昂，遺風餘韻，互相映帶，父老至今稱之。數十年來，人豔膴仕，俗趨澆僞，而先正之風流，邈然不可以復作。以余所覩記，如副使張公者，殆其人歟！公諱文奇，字元正，家世鳳陽人。勝國時平江總管，占籍長洲。某州知州諱汴者其祖，封奉直大夫，諱材者，其父也。舉萬曆丁丑進士，除工部主事，出知寧波府，量移知貴陽府，屢遷至廣西副使，謝病家居，十六年而卒。公爲人孝友篤誠，無崖岸嶄絶之行。禔躬居官，節度深淺，斤斤守繩尺。在工部拒中涓之請託，裁金吾之濫恩，大司空不能奪也。出守斥貪墨，抑豪右，爬奸蠹，有冷面寒鐵之目。中遭顚躓，牽連左官，而孤立行意自如也。在貴陽，與於征播之役，讋諸酋以斷賊援，督楚餉以給餽糧，卒蕆播事。在嶺西，平島夷之搆爭，斷土司之爭襲，嶺海咸乂。此公之才畧，累試而輒效者也。最公之生平，彊直自遂，貪吏望風，似陳永錫；伉厲守高，十年不遷，似祝惟清；馴行恭謹，嗜學不衰，似劉廷美；廉能刻勵，魚肉不給，似姜恒頫。其生平風操，與四公畧相髣髴。未老懸車，優游田里，好德考終，亦與四公相似。蓋神宗中葉，猶有成、弘盛世之風，吳中賢士大夫，爲邦人子弟所矜式者，猶有人焉。世有孔文舉，猶不至流涕於虎賁也。嗟乎！賢人君子，國家之元氣也。觀於在野，在國可知也。觀於老而致事，則彊仕服官可知也。故曰：雖無老成人，尚有典刑。鄉之有老成人，如樹之有碩果，如松之有茯苓，樹之蕃而松之茂，必徵於此。有如公者，在一鄉豈可多得，而在斯世又曷可少乎？公病目眵數載，遇異人，一昔而復明。每游佳山水，與親知契闊談讌，輒引鏡自笑，听然竟日。晚益健視履，無疾而卒。數夢游貞山之善塢，既卜壽藏，巾車往視，松楸雲物，歷歷如舊游。公之觀化而度世也，豈偶然哉！公葬之後十有六年，公之子某筮仕中翰，謁余請表其墓。於是伐石而志之曰：於乎！是惟先正副使張公之墓，韓子所謂鄉先生沒而可祭於社者也。過者尙式之哉！

刑部郎中趙君墓表

神宗之末年，建州夷躪我遼左，趙君官太僕寺丞，有解馬之役。匹馬出山海關，周覽阨塞要害，遇廢將老卒，從容訪問我所以敗夷所以勝者，感激揮涕，慨然奮臂出其間。歸而上書於朝，條上方畧。君之意以謂天子將使執政召問從何處下手，庶幾傾囊倒庋，以自獻其奇。僅如例報聞而已。君自此默然不自得。以使事歸里，用久次再遷刑部郎中。裴徊久之，過余而歎曰：「已矣！世不復知我，而我亦無所用於世矣。生平好兵家之言，思以用世；好神仙之術，思以度世，今且老而無所成矣。武康之山，老屋數間，庋書數千卷，吾將老焉。子有事於宋以後四史，願以生平所藏，供筆削之役。書成而與寓目焉，死不恨矣。」是年八月，君還朝，寓書於余者再。明年，其家以訃音來，則君以病沒於長安之邸舍，天啓四年之正月十八日也。君諱琦美，字玄度，故廣參議諱承謙之孫，贈禮部尚書謚文毅諱用賢之子。君之歷官，以父任也。天性顥發，博聞彊記，落筆數千言。居恒厭薄世之儒者，以謂自宋以來，九經之學不講，四庫之書失次，學者皆以治章句取富貴爲能事，而不知其日趨於卑陋。欲網羅古今載籍，甲乙銓次，以待後之學者。損衣削食，假借繕寫，三館之秘本，兔園之殘册，刓編齾翰，斷碑殘壁，梯航訪求，朱黄讎校，移日分夜，窮老盡氣，好之之篤摯，與讀之之專勤，蓋近古所未有也。而君之於書，又不徒讀誦之而已，皆思落其實而取其材，以見其用於當世。諸凡天官、兵法、讖緯、算曆，以至水利之書，火攻之譜，神仙藥物之事，叢雜薈蕞，見者頭目眩暈，君獨能闇記而悉數之。官南京都察院照磨，修治公廨，費約而工倍。君曰："吾取宋人將作營造式也。"陞太常寺典簿，轉都察院都事，釐正勾稽，必本舊章。及其丞太僕，印烙之事，人莫敢欺。君曰："吾自有相馬經也。"君之能於其官，於所讀之書，未用其一二，而世已有知之者。至其大志之所存，如戊午所上方略，君所慷慨抵掌，以冀一遇者，其不迂而笑之者亦鮮矣！嗚呼！其可悲也！君生爲貴公子，而布衣惡食，無綺紈膏粱之色。少年才氣横騖，落落不可羈勒。而遇旅人羈客，煦嫗有恩禮。精彊有心計，時致千金，緣手散去，盡損先人之田産，不以屑意也。尤深信佛氏法，所至以貝葉經自隨。正襟危坐而卒，享年六十有二。歸葬於武康之塋。而君之子某狀君之生平，屬余爲傳。余嘗以謂今人之立傳，非史法也，故謝去不爲傳。而又念君之隧不可以不表也。蓋世之大人得志而顯於後者，名在國史，信於金石，雖不表可也。若夫庸下薄劣之人，富貴赫奕，死而其人與骨肉俱朽，雖大書深刻，猶泯沒耳，表之無益也。如君者，其爲人魁雄奇偉，而生不獲信其志，死或困於無聞，則不可以不表也。嗚呼！表其墓云。

鎮遠侯勳衛顧君墓表

君諱承學，字思敏，以封鎮遠侯贈夏國公諱成者爲八世祖，以贈太傅謚襄恪諱溥者爲曾祖，以贈太子太保謚榮靖諱仕隆者爲祖。榮靖之長子謚榮僖諱寰，無子，以弟宇之子承光爲後，故承光得嗣侯，而君以次補勳衛、帶刀侍衛，賜雲肩飛魚服，與春餅之宴。宴之不舉者，三十年所矣。期年卽乞歸。以萬曆二十三年卒，年六十六。夏國公者，揚州抓籬灣人也，其墳墓世世在揚州。故君之子大猷既葬君於金陵之魏村社矣。後三十四年，復卜地於江都之甘泉山而改葬焉。君少治易，爲博士弟子員，師事徐蓁先生，奉手摳衣，不敢出聲氣。既謝環衛以歸，補衣疏食，屏斥輿馬，退而修士君子之行。簾閣據几，棲息文史中。稍間，則以棋酒相娛樂而已。其爲人也，孝於親，友於兄弟，信於朋友，敦篤於故舊。終其身循墻視影，以寒素書生自刻勵，人亦曰顧君猶故書生也。君好聚書，尤講習國家典故。居常稱引高皇帝御奉天門訶問散騎舍人衣新衣事，以勑戒其子弟。君既沒，大猷嗣守環衞，不半歲而歸。學文修行，一如君之爲。於是君之家教，始顯聞於天下。崇禎二年，余再罷官南歸，道出廣陵，大猷求余文以表君墓。余往識大猷，奇其爲人，訪問其家世，語之曰：「子他日當爲郭忠武，子之先人，亦猶忠武之有景南也。」大猷心識其言。二十年來，毀家爲國，窮老而不悔者，徒以予言也。嗟乎！以琬琰之書考之，君之生平，眞無愧於景南，而世或以余言爲然矣。大猷雖窮老，而志氣不衰，其爲忠武也，豈可量耶？余之言雖未徵於今，其有不信於後耶？爲論次之如此。

張益之先生墓表

吾先君之執友曰吳郡張先生尙友，字益之，以萬曆二十七年卒於家，年五十八。天啓三年十月，其子世俊、世偉葬先生於吳縣西郊之花園邨。又十三年，屬謙益表其墓。嗚呼！余小子忍表吾先友哉！余小子少受春秋於先君，先君詔之曰：「吾少師事陸汴先生。益之之辱與吾游也，先生爲介。自吾與益之分門教授，而兩家之弟子日進。益之之徒爲董儀部嗣成，吾之徒爲翁給諫憲祥。給諫又以經授益之之二子。於是吳中治春秋者，皆名爲兩家弟子。而吾兩人皆窮老不遇，甚矣吾兩人之有待於後人也。」余小子志之不敢忘。先君事母至孝，間嘗稱先生之孝曰：「益之之父靜孝先生，壯年謝公車，杜門養母，晚而彌堅者，以益之爲之子，又能代之爲子也。靜孝病革，刲左臂和糜以進。人有欲上其事者，益之怒曰：『是欲我以死父取名乎？狀苟上，我必死之。』小子識之，他日郡志中立孝友傳，無遺益之也。」先君慷慨負大志，酒後耳熱，輒譚與先生同硯席時事曰：「江陵奪情之後，長星亘天。吾兩人瀝酒盃，潑墨瀋，竟夕望北斗，且詈且詛。當是時，趙汝師抗疏拜杖，顧叔時不與禱，咸愛之重之，恨不奮臂出其間也。嗚呼！吾兩人之不得爲汝師、叔時者，命也夫！」先君又曰：「吾生平坦懷疎節，不能與深中多數者游處，惟于益之無間言。益之性畏暑，夏月坐臥一小樓，每扣其門，必曰須吾著衣而出。及啓門，僅單裙繫腰間耳。輒相視大笑。其眞誠脫畧，忘形相與，皆此類也。」先君爲聱隅子自傳，敍其友六人曰顧吏部叔時、張太學益之。而先生有遺文六卷，首載送趙汝師欽召序，汝師者，文毅公用賢，叔時者端文公憲成，以字稱，從其舊也。余小子之表先生也，徵其事狀，考其遺文，而皆本先君之言以爲端。先生既沒，而其言立。二子名成而行修，士之稱家風者歸焉。謙益衰遲放廢，老而無聞，無以光大前人之訓。先君之所謂有待於後人者，如斯而已乎？愚不自量，竊取柳氏石表先友之義，以表先生。然不敢附贅一辭，其亦以志吾愧而已矣。

姚處士墓表

姚處士名鶚，河南西華人也。少從太康人高守忠游。守忠以方術得幸世廟。世廟晏駕，守忠與王金、陶世恩等當殊死。論獄甚急，處士傾身職內槖饘，久之得減死。守忠故武當山道士也，遂偕入武當，盡以禁方授處士。一夜别去，不知所之。處士還長安，公卿貴人，爭徵致之。處士意不懌，間行游江南。金壇人莊生斂之，察其非凡人也，乃舍之於家。處士坐臥一小樓，不妄交接，獨好斂之與其友康生文初。處劑療病，不問貧富，意有不可，雖千金不與易。亦不肯以授其子，曰吾師戒如是也。處士老矣，其色理若四五十時。人問處士年幾何，輒漫應之。崇禎二年己巳，處士病，自疏其生平時日，以問射決者，其年爲正德辛未，蓋一百十九年矣。其卒也，斂之爲治後事，葬於金壇之某地。先是戊辰，余被召北上，因文初延見處士，問養生之術，故文初屬余表其墓焉。余嘗觀國史，讀王金等獄辭，載守忠進三元太乙丹，及吹氣補腦之法，與處士言脗合。文初稱處士爲守忠弟子，信不誣也。守忠不自隱閟，挾術以干人主，幾伏柳泌之誅。處士見幾蜚遯，身享上壽，其有懲於師矣乎！熹廟之登遐也，亦有進藥之獄，追論者猶謂守忠等有佚罰焉。余表處士之墓，牽連書之，亦庸以著戒云。

李德遠墓表

歙人李德遠病革，自草貧士傳，屬其子春逢曰：「我死，爲我大署其碣曰：貧士李仲明之墓。死不憾矣。」春逢，余門人也，奉其遺傳以謁余。余讀而悲之。嗟乎！仲尼有言曰：貧而無怨。德遠怨矣，且死，而屬其子，所以志怨也。人生斯世，貴富貧賤之不齊，如粟之雨於天而墮之飛於地也。令貧者必怨，而怨者必志之不忘，則是天不可勝問，而南山之石不可勝泐也。夫貧而能怨，怨而能志之不忘者，是其人必有踔厲不可御之才，結轖不可茹之志，與夫兀傲不可貶之骨，而坎壈失職，約結無以自見，至於將死之日，長算既詘，短造斯盡，吮愁銜恨，無所復之，而鳴其怨於片言，冀後世猶有明之者也。後漢趙嘉年三十餘，臥蓐七年，爲遺令勑兄子曰：大丈夫遯無箕山之操，仕無伊、呂之勳，天不我與，復何言哉！可立一員石於吾墓前，刻之曰：漢有逸人，姓趙名嘉，有志無時，命也奈何？德遠之怨猶嘉也，嘉之勑兄子累數十言，而德遠之屬其子，一言而已，於乎！其尤足悲矣。余故狥春逢之請，伐石而表之曰：有明貧士李仲明之墓。仲明，名也。德遠者，其字也。稱貧士者何？如其志也。德遠少負異才，有名諸生間，館於郡太守，太守賢而禮之。歲莫歸，盜瞰其室，其妻方戞釜待炊，突蕭然無烟也。盜相顧語曰：「今夕入呂蒙正破窰矣。」失笑而去。德遠之爲人若是，斯可以貧，斯可以怨矣。余所爲表而志之不忘者也。

吴君俞墓表

浮屠正願自西湖主虞山之福城，嘗稱新安吴聞喜字君俞之賢，而惜其早世也。問君俞之賢何如？則曰：「君俞家世素封，折節讀書，鼓篋入成均，成均之士，長者造門，輩行避席，人人以爲國士也。佳辰勝日，出游佳山水間，琴書鼎彝，錯置左右，軍持漉囊，參列杖屨，見者歎羨以爲神仙中人。急難赴義，髮直如竿，古之義人俠士，無以過也。君俞之爲人如此，而又能歸心法門，以明宗護教爲己任。其没也，士大夫與之游者泣，聞其風者歎，浮屠道人焚香然燈者徧塔廟也。君俞不幸無子，其婦程，服金屑以死，有烏頭綽楔之旌，而君俞將抑没不傳，某竊悼之。君俞之生也，以不得一見公爲恨，安得公之一言，以慰君俞於地下乎？」余曰：「子之言信。因子以信君俞，其不爲無徵也已。」昔蘇子瞻嘗謂歐陽公好士爲天下第一，而公之士叛公於瞬息俄頃之際，以此賢惠勤而序其詩，以謂勤得列於士大夫，必不負公。吾以爲勤惟老於浮屠，無求於世，故能終不負公。使其得列於士大夫，功名勢利驅於前，而貴賤死生變於後，負不負未可知也。今君俞以一書生夭死，非有歐陽公嘘枯吹生之勢，可以奔走天下，而願之交於君俞也，非有三十年餘之久，其涕泣不忘，欲得余之文以慰君俞也如此之切，則願之不負君俞，其必爲子瞻之所賢，而爲君俞者，抑又可知已矣。今世未必有歐陽公之好士，而今之士大夫，其善觖人也，甚於歐陽公之時，聞願之風，亦可以少媿矣乎？余竊取蘇子之義，大書以表君俞之墓，後有觀者，其必曰：因浮屠之言以表人之墓，而後世不以爲無徵也。自余之表君俞始。

張季公墓表

直常熟治城之北，背城而面山，洄爲淸池，其中有燕亭閒館，舟夜過之，燈火出林薄，觥籌笑語之聲，達於水涯。問之，曰：此張家荷亭，張季公召客燕游地也。余先公與季公好，數從季公飲，歸輒曰：「季公召客，客不過三四人，羣子姓羅列坐隅，奉觴壽客，促數糺逖，父子昆弟不相假辟。卒飲，衎衎而與與，以其讌會之良，知季公之合族者善也。」予長識季公，魁形而豐下，嶷然長德。又識其子秀才紹慶，温文安雅，出於輩流。間從季公飲，如先君之云。不十年，季公與其子相繼歿矣。所謂荷亭者，予以間過之，池館如故，燈火青熒猶可指，而觥籌笑語之聲達於水涯者，若墜若抗，引而爲弦誦。予以此興歎於公父子間，而尤幸其有後也。季公沒，鄉之人聚而語曰：「季公善父母，執喪以情居瘠。善兄弟，仲兄沒，其遺孤孩衣食百須皆己出，長而使復其所。家故多貲，削衣貶食，頒施之內外親，曰：此吾貲也。

於乎！季公誠一鄉之善士矣。周官大司徒以本俗六安萬民。本俗云者，猶曰鄉之舊俗云爾。吾鄉舊俗醇美，如周官之所謂。族墳墓，聯兄弟，師儒〔案：「儒」，邃本作「孺」，誤，據癸未本改正。〕朋友，與夫州黨之相賙相賓，百年間猶有存者。若季公者，蓋亦其〔案：「其」，邃本作「有」，誤，據癸未本改正。〕遺民故老也。舊俗日壞，而鄉之善人從之。于是乎情僞譴呶，閭井煩促，而東阡北陌，親串往來之地，步武錯迕，契契不能以相從。於乎！是豈獨繫於一鄉也哉！」公諱某，字某，以博士弟子員入貲爲太學生。其孫某，以某年某月甲子葬公虞山之新阡。卜既食，謁余而請曰：「願有述也。」以余言之不美，不足以章季公，而其不習爲文飾，則或可以碣於隧而不慚也。書之以慰其孫之孝思，且以告於鄉之人云。

初學集卷六十七

墓表二

南海黄夫人墓表

嗚呼！是爲南海黄氏夫人之墓。夫人故贈某官吳公諱某之妻，今江西道監察御史光龍之母也。萬曆某年某月某日，卒于餘干，其子之官，寢越某年。歲在庚申，御史奉上命巡鹽浙江，屬其部民錢謙益，使表夫人之墓。是年神宗、光宗相繼登假，天子初登大位，以萬曆四十八年八月朔爲泰昌元年，謙益復官京師，乃按夫人之行而表之曰：嗚呼！易稱臣道婦道，皆曰無成而代有終。又曰：恒其德，貞。婦人吉，夫子凶。此爲處常言之也，非所語于危疑屯難之日也。若夫人者，女而婦，婦人而夫子，不可以不表也。夫人之未嫁也，其父死于浙，夫人以其喪歸。以一荏弱待年之女子，扶輤設旐，煢煢返葬，歷三千里如堂適庭，故曰女而婦。及夫人之寡也，一子易，一子嬰，夫人操持門戶，生產滋殖。御史長，家所畜玩好，聚而焚之，日以壹其子于學也。初，夫人將葬其夫，其兄恍之曰：「地不食，毋以豎子卜也。」夫人不聽，乃克葬。及御史以孤童顯，人曰：「卜兆惟夫人能。」故曰婦人而夫子。嗚呼！婦人者，秉利貞之情，含幽吝之氣者也。聽傔從，顧私親，尊巫史，信鬼而好禨，其恒性也。而又當死喪頻仍，危疑屯難之日，而夫人卓然如此。謂夫人爲丈夫女可矣。謂世之丈夫舉若是，吾不敢也。嗚呼！國家當主少國疑，死喪屯難之日，能人勢要，其傔從也；中官阿母，其私親也；飛章騰說，其史巫也；身家妻子，死生禍福，其鬼與禨也。當此之時，猶欲雍頌進退，緩步低首，以養體持祿爲事，一旦權移于婦寺，禍成于禁近，而後呼天而悔之，不已晚乎？夫易稱無成，未嘗不言有終也；曰婦人吉，未嘗不繫之曰夫子凶也。則夫宜女而婦，宜婦而女，與夫宜夫子而婦人者，皆見戒于易者也。謙益深有懼焉，用敢表夫人之行，鑱諸墓上。匪夫人之表，以詔臣子。嗚呼！是年十月晦日癸酉，史官常熟錢謙益表。

澤州王氏節孝阡表

余在史館，承乏外制。凡孝子節婦與被推恩贈封之典者，必謹而書之，不厭詳複。以謂國家崇臺綽楔，倣古表厥宅里之制，然或有及有不及。惟其發聞于子孫，田里婦孺家人蔀屋之事，無不茂著于朝廷之典册。庶幾見且聞者，嗟咨愾嘆，轉相告語，猶有所感勉而相勸也。今歲南臺侍御王君允成屬余表其父母之墓。余讀憲使張君光縉所排纘事狀，嘆曰：「此所謂應古旌表之法，而發聞于其後者與？」余從事外制，表章天下孝子節婦湮沒幽鬱者多矣，今于侍御父母，得表其隧道之石，猶前志也，其何敢辭？府君諱簋，字汝賢，曾大父嵩，大父仲名，父武，母任氏，兄弟五人，君于倫次爲叔子。王氏以耕治起家，代有隱德。府君之大父，始教其子弟業儒。府君爲郡弟子員，有名于時，以孝死，而侍御卒以儒術顯云。府君父歿時，纔舞象耳，母任，慟哭不食，欲從死。府君哭而告母曰：「大父母老矣，五男二女，累累未有室家。母死，是重死吾父也。」又哭而誓兄弟曰：「所不惟母之話言是訓是行者，生無以事吾母，死無以見吾父矣。」于是任孺人乃食。而府君以孤僮上事大父母，中事母，下佽長兄，以掖諸兄弟。喪葬盡禮，歷五十年，內外斬斬，門屏晏然。府君沉塞有氣，形貌魁碩。仲兄解四，四中道逸去。府君挺身見大府，慷慨白事，大府奇而釋之。伯仲與人無崖岸，邑屋少年易而侮之。府君在坐，人無敢陝輸視伯仲者。兩季弟病疫，省視湯藥，不避垢穢。人或以謂府君，府君泣曰：「我子視諸姪稍長，即有傳染，猶愈于死吾弟也。」府君念母勤，以立身揚名爲己任，下帷矻矻不少休。母與二季相繼病，府君窮百道治之，形神殫瘁，母病良已，而府君遂不起。卒之日，鄰里巷哭。行路之人皆歎，有泣者。萬曆戊子之四月也。享年四十。府君配任孺人，家人呼之曰小任，別君母也。孺人事其姑，備有儀法。

姑性嚴重，孺人獨得其歡心。嘗侍姑疾，踰月不解衣。姑喜謂孺人：「若孝事我，天當以孝婦報若。」生平布衣蔬食，不好刺繡，不事宰殺，尼師巫覡不登其門。相府君二十餘年，以及課侍御兄弟，篝燈宿火，熒熒如一昔也。府君疾革，孺人遂不食。妯娌固止之，孺人曰：「往吾病瘍幾殆，夫子撫我曰：『若死，我必不再娶。』今吾忍夫子獨身地下乎？」時侍御兄弟亦病，侍御哭父失聲，氣息支綴，或謂孺人曰：「若孺子何？」孺人曰：「吾兒病必愈，愈且大吾門，吾徵之昔夢矣，無相溷也。」竟不食而死。後府君卒蓋兩月。衣裳𢇁紩，扃鐍完好，視其封題，皆府君卒之日也。享年三十有九。初，侍御以邑令考最，贈府君如其官，任爲孺人。今天子卽位，覃恩海內。府君得贈南京廣西道監察御史，而仍贈任爲孺人。府君與孺人以其卒之歲葬于浪井川東原祖塋下，至是三十有六年矣。惟孝與節，國之元氣，天地之所與立也。世道交喪，士大夫以頑鈍苟免爲能事，波流茅靡，餘風未殄。降將纍臣，塡塞囹圄，天子旰衡動色以風厲之，而未有止也。府君夫婦死孝死節，應古旌表之法，而湮没幽鬱，發聞于其子。侍御當鼎革之際，公忠骨鯁，其風節議論，竦動天下，淵源弘長，所得于家庭者多矣。歐陽子表唐子方之先墓，以謂子方方進用于時，其所以榮其親者，未知其止。侍御固今之子方也，論次其家世，而原本其節義之所自，則其可以表于金石而信之後世者，蓋已不一書而足也，豈待考諸後日，而徵其顯榮之未止也哉？

勑封安人丁氏墳前石表辭

安人長興丁氏，光祿寺大官署正諱某之子，歸安茅氏廣東按察司副使諱坤之婦，工部都水司郎中諱國紳之妻也。封孺人，再封安人，皆在萬曆中。天啓二年某月某日卒，其孤元儀、暎以其年十二月十一日，祔安人于都水公之阡。元儀有文名，知兵畧。國家方用兵，元儀慷慨應辟。既葬，弁絰帶而從戎事。三年之喪卒哭，金革之事無辟，禮也。于是元儀以墓上之石來請，曰：「願有述也。」謙益曰：「諾。」其辭曰：

太公之後，是始有丁。條葉被澤，望于長興，是生安人，夙有多譽。從父服官，大官之署。維都水公，有室再捐。朝于京師，乃委禽焉。茅爲世家，族大而貴。揭揭都水，爲時職志。安人歸之，和鳴鏘鏘。如圭有邸，如金斯相。孌彼諸姬，爰居爰處。有攜有嬰，累累孤女。衾裯敍進，襁褓錯交。如姪如娣，孰裏孰毛？皇舅鹿門，聞而歎曰：此雖女子，何愧巾襳。都水報政，最于山東。其新孔嘉，命服在躬。疾瀕于危，誓以身先。強起再覲，寄孥畿甸。盜生近郊，白晝洶洶。懷刃束甲，慬而卽戎。出爲辨強，非婦之義。土塡左闔，古也有志。都水嶽嶽，擢居西臺。瞻望父兮，豈不懷歸。安人曰噫！將子無顧。短衣禿袖，以率媪御。歸就子舍，婦後夫先。異粻宿肉，扶侍有年。回翔再仕，爲令於浙。勞其晨昏，以尉遷譎。浙人凶饑，亦孔之憂。珥脫衣穿，賙彼殣流。廣置姬侍，以弗無子。亦既抱子，而進未巳。相乳更抱，莫知所生。同仁均養，協氣交并。量移郎署，周旋南北。相厥簠簋，共其蠶織。皇舅壽耇，老茗霅間。衣冠賓從，儼如神仙。腆洗克共，曰婦有助。杖屨閑閑，燕笑飲御。居皇舅喪，情文折衷。相夫有聞，蔚爲禮宗。都水行河，以死勤事。舟船下上，哀徹水澨。報夫地下，撫孤匶前。撫膺陷胸，臨絕之言。鄉里洊饑，道殣相枕。指麾孤童，傾倒囷廩。大築幽宮，都水是安。工作聚業，倣于周官。安人之爲，節度卓犖。燕及惸嫠，施于媚族。安人之教，夙夜齋咨。無念爾祖，先君之思。寡居以還，布衣蔬食。奉彼戒法，以佽婦職。年五十四，寢疾而徂。冢子韎韋，覊于南都。安人喟曰：吾可以死。父有墜言，庶其在是。吉祥而逝，容儀委蛇。譬如旅人，日暮赴家。元儀自南，見星而赴。遇使于涂，哭而問故。徒跣號呼，與弟屯喪。卜祔先兆，龜食告祥。安人之命，都水之室。豈曰渴葬，王事孔亟。曰元儀暎，誕惟二孤。元儀暨暨，暎也與與。有女七人，二實已出。長而有歸，哀哉蚤卒。維彼五女，三女之存。擗慟臨穴，哀感行人。元儀念母，銜哀罔極。實來求詩，以斲墓石。大書深刻，阡表之辭。庸詔來者，過而眂之。

封恭人孫氏墓碑

今上之元年，建州夷不悔禍，浹辰之間，陷我瀋、遼。順天府府丞新安畢公懋康銜使命將行，言者謂公精曉兵事，宜留治兵。公奮然上疏，請募江、淮間鹽戶漁丁殊死敢戰者，束以部伍，身自訓練，幸得一當奴酋。天子壯其議，下所司覆奏。行有日矣，而母恭人之訃適至。余往唁之，公掐膺呼曰：「天乎！懋康進不得死于奴也，退而不得死吾母也，懋康自是無死所矣。有麗牲之石以請于吾子，子毋辭焉。」嗚呼！余聞恭人少磊砢有丈夫之概，故少保績溪胡襄懋公以功高被逮，恭人夢伏闕上章，慷慨數千言，如劉向、谷永之訟陳湯者，至老猶能記憶之。余嘗敍其事以壽恭人，以謂恭人之爲女子也，可以愧世之丈夫。其夢也，可以愧世之視而醒者。當此時，建州之難作矣。余自度無所用于世，猶冀以區區筆札，憤盈叫呼，庶幾有動乎世之君子。今又三年，禍益烈矣。日夜拱手燕笑，幾幸其不渡河，不航海，舉中朝之命，聽于必不可恃之西虜。世之所謂丈夫者，與夫視而醒者，其果如何也？府丞事雖未行，其僇力疆圉，爲國家雪蹙地喪師之恥，固有其時。而恭人之大志，亦可以無憾。獨余以不肖之軀，浮湛死局，疾呼大號，吻燥筆枯，瞪目顧視，化爲瘖啞，猶執筆而紀恭人之葬，其能無媿色矣乎！恭人姓孫氏，性通敏，誦詩百篇，貫穿經史。好爲歌詩，有和平麗則之音。事舅姑孝，嘗刲股以療姑疾，撫庶出之子莫辨己子。婦道母儀，靡不純備。舉其大者，其細可知也。恭人嫁畢氏，爲江西南昌府武寧縣主簿封中憲大夫順天府府丞某之妻。有男子子七人，府丞及二季，恭人出也。享年八十有二，卒于天啓元年之四月某甲子。葬于梅山之新阡，實某年某甲子。銘曰：

婺女之精下爲人，彼美淑媛維降神。明詩習禮被質文，躬服楡縱志衿紳。夢提封事排帝閽，援忠嘘枯叫穹旻。九關虎豹爭侁侁，弭首睨視弱女身。帝曰女歸大女門，畀女美子從以孫。歸來閶闔開嶙峋，有子法冠侍帝晨。狡夷作孽白水津，陳屍漂血遼海㮣。皇赫斯怒雷霆震，爰命整旅江淮濆。甲光麾日戈攫雲，習流背嵬張吾軍。將星高高婺星昏，棘人素冠哭且奔。爲母起冢黟山垠，象彼祈連樹麒麟，旁置萬家何足云！我作銘詩託貞珉，百爾巾幗眎刻文。

房母左太宜人墓表

封太宜人左氏，故太中大夫陝西按察使益都房公諱如式之副室，而南京太僕寺少卿可壯之生母也。少卿與余並中萬曆甲科，並事神、光、熹三廟以及今上，並坐閹禍閣訟，牽連再謫。崇禎九年五月，太宜人卒。少卿卜以次年十二月葬于雲門之新阡，而屬余表其墓。

少卿之狀太宜人備矣。其事按察公也，婉而恭。其承信淑人也，卑而理。撫嫡出之子婦，字而敬。教其子，威而孫。御臧獲，庀家事，肅而寬，廉而不劌。古所稱賢明貞順之德，斯已兼舉矣。余之文何以加諸？而余於少卿母子之間，有深痛焉。余與少卿，兩尊人先背棄，皆有老母，罷官歸田里，互相問訊，曰太夫人無恙乎？開械酌酒，交相慶也。先太淑人沒，少卿哭之而哀。太宜人年八十，少卿奉英蕩之節，過家上壽，余告於母殯，拜而遣使，不自知其伏地失聲也。吾母知少卿爲余謫官，每愾然曰：「少卿之爲朋友，亦已足矣，其若念母何？」太宜人則軟語勞少卿曰：「若所爲牽連謫官者，海内大人君子也。吾爲若母，有餘榮矣。」兩家之母，言猶在耳。兩家之子，交頌母言以相慰藉，其簡牘至今錯互篋衍，而二母者今安在也？詩不云乎：有母之尸饔。潁封人曰：小人有母。聶政曰：有老母在。此子之念其母也。趙太后稱婦人異甚。嚴延年之母不忍見壯子受刑僇。此母之念其子也。嗚呼！父母之念其子一也。丈夫識道理，重名義，猶能挫情割愛。若婦人之愛憐其子，毛裏而已矣，湩血而已矣。介子推、范滂之母不數見，而搤臂流乳之痛，凡爲母子，何獨不然？余與少卿，不幸而繫籍黨部，觸忤權倖，以憂老母。雖二母之賢明貞順，無惡於其子，而母子之間，雍容暇豫，開口而笑者，其爲時日，固已少矣。杼柚之教，門閭之望，銜哀茹恤，終天而已矣，曷有窮乎？余既諾少卿之請，傷心漬淚，每執筆不忍下。旋被急徵下吏，少卿請之不懈益勤，曰：「非子之過也，太宜人望子言久矣。」創鉅痛甚，志懣氣塞，假茲石以告哀。余之爲此言也，猶鳥獸之巡過其故鄉，翔回鳴號，躑躅而踟躕也，猶燕雀之啁噍之頃而後乃能去也。後之仁人孝子，過而視焉，其亦爲之徘徊歎息也夫！崇禎十年九月十七日。

劉氏兩節婦墓表

劉氏兩節婦者，上林苑監左監丞劉可斅之嫡母徐氏、生母侯氏，而贈監丞劉君體性之室也。劉君爲諸生，下帷攻苦，兩節婦篝燈佐讀，黽勉有無，妯娌先後如也。劉君沒，兩節婦截髮自誓，以撫藐孤。辛勤四十餘年，克有成立。可斅克邀天子之休命，以顯其親。烏頭雙闕，旌門有閌。方此時，母子相泣，閭巷聚觀太息。又數年，而兩節婦沒，既葬，可斅以事繫請室，泣而謁余，請表其墓。嗟夫！荀息有言：生者不愧，死者復生不悔。忠臣節婦，其道一也。兩節婦芳年令姿，齊心共命，捐生以殉其天，誓死以立其子。比其子成立，有以下報所天，兩節婦之事畢矣。豈知其生前天日晶明，榮及其身？又豈知其身後風雨漂摇，憂及其子也哉？子之才不才，親之所與被也。若憂喜禍福之不可知，則天也。今日之事，是亦生者之所不愧，而死者之所不悔也。假令爲人子者，躬虧體辱，親之行爲世之所指名。

親之沒也，太中大夫侍御史持節護喪事，中千二石治莫府冢上，玉衣梓宮，東園温明，如乘輿制度，復土之後，天子賜上尊養牛，手詔敦趨赴都堂視事，此亦人世之極榮矣，而於人子之誼奚當焉？今以可斆之爲人子，夙興夜寐，以求無忝所生，而不免於縲絏之患。可斆雖自傷爲子無狀，痛不欲生，然生者之不愧可知也。兩節婦地下有知，亦必曰非吾子之罪，死者之不悔又可知也。夫兩節婦之高行，宗伯旌之，國史書之。後有劉子政、范蔚宗者，必有取焉。余可以無述也。述兩節婦之所以生不愧死不悔，而因及可斆之所以無憾於其母者，以表於其墓。用以知天道之必復，而兩節婦之遺祉未艾也，姑伐石以待焉。

瞿太公墓版文

余年踰壯，與瞿子元初讀書拂水山房，雞鳴風雨，篝燈刻燭，往往爲余道其家世及其祖太公事行，曰：「瞿之先世居河南，徙通州之海門，宋末避兵來常熟。有諱達者，受元將旗號，狥未下城邑，授百夫長，遷轉憐口提領。有孝子曰嗣興，宋文憲、方正學爲撰誌狀者也。孝子之子諱莊，官至福建左參政，高皇帝賜手詔獎諭，載在大誥者也。莊之後六世爲吾祖。吾祖之生也，曾祖家中落，長子爲諸生，賣田入貲國學，益大困。吾祖年十八，代父應繇役，給公上，老胥宿吏，莫敢以僮子假易。御臧獲，課耕耨，勤惰勞佚，部分井然。中外數百指，嚴憚如家丈人也。曾祖病革，謂曰：『伯以入貲鬻產，吾將減其分以償汝。』吾祖泣曰：『大人以兒故減兄嫂產，得無減兄嫂淚乎？兒生有命，大人柰何爲此言？』曾祖歎曰：『吾固知兒之無所藉吾產也。』生平不信禨鬼，曾祖母病不知人，巫降神於庭，吾祖自外入，問之，不覺脚屈下拜。神援筆判曰：以汝純孝，夜半當蘇汝母。至夜分，大聲發床前，母遂蘇。又五十餘年乃終。吾祖亦六十餘矣。每新燕來時，仰視屋梁，周走而呼曰：『娘娘安在乎？』嗚嗚啜泣，與燕語相下上。家人咸相顧泫然也。吾祖撫羣從子姓及故人子弟，收䘏敎誨，具有恩禮。其人始見德，久之或操戈相向，已而又以好來，吾祖厚遇之自如。少能洞悉情僞，老而彌熟。人有相欺者，陽受其譎譎，而陰識之，其人終身以爲能欺吾祖也。其治生未嘗俛拾仰取，以心計釣奇，田畝錢布，藏弆腹笥，每謂吾家簿藉，在十指伸屈中，傳別書契，經目而已，未嘗省視，曰：『何待人之薄也！』閭左有大議，邑宰及鄉老刺刺私語移日，吾祖至，輒一言而決，退亦不以告人。邑有大繇役及大祲，傾身爲人先，費輒數百金。其所爲多疎闊迂緩，會有天幸，家益起，嘗曰：『人何苦爲善不力，天未嘗虧負人也。』吾與瞿星卿、顧朗仲爲文會，諸老人相率諫吾祖：『若孫日夜從諸狂生，衣袖反接，兩眼生頂上，不早禁絶之，且破而家。』吾祖笑曰：『吾縱吾孫與之游，恐其不得當也，而顧欲麾之門外乎？』其後諸子皆爲名士，拂水文社遂甲天下。朗仲嘗曰：『知我者惟吾父與太公也。』朗仲許爲吾祖譔事狀，吾子他日採而誌之，爲吾祖之宋與方也，吾死不恨矣。」言已，涕泣汍瀾，悲不自勝，余心識之不忍忘。萬曆丁未，朗仲卒。又數年，元初衰絰過余，再拜而請曰：「歐陽子之言曰：非敢緩也，蓋有待也。吾每誦斯言，未嘗不彷徨歎息，繼之以泣也。今吾老矣，無可待者矣。朗仲且死，猶以不及狀吾祖爲恨。吾之不忍死吾祖也，與其不忍死吾朗仲也，胥以累吾子。子其無辭。」余諾其請，逡巡未及爲，而元初又歿，迄今二十五年矣。嗚呼！人世之不可以把玩也，一彈指之間，已三世矣。而孝子慈孫之思不死其親也，重泉之下，窮塵之後，其耿耿者何時而已乎？余故譔次其語，以遺其諸孫，使樹石太公墓門，并以告於元初之墓。太公諱依京，萬曆丙申九月卒，壽八十有一。元初者，吳之名士瞿純仁也。銘曰：

司徒三物，以敎萬民。二曰六行，興賢禮賓。萬曆之世，熙和如春。藹藹瞿公，際此昌辰。孝乎惟孝，德必有鄰。睦婣任恤，安富恤貧。國有大故，奮袂墊巾。大冠如箕，視其齒齯。國有大役，鼛鼓振振。守閭待令，敢有弗虔叶。國有大裁，我無逡巡。傾箱倒庋，指其禀囷。春秋讀法，祭酺諄諄。德行道藝，誰與比倫？世敎下衰，醜類頑嚚。奇衺相及，艬撻斷斷。鄉老云邈，本俗不存。安能汲汲，彌縫使淳？墓木已拱，宿草載陳。作爲銘詩，以詔斯人。崇禎癸未五月，契家子錢謙益造。

初學集卷六十八

塔銘一

憨山大師廬山五乳峯塔銘

我神宗顯皇帝握金輪以御世，推慈聖皇太后之志，崇奉三寶，以隆顧養。上春秋鼎盛，前星未耀，慈聖以爲憂，建祈儲道場於五臺山，妙峯登公與憨山大師實主其事。光宗貞皇帝遂應期而生。於是二公名聞九重，如優曇鉢華，應現天際。妙峯不出王舍城，大作佛事。而大師有雷陽之行，其機緣所至，横見側出，固非凡情之可得而測也。大師之遷化於曹溪也，大宗伯宣化蕭公親見其異，爲余道之。已而南海陳迪祥以行狀來謁余表塔。余曰：「有吾師宣化公在，他日請爲第二碑。」又明年乙丑，其弟子居廬山者曰福善，奉全身歸五乳，而留爪髮於曹溪。走書來告曰：大師東遊，得子而憙，曰：「刹竿不憂倒却矣。」燈灺月落，晤言亹亹，所以付囑者甚至。塔前之銘，非子誰宜爲？余何敢復辭。謹按：師諱德清，族蔡氏，全椒人也。父彦高，母洪氏，夢大士抱送而生。七歲，叔父死，屍於牀。問母：「從何處去？」即抱死生去來之疑。九歲，能誦普門品。年十二，辭親入報恩寺，依西林和尚。內江趙文肅公摩其頂曰：「兒他日人天師也。」十九，祝髮受具戒於無極某公，聽講華嚴玄談，至十玄門海印森羅常住處，悟法界圓融無盡之旨。慕清涼之爲人，字曰澄印。從雲谷會公，縛禪於天界寺，發憤參究，疽發於背，禱護伽藍神，願誦華嚴十部，乞假三月，以畢禪期。禱已熟寐，晨起而病良已。三月之內，恍在夢中。出行市中，儼如禪坐，不見市有一人也。雪浪恩公長於師一歲，相依如無著、天親。嘉靖丙寅，寺燬於火，誓相與畜德俟時，以期興復。師既翛然出世，而雪浪卒爲大論師，修治故塔，稍酬誓願焉。師嘗聽講於天界，廁溷清除，了無人跡。意主東淨者非常人也，訪之，一黃面病僧，目光激射，遂與定參訪之約，質明則已行矣，即妙峯登公也。師以江南習氣軟暖，宜入冬冰夏雪苦寒不可耐之地，以痛自摩厲。遂飄然北邁。天大雪，乞食廣陵市中，曰：「吾一鉢足以輕萬鍾矣。」抵京師，妙峯衣褐來訪，須髮鬖髿如河朔估客。師望其眸子識之，相視一笑。參徧融貞公，融無語，惟張目直視。又參笑巖，巖問：「何方來？」曰：「南方來。」巖曰：「記得來時路否？」曰：「一過便休。」巖曰：「子却來處分明。」遊盤山，至千像峯石室，見不語僧，遂相與樵汲度夏，時萬曆元年癸酉也。明年，偕妙峯結冬蒲坂，閱物不遷論，至梵志出家，頓了旋嵐偃嶽之旨，作偈曰：「死生晝夜，水流花謝。今日方知，鼻孔向下。」峯一見遽問：「師何所得？」師曰：「夜來見河中兩鐵牛相闞入水去，至今絶消息。」峯曰：「且喜有住山本錢矣。」遇牛山法光禪師，坐參請益。法光發音如天鼓，師深契之。送師遊五臺詩云：「雪中師子騎來看，洞裏潛龍放去休。」且曰：「知此意否？要公不可捉死蛇耳。」師居北臺之龍門，老屋數椽，在萬山冰雪中，春夏之交，流澌衝擊，靜中如萬馬馳驟之聲。以問妙峯，峯舉古人三十年聞水聲，不轉意根，當證觀音圓通語。師然之。日尋綠溪橫彴，危坐其上。初則水聲宛然，久之忽然忘身，衆籟闃寂，水聲不復聒耳矣。一日粥罷，經行急立，定光明如大圓鏡，山河大地，影現其中。既覺，身心湛然，了不可得，說偈以頌之。遊雁門，兵使胡君請賦詩，甫構思，詩句逼塞喉吻，從前記誦見聞，一瞬現前，渾身是口，不能盡吐。師曰：「此法光所謂禪病也。惟熟睡可以消之。」擁衲跏趺，一坐五晝夜。胡君撼之不動，鳴擊子數聲，乃出定。默坐却觀，如出入息，住山行脚，皆夢中事，其樂無以喻也。還山刺血書華嚴經，點筆念佛，不廢應對。口誦手書，歷然分明。隣僧異之，率徒衆來相嬲，已皆讚歎而去。嘗夢與妙峯夾侍清涼大師，開示初入法界，圓融觀境，隨所演說，其境卽現。又夢登彌勒樓閣，聞說法曰：分別是識，無分別是智。依識染，依智淨。染有生死，淨無諸佛。自此識智之分，了然心目也。師既建祈儲道場，遂遠遁東海之牢山。慈聖命龍華寺僧瑞庵行求得之，遣使再徵，不能致，賜內帑三千金，復固辭。使者不敢復命。師曰：「古有矯詔賑饑之事，山東歲凶，以此廣聖慈於饑民，不亦可乎？」使者持賑籍還報，慈聖感嘆，率闔宫布金造寺，賜額曰海印。師詣京謝恩，爲報恩寺請藏。上命師齋送，因以便歸省父母。寺塔放光累日，迎經之日，光如浮橋北度，經在塔光中行也。師還，以報恩本末具奏，曰：「願日減饍羞百金，十年工可舉也。」慈聖許之。歲乙未而黄冠之難作，師住山十三年，方便説法，東海彌離車地，咸向三寶。而黄冠以侵占道院，飛章誣奏，有旨逮赴詔獄。先是慈聖崇信佛乘，勑使四出。中人讒搆，動以煩費爲言，上弗問也。而其語頗聞於外廷，所司遂以師爲奇貨，欲因以株連慈聖左右，并按前後檀施帑金，以數十萬計，拷掠備至，師一無所言，已乃從容仰對曰：「公欲某誣服易耳，獄成，將置聖母何地乎？公所按數十萬，在縣官錙銖耳。主上純孝，度不以錙銖故傷聖母心。獄成之後，懼無以謝聖母。公窮竟此獄，將安歸乎？」主者舌吐不能收，乃具獄上，所列惟賑饑三千金，有内庫籍可考。慈聖及上皆大喜。坐私造寺院，遣戍雷州，非上意也。達觀可公急師之難，將走都門，遇于江上，師曰：「君命也，其可違乎？」爲師作逐客説而别。師度庾嶺，入曹溪，抵五羊，赭衣見粤帥，就編伍于雷州。歲大疫，死者相枕籍，率衆掩薶，作廣薦法會，大雨平地三尺，癘氣立解。參政周君汝登，率學子來扣擊，舉通乎晝夜之道而知發問，師曰：「此聖人指示人，要悟不屬生死一著耳。」周君憮然擊節。粤之孝秀馮昌曆輩，聞風來歸。師擬大慧冠巾説法，構禪室于壁壘間。説法華至寶塔示現娑婆，華藏涌現目前，開悟者甚衆。居粤五年，乃克住錫曹溪，歸侵田，斥僦舍，屠門酒肆，蔚爲寶坊，緇白坌集，攝折互用，大鑒之道勃焉中興。甲寅夏，師在湖東，慈聖賓天，詔至慟哭，拂剃返僧服。又二年，念達觀法門死生之誼，赴葬於雙徑，爲作茶毗佛事。箴吳、越禪人之病，作擔板歌弔蓮池宏公於雲棲，發揮其密行，以示學者。自吳門返廬山，結菴五乳峯下，效遠公六時刻漏，專修淨業。居四年，復往曹溪。天啓三年癸亥，宣化公赴召來訪，劇談信宿。公謂師色力不難百歲，更坐二十餘夏，如彈指耳。師笑曰：「老僧世緣將盡，幻身豈足把玩哉？」別五日，果示微疾。韶陽守張君來問，師力辭醫藥，坐語如平時。既別，沐浴焚香，集衆告別，危坐而逝，十月之十一日也。溪水忽涸，百鳥哀鳴，夜有光燭天。三日入龕，面顏發紅，鬚髮皆長，鼻端微汗，手足如綿。僧徒驚告，謂師復生。蕭公語：「余衰老赴闕，跋涉二萬里，何所爲哉？天殆使爲師作末後證明耳。」嗚呼！知言哉！師長身魁碩，氣宇堂堂。所至及物利生，機用善巧，如日暄雨潤，加被而人不知。山東再饑，師盡發其囷，親泛舟至遼東，糴豆以賑。旁山之民，咸免捐瘠。稅使與粵帥有隙，嗾市民以白艚作難，羣譟圍帥府。師緩頰諭稅使解圍，不動聲色，會城以寧。珠船千艘，罷採不歸，剽掠海上。而開礦之役，繹騷尤甚。採使謁曹溪，師以佛法攝受，徐爲言開採利害，繇是珠船罷採不入海，而礦額令有司歲解。制府戴公詒書謝曰：吾乃今知佛祖慈悲之廣大也。師爲余言：居北臺，大雪高於屋數丈，昏夜可鑑毛髮，堅坐待盡，身心瑩然。遲明，塔院僧穴雪以入，相攜行雪洞中，里許乃出。當詔獄拷治時，忽入禪定，榜箠刺爇，若陷木石。逾年在雷陽，郡丞以礦事被逮，侍者惶遽傳告，毒楚卒發，幾無完膚。此楞伽筆記所繇作也。東遊至嘉興楞嚴寺，萬衆圍遶，有隸人如狂易狀，搏顙不已，曰：「我寺西仲秀才也，身死尙在中陰，聞肉身菩薩出世，附隸人身求解脫耳。」師爲說三皈五戒，問解脫否？曰：「解脫竟。」懵然而覺。師之樹大法幢，爲人天眼目，豈偶然哉！師世壽七十八，僧臘五十九。前後得度弟子甚衆，從師于獄，職納橐饘者，福善也。終始相依於粵者。善與通炯、超逸、通岸也。貴介子弟，剜臂然燈，以求師道，現大士像於瘡痂中而坐脫以去者，卽墨黃納善也。粵士歸依者，馮昌曆爲上首。御史王安舜、孝廉劉起相、陳迪祥、歐文起、梁四相、龍璋，皆昌曆之徒也。師所著有楞伽筆記、華嚴綱要、楞嚴懸鏡、法華擊節、楞嚴法華通議、起信唯識解若干卷，觀老莊影響論、道德經解、大學中庸直指、春秋左氏心法、夢游集又若干卷。嗟乎！師於世間文字，豈必不逮古人？有不逮焉，亦糟粕耳。師於出世間義諦，豈必不合古人？有不合焉，亦皮毛耳。惟師夙乘願輪，以大悲智入煩惱海，以無畏力處生死流，隨緣現身，應機接物，末後一著，全體呈露。後五百年，使人知有一大事因緣，是豈可以語言情見，擬議其短長者哉？是故讀師之書，不若聽師之言，聽師之言，又不若周旋瓶錫，夷考其生平，而有以知其願力之所存也。謙益下劣鈍根，荷師記莂，援據年譜行狀，以書茲石。其詞寧繁而不殺者，欲以示末法之儀的，起衆生之正信也。

銘曰：

人生出沒，五濁世間。生死之涂，屹立重關。重關峻復，誰不退墮？師子奮迅，一擲而過。濟河焚舟，縣車束馬。一鉢飛渡，誰我禦者？冰山蟄伏，雪窖沉埋。冰解凍釋，水流花開。光明四照，上徹帝閽。榮名利養，匪我思存。震霆赫怒，我性不遷。桁楊木索，説法熾然。覺範朱崖，妙喜梅州。雷陽萬里，謂我何求？軍持應器，橫戈杖錫。毁形壞衣，古有遺則。大鑒重徽，靈照不昧。屈眴之衣，如施畫繢。師之示現，如雲出谷。觸石膚寸，雨必待族。雲歸雨藏，山川自如。孰執景光，以窺太虚？福德巋峩，文句璀璨。視此肉身，等一眞幻。匡山不來，曹溪不去。塔光炳然，長照覺路。天啓七年丁卯九月朔，常熟幅巾弟子錢謙益謹述。

聞谷禪師塔銘

聞谷禪師印公，以崇禎丙子十二月十七日示寂於瓶缶之眞寂禪院。明年丁丑九月初六日，弟子奉全身塔於孔青之陽。師世壽七十有一，僧臘五十有八，主叢林二十五年，建道場二所，度弟子千有餘人，得戒弟子萬有餘人。師之沒也，傳戒弟子鼓山賢公千里赴弔，補師住處，爲其塔上之銘。既葬，而其上首弟子大堅等扣余山中，復以勒銘爲請。以余於師有支、許之好，假世諦文字，演說實相，爲賢公疏通證明焉，亦賢公之志也。余其忍辭？謹按：師諱廣印，字聞谷，嘉善人周珊之子。母趙氏，夢玄武神仗劍領甲士擁門而生。師爲兒時，左眼角常見一浮圖住空中。稍長，父携觀大勝寺浮屠，訝曰：「我眼中常見此。」此後遂不復見。年十三，祝髮於杭之開元寺，見壁間法界圖，問其師曰：「十界從心生，心從何處生？」師不能答。往扣西蜀儀峰和尚於清平，峰教看雲門露字。師直下挨拶，至忘寢食。峰舉丙丁童子來求火話詰師，舉拳揮按，痛罵驅出門。白汗津津浹背，益發奮力參。年二十四，入雲棲進具。二十六從介山法師習台宗，期年而臻其奥。雲棲大師開法淨慈，特舉師爲維那。數年來，晝則聽講，夜則縛禪。參無幻禪師，乃謝去講肆，攝靜於西溪法華山。單丁四年，或數日不食，或一坐連朝。參請漸多，乃曳杖而去。上雙徑，結茅白雲峯下，影不出山者六載。看亮座主參馬祖因緣，疑不能釋。一日見黄瑞香花，忽大悟，從茲礙膺之物咸冰釋矣。出山至雲棲，受菩薩戒，朝夕請益，盡得雲棲之道。至宜陽，參龍池幻有和尚，池謂師曰：「何不承當此事，共相唱和？」師不自肯。池曰：「更欲如何？」曰：「視圓悟、大慧爲多愧耳。」池憮然曰：「當今學者未會先會，那能得不自肯如子者乎？老僧當避一頭地矣。」北游五臺，還至徑山，時海内禪席寂寥，乃與髻峯諸師創禪期於蓮居永慶，儀峯老人復來自蜀，因得重徵玄奥，印明臨濟宗旨。峯歸，師隱湖之箬山。瓶匋爲雙徑兩目孔道，行脚往來，無一茅蓋頭。師捐衣鉢，創數椽爲接待之計，法施雲湧，鬱爲寶坊，遂移眞寂廢寺舊額名之。事既竣，杖笠南遊，隱建州之廢寺凡三載。浙僧始物色得之，迎請絡繹，掉頭不顧。會主院者相繼遷化，師不得已，復歸視事。四方衲子，參請雲集，衆至五千指。禪淨雙提，規重矩疊，稱江南法席之最。久之，復南游，棲建州之寶善四載。年七十，乃歸老於眞寂。次年臘月八日，説戒畢，示微疾逝。前一日，手書與徑山長老，送仁王經，勸其展誦報國，索紙書誡語，泊然而逝。蓋賢公之銘師如此。嗚呼！萬曆中，方内有三大和尚，紫柏可公、雲棲宏公、憨山清公，各樹法幢，爲人天眼目。三公入滅，魔外横行，喝棒錯互。吳、越之間，人如中風狂走。當此之時，眞修退藏，密傳三老之一燈者，禪師一人而已。師痛夫世之盲參瞎悟者，以狂易之病，飲塗毒之藥，窮老參究，終不以悟，自居學者，少逞知解，必深錐痛劄，期於爆斷命根而後已。師之砥柱末法者一也。師痛夫世之上堂登座者，以俳優之場，演沐猴之戲，堅辭僧衆，不許開堂。晚歲正告諸宰官：「孀居久矣，復肯傅粉墨求嫁耶？」師之砥柱末法者二也。師痛夫世之架大屋，養閒漢，榮名利養，市賈相求者。眞寂告成之後，數年退院，七載南游，腰包杖錫，飄然於荒山野水之間。師之砥柱末法者三也。師器宇沖和，神觀閒止，導迎善氣，被褐懷玉，有儒者闇然之風。其持身衞道，苦心危行，如冰之淩霜而益堅，如玉之煆火而愈栗。搘柱大法，於衰殘充塞之餘，孤行獨往，賁、育不能奪也。賢公所謂蒙衆誚而弗恤，犯衆怒而弗顧者，信乎其知師者矣。師之七十也，余爲文以稱壽曰：傳曰：不有君子，其能國乎？以佛門觀之益信。師讀之，爲之破顏微笑。今師之葬已三年矣，踵賢公之後而銘其塔，慨刹竿之日倒，媿金湯之無人，俛仰法門，有深感焉。乃爲之銘曰：

單傳教遠，禪席寥寥。師起其衰，如風鳴條。禪風漸扇，魔民蜂起。師砭其敝，如坊止水。師不以禪，置律與經。歷然光明，如谷傳燈。師智愈圓，其心愈密。閟悟顯修，如燈在室。寶炬不然，金鏡式微。誓揮我戈，以指懸車。風霜剝落，冰雪崔嵬。窮冬沍陰，孤陽獨回。樓閣千間，雲堂一宿。何處是師？本來面目。雲棲爲師，永明是宗。巋然一塔，坐斷虛空。閩山浙水，吾師在焉。明明如月，常照百川。

洞聞禪師塔銘

古之得道者，以死生爲如幻三昧，故有謂坐脱立亡，尚未夢見先師意者。世衰聖伏，盲師瞽說，各自稱尊，則非末後一著，不足以勘辨之，蓋亦末法使然也。天啓三年七月，洞聞禪師示寂於破山之禪院。是時天方溽暑，流金鑠石。越三日，余趨視之，垂首趺坐，若入正定。蚊蚋却避，膚理瑩潔。四衆觀者，莫不歎異。師行解未知其何如？以余所見，亦可謂甚難希有者矣。師吳江李氏子，少出家，入華山，爲默庵和尚侍者。舍而歸紫柏大師，大師改名法乘，號曰洞聞。馮祭酒開之送似塵洞聞游方序云：二上人，一脱逢掖，一逃外法，俱奇男子。體質文弱，不耐勞苦。一旦以紫柏師鼓策，遂迸裂牽纏，給侍瓶錫，方出門時，已無萬里。此師行脚因緣也。初居虞山之三峰，徙天目之中雲庵，卒老於破山。師慈和樂易，具大人相。所至住山，誅茅束薪。偕其徒雪庵，拮据庀治。師優游兀傲，飲石泉而蔭松柏，不汲汲□於榮名利養，其視世相，輕也，斯其臨終所得力者歟？師世壽七十二，僧臘五十，墓在破山寺之南凡若干步。銘曰：

師之參訪，踵決履穿。小扣大擊，如石出煙。歸而住山，參粥飯禪。一坐廿夏，不震不騫。開堂説法，千偈瀾翻。究亦何有？空谷窅然。破山嵯峨，龍淵蜿蜒。殘燈初日，師或在焉！

鶴林法師塔銘

常熟縣治之巽隅，建聚奎塔，久而未潰於成。衆君子聚而謀住持，咸曰鶴林法師其人也。師遯跡北山之藤溪，皤然而起，率其弟子仁方往涖焉。師律行精嚴，四方歸仰。仁方能捐衣去食，伐木蕢土，以專勤者事。不逾年，塔工大興。崇禎三年七月，師示疾於塔院，說偈別衆，堅坐而逝。又一年，仁方亦逝。其徒知通等奉全身塔於拂水巖之西嶺，以仁方祔焉。師諱大寂，嘉定趙氏子。甫丱出家，得度於護國寺永敏和尚，受具戒於雲棲大師，學經論於紹覺法師。單丁行脚，凡十餘年。縛禪於廬山，游少林，禮五臺，歸虞山而老焉。師質貌樸愿，志氣專壹。其尊嚴毗尼也，如法吏之守三尺，謹凛科條而已。其講習經論也，如舉子之窮六經，穿穴章句而已。繇定以發惠，因相以契性。遍參諸方，扣擊宗旨。久之，於心地漸有所發明，然不敢高其舉趾，輕言向上事，曰：「吾株守吾經律而已。」說法爲人，必提唱念佛法門，曰：「吾所學於雲棲者，如是而已。」坐虞山數夏，空林荒樾，午夜施食，鬼嘯魈吟，與梵唄相應和。日不重食，夜不脇席，篋衍無一錢之藏，徒仵皆化之。仁方病亟，求一故絮籍體，竟不可得。諸方皆曰：「此眞鶴林之子也。」師之葬，實崇禎五年十一月。其上首弟子曰智妙，卽仁方也，墓在師之左方十餘步。銘曰：

柳子有言：儒以禮立仁義，佛以律持定惠。去律小經，佛道斯替。生死海中，風波淫裔。孰是船師，亂流而濟？師之軌行，豈曰滯泥。涉生死流，回翔鼓枻。盲禪魔民，横奔狂猘。讀吾之銘，其亦思褰裳而揭厲也耶？

初學集卷六十九

塔銘二

華山雪浪大師塔銘

昔梁肅之論荆溪，以爲明道若昧，渙然中興。聖人不作，其間必有命世者出焉。我明正、嘉之際，講肆獨盛於北方。無極和尚起自淮陰，傳法於通、泰二公，具得賢首、慈恩性相宗旨，歸而演法南都，而其門有雪浪恩公、憨山清公出焉。一車兩輪，掖無極之道以濟度羣有，而法道焕然中興。向非命世而出，則何以臻此？謹按憨師所撰雪浪大師傳而序之曰：師諱洪恩，姓黄氏，金陵民家子。爲兒時，雖隨戲弄，遇佛禮足。塾師以句讀課之，領之而已。極師講法華規矩於報恩寺，師年十三，從父往聽，傾耳會心，留旬日不肯去。母使父趣歸，師袖剪刀，禮玄奘大師髮塔，自剪頂髮，手提向父曰：「以此遺母。」父慟哭，師瞪視而已。爲小沙彌，頎然具大人相。一日設齋，往踞第一座。首座呵之，師曰：「此座誰坐得？」座曰：「通佛法者坐得。」師曰：「如是則我當坐。」座曰：「汝通何佛法？」師云：「請問。」座舉座上講語，師信口肆應，無不了了。一衆驚異曰：「此郎再來人也。」憨師少師一歲，並得度於西林長老，同參極師，比肩握手，如連珠珏玉，見者以爲無着、天親也。師年十八，分座副講，佛法淹通。乃留心義學，聽極師演華嚴大疏，五地聖人於後得智中，起世俗念，學世間技藝，涉俗利生。嘗言不讀萬卷書，不知佛法。博綜外典，旁及唐詩晉字，研朱益丹，帷燈畫被，不知者以爲滯淫世諦中也。憨師從雲谷和尚縛禪天界寺，師見其枯坐，呵以聽講：曰：「用如三家邨土地作麽？」憨曰：「古德有言：自性宗通，回觀文字，如開門落臼耳。」師曰：「果如此，則我兄也。」憨師苦南方軟暖，决計北游。師苦留之，憨詒師入城辦嚴，冒大雪，攜一瓢長往。師還寺痛哭。久之，游嵩少，入伏牛，抵京師，上五臺，覓憨師於冰雪堆中，腰包罨飯，誓共生死。憨語之曰：「人各有志，亦各有緣。兄之緣在弘法以續慧命，不當終老枯寂。江南法道久湮，當上承本師法席，荷擔囑累，爲人天眼目，庶不負出世因緣也。」師然之，相與鄭重而别。極師弘法以來，三演大疏，七講玄談，師盡得華嚴法界圓融無礙之旨。本師遷化，次補其處。游泳藏海，囊括川注。單提本文，盡掃訓詁。稱性而談，標指言外，恒教學人以理觀爲入法之門。先是講肆糾纏教義，如抱樁搖櫓，略無超脱。及師出世，照遮雙顯，總别交光，摩尼四現，一雨普霑。學者耳目錯互，心志移奪，如法雷之破蟄，如東風之泮凍。說法三十年，黑白衆日以萬計。閒游杖錫，四衆圍繞，徧山水爲妙聲，化樹林爲寶網。東南法席，未有盛於此者也。嘉靖四十五年，報恩燬於雷火，師與憨師三日哭，誓以興復相肩荷。憨雖在臺山、東海，未嘗頃刻忘報恩也。憨罹難赴南海，師見浮圖露槃欹傾，沿門持鉢，行乞都市，高門縣簿，金錢雲委，凡三年而竣事。塔高二百五十尺，安三輪處，高七十尺，架半倍之樞，木從空而下，如芥投針，不差絫黍。當塔心未下，師嘔血數升，塊然趣定。風鈴彤角，如有鬼神護持。萬衆驚歎，咸以爲願力冥感也。晚年接海衆於望亭草菴，日則齋飯，晚則澡浴，夜則說法，二利並施，四衆歙集。未幾示微疾，集衆告別。弟子乞師垂示，師曰：「中空如花，本無所有，說個甚麼？」問滅後用龕用棺？師曰：「坐死龕子，臥死棺材，相錫打瓶，且莫安排。」沐浴更衣，端坐而逝，萬曆戊申十一月十五日也。俗壽六十四，法臘五十一。弟子奉全身還葬於雪浪山。師高顙朗目，方頤大口，肌理如玉。講演撤座，方丈單牀，默修壁觀。嘗於長城山中正定二日，林木屋宇，皆爲震動。心下如地，坦無丘陵，不立崖岸，不避譏嫌。論詩度曲，見聞隨喜。鮮衣美食，取次供養。已而飯惟虀豆，臥則蒭秆，捨茶則擔水出汲，飯僧則斧薪執具。人以爲闞現少異，而不知其行己有常也。嘗駐嘉興楞嚴寺，愛其池木清嘉，作精舍三楹，經營浹月，手自塗墍。落成三日，飄然而去，終身不再至焉。其逍遙擺落，皆此類也。紫柏可公，精持毗尼，心頗易師。憨師以出家因緣告之。可公悚然曰：「殆窺基後身也。」余自毀齒，即獲侍瓶錫。丁未，偕李長蘅扣師望亭。瞻嚮之餘，心骨清瑩，始悔嚮者知師之淺也。傳法弟子耶法、明宗、三明、歸空、格空、瑞林先逝，覺法終隱匡山。歿後講演者，巢松浸、一雨潤在三吳，蘊璞愚在都下，若昧智在江西，碧空湛在建業，心光敏在淮南，南北法席師匠，皆出師門，信乎中興之盛也。蒼雪法師徹公，潤公之法子，闡法吳下者也。追惟祖德，請余爲塔上之文。余何敢辭？繫之銘曰：

法道下衰，如世中否。誰其振之？命世蔚起。極師南來，記莂儼然。賢首慈恩，二燈並傳。有兩駒齒，化爲龍馬。拏攫碧落，蹴踏天下。憨往曹溪，經星南流。浪駐江表，斗柄斯昭。智炬高明，德瓶云倚。經江論海，逢原會委。帝網金相，刹海鑑光。華嚴法界，湧現堵墻。講樹敷花，談叢落實。舍利腹貯，狻猊口出。以其緒餘，莊嚴相輪。雀離浮圖，示見矗雲。歌樓酒坊，禪燈法席。三車一乘，鴻爪牛跡。大布而衣，一床而居。霜降水落，白月空虛。禪律對待，經論繁興。密師四戰，人無得名。法幢巋然，義天常朗。窺基非來，雪浪不往。

一雨法師塔銘

師名通潤，字一雨，姓鄭氏，蘇之西洞庭山人。兒時晝夜啼哭，抱入寺見佛，或出門見僧，卽止。嬉戲大樹下，累塼成塔，指爪禮拜。稍長，辭家入長壽寺，去氏削髮，究心大乘經論，旁通義學。宵禮大士，額墳起不休。寺長老源公，從雪浪大師講楞嚴於無錫，以書招師。師曰：「此經奥義，十師盡之。買菜求益，復何爲乎？」源怒，移書譙責，乃往。與雪山杲公、巢松浸公同參於華藏寺。南北講肆，楞嚴則會，法華則要，如老塾師墨守兔園册，口耳之間，傳遞而已。浪師掃除注脚，敷演妙義，嚬呻咳唾，光明熾然，聞之如檣馬奔馳，風濤回駭，破除宿物，得未曾有。合掌涕洟，向源首座懺悔：向者得少爲足，以大海納牛跡中也。浪師法道烜赫，學人慕羶因熱，輒思炷香分席，爲榮名利養之計。師與雪巢矢心執侍。金陵之花山，京口之焦山，江山高秀，雲水孤清。侍浪師往來棲息，歷十餘夏，相依如形影。憨老聞而歎曰：「好學人吾兄一網打盡矣。」大師遷化，雪公亦没，師友淪亡，灰心埋照，以傳燈續命爲計。置鉢於虞山北秋水菴，將終老焉。已而應天界之請，休夏於斷臂厓，睡覺聞遠寺鐘聲，如殷勤啓請，賦詩曰：「豈謂帝城虛講席，却將脣舌累知音。」自此遂慨然出世，與浸公分路揚鑣，大弘雪浪之道，諸方皆曰：「巢師講，雨師注。」又曰：「巢、雨二法師，雪浪之分身也。」師每慨法相一宗，玄奘傳之西域。自賢首、清涼唱華嚴，人皆畏數逃玄，習者益少。本師唱演華嚴，實發因於唯識，龍藏具在，教海方新，時節因緣，其在斯乎？先有此論標義，藏弆篋衍。王翰林宇泰求之，靳而弗與。翰林購得副本，箋爲旁注，如西明圓測，隱形盜聽，以敵窺基，其爲法良苦矣。師乃復殫精搜緝，作爲集解，積十年而削藁。首披宗鏡，斬關抽鑰，偏探楞伽、深密等經，瑜伽、顯揚、廣百、雜集、俱舍、因明等論，及大經疏鈔與此論相應者，靡不疏通證明。昔者纂鈔盛行，輩流首伏，以謂基師正照太陽，忠也旁銜龍燭。求之今日，慈恩中興，庶幾當之矣。師嗣雪浪，出世說法利生者十有六年。講法華、楞嚴、楞伽、華嚴玄談、唯識者十二座。初從浪師於金山，衣不掩骭，履不納足。臨江喚渡，囊無一錢。自視泊如也。卜居鐵山，爲瓔禪師故菴，面太湖，負西蹟，眠雲臥月，絕影人間者五載。除夕自斧枯樹，罩火煨芋。高足弟子夾坐賦詩。雪消門啓，人徑宛然，則發春已十餘日矣。日過經二十紙，上首白請少減，師呵之曰：「汝看我甕中米多少？」其精嚴孤詣，皆此類也。師狀貌古樸，風規閑雅。方內名士如程孟陽、李長蘅、邵茂齊、鍾伯敬、文文起、趙凡夫、朱白民，撫塵希風，樂與游處。嘗自誓生生世世居學地，與士大夫相見。人言師有三有一無，三能耐一不能耐。有德有言有情理，然無因緣；耐學耐窮耐交游，然不耐俗。此可以知師矣。師自稱二楞主人，改鐵山爲二楞庵，於此疏嚴、伽二經故。移住花山，又移中峯，浹辰出一紙示衆，皆囑累語，遂以是日示寂，天啓四年九月十八日也。世壽六十，僧臘四十六。崇禎元年，葬全身於中峯者，法子明河、讀徹也。註經二十餘種，約法性則有法華大窾、楞嚴楞伽合轍、圓覺近釋、維摩直疏、思益梵天直疏、金剛經心經解、梵網經初釋、起信續疏、瑠璃品駮杜妄說辯謬若干卷；約法相則有唯識集解十卷、所緣緣論論釋發硎、因明集釋、三支比量釋、六離合釋釋若干卷。師沒後，河、徹二公繼師之席，弘法吳中，而繼師主中峯者徹公也，實來請銘。銘曰：

師之說法，弘演三車。金山粥鼓，金陵雨花。秋水鐵山，師之幻住。古木千章，梅花萬樹。花山別院，中峯古墳。經傳雪浪，論續慈恩。如吳含桃，舍利二七。毫端塚中，湧現則一。

汰如法師塔銘

賢首之宗，弘於雪浪，其後爲巢、雨，爲蒼、汰，皆於吳中次補說法，瓶錫所至，在花山、中峯，兩山雲嵐交接，梵唄相聞。四公法門冢嫡，如兩鼻孔同出一氣，但有左右耳。巢、雨遷謝，蒼、汰與余法乳之契益深，而汰復以崇禎十三年十二月四日順世而去。於是蒼雪徹公作爲行略，而請余銘其塔曰：汰如法師明河，號高松道者，揚之通州人。姓陳氏。母夢道人手法華經一卷來乞食而生師。年十餘歲，善病，父母送州之東寺，依一天長老剃度。寺習瑜伽，師究心大乘方等諸經，兼工詞翰。年十九，腰包行脚，偏參諸方。見一雨潤公，如子得母，不復捨離。隨師住鐵山，繼師住中峯，既而說法於杭之皐亭，吳之花山，白門之長干寺，藏海演迤，詞峰迴秀，遮照圓融，道俗交攝。識者以爲眞雪浪之玄孫也。從上諸師，未講大鈔，蒼、汰二師有互宣之約。師首唱一期，羣鶴遶空，飛鳴圍繞。訂來春爲三期，與蒼踐更。未幾示疾，怡然化去。惟自念言：心不知法，法不知心，誰爲作者？亦誰受者？直知諢倦欲眠，聲息旋微耳。世壽五十三，僧臘三十餘夏。遺言建塔於中峯。所著有華嚴十門眼、法華楞伽圓覺解、續高僧傳若干卷。徹公之論曰：舉世求一悟人不可得，其惟解人乎？悟解之在人，如水之於味，響之於聲，解豈有乎？悟豈無乎？舍甲認乙，遂有多名。廻面一呼，應聲立至。解有先乎？悟有後乎？師嘗云：念佛人一意西向，參禪人只顧南詢，置東北兩方于無用之地。又自言：不通禪，不習教，無位于法門，亦不知無位眞人爲何義，解乎悟乎？吾安識其庭宇之所際哉？又曰：師事業福緣，未能如古人，亦未可與今之不敎不禪欺世盜名者比。嗚呼！知汰者莫如蒼，信法門之益友矣。銘曰：

雪浪如龍，蟠拏敎宗。支分蜿蜒，化爲高松。孤塔亭亭，坐斷中峯。刹海涉入，帝網重重。然則師之說法固未嘗止，而大鈔之講肆其可以爲未終乎？

竺璠禪師塔銘

師諱圓淨，蘇之長洲人，姓陸氏。九歲出家，居瑞光寺。師曰寶月，祖曰藍園。十八歲落髮爲僧。卒于崇禎己卯之八月，年五十二，爲僧四十一期。歸骨于寺之西偏。師爲兒時，樂易順祥，遲重不戲。稍長，知衲衣下事。壞衣揣食，發憤參究。腰包行脚，徧扣諸方。瑞光頹圮百年，幾爲廢寺。師然香佛前，捨身修復。日則呼囂唱緣，夕則閟默跪禱。歷江潮，窮寒暑，專勤精一，人鬼叶從。天啓甲子，建七佛閣。崇禎己巳，修天寧浮圖。閣成，建法華、梁皇懺明講演摩訶止觀，法席雲委。延頂目禪師住持，不以私其仵。先後建立，感塔光天眼之異。癸酉，修浮圖露盤，市木歸，遇風于荆江，巨木離筏矗立，虢虢有聲。師呵之曰：「汝材中塔心，他日應人天瞻禮，何爲興妖作怪耶？」言訖，若有物綷之下者。明年，塔工成，師病日劇。三年，遂不可爲，亦所謂以死勤事者也。卒之日，與其徒侶問訊，以宗語相提唱，蓋其平生得力如此。余年十六，寓瑞光後院。師少于余六歲，短小類侏儒，余狎之，墨其面以爲戲。已而拉之游寺經行，廢塔破壁，瓴甓坊墁，兀鵵壓人，相與狂奔而返。崇禎初，聞瑞光之修復，訪問所謂竺璠和尚者，追省兒童時事，相見一笑，爲刻記于石。余有急徵之難，師結壇以禳，長跪右遶，涕淚悲泣，迨余歸而後解。余歸未一年，而師順世。此其徒所以謁銘于余也。嗚呼！師戒法精嚴，慈悲攝受。刳心盡智，專精道場，曰未嘗有取。拔毛布髮，崇構塔廟，曰未嘗有作。招提闤闠，總是禪關。錢刀土木，誰非般若？世之盲師瞽說，互相鼓唱，不曰授某師話頭，則曰經某老印可。始而問影鏤空，既而中風狂走。

師方悲愍之不暇，而顧欲希風逐臭，尤而效之，不亦愚乎？不亦誣乎？余故歷舉其行履，而於其徒所載參訪發悟之語，皆削而不書。銘曰：

善易不易，會禪不禪。塔廟樓閣，説法熾然。我作塔銘，糞掃藤葛。瑞光西墳，孤縣缺月。

初學集卷七十

傳一

呂講經傳

呂講經者，名智壽，字松巖，北平宛平縣時雍坊呂氏子也。始爲童子，辭父母出家慶壽寺，依惠禪師學浮圖法。洪武元年，年十六，出游山東之齊河縣，建定慧寺。十五年，領符牒於京師，遂主其衆。庚辰歲，靖難兵起。太宗幸濟南，壽朝見請從軍自效。奉勑募兵五千人，號敢勇忠效軍。累陞都指揮同知，神武中衛，帶俸從征。横刀躍馬，身先士卒，所至功爲多。靖難兵罷，悉繳上欽賜銀幣鈔錠，請返僧服。詔同衍禪師住慶壽寺，管北平府僧綱司副都綱事。永樂元年，召赴南京，陞僧錄司右覺義，旋陞右講經。詔住持能仁、雞鳴、天禧三寺，齊河定慧寺燬於兵，壽請重建。詔工部爲庀治。六年，扈駕巡守北京，詔修廣薦法會，度白溝河五處陣亡將卒。九年，母馬氏沒於齊河，追封都督夫人，賜墳地五十畝。葬具錢物，皆内府優給。十一年，奉命住持慶壽寺，詔以月朔望陞天王殿法座說法，勸誘四衆。十七年三月，衍禪師示寂於慶壽寺。上臨問者三，命壽治葬事，起塔於寺祖墳之西。九月二十日，無疾端坐而逝。異香滿室，如衍禪師化時。士庶皆驚歎。上爲文命禮部員外郎鄭復言致祭，起塔祖墳內，與衍相望。衍禪師者，故贈少師榮國公謚恭靖姚公廣孝也。贊曰：余嘗道齊河，信宿定慧寺，豐碑巋然，載呂講經事。從寺僧訪得其事狀一卷，皆國史所不載，遂舉其略，爲立傳。寺之後院，供榮國及講經畫像，榮國樂易頎秀，似文人老衲，而講經相奇偉，巨目方頤，面如沈鐵，英姿颯爽，閃動影堂燈火間，想見其身領忠效軍衝鋒酣戰時也。余蓋爲之斂容肅揖，久而後去云。

工部右侍郎贈尚書程公傳

公諱紹，字公業，山東掖縣人也。永樂初，占籍德州左衞。曾祖賢封，懷慶府推官。祖璐，舉進士，歷官江西右布政使。父訥，贈工部右侍郎。公生十歲，能屬文。二十七舉於鄉。次年舉進士，除河南汝寧府推官。廉明仁恕，多所平反。從賑荒使者巡行河、雒，單車徒步，與殘民相勞苦。民擁道泣曰：「微公，吾儕小人無孑遺矣。」行取擢戶科給事中。當是時，人主深居，貂璫四出，大臣環私植黨，舉朝貿貿然如行霧霧中。公在諫垣，以別白賢奸、澄淸世道爲己任。白簡屢上，皆彈劾執政私人，抉擿其票擬蹐駮。執政心銜之。礦稅之使，奏逮有司，鋃鐺桁楊，道路狼籍。公再三論救，危言抗論，觸冒忌諱，人主優容之。山西礦使劾知縣韓薰，公特疏申理，遂除名爲民。或曰：執政假以修怨，非上意也。公歸，奉太公里居，晨花夕月，馨膳絜瀡者二十餘年。光廟御極，即家起太常寺少卿。旋奉太公諱。服闋，徵拜太僕寺卿，廷推都察院副都御史，巡撫河南。至則舉其爲理官時經營儲偫者，倒囊出之，凡所施罷，不踰漏刻，櫛垢爬痒，若民自爲。儀封宗人爲盜囊橐，淫虐彰聞，莫敢何問。公列上其罪狀，詔囚送高牆。諸宗惕息，杜門穴牆，相戒莫敢犯。天啓四年，玉璽出臨漳，公上疏曰：秦璽之不足徵久矣。今璽之出，適在臣疆內。道路諠譟，流聞禁闥。既不應還瘞地下，又不敢私秘人間。欲遣官恭進闕庭，跡踄貢媚，非臣誼所宜，亦恐皇上之所寶者，在彼不在此。臣雖什襲薦之，皇上且瓦礫置之也。謹先馳奏聞，候命進止。昔者王孫圉不寶玉珩，齊威王不寶照乘，蠻夷偏霸，猶知尊賢寶善，照曜史册，況於全盛之朝、明聖之主乎？今之大臣，如總憲鄒元標、馮從吾，尙書王紀、盛以弘、孫愼行，侍郎曹于汴等，憂國奉公，白首魁艾。又有一斥不還之詞林，久錮不起之臺諫，思皇多士，國之寶臣，臣不能挽回天聽，汲致明廷，徒獻符貢璽，效七十二代之故事，臣竊羞之。伏望皇上，踐履大寶，克受貞符，怡神寡欲，親賢納諫，在朝之忠直勿事虛拘，遺野之名賢急爲登進，玉瓚瑟於淸廟，瑚璉貢於明堂，共襄大器，永固金甌。雖謂虞舜黃璽、夏禹玄圭至今存可也。區區傳國寶，其眞僞豈足論哉！逆奄方侈言符命，得公疏，大怒。公遂移疾告歸。又十年，而今上即家起公爲工部右侍郎。慶陵寶頂成，加服俸一級。年至乞休，四疏始得請家居。又三年而卒，享年七十六。贈工部尚書，復蔭一孫入監。娶袁氏，子二人：震爲南京戶部郎中，泰爲中書舍人。公爲人深衷篤厚，眞率坦迤，善善惡惡，根於天性。與人居，虛懷折節，退然如不勝衣。一旦犯大難，解大疑，捍大患，雲行雨施，雷轟電掣，死生禍患，視之蔑如也。中州承平日久，兵馬芻糧，藩司窟穴其中。公一切按覈，討軍實而申儆之。中州之有兵，自公建鉞始也。歸德、汝寧、彰德間，羣盜扇動，旋就撲滅。厥後有勤王之役，後撫范公率公部兵以行，踴躍前驅，爲諸鎮之冠焉。己巳冬，奴薄都城。公家居募壯士入援，自辦行粮七千餘兩。事平議敍，公固讓曰：「主辱臣死，用此敍功，獨不慮貽奴虜哂乎？」其慷慨任事，持大體如此。公之葬也，次子泰屬其友盧禮部世漼爲行狀以上史館。禮部之狀公曰：忠孝清勤，生平所學，惟此四字。又曰：才、識、膽，三者具備，而一本之誠。此六言者，可以蔽公矣。余舊待罪太史氏，知公事爲詳。禮部篤論君子，其言足徵也。平生不爲人作傳，而獨爲此文。後有君子，得以考覽焉。贊曰：

玉璽之獻也，天子親御文華門，璽貯御前，逆奄手捧之，憑軒頒示，羣臣皆呼萬歲。傳制受賀而罷。奄初侍上側，傳璽時當扆而立，指揮下上，示人以魁柄在手，非人臣之度也。已而屢興大獄，斬艾善類，幾至移國。程公之奏上玉璽，有旨哉！以道事君，知幾其神矣。程公身事四朝，歇歷中外，懸車致仕，以恩禮始終。觀公所遭際，蓋猶有慶曆間盛世大臣之流風焉。嗚呼休矣！

雷孝子傳

雷孝子者，名振關，陝西華陰縣人也。孝子之父，年八十有五，遘棄疾，勺水不入口者五日。孝子筊卜之，弗吉，封臂肉大如錢者三，烹藥而進之。其父飲藥，欠伸呼家人曰：「我思食粥。」啜粥盡二盂。明日，病良已。強飯徐步，優游里閈者一年而卒。孝子廬於墓側，老屋三間，上漏下穿，天寒月黑，悲風蕭颼。孝子拊膺夜哭，與嗥狐啼猿相應和也。鄉老白上其事，所司咸異之，將聞於朝，舉聚土旌門之制，格於令，不果。余同年進士楊君呈秀官戶部主事，華陰人也，爲余道其事。楊君又言孝子爲縣博士弟子員，俯躬下氣，恂恂德讓君子也。爲說者曰：韓退之爲鄠人對，言鄠有刲股以奉母者。今孝子亦云，豈秦人之遺風耶？退之以不幸因而致死、毀傷滅絕爲慮，而以謂不當旌門。孝子當封臂時，計盡無復之，毀傷滅絕，有不暇計，又況於門之旌不旌耶？慈谿黃東發謂鄠人對決非韓子之文，而宋景濂因之。然我高皇帝之著令，實與韓子脗合，余不敢非也。今世士大夫全軀保妻子，精於自爲，拔一毛以利其君親，有所不爲。有封股如孝子者，生於斯時，旌之以風世，其亦高皇帝之所不禁乎？激而傳之，無使其無聞焉。

吳孝子家傳

吳孝子士志，字伯高，世家常熟之城南。曾祖寅，官武昌府同知。正德七年，霸州賊劉六、劉七、趙璲自山東、河南掠湖廣，上下武昌者再。寅攝守，帥舟師擊之江中，兩指揮爲左右翼。諜者告曰：「賊黃衣黃蓋，帆檣一色。緇首畫白鵝者，劉六也。」白鵝舟至，命兩翼齊發矢，六中項，墮水死。璲佯薙髮入武當圖變。寅詗知璲善弈，佯病，募弈者。璲懷利刃來見，就床前對弈。久之，璲起旋，戒健卒以犬血覆其首，一人出袖中椎椎其肩，遂縛璲，檻車送京師。寅生朋來，朋來生楚儒，皆博士弟子員。孝子，楚儒長子也。年八歲，父母出避倭，中道相失。孝子歸守其廬，曰：「家人終當於此索我。」父沒，孝子痛欲從死。其大母年九十餘，及其母強之食，乃日進粥一盂。淚漬枕席，重裀俱浥爛，二母不知其夜哭也。嘗早起，見其父素衣玄冠，坐靈牀上，良久乃滅。向靈牀大慟，絶而復蘇。語家人曰：「無止我哀，我哀極乃徐徐得生。」自是數慟絶，以爲常。冬日曝簷下，手其父事狀，攬筆欲有所更定，舌卷口噤，索飲不能嚥而卒。孝子執喪踰小祥，目失明，耳失聰，口失音，血枯骨立，見者悲之，以爲人腊也。免喪未幾竟死，年五十六。舊史氏曰：孝子死十餘年，城南有徐孝子明俊，亦以孝死。明俊之子濟忠，實撰孝子行狀。濟忠安貧好古，亦孝子也。故援據其言爲傳。史稱劉六焚刼漢口，指揮滿弼等追及之，中箭溺死。又稱趙風子自髡爲僧，江夏軍趙成獲之，皆不及寅。大政記則云：成既擒璲武昌，署印同知。吳寅所遣吏卒亦至。以行狀參考之，則史家之缺略多矣。余悲寅有禽盜之績，而泯滅不傳，故詳載之於傳首云。

丁節婦傳

丁節婦龔氏，其夫丁高，吏部郎奉之孫也。節婦靜好淑愼，歸於高而不見答，節婦無後言。高嗜酒多內嬖，夏之日，輕裾薄裝，駢肩游曲廊中，徵逐飲酒。節婦衣大布之衣，循牆而過之，凜凜焉猶恐微風自衣袂中出也。高死，節婦撫其家婢，逾於高在時，人以爲難。節婦寡居五十年，提強葆之孤，里中兒無敢闚其戶限者。一味之甘，必以奉尊章。僮約井然，餘蔬殘炙，非節婦賜予，莫敢侵也。節婦鬒髮，老而不衰。櫛有遺髮，必鬋之以爲髢，曲則次之。衣經數澣，猶可以當風。帷堂而斂，簇簇皆嫁時衣也。節婦，龔子立本之祖姑，立本爲余道之如是。史官曰：高雖家本貴公子，一狂童耳。賢不見答，之死靡它。其斯以爲節乎？宋人之女，夫有惡疾，作芣苢之詩，其言曰，芣苢之惡也，采之擷之，終不忍棄。而況於惡夫乎？節婦之殉高，亦此志也。繇此推之，臣子之言擇君而事者，視其君不如茉苢，又何謫焉？然吾觀古之自誓者，多毀形截髮，而節婦之愛其髮也滋甚。詩有之：彼君子女，綢直如髮。截髮不如誓髮於髦之不忘也。

孝女荆觀傳

孝女荆觀者，丹陽人荆𤏩之女，而賀賓仲之出也。觀少巧惠，異甚。賓仲母華絕愛憐之，遂長賀氏。凡事絲纊文繡，不學而能，修嚴鮮潔，雜於珠璣紈縠之間，寥然獨異。華奉佛，觀亦好佛。賓仲讀書，觀亦嗜讀書。一日讀白樂天廬山草堂詩，喟然而歎，願早依佛力，盡此報身，不復作兒女子刺促閨閤中。華以爲不祥，趣而掩其口。𤏩寢疾於毗陵，觀從華往省視，病稍間歸，信宿而𤏩之訃至。觀蓬垢奔哭，時方沍寒，涕號憑塞，與風雪交咽，頓踊於輿中，輿夫契需蹈冰孔，聲相籍也。比至，伏屍哭極哀，已而哭聲下隊，弇抑喉吭間，羣呼之不反，就視之，形神離矣。觀死時年十五，萬曆丙辰之二月也。觀死，賓仲哭之慟，曰：「𤏩有女而我無甥。」君子悲之。賓仲名某，國子生。𤏩官五城兵馬指揮，今舉稱司城，諱也。錢先生曰：古之閑有家者，莫不有師傅保姆之教，詩書圖史之戒，珩璜琚瑀之節，是以女貞婦順，繡黼相望，而今世無聞焉。余家江南，采問故家遺俗，丹陽賀氏，頗著於家範。

重垣如城，小弱女子，不識聽事。婦既抱子，朝於尊章，必匍匐叩稽，上食乃退。荆觀賀之自出，越梁過宋，比於孝娥，豈偶然哉？傳荆觀者徐媛，媛以工筆札名，多粉澤之語，余以爲於觀不倫也，作荆觀傳。

楊烈婦傳

楊烈婦者，尚寶少卿富順楊述中之女也，號曰二姑。少習管彤，潔齊莊敬。年十六，適同郡郭懋宏。十九而懋宏卒，無子。烈婦以死自誓，書古烈婦詩於衣帶間曰：「妾心一片鐵，不與紅爐滅，妾髮可剪頭可截。」蜀人聞而義之。居十八年，懋宏有介弟懋相，舉第二子，禮當後懋宏。烈婦請於懋宏之祖，告廟而立之。喟然歎曰：「吾今可以踐衣帶之言矣。」家人每防閑之，不得間。少卿以使事歸里，烈婦將歸寧，辭於夫柩，頓踊陷膺。歸而侍於少卿，夙夜彌謹，神情慘憺，有求死之色。少卿察知之，勑衞甚嚴，經十許日後稍懈，烈婦坐蒲團上，出袖中帶整衣自經，衣袂肅然，顏色陽陽如平時。發其篋笥，附身附棺，凡斂含之事，無不庀治。得數尺蹏書，皆訣别之辭。紙敝墨渝，近者亦數年矣。其屬諸姊妹曰：無讀書，我爲讀書誤。聞者莫不感涕焉。烈婦死時，年三十有六，萬曆丁巳之四月也。史官曰：富順故江陽地，今屬敍州。敍州，漢犍爲郡所治也。犍爲古稱士大夫之郡，士多仁孝，女姓貞專，而江陽以女絡特聞，故其語曰：符有先絡，僰道張帛。綠楊烈婦觀之，前志所傳，豈誣也哉？蜀地星應輿鬼，與秦同分，其土風有精敏悍勇之目，而烈婦委蛇十八年，卒踐衣帶之言。國家大雅之化，被乎江、漢之域，美矣！抑亦其家教使然也。

顧節母傳

上海縣舉人臣國縉言：「臣不天，少遭閔凶。行年六歲，臣父見背。母劉上奉尊章，下撫孺子，殘鐙敗帷，與鬼并日。家貧親老，甀盎無少儲。米薪鹽醯，悉出手指。臣少就鄉學，一孤童走二里外，歸稍暮，劉指林木而泣，噫歎之聲，與悲風遠近。宿火夜織，呼臣讀書其旁。忍寒作苦，手足皸瘃，泣涕零亂，機杼沾漬。臣大父母相繼歿，典衣庀喪，捧土就墳，獨力經營，備極荼苦。臣海上孤生，服母敎訓，得與上計者偕，一覲天子闕廷，而劉歿已十又八年矣。伏惟聖朝以孝治天下，鄉里婦孺，片善寸節，皆得表署，而劉獨茹苦重泉，身死名沫。臣若徼倖進取，俟河之淸，不及今扶服陳請，倘一旦卒塡溝壑，魂魄私恨，何有窮已。伏覩甲令旌表之條，近稽子孫陳乞之例，俛懷烏鳥銜結之情，陷膺腐眥，叫號旻天。伏乞勑下禮部，移咨都察院行巡按直隸御史，按驗不妄，准格旌表。臣雖一物，深荷聖慈。隕首毀形，未能報答。臣昧死上請。」疏上，上曰：「其命所司知之。」國縉姓顧氏。父曰可大，少得狂易之疾，已復以膈死。劉以死自誓，而有生誄之者曰：念死決死，爲生復生。宗人之辭也。國縉既拜疏，錄草稿以歸，鄉老傳誦之，皆爲流涕。史官錢謙益採國縉疏及宗老之誄，作母劉傳。贊曰：

余攷國史實錄，巡按御史歲條上所按驗孝子節婦應旌表者，史臣必謹書之。蓋烏頭雙闕綽楔之制，表於一時，而實錄表於萬世，誠重之也。國縉疏已下所司，旌門有日矣。余按而書之，詞繁而不殺，它日以上史館。

初學集卷七十一

傳 二

朱鷺傳

朱鷺，字白民，吳縣人也。少有俊才，事馮祭酒夢禎爲高足弟子。家貧，教授生徒，以養父母。承顔順志，以老萊子爲法。牀頭恒貯數十錢，曰買笑錢。父死久之，乃謝博士弟子，芒鞋竹杖，獨游名山，所至畫竹以自給，不受人一錢。嘗游華山，登天井，黄緇道服，長髯等身，見者皆以爲仙人也。少好玄學，解道德、參同之旨。晚棄而歸禪，參雲棲、憨山二老，結茅華山寺之左。蓮花峯矗立其前，若相向拱揖。欄檻之下，萬木如莢，可俯而掇也。晝夜六時，偕山僧炷香念佛。崇禎五年，年八十，作辭世偈，沐浴更衣而逝。其孫旦葬之山中，在巢松法師塔左。爲説者曰：中吳在勝國時，多憤世肥遯之君子，若龔聖予、鄭所南，其最著者。聖予善畫馬，室無几席，命其子伏榻按背，伸紙作唐馬圖，人輒以數十金易去，藉是故不饑。所南畫蘭，不肯布地。自贊畫像曰：懸其頭於洪洪荒荒之表，爲不忠不孝之榜樣。其託寄卓詭如此。鷺爲諸生，當萬曆全盛之世，每譚建文朝事，輒泣下汍瀾，悲不自勝，不知其何謂也？網羅遺佚，作爲建文書法，欲進之朝，不果。崇禎初，撰甘露頌，策蹇入長安，侑以畫竹，欲獻新天子，又不果。虜薄城下，或勸之亟歸，慨然歎曰：「莫非王臣也，其敢逃乎？」端坐龍華寺，注般若經。寇退而後反。斯所謂隱不忘君者歟？原其初心，亦有意于斯世，託而逃焉者歟？鷺之畫竹，與聖予之馬，所南之蘭，並傳于世。後之君子，當有見而知之者。余故爲之傳，無亦使其無傳焉。

徐霞客傳

徐霞客者，名弘祖，江陰梧塍里人也。高祖經，與唐寅同舉除名。寅嘗以倪雲林畫卷償博進三千，手跡猶在其家。霞客生里社，奇情鬱然，玄對山水，力耕奉母，踐更繇役，蹙蹙如籠鳥之觸隅，每思颺去。年三十，母遣之出游。每歲三時出游，秋冬覲省，以爲常。東南佳山水，如東西洞庭、陽羨、京口、金陵、吳興、武林、浙西徑山、天目、浙東五泄、四明、天台、鴈宕、南海落迦，皆几案衣帶間物耳。有再三至，有數至，無僅一至者。其行也，從一奴或一僧，一杖一襆被，不治裝，不裹糧，能忍饑數日，能遇食即飽，能徒步走數百里，凌絕壁，冒叢箐，扳援下上，懸度綆汲，捷如青猿，健如黃犢，以崟巖爲床席，以谿澗爲飲沐，以山魅木客王孫玃父爲伴侶，僂僂粥粥，口不能道詞，與之論山經，辨水脈，搜討形勝，則劃然心開。居平未嘗聲帨爲古文辭，行游約數百里，就破壁枯樹，燃松拾穗，走筆爲記，如甲乙之簿，如丹青之畫，雖才筆之士，無以加也。游台、宕還，過陳木叔小寒山，木叔問曾造鴈山絕頂否？霞客唯唯。質明已失其所在，十日而返，曰：吾取間道捫蘿上龍湫，三十里有宕焉，鴈所家也，扳絕磴，上十數里，正德間白雲、雲外兩僧團瓢尚在。復上二十餘里，其顛罡風逼人，有麋鹿數百羣，圍繞而宿，三宿而始下。其與人爭奇逐勝，欲賭身命，皆此類也。已而游黄山、白嶽、九華、匡廬，入閩，登武夷，泛九鯉湖，入楚，謁玄嶽，北游齊、魯、燕、冀、嵩、雒，上華山，下青柯坪，心動趣歸，則其母正屬疾，齧指相望也。母喪服闋，益放志遠游。訪黄石齋於閩，窮閩山之勝，皆非閩人所知。登羅浮，謁曹溪，歸而追石齋於黄山，往復萬里，如步武耳。繇終南背走峨眉，從野人採藥，棲宿巖穴中，八日不火食。抵峨嵋，屬奢酋阻兵，乃返。隻身戴釜，訪恒山於塞外，盡歷九邊阨塞，歸過余山中，劇談四游四極，九州九府，經緯分合，歷歷如指掌。謂昔人志星官輿地，多承襲傅會，江河二經，山川兩戒，自紀載來，多囿於中國一隅，欲爲崑崙海外之游，窮流沙而後返。小舟如葉，大雨淋濕，要之登陸，不肯曰：「譬如磵泉暴注，撞擊肩背，良足快耳。」丙子九月，辭家西邁。僧靜聞願登雞足，禮迦葉，請從焉。遇盜於湘江，聞被創死，函其骨，負之以行。泛洞庭，上衡嶽，窮七十二峯。再登峨眉，北抵岷山，極於松潘。又南過大渡河，至黎雅，登瓦屋、曬經諸山。復尋金沙江，極於犛牛徼外。繇金沙南汎瀾滄，繇瀾滄北尋盤江，大約在西南諸夷境，而貴竹、滇南之觀，亦幾盡矣。過麗江，憩點蒼、雞足，瘞靜聞骨於迦葉道場，從宿願也。繇雞足而西，出玉門關數千里，至崑崙山，窮星宿海，去中夏三萬四千三百里。登半山，風吹衣欲墮，望見外方黄金寶塔。又數千里，至西番參大寶法王。鳴沙以外，咸稱胡國，如迷盧、阿耨諸名，繇旬不能悉。西域志稱沙河阻遠，望人馬積骨爲標識，鬼魅熱風，無得免者。玄奘法師受諸魔折，具載本傳。霞客信宿往返，如適莽蒼。還至峨嵋山下，託估客，附所得奇樹虬根以歸，并以遡江紀源一篇寓余，言禹貢岷山導江，乃汎濫中國之始，非發源也。中國入河之水爲省五，入江之水爲省十一，計其吐納，江倍於河，按其發源，河自崑崙之北，江亦自崑崙之南，非江源短而河源長也。又辨三龍大勢，北龍夾河之北，南龍抱江之南，中龍中界之特短，北龍祇南向，半支入中國，惟南龍磅薄半宇內，其脈亦發於崑崙，與金沙江相並，南下環滇池以達五嶺。龍長則源脈亦長，江之所以大於河也。其書數萬言，皆訂補桑經、酈注及漢、宋諸儒疏解禹貢所未及。余撮其大略如此。霞客還滇南，足不良行，修雞足山志，三月而畢。麗江木太守偫餱糧，具筍輿以歸。病甚，語問疾者曰：「張騫鑿空，未覩崑崙。唐玄奘、元耶律楚材，銜人主之命，乃得西游。吾以老布衣，孤筇雙屨，窮河沙，上崑崙，歷西域，題名絶國，與三人而爲四，死不恨矣。」余之識霞客也，因漳人劉履丁。履丁爲余言：霞客西歸，氣息支綴，聞石齋下詔獄，遣其長子間關往視，三月而反，具述石齋頌繫狀，據牀浩歎，不食而卒。其爲人若此。梧下先生曰：昔柳公權記三峯事，有王玄冲者，訪南坡僧義海，約登蓮花峯，某日届山趾，計五千仞爲一旬之程，既上，煹煙爲信。海如期宿桃林，平曉，嶽色清明，佇立數息，有白煙一道，起三峯之頂。歸二旬而玄冲至，取玉井蓮落葉數瓣，及池邊鐵舡寸許遺海，負笈而去。玄冲初至，海謂之曰：「茲山削成，自非馭風馮雲，無有去理。」玄冲曰：「賢人勿謂天不可登，但慮無其志爾。」霞客不欲以張騫諸人自命，以玄冲擬之，並爲三清之奇士，殆庶幾乎？霞客紀游之書，高可隱几。余屬其從兄仲昭讎勘而存之，當爲古今游記之最。霞客死時，年五十有六。西游歸，以庚辰六月卒，以辛巳正月葬江陰之馬灣。亦履丁云。

萬尊師傳

君名國樞，字環中，江西南昌人也。祖安禮，兵部左侍郎諱恭之少子，少而好道，習符法，鄉人有爲狐魅者，往劾治之。狐盛車騎，迎入高門，雜然相詆訶，乃握掌默運雷訣，須臾雷震，羣狐死大樹下。既沒，道士上章，見之於天樞院掌牋奏，今醮壇稱廣惠萬眞人。安禮生嗚宇，以舉人知馬湖府，君之父也。君聞其祖上昇，慨然有志於眞靈之業。祖母劉病臥，見兩鬼插矢於膝，呼暑欲死。新建人聶紹眞爲禳奏，降天將於童，禁膝中矢出之，病立差。紹眞故田家子，傳異人符法，建玄應壇。扣請經年，乃授以立獄治病祈晴禱雨五雷斬勘之法，爲奏名授天師法籙。天啓元年，馬湖公遇奢酋之難，自投於水。聶啓醮追薦，公降於家僮，備言死事狀，且言賈人負我金若干，有簿籍在某所。賈人慴服，不敢抵諱一錢。免喪，之長安，出游眞定。東海生之繼室，袨服而立於門，見紅衣少年，赧而趨入，則已據其寢矣。少年能變形爲生，言笑舉止無異。所習經書及鎖闈文卷，背誦如流。變異百出。檄召天將與戰，截其屋角，有狐逸去，已而復來。君方禹步畫符，狐爲好女子裝束，跋紅鞋可三寸許，踞坐屋梁，呼君小名，數其少年冶游事，曰：「若亦豈木石人哉！何爲難我？」君怒嚙指血，召關、鄧二帥與戰，又引去。夜有兩目見臥床，巨如車輪。從行者寒噤膚粟，護之竟夕。乃舍而之高邑，禱雨治狐於郭大理家。復返眞定，乃依聶所傳立酆都獄，獄開八門，關帥主之，韋、劉、王、孟、車、夏、劣、桑八帥分守之，韓帥統天兵討捕。三七日，有三老狐五小狐反接自縶，剝其皮而亨之，凡七月而妖息。先是郭大理之子欲使野狐，明燈設席，召十狐，擇其惠黠者而使之。一狐獰惡可畏，郭心悸，遣之不肯去。却相惱亂。晉人郭雨師多奇術，能禁箸於空中，厭劾不能絕。甫移牒城隍，即逐去。君嘉其能，而怒眞定城隍之不職也，遂上章行舉劾法。狐笑曰：「城隍劾去，境内虚無神，是代吾出力也。」屢上章牒，皆被邀奪。比新神受事，乃伏誅。凡入境擒詰妖邪，斬勘鬼物，皆先牒城隍神取進止。按治不效，繼以彈劾。其得以制命神鬼，符到令行，多用此也。安肅李氏女被魅，設壇下將以訊之。一人突入門，踉蹌狂舞，旋出門，拱立若有所須。有間，從道左揖一人入，其人容止甚莊，儼然南面坐，揖者摳衣就東面坐，呼老眞人，磬折言曰：「王善白事，魅已得，期三日現形。」復揖而送之。越三日，旋風中有物下墜，則攫帚也。折之，鮮血隨手噴出，魅乃絶。靈壽郗有婦采桑，美少年趨而拱揖，旦旦不止。叱去之，捧朱提以獻，爛然堆盤。歸而語其姑，姑心動，令攜之以歸。迨暮登床，少年已褰被宿。相嬲七日夜，羸悴垂死。牒城隍，弗應。遣靈官糾罰，迅雷擊神像之半，命將吏械繫之，乃來告曰：「力小不能制，請於關帥可也。」具牒焚壯繆祠下，壯繆示夢曰：「妖在舍北大樹下。」質明掘樹，有大驢僵卧，毛色黯黑有光，目睛轉動，迎風而輭，遂擊斃之。深州崔氏婦賞花夜飲，遂得惑疾，向晦而疾作，切切如與人呢語。檄天將考治，數日，康帥來告，請往巡崔婦卧室。床頭置牙刻像設，有爲吕仙形者，視之有異。畫符以鍼刺其首，婦遽呼頭痛，曰：「是矣。」斧劈之，牙像中精液盎然，焚之而絶。有神降於欒城劉氏，冠服乘車從空下，自呼城隍。謂主人：「明年元日，天仙將下娶君女，命我爲媒。」元日將旦，空中幡幢鼓樂，擁八人輿，一少年可十六七許，峨冠蟒衣，降與主人女爲昏。

促數往來，儀仗一如初降時。主人間行告君。君懸幡於其庭，王帥現身結旛，旛脚矗矗如金鞭。妖復列仗而來，幡自舉擊之，須臾，有甲蟲隕地，大如甕盎。隣里皆竊笑此女，女慚，自縊而死。丁卯十月入蜀，慟哭於馬湖公投水處。登峨嵋山，遇紫雲盧先生於文杏閣，摳衣掃除，服事浹月。乃受以薩眞人神霄青符五雷祕法，及斗母月孛爭魂鍊度擒邪伐廟之訣。將行，出漉囊金以贈，且曰：「子第去，將復返。」戊辰三月之楚，有馬全眞者，補衣苴履，乞食湖、湘間，目君而問曰：「子從峨嵋老人來耶？」君語之故。馬曰：「炁清則符靈，派清則法靈；子傳法而不傳派，其猶未也。」乃擔簦而反，先生迎笑曰：「吾固知子之欲返也。」筮日立壇，昭告於薩祖，立爲十七代嗣法嫡孫。歃血書盟，以度世弘濟爲誓。凡有章醮，得自拜家書，刺指血爲符，以上薩祖。稱家書者，猶人間子孫申白其祖父之云也。往山西，訪郭雨師，道經紫陽縣，墟落中神廟巋然，登其樓，床帷鏡奩畢具，怪而問之。鄉人竊告曰：「此吾天帝也。女子必先薦枕席，乃敢出嫁，否者災禍立至。」君怒曰：「小邪敢爾！」募少壯數十人往誅伐之，屋瓦横飛，人莫敢近。鄉老共追逐。曰：「何物野道士？怒吾天帝。」還入廟，拒門而寢。用五雷鐵礶符伐之，自辰至巳，廟屋火起，焚燒立盡。鄉人遮道呼神人，乃更衣而遁。己巳十一月之金陵，劉氏婦臥床三年，有物憑之。人往覘視，輒被捶擊。檄温帥考之，帳中金鞭剨然，婦立起。次日，滁其衵衣，有朱書「淫鬼害人今斬訖」七字，鬼血殷然。明年，聞三吳大旱，往禁之，乃治妖於松江朱氏。婺巫戈姓者，能禁人生魂，收召考係。朱生與宗人有讎，請巫禁之，男女八口，並時狂易，摧塌窗格，毀敗什物，便溺床席，汚穢竈鬴，時復捽頭縣地，刀杖毆擊。如是者一年，君入其門，皆蒙頭匿被中，俄而叫噪跳踉，裸露奔軼。君詣城隍廟考驗，將奏劾焉。神告期以五日。八人者忽忽遽斂容盥沐，霍然而起，皆言四繫黑獄中，鬼怪迸逼，鎗矢攢射，牽頓羿曳，不知所爲。忽有人帕頭袴靴，自稱朱將軍，破械出之，乃得返耳。巫反縛呼服，自首郡守前，曰：「厭朱氏者我也。」守杖而逐之。先是嗣天師張眞人入覲，過吳，朱再通狀往訴，眞人曰：「非萬法官不能治也。」朱是以來請。君在眞定劾狐，數上章虛靖天師，虛靖至今靈響不絶，默有啓告，嗣天師以是知君。宋氏舉家病疫，其次子且死，君行持默運，有間，死者欷歔流涕，欠伸而蘇，一家百餘口皆起。宋諟言曰：「吾子自不死耳。」齋醮未竣，縱觀者笑言挑抃，以示慢於神。無何，家衆病復大作，要令更設齋醮，泥首囚服，反接投地以謝罪，然後良已。明年，海上大疫，死者相枕。建醮禳解，野田中鬼燐如聚螢，七日而疫息。嘉定侯少卿之長孫，年十五，病中見美婦邀與游處者三年。婦曰十七姐，侍婢曰曼仙、阿絳輩數十。其游歷皆仙都，最勝者上清閣、雲來洞、白雲池。其所赴法會，曰雲都，曰靈寶，曰清福。其所傳咒，曰靈山大師還丹法，光陀大師取寶法，皆靈符祕文。久之，少婦赴光陀法會。繼之者，淩家處女也。其家請君劾治。十七姐亦來，笑曰：「萬法官其如我何？」君設壇禮斗，淩女亦設壇於池西臺上玉女廟中，除地設幡，按五方八卦二十八宿。壇外列天將四，金甲神四十二。一甲將領牒稍遲，淩女命金甲神揮刀斬之，凡七七而畢。君復行翻壇法，二女皆至，告別曰：「吾與汝人天宿緣，非彼所知也。」自是遂絕。其幼孫見三眼怪爲祟，足委坐如解。爲請雷立獄，并劾爨婢爲五郎神魅者。青天無雲，雷聲訇轟遶其宅。幼孫夢三眼怪偕兄弟五人置酒痛哭而別。婢初見神，冠服呵殿，越三日，囚首械繫，哭而言曰：「爲法官所劾，流遠方矣。」君言五郎神者，五行之餘氣，叢祠荒邨，所在有之，憑依爲孽。每牒付城隍決遣，不足煩考治也。滁州氓柳某，女未笄而美，有妖欲取之，附耳而語曰：「以若女予我，不然，吾能使若女不嫁，且大困若。」柳不應。自是行媒議昏，輒有蜚語敗其事。數徙居，數見逐於主人翁，皆妖所爲也。行乞至松，稅破屋以居，妖復語曰：「若今已重困乎？何爲不出口許我？」柳固不肯應，化爲蟲入其耳，往來嚌嘬，穿穴腦髓，日夜號呼求死。君篆王帥符，授其妻，令塞兩耳，痛少差，柳夢妖爲一男一女泣而言曰：「相隨十餘年，法官欲逐我去，將從此辭矣。」然悉窣兩耳中，不肯竟去。君怒，責城隍甚峻。城隍曰：「彼以耳爲窟穴，擒之不能，擊之不可。盍教王帥好言誘出之，許以不死乎？」君如其言，有大蜈蚣出左耳，其女擊殺之。妖復往辭城隍曰：「我固不死，幸語萬公，勿窮追我。」亦竟不知爲何妖也。王解元獻吉妻病死，君爲設醮，憑老蒼頭語二子，抶媵婢之不虔者。三七日，夜向午，室有風肅然，二子見其母從壁道中冉冉出，處分家事，指某物在某所，纖悉如平生。家人伏聽者，環之而泣。良久乃去。顧生父死，將闔棺，冀得招魂相見，如王氏媪。君爲推所生時日，曰：「是且未死也。」掃室墐戶，熾炭盛水，北牖各一，南戶七，中央五，東西壁掛桃柳枝七枚，硃砂塗之。被髮衣皂衣，袒臂赤足，飛神訣，誦神呪。越兩時。棺中大呼曰：「出我！出我！」壬申夏，三吳復旱，禁於上海、嘉善、嘉興、湖州，皆大雨。在嘉善，雨既降，道流竊語曰：「有雨而無雷，何也？」君方持請雨勘合未及焚，雷神就其手掣去，震電爗爗遶壇，旋擊殺邑令所枷謗法者，跪三日不仆。余嘗從容問君以幽冥鬼神之故，大抵本天心，持斗訣，物怪人妖，生期死限，無不洞若指掌。其自治用感應篇條例，其治人用太微功過格，其治神用女青天律，治鬼用酆都黑律。劾妖鬼不劾寃鬼，祈子嗣不祈官位。分別人鬼，整比法籙，遏惡聳善，拔幽陟明，蓋其誓願也。君在吳中，流聞救劾神異，就其人證明之，皆可信不誣。遂幷按其所籍記者，詳次於篇。贊曰：

昔虚靖天師沒後十六年，西河薩守堅遇之於青城山，遂相授受，所謂薩眞人者也。君得法於峨嵋，嗣薩祖，而虚靖冥通證明。元世祖謂天師之印劍有神明相之，豈偶然哉！高皇帝卽位，首崇正一封號，而周玄初、鄧仲修咸得召見。此皆上述老子，下襲張陵，有功世教者也。儒者不察，猥與李孜省、陶仲文之徒，同類而稱之，豈不繆哉！余故排纘爲傳，俾後之傳方伎者采焉。

玉淵生小傳

玉淵生，陳姓，名三恪。年十八，代其父教授，生徒摳衣函丈，稱爲大師。蚤夜力學，火燃巾角，燎及髮鬟，煙焰蓬蓬然，猶吾伊弗輟也。精研訓故，博綜小學、堪輿、卜筮、壬遁、風角家言。嘗游京師，過益津，有異風從北來，生筮之曰：「國其有大火乎？又當有大喪。」未幾，乾清、坤寧兩宮災，仁聖皇太后賓天。天啓中，私告所知曰：「歲丁卯，聖人龍飛，國家鼎革。水火溥射，其猶剝復之交乎？」已巳，虜薄都城，余屬生筮曰：「虜當自退，本兵邊撫將不免。」後皆如其言。江陰議建塔君山，爲賦以道其形勝，卽席染翰，文不加點。繆當時、尹孔昭皆歎服焉。邑志之不修者百年矣，刓編繼翰，街談里語，捃摭收弃，旁行側注，久之成書，名曰海虞別乘，多所援據是正，雖通人無以易也。卒年七十有七。

贊曰：

生嘗爲余言：唐人歌詩皆可被管弦，先輩知音律，猶有歌唐詩以行酒者。因歌樂天清江一曲之什，鼻吷牙豁，聲從齒縫中出，嗚嗚然如發蚓竅。坐客皆目笑，殊自得也。每別，必執手諈諉，曰：「公必傳我。」余故爲之傳，邑里之志者舊者，或有取焉。

初學集卷七十二

傳　三

瞿元立傳

公諱汝稷，字元立，吳郡之常熟人也。以父文懿公任爲郎，累官長蘆都轉運使，詔加太僕寺少卿，致仕。公娶徐尚書之女，文懿公之喪，三年不入內，徐有通問之奸，公叱去之。尚書聲勢烜赫，郡邑吏承奉風旨，脅持萬狀，親知故舊，交鬭游說，公屹不爲動。則養死士遮道刺公，黄金白刃，交錯衢路，覆巢毀室，命在漏刻。公廬於文懿之墓，明燈讀書，門闔不閉，指墓前宰木以誓曰：「此吾死所也。」一日持平交刺謁尚書，踞客座。尚書厲聲詰問：「生自念亦有所悔乎？」公仰而應曰：「悔不能刑於寡妻，至於兄弟。」尚書默然而止。筮仕得臺府散僚，廉辨持大體。軍餉自府幕給發，有入官常例錢。公在中軍府，悉謝去。已稍遷左府。故事，中府都事出，軍士跪逆諸途。它府則否。軍士之跪逆左府，自公始也。同官與豐城侯爭禮，執政右豐城，公取永樂中儀註以進，執政莫能難。扶溝令以扶宗人被逮，嚴旨下部議。公爲刑部郎，當具讞，請于尚書曰：「宗人安得抶？宗正條：微服入令庭，令自抶扶溝民耳，何罪？」讞上，令得釋。南繕部爲奸商窟穴，興作輒倚辦商，冒破金錢無算。公請用兩關榷木，榷木不至朽蠹，而商不得比而爲奸。榷龍江關，與陳御史共事，羨緡悉歸公帑。南都人爲之語曰：「長御史怕短主事。」蓋公狀短小，故云。而陳御史者，乃益盛稱公，爲言于大司空朱公，遂用推擇爲黄州太守。公生平念任子一途，在于綺襦紈絝之間，非國家所倚重，而其人亦鮮激昂感慨，如長沙黄巖者，奮欲一洗之。中更家難，益自刻勵。服官南北，投分皆海内名士，志節慷慨，相與引重。而公又嫺習吏事，潔身修行，歸本于實用。以一任子居閒曹，人望之如鉅公長者云。而黄故羯羠好訟，公謝絶請託，手削爰書，大聲誦之，琅琅徹堂下。訟者叩頭服罪，傳相敕厲，詞訟衰止。嘗爲詩曰：「訟庭横高霞，質成澹無事。」蓋其治狀若此。麻城令不善事上官，御史欲彈治之。公爭之强，遂并鐫責公。無何，徙治邵武，中貴人括税者，移檄八郡，用監臨體。公爭之不得，遂移病歸。即家拜辰州太守，湖南土官永順彭元錦最强，與酉陽冉御龍相讎殺。而保靖彭象乾者，御龍之出也。象乾失愛于其父，欲立其弟象坤。元錦助象坤聚兵逐之，事久不解。公移檄諭元錦曰：「竊聞宣慰悦禮樂而敦詩書，數奏膚公，不自矜伐，苟循是道，先允林世麟之賢聲，可跂而及也。乃以挾立彭象坤一事，嘖有煩言。夫立後自有成法，撫、按、司、道諸臣，孰肯從宣慰而紊國家之法耶？宣慰世受爵封，耳目綦聲色，口體綦甘適，指揮進退，罔不如意。三州六司之人，豈盡勇力才諝不逮宣慰，而俛首聽服哉！亦恃國家之法耳。終身覆幬國家之法，而不知法之覆幬我，是猶魚之在水，而不知水之生我也。魚不知水之生我，蕩而失水，則雖有鱣鯨之力，且制于螻蟻矣。人不知法之覆幬我，縱而敗法，則雖負富強之盛，且罹于僇辱矣。宣慰自恃富強，謂朝廷莫如我何。宣慰自計，孰與寧夏之哱與播之楊氏哉？哱拜以降胡數立戰功，歷位總戎，遂有驕色。既而鄭經略行邊，以其子承恩隨軍。承恩視邊城諸軍，皆出其下，歸益驕。先是歲一日，有雀集拜之左肩，旋而右繞者匝匝，淩雲而翔，拜喜語人曰：「煙霄遐舉，此其徵乎？」及寧夏兵亂，衆欲推拜父子，則先歲雀翔之日也。于是乃逐亂軍爲變。寧夏城與虜僅隔一後衞，守後衞者爲蕭如薰，楊司空之婿也。狀貌如婦人女子，拜遣驍將哱雲往攻之，楊司空女力贊其夫，誓以死國。如薰鼓勇而前，以一矢斃雲，拜爲奪氣。拜父子卒就屠滅，雀集之祥，可知已矣。以拜之強，倚北胡之援，而一荏弱少年，與一翠帷砥室之女子，竟能當先而挫其鋭，天下事何可易量乎？宣慰之強，不過哱拜，敵國之援，不如強胡，職司楚地者，又豈乏一弱將一女子哉！竊爲宣慰危之也。哱拜事尚在北隅，播州之役，宣慰嘗馳兵而與之角矣。往者萬人，喪者八千，蓋十不存一。其強豈後宣慰？播地之險且廣，又孰與永順也？安疆臣九域土司之冠也。以女女應龍子，豈不念其親姻，而從大軍共滅應龍？計一失足於應龍，且與應龍同禍，故忍情決愛，以圖自保也。今宣慰釁端尚淺，翻然知悔，白圭可全。若不良圖，而逡巡護前，噬臍無及，竊爲宣慰惜之。且宣慰所以甘心象乾，不利其立者，以象乾酉陽所自出，慮其合而厄我也。宣慰一出師而象乾僅以身免，酉陽疆土亦日蹙，其無奈宣慰何，亦已明矣。重虞易與之鄰國，而忽視不可干之國典，不亦異乎？昔尉佗決計于陸賈，而彭寵失聽于朱浮，豈賈、浮之言有善不善哉？兩人之聽異也。宣慰誠能聽本府之言，尊國家之法，保靖立後，一從漢法，請力任其無咎。不然，宣慰所樹碑家廟，以播事垂戒子孫，後事之師，豈遽忘之也？」元錦捧檄泣曰：「太守生我矣。」遂解兵去，不敢逐象乾。而元錦所題詩句，流傳巫、黔間，語頗不孫，又匿彭勉忠數人不聽出。當事者欲窮治之。公謂元錦用命不用命，關係國體，詩句有無不足問。彼既用命，又欲窮治其用事之人，恐威損而法不行。管仲相齊下令于流水之源，令下而不察下之所未必從，非行令之術也。後先奏記數千言，保靖、永順、酉陽三司事乃大定。亡何，剿紅苗之議起。公上議兩臺曰：「苗地接楚、蜀、黔三省，當楚、蜀者，晏然無事，寇盜竊發，卒歲不過一二。舉黔視楚、蜀，多苗警，邇年頗寧息。今茲之釁，實起于黔總戎陳璘。蓋黔有食糧熟苗，龍惠，大種苗也，居小橋，頗爲部落所歸。中國羈縻之，假以指揮服色。總戎初至，遽革其糧，苗警日起。總戎以爲皆惠也。二月，總戎使健步王仁續至惠寨，仁續淫苗婦，惠并苗婦殺之，白狀于總戎。總戎誘惠殺之，盡滅其家。五月，復殺其弟富。夫漢法，民姦人婦女者，并殺其婦則勿問。惠故奉漢法也。又以白總戎，何至殺惠而滅其家乎？釁起如是，曲在我矣。奉詞討之，不亦難乎？據沈洋之疏，謂其地徑不過百三十里，則自方四計之五百二十里，圓三計之亦三百九十里。況其地勢與南越同，眞有如劉安所稱山川要塞，相去寸數，而間獨數百千里者，未可以幅員程計者乎？四五百里之內，其人奚止數十萬。上下山險若飛，履茨棘嶄嵒，跳躍如猿猱。方跳躍時，以一足蹶張，背手傅矢，往往命中。掉鎗以衞弩，執弩者口銜刀而手射人，度險能整，退必設伏，此苗之長技也。而其性好獨居扼守，不能遠攻。今若盡殲其類，則彼將聚而救死，酋長無樂生之心，部落有必死之志。以數十萬之衆，據四五百里不可測識之山川，我未可以速得志也。我國家征苗之師，宣德六年，興師至十二萬，而都督蕭綬最稱勇略，綬馳師池河，入苗心腹之地，屯田藝圃，以示久留。諸苗震悚，綬受降設堡而退。正德之師二萬三千，嘉靖中興師如正德之數，既復益萬餘，而殺傷亦略相當。國家之不盡殲苗也，亦愛苗而不攻乎？抑亦窟穴遐僻，道路阨塞，未易窮討乎？二祖創業垂統，凡夷漢雜居之郡縣，必名之羈縻。蓋取漢虞詡之言，欲臣子顧名思義，知懷柔撫綏之道也。今乃橫席中國強大，興無名之師，括杼軸皆空之財，供組練不貲之費，勞瘡痍未復之衆，攻往古不臣之夷，苗之所結怨一人，我之所騷動三省，背二祖之訓，貽兆姓之憂，失策甚矣。爲今之策，惟令各哨堡傳諭苗長，其不願助龍氏爲亂者，人自首，與之箚諭，以攜其黨，而誅其不用命者。苗自縛渠魁以獻，餘悉赦勿問。即使一偏裨，提千若百人往，足辦矣。不然，黷武興戎，兵連禍結，國家之患，吾恐其自勦苗始也。」議上，事得寢。溪峒蠻夷，難擾易亂，不當以漢法治之。流官治夷，又不能一切循漢法，生蠻夷心，而卒以糜弊國家。永順、紅苗兩役，微公，其不爲播事者幾希？公以一郡守，削赤一牘，再弭疆圉大故，曲突徙薪之功，世故罕有能明之者也。貴陽按臣，欲以四衞屬黔，及復設沅州總督、川、湖、貴都御史。公條上其不可狀。公守辰，猶能抗國家大議，以郡守譏駁御史，去今才十年餘耳。長蘆鹽政日弊，公以都轉運使往治，風清弊絶，汰潞藩食鹽之艘，蠲商人落地之税，皆與中涓文移往復，力陳利害，乃著爲令。歲大祲，議興工作，浚利國濠六十里，興國河八里，事舉而民不害。是歲上計京師，舉清廉異等。庚戌春，病甚，上疏乞骸骨，卒於滄州之官舍。福清葉公聞之，亟言於銓部，覆請加少卿致仕。公熟習國朝掌故，留心於人才政術，自分宜、江陵以來，朝著變更，黨論錯互，抵掌而談，若數一二。居恆謂代無全人，人無全是。黨人無補於漢世，而宋賢有辜於新法。其所與游，多當世名士，以道學氣節相題目者。然公之持論若此。於書無所不闚，考訂同異，箴砭踳駮，援據蒐討，不窮極源流不已。博綜釋典，酷嗜宗門諸書，手撮其玄要者爲指月録，自言每一點筆，如一缾一鉢，從諸耆宿於深山古木之間，其樂無以逾也。痛疾狂禪，於顏山農、李卓吾之徒，昌言擊排，不少假易。中吳管登之先生講三教合一之學，公納履稱弟子，晚而與先生論學，則曰：「無問學儒學佛學道，苟得其眞，不妨喚作一家貨，否則爲三脚猫，終無用處。」先生表章石經大學，公考覈爲僞書，作質疑以正之，曰：「不直則道不見，弟子事師，當如此也。」公少好辭賦，遘難時，作松聲賦以自廣。邵武歸，作武夷、雲鶴二賦，爲時所稱。五言選體及佛乘碑版之作尤富，有集十四卷。贊曰：

公嘗效鮑明遠作行路難十八首，其自序曰：「少侍先文懿游兩都，長罹多故，既以下寮服政中外，預聞游世得失之端，湍峻之隱，請骸未遂，閉閣多暇。言念昔吾，眞游羿之彀中，乃今謝事，可幸免夫。援筆寄感，遂如鮑章數。」讀公之詩，與其所以自敍者，文人之心，與勞人之志，其可以想見已矣。公嘗語余：古今政治，名實參半，如朱子常平倉亦虛名鮮實用，欲論著之未果。余爲公傳，述其論永順、紅苗事，詳著於篇，俾後世得以覽觀焉。

顧仲恭傳

顧大韶，字仲恭，常熟人也。父雲程，神廟時爲南京太常寺卿。仲恭與其兄大章字伯欽，孿生子也。連袂出游，人不能辨其少長，有張伯皆、仲皆之目。伯欽舉進士，奉使休沐，顏面膚腴，衣冠騎從甚都。仲恭老於書生，頭蓬不櫛，衣垢不澣，口不擇言，交不擇人，潦倒折拉，悠悠忽忽，每引鏡自詫曰：「顧仲恭乃如許？」仲恭少治詩義，專門名家，竟陵鍾惺定爲本朝第一。長益肆力於學問，六經諸史百家內典之書，靡不亂其津涉，啓其鈐鍵。而其所沈研鑽極者，詩經、三禮、莊子也。其讀書也，一覽卽了大義，通明指歸。又不憚穿穴訓故，用以會稡異義，刓削隱滯。一以爲通人碩學，一以爲老生宿儒，蓋兼而舉之也。其論詩，以爲詩有齊、韓、魯三傳，毛傳出而三家廢。鄭箋時與毛異，唐、宋諸儒多與毛、鄭異。朱子盡掃毛、鄭，概以鄭、衞爲淫風，世儒皆知其繆。其尤踳駮者，則不取義之興也。既不取義矣，又何興乎？又有全不會小序之意，妄自删改者。伐木之序曰：燕朋友故舊也；自天子至於庶人，未有不須友以成者。此篇乃答上篇棠棣之意，雖燕親戚，而以朋友爲重。棠棣譏雖有兄弟，不如友生，此言人不可不求友生，至於父舅兄弟，亦當以酒食相親洽也。朱子取小序首句，而删去下二句，則直以父舅兄弟爲朋友矣，其可通乎？鴛鴦序曰：刺幽王也，古之明王，交於萬物有道，自奉養有節焉。朱子直注云：鴛鴦于飛，則畢之羅之矣；君子萬年，則福祿宜之矣。夫鴛鴦之罹畢羅，此豈吉祥善事，而以興人主之福祿乎？此二章乃一正一反，以爲諷諫。于飛則畢之羅之，在梁則戢其左翼，明動者之有災，靜者之无咎也。周自昭王南征而不復，穆王西征而徐叛，自此以還，以巡狩爲危事。故卜征五襲，吉而後行。

此所謂交萬物有道，而詩人以爲諷也。正與魚藻「王在在鎬，飲酒樂豈」同義，一吟詠而知非盛世之詩矣。此之不解，豈所謂以意逆志者乎？今欲刊定一書，當用毛傳爲主，毛必不可通，然後用鄭。毛、鄭必不可通，然後用朱。毛、鄭、朱皆不可通，然後網羅羣說，而以己意衷之。嚴粲詩緝作於朱注之後，獨優於諸家。而大全之作，敷衍朱注，一無發明，用覆醬瓿可也。其論禮記，謂自宋以前，爲禮經之學者，惟知有鄭注、孔疏。康成以耆德雄辯，壓折千載。顯達依阿其旨，無所是正。自宣和有好古之主，于是三代器物，間出於墟墓伏匿之中，學者援以證漢人之多謬，而陳氏之集說出焉。未有集說以前，學者之患，在于疑而不能明；既有集說以後，學者之患，又在乎明而不能疑。不可以不深維而自得也。其論周禮，則地官之原隰贏物，小司徒之上中下地，以及鄉師鄉老州長之名秩，春官大宗伯之天產地產，春官之世婦，夏官馬質之旬，內外司爟之出火內火，冬官之量豆甗案，以及匠人營國，皆援經據傳，考古徵今，以訂補注疏之疏闕。而小戴記是正者尤多。其辨五帝世繫曰：康成千載儒宗，而惑溺緯書。王肅引經據傳。用以難鄭。惟五帝世繫，則康成紬史記本紀，而取春秋命序曆，最爲有見。王肅據家語五帝德以闢之，斯爲繆矣。五帝德篇，太史公採爲本紀，謂黃帝少典之子也。正妃螺祖生二子，一曰玄囂，是爲帝嚳高辛氏之祖，二曰昌意，是爲顓頊高陽氏之父。帝嚳生堯及稷、契，顓頊生鯀，鯀生禹。自黃帝至禹，皆同姓而異其國號。夫三皇五帝之事，若存若亡，詩、書之傳所不載，間可推尋，則必於左氏內外傳求之。左傳郯子之言曰：炎帝以火紀，故爲火師而火名；黄帝以雲紀，故爲雲師而雲名；少昊氏之立也，鳳鳥適至，故爲鳥師而鳥名。自顓頊以來，乃紀于近。繇此言之，則少昊在黄帝之後顓頊之前，明矣。今本紀五帝不數少昊，而直曰：黄帝崩，其孫昌意之子顓頊立，則將置少昊于何地乎？或又曲爲之説，謂少昊卽玄囂。玄囂號曰青陽，而少昊號曰金天，迥然有金木之別，其非一人可知。且玄囂若立爲帝，豈容降居江水？或又曲爲之説，謂少昊卽少典，如是則反爲黄帝之父矣。黄帝與炎帝戰於阪泉，克之而代其位，何容炎、黄之間更著少昊？其必不然者一也。孟子曰：天下之生久矣，一治一亂，五百年必有王者興。左傳曰：九州之險，是不一姓。此乾坤消長剝復自然之理也。少昊氏之衰也，九黎亂德，顓頊乃命重黎絶地天通。顓頊氏之衰也，共工氏霸而不王，帝嚳伐之，而序正星辰。皆其子孫失德衰敗，而異姓代興。若黄帝之後卽少昊，少昊之後卽顓頊，顓頊之後卽帝嚳，數百年常治不亂，則九黎、共工安所厠足於其間？其必不然者二也。古者帝王革命，必改正朔，易服色，殊徽號，異器用。繼世而有天下則否。若少昊，顓頊、帝嚳，親爲黄帝之子孫，而儼然革命，更姓改物，視其父祖，如興王之待勝國，則悖德已甚矣。其必不然者三也。凡左氏所云高辛氏有才子，帝鴻氏有不才子者，皆歷代帝王之苗裔耳。受氏之後，雖數十百世，亦曰某氏，非必指其身也。而讀者不察，以鯀爲顓頊之親子，以稷、契俱帝嚳之親子，于是竹書紀年謂鯀一百九十歲而誅，推其受命治水之年，蓋已一百八十一矣。堯之禪舜，舜之禪禹，大約在九十左右，寧有一百八十，方膺重任者？八十九十曰耄，有罪不加刑焉，寧有一百九十而置大辟者？堯未舉舜之先。書稱百姓昭明，庶績咸熙。稷、契果親弟，八十年而不知堯，豈若是之愚，而羲和四岳諸臣蔽賢焉若是哉？其必不然者四也。命序曆之言曰：炎帝號曰大庭氏，傳八世，合五百二十歲。次黃帝，一曰帝軒轅，傳十世，一千五百二十歲。次少昊，曰金天氏，卽窮桑氏，傳八世，五百歲。次顓頊，卽高陽氏，傳二十世，三百五十歲。次帝嚳，卽高辛氏，傳十世，四百歲。此康成所據，以紬本紀，而予亦深信不疑者也。黃帝壽三百歲，後九世，合得千二百二十年，或亦有之。或一千字爲衍文，闕疑可也。康成信緯書，莫失於六天之說。謂天皇大帝等俱有名字，而後世乃千載遵用；莫得於帝王世數之說，而後世絕無信從者。以此知人心不同，衆言淆亂，而好學深思者之寡也。陳壽蜀志稱秦宓見帝系之文，著論以明其不然。今其書不傳，而禮記疏中載孫炎駮王肅聖證論，文多散佚，予乃彙合，傳以己意，作五帝世系辨。其餘如正蘇明允太玄論，駮蘇子繇洪範五事說，辨李翺五木經，縱橫浩汗，不下數萬言。而謂太玄可以不作，欲追廢桓譚、張衡于千載之上，吾未之敢許也。仲恭論經學，于近代少可，惟推武林卓爾康十五國風論，以爲通儒。爾康勸仲恭著書垂後，仲恭復之曰：古人之書，汗牛充棟，吾輩雖勤學者，尚不能十窺二三。況吾輩之才學，遠不逮古人，而後之學者，其勤又未必及吾輩，縱復有惠施之五車，其誰傳之？又曰：春秋以前，作者之事備矣，雖有聖人，但述而不作。宋、元以來，述者之事備矣。雖有志士，但當誦而不述。爾康無以難也。慈谿馮公元颺，按部海虞，造門修謁，請所著書。仲恭亦以斯言謝焉。晚而語余：吾欲將十三經諸子墜言滯義，標舉數則，勒成一書，竊比於程大昌演繁露、王伯厚困學紀聞，庶幾可以謝諸公及吾子矣。易簀之前，繕寫所箋詩經、禮記、莊子，俾其子屬余，今所傳炳燭齋隨筆是也。仲恭自負才敏，傑然有志於當世。衰晚病廢，志意約結，作爲文章，以自慰諭。嘉定程孟陽稱之曰：李文饒之流也。作竹籤傳曰：竹氏之興，蓋顯于禹、益之世，至周浸盛。有名策者，與端木氏之名方者齊名，並以強識聞，方專史職，而策好博小物，爲人修直無頗，帝命與投鉤氏互司利事。市民之分貨財不平者，咸質厥成。又善事鬼神，神降言必憑焉，巫覡莫及也。其族初在遼西令支，齊桓公伐山戎，斬孤竹，乃遷中土。漢帝將立后未定，侍臣請決之策，帝不能用。晉武即位，問世數，策對以一，舉朝駭愕相顧，咎策失言，策不以屑意，然其言卒驗。後更名籤，仕齊、梁間，爲諸王保傅，久之罷去。入唐，爲陳武烈帝大祝，傳帝意作韻語，簡奥類焦贛易林。入宋，復辟江東神幕，更爲長句，俳俚通俗。關壯繆侯之改謚武安王也，倚勢辟之。王甚神聖，得籛佐，益著肸蠁。明興，爲王立廟京師正陽門，命籛典謁。凡士之求官位者，商賈之求奇贏者，吉凶利鈍，無巨細皆謁王，王倦于酬對，穆然無言，目籛，使以己意答之。籛受命如響，巧發奇中。萬曆間，名寖盛，太宰聞而賢之，薦于朝，命入吏部貳文選郎事。先是選郎多黷貨，或巽懦狥請託。有賢自好者，避怨讒，嘗惴惴。衆推籛廉平，遂以選事委焉。每朝廷有大選，選郎第按故事注品官，其地之遠近善惡劇易，與人宜否，一決于籛。太宰據籛所定成，奏上之天子。天子輒可其奏，內外無間言。籛亦喜自負，寖以驕泰。入吏部堂，立太宰下，挺然無所屈。居常慷慨大言：「堯、舜以後，代無眞人。使我得行其道，無懷、泰豆之治，何足云哉！」或問曰：「子道已行矣，又何閒焉？」籛曰：「未也。鄉會試之榜，翰林科道之選，皆本朝所重也。數者我無一與焉。悉以畀吾，吾志快矣。」士之失職者，傳其語爲口實，舉朝爲之不平。于是臺省交章劾籛怨望，宜下法司訊。天子曰：「籛，忠臣也。下法司且死，將廷鞫之。」期日命籛聽于朝，公卿以下咸集，遣司禮太監詰籛：「汝以小臣與聞大政，分已踰矣，猶懷怨望，何也？」籛曰：「臣何敢怨望哉！臣見中朝貴要人，共爲欺罔，以誤主上。受主上深恩，不勝孤憤，故發此論耳。主上試面詰在廷諸臣，吉士之選，不以貨取乎？科道之選，不以夤緣進乎？吏部之有頂首，科場之有關節，不累見白簡乎？使臣爲政，縱賢愚同貫，何至繆盭若此！宋歐陽修知貢舉，惟朱衣之言是聽。夫朱衣第善點頭耳，臣乃善爲詩，四五六七言皆如宿構。使修復知貢舉，舍臣無與共事。諸臣自視何如修？乃毀訾臣耶？」于是公卿以下同詞奏曰：「籛侮朝廷，輕當世之士，無人臣禮。且籛在吏部，縱吏胥納選人賄，上下其手，籛陽瘖不問，詐爲愚忠，實敗國事，罪當誅。」籛曰：「敗國事者，非籛也。諸臣縮結吏胥，共爲姦利，百方賣臣，臣疎于檢下，理宜有之。書曰：宥過無大，刑故無小。臣之見賣，過也；諸臣之賣臣，故也。主上以爲罪宜誰坐？且臣本山林人，自虞、夏以來，修身數千歲，厠迹巫覡祝史之間，隨俗上下。主上特簡臣佐吏部，臣豈有心求之哉！臣不飲不食，無妻子之累，得賄將焉用之？主上若以臣爲不肖，卽日解臣吏部職，聽臣仍歸武安王廟，得死所矣。臣謹伏階下以俟。」太監以狀聞。天子曰：「吾固知籛忠。」命還部，掌選事如故。籛知世不容，忽一日棄官遁去，莫知所終。或曰：觀音大士挈以歸淨土云。野史氏曰：古之司銓者，權氏敬氏，皆名能其職。權氏善低昂人，錙銖無所假，類非長者。敬氏好面詆人醜，恨者至欲撲殺之。明哲保身，吾有憾焉。固未若籛之虛己御物，德怨兩忘也。或疑籛蓋巫祝之流，不宜在廊廟。是殆不然。太戊以巫咸爲相，咸王侯卜正于滕。巫祝又豈可賤簡哉？籛遭逢聖世，致位津要，蟬脫穢濁，以全其軀。詩曰：逝將去女，適彼樂土。嗚呼賢矣！又後虱賦曰：李商隱有虱賦，陸龜蒙有後虱賦，李止譏其齧臭，未盡其罪也。陸更賞其恆德，則幾好人所惡矣。作又後虱賦以正之：仁不害人，義不穿窬。傷人及盜，漢法必誅。二罪幷發，乃在濡需。請數其惡，始服厥辜。昆蟲之醜，實繁有徒。與人相邇，損益各殊。蠶絲盞蜜，翻効勤劬。絡緯促織，蜻蜓蟪蛄。螢飛蜨舞，助人爲娛。若斯之倫，固不可無。鼠婦蛐蜒，穢我階除。罥庭網戶，蠨蛸蜘蛛。螻鳴于土，蚓歌于塗。怒臂螗蜋，祝子蒲盧。撲火役鬼，投燈煎軀。焌產竈馬，蝩聚玄駒。地鼈蝸牛，負蠜推車。總屬堪憎，無傷于吾。若斯之倫，聽其所如。爰有白蟫，善齧吾書。蠹侵嘉樹，蛀耗米珠。蝗螟蟓螣，嘉種是鋤。醯敗于蚋，肉敗于蛆。飛蟚蝕柱，青蠅涴裾。是皆吾讎，害未剝膚。情在可宥，我咸赦諸。蠆尾惟蠍，鉤牙惟蜍。蠼螋似蜮，玄蜂若壺。蛭縮如椏，蚝行蠕蠕。守宮壁鏡，藏毒不虛。凡彼蠚螫，可辟可祛。有犯則殺，固難盡屠。蛔蟯匿胃，蚧匱潛膚。我欲除之，無形可刳。蚊恃嬌翼，蚤憑輕軀。我欲捕之，轉盼而逋。若汝虱者，何能爲乎？形眇一黍，質無半銖。或入吾褌，或托吾襦。旬日累代，繁孕而居。黑食頭垢，白吮身腴。爾類日肥，我貌日癯。瞥焉見察，循裂鑽袽。旣貪且懦，旣鈍復愚。肉食之鄙，曾莫汝踰。湯沐旣具，汝命難紓。罪在不赦，愼勿怨余。虱聞斯言，匍匐俯伏。靜聽譴訶，祈緩沸沃。傾耳察之，杳無聲躅。齋心以聆，若訴若哭。號物萬數，惟天並育。蠢動含靈，誰非眷屬？身命布施，千聖軌躅。嗟君之量，何其褊促？我食無穀，我啜無菽。天賜我餐，惟血也獨。我首無角，我喙無啄。微咂君肌，何遽爲酷？君何不廣？請觀朝局。聞諸商君，吾友有六。皆錫天爵，皆賦天祿。榮妻任子，亢宗潤族。吸民之髓，蒙主之目。僨事無刑，廢職無辱。嬉遊畢齡，考終就木。我羨我友，飛而擇肉。我罪伊何？太倉一粟。君欲我誅，盍速彼獄？我聞虱言，怒髮上蟗。蕞爾微蟲，寧望禽畜？積汝億命，不比奴僕。敢擬朝士，騰茲謗讟。即汝明刑，豈止湯沐。繫之以髮，懸之于竹。細篠爲弓，繡鍼爲鏃。弦絲射之，一發洞腹。尸諸棘端，以爲大戮。仲恭焚棄其稿，自定爲二十二篇，此二篇最善。贊曰：

余壯而始與仲恭游，每舉韓退之評柳子厚勇於爲人，不自貴重，以相磨切。已而讀班史，至陳遵謂張竦與原涉應客之言，未嘗不爲反復流涕也。傷仲恭浮湛里閒，所謂親見揚子雲祿位容貌，不能動人。其文章議論，將久而不傳，故採擇其可觀者，著之於篇葉，適敍陳同父之文曰：使同父晚不登進士，則終爲狠疾人而已矣。仲恭亦云。嗚呼悲夫！

初學集卷七十三

傳四

梅長公傳

公諱之煥，字長公，一字彬文，黄之麻城人。其先，宋宛陵先生後也。元至正中，避兵徙家焉。曾祖吉，舉進士，守惠州。吉生汝觀。汝觀生六子，長國楨，以御史監寧夏軍，平哱賊，官止兵部右侍郎。第三子國森，舉鄉薦，公之父也。公十歲喪父，從其母劉，居東山之沈莊。日課書盈寸，倜儻雄駿，異於凡兒。年十四，爲諸生。臺使者按部閱武，騎馬橫絶教場，使者怒，命與材官角射，執弓腰矢，射九發連九中，中輒一軍大呼以笑。長揖上馬徑去。使者不懌而罷。縣西龍潭，絶壁下瞰，公指曰：「誰能下此潭不足縮者乎？」同游者謾應曰：「能。」再問之如初。趣舉手推墮之，鶩沒泅水，憧而得免。旁人皆攝讋，公談笑不改色，人以此異之。萬曆癸卯，與應山人楊漣同舉於鄉，以功名節義相期許，盱衡抵掌，視舉世無如也。甲辰舉進士，選翰林院庶吉士。高陽孫少師以史官同館，性嚴重，不可一世士，獨推重公。公在館中，語則矯尾厲角，坐則掀髯搖扇，視館閣諸公低頭緩步，睃姝相向，恆目笑不自禁也。居七載，出爲吏科給事中。神廟靜攝日久，朝政隤弛。公上封事言：近日國事，無內無外，無大無小，釀成一片虚泡世界，如蠹在樹中，風起則摧耳。方今民窮餉竭，虜横兵疲，大小臣工兵農錢穀之司，日夜講求，猶懼不給。言官舍國事而爭時局，部曹舍職掌而建空言。羣天下盡爲一虛套子所束縛。輦轂之下，京營之兵馬，入衞之班軍，戶部之錢糧，皆有費無用，有名無實。種種弊蠹，動曰舊例不省。是太祖高皇帝之例耶？亦成祖文皇帝之例耶？敝蠹日積，沿襲爲常。有作意整頓者，不曰生事，則曰苛刻。事未就而謗興，法未伸而怨集。何怪豪傑灰心，庸人養拙，付國家事于不可爲乎？臣請陛下嚴綜覈以責實事，通言路以重紀綱，别臧否以惜人才。臣所言者，不過老生常談，能眞實舉行，未必非對症之藥也。公旣扼腕時政，又數爲上條奏故江陵相所以修整初政，督課名實者，慨然欲有所建置。疏屢上，不見省。部黨角立，如敵國不相下，一無所附離，每有封駮，恆兩非之。其大指務在破私交，紬黨論，矯時救弊，愛惜人才而已。居六載，出爲廣東按察司副使，分守惠州。惠獄多寃結，拷一連十，累歲不得決。閉門周視案牘，期旦日會堂下，據案呼囚，明舉其刑書云何，據几決遣，獄成於手中，奄忽如神。嶺表多盜賊，勢豪家通行爲之囊槖，盡知根株窟穴所在。用沈命法，分行收捕，窮治所犯，卽時伏辜，由是盜賊禁止。惠州豪沈烈女於水，禽得，就烈女死地撲殺之，瘞其女於蕭烈婦墓旁，賦詩刻碑以識焉。宦家子依倚父勢，恣爲奸利，禽治之不可得。使人曉諭其父，若欲其子出而生乎？抑匿而死乎？其父大窘，聽其子就理命。寃民如牆而立，占人田園若干，攫金錢若干，擄子女若干，甲乙丙以次質對，盡反其侵掠，則縛狠子痛箠之曰：用以謝鄉人，幷以謝而父也，卒自刮磨爲善士。公爲吏，精於吏職，發奸擿伏，厲使彊壯，鋒氣類趙子都；奮髯抵几，罷斥舒緩，養名類朱子元；賞罰分明，見惡輒取，類張子高；仁心爲質，不務近名，扶養元氣，執持大體，則漢吏弗如也。海寇袁八老掠潮殺守吏，潮非公所部，自請往勦。嚴兵扼海道，絕饋運，斷樵汲，散免死牌數千，首服者接踵。八老窘迫，乘潮夜遁，乞降於閩。公督學山東，八老率舟師援遼，謁公于登。公語之曰：「海上之役，不得望見顏行，今何以在此？」八老泥首謝曰：「畏公天威，是以走閩。今日敢不爲公死乎？」公文人不便武事，其爲劇寇畏服如此。其視學，闊略教條，謝絕請寄，考課之暇，進諸生而教誡之。賢者降階執手，重以慰籍；不類者嚼齒唾駡，申以夏楚。諸生始而駭，中而服，久而歌思頌慕，咸以爲師保父母也。兗富人謀幷鄰生園廬，使二盜要諸叢薄中，捽搏而殺之。有司以盜抵罪。公曰：「是所謂功意俱惡者也。人止一命，而盜無兩死。今度主使，而論盜扶同殺士，衆口讙譁，五月不就吏，幷用柱後惠文彈治耳。」逮至，一訊而服，遂以重論，而二盜坐前案論死。天啓元年，召入爲通政司參議，遷太常寺少卿。三年，擢都察院僉都御史巡撫南贛。丁母憂歸里。未幾而逆奄之難作。先是神、光二廟，相繼登格。先帝幼沖，楊漣爲兵科都給事中，參預顧命，建白移宮。及爲副憲，案劾逆奄魏忠賢罪狀，羣小嗾奄興大獄，逮漣考死。言官擿觖漣黨，以公爲首。指漣就徵日，公往送，執手慟哭，誣公在省中受取賕賂，牽連即訊。當是時，鈎黨徧天下，鋃鐺之使四出。公自分旦夕逮繫，而獄久未決。每呼憤頓足曰：「我何渠不如野貓頭，致奄黨忽忘我耶？」野貓頭者，公與漣平居相爾女之辭也。已而歎曰：「主少國危，朝家事壞於璫兒媪息之手。刺血草奏，大呼二祖十宗之靈，撼承天門，慟哭引歐刀自剄北闕下。男兒死耳，肯低頭斛首，作圜扉中一片血耶？」短衣襆被，從兩蒼頭跨馬北上。親知股栗莫敢遏。過信陽，故人王思延止之曰：「壯哉！遂與子長別矣。強爲我少留痛飲，信宿而去。」越翼日，邸報至，坐追贓遣戍。思延笑謂公：可以歸矣。跨馬復返，據鞍却望，鞅鞅如有所失也。今上即位，召還，以原官巡撫甘肅。甘鎮孤縣虜中，絕餉七閱月，套虜土魯多蠻犯塞，軍無見糧。公鈎校邊吏邀勒淮商中鹽引，悉以給商，一日得鹽引銀三萬兩有奇。戰士宿飽，一軍讙呼。乃爲三覆以待虜，遣羸卒數百人，領羸畜數羣駐牆內，虜入即反走。虜略取羸畜，逐北深入。總兵楊嘉謨部前鋒迎戰，虜驚，將從間道闌出，則二覆起，邀其後，礮弩齊發。公親率標兵夾擊，虜大敗。斬首虜凡七百餘級，生得銀定酋王子綽木素，降六百餘人，悉分隸爲精騎，甘兵以此益強。明年春，虜復大入，病痢大黄山下，枕籍相望，諸將請掩捕之，得首虜數千，中封賞率。公曰：「鄙哉！用是得侯，何不武也？」遣譯人宣諭朝廷威德：「乞沙蹟地活汝，慎無恐。」踰月，虜病瘉，望邊城搏顙，涕泣引去。虜酋小王子入謝，公返其金玉，取所貢矢，與諸將耦射，十射皆貫革，矢矢相屬。虜嚙指曰：「眞吾父也。」烏程用閣訟攘相位，公在鎭，撤手罵詈，數飛書中朝，別白是非。烏程深銜之，思中以危法。己巳冬，奴兵薄都城，公奉入援詔，卽日啓行。虜踞峽口峯，瞭大兵盡東，合海虜窺河西。公命援兵分五道，肅州高臺兵從西北而東，涼莊兵從南而北，伏賀蘭山西，徼虜歸路。大兵會水泉峽口，腹背掩擊。虜再戰再北，斬首虜八百四十級。我師遂東。而總鎭兵先譁於途，公駐蘭州，盛陳兵塞諸隘口，下令盡赦脅從，斬首亂一人，以首虜論賞。夷丁莊哈傑等斬五人以獻。公叱曰：「首亂者四人，安得五也？」賞四人，抶一人。一軍皆喜曰：「吾屬無憂矣。」甘鎭去都門七千里，師次邠州，奉詔還鎭，已又趣入援，紆迴往還，又數千里，師行半年始至。本兵希烏程指，劾公逗留，欲用嘉靖中楊守謙例殺公。保鎭三百里，甘鎭七千里，保以先至論功，甘以後期論罪。上心知公材，憐其枉。部議力持之，乃命解官歸里。久之，烏程當國，豪宗惡子，嗾邑子上書告公，烏程從中下其事。中朝明知其謾讕，忌公才能，借以梔公。公自是不復起矣。公爲人忠誠樂易，光明洞達。遇顯貴人，不摳衣奉手，亦不爲崖岸斬絕。遇後門單士，不爲翕翕熱，亦無所施易。剛腸疾惡，面折人過，如矢激弦，一往輒發。憐才好士，賑窮急難，雖讎人怨家，片言誣諉，輸寫心腹，未嘗有纖毫芥蔕也。家居門無重閉，室無典謁，殺雞飯黍，賓客雜坐，笑語喧闐，几案狼籍。小夫孺子，乞兒販婦，寃憤赴愬，直入坐隅。公召其所與交鬬者，往復譬解，平亭曲直，務使得當而止。縣中桀黠奴與奸猾吏盤互，漁食閭里。閭里寃結者，不之有司而之公，公必禽治痛折辱之，列其罪狀付守令，案伏其辜，不得以勢力變詐自解。由是蓽門圭竇，倚爲司命。勢豪側目視公，亦不能不爲絀服也。縣阻山多盜，皆奴吏爲淵藪。盜連發不得，得即妄引平人，連染株送，盜得不窮竟。公曰：「除盜莫如除窩，除盜窩莫如除勢窩。」具得其主名區處，責問游徼尉卒，令壹切受署。勢家有首匿者，自領尉卒搜捕，又不得，則發蒼頭健兒，裹糧與俱，追逐數千里外，無有遺脫。驗服，輒折其兩足，縛送所司，俾不得受賄縱舍。羣盜搖手勿復過麻城界，自送死也。流賊起秦、隴，躪豫、楚，蔓延光、黄間。公告戒守令勿去，有我在。用軍法部勒材官鄉人、子弟僮奴，警巡迾、遠偵探，援兵登陴。所畜養贑兒數百人爲正兵，備出戰。收無籍惡少爲游兵，資應援。一參將領辰兵護關廂，南贑大砲，東粵紅夷砲，架樓櫓，募獵戶，操藥弩矢，分伏關隘。城沈莊別墅，濬渠塹，具礧石渠答，與縣治犄角。警急，親領家丁，跨馬巡徼，黑夜往還數十里。守者恃以無恐。乙亥二月，賊乘夜遶城而南不敢逼。自是賊游兵相及，不敢犯麻城者八年。獻賊投牒乞撫，稱西營張獻忠，每過城東，指轂堆山，相戒勿近沈莊。西陲兵所在焚掠，過沈莊，必斂兵免胄，稽首而去。鄉人入保者益衆，名其堡曰保生。蒔花之圃，養魚之陂，皆斥以予民。誅茅結廬，雞豚成社，所全活數十萬人。兵後凶裁，振廩貸粟，又全活數萬人。公以士大夫失勢家居，卒能枝拄劇寇，保全江、漢，以其至誠惻怛，急病讓夷，一腔熱血，夙爲鄉里士民所傾信也。官兵日暮行刼，東山寨礮石傷二騎，羣譟周侍郎第，登其屋將爇焉。公至，厲聲叱曰：「奴輩三百人，欲反耶？吾遣家丁縛汝，如搏兔耳。」一軍皆聲喏，擁公馬抵沈莊，聽處分而去。邑子董環，據東山巴河，聚衆且數萬，郡邑恟懼。公折簡召之曰：「環敢不來乎？」環至，竿其首，衆即日解散。其呼吸應變不動聲氣，皆此類也。公聽勘久之，敍甘鎮前後功，加級蔭一子。忌公者盈朝，卒不果用。辛巳八月十三日發病卒，享年六十七。歿之日，里人皆巷哭。每歲誕日，聚哭於墓者數千人。向受公鐫責者，無不行哭失聲。公嘗言：「吾於天下有三友，虞山如龍，應山如虎，臨邑如象。」臨邑者，故大司馬王洽也。與同邑陳侍郎以聞好，應山初歿，語陳曰：「昨曾見野貓頭來。」陳駭曰：「何謂也？」公曰：「日午時忽見於竹亭篁籜間，狀貌如生，把余臂語曰：『血書中未盡之語，汝爲我證明之。』言訖而歿。所謂質諸鬼神者耶？」公卒之年，先喪其壯子二。孫才成童，今又弱一個焉。其行事將日就湮沒，後死之責也。乃據其門生萬延行狀，且與其從弟惠連、念殷，訪求其遺事作公傳，庶國史有徵焉。贊曰：

崇禎初，客或語予曰：「政將及子，滅奴盪寇，策將安出？」余曰：「用孫高陽辦奴。用梅長公辦寇，天下可安枕矣。」未幾，余坐讁罷。己巳，以奴警卽家起孫公當關，三年旋放歸，又七年，公殉節死，而遼事不可爲矣。長公罷鎭里居，賊八年不敢窺麻、黃。長公歿後二年，癸未三月，獻賊陷麻城，戒勿犯梅氏，持羊酒祭長公墳，羅拜而去。

張進諫傳

張進諫，萊州人也。萬曆中，麻城梅公克生以御史監寧夏軍，討哱賊，進諫以小校隸麾下親隨執槊，不去左右。賊被圍急，我師決堤水灌城，賊詐降，請縋城見監軍，皆及濠稽首而退。許朝揮刃踰濠，將及公，公披襟當之，朝內刃下拜。當是時，朝相逼在十步內，進諫色動，公眣止之。進諫退曰：「主在此，使賊好去。進諫握兩拳欲腫矣。」公每夕變服爲迾卒，周巡城壘，昏黑中辨人影相隨，必進諫也。夜有零賊取食他堡，一軍空營逐之，公起巡營，見帳下一人植立，則進諫也。公問：胡弗往？進諫曰：「軍中昏旦多警，敢逐一首一級，俾主公懼然獨夜乎？」城下之日，制府縱軍大掠，金珠委地，進諫獨持一槊從公就道。制府疾監軍，幷絀進諫功，陞黑溝鎭撫。梅公嘆曰：「吾雖不爭功，不能不慚于進諫也。」且死，以屬其弟子長公。長公官諫垣，抗疏爲進諫伸雪，有詔錄用，未幾而進諫死。進諫膂力絕人，蹻捷如飛烏。以二食指按屋簷，擲身空中，騰躍數廻，瓦不墜裂，亦無磕撞聲。拳擊牙旗石磴，火迸石裂，屑飛數丈。數十人持刀槊環刺，進諫赤手盡奪羣械，敵亦不受傷。跳躍上馬，橫側鞦鐙，下上馳驟，見者目眩。善料敵，偵報賊出沒，不差晷刻。陷陣先登，多獲首虜。及上功，粥粥若無與者。卒伍索首功，輒分與之。梅公歿，拊膺慟哭曰：「進諫自今無死所矣。」嘗與壯士劇飲長安市中，酒酣，譚少年擊石事，進諫曰：「吾老矣，貧不辦飲噉，氣力差減，尙當爲諸君試之。」揮拳擊巨石，石碎如粉，兩胷皆裂，血出如注。不數日卒。

贊曰：

寧夏之役，梅公功高賞薄，將士血戰者皆不得敍。如進諫者，可使其無傳哉？梅公晚自號雲中老子。老子嘗言：寧夏諸賊，皆奴才耳。許朝饒有機變，堤水決，朝命造舟，不終日而辦。縋城之日，城中譌傳朝爲進諫所殺，朝妻曰：「吾義不受辱。」遂自縊。李冢宰長庚，梅公之女壻也，作雲中老子遺事，紀進諫事甚備。余爲進諫立傳，并朝事亦附見云。

紫髯將軍傳

紫髯將軍者，姓周氏，名文郁，字蔚宗，常州宜興人也。長身美鬚髯，深沈好書，能譚文武大略。天啓中，奴酋陷遼陽，杖劍謁高陽公于關門，首建四衛之議。公喜而執其手，呼爲紫髯將軍，留幕中，參預謀議。丁卯，奴掠朝鮮，踞黃海道。文郁率師赴援，覆舟獐子島，有神人教之登木，浮海而免。崇禎己巳，奴酋入大安口，袁崇煥督師入援。文郁主旗鼓，鏖廣渠門，殺奴千人，傷僞六王子。奴移營南海子，旋引去。崇煥、文郁兩肋集矢如蝟，幸重鎧不受傷。崇煥坐謀逆，下詔獄。遼兵潰而東。上卽家起高陽爲督理。甫抵關，立命文郁軍前贊畫，冒雨雪，一日夜馳祖帥營，勸諭還師。庚午三月，高陽以四城未復，與東江牽制之師，命茅元儀、陳繼盛及文郁統龍武中左右協兵以往。四酋懼，自永平潛回瀋陽。中協兵譁，改文郁爲中協副總兵，兼攝左右兩協。舟泊覺華島，而劉興治之變作。興治，興祚之弟。興祚在奴中自拔歸，戰死永平城下，所謂劉愛塔者也。興祚死，興治居皮島。陳繼盛署島事，流言關門，興祚未死，自奴中有書招興治。興治領夷丁，且有變。興治大恨，誘殺繼盛等二十餘人，揚帆至小平島，距旅順五十里。文郁攜傔從數人，輕舟泊島口。興治來見，意頗施易。文郁令戎服趨謁，少挫折之。已而開顔語曰：「爾兄初見閣部于關西，與我結爲兄弟，誓以死報國。太平之戰，以八百騎敗奴萬騎，血戰死綏，爲東人忠勇第一。今爾以睚眦讐殺，負叛逆之名，不亦傷乎？早自爲計，束身歸命，殺賊自贖。閣部念爾兄，必請貰爾罪。我一門忠義之名，爾念頭再一蹉跌，無救處矣。」興治長嘆失聲。又耳語曰：「島中將士，非盡兄弟骨肉也。身在絕島，惶急相隨。若一登陸，人自尋活路，安知不借爾爲功？」興治矍然失色。少定，甚之曰：「閣部有成言矣，陳繼盛欲殺興治，非興治欲殺繼盛也。諸人之死，夷丁護主人誤及之，非興治使之也。奏去本章，自家不知文義，憑人做去爾。但依閣部說，閣部必爲爾主張。」興治唯唯別去。文郁往興治營，直入帳中。夷漢兵執刀斧，猙獰雜立。酒酣語興治：「舟小，欲借宿帳中。」興治欣然陪宿，至夜半，忽逸去。文郁如弗聞也。留營中五日，島衆呼噪索餉，口語籍籍，開誠慰諭，衆皆帖服。比入舟，並舟數十艘，列炬呼囂，弓刀戛戛然。文郁曰：「此興治嘗我也。」干掫竟夕，鈴柝相聞。侵晨皆散去。部將逃匿雙島，擊傷東師之過島者，興治怒，令島衆繞舟號愬。文郁夜臥不起，呼其將擁被語之曰：「二將逗遛，畏避流言，島叛自解。今又激島衆殺我，以實其言。汝等墮其計中。可趣取我首去，島衆不足恤，劉氏從此無噍類矣。」興治大悔悟，翼日，飲餞文郁，使人扶而拜之，搏顙大哭而別。九月，興治敗奴于青山鳳凰城。捷聞，高陽上奏曰：興治斬奴三十餘級，雖不足以自贖，其誓與奴絕，則已明矣。副總兵周文郁，以口舌爲甲兵，跳身虎穴，而偃臥其中，攜其衆，堅其心，申明皇上威德。一操一縱，使百十跋扈蛟螭豺虎，咸就一手調服，數萬兵民，賴以安定。首當敍錄，以爲忠勤之勸。當國者惡文郁從海外來，無所贈遺，引同姓嫌，絀文郁不敍。高陽嘆息而已。當興治變起，四酋尙據灤、永，興治所領皆精甲，降夷盡奪兵船商舶，奴方馳僞檄誘島衆。興治勾連奴孽，不南走登，則西扣關；不歸奴，則盤踞皮島，奪鮮人馬市之利，借地以交奴，如宋李全故事。國家方急奴，安所得餘力制島？論者以謂平島之功，與四城驅奴，相爲表裏。孤貧赤手，爲權倖抹摋，至今未有能訟之者，此可爲嘆息也。壬申二月，孔有德陷登囗萊，文郁奉詔率津師千六百人赴海外協勦。賊擁衆數萬，自登入海，圍旅順，結老營于龍王堂，自率精鋭屯雙島。我師單弱，僅龍武左右兩營，乃僞立丙丁二營，火器一營，招練一營，夷丁百人，更番出哨。夜分布各艘，唱夷歌，遼人能夷歌者和之。賊聞之，謂我營中皆夷丁也。十六日，遣將焚龍王堂老營。十八日，遇賊雙島，浮屍蔽海而下。賊知老營燔，乘風遁去。追擊之，沉其八舟，獲叛將毛承祿。旅順之圍始解。二十三日，追賊至三山島。二十四日，至廣鹿島。二十九日，至黄骨島。先後焚獲賊舟四十餘艘，獲僞副將都司旗鼓參謀官四十餘人。僞副將蘇有功者，孔賊在登，參將馬聰等十四人謀以元旦行香時縛賊。有功告變，賊盡殺十四人，妻妾貲産，盡給有功，并統其衆。有功擒，孔賊益氣奪。三十日，追賊至獐子島，中國之地始盡。賊初欲據獐島，西北阻江，西南控制諸島。及旅順結奴掠鮮，鼓煽叛將，出沒海上，爲所欲爲，至是乃遁入鴨綠江，壹意投奴矣。文郁會舟師入江，檄朝鮮遏賊投奴要路。初十日，與賊戰鴨綠江卓山，擒僞都司等官三十六人。十三日，合兵攻賊于蔴圪，鮮兵軍陸，我師軍水，兩戰皆大捷。耿賊遣僞官乞降，請修築南關，復金州以自贖。鎮兵忌其功，要擊之，二叛乃繇西北遁，合奴營。奴舟列馬耳山下，結營于九連城。文郁遣部將於馬耳山下下流，縛草爲空營，泗人候奴睡熟舉火，奴舟火發，誤奔空營，營中火亦起，奴自相蹂殺無算。是時朝鮮陪臣都巡察使雒君興、金自點來會師，吏曹參議李行遠來奉書，奴遣使英俄兒岆遺書朝鮮求欵，請以耿賊質軍中，欵議成則並歸孔賊。文郁方條列具上，而革任聽勘之旨至矣。耿賊得罪老奴，逃回皮島，至是逡巡不敢去。奴歸叛以求欵，我用鮮以欵奴，其名甚正，視武陵用瞽人之事何如？惜乎其不就也！文郁率單師追賊洪流巨浸中，轉戰三千餘里，殺傷賊十之八九，俘獲數千，雖未能擒孔馘耿，亦足以復命矣。諸鎮以畏敵敍賞，文郁以血戰鐫責，東事之不平，豈盡疆事之失哉！文郁歸，貧無以爲家。僑居武林，布衣徒步，閉門讀書。作邊事小紀，敍高陽幕府及袁督行間事甚覈。擔簦游武夷，訪曹能始于三山，能始敍而傳之，刻其詩于十二代選中。歸而謁余虞山，曰：「高陽既歿，文郁當爲公死矣。」與閩人蔡鼎無能、無錫顧杲子方極論制禦闖、獻方略，其言曰：「逆賊竊據上游，江南重地，當廣搜豪傑，多集義勇，盡收草莽輕俠，團聚爲兵。肘腋淸則內無他虞，反側歸則外有勁旅，庶幾先聲可奪其魄也。逆賊焚陵僭號，天人弗與，日捱一日，坐失時機。彼將撫江、漢，掠全蜀，守豫南，扼楚東，則我從何處下手？不亦儼然敵國乎？今荆、襄失而不與宋同禍者，以有西北諸路可進也。我師綵唐、鄧進則掣其右，綵隨、德進則牽其左，舟師溯流以批擣其胸，蜀師出房、竹以横截其腰，秦師守關、隴以控扼其面，堂堂正正，不錯不亂，可一鼓而完二十年不了之局也。」鼎拊膺嘆曰：「高陽死，宿將盡，天留紫髯爲國家辦賊耳。」文郁别去，約旬月復來。久之不至，杲來訃曰：「紫髯歸病，不汗十日，死矣。」贊曰：

曹能始敍邊事小紀曰：髯之志以報國爲重，而酬知己次之。自廣寧失，已無全遼，高陽出而始定議守寧爲守關，奴騎撤回，僞城震動。故丙寅之春，袁督得以却虜守寧。若已巳之再出，驅奴復土，神京晏如，又不待明也。關門遣師助禁，在奴未入口之先；迎敵克捷，在奴已迫畿之後。此段公案，非身在行間，誰知之者！時事日非，人才日少。追往以思來，在國而不在人也。予讀之而悲髯之志焉。嗚呼！紫髯死矣。髯死，賊愈熾，衡、永、秦、晉相繼陷沒。暇日攤書，髯所論次方略，依然敝簏蟫蠹中，爲之嘅然太息。作紫髯將軍傳，庶幾後世有論髯之生平而悲其志如能始者。

初學集卷七十四

譜牒一

請誥命事略 崇禎元年九月

先祖諱順時，其先出吳越武肅王。家世素封，曾祖父孤童中落。先祖與其弟副使公力學奮勵，嘉靖己未，會試舉春秋第一，觀政吏部。是冬，奉命餉遼東軍，抵家未彌旬而卒。先祖倜儻有大志，不屑爲章句小儒，焚膏宿火，講求天文、律曆、河渠、兵、農諸家之學，提綱舉要，薈蕞成書，凡百餘卷，名曰資世文鑰，蓋通典、通考之流亞也。其餉遼也，從老戍退卒，問訊虜情邊事，登關城，望渝海，酹酒賦詩，慨然有呑胡出塞之思。是時遼東大饑，道殣相望。人或謂先祖南人，不耐苦寒，盍待發春而行。先祖曰：「吾一人寒，其忍十萬人饑乎？」抵遼中寒，竟以此病卒，年二十有九。

先祖母卞氏，先祖背棄，年甫三十，先君生七年。祖母截髮貯棺中，以立孤自誓。曾祖父性嚴重，奉事惟謹。庀治喪事，必先諸叔，曰：「吾冢婦，弗敢後也。」分財産，戒先人無取羸，曰：「若孺子，弗敢先也。」先君能勝外傳，不假與顏色。稍不如命，則對案不食，涕淚交頤。居恆以綱常道義爲典訓，曰：「吾願汝爲古人，不願汝爲今之望人也。」歲時延請賓客，省視故舊族戚，閭里之窶貧者，待以舉火。推食解衣，設糜掩骼，咸脫簪珥爲之。謙益稍長，教以書傳，每詔之曰：「吾欲效范文正公買良田爲義莊，而汝父不能盈吾志也。汝必勉之。」又曰：「我老矣，正如俚語『怕你做官時我做鬼』。」至今思其言，輒爲泣下。謙益舉進士，先君排纘祖母苦節，草疏趣上之，留中不報。侵尋十九年，遇今天子霈恩，得以及追榮之典。而崇臺綽楔，表厥宅里，已不可復請矣。嗚呼傷哉！

先君諱世揚，年十二三，能闇記五經、史記、文選，凡百餘萬言。世授胡氏春秋，收拾旁魄，搜逖疑互，既成，以授學者。學者咸師尊之，從而執經考疑者繼於門。先君自念少孤，思早自豎立，以報母勤。累試不見收，而祖母違養，蚤夜呼慕，聲入黃泉，銜哀七年以孝死。先君志節激昂，好談古忠節奇偉事，每稱述楊忠愍、海忠介諸公，嚼齒奮臂，欲出其間。卒之日，手定其所爲古文及所輯古史談苑，藏弆之以畀謙益，且遺之言曰：「必報國恩，以三不朽自勵，無以三不幸自狃。」嗚呼！謙益其敢忘諸。先君嘗作聱隅子自傳。其葬也，宗伯宣化公誌之。敢撮其大略，以上史館。

家母姓顧氏。外祖諱玉柱，山東按察司副使，方正彊直，以朝典治其家。吾母在女氏，已有儀法。自歸先君以迨老，不好戲笑，不知游冶，面不施粉澤，身不御綺紈，目不識優倡妖尼，耳不聽吳歌瞽詞。雖盛暑，不飾不見媵侍，雖親壻姪，必闔門與之言。日夜課紡績，教剪製，機杼刀尺聲軋軋然。戚屬間族出遨嬉，必辟吾母。有矜好炫冶者，輒毀容斂服以見。退而相謂曰：「何乃自苦？」或笑曰：「此笨人耳。」謙益免先君之喪，數年不出，母意殊安之，曰：「兒了秀才事足矣。」乙丑，坐閹禍削籍，母迎謂曰：「汝無官，吾有子矣。」閹鉤黨益急，相驚追捕者日數十至。母曰：「猶有天道，汝必無恙。」蓋吾母莊敬閑止，能識大體，古所稱母師，殆無愧焉。

妻陳氏，爲里中右族。曾祖官南京國子監祭酒。其父與先君爲文社，相狎也，故以女歸於我。妻從我於諸生七年；既第之後，從於倚廬者三年；家食者八年。用覃恩封孺人；進封安人。未幾，被追奪之命，朝夕恂懼者三年。今年得復封誥，親知相賀，妻曰：「吾聞應山母妻棲止譙樓風雪中，日不得再食。賴天地祖宗之庇，免此幸矣，庸敢有他望乎？」謙益追理前事，亦爲黯然出涕也。

刻古史談苑目錄後序

先君子讀史之役，始於萬曆丙午，而談苑之成，則在萬曆己酉，凡四載而始竣。謙益奉諱以還，每發故篋，淚涔涔不忍視。里人郭春卿任是正，崑山張敷孟任梓，又六年始告成事。先君子之言曰：「吾讀正史，如饗大官焉，體節之薦，充溢員方，久而能使人億。吾讀稗史，如嘗異味焉，小蟲水草，蜇吻裂鼻，久而能使人荒。是故稗而不史，弗典也；史而不稗，弗志也。吾取材於史，借徑於稗，汰平鈎異，撮繁就簡，不出瑣言碎事，而天咫民則吉凶情僞之指意如指掌焉。斯不亦史官之流裔，而稗官之質的乎？」四年之中，横經籍書，寸紙不遺，秃管成冢，子雲之手齎油素，太沖之溷置刀筆，以先君子方之，無不及矣。易簀之前一日，手自封識以詒謙益曰：「此宋人之遺弓也。吾死，無忘吾所爲殫瘁矣。」於乎！謙益又何忍贊一辭哉！循覽先君子所論次，班、范以前，多采摭呂覽、淮南及劉向所序諸書，去古未遠，資博而事約。六代以後，蕪文穢史，手自繩削，遂使甲乙之帳簿，與腐爛之邸報，字櫛句纂，比於良史，則先君子陽秋之筆，略見一斑。後有作者，弗可誣已。作之不止，乃成君子，是故勵德業者恆存乎旌行。他山之石，可以攻玉，是故辨貞吝者恒存乎物差。善言天者必驗於人，三世之事，信而有徵，君子蓋雅言之，故神遶怳聞終焉。語有之，教之春秋，爲之聳善而抑惡焉，以戒勸其心。先君子豈徒託諸空言，其亦春秋之志乎？於乎！先君子甫弱冠，即以文章節義自負。偃蹇數奇，既不得出入承明，齒齒牙，樹頰胲，有所建竪於當世，而盛年壯志，耗磨於博士家言。以其餘力，寄之墳典，編摩稍倦，輒呼大白佐之。酒後耳熱，誦沈攸之十年讀書之語，泣數行下也。先君子之論著盡此，先君子之精亦盡此矣。謙益雖不肖，不能爲箕，敢不惟遺弓之言是識。於乎！宋人之弓，其餘勁飲矢於石梁，宋人殆不亡也。後有讀先君子之書而悲其志者，無論爲史爲稗，登諸劉氏輯略之列，將先君子之魂默舉，謙益亦死且不朽。萬曆乙卯九月，孤謙益泣血謹識。

先太淑人述

先太淑人姓顧氏。外王父諱玉柱，歷官至山東按察司副使。嘉靖庚戌，虜薄都城，選藩、臬入賀有威望者視師。命下夜漏方四刻，即上馬去，按視訖，日已旰矣。逃傷者數千，號哭擁門。立馬於門闔，令從馬腹度。虜退，移疾請致仕。嘗歎曰：「活千人者必封，吾其有後乎？」家居數年，以嘉靖甲寅十一月己未生太淑人於常熟之虞山里。我先公諱世揚，曾王父贈刑部郎中諱體仁，王父嘉靖己未進士贈禮部右侍郎諱順時，王母贈淑人卞氏，先公七歲而孤。王母截髮自誓，以耆於成，外王父才而壻之。年十七，歸於錢氏。後十二年萬曆壬午，謙益生。後二十八年庚戌，謙益進士及第。先公棄背後十年，泰昌庚申，用謙益編修覃恩，封太孺人。後四年天啓甲子，用中允封太安人。次年，謙益坐閹□罷歸，奪封誥。後四年崇禎戊辰，用禮部右侍郎封太淑人。謙益坐枚卜被訐，次年己巳得白，奉太淑人家居五年，享年八十，考終於內寢。某年某月某日，歸祔於海虞山北市橋先公之阡。於是哀子謙益哭而言曰：「嗚呼！謙益不夭不死，鬼神兇怒，降茲酷毒，其又敢溢美攘善，誣玄堂之片石，重干天誅？」謹按我太淑人之德行，合於古之圖史所載，信而可徵者有七：曰順，曰莊，曰貞，曰勤，曰儉，曰仁，曰慈。請言順，曰：我王母性方嚴，太淑人肅共誠至，遇有譙訶，側行却立，若無所容。先公豪於文酒，中年坎壈，縱酒霑醉，丙夜叫呶。太淑人匿避空屋中，稍間，瀹湯茗而進之。先公急病讓夷，不治生產。太淑人黽勉佽助，不以無爲解，終不自以爲能事。及其爲母，雖箱篋瑣屑，必白謙益，不自取進止。蓋太淑人之少也，爲女而未嘗爲婦；其老也，爲婦而未嘗爲母。陰幽坤從，終身而已者也。請言莊，曰：我曾王父暨外王父皆以朝典治閨門。我王母，禮宗也，通曲禮、內則、文公小學，奉爲典訓。太淑人未嘗知書，而闇與之合。雖盛暑，不飾不見媵侍；雖親壻姪，必闔門與之言；雖大喜笑，未嘗至矧；雖盛怒，無疾言大聲。延見婦女，色正而詞輯，無貧富貴賤如一。有輕脫陝輸者，局促侍坐，退而喜曰：「腰背間釋去重石矣。」宗人侍御家有婚禮，太淑人涖事，危坐達旦，頭目未嘗轉動。袿衣戌削，若圖刻然。四婢子夾侍如帷牆，人莫見其面。侍御歎曰：「此異人也。」每舉以爲法式。請言貞：太淑人擇辭而說，擇地而蹈，浹月不出閨閫，經年不識聽屏，不接游閒之女，不近柭冶之尼，耳不聽瞽詞吳歌，目不識優舞童索，戚屬族出遨嬉，必辟太淑人，有出閫之言，相戒勿令太淑人知也。邑屋亡賴子弟，約日爲亂，鄰里洶洶徙居，太淑人曰：「吾兒宦未歸，義不當出門，吾殉此而已。」宗老固以請，太淑人曰：「必之母氏則可。」使其姪夏時御以如外王父故第。三日而復。每言之，未嘗不追悔也。蓋宋伯姬、楚貞姜之事，太淑人實優爲之。請言勤儉，曰：太淑人習勞執勤，晚寢早作，既饋以後，六十年如一日也。入執㾓枲，課紡績，賦事獻功，有程有要，寢門以內，機杼之聲軋軋然，刀尺之聲琅琅然也。入其室，椸枷必整，枕簟必斂，箴管縏袠，井井然也。不耀珠翠，不施膏澤，不著方空吹綸之衣。歲時賓祭，一御新衣，即藏弆之。陳衣之夕，故嫁時衣猶有存者。芥醢之醬，桃梅之諸，躬親擇治，缾瓿淨潔。餘閣之奠，皆手澤也。居恆以戒暴殄知慚愧爲訓，其天性如此。請言仁，曰：太淑人仁心爲質，合於佛之慈悲，老之重積。發一言，惟恐傷人；行一事，必思利益人。食不濡鷄臛，行不踐蟲蟻。日給食，必先幼稚者；時給衣，必先老病者。每置食，必先計餕餘而後食。糗餌粉餈，必剖分之，左右顧視，恐有不滿於意，殆佛家所謂減分布施也。宗婦乳母之類，窮則養之，病則藥之，死則祭之。垂白扶杖，哭太淑人柩前者，過時而愈哀。庶出之妹，歸嚴氏、歸氏，皆號咷隕絕。同仁均愛，此其徵也。請言慈，曰：嗚呼！太淑人之慈，至矣盡矣，不可以復加矣。謙益生而多病，太淑人之生母陳，老於錢氏，與乳母共視保，三人之命，皆懸綳中兒也。謙益舉於鄉，請於先公，鬻故第以償債。太淑人勸爲之，曰：「兒它日非無大宅者也。」鄰人轉鬻故第，我貧不能贖，太淑人方食，放箸而歎，以是知其始之挫情也。謙益免先公之喪，家食七年，太淑人安之，曰：「如是足矣。」乙丑之削籍也，太淑人不戚，而以再出爲慮。戊辰之被讒也，太淑人不愠，而以得歸爲喜。每歡顔相慰勞曰：「吾老矣，汝作閣老何用？落得今日母子團圞耳。」五年之中，保視甚於綳裹時。復加一飯，復損一衣，不在謙益，而反在太淑人也。饘酏毛羹，手自調糝，遣侍婢視其食否以告。逮彌留之前一夕，猶是也。太淑人素堅強自持，雖老能立語移日，不欠伸跛倚。是歲上日，壽觴初舉，賀客雜遝。元夕後微告劇。越三日而屬疾，寢三日而革。病不噫噫，没不嚬呻，右脅吉祥，奄然安寢。子言之：子生三年，然後免於父母之懷。謙益之生也五十有二年，而始免於慈母之懷。崇禎六年，歲在癸酉，其免之之歲；正月二十四日丙辰，時加戌，其免之月之日之時也。嗚呼痛哉！謙益狂愚悻直，再觸網羅，葦笴之籍，同文之獄，流傳恟懼，一日數驚。太淑人強引義命自安，然其撫心飲淚，惟恐見壯子受刑僇，固未忍以告人也。以太淑人之至德，胡不百年？驚憂促算，豈或繇是。惡子頑狠，尚不從死。然即死，亦何足贖？嗚呼痛哉！謙益三舉子不育，歸田之歲，舉一子，太淑人歿之七月，又舉一子，故名長子曰孫愛，次曰孫娠，所以志也。孫愛之議婚於瞿給事之女孫也，太淑人實命之，曰：「人以汝故去官，結昏姻以敦世好，不亦善乎？」媒氏復以許中允之女孫告，太淑人曰：「是先君故人之子也，幸有次孫，必昏於許。」孫振生，中允遺書許字，如太淑人之言。詩不云乎：詒厥孫謀，以燕翼子。謙益敍太淑人之慈，敢終之以此。歲在甲戌正月小祥，哀子謙益泣血稽顙謹述。

外庶王母陳氏夫人壙銘

夫人，外王父山東按察司副使顧公諱玉柱之側室也，實生吾母。外王父卒，夫人來依吾母，遂老錢氏。夫人生於吳趨，無冶容，出於單門，言動不苟，外王父以爲有儀法。善事外王母劉，劉視之如姪娣。劉疾革，便溲皆手捧之。比歿，蓬垢涕號，三歲無鹽酪。吾母舉子多不育，謙益生，託於乳媪，夫人視保益謹。兒夜啼，夫人與乳媪劍之行，促則趨，緩則翔，四足躑躅聲，於兒啼下上。先君時被酒叫呶，夫人抱兒匿空屋，嚴寒手不敢戰，恐賊風感冒兒也。謙益長而夜讀，夫人辟績易數錢置果食，王母卞夫人間賜糕餅，案頭累累然與筆墨雜貯。謙益目屬之，雖欠伸不敢寢。謙益舉於鄉，夫人病，喜而少間，旬日卒，享年七十有九，萬曆三十四年十月十五日也。以歲之不易，權厝於外王父墓旁。四十五年十二月初一日，始克葬。庀葬事者，外王父冢孫夏時也。夫人卒五年，謙益中進士及第，官翰林。念夫人之勤，於其葬也，漬淚徹壙，書銘告哀。銘曰：烏目山，龍澗水。從君夫人窆於此。誰之銘者外孫子。丁巳長至，莆田宋珏書石納壙。

亡兒壽耇壙誌

嗚呼！我先君與余皆單子，余妻生子佛霖殤，妾王氏生檀僧亦殤，汲汲焉惟嗣續之是虞。天啓三年癸亥，以太子中允告歸。八月生一男子。是時吾母年七十，湯餅之會與壽筵相逮，遂名之曰壽耇。其母微也，余妻與王氏更母之。兒生而隆準豐下，目光激射，啼聲喤喤然。親朋雜然視之，無凡兒啼怖狀，咸曰：此所謂「解著潛夫論，不妨無外家」者耶？明年甲子，余以諭德赴召。兒幼不能從，每啼呼索余，輒往余讀書閣中，指窗欞而號。諸母羣譬解之，乃止。人從長安來，必問爹好否，且問何時歸也。余聞而憐之。又明年乙丑，逆奄用事，盡剪除海內士大夫不附己者。余首隸黨籍，除名以歸。抵家，乳母抱兒迎於門，入而拜母於堂，家人慰勞，恍若夢寐，不知其涕之交於頤也。奄鉤黨益亟，邏者錯跡里門。余錮門扃戶，塊處一室，若頌繫然。兒扶床繞膝，不肯跬步離余。三年之內，風雨晦明，幽憂孤寂，余之於兒，如形之有影，未嘗舍去，又如良朋好友之在吾前，而金石玩弄之在吾側也。孰意一旦去我而死耶？兒病疹，法不當死，庸醫誤之，不禁糜粥，病漸劇，已而藥之，稍解矣，復不戒食飲以死。死之夕，便溲必起於床，乳母曰：「若憊矣，無自苦。」兒搖首不肯，猶自力強起，反席未安而沒，兒僅五歲耳。於死生之際若此。嗚呼痛哉！兒甫剪髮能坐立，岳岳如成人。僮僕見之，不敢欹視戲言。雖童稚能窺大人，遇余執友，若程孟陽、李長蘅輩，拱手側立，未嘗失子弟之禮。歲時入影堂，見先世畫像，必肅拜致敬，指問某祖某妣，依依不忍去。尤好禮佛及僧，胡跪膜拜，儼若夙習。不好戲弄，每見古書名畫，摩娑繙閱，至奪之不肯舍。孟陽酒間淋漓戲墨，兒得一紙，輒藏去，時效之，書窗涴壁。華亭董尚書過余，兒出扇牽衣索畫，尚書欣然點筆，兒注視不暫捨，尚書笑曰：「兒欲竊吾畫法耶？」余有古圓硯，兒愛玩之，一日問硯安在？王氏妾曰：「汝父苦貧，已鬻之矣。」兒轉面向壁，悽然泣下，余亦爲泣下。嗚呼！令早知兒寶硯如此，卽千金弗忍割也。兒尤有志節，梨栗之屬，不色授不肯取。乙丑秋，兒才三歲，江陰顧道民以鏤刻彌勒像贈兒，兒不肯受，曰：「是去年以絲燈遺我矣。」當遺燈時，兒尚未晬也。兒每戲笑曰：「我必作狀元。」一日忽語余：「爹知我乎？我錢福也。」自是輒自呼錢福，歲餘乃已。家人咸異之。余旣罷歸，猶惴惴懼不免。每自念：卽死，兒他日成立，猶可奉吾母。時時摩其頂而未忍言也。丙寅之三月，緹騎四出，警報日數至，家人環守號泣。兒忽告余曰：「爹勿恐，爹勿恐，明年卽朝皇帝矣。」遂爲執笏叩頭呼萬歲狀。又曰：「爹所朝非今皇帝，乃新皇帝也。新皇帝好，新皇帝大好。」言之再四，余愕問何以知之？兒曰：「影堂中諸公公冠服列坐樓下，教我爲爹言如是。僮應索綯坐檻上，我叱起之。」詢之僮應，果然。嗚呼異哉！是年七八月，稍解嚴。明年兒死。凡四月而先帝登遐。新天子神聖，逆奄殛死，慨然下明詔，卹錄死廢諸臣。兒之云，若執左券，而兒不得見也。嗚呼！兒之言，其有神者告之，如古所謂熒惑散爲童謠者耶！其眞吾祖吾父馮而儀之，而錫以兆語耶？兒能見亡人，又與謦欬相接，豈其死徵耶？兒死，董尙書書來慰余，以謂兒必名僧異人，被謫而旋去者，然與否邪？兒能前知余之不死，與新天子之神聖，而不能自知其夭折耶？兒如有知，其將不以死爲悲，而以言之驗爲喜耶？抑亦余之耑愚悻直，觸忤世網，固當與逮繫諸君駢死於東廠、北司之間，會有天幸，僅而不死，而兒實代余以死也？嗚呼！其可哀也已！古之喪子者多矣，白樂天、蘇子瞻，所謂達生知道者也，其喪子也，未嘗不過時而悲。而況於余乎？孔子之阨於陳、蔡也，其徒之不及門者，未嘗不迴旋思之。而況於兒乎？況兒之生於患難而前死乎？余於吾兒，哀則哭之，思則夢之，懼其痛巨以憂老母，則抑而止之，余處於達不達之間者也。兒如知之，其以余爲不及情者而已矣。兒死於天啓丁卯五月十六日。其葬也，以新天子改元崇禎之三月清明日，在夏皐祖塋之旁。其父謙益爲書石而納諸壙。

亡妹嚴氏孺人合葬誌

吳郡嚴柞子若妻錢氏，先祖封禮部侍郎諱某之孫，先君封禮部侍郎諱某之女，少保嚴文靖公諱訥之孫婦，試中書舍人諱治之婦也。先祖舉嘉靖己未進士，文靖公爲座主。先君少孤，文靖公召致家塾，命中書爲之主。中書生十子，而子若其第九子也，故先君以吾妹歸焉。妹之適嚴氏也，中書初歿，家貧多子，不能具中人之產。習勞執勤，不憚夙夜。叔妹娣姒，列屋如雞棲，庭戶交錯，機杼之聲相聞，處之怡怡然，誾誾然，未嘗有違言誶語也。子若習舉子不就，性好聚書，故家舊里，冷攤小肆，繙閱訪求，如有弗得，蠹簡齧翰，蟫穿鼠穴，裝潢補緝，目眵手繭。久之聚書至數千卷。賈人多就鈔傳寫，因以購得祕本，營求貿易，輾轉不厭，其得以窮老自娛，亦用此也。子若專勤書癖，亡失衣冠，有朱公叔之風。性儉嗇，數米而炊。家人啼號，掩耳弗顧。吾妹乳哺子女，支持婚嫁，頭蓬不櫛，衣垢不浣，以其身爲席薦爲帷蓋者，垂四十年，嘗嘆且泣曰：「我爲勞人於嚴氏足矣，不知何年了此債也？」崇禎己卯七月，病暍，庸醫誤藥之，暴卒，年五十有五。吾妹亡，子若忽忽不樂，性理荒忽，若不知人，臥蓐三年，癸未十二月卒，年六十。吾妹生子一人，女六人，庶男子二人，女四人。長子有翼，卜以甲申二月合葬于鳳皇山之新阡。嗚呼！吾終鮮兄弟，有異母之妹二人。先君愛其女異甚，視其壻猶子也。先君既沒，吾妹事吾母顧太淑人益親。歲時歸寧，諸甥男女，扶床繞膝。吾晚而生子，妹撫愛之，逾于己子也。癸酉，太淑人見背。七年哭吾妹，又三年哭歸氏妹，今又哭子若。天之使余畹晚孤特，塊然久居此世者，何也？

銘曰：

葬從其夫，銘從其妻。終天之哀，視此涕洟。

初學集卷七十五

譜牒二

故叔父山東按察司副使春池府君行狀 代先大夫

錢氏之先，始于籛鏗。其後吳越武肅王始有土地，家世蕃衍。有宋之季，有通州太守諱邁者，其子曰千一公，諱元孫，渡江家常熟之奚浦，遂世居常熟。自千一以下至府君，凡十二代。府君之先，曰我王父贈奉政大夫刑部河南清吏司郎中府君，諱體仁。郎中之先，曰授承事郎府君，諱元禎。又其先，曰授承事郎府君，諱泰。自郎中以上，皆以節俠好施稱于四方。公諱順德，字道充，别號春池。我王父生子五人，我先君實維元兄，公于倫次爲中子。王父少遭閔凶，家業中落。公與先君掉鞅文囿，思一大振起之，易衣并食，焚膏宿火，蚊虻噆膚，則納其足兩甕中，專勤不懈。積數十年，先君舉進士高第，浹歲而殞。嘉靖乙丑，公遂成進士。趣駕歸省，不應制策。又三年，乃釋褐授刑部廣東清吏司主事。御史路楷阿分宜故相旨，曲殺直臣沈鍊論死。新鄭再起，欲盡返華亭之政，遂議出楷。尙書以屬公，公曰：「某所知者，朝廷三尺法耳，不知華亭、新鄭云何也。即明公欲貸楷，請無以不肖名署爰書。」尙書爲之舌縮，以屬他郎，而楷卒從輕比焉。癸酉，慮囚關中。甲戌，奔王父喪以歸。丁丑，服除。公在比部，繇主事歷員外、郎中，端審奉法，朝右有聲。己卯，六年考滿，陞湖廣常德府知府。公爲政，却羨餘，蠲苛細，櫛爬垢病，惠養小弱。定履畝之議，田以上下豐确爲差，而黠豪者不得以避徭役。復條鞭之法，民賦盡輸于官，官爲雇役，而民不擾。嚴兼并之禁，歸流亡之民，而戶口以歲益。定儲穀之額，每百里爲委積，以賑凶饑，而吏不得以取盈。修堤堰，繕守禦，立保甲，嚴巡警。常德襟江帶湖，地墊而役繁，民多流離。公至期年，郡乃大治。以王母趙太宜人喪，解官歸。甲申，補福建興化府知府。自十有二月至于六月不雨，公步禱于蟠泉而雨，明日大雨，往復崎嶇，衝泥陷淖。父老夾道謳呼，曰：「使君其乘矣。」郡人給事中方萬有爲作頌焉。丁亥，陞浙江按察司副使，備兵嘉湖。嘉興搢紳爲宗人婿者，其舍人子叩頭逐公于廳事，公不懌，請它徙，得徙金衢道，以病調簡。辛卯，補山東之武德道。武德運艘要衝，而所轄海豐、霑化、利津，棋布海上，與天津唇齒。倭方躪朝鮮，公蒐軍實，繕板餘，具舟車，偫糗糧，亟請于巡按御史曰：「無張皇，無夸大，修實備，庀實事，鎮靜以戢民，戒嚴以待寇。」御史弗善也，疏論公恇怯不任倭事，乞徙內地。公通籍二十餘年，官不逾臬副，又再得量移，遂決計不復出。巡撫趙公可懷薦公需調久次，當超遷以竟其用。疏下所司知之。公服官廉謹，計口食俸，隨牒平進，白首外僚，是故右公者或未必稱其才，而嗛公者卒不能訾其守。王父性嚴重，以朝典治其家。公既登第，少拂意，長跪謝罪，至介賓客以請乃解。生平動止自矩，未嘗有疾言失色，蓋得之庭訓者爲多。居恆悛悛如老書生，補衣角巾，低首徒步，食不過二簋，飲不過三爵。堂無楹桷之飾，室無紈綺之御，生平不以問學蓋人。及其卒也，發其篋中之書，丹鉛儼然，標記錯互，人始知其老而好學也。公之居鄉居官，大略如此，斯可謂之恭敬温文篤實輝光之君子矣。初先君通支干五行之學，嘗語公曰：「吾與若法皆當貴，然若當勝我，我患無年耳。」先君寢疾彌留，劍七歲孤以授公曰：「以累汝。」故先君之歿也，公以小子爲子，小子亦以公爲父。公娶于趙，生三女子。側室沈氏，生二男子，長曰世臣，次曰世顯，後先以病夭。公晚年痛悼閔默，疾病纏綿，萬曆二十八年歲在庚子十二月初六日，飾巾易簀，終于里第，享年六十六。公之幼子曰世熙，其孫曰謙貞，幼孺在抱，奉縗卽位，呱呱之聲，與號踊上下。小子追話言之在耳，撫孤童之在髫，迻往事居，俛仰再世。日月逾邁，慚負生成，嗚呼痛哉！公夫人趙氏，累封安人，温柔敬直，式是嬪則。撫沈所出之子，逾于己生。沈亦有婦德，事君夫人，居寵益畏。公之子孫稍長，奉夫人之命，將卜葬公于墅橋之新阡。惟食小子，毒痛馮塞，不能文字，庸敢濡血記事，排纘梗概，庶幾得請于君子以誌公之墓。謹狀。

從父弟忠甫令甫壙誌 代先大夫

從父弟長曰世臣，字忠甫，次曰世顯，字令甫，叔父副使府君之二子也。初府君以隆慶戊辰釋褐，己巳乞假歸，生忠甫于徐州，小名曰徐州。辛未官刑部，生令甫于京師。兩弟之生也，相去僅三歲。生同母，長同師，同補博士弟子員。忠甫淑茂温文，有淑人君子之度；而令甫性伉爽，多才藝，學書鼓琴，習射度曲，游戲及之，即老于其伎者，自謂弗如也。府君均愛二子，而尤屬望次子，以謂能大其家。萬曆乙未，令甫病瘵卒，年二十五。戊戌，忠甫病傷寒不汗，亦卒，年三十。余老于諸生，以春秋講授，府君命兩弟從余遊。余少失父，以叔父爲父，終鮮兄弟，以兩從父弟爲弟。而兩弟既兄我，又師事我，孰謂皆去我而死？斯柳子厚所謂析余之形，殘余之生者耶？初，府君爲興化太守，爲兩弟占夢于九鯉仙，手記其事，留故篋中，曰：余夢至里第，次兒偃臥樓北窗下，有老醫長身而髯者，曰：「非得紅鉛奪命丹，不可爲矣。」余緩步下樓，長兒芒芒奔來，以先君之命趣呼余。余隨長兒入旁室中，漆燈熒熒，先君課兩兒讀甚嚴。長兒從案上繙一帙示余，裝潢潦草，如市肆所刻時文者，丹鉛塗乙相間，指其中一篇曰：「此人考第一，即中會元。」余諦視之而覺。此府君所記占夢之大略也。及令甫之病也，有老醫孫夢雲來自吳門，長身而髯，則所夢也。診之曰：「草木之藥，無所用之矣。安所得紅鉛奪命丹乎?」府君爲求藥于金陵,未至而卒。忠甫後四年亦卒。然則府君之記,所謂長兒芒芒奔來者,象兄弟之相追隨以逝也。漆燈熒熒者,象幽室也。王父課兩孫讀者,言當從王父于地下也。而忠甫之卒也爲戊戌之三月,顧太史起元首舉南宮,其所試國學文字,爲馮祭酒所賞識者,忠甫求得其刻本,以獻于府君。府君手自標注,命傳寫之。浹日而忠甫暴卒。然則夢中所云云,蓋闇記其死之年與其月也。然府君占夢時,太史尙童稚,人世之榮枯死生,固已前定。而課試之卷牘,點定之朱黃,已顯顯然見之夢中,此尤奇也。世之馮知死權,悍然欲與司命爭者,其亦爲鬼神之所靳,憒而不自知也。於乎!其可哀也已!忠甫卒之月,嘗之郡城,祈夢于韋蘇州,夢小婢抱一子曰:「此若遺腹子也。」驚而寤曰:「吾婦方有身,而抱子者此弱小婢也,吾其殆矣。」歸而病卒。逾月,果生一男子,然卒夭。所謂遺腹子者,獨兆忠甫死耳。嗚呼!其亦可謂之妖夢已矣!令甫生一男子,曰謙貞,今漸長,嶄然露頭角。兩弟之葬也,余漬淚執筆,以志其壙,而又爲之辭以告哀曰:

大均播物兮,俶詭渺茫。札瘥夭昏兮,大命靡常。吁嗟公子兮,競爽翺翔。顏色姣好兮,被服煒煌。於乎哀哉兮,今也則亡。輤幃列列兮,素帷雙雙。神理荼毒兮,道路盡傷。掌夢是踐兮,漆燈告祥。從而父祖兮,于彼幽荒。追隨後先兮,九京一堂。一人有子兮,宗祏之慶。祭祀孔時兮，窀穸相望。惸惸我躬兮，視天芒芒。辭以矢哀兮，訊彼巫陽。

從祖父令甫錢君墓表

君諱世顯，字令甫，從祖祖父憲副府君之中子也。我曾祖王父贈刑部府君有五子，長爲我王父，次則憲副府君。府君有三子，而君與其伯兄諱世臣者，皆先府君以卒。伯無子，而君有子曰謙貞，葬君於憲副府君墅橋之新墓。君兄弟友愛，其祔也，異兆而相望，成其志也。初，我王父舉進士，無祿卽世，病革，劍先君以授憲副府君。府君撫先君於孤孩，克有成立。迨兩從祖父之長也，先君已稱名師宿儒，有聲場屋矣。先君以無兄弟，移其友於從弟，相愛不啻手足。而從祖父之視先君，則師弟子如也。當是時，吾家方貴盛，歲時伏臘，文酒談讌，羣從子姓，相邀嬉徵逐者，不下數十人。君年最少，才氣駿發，出其輩行。間相與品題人物，商略翰墨，皆娓娓厭聽。酒酣以往，自起度曲，談諧雜出，擊劍起舞，坐客皆留連不肯去。而君又鯁介好直言，慷慨急人之難，先君尤篤愛之，以爲眞吾弟也。君卒，先君哭之慟。伯與憲副府君亦相繼卒，單妻稚子，惸惸相弔，先君傾身撫之，壹如憲副府君之撫己也。先君歿又十四年矣，稚者日壯，壯者漸老，獨向之先生長者，邈然不可以復作。至于衣冠賓從，燕好游娛之跡，追憶兒童時，蓋恍然若昔夢矣。於戲！自高祖以至於玄孫，所謂其初一人之身也。尊祖敬宗而收族。宗法之廢也久矣，豈或今世。吾家之流風本俗，可謂美矣。其于古所謂族墳墓、聯兄弟之遺意，猶有存者。吾家自高、曾以來，孝友之德，表儀宗門，其源深而本厚，有若是耶？深州之李氏，浦江之鄭氏，以敦睦著聞者，率是而行，其又何媿？於戲！其不可不念也矣。君之葬也，謙貞倣古石表之制，屬余爲之文。恭惟君之生平，備於我先君之壙志，而志行之抑沒而未章者，嘉定唐叔達已誌而銘之矣，余不敢以再告。而吾家之流風本俗，不可使其美而弗傳也，謹而書之，以示後之人，俾勿忘。天啓三年閏十月，從父晜子謙益謹述。

明旌表節婦從祖祖母徐氏墓誌銘

萬曆三十四年，巡按御史楊廷筠言：常熟縣故民錢順理妻徐氏，寡居苦節，五十餘年，鄉老列其狀，按驗不妄，請得旌表門閭，如會典。禮部覆覈以聞，制曰可。三十六年四月，符下所司行事，旌其門于所居之虞山里。是年十月某日，節婦卒，享年七十。崇禎十二年十二月，葬于頂山，祔其夫之兆。初，我曾王父贈郎中府君，諱某，娶趙太宜人，生五子，長爲我祖侍郎府君，諱某，次爲我叔祖憲副府君，諱某，而節婦之夫諱順理者，其叔子也。節婦故工部侍郎諱恪之孫女，積習禮教，嶷然殊異。年十九歸于我，未期歲而夫卒，遂以死自誓。越三載，父母微風之曰：「夫死而無子，則奈何？」節婦曰：「忍死以待應爲後者。」曰：「待之而不得，則奈何？」節婦曰：「待之而不得，我則死之；待之而得不得未可知，而或有異圖也，我則亟死之。」父母知其志決，乃不敢復言。又十四年，憲副府君生中子世顯，出後節婦。節婦抱世顯于襁褓。世顯夭，復抱其子謙貞。今謙貞實克葬節婦。嗚呼艱哉！我曾王父閨門之教，肅若朝典。節婦雖寡，眎滌濯，羞腆洗，勞以待旦，靡敢後焉。當是時，晝哭不敢，而況于夜乎？曾王父沒，依憲副府君以老。又豈知其子之無年乎？夫死而嗣子未生，毀容截髮，煢煢顧影，十四年之內，皆死日也。子死而藐孤未立，單妻稚子，再世一息，十餘年之內，又皆死日也。守節五十年而旌，旌未逾年而歿。五十餘年之內，節婦之爲生日者無幾。節婦之所爲，方諸凡爲節者極難耳。節婦長身竦肩，面如削瓜，閾門與宗人言，音節琅琅，聽之者皆曰：「丈夫也。」晚而好浮屠法，長齋禮佛。遇內外親疎，皆有恩紀。謙益之娶婦也，爲納采焉。其沒也，羣從皆有分，曰：「吾先姑之後也。」其敬順惇睦知道理如此。銘曰：

曲房幽室，白晝寒燈。五十餘年，節婦不生。烏頭綽楔，漆書青史。後千斯年，節婦不死。頂山之巓，墓木有拱。堂堂白日，照此孤冢。

陳孺人錢氏墓誌銘

錢氏五王遠條葉，吾祖偕弟起經術。從祖副使二子殇，有孫謙貞仲不絕。是生長女應一索，歸于潁川宜爾室。皇舅太守登大耋，既饋欣喜加餐食。維虺再夢蘭未茁，長懷似續心逼塞。嫁時十七今逾廿，容華嫣然初日出。諄諄懷憂語啾唧，如老成人古所恤。崇禎戊寅七月七，中庭露坐星月白。非雨非霧衫袖濕，舉火視之殷朱血。此爲何祥兆非吉，低迴自傷鈎掛臆。明年盛夏病中熱，庸醫索命助鬼伯。老祖母徐趨視疾，猶問匕箸顧啜泣。歸來夜半扣門急，嗚呼哀哉永分背！炎熇鬱蒸焚赤日，餘閣之奠蠅惡集。清揚端好不可識，木匪貍首斂倉卒。二女繼殞血衂畢，悍者不殲淑不福，皇天老眼嗟失職。癸未嘉平甲子吉，卜葬祖塋唯墨食。霜天顥顥寒凝凝，祖母扶將叫臨穴，從伯牧翁銘幽宅。昭女賢明命奄忽，埋石千年永不沕。

初學集卷七十六

譜牒三

文林郎湖廣道監察御史錢府君墓表

錢氏之先，自吳越有國，至文僖公惟演，傳七世而千一公玄孫始渡江居常熟。又四世曰鏞，其小宗曰珍，公與余自是始分。公諱岱，字汝瞻，鏞之第八世孫也。公抱淳稟和，鍾美豐物。具既醉之五福，極生死之榮哀。登進士高第，授書州府推官，秩滿，召爲侍御史。入踐臺閣，出按齊、楚，子孫趾美，再世制科。服詩、書義府之訓，襲青油暢轂之盛。是其貴也。壯歲服官，彊仕解組。不試故藝，推以治生。高臺曲池，丹青錯迕。琳宮仙館，黝堊彌望。榱桷焕乎先廟，甃石被乎水涯。是其富也。享年八十有二，堅悍不衰，度曲飲酒，移日分夜。天啓壬戌五月廿二日，其彌留之夕也，猶與客燕笑對弈，飾巾就寢，形神已離。康寧考終，夫又何媿。惟公明允沉塞，弘亮端莊。其在閨門也，正容率物，動有恆常，而必以豈弟爲德；其在公門也，斧劈刃解，舉無秕政，而必以求生爲仁。自同氣以至于九族，無弗卹焉；自舊故以迄于婣婭，無弗收焉。貴勢熏灼，而戶堂不絶夫饑寒；年齒篤老，而禮貌不衰于寡稚。五福之本，曰攸好德。所謂惟其有之者與？嗚呼！公長才偉節，騁足仕塗，中年牽累，一斥不復，以座主江陵公之故也。公爲御史八年，未嘗有不次遷拜。其在山東，歲所決四不滿額，江陵恚之，顧亦以此知公。江陵故急才，得公所上封事，輒反復稱善。江陵未爲不知公，公故未嘗附江陵也。夫不附江陵者，公之義也。江陵之能知公者，公之材也，江陵之察也。江陵功在社稷，久而著明矣。以江陵牽累者，雖不獲伸于生前，亦可以白于身後矣。蔡中郎之嘆卓也，柳子厚之附叔文也，君子猶深原之，而況于江陵乎？而況于公乎？公間與余言：江陵默然終日，能一言徐定是非，如昔人所以稱王魏公者。一日朝會，中都留守司官不候引奏，御史欲糾之。江陵曰：「留守不引奏也。」視朝儀果然。都門木中出火。臺臣欲上聞。江陵曰：「朽木能生火也。」言者遽止。公酒間與余語萬曆初事，娓娓不休，以此知公有心于當世者也。繇此言之，謂公附江陵，不知公者也。諱公爲江陵所知，又豈知公意哉！公之子湖廣副使時俊卜葬公于湖橋之新阡，既食，屬爲石表之辭。余謹書其大略，而三致意于仕止之際，辭繁而不殺焉。不惟以信于後世，亦公之志也。

鄭令人墓誌銘

令人姓鄭氏，吳郡之崑山人，族兄監察御史汝瞻之側室也。裔出顓頊，本椒房之華胄；祖惟文康，有林下之風氣。麗水饒珠，崑山多玉，飛華落藻，是生令人。幼有異姿，若簪珠而衣縠；弱不好弄，羌習禮而明詩。秉蕳贈藥，國風謝香草之詞；並宿雙飛，家集詠竹枝之什。年十有四，歸于吾兄。宜其家室，克受成福。實命不猶，無復小星之嘆；以弗無子，載徵大國之祥。瑤碧生堦，旋珠在掌。花冠錦襕，羅拜歲時；緑幘傅韝，趨風左右。徽華播于生前，高朗稱于身後。嗚呼孅矣！初汝瞻乞身烏府，樂志丘園。壯心未灰，餘年欲耗。令人妙選二八，廣徵殊麗。長袖短袿，尺寸合度。薄鬢輕紅，莊點應圖。新歌子夜，舊舞前溪，靡不敎以屈折，得之指授。事昔治酒，洗腆供具。烹羊炰羔，以享賓客；殘杯餘瀝，以逮煇胞。客賦既醉，主稱未晞。令人身雜傭保，躬親庖湢。庀治信宿，供帳至旦。至乃親朋契闊，飲博流連。卜夜爲歡，棄日未厭。碧綾委地，氍毹滿堂。絲奮肉飛，釵掛袖拂。令人巡徼有常，傳敕不絕。細簾繡幕，膏火參差；突廈曲廊，柝鈴周匝。機杼軋軋，與歌版而下上；裙布垂垂，雜舞衣而迕錯。所謂雖富不驕，能勞有繼者與？令人服事汝瞻，自壯逮老，寢食飽安，疾病診眡。嘗自誓千秋百年，必誠必信。然後下穿黃泉，親拂螻蟻。及汝瞻康強壽考，而令人寢疾彌留，顧影而嘆：「吾其已矣！幸得歿于主君之手，不幸不獲信其婦孺之志。白骨旋枯，丹誠不沫。惟有長依魂魄，矢報窮塵耳。」淚承于睫，視不受含。

年才□十有□。嗚呼悕矣！擁髻視燭，通德之永夕悲涼，無關存歿；方幅齒遇，絡秀之餘年告誡，但爲家門。豈若易簀之頃，終戀所天；如結之心，攜之入地。斯可謂上流婦人，賢明貞順者矣。時維玄月，禮當大歸。指舜華之穠豔，永謝青陽；掩玉樹之青葱，長埋黃土。益也忝居南阮，叨燕西園。酒後耳熱，感餘論於綠衣；送客留髡，託狂言於紅粉。數峯江上，如聞湘瑟淒清；六曲屏前，空見思公惆悵。不辭授簡，敬撰刻文。用以相哀，匪徒獻吊云爾。銘曰：

椒風兮分華，蘭蕙兮遺響。須女兮斗旁，張星兮河上。秋風急兮白楊，送美人兮北邙。青溪水兮繁霜落，魚山祠兮春草長。朝雲兮暮雨，詒明珠兮雒之浦。歌余詩兮浩倡，長芳非兮終古。

族子純中秀才墓誌銘

純中，諱文光，與余同姓，於世次爲族子。純中之父曰虞江翁，年十八，居海上，爲倭人虜去，福船俘之以歸，反接坐纛下，翁大呼噭天曰：「我常熟鹿園錢氏子也。」主者訊得實，牒而歸之。出贅於江陰徐氏，依女家以居。生純中。所居鄉曰楊舍，去繆詹事西溪家二里而近。西溪年少負盛名，不可一世。聞純中孤貧好學，延與同硯席，長相優也。純中亦用西溪有聞於時。純中攻於舉業，其視科第，猶掇之也。博聞強記，爲敍記哀誌之文，於當世所稱文章家，往往能割剝馳騁，與相下上。爲博士弟子員，垂五十年，生產日拙，資賣文以爲活。其子姓食指日繁，與其兄之孤嫠，衣食百須，皆仰給於十指，以故其窮益甚，志氣日益無聊賴，竟加老病風以死。嗚呼，可悲也！純中深目多髭，意氣嶽嶽，見貴人，未嘗相下。弈棋爭一子，至推枰揎袖不已。口所欲言，視人有諱避之色，故大聲出之，其人頭面赤腫，弗顧也。天啓丙寅，西溪以奄禍死。純中嘆曰：「吾與西溪俱生嘉靖之壬戌，今六十有五年矣。彼已得死所，吾不幸以不材全其天年，將安歸乎？」病風劇，手足奇右，使其子扶掖見余，語不可了，時以指畫几，其子傳道其意，以爲不獨自悲其窮，蓋亦傷余之不遇也。後西溪之亡三年，崇禎己巳十月卒。後三月，妻周氏亦卒。辛未二月，合葬涸岡西之祖塋。余少侍先君，與純中相識。比上公車，西溪語我曰：「純中孝友篤至，今之壹行人也。」歸而質之先君，先君以爲信。銘曰：

君嘗從余，遊於帝京。紫宮雙闕，瞻彼穆清。周覽禁苑，漸臺神明。縱觀輿服，流睇觚稜。二京三都，心維目營。貰酒燕市，驅驢五陵。憑高弔古，悲歌涕零。歸而著書，贊我皇明。列傳七十，草創一經。故紙敗筆，點竄欹傾。事雖未揆，厥志亦弘。荒郊平田，原隰從橫。纍纍蓬顆，埋此俊英。嗚呼刻辭，永閟幽扃。

族兄觀伯錢君墓誌銘

吾先君作聱隅子自傳，有友六人焉，族世父無登先生其一也。先生諱繼科，飲酒賦詩，慷慨善談論。余六歲就傅，先君請爲童子師。王母卞夫人笑曰：「若爲兒擇師，乃自覓酒伴耶！」先生目喪明，教授弟子數人，其長子觀伯偕來講授。余捨所授書，越席往聽。觀伯與諸弟子皆目笑之，余心知其爲少我也。當是時，觀伯長于余八歲，頎然長身，余才與書案等耳。後數年，觀伯與余爲文會，方其據案俯首，經營攻苦，風炎日燥，筆墨戛戛然，余從旁掣紙捉筆，讙呶相亂，或指目其額汗眉蹙，以相嬉笑。觀伯張目疾視，不接一語。久之嗢噱不可耐，亦听然一笑也。又數年，余與諸名士爲竹林之遊，遂罷去。觀伯始補博士弟子員，家益貧。讀書好古，修君子之行，悒悒不得志以死，天啓六年十一月也，年五十有二。崇禎九年十一月，觀伯之二子龍躍、龍惕，卜葬于羅墩祖塋之昭穴，啓前母吳氏之權厝祔焉。哭而謁銘於余。嗚呼！余猶及見觀伯之成童，以迨於壯而老死。又見二子之纘言勵志，克有成立，以葬其父。則余之閱世，亦已老矣。追思五十年事，話言嬉游，一觴一飯，顯顯然無有忘弃。蓋不獨中年親友，取次凋落，有酒闌人散之感，而余之衰遲慵墮，老而多忘，不自知我非昔人爲尤可嘆也。觀伯諱爾光，裔出吳越武肅王。自千一公始家常熟，傳八世爲採樨公諱元祜，觀伯之高祖也。觀伯與余繇是而異。銘曰：

孰穿匪坎？孰隱匪阿？瘞銘斯石，君有則多。

嶧縣知縣何府君墓誌銘

府君何氏，諱允濟，祖諱墨，父諱鉉，邑之甲族也。萬曆戊子，以國學上舍生中應天府鄉試。五上春官，謁選，知東兗之嶧縣事。左遷授雲南幕致仕。年六十一而卒。夫人錢氏，山東按察司副使諱順德之女，謙益之從祖姑也。後君十六年，年七十八而卒。將合葬，其子珩枝，奉府君之隧言，乞銘於謙益。於是小子謙益泣而言曰：「於乎！我先君幼孤，移其孝於從祖，視從祖姑猶親姊妹，視其夫猶親姊妹之夫。而我先太淑人之于夫人，則親嫂婦如也。吾于君與夫人，少而有記焉，長而有見焉，老而有痛焉，其弗忍以不之志也。」志吾之所記者曰：吾爲兒時，王母卞夫人無恙，君與夫人歲時伏謁，羣從中表畢集，皆鮮衣盛飾，從容歡讌。君身衣補衣，俯躬低視，間一齲齒而笑，未嘗至矧。先君字呼之曰：「商楫兩眉間幾何？著多許黴纏耶？」卞夫人亦曰：「何郎娓娓修謹，大姊談笑大噱，如雄快男子，是亦一反也。」吾之所記者如是，君與夫人之生平其可知也。志吾之所見者曰：君好詩耽禪，大書于壁，以高達夫、何次道自況。吾少與珩枝同學，君時時相就劇譚，間發狂言，拄其口，亦听然不色忤也。北上公車，舟行出嶧境。嶧多盜，君戒驛徒千掫，降顏色好詞謾謏之。比暮，擊柝聲寂然，各鳥獸散矣。問其政，計口食俸，決杖不過十，見上官，愬民窮盜起，其容有覽，如與家人絮語，竟用是左官。家產日落，與夫人廢箸析居，里人皆嗤君拙宦，而亦知其非貪吏也。志吾之所痛者曰：府君後我先君七年卒，夫人之卒也，後我太淑人四日耳。天降割于我兩家，死亡彫謝，如笋之旋坼其籜。二三稚子，衰麻哭泣，煢煢相向，則皆蒼顏白髮矣。當吾之舉進士、入史院也，府君需次長安，賦霖雨篇以張其事。再罹鉤黨之禍，屛居奉母，未嘗不有愧乎其言也。吾每侍太淑人，念夫人有子而貧，輒停箸嘆息。吾心多懼凶，又惟恐不得如夫人之子常在母前也。繇今思之，所愧乎府君之言者已矣，所羨乎夫人之子者，又豈可復得哉！嗚呼！小子創巨痛深，于君夫人之葬，假茲石以告哀，毒痛憑塞，序而終焉，所爲至哀無文者乎！是爲銘。墓在常熟縣東之宛山，今年實崇禎六年。

陳府君合葬墓誌銘

府君姓陳氏，諱欽光，字唐父，其先自閩侯官徙常熟，以國子監祭酒諱寰者爲祖，以都察院右僉都御史諱察者爲伯祖，以南康府同知諱堯仁者爲父。南康娶瞿文懿公之女，府君瞿之自出。夫人朱氏，工部主事諱寅之孫，監察御史諱木之子也。生男三人：伯曰治體，次曰治猷，曰治揆。女子四人，其次爲余妻，累封淑人。孫男女十五人。曾孫男女七人。府君孝友順祥，長不滿六尺，低首俯躬，語言姁姁然。少學於元舅太僕公，鏃礪志節，侃侃如也。宗人使盜殺其從弟，橐金行賄，府君叱去之。夫人長身魁形，謦咳如偉男子。縫紝烹飪，勤勞不懈。既饋以至偕老，無迕色，無違言。宗黨之人，咸以爲姽德也。我先君通敏彊博，爲世儒宗，長于府君六歲，賢府君而友之，酒食徵逐，披見肺腑，故次女歸於我。余成童，與伯子爲文社，在塔院之荷亭，府君莅焉。余甫削藁，上浮屠，穿廊廡，叫囂跳擲，日下春歸院，伯子猶剌促硯席間。府君手余文巡其坐而數之曰：「若嘔出心肺，得錢家郎一言半句乎？若何不承其餘竅乎？」既而夫人送酒殽相勞，且譙且數，剌剌不少休，燭跋而罷。院僧環聽竊笑以爲常。府君爲文，攻苦振奇，掐擢胃腎。年五十二，才得試鎖院。歸語夫人：「吾生平望省門，向西而笑，今得快意矣。」日相度旗竿何向，燕饗何所，戒夫人庀羊酒以俟，已而寂然。煩寃結轖，意不自聊，病不良食。明年庚戌，余及第報至，爲解顏，少食粥糜。閏三月十二日，遂不起。夫人後府君八年卒，年六十有六。府君握文勵志，蚤夜呼憤，思纘其先世及外家之緒而不可得。比其老且病矣，聞余之獲儁而喜，以爲猶于吾身親見之也。今余荏苒遲莫，頹然一老書生，不獲立王功、活生人，以盈府君之志，死者如可作也，其所自爲攢眉者，安知不囅然一笑；而其爲余開顏者，又安知不喟然三歎乎！嗚呼！其可悲也已！以歲之不易，家門之陵替，府君權厝淺土，夫人尚在殯宫，以崇禎十六年十二月十二日，合祔于頂山之穆穴。淑人率其弟姪跽而請曰：「夫子銘矣。」嗚呼！余何忍不銘。銘曰：

將將蘭錡，峙高門兮。天作好合，叶朱陳兮。鸞歌鳳舞，歡友賓兮。舟藏樹靜，日西淪兮。蘭芳蕙問，委窮塵兮。頂山之墳，既固安兮。光氣熊熊，宜子孫兮。夕雪掩路，晨雲屯兮。望彼列楸，涕霑巾兮。總角獲見，眷嘉姻兮。懷舊東武，愧安仁兮。刻詞好石，訊千春兮。

初學集卷七十七

祭文

祭于忠肅公文

萬曆四十七年己未十月庚戌朔，越十日，具官錢謙益謹焚香再拜，昭告于明故特進光祿大夫少保兵部尚書贈太傅謚忠肅節庵于公之神曰：於乎！己巳之變，乾坤晦冥。公舍一身，以奠九鼎。朝社不改，枝葉重光。佑憲啓孝，以逮我皇。承平日久，蠹生孽芽。政出多門，鬼載一車。猶之不遠，戎索隤阤。蠢爾佟奴，實訌東鄙。屠城覆師，勢如燎原。建國僭號，自踰短垣。天門沉沉，靈瑣不開。羽書警急，羣言喧豗。司農司馬，以及卿士。目瞋口張，象物而已。譬彼大廈，風雨漂搖。主伯偃臥，僕夫號咷。雖則號咷，亦不是力。或咀或呶，有黨有克。人亦有言，主辱臣死。四郊多壘，大夫之恥。嗟余小子，憂心錯迕。如夢方寤，如瘖欲愬。號伯有戒，助予無朋。哭泣不可，告哀于公。岳墳宰木，宋宮黍禾。湖山故國，公神所過。靈風肅然，素旗欲舉。馮余悃誠，告以兆語。謹告。

祭趙端肅公文

天啓元年，歲在辛酉，九月朔日己亥，翰林院編修錢謙益謹以瓣香之儀，致告于明故資德大夫政治上卿太子少保刑部尚書贈太子太保謚端肅趙公之墓曰：於乎！昔在我祖，受知于公。遇以國士，拔諸孤童。哀哀我祖，一第早夭。公悲祝予，涕泣傾倒。我祖雖歿，遺跡粲然。感恩知己，有詩卌篇。迨我先人，拜公馬首。故人稚弟，厥愛孔厚。昔我童牙，嬉戲徵逐。大母教我，無忘端肅。老者木拱，稚者髮白。耿耿斯言，猶在宿昔。今我銜命，掄材于浙。跂望濤江，我心如折。敬遣一介，拜公墓次。問公子姓，告以舊事。惟公明德，如嶽如山。我搜國史，如識面顏。庶幾夙夜，黽勉終古。用以報公，亦念我祖。嗚呼尙饗！

祭傅文恪公文

萬曆辛亥，我師太常寺卿管國子監祭酒定襄傅公卒于京師之邸舍，其門人錢謙益方在苫塊，爲位而哭，行心喪之禮。既免喪，浮湛里門，又七年所，復就班行。今天子改元之歲，奉簡命偕屯留暴給諫往典浙試，既蕆事，始得遣一介附給諫以入晉，謙益乃洮頮焫蕭，望拜稽首，爲文以告于吾師之墓下：於乎哀哉！昔在丙午，獲登公門。遇我國士，付以斯文。曰我得子，可謂弋獲。如陸得愈，如歐得軾。載上公車，拜公邸舍。長其羽毛，借以聲價。吁嗟末俗，限隔勢位。舉主門生，儼然相吏。惟公于我，德音孔咸。乃授几席，乃親杖函。僕隸讙迎，家兒掣曳。不辨主賓，況乃師弟。我舉南宮，公笑莞爾。非我實賀，乃爲國喜。麻衣如雪，嚴霜夏零。唁兼以勞，愾涕交并。虞羅高張，宦海喧豗。我既銜恤，公亦念歸。公書告我，長安棋局。拙工斂手，旦晚初服。歸未再期，俄得公訃。創痛因仍，噩夢錯迕。荆棘布地，風濤稽天。沉沉故園，一瞑十年。敬走一介，拜公墓門。陳根幾宿，漬酒尚温。哭不憑棺，奠不親斝。臨風告哀，有淚如寫。嗚呼哀哉！自師之沒，星霜遙遙。歲將一紀，代更三朝。朝著鼎新，班行嗔咽。人材日凋，黨論未輟。東方小醜，訌我全遼。兵餉鈍敝，徵輸繹騷。我躬不閱，惟憂用老。滄海横流，歎彼腐草。寸心如折，酹以告公。沒而猶視，公神所恫。我心雖長，髮已種種。三組無聞，一官猶冗。感恩知己，先民有言。何以報公？不辱其門。嗚呼哀哉！尚饗。

祭高陽公文

維崇禎十二年，歲次己卯，正月十七日乙亥，吾師高陽少師公殉國報至。越翼日丙子，其門生錢謙益爲位于墓次之明發堂，製加衰之服，率稚子孫愛拜而哭之。越三日戊寅，謹具特牲之饗，昭祭于吾師之靈：嗚呼！戊寅之冬，奴陷高陽。諜報間至，旁午未詳。我前知公，就義已審。中心如擣，退哭諸寢。流聞錯互，傳遽梗塞。如魚挂鉤，耿介胸臆。疇昔之夕，邸報北來。公死信矣，嗚呼痛哉！山川北流，尾沒勃碣。公生斯世，一柱硉矹。羯奴何人，而敢余侮？坼我地維，折我天柱。箕尾黯黯，斗極曚曚。將相兩星，齊隕崆峒。日食三朝，熒惑在廟。野熊嘯邑，祆火震礮。蝗飛川涸，不令不寧。天用漢法，移諸股肱。身塞災眚，以奠九州。奴刃如飴，上尊養牛。嗚呼哀哉！公初出鎮，畫關爲疆。赤縣黃圖，寄命堵牆。奮袂抗議，屹如泰山。誓復河西，以保危關。經營葦路，儲峙糧糗。奄有寧前，以及錦右。戎索稍定，奄禍遽興。晉陽之甲，蜚語沸騰。緝緝羣小，馮奄逐公。羯奴抃手，酌酒河東。公再出鎮，畿輔踐蹂。遼帥驚奔，如逐瘈狗。呼吸定變，徒手單車。倒戈入衛，關門晏如。巖疆復宇，叛人獻馘。露布晨馳，都門晝闢。奴焰孔熾，倚公長城。綸閣虛席，鋒車急徵。奴讋解嚴，視公贅疣。一肘後掣，衆喙旁咻。任重權分，功大失少。角巾歸里，未厭羣小。天門蕩蕩，雷車殷殷。慭置一老，以膏奴吻。羣小鋤公，如稂如莠。羯奴何知，爲彼假手。子期割心，弘演納肝。千秋萬世，同此寸丹。入相出將，取義成仁。魯公晉公，合并一身。公歿之日，屋廬蕭然。左圖右書，蕩爲雲煙。輦輪捆載，今復何有？藉手羯奴，間執讒口。闔門殉國，未悉幾人。故知從公，並侍帝晨。白首門生，未獲死所。臨風告哀，老淚如雨。嗚呼哀哉！尚饗。

再祭高陽公文

維崇禎十二年正月十八日丙子，門生錢謙益哭我師高陽公于墓次之明發堂，爲位而奠焉。士友之來弔者拜焉，已而疑所服心喪三年，洙泗以後，未有聞焉，我未之能行也。唐制爲座主齊衰三月，宋蘇軾之喪張方平也亦然。本朝不爲座主制服，倣于唐、宋之間，其可也，於是服齊衰三月，越四月十九日丙午，始除服，復爲位于斯堂，陳庶羞清酌之奠，而爲文以告曰：公之殉國，于今改年。自我制服，蓂莢三遷。心喪慚古，純采違衆。齊衰三月，倣彼唐、宋。日月不居，我服斯除。我心悠悠，式傷且瘀。公之云亡，當宁閔惻。三靈震驚，四海嘆息。公之完節，上帝所畀。孔曰成仁，孟曰取義。彼何人斯？别有肺腸。讒口嚚嚚，訛言孔將。絕倒慶幸，揶揄罵詈。稽首羯奴，頌以天吏。蜚語流傳，謗書沸騰。糞擲蟾蜍，矢集青蠅。方叔元老，再鎮危疆。定我戎索，驅彼犬羊。威名燀赫，羯奴所忌。彼何人斯？與奴合契。勃碣傾北，山海墮東。奴賀塞外，彼賀域中。公神在天，驂乘三后。參旗導前，雷車殿後。受命帝所，汛掃羣胡。朝蹂歷城，夕齦幽都。臠誅羯奴，告成于帝。朱書鳥篆，刻銘雲際。視晝瞑夜，舒雲握風。視彼讒人，眇如蠛蠓。伊余小子，才薄德輶。惡言禦侮，媿彼仲繇。堂堂白日，煌煌青史。不負師門，庶其在此。嗚呼哀哉！尚饗。

祭都御史曹公文

崇禎七年九月甲子，具官門生錢謙益謹以清酌庶羞之奠，昭告於故都察院左都御史曹公之靈：嗚呼！公居諫垣，萬曆之中。門戶角立，鈎黨成風。惟公公忠彊直，昌言折衷。誓欲渙讒訛之羣，疏道學之禁，使正人君子，拔茅連茹，相與扶國運於昭融。公去而黨論不可復挽，朝廷遂爲之一空。及其再出，黨禍藴祟。椓人負嵎，小人乘墉。幸脱屣之云早，幾不保其一畝之宫。天開地闢，閹孽蟲蟲。萃宫鄰與金虎，集矢鏑於薄躬。公在憲府，扼腕奮筆，余得脱於羅網，而公遂不免羣小之恟恟。遡國論之翻覆，二十年餘，俯仰三變，而公皆身當其衝。忠君愛國，憂心忡忡。正色寡言，大道爲公。樂善類之應求，信聲聞於鼓鐘。嗟讒口之描畫，終不能抹摋其清忠。公之在朝，國論有所楷柱，人才有所芘依，而小人閹寺有所畏憚，而未逞其毒凶。公之去國，雒、蜀之籍滋多，同文之獄交作，而狡夷流寇，皆接跡而内訌。公今已矣！朝亡元龜，世失砥柱，而國之元氣，渾淪磅礴，獨全歸於鴻濛。嗚呼哀哉！己巳之夏，我車載東。出祖於郊，有墨其容。閔世道而三嘆，匪興愾於飄蓬。追陳跡於六載，怳昔夢之攬胸。儼觚稜之在望，撰杖屨其奚從？緘哀辭兮千里，寄老淚於秋風。

祭南昌劉宮保文

維年月日，具官錢謙益，謹用清酌庶羞之奠，致祭于故光祿大夫太子太保戶部尚書兼文淵閣大學士劉公之靈曰：「昔我光廟，明目達聰。朝入翼室，夕而相公。政決壅河，士起死灰。讙呼鼓舞，如風如雷。先帝知公，可託沖子。臨終之命，親憑玉几。宮鄰膠結，婦寺披猖。重陰積霾，籠蔽少陽。公率諫臣，定策柩前。手捧旭日，出於虞淵。國論喧呶，夷氛孔亟。垂紳正笏，不動聲色。自昔權奸，銜執國柄。驅除元臣，罔恤顧命。逆璫作難，先去雒陽。逆賢之焰，逐公始張。正人在朝，國有綱維。如坊止水，田者不知。及其一去，若決大川。誰能捧土？塞彼滔天。聖明御宇，號呲博求。番番黃髮，國斷王謀。風波喧豗，檣傾楫墮。長年三老，袖手安坐。有黨有讐，人或柅之。何辜于天？俾不憖遺。嗚呼哀哉！神宗末年，黨論弘多。詞垣有人，咸離網羅。公曰善人，國之元氣。正色直詞，出我衆忌。閣訟再起，公爲國恤。扼腕塡胸，恨不我直。我於朝著，如鴻一毛。公之寶之，和璧赤刀。豈無公望，豈無卿才。曰一个臣，公何愧哉！奄種蔓延，黨禍沸騰。海宇瘡痍，陵廟震驚。古之藎臣，視不受含。公雖長寢，憂心愴憛。温公病革，夢語頻繁。陶公之歿，豈無話言？千里寓詞，揮淚如雨。何以報公？一慟千古。嗚呼哀哉！尙饗。

祭孫文介公文

歲丙子之孟陬兮，春氣奮而青陽。哀夫子之北征兮，載元氣而上翔。天門開而詄蕩兮，中宮霅其景光。排玉戶而撼金鋪兮，謁神祖于瑤堂。嗟宮鄰之盤互兮，値金虎之披猖。童謠倉琅於尾鸞兮，優歌枯菀於特羊。選巫咸而叫帝閽兮，灑血淚之浪浪。策書夕出於禁闥兮，青社朝分於雒陽。仙李盤根於奕葉兮，桐圭蔽芾于扶桑。神祖揚靈而慰余兮，覽余情之信芳。下天街而躊躇兮，顧帷幄而慘傷。退致命於皇考兮，哀天壽之弗將。雉夔斟而莫饗兮，何蜆形而茀裳？龍胡相逮於下土兮，馬劍高懸於尙方。指皇天以爲正兮，誠不忍見白日之蔽壅。靈旍紛其下上兮，儼大行之在傍。飄風扶其輪轂兮，雌霓連蜷於衰裳。梟楊白虎先後而陪扈兮，望豹尾之茫茫。厲天津而橫度兮，限析木之無梁。盍歸來乎箕尾兮，列東維之舊行。九子睽而斥絕兮，赦客哆以簸揚。仰閣道之迢遙兮，憎卷舌之光芒。觀車騎之滿野兮，誰策馬乎王良？指街北之旄頭兮，睇苑東之天狼。耿河漢而獨處兮，終抱恨於七襄。重曰：浴蘭兮沐芳，佩瓊琚兮升君堂。君之堂兮幽幽，奠桂酒兮陳柘漿。日晼晚兮君不御，期夕張兮夜長。靈之來兮儵而逝，旋回軫兮帝鄉。登端門兮太微，掉帝車兮中央。齊氣候兮台階，和陰陽兮戴筐。空貫索兮垣墻，撫天棓兮欃槍。燭玉燭兮暢永風，降四時兮嘉祥。並傳說兮漢津，應南極兮壽昌。

祭唐太常文

吳會之間，參錯俊髦。儒林文苑，蔚如牛毛。其書滿家，行汗牛馬。謏聞動衆，著述或寡。我得公書，輔世二編。俛讀仰思，其人儼然。上窮掌故，下逮蒙古。如醫有錄，如棋斯譜。病在膏肓，良醫出走。一著之差，國工斂手。諒其實虛，決彼明昧。如丹如青，以蓍以蔡。我讀公書，昧昧以思。公之爲人，我亦見之。氣雄九軍，目營四海。匡時力阻，報國心在。蜩螗內沸，戎馬外訌。番番黃髮，瘨痡在躬。搖手不得，轉喉觸諱。慨當以慷，憂或成畏。苦心沉沉，託之寸觚。摹此前哲，教彼後夫。於乎公乎！今其已矣！長編猶新，九京誰起？伊余與公，素昧平生。勞公記籍，問其氏名。蟲刻徒勞，馬齒滋長。何當于公？而辱嚮往。嗟此哲人，未奉緒言。殁思典刑，在顧執鞭。先民有言，讀書尚友。繄我于公，接跡已久。申寫夙心，跪而致辭。如與公言，公其聽之。

祭翁太常文

君少執經，于我先子。君居函丈，余嬉稚齒。著履加膝，捉筆書几。顛倒裳衣，狼籍文史。君不余嗔，頷之而已。時或眷然，顧我則喜。君爲鄞令，冠帶陸離。盈盈雅步，宛宛容儀。余方駘宕，幼而服奇。蓬髮歷齒，不介而馳。君笑顧我，如髻齔時。呼我英妙，勉我下帷。余偕計吏，君官夕郎。握手道故，推星閱霜。興言負笈，念我倚床。釣游儼然，況乃門牆。引滿爲壽，感嘆相將。伊余通籍，閔凶遽臨。冰雪距門，哀猿叫音。風濤相歷，歲月滯淫。我思古人，考槃在吟。君躋首垣，陟于卿寺。休沐言歸，把醆相視。契闊過存，雜坐譏語。流連故舊，問訊寒暑。觥籌迴翔，令章容與。人醒夢夢，君醉楚楚。余顧而言，君其鼎呂。是亦爲政，何必遠舉。納言甫推，賀門攸萃。不燕于堂，胡哭于次？明旌低昂，拭眼疑寐。單杯親斝，髣髴殘醉。於乎哀哉！九閽沉沉，奏囊交跖。君爲勞臣，僶俛左掖。如涉洞庭，飈衝颿激。魚龍湛浮，上作霹靂。長年三老，不震不惕。亂流而濟，粘天浪息。奉常淸卿，雍容媛姝。周道如矢，範我馳驅。回視中流，捩柁號呼。如旅獲歸，如負驛蘇。大限俄窮，莫騁修塗。不躓于險，而躓于衢。於乎哀哉！君弟畜我，實自童蒙。余慚昌黎，事竇如兄。余鈍而頑，君駿而通。飛鴻雛鷇，厥喻則同。余序疏草，擬于文莊。斯論倘篤，君爲不亡。于祭告情，纏綿惻愴。靈其降止，慨焉户堂。尚饗！

祭王二溟方伯文

惟兄與我，戚屬中表。兄弟畜我，申以朋好。心跡因依，肺腑傾倒。兄爲松柏，我若蘿蔦。兄在先朝，郎潛已老。我官詞垣，載筆搜討。日旰車闌，霜寒馬早。邸舍蕭條，禁鐘縹緲。彷徨官燭，流連清醥。客衣欲單，旅飯不飽。互裝絮綿，迭饋鱻藁。仕路喧豗，物倫苛嬈。鉤黨刺促，憂心悄悄。兄如復陶，卷舒馴擾。我如箕箒，動被屈撓。過從歲時，慰勞昏曉。嘆息風塵，信誓衡茅。征蜀之役，兄出南道。擒其渠帥，以殄蠻獠。有功不伐，捷書莫考。隨牒平進，回翔窈糾。金盤火齊，高牙大纛。何當目營，徒有頭掉。年至懸車，碩寬獲考。三徑常闢，一室自掃。築室面山，浮階引沼。詩成綺靡，曲度懊惱。徵歌激越，選舞便儇。晷增日促，燭繼月皎。百年何幾？而遽不保。二品非榮，八十猶夭。嗚呼哀哉！我困蓬藋，黨禍未了。鋃鐺牽連，網羅搜攪。兄過執手，爲我心摽。感懷賦詩，憐我纏繳。迨我言歸，音塵杳杳。笑言髣髴，魂夢惝怳。手簡盈篋，殘詩在藁。每一念及，淚漬懷抱。蕭蕭朔風，飛飛丹旐。辭其旅室，歸彼域兆。奠此一杯，以當祖道。榮名何之？物化非寶。敬赴素車，敢負宿草。嗚呼哀哉！尚饗。

祭于惠生文

惟我與君，定交晼晚。疇昔之歲，過從繾綣。邀我園林，燕我池館。妙香滿室，乳茶傾盞。橫陳尊彝，傾倒篋衍。最秘惜者，華不注卷。烟巒雲樹，髣髴在眼。楚酪和鮮，吳虀拏飯。露雞清烈，子鵝永雋。華酌既陳，清言徐展。上下騷壇，揚扢詞苑。有難必酬，無和不反。晨花日傾，夕竹露泫。班荆語長，刻燭晷短。君爲听然，顧語小阮。蘭亭栗里，斯會非遠。詠君歌詩，綺靡嘽緩。香奩豔冶，玉臺婉孌。温李新聲，徐庾舊撰。志士失職，高才連蹇。轍魚過河，轅驥下阪。漢妃嘆盈，湘娥淚潸。桑者閑閑，棗下纂纂。晚就我謀，有書徑寸。自悔少作，請循其本。顧我夢夢，其顏有赧。猥以枯竹，負此青簡。伊余衰暮，見抵罷免。老屋三間，衡門兩版。得君慰藉，忘我蹇産。承君之訃，回環自忖。天不慭遺，我老無伴。凶星纏綿，風波搖演。餘殃奄及，能使君殄。申戒烝徒，勿俾我善。君方大歸，我又病瘖。抒詞告哀，酹以一醆。漬酒有時，豐碑可纂。庶幾陳根，伸此悃款。嗚呼哀哉！尚饗。

祭徐元晦母王夫人

維年月日，某等謹修生芻之奠，敢昭祭于徐母太原王氏夫人之靈曰：于維夫人，克媲德門。珩璜比德，榛栗告虔。娠賢振振，起家藹藹。鼎養滋豐，蘭錡未改。受茲介福，既壽而康。杖而唾遠，視則履強。有攜有嬰，扶床坐膝。勉薦滑甘，讙覓梨栗。八十五年，飲醇含飴。飾見舅姑，優游大歸。欒欒元晦，呼號罔極。僕御助哀，閭里嘆息。自母有疾，于今二年。不櫛不翔，鮮或墮言。嘗藥揾吻，滌牏龜手。便溲枕藉，禱祀望走。云何百年，大限不回？坼子于裹，奪母于懷。嗚呼孝思，曷維其已。子如元晦，斯則可矣。我思古人，囊身置褚。豈不重氣，曰有老母。勿謂任俠，言不中程。不許友死，載在禮經。小人有母，甘毳罔效。或闇而危，苟訾以笑。登母堂宇，拜厥几筵。孰不爲子？能不潸焉？母曰子兮，無然涕淚。仔肩我孤，以永錫類。靈如懍焉，至止彷徨。何以昭祭，永言不忘。

祭姚母文夫人

昔在甲辰，始識孟長。如古定交，杵臼之傍。夫人聞之，爲具酒漿。高歌擊節，意氣慨慷。酒闌燈炧，襆被對床。過從信宿，日移夜央。談圃樹頰，文戰掉鞅。秋風熇厲，寒星角芒。夫人欣然，恕其瞽狂。列在猶子，許以鴈行。自時厥後，燕游孔常。摳衣拜母，酌彼兕觥。鏃礪道義，切磨文章。呴濕濡沫，蛩巨扶將。相繼通籍，班聯玉堂。譬彼花鄂，前輝後光。追趨禁近，委珮成行。退問起居，欣欣樂康。夫何不弔？零此嚴霜。帷堂旅舍，扶匶嚴裝。逐子不返，將母則亡。哀哀廣柳，蕭蕭白楊。回風漂搖，曜靈閉藏。四序斂揫，五音奏商。煢煢孝子，削杖瘠傷。羣烏助哀，百草不芳。伊余屏廢，在天一方。奠不親斝，結轖中腸，嗚呼哀哉！天運險易，物情燠涼。惟此恒德，亘古爲綱。閶闔之門，表厥宅坊。烏頭雙闕，漆書煌煌。母師之訓，凛于珩璜。如眉山母，羨彼范滂。舜華朝榮，蜉蝣夕僵。天寒澤凍，松柏彌昌。禮宗女表，令問令望。大書深刻，俟諸瀧岡。無曰遼遠，視天夢夢。靈其綏韃，酹我一觴。

初學集卷七十八

哀詞

潘僉事哀辭 并序

萬曆四十七年三月，王師敗績于建夷，僉事保安潘君宗顔死之。君舉癸丑科進士，官戶部主事。會建州夷佟奴兒哈赤犯順，襲我城堡，殺我大將。君上書閣部，極言援遼破虜、調兵用間之計。浹旬凡數十上，皆不省。奴遣歸漢人以嫚書遺我，君讀之，毛髮盡豎，以謂二百年豢養屬夷，一旦稱國稱汗，指斥南朝，妄引天命，堂堂天朝，受其詆娸，不敢出一語詰責，邸報發鈔，傳布遠近，辱國損重，莫甚于此。乃草檄數夷十二罪，奏記閣部，請亟行之。閣部以爲迂，格不上。迂君者之議，以爲朝廷顧惜大體，不當以語言細故，與犬羊爭勝頰舌。雖然，醜虜執辭，中夏鉗口，其于國體，又如何也？語曰：名其爲賊，敵乃可服。奴酋故王杲之餘孽，雜種小醜，妄自命金、元後裔，比長絜大。如君之言，主名傳檄，聲罪致討，褰腥膻之膽，舒華夏之氣，此胤征、甘誓之舉也，何名爲迂？君之議雖不行，其志則不可謂不壯也。君既以知兵聞于朝，遂以户部郎出理新餉，會開原道兵備畏奴引疾去，卽推君以僉事往。次年，王師四道出勦，杜松兵先潰于渾河，君監總兵馬林軍，從靖安堡邊趨出開、鐵，三月朔，分兵出三岔兒堡口，翼日抵二道關，奴乘勝薄我，我師復潰，君及蓋州通判董爾礪力戰死。君嘗言：用兵謹候太白，太白所出之方，可以舉兵，所背，不可逆戰。自戊午七八月以後，太白西起漸高，利先起，利深入。暮冬中旬，其尅奴之期乎？明春太白在東，氣候别轉，又未可知。今以三月出師，正太白在東之日也。君能前知用兵之不利，而不能使師之不出，豈非天乎？然而君之占兆，固未嘗不驗也。於乎！自奴酋難作，將士膏血戰場者有矣，君獨以文臣死建州之役，四道臣各監一軍，非君一人在行間也。三道臣望風奔竄，君獨死。師出否臧，首尾牽率，綸閣有催戰之檄，閫外無統一之權。君明知其必死，身冒矢石，計不反顧，竟與二大帥俱死。於乎！君之死亦已難矣。嫚書之入也，閣部大臣載高食厚者，相與瞪目噤口，不敢出聲氣，苟可偷安旦夕，卽遺以尺一牘曰：皇帝敬問匈奴大單于無恙。彼固甘之矣。君以郎署小臣，努目植髮，獨抱國恥，雖欲不迂之也，其可得乎？君一死而三事大夫持祿容身，目君爲妖言、爲怪物者，必將以君之死爲喜，拱手而相賀。疆場之吏，縮恧巽輭，望堠火而骨驚，聞邊遽而齒擊者，又必將以君爲懲，搖手而相戒。君雖死，目不瞑也。雖然，國家養士二百餘年，忠臣義士，亦必有因君之死，感慨激昂，以除兇雪恥爲己任者。狡奴之游魂，不旋踵而繫頸于闕下，固將以君死之年，爲奴殪之日，而君亦可以無憾矣。閩人董應舉聞君之亡，爲位而哭，以其所草疏檄寓余。董於君未嘗有雅故也，余感董之意，作哀辭一篇，自書二通，其一通酹酒東向而焚之，以告于潘，其一通以遺董。其詞曰：

黑水沸兮白山吼，彗角芒兮五星鬬。白亘天兮赤殷雲，牙旗折兮士爭先。簡書前迫兮虜後蹴，前軍熸兮後軍蹜。霾余輪兮縶余馬，免余胄兮棄原野。骨葬馬足兮魂以矢招，奴歌于塞兮士嬉于朝。援天桴兮擊河鼓，褰碧血兮訴列祖。登九天兮伐彗旗，叫九閽兮撼黃扉。禁奴魂兮褫奴魄，臠奴肉兮爲脯腊。魂歸來兮朝帝所，領國殤兮衞畿輔。焚余辭兮奠酒漿，魂不來兮神慘傷。

石義士哀辭 并序

蒙古分民爲十戶，所謂丐戶者，吳人至今尤賤之，里巷伍伯，莫與之接席而坐。石電者，乃以死義特聞，亦奇矣。電，常熟人也，僑居長洲之彩雲里。崇禎八年，流賊躪中都，圍桐城，江南震動。電所與游壯士陳英，從指揮包文達往援，要電與俱，電曰：「吾老矣，不食軍門升斗粟，奚而往？」英曰：「我輩平居以君爲眉目，君不往，是無渠帥也。幸強爲我一行。」

電曰：「諾。」襆被而出，終不反顧。二月十二日，追賊於宿松，我師恃勇輕進，陷賊伏中，文達死之。電、英分左右翼搏戰，自辰至晡，殺賊無算。英躓被擒，電大呼往救，賊圍之數重，電力盡，舍鎗手弓，射殺數人，賊羣斫之，頭既斷，猶僵立爲擊刺狀，良久乃仆。皖人招其魂，祀之余忠宣廟下。吳人陸嘉潁賦詩哭之，買隙地，具衣冠葬焉。電身長赤髭，能俛強超距，尤精於鎗法。有善鎗者，典衣裹糧，不遠數百里，盡其技而後已。遂以鎗有名江南。性椎魯，重然諾，所至盡結其豪傑。諸無賴惡子，具牛酒，持百金，願交驩石君，掉頭去之，惟恐不速也。萬曆中，應都淸道陳監軍募，督兵攻同車諸寨，功多當得官，謝歸。監軍沒，來依余。醉後輒鼓腹笑曰：「石電非輕爲人醉飽者也。」吳淞有孫生者，家于江干，敗屋破扉，妻子晝餓，傍近輕俠少年，皆兄事之。歲己巳，虜薄都城，電偕孫生謁余。明年虜遁，孫生客長安，出薊門，將盡歷關塞，山水暴漲，凍餓中寒疾死。電哭之慟，久之，忽忽不樂，嘆曰：「孫兄死，電無可與共死者矣。」後六年，電死。電之死，視孫生有聞焉。然捐軀報國，身膏草野，而不得與於死事之衈，則亦以其丐而微之。嗚呼！斐豹隸也，請焚丹書。汪錡嬖僮也，孔子曰勿殤。若電者，其亦可以免於丐矣乎？丐名于朝，丐利於市，人盡丐也，彼丐電，電亦丐彼，丐之名未有適主也。余悲世人之羣丐電也，而不察其實，取春秋之法大書之曰義士。雖然，世人之不丐也，不足以爲榮；則電之丐，其可以爲辱乎！電而有知，知吾之以義士易丐名也，其不將听然而失笑乎？余於黿之死，不忍其與孫生俱泯滅無傳，故爲辭以哀之。哀黿而及孫，亦黿之志也夫。辭曰：

於乎丐也！生不丐半通之綸，死不丐七尺之軀。其葬也，邙北垣東，不得丐蓬顆之地，而丐一坏於要離之冢側。其祭也，馬醫夏畦不得丐麥飯之奠，而丐一臠于唐兀之座隅。木落兮虞山，潦收兮尚湖。傳哀歌兮會急鼓，祠國殤兮下神巫。託濟陽兮後乘，驂李安兮先驅。濟陽郡公丁普郎戰死鄱陽，首脫，猶執兵若前鬭狀，植立不仆。事見國史。李安，常熟李主簿蒼頭也。嘉靖中與倭戰城下，殺倭酋數人而死，今祀爲國殤。從倡兵兮如雲，歸厲鬼兮載車。覽廬冢兮向背，睇城社兮盤紆。天門開兮訣蕩，故鄉兮不可以久居。於乎！歿爲鬼雄兮生爲人奴，臧甬侮獲兮公卿大夫。激而誅之兮，附諸縣賁父之徒。

姚孝子仲宣哀辭 并序

慈谿姚氏子元台，字子雲，元呂，字仲宣，皆矯尾厲角，有聲諸生間。天啓中，連袂游太學。文學秀才，咸執裾請交，與之譚，多口噤而退。諸公爭欲令出我門下。少年或竊其名以驚坐人曰：「兩姚生，吾輩行也。」兩姚生性至孝，出者庀修脯，居者躬溫凊，更番以養其父母。母馮病疽，仲宣禱於城隍神，願損己齡以畀母。旦而告其姊：「神許我矣。」母霍然良已，而仲宣遂病，病數月而卒。仲宣之病也。子雲亦謁神請代。没四年矣，攜其畫像，件繫其事行，以走四方。四方之人皆謚之曰孝，無異辭。嗚呼！仲宣信可謂孝矣。求代得代，祈死得死，有請於帝，若執左右手相睡諉，斯已奇矣。往年歲在申，余侍老母，惙惙心動，江西萬尊師再設壇禮斗，靈響肅然，如有聞曰：「越明年，雨水，其未艾乎？」已而果大期也。嗚呼！才不才，亦各言其子也。天胡獨忍於余！夫人之於其子也，有問焉，則如響，有求焉，中弗欲予，或嚬蹙而應之。家之畜牛羊犬雞也，雖不盡宰之磔之，其驚而哮，哀而鳴，主人弗知也。天之視仲宣也，以爲其子也。其請而祈死，所謂嚬蹙而應之者也。若余者，天其以是爲牛羊犬雞而已。其未卽死也，亦未遽宰之磔之而已。其哮也鳴也，天何用知之，而責其不應哉？然則余之生不如仲宣之死遠矣。仲宣宜哀余，而余反哀仲宣，豈不誖哉？雖然，姑爲此辭，以相子雲之悲，亦庸以愬余之哀。辭曰：

吁嗟孝子兮，誠至上通。願增母算兮，遑恤我躬。綠章封事兮，夜奏帝宮。虎豹當關兮，天門九重。片紙刺閽兮，不隔簾櫳。母樂而康兮，己正而終。上賓帝所兮，其樂融融。伊余檮昧兮，逢此閔凶。叫號籲天兮，如筳撞鐘。皇天無私兮，其命難從。敢曰天醉兮，視之夢夢。孝子溘死兮，生氣如虹。我生何爲兮？羣彼裸蟲。嗚呼哀哉兮！攪我心胸。濡血染翰兮，告哀無窮。癸酉十月虞山鮮民錢謙益製。

尹長思哀辭 并序

余以萬曆丙午舉于南京，與永新尹先覺字長思同出新建徐先生之門。當舉子旅見其師，徒御喧嘩，道路塡咽聚觀，余獨指目長思，長思亦從衆中知爲余也。長思過余邸舍，白皙而修眉，神宇踈亮，欲來映人。已得讀其行卷，牢籠湫潍，鉥心掐腎，忽焉攄幽發榮，若登高臺以臨雲氣，欲抗日月而上之也。余爲敍而刻之，振奇之士，莫不吐舌驚嘆，又或慕而效之，于是長思之名噪吳、越間，亦或以余言也。長思再試禮部不第，乙卯上公車，晨起行雄縣道中，呼僮覓人參咯我。午飯于逆旅，脫輿下騾背，呼長思不出，褰帷撼之，僵矣，兩指爪握參未脫口也。長思生失父，育于其祖，零丁孤苦，襁須乳，長須食，皆以糠覈代。凍冷㳄骨，膚粟經春不舒也。選貢入南太學，與傅崇中生共一幞被，手提擕巾箱，互爲僮也。爲舉子，不肯飾竿牘以干縣令，與其家人更衣並食，率鄉老以辦繇役，立宗法以教族之子弟。鄉人有違言，必走質尹氏，薰其德而善良者衆也。長思與余聚首公車，每過，語必移日，西安方生、嘉定李生與焉。方傀俄好食酒，李澹宕善畫，長思温潤而栗，從容獻酬，酒酣以往，角巾欹斜，掀脣豁齒，指畫古今人才節義，如奮臂出其間也。嗚呼！長思今其死矣。長思以進士業有名于時，而不得中進士第，其遺書蔑如也。其行之所加者，于長思若毫毛，而大志之所存，余猶未能悉其梗概也。嗚呼長思！其視不受含，齎恨而入地耶？其沒爲明神，之帝所甚樂，視棄人世如傳舍耶？抑亦魂氣無不之，觀化而往，而舍然縱浪於生死之間耶？長思之子右犢，不遠二千里，衰絰過余。攬其文，嶄然露頭角矣。問其家，曰：「大母老矣，父未葬，二弟未婚，四女弟未家也。」問其先友，曰：「廬陵蕭太史，父之執也，哭之過時而悲。」余初欲爲長思銘，已而曰：「蕭于長思能爲之盡，又其鄉人也。余爲辭以舒余哀，俾右犢刻之塚上；而蕭爲銘以掩諸幽。長思與犢也，皆可無憾。」乃爲其文曰：

嗟尹氏兮士之良，志倜儻兮擅文章。起南國兮賓于王，舞兩驂兮服上襄。命奄忽兮死道旁，目猶瞢兮天路長。世偪側兮競披昌，溷耳目兮雕肺腸。靈眇眇兮攬八荒，告掌夢兮筮巫陽。蕩大空兮結三光，勿爲厲兮渫僨傷。有美子兮婉淸揚，祀祭則及兮後有慶。刻哀詞兮納銘章，嗚呼哀哉兮死而不亡。

翁兆隆哀辭　幷序

故太常寺少卿翁三丈兆隆旣沒之五年，而始克葬。其弟兆吉甫排纘事狀，累數千言，走書京邸，屬余爲傳，以余知兆隆者也。吾聞之，古之人有史傳，無家傳。家傳，非古也。用史家之法則隘，毁史家之法則濫，濫與隘，君子弗取也。曾子固不云乎：墓銘納之壙中，而哀辭刻之冢上。然則文之有哀辭，不銘而名焉，不傳而傳焉，余固可以竊取其義而爲之也。兆隆少以執經事我先人，與諸生舒鴈行列，恂恂穆穆如也。既成進士，令于鄞，以上計過家，威儀詳雅，登車有光，煒曄如也。及余登朝，兆隆自長夕垣，以拜奉常，魁碩顒昂，巋然如鉅人長德，語及于物論國恤，有墨其色，而有頳其容也。於戲！兆隆何以死也？兆隆在省垣，以惜人才存大體爲先務。當南北分部，蜀、雒搆爭之日，苦心調劑，中夜屏營，有未易以告人者。留心掌故，于會典條例、舉凡會要，若數一二。六垣陞轉諸疏，迄今無以易也。太常以春秋祀故少保于忠肅公，忠肅畫像南面，使者北面將事，兆隆曰：「嘻！忠肅，純臣也。是非其所安。」乃釐正之。孝定皇太后之喪，餘閣之奠，以及虞祭，執事有恪，山陵既成，皇祖嘆嘉焉。余觀先輩論六科人才，首推林季聰，尹莊簡曰：「季聰何敢望與中。」與中者，故葉文莊公盛也。盛世人才相望，論者亦敢公爲品第。皇祖時，六科人才，兆隆當在甲乙。讀其奏疏，可以考見。而國是人才，上下降升之端緒，則難言之矣。兆隆歿僅五年所，以余言推之，其上下降升，又何如也？於乎！其尤可感也。兆隆爲人，周詳醇謹，與人言，娓娓如恐不盡。賓客塡委，議論楷柱。目視案牘，口答箋啓，從容整暇，若有餘地。時論翕然歸附，而兆隆亦以用世自命。今其死矣，豈所謂人之云亡耶？抑吾鄉水土瘠薄，地氣使然耶？余姑爲辭以舒余哀，以傳于後，以遺兆吉及其子，使刻諸墓上，如子固之云。乃爲其文曰：

有美一人兮，白晳而長。朱脣飄鬚兮，婉其清揚。威儀棣棣兮，發言有章。雝雝和鳴兮，于彼高岡。奏囊塡咽兮，筆舌鬬虐。颺言告君兮，其體日削。枚舉故實兮，攄寫婉約。進不尸利兮，退不表襮。齊其躬心兮，夙夜有恪。展如之人兮，宜在臺閣。陟彼月卿兮，載推納言。列戟樹槐兮，步武之間。六馬在御兮，馳騦天閑。長轡甫策兮，短馭斯緐。昌于有位兮，阨于無年。嗚呼哀哉兮！是亦難言。宜兄弟兮叶壎篪，有美子兮蓀蘭滋。佳城鬱鬱兮，隮山廻溪。帝命致祭兮，牛羊孔時。巫陽下招兮，遠莫致之。整容搢笏兮，宛其來思。辭以告哀兮，匪哭吾私。刻石墓上兮，沕以爲期。

瞿少潛哀辭 有序

世之盛也，天下物力盛，文網疎，風俗美。士大夫閒居無事，相與輕衣緩帶，留連文酒。而其子弟之佳者，往往蔭藉高華，寄託曠達。居處則園林池館，泉石花藥；鑒賞則法書名畫，鐘鼎彝器。又以其間徵歌選伎，博簺蹴踘，無朝非花，靡夕不月。太史公所謂游閒公子，飾冠劍，連車騎，爲富貴容者，用以點綴太平，敷演風物，亦盛世之美譚也。少潛瞿氏，諱式耒，故禮部尚書文懿公之孫，而太僕寺少卿諱汝稷之子也。孝友順祥，服習家教。多材藝，書法畫品，不學而能。室鋪一几，庭支一石，信手位置，皆楚楚可人意。性好客，疏窗棐几，焚香布席，客至依依不忍去。人以爲有承平王孫公子之遺風，王晉卿、趙明誠之輩流也。家貧，入貲爲涪州州判，鬱鬱不得志，卒于官。哀哉！同里中無復有若人矣，東阡北陌，可與杖屨往來者鮮矣。君初字起周，請改字于余，余以張文潛之名耒也，字之曰少潛。太僕公之歿也，請余爲家傳。余直舉其大節，無所孫避，族人羣噪之。少潛曰：「吾頭可斷，此傳不可改也。」居平退然不勝衣，其臨大義，堅悍如此。余悲少潛之死，而悼其無傳也，於其葬也，爲相挽之詞以餞之。其詞曰：

瞿唐月峽白鹽赤甲高刺天，孤根如馬虎鬚怒張兩厓巔。重巖疊嶂亭午夜分曦月偏，晴初霜旦高猿哀嘯屬引傳。涪萬之水奔流回復爭泝沿，孤舟旅櫬羈鬼啁哳出其間。猿鳴霜裳望帝啼樹流血鮮，魂兮歸來捫參歷井無留連。拂水懸厓天河雲浪相鉤牽，厜㕒礐盤大癡粉本猶依然。兩湖夾鏡長蘆堆雪菰浮烟，東皐北麓巾車果下榜吳船。漁灣蟹舍團臍巨螯縮項鯿，小寒茗熟香粳白飯炊紅蓮。白楊蕭蕭松風悲咽流響泉，魂兮大歸分張執引如別筵。故國舊游如夢如幻不可延，哀哉人世暫游少別誰百年？

宋稽勳哀辭 幷序

崇禎十六年二月初六日，逆奴兵陷萊陽，故吏部稽勳司郎中宋君應亨死之。嗚呼哀哉！君舉天啓五年進士，握文勵行，蔚爲國寶。以吏部郎養祖母家居。遭時多艱，繕治守備，勑戒子弟，慨然有致命遂志之思。子璜舉進士，司理杭州，將之官，請逐子以行。君弗許，曰：「若爲刑官，我保鄉井，各有事守，毋相越也。」十五年閏十一月，奴陷臨清，君率士民城守萊陽。城四隅，北面單弱，捐千金，建甕城，浹旬而畢。奴至，君獨當一面，懸賞購死士，殺一奴予五十金。士奮躍夜刼奴營，斬數級，相蹂死者無算。奴拔營遁去。二月初五日，奴大衆奄至，避北城不敢攻。次日辰時，緣城東北隅緣雲梯上。君平巾箭衣，驅家僮巷戰，家人勸令易幘，不可。戰良久，家僮死者三十餘人，殺奴亦過當。君項中一刀，被執，奴知爲宋稽勳也，逼降之，令以金錢贖死。君厲聲大罵：「吾資產盡于城守，家無一錢，縱有之，天朝宋司勳，肯以金銀奉臊狗奴贖死乎？」奴不肯卽殺，考掠竆日夜。君與其族子侍郎玫彭縛左右柱，嚼齒噀血，潰湧交迸，罵聲達旦，交口如夜誦。次日皆遇害。嗚呼！戎狄之蹂躪中夏也，殘害生民，擄掠子女玉帛，豨突豕食，以此爲常。未有攻城略邑，所至必斬艾其賢才如逆奴者也。賢才之生也，天地光嶽之氣所發育，祖宗數百年德澤所涵養，其難得也如珠玉，其有用也如穀帛，國家之倚而任之也，如柱屋之楹，如扶老之杖。一旦聚而殲于逆奴之手，如斬蓬藋，如入虀醢，不知當此時，三靈何若？鬼神安在？祖宗在天之靈何以爲心也？丙子，奴陷畿南，殺鹿太常，戊寅，殺高陽少師。奴中喜相告，曰兩人死，北方無敢言滅奴者矣。奴去年九月，長驅犯順，如賊風暴雨，前無留行。攻萊城不下，數衄斃焉。慬而致死于萊，非獨憤兵也，其必以爲中國之大，燕、齊之廣，東萊一隅，猶有人焉以難我。如行路者之遇虎落，未能捷出，不得不拔而去之也。然則士大夫生於斯世，爲奴之所指名嚙指而相戒者可懼，其爲奴之所簡易置而不攻者亦可羞也。君訃至于杭，司理璜頓踊號哭，蘇而絕者數矣。杭之民皆爲司理巷哭。璜見星奔赴，氣息支綴，將列君死事，墨衰絰，繫草索，以上訴于天子。使其門人吳百朋來訃余。余與吳生問故而哭，嗷然失聲，已而曰：「奴之惡，至斬艾賢才極矣。逆天心，違帝命，上帝之所必誅而不佑也。海內士大夫報主恩，雪國耻，不待言矣。覩其屠僇衣冠，剪除忠義，若此之毒也，有不心戰骨驚，甘以其含血負肉之身，供奴之刀俎而安受其刲斮乎？璜也以不戴天之讎，請于天子，寢苫枕戈，誓滅逆奴，以謝君父。海內士大夫咸思不反兵之義，荷戈而從之，知者獻謀，勇者効力，縛奴之醜類，磔爲脯腊，以享九廟，以獻天子，以祭告天下之忠臣烈士，我知其不遠矣。」申旦不寐，作爲哀辭一通，籌燈屬筆，文不加點，庸以激勵大義，匪徒告哀云爾。其文曰：

奴熛怒兮躪帝疆，慬害氣兮薄萊陽。騎簇蝟兮矢飛蝗，雷車轟兮焚輪狂。舞衝梯兮羊馬牆，趣巷戰兮我武揚。戴角巾兮裹戎裝，領僮奴兮袴裲襠。刃迎刃兮槍屬槍，短兵接兮殺過當。刀陷項兮身被創，殪左驂兮縛馬枊。手反接兮口雷硠，血濆射兮齒裂崩。罵抗詞兮聲低昂，目矚星兮炯相望。空頸血兮注兩囊，釁塗地兮胸吐芒。痛同日兮義士亡，天蒼蒼兮日荒荒。萊城鞠兮爲戰場，桐棺裹兮非黃腸，屋三間兮棲破幠。有美子兮腸寸傷，號襲風兮哭履霜，排雲霧兮叫帝閶。請六師兮殲犬羊，拉胡昂兮摧天狼，烹羣奴兮充臛羹。嗚呼哀哉兮！帝命孔彰。起冢祈連兮，發卒治葬。靈被髮兮下大荒，友天齊兮從國殤。成山爲肴兮勃海爲漿。陳余辭兮酹扶桑，有日夜出兮東海泱泱。是年五月十一日甲辰，虞山錢謙益製。

初學集卷七十九

啓

賀福清相公啓

伏諗釋位言歸，稱觴初度。退應四時之序，卷之則藏；壽居五福之先，吉無不利。其爲慶慰，曷可名言。竊謂完名全節，抗章每歎於昔人；迂身善君，作相獨難於今日。一辭而退，則恐出山之小草，徒然有負於蒼生；抵死不休，則爲耐彈之綿花，畢竟何顔於黄閣？誠進退之維谷，豈上下之不交。試觀近代之公卿，少有完傳；即或引年而壽考，不免遺譏。恭惟老師相公閣下，生甫及申，既明且哲。先憂繫於民譽，爰立簡於帝心。當大任於人主拱默之時，維其艱矣；渙小羣於舉朝騰沸之日，或者疑之。矧猶有社稷之憂，恐或在蕭牆之內。蚉吻裂鼻，如神農之嘗毒，一日而百生；忘寢遺飱，如孔子之聞韶，三月而不改。以精誠之一寸，格神聖於九閽。已奏膚公，遂從雅志。封還御札，猶聞中使之傳宣；抗別都門，遂藹羣公之祖帳。未逮懸車之歲，先爲秉燭之游。卧里門者五年，歷春秋始六十。偕故人於里舍，說彼平生；列孫子於長筵，語以帝德。樂聖人而飲酒，顧影頹然；想長安之弈棋，推枰莞爾。恩波浩浩，長爲平地之神仙；噩夢悠悠，回想格天之事業。自此坐致難老之壽，于以仰祈有道之長。謙益翰苑焦芽，公門長物。豈云報德，足當衣鉢之私；苟不辱知，或在文字之末。酌彼大斗，占星常望乎高閎；侑以南山，歌風敢陳於下里。

答方長治啓

千里一士，方興異代之艱；片字百金，遂獲同心之貺。笑與抃會，愛以知幷。竊念某章句小儒，菰蘆賤士。十年不字，知偃蹇已久棄於時；四十無聞，悔氏名之浪傳於世。紙窗竹屋，念生平之況味，仍是昔人；金門玉堂，想年少之扳登，有如因夢。蓋久已自分爲長物，誠不敢竊附於名賢。何意單疎，猥賜示問。恭惟某官門下，才全而德備，外義而內仁。以高文發跡賢科，以異政著稱循吏。固已名動區極，聲薄雲天。而又渾然天成，絕去崖岸。尙賢而與能，崇知而卑禮。如余廓落，未奉聲塵。徒以我友之云，遂託伊人之好。存其菅蒯，飾以青黃。不鄙其篆刻蟲雕，而獎以掌故下窮之業；不笑其螢乾蠹死，而慰以汗青有日之期。通懷若斯，負媿何已？至如疆埸之多事，正當朝著之乏人。借箸而籌，自笑何賢於博弈；廢書而歎，徒然仰視乎屋楹。伏承來命之拳拳，轉使我心之痒痒。卽其談邊陲之大計，不遺鄙人；則知懷社稷之深憂，尙有君子。我之懷矣，何解於安石之蒼生；君其勉諸，行將爲方叔之元老。

帳詞

賀任文昇侍御考滿帳詞

伏以青蒲白簡，凛横榻之威名；金鐘大鏞，壯本朝之氣色。雅望久崇於惟月，膚公行著於爲霖。薄海聳歡，留臺增重。恭惟某官，秀山靈氣，通海榮光。胸苞吐鳳之雄文，早魁榮榜；手擅解牛之妙技，出宰花封。春歌寡和於郢中，霜簡獨高於白下。矢心憂國，每懷焚草之忠勤；抗疏辨奸，詎減裂麻而慟哭。圖箱車而經武，氣懾彊胡；監闈棘以衡文，風清瑣院。爬垢蠹以裨國計，何畏馮城；蒐金矢以佐軍興，用舒仰屋。廷臣無出右者，天子居然器之。比及三年，洊膺上考。當國家厲精之日，爭赴功名；況彊圉多事之時，尤資俊傑。人事修而天文數變，戎心狡而民力中乾。徒使至尊之獨憂，誰恥四郊之多壘？我之懷矣，徒深向日之思；國有人焉，實藉回天之力。不聞不見，察周嫠之私憂；未亂未危，回越人於驚走。朝廷深知治行，豈但儀簪橐之班；牙纛不足爲榮，要當勉旂常之績。某久欽白筆，忻頌緇衣。鬢已雙蓬，兀坐閭閻而曝日；身猶一葉，喜聞臺閣之生風。事大夫之賢，徒跂望其儀羽；聽輿人之誦，敢嗣響於風謠。調歸朝歡，爲祖道贈。

石城天闕風光好，鳳凰臺上春回早。青袍御史去朝天，驕驄踏遍燕山草。虜騎知多少？演兵車、風掀電掃。白山前、勒石磨厓，紫禁煙花曉。再敷奏治安書稿，先記取東南枯槁。將海内周回布算，一盤棋從頭探討。方叔今元老。佐中興、采薇天保。要擎天、但須隻手，整頓乾坤了。

書

上高陽師相書

謙益再疏得請，已於十二月廿九日出國門，歸而奉老母，讀殘書，長爲虞山下一老農，不辱師門，庶其在是。惟是仰籌國事，俛念師恩，幽憂慮歎，往復於懷。義不忍以去國之人，喑默而不言也，是以敢私布之。恭惟老師，以黄閣元老，出而視師。更置將率，蒐討軍實，榆關一牆，屹爲長城。老師一日在關，奴必不敢牧馬南下，而畿輔可以高枕矣。一旦聖天子念老師暴露良苦，趣召還政事堂，關城之事，其誰任之？撫、道有如胡宗憲、朱紈其人者乎？諸將有如戚繼光、俞大猷其人者乎？語有之：人各有能有不能。羣天下高足闊步大言不量之徒，與夫小廉曲謹矜己傲物之士，而責之以決大計，成大功，吾有以知其不能也。又況巧僞塗飾，容頭過身之人，又豈可以其宼言無當，誤而聽之乎？爲老師計，當亟擇一沉雄博大，可當戰守恢復之任者，告之天子，一以關城之事委之，而已則從容燕閒，往來登萊關海間，總其機宜，而責其成功，斯當今第一切務也。以神堯之聖，失之伯鯀，以孔明之賢，失之馬謖，今日之禦夷，止在一關，今日之守關，止藉一人。昔日已非一誤，今日何可再誤？願老師之熟思之也。自古克敵制勝，其事不一，要必節鎮與將率爲一，將率與偏裨爲一，偏裨與士卒爲一，曉暢洞達，欣說鼓舞，歡然有樂生之心，而慷然有誓死之氣，然後可以致果殺敵，無往而不利。今關門之上，營制已立，行伍已明，可謂有律矣。然有將士行伍之兵，而未必有父子兄弟之兵。千百夫之長，以及士卒，稟稟奔命，如不終日。大抵秋陰揫斂之令多，而向榮脤發之意少，如是而何以戰？戰何以勝？卽不戰而又何以守也？且夫勾稽米鹽，會計出納，爲國家節省幾何，畜積幾何，此計部度支之事也，非行軍用師者之所宜也。用兵之道，驅赤子而蹈白刃，有退死無進生，而曰女必爲我徒死，女必不冒破一錢，不虛費一粒，節身量腹，而安然爲我死，則人必失笑而却走矣。范文正經略西夏，臺諫劾其所舉官侵漁邊餉。文正上章理之，且曰：邊吏勞苦，酒食讌會，不宜過爲損削。前輩知大體，捐細故如此。士安得不爲之死，而功安得不成乎！聞守關之將令曰：士登陴，夜然燭相繼，以便守望。令非不善也，每燭一枝直三錢，關城風急，夜然十餘燭，才可達旦，計一月然燭之費，幾及一千錢，而官所給未及半也。士月給糧餉，不能宿飽，安得有餘錢買燭？燭稍不繼，邏者刺得之，又必出四五百錢爲請，方得解。此事甚小，然大將親細務，而小卒困將令，概可見矣。願老師正告將率，大創積習，一如李牧、王翦所以用衆之法，使關門有父子兄弟之兵，則退可完守，進可決戰，而奴不足憂矣。夫謙益之所言者，皆老師之所知，且以爲不足知者也。然古之大人君子，集天下之事，成非常之功，必使吾之所知與其所謂不足知者，人人得挾以至於吾前，而後羣策羣力，胥天下爲吾用，而吾得以坐制而不勞。詩不云乎：詢於芻蕘。夫不待詢採而冒昧以其言進，斯必爲芻蕘之所笑矣。以謙益之將隱也，杞人之憂，不敢以告人，而効其一二於師門，并以爲別。謙益惶恐死罪。

答唐訓導汝諤論文書

謙益啓：累辱過存，未獲接奉。復蒙不鄙，賜之書教，欲推避以文墨事。衰遲失學，無以承命，歎息踧踖，蹙然累日。門下兄弟以雄才博學，掉鞅藝苑，所著古今詩解，各出手眼，務爲世之承學啓聾發瞶，其爲功於斯文也，可謂專且博矣。反覆來教，穿穴數千載，極論本朝諸公，而以王弇州爲依歸，殆以爲至於斯極者。門下虛懷下問，不惜取道於瞽，僕雖固陋，亦嘗奉教於君子矣，安敢閟其所聞，不一二陳道於左右。夫文之必取法於漢也，詩之必取法於唐也，夫人而能言之也。漢之文有所以爲漢者矣，唐之詩有所以爲唐者矣。知所以爲漢者而後漢之文可爲；曰爲漢之文而已，其不能爲漢可知也。知所以爲唐者，而後唐之詩可爲；曰爲唐之詩而已，其不能爲唐可知也。自唐、宋以迄於國初，作者代出，文不必爲漢而能爲漢，詩不必爲唐而能爲唐，其精神氣格，皆足以追配古人。其間爲古學之蠹者，有兩端焉：曰制科之習比於俚，道學之習比於腐。斯二者，皆俗學也。然而文章之脈絡，晝然如江河之行地，代有其人，人有其傳，固非俗學之可得而亂也。弘、正之間，有李獻吉者，倡爲漢文杜詩，以叫號於世，舉世皆靡然而從之矣。然其所謂漢文者，獻吉之所謂漢而非遷、固之漢也；其所謂杜詩者，獻吉之所謂杜，而非少陵之杜也。彼不知夫漢有所以爲漢，唐有所以爲唐，而規規焉就漢、唐而求之，以爲遷、固、少陵盡在於是，雖欲不與之背馳，豈可得哉！獻吉之才，固足以顚頓馳騁，惟其不深惟古人著作之指歸，而徒欲高其門牆，以壓服一世，矯俗學之弊，而不自知其流入於繆，斯所謂同浴而譏裸裎者也。嘉靖之季，王、李間作，決獻吉之末流而飇其波，其勢益昌，其繆滋甚。弇州之年，旣富於李，而其才氣之饒，著迹之多，名位之高，尤足以號召一世。然其爲繆則一而已。今觀弇州之詩，無體不具，求其名章秀句，可諷可傳者，一卷之中，不得一二。其於文，卑靡冗雜，無一篇不偭背古人矩度，其規摹左、史，不出字句，而字句之譌繆者，纍纍盈帙。聞其晚年手東坡集不置，又亟稱歸熙甫之文，有久而自傷之語。然而歲月逾邁，悔之無及，亦足悲矣！夫本朝非無文也，非無詩也。本朝自有本朝之文，而今取其似漢而非者爲本朝之文；本朝自有本朝之詩，而今取其似唐而非者爲本朝之詩。人盡蔽錮其心思，廢黜其耳目，而唯繆學之是師。在前人猶倣漢、唐之衣冠，在今人遂奉李、王爲宗祖，承譌踵僞，莫知底止。僕嘗論之，南宋以後之俗學，如塵羹塗飯，稍知滋味者，皆能唾而棄之。弘、正以後之繆學，如僞玉贋鼎，非博古識眞者，未有不襲而寶之者也。繆學之行，惑世而亂眞，使夫人窮老盡氣，至死而不知悔，其爲禍尤慘於俗學。二十年來，亦有知訾謷李、王者矣，學彌觕而識彌下。若近年之談詩者，蒼蠅之鳴，作於蚯蚓之竅，遂欲以一隙之見，上下今古。公安袁小修嘗歎息曰：「少陵秋興，元、白長恨諸篇，皆千秋絶調，彼何人斯，奮筆簡汰？此輩無心，所以眯目。」賢哉小修，其所見去人遠矣。嗟夫！古學一變而爲俗，俗學再變而爲繆。繆之變也，不可勝窮。五方之音，變而爲鳥語，五父之逵，變而爲鼠穴。譬諸病症，愈變愈新。自良醫視之，其所繇傳染，要不離於本病而已。誰生厲階？至今爲梗。豈能不追歎於獻吉哉！門下力學揆文，卓然有志於古學者也，故敢爲門下誦其所聞，願門下於古詩解壹本古人爲解故，而盡削妄庸附會之語，庶幾古學粲然復明於世，其爲功於斯文也，誰能尚之？昌黎有云：「蚍蜉撼大樹，可笑不自量。」僕學殖荒落，文筆衰退。於文墨事誠不足以當蚍蜉。顧其從事於斯，深思而詳說之，蓋有日矣。如世之叫囂跋扈，撼前修以要名者，自分無有。惟門下裁而教之。某再拜。

與京口性融老僧書

不肖孽深障重，慈母奄逝，伏承大德，遠賜弔唁，法門眷屬，慈悲哀愍。感泣之餘，不勝隕絶。承示教著述種種，屬累流通證明，雖在苫塊之中，五內崩潰，倘能仰宣佛法，卽可俯答慈恩，自當瀝血數文，滴淚和墨，豈敢以荒迷爲辭，廢業自解哉。第展轉思惟，殊多疑惑。庸敢披露眞心，酬諸下問。竊嘗謂大藏經論，浩如烟海。諸大法師論師疏鈔注解，不啻入海算沙，雖復窮年研味，皓首披陳，尚不能了，後人更於何處別出手眼？縱復有一知半見，自謂名通，譬諸日月中天，而爝火螢火，依微自照，不亦勞而無功乎！維摩詰所說經，做秀才時，曾閱肇公疏義，言簡義精，嘗謂如郭象注莊，王弼解易，可以離經而孤行也。今之擬徵，於肇公同乎異乎？如其同也，何取於以水濟水。曾無益乎牛毛，徒自添其蛇足。

當援例斷駮，未遑諦觀，法華直解，則貽武夫亂玉之誚矣。如其異也，不冒吳、楚僭王之譏，大闡密記莂，近代又有交光法師親承經無盡之删定，集長水之會解，亦如是。楞嚴一經，則尋行數且以宗判教，以文句爲牽勸乎？豈欲效評唱之宗風，微。師之要領指歸何若？未蒙佛祖之徒滋學人之擬議，又是無風起浪。畢竟剜肉成瘡；以教明宗，則句後聲前，墨，深自試請大德，循本而談，亦有未安。目連願法，具見慈心。印可，殆不如不作之爲愈也。現白津筏幽明，不妨代金口爲宣說，果能具目連之六通，向如來之正覺，撈籠含識，思惟。何必擅立科儀，自翹勤頂禮，利益弘多，慈悲之法懺，若猶未也，則水陸之齋儀，毫而濟度。外制草於翰苑，欽承帝命，口代天言。又必先呈御以世法喩之，内制掌之閣臣，創壇宇？百辟爭揮書命，則王言出自然後涣汗風行，絲綸雷動。若使六卿競管詞頭，覽，後付尙璽，奉何佛勑旨？誓未知以何事因緣？願法之作，吾有以知其不可也。詔令能無掛壁？多門，重加勘辨耳。昔人感婆子機殆亦未免。更須求大悲智人，矯誣之嫌，固不唐捐；願之力，於諸著述作疏鈔於鄙人作婆子觀，回桑榆之末照，伏願大德狗蒭蕘之狂言，立焚疏鈔，緣，若不肖見短察大千俱了。心光炳然，即是演法門無盡之燈。觀。但能然祖龍一炬之火，上巳後一日謙知我罪我，惟師命之。向佛前發露懺悔而已。眉，過滋多口，惟有然燈炷香，益稽顙再拜。

與卓去病論經學書

謙益頓首：前辱示經解數篇，置几案間，偶一繙閱，得詩二傳考，有詩傳宗端木之語，蹶然而起曰：世安得有此書，恨無從取而徵之。讀至終篇，乃嗑然而笑曰：古今經傳之疑義，有必須詳考曲證而後明者，有可一言而決者。所謂可一言而決者，此類是也。前漢儒林傳魯人申公爲魯詩，齊人轅固生爲齊詩，燕人韓嬰爲韓詩，趙人毛萇傳詩，是爲毛詩。毛詩傳自子夏。隋經籍志謂毛詩序子夏所創，毛公及東漢衛宏所潤益。先儒相承授受，如是而已。子貢之詩傳，傳之者三家耶？大小毛公耶？古書之淪亡而晚出多矣，齊建武中，得尚書舜典於大桁，晉太康中，得紀年師春於汲縣，此書何從而得之？孟喜從田王孫受易，得易家候陰陽災變書，詐言田生且死時，枕膝獨傳喜。梁丘賀謂安得此事。喜之詐僞曲說，史猶爲證明其非，安有端木之詩，傳與西河，比肩並出，而自漢及隋，不著經籍者乎？近儒尊之者曰：傳鴟鴞則知金縢居東爲避魯，而孔書致辟管叔之說妄，傳楚宮則知春秋城楚丘爲內詞，而三傳封衛之說妄。夫周公之誅管、蔡也，齊桓公之存三亡國也，載在經史，炳如日星。信斯言也，六經、尚書、三傳，皆當束之高閣，燔爲刼灰，而左氏、公、穀、司馬遷、毛、鄭以下諸大儒，皆千古眯目瞽聽寱言狂易之人乎？誕誣不經，莫此爲甚，而去病不以爲異，何也？以中庸九經分配小雅諸什，而以鶴鳴一章配修身，冠小雅之首。程、朱表章中庸之後，委巷小生，無知杜撰，自納敗闕，首尾畢露，其陋尤甚於豐坊之僞石經，以去病之高明淹雅，老於斯文，不肯一筆抹摋，顧爲稱量比擬，曰詩傳毛傳，孰異孰同？孰得孰失？此不亦勞而無功，用心於無所用乎？譬之有遺矢於此，一人逐而甘之，以爲觥飲也，又一人從旁正之曰：「是有擇焉。其可嗜者五穀之精英，其他則糞穢也。」甘之者可謂大愚矣，從而正之者，亦未可以爲智也。引喻不經，聊以發去病一笑耳。六經之學，淵源於兩漢，大備於唐、宋之初，其固而失通，繁而寡要，誠亦有之，然其訓故皆原本先民，而微言大義，去聖賢之門猶未遠也。學者之治經也，必以漢人爲宗主，如杜預所謂原始要終。尋其枝葉，究其所窮，優而柔之，饜而飫之，渙然冰釋，怡然理順，然後抉擿異同，疏通凝滯。漢不足求之於唐，唐不足求之於宋，唐、宋皆不足，然後求之近代。庶幾聖賢之門仭可窺，儒先之鈐鍵可得也。今之學者不然，汩沒於舉業，眩暈於流俗。八識田中，結轖晦蒙，自有一種不經不史之學問，不今不古之見解，執此以裁斷經學，秤量古人，其視文、周、孔、孟，皆若以爲堂下之人，門外之漢，上下揮斥，一無顧忌。於兩漢諸儒何有？及其耳目回易，心志變眩，疑難橫生，五色無主，則一切街談巷說，小兒豎儒所不道者，往往奉爲元龜，取爲指南。此無他，學問之發因不正，窮老盡氣而不得其所指歸，則終於無成而已矣。嗚呼！有歐陽公之才，然後可以黜繫辭，有朱子之學，然後可以補大學。然而君子猶疑之，以爲如是則不足以闢王充之問孔，誅揚雄之僭經也。若近代之儒，膚淺沿習，繆種流傳，嘗見世所推重經學，遠若季本，近則郝敬，瞎駮支蔓，不足以點兔園之册，而當世師述之，令與漢、唐諸儒，分壇立墠，則其聽熒詩傳，認爲典記也，又曷怪乎！孔子曰：述而不作，信而好古。吾以爲今人反之曰：作而不述，疑而好今。何也？以其疑於古，不疑於今，知援今而證古，不知援古而證今也。又曰：學而不思則罔，思而不學則殆。吾以爲今人又反之曰：學而不學則罔，思而不思則殆。非不學不思也，學非其所學，而思非其所思也。僕少不通經，長而失學。今老矣，親見去病專勤憤悱，從事於經學，白首紛如，不知老之將至，以爲今之經神儒宗，非吾所逮及也。又不自滿假，虛心下問，故因論詩傳而放言之，以求正焉。身雖懵於經學，不知一二，猶冀百世之下，得吾言而存之，可以箴俗學之膏肓，而起其廢疾也。去病其終有以教之，無以爲狂瞽而舍我焉，幸甚幸甚！謙益再拜。

跋　語

式耜編纂先生文集，諸體略備，而書牘猶寥寥數章。蓋先生少而高簡自命，無投知自炫之啓；壯而登朝，所言大抵關於國是人材，不欲以先覺居己，不欲以私恩示人，故概從削稿。式耜亦編輯末繇也。猶記戊辰首夏，聞式耜掖垣之信，喜而寓書長安，諄諄勗勉，其略曰：凡人立朝，先於布局。有爲數十世之局者，有爲數十年之局者。遞而降之，有爲不終朝之局矣。欲速見小，進鋭退速。無論營身家保妻子之徒，卽果有志於功名氣節，而見不出目睫，志不在久遠，亦所謂爲不終朝之局者也。今幸遇維新之朝，事不世出之主，不以此時爲國家持數十世之局，其何以副清時、報聖主乎？足下今日旣當事，當以辨别人才邪正爲第一義，某樸而忠，某材而奸，某訥而賢，某辨而佞，大都忠國家利社稷者必忠，不忠國家不利社稷者必奸；忠者必眞，奸者必僞；眞者多樸多拙，僞者必佞必巧。以此衡之，百不失一。苟其不忠國家，不利社稷，則雖營三窟之巧，借百足之助，口舌瀾翻，心力翕張，必當鋤而去之，剪而薙之。若其他不關宗社利害，不係善類消長，有可以功名驅使，可以名義攝持者，一一當涣羣散黨，引而歸之大道。如此則仕路日清，人才日富，元氣日厚，此爲國家持數十世之局者也。新旮中賢者蔚起，幸以此意眞切商量，必有同聲同氣，羣起而應求者，太平之期，可立而待也。卽此一篇，先生立朝之概，不可想見乎？蓋先生平生持論，一味主於和平，絶無欹帆側柁之意。特忌者不知，必欲以伐異黨同之見，盡力排擠，使之沉埋挫抑，槁項山林而後快。假使先生得乘時遘會，吐氣伸眉，以虛公坦蕩之懷，履平康正直之道，與天下掃荆棘而還太和，雍熙之績，豈不立奏？而無如天心未欲治平，人事轉相撓阻，歲月云邁，白首空山。徒令其垂老門生，閉户誦讀，共抱園桃之歎，此式耜於編纂之餘，而竊不勝世道之感也。因幷述之，以綴於後。崇禎癸未八月，門人瞿式耜謹跋。

初學集卷八十

書　帳詞

復陽羡相公書

兩年頻奉翰教，裁候闕然。屏廢日久，生平恥爲陳子康顧蒙子公力得入帝城，此閣下之所知也。兵垣郵中，復蒙手教，具知存念簪履，不遺一物。感誦之餘，繼以永歎。一二門牆舊士，頻煩傳諭，謂閣下援引，不遺餘力，親承天語，駁阻再三。則罪廢孤臣，不可扙拭之狀，聖主業已洞若觀火，而閣下欲息黥補劓，求播種於焦芽，問秋駕於病顙，不已難乎！謙益衰年殘生，日甚一日，視鋒車祖道之時，更復頹然篤老。以迂愚頑頓之身，費回天轉日之力，萬一濫塵啓事，必致顛踣道塗，偃蹇朝命，進無補于時艱，退自隳其晚節。不若因仍永錮，長放山林，庶可以上順天心，下安愚分。此亦操化權者萬物得所之一端也。恭聞督師北伐，汛掃胡塵，台席戎旃，曠世爲烈。衰遲枯槁，不能執殳前驅，載筆後乘，凱旋之日，規橅韓、柳，作爲詩雅，用以賡元和之詩，嗣皇武之雅。柳宗元有言：思報國恩，獨惟文章。此則病夫退士之所有事，而亦所以酬知己於百一也。謙益謹再拜。

寄長安諸公書 癸未四月

謙益衰頹晼晚，放棄明時。春明之夢已殘，京華之書久絶。此執事之所知也。頃者一二門牆舊士，爲元老之葭莩桃李者，相率詒書，連章累牘，盛道其殷勤推挽、鄭重汲引，而天聽彌高，轉圜有待。闚其指意，則以爲元老此出，補治之勳已成，伊、周之頌無忝。惟是陳人長物，尙滯菰蘆，則格天之業，尙欠分毫，吠日之徒，或滋擬議。必欲描頭畫角，宣播其虚公；拭舌膏脣，補苴其罅隙。又謂謙益狂奴如故，倔強猶昔，從此當拆皮爲紙，刺血爲墨，涕淚悲泣，歸命投誠。庶幾平生之鯨刖可補，晚歲之桑榆可冀。其詞誠急，而其情誠可哀也。嗟乎！果若所言，則元老之于我。心已盡矣，力已殫矣。主上以師臣待元老，言無不信，諫無不從，獨難此一人一事，不啻如移山轉石。謙益之冥頑頹放，終不可抆拭齒錄，主上固已知之深而見之確矣。主上，天也。聖意，卽天意也。天之所廢，誰能興之？而元老假此以徼回天之力，諸人借此以市貪天之功，不已難乎！羣公以聖上爲天，諸人以元老爲天，其爲所天，區以別矣。謙益雖老鈍無似，其肯附諸人之末光，移羣公之所天以事元老乎？假令從諸人之言，包羞忍恥，搖尾乞憐，元老亦憐而與之以一官。則此一官者，非朝廷之官而元老之官也。拜官公朝，謝恩私室。呈身識面，廉恥掃地。生平鬚眉皎皎，頗思孤撐另立，自竪頭顱于天壤之間。迨乎崦嵫景迫，棧豆戀深，遂一旦靦顏俛首，希隣女之光，而附乞兒之火，靜夜捫心，淸晨引鏡，能不啞然而一笑乎！分義決絕，事理分明。擲糞不得不避，食蠅不得不吐。右軍誓墓之文，中散絕交之論，業已宣布簡牘，流傳長安，而復爲執事諄諄道之者，誠恐執事伐木相引，積薪見憐，不深惟孤臣去國之本末，不精求當路柄國之風指，徒以一世虛名，半生交誼，交口而效推轂之力。此輩陰陽其心，丹青其口。虞門果闢，必將以吐哺握髮，歸其德于一老；湯網猶張，又且以激聒喧呶，卸其咎于衆正。在謙益不退不遂，咸爲絕地；在羣公或默或語，皆爲過端。執事而不知謙益不愛謙益也則可，如其知而愛之也，則必思所以處謙益，且思謙益之所以自處矣。爲謙益今日之計，惟有一意入山，永絕仕進之局，進可以收拾晚節，退可以保全殘生。執事今日爲謙益之計，則當仰體聖心，俯察時尙，令得管領山林，優游齒髮。則謙益之自處，與執事之處謙益，斯兩得之矣。去年鴻寶館丈入都門，詒書屬之曰：寄語諸君子，當爲我安頓一身，勿但爲我料理一官。斯言也，豈遽忘于羣公之耳乎？天日具在，要誓凛然。如其言不繇衷，上欺君父，下欺朋友，則狗鼠不食其餘，何面目見魯、衞之士乎！伏望執事矜其懇惻，恕其狂愚，力告冢宰諸公，斷絕啓事，屏除薦牘。庶幾生平之微尙得全，末路之葛藤可斬。此沒齒之幸，多生之感也。

詩不云乎：我雖異事，及爾同寮。我卽爾謀，聽我囂囂。我言雖服，勿以爲笑。以謙益之得幸于執事也，山林廊廟，雖曰異事，其誼固不敢自後于同寮也。謙益之卽謀于執事，不以干進而以求退，執事者勿以爲笑，使凡伯囂囂之刺，復作于今日，則厚幸矣。謙益再拜。

答鳳督馬瑶草書

自仁兄授鉞以來，無向不摧，所至必克。袁、闖脅息，逆超授首，獻賊則潛山一役，游魂假息之餘也。天方割楚，盈其惡而降之罰。頃者虎旅先驅，元戎後繼，山峙川行，風旋雷擊，此正死賊天亡之日。賊遂撤浮橋，斂餘衆，待王師之至，爲鼠伏兔脱之計，則固已氣盡魄奪矣。掃江、漢，復荆、襄，禽獻滅闖，執訊獲醜，在此行也，固可以計日而待矣。人謂羣盜蔓延，駸駸乎類勝國之季。獻、闖二賊，縱横荆楚間，慓發飇怒，有似僞漢之友諒；而吾以爲非也。元季盜之初起，先自汝、潁，而後徐壽輝起蘄、黄，布三王起鄧州，孟海馬起襄陽，各有其衆，各戰其地。布三王最早滅，孟海馬後滅。獨徐壽輝之衆，久而彌熾。歐普祥陷袁州，妖彭、項甲陷饒、徽，倪文俊陷武、漢，明玉眞陷蜀，皆奉壽輝之虚號。而友諒驍雄剽鷙，居中布置，故天完之後，繼以僞漢，而江、漢之區，終不入元之職方。今闖、曹、革、袁羣賊，不相統屬，非有友諒駕馭之略也。闖陷荆、襄，獻陷武、漢，各不相顧。闖不顧獻，獻不顧闖，心渙勢散，易于摧敗。闖陷荆、襄，不能顧豫，今保鄧不能顧荆、襄，即其一身首尾，已不相顧，而況能顧獻？則獻之自顧，亦從可知也。吾謂今日之計，當委秦、蜀之兵以掣闖，使不得南，而我專力于獻。九江之師扼其前，蘄、黄之師擣其後，勿急近功，勿貪小勝，蹙之使自救，擾之使自潰。此萬全之策、必勝之道也。兵法曰：知彼知己，今不知彼爲布三王、孟海馬之賊，而以爲僞漢之賊，視之太重，畏之太甚，我先有退攻之形于胸中，其氣已未鼓而竭，而何以制賊之死命乎？楚、豫之間，豪民大族，多結寨栅以自固。蘄、黄、眞、確、光、息之間，所在不乏。彼非肯爲賊用者也。其被殺則怨軍也，其僞降則内間也，不可不急收也。二賊多用楚人以爲守令。傳聞武昌守曰謝鳳洲，舉人有才名者也。此輩必不死心爲賊用，因而用之，許以殺賊自贖，未有不效死者也。武昌有王孫容藩字石渠者，毁家棄産，奔走萬里，結納豪傑，求爲陳思王之自效。今年正月，間關還楚，試一訪求之。周亞夫得劇孟，隱然若一敵國，石渠亦豈後于劇孟乎？腐儒衰晚，不能荷戈執殳，效帳下一卒之用。憂時念亂，輪囷結轖，耿耿然挂一馬瑙草于胸臆中，垂二十年矣。今幸而弋獲之，雖欲不傾倒輸寫，其可得乎？新安之事，可謂大錯。然金正希茹荼攻苦，練兵守土，實癡腸爲國家人也。黔兵之殺，必誤也，非故也，舍而不問，則無以謝黔人。執正希以爲大僇，則舉世士大夫容頭過身者，胥以正希爲戒，以練兵任事爲諱，亦可深慮也。往年游黄山，値土寇竊發，親見正希宵行露處，務面胝足，爲父老子弟率先。心竊韙之，不敢不以告于左右。語云：惺惺惜惺惺。知仁兄必惻然隱痛，不以爲狂瞽而吐棄之也。秋風蕭條，行間勞苦，惟爲社稷努力強飯自愛。

上應撫鄭公書

謙益以辛巳春爲白嶽之游，于時土賊竊發，金正希館丈督率鄉里丁壯，腰刀帕首，身編行伍，捍禦桑梓。已而賊退解嚴，親見正希食粗糲，衣大布，朝齏暮鹽，如苦行頭陀，奮臂横身，讓夷急難，心竊壯之重之，以爲士大夫盡如正希，朝廷尚有人，天下事尚可爲也。不意有黔師之役，牽連詿誤，横罹法網，又竊壯之惜之。祁門之事，甚易明也。襄、漢陷沒，兵民奔潰，而黔兵突入徽境，風雨奔驟，聲勢洶湧，安知其爲兵乎寇乎？抑亦寇而冒兵，兵而冒寇乎？當此時，有能統衆捍禦，使片馬不入，四境按堵，將以爲功乎罪乎？有捍禦，不能無格鬭；有格鬭，不能無殺傷；有殺傷，不能無鹵獲。主兵者亦安得而禁之乎？魏勃有言：失火之家，豈暇先言大人後救火乎？此切喻也。鳳督有事征勦，方思投醪挾纊，以鼓三軍之氣。黔師之殲也，安得不拊膺痛哭，呼憤告哀，庶幾慰死者而勵生者。恐廟堂未知本末，重有處分。徽人以禦寇獲罪，正希以任事受惡。海內搖手，相戒以聚鄉兵保鄉里爲禍首，而首鼠兩端之徒，開門揖盜者，反有以藉口。良可慮也。竊謂明公宜據實抗疏，爲主上別白言之，善爲調齊。用以平鳳督之氣，服黔人之心，解徽人之禍。中朝必听然叶應，而鳳督亦降心以相從，則此事了矣。詩不云乎：王于興師，修爾戈矛。豈曰無衣，與子同仇。今之所仇者，東奴也，闖與獻也。鳳督之募黔也，徽人之殺黔也，同爲臣子，同事師旅，皆有同仇之誼焉，敢爲賦無衣之詩以告于下執事。伏惟采擇，可勝瞻望。

回金正希館丈書

比年流氛披猖，所至陷沒，雖守土者之不職，亦繇士大夫里居者，蠅營狗苟，彼此顧望，以致一敗塗地，載胥及溺，而莫可如何也。春夏之交，風鶴震驚。流聞黟、祁間殺賊差強人意。臥病委頓，爲躍然投袂而起。不意乃有殺黔索償之事，牽連詿誤，議論鋒湧，良可爲三嘆也。嘗觀元末盜起汝、潁，而襄、漢、蘄、黃應之。蘄、黃之賊既陷江州，旋略南康、鄱陽，即由婺源犯休寧，一夕而陷徽州，由是而陷昱嶺關，破杭州，蔓延吳興、延陵，江南之塗炭從此始。當時克復徽、杭，殺妖彭、項奴兒諸盜魁，遏楚賊方張之勢。雖董摶霄、三旦八輩督師勦禦，而汪同、程國勝、俞茂結集民兵，誓死血戰，恢復城栅，其功尚多。不肖見吳中士大夫如處堂燕雀，每談及捍禦鄉井，輒努目詛詈，以爲妖言怪物。而楚之賀對揚以閣臣居會府，一籌莫展，投身江流，雖曰死忠，與魚鱉何異？衰殘病廢，仰屋嘆詫。每思新安士風高堅，士氣猛獷，忠義感激，遺風尚在。每欲舉黟、祁之役，以激勸當世之首尾縮恧，甘以都邑身家拱手而奉賊者。今舉事一參錯，而吏議隨之。吳中之鄙夫愞人，爭搖首閉目，以新安爲戒。天下有事，誰復敢奮臂爲國家出死力者？此不惟新安之憂，實重爲國家慮之也。鳳督慷慨誓師，滅獻、闖而後朝食。此事不憒盈執奏，何以謝黟人？何以鼓舞三軍，壯式蛙避螳之氣？使其設身易地，深知徽人之捍禦如此，祁戰之本末如此，同爲臣子，同爲國家，寧有不相憐相恤，降心以相從者乎？仁兄純忠大誼，鬼神所知。聖天子拊髀頗、牧，朝鋃鐺而暮節鉞，往往有之。此行也，必且大用，用必有爲也。吾敢爲天下執左券矣。區區所祝者，更望仁兄平心易氣，以天下事處天下事，念督、撫擔荷之苦，思師旅召募之艱，深惟憒盈執奏者之出于不獲已，以同舟遇風，胡、越相救爲心，則一切葛藤口語，俱可一刀斬斷。此封疆之幸，國家之福也，非調人賤媒之私語也。伏承來命，信筆奉復。寒暄慰唁之詞，皆未敢闌及。萬惟照鑒。不宣。

永豐詹京兆七十壽帳詞

伏以五百年有名世，見堂構之相仍；七十歲爲古稀，祝期頤之未艾。瑞徵南極，慶在本朝。恭惟某官閣下，道叶先知，照隣幾庶。凛若大河之一斷，裁剸不留；巍然象鼎之萬均，表儀斯重。堅持素節，不事浮華。慮四以平反爲能，如于定國之在廷尉；出守以清淨爲治，繼汲長孺之牧淮陽。褰帷致蠻蛋之囊琛，澤流嶺海；削牘柱貂璫之廟貌，霜肅秦川。乃陟月卿，晉除日尹。玉衡冰壺之譽，方藹清時；岫幌雲關之思，彌深晚節。臧孫有後，范氏世家。羔羊本潔白之風，驄馬繼澄清之志。惟茲小歲，正値大年。對冰水之如澠，香浮醽醁；倚玉山而列俎，光映傀俄。席長筵以祝延，舉壽觴而相屬。金章紫綬，照耀清尊；綠鬢方瞳，輝煌黃髮。江梅破白，比韓圃之晚香；岸柳催青，啓陸家之夕秀。家傳忠孝，是先師無盡之燈；心養和平，卽仙家不老之藥。盆也紀、羣輩行，孔、李通家。八千歲爲春，八千歲爲秋，恭紀冥靈之曆；周公拜乎前，魯公拜乎後，式瞻橋梓之榮。投我以桃，何以報之青玉案；既醉以酒，我姑酌彼黃金罍。調瑞龍吟，徵普天樂：

長筵繞，爭看待臘春回，試花梅早。千年函啓樵陽，龍沙期會，依然又到。華顛老，贏得西清鍾寂，東華塵杳。天家乞得閒身，霜筠雪竹，相將壽考。膝下兒童鵲起，留臺簪筆，雞栖焚草。擕取後湖春波，遙送清醥。綠章白簡，頻寄朝天表。停杯問、蓬萊烽偃，台階星坼，笑指冰山倒。合樽列坐觥籌了。滄海塵多少？寰區內、渾如樽罍平好。光華日月，堯天清曉。

初學集卷八十一

疏

五臺山募造尊奉欽賜藏經寶塔疏

五臺山普濟、法雲等寺，各有尊奉藏經，皇明弘治、萬曆兩朝先後欽賜者也。洪惟我孝宗敬皇帝，奕世肆德，天下歸仁。迨及我神宗顯皇帝，久道化成，軌迹夷易。是以琳宫寶塔，移兜率於人間；玉軸琅函，徧山川爲海藏。觀五臺之頒賜若此，則四海之尊崇可知。蓋我佛塵刹現身，實爲二聖；故斯世撈籠被化，遠及百年。惟豐亨豫大之靡常，致奴虜寇盜之交作。兵發纏綿於赤縣，干戈旁午於靈山。崇禎六年九月，流寇入焉。七年七月，逆奴入焉。奴則旋去而復來，寇則久踞而後遁。赤麋辮髮，更番選佛之場；螘賊羯胡，蹂踐清涼之國。搜金剔玉，腥穢佛身；碎錦剝綾，毁傷法寶。飛灰蕩燼，慘悽經雷火之輪；雨血風毛，恍惚灑人天之泣。比丘妙象，感是因緣，誓欲庋此殘經，鎮以寶塔。將諸謀於介衆，乞唱導以一言。余惟萬曆全盛之時，正三寶昌明之運。北胡削衽，受戎索於法王；西虜扣關，回狼心於佛乘。肆我皇風之宣暢，彌增佛日之光明。刼運漸開，風流滋下。鬬諍之禍國，種彼刀兵；貪黷之殃民，慘於殺掠。島夷冒帝釋之名號，魔民倒龍象之刹竿。凡茲孽蠹之萌芽，皆是氛祲之徵兆。欲躋昭夏，應仰慈恩。山僧之誓願聿堅，我佛之鑒觀斯在。所建之塔非塔，卽諸佛之全身；所藏之經非經，乃諸佛之慧命。一旦浮圖建竪，雀離湧見於虛空；從此多寶輝煌，龍藏何殊於半滿。顯惟列聖，御寶刹以周天；佑我聖皇，乘金輪而柱地。威神炬燭，則犬羊戎馬，投戈聆替戾之音聲；慈照燈明，則南戶左言，率土現窣波之影像。彌天寶網，修羅永遁於藕絲；匝地金繩，震旦盡登於蓮界。卜年卜世，比國祚於塵沙；聖子神孫，犛皇圖於法界。如上功德，資廣長以證明；若欲稱揚，書海墨而難罄。崇禎十年九月，常熟錢謙益謹疏。

西方蓮社小引

愈光上人，梵行精嚴，住持畿南之永聖寺，海內學士大夫過斯地者，靡不停驂解鞍，參禮扣擊，信宿而後去。丁丑初夏，余被急徵，抵新城，去上人所居不一舍，有感於杜子美宿大雲寺贊公房之事，申旦不寐，枕上成四詩。及抵寺，而上人已赴碧雲講席，洞門深院，梵放鐘殘。詠子美「沃野塵沙」之句，與其徒佇立久之，徘徊悒怏而去。所作四詩，不復繕寫，亦不復省記爲何語矣。戊寅秋，余解獄南歸，上人順世已逾年。枉道出高陽，不復過高橋拜上人影堂，殊以爲恨。今年，其上首弟子龍埜訪余山中，奉上人遺命，將糾合宰官居士，結西方蓮社於寺中，請余一言以爲唱導。嗟夫！斯寺也，當神京之要路，居扶風之上游。馬足塵飛，車輪霧合。當其戒徒御，騁輶軒，綸閣闕員，延英促對，往往望招提而掉臂，聽梵唄而攢眉。一旦權失寵衰，時移物換，漢相憂養牛之賜，秦市思逐兔之游。政事堂中，覽州圖而悸悼；夕陽亭畔，仰槃盌以流連。當斯時也，顧欲羨山寺之高眠，聽禪堂之粥鼓，其可得乎？若乃刀兵刼起，刑獄政煩。白骨青燐，猶入深閨之夢；單衣葦席，半爲通籍之人。嗟玉石之俱焚，感蕙芝之互歎。丁茲殺運，哀我生民。不空門之歸也，不樂邦之往也，將安往乎？將安歸乎？愈光運無緣之慈，流宿因於沒世；龍埜發廣大之願，傳遺鉢於師門。唱此勝緣，共延法侶。將使天涯道路，轉盼西方；宦海風波，回頭彼岸。春明門外，無非覺路津梁；王舍城中，盡是華嚴樓閣。不獨同登寶筏，受佛勑於再來；抑可長護金輪，報國恩於無盡。余也菰蘆長物，草土餘生。以是因緣，遙爲贊歎。欲懺鋃鐺之業債，聊舒筆墨之光明。常寂光中，知上善必爲印可；塵沙刼裏，仗諸佛共賜證明云爾。

化城寺重建大殿疏

雙溪化城寺者，徑山興福萬壽禪寺之下院也。接待之工，經始於佛日；化城之號，肇錫於寧宗。歲月滋深，壞成相續。牛眠馬鬣，兆域族於寶坊；鳥革翬飛，尋斧縱乎行樹。斷碑欲泐，遺礎僅存。嗟象教之式微，蓋人天之有待。今兵部右侍郎總督薊遼本如吳公，最初承紫柏之付囑，身任金湯；既而作牧伯於斯邦，大弘誓願。爰有尊宿，號曰鎧公。實惟仔肩，罔惜膚髮。于是機緣輻輳，攝折雙施。革面革心，非焦瑕之設版；我疆我理，若汶陽之歸田。形勝頓還，灌莽斯闢。琅函貝葉，咸有庋棲；軍持漉囊，于焉至止。禪誦不改，像設有嚴，名曰化城，實則寶所矣。鎧公草昧伊始，規畫方新，逝將大建法幢，重構寶殿，忽焉順寂，時不待人。其法嗣曰慈門德公，念本師之云亡，慨墜言之猶在。矢志紹述，努力經營。吳公乃自薊門詒書某曰：吾子德公之族姓，而鎧公之雅游也。無靳一言，以告四衆。余惟吳公身連重鎮，道栖空門。鈴柝相聞，而鐘魚互答；夕烽傳報，而禪燈湛然。故能視空有爲一如，融理事而無礙。且公護塔廟如頭目，則何忍三韓之故土，陷彼犬羊；憫衆生如裹毛，則何忍遼海之遺黎，沒於湯火。運慈悲爲神武，借撻伐爲撈籠。則白山可夷，黑水可塞，腥羶可以爲淨土，椎髻可以爲佛奴。以是機緣，熾然建立。豎浮圖於雲際，固將譬彼聚沙；移兜率於人間，又復何殊折草哉！斯言也，塵沙諸佛，大千刹內，自應彈指證明；紫柏諸公，常寂光中，亦有合掌讚歎云爾。

一樹菴募造佛殿疏

崇禎庚午孟冬，余與孟陽共栖拂水山居，太空上人過而訪焉。於時霜楓未落，秋潦始清。停車則千林放紅，晏坐則萬頃韻碧。上人顧而樂之。留連旬月，然且別去，乃踵門而請曰：性融所居一樹菴，在新安黄羅山中，偕同衣性智，經營滋久，庵廬一新。住持有嚴，禪誦不絕。惟此如來之像設，尚無殿閣以莊嚴。敢祈一言，以告四衆。余惟能仁之慈願，歷河沙而不窮；象教之冥搜，書海墨而未了。況兹庵締構之終始，與上人履歷之因緣，孟陽所敍次，緣起備矣，余復何言哉！余嘗謂壞空成住，上觀千歲，則塵沙之器界歷然；報應果因，近考目前，則昆明之刼灰如在。惟兹徽郡，昔號繁雄。旋觀寅卯之間，幾成百六之會。虎入邑而傅翼，豕擇人以磨牙。絳帕黄旗，布地有摸金之尉；朱提赤仄，傾家無避債之臺。僇辱横及於妻孥，屠殺不免於雞狗。亂將作矣，閔孰甚焉？一旦天晶日明，波恬浪息。仰父俯子，無虞瓜蔓之抄；戶誦家絃，盡脫葦笥之籍。黄白之山林無恙，金銀之氣色如新。凡此皇恩，誰非佛力？當知昔年之水火，並衆生之業識所招；則今日之清寧，正我佛之光明所被。誠欲迎和而避殺，無如植福以種因。況此邦之人，夙饒物力。結構則丹楹刻桷，上薄雲霄；宴會則胹鼈臇鳧，下窮水陸。捐華屋一椽之直，省玉筵一金之需，用以回向佛門，庀治精舍，聚沙可以建塔，累土可以爲山。兩上人無著、天親，業已現身而應化；諸善信慈悲法喜，何難彈指而落成哉！上人曰：「善哉！融等將奉此木鐸，開彼金繩。子他日腰包扣訪，樂觀厥成可也。」

徑山募造大悲閣疏

雙徑山中，有一比丘，名曰大舟，發大願心，願於此山起大樓閣，作大悲菩薩像，建大悲懺壇，誓願利益有情，紹隆三寶。俾此山中，祖師代興，重規疊矩，熾然建立，如唐、宋時。走五百里，踵居士門，願得一言，以爲唱導。居士合掌讚歎而語之曰：大悲觀世音以八萬四千母陀羅臂，八萬四千清淨寶目，遍入微塵國土，拯拔一切有情，離諸苦惱，種種善巧方便，現身說法，必以時節因緣爲主，如華嚴普門品所陳是也。佛言一切國土，種種災難起時，當造千眼大悲像，誦持大悲心陀羅尼神呪，能使敵國歸降，雨暘時若。百官萬民，皆行忠赤。諸龍鬼神，靡不擁護。今聖天子在宥天下，具正等覺，乘轉輪位，謂非大悲菩薩現身不可也。然而東虜游魂，尙在海內，奸宄間作，宵衣旰食，四顧而未舍然。是豈山川鬼神有不率俾，而百官萬民有未盡忠赤者與？成祖文皇帝御製大悲經呪序曰：如來化導，首重忠孝。忠臣孝子，跬步之間，卽見如來。如其不然，轉盼之間，卽成地獄。末法衆生，造孽深重，不忠不孝，上千天地之和，下結山川之沴，故水旱刀兵之刼，起而應之。當此時節因緣，化導忠孝，消疵癘以還太和，牢籠拔濟，人王法王之願力，均有賴焉。文皇帝之心，其卽今皇帝之心，亦卽大悲菩薩之心也歟！山僧野衲，麻鞋草食，無蒿目當世之志，以何因緣，弘發誓願？豈非塵沙諸佛所護念，而文皇帝之靈實式憑之者歟？大舟勉之。吾知吳、會之間，金錢布地，飛樓傑閣，如兜率天宮下移人世，在一彈指間而已。

天台山天封寺修造募緣疏

佛法之有宗教律也，譬之一鼎三足，不可闕一者也。然而權實隱顯，開遮歷然，各視其時節因緣以爲唱導。譬之醫王，因病發藥，寒熱溫涼，君臣佐使，用得其當，卽烏頭狠毒，皆可以療病。苟爲不然，則用參苓以殺人，與毒藥何異哉！萬曆年中，諸方有三大和尚，各樹法幢：紫柏以宗，雲棲以律，憨山以教。三家門庭稍別，而指歸未嘗不一。譬之近世名醫，其亦猶東垣、河間、丹溪之診治，不執一方，而能隨方療病者歟？三老旣沒，魔外煩興。上堂下座，戲比俳優。瞎棒盲拳，病同狂易。聾瞽相尋，愈趨愈下。師巫邪說，施符呪棗，亦皆借口參禪，誑惑愚昧。邪師惡道，下地獄如箭射。良可悲也！良可懼也！長夜將旦，台教聿興。鬼神爲之唱緣，人天爲之呵護。喚迷頭者必賚明鏡，刮眯目者必仰金篦。攻台教以治狂禪，庶幾廢疾可興，膏肓可砭。立方療病，其莫先於此乎？天台寺萬曆某年不戒於火，比丘某發大誓願，勵志修復，而乞余言以告四衆。嗟乎！寺之火也，火於正教將熸之時；比其修也，修於狂禪漸息之日。天火之以示戒，而人修之以顯法。除舊布新，扶衰革弊，其亦有因緣時節示現於其間乎？我知斯寺熾然建立，智者大師現身佛刹，如寶羅網，豈待余言爲讚歎哉！

華山寺募緣疏

吴郡華山寺者，晉支公遁擁錫地也。靈峯鬱起，青牛垂度世之文；古澗奔流，白馬著飛山之跡。蓮花一瓣，六時之刻漏交傳；鳥道千尋，七寶之樹聲競奏。雲棟風窗，信物外靈眞之宅；殘燈仄壁，豈人間香火之宫。自榛蕪載闢於千年，而謠詠僅存其一畝。禪誦不改，衣祴之巢鶻暫驚；雲樹依然，洗鉢之孤猿乍返。居士既惟力以護持，名僧乃應機而至止。演四十九年之法，笑比拈花；剖一百八句之宗，頭能點石。印以息心，似化人之語幻；參必了義，猶谷響之答泉。可謂釋網重維，靈山生色者已。然而班荆布席，茂草尚深於法堂；捉麈譚經，天花僅散於丈室。將薙草崇基，依巖表刹。功德譬之河沙，唱導先乎隻字。余惟今代象教淩夷，波旬放恣。濟空山而設版，逐法王爲逋客。攘臂仍之，恬不爲怪矣。今夫高岸爲谷，屈指已移；刼火洞然，大千俱壞。何況功名舟壑，薤上之露易晞；第宅滄桑，局內之棋不定。一旦金穴既圮，銀海不飛。碧血化爲鬼燐，黄腸穿爲兎穴。而空門之鐘磬，暎玉匣以傳聲；古殿之燈火，拂金蠶而流照。魂游知媿，灰冷何堪？人皆爲佛法而拊心，余則愍斯人而雪涕。且土固有宜，物各有主。卽使佞佛匪福，謗法無郵。而經像煙銷，改精舍爲甲乙之第；梵唄響絶，鞠花宮爲禾黍之場。蘭宇孼悲，松巖獻誚。是可忍也，誰能說之？嗟乎！佛法無諍，象法有爲。凡具信心，各發弘誓。使殿閣相望，丹青並勒。金姿寶相，三身璀璨於中天；白足赤髭，四花照曜於萬品。則揭慧日於昏衢，在我不徒自利；而扇涼風於火宅，使彼亦復無他。苟能讚歎於斯言，卽可廻向乎諸佛。

重修虎丘雲巖寺募緣疏

虎丘雲巖寺之燬於火也，蓋八年於此矣。丙子二月，相國茂苑公，投簪海岸，邀野老以來游；載酒松關，偕同人而至止。於時風物駘蕩，花柳芳妍。相與縱覽雲山，俛仰今昔。香樓金道，無復舊觀；架壑梯巖，僅存遺址。天荒地老，悲昆明之刼灰；鬼爛神焦，悵陸渾之新火。琅函寶笈，仰惟英廟之奎章，尙爾騰輝於草木；金鳧白虎，緬想中吳之地脈，能無寄旺於林臯？靈山遭灰墨之刑，同罹一刼；福地具莊嚴之相，終兎三輪。山僧既袒右而告哀，羣公咸虛左而授簡。資其固陋，俾爲乘韋之先；相此機緣，用作布金之導。余觀吳下，長安之甲第，錯列階衢；雒陽之名園，彌望阡陌。然而土木日廣，工作滋興。役鬼神而不休，縻金錢而無算。其於茲山，則未聞有咄嗟檀施，歡喜經營者，亦獨何歟？夫燥濕暑寒，宜有闔廬之辟；歌哭聚族，豈無輪奐之稱？若乃廣廈曲旃，制逾北第；右平左城，僭儗西都。故知傳舍之閱人，亦懼高明而瞰室。一旦金還車子，夢醒役夫。朱戶丹青，俄爲外廄；黃衫步輦，忽降中堂。玉盞金杯，取次賫爲口實；斵椽碧石，寧渠寫入劵書。嗟何及矣！不亦愚乎？有白傅之文章，斯可以居履道之亭館；有晉公之勳業，斯可以治集賢之池臺。怪石奇峯，遠搜磐固之苗裔；丹楹綺戶，近撫戚遠之家園。方謂奧突風樓，幷攢一室；更詫十洲三島，幻出人間。何待高傾而曲平，早已墼譏而峯誚。袁廣漢之花木，移置上林，何將軍之山林，鞠爲茂草。固其所也，又何歎乎？若能省彼錢刀，惜其物力。追昔賢捨宅之意，佽今日興復之工。以名山爲園林，園林莫佳焉；以古寺爲第宅，第宅莫甲焉。以青山白社爲主人，則主人常在，不須悲更易於王侯；以高人勝流爲徒侶，則徒侶不孤，無事戒傷殘於草木。東西二寺之名勝，固將煥發千年；珣、珉二王之風流，何難接踵後世哉！若夫紹興之經藏，修佛事於戎馬倥偬之時，則張魏公逗機而說法；永樂之興修，表佛剎於神聖雍熙之日，則楊文貞順化而鋪文。凡我龍象之倫，並了金湯之義。願力堅固，一切如來所證明；因果弘多，無煩窮子爲唱導者也。崇禎九年三月，虞山老民錢謙益疏。

募修開元寺萬佛閣疏文

我太祖乘金輪以御世，嘗稱佛氏之教，幽贊皇綱，列聖繼承，崇奉不替。三百年來，華夏乂安，戎狄賓服。華嚴世界，湧現於閻浮提，何其盛也！神廟之末，泰西狡夷，竄入中夏，蟻聚蜾傳，久而益滋。士庶惑其教者，敢於背違祖訓，毀棄佛像，甘爲左食侮言之徒。未幾而羯奴叛，蓮妖興，生民塗炭，王師在野，刀兵之禍，迄今未艾。辛有興嗟於被髮，邵氏致感於聞鵑。西教之來，識微之君子，不能不爲之三歎也。今年奴越畿輔，躪山東，血肉狼籍，骸骨撐柱。蓋燕、趙、齊、魯之間，旁趨倒植，背佛乘而崇西教者多矣，宜其及也。開元寺僧海能慨寺後萬佛閣久圮，以修復爲己任。吳君子張異度、徐九一皆感其精誠，爲之唱導，而屬余以一言先之。余惟今天下奴寇交訌，淮海震動，而吳中獨不受兵，此聖天子之福力也，亦佛力也。然西教之浸淫闌入，亦有年矣。釁生而孽牙，不可以不備。開元建自赤烏，石佛因緣，宣布於震旦。於斯地也，作危樓傑閣，供養諸佛，爲人天之眼目。士庶瞻禮，見像起信，其必能仗金剛力，墮彌戾車，我知西教不崇朝而滅熄矣。于以仰祝萬壽，寧風旱，弭刀兵，俾吳中永爲樂邦佛國，而海內重覩金輪之盛，豈不休歟！昔僞吳張氏，改易開元臥佛爲立佛，吳中脊脊不寧。國初重建卧佛，有時和年豐之瑞。開元居郡治之坤方，其興圮修廢，於郡國形勝，不可謂無關也。余願吳之君子，慨然布金，俾不日成之可矣。

北禪寺興造募緣疏

吾郡之北禪寺，卽唐之乾元寺，皮、陸集中所云戴宅，蓋戴逵與其子顒捨宅爲之。宋祥符中，賜名大慈講寺。其詳見於顧逋翁、趙子昂記中。本朝興圮不一，隆慶、萬曆之間，三空恩公，量虛惠公，野懷果公相繼住持。三公之後，有熙遠胤公，深修五定，淨持七支，盡力宏護，以起廢接衆爲事，而屬余爲唱導之文。余惟今世法幢倒折，魔外盛行。波旬之屬，儼作導師。師子之蟲，推爲龍象。聾聚聾而擊鼓，瞽扶瞽以拍肩。黎丘之奇鬼，殺人子而不疑；西土之迷夫，失己頭而狂走。佛法之淩夷，可謂至於斯極者矣。惟茲古寺，肇自乾元，是法珣、法藏二公之所以闡台教也，是淨梵法主之所以演法華也，是東屏、澄照諸老之所以弘講席也。居今之世，而欲樹末法之津梁，救衆生之狂易。非反經明教，遵古德之遺規，其道無繇也。夫佛法如大地之載衆生，從地倒者須從地起。經教爲藥草之療百病，中藥毒者還用藥攻。知假子之非眞，則眞子故在，黎丘之鬼禍自銷；識迷頭之非我，則明鏡了然，若多之狂性立止。窮冬凛冽，咸借庇於復陶；儉歲饑饉，均待命於良稷。胤等發願興復，意在斯乎！意在斯乎！凡我善信，共蒧勝緣。風樓月殿，溯寂公禪坐之時；金磬貝書，似皮、陸談經之日。重耀昏衢之燭，盡隳彌戾之車。不惟珣、梵諸老，衣鉢常新；抑亦靈山一會，儼然未散矣。

募建表勝寶恩聚奎寶塔疏

茲塔之建也，故觀察觀復蕭公，大發誓願，力任仔肩。自哲人有摧木之嗟，而寶地乏布金之助。經始垂及廿載，量工僅逾四成。厥維艱哉！嗚呼唏矣！原夫觀察之造塔，願力固歸元於佛事，緣起實發因於形家。語佛法殆書海墨而不窮，論形家乃留更僕而可數。蓋邑之有來脈也，自沙山而顧山而虞山，而縣治結焉。邑之有朝水也，自曹湖而宛山而華蕩而州蕩，而環流聚焉。兌龍結則巽維之體勢宜高，客水朝則城口之關闌欲緊。乃今平沙鋪展，分支徑落，馬鞍流派，奔騰順勢，直趨婁水。縣治已結，無層拱疊衞之形；水口長流，寡磅礴縈紆之勢。山自西來者，既抱我而復去；水之東下者，欲顧我而不留。是以烝有所鍾，我不能審其所會；而支有所止，彼反得乘其所來。屹彼浮圖，奠茲巽位。內可以朝揖縣治，外可以攔截衆流。移主客反背之情，成龍虎回抱之局。在昔東西瀍、澗，卜雒所以契龜；陰陽流泉，居岐於焉相宅。又況託因緣於象敎，表福德於法輪者哉！乃者畚築弛工，登馮軺響。樹網侵淩於鳥鼠，雕角穿穴於雨風。未能符儀鳳之祥，抑且犯青烏之忌。何也？巽爲文章之府，塔有卓筆之形。人言卓筆無鋒，當主文星缺陷。且入城而瞻塔，猶坐堂而視檻。朽木枝撑，舉目則覩戈矛之狀；積栱斷爛，觀象則應破碎之占。是謂勢吉而形凶，法當趨全而補缺。年來白茆淤塞，七浦奔趨。昔猶或却而或前，今則有瀉而無折。譬如千帆競鶩，萬馬橫馳。違蜿蜒翔舞之經，犯簾劫箭割之讖。水局既汗漫莫鎖，龍身將阧洩無餘。陵谷之變如斯，桑梓之憂曷已。矧斯邑夙稱富庶，久際昇平。黑白之業橫陳，人物之蓄多有。而訛言屏息於邑屋，奸宄斂跡於郊圻。凡我邦國之敉寧，孰非佛力之加被？惟兹塔廟，號曰支提。用以表勝而報恩，亦能滅惡而生善。祥雲蓋覆，故知劫火不焚；淨土莊嚴，定使三災永息。役鬼神而周沙界，有若微塵；寧風旱而弭裁兵，何殊影響？此又人天交贊，事理同符者矣。謙益往覩勝因，曾參末議。久慚病廢，莫效涓埃。爰有老人，粤惟戴氏。甲子齒逾於絳縣，晨昏行比於緇衣。載感晬容，屢占異夢。趣斯塔亟宜建竪，不啻三令而五申；囑謙益力爲導揚，幾於辟咡而提耳。嗟乎！方今紱冕鶴列，俊乂鵰飛。卿大夫翹首而分王國之憂，都人士拭目而觀用賓之利。惟此比閭之有事，宜屬版籍之老民。古稱謀及庶人，亦曰詢於介衆。管仲求識道於老馬，田單拜小卒爲神君。斯佛勑所以下及芻蕘，在凡夫何敢仰辭筆舌。伏望巨公大人，善男信女。覩形覽勝，知鄙言之不爲無稽；

揆果寮因，信佛說之歷然有據。共矢宏願，大施淨財。俾雀離之浮圖一新，烏目之地形增勝。三輪湧地，何須玄度重來？七寶現前，即是育王出世。從上諸佛，當共證聚沙之緣；庶我愚公，亦充叶移山之願。天啓七年歲在丁卯八月朔日，聚沙居士錢謙益疏。

書西溪濟舟長老册子

庚辰之冬，余方詠唐風蟋蟀之章，修文讌之樂，絲肉交奮，履舄錯雜，嘉禾門人以某禪師開堂語錄緘寄，且爲乞敍。余不復省視，趣命僮子於蠟炬燒却，颺其灰於溷廁，勿令汚吾詩酒場也。獻歲拏舟游武林，泊蔣村，策杖看梅，徧歷西溪、法花，憩鄭家庵，濟舟長老具湯餅相勞。觀其舉止樸拙，語言篤摯，宛然雲棲老人家風也。口占一詩贈之，有「頻炷香燈頻掃地，不拈佛法不談詩」之句，不獨傾倒於師，實爲眼底禪和子痛下一鉗鎚耳。師以此地爲雲棲下院，經營數載，未潰於成，乞余一言爲唱導。余惟今世狂禪盛行，宗教交喪，一庵院便有一尊祖師，一祖師便刻一部語錄。吟詩作偈，拈斤播兩，盲聾喑啞，互相讚歎。架大屋，養閒漢。展轉牽勸，慧命斷絕，同陷於泥犂獄中，披毛戴角，宿業未艾，良可憫也！良可哀也！師能守雲棲家法，持戒護生，專勤淨業，肯堂肯構，爲雲棲荷擔兒孫。當魔外猖披之日，隱然爲正法長城。天龍鬼神，所共護念。區區下院，一茅蓋頭，於建立乎何有？或謂雲棲立法平穩，門頭稍弱，其後人未必有竪起脊梁，負荷大事因緣者。余以爲不然。譬如人家，祖父創業，重規疊矩，子孫懦下，不失爲鄉里善人，不至爲惡劣敗類，滅門絕戶也。爲雲棲之弱子，猶愈於爲魔外之狂兒也。君子創業垂統，爲可繼也。書之以爲下院募緣序，幷以諗於世之爲末法金湯者。辛巳仲春，聚沙居士書於蔣邨之舟次。

追薦亡友綏安謝耳伯疏

同志曰友，誼本結于三生；今也則亡，悲益深于一旦。輒陳微悃，仰瀆慈尊。亡友太學生綏安謝兆申，少能振奇，壯而學道。疲精竹素，誠藝林之勞人；矢志金湯，信法門之爭子。乃以命運之蹇，兼之疾疢之凶。一領青衫，不分生埋于場屋；半生白骨，終然死客于道涂。嗟戢身之一棺，何殊牖下；歎藏舟于半夜，已隔生前。塵尾劇談，尋味齒牙之論；蠅頭細字，摩挲篋笥之書。陳迹依然，新吾安在？伏念兆申負氣壯往，種性多聞。惟其以俠而兼儒，未免借嗔而作佛。捨身布髮，固肯爲法而忘軀；努目信眉，亦多輕死而重氣。心依蓮漏，久已種淨土之因緣；身入藕絲，或恐作修羅之眷屬。在凡夫何從何去？惟如來悉見悉知。敢以未了之交情，仰證無遮之法會。恭惟大覺，早賜證明。放常寂光，攝旅魂于孤圓之白月；入無生忍，銷客氣於方熾之紅爐。誓願剎塵，窮刼報恩于無量；圓融淨穢，它生受勑以重來。

爲卓去病募飯疏

農山先生，學本眞儒，仕爲廉吏。有包函宇宙之大志，而蓋頭僅存其一茅；有饑寒溝壑之深心，而量腹不充其數口。三旬自笑，一飽無時。原憲之固窮，貧也非病；潘岳之用拙，信而有徵。咨矣富人，誰與指道旁之困？傷哉貧士，終然泣泉下之珠。敢告同人，共思周急，或授餐致弟子之養，豈必萬鍾；或扣門送賣文之錢，何妨滿陌。無令方朔，長羨飽于侏儒；如彼淵明，亦銜恩于冥報。向仁祖而索食，故自農山之素心；效微生之乞醯，抑亦我輩之能事。謹疏。

初學集卷八十二

贊　偈

佛母大準提王菩薩贊

（文闕）

關壯繆侯畫像贊

惟壯繆侯，虎臣國士。王封帝號，崇我明祀。羯奴蛾賊，盜賊之靡。游魂未滅。惟帝之恥。都山鐵刀，東沸黑水。長沙銅柱，肅鎮南紀。陰護金繩，陽燿玉璽。佑我皇明，億萬年只。

憨山大師眞贊

昔人悼君子之歿，以謂如深山大澤，龍亡虎逝，則變怪百出，舞鰌鱔而號狐狸。師之化去，一紀于斯。盲子據狻猊之坐，魔民稱人天之師。聚盲導瞽，居之不疑。自紫柏、雲棲辭世，而師繼之。法門龍象，靡有孑遺。則所謂鰌鱔狐狸者，何怪其羣聚而族啼。嗚呼！巍巍堂堂，儼如王之氣宇；慈顏威相，恍月滿而雲披。繹微言於將絶，念記莂之在兹。剎竿倒却，誰與柱楮？拜公遺像，能無顏厚而忸怩也耶？

清源好德何氏歷世畫像圖譜贊

昔我登朝，逌事司空。金聲玉色，穆如清風。退朝多暇，步屧相過。酌酒切脯，寤言永歌。我懷司空，藹藹元氣。公叔矯時，徐公不二。峩冠委佩，國有典刑。摳衣綬帶，兔園老生。皤皤黃髮，萋萋宿草。有子競爽，蔚爲國寶。乃輯譜像，乃裝卷軸。九京一堂，聚此尺幅。我獲拜觀，退而聳然。如見眉目，如聞話言。人亦有言，七世觀德。惟兹世家，譬彼故國。原廟再修，寢園或毁。展如斯册，圖像有煒。猗與司空，源遠流長。龜山之謠，百世有慶。在漢征和，祥刑格天。帝錫符策，以授比干。我頌好德，亦天所予。作贊代簡，敬告策府。

王氏世德贊

客游吴，入閶門，游廛市闤與高樓閣道相上下，其中無逸民高士之居也，望而知之。出閶門可三四里。去綵雲橋百步，有宅一區，黄土築牆，蓬蒿綴屋。夾窗疎櫺，明淨可數。有人補衣苴履，讀書詠歌，聲出金石者，王人鑑德操也。余過訪德操，讀吳參議文仲所述世德敍，德操四世一身，皆持齋斷肉，泊然如老僧，卜隱于斯者百有餘年矣。余閒居訪求吳中舊事，勝國時有俞琰先生，隱居南園，著書讀易，而琰之子仲温，仲温之子楨，楨之孫嗣之，皆隱居尙志。楨爲都昌令，未期月，解官食貧，蓋亦范史雲之流也。今王氏亦四世矣，後之人有習于吳之故者，其亦可以附俞氏之後與？余觀俞氏家集，名人遺老若陳子平、鄭明德、陳叔方、于壽道諸公之詩文，皆備載焉。而王氏之序世德者，則文仲一人而已。今吳中所謂文章家者，壇坫相望，干謁走其門，碑版照四裔，往往而是。文仲前輩名家，詩筆爾雅，吳人以爲東家丘，未嘗過而問焉。德操表著先德，不走集世之焰焰者，而惟文仲之求，斯可感也。唐人有齎持金帛求碑版於王縉者，昏夜扣摩詰之門，摩詰笑應之曰：「大作家在彼。」繇昔視今，亦可爲一笑。文仲序述後，又二十年，而德操屬余繼爲之贊。贊曰：

皐廡不存，樂圃已荒。天隨往矣，杞菊不芳。太原四世，石礀七葉。德園並游，竹素相接。吳俗囂囂，吳文靡靡。巢車載塵，緗帙盛矢。蕭然斯編，如水中月。文心道韻，千秋可掇。

鄭仰田高士眞贊

其爲人也，蓬頭突鬢，垢面跣足，行及奔馬，健如黄犢。蒻王公如僮兒，視禮法如桎梏。其爲術也，雜物撰德，節解鈎連，東方之射覆，管輅之占候，趙達之算箸，隗照之書版，縱横穿穴於一點一畫形聲指意之間。嗚呼仰田！今其逝矣。有謫而來，限滿而去。化白蜆以小別，乘青牛而暫駐。謝綟氏之時人，宴幔亭之親故。爲我寄空中之書，安知其不旦暮遇之也？

張元長眞贊

與之居，隱几而引鏡，不見天日。與之行，拍肩而扶杖，不辨徑術。嘗試與之布席而坐，更僕而語。其深譚雄辨，可以照秦宮而燭水府也；其微詞妙義，可以察毫楮而視懸虱也。攬世界於一掌，圍八極於寸眸。雖有離朱之明，固將爽然而自失也。斯人也，韓子所謂盲於目而不盲於心。以天眼觀之，其殆無目而視，證入圓通之室者與！

張異度眞贊

張世偉異度，吳郡松陵。少負雄駿，好直言危行，幾陷羅網，以此有聲。被服儒素，栖遲泌水，自命爲老生。公車辟召，稱疾不就，屏貴遺榮。郡國有大事，就而問焉，其言明且清。蔚門之教授，南園之著述，庶矣齊名。友人錢謙益，稱其風節，足繼東京。年七十餘，巋如魯靈光，爲鄉先生。

劉西佩僧相贊

以爲非僧，僧相宛然。以爲是僧，僧在誰邊？儒衣僧帽，筆床應器。一彈指頃，現去來世。破琴無弦，甕書有跡。夢中了了，覺時已失。君往求之，誰與證者？覆蕉之中，古松之下。

御史族兄汝瞻畫像贊

顒顒昂昂，應鐘大呂。不吳不敖，不茹不吐。斯其執法西臺，巡方齊、楚，横秋風於鐵冠，肅霜威於繡斧者與？委委佗佗，開顔舒眉。倦扶靈壽，醉倒接䍦。斯其投老自放，天解羈覊，窮園林之勝事，樂鐘鼓於清時者與？望之如霧雨之豹，即之如晴天之鶴。軒豁呈露，譚笑大噱。愁人爲之解頤，病者可以已瘧。余每當左絃右壺，輒愾然而三歎，恨斯人之不可作也。

瞿元立畫像贊 有序

公之生平，少保福清公誌及余傳備矣。公遘會家難，慷慨立節，故其眉宇温然栗然，曾不可以犯干。少無子弟之過，長有長者之言，故其視卑，其息深，退然有以自下。國論之糺紛，人才之變衰，居恆愾然以咨，愀然以惜，故有勞人志士，蒿目憂世之容。讀書譚道，假年窮老，隱囊在前，蒲團在後，故有儒生衲子，秀羸戌削之色。太史公有言：無不善畫者莫能圖。今之圖公者像也，而豈遂能貌公也哉！公往官兩都，與曾于健、于中甫、丁右武諸君子游，清譚緩步，高自標置。于時以爲俊流，至有圖之絹素者。公狀貌短小，而右武眇一目，公呼右武君子，右武亦呼公丈夫。右武嘗謂公：「元立長不滿六尺，而氣雄萬夫。」公應之曰：「右武目不具二睛，而見空千古。」公嘗與余言，以爲歡笑。因贊公像及之，前輩風流，猶可思也。贊曰：

有美瞿公，金帶朱衣。我儀圖之，是耶而非。薰然而春，凜然而霜。憂國攢眉，撫己循牆。公之形似，畫莫能圖。可想像者，山瘠澤癯。襲其章服，易以布素。書囊禪版，庶得我故。謦咳猶在，世事已陳。我思典刑，慟彼虎賁。拂拭絹素，永言企之。茫茫九京，誰其起之？

宋主事畫像贊

天門峩峩，一夫九首。君折其角，負創以走。皇明天咫，洞燭譎譎。以此幽縶，當彼寄館。詩書絃誦，優游倘羊。月臨貫索，風動鋃鐺。遇坎不慄，出陷不喜。雪泥鴻爪，適然而已。君之興會，寄於此君。兎起鶻落，舒煙卷雲。世間風雨，如一小刼。不見此君，改柯易葉。怒而偃雨，喜而笑風。渭濱千畝，在其胸中。

傅右君畫五老石戲贊

生公說法，頑石點頭。興妖作怪，著甚來繇？此五老人，不會佛法。無頭無面，誰扣誰答？罏峯藹藹，蓮漏遲遲。巋然五老，遠公之師。

題滕公遜像

我坐鈎黨，歸于司敗。追捕飲章，鋃鐺繫械。天地爲籠，白日荒荒。聚觀嘆息，夾道負牆。君獨奮袂，相送入獄。雜彼傔從，襲我囚服。紛紛朋舊，峩峩冠冕。豈無頸縮，亦有顔腆。彼丈夫哉。弱不勝衣。我觀畫像，激而贊之。

戲爲廣陵張李二生小像贊

出則連騎而遊，居則共茵而坐。喫張公之酒，難辨醉醒；戴李家之帽，孰分爾我？之二豪者，侍劉伶之側，我知其不爲螟蛉與蜾蠃也。

張中吳眞贊

貌何蕭閒，人本儒素。畜刀圭以活人，能起捐瘠；揮千金而急難，如棄涕唾。人高其輕世肆志，我憎其離鄉去故。嗟乎！飲宜城之酒，何如炊長腰之米？釣槎頭之鯿，何如烹四腮之魚？遊冠蓋之里，何如傍言公之盟壇？近豬蘭之橋，何如訪採藥之舊居？歸與歸與！我願與子，煉銀筩，發丹井，招神翁而尋慧車也。

莊樂居士命工采畫阿彌陀佛丈六身形相殊妙普勸道俗造傑閣以安之欲使見聞隨喜禮拜讚嘆各乘願力往生安樂聚沙居士謙益歡喜踴躍謹再拜稽首而作偈曰

稽首大慈父，南無阿彌陀。念佛生西方，佛口無誑語。我觀一番紙，舒卷二丈餘。膚理如白疊，潔淨不容唾。居士請畫師，畫作丈六身。如是三十二，百福莊嚴相。八十隨形好，一切皆具足。能於牋紙上，湧現佛形相。當知衆生心，具足諸佛故。畫師作繪事，幻出諸形像。山河及大地，鬼魅與牛馬。今此善畫師，改技而畫佛。丹黄五采色，化爲佛光明。而此一畝宫，山林冢墓間。或爲尸陀林，狐兔之窟宅。或造市廛屋，淫坊屠沽肆。彈指成樓閣。供養阿彌陀。恍如兜率宫，下移人間世。此地垢穢相，今復在何處？穢土轉清淨，變現亦如是。我悲世間人，念佛求西方。口口阿彌陀，心心不相應。念佛求慈悲，心毒如虎狼。將錢放魚蝦，見人刦呑噉。念佛求淨土，心穢如糞土。爭名又奪利，蛣蜣轉丸中。念佛求極樂，心中大苦惱。猛火然膏油，煙焰徹腦髓。念佛勤禮拜，捨身爲弟子。欺君傲父母，齮齕如仇讎。念佛懺罪過，懺已旋復作。懺作相循環，如撒捕魚網。愚人顛倒見，仗佛作罪愆。却如西方國，乃是逋逃藪。又有狂易人，妄認罪福空。撥無淨與穢，横作諸惡業。直待大期到，臘月三十日。憑仗一聲佛，撒手西方去。豈知眼光落，有口開不得。譬如作惡人，造下彌天罪。家藏大誥書，罪發求減等。罪大法令嚴，畢竟饒不得。作惡求生方，亦復何異此？我思維摩詰，金粟古如來。心淨佛土淨，亦是佛口説。直心是道場，慈悲方寸母，諸惡切莫作，衆善須奉行。在家及出家，士農工商賈。個個脚根邊，自有西方路。作善勤念佛，自然得往生。如人好眷屬，大家團欒住。作善不念佛，佛亦來接引。如路遇好人，面生亦歡喜。世皆勸念佛，我亦念佛者。南無阿彌陀，我今念佛竟。

慈門上人書華嚴經偈

慈門上人寫華嚴經八十一卷，一畫一佛。自一畫起，乃至多畫，如海中沙，如空中雨。而所念佛，作妙音聲，億千萬畫，無錯亂者。字畫無量，佛亦無量。一畫一聲，不可算數。而此一畫，含攝多畫。億千萬佛，具一畫中。寫經用手，念佛用口。口手二相，開遮歷然。而彼上人，不知有我。我身亦無，誰用手口？我無有手，誰寫經者？我無有口，誰念佛者？手亦能念，口亦能寫。手口互用，無有分別。我聞是經，佛口親說。佛於衆生，如一父母。佛身是骨，經典爲肉。而彼上人，誓報佛恩。我骨卽佛，我肉卽經。拆骨剝肉，供佛與經。亦無難者，而況手口。拆骨還佛，剝肉還經。我身手口，尙復何在？此佛與經，如我手口。了不可得，而況種種，福田利益，人天福報，如空中華，如夢中事。此何以故？無寫經故。無念佛故，無獲報故。是眞寫經，是眞念佛。是故上人，應如是觀。有一居士，錢姓謙益，作是語已，而還其經。

造大悲觀世音像贊

女弟子河東柳氏，名如是，以多病故，發願捨財，造大悲觀世音菩薩一軀，長三尺六寸，四十餘臂，相好莊嚴，具慈愍性。奉安於我聞室中。崇禎癸未中秋，大悲弟子謙益，焚香合掌，跪唱贊曰：

有善女人，青蓮淤泥，示一切空。疾病蓋纏，非鬼非食，壯而相攻。歸命大士，造大悲像，瞻禮慈容。我觀斯像，黄金塗飾，旃檀斲礱。猶如我身，四大和合，假借彌縫。云胡大悲，紺目遍照，地獄天宫？毋陁羅臂，屈信爬搔，億刼撈籠。而我一身，兩目兩臂，兀如裸蟲。生老病死，八苦交煎，呼天告窮。以是因緣，發大誓願，悲淚漬胸。因愛生病，因病懺悔，展轉鈎通。是愛是病，是大悲智，顯調伏功。我聞之室，香華布地，寶炬晝紅。樓閣涌現，千手千眼，鑑影重重。疾苦蠲除，是無是有，如楊柳風。稽首説贊，共發誓願，木魚鼓鐘。刼刼生生，親近供養，大慈鏡中。

初學集卷八十三

題跋一

跋淳熙九經後

淳熙九經槧本，元人俞石磵所藏，後歸徐子容侍讀。余得之於錫山安氏。孝經、易經後，俱有王文恪題字。此書楮墨尊嚴，古香襲人，眞商、周間法物，可作吾家宗彝也。石磵者，名琰，隱居吳之南園，老屋數間，古書金石，充牣其中。傳四世，皆讀書修行，號南園俞氏，金、張七葉，不足羨也。吾子孫得如俞氏足矣。

又

淳熙九經，點斷句讀皆精審，如論語，書云：句孝乎惟孝，句友于兄弟。又，甚矣。句吾衰也久矣，句吾不復夢見周公。又，予不得視猶子也，句非我也夫。句二三子也，中庸所求乎子以事父。句未能也，所求乎朋友先施之。句未能也。皆與今本迥別。學者宜詳考之。

讀左傳隨筆

公入而賦：句大隧之中，其樂也融融。姜出而賦：句大隧之外，其樂也洩洩。杜注曰：賦，賦詩也。以賦字爲句，則大隧四句，其所賦之詩也。鍾伯敬不詳句讀，誤認爲左傳敍事之辭，加抹而評之曰：俗筆。今人學問麤淺，敢於訾譏古人。特書之以戒後學。

二

僖二十四年傳：鄭公子士、洩堵俞彌。建安本公子士洩。讀岳珂本公子士。讀按二十年注：公子士，鄭文公子。洩堵寇，鄭大夫。此注云堵俞彌鄭大夫者，洩姓見前，不須更舉也。今人皆以洩屬上讀，宜從岳本。二十五年：楚子伏已而盬其腦。建安本伏字絕句，則已當音以。岳本及淳熙本皆伏已絕句，則已當音紀。陸德明音義不云音紀，則知當以楚子伏爲絕句，而已作以音，不音己也。讀書句讀宜詳，勿以小學而忽之。

三

少讀宣十二年戰於邲傳云：屈蕩尸之。殊不覺其讀誤。前漢王嘉傳：坐戶殿門失闌免。

師古曰：戹，止也。嘉掌守殿門，止不當入者，而失闌入之故坐免也。春秋左氏傳曰：屈蕩戹之。乃知流俗本尸字，乃戹字之譌也。本傳云：彘子尸之。又云：以表尸之。遂譌戹爲尸耳。淳熙九經本、長平游御史本、相臺岳氏本、巾箱小本並作戹，而建安本却作尸。知此字承譌久矣，宜亟正之。

四

襄二十四年傳：寡君是以請罪焉。陸德明本是以請請罪焉，並七井反。徐上請字音情。請請罪焉句法，當拈出。

五

昭十九年傳：以度而去之。杜注：連所紡以度城而藏之。音義云：去之，起呂反，藏也。裴松之注魏志云：古人謂藏爲去。今關中猶有此音。正義云：字書去作弆，羌莒反，謂掌物也。今關西仍爲弆。東人輕言爲去，音莒。前漢陳遵傳：皆臧去以爲榮。師古曰：去亦臧也，音丘呂反。又音舉。字書、陳遵傳作弆。宋景濂文屢用藏弆字。

六

子服景伯既言伐邾之不可，而孟孫曰：二三子以爲何如？惡賢而逆之言。季孫自賢其伐邾之謀，而諸大夫不敢逆也。對曰以下，皆景伯之言也。知必危，何故不言魯德如邾，而以衆加之可乎？知魯不當以不德加邾，已知其危而不得不言也。杜注云：何故不言？以上大夫阿附季孫之言魯德如邾云云。則孟孫忿答大夫也，文義違背，似爲未允。景伯不與伐邾之謀，而城下之盟，則深恥之。負載造於萊門，請釋子服何於吳。釋，舍也。釋我，猶言舍我。請不與盟也。吳人許之，以王子姑曹當之而後止。傳曰：次國之上卿，當大國之中，中當其下，下當其上大夫。以王子當景伯，重之也。注言魯人欲留景伯質吳，復求王子交質，而後兩止。皆非也。

書史記項羽高祖本紀後

班氏父子踵太史公紀作書，以謂愼覈其事，整齊其文，而其體例各有不同。史於漢元年諸侯罷戲下就國之後，歷舉楚之所以失天下，漢之所以得者，使後世了然見其全局。楚之殺義帝，不義之大者也，故首舉之，幷次年江中賊殺之事而終言之，不復繫之某年也。廢韓王成爲侯，已又殺之，而諸侯心離矣，臧荼因此擊殺韓廣，而諸侯不用命矣。田榮以怒楚故殺三田并王三齊，而齊叛矣。榮與彭越印，令反梁地，而梁叛矣。陳餘說田榮擊常山以復趙，而趙叛矣。是時漢還定三秦，起而乘其敝，復以徵兵怨英布，而九江亦將叛矣。所至殘滅，齊人相聚而叛，而田横亦反城陽矣。撮項王舉事失人心局勢之大者，總序於漢元、二之間，提綱挈領，較如指掌，此太史公作史之大法也。班書以事之先後爲次，首序田榮之反，次及漢定三秦，遺羽書，次及九江稱疾，次及羽使布殺義帝，次及陳餘立趙，年經月緯，一循史家之例，而於太史公序事之指意，則失之遠矣。於高祖本紀亦然，項羽出關至北擊齊一段是也。楚本紀不係年月，而詳具於月表，觀者可以參考而得。不然則如劉知幾之所謂載諸史傳，成其煩費，而表可以不作矣。此史之又一法也。史云：漢之四年，楚遂拔成皋，漢使兵距之鞏，令其不得西。是時彭越渡河擊楚東阿，殺楚將軍薛公，項王乃自東擊彭越。漢王得淮陰兵，欲渡河南，鄭忠說漢王，乃止壁河內，使劉賈將兵佐彭越，燒楚積聚。項王東擊破之，走彭越，漢王則引兵渡河，復取成皋，軍廣武，就敖倉食。項王已定東海來西，與漢俱臨廣武而軍，相守數月。此一段總敍楚、漢滎陽、成皋間轉戰相持之事，先舉其綱而後目之也。次云：當此時，彭越數反梁地，絶楚糧食。項王患之。爲高俎，置太公其上，願與漢王挑戰。此在羽東擊彭越，漢殺曹咎等氾水上，復取成皋之後。項王與漢王臨廣武間而語，漢王傷，走入成皋，即上文與漢俱臨廣武而軍，相守數月之事，而終言之也。此已下又詳書楚王命大司馬咎守成皋及漢復取成皋之事曰：我十五日必誅彭越，定梁地。即上所紀項王東擊破之，走彭越者是也，非又一事也。漢大破楚軍汜水上，盡收楚國貨賂，即上所紀引兵渡河，復取成皋，軍廣武就敖倉食之事，而又終言之也。下文云：項王在睢陽，聞海春侯軍敗，則引兵還。漢軍方圍鍾離昧於滎陽東，項王至，漢軍畏楚，盡走險阻。此一段又應前項王已定東海來西，與漢臨廣武而軍，相守數月之事，而又終言之也。先後皆此一事也。綱而目之，目而綱之，錯綜反覆，非復史家常例。然於高紀則以事繫年，部居井然，使後人可以互考也。班、馬之異同，學者之所有事也。繇吾言而求之，庶幾大書特書，發凡起例，得古人作史之指要，而不徒汩沒於句讀行墨之間乎？書之以俟好學深思者政焉。

又

以項、高二紀觀之，二公之序事，筆力曲折，蓋亦有可窺竟者。鴻門、霸上之事，史在項紀，漢在高紀，史云：項羽遂入，至於戲西，沛公軍霸上，未得與項羽相見。此兩軍相望之形也。而漢略之。沛公左司馬曹無傷云云。項羽大怒曰：「旦日饗士卒，爲擊破沛公軍。」當是時，項羽兵四十萬在新豐、鴻門，沛公兵十萬在霸上。此兩軍強弱之大勢也。而漢又略之。且羽紀項羽大怒係於曹無傷云云之下，然後及范增說羽云云。漢紀且日合戰，直係於增言之後，雖略本高紀，而序事之先後則有間矣。史序項伯欲呼張良與俱去，良乃入，具告沛公。沛公大驚曰：「爲之奈何？」張良曰：「誰爲大王畫此計者？」曰：「鯫生說我曰：『距關毋內諸侯，秦地可盡王也。』故聽之。」良曰：「料大王士卒，足以當項王乎？」沛公默然，曰：「固不如也。且爲之奈何？」危急之際，突兀譙讓，歸咎於設謀者。家人絮語，所謂溺人必笑也。而漢略之。張良曰：「請往謂項伯，言沛公不敢背項王也。」沛公曰：「君安與項伯有故？」張良曰：「秦時與臣游，項伯殺人，臣活之。今事有急，故幸來告臣。」事已亟矣，却窮究其所以告良之故，娓娓相告語。此情語也，而漢略之。沛公曰：「孰與君少長？」良曰：「長於臣。」沛公曰：「君爲我呼入，我得兄事之。」張良出，要項伯。項伯卽入，見沛公。沛公奉卮酒爲壽，約爲婚姻。問其少長，願得兄事。一時無可奈何諈諉相屬之意，可以想見。奉卮酒爲壽，何其鄭重也！而漢略之。項王卽日因留沛公與飲，項王、項伯東嚮坐，亞父南嚮坐。亞父者，范增也。沛公北嚮坐，張良西嚮侍。范增數目項王，舉所佩玉玦以示之者三。序某嚮坐者，爲下文舞劍翼蔽張本也。亞父之下獨云亞父者范增也，於此燕一坐中點出眼目，所謂國有人焉者也。而漢略之。樊噲直入譙羽之事，漢紀從略，具噲傳中。史云：於是張良至軍門見樊噲，樊噲曰：「今日之事何如？」良曰：「甚急。今者項莊拔劍舞，其意常在沛公也。」噲曰:「此迫矣,臣請入,與之同命。」良與噲偶語惶駭,噲曰:「與之同命。」何其壯也?而噲傳略之。噲卽帶劍擁盾入軍門,交戟之衞士欲止不內,噲側其盾以撞衞士仆地,噲遂入,披帷西嚮立,瞋目視項王,頭髮上指,目眦盡裂。項王按劍而跽曰:「客何爲者?」披帷西嚮立,立於張良之次也。噲目無項羽,羽亦稍心折於噲。與一生彘肩,噲覆其盾於地,加彘肩上,拔劍切而啗之。此眞爲噲開生面矣,而噲傳略之。史云:項王未有以應,曰:「坐。」樊噲從良坐。史狀項羽毷氉氣奪,一語曲盡。漢但云項王默然而已。從良坐,又與西嚮立相應也。沛公曰:「今者出,未辭也。爲之奈何?」樊噲曰:「云云何辭爲?」於是遂去。此脫身至軍之決策,而漢弗載也。當是時,項王軍在鴻門下,沛公軍在霸上,相去四十里。欲敍沛公置車騎閒行之事,而先言兩軍相去若干里。又謂張良曰:「從此道至吾軍,不過二十里耳。度我至軍中,公乃入。」昏夜閒道,踘蹰促迫,狙伺免脫,可悲可喜,而漢亦弗載也。繇此觀之,二史之體例,豈不畫然迥別與?抑亦班氏父子所謂愼覈其事,整齊其文者,乃其所以不逮太史公者與?二書之可擬議者多矣,聊因二紀以發其端爾。

跋季氏春秋私考

近代之經學,鑿空杜撰,紕繆不經,未有甚於季本者也。本著春秋私考,於惠公仲子則曰隱公之母；盜殺鄭三卿則曰戍虎牢之諸侯使刺客殺之。此何異於中風病鬼，而世儒猶傳道之，不亦悲乎！傳春秋者三家，杜預出而左氏幾孤行於世。自韓愈之稱盧仝，以爲「春秋三傳束高閣，獨抱遺經究終始」。世遠言湮，譌以傳譌，而季氏之徒出焉。孟子曰：始作俑者，其無後乎？太和添丁之禍，其殆高閣三傳之報與？季於詩經三禮皆有書，其鄙倍略同。有志於經學者，見卽當焚棄之，勿令繆種流傳，貽誤後生也。

題何平子禹貢解

往余搜採國史，獨儒林一傳，寥寥乏人。國初則有趙子長，嘉靖中則有熊南沙。近見何玄子之注易，私心服膺，以爲可與二公接踵者也。玄子之弟平子，作禹貢解，上自山海經，下逮桑、酈水經，古今水道，分劈理解，如堂觀庭，如掌見指。此亦括地之珠囊，治水之金鏡也。昔謝莊分左氏經傳，隨國立篇，製木方丈，圖山川土地，各有分理。離之則州別縣殊，合之則寓內爲一。吾每嘆之，以爲絕學。今平子殆可以語此。平子其茂勉之，更與玄子努力遺經，兄弟並列儒林，豈非本朝盛事哉！

跋王右丞集

文苑英華載王右丞詩，多與今行槧本小異。如「松下清齋折露葵」，清齋作行齋；「種松皆作老龍鱗」，作「種松皆老作龍鱗」。並以英華爲佳。送梓州李使君詩：「山中一夜雨，樹杪百重泉。」作「山中一半雨」，尤佳。蓋送行之詩，言其風土，深山冥晦，晴雨相半，故曰「一半雨」，而續之以𡜵女巴人之聯也。崔顥詩：「寄語西河使，知余報國心。」英華云：「余知報國心。」如俗本，則顥此句爲求知矣。如此類甚多，讀者宜詳之。

讀南豐集

臨川李塗曰：曾子固文學劉向。余每讀子固之文，浩汗演迤，不知其所自來。因塗之言而深思之，乃知西漢文章，劉向自爲一宗，以向封事及列女傳觀之，信塗之知言也。及觀王子發南豐集序云：異時齒髮壯，志氣鋭，其文章之慓鷙奔放，雄渾瓌偉，若三軍之朝氣，猛獸之抉，江湖之波濤，煙雲之姿狀，一何奇也？方是時，先生自負爲劉向，不知韓愈爲何如耳。退之進學解言太史、相如、子雲而不及劉向。蓋古人之學問各有原本，深造獨得，如昌歜羊棗之嗜，甘苦自知，非如今之人誇多炫博，而其中茫無所解也。歐陽公曝書，得介甫許氏世譜，忘其誰作，曰：「當是子固作，介甫未便會如此。」荆公銘子固之母曰：宋且百年，大江之南，有名世者先焉，是爲夫人之子。今人或訾警子固，不知其自視於歐陽公及荆公果如何也？

讀蘇長公文

吾讀子瞻司馬温公行狀、富鄭公神道碑之類，平鋪直序，如萬斛水銀，隨地湧出，以爲古今未有此體，茫然莫得其涯涘也。晚讀華嚴經，稱性而談，浩如煙海，無所不有，無所不盡，乃喟然而嘆曰：「子瞻之文，其有得於此乎？」文而有得於華嚴，則事理法界，開遮湧現，無門庭，無牆壁，無差擇，無擬議。世諦文字，固已蕩無纖塵，又何自而窺其淺深，議其工拙乎？朱少章云：東坡未作勝相經藏及大悲閣記，嘗與陳季常論文曰：「某獨不曾作華嚴經耳。」季常指魚魫冠曰：「請擬華嚴經頌之。」坡索筆疾書，不易一字。少章知魚魫冠頌之爲華嚴，而不知他文之皆華嚴也。此非知坡之深者也。蘇黃門言少年習制舉，與先兄相後先。自黃州已後，乃步步赶不上。其爲子瞻行狀曰：公讀莊子，喟然歎息曰：「吾昔有見於中，口未能言。今見莊子，得吾心矣。」後讀釋氏書，深悟實相。參之孔、老，博辯無礙。然則子瞻之文，黃州已前得之於莊，黃州已後得之於釋。吾所謂有得於華嚴者信也。中唐已前，文之本儒學者，以退之爲極則。北宋已後，文之通釋教者，以子瞻爲極則。孟子曰：孔子之謂集大成。二子之於文也，其幾矣乎？

題中州集鈔

元遺山編中州集十卷，孟陽手鈔其尤雋者若干篇，因爲抉擿其篇章句法，指陳其所繇來，以示同志者。蓋自靖康之難，中國文章載籍，梱載入金源，一時豪俊，遂得所師承，咸知規摹兩蘇，上泝三唐，各成一家之言，備一代之音。而勝國詞翰之盛，亦嚆矢於此。孟陽老眼無花，能昭見古人心髓，於汗青漫漶、丹粉凋殘之後，不獨于中州諸老爲千載之知己，而後生之有志於斯者，亦可以得師矣。遺山論溪南詩老辛愿曰：「敬之業專而心敏，敢以是非白黑自任。每讀諸人之詩，必爲之探源委，發凡例，解絡脈，審音節，辨清濁，權輕重。片善不掩，微纇必指，如老吏斷獄，文峻網密，絲毫不相貸。如衲僧得正法眼，徵詰開示，幾於截斷衆流。同志中有公鑒而無姑息者，必以敬之爲稱首。」遺山題中州集後云：「愛殺溪南辛老子，相從何止十年遲。」遺山上下百年，尙論一代風雅，而獨津津於一老，豈徒然哉？吾觀孟陽，殆無愧於斯人。而余之言，不能如遺山之推辛老，使天下信而徵之，則余之有媿遺山多矣。癸未夏日，書於玉鏧軒。

題懷麓堂詩鈔

弘、正間，北地李獻吉臨摹老杜，爲槎牙兀傲之詞，以訾謷前人。西涯在館閣，負盛名，遂爲其所掩蓋。孟陽生百五十年之後，搜剔西涯詩集，洗刷其眉目，發揮其意匠，於是西涯之詩，復開生面。譬如張文昌兩眼不見物已久，一旦眸子清朗，歷歷見城南舊游，豈非一大快耶？近代詩病，其證凡三變：沿宋、元之窠臼，排章儷句，支綴蹈襲，此弱病也；剽唐、選之餘瀋，生吞活剝，叫號隳突，此狂病也；搜郊、島之旁門，蠅聲蚓竅，晦昧結愲，此鬼病也。救弱病者，必之乎狂；救狂病者，必之乎鬼。傳染日深，膏肓之病日甚。孟陽於惡疾沈痼之後，出西涯之詩以療之曰：「此引年之藥物，亦攻毒之箴砭也。」其用心良亦苦矣。孟陽論詩，在近代直是開闢手。舉世悠悠，所謂親見。揚子雲祿位容貌，不能動人，其孰從而信之？可一喟也！癸未夏日書。

書李文正公手書東祀錄略卷後

西涯先生李文正公東祀錄一卷；在懷麓堂全集中。此其手書，以貽太原喬公白巖者。劉司空敬仲藏弆是卷，出以示余。余嘗與敬仲評論本朝文章，深推西涯，語焉而未竟也。

請因是而略言之。國初之文，以金華、烏傷爲宗，詩以青丘、青田爲宗。永樂以還，少衰靡矣，至西涯而一振。西涯之文，有倫有脊，不失臺閣之體。詩則原本少陵、隨州、香山以迨宋之眉山、元之道園，兼綜而互出之。弘、正之作者，未能或之先也。李空同後起，力排西涯，以劫持當世，而爭黄池之長。中原少俊，交口訾謷。百有餘年，空同之雲霧，漸次解駁，後生乃稍知西涯。嗚呼唏矣！試取空同之集，汰去其呑剝尋撦，吽牙齟齒者，而空同之面目，猶有存焉者乎？西涯之詩，有少陵，有隨州，有香山，有眉山、道園，要其自爲西涯者，宛然在也。卷中之詩，雖非其至者，人或狎而易之。不知以端揆大臣，銜君命祀闕里，紀行之篇什，和平爾雅，冠裳珮玉，其體要故當如此。狎而易之者，祇見其不知類而已矣。若近代訾謷空同者，魈吟鬼嘯，其雲霧尤甚于空同而不自知也，又烏足以知西涯哉！余將與敬仲別矣，敬仲暇日焚香簾閣，勿著西涯、空同于心眼中，取兩家之集，平心易氣，旋而觀之，以余言爲何如？他日幸有以教我也。

題歸太僕文集

歸熙甫先生文集，崑山、常熟皆有刻，刻本亦皆不能備。而送陳自然北上序、送蓋邦式序，則宋人馬子才之作，亦誤載焉。余與熙甫之孫昌世，互相搜訪，得其遺文若干篇，較槧本多十之五，而誤者芟去焉。於是熙甫一家之文章粲然矣。熙甫生與王弇州同時，弇州世家膴仕，主盟文壇，海內望走，如玉帛職貢之會，惟恐後時。而熙甫老於場屋，與一二門弟子，端拜雒誦，自相倡歎於荒江虛市之間。嘗爲人敍其文曰：「今之所謂文者，未始爲古人之學，苟得一二妄庸人爲之巨子，以詆排前人。」弇州笑曰：「妄誠有之，庸則未敢聞命。」熙甫曰：「唯庸故妄，未有妄而不庸者也。」弇州晚年，頗自悔其少作，亟稱熙甫之文，嘗贊其畫像曰：「風行水上，渙爲文章。風定波息，與水相忘。千載有公，繼韓歐陽。予豈異趨，久而自傷。」其推服之如此。而又曰：「熙甫誌墓文絕佳，惜銘詞不古。」推公之意，其必以聱牙詰曲不識字句者爲古耶？不獨其護前仍在，亦其學問種子，埋藏八識田中，所見一差，終其身而不能改也。如熙甫之李羅村行狀、趙汝淵墓誌，雖韓、歐復生，何以過此？以熙甫追配唐、宋八大家，其於介甫、子繇，殆有過之無不及也。士生于斯世，尚能知宋、元大家之文，可以與兩漢同流，不爲俗學所澌滅，熙甫之功，豈不偉哉！傳聞熙甫上公車，賃騾車以行。熙甫儼然中坐，後生弟子執書夾侍。嘉定徐宗伯年最少，從容問李空同文云何？因取集中于肅愍廟碑以進。熙甫讀畢，揮之曰：「文理那得通？」偶拈一帙，得曾子固書魏鄭公傳後，挾册朗誦至五十餘過。聽者皆欠申欲臥，熙甫沉吟諷詠，猶有餘味。宗伯每嘆先輩好學深思，不可幾及如此。今之君子，有能好熙甫之文如熙甫之於子固者乎？後山一瓣香，吾不憂其無所託矣。癸未中夏日書。

初學集卷八十四

題跋二

記鈔本北盟會編後

崇禎己巳冬，奴兵薄城下，邸報斷絶。越二十日，孤憤幽憂，夜長不寐，繙閱宋人三朝北盟會編，偶有感觸，輒乙其處，命僮子繕寫成帙，釐爲三卷。古今以來，可痛可恨，可羞可恥，可觀可感，未有甚於此書者也。神宗末年，奴初發難。余以史官里居，思纂緝有宋元祐、紹聖朋黨之論，以及靖康北狩之事，考其始禍，詳其流毒，年經月緯，作爲論斷，名曰殷鑒録，上之於朝，以備乙夜之覽。遷延屏棄，書不果就。奴氛益熾，而余亦冉冉老矣。是編之録，其亦猶殷鑒之志乎？録始於政和七年丁酉，盡於靖康二年丁未。宣、政末，馬定國題酒家壁詩云：「蘇黄不作文章伯，童蔡翻爲社稷臣。三十年來無定論，到頭奸黨是何人？」録成點筆一過，又書此詩於跋尾。是冬之小至日，虞山老民錢謙益書。

記月泉吟社

月泉吟社倣鎖院試士之法，以丙戌小春月望命題，丁亥正月望日收卷，三月三日揭曉。以春日田園雜興爲題，收二千七百三十五卷，選中二百八十名。自第一名羅公福至六十名，賞羅縑深衣布筆墨有差，送詩賞各有小箚往復。主其事者，浦陽月泉社，詩盟吳渭淸翁，主考謝翺皋羽。其年前至元二十四年也。按胡翰作謝翺傳，謂其自勾越之越之南鄙，依浦陽江方鳳，永康吳思齊亦依鳳，三人皆高年，俱客吳氏里中。柳貫作方鳳墓誌，言浦陽吳明府渭與其伯兄弟，闢家塾，延致先生吳溪上。晚善括蒼吳善父、武夷謝皋羽。則知翺傳所謂依吳氏以居，蓋依渭也。皋羽死，葬睦之白雲村。其徒吳貴，買田祀之月泉精舍。貴必渭之子弟也。皋羽以丙戌哭信公於越臺，丁亥哭於西臺，距信公亡五六年，正吟社考詩之年也。當有宋初亡，黍離板蕩之日，遺民舊老，皆依渭以居，渭可謂非常人矣。西臺慟哭記稱友人甲乙若丙。張孟兼之注，以吳思齊、馮桂芳、翁衡實之，而不及渭。諸爲皋羽立傳者，亦不列渭名。非吟社之刻，則渭幾泯沒無傳。余故表而出之。本朝程克勤輯宋遺民錄，載王鼎翁、謝皋羽輩，僅十有一人。余所見遺文逸事，吳、越間遺民已不啻數十人，欲網羅之，以補新史之闕，以洗南朝李侍郎之恥。世之君子，其亦與我同此歎惋者乎？癸未初夏日記。

跋汪水雲詩

錢塘汪元量，字大有，以善琴事謝后及王昭儀。國亡，隨之而北。後爲黄冠師南歸。其詩見鄭明德、陶九成、瞿宗吉所載，僅三四首。夏日曬書，理雲間人鈔書舊册，得其詩二百二十餘首，手寫爲一帙。湖州歌九十八首，越州歌二十首，醉歌十首，記國亡北徙之事，周詳惻愴，可謂詩史。有云：「第二筵開入九重，君王把酒勸三宮。酡酥割罷行酥酪，又進椒盤剝嫩葱。」又云：「客中忽忽又重陽，滿酌葡萄當菊觴。謝后已叨新聖旨，謝家田土免輸糧。」與鄭明德所載「花底傳籌殺六更，風吹庭燎滅還明。侍臣寫罷降元表，臣妾簽名謝道清。」合而觀之，紫蓋入雒，青衣行酒，豈足痛哉！水雲作謝后挽詩曰：「事去千年速，愁來一死遲。」國滅君死，幽蘭軒之一燼，詎可以金源爲夷狄而易之乎？余欲續吳立夫桑海餘錄，卒卒未就。讀水雲詩畢，援筆書之，不覺流涕漬紙。崇禎辛未七夕，牧翁記。

跋王原吉梧溪集

江陰王逢原吉，元末不應辟召，我太祖徵至京師，以老病辭歸。有梧溪詩集七卷，載元、宋之際逸民舊事，多國史所不載。原吉爲僞吳畫策，使降元以拒淮。故其游崑山懷舊傷今之詩，於張楚公之亡，有餘惆焉。而至於吳城之破，元都之失，則唇齒之憂，黍離之泣，激昂愾歎，情見乎辭。前後無題十三首，傷庚申之北遁，哀皇孫之見獲，故國舊君之思，可謂至於此極矣。謝皐羽之於亡宋也，西臺之記，冬青之引，其人則以甲乙爲目，其年則以羊犬爲紀。廋辭讔語，喑啞相向。未有如原吉之發攄指斥，一無鯁避者也。戊申元日則云：「月明山怨鶴，天暗道橫蛇。」丙寅築城則云：「孺子成名狂阮籍，伯才無主老陳琳。」殆狂而比於誖矣。或言犂眉公之在元，籌慶元，佐石抹，誓死馳驅，與原吉無以異。佐命之後，詩篇寂寥，或其志故有抑悒未伸者乎？士君子生於夷狄之世，食其毛而履其土，君臣之義，雖國亡社屋，猶不忍廢。則其居華夏，仕中朝，又肯背主賣國，以君父爲市儈乎？夷、齊之不忘殷也，原吉之不忘元也，其志一也。孔子必有取焉。彼謂原吉爲元之遺民，不當與謝皐羽諸人並列於忠義者，其亦闇於春秋之法已矣。

跋朱長文琴史

朱長文琴史載董庭蘭事云：薛易簡稱庭蘭不事王侯，散髮林壑者六十載。皃古心遠，意閑體和，撫絃韻聲，可以感鬼神。天寶中，給事中房琯，好古君子也。庭蘭聞義而來，不遠千里。琯爲給事中，庭蘭已出門下，後爲相，豈能遽棄。唐史謂其爲琯所昵，數通賕謝。杜子美論救琯，亦云庭蘭游琯門下有日，貧病之老，依倚爲非。琯之愛惜人情，一至於玷汙。易簡在天寶中以琴待詔翰林，與琯同時，其言必信。繇易簡之言觀之，則庭蘭固高人也，賕謝之事，出於譖琯者之口。唐史固出於流傳，而子美亦未爲篤論也。以次律之賢，抱誣簡牘，而庭蘭一老，亦悠悠千載。伯原詩史，一旦洗而出之，可謂大快。次律貶廣漢，庭蘭詣之，次律無愠色。唐人詩云：「惟有開元房太尉，始終留得董庭蘭。」庭蘭果通賕謝，依倚爲非者，肯以朽耄從房公於蜀漢貶謫之日乎？書此以訂唐史之誤。

題錢叔寶手書續吳都文粹

吳郡錢穀叔寶以善畫名家，博雅好學，手鈔圖籍至數十卷，取宋人鄭虎臣吳都文粹增益至百卷，以備吳中故實。余從其子功甫借鈔，與何季穆、周安期共加芟補，欲成一書，未就也。功甫名允治，介獨自好，不妄交接。口多雌黄，吳人畏而遠之。余每過之，坐談移日。出看囊錢，市餻餅噉余。老屋三楹，叢書充棟。白晝取一書，必秉燭緣梯上下。一日語余：吾貧老無子，所藏書將遺不知何人。明日公早來，當盡出以相贈。吾欲閱，更就公借之何如？余大喜，淩晨而往，坐語良久，意色閔默，不復言付書事。余知其意，亦不忍開口也。辛酉冬，余北上往別，病瘍初起，瘡瘢滿面，衝寒映日，手寫金人弔伐錄本子。忽問余：「曹能始尙在廣西，有便郵屬彼覓通志寄我。」余初欲理付書舊約，語薄喉欲出而止。無何，功甫卒，藏書一夕迸散，鈔本及舊槧本，皆論秤擔負以去，一本不直數錢也。功甫少及見文待詔諸公，嘗言：「吳中先輩，學問皆有原本，惟黃勉之爲別派，袖中每攜陽明、空同書札，出以示人。空同就醫京口，諸公皆不與通問，勉之趨迎，爲刻其集，諸公皆薄之。」又云：「李空同言不讀唐後書，左國璣爲左宜人之弟，空同文稱內兄，內外兄弟在小戴禮，亦唐後書耶？四部大函之書，別字譌句，堆積卷帙，兩司馬當如是耶？」每抉擿時人制作，余每指其口，失笑而止。嗚呼！功甫死，吳中讀書種子絕矣。余欲取吳士讀書好古，自俞石磵以後，網羅遺逸，都爲一編。老生腐儒，笥經蠹書者，悉附著焉。庶功甫輩流，不泯泯於沒世，且使後學尙知有先輩師承在也。姑志之於此。

跋趙忠毅公文集

高邑趙忠毅公，諱南星，字夢白，卓犖負大節，悲歌慷慨，輕死重氣，古稱鄒、魯守經學，韓、魏多奇節，公蓋兼而有之。其爲文章，疏通軒豁，能暢其所欲言，不拘守尺幅，而有宋、元名家之風。至於擊排朋黨，伸雪忠憤，抑塞磊落，萬曆間文人，當推公爲首。其詩瘦勁有風致，惜其猶未脫李空同畦逕，掀髯戟手，時露傖父面目耳。公嘗酒間屬余：「我死，子當志吾墓。」公歿後，余罷官里居。其子請輦上名高者爲之。往聞王弇州以四部稿遺公，公緣手散之，邮僮里媪，人持一二帙而去。余爲志，豈遂足以當公，幸公子爲我藏拙也。

跋傅文恪公文集

近世翰林先生，人各有集，詩賦制誥敍記碑志之文，無不臚列，觀者多束之高閣，或用覆醬瓿耳。先師定襄文恪公之集，高可數尺，余爲存其可觀者數卷。文之傳也，貴使人得其神情謦欬，千載而下，如或見之。若應酬卷軸之文，學徒胥史，互相傳寫，概而存之，則其人之精神，反沈沒於此中，不得出矣。或曰：公之精神，在大事狂言，此集雖不傳可也。

書王損仲詩文後

祥符王惟儉，字損仲，多聞彊記。與人覆射經史，每弋獲，摩腹大笑曰：「名下定無虛士。」讀古文品外錄，抉摘其紕繆，軒渠向余：「兄每爲此君護前，今不當云悔讀南華第二篇乎？」晉江何穉孝修明史，題曰名山藏。損仲指而笑曰：「記則記，書則書，此何爲者？」吳原博修姑蘇志成，楊君謙遙見其題，不開卷，擲而還之，豈爲過乎？損仲家無餘貲，盡斥以買書畫彝鼎，風流儒雅，竟日譚笑，無一俗語，可謂名士矣。其詩婉弱有俊語，爲文簡質，以刻畫自喜。惜其少年崛起，無師友摩切之力，未免於無佛處稱尊也。

題王司馬手簡

崇禎元年，余以閣訟，待罪長安。臨邑王公和仲爲大司馬，手書慰諭，一日至數十紙，恨不能爲余排九閽，叫閶闔，執讒慝之口而白其誣也。余既罷歸，公以疆事下獄死。精爽可畏，時時於夢寐中見之。其手迹久而散佚，櫝其存者，以示子孫。公書法蒼老，語多稜稽感激，想其掀髯執簡，欲盡殺奸諛小人於毫兔間，可敬也。

跋董侍郎文集

閩中董侍郎崇相，以所著文集示余，引丁敬禮對陳思王之語，俾余删定其文。余感其意不忍辭。朱黄甫竣，而崇相没矣。萬曆間，崇相爲吏部郎，遼左全盛，建州夷方戒車入貢。崇相獨策其必叛，每逢邊人，輒問遼事，嗟咨太息，若不終日。福清當國，崇相遺書，極論遼事，謂建夷之禍，不出四五年。奴酋有子歹商，德明之元昊也。又謂金人兩道伐宋，以四月舉汴，今之災異，不下宣、政，今之邊鎮，只恃一遼。一旦有事，內虚外弱，首尾牽制，何恃而不恐？金再舉而宋虜者，以不聽李綱散遣勤王諸將之故。今可泄泄不早爲之所乎？承平日久，頗以崇相言爲不祥，亦不重怒，憖置之而已。六七年而奴酋難發，崇相之言若左券。崇相老矣，耳聾目眵，龍鍾班行中，與談遼事，則目張齒擊，劃然心開，精彊少年弗如也。飛章削牘，大聲疾呼，指畫安危，激勸忠義，風擊泉湧，筆有舌而腕有口也。余所取崇相之文，胥以此類求之。其它沿襲應酬者，多所塗乙焉，亦崇相之志也。天啓元年，奴陷遼陽，袁自如以邵武令入計，匹馬走山海，周視形勢，七日夜而返。崇相要過余邸舍，共策遼事。夜闌燈灺，僮僕僵臥，崇相拍案擊節，殘釭吐燄，朔風獵獵射窗紙。迄今更二十三年，狡奴益橫，自如磔，崇相死，而吾衰已甚，約略如崇相往年。摩娑遺集，掩卷三歎，爲書其後如此。癸未三月晦日記。

書鄒忠介公賀府君墓碑後

故徵仕郎文華殿中書舍人丹陽賀公之卒也，吉水鄒忠介公書其墓碑。後十九年，爲崇禎壬午，公以子世壽貴，得贈兵部右侍郎都察院右僉都御史。乃礱石以斲忠介之碑，刻趺篆首，陳之隧道，而屬謙益記其事。余與世壽，兩牓皆同舉，得以契家子事公。公與常州沈伯和、長興丁長孺、金壇于中甫、吾里繆仲醇爲友，以節概意氣相期許。余晚出，亦參與焉。

公遂以弟畜余，不以年家輩行也。長孺、中甫時人以爲黨魁。公與周旋患難，不少引避。仲醇布衣韋帶，伯和老於公車，公以長兄事之，肩隨却立，老而不衰。應山楊忠烈令常熟，官滿不能賃車馬，公質貸爲治裝。楊公被急徵，語所親曰：「江左更安得一賀知忍乎？」世壽以鈎黨被錮，公告余曰：「吾喜吾兒之得與黨人也，吾又喜兒之碩果不食也。」辛酉冬，余報命北上。公病亟矣，執手榻前，氣息支綴，諄諄念主幼時危，國論參錯，而以枝柱屬余。余至今愧公鑒言也。漢之黨人自相署號，以財救人者曰八廚，其中如度尚、張邈、胡毋班，皆以將帥顯名，而劉儒有珪璋之質，以災異上封事，桓帝不能納。此其人皆與君俊顧及，互相題拂，蘊義生風。俗儒不察，希風元凱，而以廚爲諱，陋矣。孔子曰：季孫之賜我粟千鍾也，而交益親；南宮敬叔之乘我車也，而道加行。微夫二子之貺財，則丘之道殆將廢矣。繇此觀之，人富而仁義附，孔子不諱言廚，而俗儒顧諱之者，何也？公家不逾中人，晚年匱乏，減先人之產，未嘗以無爲解。公歿而江南節俠之種子絶矣。緩急扣門，無可告語者矣。忠介之文，書公之大節爲詳。世道休明，黨論屏息，雖有范蔚宗，亦何容以朋徒部黨之議，標榜於今日乎？然而千里誦義，亦太史公之所亟稱也，遂假其陰以記。

跋劉司空同年會卷

成、弘之際，吾鄉吳文定、李文安諸公在長安，有三同五同之會，賦詩繪像，至今流傳人間，以爲美談。其所謂同者，蓋同榜同鄉同官同甲子之類也。當是時，朝野恬熙，士大夫仕宦不出都門，雍容館閣，邸舍中皆有佳園別館，朝罷經過，飲酒分韻，以相虞樂。其流風餘韻，至今猶可想見也。今年丁丑，劉大司空敬仲與其同榜五人，俱在請室中，敬仲手書絹素，以紀其事，而屬余識其後。夫敬仲之所謂同者，同榜同縶二同而已，與夫先朝之三同五同，殆不可同日而語矣。杜子美之詩云：「宮中聖人奏雲門，天下朋友皆膠漆。」豈不可爲三歎哉！吾旋觀諸公，或拮据河渠，或鞅掌國計，或僇力疆埸，或諷議臺省，皆奉公憂國，有古勞人志士之風。在圜土之中，搶首交臂，梏拲相向者，其人材卓犖如此。則夫紆朱拖紫，高議雲臺之上者，又豈不有什百於此者乎？詩云：王國克生，維周之楨。又云：濟濟多士，文王以寧。以請室中之人才觀之，則今天下動稱乏才，或非篤論也。嘉靖庚戌，虜薄城下，徐文貞、趙文肅建議請用廢臣聶豹、廢將周尚文等。天下多故，阨塞磊落之奇材，不容於廟堂，而掩沒於狴犴之間，則此中固亦人才之淵藪。爲工師匠石者，固未可過而不視歟？余觀諸公多感時惜別，留連光景之語，故書此以振其朝氣，并以告世之爲文貞、文肅者也。時崇禎十年七月十日。

書姚母旌門頌後

余爲姚母作旌門頌，在萬曆之丁巳。又三年己未，孟長舉進士高第，選入翰林。太孺人文駟雕軒，就養玉堂之署，蓬池之鱠，郢水之醪，孟長晨夕視具，雜腆洗而進之。詞林傳誦，以爲美譚。天啓乙丑，逆奄搆禍，衣冠塗炭。孟長奉太孺人喪南歸，廬於墓側。攀柏哀號，聲動林木。佛燈熒熒，與素帷相映，三年如一日也。今天子卽大位，元兇就殛。卽家擢孟長爲太子贊善，盡給所奪官誥，且有後命。孟長悼往事，感新恩，而悲太孺人之不及見也，屬文起侍讀書余所作頌刻之樂石，而復命余志其後。余與孟長定交二十有五年，登堂拜母，於太孺人有猶子之誼，而文起則太孺人之稚弟也。奄禍之方熾也，以余三人爲黨魁，刺探之使，朝於吳門而夕於虞山，匈匈如不終日。孟長間遺余赫蹏書，語不及他，輒曰：得無損太安人眠食乎？以孟長之念吾母，則其念母勤可知也。以孟長之篤摯於念母，太孺人雖長寢，其齧指之思，倚門之望，終不能舍然，又可知也。一旦天晶日明，余三人同日並命。余既具冠衣拜母堂上，退而念孟長之所以諗余者，痛定思痛，君臣母子之間，其不能無泫然也已。昔蘇子瞻自黃州召歸，爲王晉卿作詩，道其出處契闊之故，而終之以不忘在莒之戒。

余於孟長之刻茲石也，其感殆不後於子瞻，故詳著之如此。詩有之：「孝子不匱，永錫爾類。」余三人期交勉之哉！崇禎改元之六月。

跋高存之邨居詩卷

存之丈家食幾三十年，閉門學道，時方鈎黨，風濤喧豗，優游自得，有終焉之志。讀邨居詩，可想見矣。今方官御史大夫，踞獨坐，雙籐倚戶外，羣僚奉手屏氣。不知存之居太微執法之署，視菰蘆中老屋數間，又何如也？廣陵舟中，爲密緯題此卷，入長安見存之，當以語之。天啓甲子八月。

書竹林七賢畫卷

天啓壬戌冬，余請告將出都門。高邑趙忠毅公過邸舍曰：「此後再晤，未省何時。明日當攜一尊酒，偕高存之來，劇譚盡日而別。」時內計戒嚴，余以爲辭。公大笑曰：「公亦爲此言乎？避嫌疑，存形跡，豈我輩事哉！」遂以刀酒固始鵝爲餉，公亦不復來。此後遂不得見公矣。存之者，無錫高忠憲公也。逆閹之難，二公相繼受禍，余僅而不死。曾爲忠憲作神道碑，序其師友部黨之詳，而不獲效一言於忠毅。蓋忠毅與余，氣誼感激，有後死之託。其家子弟，未必知也。丹陽姜中翰以所藏竹林七賢卷求題。開卷而忠毅、忠憲之手跡儼然，爲之掩袂拭面，不能自禁。嗚呼！十四年以來，死生患難，宛如度一小劫。其間世事，可悲可畏，可涕可笑，亦不復堪再道也。總付與阮公一慟，并借諸賢酒杯澆我塊壘耳。崇禎己巳七月。

題張天如立嗣議

天如館丈之歿也，諸執友議立後焉。論宗法，以次及次房之應立者，又於應立之中，推擇其稚齒便於撫育者。天如之母夫人曁其夫人，咸以爲允。諸昦弟皆曰諾。嗚呼！天如之歿，而耿耿視不受含者，獨念母夫人耳。自今以往，庭戶依然，田廬如故，夫人甘衣美食，僮奴指使，久而忘天如之亡也。天如之魂魄，晨夕於母夫人之側，久而自忘其亡也。季札有言：苟先君無廢祀，民人無廢主，吾誰敢怨？吾輩庶可以慰天如於地下乎？嗣子生十齡，未有名字，諸公以狗馬之齒屬余。余爲命其名曰永錫，而字之曰式似。詩有之：「孝子不匱，永錫爾類。」又有之：「教誨爾子，式穀似之。」是子也，推「孝子不匱」之思，應「螟蠃類我」之祝，善事其大母及母，天如猶不死也，豈必屬毛離裏，而後使人曰幸哉有子也哉？

書寇徐記事後

子暇爲舉子時，蒔花藝藥，焚香掃地，居則左琴右書，行則左絃右壺。一旦爲廣文於徐，當兵荒洊臻，寇盜盤牙之日，挾弓刃，衣袴褶，授兵登陴，厲氣巡城，日不飽菽麥，夜不御筦簟，世間奇偉男子，磊落變化，何所不有。試令子暇攬鏡自照，不知向來有此面目否？故當嗑然而一笑也。徐爲南北重鎭，宋元豐中，蘇子瞻以謂徐城三面阻水，樓堞之下，以汴、泗爲池，獨其南可通車馬。屯千人於戲馬臺，與城相表裏。而積二年粮於城中，雖用十萬人不易攻也。子暇則以爲徐城東北枕河，南阻重山，獨西方一望平原，四戰衝要，所宜厚防。宜選一能將，結營戲馬臺，專事訓練，不與調遣，以與道、衞相犄角，則徐城可保。蓋古今形勝不同，攻守之略，亦與時互異。徐城獨不然，自元豐至於今日一也。屯兵宿戍，襟帶南北，豈獨爲守徐計。令子瞻生於今日，不知其慷慨建白，又當何如？子暇又云：「徐一道一鎭一州牧二衞三營，雖有多官之名，不得一官之用。徐之不破亡者幸耳！」痛哉斯言，以襄、雒兩都會，親藩胙土，儼然城闕，而賊燬之如燎毛，何有於徐？濟不戒而有襄，襄不戒而有雒，文武大吏，不肯爲國家同心辦賊，開門揖盜，寇何能爲？襄、雒之不戒，徐之前車也。徐之能戒，天下之左券也。余故讀子暇之記事，謹書其後以勸能者，且使讀子暇之書者，撫掌歎息，無謂今天下遂無子瞻也。辛巳冬日牧翁書。

題程孟陽贈汪汝澤序

閩中董侍郎崇相，負經濟，喜功名。當遼事孔亟，號咷呼詔，每逢人輒詠將伯助予之詩，涕泗橫臆。雖以余之不肖，數相招邀，期爲縣官助一臂，而余未有以應也。余未識汪汝澤，然爲崇相之客而孟陽之友，卽其人可知矣。孟陽此文，磊落抑塞，使人起勞人志士，息機摧檣之歎。崇相老矣，屛居海上，令見此文，當作廉將軍被甲躍馬狀。而余方煨飯折脚鐺邊，如枯木寒灰，都無暖氣，可爲一笑也。

題張子鵠行卷

金陵張子鵠，世將家也。天啓二年，督漕入京師，甫踰淮，東方盜起，烽煙四塞。子鵠荷戈坐甲，與漕夫艘卒，拮据於宵旗夜柝之間。戒嚴稍解，以其間作爲詩歌，息勞舒嘯。過邸舍，請余是正焉。子鵠深目戟髯，有幽、燕老將之風。讀孫子兵法，妙得其解。大江南北，襟帶險要，與夫江、淮習流之卒，吳、越擊劍之客，無不收貯奚囊中。天下方多事，何暇以翰墨爲勳績耶？慶曆以來，稱名將者，無如戚南塘、俞盱江。南塘之練兵實紀，盱江之正氣集，使文人弄毛錐者爲之，我知其必縮手也。子鵠繼俞、戚之後，登壇秉鉞。方當論兵法，議束伍，修緝方略有用之書。長歌短謳，請一切庋置高閣。他日功成奏凱，效曹景宗競病之什，余當屬而和之。

書笑道人自敘後　陳如松，又號白菊道人。

顔延之稱陶淵明畏榮好古，此非知淵明者。饑來叩門，冥報相貽，淵明之畏饑寒、慕祿仕，亦猶夫人耳。饑凍誠不可耐，而違己不堪其病。口腹自役，悵媿交作。就官少日，眷然懷歸，固卽其畏饑寒慕祿仕之本懷耳。淵明固云：質性自然，非矯厲所得。而以畏榮好古爲言，則亦遠其懷矣。今世文煩吏敝，獨太倉州太守同安陳君清靜寡慾，蘇醒氓庶，有古人之風。觀君之自敍，峭獨自憙，意有不可，卽日解綬，其亦昔人所謂腰下有傲骨者歟？君年五十餘，奮跡仕途，與淵明少異。然吾觀淵明賦歸去來，年四十一，而白樂天作醉吟傳，司空表聖記休休亭，年皆六十七。千載之下，第其品級，初無間然。則後世之視君，其又可知已矣。

書于廣文崇祀録後

語有之：桃李不言，下自成蹊。于公爲廣文，恂恂不勝衣，舉杯浮白，听然移日。一旦捐館舍，弟子廢講行服，縉紳先生及里巷細人，皆爲流涕。此豈非太史公所謂忠實心誠，信於士大夫者歟？唐張旭爲常熟尉，志但載其與老父判牘一事，而草聖祠之祀，至於今不廢。公之酒德，與旭略相似。昔王無功所居東南有盤石，立杜康祠祭之，尊爲師，以焦革配。他日祔公草聖祠，比於杜康之焦革。有如王無功其人者，掃地而祭。吾知公必顧而享之，以爲賢於兩廡之餘瀝也。

初學集卷八十五

題跋三

跋宋版左傳

宋建安余仁仲校刊左傳，故少保嚴文靖公所藏，其少子中翰道普見贈者。脫落圖說並隱公至閔公五卷、昭公二十一卷至二十四卷，却以建安江氏本補足。紙墨差殊，每一繙閱，輒摩挲歎息。今年賈人以殘闕本五册來售，恰是原本失去者。卷尾老僧印記，亦復宛然。此書藏文靖家可六十年，其歸於我，亦二十年矣。其脫落在未歸文靖之前，不知又幾何年也？不圖一旦頓還舊觀，豭陵之蠹復完，河東之亡再覯。魯國之玉，雷氏之劍，豈足道哉！此等書古香靈異，在在處處，定有神物護持。守者觀者，皆勿漫視之。崇禎辛未七月曝書日跋。

跋前後漢書

趙文敏家藏前、後漢書，爲宋槧本之冠，前有文敏公小像。太倉王司寇得之吳中陸太宰家。余以千金從徽人贖出，藏弆二十餘年，今年鬻之於四明謝象三。牀頭黃金盡，生平第一殺風景事也，此書去我之日，殊難爲懷。李後主去國，聽教坊雜曲「揮淚對宫娥」一段，悽涼景色，約略相似。癸未中秋日書于半野堂。

又

京山李維柱，字本石，本寧先生之弟也。書法橅顔魯公。嘗語余：若得趙文敏家漢書，每日焚香禮拜，死則當以殉葬。余深媿其言。

跋坡書陶淵明集

北宋刻淵明集十卷，文休承定爲東坡書。雖未見題識，然書法雄秀，絕似司馬温公墓碑，其出坡手無疑。鏤版精好，精華蒼老之氣，凛然於行墨之間，眞希世之寶也。西蜀雷羽津見之云：「當是老坡在惠州徧和陶詩日所書。」吾以爲筆勢遒勁，似非三錢雞毛筆所辦。古人讀書多手鈔，坡書如淵明集者何限，但未能盡傳耳。先生才大如海，不復以斗石較量。其虚懷好古，専勤篤摯如此。吾輩無升合之才，慵墮玩愒，空蝗粱〔案：「粱」，疑應作「粱」。〕黍，讀古人書，未終卷，欠申思睡，那能繕寫成帙？每一繙閱，輒興不殖將落之嘆，未嘗不汗下如漿也。癸未夏日，書於優曇室中。

跋張司業詩集

唐新書韓愈傳後云：張籍，和州烏江人。番陽湯中据退之張中丞傳後序稱吳郡張籍及司業寄蘇州白使君云：「登第早年同座主，題詩今日是州民。」知司業爲吳人，後常居和，故唐史誤以爲和人也。同時張洎，亦曰蘇州吳人。此本多古詩十數首，學仙、董公二詩，樂天所稱可上諷人主、下誨藩臣者，亦具載焉，較它本爲完善。

跋東坡志林

馬氏經籍考：東坡手澤三卷，陳氏以爲卽俗本大全中所謂志林也。今志林十三篇，載東坡後集者，皆辨論史傳大事。世所傳志林，則皆瑣言小錄，雜取公集外記事跋尾之類，捃拾成書，而譌僞者亦闌入焉。公北歸與鄭靖老書云：志林竟未成，但草得書傳十三卷。則知十三篇者，蓋公未成之書，而世所傳志林者，繆也。宋人編公外集，盡去志林詩話標目，入之雜著中，最爲有見。近代所刻仇池筆記、志林之類，皆叢雜不足存也。

跋東坡先生詩集

吳興施宿武子增補其父司諫所注東坡詩，而陸務觀爲之序。務觀序題嘉泰二年，是書刻於嘉定六年，又十二年而後出。故其考證人物，援據時事，視他注爲可觀。然如務觀所與范致能往復云云，不知果無憾否？詩以記年爲次，又附和陶一卷，坡詩盡於此矣，讀者宜辨之。

跋渭南文集

先輩題跋書畫，多云某年月日某人觀。陸放翁跋所讀書，但記勘對裝潢歲月，寥寥數言，亦載集中。蓋古人讀書多，立言愼，於古人著作，非果援據該博，商訂詳審，不敢輕著一語；亦文章之體要當如此也。今人於法書名畫，強作解事，蟬連滿紙，必不肯單題姓名。坊間槧本，不問何書，必有跋尾附贅其後，如塗鴉結蚓，漫漶不可了。試一閲之，支離剽剝，千補百綴，天吳紫鳳，顚倒裋褐。竊子爲他家數寶，人皆知其無看囊一錢耳。偶讀渭南文集，聊書之以爲戒。

書東都事略後

河南王損仲數爲余言，東都事略，于宋史家爲優。長安呂少卿家有鈔本，遂假借繕寫。天啓三年春，繇濟上放舟南下，日讀數卷，凡半月而畢。余觀作者之意，可謂專勤矣。貫穿一百六十餘年，爲北宋一代之史，以事在本朝，故孫而稱事略云爾。其書簡質有體要，視新史不啻過之。本紀載詔制之辭，與朱勔傳載華陽宫記之類，尤爲有識。信損仲之知言也。本紀最佳，列傳佳者幾十之五，亦多錯互可議。世有歐陽公，筆削宋事，以附五代史記之後，則是書亦宋史之世本、外傳也。嗚呼！余安得而見之哉！損仲博聞强記，删定宋史，已有成書。以其言考之，殆必有可觀者。是年二月十四日，丹陽道中書。

跋宋版文苑英華

文苑英華，文選以後文章之淵藪也。閩本苦多譌闕，莫可是正。曹野臣爲余言，王戸部界庵有宋刻殘本七十册，購得之廟市者，屬野臣借閲。界庵欣然見授，得縱觀者匝月。諺云：借書一瓻，還書一瓻。宋葛文康公好借書，嘗以酒券從尙公輔假太平御覽，詩在丹陽集中，詞林至今以爲美談。余次韻答界庵詩，有「酒券賒文籍」之句，蓋謂此也。長安酒貴，余無從貰一鴟，又無酒券，可以當假許之璧。余比于文康爲幸，而岕庵之勝公輔遠矣。遂題而歸之，他日亦可作吾兩人故事也。

跋劉原博草窗集

此故太醫院吏目原博劉先生諱溥之集也。余七世祖竹深府君，諱洪，字理平，景泰中以國難輸馬于朝，得賜章服。其南還也，朝士多賦詩寵行，先生詩爲壓卷，今載草窗集第八卷中。先生爲景泰十才子之冠，土木之難，奉使邊塞，作爲詩歌，感激悲壯，有「塞鴈南旋又北旋，上皇消息轉茫然」之句，朝士皆爲流涕。讀先生之詩者，苟有忠君愛國之心，斯可以興矣，況有先世遺文在乎！吾子孫其寶藏之。天啓元年六月，錢後人謙益謹書。

跋湯公讓東谷遺稿

吾七世祖竹深府君，節俠有文。于時名人如晏鐸振之、聶大年壽卿、方榮華伯、劉溥原博，皆定文字交，而於湯胤勣公讓爲尤深。今東谷遺稿所載永福庵記、奚浦觀音堂碑，爲府君祖父作也。振德堂記、鐵券歌，爲府君兄弟作也。平軒記、竹深堂水月舫詩賦，爲府君作也。公讓爲東甌襄武王諸孫，嘗大署其廳事曰：「片言曾折虜，一飯不忘君。」力戰死虜之後，題詩驛壁，詞翰凛然。而其生平傾倒于吾祖若此，此可以知吾先德矣。公讓在景泰十才子，名亞劉原博，故以東谷遺稿次草窗集，合爲裝潢，并錄家乘中詩文遺稿所未載者，以備吾家之故云。天啓四年六月錢後人謙益謹書。

跋顔魯公自書誥

魯公以精忠大節，不容於本朝。元載既誅，又爲楊炎所惡，代宗山陵畢，授光祿大夫太子少師，依舊爲禮儀使。此告云建中元年八月廿八日下是也。舊書以謂外示崇寵，實去其權。明年，盧杞尤忌之，改太子太師，并罷其使。又明年而有許州之行，君子之不能勝小人，與小人之善禍君子若此。德宗號英主，受炎、杞輩牢籠若出手掌，何也？此告流傳至今，雖悍夫弱女見之，皆知改容斂手。然當日之事，回環思之，猶可爲感激流涕也。崇禎四年八月廿八日，謙益拜觀謹跋。

記清明上河圖卷

嘉禾譚梁生攜清明上河圖過長安邸中，云此張擇端眞本也。卷首有五言律詩一首，題云「賜錢貴妃」，下有內府珍圖之印，又有「清明上河圖」五字。卷尾有「天輔五年辛丑三月十日觀」十一字。按：金太祖天輔五年辛丑卽宋徽宗宣和三年也。若宋人題此，則不應以天輔記年。若金人所題，則當是時阿骨打繼楊割而起，方與遼日尋干戈，其所謂文臣，僅楊朴、高慶裔、高隨等三四人，華路藍縷，何暇拈弄文墨？宋雖與金通問馬政，趙良嗣輩國書信使，浮海往還，皆講論夾攻割地之事，此卷何以得入金源，而有天輔五年之題識耶？靖康二年，少帝在青城，金人盡索法服玉册五輅九鼎之屬，及國子監書版、三館祕閣四部書、太常禮物、大成樂舞、明堂大内圖，以至乘輿服御珍玩之物，輂致軍前。此卷或因以入虜，則題識當在天會以後，不當在天輔也。大梁岳璿跋尾，謂「淸明上河圖」五字，爲宋道君書，而定以爲道君之書。金主之印，殊未可信。或云五言詩蓋金章宗之作，尤非也。章宗所幸李元妃，性慧黠，知文義，卽陳剛中所詠李妃粧臺者，章宗何以不賜李而賜錢？金史所載章宗諸妃，亦無錢姓。此卷向在李長沙家，流傳吳中，卒爲袁州所鈎致。袁州籍沒後，已歸御府，今何自復流傳人間？書之以求正于博雅君子。天啓二年壬戌五月晦日。

題詹希元楷書千文

中書舍人新安詹希元以書法著于國初，嘗楷書千文，字大如手掌，好事者摹刻行世，常侍劉君潛熙所藏弆是也。希元之後爲永嘉姜立綱輩，後生習書者皆賤簡之，以爲佐史之筆，幾用以蠟車覆瓿。余則以爲希元之書遒勁整栗，視近代名家，反爲勝之。妄庸之徒，目無古人，往往竄叔重之解字，詆羲之爲俗書，於詹、姜乎何有？繇君子觀之，譌謬成種，迷妄相仍，書學亡而書法亦弊。曾不如詹、姜佐史之筆，猶庶幾乎六書之蝝特，分隸之蜾蠃也。立乎今日，以指國初，制度文章，莫不有高曾規矩之歎，豈獨翰墨一小技哉！後漢宦者汝陽李巡白靈帝與諸儒共刻五經文於石，于是詔蔡邕等正其文字。自後五經一定，熹平之刻石經，儒林傳之以爲美譚，而不知其原本於巡也。劉君博學多覽，精研六書，表章希元之書爲後生楷則，其亦有汝陽之志乎？嗚呼！世之學士大夫，亦可以勸矣。

書中書科書卷後

今人書法多塗鴉結蚓，又每自書所爲詩文，往往如鳥言鬼語，使人展卷茫然，不可別識。昔人詩云：「醉來黑漆屏風上，草寫盧仝月蝕詩。」良可一笑也。此卷皆宣、政間書史之筆，遒謹可觀。且所書皆古人詩文，偶一展玩，如人當裸裎同浴時，忽見摳衣整冠者，不覺爲灑然變色易容。於乎！此亦可以觀世矣。

跋董玄宰與馮開之尺牘

馮祭酒開之先生，得王右丞江山霽雪圖，藏弆快雪堂，爲生平鑒賞之冠。董玄宰在史館，詒書借閲。祭酒於三千里外緘寄，經年而後歸。祭酒之孫研祥以玄宰借畫手書裝潢成册，而屬余志之。神宗時，海內承平，士大夫迴翔館閣，以文章翰墨相娱樂。牙籤玉軸希有難得之物，一夫懷挾提挈，負之而趨，往復四千里，如堂過庭。九州道路無豺虎，遠行不勞吉日出。嗚呼！此豈獨詞林之嘉話、藝苑之美譚哉！祭酒殁，此卷爲新安富人購去，煙雲筆墨，墮落銅山錢庫中三十餘年。余游黄山，始贖而出之。如豐城神物，一旦出於獄底。二公有靈，當爲此卷一鼓掌也。

跋董玄宰書少陵詩卷

陶仲璞守寶慶，强項執法，獲罪岷藩，罷官還滇南。舟中無長物，惟董宗伯所書少陵詩一卷，是其生平所寶愛者，藏弆篋衍，出入懷袖。鬱林太守以廉石壓載，以此方之，彼爲笨伯矣。宋人有渡江遇風者，悉索舟中寶玩畀之，風益急，最後以黄魯直書扇投之，立止。江神故具眼如此。其視此卷，安知不寶重於南金大貝乎？仲璞其善藏之。

題長蘅畫

長蘅每語余：「精舍輕舟，晴窗淨几，看孟陽吟詩作畫，此吾生平第一快事也。」余笑曰：「吾却有二快，兼看兄與孟陽耳。」長蘅沒後七年，從昭彥見此幅，爲之慨然。遂題數語，使後之觀者，不獨賞繪事之妙，亦知其虚懷好善，不自以爲能事，眞有前輩風流也。乙亥新秋日題。

題劉媛畫大士册子

吳道子畫佛，昔人以爲神授。今觀劉媛所畫大士，豈亦所謂夢作飛仙，覺來落筆者耶？沈生乃得此嘉耦，豈非宿緣？蕚緑華降羊權，南嶽夫人曰：冥期數感，亦有偶對之名耳。東坡云：「羊生得妻如得風，握手一笑未爲辱。」殆謂沈生夫婦也。

跋一笑散

此書傳自秦酉巖氏，秦疑爲康滸西之筆。余則定爲章丘李中麓，以所載沉醉東風，有「傳自吾章弭少庵」之語，且熊南沙、王遵巖、唐荆川、陳后岡皆中麓之友，與滸西不相及也。

家有中麓閒居集，貯書樓壓角中，發而觀之。中麓歸田後，專肆力於詞，自製六院本，總名之曰一笑散，此書之所繇名也。其自序以謂無他長，獨長於詞，遠交王渼陂，近交袁西野，足以資而忘世，樂而忘老。故此書稱渼陂、西野爲多。又曰：借此以坐消歲月，暗老豪傑。嗚呼！其尤可感也！何季公者，酉巖之友，讀書好古人也，亦手鈔此書，余從其孫士龍借看，題其後而歸之。辛巳良月望日記。

題徐陽初小令

里中徐生陽初，屬其族子于王以所著小令示余。余方擁書病臥，客有善謳者，使之按節而歌，歌竟，病霍然良已。蓋余方有幽憂之疾，欷歔煩酲，而陽初詞多嗚咽感盪，如雄風之襲虛牝，宜其能愈我疾也。陽初博學能詩，妙解宮商，工於塡詞度曲，所製紅梨花院本，窮日落月，身自敎演。高則誠作琵琶記，歌詠則口吐涎沫不絶，按節拍則脚點樓板皆穿，陽初庶幾似之。詞曲雖小道，求其淸新華豔，負歌山曲海之名，亦豈易言哉！昔人言關漢卿雜劇可繼離騷。漢卿仕元爲太醫院尹，一散吏耳，馬致遠爲江浙行省屬，張小山以路吏轉首領官，鄭德輝杭州小吏，宮大用鈞臺山長。元時中外雄要之職，皆其國人爲之。中州人每每沈抑簿書，老於布素，窮困不得志，其詞曲獨絶於後世。陽初秦川貴公子，連蹇坎軻，故能以詞曲顯。于王亦恨人也，與陽初獨深，吾益以此知陽初矣。

題程孝直印譜

私印之作，獨盛於元吾子行，三十五舉言之最詳。而趙子昂、陸友仁輩，靡不究心於此。蓋印文雖一藝，實原本於六書。六書之學，自非上窺六經，下窮小學，其有能貫穿者鮮矣。吉日之題，岐陽之鼓，仲山甫之鼎，以至於歐陽永叔、趙明誠之所錄，洪景伯之所釋，朱伯原之所編，苟不薈蕞而通擇之，則下上千古，其能免於駁亂混淆者亦鮮矣。然則非博雅君子，深思而好古者，印文亦胡可輕議哉？吾友嘉定程孟陽有子曰士顓，字孝直，善擘窠大書，且志篆籀之學，以所摹印章見眡。余觀世之篆刻者，人自爲譜，幾如牛毛。喜孝直之有志於此，而又欲其進而之古，學吾、趙之學而不以一藝自小也，故書此以告之。

跋朱水部誥命墨刻

唐徐浩所書朱巨川告，余曾見之於長安。蓋唐人最重告命，往往令攻書者爲之。開元中，加皇子榮王已下官，詔宰相張九齡、裴耀卿、李林甫，朝士蕭嵩等十二人，就集賢院人書一通以進。而顏魯公所受誥及父贈誥，皆公自書。浩爲肅宗中書舍人，當時以謂遺辭贍敏，而書法至精，故足寶也。吾同門友朱水部，恭遇兩朝霈恩，三受寵命，皆出翰苑鉅筆。而最後則吾師高陽公之辭也，水部隆重其事，乞董學士玄宰書之，而斲石以傳於後。余不知學士書法於季海何如？第巨川告辭，寥寥簡質；而水部所得，則極鋪張揚厲之致，此亦古今文章之流别也。余承乏當制者幾二載，竊歎於斯久矣。承水部之命，漫書於跋尾。

書黄宫允石齋所作劉招後

古人之文，未有無爲而作者。無爲而作，雖作而不傳，傳而不久，不作可也。余少時讀蘇子繇三宗漢昭帝論，忽易其文詞，竊疑吕成公不當録之於文鑑。已而深考之，子繇爲此論，當哲宗初元之時，人主方富於春秋，冀其學道愛身，祈天永命，而託論於三宗昭帝，憂深慮遠，古之大臣獻金鑑而箴丹扆者，殆未有以過。此吾以此益信古人之文，斷無無爲而作者。而少時之輕於持論，爲可愧也。漳浦劉漁仲挾筴游吴，經年未歸。黄宫允石齋作劉招以招之。其文倣大招、招魂，而其纏綿惻愴，起興於朋友，而託喻於君臣之間，則亦屈、宋之遺也。今之名能文章者多矣，如宫允之斯文，吾以爲古之有爲而作，作而傳，傳而可久者也。崇禎九年三月，常熟錢謙益書其後。

跋練君豫中丞詩卷

余屏廢家居，君豫開府秦中，逢人輒問余起居，且有知己之言。余入請室，訪君豫舊游，壁間殘墨如盤蝸結蚓，漫漶煤土中，每低徊拂拭不忍置。周淮安，君豫之鄉人也，出其中南詩卷示余。是時秦寇未懲，羽書旁午，乃爲中南三日游，從容賦詩，亦所謂好以暇以衆整者乎？當國者借疆事鉤黨，君豫檻車急徵，而秦寇益蔓延不可爲。讀此詩，尤可以三歎也。君豫荷戈瘴鄉，其老謀壯事具在，一旦起行間，爲天子汛掃螘賊，凱旋入秦，賦詩志喜，有如韓退之所云「日射潼關四扇開」者，當並此詩刻石流傳人間，余尚能泚筆以和之。

題張子建奇游草

唐人論詩，每云工於五言。五言工，不必問七言也。今體工不必問樂府、古詩也。今人篇什，自賦、騷、樂府以下，無不臚列，如五都列肆，貨物充牣。過而問之，無可著眼者。災木費紙，良可一笑。涇上張建元字子建，以詩示余。余苦愛其五言今體，如云：「煙香歸草霽，日隱貸松涼。」「葉落催游子，花殘失故人。」「石香浮露氣，松影落溪聲。」「魚龍爭積氣，天地避朝曦。」「空江聞鴈劇，疎樹領秋多。」清新深穩，有言外之味。置之劉文房、司空表聖集中，殆不可辨。子建勉之。深造自得，他日稱「五言長城」，亦可矣。兼工而不足，固不若專詣而有餘。今人之不及古人，此亦其一端也。

題項君禹鴈字詩

鴈字詩，唱於楚人龍君御、袁中郎、小修，海内屬和者，溢囊盈帙。其在吾吳，則嘉定唐叔達爲最工。叔達之詩，不拘拘於模擬，比物連類，縱横絡繹，標舉於意象之外，而求工者反失焉。余嘗語程孟陽：叔達之詩，亦詩中之鴈字也。孟陽以爲知言。檇李項君禹亦爲鴈字詩，意象開拓，約略如叔達，而薈蕞百家，穿穴瑣碎，殆有加焉。詩家之稱詠物者，如鄭谷之鷓鴣，袁凱之白燕，皆七言五韻而止。若夫極命庶物，原本篆籀，衍造化之生機，扶文人之靈府，未有如近日鴈字之盛者也。君禹詩固當孤行於世，盍亦悉索同調，都爲一集，爲鴈字之瑤林玉海乎？君禹笑曰：「吾與秋潭老人於折脚鐺邊拈鴈字詩，作没意味話，鴈過長空，影留寒水，無作延津刻舟人，爲老人所笑也。」

又題項孔彰鴈字詩

詩而至於詠物，詠物而至於鴈字，此詩中之詩，畫中之畫也。鴈字詩唱於楚中，秋舷老衲與檇李諸君更相酬和，卷軸盈於牛腰，而孔彰詩後出而彌工。吾觀孔彰畫後招隱圖，蒼茫薈蔚，備極山川林麓晴雨晦明之妙。發之於詩，氣韻生動，傳模移寫，使人徘徊吟咀，如度鴈門、逾衡陽，親見其飛翔行列，縈廻於楮墨之間也。古人詩畫，無取於多。袁海叟白燕詩月明雪滿二語，三百年詞人不能及其髣髴。郭忠恕之畫最爲寶重者，山亭一角，遠山數峯而已。詩耶畫耶？詩中之詩，畫中之畫耶？微孔彰吾誰與言之？癸未正月。

題張日永詩草

樂淸張日永渡江應省試，裹十日糧，徒步訪余虞山，且將游福山，觀大海，望狼五山而還。余甚壯之。吾邑僻陋，在東海之隅，在昔名賢東游吳會者，未嘗過而問焉。然吾觀杜之壯游曰：「東下姑蘇臺，已具游海航。到今有遺恨，不得窮扶桑。」安知其不嘗問渡於斯，望涯而反歟？文文山自眞州浮海而歸，亦取道於此，有詩在指南集中。張吳之季，陳敬初海道出師之詩甚夥，卽九四入吳故道也。日永舟中讀文山希古之集，爲詩以弔之，愾然有曠世之思。今之觀海而還也，望洋擊檝，弔古悲歌，志節當益豪，詩當益壯，安知不爲少陵之壯游乎？

題李長蘅書劉賓客詩册

壬申秋夜，夢與長蘅遇於濠、淮間，隔船窗相語。顧視舟中，筆床硯屏，位置楚楚。同遊三人，幅巾道衣，皆有韻致。余問長蘅：「兄今筆墨之債，約略倘如生前乎？」長蘅曰：「甚苦。今早正受人刺促，紙燥筆枯，心癢癢不耐，故出遊耳。」觀其意思洒落，故知不墮鬼趣。却未知所與同游者爲何人也？樂天哭夢得詩云：「賢豪雖沒精靈在。」此語信然。偶閱長蘅所書夢得詩册，漫記于此。嘉平九日，書于榮木樓之殘雪下。

初學集卷八十六

題跋四

書金陵舊刻法寶三書後

金陵少宗伯殷秋崖先生手訂楞嚴解十卷，采錄華嚴合論爲約語四卷，又得宗鏡會要於長干精舍，鋟梓行世。又七十有餘年，而滇南陶仲璞太守獲其版於公之諸孫，將募送嘉興經藏，以廣流通，而屬余書其事。當嘉靖中，士大夫之崇信佛乘者，公與故太宰陸莊簡公爲最。陸以弘護金湯爲能，而殷以精研性相爲要，皆法門龍象，自具金剛眼睛者。近世魔禪橫行，聾參啞證，瞎棒胡喝，世尊四十九年所說，彼將束之高閣，屏爲故紙，而何有於此三書乎？宰官長者，影慕禪宗，互相唱歎，以爲甚難希有。經所讖佛法將滅，魔子出家，師子身中蟲，還食師子肉，正爲此輩授記也。今者狂猘少息，病根未除，正須昌明宗教，以扶元之藥，治狂易之症。譬如奴寇交訌，生民塗炭，必差擇兵將，儲偫糧食，然後可以爲撲滅之計。欲救魔禪，則此三書者，亦佛法之資糧兵食也。佛言爲洛迦蛇最毒，嘗患毒熱，以身遶旃檀香樹，其毒旋息。魔禪如毒蛇，三書如旃檀香樹，流布津梁，此末法中第一義諦。世豈無如陸、殷兩公深心塵刹者乎？仲璞爲龍湖高足弟子，而時時抵齒於三峯禪，余嘗以裸國解衣諷之。今觀其沈酣於三書，汲汲然歡喜讚歎，知其眼光爍然，不爲波旬隻手所障也。喜而爲之證明如此。癸未正月，聚沙居士書。

跋傅文恪公大事狂言

近代館選，丙戌、己丑爲極盛，諸公有講會，研討性命之學。丙戌則袁伯修、蕭允升、王則之，己丑則陶周望、黃昭素、董思白及文恪公，幅巾布衣，以齒敍，不以科敍，詞林至今以爲美譚。文恪公温文靜退，光風淑氣，熏然襲人，不以講學樹壇墠，而其學視諸公爲尤精。每謂昔人移頭換面，是學問中穿窬手，於單傳直指，深信不疑。然實死心於儒門，乃能穿穴逗漏，打破漆桶。非如今人影掠話頭，從鬼窟中作活計也。狂言謂大慧大悟一十八遍，小悟不計其數。元晦先生及伊川、横渠、我朝羅整庵，雖嘗學禪，微有所見，安能透徹如許。又謂陽明、龍溪尙未了向上一著。獨知一念，禪家謂之獨頭無明，蓋無量劫來生死本也。須知有向上事，將此生死根本轉爲涅槃妙智。陽明云：「無聲無臭獨知時，此是乾坤萬有基。」認此爲極則，毫釐千里矣。此公之心學也。考公之爲人，繩趨矩步，進寸退尺，作省心記記過差以自省曰：「平生亭亭楚楚，以丈夫自雄，乃爲百欲作臧獲，驅之禽獸之羣。」又云：「今之譚禪者，皆宗趙大洲，只貴眼明，不貴踐履之說。終日談玄説妙，考其立身制行，辭受進退之際，無一毫相應者，乃反貶剝周、程。豈知彼在塔中安坐，而我乃遙説相輪耶？」因病發藥，箴砭乾慧口鼓之流，可謂至矣。讀公書，正宜於此處著眼，庶可謂學佛作家，不負吾師一片老婆心也。

跋雪浪師書黄庭後

余少習雪浪師，見其御鮮衣，食美食，譚詩顧曲，徙倚竟日，竊疑其失衲子本色。丁未冬，訪師於望亭，結茅飯僧，補衣脱粟，蕭閒枯淡，了非舊觀。居無何而示寂去矣。師臨行，弟子環繞念佛，師忽張目曰：「我不是這個家數，無煩爾爾。」嗟乎！師之本色如此，豈余向者號嗄兒童之見，所能相其髣髴也哉！讀師所書黄庭經，當知與五千四十八卷一切法寶等同無異。雖然，作如是觀，所謂又是一重公案，非師本色矣。

跋憨山大師大學綱領決疑

此憨山大師所著大學綱領決疑也。大師居曹溪，章逢之士，多負笈問道，大師見舉子身而爲説法。今年過吴門，舉似謙益曰：「老人游戲筆墨，猶有童心，要非衲衣下事也。子其謂何？」某聞張子韶少學於龜山，闚見未發之中。及造徑山，以格物物格宗旨，言下叩擊，頓領微旨。晚宋稱氣節者，皆首子韶。繇今觀之，子韶抗辨經筵，晚謫横浦，執書倚立，雙趺隱然。視少年氣節，殆如雪泥鴻爪。非有得於徑山之深而能然耶？然徑山以物格折子韶，而大師欲遍攝今之爲子韶者，願力不同，其以世諦而宣正法則一也。扁鵲聞秦人愛小兒，即爲小兒醫。今世尚舉子，故大師現舉子身而爲説法，何謂非衲衣下事乎？子韶嘗云：每聞徑山老人所舉因緣，如千門萬戶，一蹋而開。今之舉子，能作如是觀，大師金剛眼睛，一一從筆頭點出矣。

書宋文憲公璧峯禪師塔銘後

金陵梵刹志載嘉靖元年碧峯寺記云：洪武五年壬子，勑工部黄侍郎重建。先是碧峯禪師奏上建寺請名，高皇帝御賜號，因以題寺。按建寺之年，即禪師示寂之歲也。宋文憲碑文，立於次年癸丑七月既望。何以不載建寺緣起，章明法門盛事耶？國初工侍僅黄立恭一人，攷之欽錄集，洪武二十年五月，鞍轡局大使黄立恭於大庖西奉聖旨至。二十一年戊辰，御製修報恩寺塔記，始稱工部左侍郎黄立恭，昔本技流，今職工部。安得於五年先官工侍耶？記稱師棄髮存鬚，出使西洋諸國，授爵固辭。俗所傳西洋記，稱碧峯同三寶太監下西洋事，蓋委巷小人之語，寺記殆承此譌也。鄭和等使西洋，始自永樂七年，師示寂久矣。如有之，則文憲於天界曇公記奉使西域事甚詳，何獨略於師耶？記又稱師祈雨靈異，爲眞人所譖，投之水火無損。後辭歸西域，已時陛辭，期午時出潼關。是日以上賜袈裟，遣守關吏奏上。師生於乾州名族，而曰西域胡僧。示寂金陵，茶毗聚寶山，而曰辭上西歸。師世壽六十五，而記稱高帝讚碧峯像云：年逾七十幾。益又謬矣。國初大浮屠，惟碧峯最著，流傳神異，未易更僕。寺記所載，皆非實錄，他可知已。示現微權，與諸法實相無二。末法無正知見，往往以神通相眩惑，請以文憲塔銘正之。

跋善繼上人血書華嚴經後

半塘壽聖禪師藏善繼上人血書華嚴經，故學士承旨宋文憲爲序讚，新安有謝陛少連者，爲之跋尾，備載此經去來事。而曰永明師一轉爲善繼，再轉爲文憲。以文憲爲善繼後身，誤也。文憲序云：無相居士未出母胎，母夢異僧手寫是經，來謂母曰：吾乃永明延壽，宜假一室，以終此卷。母夢覺已，居士卽生。其贊永明遺像曰：「我與導師有宿因，忽悟三世了如幻。」此文憲爲永明再來之證也。若永明之爲善繼，善繼之爲文憲，陛之言將安據耶？

文憲序讚載其門人李耑、鄭淵所刻潛溪後集中，蓋文憲未入國朝之作。而善繼寫經，始於至正二十五年乙巳，成於次年丙午。文憲生於元至大庚戌，計是時五十有七年矣。序云：「今逢勝因，頓憶前事。」文憲殆親見善繼者，安得爲善繼後身乎？三世去來，如屈信臂，不可思議。然以應身信之，則後先歷然。謝氏之譌，不可不訂也。丙辰冬十月，過半塘，瞻禮是經，因志其後。

跋清教錄

清教錄條列僧徒爰書交結胡惟庸謀反者，凡六十四人，以智聰爲首，宗泐、來復，皆智聰供出逮問者也。宗泐往西天取經，其自招與智聰原招迥異。宗泐之自招，以爲惟庸以贓鈔事文致大辟，又因西番之行，絕其車馬，欲陷之死地，不得已而從之。智聰則以爲惟庸與宗泐合謀，故以贓鈔誣奏，遣之西行也。果爾，則宗泐之罪，自應與惟庸同科，聖祖何以特從寬政，著做散僧耶？豈季潭之律行，素見信於聖祖，知其非妄語抵讕者，故終得免死耶？汪廣洋貶死海南，在洪武三十二年十二月，去惟庸之誅，纔一月耳。智聰招辭，惟庸於十一年，已云「如今汪丞相無了，中書省惟我一人」，以此推之，則智聰之招，未可盡信也。聞清教錄刻成，聖祖旋命庋藏其版，不令廣布。今從南京禮部庫中鈔得，內閣書籍中亦無之。

又

按清教錄，復見心招辭，本豐城縣西王氏子，祝髮行脚，至天界寺，除授僧錄司左覺義，欽發鳳陽府槎芽山圓通院修寺住。洪武二十四年，山西太原府捕獲胡黨僧智聰，供稱胡丞相謀舉事時，隨泐季潭長老及復見心等往來胡府。復見心坐淩遲死，時年七十三歲。泐季潭欽蒙免死，著做散僧。野史稱復見心應制詩，有殊域字，觸上怒，賜死，遂立化於階下，不根甚矣。田汝成西湖志餘載見心臨刑，道其師訢笑隱語，上逮笑隱而釋之。尤爲傅會。笑隱入滅於至正四年，而爲之弟子者，宗泐也，來復未嘗師笑隱。野史之傳訛可笑如此。

石刻首楞嚴經緣起

新安程生高明，少而好學。歲乙卯，有眞靈降於其室，如紫陽、桐柏之於楊、許者，久之辭去。有馮于卟者而告曰：「余唐李太白也。」有問焉，則如響。多譚名理，書畫奇逸無俗筆，人以爲眞太白也。爲生書首楞嚴經，將刻之石以傳，而屬余序其緣起。夫首楞嚴言鬼道，則莫辨於十類矣，言仙道，則莫辨於十種仙矣。今之馮于程生者，以爲仙，則猶有馮焉。而所謂晝伏而夜游，不及於人者，其族類猶未離乎鬼也。以爲鬼，則歸依大乘，以筆墨流通佛法，其識已超越於仙趣矣，而況於鬼歟？然則其爲鬼與仙歟？非鬼歟？非仙歟？固不可得而定也。麻姑取米擲地成丹砂，王方平笑曰：「吾老矣，不喜作狡獪變化也。」太白少遇司馬子微，自謂神游八極之表。而今猶作此伎倆，比於神君紫姑之流，得無爲方平笑歟？以仙籍考之，如太白者，未有不度名東華，簡刊上帝者也。使世有陶隱居，則眞靈位業之圖，周班固有序矣，而猶滯淫於鬼與仙之界歟？然則其太白歟？非太白歟？又不可得而定也。眞誥稱有聖德爲地下主者，凡二千四百年乃得入仙階，而又有以三百年爲一階者，以二百八十年爲一階者。繇寶應壬寅以迄今日，遠矣，以仙階之遷轉，則年限歷然，非如人間歷數考如歷刼也。今之凴于卟者，卽眞太白也，其鬼道歟？仙道歟？抑繇鬼而仙，如仙階之有等數歟？吾亦無從而定之也。吾所知者，佛事門中，不捨一法。人之情，傲化而親誘，尊鬼而說仙。有鬼神凴儀其間，游戲神通，以引衆生而起其正信，神道設敎，庶乎末法之宜也。是舉也，無問其爲鬼爲仙，爲太白與非太白，要爲諸佛所共護念，有歡喜讚歎而已。

跋米元章記顏魯公事

忠臣誼士，歿而登眞度世，往往有之。蓋當其見危授命，之死靡佗，脫離分段生死，如旅人之去其次舍耳。東坡云：顏平原握拳透爪，死不忘君。此正其修煉得力時也。劉聰自知爲遮須國王，且不畏死，而況如魯公者乎？讀米南宫所記魯公事，方攤書欲臥時，不覺悚然而起。

記峨眉仙人詩

巴陵楊一鵬，萬曆庚戌進士，爲成都府推官，登峨眉山，有狂僧踞佛座，睨楊笑曰：「汝猶記下地時，行路遠，啼哭數日夜，吾撫汝頂而止耶？」楊憶兒時語，大驚禮拜，耳語達旦。臨别囑曰：「三十年後，見汝於淮上。」楊後開府淮安，一日薄暮，有野僧擊鼓，稱峨眉山萬世尊寄書，發函得絶句七首，傳其五云：「謫向人間僅一週，而今限滿苦難留。清虚有約無相負，好覔當年范蠡舟。」「業風吹破進賢冠，生死關頭著脚難。六百年來今一遇，莫將大事等閒看。」「浪游生死豈男兒，教外眞傳别有師。富貴神仙君兩得，尚牽韁鎖戀狂癡。」「難將蟒玉拒無常，勳業終歸土一方。欲問後來神妙處，碧天齊擁紫金光。」「須來法旨不容違，僊律森嚴敢泄機。楚水吳山相共聚，與君同跨片霞飛。」其二首秘不傳。質明，大索寄書僧，已不知所往矣。流寇焚鳳陽陵寢，楊以失救，論死西市，神色揚揚如平常，但連呼好師傅數聲而已。楊之仲子昌薦告余曰：「萬世尊名大傅，今尚在峨眉，往來人間無常處，人亦時時見之。」

題劉西佩放生閣賦後

天台泐子後身爲慈月夫人，以台事示現吳中，勸人蠲除殺業，最爲痛切。其言曰：魚蝦之屬，方下箸時，猶唧唧悲鳴，入喉方止。惟天耳能聽之，而人與鬼神皆不知也。現身鬼神道中，勸誘血食者俾受佛戒，雖未盡奉行，亦有爲減膳者。嗚呼！可以人而不如鬼乎？豫章王于一持劉西佩放生閣賦示余，以錦綉綦組之文，宣揚戒殺放生第一義諦。以慈月之事觀之，此諸天鬼神所共護念者也，而況於人乎？東坡作岐亭詩，岐亭之人化之，有不食肉者。坡作詩以戒殺，西佩作賦以放生。世之君子，願以文章作佛事者，應作如是觀。

書放生池册後

嘉生議捐華匯田三十畝，鑿放生池，歸之福城塔院，爲一邑普利。時武林無生上人，住持福城，而佛日法師以講演疏鈔至，相與證明其事，合掌讚歎。嘉生兄弟服習宮相之教訓，而乃祖封太史公，往游長安，結放生社於燕中旃檀佛前，著爲條約。蓋慈心功德，其家世演迤若此。昔北齊顏侍郎作歸心篇勒之家訓，言好殺生之報驗，最爲詳切。而其五世孫魯公撰天下放生池碑銘，流傳金石。今之許氏，庶幾近之。夫放生之福報，莫先於多男子。而詩人美周之公子，必取興於麟趾，以其不履生蟲，不踐生草，爲文王后妃仁厚之報，故知此生孤單短折，爲多生殺生之報，卽子姓煩多，而産破鏡鴟鴞之屬，或噬人，或自殺，其種殺業尤深，感殺報尤重，而世人或未之知也。邑之人莫不願多男子，莫不願有賢子弟。覩嘉生此舉，其誰不歡喜踴躍，竭心力而佽助之？兩湖澤國，皆將化爲八功德水，而何有於斯滙乎？

題佛海上人卷

佛海上人欲續修傳燈錄，謁余而請曰：「願有以敎我也。」嗟乎！禪學蠱壞，至今日而極矣。吳中魔民橫行，鼓聾導瞽，從者如市。余辭而闢之良苦，要之殊不難辨也。拈椎竪拂，胡喝盲棒，此丑淨之排場也。上堂下座，評唱演說，此市井之彈詞也。繆立宗祧，妄分枝派，一人曰我臨濟之嫡孫，一人曰彼臨濟之假嗣，此所謂鄭人之爭年，以先息爲勝者也。古德之立言，如精金美玉，而今人如瓦礫。古德之行事，如寒冰凛霜，而今人如糞土。希聲名，結儔黨，圖利養，營窟穴，以乞兒市駔之爲，而襲訶佛駡祖之跡，入地獄如箭射，鬼神皆知譴訶，而愚人如蛾之附火，死而不悟，豈不悲哉！昔人謂贊寧爲僧中之董狐，覺範爲禪門之遷、固，當斯任者，必如將印在手，縱奪惟我，又如摩尼在握，胡漢俱現，然後可以勘辨機緣，發揮宗旨。不然，手眼未明，淄澠莫別，宵行之熠燿，夜然之陰火，將與蘭膏明燭爭光奪照，長夜昏塗，倀倀乎莫知所適從，何傳燈之與有？續禪燈者，所以續佛命也。傳燈之指一淆，則佛命亦幾乎斷矣。可不慎哉！上人將偏走海内名山古刹，網羅放失，以蕆續燈之役。新安江似孫輯本朝僧史有年矣，上人之採訪，必自似孫始也，其并以余言告之。

又　題

佛海發願修續傳燈錄，乞言於余。别去八載，已儼然成帙矣。當佛海載筆之初，魔民外道，横踞法席，靡然從之者，如中風飲狂，叫號跳踍，余辭而闢之，欲以一掌堙江河，故於斯錄之修，嗟咨太息，三致意焉。曾幾何年，而向之横行倒植者，灰飛煙滅，其所著之書，皆已颺爲塵沙，鞠爲糞土矣。從上諸尊宿，眞參實悟，一言一偈，如牟尼寶珠，揭日月而常新，經刼火而不壞，有眞必顯，無假不歸，可不畏哉？可不醒哉？佛海斯錄，區别宗派，勘辨機緣，其用心良苦。傳燈之源流既明，一切野狐惡，又不攻而自破矣。闢邪去僞之指，隱然於筆削之間，此又其著錄之深意也。雲棲淨土之宗子，雪浪論師之巨擘，其於單傳一宗，門戶少别。要其歸宿，如旅人之赴家，未始不一也。末法刓敝，影掠話頭者，往往豔禪門而薄宗教，故以一門該之，收其不禪而禪者，正以拒其禪而不禪者。兵之有交有攻，藥之有泄有補，皆此志也。世固多金湯弘護者，人天眼目，從此不孤矣。

題同學會言

自梁溪有東林之會，顧端文、高忠憲以明善爲宗，力闢吴門無善無不善之宗旨。皐比之席，海内望風奔赴。忌者側目，遂合道學、黨錮而爲一禁，迄於今未衰。毗陵孫文介公，生同時，講同學，而其意旨有異焉。其論學以易爲宗，其論易以艮背爲宗。端居索處，窮理盡性，不聚徒，不設教，一二同人，布席函丈，覃思瞑目，相與疏通證明而已。梁溪之明善也，有善則有不善，太極降而爲陰陽五行，吉凶悔吝生焉，其猶有立極之思乎？毗陵之艮背也，曰艮其背，不獲其身，行其庭，不見其人。身且不獲，人且不見，而何有於善惡吉凶之紛紛？艮□□，象無極也。無極則無善無不善，不落陰陽五行矣。微乎！微乎！兩家之宗旨，異而同，同而異，其有可深長思者乎！諸子生毗陵之鄉，學文介之學，又有張席之、吴巒稚兩公導其先路，離經辨志，繇制科之業而視歸乎聖賢也不遠矣。於其以文來謁也，書此以諗焉。

讀嚴道徹獨寐寤言

余讀道徹子獨寐寤言，視瞿元立所著生傳，大有徑庭焉。古之文人，多好反言擊排，如所謂反騷、非國語者。未有躬自擊排，如道徹子者也。白公有言：人固可與微言。夫人之可與微言者亦鮮矣。人生而吉凶相攻，情僞得失相感，猶形之有影也。人有形而影斯傳焉，至於影，又豈有傳之者哉？坐而起，行而止，離之則宛然，而卽之則無有也。貌影中之人，而別其美醜，象其色笑，雖善畫者必窮。執影中之人，而加以玄冕，施以桁楊，雖善使物者不能也。元立之傳道徹子，搜次其生平，比於曾、史，皆影也。鏤塵畫空，飾以青黄，豈有實相可指據哉？道徹子乃作寤言，痛自繩削，俛俛乎惡其影而去之，而不知其亦影也。道徹子之爲道徹，善畫者之所不能圖，而善使物者之所不能索，固自若也。元立也，道徹子也，以影問影，將使誰正之哉？且道徹子之痛自繩削，不以飾智而盜名乎？而盜固聖賢精爲之者。東郭先生之語盜曰：「若一身庸非盜耶？」道徹子之盜，東郭先生之所並席而坐也。古之人有所盜，必有所捨。堯、舜不盜慈，湯、武不盜忠，周公不盜弟。道徹子循覽於家人婦子，自視欿然，所不盜者，固已侈矣，獨盜名足病乎？聖人不死，大盜不止。極元立所搜次，不出仁義道德之屬，皆盜餘也。元立以爲金玉，而道徹子以爲土苴。視世儒之發冢臚傳，攘臂而仍者，不已遠乎？道徹子語余：「寤言之爲夢囈也久矣，子何以覺我？」余曰：「爲善無近名，爲惡無近刑。莊生爲子作注脚矣，余復何言？」道徹子笑而不答。或曰：

道徹子姓嚴氏。古稱蜀莊，亦曰嚴周，道徹子，今之莊生也。

題顧與治偶存稿

今天下文士入閩，無不謁曹能始，謁能始，則無不登其詩于十二代之選，人挾一編以相誇視，如千佛名經。獨與治有異焉，能始題其詩曰偶存，所以別與治也。詩之爲物，陶冶性情，標舉興會，鏘然如朱絃玉磬，悽然如焦桐孤竹，惟其所觸，而詩出焉。今之爲詩者，以剽賊排比爲能事，如貧兒之數寶，如買菜之求益，是豈復有詩也哉！與治寄託高深，風義綿邈，襆被絮酒，吊亡友于陳根絕哭之後，胸中聲氣，伊鬱蜿蜒，泄爲聲詩，劉夢得所謂孤桐朗玉，自有天律，吾于與治見之。王輔嗣論易曰：召雲者龍，命律者呂。隆墀永歎，遠壑必盈。吾取以爲論詩之法，且以論與治之詩。試以吾言寓能始，視如何也？

題胡白叔六言詩

曹能始見人詩卷，輒笑曰：「開卷定是七言律詩。」以今人習爲此體，熟爛可厭也。白叔近作六言絕句二十餘首，如雀噪鳩呼時，忽聞清蟬幽鳥之聲，使人耳根冷然，前後際斷，可爲一快。雖然，白叔其善藏之，若令紛然屬和，王右丞一日滿人間，又將恨白叔爲作俑矣。

題吳太雍初集

古人之詩文，必有爲而作，或託古以諷諭，或指事而申寫，精神志氣，抑塞磊落，皆森然發作于行墨之間。故其詩文必傳，傳而可久。余觀西吳吳太雍之文，憂時憤世，抗論惛俗，如遒人之警道路，如司寤之詔夜時，此吾所謂有爲而作者也。漢始元中，徵賢良文學，問以治亂。汝南桓寬稱中山劉子推言王道，撟當世反諸正，九江祝生奮史魚之節，發憤懣，議公卿，而車丞相及兩府之士，括囊不言，阿意苟合。皆有彼哉斗筲之誚。海內多故，天子方號咷博求，太雍執此以往，論列殿廷，與劉子、祝生何異？憂時撟世之士，豈無著論以相明如桓寬者乎？

初學集卷八十七

疏

蒙恩昭雪恭伸辭謝微悃疏

臣去歲以枚卜被訐，闔門席藁，靜聽處分。伏遇皇上神明獨運，慈照並施。關節既明之旨，既以天語定其鐵案；失于覺察之罰，復以公錯薄其金科。於是臣之覆盆得白，而孤生可保矣。夫枚卜大典，横致攻訐，上塵聖衷，下關國體，皇上安得不赫然震怒？此天地之公，而風雷之斷也。天威震疊之後，尚不忍遽信單詞，付之所司，公同審讞，再三駁正，此雨露之仁，而山澤之虚也。以國法稟三尺，以公議聽舉朝，凡廷臣上殿之爭，一任其詞辯蠭湧，而要其理之所是，即一夫如簧之口，亦縱其蜩螗沸羹，而觀其遁之所窮，水落而石出，火炎而玉見，此化工之神機，而曲成之妙用也。臣生生世世，子子孫孫，頂戴聖恩，與天無極，又何容贅一詞哉！臣才能淺薄，命運迍邅。上負四朝養士之德，莫報秋毫；俛懷半生致君之思，未酬尺寸。幸得再見天日，曲荷恩波。自今以往，益堅素心，自守樸學。耕山釣水，長爲清白之民；誦詩讀書，終老丹鉛之業。他日倣周六典，作唐一經。備掌故于清朝，續長編于聖世。此則職之迂愚，庶幾仰答殊恩，而自期晚節者也。惟是臣之問擬，已奉明旨，法當束身歸里。臣受皇上深恩，淪肌刻骨。犬馬猶知戀主，豈敢恝然徑去。卽日赴鴻臚寺報名，謝恩陛辭。該寺以朝儀不載此欵，不收報單。只得齋戒盥沐，向大明門行五拜三叩頭禮，辭朝前去。臣自此望觚稜之雲氣，想長安于日邊，惟有瞻天仰聖，依戀屛營而已。

微臣束身就繫輔臣蜚語橫加謹平心剖質仰祈聖明洞鑒疏

臣於本年正月，被本縣管糧衙問革書手張漢儒具疏訐奏，欽奉聖旨，著該撫、按拏解來京究問，卽日泥首就道，聽候起解。流氛阻隔，道路間關，疾病顚連，匍匐詣闕。恭遇皇上如天好生，理寃淸獄，靈雨應祈，懽聲雷動。臣惟有瞻天仰聖，靜候處分。及接邸報，見輔臣温體仁辯許自表疏，爲之喟然太息曰：臣尙未忍薄視體仁，何體仁自視之薄乃爾乎？臣昔年去國，因體仁以枚卜訐奏，此聖明所洞鑒，海內所著聞也。今日奸棍鑿空誣奏，縣干聖怒，猶不忍卽僇，而付之所司，此我皇上天地父母之深仁也。體仁從旁睨視，則亦已矣；又從而下石焉者，何也？聖明在御，如日中天。臣而有罪，卽逐體仁庸何補？臣苟無罪，卽不逐體仁庸何傷？今謂臣朋謀合算，必欲逐之而後入，豈明謂臣之死生，懸于其手，有必不相容之勢，非所謂神者告之乎？臣十載田園，三年苫塊，自表同鄉不識一面，何況其他？渡淮而北，病寒病暑，沿途就醫，僅存喘息，安能分身縮地，潛住近郊？漢儒之疏，體仁自言無與。然漢儒誣臣多贓，體仁亦曰賄賂，漢儒誣臣廣布，體仁亦言合算，何其異口而同喙也？且非獨于此也，體仁往訐臣浙闈舊案，蒙皇上勑下法司勘問，欽奉聖旨，錢千秋關節等事，會審既明。大哉王言，一言而科場之斷案定，微臣之寃誣白矣。漢儒一則曰賣舉人，再則曰賣舉人，何敢于弁髦明旨而肆無忌憚也？體仁曰舉朝皆謙益之黨，漢儒亦曰把持黨局；體仁曰在朝在野，呼吸相通，漢儒亦曰幫助黨局，遙執朝政。何物漢儒，與聞鈎黨若此之精也？漢儒揚揚長安道上，誇詡體仁倚爲牆壁。合而觀之，可謂盡無影響哉？體仁謂已經乾斷，於臣毫無芥蔕。體仁輔政以來，每遭論劾，無以自解，輒以嗾使坐臣。其辯主事賀王盛之疏，尋端及臣，尤爲憒憒。具在御前，此可謂之無芥蔕乎？八年揆席，呼吸霜露，掃門媚竄之徒，聞風應募，爭欲殺臣以效首功，表不正則影邪，況于明示風旨，而顯爲質的乎？體仁年來每自稱聵眊，置國事邊事于度外，獨至于刺探羅織，鷹擊毛摯，則劃然心開，而其於臣尤甚。向令念皇上特簡，勉圖報稱，移此等精神心術，用以東籌奴，南策寇，中理軍國重事，豈不亦弘濟時艱，偉然救時之相乎？臣竊爲體仁惜之。傳有之：君子不阨人于險。又曰：高伯其爲僇乎？復惡已甚矣！體仁逐臣之官，錮臣之身，目睹其跋疐困窮若此，亦可以已矣。人言飽其毒手，必將曲殺臣囹圄之中，身塡牢戶而後快。得無犯阨人已甚之戒乎？皇上好生，而體仁好殺；皇上解網，而體仁結網。於以上副天心，仰贊聖德，似亦不當如此。臣終願以大臣之誼，長者之言，爲體仁效忠告也。臣初仕先朝，觸魏、崔之焰，而皇上生之；纔遇聖明，攖體仁之鋒，而皇上再生之。臣之身，皇上之身也。惟有呼天呼父母，歸命投誠於君父而已。至若漢儒誣奏錢糧兵餉一切單欵，皇上神明洞鑒，一勘自明。臣尙有另疏辯析，不敢贅陳。伏乞皇上念臣孤危寃誣，幽囚覆盆，勅令該部，作速審結，或倣本朝大獄廷鞫事例，特賜研審。臣沉寃得白，微生復全，生生世世，子子孫孫，感荷聖恩，與天無極矣。

剖明關節始末以祈聖鑒以明臣節疏

臣繫獄經年，欽荷聖恩解網，不敢詣闕謝恩，惟朝夕焚香頂禮，祝誦萬壽。本月二十六日，接得邸報，大學士孔等題奉聖旨：「鄭三俊兩案，蒙徇原應重治，以爲法官之戒，卿等旣說他老耄無子，歷任淸勤，姑著贖徒三年去。錢謙益關節之事，其風節可知。俟擬請，自有鑒裁。該衙門知道。欽此。」臣不勝慚悚，不勝感激，安敢默默而處於此。臣於崇禎元年濫與枚卜，舊輔温體仁憤不列名，借浙闈舊案訐臣。體仁指臣賄賣關節事露後，陰使千秋脫逃，沉閣不結，不知關節指騙緣繇，是臣抗疏指摘千秋與二棍提到法司，天啓二年十二月問遣結案。此體仁之欺君說謊，最爲昭著者也。欽奉明旨，下法司勘問。御史多至六人，刑部司官多至十三人，矢天誓神，嚴鞫確供，然後具獄上請。欽奉聖旨：「錢千秋關節等事，會審既明，其軍犯放回來京，應得罪名，還察議具奏。欽此。」臣旋以不能覺察，問擬公杖。荷皇上俞允，具疏謝恩回籍。恭惟浙闈一案，案牘山積，諍論波翻，究竟折衷於皇上會審既明之一語，此微臣勘問昭雪之始末也。體仁攘踞揆席，慮臣姓字尙在人口，死灰或至復然，顯示風指，陰設陷阱，必欲殺臣而後已。卽奸棍誣奏，亦訟言賄賣關節，敢於弁髦明旨。則體仁指授線索，業已滿盤託出矣。臣束身待罪，感荷聖慈，靜聽處分，不復抵齒前事。今幸皇上明旨及此，此正臣愚剖心自明之日也。當逆璫用事，以臣爲楊漣、趙南星之黨，矯旨削奪，亦借關節爲辭。皇上既拔拭臣而召用矣。體仁所掇拾者，逆璫之餘唾也。皇上所昭雪者，逆璫之舊案也。皇上於此案，爲臣昭雪者再，煌煌明旨，凛於金科玉條矣。臣敢不投誠歸命，披瀝於君父之前乎？臣竊惟人臣立身事主，風節與名節不同。風節者，標致勵千古，激揚動一世，聖賢豪傑之所優爲也。名節者，如中女之不倚市門，凡民之不爲盜賊，如坊止水，斷斷乎不可踰佚，夫人而知之者也。臣資性駑下，行能媮薄，猥以風節謷臣，臣當媿死。若交通關節，賄賣舉人，此無行義，壞名節之尤者也，聖主不以爲臣，哲父不以爲子，生難戴顔面而爲人，死當薦棘毒以入地。臣讀聖賢之書，奉父師之訓，於名節二字，亦既籌之熟矣，而謂臣忍爲之乎？臣恭繹明旨，深惟皇上辨析風節、勵世磨鈍之至意。臣一線餘生，賴皇上覆露保全，得有今日。竊以爲皇上全臣之軀命，尤不若全臣之名節。全臣之軀命，臣之得生在一身、在一家；而全臣之名節，臣之得生在天下、在後世。此臣之所爲披丹瀝血，懇祈天鑒者也。伏乞皇上勑下法司及九卿科道，將前後獄辭，公同會勘。如有纖毫干涉，請卽日戮臣於市，爲人臣敗壞名節欺國誤朝之大戒。如其不然，仍望皇上天語昭雪，臣生生世世，子子孫孫，並荷聖恩於罔極矣。

微臣荷恩誼重戀主情深謹瀝丹誠仰祈天鑒疏

臣竊惟臣子之於君父，孰不戴天履地，沾被洪慈。然而荷恩高厚，瀕死屢生，蓋未有如臣者。始以闒葺削奪，皇上收採淪廢，起自田間，頓躋卿貳。臣之之死而生者一也。繼以枚卜被訐，皇上勘鞫始末，放歸鄉里，無玷生平。臣之之死而生者二也。十載歸田，三年喪母，草土餘生，横罹誣詆，挾排山壓卵之威，騰負塗載車之謗。朝野爲之沸騰，道路無不震悸。皇上恩同覆載，明並日月，含沙者死伏都市，覆盆者生出棘林。臣之之死而生者三也。臣觀本朝大獄，代不數見，遠則門達之搆陷李、袁，近則許顯純之曲殺楊、左。臣之孤危，有甚於此。奸胥既倚勢而飛章，宵人又承風而造獄。鉗網獨萃於一身，萋菲共成其貝錦。自非皇上堅持睿斷，力雪寃誣，臣之殘骸，未知死所。臣之孤生，寧有今日？雖復巫陽筮魄，斗極收魂，方之於臣，未爲厚幸。若乃禍之初煽也，鋃鐺急徵，直截勘問，然後羣奸張設之網羅，一擊而立破。獄之漸解也，踰冬久繫，再三駁正，然後愚臣覆蔀之情事，經久而愈明。而又矜其負氣自矜，貰其嫉惡已甚，鎔鑄以大冶之鑪，箴砭其狂易之疾，此又我皇上範圍曲成造化之妙用，超出古今萬萬者也。臣惟自古奸邪小人禍國家者，其初必假朋黨以攻君子，其後必興大獄以空善類。皇上天縱聖學，博覽今古，神明獨運，灼見獄禍之根株，洞燭黨論之枝蔓。故微臣刀俎魚肉，僅而得免。此非獨臣一人之幸也。臣伏覩皇上克謹天戒，矜恤庶獄，解網遍囹圄，謳歌滿寰宇。如臣愚昧，得與罷民庶女，並荷昭融。臣在國家，不啻春林之片羽，秋風之一葉，其獲生全，至爲微末。然皇上深仁厚澤，霑被士類，則已弘長無窮矣。從此惇、卞之奸，絕跡清時；同文之獄，屏息聖世。善人競進，國論清夷。億萬年有道之長，恆必繇此。此又臣之所稽首以誦，引領以幾者也。臣性質剛褊，學問迂疎。有不負所學之虛願，而孤悰每躓於清時；有同人渙羣之素志，而奇禍獨深於鉤黨。遠慚神祖之拔擢，近負皇上之生成。自今以往，幸得解網山林，全生魚鳥。然而長安日遠，貫口星遙，曾不若城南片地，咫尺禁門，猶得同瞻尺五之天，近望觚稜之氣。惟有朝朝暮暮，祝頌岡陵；子子孫孫，報稱狗馬而已。臣往年革職聽勘，奉有關節等事會審既明之旨，問擬公杖，辭朝還籍。今兹再蒙恩宥，豈敢咫尺天顔，不一稽首闕下。謹力疾扶掖，向大明門行五拜三叩頭禮，即日辭朝前去。臣不勝瞻天仰聖，依戀屏營之至。

遵旨回話疏

臣自往歲觸權被搆，蒙皇上鑒臣無辜，寬赦歸里，頂踵高厚，杜門屏跡，朝夕焚香，祝誦萬壽，頃於十一月十二日接得刑部咨文内開：「原任刑部侍郎蔡奕琛奏，爲再陳神通廣大等事。奉聖旨：『復社一案，屢奉明旨，延捱不結，明有把持。今觀復社或問及十大罪之檄，僭妄奸貪兼備，於人才治亂，大有關係，何可不問？張溥、張采、錢謙益殊干法紀，俱著回將話來，還勒限去。該部知道。欽此。』欽遵。」臣扣頭捧讀，仰見皇上神明睿知，獨觀萬化之源，惻然於人才治亂之大關，思所以力創而亟返之，甚盛心也。臣於復社，有無干涉，不容不力辯於聖明之前者，敢矢心瀝血，爲皇上縷陳之。奕琛疏稱張溥首創復社，臣中萬曆庚戌科進士，溥中崇禎辛未科進士，相去已二十餘年。結社會文，原爲經生應舉而設。臣以老甲科叨冒部堂，何緣厠跡其間？其不容不辯者一也。復社或問係原任蘇州府推官周之夔所作，及徐懷丹十大罪檄，原本具在，未曾隻字及臣。若臣果係復社，則之夔何不先指臣，直待奕琛始拈出耶？其不容不辯者二也。復社屢奉明旨察奏，亦未曾有臣姓名。屢旨見在御前。其不容不辯者三也。復社一案，聞往年撫、按回奏，已經部覆。臣方被逮在京，無繇與知。其有未經回奏者，事在所司。有無把持，諸臣見在可問。其不容不辯者四也。復社自復社也，臣自臣也。奕琛欲紐而一之，而無端插入一語曰：謙益發縱。此所謂捕風捉影也。其不容不辯者五也。復社自復社也，奕琛自奕琛也。復社自有周之夔之案，奕琛自有薛國觀之案，奕琛又欲紐而一之，而曰：復社操戈，繇臣指授。此所謂桃僵李代也。其不容不辯者六也。臣雖愚陋，亦素講君臣之大義。四方多故，聖主側席。謂中外臣子，皆當以報恩讎之心報君父，以剪異己之心剪奴寇。勿沽直以邀名，勿背公而植黨。此臣朴忠一念，退不忘君，可質鬼神者也。顧坐以遙執朝權，黨同伐異，則冤而又冤，誣而又誣矣。其不容不辯者七也。果如奕琛言，則臣等真江南之大蠹也。官於江南者，與生于江南者，是不一人，何皆喑默不言？豈舉朝之臣子皆朋黨不忠，而獨奕琛一人忠乎？抑亦居官任職時不忠，而負罪之後乃忠乎？其不容不辯者八也。此八者，事理昭灼，確有證據。聖明在上，一覽了然。臣豈敢隻字支飾哉？至若奕琛以王陛彥一案，坐臣傾陷，臣不必與辯也，何也？陛彥之獄，出於睿斷，非外廷所敢與也。皇上天縱神明，乾綱獨攬，而謂草野小臣，能於三千里之外，簸弄神通，皇上至聖至神，明見萬里。此不辯而知其誣者也。奕琛疏滿紙鑿空，無論監生盛順，從不識面，卽如錢位坤登途驟病，就醫金陵、京口，未嘗渡淮一步，而以爲潛入京師。此而可誣，孰不可誣？其他正不必置辯也。奕琛以舊輔温體仁姻戚，疑臣報復。不知臣生平素無藏蓄，固未常讎體仁於生前，乃奕琛顧欲代體仁讎臣於身後。人之不同量若此，又何言哉！伏乞皇上洞鑒復社或問諸原刻，果否有臣姓名？王陛彥一案，果否係臣搆陷？并勑下九卿科道諸臣公議。奕琛果疏誣臣，果否眞僞？則公道大明，讒網立破。臣得以漁樵沒齒，生生世世，戴聖德於無涯矣。

議

輸丁議

自有流賊之警，本道公祖，諄諄以出丁出貲，捍禦桑梓，勸諭鄉紳，俾爲士民倡率。凡兩閱月，逡巡未有應者。近日賊勢未解，警報日至。縣父母奉道檄催督，遽有開寫輸丁姓名，造册報道之說。不佞駭曰：神矣哉！何其具也？已而聞諸道路，則曰：所謂輸丁者，輸其所自有之丁也。一紳有家僮若干人，具名開報，有事率以守城，不費一錢，不待晷刻而丁已具矣。不佞沉吟竊嘆，不解所謂久之，乃冒昧獻議曰：家丁之說，與排門夫不同。排門夫專爲城守而說也，城守之日，民之少壯者登陴，老弱婦女，更番接應，舉邑之人，編入行間，所謂排門夫也。若家丁，必其人勇敢便利，嫺習武藝，緩則用以教練守望，急則用以乘城出戰者也。今以家僮具數充報。此輩富饒者危帽輕衫，如游閒公子，貧窮者鶉衣草食，如卑田乞兒。一旦有事，何所用之？此爲欺上臺乎？抑自欺乎？將誤地方乎？抑自誤乎？鄉紳平日，自視過尊，視其家人過驕，以爲編作家丁，排門造册，爲地方不惜痛自屈損，一至于此。不知有事城守，雖鄉紳與齊民無異。家僮上城，何煩主人輪助？正德中齊、劉之變，楊文襄居京口，躬注登城，與編氓共事，又何有於鄉紳之童僕，而斤斤以開報爲能事乎？縣傳道檄曰：輸丁自守。自守之云，本道公祖欲鄉紳各自爲身家妻子墳墓之計，勸而激之之詞也，非果欲其自守也。譬如一城有事，某雉堞墮矣，某紳能自率其丁以某堞完乎？某家門殘矣，某紳能自占其丁以其家免乎？此萬萬不通之說也。道檄所謂自守者，正古人家自爲戰，人自爲守之義，而非謂其各率家丁以自守也。不肖伏思之，與其募家丁，不如募鄉兵；與其私募家丁，不如公募鄉兵。流賊非生而爲流賊也。拳勇無藉，饑寒不逞之徒，睥睨怨望，乘間而起者，平時之奸民，卽突發之流賊也。今籍記某鄉某保拳勇之人若干，拔其尤者，取的當保結，募而收之。此輩一爲我用，則其黨與回心矣。有事則各募其徒黨以爲爪牙，募百人可以得千人。此一便也。江海之間，嘯風跋浪，窺伺內地者多矣。我招募鄉兵，朝夕訓練，彼將以我爲有備，望風屏跡。且可以絶勾引之途，防竊發之盜。此二便也。異鄉之人，小小營販，厲籍于此者，不驅則奸宄叢雜，驅之則流冗可憐。宜各就其行戶，編爲一甲。擇其久著此土，人共識認者，責以保結。卽抽其輕便驍捷者，署爲丁壯。此輩喜于得食，便于見留。卽於保甲之中，行寓兵之法。此三便也。兵既募矣，餉將安出？曰：道檄原以輸丁爲言，輸之爲言，輸而歸之于官也。輸餉，卽所以輸丁也。鄉紳爲身家妻子墳墓之計，各發本心，捐貲省費，黽勉蠲助，則富監富民，必從風而響應矣。有不率者，所司以三尺繩之，何辭之與有？巢縣之破也，吾郡沈生，重傷困斃，伏積屍三日，寇退而後出，親見縣令，勸富家出粟募守，皆慳不肯應。城破之後，駢首就僇，哭聲震天，悔不從縣令之言。此殷鑒之不遠者。吾邑富庶，百倍于巢，願爲綢繆桑土之思，無忍焦頭爛額之議。此不肖所不忍深言者也。或者以爲募兵未用，恐其難輯；已用，懼其難散。不知既募之後，有束伍之法，有訓練之方，雖千萬人可以進退如意，而況區區數百人乎？爲此說者，不識時務，不知方略，借老成隱憂之語，以爲藏慳飾吝之地，置之不足道可也。若夫鄉兵之利，更僕未可悉言。本道公祖所稱李茂明、梅長公保吉保麻之事，不肖深知之，故敢以爲桑梓勸。崇禎八年三月朔日，虞鄉老民錢謙益謹議。

與楊明府論編審

臺下以指日朝天之身，爲五年編審之計，蒐討伏匿，擿發姦蠹，窮日分夜，舌敝脣乾，爲百姓均繇役，爲地方計長久，此仁人君子之用心也。惟是法立弊生，役多田少。欺匿日煩，爬搔無術。臺下日不暇給，尙苦其紛紛；而道路嘖有煩言，不勝其洶洶。伏而思之，其大端有三：客田之濫免不可問，則不得不取盈于額田；富戶之花詭不可問，則不得不歸併于窮戶；桀黠之上下其手不可問，則不得不責成于區書。此三者，臺下與通邑之所同患也。竊以爲此番編役，宜首清客戶。當浦城徐簡吾撫臺限田之時，邑中別無客戶。東倉一孝廉入贅，其婦翁借婿名立戶。楊忠烈公編審此戶之役，反重于他戶，於是借戶者屏息矣。客戶之多，不知何年始？其多而濫免也，又不知從何政始？此今日第一弊端也，可不鋤而去之乎？或曰：新參茂苑相公，亦占戶常熟，避茂苑不敢問，則客戶俱不可問也。此其言甚陋。茂苑生平清節，海內著聞。客戶之立，必不與知。况爰立之後，與宮坊冷局，事體不同。今方平章軍國，以天下爲己任，安肯以絕不相干之客戶，妨礙一邑之役法乎？一旦毅然改正，茂苑聞之，不惟無後言也，必將大喜。借茂苑作榜樣，則其他客戶，便可一筆勾除。一舉而可以淸寄莊之弊，甦窮民之困，又可以成執政之淸名，而逢其所喜，何憚而不爲？客戶之濫極矣，有他省之鄉紳，物故已久，而占籍隔省者；有江北之鄉紳，江海懸絶，而占籍江南者。其尤可笑者，則錢司廳名選之戶也。司廳初舉順天，以同宗刺來謁，問之，則曰：祖上傳聞，記憶是常熟人耳。後遂欲領坊銀於常熟，當事者不可而止，未聞有寸田尺土在常熟也。非宗認宗，無譜通譜，此近來流俗惡套，今不知何人借其戶以避役？是又以司廳爲市也。如曰以原籍之故，則寒家原自浙東遷來，何不立戶於浙？如曰以同宗之故，則寒宗有儀賓在江右，何不立戶於南新？此事理之萬萬不通者也。諸如此類，非但當釐正點役，更須重加罰治，以爲欺隱之戒者也。其或事出有因，法可假借者，如錢職方大鶴，本常熟人也，而於長洲登第，則當覈長洲之曾免與否，而不當但以原籍爲辭。蔣邑宰介如，本無錫人也，而於常熟發科，則當覈無錫之曾免與否，而不當但以本庠爲解。循本責實，徹底打算，免不任受德，不免亦不任受怨，何憂客戶之不可問哉！花詭之弊，不可窮詰。假如千畝之田，一旦化爲百戶，世有千畝而百人爲買主者乎？百畝之田，一旦化爲十戶，世有百畝而十人爲買主者乎？此可一案籍而了然者也。又有不花而花，不詭而詭者，於官戶民戶之外，多設款額者是也。又或有不當優而優者，於本分應免之外，加倍優饒。有不當免而免者，於鄉紳科貢之外，另立名目。此等弊竇不除，情面不去，但於窮戶窮民，行一切歸併之法，恐紛紛者卒未有定，而洶洶者亦終未有已也。爲臺下計，與其獨裁之，不若公議之也。

與其拮据料理于一堂，不若疏通商榷于一邑也。今將通縣優免數目，本邑鄉紳舉貢等項若干，客戶若干，别戶若干，據現造册籍，先送闔邑縉紳公議。或免或否，各各公同注定，一則爲通邑清役，一則爲父母分怨，料縉紳必不辭也。次則送本學師長，集諸生公議。諸生公爲桑梓，私爲門戶，苟有所見，必竭誠相對，不敢誣且隱也。又次則行首告之法。或投匭，或面陳，許其直言情弊，覈實施行。則言者摩厲爭進，而其可採者必十得五六。雖桀黠之上下其手者，亦將形見而計窮也。拚此數日功夫，花詭可淸，冒濫可覈，差不患多，田不患少，榜額一出，便如金科玉條，不可移易。雖曰五年編審，造福于地方者，不啻百年千年，在臺下更加之意而已矣。或曰：如是而役猶不足，則奈何？曰：繇役者，一邑之公事也，非縣父母一人之事也。在縣父母，當與縉紳公議；在縉紳，當與縣父母分憂。吾輩之受國恩多矣，視力役小民，便多吃虧一分，亦復何妨？役果不足，則於見在優免額中，量出幾何，或領差，或貼役。不佞當努力以爲士紳倡首，孝廉子衿之賢者，自當聞風響應。庶幾往役者不困，而民力可漸瘳乎！往時官戶，概不當差。官田漸多，民田漸少。徐浦城爲松江司理，慨然有限田平役之志，及開府吳中，奏請舉行，楊忠烈力贊其事。迄今吳民不至盡爲捐瘠，二公之力也。未及三十年，而吾邑之役法蠹弊至此。波靡魚爛，誰執其咎？伏惟老父母，推浦城之成法，踵忠烈之芳規，廣詢獨斷，爲虞民造無窮之福。不肖雖老且賤，猶能從閭史之後，執簡而書之。狂瞽之言，不識忌諱。伏惟裁擇。

與蔣明府論優免事宜

伏承頒示優免書册，俾各竭芻蕘，仰佐臺下平役恤民之百一，甚盛心也。臺下化洽飲羊，智周握蚤。册中情弊，豈不洞若觀火；而猶折節下問，敢不臆舉以對。竊見所頒書册，似猶出胥吏筆牘，有意上下其手未經台覽者也。客歲以客戶濫免，上書前政楊公，以蔣邑宰介如、職方錢大鶴相提而論。今大鶴則推置客戶，介如則收廁邑紳，于客戶之中，獨收東倉吳志衍一人，此何爲也？介如應入邑紳，則何以獨外大鶴？志衍既應優免，則何以謝凌正卿諸公乎？開此册者，假手于二公，顛倒簸弄，以撓亂經理客戶之議，以巧爲客宦攙越盤互之地，設謀甚狡，伏機甚深。此其人必老吏舞文，敢以役法爲市者，似不可不察也。册中事宜吏，有可得而商者。功臣撥賜田畝，免糧免差，此國制也。本縣舊有宋西寧莊田，濫免至萬畝外，今又改爲薛陽武，此何說也？西寧莊田撥賜，出自何朝？奉何御批？據何部箚？果有之也，自當仰遵典制，免糧免差。若猶未也，則有餘田，一體當差。違者，一畝至三畝杖六十之律例在。況莊田昔係西寧，今歸陽武，果欽賜也，其敢私相授受乎？元勳如中山，國戚如嘉定，假令設版焦瑕，動稱四履，盡三吳之土田，不足供勳戚之湯沐，剗蕞爾一邑乎？愚以爲莊田一款，斷宜窮究假冒根繇，不得因仍姑息，亦所以正國法也。其當裁者一也。故宦優免，出自上臺德意，誰敢非之？士大夫生叨國恩，没而優免三年，逾涯極矣。宦于他方者，誰無故吏？誰無門生？宦于茲土者，誰無舉主？誰無座主？故宦之後，又有故宦。十年之外，又復十年。率是而行，安所底止？上臺篤念故舊，夫豈不軫惜小民？小民之膏血有窮，上臺之恩施無已。愚以爲故宦不論官職崇卑，有無批免，斷以三年爲限。在小民無不心服，卽上臺亦當首肯。其當裁者二也。忠臣後裔，王、錢世襲錦衣，論官優免，無容置喙矣。其他應照奉祠生員，量加優免。若假忠裔名色，濫寄多田，其端不可開也。忠臣死杖死獄，志在報國，國家業賄恤優報。若其後人，詭田避役，倚忠裔以厲民，必非忠魂所樂也。尤可笑者，李仲達列之忠臣戶，則繆西溪諸公何得不與？王蒼野、錢雲江皆死倭難，忠臣也，王道爗之外，又立王蒼野一戶，則錢可興之外，又將立錢雲江一戶乎？奸胥目無三尺，一至於此。其當裁者三也。名色錯列，朱紫混淆。有一紳而列兩戶者，有故紳而列見在者，有已故封君免三年之外者，有已故雜流混免三年之内者。其當裁者四也。雜流承舍，吏員儒士，此等蠅附多人，狐假莫辨，本是過海活切之流，又多子虛亡是之輩，不如一切抹殺，論田起差。其當裁者五也。命婦守節一款，事無大謬，理則不安。會典旌表守節，必夫亡三十以下者。若會應封典，不得與旌。今曰命婦守節，此非名也。夫人再醮，前輩曾有謔語。卽命婦徼恩優免，不當以守節爲詞。目前見謂何傷，異日終成話柄。向雖列名公啓，亦自悔斯言之玷矣。其當裁者五也。凡此皆臺下所朝夕講求。一經拈出，便自了然。但在臺下推造化之心，放霹靂之手，滿盤打算，徹底施行。則劇邑之繇役可平，小民之疾苦少息矣。雖然，此所論於册之內也。通邑之積弊，莫大乎花詭。往時之花詭者，奸頑小戶，雀鼠穿穴耳。今則富家巨室，無戶不花，無田不詭矣。有巨萬之田，而僅存百數者矣。有一戶之田，而化爲千百者矣。册籍有田，而富戶無田。收租放債則有田，而點差應役則無田。過此以往，弊將奈何？說者曰：有兩法以治之，一則併田當差也，一則論田貼役也。此兩說者，似是而實非也。假令併田當差，則一區之中，必以千畝數。百畝之戶領差，而萬畝之花詭者，影附於各區小戶之中，間領小差，永避大差。是花詭者，於併差甚便也。假令論田貼差，則一邑之中，亦必以千畝數。百畝之戶領差，而萬畝之花詭者，藏躲於一畝一戶之列，豈惟避大差，併避小差。是花詭者，於貼差尤便也。領差之中戶下戶，艱難跋涉，破家蕩產，甚且以身命償之。而富家巨室，上不應公家之急，下不惜閭閻之窮，安享銅山金穴之利，恣行敲骨吸髓之惡。役法從此大壞，民生從此日蹙，而不平之極，焚搶刼掠之禍，亦從此而醞釀決裂，可不懼哉！當今不窮搜花詭之弊，則徭役不可得而平也。不重加花詭之罰，則花詭不可得而禁也。試覆按歷年推收册籍，過邑之田，非有海漲沙坍也。册上之田，又非有蟲蝕鼠耗也。昔何以多？今何以少？昔何以有？今何以無？昔何以歸併？今何以瓜分？昔何處來？今何處去？按圖而索之，履畝而求之，不亦了然在目乎？搜得此等弊端，罪在吏書，嚴治吏書。罪在業戶，嚴治業戶。行不赦之誅，立倍等之罪，花詭何患乎不清？役法何患乎不善哉！若夫花詭之淵藪，顯明易見者，則客宦之戶是也。一富戶立一客宦，則邑中少一富戶矣。兩富戶立兩客宦，則邑中少兩富戶矣。有爲調停之説者曰：每戶優免其半，以謝客紳。此法一行，爲富室者各立宦戶，各免半差。自此客宦麇至，如市賈之相求，不十年内，常熟無民田矣。凡立客戶者，皆奸頑大戶，借蔭避役者也。昨與陳益吾、趙景之二公面商，以爲合邑北運等重役，宜先點客宦戶充當，後及本邑，庶可以懲詭寄之奸，絕寄莊之跡，此事理之確當者也。客戶之田，皆奸頑大戶之田也。免則奸頑大戶被其利，客宦不任受德。不免則奸頑大戶寢其奸，客宦不任受怨。台臺爲民父母，三尺在手，斬釘截鐵，爲斯民造福百年，亦何嫌何憚而不爲哉！往年議淸客戶，楊父母每告人曰：極欲周旋，只是錢老先生不肯爲之。听然解頤。今日口快手癢，不能自禁，復爲臺下發此狂言，轉復自笑也。如有可聽，伏望留神採擇。如其不可，如候蟲之聲，自作自止於籬落之間，冀高明無以聒耳爲罪，此後亦不敢更置一喙矣。

請調用閩帥議

竊惟天下大勢，以人身譬之，京師其元首也，東南其腹腴也，齊、魯、豫、楚其肩背肢體也。方今奴、寇交訌，豫、楚殘破，齊、魯瘡痍，獨東南腹腴無恙，是以元首晏然，而肩背肢體可以徐圖補救。今荆、襄陷矣，江州殆矣，並江交下，羽檄四至，蕪關又以焚刼告矣。賊在荆、襄，則雄據上游，無日不可以直下。賊在蕪關，則潛伏內地，無處不可以窺渡。我無將無兵，無舟船，無車馬，無器仗，無斥堠，奸人勾引，盜賊竊發，上何以衞陵寢，下何以固陪京？東南腹腴之地，將蹂踐爲豫、楚、齊、魯，而神京何所恃以無恐？此可爲膽寒股栗，蹙然不終日者也。爲今之計，拯溺救焚，權宜急切，惟有調用閩帥一著。悉心籌之，其便有五：鄭帥方略諳曉，師律精嚴。感激聖恩，誓以死報。新舊登撫二曾公，皆以百口保之。用節制之師，鼓義激之氣。闖賊游魂，可以滅此朝食。此一便也。鄭兵皆島卒番鬼，習泅善沒，如長魚擁劍，跳躍於驚濤巨浪之中。賊雖多梟悍，原野奔突，而水戰非其所長。以鄭之長，制闖之短。此二便也。其銃礟之猛毒，槍刃之犀利，牌甲之輕堅，船艦之完好，皆二十年以來，積歲月，閱攻戰，竭貲力而就之者也。彼在行間，必悉索以來，無製造檢稽之勞，而得利兵堅甲之用。此三便也。禽鳥之制也以氣，鄭來則闖必縮足不敢南下，而江海間萑苻伏莽，可取次收服，爲我之爪牙。此四便也。江南無知兵之將，無束伍之卒，一經調度，旌旗壁壘，焕然改色，東南半壁，轉弱爲强，比於閩海。此五便也。愚以謂當事諸公，宜亟以江南急危情形，飛章入告。伏乞皇上，立勑鄭帥移鎮東南，專理禦寇事宜。若寇信孔亟，一面上疏，一面移文，令尅日就道，勿遲晷刻。須其至，商榷信地，酌量戰守，庶幾流氛可立滌，江上可安枕，而中原可一意辦奴，此非獨東南之福也。優其辭命，厚其禮幣，許之以懋賞，申之以信誓，使之踴躍鼓舞，欣然趨事。其將領士卒，一應安家衣甲，器械船隻，行糧月糧，一照鄭帥弟鴻逵赴登事例，移文閩撫，於正項錢糧支給，開算明白，江南即支正項錢糧，代閩解京，則將士樂於用命，而錢糧無彼此牽掣之慮矣。或曰：閩海之所恃者，鄭帥也。鄭左足一動，閩撫將多方以阻之，必不成行。曰：今天下之患，莫劇於闖賊，地莫要於東南，國家之命脈莫重於高皇帝之陵寢。閩撫自爲閩海計，獨不爲孝陵計乎？獨不爲東南桑梓計乎？東南，閩、粤之門戶；爲東南，即所以爲閩、粤也。炎風朔雪，莫非王土。爲臣子者，其敢以四履之地，自分疆索乎？新登撫赴登也，屬鄭帥造船於瓜洲，鄭慨然曰：「此王事也，萬里不敢辭，況京江咫尺乎？」已而語其弟鴻逵：「奴警更急，我當親督師渡江。」其慷慨赴義，急病讓夷如此。而閩中忍以他詞梔之，以徵發期會遼緩之乎？即閩有他盜，不過狗鼠噬嚙，故有鎮守總戎在。漳、潮之篆，委偏裨暫署。江南事有端緒，卽建節還閩。固未嘗奪鄭於閩，而閩何必爲及瓜之慮乎？客歲征瑤，以兩廣片檄而往。今玆援登，逼歲而奉詔，獻歲而出師。此一役也，簡書切於征瑤，警急同於赴登。鄭必行，閩撫必不阻，皆可以執左券也。或曰：流言洶洶，蟪蛄之聲，違山十里。若寇不南下，東南解嚴，召鄭而以重兵至，何所置之？嗚呼噫嘻！謬哉此言。天下未有賊據荆、襄，一日不撲滅，而東南可一日解嚴者也。孫吳時，西陵合暮舉烽火，三鼓竟達吳郡之南沙。南宋之都杭也，倚荆、襄以爲固，賈似道不救呂文煥，襄陽失而東南隨之。天下安有失荆、襄而可以固守江南者乎？我若戍守得人，舟師繕完，卽當爲進取之計。及其未定而擾之，誘其來而殲之，乘其便而襲之。天厭其惡，安知不授首于我？如今之爲拱手而待其來，且徼倖其不一來，忽然而來，其及圖之乎？自古敵國之勢，我不往則彼來，非我薄人，則人薄我。今以飈舉霧合狠吞獸突之闖賊，而望其爲彼疆我理，耕桑交境之敵，此亘古必無之理也。東南之要害，不止一隅。旣奉命移鎮，則東南皆信地也。皖急可借以援皖，鳳急可借以援鳳，淮急可借以援淮，譬之弈棋，下一子於邊角，而全局皆可以照應，則下子之勝著也。天下事已如弈棋之殘局矣，誠有意收拾，則滿盤全局著子之當下者尙多，而恐當局者措手之未易也，姑先以救急一著言之。襄晚罪廢，不當出位哆口輕談天下事。警急旁午，吳中一日數驚，頃見南省臺傳議曰：

上護陵寢，下顧身家。聽斯言也，如竊睡中聞人聒耳大呼，不覺流汗驚寤，推襆被而起。庸敢進一得之愚，以備左右之采擇。癸未三月朔日。

初學集卷八十八

制科一　萬曆三十八年廷試策一道

臣對：臣聞帝王之治天下也，必有畫一天下之大法，而後上下之紀綱肅；必有貫徹天下之眞心，而後上下之命脈通。何謂大法？名實相稽，威德相御，下不得有煩囂之國是，而上不至有壅遏之國成。此宇內之大同也，不可以假借者也。何謂眞心？堂階一德，宮府一體，上不以積疑爲攬權，而下不以積威爲奉職。此君心之眞同也，不可以假襲者也。有法以運用其心，則人主之心源，曉然分布于宇宙。言之上宣也，如吾喉舌，令之下流也，如吾臂指，而天下帖服於風行草偃之化。有心以宰制其法，則天下之治理，井然受象於君心。言之有是非也。君心不受其兩歧，令之有通塞也，君心不開其旁竇，而人主坐制其繩聯絲制之機。古之帝王，不綜核而言路自清，不振勵而廟謨自定。以君心之眞同，成宇內之大同。君之惠澤流，而臣之悃誠達。濃仁厚化，蔚爲太和，其道端不外此。藉令法不求其大同，則言有異指，令有異門，人主置天下於有同有異之域，而天下不得同。藉令心不求其眞同，則君與相異心，君相與天下異向，人主先置其心於互同互異之域，而天下且不得不異。是故天下之治者，天下同也。天下之所以治者，君心同而天下無弗同也。欽惟我皇帝陛下，負不世出之資，天德獨純於乾健；具大有爲之畧，景運方撫於日中。應門深拱，而天災譴告，小心時凛于握冰；玉几遙臨，而朝事紛紜，獨斷常洞于觀火。憫直北之大祲，則仁先四民，不惜留税以賑畿輔；怒滇南之失律，則威行萬里，行將傳首以慰昆明。春秋鼎盛，氛孽削平，千載一治也。老成在位，宵小屛跡，又千載一時也。猗與盛哉！以此登三咸五，流唐漂虞，可計日待矣。乃猶不自滿假，進臣等而策之於廷。上嘉皇虞三代之盛，言底績，令從風。而以輓近之混殽廢閣者，穆然引咎責躬，願與二三元老，共襄同德一心之治。臣草茅賤士，新從遠方來，望日就雲，夢寐不敢忘，其敢無説而處於此？臣竊惟天下有大防二，議論與詔令是也。議論之播騰也在下，而所以司其氣機，決其關竅者，則屬之于上。故有形在下而下不得衡操者，議論也。詔令之傳宣也在上，而所以導其血脈，應其條理者，則屬之于下。故有權在上而上不得臆逞者，詔令也。議論之先，有神焉以主之，忽而澄清，忽而横潰，其故不可以口耳揣也。故古之畏言者，必取喻於防川。川之決也，乘於一隙，而奔於莫禦，則主議論者重。詔令之表，有幾焉以制之，不脛而馳，無端而遏，其故不可以耳目求也。故古之重令者，必取象於涣汗。汗之涣也，出之則順，而反之則逆，則制詔令者重。詔令無關於議論也，而議論之一起一伏，有因詔令而息，亦有因詔令而滋者。詔令爲端，而議論爲之委也。議論無關於詔令也，而詔令之一純一駁，有得而爲議論坊，亦有失而爲議論叢者，議論爲矢而詔令爲之的也。斯二者省則俱省，煩則俱煩，行則俱行，格則俱格。在上在下，皆若有使之然者，而莫知其所以然。蓋自古以來固然矣。以唐、虞極治之會，七政齊，庶尹諧，六府修，三事治。當此之時，言不聽於無稽，治必期乎從欲。何惑乎羣言？何憂乎梗令哉？而讒說殄行，至震驚於朕師；苗民逆命，猶待化於干羽。蓋議論之難清，而詔令之易格如此。又況漢、唐以來，類多雜伯雜夷之治，雖綜覈可以息羣言，削牘可以驚萬里，亦惡足以爲今日獻哉？洪惟我太祖高皇帝，崛起田間，廓清宇宙。其於政務之幾微，民情之委悉，與夫人材國運之盛衰隆汚，莫不蚤見而灼計之。朝廷之上，有職掌，無議論；有議論，無是非。每一詔下，薄海內外，爲之心戰而股慄。蓋郟鄏之鼎，卜年者既二百餘。而高皇帝神武式憑，猶一日也。肆我皇上，又以篤生之聖，嗣服承休，主勢尊，國勢強，東征西討，威靈赫然，八襲九重，神明旁燭。固宜垂裳端拱之化，遠繼唐、虞，近符高廟矣。而人心浮薄，國論紛呶，議論未必屏息，詔令未必奉行，誠有如聖制所慮者。臣嘗觀今日之議論矣，懷顧忌則事事類於寒蟬，瞰機關則人人託於鳴鳳。彼蜀我雒，朝由暮跖。皁囊白簡，盡如捉風，何議論之爲也？臣嘗觀今日之詔令矣，宮禁未必行之於部院，部院未必行之於郡邑，温綸讓德於夏雨，嚴旨遜威於秋霜。連章累詔，盡如掛壁，何詔令之爲也？臣以爲以寡言省議論，議論之似省而實煩者此也。如欲省之，莫若先使議論之。明彼所攻擊者爲事也，必剖白其事之根株；彼所黨伐者爲人也，必嚴核其人之儔黨。彼爲引繩批根之言以刼衆而行其私，吾以公論裁之，彼爲函端匿跡之言以疑上而傾其敵，吾以明斷決之。有疏必答，有覆必行。下有部院大臣之職掌，而上有聖明之批發，何嫌何怨，何讎何黨，議論之途明，而議論之曹破矣。臣以爲以空言行詔令，詔令之似行而實格者此也。如欲行之，莫若先使詔令之信。守令之貪殘，當先厲苞苴之禁，而貪風可懲；封疆之破壞，當先正失事之誅，而邊臣可警。逢掖之囂陵無已也，臺省之尋戈矌林者，無乃導其先路？文章之怪誕日甚也，章奏之射覆寠數者，無乃樹之前茅？嚴爲章程，勤爲批發。令前必無不明不昧之言，而令後必無可貸可輕之罰。何蓋何藏，何趨何避，詔令之源約而詔令之流順矣。臣竊以爲清言路、正國體，莫先於此，而又非其本也。聖制不云乎，君臣同心，治化乃成。求治之本，一言蔽之矣。臣姑無遠引先朝盛事，如左劉右戴，從容夜分，爲千秋美譚者。卽皇上御極初，亦嘗以優崇召對，倚毗重臣，而其人亦能以彊力把持天下。蓋六事疏中所稱省議論重詔令者，一時綱舉目張，班班可考。則君臣同心之效，可見如此矣。自茲以後，諸庸輔之紹述者，但用其餘威緒謀，搏擊言路，牢籠私人，而未聞稍爲社稷計。諸臣之伎倆才品，與夫傾危委靡之狀，皆積爲皇上所窺。於是視羣臣太輕，視天下事太易，用舍舉錯，務爲一切不可測以勝之，而天下事幾不可爲。臣以爲宜亟自今日返之矣。平臺暖閣，晝日延見，無徒以中旨慰留也。訓儲卜相，旦夕舉行，無徒以留中羈係也。惟辟作福，惟辟作威，臣以慶賞刑威歸之主上，而臣作股肱耳目，汝翼汝爲，汝聽汝明。上又以其股肱耳目共之於臣下，君心下濟，而臣心上行，議論自省，詔令自行，豈事更張治具乎哉！臣嘗伏讀大誥，首君臣同游。曰歷代君臣，同德一心，立綱陳紀，昭示天下，爲民造福。大哉王言！眞所謂以君心之眞同，成天下之大同，綦隆盛治，度越千古，而我皇上所宜羹牆祖述者乎？抑臣又有獻焉。臣嘗誦唐陸贄之言曰：人主智出萬物，有輕待人臣之心；思周萬機，有獨馭區宇之意。謀吞衆略，有過愼之防；明照羣情，有先事之察。此數言者，英主哲辟，多受其病，而皇上固萬無是也。然以臣愚管窺，今之綱紀未肅，命脈未通，天下未盡大同者，則以皇上聰明神斷，無時不用，而未必盡用之任人行政吃緊當用之處耳。贄之言儻亦非無當乎？書稱堯德，則曰稽於衆，舍己從人。數舜之功，則曰明四目，達四聰。序禹、湯之所繇興，則曰禹拜昌言，用人惟己。故能無我者始能同人。而獨智自賢之主，雖欲同德一心，其道無繇也。伏惟我皇上，虛心以諮訪耆碩，大心以茹納臣工，不用明而人仰之如日月，不用威而人畏之如雷霆。天地交而歲功成，上下交而理道立，此可還至而立有效者也。不然，今天下亦多故矣，所恃者惟上下同心，庶可無棟撓軸折之禍。而皇上又以獨智絕之，患豈止於議論煩、詔令格而已哉！臣不識忌諱，干冒宸威，不勝戰慄隕越之至。臣謹對。

初學集卷八十九

制科二　萬曆三十八年會試墨卷：論一首，表一道，策五道。

聖王必以其欲從天下之心

論曰：王道必本於無欲；非無欲也，以天下之欲爲欲也。夫天下大矣，民生其間，知棼而不可規表測也，力橫而不可約束繩也，人主安能一一均調之、劑量之？而曰必以天下之欲爲欲，豈其舍廣廈細旃之奉，而貶損其躬，以爲窮簷蔀屋計哉？聖王之道，執大象而天下往。不先平天下之心，而亟治一己之欲，則先儒所稱聖王必以其欲從天下之心者，蓋盡性之旨也。請推言之，人各以性盛心，以心盛欲。欲也者，感於性而竅於心，其微無形，而其危不可圉，聖王與天下之所總也。欲之初萌也，如爝火之始傳，欲明欲滅而不可撲也。其漸漬而來，乘間伺隙，如積火之消膏，不自覺也。其內引而外射也，如火之燎於原，流金沏石，而莫可控揣也。纖纊塞耳，則不聞鐘鼓；一塵眯目，則不見丘山；片欲翳心，則不辨白黑。欲之爲我有而累我亦大矣，而況人主之身，立于四累之上，而隔于九閽之內，威福爲之轡御，好惡爲之毛羽，一切聲色貨利娛心極慮之事，爲之釣餌而射的，吾欲念一萌，而天下已有市吾欲而進者。人主厭縱其欲以亂百度，而天下與人主日隔，宵人射聲，忠賢匿影，人主重襲而不自知，天下吞聲而無所訴，而天下事乃不可爲矣。聖王乃伏而思曰：天下之人，五方異宜，四海異俗，廣川大谷異居，剛柔燥濕異氣。有好必有憎，有愉必有拂。天下人各有欲也，豈獨人主？且人主以一身司牧，億兆人哀樂慮歎，無不寄命於人主。善御者之於駕也，馬體調於車，人心適於馬，御者之心，不自用而爲馬用，而人主獨能外天下以成其欲乎？然則人主以天下之欲爲欲者也，人主安得有欲？惟人主不以天下爲欲，而自以其欲爲欲，吾目欲選色，而天下憔悴轉死者吾不見；吾耳欲流聲，而天下呼籲道旁者吾不聞；吾口欲爽味，體欲重裘，而天下木食鶉衣者吾不恤。天下瘁瘁焉人苦其生，而又何賴於人主爲？夫數者之欲，非庸主有之，而聖主獨無也。聖王之欲，卽庸主之欲，又卽天下人之欲，而特其見有公私，量有廣狹，爭於一念之轉關而已。是故天下有覆盆向隅，不敢望天者，則天下之目苦不得視，而吾之欲色者詘矣；天下有呻吟歎息，危涕相告者，則天下之耳苦不得聽，而吾之欲聲者塞矣；天下有結轖底滯，無生人之樂者，則天下之痿痺苦不得伸，而吾之欲甘美者刦矣。深宮曲房，嚬號笑舞，進斯民於應門九重之內，而撤一心於閭閻畎畝之下，斯所謂以天下之欲爲欲，與封己一膜者迥異乎？而要之聖王非無欲也，蓋善用其欲者也。鄉令己不欲色，則天下之憔悴者誰見之？鄉令己不欲聲，則天下之呼籲者誰聞之？鄉令己不欲口體之適，則天下之鶉衣木食者誰憫之而誰恤之？節嗇其形，勞苦其神，自以爲能繩約吾以就天下，而其與天下之心，隔于腠理，則已久矣。然則聖王之所爲有欲者，乃其無欲之至，而其所爲以欲從天下之心者，不過自從其心而已。當其時，人主之欲，回環旋復於一世，如斗柄之所指，四時寒燠，各順其令，而天下寄命於人主，如中衢而致尊，過者斟酌焉，各得所欲，而莫知其所以然，一以爲家人父子，一以爲心膂手足。人主無欲，以天下之欲爲欲，而天下亦無心，以人主之心爲心。故曰：不先平天下之心，而亟治一己之欲，此聖王盡性之術也。雖然，治欲亦難言矣。大抵庸主之欲，依附於情習之內；而英主之欲，飄忽於理氣之間。夫欲至飄忽于理氣間者，規矺不及，攻治不至，急之則遁，緩之則伏。其與天下之心相拒最微，而相隔最錮。則惟有聖賢盡性之學，足以破之。故英主必不可使不知學，而引君格心，其權又屬之大人。人主治其欲，而後可以通天下之心；大人能自治其欲，而後可以通人主之心。其始也以欲從天下，而究且天下從欲以治，此又盡性之本，不可不亟講者也。

擬上留北直隸諸處本年應解內帑稅銀以二分充軍餉一分賑饑民廷臣謝表 萬曆三十七年

伏以皇心忽轉，聿修實政以祈天；帝德旁敷，暫撤空儲而濟國。春温天語，頓舒數載之屯膏；雨渙王居，大賜一時之解澤。軍民禔福，中外傾心。臣等誠惶誠恐，稽首頓首。竊惟民爲國之根本，而兵乃王之爪牙。八政攸關，六官並重。國家建都三輔，藉右扶左翊以實神京；而屯戍九邊，設內營外衞以雄重鎮。兵農棊置，鎖鑰固於北門；糧餉灌輸，轉運資於南極。充都奉邑，生聚何止于十年；投石超乘，訓練不忘于千日。蓋培養係累朝之德，而干城實一代之基也。自礦稅相仍於邇年，致繹騷日甚於內地。告緡迭起，權利無方。金石窮搜，奚止貢珊瑚之樹；貂璫橫出，不須勞獬豸之冠。赤地蕭條，盡是含冤於中使；黃封絡繹，何曾介喜於天顏。徒以羣小之紛紜，遂致帝心之震恐。自南徂北，非旱卽霖。焦土鑠金，誰禳四目之魃？懷山拔木，頻舞一足之羊。飛蝗蔽天，捐瘠蓋地。東南負剜肉之苦，嗟彼奧區；西北起剝膚之憂，念茲上國。閭左之災荒如此，卒伍之流離可知。野無青草之儲，牂羊誰託？邊有黃花之戍，牧馬不肥。釜甑生塵，猶懼怒捉人之吏；兜鍪如洗，豈堪逢宿飽之胡？千里汚萊，計已窮於露肘；三邊精鋭，智徒出於脫巾。弄赤丸而縱橫，半作潢池之盜；臥綠沉而怨詛，誰當紫塞之雄？仰屋計臣，歎一籌之莫展；籌邊司馬，補萬牘以何裨？雖運際泰寧，朝廷方撫虞淵之日；而災當陽九，草野或憂杞國之天。茲蓋伏遇皇帝陛下，治法無私，貞同得一。璇臺八襲，垂裳想像於六宮；綈几九閽，削牘震驚於萬里。念公私告匱之日，借箸良難；且軍民交瘁之時，燃眉何繼？遂以一年之稅額，肆爲萬姓之恩膏。蓋謂本非惟正之供，取無藝以充內帑；不若卽寓蠲租之意，留有餘以散民間。二分給軍，知水火之尤迫；一分議賑，諒升斗之非虛。德意風行，頌聲雲起。疏觀郊野，頓息鴻雁之哀鳴；遜聽邊陲，已見熊羆之踴躍。父老扶杖，觀風相慶於溝中；壯士挽弓，貫月競傳於塞外。雉馴四境，太平可冀桑麻；馬立千門，警急無虞烽火。此皆繇我皇上克備大君之德，迪知小民之依。初緣國計空虛，誤開利孔於探取；今以天變警戒，遽騰明詔于捐除。始悟攫金剖璧之徒，病國已延於數載；從此投珠抵璞之令，崇朝且遍於四方。蓋非徒皇上不世之仁，抑亦高廟萬年之賜也。臣等目擊時艱，心懷國恤。流民可繪，叩閽無當於嚴君；竊祿何能，恤緯自慚於嫠婦。思汲黯之矯詔，空負鬚眉；念韓滉之餉邊，莫伸指掌。驚逢曠典，仰悉宸謨。下臣無待伏蒲之勞，高天已沛潤朽之澤。向來否塞，皆臣子自失於格心；此日恩施，知君父不難於啓牖。喜極淚零，歡幷愧集。伏願益虛咸照，恒繼離明。足食足兵，節五材之用；厚生利用，修六府之功。念輦轂之反裘，劬勞甫息；軫遐荒之竭澤，疻痏宜瘳。弓掛扶桑，繼民不見兵之盛事；粟陳紅朽，致天不愛道之休徵。咸五登三，快覩巍巍之治，襲六爲七，行看永永之傳。臣等無任瞻天仰聖，激切屏營之至。謹奉表稱謝以聞。

策

第一問

今之扼腕而計國者，宮府釜鬵，邊陲伏戎，敝舌綴牘，不下數十萬言。人主亦憖寘之耳，恬不動色。而明問獨以安危大勢總挈之人心，則愚嘗深惟標本之計而重有嘅矣。愚覩二百年來，莫杌隉如二正之季，而國祚卒晏如泰山者，二正之季，內孽於權奸，外孽於強虜逆藩，天下騷騷動矣。而二季之主，僅以狗馬蹴踘輕裘挾瑟之好，生禍患於眉睫，未嘗有深知獨力，隔絕天下之腠理，而壅廢祖宗之法度。故天下之心，有厭亂而無喜亂，輕於發亂而亦易於收亂。乃今日則異是。主上神明獨運，妖孽削平，自謂已安已治矣。而上自三輔，下自百粵，民心若搖搖然無所維繫者。有亂形而無亂徵者，二正之季是也；無亂形而有亂徵者，今日是也。乃今之憂亂者，動則曰主上不親大臣，不信羣臣，奏請不行，帑藏不發。

卽拊心碎首，計畫無復之耳。愚以爲不然。千金之子，駕巨舟而游於江湖，衝風破浪，檣傾楫摧，舟子、長年，爲之號呼涕泣，慮無不立返者。今諉主上以操舟，而下不任舟子、長年之責，有是理乎？愚以爲今之民所以不治者，上不以實政課下，而下不以實心應上，大臣過於自疑，而小臣耑於自爲，有職掌而無操柄，有體統而無精神，名爲刻勵，實則叢脞耳。上御極初，有以管、商之術秉國成者，其人雖任智力，刼持天下，然一時尊主權，核吏治，循名實，省議論，畫然可觀。後之紹述者，變操切而塗澤，反綜核而模稜，使天下事不斷廢，亦不勸行，能者無所見長，不能者無所見末。積頽積廢，以有今日。則救弊之方，亦大略可見矣。惟是公卿輔弼之臣，盡洗其惜身顧名畏首餘尾之念，爲天子振刷紀綱，圖維命脈，令出惟行，毋以掛壁藉口；名期責實，毋以塗飯貽譏。而後内之臺省部寺，盡戢噴林之戈；外之監司守令，各去撲滿之智。一德一心，以民生國計爲事，則上心不難轉移，而瓦解之勢可無作也。不然，諱言振飭，而猥以調養爲事。譬之放舟於瞿塘，不廻旋避險，而捧土以實其漏，爲之舟子、長年者，不亦太短智乎？卽欲如明問所稱爲主上引過者，又何塗之從也？雖然，愚又有感於二正之事也。己巳之變，于、郭諸能臣戮力内外，北轅始歸。當武廟南巡，天下岌岌矣，王守仁擁强兵，據上游，逆瑾慴伏莫敢動。今天下不幸不爲二正之季耳，脱一旦有事，卽有諸臣者出，誰能假以事權，寬以文法乎哉！愚之鼠憂過計，蓋有不能釋然者，執事亦笑其爲囈言否也？

第二問

性不可以言也；言性者如以勺取水，以指得月，必破其所執而後可。無執，則隨言皆性。言性固性也，結而爲習，動而爲情，作用而爲才，種種皆性也。有執，則隨言皆執。雞鳴夜氣非性也，舍習而才，舍才而情，舍情而言性善，亦非性也。請因是而發言性之旨。大抵聖賢之悟性必徹於無，而證性必根於有。性可悟，不可言。言者，爲未悟者指迷也，非爲已悟者標悟也。今之論性者，皆宗孔子性相近之言。夫性，渾然太極也，太極本於無極，陰陽未分，淑慝未判，何相近之有？蓋亦就天命之參於氣質者，微指其端，雖不落感物而動者，而亦未及未生而靜以前。相近，亦非性初也。子思直指天命，似稍露本原，而歸根於喜怒哀樂未發之中，則亦借感物而動者，以指點不容言之機耳。至孟子而性學乃大著矣，發源孔氏，引繩百家，而斷之曰性善。然不能直指性之何者爲善也，曰情亦可爲善云耳，曰才亦未始不善云耳。卽言夜氣，言雞鳴，取證益廣，標旨極員，卒未嘗執善而卽爲之性也。何也？性，太極也。太極渾無善惡，是爲至善。動生陽，靜生陰，則善惡之幾伏焉。善與惡偶，均不可執爲性，猶陽與陰偶，均不可執爲太極也。然太極雖分陰陽，必以純陽爲根，性雖分善惡，必以至善爲根，習相遠而性必不相遠以此耳。自孟子之宗旨不明，言性者執善爲性，而不究其所從來，於是義襲之學起矣。不知天下有見性之善，善卽性也；有執性之善，執卽非性也。忠一也，比干爲自靖自獻，而令尹子文弗與。廉一也，伯夷爲求仁得仁，而陳仲子弗與。事功一也，伊尹、周公格於皇天，而管仲弗與。豈非見性不見性之別乎？爲善而不歸於見性，將一切揣合名行，摹倣聖賢，以似溷眞，以眞藪僞，俗學起而本性隱矣。是故因善而悟性則可，執善而忘性則不可。悟此善於性而還歸太極則可，歧此善於性而墮落陰陽五行則不可。程伯子有言：人生而靜以上不容言，可言者皆感物而動者也。通於此言者，孔子之相近，子思之未發，孟子之性善，與宋諸君子天命氣質之辨，脈絡合，蹊徑融，無精麤，無分別。總之，破其所執，而性可得而言矣。夫執善非性，則善不足爲乎？曰：非也。於有善中求善，於有惡中去惡，此緣陰陽五行以還太極者也。無善可爲而善始純，無惡可去而惡始盡，此卽陰陽五行以還太極者也。倘其藉口於無善無不善，謂聖狂仁暴，總在性中，以破善不善之隄防，而混性之物則，則小人之無忌憚而已。嗟乎！自姚江以無善無惡爲心體，後之君子，爭以爲射的。愚固墨守傳註者，何敢影響其說以射執事之策。蓋有感於性學不明，而爲善者日趨於僞，且借言性惡者以攻端也，倘自以爲能知性乎？則又所謂認勺爲水，而認指爲月者，其爲執也已甚矣，愚則何敢。

第三問

執事有味乎興詩立禮之教，而下詢於羣瞽，其將求古之登高能賦，可爲大夫，與夫禹行舜趨，有君子之容者乎！則非執事者之指也。雖然，言詩而及楚之屈子，言禮而推漢之董子，愚爲之俛而深惟，而重有感於世道也。夫詩之爲教也，温柔而篤厚，其麗情婉，其抒意巽，故古之忠臣孝子，有所苞塞而欲引喩，必發乎詩。禮之爲教也，齋莊而中正，其範物方，其標矩嚴，故古之端人碩士，有所刻勵而欲自閑，必本諸禮。詩與禮，異途而同轍者也。屈子者，得詩之眞者也。當懷王之時，井渫不食，不知其主之不悟，而憂思彷徨，睠顧宗國，蓋至於蛾眉謠諑，終不容於衆女，黨人猖披，願下從夫彭咸，而屈子之拳拳者不少變也。彼蓋曰吾縱志潔行芳，豈可以泥滓君父而自爲高？吾寧悲憂歓泣，使世謂我爲愚爲誕而已。故寧君棄我，無我棄君者，屈子之詩教也。董子者，得禮之正者也。當孝武之世，方鑿不入，不惜其道之終不庸，下帷著書，足不窺園，蓋至於三仁之問，抗嚴詞於伐國，雨雹之對，引事應於春秋，而董子之斤斤者不少假也。彼蓋曰吾縱身隱道晦，豈可以弁髦名簡而自爲通？吾寧被服禮義，使世謂我爲拙爲迂而已。故寧世棄我，無我狥世者，董子之禮教也。嗟夫！今之士大夫則可嘅矣！戈矛伏於胸臆，名利深於釣餌。其謀國也，瞋目裂眦，挾憤恩遑，而無同舟共濟之心；其自爲謀也，望塵逐臭，盛飾自媒，而無懷褐善藏之意。試還而思夫詩之爲教，戒同官，念我友，豈無盛氣，不敢介於顔面者，何也？試還而思夫禮之爲教，三日而後見，三揖而卽退，豈無羶念，不敢錯其寸趾者，何也？士君子之相與也，如兄弟之協比，塤箎相和，而急難相呼應也。其自守也，如處子之未嫁，而婦人之不離傅姆也。奈何叫囂淩誶，樸遬無恥，有城府而無廉隅，有鱗甲而無繩墨，傷國脈而薄士氣，以招號於天下爲哉！則莫如敦詩說禮之教，可以潛消而明蕩之。雖有醒喜醉怒者，進之以淸廟明堂一倡三歎之音，則詘然而止；雖有冥趨倒植者，語之以和鸞節奏進規退矩之度，則肅然而恐。此詩與禮之爲教也。取古人之糟粕，而箴舉世之膏肓，途異而同轍者也。執事言詩而及屈子，言禮而及董子，豈以是乎哉！不然，將使愚舉申公、毛萇之短長，辨王肅、大小戴之同異，悉舉其謏聞以復於執事，此揚子雲所謂說鈴書肆，而莊生以爲已陳之芻狗，不可再薦者也。執事之唾而棄之，亦已久矣。

第四問

愚聞之：謚者，紀行之跡也。大行受大名，小行受小名。謚之有法也，自周公昉也。晉、唐以來，謚典綦重。如賈充、何曾、許敬宗者，皆藉人主之威命，以乞靈一字，而卒不能柱駁議者之筆舌，蓋勸懲係焉。我高皇帝以風教鼓舞一世，尤慎惜謚典，至以愛子重之爲荒爲愍，不少曲筆，而一時大臣，亦罕得賜謚。乃輓近則稍稍變矣。大抵爵位之崇卑，子孫之貴賤，與公論之軒輊，互相低昂。謚者未必賢，賢者未必謚，人得以覬覦出入，而易名之典稍輕。日者皇上特命禮臣，請應補謚暨予謚者若干人，典刑不亡，九京可作，愚何能贊一辭哉？雖然，禮失而求之野，愚亦嘗謀於野矣。曰：開國之功宜錄也。李韓公之居守饋運，比功蕭相。陶主敬之帷幄謀議，接跡留侯。其他武臣如耿炳文等，文臣如葉琛、孫炎等，皆戎馬汗青，表儀一時，而猶未得謚，恐亦國初之缺典也。曰：革除之節宜錄也。遜國諸臣，開釁喪師，捐軀死事，功罪往往參半。至大臣如鐵鉉，詞臣如方孝孺，臺省如景清、黄鉞，守臣如姚善，皆有功無罪，不惜以九族百口，爭頑民之名，文皇帝固有子寧若在之歎矣。當箕裘奕葉之後，而旌別賜謚，所以述文皇帝之隱志，而杜後世之議端者，非淺鮮也。曰：抗節之賢當錄也。二百年來，死事効忠之臣，後先接踵。如逆瑾之變，有三疏死杖下者，有坐草疏被逮，幾死詔獄者，其事炳烺人耳目。至鄒智、沈鍊、楊慎之徒，犯難投荒，百折不悔，不可廉其遺忠而差等賜謚乎？曰：理學之賢當錄也。廊廡之列祀者無論已，他如吳聘君、羅明德諸君子，造詣卓絶者，固不乏人。且有繼絶學，廻倒瀾，而位不登三事者，其可泯泯無聞乎？凡此者，宜及時討論揚扢，廣天子風厲之至意，而章一代華衮之盛事者也。然愚又以爲謚之未定，由史之不立也。我二祖列宗之德業，如日中天，而金匱之藏，寥寥未有聞也。實錄所載，不過刪削邸報，而國史又多上下其手，乞哀叩頭之誣，故老多能道之，恐難以信後也。國史未立而野史盛，汲之冢，齊東之野，至有以委巷不經之說誣高皇爲嗜殺者，非裁正之，其流必不止。愚以爲亟宜網羅放失舊聞，考訂得失，以國史爲經，以野史家乘爲緯，州萃部居，條分縷析，而後使鴻筆之士，潤色其辭，國史既定，衮鉞隨之。宜謚者謚，宜去者去，宜更定者更定，以史裁謚，以謚實史，庶無虛美隱惡之恨乎哉？是舉也，創議易而卒業難，卒業易而盡善難。然而不可緩也，執事者其亟圖之，生願握管以從焉。

第五問

自皇上靜攝以來，朝著困於空署，臺省窮於俑牘，卿貳之乞骸者，以聽不聽爲羈；草野之待環者，以行不行爲餌。議者紛呶，謂皇上深宮重襲，運其獨智，有輕天下士之心。而賢士大夫，亦有願爲冥鴻，不願爲籠鳥，思旦夕颺去者，上與下有否隔不通之勢，十年於此矣。而一旦欲挽回天聽，聳動其尊賢敬士之心，豈不難哉！愚竊思皇上之慢士久矣，驟而望以虛懷折節，爲社稷愛士，即伏轅如車右，碎首如禽息，且以爲狂瞽無當，益堅其外距耳。

夫爲皇上計，則當思所以積賢；爲士大夫計，則當思所以自積。所謂自積者，何也？士之積威望以動主者，士氣也。皇上以一官羈絏天下士，去不成去，留不成留，置之如積薪，而玩之如股掌。士又不自振拔，口稱掛冠，身難脱屣，如小兒之嗜飴，啼哭不自勝，則人得而侮弄之矣。此士之積輕一也。士之積悃誠以悟主者，士論也。上惡立名而下喜於借名；上惡樹黨，而下惡不立黨。口腹之間，有蜜有劍。筆舌之上，一矛一盾。即有披鱗請劍之士，主上亦以規瑱置之矣。此士之積輕二也。士之積清白以格主者，士節也。一捷徑而爭爲營，一利孔而互爲市。不救積澤之火，而能取麗水之金；不辨一車之豕，而能制兩繖之虎。愈巧愈陰，愈亢愈靡。此士之積輕三也。士既以上之輕士者自輕，而上并以士之自輕者輕自重之士。士之自視也以爲股肱手足，而上之視士也無以異於廝養婦寺，士安得不積輕，而主上安得不積重哉？吾願今之士大夫，反是三者，而圖所以積重。決去就而尊國體，息競爭以定國是，澹營求以養國幹，則主上輕士之心，可徐反也。夫燔柴可以祀天，其精通也；積灰可以止水，其力厚也。以皇上之神聖，豈難於天回牖啓，而以士之不自重者，成主上輕士之名。爲臣子者，其忍自非薄乎哉！不然，士業已不自輕，而上終不重。士有接履而去耳，不受驕君之餌，亦安往不得貧賤？此亦士之常也，然而非君子所忍言也。愚所願於今日者，士無漫受上之輕，上亦無遂聽士之自重，而天下事乃可爲矣。至愚所以爲皇上獻，則有虎會之對趙簡子，與麥丘邑人之祝齊桓公者，在主上亦既厭聽之，故敢以自積之一言，發執事者之微指焉。

初學集卷九十

制科三

天啓元年浙江鄉試程録 序一首，論一首，策三道。

浙江鄉試録序

天啓元年秋八月，天下當鄉試之期，上俞禮臣請，命編修臣謙益偕刑科左給事中臣謙貞往典浙試。臣等受命惟謹。比至則巡按監察御史臣某，申厲功令，訪毖有加；提調監試則臣某某，蒧事庀物，不愆於素；同考試官則臣某某，相與焫蕭誓戒，而後涖事。乃進提學僉事臣洪承疇所取士，鎖院而三試之。浙貢士凡九十有七人，先按臣某，以上嗣服改元，疏請廣解額，上可其奏，命以今年貢士一百人，它省皆以次及焉。既撤棘，第其姓名及文之可録者，鏤版以獻，而臣以職事爲其序。臣嘗讀宋陳亮所上書，以謂吳、蜀天地之偏氣，錢塘又吳之一隅也。而極論當世之人主，據已耗之氣，用日衰之士，難以北向而爭中原。未嘗不三歎於其言。既而思之，我高皇帝既定金陵，卽聘四先生於浙。帷幄祕近之臣，皆浙產也。

自時厥後，名卿偉人，銘書於大常者，氏名相望，又何耗且衰之云乎？ 閒嘗原本而論之，自中原之文獻獨傳於婺，又參以東嘉之經制，永康之事功，于是黃溍、柳貫、吳萊之徒，衍其遺學，涵肆演迤，而後彙稡爲金華之道德文章。自祥興以後，宋之遺民故老，多在舊國，高風苦節，凛冽於浙河之西東，而後激颺爲烏傷、臨海、餘姚之節義。自渡河之志，不獲遂於宗忠簡，而陳亮、王自中之徒，以窮鄉素士，任百年復讎之恥。其志略憤盈，與江潮海氣相爲參錯，而後發泄爲誠意、新建與于忠肅之勳業。溯有宋建都之初，以迄勝國。浙之賢才之生多矣，曾無補於地氣之耗息，人才之衰盛，而卒以大奮於我明。繇此觀之，向之所謂耗且衰者，固其所以癉盈烝發，鍾美於今日者也。詩云：「誕后稷之穡，有相之道。」我祖宗得人之盛，豈非神之相之也哉？自建州難作，憂時危涕之士，蓋尤咨嗟慨歎於忠肅，恨不得起之九京。而臣等乃以上命取士於浙，得一士於忠肅之鄉，用以敵王愾而振國恥，其亦天之所以助順，而人臣之所有事矣乎？ 踰淮渡江，以達於浙，問獨松之關隘，指皋亭之壁壘，爲之悄然以恐。覩省會之繁華浩穰，想像所謂行都故宮者，爲之悽然以悲。然後作而歎曰：吾今而後，知忠肅之功遠也。鎖院之試，衣巾筆牘而至者，四千九百餘人，曰：是皆忠肅之鄉之子弟也。摩娑卷帙，焚膏繼晷，夜既向午，燭影熒熒於簾几間，有風肅然，如聞告語。已事而竣，相顧而不能舍然，咸曰：庶幾得忠肅其人者而獻之乎？又曰：未可知也。於乎！是未可知也。臣之於浙也，攷諸職方，循覽其鎮山澤藪，則有以徵其地氣。觀乎人文，東南竹箭之美，不可勝用，則有以徵其人才。較之以帖括，取之以糊名，而遂欲得一士焉，以敵王愾而振國恥，所謂有相之道者也。則不得不徵之於神。詩不云乎：「神之聽之，終和且平。」以國家有道之長，列聖扶養之久，而我皇上聰明睿知，閔予訪落，其不忘忠肅於此邦也，神之聽之，可知已矣。自今以往，多士其蹈厲奮發，以王勳國功，永有聞於世，使地氣之息者不復耗，人才之盛者不復衰。而後之人無復有感慨歎息，如陳亮所云云者，斯我國家之慶，則亦惟神之庸。若夫多士之簡牘，與臣等之心目，皆皇上之所使也，皆神之所憑也。告成事而已，而又何譏焉？然臣聞往者江西之事，浙闈之中，有神告之。是錄也，亦既獻而登之矣，而終未知神之告之者如何也？於乎！敬之哉！於乎！臣與多士咸敬之哉！翰林院編修文林郎錢謙益謹序。

志伊尹之所志

論曰：古之聖賢，公其身於天地萬物，而不以天地萬物與於吾身；公其身於天地萬物，則吾之身卽天地萬物也，是之謂無我。無我則至公矣。以天地萬物與於吾身，則有我，有我之人，豈惟養身封己之爲病哉？卽摩頂放踵，迂其身以爲天下，亦所以爲私也。是以君子愼所志。射者之有志也，其審固或差以毫釐，而命中必遠於尋丈。士之志，其相去也，豈在尋丈之間而已哉！昔者周子論士之希聖也，曰：志伊尹之所志。爲說者曰：周子之言，患人之專以發策決科，榮身肥家，希世取寵爲事也。斯言也似矣，而未盡也。請拾其遺說而略論之。夫士之以發策決科，榮身肥家，希世取寵爲事者，其於取進，若鈎之索物也，持祿養交，以苟歲月，若蠹之食木也，而豈周子之所深患也哉！夫惟有志於聖賢，以榮身希世爲恥，而其志之所存有未辨焉，汲汲然以聖賢之學，行其功利之心，則其爲患也滋大。不知聖賢之所爲汲汲者，汲汲於斯道，而非汲汲於天下也。使聖賢而汲汲於天下，則聖賢之志，亦無以辨於功利者矣。周子有憂之，是故不徒敎人學尹，而先敎之以志其所志。伊尹之志何志哉？恥其君不若堯、舜，伊尹之志也。一夫不獲時予之辜，伊尹之志也。雖然，以此爲伊尹之志，是正所謂毫釐而千里者也。古之聖賢，其汲汲於斯道也，沒身焉而已矣。故曰：樂則行之，憂則違之，確乎其不可拔也。樂則有行之之道，而憂則有違之之道，道之在天下，如水之行於地，無往而不在，而豈吾所能行之違之者哉！夫如是，故其視斯世斯民也甚切，而其視功名富貴，漠然無所繫於我。其自視也大，故其氣足以冒天下；其自任也重，故其力足以運天下；其位置也高，故其地位足以卑天下。今也不然，能樂而不能憂，知行而不知違，汲汲然以天下爲事，而我之氣不足以冒之，力不足以運之，地位不足以卑之，則亦眇然天下之一物而已矣。以眇然之一物，而出其心神強力以檣柱天下，天下大而我小，天下重而我輕，天下高而我卑，雜然側出於功利之途，負之而趨，而不自覺也。是故恥其君不若堯、舜，詭遇之徑竇也；一夫不獲時予之辜，功利之郵遽也；五就湯，五就桀，失身者之節傳，而放君竊國者之表識也。此無他，繇志之不蚤辨也。志一不辨，而其流至於如是，可不慎歟？伊尹之志何志也？吾所謂汲汲於斯道者也，憂則違，樂則行者也。當其處畎畝而樂堯、舜之道，於光華見其日月，於耕稼見其生民，於東作西成視其時敍，尹固無以天下爲也。及其幡然三聘，僇力於伐夏救民也，胥曷喪之時日而光華焉，胥塗炭之民而耕稼而東作西成焉。尹曰：此吾憂違樂行，進德修業之一事焉矣，而終無所與於天下也。尹之志若是者，何也？人皆汲汲於天下，而尹則汲汲於斯道也。汲汲於天下則有我，而汲汲於斯道則無我。有我無我之間，辨志之大閑也。繇是觀之，則志伊尹之所志者，可知已矣。天地大矣，我於其中，眇然一物也。自有生民以來，聖者創，賢者述，開物成務，興作補救，紛紛浩浩，至不可以算數。其裁成之，則天地之性靈也；其還歸之，則亦天地之能事也。於聖賢也何有，於天地也又何有。而我欲於其中鋪張之以爲功名，採緝之以爲道德。譬之如繪畫太空，而追逐日景，斯不亦勞而無當乎？憂而違，樂而行，憂與樂非天下，而違與行非我也。堯、舜其君者吾之願，而致君不必己功也。一夫不獲者予之辜，而救世不必己德也。

出處可以異道，而行藏可以不相背。惕躍可以異位，而潛見可以不相師。禹、稷胼胝，而巢父可以去而掛瓢。周公明農，而仲尼可以出而旅人。洙、泗之間，述作徧六經，而顔氏之子，可以退而殆庶。如是而後謂之無我，如是而後公其身於天地萬物，而不以天地萬物與於吾身。志伊尹之志者，亦若是則已矣。易之乾曰：亢龍有悔。曰：見羣龍无首，吉。尹以匹夫而放君，以冢宰而放其君之子，不可謂不亢矣。復政厥辟之後，陳戒而告歸。自耄耋來朝之外，求其一言一事之著見於史册，不可得也。當是時，尹蓋已復爲有莘之野人，舍然無所與乎天下國家之事矣。故其告太甲曰：臣罔以寵利居成功。斯其祿以天下而弗顧之心與？斯其爲不可爲首之天德，知進退存亡而不失其正者歟？凡德之有首，以其有我也。天德無我，故不可以爲首。伊尹之處亢而無悔，進退存亡，不失其正，以其無我也。志伊尹之志者，於有我無我之間辨之，則思過半矣。嗟夫！三代以還，豪傑之士以學術亂天下者，大抵學伊尹而差者也。周子深憂之，故曰：志伊尹之所志。而即繼之曰：學顔子之學。顔子者，簞瓢負郭之人，其流風遺書蔑如也，乃足以上配伊尹，士何必汲汲於天下哉！周子之在宋也，獨抱遺經，以唱不傳之學。先儒以爲短於取名，而惠於求志；薄於徼福，而厚於得民；非於奉身，而燕及惸嫠；陋於希世，而尚友千古。蓋亦孟子所謂天民者歟！吾觀宋之世，新法之紛爭，雒、蜀之鉤黨，其人亦皆慨然有志於聖賢，恥以發策決科榮身希世爲事，而一以有我爲主，亢而不知悔，遂幾於相率而禍天下。周子渾然太極之學也，無極而太極，是爲羣龍无首。其他則轉入於陰陽五行矣。用是以建立事功，標準道術，不能無我，則亦不能以無首。首既見而龍德亦少衰矣。於乎！有我無我之間，蓋學者誠僞之關，而亦世道治亂之幾也。有志於伊尹者，又當以周子爲法。謹論。

第一問

問：天保之詩，下報上也。故其詩曰：受天百祿。曰：萬壽無疆。然則古之君子，憂盛世而危明主者，其殆非與？成周致太平之主莫如成王，中興則莫如宣王。詩書所稱，何其咨嗟告戒，如不終日也？我皇上嗣無疆大歷，服克新祖宗之功德，道揚先帝之末命，天休滋至，億萬斯年。爲臣子者，歡欣踊躍，爲天保之報上，猶恐不及。然或者以謂皇上沖年踐阼，有如成王；而狡夷稽誅，有事攘斥，又彷彿宣王之世。則詩書之告戒，殆未可廢於今日與！宣王者，中興而怠厥終者也，不足爲皇上道。則成王不足法歟！或者又以謂成王之時，周公在前，召公在後，敷陳剴切，極於祈天永命，享國長久，故成王之德業爲獨盛。其在今日，所以進金鑑而箴丹扆者，亦必有道矣。臣子之愛君也，無所不至。諸士子起於草野，忠愛篤摯，而忌諱之禁，無所關知，其言之無罪也，將以聞於當宁。

天保之序不云乎：天保，下報上也，臣能歸美以報其上也。夫福祿壽考，人主之所受於天也。臣子以是歸美於君，取償於不可知之天，以報其上，不已誣乎？盛世之臣子，其愛君也切，而其視天也甚近，其視福祿壽考，全而歸之君也，不啻日用飲食之相須，而仰而責之天也，可以交手而相付。惟其如是，是故其於盛世有不得不憂，而其於明主有不得不危也。憂危之極，自視若父母師保，而畜其君如小子，諄諄告誡，攜手而提耳，不諱危亡，不辟不祥不惡，徑直而不厭累複。以謂福祿壽考，吾之所可索取於天而挹注於人主者，必至於如是而後已也。無報上之心，無憂危之實，而徒爲福祿壽考之誦祝，則寺人宮妾之愛其君而已矣。執事當聖明初服，發策諸生，而拳拳以憂危忠愛爲問，吾有以知執事之所存矣。昔者成周致太平之主莫如成王，而中興則莫如宣王。成王免喪卽政，咨羣臣以謀始，不於朝而於廟，僾然愾然，如祖考之臨之也。一則曰閔予小子，再則曰維予小子。當是時。嗣天子王矣，卑巽悼閔，情見乎詞，惟恐人之不以孤孩畜己也。曰：遭家不造，嬛嬛在疚。曰：未堪家多難。譬諸楷一木於危廈，上雨旁風，發作無時，而恐人之去己也。羣臣進戒嗣王，曰敬之，曰不易，其言亦危且苦矣。而嗣王虛己以答之，廩廩乎若洪範之錫，若丹書之受，而惟恐其有隕越也。攷行葦以下之詩，所謂君子萬年，干祿百福者，成周太平之盛，蔑以加矣。而詩人歌之曰：昊天有成命，成王不敢康。夫其不敢康也，斯所以爲萬年百福者也。宣王承共和之後，興衰撥亂，視成王抑又難矣。其恤民憂旱，中心惻怛，備見於雲漢之詩。耗斁下土，寧丁我躬。則窮而歸咎於身。胡不相畏，先祖於摧。則迫而告哀於宗祀。其諄諄於昊天上帝之莫我聽，若赴愬者之於長吏，疾聲大呼而冀其愍己也。其閔閔於羣公先正，父母先祖，若陷溺者之望徒侶，呼號燥吻而懟其不我援也。致誠而責報於不可知，篤善而求福於不可必。是說詩者所謂不知人於鬼神之別，知祈於此而報於彼者也。攷斯干之詩，所謂朱芾斯皇，室家君王者，宣王考成之盛，可以概見矣。而詩人序之曰：遇烖而懼，側身修行。夫其遇烖而懼也，斯所以爲室家君王者也。恭惟我皇上，誕膺天命，嗣守丕基。日月貞明，神人交慶。宮禁肅清，享祀毖勤。淵默臨朝，晬穆御講。可謂有不世出之姿，而將大有爲之君矣。草莽之臣，不知忌諱，竊以謂我皇上沖年踐阼，二后在天，遺大投艱，正閔予訪落之日。而東方小醜，作孽於白山、黑水之間，譴見於天，蓋不徒旱魃之爲虐而已也。是故以萬年百福誦皇上太平之業，不若以夙夜不敢康誦也；以室家君王祝皇上考成之盛，不若以遇烖而懼祝也。皇上誠如成王之不敢康，則小毖之求助，將進而爲泂酌，爲卷阿，而既醉之備五福，不待言矣。皇上誠如宣王之遇烖而懼，則雲漢之憂旱，將進而爲六月，爲車攻，而斯干之頌君王，不待言矣。雖然，宣王者，中興而怠厥終者也。皇上之所師法者，宜莫如成王矣。亦觀於成王之臣所以訓戒其君者乎？召公之誥曰：監於有夏有殷，肆惟王其疾敬德，欲王以小民受天永命。周公作無逸，稱殷先王享國長久，文王享國五十年，繼自今嗣王，無皇曰今日耽樂。夫召公之戒歷年也，周公之戒克壽也，非詛祝之口，則殤悼之辭也。非獨自敵以下所不能堪，蓋亦慈父所不忍出之於口，而愛子所不能瑱之於耳者也。周公、召公言之不以爲諱，成王聽之不以爲迂，孔子删書，又大書而並列之以爲萬世法。何哉？人主之所畏者天也，而所狎近者寺人宫妾也。寺人宫妾，未嘗不愛其君也，而愛之不以其道，悦之以聲色狗馬，縱之以沈湎叫號，教之以燕安怠惰，惑以喪志，陰陽交争，其不至於夭折者無幾也，又其甚而國運隨之。則是人主之福祿壽考，上制於天，而下制於寺人宫妾也，甚矣寺人宫妾之足畏也。古之君子知其然，其於君也，震動之以祈天永命，磨切之以荒寧耽樂，使之上畏於天，而下畏於寺人宫妾。祈天享國之訓，聒呶於耳；而淸明彊固之益，叢集於躬。天保之臣，所以報上者，如是而已矣。皇上固今之成王也，公卿大臣，亦有以周公、召公之訓陳於左右者乎？夫以匝歲之間，鼎成相逮，天地閉塞，嚴霜夏零，以時序言之，蓋亦日窮於次，月窮於紀，星回於天，數將幾終而更始之會也。皇上初服，於曆爲孟春，於律爲泰簇，於卦爲乾之九三，去凝陰冱寒之時，猶未遠也。陽氣蒸而易渝，土脈發而易眚，不可以不戒也，不可以不慎也。宋臣蘇轍，當元祐之初，嘗論成王之壽考，以爲周公輔導之功，而又深致戒於醫和之語趙孟者。然則房中之樂，應門之刺，殆未可以爲迂而忽之也。是故燕私不可以不謹也。宋眞宗欲與後宮遊內庫，章穆后曰：婦人之性，不能無求。府庫，國家所以養六軍，備非常也，不宜濫耗之。是故賜予不可以不節也。大婚之後，阿母未就於外舍；爍溼之勤，封爵求加於小君。祖宗之典例，未之有也。夫野王之封，楊震之所力爭也。山陰之封，左雄、李固之所極諫也。今事雖寢格不行，得無爲干政市恩之漸乎？是故恩倖不可以不裁也。凡此皆大臣之所當朝夕納誨，而皇上之所當日愼一日者也。然其端在於畏天，而其要歸於愛身。蘇轍有言：知道而後能愛身，知愛身而後知愛人，知愛人而後知保天下。斯言也，非轍之言，而周公、召公之言也。祈天永命恒于斯，享國長久恒於斯，在公卿大臣善爲愛君計，無使寺人宮妾之愛得以勝之而已。夫以人主之尊，推極而上之而有天；自人主以下，累而下之，不可算數，而後有寺人宮妾。乃寺人宮妾，遂能與上帝參制人主福祿壽考之柄。以成王睿聖之質，周公爲師，召公爲保，左右夾侍，殫竭其丁寧告戒之力，而後乃僅而勝之。於乎！亦已危矣。吾學周禮，內臣自內小臣以下，女宮自世婦以下，皆統於天官。而內宰之職，掌閽寺之版圖與其政令稍食。自內宮以下，皆掌教以陰禮。周公爲師，位冢宰，則內臣女宮，皆其禁令政教之所及也。惟禁令政教可以及於內臣女宮，故其嚴重之體統，足以壓服宮府，而忌憚操切之辭，不至扞格於人主之左右。此周公建官立法之深意，而致太平作禮樂之本原也。宋眞宗之時，文彥博叱內侍史志聰曰：爾曹出入禁闥，不令宰相知人主起居，吾行斬爾矣。宋之宰相，其威重行於近侍若此。而今何獨不然？生竊願公卿大臣深惟先帝仍几之言，仰思宗社付託之重，引師保之大義，攷周官之遺法，繹蘇轍之危言，而倣文彦博之故事，如是而皇上之福祿壽考，不遠過於成王，而天保之詩不作，吾不信也。生也率意以復明問，干犯忌諱，不爲不多矣。雖然，丹扆金鑑之規，忠臣碩輔之職志也。負暄釆樵之獻，田夫孺子之所有事也。其愛君不同，其不比於寺人宮妾則一也。執事所謂言之而無罪者，此也。謹對。

第三問

問：史以事辭勝，亦兼道與法而有之。夫斲木爲棋，捖革爲鞠，亦皆有法焉，而史其可以無法歟？近世之論者，侈言古文，曰：遷、固而下無史矣，歐陽氏之五代史記，君子深歎焉，以謂可與遷史同風。其信然與？宋、遼、金三史，修自勝國，元史修自聖祖，編綴叢雜，卷帙浩煩。其間國統之離合，紀載之得失，亦可得而悉數之歟？明興二百五十餘年，文人獻老，亦多言史事矣，而迄無成史。萬曆中嘗開局纂修，未幾報罷。使名山之藏有聞，石渠之業不輟，則本朝之史，遂可跨唐、宋而上之歟？天子初踐阼，既命纂修兩朝實錄，留心史事，甚殷盛也。誠欲網羅十廟之書，勒成一代之史，草創潤色，若何而可？宋以後四史，識者謂當亦檃括芟削，以附歐陽氏之後，不識可歟？諸士子學知古今，於筆削之義，蓋竊取之久矣。其以所聞，悉著於篇。

嘗竊聞史家之法矣，以一代爲經，以一代之事與人爲緯。何言乎其經也？創守治亂，興廢存亡，升降質文，包舉一代之全史者是也。何言乎其緯也？律曆禮儀、河渠食貨，其事不一，而一事亦有首尾也；公侯將相、賢姦順逆，其人不一，而一人亦有本末也。以言乎經緯錯綜，則一代之事，襞裂爲千百，而千百事之首尾，不出於一事；一代之人，臚傳爲千百，而千百人之本末，不出於一人。所謂一事一人者何也？吾所謂創守治亂，廢興存亡，升降質文，包舉一代之全史者也。匠人之營國，縣地眡景，規方既定，則左祖右社，面朝後市，舉不出其經營之內。遷、固之史，所以度越百代者，如是而已。自晉以後，變尤多而其文益下。奮乎百世之下，斷然以古人爲法，而後世有所準繩，則無如歐陽氏矣。歐陽氏之作五代史記也，上下五十餘年，貫穿八姓十國，事各有首尾，人各有本末，而其經緯錯綜，瞭然於指掌之間，則史家之法備焉。本紀以謹嚴爲主，而瑣事靳語，於家人雜傳發之。朱梁之家事，見於家人傳，所謂不可道也。唐莊宗弑而書崩，而其事詳於伶官傳，諱而不沒其實也。晉出帝之北徙，詳於家人傳，而咨爾子晉王之册，著於四夷附錄，爲中國諱也。有列傳以爲之區分，有雜傳以爲之檃括。而一行之次於死節死義也，所以勸忠也。唐六臣之次於一行也，所以恥六臣也。義兒、伶官次於六臣，而雜傳又次之也，所以著類也。上下五十餘年如一年，貫穿八姓十國如一國，舉其一二，其全書可知也。以歐陽氏之史法，考之遷、固，若合符節。而其文章之橫發旁肆，與太史公掉鞅下上，則又其餘事焉矣。世之君子，侈言古文，曰：遷、固以下無史。又曰：歐陽氏之史，歐陽氏之文而非史、漢之文也。彼固不知文，又安知史？不知太史公，又安知歐陽氏哉？文中子不云乎：昔聖人述史三焉。六經，史之祖也。左氏、太史公，繼別之宗也。歐陽氏，繼禰之小宗也。等而上之，先河後海，則以六經爲原；等而下之，旁搜遠紹，則以歐陽氏爲止。此亦作史者之表識，而論史者之質的也。五代以後，則又有可得而言者矣。國統之離合，昔人辨之者衆矣。元人修端之議，以謂當以五代之君，通作南史；遼兼五季前宋爲北史；建隆至靖康爲宋史，金、元與南宋爲南北史。夷狄之臣，尊胡虜而卑諸夏，無足怪也。近世儒者之論，則謂當以宋統遼、金，如劉、石、苻、姚之載記，盡削帝謚陵號，以比四夷稱子之例。又欲刊落蒙古一代之史，附於帝昺既亡之後。此又非通論也。當勝國修三史時，正統之論，諠呶史局。揭傒斯曰：莫若釐爲三史，而各統其所統。衆論乃定。我太祖高皇帝曰：元有國一百六十二年，國可滅，史不可滅。大哉斯言，萬世不能易也。然則國統之離合，蓋可以無辨矣。以紀載之得失言之，宋以下四史，其文辭爛然可觀。而金史敍南遷喪亂之慘，記劉祁論相之辭，亦古者良史之遺志也。

獨於史法，皆不能無憾焉。史之有本紀，一史之綱維也。今舉駮雜細碎志傳所不勝書之事，羅而入之於本紀。古之爲史者，本紀立而全史已具矣；今之爲史者，全史具而本紀之規摹猶未立也。發凡起例，舉無要領；紀事立傳，不辨主客。互載則複累而無章，迭舉則錯迕而寡要。此三史之同病也。宋史在三史中卷帙最多，而闕略亦不少。如韓琦傳不載儀鸞司撤簾之事，狄青傳不記與曾公亮論方略之詳，考一代家傳別錄，有不可勝書者矣。又如史彌遠之傳，但序官閥，兼載奏章，而末綴數語，謫其姦邪。首尾兩截，褒刺失據，不已疎乎？作史者既無要領，則紀載不得不煩。凡竄身邊事，掛籍黨人者，人立一傳，浩如煙海，而才人志士，參列其間者，類皆冒沒於枯竹汗簡之中，不已傎乎？秉筆之臣，身在勝國，有島夷索虜之嫌，內夏外夷，安攘恢復之大義，皆未敢以訟言。至於靖康之流離，淳熙之屈辱，皆沒而不書，則何以著臣虜之羞，嚴事讎之討乎？它如崖山之故事，桑海之遺錄，與宋之遺民故老，哭西臺而樹冬青者，一切抑沒而不書。雖曰定、哀多微詞，不已過乎？此宋史之失也。元史成於洪武二年，元統已後，續成於三年。自開局以至削稾，皆不過五六月而已。國初禁網促數，多所忌諱，而又限之以條例，要之以時日，焚膏宿火，勵而成書。非有老於文學，熟諳掌故，如宋、王二君子總領其事，欲成一代之史，何可得也？然僅可稱稿草而已。其初進之表，所謂往牒舛訛之已甚，而他書參考之無憑，雖竭忠勤，難逃疎漏者，蓋實錄也。此四史得失之梗概也。明興，至嘉靖、萬曆之間，談史者紛如矣。以鄭端簡之博雅，其論贊可比於陳壽，而才識遠不逮於歐陽，又況於所謂侈談古文者，其於史家之法，概未有聞焉者乎？萬曆中以閣臣之請，開局纂修，未卒業而報罷，論者惜之。雖然，令南充不死，史局不罷，一代之成書，遂可淩唐、宋而上之乎？於乎！此非生之所敢知也。以二百五十餘年之久，日曆起居，因仍往事，輶軒上計，弗詢郡國，一旦欲貫串掌故，羅觀放失，蓋已難矣。其尤難者，則無甚於國初。秦楚之際，太史公有月表矣，繫楚於秦，所以繫漢於楚也。龍鳳之於我明也，高皇帝未嘗諱也，而載筆之臣諱之。今其事若存若亡矣，即不必列之世家，亦當存以月表之法，而誰與徵之？僞周之事，一時遺臣故老，如陳基、王逢所紀載，皆鑿鑿可據，而考之元史、國史，無論事實牴牾，即歲月亦且互異。基與修元史，非見聞異辭者也，而又使誰正之？至於鄱陽代溺之事，青田牧豎之言，傳訛增益，其誣較然，而至今未有是正者也。生以爲史未可輕言也，誠有意於史，則亦先庀其史事而已。司馬光修資治通鑑，先使其僚採摭異聞，以年月日爲叢目。叢目既成，乃修長編。漢則劉攽，三國至南北朝則劉恕，唐則范祖禹，通鑑之有長編，所謂先庀其史者也。今之會典，古之六典、會要也。唐六典爲卷僅三十，一代之典章備焉。今不可及矣。唐、宋會要，皆不可得見，獨元朝經世大典出於虞集輩之纂修者，倣六典之例，分天地春夏秋冬之別，凡君事四，曰帝號、帝訓、帝制、帝系；臣事六：曰治典、賦典、禮典、政典、憲典、工典。讀其序錄篇目，其義例井如也。倣而爲之，而書志之事舉矣。宋人琬琰之錄，彙聚家狀別錄，以備采擇。而元人蘇天爵名臣事略之輯，先疏其人而件繫其事，自魯國、淮安以迄於司徒文正，有元一代之人物，薈撮於數卷之中。今所傳獻徵諸書，足汗牛馬，以方天爵之書，蔑如也。倣而爲之，而列傳之事舉矣。此所謂庀史事者也。若夫史法，則存乎其人而已。李翺有言：唐有天下，聖明繼於周、漢，而史官敍事，曾不如范曄、陳壽所爲。以盛明之世，蓬山芸閣，比肩接武，豈無歐陽氏者奮筆其間，而徒如李翺之憤懣於唐乎？則亦待其人而已矣。明問又謂宋以後四史亦當隳括芟削，以附歐陽氏之後，此格論也；然而其任益難矣。曾子固爲南齊書目錄序曰：史者所以明夫治天下之道也，爲之者亦必天下之才，然後其任可得而稱也。是故能會通一代之事者，其中能囊括天下之事者也。能銓配一代之人者，其中能包裹天下之人者也。譬之匠人，縣地眂景，其目力絕出於都邑之外，而後可以營建都邑。不然，雖審曲面勢，窮老盡氣，亦謂之衆工而已。愚生伏習章句，見不出衣魚壁蠹之外，何足以知史事？輒因明問，而述其舊聞如此。執事者其進而敎之。

第五問

問：世之言兵法者皆宗黃帝，所謂餘奇爲握者是已。然又以謂或本於八卦，或出於井田，其説可得而詳歟？三代以下，如諸葛武侯之於蜀，李衞公之於唐，皆以善陣名，皆有合於握機之遺法與？說詩者以常武之詩爲先王用兵之法。夫兵之有法，聖人所以仁天下之具也。以有兵勝無兵，以有法勝無法，是不可以不極論也。東師之出，蓋累年矣。敗兵蹙地，疲民費財，其爲禍不可勝言。然至於今，尙未知所御者何兵，所用者何法也。善療疾者，眡病而處方。遼左之事，既以無法敗矣。今欲療之，其方安出？握機之法，在近代猶多用以取勝，此亦已試之方也。今何以置不講歟？易之師曰：師貞，丈人吉。又曰：師出以律。師之以律，兵法也。而丈人，用法之人也。然則握機之法，亦有待其人歟？諸士子投筆而歎，其有日矣，盍爲我條疏之。子言之：我戰則克。則亦安得曰未之聞也而已哉？

兵法之作也，其聖人所以仁天下之具乎？昔者淳朴漸散，聖盜並起，聖人知天下之不能無疾病也，蜚吻裂鼻以嘗百草，而本草興焉。知天下之不能無爭戰也，仰觀俯察，以制八陣，而握奇興焉。本草所以療病也，握奇所以療亂也。用兵而不知法，是欲治病而不用藥也。諺有之曰：「學書紙費，學醫人費。」建州之事，其爲人費也亦已多矣。則或診視之過，而醫國者之有未審也。敢因明問而妄言之。夫握奇之法，傳於世者，十九言而已。以易象言之，天圓而地方，八卦相重，是故天地風雲龍虎鳥蛇，八卦之方位也。以井田言之，井九百畝，其中爲公田，數起於五，成於八，是故四爲正，四爲奇，餘奇爲握奇。井田之規制也，以周官攷之，萬有二千五百人以爲軍，萬之有二千，二千之有五百，皆所謂餘奇爲握者也。大司馬以農隙講武事，教衆庶，修戰法，而漢武帝命霍光習陣法於未央，皆是法也。自時厥後，諸葛武侯用之於蜀，李衛公用之於唐。武侯之衍爲六十四也，其法一變，而餘奇爲握者不變也。豈其妄作，文本河圖，薛仕隆之所以贊八陣也。衛公之改爲七軍十二辰也，其法又變，而餘奇爲握者不變也。握機握奇，本無二法，衛公之所以對太宗也。蓋古今兵法，已盡於十九言矣。而十九言之變，不可以勝窮。天有衡，地有軸，前後有衡，握奇之定位也。先出遊軍定兩端，握奇之大用也。四頭八尾，觸處爲首，應敵之勢也。陣間容陣，隊間容隊，束伍之法也。故曰：此兵法之祖也。張文潛之說常武也，以爲先王之時，用兵之法，以戰以守，可以槪見。不留不處，兵尙神速，且省費也。王舒保作，舒者，不竭士力以爭利，保者，依水草丘陵以爲固也。如飛如翰，管子所謂有飛鳥之舉，善超高也。如江如漢，所謂有積水之洋，善守下也。固如山之苞，止營壘也。順如川之流，行部伍也。赫赫爲弱，外誘敵也。翼翼爲飭，內謹法也。於乎！兵者，先王所以止殺，而非所以教殺也。司馬法曰：不加喪，不因凶。所以愛夫其民也。冬夏不興師，所以兼愛民也。夫敵之民猶愛之，而況於吾民乎？我勝而人敗，猶不忍於盡敵也，而忍於取敗而自盡乎？先王知兵之難弭而殺之不易止也，徒使之劍戟擊撞矛盾搘柱而不示之以法，所傷實多，是故作爲兵法以教民。吾所謂天衡地軸前衝後衝之法，語其精微變化，士君子未必曉暢；而就其行列坐起，左右共命，則伍兩卒聯之人，固已如服之便於身，而器之習於手矣。居而爲壁壘，出而爲行陣，勝而不驕，敗而不亂，我有車攻薄伐之能，而天下寡伏屍流血之禍，用此法也。故曰：握機者，先王仁天下之具也。東事之殷也，於今五年矣。徵兵數十萬，而不知所召募者何兵也？屯兵四五年，而不知所教練者何法也？聚而豢之，則如列芻靈；委而頓之，則如捐土梗；縻而爛之，則如封羊豕。竭海內之力，驅內地之人，延頸重足，鴈鶩行列，以膏奴之鋒刃。比其盡也，又牽率而請益兵。我之兵有盡，而奴之鋒刃無厭，則是豈可爲長計哉？耶律淳之伐金也，旌旗戈甲，綿亙如銀山。阿骨打剺面一呼，拉然而頹，兵固不在多也。王翦之破楚也，日夜飲食，撫循其士卒，至於投石超距而後用之。令不計其士之可用，而徒曰非六十萬人不可，則翦豈知兵者哉！以有兵勝無兵，以有法勝無法，古之訓也。故曰：有制之兵，無能之將，不可敗也。往者女直棄韎韐，渡易水，抃遼躪宋如反手者，以其兵法習而什伍連坐之令嚴也。其後用拐子馬擣中堅，張兩翼，略如翼虎陣之法。奴今蓋猶襲用之，而我顧不知也。彼有法，我無法，則是彼有兵而我無兵矣。不此之講，而徒曰增兵者，何也？人言遼之陷也，川、浙之兵猶殊死血戰，結陣相嚮，奴酋憚之。夫浙兵之束伍，戚繼光之教也。川兵之力戰，劉顯之遺也。今不問其所以能戰，不卹其所以徒死，讙然合喙而稱之，是無以異於從旁而觀劇者也。於乎！東方之受病，可謂深矣。當撫順之失，悻然以用壯爲事，戰而不知所以戰也，我是以有渾河四路之衄。及四路之敗，靡然以用兵爲懲，守而不知所以守也，我是以終有遼陽之沒。譬之治病者焉，君臣佐使，惛然而莫辨，寒熱温涼，交手而雜投，其不至於殺人者無有也。靖康之事，葉適以謂不戰而敗，不守而亡。今之河東，已不幸而類之矣。既敗而後策戰，既亡而後圖守，則非反其所以敗而易其所以亡，固不可也。夫遼何以不守？以其不戰也。遼之兵何以不戰？以其無法也。向者懲渾河四路之敗，欲屯聚二十萬衆，緩則畫疆而守，急則嬰城而守，而不復以進戰爲事。是故開原陷，退而守瀋，瀋陽陷，退而守遼。今已畫河西而守，彼有進，我無退矣，其勢不得不戰。而議戰不得不力懲於向之無法。今夫握機之法，余子俊以之平瓦剌矣，王守仁以之平寧藩矣，王驥師其意，以創什伍之法，亦以之征麓川矣。其事皆在近代，非遠而不可稽也。吴璘立疊陣法，諸將疑之，璘曰：此古東伍令也，得車戰餘意，無出於此。戰士心定，則能持滿，敵雖鋭，不能當也。璘以一軍破金人貫戰之老酋，其所謂戰士心定，敵不能當者，此古人用法之妙也。爲今之計，宜急用知兵之將，簡汰老弱，遣去傷殘思歸之士，得精卒二三萬人，益以江、淮習流之卒，與川、浙、畿輔蹶張佽飛之徒，本握機之意，用東伍之法，刻期教練，自成一軍，以文臣知兵者監之。奴若來，厚集以待之，不來，則四出以擾之。使奴知我有兵可戰，而我亦知有戰可恃。所以守河西而窺河東者，計無要於此。若不知出此，徒日夜徵兵益戍，老師費財，以頓兵進取爲名，而以蹙地退守爲實。無法必不能戰，不戰必不能守。遼陽既失，退守河西；河西有事，退守何地？此可爲痛哭流涕者也。易師之初六曰：「師出以律，否臧凶。」師之有律，兵法也。人徒咎渾河之冒進，四路之喪師，以謂失律之凶，而不知遼事之否臧，咎不在戰，而在於不戰而圖守，有兵而無法也。東方之病亟矣，求已試之方，而收瞑眩之效，在醫國者審眡之而已。師之彖曰：「師貞，丈人吉。无咎。」王弼曰：丈人，嚴莊之稱也。爲師之正，丈人乃吉也。子言之：我戰則克。必也臨事而懼，好謀而成。繇此言之，行師之人，嚴莊之丈人也。行師之事，戒懼好謀之事也。有黄帝、風后之人，則可以制法；有武侯、衞公之人，則可以變法；有師貞好謀之人，則可以用法。說以使民，民忘其勞，東山之盛也。雖絶成陳，雖散成行，其衆可合而不可離，名曰父子之兵。孫、吳之制也。握機之法，未有不待其人而行者也。聖天子神武不殺，以常德而立武事，所謂丈人、元老者，殆將必有其人焉。生也呻其佔畢，羅兵事於故紙之上，譬之庸醫按軒、岐之成書，處方而眡病，豈不或驗，以進於秦越人之前，多見其不知量也。於乎！遼左陷沒以來，蓋亦有瞪目拱視，謂蹙國可置，而狄夷不足憂者矣。唐周鼎失沙州，州人胡服而臣虜，歲時祀父母，衣國中之服，號慟而藏之河。廣武，梁故時城郭未隳，龍文城耋老見唐使者，拜且泣曰：頃從軍沒於此，朝廷尚念之乎？中國而不念河東則已；中國而猶念河東也，其亦可以深思而早計之矣。夫庸醫之診病也，一言而中，則病者改容而聽之，何也？以爲庸醫不足信，而諱疾忌醫者，其病必不可爲也。執事者以生言爲如何也？

初學集卷九十一

外制一 幷序

外制集序

前代學士院掌內制，舍人院掌外制。國朝兩制皆屬翰林，設中書科，就翰林承草登軸而已。太祖嘗言翰林鮮人，制誥多自作，今內閣尙有存者。詞意諄重，足以仰見聖祖審愼職司，儆勵臣工之至意。成祖始掄七人入內閣，備顧問，兼司兩制。孝宗時，李文正公以侍郎入閣，專管誥敕。嗣是皆以尙書或侍郎兼閣學專管，可謂極重矣。然文正諸公文集，皆刊落制詞不載。或謂綸綍尊嚴，不當錯置別集；或謂館閣隆重，無暇檢點文字。理或然也。正統以後，迄於正德，簡牘相沿，郎吏胥史，可以按籍繕寫，王言遂爲故紙，而代言之任日輕。嘉靖中，天子雅意右文，每與相臣言祖宗任翰林故事，推舉翰林春坊官入管誥敕。於是瞿文懿、高文襄之流，訓辭爾雅，彬彬可觀。久之而增華加厲，鋪張藻飾，予取予求，無復體要。代言之任重，而王言則未嘗不輕。萬曆初，江陵特疏駮正，以君詔其臣爲譏，中飭嚴厲，而迄未能止也。天啓元年，少師高陽公以宫庶領外制，創爲嚴切典重之文，援據職掌，諄複訓誡，闡潛德，章壼儀，鄉里婦孺，纖芥畢舉。於是制誥之體，粲然一變。余以史官承乏，從公之後，大端皆取法於公。而參酌質文，規橅唐、宋，則竊有微指焉。余謝事不及十年，而制誥之文又再變矣。常袞不云乎：其文流則失正，其詞質則不麗。夫質而不麗，非吾之所逮及也。近代之流而失正者有二：抽黄對白，肥皮厚肉，其失也靡；標新豎異，牛鬼蛇神，其失也纖。靡之與纖，其受病於卑俗則一也，然而世之病之者則寡矣。嗟夫！以余之老於史局，在著作之庭，又幸附通儒元老之後塵，不能洗心竱力，明綸旨之典要，定後作之章程，而所謂流而失正者，在後於余者乃滋甚。豈余之不肖，不能障狂瀾而東之，顧反爲之掘泥而揚其波乎？權載之曰：使盛聖之文明，不登於典謨訓誥，罪在菲薄。余誠無所逃罪也矣。歸田多暇，發篋所作制草而閲之，顔面墳赤，愧汗交下。録爲十卷，櫝而藏之，且略述代言沿革升降之概，以敍於首。間一省視，庶可以知余之有罪，而長遺恨於斯文也。崇禎十五年十二月十六日，常熟錢謙益序。

皇后册文　掌外制日恭撰

維天啓元年，歲次辛酉，四月壬申朔，二十八日己亥，皇帝制曰：朕嗣服守成，側身思永。纘兩朝億萬年之令緒，在余一人；奉二祖十一宗之享嘗，惟末小子。言念基圖之重，敢謀宮室之安。乃左右弼臣，宗伯副貳，暨大夫宗婦，道揚末命，祈協神民，咸曰眇躬不可以不承，中宮不可以無主。仰稽俯詢，先志後占。擇建賢明，宣理陰教。若時元吉，正位黃中。國有故常，余敢弗率。咨爾張氏，博厚配地，淑哲俔天。上應張星，主太廟明堂之位；下臨角亢，叶后宮軒轅之占。文定厥祥，天作之合。嘉典大備，祖考有聞。乃特遣使持節，以金册金寶，立爾爲皇后。於戲！閱三年在疚之時，思三日嗣親之禮。母儀不遠，遡遺範于兩宮；內治惟艱，佽我將于九廟。惟爾之贊奏予治，效關睢之進賢；惟天之右序予家，篤螽斯之衍慶。服我彝訓，惟乃之休。

太子太保戶部尚書兼文淵閣大學士劉一燝授光祿大夫

制曰：朕嗣守基圖，祗承鼎革。受遺緒于祖考，閟我成功；念嗣德于眇躬，惟予報誥。永言顧命，曰有藎臣。深惟弘濟之艱，敢後勤勞之獎。式涓穀旦，播告路朝。具官劉一燝，四氣均和，五行鍾秀。學足以謀王體而斷國論，材足以亮邦采而熙天功。綿歷禁塗，休有譽處；暨茲登用，自我先皇。甫膺恤宅之知，遽道憑几之命。保全涼昧，奠此危疑。祕殿應門，力捧繼離之日；高文典册，載宣重巽之風。雖參預機務之間，實首任安危之寄。在昔周家綴衣之命，太保俾爰；以及宋室撤簾之功，上公定策。肆我陪輔，奮爲宗功。自非謀國而後身，孰能沉幾而先物？矧余垂拱之日，尤資輔弼之臣。若占筴以決疑，賴屋楹而任重。是用參華槐位，晉陟鼎司。重以訓辭，著之册府。特授爾階光祿大夫，錫之誥命。於戲！天子王矣，爾將稽首以颺言；股肱良哉，余乃敷心而歷告。閔一人之在廟，恤我無疆；答二后于在天，暨其有比。有常德而立武事，正朝廷以正百官。永承于休，往篤爾烈。

妻徐氏贈一品夫人

制曰：夫婦之義，比於君臣。艱難懃瘁以相成，而死生契闊以相卹。今吾陪輔，宣力王家。漏澤下泉，及爾同室。循念終始，良用愾然。具官劉一燝妻累贈夫人某氏，敎成師氏，歸于德門。有雞鳴儆戒之心，有葛覃澣濯之德。命之不永，中道棄捐。當綸扉夙夜之時，遡蓬蓽辛勤之日。絲麻菅蒯，睠彼勞人；黽勉有無，有懷國恤。心之憂矣，何以告之？茲加贈爲一品夫人。我有寵章，賁其終始。尙爲覲于家國，亦有聞于册書。

曾祖廷章贈光祿大夫太子太保戸部尙書兼文淵閣大學士

制曰：記曰：天降時雨，山川出雲。維嶽降神，生甫及申。古之人崇重輔相之臣，原本于神天，而歸功于五嶽，若此其極也。又況于其曾祖王父，淵源自出者乎？劉某乃具官某之曾祖父，潛于丘園，躬有善行，劬躬纛後，再世而顯。至于曾孫，作吾良弼。鼎革之際，忠勳茂著。余曰：惟乃曾祖王父，佑啓後人，若泰山之出雲雨，若五嶽之降神靈，原深祉厚，不可以不顯。是用特贈具階官。於戲！袞衣繡裳，有事家廟。其致朕命，詔于有神。爾祖爾思，可以教忠。來享來覲，可以觀德。於戲休哉！

曾祖母陳氏贈一品夫人

制曰：迺者即位改元，盼布恩賚，均慶方夏，漏澤泉壤，所以勸臣勞而敦孝治也。矧予良弼，逮受顧命，自祖以上，內外媲德，其可忘哉！某氏乃具官某之曾祖母，儀法在躬，作嬪令族。陰教純備，含德弗耀。用能使其後昆，丞弼我國家，以有聞于世，淵源深長，肆余寵嘉之。兹特贈爲一品夫人。於戲！鄉里婦孺，晦昧百年，翟茀副笄，詔于幽窆。國恩至是，可謂隆矣。惟爾其服享哉！

祖士沃累贈資政大夫禮部尚書兼東閣大學士加贈光禄大夫太子太保户部尚書兼文淵閣大學士

制曰：昔楊、袁二氏，爲東京名族，德業相繼，史傳稱之。然其祖父，或以歐陽尚書教授鄉里，或以孟氏易起家爲令。世學所開，必有其自，或原或委，豈偶然之故哉！累贈具官某，乃具官某之祖父，經明行修，夙夜强學。一畝之宫，終焉以老。畜積演迤，遺經粲然。及子而顯，至孫而大。肆吾輔臣，被服舊德，紬書載筆，宣力政府。一經之詒，百歲之樹，光華蕃衍，顧不休與！是用加贈具階官，服我休命，益大爾家，無俾楊、袁專美于漢。

祖母何氏加贈一品夫人

制曰：爲吾政事之臣，所以崇大其祖先者備矣。惟將相能致備物，家廟有嚴，宗祖具享。而于王母無所加命，烝畀之義，何以上及于祖妣也哉？累贈夫人某氏，乃具官某之祖母，恭儉肅祗，寬仁慈惠。克媲君子，以昌厥後。山澤氣合，而百物以生；律吕位同，而五聲叶應。再世之後，莫之與京。和鳴鏘鏘，發祥有自。兹加贈爲一品夫人，饋享用加，典禮爲稱。尚其幽穸，知享此榮。

父曰材原任陝西布政使司左布政使累贈資政大夫禮部尚書兼東閣大學士加贈光祿大夫太子太保戶部尚書兼文淵閣大學士

制曰：人才之生，必有原本。如探珠玉，以供服御。如植杞梓，以備器用。國既養之累朝，而家亦培之奕世。今吾元臣，曰惟舊德。名德重光，保世滋大。推本所自，余用歎嘉。原任具官累贈具官某，乃具官某之父，風操廉辨，訏謨經遠。執持之節，著于郎署；馳驅之略，效于邊陲。而命不永年，位不償德。篤生三子，蔚爲民譽，肆我陪輔，遂秉國成。朕咨倚顧命之老成，循覽國家之故事。爲榱爲棟，胥本一木之材；若梓若漆，咸預百年之用。睠惟堂構之崇高，追遡淵源之深長，是用加贈具階官。於戲！遡設官之初意，内外咸正中書；稽加命之舊章，公孤皆繇歷考。追以命汝，用嘉有子。傳之史册，惟良顯哉！

母楊氏加贈一品夫人

制曰：朕嗣大曆服，得名世之士，以保余于多艱。余嘉乃績考，次其家世，於稽其内則母儀，艱難勤苦，可以觀感。余㥘然念之。贈夫人某氏，乃具官某之母，言有物則，行應圖史。相夫子于盛年，則冰檗有聞；撫諸孤于稚弱，則荼苦無間。恒其貞德，終爲母師。肆我藎臣，弼余初服。惟此泣涕受遺之日，何異號呼誓死之時。旋覩屯難之餘，尙識艱貞之自。茲加贈爲一品夫人。昭我管彤，著于國史。庶幾令名與子俱傳于天下。

太子太保戶部尙書兼文淵閣大學士韓爌授光祿大夫

制曰：惟上天之降割，閟我成功；惟勩相之有人，保予沖子。昔者宅憂翼室，周王垂答拜之文；定策兩朝，宋代厚元勳之報。閔余小毖之始，無競惟人；肆我大賚之恩，若古有訓。載錫剛日，敢告治廷。具官某，道亞黃中，文稱白賁。世家有舊，勵王臣之匪躬；王國克生，應天民之先覺。飛華夷路，爲文學侍從之臣；抗志丘園，蹈易退難進之節。出處一致，望實兼優。迺平進于詹端，遂擢參乎揆席。念先皇仍几之託，夙夜在公；當眇躬受同之初，疑丞不貳。推同心而調鼎，允叶規隨；若昆命于元龜，相資謀斷。毅然懷體國之色，弼予一人；俞哉有讓德之風，間于兩社。朕用嘉止，時乃之休。是用晉秩地官，洊登宮保。仍兼祕閣之直，對司魁柄之尊。特授爾階光祿大夫，錫之誥命。於戲！以嗣服之多艱，屬邊陲之有警。內以乂安百姓，外以鎭撫四夷。若涀之領度支，北軍爲之氣壯；若琦之任經略，西賊于焉膽寒。體一人仄席之思，雪四郊多壘之恥。無荒朕命，永世有辭。

妻楊氏加贈一品夫人

制曰：夫婦之義，比于君臣。國有夾介之勞，睠惟舊德；家有賢明之助，無間死生。具官某妻累贈夫人某氏，蔭藉高華，操持雝肅。奉元臣之家敎，故環佩有常聲；習夫子之閫儀，故珩璜有茂矩。擬箴圖于七誡，蔚矣管彤；佐膏火于三餘，居然賓友。大命不淑，德音永存。茲加贈爲一品夫人。於戲！娩美大家之風，沒而不朽；正名小君之禮，死其有知。

繼妻楊氏加封一品夫人

制曰：人臣之事其君也，有坤道焉；女子之事其夫也，有相道焉。蓋無成有終，德本相叶；而疏榮從貴，禮亦交幷。具官某繼妻累封夫人某氏，禮含文嘉，則成巽順。應歸妹其娣之吉，尸有齊季女之賢。相我元臣，叶于令德。負屏儆戒，在干戈逆子之時；脫珥辛勤，爲吐哺進賢之助。宜有便蕃之錫，以垂燕譽之光。茲加封爲一品夫人。於戲！爾熾爾昌，咸有大君之命；不求不忮，允爲小君之儀。

曾祖霦贈光祿大夫太子太保戶部尚書兼文淵閣大學士

制曰：宋制不云乎：古之君子，有種德于百年之前，而待報于數世之後者。此爲司馬光之曾祖言之也。有宋丞弼之家，褒顯其上世者多矣，而司馬氏獨著，豈非以其人之故哉？韓某乃具官某之曾祖父，孝友純備，文質渾全。如山川之出雲，不見其跡；如珠玉之利物，莫言其功。天不我欺，三世而顯。作我陪輔，實惟曾孫。是用特贈具階官。於戲！爾尚佑爾孫子，記于功宗，毋俾司馬，專美有宋。爾從與享，其未艾哉！

前曾祖母蕭氏贈一品夫人

制曰：宗廟之數，諸侯以五。今吾大臣，追命及其三世。蓋不惟丘園之賁，得以有聞；而閨門徽嫕之德，亦茂著焉。此或古制所未逮也。某氏乃具官某之前曾祖母，儀法夙嫺，綺紈不御。處家人而口無誶語，憂宗祀而目以喪明。德孰懋焉？人無知者。惟聞孫作我良弼，故積慶著于後昆。誰知婦孺之沒身，乃有休光于長夜？茲特贈爲一品夫人。惟靈在幽，尚克膺此。

曾祖母郭氏贈一品夫人

制曰：爲吾股肱之臣，所以上逮三世，而賁及其閨門者，可謂至矣。乃其發祥所自，如水木之有本源，報必有初，豈可忘哉？某氏乃具官某之曾祖母，組紃告虔，賓祭祗飭。以弗無子，是徵禖祀之祥；施于曾孫，式啓功宗之望。於戲！億之三子，咸秉國成；琦之再世，繼參大政。眷惟昭代，亦有世臣。自非韓姞之相攸，疇與纘戎而受命？兹特贈爲一品夫人。服我休命，益大爾家。

祖玻先贈資政大夫禮部尙書兼東閣大學士加贈光祿大夫太子太保戶部尙書兼文淵閣大學士

制曰：詩有之：韓侯受命，纘戎祖考。古之人主，錫命于其臣，未有不追崇其先德者也。今吾輔臣，曰惟韓氏，無念爾祖，肆予寵嘉之。累贈具官某，乃具官某之祖父，居身有孝友之實，行己在儒俠之間。藝黍稷以力田，克盡敷菑之事；牽車牛而服賈，用爲洗腆之資。市義有年，種德滋茂。啓箕裘于再世，蔚爾耿光；叶隆棟于三公，作予毗倚。是用加贈具階官。於戲！旌旄棨戟，進有錫于在朝；袞衣繡裳，退有事于家廟。用繼有倬之命，以彰率祖之休。詔于有神，尙克享哉！

祖母薛氏加贈一品夫人

制曰：古之烈婦，著在史册。然或以毁容截髮爲節，或以劬躬纛後爲能。名節有遺，風規不朽。累贈夫人某氏，乃具官某之祖母，相夫而黽勉蚤歲，自誓而凛冽盛年。如松柏之有心，矢冰霜而爲質。求忠臣于孝，翼子及孫；以婦道爲臣，自家刑國。肆予良弼，惟爾聞孫。憑几受遺，顧託有同於六尺；匪躬事主，堅貞何異於兩髦？爰有成勞，睠兹苦節。兹加贈爲一品夫人。於戲！哀榮被於三世，固申勸於明綸；忠義萃於一門，尙有聞於青史。

父楫中議大夫原任通政司右通政先贈資政大夫禮部尙書兼東閣大學士

加贈光祿大夫太子太保戶部尙書兼文淵閣大學士

制曰：朕循覽祖宗之遺迹，永懷慶曆之人才。得士不減於武、宣，儲材必裕乎梓漆。是以譬之喬木，蔚爲世臣。取諸一家之中，遂爲百年之用。推本所自，良用歎嘉。原任具官累贈具官某，乃具官某之父，飛華翰苑，抗論諫垣。當先朝革鼎之時，直羣相沸羹之會。孤行一意，惟知砥節而首公；楮柱衆言，不屑市名而避怨。雖洊登於卿貳，終偃蹇於功名。

彊諫不忘，知臧孫之有後；見過能隱，宜韓氏之多賢。緬思弘濟之艱難，益念箕裘之綿邈。拮据於內安外攘，本拾遺禁闥之極思；耆定於主少國疑，慰持忠入地之遺藎。是用加贈具階官。於戲！保予沖子，用對越於先皇；其惟哲人，亦有光於乃考。爾尚格有家之享，余益勤世德之求。

前母傅氏加贈一品夫人

制曰：朕顧瞻長樂，眷念兩宮。嘉與庶工，共追本始。惟我丞弼，若時登庸。錫類必有所先，而移孝亦有自始。朕蓋尤穆然思之。累贈夫人某氏，乃具官某之前母，育德名家，作嬪良士。寒燈宿火，輔德業於夕郎；永夜視星，資儆戒於辰告。命之不淑，中道棄捐。豈知追命之榮，乃在後生之子。於戲！情不親於毛裏，豈云執器而悲？教不逮於機絲，亦已列鼎而祭。先河而後海，著先王追遠之仁；木本而水原，遡再世發祥之慶。茲加贈爲一品夫人。於戲！無德不報，固明賁我綍綸；有開必先，尙幽贊予良弼。

母祁氏加贈一品夫人

制曰：朕聞善稟於親，行成於內。徙鄰斷織，母儀有聞。況爲吾疑丞之臣，本諸聖善之訓，徽華生播，儀範歿遺者與？累封夫人祁氏，乃具官某之母，淑愼其身，柔嘉維則。恭儉信順，以相其夫；嚴翼慈和，以成其子。使朕得名世之士，而國有弘濟之臣。共秉國成，庶幾樞軸相資之教；豈不夙夜，尙遺寢門治業之思。賁之簡書，昭於彤管。茲加贈爲一品夫人。於戲！肩與上殿，雖不及儀法於六宮；錫命下泉，亦何羨起居於八座？靈其不昧，服此殊休。

詹事府少詹事兼翰林院侍讀學士孫承宗授中憲大夫

制曰：朕觀古先哲王，求助訪落，咨於在廟，其於以夙夜就將，示我德行，若此其急也。余末小子，永言繼序。惟一二道德博聞之儒，左右輔德，余曷敢後？具官孫承宗，裕和而肅乂，惇厚而高明。學通今古之淵源，有倫有要；識際天人之精祲，惟幾惟深。禁苑桂坊，回翔滋久；代言造士，裨益弘多。及儲端晉陟之時，政講席登延之日。爾乃齋戒其德，拜自獻其先資；堯、舜爲君，恒道揚夫末命。嶷然山立，羽儀茂著於殿廷；侃爾昌言，獻納發皇其閫奧。粤余明目達聰之漸，惟爾啓心沃心之能。乃以覃恩，授爾階中憲大夫，錫之誥命。於戲！以多難之未堪，而紹庭之不易。自貽哲命，若人子之初生；以養聖功，曰童蒙之求我。余祇求納誨於朝夕，人咸責君德於經筵。尙無替於辰猷，終有辭於永世。

妻王氏加贈恭人

制曰：人臣翔集禁陛，譽處清班，雖閱歷高華，而被服儒素。其閨門相貳，亦既勤矣，況又有生死之感乎？朕深念之。具官某妻贈宜人某氏，躬女圖之淑茂，秉陰教之肅雍。媲德令人，如珪璋之作合；御窮沒世，終荆布以爲儀。逌禁近之升華，已棄捐於宿草。藤廡曉直，未忘昧旦之規；鈴索夜闌，尚想何其之問。肆余賛册，賁爾下泉。兹加贈爲恭人。默襄夔、稷之猷，尚正名於大國；茂啓高陽之胤，載申命於九原。

父麟先贈奉政大夫左春坊左庶子兼翰林院侍讀加贈中憲大夫詹事府少詹事兼翰林院侍讀學士

制曰：古稱燕、趙多感慨悲歌之士，今其遺民，猶有存乎？其或慨有大志，篤生異才。權奇不偶於身，而風氣鬱開於後。余有寵告，想見其人。累贈具官某，乃具官某之父，負果毅之姿，稟尊嚴之氣。磥若多節，默表大廈之材；居然晚成，弗示良工之樸。家庭榮交讓之木，蔚彼仁風；里社戍不言之蹊，瞿然顧化。託深心於文酒，俛仰千秋；敦宿好於詩、書，丹鉛一室。惟而才子，爲我寶臣。元氣昆侖，充無欲害人之雅志；清風披拂，奉可爲廉吏之遺規。蓋有開而必先，信可大而可久。是用加贈具階官。於戲！高文典册，可用爲幽竁之光；袞衣繡裳，庶以慰生平之志。靈其不昧，佇我訓辭。

母張氏加贈恭人

制曰：三光五嶽，氣合則人才挺生；高山大川，神降而名世間出。故賢哲之有作，必推本其所生。非獨母儀，是亦天道。累贈宜人某氏，乃具官某之母，禮處濯溉，矩叶珩璜。貧而好施，雅有丈夫之志；食而能教，不忘師氏之儀。肆育子以多才，乃娠賢之特異。高峻著河山之象，夾侍殿廷；雍和擬環珮之音，敷陳講席。惟予愍册，頌彼母師。身貽樞軸之良規，洵矣有聞於百世；手闢斧堂之兆域，豈獨可置乎萬家？兹加贈爲恭人。於戲！際五百年之期，鍾美同功於惟嶽；應十六相之數，發祥比跡於高陽。

翰林院檢討繆昌期授徵仕郎

勑曰：昔我神祖，妙選吉士，翔集禁林，山陵既成，人物茲茂。朕臨朝顧視，文石螭陛之間，載筆夾侍者，皆先朝宿學舊儒也。豐芑之思，其曷忍後？具官繆昌期，經術淳深，風操端直。升華祕館，則彊學有聞；養賁丘園，而蹈道彌固。蓋以特立獨往之士，當讒說殄行之時。淡然孤貞，蛾眉何憾於謠諑？晻言忠愛，龍髯想見其攀號。指魏闕以來儀，及虞門之再闢。道揚末命，不及秉賓階之書；劻勷新朝，亦曰藉太史之友。伊余謀落，顧此周行。乃以覃恩授具階。於戲！以執簡紬書，則取其文直事核；以横經論道，則貴乎道德洽聞。爲吾異日之獻臣，無愧兩朝之舊學。思有以稱，尚勉之哉！

妻李氏封孺人

勑曰：凡我臣工，宣力在朝，委蛇退食，睽離不省察其私。至於禁近之臣，朝夕載筆，其閨門相貳，尤人主之所深念也。具官某妻某氏，動應衡規，言無疵悔。饋祀著克羞之禮，贈問有解佩之風。秉是壼彝，以恭大而慈小；恒其貞德，能屏貴以御窮。其惟淑人，相爾吉士。悠然靜好，若雅琴之相和；襲彼清寒，與冰衡而交映。兹特封爲孺人。祗服諐命，益勉歲時。庶幾管彤之高風，將與汗青而並著。

父炷贈徵仕郎翰林院檢討

勑曰：士終身晦跡隴畝，而躬服禮法，施於後昆，其誠心樸學，有久而彌光者焉。夫教始於家，而禮求諸野，是豈特家門之範而已哉？繆某乃具官某之父，含章可貞，介圭不飾。

少無子弟之過，長多長者之言。家有嚴君，凛然取法於俯梓；克念天顯，終焉啜泣乎分荆。其言行規矩，古先有坊而有表；其動履揞柱，末俗不徑而不游。秉四禮以御家，鼛鼓唯肅；躬四教而迪後，夏楚有嚴。念彼先民，嗟虎賁之不作；識其遺訓，用鴻羽以爲儀。是用特贈具階官。稽古表宅之風，漆書何愧？附於一行之傳，青史可徵。

母夏氏贈孺人

勅曰：古之女子，言動有史。自箴圖之教廢，而令德懿行，秀於閨門者，獨賴子孫之賢，以發聞於後。國有寵章，其亦以佐彤管之不逮與？某氏乃具官某之母，出於冠族，少有令儀。事嚴重之尊章，辛勤無間於膏火；支零丁之門戶，漂搖有甚於雨風。敬則如賓，肅逾朝典。宜有令子，爲我近臣。正色寡言，宛爾珩璜之遺教；紬書載筆，居然辟啀之良規。風範有初，光塵未昧。茲特贈爲孺人。於戲！能勞有繼，誠不愧於母師；可頌而圖，終有聞於女史。

左春坊左贊善兼翰林院檢討繆昌期授儒林郎

勅曰：古有贊善大夫，翊贊太子，出入動靜，苟非其德義，則必陳古以箴焉。國家監古設官，選擇名德。追懷先正，風烈凜然。今吾簡用史臣，寵以書命，愼重兹選，猶前志也。具官某，學得精華，性成肅括。升自祕館，蔚有君子之文；賁於丘園，淡然堅貞之德。回翔久次，寘彼周行；造士代言，良多裨益。擢居門下，實在左坊。人地深嚴，兼侍直編摩之任；器資淸篤，在商敦周鼎之間。乃以覃恩授具階。朕前制不云乎：所貴乎史臣者，謂其道德洽聞而文直事核也。今史局紛如，筆削錯互。爾諳掌故之事，而有左、董之心，所謂陳古以箴者，且以史事爲職志焉。朕則顯陟女。

妻李氏加贈安人

勑曰：朕登進近臣，庶幾德選，幽貞靜默，翔集禁林，有窈窕之風焉。然非相貳有人，則退食委蛇，誰與媲美？召南之詩，朕深爲臣子念之。具官某妻封孺人某氏，儀度肅雝，性資淑茂。衣有穿弊，秉共儉以爲師；珥無光輝，謝華丹而自遠。靜好在御，宜彼淸寒；道誼相規，凜於圖史。展矣素沙之德，蔚然彤管之風。兹加封爲安人。服我訓辭，永綏福履。

父炷先贈徵仕郎翰林院檢討加贈儒林郎左春坊左贊善兼翰林院檢討

勑曰：朕慨想先民，追懷本俗。思得鄉里一行之士，倣古表厥宅里之風。今吾近臣，粤有先德。庸以懋册，代彼漆書。贈具官某，乃具官某之父，稟性尊嚴，禔躬方大。爲孝爲友，德行之教有三；曰祭曰喪，吉凶之禮唯四。蓋昭代諭民之令甲，著在民間；而古先範世之格言，遺於家塾。是以躬行君子，脗合師氏之規；家有嚴君，不替家人之則。肆而令子，爲我儒臣。惟其是訓而是行，所以可大而可久。是用加贈具階官。於戲！禮失而求諸野，尚亦有先進之思；匹夫爲善於家，宜其食後人之報。

母夏氏加贈安人

敕曰：朕方弘開史局，博求鄉里婦孺之賢，以光於琬琰，而吾之史臣，有賢母焉。於其登進，著之册書，非直廣恩，亦以知教。贈孺人某氏，乃具官某之母，克肩彝則，式備言功。孝懿以事尊章，戒慎以事夫子。饁耕知敬，賓禮具於丘園；舉案相莊，朝典肅於閨壼。積習名教，篤生俊民；無險詖私謁之心，本於胎教；有貞白端莊之德，似其母儀。樞軸有徵，機絲安在？茲加贈爲安人。於戲！生貽徽範，已著教於閭門；死列箴圖，尚流風於比屋。

右春坊右中允兼翰林院編修周延儒授承德郎

敕曰：國家於翰苑近臣，處之以深嚴，親之以侍從，崇體貌以作其氣，寬歲月以養其才。

誠欲使人才鬱然，在帝左右，則元氣以固，而朝廷日尊。朕覽觀禁近之臣，深惟儲養之意。臨朝顧視，穆然有懷。具官某，淵如特達之姿，粹然清廟之器。早以英妙，冠於南宫。臨軒獨見其縱横，皇祖親爲之嘉歎。久游詞館，爰晉宫僚。密侍禁林，兼金馬、承華之署；休有譽處，在珪璋琬琰之間。簡擢方新，體望滋茂。乃以覃恩授具階。於戲！豐水有芑，念詒厥於前王；左右奉璋，賴攸宜之髦士。惟静深可以畜德，惟博達可以濟時。益勉自修，以須不次。

妻吳氏仍前封

勑曰：詩不云乎：有齊季女。言大夫之妻能奉祭祀，而尤美其少而能敬也。今吾近臣，內有相貳齊敬之風，何以異此？具官某妻封安人某氏，生於冠族，作配君子。布衣疏食，身謝穠華；濯溉組紃，行應圖史。静好之音，叶而相和；白賁之德，貞而不改。所謂少而能敬，殆無愧焉！茲仍封爲安人。余欲陳釆蘋之詩，被之弦歌，以風於閨房，必自爾始。

父天瑞先封翰林院修撰儒林郎加封承德郎右春坊右中允兼翰林院編修

勑曰：人才之生，必有原本。棫樸杞梓，固非一時之材；菑畬耕穫，亦豈一世之積。風流弘長，我有近臣。考厥世家，著之書命。封具官某，乃具官某之父，性資恢傑，器緼純明。獨抱遺經，陋訓故蟲魚之學；慨有大志，希玉杯、繁露之儒。藏器不沽，詒於爾子。昔在乃考，蔚爲名賢。射策未對於天人，作令有聞於俎豆。而爾躬服箕裘之訓，身居作述之間。用啓後賢，大光前志。詩不云乎：無念爾祖，聿修厥德。爾子念之矣。先河之報，或委或原。紹聞衣德，是誠在爾。是用加封具階官。聿求世德，式廣貽謀。將三命而益共，知百福之未艾。

母徐氏仍前封

勅曰：凡今公卿大夫，至於元士，濟濟然抱忠履信立吾朝，皆聖善之教，燕翼之方所致也。矧吾侍從，曰有母師。不大封崇，是忘報施。封安人某氏，乃具官某之母，少躬圖矩，具有壼彝。經之以孝慈，緯之以恭儉。是生賢子，早踐禁塗。簪笏依然，時引外家之故事；樞軸宛爾，每陳女史之良規。宜服殊恩，以章內教。茲仍封爲安人。於戲！文駟雕軒，時游玉堂之上；翟茀副笄，不改素沙之德。傳之禁林，稱爲盛事。益綏福履，副我訓辭。

初學集卷九十二

外制二

都察院左都御史鄒元標授資政大夫

制曰：朕聞天下有道，則鳳麟畢游其郊；而君子在朝，則猛鷙咸斂其毒。故自古久安長治之世，必有老成典刑之人。骨鯁著于先朝，壽耇遺于累世。聲色可以不動，而朝廷爲之日尊。敢告路朝，誕敷休命。具官鄒元標，三朝遺直，一代名儒。當弱冠以登朝，已許身而狥國。一朝抗疏，正君臣父子之倫；九死投荒，皆窮理盡性之日。賜環滋久，介石不移。中浮湛掖垣郎署之間，身如傳舍；歸休蓽門環堵之内，望若斗山。迨我初元，首先召用。中外爲之相慶，父老至于涕流。望李邕之衣冠，果有異于當世；省唐介于圖像，恍或疑其古人。遂以貳卿，擢爲執法。孤忠一節，固以彈肅雄班；正色斂容，亦可揞柱國論。匪獨僉言之惟允，蓋亦風聲之凛然。乃以覃恩授具階，錫之誥命。於戲！惟此中臺，古爲峻秩。包拯、張昪之于有宋，並號敢言；顧佐、黄紱之在本朝，咸稱不撓。以臺綱之頽阤，兼黨議之喧呶。朕欲正是國人，爾尚庶幾前烈。顧我舊德，豈煩訓辭。欽哉！

妻吳氏加贈夫人

制曰：夫婦之義，比之君臣。國家不忘耆舊之恩，而室家亦有新故之感。死生契闊，良有同悲。用以廣恩，是爲知教。具官某妻累贈淑人某氏，珩璜叶則，榛栗告虔。佐夫子于盛年，如旭日之始旦；躬婦順于卒歲，恒夙夜以視星。邈矣徽華，悲哉淪逝！人不如故，在昔咸記遺簪之悲；而義或勝恩，朋友乃輟宿草之哭。雖永逝之傷已往，而偕老之託如新。兹加贈爲夫人。尚其淑靈，服此休命。

繼妻江氏加贈夫人

制曰：忠義之臣，蒙危難以狥國；賢明之配，茹艱貞以狥夫。苦節以相成，而令名以相報。此鬼神之所佑相也，而國家安得遺之？具官某繼妻累贈淑人某氏，歸于令人，備著婦德。當抗章嚴譴之日，有間關從戍之行。哀矣流人，邈焉鬼國。六年瘴癘，初何意于生還；廿載浮湛，乃纏悲于死別。吁其逝矣！命之不猶。臣猶有賜環則復之期，而婦終無翟茀以朝之日。覩此恩波之浩蕩，悼彼下泉；追惟放逐之顛危，有如噩夢。兹加贈爲夫人。

於戲！夫子既保全晚節，而爾亦獲享有令名。風霜凛然，何異偕老于白首；管彤不朽，故知無憾于黄壚。不徒著貞順之名，可以爲節義之勸。

繼妻高氏加封夫人

制曰：人臣挺然孤忠，白首一節，蓋必有賢明之助焉。老而彌堅者，士節也；少而能敬者，女德也。修女德以佐士節，誰其尸之？有齊季女，斯所以爲有家之美乎？具官某繼妻累封淑人高氏，識明鏡鑑，訓習保阿。却丹華而不御，黽勉盛年；躬澹泊以相成，保全晚節。衡門泌水，甘偕隱以終身；宿火寒燈，恍友賓之相對。庶幾松柏之性，説而相成；是以姜桂之風，老而逾烈。惟爾令德，媲我老成。旋觀退食之委蛇，彌見在御之靜好。兹加封爲夫人。永綏福履，服我訓辭。尚繼采蘋之詩，以昭管彤之烈。

祖璇先贈通議大夫刑部右侍郎加贈資政大夫都察院左都御史

制曰：節義之臣，國之元氣。國家之培植，固必本之累朝；而家庭之養成，蓋亦貽之百歲。朕睠懷豐芑，追念箕裘。眷我藎臣，聿求祖德。累贈具官某，乃具官某之祖父，德無考纇，言成文章。慷慨有丈夫之風，孝謹修長者之行。仁心爲質，昆蟲亦荷其生全；至德感通，虎豹咸屏其搏噬。親朋待以舉火，閭里薰而成風。蔚矣詒謀，施于孫子。孤忠一節，大奮世德之光；樸學素心，不改先民之質。尚識遺風之自，可無邁種之嘉。是用贈具階官。於戲！雄班峻秩，進専席于在朝；袞衣繡裳，退有事于家廟。其將朕命，詔于有神。爾祖爾思，可以觀德。時乃休哉！

祖母歐陽氏加贈夫人

制曰：宋制不云乎：古之賢母，稱于天下，能教其子。此爲歐陽修之母言之也。今吾錫命藎臣，及其祖妣。于稽其家世，所謂以能教稱者，至于今未艾，豈可誣哉！累贈淑人歐陽氏，乃具官某之祖母，祖風綿邈，女範肅雝。事夫子則敬如賓友，治寢門則肅如朝典。至其詒厥孫謀，辟咡相詔，能使節義道德之士，出于襁褓頭角之中。豈亦歐陽氏之遺教，猶有存者與？肆我追命，正名小君。傳之典册，于宋制亦有光焉，不獨一家之盛事而已。

父濟先贈通議大夫刑部右侍郎加贈資政大夫都察院左都御史

制曰：賢才之生，必有原本。國有協氣，必鬱蒸爲禎祥；家有善人，終濬發爲賢哲。天之所助，非人所爲。余有寵章，用昭誘勸。累贈具官某，乃具官某之父，玉介不琢，金扣有聲。百行渾圓，洵愷悌之君子；六德純備，藹藹之吉人。正喪祭之禮于一家，是亦爲政；施任恤之恩于三黨，惟恐人知。嘉我藎臣，率繇遺訓。守其樸學，曰惟孝而惟忠；推此仁心，誠不踐而不履。用保世而滋大，洵積善之有餘。是用贈具階官。於戲！祀于瞽宗，鄉先生之可祭于社；詔以追命，卿大夫之有位于朝。展如來止而來游，庶幾有觀而有感。

母羅氏加贈夫人

制曰：藎臣必移孝以爲忠，賢母必教忠以爲孝。道一而已，蓋百世以爲師；天之所爲，殆十年而必復。累贈淑人某氏，乃具官某之母，家惟舊德，範爲女師。禔躬一本于頌圖，教子無逾于忠孝。六年瘴癘，初無憾于辭親；數載丘園，遂決計于偕隱。在昔范氏之母，徒慨想于齊名；若彼介山之封，猶感嘆于言祿。惟爾母子之際，藹有道德之風。教誠炳然，徽華已往。風停樹靜，空悲一命于下泉；創鉅痛仍，長感孤生于萬里。迨乎三朝愸遺之日，乃霈九京追命之恩。蔚矣生榮而死哀，誠哉是母而是子。玆加贈爲夫人。於戲！雕軒有煒，不以易管彤之名；慇册追崇，終能昭節義之報。旋觀瀧岡之表，何慚騶國之稱。

巡撫天津備兵海防贊理征東兼理糧餉都察院右僉都御史李邦華授中憲大夫

制曰：朕鎮撫疆圉，規圖遼海。控三方而建節鉞，地利惟均；當一面而制咽喉，天津尤要。克厭疆埸之難，有安社稷之臣。佇爾膚公，聽余休命。具官李邦華，謀猷膚敏，器緼純明。早以循良，擢居臺諫。正繩糾駁，柱國論于紛呶；持斧巡行，肅官常之頹阤。遭逢鈎黨，淹抑家居。志九折以不回，才百鍊而愈老。惟茲重遣，實允師言。當干戈塡塞之時，單車就道；受方隅倥傯之寄，夙夜視師。推心束伍行陳之間，比于家人父子；置身島嶼風濤之內，有如舟子長年。凡其草昧以經營，靡不拮据而荼捋。節鎮伊始，勞勩有聞。乃以覃恩授具階。於戲！天津上應天文，拱垣牆爲內屏；下臨溟渤，控碣石爲外藩。遠扼渝水鯨鯢之區，近通直沽芻粟之路。以要害莫強之地，付緩急有用之才。能釋朕東顧之憂，斯爲我北門之管。嗣有崇敍，須爾告成。欽哉！

妻周氏加封恭人

制曰：人臣僇力疆埸，豈暇顧其室家；而婦人治業寢門，恒有資于軍旅。肆我節鎮，粤有勞臣。相助有人，朕所深念。具官某妻封孺人某氏，德成柔順，禮含文嘉，勤旨蓄以相夫，宦成不替；服布荆而屏貴，偕隱彌堅。居然女士之規，雅有丈夫之概。今爾夫既分勞節鉞，而爾益黽勉機絲。鈴索蕭然，尙想向屏之託；織薄作苦，猶餘辟績之風。兹加封爲恭人。益勉閫內之勞，用佐師中之錫。

父廷諫原任南京刑部浙江淸吏司署郎中事主事封中憲大夫巡撫天津備兵海防贊理征東兼理糧餉都察院右僉都御史

制曰：人才之生，多本家世。菑畬堂構，自古記之。若乃家庭之間，節目磥砢，名行茂著，志義蔚然，則豐芑之遺休，而式穀之盛事也，朕深嘆焉。原任具官某，乃具官某之父，孝友天性，仁厚少成。衾影無慚，敎人必本于律己；脂膏不潤，服官無異于食貧。白首爲郎，皆隨牒以平進；靑氈舊物，終解組以言歸。蓋爾子既有抗節之名，而爾遂罹鈎黨之禍。丹鉛一室，有父子之自爲相知；風雨中宵，笑譖人之亦已太甚。流言已息，蹈道彌高。移孝敎忠，誥誡昭回于節鉞；束修勵節，風猷炳著于箕裘。惟此象賢，用嘉燕翼。是用封具階官。於戲！建牙設旐，爾方屬目于壯猷；安車蒲輪，余尙興懷于耆舊。尙其彊飯，遲我乞言。蔚矣令名，著于策命。

母周氏贈恭人

制曰：書不云乎：若生子，罔不在厥初生。蓋胎教若有使然，而娠賢本之天性。古之母師，所以善成其子，豈獨以辟咡提誨爲能事與？贈孺人某氏，乃具官某之母，德比珩璜，訓閑圖史。嬪繇華胄，奉井臼以如飴；事彼嚴姑，凜凊温而式度。寢門寂若，笑言不聞于鄰；環珮穆然，愠怒不形于色。是生賢子，似其母儀。藹然麟趾之風，本其仁厚；肅矣羔羊之節，似彼安貞。宜其沒身，休有華問。茲加贈爲恭人。抱文駟雕軒之感，極彼窮塵；慰白華朱蕚之思，服茲寵命。

繼母萬氏加封恭人

制曰：朕遡覩漢事，至翟母之育方進，而知禮之所謂繼母如母也。矧相夫勗子，並有令名，女士之徽慈，可無褒與？封孺人某氏，乃具官某之繼母，敬德不愆，令儀有淑。維筐及筥，恪修蘋藻之誠；曳縞與綦，力贊素絲之德。至于辛勤而鬻子，蓋尤篤摯于所生。視無間于一心，祝有同于類我。深慈茂著，儀範滋章。茲加封爲恭人。侚齊織屨之名，終逕雕軒之福。

巡撫保定等府提督紫荆等關兼理海防軍務都察院右僉都御史張鳳翔授中憲大夫

制曰：乃者狡夷稽誅，郊關多壘。朕既聞鼓鼙而思將帥，士爭釋禮樂而稱干戈。睠維畿甸之間，兼控邊關之重。烽火易達，鎖鑰須人。我有賢臣，受兹重寄。具官某，器資恢傑，風力肅明。筮仕理官，晉登選部。揞柱流俗，如止水之不波；澄汰官邪，若操刀而能割。蔚有體望，著于淸卿；出撫近畿，屹爲重鎮。內連三輔，據河朔爲北門；外控三關，捍燕、趙之右臂。以邊腹交井之地，付緩急有用之材。仗鉞受脤，副此臨軒之特遣；建旗設旐，分吾戎閫之深憂。旋覩節鎮之勳，敢後便蕃之錫。乃以覃恩授具階。於戲！扼吭拊背，無徒問故事于前朝；倒馬、飛狐，尤當謦胡塵于近代。相視衿要，繕西關以轄東隅；讋服民夷，壯近畿而威遠徼。尙有賚于撻伐，豈無係于安危。勉思令猷，答此休命。

父道情先贈中憲大夫太常寺卿加贈巡撫保定等府提督紫荆等關兼理海防軍務都察院右僉都御史階仍前

制曰：先王崇獎孝義，表厥宅里。迄于後世，猶有崇臺綽楔之褒。今吾藎臣，追命先世，潛德弗耀，而卒以發聞，亦以佐吾崇奬之未逮也。贈具官某，乃具官某之父，禮充物簡，言炳身文。孝弟力田，躬親德行之教；敬敏任恤，家傳保受之風。建塾以合鄉之子弟，本六俗之聯師儒；捐租以救歲之凶裁，繇五家而及閭族。是生令子，教以義方。羽可用以爲儀，光自遠而有耀。是用贈具階官。於戲！誠心質行，生而爲德于鄉；揭德振華，歿而可祭于社。是可徵惇史壹行之傳，不獨膺治朝三命之榮。

母馮氏仍前贈

制曰：今吾臣子，推恩必始于前母。蓋澤必流于自葉，而祭必重于先河。禮有本而典有彝，亦所以著教也。累贈恭人某氏，乃具官某之嫡母，贄虔棗栗，儀茂蕙蘭。濯溉齍盛，克盡女宫之教；芼羹滫瀡，無忘内則之勤。胡不永年，克昌厥後。無子而有子，邈矣栝棬手澤之思；因親以及親，依然奩粉口脂之慕。兹仍贈爲恭人。於戲！德無不報，教必有初。閔予長樂之思，及爾漏泉之澤。

繼母吳氏仍前贈

制曰：序稱公子仁厚之德，必本后妃逮下之賢。本立而後道生，自家可以刑國。肆余愍册，視彼漆書。累贈恭人某氏，乃具官某之繼嫡母，婉娩宜家，順柔婉德。代姑減算，純孝質於神明；助施傾囊，爲德徧於里黨。恩勤鬻子，愛有逾於所生；辟咡爲師，食不替於能教。順能逮下，和以致祥。惟此織屨之深慈，增華於圖史；益和鼓琴之静好，叶德於閨房。宜有令人，鍾其餘慶。兹仍贈爲恭人。於戲！美哉蓼蕭之什，取其攸同；展矣樛木之詩，可爲風始。

生母趙氏仍前贈

制曰：天有法象，恒垂須女之占；易于妹歸，尤著其娣之吉。故家茂娠賢之德，則國崇追命之文。雖出曠儀，亦應彝典。累贈恭人某氏，乃具官某之生母，蘭儀式備，蕙問□□。身謝丹華，協素風于閫闈；動循環珮，應和氣于房幃。肆徵大國之詳，允叶小星之德。載霑寵命，用邺恩私。追長樂之鼓鐘，愴矣纏悲于下地；考孝慈之典册，殷然動念于終天。歿者有知，存者不匱。兹仍贈爲恭人。於戲！母以子貴，已徵禮經之文；無忝所生，尚念詩人之義。

巡撫廣西等處地方軍務都察院右僉都御史何士晉授通議大夫

制曰：朕臨遣節鉞，錯置方隅。蓋將極選一時之材，用以張皇九牧之寄。矧粤西一道，僻在西南。鎮撫之艱，得人惟允。具官某，性資恢傑，風力肅明。擢在瑣闈，緯有休譽。當先帝之在潛邸，值春宮之有震驚。發憤扣閽，奮讜言以奠安儲位；孤忠去國，在外藩而雅意本朝。迨我初元，召居卿寺。以風猷之茂著，遂節鎮于遐方。蓋爾既弘才，而粤又舊治。吏民服習，撫烏蠻、黃洞以長子孫；地利熟諳，列三江八寨而爲門屏。矧中朝授鉞之始，正鬼方告急之時。觀其慷慨以治行，知能譚笑而戡亂。乃以覃恩授具階。於戲！往代邕管之跡，具在荒陬；先臣藤峽之勛，紀于國史。至乃勦苗之近事，多從西粤以會師。竭爾忠誠，著爲方略。佇彼禡牙之日，紓余拊髀之憂。爾往欽哉！無荒朕命。

妻吳氏加封淑人

制曰：爲吾才節之臣，必有賢明之配。勤勞既著，榮爵惟均。國有常經，亦以示敎也。具官某妻累封恭人某氏，出自甲族，歸于名儒。門戶伶仃，則茹荼偕苦；服官黽勉，而龗糲戒廉。迨夕垣抗疏之時，正闔門惶恐之日。一朝放逐，念門屏之蕭然；數載棲遲，喜室家之宛爾。幸哉率復，及此寵光。以我御窮，永言旨畜于家食；與子偕隱，豈知翟茀以來朝。國既昭從爵之榮，天亦厚勞人之報。茲加封爲淑人。予之石窌，蓋有待焉；昭于管彤，斯亦可矣。

父其孝先贈中憲大夫太僕寺少卿加贈通議大夫巡撫廣西等處地方軍務都察院右僉都御史

制曰：人之有福祉，如有基而厚墉也，基既浚矣，墉亦如之。故士有文明柔順，蒙難于身而發聞于後者，天道雖遠，固可以量測也。累贈具官某，乃具官某之父，寬然長者，温温恭人。孝友性純，若珪璋之渾合；中和氣備，類桃李之不言。遘閔孔多，遭家不造。事久而論始定，身沒而志乃伸。天不吾欺，白日賁臨于幽室；人誰無死？丹書昭雪于下泉。矧茲牙纛之煒煌，兼以綵綸之重疊。種冥冥之德，終能獲報於人間；視夢夢之天，誠亦何憾於造物？蓋十年而必復，信百世其可知。是用贈具階官。於戲！惟我有臣，惟爾有子。求忠於孝，蔚然青史之光；資父事君，邈矣先河之澤。爾靈不昧，尚服享之。

前母黄氏加贈淑人

制曰：士以拮据起家爲能，婦以黽勉相夫爲德。其或年德不配，勞勩有聞，不贏其躬，以昌其後，朕尤盡焉傷之。累贈恭人某氏，乃具官某之前母，秉是壼彝，作其內治。度身量腹，躬操作以窮年；宿火篝燈，與齏鹽而并日。命之不淑，惜矣無年。用啓右爾後人，遂發聞於再世。自古開國承家之事，惟草昧爲艱難；而先王先河後海之文，在典祀爲殷重。惟予愍册，念彼勞人。茲加贈爲淑人。匪徒爲泉壤之光，亦以著閨門之勸。

母錢氏加贈淑人

制曰：古稱母師，必云胎教。非獨辟咡之相詔，抑亦風氣之有傳。爲我娠賢，可無揚美？累贈恭人某氏，乃具官某之母，生柔而笄禮，下肅而上慈。當家門不造之時，正相助惟艱之日。漂搖風雨，進雞鳴如晦之箴；黽勉晨昏，爲卵翼自全之計。高朗有丈夫之德，嚴恪修女士之儀。惟爾藐孤，率繇慈訓。夕垣奮筆，緬然畫荻之遺規；辰告宣猷，宛爾機絲之餘教。雖風徽已沫於當日，而儀法具存於後賢。茲加贈爲淑人。有命在天，旋觀瀧岡之表；其則不遠，永爲彤史之光。

繼母吳氏加贈淑人

制曰：烈婦之於家也，忠臣之於國也，皆奮不顧身，以信其耿介者於方寸而已。然而母著苦節，子抱孤忠，一室用以相成，而千秋萃爲盛事，余有典册，宜亟著之。累贈恭人某氏，乃具官某之繼母，仔肩壼彝，式是嬪則。誓白骨於泉壤，不負所天；撫黄口之孤童，逾於己出。付餘年於血淚之内，九死而一生；出遺孤於刀俎之中，再世而一息。迨子既奮身於上第，而爾遂畢命於下泉。倘逝者之有知，信下報而不愧。於戲！覽孤生伏闕之疏，鬼神涕洟；迨夕郎扣閽之章，天日震動。忘身狥國，固知其志義之激昂；移孝作忠，亦本於賢明之風勵。兹加贈爲淑人。於戲！勸懲存乎百世，忠節聚於一門。褒敍死生，厥有徵於故府；區明風烈，庸有裨於王章。

大理寺添註右少卿洪文衡授中憲大夫

制曰：朕惟今日，振鷺充廷，皆皇祖之所以詒朕也。然而人才實難，摧剝滋久。起於梓漆之舊，屹爲榱棟之材，誰其尸之？我有人矣。具官洪文衡，學有淵源，行無考纇。踐吏郎署，閲歷清華。每懷憂國之心，屢發矯時之論。蓋嘗首陳國本之杌隉，不以主怒爲嫌疑；力折黨人之披猖，不以宦成而消阻。後先流落，抗論不衰；耴次登庸，蹈道彌固。越予嗣服，佇爾起家。睠黄髮於三朝，衣冠惟舊；瞻白首之一節，志氣聿新。豈惟爲廷尉之平，抑且司邦家之直。永言宿德，霈此明綸。乃以覃恩授具階。於戲！惟祖宗豐芑之遺，實東南竹箭之美。以風簡著龜一世，以霜稜枝柱本朝。廷有奸回，人爭避神羊於李絳；政多闕遺，朕將取人鏡於魏徵。爾其念哉！無荒朕命。

妻程氏加贈恭人

制曰：士君子風義篤厚，其於室家黽勉，死生契闊之故，未嘗不愀然也。人主其有以卹之。具官某妻累贈宜人某氏，出自冠族，歸於令人。膏火淸宵，悵矣內言之猶在；機絲永夜，惜哉中道之已捐。惟君子之簪履不遺，故國家之絲綸有耀。茲加贈爲恭人。用以昭莒蒯之義，不徒爲宿草之光。

繼妻汪氏贈恭人

制曰：爲吾砥節奉公之臣，其於高華膴厚之思，亦已薄矣。故必有賢明之配，攻苦而食淡者，以佽助之。具官某妻累封宜人某氏，名家作配，季女有齊，以淑愼物其身，省同惟月；以勤勞佐其耦，儆逾視星。至於淪落之有年，期於沒齒而無憾。賜環如舊，舉案已非。茲加贈爲恭人。尙永賁於泉臺，以區明其風節。

父蒙先贈奉政大夫南京工部屯田清吏司郎中加贈中憲大夫大理寺添註右少卿

制曰：士有內行淳備，不階咫尺之權勢，而鄉里誦義無窮者，斯其人已足述矣。矧其後人，用能衣被厥德，以昌明於世。累贈具官某，乃具官某之父，飭躬厲行，陳義本仁。事嚴父以承顔，傴僂有同乎俯梓；養慈庭而竭力，夢思無間於背蘐。薰其德而善良，幾千人矣；意其賢而尸祝，以歲計之。里社就以質成，無煩鼛鼓；終訟于焉屏息，視彼丹書。宜爾後賢，載其遺德。咸曰箕裘之滋大，惟其播穫之有聞。是用贈具階官。於乎！高廷尉之門，人誰不勸？贈比干之策，天其有知。

母程氏加贈恭人

制曰：古之賢母所以稱爲母師者，以其磨切道義，勗其子以古人之能事，而不以熏灼動其心也。累封太宜人某氏，乃具官某之母，相夫以淑愼爲儀，育子以愛勞爲訓。辛勤三世，終身謝彼丹華；黽勉一生，爲婦逾於白首。內美純備，修能有聞。至其敎子以事君，不惜違時而淹久。浮湛家食，期偕隱以長終；騰踔興朝，惟備官之是戒。以爾子體望滋茂，知母氏徽範不忘。茲加贈爲恭人。是可繼介山之封，行且觀瀧岡之表。

大理寺右少卿曹于汴授中憲大夫

制曰：朕睠懷弘濟，思見老成。如重器之有河圖，以昭法象；如佩物之有觿玦，以解嫌疑。苟得其人，有益於國。我有好爵，申以訓辭。具官曹于汴，明允篤誠，正直忠厚，早以民譽，登於諫垣。矩行禮容，庶幾還風俗之厚；正繩直筆，有以知朝廷之尊。屬國論之喧呶，能危身而搘柱。道無可枉，歸不待年。卒歲優游，惟有讀書而譚道；輟耕歎息，或以畏天而悲人。茲予旁求，爲朕強起。既見君子，爰復綴於淸班；尙有典刑，將每詢於黃髮。乃以覃恩授具階。於戲！若古有訓，無競惟人。挺然孤忠，人誰完節於白首？蔚然難老，天其憖遺於本朝。尙鑒余求助之心，庶不負平生之學。

妻侯氏加贈恭人

制曰：詩不云乎：「刑於寡妻。」有道之士，束修砥節，家人婦子之間，有素風焉。具官某妻封孺人某氏，備有壼則，克配君子。事上則榛栗告虔，相夫則虀鹽不厭。少而御窮，長而屛貴。環佩穆然，閨門化之；徽華雖往，儀範滋著。茲加贈爲恭人。自家刑國，庶有觀感，不獨慰其死生而已。

父希堯先贈徵仕郎刑科右給事中加贈中憲大夫大理寺右少卿

制曰：人才之生，國之元氣。天降時雨，則山川效其能；國產賢人，則家庭韞其美。明德之世，有開必先。自古記之，予何疑者。累贈具官某，乃具官某之父，修長者之行，爲君子之儒。言有物而行有恒，入則孝而出則弟。強學忠信，士類望爲表儀；中和祗庸，閭里薰而顧化。肆而有子，爲我賢臣。風教一稟於先民，節義大光於天下。如雲於嶽，旋覩膚寸之興；如水於河，倘識濫觴之自。是用贈具階官。於戲！祀以仁者之粟，爾其顧歆；祭於瞽宗之間，人咸覩止。終有聞於永世，夫何愧於册書。

前母喬氏加贈恭人

制曰：或委或原，著於禮典。報本反始，誰昔而然。今吾臣工，追思前母。漏澤泉壤，朕何忍忘。贈孺人某氏，乃具官某之前母，德稟柔明，性惇淑茂。嬪於令族，綽有懿風。享命不延，發祥有自。毛裏雖隔，孝思永存。茲加贈爲恭人。淑靈有知，倘克享此。

母張氏贈恭人

制曰：古之母師，粵惟孟氏，能教其子，蔚爲儒宗。吾有賢臣，率繇慈訓。是母是子，趾美頌圖，肆余寵嘉之。累封太孺人某氏，乃具官某之母，婦道可宗，母儀茂著。起家仁厚，是生麟趾之賢；教子義方，不替羔羊之訓。樞軸之範，逮我名卿；珩璜之風，本諸賢母。茲加贈爲恭人。於戲！爾子名德滋顯，饋享用加。昭於彤管，追配騶國。朕之策命，亦有耿光哉！

太常寺少卿鄭三俊授中憲大夫

制曰：太常卿貳，位任特隆。歷代迄今，謂之清選。朕旁求俊乂，克典神天。蓋將妙簡禮樂之司，所以增重廟廊之寄。中我茲選，莫非正人。肆有覃恩，可無書命。具官鄭三俊，性資恢傑，風操端莊。初以循良，進於留署。回翔守郡，歛歷憲司。不競不絿，惟隨牒以平進；所居所去，皆有跡之可書。閥閱既深，體望滋茂。爰躋卿寺，留貳秩宗。奉珪與璋，展矣禮容聲樂之器；匪朝伊夕，肅然貪清絜白之心。考資望以孰先？在廟朝而惟允。乃以覃恩授具階。於戲！磥若多節，表廣廈之棟梁；居然雅音，中清廟之琴瑟。惟不器斯所以爲君子，惟大受斯不可以小知。爾尚欽哉！服乃休命。

繼妻呂氏加贈恭人

制曰：詩云：「有齊季女。」爲說者以謂美其少而能敬也，而周南之化在焉。今吾名卿，身居禮樂之地，而家有齊敬之德。采蘋之云，豈不信哉！具官某繼妻某氏，出自德門，教成師氏。珩璜琚瑀，具有禮容；酒食祭賓，動協內則。相在公於夙夜，觀退食之委蛇。居然惟筐及筥之規，蓋亦在廟在朝之助。茲加封爲恭人。無忘蘋藻之風，益茂管彤之德。

父國光先贈中憲大夫河南歸德府知府加贈太常少卿仍前階

制曰：國有百世之計，莫先於樹人；而家有百年之貽，咸本於種德。樹人之源流遠，其發祥恒始於家；而種德之善慶長，其元氣必鍾於國。我有卿士，蔚爲寶臣。遡其家風，厥有原本。累封具官某，乃具官某之父，天性眞淳，躬修悃愊。本六俗之聯兄弟，佽彼昏喪；自五家以逮閭聯，賙其驀阨。仁風扇物，桃李之下不言；至德感人，桴鼓之應如響。風規已遠，名德滋章。皎皎白駒，世咸慕逸民於空谷；皤皤黃髮，天不遺壽耇於淸朝。旋觀燕翼之貽，彌想鴻漸之羽。是用贈具階官。於戲！沒而可祭於社，斯其人與？生而未竟其施，宜有子矣！

母柯氏仍前贈

制曰：小雅之不作，而白華之詩廢也，朕深念之。今吾有南陔潔白之臣，而家有蓼莪違背之感，推恩之典，豈可後哉？爾某封恭人某氏，乃具官某之母，事夫資敬，訓子移忠。宿肉異粻，洗腆克供于兩世；恭大慈小，恩勤逮及于一家。惟此令妻，兼爲壽母。迨爾子既升華淸選，而爾遂棄養高堂。鱻䰴自將，倘念菽魚之祭；夙夜黽勉，長懷機杼之規。生已播其徽華，沒益徽其儀範。玆加贈爲恭人。於戲！再命之恩，已便蕃矣；三釜之歎，有窮已乎？

初學集卷九十三

外制三

太僕寺卿吳默授大中大夫

制曰：在昔久安長治之世，必有骨鯁彊直之臣。如鱗玦之解嫌疑，若猛鷙之衛藜藿。名在海內，望及累朝。朕用慨然，想見其盛。具官吳默，嶷然山立，湛然淵停。以高文冠冕南宮，以素節回翔郎署。議易名于典禮，則出入陽秋；著雅望于璽丞，則𢀳勤夙夜。迨納言封駮之日，正衆議諠呶之時。職思其居，侃然以喉舌爲任；義形于色，再三上駮正之章。乃將朕師之不驚，庶國論于有底。比洊登乎卿寺，猶養賁于丘園。羽儀滋章，蹈道彌固。以覃恩授具階。於戲！繼序伊始，多難未堪。人皆競進于本朝，余方求助于在廟。如聞風烈，尚有典刑。毋壹意于卷懷，其勉思夫正國。欽哉！

妻龐氏加贈淑人

制曰：夫婦之義，備于風人。雞鳴有交儆之勤，琴瑟有偕老之嘆。百爾君子，閔焉傷之。具官某妻贈宜人某氏，少以女士，不勤姆師，克有令儀，作配君子。命之不淑，溘矣長終。翟茀以朝，何以慰縞衣之歎？蘋蘩可薦，依然興宿草之悲。兹加贈爲淑人。賁此慇綸，詔于幽穸。魂兮不昧，尚克享之。

繼妻殷氏加贈淑人

制曰：朕聞嚶鳴之好，莫如友生；簪履之求，不遺故舊。夫婦之際，二者兼之。死生契闊，尤足悲也。具官某繼妻贈宜人某氏，有齊季女，來嬪德人。修織紝而有儀，操井臼而唯謹。迨于膴仕，已絶哭于陳根；以我御窮，尚興思于旨畜。式覯新恩于象服，永言舊事于牛衣。兹加贈爲淑人。庶幾百年之遺思，不與長夜而共盡。

祖奎贈大中大夫太僕寺卿

制曰：朕休承丕緒，盼布湛恩。凡我臣僚，均兹介福。今吾九列之臣，里居休沐，乃獨請堅辭蔭敍，追恩祖妣，用以錫孝思于無窮，風廉恥于有位。余嘉乃志，著之訓辭。吴某乃具官某之祖父，慷慨慕義，倜儻多奇。以任俠而長貧，雖屢躓而不悔。慨有大志，詒于乃孫。今爾孫志節巋然，覃恩之典，猶能楷柱末俗，非爾之遺風也與？是用贈具階官。於戲！率祖以霈恩，辭榮以教讓。傳之彝典，著爲美譚，豈不休哉！

祖母孫氏贈淑人

制曰：詩不云乎：「孝子不匱，永錫爾類。」夫臣之孝移于君也，婦之孝移于夫也，孝之爲德，錫類自天，雖在沒世，必有譽聞。某氏乃具官某之祖母，克謹內行，動應閨彝。移孝敬于夫家，事尊章于篤老。宗族稱孝，閨門化之。施于孫子，資以作忠。令德藹然，再世滋大。茲特贈爲淑人。我有訓辭，表于幽宅。崇臺綽楔，何以加諸？

父鵬先贈奉直大夫禮部祠祭清吏司員外郎加贈大中大夫太僕寺卿

制曰：人才之生，原本有自。凡志節之茂著，必風氣之先開。如燧于火，如鑒于水，默喻爲壹，非有使然。贈具官某，乃具官某之父，倜儻負奇，修潔自好。孝友急難，茹荼蓼而彌甘；孤特寡援，老蓬蒿而不悔。抱遺經而教子，引古人以爲師。命筆丹鉛，博喻出蟲魚之外；矢心白首，風期在牖戶之間。爲我藎臣，率由茲訓。悵話言之已遠，儼徽範之猶存。是用贈具階官。非獨示教忠之規，用以爲壹行之表。

前母施氏加贈淑人

制曰：今吾臣子，推恩必及前母。揆之典禮，無可考見。而先河之祭，自葉之恩，有攸寄焉，凡以教民厚也。贈宜人某氏，乃具官某之前母，仔肩壼彝，率由圖史。拮据荊布，閔不逮于春華；黽勉歲時，溘已先于朝露。幸矣其追恩之子，乃在所不知之人。蓋簪屨之棄捐，猶不能遺忘于舊故；而栝棬之戀慕，安得有限隔于裏毛。茲加贈爲淑人。用以使觀感之人，衆著于水木之義。

母陳氏加贈淑人

制曰：名材之生，必依喬嶂；簡珠之蘊，不在潦流。旋觀哲乂之興，必本娠賢之德。休有華問，在其沒身。贈宜人某氏，乃具官某之母，稟德靜專，結心貞淑。少勤濯溉，謹婦式于蠶桑；長服井舂，操家門而荼苦。辛勤十指，每中夜而篝燈；顛頷一身，恒計日而并食。嗟相夫之多閔，乃教子而有聞。藹然麟趾之風，本其仁厚；肅矣羔羊之節，似彼安貞。我有寵章，遡其聖善。茲加贈爲淑人。惟此彤管之美，傳之無窮；庶幾白華之悲，釋于有永。

太僕寺添註卿管京營少卿事畢自嚴授大中大夫

制曰：朕嗣守丕構，睠顧封疆。每思折衝之臣，稱吾臨遣之寄。其有文武大略，久著行間，邊塞威名，暫居卿寺者，朕之錫命，豈有愛焉？具官某，質性廉直，姿材敏明。自理官而陟水曹，載膺民譽；歷臬、藩而推卓異，三奉璽書。逮入西陲，益騰宿望。山川諳習，撫長城、湟、隴於聚米之餘；種落畏懷，臥羌羊、胡馬於儲胥之內。圖像競傳于板屋，萬帳知名；軍容留鎮于並邊，諸戎嚙指。乃登九列，作我僕臣。秉心塞淵，允叶元年之頌；錫馬蕃庶，正當晝日之時。式仲眷倚之懷，聿有便蕃之命。乃以覃恩授具階。於戲！王師在野，賊壘未平。當爾釋干戈參廊廟之際，是吾聞鼓鼙思將帥之秋。我馬斯臧，既有聞于卿月；在師中吉，且上應乎將星。爾往欽哉！朕有後命。

妻胡氏仍前封

制曰：人臣之任閫外也，猶女子之任閫內也。古之郎戎者，曰內政無出，外政無入。則寢門之業，豈不亦有助于疆埸乎？具官某妻累封淑人某氏，温恭叶德，雝肅爲儀。佐誦讀于寒窗，相高寒于膴仕。爾夫子馳驅秦、晉，敭歷邊陲。而爾能寄軍令于向屏，風清鈴索；

親女工于織薄，氣震鼓桴。曰惟女能，相在爾室。茲仍封爲淑人。爾夫子有師中之寄，爾之佽助于閫内者，將與膚公俱奏，可不懋哉！

祖忠臣先贈中大夫陝西布政使司右參政加贈大中大夫太僕寺添註卿管京營事少卿

制曰：古之有鼎銘也，以稱揚其先祖之美，而著之後世。則夫子孫之有勳德而追美其先，自義率祖，亦禮之經也。贈具官某，乃具官某之祖父，精金未鎔，良玉不琢。馴行孝謹，家傳瀞滌之風；根本農桑，手創詩書之業。睠予卿士，惟爾聞孫。于公之門已高，巋然綽楔；畢萬之後必大，蔚矣雲仍。是用加贈具階官。酬而劭後之勞，示我流光之報。

祖母王氏仍前贈

制曰：詩不云乎：烝畀祖妣，以洽百禮。王者所以事其先也。今吾大賚，亦得用此推恩之典，所謂自上而下者與？贈淑人某氏，具官某之祖母，頌圖叶德，賓祭飭躬。風雨饁耕，具有家人之禮法；農桑創業，用培絃誦之本源。偕老難見于百年，餘慶有光于奕世。茲仍贈爲淑人。尚思介福于王母，無忘僇力于沖人。

父木先贈陝西布政使司右參政加贈大中大夫太僕寺添註卿管京營事少卿

制曰：士抱遺經于一室，讀出車捷伐，經營告成之詩，豈不願于身親見之乎？已不得而得之其子，有志之士，爲之默舉焉。累贈具官某，乃具官某之父，學窺墳典，行應範模。飲水盡歡，孺慕有聞于白首；舉火市義，好施不問乎黃金。肆有後人，繼其大志。虎鈐祕卷，發揮篋笥之書；龍塞宣猷，茂著揣摩之略。是用加贈具階官。節鎮方新于臨遺，威靈默贊其折衝。

母劉氏仍前贈

制曰：古之賢母，望倚門而辭伏劍者，無不教其子以作忠也。爲吾首公之臣，弘濟時艱，所以慰其母于冥冥者，豈有窮哉！累贈淑人某氏，乃具官某之母，珩璜載德，蘋藻揚芬。昭婦道于組紝，著母勤于辟績。服官滋久，告誡彌新。絕塞馳驅，已斷許身之志；憂時慷慨，常懷恤緯之忠。睠我寶臣，率茲慈訓。茲仍贈爲淑人。慰爾栝棬之慕，釋吾鼙鼓之思。

管理直隸天津至山海關等處屯田安插遼民事務太僕寺卿兼河南道監察御史董應舉授中大夫

制曰：爲國以得人爲急，人臣以憂國爲先。今吾睠顧多艱，緬懷共濟。而國有臨事乏使之慮，人無急病讓夷之思。朕是用聽鼓鼙而咨嗟，在朝廟而嘆息。肆我卿士，猶有人焉。具官董應舉，旣直且温，亦彊而義。以通達世務爲學，以奉公體國爲心。自擢銓曹，以歷卿寺。回翔滋久，風操愈修。乃者狡夷不廷，東隅失守。追惟桑土綢繆之策，可謂蚤見而先憂；屬當烽火震驚之旹，遂能奮身而抗議。朕不忘收復，乃眷忠勤。欲試其折衝之能，先付以屯牧之寄。爾受命往矣，乃以覃恩授具階。於戲！撫生齒而念版章，遼人固吾人也；因屯種而寓軍令，遼人卽吾兵也。在爾之畫地按圖，已非一日；因用以生聚教訓，何待十年。尚其策將帥之勳，豈徒課農田之績。嗣有崇敍，須爾告成。欽哉！

妻陳氏加封淑人

制曰：爲吾志義之臣，攻苦食淡，勞其身以狥國，必有賢配艱難勤瘁以相成也。朕深念之。具官某妻累封恭人某氏，生于德門，得配君子。布素之風，被于閨門；齏鹽之操，凛于白首。爾夫子爲淸郎，爲淸卿，其得以壹意束修，無交謫之慮也，爾則成之。朕加封爲淑人。闕狄洊加，素沙如故。永綏福履，肆余寵嘉之。

祖父公義贈中大夫太僕寺卿

制曰：古之君子，論譔其先祖之有德善功烈而銘之祭器，其欲稱揚其先祖也，可謂至矣。今吾臣工，追恩及祖，必有書命，視諸其子孫之自名也，不滋重乎？董某乃具官某之祖父，天性篤誠，內行淳備。規言矩步，則子弟從之；敬敏任恤，則鄉里化之。畜其善慶，以纛後昆。厥有聞孫，爲我卿士。是用贈具階官。於戲！惟乃孫祗懋厥績，紀于太常，德善功烈，皆本厥祖。朕之書命，尙有耿光哉！

祖母王氏贈淑人

制曰：善無不報，天不吾欺。以鄉里婦孺家人瑣屑之行，而天道罔不監觀焉，用以發聞于孫子。吾有寵章，亦以著敎也。王氏乃具官某之祖母，含德在躬，壼儀攸備。親井臼以相夫，飽糠覈而沒齒。辛勤弗懈，善慶有遺。施及孝孫，陟于高位。玆特贈爲淑人，烝畀斯及，饋享用加。謂天蓋高，尙克監止。

父克濟先贈中憲大夫太常寺少卿加贈中大夫太僕寺卿

制曰：賢才之生，譬之巨木。磥若多節，斯爲大廈之資；傑然羣材，夫豈拱把之積。我有卿士，蔚爲棟梁。遡其家風，厥有原本。贈具官某，乃具官某之父，馴行孝謹，厲節激昂。雖在布衣，慨有大志。捐貲讓產，視財賄如毫毛；排難解紛，以然諾爲生死。至于版築以禦寇，平糶以賑貧。高岸崇墉，建于指掌；滯穗閉粟，化爲社倉。蓋誠奇偉倜儻之人，豈曰匹夫咫尺之行。宜有賢子，以大而家。繼志事以大光，洵風骨之不朽。是用贈具階官。於戲！惟爾有子，惟我有臣。移孝作忠，斯肯堂而肯構；允文允武，曰民功而國功。尙其冥靈，佇此休顯。

母馬氏加贈淑人

制曰：古之賢哲，必有母師。蓋圖頌之風，珩璜之訓，母儀克舉，臣道具焉。累贈恭人某氏，乃具官某之母，無非無儀，共大慈小。備嘗辛苦，盡家人之道；責備行誼，有丈夫之風。惟我賢臣，率繇慈訓。貞白端莊，儼華丹之弗御；共儉純壹，祭魚菽而不慚。光塵未昧，儀範有傳。茲加贈爲淑人。爾爲賢母，子爲寶臣。豈惟光昭彤管，亦可以具訓于蒙士矣。

太僕寺少卿陳大綬授中憲大夫

制曰：間者官常刓敝，習俗競流。思得秉正守義之人，以幾疏穢鎮浮之效。士多容悦，此風寂寥。誰其似之？我有邦彦。具官陳大綬，器資肅括，德性堅貞。淵如止水之不波，斷若精金之能割。自爲邑令，以及南曹。擢寘外臺，俾視學政。奉公砥節，謝苞苴竿牘之私；守己俟時，絕傳遽拜除之竇。十年高臥，一旦升華。睠顧親闈，豈忍絕裾而出；倉皇國恤，遂不俟駕而行。正色立朝，如猛獸之衛藜藿；夙夜謀國，猶行旅之憂負擔。惟其誠結于中，是以義形于色。兹以覃恩授具階。於戲！汲黯抗論，則淮南寢謀；干木踰垣，而秦人偃息。爾尚勉思夫正國，行且收效于折衝。服乃訓辭，欽哉勿替！

父時霖原任文林郎四川敍州府高縣知縣封奉政大夫南京兵部車駕淸吏司郎中加贈中憲大夫太僕寺少卿

制曰：士有試于一命，屯膏不施，而光大于其子。匪獨積習名教，有開必先。挹彼注兹，天亦以著廉吏之報焉，毋謂廉吏不可爲也。原任具官封具官某，乃具官某之父，文章炳蔚，德性温文。發跡賢書，分符蜀地。脂膏不染，首周官廉善之稱；襦袴有聞，最漢吏循良之等。懸車致仕，歸休平一畝之宫；俛首受書，遺子以一經之業。率繇家訓，惟我賢臣。環堵蕭然，坐客之寒氈未改；門庭寂若，傳家之廉石猶新。睠兹黄髮之賢，契我緇衣之好。是用贈具階官。厥考作室，豈曰莫爲之前；其子和之，是以沒而不朽。

母馬氏加封太宜人

制曰：白華之詩，孝子相戒以養也。然而必以潔白爲義，則孝子之所謂養者，蓋有異焉。今吾賢臣，家有壽母，白華之養，再見于今。余深嘆之。累封宜人某氏，乃具官某之母，淵懿可度，柔嘉有章。椎布練裙，却華丹而不御；衡門泌水，甘清白以相安。是有素風，施于令子。守身無點，養志有聞。夕膳晨餐，菽水致潔馨之養；來歸燕喜，飲御皆孝友之朋。是豈非當世之美譚，而清朝之盛事矣乎？兹加封爲太宜人。令妻壽母，洵未艾于頌圖；文駟雕軒，誠何羨于古昔。

太僕寺添註少卿熊明遇授中憲大夫

制曰：朕眷顧疆宇，寤寐俊賢。願得瓌材任重之人，以建經營告成之業。却騏驥而不御，人皆歎之；聽鼙鼓而興思，吾有望矣。具官某，謀猷膚敏，器組純明。蔚有君子之文，兼通當世之務。而自起家邑令，奮筆諫垣。政邁等夷，言多補助。出自瑣闥，不薄外藩。風力愈修，槃根盡解。頃者人才隤陁，國事劻勷。惟爾之能，效在已試。欲付以遐衝之寄，人皆曰賢；先置之禁近之間，夫然後用。乃以覃恩授具階。於戲！惟靜而共，可以明德；惟深與幾，可與盡神。材周于五行，用乃不匱；氣備于四序，志乃不盈。益勉自修，以答民望。無忘休美，服我訓辭。

妻朱氏加封恭人

制曰：爲我志義之臣，束修砥節，必有賢明之助焉。夫婦之誼，同于賓友，詩之所以賦彤管也。具官某妻封孺人某氏，温柔顓靜，得媲君子。作其內治，壹以儉共。爰自于歸，以及宦成。晨昏之儆，不替終始。茲加封爲恭人。服我訓辭，比于圖頌。禮衣編服，終當女加。

父儒先贈文林郎浙江湖州府長興縣知縣加贈中憲大夫太僕寺添註少卿

制曰：朕聞合抱之木，不生于步仞之丘；千金之子，不出于三家之市。國之元氣，發爲賢才。遡其家風，必有原本。贈具官某，乃具官某之父，志節磥砢，風氣激昂。身致千金，而不以居積射利；澤及三黨，而不以施予取名。以奇偉倜儻之人，修退讓君子之行。徒豐厥德，不羸其躬。施于後賢，善繼爾志。疎節闊目，故知爲大廈之材；駟馬軒車，庶以信高門之願。是用贈具階官。旋覩晝日之錫，蔚爲長夜之光。國猶有人，爾復何憾？

母王氏贈恭人

制曰：古之女子，莫不有左圖右史之訓，珩璜琚瑀之規，故能蔚爲母師，克成賢子。朕加恩人母，原本慈訓，蓋尤寵嘉之。封太孺人某氏，乃具官某之母，柔嘉可章，淵懿有度。發言光于訓箴，動容資于典禮。異粻宿肉，敬事罔愆。夜績晝舂，劬勞匪懈。殉夫歿世，鬻子孤生。針縷之勤，不忘于垂老；魚菽之祭，尤儉于宦成。居然女史之風，茂矣娠賢之德。茲加贈爲恭人。於乎！令妻壽母，固已生而發聞；彤管漆書，蓋將沒而不朽。

太僕寺少卿杜士全授中憲大夫贊治尹

制曰：太僕卿貳，國家用專理馬政，與古稍異。然書稱僕臣之正，詩頌我馬之臧，自非秉心不回，邦之司直，其可與于茲選哉？具官某，風操端莊，訏謨經遠。作令楚、浙，治行籍甚。如玉在珮，動必有聲。迨登諫坦，益著令聞。憂國之心，有悴其容；便時之策，不啻出口。秉金聲玉色之姿，著踈穢鎮浮之望。朕顧瞻周行，擢貳大正，蓋非徒以歲月敍進而已也。而爾果能淵塞自將，交脩不逮，精詳辨馬物之屬，彊敏搜畜烙之弊，朕甚嘉焉。兹以覃恩授具階。夫兵興以來，需馬甚急。虜騎疾如風雨，而我馬虺隤不能戰，又牧監非不錯置也，而内地苦乏之馬，此皆爾之事守也。爾尚悉乃心力，以佽厥政。汧、渭之盛，在吾郊坰。予亦何愛于康侯蕃庶之錫乎？爾其懋哉！

妻施氏加封恭人

制曰：凊公純壹之臣，乃心王事者，其退食委蛇，室家相貳之私，人主亦有以知之矣。具官某妻封孺人某氏，秀于閨門，動以儀法。珩璜之訓，以朂子孫；布素之風，以敕僕御。爾夫之能其官，爾勞懋焉。兹加封爲恭人。於戲！婦人之相助其夫也，同于賓友；人主之省視其臣也，近于戶庭。風格有不美，而天下有不治矣乎？

父宗翹先贈徵仕郎刑科給事中加贈中憲大夫

制曰：書稱堂構播穫，所以教爲人子者至矣。雖然，作室與菑，獨非厥考之責也與？封具官某，乃具官某之父，彊學勵行，質有其文。屯膏不施，以昌其後。肯構肯穫，蔚爲名卿。爾有子矣。然而本仁祖義，爾之底法既勤；而讀書纘言，爾之望歲良苦矣。予其可以忘所自乎？是用贈具階官。夫生不逢時，而身食其報，沒又加渥焉，爾豈知其所使然乎？詩不云乎：愷悌君子，神所勞矣。

母唐氏加贈恭人

制曰：麟趾之詩，序以爲關雎之應。蓋因公子之信厚，而原本于后妃也。贈孺人某氏，乃具官某之母，祖風綿邈，儀法肅明。腆洗致養，洽比逮于里鄰；羶薌薦嘗，和氣藹于媪御。發其長祥，篤生爾子。正色斂容，而不履不踐之德，人皆望而儀之。則豈非爾之胎敎者周，而娠賢者至與？茲加贈爲恭人。朕思致成周之盛治，仁及草木。爾之遺休，其未艾哉！

太僕寺少卿史弼授中憲大夫

制曰：頃者屬夷稽誅，河東陷沒。朕拊髀興歎，願與卿大夫洗四郊多壘之恥。凡公忠憂國之臣，有言入告，朕必知之。具官某，德器温文，風操廉辨。起自邑令，躋于西臺。正色寡言，而班行肅括；登車攬轡，則江楚澄淸。家居有年，體望滋茂。迨冏寺服官之日，正軍書交至之時。而爾乃慷慨憂危，指陳戰守。崇墉樓櫓，屹立目前；大海重關，迴環掌上。蓋其氣呑醜虜，直欲章天討于出車，矧乃職在庶蕃，何難整軍容于牧馬。乃以覃恩授具階。於戲！匈奴未滅，何以家爲？以爾之志，其肯忘茲戎索，而服我寵詞乎？余不以國方蹙土，而廢我彝章；亦不以虜未渡河，而忽爾儆戒。有臣若是，惟良顯哉！

妻李氏加封恭人

制曰：惟我勞臣，必有賢耦。蓋庭屛之不飭，摧謫之無時，牽內顧以縈心，顧前期而惰氣，此北門之刺所以作也。具官某妻封孺人李氏，嫺于內則，秉是壼彝。指龍具以厲功名，長塗云邁；問雞鳴而資告誡，短檠相依。膴仕有年，御竆如故。閨門如洗，淸風可激于埋輪；言閫不踰，淑愼有同于焚草。茲加封爲恭人。佩此素沙之服，壹以爲儀；故知荆布之風，終焉不替。

父洪達先贈文林郎廣西道監察御史加贈中憲大夫太僕寺少卿

制曰：記有之：士庶人有善，本諸父母。而況于卿大夫乎？朕作求世德，發皇幽潛。敎必有初，其敢忘報？贈具官某，乃具官某之父，強學有聞，負奇不偶。醇風扇物，藴孝友于家門；和氣襲人，解紛爭于閭黨。終身數卷，人曰君子之儒；教子一經，使爲清白之吏。紹其素業，爲我清卿。十載孤貞，藉用白茅之舊；累年建白，發揮青簡之遺。是用贈具階官。用酬塗塈之心，爾有子矣；庶叶屋楹之望，國有人焉。

母吳氏加贈恭人

制曰：揚雄不云乎：女惡華丹之亂窈窕也。士淡然忠貞，白首一節，斯不以華丹亂者乎！非有母師，誰與成之？贈孺人某氏，乃具官某之母，含章可貞，柔嘉維則。饋祀而公姑交賀，持家而媪御咸宜。攻苦服勞，迄無寧日。御窮屏貴，遂以終身。朝虀暮鹽，尙閔告勞于田畯；輕綃綺縠，終嗤爲蠹于女紅。泊然儉德之可師，宛爾素風之不替。玆加贈爲恭人。永以詒女史之範，不徒成爾子之名。

尙寶司少卿袁可立授奉直大夫

制曰：我皇祖化成久道，遐不作人。摧挫有時，扶養無已。留畀皇考，迨予沖人。闢門登庸，猶恐不及。具官某，風簡淸眞，文章炳蔚。祥刑惟允，執法有聞。乃以震門之言，旋干削籍之譴。口不言事，恥漢人部黨之名；退不忘君，有楚尹毀家之志。越朕嗣服，起自田間。奉英蕩以周旋，人咸想望其風采；歷殿陛而進止，朕尤屬目于老成。睠兹典瑞之賢，永懷仍几之託。晉爾卿佐，爲我典刑。遂用覃恩授具階。於戲！凡今一時起家之人，率多兩朝慭遺之老。白首完節，爾尚念皇祖養士之仁；黄髮在廷，余敢忘古人求舊之義。勉旃夙夜，服此訓辭。

妻宋氏加封宜人

制曰：主聖則臣直，故思志義之臣；家人利女貞，尤賴賢明之助。具官某妻某累封安人某氏，蘭行彰信，蕙風滿盈。當相夫膴仕之時，能自勵御窮之操。及乎一朝抗疏，二紀歸田。風雨饁耕，不廢丘園之禮；燈窗課讀，宛如賓友之期。使爾夫幸偕隱之有人，期沒齒而無憾。惟此女士，無愧古人。兹加封爲宜人。服兹翟茀之榮，益念縞綦之素。

父淮先贈承德郎尚寶司丞加贈奉直大夫尚寶司少卿

制曰：傳曰：子之能仕，父教之忠。親之成其子也。記曰：士庶人有善，本諸父母。子之成其親也。贈具官某，乃具官某之父，行無考纇，言有表坊。以孝友淑其躬，居家無子弟之過；以忠義勉其子，過庭多長者之言。克生直臣，事我皇祖。干嚴譴而不悔，固云無忝所生；遜盛名而弗居，亦曰皆本諸父。是用贈具階官。於戲！沒祀以仁者之粟，奚五鼎之足云；求忠于孝子之門，庶百世以不朽。

前母陸氏加贈宜人

制曰：忠臣不賴寵而事君，孝子不怙愛而慕親。故禮有舊君之服，而傳垂如母之文。國家異數霈恩，推及前母。敎孝勸忠，率用斯道。贈安人某氏，乃具官某之前母，行應箴圖，動循珩珮。新昏燕爾，中道棄捐。哀哉若人！命之不淑，乃無子而有子，得因親以及親。比及一年，遂膺再命。茲加贈爲宜人。於戲！以爾子之于爾，毛裏漠然，栝棬何慕？顧此檀編之錫，曾不間于烏鳥之懷；是知簪履之遺，益無解于龍胡之痛。用章誘勸，非我恩私。靈其有知，尙克享此。

母安氏加贈宜人

制曰：爲人母者，或賢而不著于綸綍，或貴而不昭于管彤。其能兼而有之，幾何人哉？贈安人某氏，乃具官某之母，蔚爲女士，實惟母師。機絲間讀誦之聲，匕箸著平反之敎。迨抗章之怒未測，而偕隱之願不違。歡然舉觴，喜常在于目下；慨焉太息，想齊名于古人。宜爾娠賢，作吾遺直。茲加贈爲宜人。瀧岡之表，未艾于今；介山之封，有光誰昔。

尙寶司少卿王之寀授奉直大夫

制曰：朕嗣服以來，念我先帝往居儲副，備歷憂危。惟昔年調護之人，多今日登庸之士。龍胡莫逮，鴻羽日新。顧彼周行，爲之愾嘆。具官王之寀，夙期魁礨，志節激昂。歷邑宰而稱能，在刑曹而有執。乃東朝鼿甈之日，正九廟震驚之秋。爾猶能窮究要辭，抗言奸狀。我皇祖是以有慈寧之召，而舉朝得以釋宗社之憂。惟爾孤忠，著于易世。還追奪之恩命，寵以訓辭；起淪棄之餘生，置之禁近。蓋隻身嚴譴，固聖朝養士之深仁；而一旦召還，亦皇祖安儲之本意。致其忠愛，爾方感痛于山陵；思其著存，余尤睠顧夫簪履。乃以覃恩授具階。於戲！惟靖共爾位，可以繼前修；惟夙夜在公，可以終後譽。尙終念生全之德，其無忘死諫之時。欽哉！

妻孔氏加封宜人

制曰：朕覩古忠臣志士，身名坎壈，而妻子流離，未嘗不惻然傷之。今吾追念先朝，召還遺直，而分榮及其室家。國家寬大之恩，顧不著與？具官某繼妻封安人某氏，女圖毋越，婦道可宗。相夫子以能官，奉先姑于篤老。迨抗章嚴譴之日。正闔門皇恐之時。環堵篝燈，晤對有同于賓友；田園饁餉，沒身何羡于榮華。是以雷風之震驚，不廢瑟琴之靜好。國論既定，閫範滋章。茲加封爲宜人。爾其言念國恩，黽勉內治。砥節必期于衰白，立名相勸于汗青。服我訓辭，永綏福履。

父登洲累贈承德郎刑部浙江清吏司主事加贈奉直大夫尚寶司少卿

制曰：國家激勸臣工，莫先恩命。以追奪爲辱，則尤以補給爲榮。至于牽復未幾，而褒册相逮，度越彝典，佩服異恩，移孝敎忠，顧不美與！累贈具官某，乃具官某之父，天性剛方，人倫篤厚。抱遺經以究終始，業不在于蟲魚；負俠骨以游里閭，志安知夫鴻鵠。慨有大節，傳之後賢。惟茲法署之危言，實乃家庭之遺敎。奮一身以爲九廟，子可下報其先人；褫一命以及九京，父亦何憾于沒世。迨國論之既定，肆恩命之載頒。試觀日月之昭回，言念雷霆之摧擊。人心不死，何待三錫以爲榮；天道有知，豈曰十年而不復。是用贈具階官。於戲！是父是子，惟孝惟忠。徵于本朝，固當垂之掌故；爲觀後世，倘亦視彼册書。

母趙氏加贈宜人

制曰：古之賢母，劬躬纍後，其後必有砥節立名之人，以顯揚其親。我有賢臣，率由慈訓。贈安人某氏，乃具官某之母，言不出閫，德宜爾家。黽勉相夫，有雞鳴儆戒之義；恩勤鬻子，有蜾蠃負化之仁。既娠賢而有聞，遂收華而長逝。惟爾令子，茂著忠賢。奮爲死諫之臣，志義有光于彤管；祀以仁者之粟，顧養何慚于白華。茲加贈爲宜人。於乎！遡今古之榮名，惟忠孝爲不朽。不獨著珩璜之教，亦以垂巾幗之規。

尙寶司卿歸子顧授奉政大夫

制曰：尙寶之卿，掌司符璽，夾侍殿廷，其班行最爲淸切，非其人名德老成宜在帝左右，不以處焉。具官某，德器溫文，訏謨經遠。初在綸省，已謝聲華。旋登掖垣，益章體望。蓋爾之正直忠厚，本諸先民；而吐剛茹柔，乃其素守。當徑竇奔趨之日，遵彼周行；處羣言沸羹之時，默爲楷柱。緜歷滋久，簡用惟新。列在淸卿，職司尙璽。出入殿陛，還顧瑣闈獻納之班；回翔禁嚴，彌覩夙夜在公之節。甄陞惟允，資望聿先。乃以覃恩授具階。於戲！世變風移，所貴得沉實守正之士；尊賢求舊，庶幾倡靜共爾位之風。尙爲吾之典刑，以勉須夫不次。欽哉!

原任左春坊左庶子兼翰林院侍讀馮有經贈禮部右侍郎

制曰:我先帝儲闈日久,育德通儒;踐阼未幾,追懷舊學。德音不遠,山陵告成。顧瞻懷思,潸然出涕。聿舉追恩之典,以終憑几之言。咨爾營魂,聽余申命。具官馮有經,湛涵經術,蹈履中和。蚤踐禁林,拔自聖祖;遂參講幄,侍我先皇。誦文王世子之篇,有裨寢門之孝;非唐、虞三代不道,無忘東序之規。啓沃有聞,勤勞茂著。胡收華于朝露?徒齎志于辰猶。昔在先皇,爲之三嘆;惟余沖子,悼以百身。是用洊越宮僚,峻副宗伯。漏彼下泉之澤,蔚爲儒者之光。於戲!涕泗何從,言念春宮之舊事;話言猶在,追懷青殿之執經。尚與享于在天,誠何憾于入地。靈其不昧,鑒我盡傷。

諭祭原任左春坊左庶子兼翰林院侍讀贈禮部右侍郎馮有經文

惟爾蚤踐翰苑,洊陟桂坊,事先帝于春宮,若甘盤之舊學。蓋亦馮翼孝德之士,不獨章句誦說之儒。回翔有年,奄忽長逝。霜天雪夜,尙想遺心;鶴禁龍樓,遂成陳迹。悼弓劍之已往,念簪履之如存。睠我先朝,式章異數;賁茲新龕,祭以共牢。尙其冥靈,歆此嘉饗。

下葬文

惟爾望茂宮僚，勞深講幄。寵數追錫，日月有時。爾尚收斂營魂，追趨弓劍。其從與享，長侍先皇。居此幽宮，庶幾不朽。

原任總督陝西三邊軍務兵部尚書兼都察院右副都御史贈太子少保謚恭襄石茂華追贈資德大夫

制曰：閥閱在朝，永念鼎鐘之績；羽書旁午，式勤鼙鼓之思。無競惟人，逝者可作。睠言舊烈，敢告治庭。具官石茂華，志慮忠純，材術膚敏。踐更中外，歷著風猷。蹴島寇于維揚，捍強胡于汾石。入登樞貳，籌邊屏幛之間；出總元戎，宣威區落之外。上首虜者二十餘章，讋羌夷者七十一族。再臨秦、隴，俄然星隕于營中；一望節旄，尚爾風驚于塞上。睠茲鈴索之警，視彼册府之勳；矧予將帥之臣，亦有箕裘之胤。乃以覃恩，追贈爾資德大夫，錫之誥命。於戲！肆承平之日久，致戎索之漸隳。黑水、白山，尚留殘孽；旄頭畢口，未斷夷氛。起冢象祁連，猶恨匈奴之未滅；將星高太白，誰當長子之帥師？推九原猶視之忠，稱一人拊髀之意。惟靈不昧，服我訓辭。

原任太常寺卿洪文衡贈通議大夫工部右侍郎

制曰：朕簡召遺逸，登用老成。蓋將網羅武、宣之人材，修舉成、康之政治。虞門載闢，黃髮在廷。其不幸而淪亡，余何愛于贈卹。具官洪文衡，學術醇正，風操端莊。當束髮以登朝，迨白首而壹節。奉公體國，殆庶幾知無不言，言無不爲；蹈道潔身，則可謂三揖而進，一辭而退。迨我初服，載陟清卿。雖回翔卿寺之間，實蔚爲本朝之望。論不阿世，抗議以存祧廟之規；義深愛君，盡瘁以蔵園陵之禮。方期枋用，胡不憖遺？撫先朝梓漆之材，慨漸凋于再世；念夙夜寅清之德，恍或在于周行。爾生平懷報國之心，持以入地；余一人懋厚終之典，書而納棺。是用特贈通議大夫工部右侍郎，錫之誥命。於戲！士有令名，至身沒而論定；國之彝典，蓋生榮而死哀。惟朕言之有聞，庶逝者其可作。營魂不昧，尚服享哉！

原任南京吏部稽勳清吏司主事安希范贈光祿寺少卿

制曰：爲國以養士爲先，養士以厲節爲本。昔我神祖，野多遺賢。蓋將鬱積一時之材，以爲子孫百年之用。如鳳麟之服猛鷙，若珠玉之茂山川。迨我新朝，疇咨故老。或有淪沒，余深嘆焉。具官安希范，德行温文，風節凝遠。抗章郎署，力陳社稷之言；削籍編氓，守固丘園之賁。窮而譚道，誠畢世以何求？退不忘君，蓋沒身而後已。方當召用，竟不假年。睠彼遺民，至于今日。風霜閱歷，徒知松柏之心；節目科喬，莫竟梓材之用。爲之一涕，胡不百身？特贈光祿寺少卿，錫之誥命。於戲！考完節于生前，蓋棺始定；表令名于身後，簡册猶新。向念我祖百世之仁，庶亦慰爾生平之志。

四川敘州府興文縣知縣張振德贈光祿寺卿謚烈愍

制曰：比以疆圉多故，奔潰相仍。余欲僇死而施生，責以致命；必先憫忠而厲節，敎之事君。庸峻恩章，以昭激勸。具官張振德，入孝出弟，經明行脩。爲吏有儒者之風，居官以保障爲事。屬逆酋之作難，數郡風靡；遂登陴以授兵，孤城斗絶。力戰無援，盡室自焚。哀哉一死之堅貞，烈于猛火；壯矣闔門之婦孺，皆爲國殤。惟吾謀軍師國邑之臣，率多保身軀妻子之輩。誰無百口，甘視息以偷生；視爾一門，倘汗顏而愧死。是用易名烈愍，峻秩司光。致祭歲時，立睢陽之廟；世官環衞，字羽林之孤。異數以盼，寵錫斯備。於戲！生吾所欲，矧二十餘口赴義如歸；國猶有人，蓋二百餘年養士之報。庶幾精爽，尚克顧歆。

自兩制專屬館閣，而贈祭誥文及武官恩命誥敕房辦事者，據爲職掌。天啓元年，余當外制，中書諆馮庶子贈官誥，鄙俚不典，有「抱明月而長終」之語，余信筆爲改竄。自後大臣子弟，欲表章先德，相率來請，余受其辭而却其幣。中書恚余侵官，往愬於中堂。中堂唯唯，余不與置辨也。迨今上初，褒贈應山諸公制詞，皆出詞林，歷數年而吾邑許祭酒以諆高忠憲制左官。蓋中書抉摘其制語，獻之韓城，藉手以報東門之役。韓城喜于斥許，初不問故事云何，而許亦未悉余之爲始禍也。穆廟初，高文襄當國，歸熙甫以僕丞管制敕，一時贈祭文爾雅可觀。厥後辦事者多用乙科闌入，閣中亦視爲故紙，不復簡括。制詞日陋，王言日輕。間與諸老言之，相視目笑而已。於乎！亦可爲一慨也。壬午長至後五日記。

初學集卷九十四

外制四

工科給事中魏大中授徵仕郎

勑曰：朕運撫多艱，助求小毖。歷選賢俊，充斥諫垣。安得公忠體國之臣，參錯其間，使風聲凜然，而國是以定與？具官魏大中，恭敬温文，弘深肅括。蔚爲民譽，久在使垣。周爰咨諏，載驅英蕩。瑣闈晉列，封駮有聞。蓋爾有正色寡言之風，而懷淡然無我之志。受寵有憂色，納忠多苦言。居無墮替之容，進無扳援之黨。先資之獻，視彼周行；而如結之心，形於入告。朕有嘉焉，乃以覃恩授具階。於戲！闢門伊始，納牖惟人。以緇衣巷伯之思，勵其素節；以彈冠振衣之想，立我新朝。誦虞人之箴，爾尚輸忠於辛甲；以鄭公爲鏡，余將取法於貞觀。益勉辰告之猷，無負夕郎之拜。

妻錢氏封孺人

勑曰：士淡然孤貞，窮通一節，何暇問室家乎？然而北門之歎，未免上閧，則相貳之賢，蓋亦砥節之資也。具官某妻某氏，頌圖叶德，棗栗告虔。奉白髮以服勞，辛勤生死；却丹華而攻苦，黽勉歲時。迨通籍之有年，益負屏而相勵。夜行多畏，凜然行露之防；㫰告有章，宛爾因風之儆。如茲婉德，何靳分榮。茲特封爲孺人。闕狄之章，倘頻仍於殊錫；素沙之德，知不改其生平。

父邦直先贈奉職郎行人司行人加贈徵仕郎工科給事中

敕曰：士有沉冥沒世，身不出一畝之宫，而束修砥行，以見於後，斯所謂鄉先生沒世而可祭於社者與？朕思式而表之，矧其有子。贈具官某，乃具官某之父，人之逸民，天之君子。內行純備，儼介圭之有章；至德可師，扇和風而被物。因心制行，非有使然；博喻爲師，是亦爲政。乃其式穀於爾子，蓋皆模範以古人。青簡猶新，指鬚眉而激勸；丹心未死，按圖像以考求。攻木之教有聞，匪石之心不改。是用贈具階官。於古有曜，宜揭德以振華；非朕敢私，用厲世而磨鈍。

母蔣氏贈孺人

敕曰：敬姜不嘗稱乎：君子能勞，後世有繼。夫愛其子而勞之，不若勞其身者之以身教也。爾某氏，乃具官某之母，性閑圖史，訓奉姆師。操荼蓼以爲心，習井舂而作苦。抱絲貿布，勤敗杼以相夫；并食易衣，市遺編而教子。劬躬已逝，娠賢有聞。封駮禁闈，尚想指陳於畫荻；隱憂瑣闥，終懷手澤於斷機。兹特贈爲孺人。庶幾釋孝子之悲，亦以章女宗之德。

工科給事中方有度授徵仕郎

敕曰：朕博求俊乂，廣置言官。班行載盈，臨朝發歎。思見正色讜言之士，以幾鎮浮疏穢之風。苟得其人，中我兹選，國有彝典，先以訓辭。具官某，風操端莊，言行謹直。肅然淸廟之器，粹然孚尹之姿。爲令廉能，冠於澤、潞，報政優異，擢在諫垣。既明且淸，其言不愧乎先正；允文而靜，立朝有慕乎前修。君子之德風，曰不流而不倚；吉人之辭寡，蓋有脊而有倫。乃以覃恩授具階。於戲！國家以得人爲彊，若虎豹之衞藜藿；以一言取重，若觿玦之解嫌疑。故崔公發言，則淄青慚服；而汲直在內，則淮南寢謀。爾其以靖共正直爲倡，余豈以蜩螗沸羹爲患。欽余時命，愼乃攸司。

妻閔氏仍前贈

敕曰：夫婦之義，始乎人倫。故谷風有御窮之悲，而雞鳴致偕老之祝。朕於臣子，蓋深歎之。具官某妻贈孺人某氏，秉是壼彝，作其内治。夙興夜寐，躬濯溉以有虔；朝齏暮鹽，服井舂而不解。吁其悲矣！胡不永年？中夜傍徨，尚想牛衣之感涕；日月逾邁，誰其翟茀以來朝？兹仍贈爲孺人。尚有聞於管彤，知無憾於宿草。

繼妻張氏仍前贈

敕曰：爲吾志義之臣，服官廉辨，有事殿中，則其相助之賢，攻苦而食貧者，亦已勤矣。朕有愍册，其何忍遺？具官某繼妻贈孺人張氏，既靜而𩑶，終温且惠。箴圖之訓，學於先姑；洗腆之供，及於再世。竭黽勉而相讀，珥無光輝；躬操作而之官，衣猶穿弊。光塵已往，儀度有存。治業寢門，儆戒尚思夫行露；上章瑣闥，風規彌感於視星。兹仍贈爲孺人。不獨慰夫子之心，亦以章女宗之範。

父恒先贈文林郎山西潞安府長治縣知縣加贈徵仕郎工科給事中

敕曰：國計莫先於樹人，家修必本於種德。樹人如積穀，以既穫爲成功；種德如力田，以勤敷爲能事。肆我瑣闥，粤有賢臣。原本先人，著之書命。贈具官某，乃具官某之父，器資恢傑，德性温文。孝養厥親，牽車牛而服賈；好行其德，解服驂以邺貧。篤厚深中，與人無厓岸之異；感慨立節，行己在儒俠之間。不贏其躬，以昌厥子。高吾門可容駟馬，既有徵於里閭；度其旁可置萬家，誠何恨於泉壤？是用加贈具階官。於戲！或源或委，宜食報於先河；爾熾爾昌，尚流光於後裔。

母程氏仍前贈

敕曰：麟趾之詩，咏公子信厚之德，而原本於后妃。國家之治，所以仁及草木也。我有賢臣，追念慈訓。娠賢燾後，余寵嘉之。贈孺人某氏，乃具官某之母，天性鍾慈，女圖叶矩。易衣幷日，儉共迄於沒身；洗腆瓮盛，勤勞萃於十指。慈和藹於媪御，顓靜化於閨門。發其長祥，篤生爾子。無險詖私謁之念，似其母儀；有不踐不履之仁，本於胎教。玆仍贈爲孺人。關雎之應，既有聞於爾身；麟趾之徵，尚茂著於爾後。

刑科給事中薛大中授徵仕郎

勑曰：有事殿内之臣，吾所爲職諫諍，資規益者也。苟得其人，咫尺丹陛，執簡却立，朝右屏息，而人主動容，其責任顧不重與？具官某，器資恢傑，風力肅明。早以長才，試於爲邑；屢居上考，擢在諫垣。當羽書交至之時，兼國論紛紜之日。悉心條奏，信志敷陳。畫地聚圖，有言必底於可績；正繩直筆，無論不期於矯時。甫踐月請之班，已著日聞之效。乃以覃恩授具階。在昔三原，粤有前哲。奏牘流播，炳若丹青。爾生於其鄉，亦有瞽宗之思乎？惟篤誠可以繼前修，惟博達可以經世務。爾必勉之，無姑求賢於世之君子而足也。則余汝嘉。

妻秦氏仍前封

勑曰：周官之以六計弊羣吏，莫不以廉爲主。然而士君子之能廉，多始於家室。北門歎交謫，而家人利女貞，斯可以觀矣。具官某繼妻封孺人某氏，環珮應圖，衡規合德。恭大慈小，朝鬵暮盥。自誓以裙布之風，佐夫爲清白之吏。突煙朝冷，坐看釜甑之生塵，鈴索夜闌，共喜寢門之如水。清班既踐，内美滋彰。茲仍封爲孺人。祗服訓辭，永綏福履。益勉夜央之問，用襄辰告之猷。

父約封文林郎河南歸德府寧陵縣知縣贈徵仕郎刑科給事中

敕曰：易稱積善餘慶，傳言德厚流光。故陰德之門，必高於後；而祥刑之策，或授於先。挹彼注茲，蓋天道使然也。封具官某，乃具官某之父，飭躬厲行，陳義本仁。矩行規言，師孝友於千古；春華秋實，備文行於一身。折節以爲善於家，傾貲以好施於國。流離載道，望之如歸；饑寒塞門，待以舉火。敦六行以重任恤，既以仁厚起家；本六計之弊廉能，又以清白訓子。凡此象賢之美，誰非燕翼之詒？是用加贈具階官。於乎！鴻羽爲儀，大顯於堂坊之後；虎賁猶在，試觀於殿陛之間。

戶科給事中史孔吉授徵仕郎

敕曰：昔稱王仲舒爲拾遺，秀出班行，乃動帝目。蓋有事殿內之臣，密侍瑣闥，風流吐茹，皆有獻替，非獨能言而已。具官某，經術湛深，器緼純茂。發跡賢科，兩宰劇邑。所至治理，風績炳然。迨登諫垣，封章屢上。論事以和衷爲準，籌邊以竭澤爲憂。策皆便時，言可底績。至於進止雍頌，敷奏詳雅。如良璧之有邸，而精金之有聲。朕臨朝顧視，念彼周行。先民之風，藹然猶在。若爾者，可以爲天子法從之臣矣。茲以覃恩授具階。夫給事中在帝左右，古多用履素立德者爲之，而後世徒以爲言官而已。朕今欲使封駁凛然，殿陛動色。諫官之勢不輕，而朝廷日重，其所以望爾者遠矣。靜共爾位，勿替朕命。爾其念哉！

妻蔣氏仍前封

勅曰：婦人之貴，從夫者也。徜從其貴，不從其賢，則翟茀之榮不光，而縞綦之思彌苦已。具官某妻封孺人某氏，環珮應圖，琬琰合德。異粻宿肉，則舅姑忘貧；荆布操作，則家人屏貴。惟茲冰玉之姿，迄無初終之異。夫婦之間，宛如賓友。媲賢如是，不巳難乎？茲仍封爲孺人。服此休命，不替素風。蕭然瑣闥之游，何異鹿門之隱？

父餘道先封文林郎福建建寧府崇安縣知縣加封徵仕郎戶科給事中

勅曰：師道立則善人多。善爲人師者，有相於國家之養士者也。而食報於其後，又何疑乎？封具官某，乃具官某之父，孝友成性，温栗比德。家傳載廉之石，菽水爲歡；庭生交讓之木，冠衣相代。嗟數奇而不偶，能博喻以爲師。不收夏楚之威，益衍菁莪之澤。遐不作人，施及其子。今爾子纘言勵行，蔚爲寶臣，是則爾之成勞也。是用加封具階官。爾方白首窮經，豈知章服之榮，有以加於韋布乎？先河後海，國家崇本之道宜爾，爾其善承之。

母潘氏仍前封

勑曰：皇考庚戌之歲，子大夫登於朝者，不爲不多矣，官於禁近者少也。官禁近矣，父母俱存者又少也。兼而有之矣，當霈恩之際，値稱壽之日者，抑又少也。於戲！是不惟人之全福，家之積慶，不可多遘，而天地休明之氣，亦有限焉。封孺人某氏，乃具官某之母，出自德門，備有儀法。今爾子爲青瑣之臣，而爾與夫俱黃髮之老。吉祥善事，駢集一門，可謂盛矣。夫德者福之基也，家者邦之基也。朕既已觀德於家，又以徵天地休明之氣，朕甚懌焉。茲仍封爲孺人。朕方有意於養老乞言之事，而侍養之臣，祥祉如是。其尙善持之，思其所感應召致也，則豈惟一家之慶哉！

兵科給事中李遇知授徵仕郞

勑曰：乃者東夷不靖，河東失守，徵發塡委，朝野繹騷。議者率以謂議論不省，則無以責成功；封駁不嚴，則不可振積習。兵垣得人，而疆事思過半矣。具官某，風力肅明，機用周敏。初爲健令，在我近畿。蔚有令名，躋於諫署。班行秀出，如衡牙之有聲；糾覆精明，若操刀之能割。至於論兵事之疏，尤多切時務之言。指顧遼山渝水之間，可以坐而籌畫；數陳出車命將之事，庶幾立見施行。若爾者，可以爲兵垣之選矣。乃以覃恩授具階。自兵興以來，道謀孔多，戎律刓敝。夷耽耽志日在我，我睽睽目不在敵。夷所以逞，我所以蹙也。實爾之言，無忘國恤。掖垣瑣闥之地，皆枕戈坐甲之人。人咸以遼爲事，斯遼事辦矣。爾其懋哉！

妻王氏贈仍前封

敕曰：讀小戎之詩，而知秦之婦人女子，皆能先國恤而後室家，蔚然有士行也。遺風有存，予其恡此贊册？具官某妻封孺人某氏，動稟詩、書，言光箴訓。饁耕佐讀，甘纚糲以御窮；荆布之官，比素絲而叶德。收華已舊，錫命維新。風動掖垣，誰問封章於右省？霜淸板屋，空懷茵轂於西戎。兹仍贈爲孺人。尙其默贊夫德音，用以有裨於王事。

父友竹先贈文林郎直隸大名府東明縣知縣加贈徵仕郎兵科給事中

敕曰：傳曰：子之能仕，父敎之忠。夫敎非其辟呵之謂也，生而有氣誼可見，歿而有風骨可詒，式轂之似，有深於提耳者與？贈具官某，乃具官某之父，學有根柢，言成文章。驥足未展於名場，燕翼每勤於哲嗣。以任恤敎鄉里，肅如鼙鼓之招；以德義愧囂浮，嚴於夏楚之撻。用爲庭訓，施及官方。啓迪有聞，規摹滋茂。是用贈具階官。於戲！再世而昌，旣有徵於播穫；九原可作，斯無愧於典型。

母某氏仍前封

勑曰：臣子勤勞王室，砥節首公。進而有尸饔之思，退而有燕喜之慶。一悲一喜，未嘗不回翔錯互也。國家蓋有以慰之。封太孺人某氏，乃具官某之母，躬傳茂矩，性稟深慈。機絲攻苦於一身，膏火佐勤於兩世。今爾子旣顯融瑣闥，而爾尙優游板輿。惟榮與壽，可謂兼之矣。於戲！王于興師，爲人臣者，咸有無衣之賦；不遑將母，爲人子者，寧無紹裾之悲？爾旣勉其子以事君，余當因其子以念母。茲仍封爲太孺人。尙其彊飯，以迓餘休。毋重倚閭，以牽內顧。

兵科給事中明時舉授徵仕郎

勑曰：國家六科之設，名應六曹。東師之出，兵垣尤重。籌邊論將，以封駮爲折衝，非眞心弘濟之臣曷與焉？具官某，心事樸忠，局幹綿遠。出宰西江，報政北地。爬剔疾苦，扶養小弱，可謂良吏矣。頃者東事方殷，兵食坐困。爾新從西方來，封事數上。勾稽夷虜，有表餌制禦之謀；劈畫戰守，有畫地指陳之狀。朕東顧旰食，每三歎焉。兹以覃恩授具階。夫言官筆戰於廟堂，邊臣心戰於疆圉，此今日之通患也。使言官之畢牘，與邊臣之烽堠，胥用以向賊，而不恤其它，東方豈足慮乎？爾典司兵垣，且憂遼事良苦。朕將倚以辦遼矣，爾其念哉！

妻唐氏仍前贈

勑曰：國家霈恩，推及家室。死生契闊，咸卹其私。具官某妻贈孺人某氏，温恭婉德，黽勉御窮。節衣量腹，以事尊章；風雨雞鳴，以相夫子。而不得與君子偕老，翟茀以朝，命也如何？爲之永歎。然爾夫不以絲枲而忘菅蒯之思，國家不以宿草而遺采蘩之德，則爾亦可以無憾矣。兹仍贈爲孺人。膺國之再命，我有訓詞；從姑於九京，爾其與享。

繼妻王氏仍前封

勑曰：古之賢婦，克相其夫者，多明識道理，有忠君憂國之思焉，不徒以織紝饋食爲能事也。具官某繼室封孺人某氏，育德名家，作嬪良士。撫孤孩有莫辨之仁，事君姑有在側之孝。至於心念國恤，勉其夫以急君；而身留子舍，代其夫以事父。割兒女婉孌之私，成丈夫慷慨之節。若爾者，可謂女士矣。茲仍封爲孺人。爾夫方拮据兵垣，指畫邊事。爾尚益庀內政，贊我諫臣，爾亦與有成勞哉！

父誥先封文林郎江西吉安府廬陵縣知縣加封徵仕郎兵科給事中

勑曰：予觀於土風，巴之人有好古樂道之詩焉。今其遺民，猶有存者。封具官某，乃具官某之父，被服儒素，規矩古人。事親而飲水盡歡，教弟而膏火無間。爾子通籍起家，而爾終守幽人之吉，退修長者之行。蔬食布衣，宛然野老；渥顏白髮，話彼平生。好古樂道，誠無愧焉。是用封具階官。於戲！疏榮霈恩，國有彝典。然白駒空谷之思，亦攸寄焉。非爾不足以與此。

母王氏仍前贈

勑曰：嘉穀旨酒，可以養母，此亦巴人之詩也。朕推恩臣下，循覽怙恃之間，蓋愴然傷之。封孺人某氏，乃具官某之母，相夫有佩韋之順，教子有宿火之勤。黽勉劬勞，不媿女史。爾子出宰百里，爾能封鮓訓廉，加飯問獄。三年有成，猶及見之。今爾子方致身青瑣，而爾已斂影黄壚。話言不遐，圖像空設。良足悲矣！兹仍贈爲孺人。庶幾寸草之心，足慰樹諼之慕。

福建道監察御史周宗建授文林郎

勑曰：昔在我孝廟，扶養言官，開受讜論。易世之後，忠厚正直，鬱然成風。朕嗣服以來，追懷先正，慨然有典刑之思焉。具官某，得南方文學之華，抱先正先憂之志。膏雨之政，浸灌淛西。洊陳内臺，令問滋茂。爾既博通經術，貫穿世務。而又本諸憂國之心，發以便時之策。籌邊徼而悉要害，辨賢奸以涣小羣。朕顧瞻周行，省覽封事，庶幾於爾有先正之望焉。乃以覃恩授具階。爾乃祖起家孝廟中，著聲南垣，恭肅之名，于今爲烈。惟恭與肅，忠厚正直之表也。爾尚祗一乃心，紹衣先德。朕將以前烈畀爾，爾其念哉！

妻申氏仍前封

勑曰：二南之風，閨門之細事，皆所咏歌，而罕可指迹，此王化之最盛也。今安得而見之？具官某妻封孺人某氏，淑茂柔明，休有華問。學於舅姑，以事夫子。以爾夫學殖之勤，服官之悊，則爾之交儆於旭旦，而治業於寢門者，其亦可想見矣乎？兹仍封爲孺人。其益相爾夫，效爾績用。以章明王化，亦惟爾之休。

父轁符封文林郎浙江杭州府仁和縣知縣加封福建道監察御史仍前階

勑曰：朕惟人材之難，長育有素。風流之來彌遠，則弓冶之傳滋大，豈可誣哉！封具官某，乃具官某之父，恭肅之孫，孝秀之子，慨有大志，似其先人。結繩掌故，富有腹笥。水利兵農，爛如指掌。非惟有名士之風，蓋亦抱通儒之器。抱道不施，以貽其子，今爾子竟爾志矣。於戲！魏公之遺笏，代著清風；王氏之青箱，世諳舊事。風流弘長，非爾其誰？是用封具階官。爾尚傳述祖德，磨切後賢。使爾子之風績，克媲乃祖，顧不休與！

母顧氏仍前封

勑曰：吾聞之敬姜曰：君子能勞，後世有繼。然則古之賢母，所以娠賢而教忠者，其必繇於此矣。封孺人某氏，乃具官某之母，家風綿邈，儀法肅明。言稱先姑，服習珩璜之訓；無違夫子，辛勤簪笏之遺。至於斷機之教，益勤於學殖；而備官之訓，不替於宦成。式穀有人，誥誡彌苦。則古之母師，無以加矣。兹仍封爲孺人。爾子風猷未艾，爾之優游象服，往來雕軒，固有日矣。能勞之報，顧不著與！

山西道監察御史江秉謙授文林郎

敕曰：昔我皇祖，儲養諫臣，迨於末命，除授如恐不及。山陵既成，人物滋茂。朕瞻彼周行，蓋不勝豐芑之思焉。而霈恩之典，其能已乎？具官某，經學承家，儒術飾吏。出宰劇邑，蔚有賢聲。襦袴之謠有聞，膏雨之澤滋潤。晉陟臺憲，風聲凜然。虚己奉公，志每存乎交儆；盡忠補過，心如結於在廷。共傳且止之謠，快覩巡行之跡。顧瞻法從，幸有人焉。乃以覃恩授具階。朕開受言路，朝上夕下。立維新之朝，則當奮祓濯之氣；居可言之會，則當收藥石之功。若乃埋輪示威，焚草爲慎，此衰世之事，而非朕所望於爾也。爾其毖哉！

妻汪氏仍前封

敕曰：人臣出宰大邑，入陪法從，勞於王事而不得顧卹其私，則內助斯重矣。具官某妻封孺人某氏，婉娩淑儀，儉共令德。拮据辟績之苦，宛若儒生；追陪膏火之餘，自爲賓友。居寢門而治業，黽勉中宵；視封事而戒心，殷勤問夜。爾夫得以一心營職，爾有助焉。茲仍封爲孺人。再命是膺，初勞勿替。

父應曉原任四川重慶府涪州通判先贈文林郎浙江寧波府鄞縣知縣加贈山西道監察御史仍前階

勑曰：木本水原，臣子承家之學；先河後海，國家追遠之恩。具官贈具官某，乃具官某之父，行馴簡柙，學咀英華。廿載入山，勵隱居之遠志；一行作吏，借宦跡以薄游。涪水之歌詠猶存，黟山之藏書殆遍。作縣有譜，試看廉石之傳；荷槖生風，不負籯金之教。是用贈具階官。嗟斯人之不作，庶可用以爲儀。

前母胡氏贈孺人

勑曰：數典而忘祖，非故也；登枝而捐本，非仁也。朕比下詔霈恩，尤敦篤於原本。故臣子之有志弗信者，悉逮及焉。某氏乃具官某之前母，孝慈天授，共儉少成。黽勉備旨蓄之勤，閱歷盡糟糠之苦。譬彼開國承家之事，實爲荒度草昧之人。賓命不猶，溘焉先逝。逮乎曠蕩追恩之日，乃得均霑後子之封。其可慼矣！茲特贈爲孺人。於戲！覩口澤而思，以言乎所生之子；見圖像而拜，豈望於不知之人？推恩體及夫人情，異數不限於功令。爾靈不昧，尚服享哉！

母汪氏仍前贈

勑曰：貞順賢明，母儀之所兼重也。古之賢母，稱於天下，能教其子，其可誣哉！贈孺人某氏，乃具官某之母，被服圖頌，不解於身；諷誦詩、書，略皆上口。既能食而能教，亦有嚴而有慈。是正一字之舛譌，取諸腹笥；慨歎千秋之風義，教以心師。遂成爾子之名，不愧母師之號。茲仍贈爲孺人。於戲！綸綍之榮滋至，而管彤之譽無窮。是母是子，厥惟顯哉！

廣西道監察御史游士任授文林郎

勑曰：朕睠顧東方，拊髀太息。蓋欲順殺氣以用兵，法文昌而命將，而懼未有以稱也。我有臺臣，期振國恥，慨有大志，予寵嘉之。具官某，學求經國，志在救時。自爲令而循良，已有聞於當世。甫就西臺之列，屬當東事之殷。慷慨上書，諄復論事。盂江鑑海，攬世務於目前；餌虜弭夷，聚兵符於尺幅。予嘉乃志，明試以功。遂命爾於彼東南，簡江、淮習流之卒；身親教練，成越人君子之師。用以張吾三軍，期於自當一隊。爾受命往矣，乃以覃恩授具階。於戲！自唐、宋以來，往往用文臣爲大將，朕命爾非小也。非寬不可以養人，非嚴不可以御衆，非廣不可以集事，非斷不可以成功。聽我訓辭，著爲紀律。朕有後命，爾往欽哉！

妻段氏仍前封

勑曰：易不云乎：陰雖有美，含之以從王事。夫以從王事，臣道也，而妻道亦參預焉。人臣砥節首公，必得閨門之佽助，豈偶然哉？具官某妻封孺人某氏，休有華問，歸於令人。躬洗削以御貧，服素沙而比德。爾夫子既奮身師旅，方有外憂；而爾能庀業寢門，俾無內顧。蓋不惟身甘麤糲，量腹以佐養士之風；抑可親執鼓桴，向屏以作三軍之氣。所謂以從王事，誠無愧焉。茲仍封爲孺人。爾其益勤夙夜，以相夫子。石窌之封，朕不遺爾。

父讓先贈文林郎浙江湖州府長興縣知縣加贈廣西道監察御史仍前階

勑曰：士能詠歌一室，抱遺經以昌其後，斯已賢矣。矧其慷慨負奇，風義弘長，大啓其後之人，以勤王事。贈具官某，乃具官某之父，通材肅敏，亮節激昂。志在春秋，刊訓故專門之學；下窮掌故，鄙蟲魚篆刻之文。嗟有志而無時，終藏器而不賈。肆尙友之心於千古，游於酒人；韜濟世之德於一鄉，稱爲長者。惟而賢子，似其先人。持槖殿廷，載舊史麟經之筆；奮戈夷虜，出傳家豹略之書。蓋堂構之有聞，信風骨之不朽。是用贈具階官。尙佇師中之錫，蔚爲泉下之光。

母明氏仍前封

勑曰：臣子奮不顧身，勤勞王事，妻子不足戀，惟有母尸饔之思，足以奪之。我有志義之臣，必本賢明之母。著之女史，休有譽問。封太孺人某氏，乃具官某之母，淑愼應圖，堅貞苦節。寒冰慄慄，誓白首以殉夫；宿火熒熒，篝青燈而敎子。燕及娣寡，嘗自分衣食之餘；斥置義田，曰以終先君之志。至於寢門之告戒，必先砥節而首公。日暮而倚閭，幸無以老人爲念；秋高而選將，當獨分社稷之憂。肆我賢臣，率繇慈訓。玆仍封爲太孺人。爾其優游眠食，勸勉勳名。旋觀東事之告成，常御北堂而燕喜。

陝西道監察御史蔣允儀授文林郞

勑曰：宋制有言：在廷之臣，位下而望重者，惟諫官而已。朕大弊羣吏，妙簡諫官，試職未幾，畀以書命。其愼重臺諫，猶前志也。具官某，器資綿遠，德性温文。茂著循良，再更繁劇。乃膺師薦，擢置西臺。蒿目憂時，以四郊多壘爲恥；直筆繩世，以衆言淆亂爲憂。旬月之間，奏章數上。補助政體，皆可施行。乃以覃恩授具階。於戲！心以御氣，氣局恢則心益小；學以經世，世務達則學益深。惟忠實可以不撓，惟精誠可以不懈。朕方觀爾之向，勉於厥修。欽哉！

父弘憲原任戶部貴州清吏司署員外郎事主事加贈奉直大夫

制曰：傳稱明德之後，必有達人。蓋其弘長風流，積習名教，志氣可以默喻，而擩染非有使然。余有寵章，表其懿德。用以著教，非獨廣恩。原任具官贈具官某，乃具官某之父，恭敬溫文，孝弟忠信。強學博喻，緡道以爲絲；陳義本仁，旌行而爲佩。自膠庠而教國子，以人師而爲經師。歸休乎環堵之宮，終天年而將母；入官爲錢穀之吏，盡地力以事君。管榷政而指掌秋毫，憂存國恤；賑凶裁則隨車夏雨，誠感人窮。至其沒不忘君，可謂死以勤事。肆而令子，蔚有家風。澹泊自將，不改寒氈之雅志；公忠憂國，庶幾易簣之遺言。清白萃於一門，羽儀用乎再世。是用加贈具階。於戲！節其一惠，誠無愧鄉之先生；祀於瞽宗，可以教國之弟子。

雲南道監察御史趙于逵授文林郎

敕曰：我先帝踐阼未幾，舜旌斯舉，除授臺諫，如不終日。鼎成之後，接踵而來，皆先帝所以遺朕也。推恩之典，其可後哉？具官某，風義篤厚，器識恢明。往在使垣，夙有令聞。英蕩相望於西北，馳驅不憚夫咨諏。越予嗣服之初，乃就憲臺之職。雄班初滿，邊事方殷。風采足以肅臺端，議論足以扶國是。正色對仗，有獨立敢言之風；奮志車攻，有滅虜吞胡之志。朕甚嘉焉。乃以覃恩授具階。今日方舉國憂遼，遼何足憂也。韓愈身兼憲職，力贊蔡州之師；范仲淹起自諫官，驚破夏人之膽。尊俎折衝，責在爾輩。爾其竟爾緒言，勿替朕命。欽哉！

妻王氏贈孺人

敕曰：雷風順承，易著家人之道；琴瑟靜好，詩懷偕老之思。具官某妻某氏，夙有多譽，來嬪德門。侍奉則總笄盆虔，賓祭則酒食祗飭。收華永逝，遺範猶存。胡不百年？遂爾先封於馬鬣；庶幾夙夜，尙思交儆於雞鳴。茲特贈爲孺人。爾其有知，尙克享此。

繼妻李氏贈孺人

勑曰：婦有相夫而不及其成，亦有成夫而不見其盛。人能弘道，末如命何？具官某繼室某氏，善事君姑，克相夫子。籌燈佐讀，有無踰仲卿之規，推食字孤，有兼倍所生之感。蕭然邸舍，溘爾長終。不及見姑，倘想彌留之慟；無以聞母，彌深伉儷之悲。兹特贈爲孺人。庶幾芝簡之頒，無復泉臺之憾。

繼妻水氏封孺人

勑曰：女德無極，婦道有終。迨於繼續之間，滋有故新之異。具官某繼室某氏，德應女圖，道齊師氏。作鵲巢居有之配，鍾螟蠃肖我之慈。子皆有逾於己生，人亦莫辨其所出。無復單衣之感，彌深緩帶之思。至於相貳之多勤，又其淑慎之餘事。兹特封爲孺人。於戲！鸞鳳之和鳴，已徵祥於臺閣；鳲鳩之叶德，尤昭美於管彤。

父嶠先贈修職郎行人司行人加贈文林郎雲南道監察御史

勑曰：古稱水深土厚，無逾西秦；漢舉孝弟力田，多出三輔。惟此良士，佑彼後人。趙某乃具官某之父，馴行孝謹，矢志篤誠。帶經而鋤，空勤穮蔉於望歲；釋耕而歎，終期播穫於象賢。惜哉有志而無時，展矣是父而是子。持橐簪筆，發揮青簡之遺；正色讜言，藉用白茅之素。是用贈具階官。用彰種德之光，益厚樹人之報。

母蕭氏封太孺人

勑曰：古稱女士，亦云母師。圖史之訓具存，式穀之報不爽。某氏乃具官某之母，順柔以事君子，辛勤以持門戶。青燈白日，積有歲年；黄卷素帷，互相磨切。子既躋於法從，女亦蔚爲禮宗。惟此娠賢，是爲胎教。兹特封爲太孺人。令妻壽母，知讚誦之不慚；文駟雕軒，將往來之有煒。

福建道監察御史李思啓授文林郎

勑曰：御史執憲轂下，持斧郡國，將命宣旨，固難其人。乃者賊壘未平，並邊多警。以巡行之使，兼閫外之權。朕於臨遣，蓋尤重焉。具官某，性資恢傑，風力彊明。奮自循良，擢居臺憲。雄班初入，讜言有聞。惟雲中、上谷之間，實藩籬要害之地。命爾相視衿要，籌阨塞於屏幛之中；撫馭師徒，宣國威於種落之外。不徒近固鎖鑰，抑可遙壯風聲。爾受命往矣，乃以覃恩授具階。於戲！内以擁衛神京，外以讋服大虜。併三關而設守，實有良規；兼兩道以制夷，豈無長策。尚勉思夫攬轡，將佇望於策勳。欽哉！

陝西道監察御史李達授文林郎

勑曰：御史執憲轂下，非徒聯法從、持議論而已，其精神足以折遐衝，其果毅足以扞禦侮。古有社稷臣，兹其選也。具官某，材函特達，德佩光明。筮仕祥刑，蔚爲民譽。峻登憲職，秀出雄班。頃者東夷不臣，遼疆日蹙。方羽書旁午之日，正戎行單弱之時。爾乃慷慨上書，邁征就道。逝將率巴、渝之衆，簡庸、蜀之人，雪子弟遼水之讎，正夷虜藁街之僇。有臣若此，朕深歎焉。乃以覃恩授具階。於戲！寢淮南之謀，賴汲黯之正色；正淮西之討，資韓愈之昌言。勿謂外寇之盛衰，不係中朝之得失。朕言維服，爾往欽哉！

妻汪氏贈孺人

勑曰：士既通顯，而念觳佩之盟，未嘗不愀然也，况其賢孝有聞者乎？國家蓋代爲愍之。具官某妻封孺人某氏，家有素風，身多儀法。雞鳴問寢，則孝著慈庭；蟲飛戒安，則勸箴士行。方宜其室，不永於年。官燭宵殘，嗟短檠之未棄；臺霜夕冷，嘅長夜之有人。兹仍贈爲孺人。用賁泉室之恩，式昭管彤之美。

繼妻汪氏仍前封

勑曰：釐降之風邈矣，二女女之，曰以觀刑也。若乃元妃繼室，媲美虞、汭，以光於有家，則士大夫家難之。具官某繼妻封孺人某氏。圖史被躬，環珮叶德。應歸妹其娣之吉，良袂有占；爲有齊季女之尸，采蘩彌飭。繼修壼政，用嗣徽音。問寢食於高堂，殷勤無間；嚴啓閉於內屛，肅穆有加。茲仍封爲孺人。尙敦儆戒之風，以著觀刑之範。

父之章先贈文林郎浙江湖州府推官加贈陝西道監察御史仍前階

勑曰：士有奇不售，坎壈長終，而發其祥於後人也，俯仰之間，有天道焉。贈具官某，乃具官某之父，器本特達，才復經奇。繁露玉杯，湛深經術之學；雕蟲篆刻，縱横子史之文。乃不偶於數奇，終自廢於狂易。趙嘉之遺言臥蓐，竟爾無時；酈炎之末命止戈，終焉有子。顧我荷橐之彥，爲爾肯構之人。是用贈具階官。於戲！挹彼注茲，亦何憾於造物；求忠移孝，庶有永於前人。

母方氏仍前封

敕曰：婦人之殉夫也，有截髮毀肌之操；國家之崇節也，有崇臺綽楔之褒。其有苦節有加，旌門未逮，而獲以其子顯者，則旌典與封典蓋交并焉。封太孺人某氏，乃具官某之母，淑慎無儀，堅貞厲志。當其夫嬰奇疾，子在孤生。供藥物於十指之中，煢煢宿火；操門戶於一紀之內，慄慄履霜。蓋殉夫於夫在之時，不待寡而後寡；存夫於夫亡之後，乃爲窮而又窮。幸藐孤之有成，嶄然頭角；悲未亡之後死，閱此歲時。眞古今節孝之所難，乃功令表章之或後。茲仍封爲太孺人。於戲！我心匪石，白首何異於盛年？有子克家，彤管有光於簪筆。尙永傳於青史，終有待於漆書。

初學集卷九十五

外制五

吏部稽勳清吏司主事周順昌授承德郎

勅曰：昔人之舉郎吏，曰：眞素寡欲，萬物不能移也。官人之職，如鏡於水，澄汰自已，辨論有原。稱是選者，不亦難乎？具官周順昌，介圭不飾，朱絃有音。肅然淸廟之容，雅有先民之度。自其筮仕司理，壹意守官。風淸閩海之塵，氣懾貂璫之魄。蔚爲民譽，晉陟天曹。體望滋章，師言惟允。峭獨自矢，寅協奉公。破藩籬厓岸之私，虛能鑒物；絶弓劍苞苴之問，廉非市名。蓋將以裴、王、崔、毛爲心，非直著簡要淸通之望。乃以覃恩授具階。於戲！余欲拔貞固而斥華僞，汝明余欲進公忠而抑阿黨。汝翼以平心，考覈人地，以實用儲倚人才。雖在郎吏，余將以統均望爾。爾其念哉！

妻吳氏封安人

敕曰：君子砥節首公，能以清彊自奮，殆必有寢門之助焉。具官某妻封孺人某氏，淑愼無儀，安貞有節。適舅姑之所，温凊無間於夏冬；竭奉養之勞，洗腆更兼乎藥物。迨相夫於典劇，益相誓以御窮。衣有弊穿，允稱齏鹽之淡泊；奩無粉澤，彌資水鏡之清明。茲加封爲安人。臣有義曰無私交，女有心曰無私謁。斯所謂相成者乎？尙益毖勤，以竟厥德。

父可賢先贈文林郎福建福州府推官加贈承德郎吏部稽勳清吏司主事

敕曰：賢才之出，殆非偶然。元氣孕畜於家門，而楨幹克生於王國。詩有之：教訓爾子，式穀似之。式穀之云，豈以辟弭提誨爲能事與？贈具官某，乃具官某之父，蘊義生風，誠心爲質。立身於名教之內，祖義而本仁；行己在儒俠之間，重氣而輕死。枕藉數卷，吾伊於菽水之餘；揮斥千金，兀傲於蓬蒿之下。是生哲嗣，爲我清郎。抵掌而談節烈之風，鬚眉如在；奮身以柱傾邪之俗，風骨有傳。是用加贈具階官。於戲！鶴之在陰，寧知其子之和？燕之有翼，寧非厥考之詒？爾無悔裛後之勤，朕益懋開先之報。

母張氏加贈安人

敕曰：江左之士，柔靡輕心，鮮有感慨砥節者，非獨士氣使然，亦其鉛華浮曼之習，中於胚胎，而內教不立之故也。贈孺人某氏，乃具官某之母，茂矩有聞，樸心不改。事尊章於遲暮，黽勉僶俛；安君子於遠游，躬親操作。是生賢子，不愧母儀。如彼靜姬，却丹華而不御；迨於膴仕，終白賁以爲貞。兹加贈爲安人。於戲！爾子爲清吏，爲清郎，而爾爲母師，爲內則，豈獨可以易吳風，朕將以此教天下焉。

吏部文選淸吏司員外郎張振秀授奉直大夫

勑曰：唐制有言，官有秩淸而選妙者，其選曹員外郎之謂乎？頃者官方不壹，吏議弘多。官無一定之衡，人有踐更之選。稱是任者，蓋尤難之。具官某，風規凝遠，器緼閑深。畿南之惠政流聞，駕部之能聲茂著。乃因民譽，晉陟銓曹。朗鑑在心，虛舟應物。銓敍之格已熟，澄汰之途一淸。乃在旬月之間，適當選人之闕。如茅之拔，幾遍於丘園；積薪之流，半登於啓事。大破累年之留滯，用昭新政之淸夷。朕心用嘉，師言惟允。乃以覃恩授具階。自國論曹分，銓事亦互爲甲乙。詩不云乎：周道如砥。而乃自銓路梗塞也？朕深念之。爾署事有聞，於以佐統均而操水鏡，有餘地矣。爾其懋哉！

妻周氏加封宜人

制曰：史稱山公之啓事，于今爲法，而又亟稱其內助也。士之秉銓，與女之秉家，殆有相成者與？具官某妻封孺人某氏，出自冠族，歸於令人。劬勤順於閨門，則縷箴刀尺；佐高寒於官署，則龘糲齏鹽。惟茲水鏡之清明，實賴冰霜之凛冽。茲加封宜人。爾夫子眉目南宮，行且以啓事著也。山公夫婦，不得專美於前史矣。

父紹泰先贈文林郎直隸廣平府永年縣知縣加贈奉直大夫吏部文選清吏司員外郎

制曰：士起孤生，蔚爲聞人，而念其親之賫志以沒也，遺書之痛，有深於著存者乎？朕甚愍之。贈具官某，乃具官某之父，學有根柢，言成文章。讀書纘言，有覃思草玄之苦；聚徒譚道，有解經不窮之風。修壹行以終身，抱遺經於再世。班孟堅之撰集虎觀，多本前聞；賈景伯之講論雲臺，悉傳父業。人歿而書在，斯爲不亡；身沈而名飛，幸哉有子。是用加贈具階官。用以著賫庭之報，庶幾慰陟岵之思。

母于氏加贈宜人

制曰：禮稱父之遺書，與母之桮棬，孝子胥有所不忍焉。其不幸而兩遘之也，國家有愍惟爾之褒，將推廣移孝之義，以訓臣子。

亡；綽楔巋然，知禮宗之猶在。茲加贈爲宜人。爾夫以孝經詔子，爾之辟咡猶是也。余豈

寄百口於十指，慄慄勞人。式當風雨之漂搖，彌見風霜之高秀。寢門闃爾，悲母師之已

册以慰之。贈孺人某氏，乃具官某之母，內美咸備，苦節可貞。撫兩世於一絲，煢煢弱息；

戶部廣西淸吏司主事劉應遇授承德郞

勑曰：今海內多事，側席須才。凡吾取次登用之人，皆有經營折衝之責。朕是以撫班

行而歎息，臨長道而咨嗟。苟得其人，余何患焉？具官某，材爲國楨，學通世務。兩更劇

邑，皆在中州。撫勞民則如子如傷，不愛膚髮；治亂國則以禽以薙，罔俾孑遺。觀其搶攘

而乂安，咸以笑談而御變。應奇才異能之薦，獨邁等夷；緣隨牒平進之常，再遷郞署。職

司會計，少試其足國之能；優游度支，徐養其濟時之用。乃以覃恩授具階。於戲！遇槃根

而加利，夫豈擇官；投利刃而皆虛，貴乎藏器。惟深沉可以厲其氣，惟閱歷可以老其材。

益勉自修，以需不次。欽哉！

父體認先贈文林郎河南河南府陝州靈寶縣知縣加贈承德郎戶部廣西清吏司主事

勑曰：古者崇獎卓行，厥有四葉表宅，六闕旌門。世教下衰，往往湮沒無稱，而卒以發聞於後。余庸表而著之，亦以佐功令之未逮也。贈具官某，乃具官某之父，粹和成性，篤實飛聲。文史蔚爲珪璋，德行仰其牆仞。倚廬三載，時有蔓桂之滋；孺慕終身，不解蓼莪之痛。敬敏任恤，賙藉阸以睦里鄰；孝友睦婣，族墳墓以聯兄弟。箴銘徧於牖戶，言動具有典型。矢心以毋自欺，不愧衾影；敎子以彊爲善，聿有箕裘。誠可繼於先民，允有傳於後嗣。是用贈具階官。於戲！劉氏之七業，子能襲其餘休；韋家之一經，爾已𢑱其素志。庶可徵資庭之訓，終當著惇史之書。

戶部江西清吏司員外郎廉第授奉直大夫

制曰：乃者軍興浩煩，度支匱乏。戶部諸曹郎佽助大司農，咨嗟仰屋，共襄國計。朕思得公忠廉辨之臣，敭歷中外者，錯置子部，其選甚不輕也。具官某，材器含弘，訏謨經遠。爲令以循良播澤，廷評以詳愼流恩。積有年勞，擢居民部。以棼絲必理之才，當賦算告窮之日。精心握算，佐輓輸一時之窮；蒿目持籌，爲儲偫百年之計。體望滋茂，勞勩有聞。乃以覃恩授具階。朕今命爾出守河間，近在三輔。征繕未已，捐瘠滋多。爾之字人可以庶，爾之祥刑可以教，爾之司計可以富。無衣五袴之謠，豈遂遜於前烈乎？爾其毖勤，佇我後命。

父司書醫官贈文林郎大理寺右寺右寺副加贈奉直大夫戶部江西清吏司員外郎

制曰：傳曰：上醫醫國，其次疾人。皆醫官也。士有抱道不試，居身方伎之中，比於古之醫官者與？其有以發聞於後，余得表而著之。累贈具官某，乃具官某之父，博喻爲師，束修自好。慨有大志，恥爲小儒。濟世於痌瘵之時，自命以岐、摯之業。學究原本，能通三世之書；澤及餈惸，有活千人之德。再世而顯，天不吾欺。在昔倉公之善醫，止於有女；而韓康之賣藥，僅以藏名。豈若斯人，蔚有謍問。是用贈具階官。服余書命，傳之史家。庶幾療國之有人，可曰良醫而無後？

戶部福建清吏司員外郎鄒嘉生授奉直大夫

制曰：頃以贍軍之故，大司農率其屬日夜持籌仰屋，而偷懦營私者，猶蝗食鼠耗其間，良可憂也。其有公忠廉辨之士，不憚拮据，司我管鑰，勤勞茂著，余寵嘉之。爾具官某，材器含弘，訏謨經遠。飛華廷對，展采地曹。以止水不波之心，爲棼絲必理之計。指畫飛輓徵輸之事，憂切軍儲；勾稽秬黍龠合之間，勤逾家計。儲偫之經費有紀，倉庾之耗蠹一清。頡頏歲年，籍甚聲聽。乃以覃恩授具階。朕今命爾出守西安，唐大曆中，長安溉田大減於漢，今視唐又何如？爾在戶曹，留心國計。轉漕通渭，成跡具在。興二渠之利，復陸海之穰，以佐我國計，朕佇觀爾所以治秦也。欽哉！

禮部祠祭清吏司郎中賈允元授奉政大夫

制曰：祠祭之官舊矣，它曹治事，祠部治神。非通幽明、窮掌故，不在茲選。矧朕初即位，祀事孔多。夙夜明禋，其曷敢後？具官某，風操端直，志緼清和。奉使節則咨諏有聞，典屬國而贈勞無失。蔚爲民譽，晉陟祠郎。諳曉舊儀，參酌故事。寢園筵几，依然弓劍之思；勦埾掃除，邈矣祖宗之格。執事有恪，顧吾建禮之禋曹；夙夜惟寅，稱此冰廳之清選。遂以覃恩授具階。朕方祗承宗祀，懷柔百神。率循祧廟之儀，嗣舉橋山之禮。近以綏孝子而假皇考，遠以寧風旱而彌裁兵。惟爾毖祀之能，用致我將之頌。欽哉！

父應德先贈奉直大夫禮部主客清吏司員外郎加贈奉政大夫禮部祠祭清吏司郎中

制曰：爲吾志義之臣，風操端永者，必其先有以開之。無基不可以厚墉，肯構必始於作室，理之常也。贈具官某，乃具官某之父，行無考纇，學有本原。辨志離經，多士推爲祭酒；禔躬善物，與人如飲醇醪。惜哉有志而無時，允矣居今而稽古。焚書逸禮，若口授於坐隅；矩行規言，儼心思於函丈。是用贈具階官。於乎！賈逵悉傳父業，人咸徵家學之傳；鄭衆再世儒門，天亦厚遺經之報。

母盧氏仍前封

制曰：小雅不作，而白華之詩廢也，朕深念之。蓋不獨潔白之孝子不可得見，而令妻壽母，亦爲斯世所希有。此豈非盛世之憂與？累封太宜人某氏，乃具官某之母，淑慎禔身，安貞應節。少習公宮之教，長嫻賓祭之儀。閟長寢於九京，逝者不作；籌短檠於五夜，遺孤有聞。式看日月之輝光，彌見風霜之高秀。鯢齒未艾，受介福於北堂；鸞誥方迴，賁寵章於南閣。茲仍封爲太宜人。雕軒文駟，蔚爲一世之觀；便殿肩輿，茂著六宮之法。

禮部主客清吏司主事虞德隆授承德郎

勑曰：朕丕承祖宗之令緒，方貢充庭，旅百雜賓。每臨軒燕勞，懷來遠人，顧念春官之屬，爲吾典司客曹者，其有人焉。具官某，韜玉渾涵，斷金通敏。始流徽於劇邑，旋握鑑於留曹。聿有賢聲，掄於客部。克勤職業，諳曉舊章。正小賓小客之儀，修其禮物；辨五年比年之貢，差其送迎。贊我秩宗，典司屬國。敷國恩厚，僉曰汝能。乃以覃恩授具階。頃者東夷不共，闕我職貢，咸謂以尺箠鞭之耳。然招攜懷遠，古有明訓。誠使方夏丕平，異俗內面，而吾以象胥坐制之，不亦休乎？尚益勤毖，以副予綏柔之意。欽哉！

妻蔣氏封安人

勑曰：朕讀羔羊退食之詩，蓋不惟其大夫之節儉正直，表著於燕居，而家人肅穆之風，亦可以想見焉。具官某妻封孺人某氏，圅貞辨族，作配名家。指彤管以相規，惟茲靜女；却丹華而不御，彼美淑姬。相爾令人，休有華問。素紗簡淡，與綦組而相安；粉署蕭閒，喜清寒之互映。茲加封爲安人。服斯寵命，勵彼素風。無忘夙夜之勤，彌表靖共之德。

父一道先贈文林郎山東青州府安丘縣知縣加贈承德郎禮部主客清吏司主事

敕曰：昔我成祖，綏靜國難，治用重典。時則有若理卿謙以平亭明允，持法兩朝，盛德之後，必復其始。今其子孫，又以遺德發聞，予寵嘉之。贈具官某，乃具官某之父，世德作求，家風綿邈。內行淳備，譬桃李之不言；積善有餘，業岐黄而濟物。蔚有令聞，施於後人。蓋廷尉之門，陰德久徵於舊閥；而比干之策，祥刑茂著於後昆。信哉天不吾欺，是以世濟其美。是用加贈具階官。於戲！無念爾祖，著累朝忠厚之貽；益大而家，食先世熾昌之報。

母楊氏加贈安人

敕曰：先王之制禮也，報必有先。田之祭先嗇也，川之祭先河也，皆報其先也。今吾臣子，推恩必先嫡母，蓋亦以著敎焉。贈孺人某氏，乃具官某之嫡母，動繇內則，懋踐閫彝。汲水著爲婦之勤，宿火勵相夫之志。宛其死矣，何以報之？幸哉有子以起家，乃得從夫而分爵。於戲！桮棬已矣，誰興執器之悲？圖像依然，倘想過庭之拜。義豈殊於毛裏，恩必始於本原。茲加贈爲安人。使知報必有先，而衆著於崇本之教，豈獨慰夫逝者而已。

繼嫡母任氏加贈安人

敕曰：詩人稱后妃之德，必以樛木逮下爲賢。而公子之仁厚，從而應焉。和氣致祥，亦理之恒也。封太孺人某氏，乃具官某之繼嫡母，性資惠明，儀法閒肅。敬爾夫子，婉焉琴瑟之和，變彼諸姬，居然娣姒之好。莫辨所出，忻綏帶以相從；逾於己生，勤辟呫而爲教。聿成子德，克念母勤。樹萲之慶已章，宿草之恩載渥。茲加贈爲安人。惟此鳲鳩之德，壹以爲儀；用知麟趾之仁，終焉未艾。

生母張氏贈安人

敕曰：生母之有服也，自高皇帝之著孝慈錄始也。既有服矣，而厭於尊，格於制，而不得以推恩。人子之情，猶闕如也。今吾卽位，霈恩施及三母，不惟念所生者可以無憾，抑亦可以仰副高皇帝之德意，於戲休哉！某氏乃具官某之生母，有小星之德，有育子之閔。爾子爲令報最，貤恩二嫡，而獨不得以逮爾。賁命不猶，豈非詩人之所歎嗟矣乎！今乃以霈恩及爾矣。於戲！愴鼓鐘於長樂，我有同悲；追顧復於裏毛，爾無餘憾。非此恩波之委地，誰無涕淚於終天？茲特贈爲安人。魂其有知，尚克享此。

兵部職方清吏司主事徐日久授承德郎

勑曰：頃者狡夷未平，王師在野。議者率以謂將帥數易，則無以振軍聲；擇將不精，則不可圖勝算。欲得知兵謀國之士，錯置職方，以參預帷幄之寄。中茲選者，蓋難其人。具官某，器緼開明，風規簡直。兩爲邑令，廉辨有聞；中更浮沉，志氣不撓。擢於起部，再歷夏曹。當羽書旁午之時，兼戎事頹阤之日。才猷日老，揮斥於槃根閱歷之餘；儲偫滋深，兼綜夫衿要阨塞之故。師薦惟允，受事方新。乃以覃恩授具階。於戲！用兵如用藥，以療病爲成功；擇將如擇醫，以知人爲能事。知兵而後可與謀國，知將而後可與知兵，此朕所以拊髀而歎也。爾其勉之，朕將以遴事畀汝。

兵部職方清吏司主事王弘祖授承德郎

勑曰：頃者禁旅單虛，衞卒隤阤。勾稽澄汰，言者日以上聞，而未有行也。朕深念之。安得公忠彊直十數輩，參錯郎署中，爲吾舉綜核之效乎？具官某，介圭不飾，精金能割。初以發硎之刃，試理開封，平亭閱實，案無遺牘，賢聲籍甚。乃陟兵曹，當樞庭塡委，職掌廢弛之日，慨然修舉，不辟嫌怨。稽京營積年之額，覈班軍累歲之餉，尺籍伍符之必計，而一粒一鍰之不遺。今茲之事，蓋爾之有緒言而未竟者也。若爾者，可謂之公忠彊直之臣矣。茲以覃恩授具階。夫官之有分曹，猶農耕之有畔，無相越也。爾覈汰留餘，盡歸大倉，不越兵事，而陰有裨於計部。惟其不越，是以有裨。夫不越之爲裨也大矣，爾所舉僅有其緒。引而竟之，天下事可以尺幅盡也。爾其懋哉！

刑部浙江清吏司主事陸化熙授承德郎

勑曰：詩稱淑問如皋陶，而漢通儒皆爲律令章句。刑獄之事，固儒者之所盡心也。朕即位以來，哀矜庶戮，惟良折獄，日廑於懷。具官某，擢秀名儒，起家法署。當圜土塡咽之日，兼法律破析之時。麗附罔察，請比毛舉。而爾傅之經術，致其忠愛。諸所平反寃獄，閱實疑罪，參報待以削草，象魏用爲縣書。惟明克允，時論翕然。乃以覃恩授具階。夫自皇祖末年，以至於今，刑法亦多故也。然而可信者律也，不敝者法也。本經術以參法令，此明刑弼教之本，而爾之所有事也。爾其毖哉！朕不以文法吏蔽汝。

妻夏氏贈安人

勑曰：士之有賢耦，猶君之有勞臣也。推勸勞之意以施於臣，故其閨門相貳，死生契闊之故，人主之愍卹及焉。具官某妻某氏，儀法夙嫺，儉共自勵。饁耕出汲，辛勤於十指之中；糲食穿衣，顑頷於數行之側。迨相夫於筮仕，終約己而食貧。一命未沾，溘先朝露，良足愍矣。兹特贈爲安人。於戲！布素度身，生不御冠帔之貴；御窮沒齒，死猶勤旨蓄之思。我有寵章，慰其永逝。庶幾幽壤，尚服享之。

母陳氏贈安人

勑曰：朕念長樂之慈，愴不及養。顧瞻兩宮，潸然出涕。發號施恩，凡臣子之有母而不逮養，養而不逮顯者，皆與被焉。不惟彝典宜然，亦所以信吾悲也。某氏乃具官某之母，慈庭嬈美，內則有聞。鬻子辛勤，不間蜾蠃之負；操家黽勉，備嘗荼薺之艱。迨爾子既接跡承明，而爾猶沒身荊布，不已悲乎！今且以覃恩及爾矣。於戲！覿蓼蕭自葉之澤，良慰我心；顧蘭陔白華之養，莫非人子。存者不匱，往者有知。凡吾所以霈恩臣下者，蓋亦因吾母以及人母，而使天下知我念母之無已也。爾知之乎？

刑部河南清吏司主事王良臣授承德郎

勑曰：在昔人主，享國百年，度作刑以詰四方，猶曰朕言多懼，朕敬于刑。矧余方嗣服，受王嘉師，惟良折獄，其敢不毖愼？具官某，易直子諒，恭敬温文。擢顯甲科，流徽宰邑。回翔璧水，晉陟秋曹。爾以豈弟之心，兼之閱實之久。老於情法，無毛舉它比之文；致其哀矜，有明刑聚教之閔。副我欽恤，良深歎嘉。遂以覃恩授具階。乃者刑罰不衷，出入時有。丹書錯互，奏駁紛如。朕甚患之。書不云乎：用其義刑義殺，勿庸以次汝封。今之斷獄者，容亦有次焉者乎？爾尙益懋簡孚，必卽天論，毋以世輕世重爲解也。朕則顯陟汝。

父維城原任漢中府通判贈承德郎刑部河南清吏司主事

勑曰：朕聞世祿之家，鮮克繇禮；而積德之報，不於其身。士承家肅後，能使譜牒不替，耕穫有人，斯可以爲賢矣。原任具官某，乃具官某之父，世德聯緜，內行淳備。孝乎惟孝，家巢反飼之鳥；友必因心，庭榮交讓之木。既俛首風塵之吏，益矢心清白之遺。蔚彼去思，尸祝在漢、岷之際；蕭然歸計，風流居廉、讓之間。稼獵一經，紹青箱於有永；箕裘再世，載白石以相傳。人稱別駕之功，代叶海邦之慶。是用贈具階官。天已錫祥刑之策，人咸贍通德之門。

母趙氏贈孺人 趙故文毅公用賢之女

敕曰：詩咏于以采蘩，必曰公侯之事，以其夙媚公宮之訓，而儀則有聞也。我有直臣，是生淑女。風流緜邈，詒於後人。朕將表著之以昭彤管。某氏乃具官某之母，圖頌被躬，珩璜比德。沿世家饋祀之則，故壼儀克肩；習我君剛直之風，故鉛華不御。孝睦移於姻黨，廉法著於家門。不及事姑，未艾陳衣之痛；頎然有子，終如屬纊之期。悵宿莽之方滋，蔚蘭蓀之競茁。梧棬已矣，永言內則之芳華；簪笏依然，尙想外家之風烈。茲特贈爲孺人。肆娠賢於再世，宜媲美於千秋。

刑部山東清吏司主事李自華授承德郎

敕曰：朕聞哀敬折獄，惟良折獄。故伯夷以降典折民，而董生用春秋決獄。朕哀矜庶戮，期協於中。將博求迪哲之人，以副我清問之意。具官某，行可標準，言成文章。起家循良，休有譽處；劾能鞏轂，踐更劇煩。敍擢刑曹，職司奏讞。以廉平之德，兼明允之才。欽乃攸司，傅以經術。期於惟刑之恤，庶幾俾獄無留。乃以覃恩授具階。乃者刑罰不中，出入時有。要辭錯亂，幾無成獄。書不云乎：惟齊非齊，有倫有要。惟倫與要，折獄之本也。爾爲法吏，朕以迪哲望爾。爾其敬哉！

父可守原任貴州都司淸平衛儒學教授贈承德郎刑部山東淸吏司主事

勑曰：蜀自漢以來，代著文學。文翁五經之教，益州樂職之詩。弘長風流，於今爲烈。今吾儒碩，趾美前修。有子克家，顯聞於世。余庸表而著之。具官某，乃具官某之父，含章挺生，暐曄秀發。強學博喻，富有英華；矩行規言，動應古昔。遂應明經之辟，出爲鼓篋之師。歸休乎環堵之宮，遺子以一經之業。摩娑靑簡，恍疑晤對於丹鉛；敬愼丹書，尙念收威於夏楚。遺經不朽，至德可師。是用贈具階官。於戲！有位於瞽宗，應厥彝典；爲觀於石室，視我贊書。

工部都水淸吏司主事金元嘉授承德郎

勑曰：司空諸曹郎，惟水衡有河渠之役，銜命而出，掌隄防畚鍤之事，以分理行河之政，而漕運賴焉。非中外歟歷，夙有能聲者，不在玆選。具官某，擢穎制科，流徽宰邑。師廉平爲治之績，急吏緩民；循沉實守正之風，隨牒平進。休有民譽，著於工曹。司庫藏而鈐鍵惟嚴，筦出内而棼絲必理。人地相稱，人皆知水部之名；出入均勞，我是有河漕之寄。乃以覃恩授具階。夫呂梁之渠閘，肇自平江。命爾以中河爲界，畫地而守，爲漕政計至殷也。今東方侵梗，運道戒嚴。以治河寓治兵，卽以治兵兼治河，斯平江之績舉矣。爾無以水曹戒越俎也。朕則顯陟汝。

大理寺右寺副廉第授儒林郎

勑曰：棘寺之設，以審讞秋曹辟臺之獄，其在厥屬，有照駁番異之條，參覆疑異，以聽於其長。非清彊公恕，積有譽望者，不在茲選。具官某，秉心惟允，執德不回。出宰疲人，入報上考。敍遷北寺，俾副右評。豈弟有餘，明習滋久。平亭疑案，爲之涉筆而思；訊駁爰書，不以得情爲喜。副我欽恤，良用歎嘉。乃以覃恩授具階。頃者法律破析，橋遏滋多。白簡喧呶，與丹書相下上。書不云乎：明啓刑書胥占。以刑書爲衡，而胥占以權之，豈惟閱實要辭，亦可以楮柱國論，此棘寺之責也。爾懋勉哉！朕將顯陟汝。

大理寺右寺評事任國楨授文林郎

勑曰：廷尉，天下之平也，故其屬以評爲名。士非盤桓久次，老於情法，居是官也，欲其虛明詳慎，一底於平，難矣。具官某，文學世家，高華妙選。服官民部，以清慎得名；稱職度支，以綜核取咎。回翔閒散，流滯歲時。爰自上林，次於佐棘。困衡既久，求聽彌精。致忠愛於罷民，得情勿喜；麗輕重於疑獄，有革乃孚。小大以情，文法無害。乃以覃恩授具階。頃者吏議弘多，獄辭它比。皆以失平之故爾。亦嘗涉筆而思之乎？記不云乎：凡制五刑，必即天論。天，平之極也。爾以此評刑，朕亦以此評爾。敬之哉！

大理寺左寺左寺副曹文衡授儒林郎

勑曰：國家於棘寺之官，陳殷置輔，不厭詳複，至有卿貳正副之設，凡以正刑書而重民命也。苟非吉士，豈可以稱此意哉？具官某，起爲國器，副我廷平。間者棘寺空虛，圜土塡咽。攝官承乏，夙夜勤勞。寢興狴犴之間，飲食爰書之內。爲民請命，數上封章。求補司刑，以清滯獄。數囹圄之困苦，如在目前；陳法令之嶮刓，至於流涕。雖九閽之請，未克以動天；而五聽之辭，已孚於搶地。朕即位以來，哀矜庶獄。省視故牘，得爾所上書，惻然歎傷，有緩刑泣罪之思焉。茲以覃恩授具階。書不云乎：蠻夷猾夏，寇賊姦宄，女作士。爾鄉所上章，論之詳矣。今東隅未靖，姦利交跡，是朕好生之德未洽，而爾之言猶信也。淑問如皋陶，朕深有望於爾。爾其念哉！

母旌表節婦常氏贈安人

勑曰：國家表宅之典，放於成周，所以勸節也；推恩之制，放於唐、宋，所以教孝也。陰教衰斁，風徽寂寥。我有明綸，光於幽窔。旌表節婦某氏，乃具官某之母，佩玉德以作婦，操冰心而相夫。迨所天捐棄之時，正厥子孤孩之日。旌心斷髮，矢皓首於盛年；顧影寒燈，嚲白晝爲長夜。乳汁枯於襁褓，血與湩俱；髮膚瘁於家門，淚隨聲下。哺養六尺，如鷇脫而雛成；促赴九京，譬蛾成而蠶死。蘭儀永謝，柏操有聞。下報先君，故知含笑而入地；頎然有子，載聞申命之自天。旋觀日月之昭回，彌見風霜之凛冽。茲特贈爲安人。於乎！有膰有拜，業已接跡於汗青；來游來觀，尚亦回心於圬白。信千秋爲不偶，雖百世其可知。

中書舍人曹師稷授文林郎

勑曰：中書省之屬，掌詔勑璽書册命之事，以重王命。有事殿陛，與起居載筆之臣，夾立左右，其榮近爲何如哉！具官某，箕裘綿邈，器局高凝。起自南宮，升於西掖。入參侍奉，出掌絲綸。進止有章，温共不改。譬之有聲之玉，嘗應於佩環；而無纇之珠，獨宜於掌握。禁近之臣，朕所顧視。年勞已著，彌用歎嘉。乃以覃恩授具階。國家以秘省儲臺諫之選，使之靜語舊章，而閑習世務也。問樹而不言，焚草以自晦。盤桓久次，而無所建明；亦或有出於此者乎？官近地清，優游養望，此爾今日之事，而非朕之所以毗爾也。爾其念哉！

戶部廣西清吏司主事李孔度授承德郎

勅曰：朕睠顧艱難，博求弘濟。蓋嘗追懷先正，思疇聞於九京；選建才賢，庶箕裘於前烈。譬之喬木，古者世臣。誰其似之？吾有人矣。具官某，乃原任太子太保刑部尚書楨之子，舊德深醇，家風綿邈。慨有大志，可謂似其先人；傑然羣才，遂能出乎世類。歷官所至，皆有賢聲。乃以僕丞，遷於民部。職司會計，搜剔蠹餘。軍儲自供，積弊盡掃。至其奉使遼左，指顧河東。畫地爲圖，聚闗城於尺幅；握奇決勝，籌夷虜於目前。憂國有人，臣時惟允。乃以覃恩授具階。於乎！唐雅不云乎：惟西平有子，惟我有臣。爾先人昭事我祖，公望藹然。爾尚佽我多艱，無忘先烈。繼公忠盛大之業，蔚爲寶臣；在君臣父子之間，庶幾盛事。

妻杜氏仍前封 杜故大將軍松之女

勅曰：史稱天水、北地，高上氣力，歌謠慷慨，風流猶存。而婦人亦閔其君子。其詩曰：在其板屋。蓋亦有修我甲兵，與子偕行之志焉。今吾霈恩郎吏，及其室家，博訪風謠，激揚志義，未嘗不攬秦風而太息也。具官某妻某氏，歸於甲門，出自將種。風範肅穆，饋摯交賀於閨門；姿性剛明，刀劍錯立於侍婢。相爾夫子，宜其室家。闕狄之錫有加，素沙之德不替。茲仍封爲安人。嗚呼！將殞大星，感風霜而痛父；郎光列宿，勉夙夜以戒夫。義同於羽林之孤，禮當有石窌之予。父子夫婦之間，採秦風者將及焉。爾其敬哉！

刑部貴州清吏司郎中張光奎授奉政大夫

制曰：朕惟人才之難，養之有素。培之奕世，用之累朝。故古之元老世臣之家，必有承休濟美之士。此亦國運所繫，而非獨家風使然也。具官某，乃原任戶部右侍郎兼都察院右僉都御史養蒙之子，教成胄子，家擅素風。帷幕有聲，西曹籍甚。祗承家法，諳曉舊章。致其忠愛之心，傅以經術之學。朕以爲文法之吏，安所取此？蓋庶幾不踐不履，有公子仁厚之風；而惟明克允，得皋陶淑問之教者歟？茲以覃恩授具階。惟乃烈考，以忠貞正直，事我皇祖，名在國史，稱爲勞臣。今爾可謂世其家矣。於乎！不忘舊人，則有先朝弓劍之感；作求世德，則有故家喬木之思。覃恩及爾，朕蓋深有慨於中矣。爾知之乎？其有以稱。

太僕寺寺丞郭夢詹授承德郎

勑曰：書稱僕臣正厥后克正。太僕丞貳，古爲奉車之官，非家法肅明，雅有風操，不在茲選。具官某，乃原任戶部左侍郎贈都察院右都御史謚恭定諱惟賢之子，藹然儒風，蔚有家訓。遂以胄子，試於奉常。夙夜在公，朝夕有恪。積著年閥，乃擢是官。當孟春焚牧之時，正軍興選騎之日。種屯皆爲宿弊，印炮徒屬虛名。惟爾之能，思舉厥職。乃以覃恩授具階。惟乃父事我神祖，歷官三臺，懋著勞勩。爾尚克念先烈，無以日月敍遷爲能事。詩不云乎：秉心塞淵，騋牝三千。爾馬官也，余故以秉心戒爾。欽哉！

妻俞氏封孺人

勑曰：古之世家，必有賢女令妻。蓋其珩璜琚瑀之防，箴圖阿保之訓，積習使然也。余有寵命，昭于管彤。具官某妻封孺人某氏，武襄之子，恭定之婦。恭大慈小，具有儀法。相夫嚳子，不替勤勞。今爾夫能于其官，漸致通顯。則爾之爲女爲婦，可謂克舉矣。茲加封爲安人。惟武襄累戰立勳，誓死報國，朕恒拊髀思之。爾服習遺教，尚有以勸勉其夫。石窌之封，朕不後爾。

都察院照磨所照磨朱大兢授廸功郎

勑曰：周之詩曰：無曰予小子，召公是似。古之人主勸誘其世臣，若家人父子之相告語也。矧有恩而不下逮，朕何忍焉！具官某，乃東閣大學士兼禮部尚書國祚之子，蔭藉高華，被服儒素。爰以任子，躋于臺幕。勾稽故牘，職司辟藏。勞于其官，執事有恪。世祿繇禮，朕有嘉焉。乃以覃恩授具階。惟我先帝，舊學于乃父，以乃父詒輔余沖人。爾尚塼心屛慮，以佽舊德。晨昏之助，有賴于爾。夫退食休沐，下車里門，澣衣子舍，此淸朝之美談，而非子弟之細事也。敬之哉！勿替朕命。

太僕寺寺丞黃正賓授承德郎

勑曰：昔我先帝，未正東朝。諫諍滋煩，訶譴相逮。今山陵已畢，遺老日登。而仗節死諫之臣，若晨星之在望。追懷舊事，良用愾然。其有甄陞，可無書命。具官某，風規開敏，才地淸華。當禁廷給事之時，正儲位殷憂之日。黃扉定策，尙低迴集菀之歌；丹地輸忠，乃參預伏蒲之諫。 騰綸闈之削稿，斜封宣播于朝堂，先瑣闥以露章，祕閣流傳爲掌故。肆三朝之鼎革，起廿載之沉淪。 濺血猶新，重荷全生之德；攀髯莫逮，彌深狗主之思。擢爾僕丞，斯爲不次。 乃以覃恩授具階。 於戲！銅龍邈矣，忍誇張羽翼于先朝；金馬依然，尚砥礪桑榆于末路。 惟端謹可以養節，惟廉靜可以保名。 益勉素心，用章休命。 欽哉！

妻孫氏贈安人

敕曰：夫婦之誼，比于賓友。 死生契闊，詩人悲之。 況乃節義相期，艱難與共，而中道棄捐者乎！ 具官某妻某氏，圖頌叶矩，賓祭有齊。 當抗章拜杖之時，厲闔門從死之志。 吁其悲矣！ 命之不猶。 睠茲白首以還朝，尚想青衿而去國。 風雨如晦，長懷雞鳴儆戒之時；日月光華，不見翟茀以朝之盛。 茲特贈爲安人。 服此休命，慰爾幽塗。

父國聘贈承德郎太僕寺寺丞

敕曰：司徒鄉三物之教，胥春秋月吉而從事焉。 今吾臣工，追命先世，庸以發揮潛德，弘長流風，雖出典常，亦應邦法。 黃某乃具官某之父，風姿樸茂，器韞純明。 孝友睦婣，不待族師之戒；敬敏任恤，無愧閭胥之書。 蘊義氣以生風，每存亡而生死。 操仁心以爲質，匪剛柔而競絿。宜有餘休，及于厥子。是用贈具階官。於乎！奮身抗節，爾既仲負劍之規；揭德振華，余亦重緇衣之好。

母王氏贈安人

勑曰：朕褒旌節孝，廣樹風聲。凡有命辭，必先勸勵。今吾臣子，聿有母師。風教有聞，儀節茂著。余庸表德，著之册書。某氏乃具官某之母，婦道可宗，女圖毋越。毀容斷髮，矢盛年以殉夫；迻往事居，閔餘生而教子。訓誡攸著，風節有聞。迨乎漏澤于賜環，久已纏悲于執器。嗚呼！母儀邈矣，永懷風樹之淒涼；臣節凛然，彌想冰霜之高潔。兹特贈爲安人。惟吾慇册，代彼漆書。烏頭雙闕之褒，生有格于功令；彤管千秋之懿，終當著于頌圖。

文華殿中書房辦事大理寺右寺右寺副汪鏕授儒林郎

勑曰：簪筆之臣，供奉左右，歲月敘遷，于國家之大計無與也。具官某，起家儒術，給事禁庭。夙夜在公，温恭有恪。乃者遼左警急，饋運艱難。慷慨上書，輸金助餉。夫毀家紓國，大臣之有事；急病讓夷，君子之所貴。爾能如是，豈不難哉！國家之于爾也，既寵之以清銜，昭之以綽楔矣。兹又以覃恩授具階。夫卜式願輸家之半助邊，公孫弘以謂宜勿許。

朕之寵嘉爾者，蓋亦國典宜爾，而非尊顯以風百姓之意也。爾其敬哉！

妻程氏封安人

勑曰：爲吾禁近之臣，温恭朝夕，必有賢明之助焉，況其卓犖好義者乎！具官某妻某氏，機杼服勤，澣濯昭儉。使爾夫齊其躬以守官，肥其家以輸國，則惟爾之能。特封爲安人。不惟從夫之爵，蓋亦有勸勞之義焉。

父道斐贈儒林郎文華殿中書房辦事大理寺右寺右寺副

勑曰：資於事父以事君而敬同。故志義之臣，必本諸父。汪某乃具官某之父，馴行孝謹，被服儒素。慷慨好施，百里誦德。今爾子可謂有父風矣。嗚呼！恥獨爲君子，斯固爾之心也；願俱死匈奴，豈獨子之志與？是用贈具階官。爾其有知，當爲默舉。

母趙氏封太安人

勑曰：能食能教，母慈之大也；立身顯親，子道之終也。某氏乃具官某之母，操作治家，式穀訓子。觀其子之珥筆內庭，而知其有畫荻之教；觀其子之輸產絕塞，而知其有恤緯之忠。特封爲太安人。於戲！匪惟爾之褒，以詔人母。

初學集卷九十六

外制六

南京吏部右侍郎顧起元授通議大夫

制曰：朕運撫大來，助求小毖。睠惟舊德，式念先猷。其有高帝豐芑之遺，兩朝侍從之選，表儀卿貳，體望具瞻者，朕方夢卜求之，而恩命豈有愛焉？具官某，才挺天人，學知今古。射策名成於寡二，臨軒象近於魁三。蔚有良史之才，置之禁近；歸然師儒之教，貳我成均。久列桂坊，載臨璧水。儲端漸陟，爰立有聞。迨余訪落之初，乃有留銓之命。留務清簡，允宜如水之心；銓事低昂，小試若金之用。迴翔滋久，雅望在人。乃以覃恩授具階。於戲！非堯、舜不譚，有體必期于有用；以社稷爲說，迂身乃所以善君。尚念國步之艱危，保余沖子；毋曰留曹之清峻，可以優賢。爾無忘共濟之思，余將有卽眞之拜。

妻王氏加贈淑人

制曰：人臣飛華夷路，擢秀清塗。必有佽助之賢，以當賓友之誼。疏榮既逮，愍册宜先。具官某妻封恭人某氏，衷修告虔，濯溉奉職。本烏衣之著姓，儀法有聞；佐青簡之名儒，機絲無間。宛其死矣，何以報之？翟茀以朝，嗟溘先于朝露；彤管有煒，美代後于辰猷。兹加贈爲淑人。蘭儀默贊于金夫，蕙問永光乎石窌。

祖雷先贈中憲大夫湖廣襄陽府知府加贈通議大夫南京吏部右侍郎

制曰：國之元氣，將鍾美于賢才；家有樸心，先鬱蒸爲至德。畜無不發，報必有初。先贈具官某，乃具官某之祖父，太樸不雕，仁心爲質。以孝弟而兼任恤，不言而躬行；自保受以及救賓，無心於望報。宜而孫子，爲吾寶臣。達屨繡裳，焕然有事于家廟；純衣應杖，僾焉如見其祖先。是用加贈具階官。爾能積慶于詒孫，余用遡源于率祖。

祖母劉氏加贈淑人

制曰：詩稱詒謀厥孫，易言受福王母。蓋合中外百年之鬱積，以培國家一代之人才。非夫有穀之詒，曷有流根之澤？累贈恭人某氏，乃具官某之祖母，孝思維則，淑愼無儀。如生民之厥初，時維草昧；肆承家之伊始，作其壼彝。珩璜被躬，茂矩流傳于奕世；機絲比德，深仁累積于百年。茲加贈爲淑人。服茲烝畀之榮，允叶棟隆之吉。

父國輔原任湖廣寶慶府知府贈通議大夫南京吏部右侍郎

制曰：朕聞黄河之水，源可濫觴；泰山之雲，起自膚寸。凡創業爲可繼，蓋有開而必先。原任具官某，乃具官某之父，風緼純明，器資魁傑。以南國之彦，早踐通班；以西曹之賢，出守名郡。惟明克允，仁孚圜土之中；既威且懷，澤流湖嶺之際。歃澬流之水，載廉石以傳家；演邵陽之書，比籯金而詒子。徽循良之傳于國史，父作之，子述之；啓公輔之望于邦家，我有臣，爾有子。是用贈具階官。於戲！播徽猷於竹帛，佇我白麻；賁寵命于松楸，慰茲黄壤。

母王氏加贈淑人

制曰：凡吾聞望之臣，必有賢明之母。自家所以刑國，本立而後道生。風徽有遺，式穀不爽。封恭人某氏，乃具官某之母，敬共內德，仔肩壼儀。簾閤相夫，佐平反于丹筆；篝燈迪子，徵掌故于青箱。媲德有聞，娠賢競爽。炳丹青于經史，殷勤辟咡之規；指樞軸於機絲，肅穆紘綖之訓。茲加贈爲淑人。於戲！版輿已遠，悵陪京雒涘之游；銀管如新，嗣韓國瀧岡之表。

南京通政司通政使林學曾授正議大夫

制曰：昔我神祖，久道作人。凡其梓漆之材，皆我儀刑之老。踐更禁近，布列兩都。顧瞻周行，蔚爲盛事。朕于恩命，豈有愛焉？具官某，德稟粹和，器函莊重。言行以先民爲法，問學稱君子之儒。爰自理官，登于銓部，清素寡欲，進爲郎吏之標；淡白端莊，退守丘園之賁。棲遲一紀，羽儀滋章；偃蹇再遷，蹈道彌固。迨余初服，始列清卿。夙夜在公，信無慚于舊德；衣冠有異，恍或疑其古人。惟納言之職官，稱爲司命；而留務之淸峻，可以優賢。我有老成，往司出納。乃以覃恩授具階。於戲！惟我新朝，其忍遐棄先朝之耆老？令此舊國，亦得瞻望先民之典刑。淸廟之求助不遑，黃髮之詢諮敢後。尙其彊飯，佇我徵車。

妻陳氏仍前贈

制曰：人臣委質奉公，白首一節，其于閨門相貳，死生契闊之際，人主必閔然念之。非徒以卹其私，亦以崇報也。具官某妻贈淑人某氏，靜覦成性，柔嫕爲儀。酒醴芼羹，侍奉必嫺于內則；鍼縷刀尺，相助尤毖于入官。雖不永年，厥有令聞。中道捐棄，終不替黃髮之期；早歲勩勤，遂永贊素絲之節。茲仍贈爲淑人。用以昭婦順之報，不獨慰夫子之心。

繼妻吳氏仍前封

制曰：人臣束髮勵行，老而彌固，則必有賢明之助焉。朝廷之有寵章，亦所以區明風烈爲世表也。具官某繼室某氏，儀度閑肅，性資惠明。宦成不染于紛華，家食彌徵其靜好。一生麤糲，御窮何異于糟糠；十載丘園，晤對恍疑其賓友。終相夫子，爲我名卿。翟茀以朝，不改素沙之德；縞綦相樂，益堅白首之心。茲仍封爲淑人。尙永垂列女之名，且默贊二南之化。

祖文明先贈太常寺卿加贈正議大夫南京通政司通政使

制曰：國家崇重眞儒，原本正學。瞽宗之祀，僅有其人。至有經明行修，湛思道術，鬱積于躬而發聞于後者，又于彝典之中著章表焉。贈具官某，乃具官某之祖父，古有立德，今爲碩儒。矩行規言，動應先民之法度；窮理盡性，學究易道之高深。以人師而爲經師，流風邈矣；能善世而兼遯世，遺書蔑如。迨其子能傳其緖言，而厥孫益大其絕學。摩娑青簡，神明焕發于百年；俛仰丹鉛，晤對怳存于一室。天既厚儒行之報，人益徵家學之傳。是用贈具階官。於戲！文獻有徵，箕裘未艾。明德顯于三世，固當爲壹行之光；遺經著于再傳，用以附儒林之傳。

祖母陳氏仍前贈

制曰：道德博聞之儒，修身遯世，而又有賢明之妃以作之合，天將鍾美于是。其再世而興也，不亦宜乎！贈淑人某氏，乃具官某之祖母，懿質夙成，德門作配。總笄櫛縰，侍奉一循于内儀；箴圖珮環，被服不異乎儒者。盛年不永，再世其昌。律吕位同，終取和聲之應；山澤氣合，是徵生物之祥。觀孫子之駿發滋長，信天道之挹注匪偶。兹仍贈爲淑人。益衍雲仍之祚，永言烝畀之休。

繼祖母蘇氏仍前贈

制曰：家道暌必始于婦人，況繼室乎？以賢繼賢，和氣叶應，受兹介福，及于再世。余有追命，其何愛焉？贈淑人某氏，乃具官某之繼祖母，天性鍾慈，女圖茂矩。佽德内助，若琴瑟之雝和；媲美前修，譬珪璋之判合。字其子則德叶鳲鳩，啓其孫則卜徵鸞鳳。遡休徵之濬發于再世，信協氣之感聚于一人。玆仍贈爲淑人。於乎！禮垂如母之文，永爲徽範；詩頌翼孫之美，叶彼休徵。

父敦忠原任福建興化府儒學教授先贈太常寺卿加贈正議大夫南京通政司通政使

制曰：國家方聞篤行之臣，巋然羽儀者，其淵源家學，有開必先，朕固將表而出之，非徒崇報而已。原任具官贈具官某，乃具官某之父，言無疵悔，行應衡規。孝友可質于神明，學問必根乎閩、雒。三臨講席，歸休乎環堵之宮；屢絕韋編，畢世于訓詁之業。肥遯離俗，洗心謝末世之風塵；勵行束修，禔躬爲僞學之箴砭。惟而令子，爲吾寶臣。丹鉛一經，篋笥不忘乎家學；白首一節，夙期有繼于前人。象賢有徵，燕翼未艾。是用贈具階官。於乎！匪徒命德，且以表徵。生爲人師。既有聞于鼓篋；沒祭于社，終有位于瞽宗。

母柯氏仍前贈

制曰：有蹈道之儒，則必有媲德之配。潛德弗耀，夷于婦孺，而卒以其子顯聞，豈不休哉！累封淑人某氏，乃具官某之母，稟性安貞，束身祗肅。奉尊章于上食，佐夫子于下帷。

分半席之青氈，蕭然燈火；守一宮于環堵，永以晤言。有此素風，成其賢子。羔羊之節，咏其素絲；多露之防，嚴于白首。臣節茂矣，母儀徵焉。兹仍贈爲淑人。於乎！生未播其徽華，歿乃留其儀範。淑靈不昧，尙克享之。

南京光祿寺卿管少卿事史弼授中大夫

制曰：朕克典神天，奉先思孝。洪惟我高皇帝寢園原廟，咸在留都，歲時薦羞，皇敢弗毖。愼簡明德，以薦馨香，祿臣司光，吾有人矣。具官某，縝密若玉，端直如弦。自擢西臺，以登冏寺。奏議多聞于削稿，政績必期于可書。進退盤桓，不難久次；出入諷議，有補本朝。晉秩祿卿，蔽自朕志。往司留寺，非獨優賢。蓋爾以廉辨肅括之才，而本諸明允篤誠之德，酒醴菹醢，以潔以時；上食膳羞，必誠必敬。自此寢廟之薦饋，致告苾芬；行見高廟之衣冠，出游顧享。乃以覃恩授具階。於戲！朕觀掌故，南北光祿，職掌不同，北以嚴乘輿供養爲能，南以庀陵廟薦祼爲職。爾熟諳故事，必能其官。爾其佽右饗于我將，余敢忘詒謀于豐芑。爾往欽哉！

妻李氏加封淑人

制曰：君有公忠之臣，夫有貞順之配。其勤勞于國與相助于家也，人主其有以念之矣。具官某妻累封恭人某氏，知讓知戒，有肅有慈。居恒不替于專勤，躬親舂蔔；既貴不忘夫教戒，身服頌圖。拜日奮鹽，在官何異于家食；中宵宿火，教子尤勤于相夫。遂成女士之名，允爲母師之範。茲加封爲淑人。展衣白屨，見命服之有光；文駟雕軒，知福祉其未艾。

父洪達原任山西平陽府解州儒學學正先贈中憲大夫太僕寺少卿加贈中大夫南京光祿寺卿

制曰：古者鄉里壹行之士，必有崇臺綽楔之褒。朕廣樹風聲，旁求懿德。以疏榮追命之典，寓闡幽表微之思。雖出舊章，亦應古法。原任具官贈具官某，乃具官某之父，介圭不飾，璞玉有光。孝敬温文，少無子弟之過；簡默靜退，長爲君子之儒。丹鉛獨抱夫遺經，青紫不移其素志。入學鼓篋，諸生嚴頌禮于登堂；彈琴讀書，家人狎詠歌於環堵。肆我名卿，光於家訓。守青氊之故物，無忝所生；奉白賁之上爻，以永終譽。緇衣有託，黄壤如生。是用加贈具階官。於乎！國有彝章，蓋以示先河之報；鄉之子弟，倘亦勸齧宗之思。

母吴氏加赠淑人

制曰：古之賢達必有母師，故公忠廉直之臣，必不産於冶容逸樂之母。家人婦子之間，風氣積習而家教從之，可不慎與！累贈恭人某氏，乃具官某之母，克全四行，慎守七章。賤綺縠之蠹女紅，躬紡績以移日；惡華丹之亂窈窕，服綦縞以終身。儉爲德共，不替寢門之教；繪居素後，常餘裙布之風。惟此令人，守其善訓。寡言正色，奉陜輸輕脱之規；夙夜在公，稟貞靜清閑之德。兹加贈爲淑人。於乎！漢曹昭之誡子，恐辱清朝；魯敬姜之教家，恒憂下位。風徽可繼，圖頌具存。尚無忘典訓之儀，庶益茂珩璜之矩。

祖鍾華贈中大夫南京光祿寺卿

制曰：朕聞人才之生，必有根本，源流弘長，教義有傳。是以卿士之風猷，咸稱祖考之詒穀。本諸家史，著之册書。史某乃具官某之祖父，淵如有容，粹然特達。赴公家之難，能急病而讓夷；卹昆弟之貧，每絶甘而分少。躬爲長者之行，飲人以和；晚多達生之言，佚我以老。身既隱矣，爲善何意于近名？德莫大焉，節身乃用以昌後。餘其善慶，詒爾孫謀。試觀世德之蟬連，益見祖風之綿邈。是用贈具階官。於乎！美其所稱，論譔何慚于銘鼎；

沒而不朽，典祀將著于瞽宗。

祖母蔣氏贈淑人

制曰：敬姜不云乎：君子能勞，後世有繼。古之女宗，所以詒謀而垂戒者，如此其至也。能勞之報，百世未艾，而況于再世乎？某氏乃具官某之祖母，箴圖被躬，棗修循禮。辛勤十指，潔酒食以供祭賓；黽勉一生，勤辟績以先媼御。子姓憚其嚴恪，家人化其專勤。是以保姆之規，終老而不懈；先姑之戒，易世而彌敦。宜爾聞孫，受茲介福。茲特贈爲淑人。嗚呼！惟茲恩命，著爾壼儀。不惟爲女史之光，尙有助寢門之敎。

南京光祿寺少卿馮若愚授奉政大夫

制曰：我皇祖久道化成，人物蔚起。凡今中外具瞻之彥，卒多萬曆培養之人。至於淹抑回翔，盤桓久次。老其梓漆之材，留爲子孫之用。於今爲盛，朕有賴焉。具官馮若愚，玉潤而栗，紘直以端。西曹執法於平反，南國流聲於出守。屬稅貂剝膚之日，稽彼吽牙；値假虎擇肉之時，柱其血吻。縛廝徒於襄水，塡塞濁流；投養子于漢池，蠲除宿垢。是以中人肆其謠諑，馴致聖主亦爲嘆咨。治郡九年，薦章數上。堂堂題柱，姓名久署於屛風；累累積薪，陞轉終淹於啓事。歸田園者十載，教子姓以六經。蒿目憂時，有似羊公之流涕；閒居念舊，宛如杜預之沈碑。惟衰榮之有常，見風雨之不改。聿求舊德，爰陟留卿。勾稽原廟之膳羞，綜覈寢園之饋享。衣冠有異，想風烈於先朝；俎豆惟新，凜冰霜於夙夜。乃以覃恩授具階。書不云乎：人惟求舊。爾之在今日，猶大廈之有巨木，而清廟之有雅音也。重之以祖考之詒，固將儲倚於雒下；優之以留務之簡，豈云留滯於周南。爾勿謂白首而見招，余將惟黃髮之是詢。爾往欽哉！

妻顧氏贈宜人

制曰：國有元妃，卿有內子。艱難相助，恒嗟咨草昧之初；契闊死生，每愾歎芳塵之後。我求懿德，著之策書。具官某妻累封恭人某氏，體順爲心，蹈和成性。辛勤相讀，膏火夜宿於寒窗；黽勉佐廉，突煙朝冷於官舍。順能鍾物，和以致祥。謝氏之芝蘭，羅生堂陛；王家之龍虎，競奮戶庭。雖大命之不遐，而徽猷之如在。頌高秀之行，以爲國爵屏貴，家爵忘貧；述孝友之風，則曰衣無常主，兒無常父。顧此家風之綿邈，皆繇儀法之深長。矧新恩錫類之辰，正舊德升華之日。茲加贈爲宜人。於乎！拜像而泣，知珥貂之有人；可頌而圖，洵管彤之不朽。

繼妻姚氏贈宜人

制曰：朕追慕原陵，永懷長樂。訪問掖廷椒房之故事，感嘆曾參、王駿之墜言。當霈恩之時，於吾臣下室家新故之際，未嘗不悽愴睠顧，而重以書命也。具官某繼妻某氏，禮必叶中，言無出閫。鵲巢比德，相夫益勉於晨昏；鳩養一心，鬻子無間于毛裏。於兹漏澤，念彼窮泉。固云誼重於遺簪，亦曰愛深於織屨。螟蛉有子，閨門聿著其恩勤；麟鳳多才，邦家猶藉其長養。兹特贈爲宜人。於乎！繼賢明之範，百年均湛露之恩；廣慈孝之風，千古釋履霜之痛。

父季兆原任工部司務贈中憲大夫湖廣襄陽府知府加贈奉政大夫南京光祿寺少卿

制曰：祭必有先，禮當數祖。考世家之閥閱，袁不如楊，徵世德之淵源，卿猶慚長。名教必繇於積習，而光輝亦漸以發聞。原任具官贈具官某，乃具官某之父，學擅菁華，行兼圭璧。横經講學，則雲集生徒；筮仕僝工，則霜清郎署。休有譽處，儈無忮求。歸休乎一畝之宫，自命以千秋之業。篝燈簾閣，息游有似乎飲冰；分少絶甘，推解不忘乎舉火。奉九言於太叔，守以終身；放三省於子輿，歿而得正。居然白賁，以廉讓爲箕裘；蔚矣丹鉛，用詩、書爲簪笏。是用贈具階官。於乎！家有譜牒，發祥必遡于濫觴；國有彝章，揭德可符於汗簡。

母錢氏加贈宜人

制曰：蓼蕭之澤，自葉以及根；望祀之誠，先河而後海。故家頌賢明之母，則國稱志義之臣。不有追崇，何言報稱？累封太恭人某氏，乃具官某之母，發揮婦道，標表母儀。宜爾室，宜爾家，儀範茂傳於九族；相其夫，相其子，光華蔚起于一門。迨乎卿月之流暉，已見婺星之掩彩。雕軒文駟，追銅鞮就養之時；風樹寒泉，遡石窌開封之後。罷社之痛有節，累茵之悲何窮？爲歌念母之詩，彌深陟屺之歎。茲加贈爲宜人。於乎！慶鍾燕翼，象已感於台階；祥發羽儀，光先賁於堂斧。余將有事於申命，爾其無憾於下泉。

南京浙江道監察御史曹汝蘭授文林郎

制曰：國家妙選臺諫，南北並置。豐、鎬重地，賴執憲之臣以彈治之，其風采論議，猶在吾轂下也。推恩之典，其可後乎？具官某，風簡詳密，藻思淸華。奮跡賢科，爲政疲邑。撫江、陽交會之地，字巴、渝凋瘵之民。洊陟留臺，彌深宿望。上章保護，拳拳禁闥之思；荷槖巡行，凛凛陪京之寄。朕嘉乃志，樂觀厥成。兹以覃恩授具階。於乎！奉高帝之衣冠，則當廑對揚之慮；覽江山之形勝，則當思鎖鑰之艱。凡吾所望于爾者，固不徒飛章傳遽，稱諫臣之選而已也。爾其毖哉！勿替朕命。

妻丁氏仍前封

敕曰：人臣出宰遐邦，入司雄職，固國之勞人也。不有賢婦以相其內，欲壹心營職，不已難乎？具官某妻封孺人某氏，動爲柔範，言著禮經。攻苦力相夫下帷，御窮不變于膴仕。夜行多畏，用知交儆之心；辰告有章，數廑如何之問。兹仍封爲孺人。服滋翟茀之章，益茂管彤之德。

父馳周贈文林郎四川重慶府江津縣知縣加贈南京浙江道監察御史仍

前階

敕曰：人之餘休，如木之垂陰。爲吾志義之臣，蔚起休問，亦其先之德陰有以詒之也。贈具官某，乃具官某之父，少有大志，長實素心。誦德誦聲，自喜爲節俠之行；依忠依孝，安得此長者之言？種德不見其逢年，市義乃徵于易世。宜而哲胤，作我寶臣。是用贈具階官。於戲！有子克家，聿著堂皇之美；厥考作室，尙思塗塈之勤。

母李氏仍前贈

勑曰：食而能教，式穀所以成名；養不逮親，栝棬由之永慕。贈孺人李氏，乃具官某之母，淵懿可度，柔嘉有章。事夫篤疾之餘，訓子童蒙之日。蘭儀奄沒，蕙問彌新。簪筆生風，尙想指陳于畫荻；憂心如醉，徒懷手澤於丸熊。茲仍贈爲孺人。哀此風木之悲，用霈蓼蕭之澤。

南京江西道監察御史陳必謙授文林郎

勑曰：御史執憲轂下，紀綱國體。其在留臺，耳目之寄稍遠，而彈肅之任彌專。自非風力肅明，夙爲民譽，何以中吾茲選乎？具官陳必謙，行修而志堅，器弘而識定。廉辨勵節，有毀家紓國之思；勞勩服官，以勤恤民隱爲事。踐更劇縣，擢賓留臺。誠結于中，義形于色。人中屈軼，京國爲之聳觀；柱後惠文，奸回于焉屏跡。不俟陽城七年之久，已占魏徵百奏之陳。古稱眞諫臣，吾有望焉。乃以覃恩授具階。於乎！我高帝寢園原廟，咸在舊都；豐水、鎬京，厥有遺烈。爾思忠思孝，儼若顧瞻；之紀之綱，訪求故實。斯所以稱職者大，而裨余者弘矣。爾往欽哉！

妻錢氏仍前封

勑曰：爲吾臺憲之臣，正色斂容，而風裁茂著，非獨其束修自好也。家人婦子之間，亦必能相貳以有成矣。朕深嘆之。具官某妻封孺人某氏，孝敬有齊，儉勤無斁。鳴環司饋，匡卒業于三餘；服縞從官，贊素風于五緎，用能使凜然風裁，恒警戒于畏行；矯矯霜稜，不摧殘于交謫。睠此乘驄之節，居然弋鴈之規。兹仍封爲孺人。再承珈副之榮，益懋珩璜之範。

父希堯先贈文林郎河南衞輝府輝縣知縣加贈南京江西道御史仍前階

勑曰：士之精神才術，不獲試于身，則必有以顯聞于後。士之膏也必發，川之壅也必決。挹彼注兹，天道使然也。贈具官某，乃具官某之父，器資魁壘，性行深淳。孝友于家，退而修長者之行；節俠自喜，進不干鄉曲之名。聚散千金，生產不介乎目睫；俛仰一室，世務恒列乎鬚眉。宜爾後人，繼其大志。高吾門令容駟馬，已叶再世之占；度其旁可置萬家，庶慰九京之願。是用贈具階官。於戲！可垂可繼，是誠在于人謀；爾熾爾昌，尚亦觀乎天咫。

母張氏仍前封

勑曰：傳不云乎：培塿無松柏。朕之諫臣，有居正秉義，風彩著聞者，所謂非積習名教不至此者也。娠賢育德，母師之功，其可誣哉！封太孺人某氏，乃具官某之母，德備孝慈，性成淑愼。練裙椎布，偕隱德于逸人；苦膽寒灰，佐義方而教子。是成廉吏，作我臺臣。素節高寒，有華丹不御之志；束修刻勵，有機絲警戒之風。儀範滋章，徽華茂著。茲仍封爲太孺人。黄髮鯢齒，知福履之永綏；文駟雕軒，洵往來之有煒。

河南衛輝府輝縣知縣陳必謙前母錢氏贈孺人

勑曰：朕發號霈恩，爲吾臣子輟蘭陔之思、釋桮棬之痛者，可謂至矣。其有生不獲事，沒不獲封，情有所窮，禮無可考，而亦得以與被焉者，於乎！此亦仁之至、義之盡矣。某氏乃具官某之前母，出於忠孝之門，躬有共儉之德。殫十指以起家，瘁一身而作苦。經營草昧，奄忽盛年。墓木已拱，陳根不哭。豈意四十餘年之久，賁爾幽窆者，乃在所不知之人乎？又豈意夫情無節而禮有制，考課不能得而覃恩得之乎？於乎！崇報有初，蓋取先河之義；發祥有自，必問濫觴之源。因母以念母，嗟長樂之鼓鐘，同悲靜夜；因親以及親，使海隅之枯木，咸被春風。兹特贈爲孺人。魂兮享之，可以爲慰。

南京四川道監察御史萬言揚授文林郎

勑曰：朕讀前史，至皇祐宣諭，御史必用忠厚純直，通世務明治體之人，未嘗不三復斯言也。間者遴選臺諫，錯置南北，妙簡循良，皆用此意。具官某，才華恢傑，器識沉深。拔穎賢書，分符淛水。乃膺師薦，擢寘留臺。材猷滋深，節槪日老。昌言抗疏，期于木直而從繩；奮志觸邪，俄已陰消而見晛。南國仰巡行之跡，舊京傳且止之謠。乃以覃恩授具階。於戲！以中朝選建之憲臣，居留臺風紀之要地。肅雝搢笏，可以對越高廟之神靈；慷慨乘驄，可以坐制長江之要害。朕固將居近而御遠，爾勿謂重北而輕南。佇爾飛章，啓余遡聽。爾往欽哉！

初學集卷九十七

外制七

南京吏部驗封清吏司主事譚性教授承德郎

勅曰：留都諸子部，有官要而務閒者，其吏部司封郎之謂乎？要，故人不亂於品流，閒，故議不殺於藩棘。非風猷特達，不在茲選。具官某，早登俊造，兩最循良。棠蔭遍陳、汝之間，尸祝在黄、韓之後。屢聞師薦，簡畀留銓。練達甄材，淸通擅譽。飲冰之操，已著於當時；如水之心，可徵於受事。乃以覃恩授具階。朕閲南司封掌故，歲移文省直，督促捕蝗，以問民爲弊吏，獨與諸曹異。爾在相城，蝗不爲害，所司嘗上其狀，今何以修舉其職乎？無徒謂留務多閒也。朕又以此弊汝。

南京戶部江西淸吏司主事李士高授承德郎

勅曰：頃者饋餉滋煩，度支告匱。司計之臣，日夜左支右吾，而留都王業根本也，以歲計之不登，儲蓄之不豫，朕蓋憪然念之。具官某，入承軒對，出佐邦刑。桁楊盡服其平反，棠蔭交加於齊、楚。乃留曹司計之日，正軍儲告急之時。蒿目以憂，刓心而計。嚴勾稽而宿弊必清，精黍龠而瑣科不計。二載于斯，廩能茂著。乃以覃恩授具階。爾嘗視庾浦口矣，新墉屹然，襟帶江左，其中儲偫，足支幾年乎？非強兵無以備豫，非廣蓄無以養兵。此根本綢繆之至計，知爾之有概於中矣。尙深籌利便，佐我邦計。欽哉！

妻孫氏加封安人

勑曰：女之司閫，猶官之司庾也。秬黍龠合之間，有節度存焉。謹而司之，服官之道，可以喩於家。具官某妻封孺人某氏，蚤嫺女箴，長共婦則。夜從辟績，燎火省費於三時；朝庀米鹽，菽水辛勤於十指。爾夫司刑佐計，斤斤尺幅，爾有助焉。茲加封爲安人。無忘丙夜之勞，以對淸朝之祜。

父嘉輔先贈文林郎湖廣岳州府推官加贈承德郎南京戸部江西淸吏司主事

勑曰：孝弟力田之士，多食報於後人，蓋其風氣篤固，厚取德而薄取名，固天之所私也。

贈具官某，乃具官某之父，天之君子，鄉之善人。掩觸孟春，時發梧丘之夢；爲食儉歲，不嗟蒙袂之人。月旦襲美於鄉評，閥閱貽休於後嗣。是用贈具階官。尙知積善之有餘，不以近名而多獲。

母孔氏加封安人

勑曰：古稱賢母聽齋閤，問匕箸，以成其子，閭里孤生，安所取此？無亦慈庭之敎，有深於辟呭者乎？贈孺人某氏，乃具官某之母，裙布被躬，機絲作敎。淑善夙嫺於內訓，樸心獨喩於後人。麟趾之仁，晻藹柔嘉之則；羔羊爲節，依稀靜好之風。玆加贈爲安人。爾所謂以身敎者乎？爾子砥節首公，日以身報爾矣。

南京戶部廣東淸吏司主事馬士英授承德郎

勑曰：度支之官，南北並置。以陪京之重，舉天下歲輸有常額，而戶曹諸子部分而理之，非公忠廉直深於國計者，不在玆選。具官某，蔚爲民譽，奮起賢科。端居懷康濟之憂，射策見縱橫之略。乃登留署，屬在地官。飮冰自矢，握算濟時。有幹理之才，而捜括不及於瑣科；有經遠之略，而勾稽必謹於出納。試用以來，於儲偫良有補焉。玆以覃恩授具階。於戲！南自京江，北至畿輔。歲輦輸飛輓，以實舊都，而爾所司筦雄郡四焉。撫職方之遠，念貢賦之艱，其亦有閔然動心者乎？古稱貯積天下之命，龠合升斗，其可以屑越視之乎？爾能於其官，治一司而度支之計畢舉，毋謂錢穀吏纖嗇也。朕將顯陟汝。

南京戶部河南清吏司主事王建侯授承德郎

勅曰：乃者度支告詘，國用不充。朕有憂之。以謂廣求持籌握算之臣，不若風勵砥節首公之士。節省出內，參計耗登，而國計得以疏剔焉，此朕之志也。具官某，爰自英妙，射策甲科。粹然特達之姿，銳如新脫於穎。服官民部，試政榷關。以約己裕民之心，行通商惠工之政。節縮至秋毫而止，不以病民；誰何無夏日之威？有如過客。稅額首上，烝徒謳吟。乃以覃恩授具階。夫司關之官，非徒算舟船、嚴筲覈而已。維揚介在江、淮，商旅駢闐，奸利雜出。寬以惠之，廉以威之。於均輸稅賦之中，寓譏察非常之意。此司關者之所有事，而持籌握算之臣未必知也。朕不徒以錢穀吏目爾。爾其念哉！

父允中原任甘肅總兵都督同知進階光祿大夫

制曰：昔云：山東出相，山西出將。又云：絳、灌無文，隨、陸無武。今吾虎臣，乃生國士。握文經武，萃於一門。誕告治朝，用頒新命。原任具官某，乃具官某之父，稟三晉之間氣，作萬里之長城。風雲暗曉，胸藏三略之書；營壘宿成，手布八方之陣。一飯必同賤卒，能均養士之羊；片言每聽輿人，嘗倚識塗之馬。賜家天水，仗鉞酒泉。分閫外者近三十年，積首功者餘二千級。授杜預之經傳，粲若兵符；惇郤縠之詩、書，蔚爲義府。震一索爲長子，師三錫於丈人。乃以覃恩進階爲光祿大夫，錫之誥命。嗚呼！套虜卑飛，佟酋狂逞。惟疆圉之多故，廑鼙鼓之興思。彎弓射鵰，匈奴久憚夫李廣；被甲上馬，中原尚憶乎廉頗。爾無引誰可之嫌，余將嗣卽圖之頌。

南京戶部浙江清吏司主事郭浣授承德郎

勑曰：留曹諸子部，多坐嘯畫諾爲事，而民部掌司倉庾，會計細碎，君子蓋盡心焉，以國計之重，而東南根本之所關，不可以忽也。具官某，夙承家學，蔚起賢科。掌英蕩之節，而登車有光；竭咨諏之忠，而皇華重拜。隨牒平進，擢任戶曹。參計耗登，贊舉籌策。握算不遺乎勾股，覈稽每剔夫耗蠹。受事未久，聿有成勞。茲以覃恩授具階。留都水陸輻輳，歲輸有常。然歲比不登，江防多警。豐鎬興王之地，蘖牙其間。夫留都天下之本，而積貯天下之命也。爾毋卑錢穀之吏，毋諱富彊之名，悉意救時，朕且以觀爾所學焉。爾其懋哉！

南京戸部湖廣清吏司署郎中事主事曾舜漁授承德郎

勑曰：朕觀豐水有芑，著於周詩。凡致奕世之太平，必賴先朝之遺彦。不惟簡在具瞻之位，抑當求諸郎吏之中。具官某，才擅清華，器本特達。策雋科於異等，騰夷路以升華。在蓬池道山之間，編摩有日；當荷槖簪筆之任，裨益弘多。見斥一鳴，回翔三仕。睠惟舊德，在我留曹。不鄙其官，劌心錢穀之務；靖共爾位，安身錯厲之餘。仰屋而嗟，笑書空於終日；如牆而進，悼營競之成風。閱歷有聞，體望滋茂。乃以覃恩授具階。於戲！惟皇祖作人之久，當朕躬求舊之時。借留務以優賢，固已盤桓而久次；簡郎潛之宿望，自當連茹以偕升。服我訓辭，益敦素履。欽哉！

南京禮部儀制清吏司主事袁中道授承德郎

勑曰：南都諸子部，皆優游奉職，而儀曹尤爲清峻，以士之有道而文者回翔其間，斯亦國家之羽儀也與？具官某，少負修能，長爲民譽。江、漢之間，炳然有聲。及其飛華夷路，棲遲寒氈。投閒置散，頡頏歲年，可謂有道矣。儀曹之簡，聿在舊京。以爾諳於故實，可以居禮樂之司；淡然無求，足以當清廟之器。譬如眉目之在面，而人無不識；又如珠玉之在握，而動必有聲。用爲羽儀，誠無愧焉。乃以覃恩授具階。朕方欲覽兩朝之舊章，考二京之故事。爾有楚史之才，爲小儀之選，勉事筆札，以待訪求，毋姑以登高能賦爲事，則余汝嘉。

妻羅氏封安人

勅曰：婦人之德，不出於閫。如玉在璞，不可得見。惟躬有令德，作配君子，而後以其夫有聞焉。具官某妻某氏，出自冠族，備有儀法。事賓祭則酒食祗飭，御妾媵則寢門肅然，可謂有婦道矣。德不外見，以夫而顯。人曰君子之妻，宜有女宗之號，顧不休歟？茲特封爲安人。爾故以夫有聞也，尙益敬順夫子，以永終譽。

南京禮部祠祭淸吏司署郎中事主事鍾惺授承德郎

勅曰：朕南望鍾山，高帝衣冠在焉。歲時掌故，祠部郎實有司存，它壇廟弗論也。南祠曹所領，仰承宗廟，豈不重哉？具官某，文心蔚秀，志節茂明。肅然禮容，淸廟之器。蓋嘗首遴使職，擢以淸華。而卒自請留曹，避夫熏灼。遭逢改革，諳曉舊章。遂使舊都原廟之儀，儼如更衣顧成之近。朝夕有恪，本其氣志之淸嚴；典要周詳，乃以回翔之淹久。茲以覃恩授具階。日者祧祭紛紜，廟諱錯互。議者頻煩聚訟，而祠部職守闕然，何以稱吾清選乎？爾領祠曹，官南部，以典祠之官，居職司之外，博觀掌故，必有建明，是亦高皇帝所昭格也。爾無以出位爲戒。余則汝嘉。

妻黄氏封安人

敕曰：陰幽坤柔，婦德之恒也。樛木之詩，咏婦順之逮下，而曰福履將之。天且將之，而況於人乎？具官某妻某氏，婉德芳華，齋躬布素。有旨畜御窮之心，有琴瑟靜好之思，可謂有順道矣。朕觀於二南，美螽斯不妬之德，蓋深有望於爾。兹特封爲安人。夫士與女一也，士不忮求，女不嫉妬，皆順逮之道，而天之所將也。爾夫子之怡然久矣，爾必勉之。朕將以風百爾君子。

父一理先贈修職郎行人司行人加贈承德郎南京兵部職方清吏司署郎中事主事

敕曰：夫人撫非所生之子，若蜾蠃之祝肖我也。若夫孝友之極，精氣專壹，又豈待祝而肖乎？贈具官某，乃具官某之父，藹藹吉人，斤斤壹行。用勞養志，無間孝慈。井食更衣，恣其友愛。蕭然五畝之宫，蔚有太和之氣。以弟之子爲子，而踰於己子，不亦宜乎？是用贈具階官。用昭式穀之風，以爲友于之勸。

母陳氏贈安人

勅曰：家道睽必始於婦人，易象睽也繫於家人之後，朕讀而三歎焉。某氏乃具官某之母，齊其躬心，動有儀度。肅共之德，著於尊章；柔嘉之則，行於妯娌。家庭有共被之歡，子姓無析居之事。至於鬻子之閔，篤摯裏毛；而式穀之勤，躬親辟咡。身食其報，又何疑矣？茲特贈爲安人。於戲！睽者，家道之窮也。順者，地道之終也。觀於家可以覘國。朕之章爾也，豈獨以爲女憲乎？

本生父一貫原任常州府武進縣儒學訓導封承德郎南京禮部祠祭清吏司主事

勅曰：今明經之士，蹈道深遠者有矣。有之而不以上聞，有司之過也。朕乃以其子知之。具官某，乃具官某之本生父，强學待問，博喻爲師。淡漠清眞，白首一節。讀書窮老，丹鉛之跡宛然；有子起家，白賁之風如故。古所謂經明行修，爾無愧焉。是用封具階官。

爾雖以爾子有聞矣，然握蘭建禮之署，亦何以異於環堵之宫乎？爾尚祗服乃官，爲明經士建的焉。朕汝嘉哉！

本生母馮氏贈安人

勑曰：詩不云乎：夙興夜寐，無忝爾所生。人子之重所生久矣。朕蓋愴然悲之。某氏乃具官某之本生母，性資惠明，儀度閑肅。佩敬姜先姑之戒，循大家嫂妹之規。娠賢有成，喜移根之滋茂；風徽尚在，乃自葉以推恩。兹特贈爲安人。於戲！朕方愴長樂之慈，顧兩宫之養。爲吾臣子，蓼蕭之澤未逮，而風樹之歎不輟，豈吾所以念母勤之意乎？吾之疇爾不薄矣；尚默相爾子，思所以稱。

南京兵部職方清吏司主事方應祥授承德郎

勑曰：朕聞天下有道，人材鬱然。凡在庶官郎吏之中，率有大人長德之望。頃者摧剝之風長，而扶養之道微。梓漆之遺，僅有存者。朕未嘗不愾焉念之。具官某，行茂枝葉，文融菁華。臯比執經，奄有河、汾之席；束修自好，居然曾、史之風。孝已移於事君，情尤諗於將母。顧此留曹之彦，實吾豐芑之英。羽儀有聞，體望滋茂。乃以覃恩授具階。於戲！

以先朝禮樂之儒，居留樞鎖鑰之地。惇詩説禮，可以肅環衛之軍容；闇記坐譚，可以制江流之要害。夫在泮獻馘，固儒者之能；而俎豆折衝，非異人之任也。爾其勉哉！朕之儀爾久矣。

妻鄭氏贈安人

勑曰：士君子風義篤厚，其於故衣棄履，猶閔閔矜卹焉，而況伉儷之間，死生之故乎？具官某妻某氏，稟德含貞，服勞攻苦。糟糠不厭，能節腹以奉姑；躃踊無時，遂委身而殉母。命矣不淑，傷如之何！其在友朋，始絕陳根之哭；矧於夫婦，能忘短檠之悲？兹特贈爲安人。於戲！以我彝章，勸兹恩義。不徒息谷風之刺，庶幾歌伐木之詩。

繼妻王氏封安人

勑曰：高明博大之士，不役志於家人瑣屑，必有儉共之婦，夙夜相貳，以崇厥德。具官某繼妻某氏，出自辨族，歸於鉅儒。當其鼓篋經年，摳衣滿坐。宵衣臥起，盡心力以奉姑；宿火辛勤，親割春而飯客。使爾夫心安子舍，而慮絕寢門，斯可以爲難矣。兹特封爲安人。於乎！徧讁徧摧，無復北門之歎；采蘋采藻，庶幾南國之風。

父文炳贈承德郎南京兵部職方清吏司主事

勑曰：朕聞遷、固爲繼述之書，歆、向有異同之論。父子之間，紹聞講德，皆有以衣被後人，映絶百世。方某乃具官某之父，家世一經，稼獵數卷。文章不叶於時好，風氣獨近於古人。詒彼象賢，光於奕世。發揮宿學，大著殺青之書；研味緒言，未殫絶章之業。虎賁如在，鶴和方新。是用贈具階官。於戲！名山之閟惜，罕遇其人；閥閱之高華，或隳於後。惟此世家之學，是爲不朽之光。予言不誣，爾澤未艾。

母鄭氏封太安人

勑曰：南陔之詩不作，而孝友缺也，朕憪然憂之。其有是而恩不下逮，豈吾所以孝理天下之志與？某氏乃具官某之母，天與柔嘉，人推貞淑。凛洌誓夫，辛勤敎子。追辟呫之遺訓，則曰先君之思；陳圖史之芳規，兼以古人爲法。克成賢子，蔚爲大儒。循彼南陔，相戒以潔白爲養；來歸自鎬，飲御皆孝友之朋。此亦當世之榮觀，而新朝之盛事也。朕甚嘉焉。兹特封爲太安人。於戲！小雅之作，可覬於今；大國之封，肇開於後。爾其彊飯，服我寵光。

南京刑部浙江清吏司主事董繼周授承德郎

勑曰：朕聞留務多閒，諸曹郎類優游養望，而刑曹尤甚。雖然，亦有踔厲首公之臣，盤桓於久次者乎？朕蓋常盱衡念之。具官某，藏器濟時，矢心憂國。當其出宰海邦，禽獮黎寇，誓師於譚笑之中，饋運於風濤之內。暴露已良苦矣。迨留曹病起之時，正東虜逋誅之日。爾乃思舍嘉石而趨戰場，釋爰書而譚兵法，慷慨上書，輒求自試。事雖未行，可謂有其志焉。茲以覃恩授具階。於戲！一隅不賓，王師在野。四郊多壘，所謂卿大夫之辱；而蠻夷猾夏，抑亦作士者之責也。爾毋以祥刑爲苛細，毋以即戎爲經奇。節其壯事，而毖其老謀。朕且有後命焉。欽哉！

妻王氏贈安人

勑曰：爲吾志義之臣，感慨立節，其作之配者，非有卓行，何以稱嘉耦哉？具官某妻贈孺人某氏，儀法有傳，訾笑不苟。事姑盡瘁，而卒以從姑於九原。於姑爲死孝，於夫爲媲德矣。茲加贈爲安人。於戲！崇臺綽楔之制，雖未備也，其亦可以有聞矣夫！

繼妻程氏加封安人

敕曰：傳稱婦學於舅姑，故不及舅姑爲不幸。雖然，賢明貞順之婦，亦安往而不學哉？具官某繼室封孺人某氏，惠明爲資，環珮中禮。鴻鴈壹德，則學於母氏；雞鳴儆戒，則學於夫子。卒相其夫，以有立也。雖不及舅姑，其不謂之不幸矣乎？茲加封爲安人。爾服我休命再矣，其益曙戒勿怠。

父應宸先贈文林郎廣東惠州府海豐縣知縣加贈承德郎南京刑部浙江清吏司主事

敕曰：傳曰：求忠臣必於孝子之門。夫子之能仕，而父教之忠也，不若其躬以孝教也。朕有嘉焉。贈具官某，乃具官某之父，少有至性，長猶樸心。齔祖於齠貫之年，殉父於顚毛之日。捐其身以盡孝，而詒其子以作忠。今爾有子矣，是用加贈具階官。爾子之報稱伊始，教忠之效，豈可量哉？

母顧氏加贈安人

敕曰：今之臣子，亦有廢蓼莪之詩，而抱桮棬之痛者乎？是與吾同悲者也，朕深念之。贈孺人某氏，乃具官某之母，稟温恭之德，函淑令之儀。攻苦於結褵之年，矢志於截髮之後。三遷之教既成，而一日之養不逮，不已悲乎？兹加贈爲安人。於戲！朕爲爾子禱爾，爾子之念母勤也，其亦思有以稱乎？爾子慷慨上書，固曰可以身許人也，予既已知之矣。

南京工部營繕清吏司郎中姚之光授奉政大夫

制曰：朕承先帝之丕業，應門法殿，次第修舉。瞻睇陪京，高帝之豐、鎬在焉。今其舊宫原廟，日就隊廢，而朕忍獨高明爽塏，以臨諸侯？冬官之屬，列在留曹，則有司存，當識朕意。具官某，蜚聲蓺苑，奮跡賢書。出牧金城，入參留署。以博通之學，兼膚敏之才。漢宫之萬戸千門，悉能闇記；周禮之經涂九軌，咸可指陳。鳩僝之務惟勤，樽節之功斯著。乃以覃恩授具階。於戲！我高帝卜建舊京，城闕省署，盡出指授。開國承家，其規模具在也。覽考工之法，率將作之職，因時與材，著吾不忘塗塈之意，是誠在爾。爾勉之哉！朕之業在文王有聲之卒章矣。

南京工部都水清吏司主事潘守正授承德郎

勑曰：昔人久居郎署，至勤人主爲之勞問，非獨仕宦淹久，可爲歎息，亦以士之服官，材老而奇，望久而宿，不可以新進趨風之士輩流畜之也。具官某，姿本淵醇，政成愷悌。郡邑跋疐，中外量移。迨南曹留滯之時，在左宦踐更之後。却騏驥而不御，世之所嗟；騁修途而不前，爾亦何罪？往視蘆政，在彼江干。巡行轄吳、楚之衝，節縮省東南之力。洲人渚戶，樂輸茭葦之供；絶塞並邊，印給輓飛之利。歲閱既上，賢勞汝嘉。乃以覃恩授具階。於戲！人惟求舊，余不以隨牒而滯平進之人；靡不有初，爾無以淹恤而忘鞭後之慮。勉副雅望，服此訓辭。

初學集卷九十八

外制八

河南按察司按察使盧維屏授通議大夫

制曰：國家設按察之官，謂之外臺，所以廉察所部而提振綱領也。及其弊也，視日月以敍進，而彫敝滋多；急亭傳以觀政，而奔趨求譽。有司益用不職，民生無所告愬。夫法不擇官，官必奉法，而況于以法爲官者乎？此予之憂也。具官某，起自循吏，擢爲淸郎。皆有賢聲，溢于官次。參藩睢陳，蒐兵獮盜，三年有成，乃晉憲職。爾自筮仕以還，皆用隨牒平進，可謂不汲汲矣。今茲頒布詔條，澄淸郡邑。春生秋殺，壹以案肅凋敝爲事。朕甚嘉焉。若爾者，斯可謂之執法之官矣。茲以覃恩授具階。爾所部包舉河、雒，周先正之所保釐也。畢命曰：商俗靡靡，利口惟賢。今監司項背相望，靡靡之餘風，自上下焉。爾其益肅明風績，予將祗命爾以畢公之事。爾其念哉！

妻潘氏加封淑人

制曰：詩稱婦道，曰無非無儀。婦人之非與儀，不可得而見也，觀于其夫則知之矣。具官某妻封孺人某氏，靜好有閑，柔嘉維則。膏火著勤于茅屋，辟績不閒于官舍。爾之夫有羔羊之直，勵秋鷹之威，而爾之內德亦茂著焉。茲加封爲淑人。女德不外見，以爾爲師，則亦何患乎無聞也哉！

祖現贈中大夫河南按察司按察使

制曰：詩稱陶唐氏之民思深憂遠，儉而用禮。今其遺教，猶有存者。盧某乃具官某之祖父，孝悌力田，仁心爲質。當其稅衣南畝，攻苦食淡，斯固晉民儉陋之風。至于發粟焚劵，慨然市義，則深思之君子，或未逮焉。惟此良士，詒厥孫謀，職思其居，脩我臬事。斯爾之遺教也。是用贈具階官。於戲！爾服茲休命，所以相爾孫于冥冥者，豈有窮哉！

祖母張氏贈淑人

制曰：咏唐風者又取葛生，蓋以其女子潔明專壹，有思深用禮之風，不獨其君子然也。

某氏乃具官某之祖母，裙布操作，壺漿饁耕。相其夫以力田，勸其夫以種德。於乎！其斯以爲唐風之女子乎？茲特贈爲淑人。葛生之蒙蔓也，椒聊之蕃衍盈升也，詩可以觀，豈獨一家之盛而已。

父文科先封文林郎直隸寧國府宣城縣知縣加贈通議大夫河南按察司按察使

制曰：爲吾執憲之臣，風績茂著者，必褒顯其先人，非徒昭吾霈恩也，亦用以著教焉。封具官某，乃具官某之父，介圭有邸，朱絃比端。訓爾子者，皆古人之話言；遺于後者，有先民之風骨。詩不云乎：式穀似之。爾子崇憲陳臬，厥德不回，可謂似矣。予其可以無褒乎？是用贈具階官。膺此追命，沒而不朽。爾之遺教，不滋大與！

母王氏加封淑人

制曰：子之能仕，父教之忠，蓋亦有母教焉，古之所以宗母師也。封孺人某氏，乃具官某之母，鍾天性之深慈，躬女圖之茂矩。善事尊章，所以教忠；不先妯娌，所以教讓。以餐飯之加否教仁，以衣裳之數澣教儉。爾子之能其官也，惟爾之勤。茲加封爲太淑人。夫古之賢母，克成其子者多矣，及其子之榮而身親見之者少也。朕發號推恩，不靳寵命，亦欲使天下爲母者聞，庶幾乎知聖善之報，集于厥躬，不徒圖畫管彤之足慕而已也。可不念乎？

浙江布政使司右參政李叔元授中大夫

制曰：朕追懷先正，不薄外僚。碩輔名卿，往往輩出。非獨均勞出入，國有常經，亦以才閱則堅，知練則老，敭歷滋久，體望亦茂著焉。士多競進，此風日微。吾見其人，不忘嘉嘆。具官某，珪璋特達，琴瑟清和。肅然禮容，淸廟之器。服官郎署，已有賢聲；視學外臺，益著風績。淸明懸鑑，士莫遁其秋毫；澄汰引繩，人爭畏乎夏日。迨乎臬、藩之閱歷，重以歲月之回翔。參計耗登，佐縣官緩急之計；延見民吏，播朝廷勞來之仁。布政不事乎競緑，居官寧厭其淹久？乃以覃恩授具階。於戲！累日月以敍進，所以别沉實守正之人；更事任以觀能，所以遏巧僞奔趨之士。尙益敦夫素履，終有聞于本朝。欽哉！

妻林氏加封淑人

制曰：詩不云乎：琴瑟在御，莫不靜好。士之靜于官也，女之靜于家也，相成之德，比于賓友，所謂可與晤言者與？具官某妻累封恭人某氏，淵懿可度，柔嘉有章。寒燈佐誦讀之勤，宿肉供洗腆之養。迨夫子既回翔中外，而爾益黽勉歲時。門屏蕭條，服御相安于布素；珩珮閒肅，儆戒不替于箴圖。如美玉之有聲，譬雅音之相和。玆加封爲淑人。永綏福履，祗服訓辭。

祖逢陽贈中大夫浙江布政使司右參政

制曰：人材之生，譬之喬木。粤自拱把，至于棟梁。國既長養百年，而家亦積累再世。教本自始，報必有初。李某乃具官某之祖父，含章挺生，孚尹旁達。學問淵源乎經術，文辭泛濫于百家。幷日而易衣，稱易祿難畜之士；夙夜以強學，爲經明行修之儒。命不永年，竟違紆紫之願；家宿其業，已著殺青之書。及爾孫枝，遂爲國寶。無念爾祖，知其大志之所存；詒厥孫謀，豈獨遺經之有託。蓼蕭之澤，自葉以流根；報祭之心，或源而或委。是用贈具階官。嗚呼！齎志入地，誠何憾于九京；有命自天，永有聞于終古。

祖母莊氏贈淑人

制曰：國家崇獎節義，鄉里婦孺，咸得表厥宅里，樹之風聲。其有沉晦沒身，而發聞後世，稽諸天道，信而有徵。用是闡幽，可以爲教。某氏乃具官某之祖母，式是嬪則，仔肩壼彝。當所天之不存，奮身誓死；期入地而無憾，矢志立孤。童稚伶仃，有託孤寄命之節；甯章衰老，有送往事居之忠。撫厥子以有成，暨其孫而始大。風霜高秀，貞魂闕結于百年；日月光華，大節昭回于再世。如逝者之可作，信天道之不欺。茲特贈爲淑人。嗚呼！崇臺綽楔，未遑表襮于漆書；女師禮宗，卒以昭垂于彤管。是可考信于天咫，尙亦有助于王章。

父芳先贈中憲大夫浙江按察司副使兼布政使司右參議加贈中大夫浙江布政使司右參政

制曰：朕推恩臣下，必追命其先人，蓋不獨先河後海，禮不忘始，而家學淵源，名教積習，亦有可以考見者焉。贈具官某，乃具官某之父，德輿云遠，義府孔修。起自孤生，蔚爲名士。睠念手澤，少不忍讀父之遺書；佩服箴圖，老猶能奉母之餘教。至其誨子以式穀，不獨詒後以一經。過里門而下車，讓先邑屋；入子舍而瀞濯，禮始庭闈。宜爾多賢，守其家訓。沒祀以仁者之粟，惟其似之；人稱爲通德之門，厥有繇矣。是用贈具階官。於乎！克昌厥後，既有徵于贊書；無忝所生，尙謹守其樸學。

母蘇氏加贈淑人

制曰：朕聞善稟于親，行成于內。徙鄰斷織，著于前聞。本立而後道生，自家所以刑國。累贈恭人某氏，乃具官某之母，肅祗明惠，柔嫕静顓。珥無光輝，佐孤生于寢門之內；動有箴珮，肅婦子于閨閫之間。既有嚴而有慈，故能食而能教。庭戶森列，所謂方玉而圓珠；仕宦後先，蓋亦優龍而劣虎。念此珩璜之訓，永言風木之悲。兹贈爲淑人。於乎！將慰匪莪之心，宜流自葉之澤。淑靈不昧，尚服享之。

福建布政使司左參議徐良彥授朝議大夫

制曰：昔我神考，遐不作人。山陵既成，遺老多在，至於外服來朝之使，亦有先時侍從之人。朕顧瞻在廷，言念舊德。湛恩盼布，靡有遺者。具官徐良彥，端直如弦，縝密比玉。以循良稱首南國，以風采表率西臺。出按益州，愈章令問。獮蠻峒積年之逋寇，不費秋毫；賑蠶叢一路之凶饑，有如夏雨。折矢止殺降之禍，捐金紓開採之艱。及乎藩服之回翔，不惜歲時之淹久。夙飲冰而受事，乃執玉以來廷。歎李邕之衣冠，昔聞其語；省唐介于圖像，今見其人。考績方新，覃恩載及。遐不謂矣，何錫予之。兹以覃恩授具階官。於戲！考國家蕃宣勷歷之制，蓋出入之均勞；念前朝骨鯁磨切之臣，諒初終之一節。尚其惕厲，服此訓辭。

妻穆氏加封恭人

制曰：豫章之俗，服習禮教。士多壹行，女有樸心。具官某妻封孺人某氏，儀度閒肅，性資惠明。言稱先姑，克相夫子。家門儉貿，信蓬歷之何慚；官舍蕭條，喜高寒之相映。宜此良士，長有令名。兹加封爲恭人。益勵素風，以昭本俗。

父珵先封文林郎應天府溧水縣知縣贈朝議大夫福建布政使司左參議

制曰：士有石隱，用晦其身，而風徽留照于後。逃名而名我隨，斯之謂乎？封具官某，乃具官某之父，隱不違親，窮思善物。讓産而手自致富，賑阨而身甘食貧。乃一意于挫名，終委心而遯世。題目不愧于高士，節概遂傳於後賢。以清白爲箕裘，素風不墜；素芬芳于丘壟，俠骨猶香。是用贈具階官。於戲！孺子之後，長有千秋之名；王政所先，尚念季春之聘。

母丁氏加贈恭人

制曰：君子來朝，我有一朝之饗；小人有母，誰無不匱之思？贈孺人某氏，乃具官某之母，慈而能教，儉而好施。刑家備雍肅之風，娠賢爲淸白之吏。迨報政于南國，已棄養于北堂。載閲三朝，乃膺再命。於戲！愴鼓鐘于長樂，生有同悲；佇表刻于新阡，死且不朽。茲加贈爲恭人。爾其有知，尙克鑒此。

廣東布政使司右參議兼按察司僉事徐如珂授朝議大夫

制曰：我神祖扶養人才，詒于孫子。凡茲遠方執玉之彥，亦有先朝賜環之人。簪履之恩聿新，梓漆之材惟舊。國有彝典，朕何敢私？具官徐如珂，經術純明，風操廉直。當秋曹服官之日，正春宮側席之時。慷慨憂危，牽連譴謫。投荒無地，甘顚頓于滇雲；牽復有年，乃藩屏于嶺海。蓋聖主無畢世之怒，寄雨露于摧殘；而勞臣無速化之思，飽風霜于淹久。體望滋茂，旬宣有聞。余方發號以施恩，爾乃有來而至止。茲以覃恩授具階。朕今以川東一道畀汝矣。治巴、渝、漢、僰之交，制夜郎、且蘭之險。以爾老于敭歷，熟于邊隅，故擇而使之，非欲久遺爾于外也。念生平歷試之艱，副一時仔肩之託。無荒朕命，爾往欽哉！

妻史氏贈恭人

制曰：夫婦之際，古人比之君臣。蓋其艱難契闊之間，新故死生之際，有可以相喻者乎？具官某妻封安人某氏，珩瑀傳家，蘋蘩叶禮。服組紃而攻苦，操井臼以佐廉。迨乎謫籍牽連，夫作青衫之客；家門寂寞，室餘白首之姑。黽勉有加，慰勞無已。能使田園有歲時之樂，耕饁相從；寢門無慮歎之聲，輕軒時御。幸矣賜環之有日，惜哉捐珮之無年。長樂初聞，嘆君恩之如故；短檠未棄，嗟婦命之不猶。兹加贈爲恭人。服我茂恩，視兹慜册。可以爲之永嘆，不徒慰其夫子而已。

父思仁先贈承德郎刑部廣東清吏司署員外郎事主事加贈朝議大夫廣東布政使司右參議兼按察司僉事

制曰：士之立節也，猶竹箭之有本根也。其苞植者不厚，則其挺出者不堅。吾有志義之臣，必原本其先世。贈具官某，乃具官某之父，豈弟吉人，博大長者。孝友著于家門，冠衣互易；賙救及於州黨，稱責相資。行已在儒俠之間，居身于通隱之際。置生産于不問，日飲無何；引分義以自繩，夜行多畏。宜爾遺德，施于後賢。濬寧之訓有光，感慨之風彌長。是用贈具階官。用以昭明其世德，且可弘獎夫風流。

母劉氏贈恭人

制曰：士感慨立節，未常不自念曰，小人有母也。節概之不立，而以有母爲解，賢母羞之矣。朕崇獎節義，深嘆嘉于母之以子節聞者。封太安人某氏，乃具官某之母，家風肅穆，內則整齊。事上著夙夜之勤，殉夫有終焉之節。及其訓子以有聞，迨于謫籍而無悶。樹節本先人之教，投荒亦聖主之恩。能如是乎？不愧介山之隱；亦已足矣！頤齊范母之名。睠言簪履于新朝，益念栝棬于宿昔。兹特贈爲恭人。於乎！是母是子，不虛銀管之書；爲孝爲忠，允作金彝之輔。

山西布政使司提學右參議兼按察司僉事文翔鳳授朝議大夫

制曰：朕惟海內士習不醇，文體不正，此皆典學之臣，徒務潤飾，而不以學術表正之故也。朕甚憂焉。具官文翔鳳，風操端嚴，學問淵博。登高能賦，有大夫之才；發憤遺經，有聖賢之志。三爲縣令，兩簡留曹。皆有賢聲，溢于官次。乃命爾往督晉學。夫晉，唐之都也，河汾之鄉也。以爾有憂深思遠之風，故命爾于晉；以爾有六經七制之學，故命爾以河汾。

爾受命往矣。乃以覃恩授具階。於戲！以河汾之學，教陶唐之人，士習之淳，文體之正，胥自晉始。爾之學術，其昌明于天下乎！爾尚勉之！毋姑求賢于近世之士而足，則予汝嘉。

妻武氏加封恭人

制曰：讀小戎晨風之什，秦之女子，何其賢而有文也？今其風猶有存乎？具官某妻封安人某氏，動循珩珮，居服箴圖。散卷帙于青編，矢篇章于彤管。惟其體備二南之德，無險詖私謁之心，故能咏歌四始之風，有温柔敦厚之教。蔚矣女士，相此聞人。兹加封爲恭人。詩不云乎：厭厭良人，秩秩德音。爾夫子之德音遠矣。爾豈獨爲秦風之女子乎？

父在中先封承德郎禮部祠祭清吏司主事加封朝議大夫山西布政使司提學右參議兼按察司僉事

制曰：朕横經訪落，紹衣德言，蓋將擘道術之屯蒙，起百王之遺緒。斯文邈矣，曠世於兹。誰其任之？我有遺彦。先封具官某，乃具官某之父，東井挺生，西方絶學。射劉蕡之策，無愧登科；負賈誼之才，被譏年少。是以退而譚道，終焉窮而著書。斷自洙、泗之間，取河汾以往。窮天人之奥妙，覃思有同乎草玄；極道理之弘深，下帷自比于繁露。蓋天之慭遺一老，獨抱遺經；乃後之必有達人，有光家學。彼眉山洵、軾之繼述，止于文章；至石渠歆、向之異同，未醇學術。肆爾傳經之子，爲吾典學之臣。是用封具階官。於戲！尊所聞，行所知，道益崇于肯構；本諸師，本諸父，祭莫重于先河。爾無忘憲老之言，余將有臨雍之拜。

母趙氏加封恭人

制曰：朕聞禮先陰教，易重家人。凡積慶于高門，必發祥于淑媛。封安人某氏，乃具官某之母，頌圖叶德，珩瑀被躬。孝以事其皇姑，順以相其夫子。明詩習禮，風範聿著于後賢；執枲治絲，共儉不殊于宿昔。信哉媲德，宜爾娠賢。兹加封爲恭人。於戲！惟兹通德之門，代有肅雝之範。名儒肖子，蔚爲道德之光；婦順母師，並著管彤之美。

湖廣按察司提學僉事尹嘉賓授奉政大夫

制曰：朕初撫職貢，循覽地求。丹銀齒革，來自荆州，未嘗不念楚才也。爲吾典學之臣，職思譽髦，宜有以稱朕意。具官尹嘉賓，器本特達，學得精華，遂以文字冠于南服。及其飛華中舍，回翔職方。隨牒平進，澹然無求。可謂有志矣。荆以南闞視學使者，朕遂以命爾。爾所部非全楚也，然江、漢朝宗於海，而衡獨爲宗于岳。扶輿鬱積，人才所萃，有良史之才，有騷人之志，而又有魁奇忠信材德之民生其間。澄汰之以渙其文，檃括之以底其質，實惟爾能。乃以覃恩授具階。繼自今楚之杶榦栝柏，與芃芃棫樸，競進治朝，俾余一人賴楚材之用。余汝嘉哉！

妻花氏加封宜人

制曰：女德不外見，附其夫以有聞也。鵲巢之詩以謂邦君積德累行，夫人起家而居有之，亶其然乎？具官某妻封孺人某氏，起自儒素，躋于高華。于其夫之績學，知其風雨相戒之勤；于其夫之素心，知其丹華不御之質。從夫以貴，莫是爲宜。茲加封爲宜人。爾既若鵲巢之起家矣，尚敬順爾夫子，善其所以居之者。

父延綬先贈徵仕郎中書舍人加贈奉政大夫湖廣按察司僉事

制曰：士之文章或掩夫先世，而風氣必本于前人。夫風氣之所存，教不必于式穀，和無待于在陰，亦惟其似之而已。贈具官某，乃具官某之父，居家無子弟之過，急難有長者之風。居身儒俠之間，游意市朝之外。家無擔石，而眉稜之意氣燁然；口有雌黃，而胸次之坦夷自若。慨有大志，施于後人。旋觀沒世之餘，是識遺風之自。是特贈具階官。於乎！生而不偶，每羞爲一卷之師；死如有知，應快覩萬家之墓。尚其幽竁，服此殊榮。

母俞氏加贈宜人

制曰：詩不云乎：有母之尸饔。詩人之念母勤也，其生而事之也，況於死而思之乎？朝廷蓋爲人子卹之。贈孺人某氏，乃具官某之母，相夫以順，愛子知勞。操井臼以起家，辛勤十指；傍丹鉛而課讀，儆戒三餘。畫荻有聞，樹萲永棄。茲加贈爲宜人。於戲！愴鼓鐘于長樂，誰無風樹之思？列鼎釜于下泉，益重桮棬之慟。惟孝子循陔之慕，奉以終身；則慈母斷織之名，垂于沒世。吁其悲矣！尚克享之。

貴州按察司副使繆國維授中憲大夫

制曰：頃者苗民不靖，黔路梗塞。禽獮之後，兵氣未銷。朕未嘗不端居深念秉憲之臣，萬里執玉，臨軒燕勞，如見遠人。朕于恩命，豈有愛焉？具官某，才華炳蔚，器緼端凝。宰劇縣以宜民，謝膴仕而將母。爲郎以儁工見績，出守以豈弟見思。乃晉臬司，往涖貴竹。符傳一下，則郵遽風淸；羽檄四馳，而夷僚讋服。刀耕火種之俗，户識威名；兵荒燹燬之餘，人懷晏息。朕既三年克鬼方之伐，爾乃萬里獻荒服之琛。遂以覃恩授具階。夫西南嶮遠，俗雜漢、僰，吏耑用漢法治夷，而不用漢法自治，黔所以擾也。黔按臣上首功，朕心用憯怛，余何忍以武勝黔乎？爾能爲我乂黔，余將顯陟女！

妻蘇氏加贈恭人

制曰：士起孤生，備嘗荼苦。其閨門相貳之勤，有百倍于人者矣。國家疏榮，必逮其耦。不惟因夫之爵，蓋亦寓勞人之報焉。具官某妻贈安人某氏，動應衡規，躬服儒素。齏鹽佐讀，機絲無間寒窗；菽水奉姑，洗腆有逾宿肉。吁其逝矣！傷如之何！感宵旦于雞鳴，茫然長夜；思話言于龍具，策彼前途。晻言懃瘁之艱難，益悼死生之契闊。茲加贈爾爲恭人。用以著黻佩之誼，不徒承褘翟之光。

繼妻徐氏加贈恭人

制曰：丈夫有事四方，而婦人間關從之。戒徒叱馭，跋涉萬里，斯已難矣。矧其奄忽道路，比于以死勤事者乎？予何靳此愍册。具官某繼妻封安人某氏，出于高門，休有華問。組紃謹女功之習，錡莒勤婦德之修。冰蘖佐廉，風流于山箐溪峒之內；徽華永逝，魂游于澧蘭沅芷之間。嗟玦珮之已捐，睠芬芳之如在。茲加贈爲恭人。靈其不昧，佑我勞臣。永言彤管之先，祔彼黄陵之享。

父天秩先贈承德郎工部營繕清吏司署員外事主事加贈中憲大夫貴州按察司副使

制曰：朕聞至孝之德，旁達明神。神錫祕祉，厥有靈泉瑞物之出，以表殊異。如其不然，則必在其後人。鍾美豐物，亦理之恆也。贈具官某，乃具官某之父，生稟粹和，死稱醇孝。殘肌刲股，甘隕身于榻前；創巨痛仍，遂從父于地下。人誰無死，天不吾欺。以是藐爾之孤，蔚爲亢宗之胤。蓋誠心感物，在異族亦相其哀；而和氣致祥，至再世遂徵其美。頎然有子，豈曰無年。是用贈具階官。於戲！旌壽州之門，宜揚芬于億載；斥鄠人之對，無遺誚于偏辭。

母張氏加贈恭人

制曰：國家崇奬節孝，倣前代烏頭雙闕之制，載在國史。至于夫孝妻節，駢集一門，坊白相望，汗青交映，則又昭代所希遘、史官所特書也。朕嘉與斯世，表之旌表。節婦贈安人某氏，乃具官某之母，箴圖有聞，冰霜爲質。夫既殉父于蚤歲，爾遂自誓于盛年。撫弱息于一絲，嚴霜夏墜；寄孤生于再世，燎火晝寒。迨厥子之有聞，乃畢志而長往。於戲！屈指生存之日，皓首何慚？下見死孝之人，重泉爲耦。茲加贈爲恭人。於乎！崇臺綽楔，漆書錯互于旌門；鸞誥龍章，賛册昭回于表墓。丹心不死，如可作于九京；黄壤猶生，尚爲觀于百世。

山東按察司按察使陶朗先授通議大夫

制曰：我祖宗仍元舊跡，轉運遼海，舳艫航海，至不吝徹侯之封，以觀能者。矧今海道久湮，軍需日急，我有勞臣，拮据于颶風瀚海之中，朕何敢忘？具官某，良玉有聲，精金能割。飛聲南署，著績東藩。逮乎饋運之艱難，益廑累年之劈畫。蓋海禁之疏通未久，而鯨波之發作無時。以鉅萬之齎糧，寄數寸之浮木。晝旗宵柝，身雜于篙夫埧戶之間；曉霧暮星，心折于島嶼港汊之内。用能使雲帆時轉，粳稻不虚。兵興以來，厥勞懋焉。乃以覃恩授具階。頃者河東失守，登、萊我之門戶，與賊共之。爾獨身楮柱，風檣浪檝，屹爲長城，何勞苦功高也！朕今耑以東海寄爾，爾指畫遼海，如視盤鑑，豈以晝險而守爲能事乎？爾往欽哉！朕且有後命。

妻周氏加贈淑人

制曰：人主之于勞臣也，凡其偃息啓處，靡不懷且念之。而况于閨門相貳，死生契闊之間乎？累贈恭人某氏，乃具官某之妻，圖史被躬，珩璜合則。本名卿之家世，貴而不驕；相君子于糟糠，貧而無怨。蕣華已萎，荆布猶新。官舍蕭條，倘想虀鹽之與共；波濤衝冒，有如風雨之相期。兹加贈爲淑人。非徒爲下泉之光，亦以紓偕老之嘆。

繼妻許氏加封淑人

制曰：人臣之義，不得顧其私家。至于國有大恐，而婦人女子，能相勉其夫以從王事，表婦順可以厲臣節焉。朕其寵嘉之。累封恭人某氏，乃具官某之繼妻，函貞德門，相夫膴仕。有鳲鳩一視之德，效雞鳴儆戒之風。至其服習劬勞，稱引大義。當道殣相望之日，能共餔糜；及羽書交至之時，願親桴鼓。勉巡行于海嶼，俾無内憂；庀治業于寢門，有如軍令。豈獨無慚于閫内，蓋亦有助于師中。兹加封爲淑人。爾尚益毖寢興，終相夫子。膚公之奏，爾有勞焉。將以傳于女史。

祖九詔原任直隸廬州府無爲州巢縣知縣贈通議大夫山東按察司按察使

制曰：君子位不配德，仕不竟志，則其後必有達人。挹彼注茲，觀于天道，若交手而相付焉。原任具官某，乃具官某之祖父，文成琬琰，行合圭璋。蜚譽賢科，流徽宰邑。薄言歸隱，何知束帶之慚；可以樂饑，無復扣門之拙。付有餘于造物，遺未盡于後人。居然五柳之風流，千秋如在；蔚矣三槐之事業，再世有聞。是用贈具階官。永言世德之求，尚識詒謀之自。

父省東先封中憲大夫山東登州府知府加封通議大夫山東按察司按察使

制曰：朕聞濫觴之水，足以導積石之源；膚寸之雲，足以致崇朝之雨。今吾疆埸，言有勞臣。遡其家風，厥有原本。累封具官某，乃具官某之父，少服庭訓，長須異材。指廉石以傳家，無慚淸白；抱遺經而俟後，有瘁丹鉛。急難而非以市名，仗義而恥于食報。慨有大志，施于後賢。浩蕩鯨波，快破浪乘風之願；縱横虎略，出揣摩簡練之餘。聿觀厥成，善繼爾志。是用封具階官。爾其優游几杖，勸勉勳名。用觀收復之膚公，尚及來歸而飲御。

四川按察司僉事戴君恩授奉政大夫

制曰：朕以東西多事，禍亂頻仍，思得文武大略之人，以收指麾能事之效。乃者蜀俘先至，西壘告平。戡定有人，不忘嘉歎。具官某，器資恢傑，材術疏通。奮跡循良，著聲郎署。屬有西事，俾往視師。爾既長才，有槃根自試之志；而巴又舊治，爲吏民服習之邦。奮臂請行，出奇獮賊。以謂頓兵孤城之下，窮困獸以老師；不若收功片檄之中，解重圍以殲寇。往還豺虎之窟，而談笑自如；指顧犬羊之羣，而縱禽在我。用能使渝城頓拔，叛人就俘。惟爾之勞，斯爲稱首。乃以覃恩授具階。於戲！九絲殘寇，尙爾稽誅；諸峒狡酋，方圖旅拒。解全牛于游刃，知有餘能；蒐逸獸于三驅，俾無遺種。嗣有崇寄，佇爾告成。欽哉！

父有光先贈承德郎刑部雲南淸吏司主事加贈奉政大夫四川按察司僉事

制曰：夫空谷之縶莫留，而其人如玉；九臯之鳴不見，而其聲在天。此潛德之光也。士有抱志于生前，而用譽于身後者，何以異此？贈具官某，乃具官某之父，性資特達，造詣溫文。才華秀出于里人，德器推重于國子。植杖而問，喜父母之俱存；負笈而歸，躬人子之能事。感白華潔白之孝，循彼南陔；盡菽水歡養之誠，我藝黍稷。退而修長者之行，進不求通人之名。邈矣鴻冥，想羽儀于當世；覽彼鳳德，遺苞彩于後賢。是用贈具階官。惟茲追命之榮，應我闡幽之典。倘有考于幽夢，知無愧于明綸。

母梁氏加贈宜人

制曰：詩不云乎：母氏劬勞。人子之念母勤也。列鼎而悲，望像而拜，可以自致而不可以自解。我有愍册，其何敢忘？贈安人某氏，乃具官某之母，柔順不違，肅雍有美。澣衣上食，事嚴重之尊章；幷日視星，殫辛勤于家室。頎然有子，身爲母師。胡娠賢之有聞，而劬躬之不逮？中宵宿火，音容恍在于機絲；幷日加餐，口澤倘思乎魚菽。吁其悲矣！余有憹焉！茲加贈爲宜人。永貽彤管之名，用慰蓼莪之痛。

江西按察司副使曾用升授中憲大夫

制曰：國家承平日久，官常頹阤。司憲度者，類皆低回澁縮，上下相蒙。朕嗣服以來，慨然思革其故。陳時臬司，實重其選。具官某，器業弘深，風規端直。掌使節而贈賄風清，擢臺端而庾庫弊絕。出按豫部，益舉厥職。救荒遠法青州，抗章不辟朱邸。古之名御史，殆無愧焉。屬有監司之推，未究澄清之志。栖遲數年，賢愚同嘆。今命爾以湖西一道，之官有期，乃以覃恩授具階。夫內外臺俱冠法冠，掌風憲。今之薄外臺爲左遷，蓋輓近所謂故事，而非祖宗之制也。湖西界嶺轄荆，藪逋叢寇。爾不鄙夷其官，修舉臬事。吾寧久遺爾于外乎？爾往欽哉！

妻孫氏加封恭人

制曰：四牡之臣，有功而見知，而猶有將父將母之懷，豈獨王事使然哉？亦內無相貳之故也。具官某妻封孺人某氏，生于冠族，作嬪良士。爾夫乘軺攬轡，積有歲年。爾能薄寒視衣，中宵宿肉。使燕寢有起居之問，舉觴無嘆息之聲。俾忘內顧，惟爾之勞。茲加封爲恭人。益勉有終，以服無斁。尙亦有裨王事，不徒相其夫子而已。

父國福封文林郎雲南道監察御史加封中憲大夫江西按察司副使

制曰：國家之休命，及士之抱道緼德而不贏其躬者，非徒報其人也，亦以使斯世有觀也。封具官某，乃具官某之父，多文爲富，讀書窮老。讓田廬以念寡稚，族墳墓以聯宗族。勇於爲義，不求人知。斯可謂潛德弗耀之君子矣。淸明在躬，壽考介福。玄衣應杖，優游里門。人皆曰：幸哉有子如此！且曰：可以觀德也。顧不休與？茲加封具階官。爾之爲德未艾，再命以往，亦豈可量哉！

母黄氏加贈恭人

制曰：樹欲靜而風不停，子欲養而親不逮。朕顧瞻長樂，三復斯言，潸然流涕。封孺人某氏，乃具官某之母，婉娩姆教，敬共婦德。徙鄰斷織，成訓子之名；坐膝扶床，享弄孫之樂。飾以見姑，歿而何憾。爾子初免喪來朝，而國家方湛恩盼布，遂使墳草未宿，零露載濃。在爾子之孝思，可以少慰，而朕之悲則何時而已乎？兹加贈爲恭人。於戲！歿而無知則已，苟有知者，服兹休命，其亦有以鑑予心于地下矣。

整飭徐淮道兵備河南按察司副使岳駿聲授中憲大夫

制曰：朕觀常武之詩，徐、淮之間，先王蓋㢝㢝焉。以南國之不易，東隅之有警，咽喉之地，慣有梗塞，監司所在相望，而任此者則重矣。具官某，風規凝遠，器緼純明。五載司刑，一麾出守。乃登憲職，往省徐方。振積弱之軍聲，衈久窮之民瘼。御援遼之師旅，肅若過賓；募運海之舟航，履如平地。指麾白羽，似貞元雄鎮之時；談笑黄樓，類熙寧復河之後。師薦上達，朕心嘆嘉。乃以覃恩授具階。朕今改命爾督漕矣。唐李泌言：東南漕自淮達汴，而徐爲江、淮計口。我國家兼重徐、淮，皆爲餉道計也。爾治徐治淮，東南要害，在爾尺幅。朕倚毗爾者良重，爾往欽哉！

父九德先贈中憲大夫河南汝寧府知府加贈整飭徐淮道兵備河南按察司副使仍前階

制曰：朕聞龍宗有鱗，鳳集有翼。忠臣義士之後，其流風餘韻，僅有存者，朕慨然用之，矧其賢而有後者乎？累贈具官某，乃具官某之父，本鄂國精忠之裔，傳金陀文獻之餘。矯志博聞，家風未泯。好施急難，俠骨猶存。聿啓多賢，紹明先烈。是用贈爾階官。於戲！蓼蕭之流自葉，孰非三朝曠蕩之恩？水木之有本原，尚念百年忠義之報。爾其不昧，尚克承之。

母張氏仍前贈

勑曰：母之以子聞者亦多矣。其有文章節操，駢聚一門，而競以其母聞者，慈庭之教，不尤懋著乎？贈恭人某氏，乃具官某之母，宿稟閑和，教成徽懿。左圖右史，引詩、書爲鑑鞶；外敏內仁，用柔和爲粉澤。不煩外傅，聿有母師。宜爾娠賢，蔚然競爽。優龍劣虎，均爲國之克生；翔鳳漸鴻，悉分母之遺羽。茲仍贈爲恭人。用慰累茵之悲，式彰斷織之教。

陝西布政使司右參議賈鴻洙授朝議大夫

制曰：國家郡國藩宣之選，多取郎署久次之人。乃者兵興不時，度支告匱。戶部諸曹郎佽助國計，茂著成勞。屬有甄陞，俾當重寄。具官某，器資肅穆，風力堅明。當服官民部之時，正蒿目軍儲之日。飲冰爲國，仰屋憂時。精勾股於宿逋，棼絲咸理；嚴會計於新餉，累黍不遺。年勞有聞，藩翰攸寄。惟長安之重地，實畿輔之奧區。乃命爾出參秦中，專守關內。相視衿要，控洪河四塞之雄；撫綏士民，復陸海八區之舊。乃以覃恩授具階。昔者鄭、白兩渠，衣食京師億萬之口，而唐杜佑謂大曆初溉田減於漢三萬八千頃。今長安膏壤千里，河、渭之漕故在。爾在戶曹日久，向之嗟咨仰屋者，可以見諸行事矣。尚勉爲我牧秦，終佐邦計。爾往欽哉！

四川按察司副使車朴授中憲大夫

制曰：朕慎簡監司，精求民瘼。目營四海，如堂適庭。矧蜀方被兵，民亦勞止。思得公忠體國之士，以綏瘡痍在野之人。其有甄陞，可無書命？具官某，博通世務，誦法古人。奮跡賢書，歷官郎署。當職方拮据之日，正東隅警急之時。指畫車攻。幾如親履行陣；條上兵事，直欲身當虜酋。東事解嚴，西人未靜。命爾于蜀，副彼臬司。擢居外臺，可以竟澄清之志；俾治亂國，所以仗緩急之才。乃以覃恩授具階。昔宋命張詠于益，固曰孰能處茲文武之間？今蜀難甫平，逋寇未殄。理棼絲之緒，而奠碪斧之餘，非文武大略，未易辦也。爾能以益州之治治蜀，余不以資格蔽爾。爾往欽哉！

妻王氏加贈恭人

制曰：在昔筐筥興歌，濯溉授職。閨門之細事，婦孺之微勞，莫不播之管弦，著在禮典。王化滋遠，此風日微。得一人焉，可以知教。朕有懋册，何忍忘之？具官某妻贈宜人某氏，婦道可宗，女圖毋越。奉尊章于篤老，藥物必躬；事夫子于孤貧，糟糠不厭。睠惟四德，胡不百年？斂手足于寒氊，永言荆布；聚營魂于宿草，尚想晨昏。迨我霈恩，服茲休命。茲加贈爲恭人。於戲！朕欲表著女圖，丹青王化，將自爾始。惟爾其服享哉！

湖廣布政使司右布政使仍管按察使事熊宇奇授通奉大夫

制曰：朕改元卽位，諸藩、臬之長入見者，既燕勞而遣之矣。其爲吾布德執憲，恪守所司者，朕亦有錫予之思焉。具官某，材劇而用博，志脩而行堅。起自刑曹，歇歷藩服。衡楚羅杞梓之材，平播紀獮禽之績。廻翔閩、浙，載莅荆、襄。以文武爲憲之才，兼行省監司之任。以六條察吏治，而江、漢肅清；以十連制所部，而溪峒屏息。楚用俾乂，爾有勞焉。乃以覃恩授具階。夫爾之官則蕃宣也，其所司則廉訪也。楚稱剽悍急疾，先畔而後服。然而蕃以宣之，廉以訪之，楚其有不乂乎？爾有成勞于此，勉終汝猷，以副朕命。

福建布政使司分守漳南道右參政朱綵授中大夫

制曰：朕視天下爲一家，而閩海東南之戶庭也。朕宅中御外，堂奥晏如。而藩服之臣，日焦勞于颶風煙海之間，朕何忍一飯置之？具官某，以子大夫高等，服官春曹。冷然冰廳之風，肅然清廟之器。體望滋茂，出參閩藩。遠慮綢繆，勞心閱歷。破奸寇之窟穴，不廢嘯譚；歷島嶼之紆廻，瞭如屏幛。用使椎卉屏跡，海壖奠安。紓朕南顧，爾有勞焉。兹以覃恩授具階。中國久不中倭，今雞籠、淡水之間，漸見告矣。嚮導之不絕，汛候之不至，議者多言之，而又以謂此非致寇之本原也。爾在閩海良久，衣袽之戒，豈遂忘于前事乎？爾其懋哉！

河南按察司分巡河北道副使吴瑞徵授中憲大夫

制曰：國家畫大河爲南北，分置憲臣。而河北跨躡燕、涿，襟帶京師、漳河之間，古稱都會。爲吾控制此土，其責至重也。具官某，德器縝密，志操端明。風規足嗣乎先民，治行不出于家譜。若工奏績，治郡稱平。茂著賢聲，晉司憲職。臨上黨、邯鄲之舊地，當兩河、京雒之交衡。道路犬牙，而奸盜無伏藏之跡；徵輸填咽，而軍民有居息之安。矧以一路之無虞，値東方之有警。道里不梗，聲援相資。揆之疆事，亦有助焉。乃以覃恩授具階。朕觀方志，漳、衞間土廣俗雜，漢興常擇嚴猛之將治之。夫嚴猛非所以致理，然欲彈壓重鎮，控河北以衞內地，則亦非瑣科巽輭之人所能辦也。爾受事未久，所部肅然，朕知爾勝任久矣。爾其念哉！

初學集卷九十九

外制九

河南歸德府知府高鏘授中憲大夫

制曰：頃者夷烽日聞，道殣未息。郡守多傳遽厥職，希望拜除。朕深患之，思得良二千石，表率屬城，意甚亟也。具官某，學多師古，志在濟時。奮筆刑官，駁正藩封之典；陳情留署，力伸將母之懷。久積年資，出守劇郡。搜剔疾苦，勞問吏民。手執丹鉛，設教時聞夫絃誦；身親畚鍤，行河不憚於追呼。至於選將治兵，爲未雨綢繆之計；屯田峙糗，愧望風奔走之徒。四境藉以乂安，百城恃以無恐。乃以覃恩授具階。睢陽引江負淮，南北要領。爾居其間，慨然有屏蔽之思。古稱刺史多文武大略，不徒以廉平稱治而已也。爾勉之哉！

河南河南府知府郭忠宁授中憲大夫

制曰：朕觀於西漢吳公守河南，治行爲天下第一，而史不載其名。意欣然慕之，以爲安得此良吏悃愊無華者，以稱吾德意乎？具官某，風規凝遠，器局恢明。初在西曹，平反茂著；比遷水部，歲閱滋深。乃命專城，出守雒邑。庀國事如家事，嘗夙駕而問耕；以察吏爲安民，每晨興而視牘。所司以狀來聞，曰實政實心，宜民足國。所稱治行第一，爾庶幾焉。乃以覃恩授具階。河南故稱土中，乃作雒保釐，周家盛時，何廩廩也？今東方徵兵未已，嵩、少、虢、雒之間，戈殳相逮，皆爾所部也。詩不云乎：召伯勞之。爾無以漢吏自滿，予將祗命爾以召伯之事。欽哉！

福建泉州府知府趙士許授中憲大夫

制曰：泉之爲郡，眇然在嶺海之表，冠蓋相望，奸利滋多，蓋有中土壯郡所不及者。安得良二千石，與我爲理？朕蓋深念之。具官某，民譽清華，家風綿邈。廷評水部，蔚有賢聲；劍浦、泉山，所至治理。謝貴游之竿牘，霜凜雉門；破奸宄之根株，風清虎穴。乃可惠我單赤，因而聯以師儒。四民歌清德之詩，千載繼前賢之迹。乃以歲閱授具階。泉之治莫盛於宋，蔡之理行、王與眞之教化，何異車而合轍也。爾爲郡一出於仁人學士之爲，而絕去鄙儒俗吏之習，其亦有前政之思乎？朕之嘉爾，不徒以治一郡而已也。欽哉！

直隸河間府通判劉濡恩授承德郎

勑曰：乃者狡夷作難，東方失守。勞人志士，奮身下僚，願爲國家冒危難、效死力者，斯國之寶臣也。朕深念焉。具官某，起自明經，擢爲佐郡。雖在佐貳，蔚有體望。屬有東國之使，三韓道梗，使車縮朒。爾乃横身奮袂，慨然從行。不卑小官，不避艱險。颶風鯨波之發作，簸頓良苦；島夷賊艇之窺伺，出没無時。斯可以愧臣子之當事而避難，失事而逃死者矣。爾往在河間，年勞懋著，乃以覃恩授具階。於乎！仗復國之寵靈，銜天子之威命。率彼師徒，擣其窟穴。此勞人報國之秋，而志士立功之會也。以爾才略，勉思建豎。無使泛舟之師，終爲遷延之役。爾往欽哉！

父必紹原任眞定府同知加四品服色致仕加贈奉政大夫

制曰：國家簡用賢能，崇奬吏治，蓋有淹滯下僚，抑没功令，而當宁爲之動色，没世猶以發聞。予有褒册，必先及之，以有報也，亦有勸也。原任具官某，乃具官某之父，孝友服先民之訓，言行以古人爲師。出牧並邊，入佐畿輔。敭歷滋久，廉辨有聞。凛執筆於平反，甘曳裾而終老。懸車致仕，雖未及大夫之年；脱屣去官，至首勤明主之問。終能彀子，教以事君。留未盡之忠於後人，試已效之譜於今日。服師儒之教，能以賢而得民；勤鼓鼙之思，願移忠而報國。覩箕裘之滋茂，知風骨之有新。是用加贈具階。嗚呼！天不吾欺，庶可觀忠赤之報；人誰無死，尙勉遺汗青之名。

山西大同府東路同知劉士璉授奉政大夫

制曰：雲中爲幽、并重鎭，控制虜衝。以寇至之無時，軍儲之時詘，錯置郡丞，分理餉務，儲偫出納，鈐轄邊防。任茲選者，難其人矣。具官某，再更劇邑，蔚有能聲。遂以長才，試於邊郡。操甘飮水，才捷轉丸。伍無庚癸之呼，儲有崇墉之積。用能飽吾戰士，壯此軍聲。乃以覃恩授具階。乃者素㑹稱雄，游牧多警。邊吏又往往因仍耗蠹，不惜士卒。夫武夫枕戈坐甲，不得宿飽，而文吏乃以升斗龠合，坐而扼將士之死命，斯已傎矣。朕將以儲政寄軍政，用軍興之法以弊文吏，爾勉之哉！朕則顯陟汝。

父輔平封文林郎山西平陽府解州聞喜縣知縣贈奉政大夫山西大同府

同知

制曰：三秦土厚水深，奇偉之士，嶄然輩出。卽終老儒服，而行義炳如，聲施於後，朕固將表而出之，矧其有子。封具官某，乃具官某之父，生稟瓌姿，慨有大志。下帷攻苦，奮玉杯、繁露之文；矢志博綜，通禮樂兵農之學。有奇不偶，爲善於家。薰德善良，秉仁心而御物；傾身然諾，蘊義氣以生風。肆爾遺經，傳於賢子。丹鉛猶在，奉手澤於簡編；白賁可貞，儼心師於函丈。是用贈具階官。尚有聞壹行之傳，不獨享書命之榮。

四川順慶府通判張一鴻授承德郎

敕曰：巴郡遠在西南，征繕之後，民亦勞止。重以徵材於蜀，披林薙箐，以勤吾人。朕不忘遠民，其忍忘遠吏哉！具官某，起於鄉舉，分倅專城。幹濟多方，淸勤一節。勞問疾苦，閱歷於金泉、渠篆之間；省視農桑，勸勉以父子家人之事。野聽賨人之頌，山無木客之吟。顧此遐方，聿有能吏。乃以覃恩授具階。爾不觀夫木乎？浮江達淮，傳致萬里，一旦斲爲棟梁，登於明堂法宮之上。爾遠吏治行高等，不浹月而達於朕聽，猶是木也。爾茂勉之，朕之材爾不小矣。

江西廣信府通判吳士熙授承德郎

敕曰：國家設官，半判上佐，得與二千石參校政事，短長利病。信州據吳、楚、閩、粵之交，爲東南望鎮。有能舉綱引墨，飭贊郡符，亦吾之所急也。具官某，騰譽徵書，起家循吏。初尹南靜，繼宰新寧，皆日周才，躋於別駕。事蕠必理，刃皆有餘。庭無呼謈之民，野絕探丸之盜。屬城咸率，程書有聞，乃以考績授具階。昔有宋青溪盜發，比疆連壤，褎如充耳。王愈在信，謂賊不百里俯吾境，設防禽獮，東南乂安。信地僻山深，盜賊淵藪。遼左兵興，漸次騷動。萬一有事，爾能爲吾之王愈乎？勉思率勵，副我甄昇。欽哉！

浙江台州府通判趙應旟授承德郎

制曰：悃愊無華之吏，隨牒平進，所至而治，有績可書。古所稱詳明政術，可以理人者，蓋庶幾焉。具官某，初試宰邑，綽有賢聲。屢冠程書，遂遷倅郡。江山瀟灑，既凊淨以宜民；政理廉平，亦勤勞而問俗。乃以覃恩授具階。台之爲郡，在前宋稱壤僻民愿，牒訴簡少，而後乃以繁劇著也，今何如哉？爾爲政日久，問俗以知台，因台以知天下，不獨倅一郡而已也。朕則顯陟汝。

江西南康府推官李應昇授文林郎

勑曰：郡國之有理官，所以矜庶獄，重民命也。頃者吏不率職，希望拜除。有能壹意祥刑，稱國家所以設理之意，朕將不次擢之。具官李應昇，少擅文名，長爲民譽。如衡牙之玉，動而有聲。佐憲以來，蔚有令聞。以清明穎異之才，而有直温簡廉之德。平亭疑獄，爲之清夜而思；聚教罷民，至欲下車而泣。能使人懷豈弟，吏襲清寒。庭無呼暑之聲，野屏椎埋之跡。所司上爾治狀久矣。乃以覃恩授具階。書不云乎：欽哉欽哉！惟刑之靜哉！今刑官之不職，不靜之故也。若爾者，可謂能靜矣。靜於刑則理，靜於位則共，不獨理一郡而已也。欽哉！

河南開封府推官范復粹授文林郎

勑曰：郡國置司理之官，專以祥刑爲事。刑一成而不變，君子所盡心焉者也。舍祥刑之職弗修，而游意於法之外，豈吾所以任理官之意乎？具官某，抱蘊沖和，懷才倜儻。雅負先憂之志，仕爲淑問之官。嗟教導之未純，時見罷民而啜泣；顧重輕而宜允，每臨肺石而咨嗟。蓋爾既精於爰書，而又傅以經術。遂使右武習豪之俗，幾無攘獄遏訟之人。汝能俾獄無留，余欲厝刑不用。副我欽恤，良用歎嘉。乃以覃恩授具階。嗚呼！國家妙選理官，登之臺諫。理官刑人以理，言官刑人以言，皆丹書也。理於刑則祥，理於言則昌。爾其務竟爾理，朕且有後命焉。欽哉！

浙江嘉興府推官姚鈿授文林郎

勑曰：郡國置司理之官，所以佐察六條，而觀中五刑也。嘉興爲東南要區，奸利交跡，非肅明強幹之士克勝其任，胡以中於程書？具官某，介珪不琢，精金有聲。擢對大廷，讞刑劇郡。以明允豈弟之德，兼綜釐擊斷之才。公以生明，肅吏鑑昭於水鏡；廉而不劌，亭刑科中於玉條。兹以覃恩授具階。夫三尺律人主所與治天下也。今要辭日煩，獄麗罔察，猥以世輕世重爲解。朕深患之。爾爲理明於五刑，式繇敬爾獄，以長我王國，豈異人任乎？爾其懋哉！

廣西南寧府横州知州趙廷忠授奉直大夫

制曰：頃者邊隅繹騷，吏治頹陁。朕大弊羣吏，周視遐方。蓋將遺汰瑣科名法之人，簡用文武大略之士。需材方亟，書伐宜先。具官某，發跡賢書，出宰百里。爰稽勞績，晉典雄州。久著吏能，兼閑將略。峒夷溪蛋，首服於屏幛之前；盜海剽山，晏息於指顧之下。黄洞投欵，三江之士宇來歸；烏獝革心，百雉之城墉屹立。頃因有事，移爾近畿。須爾臂指之能，爲吾肩背之捍。服兹新命，念彼舊勞。乃以覃恩授具階。於乎！治近何異於治遠，有初必克於有終。益勉告成，以須不次。欽哉！

陝西興安州知州馮珣授奉直大夫

制曰：朕即位以來，留心弊吏。如古所謂奉詳明政術可以理人之詔者，未嘗不嘉予之。具官某，爰以明經，試於吏治。三吏壯縣，晉典方州。以學優則仕之能，當三年有成之後。操刀能割，曾不患乎尨茸；比屋可封，又何憂乎獷悍？衿要之防彌固，襦袴之澤有聞。乃以考績授具階。乃者蜀寇告警，褒斜、棧道間，流離接踵。爾在金州，故稱良牧。撫綏彈壓，方略可觀。古稱刺史有文武大略，不徒以治辦爲能事也。爾其勉哉！朕將顯陟汝。

山西平陽府吉州知州魏可教授奉直大夫

制曰：朕留心弊吏，方州之長，奉可以理人之詔，咸與勞問，至於控制衿要，號爲雄繁，治理茂著，尤深歎嘉。具官某，博喩爲師，經術飾治。拊循疾苦，字憂深思遠之民；休養敦龐，還土厚水深之俗。四境咸理，三年有成。乃以考績授具階。志稱此地西臨黄河，控引龍門、壺口之險，雖少屬邑，實爲雄州。爾牧其間，循覽襟帶，其亦有要害之思乎？天下有事，文武大略，未可謂不在儒者也。爾其懋哉！

四川保寧府巴州知州賀納賢授奉直大夫

制曰：巴於劍外，號爲雄州。古之名牧，有惠洽閭巷，名以子孫者。今吾理人之吏，追古風績，膏雨吾土，吾何愛璽書，不以風異之。具官某，筮仕壯邑，晉踐方州。吏不能欺，可謂向風而治；民亦勞止，庶幾計日而安。惟爾年勞，登於師薦。乃以覃恩授具階。頃者蠻洞不賓，蜀、漢道梗。爾所牧地，猶未被兵。益勉吏治，兼討軍實。相視衿要，礙戎屏華。夫時平則嬉，寇至則戒。此俗吏之爲，而非朕所望於爾也。爾其念哉！

原任四川成都府崇慶州知州楊伯高授奉政大夫

制曰：朕初即位，肹布湛恩，覃及中外。至先朝循良吏，政聲流傳而陟明未逮者，所司以聞，咸得給補如例。具官某，奮跡賢書，典州劇地，問民勞苦，莅事廉平。矢清冰以爲心，猶在棼絲而必理。中於賞率，積有歲年。迨乎免喪以來朝，乃得循資而上請。蕭然襆被，猶餘琴鶴之高寒；蔚有薦章，尙載袴襦之歌頌。撫爾舊政，霈我新恩。用如所請，以覃恩授具階。惟爾之先，聿有遺直。家風弘長，及其後昆。朕之霈恩於爾，用醻爾牧養之勞，國有彝典。抑亦使天下知忠臣義士，尙有餘慶，而以砥節首公相勸勉也。爾其懋哉！

父曰孝贈奉政大夫四川成都府崇慶州知州

制曰：古者崇奬節孝，宣延風美，是以杞雖小國，亦吊城隅之哀；而周之中興，厥顯夷宫之命。今吾節義，萃於一門。不有封崇，何言激勸？旌表孝子某，乃具官某之父，起自孤生，茂著名行。夙夜怵厲，奉母氏寢門之規；晨昏膳羞，顧孝子循陔之養。歡愉菽水，爨何必於嘗君；眷戀雞豚，痛有同於益母。是以烏巢鯉集，雖異類亦相其誠；而表墓旌門，在宗黨咸歸其孝。無愧荀、何之號，居然曾、閔之風。矧有遺休，延於再世。是用特贈具階官。於乎！圖禮宗之像，錫以胙膰；勒孝門之銘，合於上下。是母是子，咸有聞也；以觀以感，不亦休乎！

山東濟南府德州知州謝錫教授奉政大夫

制曰：國家轉漕，仰給東南，而德州實爲綰轂。衞、漳諸水，合流城下。水陸浩穰，介在孔道。爲我守茲土者，亦甚劇且勞矣。具官某，文學有聞，束修自好。休有譽處，出典方州。菑祲頻仍，冠蓋相望。征繕四出，而官無鼛鼓之鳴；廚傳飭修，而民無繭絲之擾。乃以覃恩授具階。乃者東隅亦多事矣。德當五方之交，亦四戰之地。搜兵繹騷，盜賊生發。

保障折衝，兩者交重。夫所謂刺史有文武大略者，在撫字其人而善用之，未可謂儒者何以在朝歌也。爾其念哉！朕將顯陟汝。

直隸河間府景州知州宗萬化授奉直大夫

制曰：吾三輔之地，景爲畿南之首，而介於冀、兗之間。頃者盜賊生發，探丸椎埋者交跡國門，思得健吏以鈐轄之。疆場之地，一彼一此，吾何患焉。具官某，志存休息，政在撫循。當冠蓋之相仍，兼歲時之不易。而能使過賓如歸，暴客遠屛。六條咸事，帥薦上聞。乃以覃恩授具階。夫古蓚今景，方軌横騖，亦四戰之地也。晉人謂三方有事，幽、薊無兵，使梁得蓚，必西侵深、冀，其患益深。今東方不靖，畿輔戒嚴。景實幽、薊之外屛也，尙其悉意保障，屹爲重鎭，朕將有崇寄焉。爾勉之哉！

初學集卷一百

外制十

順天府薊州遵化縣知縣顧天寵授文林郎

勑曰：間者邊鄙多聳，輦轂繹騷。徵求日煩，供億滋𢿭。吾畿内長吏，有躬任槃錯之寄，而身兼牧帥之長者乎？余何愛璽書，不以風異之？具官某，器緼純明，風操廉辨，始令盧氏，蔚有賢聲。比遷北平，在吾左輔。以物力凋殘之地，當薊、遼傳遽之衝。而爾以講武訓農爲能，以傷財害民爲戒。師行糧食，比閭無荆棘之憂；士飽馬騰，並邊有金湯之勢。應辦良苦，幹濟有聞。乃以覃恩授具階。自有東事以來，言者率欲簡用邊吏，擁衛近畿。遵西接渝關，東連潞水，鈐轄京邊之際。爾爲令廉辨得民，漁陽突騎，皆爾赤子。朕方拊髀頗、牧，爾無以循良吏自足也。則余汝嘉。

父咸寧贈文林郎順天府薊州遵化縣知縣

敕曰：節目磥砢，是徵喬木之材；源流演溺，乃識大川之浸。惟我舊老，粤有後賢。風流未替於前，而慶祉有詒於後。余寵嘉之。顧某乃具官某之父，藹藹吉人，振振公姓。循牆却步，有退讓君子之風；讓產食貧，修孝弟長者之行。守先朝之遺笏，槩戟依然；服舊德於一經，箕裘未艾。是用贈具階官。於戲！世家巨室，將徵盛美於本朝；積慶留餘，尚徵挹注於造物。

母文氏封太孺人

敕曰：福祿攸同，蓼蕭之所以自葉也。福履綏之，樛木之所以逮下也。和德致祥，盛德有後。風雅之教，其可誣哉！某氏乃具官某之嫡母，出自德門，教成師氏。備倉庚不妬之德，有鳲鳩一視之仁。熏然太和，蔚爲盛事。黄髪鯢齒，御文駟以生光；大斗兕觥，躋公堂而稱慶。美哉介眉壽而歌燕喜，猶然憑几杖以敕子孫。兹特封爲太孺人。於乎！子爲人母，爾爲母師。洵五福之並圓，將百年而未艾。

生母王氏贈孺人

敕曰：于傳有之，母以子貴。今吾臣子，父有追命之册，母有從爵之封，而恩不逮於所生，豈吾所以推恩念母之意乎？某氏乃具官某之生母，矢行結縭，屈身助饎。服小星之訓，柔順有儀；鍾大國之祥，劬勞罔極。宜廣因心之典，用伸欲報之恩。茲特贈爲孺人。嗚呼！先得我心，尙考孝慈之錄；永錫爾類，彌深長樂之悲。

直隸順天府昌平州順義縣知縣張國綱授文林郎

勑曰：頃者東方多故，戎車未寧；內地戒嚴，民亦勞止。睠茲甸邑，介在並邊。思得周才，以安搶攘。其長吏賢勞茂著，朕安得忘之？具官某，升敍澤宮，綰符赤縣。屬歲時之不易，兼警急之相仍。而爾才優割剸，志存保障。溝池襟帶，百雉屹然；邑屋駢闐，四郊樂只。推是爲理，眞吾所求之劇令也。乃以考績授具階。夫燕京南壓區夏，若坐堂皇而俯庭宇，順義其在奧窔之間乎？內附輦轂，外傍陵闕。雖蕞爾一隅，鈐轄非小。吾所以留心弊吏者，非徒以文法期會而已也。爾其念哉！

直隸眞定府深州衡水縣知縣郭鳳翔授文林郎

勑曰：朕覩人主優異三輔賢吏，至召致榻前，訪以理人之術。人主臨堂皇而俯區夏，扶風近地，雖屬城下邑，猶庭堦也。具官某，奮跡賢科，試政畿赤。以靜安之支邑，在信都之故區。邑有流傭，野多蕪穢。而爾勞瘁長養，專勤撫循。所司上爾治狀，曰節愛字人，爬搔剔蠹。稱曰循吏，殆無愧焉。乃以覃恩授具階。傳稱恆山之野，五穀蕃熟，四種五穫。衡雖蕞爾邑，其州則冀，其鎭則恆也。爾爲政歲登人和，天其有意於恆之野乎？爾益懋乃績，用以乂恆而毗冀。朕將顯陟汝。

直隸順德府内丘縣知縣吉天敍授文林郎

勑曰：朕留心弊吏，問民病苦，蓋將萬里庭階。矧於近畿，在吾轂下，璽書褒異，豈有愛焉？具官某，持身謹潔，美才周通。以徵輸繹騷之時，兼冠蓋相望之地。能使桴鼓不作，廚傳有嚴。閱爾程書，用深嘉歎。乃以覃恩授具階。今東隅不靖，畿輔震驚，蕞爾中丘，倚太行而枕鉅鹿，亦一要害也。昔言此地當安靜無事之日，知戰鬬攻掠之備，爾亦有事於此乎？詩不云乎：綢繆牖戶。甸邑之爲牖戶亟矣，其將有以庸汝。

直隸河間府青縣知縣楊應震授文林郎

勑曰：昔魏郡十五城，獨繁陽有異政，漢史書之。矧於甸服，近在扶風，當吾擇官憂民之際，安有尤異之政，蔽不上聞者哉？具官某，明經修行，學道愛人。以蕞爾彈丸之邦，値累年捐瘠之後。戴星爲治，計日有程。辛勤於暑雨祈寒，勞苦若家人婦子。爰以考上，最於畿南。乃以考績授具階。青雖小邑，然滹水、衞河，會斯邑以入於海。民雖力穡崇本，凋瘵之後，奸利易生，爾治之寬然有餘矣。夫治小如大，故能治大如小。治大國若烹小鮮，此善喻也。爾尚益懋厥猷，以稱朕意。

直隸廣平府成安縣知縣馬珍授文林郎

勑曰：成安爲武安屬邑，漢之斥丘，今爲赤縣。夫以其地多斥鹵，因以氏縣，而今乃轉斥而爲赤也。則豈非以地多賢宰，如古寇今桂之流，而邑遂以稱雄緊與？朕眺顧邦畿，留心弊吏，未嘗不思見其人也。具官某，論秀鄉闈，授官京邑。當水旱洊臻之後，兼輪輓絡繹之時，而能使歲不爲害，民不告疲，烝徒謳歌，流亡安集，此可以爲長人之吏矣。薦牘屢上，朕甚嘉之。是用特授具階。朕聞寇在邑，符移不出縣門，而百姓莫敢後期。今吏徒取期會徵發，豈復知此意乎？爾治斯邑，聿有能聲。寇於爾，猶前政也。余不以文法吏弊爾。爾其念哉！

直隸順德府平鄉縣知縣仇夢台授文林郎

敕曰：唐制有之，畿邦之宰，任得其人，有以乂安黎庶，足以張吾京師也。平鄉吾甸內之邑，在邢、洺之間。土地夷曠，汚萊彌望。朕思得良吏，爲吾休養生息久矣。具官某，儒能飾吏，政以養民。發跡賢科，仔肩劇邑。嚴肅以薙稂莠，清淨以起疲癃。能使吏畏民懷，政平訟理。臺察大吏，咸以治理薦聞。乃以覃恩授具階。夫平鄉西望沙河，東臨滏水，亦畿內一水國也。宋人言滏水一石，其泥數斗。願募民復史起十二渠，以資灌溉。今畿南盛言水利，爾將以何說而處此？爾其吏列狀以上，化沮洳爲督亢，此吾之所急也。朕將顯陟汝。

直隸鳳陽府虹縣知縣張鳳翼授文林郎

敕曰：朕初踐阼，詔長吏問民疾苦。南望中都，爲興王湯沐之地。其屬城下邑，父老子弟，皆高帝豐、沛故人之遺也，朕豈能一飯置之哉？具官某，以公車之儁，出宰百里。初官南詔，越在蠻邦。繼宰中都，乃其支邑。勞心撫字，殫力興除。遂使道絕流傭，野無蕪穢。最其上考，中於程書。乃以考績授具階。今天下全盛，而中都乃稱殘瘠，流離滿野。夫漢之沛，卽周之豳也，王業之本根，其可以弗念乎？虹故屬符離，高帝割宿、泗以奉陵邑，故并歸於濠。朕不以一下邑吏小汝明矣。爾其敬哉！

直隸應天府句容縣知縣羅延光授文林郎

勑曰：句容故留京左輔，民旅雜居，冠蓋相逮。吏斯土者，有墨易以彰，有德亦易以望。劇衝之地，蓋亦吾長吏之攻錯也。具官某，鼓篋有聞，鳴琴稱治。再更句曲，試於錯盤。置水不淆，棼絲必理。傳遽交織，而野無勞人；徵輓奔流，而民有餘粟。漢法計吏，廉平不苛，庶幾近之。乃以考績授具階。爾之前政，有徐九思其人者乎？屬在孔道，廚傳未嘗不飭，賓至未嘗不如歸也。吏習民安，不事鑫厲，斯亦爲政之師表與？爾尚毖乃心力，無俾九思專美於前。輓近世之吏，不足學也。朕且庸觀爾於成。

浙江杭州府錢塘縣知縣李白春授文林郎

勑曰：吏分符出宰，治辦爲難。至於古都今會，風俗哆而獄市繁，斯又盤根錯節，剸割之要區也。朕綜覈吏治，法必首此。具官某，南圭無玷，東箭有筠。試割能操，更絃益習。以旁午浩穰之會，兼凋殘靡弊之餘。茹蘖飲冰，躬儉樸以風末俗；戴星移日，殫勤瘁以恤勞人。小物必勤，棼絲咸理。薦書累上，功狀昭然。乃以考績授具階。嗚呼！今之吏介在通都大邑，飭廚傳，走竿牘，游光揚聲，拜除如流，用是通顯而已。爾能敦守樸學，拮据吏事，不以都會爲市朝，不以邑宰爲傳遽。不獨副吾詔旨，且可以風俗吏焉。朕則顯陟汝。

浙江寧波府鄞縣知縣沈猶龍授文林郎

勑曰：朕嘗觀於方志，明州踐山枕海，處百粤之東偏，生齒蕃庶，夷舶時至。頃年以來，滋益囂敝。民既告病，而吏亦勞矣。誰能字吾人者，其文學飭治、廉平不苛者乎？具官某，起家甲科，出宰劇邑。有素絲之節，而居之以平；有遊刃之能，而行之以恕。用能肅遏姦蠹，扶養小弱。循良之聲，往復有聞。朕方更新弊吏，所司以考績來上，用授具階。在昔王安石令鄞多善政，貸穀立息，以紓其民，而人以謂新法之所自始。爾讀先王之書，撫前政之跡，其必有慨於中矣。觀一邑知天下，毋謂一邑小也。爾其念哉！

浙江台州府臨海縣知縣張時暘授文林郎

勑曰：邇者吏治縱弛，民不堪命。朕初卽位，言者章滿公車，意蠹然傷之。今長吏有遵奉詔條，往復有聞者，吾用以表率新政，頒播百城，如不及焉。具官某，器資純篤，風操修明。始試政於剡城，旋治劇於回浦，冰蘖自誓，廉平服官。歌思不忘於溪藤，美陰日滋於琪木。乃以覃恩授具階。志稱嵊在四山，民多強梗。而臨負海，以樸靜儉約聞，爾爲政如登車射御，罄無不宜，以何道致然，爾亦既貫而獲矣。尙毖乃心力，視後而鞭之，毋以丘陵之獲自喜也。朕汝嘉哉！

浙江台州府黄巖縣知縣周玄昭授文林郎

勑曰：台爲浙之奥區，其屬城多阻山瀕海，而黄巖以山爲名，阻深樸靜，尤爲易治。此可以循良長吏，坐而鎭之，難以瑣科急切理也。具官某，起自賢書，遂膺民社。飲冰官舍，遊刃簿書。事計日而可覩，民望風而自理。所司上爾治狀，曰野有歸鴻，案無留牘。其庶幾乎？乃以歲績授具階。夫撟虔之吏，專厲蠭氣。廉平如爾，可以用爲儀矣。然朕聞異時中倭自黄巖始，以偏師扼海門，而東南晏。如此亦長吏之任也。桑土之詩，豈遽忘于前事乎？朕于爾觀厥成矣。

江西南安府上猶縣知縣張國棟授文林郎

勑曰：朕初卽位，頒布詔條，勞問疾苦。阻深僻壤，越在數千里外，猶吾堦戶也。有能副朕德意，將爲遠民報之。具官某，登在公車，試之百里。處虔、廣交衝之地，當奸寇充斥之餘。冰蘖矢心，剸割在手，遂使吏惴視牘，盜息探丸。風聲茂著于書山，歌詠長流于猶水。乃以覃恩授具階。夫上猶南迫東廣，西帶郴、桂，虔、吉之間一要地也。割虔以隸庾，蓋自宋始。上猶戢而虔、庾之間咸乂，豈可以遠方吏附贅視之乎？爾尚毖乃心力，朕且有後命。

湖廣常德府桃源縣知縣張醇儒授文林郎

勑曰：古稱桃源之中，其人淳朴，至不知有漢、晉。今世民俗囂澆，思得循良吏牧養小民，去雕返朴。聞桃源之風，欣然說之，采訪遺俗，存問其長吏，今何如也？具官某，初宰沅江，而政簡訟稀；移令桃源，而民淳俗茂。蓋爾以淸操約己，以醇德撫人。勸課惟勤，畜字不擾。遂使桑麻雞犬，藹然上古之風；女種男耕，宛爾家人之樂。教條滋簡，程書有聞。乃以考績授具階。今之桃源，介在沅、湘，溪蠻接跡，亦稍勤征繕矣。其視中土望縣，俗獘而文多者有間也。因其教不易其俗，斯善理人者乎？朕視天下，如此邑矣。行且以爾風異焉。

河南河南府永寧縣知縣孫志元授文林郎

勑曰：朕聞儒者以經術潤飾吏事，化行俗美。至于修治學官，春秋鄉射，藹然先王之風。於乎！何修而得此乎？今有能復古教化，以漢之吏道字吾人者，吾何愛于璽書。具官某，服鄒、魯之遺教，作江、漢之名儒。兩試爲邦，皆用古法。迨于永寧之政，又當優仕之餘。問織問耕，宛若家人之事；依孝依弟，居然長者之言。民既以爲不煩，吏亦知其可畏。朕聞之漢吏曰：所居民富，所去見思。爾庶幾近之。兹以覃恩授具階。爾亦嘗爲中牟矣，便坐之嘉禾，其圖狀猶在乎？召伯之甘棠，蔽芾弗伐，去爾今所治不遠也。爾之爲吏，先教化，上禮義，其亦有前政之思乎？朕將風異爾，以昌明儒者之效。尙懋勉哉！

河南開封府太康縣知縣李之茂授文林郎

勑曰：大梁爲天下要衝，其屬城多古循吏風績。朕嘉與長吏，滌除煩苛，有能遵奉詔條，以卓、魯之遺字吾民者，朕不愛璽書以風異之。具官某，器識經遠，風操肅明。牧此疲邦，副吾德意。撫勞人以緩徵發，行荒政以救凶饑。束矢均金，不改飲冰之操；盤根錯節，益徵遊刃之能。乃以考績授具階。夫宋斤魯削，遷乎其地而弗能爲良。爾一令武垣，再蒞陽夏，何以所至治辦也？誠心以求之，精心以理之，以此理人，何施而不可？詩不云乎：爾之教矣，民之效矣。

陝西鳳翔府岐山縣知縣趙民戴授文林郎

勑曰：朕端憂民生，循省吏治。乃眷西顧，岐、雍之遺化，猶有存焉者乎？于斯地也，得一循良之吏，蓋尤褒異之。具官某，學術淹通，器資恢傑。出宰百里，越在岐山。漢三輔之舊墟，號爲難治；周文王之至德，載在簡書。而爾壹以古人爲師，聿成循吏之治。勞問疾苦，三時跡遍于周原；休養勞民，四野味飴于荼菫。絜諸漢法，是曰廉平；律以周官，則云能辨。茲以考績授具階。夫吏道雜揉，南北異宜。然而民猶先王之民，政猶先王之政也。爾既以治岐有聞矣，率是以往，其忍以叔季之治治吾民乎？爾往欽哉！

山西平陽府浮山縣知縣陳崇虞授文林郎

勑曰：朕聞平陽堯之所理，窮鄉下邑，其人儉嗇善讓，有堯之遺風。朕方深思治理，嘉與良吏。去雕返樸，問吏于晉，尤拳拳加意焉。具官某，廉以生明，廣而能儉。拊循勞問，跡徧郊圻；勸課巡行，身棲里舍。治邑如家人之事，斯民有上皇之風。乃以考績授具階。夫南北堯山，在爾竟上。傳稱新田土厚水深，有汾、澮以流其惡，而澇水西北流入于汾。爾官于斯，撫唐、晉之餘，覽山川之舊，其可以助吾理人者必多矣。益圖前效，以稱朕意。

欽哉！

四川潼川州安岳縣知縣翟學程授文林郎

敕曰：安岳隸劍外，遠在井絡之間。朕軫念遠民，思其俾乂。治行高等，不浹月而達于朕聽，猶吾庭戶也。具官某，風姿廉潔，條令和平。疏食敝衣，脂膏不潤；均金束矢，約劑有孚。興文則詠歌接于西眉，問俗則僻陋革于東普。遂以考績授具階。劍外徵兵徵材，民不堪命。俗吏壹切螽厲，教化闕焉。爾廣厲學官，存問耆老。步趨漢吏，或以謂迂闊寡效。然政聲流傳，不遠萬里，又豈有使然者乎？詩不云乎：愷悌君子，神所勞矣。

四川雅州名山縣知縣劉爾完授文林郎

敕曰：朕在宥天下，俛仰遐荒。邛、蜀、漢嘉，青衣故地。朕雖在明堂法宮之中，黎風雅雨，夷獠雜處之民，未嘗不食坐見之也。朕不忘遠民，其忍忘遠吏哉？具官某，應經明行修之選，慕尚德緩刑之書。近畿已著年勞，嚴道尤傳聲績。民風土俗，無往不宜；幹辦廉平，所至而治。遂使沈黎夷落之地，蔚有黃圖赤縣之風。乃以覃恩授具階。日者蜀方多事，名山猶未受兵。然控帶西蜀咽喉，南詔亦一要區也。爾其益相視衿要，撫民治兵，如雷簡夫之在雅，則吾無劍外之憂矣。爾勉之哉！

原任福建福州府羅源縣知縣倪千祺授文林郎

勑曰：朕初踐阼，覃恩區夏。而先朝循良之吏，乃有政聲流聞，程書中格者，咸得補給如例，此亦彝典宜然也。具官某，蜚聲鄉舉，出宰永昌。勤視戴星，淸如飲水。百城稱異，三年有成。乃于報最之時，遽有親藩之擢。長裾可曳，尙思五袴之歌；叢桂爲招，不忘甘棠之蔭。撫兹舊政，霈我新恩。乃如所請授具階。夫漢諸侯王相吏，必擇文學治行優異者爲之。而近制乃以爲左遷。破格甄拔之議，亦屢聞矣。朕非獨推恩及爾，亦示所司以璽書褒異之意，令毋以資格限天下良吏也。欽哉！

初學集卷一百一

太祖實錄辨證一

太祖高皇帝以天曆元年戊辰九月壬戌十八日丁丑未時降誕于鍾離。

元天曆戊辰，婁宿降靈，高帝以是年生。至洪武戊寅，婁星復明。周世宗征淮，以荆、塗二山，乃濠州之朝岡，有王者氣，命斵之。有梅族居此，因曰斵梅山。後三百年，而太祖出焉。元末童謡曰：富漢莫起樓，貧漢莫起屋。但看羊兒年，便是吳家國。我太祖定都建康，改至正二十七年爲吳元年，實丁未也。

壬辰二月，亂兵焚皇覺寺，上無所避難，甚憂之，乃禱於神云云。

從實錄則太祖憂亂避兵，禱于伽藍神，固守旬月，而後有相招迫脅之事。以皇陵碑及御製文集考之，則先有相招迫脅之事，而後禱于神也。宋太祖微時，被酒入南京高辛廟，香案有竹杯筊，因取以占其名位。以一俯一仰爲聖筊。自小校以上至節度使，皆不叶，忽曰：「過是則爲天子乎？」一擲而得。晏元獻爲留守，題詩廟中曰：庚庚大横兆，謦咳如有聞。帝王之興，一何其相類也？

壬辰閏三月甲戌朔，上入濠城，郭子興留置左右。

滁陽王廟碑云：爲門者所執，將欲加害，王親馳活之。實錄云：人以告子興，子興遣人追至。親馳之與遣人，其緩急則有間矣。廟碑爲太祖親稿以授張來儀者，實錄不据此，何也？

居數月，子興與妻張氏謀以馬公季女妻上，張氏曰：「吾意亦如此。」子興意遂決。即孝慈高皇后。

滁陽王夫人張氏，次夫人亦張氏。据張來儀廟碑，初勸滁陽館高帝于貳室者，次夫人也。滁陽被械，攜二子從高帝奔告魯淮者，亦次夫人也。厥後女爲上妃，生三王二公主。人知滁陽能識眞主于魚服之中，不知皆次夫人啓之也。滁陽夫人生三子，皆與高帝不協。而次夫人獨能知高帝，且以其子相託。當滁陽信讒疑忌，高帝憂疑疾疢之時，其所以周旋側陋，解釋惎間，又可知矣。高帝親稿滁陽事實，蓋亦深著次夫人之功。而實錄但云子興夫人張氏，盡沒其實，大失高帝之意。余故表而出之。

癸巳冬，彭早住自稱魯淮王，趙均用稱永義王。

按實錄癸巳夏五月後書云：彭、趙二帥既據濠州，挾德崖等爲己用。是冬，早住自稱魯淮王，均用稱永義王。所謂是冬者，癸巳之冬也。滁陽王廟碑及皇明本紀記二姓僭稱，俱在壬辰奔濠之時，與實錄異。以高帝紀夢考之，則云明年元將賈魯死，城圍解，予歸鄉里，收殘民數百，獻之上官，以我爲鎮撫。當年冬，彭、趙僭稱，部下多凌辱人。所謂當年冬者，亦癸巳之冬也。以時勢言之，二姓雖草草僭稱，亦當在元兵解圍之後，而不在自徐奔濠之日，當以實錄爲正。又按元史順帝紀：辛卯八月，蕭縣李二及老彭、趙君用攻陷徐州。老彭者，早住之父彭大也。芝蔴李既敗，則彭大當與君用俱奔濠。實錄不書彭大而書早住，又書于甲午六月上取滁陽之後，云未踰月，彭、趙遣人邀上守盱、泗，上辭弗往。未幾，二人自相吞併，早住亦亡，惟君用專兵柄云云。按順帝紀又於丁酉歲書趙君用及彭大之子早住同據淮安，趙僭稱永義王，彭僭稱魯淮王。則丁酉歲早住尚在，以理度之，癸巳之夏，與君用併吞而亡者，乃彭大，非早住也。實錄於早住既亡之後，記上使人說君用，及賂其左右以解子興，而廟碑與天潢玉牒俱云：彭、趙東屯泗州，挾王以往，遣人賂彭、趙，得縱歸。則又早住不死之明證也。龍鳳事蹟云：先是芝蔴李故將趙均用、彭早住據淮安，僭稱王。早住死，均用益自專。未幾奔山東，依宋將毛貴。此早住死于淮安之明證也。二姓僭稱之事，在壬辰、癸巳間者，諸書載之甚確。而順帝紀又載于丁酉歲者，蓋彭大既亡之後，早住與君用同陷盱、泗，同據淮安，君用仍僭稱永義，而早住襲其父之舊，仍稱魯淮，故元史又從而記之也。元史稱彭大之子早住，其意甚明。脩太祖實錄者，殆未及考耳。己亥歲，君用殺毛貴，旋爲續繼祖所殺。獨早住不知其所終。而丙午歲梅思祖以淮安降，上諭之曰：汝等多故趙均用部曲，往往皆授重名，繼歸張氏，復食其祿。則數年之內，君用蜚披猖淮、泗間，略可想見。惜紀載闕如，無從援据耳。姑書此以訂實錄之誤。

甲午七月，南略滁陽，道遇定遠人李善長來謁，留置幕下，俾掌書記。

鄭曉名臣記云：上嘗與善長從容談論天下事，善長稱上豁達大度，類漢高祖，天下不足定也。

上因問善長：「卿可方蕭何，徐達可方韓信，誰可方張良者？」善長稱金華宋濂，上曰：「孤所聞青田有劉基。」按高皇帝是時居滁陽甥館，名位在諸將之後，安得偃然稱孤，以漢高君臣相命？善長典司書記，上戒令勿言諸將得失，遑及其他。龍鳳戊戌克婺，上始召見濂，庚子克處，始有人薦基，此時殆未必知有兩人也。流俗有英烈傳，稱太祖三顧中山，中山談經世大略，髣髴如韓侯、葛生。識者嗤之。不謂鄭氏通儒，亦剽取俗說如此。又黃金開國功臣錄，載善長當元季隱居東山，思佐明主以安天下。按庚午詔書，善長挈家草莽，詣軍門，俯伏于前。豈隱居高尚者耶？太祖之于善長，一則曰以文吏相從，一則曰知小吏之心。善長之爲吏審矣。必欲諱胥吏之名，標隱遯之目，則酇侯、雍奴，將不得爲兩漢之宗臣乎？俗儒膚陋，往往如此，宜痛削之。

乙未春正月，上率鎮撫徐達參謀李善長取和陽。

謹按太祖實錄：壬辰閏三月，上從滁陽王起義，命爲九夫長。癸巳六月，以上爲鎮撫。乙未春，子興命上率兵二千規取和陽，上率鎮撫徐達參謀李善長等數十人徑進。中山王之稱鎮撫，見於此。當是時，中山雖隸太祖麾下，其實屬滁陽王部曲。太祖與中山之爲鎮撫，皆滁陽命之也。史家不悉本末，皆云一見上，卽授鎮撫，位諸宿將上。不知乙未之春，子興命太祖總兵，和陽諸將猶不肯率從，久而後定。中山豈能遂踞諸將之上乎？太祖御製神道碑云：命爲帥首，凡有徵征以代朕行。至克姑孰，始云命王爲將。定建業，始云命王爲大將。此可見史家誇大之詞，皆非事實也。渡江以後開帥府，丙申爲吳國公，以逮于稱吳王，凡有拜除，皆出龍鳳之命，或如藩鎮承制故事。國史多忌諱，皆沒而不書。然亦往往有可考見。以太史公秦楚月表之意求之，不沒其實可也。

乙未六月，克太平，命馮國用典親兵，任以腹心。

鎦三吾宋國公追封三代碑云：陳也先來犯和州，人馬三倍我師，以廟算制勝，獲其全軍。也先丐死不得，則願款附。刑牲與盟，飲血而嘔，知其懷貳，必不令終矣。其軍之投戈環上而寢，悉去其兵士，唯公一人侍側，竟達曙無他。是後公先陷陣，衆乘勢崩之，遂禽也先。据實錄，上悉屏舊人于外，獨留國用侍臥榻旁。而鎦學士追封碑，歸其事于勝。當時國用最爲上所親信，周旋宿衞，勝封宋國，誥文猶以國用爲言。令侍側者爲勝，則誥文必不獨舉國用也。勝在開國，其功未得比于常、鄧，而與六公之列者，亦以國用故也。安得掠其兄之勞以歸勝乎？丙申三月，降陳也先三萬衆，擇五百人置麾下，上知其疑懼，悉令入衞以安之。及攻集慶，多得其力，而碑以爲陳也先之衆。也先于乙未六月僞降，已而誘其部曲復叛，至有紿上臨軍受俘之事，上安得不心疑之，而令其降卒入衞乎？碑又云：是後公先陷陣，遂禽也先。乙未九月，也先追襲我軍於溧陽，爲青衣兵所殺，未嘗有再禽之事，國初諸公記載之文，獨鎦學士最多譌繆，未可枚舉。王世貞撰馮勝傳，則云：獨國用與勝擐甲侍帳中。兩人既並侍帳中矣，何云獨乎？鄭曉異姓諸侯傳云：上釋也先，勝兄弟察其有異志，曲防之，竟不能爲害。此皆因三吾之碑而傅會者也。史家曲說如此，並當刪去。又按開國功臣錄，馮國用從克鎮江以下，皆鎦三吾碑所載勝功次也。丙申七月，上開行省金陵，即以國用爲親軍都指揮使。今乃云在克宜興之後，則繆甚矣。國用既掌親軍，在帝左右，亦無出守禦宜興之理。王世貞撰列傳，因開國功臣錄之誤，而又云：兄弟俱授萬戶，俱進大元帥，國用尋擢親兵都指揮。以己意杜撰傳合，何所據依？失之遠矣。

乙未七月，陳埜先以衆數萬來攻太平。戰于城下，遂擒埜先。

太平城下之戰，實錄與寧河、東甌神道碑互異。而實錄寧河本傳，又與神道碑合，則實錄與本傳又互異也。參互考之，實錄則云：上遣徐達、鄧愈、湯和引兵出姑孰東迎戰，後命別將繞出其後。寧河神道碑云：上親督兵禦之，調王與魏國以奇兵出其後。東甌神道碑云：王擊其水軍，中山、寧河二王繇東門轉戰城北，破其步軍，遂擒埜先以獻。以二碑參考之，則從上督兵禦之者，東甌也，以奇兵繞出其後者，中山、寧河也。實錄所載殊脫略，當以二碑正之。

丙申七月，徐達圍常州，張士誠遣其弟九六來援。達設伏擒之。

一望虞山一悵然，楚公曾此將樓船。間關百戰捐軀地，慷慨孤忠罵寇年。填海欲銜精衛石，驅狼願假祖龍鞭。至今父老猶垂淚，花落春城泣杜鵑。右陳基敬初夷白集詩也。基，臨海人，至正初以薦授經筵檢討。謝歸，教授吳中。張士德入吳，網羅一時名士，延致幕下。仕僞吳爲學士，入國朝，預脩元史。集中所稱楚公及平章榮祿公者，皆謂士德也。平章榮祿者，士德降元所授，曰楚國公者，元追封也。按洪武實錄，士德以丙申二月據平江，秋七月援毘陵，中山武寧王設伏擒之。我太祖高皇帝御製武寧神道碑，亦首載其事。今基舟中望虞山之詩，則以爲楚公身將樓船百戰捐軀之地，此所謂傳聞異辭矣。基身在士德幕中，是詩作于癸卯二月渡江使淮之日，不當爲無稽之言。而豐碑國史，簡册昭然，又豈宜有錯誤哉？今年採輯開國功臣事略，于宋文憲鑿坡後集，得梁國趙武桓公神道碑云：丁酉六月戊辰，取江陰。秋七月丙子，攻常熟，張士德出挑戰，公麾兵而進，士德就縛。士德，士誠之弟也。遂征望亭、甘露、無錫諸寨。以武桓之碑觀之，則基之詩爲有徵矣。文憲身任國史，奉詔撰此碑，必經呈進。士德之就擒，開國之大事也，安得無所援據，而輕以武寧之功狀移于武桓。碑于士德就縛之下又曰：士德，士誠之弟也。其屬詞鄭重，似有意欲疏通證明之者。余因是而詳復考之，則實錄之誤，誠不可得而掩矣。實錄七月擒張九六，十月，士誠以其弟被擒，遣孫君壽請和，願歲輸糧二十萬石，黄金五百兩，白金三百觔。劉辰國初事蹟以爲士德母痛其子故也。然士誠既以失弟而聳懼，其母又以痛子而請和，士誠之遺書，何以了不置喙。高皇帝之復書，則曰：攻圍常州，生擒張、湯二將，尙以禮待，未忍加誅。爾所獲詹、李，乃吾偏裨，無益成敗。張、湯二將，爾左右手也，爾宜三思。我師既擒士德，獲其謀主，又何以匿而不言，但及張、湯二將耶？其誤一也。元史：丙申七月，士誠兵陷杭州，楊完者擊敗之。陶九成輟耕錄紀杭州之役，士德與王與敬偕往。以諸書互考之，則士德陷杭在七月，其敗歸平江當在八月，安得有常州被擒之事？其誤二也。元史順帝紀及達識帖睦邇傳，張士誠爲書請降，達識帖睦邇承制令周伯琦撫諭之，詔以士誠爲太尉，士德爲淮南行省平章政事。時士德已爲大明兵所擒。此丁酉八月事也。若士德丙申七月就擒，則去士誠納欵，已一載餘矣，安得有平章政事之授耶？又按達識帖睦遁傳，元授士德淮南行省平章政事，士信同知行樞密院事，士德尋爲大明兵所擒，則其事在旬月間矣。元史之書法甚明。其誤三也。士德以好賢下士，創造伯業，如王逢、楊維禎、楊基者，頌慕之辭，久而不替。不獨陳基輩流召致館下者也。假令以二月入吳，七月就縛，居吳不及半載，又提兵往來三郡，無須臾之暇。士德雖有過人之略，何以能深得士心若此？其誤四也。王逢梧溪集云：今太尉開藩之三月，令部將王左丞晟書使踵海上招至吳中，以予避地無錫，說晟勸張楚公歸元，擢淮省都事。予辭不就。逢他日遊崑山懷舊傷今之詩，亦云：桓桓張楚國，挺生海陵鄙。玄珠探驪社，白馬飲浙水。三年車轍南，北向復同軌。量容甘公說，情厚穆生醴。誓擊祖逖楫，竟折孫策箠。天王詔褒贈，守將躬歲祀。士誠之歸元，其謀皆出於士德，逢以元之遺老，與有謀焉。令丙申之秋，士德已爲俘虜，逢雖欲綏頰，何以自效？其誤五也。元史記丁酉歲士誠屢爲楊完者所敗，然後乞降。士德之被擒在七月，而元之招諭在八月。則士德被擒時，歸欵之事已定矣。實錄謂我欲留士德以誘士誠，士德間遺書士誠，俾降元以謀我，故誅之。國史旣誤記士德被擒于前，而不欲泯其主謀降元之事，故曲爲之辭，非事實也。其誤六也。由此言之，則士德被擒之事，斷以趙武桓之碑爲正，而實錄之誤爲無疑也。予又攷天潢玉牒云：丁酉六月取江陰州，攻常熟，獲張士誠弟士德以歸。皇明本紀云：明年，復破其兵于宜興湖橋，擒其弟張九六，並獲其戰船馬疋。皆與武桓碑相合。湖橋在虞山西，北通福山港，爲舟師入江要地，故士德被擒于此。基由琴川亥福山港，舟中望虞山，至今可想見其處。本紀曰宜興，傳寫之譌也。又考實錄，丁酉七月丁丑，徐達兵徇宜興，取常熟，擊張士誠兵敗之，獲馬五十四，船三十艘，降其兵甚衆。武桓碑記攻常熟在丙子，實錄紀在丁丑，相去止一日，固知卽此一役也。云徐達兵取常熟，而不言武桓者，武桓方以領軍先鋒聽大將調遣，常熟之兵，亦聽武寧調遣，遂沒而不書。獨于取常熟下，脫士德就縛之事，則以丙申誤記于前故也。然此事所以傳譌者，蓋亦有故。丙申七月，旣擒張、湯二將軍，十一月又擒其梟將張德，用兵之際，羽書交馳，奏報錯互。流傳旣久，卽聖祖製碑之日，亦止據一時功狀書之，未及是正耳。平吳錄載士德援常州被擒，在丁酉三月，尤爲無據。其他紀錄載紛如，又不足道也。夫史家異同，必取衷於國史，而國史多不足信。至如開國元勳之碑，出自御筆，傳諸琬琰，非他金石之文所可倫儗，而猶或未免於傳疑。史家之難，豈不信哉！余以萬曆戊午讀炎白集，懷疑胸臆，如有物結轖者。迄今數年，排纘解剝，稍有條理，乃敢次第書之。未知後之君子，其以爲何如也？天啓六年七月十九日。

丁酉七月，胡大海破楊完者于徽州城下。九月，汪同來降。

徽州城下之戰，寧河神道碑記寧河與越國同事，而實錄本傳從之。胡越國新廟碑記此戰專屬越國，而實錄從之。按：是時寧河守徽州，越國進取婺源，完者兵寇徽州，寧河以守將禦寇，而越國還兵合擊之。則此戰兩公共事無疑也。碑載是戰在十月，實錄在七月。考程國勝神道碑，國勝以是年十月從衞公戰敗苗軍。則當以十月爲正。奏報偶異，史家之參錯多矣。又按實錄，七月丙申，楊完者率兵十萬欲復徽州，胡大海還師與戰城下，大敗之。九月癸酉朔，元婺源州元帥汪同等詣雄峯翼降。國勝神道碑載同與國勝等偕降，徽州城下之戰，國勝已在行間，則較實錄所載，蓋大相矛盾矣。考寧河神道碑，城下之戰，在是年十月。蓋寧河、越國之拔徽州在七月，而城下之戰則在十月。惟戰在十月，故國勝既降，遂得奉寧河調遣。如戰在七月，而同等降以九月，則絕不相蒙矣。此可以訂實錄之誤，當與寧河事略互觀。

己亥十一月，胡深叛，石抹宜孫間道來降。

實錄：處州守將石抹宜孫遣元帥葉琛等屯桃花嶺諸要害，胡深守龍泉，以拒我師。至是深叛，宜孫間道來降，且言處州兵弱易取。大海大喜，卽出軍與耿再成合攻之，遂克處州。按神道碑與行述，深出見大海在克處州之後，而實錄則以爲深間道來降，乃獻謀取處州，此大異也。以實錄本傳考之，似當從碑與行述。胡公受石抹公國士之遇，既解甲內附，而又獻謀以取處州，此穿窬小人之爲，而謂君子爲之乎？蘇伯衡撰繆美列傳云：上至金華，美從胡公大敗處州胡深元帥軍梅花門外，遂至菱道，盡獲其輜重。金華遂降。己亥十一月，復從胡公擊處州，軍據鐢嶺，其地險隘，衆莫利先登，美率敢死士持梃，魚貫奮擊，奪其壁以入我師。守將石抹參政棄城而竄。分兵略定浮雲，得元帥葉琛使諭元帥胡深曰：今上天授也，士之欲立功名者，不以此時自附，將誰與僇力？且去年爾之衆戰而大敗，今年我之師不戰而勝，則天意亦可見矣。與其阻險偷生旦夕，孰若改圖，可以保富貴也？深然之，出降。龍泉、慶元皆平。遂以胡深、葉琛暨劉基入見，內出銀椀文綺賜之，而遣還金華。按伯衡記繆美說降深事甚詳，其在處州既下，石抹棄城之後彰彰矣。石抹既遁，深不得已來降，豈有背石抹來降，復獻計取處之事哉？此可以證實錄一時之謬，白仲淵千載之誣矣。

丙申秋七月己卯朔，諸將奉上爲吳國公，置江南行中書省，上兼總省事。

實錄：丙申七月，上取臺城，諸將奉上爲吳國公。今考之，誤也。是時置江南行中書省，亳都陞上爲行省平章。己亥五月，陞行中書省左丞相。辛丑正月，乃爲吳國公。俞本記事錄次第載之甚詳。据辛丑十一月葉子奇上書于孫炎，有曰：丞相以雄傑之才，紹開中興之運。而壬寅冬航海之使，猶齎行省平章宣命，則丙申之未開吳國，斷可知矣。漢高未王巴蜀，不改沛公之稱，光武初徇昆陽，但循太常之號。帝王之興，豈以區區封爵早晚爲重輕哉！史臣於是爲無識矣。

初學集卷一百二

太祖實錄辨證二

庚子三月，徵青田劉基、龍泉章溢、麗水葉琛、金華宋濂至建康。基陳時政十八策，上嘉納之。

按劉文成以至正十一年爲江浙儒學副提舉，十月辭疾歸。十二年以浙東元帥府都事從納麟哈剌築慶元城。十三年以行省都事從帖里帖木耳招諭方氏，與朝議不合，羈管紹興。十六年行省復以都事起公，與石抹謀括寇。十七年，石抹宜孫總制處州，分院治于處，以公爲其院經歷，又辟郡人胡深、葉琛、章溢參謀其軍事。用公等謀，盡平處盜。十八年，我兵取蘭谿，且逼婺，石抹遣胡深等救婺不克。上既定婺，即命耿再成駐兵縉雲，以規取處。石抹遣葉琛、胡深等分屯以拒王師。公雖不在行間，然未嘗不在石抹院中。石抹蓋倚之以謀我師也。實錄本傳云：改行樞密院經歷，與石抹守處州，以拒國珍。當是時，石抹與耿再成對壘于黄龍、樊嶺間，其所拒者，非國珍也。國史紆其詞耳。元史：是年經略使李國鳳至浙東，承制拜宜孫爲江浙行省參知政事。行狀載公還右司郎中，李國鳳上其功不錄，則公之遷右司郎中，亦國鳳承制拜之也。明年己亥十二月，我兵取處，而石抹棄城去矣。公久在石抹院中，其棄官歸青田山中，或在石抹未敗之先，要亦不甚相遠也。李國鳳巡撫江南，上公之功，在十八年十二月王師克婺之後，則行狀、實錄、本傳俱云棄官逃歸青田山中，以其時考之，當在十九年春夏間，去石抹敗時無幾也。方孝孺撰孫炎傳云：上克處，方欲用人，而秀民有能才者，皆伏匿山中不肯出。炎鈎致一二人，錄其姓名，爲書遣使者招之。而劉基、葉琛、章溢尤爲處士所推。基最有名，豪俠負氣，自以爲不當爲他人用。使者再往反不起。以一寶劍奉炎，炎作詩封還之，爲書數千言，開諭天命以諭基，基無以答，逡巡就見。炎遂致基于京師。又蘇伯衡撰繆美傳云：處州既下，龍泉、慶元皆平，遂以胡深、葉琛暨劉基入見。處平之後，公還延避匿，待孫炎蕐鈎致，久之始入見，非獨以仕元日久，不欲輕爲我用，亦不忍負石抹也。讀覆瓿集與石抹倡和詩，公之心事，二百年後，可以想見。行狀載西湖見慶雲，謂金陵有天子氣，我當輔之，及上取金華，指乾象示人云云，吾以爲皆佐命之後，其門人子弟從而爲之詞，非公之本心也。封誠意伯誥云：朕提師江左，兵至括蒼，爾基挺身來謁于金陵，歸謂人曰：天星數驗，眞可附也，願委身事之。于是鄉里順化。封弘文館學士誥云：當是時，括蒼之民，尙未深信。爾老卿一至，山越清寧。然則公之事我太祖，傾心佐命，蓋在金陵謁見之後。太祖之知公深矣。爲著其梗概若此。

庚子六月，康茂才遺書友諒，約爲內應。

鄭曉異姓諸侯傳載茂才與友諒書辭云云。當時倉卒致書，戰後於敵舟臥席下得之，安得雕刻書尺，流傳人間？此鄭氏傅會之陋也，今削去。

辛丑九月，陶安爲黄州府知府。

按實錄：辛丑九月，以左右司員外郎陶安爲黄州府知府。乙巳正月，調黄州府知府陶安知饒州府。相去凡五年。而本傳則云：知黄州，尋移知饒州。徐紘集傳云：癸卯，黄州平，上思得重臣以鎮之，遂命知黄州。改桐城令，尋移知饒州。謝理太平人物志亦然。皆與實錄及本傳不合。以陶學士詩集考之，自龍鳳元年乙未至九年癸卯，安皆在金陵，壬寅歲有憶别之作云：七年同在省東廳。則辛丑歲安未嘗出守可知也。癸卯秋從征鄱陽，甲辰守黄州，有今年春二月，璽書命守土，兩日抵其州，又值連月雨之句。則安以甲辰守黄州，在平陳理之時。當以徐紘集傳爲正。陶學士事蹟載令旨付陶安者凡二，俱稱皇帝聖旨、吳王令旨。其授黄州府知府，則龍鳳十年二月□□日，授鄱陽府知府，則龍鳳十年十二月□□日。則安之守黄移饒，皆在甲辰年無疑也。惟徐紘、謝理所記改桐城令，他無可考。而學士集甲辰十月七日舟發樅陽詩自注云：時遷往桐城舊縣。又記龍鳳甲辰秋九月千秋節，亦在桐城。至聞除代者及召還之命，則云：年殘動歸思，客至報除書。海內招文學，淮南起謫居。又有臘八日發桐城詩。則知安守黄未幾，謫爲桐城令，至臘月召守饒州，乃發桐城也。劄付所載授鄱陽年月，與詩悉合。乃知二傳之有据，而實錄與本傳咸有脱誤矣。俞本記事錄：至正二十三年十二月，中書省郎中李君瑞、陶主敬、都事王用和、檢校酈永眞、陳養吾、博士夏允中、照磨陳子初等俱令家人私通敵境，於四沙易鹽，及水陽王千戶賄選壞法，提至軍前，俱剁衣鎖項，置小船中，置於黄鶴樓下大浪中凡三日，沉江而死。惟李君瑞兩腿扒一千下，安置桐城縣。

按陶學士文集，甲辰歲守黄未幾，謫爲桐城令。安之被謫，必以癸卯從征，令家人易鹽之事也。俞本所記當不繆。其云俱置黄鶴樓下沉江而死，則當有誤。蓋主敬但謫桐城，而王用和以壬寅二月死于金華也。國初事蹟云：夏煜犯法，取到湖廣，投于江。與俞本記合。

壬寅，上駐金陵，曹良臣以所部來附。

按至正壬寅，順帝二十二年，卽龍鳳八年也。庚午詔書：持兵負固于兩間，可覩望而不覩望，乃來歸者，良臣居其次。黄金録以爲在金陵、安豐兩主之間，非也。太祖方以龍鳳記年，開國承制，安得自命兩主，如黄金所云耶？當是時，小明王都安豐，張士誠已降元，搆兵安豐，與察罕相應，次年卽有安豐之圍。良臣聚兵立堡，不走張氏而走金陵，此所謂持兵兩間，可覩望而不覩望者也，豈容以金陵、安豐爲言？小明王自亳徙安豐，已而爲張氏所困。自安豐徙滁，其勢日蹙，依吾太祖以僅免耳，豈有方張之勢，可與金陵稱兩大者，而嘉其擇主自拔耶？俗儒不達時務，誤解詔書，不足采也。

壬寅六月，元中書平章察罕帖木兒遣使來致書。

按察罕破汴梁，下山東，江南震動。我太祖遣使通好，察罕亦致書相答。已而有張昶、馬合謀之來，察罕爲之也。上曰：察罕書辭，欲以甘言啗我。所謂甘言啗我者，卽榮祿大夫江西行中書省平章之命也。元使以航海來，淹留踰年，而察罕被刺之問亦至矣。野史所謂太祖聞察罕死遂不受命者是也。太祖聞察罕死，嘆曰：天下無人矣。又曰：元朝不達世變，尚敢遣人扇惑我民？察罕之死，所關係豈不重哉！劉辰國初事蹟大書其事，無所隱避。國史雖多微詞，亦不盡沒其實。參互之可以考見。辰又云：太祖以孤軍獨守，別無趨向，成敗當聽其自然。在後滅陳擒張，信知天命有歸。卽位後，始圖中原。然吾以爲察罕一死，天意灼然歸我明矣。嗚呼！帝王之興，豈不有天命哉！聖祖極推重察罕，卽位後幸汴梁，特遣使往祭。厥後洪武九年，宋濂奉勑撰方國珍神道碑，歷數一時羣雄，皆直書其名，而於察罕則云齊國李忠襄王察罕，保釐河雒。其嚴重之如此，非本于聖祖之意，當時史臣，寧敢輕奬亡國之臣，以干聖怒耶？或曰：聖祖祭忠襄文，頗多譏訐之語，亦非聖祖之初意也。

戊戌二月，明玉珍破嘉定，盡有川蜀之地。

按元史順帝紀：辛丑五月癸丑，四川明玉珍陷嘉定等路，李思齊遣兵擊敗之。實錄本傳載在戊戌歲，則相去四年矣。玉珍之絕友諒，稱隴蜀王，在庚子歲，而元史記于壬寅五月，其稱帝改元在壬寅歲，而元史記于癸卯正月，至玉珍之攻陷雲南，在癸卯十二月，而元史記于壬寅之三月，其錯互不一如此。蓋元史修于洪武元、二隴蜀未入職方之時，而實錄則平夏之後本其載記而存之也。斷以實錄爲正。

癸卯三月，上率右丞徐達等擊安豐。

黃伯生撰誠意伯行狀云：中書設御座，奉小明王，以正月朔旦行慶賀禮。公罵曰：彼牧豎耳，奉之何爲？遂不拜。實錄及本傳皆不載此事。是時上方奉龍鳳正朔，承制行事，文成不應孟浪若此。或云：在癸卯克安豐之後。于事理爲近。劉辰國初事蹟云：張士誠攻安豐，劉基諫曰：不應輕出，若救出來，發付何處？此則文成不奉龍鳳之本謀也。

癸卯四月，陳友諒攻洪都。元帥牛海龍、萬戶程國勝等皆戰死。後俱配享洪都功臣廟。

實錄記戊子之戰，與朱善安定侯神道碑大略相同。但實錄以爲韓成等先戰死，張定邊方犯御舟。碑則以爲定邊犯御舟之時，成等咸與格鬭，御舟旣脫，而成等以援絶死之也。碑所記比實錄爲核。實錄又于韓成下脫國勝偕死事，則以癸卯四月誤載國勝與牛海龍俱死洪都之事也。國勝與牛海龍夜刼友諒營，牛中流矢死，程泅水得脫，逕達金陵，從太祖親征，死鄱陽湖，南昌城中不知也。次年甲辰，追錄諸臣，南昌報程與牛俱死，得與祀贈侯。饒州又以國勝死康山事來上，又得與祀贈伯。當時事冗，不暇兩相參訂也。實錄載國勝與海龍俱戰死；蓋据南昌所上國勝死事狀也。甲辰立廟，國勝兩得與祀，而實錄則于兩廟皆佚其名。後是有建議祀典重複，遂罷程豫章之祀。厥後有司又幷罷康山之祀。修會典者亦因之，沿襲至今，國勝遂不復預兩廟之祀矣。國史失于考覈，遂成祀典百世之誤，宜亟正之。

癸卯秋七月丁亥，與友諒師遇於康郎山。戊子，焚寇舟二十餘艘，彼軍殺溺者甚衆，我指揮韓成、元帥宋貴、李兆先等皆死。

高陽侯韓成之死于鄱陽也，定遠黄金著開國功臣錄，以爲成當太祖危急時，服御袍對敵自沉。史家競傳之，比于紀信之誑楚。而實錄紀此戰，則云彼軍殺溺者甚衆，我指揮元帥宋貴、李兆先等亦戰死。國史故多諱辭，然以成之忠烈如此，一切抑沒而不書，難乎其爲實錄矣。豐城朱文恪公善撰安定伯程國勝神道碑紀其事最詳。蓋當御舟膠淺，張定邊奮前直犯之時，事勢惶急。成與國勝、兆先等方左右格鬬，及定邊中矢，援舟驟進，御舟以水湧得脱，而成等反遶出敵艦之後，援絶而死。然則成等致命之時，定邊之勢已熸，御舟之厄已脱矣，寧有代死誑漢之事耶？且康山之役，與滎陽不同。羽圍滎陽久，漢軍乏食，漢祖計無所出，故紀信畫誑楚之策，遂得以乘間遁去。康山之戰，兩軍相持，雌雄未決，卒然有冕服代死之事，耳目瞀亂，軍心盡解，我將何以自固？決機于兩陣之間，我知其不出于此矣。錄又言上念成効死，祀諸臣于康山，以成爲首。按實錄，中書省列進康山功臣，成在第三，居丁普郎、張志雄之次。大明會典載饒州忠臣廟在康郎山，祀樞密同知丁普郎、張志雄等三十五人，成實未嘗首祀于康山也。成若代死，則必首祀。成不首祀，則不代死。黄金之徒，並爲妄矣。又朱善安定伯碑云：皇帝追念南昌暨康郎前後死節之臣，追爵故萬戶程國勝安定伯，與梁國公趙德勝、濟陽郡公丁普郎等一體廟祀。蓋南昌廟以梁國爲首，康山廟以濟陽爲首，其位次甚明，俗說流傳既久，好事者遂造爲首祀之言以實之，久而莫有知其非者。俗語不實，流爲丹青，豈不信哉！此邦有許生重熙，好譚國朝典故，嘗爲余言：韓成誑漢，事誣也。余因許生言，爲著其始末如此。成化二十一年，學士張元禎撰重修康山廟記，猶以丁普郎爲首。正德中，御史唐龍刻羣忠錄於江西，成遂儼然首列，而濟陽反抑置第十三。今之祀典，遂據此爲差次，則舛誤甚矣，有識者宜釐正之。

友諒驍將張定邊欲犯上舟，舟適膠淺，遇春從旁射中定邊，定邊舟始卻。俞通海來援，舟進水湧，上舟遂脫。遇春舟亦膠淺，上麾兵救之，有敗舟順流而下，觸遇春舟，舟亦脫。

鄱陽之戰，開平射中張定邊，脫御舟于險，其功最鉅。實錄紀在七月戊子，朱善撰程國勝神道碑，其繫日亦同。宋文憲開平神道碑但記射中定邊，而膠沙脫險，則書於八月壬戌禁江口，相去一月餘矣。鄱陽之役，兩軍相持，我軍殊死力戰，莫甚于戊子、己丑、辛卯三日。至禁江口則彼以戰敗突歸，而我爲邀擊之師，其大勢非前日比矣。御舟膠淺，及開平力戰之事，其當在戊子無疑也。又宋文憲張中小傳云：己丑戰湖中之康郎山，常忠武王深入，虜舟數四圍之，其勢甚危險，以爲不可救，中曰：「勿憂也，亥時當自出。」如期果出，連戰輒大勝。按己丑之戰，六舟深入，疑陷沒而旋出者，俞通海、廖永忠、張興祖、趙庸等也。實錄不載，開平神道碑亦但記膠沙脫險，而不及深入陷沒之事，知鐵冠傳誤也。宋文憲記事最爲詳覈，且開平碑、鐵冠傳共記一事，出一人之手，而彼此錯互，史家記載之難如此。

郭英以謹重見信，從攻陳友諒于鄱陽，有功。

鄭曉今言曰：嘉靖十六年，郭勛欲進祀其祖英於太廟，乃倣三國志俗說及水滸傳，爲國朝英烈傳，言生擒士誠，射死友諒，皆英之功。傳說宮禁，鼓動聽聞。已乃疏乞祀英于廟廡。按實錄，上聞張鐵冠言友諒死，乃遣樂人具牲酒往祭，以覘其死生。未幾，有降卒來奔，言友諒在別舸中流矢，貫睛及顱而死。當是時，友諒之死，我軍尚未知。既死而降卒始來告，何以知此矢之出于英乎？

楊文敏撰英神道碑云：友諒中流矢死，有言公之功者，上問之，公曰：「天威神算，臣何有焉？」上益重之。文敏此碑，以其孫玹之請，据其家傳次第之。蓋友諒既斃，軍中流傳，或言此出矢於某某。郭氏家傳，亦不過載此疑似之詞，以詫示後世。而勛遂張皇其事，以乞侑享之典，亦文敏之言啓之也。英既有此大勳，聖祖又親問之，乃三年論功，不得封侯，而待十七年平雲南之役，有是理耶？鎦三吾撰陝國公神道碑云：彭蠡之戰，戒嚴所部，人百其勇，友諒計蹙，中流矢死。以三吾序陝國之事參互觀之，則集矢之勳，其不出于營國，亦曉然矣。又按俞本記事錄云：友諒度不能支，出首箭窗中，呼從船，而白船已至，箭銃交發，友諒左太陽中箭。須臾陳氏卒泅水報曰：「友諒死矣。」上大悅，諭衆曰：「友諒中箭而死，將士之功，勝于赤壁走曹瞞遠矣。稠人難辨射中者，均給重賞，以勞汝等。」俞本以騎士從征，其記錄最確。以此益知文敏豐碑之文，出于傅會，不足信也。按郭勛以貴倖，欲驟進其祖配享，一時諸臣，嚴詞駁正，可謂能舉其職矣。諸疏援據雖詳，亦多未覈。至以永樂間之不得與享爲言則非也。英之功以配享太廟，則有愧矣，豈不得進于雞鳴山二十一人之列乎？白溝河之役，曾親逆成祖顏行。身死之日，贈卹有加，已爲厚幸矣，又敢望廟食乎？以此爲言，宜勛之不心服也。然則如之何？曰：罷太廟之侑享，而入祀於雞鳴之兩序，斯當矣。

癸卯五月，置禮賢館。

按劉辰國初事蹟：楊憲奏朱文忠在金華，用諸儒干預公事。上提禕等至京，誅屠性、孫履而禕及許元、王天錫發充書寫。此事實錄及行狀俱不載。以家傳考之，壬寅十一月，召入京都，則劉辰所記發充書寫之日也。發書寫未幾，卽有儒臺之授，又與許元、王天錫俱入禮賢館。劉辰所記，蓋不謬也。而國史以爲用文忠之薦入禮賢館，蓋文忠沒後，家傳特美其詞，而國史因之也。

甲辰三月，湯和破士誠楊山水軍，升平章政事。

記楊山之戰有二。以爲癸卯破士誠兵于楊山拜中書左丞者，碑及本傳也。以爲甲辰三月擊敗楊山水軍升平章政事者，實錄也。癸卯則云：逐其將莫將軍，獲甲首五百級。甲辰則云擒劉文學等四十九人，風船六艘。功次各異。豈兩戰而各記之耶？抑一戰而互記之耶？實錄與本傳每自相矛盾若此。洪武元年兼太子諭德誥曰：出迎敵陣，奪姑蘇之卒千艘；保障東郊，請陽羨之區十載。任于左轄，陞以辨章。則辨章之陞，以楊山之勝明矣。碑及本傳又以爲甲辰年，會開平救長興，超遷辨章，此又與實錄互異也。按開平救長興在辛丑十一月。甲辰年開平征武昌，下廬州卽會寧河討江西。長興之役，豈有分身在行間，和與會師合戰耶？斷以實錄所載，會長興侯夾擊爲正，而中山辨章之命，亦當在楊山之役，不在長興。一從實錄，而碑與本傳削之可也。

甲辰冬，追封胡大海爲越國公。

胡大海歿之明年癸卯，立廟于婺城。又明年甲辰，追封越國。命下，方孝孺代宋濂撰新廟碑。碑用龍鳳紀年，蓋甲辰歲太祖爲吳王時作也。首稱皇帝手秉黃鉞，屯兵和陽，其爲尊稱我太祖明矣。又云：夏四月，又從王破宣城，所謂王者，指吳王也。所從之王，卽我太祖也。不稱帝，不稱上，而稱王，紀實之詞也。此後則皆改而稱上矣。當是時，我太祖雖專征四方，然猶用龍鳳名號，承制封拜。甲辰之追封越國，用龍鳳之制也。碑所載上聞公之死，震悼弗置，降旨褒贈者，聖旨耶？令旨耶？抑後事而追記之，非當時本稱耶？今皆不可考矣。若所云皇帝手秉黄鉞，屯兵和陽云云，則洪武改元，革除龍鳳之後，史家追改之，斷非舊文，無可疑者。家有舊版遜志齋文集，摩娑此一行，楮墨模糊，刓劂之痕跡宛然，二百年來改竄之遺跡，猶可想見。嗚呼！隱、桓之間，秦、楚之際，若存若亡，可爲歎息者多矣。姑識之，以質于好學深思者。

洪武元年五月，湯和師克延平，執陳友定送京師。

方孝孺撰東甌神道碑云：師至延平，主帥陳友定怙險橫甚，令其副出城降，觀望持兩端。王虜之以歸，東南海上晏然。

按實錄：友定誓衆死守，見勢窮蹙，于省堂按劍仰藥飲之。賴正孫等以城降。友定死而復甦，械繫送京師，不屈，斬之。碑乃云令其副出降，觀望持兩端，誣矣。賴正孫之降，在友定仰藥之後，安得謂友定使之？實錄、湯和本傳，削去此數語，亦以其非信史也。

初學集卷一百三

太祖實録辨證三

洪武元年九月，陶安卒。

黄金諸書，皆稱安追封姑孰郡公。考實録本傳，但追封其祖父、父爲姑孰公，祖母、母爲夫人。此安爲江西參政時事，安固未嘗贈公也。安本集載誥詞甚明。又安妻喻氏追封姑孰郡夫人，繼妻陳氏封姑孰郡夫人，俱有誥文。安之署銜，則止云中奉大夫江西等處行中書省參知政事耳。洪武二年追贈劉基祖、父爵皆永嘉郡公，妻封永嘉郡夫人。基時官御史中丞。蓋國初推恩之制如此。

洪武三年七月，中書省左丞楊憲伏誅。

按實録：楊憲嗾侍御史劉炳劾奏汪廣洋，又敎炳誣奏刑部侍郎左安善。上下炳於獄。太史令劉基盡發憲奸狀及諸陰事，令羣臣按問伏誅。然則劾奏楊憲者劉基也。而開國功臣録則以爲李善長。按劉辰國初事蹟云：楊憲爲御史中丞，太祖嘗曰：「楊憲可居相位。」數言李善長無大才。胡惟庸謂善長曰：「楊憲爲相，我等淮人不得爲大官矣。」憲因劾汪廣洋不公不法，李善長奏排陷大臣放肆爲奸等事，太祖以極刑處之。又云：楊憲、凌説、高見賢、夏煜嘗言李善長無宰相材。太祖曰：

「善長雖無宰相材，與我同里，自我起兵事我，涉歷艱險，勤勞簿書，功亦多矣。我既爲君，善長當爲相，蓋用勳舊也，今後勿言。」按國初太祖用勳舊相李善長，胡惟庸以鄉曲相依附。而楊憲輩新進喜事，專務搏擊，善長等皆畏之。太祖亦曰：「有此數人，譬如惡犬，則人怕。」則憲等氣燄可知。憲等數言善長無相材，居然有蔡澤欲代應侯之意，故善長乘其排陷廣洋，激上之怒而亟剪之。善長非欲援廣洋也，以自救也。劉誠意則因淩說之彈善長，爲善長解於上前，且又嘗言憲不宜相耳。行狀云：公與憲素厚，亦不載發憲奸狀之事。實錄誠意本傳云：憲等欲誣陷基，未及發而伏誅。故知盡發憲奸狀及諸陰事者，善長也，非誠意也。此國史之誤，當以國初事蹟正之。善長與惟庸結黨相比，蓋已有年。庚午之禍，肇於此矣。

洪武三年，詔天寧寺禪僧祖闡、瓦官教僧克勤護送日本僧祖來還國。

宋文憲送無逸勤公序與實錄記僧祖闡、克勤奉使日本事互相發明。序云：日本疑祖來乞師中國，欲拘辱之。無逸力爭得免。據實錄，祖來爲良懷所遣。良懷方以竊據被逐，日本疑祖來，因疑護送祖來歸國者，此其情也。序又云：王欲延闡住持天龍寺，先遣無逸還，無逸再三以死爭之。日本既以祖來疑中國，其請住持，雖曰延之，實則拘留耳。此卽聖諭所謂拘留二載，及十四年遺書所謂加以無禮者也。無逸歸，見上端門，備陳其故。闡亦附奏島夷不知禮義，微勤，臣不能再覩天顔矣。此實錄所載今年五月，去舟纔還，備陳本國事體云云也。所載白金文綺之賜，皆與實錄同。上顧侍臣言：「勤一沙門，乃能不辱君命。」諭其父華毅，使冠巾出仕。則日本之於闡、勤，以拘留始，以慚服終，蓋克勤之力居多，安得謂二僧攘趙秩奉使之功？洪武六年，克勤官考功監丞，見實錄。十年，高皇帝手詔諭山西布政司華克勤，見御製文集。皇明馭倭錄謂野史之言皆僧徒粉飾，誤也。實錄主存大體，故紀載頗略。賴文憲集稍志一二。高皇帝御製詩見於文憲跋，甚確。文憲身在禁林，豈肯附會僧徒，與國史牴牾耶？日本之崇佛，自唐已然。臨濟一宗，流傳最盛。聖祖遣僧化導，有微權焉。萬曆初，虜王求僧及經，江陵命宣大巡撫勿拒，且云經必有高皇御製序文，方可與之。嗚呼！知聖祖之微權者，江陵也。

洪武四年十二月，追贈汪興祖爲東勝侯。

按黃金開國功臣錄，興祖以洪武三年封東勝侯。人有言其過者，上弗與誥券，令仍以都督職從征自效。四年死於蜀，命省部議封贈，授以原封鐵券。實錄於洪武三年十一月，大封功臣，紀封侯者凡二十八人，不及興祖。是年十二月，又封薛顯爲永城侯，謫居海南，亦不記興祖封侯不與券之事。但於四年十二月賞平蜀功之後，記追封興祖爲東勝侯及載其誥文而已。本傳記追封興祖，與實錄同。合國史前後觀之，則興祖之侯，出於追贈，無可疑者。然公侯鐵券式所載封興祖制詞，首尾完備，確然可據，又不得以功臣錄爲誣也。考洪武二十三年詔書，條列所在隨軍征討累有戰將之功，未有總兵之名。而論舊封者十九人，東勝侯汪興祖居第十。詔書所條列，凡追贈者皆不與焉。此三年先封之明證也。況又有鐵券可據耶？昭示姦黨第二錄載德勝男張宣云：東勝侯已前那裏不曾廝殺？洪武二年投北來降的人，被別人殺了，却將東勝侯貶上海南去，不是因四川廝殺，那裏肯取他回來？以此招推之，則所謂封侯後，人有言其過者，言其殺降之過也。封侯而不與券，謫居海南，亦如薛顯之例。次年乃以征蜀召還，令從征自效也。顯於五年正月以征和林召還，則興祖之召還，又先於顯也。興祖封侯之後，以有過而奪券，及其從征死事，則盡復原封，以授其子。實錄獨書追贈，又稍節約其誥文，盡沒三年封侯之實，斯可謂脱誤之極矣。然則以鐵券覈之，三年封侯，當爲二十九人，并永城爲三十人，不當云二十八人也。不然，則或以十二月與永城並封而同貶，不當并其封而削之也。今幸有券文詔書，可以考證，不然，未有不據國史而刊别録者矣。國史之不足徵如此。又按俞本皇明記事録，洪武三年大封功臣，第二十二人開國輔運推誠柱國晉王府左相東勝侯汪興祖。俞本所載，與功臣鐵券式合，又可以證實録之闕。

洪武八年三月，德慶侯廖永忠卒。

德慶侯廖永忠之卒也，實録爲之立傳，備書其功次與其卒之歲月，而又曰：上賻遺之甚厚，以其子權襲爵。史家因之無異詞矣。劉辰國初事蹟載永忠以僭用龍鳳不法等事處死。王世貞史乘考誤援據洪武十年聖祖戒諭勳臣之詞，與永樂中紀綱獄辭，有廖永忠開國功臣僭犯被誅之語，謂劉辰所載爲不誣。於是永忠之被誅始著，而人皆以國史之書法爲有隱矣。余偶讀通鑑博論記丙午年事云：是歲，廖永忠沉韓林兒於瓜步。大明惡永忠之不義，後賜死。博論蓋洪武二十九年寧憲王奉勑編定，既成，表上之，鏤版内府。其書實我聖祖所注意者。然後知永忠之被誅，雖爲其僭侈犯上，實以沉韓林兒之故也。滁陽卽世，上方孤軍無倚，渡江以來，聲勢翕合，實有藉於龍鳳，開省稱王，承制行事，十餘年不改。姑蘇之役，猶稱皇帝聖旨、吳王令旨。聖祖何嫌於奉龍鳳哉？安慶之圍，聖祖拒劉基之諫，躬擐甲冑，出之水火之中。聖祖何汲汲焉若是哉？丙、丁之間，大命既集，彼一牧豎耳，其何能爲？聖公既死，光武猶憐而葬之，且存其祀，盆子亦食均輸稅以終其身。聖祖何難於待韓氏而必欲剪滅之哉！永忠以小人之腹，爲君子之慮，一旦沉林兒以逢上指，論功之日，使所善儒生窺瞰上意，可謂果於誣上而巧於要君矣。聖祖對廷臣訟言之，以逆折其邪心，厥後卒以不義賜死。聖祖之心事，百世而下昭然如日月之中天，永忠有掩面於地下而已，豈不愚而可憐哉！然則聖祖之誅永忠也，何以不明正厥辟而以僭犯爲詞？曰：念其兄也，念其功也。正其辟，則弗可以襲矣。殺其罪以存其嗣，忠厚之道也。高帝之誅丁公也，不追錄其後。光武之封子密也，不及正其辜。我聖祖之於永忠，斯所謂義之盡仁之至也歟？于國史則諱之，于博論則彰之，其又何居？曰：國史之諱之，爲一時也。博論之彰之，爲萬世也。曰沉韓林兒於瓜步，曰大明以永忠爲不義，後賜死。於林兒則書其名，於大明則紀其號，於永忠則正其罪，曰不義，曰賜死，其詞簡而該，其義博而嚴。愚以爲此非寧憲王之書法，而聖祖之書法也。博論之修，其卽我聖祖之作春秋也歟？然則今之史家，刊落龍鳳之事，使元、宋之際不得比於秦楚之月表，此後世娟臣腐儒之所爲，而豈聖祖之志也哉！

洪武十年三月，復永城侯薛顯所食祿。

按：永城以始封時削祿，至十年三月全給，實錄載之甚明。王世貞功臣表乃云七年加千石，誤也。實錄凡列侯祿千五百石者，七年贈千石，蓋謂唐勝宗等。是時顯全祿未給，當不在此例也。顯坐胡黨，見於庚午詔書及實錄本傳甚明，而表以爲二十六年追論藍黨國除。世貞以熟習典故自負，往往無所援據，鑿空杜撰，聾瞽後世，以爲無從駁正，而姑妄爲之説也，豈不異哉！

洪武十一年，靖海侯吳禎卒。

靖海之功，不減於江陰。其殁也，恩禮備至。而實錄不爲立傳，僅附數語於江陰之後而已。今考庚午詔書，靖海死後，亦坐胡黨，國史之闕傳，豈爲是耶？然公侯坐胡黨者，詔書所列，先後二十二人，獨靖海之子忠襲封不替，豈靖海之功大而罪未著，聖祖特宥之耶？凡庚午詔書坐胡黨者，皆不得祀雞鳴山功臣廟，今得與享東序者，亦惟靖海一人。

按：庚午詔書載通胡謀逆者公侯二十二人，生者上刑，死者孥戮，不待言矣。其有死而子仍襲侯者，靖海也。子不襲而弟仍襲侯者，南安也。身死而子得降指揮者，六安也。皆所謂已死不知其反之繇者也，如六安之例，其子降指揮者，宣德也。所謂爲胡、陳所誘，朝廷於禮無欠者也。詳聖祖備條亂臣之意，一則涉於疑似，一則近於脇從，於罪爲稍輕，故其子孫幸免參夷，得及寬政。若滎陽、汝南、永嘉之類，反狀著明，負罪深重，則其後必無噍類，雖欲爲愍隸而不可得矣。哀哉！

十二年正月，宜春侯黃彬往臨清練兵。

彬不知其所終。考實錄不書卒之例，知其非令終也。考庚午詔書及奸黨錄，知其坐胡黨也。開國功臣錄云：十二年練兵臨清，召還後數年卒。鄭曉異姓諸侯傳云：練兵臨清，後坐胡黨　上念其未嘗失朝廷禮，宥之，數年卒。鄭氏不見庚午詔書全文，誤以彬等之坐黨在十三年，故傅會以爲上曲宥之。不知彬等黨事，皆發於二十三年，詔書所謂朝廷於禮無欠者，謂朝廷待彬未嘗失禮，豈謂彬未嘗失朝廷禮哉？鄭氏之誤解，近於郢書燕說，而大書特書，標於史傳，疑誤後人，豈非大繆哉！王世貞功臣表書十七年薨，亦未足据也。

洪武十二年十二月，中書右丞汪廣洋貶海南，自縊卒。

廢丞相汪廣洋勑，見高皇帝御製文集。實錄所載，與御製文集同，但稍文其辭耳。勑云：遣人追斬其首，特賜勑以刑之。而實錄云：廣洋得書慚懼，遂自縊卒。又云：坐事貶海南，死於道。乃知凡實錄所書自經賜死，皆史臣有隱之詞，非事實也。實錄廣洋本傳云：至是御史中丞涂節言：誠意伯劉基遇毒死，廣洋宜知狀。上問廣洋云云。廣洋貶死在十二年之十二月，蓋此時涂節已上變告惟庸，惟庸等當亦下吏。其獄成伏誅，則在十三年之正月耳。据昭示姦黨錄諸招，廣洋實與惟庸合謀爲逆，而上但以坐視廢興誅之。蓋此時胡黨初發，其同謀諸人，尚未一一著明也。國初諱誅爲廢，曰廢丞相汪廣洋者，蓋誅之也。

洪武十三年正月，御史中丞涂節告左丞相胡惟庸與御史大夫陳寧等謀反。

自洪武八年以後，惟庸與諸公侯約日爲變，殆無虛月。或候上早朝，則惟庸入內，諸公侯各守四門；或候上臨幸，則惟庸扈從，諸公侯分守信地。皆聽候惟庸調遣，期約舉事。其間或以車駕不出而罷，或以宿衛嚴密不能舉事而罷，皆惟庸密遣人麾散，約令再舉。見於姦黨三錄者，五年之中，朝會者無慮二百餘。噫！亦危矣！諸公侯多嘍啃宿將，惟庸輩亦文法老吏，一旦舉事，如中風狂走，朝堂攘臂而大言，道塗連袂而抗議，島夷草地，交關密約，流傭廝養，參預祕計，夜集曉散，會比期門，彼挽此推，號同邪許。此豈非天厭其惡，神奪其鑒，乘輿無觸瑟之驚，廟門鮮袨服之恐，使之貫盈敗露，自取滅亡也哉！如其不然，則爰書具在，豈無傳致一時？反狀已明，抑或傳疑百世？後之君子，摩挲簡牘，必有俛仰心悸，徬徨涕流者矣。爲撮其要辭，臚列如左：

嘉靖中，贈故大監雲奇爲司禮太監，以其守西華門發胡惟庸謀逆也。南京城西華門內，有大門北嚮，其高與諸宮殿等，後堂甍棟具在，曰舊丞相府，即胡惟庸故第。前有眢井，即所謂醴泉出，邀上臨幸，伏甲謀不軌者也。雲奇之事，國史野史，一無可考。嘉靖中，朝廷因中人之請而加贈，何孟春據中人之言而立碑。王世貞舊丞相府志據國史以駁之，其辨甚正。第亦疑惟庸私第不當在禁中，而未有以覈其實也。余考奸黨第二錄載盧仲謙招云：洪武九年秋，太師令金火者引仲謙同儀仗戶耿子忠等往見丞相，前去細柳坊胡府門首。又汝南侯火者壽童招云：胡丞相在細柳坊住，與我官人住近，嘗與丞相往來飲酒。則惟庸私第在細柳坊明矣。按洪武京城圖志，廣藝街在上元縣西，舊名細柳坊，一名武勝坊。又攷街市圖，廣藝街在內橋之北，與舊內相近。此惟庸私第不在禁中之明證也。世貞云：高帝初下金陵，以元御史臺爲中書省，後爲吳王，徙居舊內，而別立中書省。按實錄，丙申，上入金陵，居富民王綵帛家。七月，諸將奉上爲吳國公，以元御史臺爲公府，置江南行中書省，上兼總省事。丙午八月，拓建康城。初舊內在建康舊城中，因元南臺爲宮，稍庳陰，上乃命劉基等卜地，定新宫於鍾山陽。戊申正月，自舊內遷新宫。一統志云：舊內城在京城中，元爲南臺地。本朝既取建康，首宫於此。比皇城大內宫殿成，此稱爲舊內。然則舊內則元御史臺也。世貞謂上爲吴王徙居舊內，誤也。又云：省中丞相以下至六尚書侍郎，當各有堂閤。按：洪武元年命置六部，固云國家之事，總之者中書，分理者六部，不聞六部皆屬中書省爲省中僚屬也。世貞疑五部五府，即故中書省大都督府之遺址，而又云：上下金陵，即有此省府及臺，自當與舊內相近。其後改卜大內，居都城左偏一隅，不應預建省府及臺於宫之兩傍。夫上爲吴王居舊內，則省府當近舊內。及既即大位，改築新宫，則省府當近大內。此不待辨而明者。洪武京城官署圖，宗人府五部，在承天門外御街之東，五府太常寺在承天門外御街之西。志刻於洪武二十八年，上詔禮曹繪圖鋟梓。以今之五部五府推之，則昔之省府，其不與大內相遠亦明矣。第未知即此地否耶？俟詳考之。

初學集卷一百四

太祖實錄辨證四

洪武十三年正月，左丞相胡惟庸、御史大夫陳寧謀反，詞連李善長等。賜惟庸、寧死，善長勿問。二十三年五月，御史劾奏善長大逆罪狀，廷訊得實，善長遂自經，賜陸亨等死。

按洪武實錄：十三年正月，涂節告胡惟庸、陳寧等謀反，事連李善長及吉安侯陸亨等。上命羣臣更訊得實，賜惟庸、寧死。羣臣又請誅善長、仲亨等，上曰：此皆吾初起腹心股肱，吾不忍罪之，其勿問。至二十三年五月，有告元臣封績爲惟庸通朔漠，訊，得反狀，及善長私書。刑官請逮善長，詔勿問。會善長家奴盧仲謙等，亦發善長素與惟庸交通狀，上命廷訊得實。召善長詣奉天門，撫遣歸第，善長遂自經。此國史所紀善長得罪之始末也。嘗竊疑善長以元勳國戚，結黨謀叛，罪不容於死。業已更訊得實，羣臣劾奏請誅，其義甚正，而上以勳舊曲赦之。十年之內，寵寄不衰，有是理乎？縱上厚待之，善長獨不愧於心，引嫌求退乎？吉安、平涼皆戇勇武夫，置之勿問猶可也。事露之後，上獨無纖芥之疑，而出鎮專征，委以重寄不一而足乎？仲亨之謀逆，以初起時股肱見貸。當時公侯，誰非豐沛故人，亦欲爲仲亨所爲，其孰能禁之乎？涂節等之上變，已經更訊。後十年再命廷讞，始致辟焉。將初辭猶未盡，而後獄乃致詳乎？抑前之吏訊者無左驗，而後之具伏者乃定案乎？緩之十年，發之一日，劾奏者攘臂於先，而舉首者接踵於後。天下後世不能不致疑於斯獄也，可知已矣。今以昭示姦黨錄考之，庚午五月之詔，與善長等之招辭，臚列備載，乃知惟庸之謀逆，發於十三年，善長弟姪之從逆，發於十八年，而善長與吉安、平涼諸公侯之反狀，直至二十三年四月，始先後發覺也。國史所記，其失實於是乎不可掩矣。上手詔云：三十九年已被瞞過。三十八年善長招云：十三年奸黨事發，僥倖不曾發露。十八年弟李四被毛驤糖說出胡黨免死，發崇明安置，不曾推問善長情節。則善長之反狀，二十三年以前未嘗發覺，曉然無可疑者。惟其如是，故十年之中，韓公之恩禮彌隆，列侯之任使如故。一朝發覺，而逮問相錯，誅夷殆盡，此事理之可信不誣者也。不知永樂初史局諸臣，何不細究爰書，而誤於紀載若此？窺其大指，不過欲以保全勳舊，揄颺高皇帝之深仁厚德，而不顧當時之事實抑沒顛倒，反貽千古不決之疑，豈不繆哉？國初昭示奸黨凡三錄，冠以手詔數千言，命刑部條列亂臣情辭，榜示天下，至今藏貯內閣。余得以次第考之，而釐正如左：

一、實錄：刑官請逮善長，詔弗問。下善長從子佑、伸於獄，廷訊得實。上召善長於右順門，撫慰遣歸，善長乃自殺。是善長始終未嘗下獄也。按太祖手詔云：勑錦衣詣置所提到親弟姪，令九衙門共審，發覺知情緣繇。則逮問者善長之弟存義，存義之長男伸與李存賢之子仁也。已而命刑部備條亂臣情辭，則首列善長招辭，而次及存義與其子伸。善長倘終不下獄即訊，則法司何所援據，而有一名李善長之招乎？又按營陽家人小馬招云：今年閏四月內，聞知李太師犘下。蓋指二十三年之閏四月也。此非善長下獄之明證乎？俞本皇明本紀云：國老太師李善長爲逆黨事伏誅，妻女子弟幷家人七十餘口悉斬之。然則善長之不下獄與歸家自經，蓋亦史臣有隱之辭，非事實也。又云：上不得已下佑、伸於獄。上曰：「吾欲赦佑等死，以慰太師。」羣臣不可，佑卽惟庸之壻也。李存義招云：十八年，次男李佑，被人告發，欽蒙免死，發崇明安置。存義與伸俱免死安置，則佑之不免死明矣。刑部但列存義、伸、仁三招而不及佑，二十三年必無佑尚在之理。此必國史之誤也。王世貞撰韓公傳，於十三年書云：遂止誅存義，幷赦佑。尤爲失實無據。

一、實錄：惟庸以兄女妻善長從子佑。善長之弟存義，佑之父也。惟庸令存義陰說善長，善長驚悖曰：「爾言何爲者？若爾，九族皆滅。」存義懼而去。十餘日，惟庸又令存義告善長：「事成，當以淮西地封爲王。」善長本文吏，用計深巧，雖佯驚不許，然心頗以爲然，又見以淮西之地王己，終不失富貴，且欲居中觀望，爲子孫計，乃歎息起曰：「吾老矣，繇爾等所爲。」存義還告。惟庸喜，因過善長。善長延入，惟庸西面坐，善長東面坐，屏左右，欵語良久，人不得聞，但遙見頷首而已。按實錄所載與上手詔及善長、存義等招，大略相同。手詔之罪善長曰：李四以變事密告，善長中坐默然而不答。又十日，弟仍告之，方乃有言。皆小吏之機，狐疑其事。以致胡、陳知其意，首臣旣此，所以肆謀奸宄。善長自招，一云：尋思難答應。一云：這事九族皆滅。一云：我老了，你每等我死時自去做。皆徘徊顧望，一無堅決之語。其所云：這件事若舉，恐累家裏人口；這事急切也做不成。以此含糊不舉。此則其本情也。惟庸反謀已久，謀欲善長爲已用，兄弟子姪，賓客朋舊，下及僮僕厮養，舉皆入其彀中。善長昏姻誼重，家門慮深，目瞪口呿，宛轉受其籠絡而不能自拔，卒委身以殉之。以霍子孟之忠，明知顯之邪謀，欲自發舉，不忍猶與，以釀身後之禍。而況可責之於善長乎？坐此族滅，豈爲不幸哉？庚午詔書，條列善長罪狀，不過曰：平昔以吏心自處，默然不答，以致胡、陳知其意。所據者，善長與存義、仲、仁四招而已。其他家奴婦女一切招辭，牽連錯互，雖臚列之以示天下，而手詔皆不及焉。蓋聖祖之意，亦未必盡以爲允也。嗚呼！亦可哀矣哉！

一、國史序善長與惟庸謀反情事，皆援據當時獄辭。第按昭示姦黨錄條列善長諸招，則亦有未盡核者。蓋洪武十年九月，惟庸以逆謀告李存義，使陰說善長，未得其要領，乃使其舊人楊文裕許以淮西地封王。是年十一月，惟庸親往說善長，善長猶趑趄未許。卽國史所記惟庸西面坐，善長東面坐者是也。然此時善長未許。至十二年八月，存義再三往說，善長始有我老了，你每自做之語。今乃盡削去前後曲折，謂惟庸使存義說善長，善長不爲動，更令以淮西地啖之，卽歎息而起，遂自往面訂逆謀。譬如賦詩，取義斷章，豈可以爲折獄定罪之法乎？惟庸過善長密語，據善長自招，則云知道了；據火者不花之招，則云善長怒罵李四，惟庸卽去。正聖祖所謂小吏之心，狐疑其事也。今乃云良久人不得聞，遙見頷首。國史敍事，蓋用太史公淮陰諸傳之法，可謂妙於揣摩矣。以言乎實錄，則猶有間也。

一、實錄：善長家奴盧仲謙等發善長與惟庸往來狀，惟庸爲寧國知縣，善長薦爲太常少卿，惟庸以黄金三百兩謝之。及惟庸欲謀反，善長陰遣家奴耿子忠等四十人從惟庸，惟庸皆厚與金帛，以古劍謝善長，且言此回回國所獻者，又以玉酒壺玉刻龍盞蟠桃玉盃奉善長。按昭示姦黨錄所載招辭，有云龍鳳年間，舉薦惟庸爲太常司丞，以銀一千兩金三百兩爲謝者。此太師火者不花之招也。有云洪武八年太師在鳳陽蓋宮殿，三月間，胡丞相來點鳳陽城池，丞相解劍贈太師，云是回回國所出，名木樨花幷鐵劍，不問甚麽甲，層層透，十三年六月，太師命不花碎此劍。亦不花之招也。有云洪武十二年八月，丞相家二舍以千金寶劍送太師，至第三日，二舍人令人擡木匣一個，有小玉壺瓶一個，玉盤盞二副，玉龍頭大盞一個，玉馬盃一個，玉盤一個，桃樣玉盞二個，擺起來恰好一桌子。太師朝回，逐件看過，喜歡收了。至第二日，太師朝回往謝，酒間，丞相説：「玉器不打緊，我明日淮西地面蓋起王府，撥五十家行院與你做家樂，那時纔是富貴。」十三年，胡黨事發，太師令脱脱火者將玉器幷劍打碎，擲在河裏。此火者來安之招也。有云洪武九年秋間，太師早朝回，喚家人盧仲謙及儀仗戶陳進興、耿子忠等四十人，各賞鈔七十貫。至晚，太師又説胡丞相要幾個人用，你們去跟他，重賞賜你。卽令金火者引仲謙等去細柳坊門首，李四官人引見丞相，丞相每人與銀十兩，又説：「你每是太師家裏有用的人，常跟我做貼身伴，當扶助我成得事業，教你每都做大官人。」仲謙等喜允，一向跟隨本官出入，時常與李太師家商量事務。十三年，胡黨事發，仲謙與陳仲良逃回太師家躲避。此盧仲謙等之招也。實錄所載獄辭，大抵援據各招，約略相合。第據詔書及善長等招，善長雖與惟庸結姻，初未知惟庸反情。十年十月，惟庸使善長故人楊文裕説善長，許以割淮西地王之，善長方心動。至十二年八月，李存義來言，猶再三堅拒。而仲謙之招，以爲善長遣往從惟庸，乃在九年之秋。果爾，則惟庸之反狀，善長已明知之，且使其家人儀仗戶雜然往助，惟庸又何以惟恐善長之不就己，而使其故人子姪宛轉游說耶？又云：洪武八年十月內，太師常去胡丞相家商議，太師云：「若謀反，必要幾個大公侯同謀。」如此則衆公侯之從惟庸，皆善長主謀使之也。乃其身顧重自猶豫，不肯決然同事耶？仲謙又招云：洪武九年，太師使伴當耿子忠請吉安、淮安、臨江、營陽、平涼、永嘉六侯喫茶。太師云：「我請你到胡丞相家商量謀反事務。」善長文吏奸深，何至矢口狂詩，如病易喪心者所爲？豈仲謙等諸招，與夫雜出於家奴婦女之口者，亦有不足盡信者耶？或謂善長巧僞舞文，掩匿其通謀之狀，而以狐疑觀望，曲自抵諱，冀上憐而貰之。然以太祖之聖明，豈不能洞見其隱，而但據其抵讕之辭，以播告天下哉？覈善長之罪狀者，當以庚午詔書及善長、存義四招爲正。如國史捃拾仲謙諸招以傅爰書，則情事舛駁，疑信錯互，千載而下，回翔繙閱，必有反抉讁其罅漏，爲善長訟寃者矣。姑書之以俟後世焉。

一、實錄：胡惟庸謀亂，密遣元臣封績使於元主。惟庸誅，績懼不敢歸。藍玉於捕魚海獲績，善長匿不以奏。至是有告之者，捕下獄，訊得反狀及善長私書。庚午詔書謂耿忠、於琥在寧夏時，聽胡、陳分付，送封績往草地通信，後破胡營，獲封績，二人反情，繇是發覺。初不及善長私書及匿不以聞事也。以昭示姦黨錄攷之，則云洪武二十三年，善長於京民合遷之內，朝給長姊楊阿李，暮給次姊王阿李，明日又給親人丁斌。朕見其深奸，提伊親弟姪，令九衙門共審，供發知情緣繇。善長自招云：今年不合將應遷逆民數內，給付姐姐，及將親人丁斌妄奏。致蒙廷問，供出李四緣繇。蒙提李四到官，供出善長前項緣繇。則善長之事，繇丁斌發覺明矣。按丁斌者，揚州高郵人，西安護衛百戶周祥之義男也。周祥有膽勇，係張氏同僉歸附，出入胡丞相門下，參預謀議，得陞本衛千戶。祥在京師，嘗以其女原奴許配丞相之子。洪武八年，祥歿於西安，斌與祥之子周昇，食貧無以爲生，因太師從子神舍、吉安侯妻舅石敏與其壻黄質引見丞相，丞相訊知祥已死，爲之歎惜，遂命昇襲職，除杭州衛，留斌出入門下，如祥在時。一日，斌與李神舍往候丞相，丞相與太師弟李四在西軒閒坐，丞相謂李四曰：「周千戶在時，曾以女許配吾子。今吾子俱有婦矣，汝姪神舍尚未娶，吾爲主婚，以周氏女娶神舍何如？」李四遂命神舍拜謝。七月，斌義姊遂歸神舍。神舍者，李存賢之次弟，仁之親弟，而太師之從子也。斌自此與李四叔姪侍丞相飲酒。丞相每告戒，令齊心舉事，事成，富貴不小。斌等心識之，不敢洩。十三年，胡黨事敗，斌懼禍逃杭州，往依周昇。二十三年二月，李神舍先爲事處決。斌復來神舍家，聞石敏、黄質等事發，欲逃歸，未果，爲法司逮問。此丁斌招辭之大略也。繇此觀之，則李四父子之反形，因丁斌而發覺，善長之逆情，又因李四父子而供吐，其不爲封績手書之故明矣。國史於善長一獄，不勝舛誤。即所記臺臣前後論劾，凛如秋霜，要亦史臣以己意文致其詞，未必當時白簡果如此也。封績爰書，詳具於後，其詞亦未嘗連善長。

一、封績招云：績係常州府武進縣人。幼係神童，大軍破常州時，被百戶擄作小廝，拾柴使喚。及長，有千戶見績聰明，招爲女壻。後與妻家不和，被告發，遷往海南住坐。因見胡、陳擅權，實封言其非爲。時中書省凡有實封到京，必先開視。其有言及己非者，即匿不發，仍誣罪其人。胡丞相見績所言，有關於己，匿不以聞。詐傳聖旨，提績赴京，送刑部鞫問，坐死。胡丞相著人問說：「你今當死，若去北邊走一遭，便饒了你。」績應允。胡丞相差宣使送往寧夏耿指揮、居指揮、於指揮、王指揮等處。耿指揮差千戶張林，鎮撫張虎、李用轉送亦集乃地面，行至中路，遇達達人愛族保哥等，就與馬騎，引至火林，見唐兀不花丞相。唐兀不花令兒子莊家送至哈剌章蠻子處，將胡丞相消息，備細說與，著發兵擾邊。我奏了，將京城軍馬發出去，我裏面好做事。按封績招詞甚詳，絕不及善長私書，則善長事發，非爲有人首沙漠之故，又居可知也。通胡手跡，此善長大逆不道第一公案，聖祖不以列手詔，刑部不以入爰書，而國史羅縷書之，獨何所援據哉！以聖祖所條示爲案，而力刊實錄之誤，可也。實錄又云：封績，河南人，故元臣來歸，命之官不受，遣還鄉，又不去，謫戍於邊。故惟庸等遺書遣之。按績本武進人而曰河南，童稚被擄，身爲廝養，而曰元臣來歸；且所記遣戍遺書之故，與績招無一語相合者。國史之不足徵，一至於此。

一、詔書云：於京民合遷之內，朝給長姊楊阿李，暮給次姊王阿李，明日又給親人丁斌。善長招云：不合將應遷逆民數內姐姐給親及將親眷丁斌妄奏。實錄云：京民通惟庸作亂者，法當徙邊。善長受姦民賕，奏請數給其親。九朝野記則云：京民爲逆，僇其半，遷其半於化外。善長復請免其黨數人。按善長二姐家及丁斌，皆惟庸黨，合遷化外者。善長奏請免之，致將丁斌提問。若云以合遷京民奏給其姊及丁斌，恐無此理，當以野記爲是。因詔書出自聖製，文義奧古，故實錄誤解耳。又如詔書云：陸仲亨年十七，持一斗麥藏草間，朕呼之曰：「來。」蓋以罪狀仲亨，著明其負恩忘舊，而實錄援引，以爲上對羣臣曲赦仲亨之語，則不啻背馳矣。國史之多誤如此。

一、太師妻朱氏招云：洪武十二年十月，聽得李六十即李仁和太師說：「我有得多少人，和湯大夫處借些人。」太師自去請湯大夫前廳飲酒，太師說：「你的軍借三百名與我打柴。」湯大夫說：「上位的軍，不是我的軍，我如何敢借與你。」酒散，太師對李六十說：「上位氣數大，便借得軍，也無軍器，且慢慢理會。」此招與實錄相合。

一、太師妻樊氏招云：洪武十一年六月，太師爲救儀仗戶事，上位惱李太師，著人在本家門樓下拏去察院衙門。丞相奉旨發落歸家。爺兒三個在前廳哭，發狠：「我做著一大太師，要拏便拏。」當月第三日，丞相來望太師說：「不是我來發落你，上位怎麽肯饒你？」

火者不花招云：洪武七年十月，李太師欽差往北平點樹，回到瓜洲。胡丞相差省宣使來說：「聖旨教你回鳳陽住。」太師抱怨說：「我與上位做事都平定了，到教我老人家兩頭來往走。若是這等，事業也不久遠。」八年三月，欽取太師回京。不數日，太師往告訴胡丞相：「上位如今罰我這等老人，不把我做人。」

太師管田戶潘銘招云：太師於洪武八年鳳陽蓋造宮殿，差往興原轉運茶。與陳進興說：「許大年紀，教我運茶，想只是罰我。」九年三月回家，對胡丞相說：「許大年紀，教我遠過棧道去，想天下定了，不用我。」俞本紀事錄：七年十二月，善長奉旨差詣漢中府，清理茶政，秦州、河州訪察馬政。上囑曰：「卿到陝西使曾跟朕小厮兩個跟前用，不要使宣使奏差。朕與汝銀二百五十兩，買酒肉與小厮喫，只教也支廩給，休擾那驛家。」

太師儀仗戶孫本招云：洪武九年七月，李太師對延安侯說：「我爲蓋鳳陽府宮殿不好，上位好生怪我，教我無處安身。」吉安侯說：「我每都去胡丞相家商量。」

儀仗戶聞保兒招云：十年三月，丞相對太師說：「上位這幾日有些惱，爲鳳陽蓋宮殿不如法。」太師說：「這等教我怎麽好？」丞相說：「太師，我這等事也覷的小可。」以上諸招，皆善長平日怨望聖祖之事，國史所不載者。

一、太師火者來興招云：洪武九年六月，胡丞相教人送一櫃鈔與太師，丞相云：「我擡這鈔，不是與別人，你收拾些好伴當與我。」太師說：「我與你這伴當，不要與人知道。」當日太師撥伴當陳進興、耿子忠等四十名送胡丞相。丞相云：「你常常跟著我，等至十二年二月初一日下手。」與盧仲謙招同。九年六月收拾伴當，約至十二年二月舉事，何期會之早若此？

又招：六年三月，胡左丞問太師：「我和你說的話，如今怎的？」太師說：「已知道了。明日有淮安侯管各門，約四月十二日點定人馬下手。」見淮安事中。時華雲龍在北平，所約者小淮安侯華中也，恐無掌管各門之事。

又招：洪武九年二月，胡丞相問梳頭待詔許貴：「我要使你和太師老官人說些話，你敢說麽？」許貴說：「我敢說。」丞相說：「我要和太師商量大逆的勾當。」豈有大逆勾當使梳頭待詔傳說之理，似未可信。

太師妻樊氏招云：洪武七年，胡丞相到太師家拜年節。丞相說：「天下的事，都在我手裏掌著。

我如今要作歹，你爺兒從不從？」太師說：「看丞相幾時下手？我每爺兒也從。」九年十月，丞相約太師：「二十日下手，你著兩個兒子，四官人、六官人爺兒各自領人。」

又招：八年八月十五日，胡二舍對太師說：「如今事都成了，有李四還在江那邊，取他爺兒五個回來，交付人與他領。」太師卽便使人取回。李四與丞相結姻在洪武九年，豈有八年八月先取回領軍之理。

太師妻朱氏招云：洪武八年六月，太師伴當陳千戶斫了胡丞相淮西墳上樹。上位宣太師來問，腦揫太師赤脚走一遭。太師歸家說：「我跟了上位許多年，聽胡丞相說，便這等揫我。」李四說：「却又我說不差，你聽我說，從了他，那裏有這等事？」太師點頭。此亦在李四與惟庸未結姻之時，恐未足信。

李四妻范氏招云：洪武五年十一月，男李佑回家說：「今日早我父親和太師、延安、吉安四人在胡丞相家板房裏喫酒，商量要反。」范氏道：「可是眞個？你嚇殺我。」李佑回說：「是眞了。」

又招：八年九月，李四回家說：「我早起和汪丞相、太師哥在胡丞相家板房喫酒，商量謀反，我也隨了他。」范氏罵李四：「你發風，你怎麽隨他？」李四說：「我哥哥隨了，我怎麽不從他？」善長旣與惟庸再三面議反事，何以至十二年猶狐疑未決耶？

已上諸招，皆所謂雜出於家奴婦女之口，雖經刑部條示，而詔書皆未之及者也。三錄所載，未可更僕數，姑存其梗概。

一、太師儀仗戶周文通招云：洪武十六年五月初五日，太師坐前廳，「叫火者家人小廝都來聽我發放。已前事務不成了，你每大小休要出去唱言。如今暗行人多，我好時小廝每都好，不好時都不好。出外小心，在家勤謹，休要説閑話。」小廝每都起去。

盧仲謙招云：洪武二十一年，仲謙到定遠看太師新蓋房子。仲謙跪説：「别公侯家都蓋得整齊，大人如何不教蓋得氣象著？」太師説：「房子雖蓋得好，知他可住得久遠？」仲謙説：「大人有甚麽事？」太師説：「你不見胡黨事至今不得靜辦，我家李四每又犯了，以此無心腸去整理。」仲謙回説：「好歹不妨。」

儀仗戶孫本招云：十九年十月，孫本去定遠縣見太師房屋不整齊。太師説：「李四見在崇明，胡黨不息，不知我如何？」孫本説：「有甚麽事？」

家人倪定住招云：十三年十月，太師在家飲酒，六官人和太師説：「已前和胡家商量的事，怕久後牽連我一家。」李二官人説：「父親做太師，哥哥做駙馬，料著我家無這等事。」

儀仗戶趙猪狗招云：十六年六月，太師請延安侯飲酒，延安侯説：「我每都是有罪的人，到上位跟前，小心行走。」太師説：「我每都要小心，若惱著上位時，又尋起胡黨事來，怕連累别公侯每。」十七年五月，太師説：「上位尋胡黨又緊了，怎麽好？」吉安侯説：「上位不尋著我，且繇他。」十四年正月，平涼侯請太師飲酒，平涼侯説：「我每都是胡丞相作反的人，若上位尋起來，性命都罷了。」太師説：「早是也不來尋我。」平涼侯説：「若不尋著，我每且躲一躲，不要出頭罷了。」

已上諸招，皆胡黨發後，善長惶恐懼禍之事。觀其告戒同黨，曉諭僮奴，屏足掩耳，惴惴如不終日。至於鳳陽第宅不事修葺，且有知他可住得久遠之語，且悔且懼。其於善長情事，可謂逼眞矣。

他招謂善長欲爲惟庸報讎，或云十六年謀之濟寧，或云十八年謀之平涼，又謀之平涼侯男，或云十九年謀之吉安、營陽，或云二十一年謀之延安。善長老吏負罪，而心悸惟恐人知其影響，尚敢攘臂怒目，切切然謀爲人報必不可報之讎也哉？爰書所列，此其最爲失眞者，斷而削之可也。

一、祝允明九朝野記云：二十三年五月初二日，以肅清逆黨，命刑部尚書楊靖備條亂臣情詞，播告天下。上口詔幾四千言。梅純備忘錄云：洪武三年，大封功臣。十七年，定功臣次第，又異於前。鄭曉異姓諸侯傳序云：洪武三年冬，大封功臣。十七年，定功臣次第，與前稍異，功高望重，連歲總兵者八人云云。二十三年五月，肅清逆黨，命刑部尚書楊靖條示天下，上口詔幾四千言。按庚午詔書，載於九朝野記者，首尾闕落，僅存其半。鄭曉作異姓諸侯傳，多援據此詔，第未見全文，槪有舛錯。其序云：十七年，定功臣次第。二十三年，肅清逆黨。此大繆也。功臣次第，卽定於肅清逆黨之榜，豈有兩詔乎？如曰功臣次第爲十七年所定，則藍玉之進封涼國在二十一年十二月，此詔何以不稱永昌而先稱涼國耶？舳艫、航海，以二十年封，開國、全寧、西涼以二十一年封，又何以備列耶？鄭氏之失考甚矣。黄金開國功臣錄云：二十三年春，榜列勳臣五十七人，李善長猶居首。不知此詔在二十三年之五月，正善長等參夷之日。其榜列勳臣，所謂刑人於市，與衆棄之者也，豈以是優異善長等耶？昭示姦黨第三錄載營陽侯楊璟火者招云：洪武二十三年五月，內舍人楊達讀錄榜文，想伊父五次賣陣，我兄弟又有大罪，本年六月，欽差官來察理旨意。覩此招，則肅清逆黨之詔，其榜列在二十三年五月明矣。昭示姦黨諸錄，則又次第刊布，未必在一時也。此詔實錄失載，幾於湮没，今幸藏弆内閣，開國勳臣之事，其强半猶可考見。孔子二代之傷，公羊三世之論，君子不能不爲之慨歎云。

一、善長子祺尚太祖長女臨安公主。開國功臣錄云：永樂元年，卒於江浦。史翼云：洪武中以善長罪，囚於家。建文初，赦出，守江浦。北兵入，投水自溺。按大明主壻祺卒於洪武二十二年已巳。開國功臣錄諸書皆繆也。大明主壻，永樂間編纂仁祖、太祖及親王主壻譜牒，其可徵信無疑，余故援以正之。又按昭示奸黨錄載李太師家教學貢潁之招云：洪武十六年，潁之見黨事不絶，仍投李太師家，教李駙馬舍人讀書。二十一年，跟李駙馬往鳳陽定遠縣住。則知祺以二十一年還定遠，次年卒，亦當在定遠，不在江浦也。使二十三年祺尚在，亦必不免。太祖大義滅親，豈不能以歐陽倫之法處之耶？祺之得前死爲幸，而韓公之後，其得存者必鮮矣。哀哉！

初學集卷一百五

太祖實錄辨證五

洪武十三年九月，永嘉侯朱亮祖病卒。

實錄記亮祖之歿，以爲病卒。而高皇帝壙志則曰：朕怒而鞭之，父子俱亡。亮祖父子之死，高皇帝未嘗諱也。實錄云：上親製壙志，仍以侯禮賜葬。後有讀御製文集者，則可考而知之矣。亦所謂諱而不沒其實者與？亮祖在鎮不法，爲道同所論列，上雖怒之，亦但知其爲胡惟庸所使，擅專貪取而已。二十三年正月，其次子昱始以胡黨事提問，則知亮祖之坐胡黨，亦發于二十三年也。鄭曉異姓諸侯傳云：罷職居江寧，又坐胡黨，十三年卒。影響傅會，似是而實非，不可以不正。太祖于朱文正云鞭後而故，于朱亮祖亦云朕怒而鞭之，父子俱亡，蓋皆斃于杖下也。太祖不諱，而國史概從諱詞，何哉？

十三年四月，改封胡美爲臨川侯。

胡美實錄不載所終。開國功臣錄、異姓諸侯傳俱云二十六年卒。王世貞功臣表云：二十六年，坐藍黨論死，國除。今按高皇帝手詔，則美於洪武十七年以犯禁伏誅。而据吳也先之招，原係臨川侯火者，十七年本官爲事撥李太師家，其證佐甚明。是知諸書皆繆，而功臣表藍黨之説，尤爲無稽。又按鄭曉異姓諸侯傳云：十三年，董建潭王府，後坐黨事，二十六年卒。美于十七年伏誅，而胡黨之發露，則在二十三年，相去已七年矣。鄭所記甚繆，今並正之。

洪武十三年七月，復封鄭遇春爲滎陽侯。

按遇春與陸亨、唐勝宗俱以多起驛馬，降充指揮，發山西捕四達子。此洪武八九年間事，見于庚午詔書及姦黨錄諸招者也。實錄略載仲亨事，而不及勝宗。遇春獨于十三年七月書復封鄭遇春爲滎陽侯，而不詳其謫降之故。惟十年五月，番酋寇涼州，書指揮鄭遇春擊却之。六年書滎陽侯鄭遇春仍守朔州。而十年書指揮者，蓋遇春奪爵之後，降爲指揮守涼州也。考之諸招，仲亨三侯，俱以八年責降，九年復爵。詔書亦云：期年取回復爵。遇春家人楊保兒招亦云：九年回京。實錄書遇春之復爵乃在十三年，何也？九年復爵，則十年又何以書指揮也？豈實錄前後錯互，其不書于八年九年者爲脱略，而書于十年十三年者爲贅誤耶？開國功臣錄亦記十三年復封，與實錄合。鄭曉異姓諸侯傳則云：坐累奪爵，逾年復侯。鄭所据者，蓋庚午詔書也。

洪武十五年三月，命濟寧侯顧時子敬襲爵。

實錄不載敬所終。按昭示姦黨錄老濟寧侯妻舅李賽兒招云：姊夫領大舍顧敬，時常到丞相家商議。十九年五月，小濟寧侯以給親具奏，今因事發提問。則二十三年敬以胡黨連坐明矣。推國史不書卒之例，則敬之伏法可知。鄭曉異姓諸侯傳云：先是坐黨，上特釋時，以故子得嗣侯，後竟除。時歿時，黨事未發，故身得贈謚，子得嗣侯。安有黨事已敗，而獨釋時之理乎？鄭氏之傳妄矣。然庚午詔書，獨列顧時而不及其子敬者，何也？蓋當時諸小侯從胡謀逆者，若顧時之子敬、陳德之子鏞、楊璟之子通，皆其父謀逆，而其子亦與謀，故詔書列其父，而不及其子，舉其重而書之也。至如中國公鄧鎮、小淮安侯華中，則其父不與逆，而其子自爲之也。故獨列其子之名，以著其爲首惡也。詔書之書法簡嚴，眞不減于春秋矣。

洪武十七年三月戊戌朔，曹國公李文忠薨。

按：曹國之薨，太祖痛悼輟朝，恩卹備至。而王世貞史乘考誤載野史云：文忠多招納士人門下，上聞而弗善也。又勸上裁省內臣。上大怒，盡殺其門客。文忠驚悸暴卒。上殺諸醫及侍者百人。世貞初疑其誣，後以十九年景隆襲爵誥文考之，而知野史之言有自來也。誥云：非智非謙，幾累社稷，身不免而自終。又云：爾其鑒前人之失，保爾富貴。太祖之叮嚀告誡，不釋然於曹國也，可謂深切著明矣。曰身不免而自終，其與夫獲考令終者，則有間矣。俞本記事錄云：文忠病，淮安侯華中侍疾進藥，上疑其有毒致薨，貶淮安侯，放家屬于建昌衛，醫士全家被誅。淮安進藥之事，與劉誠意之死狀略同。胡惟庸之毒誠意也，奉上命挾醫而往。淮安之侍藥，豈亦傳上命耶？惟庸之於誠意，淮安之於曹國，與夫德慶之於龍鳳，卒皆用以致辟，豈其事亦有相類者耶？若曹國得罪之故，史家闕如，無可徵考，吾不得而知之矣。嗚呼！親則甥舅，功則元勳，歿享大烝，生傳帶礪。五刑無隱，誰薄衞醫之鴆？萬歲爲期，如賜漢儀之酒。若乃中山馬肝之謗，開平杜郵之疑。汲冢之科斗，與孔壁而並傳；隱、桓之異辭，徵寶書而莫辨。悠悠百世，可爲隕涕者也。

洪武十七年四月，進封征南功臣傅友德等。

洪武十二年，封仇成等十二侯。惟成以舊勳，餘皆以征西有功也。食祿皆二千石，子孫世襲指揮使。至十七年四月，論征雲南功，進封潁川侯傅友德爲潁國公，副總兵永昌侯藍玉、安慶侯仇成、定遠侯王弼等，先爲有功，身受侯封，今功著南征，當爵及子孫，食祿二千五百石，仍各賜鐵券。實錄但舉永昌、安慶、定遠三侯，而不及其他。然其他多世襲，如安陸侯之子傑、宣國侯之子鎮，則皆以十九年四月襲封矣。鳳翔侯之孫綱，宣德十年猶乞襲封矣。蓋十二侯皆于十七年論功加世爵，而實錄紀之，從省文耳。安陸、宣德皆先卒，其功自當與十二侯並論，考襲封底簿自明。

洪武二十年，靖寧侯葉昇進討東川諸蠻，平之。

黄金開國功臣錄載梁國公胡顯，以洪武二十一年討東川功得封。顯，昭敬皇妃之父也。顯之姓氏，始終不見於實錄。考實錄二十一年討東川者，靖寧、景川也。二十二年討九溪者，靖寧、東川、普定也。靖寧獨得賊首，頒賞最厚。不聞援信國、潁國之例，自徹侯進封。而從征之胡顯，以椒房故，躐封大國。聖祖慎卹名器，豈宜有此？且國封大事，國史雖多脱略，寧有沒而不書之理耶？二十三年五月詔書，自三年大封以後，條例封公侯者凡五十七人，獨不及顯。洪武末年封爵，詔書不載者，惟永定、越雋二侯，皆二十三年五月以後封者也。顯果以二十二年七月封，何不在建功一十五人之列耶？顯之不封，此其明證也。王世貞云：據兵部黄及胡氏親供甚明。余考吏部公侯伯襲封底簿皆据兵部貼黄，絶無梁國襲封始末。王氏又何從見之？斯亦妄矣。又按楚昭王行實云：王生母昭敬太充妃胡氏，都指揮同知胡顯之女。昭王行實爲王孫季埦所編，載充妃爲顯之女。而開國功臣録謂充妃爲泉之妹，顯之姑，則紕繆甚矣。行實稱顯止云都指揮同知，則其未嘗開國封又明矣。行實載昭王事蹟甚詳，若有入奏召還胡顯之事，安得不備載耶？其爲傅會無疑也。余故據楚昭王行實，合之國史詔書，徑削去之。恐後人尚承其謬，故存其辨于靖寧之後。

洪武二十一年十月，常昇襲封開國公。

按：實録昇自二十一年襲封，同諸功臣屢出練兵。自二十六年二月陝西召還之後，遂無聞焉。公侯伯襲封底簿載茂有弟常昇，昇生繼祖，發雲南臨安衛安置，而不記昇之所終。鄭曉名臣記：靖難兵至浦子口，昇與魏國公分道力戰，已而昇見上得釋。諸家記革除事，皆爲昇立傳，參列于魏、曹二國之間。今以逆臣録考之，則昇爲藍玉之甥，初與通謀，玉既伏誅，又于三山聚兵謀逆。反狀已具，爰書臚列，而得免于聖祖之刑僇，有是理乎？然則昇以二十六年伏法，無可疑者。襲封簿不記其所終，蓋諱之也。昇既伏法，又安置其子于雲南者，茂既無嗣，不忍復誅昇之子，此議功議親之法也。若如鄭曉所記，則昇於拒戰得釋之後，成祖遂釋而貰之乎？抑亦既釋而終不免乎？若釋而貰其罪，則昇既得釋矣，不應又放其子于臨安也。若既釋而仍不免，則以怒昇之故，放其子于臨安，不應兩年之内，旋召見而厚賜之也。故常昇之事，當以逆臣録、襲封簿二書爲正。其它革除諸書所載，一切削去可也。王世貞撰開平世家云：昇抗靖難師得罪，安置臨安，以憂卒。此尤爲附會，不足置辨。

洪武二十三年五月，賜李善長從子佑及吉安侯陸亨等死。

按洪武實錄，延安、吉安、平涼、南雄四侯，皆吉安家奴封帖木所告，與胡惟庸等同謀爲變者也。實錄于五月乙卯，但記賜善長從子佑及陸亨等死，而不詳其事。延安等三侯，既不爲立傳，亦不載其所終。黃金開國功臣錄於四侯皆云二十六年卒。王世貞高帝功臣表皆書二十六年卒，追論姦黨，國除。仲亨之賜死，國史旣大書其事，無可疑者。然延安三侯，皆與惟庸等約日爲變，厥罪惟均。旣賜亨死，則勝宗、聚庸，安得同罪而異罰耶？實錄書云：賜亨等死。曰亨等，則其非一人可知。以書法推之，蓋包括勝宗、聚庸而爲之詞，其必以同時賜死無疑也。按昭示姦黨第二錄，載延安侯唐勝宗招云：今蒙提問胡黨情節，從實開招于後。又載平涼侯費聚全招，則勝宗與亨等俱下獄卽訊明矣。又延安家人汪成招云：洪武二十三年正月，延安侯往黃平公幹，差成往蘇州。閏四月，成到黃平回話回還。彼時胡黨事正發，恐本官家被人招出，藏匿江寧縣舊識人呂二家，本人同高里長赴官首告送問。按實錄二十三年正月，勝宗討平貴州平越苗蠻，卽命同鳳翔侯往黃平等處屯田練兵，與汪成招相合。汪成自黃平還，卽恐胡家事發，藏匿人家，旋被首告。則勝宗之逮問，亦必以是年閏四月也。實錄云：上復命諸司官讞之，亨等皆具伏。曰亨等皆具伏，則勝宗、聚庸舉在其中矣。實錄自二十三年五月後，延安四侯皆不復見，其以五月被誅可知。二十三年六月，載從勝宗之請，給雲南諸衞耕牛。蓋勝宗在黃平請之也。實錄云：先是勝宗請給，至是詔給與之。則是年六月，勝宗不在黃平，又可推矣。黃金於功臣之誅，皆從諱詞，概云二十六年薨。殊爲失實。世貞曾見國史，多所援據，而於延安諸侯，悉因黃金舊文，不可曉也。今悉從庚午詔書及昭示姦黨三錄，又參互以實錄，一一釐正如左。

平涼三侯與吉安同罪同辟，無可疑者。開國功臣錄費聚傳云：二十三年，自雲南召還，賜金帛還鄉優老。二十六年卒，上爲輟朝遣祭。黃金未見國史，故妄爲粉飾如此。鄭曉異姓諸侯傳云：聚坐胡黨。上曰：聚往征姑蘇，朕嘗詈責，遂有反謀。後竟得釋。鄭氏所記，亦出庚午詔書，第未見其全文。所謂後竟得釋者，則因功臣錄記其卒于二十六年，且有祭恤之典，求其說而不得，而曲爲之詞也。史家乖繆不可考信如此。

洪武二十四年，東川侯胡海卒。

海之卒也，史爲立傳記，上爲輟朝致祭。鎦三吾又爲撰墓志，其獲考死無疑矣，然贈謚恩卹，概未有聞焉。實錄云：海嘗有罪，收其公田。藍玉對胡玉云：「你家也是爲事的。」則知海雖死牖下，其實亦伏罪而沒也。是時藍黨未發，其亦以胡黨牽連者與？黃金錄云：當時黨論一興，元功宿將，惴惴焉朝不謀夕。海獨擺脫衆中，一辭莫逮。卒荷寵靈，考終牖下。其亦以得託肺腑之故，幸而免哉？東川三子，長斌以從征死，次玉坐藍黨，次觀尚主卒，其子忠授孝陵指揮。觀之子得不坐藍黨者，或以南康之故。而東川之有罪與其得免，則史既不書，他亦無可考也。

洪武二十五年八月，江夏侯周德興以帷薄不脩伏誅。

王世貞開國功臣表大書于德興之下曰：十八年，坐亂宮死。攷庚午詔書，條列臨川侯胡美罪狀，蓋如世貞所書。而德興則以帷薄不修伏誅，見於國史，未可以美之罪坐之也。豈世貞所見庚午詔書，載在九朝野記者，首尾脫略，不及深考，而誤繫於德興之下耶？或如逆臣錄所載王誠之招，則德興之子驥實犯禁而并坐德興耶？抑國史所記帷薄不脩，蓋亦史官之微詞耶？余於諸招，自臨川侯外，如李善長之二子，及費聚之子越，楊璟之子通、達，德興之子驥，皆削而不載。後之取徵者，考姦黨、逆臣二錄全招，則知之矣。

洪武二十六年二月，涼國公藍玉謀反，與吏部尚書詹徽等俱伏誅。

鄭曉異姓諸侯傳云：藍玉反，獄上，集羣臣廷議。玉強辨，轉展扳染不肯服。詹徽叱玉吐實，無徒株連人。玉大呼曰：徽即吾黨。遂併執徽。按逆臣錄載徽招云：近日上位好生疑我，必是連我也拏下。則玉先伏誅，而徽後始敗露也。鄭曉所記，蓋出稗史，近于戲矣。又史敬德招云：二月初九日，詹尚書對敬德說：「涼國公見拏在衞，你可打聽，如招我，便來報我知道。」此招亦可以徵鄭記之妄。

洪武二十八年二月，宋國公馮勝卒。

按：實錄于宋公之卒，書其日月，又爲立傳。然考國史之例，書卒而以誅死者，王弼是也。書卒且立傳而以誅死者，廖永忠是也。宋公之卒也，國史書其卒，則如潁國、定遠，書其卒而立傳，則又如德慶。然而宋公實以誅死，則國史正用二公之例，不可得而掩也。勝之得罪，不獨以北征之故，如平涼之役，代大將軍總制軍事，不俟朝命，輒自引還，跋扈不臣，罪狀顯著。高帝豈能貰之？二十七年手詔，以家人違令瑣事，頻煩戒諭，至云禍福之來，皆人自致，念卿兄弟相從，開國有功，且連姻親，不忍不爲卿。君臣之際，猜疑切責如此，求其令終，豈不難哉！本傳記北征之事，但云上以此深責之，其有所諱耶？抑亦使人習其讀而問其傳耶？俞本記事錄云：宋國公勝、潁國公友德等爲黨逆事伏誅，家屬悉令自縊，毁其居室而焚之。非俞本之錄大書特書，則宋、潁被誅之事，遂不可考矣。涼國之誅在洪武二十六年，而宋、潁相繼伏誅，俞本云爲黨逆事，其爲藍玉之黨可知也。宋、潁誅而開國之元功盡矣。豐、沛舊臣，如晨星之僅存者，惟長興、武定耳。嗚呼！微孝廟之繼絶，則開平之苗裔，尚夷愍隸；微世廟之議禮，則青田之帷幄，孰與享烝？又況葅醢隕身，參夷湛族者乎？史家疏繆，不稽本末，昧丹書之慘酷，悼信誓之凌夷，斯則文獻無徵，可爲嘆息者矣。

又按黄金開國功臣錄，凡功臣賜死與伏誅者，皆諱而書卒，李善長、陸仲亨之類是也。鄭曉大事記及列傳，别起一例，於李善長、傅友德之類，皆書曰暴卒，惟藍玉書伏誅。以暴卒别于伏誅，所以别諸公于玉也，曉之微指也。攷之實錄，則義例尤錯互不一。有直書自經及賜死者，善長、亨之類是也；有直書其事而曰伏誅者，藍玉、周德興之類是也；有于卒之年月立傳，且書其賻恤而實以誅死者，廖永忠也；有於卒之年月立傳，而不載賻恤者，馮勝也；有卒之年月但書曰卒，而别立傳於封爵之年月者，傅友德也；有止書其卒，而封爵之年月幷不立傳者，王弼也；有其人以誅死而沒其事，并不記其所終者，胡美、黄彬之類也；有不記其所終，而略舉其事，或在奉朝請之下，或在封爵之下者，陸聚、孫恪之類是也。國史大書特書，發凡起例，在諸公必信而有徵，立乎定、哀以指隱、桓，將使誰正之哉？夫班、馬傳漢，不沒韓、彭之嬰僇；歐、宋書唐，必著文靜之撫膺。山河之誓未乾，麒麟之圖安在？逝者不作，來者難誣。安用出入多端，掩沉魂于青史；推敲隻字，寄隱獄于丹書也哉？愚不能深知國史之微詞，亦不敢妄效諸公之别例，傳疑傳信，良懼厚誣前人；知我罪我，庶幾俟諸百世云爾。

初學集卷一百六

讀杜小箋上

歸田多暇，時誦杜詩，以銷永日。間有一得，輒舉示程孟陽。孟陽曰：「杜千家注繆僞可恨，子何不是正之以遺學者？」予曰：「注詩之難，陸放翁言之詳矣。放翁尚不敢注蘇，予敢注杜哉？」相與歎息而止。今年夏，德州盧戶部德水刻杜詩胥鈔，屬陳司業無盟寄予，俾爲其敍。予既不敢注杜矣，其又敢敍杜哉？予嘗妄謂自宋以來，學杜詩者莫不善於黃魯直，評杜詩者，莫不善於劉辰翁。魯直之學杜也，不知杜之眞脈絡，所謂前輩飛騰，餘波綺麗者，而擬議其橫空排奡，奇句硬語，以爲得杜衣鉢，此所謂旁門小徑也。辰翁之評杜也，不識杜之大家數，所謂鋪陳終始，排比聲韻者，而點綴其尖新儁冷，單詞隻字，以爲得杜骨髓，此所謂一知半解也。弘、正之學杜者，生吞活剝，以尋撦爲家當，此魯直之隔日瘧也，其黠者又反脣於西江矣。近日之評杜者，鉤深抉異，以鬼窟爲活計，此辰翁之牙後慧也，其橫者拼集矢於杜陵矣。嗚呼！大雅之不作久矣。德水北方之學者，奮起而昌杜氏之業，其殆將箴宋、元之膏肓，起今人之廢疾，使三千年以後，渙然復見古人之總萃乎？苫次幽憂，寒窗抱影，紬繹腹笥，漫錄若干則，題曰讀杜詩寄盧小箋，明其因德水而興起也。

曰小箋，不賢者識其小也。寄之以就正于盧，且道所以不敢當序之意。癸酉臘日虞鄉老民錢謙益上。

遊龍門奉先寺

天闕象緯逼，雲臥衣裳冷。

蔡條西清詩話：黄魯直校本云：王荊公言天闕當作天閲，對雲臥爲親切。予讀韋述東都記，龍門號雙闕，以與大內對峙，若天闕焉。此遊龍門詩也，用闕字何疑？程大昌演繁露亦引水經以證之。予按韋應物龍門遊眺詩：鑿山導伊流，中斷若天闕。又云：南山鬱相對。此杜詩注脚也。荊公妄改，殊不足信。

冬日雒城北謁玄元皇帝廟廟有吳道子畫五聖圖

配極玄都閟，憑高禁籞長。守祧嚴具禮，掌節鎮非常。碧瓦初寒外，金莖一氣旁。山河扶繡戶，日月近雕梁。僊李盤根大，猗蘭奕葉光。世家遺舊史，道德付今王。畫手看前輩，吳生遠擅場。森羅移地軸，妙絕動宮牆。五聖聯龍袞，千官列雁行。冕旒俱秀發，旌旆各飛揚。翠柏深留景，紅梨迥得霜。風筝調玉柱，露井凍銀牀。身退卑周室，經傳拱漢皇。

谷神如不死，養拙更何鄉？

唐自高祖追崇老子爲祖，天寶中，見像降符，不一而足，人主崇信之極矣。此詩直記其事以諷諫也。配極四句，言玄元廟用宗廟之禮爲不經也。碧瓦四句，譏其宮殿壯麗踰制爲非禮也。世家遺舊史，謂開元中奉勑升老子、莊子爲列傳之首，序伯夷上。然太史公不列于世家，終不能改易舊史，蓋微詞也。道德付今王，謂玄宗親注道德經及置崇玄學，然未必知道德之意，亦微詞也。畫手以下八句，記吳生畫圖也。世代之寥廓如彼，畫圖之親切若此。冕旒旌旆，眩曜耳目，不亦近於兒戲乎？翠柏四句，敍冬日之景也。身退以下四句，始略見大意。以謂老子五千言，其要在清淨無爲，理國立身，是故身退則周衰，經傳則漢盛，卽令不死，亦當藏名養拙，豈肯憑人降形，爲妖爲神，以博人主之崇奉乎？此詩雖極意諷諫，而鋪張盛麗，語意渾然，所謂言之無罪，聞之足戒者也。

投贈哥舒開府

受命邊沙遠，歸來御席同。　軒墀曾寵鶴，畋獵舊非熊。

哥舒翰與安祿山、思順並爲節度使，祿山在范陽，思順與翰分控河隴，故曰受命邊沙遠也。翰素與二人不協，天寶十一載並來朝，玄宗使高力士於城東崔駙馬池亭讌會，賜熱洛河以和解之，故曰歸來御席同也。寵鶴非熊，卽御席之人，分別言之。言祿山、思順，軒墀之鶴耳，豈如翰爲畋獵之非熊乎？以衛懿公託諷玄宗，譏其暱于私倖，不能屏祿山、思順而專任翰也。劉辰翁漫評之曰：

此語深媿士大夫。實不知作何解，可爲一笑。

麗人行

本朝楊愼云：古本多「足下何所著，紅蕖羅襪穿鐙銀」二句。偏考宋版並無之。楊氏詩話，往往改竄僞託，以欺後人。流俗多爲所誤，故辨之於此。

送高三十五書記

崆峒小麥熟，且願休王師。請公問主將，焉用窮荒爲？

吐蕃每至麥未熟時，卽率部衆至積石軍穫取之，呼爲吐蕃麥莊。哥舒翰遣將邀擊，匹馬不還。此詩記其事，又戒以勿逢迎人主好武之意，窮兵於石堡、河曲也。高適爲翰掌書記，故曰軍事留孫楚。劉辰翁云：崆峒，猶言一大地也。紕漏至此，稍知兎園册者不爲，而世猶宗之，何也？

上韋左相

霖雨思賢佐，丹青憶舊臣。應圖求駿馬，驚代得麒麟。沙汰江河濁，調和鼎鼐新。韋賢初相漢，范叔已歸秦。

天寶十三載，霖雨六十餘日，天子以宰輔或未稱職，命楊國忠精求端士，故曰霖雨思賢佐，非尋常使霖雨故事也。上以見素經事相王府，有舊恩，可之，故曰丹青憶舊臣。他本作老臣、直臣，皆非也。范叔歸秦，此句託意最爲深遠，蓋見素雖爲國忠引薦，公深望其秉正，去國忠以匡時，故以范叔歸秦諷之。國忠之在唐，猶穰侯以外戚擅秦也。今范叔已歸秦矣，穰侯其可少避乎？蓋詭詞以勸之。見素雖不能用公言，然公之謀國，用意深切如此，千載而下，可以感歎也。舊注以爲喻見素父湊仕隋歸唐。湊以永淳二年釋褐，未嘗仕隋。舊注紕繆，多此類也。

同諸公登慈恩寺塔

高標跨蒼天，烈風無時休。自非曠士懷，登茲翻百憂。方知象教力，足可追冥搜。仰穿龍蛇窟，始出枝撑幽。七星在北戶，河漢聲西流。羲和鞭白日，少昊行淸秋。秦山忽破碎，涇渭不可求。俯視但一氣，焉能辨皇州？迴首叫虞舜，蒼梧雲正愁。惜哉瑤池飲，日晏崑崙丘。黃鵠去不息，哀鳴何所投？君看隨陽鴈，各有稻粱謀。

三山老人曰：此詩譏天寶時事也。秦山忽破碎，喻人君失道也；涇渭不可求云云，言淸濁不分，而天下無紀綱文章也；虞舜蒼梧，思古之聖君而不可得也；瑤池日晏，言明皇方耽於淫樂而未已也；賢人君子，多去朝廷，故以黃鵠哀鳴比之，小人貪祿戀位，故以陽鴈稻粱刺之也。按：

此詩首言高標烈風，登茲百憂，登高視下，岌岌乎有漂搖崩折之恐，正起興也。涇、渭不可求，長安不可辨，所以廻首而思叫虞舜。蒼梧雲正愁，猶太白云長安不見使人愁也。唐人多以王母喻貴妃，瑶池日晏，言天下將亂，而宴樂之不可以爲常也。宋人詩說多支離可笑，三山老人論此詩殊近理，故取之。程孟陽曰：玄宗遊宴，貴妃皆從幸。蒼梧雲正愁，闇指二妃之事也，故以瑶池日晏惜之。

白絲行

繰絲須長不須白，越羅蜀錦金粟尺。象牀玉手亂殷紅，萬草千花動凝碧。已悲素質隨時染，裂下鳴機色相射。美人細意熨帖平，裁縫滅盡鍼線跡。春天衣著爲君舞，蛺蝶飛來黃鸝語。落絮遊絲亦有情，隨風照日宜輕舉。香汗輕塵污顏色，開新合故置何許？君不見才一作志士汲引難，恐懼棄捐忍羇旅。

傅咸集曰：河南郭泰機，寒素後門之士，不知余無能爲益，以詩見。激切可施用之才，而況沉淪不能自拔于世。余雖心知之，而未如之何。此屈非復文辭所了，故直戲以答其詩云。郭詩曰：皦皦白素絲，織爲寒女衣。寒女雖巧妙，不得秉杼機。天寒知運速，況復鴈南飛。衣工秉刀尺，棄我忽若遺。人不取諸身，世士焉所希？況復已朝餐，曷由知我饑？此詩用泰機之言而反之。泰機以白絲寒女自喻，而致憾於衣工之棄我，以冀咸之相薦。此詩謂白絲素質，不自貴重，而隨時染裂春天衣著，隨風輕舉，亦可謂妙于趨時者矣。然而有香汗輕塵之汚，有開新合故之置，向之汲汲求進，徒自點耳。所以才人志士，深思汲引之難，恐懼棄捐，而忍于羈旅也。此詩全用選詩，而屬意尤爲深婉，故曰熟精文選理。豈欺我哉！

哀王孫

高帝子孫盡隆準，龍種自與常人殊。豺狼在邑龍在野，王孫善保千金軀。

玄宗淩晨自延秋門出，親王已下多追之不及，故曰骨肉不待同馳驅也。王孫不肯道姓名，但乞爲奴，困苦若此，且竄逃荆棘，身無完膚，形容變盡，幾不可辨識矣。然隆準之子孫，千人亦見，其能免於逆胡之物色乎？故曰龍種自與常人殊，王孫善保千金軀，危之也，亦戒之也。祿山使孫孝哲殺霍國長公主及王妃駙馬等，刳其心以祭慶宗，又殺皇孫及郡縣主二十餘人。王侯將相扈從入蜀者，子孫兄弟，雖嬰孩皆不免刑戮。當時降逆之臣，必有爲賊耳目，搜捕王孫妃主以獻奉者。如張均者不難爲賊毁阿奴三哥家事，又何有於王孫？故曰愼勿出口他人狙，又曰哀哉王孫愼勿疎，蓋囑其愼防此輩，不獨如孫孝哲爲賊寵任者也。有宋靖康之難，羣臣爲金人搜索，趙氏宗室，遂無遺種。逆臣媢子，千載如一轍，讀此詩可爲流涕。

哀江頭

明眸皓齒今何在？血汚遊魂歸不得。清渭東流劍閣深，去住彼此無消息。人生有情淚沾臆，江水江花豈終極！黄昏胡騎塵滿城，欲往城南忘城北。

此詩與哀於馬嵬之事，專爲貴妃而作也。蘇黄門曰：哀江頭，即長恨歌也。斯言當矣。清渭、劍閣，寓意於上皇、貴妃也。玄宗之幸蜀也，出延秋門，過便橋渡渭，自咸陽望馬嵬而西，則清渭以西，劍閣以東，豈非蛾眉宛轉血汚遊魂之地乎？故曰去住彼此無消息。行宫對月，夜雨聞鈴，寂寞傷心，一言盡之矣。人生有情淚霑臆，江水江花豈終極，即所謂天長地久有時盡，此恨綿綿無絶期也。宋人謂一秦一蜀，託諷玄、肅父子之間。非也。黄昏胡騎塵滿城，欲往城南忘城北。與哀無情之地，沉吟感歎，瞀亂迷惑，雖胡塵滿地，至不知城之南北，此所謂有情癡也。陸放翁但以避死惶惑爲言，殆亦淺矣。

塞蘆子

五城何迢迢，迢迢隔河水。邊兵盡東征，城内空荆杞。思明割懷衞，秀巖西未已。廻略大荒來，崤函蓋虚爾。延州秦北户，關防猶可倚。焉得一萬人，疾驅塞蘆子？岐有薛大夫，旁制山賊起。近聞昆戎徒，爲退三百里。蘆關扼兩寇，深意實在此。誰能叫帝閽？胡行速如鬼。

是時賊據長安，史思明、高秀巖重兵趨太原，崤、函空虛。公以爲得延州精兵萬人，塞蘆關而入，直擣長安，可以立奏收復之功也。首言五城荆杞，惜其單虛，無兵可用也。思明自博陵寇太原，舍河北而西，故曰割懷、衛。秀巖自大同與思明合兵，故曰西未已。兩寇欲取太原，長驅朔方、河隴，而長安西門之外，皆爲敵壘，故曰廻略大荒來，崤、函蓋虛爾也。疾驅塞蘆子，言塞蘆子而疾驅長安，非壅塞之塞也。薛景僊守扶風，關輔嚮應。取道扶風，與景僊合力，則收復尤易也。寇方從事於西，而我出奇蘆關以擣其虛，故曰蘆關扼兩寇。此公之深意也。兵貴神速，不可使寇知而備之，故曰誰能叫帝閽？胡行疾如鬼也。王深父以爲不當撤西備而爭利於東，宋人又有謂塞蘆子以拒吐蕃者，荆公極推深父，不應無識至此。

晚行口號

遠媿梁江總，還家尚黑頭。

江總十八解褐，年少有名。侯景之亂，崎嶇累年，至會稽郡，曰梁江總，以總在梁遇亂，尚少年也。劉辰翁云：著一梁字，見其自梁入陳，又自陳入隋，歸尚黑頭也。強作解事，可笑。不知總入隋年七十餘矣。劉之不學如此。總後有自梁南還尋草宅詩云：紅顔辭鞏雒，白首入轘轅。其非黑頭可知矣。

北征

微爾人盡非，於今國猶活。

許彥周云：禍亂既作，惟賞罰當則再振，否則不可文矣。玄禮首議誅國忠、太眞，無此舉，雖有李、郭，不能奏興復之功，故以活國許之。予謂微爾人盡非，猶云微管仲吾其被髮左衽也，其推許之至矣。

行次昭陵

舊俗疲庸主，羣雄問獨夫。讖歸龍鳳質，威定虎狼都。天屬尊堯典，神功協禹謨。風雲隨絕足，日月繼高衢。文物多師古，朝廷半老儒。直詞寧戮辱？賢路不崎嶇。往者災猶降，蒼生喘未蘇。指麾安率土，盪滌撫洪鑪。壯士悲陵邑，幽人拜鼎湖。玉衣晨自舉，石一作鐵馬汗常趨。松柏瞻虛殿，塵沙立暝途。寂寥開國日，流恨滿山隅。

此詩，草堂詩箋敍於北征之後，蓋肅宗收京後作也。往者災猶降，言安、史之亂，乃隋末之災，再降於今日也。指麾盪滌，序收復之功也。石馬汗常趨，潼關之戰，昭陵奏是日石人馬皆流汗，事見安祿山事蹟。李義山復京詩：天教李令心如日，可要昭陵石馬來？韋莊再幸梁洋詩：興慶玉龍寒自躍，昭陵石馬夜空嘶。皆記此事也。黄鶴敍于天寶五年，今人多仍其謬，故正之。

洗兵馬

已喜皇威清海岱，嘗思仙仗過崆峒。

雍錄：崆峒山在原州高平縣，即笄頭山，涇水之所發源也。肅宗自靈武起兵，而杜詩云云者。元和志：隴山在隴州之北，即靈州。靈州即靈武也。肅宗即位靈武，南回自原州入，即崆峒在回鑾之地矣。

青春復隨冠冕入，紫禁正耐烟花繞。鶴駕通宵鳳輦備，雞鳴問寢龍樓曉。

肅宗即位後下制曰：復宗廟於函、雒，迎上皇于巴、蜀。道鑾輿而反正，朝寢門而問安。朕願畢矣。上皇至自蜀，即日幸興慶宮，肅宗請歸東宮，不許。已而聽李輔國譏間，遂有移仗之事。其端已見於此。此詩蓋援據寢門問安之詔，引太子東朝之禮以諷諭也。鶴駕龍樓，不欲其成乎爲君也，其詞嚴矣。湖州有顏魯公放生池碑載其上肅宗表云：一日三朝，大明天子之孝；問安侍膳，不改家人之禮。東坡云：魯公知肅宗有媿于是，故以此諫也。

攀龍附鳳勢莫當，天下盡化爲侯王。汝等豈知蒙帝力，時來不得誇身強。關中既留蕭丞相，幕下復用張子房。

攀龍附鳳，指靈武勸進之人。靈武之事，公心所不與。是時方加封蜀郡、靈武元從功臣，肅宗之意獨厚于靈武，故婉詞以譏之。豈知蒙帝力，不得誇身強，卽介子推所謂二三子貪天功以爲己力也。郭湜高力士傳云：輔國趨馳末品，小了纖人，一承攀附之恩，致位雲霄之上，欲令猜阻，更樹勳庸。移仗之端，莫不由此。與公詩意正相脗合。關中既留蕭丞相，謂房琯也。琯自蜀奉册，留相肅宗，故曰既留也。張子房謂張鎬也。時鎬方代琯爲相，故曰復用。琯與鎬皆玄宗舊臣，遣赴行在，肅宗用之而不終者也。蕭丞相或以謂指杜鴻漸，據新書「卿乃我蕭何」之語，失之遠矣。

初學集卷一百七

讀杜小箋中

晚出左掖

退朝花底散，歸院柳邊迷。

雍錄：宣政殿下有東西兩省，别有中書、門下外省，又在承天門外，兩省官亦分左右，各爲廨舍。杜詩：退朝花底散，歸院柳邊迷。其曰散，曰歸，分班而出，東西各歸其廨也。

紫宸殿退朝口號

宮中每出歸東省，會送夔龍集鳳池。

雍錄：政事堂在東省，屬門下。自中宗後，徙堂於中書省，則堂在右省也。杜甫爲左拾遺，作紫宸殿退朝詩云云。鳳池者，中書也。左省官方自宮中退朝而出，則歸東省者，以本省言也。已又送夔龍於鳳池，殆左省官集政事堂白六押事邪？杜之爲左拾遺在中宗後，則政事堂已在中書矣。故歸東省而集於西省者，就政事堂見宰相也。岑參爲右補闕，故杜答參詩曰：窈窕清禁闥，罷朝歸不同。言分東西班，各退歸本省也。又云：君隨丞相後，我往日華東。丞相罷朝，繇月華門出，而入中書，凡西省官，亦隨丞相出西也。左省官仍自東出，故曰我往日華東也。我往，諸本皆作住。當以雍錄爲是。

曲江對酒

龍武新軍深一作經駐輦，芙蓉別殿謾焚香。何時詔此金錢會？暫醉佳人錦瑟旁。

此亦懷玄宗南内之詩也。玄宗用萬騎軍以平韋氏，改爲龍武軍，親近宿衛。今深居南内，無復昔日駐輦遊幸矣。興慶宮南樓下臨通衢，時置酒眺望。然欲繇夾城以達曲江、芙蓉苑，不可得矣。曰深駐輦，謾焚香，則其深宮寂寞可想見矣。金錢之會，無復開元之盛，雖對酒感歎，意亦在上皇也。程大昌以謂龍武軍中官主之，最爲親暱，初時擬幸芙蓉，後遂留駐龍武，蓋有譏也。予以爲不然。

至德二年甫自京金光門出間道歸鳳翔乾元初從左拾遺移華州掾與親故別因出此門有悲往事

此道昔歸順，西郊胡正繁。至今殘破膽，應有未招魂。近侍歸京邑，移官豈至尊？無才日衰老，駐馬望千門。

公自拔賊中，間關九死，得達行在。近侍未幾，移官遠出。此詩蓋深歎肅宗之少恩也。題云自金光門出，又云因出此門，此詩之題卽序，亦卽詩也。招魂曰：「魂兮歸來，入修門些！」經年之後，再出國門，痛定思痛，猶有未招之魂。比招魂之言，尤可傷矣。移官豈至尊，猶云豈至尊乎？蓋不忍斥言之也。駐馬望千門，正古人去不忘君之義。公之移官，以上疏救房琯也。琯素負重名，馳驅奉册，致位宰相。肅宗以其爲玄宗建議制置天下支庶，悉領大藩，心忌而惡之。乾元元年六月，下詔貶琯，并及劉秩、嚴武等，以琯黨故也。舊書云：琯罷相，甫上言琯不宜罷。肅宗怒，貶琯爲刺史，出甫爲華州司功參軍。按杜集有至德二載六月有奉謝口勅放三司推問狀，蓋琯以是時罷相，公論救，詔三司推問。以張鎬救，勑放就列。至次年六月，復與琯俱貶也。然而詔書不及者，以官卑耳。鎬代琯相，亦以是時罷。鎬亦蜀郡舊臣，坐琯黨也。公詩於琯、鎬及武，深所推服，而代、肅間論時事，則始終以封建爲得策，蓋公與琯同心若此。然吾觀賀蘭進明之譖琯曰：「琯昨於南朝爲聖皇制置天下。」又曰：「於聖皇爲忠，於陛下非忠也。」肅宗惡琯，盡出其黨，下詔表暴其罪。蓋忠於聖皇之語，有以深中其心也。移仗之事，其端已見於此。李輔國特探其邪心而成之耳。公與琯之貶謫，關係玄、肅父子間事。此其事君交友，生平出處之大端，故表而出之。作年譜者，至謂公不知論何事而出，其陋甚矣。

寄張十二山人彪

時來故舊少，亂後別離頻。世祖修高廟，文公賞從臣。商山猶入楚，渭水不離秦。存想青龍秘，騎行白鹿馴。耕巖非谷口，結草卽河濱。

至德二載，蜀郡、靈武元從功臣，皆加封爵。次年四月，九廟成，備法駕自長安迎神主入新廟，故曰：世祖修高廟，文公賞從臣。借漢、晉以爲喻，而宗廟之焚毁，闕廷之匡復，皆盡於十字之中矣。敍事簡妙若此，眞攢簇五行手也。商山、渭水，不出秦、楚疆域，喻西都喪亂，而山人仍隱於嵩陽也。當天地飜覆之時，耕巖結草，想青龍而騎白鹿，静者之妙如此。此數句隱顯映帶，其妙處未易名言，亦可以悟作長律之法。肅宗賞功，獨厚於靈武從臣，故曰文公賞從臣。引介子推之事以譏之也。傳曰：定、哀多微詞。公於玄、肅之際，其多微詞如此。

天末懷李白

文章憎命達，魑魅喜人過。

魑魅喜人過，喜其來而擇人以食也。卽招魂之意。

送遠

帶甲滿天地，胡爲君遠行？親朋盡一哭，鞍馬去孤城。草木歲月晚，關河霜雪淸。別離已昨日，因見古人情。

亡友顧雲鴻朗仲曰：親朋一哭，鞍馬孤城，送遠之事盡矣。歸而思之，草木之歲月如彼，關河之霜雪如此，別離之況，倏已昨日。因以見古人之情，莫深於送別，良有以也。朗仲，恨人也，故其言如此。

觀兵

北庭送壯士，貔虎數尤多。精鋭舊無敵，邊隅今若何？妖氛擁白馬，元帥待彤戈。莫守鄴城下，斬鯨遼海波。

乾元元年，郭子儀領九節度圍安慶緒於相州。明年，史思明引衆來救，官軍敗而解去。先是李光弼請與朔方兵同逼魏城，則鄴城必拔，魚朝恩不可而止。而汾陽與光弼謀議不同，遂列大陣於城南十里。此詩謂官軍當直擣幽、燕，破思明之巢穴，不當堅守城下以老師也。時汾陽與光弼不協，故敗。光弼蓋出公策，而汾陽亦千慮之失也。公豈徒詩人也哉？

散愁

百萬傳深入，寰區望匪他。司徒下燕趙，收取舊山河。

此詩作於上元元年光弼勝賊河陽之後，所謂司徒下燕、趙者，蓋喜而望之，非實事也。舊注失之。

漫興

恰似春風相欺得，夜來吹折數枝花。

老學菴筆記：相字從入聲讀。白樂天用相字，多從俗語，作思必切，如爲問長安月，如何不相離是也。北人大抵以相字作入聲，至今猶然。

戲爲六絶句

縱使盧王操翰墨，劣於漢魏近風騷。龍文虎脊皆君馭，歷塊過都見爾曹。

盧、王之文體，雖劣於漢、魏，而其源流實出於風、騷，此所以不廢江河萬古流也。劣於漢、魏近風、騷，別裁僞體親風雅，公於此點出金剛眼睛矣。

才力應難誇數公，凡今誰是出羣雄？或看翡翠蘭苕上，未掣鯨魚碧海中。

元裕之詩云：鄴下風流在晉多，壯懷猶見唾壺歌。風雲若恨張華少，溫李新聲奈爾何！又云：有情芍藥含春淚，無力薔薇臥晚枝。拈出退之山石句，始知渠是女郎詩。

未及前賢更勿疑，遞相祖述復先誰？別裁僞體親風雅，轉益多師是汝師。

別，分別也。裁者，裁而去之也。別裁僞體，以親風、雅，文章流別，可謂區明矣。又必轉益多師，遞相祖述，無效嗤點輕薄之流，而甘於未及前賢也。裕之詩云，論詩寧下涪翁拜？未作江西社裏人。又云：傳語閉門陳正字，可憐無補費精神。別裁之道，思過半矣。

入奏行贈西山檢察使竇侍御

竇侍御，驥之子，鳳之雛。年未三十忠義俱，骨鯁絕代無。炯如一段清冰出萬壑，置在迎風寒露之玉壺。蔗漿歸廚金盌凍，洗滌煩熱足以寧君軀。政用疎通合典則，戚聯豪貴耽文儒。兵革未息人未蘇，天子亦念西南隅。吐蕃憑陵氣頗麤，竇氏檢察應時須。運糧繩橋壯士喜，斬木火井窮猿呼。八州刺史思一戰，三城守邊却可圖。此行入奏計未小，密奉聖旨恩宜殊。繡衣春當霄漢立，綵服日向庭闈趨。省郎京尹必俯拾，江花未落還成都，肯訪浣花老翁無？爲君酤酒滿眼酤，與奴白飯馬青芻。

高適傳：劍南自玄宗還京後，於綿、益二州各置一節度使，百姓勞弊。適因出西山三城置戍論之請，罷東川節度，以一劍南，西山不急之城，稍以減削。疏奏不納。公爲閬州王使君進論巴蜀安危表，亦請罷東川兵馬，悉付西川，與適議合。而是時適在成都，與公往來草堂，則適罷東川捐三城之奏，必與公諮議而後行也。此詩云：此行入奏計未小，密奉聖旨恩宜殊。蓋適以此疏託侍御入奏，故題曰入奏行也。兵革未息以下，檃括入奏之語。江花未落以下，望其奉聖旨以蘇蜀民，相與酤酒相賀，白飯青芻下及奴馬，宴喜之至也。浣花老翁，參預國家大計，關心如此，良可感矣。

漁　陽

漁陽突騎猶精銳，赫赫雍王都節制。猛將飄然恐後時，本朝不入非高計。祿山北築雄武城，舊防敗走歸其營。繫書請問燕耆舊，今日何須十萬兵？

趙傁曰：公初聞雍王統兵，作此詩以諷河北諸將，謂飄然而來，猶恐後時，乃擁兵不入本朝，豈高計乎？故又舉祿山往事以戒之。舊注以後事傅會，非公本意也。

有感五首

幽薊餘蛇豕，乾坤尙虎狼。諸侯春不貢，使者日相望。愼勿吞青海，無勞問越裳。大君先息戰，歸馬華山陽。

是時史朝義下諸降將奄有幽、魏之地，封王節鎮，驕恣不貢。代宗懦弱，不能致討。此詩云：慎勿吞青海，無勞問越裳。安有節鎮之近，不修職貢，而顧能從事遠略者乎？蓋歎之也。息戰、歸馬，謂其不復能用兵，而婉詞以譏之也。李翺云：唐子孫不能以天下取河北。正此意也。舊注以謂戒人主不當生事夷狄，眞癡人說夢耳。

雒下舟車入，天中貢賦均。日聞紅粟腐，寒待翠華春。莫取金湯固，長令宇宙新。不過行儉德，盜賊本王臣。

自吐蕃入寇，車駕東幸，天下皆咎程元振。又以子儀新立功，不欲天子還京，勸帝且都洛陽，以避蕃寇。代宗然之。子儀因兵部侍郎張重光宣慰廻，附章論奏。代宗省表垂泣，亟還京師。其略曰：東周之地，久陷賊中。宮室焚燒，十不存一。矧其土地狹阨，纔數百里間，東有成皋，南有二室，險不足恃，適爲戰場。明明天子，躬儉節用，苟能黜素餐之吏，去冗食之官，抑豎刁、易牙之權，任蘧瑗、史鰌之直，則黎元自理，寇盜自平。中興之功，旬月可冀。公詩云：莫取金湯固，長令宇宙新。不過行儉德，盜賊本王臣。正櫽括汾陽論奏大意。

丹桂風霜急，青梧日夜彫。由來強幹地，未有不臣朝。受鉞親賢往，卑宮制詔遙。終依古封建，豈獨聽簫韶。

初，房琯建分鎮討賊之議。詔曰：「令元子北略朔方，命諸王分守重鎮。」詔下，遠近相慶，咸思效忠於興復。祿山撫膺曰：「吾不得天下矣。」肅宗卽位，惡琯貶之。用其諸子統師，然皆不出京師，遥制而已。廣德初，宗藩削弱，藩鎮不臣。公追歎朝廷不用琯議，失強幹弱支之義，而有事則倉卒以親賢授鉞也。丹桂言王室，青梧喻宗藩也。卑宮制詔，卽天寶十五載七月丁卯制置天下之詔也。謂其分封諸王，如禹之與子，故以卑宮言之。壯遊詩：禹功亦命子。此其證也。落句言不依古封建而欲坐聽簫韶，不可得也。公之冒死救琯，豈獨以交友之故哉？

胡滅人還亂，兵殘將自疑。登壇名絶假，執玉一作報主爾何遲？領郡輒無色，之官皆有詞。願聞哀痛詔，端拱問瘡痍。

李肇國史補：開元已前，有事于外，則命使臣，否則止。自置八節度、十採訪，始有坐而爲使。其後名號益廣，大抵生於置兵，盛於專利，普於銜命。于是爲使則重，爲官則輕。故天寶末，佩印有至四十者，大曆中，請俸有至千貫者。宦官內外悉屬之使。舊爲權臣所管，州縣所理，今屬中人者有之。此詩曰：登壇名絶假，謂諸將兼官太多，所謂坐而爲使也。領郡輒無色，州郡皆權臣所管，不能自達，故曰無色也。之官皆有詞，所謂爲使則重，爲官則輕也。送陵州路使君詩云：王室比多難，高官皆武臣，與此詩正相發明。注引東坡語，謂唐郡縣多不得人，由重內輕外者，此天寶以前事，以言乎廣德之時，則迂矣。

送元二適江左

劉會孟本，公自注：元結也。考顏魯公墓碑及次山集，代宗時，以著作郎退居樊上，未嘗至蜀。廣德元年，授道州刺史，未嘗適江左。次山春陵行及廣德二年道州謝上表，時月皆可據。所謂元二者，必非結也。宋刻善本，亦無此六字。

閬州別房太尉墓

對棋陪謝傅，把劍覓徐君。

琯爲宰相，聽董庭蘭彈琴，以招物議。此詩以謝傅圍棋爲比。圍棋無損於謝傅，則聽琴何損於太尉乎？語出回護，而不失大體，可謂微婉矣。劉禹錫和李德裕房公舊竹亭詩：尚有松間露，永無棋下塵。

太子張舍人遺織成褥段

客從西北來，遺我翠織成。開緘風濤涌，中有掉尾鯨。逶迤羅水族，瑣細不足名。客云充君褥，承君終譏榮。空堂魑魅走，高枕形神清。領客珍重意，顧我非公卿。留之懼不祥，施之混柴荆。服飾定尊卑，大哉萬古程。今我一賤老，短褐更無營。煌煌珠宮物，寢處禍所嬰。歎息當路子，干戈尚縱横。掌握有權柄，衣馬自肥輕。李鼎死岐陽，實以驕貴盈。來瑱賜自盡，氣豪實阻兵。皆聞黄金多，坐見悔吝生。奈何田舍翁，受此厚貺情？錦鯨卷還客，始覺心和平。振我麤席塵，媿客茹藜羹。

唐國史補：嚴武少以強俊知名，及卒，其母曰：吾知免官婢矣。史稱其累年在蜀，肆志逞欲，恣行猛政。窮極奢靡，賞賜無度。公是時在武幕中，故借此諷諭。明僭服之不祥，數奢淫之召禍，至舉李鼎、來瑱以深戒之。朋友責善之道，可謂至矣。不然，辭一織成之遺，而侈談殺身自盡之禍，不疾而呻，豈詩人之義乎？

初學集卷一百八

讀杜小箋下

諸將五首

漢朝陵墓對南山，胡虜千秋尚入關。昨日玉魚蒙葬地，早時金盌出人間。見愁汗馬西戎逼，曾閃朱旗北斗殷。多少材官守涇渭？將軍且莫破愁顔。

此言胡虜入犯，陵墓焚毁，非解嚴安枕之日，所以責諸將也。英華辨證曰："漢書有朱旗絳天，此云曾閃朱旗北斗殷，則是因朱旗絳天閃見斗亦赤也。"是殷字何疑。

韓公本意築三城，擬絶天驕拔漢旌。豈謂盡煩回紇馬，翻然遠救朔方兵？胡來不覺潼關隘，龍起猶聞晉水清。獨使至尊憂社稷，諸君何以答昇平？

首章言胡虜入犯之事以責諸將，此又責諸將之反借助於胡也。自回紇助順，收復兩京之後，雍王之討朝義，子儀之敗吐蕃，皆用回紇之力，故曰盡煩回紇馬。僕固懷恩曰："朔方將士爲先帝中興主人，是陛下蒙塵故吏。"故曰遠救朔方也。龍起猶聞晉水清，追歎晉陽起義之時，所謂以一旅取天下也。立意與首章迴別。

雒陽宫殿化爲烽，休道秦關百二重。滄海未全歸禹貢，薊門何處覓堯封？朝廷衮職誰爭補？天下軍儲不自供。稍喜臨邊王相國，肯銷金甲事春農。

此責朝廷之大臣出將者也。兩京殘毁，幽、薊盤踞，衮職未補，軍儲不貢，此乾坤何等時也？而將相大臣，當安危重任，不思何以歸職貢，復封疆，補衮職於朝廷，供軍儲於天下。如王縉者，則不過募耕勸農，修承平有司之故事而已。曰稍喜者，婉詞以致不滿之意，非褒與之詞也。朝廷衮職，思得中興賢佐如仲山甫者，以補衮闕，非尋常諫諍之謂也。

迴首扶桑銅柱標，冥冥氛祲未全銷。越裳翡翠無消息，南海明珠久寂寥。殊錫曾爲大司馬，總戎皆插侍中貂。炎風朔雪天王地，只在忠臣翊聖朝。

此言朝廷不當使中官爲將也。楊思勗討安南、五溪，殘酷好殺，而越裳不貢矣。呂太一收珠廣南，阻兵作亂，而南海不靖矣。以中官拜兵部尚書者，李輔國也，所謂殊錫也。以中官爲觀軍容使者，魚朝恩也，所謂總戎也。炎風朔雪皆天王之地，不精求忠良以翊聖朝，偏用一二中人專將帥之重任，潰僨國事，豈不繆哉？詩之立意如此。而詞意敦厚，不露頭角，眞詩人之風也。

錦江春色逐人來，巫峽清秋萬壑哀。正憶往時嚴僕射，共迎中使望鄉臺。主恩前後三持節，軍令分明數舉杯。西蜀地形天下險，安危須仗出羣材。

卒章言蜀中將帥也。是時崔旰、楊子琳等交亂於蜀，杜鴻漸以姑息爲政，奏以節鎮刺史授之。公以鴻漸治蜀遠遜嚴武，故作此詩。巫峽、錦江言西蜀之地形也。曰正憶，曰往時，感今而指昔也。鴻漸以三川副元帥兼節度，主恩尤重，而軍令之分明，豈得如往時乎？如嚴武者，眞出羣之材，可以當安危之寄，而惜鴻漸之非其人也。然其指近而詞文，非深思之，則但以爲追誦嚴武而已。此公之所以不可及也。

首章責諸將之防胡者，次章責諸將之用胡者，三章刺大臣之出將者，四章戒中官之出將者，末章則身在蜀中而婉刺鎮蜀之將也。故其命題，總曰諸將。公詩凡長篇累章，皆鋪陳排比，首尾照應。觀此可以例知。

殿中楊監見示張旭草書圖

嗚呼東吳精！逸氣感淸識。

李頎贈張顚詩：皓首窮草隸，時稱太湖精。公詩云：嗚呼東吳精。信無一字無出處也。

承聞河北諸道節度入朝歡喜口號絶句

祿山作逆降天誅，更有思明亦已無。洶洶人寰猶不定，時時戰鬭欲何須？社稷蒼生計必安，蠻夷雜種錯相干。周宣漢武今王是，孝子忠臣後代看。

河北諸降將歸順之後，朝廷多故，招聚安、史餘孽，擁兵擅地，互相表裏，朝廷專事姑息不能制。公聞其入朝，喜而作詩。首舉祿山、思明，以立戒也。稱周宣、漢武以聳動之，稱孝子忠臣以勸勉之。題曰歡喜口號，雖曰歡喜，亦惘乎有餘悲矣。

李相將軍擁薊門，白頭惟有赤心存。竟能盡說諸侯入，知有從來天子尊。

光弼懼魚朝恩之害，不敢入朝，人疑其有異志。田神功等諸軍，不受其制，因此不得志，愧恥成疾而薨。公獨以諸將入朝歸功光弼，以白頭赤心許之。八哀詩云：直筆在史臣，將來洗箱篋。此公之直筆也。

十二年來多戰場，天威已息陣堂堂。神靈漢代中興主，功業汾陽異姓王。

末二章詠李、郭二公，使河北諸將知所表儀也。詩之主意章法如此。

本朝弘、正間學杜者，專法此等詩，模擬其槎牙突兀，麤皮老幹，以爲形似；而不知其敦厚雋永，來龍遠而結脈深之若是也。今人懲生吞活剝之病，并此詩與秋興、諸將而嗤點之，如李于鱗所云子美篇什雖衆，隤然自放。則又矮人觀場之見，豈足道哉！

贈李十五丈別

汧公制方隅，迥出諸侯先。封內如太古，時危獨蕭然。淸高金莖露，正直朱絲絃。

汧公，李勉也。史稱勉清廉坦率，好古尚奇，爲宗臣之表。張彦遠云：曾祖魏國公與司徒汧公並佐霍國公關内三年幕府。汧公博古多藝，寄情蓄奇。許詢、逸少，經年共賞山泉；謝傅、戴逵，終日惟論書畫。

鄭典設自施州歸

南謁裴施州，義合無險僻。温温諸侯門，禮亦如古昔。敕厨倍常羞，杯盤頗狼籍。

施州，裴冕也。冕性侈靡，好尚車服及營珍饌。每會賓友，滋味品數，坐客有昧于名者。二詩記汧公、施州事，皆詩史也。

寄韓諫議注

今我不樂思岳陽，身欲奮飛病在牀。美人娟娟隔秋水，濯足洞庭望八荒。鴻飛冥冥日月白，青楓葉赤天雨霜。玉京羣帝集北斗，或騎麒麟翳鳳皇。芙蓉旌旗煙霧落，影動倒景摇瀟湘。星宫之君醉瓊漿，羽人稀少不在傍。似聞昨者赤松子，恐是漢代韓張良。昔隨劉氏定長安，帷幄未改神慘傷。國家成敗吾豈敢，色難腥腐食楓香。周南留滯古所惜，南極老人應壽昌。美人胡爲隔秋水？焉得置之貢玉堂。

孟陽云：此詩疑爲李泌而作。予考之是也。泌從肅宗於靈武，既立大功，而李輔國害其能，因表乞游衡嶽。優詔許之。絕粒怡神數年。代宗即位，號天柱峯中嶽先生。無幾，徵入翰林。此詩云：今我不樂思岳陽。正思泌在衡山也。外傳記泌居衡山，仙人羨門、安期降之，羽車幢節，流雲神光，照灼山谷。玉京羣帝以下，闇記其事也。肅宗猜忌蜀郡功臣，而泌在靈武，乃心上皇，故李輔國因而譖之，非獨害其能也。張子房願棄人間事從赤松子遊，以避呂氏。泌之心跡略相似，故以子房赤松爲比，又曰帷幄未改神慘傷也。肅、代之際，安劉帷幄，比功子房，又欲從赤松子遊者，舍泌其誰？韓以諫議爲職，故公望其薦泌於朝，而貢之玉堂也。舊本韓名注。按：韓休之子汯，上元中爲諫議大夫，風尚高雅，當卽其人。注字或傳寫之誤也。

謁先主廟

如何對搖落？況乃久風塵。孰與關張並？功臨耿鄧親。應天才不小，得士契無鄰。遲莫堪帷幄，飄零且釣緡。向來憂國淚，寂寞灑衣巾。

孰與關、張並，公自許非關、張之流，猶言羞與噲等爲伍也。功臨耿、鄧親，以中興賢佐自命也。謝古詩：吾慕寇、鄧勳，濟時亦良哉！亦此意也。遲莫飄零，徒有應天得士、慘澹風雲之感而已，謁先主之廟而灑淚沾巾，公之自負如此。

秋興

玉露凋傷楓樹林，巫山巫峽氣蕭森。江間波浪兼天涌，塞上風雲接地陰。叢菊兩開一作重他日淚，孤舟一繫故園心。寒衣處處催刀尺，白帝城高急莫砧。

招魂曰：湛湛江水兮上有楓，目極千里兮傷心悲。宋玉以楓樹之茂盛傷心，此以楓樹之凋傷起興也。九日詩云：故里樊川菊，登高素滻源。他時一笑後，今日幾人存？叢菊兩開，指樊川之菊，故云他日淚。繫舟身萬里，伏枕淚雙痕。卽所謂孤舟一繫故園心也。

夔府孤城落日斜，每依南斗望京華。聽猿實下三聲淚，奉使虛隨八月槎。畫省香爐違伏枕，山樓粉堞隱悲笳。請看石上藤蘿月，已映洲前蘆荻花。

孤城落日，悵望京華。曰每依南斗，蓋無夕而不然也。只今石上之月，已映洲前，又是依斗望京之時候矣。請看二字，緊映每字，無限淒斷，見於言外。如云已又過却一日矣，不知何年得歸京華也？

千家山郭靜朝暉，百處一作一日江樓坐翠微。信宿漁人還汎汎，清秋燕子故飛飛。匡衡抗疏功名薄，劉向傳經心事違。同學少年多不賤，五陵衣馬自輕肥。

千家山郭靜朝暉，一靜字，寫盡清秋慘澹之景。百處江樓坐翠微，一何其不自聊也？漁人燕子，卽所見以自傷，亦以自況也。匡衡抗疏功名薄，衡以數上疏陳便宜，不數年至公卿。公抗疏不減匡衡，而遭際不如，故曰功名薄也。九歎序曰：向以博古敏達，典校經書，追念屈原忠信之節，故作九歎。歎者，傷也，息也。向數奏封事不用，而典校五經，非其素志，故曰心事違，亦以自比也。七歌云：長安卿相多少年，富貴應須致身早。此所謂同學者，蓋長安卿相也。曰少年，曰衣馬輕肥，公之目當時卿相如此，其相輕之意，正在言外。孟陽云：公詩：厚祿故人書斷絕。曰自輕肥，亦有望其不相存之意。

聞道長安似弈棋，百年世事不勝悲。王侯第宅皆新主，文武衣冠異昔時。直北關山金鼓振，征西車馬羽書遲。魚龍寂寞秋江冷，故國平居有所思。

左傳：弈者舉棋不定，不勝其耦。曰長安似弈棋，言當國者如弈棋之無定算，故貽禍於百年之遠，而不勝其悲也。辛有曰：不及百年，其爲戎乎？百年世事，用辛有之言也。當年誤國之臣，如林甫、國忠輩，其第宅已更新主矣。自玄宗倚仗蕃將，專制節鎮，而肅宗以中官居重任，文武衣冠，亦異於昔時矣。以致戎虜交侵，海內板蕩，金鼓未息，羽書交馳。惜哉！魚龍寂寞，故國平居，無所短長於世，而徒抱百年世事之悲也。

蓬萊宮闕對南山，承露金莖霄漢間。西望瑤池降王母，東來紫氣滿函關。雲移雉尾開宮扇，日繞龍鱗識聖顏。一臥滄江驚歲晚，幾迴青瑣照一作點朝班。

此記蓬萊宮獻三賦之事也。瑤池二句，記天寶時事，王母指貴妃也。唐人詩以王母喻貴妃，不一而足，以貴妃曾爲太眞宮女道士也。公詩亦曰惜哉瑤池飲，又曰落日留王母也。天寶元年，玄元降形，云有靈寶符在函谷關尹喜宅。上發使求得之，故曰東來紫氣滿函關也。雖記天寶承平遺事，而荒淫失政，亦略見矣。雲移二句，記獻賦時朝儀之盛。曰識聖顔者，公於是日以布衣親見玄宗，所謂往時文彩動人主也。落句方及拾遺移官之事。

瞿唐峽口曲江頭，萬里風煙接素秋。花萼夾城通御氣，芙蓉小苑入邊愁。朱簾繡柱圍黄鵠，錦纜牙檣起白鷗。迴首可憐歌舞地，秦中自古帝王州。

此記祿山陷長安事也。玄宗自秦幸蜀，故有瞿唐、曲江、萬里風煙之句。開元中，廣花萼樓，築夾城至芙蓉園。曰通御氣，曰入邊愁，則歌舞樂遊之地，一切傷殘，而宗廟宮闕，不言可知矣。此序事之妙也。

昆明池水漢時功，武帝旌旗在眼中。織女機絲虚夜月，石鯨鱗甲動秋風。波漂菰米沈雲黑，露冷蓮房墜粉紅。關塞極天唯鳥道，江湖滿地一漁翁。

此借武帝以喻玄宗也。兵車行云：武皇開邊意未已。韋應物云：少事武皇帝。唐人皆然。織女以下四句，模寫昆明池清秋景物，而天寶喪亂玄宗僊遊之後，淒涼黯淡，如在目前。關塞鳥道，眼中之地也。江湖漁翁，眼中之人也。故國舊臣，俯仰上下，情見乎詞矣。

昆吾御宿自逶迤，紫閣峰陰入渼陂。紅豆一作香稻啄殘鸚鵡粒，碧梧棲老鳳凰枝。佳人拾翠春相問，僊侶同舟晚更移。綵筆昔遊一作昔曾干氣象，白頭吟望苦低垂。

此記在長安時遊宴渼陂之事也。僊侶同舟，指岑參兄弟輩也。此公最得意之遊，最得意之詩。蜀中寂寞追思，故有吟望低垂之感。公詩云：氣衝星象表，詩感帝王尊。此云綵筆昔曾干氣象，蓋公與岑參輩遊長安，在天寶獻賦之後，故秋興卒章，更三歎於此也。遊城南記曰：圭峯、紫閣在終南山寺之西。圭峯下有草堂寺，紫閣之陰卽渼陂。故曰紫閣峯陰入渼陂也。

收　京

衣冠却扈從，克復有羣公。

劉辰翁曰：衣冠却扈從，爲還京之喜，與先生之不及扈從而今扈從，道旁觀者之歎，班行回首之悲，盡在一却字中。辰翁評杜，多於虛字著眼，亦小小間架耳，於杜詩實無所解。姑舉此以例之。

初學集卷一百九

讀杜二箋上

讀杜小箋既成，續有所得，取次書之，復得二卷。侯豫瞻自都門歸，攜杜詩胥鈔，已成帙矣。無盟過吳門，則曰：寄盧小箋尚未付郵筒也。德水於杜，別具手眼，余言之戔戔者，未必有當於德水，宜無盟爲我藏拙也。子美和舂陵行序曰：簡知我者，不必寄元。余竊取斯義，題之曰二箋而刻之。甲戌九月，謙益記。

行次昭陵

往者災猶降，蒼生喘未蘇。指麾安率土，盪滌撫洪鑪。

班固東都賦曰：往者王莽作逆，漢祚中缺，天人致誅，六合相滅。於時之亂，生民幾亡，鬼神泯絶，壑無完柩，郛罔遺室。原野厭人之肉，川谷流人之血。秦、項之災，猶不克半。書契以來，未之或紀。故下人號而上訴，上帝懷而降監，乃致命乎聖皇。於是聖皇乃握乾符，闡坤珍，披皇圖，稽帝文。赫然發憤，應若興雲。霆擊昆陽，憑怒雷震。遂超大河，跨北嶽，立號高邑，建都河、雒，紹百王之荒屯，因造化之盪滌。體元立制，繼天而作。系唐統，接漢緒。茂育羣生，恢復疆宇。勳乘乎在昔，事勤乎三五。右班賦序建武革命之事，幾二百言。此詩以二十字檃括無遺詞。古人脱胎換骨之妙，最宜深味，故評著之於此。

兵車行

車轔轔，馬蕭蕭，行人弓箭各在腰。耶孃妻子走相送，塵埃不見咸陽橋。牽衣頓足攔道哭，哭聲直上干雲霄。道傍過者問行人，行人但云點行頻。或從十五北防河，便至四十西營田。去時里正與裹頭，歸來頭白還戍邊。邊庭流血成海水，武皇開邊意未已。君不聞漢家山東二百州，千村萬落生荆杞。縱有健婦把鋤犂，禾生隴畝無東西。況復秦兵耐苦戰，被驅不異犬與雞。長者雖有問，役夫敢申恨。且如今年冬，未休關西卒。縣官急索租，租稅從何出？信知生男惡，反是生女好。生女猶得嫁比隣，生男埋沒隨百草。君不見青海頭，古來白骨無人收。新鬼煩寃舊鬼哭，天陰雨濕聲啾啾。

此爲南詔之師而作也。天寶十載，鮮于仲通討南詔，喪師於瀘南。楊國忠掩其敗狀，反以捷聞。制大募兩京及河南北兵以擊南詔，人莫肯應募。國忠遣御史分道捕人，連枷送詣軍所。于是行者愁怨，父母妻子送之，所在哭聲振野。此詩篇首直敍其事，而設爲征人問答之辭。君不聞以下，言山東二百州，皆以征伐之苦，繹騷至此，不獨南詔一役爲然，故曰役夫敢申恨也。且如以下，言雖爲土著之民，而田廬荒蕪，租税無所從出，亦不免於死亡，不獨征人也。君不見以下，舉青海累年之故事，以明征南之必不返爲可痛也。不言征南之苦，而言山東、關西、隴右，其詞哀苦而不迫如此。一則曰君不聞，一則曰君不見，有詩人呼祈父之意焉。是時國忠方貴盛，未敢斥言之，故雜舉河、隴之事，錯互其詞，若不耑爲南征而發者，此作者之深意也。

洗兵馬

中興諸將收山東，捷書夜報淸晝同。河廣傳聞一葦過，胡危命在破竹中。祇殘鄴城不日得，獨任朔方無限功。京師皆騎汗血馬，回紇餧肉蒲萄宫。已喜皇威淸海岱，常思仙仗過崆峒。三年笛裏關山月，萬國兵前草木風。成王功大心轉小，郭相謀深古來少。司徒淸鑒懸明鏡，尚書氣與秋天杳。二三豪俊爲時出，整頓乾坤濟時了。東走無復憶鱸魚，南飛覺有安巢鳥。青春復隨冠冕入，紫禁正耐煙花遶。鶴駕通宵鳳輦備，雞鳴問寢龍樓曉。攀龍附鳳勢莫當，天下盡化爲侯王。汝等豈知蒙帝力，時來不得誇身强。關中既留蕭丞相，幕下復用張子房。張公一生江海客，身長九尺鬚眉蒼。徵起適遇風雲會，扶顛始知籌策良。青袍白馬更何有？後漢今周喜再昌。寸地尺天皆入貢，奇祥異瑞爭來送。不知何國致白環？復道諸山得銀甕。隱士休歌紫芝曲，詞人解撰河清頌。田家望望惜雨乾，布穀處處催春種。淇上健兒歸莫嬾，城南思婦愁多夢。安得壯士挽天河，淨洗甲兵長不用？

洗兵馬，刺肅宗也。刺其不能盡子道，且不能信任父之賢臣以致太平也。首序中興諸將之功，而卽繼之曰，已喜皇威清海岱，常思仙仗過崆峒。崆峒者，朔方回鑾之地。安不忘危，所謂願君無忘其在莒也。兩京收復，鑾輿反正。紫禁依然，寢門無恙。整頓乾坤，皆二三豪俊之力，於靈武諸人何與？諸人徼天之幸，攀龍附鳳，化爲侯王，又欲開猜阻之隙，建非常之功，豈非所謂貪天功以爲己力者乎？斥之曰汝等，賤而惡之之辭也。當是時，內則張良娣、李輔國，外則崔圓、賀蘭進明輩，皆逢君之惡，忌疾蜀郡元從之臣。而玄宗舊臣，遣赴行在，一時物望最重者，無如房琯、張鎬。琯既以進明之譖罷矣，鎬雖繼相而旋出，亦不能久於其位，故章末諄復言之。青袍白馬以下，言能終用鎬，則扶顛籌策，太平之效，可以坐致，如此望之也，亦憂之也，非尋常頌禱之詞也。張公一生以下，獨詳於張者，琯已罷矣，猶望其專用鎬也。是時李鄴侯亦先去矣，泌亦琯、鎬一流人也。泌之告肅宗也，一則曰陛下家事，必待上皇，一則曰上皇不來矣。泌雖在肅宗左右，實乃心上皇琯之敗，泌力爲營救，肅宗必心疑之。泌之力辭還山，以避禍也。鎬等終用，則泌亦當復出，故曰隱士休歌紫芝曲也。兩京既復，諸將之能事畢矣，故曰整頓乾坤濟時了。收京之後，洗兵馬以致太平，此賢相之任也。而肅宗以讒猜之故，不能信用其父之賢臣，故曰安得壯士挽天河，淨洗甲兵長不用？蓋至是而太平之望益邈矣。嗚呼！傷哉！公以上疏救房琯，自拾遺移官，流落劍外，終身不振。此其一生出處事君交友之大節，而後世罕有知之者。則以房琯之生平爲唐史抹殺，而肅宗之逆狀，隱而未暴故也。史稱琯登相位，奪將權，聚浮薄之徒，敗軍旅之事。又言其高談虛論，招納賓客，因董庭蘭以招納貨賄，若以周行具悉之詔爲金科玉條者。琯以宰相自請討賊，可謂之奪將權乎？劉秩固不足當曳落河，王思禮、嚴武亦可謂浮薄之徒乎？門客受贓，不宜見累，肅宗猶不能非張鎬之言，而史顧以此坐琯乎？請循本而論之。肅宗擅立之後，猜忌其父，因而猜忌其父所遣之臣，而琯其尤也。賀蘭進明之譖琯曰：琯昨於南朝爲聖皇制置天下，於聖皇爲忠，於陛下則非忠。聖皇於陛下何人也？而敢以忠不忠爲言，其仇讎視父之心，進明深知之矣。李輔國之言曰：陳玄禮、高力士謀不利於陛下。六軍將士，盡靈武功臣，皆反仄不安。琯與鎬在朝，何啻十玄禮、百力士，肅宗豈嘗斯須忘之。是故琯之求將兵，知不安其位而以危事自效也。許之將而又使中人監之，不欲其專兵也，又使其進退不得自便也。敗兵之後不卽去，而以琴客之事罷，俾正衙彈劾以穢其名也。罷琯而相鎬，不得已而從人望也。五月相，八月卽出之河南，不欲其久於內也。六月貶琯而五月先罷鎬，汲汲乎惟恐鉏之不盡也。琯敗師而罷，鎬有功而亦罷，意不在乎功罪也。自漢以來，鉤黨之事多矣，未有人主自鉤黨者，未有人主鉤其父之臣以爲黨，而文致罪狀，榜之朝堂，以明欺天下後世者。六月之詔，豈不大異哉！肅宗之事上皇，視漢宣帝之於昌邑，其心內忌，不啻過之。幽居西內，辟穀成疾，與主父之探爵鷇何異？移仗之日，玄宗呼力士曰：微將軍，阿瞞幾爲兵死鬼矣。論至於此，當與商臣、隋廣，同服上刑，許世子止，豈足道哉？唐史有隱於肅宗，歸其獄於輔國。而後世讀史者無異辭。司馬公通鑑乃特書曰：令萬安、咸宜二公主視服膳，四方所獻珍異，先薦上皇。嗚呼！斯豈李輔國所謂匹夫之孝乎？何儒者之易愚也？余讀杜詩，咸雞鳴問寢之語、考信唐史房琯被譖之故，故牽連書之如此。

奉贈太常張卿二十韻

方丈三韓外，崑崙萬國西。建標天地闊，詣絕古今迷。氣得神仙迥，恩承雨露低。相門清議衆，儒術大名齊。軒冕羅天闕，琳琅識介珪。伶官詩必誦，夔樂典猶稽。健筆淩鸚鵡，銛鋒瑩鷿鵜。友于皆挺拔，公望各端倪。通籍踰青瑣，亨衢照紫泥。靈虬傳夕箭，歸馬散霜蹄。能事聞重譯，嘉謨及遠黎。弼諧方一展，班序更何躋？適越空顛躓，游梁竟慘悽。謬知終畫虎，微分是醯雞。萍泛無休日，桃陰想舊蹊。吹噓人所羨，騰躍事仍睽。碧海眞難涉，青雲不可梯。顧深慚鍛鍊，才小辱提攜。檻束哀猿叫，枝驚夜鵲棲。幾時陪羽獵？應指釣璜溪。

方丈、崑崙，指秦皇、漢武也。秦皇之求方丈，漢武之窮崑崙，皆爲天地古今闊絕不可致之事，豈如玄宗使張均取妙寶眞符於寶僊洞往而旋獲乎？均以此取倖於玄宗，故曰：氣得神仙迥，恩承雨露低也。方丈四句，隱然借秦皇、漢武以諷玄宗之求僊，亦諷均不當以求僊得倖也。相門以下，言均之門第如此，遭際如此，聲望如此，豈不可以自致公輔？何事以求僊倖進耶？投贈之詩，託諷深厚如此，其意切則其詞愈婉，此風人之指也。適越以下，自陳其顛躓，又敎均以大臣之道，當爲國求賢，不當以求僊逢迎人主，非徒望之以薦引也。應指釣璜溪，以太公望自況，其自待亦不薄矣。

收　京

生意甘衰白，天涯正寂寥。忽聞哀痛詔，又下聖明朝。羽翼懷商老，文思憶帝堯。叨逢罪己日，霑灑望青霄。

收京之時，上皇在蜀，已諾定行日。肅宗汲汲御丹鳳樓下制，不能少待。李泌有言：後代何以辨陛下靈武卽位之意乎？此詩云：忽聞哀痛詔，又下聖明朝。蓋譏之也。泌每言家事必待上皇，又爲羣臣草表致上皇東歸，能調護兩宮，故以商老許之。肅宗已卽大位，而以商老羽翼爲言，亦元結書太子卽位之義也。玄宗內禪，故以帝堯稱之。肅宗未盡人子之禮，公所不與，故曰憶帝堯，皆微辭也。逢罪己之日，而霑灑青霄，其不諷而規可知矣。公詩言商老不一而足，曰每怪商山老，兼存翊贊功。曰日莫還歌紫芝曲，時危慘淡來悲風。皆指泌也。其大意則於贈韓諫議詩發之。

奉贈王中允

中允聲名久，如今契闊深。共傳收庾信，不比得陳琳。一病緣明主，三年獨此心。窮愁應有作，試誦白頭吟。

庾信哀江南賦曰：大盜移國，金陵瓦解。余乃竄身荒谷，公私塗炭。三日哭於都亭，三年囚於別館。以侯景擬祿山，以子山擬摩詰，可謂切當矣。曹公謂陳琳曰：卿罪狀孤一人足矣，何至上及祖父。當時從逆之臣，必有謗訕朝廷，進獻符命，如玄宗之數張均，所謂與逆賊作權要官，毀阿奴三哥家事者。其視陳琳之於曹公，以敵國相訾謷，罪更不可言矣。維獨痛憤賦詩，聞於行在，故曰不比得陳琳也。維既陽瘖不受僞署，一病三年，肅宗復責授中允，故曰：窮愁應有作，試誦白頭吟。其於鄭虔則曰：可念此翁懷直道，也霑新國用輕刑。皆譏肅宗政刑之失當也。

寄岳州賈司馬六丈巴州嚴八使君兩閣老五十韻

衡嶽啼猿裏，巴州鳥道邊。故人俱不利，謫宦兩悠然。開闢乾坤正，榮枯雨露偏。每覺昇元輔，深期列大賢。秉鈞方咫尺，鎩翮再聯翩。禁掖朋從改，微班性命全。賈筆論孤憤，嚴詩賦幾篇？定知深意苦，莫使衆人傳。貝錦無停織，朱絲有斷絃。浦鷗防碎首，霜鶻不空拳。

嚴武之貶，已見於貶房琯之制。而賈至以中書舍人出守汝州，舊書不載，他皆無可考。此詩云：秉鈞方咫尺，鎩翮再聯翩。知至與公及武，後先貶官也。按十五載八月，玄宗幸普安郡，下詔制置天下，此詔實出至手。此事房琯建議，而至當制。賀蘭之譖已入，至安能一日容於朝廷？琯將貶而至先出守，其坐琯黨明矣。至父子演綸，受知于玄宗。肅宗深忌蜀郡舊臣，其再貶岳州，雖坐小法，亦以此故也。每覺昇元輔，深期列大賢。蓋琯等用事，則必將引用至、武，故其貶也，亦聯翩而去。貝錦以下，雖移官州郡，而以憂讒畏譏相戒，未能一日安枕也。公送至出守詩：西掖梧桐樹。不勝遷謫之感。太白亦云：聖主恩深孝文帝，憐君不遣到長沙。可以互見。

高都護驄馬行

安西都護胡青驄，聲價欻然來向東。此馬臨陣久無敵，與人一心成大功。功成惠養隨所致，飄飄遠自流沙至。雄姿未受伏櫪恩，猛氣猶思戰場利。腕促蹄高如踣鐵，交河幾蹴曾冰裂。五花散作雲滿身，萬里方看汗流血。長安壯兒不敢騎，走過掣電傾城知。青絲絡頭爲君老，何由却出橫門道？

此詩感歎驄馬之失所也。此馬產於青海，轉戰交河，豈自知功成之後，羈紲豢養，收斂其雄姿猛氣，而俛首受伏櫪之恩。縱使聲價歘然，傾城掣電，豈其萬里流血之志乎？青絲絡頭爲君老，何繇却出横門道？横門者，長安走西域之道也。廉頗、馬援據鞍躍馬，與老驥之驤首嘶風，亦何以異？曰爲君老，有感憤之思焉。願終惠養，可以爲感恩，而未可以爲知己也。瘦馬行爲房次律而作。胡青驄，或云爲哥舒翰也。

潼關吏

哀哉潼關吏，百萬化爲魚。請囑防關將，愼勿學哥舒。

初，哥舒翰請堅守潼關，郭子儀、李光弼亦謂潼關大軍唯應固守，不可輕出。玄宗信國忠之言，遣中使趣之，項背相望。翰不得已，撫膺慟哭而出。然則潼關之失守，豈翰之罪哉！潼關之陷，陳濤之再敗，其罪皆在於趣戰者，故曰請囑防關將，愼勿學哥舒。又曰：安得附書與我軍，忍待明年莫倉卒。此可以爲千古用中人監軍之戒。

遣興

府中羅舊尹，沙道尚依然。赫赫蕭京兆，今爲人所憐。

東坡曰：明皇雖誅蕭至忠，然甚懷之。侯君集云：蹉跌至此。至忠亦蹉跌者耶？故子美亦哀之。案：蕭至忠未嘗官京兆尹，不當曰蕭京兆。若以蕭望之比至忠，則望之爲左馮翊，未嘗爲京兆也。天寶八年，京兆尹蕭炅坐贓左遷汝陰太守，史稱其爲林甫所厚，爲國忠誣奏譴逐，則所謂蕭京兆，蓋炅也。炅先代裴耀卿爲轉運使，又拜河西節度使，嘗擊吐蕃於白草。姚汝能安祿山事跡云：蕭炅爲河南尹，以贓下獄。林甫佐之，特與轉太府卿。未幾，拜京兆尹。高力士權移將相，炅親附之。其事亦詳舊書吉溫傳中，所謂赫赫蕭京兆者，亦可想見。唐京兆尹多宰相私人，相與附麗，若炅與鮮于仲通輩皆是。故曰府中羅舊尹，沙道尙依然也。故爲人所羨，今爲人所憐。用漢成帝時童謠，哀之亦刺之也。仲通附國忠，旋亦見逐。此詩雖刺炅，亦以諷仲通也。世所傳志林及詩話等書，多後人假託。此蓋非東坡之言也。

秦州雜詩

東柯好崖谷，不與衆峯羣。落日邀雙鳥，晴天養片雲。野人矜險絶，水竹會平分。採藥吾將老，兒童未遣聞。

晴天養片雲，吳季海本作養，他本皆作卷。晴天無雲，而養片雲於谷中，則崖谷之深峻可知矣。山澤多藏育，山川出雲，皆叶養字之義。養字似新而實穩，所以爲佳。如以尖新之見取之，此一字，却不知增詩家幾丈魔矣。

建都

蒼生未蘇息，胡馬半乾坤。議在雲臺上，誰扶黄屋尊？建都分魏闕，下詔闢荆門。恐失東人望，其如西極存？時危當雪恥，計大豈輕論。雖倚三階正，終愁萬國翻。牽裾恨不死，漏網辱殊恩。永負漢庭哭，遥憐湘水魂。窮冬客江劍，隨事有田園。風斷青蒲節，霜埋翠竹根。衣冠空攘攘，關輔久昏昏。願枉長安日，光輝照北原。

此詩因建南都而追思分鎮之事，終以房琯之議爲是也。牽裾以下，追敍移官之事。蓋公之移官以救琯，而琯之得罪以分鎮，故牽連及之也。是歲七月，上皇移幸西内。九月，置南都於荆州，革南京爲蜀郡。一置一革，汲汲然欲反其父之所爲，非盡爲形勝也。公心痛之而不敢訟言，故曰雖倚三階正，終愁萬國翻。願枉長安日，光輝照北原。定、哀之微詞如此。

登樓

花近高樓傷客心，萬方多難此登臨。錦江春色來天地，玉壘浮雲變古今。北極朝廷終不改，西山寇盗莫相侵。可憐後主還祠廟，日暮聊爲梁父吟。

黄鶴曰：吐蕃陷京師，立廣武王承宏爲帝，郭子儀復京師，乘輿反正，故曰北極朝廷終不改。言吐蕃雖立君，終不能改命也。此說良是。西山寇盜，蓋指吐蕃，若以劍南西山之事言之，而曰朝廷終不改，則迂而無謂矣。可憐後主還祠廟，殆以代宗任用程元振、魚朝恩致蒙塵之禍，而託諷於後主之用黃皓也。日暮聊爲梁父吟，傷時戀主，而自負亦在其中。其興寄微婉，一句而包數義如此。

贈秘書監江夏李公邕

伊昔臨淄亭，酒酣託末契。重敍東都別，朝陰改軒砌。論文到崔蘇，指盡流水逝。近伏盈川雄，未甘特進麗。是非張相國，相扼一危脆。爭名古豈然，關鍵欻不閉。例及吾家詩，曠懷掃氛翳。慷慨嗣眞作，咨嗟玉山桂。鍾律儼高懸，鯨鯢噴迢遰。坡陁靑州血，蕪沒汝陽瘞。哀贈竟蕭條，恩波延揭厲。子孫存如綫，舊客舟凝滯。君臣尚論兵，將帥接燕薊。朗詠六公篇，憂來豁蒙蔽。

自此至篇末，學者多苦其汗漫不屬。吾謂論文以下，論其文也。楊、李、崔、蘇，邕同時文筆之士。邕之論文也，歎崔、蘇之已逝，伏盈川而夷特進，與燕公之論相合。燕公首推盈川，次及崔、李，世皆歎其是非之當。何至於邕，則相扼不少貸？蓋崔、蘇已歿，而邕獨與說爭名，說雖忌刻，亦邕之露才揚己，有以取之。盧藏用所以至戒於干將莫耶也。關鍵欻不閉，用老子道經之言，言邕之不善閉也。例及以下，論其詩也。邕之詩可以接踵吾祖六公之篇，可以追配嗣眞之作，所謂鍾律儼高懸，鯤鯨噴迢遞也。膳部之沒也，李嶠以下請加命，武平一爲表上之。邕既子孫如綫，而已則舊客凝滯，感今思昔，此所以不能自已於哀也。

憶昔

憶昔先王巡朔方，千乘萬騎入咸陽。陰山驕子汗血馬，長驅東胡胡走藏。鄴城反覆不足怪，關中小兒壞紀綱，張后不樂上爲忙。至令今上猶撥亂，勞身焦思補四方。我昔近侍叨奉引，出兵整肅不可當。爲留猛士守未央，致使岐雍防西羌。犬戎直來坐御牀，百官跣足隨天王。願見北地傅介子，老儒不用尙書郎。

憶昔之首章，刺代宗也。肅宗朝之禍亂，皆張后、李輔國爲之。代宗在東朝，已身履其難。少屬亂離，長於軍旅。卽位以來，焦心勞思，禍猶未艾，亦可以少悟矣。乃復信任閹宦，奪子儀之兵柄，以召犬戎之難，此不亦童昏之尤者乎？公不敢斥言，故以憶昔爲詞。其次章則追思開元之全盛，而深歎其不可復見也。

戲題寄上漢中王

魯衞彌尊重，徐陳略喪亡。空餘枚叟在，應念早升堂。

開元十四年，上幸寧王憲宅，與諸王宴，探韻賦詩曰：魯、衞情先重，親賢尙轉多。璵爲憲之子，故曰魯、衞彌尊重。卽用明皇詩語也。劉會孟評此詩：魯、衞對偶然，貴介之盛，賓客之感，其自敍亦在裏許。劉之無知妄論，一至於此。而趙子常猶稱述之，豈不異哉！

諸將

主恩前後三持節，軍令分明數舉杯。

杜鴻漸入成都，以軍政委崔寧，日與僚屬縱酒高會，故曰軍令分明數舉杯。追思嚴武之軍令，實譏鴻漸之日飲不事事，有愧於持節而辜主恩也。八哀詩於嚴武則云：豈無成都酒，憂國只細傾。可以互相證明。

承聞故房相公靈櫬自閬州啓殯歸葬東都有作

一德興王後，孤魂久客間。

房琯相玄宗，建分鎭討賊之議，首定興復之策，故以一德興王許之。琯以賀蘭進明之譖，爲肅宗所惡，幾致伊生嬰僇之禍，故以伊尹比之，寓意於玄、肅父子之間，亦微詞也。

舍弟觀自藍田迎妻子到江陵因寄

庾信羅含皆有宅，春來秋去作誰家？短牆若在從衰草，喬木如存可假花。卜築應同蔣詡徑，爲園須似邵平瓜。比年病酒開涓滴，弟勸兄酬何怨嗟？

庾信、羅含之宅雖在荆州，所謂信美非吾土也。譬諸巢燕，春來秋去，是可以爲家乎？短牆喬木，指秦中之故居也。蔣詡隱杜陵，邵平隱青門，皆公故里之人老於田園者，非泛指尋常隱淪也。弟勸兄酬，言歸秦之樂也。舊注不解，以爲思卜居荆南，踵庾信、羅含之跡，失之遠矣。

折檻行

嗚呼房魏不復見，秦王學士時難羨。青襟胄子困泥塗，白馬將軍若雷電。千載少似朱雲人，至今折檻空嶙峋。婁公不語宋公語，尚憶先皇容直臣。

永泰元年，代宗命裴冕等十三人於集賢殿待制，以備詢問，蓋亦倣貞觀時瀛洲學士之意。獨孤及上疏，以爲雖容其直，而不錄其言，故曰：秦王學士時難羨。嘆集賢待制之臣，不及貞觀之盛時也。次年國子監釋奠，魚朝恩帥六軍諸將聽講，子弟皆服朱紫爲諸生，朝恩遂判國子監事。集賢待制之臣，不能救正，故曰：青衿胄子困泥塗，白馬將軍若雷電。言教化陵夷，而中人子弟得以横行也。當時大臣鉗口飽食，效師德之畏遜，而不能繼宋璟之忠讜，故以折檻爲諷。言集賢諸臣，自無魏、宋輩耳，未可謂朝廷不能容直如先皇也。

戲爲六絶句

庾信文章老更成，淩雲健筆意縱横。今人嗤點流傳賦，不覺前賢畏後生。

楊王盧駱當時體，輕薄爲文哂未休。爾曹身與名俱滅，不廢江河萬古流。

縱使盧王操翰墨，劣於漢魏近風騷。龍文虎脊皆君馭，歷塊過都見爾曹。

才力應難誇數公，凡今誰是出羣雄？或看翡翠蘭苕上，未掣鯨魚碧海中。

不薄今人愛古人，清詞麗句必爲鄰。竊攀屈宋宜方駕，恐與齊梁作後塵。

未及前賢更勿疑，遞相祖述復先誰？别裁僞體親風雅，轉益多師是汝師。

作詩以論文，而題曰戲爲六絶句，蓋寓言以自況也。韓退之之詩曰：李、杜文章在，光焰萬丈長。不知羣兒愚，那用故謗傷？蚍蜉撼大樹，可笑不自量。然則當公之世，羣兒之謗傷者或不少矣，故借庾信四子以發其意。嗤點流傳，輕薄爲文，皆闇指並時之人也。一則曰爾曹，再則曰爾曹，正退之所謂羣兒也。盧、王之文劣於漢、魏，而能江河萬古者，以其近於風、騷也。況其上薄風、騷而又不劣於漢、魏者乎？凡今誰是出羣雄？公所以自命也。蘭苕翡翠，指當時研揣聲病，尋摘章句之徒。鯨魚碧海，則所謂渾涵汪洋，千彙萬狀，兼古人而有之者也。亦退之之所謂横空盤硬，妥帖排奡，垠崖崩豁，乾坤雷硠者也。論至於此，非李、杜誰足以當之？而他人有不憮然自失者乎？不薄今人以下，惜時人之是古非今，不知别裁而正告之也。齊、梁以下，對屈、宋言之，皆今人也。蓋曰：吾豈敢以才力出羣而妄自誇大乎？於古人則愛之，於今人則不敢薄，期於清詞麗句，必與古人爲鄰則可耳。今人目長足短，自謂竊攀屈、宋，而轉作齊、梁之後塵，不亦傷乎！則又正告之曰：今人之未及前賢，無怪其然也。以其遞相祖述，沿流失源，而不知誰爲之先也。騷、雅有眞騷、雅，漢、魏有眞漢、魏。等而下之，至於齊、梁、唐初，靡不有眞面目焉。舍是則皆僞體也。别者，區别之謂；裁者，裁而去之也。果能别裁僞體，則近於風、雅矣。自風、雅以下至於庾信、四子，孰非我師？雖欲爲嗤點輕薄之流，其可得乎？故曰轉益多師是汝師。呼之曰汝，所謂爾曹也。哀其身與名俱滅，諄諄然呼而寤之也。題之曰戲，亦見其通懷商榷，不欲自以爲是，後人知此意者鮮矣。

初學集卷一百十

讀杜二箋下

收京

仙仗離丹極，妖星照玉除。須爲下殿走，不可好樓居。暫屈汾陽駕，聊飛燕將書。依然七廟略，更與萬方初。

此詩蓋深惜玄宗西幸，不意有靈武之事，遂失大柄，而婉詞以傷之也。須爲下殿走，不可好樓居。言玄宗之西巡避難，出於不得已，而非有失國之罪，致其子之代立也。暫屈汾陽駕，言西幸之爲暫出，不應遂窅然喪其天下也。聊飛燕將書，言祿山使哥舒招諸將，而諸將不從，知祿山之無能爲也。依然七廟略，更與萬方初，言玄宗當歸奉七廟，與萬方更始。肅宗乃汲汲御丹鳳樓下制册稱上皇，玄宗自此絶臨御之望矣。故次章有忽聞沾灑之痛焉。

汗馬收宮闕，春城鏟賊壕。賞應歌杕杜，歸及薦櫻桃。雜虜横戈數，功臣甲第高。萬方頻送喜，無乃聖躬勞？

玄宗以至德二載十二月至自蜀郡，公望其復登大位，奉事七廟，而肅宗不循子道，明年親享太廟，玄宗退居興慶宮久矣。故曰歸及薦櫻桃，蓋傷之也。是時加封元從功臣，皆不出於上皇，故曰賞應歌杕杜，亦微詞也。甲第論功，萬方送喜，此收京之盛事，豈知公獨有一人向隅之感乎？楊盈川曰：匈奴未滅，甲第何高？此語於功臣亦有諷也。

詠懷古跡

伯仲之間見伊吕，指麾若定失蕭曹。

張輔樂葛優劣論：孔明包文武之德，文以寧內，武以折衝，殆將與伊、吕爭儔，豈徒樂毅爲伍哉！崔浩與毛循之論曰：亮之相劉備，當九州鼎沸之會，英雄奮發之時，君臣相得，魚水爲喻，而不能與曹氏爭天下，委棄荆州，退入巴、蜀，誘奪劉璋，僞連孫氏，守窮崎嶇之地，僭號邊夷之間，此策之下者，可與趙佗爲偶，而以爲蕭、曹亞匹，不亦過乎？謂壽貶亮，非爲失實。此詩二語，檃括張、崔二氏之論而折衷之，所以伸輔之公言，而抑浩之黨陳壽也。公詩每希風孔明，其託寄遠矣。

自平

自平中官吕太一，收珠南海千餘日。近供生犀翡翠稀，復恐征戍干戈密。蠻溪豪族小動搖，世封刺史非時朝。蓬萊殿前諸主將，才如伏波不得驕。

此詩言唐盛時處置蠻夷之法，而戒中官之生事也。太宗時，溪洞蠻夷來歸順者，皆授以刺史，不以時朝，比於內諸侯，姑務羈縻而已。蠻夷豪族小動搖，言其小小蠢動，朝廷置之不問也。世封刺史非時朝，不責以時朝歲貢之禮也。如此則蠻夷率俾，雖有伏波之將，不得生事於外夷也。蓬萊殿前諸主將，指中官掌禁軍者而言。是時宦官呂太一大掠廣州，以收珠阻亂。諸將詩云：南海明珠久寂寥。亦謂此也。

狂夫

萬里橋西一草堂，百花潭水卽滄浪。

北山移文李善注，引梁簡文帝草堂傳曰：汝南周顒，昔經在蜀，以蜀草堂寺林壑可懷，乃於鍾山雷次宗學館立寺，因名草堂，亦號山茨，所謂草堂之靈也。李德裕益州五長史眞記曰：益州草堂寺列畫前史一十四人。注引成都記云：在府西七里，去浣花亭三里，草堂寺自梁有之，故德裕記又云：精舍甚古，貌像將傾。甫卜居浣花里，近草堂寺，因名草堂。志云：寺枕浣花溪，接杜工部舊居草堂，俗呼爲草堂寺。此大誤也。本傳云：於成都浣花里種竹植樹，結廬枕江。卜居詩：浣花流水水西頭。狂夫詩：萬里橋西一草堂，百花潭水卽滄浪。堂成云：背郭堂成蔭白茅。西郊詩：時出碧雞坊，西郊向草堂。懷錦水居止詩：萬里橋南宅，百花潭北莊。然則草堂背成都郭，在西郊碧雞坊外，萬里橋南，百花潭北，浣花水西，歷歷可考，陸放翁云：少陵有二草堂，一在萬里橋西，一在浣花。萬里橋蹤跡不可見，放翁在蜀久，無容有誤。然少陵在成都，實無二草堂也。

杜鵑

西川有杜鵑，東川無杜鵑。涪萬無杜鵑，雲安有杜鵑。

東坡外集載辨王誼伯論杜鵑云：子美蓋譏當時之刺史，有不禽鳥若也。嚴武在蜀，雖橫斂刻薄，而實資中原，是西川有杜鵑。其不虔王命，擅軍旅，絕貢賦以自固，如杜克遜在梓州，是東川無杜鵑耳。涪、萬、雲安刺史，微不可考。其尊君者爲有，懷貳者爲無，不在夫杜鵑眞有無也。案杜克遜事，新舊兩書俱無可考。嚴武在東川之後，節制東川者，李奐、張獻誠也。其以梓州反者，段子璋也。梓州刺史見杜集者，有李梓州、楊梓州、章梓州，未聞有杜也。既曰譏當時刺史，不應以嚴武並列也。逆節之臣，前有段子璋，後有崔旰、楊子琳，不當舍之而刺涪、萬之刺史微不可考者也。所謂杜克遜者，既不見史傳，則亦子虛亡是之流，出後人僞譔耳。其文義舛錯鄙倍，必非東坡之言。世所傳志林諸書，多出妄庸人假託，如僞蘇注之類，而無識者誤編之集中也。黃鶴本載舊本題注云：上皇幸蜀還，肅宗用李輔國謀，遷之西內，上皇悒悒而崩。此詩感是而作。詳味此詩，仍以舊注爲是。

秋日夔府詠懷一百韻

身許雙峰寺，門求七祖禪。

鮑欽止注引傳燈錄云：北宗神秀禪師，其門人普寂立其師爲六祖，而自稱七祖。李華大德雲禪師碑：自菩提達摩降及大照禪師，七葉相承，謂之七祖。心法傳示，爲最上乘。又中岳越禪師記：摩訶達摩七葉至大照禪師。按舊書神秀弟子普寂，號大照禪師，則所謂七祖者大照也。而此詩之意不然。自南北分宗，荷澤會序宗派，從如來下西域震旦凡六祖。房琯作六葉圖序，於是曹溪之禪法大行。北宗門人，遂立其師爲六祖，以攘曹溪之統。大照以中宗制統神秀法衆，都城傳教，二十餘年。如盧奕者，咸附寂以排會，故有七祖之稱，而識者或未之許也。公蓋與房次律輩咸歸心於南宗者，故曰身許雙峯寺，門求七祖禪。身之所許者如此，心之所求者如此，其歸心於曹溪可知矣。大鑒之門，付囑最親，稱孔門之顏子者，無如荷澤。法嗣最廣，稱曹溪之冢子者，無如南嶽，皆不稱七祖。曹溪之後，南嶽、青原，是分五家，斥荷澤爲知解宗徒，亦不稱七祖。獨孤及三祖碑云：能公退老於曹溪，其嗣無聞。秀公傳普寂，門徒萬，升堂者六十三。蓋大鑒之後，衣止不傳，亦不立七祖，其師門之規矩如此，所以息鬪諍於北宗，定師傳於五葉也。故曰門求七祖禪，又曰余亦師粲、可。公之爲法門眼目者微矣。

贈左僕射鄭國公嚴公武

四登會府地，三掌華陽兵。

按：舊書嚴武傳：武初以御史中丞出爲綿州刺史，遷東川節度使，再拜成都尹兼御史大夫，充劍南節度使，三遷黄門侍郎，拜成都尹，充劍南節度等使。杜詩所謂三掌華陽兵，主恩前後三持節者是也。惟史於武傳不記其遷拜出鎮之歲月，而兩川之分合，新、舊書志、表與諸書互異，莫能歸一。余詳考之，兩川之分也，舊書地理志云：至德二載十月，玄宗駕廻西京，改蜀郡爲都府，長史爲尹，又分劍南西川、東川各置節度使。新書方鎮表亦同。而唐會要則云：上元元年二月，分爲兩川。會要誤也。先是稱劍南節度，至是更號西川節度兼成都尹。乾元二年，以裴冕爲之令。兩川分於上元，則裴冕何得先兼成都尹乎？武傳載上皇誥合劍兩川爲一道。余謂合兩川非上皇誥，而分兩川乃上皇誥。蓋西内之後，上皇之誥不行久矣。此史誤也。圖經云：至德二載，明皇幸蜀，始分劍南爲東西二川，西川治益州，東川治梓州。此其証也。武以乾元元年六月貶州刺史，未久而節度東川。上元二年，段子璋反，東川節度使李奐敗奔成都。武自東川入朝，當在奐前。然則武之初鎮，蓋在乾元、上元之間也。兩川之合也，舊書志以爲廣德元年，新書表以爲廣德二年，唐會要則以廣德二年正月八日。蓋皆在武三鎮之時。舊書武傳云：上皇誥以劍兩川合爲一道，拜武成都尹兼御史大夫，充劍南節度使。則合兩川在武再鎮之日。余謂舊書武傳是，而志表諸書皆非也。

案高適傳：劍南自玄宗還京後，於綿、益二州各置一節度。適因出西山三城置戍論之疏奏，不納。後綿州副使段子璋反，崔光遠不能戢軍，以適代光遠爲成都尹、劍南西川使。以適傳考之，適論罷西川節度，乃在子璋未反之前，及子璋反，李奐敗，而光遠不能兼制東川，故朝廷用適前論，合兩川爲一而罷東川也。光遠之罷也，武實代之。武召入，以適代。適失西山三州，又以武代。適實代武，而武又代適，謂適代光遠者誤也。趙抃玉壘記曰：上元二年，東劍段子璋反，李奐走成都，崔光遠命花驚定平之，縱兵剽掠士女，至斷腕取金，監軍按其罪。冬十月恚死。其月，廷命嚴武。此武代光遠之證。寶應元年，杜有嚴中丞見過詩曰：川合東西瞻使節。系曰：自東川除西川，敕令兩川都節制。此武再鎮時合兩川之證也。李奐雖重有節度，亦不能久於東川，何自奐後直至張獻誠，無一人除東川者乎？故曰舊書武傳是而他皆非也。若大曆初復分兩川，舊書云：在崔寧鎮蜀之後。而方鎮表以爲元年。會要及盧求成都記序以爲二年正月。按元年杜鴻漸表張獻誠以山南西道兼領東川，至二年而始定。此又當以舊書、會要爲是也。舊書既失之不詳，多所牴牾，而通鑑則尤爲踳駮，武之初鎮，通鑑既失載，而再鎮則載於寶應元年六月，是年四月，召武入朝二聖山陵，爲修道使。却云六月出鎮，七月徐知道反，以守劍閣，武九月尚未出巴，故杜有何路出巴山之句。而云知道守要害拒武，武不得進。何背繆之甚也？胡三省泥於通鑑，乃云武只再鎮劍南。唐書蓋因杜詩，致有此誤。則紕繆更不可言矣。謹書之以俟博聞者。

寄李十二白二十韻

乞歸優詔許，遇我宿心親。醉舞梁園夜，行歌泗水春。

魯訔、黄鶴輩敍杜詩年譜，並云開元二十五年後客遊齊、趙，從李白、高適過汴州，登吹臺，而引壯遊、昔游、遣懷三詩爲證。余考之非也。以杜集考之，贈李十二詩云：乞歸優詔許，遇我宿心親。醉舞梁園夜，行歌泗水春。則李之遇杜，在天寶三年乞歸之後，然後同爲梁園、泗水之游也。東都贈李詩云：李侯金閨彦，脱身事幽討。亦有梁、宋游，方期拾瑶草。李陽冰草堂集序云：天子知其不可留，乃賜金歸之。遂就從祖陳留採訪大使彦允，請北海高天師授道籙於齊州紫極宫。曾鞏序云：白，蜀郡人，初隱岷山，出居湖、漢之間，南游江、淮，至楚，留雲夢者三年，去之齊、魯，居徂徠山竹溪，入吴。至長安，明皇召見，以爲翰林供奉。頃之，不合去。北抵趙、魏、燕、晉，西涉邠、岐，歷商於至洛陽，游梁最久。復之齊、魯，南浮淮、泗，再入吴，轉涉金陵，上秋浦，抵潯陽。記白游梁、宋、齊、魯在罷翰林之後，並與杜詩合。魯城北同尋范十隱居詩：不願論簪笏，悠悠滄海情。亦李去官後作也。遣懷云：憶與高、李輩，論交入酒壚。昔游云：昔者與高、李，晚登單父臺。壯游則云：放蕩齊、趙間，裘馬頗清狂。春歌叢臺上，冬獵青丘旁。蘇侯據鞍喜，忽如攜葛強。在齊、趙則云蘇侯，在梁、宋則云高、李，其朋游固區以別矣。蘇侯注云：監門胄曹蘇預，即源明也。開元中，源明客居徐、兖，天寶初舉進士，詩獨舉蘇侯，知杜之游齊、趙在開元時，而高、李不與也。以李集考之，書情則曰：一朝去京國，十載游梁園。梁園吟則曰：我浮黄雲去京闕，挂席欲進波連山。天長水闊厭遠涉，訪古始及平臺間。此去官後游梁、宋之證，與杜詩合也。單父東樓秋夜送族弟沈之秦則云：長安宫闕九天上，此地曾經爲近臣。屈平顦顇滯江潭，亭伯流離放遼海。魯郡東石門送杜二甫則曰：醉別復幾日？登臨徧池臺。何言石門路，重有金樽開？此知李游單父後，於魯郡石門與杜別也。單父至兗州二百七十里，蓋公輩游梁、宋後，復至魯郡，始言別也。以高集考之，東征賦曰：歲在甲申，秋窮季月。高子游梁既久，方適楚以超忽。望君門之悠哉，微先容以效拙。姑不隱而不仕，宜其漂淪而播越。甲申爲天寶三載，蓋適解封丘尉之後，仍游梁、宋，亦卽李去翰林之年也。登子賤琴堂賦詩序曰：甲申歲，適登子賤琴堂。卽杜詩所謂晚登單父臺也。以其時考之，天寶三載，杜在東都，四載在齊州，斯其與高、李游之日乎？李、杜二公先後游跡如此。年譜紕繆，不可以不正。段柯古酉陽雜俎載堯祠別杜補闕之詩，以謂別甫，則宋人已知其誤矣。

聶耒陽以僕阻水書致酒肉療饑荒江詩得代懷興盡本韻

舊書本傳，甫游衡山，寓居耒陽，啗牛肉白酒，一夕而卒於耒陽。元稹墓誌：扁舟下荆、楚間，竟以寓卒，旅殯岳陽。公卒於耒陽，殯於岳陽，史、誌皆可考據。自呂汲公詩譜不明旅殯之義，以謂是年夏還襄、漢，卒於岳陽。於是王得臣、魯訔、黄鶴之徒，紛紛聚訟，謂子美未嘗卒於耒陽，又牽引回櫂等詩，以爲是夏還襄、漢之證。案史，崔寧殺郭英乂，楊子琳攻西川，蜀中大亂，甫以其家避亂荊楚，扁舟下峽，此大曆三年也。是年至江陵，移居公安，歲暮之岳陽，明年之潭州，此於詩可考也。大曆五年夏，避臧玠之亂入衡州。史云：泝沿湘流、衡山，寓居耒陽以卒。明皇雜錄亦與史合，安得反據詩譜而疑之？其所引登舟、歸秦諸詩，皆四年秋冬潭州詩也，斷不在耒陽之後。回棹詩有衡嶽蒸池之句，蓋五年夏入衡，苦其炎暍，思回棹爲襄、漢之遊而不果也。此詩在耒陽之前明矣，安可据爲北還之證乎？以詩考之，大曆四年，公終歲居潭。而諸譜皆云是年春入潭，旋之衡，夏畏熱，復還潭，則又誤認回棹詩爲是年作也。作年譜者臆見揣度，遂奮筆而書之，其不可爲典要如此。吾斷以史誌爲正，曰：子美三年下峽，繇江陵、公安之岳，四年之潭，五年之衡，卒於耒陽，殯於岳陽。其他支離傅會，盡削不載可也。當逆旅顛頓之日，涉旬不食，一飽無時，牛肉白酒，何足以爲詬病，而雜然起爲公諱？若夫劉斧之摭遺小說，韓退之、李元賓之僞詩，三尺童子皆知笑之。而諸人互相駁正，以爲能事，何足道哉！

注杜詩略例

呂汲公大防作杜詩年譜，以謂次第其出處之歲月，略見其爲文之時，得以考其辭力少而銳，壯而肆，老而嚴者如此。汲公之意善矣，亦約略言之耳。後之爲年譜者，紀年繫事，互相排纘，梁權道、黃鶴、魯訔之徒，用以編次後先，年經月緯，若親與子美游從，而藉記其筆札者。其無可援據，則穿鑿其詩之片言隻字，而曲爲之說，其亦近於愚矣。今據吳若本識其大略，某卷爲天寶未亂作，某卷爲居秦州、居成都、居夔州作。其紊亂失次者，略爲詮訂。而諸家曲説，一切削去。

子美集皆天寶以後之作，而編詩者繫某詩某詩於開元，仍年譜之譌也。子美與高、李遊梁、宋、齊、魯在天寶初太白放還之後，而譜繫於開元二十五年，故諸家因之耳。舊史載高適代崔光遠爲成都尹，譜以爲攝也，遂大書於上元一年曰：十月，以蜀州刺史高適攝成都。唐制，節度使闕，以行軍司馬攝知軍府事，未聞以刺史也。元微之墓誌載嗣子宗武，譜以宗文爲早世也，遂大書於大曆四年曰：夏，復回潭州，宗文夭。按樊晃小集序，子美殁後，宗文尚漂寓江陵也。若此之類，則愚而近於妄矣。

杜詩昔號千家注，今雖不可盡見，亦略具於諸本中。大抵蕪穢舛陋，如出一轍。其彼善於此者三家。趙次公以箋釋文句爲事，邊幅單窘，少所發明，其失也短。蔡夢弼以捃摭子傳爲博，泛濫蹖駮，昧於持擇，其失也雜。黄鶴以考訂史鑑爲功，支離割剝，罔識指要，其失也愚。余於三家，截長補短，略存什一而已。

注家錯繆，不可悉數，略舉數端，以資隅反：

一曰：僞託古人。世所傳僞蘇注，即宋人東坡事實，朱文公云：閩中鄭昂僞爲之也。宋人注太白詩即引僞杜注以注李，而類書多誤引爲故實。如贈李白詩：何當拾瑤草？注載東方朔與友人書。元人編眞仙通鑑，本朝人編赤牘書記並載入矣。洪容齋謂疑誤後生者，此也。又注家所引唐史拾遺，唐無此書，亦出諸人僞撰。

一曰：僞造故事。本無是事，反用杜詩見句增減爲文，傅以前人之事，如僞蘇注碧山學士之爲張褒，一錢看囊之爲阮孚，昏黑上頭之爲常琮是也。蜀人師古注尤可恨，王翰卜鄰，則造杜華母命華與翰卜鄰之事，焦遂五斗，則造焦遂口吃醉後雄譚之事。流俗互相引據，疑誤弘多。

一曰：傅會前史。注家引用前史，眞僞雜互。如王羲之未嘗守永嘉，而曰庭列五馬，向秀在朝本不任職，而曰繼杜預鎭荆。此類如盲人聾說，不知何所來自，而注家猶傳之。

一曰：僞撰人名。有本無其名，而僞撰以實之者。如衞八處士之爲衞賓，惠、荀之爲惠昭、荀珏，向卿之爲向詡是也。有本非其人而妄引以當之者，如韋使君之爲韋宙，馬將軍之爲馬璘，顧文學之爲顧況，蕭丞相之爲蕭華，已公之爲齊已是也。至前年渝州殺刺史一首，注家妄撰渝、遂刺史及叛賊之名，而單復讀杜愚得，遂繫之於譜，尤爲可笑。

一曰：改竄古書。有引用古文而添改者，如慕容寶樗蒲得盧，添袒跳大叫四字，赭白馬賦用品藝驍騰爲句，而蜀都賦觴以縹青，一醉累月，斷裂上下文，以就蜀酒之句也。有引用古詩而竄易者，如庾信蒲城桑葉落，改爲蒲城桑落酒，陸機佳人眇天末，改爲涼風起天末也。此類文義違反，大誤後學，然而爲之者亦愚且陋矣。

一曰：顛倒事實。有以前事爲後事者，如白絲行以爲刺竇懷貞，蕭京兆以爲哀蕭至忠是也。有以後事爲前事者，如悲青坂而以爲鄴城之役，雍王節制而以爲朱滔、李懷仙之屬是也。

一曰：強釋文義。如掖垣竹埤梧十尋，解之曰：垣之竹，埤之梧，長皆十尋。有此句法乎？如九重春色醉仙桃，解之曰：入朝飲酒，其色如春。有此文理乎？此類皆足以疑誤末學，削之不可勝削者也。

一曰：錯亂地理。如注龍門則旁引禹貢之龍門，不辨其在雒陽也。注土門、杏園，則概舉長安之土門、杏園，不辨其在河南也。注馬邑，則概舉雁門之馬邑，不辨其在成州也，諸家惟黄鶴頗知援據，惜其不曉抉擇耳。

一曰：妄系譜牒。按唐宰相世系表，杜預四子，錫、躋、耽、尹。襄陽杜氏出自預少子尹。元稹墓誌云：晉當陽侯下十世而生依藝。甫祭遠祖當陽君文，稱十三葉孫甫。甫爲預之後，未知預四子誰爲甫之祖。而舊譜以甫爲尹之後，此何据也？唐舊書杜易簡傳：易簡，襄州襄陽人。周硤州刺史叔毗曾孫。易簡從祖弟審言。易簡、審言，同出叔毗下，獲嘉爲甫高祖，即硤州之子也。周書杜叔毗傳：其先京兆杜陵人也。徙居襄陽。祖乾光，齊司徒右長史。父漸，梁邊城太守。此世系之較然可考者也。以世系表推之，尹下六代爲襲池陽侯洪泰，與乾光爲行，洪泰生二子，祖悅、顒，與漸爲行。顒生三子，景仲、景秀、景恭，與叔毗爲行。叔毗、景恭皆仕周，其子皆仕隋。叔毗之子爲廉卿，則未知其爲易簡之祖歟？審言之祖歟？舊譜以叔毗爲顒子，景仲、叔毗並系顒下，紕繆極矣。此不可不正也。顏魯公撰杜濟神道碑，爲征南十四代孫。甫有示從孫濟詩，斯爲合矣。世系表濟與位同出景秀下，並征南十四代，而詩稱從弟位，抑又何歟？宋人謂新唐宰相世系表承用逐家譜牒，多所繆誤。歐陽公略不筆削，恐未可以表爲据也。姑書之以俟博聞者。

宋人解杜詩，一字一句，皆有比託。若僞蘇注之解屋上三重茅，師古之解筍根稚子，尤爲可笑者也。黄魯直解春日憶李白詩曰：庾信止於清新，鮑照止於俊逸，二家不能互兼所長。渭北地寒，故樹有花少實，江東水鄉，多蜃氣，故雲色駮雜，文體亦然，欲與白細論此耳。洪駒父詩話：一老書生注杜詩云：儒冠上服，本乎天者親上，以譬君子。紈袴下服，本乎地者親下，以譬小人。魯直之論，何以異於此乎？而老書生獨以見笑，何哉？

杜集之傳於世者，惟吳若本最爲近古，它本不及也。題下及行間細字，諸本所謂公自注者多在焉。而別注亦錯出其間，余稍以意爲區別，其類於自注者，用朱字，別注則用白字，從本草之例。若其字句異同，則壹以吳本爲主，間用它本參伍焉。

宋人詞話以蜀人將進酒爲少陵作者。蔡夢弼詩注載王維畫子美騎驢醉圖，幷子美斷句詩。至於鄭虔愈瘧之説，宗文斧臂之戲，李觀墳土之辯，韓愈摭遺之詩，皆委巷小人流傳之語，君子所不道也。飯顆山頭一詩，雖出於孟棨本事，而以謂譏其拘束，非通人之譚也，吾亦無取焉。

附錄

校印牧齋全集緣起

蒙叟爲一代文宗，與梅邨、芝麓相伯仲，而蒙叟其尤也。著述宏富，流傳海內，幾於家置一編。至於今，吾人神往目想而不覩其集者久矣。蓋板銷於禁網，書亡於燬爇，江左士夫之家，所存亦僅。數十年來，京、津書估，日本行商，四出搜求，不惜懸巨金以待。一書偶出，輒爲若輩挾之去，而所存乃益如星鳳。不惟初學、有學兩集不可得，卽求其遵王箋注初學、有學集之詩，亦不可得；不惟其詩之原槧本不可見，卽求其翻槧本，亦不易致。如余之無力，而能一旦盡得之，以慰數十年之飢渴，不可謂非意外之幸矣。去歲冬，遇一書賈，以鈔本之投筆集及有學集補遺二册求售，閱之，楷字整潔，紙墨古舊，固一完好之未刻本也。亟購歸，以示里中諸同志，爭相傳閱，嘆爲未有，余亦頗自矜貴。然而初學、有學兩集，猶未見也。嗣過里中范氏書齋，獲見遵王箋注蒙叟詩之原槧本，喜不自勝，把玩不忍去。范君曰：「此猶非其全也。」乃啓舊篋，出初學、有學兩集數十巨册以示。展而閱之，當時各家之藏書圖記，纍纍卷首，益形踟躇。范君曰：「吾曾祖嗜書，此在爾時，已出巨金以得者。而至今珍秘，不輕示人。若以君得之鈔本合之，斯兩美矣。」諸同志胥韙其言，且慫恿印行，以公同好。范君慨然允，余亦樂爲贊成，出而付印，數月畢事。吾知世之愛蒙叟之文，恨未一覩如余者，至此可大慰其飢渴矣。乃於竣工之日，特書其緣起如此。至蒙叟之詩文，先輩早有定評，又何俟余之喋喋爲？宣統二年，歲次庚戌五月，吳江鳳昌氏識於邃漢齋。

校印例言

是書計初學集一百十卷，有學集五十卷，有學集補遺二卷，投筆集一卷，都爲一百六十三卷，蒙叟詩文盡於是矣，故以全集名之。

初學、有學集之詩，自以遵王箋注本爲善，蓋不獨詳其典實，而當時之朝章國故備焉。是刻悉依原本，而詩則加以遵王之箋注，較之原本，卷帙溢出不少。

原本之詩，與箋注本略有出入，詞句亦互有異同（有學集爲多）。茲特兩相對斠，或爲原本有而箋注本所無者，或箋注本有而原本所無者，概行增入，以蘄完備，並加按語，俾易區別。至詞句之同異，則主原本，而以箋注本列注中。

舊鈔本之有學集補遺，係何義門先生舊藏，朱墨燦然，並有圖記。間有與正集重出者，茲特删去，俾免重複。

投筆集之名，不見於正集，僅見於遵王箋注本之目中。遵王箋注有學集詩目，投筆集編次在第十二卷，下注「愼不敢鈔」四字。至翻槧本則以下二卷之東澗集分爲三卷，不列其目，當時止有鈔本也可知。茲特取舊鈔本附諸卷末，以爲全璧。校印者識。

牧齋先生初學集序

歲癸未冬，海虞瞿稼軒刻其師牧齋先生初學集一百卷既成。先是先生再寓書於余，寄示近所著嚮言及高陽行狀屬余序，其文甚切，而余方退讓未遑。蓋先生身雖退處，其文章爲海內所推服崇尚，翕然如泰山北斗，雖雞林蛋戶，有能知愛之者。顧欲俾鄉里窮僻衰耄之夫，嗷然弁其首，有不譁而笑其妄且誕乎？此余之所爲不敢也。古人有言：「文章千古事，得失寸心知。」先生之文，惟先生自知之。又曰：「人之相知，貴相知心。」以余相從之久，相得之深，而先生虛己下問，晨夕不厭。凡一詩之成，一文之構，無不哆口抵掌，祛形骸，忘嫌忌，所謂以仁心說，以公心辨，以虛心聽。當其上下千古，直舉李、杜而下，三唐諸名家傑作，一一矢口品隲，商榷論次之，而今乃曰，不敢序先生之文，又不呀然相視而失笑者乎？蓋余識先生于未第時，一見而莫逆于心，且三十年矣。始同養痾于拂水。辛酉，先生浙闈反命，相會于京師。時方在史局，分撰神廟實錄，兼典制誥。杜門注籍，不泛爲詩文。及再出而巨璫專恣，正人摧陷，先生且削籍歸矣。戊辰，今上登極，召起田間，方且柄用，而僉倖力齮齕之，旋復放歸。遂招余耦耕湖山之間，若將終身焉者。已而横被誣奏，權奸下石，身禁囹圄，命如懸髮。而先生嗜學益力，覃思逾深。嘉定施孟翔除武昌推官歸，語余云：「曾兩候見獄中，憫其圜戶湫隘，暑雨蹋蹐，殆非人所居。而先生朝吟夕諷，探賾洞微，孜孜不厭，一如平日。方與其徒瞿生、友人劉敬仲談藝和詩。」余時心甚危之，恐爲讒夫媒孽，以爲謗訕。先生聞之，初不以余爲過慮也。凡自天啓甲子削籍出都門，及今上召對免歸，各有七言律詩二三十篇，頌繫雜詩，多至數百首。其所遭罹禍患愈迫切，而其文章光燄，愈昌大宏肆，奇怪險絶，變幻愈不可測。又且怨而不懟，憂而不懾，得風人諷諭之致，而不失溫柔忠厚之意。自非具大根，有定識，眞能信前因，通宿命，何繇捐人我，遺得喪，怛然浩然一至是哉！余觀先生早荷神廟登進，在承明著作之廷，回翔禁林，親侍熹廟講幄，雖其屏棄明時，未獲大用，今上臨軒側席，每爲再三嘆咨其文章，不可不謂顯達矣。晚而以其忠猷嘉謀，無由入告左右，著爲嚮言三十首以垂于後，不惟其愛君之深，憂國之切，隱然溢于言表，而救時匡世之略，亦已見其一斑。藉令不遭齮齕，不罹謗讟，日晝詔于密勿之地，視師于戎馬之間，何以老而能學，窮而益工，使文章必傳無疑若今日哉！昔白香山不序元微之集，而悉見于所寄通州論文書。以余衰病，不復能東下就見終老，聊敍平昔，以當一夕之談而已，不可謂序也。冬月長至後，新安布衣友人程嘉燧述于松圓山居。

錢受之先生集序

愚聞諸鬻子之言曰：「聖人將動，必有愚色。」又云：「君子有奇志，而天下不親焉。」顧予與海虞先生，未之親暱也，覿面之何曾，而矢志之不二，其所親更有甚于此者。噫，亦稱奇矣！昔之君子，先憂而後樂；今之君子，先樂而後憂。夫憂樂無常，亦惟其世耳。處今之世，憂人之憂，日甚于一日，不得不以昔之無憂者爲足樂也。周元公曰：「學者須尋顏子樂趣。」夫顏氏之樂，豈不在于簞瓢陋巷哉？至于爲邦之問，則吾夫子以四代之禮樂制度相與傳授，非羣弟子所敢望也。而末復諄諄以放鄭聲遠佞人爲致嚴。乃今之世，則爲淫靡之習、傾危之人者比比矣。顏子平生之經濟，在于畏匡「子在，回何敢死」之一言，雖聖人無死地，但不知當時夫子何以過宋？而宋人不知顏回何以在後而不死。子輿氏曰：「禹、稷、顏回同道。」似又以民溺民飢之憂，與簞瓢陋巷之樂，其致一也。故曰憂樂無常，論其世而已。予與海虞先生之閱世，亦屢更矣。當其可樂，有有憂者存焉；當其可憂，則已亦難于獨樂矣。樂行憂違，君子未嘗以隱居爲樂也，確乎其不可拔。予與先生，當共勉之。庶天下後世知吾受之之詩與文，如嚴君平不作苟見而已。若謂動之必固靜之，若謂曉之必固愚之，則又非。予與受之，非有意于持世者也。惟無心于世者，而世數又烏足以局之者哉？時崇禎甲申中和節，友弟曹學佺能始識。

讀牧翁集七則

錢牧翁集成，以余能讀其文，索余敍之。每吮毫和墨，神氣輒索。因思蘇、黃同世，山谷終身服膺坡老之文，然未嘗爲敍。其見于題跋者，往往有之。余亦竊附于此，爲題數則，以告世能讀牧老之文者。

流俗之文，每變愈下，良以志趣凡近，了無拔俗之韻，不思力與古人作敵耳。間以私智舞文，古法益復蕩然。故世所競尚之文，余鮮有讀至終篇者。蓋繩以我法，至十數行，未有不敗矣。獨至虞山文，見輒神思清發，宿累都捐，久而酣暢，益深懷古之思。歐陽率更見索靖碑，寢臥其下，三宿不能去。此解故須旦莫遇之，未易與近人道也。

文之有法，如松直棘曲，鵠白烏玄，眼横鼻竪，夫苟因其固然，天地萬物，俱爲妙道之行也。然嬰兒自旋，見屋廬轉，以正告之，爾自眩瞀，屋實不轉。彼必不信，蓋未能立於不傾之地耳。近時惟虞山文，尺寸必謹於成法，至委折奇致，不煩繩削而自合。如駭雞枕，四面視之皆正。豈若院體書以無復增損爲法耶！

桓宣武入蜀，有老吏曾供事武侯者，宣武詢之云：「諸葛公定以何爲長？」吏對以「未見其長，但每事停當耳」。近人詩文，間亦有長處，恨苦不停當，故不能欺余老吏也。余所服牧齋詩文，特以其停當耳。

錢牧老語余言：「每詩文成，舉以示柳夫人，當得意處，夫人輒凝睇注視，賞詠終日，其于寸心得失之際，銖兩不失毫髮。」余嘗以李易安同趙德甫每飯罷坐歸來堂烹茶，指堆積書史，言某事在某書某卷第幾葉第幾行，以中否勝負爲飲茶先後，中則舉杯大笑，或至茶覆懷中，不得飲而起。每思閨閣之內，安得有此快友？而夫人文心慧目，妙有識鑒似此，易安猶當讓出一頭地。惟朝雲謂子瞻一肚皮不合時宜，此語眞爲知己。然則公與柳夫人，故當相視而笑也。

悲傷忠憤之志，盤屈糾纏，而無以自遂，其於政事之得失，邪正之消長，不以一身禍福易其憂國之思，含悲負痛，殷然而無以自解，故奮筆於楮端，鋒銛芒竪，感慨淋漓，刺人於眉睫之間，而怵人於志氣之微，一篇亦見，數行亦見，如獅子殺物，若大若小，一付以不欺之力。以此知文須有爲而作，若其無謂，可以不作也。

歐公云：「花之絕爲牡丹，然而不實；果之絕爲荔枝，然而非名花。雖然，二物者惟不兼物之美，故能各極其精。」晁無咎以爲詩文難兼，亦自如此。余固未以爲然。余讀牧翁文，體氣高妙，以爲至矣。而詩波瀾老成，亦極其妙。庖丁奏刃衆虛，合於桑林之舞，以無厚而入有間，故可通之養生也。西昌蕭士瑋書。

凌序

曩余在五羊官舍中，邂逅海昌朱素培氏，得讀錢遵王注牧齋宗伯初學集詩二十卷，予受而卒業。竊惟宗伯詩適當詩派中衰之際，實開熙朝風氣之先。余蓋嘗綜唐以後自五代歷宋、元、明詩派而論之，五代承唐末溫、李餘習，至宋初晏殊、錢惟演、楊億號西崑體。仁宗時歐、梅諸公，力起而振之，多學杜、韓，蘇子美、王介甫亦學之，漸返之雅健。神宗時，蘇、黄、晁、張諸公，別開江西詩派，是爲江西初祖。南渡後，陸游學杜、蘇，號爲大宗，又繼之以范成大、尤袤、陳與義、劉克莊諸人，大概杜、蘇之支分派別也。其後有江湖、四靈，專攻晚唐五言，益卑不足道。金初以蔡（松）年、吳激爲首，世稱蔡吳體。後則趙秉文、党懷英爲巨擘，元好問集其成。其後諸家，俱學大蘇。元初以好問爲大宗，其後則稱虞集、楊載、范梈、揭傒斯。元末楊維禎、李孝光、吳萊爲之冠。前如趙孟頫、郝經，後如薩都剌、倪瓚，皆有可觀。明初四傑，以高啓爲之冠。成、弘間，李東陽雄張壇坫。迨李夢陽出而詩學大振，何景明和之，邊貢、徐禎卿羽翼之，亦稱四傑，與王廷相、康海、王九思稱七子。正、嘉間，又有高叔嗣、薛蕙、皇甫氏兄弟，稍變其體。嘉、隆間，李攀龍出，王世貞和之，吳國倫、徐中行、宗臣、謝榛、梁有譽羽翼之，稱後七子。此後詩派總雜，一變于袁宏道、鍾惺、譚元春；再變于陳子龍，號雲間體，蓋詩派至此衰微矣。牧齋宗伯起而振之，而詩家翕然宗之，天下靡然從風，一歸于正。其學之淹博，氣之雄厚，誠足以囊括諸家，包羅萬有。其詩清而綺，和而壯，感歎而不促狹，論事廣肆而不誹排，洵大雅元音，詩人之冠冕也。然非有注以發明之，亦孰知其巨麗哉！余初閱其注，不數卷，便心折其奧博。今略舉十之一二，以例其餘。如神宗及泰昌挽詩八首中之注甘盤、營齋、妖星、白氣也；吳門送福清公還閩八首中之注舉朝水火、御札封還、楚宗人華越事也；送兵部董侍郎二首之注市塲、素囊；及送劉編修十首中之注平壤、征東、寶文、清燕也；恭謁長陵詩之注諸陵拱；及寄東江毛總戎詩之注鹿島、鼉磯也。若斯之類，難更僕數，皆有關時事之大，可備一朝典故，足稱詩史。宗伯詩博大精深，固足開風氣之先，而非斯注，亦誰與發明之哉？余年來篝燈校讐，釐正魚豕，間有傷時者，輒其三四首。至秋興十三和詩，直可追踪少陵，而傷時滋甚，亦幷軼之，蓋其愼也。夫天下之寶，當與天下共之，予何敢私之篋衍，爰付之梓，以公同好，庶與昔人所稱三奇注並垂天壤間，且使今之作者，咸知自宋至今，詩派相傳，至昭代而極盛者，由牧齋宗伯實開風氣之先而集其成也。此亦予表揚詩學正宗之本懷云爾。苕南後學凌鳳翔謹序。〔案：此序明崇禎癸未本無。詩注春暉堂翻槧本各卷首頁之下「箋後人錢曾遵王箋注」一行之旁，列有「苕南□□□□鈔訂」「東海朱梅朗巖分校」兩行，「苕南」下空白處當即是凌鳳翔之名字。〕

敬業堂詩集　［清］查慎行著　周劭標點
納蘭詞箋注　［清］納蘭性德著　張草紉箋注
方苞集　［清］方苞著　劉季高校點
樊榭山房集　［清］厲鶚著　［清］董兆熊注　陳九思標校
劉大櫆集　［清］劉大櫆著　吴孟復標點
儒林外史彙校彙評　［清］吴敬梓著　李漢秋輯校
小倉山房詩文集　［清］袁枚著　周本淳標校
忠雅堂集校箋　［清］蔣士銓著　邵海清校　李夢生箋
甌北集　［清］趙翼著　李學穎、曹光甫校點
惜抱軒詩文集　［清］姚鼐著　劉季高標校
兩當軒集　［清］黄景仁著　李國章校點
茗柯文編　［清］張惠言著　黄立新校點
瓶水齋詩集　［清］舒位著　曹光甫點校
龔自珍全集　［清］龔自珍著　王佩諍校點
人境廬詩草箋注　［清］黄遵憲著　錢仲聯箋注
嶺雲海日樓詩鈔　［清］丘逢甲著　丘鑄昌標點

滄溟先生集	[明]李攀龍著　包敬第點校
沈璟集	[明]沈璟著　徐朔方輯校
湯顯祖詩文集	[明]湯顯祖著　徐朔方箋校
湯顯祖戲曲集	[明]湯顯祖著　錢南揚校點
白蘇齋類集	[明]袁宗道著　錢伯城校點
袁宏道集箋校	[明]袁宏道著　錢伯城箋校
珂雪齋集	[明]袁中道著　錢伯城點校
隱秀軒集	[明]鍾惺著　李先耕、崔重慶標校
譚元春集	[明]譚元春著　陳杏珍標校
陳子龍詩集	[明]陳子龍著　施蟄存、馬祖熙標校
牧齋初學集	[清]錢謙益著　[清]錢曾箋注　錢仲聯標校
牧齋有學集	[清]錢謙益著　[清]錢曾箋注　錢仲聯標校
牧齋雜著	[清]錢謙益著　[清]錢曾箋注　錢仲聯標校
李玉戲曲集	[清]李玉著　陳古虞、陳多、馬聖貴點校
吴梅村全集	[清]吴偉業著　李學穎集評標校
歸莊集	[清]歸莊著
顧亭林詩集匯注	[清]顧炎武著　王蘧常輯注
安雅堂全集	[清]宋琬著　馬祖熙標校　吴丕績標校
吴嘉紀詩箋校	[清]吴嘉紀著　楊積慶箋校
秋笳集	[清]吴兆騫撰　麻守中校點
漁洋精華録集釋	[清]王士禛著　李毓芙、牟通、李茂肅整理
聊齋志異會校會注會評本	[清]蒲松齡著　張友鶴輯校

嘉祐集箋注	[宋]蘇洵著　曾棗莊、金成禮箋注
蘇軾詩集合注	[宋]蘇軾著　[清]馮應榴注 黄任軻、朱懷春校點
東坡樂府箋	[宋]蘇軾著　[清]朱孝臧編年 龍榆生校箋
欒城集	[宋]蘇轍著　曾棗莊、馬德富校點
山谷詩集注	[宋]黄庭堅著　[宋]任淵、史容、 史季温注　黄寶華點校
淮海集箋注	[宋]秦觀撰　徐培均箋注
淮海居士長短句箋注	[宋]秦觀著　徐培均箋注
清真集箋注	[宋]周邦彦著　羅忼烈箋注
樵歌校注	[宋]朱敦儒著　鄧子勉校注
李清照集箋注	[宋]李清照著　徐培均箋注
陳與義集校箋	[宋]陳與義著　白敦仁校箋
蘆川詞箋注	[宋]張元幹著　曹濟平箋注
劍南詩稿校注	[宋]陸游著　錢仲聯校注
放翁詞編年箋注	[宋]陸游著　夏承燾、吴熊和箋注
范石湖集	[宋]范成大撰　富壽蓀標校
于湖居士文集	[宋]張孝祥著　徐鵬校點
稼軒詞編年箋注(定本)	[宋]辛棄疾撰　鄧廣銘箋注
姜白石詞編年箋校	[宋]姜夔著　夏承燾箋校
雁門集	[元]薩都拉著 殷孟倫、朱廣祁校點
揭傒斯全集	[元]揭傒斯著　李夢生標校
高青丘集	[明]高啓著　[清]金檀注 徐澄宇、沈北宗校點
震川先生集	[明]歸有光著　周本淳校點
海浮山堂詞稿	[明]馮惟敏著 凌景埏、謝伯陽標校

錢注杜詩	[唐]杜甫著　[清]錢謙益箋注
岑參集校注	[唐]岑參著　陳鐵民、侯忠義校注
戴叔倫詩集校注	[唐]戴叔倫著　蔣寅校注
韋應物集校注	[唐]韋應物著　陶敏、王友勝校注
權德輿詩文集	[唐]權德輿撰　郭廣偉校點
韓昌黎詩係年集釋	[唐]韓愈著　錢仲聯集釋
韓昌黎文集校注	[唐]韓愈著　馬其昶校注 馬茂元整理
劉禹錫集箋証	[唐]劉禹錫著　瞿蛻園箋証
白居易集箋校	[唐]白居易著　朱金城箋校
柳宗元詩箋釋	[唐]柳宗元著　王國安箋釋
柳河東集	[唐]柳宗元著　[宋]廖瑩中輯注
長江集新校	[唐]賈島著　李嘉言新校
三家評注李長吉歌詩	[唐]李賀著　[清]王琦等評注
樊川文集	[唐]杜牧著　陳允吉校點
樊川詩集注	[唐]杜牧著　[清]馮集梧注
温飛卿詩集箋注	[唐]温庭筠著　[清]曾益等箋注
玉谿生詩集箋注	[唐]李商隱著　[清]馮浩箋注 蔣凡校點
樊南文集	[唐]李商隱著　[清]馮浩詳注 錢振倫、錢振常箋注
皮子文藪	[唐]皮日休著　蕭滌非、鄭慶篤整理
鄭谷詩集箋注	[唐]鄭谷著 嚴壽澂、黄明、趙昌平箋注
韋莊集箋注	[五代]韋莊著　聶安福箋注
二晏詞箋注	[宋]晏殊、晏幾道著　張草紉箋注
梅堯臣集編年校注	[宋]梅堯臣著　朱東潤編年校注
歐陽修詩文集校箋	[宋]歐陽修著　洪本健校箋
蘇舜欽集	[宋]蘇舜欽著　沈文倬校點

《中國古典文學叢書》已出書目

詩經今注	高亨注
楚辭今注	湯炳正、李大明、李誠、熊良智注
司馬相如集校注	[漢]司馬相如著　金國永校注
揚雄集校注	[漢]揚雄著　張震澤校注
張衡詩文集校注	[漢]張衡著　張震澤校注
阮籍集	[魏]阮籍著　李志鈞等校點
陶淵明集校箋	[晉]陶潛著　龔斌校箋
世説新語箋疏(修訂本)	[南朝宋]劉義慶撰　余嘉錫箋疏 周祖謨等整理
鮑參軍集注	[南朝宋]鮑照著 錢仲聯增補集説校
謝宣城集校注	[南朝齊]謝朓著　曹融南校注集説
文心雕龍義証	[南朝梁]劉勰著　詹鍈義証
詩品集注	[梁]鍾嶸著　曹旭集注
文選	[梁]蕭統編　[唐]李善注
王梵志詩集校注(增訂本)	[唐]王梵志著　項楚校注
盧照鄰集箋注	[唐]盧照鄰著　祝尚書箋注
駱臨海集箋注	[唐]駱賓王著　[清]陳熙晉箋注
王子安集注	[唐]王勃著　[清]蔣清翊注
孟浩然詩集箋注	[唐]孟浩然著　佟培基箋注
王右丞集箋注	[唐]王維著　[清]趙殿成箋注
李白集校注	[唐]李白著　瞿蜕園、朱金城校注
高適集校注	[唐]高適著　孫欽善校注
杜詩鏡銓	[唐]杜甫著　[清]楊倫箋注